I0585758

1756

LES DIVERSES
OEVVRES

DE L'ILLVSTRISSIME

CARDINAL DV PERRON,

ARCHEVESQVE DE SENS, PRIMAT
des Gaules & de Germanie, & grand
Aumosnier de France.

CONTENANT PLVSIEVRS LIVRES, CONFERENCES,
Discours, Harangues, Lettres d'Estat & autres, Traductions, Poësies, &
Traittez tant d'Eloquence, Philosophie que Theologie non encor veus
ny publiez.

ENSEMBLE TOVS SES ECRITS MIS AV IOVR
de son viuant, & maintenant r'imprimez, sur ses Exemplaires
laissez, reueus, corrigez & augmentez de sa main.

A PARIS,

Par ANTOINE ESTIENE Imprimeur ordinaire du Roy,
ruë S. Iacques, à l'Oliuier de Robert Estiene.

M. DC. XXII.
Auec priuilege de sa Majesté.

L'IMPRIMEVR AV LECTEVR.

OICY vn fidele recueil de ce que feu Monſeigneur le Cardinal du PERRON a fait imprimer de ſon viuant, & de tout ce qu'il a laiſſé qui n'eſtoit encor mis en lumiere ; & qui a eſté conſerué tant par feu Monſieur l'Archeueſque de Sens ſon frere, que par Monſieur du Perron ſon Neueu, & autres perſonnes qui luy eſtoient ſi familieres, qu'il n'y a aucun Traitté, la lecture duquel ne luy donne & approuue le merite de porter le nom d'vn ſi grand & celebre Autheur ; encor qu'il y ayt quelques fueilles leſquelles ne ſembleront auſſi polies que le reſte, pour n'auoir eſté par luy reueües, & ayants eſté faittes dés ſes ieunes ans ſans intention qu'elles veiſſent le iour: Mais eſtants iugées tres-vtiles, ie n'en ay voulu fruſtrer le public ; non-plus que de quelques vnes des Lettres qu'il n'euſt permis eſtre imprimées, leſquelles neantmoins j'ay publiées pour conſeruer à la poſterité la memoire de ſes tant ſignalez ſeruices rendus à l'Egliſe & à ceſt Eſtat.

TABLE
DES LIVRES, TRAICTEZ,
DISCOVRS, POESIES ET AVTRES
Oeuures contenuës en ce Volume.

b

PRIVILEGE DV ROY.

LOVIS PAR LA GRACE DE DIEV ROY DE FRANCE ET DE NAVARRE, A nos amez & feaux Conseillers, les gens tenans nos Cours de Parlements, Baillifs, Seneschaux ou leurs Lieutenants &, tous autres nos Iusticiers & Officiers qu'il appartiendra, Salut. Nostre cher & bien amé ANTOINE ESTIENE, nostre Imprimeur ordinaire, s'estant depuis long temps employé auec grand soin & despense pour recouurer deux Volumes des Oeuures de nostre trescher Cousin, le defunct Cardinal du PERRON, tant imprimées que non imprimées: le premier intitulé, *Histoire de la Creance Vniuerselle du S. Sacrement de L'EVCHARISTIE, en toutes ses parties & par tous les siecles: contre le liure faict par le sieur du Plessis contre la Messe*: & l'autre intitulé, *Les Opuscules ou, DIVERSES OEVVRES dudit sieur Cardinal, contenant tout ce qui a esté imprimé de son viuant, & plusieurs traictez & discours non encores veuz*: Ledit ESTIENE desireroit mettre au iour lesdits deux Volumes, s'il nous plaisoit luy octroyer nos lettres de permission, sur ce necessaires, dont il nous a treshumblement fait supplier. A CES CAVSES ne voulans (afin d'auancer d'autant plus la gloire de Dieu) que le public soit priué de la cognoissance & du fruict d'vn trauail si diuin: Nous auons permis & par ces presentes permettons audit ESTIENE, d'imprimer ou faire imprimer, vendre & debiter lesdits deux Volumes, ensemble les Versions & Traductions faictes ou à faire en quelques langues que ce soit, tant desdits Volumes, que du Volume par luy ja imprimé en vertu de nos lettres, intitulé *Replique à la Response du serenissime Roy de la grand' Bretaigne*: & faire lesdittes impressions par tels Imprimeurs & Libraires que bon luy semblera, pendant le temps de dix ans entiers & reuolus à compter du iour & datte de cesdittes presentes: Faisant tres-expresses inhibitions & defenses à tous Marchands Libraires & Imprimeurs & autres de quelque estat & qualité qu'ils soient, d'imprimer ou faire imprimer, vendre, debiter, contrefaire, alterer, ny apporter de contrefaits des pays estrangers desdits trois Volumes, en quelque langue que ce soit, à peine de trois mil liures d'amande, applicable vn tiers aux pauures, vn tiers au denonciateur, & l'autre audit ESTIENE: & de tous despens dommages & interests: Auquel effect & afin de pouruoir d'autant plus au soulagement dudit ESTIENE, qui pourroit autrement estre diuerty & consommé en frais & despenses pardeuant diuers Iuges, nous auons reserué en nostre Conseil, la cognoissance des contrauentions à cesdittes presentes: desquelles faisant mettre vn extraict au commencement ou à la fin de chacun exemplaire desdits Volumes: Nous voulons icelles estre tenues pour publiées & suffisamment signifiées, & qu'au vidimus ou copies signées par vn de nos amez & feaux Conseillers & Secretaires, foy soit adioustée comme au present original. Si vous mandons & à chacun de vous endroit soy, enioignons que de nos presentes grace, congé & permission, & du contenu cy dessus, vous faciez & laissiez iouïr & vser pleinement & paisiblement ledit ESTIENE, & ceux qui auront droict de luy, enioignant de par nous, comme nous faisons par ces presentes, au premier nostre Huissier ou Sergent sur ce requis, faire tous exploits de saisie, contrainte & assignations necessaires pour l'execution de cesdittes presentes, sans pour ce demander congé, placet, visa, ne pareatis. CAR tel est nostre plaisir: Nonobstant oppositions ou appellations quelconques, Clameur de Haro, Chartre Normande, prise à partie, & autres lettres à ce contraires, ausquelles nous auons expressement derogé & derogeons par cesdittes presentes. DONNEES au camp deuant Monheurt, le premier iour de Decembre, l'an de grace 1621. & de nostre Regne le 12.

Par le Roy en son Conseil.

PHILLIPPIER.   Et seellé du grand seau de cire iaune.

Herbin pinx.

DISCOVRS SOMMAIRE
DE LA VIE ET TRESPAS
DE L'ILLVSTRISSIME
CARDINAL DV PERRON.

LEs Hiſtoriens, tant ſacrez que prophanes, témoignent qu'il eſt arriué à pluſieurs grands perſonnages, nez pour le ſalut & la gloire de leur païs, d'auoir eſté expoſez és premiers ans d'apres leur naiſſance à pluſieurs accidents perilleux & haſardeux: Et ce comme par vn certain conſeil diuin, qui ſemble vouloir que toutes les choſes grandes commencent par la repugnance & la contradiction: Ou bien parce que les puiſſances ſpirituelles ennemies du bien & de l'vtilité publique, ſ'eſtudient à combattre & empeſcher le progrez de ce qu'elles ſçauent eſtre deſtiné pour le procurer. Cela eſt témoigné eſtre arriué à Moyſe, à Cyrus, à Romulus, & à pluſieurs autres, qu'il ſeroit trop long de rapporter icy: Mais particulierement à celuy dont nous auons à faire mention.

SE s parents qui eſtoient ſortis de deux maiſons nobles & anciennes de la baſſe Normandie, l'vne ditte du Perron, & l'autre de Langueruille; ayants eſté imbus de l'erreur qui commençoit à courir lors (comme la pluſpart des plus beaux & plus curieux eſprits en furent infectez) & ſ'eſtants donné la foy pour ſe marier enſemble, ne peurent executer leur deſſein, qu'au bout de ſept ans, à cauſe de la rigueur qui ſe prattiquoit contre ceux de ce party; pourtant ils ſe reſolurent de ſ'en aller à Geneue: où ſ'eſtants rendus quelque temps l'vn apres l'autre, ils s'habituerent en la Seigneurie de Berne, ſur les confins de Sauoye, où parut premierement au monde cét autre Ioſué; né pour le bien & le ſalut de ſon païs & de ſa Religion, & ordonné de Dieu pour deſtruire les murs de ceſte nouuelle Hierico.

Des qu'il commença à entrer en l'aage où les lineaments & les mouuements du corps & de l'esprit commencent à se former, on recogneust en luy les premiers rayons & les premieres marques de ceste grace & de cét aggréement qu'on y a veu reluire depuis. Car on ne peut dire de quelle beauté de corps & d'esprit il estoit doüé, & comme ceux qui le voyoient en auguroient quelque chose de grand, & surpassant la portée ordinaire des hommes : Toutes ses actions & tous ses propos estants vifs, graues & serieux, & beaucoup pardelà ce que son aage en deuoit faire esperer. Si tost qu'il eut appris à parler & à lire, (car il y eut fort peu d'interualle entre les deux) Il se mit, & comme de luy-mesme à l'estude des Lettres, où il comprenoit & apprenoit plus en vne heure, qu'vn autre n'eust fait en dix.

Apres que la Paix fut faicte en France, ses parents resolurent de s'y en reuenir, où ils ne furent pas plustost arriuez, que passant par la haute Normandie, pour s'en retourner en leur païs, ils se trouuerent arrestez dans la ville de Roüen, par le siege que le Roy Charles IX. y mist : laquelle estant prise, son pere fut retenu prisonnier dans le vieux Palais, & sa mere auec vn autre de ses enfants & luy, se sauua déguisée à trauers toute l'armée : L'Ange ordonné pour la guide de celuy qui estoit destiné pour seruir vn iour de lumiere & de guide en l'Eglise de Dieu, les conduisant & les faisant passer asseurément au milieu de tous les perils qui se rencontrent en telles occasions.

De là s'estants tous retrouuez en la basse Normandie, apres qu'ils y eurent esté quelque temps, vn autre trouble arriua, qui les fit fuir en l'Isle de Iersé, appartenant au Roy d'Angleterre. Ce trouble estant appaisé au bout de trois ans, ils repasserent en France. Puis vn autre estant ençor suruenu, ils retournerent en ladite Isle. De dire les hasards, les perils, & les accidents qui leur suruindrent en ces allées & venuës, qui estoient comme autant de vents impetueux qui agitoient la naissance de ceste nouuelle plante, destinée pour porter vn iour tant de fruict, il n'en est point de besoin. Ceux qui sçauent que c'est de tels voyages & de telles peregrinations, se le pourront assez proposer. Là il se donna encor plus soigneusement à l'estude, & à l'amour des Lettres, & y fist vn si grand progrez, qu'vn chacun en demeuroit émerueillé. Depuis sa tendre ieunesse iusques en l'aage de dix ans, il y fust aydé de son Pere, homme versé en toute sorte de bonne litterature, & qui luy donna les premiers commencements de la langue Latine, & des Mathematiques. Son esprit s'attacha grandement à la lecture des Poëtes, comme il est ordinaire en cét aage aux esprits éleuez. Et sur tout il aymoit Virgile & Horace, mais particulierement le premier : duquel il apprenoit ordinairement cent vers en vne heure. Or comme il estoit né pour enseigner, & non pour estre enseigné, Il faisoit quasi toutes ses estudes seul, & principalement dés qu'il eust atteint l'aage de dix ans : depuis lequel iamais homme ne luy monstra rien : mais au contraire enfeigna & monftra à tous ceux qui approchoient de luy. Lors il fe mift à eftudier le Grec & la Philofophie tout enfemble, & commença l'vn & l'autre par la Logique d'Ariftote. Ceux qui font verfez aux Lettres fçauent quelles difficultez, & quelles afpretez il y auoit en cefte maniere d'eftudier, & quel genie il falloit pour les furmonter. Dés qu'il eut fait quelque progrez en cefte Langue, il fe donna, ainfi qu'il auoit fait en la langue Latine, à la lecture des Poëtes Grecs, & nommément d'Homere, d'Hefiode, & de Pindare, en apprenant leurs vers auec la mefme promptitude & la mefme facilité : Et fa memoire vint iufques à vn tel degré de bonté & de fertilité, qu'en ayant leu vn grand nombre feulement vne fois, il les retenoit & les recitoit par cœur. De cefte eftude il fe mift en celle de la langue Hebraïque, laquelle il apprift encores feul, & de façon que dans peu de temps il l'a fçeut lire fans poincts : Et y profita tant qu'en peu d'heure il en fift leçon à certaines perfonnes qui le hantoient, du nombre defquels il y en auoit quelques-vns des Miniftres : Et ce comme pour prendre poffeffion dés cét aage-la, de l'auantage qu'il a eu depuis de les inftruire & de les enfeigner.

La Paix eftant faicte derechef, & fes parents eftants retournez fous fon ombre en la Normandie, ils n'y furent pas long-temps que voila Monfieur le Duc d'Alençon, qui leue vn party, & ceux de la Religion pretenduë reformée qui prennent les armes en fa faueur : du nombre defquels furent les fieurs de Montgommery & de Coulombieres. Pour à quoy remedier Monfieur le Marefchal de Matignon fut enuoyé auec vne armée par la Royne Catherine. Le fiege ayant efté mis en la ville de Sainct Lo, où eftoit ledit fieur de Coulombieres, deux compagnies de gens de pied furent ordonnées pour aller faifir la maifon de Langueruille, appartenante à vn des oncles maternels de celuy dont nous fommes en propos, en laquelle fon pere & fa mere eftoient auec toute leur famille. De dire non plus les rigueurs qu'ils éprouuerent lors, & les dangers où ils fe virent pres d'entrer, c'eft chofe qui n'eft point neceffaire : Le temps & les occafions où ils fe trouuerent, le peuuent affez faire iuger.

La Paix eftant faicte vne autrefois, & f'eftant paffé quelque interualle depuis, le Roy Henry III. qui eftoit arriué à la Couronne par la mort du Roy Charles IX. f'achemina à Blois pour y tenir les Eftats : lors vn Gentilhomme de fa Cour nommé Monfieur de Lancofme, eftant allé en la baffe Normandie, pour y voir Monfieur le Marefchal de Matignon, il luy fut parlé de ce ieune homme comme d'vne merueille, & qui dés fes premiers ans (car il n'en auoit lors que dix-fept accomplis) auoit remply vn chacun d'admiration. Auffi-toft qu'il l'euft veu & entendu, il en prift vn fi grand gouft, qu'il iugea que c'euft efté trop de dommage qu'vn tel efprit fuft demeuré plus long-temps en vn coin du monde. Et partant le conuia d'aller voir la Cour, comme n'en pouuant rencontrer de long-temps vne occasion pareille, à cause de l'Assemblée celebre des Estats qui se tenoit. Luy qui sollicité par la grandeur de son genie, lequel ne luy pouuoit plus permettre de demeurer en vn lieu si peu capable de le contenir, auoit déja projecté en son esprit plusieurs desseins d'en sortir, y consentist facilement, quoy qu'il fust d'vne Religion contraire à celle du lieu où il luy falloit aller: pourtant il se resolut de s'acheminer à Blois auecques luy: Où il ne fust pas plustost arriué que le Roy ne demandast à le voir. Dés la premiere fois qu'il eut l'honneur de parler deuant sa Majesté (qui fut à l'heure de son disner, & où plusieurs des principaux de sa Cour assisterent) il les remplit tous de merueille & d'estonnement. Lors il y en eut plusieurs qui (soit par curiosité, ou par ialousie) voulurent faire preuue de son sçauoir, & à ceste cause ne manquerent à enuoyer aussi-tost cercher de toutes parts des hommes pour luy opposer. Mais comme il arriue tousiours que les choses grandes & puissantes se cognoissent mieux par la resistance & par l'opposition, ce fut alors qu'il se fit dauantage paroistre: Car les ayants tous confondus, il n'y en eust pas vn assez hardy pour se presenter deuant luy la seconde fois. De sorte que le Roy allant à Poictiers, comme il fist à l'issuë des Estats, il se resolut, faute de trouuer personne qui luy osast plus resister, de les prouocquer par toutes sortes de manieres; Et par ainsi d'affiger, & de monter en chaire és Escholes publiques, pour y prouuer & demonstrer ce qu'il auoit commencé à proposer & à soustenir deuant sa Majesté. Le bruit & l'éclat de ces contentions ayant duré iusques au retour de la Cour à Paris; là comme en vn plus grand & plus resonnant theatre, & où il y auoit plus grand nombre d'esprits capables d'entreprendre & supporter le combat, il voulut non seulement recommencer à y entrer auec ceux contre lesquels il l'auoit déja entrepris, mais aussi auec tous les autres qui s'y voudroient presenter : Se mettant à faire des défis nouueaux, soit publics ou particuliers, pour disputer sur quelques-vnes des principales disciplines, & nommément sur la Philosophie & les Mathematiques. Là donc il monta en chaire en l'habit mesme auquel sa condition & sa profession d'alors le faisoit trouuer, qui estoit auec la cappe & l'espée au costé, tant dans la grande salle des Augustins, qu'en quelques autres de l'Vniuersité ; sans que personne s'osast presenter pour luy contredire: Mais tout le monde y courant comme à vn prodige, digne plustost d'estre admiré, qu'imité ou impugné. Dés lors le champ des Sciences & des Muses luy fust tellement acquis, qu'il ne s'est trouué depuis vn seul homme qui ayt peu soustenir iusques à la troisiéme proposition d'aucun propos de doctrine qu'il ayt voulu entreprendre: Et a conserué cét aduantage iusques à l'heure de sa mort, non seulement en France, mais par tout ailleurs où il s'est trouué.

Ces premieres contentions & premieres agitations estants terminées, lesquelles (comme l'on peut croire) ne luy firent manquer d'enuieux

non plus que d'admirateurs, & principalement estant de la condition
& de la Religion dont il faisoit profession au sçeu d'vn chacun, alleché par
la lecture des Escrits de Sainct Thomas, & particulierement sur Aristote,
il se mist à lire sa Somme auec autant de progrez & de fruict comme celuy qu'il auoit fait en ses autres estudes, le doit faire penser. Pendant ce
temps il alla plusieurs fois disputer aux Iesuites, où son erreur n'empescha point, & ce comme par vn priuilege special acquis à son erudition non commune, qu'il ne fust receu auec toute sorte de caresse &
d'applaudissement. Vn peu apres il vint à faire amitié auec feu Monsieur de Tyron, l'vn des plus dignes ornements de nostre langue Françoise, voire de nostre nation. Lequel tout autant qu'il auoit esté éloigné
de l'aymer pendant l'ardeur & la violence de ces contentions dont nous
auons parlé, venant à gouster la douceur & la candeur de son esprit & de
son naturel, qui n'estoit rude qu'à ceux qui ne luy vouloient point ceder, le prist en telle affection qu'il ne pouuoit plus viure qu'en sa compagnie. De sorte qu'ils passoient tous les iours & les nuicts ensemble,
sans que rien les peust separer. Lors comme la lumiere de cét esprit, qui
ne pouuoit souffrir aucunes sortes de tenebres, vit par la conuersation
de cét excellent personnage, que ce seroit vn grand ornement adiousté
à ses autres rares qualitez, que celuy de l'eloquence Françoise, s'il s'y
appliquoit, (Car pour la Poësie il s'y estoit addonné dés ses plus ieunes
ans, & non sans des marques tres-apparentes de ce qui en est paru depuis) Il se donna à l'vne & à l'autre de ces deux estudes auec toute sorte
de soing: Chose à quoy le porta encor l'honneur qu'il eust d'entrer au
seruice particulier du Roy Henry III. à la sollicitation & recommandation dudit Sieur de Tyron, qui comme las de la Cour, & voulant joüyr
du fruict & du loyer de ses dignes seruices, le proposa au Roy pour
entrer en sa place; & pour donner à ce Prince les honnestes entretiens
que son amour aux lettres plus polies luy faisoit communément recercher. Il ne se peut dire auec quel estime, quel applaudissement, & quelle
affection il fut receu & cheri de luy; quels honneurs & quelles faueurs il
luy fist, quel temps il passoit à l'entretenir, quel soing il auoit de voir
ses Escrits, de luy en faire-faire sur les sujects plus importants & plus
considerables qui se presentoient lors, & tant en Prose comme en Poësie,
l'honneur qu'il luy faisoit de luy écrire, & sur les mesmes sujects de
science & d'eloquence, dont il l'auoit entretenu, & le cas qu'il faisoit de
ses lettres, lors que par son commandement expres il auoit entrepris de
luy en addresser.

COMME nous auons dit que la lecture des Liures de la Philosophie,
& de Sainct Thomas, l'engagea à l'estude de la Scholastique, & particulierement de la Somme: Ainsi la mesme Scholastique l'engagea, &
comme insensiblement, à lire les Peres, & particulierement Sainct Augustin: Où cét esprit subtil & penetrant, & qui auoit grande sympathie
pour ce regard auec celuy de cét excellent Autheur, ne se fust pas

* iij

long-temps appliqué qu'il n'en tirast vn tres-grand fruict, & qu'il n'y
découurist bien-tost la verité de l'erreur, dont il auoit esté déceu. Ce fut
alors qu'il se donna tout à faict à l'estude, & à l'amour de la Theologie: Ce fut lors qu'il reuoqua du tout son cœur des autres professions
ausquelles il auoit eu intention de se porter, pour s'appliquer entierement à celle-la. En laquelle il fist tant de progrez en peu d'heure, &
particulierement pour ce qui regardoit les controuerses de la Religion,
qu'à peine le pourroit-on, non pas dire, mais imaginer.

EN ce temps arriua qu'vn Gentilhomme nommé Monsieur de Chaumont, de l'Illustre Maison de la Rochefoucault, doüé de beaucoup de
sortes de loüables vertus, l'estant venu voir pour passer quelques heures
en l'honneste & ingenieux exercice du jeu des échets, auquel l'vn & l'autre estoient fort versez, il trouua sur sa table le liure du traicté de l'Eglise
du sieur du Plessis, qui commençoit à auoir cours. Apres auoir eu quelques propos tels que l'occupation qu'ils auoient, leur pouuoit suggerer, ils
vindrent à parler de cet ouurage, & des mauuaises raisons & fausses citations qui s'y trouuoient. Ce que ledit sieur de Chaumont ne pouuant
croire, comme estant des plus passionnez en son opinion, il luy offrit de
luy verifier en la presence de qui il voudroit amener. En attendant qu'il
se presentast quelqu'vn pour cét effect, ils employerent plusieurs heures
& plusieurs iours à la lecture & à l'examen de ce liure : duquel la verité
s'estant trouuée telle qu'il la luy auoit representée, & les passages, soit de
l'Escriture, soit des Peres, s'estants trouuez aussi mal appliquez & aussi mal
entendus, il se resolut estant éclarcy du reste des autres poincts qui n'y
estoient pas traictez, de se faire Catholique. Le bruit de son instruction
s'estant répandu par la Cour, & par Paris, & quelques personnes de qualité, & feu Monsieur le Duc de Rets entr'autres, ayants desiré d'en faire
estendre le fruict iusques à ses sœurs, il fut trouué bon de faire quelque
Conference auec vn Ministre qui estoit à l'Ambassadeur d'Angleterre,
elles n'ayants pas assez de confiance en leur propre suffisance, pour tenter
seules le combat. Le iour pris, & l'heure venuë, la dispute fut commencée
& continuée par quelques iours : dont ledit Ministre se trouua si touché,
qu'au lieu de seruir à fortifier les autres, il fut tout ébranlé & tout persuadé
luy-mesme; & de telle façon, que l'Ambassadeur fut contraint de le renuoyer promptement en son païs, de-peur qu'il n'abjurast son erreur,
comme il y estoit tout porté.

CETTE action suiuie de quelques autres pareilles ne fust pas plustost
diuulguée, que cela donna vn merueilleux surcroist de nom & de reputation à ce nouueau combattant. Car d'autant plus que le suject & la
matiere en estoient dignes, d'autant plus l'estime s'en augmentoit, & s'en
multiplioit. Lors tous d'vn commun accord, tant grands comme petits,
sçauants comme ignorants, commencerent à le desirer & à le recercher.
En sorte qu'il n'auoit quasi pas du temps pour satisfaire aux visites qui
luy estoient faictes, & à celles qu'il estoit conuié de faire és lieux plus

eſtimez & plus qualifiez. Car c'eſtoit à qui l'auroit, & à qui le feſtoye-
roit : C'eſtoit à qui recercheroit ceux qui auoient quelque habitude
auecques luy, pour faire qu'on le peuſt cognoiſtre, & qu'on peuſt voir
ceſte merueille qu'on diſoit n'auoir point eu de pareille és ſiecles paſſez:
Et particulierement ceux qui auoient des parents ou amis infectez de ce
venin, ou qui ſ'en ſentoient infectez ou entachez eux-meſmes, y recouroient, & ſ'en approchoient. Il ne ſe peut dire combien de perſonnes de
merite & de qualité ſ'en trouuerent éclarcies; & combien l'inſolence des
heretiques, & nommément des Miniſtres, qui iuſques alors n'auoient
point trouué de bride pour la refrener, ſ'en trouua rabbatuë. Car c'eſt
choſe eſtrange que depuis la naiſſance de cét erreur il n'eſtoit pas iuſques
aux ſimples femmes qui ne fuſſent à tout propos ſur la diſpute, & qui
n'y prouoquaſſent ceux auec leſquels elles ſe rencontroient : Là où ce
nouueau Dauid, ayant vne fois commencé à leur liurer le combat, & à
leur faire ſentir la force & la vigueur de ſon bras, & principalement eſtant
fortifié des armes de l'Egliſe, ceſte inſolence fut auſſi-toſt conuertie en
timidité : Les loix & les ordonnances de n'entrer point en diſpute & en
conference, non iamais oüyes ny entenduës en leur party, eſtant incontinent apres decretées & publiées.

S v r ces entrefaictes arriua la mort du grand Ronſard, le Pere, l'ornement, & la gloire de la Poëſie Françoiſe, grand ennemy, & grand im-
pugnateur des Miniſtres & de l'erreur, lequel, comme il auoit grandement merité des lettres, & de l'Egliſe, & nommément par cét excellent
ouurage qu'il fit contre ceux qui l'attaquants auec elle, conioignirent
ſon intereſt auec le ſien ; tous les hommes plus ſçauans d'alors, ſe reſolurent de rendre à ſa memoire quelque partie de l'honneur qu'il auoit merité ; & d'vn commun accord propoſerent de prier celuy dont nous parlons, comme le plus propre qu'ils cognoiſſoient pour cét effect, de luy
faire vne Oraiſon funebre. A quoy les porta plus particulierement Voyez
l'Orai-
ſon fu-
nebre
page 651.
qu'aucun autre, Monſieur de Tyron, comme celuy qui ſembloit auoir
plus de part en la profeſſion & en la ſucceſſion de ce commun Pere des
Muſes; ſans beaucoup d'autres conſiderations qui le faiſoient reſpecter
en ceſte venerable Aſſemblée: & particulierement à celuy dont nous
ſommes en propos. Lequel comme n'ayant iamais faict d'action pareille
à celle-la ; & eſtant d'vne condition non conuenable à cét office, au-
moins en apparence, à cauſe qu'il portoit encor l'eſpée, y trouua au
commencement de la difficulté, ſçachant que ceux qui eſtoient de la profeſſion, & auſquels telles functions appartiennent, ſeroient tres prompts
à reprendre & cenſurer ce qui ſeroit faict par vn qui n'en eſtoit point ;
Et de plus que ce qui reüſſit auec la viue voix, n'eſt pas touſiours receu
de meſme venant à eſtre écrit; eſtant bien aſſeuré qu'il ne manqueroit
pas de gens qui recueilliroient ce qu'il auroit prononcé : Neantmoins
comme ſon genie ne ſe pouuoit vaincre par aucune difficulté ny par
aucune oppoſition, & que là où il en paroiſſoit dauantage, ſ'eſtoit où il

* iiij

se portoit plus volontiers, il se resolut de ceder à la priere de ses amis, & en leur cedant rendre à la gloire de celuy qui auoit remply toute l'Europe de son nom, les plus dignes & plus pretieux deuoirs que son esprit & sa langue luy pouuoient consacrer. Là se trouuerent toutes les personnes plus considerables & plus qualifiées. Comme feu Monsieur l'Admiral de Ioyeuse, le protecteur des lettres & de la vertu, les delices & le subject plus commun des plus excellentes plumes d'alors; feu Madame la Duchesse de Retz, ce rare ornement de la Cour, & des Muses, & plusieurs autres qu'il seroit long de raconter. De dire quelle fut ceste action, les marques qui en sont restées entre les mains du public, le peuuent faire sçauoir. Bien diray-ie que de long-temps, plus digne ny plus fauorable audience, ny tant de loüanges ne furent données à homme qui ayt fait rien de pareil.

P E V de temps apres suruint la mort de ceste excellente Princesse, ce digne exemple de pieté, de constance & de vertu, la Royne d'Escosse, sur laquelle le Roy Henry III. comme interessé en plusieurs façons à l'iniure, que tant l'Eglise comme le Thrône des Roys, & particulierement celuy de la France, en auoient receu, luy commanda de faire ceste piece rare & elabourée ^a, tant cherie de luy, & tant estimée des plus versez en l'art de la Poësie. Apres ces deux actions le mesme Roy dont l'humeur portée aux choses de la Religion ne luy pouuoit donner de tréue à bastir des Conuents & des Congregations, fit celle du bois de Vicsaine, qu'on appelloit des Hieronymites; où luy ayant fait l'honneur de l'appeller, auec quelques autres rares esprits du temps, & entr' autres Monsieur de Tyron, il voulust qu'ils fissent chacun à leur tour certaines especes de Discours Theologiques. Là donc il fit ceste belle & docte piece ^b, en laquelle il déploya tous les plus rares thresors de l'eloquence, de la Philosophie, & de la Theologie, tant Scholastique comme positiue: Et où il fist voir combien il estoit grand Maistre à marier ces disciplines ensemble, & à dompter toutes les difficultez & toutes les repugnances qui s'y trouuoient. Quelque temps apres les guerres de la Religion s'estant rallumées en ce Royaume, & Monsieur de Ioyeuse ayant esté employé auec le succez qu'vn chacun sçait pour les reprimer, la mort de ce digne Seigneur arriua au grand dommage de la Religion, & de l'Estat, & auec la douleur indicible & du Roy & de tous les gens de bien. Alors il luy fut commandé de faire ce riche & ingenieux Poëme ^c qui se trouue sous son nom: lequel il ne faut point demander sil fut leu auec sentiment & auec larmes, soit du Roy, soit de toute la Cour. L'ouurage & le merite de celuy en faueur duquel il estoit faict, auec la cause pour laquelle il estoit mort, le peuuent assez témoigner.

D E S mouuements excitez par ceux de la Religion pretenduë reformée nasquirent puis apres, comme par vne espece d'antiperistase, sil est permis d'vser icy de ce mot, ceux qui se formerent entre les Catholiques; dont le mal fut d'autant plus dangereux, qu'il estoit dans nos propres

a Voyez à la fin des Poësies le Tõbeau de la Reyne d'Escosse, page 117

b Voyez ses Traittez & Discours sur le Pseaume *Ad te leuaui*, page 533 De la Comparaison des Vertus Morales & Theologales, page 581 Des Vertus Morales, page 783 De l'Ame, page 831 De la Cognoissance, page 825 De la Rhetorique, page 759

c Voyez aux Poësies, L'Ombre de Mõsieur l'Admiral de Ioyeuse, &c. page 23

entrailles. Lors il fallut aller à Blois pour y tenir les seconds Estats: où
la mort des Princes, affectionnez (comme vn chacun sçait) par tout le
Royaume, donna les degousts, & fit naistre les mouuements dont on a
veu les effects depuis. Le Roy pour y apporter quelque antidote fut
conseillé de faire vne harangue en pleine assemblée, afin de témoigner
par sa propre bouche l'affection qu'il auoit aux choses mesmes dont il
auoit esté accusé; asçauoir au bien de la Religion, & à celuy de son Estat.
Pourquoy il luy commanda d'en dresser vne, luy donnant si peu de temps
pour cét effect qu'à peine en auoit-il pour en toucher les principaux
poincts. Afin donc de remplacer par le trauail & la diligence ce qui
estoit du manquement du loisir, il y passa deux iours & deux nuicts entieres, sans aucunement dormir ny reposer. A quoy son labeur luy
reüssit si heureusement, qu'il y fist vne piece comparable aux plus excellentes de l'antiquité, & qui se trouue encor auiourd'huy entre ses Escrits.
Mais comme son esprit auoit des mouuements & des ressorts autres que
ceux du commun, & que tout ce qui en sortoit, estoit plein de vigueur,
de force, & de lumiere, le Roy ne iugea pas la deuoir prononcer ainsi
qu'elle luy auoit esté donnée, mais en print les principaux lieux, qu'il
estendit & accommoda selon la portée & la trempe de son esprit; rendant cependant à son Autheur l'honneur qui luy en estoit deu. Lors
que les accidents arriuez à Blois eurent allumé les feux que l'on vid depuis répandus par tout le Royaume, & que la Cour ayant esté à Tours,
elle en repartit pour venir mettre le siege deuant Paris, où la mort du Roy
arriua; il demeura audit Tours auec feu Mósieur le Cardinal de Bourbon,
Prince plein de toute pieté, & de toute vertu, qui auoit lors la conduite
du Conseil. Là il se passa plusieurs occasions & plusieurs actions celebres, où il monstra la grandeur de son courage, de son esprit, de son erudition, & de son zele à la defense de l'Eglise. Car estant priué de Maistre,
& denué de tout le secours & de tout le support qu'il en pouuoit receuoir, & se voyant sous le pouuoir d'vn Prince d'autre Religion que celle
qu'en tant d'occasions il auoit entrepris de maintenir; & qui de plus auoit
pour directeur principal de ses affaires vn homme contre lequel il auoit
commencé d'écrire, Il ne laissa pas de se porter aussi ouuertement & aussi
courageusemét par tout où le bien de la Religion le requeroit, comme s'il
eust encor esté sous les aîles & la protection de son premier Maistre: Et ce
tant en la communication ou en la dispute qu'il entreprenoit auec tous
ceux de la Religion pretenduë reformée, qui se presentoient à luy; & particulierement auec les sieurs de Morlas, & de Sponde l'aisné, deux particuliers seruiteurs dudit Prince, & deux esprits excellents, qui depuis s'en
conuertirent: comme en quelques Conferences qui se tindrent auec
certains Prelats qui estoient lors à Tours. Car y en ayant eu vn entr' autres, qui pour acquerir la faueur du temps, monstra de vouloir
faire de la resistance à ce qui estoit de l'authorité du Sainct Siege, il
le conuainquist & rembarra si viuement, & en pleine Assemblée, qu'onc-

Voyez la harangue faitte aux Estats de Blois, pour le Roy Héry III. page 713

Voyez vne Lettre enuoyée audit sieur de Morlas, page 754.

ques puis il n'en ofa entamer le propos.

DEPVIS la ville de Chartres eſtant priſe, & le Conſeil y eſtant appellé, il ſy achemina auec Monſieur le Cardinal de Bourbon: où vn accident ſi perilleux luy arriua, que ſans la prouidence diuine, qui l'auoit deſtiné à faire encor de plus grandes choſes, il n'y auoit point d'apparence qu'il en deuſt réchapper. Car ayant eu vn artere picqué par vne ſeignée qui luy fuſt faicte, & la gangrene ſeſtant miſe à ſon bras auec telle violence qu'on n'en peuſt iamais arreſter le cours, iuſques à ce qu'elle luy euſt monté tout aupres de l'eſpaule, en ſorte que les ferrements furent apportez pour le luy couper; par vne ſpeciale grace de Dieu il ſe trouua en eſtat de guariſon, à l'heure qu'on en deſeſperoit le plus; & la violence du mal ſ'arreſta lors qu'on penſoit n'y auoir plus de remede. Dequoy ſi le public a eu quelque ſujeċt de ſ'éjoüyr, il a deu en ſçauoir le gré principal apres Dieu à ce digne Eſculape François, à ce rare exemple de doċtrine & de vertu Monſieur Duret, lequel y contribua tout ce que l'excellence de ſon Art & de ſon erudition, tout ce que la force de ſon amitié & de ſon bon naturel en pouuoient faire attendre.

APRES qu'il fut deliuré de ceſte maladie, arriua le ſiege de Roüen, où le Conſeil, & feu Monſieur le Cardinal de Bourbon furent mandez. Ce fut lors qu'il euſt premierement l'honneur d'approcher de celuy pour le ſalut duquel Dieu l'auoit fait naiſtre, & des mains & de la faueur de qui il vouloit qu'il receut tout ſon bien & ſon bon-heur. En quoy ne ſe peut aſſez remarquer ny admirer la bonté & la prouidence diuine, d'auoir voulu que celuy contre la Religion duquel il auoit tant diſputé & tant combattu, & auquel il auoit oſté tant d'hommes vtiles à ſon ſeruice, ayt eſté celuy qui l'a éleué depuis au comble d'honneur où nous l'auons veu. Ceſte inſtruċtion doit ſeruir à ceux qui ont à ſuiure la cauſe qu'il auoit embraſſée, & leur doit enſeigner comme les loyers & les retributions n'en manquent iamais, en quelque temps & en quelque lieu qu'elles ayent à ſe receuoir. Or comme ce Prince auoit le cœur vrayement genereux, & enclin à eſtonner tous les hommes qui faiſoient profeſſion de la vertu; ainſi auoit-il quelque repugnance en ſon cœur, ou pour mieux dire quelque crainte de rencontrer ce perſonnage qui auoit la reputation d'auoir vaincu & reduit tant d'hommes ſçauans. De ſorte que d'vn coſté il deſiroit de le voir, & de l'autre il l'apprehendoit. Toutesfois comme la courtoiſie ſurmontoit en luy toutes choſes, ainſi quand il l'euſt veu, il ne ſe peut dire quel accueil & quelles careſſes il luy fiſt, & comme auſſi-toſt apres il ſe monſtra deſireux de l'entretenir ſur toutes ſortes de diſcours; iuſques à y paſſer les nuiċts entieres. Mais comme ſon cœur iuſques alors n'auoit point encor eſté touché de l'Eſprit de Dieu, & qu'il n'auoit rien plus à déplaiſir qu'on luy parlaſt de la Religion, ainſi y auoit-il vne tres grande difficulté à luy en ouurir le propos. Neantmoins il ne laiſſa pas pluſieurs fois d'en prendre l'occaſion, & de luy remonſtrer auec telle induſtrie & telle douceur ce qui eſtoit à luy repreſenter en cela, qu'il ne peut ſ'en offenſer : Mais ſ'alloit tous les iours plus en plus enflammant à l'amour de ſon entretien. A quoy ne ſeruoient pas de peu les offices qui luy eſtoient rendus par pluſieurs des Catholiques, & nommément par Monſieur le Grand, qui eſtoit en grande conſideration aupres de ſa Majeſté : Duquel comme le zele à ſa Conuerſion, auſſi bien qu'à ſon Eſtat & à ſa Perſonne, ne ſ'eſt iamais veu defaillir : ainſi ſon ſoin à luy recommander & faire trouuer aggreable celuy qui en deuoit eſtre le principal Autheur.

Lors ſe preſenta vne occaſion en laquelle il fiſt encor vrayement paroiſtre ſon zele & ſon courage à la gloire de Dieu ; & comme il eſtoit nay pour le bien de l'Egliſe. Car ayant eſté reſolu de deliurer vne commiſſion à quelqu'vn des Prelats de ce Royaume, pour donner les expeditions des beneſices vacquez depuis le malheur des troubles, iuſques à ce que Dieu y euſt remedié, il ſ'y oppoſa auec telle vigueur, & anima tellement les principaux de la Cour, & entr'autres feu Monſieur le Cardinal de Bourbon, & feu Monſieur d'O, que les lettres en eſtant toutes expediées, elles furent reuoquées & caſſées au meſme temps.

Le ſiege de Roüen eſtant leué, la Cour vint faire ſon ſeiour principal à Mantes : Où ceux de la Religion pretendüe reformée ayants enuoyé des Deputez de toutes les Prouinces du Royaume, entre leſquels il y en auoit quatorze Miniſtres ; comme il eſtoit vn iour chez le Roy, & où il ne perdoit nul temps & nulle occaſion de ſeruir à la gloire de celuy qui l'auoit doüé de tant de graces ſpeciales, il euſt quelque propos auec Monſieur le Mareſchal de Bouillon, qui luy dit que c'eſtoit alors qu'il y auoit beau lieu de faire ce qu'il auoit tant de fois demandé, aſçauoir de tenir vne Conference, & que c'eſtoit là où il falloit qu'il monſtraſt ſon ſçauoir, & ce particulierement à raiſon de la preſence d'vn Miniſtre de la Rochelle nommé Rothan, qu'il tenoit pour fort ſçauant. A quoy il luy reſpondit que tres-volontiers il y entendroit, & que c'eſtoit ce qu'il auoit touſiours deſiré. Les diligences donc en furent faictes, & la permiſſion obtenüe de ſa Maieſté. Adonc leſdits Miniſtres luy enuoyerent vn Cartel de deffy, par lequel ils ſe ſoubmettoient de verifier toute leur doctrine par la ſeule Eſcriture. La reſponſe fut qu'il acceptoit la Conference auec tous les quatorze enſemble. Le iour & l'heure furent priſes chez feu Monſieur de Roſny, Gouuerneur dudit lieu, Gentilhomme accomply en toutes ſortes de vertus, grand zelateur de la Religion Catholique, grand ſeruiteur du Roy, & grandiſſime amy de celuy dont nous ſommes en propos. Là ſe trouuerent tous les principaux de la Cour tant d'vn party que d'autre, & nommément le ſieur du Pleſſis. Là auſſi ſe preſenterent quatre des plus capables Miniſtres qui fuſſent en ce lieu, entre leſquels ledit Rothan portoit la parole : Les dix autres eſtants reſtez au logis pour conſulter, & donner aduis ſur ce qui auroit à ſe dire en tout le cours de la diſpute. Comme il leur euſt offert le choix des armes, (c'eſt à dire, ſoit d'aſſaillir ou de ſouſtenir) ils éleurent le premier. Le ſujeƈt fut reduit en ceſte Theſe: *Que toute la doƈtrine Chreſtienne ſe trouue contenuë és Sainƈtes Eſcritures.* De raconter les aduantages qu'il y euſt, les affronts qu'il leur fit receuoir, & la honte & la deriſion où il les fit tomber, & enuers les leurs meſmes, ce ſeroit choſe trop longue. Pluſieurs perſonnes de merite & de qualité qui y eſtoient, & qui viuent encor, le peuuent témoigner; auſſi bien que les actes, qui en furent recueillis de noſtre coſté par Monſieur l'Archeueſque d'Aix, alors Maiſtre des Requeſtes, & par le ſieur de la Broſſe, perſonnage aſſez cogneu par l'excellence de ſa plume & de ſon eſprit; & leſquels actes ſont encor entre leurs mains. Tant y a que le Miniſtre Rorhan ſ'eſtant trouué continuellement battu, & ne pouuant ſinon auec trop de honte ſe preſenter ſur le banc, il ſ'aduiſa le cinquiéme iour eſtant au milieu de la diſpute, de dire que la teſte luy faiſoit mal, & ſe leuant pria vn de ſes confreres de prendre ſon lieu. Lors vn nommé Berault, Miniſtre de Montauban, ſ'y miſt: qui ne ſe trouuant pas plus capable que l'autre, n'y peut ſubſiſter que iuſques au ſecond iour, qui fut le ſeptiéme de la Conference commencée. Apres lequel ils ſ'enuoyerent tous excuſer, diſants qu'ils auoient à ſ'en retourner en leur païs: Mais en effect n'ayants plus ny force ny courage, ny ſuffiſance pour ſe preſenter au combat. Du nombre des quatre aſſiſtants eſtoit le ſieur Cayer, qui y demeura pour prix de la victoire, feu Monſieur le Baron de Salignac, & vn nommé le ſieur du Iac, Secretaire de Madame, ſans pluſieurs autres qui en furent lors ébranlez, & depuis inſtruits & ramenez par luy à la Foy de l'Egliſe. Car quant aux mots de galanterie & de gentilleſſe d'eſprit qu'il y dit, qui eſt-ce qui les pourroit tous raconter?

MAIS comme les œuutres de Dieu ſ'accompliſſent, non aux termes que les hommes y preſcriuent, ains en ceux qu'il plaiſt à ſa Diuine prouidence y ordonner: Ainſi le poinct de l'inſtruction & de la conuerſion du Roy n'eſtant pas encor venu, il ne receut pas le fruiƈt de ceſte action qu'on deuoit eſperer. Bien en arriua-t'il. qu'vn de ſes principaux & plus particuliers ſeruiteurs ſ'y eſtant trouué, & ayant recogneu l'aduantage que noſtre cauſe en auoit receu, vint à eſtre touché de quelque ſentiment, & de quelque ſcrupule, que nous n'eſtions pas ſi éloignez de la verité qu'il l'auoit creu; & que ſil y auoit plus de pureté parmy eux, on pouuoit neantmoins faire ſon ſalut parmy nous; & principalement en croyant l'y pouuoir faire. De ſorte que les mouuements de la guerre ſe continuants de plus en plus, & y ayant quelque crainte que la durée auec la perſiſtance du Roy en ſon opinion, n'apportaſſent de la diuiſion en ſon party, dont il ne ſe pourroit faire que ſon ſeruice ne receuſt grand deſaduantage; & peut-eſtre plus que de tout ce qui eſtoit arriué:

COMME donc le Roy conſultoit auec luy & auec quelques autres de ſes anciens ſeruiteurs, de ce qu'il auoit à faire pour remedier au mal qu'il preuoyoit, & que les autres luy eurent donné des conſeils chacun ſelon ſa paſſion ou ſon intereſt: ceſtui-cy luy demanda ſil croyoit que les

Catho-

Catholiques peuſſent faire leur ſalut. A quoy le Roy luy ayant reſpondu que oüy: Il luy dit; Ie m'eſtonne bien, SIRE, qu'il n'y a long-
temps que vous ne l'eſtes. Sur quoy le Roy luy ayant reparty, Et vous
pourquoy ne l'eſtes-vous donc; Il luy repliqua, Ie n'ay pas de Couronne à conſeruer, ny de peuples à tenir en paix. Ceſte parole qui toucha
le cœur du Roy plus que tout ce qu'il auoit oüy iuſques à ceſte heure-la,
fut cauſe qu'il entra encor plus auant en Conſeil auec luy de ce faict: Et
de telle façon qu'il reſolut par ſon aduis d'aſſembler quelques-vns des
principaux Prélats de ſon Royaume: & particulierement d'y appeller
celuy dont nous faiſons mention. Lequel eſtant de condition laïque,
ceſtuy la meſme propoſa au Roy de luy donner vn Eueſché, afin qu'il y
peuſt auoir rang: Et pource luy fut donné celuy d'Eureux. Le temps
de l'Aſſemblée eſtant arriué, & luy auec les autres ſ'eſtant trouué à Sainct
Denis, le Roy leur propoſa les raiſons & les doutes qui iuſques alors l'a-
uoient retenu en ſon opinion. Là ce nouueau Prelat ſe monſtra ſi digne
de la condition qui luy auoit eſté nouuellement donnée, & du choix qui
auoit eſté fait de luy pour ſeruir en vne telle action, qu'il ne ſe peut dire
combien de gouſt & de ſatisfaction tout le monde en receut; & particulierement celuy auquel le principal fruict en eſtoit deſtiné. Car non
ſeulement il y euſt à combattre contre les doutes & les repugnances qu'il
luy faiſoit, mais contre celles de quelques perſonnes mal diſpoſées au
bien de ceſte action, qui pour certaines conſiderations en vouloient arreſter le cours. La Conference eſtant terminée à la gloire de Dieu, &
le Roy eſtant éclarcy des poincts qui l'auoient empeſché vn ſi long-
temps d'embraſſer la Foy de ſes Peres, la ioye en fut ſi generale & ſi
commune, qu'il n'y auoit celuy de quelque condition & qualité qu'il
fut, au-moins des Catholiques, qui n'eſtimaſt voir en ce iour, la re-
naiſſance du repos & du ſalut public. Comme il fallut aller en faire la
ſolemnité, auec toutes les marques de grandeur & de dignité qui accompagnent nos Roys lors qu'il ſe fait quelque action pareille, noſtre
nouueau Prelat eſtant au coſté de ſa Majeſté luy dit, en mettant le premier pas dedans l'Egliſe, toute reſonnante de tambours, de trompettes
& de clairons, & toute éclattante de la pompe & de la magnificence du
lieu & de la Nobleſſe, parée & habillée comme la dignité d'vne telle
iournée le requeroit: *Quand Alexandre euſt défait Darius, & qu'entrant*
dans ſon camp, il vid ſes tentes magnifiques, ſes meubles ſumptueux, & tout le
glorieux appareil des Roys de Perſe: Cela, dit-il, *c'eſt regner.* Ce que le Roy
entendant, monſtra de ſ'en ſentir tres-viuement touché, auſſi bien que
de pluſieurs autres choſes celebres qu'il dit & fit en ceſte action.

   La Conuerſion du Roy eſtant arriuée, il fallut reſoudre d'enuoyer
à Rome, pour taſcher à fléchir le Pape, & le diſpoſer à luy donner
ſon Abſolution. Pour cét effect furent choiſis feu Monſieur le Duc de
Neuers, feu Monſieur du Mans, & luy: outre leſquels fut enuoyé Monſieur le Cardinal de Gondy, comme par legation extraordinaire. Mais

**

quelques accidents furuindrent, qui empefcherent que ledit Euefque n'y peuft aller: Et ce comme il femble par vn iugement fpecial de Dieu, qui vouloit que comme luy feul auoit trauaillé à ramener le Roy dans le giron de l'Eglife; ainfi il eut feul l'honneur de l'y faire receuoir par ce-luy qui en eft le conducteur & le chef commun. Car Monfieur le Cardinal de Gondy eftant retourné de fon voyage, & y ayant trauaillé auec la prudence, la creance & la diligence qu'vn chacun fçait auoir efté en luy, & ayant recogneu que nul ne feroit plus propre à flefchir l'efprit de fa Sainéteté, que celuy auquel Dieu auoit fait la grace de toucher celuy de ce grand Prince, il luy propofa comme le fujeét plus propre qu'il creuft pouuoir eftre choifi pour cefte fin. La refolution donc de l'y en-uoyer fuft prife, & les chofes requifes à cefte fin ordonnées & executées felon ce qu'il fe peut penfer; Il prit fon chemin par la Lorraine, par Strafbourg, par les Grifons, & par l'Eftat de Venife, par celuy de Man-toüe, & autres fuiuants. Où il ne fe peut dire les honneurs & les bons traiétements qu'il y receut: La renommée de fes aétions allant toufiours deuant luy, comme pour luy preparer les logis par tout où il auoit à paffer. Car c'eftoit à qui le viendroit accueillir fur l'eftat de fon voifin, & à qui l'emmeneroit chez foy, pour le feftoyer & careffer felon qu'vn chacun en auoit le moyen. Dés qu'il fut arriué à Rome, le Pape deuë-ment informé de fes loüables conditions, auffi bien que de fes aétions plus recommandables, le voulut voir: Et dés la premiere fois qu'il eut l'honneur de luy parler, & apres qu'il luy euft reprefenté auec cefte pa-role pleine de force & d'efficace qu'vn chacun fçait, le deplorable eftat où la France, & particulierement l'Eglife, auoit efté depuis cinq ans en-tiers, les miferes qui y eftoient aduenuës, & celles qui eftoient pour y arriuer encor, fi fa bonté & fa prouidence paternelle n'y apportoit le re-mede requis: Au lieu que les autres qui y auoient efté enuoyez, ou ne l'auoient point veu, ou luy auoient toufiours laiffé le cœur endurcy en fa refolution; il luy amollit & attendrit de telle forte, qu'il luy fit fortir les larmes des yeux: Et en fin apres plufieurs veuës & plufieurs re-monftrances obtint ce qu'il en defiroit. De dire les honneurs, les recer-ches, & les careffes qui luy furent vniuerfellement faiétes, tant par ceux qui eftoient du party de France, que par ceux qui en eftoient ennemis, il feroit trop long pour la brieueté de ce difcours. Sur tout le Cardinal Tolet qui y tenoit le premier lieu d'eftime & de doétrine, fut fi viuement touché de l'amour de fa vertu, que non feulement il embraffa à fa per-fuafion l'affaire pour lequel il eftoit allé; quoy que contre le defir & les efforts de ceux de fa nation, mais fit profeffion depuis de luy ceder, & de le croire en toutes chofes, difant communement, Qu'il n'appartenoit à per-fonne de parler là où il eftoit. Le Pape d'ailleurs ne fe pouuoit laffer de le voir & de l'entretenir, en difant à tout propos ce que Dieu difoit de Da-uid, afçauoir, *Qu'il auoit trouué en luy vn homme felon fon cœur.* Lors il y eut de grands debats fur les conditions qui interuiendroient en la forme,

ſoit de l'Abſolution du Roy; ſoit de la Penitence qui luy deuoit eſtre
impoſée: En quoy tout ainſi qu'en France il ſ'eſtoit monſtré tres-ferme
& tres-courageux à defendre les intereſts de l'Egliſe & du Sainct Siege;
ainſi monſtra-t'il là vne conſtance nompareille à maintenir les droicts
& les prerogatiues de ceſte Couronne: Et de telle ſorte que d'autres qui
eſtoient employez de la part du Roy, pour y apporter leur aduis, ſe re-
laſchants à beaucoup de choſes qu'il n'approuuoit pas, iamais il n'y voulut conſentir; mais dit touſiours qu'il ſ'en reuiendroit pluſtoſt en France ſans rien faire, que d'en laiſſer paſſer vn ſeul poinct. Où il ne manqua
pas de ſollicitations, ny de recerches, & par toutes ſortes de moyens,
pour le faire fleſchir à ce que l'on deſiroit de luy. Mais ſon eſprit ferme
& conſtant,& qui ne ſe pouuoit vaincre que par la ſeule raiſon,ne ſe peuſt
iamais ébranler.

Voyez les lettres écrites au Roy, page 858

L'ABSOLVTION eſtant donnée, choſe qui ſe paſſa en public, &
deuant la porte de Sainct Pierre; luy & feu Monſieur d'Oſſat, perſonnage doüé de beaucoup de vertu, & qui depuis fut Cardinal, ſe
preſentants au nom de ſa Majeſté, pour y faire la ſubmiſſion requiſe; il
ne faut pas demander quelle ioye en receut toute la ville de Rome, ny
quelle en fuſt receuë en France quand il en euſt donné l'aduis. Depuis
il y paſſa l'an entier, tant pour euiter l'incommodité des chemins & de la
ſaiſon, que pour auoir le loiſir de voir plus à plein tant les choſes que les
perſonnes rares & exquiſes de ceſte digne & celebre Ville, l'œil, l'ornement, & les delices du monde. Durant lequel temps il ne ſe peut dire,
combien il y eut de loüables occupations, & de dignes & vertueux entretiens: Combien de perſonnes, & de toutes ſortes de qualitez & de nations, ſe monſtrerent deſireuſes de ſa veuë & de ſa communication:Com-
bien les Cardinaux ſe rendirent ſoigneux de le viſiter; auec quel ardeur
& quelle paſſion le peuple couroit pour le voir lors qu'il paſſoit en lieu
où ils en pouuoient auoir le moyen: Combien les plus celebres Acade-
mies furent deſireuſes de communiquer auecques luy: n'y en ayant pas
vne qui ne deſiraſt en apprendre quelque choſe, & de garder quelques-
vns de ſes enſeignements comme pour loy & pour regle de doctrine. Le
Pape le fit conſulter pluſieurs fois ſur les principaux poincts & principaux affaires concernants la Religion. Et monſtra dés lors de deſirer qu'il
fut aſſocié au nombre de ceux à qui le principal ſoin en eſt commis: Diſant qu'il ſouhaitteroit que le Roy vouluſt luy donner ſa nomination
pendant qu'il eſtoit là. Mais luy qui vouloit acheuer ceſte action auec
toutes les circonſtances qui y eſtoient requiſes, n'y voulut iamais entendre, ains deſira ſ'en reuenir en France en la meſme condition en laquelle il
en eſtoit party. Seulement y fut-il ſacré par les mains de feu Monſieur le
Cardinal de Ioyeuſe: où ſa Sainéteté luy fit l'honneur de luy donner
l'Anneau Epiſcopal qu'il a touſiours porté depuis.

Voyez les lettres écrites au Roy, page 860, 861

A v retour de là ce fut lors qu'il receut les plus grands accueils &
les plus grandes careſſes par tous les Eſtats & toutes les Villes où il

paſſoit: Et nommément à Florence, à Mantoüe, à Veniſe, à Bologne, & en Sauoye. Car le deſir de voir plus particulierement tous ces lieux, luy en fiſt prendre le chemin. Finalement lors qu'il fut en France il ne ſe peut croire auec quel honneur & quelle bonne chere le Roy le reçeut, les témoignages qu'il luy rendit d'eſtre ſatisfait de ſon voyage & de ſa legation.

Av bout de quelque temps apres Monſieur le Cardinal de Medicis, qui fut depuis le Pape Leon XI. vint Legat en France, pour faire ratiſier les conditions portées par l'Abſolution du Roy. Alors il n'y euſt pas faute de gens qui voulurent trauerſer l'accompliſſement de ceſte heureuſe action: Et qui voyants que nous auions obtenu ce que nous deſirions, diſoient qu'il ne falloit pas tant ſe ſoucier du reſte. Mais comme noſtre Prelat ſ'eſtoit monſtré courageux à Rome pour la faire reüſſir à l'honneur & au contentement de ſa Majeſté, ainſi ſe porta-il tres-ver-tueuſement & tres-courageuſement, pour faire qu'elle ne manquaſt à executer ce qu'elle auoit promis, & de telle ſorte qu'il l'y fiſt reſoudre, & tout ſon Conſeil auec elle: Dont le bon homme Cardinal dit pluſieurs fois, Qu'il n'auoit pas moins merité par ceſte action, que par la premiere, monſtrant de luy en ſçauoir le gré entier.

En ceſte ſaiſon arriua que Monſieur de Sancy, perſonnage du merite qu'vn chacun ſçait, & qui auoit vne tres-grande part ſoit aux bonnes graces du Roy, ſoit au maniement de ſes affaires, & qui ſ'eſtoit declaré de la Religion pretenduë reformée ſur la fin du Regne de Henry III. fut ſollicité auec grande inſtance par quelques-vns de ſes amys, & par Madame de Sancy entr'autres, de ne dénier point ſes oreilles à vn homme auquel ſon Maiſtre les auoit bien voulu preſter; choſe à quoy il refuſa de conſentir par vn long eſpace de temps. Neantmoins comme rien ne peut reſiſter à la volonté de Dieu, quand il l'a vne fois determiné, il y

Voyez le bref traicté de l'Euchariſtie, faict pour la Conuerſion dudit ſieur de Sancy, page 846

conſentit à la fin; & ayant employé pluſieurs iours en ceſte communication, il en receut le fruict que ſes amys luy auoient propoſé, auec tant de conſolation & d'edification pour luy & pour ceux qui en eurent cognoiſſance, & tant de marques d'vne vraye penitence, & d'vne vraye conuerſion, qu'il ne ſe peut dauantage. De ſorte que Monſieur le Cardinal de Medicis, entre les mains duquel il fit ſon abiuration, ne peut ſ'empeſcher de meſler ſes larmes auec les ſiennes, & de dire qu'il n'auoit iamais veu plus de ſentiment de pieté & de religion.

Pev de temps apres ſe preſenta l'occaſion de l'Inſtruction d'vne Dame de Picardie, nommée Madame de Beines, qui ayant recerché de communiquer auec luy, y fit interuenir vn nommé Daniel Tilenus, Allemand, & Precepteur de feu Monſieur le Comte de Laual, homme tenu dans ſon party doüé de beaucoup de bonnes lettres. Apres pluſieurs propos de Religion, eſquels vne partie du iour ſ'employa, il fut auiſé de ſe raſſembler au logis dudit ſieur Eueſque, à cauſe de la commodité des liures qui ne ſe pouuoient ayſément porter.

Là donc se trouuerent les mesmes qui estoient en ceste premiere
iournée, auec plusieurs autres encor, où leur presence n'ayda pas à parer
de honte le front de ce nouueau combattant. Car il ne se peut dire combien confus & combien empesché il s'y trouua : Combien de passages il
y allegua sans les pouuoir trouuer dans leurs Autheurs ; combien à faux,
& combien mal entendus : Mais sur tout combien il se trouua foible à
soustenir & à soudre ceux qui luy furent proposez. La iournée estant
passée, il ne demanda pas à y reuenir pour la seconde fois ; ains couurit
sa fuitte de mauuaises excuses, iugées telles par ceux mesmes de son party.
Et en sorte que celle pour qui la dispute auoit esté commencée y demeura pour marque de victoire, & quelques autres, du nombre desquels
furent les sieurs Pelletier, & Preuost ; le dernier se resoluant aussi-tost
apres ; & le premier portant long-temps le traict dont il auoit esté nauré,
& qui se conuertit au bout de quelques années, auec le fruict, le zele, &
l'edification que ses actions & ses écrits ne permettent d'ignorer.

CESTE action pleine d'auantages pour l'Eglise, ne manqua pas à
estre suiuie de bruits & d'artifices par ceux du party contraire, afin d'en
empescher l'éclat. Cela fut cause, & pour en rendre le triomphe plus
entier, qu'il se resolut de monter en chaire en l'Eglise de Sainct Merry. Voyez
Et de prendre pour premiers themes de ses Predications, les mesmes en ses
poincts qui auoient esté debattus. Ce fut donc lors la premiere fois qu'il Sermós,
vacqua en cét office : où assisterent par plusieurs iours le Roy, Mon- page 709
sieur le Legat, & tous les principaux, soit de la Cour, soit de la Ville, auec
vne telle multitude & vne telle affluence de toutes autres sortes de personnes, qu'il falloit aller ou enuoyer dés huict heures du soir du iour
precedent pour y retenir place. Cet exercice continua par l'espace d'vn
mois, ayant choisi le temps des octaues & des iours suiuants pour ceste
fin. Auec quel fruict & quel effect, il en reste trop de témoignages pour
auoir besoin de le dire. Depuis il fit encor quelques autres Predications
à Sainct Germain de l'Auxerrois, à cause du voisinage du Louure. En fin Voyez
il fut contraint lors qu'il voulut recommencer, de choisir l'Eglise & la en ses
Nef de nostre Dame, tout autre lieu se trouuant trop petit. Sermós,

CES Predications estants finies, Tilenus qui se sentoit picqué iusques page 681
au cœur de la honte qu'il auoit receuë, & dont il ne se pouuoit pas
mesme parer à l'endroit des siens, pensa qu'il n'auoit point vn plus beau
moyen pour s'en couurir, que d'imputer vne calomnie & vne fausseté
audit sieur Euesque ; & pour cét effect prit l'occasion d'vn petit Discours Voyez le
écrit à la main, faict par luy pour la Conuersion de Monsieur de Discours
Sancy, intitulé *Discours des Traditions Apostoliques.* Ce traicté estoit faict au
faict pour monstrer que toute la doctrine Chrestienne n'est pas con- sieur de
tenuë en l'Escriture : qui est ceste These de tout temps soustenuë par l'E- Sancy,
glise, & de tout temps impugnée par les Heretiques. Luy auec ceste can- touchât
deur reformée dont les enseignements & les exemples luy ont esté laissez les Tra-
par tous ses deuanciers, l'alla faire imprimer auec ceste inscription, ditions,
page 519

** iij

Voyez la lettre enuoyée à Monsieur de Cherelles, en laquelle est traicté ce que veut dire, *suffisance de l'Escriture*, page 843
Voyez le liure contre ledit Tilenus, page 370

De l'Insuffisance de l'Escriture: l'accompagnant d'vne mauuaise response, plus digne d'vn Escholier, que d'vn homme qui faisoit profession de disputer & d'enseigner publiquement. Lors nostre Prelat qui estoit retiré en l'vne des maisons de l'Euesché d'Eureux, tant pour vacquer au deuoir de sa charge, qu'au soin de ses estudes ordinaires; & particulierement à la response du liure de l'Eglise faict par le sieur du Plessis, qu'il auoit commencée auant l'arriuée des troubles; se resolut, comme ne pouuant non plus souffrir d'estre attaqué que vaincu, & aussi peu par écrit que de viue voix, de luy donner quelques heures de son exercice, & fit ce liure qui a esté veu d'vn chacun: Où rien ne se trouue oublié qui puisse seruir, pour faire voir l'ignorance & l'impertinence d'vn homme; & qui monstre aussi bien l'erudition de son Autheur, comme l'insuffisance de celuy contre qui il a esté faict.

AINSI qu'il estoit sur la continuation & l'accomplissement de ce liure, arriua celuy de l'Eucharistie faict par le sieur du Plessis, duquel luy & plusieurs de ses amis iugeants l'importance, à raison du cours & de l'applaudissement que ceux du party contraire luy donnoient, & principalement pource qu'employant vne grande quantité de passages des Peres, pour appuyer son erreur, quoy que contre l'intention & la procedure de tous les autres Escriuains de sa cause, il estoit à craindre que quelques Catholiques infirmes ne s'en trouuassent ébranlez; il se resolut d'en entreprendre sinon vne response entiere, à tout le moins quelque traicté sommaire, qui seruist à dessiller les yeux de ceux qui, peut-estre, n'y verroient pas si clair comme il seroit de besoin. Et pour ceste cause quittant son autre labeur, comme chose moins importante, commença ce

Voyez le grãd Liure de l'Eucharistie in folio, veu & & imprimé seulemét en la presente année 1622.

liure des dix predicaments, qui depuis peu est sorty au iour; & en fit iusques à la partie de l'Eucharistie, où le second tome se trouue terminé.

COMME il en estoit là dessus, arriua que le sieur de Saincte Marie du Mont, Gentilhomme aymé & nourry par le feu Roy, ayant esté aux Sermons de quelque Pere Capucin, se trouua touché de certaines choses qu'il y auoit entenduës: Et se resouuenant d'en auoir autres-fois oüy parler au sieur du Perron, Frere dudit sieur Euesque, eust desir d'en communiquer auecques luy & auec ledit Capucin, nommé le Pere Laurens. Ce qu'ayant demandé à l'vn & à l'autre, il l'obtint. Le premier iour s'estant passé en ceste communication, il voulut continuer depuis auec ledit Frere seul, & y employa quinze iours entiers: luy ayant esté monstrez plusieurs passages, soit de l'Escriture, soit des Peres, sur les poincts dont nous sommes en different: & outre cela plusieurs faussetez de ce nouueau liure du sieur du Plessis; Il témoigna en quelques lieux où il se trouua, d'en estre satisfait, voire mesme d'estre disposé à changer de Religion. Pour à quoy remedier Monsieur le Mareschal de Bouillon, auec les sieurs du Plessis & de la Noüe, s'auiserent de le conuier à disner chez Madame la Princesse d'Orenge, afin d'auoir plus de moyen de luy remonstrer ce qu'ils croyoient deuoir luy dire là dessus. Ayant communiqué ce dessein audit sieur du Perron, il ne l'en dissuada point, ains au contraire l'y conuia ; sçachant qu'il estoit assez informé des choses qu'il auoit à sçauoir, pour n'en receuoir aucun preiudice ; mais luy dit qu'il offrit au sieur du Plessis, en pleine compagnie, que s'il vouloit il iroit au mesme lieu pour y verifier en sa presence cinquante faussetez notables & remarquables de son liure. Ce qu'ayant fait, ledit sieur du Plessis, soit pour euiter l'occasion de ceste Conference, ou pour penser deuoir entrer en dispute auec vne personne plus authorisée & plus qualifiée en l'Eglise, luy respondit, que non pas cela ; mais que si son Frere, qui estoit l'Achille de la cause, (car ce sont ses propres mots) vouloit demander des Commissaires au Roy, pour voir examiner son liure, il estoit tout prest de le ietter au feu, s'il s'y trouuoit vne seule fausseté. L'autre luy demandant qu'il luy baillast son dire par écrit, & luy ayant fait apporter de l'encre & du papier tout promptement, afin de luy oster le moyen de s'en dédire, il écriuit ce beau Cartel de défi, qui depuis a produit tout ce qui a esté veu. Le sieur de Saincte Marie l'ayant porté audit sieur du Perron, & luy l'ayant enuoyé tout sur le champ audit sieur Euesque, dés la mesme nuict, il commença à en dresser la response, qui est ceste acceptation veuë & loüée d'vn chacun, & la fit imprimer le deuxiéme iour suiuant : la renuoyant auec la mesme diligence auec laquelle elle auoit esté faicte, pour la presenter au Roy, auec des lettres pour demander la mesme chose qui auoit esté proposée par le sieur du Plessis, asçauoir le iour, & les Iuges qui estoient necessaires pour examiner son liure. De là nasquit ceste Conference tenüe à Fontainebleau, tant celebrée & tant recommandée, & où le nom & la reputation du liure & de l'Autheur furent tellement abbatus, qu'ils ne s'en sont iamais peu releuer depuis, non pas mesmes en son party. De raconter les particularitez qui s'y passerent, ce ne seroit qu'vser vainement de la patience des Lecteurs, le liure qui en a esté faict estant plus que suffisant pour ce regard.

Voyez la lettre, en la Cõference de Fontainebleau, page 88

Voyez la Conference, page 85

LA Conference de Fontainebleau acheuée, & les actes en estants dressez & publiez, suruint vne autre occasion d'exercice & d'occupation à nostre Euesque, asçauoir de l'Instruction de Madame Sœur du Roy : laquelle estant demandée par Monsieur le Duc de Bar son mary, le Roy l'enuoya querir exprés pour l'y seruir. Lors se presenterent nouuelles causes, & nouuelles matieres de dispute : Et furent mandez plusieurs Ministres pour y employer ; mais iamais il ne s'en trouua vn seul qui voulust comparoistre, tous demandants à écrire, à l'heure qu'il estoit question de parler, & qu'il falloit instruire vne Princesse qui eust eu beau attendre & beau se promener pendant qu'on eust mis par écrit les demandes & les responses ; & qui n'en eust pas tant peu voir en vn mois par ceste forme de proceder, comme par l'autre en vne heure. Auec ce qu'elle n'auoit que faire de Conference pour lire des écrits ; les boutiques des Libraires

** iiij

en eftant toutes pleines, & de mieux faicts, & auec plus de foin & de loyfir que ceux qui fe pouuoient compofer lors. Ne pouuant donc par quelque voye que ce fuft les engager à venir communiquer auecques luy, il fit ce petit liuret tant loüé & tant eftimé qui fe trouue encor, afin qu'il feruift de rémoignage à leur honteux refus.

Voyez la Conferéce faicte pour Madame page 307

APRES toutes les chofes qui ont efté dites, arriua l'occafion du voyage de Sauoye, où le Roy fçachant que le Cardinal Aldobrandin deuoit venir, voulut que ledit fieur Euefque l'accompagnaft. Là, outre plufieurs rémoignages de fuffifance non commune qu'il y rendit, il fit cefte action tant meritoire, d'eftre caufe que la Paix d'entre ces deux grands Princes fy concluft. Car le rafement du Fort de Sainéte Catherine, auoit caufé vn grand mefcontentement entre le Roy, & ledit Cardinal: Pourquoy il eftoit tout preft de fen retourner, fi par l'induftrie & la diligence de l'autre, & nommément par l'habitude qu'il auoit auec Monfieur de Suilly, il n'euft raccommodé les chofes, en forte que l'accord fen enfuiuift. Là auffi fut prife la refolution par le Roy de luy donner l'Eftat de grand Aumofnier, & l'Archeuefché de Sens, quand ils viendroient à vacquer.

Voyez la lettre de remerciment, page 871

C'eft le grãd Liure de l'Euchariftie, depuis beaucoup d'années attendu auec impatience, qui n'a efté veu ny imprimé qu'en la prefente année 1621.

DEPVIS eftant de retour du voyage, il fen alla en fa maifon pour y reprendre le cours premier de fes eltudes, & fur tout de fon dernier Liure contre le fieur du Pleffis. Comme il eftoit apres, le Roy conferuant la memoire de ces dignes feruices, fe refolut d'écrire à Rome, pour luy obtenir le Chapeau de Cardinal. A quoy ne fe trouua aucune difficulté, mais au contraire le Pape monftra d'y eftre tres-difpofé; luy faifant l'honneur, lors qu'il en fit l'ouuerture au Confiftoire, d'y tenir plufieurs fauorables langages de luy, & particulierement ceftui-cy: *Combien de fois ay-ie ietté les yeux fur ce perfonnage, lors qu'il a efté parlé de la Conuerfion du Roy d'Angleterre?* Les nouuelles de l'octroy du Bonnet eftant arriuées, & le Courrier luy ayant efté enuoyé en fa maifon par fa Majefté, auec des Lettres qu'elle luy écriuoit, il les receut & leut, difnant auec vn de fes amys qui l'eftoit venu voir, puis les mit aupres de luy, fans en faire dauantage de demonftration, & fans que ceftuy-la en peuft rien apperceuoir, non plus que fi c'euft efté vne nouuelle ordinaire, acheuant de paffer tout le difner en cét eftat. Peu de iours apres il vint trouuer le Roy pour receuoir ledit Bonnet de fes mains, où il luy fit cefte Harangue pleine de fens, d'inuention & de iugement qui fe trouue de luy.

Voyez le remerciment, page 869

APRES qu'il eut efté faict Cardinal, les nouuelles vindrent de l'indifpofition du Pape Clement VIII. & comme on defefperoit de la continuation de fa fanté. Sur quoy le Roy fe refolut d'enuoyer à Rome tous les Cardinaux François, afin qu'ils peuffent affifter à l'élection d'vn autre Pape, fi tant eftoit que Dieu vint à difpofer de ceftuy-la, que l'Eglife & la France, auoient tant de fujeét de reuerer: Il fy en alla donc auec les autres: où il fut receu auec tout l'honneur & tout l'applaudiffement qu'il fe pouuoit. Il n'y fuft pas pluftoft arriué que fa Sainéteté ne

l'employaſt és conſeils & és congregations plus importantes; & qu'en
celles où il ſe trouua, il n'y parut tout autant, & n'y euſt autant d'aduantage comme il en auoit remporté en tous les lieux & en toutes les compagnies où il ſeſtoit trouué. En ſorte qu'il eſtoit communement appellé le Genie & l'organe de la congregation. Car tout le monde ſ'y
portoit à ſa voix. Et non ſeulement ceux qui y eſtoient, mais le Pape
meſme, qui en toutes choſes deferoit grandement à ſes aduis & à ſes
opinions.

Av bout de quelque temps ſuruint la mort dudit Pape : Pourquoy il
fallut ſelon la couſtume, que les Cardinaux ſ'enfermaſſent au Conclaue,
afin de proceder à l'election d'vn autre nouueau. Il ne ſe peut dire combien d'eſtime & de creance il y acquiſt, non ſeulement pour les choſes
de la doctrine dont il y tenoit à toute heure des propos, mais pour toutes
ſortes d'affaires dont l'occaſion ſe preſentoit d'y parler. Car apres qu'ils
auoient donné le temps qui eſtoit neceſſaire pour leur fin principale, ils
ſ'aſſembloient la pluſpart au lieu où il eſtoit, ne ſe pouuants laſſer, &
iuſques aux plus ſçauants, d'entendre les choſes qu'il leur diſoit. Car
quant à la part qu'il euſt en la premiere election, qui fut celle du Pape
Leon X. & à ce qu'il apporta pour en faire-faire le choix malgré tous les
efforts du party qui ſ'y vouloit oppoſer, ceux qui eſtoient à Rome lors,
& les lettres qui en furent eſcrittes à ſa Majeſté, par ceux qui auoient le
ſoin de ſes affaires, le peuuent témoigner, auſſi bien que les honneſtes
paroles que ledit Pape luy en tint depuis, qui ont eſté ſçeuës de pluſieurs.
Ce bon Pere ayant peu veſcu, & les Cardinaux ſ'eſtants renfermez de
nouueau pour proceder à l'election d'vn autre : Il contribua grandement
à porter les voix à en faire vn que beaucoup de gens de bien, & particulierement des François euſſent fort deſiré, qui eſtoit le Cardinal Baronius. Mais luy y ayant reſiſté comme il fit, & d'autres ne ſ'y eſtants pas
portez comme il eſtoit à deſirer, il en fallut choiſir vn nouueau. Sur
quoy les parts des deux plus puiſſants Cardinaux d'alors eſtants diuiſées,
qui eſtoient le Cardinal Montalte, & le Cardinal Aldobrandin, qui
ayants eſté neueux des deux Papes precedents, l'alteration qui a accouſtumé de ſe trouuer entre des perſonnes qui ſuccedent à la charge ou
au credit l'vne de l'autre, ſ'eſtoit conſeruée entre eux ; Il entreprit auec
cét eſprit qui eſtoit capable de tout oſer, & à qui rien n'eſtoit impoſſible, de les reconcilier ſur le champ. Choſe à quoy il fut encor conuié
par pluſieurs des autres Cardinaux, & particulierement par feu Monſieur
le Cardinal de Ioyeuſe, & le fit d'autant plus volontiers, que c'eſtoit le
moyen de tourner toutes les opinions en la faueur d'vn ſujet qui fuſt
fauorable à noſtre nation. Ce qui luy reüſſit ſi heureuſement, qu'en fort
peu de temps il en vint à bout. Dont ſuiuit l'election du Pape Paul V.
En quoy ſe peut remarquer combien ſa preſence & ſon entremiſe apporta de changement aux affaires de delà, & ſur tout en celles qui regardoient ceſte Couronne. Car au lieu qu'auparauant à peine y auoit-il

six ou sept Cardinaux qui fussent à nostre deuotion, son industrie & sa diligence firent en peu d'heure que toute Rome pancha de nostre costé; & que la France y eust le pouuoir d'y faire deux Papes coup sur coup. Mais comme il faut rendre à vn chacun ce qui est deu à son labeur & à son merite, ainsi faut-il dire que Monsieur de Bethune, Gentilhomme doüé des qualitez qu'vn chacun sçait, & lors Ambassadeur pour sa Majesté à Rome, y contribua beaucoup.

Qvelqve temps apres, la dispute d'entre les Peres Iesuites & les Iacobins, sur le faict de la grace, ayant esté meuë par plusieurs années; & l'Espagne & l'Italie ayant esté toutes occupées apres ce different; le Pape ordonna vne Congregation pour tascher à y mettre fin, en laquelle il fut appellé.   Son aduis fut, tant pour le respect de ces deux soëietez celebres, comme des grands hommes qui y debattoient; comme aussi pour la consideration de la chose en soy, qui emportoit beaucoup d'inconuenients & de difficultez, qu'elle demeurast indecise, sans qu'il fust permis d'en rien terminer: Conseil dont l'euenement a verifié le merite: car le debat s'en est tellement assoupi, aussi bien que toutes les passions & les agitations qui l'accompagnoient, comme s'il n'auoit iamais eu de lieu.

Apres la creation de ce Pape, suruint le different meu sur les affaires de Venise, dont l'on sçait comme toute l'Italie se trouua agitée; & combien le feu Roy d'heureuse memoire prit de soin pour l'amortir. Feu Monsieur le Cardinal de Ioyeuse, duquel la prudence est assez cogneuë à tout le monde, y fut employé de la part de sa Majesté; & particulierement enuers ladite Seigneurie: lequel y ayant consommé beaucoup de temps & de peine, en fin il les porta à ce que l'on desiroit d'eux. Mais comme le principal estoit de disposer le Pape, & que rien iusques alors ne l'auoit peu démouuoir de sa resolution, qui estoit de faire passer les choses auec plus de rigueur qu'on ne croyoit pas qu'ils le peussent souffrir: En fin il s'en retourna à Rome, & allant aussi-tost trouuer nostre Cardinal en son logis, le pria de vouloir employer ses efforts & sa vigueur ordinaire pour persuader sa Saincteté. Dont ayant fait quelque difficulté au commencement, à cause de l'indisposition où il se trouuoit; en fin persuadé par l'amour qu'il portoit au repos & au salut public, & negligeant (comme il a fait en beaucoup d'autres occasions) celuy de sa santé propre, il se resolut d'y aller, & y trauailla si puissamment, qu'il effectua ce qu'on auoit desiré de luy, portant le Pape à la resolution de la Paix telle qu'elle s'ensuiuit depuis.   Sur quoy n'est pas à obmettre vn mot digne de memoire, que sa Saincteté dit lors à quelques vns de ceux qui l'approchoient plus particulierement: Qui fust, *Prions Dieu qu'il inspire le Cardinal du Perron: car il nous persuadera ce qu'il voudra.* De dire le gré que le Roy luy en sçeut, les témoignages de recognoissance & de gratitude qu'il luy en rendit, soit par lettres, soit par demonstration publique & priuée, en seruent de preuues certaines, quand la necessité & l'importance de la chose en soy ne le témoigneroit pas.   Car il ne se peut

Voyez sa lettre au Roy sur l'estat des affaires de Venise, page 872

dire combien de fois ce Prince monstra d'estimer les seruices qu'il luy
auoit rendus en ces deux dernieres occasions, aussi bien qu'en toutes les
autres precedentes : & combien il disoit qu'il auoit apporté dauantage à
ses affaires depuis qu'il estoit par delà. En sorte que quand on luy parloit de l'en faire reuenir, & qu'on luy proposoit quelque interest & quelque consideration pour obtenir son congé, il n'y vouloit aucunement
entendre : disant qu'il falloit encor differer, iusques à ce qu'il eust acheué d'y mettre ses affaires au poinct qu'il desiroit. De façon qu'vn jour
son frere luy en parlant à Fontainebleau, & luy representant entr'autres
raisons celle de sa santé, qu'on luy auoit mandé ne se pouuoit conseruer
entiere tant qu'il demeureroit en cet air grossier de Rome, il luy dit,
*Attendons encor vn peu, sa santé n'en receura pas tant de dommage, que mon
seruice en tirera de profit.* Neantmoins comme il n'y a si fort esprit, ny
si ferme resolution qui ne s'ebranle, quand elle est prise à propos; Ce
Prince s'estant depuis quelque temps rendu fort sensible aux choses de la
religion, ledit frere qui sçauoit ce qui en estoit, pour l'honneur qu'il auoit
d'approcher de luy, estant pressé par le sentiment que luy causoit l'interest d'vne personne qui luy estoit si chere, n'attendit point d'auantage
que le mesme soir à luy ouurir vn propos. Qui fut que le Roy luy ayant
parlé d'vn de ses seruiteurs qu'il affectionnoit beaucoup, & monstré de
supporter impatiemment certaines choses qu'il deuoit auoir faictes, il
prist occasion là dessus de luy dire, que le mal en venoit de sa religion, &
que le moyen d'y remedier seroit de tascher à la luy faire changer. Dequoy sa Majesté luy ayant demandé les moyens, il se mit à luy descrire
vn homme auec toutes les conditions telles qu'il estoit besoin d'y employer, & lesquelles il sçauoit se trouuer difficilement en autre qu'audit
Cardinal. Le Roy y ayant pensé vn peu de temps, luy répondit, Vostre
frere pourroit-il faire cela : à quoy il luy dit, Ie crois, SIRE, que ouy. Là
dessus le Roy luy repliqua: Maintenant que mes affaires sont en bon estat
à Rome, ie pense que ie le pourrois bien faire venir pour cinq ou six
mois, & puis il s'y en retourneroit. Ce qu'ayant encor consideré & examiné depuis, il s'y resolut si fermement, que le proposant à l'vn des principaux de ses ministres, comme il luy eust dit plusieurs choses pour l'en
dissuader, & entr'autres, que s'il en arriuoit du mal à ses affaires il ne s'en
prist pas à luy, & qu'il luy en auoit dit son aduis; Le Roy luy répondit,
Or bien s'il y en arriue, nous y sçaurons bien remedier. Ainsi fut prise la
resolution de le faire retourner de Rome, & le commandement de reuenir aussi tost enuoyé.

QVAND il luy fallut partir, il ne se peut dire quel regret tout le monde
en temoigna, & iusques au petit peuple, qui venoit pleurer à l'entour de
son carrosse, tout ainsi que s'ils eussent perdu vn pere & vn protecteur
commun. Son chemin fut par Florence, où il receut tous les honneurs &
tous les bons traittemens qui se peuuent dire du feu grand Duc, qui alla
au deuant de luy loing hors de la ville, & qui tant qu'il fut dans son Estat,

defera par deſſus ce qu'on a accouſtumé de deferer à ceux de cette condition.   Tandis qu'ils furent enſemble, ils furent ſouuent enfermez tous
ſeuls, où ils eurent de grands propos ſur ce qui eſtoit des affaires generales de la Chreſtienté, & particulierement ſur celles de France & d'Eſpagne. Ce Prince qui eſtoit tenu, & auec raiſon, pour vn des plus grands
hommes d'Eſtat de noſtre temps, dit depuis n'auoir iamais parlé auec perſonne qui en ſçeut tant, ny qui y euſt tant de jugement, & meſme en manda quelque choſe au feu Roy. De Florence il alla à Veniſe, où il fut auſſi
reçeu auec toutes ſortes d'honneurs. Il y entra dans le Senat, où il leur
fiſt vne harangue en Italien ſur l'vnion & l'amitié qui auoit touſiours
eſté entre leur eſtat & ceſte couronne, & où il leur dit entr'autres choſes, Que comme en l'amitié des hommes vne des principales cauſes de
durée & de fermeté qu'on y remarque, eſt la conuenance & l'egalité de
l'aage; & que ceux qui eſtoient nez en meſmes poincts & en meſmes conſtellations, eſtoient remarquez eſtre plus enclins à la conſeruer & à la
faire durer: Ce qui s'eſtant rencontré entre ces deux Eſtats, il ne ſe falloit
pas eſtonner ſi l'affinité en eſtoit ainſi permanente. De Veniſe il paſſa
à Milan, où il reçeut tous les honneurs qui ſe pouuoient imaginer, &
par l'homme du monde, qu'on tenoit le moins diſpoſé à en rendre, &
particulierement à ceux de noſtre nation, qui eſtoit le Cõmte de Fuen-
tes: Car il ne ſe peut dire juſques où ſe rabbaiſſa la grauité non ſeulement Eſpagnole, mais naturelle de cét homme, pour rendre à ſa vertu ce qu'il croyoit luy eſtre deu. De Milan il vint à Thurin, où il
ne faut pas demander quel honneur & quelles courtoiſies il y reçeut d'vn Prince qui eſt l'honneſteté & la courtoiſie meſme, & qui a vne
tres-bonne part en la partie qui le faiſoit plus eſtimer, qui eſt celle des
lettres.

Estant de retour en France, ce fut lors que le Roy luy fiſt tous les
plus grands accueils & toutes les plus grandes careſſes qu'vn tel maiſtre
pouuoit faire à vn tel ſeruiteur. Comme il luy fiſt la reuerence, qui fut
à Fontainebleau, & qu'il luy eut dit qu'il eſtoit venu à ſon commandement, pour luy continüer le tres humble ſeruice qu'il luy auoit voüé: Le
Roy en l'embraſſant luy répondit, *Vous ſoyez le tres-bien venu, & autant
qu'aucun autre qui puiſſe entrer dans mon Royaume.* Son premier ſoin fut
de faire entendre à ſa Majeſté l'eſtat des affaires tant de Rome que de
toute l'Italie, & de luy rapporter les conſeils & les aduis qui luy eſtoient
enuoyez par les amis & par les ſeruiteurs qu'elle auoit par delà : & d'y adjouſter les ſiens particuliers, & principalement ſur ce qui regardoit le Duc
de Sauoye, auec qui la mauuaiſe intelligence commencée en la derniere
guerre, auoit touſiours duré. Car ſon opinion eſtoit toute telle pour ce
regard, que ce que l'on enſuit maintenant ; & quelques vns de ceux
du Conſeil du Roy & des plus puiſſans eſtoient d'aduis contraire:
Pourquoy le Roy voulut qu'ils ſ'aſſemblaſſent au logis de Monſieur Zamet, où eſtoit logé ledit Cardinal, afin d'en conſulter.
                                                             Où il

Où il se monstra si bien instruit en ces affaires-la, aussi bien qu'en toutes les autres qui auoient passé par ses mains, qu'il porta tout le monde à son opinion : & fut lors resolu premierement de changer de procedure auec ce Prince, duquel la bonne intelligence auec nous a tousiours duré depuis.

Apres ce conseil tenu sur les affaires estrangeres, le Roy luy ouurist le propos du suject pour lequel il l'auoit fait venir, qui estoit la conuersion d'vn Seigneur de ce Royaume, dont le nom est assez cogneu pour n'auoir point besoin de le nommer : où sa Majesté monstra toute l'affection que le merite d'vne telle cause & d'vn tel seruiteur pouuoient requerir. Incontinent apres il se mist en deuoir de trauailler à ceste bonne action, & porta les choses iusques au poinct qui a esté sçeu par plusieurs personnes. Mais il s'y rencontra des obstacles depuis, qui empescherent que le succez n'en fust tel qu'on le pouuoit desirer.

Quelque temps apres le Roy d'Angleterre enuoya au Roy le liure qu'il a faict sur les differents de la Religion : lequel le Roy ayant donné à voir au frere dudit Cardinal, & luy ayant trouué dedans quelques endroicts qui témoignoient que sa creance n'estoit point entierement conforme à celle du commun de sa cause, il en fist le rapport au Roy, & luy proposa comme chose digne de son soin & de sa pieté, de faire que quelque personne capable peut approcher de ce Prince, pour tascher à l'informer du reste des poincts dont nous sommes en different. A quoy il estoit encor conforté par ce que quelques vns de ses amis luy auoient dit auoir eu plusieurs propos de la religion auecques luy : & qu'ils ne l'auoient pas trouué beaucoup different de la creance de l'ancienne Eglise. Chose à quoy sa Majesté prist tant de goust, qu'elle voulut que Messieurs les Cardinaux qui estoient à Fontainebleau, s'assemblassent auec Monsieur le Nonce pour aduiser là dessus, & regarder quels moyens on y tiendroit, & quelle personne on pourroit choisir. Plusieurs furent proposez, mais la resolution commune fut de tascher à y employer ledit sieur Cardinal : & cependant d'escrire à l'Ambassadeur de sa Majesté, afin qu'il en ouurist le propos. Ce qu'ayant fait, le Roy d'Angleterre luy dit qu'vne des choses qu'il desireroit le plus, seroit d'auoir moyen de le voir, & qu'il sçauoit bien que ce n'estoit pas de cette heure-la qu'il luy auoit témoigné auoir ce desir. Mais que s'il le faisoit, il donneroit vne grande alarme à tout son Estat, qui ne receuroit ny ne gousteroit pas vne telle legation comme il seroit de besoin.

Depuis le sieur Casaubon s'estant resolu de passer en Angleterre, luy en parla, aussi bien qu'à quelques autres : leur donnant à esperer qu'il y pourroit seruir au dessein que l'on auoit pris. Ce qu'il creut aisement, pour auoir eu plusieurs conferences auec luy sur le faict de la religion ; & iusques à luy faire condamner tout ouuertement l'opinion que iusques alors il auoit tenuë. Estant donc arriué par delà, il luy récriuit des lettres toutes pleines de respect & de courtoisie, & tant de sa part

***

Voyez
ſa Repli-
que au
Sereniſ-
ſime Roy
de la
grand'
Bretagne
contenāt
vn grand
volume
in folio.

que de celles dudit Roy.

SVR ces entrefaictes arriua la mort du feu Roy; Prince non iamais aſſez chery, ny aſſez regretté; & dont la perte a couſté & couſtera à ceſt Eſtat, tout ce que les deſordres & les malheurs où nous l'auons veu expoſé depuis, & ceux qu'il eſt pour ſouffrir encor, nous doit faire iuger. De dire quelle fut la douleur qu'vn ſeruiteur ſi fidelle & ſi affectionné, & tant obligé à la faueur d'vn ſi digne & ſi bon Maiſtre en reſſentiſt, ce ſeroit choſe difficile : Ceux qui ont cogneu le cœur & le naturel de l'vn & de l'autre, la bonté de l'vn à obliger, & la gratitude de l'autre à le reſſentir, ſe le peuuent ayſément propoſer. Or comme nous auons dit que la perte d'vn ſi grand Prince, dont la vertu ſ'alloit tous les iours monſtrant de plus en plus, luy fiſt augurer les maux qui en deuoient aduenir, ainſi redoubla-t'il les forces de ſon courage & de ſon eſprit pour ſ'y oppoſer. La premiere occaſion qui ſ'en preſenta, fut à contribuër auec pluſieurs autres perſonnes de qualité & de merite ce qui eſtoit neceſſaire pour l'eſtabliſſement de la regence de la Reyne : Où il ſe monſtra tres-ferme & tres-courageux : & trauailla grandement à y porter ceux qui n'y eſtoient pas bien diſpoſez : Iugeant qu'il eſtoit beſoin d'en vſer ainſi pour le bien & le ſalut de l'Eſtat.

DEVX ou trois iours apres ſe preſenta l'occaſion du voyage de Iuilliers, auquel le feu Roy ſ'eſtoit engagé, tant à cauſe de l'alliance particuliere qu'il auoit de longue main auec les Princes Proteſtants, que pour la mauuaiſe intelligence qui auoit touſiours regné entre luy & le Roy d'Eſpagne : Comme pluſieurs du Conſeil, & de ceux qui auoient le principal maniement des affaires monſtraſſent de iuger qu'il falloit que les choſes continuaſſent au meſme chemin qu'elles auoient commencé, & que la Reyne meſme ſe portaſt à ceſte opinion; il ſ'y oppoſa tres-courageuſement; remonſtrant la difference qu'il y auoit de l'eſtat de nos affaires à celuy auquel elles auoient eſté auparauant; que les deſordres où nous eſtions pour tomber, ne permettoient pas que nous nous deſſaiſiſſions de nos forces, & de nos moyens, pour les employer à ſecourir nos voiſins; & que le mauuais meſnage qui auoit eſté entre ces deux grands Princes, ſeroit pour ſe changer, le gouuernement eſtant tombé entre les mains d'vne perſonne ſi proche de ſang & d'alliance de celuy qui reſtoit en vie; & laquelle auoit touſiours eſté en bonne intelligence auecques luy; & pardeſſus tout, que c'eſtoit donner tres-mauuais commencement à ce nouueau regne, que le commencer par vn exploict qui eſtoit entierement au mal de la Religion; les raiſons d'eſtat, & les conſiderations humaines ne pouuant rien valoir, quelques apparentes ou plauſibles qu'elles fuſſent, quand elles alloient contre la volonté & l'honneur de celuy qui d'vn ſeul ſouffle peut renuerſer les Royaumes & les Empires : Et bref, que c'eſtoient les moyens auec leſquels on auoit mis ceſtui-cy au point où nous le voyons : Auec pluſieurs autres raiſons qui eſtoient ſuffiſantes pour arreſter l'eſprit de ceux qui euſſent eu la patience de les conſiderer, & iuſques à dire qu'il seroit vn iour reproché par la posterité à ceux qui auroient donné & appuyé vn semblable conseil. Où il fut secondé de Monsieur le Cardinal de Ioyeuse, de feu Monsieur du Mayne, de Monsieur le Chancellier, & de Monsieur le President Ianin, qui y monstrerent ce que leur zele au bien du public, & de la Religion, & la longue experience des grandes affaires qu'ils auoient eu en main, en deuoit faire esperer. Mais comme nostre coustume en France est de mesurer les choses plustost par l'apparence que par la verité, & de regarder seulement le present, sans passer iusques à la consideration de l'aduenir, ny à l'interest de celuy qui en dispose comme il luy plaist; ainsi en fut-il determiné au contraire, & cela en partie par l'aduis de ceux qui auoient lors le credit principal, lesquels estoient bien aises d'embrasser ceste occasion, pour commencer à establir leur pouuoir par l'estonnement & la terreur; croyants comme ils l'ont encor mieux faict paroistre depuis, qu'il leur seroit aduantageux qu'on en vsast de ceste façon : Et ne considerants pas que ceste voye en vne cause qui n'est pas secondée puis apres selon qu'il est de besoin, se tourne tousiours contre ceux qui en sont les autheurs : La prouidence Diuine & le cours des affaires humaines ne permettant iamais qu'il en arriue autrement.

En suitte de ceste occasion suruint celle qui nasquit sur la publication du liure de l'Illustrissime Cardinal Bellarmin, dont quelques vns ayants esté mal satisfaicts, à cause des choses qu'on pretendoit s'y trouuer contre le priuilege commun des Roys & des Couronnes, l'Arrest qui a esté ignoré de peu de personnes ensuyuit. Pourquoy luy iugeant l'importance du faict, tant à cause de la mauuaise intelligence où cela nous mettroit auec le Pape, duquel l'estat present où nous nous trouuions nous obligeoit plus que iamais de conseruer l'amitié, comme pour la consideration de l'Autheur, qui auoit tant merité de l'Eglise, & de tous les Catholiques, & auquel c'eust esté rendre vne mauuaise recognoissance pour tant de veilles, tant de sueurs, & tant de trauaux qu'il auoit employez à la maintenir, & auec le fruict & le secours non iamais recogneu, ny iamais esprouué que reçoiuent de ses écrits ceux qui se iettent en ce cahos & en cet abysme de l'estude des controuerses : Luy, dis-je, recognoissant toutes ces choses, recourut aussi tost à la Reyne & à Messieurs du Conseil, pour arrester le cours de ce mal : ce qui luy succeda si heureusement, qu'il fut assoupi quasi auant que d'estre né, & de telle façon, qu'il n'en a point esté parlé depuis.

Apres ceste action en suruint vne autre, qui fut que le General des Iacobins estant venu en France pour apporter quelque reglement à son ordre, & s'estant faict en leur College vne dispute, en laquelle ce digne ornement des lettres & de la Theologie fut conuié d'assister auec Monsieur le Nonce d'alors, maintenant l'Illustrissime Cardinal Vbaldini, & plusieurs autres personnes de doctrine & de merite, il y fut meu vne question qui touchoit, voire blessoit l'authorité du Sainct Siege : Comme quelques mauuais esprits imbus de l'opinion du temps, & tant de l'ordre des Ecclesiastiques que des autres, se fussent mis en peine de l'appuyer ; Il prist la parole, & s'y opposa auec telle force de courage, de doctrine & d'esprit, que toute l'assistance en demeura en admiration, & fist tourner les choses du costé où il auoit panché : Puis appella vn ieune Bachelier qu'il cognoissoit douë de beaucoup de bonnes parties, nommé le sieur des Iardins, qu'il chargea de poursuiure la dispute selon qu'il l'auoit commencée, & auec si heureux succez, que l'aduantage en demeura où la raison & la verité le requeroient.

En ceste mesme saison sortit en lumiere le liure du Docteur Richer, lequel comme au temps de la ligue auoit esté des plus violents à maintenir l'authorité du Sainct Siege, au préiudice de celle des Roys, & à soustenir des Theses & des propositions, mesme en public, contre la dignité & la seureté de leurs Estats & de leurs personnes ; ainsi maintenant que la maladie du temps estoit portée tout au contraire, fist ce bel œuure dont tant de mauuais escholiers ont appris leur leçõ, & lequel, si on n'en eust arresté le cours, estoit pour en instruire, ou pour mieux parler, seduire beaucoup dauantage.   Car comme és maladies contagieuses des corps, la moindre impureté de l'air, ou la moindre indisposition où ils se trouuent, fait que ceux qui en vne autre saison n'en seroient pas interessez, s'en trouuent lors violemment atteints : Ainsi és maladies contagieuses de l'esprit, quand le mal vient à prendre cours, ce qui en vn autre temps seroit rejetté, voire abhorré, est à ceste heure-la suiuy & embrassé. Comme donc ce liure commença à paroistre au iour, & que ceux qui faute d'estre deuëment instruicts en la matiere dont il traictoit, & qui estoient des plus authori-sez & plus qualifiez, le fauorisassent & l'appuyassent autant qu'il estoit en leur pouuoir, ce fleau des Heretiques & de l'erreur, ce grand & excellent esprit, qui ne pouuoit non plus souffrir le mensonge ou l'ignorance en matiere de Foy & de Religion, que la presence du Soleil souffre celles des tenebres, s'y opposa, & y resista par toutes sortes de voyes & de manieres. Tantost en recourant à l'authorité du Roy, & à ceux qui en auoient l'administration en main, leur donnant à cognoistre l'impor-tance de la chose, & combien il seroit perilleux & pour l'Estat & pour la Religion qu'on la laissast passer plus auant : Tantost par conferen-ces priuées, & deuis particuliers. Et finalement voyant la durée & l'o-piniastreté du mal, & les inconueniens qui estoient pour en aduenir, recourut au remede plus seur, & qui a esté ordonné de Dieu comme la pierre de touche, par le moyen de laquelle le vray or est discerné d'auec le faux, asçauoir l'assemblée d'vn Concile Prouincial, qu'il fist tenir à la veuë & contre le gré de ceux qui estoient les plus portez à ceste opinion.   Qui fut certes vn coup tres-hardy à luy : & encor aux desordres & aux confusions où nous estions alors ; mais qui fust inspiré & ordonné par la prouidence Diuine, ainsi que l'euenement l'a monstré de-puis.   Car il arresta si bien le progrez de ce mal, & en coupa tellement

les racines, qu'on ne ſçait quaſi pas maintenant où en eſt le liure & l'Autheur; c'eſt à dire qu'ils ſont tellement negligez & meſpriſez, qu'on ne
ſ'enquiert pas du poinct & du lieu où ils ſont.

DE ces contentions il tomba en vne autre, où il n'euſt plus à combatre
auec les hommes particuliers, mais auec les corps & les compagnies toutes entieres; & en laquelle il euſt à monſtrer ſi iamais, la force & la
grandeur de ſon courage & de ſon eſprit : Qui fut que la Reyne ayant
eſté requiſe par les grands vnis auec Monſieur le Prince de faire tenir
des Eſtats, elle fut conſeillée par quelques vns de ceux qui auoient les
affaires publiques en main, de les leur accorder : Bien que hors de
temps & de ſaiſon, ne ſ'eſtant iamais veu que telles conuocations ayent
apporté d'vtilité parmy nous, toutesfois & quantes que nous auons eſté
priuez de chef qui fuſt en aage ou en eſtat, ſoit de les regler & de les moderer, ſoit d'en tirer le fruict. Là donc comme la licence de pluſieurs
eſprits qui ſe voyoient ſans bride, les euſt portez à ſe ſeruir de ceſte occaſion pour découurir leur venin, & qu'ils euſſent faict vn complot
d'attaquer ſoubs vn pretexte plauſible l'authorité du Sainct Siege: c'eſt
à dire, de voiler ſoubz le nom & la conſideration de nos Roys l'éclipſe
qu'ils pretendoient faire à ſon pouuoir; & que pour cét effect pluſieurs
de la Chambre du tiers eſtat ſe fuſſent aſſemblez : Luy comme reco-
gnoiſſant le mal qui eſtoit caché en ceſte pourſuitte, & tant pour l'Eſtat
comme pour la Religion; & combien l'eſtat preſent du Royaume &
des affaires de ſa Majeſté nous obligeoient peu à ceſte preuoyance, miſt
ſoubs les pieds toutes ſortes de conſiderations qui l'en pouuoient empeſcher, & ſe porta ſi courageuſement à l'encontre, que non ſeulement il en empeſcha le progrez, mais l'arreſta depuis entierement.
Pour à quoy paruenir il trauailla premierement à ce que les deux
Chambres de l'Egliſe & de la Nobleſſe ſe trouuaſſent eſtroictement
vnies ; Choſe qui luy reüſſit ſi heureuſement, tant par les communi-
cations publiques ou priuées qu'il euſt auec eux, comme par le ſoin
qu'il euſt que ceux de ſa Chambre gardaſſent aux autres ce que la
conſideration de leur merite, de leur profeſſion, & de leur naiſſance les obligeoit de leur garder; que tant que ceſte aſſemblée dura ils
n'eurent iamais à debattre enſemble; mais au contraire toutes choſes
communes à defendre & à maintenir : Et particulierement pour ce
qui eſt de cét article, où la Nobleſſe ne ſe porta pas moins conſtamment, ny moins courageuſement que ſi c'euſt eſté pour defendre ſa
vie & ſon honneur. Pourquoy il fiſt auſſi pluſieurs voyages vers la
Reyne & vers Meſſieurs du Conſeil, afin de leur donner à entendre
l'importance de la choſe, & le deſſein couuert de ceux qui vouloyent
ſe ſeruir de l'occaſion & de la diſpoſition du temps, pour abuſer de
la bonté & de la facilité des ſimples. Puis finalement ſe reſolut, &
ce apres en auoir eſté requis tres-inſtamment, & tres-perſeueram-

ment par l'vne & l'autre des deux chambres, de se transporter au lieu où le mal se fomentoit, pour en arrester entierement le cours. Là donc il s'achemina auec la plus grande partie de ceux de l'Eglise, & de la Noblesse qui voulurent assister à vne si notable action: Et où il fist ceste Harangue tant celebrée & tant estimée, qui ferma la bouche sur le champ à ceux mesmes qui auoyent plus de passion à l'ouurir.

Voyez l'Harangue faicte au Tiers Estat, page 595

LA derniere action auec laquelle il semble que Dieu ayt voulu qu'il terminast & couronnast sa vie, a esté celle de l'assemblée nouuellement tenuë à Roüen, en laquelle il fut appellé par le Roy & Messieurs de son Conseil, pour la cognoissance qu'ils auoient du poids & du fruict inestimable qu'il auoit apporté aux autres precedentes, & comme il y auoit reglé, moderé & temperé les choses au bien du public, & au contentement de sa Majesté. Il ne se peut dire de quelle prudence, dexterité, patience & douceur il y vsa pour manier ce grand corps composé de tant de diuerses parties, & de tant de personnes de qualité differente, & de differente humeur: Combien il y eust à combattre auec ceux-mesmes de qui il sembloit qu'il deust estre plus assisté: Combien il y témoigna d'estre grand Maistre à mener & à conduire les esprits, tantost insensiblement, tantost par aduis communs, & tantost contre leur gré, à ce qui estoit de l'vtilité publique: Et de telle façon, que tous à la fin furent contraints d'admirer sa suffisance non seulement és choses de sa profession, mais en tout ce qui se pouuoit traicter en vne telle compagnie, & par des hommes de telle qualité & de telle capacité.

CE fut donc là où à l'imitation du Cygne, dont la voix se rend plus douce & plus sonoreuse, plus il est proche de sa fin, que la sienne se rendist plus resonnante & plus puissante, & qu'elle penetra plus auant dans les cœurs de ceux qui l'entendoient. Car il ne fust pas iusques à ceux auec lesquels il auoit eu plus de debats par le passé, qui n'en fussent charmez, & qui ne confessassent que iamais tant de science, tant d'eloquence, tant d'esprit, & tant de iugement, ne se rencontrerent en vne mesme personne; & qu'il y auoit quelque chose de merueilleux en luy, & qui surpassoit autant la portée des autres hommes, comme la grandeur & la multiplicité de ses hautes & insignes actions le pouuoient faire iuger. Là il se rendit tres-soigneux d'obliger & de caresser vn chacun, & le sieur du Plessis entr'autres, tantost en l'attirant aupres de luy, & luy tenant des propos dignes de sa courtoisie, & du merite de ce personnage, qui certes hors les choses de la Religion est beaucoup à estimer; tantost en loüant ses opinions, qui se trouuoient tousiours portées au bien du public; tantost en le recommandant au Roy, & mon-

ſtrant côme les differents qui auoient eſté entr'eux, ne le deuoient point
empeſcher de rendre à ſa vertu ce qui luy appartenoit. Dont l'autre
ſe ſentit tellement touché qu'il ne ſe pouuoit laſſer de parler dignement & honorablement de luy ; & non ſeulement par
deſſus ce que l'eſtat où ils auoient eſté auparauant, le deuoit faire attendre : Mais par deſſus les loüanges deferées ordinairement
aux hommes ; & iuſques à dire que c'eſtoit l'ornement & la merueille de ce ſiecle, le parangon & l'exemplaire de toutes ſortes d'excellentes & rares vertus. Lors il fit ces deux Harangues au Roy,
l'vne à l'entrée, & l'autre à l'iſſuë & comme on fut de retour à
Paris, qui furent admirées d'vn chacun, & auſquelles les plus
excellents Maiſtres de l'Art donnerent le prix de tout ce qu'ils
auoient iamais entendu ; & leſquelles le ſort ennemy de toutes les
belles & rares choſes, ne permit point qu'on les peuſt conſeruer, quelque demande & quelque inſtance que ſes amis luy en ayent
faicte, & quelque reſolution qu'il euſt luy-meſme de les leur donner.

DE Roüen il reuint en ſon cher & deſiré Bagnolet, lieu qu'il
auoit choiſi comme le dernier ſeiour & la retraicte finale de ſes
Muſes & de ſa vieilleſſe, afin d'y reprendre ſon labeur accouſtumé, que l'incommodité de ſa ſanté ne l'empeſchoit point de continuer, & auec beaucoup plus de vigueur que ſes forces ne le deuoient permettre. Mais comme il auoit vn courage inuincible, &
qui ne meſuroit ſes entrepriſes & ſes actions que par luy-meſme,
& par ſa propre grandeur ; ainſi paſſoit-il les iournées toutes en-   C'eſt la
tieres en ce trauail, & auec vne telle contention & vne telle   reſponſe
attention d'eſprit & de corps, qu'on peut dire qu'il trauailloit   au Roy
plus en vne heure qu'vn autre en ſix. Outre ce que la vio-   de la
lence & la continuité de la compoſition en laquelle il vaquoit   grand'
continuellement, requeroient de luy ; il auoit encor ſon impreſſion   Breta-
ſur les bras, qui alloit tous les iours à deux preſſes, & dont il eſtoit   gne
le correcteur. Car non ſeulement il corrigeoit ce qui eſtoit du defaut des Imprimeurs ; Mais tout ainſi qu'il n'y a point de correction
pareille pour ce qui eſt des Autheurs & du ſtyle, à celle qui ſe fait
alors ; les manquements ſ'y en découurants beaucoup plus à clair
qu'en la ſimple Eſcriture ; auſſi cela luy redonnoit vn nouueau trauail non moindre que le premier : & tel, veu la multitude des paſſages qu'il citoit & cottoit en marge, qu'il euſt eſté capable d'occuper deux hommes tres-ſuffiſants.

IL paſſa donc en cét exercice le reſte de l'Hyuer, & vne grande
partie de l'Eſté ſuiuant, donnant encor aux viſites qui luy eſtoient
faictes par des perſonnes de toutes ſortes de qualitez & de conditions,
& dont le nombre n'eſtoit pas petit, le temps qui eſtoit neceſſaire

*** iiij

pour les faire retourner auec ceſte ſatisfaction qu'vn chacun en rapportoit. Car comme ils y venoient auec differents deſſeins, les vns
pour le viſiter, & en le viſitant ioüyr de la douceur du lieu ; les autres
pour ſ'éjoüyr de celle de ſes deuis & de ſes propos communs, qui
eſtoient accompagnez de tout l'aggréement & de toutes les delices qui
ſe trouuerent iamais en ceux d'aucun homme : les autres pour recueillir
& moiſſonner les fruicts de ſon excellent eſprit, & de ſon incomparable doctrine, qui eſtoient tels que les plus ſçauants confeſſoient y
apprendre ce qu'ils ne trouuoient nulle part ailleurs : Du nombre deſquels ſ'eſtant bien voulu mettre trois des plus doctes & plus rares
eſprits de ce temps, aſçauoir Meſſieurs les Eueſques d'Aire, & de Dardanie, & Monſieur Ferrier : (Ie croy qu'il y en aura peu qui tiennent à
iniure d'y eſtre compris) Il ſe comportoit tellement à l'endroit des vns
& des autres, qu'il n'y auoit celuy qui ne ſ'en retournaſt ſatisfait, & qui
ne creuſt qu'il euſt vn deſir & vn ſoin particulier de ſ'accommoder à ſa
portée & à ſon humeur.

M A I S comme les choſes humaines ont cela de remarquable, qu'a-
lors qu'elles ſont en vn plus haut comble de proſperité & de bon
heur, c'eſt lors qu'elles ſe treuuent defaillir : ainſi ce perſonnage auquel rien ne ſembloit manquer, horſmis la force de ſes iambes, que
celle de ſon eſprit & de ſon trauail luy auoit dérobée, eſtant en la
plus grande proſperité de ſes iours, & en vne plus entiere poſſeſſion
de ſa ſanté qu'il ne l'auoit euë de long-temps, ſe trouua aſſailly à
l'heure qu'on y penſoit le moins, d'vn mal rigoureux qu'il eſt difficile
de raconter ſans larmes. Car ayant trauaille ce iour-la pres de cinq
heures entieres, il luy vint vne ſuppreſſion d'vrine, qui arreſta le
cours de tous ces dignes & fructueux labeurs. Voyant donc que le
mal luy auoit continué par l'eſpace de vingt-quatre heures, il ſe reſolut de ſ'en venir à Paris, pour ſ'y faire plus facilement traicter.
Comme il luy falut partir de ce lieu qui eſtoit ſes principales delices, chacun vid à ſon viſage qu'il luy diſoit comme les derniers Adieux, ſon Genie luy faiſant preſenter, ainſi qu'il arriue ordinairement aux plus grands hommes, qu'il eſtoit proche du terme auquel nous prenons fin pour toutes choſes, & toutes choſes en
nous.

L O R S qu'il fut arriué à Paris, apres auoir conſulté de ſon mal auec
les Medecins, & particulierement auec ſon bien-aymé Monſieur Duret, auquel il auoit touſiours eu tres-grande confiance, ils en firent
vn tres mauuais iugement, encor qu'ils ne luy en monſtraſſent rien :
Mais luy comme aduerty de plus haut, & eſtant ſecouru & aſſiſté de
celuy qui eſt vray Medecin des ames, iugea qu'il falloit recourir aux
remedes ſouuerains, qui ſont ceux du ſalut ; Et pourtant ſe remettant
du tout ſur eux pour ce qui eſtoit de ſa vie, ſans ſ'en ſoucier au-

trement que pour n'eftre point veu defaillir à luy-mefme, ny refifter
à leurs confeils, aufquels il fe foumettoit auec la mefme facilité, la
mefme innocence, & la mefme douceur que fi c'euft efté vn enfant, &
dont on ne fçauroit croire la peine & les incommoditez qu'il en receut,
& combien ceux qui l'affiftoient, en auoient le cœur touché; Il fe conuertit entierement au foin des chofes de l'autre vie ; oubliant tellement
tout ce qui eftoit de celle-cy, & celles-la mefme qu'il auoit eües en plus
grande affection, qu'il ne luy arriua pas d'en tenir le moindre propos; &
non pas mefme de fes Efcrits, pour lefquels il auoit tant de fois méprifé
fa vie, fon repos & fa fanté : Difant à ceux qui luy en parloient, &
à Monfieur l'Euefque d'Aire entr'autres, qui comme plus capable
de ce foin, en eftoit auffi plus particulierement touché, Qu'il les laiffoit à fon Frere, qui en vferoit comme il iugeroit à propos : Mais
fans luy en dire iamais vn feul mot à luy, non plus que du refte de fes
affaires, horfmis de la recommandation de fes feruiteurs, defquels comme bon Maiftre qu'il leur auoit toufiours efté, il ne pouuoit perdre
le foin.

Il voulut donc dés le troifiéme iour fe munir du remede des reme-
dés. A quoy il fut affifté de trois perfonnes telles que fa condition & fa
vertu les pouuoit faire défirer: Afçauoir, Monfieur l'Euefque d'Aire, le
Pere Iacques de Monchy, de la focieté de Iefus, & le Pere Iean Marie, de
l'Ordre des Recolects, perfonnages doüez de toutes fortes d'excellentes
& rares vertus. Lors il ne fe peut dire quelle foy, quelle pieté, & quelle
humilité il y témoigna, & comme il y monftra que la Creance & la Religion qu'il auoit prefchée auec tant de force & d'ardeur aux autres,
refidoit en fon cœur & en fon efprit comme en vne fource tres-viue &
tres-feconde. Iamais il ne voulut receuoir en fon lict, celuy deuant lequel il fçauoit que le Ciel & la terre f'inclinoient & fe profternoient,
mais voulut en eftre tiré, & non feulement le premier iour, mais tous
les autres qu'il luy fut permis d'employer en cefte falutaire action ; & qui
furent auffi frequents comme l'vfage & la neceffité des remedes luy en
donna le moyen. Car dés qu'il auoit vn iour libre, c'eftoit toufiours où
il recouroit; difant ordinairement qu'il fouhaitteroit qu'il luy fut permis de le faire tous les iours. En quoy il femble que la prouidence de
Dieu, qui regle toutes chofes auec poids & auec mefure, ait voulu que
cefte belle ame qui auoit eu tant de foin & tant de paffion à infpirer
& faire embraffer aux autres la creance de fes myfteres diuins, & particulierement de ceftui-cy, pour lequel elle auoit faict des volumes
entiers, ayt efté recompenfée dés cefte vie de la plus digne recompenfe qui f'y en pouuoit recouoir; qui eft d'vne foy & d'vne deuotion
non commune à l'endroit de ce mefme Myftere, & qui luy feruift
comme d'efchelle & de degré pour monter à la demeure perdurable des
Cieux.

Sa maladie dura par l'efpace de quatorze iours entiers, fans que l'opiniaſtreté du mal ſe peuſt iamais vaincre, quelques remedes violents & puiſſants qu'on y apportaſt, & qui furent tels, que peut-eſtre n'en fut-il iamais appliqué dauantage, ny auec plus d'ordre & de diligence pour aucun mal pareil. Car cela eſt encor deu à la memoire de ſa vertu, que chacun couroit pour luy en porter, voire les plus grands & les plus qualifiez; & que les plus excellents Medecins, ſoit de la ville, ſoit de la Cour, quittoient toutes ſortes de functions & de deuoirs pour l'aller ſecourir, & pour taſcher à ſauuer ceſte vie qui eſtoit ſi chere à tant de perſonnes. Il paſſa tout le reſte du temps ou en propos & exercices de pieté, ou en deuis tranquilles & familiers auec ſes plus particuliers amis; gardant ce meſme viſage & ceſte meſme douceur d'eſprit & de mœurs, qu'on luy a touſiours veuë, ſans ſ'alterer, ny monſtrer d'eſtre touché d'aucun regret ny d'aucune douleur, mais regardant la mort, & la voyant venir à luy, ſans iamais ſ'en eſtonner, diſant ſeulement quelque fois: Ô que c'eſt peu de choſe que de la vie de l'homme, & des honneurs & vanitez du monde ! Comme quelqu'vn le voulant vn iour conſoler, luy euſt dit, & dés les premiers iours de ſon mal, qu'on eſperoit qu'il receuroit bien-toſt ſa gueriſon, Il luy reſpondit, Ie ne ſçay ſi ie la deſire: Lors qu'on luy appliquoit quelque remede violent, il auoit ordinairement en la bouche ces paroles de Sainct Bernard, *Hic vre, hic ſeca, modò in æternum parcas* : & vſoit auſſi ſouuent de celles-cy de Sainct Auguſtin, *Ignoſce quod meum eſt, Agnoſce quod eſt tuum;* Pardonne ce qui eſt mien, & recognoy ce qui eſt tien.

OR comme ſon eſprit eſtoit negligent & oublieux des petites choſes, ainſi eſtoit-il tres-ſoigneux de celles qui eſtoient de conſideration & de poids: Se voyant donc proche du terme auquel il luy falloit quitter ce mortel ſeiour, pour aller en la compagnie des bien-heureux, ioüyr de la demeure & de la beatitude eternelle, il penſa qu'il luy falloit rendre quelques actes de deuoir & de recognoiſſance au Maiſtre qu'il auoit ſeruy, & dans le Royaume duquel il auoit receu tant de bien-faicts & d'honneurs; & en les luy rendant, luy recommander celuy pour lequel ſon ſoin & ſon bon naturel ne pouuoient prendre de fin, qui eſtoit Monſieur l'Archeueſque de Sens ſon Frere : Et pourtant pria Monſieur l'Eueſque d'Ayre , de vouloir accepter ceſte Legation. Le Roy l'ayant receuë auec ſa bonté & ſa faueur ordinaire , & non ſans pluſieurs propos & pluſieurs marques de déplaiſir non commun, luy accorda & promit ce qu'il auoit demandé : Puis luy enuoya le lendemain le Pere Arnoux pour le viſiter de ſa part, & luy témoigner le regret qu'il auoit en ſa perte. Lors ce grand eſprit qui ne pouuoit ceſſer de ſ'éleuer par deſſus luy-meſme, & de monſtrer par tout quel il eſtoit, fit vn effort qui ne ſe peut croire que par ceux qui l'ont veu: Car eſtant preſque au dernier periode de ſa vie, & ayant déja la langue toute bégayante & empeſchée, à cauſe du manquement de la nature qui commençoit à defaillir en luy, il ſ'éleua comme vn Aigle qui fait

ſa poincte dans le Ciel, pour reuenir puis apres fondre en la terre, en
vn diſcours ſi haut & ſi éleué, touchant ce qui eſtoit de la grandeur
des Monarchies, & des moyens par leſquels elles ſe formoient & ſe
maintenoient; comme ordinairement les Peres commençoient à les
éleuer, mais que les enfants acheuoient de les porter à leur derniere
comble de grandeur, & que les principaux moyens en eſtoient le ſoin,
& le ſeruice deu à celuy qui les éleue & les abbaiſſe comme il luy plaiſt,
& qui tient les cœurs des Roys en ſa main; & ce auec vn nouueau ton
de voix, ſi ferme & ſi releué, & des paroles ſi graues & ſi preſſantes,
qu'il n'y euſt celuy des aſſiſtants non ſeulement qui n'en fondiſt en larmes, mais qui n'en tombaſt en admiration, & qui ne dit que c'eſtoit
vrayement lors que le Genie de la France rendoit ſes derniers oracles.

APRES cela il n'euſt plus autre propos en la bouche que ceux de
Dieu & de ſon ſalut, & ne voulut plus oüyr parler des remedes corporels, que pour ceder aux inſtantes prieres qui luy en eſtoient faictes par
ſes amis, & particulierement par Monſieur l'Archeueſque de Sens, ou
bien en ſon nom, quand l'excés de la douleur l'eut fait éloigner de luy:
luy ayant conſerué iuſques au dernier periode de ſa vie ceſte amitié &
ceſte complaiſance non commune, qu'on luy a touſiours recogneuë.
Lors il demanda qu'on luy apportaſt de nouueau le Sainct Sacrement;
& comme il l'eut receu ainſi qu'il auoit faict auparauant, c'eſt à dire,
hors de ſon lict; (Car iamais il ne ſe departit de ce reſpect, quel que
fut l'eſtat où l'on peuſt penſer qu'il ſe trouuaſt.) Il luy fut demandé
par Monſieur l'Eüeſque d'Aire, ſil n'auroit point aggreable pour
obtenir touſiours de plus en plus la grace de Dieu, qu'on luy donnaſt
le remede qu'il ſçauoit eſtre ordonné particulierement pour cét effect,
qui eſt celuy de l'Extréme Onction. A quoy il luy reſpondit que non
ſeulement il l'auoit aggreable, mais qu'il l'en requeroit tres-inſtamment. Où il ſe monſtra tel qu'il auoit eſté toute ſa vie: C'eſt à dire,
auſſi conſtant, & auſſi peu émeu, que ſi c'euſt eſté vn remede ordinaire & commun qu'on luy euſt appliqué; reſpondant luy-meſme à
toutes les choſes qui ſ'y diſent, & qui ſ'y font, tout ainſi, mais auec
moins de regret & de douleur beaucoup, que ſi c'euſt eſté vn autre qui
euſt eſté en ſon lieu. Depuis, le reſte de la iournée ſe paſſa aux exercices qui ſe peuuent auoir en telles occaſions; demeurant & parlant
iuſques au dernier ſouſpir auec cét eſprit ſain, clair, & tranquille,
& auec ceſte force & conſtance de courage non commune, qu'on
luy a recogneu en toutes ſes actions. Car il ſemble que Dieu vouloit que cét eſprit & ceſte bouche qu'il auoit ornez de tant de rares
dons, & qui ſ'eſtoient employez à tant de dignes offices pour ſa
gloire, euſſent cét aduantage particulier, que de continuer à faire
leurs functions pendant qu'ils demeuroient vnis; & que tant que le

monde en pourroit estre instruicts, ils ne cessassent point de l'edifier &
de l'enseigner.

Ainsi prit fin la vie de celuy qui ayant remply le monde de l'estime de son nom, a comblé l'Eglise, & particulierement la France, de la
douleur de sa perte: Autant regretté par ses amis, que iadis redouté par
ses ennemis.

REPLIQVE
A LA RESPONSE
DE QVELQVES
MINISTRES,

SVR VN CERTAIN ESCRIT
touchant leur vocation, nouuellement addreßé à eux
par vn des leurs reuenant à l'Eglise Catholique.

RESPONSE.

IL est à considerer en premier lieu, que la question touchant la legitime vocation des Pasteurs de l'Eglise reformée, est depuis quelque temps le refuge, & comme le dernier retranchement de ceux de l'Eglise Romaine.   I. SECTION.

REPLIQVE.

IL est faux que ce soit depuis quelque temps, que l'Eglise Catholique ait eu recours à la recherche de la mission, contre ceux qui en estants destituez vsurpoient l'authorité du ministere, & entreprenoient de faire des congregations Ecclesiastiques.

[a] Sainct Irenée liure 4. chapitre 43. Il faut obeir (dit-il) aux Prelats qui sont en l'Eglise, qui ont la succession des Apostres, comme nous auons monstré, qui auec la succession de l'Episcopat ont receu le talent certain de la verité, selon le bon vouloir du Pere : & les autres, qui sont hors de la succession originaire en quelque party que ce soit qu'ils facent leurs congregatiõs, les auoir pour suspects, ou comme heretiques & de mauuaise doctrine, ou comme schismatiques & rebelles.

[a] *Iren. li. 4. cap. 43. Eis qui sunt in Ecclesia presbyteris obaudire oportet, his qui successionẽ habent ab Apostolis, sicut ostendimus, qui cum Episcopatus successione charisma veritatis certum, secundùm*

placitum patris acceperunt. Reliquos verò qui absistunt à principali successione, & quorumque loco colliguntur, suspectos habere, vel quasi hæreticos, & mala sententiæ, vel quasi scindentes & elatos, & sibi placentes, aut rursus vt hypocritas quæstus gratiâ & vana gloria hoc operantes.

^a Tertullian au liure des Prescriptions: Que les heretiques produisent les origines de leur Eglise, qu'ils deduisent l'ordre de leurs Euesques, si bien deriué de son principe par les successions, que le premier Euesque ait eu quelqu'vn des Apostres, ou des Disciples des Apostres, qui toutesfois ayt perseueré auec les Apostres, pour predecesseur. Car ainsi les Eglises Apostoliques verifient leur genealogie: comme l'Eglise de Smyrne produit Polycarpe, estably par Iean: & celle de Rome, Clement ordonné par Pierre.

^b S. Cyprian au liure de l'Vnité de l'Eglise: De là ont leur estre (dit-il) ceux qui d'eux-mesmes & sans commission de Dieu vsurpét la prelature parmy certains assistans temerairement ramassez, qui se constituent pasteurs sans aucune legitime ordination, qui prennent le tiltre d'Euesques, personne ne leur ayant conferé l'Episcopat: hommes que le sainct Esprit note par la bouche du Psalmiste, assis en la chaire de pestilence, pestes & ruines de la Foy.

^c Optat Mileuitain, au 2. liure contre Parmenian Euesque des Donatistes de Carthage: Rendez nous (dit-il) maintenant compte de l'origine de vostre chaire, vous autres qui vous voulez attribuer le tiltre de la saincte Eglise.

^d S. Hierosme au traitté contre les Luciferiens: Auec l'homme (dit-il) est perie aussi la secte: pource que n'estant que Diacre, il n'a peu ordonner aucun Clerc apres soy. Or celle-la n'est point Eglise qui n'a point de Prestres.

^e S. Augustin au Psalme contre la part de Donat: Contez les Prelats iusques depuis le siege de Pierre, & en cest ordre-la de Peres, voyez qui sont ceux qui ont succedé les vns aux autres. Ceste est la pierre, que les superbes portes d'enfer ne surmontent point.

^a Tertull. lib. de præscript. *Ædant origines Ecclesiarum suarú, euoluant ordinem Episcoporum suorum, ita per successiones ab initio decurrentem, vt primus ille Episcopus aliquem ex Apostolis vel Apostolicis viris, qui tamen cum Apostolis perseuerauerit, habuerit authorem & antecessorem. Hoc enim modo Ecclesiæ Apostolicæ cēsus suos deferunt, sicut Smyrnæorú Ecclesia habēs Polycarpum ab Ioāne conlocatum refert, sicut Romanorum Clementē à Petro ordinatú.*

^b Cypr. lib. de Vnitate Eccles. *Hi sunt qui se vltro apud temerarios conuenas sine diuina dispositione præficiunt, qui se præpositos sine vlla ordinationis lege constituunt, qui nemine Episcopatum dante, Episcopi sibi nomen assumunt, quos designat in Psalmis Spiritus sanctus sedentes in pestilentiæ Cathedra, pestes & lues fidei.*

^c Optat. lib. 2. *Vestra Cathedra vos originem reddite, qui vobis vultis sanctam Ecclesiam vindicare.*

^d Hieron. contra Lucif. *Cum homine pariter interiit & secta, quia post se nullum Clericum Diaconus potuit ordinare. Ecclesia autem non est, quæ non habet sacerdotem.*

^e August. Psal. contra partem Donat. *Numerate sacerdotes vel ab ipsa Petri sede: & in ordine illo Patrum, quis cui successit videte. Ipsa est petra, quam non vincunt superbæ inferorum portæ.*

II.

Lesquels apres auoir esté attaquez & poursuiuis par toutes voyes raisonnables, & suiuant la parole de Dieu, pour couper broche à toutes les questions qui concernent la doctrine, lesquelles ils ont veu ne pouuoir estre agitées qu'à leur desauantage, sont venus à ceste-cy.

Il est faux, & les boutiques de nos Libraires en font foy, que ce soit pour aucune apprehension de desaduantage aux poincts de la doctrine, que l'Eglise auant toutes choses vous demande le tiltre de vostre mission: mais pour obseruer les iustes procedures de la dispute, & vous faire recognoistre de bonne heure la misere de vostre cause, qui est telle que quand mesme vous n'introduiriez aucune

erreur en la foy, si ne laisseriez-vous pas d'estre coulpables de sacrilege, vous & tous vos adherans, pour auoir vsurpé l'authorité du
ministere,& attenté sans commission, de faire & occuper vne Eglise. Bien est-il vray, que dautant que la question de la doctrine consiste en poincts de droict, où l'on peut facilement imposer à ceux
qui ne sont pas versez aux subtilitez de la Theologie : là où celle de
la mission sort des theses du droict, & descend aux hypotheses &
aux particularitez du faict, dont les preuues gisent en tesmoignages sensibles & inartificiels, que ceux qui en sont destituez ne peuuent pas seulement auoir l'impudence de feindre & supposer : nous
conseillons aux simples de se contenter de l'vne, & de s'abstenir de
l'autre. C'est à dire, nous les admonestons de ne se rendre pas eux-
mesmes examinateurs de la doctrine, où ils peuuent estre aisément
trompez, ayans vne autre question preallable à vuider, en laquelle
on ne leur peut ietter de la poudre aux yeux, & dont leurs aduersaires estans vne fois deboutez,& par consequent exclus de toute pretention d'Eglise, ils ne sont plus receuables, si ce n'est de grace, &
par dessus les loix de la dispute, à l'examen & à la confrontation de
leur doctrine.

   [a] Tertullian au liure des Prescript. S'ils sont heretiques (dit-il)
ils ne peuuent estre Chrestiens, &c. S'ils ne sont point Chrestiens,
ils n'ont nul droict aux Escritures Chrestiennes : & partant on leur
peut iustement demander, Qui estes vous? quand,& d'où estes vous
venus? Que faictes vous en ce qui est à moy, n'estans point miens?

   [b] Sainct Cyprian en l'epistre à Antonian : Quant à la personne
de Nouatianus (frere tres-cher) duquel tu as desiré t'estre escrit par
moy, quelle heresie il a introduitte : Sçaches en premier lieu, que
nous ne deuõs point estre curieux de nous informer quelle doctrine il enseigne, puis que c'est hors de l'Eglise qu'il enseigne : quiconque il soit, ou quel qu'il soit, il n'est point Chrestien, n'estant point
en l'Eglise de Christ.

   Contre tout ordre, & sans attendre la decision des autres.

   Il est faux que ce soit contre tout ordre, d'examiner la mission,
c'est à dire l'authorité du ministere, deuant que de disputer de la
predication, c'est à dire, du bon ou mauuais vsage du ministere:
Comme il est faux, que ce soit contre tout ordre, d'examiner le tiltre du Magistrat, c'est à dire, demander à vn homme ses lettres d'office, & luy faire produire la prouision & le seau du Prince qui l'a
appellé à ceste dignité, premier que de l'admettre à verifier s'il vse
bien ou mal de son Magistrat.

   Sainct Paul au 10. chapitre de l'Epistre aux Romains : Comme „
prescheront-ils (dit-il) s'ils ne sont enuoyez? La mission donc „
doit preceder la predication : & par consequent l'examen de la „

A ij

[a] *Si hæretici sunt, Christiani esse non possunt, &c. Ita nõ Christiani, nullum ius capiunt Christianarũ litterarum : ad quos meritò dicendum est, Qui estis? Quã- do & vnde veni- tis? Quid in meo agitis, non meis?*

[b] Cypr. ep. ad Anton. *Quod ve- rò ad Nouatiani personam pertinet, frater carißime, de quo desiderasti tibi scribi, quam hæresim introdu- xisset, scias nos pri- mo in loco nec cu- riosos esse debere quid ille doceat, cùm foris doceat. Quisquis ille est, & qualiscumque est, Christianus nõ est qui in Christi Ecclesia non est.*

I I I.

miſſion marcher deuant celuy de la predication.

[a] Tertullian au liure des Preſcriptions : Quand bien (dit-il) la conference des Eſcritures n'auroit point l'iſſuë qu'elle a ordinairement, qui eſt de laiſſer ſortir les parties du pair, & ſans rien faire : l'ordre neantmoins des choſes requeroit que l'on propoſaſt premierement ce qui maintenant doit eſtre ſeul diſputé, aſçauoir à qui appartient le depoſt de la foy, à qui ſont les Eſcritures, de la main de qui, par qui, quand, & à qui a eſté conſignée la diſcipline, par laquelle les hommes ſont faits Chreſtiens.

Sur quoy nous auons grande occaſion de loüer Dieu, de ce que, ſinon manifeſtement, à tout le moins tacitement ils aduoüent que la vraye doctrine eſt de noſtre coſté.

Il eſt faux & ridicule de dire, que la conteſtation de l'authorité ſoit vn adueu tacite du droict & pur vſage de la meſme authorité. Quoy doncques ? S. Irenée, Tertullian, S. Cyprian, Optat Mileuitain, S. Hieroſme, S. Auguſtin, & tant d'autres Peres, quand ils demandoient aux heretiques l'origine de leur miſſion, c'eſtoit vne confeſſion tacite que l'aduátage & la victoire de la doctrine eſtoit de leur coſté ? Et quand vne Cour legitimemét inſtituée par le Prince, demande à quelque faction de particuliers, qui ſe ſont intruz & colloquez d'eux meſmes au tribunal de la Iuſtice, ſous ombre qu'ils l'adminiſtrent, diſent-ils, plus purement que les Parlemens ordinaires, leur Edict de creation, leurs lettres de prouiſion, l'acte de leur verification & receptió, c'eſt vne deffiance de ſa cauſe, & vne ſecrette confeſſion que la vraye intelligéce & adminiſtration des loix eſt de la part des vſurpateurs ? Mais les Peres, direz-vous, apres auoir reproché le defaut de la miſſion aux heretiques qui en eſtoient deſpourueus, ne laiſſoient pas de grace & pour leur oſter toute excuſe, de refuter les erreurs qu'ils tenoient en la foy. Il eſt vray, c'eſt à dire, au iugement des perſonnes exemptes de la paſſion des meſmes hereſies, mais non pas au iugement des refutez, pour le moins tant que leur opiniaſtreté duroit. Et nos nouueaux Docteurs, quoy ? ont-ils eſté muets en ces dernieres controuerſes ? le ſont-ils encore tous les iours ? aduoüent-ils par leur ſilence que la vraye doctrine eſt de voſtre coſté ? *Sur tes murailles, ô Ieruſalem, i'ay poſé des gardes ; ny nuict ny iour, perpetuellement ils ne ſe tairont point.*

Ce qui doit deſia beaucoup aſſeurer la conſcience de ceux qui ſe rangent auec nous. En ce que pour le moins on ne nous a peu conuaincre iuſques icy de fauſſe doctrine, comme meſme il appert par noſtre confeſſion de foy, qui n'a encores eſté refutée.

[b] S. Hieroſme dit, que les heretiques peuuent bien eſtre plus facilement vaincus, que perſuadez, c'eſt à dire, comme vous l'enten-

---

Marginal notes:

[a] *Etſi non ita euaderet conlatio ſcripturarum vt vtramque partem parē ſiſteret, ordo rerum deſiderabat illud priùs proponi quod nunc ſolum diſputandum eſt; Quibus competat fides ipſa, cuius ſint ſcripturæ, à quo & per quos & quando & quibus ſit tradita diſciplina, qua fiunt Chriſtiani.*

IV.

Iſai. 62.

V.

[b] Hieron. cótra Lucifer. *Mores*

dez, conuaincus. Car les deux principes de l'herefie eftans l'erreur & la prefomption, rien ne leur eft fi ordinaire, à caufe de l'erreur, que d'eftre vaincus : ny fi extraordinaire & inaccouftumé, à caufe de la prefomption, que de recognoiftre d'eftre vaincus. Il y a mil ou douze cens ans (afin que ie ne parle point des autheurs qui vous ont refutez en ces derniers temps, aux raifons defquels l'animofité vous empefche d'ouurir les yeux, & de ceder) que l'Eglife primitiue a condamné tous les poincts contentieux de voftre profeffion en la perfonne de diuers heretiques, qui outre leurs autres blafphemes tenoient encores chacun d'eux quelque piece en detail de ce que vous embraffez tout en gros. De cefte Eglife-la donc, & des faincts Peres, par l'organe defquels elle a exprimé fes iugemens, nous vous difons ce que difoit fainct [a] Auguftin aux Pelagiens, apres leur auoir produit les fentences des Docteurs Ecclefiaftiques, qui auoiēt efté deuant luy : Ils n'eftoient (dit-il) courroucez ny contre vous, ny contre nous : ils n'auoient inclination de faueur ny pour vous, ny pour nous. Et vn peu apres : Nous n'auions encore intenté aucune action en voftre endroict pardeuant ces Iuges-la, & toutesfois noftre caufe a efté decidée en leur tribunal : ny vous, ny nous n'eftions cogneus d'eux, & nonobftant nous vous produifons les arrefts dōnez par eux contre vous : nous ne plaidions point encor auecques vous, & neantmoins eux prononçans la fentence, nous auons vaincu.

[a] Aug. lib. 2. cōtra Iul. *Quando de hac caufa fentētias protulerunt, nullas nobifcū vel vobifcū amicitias attenderunt vel inimicitias exercuerunt. Neque nobis neque vobis irati funt : neque nos neque vos miferati funt. Quod inuenerunt in Ecclefia, tenuerunt : quod didicerunt,*

docuerunt : quod à patribus acceperunt, hoc filiis tradiderunt. Nondū vobifcū apud iftos iudices aliquid agebamus, & apud eos acta eft caufa noftra. Nec nos nec vos eis noti fueramus, & eorum pro nobis latas contra vos fententias recitamus : nondum vobifcum certabamus, & eis pronuntiantibus vicimus.

    Quant à la vocation, de laquelle ils doiuent auoir la difpute autant fufpecte que de la doctrine, plufieurs grands & excellens perfonnages de ce temps y ont fuffifamment refpondu : defquels voicy par ordre vne petite partie des principaux argumens, touchant feulement le contenu du prefent écrit, puis nous viendrons à l'examiner particulierement. Ce que nous faifons à caufe de quelque confufion qui eft en iceluy, & pour donner moyen de refpondre plus diftinctement.

    Premierement quand il n'y auroit autre raifon que cefte-cy, affauoir que nous auons la vraye & pure doctrine en fon entier, elle fuffiroit pour prouuer que nous auons auffi la vraye vocation qui en depend.

    Il eft faux, que pour auoir la predication de la vraye doctrine, ce que vous n'auez pas, il s'enfuiue que l'on ait auffi là vraye miffio.

    [b] S. Cyprian en l'Epiftre à Magnus : Quant à ce qu'on oppofe (dit-il) qu'ils cognoiffent vn mefme Dieu que nous, vn mefme fils Iefus Chrift, vn mefme S. Efprit : cela ne les peut en rien garantir. Car Coré, Dathan, & Abiron, recognoiffoient bien vn mefme Dieu auec le Sacrificateur Aaron & Moyfe, viuans en mefme loy

[b] Cypria. Epift. ad Magnum. *Quòd verò eundē quem & nos Deū Patrem, eundem filium Chriftum, eundem fpiritum*

A iij

V I.

sanctum nosse di-
cuntur, nec hos ad-
iuuare tales potest.
Nã & Core, Da-
than & Abiron,
cum Sacerdote
Aaron & Moy-
se eundem Deum
nouerãt, pari lege
& religione vi-
uentes: vnum &
verum Deum qui
colendus & inuo-
candus fuerat, in-
uocabant. Tamen
quia loci sui mi-

& mesme religion : ils inuoquoient le seul & vray Dieu qu'il falloit inuoquer : toutesfois pource qu'excedans le degré de leur ministe-re, ils vsurperent la licence de sacrifier, contre le Sacrificateur Aaron, qui auoit obtenu le Sacerdoce legitime par l'ordination de Dieu, ils furent frappez diuinement, & receurent sur le champ les iustes peines de leurs attentats illicites.

a S. Chrysostome au commentaire de l'epistre aux Ephesiens : Pensez-vous (dit-il) que ce soit assez d'alleguer qu'ils sont orthodoxes, & cependant l'ordination quoy ? elle s'esuanoüit, elle perit. Et que sert le reste, celle-la n'estãt point legitime ? Car il ne faut pas moins combattre pour elle que pour la foy mesme.

nisterium transgressi contra Aaron Sacerdotem, qui Sacerdotium legitimum dignatione Dei atque ordinatione praecepe-
rat, sacrificandi sibi licentiam vindicauerunt, diuinitùs percußi, pœnas statim pro illicitis conatibus penderunt.
a Chrys. hom. 11. in Epistolam ad Ephes. Ἄρκει τοῦτο ὑμῖν, εἰπέ μοι, τὸ λέγειν, ὅτι ὀρθόδοξοί εἰσι; τὰ τῆς χειροτονίας ᾔ-
εἴχεται & ἀπόλλυται; ᾗ τί τὸ ὄφελος τἀυτῆς ἐκ ἠκριβωμένης, ὥσπερ γὸ ὑπὲρ τ πίστεως, οὕτω & ὑπὲρ ζωῆ τῆς μάχεσθαι χρή.

VII.   *Voicy donc ce que nous disons, Que là où est la vraye doctrine, là aussi peut estre la vraye vocation, qui est vn ordre en l'Eglise prescrit par la doctrine mesme.*

Quelle forme d'argumenter est celle-la ? d'vne proposition de la possibilité de l'estre, & encore indeterminée, en projetter vne consequence necessaire de l'estre ? Il se peut faire qu'en certain lieu où sera la vraye doctrine, la vraye vocation y soit pareillement. Il est vray : mais il se peut faire aussi qu'elle n'y soit pas. Car encore que la doctrine prescriue bien en general les conditions de la vocation, neantmoins autres sont les preuues de la doctrine, & autres celles de la vocation : Tout ainsi qu'encore que le droict prescriue bien en general les regles, qui doiuẽt auoir lieu pour la constitutiõ & recherche du faict; neantmoins autres sont les questiõs de droict qui se decident par argumens pris de l'essence, & des moyens du droict mesme, & autres celles de faict qui se verifient par tesmoins, contracts, instrumens, & autres preuues exterieures. Et pource quand il s'agist de sçauoir en quoy consiste la mission, & quelles conditions sont requises pour l'establir, ceste consideration est de l'office d'vne des parties de la doctrine : mais quand on veut descé-dre au faict, & discerner qui est en possession de ces conditions, pour luy adiuger le tiltre de la mission ; alors il faut sortir de la doctrine, & venir aux preuues & enquestes exterieures. C'est à dire en somme, que la vocation depend bien de la doctrine quant à la these, mais non pas quant à l'hypothese. Et partant que la profession & predication de la vraye doctrine, si vous l'auez comme vous dites, vous peut bien en general donner la cognoissance & theorique de la vraye vocation, laquelle elle contient, mais non pas vous en appliquer en particulier le tiltre & la possession, laquelle elle ne contient point.

Or la vraye doctrine est entre nous, comme nous voulons tousiours main-
tenir : & on ne nous a encor monstré le contraire.

Si vous entendez par la vraye doctrine, la pure predication &
profession, comme c'est l'acception ordinaire du mot de doctrine
comparé auec celuy de vocation, l'assumption est fausse, & la consequence est nulle. Si vous entendez, outre la predication & profession, l'exacte & vniuerselle prattique & possession de toutes les
choses prescrites par la doctrine, l'assumption est doublement fausse, & la dispute change de nature. Car alors ce n'est plus vne nuë
question de doctrine, mais vn examen meslé de faict, où il faut venir aux preuues, & moyens externes, & commencer par le poinct
de la mission, comme par le fondement primitif de la vraye & legitime prattique de tous les autres; sans perdre le téps à dire qu'on
ne vous a point encores monstré le contraire, combien qu'il ait esté
fait assez de fois. Dautant que c'est à vous qui intentez la reformation de l'Eglise, & sous ce pretexte vsurpez vn nouueau ministere, de prouuer actuellement vostre pretention.

Nous concluons donc, que la vraye & legitime vocation peut estre en-   I X.
tre nous, sans qu'elle nous vienne d'ailleurs.

Vous recueillez où vous n'auez point semé, c'est à dire, vous inferez en vostre conclusion ce que vous n'auez point inseré en vos
propositions : Là où est la vraye doctrine, peut estre aussi la vraye
vocation : Or la vraye doctrine est parmy vous : La vraye vocation
y peut donc estre aussi, sans qu'elle vienne d'ailleurs. Ceste clause
(sans qu'elle vienne d'ailleurs) est adioustée par dessus le marché, qui
est cependát vn poinct decisif de la dispute, & duquel non seulemét
l'addition, mais aussi la substance est fausse. Car qui a iamais oüy
dire que la mission des Apostres ne leur fust venuë que de la simple instruction qu'ils auoient receuë de leur Maistre & du nostre,
& non point de la commission formelle & sacramentale qu'il leur
donna quand il leur dit, Comme mon pere m'a enuoyé, ie vous   Ioan. 16.
enuoye? Matthias auoit esté tesmoin auec eux de toute la doctri-   Act. 1.
ne, & conuersation de nostre Seigneur : & neantmoins ce seul respect ne le fit pas Apostre pour lors, ny depuis encores, iusques à
ce que la vocation speciale à l'Apostolat y interuint. Ioseph surnommé Barsabas auoit esté derechef participát, aussi bien que luy,
de la mesme instruction & conuersation : & toutesfois il ne fut pas
appelé conjointement au mesme degré de ministere, non plus que
beaucoup d'autres à qui l'Escole de nostre Seigneur auoit tousiours
esté commune. Car la doctrine ordonne bien les conditions requises pour auoir la vraye mission, mais elle ne les donne pas : elle les
explique bien, mais elle ne les applique pas. Et pourtant il les faut
bien apprendre d'elle, mais il les faut prendre d'ailleurs : asça-

A iiij

uoir, des moyens externes & visibles, que Dieu a instituez pour
cest effect.

X.   *Et ne faut point qu'on nous die ce que l'on a accoustumé, posé que vous
eußieȝ toute la pure doctrine, monstrez vostre vocation, ou qu'on nous
quitte le tout ensemble.*

On ne vous quitte ny l'vn ny l'autre, au contraire on vous somme de la preuue de l'vn & de l'autre: mais de l'vn premier que de
l'autre. Car alleguant pour iustifier le tiltre de vostre mission, que
vous auez toute la vraye theorique & prattique de la doctrine, il est
raisonnable que vous commenciez à en faire l'essay par le sujet de
l'instance, c'est à dire, que vous monstriez auant toutes choses, que
vous obseruez les regles de la vraye doctrine en l'occupation du
ministere, qui est le poinct pour lequel vous entrez presentement
en ceste allegation; & le fondement de toute la legitime possession
& administration des autres. Comme quand vn homme apporte
pour raison de s'estre instalé en la chaire de iudicature, qu'il a le
pur exercice de la Iustice par deuers luy, & offre de le verifier en
toutes ses actions: l'equité veut qu'il commence à prattiquer ceste
offre par la iustification de son establissement, c'est à dire, qu'il
monstre auant que d'extrauaguer aux autres poincts, qu'il a obserué ceste mesme Iustice en l'occupation de l'authorité iudiciaire, qui
est le poinct preciz de l'instance, & celuy, sans la premiere & fondamentale Iustice duquel toutes ses autres Iustices particulieres ne
peuuent estre sinon attentats & iniustices.

X I.   *C'est ce que nous appellons proprement vraye vocation & legitime: celle (disons nous) qui est conforme aux regles, qui en sont données en la parole de Dieu.*

Il ne suffit pas que les formalitez & circonstances conformes à
la parole de Dieu, soient obseruées en l'acte de l'ordination: mais
il est necessaire qu'elle soit conferée par personnes qui ayent receu
ce pouuoir ou mediatement, ou immediatement des Apostres: autrement ce n'est qu'vne farce & singerie. Tout ainsi que pour auoir
contrefait enuers vn homme priué, les mesmes formalitez & ceremonies, que l'on a accoustumé de prattiquer selon les loix du Royaume en la personne de quelque Magistrat que l'on crée, si elles ne
luy ont esté appliquées par gens qui ayent eu ce pouuoir, asçauoir
par le Prince, ou par les ministres à qui il en donne l'authorité; il
n'est non plus Magistrat que le moindre homme du peuple: mais
bien criminel de leze Majesté, luy & ses instituteurs, & tous ceux
qui luy adherent.

X I I.   *Et laquelle a esté retenuë depuis le temps des Apostres, iusqu'à present
en toutes les vrayes Eglises, laquelle außi nous retenons encore auiourd'huy
entre nous.*

Il est faux qu'il y ayt iamais eu en toutes les vrayes Eglises Chrestiennes aucune autre vocation ministeriale, que celle qui a esté deriuée par vne succession non interrompuë de la mission primitiue des Apostres.

^a Sainct Cyprian en l'epistre à Magnus : Comme peut-il estre recogneu pour pasteur, luy qui (le vray Pasteur estant encor en estre, & presidant en l'Eglise par vne ordination successiue) sans succeder à personne a commencé par luy-mesme?

^b Sainct Hierosme au traitté contre les Luciferiens : Il n'y a auiourd'huy nul Euesque au monde, sinon ceux que le Concile de Nicée a ordonnez.

^c Sainct Augustin au discours de l'vtilité de la creance à Honoratus : Douterons-nous (dit-il) de nous inserer au sein de ceste Eglise-la, qui depuis le siege Apostolique iusques à la confession du genre humain, par les successions des Euesques, &c. a obtenu le souuerain degré d'authorité?

nodus illa (Nicena scilicet) ordinauit.   c *Augusta. de vtil. cred. ad Honorat. Dubitabimus nos eius Ecclesiæ condere gremio, quæ vsque ad confessionem generis humani ab Apostolica sede per successiones Episcoporum , &c. culmen authoritatis obtinuit?*

Et disons à ceste cause, qu'elle est vrayement ordinaire, & de la succession des Apostres, n'en cognoissans aucune autre qui puisse meriter ce nom, encores que pour vn temps elle eust esté en vsage.

Il ne suffit pas (comme il a esté repliqué) d'auoir la similitude des formalitez, ny qui plus est la conformité essentielle & specifique de l'ordination, pour faire qu'vn ministere soit de la succession des Apostres : mais il faut auoir l'vnité successiue, qui est comme vn flux & vne extension de l'vnité originale de leur vocation. Non plus qu'il ne suffit pas pour cóclure, qu'vn feu soit vn & mesme par succession propagatiue auec quelqu'vn de ceux de l'antiquité, d'alleguer qu'il est semblable en espece : mais il faut prouuer qu'il a deriué son estre particulier de luy, par vne substitution perpetuelle de feux allumez les vns des autres. Ny pour conclure qu'vn homme soit successeur selon l'ordre de la generatió de quelqu'vn au droict duquel il pretend heriter, d'alleguer qu'il luy ressemble : mais il faut produire l'origine & la suitte de son extraction. Car la succession propagatiue est la continuation d'vn mesme estre formel en plusieurs sujets, qui le reçoiuent par transmission les vns des autres. La mission extraordinaire d'Helie, & des autres Prophetes, estoit bien aucunement semblable à celle de Moyse : Ie leur susciteray (dit le Seigneur) des * Prophetes du milieu de leurs freres, semblables à toy. Neantmoins elle n'estoit pas vne & mesme par succession, chacun d'eux ayant eu particulierement sa vocation extraordinaire, distincte & separée de celle de Moyse : encores que pour le regard de

---

Marginal notes:

a Cypr. epistola ad Magnum. *Aut pastor haberi quomod. potest, qui (manête vero pastor. & in Ecclesia Dei ordinatione succidanea præsidente) nemini succedens, & à seipso incipiens, &c.*

b Hieron. dial. contra Lucifer. *Et Episcopus iam in mundo nullus sit, nisi quos Synodus...*

XIII.

* *Le mot du texte est singulier, mais le sens est plurier: & regarde Christ principalement, mais non vniquement.*

l'escole, & des choses de la loy qui s'apprenoient par science acquise, il y eust quelque forme de succession entre eux. Là où la vocation des Pontifes & Sacrificateurs estoit non semblable, mais
vne & mesme auec celle d'Aaron. Car ils auoient tous esté appelez
originairement en luy, & ne receuoient point en leur consecration
chacun sa vocation à part : mais plustost l'application de ceste vocation vnique & primitiue, estenduë à eux par la continuité de la
succession. Et pourtant quand vostre ministere pourroit estre legitime, & conforme aux escrits Apostoliques, sans estre deriué de
pere en fils de la mission originaire des Apostres par la generation
spirituelle de l'ordination, ce ne seroit plus neantmoins vne mesme mission successiue auec celle des Apostres ; mais deux missions
distinctes, separées, & independantes l'vne de l'autre.

[a] Tertullian contre Marcion liure 4. L'ordre des Euesques de
ces Eglises-la (dit-il) remontant de degré en degré vers son origine, se terminera en Iean, comme en son autheur. Et de ceste mesme
maniere les autres verifieront les tiltres & la noblesse de leur extraction.

Et vn peu apres : Il a bien aussi des Eglises, mais siennes, autant
posterieures come adulteres, & desquelles si vous recherchez la genealogie, vous la trouuerez plustost apostatique qu'Apostolique.

[b] S. Cyprian en l'epistre à Florentius : Christ dit aux Apostres,
& consequemment à tous les Prelats, qui par vne ordination substitutiue succedent aux Apostres ; Qui vous oit, il m'oit.

[c] Optat Mileuitain contre Parmenian Euesque des Donatistes
de Carthage : Cecilianus (dit-il) n'est point sorty d'auec Maiorinus ton ayeul (c'est à dire troisiesme Euesque deuant toy) mais
Maiorinus d'auec Cecilianus. Ny Cecilianus ne s'est point separé
de la chaire de Pierre, ou de Cyprian : mais bien Maiorinus en la
chaire de qui tu te sieds, & laquelle deuant Maiorinus n'auoit point
d'origine.

[a] Tertull. contra Marcionem lib. 4. *Habemus & Ioannis alumnas Ecclesias : Nã etsi Apocalypsim eius Marcion respuit, ordo tamen Episcoporum ad originem recésus, in Ioannem stabit authorem. Sic & cæterarum generositas recognoscitur.* Et paulò post : *Habet planè & illud Ecclesias, sed suas, tam posteras quàm adulteras : quarum si censum requiras, facilius Apostaticum inuenias quàm Apostolicum.*

[b] Cyprian. epistola ad Florentium. *Qui (scilicet Christus) dicit ad Apostolos, ac per hoc ad omnes præpositos qui Apostolis vicaria ordinatione succedunt, Qui audit vos, me audit, &c.*

[c] Optat. Mileuit. côtra Parmen. *Non enim Cæcilianus exiuit à Maiorino auo tuo : sed Maiorinus à Cæciliano. Nec Cæcilianus recessit à Cathedra Petri vel Cypriani, sed Maiorinus : Cuius tu Cathedram sedes quæ ante ipsum Maiorinum originem non habebat.*

XIV.   *Mais dautant que par ce mot de vocation ordinaire ils entendent vne*
succession perpetuelle, & non interrompuë depuis le temps des Apostres,
nous leur respondons sur cecy, que cela n'est point la definition de la vraye
vocation.

Il est faux qu'il ne soit point de la definition de la vocation ordinaire, d'estre transmise & conferée par le canal d'vne succession
perpetuelle. Comme il est faux qu'il ne soit point de la definition
du ruisseau, que ses parties s'entre-succedent sans interruption les

vnes des autres : comme il eſt faux qu'il ne ſoit point de la definitiõ de la chaiſne, que ſes chaiſnons s'entretiennent, & dependent par vne continuelle connexion les vns des autres : comme il eſt faux qu'il ne ſoit point de la definitiõ de la genealogie, que ceux qui ont vn meſme principe de ſang, ſoient extraicts & deriuez de luy par vne ſucceſſion non interrompuë : & en ſomme, comme il eſt faux qu'il ne fuſt point de la definition du Sacerdoce ordinaire Iudaï-que, d'eſtre deſcendu d'Aaron, par vne perpetuelle ſuitte de gene-rations. Car il eſt de l'eſſence de toute vocation en general, que l'appelé ait eſté appelé par vn appelant, qui ait eu pouuoir de l'ap-peler : & eſt ſpecialement de l'eſſence de la vocation ordinaire, que l'appelant ayt eſté appelé luy-meſme par vn autre appelant : ſinon ce ne ſeroit plus vne vocation ordinaire, mais extraordinaire, c'eſt à dire, deriuée immediatement de Dieu. Car il n'y a que Dieu ſeul qui puiſſe appeler ſans auoir eſté appelé. Et par ainſi il eſt de la de-finition de toute vocation ordinaire, qu'entre la prochaine voca-tion extraordinaire, qui luy tient le lieu de principe, & le dernier ſujeçt appelé ordinairement, il y ait vne chaiſne perpetuelle, & non interrompuë d'appelans & d'appelez : autrement il faudroit qu'il ſe trouuaſt entre l'vn & l'autre terme, quelque appelé ſans appelãt, choſe qui repugne à toute vocation en general : ou quelque ap-pelant non appelé, ce qui repugne à toute vocation ordinaire en particulier.

[a] Sainçt Cyprian en l'epiſtre à Magnus : Nouatianus n'eſt point en l'Egliſe, & ne peut eſtre reputé Eueſque, luy qui meſpriſant la tradition Apoſtolique, & ne ſuccedant à perſonne, a eſté ordonné de luy-meſme.

[b] Sainçt Hilaire au liure des Synodes contre les Arians : Si ceux-la (dit-il) n'ont point eſté Eueſques, nous ne le ſommes point auſſi. Car nous auons eſté ordonnez par eux, & ſommes leurs ſuc-ceſſeurs.

[a] Cypr. epiſto-la ad Magnum. Nouatianus in Eccleſia non eſt, nec Epiſcopus cõ-putari poteſt, qui Euangelica & Apoſtolica tra-ditione cõtempta, nemini ſuccedẽs, à ſeipſo ordina-tus eſt.

[b] Hilar. lib. de Synod. contra Ariãi. Quid de nobis erit qui rem eò deducimus, vt quia Epiſcopi non fuerunt, nos quoque nec ceperimus? Ordinati enim ab his ſumus, & eorum ſumus ſucceſſores.

Qu'on n'en peut rien recueillir d'aucun paſſage de l'Eſcriture, meſme en ceux où mention expreſſe eſt faitte de ceſte charge, & finalement qu'il n'y en a aucune promeſſe en toute l'Eſcriture.   XV.

Il eſt faux, que l'Eſcriture ne cotte point la ſucceſſion entre les conditions neceſſaires & eſſentielles de la vocation ordinaire. En l'ancienne loy, où la genealogie corporelle des miniſtres du taber-nacle materiel, figuroit la genealogie ſpirituelle des miniſtres de l'Egliſe Chreſtienne, Dieu commanda à Moyſe de conſtituer Aa-ron & ſes fils ſur le culte du Sacerdoce : & prononça que tout autre qui ſe preſenteroit pour ſeruir deuant luy, mourroit. Dathan, Coré,

Nombres 3.
Nombres 16.

& leurs complices attentent d'vsurper ce ministere, Dieu les punit
d'vn supplice visible & espouuentable, & les abysme tous vifs aux
enfers. Ieroboam entreprend, outre ses autres impietez, de faire
des Sacrificateurs qui n'estoient point de la race de Leuy, mais pris
indifferemment du commun peuple : ce sacrilege luy est reproché
par l'Escriture, & imputé entre les principales causes de sa ruine.
Osias presume d'offrir l'encens deuant le Seigneur, Azarias luy
monstre que cest office ne luy appartient pas, mais aux Sacrificateurs, c'est à dire, aux fils d'Aaron, qui estoient consacrez pour ce
ministere : il refuse d'obeïr, il est frappé de la lepre, & banny de la
societé des hommes. Les fils de Hobia, d'Accos, & autres se pretendans Sacrificateurs au retour de Babylone, cherchent l'escriture de
leur genealogie, & ne la peuuent trouuer : ils sont iettez hors du
Sacerdoce, & Nehemie leur defend de manger des choses sainctes.
En la loy Euangelique, où les figures corporelles de l'Eglise Iudaïque ont leurs analogies & correspondances spirituelles, sainct Paul
prescrit derechef les mesmes bornes à nostre temerité : Nul ne s'attribuë (dit-il) authorité, mais seulement celuy qui est appelé comme Aarō. Et sainct Iude encore plus exprés : Malheur (dit-il) à ceux
qui perissent en la contradiction de Coré, c'est à dire, qui vsurpent
à l'imitation de Coré l'authorité du ministere sans vocation. Que
si en ceste mesme loy il faut passer aussi des regles aux exemples :
Comme mon Pere (dit nostre Seigneur) m'a enuoyé, ie vous enuoye : voila la mission des Apostres. Ressuscite la grace du S. Esprit
qui est en toy par l'imposition de mes mains : voila la mission des
Disciples des Apostres. Pour ceste cause ie t'ay laissé en Crete, afin
que tu donnes ordre à ce qui defaut, & que tu constituës des Prestres de ville en ville, ainsi que ie te l'ay ordonné : voila la mission
des Disciples des Disciples des Apostres, c'est à dire en somme la
prattique successiue de ceste voix, Comme prescheront-ils, s'ils ne
sont enuoyez ? que l'Eglise a tousiours obseruée depuis eux iusques
à maintenant.

*Que s'ils nous alleguent ces promesses de Christ, qu'il assistera aux siens
iusqu'à la consommation du siecle ; Que les portes d'Enfer ne pourront rien
à l'encontre de l'Eglise : nous nions que cela appartienne à vne succession de
personnes, laquelle soit perpetuelle, en telle sorte qu'elle ne doiue estre interrompuë iusqu'au second aduenement de Christ.*

* Sainct Cyprian en l'epistre à ceux qui estoient tombez : Nostre Seigneur (dit-il) duquel nous deuons craindre & obseruer les
commandemens, instituant la dignité Episcopale, & le regime de
son Eglise, parle en l'Euangile à Pierre : Ie te dy que tu es Pierre, &
sur ceste pierre i'edifieray mon Eglise, & les portes d'Enfer ne la
vaincront point : & ie te donneray les clefs du Royaume des Cieux :

& tout

Marginal notes (left column):

3. Roys 3.

2. Chron. 26.

Esdr. 2.
Nehem. 7.

Hebr. 5.

S. Iean 20.
2. Tim. 1.

Tit. 1.

Rom. 10.

XVI.

a Cypr. ad Laps.
*Dominus noster
cuius præcepta
metuere & obser-
uare debemus,
Episcopi honorem
& Ecclesiæ suæ
rationē disponens,*

& tout ce que tu lieras sur terre, sera lié aux Cieux : & tout ce que tu deslieras sur terre, sera deslié aux Cieux. De là par les vicissitudes des temps & des successions, l'ordination des Euesques & l'origine de l'Eglise est deriuée : afin que l'Eglise soit constituée sur les Euesques, & que tous les actes de l'Eglise soient gouuernez par les mesmes Prelats.

[a] Sainct Augustin au Ps. contre le party de Donat : Contez (dit-il) les Prelats iusques depuis le siege de Pierre, & en cest ordre-la de Peres, regardez qui sont ceux qui ont succedé les vns aux autres. Celle-la est la pierre, que les superbes portes d'Enfer ne vainquent point.

[b] Le mesme Docteur au Commentaire sur le Psal. 70. L'Eglise (dit-il) sera icy iusques à la fin du siecle : Car si elle n'y deuoit estre iusqu'à la fin du siecle, à qui nostre Seigneur auroit-il addressé ses paroles : Voicy ie suis auec vous tous les iours iusques à la consommation du monde ? Pourquoy est-ce qu'il falloit que ces choses fussent dittes ? pource qu'il deuoit y auoir des ennemis de la foy Chrestienne, qui deuoient dire : Les Chrestiens sont pour vn temps, apres ils periront, & les idoles reuiendront : ce qui estoit auparauant, retournera.

[c] Et derechef sur le Psal. 101. Combien seray-ie (dit-il) en ce siecle, annonce-le moy, pour respondre à ceux qui disent ; Elle a esté, mais elle n'est plus : pour respondre à ceux qui disent ; Les Escritures ont esté accomplies, toutes les nations ont creu, mais l'Eglise a apostatisé, & est perie de toutes les nations. Qu'est-ce à dire cela ? Annonce moy la briefueté de mes iours ? Et il luy a annoncé, & ceste voix n'a point esté vaine. Et qui est celuy qui luy a annoncé, sinon celuy qui est la voye mesme ? Et comment est-ce qu'il luy a annoncé ? Voicy ie suis auec vous iusques à la consommation du siecle.

que in finem seculi, Quibus Dominus dixit, Ecce ego vobiscum sum omnibus diebus vsque in consummationem seculi? Quare ista oportebat vt dicerentur in scripturis? Quia futuri erant inimici Christianæ fidei qui dicerent, ad certum tempus sunt Christiani, postea peribunt, & redibunt idola, rediet quod erat antea.
c Idem in Psal. 101. Quandiu ero in isto seculo, annuntia mihi, propter illos qui dicunt, fuit & iam non est: propter illos qui dicunt, Impleta sunt scripturæ, Crediderunt omnes gentes, sed apostatauit & periit Ecclesia de omnibus gentibus. Quid est hoc, Exiguitatem dierum meorum annuntia mihi? Et annuntiauit, nec vacua fuit vox ista. Quis annuntiauit mihi nisi ipsa Via? Quomodo annuntiauit? Ecce ego vobiscum sum vsque in consummationem seculi.

Mais nous disons auec sainct Augustin, que cela s'entend de l'Eglise des Esleus. XVII.

Il est faux, que sainct Augustin ayt iamais pensé, non pas mesme en songeant, que l'Eglise des Esleus, laquelle il suppose estre seulement occulte pour le regard des graces interieures de Dieu, puisse estre inuisible pour ce qui concerne la profession de la foy, participation des Sacremens, & adherence aux Pasteurs legitimes : ny faire vne Eglise subsistante par soy, & separée de la communion

---

Marginalia:

in Euangelio loquitur & dicit Petro, Ego tibi dico quia tu es Petrus, & super istã petram ædificabo Ecclesiam meam, & portæ inferi nõ vincent eam, & tibi dabo claues regni cælorum, & quæ ligaueris super terram, erũt ligata & in cælis, &c. Inde per tẽporum & successionum vices, Episcoporum ordinatio, & Ecclesiæ ratio decurrit, vt Ecclesia super Episcopos constituatur, & omnis actus Ecclesiæ per eosdem præpositos gubernetur.
a Augúst. Psal. contra partem Donati. Numerate Sacerdotes vel ab ipsa Petri sede: & in ordine illo Patrum, quis cui successit videte; Ipsa est Petra, quã non vincunt superbæ inferorum portæ.
b Idẽ in Ps. 70. Vsque in finem seculi erit hîc Ecclesia. Si enim nõ hic futura est vs-

exterieure des appelez. Car encore qu'il ayt bien quelquesfois rē-
straint par excellence le droict du tiltre d'Eglise aux seuls Esleus,
qui y sont incorporez par l'effect de la vocation temporelle, affermant que ceux-la sans plus sont proprement & dignement l'Eglise, non pour le simple respect de l'estre present & formel de l'E-
glise, qui est commun à tous les appelez : mais pour le regard de
l'estre futur & final, c'est à dire, de la fin, & des fruicts pour lesquels l'Eglise est instituée. Et encore qu'il ayt distingué à ceste occasion ceux qui sont en la maison, mais ne sont pas de la maison,
d'auec ceux qui sont & en la maison & de la maison, c'est à dire,
ceux qui sont en l'Eglise mobilement, comme parties separables,
& quasi contingentes & accidentales, d'auec ceux qui y sont im-
mobilement, comme parties perpetuelles & inalienables : Neantmoins il n'a iamais assigné la forme & l'essence de l'Eglise en la có-
dition precise de l'eslection, dans les limites de laquelle les Catholiques reprouuez, qu'il veut estre contenus en l'Eglise auec les bós,
n'entreroiét point : mais en la communion de la vocation temporelle. [a] Ceux-la (dit-il) nous ne pouuons nier qu'ils ne soiét aussi en
la maison. De laquelle vocation temporelle, combien que les Catholiques reprouuez ioüyssent conjointement par l'indulgence de
Dieu, qui les appele au chemin de salut, dont leur conuersation
subsequente les rend indignes : toutesfois elle appartiét meritoire-
ment aux seuls Esleus, inuestis de la grace actuelle de leur eslectió.
Car ceux-la sans plus, la possedent dignement & vtilement, & en
meritent par l'assistance de Dieu, la conseruation & les effects. Et
pourtant il ne veut pas que la simple predestination rende les hommes, ny participans de l'estre present de l'Eglise en ce monde, ny
capables de l'estre futur de la mesme Eglise en l'autre ; si premierement ils n'ont esté inserez en la société des appelez par l'inuesti-
gature de la vocation temporelle. [b] Nul ne peut (dit-il) entrer par
la porte (c'est à dire par Christ) à la vie eternelle, qui sera en vision,
si par la mesme porte, c'est à dire par le mesme Christ, il n'est auparauant entré en son Eglise, qui est sa bergerie, à la vie temporelle, qui est en foy : [c] Laquelle foy (dit-il ailleurs) exige de nous
l'office & du cœur & de la langue : d'autant (adiouste-t'il) que nous
ne pouuons estre sauuez, sinon que, trauaillans aussi pour le salut
de nos prochains, nous protestions de bouche la mesme foy que
nous portons dedans le cœur : & par consequent ne permet
pas que la vocation, dont elle est le fondement, subsiste en
aucune société inuisible pour ce regard. [d] Si ne confessant
point (dit-il) tu es caché, ne confessant point tu seras damné.

a Aug. de bapt. contra Donat. lib. 7. *Alios ita dici constat esse in domo, vt non pertineant ad compagem domus nec ad societatem fructi-fera pacificæque iustitia, sed sicut esse palea dicitur in frumentis; nam & istos esse in domo negare non possumus, Paulo Apostolo dicente, In magna autem domo non solùm aurea vasa sunt vel argentea, sed & lignea & fi-ctilia, & alia quidem sunt in honorem, alia verò in contumeliã.*

b Aug. in Ioan. tr. 45. *Non potest quisque per ostiù, id est per Christù, ingredi ad vitam æternam quæ erit in specie, nisi per ipsum ostium, hoc est per eundē Chri-stum, in Ecclesiam eius, quæ est ouile eius, intrauerit ad vitã temporalē, quæ est in fide.*

c Idē de fide & sēpiterna iustitia nitentes, etiam ore *symbolo. Iustus ex fide viuit, eáq; fides officium à nobis exigit & cordis & linguæ, quandoquidē in regnaturi, à præsenti seculo maligno salui fieri non possumus, nisi & nos ad salutem proximorum profiteamur fide quã corde gestamus.* d Idem in Ps. 66. *Si non confessus lates, nõ cõfessus dãnaberis.*

Et S. Paul deuant luy: On croit de cœur à iustice, & fait-on confession de bouche à salut. D'où il resulte que ceste distinction de visibilité & inuisibilité d'esleus & d'appelez, de vaisseaux qui sont en la maison & de la maison, ne penetre point selon luy iusques à insinuer aucune difference entre ces deux acceptions d'Eglise, pour ce qui est de la profession exterieure, laquelle leur est necessairemét commune: mais pour la simple correspondance de la deuotion interieure & perseuerance finale, qui est visible à Dieu seul. De sorte qu'encore que la societé des esleus nous soit incogneuë, pour le respect des dons secrets, & de la certitude de l'eslection: neantmoins pour ce qui concerne la protestation de la foy, participation des Sacremens, & adherence aux pasteurs legitimes, elle est tousiours visible, sinon distinctement, pour le moins conjoinctement, auec le reste des appelez, auec lesquels en ce cas elle est vne & mesme. Voire tellement visible, que quand tous les autres pourroient ou par erreur, ou par crainte se departir de la vraye profession, la seule societé des esleus constituez en l'effect temporel de leur eslectió, la conserueroit, & resteroit lors distinctement & separément visible, comme le grain repurgé d'auec la paille. Et pour ceste cause au lieu mesme où S. Augustin introduit plus exprés la distinction de ceux qui sont en la maison, mais ne sont pas de la maison, ny la maison, qui est au septiesme liure du baptesme contre les Donatistes, afin d'oster toute occasion de soupçonner de là, que ceste maison soit inuisible, il adiouste que les clefs & la puissance de lier & deslier luy ont esté données, c'est à dire, la proprieté & l'vsage du ministere: [a] Ceste maison (dit-il) a receu les clefs & la puissance de lier & deslier, & de celle-là lors qu'elle censure, ou qu'elle corrige, si quelqu'vn la mesprise, il est dit; Qu'il te soit comme ethnique & publicain. Et par tout ailleurs non seulemét declare qu'elle est perpetuellement visible, mais prononce que c'est vne sentence heretique, voire le fondement commun de tous les heretiques, de supposer qu'elle puisse estre inuisible.

[b] L'Eglise des Saincts (dit-il au commentaire sur le Psal. 149.) est l'Eglise Catholique: l'Eglise des Saincts n'est point l'Eglise des heretiques: l'Eglise des Saincts est celle que Dieu a predesignée deuant qu'elle fust veuë, & l'a exhibée, afin qu'elle soit veuë. [c] Et au 2. liure contre Parmenian: Ce qui est (dit-il) commun à tous les heretiques, de ne pouuoir pas voir la chose du monde la plus manifeste, cóstituée pour seruir de lumiere à toutes les natiós, hors de l'vnité de laquelle tout ce qu'ils font, encore qu'ils semblent le faire:

e Idem lib. 2. contra Parmen. *Nonne isti palpant in meridie quasi in media nocte? Quod quidem omnium hereticorum est, qui rem manifestissimam in luce omnium gentium constitutam videre non possunt, extra cuius vnitatem quicquid operantur, quamuis magna solertia & diligentia fieri videatur, tamen illis nihil prodest aduersus iram Dei qu s nec aranearum tela possunt defendere à frigore.*

Rom. 10.

a Aug. lib. 7. de Bapt. contra Donat. *Quæ domus etiam claues accepit, ac potestatem soluendi & ligandi. Hanc domum si quis c rripientem corrigentémque contempserit, Sit tibi, inquit, tanquam Ethnicus & publicanus.*
b August. in Psal. 149. *Ecclesia Sanctorum Ecclesia Catholica est. Ecclesia sanctorum non est Ecclesia hereticorum: Ecclesia Sanctorum illa est, quam præsignauit Deus antequam videretur, & exhibuit vt videretur.*

auec grande attention, ne les peut non plus garantir contre l'ire de Dieu, que les toiles d'araigne contre la rigueur du froid.

a Et au 3. liure contre Cresconius : L'Eglise est exposée à la veuë de tout le monde, claire & manifeste, comme la Cité, qui pour estre colloquée sur la montagne ne peut estre cachée. b Et au commentaire sur le Pseaume 18. Il a mis (dit-il) son Eglise en euidence, non en lieu obscur, non pour estre occulte, non pour estre cachée, de peur qu'elle ne soit comme cachée parmy les troupeaux des heretiques, &c. ô heretique, pourquoy fuis-tu aux tenebres?

c Et au 2. liure contre Petilian Donatiste : L'Eglise (dit-il) a ceste marque certaine, qu'elle ne peut estre cachée : Elle est donc cogneuë à toutes les nations : Or la secte de Donat est incogneuë à plusieurs nations : Elle n'est donc point l'Eglise.

a Idem lib. 2. côtra Crescon. cap. 36. *Existat Ecclesia cunctis clara atque conspicua : quippe ciuitas quæ abscondi non potest super montem constituta.*

b Idem in Psalm.18. *In manifestatione posuit Ecclesiam suam, non in occulto, non quæ lateat, non velut operta, ne forte fiat sicut operta super greges hæreticorum, &c. Quid tu, hæretice, fugis in tenebras? Quid latitare conaris?*

c Idem lib. 2. contra litteras Petil. cap. 104. *Non estis in montibus Sion quia non estis in ciuitate super montem constituta, Quæ certum signum hoc habet, quod absondi non potest. Nota est ergo omnibus gentibus : Pars autem Donati ignota est pluribus gentibus, Non est ergo ipsa.*

XVIII.

Laquelle Dieu mesme peut conseruer sans moyens ordinaires, voire sans Pasteurs pour vn temps.

Il est faux que l'Eglise de Dieu se puisse conseruer sans Pasteurs. Il a mis (dit S. Paul) en l'Eglise les Apostres, les Prophetes, les Pasteurs, & les Docteurs pour la consommation des Saincts en l'œuure du ministere, &c. iusqu'à ce que nous-nous rencontrions tous en l'vnité de la foy.

1. Cor. 12. Ephes. 4.

d Sainct Cyprian : L'Eglise est le peuple vny auecques son Prelat, & le troupeau adherant auec son pasteur. Et derechef : L'Eglise est en l'Euesque, & l'Euesque est en l'Eglise : & ceux qui ne sont point auecques leur Euesque, ne sont point en l'Eglise.

e Optat Mileuitain : Le premier dot de l'Eglise c'est la chaire.

f Sainct Hierosme : Celle-la n'est point Eglise, qui n'a point de Prestres.

d Cypr. epist. ad Flor. *Illi sunt Ecclesia plebs Sacerdoti adunata & pastori suo grex adhærens. Vnde scire debes Episcopum in Ecclesia esse, & Ecclesiam in Episcopo, & si quis cum Episcopo non sit, in Ecclesia non esse.*

e Optat. lib. 2. in Parmen. *Videndum vbi sint quinque dotes Ecclesiæ, inter quas cathedra est prima.*

f Hieron. dial. contra Luciferian. *Ecclesia autem non est, quæ non habet Sacerdotem.*

Comme cela est arriué plusieurs fois en l'Eglise d'Israël, & specialement durant la captiuité de Babylone par l'espace de septante ans.

Il est faux, que l'Eglise d'Israël ayt iamais esté sans pasteurs : & tres-faux que durant la captiuité de Babylone le peuple Iudaïque en ayt esté priué. Car pendant tout ce temps-la ils auoiét leurs souuerains Sacrificateurs, leurs Prestres, & leurs Leuites, & tout le reste du ministere ordinaire, voire en tel nombre, que quand Zorobabel Prince du peuple, & Iesus souuerain Sacrificateur retournerent de la captiuité, ils ramenerent auec eux en Ierusalem,

ſelon la deſcription d'Eſdras, quatre mille & trois ou quatre cens Eſdras 2.
Sacrificateurs, ſans les autres Leuites & miniſtres inferieurs. Ils y Nehem. 4.
exerçoient auſſi leur Religion viſiblement, auec tous leurs Sacremens & ceremonies, excepté le Sacrifice, duquel ils eſtoient diſpé-
ſez, pource qu'il eſtoit defendu par la loy de l'offrir hors du Temple. Il y a (dit Aman parlant à Aſſuerus en l'hiſtoire d'Eſter & de Eſter 3.
Mardochée, qui eſtoient des reliques de la tranſmigration, reſtées
ſous le meſme Aſſuerus) vn peuple diſperſé par les Prouinces de ton «
Royaume, vſant de nouuelles loix & ceremonies, & outre cela meſ- «
priſant les Edicts du Roy. Et en vn autre chapitre, l'hauteur de l'hi- «
ſtoire exprimant l'effect des lettres du Roy en faueur des Iuifs, con-
clut par ces mots: De ſorte (dit il) que pluſieurs des autres nations Eſter 8.
& ſectes ſe ioignirent à leur Religion & ceremonies. «

   Et auparauant au temps d'Helie, comme il en fait ſes complaintes au X X.
Seigneur.

   Il eſt faux & tres-faux, que du temps d'Helie l'Egliſe Iudaïque
ayt eſté vne ſeule minute ſans paſteurs viſibles & ordinaires. Car
lors qu'Achab & Iezabel perſecutoient les Prophetes au Royaume
d'Iſraël, la vraye Egliſe floriſſoit auec plus de liberté & d'authorité
téporelle que iamais ſous Ioſaphat au Royaume de Iuda, où eſtoit
le ſiege viſible & metropolitain de la Religion, & où tout l'ordre
Sacerdotal & Leuitique des deux Royaumes s'eſtoit reüny dés le
temps de la diuiſion de Roboam & Ieroboam. Et quant aux reliques des fidelles qui eſtoient demeurez dans la portion de Ieroboá,
& ſous la tyrannie d'Achab, ils ne faiſoient point vne Egliſe ſubſi-
ſtante par ſoy: & d'ailleurs n'eſtoient point deſtituez de Sacrificateurs ordinaires. Car ils ſe tranſportoient aux ſolemnitez accouſtu-
mées en Ieruſalem, pour communiquer aux Sacrifices, & adherer
aux Sacrificateurs & Leuites: comme long temps encore depuis
nous liſons que Tobie faiſoit, meſme en la grande ſterilité de fidelles qui eſtoit parmy les tribus ſchiſmatiques de ſon temps.

   L'autheur des Chroniques, liure 2. chapitre 11. Les Sacrificateurs
& les Leuites qui eſtoient en tout le reſſort d'Iſraël, vindrent à Ro- «
boam de tous les lieux de leur habitation, laiſſans leurs poſſeſſions «
& leurs heritages, & paſſans en Iuda & en Ieruſalem, pource que «
Ieroboam les auoit chaſſez luy & ſes ſucceſſeurs, de peur qu'ils n'e- «
xerçaſſent le Sacerdoce du Seigneur. «

   Et au chapitre 17. parlant des meſmes Sacrificateurs & Leuites,
que Ioſaphat faiſoit voyager par tout ſon Royaume, comme vn
Parlement ambulatoire de la Religion: Ils enſeignoient (dit il) le «
peuple en Iuda, ayant le liure de la loy du Seigneur, & alloient vi- «
ſitant toutes les villes de Iuda, & inſtruiſoient le peuple. Parquoy «
la terreur du Seigneur s'épandit ſur tous les regnes des terres qui «

» eſtoient aux enuirons de Iuda : de ſorte qu'ils n'oſoient entrepren-
» dre la guerre contre Ioſaphat.

Et au chapitre 19. apres l'hiſtoire des Leuites & Sacrificateurs
conſtituez en Ieruſalem, pour y tenir le ſouuerain tribunal des ma-
» tieres de la Religion : Toute cauſe (dit Ioſaphat parlant à eux) qui
» viendra à vous de vos freres qui habitent dans leurs villes, entre
» famille & famille, par tout où il ſera queſtion de la loy, du com-
» mandement, des ceremonies, des iuſtifications, monſtrez-le leur,
» afin qu'ils ne pechent point enuers le Seigneur.

» Et derechef au chapitre 20. Et Ioſaphat (dit l'hiſtoire) chemina
» en la voye de ſon pere Aza, & n'en declina point, faiſant les cho-
» ſes qui eſtoient agreables aux yeux du Seigneur.

Voila quelle eſtoit lors l'Egliſe pour le regard de la qualité : &
quant à la quantité, elle eſt facile à eſtimer des ſeuls rolles de la
milice de Ioſaphat. Car l'Eſcriture dit preciſément, qu'il entrete-
noit d'ordinaire onze cens ſoixante mille hommes pour la guerre,
ſans y comprendre les garniſons qu'il tenoit dans les villes cloſes,
& ſans y aſſocier la tribu de Leuy, excluſe de l'eſtat militaire, qui
auoit neantmoins accouſtumé d'occuper auparauant quarante
huict villes. Et au partir de là, vos Docteurs choiſiſſent & alleguent
l'hiſtoire d'Helie, pour aſſigner vn temps auquel il n'y ayt point
eu d'Egliſe viſible entre les Iuifs ! Aueugle l'eſprit de ce peuple,
» & endurcy ſes oreilles, & ferme ſes yeux, à fin qu'il ne voye point
» de ſes yeux, & n'oye point de ſes oreilles, & n'entende point de
ſon eſprit.

Et depuis ſous pluſieurs Roys d'Iſraël & de Iuda, comme le teſmoigna
Azarias le Sacrificateur au Roy Aza, diſant que pluſieurs iours eſtoient
paſſez en Iſraël, ſans le vray Dieu, ſans Sacrificateur, ſans Docteur &
ſans loy.

Il eſt faux & ridicule, de dire que la prophetie d'Azarias à Aza
Roy de Iuda, qui eſtoit le pere, ayt eſté depuis la lamentation d'Helie, proferée au téps de Ioſaphat, qui eſtoit le fils, & encore interpoſer entre les deux la vie de pluſieurs Roys, c'eſt à dire en ſomme,
mettre le regne du fils pluſieurs âges deuant celuy du pere. Mais
c'eſt comme vous entendez bien la chronologie & la conferéce de
l'Eſcriture, dont vous-vous vantez tant. Il eſt auſſi faux, qu'Azarias
eſtéde ceſte ſyncope de religió & de Sacerdoce en Iſraël & en Iuda.
Car il ne parle que d'Iſraël. Le mot de Iuda, qui eſt toute l'importance de l'allegation, dautant qu'en ce Royaume ſeul ſ'eſtoit reünie & conſeruée depuis Ieroboam toute la ſucceſſió ordinaire du
» Sacerdoce, eſt de voſtre addition. Oyez moy (dit-il) vous Aza, &
» tout Iuda, & Benjamin, Dieu a eſté auec vous, pource que vous
» auez eſté auec luy. Et vn peu apres : Mais quant à Iſraël, il s'y paſſera

plusieurs iours sans vray Dieu, sans Sacrificateurs, &c. "

Il est derechef faux, qu'il entende parler du passé, comme vous
pretendez, contre la foy de la traduction Latine, qui rend & auec
raison ceste enallage Hebraïque, par paroles de l'aduenir, pour
en former vne prophetie de la desolation future des Israelites,
semblable à celle du troisiéme chapitre d'Osée. Autrement l'Escriture qui le produit sur le theatre, comme vn prophete saisi lors
actuellement de l'Esprit de Dieu, ne luy feroit rien dire d'extraordinaire & prophetique. Et d'ailleurs les circonstances de sa narration seroient fausses, tant celles qui y sont exprimées du retour des
Israëlites à Dieu, & autres semblables, que celles que vous y voulez
supposer de l'interruption de la religion & du Sacerdoce en Iuda.
Car où trouuerez-vous auant le regne d'Asa ces plusieurs Roys de
Iuda, sous lesquels (dites-vous) le peuple Iudaïque a esté sans loy
& sans Sacrificateurs? Il n'y auoit encor eu iusqu'à lors que cinq
Roys, qui eussent commandé en Iuda : trois deuant la separation
de Ieroboam, & deux depuis. Du temps de Saül, qui fut le premier,
l'Escriture nous apprend quel estoit lors le Sacerdoce. Du temps
de Dauid & de Salomon, encor plus clairement. Du temps de
Roboam elle nous tesmoigne que tous les Sacrificateurs tant d'Israël que de Iuda, se retirerent & reünirent sous luy. Du temps d'A-
bia, il fait luy-mesme ces reproches aux Israëlites estant prest de leur
liurer la bataille : Vous autres auez rejetté les Sacrificateurs du Sei- 2. Chron. 13.
gneur, les enfans d'Aaron & les Leuites, & vous estes fait à vous- "
mesmes des Sacrificateurs : mais nostre Seigneur est Dieu, lequel "
nous n'auons point abandonné, & les Sacrificateurs entre nous "
ministrent au Seigneur : les enfans d'Aaron & les Leuites sont en "
leur ordre. Or cestuy-la estoit le pere d'Aza. Et de dire que ceste "
interruption soit arriuée sous Aza, l'Escriture replique au contraire, que son cœur fut parfait deuant Dieu tous les iours de sa vie,
comme celuy de Dauid son pere. Et d'ailleurs nous voyons la succession des Sacrificateurs & Leuites continuée immediatement
apres luy sous Iosaphat son fils. Et partant il faut que vous cherchiez quelque autre Roy inuisible, pour trouuer ceste interruption
du Sacerdoce & du ministere visible. Au reste, quelle façon d'argumenter est celle-la? Il s'est passé, ou bien il se passera plusieurs iours
en Israël sans vray Dieu, sans Sacrificateurs, sans Docteurs & sans
loy : La vraye Eglise peut donc estre sans Pasteurs. Il faudroit que
le texte portast au contraire : Il se passera plusieurs iours en Israël
auec le vray Dieu & la vraye loy, mais sans Sacrificateurs & Docteurs : & alors vous concluriez quelque chose. Mais de dire : Il se
passera plusieurs iours en Israël sans vray Dieu, sans loy & sans Sacrificateurs : la vraye Eglise peut donc estre sans Sacrificateurs : il s'en-

suiuroit par mesme moyen, elle peut donc aussi estre sans vray Dieu & sans loy, qui sont deux conditions que nulle Theologie iusqu'icy n'a encor assignées à la vraye Eglise.

Nous en disons autant de l'Eglise Chrestienne, en laquelle se remarquent plusieurs confusions & interruptions, notamment sous l'Arianisme, peu apres l'Empereur Constantin le grand.

Il est faux qu'il y ayt iamais eu aucune éclipse en la suitte de l'Eglise Chrestienne, ny mesme au fort de l'Arianisme.

[a] Sainct Hierosme qui estoit incontinent apres le grand feu des Ariens : Il faut (dit-il) demeurer en celle Eglise, laquelle ayant esté fondée des Apostres, dure iusques à ce iourd'huy. Il n'y auoit donc point eu à son conte d'interruption en la succession de l'Eglise Catholique du temps des Ariens.

[b] S. Augustin : Voyez (dit-il) en cest affaire ce que vaut l'authorité de l'Eglise Catholique, laquelle depuis les sieges tres-authentiques des Apostres iusques au iour present, est establie par l'entresuitte des Euesques succedans les vns aux autres, & par l'adherence de tant de peuples. Sainct Augustin donc ne pretendoit pas que pour la grande persecution des Ariens, qui auoit esté deuant luy, la succession de l'Eglise Catholique eust esté interrompue.

[c] Et au 37. traitté sur S. Iean, parlant des Sabelliens & des Ariens : La foy Catholique (dit-il) venant de la doctrine des Apostres, plantée & receüe en nous par la suitte de la succession, & qui doit estre transmise pure à ceux qui viendront apres nous, a conserué la verité entre l'vne & l'autre erreur.

Apostolorum, plantata in nobis, per seriem successionis accepta, sana ad posteros transmittenda, est, inter-ytrumque errorem tenuit veritatem.

Et du regne de ses fils Constans, Constantius & Constantinus, tous les Euesques s'estans reuoltez excepté deux, Liberius, & Athanasius.

Ny lors que Constantin, Constans & Constantius gouuernerent en mesme temps l'Empire, ny depuis pendant que Constans & Constantius, qui regnerent les deux derniers, vescurent ensemble, pas vne des choses que vous obiectez ne pouuoit arriuer. Car quant à Liberius, il fut fait Pape seulement apres la mort de Constantin & de Constans, tous deux Catholiques. Et pour le regard de la persecution des Ariens, elle n'eut aucun lieu aux regions occidentales durant la vie ny de Constans, ny des tyrans qui occuperent l'occident apres luy : c'est à dire, auant les huict dernieres années du regne de Constantius. Encores mesme ne fut-elle iamais absolument ouuerte & formée en tiltre de persecution de Religion, sinon depuis la legation du Concile d'Arimini. Car comme l'impieté a ses progrés, Constantius n'auoit pas osé du premier coup tenter vn effort manifeste contre la foy : mais s'estoit contenté iusques

---

Marginal notes:

[a] Hieron. contra Lucifer. *In illa Ecclesia esse permanendum, quæ ab Apostolis fundata, vsque ad diem hanc durat.*
[b] Aug. contra Faustum lib. 11. cap. 2. *Vide in hac re quid Ecclesia Catholica valeat authoritas, quæ ab ipsis fundatißimis sedibus Apostolorum vsque ad hodiernum diem succedentium sibimet Episcoporum serie & tot populorum consensione firmatur.*
[c] Aug. tract. 37. in Ioan. *Nos, id est Catholica, fides veniës de doctrina inter vtrosque, id*

alors d'en esloigner & exterminer les plus eminents protecteurs
sous des calomnies temporelles, pour intimider les autres par cest
exemple, & les rendre plus ployables à son intention. Et pourtant
apres diuerses accusations de crimes seculiers & politiques contre
Athanase: sur ce que les principaux Euesques Catholiques refu-
soient de souscrire à sa codamnation, sçachans comme mieux instruits des artifices du monde, & de la malice des Ariens, ce que
beaucoup d'autres bons & religieux pasteurs ignoroient : asçauoir que c'estoit en haine de la Religion, & pour establir par sa
deposition l'Arianisme en Alexandrie : il prit occasion de là de les
bannir & releguer en diuers lieux, auec esperance de disposer puis
apres plus facilement des autres. Mais voyant en fin que nonobstant l'esloignement de tant de grands & excellents Prelats, les
Euesques assemblez à son instance à Arimini, ne laisserent pas durant toute la premiere & libre tenue du Concile de luy faire, ce luy
sembloit, cest affront de degrader de l'Episcopat ses principaux facteurs & plus apparents promoteurs de l'heresie Arienne, Valens,
Vrsacius, & leurs complices : & d'anathematizer toutes les professions captieuses & sophistiques des Ariens, pour adherer à celle
seule du Concile de Nicée : il commença alors premierement à
changer de procedure, & à declarer la guerre toute ouuerte aux
Catholiques, ce qu'il n'auoit point encore faict auparauant. De
sorte que la persecution de l'Eglise à enseignes desployées, & le
peril vniuersel de la Religion, dura seulement vn an ou deux, asçauoir depuis la dissolution du Concile d'Arimini, qui arriua à la fin
du Consulat d'Eusebe & d'Hypatius, iusque au decez de Constantius. Car incontinent apres sa mort, l'Eglise fut deliurée d'oppres-
sion, & recouura de ceste part le repos & la liberté. Or de dire que
durant vn si petit espace de temps toute la succession Episcopale
espandue par tant de regions, eust peu estre exterminée & abolie,
il n'y a homme d'esprit sain qui le puisse imaginer, ny autheur approuué qui ayt iamais pensé à l'escrire. Au contraire, sur ce que les
Donatistes prenoient sujet de là, de murmurer quelque espece de
replique contre les promesses de la perpetuelle durée & estenduë
vniuerselle de l'Eglise, sainct Augustin leur ferme la bouche en ces
mots.

[a] Tel estoit (dit-il) le temps que descriuoit Hilaire, duquel vous
auez pensé vous deuoir seruir insidieusement contre tant de tesmoignages diuins, comme si l'Eglise fust lors perie de toute la terre. Et vn peu apres : Hilaire donc accusoit ou l'yuraye & non le bon
grain des dix prouinces Asiatiques, ou le bon grain mesme, qui
par quelque defaut estoit en peril : il pensoit que d'autant qu'il
le falloit reprendre plus violemment, d'autant le falloit-il re-

a Aug. epist. 48.
Tale tunc erat tē-
pus, de quo scripsit
Hilarius, vnde
putasti insidiandū
contra testimonia
tot diuina, tanquā
perierit Ecclesia de
orbe terrarum.
Et paulò pòst,

prendre plus vniuerfellement. Car auffi les Efcritures canoniques mefmes ont cefte couftume en leurs reprehenfions, que la parole femble s'adreffer à tous, & ne paruient finon à quelques vns.

[a] Et fainct Athanafe en la premiere oraifon contre les Ariens, efcrite trente fix ans apres le Concile de Nicée, c'eft à dire, la derniere année de la mefme perfecution : Nonobftant (dit-il) qu'ils foient peu, ils veulent neantmoins que ce qui eft d'eux preuaille par deffus tous : & s'efforcent d'authorifer les chofes qu'ils ont forgées aux angles & aux recoins, & par confequent fufpectes, pour diffoudre le folide & fincere Concile de la terre vniuerfelle. Mais tous les Euefques, dittes-vous, s'eftoient lors reuoltez excepté deux, Liberius & Athanafius. Et où eftoient donc cefte claire lumiere de noftre nation, S. Hilaire Euefque de Poictiers, Denys Euefque de Milan, Eufebe Euefque de Verceil, Lucifer metropolitain de Sardaigne, & tant d'autres grands Euefques releguez en exil pour la protection non feulement de la foy, mais auffi de la perfonne d'Athanafe ? Car ie ne veux point parler de ceux qui moururent en ce banniffement, comme de Paulin Euefque de Tréues & metropolitain des Gaules, de Rhodanus Euefque de Tholofe, & infinis autres : mais feulement de ceux qui furuefcurent la perfecution. Où eftoit ce fameux Gregoire Euefque de Grenade, & ce Philon honneur de la Libye, que S. Hierofme loüe de ne s'eftre iamais meflez auec l'impieté Arienne ? Où eftoit ce celebre Euefque & confeffeur Dracontius, que le mefme fainct Hierofme dit qu'Hilarion alla exprés vifiter en fon exil ? Où eftoit ce grand Serapion Euefque de Thmus, que S. Hierofme appele celebre en la confeffion fous Conftantius, & que S. Anthoine laiffa en mourant heritier de fa defpoüille auec fainct Athanafe ? Où eftoit ceft admirable & diuin Eufebe Euefque de Samofate (car ainfi l'appele Theodoret) qui perfuada aux deux partis des Antiochiens d'élire Meletius pour leur Patriarche : parce qu'il fçauoit que fa creance eftoit Catholique, & offrit fes deux mains à couper pluftoft que de rendre à l'Empereur le decret de cefte election, dont il eftoit depofitaire ; refpondant qu'il ne fe deffaifiroit point d'vn decret, par lequel la mefchanceté Arienne eftoit fi manifeftement conuaincuë, & ce fur les derniers iours & au plus fort de la perfecution de Conftantius, qui admira luy-mefme la generofité de ceft acte, & la loüa publiquement ? Où eftoient puis apres outre ces glorieux athletes de la foy plus eminents & renommez au combat, à caufe du grand lieu qu'ils tenoient en l'ordre Ecclefiaftique, tant d'autres Euefques de moindre nom, ou que les hiftoriens de la perfecution n'ont pas eu fi fouuent en la bouche, ou que la fureur Arienne laiffoit refider en leurs Eglifes, pendant qu'elle eftoit oc-

Hilarius ergo decem prouinciarum Afianarum, aut Zizania non triticum arguebat, aut ipfum etiam triticum, quod defectu quodam periclitabatur, quãto vehementius tãto vtilius arguendũ putabat. Habent enim & fcripturæ Canonicæ hunc arguendi morem, vt tanquam omnibus dicatur, & ad quofdam verbum perueniat.

a Athanaf. orat. 1. in Arianos. Ὀλίγοι ὄντες τ' ἀριθμὸν, θέλουσι τὰ ἑαυτῶν ὑπὲρ πάντων ἰσχύειν τά τε ἑαυτῶν. Συγκροτήματα ἐν γωνίαις γινόμενα, & ὕποπλα τυγχάνοντα βουλόμενοι κρατεῖν, βιάζονται λύειν τὴν οἰκουμενικὴν γινομένην ἄδολον καὶ καθαρὰν σύνοδον. In Chron. In vit. Hil. In Catalog.

Hift. Eccl. lib. 2. cap. 32.

cupée à demolir les principales colomnes du baſtimét? Où eſtoient
ces fidelles cooperateurs d'Athanaſe Gaius, Ammonius, Agatho-
demon, Adelphius, Marc, Paphnuce, & autres Eueſques d'Egypte
& d'Afrique, releguez les vns aux deſerts, les autres contraints de
s'enfuir d'eux-meſmes durant la tempeſte? Où eſtoient ces autres
Eueſques des meſmes prouinces, qui s'aſſemblerent auec eux & auec
Athanaſe au Concile d'Alexandrie incontinent apres la mort de
Conſtantius, Hermion, Theodore, André, Zoïle, Agathus, Me-
nas, Georges, Lucius, Macarius, Antiphron, & autres pour decider
en la compagnie d'Euſebe Eueſque de Verceil, d'Aſterius Eueſque
de Petra en Arabie, des deputez de Lucifer Eueſque metropolitain
de Sardaigne, de Paulin Eueſque d'Antioche, & d'Apollinaris,
comme il falloit traicter ceux qui demandoient d'eſtre receus à la
communion de l'Egliſe Catholique? Concile (dit Ruffin) compoſé d'Eueſques peu en nombre, mais beaucoup en merite, & en integrité de foy. Où eſtoient ce Cymatius Eueſque de Palte en Cœ-
loſyrie, & ce Carterius Eueſque d'Antarade, de l'exil deſquels Atha-   Apol. de fug.
naſe teſmoigne que leurs Egliſes auoient porté le dueil, & qui de-
puis ſeruirent de promoteurs à l'execution de ce Concile? Où eſtoit
ceſt Anatholius Eueſque d'Eubœe, mentionné auec Cymatius entre les Eueſques, auſquels l'Epiſtre de ce Synode eſt addreſſée, &
que la meſme Epiſtre appéle bons & fideles ſeruiteurs & diſpenſateurs du Seigneur? Où eſtoient derechef les Eueſques qui aſſiſte-
rent aux autres Conciles celebrez en Grece, aux Gaules, en Eſpagne,   Ep. ad Ruff.
au meſme temps, dit ſainct Athanaſe, & pour la meſme occaſion?
Et en ſomme, ſi l'Egliſe Catholique perdit lors la ſucceſſion, d'où
renaſquit-elle immediatement apres, pour receuoir à penitéce ceux
qui eſtoient accuſez d'auoir donné occaſion de ſcandale durant la
perſecution, & les admettre à la continuation de leur Epiſcopat?
Où eſtoit-ce que Lucifer Eueſque de Caralles, qui durant tout l'o-
rage auoit ſouffert ſi conſtammét ſon exil, auoit les yeux de ſe ſcan-
daliſer quand il fut de retour luy & ſes ſectateurs, que l'Egliſe receuoit ceux qui eſtoient accuſez d'auoir conniué auec les Ariens, &
les conſeruoit au degré Epiſcopal? En quelle Egliſe ſe plaignoit-il,
que ces pretendus fauteurs d'Ariens s'eſtoient purgez, & auoient eu
main-leuée de leur dignité? Et luy & tous les Luciferiens, de quelle
Egliſe eſtoit-ce qu'ils ſe ſeparoient, faiſans leurs aſſemblées à part,
pour ne communiquer point auec ceux qu'ils eſtimoient pollus de
la contagion de l'Arianiſme, ſi la ſucceſſion de l'Egliſe eſtoit perie
immediatement auparauant ſous la perſecution de Conſtantius?
Elle fut bien lors à la verité griefuement & horriblement aſſaillie,
elle fut battue de grandes vagues, & reduitte en extrême peril, ſi la
tempeſte euſt continué: mais elle ne fut point ſubmergée: car Dieu

y preuar & pourueut auant le naufrage, & fit finir la persecution
& le persecuteur tout ensemble.

ᵃ La nacelle des Apostres, dit sainct Hierosme, couroit fortune, les vents l'agitoient, les vagues luy battoient les flancs, il ne
restoit plus d'esperance : le Seigneur s'esueille, il commande à la
tempeste, la beste meurt, la tranquillité retourne. Ie m'interprete-
ray (dit-il) plus clairement, tous les Euesques qui auoient esté iettez hors & bannis de leurs propres sieges, par l'indulgence d'vn
nouueau Prince retournent à leurs Eglises.

*a Hieron. con-
tra Lucifer. Pe-
riclitabatur na-
uicula Apostolo-
rum, vrgebant
venti, fluctibus
latera tundeban-
tur, nihil iam su-
pererat spei. Do-
minus excitatur,*
imperat tempestati, bestia moritur, tranquillitas redit. Manifestiùs dicam. Omnes Episcopi qui de proprii sedibus
fuerant exterminati, per indulgentiam noui Principis ad Ecclesias redeunt.

XXIV.

*Desquels on ne lit point qu'au restablissement des Eglises les autres vins-
sent prendre leur vocation, ains Dieu suscita d'entre les Ariens mesmes,
personnages pour remettre sus la vraye doctrine.*

Il est plus faux que la fausseté mesme, de dire que la vraye doctrine fut lors ressuscitée & remise sus par les Ariens. Car outre ce
qu'elle n'estoit point perie absolument en ceux, qui par simplicité
ou par crainte auoient consenty durant la persecution, de souscrire à la profession qui leur fut proposée de la part de l'Empereur, en
laquelle il n'y auoit nulle impieté exprimée, elle s'estoit tousiours
conseruée inuiolablement en ceste societé d'Euesques mentionnez
cy dessus, qui receurent apres l'orage les autres à penitence, & en
la communió de tant d'Ecclesiastiques inferieurs, de tant de mona-
steres, & de tant de milliós de personnes laïques qui leur adheroiét.
Lesquels Euesques Dieu auoit reseruez, afin que i'employe les propres termes dót vse ᵇ S. Gregoire de Nazianze, parlant de ceux qui
estoient demeurez au mesme temps en Orient apres le Synode de
Seleucie, & la desolation des prouinces Orientales, comme autant
de racines & de semences, pour faire de nouueau refleurir l'Eglise.

ᶜ Vincent de Lerins contemporain du Concile d'Ephese, l'œil
& les delices de l'ancienne Eglise Gallicane : Qui est celuy (dit-il)
si insensé, que s'il ne peut égaler, pour le moins ne desire imiter ces
personnages-la, que nulle force n'a peu diuertir de la defense de la
foy de leurs majeurs, non les menaces, non les caresses, non la vie,
non la mort, non la Cour, non les satellites, non l'Empereur, non
l'Empire, non les hommes, non les Démons? Ces personnages,
dy-ie, lesquels en faueur de leur perseuerance en la religieuse antiquité, le Seigneur a estimez dignes d'vne si grande grace, que de reparer par eux les Eglises ruinées, ressusciter les peuples morts spirituellement, remettre sur la teste des Prelats les couronnes tombées;
& ce qui s'ensuit.

*b Gregor. Naz.
orat in Athan.
Οὓ ἐδε σπέρμα καὶ
ῥίζαν ὑπολειφθῆναι
τῷ Ισραὴλ, ἵνα ἀνα-
θάλη πάλιν, ἢ ἀνα-
βιώση ταῖς ἐπιρ-
ροίαις τῦ πνεύ-
ματος.*
*c Vincent. Li-
rinens. in Com-
monitorio. Quis
ille tam demens
est, qui eos, etsi
adsequi non va-
leat, non exoptet
sequi ; quos à de-
fensione fidei Ma-
iorum nulla vis
depulit? non mi-
næ, non blandi-
menta, non vita,
non mors, non pa-
latium, non sa-*
tellites, non Imperator, non imperium, non homines, non Dæmones. Quos, inquam, pro religiosa vetustatis tenaci-
tate, tantó munere Dominus dignos indicauit, vt per eos prostratas reparet Ecclesias, extinctos spiritales populos viui-
ficaret, deiectas Sacerdotum coronas reponeret, &c.

Il est

Il eſt auſſi plus abſurde que l'abſurdité meſme de dire, que au reſtabliſſement des Egliſes apres la mort de Conſtantius, les autres
Eueſques qui ſe declarerent Catholiques, ne vindrent point prendre leur vocation de Liberius & d'Athanaſe. Car ils auoient eſté
eux-meſmes ordonnez en l'Egliſe Catholique, & partant ne deuoient ny pouuoient receuoir aucune nouuelle ordination, voire
pour la plus-part auoient touſiours eſté de creance & d'intention
Catholiques. Et neantmoins encore prindrent-ils leur rehabilitation d'eux, & des autres Eueſques de leur communion, qui leur ré-
ſtituerent en diuers Conciles l'exercice & l'execution de leur ordre,
dont on les pouuoit pretendre decheus, non pour leur hereſie, mais
pour leur indiſcretion ou conniuence, à cauſe d'vne certaine profeſſion de foy captieuſe qu'ils auoiét acceptée des Ariens: au moyen
dequoy ils s'eſtoient rendus participans, dit [a] S. Gregoire de Nazianze, ſinon de la flamme, pour le moins de la fumée. Ce qui arriua en ceſte ſorte, ſelon le recit de S. Hieroſme, lequel a traitté ceſte
matiere plus exprés que nul autre, comme ayant à la debattre contre les Luciferiens, qui deriuoient de là l'occaſion & l'excuſe de
leur ſchiſme. L'Empereur ſous pretexte de pacifier les diſſenſions
de l'Egliſe, auoit fait offrir aux Catholiques à Arimini vne eſpece
de concordat de la part des Ariens, en la ſuperfice duquel, comme
teſmoigne S. Hieroſme, il n'y auoit point d'impieté, & qui ſembloit eſtre exprimé en termes equiualés à la foy du Concile de Nicée, feignant que quant à la definition de la choſe, ils conuenoient
entierement auec eux: mais que pour l'vſage du mot de Conſub-
ſtantiel, dont aucuns infirmes de leur party ſe ſcandaliſoient, à cauſe qu'il n'eſtoit point en l'Eſcriture, il eſtoit meilleur de l'obmettre, & donner cela à la paix de l'Egliſe. Surquoy les Eueſques aſſemblez au meſme lieu, qui durant toute la premiere & libre tenuë du
Concile auoient reſiſté conſtamment à ce que rien ne fuſt changé,
ny de la ſubſtance ny des paroles du ſymbole de Nicée, ſe voyans
rechargez d'vne ſeconde iuſſion, laſſez & trauaillez de la longue
& violente retention de leurs perſonnes, intimidez des menaces &
outrages de l'Empereur, battus du ſpecieux pretexte de la paix de
l'Egliſe, & perſuadez en fin, comme dit ſainct Hieroſme, que
pourueu que la foy demeuraſt en ſon entier, il n'importoit des
paroles: apres auoir fait faire l'abiuration de l'Arianiſme article
par article aux chefs des Ariens, ſe contenterent imprudemment
de ceſte profeſſion. Car ils ne deſcouuroient pas que leurs aduerſaires par malice y auoient reſerué vn autre ſens caché, ſous l'equiuocation des mots, que celuy qui paroiſſoit exterieurement:
de ſorte que les eſprits captieux ne demeuroient pas liez &
eſtraints par ceſte formule ſi eſtroittement comme leur fraude

[a] Gregor. Na-
zianz. orat. in
Athanaſ. Καὶ τῦ
καπνοῦ δὲ, εἰ ὲ
μὴ τῦ πυρὸς μετα-
χό τις.

C

requeroit, & comme ils l'auoient esté par celle du symbole de Nicée. Et pourtant lors qu'ils vindrent à recognoistre que les mesmes
Ariens qui auoient pour vn temps, voire auec serment, dissimulé
leur venin, interpretoient puis apres en vn sens plein d'illusion, &
contraire à leur premiere protestation, ce qui auoit esté signé en
commun, sous vne autre intelligence, ils souspirerent & se trouuerent estonnez de voir qu'on les faisoit Ariens, comme dit sainct
Hierosme, sans qu'ils y eussent pensé. Car ils ne s'estoient iamais
pretendus departir de la creance de l'Eglise Catholique, mais a-
uoient de bonne foy commis sans plus ceste erreur, de cõsentir que
des gens qui se nioyent estre Ariens, fussent receus à la paix & à la
communion de l'Eglise sous vne feinte abiuration de l'Arianisme,
& vne protestation de foy conforme à la doctrine Catholique en
l'apparence exterieure des paroles, mais diuerse en l'interpretation
reseruée de ceux qui la presentoient. Parquoy quand il fut question apres la mort de Constantius d'examiner leur cause, & voir
quelle censure ils meritoient, non pour l'impieté de leur creance,
mais pour leur imprudence de s'estre laissez circonuenir & flechir
par des hommes frauduleux, à leur accorder la paix sous vne formule de foy, encore qu'equipollente, à l'interpreter fidellement, à
celle du Concile de Nicée, neantmoins plus sujette aux gloses &
subterfuges de ceux qui s'en voudroient déueloper soubs l'ambiguité des paroles : l'Eglise les receut auec la dignité Episcopale, &
ne les voulut point deposer : pource, dit S. Hierosme, qu'ils n'auoiẽt
point esté Ariens. [a] Pourquoy, replique-t'il, eussent-ils condamné
ceux qui n'estoient point Ariens ? pourquoy eussent-ils diuisé l'E-
glise perseuerante en la concorde de la foy ? pourquoy par leur obstination eussent-ils fait Ariens ceux qui croyoient bien ? Et vn peu
au dessous : Apres le retour des Confesseurs, il fut ordonné au Synode d'Alexandrie, qu'excepté les autheurs de l'heresie, que la surprise ne pouuoit excuser, les penitens fussent associez à l'Eglise : non
pource que ceux qui auoient esté heretiques pouuoient estre Euesz-
ques, mais pource qu'il estoit euident que ceux qu'on reccuoit n'a-
uoient pas esté heretiques.

*Authoribus Hæreseos quos error excusare non poterat, pœnitentes Ecclesiæ sociarentur : non quod E-
qui hæretici fuerant, sed quòd constaret eos qui reciperentur, hæreticos non fuisse.*

 *Les schismes mesmes suruenus en l'Eglise Romaine par tant de fois,
monstrent qu'ils ne se peuuent vanter eux-mesmes de ceste succession perpetuelle.*

 Ces schismes-la n'ont interrompu nulle part le cours de la succession ordinaire sacramentale. Car encores que les Euesques qui
estoient lors, prissent bien la confirmation de leur eslection du
siege Apostolique, comme du chef du regime & de la iurisdiction

Ecclefiaftique : neantmoins l'impofition des mains, & le charaĉte-
re de la vocation fucceffiue leur eſtoit conferé par les Euefques de
leurs Prouinces qui les confacroient, & non par les Papes qui auoiét
confirmé leur effection. Et d'ailleurs, combien qu'il y euft fchifme
pour le regard des perfonnes qui conteſtoient le Papat : toutesfois
ceux qui adheroient vray-femblablement & de bonne foy aux vns
ou aux autres des pretendans, ne faifoient pas fchifme contre le
fiege Apoſtolique, mais demeuroient en la communion de la chaire de fainĉt Pierre, dont ils croyoient probablement ceux qu'ils tenoient pour Papes eſtre en la vraye poffeffion, iufques à ce que le
iugement de l'Eglife y fuſt interuenu.

*Sur tout au temps des Conciles de Conſtance & de Baſle, qui depofans
les Antipapes long temps apres leur eſtabliſſement, en efliſoient d'autres, qui
monſtroit que ceux-la n'ayans eu aucune vocation legitime, ne la poũuoient
conferer aux Euefques & autres perfonnes Ecclefiaſtiques, creez neantmoins par eux, & depuis demeurez en charge : & de ceux-cy font venus
beaucoup d'autres qui font auiourd'huy entre-eux.*

XXVI.

Quant au Concile de Conſtance, tous les trois qui pretendoient
le Papat ayans remis leur droiĉt entre les mains du Concile, pour
proceder, fi befoin eſtoit, à nouuelle eſlection, il n'y a point de doute que celuy qui fut lors conſtitué ne fuſt le vray Pape : & partant
que les Euefques creés auparauát dans l'obeiffance des deux Antipapes, ayans la confecration des Euefques de leurs Prouinces, & ne
pouuant en tout cas auoir befoin pour l'exercice legitime de leur
puiffance, que de la vraye vnion auec la chaire de fainĉt Pierre,
apres auoir eſté receus en la communion de celuy qui fut lors eſtably, n'ayent eſté hors de toute reproche. Et pour le Concile de
Baſle, outre les refponfes precedentes, & les nullitez qu'on allegue
contre l'aĉte de la depofition d'Eugene : afçauoir entre autres, qu'il
n'eſtoit plus lors Concile d'Euefques, mais de Preſtres, s'en eſtans
prefque tous les Euefques retirez : l'Antipape Felix, & les reliques
du mefme Concile transferées à Lozane, fe foumirent au fucceffeur
d'Eugene, comme au vray Pape.

*Mais fur tout au temps de Philippes le Bel, & que l'Eglife Gallicane
fe fepara de la Romaine, où eſtoit ceſte fucceſſion perfonnelle & locale ?
& toutesfois ils ne voudroient pas dire, qu'en ce temps-la nos predeceſſeurs
fuſſent Payens ou Heretiques.*

XXVII.

Le diuorce de Philippes le Bel & du Royaume de France auec le
Pape fut pour des chofes de faiĉt & temporelles, & non pour herefie ou diuerfité, foit de religion, foit de miniſtere : encore dura-t'il
fi peu, c'eſt à dire vn an ou deux, qu'il n'y a point d'apparence que
pendant ce temps-la il fe fiſt aucune confecration irreguliere d'E-
uefques en France. Car incontinent apres fa mort, fon fucceffeur

C ij

Benoiſt abſolut le Roy de toutes cenſures. Ioint que les Eueſques
François, comme il a eſté dit, n'auoient pas la ſucceſſion de leur
miſſion ſacramentale immediatement de Boniface, bien qu'ils
fuſſent obligez de communiquer auec luy aux choſes ſpirituelles,
pour l'exercice legitime de leur miniſtere, mais des Eueſques de
leurs Prouinces qui les auoient conſacrez auparauant, par vne ordination ſucceſſiue deriuée des premiers Eueſques de l'Egliſe Gallicane, que ſainct Pierre & les autres anciens Papes y auoient enuoyez.

XXVIII.

*Qui plus eſt, c'eſt impieté de vouloir preſcrire à Dieu ſans ſa parole le
moyen d'executer ſes promeſſes, & dire qu'il ne les peut accomplir, ſi l'E-
ſtat de l'Egliſe n'eſt touſiours floriſſant de pere en fils, ou d'Eueſque en E-
ueſque ſans aucune interruption: & n'eſt non plus licite de dire cela, que
lors qu'il en arriue autrement de dire (choſe du tout execrable) qu'il eſt
menteur & infidele en ſes promeſſes.*

Il n'eſt pas icy queſtion du moyen de l'execution des promeſſes
de Dieu, lequel encore eſtant preſcrit par ſa parole, comme il eſt, ce
ſeroit impieté de le vouloir decliner; mais de la ſubſtance & teneur
de ſes meſmes promeſſes. [a] Nul, dit ſainct Auguſtin, n'efface du
Ciel la conſtitutiõ de Dieu, nul n'efface de la terre l'Egliſe de Dieu.
Luy, il a promis toute la terre: Elle, elle a remply toute la terre: elle
contient les mauuais & les bons, mais elle ne perd en terre ſinon
les mauuais, & n'introduit au Ciel ſinon les bons. Et pource ne diſons nous pas, que l'Eſtat de l'Egliſe ceſſant d'eſtre viſible & eminent, Dieu ſoit menteur en ſes promeſſes: car il ne peut arriuer,
puis qu'il a proteſté le contraire, mais bien que ceux qui alleguent
comme vous faictes, qu'il eſt aduenu, & que l'Egliſe en laquelle ont
commencé & doiuent acheuer d'eſtre benites toutes les nations, a
perdu ſa ſucceſſion viſible, & qu'il faut qu'elle reprenne le principe
de ſa reparation d'ailleurs: c'eſt à dire, qui afferment que l'exercice
du miniſtere & de la ſocieté Apoſtolique, ne durera pas depuis les
Apoſtres iuſques à la fin du monde, font Dieu mẽteur, entant qu'en
eux eſt, & prononcent, ſinon en termes exprés, pour le moins equi-
ualens ceſte ſentence que vous iugez ſi execrable.

[b] Optat Mileuitain contre les Donatiſtes: Permettez au Fils de
poſſeder les choſes qui luy ont eſté concedées: permettez au Pere
d'accomplir les choſes qu'il a promiſes. Et vn peu apres: Pourquoy
voulez-vous faire trouuer le ſainct Eſprit menteur?

[c] Sainct Hieroſme contre les Luciferiens: Laquelle voix impie (dit-il) euacuë la Croix de Chriſt, & ſubiugue le Fils de
Dieu au Diable. Et incontinent apres: Mais ia n'aduienne que
Dieu ſoit mort en vain: l'aduerſaire puiſſant a eſté lié, & ſes
threſors ont eſté ſaccagez: la promeſſe du Pere a eſté accomplie,

Demande moy, & ie te donneray les nations pour ton heritage. Et vn peu au deſſous : Où ſont à ceſte heure ces eſprits trop religieux, ou pluſtoſt trop profanes, qui pretendent qu'il y a plus de ſynagogues au monde que d'Egliſes ?

[a] S. Auguſtin au Pſ. 101. Ceſte voix (dit-il) deteſtable & abominable, pleine de preſomption & de fauſſeté, qui n'eſt appuyée d'aucune verité, illuminée d'aucune ſapience, aſſaiſonnée d'aucun ſel, vaine, temeraire, precipitée, pernicieuſe, l'Eſprit de Dieu l'auoit tant de temps auparauant preueüe.

[b] Et au liure de l'vnité de l'Egliſe : Si d'auenture (dit-il) il ne reſte encore cecy à la phreneſie des hommes, de dire, que l'accompliſſement de la predication de l'Euangile par toutes les natiós, doit ſortir, non des Egliſes qui ont eſté fondées par les labeurs des Apoſtres : mais que celles-la periſſans, leur reparation & l'acquiſition des autres nations doit ſortir d'Afrique par la ſecte de Donat. Dequoy ie croy qu'ils ſe rient eux-meſmes, quand ils l'oyent dire.

Eccleſias. a Auguſt. in Pſal. 101. Hanc vocem abominabilem, præſumptionis & falſitatis plenam, nulla veritate ſuffultam, nulla ſapientia illuminatam, nullo ſale conditam, vanam, temerariam, præcipitem, pernicioſam præuidit ſpiritus Dei, & tanquã contra illos cùm annuntiaret vnitatẽ, in conueniendo populos in vnũ, & regna vt ſeruiãt Domino. b Idem lib. de Vnitate Eccleſ. Niſi forte hoc reſtat hominum inſaniæ, vt dicant non ex illis Eccleſiis quæ fundatæ ſunt per Apoſtolorum labores, adimpleri prædicationem Euangelij in omnibus gentibus, ſed illis pereuntibus & earũ reparationem ex Africa per partem Donati & reſiduarum gentium acquiſitionem. Puto quod ipſi etiam rideant cùm hoc audiunt, & tamen niſi hoc dicant, quod erubeſcunt ſi dicant, non habent omnino quod dicant.

Puis donc qu'il n'apparoiſt par la parole de Dieu que ces promeſſes ſuſdites appartiennent à la ſucceſſion perpetuelle, locale & viſible.

XXIX.

Quelles promeſſes n'appartiennent point par le teſmoignage de la parole de Dieu à la perpetuité viſible du miniſtere de l'Egliſe : Que les portes d'Enfer ne pourront rien contre elle ? Mais les clefs qui ſignifient l'authorité du miniſtere, leſquelles, ſelon vos Docteurs, ſont là données à l'Egliſe en la perſonne de ſainct Pierre, monſtrent que c'eſt de l'Egliſe viſible, & doüée du miniſtere, que ceſte promeſſe s'entend. Ioint que ce ſeroit faire trop d'iniure à la ſimplicité de noſtre Seigneur, d'eſtimer ſes paroles ſi pleines de ſophiſmes & d'ambiguitez, que n'ayant iamais nommé que deux fois dans les diſcours qu'il nous a laiſſez le mot d'Egliſe, qui eſt vn mot de telle importance, que la vraye intelligence en eſt abſolument neceſſaire pour le ſalut, ([c] Celle-la, dit ſainct Auguſtin, il n'eſt licite à nul de l'ignorer) aſçauoir dans le 16. & 18. de ſainct Matthieu, il l'euſt prins en vn lieu, en vn ſens ; & en l'autre, en vn autre : & d'ailleurs que renuoyant ſes Diſciples pour la deciſion de leurs difficultez à l'Egliſe, il falloit que l'vſage où il l'employoit lors, euſt relation aux propos precedens qu'il leur en auoit deſia tenus. Quoy donc ? Qu'il ſera auec ſes Apoſtres iuſques à la conſommation du ſiecle ? Mais qui doute d'vn coſté que ces paro-

niã defecit in mẽ Spiritus : Quorum vox impia crucem Chriſti euacuat : Dei filium ſubingat Diabolo. Paulò pòſt : Sed abſit vt fruſtra Deus mortuus ſit. Alligatus eſt fortis & vaſa eius direpta ſunt. Allocutio Patris impleta eſt. Poſtula à me & dabo tibi gentes hæreditatẽ tuam. Et paulò pòſt. Et vbi quæſo, iſti ſunt nimiũ religioſi, imo nimium profani, qui plures ſynagogas aſſerunt eſſe quàm

e Auguſt. epiſt. 170. Facile tibi eſt attendere & videre ciuitatem ſuper montem conſtitutam, de qua Dominus ait in Euangelio, quòd abſcondi nõ poſſit. Ipſa eſt n. Eccleſia Catholica, vnde καθολικὴ Græcè appellatur, quod per totum terrarũ orbem diffũditur. Hanc ignorare nulli licet ; Ideò ſecundùm verbũ Domini noſtri Ieſu Chriſti abſcondi non poteſt.

les ne s'addreſſent à eux entant qu'enuoyez & exerçans le miniſtere?
» Allez (dit-il) enſeignant toutes gens, & les baptiſant au nom du
» Pere, du Fils, & du ſainct Eſprit: & de l'autre, que ceſte promeſſe
d'aſſiſtance iuſqu'à la fin du monde, ne leur ſoit faite non perſon-
nellement (parce qu'ils n'y deuoient pas demeurer iuſques alors)
mais repreſentatiuement, c'eſt à dire, à ceux qui deuoient eſtre vne
meſme choſe auec eux, par la ſucceſſion de la miſſion & du miniſtere? [a] Les Apoſtres t'ont engendrée, dit ſainct Auguſtin: Ils ont
eſté enuoyez, ils ont preſché, ils ſont tes peres. Mais quoy? pou-
uoient-ils eſtre touſiours corporellemét auec nous? Et vn peu apres:
L'Egliſe donc eſt-elle abandonnée par leur eſloignement? Ia à Dieu
ne plaiſe, au lieu de tes peres il t'eſt nay des enfans. Qu'eſt-ce à dire
au lieu de tes peres il t'eſt nay des enfans? Les Apoſtres ont eſté enuoyez comme peres, au lieu des Apoſtres il t'eſt nay des enfans, les
Eueſques ont eſté conſtituez. Que ſi ces deux promeſſes ne vous
ſemblent aſſez expreſſes pour ce regard, que repliquerez-vous contre tant d'autres qui leur ſeruent de commentaire par toute l'Eſcriture? Le Seigneur dit à l'Egliſe Chreſtienne: Mon Eſprit qui eſt en
ta bouche, & les paroles que i'ay miſes en ta bouche ne partiront
point de ta bouche, ny de la bouche de ta ſemence, ny de la ſemence de ta ſemence, depuis maintenant iuſques à iamais. Il dit à ſes
» Apoſtres: Vous autres ſerez appelez Preſtres du Seigneur & mini-
» ſtres de noſtre Dieu. Et incontinent apres: Et leur ſemence ſera co-
» gneuë au milieu des nations, & leur lignée au milieu des peuples.
Et derechef radreſſant ſon propos à l'Egliſe: Tu ne ſeras plus ap-
» pellée La delaiſſée, & ta terre ne ſera plus appelée La deſolée.
»
» Et vn peu au deſſous: I'ay conſtitué des gardes ſur tes murail-
» les, ny iour ny nuict perpetuellement ils ne ſe tairont point.
A qui appartiennent ces promeſſes-la? à vne Egliſe muette? à
vne Egliſe inuiſible? à vne Egliſe ſans miniſtere? à vne Egliſe interrompue? Noſtre Seigneur dit qu'il prie ſon Pere que ſes Diſciples
ſoient vn, c'eſt à dire qu'ils perſiſtét en vn meſme corps vny par les
liés de la Foy & de la Charité: or ce corps & ceſte vnité c'eſt l'Egliſe.
[b] Il eſt vn (dit S. Auguſtin) l'Egliſe eſt l'vnité, rien ne reſpond à l'vn
ſinon l'vnité. Il adiouſte, qu'il ne prie point ſeulement pour eux,
mais pour tous ceux qui par leur parole croiront en luy, qu'ils ſoiét
tous vn. Voila ceſte Egliſe & ceſte vnité qui doit eſtre perpetuelle.
Il conclud, afin que le monde croye & cognoiſſe que ſon Pere l'a
enuoyé. Voila ceſte Egliſe & ceſte vnité qui doit eſtre non ſeulement perpetuelle, mais auſſi viſible. Sainct Paul dit que Dieu a mis
en l'Egliſe les vns Apoſtres, &c. & les autres Paſteurs & Docteurs,
pour la conſommatió des Saincts en l'œuure du miniſtere, pour l'e-
dification du corps de Chriſt, iuſques à ce que nous-nous rencon-

[a] Auguſt. in Pſ. 44. Genuerunt te Apoſtoli, ipſi miſſi ſunt, ipſi prædicauerunt, ipſi patres. Sed nunquid nobiſcũ corporaliter eſſe potuerunt? Et paulò poſt. Ergo illorum abſceſſu deſerta eſt Eccleſia? Abſit. Pro Patribus tuis nati ſunt tibi filij. Quid eſt, pro patribus tuis nati ſunt tibi filij? Patres miſſi ſunt Apoſtoli, pro Apoſtolis filij nati ſunt tibi, conſtituti ſunt Epiſcopi.
Eſai. 59.
Eſai. 61.

Eſai. 62.

Ioan. 17.

[b] Aug. in Pſal. 101. Ille enim Vnus eſt, Eccleſia Vnitas. Non reſpondet vni niſi Vnitas.

Epheſ. 4.
1. Cor. 12.

trions tous en vnité de foy. Voila le ministere commécé par la mission extraordinaire des Apostres, & continué par la succession ordinaire des Pasteurs & Docteurs, iusques à ce que tous ceux qui doiuent estre vnis en la foy, y soient vnis, c'est à dire, iusques à la consommation du monde.

Et que l'experience fait voir le contraire, nous concluons que cela n'est point necessaire à la vraye vocation, & par consequent que ce defaut n'empesche point que les nostres qui sont appelez en charge suiuant la parole de Dieu & les traditiõs Apostoliques, ne soient vrais successeurs des Apostres.

Il est faux que ny l'authorité, ny la raison, ny l'experience monstrent que la succession non interrompuë depuis le premier principe extraordinaire de la vocation, ne soit point necessaire pour la deriuation de la vocation ordinaire : & par consequent que vos pasteurs, qui sont instituez sans ce moyen, soient ordonnez selon la parole de Dieu & les traditions Apostoliques, & vrais successeurs des Apostres.

XXX.

ª S. Cyprian allegué cy dessus : Nouatianus n'est point en l'Eglise, & ne peut estre reputé Euesque, luy qui méprisant la tradition Apostolique, & ne succedant à personne, a esté ordonné de luymesme.

Veu qu'aussi ils rapportent leur vocation à sa vraye fin, qui est d'enseigner purement la parole de Dieu, & administrer les sacremens.

Le pretexte de rapporter vne vocation à sa vraye fin, ne fait rien pour colorer l'authorité de la vocation : non plus qu'vn particulier, pour alleguer qu'il rapporte la dignité du Magistrat à sa vraye fin, exerçant la Iustice mieux que les autres, ne prouue pas pour cela qu'il soit vrayement pourueu du Magistrat. Car il faut que les autres causes s'y trouuent concurremment auec la finale, voire la precedent.

XXXI.

Quant aux premiers, desquels ceux de present ont prins successiuement & de main en main leur vocation vrayement ordinaire & restablie en sa pureté, nous disons que la leur a esté en partie extraordinaire, & en partie ordinaire.

Qu'est-ce à dire, leur vocation est en partie ordinaire, & en partie extraordinaire? C'est à dire, elle n'est absolument ny l'vn ny l'autre, & par consequent est nulle. Il s'est bien trouué des hommes autres-fois qui ont eu l'vne & l'autre, comme Helie, Ieremie, & S. Paul: mais ils n'auoient point en partie l'vne & en partie l'autre, ains les auoient toutes deux parfaictement : là où vos nouueaux Apostres ne s'oseroient vanter d'auoir absolument ny l'vne ny l'autre en particulier, ny toutes les deux ensembles (dautant que les conditions principales, voire totales de la constitution precise de chacune d'elles leur defaillent) mais seulement d'auoir en partie l'vne, en

XXXII.

C iiij

ª Cypr. epist. ad Magnum. *Nouatianus in Ecclesia non est, nec Episcopus computari potest, qui Euangelica & Apostolica traditione contempta, nemini succedens, à seipso ortus est.*

partie l'autre, c'est à dire vne mission monstrueuse & chimerique, resultant de deux pretentions manques & imparfaictes, ou, pour mieux dire, du tout nulles.

XXXIII.

Si toutesfois il est loisible de dire qu'ils l'ayent prise de ceux qui ne l'auoient pas eux-mesmes, à tout le moins purement & par les voyes legitimes.

D'autant plus vous reuoquez en doute, s'il est loisible de dire que la vraye vocation fust demeurée en l'Eglise Catholique, d'autant plus rendez-vous vostre cause desesperée, renôçant à toute mission ordinaire, & vous reduisant & obligeant, nonobstant toutes vos ambiguitez, à la preuue de l'extraordinaire. Car comme le feu des Vestales (s'il est permis de tirer quelque lumiere des similitudes profanes) lors qu'il s'esteignoit ne pouuoit reprendre son origine d'vn autre feu elementaire; mais il falloit qu'il fust rallumé de celuy mesme du Soleil: ainsi lors que la mission ordinaire vient à perir, comme elle fit en la suppression de la Synagogue, elle ne se peut reparer ny reprendre son estre d'aucun principe humain: mais il est necessaire qu'elle soit renouuellée immediatement de Dieu par vne vocation extraordinaire, fondamentale & Apostolique.

a Sainct Hilaire au liure des Synodes contre les Ariens: Representons nous tant de saincts Prelats, & desia constituez au lieu de repos, ce que Dieu iugera de nous, si nous les anathematizons, & ce que nous deuiendrons, nous qui reduisons les choses à ce poinct, que puis qu'ils n'ont point esté Euesques, nous ne le soyons point aussi: car nous auons esté ordonnez par eux, & sommes leurs successeurs.

eò deducimus, vt quia Episcopi non fuerunt, nos quoque nec ceperimus? Ordinati enim ab his sumus, successores. Renuntiemus Episcopatui, quia officium eius ab anathemate sumpserimus.

XXXIV.

En premier lieu qu'il y ayt eu quelquesfois en l'Eglise personnages qui ayent eu vocation extraordinaire, nommément sous la loy, cela ne se peut nier.

Il y a deux sortes de vocations extraordinaires en la loy Iudaïque, l'vne fondamentale, & l'autre collaterale. La fondamentale fut celle d'Aaron, qui deuoit seruir de fondement à la mission ordinaire, & estre le principe du Sacerdoce. La collaterale estoit celle des Prophetes, qui ne se deuoit point substituer au lieu du Sacerdoce, pour donner nouuelle origine à vn second ordre de Sacrificateurs: mais seulement admonnester la succession ordinaire, quand elle estoit negligente en son deuoir. Car iamais les Prophetes ne se sont faits reparateurs & nouueaux fondemens du ministere ordinaire. Et partant la mission extraordinaire collaterale se pouuoit bié reïterer en l'ancien Testament, mais la fondamentale estoit irreïterable tát que la loy duroit. Le Sacerdoce estant transferé, dit l'Apostre aux Hebrieux, il faut que la loy le soit aussi: c'est à dire l'authorité du

Sacerdoce estant ostée de la succession ordinaire, asçauoir de la famille d'Aaron à laquelle il estoit attaché, il a fallu aussi que la loy
pour le ministere ordinaire de laquelle il estoit institué, ayt cessé.
Or la vocation de vos premiers Pasteurs n'est pas demeurée dans les
simples termes de ceste mission collaterale. Car ils ne se sont pas
contentez d'aduertir & reprendre la succession ordinaire là où elle
leur sembloit errer, qui eust esté vn effect correspondant à la commission des Prophetes: mais se sont attribuez le droict d'vne vocation fondamentale telle que celle d'Aaron & des Apostres, c'est à
dire, se sont substituez comme nouueaux fondemens de la succession de l'Eglise, vsurpans non seulement l'administration du Temple & du Sacerdoce; mais instituans des pasteurs & vn ministere ordinaire apres eux & deriué d'eux, comme s'ils eussent esté à l'aduenement d'vn nouueau Legislateur, & d'vne troisiesme Religion.
D'où il resulte que l'exemple des missiós extraordinaires de l'ancien
Testament ne les peut en rien excuser, ny vous par consequent. Car
quant aux collaterales, outre ce que nous n'en attendons plus en
l'Eglise Chrestienne, & d'ailleurs que vous n'en apportez aucunes
marques, c'est à dire, aucuns miracles, elles n'ont iamais esté appliquées, ny ne l'eussent peu estre sans sacrilege, à l'vsage, ou plustost
à l'abus pour lequel vous les pretendez. Et quant à la fondamentale, comme elle estoit irreiterable sous la loy Mosaïque, qui estoit
la figure, elle l'est encor à plus forte raison sous l'Euangelique, qui
est la verité.

Nous demandons donc par quel passage de l'Escriture nos aduersaires
pourront prouuer, Que cela ne deuoit iamais arriuer en l'Eglise Chrestienne.

   Ce n'est pas aux Catholiques à vous prouuer par l'Escriture, qu'il
ne faut plus attendre de nouuelles vocations extraordinaires en
l'Eglise Chrestienne comme en la Iudaïque; mais bien à vous de
monstrer par la mesme Escriture, & en general, qu'il deuoit encores venir de nouueaux Pasteurs enuoyez extraordinairement,
& non deriuez par vne succession continuelle de la mission des
Apostres, & en particulier, que les vostres estoient ceux-là
mesmes. Car l'office de l'Eglise, qui est defenderesse en ceste
controuerse, n'est que de nier la pretention de vostre mission,
& le vostre de la prouuer actuellement. Combien que si vous
ne demandez que des differences, pour lesquelles, attendant vos demonstrations au contraire, on puisse presumer que les exemples de
la mission extraordinaire collaterale de l'ancien Testament, qui est
celle seule qui se reïteroit, ne deuoient pas estre tirez en consequence pour l'estat du nouueau, il y a assez de raisons de diuersité. Premierement, la succession ordinaire du Sacerdoce Iudaïque n'auoit
pas eu de telles promesses de l'assistance de l'Esprit de Dieu, que le

XXXVI

ministere de l'Eglise Chrestienne, auquel mesme la verité de toutes celles qui estoient faictes en figure à l'autre appartenoit. Et partant quand elle vacilloit, elle auoit besoin du secours extraordinaire des Prophetes : Là où toute l'assistance de l'Esprit de Dieu assignée auparauant à la vocation tant ordinaire qu'extraordinaire de l'Eglise Iudaïque, s'estant reünie & confonduë en l'authorité du ministere ordinaire de l'Eglise Chrestienne, il ne luy est plus besoin de ces forces auxiliaires. Et secondemét Dieu, lors de l'institution de l'ordre Ecclesiastique entre les Israëlites, les auoit preparez outre cela par la bouche de leur Legislateur à attendre des missions extraordinaires, mesmes durant le cours ordinaire du Sacerdoce. Dieu te suscitera (dit Moyse) des Prophetes du milieu de toy semblables à moy : Tu les oirras. Ce que le Legislateur de l'Eglise Chrestiéne s'est abstenu de faire, n'ayant iamais dit sinon à ses Apostres, [a] & (comme tesmoigne S. Cyprian) par ses Apostres à tous les Euesques, qui par vne ordination substitutiue succedent aux Apostres, Qui vous oit, il m'oit.

XXXVI.

Puis que les mesmes causes qui ont induit les premiers à se mettre en auant poussez seulement de la vocation interieure de l'Esprit de Dieu, se trouuent aussi en icelle.

Il est faux que iamais les Prophetes de l'ancienne loy se soient mis en auant, poussez seulement de ce que vous appelez vocation interieure de l'Esprit de Dieu, c'est à dire d'vn secret instinct de leur conscience que Dieu incitoit en eux. Car il y a tousiours eu outre le miracle des propheties & predictions des choses futures, vne allocution distincte , & verbale de Dieu à eux , accompagnée ou de vision, ou de quelques autre espece sensible , extraordinaire & supernaturelle , pour les asseurer en particulier que c'estoit vne reuelation, & non vne imagination, & qu'ils estoient precisément deputez & enuoyez de Dieu pour l'aller annócer. Autrement il leur fut arriué ce que le Seigneur dit par la bouche de Ieremie, Ie n'enuoyois point les Prophetes, & ils couroient : Ie ne parlois point à eux, & ils prophetisoient. Desquels colloques & deuis actuels de Dieu, ie n'ay point leu iusques icy que Luther se soit vanté : mais bien du dialogue qu'il escrit luy-mesme auoir eu auec le Diable touchant l'abolition des Messes priuées. A quoy suruenoient encore des miracles exterieurs & manifestes, pour attester le mesme à ceux à qui ils estoiét enuoyez. Car ces instincts & mouuemens interieurs. où Dieu se sert de nostre conscience seule pour nous toucher, ne se content point entre les moyens extraordinaires, & ne suffisent pas pour establir vne vocation prophetique. D'autant qu'il y a bien difference de dire, cela me semble bon & conforme à la parole de Dieu, partant Dieu me suscite cest instinct:

ou bien de dire, Dieu a parlé actuellement à moy, & m'a reuelé & commandé d'entreprendre, ou d'aller annoncer vne telle chose.

Asçauoir la negligence, malice, & reuolte des pasteurs ordinaires, & la corruption de l'estat Ecclesiastique.

Quant à la reuolte & corruption de l'estat Ecclesiastique, si elle se prend pour le regard des mœurs, nous disons auec S. ᵃ Augustin, que nulle conuersation d'hommes, pour meschante & detestable qu'elle fust, ne pouuoit apporter de prescription contre les promesses de Dieu. Si c'est pour le regard de la doctrine, nous nions qu'il soit iamais arriué ny puisse arriuer en l'Eglise Chrestienne vne reuolte vniuerselle de l'ordre Ecclesiastique, au moyen de laquelle il faille auoir recours à la mission extraordinaire.

quamlibet impietatem, Vt fides Dei de Ecclesia futura & diffundenda Vsque ad terminos orbis terra, patrum retenta & nunc exhibita est, euacuarctur.

Nous disons dauantage, que les commencemens mesmes de l'Eglise Chrestienne ayans esté totalement extraordinaires, ce n'est chose qui ne puisse arriuer aussi au milieu & sur la fin d'icelle.

Voila vn bel argument: Les commencemens de l'Eglise Chrestienne ont esté extraordinaires: le milieu donc & la fin peuuent estre de mesme. Le principe du genre humain a esté extraordinaire, le milieu donc & la fin peuuent estre de mesme. Le principe du Sacerdoce Aaronique a esté extraordinaire, le milieu donc & la fin peuuét estre de mesme. Le principe du ruisseau c'est à dire, la source est extraordinaire au regard de l'estre du ruisseau, ne s'engendrant point du flux & de la succession d'vne autre eau superieure, mais selon Aristote, de la conuersion immediate de l'air: le milieu & la fin du ruisseau peuuent donc estre de mesme. Car qui ne voit que ce ne sera plus lors vn mesme ruisseau, mais autant de diuers ruisseaux auec autant de diuerses sources? Il est bien necessaire que les commencemens du ministere ordinaire soïent extraordinaires: mais depuis qu'il a pris son cours ordinaire, il faut qu'il perseuere en ceste condition iusques à la fin. Autrement s'il suruiét vn nouueau principe extraordinaire de la vocation, le ministere subsequent pourra bien estre semblable, mais non plus vn & mesme auec le precedent. Car les choses successiues interrompant le cours de leur existence fluente, & commençant à le deriuer d'vne nouuelle origine, perdent leur vnité indiuiduable. Comme Aristote prononce que la Republique, de laquelle le gouuernement successif a esté interrompu, & a repris son estre d'vn nouueau principe, ne se peut plus reputer vne mesme Republique. Au moyen dequoy l'Eglise repetant la succession de son ministere & de son estre visible d'vn autre principe, que de la continuation du ministere & de l'Eglise fondée par les Apostres, ne sera plus vne mesme Eglise visible & ministeriale auec celles de Apostres.

XXXIX. *Et de ces raïsons nous concluons iusqu'icy pour le moins la possibilité ou contingence de la vocatiõ extraordinaire, iusques à ce que par expresse parole de Dieu on nous monstre qu'il en doit estre autrement de l'vne que de l'autre.*

Et de ces raisons fort contingentes vous ne sçauriez rien conclure, sinon que quand il se pourroit faire qu'il y eust des vocations extraordinaires en l'Eglise Chrestienne, comme durant l'ancien Testament, vous ne les auriez pas : & quád vous les auriez, elles ne vous seruiroient de rien pour entreprendre ce que vous entreprenez, qui n'est fondé sur l'exemple d'aucune mission extraordinaire collaterale, & qui n'appartient qu'à la seule vocation fondamentale, laquelle ne se reïtere point.

XL. *Mais nous passons encore plus outre, & prouuons par texte de l'Escriture la vocation extraordinaire sous le nouueau Testament : L'Apostre sainct Paul en l'Epistre 2. aux Thessal. chapitre 2. nous a laissé vne tresclaire Prophetie d'vne reuolte generale sous l'Antechrist ; qui sera assis au temple de Dieu, c'est à dire, qu'il dominera au milieu de l'Eglise : mais que le Seigneur le desconfira par l'esprit de sa bouche, c'est à dire, par la predication de sa parole. Que s'il y a des prescheurs contre l'Antechrist, s'ensuit qu'ils prendront leur vocation d'ailleurs que de luy & de sa sequelle, qui neantmoins auront pour lors toute authorité en terre, ou bien s'ils auoïèt eu autresfois d'eux quelque vocation, ils l'executeront extraordinairement: & au lieu de maintenir les abus & la tyrannie de l'Antechrist, restabliront le regne de Christ.*

Si ceste reuolte precedera l'aduenement de l'Antechrist, ou si elle sera faite par luy & le suiura : & outre cela, si ce sera vne reuolte temporelle comme plusieurs l'ont estimé, & [a] Lactance l'a exprimé de leurs opinions en ces mots : Le nom Romain (dit-il) par lequel est auiourd'huy regy l'Vniuers (mon ame a horreur de le dire, mais ie le diray pource qu'il arriuera) sera effacé de la terre, & retournera en Asie, & derechef, l'Orient dominera & l'Occident seruira : ou si ce sera vne reuolte de religion : & d'ailleurs estant vne reuolte de religion, si ce sera seulemét vne reuolte des heretiques contre l'Eglise, voulát l'Apostre dire que iusques à ce que tous les heretiques qui se doiuent reuolter de l'Eglise soient reuoltez, & l'Antechrist reuelé, le iour du Seigneur ne viendra point : ou bien l'apostasie mesme d'vne partie de l'Eglise, qui renoncera au nom de Christ, & adorera le faux Messie, ce sont questions qui requierent vn autre temps & vn autre lieu. Semblablement si S. Paul par le Temple de Dieu en ce passage entend le Temple de Ierusalem, cóme lors qu'il escriuit ceste lettre aux Thessaloniciés, conuertis en gráde partie de la Synagogue, il estoit encores recogneu des Chrestiés pour Temple de Dieu, & principalement de ceux qui auoient esté Iuifs, lesquels continuoient d'y rendre leurs vœux & leurs oblations, tesmoin celle que

que ſainct Paul y feit offrir long temps apres ceſte epiſtre eſcrite à l'inſtance de ſainct Iacques, & les prieres aſſiduelles qu'Hegeſippe recite que le meſme ſainct Iacques y faiſoit. Si, dy-ie, ſainct Paul par ceſte parole entend ſimplement le Temple de Ieruſalem, comme la conference du neufieſme de Daniel, du vingt-troiſieſme de ſainct Matthieu, du 5. de ſainct Iean, du 11. de l'Apocalypſe, & outre cela l'interpretatiõ de ſainct Irenée, ſainct Ambroiſe, ſainct Cyrille Ieroſolymitain, ſainct Hippolyte le Martyr, Sedulius, Arethas, & infinis autres le confirment, affermans que l'Antechriſt ſera Iuif, & le faux Meſſie adoré par les Iuifs, & par pluſieurs Chreſtiens qu'il ſeduira auec eux, & que le Temple auquel il ſierra, ſera le Temple de Ieruſalem, lequel il fera reedifier : Ou bien s'il entend la ſocieté ſoit totale, ſoit partiale de ceux qui auront autresfois porté le tiltre d'Egliſe, auquel vſage le mot de Temple de Dieu prononcé abſolument & ſans addition, n'auoit point encor eſté employé, c'eſt vne autre diſpute qui merite derechef vn autre temps, & vn autre loiſir. Et finalement ſi l'eſprit de la bouche du Seigneur dont parle ſainct Paul, quand il dit qu'il occira le fils de perdition par l'eſprit de ſa bouche, & le deſtruira par l'illuſtration de ſon aduenement, ſera la predication de ſa parole par les Paſteurs, qui luy fera perdre creance : ou bien la Majeſté du ſecond aduenement de noſtre Seigneur, & le commandement qui ſortira de ſa bouche pour l'abyſmer, ſelon la phraſe du Pſalmiſte : Les Cieux ont eſté « eſtablis par le Verbe du Seigneur, & toute leur vertu par l'eſprit « de ſa bouche : comme infinis Saincts & anciens Docteurs, [a] & entre autres ſainct Irenée l'afferme en ces mots : Quand l'Antechriſt (dit-il) aura icy faict le degaſt par tout le monde durant trois ans & ſix mois, & ſe ſera aſſis dedans le Temple en Ieruſalem, alors le Seigneur viendra du Ciel dans les nuées en la gloire de ſon Pere, l'enuoyant luy & tous ceux qui luy auront obey, dedans l'eſtang de feu. C'eſt à dire en ſomme, ſi ce ſera la parole doctrinale, ou la parole operatiue de Dieu, qui le deſtruira : ie le reſerueray pareillement à vn autre diſcours, & vous demanderay pour ceſte heure ſeulement vne queſtion, aſçauoir, Si l'Antechriſt ſe ſierra en toute l'Egliſe, & l'occupera tellement qu'il ne reſte aucune ſocieté viſible hors de deſſous ſon joug, de laquelle ceux qui le combattront par la parole de Dieu, puiſſent auoir deriué leur miſſion, ou bien s'il n'en occupera qu'vne partie ? Si vous dittes qu'il l'enuahira toute : Le Pape, qui ſelon vous commence à decliner, n'eſt donc pas l'Antechriſt comme vous preſumez. Car les Egliſes Ethiopiennes, qui ſont ſeparées de noſtre communion il y a plus d'onze cens ans : les Grecques que vous pretendez n'auoir iamais recogneu le Pape : les Armeniennes, Syriennes, Ruſſiennes,

D

qui ne luy obeïſſent non plus que vous, vous ſouſtenez qu’elles
ſont toutes vrayes Egliſes, voire plus pures que les Latines, &
maintenez qu’elles ont la vocation & ſucceſſion perſonnelle auſſi
bien que nous : & par conſequent le Pape n’eſtant point l’Antechriſt, la miſſion de ceux qui doiuent eſtre enuoyez pour preſcher
contre l’Antechriſt, ne vous peut en rien appartenir. Si vous dittes
qu’il n’occupera qu’vne partie de l’Egliſe, & qu’il en reſtera encore
pluſieurs, auſquelles la vraye miſſion & ſucceſſion ſe conſerueront,
Ie vous demanderay pour concluſion, en quelle Dialectique vous
pouuez former ce ſyllogiſme? L’Antechriſt n’occupera qu’vne partie de l’Egliſe, & les autres reſteront exemptes de ſa tyrannie, &
en poſſeſſion de la vraye miſſion ordinaire & ſucceſſion perſonnelle. Or il y aura des Paſteurs qui le combattront & deſtruiront
par la parole de Dieu. Ces Paſteurs-la donc n’auront eu d’où pouuoir tirer aucune miſſion ordinaire & ſucceſsiue.

XLI.

Le meſme peut eſtre recueilly des excellentes propheties de l’Apocaly-
pſe, où il eſt parlé de deux teſmoins ſpeciaux & particuliers que Dieu
enuoye pour prophetizer contre la beſte: ce qui ſignifie tout ouuertement
vne vocation extraordinaire, & qui ne prendra point ſon teſmoignage de
la terre, qu’il dit deuoir aller toute apres la beſte. Et ne faut pas penſer
que l’Antechriſt, & ceux qui ſeroient ſous luy, deuſſent authoriſer ceux-
cy en ceſt œuure, & leur mettre le glaiue en la main pour en eſtre occis
eux-meſmes, non plus qu’on deuoit attendre que l’Egliſe Romaine ſe refor-
maſt ſoy-meſme.

Quelle nouuelle & eſtrange methode eſt la voſtre? La choſe de
toutes qui doit eſtre plus manifeſte, aſçauoir l’authorité de la miſſion, dont il faut qu’il apparoiſſe deuant que de venir à l’exercice
du miniſtere, & à la predication, ſuiuant les paroles de ſainct Paul,
Comment preſcheront-ils s’ils ne ſont enuoyez? vous la verifiez
par la doctrine de l’Eſcriture la plus obſcure, aſçauoir l’Apocalypſe toute pleine de figures & d’allegories, qui ſelon vos propres
repliques, ne prouuent point : & d’ailleurs, qui eſt vn liure que celuy pour la miſſion duquel vous l’alleguez, aſçauoir Luther, ne recognoiſt point auoir d’authorité deciſiue aux contentions de la
religion. Il eſt dit en l’Apocalypſe, que Dieu donnera à ſes deux

Chap. 11.

teſmoins, de prophetiſer douze cens ſoixante iours: Ie vous demande là deſſus, prenez-vous ce paſſage litteralement, ou allegoriquement? Si vous le prenez litteralement, le plus commun conſentement des Peres l’interprete d’Henoc & d’Helie, leſquels
eſtans reſeruez en vie iuſques alors, ſouffriront la mort à leur tour,
apres auoir prophetiſé aux Iuifs & aux Gentils, pour les reduire
de l’adoration du faux Meſsie à la foy de Chriſt. Et de faict,
pour le regard d’Helie, Malachie predit que Dieu l’enuoyera aux

Iuifs deuant que le iour horrible du Seigneur vienne, & qu'il conuertira le cœur des Peres à leurs enfans, & des enfans à leurs peres:
c'est à dire, comme l'explique l'Ecclesiastique, qu'il restituera les
tribus de Iacob. A l'occasion dequoy, aussi [a] S. Augustin parle de
sa venuë comme d'vne creance toute commune en l'Eglise: C'est
chose (dit-il) tres-celebre aux paroles & aux cœurs des fideles, que
les Iuifs, la loy leur estant exposée au dernier temps deuant le Iugement par Helie, grand & admirable Prophete, croiront au vray
Christ, c'est à dire au nostre. Si donc ces deux tesmoins doiuent
estre litteralement Henoch & Helie, quelles enseignes apportez-
vous pour faire recognoistre aux peuples, que vos premiers Pasteurs ont esté ce mesme Henoch, & ce mesme Helie, non allegoriquement, comme les protestans d'Allemagne appelent Luther le
troisiesme Helie, mais litteralement & personnellement, pour leur
appliquer le droict de ceste vocation ? Possible respondrez-vous,
que vous ne la leur appliquez pas formellement, mais seulement
par consequence, en ce que comme ils seront enuoyez extraordinairement, il y en pourra aussi auoir d'autres de la mesme condition. Mais outre ce que le texte la restraint precisément à ces deux,
& par consequent vous oste tout pretexte selon le sens literal, de
l'estendre & communiquer aux autres: quelle apparence y a-t'il de
vous proposer l'euocation miraculeuse d'Henoch & d'Helie, pour
patron & argument de vostre pretenduë vocation ? Ie ne veux
point dire que chacun de ces deux Prophetes, si vous croyez E-
piphanius, qui deriue Helie de l'ordre des Sacrificateurs, & a eu
durant la loy sa mission & ordinaire & extraordinaire : de laquelle le renouuellement a derechef esté predict & designé en l'Escriture, & sera alors confirmé par les miracles qu'ils feront l'vn &
l'autre pour attester la verité de leur estre. Ie ne veux point dire
non-plus, qu'ils ne se constitueront point nouueaux fondemens
du ministere & de la succession ordinaire, mais seulement em-
ployeront le temps de leur commission, qui sera litteralement de
trois ans & six mois, à conuertir les Iuifs qui auront receu le faux
Messie, & ceux qui leur adhereront. Ie ne veux point dire finalement que rien n'empeschera qu'ils n'y adioustent encore la mission
ordinaire du nouueau Testament, & la dextre d'association des autres Pasteurs legitimement appelez par le droict de la succession,
comme fit sainct Paul. Ie demande seulement, quelle raison il y a
d'argumenter du retour miraculeux d'Henoch & d'Helie, pour
conclure vostre pretenduë mission extraordinaire ? Il est question
de sçauoir si l'Eglise Chrestienne doit attendre que Dieu luy
suscite extraordinairement, comme à l'Eglise Iudaïque, des Prophetes du milieu d'elle. C'est à dire, si de ceux qui sont naiz en la

D ij

loy du nouueau Testament & depuis les Apostres, comme Luther & Caluin, quelcun peut pretendre vne mission extraordinaire : Et là dessus vous nous alleguez l'euocation & comparition miraculeuse d'Henoch & d'Helie : à quel propos ? ceux-la sont-ils naiz
sous le nouueau Testament ? ont-ils prins naissance soit temporellement, soit spirituellement, depuis les Apostres ? Que si vous dittes que vous l'interpretez bien litteralement, mais non comme les
Peres, d'Henoch & d'Helie, ains de deux autres Prophetes particuliers : combien reste-t'il de clauses en ceste description que vous ne
sçauriez exposer selon la lettre ny formellement, ny par consequence d'aucuns de vos premiers Docteurs ? Asçauoir outre les
miracles faicts par eux durant leur vie, de clorre le Ciel, conuertir les eaux en sang, & autres semblables, que leurs corps morts
seront trois iours & demy dans la grande Cité, où leur Seigneur a
esté crucifié, & qu'au bout de ces mesmes trois iours & demy ils
ressusciteront, monteront au Ciel à la veüe de leurs ennemis ? Que
si vous vous reduisez au sens allegorique, contre vos protestations
ordinaires, que les allegories ne prouuent point ; ces deux tesmoins
estans lors non deux personnes particulieres, mais la generalité des
vrais Predicateurs de l'Euangile, lesquels pource qu'ils auront à conuaincre le faux Messie ou l'Antechrist, par la loy & par les Prophetes, seront entendus, comme dit vostre Funccius, sous le nom de
Moyse & d'Helie, à qui il semble que la description de l'Apocalypse conuienne plus proprement : d'où recueillirez-vous derechef,
que ces Predicateurs qui seront lors, n'auront point de vocation ordinaire ; & ne seront point authorisez de la successiõ conseruée aux
parties de l'Eglise, non opprimées par le Pape, que vous pretendez
estre l'Antechrist ? ou si le Pape n'est point l'Antechrist, comment
est-ce que la mission de ceux qui seront enuoyez, dittes vous, extraordinairement, pour combattre l'Antechrist, vous appartiendra?

XLII.   *Iusqu'icy nous auons monstré en general qu'il y peut auoir vocation extraordinaire.*

*Nous disons maintenant, que s'il y a gens ausquels cecy doiue appartenir,
que c'est à ceux qui en ces derniers temps par le glaiue de la parole de Dieu,
qui est l'Esprit de sa bouche, ont non seulement reuelé, mais aussi tellement
combattu l'Antechrist, que nous maintenons estre le Pape de Rome & sa
suitte, que nous esperons qu'il sera bien tost déconfit. Tels voulons nous maintenir auoir esté les nostres au commencement de la reformation.*

Iusques icy vous n'auez rien monstré en general, & quand vous
l'auriez faict, vous n'auriez pour cela encores rien obtenu. Car il le
vous faudroit appliquer en particulier, & verifier par marques &
tesmoignages de pareille authorité, que ce seroit à vous precisémét
que la designation generale de ceste mission appartiendroit, com-

me la prediction indeterminée de la vocation de sainct Iean en Malachie, luy fut particulierement appliquée par l'Ange qui annonça sa naiſſance. Ce que quád vous auriez obtenu, encore derechef n'auriez-vous rien aduancé : dautant que l'exemple des miſſions extraordinaires collaterales, que vous prenez pour argument & patron de la voſtre, ne ſe peut tordre ſans ſacrilege à l'vſage des miſſions extraordinaires fondamentales, à quoy vous en eſtendez la conſequence.

Que s'ils demandent des miracles pour confirmer ceſte vocation extraordinaire, nous reſpondons premierement que cela pourroit eſtre à bon droict requis, s'ils euſſent mis en auant nouuelle doctrine : mais n'apportans que celle meſme qui auoit eſté donnée & laiſſée par eſcrit aux liures canoniques du vieil & nouueau Teſtament, il n'eſtoit beſoin d'autres que de ceux qui auoient eſté faits au commencement par les Prophetes & Apoſtres, pour authoriſer ceſte meſme doctrine. XLIII.

Il eſt faux que vous ſoyez diſpenſez d'apporter des miracles, pour dire que voſtre doctrine eſt conforme à celle des Apoſtres : car autre eſt l'inſtance des miracles pour l'atteſtation de la doctrine, & autre pour l'atteſtation de la vocation. Les miracles qui s'exigent de vous en ceſte queſtion preciſe, on ne les vous demande point pour ſeeller voſtre foy : ce que ſi l'on faiſoit, & qu'elle fuſt recogneüe, & non conteſtée, pour conforme auec celle des Apoſtres, alors vous auriez raiſon d'employer pour vous les miracles faicts par eux : mais pour ſeeller & authoriſer voſtre vocation, de laquelle l'examen eſtant diſtinct de celuy de la doctrine, il faut ou que vous vous appliquiez la meſme miſſion des Apoſtres par l'entremiſe & continuité de la ſucceſſion, ſi vous vous pretendez eſiouyr des miracles faicts par eux pour ce regard : ou que la deriuant d'vn autre principe extraordinaire, vous produiſiez auſſi d'autres ſeaux extraordinaires. Autrement les Prophetes n'auroient point eſté tenus d'apporter des miracles pour verifier leur miſſion, mais d'employer ſeulement ceux de Moyſe. Car qui doute que leur doctrine ne fuſt conforme auec la ſienne ? & toutesfois pource qu'ils eſtoient appelez d'vne nouuelle vocation extraordinaire, c'eſt à dire, qui ne ſe reſoluoit point par les degrez de la ſucceſſion en celle de Moyſe, ils eſtoient obligez de produire auſſi de nouuelles marques extraordinaires, aſçauoir de nouueaux miracles, de peur que ſous le pretexte de la doctrine, chacun ne ſe fuſt voulu ſuppoſer, & faire reuerer pour Prophete.

Et apres, que toute vocation extraordinaire n'a pas eſté confirmée par miracles, comme celle de pluſieurs Prophetes. XLIV.

Que tous les miracles faicts par les Prophetes pour confirmer leur vocation ne ſoient pas enregiſtrez dans l'Eſcriture, il peut bien

estre vray : car aussi il n'est pas necessaire, estans les exemples de
ceux qui sont inserez assez frequents, pour nous en faire conceuoir
vne doctrine vniuerselle. Mais que iamais aucun Prophete ayt esté
institué Prophete, sans qu'il soit interuenu des miracles pour fonder
& attester sa vocation, il est faux. Car le seul acte mesme de prophetiser estoit vn signalé miracle, & tous les preparatifs & accessoires qui l'accompagnoient estoient autant de miracles : desquels encore que la description exacte, pour le regard de chaque Prophete
en particulier, ne soit pas tousiours venuë à nostre cognoissance,
n'importe neantmoins pour la nullité de vostre exception. Car il
suffisoit qu'ils fussent cogneus par le menu à l'Eglise, à qui les Prophetes estoient lors actuellement enuoyez, & à qui il appartenoit
de discerner leur vocation, c'est à dire, à l'Eglise de leurs siecles. Et
pour nostre satisfaction, ce nous est assez qu'en la mission des principaux, comme en vn modelle & en vn patró de toutes les missions
prophetiques, la description des miracles attachez pour seaux à leur
commission soit si expresse, que nous puissions facilement suppléer
le silence de l'Escriture pour les autres. Outre ce que la certification
du college de ceux qui estoient actuellement recogneus pour tels
par leurs propres miracles, quand ils rendoient tesmoignage & deferoient authorité de Prophete à quelque autre, luy tenoit aucunement lieu de miracle à luy-mesme. Pour reprendre donc mon propos, ie dy premierement que la vocation dont ils estoient appelez,
& les reuelations qui leur estoient communiquées estoiét déja d'elles-mesmes autant de miracles. Car elles se faisoient ou par des visions supernaturelles de ce qui leur estoit absent, soit de lieu, soit
de temps, à l'occasion dequoy ils estoient appelez Voyans : ou par
des allocutions verbales & extraordinaires de Dieu à eux, comme
quand sainct Iean dit : Celuy qui m'a enuoyé pour baptiser en eau

Ioan. 1.

„ m'a dit ; Celuy sur lequel tu verras descendre l'Esprit, c'est celuy qui
„ baptise en Esprit : qui estoient toutes autant de miracles, sinon publics & manifestes à tout le monde, pour le moins cogneus particulierement à ceux qui estoient enuoyez. Et secondement ie dy, que
pour verifier leur vocation aux autres, ils estoient obligez outre
les mouuemens, ecstases & horreurs visibles, dont ils estoient saisis
quand l'Esprit de Dieu les agitoit, d'apporter pour le moins au commencement de leur vocation des miracles exterieurs : ne pouuant
aucun estre recogneu pour Prophete authétique par la Synagogue,
qu'il n'eust faict auparauant quelque œuure, ou quelque prediction
miraculeuse, encore qu'elle ne soit point enregistrée dans l'Escriture, pour attester sa mission. Ie dy œuure ou prediction miraculeuse, dautant que Prophetiser se prend aussi bié en l'Escriture pour
les œuures, comme pour les paroles. Car la premiere condition que

Dieu vouloit que l'Eglise Iudaïque requist pour les tenir en qualité
de Prophetes, c'estoit l'euenement ou de quelque signe & prodige,
ou en somme de quelque autre accident, qui n'eust peu estre preueu
sans vne lumiere supernaturelle, dont la prediction & le succés sensible fust comme vn prelude de prophetie, & vn tesmoignage miraculeux de leur mission. Et au defaut de ceste condition, il ordonnoit que tous ceux qui vsurpoient le tiltre de Prophetes en la Synagogue, fussent mis à mort.

    S'il s'éleue (dict le Seigneur au treziéme chapitre du Deuterono- "
me) au milieu de toy vn Prophete, ou bien qui die auoir eu vne vi- "
sion, & qu'il predie vn signe ou vn prodige, & que ce qu'il aura pre- "
dict aduienne, & au partir de là qu'il te die; Allons & suiuons les "
Dieux estranges que tu ne cognois point & leur seruons: tu n'oirras "
point la voix de ce Prophete-la. "

    Voila Dieu qui descrit luy-mesme la premiere condition neces-
sairement requise pour acquerir authorité à vn Prophete, sans laquelle condition il ne veut pas qu'il soit receu absolument par son
peuple : & auec laquelle condition neantmoins il ne veut pas qu'il
soit receu contre le fondement de toute vraye mission prophetique, qui est la presupposition d'vn seul Dieu. Et derechef au dixhuictiéme chapitre. Le Prophete depraué par arrogance, qui vou- "
dra annoncer en mon nom ce que ie ne luy auray point commandé "
d'annoncer, ou parler de la part des Dieux estranges, sera mis à "
mort. Que si vous respondez en vous-mesme ; Comment pourray- "
ie discerner la parole que le Seigneur n'a point prononcée? vous "
aurez cecy pour signe : Ce que ce Prophete vous aura dit & ne sera "
point aduenu, le Seigneur ne l'a point prononcé. Et au 28 chapi- "
tre de Ieremie : Le Prophete (dit-il) qui a prophetisé paix, quand "
sa prediction sera arriuée, on sçaura à l'heure qui est le Prophete "
que Dieu a enuoyé en verité. Il falloit donc que le succez de la pro- "
phetie, en vertu de laquelle il deuoit estre recogneu pour vray ou
faux Prophete, & de laquelle dependoit selon la loy du Seigneur le
iugement de sa vie ou de sa mort, eust lieu deuant qu'il fust recogneu pour Prophete : & incontinent apres sa prediction, & pendant qu'il estoit viuant, & par consequent fust vn miracle present
& sensible à ceux au siecle desquels il prophetisoit. Et pourtant lors
qu'ils annonçoient des choses eslongnées de temps, ils auançoient
pour signe, afin d'estre creuz, l'euenement d'autres predictions,
dont la verification estoit prompte: comme Iaddon prophetisant à
Ieroboam, que les os de ses propres Sacrificateurs seroient vn iour
sacrifiez par Iosias sur leur autel mesme, il luy donna pour signe present, que l'autel se fendroit tout seul deuant luy, outre le
miracle du sechement & de la restitution de sa main. Et de vray, si

D iiij

les Prophetes n'euffent apporté autre atteftation que Dieu auoit parlé à eux, & les auoit enuoyez, que celle qu'ils fe fuffent rendue à eux-mefmes : qui euft efté obligé de croire à leur vocation, & de leur obeyr, fur peine de malediction, mefme aux chofes temporelles ? Car quand vn Prophete en l'enthufiafme prophetique faifoit quelque commandement, il eftoit neceffaire de luy obeyr, voire encore que l'action commandee non feulement ne paruft point actuellement conforme à la loy, mais mefme qu'en apparence elle y fuft repugnante, pourueu que ce ne fuft point directement contre le premier precepte du Decalogue : tefmoin celuy qui pour n'auoir pas voulu fraper & bleffer le Prophete qui le luy commandoit, receut cefte fentence : Pource que tu n'as pas voulu ouïr la

voix du Seigneur, voicy tu te departiras de moy, & le Lyon te frapera. Noftre Seigneur dit : Si ie rens tefmoignage de moy-mefme, mon tefmoignage n'eft pas veritable. Et vn peu apres : Les œuures que mon Pere m'a données à faire, ces mefmes œuures-la que ie fay, rendent tefmoignage de moy que mon Pere m'a enuoyé. Et en vn autre lieu : Si ie n'auois point faict d'œuures en chofes que nul autre n'a iamais faictes, ils n'auroient point de-peché. Si luy, qui eftoit la fource de toutes les miffions temporelles des Prophetes, qui eftoit engendré eternellement du Pere, qui n'apportoit aucune doctrine qui ne fuft conforme à l'Efcriture, a neantmoins prononcé, que s'il rendoit luy-mefme tefmoignage de fa miffion, que fon tefmoignage n'eftoit pas receuable : a confeffé, à parler humainement, qu'il eftoit obligé d'y adioufter l'atteftation des miracles : a declaré que s'il ne l'euft point faict, les Iuifs l'euffent peu rejetter fans peché : y aura-t'il quelqu'vn au partir de là, qui ofe dire que ces atteftations extraordinaires ne fuffent point neceffaires aux Prophetes, & qu'ils ayent efté croyables à leur fimple parole de la verité de leur miffion, ce que le Fils de Dieu mefme, felon la fujettion de la loy, n'a pas pretendu deuoir obtenir ?

Et de Jean Baptifte lequel n'a faict aucun miracle, côme tefmoigne l'Euangile felon fainct Iean, & fainct Chryfoftome l'a tresbien remarqué.

Outre ce que fainct Iean auoit la miffion ordinaire, car il eftoit de l'ordre des Sacrificateurs & fils de Zacharie, qui feruoit actuellement au Temple, au moyen dequoy l'exemple n'en peut eftre allegué pour excufer le default de la voftre : il eft faux que fa vocation extraordinaire n'ayt point efté atteftée par miracles, encore que nó faits par luy, neantmoins faicts pour luy. Car laiffant à part la prophetie d'Efaye fur ce fujet, & celle de Malachie reftreinte & appliquée particulierement à fa perfonne par la bouche de l'Ange : l'apparition du mefme Ange, l'annonciation de fa Conception miraculeufe, & de l'habitation que le fainct Efprit deuoit faire en

luy dés le ventre de sa mere, l'imposition de son nom, l'interruption & la restitution prodigieuse de l'vsage de la parole à son pere,
la salutation auancée & supernaturelle qu'il fit à nostre Seigneur,
l'enthusiasme prophetique d'Elizabet, & en somme tant d'autres
marques miraculeuses rendoient tesmoignage de sa vocation, que
les voisins en estoient espouuantez, & que tout le pays des montagnes de la Iudée (dit l'Euangile) demādoit quel seroit quelque iour
c'est enfant-la: ce que nous n'auons point encor ouy estre arriué à la
naissance de Luther, ny de Caluin.

Quant à la vocation ordinaire qu'ont eüe lesdits premiers Pasteurs, nous
disons que s'il y en auoit aucune pour lors en la Papauté mesme, elle estoit
de leur costé: dautant qu'au lieu que les autres en abusoient, ils la rappor-
toient à son vray vsage. Et si on replique, qu'encore qu'ils eussent pris vo-
cation de leurs Euesques, qu'ils en estoient decheuz, enseignans autre doctri-
ne. C'est donc maintenant à examiner la doctrine, & non plus la vocation. XLVI.

Parlez librement & ouuertement, ne respondez point par conditionnelles. Ou la mission ordinaire estoit encore lors en la Papáu-
té, ou elle n'y estoit plus: ou vos Pasteurs l'ont eüe de là, où ils ne
l'en ont pas eüe. Si vous dittes absolument qu'elle n'y estoit plus, la
dispute est finie: il ne faut plus debattre si vous auez la vocation ordinaire, car vous en estes exclus tout à faict. Si vous confessez que
nostre Eglise auoit encore lors la mission: ou elle auoit la simple
mission sacramentale, destituée de la legitime puissance d'en vser,
comme l'ont les Euesques heretiques, qui ont esté ou eux, ou leurs
predecesseurs autresfois ordonnez par les Catholiques, & comme
l'ont encore ceux qui sont degradez de l'Episcopat en l'Eglise, c'est
asçauoir, quant à l'impression du charactere, & non quant à l'authorité de l'execution: ou elle auoit conjointement l'vne & l'autre.
Si elle auoit toutes les d'eux, c'est à dire, le seau & l'authorité du
ministere tout ensemble, elle estoit donc encore lors la vraye Eglise de Dieu, & celle par consequent hors de la communion de laquelle il n'y auoit ny authorité, ny salut. Et partant ayant degradé
Luther de l'authorité qu'elle luy auoit donnée, il en fut veritablement depossedé: & luy s'estant separé de la cōmunion de ceste mesme Eglise, & ayant prononcé anatheme contre elle, s'est exclus luy
& les siens, non seulement de toute authorité, mais aussi de tout salut. Si vous respondez, qu'elle n'auoit que la simple mission sacramentale despoüillée de la legitime puissance d'en vser, comme
les Nestoriens, Eutychiens, & autres hereriques, elle ne pouuoit
donner à Luther ce qu'elle n'auoit point: non plus que les Euesques
qui sont degradez en la vraye Eglise, ne peuuent communiquer
aucune legitime authorité à ceux qui sont ordonnez par eux, ny ces
mesmes ordonnez vsurper l'exercice du ministere, sans attentat &

facrilege. Car encore que les actions qu'ils font en vertu de leur ordination foient bien reelles, pour ce qui depend du charactere, elles
font neantmoins illicites & damnables à caufe du defaut de la legitime authorité, pour le regard de laquelle ils ceffent tout à faict
d'eftre Euefques, nonobftant que le feau de l'ordination leur demeure: tout ainfi que les miniftres d'vn Eftat ceffent d'eftre officiers
& Magiftrats, quand ils font depofez ou fupprimez, encore mefme
qu'ils refte faifis du feau, par lequel ils auoient efté inftituez. Pourtant le Concile de Nicée, lors qu'il receut Meletius, autresfois chef
du fchifme des Meletiens, à l'Eglife Catholique, luy abrogea l'E-
pifcopat & luy ofta toute puiffance d'ordonner, ne luy laiffant que
le nud & fimple honneur du tiltre fans miniftere. Pourtant le Concile de Sardique declara Theodore Narciffus, & plufieurs autres qui
eftoiét tombez en l'Arianifme, decheuz de l'Epifcopat, & decerna
qu'ils ne fuffent plus Euefques. Pourtant a fainct Athanafe en fa feconde Apologie parlát en la perfonne de Iules Euefque de Rome,
dit qu'il eftoit impoffible que les ordinations des Preftres faites par
Secundus Euefque Arien, euffent aucun lieu en l'Eglife Catholique. b Et fainct Hierofme protefte qu'il n'y auoit aucun Euefque
au monde, que ceux qui auoient efté ordonnez par les Euefques du
Concile de Nicée. Non que le charactere de l'Epifcopat ne leur reftaft, ou ne leur euft point efté appliqué, mais bié la iufte puiffance
de l'exercer, laquelle eftant ou non tranfmife, ou perie en eux, ils
ne la pouuoient pretendre, finon que l'vnique focieté qui auoit
pouuoir de la reftituer, afçauoir l'Eglife Catholique, la leur refti-
tuaft, comme nous lifons qu'elle fit au Concile de Nicée, à ceux
qui auoient efté ordonnez auparauant par Meletius. Si donc, pour
reprendre mon propos, l'Eglife Catholique n'auoit plus, lors que
Luther vint au monde, que la miffion facramentale defpoüillée de
l'authorité executiue, elle ne luy pouuoit donner finon la feule
impreffion du charactere, deftituée comme vn corps mort de fon
ame & de fa vie, afçauoir de la legitime puiffance d'en vfer: & encore cela feulement felon la doctrine des Catholiques, qui tiennent
que la miffion facramentale peut fubfifter fans l'authoritatiue,
croyans auec fainct Auguftin, que l'Ordination eft vn Sacrement
qui imprime vn charactere reel, lequel ne laiffe pas de demeurer
apres l'abolition de l'authorité, pour la confignation de laquelle il
a efté conferé: au moyen dequoy l'Eglife ne le reïtere point à ceux
qu'elle reftablit. Car quant à vous autres, qui pour la plufpart n'admettez ny que l'Ordination foit Sacrement, ny que les Sacremens
de leur part produifent aucune operation, ny par confequent que
l'Ordination imprime aucun charactere reel & ineffaçable, vous
ne pouuez fuppofer qu'apres la priuation de l'authorité, il refte au-

eun seau sacramental en celuy qui en est priué, lequel il puisse communiquer à vn autre, ny donc que Luther selon vostre doctrine ayt peu tirer aucune mission sacramétale de la Papauté. Mais soit ainsi, que vous departans de vos propres theses, & recourans en vostre besoin aux nostres, vous insistiez que le nud charactere luy ayt esté imprimé, pour le moins est-il certain que l'Eglise Romaine ne luy aura peu donner ce qu'elle n'auoit point, asçauoir la faculté iuridique d'exercer le ministere, dont elle estoit decheüe par l'heresie, & par l'anatheme qu'elle auoit encouru de la propre bouche de sainct Paul, pour auoir euangelizé, si les accusations de Luther sont veritables, contre ce que le mesme Apostre auoit euangelizé. Et partant que Luther, qui l'a protestée estre comprinse en cet anatheme, l'anathematisant luy-mesme derechef, n'en aura peu deriuer aucune function ministeriale, aucune iurisdiction Ecclesiastique, aucune puissance sur le corps mystique de Christ: ny par consequent entreprendre d'assembler, occuper & gouuerner aucune societé en qualité d'Eglise sans sacrilege & condemnation de luy & de tous ses adherents. [a] Sainct Athanase en l'Epistre des Synodes d'Arimini & de Seleucie, declamant contre les Ariens, qui calomnioiét d'heresie l'Eglise Catholique dont ils estoient sortis : Auec quel droict (dit-il) pourront-ils estre Euesques, s'ils ont receu leur ordination de gens heretiques, accusez pour tels par eux-mesmes ? [b] Et sainct Hilaire au liure des Synodes contre les Ariens : Representons-nous (dit-il) tant de saincts Prelats, & desia constituez en lieu de repos, ce que Dieu iugera de nous, si nous les anathematizons, & ce que nous deuiendrons, nous qui reduisons la chose à ce poinct, que puis qu'ils n'ont point esté Euesques, nous ne le sommes point aussi: car nous auons esté ordonnez par eux, & sommes leurs successeurs. Renonçons à l'Episcopat, puis que nous en auós pris & deriué l'office d'vn anatheme. Et les Empereurs Gratian, Valentinian, & Theodose au tiltre des heretiques, l. 3. [c] Que leurs Pasteurs n'attentent point d'enseigner la foy laquelle ils n'ont point, ny de creer des ministres, eux qui ne le sont point. Mais à quel propos tout ce long discours? à quel propos disputer si vous vous pouuez porter pour heritiers de l'ordinatió de nostre Eglise, apres y auoir si solemnellement renoncé, cóme vous auez fait, & faites encores tous les iours? Ie ne veux point vous reprocher les belles interpretatiós que vous dónez à l'Apocalypse, exposát la marque de la beste, de l'ordre de la Prestrise Romaine, non seulement en vos sermons, mais mesmes en vos formules de parler ordinaires. Car quãd ceux qui se font Ministres parmy vous, sans auoir esté auparauant Prestres, se vantent qu'ils n'ont iamais porté la marque de la beste, qu'entendent ils par la marque de la beste sinon le charactere de la Prestrise, ap-

[a] Athanas. in epist. de Synod. Πῶς αὐτοὶ ἐπίσκοποι, εἰ παρ' αἱρετικῶν, ὡς αὐτοὶ διαβάλλουσι, κατέστησαν;

[b] Hilar. lib. de Synodis. Cogitemus tot sacerdotes sanctos & iam quiescentes, vt sup. fol. 60.

[c] Leg. 3. Cod. de hæret. Nemo vlterius conetur, qua repererit profana praecepta vel docere vel discere: Nec Antistites eorundem audeát fidem insinuare, quam non habent, nec ministros creare, qui non sunt.

pellant par consequent marque de la beste & seau de l'Antechrist,
ce que vous alleguez pour marque legitime de vostre mission &
vray seau de Christ? Ie vous demanderay seulement, lors que Caluin & ses autres coadjuteurs ont institué les Prestres reuoltez de no=
stre communion, pour Pasteurs en leur pretenduë Eglise, ne leur
ont-ils pas donné vne nouuelle mission, les faisans consequemment
renoncer auec eux à l'ordination de l'Eglise Romaine? Et vous-mesmes, quand quelcun de nos Prestres passe à vostre party, & qu'a-
pres l'auoir suffisamment instruit & esprouué en vostre doctrine,
vous le iugez capable du ministere, ne luy conferez-vous pas vne
nouuelle mission? declarant par ce moyen nulle celle qu'il auoit receüe en l'Eglise, & vous ostant tout pretexte de vous en pouuoir
aider? Voire qui plus est ne l'obligez-vous pas, mesme par l'ordonnance de vos derniers Synodes, deuant que de pouuoir estre receu
à la poursuitte du ministere, de renócer à tous les droicts de l'Eglise
Romaine? Auec quel front est-ce donc que vous auez l'asseurance
de recourir à nostre vocation, quand vous vous sentez pressez &
conuaincus de la nullité de la vostre? Cessez, cessez de la blasphemer
& de l'implorer tout ensemble: vous l'auez niée deuant les hommes, elle vous niera deuant Dieu.

XLVII. *Ou bien si on dit que la plus-part d'entre-eux, n'estans que Prestres
n'eussent peu conferer aux autres le droict de vocation, nous les renuoyons
à S. Hierosme, qui enseigne qu'elle est commune aux Euesques, & aux
Prestres, comme aussi S. Ambroise le confirme. Il appert donc en quelque
sorte qu'on le vueille prendre, qu'ils n'ont point esté sans vocation; que
l'ayans, ils l'ont peu donner aux autres: & ceux-cy l'exerçans fidelement,
ont le tiltre & la vraye possession.*

Il est faux que S. Hierosme ayt iamais dit que le droict d'enuoyer fust commun aux Euesques & aux Prestres: au contraire au
lieu où il a le plus égalé le Prestre auec l'Euesque, pour releuer l'ordre Sacerdotal par dessus l'insolence de quelques Diacres, qui est en
l'epistre à Euagrius, il en a nommément excepté l'ordination:[a] Car
que faict (dit-il) l'Euesque, excepté l'ordination, que le Prestre ne
face pareillement? Et encor pour le regard de la Iurisdiction, qu'il
pretéd auoir esté autresfois commune entre l'Euesque & le Prestre:
il veut seulement que ç'ayt esté lors que les Apostres jettoient les
premiers fondements de l'Eglise, & que la restriction en ayt esté
faicte depuis en la personne des Euesques par les Apostres mesmes:
& à ceste occasion appartienne à la Tradition Apostolique, & à
l'estat du nouueau Testament, qui a estably vn tel ordre & vne telle
difference entre les Euesques, & les Prestres, & les Diacres, que celle
qui estoit establie de droict diuin entre le souuerain Sacrificateur,
les Sacrificateurs ordinaires, & les Leuites.[b] Et afin (dit-il) concluant

cluant la mesme epistre) que nous sçachions que les Traditions A-
postoliques en ce cas sont prises de l'ancien Testament : ce qu'Aaron, & ses fils, & les Leuites ont esté au Temple, que les Euesques,
les Prestres, & les Diacres, s'attribuent d'estre le mesme en l'Eglise. [a] Et au second liure contre Iouinian : S'il n'y a point (dit-il) diuerses mansions en la maison de Dieu, comment est-ce qu'au vieil
Testament & au nouueau autre ordre tient le Pontife, autre les
Prestres, & autre les Leuites ? Surquoy il faut noter que l'office de
l'Euesque reluisant en deux parties, asçauoir en l'exercice de l'ordination, & en celuy de la iurisdiction, encore que celuy de la iurisdiction ayt bien quelquesfois esté consideré par aucuns sous diuers limites de communication & restriction : neantmoins celuy
de l'ordination a esté tousiours si particulierement & inuiolablement affecté à l'Euesque, qu'il ne l'a iamais peu communiquer à
nul ny par commission, ny autrement. Ils subornerent (dit la seconde [b] Apologie de sainct Athanase) vn certain Ischyras qu'ils
amenerent auec eux, homme qui n'estoit nullement Prestre , encore qu'il prist ce tiltre, comme ayant esté ordonné par vn Colluthus, non veritable, mais imaginaire Euesque : auquel au Concile
general il fut enjoinct par Osius & par les autres Euesques qui y assistoient, qu'il se portast pour Prestre comme il auoit esté auparauant, & que tous ceux qui auoient esté ordonnez par luy, retour-
nassent en leur premier estat. Et le Concile d'Alexandrie referé
par le mesme Athanase en la mesme Apologie : [c] Comment est-
ce donc qu'Ischyras est Prestre, ou par qui a-t'il esté ordonné ? a-ce
esté par Colluthus ? Car cela seul reste à dire : mais que Colluthus
soit mort au simple degré de Prestrise, & que toutes ses impositions
de mains ayent esté annullées, & que tous ceux qui auoient esté ordonnez par luy, ayent esté receus au rang des laïques, & sous le
nom de laïques receus à la communion, c'est chose si constante à
tout le monde, que nul ne pretend en deuoir douter. Et pour
ceste mesme cause aussi, nous lisons que l'Eglise mettoit au roolle des heretiques ceux qui tenoient qu'il n'y auoit aucune difference entre le Prestre & l'Euesque. [d] Epiphanius au 3. liure contre
les heresies, en l'heresie d'Aërius: Sa parole (dit-il) estoit plustost fu-
rieuse qu'humaine, & disoit : Quelle difference ya-t'il entre l'Euesque & le Prestre? l'vn ne differe rien de l'autre: c'est vn mesme ordre,

c Sancta Synodus Alexandr. Πόθεν οὖν πρεσβύτερος ἱερεύς; ὑπὸ καταστάσεως; Ἀρα Κολλούθου, ἀλλ' ὅτι Κόλλουθος πρεσβύτερος ὢν ἐτελεύτησε, καὶ πᾶσα χεὶρ αὐτοῦ γέγονεν ἄκυρος. καὶ πάντες οἱ παρ' αὐτοῦ τῷ χρόνῳ λαϊκοὶ γεγόνασι, ὃ οὕτως συνάγονται δῆλον, ὃ οὐδὲν καθέστηκεν ἀμφίβολον.

d Epiphan. lib. 3. de hæres. ἵνα ᾖ αὐτῷ ὁ λόγος μανιώδης μᾶλλον ἤπερ καταστάσεως ἀνθρωπίνης. ὃ πῶς πρὸς πρεσβύτερον, οὐδὲν διαλλάττει οὗτος τούτου, μία γὰρ ἐστι τάξις, ὃ μία φησὶ τιμὴ, ὃ ἓν ἀξίωμα, σκόπος, ἀλλὰ ὃ ὁ πρεσβύτερος. Λύειν δίδωσι ὁ ἐπίσκοπος, ὁμοίως ὃ ὁ πρεσβύτερος, ἢ χειροτονίας τὴν λαβείας

E

de veteri testa-
mēto : Quod Aa-
ron & filij eius
atque Leuitæ in
Templo fuerunt,
hoc sibi Episcopi
& Presbyteri &
Diaconi vendicēt
in Ecclesia.

a Idem lib. 2.
contra Iouin.
Si non sunt pluri-
ma mansiones,
Quomodo & in
veteri testamento
& in nouo alium
ordinem Pontifex
tenet, alium Sa-
cerdotes, alium
Leuita ?

b ὑποκληθέντες
αὐτοῖς ὑπὸ ἱερέα,
ὃν ἤγαγον μὲθ' ἑαυ-
τῶν, λέγοντες ἑαυ-
τοῖ] πρεσβύτερον,
ὃς οὐκ ἔστι πρεσβύ-
τερος. ὑπὸ γὰρ Κολ-
λούθου τοῦ πρεσβυ-
τέρου φαντασθέντος
ἐπισκοπὴν καὶ ὕ-
στερον ὑπὸ κοινῆς
συνόδου ἰδίου ὃ
τῷ σὺν αὐτῷ ἐπι-
σκόπων κελευσθέν-
τος πρεσβυτέρου [ ]
καθὼς καὶ πρότερον
ἦν καταστὰς, ὃ
κατ' ἀπολουθίαν
πάντες οἱ ὑπὸ Κολ-
λούθου κατασταθέν-
τες. ἀνέδραμον εἰς
τὸν αὐτὸν τόπον εἰς
ὃν ὃ πρότερον ἦσαν,
ὡς ὃ αὐτὸς ἱερέας
λαϊκός ὤφθη, ἵν'
ἐν ᾧ ἰδία ἐκκλη-
σίαν, μηδὲ πώποτε
ἐκκλησίαν γιγνῶσ-
θαι, ἀλλ' οἰκηκὸν
οἰκημάτιον μικρὸν
ὀρφανοῦ παιδίου,
ἰσιαιος τ' οὕνομα,
τῶν γὰρ λοιπῶν.
κατασταθέντες , ὃ

φησὶ ἢ ὅτι ἐπίσκο-
χειροτονῶν φησὶ ἐπι-
ποιεῖ ὁ ἐπίσκοπος, ὃ

ο πρεσβύτερος ώσ-
αύτως. καθίζεται ο
ἐπίσκοπος ἐπὶ τῦ
θρόνου, καθίζεται
καὶ ὁ πρεσβύτερος.
ἐν τούτῳ πολλοὶ ἠ-
πάτησε, καὶ ἀρχη-
γον τῦτον ἐσχήκασιν.
Et paulò pòst.
Καὶ ὅτι μὲν ἀφρο-
σύνης ἐςὶ τὸ πᾶν
ἔμπλεων, τοῖς
σύνεσιν κεκτημένοις
τῦτο δῆλον. τὸ λέ-
γεὶν αὐτὸν ἐπίσκοπον
καὶ πρεσβύτερον
ἴσον εἶναι, καὶ πῶς
ἔςαι τῦτο δυνατὸν,
ἡ μὲν γὰρ ἐςι πα-
τέρων γεννητικὴ τά-
ξις, πατέρας γὸ
γεννᾶ τῇ ἐκκλησία.
ἡ δὲ πατέρας μὴ
δυναμένη γεννᾶ,
πῶς ἴσοτε ἴω τὸν

a Augustinus in
luisse fertur quod
didisse nonnulla,
nulla differentia
XLVIII.

vn mesme honneur, vne mesme dignité : l'Euesque impose les mains, aussi fait le Prestre : l'Euesque fait l'œconomie de l'adoration (c'est à dire l'Eucharistie) aussi fait le Prestre : l'Euesque s'assied en la chaire, aussi fait le Prestre. Et auec ces paroles il en a deceu plusieurs : & ils l'ont eu pour leur chef. Et vn peu apres : Or que tous ces discours-la soient pleins de folie, il est manifeste aux gens d'entendement. Dire que l'Euesque & le Prestre soient egaux, comment cela sera-t'il possible ? Car l'ordre des Euesques est generateur des Peres : dautant qu'il engendre des peres à l'Eglise : là où celuy des Prestres n'a pas puissance d'engendrer les peres, mais par le lauement de la regeneration il engendre les enfans. a Et sainct Augustin apres luy au catalogue des heresies : Les Aëriens (dit-il) sont venus d'vn certain Aërius, lequel estant Prestre s'offensa, à ce qu'on dit, de n'auoir peu estre Euesque, & tombé en l'heresie des Ariens, y adiousta quelques autres doctrines du sien, disant que le Prestre & l'Euesque ne deuoient estre distinguez d'aucune difference.

διὰ τῆς τῦ λουτροῦ παλιγγενεσίας, τέκνα γεννᾶ τῇ ἐκκλησία, οὐ μὴν πατέρας ἢ διδασκάλοις. καὶ πρεσβύτερον καθιστᾷ, μὴ ἔχοντα χειροθεσίας τῦ χειροτονεῖν, ἢ εἰπεῖν αὐτὸν εἶ) ἴσον τῷ ἐπισκόπῳ. Catalogo hæres. 53. Aëriani ab Aërio quodam sunt nominati, qui cum esset Presbyter, do- Episcopus non potuit ordinari, & in Arianorum heresim lapsus, propria quoque dogmata ad- dicens Orare vel offerre pro mortuis oblationem non oportere, & Presbyterum ab Episcopo debere discerni.

A tout ce que dessus nous adioustons, pour le regard du motif de ceste dispute : Qu'estant question auiourd'huy de sçauoir quelle est la vraye Eglise pour s'y ranger, il n'est nullement raisonnable de se prendre premierement à la vocation, ains aux marques essentielles d'icelle, qui sont la pure predication de la parole, & la sincere administration des Sacremens.

Au contraire, c'est la premiere question par où il faut commencer : car le ministere estant le fondement materiel de l'Eglise, comme les Magistrats de la republique : celuy qui veut sçauoir où est la vraye Eglise, doit s'enquerir premierement où est le vray ministere : comme celuy qui cherche où est la vraye republique, doit s'informer premierement où sont les vrais Magistrats. Mais la doctrine & les sacremens, dittes-vous, sont conditions essentielles de l'Eglise ; il est vray : elles doiuent donc preceder en l'ordre des marques celle de la mission, il est faux : premierement, pource que la mission est aussi elle-mesme de l'essence de l'Eglise, comme la disposition organique est de l'essence du corps animé, voire la premiere en l'ordre de la construction. a L'Eglise (dit sainct Cyprian) est en l'Euesque, & l'Euesque en l'Eglise : & ceux qui ne sont point auec l'Euesque, ne sont point en l'Eglise. Et secondement, pource qu'estre de l'essence du sujet ou nõ, n'appartient point à l'essence de la marque, dont l'office est non de cõstituer la chose interieurement

a Cypr. epist.
ad Florent. Ec-
clesia in Episcopo
est, vt sup. fol. 29.

en soy, mais de la designer exterieurement à autruy: non de la faire cognoistre specifiquement & selon son essence à nostre entendement, qui est le deuoir de la definition & des notions essentielles, mais de la faire cognoistre particulierement & selon son existence à nos sens, c'est à dire en somme, de nous apprendre non ce qu'elle est, mais où elle est. Au moyen dequoy l'ordinaire des marques au contraire est d'estre accidentales, & non essentielles: & si nous acceptons quelques conditions essentielles pour marques, c'est entant qu'elles se reuestent d'accidens exterieurs & sensibles. Autrement si celles qui ne sont point de la substance de la chose, ne pouuoient estre marques, voire marques certaines & infaillibles, comment discernerions-nous vn homme d'auec vn autre animal deuant que d'auoir examiné sa raison, & pourrions dire asseurément cestuy-la est homme ? Comme recognoistrions-nous tant d'autres choses, dont nous ignorons l'essence & la definition en general, & cognoissons neantmoins l'existence en particulier ? La nature donc des vrayes marques depend non d'estre essentielles à la chose, ou ne l'estre pas, mais de trois autres conditions. La premiere, d'estre plus cogneues que leur sujet : car elles ont beau estre essentielles, si elles ne sont plus faciles à cognoistre à ceux à qui elles doiuent seruir de marques, elles ne peuuent meriter ce tiltre. La seconde, de ne pouuoir estre communiquées seules, si elles sont marques totales : ou toutes ensemble, si elles sont marques partiales à autre sujet qu'au leur. Et la troisiesme qui retombe en la premiere, de ne pouuoir estre feintes & supposées auec probabilité aux lieux, où veritablement elles ne se trouuent point, c'est à dire, d'estre incommunicables non seulement en effect, mais aussi en apparence. D'où il resulte qu'il est necessaire que l'Eglise, pour estre cogneuë de toutes sortes d'hommes, ayt d'autres marques, voire premieres en l'ordre du temps & de l'vsage, que celle de la doctrine. [a] Par quelle maniere (dit S. Augustin, parlant en la personne des Cathecumenes) est-ce que moy estant simple & non encore capable de distinguer la pure verité de tant d'erreurs, par quel signe manifeste est-ce que ie discerneray l'Eglise de Christ ? Car le soin de nostre salut nous oblige tous, tant ignorans que sçauans, de cognoistre precisément la vraye Eglise, & de nous y ranger, & non à aucune autre societé, sur peine de damnation: estant l'article de l'Eglise inseré entre ceux, que nous sommes tenus de cognoistre de foy distincte & expliquée. [b] Celle-la (dit sainct Augustin) il n'est licite de l'ignorer. Et derechef: l'ay la voix tres-claire de mon Pasteur, qui me designe & m'exprime l'Eglise sans aucune ambiguité: si i'en prens vne autre

---

[a] August. contra Faustum, libro 13. cap. 13. *Quo ergo signo manifesto adhuc paruulus & nondum valens liquidam discernere à tot erroribus veritatem, quo manifesto indicio tenebo Ecclesiam Christi, in quem iam credere tanta rerum antea prædictarum manifestatione compellor?* [b] Aug. epist. 170. *Hanc nulli ignorare licet.* Et lib. de Vnit. cap. 10. *Habeo manifestißimam voce Pastoris mei commendatis mihi & sine vllis ambagibus exprimentis Ecclesiam.*

*Mihi imputabo si
ab eius grege
quod est ipsa Ec-
clesia, per verba
hominum seduci
atque aberrare
voluero, cùm me
præsertim admo-
nuerit dicés, Quæ
sunt oues meæ, vo-
cem meam audiút
& sequuntur me.
a August. con-
tra epist. Fun-
dam. cap. 4. In
Catholica Ecclesia,
vt omittam sin-
cerissimam sapiē-
tiam, ad cuius
cognitionem pauci
spiritales in hac
vita perueniunt,
vt eam ex mini-
ma quidem parte
quia homines
sunt, sed tamen
sine dubitatione
cognoscant: cæte-
ram quippe turbā
non intelligendi
viuacitas, sed
credendi simplici-
tas tutissimam
facit.*

pour elle, ie me l'imputeray. Or nul n'est obligé de cognoistre distinctement & demonstratiuement la pureté de la doctrine de l'Eglise en toutes ses parties, cóme il est necessaire pour cest effect. Car les simples ne le sçauroient esperer, & peu de sçauans y peuuent attaindre. [a] A la cognoissance (dit sainct Augustin) de la tres-sincere sapience de l'Eglise, peu d'hommes spirituels paruiennent en ceste vie, pour la cognoistre entant qu'hommes en tres-petite partie, mais toutesfois indubitablement. Car quant au reste du populaire (adiouste-t'il) la simplicité de la creance, & non la subtilité de l'intelligence le rend asseuré. I'ay dit cognoistre distinctement & demonstratiuemét la doctrine de l'Eglise en toutes ses parties : car ce n'est rien d'auoir examiné par argumens infaillibles que l'Eglise a raison en tels ou tels poincts de doctrine, contre telles ou telles heresies, pour conclure asseurément par la doctrine qu'elle est la vraye Eglise : Mais il est necessaire d'auoir prattiqué ce seuere examen en toutes les controuerses de doctrine, qui ont esté ou pourront encor estre à l'aduenir entre elle, & quelques heretiques que ce soient : dautant qu'il ne luy faut errer & tenir l'opinion heretique, sinon en vn poinct, pour estre frustrée vniuersellement du tiltre de vraye Eglise. Ce que Dieu sçait si les hommes simples & diuertis à d'autres professions, du salut desquels neantmoins il a pareil soin, peuuent accomplir, & si ceux-mesmes qui se vantent de cognoistre l'Eglise par l'vnique marque de la doctrine, pourroient rendre raison d'auoir fait, deuant que de s'estre rangez à la communion qu'ils suiuent en ceste qualité. Et pourtant, tant s'en faut que l'Escriture presuppose la doctrine, comme necessaire & vnique marque à nostre incapacité, pour cognoistre l'Eglise, qu'au contraire elle nous renuoye à l'Eglise, pour estre particulierement instruicts de la doctrine. Esaye, & Malachie annoncét, qu'aux iours
» de la religion Chrestienne, les peuples diront: Montons en la mon-
» tagne du Seigneur, & en la maison du Dieu de Iacob, & il nous en-
» seignera ses voyes. L'Eglise donc leur sera cogneuë premier que la doctrine des voyes du Seigneur, puis qu'ils s'y achemineront pour la recercher : & par consequent elle ne sera pas la marque, pour le moins ny premiere ny vnique, par laquelle ils la discernerót. Sainct Paul dit, que Dieu a mis en l'Eglise les Apostres, les Prophetes, les Pasteurs & Docteurs, &c. afin que nous ne soyons plus errans à tout vent de doctrine. Ceste Eglise donc & ses Pasteurs nous doiuét estre cogneus premier que nous soyons asseurez de n'estre plus errans en la foy : car le moyen doit preceder la fin, ce que les Peres aussi rebattent à tous propos.

1. Cor. 13.
Ephes. 4.

b Iren. lib.c. 45.
vbi igitur tales

[b] Sainct Irenée au quatriéme liure contre les heresies: Où est-ce

donc que qu'elqu'vn trouuera tels Pasteurs? sainct Paul l'enseigne disant: Dieu a mis en l'Eglise premierement les Apostres, secondement les Prophetes, & tiercement les Docteurs. Là donc où les donations du Seigneur sont colloquées, en ce mesme lieu-la il faut apprendre la verité, auquel la succession de l'Eglise depuis les Apostres, & la pureté de la doctrine s'est maintenue en son entier.

a Sainct Augustin en l'Epistre 164. Il faut, dit-il, obseruer en ces choses-la (parlant de l'erreur des Donatistes au faict du Baptesme, laquelle il afferme au second liure contre b Cresconius estre vne heresie formelle) ce qu'obserue l'Eglise de Dieu. Or la question entre vous & nous est, laquelle de la vostre, ou de la nostre est l'Eglise de Dieu. Et derechef au premier liure contre c Cresconius: Encore qu'il ne se trouue aucun exemple à ce propos dans les Escritures canoniques: neantmoins la verité des Escritures canoniques est tenuë par nous, quand nous faisons ce qui a esté approuué par toute l'Eglise, que l'authorité des mesmes Escritures nous propose. Desorte, que puis que l'Escriture saincte ne peut tromper, quiconque craint d'estre trompé par l'obscurité de ceste question, qu'il consulte sur ceste matiere l'Eglise, que l'Escriture designe sans aucune ambiguité. Il auoit doncques en main d'autres marques certaines & infaillibles, pour discerner la vraye Eglise d'auec l'heresie des Donatistes, que celle de la verité de la doctrine contestée, lesquelles aussi il employe incontinent apres & par tout ailleurs contre eux.

nitione quòd de Ecclesia quæ corpus est Christi, vel de iteratione Christiani baptismi diuersum sequimini.

c Idem lib. 1. contra Crescon. cap. 33. Quamuis huius rei certè de scripturis Canonicis non proferatur exemplum, earundem tamen scripturarum etiam in hac re à nobis tenetur veritas, cùm hoc facimus quod vniuersa iam placuit Ecclesiæ, quam ipsarum scripturarum commendat authoritas: Vt quoniam sancta scriptura fallere non potest, quisquis falli metuit, huius obscuritate quæstionis, eandem Ecclesiam de illa consulat, quam sine vlla ambiguitate sancta scriptura demonstrat.

Et quant à la vocation, elle n'est qu'vne partie de l'Eglise bien ordonnée, entant qu'elle est (comme nous auons desia dit) conforme à ceste portion de la parole de Dieu qui en prescrit la forme. Or mettre vne partie de la parole de Dieu, & qui n'est la principale pour marque de l'Eglise, il n'y a nulle raison.

XLIX.

La vocation n'est point vne partie de la parole de Dieu, mais vne condition necessaire & essentielle à la constitution du ministere & des Pasteurs, sans lesquels l'Eglise ne peut subsister, descrite par la parole de Dieu. Or de disputer au partir de là, si les loix qui appartiennent à la prescrire, comprennent toute la parole de Dieu, ou bien si elles n'en sont qu'vne partie, cela ne fait rien à propos, pour sçauoir si elle est vne des marques de l'Eglise: car il suffit que la parole de Dieu l'ayt prescrite comme vne condition necessaire & eui-

---

Marginal notes:

inueniat aliquis, Paulus docens ait, Posuit Deus primò in Ecclesia Apostolos, secundò Prophetas, tertiò Doctores. Vbi igitur charismata Domini posita sunt, ibi discere oportet veritatem apud quos est ea quæ est ab Apostolis Ecclesiæ successio, & id quod est sanum & irreprobabile sermonis constat.

a August. epist. 164. Hoc obseruandum est in his rebus quod obseruat Ecclesia Dei. Quæritur autem vtrum vestra an nostra sit, Ecclesia Dei.

b Augustinus libro secundo contra Cresconium, cap. 8. Haretici estis, vel quòd in schismate inueterato remansistis, vel ex tua defidente. D'alleguer derechef que la partie de la parole de Dieu, qui descrit la mesme vocation ne soit pas la principale, cela ne fait rien non plus pour l'exclure du nombre des marques de l'Eglise, & encore moins pour conclure qu'elle ne doit pas estre recherchée la premiere. Car outre ce que toutes les choses contenues dans la parole de Dieu ne sont pas marques de l'Eglise, il y a bien souuent des conditions en vn sujet, qui ne sont pas les principales ny les premieres en dignité, lesquelles doiuent neantmoins marcher les premieres & en la constitution, & en la cognoissance de la chose. Comme pour exemple : La structure organique du corps, qui represente en l'animal la disposition du ministere en l'Eglise, n'est pas plus excellente que l'ame qui respond à la doctrine : & toutesfois il faut qu'vn corps apparoisse organique, & qu'il soit veritablement tel, deuant que de iuger qu'il est ny animé ny animal.

L.   *Dauantage ceste marque de l'Eglise ne conuient ny à elle seule, ny tousiours.*

Il est faux que la vocation ne conuienne point tousiours à l'Eglise : & mal conclu, que pource qu'elle ne conuient pas à elle seule, elle laisse d'estre vne de ses marques. Car il y a deux sortes de marques, les vnes totales, & les autres partiales. Les marques totales sont celles qui seules contiennent entierement & parfaitement la vertu denotatiue, c'est à dire, qui sans l'adjonction d'aucune autre note, designent precisément & parfaictement leur sujet, comme la proprieté d'attirer le fer fait l'aymant, luy appartenant tousiours & à luy seul, & celles-la sont bónes pour argumenter tant affirmatiuement que negatiuement : car par tout où elles se trouuent, le sujet se trouue : & par tout où elles ne se trouuent point, il ne se trouue point aussi. Les autres sont marques partiales, qui conuiennent bié tousiours à leur sujet, mais non à luy seul, & pourtant separées ne marquent pas parfaitement, mais conjointes designent suffisamment & infailliblement : & de celles-la toutes ensemble l'argument est necessaire & affirmatiuement & negatiuement; mais prises à part, seulement negatiuement : car là où quelqu'vne d'elles manque, le sujet ne peut subsister. Or de ce genre nous disons estre la mission, pour le regard de l'Eglise, asçauoir que c'est vne marque partiale, de laquelle on ne peut pas conclure affirmatiuement pour nous, que là où elle est, soit l'Eglise, si les autres marques connotantes, dont nous parlerons ailleurs, ne s'y rencontrent : mais bien negatiuement contre vous, que là où il n'y a point de vocation, il n'y a point d'Eglise.

L I.   *L'Eglise d'Antioche estoit vraye Eglise, & toutesfois ceux qui y prescherent premierement n'auoient point la vocation visible ou exterieure. Car nous lisons aux Actes, que ce furent quelques personnages qui s'en estans*

fuys de Ierusalem pour la persecution, & la mort d'Estienne, se refugie-
rent en ceste ville-la où ils annoncerent l'Euangile, & conuertirent grand
peuple, au desceu mesme des Apostres & de toute l'Eglise de Ierusalem:
lesquels à la premiere nouuelle y enuoyerent Barnabas, qui au lieu de les de-
sauoüer, se resiouit auec eux tous, & les exhorta de perseuerer.

Quel Apostre, ou quel Euangeliste vous a dit, premierement que
parmy ceux qui auoient esté dispersez durant ceste persecution-la,
il n'y en auoit nul qui eust receu mission des Apostres, & eust esté
ordonné en l'Eglise? Le huictiéme chapitre des Actes, recite nommément que tous ceux qui estoient en Ierusalem furent dispersez
par les regiôs de Iudée & Samarie, excepté les Apostres : puis adiouste apres, que ces mesmes dispersez, alloient visitant les prouinces, & euangelizant la parole. Y a-t'il apparence qu'il n'y eust lors
en l'Eglise de Ierusalem, qui auoit tellement multiplié, que pour
vn seul iour trois mil personnes y auoient esté adioustées, aucun
Prestre, ny aucun Pasteur Ecclesiastique autre que les Apostres?
Et secondement, quel lieu de l'Escriture vous a dit que ces refugiez
dresserent & administrerent vne Eglise formée à Antioche, deuant
que sainct Barnabas, & sainct Paul, apres l'aduenement desquels
elle est appelée seulement Eglise, y fussent arriuez? Il est bien licite aux Chrestiens particuliers, d'essayer de conuertir par conferences priuées les infideles, & les amener à la cognoissance de l'Euangile, c'est à dire, preparer des pierres pour l'edification de l'Eglise.
Mais apres qu'ils sont conuertis, s'en attribuer l'architecture, les
assembler & former en vn corps Ecclesiastique, y vsurper la chaire & l'authorité, il ne vous apparoist point par l'histoire des Actes
que ces personnages-la l'ayent fait. Au contraire l'autheur dit nommément, que quand ils en eurent conuerty plusieurs au Seigneur,
le bruit en vint aux aureilles de l'Eglise qui estoit en Ierusalem, laquelle y enuoya à l'heure Barnabas : & que le mesme Barnabas depuis s'estant transferé d'Antioche à Tharse, pour prendre S. Paul,
l'y ramena auec luy, & lors seulement la multitude des conuertis
d'Antioche, est nommée Eglise.

L'Eglise premiere de Samarie fut pareillement dressée par Philippe, l'vn
des Diacres, sans le sceu des Apostres.

Il y a bien difference entre dire que sainct Philippe soit allé pour
euangelizer en Samarie sans le sceu des Apostres, qui est ce que
l'Escriture ne recite pas, ou que les Apostres n'ayent point entendu le fruict de la predication de sainct Philippe, & la conuersion
de Samarie, iusques à ce qu'il leur fust rapporté, qui est ce que l'Escriture recite.[a] Ils auoient (dit S. Cyprian, si son authorité a quelque poids en cest endroict) esté baptisez par Philippe Diacre, que
les mesmes Apostres y auoient enuoyé. Et en somme il est absolu-

a Cypr.epist.ad
Iubai. *Illi qui in*
Samaria credide-
rant, fide vera cre-
diderant. Et in-
tus, in Ecclesia
quæ vna est, &
cui soli gratiam

ment faux, que S. Philippe n'euſt point de vocation : car outre les ſignes euidents & indubitables qu'il apportoit d'vne miſſion extra-ordinaire, aſçauoir les miracles, il auoit vne ſuffiſante vocation ordinaire, eſtant Diacre & Euangeliſte, pour pouuoir preſcher, & baptiſer, qui eſt tout ce qu'il fit en Samarie. Car quand il fut queſtion de paſſer plus outre, & d'y adiouſter la derniere main pour la conſtitution & perfection de l'Egliſe, ſainct Pierre & ſainct Iean y allerent en perſonne.

Et Euſebe teſmoigne que pluſieurs en ont faict de meſme ſans aucune vocation.

Il eſt faux qu'Euſebe die que pluſieurs ayent dreſſé & admini-ſtré des Egliſes au ſiecle des Apoſtres ſans aucune vocation, ny qu'il allegue l'exemple de Philippe : au contraire il afferme nom-mément qu'ils eſtoient ſucceſſeurs des Apoſtres, & appele ceſte portée, la premiere ſucceſſion Apoſtolique, dont il recite que les vns s'occuperent au regime des Egliſes fondées par les Apoſtres, les autres à circuir les prouinces non encores conuerties, pour y planter des Egliſes, & y eſtablir des Paſteurs. Voicy ſes paroles apres vne longue mention de Clement, Simeon, Polycarpe, Pa-pias, Ignace, Oneſime, Damas, Polybe, & pluſieurs autres, qu'il teſmoigne tous auoir eſté Eueſques incontinent apres les Apoſtres, & auſquels il ioint Quadratus, que ſainct Hieroſme raconte auoir eſté Eueſque d'Athenes.

[a] Entre ceux (dit-il) qui reluiſoient lors, eſtoit pareillement Quadratus, que l'on afferme auoir eſté illuſtré du don de Prophe-tie, comme les filles de Philippe. Pluſieurs autres auſſi fleurirent au meſme temps, qui eurent le premier degré de la ſucceſſion Apoſtolique, & comme diuins diſciples d'hommes ſi excellens, edifierent ſur tous les fondemens des Egliſes aſſis par les Apoſtres : & de plus, ſemans la predication & les ſalutaires ſemences du Roy-aume des Cieux par toute l'eſtendue de la terre, les augmenterent grandement. Et vn peu apres : [b] Ceux-la donc ayans ietté les fon-demens de la foy en certains lieux nouueaux & éloignez, y conſti-tuerent d'autres Paſteurs, & leur commirent l'adminiſtration des peuples conuertis, puis ſe tranſporterent derechef en d'autres pro-uinces, accompagnez de la grace de Dieu, cooperante auec eux. Car iuſques alors pluſieurs admirables vertus de l'Eſprit diuin pro-duiſoient leurs effects, de ſorte que les hommes ſe conuertiſſoient à Dieu par grandes troupes dés les premieres predications. Mais dautant qu'il ſeroit impoſſible de particulariſer tous ceux qui en la premiere ſucceſſion apres les Apoſtres ont eſté Paſteurs & Euange-liſtes des Egliſes eſparſes par tout le monde, & exprimer nom par nom, où, & quand ils ont eſté : nous-nous ſommes contentez de

faire mention de ceux dont la tradition est paruenue à nous par les
monumens qu'ils nous ont laissez de la doctine Apostolique : comme d'Ignace en ses epistres, que nous auons cottées, & de Clement,
& ce qui s'ensuit. Voila vn beau fondement pour conclure qu'ils
n'auoient donc point de mission, & qu'ils vsurperent sans tiltre le
regime & le ministere de l'Eglise. Personne de nous n'ignore que
Tite & Timothée, qui estoiét Disciples & nourriçons des Apostres,
n'ayent planté des Eglises, & institué des Pasteurs en plusieurs prouinces : ils l'ont donc fait sans mission, & n'ont point esté ordonnez
Euesques & successeurs des Apostres ? l'Escriture & toute l'antiquité y contredit.

ἔθνη μετιέναι, σὺν τῇ ἐκ θεοῦ χάριτι ἢ σωτηρία. ἐπεὶ καὶ τῷ θείῳ πνεύματος εἴσι τι πτι δι' αὐτῶν πλεῖσται προσάδοξοι δυνάμεις ὑπῆρχον, ὥστε ἀπὸ πρώτης ἀκροάσεως, ἀθρόως ἀπανδρα πλήθη προθύμως τὴν εἰς τὸν τῶν ὅλων δημιουργὸν θεοσέβειαν αἱ-
ταῖς ψυχαῖς καταδέχεσθαι ἀδύνατον δὲ ὄντος ἡμῖν ἐξ ὀνόματος ἀπαριθμῆσαι ὅσοι ποτὲ κατὰ τὴν πρώτην τῶν ἀποστόλων διαδο-
χὴν ἐν ταῖς κατὰ τὴν οἰκουμένην ἐκκλησίαις γεγόνασι ποιμένες ἢ καὶ διαγγελισταί, τούτων εἰκότως ἐξ ὀνόματος γραφῇ μόνων τὴν μνήμην καταθήμεθα, ὧν ἔτι ἐ καὶ εἰς ἡμᾶς δι' ὑπομνημάτων τῆς ἀποστολικῆς διδασκαλίας ἡ παράδοσις φέρεται. ὥσπερ οὖν ἀμέ-
λει τῷ Ἰγνατίῳ ἐν αἷς κατελέξαμεν ἐπιστολαῖς, ἢ τῷ Κλήμεντος ἐν τῇ ἀνωμολογημένῃ παρὰ πᾶσι, ἣν ἐκ προσώπου τῆς Ῥωμαίων ἐκκλησίας τῇ Κορινθίων διετυπώσατο.

D'autre part les Eglises orientales encor auiourd'huy, & celles d'An-
gleterre, ont la vocation & succession personnelle telle que requierent
ceux de l'Eglise Romaine, & toutesfois ils ne les recognoissent pour Egli-
ses : Qui fait voir à l'œil que la vocation quoy qu'elle soit requise en l'E-
glise, en laquelle toutes choses se doiuent faire par ordre, n'est pas pourtant
la vraye marque d'icelle.

  Que les Eglises d'Angleterre ayent aucune mission, nous le
nions : n'estant leur succession Episcopale, c'est à dire, leur promotion de la Prestrise à l'Episcopat, que politique & non Ecclesiastique, ny telle que nous la requerons : au moyen dequoy ceux qui
sont enuoyez par eux, ne l'ont point à autre tiltre, que ceux qui ont
esté ordonnez par Luther. Que les Orientales l'ayent, c'est vn autre fait à part, mais que de l'vn ny de l'autre il s'ensuiue que la vocation ministeriale ne soit pas vraye marque de l'Eglise, il est faux. Car
c'est vne marque partiale qui n'est pas bonne pour conclure affirmatiuement : Les Orientaux ont la mission sacramentale : ils ont
donc la vraye Eglise : mais tres-bonne pour conclure negatiuement, Vous autres n'auez point de mission : vous n'estes donc pas
la vraye Eglise.

  Il est maintenant facile de respondre à toutes les obiections contenues en
l'escrit mentionné, toutesfois nous l'examinerons sur ce qui y peut estre de
particulier.

  Les trois theses ou positions generales accordees en iceluy sont vrayes,
pourueu que le mot (necessaire) qui est aux deux derniers soit bien entendu :
car la vocation & succession sont necessaires, pour conseruer l'ordre de l'E-
glise, mais non de telle necessité, que sans elles l'Eglise ne puisse estre, comme
il a esté prouué cy dessus

οὐρανῶν βασιλείας
ἀνὰ πᾶσαν εἰς πλά-
τος ἐπισπείροντας
τὴν οἰκουμένην.
Et paulò pòst.
Οὔπω δὲ πημελίοις
τῆς πίστεως ἐπὶ ξέ-
νοις τισὶ τόποις αὐτὸ
μόλις καταβαλλό-
μενοι, ποιμένας τε
κατιστάντες ἑτέροις,
τούτοις τε αὐτοῖς ἐγ-
χειρίζοντες τὴν τῶν
ἀρτίως εἰσαχθέντων
γεωργίαν, ἑτέρας
αὐτοὶ χώρας τε ἐ

LIIII.

LV.

Vous voulez dire que la vocation eſt du bien eſtre, mais non pas de l'eſtre de l'Egliſe. Et S. Cyprian au contraire vous dit que l'Egliſe eſt conſtituée ſur les Eueſques: & S. Hieroſme, que celle-la n'eſt point Egliſe qui n'a point de Preſtres. Voyez ce qui eſt eſcrit cy deſſus.

Quant à ce que nous maintenons que nous auons la ſucceſſion en la doctrine & en la vocation, le premier peut apparoir en examinant la doctrine de nos paſteurs, & noſtre confeſſion de foy, & l'autre par ce que deſſus.

Il y a bien difference entre pretendre ſimilitude, ou pretendre ſucceſſion de doctrine: l'vn eſt vne queſtion de droict, & l'autre vne queſtion de faict: l'vn ſe verifie par l'examen interieur des eſcrits & des paroles des Apoſtres, l'autre ſe verifie par l'hiſtoire exterieure de la profeſſion & prattique de l'Egliſe: l'vn conſiſte en la recerche de l'intelligence, & du vray ſens de la loy, l'autre en la preuue de la poſſeſſion & de la couſtume: l'vn diſpute premierement & preciſément s'il faut croire ou faire ainſi, l'autre s'il a eſté perpetuellement creu ou faict ainſi: l'vn eſt vne marque externe & viſible de l'Egliſe, expoſée à la capacité de tout le monde, l'autre vne condition interne à la cognoiſſance & diſtinction de laquelle les plus doctes & ſpirituels peuuent ſouuentesfois difficilement penetrer. Et partant, il ne vous ſuffit pas de vous perſuader que voſtre doctrine eſt ſemblable à celle des Apoſtres, pour inferer de là que vous auez la ſucceſſió de la doctrine Apoſtolique: mais il faut monſtrer comme elle eſt venue de main en main, & de ſucceſſeurs en ſucceſſeurs, ſans laiſſer aucun interualle vuide, depuis les Apoſtres iuſques à vous. Car ce qui eſt vn par ſimilitude, peut bien admettre interruption d'eſtre entre les termes qui pretendent l'vnité; mais ce qui eſt vn par ſucceſſion propagatiue, requiert vne communication & continuation d'eſtre non interrompue entre l'vn & l'autre: comme il apparoiſt par l'exemple du feu, lequel eſtant allumé d'vn nouueau principe, pourra bien eſtre reputé vn meſme feu ſpecifiquement auec quelque autre qui aura eſté mil ans auparauant, mais non pas ſucceſſiuement, ſi par vne ſuitte de generations non interrompue il n'a eſté deriué de luy. Et cela c'eſt ce que [a] Tertullian en matiere de religion appele la genealogie & la conſanguinité de la doctrine. Duquel argument l'vſage eſt neceſſaire, & pour les doctes, quand ils ont particulierement à faire auec des ennemis, qui corrompent ou nient quelque partie du texte des Eſcritures: ne ſe pouuant pas lors verifier la doctrine par l'examen interieur de la loy, qui eſt reprochée de faux aux poincts contentieux: & pour les hommes moins lettrez contre toutes ſortes d'heretiques en general, c'eſt à dire, tant contre ceux qui corrompent

[a] Tertull. lib. de præſcript. *Ad hanc itaque formam prouocabuntur ab illis Eccleſiis quæ licet nullum ex Apoſtolis vel Apoſtolicis authorem ſuum proferant, vt multò poſteriores, quæ denique quotidie inſtituuntur, tamen in eadem fide conſpirantes, non minùs Apoſtolicæ deputantur pro cöſanguinitate doctrinæ.*

les paroles, que contre ceux qui corrompent le sens des Escritures. Car encores que les simples soient bien incapables de discerner par eux-mesmes la verité ou fausseté interieure de la creance, qui se decide par preuues spirituelles & artificielles, ils ne laissent pas d'estre suffisans neantmoins pour en recognoistre la continuité ou interruption : à cause qu'en la simple & precise question de la succession de la doctrine : l'examen de l'intelligence de la loy n'entre point, mais le seul tesmoignage historial & inartificiel des Peres, ou des annales de l'Eglise, qui cottent en quels siecles & en quelles parties il y a eu interruption ou continuité de profession entre les predecesseurs & leurs successeurs. Et pourtant Tertullian ne veut pas qu'on mesle en ceste dispute separément considerée aucune allegation des Escritures. [a] Ils mettent en auant (dit-il) les Escritures, & par ceste leur audace de premier abord en estonnent quelques-vns : & puis comme ce vient au fort du combat, ils lassent les robustes, emportent les foibles, & renuoyent les mediocres auec scrupule. Nous leur retranchons donc principalement ceste aduenue, asçauoir, qu'il ne les faut admettre à aucune dispute des Escritures. Et apres auoir representé l'histoire de l'institution & propagation des Eglises, & comme la doctrine y auoit esté prouignée de main en main, & de successeur en successeur depuis les Apostres iusques à son temps il conclud : [b] Si dōc (dit-il) les choses sont de telle sorte que la verité nous soit adiugée, à nous qui marchons par la regle que l'Eglise a receüe des Apostres, les Apostres de Christ & Christ de Dieu, nous auons obtenu le but de nostre intention, qui est, qu'il ne faut point admettre les heretiques à appeler aux Escritures, lesquels sans Escritures nous prouuons n'appartenir point aux Escritures. Et afin qu'on ne replique pas que c'est particulierement cōtre quelques heretiques qu'il veut qu'on procede de ceste sorte, il adiouste : [c] Iusques icy nous auōs verifié en general contre toutes les heresies par des prescriptions certaines, iustes & necessaires, qu'elles doiuent estre deboutées de la conference des Escritures. Voila ce que les Peres ont appelé succession de doctrine, qui est vne question dont la decision est bien plus courte & plus facile que celle de la correspondance formelle & intrinseque de la mesme doctrine, auec les paroles & l'intention du Legislateur. Tout ainsi qu'il est beaucoup plus facile quād on est en dispute, si vn certain cours d'eau est vne mesme eau auec quelque fontaine, dont on pretend qu'il soit deriué, de verifier ceste pretention en remontant contre le ruisseau, & l'obseruant & accompagnant iusques à la source, que non pas en conferant la saueur & les qualitez de l'vne & de l'autre. Et pource les anciens reseruoient tousiours l'examen de la pureté interieure de la doctrine, c'est à dire, de la conformité auec l'ame

& l'intention de la loy aux plus ſpirituels, commē vne diſpute de longue haleine, & vn grand effort de ſçauoir & d'eſprit, pour tirer de la conference des lieux de l'Eſcriture, ce qui bien ſouuent n'eſtoit exprimé actuellement nulle part, & reſultoit ſeulement par la force du diſcours de la colliſion de diuerſes propoſitions diſperſées. Là où l'argument de la ſucceſſion de la foy, ils le mettoient entre les mains des ſimples, comme vne marque facile à cognoiſtre, & vn argumēt expeditif, duquel [a] Tertullian dit que l'effect eſt ſi prompt, que s'il eſt produit du premier coup, il trenche toute la ſuitte du procés, ne laiſſant nul lieu, ſi ce n'eſt de grace, à aucun autre examen. Car en ſomme, ou il ne s'eſt iamais trouué ſiecle en l'Egliſe, auquel les ſucceſſeurs prochains ayent fait profeſſion d'autre doctrine que de celle qu'ils auoient receüe de leurs derniers predeceſſeurs, qui auec la chaire Epiſcopale leur auoient laiſſé conjointement le depoſt de la foy : Ou bien il s'eſt rencontré quelque ſiecle, auquel le college general des ſucceſſeurs s'eſt reuolté de la derniere profeſſion de ſes predeceſſeurs. Au premier cas, la conſequence de la perpetuelle ſucceſſion de la doctrine eſt neceſſaire: au ſecond cas, la preuue de l'interruption eſt facile & euidente. Car ſi lors ſeulement que quelque Eueſque particulier a entrepris d'enſeigner autre creance que celle qu'il auoit appriſe de ſes deuanciers, toute l'Egliſe s'eſt bandée à l'encontre, & a fallu qu'il ſoit rentré dans le meſme chemin qu'il auoit premierement tenu, ou bien qu'il ayt eſté declaré heretique & retranché de la communion des fidelles: quels combats & quelles tragedies euſt-il fallu exciter auant que tout le corps de la ſucceſſion Eccleſiaſtique eut renoncé au depoſt des ſes prochains predeceſſeurs, & introduit vne autre profeſſion de foy? Ce changement euſt premierement commencé par vne partie de l'Egliſe. Car, comme dit [b] Tertullian, l'erreur commune, c'eſt à dire à laquelle tout le monde conſent tout d'vn coup, n'eſt pas erreur, mais depoſt & tradition. Les autres parties donc deuant que de ſe laiſſer vaincre & occuper à l'innouation de celle qui l'introduiſoit, n'euſſent-elles point crié, n'euſſent-elles point reſiſté ? Elles qui auoient le commandement de ſainct Paul & en eſcrit & prattique d'euiter toutes innouations de doctrine: qui obſeruoient auec ſerment ceſte methode, comme vne regle paternelle & hereditaire, d'exclure touſiours en matiere de propoſitions de religion, la nouueauté par l'antiquité & la particularité par l'vniuerſalité: qui ne perſiſtoient iamais en la communion de perſonne qui differaſt d'elles en aucune partie de la foy, tenant l'vnité de l'vne pour fondement neceſſaire & inomiſſible de l'vnité de l'autre: qui faiſoient profeſſion (comme dit [c] S. Baſile) de ſouffrir pluſtoſt mille morts que de laiſſer trahir vne ſeule

ſyllabe

[a] De præſcript. *Tam expedita probatio eſt, vt ſi ſtatim proferatur, nihil iā ſit retractandum, ac ſi prolatā non ſit à nobis, locum interim demus diuerſæ parti, ſi quid putant ad infirmandam hanc præſcriptionem mouere ſe poſſe.*

[b] Lib. de præſcript. *Quod apud multos vnum inuenitur, non eſt erratum, ſed traditum.*

[c] Theodorit. lib. 4. hiſt. cap. 17. *Οἱ τῆς θείας*

syllabe des choses de la foy? Et les esleus de Dieu qui estoient en ceste Eglise-la, ausquels il estoit lors permis, voire sans crainte de mort, aussi bien qu'à tous les heretiques, de crier & declamer contre elle, n'eussent-ils point ouuert la bouche pour la redarguer? N'eussent-ils point renoncé publiquement à sa profession & communion, eux qui sçauoient que l'on croit de cœur à iustice, & que l'on fait confession de bouche à salut: & que quiconque aura honte de Christ & de sa parole en ce monde, il aura honte de luy deuant son Pere? Mais que dy-je les esleus de l'Eglise? Les heretiques mesmes de chacun siecle, qui s'estans separez de sa communion & faisans leurs sectes à part, abbayoient de tous costez contre elle, fussent-ils demeurez muets en ceste occasion, eux qui ne cerchoient que nouueaux pretextes de la calomnier, pour colorer leur premiere accusation, si depuis le téps de leur reuolte ils l'eussent peu trouuer en quelque changement actuel de doctrine, & la surprendre, comme on dit, en delict flagrant? Il n'y a iamais eu aucune heresie dont on ne remarque l'autheur, le lieu où elle est née, le téps où elle a commencé, & ceux qui luy ont resisté, c'est à dire en somme, en laquelle on ne verifie le defaut de la succession de la doctrine. Et à la verité, dit cest excellent S. Vincent de Lerins, contemporain du Concile d'Ephese. [a] Quelle heresie s'est iamais esleuée sinon sous certain nom, sous certain lieu, sous certain temps? Qui a iamais (adiouste-t'il) institué aucune heresie qui ne se soit premieremét separé du consentement de l'vniuersalité, & de l'antiquité de l'Eglise Catholique? Au côtraire, il ne s'est iamais trouué heretique qui ayt remarqué que l'Eglise depuis le premier diuorce de luy, ou de ses predecesseurs d'auec elle, ayt rien changé en la foy, ny mesme qui n'ayt confessé qu'au temps prochainement precedant leur separation, la commune societé, en laquelle estoient encor vnies toutes les deux parties ensemble, ne tint la mesme doctrine que l'Eglise a conseruée depuis. C'est à dire: Il n'y a iamais eu heretique qui n'ayt aduoüé que l'Eglise ne soit restée au mesme estat en la separation, & apres la separation, qu'elle estoit immediatemét auparauant: & par consequent qui n'ayt recogneu qu'en l'acte de la separation l'Eglise ne soit demeurée immobile, & que la portion heretique à l'opposite, sous pretexte de reformatió & de nouuelle illuminaçion, n'ayt chágé d'estre, suiuant cest ancien oracle de [b] S. Augustin, que tous les heretiques sortent de l'Eglise Catholique, mais qu'elle, elle demeure perpetuellement en sa souche, & en sa racine. Ie diray plus: Il ne s'est iamais esleué heretique qui ayt peu ny puisse assigner en tout l'espace precedant sa separation, vn certain temps à la reuolte pretenduë de l'Eglise: c'est à dire, vn âge auquel elle ayt commencé, & non auparauant, à croire autrement que ne faisoient ses prochains

F

λόγοις ἀποθραμμέ-
τοι, προσέσθαι μὲν τῶ
θείων δογμάτων
οὐδὲ μίαν αἱρεσι-
ται συλλαβῶ. ιστὶ
δὲ τούτων τε πᾶσαι
εἰ δέοι τῶ θανάτω
ται ἰδίας ἀπαιτι-
ζονται.

Rom. 10.
Luc. 9.

[a] Vincent. Lirin. contra Hæres. cap. 34. Et reuera, quæ vnquam hærešis nisi sub certo nomine, certo loco, certo tempo e ebulliuit? Quis vnquã hareses institit, nisi qui se priùs ab Ecclesiæ Catholicæ vniuersitatis & antiquitatis consensione discreuerit?

[b] Aug. de symb. ad Cath. Hareses omnes de Ecclesia exierunt, tanquam sarmenta inutilia de vite præcisa: Ipsa autē manet in radice sua, in vite sua, in charitate sua: porta inferorum non vincent eam.

predecesseurs. Car outre ce qu'il demeurera en defaut s'il l'entreprend, & ne monstrera iamais actuellement que les predecesseurs en aucun siecle ayent tenu chose contraire ou contradictoire à la foy de leurs successeurs, on luy verifiera tousiours de grace & par dessus le marché, qu'auant le terme pretendu de l'innouation & dás les limites qu'il laisse à la durée de la vraye Eglise, elle a obserué ce qu'il presume auoir esté innoué depuis. Comme pour exemple: Si quelqu'vn de ceux qui aduoüent que la communion Catholique estoit encore la vraye Eglise du temps du Concile de Chalcedoine, & celle par consequent hors de laquelle on ne pouuoit faire son salut, se separe neantmoins de nostre societé: pource qu'il allegue qu'elle tient auiourd'huy plusieurs doctrines contraires en la foy à celles des Apostres, & repugnantes à salut: au moyen dequoy on n'y peut obtenir sinon damnation: il faut qu'il suppose que l'introduction de ces doctrines en la profession publique de l'Eglise, s'est faicte ou deuant le Concile de Chalcedoine, ou depuis. Si deuant, la communion Catholique n'estoit donc pas lors la vraye Eglise contre sa confession: ou bien ces doctrines n'estoient point repugnantes à salut, comme il pretend, & iustes pretextes de se separer de celle qui luy a succedé. S'il dit que c'est depuis, on luy verifiera poinct pour poinct que toutes les doctrines ou prattiques vniuerselles, qu'il censure auiourd'huy d'impieté en nostre Eglise, ont esté enseignées & obseruées en la societé vniuerselle de l'Eglise Catholique auant le Concile de Chalcedoine, ou auant tout autre terme qu'il voudra choisir, pour auoir esté le dernier de la vraye Eglise. Et luy au contraire n'aura iamais la hardiesse en presence de prendre l'Eglise au mot, & commettre le succés de sa cause à l'aduenement preciz de ceste dispute. Ce qui est vne plus que suffisante caution aux Catholiques pour demeurer en leur possession, & s'asseurer d'auoir la droicte succession de la doctrine, asçauoir que l'Eglise verifie à tous les heretiques, voire par leur cófession propre, non l'interruption seule, mais l'entier deffaut de la succession, & le principe de l'innouation de leur doctrine: & que nul heretique au contraire n'ose la regarder pour luy faire offre d'entrer contre elle en l'examen reciproque de ceste preuue. Qu'elles prennent la hardiesse aussi elles, [a] dit Tertullian parlant des heresies, de respondre quelques semblables prescriptions contre nostre discipline. Car si elles en nient la verité, elles doiuent prouuer tout de mesme qu'elle est heresie, conuincible par la mesme forme par laquelle elles sont conuaincues: & monstrer tout d'vn train où il faut chercher la verité, laquelle il est desia euident n'estre point parmy elles. Et pourtant les Peres se seruent vniuersellement de ce moyen, pour prouuer l'vnité de la doctrine de l'Eglise auec celle des

Apoſtres, comme d'vne marque exterieure & ſenſible, & d'vn argument facile & inartificiel, mais toutesfois certain & infaillible contre toutes ſortes d'heretiques.

[a] Sainct Irenée apres auoir raconté la ſuitte des Eueſques de Rome iuſques à ſon temps : Par ceſte ordination (dit-il) & ceſte ſucceſſion, la tradition des Apoſtres en l'Egliſe, & la predication de la verité eſt paruenuë iuſques à nous. Et e'eſt vne tres-parfaite demóſtration que la foy viuiñáte, qui a eſté iuſques icy cóſeruée & baillée de main en main en l'Egliſe depuis les Apoſtres, eſt vne & meſme.

[b] Tertullian au liure des Preſcriptions : Soit ainſi (dit-il) que toutes les Egliſes ayent erré, que le ſainct Eſprit n'en ayt regardé pas vne, qu'il ayt meſpriſé ſon office, laiſſant cependant les Egliſes entendre autrement, croire autrement qu'il neſtoit preſché par les Apoſtres : eſt-il vray-ſemblable que tát & de ſi grandes Egliſes ayent erré conformément en vne meſme deprauation de la foy ? Et vn peu apres : La verité donc attendoit quelques Marcionites & quelques Valentiniens pour eſtre deliurée de captiuité. Cependant on euangeliſoit mal, on croyoit mal, tant de milliers de milliers ont eſté mal baptiſez, tant d'œuures de la foy mal adminiſtrees, tant de vertus & de miracles mal operez, tant de Sacerdoces & de miniſteres mal exercez, tant de martyres finalement mal couronnez.

[c] S. Athanaſe : Voila nous auons monſtré quant à nous, que ceſte doctrine a eſté baillée des Peres aux Peres comme par tradition manuelle : vous autres nouueaux Iuifs & enfans de Caïphe, quels Peres & anceſtres demonſtrerez-vous de vos locutions ?

[d] S. Gregoire de Nazianze : Si la foy a commencé ſeulement depuis trente ans, veu qu'il y a pres de quatre cens ans que Chriſt a eſté manifeſté, certes & noſtre Euangile en tant de temps a eſté vain, & noſtre foy vaine, & ceux qui ont porté teſmoignage ont en vain teſmoigné : en vain tant & de ſi grands Prelats ont preſidé ſur le peuple.

[e] S. Pacian en la 3. epiſtre contre les Nouatians : Nouatianus (dit-il) a-t'il eu le don des langues ? a-t'il prophetiſé ? a-t'il reſuſcité les morts ? car il deuoit auoir quelqu'vne de ces choſes pour introduire vn nouuel Euágile. Et vn peu apres : Nouatianus, reſpondrez-vous, l'a ainſi entendu : mais Chriſt l'a ainſi enſcigné. Quoy donc,

---

Marginal notes:

[a] Iren. lib. 3. c. 3. *Hac ordinatione, & ſucceſſione ea quæ eſt ab Apoſtolis in Eccleſia Traditio, & veritatis præconiatio peruenit vſque ad nos. Et eſt pleniſſima hæc oſtéſio vnā & eādē ꝛ iuificatricē fidē eſſe, quæ in Eccleſia ab Apoſtolis vſq; nūc ſit cóſeruata & tradita in veritate.*

[b] Tertull. lib. de præſcript. *Age nunc omnes errauerint, deceptus ſit & Apoſtolus de teſtimonio reddendo quibuſdam. Nullam reſpexerit Spiritus ſanctus vt eam in veritate deduceret, ad hoc miſſus à Chriſto, ad hoc poſtulatus de patre, vt eſſet doctor veritàtis : neglexerit officiū Dei villicus, Chriſti vicarius, ſinens Eccleſias aliter interim intelligere, aliter credere, quàm quod ipſe per Apoſtolos prædicabat, Et quid veriſimile eſt, vt tot ac tantæ in vnam fidem errauerint ? Et paulò poſt. Aliquos Marcionitas & Valentinianos liberanda veritas expectabat : interea perperam Euangelizatur, perpetot chariſmata coronata.*

ram credebatur, tot millia millium perperam tincta, tot opera fidei perperā adminiſtrata, tot virtutes, perperàm operata, tot ſacerdotia, tot miniſteria perperam functa, tot denique martyria perperàm coronata.

[c] Athanaſ. de Decret. Nicen. Synod. Ἰδοὺ ἡμεῖς μὲν ἐκ πατέρων εἰς πατέρας διαβεβηκέναι τὴν ἑαυτῶν μόνην. ὑμεῖς δὲ ὦ νέοι Ἰουδαῖοι καὶ τοῦ Καϊάφα μαθηταὶ τίνας ἆρα τῶν ῥημάτων ὑμῶν ἔχετε δεῖξαι πατέρας ;

[d] Gregor. epiſt. 2. ad Cledoniū. Εἰ γὰρ πρὸ τριάκοντα τούτων ἐτῶν ἡ πίστις ἤρξατο, τετρακοσίων σχεδὸν ἐτῶν τοῦ Χριστοῦ πεφανερωμένου, κενὸν ἐν τοσούτῳ χρόνῳ τὸ εὐαγγέλιον ἡμῶν, κενὴ μάτην καὶ ἡ μαρτυρήσαντες ἐμαρτύρησαν. μάτην οἱ τοσοῦτοι καὶ τηλικοῦτοι προεστὼς καὶ τῶν μεγάλων ἡ χάρις, ἀλλ' οὐ τῆς πίστεως. [e] Pacian. ep. cótra Nouatianos. guis locutus eſt ? Prophetauit ? ſuſcitare mortuos potuit ? Horum enim aliquid habere debuerat, vt iuris induceret. Et paulò poſt. Nouatianus ſic intellexit, inquies, ſed Chriſtus hoc docuit. Ergo à Decy Principatum nullus intelligens ? Et ſub finem. Iam & illud attendite, An hæc potiſſimum

διάνοιαν ἀποδεικνύο... χρονότων ἀφ' οὗ δὲ τὸ λαῶ προεστηκὼς Nouatianus linguis Euangelium noui Chriſto vſque ad ædificata ſit

depuis Christ iusques à l'Empire de Decius il n'y a eu personne d'intelligent? Et vers la fin de la mesme epistre: Or prenez garde maintenant pour sçauoir si celle-la est edifiée sur les fondemés des Prophetes & des Apostres, deriuant son origine de la pierre angulaire, qui est Iesus Christ, si elle a commencé deuant vous, si elle a creu deuant vous, si elle ne s'est point retirée de ses premiers fondemens, si elle n'a point passé d'vn party à vn autre, si elle ne s'est point separée du reste du corps, se constituant ses propres Docteurs & ses propres enseignemens: au contraire, si elle a inferé des conclusions inaccoustumées, si elle a trouué quelque droict de nouuelle introduction, si elle a signifié le diuorce de la paix à son corps, alors qu'elle soit reputée tout à faict s'estre departie de Christ, & estre sortie du fondement des Prophetes & des Apostres.

ᵃ Sainct Epiphane: Qui doit mieux sçauoir ces choses, ou cest homme abusé qui est encore viuant au monde, ou ceux qui ont esté tesmoins deuant nous, lesquels ont eu la tradition precedente de l'Eglise, l'ayant apprise de leurs peres, qui l'auoient derechef apprise eux-mesmes de leurs peres, selon la maniere dont l'Eglise conserue la vraye foy, & les traditions deriuées de ses peres iusques à maintenant.

ᵇ Sainct Augustin sur sainct Iean, traitté 37. La foy Catholique (dit-il) descenduë de la doctrine des Apostres, plantée & receuë en nous par la suitte de la succession, & qui doit estre transmise pure à ceux qui viendront apres nous, a conserué la verité entre l'vne & l'autre erreur.

ᶜ Et au second liure contre Iulian Pelagien, apres auoir allegué vn grand nombre de Peres: Ce qu'ils ont (dit-il) trouué en l'Eglise ils l'ont tenu, ce qu'ils ont apprins ils l'ont enseigné, ce qu'ils ont receu de leurs peres ils l'ont baillé à leurs enfans. Et vn peu apres: Sous tels plátateurs, arrouseurs, edificateurs, pasteurs & nourriciers, l'Eglise depuis les Apostres a prins son accroissement.

Pour ceste cause l'Empereur Theodose voulant esteindre les differents de la religion, assembla les principaux chefs des sectes, & leur demanda: ᵈ Si les anciens Peres qui auoient esté deuant ce diuorce, n'auoient eu vn droict consentemét de la foy, & n'auoient pas esté vrayement saincts & fideles Docteurs, lesquels respondans qu'ils les auoient en tres-grand honneur comme leurs maistres: il les interrogea derechef, s'ils se vouloient donc pas obliger à suiure

in fundamentis Prophetarum & Apostolorum ex ipso angulari lapide Christo Iesu? Si ante te cœpit, si ante te credidit, si à fundamentis prioribus non recessit, si non illa migrauit, si non à reliquo corpore separata, suos sibi magistros & propria instrumenta constituit, si quid insolitum argumétata est, si quid noui iuris intenit, si corpori suo repudium pacis indixit: plané tüc à Christo recessisse videatur, tunc extra Prophetas & Apostolos constitisse.

a Epiphan. in hæret Aëria. Τίς δὲ μᾶλλον ἐπίϛαται τούτων; ὁ ἠπατημένος ἄνθρωπος, ὁ νῦν ὀνομαινόμενος, καὶ ἕως νῦν ὢν τῷ βίῳ περιών, ἢ οἱ πρὸ ἡμῶν μάρτυρες γινόμενοι, ἔχοντες πρὸ ἡμῶν τὴν παράδοσιν ἐπὶ τῆς ἐκκλησίας καὶ αὐτοὶ παρειληφότες παρὰ τῶν αὐτῶν πατέρων, τῶν τε αὐτῶν πατέρων πάλιν μεμαθηκότων παρὰ τῶν πρὸ αὐτῶν χρονίων, πῶς ἡ ἐκκλησία παρὰ τῶν αὐτῆς πατέρων, ἄχρι καὶ τῆς δεῦρο κατέχει τὴν ἀληθινὴν πίϛιν ὲ τὰς παραδόσεις.

b Aug. in Ioan. Ecclesia, tenuerüt: post Apostolos d Socrates lib.

tract. 37. *Fides Catholica, vt suprà. fol.* 37. c Idem lib. 2. contra Iulian. *Quod inuenerüt in quod didicerunt, docuerunt, quod à patribus acceperunt, hoc filiis tradiderüt. Et paulò pòst. Talibus Sancta Ecclesia plantatoribus, rigatoribus, ædificatoribus, pastoribus, nutritoribus creuit.* 5. hist. cap. 10. Et Sozom. lib. 7. cap. 12. Ἐδήλωσε μόνον, εἰ λόγον ἔχοιεν καὶ δέχονται τὰ τῶν πρὸ ἐκκλησίας διδασκάλων. τῶν δὲ ἐν ἀρνησαμένων, ἀλλὰ καὶ πάνυ ἡμᾶν αὐτοὺς ὡς καθηγητὰς εἰπόντων, αὖθις εἰ τούτοις τύχοισιν ἀξιοπίϛοις μάρτυσι τοῦ χριϛιανικοῦ δόγματος τῶρα ἀκούσαντες οἱ τῶν θρησκειῶν προεϛῶτες, αὐτῶν διηλλάκηκσαν, ἐν ᾧ χοι ὑ τι πιϛότισιν.

leurs traces, comme de fideles tesmoins de la doctrine Chrestienne : mais eux se recognoissans pris par la consequence de ceste confession, ne rendirent que des responses ambiguës & discordantes.

Voila donc pour conclure ce discours, ce que les Peres ont appelé succession de doctrine, asçauoir vn enchaisnement perpetuel
d'enseignans & d'enseignez, continuans en mesme profession &
communion depuis les Apostres iusques à eux : & en quel sens ils
se sont seruis de cest argument pour refuter les heretiques, & ce
qu'il vous est necessaire de verifier, pour monstrer que vous auez la
vraye succession de la doctrine.

Et n'est seulement estre fondé en parole comme disent les aduersaires,
ains apparoir & du tiltre & de la possession qu'ils s'attribuent à tort, d'au-
tant qu'ils degenerent entierement de ceux qu'ils reclament pour peres : &
n'entrent eux mesmes en vocation par voyes legitimes & prescrites en la
parole de Dieu, ains par toute sortes de mauuaises prattiques, comme on
leur a desia monstré par plusieurs fois.

LVII.

Les mauuaises voyes que tiennent aucuns pour entrer aux dignitez Ecclesiastiques, l'Eglise ne les commande, ny ne les approuue, ains les defend, & partant n'en est point coulpable : & les bons
meslez en l'Eglise auec les meschans, comme la paille auec le grain,
en soupirent, mais ne se separent pas d'eux neantmoins : pourueu
que le vice ne soit ou en leur doctrine, c'est à dire, qu'ils n'annoncent vne creance condamnée par l'Eglise, ou aux conditions essentielles de leur ordination. Au contraire, quand la puissance de l'ordonnant & la forme de l'ordination sont legitimes, & que le default des ordonnez consiste seulement en certaines actions prepa-
ratoires ou accessoires, laissant ceste charge sur la conscience des
ordinateurs s'ils le sçauent, ou des Princes, & autres personnes
d'authorité, qui poussent les hommes indignes aux lieux pour lesquels on leur confere l'ordination, & reuerans sans plus en leurs
Pasteurs ce qui est de Christ : ils souffrent,[a] comme dit sainct Augustin, pour le bien de l'vnité, ce qu'ils ont en haine pour le bien
de l'equité. Lors que nostre Seigneur vint au monde, chacun sçait
combien le Sacerdoce Iudaïque estoit corrompu aux mœurs, & les
commerces & mauuaises prattiques qui interuenoient en l'impetration de la souueraine Sacrificature : & toutesfois Zacharie & les
autres bons Sacrificateurs ne se separoient point de la societé des
mauuais, ny les fideles d'entre le peuple ne se departoient point de
leur obeissance, de peur de tomber, comme ils eussent faict, en
schisme & en anatheme : au contraire ils recognoissoient & honoroient leur qualité & communiquoient auec eux aux actes de la religion, non de la conuersation. Et nostre Seigneur pour tesmoigner par son propre exemple, comme la dignité Sacerdotale ne

a Augusт. epist.
162. Pro bono
vtilitatis tolerant
quod pro bono
æquitatis oderunt.

laiſſoit pas de reſter en eux nonobſtant l'indignité de leurs perſonnes, renuoya le lepreux auec ces paroles : Va , & te monſtre au Preſtre. Et parlant des Scribes & Phariſiens, deſquels il nous depeint la vie pleine de corruptiō : Ils ſont (dit il) aſſis ſur la chaire de Moyſe , faites ce qu'ils diſent, & non pas ce qu'ils font. Iuſques-là meſme que le ſainct Eſprit pour dire le dernier adieu (s'il eſt permis d'vſer de ces mots) au Sacerdoce Aaronique, lors de l'expiration de la Synagogue parla par la bouche de Caïphe : Pource (dit S. Iean) qu'il eſtoit Pontife de ceſte année-la. Et quant à l'Egliſe Chreſtienne, les Peres ſe plaignoient bien des mauuaiſes procedures qui interuenoient de leur temps (comme l'Egliſe n'eſt iamais pure pour le regard des mœurs) en l'ordination de pluſieurs Eccleſiaſtiques. [a] Maintenant (dit ſainct Hieroſme, parlant de ceux qui donnoient des Paſteurs aux Egliſes) nous en voyōs beaucoup qui de ceſte grace font des obligations, ou des recompenſes, ne cherchans pas ceux qui peuuent le plus profiter à l'Egliſe, ny d'eriger des colomnes en l'Egliſe : mais mettant ceux qu'ils aiment, ou des ſeruices & de la complaiſance deſquels ils ſont allechez, ou pour leſquels quelqu'vn des grands aura intercedé , voire bien ſouuent ceux-la meſme, à fin que ie taiſe les conditions encore pires, qui par preſens auront impetré la clericature. Et toutesfois les gens de bien ne laiſſoient pas de cōmuniquer auec eux aux actes nō de la conuerſation, mais de la religion, & de les recognoiſtre pour Paſteurs : ayans ceſte creance que les mauuais Prelats en l'Egliſe ſont ([b] comme dit ſainct Auguſtin) des canaux de pierre qui deriuent & conduiſent l'eau aux herbes des parterres pour les arrouſer & faire fructifier , encore que quant à eux ils n'en retirent aucune vtilité : & condamnans de ſchiſme & d'hereſie & ceux qui tenoient auec les Donatiſtes, que la ſainctete des Sacremens, de la doctrine, & de la communion dependoit de la ſaincteté des perſonnes.

[c] Sainct Auguſtin contre Creſconius liure 2. chapitre 34. Il ne faut point abandonner l'Egliſe comme le bon grain pour la paille ou pour l'yuraye, non plus que la grande maiſon pour les vaiſſeaux à deshonneur : vous voyez, vous oyez, vous ſentez, vous comprenez, vous entendez, auec combien grande impieté pour ceux qui vous deſplaiſent, ſoit à droict, ſoit à tort, vous vous ſeparez de ceſte Egliſe qui eſt eſpanduë par tout le monde.

[d] Le meſme au 2. liure contre Petilian chapitre 51. Mais en fin, quand tous nos Eueſques ſeroient tels par tout le monde, comme

a Hieron. in epiſt. ad Titam. *At nunc cernimus plurimos hanc rem beneficium facere, vt nō quærant eos qui Eccleſiæ plus poſſunt prodeſſe, & in Eccleſia erigere columnas, ſed quos vel ipſi amant, vel quorum ſunt obſequiis deliniti, vel pro quibus malorum quiſp·ā rogauerit, & vt deteriora taceam, qui vt clerici fierent, muneribus impetrarunt.*

b Auguſt. tract. 5. in Ioan. *Qui fuerit ſuperbus miniſter, cū Diabolo computatur, ſed non contaminatur donum Chriſti. Quod per illum fluit, purum eſt, quod per illum tranſit, liquidum venit ad fertilem terram : puta quia ipſe lapideus eſt, quia ex aqua fructum ferre non poteſt. Per lapidē canalem tranſit aqua ad areolas, in canali lapideo eſt, vt lux ; Et ab*

c Aug. contra Zania : *ſicut nec eos qui vobis ſiue nihil generans, ſed tamen hortis plurimum fructum adfert. Spiritalis enim virtus ſacram... illuminandis pura excipitur, & ſi per immundos tranſeat, non inquinatur.*

a Creſcon. lib. 2. cap. 34. *Non eſt Eccleſia deſerenda tanquam frumenta propter paleam...*

c domus magna propter vaſa inhonorata. Vides, audis, ſentis, capis, intelligis, quanto ſcelere...

e recte ſine cùm fallimini diſplicent, ſeparemini ab Eccleſia quæ toto orbe diffunditur.

vous les figurez par vos tres-vaines calomnies, que vous a faict la
chaire de l'Eglise Romaine, en laquelle Pierre s'est sis, & encore se
sied auiourd'huy Anastase? ou de l'Eglise de Ierusalem, en laquelle
Iacques s'est sis, & en laquelle auiourd'huy se sied Iean? Et vn peu
apres: Si vous consideriez ces choses, pour les hommes que vous
diffamez, vous ne blasmeriez pas la chaire Apostolique, auec laquelle vous ne communiquez point. Et au chapitre 61. Ny pour
ces Pharisiens-la (dit-il) ausquels vous nous comparez non par raison, mais par mal-vueillance, le Seigneur n'a pas cõmandé d'abandonner la chaire de Moyse, en laquelle il figuroit la sienne. Car
prononçant, que ceux qui y estoient assis disoient & ne faisoient
point, il admonneste neantmoins les peuples de faire ce qu'ils disent, & non pas ce qu'ils font: de peur que la saincteté de la chaire ne
soit abandonnée, & que pour les mauuais Pasteurs l'vnité du troupeau ne soit diuisée.

*blasphemaretis cathedram Apostolicam, cui non communicatis. Et cap. 61. Super quos abundarè
nostram, vt faciamus & sic doceamus. Et tamen nec propter illos Pharisæos quibus nos non per
maleuolentiam comparatis, præcepit dominus deseri Cathedram Moysi, in qua vtique figurabat suã.
super Cathedram Moysi sedentes dicere non facere: monet tamen populos facere quæ dicunt, &
faciunt, ne Cathedra sanctitas deseratur, & propter pastores malos gregis vnitas dividatur.*

*d Idem lib. 2.
contra Petilian.
cap. 51. Verum-
tamen si omnes
per totum orbem
tales essent, quales
vanissimè calum-
niaris, Cathedra
tibi quid fecit
Ecclesiæ Romanæ,
in qua Petrus se-
dit, & in qua ho-
die Anastasius
sedet? vel Ecclesiæ
Hierosolymitanæ
in qua Iacobus se-
dit & in qua ho-
die Ioannes sedet?
Et paulò pòst.
Hæc si cogitaretis,
non propter homi-
nes quos infamatis
præcipit iustitiam
prudentiã sed per
Dicens quippe illos
non facere quæ*

*Sur ce qu'ils disent que ce n'est pas assez de bien prescher l'Escriture, &
que cela n'appartient aux particuliers: nous respondons que les nostres ne la
preschent en qualité de particuliers, ains de vrais pasteurs, & legitimement
appelez en charge, & n'est permis à aucun en nos Eglises de s'y ingerer, ou
d'y entrer par mauuaises prattiques, comme nous auons monstré cy-
dessus.*

LVIII.

C'est tousiours estre particuliers en l'Eglise, que d'estre instituez
par personnes qui n'ont point de puissance, quelque grande que
soit la multitude qui en fait l'institution. Car l'Eglise n'est pas vne
democratie, mais vne monarchie & vn Royaume, duquel Iesus-
Christ est le vray Roy, qui regnera, dit l'Ange, eternellement en
la maison de Iacob, c'est asçauoir en l'Eglise. Et partant la creation des Magistrats Ecclesiastiques n'appartient point au peuple,
quelque abondant qu'il soit, mais à nostre Seigneur seul: d'où il
resulte que ceux qu'il n'a point instituez ou immediatement & par
luy-mesme, qui est la mission extraordinaire: ou mediatement &
par le ministere de ses officiers, qui est la mission ordinaire, ne peuuent vsurper ce tiltre sans crime de leze majesté diuine.

LIX.

*Quant à la replique sur l'exemple de Helie allegué, où ils disent qu'il n'a
pas degradé les Sacrificateurs, qu'il ne s'est pas mis en leur place, & qu'il
n'a pas basty d'autel, ils monstrent bien que leurs Pasteurs ne leur preschent
beaucoup l'Escriture, & qu'ils sont encor moins soigneux de la lire. Qu'ils
lisent donc le 18. chap. du premier liure des Rois, & ils trouueront le con-*

traire. Car il n'a pas seulement degradé les Sacrificateurs, mais il les a tuez luy-mesme, a basty autel & sacrifié: bien est vray que nous ne voulons nous seruir de cest exemple en outre, que pour monstrer qu'il y peut auoir vocation extraordinaire, & confessons qu'il a eu charge plus particuliere de Dieu, que mesmes les autres Prophetes. Nous ne voulons meurtrir personne, ains sommes meurtris: nous ne voulons bastir autel contre autel, ains seulement faire que l'autel du Seigneur soit redressé. La procedure de nos premiers pasteurs l'a bien monstré, qui ont offert de demeurer en mesme temple, pourueu que l'idole en fust osté, c'est à dire, le seruice de Dieu redressé: puis il n'est plus question auiourd'huy de seruir Dieu sur vn seul autel, ains toute la terre est l'autel du Seigneur. Ils n'ont pareillement voulu degrader les autres, ains les ont incitez à bien vser de leur grade, ou vocation, s'ils se sentoient en auoir.

Ie m'esbahy que le papier ne rougit pour vous, qui faites profession d'estre les seuls restituteurs de la lecture des Escritures, & reprochez aux autres de les lire & prescher mal à leurs auditeurs, que l'enuie de calomnier vous ayt si estrangement aueuglez, que vous soyez tombez (mais c'est comme Dieu punit l'orgueil de ceux qui presumét trop de leur propre sens) en la mesme absurdité que vous imputez à autruy. Car quelle impertinence, pour ne dire point pis, est celle-la, à vn homme qui vous parle de la vocation ordinaire & des Sacrificateurs ordinaires de l'Eglise, & vous dit que Helie ne les a point degradez, & ne s'est point substitué en leur lieu, de respondre qu'il a non seulement degradé, mais tué les Prophetes de Baal? A vostre aduis, les Prophetes de Baal auoient-ils la vocation ordinaire de Dieu? Estoient-ils Sacrificateurs ordinaires de l'Eglise Iudaïque? Estoient-ils issus de la tribu de Leui, à laquelle seule Dieu auoit affecté le ministere ordinaire? Estoient-ils descendus de la famille d'Aaron, hors de laquelle Dieu auoit commandé que quiconque se presenteroit à son Autel pour exercer le Sacerdoce, mourust de mort? L'Escriture ne rançonte-t'elle pas que tout le corps des Sacrificateurs & des Leuites, qui estoiét ceux-la seuls qui auoient la vocation ordinaire, s'estoient retirez du Royaume d'Israël en celuy de Iuda, lors que Ieroboam se reuolta de l'obeissance de Roboam, & qu'il n'en estoit resté vn seul en l'exercice du Sacerdoce schismatique d'Israël? Les Sacrificateurs aussi & les Leuites, dit l'histoire des Chroniques, qui estoient en tout Israël, vindrent à luy de tous les lieux de leur habitation, laissans leurs possessions & leurs heritages, & passans en Iuda & en Ierusalem, pource que Ieroboam les auois chassez luy & ses fils, de peur qu'ils n'administrassent le Sacerdoce du Seigneur. Ne cotte-t'elle pas en termes exprés, que les Sacrificateurs que Ieroboam auoit promeuz & admis à l'exercice du Sacerdoce en Israël, estoient dénuez de la succession ordinaire? Il

2. Chron. 11.

edifia, dit l'hiſtoire des Rois, vn Temple aux haults lieux, & crea ``3. Roys 12.``
des Sacrificateurs de la lie du peuple, qui n'eſtoient point des en- ``"``
fans de Leuy. Et quant aux prophetes & ſacrificateurs de Baal, que ``"``
Iezabel fille du Roy des Sidoniens auoit depuis faict venir de ſon
païs en Samarie, pour y introduire le culte & les myſteres de leur
faux Dieu, qui eſt celuy qui peut pretendre qu'ils fuſſent extraicts
du Sacerdoce, eux, qui tant s'en faut n'eſtoient pas ſeulement
Iſraëlites, mais Payens & eſtrangers? Et pour le regard de ce qui
ſuit, que Helie baſtit autel & ſacrifia, croyez-vous que celuy à qui
vous auez reſpondu, ait voulu dire que Helie ne baſtit point ſimplement d'autel, ou bien qu'il ne baſtit point autel contre autel?
combien qu'à la verité il ſe peut dire auſſi en quelque ſorte, qu'il ne
baſtit point d'autel : dautant qu'il n'erigea point d'autel pour y inſtituer vn culte ordinaire, & diuiſer l'vnité de celuy de Ieruſalem,
comme ceux qui en edifierent vn en la montaigne de Garizim, &
depuis vn autre en Egypte : qui a eſté proprement eriger autel contre autel. Car ce que fit Helie, ce fut ſeulement vn acte tranſitoire
pour conuaincre les adorateurs de Baal, qui en haine du vray Dieu
auoient demoly ſes autels, c'eſt à dire, ceux qui eſtoient demeurez
pour monumens en Iſraël du temps que le temple de Ieruſalem n'e-
ſtoit point encor edifié. A l'occaſion dequoy, afin de leur monſtrer
que c'eſtoit aux Sacrifices du vray Dieu, que ces autels-la auoient
eſté dediez lors de leur inſtitution, & non au ſeruice d'vn faux Dieu
comme les leurs : il n'en erigea point vn nouueau, mais releua celuy
de la montagne de Carmel, qui eſtoit celuy, meſme ſelon le dire de
Rabbi Salomon, que Saül y auoit autresfois edifié. Ce qu'il fit,
comme ie dy, non pour y reſtablir vn droict de Sacrifice, mais pour
rendre teſmoignage par le miracle qui y arriua, à l'eſtre & à la vertu du Dieu, aux Sacrifices duquel il auoit eſté autresfois ſeruy. Et
quant à ce qu'il ſacrifia luy-meſme, outre ce qu'il auoit reccu vn
commandement extraordinaire, de confondre par ceſt acte ſin-
gulier les Sacrifices des faux Dieux, & refuter l'impieté d'Achab & ``a Epiphan. in``
de Iezabel, qui auoient demoly les autels autresfois honorez du cul- ``hæreſi Melchi.``
te du vray Dieu, comme il paroiſt par la priere qu'il luy fait, de ``ſed. Τοῦ δὲ ἠλία``
monſtrer alors qu'il eſtoit le Dieu d'Iſraël, & que c'eſtoit par ſon ``φύσι ἢ τὴν πα-``
commandement qu'il auoit entrepris toutes ces choſes. ᵃ Outre cela ``τριαρχίαν ὡσαύτως``
(dy-ie) ſi vous croyez S. Epiphane qui eſtoit Iuif, luy-meſme il teſ- ``διέρομὲν. Ἵν τινα καθ'``
moigne que Helie eſtoit deſcendu d'Aaron, & auoit le priuilege ``εἱρμὸν ἐφηγήσομαι,``
ordinaire de la Sacrificature, voire repete des regiſtres des Iuifs ``οὕτως, ἠλίας ὁ θε-``
toute la ſucceſſion de ſa genealogie depuis Aaron iuſques à luy. ``σβίτης ἀδελφὸς γί-``

Quant à ce qu'ils diſent que nos ᵀPaſteurs prennent ſeulement pouuoir ``γονεν ἰωδαὶ τῆς ἱε-``
du peuple ignorant, ils monſtrent auſſi qu'ils n'ont pas pris la peine de re- ``ρίας, ἐξ ἱερέων``
cognoiſtre comme nous en vſons : & ſ'ils s'offenſent que nous n'vſons de ty- ``δῆλον ⁊ αὐτὸς ὑ-``
``πάρχων, ⁊c.``

``LX.``

rannie comme eux, en donnant au peuple des Pasteurs, ou qui sont encor à naistre, ou enfans, ou à la suitte de leurs maistres, pour paracheuer de gaigner ceste dignité par seruices le plus souuent deshonnestes, ou bien d'autres que le peuple ne void pas à demy, ou du tout point, tant s'en faut qu'il les cognoisse ou s'en contente, nous ne changerons pourtant cest ordre prescrit en la parole Dieu, qui est qu'apres que les ministres desia en charge les ont éleus, examinez en la doctrine, & esprouuez aux mœurs, ils les presentent au peuple, pour sçauoir s'ils les auront pour agreables, & finalement leur imposent les mains.

Il a esté suffisamment respondu cy dessus à cest article. I'y adiousteray seulement que l'élection n'est pas ce qui donne le pouuoir aux Pasteurs, mais l'ordination, dont l'élection ou la presentation n'est sinon vn preparatif, qui se peut diuersifier selon le temps & les occasions. Pourtant en la simple institution des Diacres, encor qu'il ne fust point question de personnes qui deussent exercer le regime de l'Eglise, neantmoins les Apostres ne defererent pas l'ordination au peuple, mais luy en ayant concedé l'élection (dautant qu'ils deuoient auoir l'œil sur la dispensation des offrandes faictes par le commun des fideles) s'en reseruerent la constitution. Au moyen dequoy si vos pasteurs ne tiroient du peuple autre chose que leur élection, l'objection de la nullité ne seroit pas telle : mais ils en prennent l'authorité de leur ordination. Car il en faut toujours reuenir là, que les ministres qui les ont ordónez n'ont deriué l'authorité de les ordonner, ou eux, ou ceux desquels ils l'ont primitiuemet receuë, sinon du peuple, qui leur a conferé en ce faisant ce qu'il n'auoit pas.

L X I.

Quant à la question, sçauoir en quelle authorité nostre religion a esté reformée par Caluin, elle en enueloppe deux : la premiere, en quelle authorité la religion est reformée : la seconde, en quelle authorité Caluin s'y est employé auec d'autres. Nous respondons que ç'a esté en l'authorité du Dieu viuant par la conduitte de son Esprit, & par sa parole. Quant à Caluin particulierement, comme il n'a esté seul, nous ne luy en attribuons tout le trauail, combien qu'il ayt esté vn grand & fidele seruiteur de Dieu entre les autres.

Il y a bien difference entre la question de l'authorité & celle de la raison. Lors que la raison est reuoquée en doute, l'authorité neantmoins retient son poids : & beaucoup de choses desquelles la raison ne nous apparoist point, nous y adherons par le seul respect de l'authorité. [a] Autre chose est (dit sainct Augustin) quand nous croyons à l'authorité, & autre chose quand nous croyons à la raison : Croire à l'authorité (adiouste-t'il) est vn grand abregé, & chose de nul labeur. Et pourtant en l'epistre 56. il dit, que Dieu a pourueu son Eglise de la forteresse de l'authorité comme d'vne citadelle,

a August. de quant. animæ. Aliud est cum authoritati credimus, aliud cùm rationi. Authoritati credere magnum compendiū est & nullus labor. Et epistola 56. sed ille fidei

en laquelle les simples sé doiuent retirer lors qu'ils sont assaillis par les heretiques, cependant que les plus spirituels combatét au dehors pour eux par les armes de la raison. Et au traicté contre l'epistre fondamentale, [a] A fin (dit-il) que ie mette à part ceste sapience, que vous ne croyez pas estre en l'Eglise Catholique, il y à beaucoup d'autres choses qui me retiennent tres-iustement en son giron: Le consentement des peuples & des nations m'y retiennent: L'authorité commencée par les miracles, nourrie par l'esperance, augmentée par la charité, confirmée par l'antiquité, m'y retient: La succession des Prelats depuis sainct Pierre, à qui nostre Seigneur apres sa resurrection consigna la pasture de ses oüailles iusques au present Episcopat, m'y retient: Et finalement le nom mesme de Catholique m'y retient, lequel non sans cause ceste Eglise seule entre tant d'heresies a tellement conserué, qu'encore que tous les heretiques affectent d'estre dits Catholiques: toutesfois quand vn estráger leur demande le lieu où l'on s'assemble pour communiquer à l'Eglise Catholique, il n'y a pas vn d'eux qui luy ose monstrer son temple, ny sa maison. I'appelle raison en cest endroict toutes les preuues qui se retirent non seulement des principes naturels, mais de l'Escriture mesme, par l'artifice du discours humain. Combattons, disoient les Nouatiens, par raison: [b] Moy, respond sainct Pacien, qui me suis iusques icy asseuré sur la succession de l'Eglise, qui me suis contenté de la paix de la congregation ancienne, ie n'ay faict prouision d'aucunes estudes de discordes, ie n'ay recherché aucuns argumens de dispute: Vous autres, apres vous estre separez du reste du corps, & diuisez d'auec vostre mere, pour rendre raison de vostre faict vous recherchez tous les secrets des liures. Mais l'vne ie la nomme raison naturelle, & l'autre raison theologique. Et pour ceste cause vn homme qui sçait que sa creance est conforme à l'Escriture, en vertu de l'examen qu'il a faict des consequences de l'Escriture par son propre discours: cestuy-la sçait la verité de sa creance par raison theologique. Mais celuy qui croit qu'elle est conforme à l'Escriture, pource que le consentement des Peres & des Docteurs anciens & modernes de l'Eglise l'en asseure, [c] comme sainct Augustin dit que les collines viuent de la foy, pource que les montagnes reçoiuent la paix : c'est à dire, que les ames basses & vulgaires qui ne

---

nomen, quod non sine causa inter tam multas hæreses sic ista Ecclesia sola obtinuit, vt cùm omnes eos se dici velint: quærenti tamen peregrino alicui, Vbi ad Catholicam conueniatur, nullus hæreticorũ vel domum audeat ostendere.

a Pacian. epist. 3. contra Sympron. Age, inquies, certemus exemplis & ratione pugnemus. At curus ipsa Ecclesia serie, congregationis antiquæ pace contentus, nulla discordiæ studia didici, nulla gumenta quæsiui. Tu postquam à reliquo corpore segregatus es & à matre diuisus, vt rationem facti librorum recessus assiduus scrutator inquiris. b August. tract. 1. in Ioan. Montes excelsæ animæ illæ animæ sunt. Sed ideo montes excipiunt pacem vt colles possint excipere iustitiã. Quæ est iustitiã pium? Fides, quia iustus ex fide viuit. Non aũtẽ acciperent minores animæ fidem, nisi maiores animæ

ego huc vsque se- certaminum artui redderes, totos sunt, & colles par- quam colles exci- quæ montes dicta *fiunt, ab ipfa fapientia illuftrarē̃tur, vt poſſint paruulis traiicere quòd poſſent paruuli capere, & viuere ex fide colles, quia montes pacem fufcipiunt.*

a Hilar. lib. 2. ad Conſtantiū. *Sed memento tamē nēminem hæreticorum eſſe, qui fe nunc non fecundùm fcripturas, prædicare ea quibus blafphemat, mentiatur.*

font pas illuminées par elles mefmes de la lumiere de la fapience, embraſſent la profeſſion de la vraye creance, pouree qu'elles la voyent authoriſée du confentement des montagnes de l'Eglife, ceſtuy-la le fçait par authorité. Et pourtant, quand on vous demande en quelle authorité Caluin a reformé l'Eglife, ce n'eſt pas vous demander quelles raifons theologiques il a euës pour ce faire: car il n'y a prefque nul heretique qui n'en allegue d'apparentes pour feduire le fimple peuple: a Souuenez-vous, dict fainct Hilaire, qu'il ne fe trouue auiourd'huy aucun heretique, qui n'afferme fauſſement que c'eſt felon les Efcritures qu'il prefche fes blafphemes: mais bien quelle authorité il a produitte, pour monftrer que Dieu l'auoit éleu pour faire la reformation de fon Eglife. Vous dites que c'eſt l'authorité du Dieu viuant, c'eſt ce qui vous eſt conteſté: Vous adiouſtez que vous le verifiez par la doctrine que luy & les fiens ont introduitte, cela c'eſt venir aux raifons theologiques, lefquelles vous font derechef debattues, & s'agiteront en l'examen de la doctrine, & non pas refpódre de l'authorité, qui eſt vn credit exterieur acquis à celuy qui fait quelque propofition, non par la raifon & confideration interne de ce qu'il propofe, mais par d'autres conditions & circonftances precedentes, en faueur defquelles lors mefmes que les raifons ne font pas encores recogneuës, on incline à receuoir fa propofition. Au moyen dequoy fi vous voulez fatisfaire de bonne foy à l'interrogation, il faut refpondre directement de l'authorité perfonnelle du reformateur, & monftrer comme il a eu non vne fimple miſſion particuliere & limitée, telle que celle des autres pafteurs communs, pour trauailler au feruice de l'Eglife, felon la mefure & portion de fon miniftere (car il n'eſt pas icy fimplement queftion de celle-la, qui neantmoins luy manque tout à faict, comme il a eſté prouué cy deſſus) mais vne miſſion & deputation vniuerfelle, pour entreprendre la reformation de tout le corps: laquelle n'a peu eſtre que de deux fortes, afçauoir deriuée d'vn principe general d'authorité, ou ordinaire, ou extraordinaire. Et pource il l'a deüe verifier ou par vne commiſſion immediate de Dieu, fcellée de feaux extraordinaires, c'eſt à dire, par vne reuelation accompagnée de miracles, ou par vne deputation & commiſſion generale de toute l'Eglife qui luy ayt donné ce pouuoir: ou bien conjointement par l'vne & par l'autre, comme celle qui vous a eſté alleguée d'Efdras, lequel encor qu'il n'entrepriſt qu'vne reformation des abus & defordres de la prattique, & non de la foy & des conftitutions de l'Eglife Iudaïque, neantmoins y proceda auec toute plenitude de l'vne & de l'autre authorité. Car outre ce qu'il eſtoit Sacrificateur & auoit la vocation ordinaire, qu'il eſtoit Scribe & Prince de la Synagogue, qu'il eſtoit dauantage Prophete, & auoit l'aſſiſtance de tous

les

lès autres Prophetes de son temps : il estoit d'ailleurs accompagné,
aduoüé & authorisé en ce faict de tout le Sacerdoce ordinaire de
toute la Synagogue, & de toute l'Eglise Iudaïque.

*Et quant à ses escrits comme de tous autres, nous ne les preferons à la pa-
role de Dieu, comme on fait des constitutions Papales en l'Eglise Romaine,
ains nous les esprouuons par icelle, & ne les receuons qu'entant qu'ils s'y
trouuent conformes.*

Il est faux que nous preferions les constitutions Papales, comme
vous les appelez, à la parole de Dieu, au contraire nous tenons que
le Pape ne peut dispenser de ce qui est de droict diuin, c'est à dire,
authoriser rien qui soit contraire à la parole de Dieu. Il est vray
que l'interpretation de ce qui est de la parole de Dieu, nous ne la
sousmettons pas au iugement particulier de chaque personne vulgaire, comme vous faites, mais à celuy de l'Eglise vniuerselle, laquelle ne se trouuera iamais auoir tenu aucune proposition, soit affirmatiue, soit negatiue pour contraire à la parole de Dieu, que le
Pape ayt authorisée.

*Finalement ils demandent qui a signé nostre doctrine, à quoy nous res-
pondons, Qu'encore qu'elle n'ayt besoin d'approbation humaine, neantmoins pour monstrer nostre vnion & consentement en icelle, que plusieurs
grands Princes & Potentats de la Chrestienté y ont souscrit auec plusieurs
grands peuples, personnes notables, & autres qui la maintiennent encore
auiourd'huy, & la maintiendront de plus en plus, moyennant l'assistance
& faueur de Dieu, auquel la gloire en soit renduë. Amen.*

On ne vous a pas demandé simplement qui a signé vostre doctrine, mais qui l'a signée à l'exemple d'Esdras & de Nehemie, c'est
à dire qui l'a signée auec authorité. Car quant à ce que vous respondez que plusieurs grands Princes & Potentats de la Chrestienté, &
plusieurs grands peuples y ont souscrit, cela ne fait rien à propos : dautant que les Princes, les Potentats, & les peuples n'ont
nulle authorité pour decider les choses de la religion, comme ainsi
soit que nostre Seigneur leur die à eux-mesmes par S. Paul : Obeissez
à vos Prelats, car ils veillent, ayans à rendre compte pour vos ames.
Au moyen dequoy ils peuuent bien signer les decisions Ecclesiastiques pour en iurer l'obseruation, ou en commander temporellement l'execution, mais non pas pour leur donner aucune authorité spirituelle. [a] Hosius parlant à l'Empereur Constance : Il ne nous
est pas permis de tenir l'Empire en terre, ny à vous de prendre l'encensoir, & vsurper l'authorité de la religion.

[b] Sainct Athanase en la mesme epistre : Quand est-ce que cela a
esté oüy d'aucune memoire d'homme, que les iugemens de l'Eglise
ayent pris leur authorité de l'Empereur?

οἴας περὶ τῷ βασιλίως ἔσχε τὸ κῦρος; ἢ ὅλως ἐγνώσθη τὴν τὸ κρίμα; πολλαὶ σύνοδοι πρὸ τῦτων γεγόνασι,
ἐκκλησίας γέγονε. ἀλλ' οὔτε οἱ πρεσβύτεροι ἔπεισάν ποτε περὶ τύτων βασιλέα, οὔτε βασιλεὺς τὰ τῆ ἐκκλησίας περιειργάσατο.

G

LXII.

LXIII.

[a] Hosius apud
Athanas. in ep.
ad solit. vitam
agentes. Οὐ πρέπει
ἡμῖν ἄρχειν ἐπὶ
τῆς γῆς ἔξεςιν. οὔτε
σὺ τὸ θυμιᾷν ἔξου-
σίαν ἔχεις, βασιλεῦ.
[b] Athanas. in
eadem epist.
Πότε γὸ ἀπὸ τῷ αἰῶ-
νος ἠκούσθη τοιαῦτα;
πότε κρίσις ἐκκλη-
σίας κρίματα τῆς
περιειργάσατο.

[a] Sainct Gregoire de Nazianze : Oyrez-vous vne parole libre? C'eſt que la loy de Chriſt vous ſouſmet à ma iuriſdiction & à mon tribunal : car nous ſommes auſſi Empereurs nous autres, voire d'vn Empire plus grand & plus parfaict : oyez donc patiemment la liberté de ceſte parole, ie ſçay que vous eſtes vne oüaille de mon troupeau.

[b] Sainct Ambroiſe : Qui doute ſoit que nous regardions l'ordre de l'Eſcriture, ou l'antiquité de l'Egliſe, que les Eueſques aux cauſes de la foy n'ayent accouſtumé de iuger des Empereurs Chreſtiens?

Pourtant les bons & religieux Empereurs ſe defendoient à euxmeſmes & à leurs officiers toute authorité en ceſte ſorte d'affaires: [c] Il ne m'eſt point permis à moy, diſoit l'Empereur Valentinian, qui ſuis perſonne laïque, m'attribuer la curioſité de ces recherches. Et l'Empereur Theodoſe ſecond eſcriuant au Concile d'Epheſe : [d] Il eſt illicite (dit-il) que celuy, qui n'eſt point de l'ordre des Eueſques, ſe meſle de la deciſion des affaires Eccleſiaſtiques.

Eſdras donc & Nehemie (pour ne parler point de leur authorité particuliere : car Eſdras, comme il a eſté dit, eſtoit Sacrificateur & Prophete, & Nehemie Prince du peuple & Prophete) recueillirent en premier lieu les ſignatures & le ſerment de tout l'ordre Sacerdotal & Leuitique, accompagnées puis apres de celles des chefs & du reſte du peuple, qui ſignerent ou iurerent tous auec eux, les vns pour tenir la main à l'execution, les autres pour s'obliger à l'obſeruation de leurs decrets : apportans par conſequent à ceſt acte non le ſimple applaudiſſement de quelques perſonnes laïques nouuellement ſubornées, ou de quelques pretendus Miniſtres creez & inſtituez par eux : mais le conſentement vniuerſel du Sacerdoce & de la Synagogue, ſans laiſſer rien en toute l'Egliſe Iudaïque qui peuſt pretendre aucune ombre d'authorité contre la leur. Là où quand Luther & Caluin ſont venus, l'authorité eſt demeurée ſi eminente au corps & en la ſocieté de l'Egliſe Catholique, qui s'eſt lors oppoſée actuellement à eux, ſans parler de l'arrieregarde de tous les ſiecles precedens, dont elle eſtoit appuyée & ſouſtenuë : & ce peu de perſonnes ou laïques, ou inſtituées nouuellement par eux, qui leur ont applaudy à leur premier aduenement ſi foible, ſi desvny, & de ſi peu de poids, que l'on leur pouuoit iuſtement dire auec ſainct Auguſtin, diſputant contre les Manicheens : [e] Vous autres qui eſtes en ſi petit nõbre, & tant turbulents, & ſi nouueaux, il n'y a point de doute que vous n'apportez rien digne d'authorité : Et cõtre

[a] Gregor. Nazianz. orat. 17. ad ciues Nazianz. graui timore perculſos & prefectũ iraſcentem. Ἆρα δέξεαθε ὀυῶ παῤῥησία τὸν λόγον; ἦ ὁ τῦ Χριστῦ νόμος ὑποτέθησιν ὑμᾶς τῇ ἐμῇ δυναστία & τῷ ἐμῷ βήματι; ἄρχομεν γὰρ & ἀυτοί, προσθήσω δ' ὅτι & τῆς μείζονα & τῆν τελειωτέραν ἀρχῆν, ἦ δεῖ τὸ πνεῦμα ὑποχωρῆσαι τῇ ſαρκὶ, καὶ τοῖς γηΐνοις τὰ ἐπουράνια; δέξη τὴν παῤῥησίαν, &c.

[b] Ambr. ep. 32. At certè ſi vel ſcripturarum ſeriem diuinarum, vel vetera tempora retractemus, Quis eſt qui abnuat in cauſa fidei, in cauſa, inquam, fidei Epiſcopos ſolere de Imperatoribus Chriſtianis, non Imperatores de Epiſcopis iudicare?

[c] Sozom. lib. 6. cap. 7. Ἐμοὶ μὲν, ἔφη, μετ᾽ λαοῦ πεπραγμένῳ οὐ θέμις τιαῦτα πολυπραγμονεῖν. οἱ δὲ ἱρεῖς, οἷς τοῦτο μέλει, καθ' ἑαυτὰς, ὅπα βούλεται, ſυνίτωſαν.

[d] Cyrillus tom. 4. epiſt. 17. & act. 1. ipſius Synodi ſub finem, & diſt. 96. c. Satis euidẽter. Illicitum eſt eum qui non ſit ex ordine ſanctiſſimorum Epiſcoporum Eccleſiaſticis intermiſceri tractatibus.

[e] Auguſt. de nihil dignum vtil. cred. Vos autem, & tam pauci & tam turbulenti, & tam noui, nemini dubium eſt, quin authoritate proferatis.

les Pelagiens, [a] Tels (dit-il) & si grands personnages selon la foy
Catholique qui est espanduë par toute la terre, afferment ceste
chose-la & celles-cy estre vrayes, que vostre fragile & subtilement
capticuse nouueauté est rebouchée & brisée par leur seule authorité. Et en general contre toutes sortes d'heretiques. [b] Ils sentent (dit-
il) combien ils sont bas & abjets, si leur authorité est comparée
auec l'authorité Catholique: & pour ceste cause s'efforcent de surmonter l'authorité inuiolable de l'Eglise tres-stablement fondée,
par le nom & la promesse de la raison. Car ceste temerité est commune & comme reguliere à tous les heretiques.

 Voila donc pour finir ce discours, la difference qu'il y a entre
rendre compte de l'authorité personnelle, en vertu dequoy vous-
vous estes constituez reformateurs de l'Eglise, ou bien venir à l'examen de la doctrine & des raisons theologiques , suiuant lesquelles
vous auez pretendu faire vostre reformation. Du premier poinct
vous en estes entierement exclus : pour le regard du second,
quand vous en voudrez tenter vn nouueau combat , on vous
monstrera que vous auez esté aussi mal instruits, comme mal
enuoyez & authorisez.   Dieu vous face la grace de le recognoistre , & de vous reünir à son Eglise , en laquelle seule reside la
certitude de la vraye authorité, & de la vraye doctrine.

audent imperitos quasi ratione traducere, quando maximè cum ista medicina Dominus venerit, vt fidem populis impera-
ret.   Sed hoc facere coguntur, quia iacère se abiectißimè sentiunt, si eorum authoritas cum authoritate Catholica confe-
ratur. Conantur ergo authoritatem stabilißimam fundatißimæ Ecclesiæ quasi rationis nomine & pollicitatione supera-
re. Omnium enim hæreticorum quasi regularis est ista temeritas.

[a] Idem libro secundo contra Iulian. *Tales quippe ac tanti viri secundùm Catholicam fidem , quæ vtique toto orbe diffunditur; & hoc, & illa vera esse confirmant , vt vestra fragilis & quasi argutula nouitas sola authoritate conteratur illorum, præterquam quòd ea dicunt, vt se per eos loqui veritas ipsa testetur.*

[b] Idem epist. 56. *Porrò illi qui cùm in vnitate atque communione Catholica non sint, Christiano tamen nomine gloriantur, coguntur aduersari credentibus, &*

ACTES
DE LA
CONFERENCE
TENVE ENTRE LE SIEVR
EVESQVE D'EVREVX ET LE SIEVR
du Plessis, en presence du Roy à Fontaine-bleau
le 4. de May 1600.

Publiez par permißion & authorité de sa Majesté.

Auec la Refutation du faux discours de la mesme
Conference.

G iij

VINCI POSSVNT,
PERSVADERI NON
POSSVNT.

AV ROY.

SIRE,

Ie n'euſſe iamais creu qu'apres vne action ſi celebre que celle de Fontaine-bleau, faicte ſur le plus reſonnant et reſplendiſſant theatre du monde, et éclairée de la preſence de voſtre Majeſté, et de tant de Princes, Officiers de la Couronne, Conſeillers d'Eſtat, et autres Seigneurs de marque; Il ſe fuſt trouué homme qui euſt oſé entreprendre d'en offuſquer et déguiſer la verité. Et pourtant me ſuis-ie long temps abſtenu d'en vouloir écrire aucune choſe, pour n'affoiblir point par mon recit particulier, ce qui auoit eſté atteſté par deux cens depoſitions plus authentiques que la mienne. Mais depuis, voyant que Monſieur du Pleſſis, contre la foy de tant d'yeux et d'oreilles, et contre les teſmoignages de la bouche et de la plume de voſtre Majeſté, a mis aux champs vn certain diſcours, par lequel auec ſon eloquence de Pericles, il veut perſuader aux preſens tout le contraire de ce qu'ils ont veu, et aux abſens tout le contraire de ce qu'ils ont oüy; I'ay penſé que ie luy deuois preſter encore quelques iours de ma peine, pour effacer par la vraye deſcription du faict, toutes ſes illuſions et preſtiges. Ie vous enuoye donc, SIRE, la pure et ſimple verité de l'hiſtoire, repreſentée en ces Actes auec ſon habit blanc, et ſans aucunes couleurs ny peintures: Et ſupplie tres-humblement voſtre Majeſté de la voir, ou faire voir à ceux ſur la prudence et grauité deſquels elle s'aſſeure; Et au cas qu'elle ſoit telle que ie la qualifie, m'accorder permiſſion et authorité de la publier, afin d'en laiſſer vne fidelle image à la poſterité. Que ſi Monſieur du Pleſſis ne ſe tient pour content de ce qui

G iiij

s'y est passé ; il a encore entre les mains les cinquante et deux
articles du demeurant de la premiere iournée, qu'il emporta
sans dire à Dieu, lesquels il a eu depuis assez de loisir d'estudier : Ie suis tout prest de luy donner le mesme exercice sur
ceux-là ; et apres ceux-là, sur le reste des cinq cens : Et d'autant plus volontiers que les autheurs sont plus graues, les matieres plus importantes, et les déprauations plus énormes. Cependant ie leueray les mains au Ciel, et prieray Dieu,

SIRE,

Vous faire la grace de continuer de bien en mieux, de restablir son Royaume auec le vostre. A Condé ce 29. d'Aoust
1600.

De V. M.

Le tres-humble & tres-obeissant
subjet & seruiteur,
IACQVES EVESQVE
D'EVREVX.

PRIVILEGE ET ATTESTATION
du Roy.

HENRY par la grace de Dieu Roy de France & de Nauarre. A nos amez & feaux les Gents tenans nos Courts de Parlements, Preuost de Paris, Senechaux de Lyon, Poictou, Berry, Champagne, Anjou, le Maine; & à tous autres nos Iusticiers & Officiers, ou leurs Lieutenants; Salut. Sur ce que Messire Iacques Dauy Euesque d'Eureux, nostre Conseiller d'Estat & premier Aumosnier, nous a fait entendre que pour esclaircir la verité de ce qui s'est passé en la Conference tenuë en nostre presence entre luy & le sieur du Plessis Mornay, le quatriesme de May dernier passé : ledit Euesque d'Eureux desireroit mettre au jour & exposer à la veuë du public, le discours qu'il a fait de ladite Conference : SÇAVOIR vous faisons que nous inclinants au desir dudit Euesque, & apres auoir fait voir à aucuns de ceux de nostre Conseil qui ont assisté à ladite Conference, ledit discours, qu'ils ont trouué conforme à la verité: Nous auons audit Euesque d'Eureux, de nostre grace speciale, pleine puissance & authorité Royalle, permis, & permettons par ces presentes signees de nostre main, de faire imprimer par tel Libraire ou Imprimeur que bon luy semblera, ledit discours de ladicte Conference : Défendons à tous Libraires & Imprimeurs autres que celuy qui sera choisi par ledit Euesque, d'imprimer ou faire imprimer ledit discours pendant le temps & terme de douze ans, à peine d'amende arbitraire, de confiscation des exemplaires, & de tous despens, dommages & interests. Car tel est nostre plaisir. Donné à Lyon, le vingt-deuxiéme de Decembre, l'an mil six cents; & de nostre regne le douziéme. Signé

HENRY.

Et plus bas

PAR LE ROY.

DE NEVFVILLE.

Et seellé du grand seau en cire jaune.

AVX LECTEVRS.

LE Sieur duPleſſis ayant publié vn aduertiſſement ſur la premiere edition de ces Actes ; par lequel il accuſoit l'Eueſque d'E-
ureux d'auoir bruſlé l'impreſſion des exemplaires qui en auoient
eſté preſentez au Roy & à Meſſieurs de ſon Conſeil, à Lyon ; & en
auoir ſuppoſé vn autre que celle ſur laquelle auoit eſté octroyé le
precedent priuilege : Il luy a ſemblé neceſſaire, pour ſe iuſtifier d'vne telle imputation, d'adiouſter icy ce nouueau teſmoignage.

5

LETTRE DE MONSIEVR LE CHANCELIER
A L'EVESQVE D'EVREVX, SVR LA PREMIERE
edition des Actes de la Conference.

MONSIEVR, Ce que vous auez voulu estre mis en lumiere des fruicts de vostre noble esprit, se défend assez de soy-mesme ; Et en cela il n'est aucunement besoin que soyez aydé de mon attestation : Vostre prudence & vostre liure ne laissent ne lieu ne prise à ceux qui se plaisent à reprendre. Monsieur du Plessis ne laisse pour cela de faire presque tous les mois vn liure, pour essayer de soustenir ce dont il fut condamné à Fontainebleau, non seulement par les Catholiques, mais aussi par ceux de sa Religion. Il aduient à ce Gentilhomme, qu'on ne peut nier estre doüé d'vn fort bel esprit, comme au cheual qui est entré dans vn grand bourbier, d'où s'efforçant d'en sortir, il s'y enfonce dauantage. Pardonnons à sa douleur. Ie leus, estant à Moulins, certain sien écrit où il a trouué bon de me nommer, & dire de moy ce qu'il a iugé pouuoir seruir à sa cause : A quoy ie n'ay pas estimé qu'il escheust que ie fisse réponse. Si la façon dont ie proceday à Fontainebleau a esté reprise, c'a esté d'auoir voulu moderer l'aigreur dont aucuns iugeoient que l'on deuoit vser. Ie laisse volontiers ce propos, & diray pour répondre à vostre lettre, qu'au voyage que nous fismes à Chambery, me trouuant à Grenoble, ie leus la réponse qu'auiez faite à ce que ledit sieur du Plessis auoit fait imprimer touchant la Conference de Fontainebleau, laquelle vous auriez depuis fait imprimer ; Et me donnastes le liure à Lyon, que ie trouuay du tout conforme à ladite réponse que i'auois leüe à Grenoble, écritte à la main. Ce que ie puis attester, & attesteray toujours en parole de verité, par tout où il escherra d'en parler, & que les exemplaires que vous en auez publiez, sont les mesmes sur lesquels vous a esté accordé le priuilege. Ie prie Dieu que ceux qui liront vostre liure, n'ayent en leur âme autre passion que de penetrer & profiter en la cognoissance de la verité. Sur ce ie me recommande bien humblement à vos bonnes graces, suppliant le Createur de vous donner,

Monsieur, longue & contente vie. C'est de Paris le 18. iour de Feurier.1602.

Vostre bien humble & plus affectionné
à vous faire seruice,
BELLIEVRE.

Nous sous-signez Docteurs en la faculté de Theologie à Paris,
certifions auoir veu & leu ce present liure intitulé , *Actes de la
Conference tenuë à Fontaine-bleau, le 4. de May 1600.* & n'y auoir rien
trouué qui ne soit conforme à la doctrine de l'Eglise Catholique,
Apostolique & Romaine : & qui ne soit aussi tres-digne de voir
le iour pour rembarrer les aduersaires de nostre Foy, & confirmer
les Catholiques, estant iceluy remply d'vne tres-belle & singuliere doctrine touchant plusieurs poincts controuers de la Religion.
Fait à Paris ce 10. Septembre mil six cents.

A. DV VAL.

PH. DE GAMACHES.

ACTES

ACTES
DE LA CONFERENCE
TENVE A FONTAINE-BLEAV,
LE QVATRIESME DE MAY
mil six cens.

LE vingtiéme de Mars de ceste presente année 1600. le Sieur du Plessis rencontrant au logis de Madame la Princesse d'Orange, le Sieur de Saincte Marie du mont, qui faisoit encore lors profession de la Religion pretenduë reformée ; & retombant sur quelques propos qu'ils auoient eus les jours precedents, touchant son liure contre la Messe, dans lequel ledit Sieur de Saincte Marie luy asseuroit auoir veu plusieurs fausses allegations ; se resolut pour arrester par vn défy general, le cours de tous les bruits sinistres qui en couroient, de luy bailler vne sommation addressée à l'Euesque d'Eureux, & à tous ceux qui l'accusoient de faux, en ces termes.

LE Sieur du Plessis requiert, que Monsieur d'Eureux, & ceux qui le blasment d'auoir allegué faux en ses liures , se joignent auec luy, & sous-signent en vne Requeste tres-humble, qu'ils presenteront au Roy, le supplians tres-humblement de leur vouloir ordonner Commissaires tels qu'il plaira à sa Majesté, personnages de doctrine & probité requise , par deuant lesquels ledict Sieur ayt à verifier de page en page, & de ligne en ligne , tous les passages par luy alleguez en ses liures, & ce par liures & exemplaires imprimez en lieux & Vniuersitez non suspectes à ceux de l'Eglise Romaine. En foy de ce i'ay signé la presente, à Paris, ce vingtiéme Mars, mil six cents.

DV PLESSIS.

Le 24. de Mars, l'Euesque d'Eureux ayant receu ceste semonce, que le Sieur de Saincte Marie du mont luy enuoya, auec vne sienne lettre, par vn de ses gents expres ; & estant aduerty de Paris & par lettres de ses amys, & par personnes qui en arriuoient, que les coppies en estoient déja semées par toute la ville, & enuoyées par tout le Royaume ; y rendit la réponse qui s'ensuit, en datte du 25. de Mars 1600.

H

AYant receu ceste sommation, dont le bruit & les coppies volent déja par tout, écritte & signée de la main du Sieur du Pleffis, & voyant que ce n'est point yne femonce d'vn particulier à vn
particulier, mais d'vn party à vn party: I'ay penfé que l'interest de
la caufe de l'Eglife ne me permettoit, ny de la laiffer courir fans réponfe, ny d'y répondre fecrettement. Car comme le but de fon offre eft, en cas de refus, de retirer de la fuitte ou du filence des Catholiques, vne juftification publique de fes écrits: Auffi eft-il raifonnable que ma réponfe foit publique, & que les aduerfaires de l'E-
glife n'ayent pas l'auantage de pouuoir publier l'vn & diffimuler
l'autre. Afin donc que le Ciel & la terre voyent de quelle façon i'y
procede, ie declare par ceft écrit, à luy & à tous ceux qui le liront,
que j'accepte fon appel, & le fomme reciproquement de le faire
reüffir en effet, & non en fimples parolles. Pour à quoy ofter toutes fortes d'obftacles: Ie protefte dés cefte heure, que ie defire venir
du premier coup au poinct, fans m'obliger à cefte ennuyeufe methode d'examiner fon liure, page apres page, & ligne apres ligne, qui
feroit vn fpecieux pretexte pour rendre fon offre égale à vn refus.
Car outre ce qu'il n'y a patience de Commiffaires, qui ne fe laffaft
deuant que d'auoir examiné de cefte forte la dixiéme partie de fon
œuure, il fe rencontreroit toufiours en chaque page quelques fauffetez moins éuidentes, de la juftification defquelles il voudroit
prendre acte au prejudice de l'Eglife, fi on ne les luy conteftoit
point, ou en cas de conteftation, accrocher la difpute fur la premiere de celles qu'il penferoit pouuoir tirer en longueur, pour empefcher l'examen des autres. A ces caufes donc, & d'ailleurs, que
ce n'eft pas à celuy que l'on pretend accufer de fauffeté, de propofer les poincts furquoy il doit eftre examiné, mais à ceux qui l'accufent, de choifir les articles qu'ils luy veulent objecter: Voicy la proteftation que ie luy fais deuant Dieu & deuant les hommes; C'eft
que ie me foumets de luy monftrer, en tel lieu pourueu de liures, &
en telle compagnie de perfonnes capables qu'il plaira au Roy d'ordonner, voire en prefence de fa Majefté mefme, fi elle defire auoir
le contentement d'en voir vne partie; cinq cents enormes fauffetez de conte fait & fans hyperbole, dans fon liure contre la Meffe: lefquelles ie choifiray d'entre vn beaucoup plus grand nombre,
pour éuiter vne trop exceffiue longueur, & les choifiray fi expreffes & manifeftes, qu'il ne faudra autre difpute pour les conuaincre, que la feule ouuerture des liures qu'il allegue. Que fi au partir de ceft effay, il fe veut mettre à fon tour fur l'offenfiue, & élire d'entre tous les paffages de fon liure, ou de fes liures, puis qu'il
parle en general, ceux qu'il eftimera les plus forts & auantageux: Ie

m'oblige pour le dernier acte, de refuter lors toute l'élite qu'il en
aura faicte, & luy monstrer que ny dans son liure contre la Messe,
ny dans son Traicté de l'Eglise, ny dans sa replique sur les Traditions, il n'y a vn seul lieu qui ne soit, ou faussement, ou impertinemment, ou inutilement cité : Et cela par les propres exemplaires Grecs & Latins, des impressions de Genéue, de Basle, de Heildel-
berg, & autres villes protestantes. Ce qui soit dit neantmoins
sans attenter à l'honneur particulier du Sieur du Plessis: lequel hors
l'interest de la Religion, j'estime selon ses qualitez, & merites : & ne
le pretens taxer, sinon de trop de credulité aux faux memoires, & à
la mauuaise foy de ceux qui abusent de l'industrie de sa plume. Et
quant à l'instance qu'il me fait, d'entrer auec luy en la Requeste
qu'il desire presenter au Roy : Ie declare derechef par ce mesme
écrit que ie luy donne tout consentement & adjonction, & m'y tiens
dés à present pour signé, voire de mon propre sang: Me resiouyssant
infiniment de ce qu'apres tant d'admirables victoires que sa Majesté a obtenues, & par sa valeur sur ses ennemis, & par sa clémence
sur soy-mesme, le bon Ange de la France luy ouure encore maintenant le chemin d'en obtenir vne non moins glorieuse que les autres, & apres auoir comme ce grand Constantin, restitué la paix &
le repos à son Estat, rendre la paix & la tranquillité à l'Estat de Dieu,
qui est son Eglise. Car ce n'est point en ceste dispute comme aux
precedentes, où il s'agissoit de questions de droict, & d'interpretations d'écritures, en l'examen desquelles les fuirtes, subtilitez & déguisements des parties, pouuoient rendre la verité incertaine aux
assistants. Toutes les questions qui s'agitent icy, sont questions de
fait, & où il ne faut apporter que des yeux, pour voir si les passages
que nous accusons, sont dans les autheurs comme il les couche
dans son liure. Et neantmoins de la ruine de tant de faussetez ra-
massées ensemble, dépend le des-honneur & la ruine de la cause,
qui se deffend par telles armes. Au moyen dequoy nous auons vne
grande obligation à la prouidence de Dieu, de ce qu'elle a permis
qu'en ce dernier effort les Ministres ayent mis toutes les testes de
leurs impostures sur vn seul corps, afin qu'elles puissent estre cou-
pées toutes à la fois, & que les pauures peuples abusez voyans l'infidelité de ceux en la foy desquels ils croyoient, découuerte, les abandonnent & reuiennent à celle qui est la colomne & le firmament
de verité. Afin donc que cest heureux succés reüsslisse sans retardement, non seulement ie sous-signe auec le Sieur du Plessis, en
la presentation de sa requeste : mais encore luy promets outre
cela d'apporter en l'execution, toute douceur, modestie & bien-
veillance enuers sa personne : estimant chose raisonnable,
que les combats qui procedent de charité, s'executent auec

H ij

charité: Et que comme les Anciens, aux sacrifices qui s'offroient pour la paix & concorde conjugale, oſtoient le fiel des hoſties, ainſi aux diſputes qui s'entreprennent pour la paix & concorde de l'eſpouſe de Dieu, c'eſt à dire, de ſon Egliſe, on oſte le fiel & l'amertume des contentions. Faict & ſigné par moy, au Chaſteau de Condé, maiſon de l'Eueſché d'Eureux, le vingtcinquiéme de Mars, l'an mil ſix cents.

IACQVES EVESQVE D'EVREVX.

Ceſte réponſe ayant eſté imprimée à Eureux, ledit Eueſque en enuoya vn exemplaire au Roy accompagné d'vne lettre qu'il écriuoit à ſa Majeſté, afin de la ſupplier tres-humblement de leur permettre de conferer pour ceſt effet, dont la teneur eſtoit telle.

SIRE,
I'enuoye à voſtre Majeſté vn Cartel que Monſieur du Pleſſis m'a addreſſé ſur l'examen des allegations de ſon liure, auec la réponſe que i'y ay faite. Ie ſerois indigne de ſeruir vn courage ſi noble que celuy de voſtre Majeſté, ſi ie refuſois ſon appel, & principalement en vne querelle qui ſe doit terminer ſans ſang, & qui n'a autre but que l'honneur de Dieu & le ſalut du vaincu. Et pourtant ie me promets que voſtre Majeſté aura agreable la façon dont ie m'y comporte. S'il luy plaiſt accorder audit Sieur du Pleſſis la requeſte qu'il monſtre luy vouloir preſenter à ceſte fin, comme de ma part ie l'en ſupplie tres-humblement, elle verra que les effects de ma réponſe ſurmonteront les paroles. Cependant ie ſupplie Dieu,

SIRE, luy faire la grace de reſtituer auſſi bien les affaires ſpirituelles de ſon Royaume, que les temporelles. A Condé ce vingthuictiéme Mars 1600.

De V. M.

*Le tres-humble & tres-obeyſſant
ſubjet & ſeruiteur,*
IACQVES EVESQVE
D'EVREVX.

Le premier d'Auril, le Sieur du Pleſſis ayant auſſi écrit au Roy vne lettre à meſme fin, dreſſa vne replique ſur la réponſe de l'Eueſque d'Eureux, laquelle il fit imprimer en ces mots.

SVr ce qu'il me fut dit, que le Sieur Euesque d'Eureux, publioit que les passages des Peres, par moy employez en mes liures estoient faux. Ie baillay escrite & signee de ma main, en datte du vingtiéme Mars, mil six cents, Certaine Sommation (que depuis ledit Sieur d'Eureux a fait imprimer) pour luy estre priuément en-uoyée, & par l'addresse de son propre frere,

Sur laquelle neantmoins a ledit Sieur d'Eureux, fait imprimer vn aduertissement aux Lecteurs, en datte du vingtcinquiéme Mars, qui se crie par la ville, au lieu de m'enuoyer sa Réponse par mesme voye: Iuge le Lecteur, si ceste façon en matiere d'appels (car ainsi appelle-il ma Sommation) est receuable; si aucontraire elle est point sujette à interpretation sinistre. L'euenement toutesfois fe-ra mieux juger de son intention, auquel volontiers ie me reserue.

Aussi, de ceste mienne semonce priuée, de particulier à particu-lier; de moy à luy; il fait d'entrée vn deffi, de party à party, comme ceux qui font cry de nation en vne armée, sur leur querelle priuée: Iuge encor le Lecteur de ceste procedure, En vne cóference de Reli-gion, qui doit tendre à réünir les âmes, & non à partir les courages.

Consequemment il refuit l'examen, auquel ie soubmets mes li-ures par deuant les Commissaires, de page en page, & de ligne en ligne, Et fait mine de craindre la peine des Commissaires; Iuge icy encor le Lecteur, s'il se peut plus conuenablement faire sans super-cherie; Or ie luy respons, que nous y tiendrons vne si facile & bref-ue methode, que ie me vante, que ceste peine leur sera conuertie en vn plaisir tres-agreable.

Mais son grief est: & il ne l'a peu dissimuler, qu'il craint, dit-il (que des faussetez moins euidentes; ie prenne acte au prejudice de l'Eglise.) C'est à dire, que de la suitte des veritez tres-claires, ie face prejugé contre ses cauillations, & calomnies; Car puis que ce diffe-rent se peut terminer par bien lire, quel moyen à moy en tel Exa-men, de tromper le jugement, ains plustost la veuë de nos Com-missaires?

Il s'escarmouche en fin, qu'il me monstrera cinq cens faussetez de conte faict, &c. Et ceux ne le croiront pas aisément, qui sçauent que tels propos, sans aucun effect, continuent depuis vingt ans & plus: A cela ie n'ay à luy respondre qu'vn mot: Nous verrons alors, ce qu'il sçaura faire. Pour donc ne m'arrester point à la multitude des paroles, qui ne sert le plus souuent qu'à esgarer les choses: i'ay vou-lu nonobstant tout cela, tenir mon offre pour accepté.

Et de ce pas ay supplié Monsieur le Mareschal de Boüillon, s'en allant prendre congé du Roy au bois de Vincenes, de luy presen-ter ma tres-humble requeste, par laquelle sa Majesté est sup-pliée, de vouloir ordonner des Commissaires aux fins que dessus.

Aiguillon, s'il plaift à Dieu le benir, à vn plus grand deffein, digne de la magnanimité de noftre Roy : à vne fainéte reformation de l'Eglife en ce Royaume, par le moyen de laquelle nous voyons en vn feul noftre Roy, trois tres-grands Empereurs : vn Cæfar Conquereur : & vn Augufte Pacificateur de fon eftat. Mais qui vole bien haut au deffus, vn Conftantin, Reftaurateur de l'Eglife, en noftre Chreftienté, par le puiffant exemple de fon Royaume.

Ce que mondit Seigneur le Marefchal fit le iour d'hier dernier de Mars, fi ferieufement, que fa Majefté par fa réponfe, me fait efperer, qu'au pluftoft elle nous donnera moyen de venir aux effeéts, pour lefquels accelerer ie l'en ay encor ce matin tres-humblement fupplié par mes lettres. I'en fupplie le Createur de tout mon cœur pour fa gloire, & pour l'inftruétion de fon peuple. Et pourtant trefue deformais de paroles. Faiét à Paris ce premier Auril, mil fix cens.

Dv Plessis.

Le fecond d'Auril, le Roy ayant réceu & leu les écrits & les lettres de part & d'autre, fe refolut de leur accorder la Conferéce qu'ils demandóient, & de vouloir que la verité en fuft éclaircie, & commit à Monfieur le Chancelier le foin d'acheminer l'affaire, & d'oüir à cefte fin le Sieur du Pleffis ; & au mefme temps fit commander par lettrés à l'Euefque d'Eureux, de fe rendre promptement à Paris.

Sur ces entre-faittes, Monfieur l'Euefque de Modene, Nonce du Pape, à qui on auoit donné quelque apprehenfion de l'inftance que le Sieur du Pleffis faifoit d'auoir des Commiffaires, alla trouuer le Roy, & luy remontra que cefte aétion de deputer des Commiffaires en matiere de Religion, eftoit chofe dépendante de l'authorité Ecclefiaftique : & partát fupplioit-il fa Majefté de ne fe laiffer point furprendre à la requefte qui luy en auoit efté prefentée.

Surquoy le Roy luy répondit que les Commiffaires qu'il nommeroit pour ceft effet, ne feroient point juges d'aucun different de Religion, mais feroient feulement hommes doétes qu'il choifiroit pour eftre fpeétateurs, témoins & garants de la verité de cefte conference, lefquels s'il fe prefentoit quelque difficulté lors qu'il faudroit traduire les paffages en François, pour les faire entendre aux affiftants, pourroient bien dire leur aduis fur la verfion des mots, mais non fur aucun poinét de Theologie au fonds : Comme auffi il ne fe traitteroit rien de tel en toute cefte aétion, mais feulement s'examineroit le faiét particulier du Sieur du Pleffis, pour fçauoir s'il auroit commis quelques fauffetez litterales en fes allegations. Et de cefte réponfe, Mondit Sieur le Nonce fe retira tres-content & fatisfait.

Le 4. d'Auril, l'Euefque d'Eureux ayant receu le commandement
de fa Majefté, partit tout fur l'heure mefme d'Eureux, où il auoit
paffé la femaine Saincte en l'exercice de fa charge; & s'acheminant
par Condé, où eftoient fes liures, afin d'en faire porter auec luy par
charroy, ceux qui luy feroient neceffaires, arriua à Paris le Vendredy 7. dudit mois, à midy; & pour ce iour là ne peut voir le Roy, d'autant qu'il eftoit allé à S. Clou, & n'en reuint que fort tard.

Le Samedy 8. dudit mois, enuiron les 9. heures de matin, il fut
troúuer fa Majefté, qui fe pourmenoit en la gallerie du Louure, accompagnée de plufieurs Princes & Seigneurs; & ayant eu l'honneur de luy baifer les mains, l'entretinft pres d'vne heure fur ce fujet: pendant lequel temps elle luy reprefenta entre autres chofes,
certaines plaintes que le Sieur du Pleffis femoit de luy, dont l'vne
eftoit que d'vn écrit priué, & enuoyé à luy par la voye de fon frere,
il auoit fait vn éclat public : & l'autre, qu'il auoit vfé de mots turbulents, difant que c'eftoit vne femonce de party à party.

A la premiere de ces plaintes, l'Euefque d'Eureux répondit que
l'écrit du Sieur du Pleffis n'eftoit point vn écrit priué, mais public,
comme il paroiffoit par toutes les claufes qu'il portoit : Car premierement il s'addreffoit à luy & à ceux qui accufoiét fon liure de faux :
Or fçauoit ledit Sieur du Pleffis qu'il n'y auoit ny Euefque, ny Docteur, ny Predicateur Catholique, de quelque ordre qu'il fuft, qui ne
tint ce langage; & que depuis deux ans, les chaires de toutes les Eglifes de France ne refonnoient autre chofe. Et fecondemét il le fommoit luy & eux de fe ioindre en vne Requefte qu'ils prefenteroient
à fa Majefté, à fin qu'il luy pleuft ordonner des Commiffaires, deuant lefquels ceft examé fe feroit : Procedure qui n'eftoit point d'v-
ne Conference priuée, mais publique. Et tiercement il finiffoit par
ces mots : En foy de ce i'ay figné la prefente : Signature qui môftroit
qu'il vouloit que ceft écrit luy feruift d'acte public, & de iuftification folemnelle en cas de refus.

Et quant à ce qu'il difoit le luy auoir enuoyé par la voye de fon
frere; Qu'il ne l'auoit point receu par cefte voye-là, mais par celle
du Sieur de faincte Marie du mont, qui luy auoit depefché vn homme expres pour le luy apporter, fon frere n'y eftant ny veu ny oüy :
chofe dequoy le Roy dit qu'il fe fouuenoit fort bien, parce qu'il
eftoit lors auec luy au bois de Vincennes.

Ajoufta à cela ledit Euefque d'Eureux, que s'il euft pris vne autre
voye de répondre au Sieur du Pleffis, que publique, fa réponfe euft
peu eftre diffimulée : & cependant les copies de l'écrit du Sieur du
Pleffis, qui voloient déja par tout, euffent fait leur impreffion dans
les efprits de ceux qui euffent veu l'vn, & n'euffent point oüy parler
de l'autre. Et qu'il eftoit aifé à iuger, s'il en euft vfé autrement,

H iiij

quel auantage on en euſt pris contre luy & contre l'Egliſe, puis que
ſeulement de ce que ſa réponſe auoit tardé deux ou trois iours, on
publioit déja par tout qu'il craignoit le combat : & de ce qu'il n'e-
ſtoit pas venu auec ſa réponſe, on eſleuoit des trophées de ſa fuitte.
Ce que le Roy dit derechef, qu'il auoit bien ſceu, & auoit répondu
pour luy, qu'il ne pouuoit abandonner ſon Eueſché aux iours de la
ſemaine ſaincte : mais que ſi toſt qu'il le manderoit, il ne faudroit
pas de venir.

Et pour les mots de party à party, dont le Sieur du Pleſſis s'eſtoit
offenſé ; Répondit ledit Eueſque d'Eureux, qu'il l'auoit fait pour
nommer la diuiſion qui eſtoit entre les Catholiques & ceux de la
Religion pretenduë, du plus doux nom qu'il euſt peu imaginer : Et
que les hommes verſez en l'antiquité ſçauoient, que le mot, *party*,
n'eſtoit pas ſeulemét employé pour ſignifier les ſeparations d'Eſtat,
mais auſſi les diuiſions de Religion. Et que ſainct Auguſtin en l'a-
bregé des Actes de la Conference de Carthage, appeloit la ſecte
des Donatiſtes, le party de Donat, & nommoit les deux ſocietez, des
Catholiques & des Donatiſtes, les deux partys, & vſoit à tout propos de ces mots, *Pars Donati, Ingreſſis vtriſque partibus, Præſentibus
vtriûſque partis Epiſcopis* : C'eſt à dire, *Le party de Donat ; Les deux
partys eſtans entreZ : Les Eueſques de l'vn & de l'autre party eſtants preſents*. Dequoy le Roy eſtant ſatisfait, l'Eueſque d'Eureux prit pour
ceſte heure-là congé de ſa Majeſté.

L'apres-diſnée du meſme iour ledit Eueſque alla viſiter Monſieur
le Nonce, & luy fit entendre les cauſes pour leſquelles il auoit accepté ceſte Sommation, & les raiſons qui l'auoient retenu de conditionner ſa réponſe ſous le bon plaiſir de ſa Saincteté : Qui eſtoient,
qu'il ne s'agiſſoit en ceſt affaire d'aucun poinct de Religiõ au fonds,
mais ſeulement de monſtrer les fauſſetez litterales des allegations
du Sieur du Pleſſis : Et d'ailleurs, que s'il y euſt appoſé quelque condition, quelle qu'elle euſt eſté, les aduerſaires de l'Egliſe l'euſſent
priſe pour refus, & en euſſent chanté mille triomphes : Et que pour
la meſme conſideration il n'auoit rien voulu debattre ſur l'article
des Commiſſaires que le Sieur du Pleſſis demandoit, afin de ne luy
donner point pretexte de rompre ſur ceſt accrochement : mais s'e-
ſtoit reſerué à le traitter de viue voix en preſence du Roy : s'aſſeurant tant de la pieté & prudence de ſa Majeſté, qu'elle ne permet-
troit point qu'il ſe fiſt rien en ceſte action contre les formes deuës
& legitimes. Leſquelles raiſons Monſieur le Nonce trouua bonnes
& pertinentes.

Et de là ledit Eueſque d'Eureux alla trouuer Monſieur le Chancelier, auquel le Roy auoit commis ceſt affaire, & luy rapporta les
diſcours qu'il auoit euz auec ſa Majeſté, & auec Mõſieur le Nonce.

Les jours suiuants, le Roy remit sus par plusieurs fois le mesme propos auec diuerses personnes de l'vne & de l'autre Religion, & apres auoir ouy toutes sortes d'auis, se confirma de plus en plus en la deliberation de faire tenir ceste Conference: Et voyant que beaucoup de ceux de la Religion pretenduë reformée ne la desiroient pas moins que plusieurs Catholiques, se proposa d'essayer par toutes voyes douces & charitables, de la faire seruir d'acheminement à quelque bonne & heureuse reünion & reconciliation des vns auec les autres.

Et pourtant afin qu'il ne leur restast aucun suiect ny à eux, ny au Sieur du Plessis mesme, de penser qu'on eust procedé en ceste action sinon auec toute amitié de leurs personnes & soin de leur salut; voulut faire élection de deputez pour y assister, qui fussent gents de doctrine singuliere & probité irreprehensible, & outre cela que l'on ne peust estimer auoir esté remplis d'aucune passion & animosité, mais au contraire de toute faueur & bien-ueillance enuers la personne particuliere du Sieur du Plessis.

A ceste occasion donc elle choisit pour les Catholiques, premierement Monsieur le President de Thou, personnage tres-excellemment versé en toutes sortes de bonnes lettres, & specialement en la cognoissance exquise des langues & de l'antiquité, & duquel l'integrité aux choses qu'il estime estre de la iustice, & la fermeté en celles qu'il croit estre de la verité, est inflexible, & au reste allié d'alliance fort proche, & conjoint de longue & étroitte amitié auec le Sieur du Plessis : & bref homme en la personne duquel il ne pouuoit trouuer rien de défauorable pour luy, sinon le seul amour de la verité. Et secondement le Sieur Pithou Aduocat en la Court de Parlement de Paris, dont la preud'hommie & litterature sont vniuersellement celebrées des vns & des autres, & auec lequel outre cela le sieur du Plessis faisoit profession de grande amitié & familiarité. Et en troisiéme lieu le Sieur le Féure, precepteur de Monsieur le Prince de Condé, homme auquel l'excellence de la doctrine, & la pureté & candeur des mœurs, reluisent également. Et pour ceux de la Religion pretenduë reformée, Monsieur le President Calignon Chancelier de Nauarre, personnage tres-docte & tres-judicieux: & le Sieur de Casaubon lecteur de sa Majesté, l'vn des ornements des lettres humaines de ce siecle. Et commit sadite Majesté Monsieur le Chancelier pour recueillir leurs aduis quand l'occasion s'en presenteroit, & estre le directeur & moderateur de toute l'action. A laquelle pour apporter encore plus de respect & d'authorité, elle voulut estre presente elle-mesme : & afin que ce fust sans diuertissement, éleut pour le temps celuy de sa diette, & pour le lieu celuy de Fontaine-bleau.

Depuis en la place de Monſieur le Preſident Calignon, qui demeura malade à Paris, entra Monſieur de Freſne Canaye, Preſident
de la Chambre eſtablie pour ceux de la Religion pretenduë en Lan-
guedoc, qui arriua à Fontaine-bleau la veille de la Conference,
homme outre la ſuffiſance de ſa profeſſion, doüé de pluſieurs eminentes parties, & entre autres, de la Philoſophie, & de la cognoiſſance des langues, & de l'antiquité. Et au lieu du Sieur le Féure, qui
ne peut arriuer aſſez toſt, à cauſe du retardement de la venuë de
mon-dit Seigneur le Prince, ſucceda le Sieur Martin, Lecteur &
Medecin du Roy, homme tres-ſingulier en toutes ſortes de ſciences, & particulierement en la cognoiſſance des langues Latine, Grecque, Hebraique, & Arabique.

Le Samedy donc 21. d'Auril, ſa Majeſté s'achemina à Fontainebleau, & máda en partant à l'Eueſque d'Eureux, qu'il s'y rendiſt la
ſepmaine ſuiuante, en la compagnie de Monſieur le Chancelier,
ce qu'il ſit, & y arriua le Vendredy 27. d'Auril, à midy.

Le Samedy d'apres qui eſtoit le 28. du meſme moys, arriua le Sieur
du Pleſſis, qui s'excuſa au Roy de ce qu'il n'auoit point apporté
de liures, pource qu'on ne l'auoit aduerty de venir, n'ayant pas
Monſieur le Chancelier compris des paroles de ſa Majeſté, qu'elle
luy euſt fait commandement en partant. Et le lendemain 29. du
meſme mois, preſenta à ſadite Majeſté, la Requeſte qui s'enſuit.

SIRE,

Sur ce que le Sieur du Pleſſis s'offrit à voir examiner
ſon liure de bout à autre, pour le purger des blaſmes de faux qu'on luy imputoit, le ſieur Eueſque
d'Eureux auroit publié vn écrit, par lequel il ſe ſoubz-
met de luy monſtrer en preſence de voſtre Majeſté ; cinq cents
fauſſetez enormes, de conte faict, & ſans hyperbole : Et icelles ſi euidentes, que la ſeule ouuerture des liures ſuffiroit pour les
conuaincre. Offre en outre luy maintenir, qu'il n'y a vn ſeul paſſage audit liure, qui ne ſoit fauſſement, impertinemment, ou inutilement allegué. En quoy il auroit accuſé generalement tous les
paſſages dudit liure.

Ledit Sieur du Pleſſis donc, SIRE, perſiſtant en ſa premiere propoſition faicte audit Sieur Eueſque, ſupplie tres-humblement voſtre Majeſté, qu'il luy plaiſe donner charge aux Commiſſaires qu'il
plaira à V. M. leur donner, d'examiner & verifier par ordre tous les
paſſages dudit liure, tant pour l'eſclairciſſement de la verité, que
pour la iuſtification de ſa bonne foy & honneur.

Labeur neantmoins, SIRE, qui ſe pourra abbreger ſi V. M. l'a
agreable, en s'arreſtant ſeulement aux paſſages qui ſeront par ledict

Sieur Euefque impugnez de faulx. Moyennant qu'il foit par voftre
Majefté, ordonné que ceux qui par luy ne feront point impugnez,
feront tenus pour veritables, quant à la lettre, demeurant iceluy en
fon entier, pour en debattre le fens : Encor qu'à la verité il feroit digne du foing de V. M. qu'ils fuffent tous examinez, puis qu'ils font
tous fans exception, blafmez de faulfeté, d'inutilité, ou d'impertinence.

Et non-obftant, SIRE, par ce que les affaires de V. M. ne peuuent pas porter d'affifter à vn fi long examen, & qu'il importe trop
audict Sieur du Pleffis, que V. M. foit efclaircie de fa probité : Ledict Sieur la fupplie tres-humblement vouloir ordonner audict
Sieur Euefque de luy bailler par efcrit fes moyens de faux, fignez de
fa main, au moins les fufdittes cinq cents enormes fauffetez euidentes, & literales par luy pretenduës de conte fait, fans hyperbole, afin
que ledict Sieur du Pleffis puiffe recercher les paffages dans les editions, dont il s'eft feruy, pour y fatisfaire : Et que V. M. n'ayt pas
ceft ennuy de les voir fueilletter en fa prefence, quelquesfois trop
longuement, pour la diuerfe diftinction des chapitres : ou pour
l'erreur des cottes ; Ce qu'il s'offre neantmoins d'accomplir en dix
jours : Et cependant pour ne perdre temps, d'en verifier tous les
jours en prefence de V. M. tel nombre que les heures qu'il luy plaira donner à ceft affaire pourront porter.

Condition fi juridique, que ledit Sieur du Pleffis s'affeure que
V. M. trouuera equitable de l'impofer audit Sieur Euefque : Contre
laquelle auffi il ne peut pretendre raifon aucune, puis que les paffages ny du liure, ny des Peres, ne peuuent eftre changez. Puis auffi
que ce qui eft faux aujourd'huy, demeure tel demain : joinct qu'il
en eft fi preparé, comme il a publié, qu'il les a tous par conte.

Au refuz de laquelle condition au contraire ledit Sieur du Pleffis
fupplie tres-humblement V. M. de juger, s'il aura pas jufte fuject
de protefter de calomnie. Mefmes s'il fera pas euident à vn chacun,
qu'on a feulement intention defgratigner quelques paffages choifis
de plus de quatre mil, pour rompre fur quelques puntilles, laiffant
vne fauffe impreffion aux auditeurs, pour la plufpart paffionnez
contre l'autheur, & le liure. A Fontaine-bleau, ce 29. Auril 1600.

Cefte Requefte ayant efté rapportée au Roy par Monfieur le
Chancelier, l'aduis de fa Majefté & le fien, furent, qu'elle fuft communiquée à l'Euefque d'Eureux, lequel pour ceft effect le Roy enuoya querir tout à l'heure mefme : & fi toft qu'il fuft arriué, la luy
mit entre les mains & luy commanda de la voir fur le champ, &
d'y répondre.

La réponfe donc de l'Euefque d'Eureux fut, qu'il fupplioit tres-
humblement fa Majefté de luy permettre de dire, que toutes les fins

de ceste Requeste estoient iniustes & déraisonnables : Car premiere-
rement pour le regard de la demande que le Sieur du Plessis faisoit,
que tous les passages de son liure fussent examinez : Il l'auoit déja
refusée par la réponse à son premier appel & rendu les raisons de
son refus : Et le Sieur du Plessis sur ceste réponse, l'auoit sommé
de venir. Au moyen dequoy il n'estoit plus receuable à la remettre
en auant.

Et quant à l'occasion qu'il prenoit de la reiterer sur les offres qui
luy auoient esté faictes, de luy monstrer qu'il n'y auoit rien dans son
liure, qui ne fust ou faussement, ou inutilement, ou impertinemment cité; il soustenoit qu'elle estoit nulle.

Car les deux offres qu'il luy auoit faites, l'vne de luy monstrer
cinq cens faussetez dans son liure : & l'autre de luy maintenir qu'il
n'y auoit aucun passage qui ne fust ou de ce genre-là, ou impertinemment ou inutilement allegué ; auoient esté deux offres distinctes, & qu'il auoit promises d'effectuer separément, l'vne en qualité d'accusateur, & l'autre en qualité de deffendeur : l'vne en se mettant premierement sur l'offensiue pour impugner ses fausses allegations : l'autre en se reduisant puis aprés sur la deffensiue pour soudre ses fausses consequences : Et partant puis que ses offres auoient
esté separees, le Sieur du Plessis ne les pouuoit confondre, pour
empescher le cours de l'vne par le meslange de l'autre : mais deuoit
purger le crime de faux intenté contre les plus eminents passages
de son liure, deuant que d'estre receu à agir en procés ciuil & ordinaire par les autres.

Adioustoit outre cela ledit Euesque d'Eureux, qu'il ne s'estoit
pas soubmis d'examiner touts les lieux impertinents ou inutiles du-
dict liure : mais seulement vn certain nombre de ceux que le Sieur du
Plessis choisiroit luy-mesme pour les plus forts, afin de faire voir par
l'exemple & l'échantillon de ceux-là, que tous les autres estoient
tels qu'il les qualifioit : A raison de quoy il ne se pouuoit preualoir
de ceste offre, pour l'obliger à examiner tout son œuure de bout en
bout. Chose qu'il ne refusoit pas neantmoins pour la difficulté,
mais pour la longueur de l'action, & pour l'empeschement qu'elle
apporteroit à sa Majesté, de voir les lieux faux, en s'arrestant sur la
dispute des inutiles : Car apres ceste Conference, toutesfois & quantes qu'il plairoit au Sieur du Plessis demeurer pour cest effect six
mois de pied ferme en quelque lieu, il s'obligeoit de refuter lors à sa
veüe tout son liure, page apres page, & ligne apres ligne, en presence de témoins & écriuains dignes de foy.

Et pour le regard de l'instance qu'il luy faisoit d'approuuer l'allegation litterale de tous les textes qu'il n'impugneroit point de faux;
Qu'elle estoit entierement injuste : Car il en pourroit obmettre plusieurs,

fieurs, ou pour n'eftre pas fi éminents, ou afin de n'ennuyer pas les
affiftans d'vn nombre trop exceffif; que pour cela il ne feroit pas
obligé de les recognoiftre pour veritables.

Et quát à ce qu'il requeroit qu'en l'examen de ces paffages-debat-
tus de faux, on fuiuift l'ordre qu'il auoit obferué en fon œuure:
Répondit ledict Euefque d'Eureux, qu'il n'y eftoit aucunement tenu: dautant qu'il auoit remply les premiers difcours de fon liure
de chofes pour la plufpart, ou legeres, ou indifferentes; efquelles, encore qu'il y euft plufieurs paffages fauffement alleguez,
neantmoins il n'eftoit point obligé de commencer par ceux-là; &
d'ailleurs que ce n'eftoit point à l'accufé de prefcrire à l'accufateur
l'ordre de fes accufations, mais à l'accufateur de le choifir, & à l'accufé d'y conformer celuy de fes réponfes.

Et pour le quatriéme & dernier poinct, qui eftoit que les cinq
cents pretenduës fauffetez luy fuffent baillées auec leurs preuues
& moyens de faux, Reprefentoit ledit Euefque d'Eureux; Que c'e-
ftoit vn fpecieux pretexte pour vfer & confumer le temps que fa
Majefté pouuoit employer à cefte action, qui eftoit celuy de fa
diette: Que c'eftoit chofe que le Sieur du Pleffis n'auoit point exi-
gée de luy par la replique qu'il auoit faitte fur fes offres, ny ne l'a-
uoit point mife en auant depuis vn mois que l'on traittoit des
moyens & acheminements de leur Conference; mais auoit gardé
ce dernier coup pour la veille de l'action, afin d'en faire induftrieu-
fement écouler l'opportunité. Qu'il n'y auoit celuy qui ne fceuft
que pour mettre cinq cents moyens de faux, fur le papier, auec leurs
preuues & raifons, comme il eftoit neceffaire que fift l'Euefque d'E-
ureux, puis que le Sieur du Pleffis les vouloit auoir pour y répondre
par écrit en cas de rupture, il falloit vn grand temps, & trop plus
grand que pour les verifier de viue voix, pendant lequel, ny le Roy
ne pourroit pas toufiours fejourner à Fótaine-bleau, ny les deputez
eftre fi longuement abfents de leurs affaires. Et au refte que quád le
Sieur du Pleffis les auroit, il ne craindroit plus de fuyr ouuertement
la Conference: Car il luy refteroit lors cefte honnefte desfaitte, de
dire qu'il les confidereroit meurement, & y répondroit par écrit;
fçachát bien qu'és réponfes qui fe font auec la plume & fur le papier
qui ne rougit point, il eft beaucoup plus facile d'efquiuer & éluder,
que quand on a vn aduerfaire en tefte, qui preffe de venir au poinct,
& de répondre directement. Et bref que le Sieur du Pleffis, qui par fa
replique du premier d'Auril, luy auoit impofé tréues de parolles &
d'écrits, pour venir aux mains, & voir fur le cháp ce qu'il fçauroit faire, ne deuoit plus eftre admis à demander de nouueau à écrire & produire: comme auffi s'il n'eftoit queftion que de les appointer le Sieur
du Pleffis & luy, à plaider par écrit, il ne le falloit point fommer de

I

venir en perſonne, mais le laiſſer acheuer en repos & auec loiſir,
l'œuure qu'il auoit commencé. Car quant à ce qu'il alleguoit que
c'eſtoit vne condition juridique, que l'accuſateur, en matiere de
faux, communiquaſt ſes moyens à ſa partie, cela eſtoit bien vray
és actions ſeculieres,là où les preuues & raiſons de faux ſe prenoient
ſouuent de depoſitions de teſmoings, & autres ſemblables moyens
externes, ſujets eux-meſmes à erreurs, fauſſetez & recuſations;mais
que là ce n'eſtoit pas choſe pareille : Car il n'employoit pour la con-
fection eſſentielle de ſes preuues, que les propres pieces que le
Sieur du Pleſſis auoit produittes, c'eſt à dire, les meſmes Peres qu'il
auoit citez, & aux meſmes lieux d'où il les auoit citez, & ſelon les
meſmes exemplaires, ſelon leſquels il les auoit citez. Au moyen dequoy il ne pouuoit ny les recuſer, ny demander temps pour les
confronter. Car ſi deuant que de mettre ſon liure en lumiere, &
depuis pres de deux ans qu'il eſtoit publié, & que tout le monde
l'arguoit de faux, il n'auoit eu le ſoin de prendre ce loiſir, il eſtoit
trop tard lors de commencer : Et s'il l'auoit fait, il n'y eſtoit arriué
aucun changement depuis.

Neantmoins pour luy oſter toute occaſion de ſe plaindre qu'on
ne vouloit ſinon effleurer quatre ou cinq paſſages de ſon œuure;
offrit ledit Eueſque d'Eureux de les propoſer de cinquante à cinquante : C'eſt à dire d'en apporter dés le matin de la premiere journée de la Conference, cinquante par écrit, qu'il mettroit ſur la table, pour eſtre examinez ce iour-là : & le jour ſuiuant, cinquante
autres ; & le troiſiéme tout de meſme , iuſques au bout de dix
jours, qui feroient les cinq cents. Et afin que le Sieur du Pleſſis ne
s'excuſaſt point ſur les erreurs des cottes qui pourroient cauſer ennuy aux aſſiſtants, qu'il n'en choiſiroit point qui fuſt mal cotté, ou
s'il en prenoit quelqu'vn qui le fuſt,qu'il apporteroit le paſſage tout
trouué & marqué dans l'autheur dont il ſeroit allegué.Et au cas que
le Sieur du Pleſſis conteſtaſt que ce ne ſeroit pas celuy qu'il auroit
pretendu produire, qu'il luy ſeroit donné temps juſqu'au lendemain de le cercher & rapporter. Comme auſſi s'il ſe rencontroit
quelque paſſage que le Sieur du Pleſſis diſt auoir leu autrement
dans quelque autre exemplaire : il luy ſeroit accordé deux iours,
pour le faire venir de Paris : & cependant on paſſeroit aux autres.

Que ſi apres tout cela, ledit Sieur du Pleſſis ne ſe vouloit contenter: Il offroit pour le dernier mot,de côſigner vne liſte des cinq cens
faux paſſages, entre les mains de ſa Majeſté, cottez ſeulement pour
éuiter vne plus grande longueur, des noms, liures & chapitres des
autheurs dont ils ſeroient pris , & des pages & lignes du liure du
Sieur du Pleſſis , où ils ſeroient employez. De laquelle liſte ledit
Eueſque d'Eureux en tireroit touts les jours cinquante , ſelon

l'ordre qu'il aduiseroit bon estre, pour les proposer au Sieur du Plessis.

Or trouua le Roy ces offres raisonnables, & pource, donna charge à Monsieur le Chancelier qui y assistoit, de les faire entendre au Sieur du Plessis : & luy dit qu'il luy ostast tout pretexte de craindre que la Conference se rompist; & qu'il luy engageast sa parolé, que tant qu'il voudroit tenir pied ferme, il ne partiroit point de Fontaine-bleau que ceste action ne fust acheuée, & les cinq cents passages examinez;& qu'il y demeureroit plustost deux mois entiers; n'y ayant affaire au monde, qu'il ne postposast à celle-là, où il alloit de l'honneur de Dieu & du moyen d'ouurir quelque chemin de paix & de repos au troubles de l'Eglise. Et à ceste fin, luy commanda de les faire venir touts deux en son logis, & parler premierement à eux separément, pour tascher de les accorder des conditions : Et au cas qu'il ne peust gaigner ce poinct sur eux; d'essayer de les mettre ensemble, pour voir s'ils s'en pourroient accorder.

Ce que Monsieur le Chancelier accomplit de poinct en poinct: & ayant fait venir l'Euesque d'Eureux en sa chambre, & le Sieur du Plessis en sa gallerie, alla luy-mesme rapporter audit Sieur du Plessis, les réponses & offres de l'Euesque d'Eureux : & de là prit la peine de reuenir dire à l'Euesque d'Eureux, le refus qu'il faisoit d'y entendre; puis luy demanda s'il auroit agreable de parler auec ledit Sieur du Plessis : Ce que l'Euesque d'Eureux luy ayant répondu qu'il auroit tres-agreable, & qu'ils s'accorderoient bien plus aysément en parlant de viue voix l'vn à l'autre, que par interprete, il fit la mesme demande au Sieur du Plessis, qui n'y voulut point prester l'oreille.

Le Lundy premier jour de May,arriuerent Messieurs les deputez, excepté Monsieur le President Calignon, qui estoit demeuré malade à Paris. Apres l'arriuée desquels le Mardy second dudit moys,le Sieur du Plessis presenta vne autre Requeste, couchée en ces termes.

LE Sieur du Plessis a supplié tres-humblement sa Majesté pour le dernier poinct de sa requeste, qu'il luy plaise ordonner au Sieur Euesque d'Eureux,de luy bailler ses moyens de faux,au moins les cinq cents faussetez enormes par luy pretenduës de conte fait, & sans hyperboles. Ce qu'il a entendu ledit Sieur Euesque ne vouloir faire, encores que ceste demande soit fondée en toute raison & justice.

Et parce que ledict Sieur du Plessis entend que cest article de sa requeste est interpreté par quelques-vns à retardement de

ceste Conference, lefquels deuffent pluftoft l'imputer au refus que
faict ledit Sieur Euefque d'y fatisfaire, qui eft fans apparence; que
non pas à la jufte & neceffaire demande qui en eft faicte:Ledit Sieur
du Pleffis, pour faire voir à toutes perfonnes equitables,à quelle raifon il fe met, & pour faciliter tant plus ceft affaire, offre ce qui
enfuit.

Sçauoir qu'il fe contentera que lefdits moyens de faux (au moins
lefdittes cinq cens pretenduës fauffetez enormes, telles que ledict
Sieur Euefque les décrit) foient baillees par ledict Sieur Euefque,
fignées de fa main, à Meffieurs les Prefidens de Thou & de Calignon, ordonnez par fa Majefté Commiffaires à ceft effect:Lefquels
auffi, au cas que ladicte Conference vint à fe diffoudre par l'abfence
de fa Majefté,ou autrement, auant que d'eftre icelles toutes examinées,promettroient de les mettre incontinent és mains dudit Sieur
du Pleffis, pour s'en deffendre comme il verra bon eftre.

Et neantmoins, que lefdicts Sieurs Commiffaires luy en deliureront tous les jours cinquante prifes defdictes cinq cens, felon l'ordre des pages du liure, afin qu'il ayt le moyen de cercher fes paffages pour les verifier & reprefenter dedans les liures fans aucune
difpute : Ce qu'il commencera de faire le lendemain deuant fa
Majefté.

Lequel ordre du liure, ledict Sieur du Pleffis defire eftre fuiuy,
afin que ce luy foit vn moyen de gaigner temps, en faifant reuoir
& recercher tous les lieux par auance, puis qu'à faute d'auoir les
cinq cens fufdicts paffages, il eft reduit à cefte peine. A Fontaine-bleau ce 2. de May 1600.

Le Mercredy 3. du mefme mois, enuiron fur les dix heures du
matin, le Roy enuoya commander à l'Euefque d'Eureux de le venir trouuer en fa gallerie, où il eftoit accompagné de Monfieur le
Chancelier, de Monfieur de Rony, de Monfieur le Prefident de
Thou, des Sieurs Pithou, Martin & Cafaubon: Et comme il y fut
arriué luy fit communiquer la feconde Requefte du Sieur du Pleffis,
& luy demanda ce qu'il y vouloit dire. A quoy l'Euefque d'E-
ureux répondit que cefte Requefte ne differoit de la premiere en
aucun des poincts pour lefquels il auoit fait difficulté d'y confentir. Car de configner les cinq cents fauffetez auec leurs preuues & moyens de faux, entre les mains de Meffieurs les Prefi-
dents de Thou & de Calignon, pour les mettre puis apres, en cas de
rupture, entre celles du Sieur du Pleffis; cela n'apportoit non-plus
d'abregement à l'affaire, que de les liurer du premier coup au Sieur
du Pleffis : Au contraire feroit vn manifefte retardement, parce
que le Sieur du Pleffis fçauoit bien que Monfieur le Prefident

Calignon eſtoit demeuré malade à Paris, & ne pouuôit venir à Fontaine-bleau. Et au reſte, que le Roy, entre les mains duquel il auoit
offert de les dépoſer, non auec leurs preuues & moyens de faux, dautant que cela emporteroit trop de temps, mais auec les ſimples cottes des lieux ; & qui dônoit ſa parole au Sieur du Pleſſis, qu'il ne partiroit point de Fontaine-bleau, qu'ils ne fuſſent tous examinez ſur
le roolle qui luy en auroit eſté preſenté; eſtoit vn auſſi fidelle & aſſeuré dépoſitaire qu'aucun autre. Et partant qu'il ſupplioit tres-
humblement ſa Majeſté, d'auoir agreable qu'il demeuraſt dans les
termes des reſponſes & offres qu'il auoit déja faittes, leſquelles il repeta lors derechef en preſence deſdits Sieurs aſſiſtants.

Ceſte reſponſe oüye, le Roy luy commanda de ſe retirer, & dit à
Monſieur le Chancelier qu'il priſt là deſſus les opiniôs de Meſſieurs
de Roſny & Preſident de Thou, & des Sieurs Pithou, Martin, & Caſaubon, leſquels tous d'vne voix furent d'aduis que l'Eueſque d'E-
ureux s'eſtoit mis à la raiſon, & que le Sieur du Pleſſis ne le pouuoit
refuſer, & que puis qu'il offroit d'entrer chaque iour de conference
par cinquante articles à la fois qu'il propoſeroit tous eſcrits deuant
que de commencer, on ne pouuoit dire que ce fuſt ſeulement pour
effleurer quelques paſſages de ſon liure. Ce que Monſieur le Chancelier ayant rapporté au Roy, ſa Majeſté luy commanda d'enuoyer
querir le Sieur du Pleſſis, & de luy prononcer ceſt arreſt, & au cas
qu'il ne s'y vouluſt ſoubmettre, luy declarer qu'elle ne laiſſeroit pas
de paſſer outre, & de faire proceder à l'examen de ſon liure en ſon
abſence.

Au meſme inſtant donc Monſieur le Chancelier enuoya querir
le Sieur du Pleſſis, & luy dict au meſme lieu, & en preſence des meſmes aſſiſtans, qu'il auoit recueilly par le commandement du Roy,
les voix de Meſſieurs de Rôny & Preſident de Thou, & des Sieurs
Pithou, Martin, & Caſaubon, là preſents, ſur le contenu de ſa requeſte ; leſquels eſtoient tous d'vn aduis, comme auſſi eſtoit le ſien,
que l'Eueſque d'Eureux s'eſtoit mis à la raiſon, & qu'il ne pouuoit
refuſer les offres qu'il luy auoit faictes : Ce que le Roy luy auoit cô-
mandé de luy ſignifier, afin qu'il auiſaſt de s'y accommoder. A quoy
le Sieur du Pleſſis ayant répondu qu'il ne le pouuoit faire, Monſieur
le Chancelier reprit la parole, & luy dit qu'il y penſaſt, & que le Roy
eſtoit deliberé, s'il n'acceptoit ces conditions, de faire examiner ſon
liure en ſon abſence ; & que s'il ſe trouuoit qu'il euſt écrit faux en
matiere ſi ſacrée, ce luy ſeroit vn tres-grand blaſme, & partant qu'il
luy importoit fort de ſe iuſtifier. A cela le Sieur du Pleſſis répondit
pour ſa derniere reſolution, qu'il ne les pouuoit accepter, & qu'il
aimoit mieux que ſon liure fuſt condamné indeuëment en ſon abſence, qu'en ſa preſence.

I iij

Ce rapport faict au Roy par Monſieur le Chancelier, ſa Majeſté ordonna qu'on paſſeroit outre, & qu'on commenceroit le meſme iour à trois heures apres midy. Puis changeant d'aduis, elle remit la partie au lendemain ſept heures du matin: & enuoya au ſortir de ſon diſner querir l'Eueſque d'Eureux, pour l'en aduertir. Et ſur diuerſes allées & venuës qui ſe firent vers elle par pluſieurs perſonnes de la Religion pretenduë; les vnes pour détourner ceſt examen, les autres pour propoſer de nouuelles ouuertures de Conference: le retint auec elle toute l'apres-diſnée, & iuſques apres ſon ſouper, afin d'oüir ſes réponſes ſur leurs propoſitions. Pendant lequel temps, toute la Cour n'eſtoit pleine d'autre bruit que de la reſolution que le Sieur du Pleſſis auoit priſe de partir le lendemain au matin pour s'en retourner à Paris.

Le meſme iour donc, à huict heures du ſoir, l'Eueſque d'Eureux ſe retirant de la chambre du Roy, rencontra comme il eſtoit preſt d'en ſortir, les Sieurs de Caſtelnau & de Chambaret, & eſtant tombé auec eux ſur le meſme propos, le Sieur de Caſtelnau luy dit, que c'eſtoit dommage que ceſte Conference n'auoit peu reüſſir, & que ce qui ſe feroit en l'abſence du Sieur du Pleſſis, n'apporteroit aucun fruict, dautant que pas vn des leurs n'y aſſiſteroit: & que ſi à tout le moins il luy euſt baillé demy-douzaines de paſſages pour s'y preparer, il euſt fermé la bouche à beaucoup de gens. A ce mot, l'Eueſque d'Eureux prit la parole, & leur demanda s'ils auoient aſſeurance du Sieur du Pleſſis, qu'au cas qu'il luy en enuoyaſt cinquante, il fuſt reſolu de s'y trouuer: Mais luy ayant eſté répondu que non, il répliqua qu'il n'auoit donc que leur dire : & là deſſus ſe retira en ſon logis.

Peu apres le partement de l'Eueſque d'Eureux, Monſieur le Grand qui auoit oüy les propos qui s'eſtoient tenus entre eux, en fit le recit au Roy, qui au meſme temps renuoya querir ledit Eueſque, & luy dict qu'on luy auoit rapporté qu'il auoit offert de bailler par écrit au Sieur du Pleſſis cinquante paſſages pour ſe preparer à répondre deſſus le lendemain. A quoy il répôdit, qu'il auoit bien demandé au Sieur de Caſtelnau, s'il auoit parole du Sieur du Pleſſis, qu'au cas qu'il les luy enuoyaſt, il comparoiſtroit: mais qu'il n'en auoit point fait d'offre formée: Comme auſſi ſi cela eſtoit, il ſe trouueroit fort ſurpris de la briefueté du temps. Car pour ſe tenir preſt de conſigner les cinq cents paſſages qu'il auoit offerts de mettre entre les mains de ſa Majeſté, il auoit faict trauailler les deux iours precedents à refueilleter les écrits qu'il auoit compoſez contre le liure du Sieur du Pleſſis, deſquels il auoit déja monſtré les deux premiers Tomes imprimez à ſadite Majeſté, afin d'en extraire le catalogue des lieux qu'il y arguoit de faux. Or ſe montoit ceſt

extraict à six ou sept cents articles, dont il s'estoit promis qu'il auroit eu le loisir ce iour-là d'élire les cinq cents principaux, si le Sieur
du Plessis l'eust pris au mot: & que la nuict de deuant l'ouuerture de
la Conference, & toutes les autres nuicts suiuantes il luy fust resté
assez de temps pour choisir selon l'ordre qu'il luy eust pleu d'entre
lesdits cinq cents, les cinquante qu'il eust deu proposer par chaque
iour: Là où lors il se trouueroit fort surpris, ne luy restant que demye heure pour faire ceste élection: Neantmoins que s'il plaisoit à
sa Majesté luy commander de s'y relascher, il luy obeïroit, pourueu qu'elle eust aussi agreable que ce fust auec trois conditions, que
la promptitude de ceste resolution luy faisoit requerir: La premiere, que le Sieur du Plessis se prepareroit sur tout ce nombre de passages, & n'en choisiroit point quelques-vns pour rompre puis apres
sur les autres: La seconde, qu'il ne seroit point obligé de les proposer selon l'ordre lequel il les bailleroit, dautant qu'il les luy faudroit prédre par cy par là auec vne excessiue haste, pour les enuoyer
tout sur l'heure mesme au Sieur du Plessis: Et la troisiéme, qu'au
lieu de cinquante, il en mettroit soixante, afin que si d'auenture
pour l'impatience du choix, il s'en trouuoit huict ou dix qui se pûs-
sent tirer en quelque longueur de dispute, il passast aux autres, sans
que pour cela le nombre des cinquante qu'il deuoit proposer par
chaque iour, laissast de demeurer complet.

Là dessus le Roy commanda ausdits Sieurs de Castelnau & de
Chambaret, d'aller trouuer le Sieur du Plessis, & sçauoir si au cas que
l'Euesque d'Eureux luy enuoyast dés-lors soixante passages, il s'obli-
geroit de comparoistre le lendemain, & de souffrir l'examen sur
tous. Ce qu'ils executerent, & ayant demeuré pres d'vne heure &
demye auec ledit Sieur du Plessis, gagnerent tant par les remonstrances qu'ils luy firent, du preiudice que son refus apporteroit, &
à sa cause, & à sa personne; auec les instances aussi que Monsieur le
Presidét de Frénes Canaye, arriué & nommé ce iour-là mesme pour
Commissaire, qui logeoit auec le Sieur du Plessis, y ajousta, qu'il se
resolut d'accepter ceste offre: Et se chargea le Sieur de Chambaret
d'en retourner porter la réponse au Roy.

Sur les dix heures & demye donc du soir, le Sieur de Chambaret
vint retrouuer le Roy, & luy dit que le Sieur du Plessis acceptoit
l'offre des soixante passages, & qu'il seroit prest sur tous, pourueu
que l'Euesque d'Eureux luy enuoyast les liures dont ils estoient alleguez, & qu'il les eust seulement trois heures. Ce que sa Majesté
ayant entendu, elle commanda à l'Euesque d'Eureux, qui auoit iusques alors attendu auec elle ceste réponse, d'en aller faire la liste, &
& de luy enuoyer ses liures.

Or estoit-il arriué que celuy qui auoit extrait le catalogue des articles impugnez de faux par les écrits de l'Euefque d'Eureux, auoit obmis à mettre en fon extraict les cottes des pages du liure du Sieur du Pleffis, dont ils eftoient pris, & auoit feulement cotté les pages des liures de l'Euefque d'Eureux, où ils eftoient examinez: Ce qui fut caufe d'vne merueilleufe precipitation & confufion.

Car l'Euefque d'Eureux voyant qu'il eftoit déja fort tard, fut contraint de prier quelques-vns de fes amis, & entre autres le Sieur de Sallettes, de luy ayder à choifir dans le chaos de ce catalogue, foixante articles par cy par là fur diuers fujets, afin qu'il y en euft de plufieurs matieres: & apres cela les alla cercher dans les écrits dudit Euefque d'Eureux, pour y recouurer les cottes du fieur du Pleffis: Et cela fait, les aller encore puis apres recercher de nouueau dans ledit liure du Sieur du Pleffis, pour y trouuer iuftement les pages & les lignes où ils eftoient citez, de peur que quand il fe rencontreroit deux ou trois lieux d'vn mefme autheur, alleguez en vne feule page, il ne prift l'vn pour l'autre. Et fut ceft acte expedié fi haftiuement & tumultuairement (car pour tout il n'y eut que demye heure de temps) que le Sieur de Sallettes qui les écriuoit, par faute d'auoir le loyfir de les bien conter, en mit foixante & vn, au lieu de foixante.

Sur le poinct donc iuftement qu'onze heures fonnoient, Le Sieur du Perron, frere de l'Euefque d'Eureux porta les foixante & vn paffages au Roy, qui les enuoya tout à l'heure mefme au Sieur du Pleffis, & toft apres le Sieur de Sallettes luy fit porter les liures dont ils auoient efté alleguez.

Le lendemain, qui fut le Ieudy 4. de May, l'Euefque d'Eureux entre les fix & fept heures de matin, renuoya querir fes liures, afin qu'ils fuffent au logis du Roy, à l'heure deftinée pour la Conference: Et peu apres, c'eft à dire, enuiron les huict heures du mefme matin, le Sieur du Pleffis alla trouuer fa Majefté, & luy rendit la lifte
» de l'Euefque d'Eureux, auec ces propres mots: SIRE, Des foixante
» paffages que le Sieur d'Eureux m'a enuoyez, ie n'ay eu le loyfir d'en
» verifier que dix-neuf: De ceux-là, ie veux perdre l'honneur & la vie
» s'il s'en trouue vn feul faux: Ie feray auiourd'huy paroiftre à voftre
» Majefté, que ie fuis autre qu'elle ne m'eftime.

Sur ces paroles le Roy enuoya commander à l'Euefque d'Eureux de le venir trouuer en fa gallerie, où il eftoit affifté de Monfieur le Chancelier, de Monfieur de Róny, & de Meffieurs les deputez: Et comme il fut arriué, luy dit que le Sieur du Pleffis n'auoit eu le loyfir de verifier que dix-neuf paffages des foixante qu'il luy auoit deliurez: & que là deffus il auifaft à prendre party; & pource luy bailla le roolle que le Sieur du Pleffis luy auoit rendu, où eftoiét marquez les dix-neuf qu'il auoit choifis.

A quoy il répódit, qu'il fupplioit tres-humblemét fa Majefté de fe

souuenir que le Sieur du Pleſſis luy auoit donné ſa parole de ſe tenir
preſt ſur tous les ſoixante articles ; & que ce qu'il luy en auoit enuoyé ſoixante au lieu de cinquante, ç'auoit eſté à cauſe du peu de
temps qui reſtoit pour en faire l'élection ; & afin que ſi d'auenture
il s'en trouuoit huict ou dix qui peuſſent eſtre tirez par opiniaſtreté en quelque diſpute, le nombre de cinquante qu'il s'eſtoit obligé
de fournir par chaſque jour, ne laiſſaſt pas de demeurer. Que ce
n'auoit point eſté par faute de temps, mais par choix & deſſein,
que le Sieur du Pleſſis s'eſtoit reduit à ces dix-neuf:Car il ne les auoit
point pris ſelon l'ordre de la liſte qui luy auoit eſté baillée, mais les
auoit choiſis çà & là, à ſon auantage : comme il ſe voyoit en ce qu'il
auoit pris, le 27.39.44.50.53.56. & en auoit laiſſé entre deux de trop
plus faciles à trouuer, & pour la briefueté des liures, & pour la diſtinction des cottes : Au moyen dequoy il paroiſſoit qu'il les auoit
tous taſtez & recognus, mais n'auoit trouué que ceux-là ſeuls ſur
leſquels il penſaſt pouuoir cauiller quelque temps. Que dans le
catalogue qui luy auoit eſté baillé, il y auoit ſur meſmes matieres,
des paſſages alleguez d'autheurs plus & moins importants : Qu'il
auoit laiſſé les plus importants, & auoit pris les moins. Pour exemple, il y auoit dans les ſoixante articles pluſieurs lieux des anciens
Peres touchant l'Euchariſtie, comme de ſainct Cyprian, de ſainct
Cyrille de Hieruſalem, de ſainct Chryſoſtome & autres ſemblables ; qui eſtoient horriblement falſifiez : Il y en auoit auſſi ſur le
meſme ſujet, deux des Theologiens Scholaſtiques, l'vn de Scotus, &
l'autre de Durandus, qui eſtoient les deux ſeuls de ce genre que
l'Eueſque d'Eureux luy auoit inſerez, pour monſtrer par ceſt échantillon, comme le Sieur du Pleſſis citoit vniuerſellement les autheurs Scholaſtiques. Or auoit-il laiſſé pour ce regard tous les
lieux des anciens Peres, & s'eſtoit tenu à ces deux ſeuls Scholaſtiques, afin que s'il venoit à eſtre conuaincu de faux, la faute eſtant
touſiours égale, la conſequence n'en fuſt pas ſi grande. Qu'il y
auoit dans les meſmes ſoixante articles quelques paſſages ſur leſquels ledit Sieur du Pleſſis auoit déja eſté repris par d'autres : cóm-
me on n'auoit pas peu en vne ſi grande precipitation, ſonger à mettre à part ceux ſur leſquels il auoit eſté attaqué. Qu'il auoit choiſy
ceux-là, non pour ce qu'ils fuſſent plus ayſez à trouuer : car au contraire les autheurs en eſtoient reliez en plus de volumes, & les cottes trop plus difficiles que de la plus-part des autres : mais pour ce
qu'il y auoit déja vn an qu'il eſtoit apres à y répondre, & penſoit
eſtre mieux preparé pour pouuoir allonger le temps par quelques
vaines & fauſſes palliations, ſur ceux-là, que ſur les autres. Et
neantmoins au bout du conte, afin de luy oſter tout pretexte de
rompre, ou de reculer ; declaroit ledit Eueſque d'Eureux qu'il

acceptoit la Conference ſur les meſmes paſſages qu'il auoit choiſis, & ſelon le meſme ordre qu'il les auoit choiſis; pourueu qu'il s'obligeaſt de ſe tenir preſt au prochain iour pour les autres : s'aſſeurant auec l'ayde de Dieu, qu'il feroit paroiſtre que de ceux-là meſmes qu'il auoit éleuz, il n'y en auoit vn ſeul qui ne fuſt faux.

A ce mot le Roy reprit la parole, & luy dit, qu'il s'abſtinſt le plus qu'il pourroit d'vſer des termes de faux & de fauſſeté, pource que c'eſtoient paroles qui offenſoient : Et qu'en ceſte action il falloit eſſayer, non à aigrir, mais à adoucir & gaigner les eſprits. Puis ſe tournant vers Meſſieurs les deputez, leur tint le meſme propos, & leur dit qu'ils regardaſſent à conduire ceſte action auec toute douceur & charité : & que s'ils voyoient que l'vn ou l'autre s'échauffaſt, ils ſe miſſent en deuoir de le moderer & retenir : & eux-meſmes lors qu'il arriueroit qu'ils auroient à dire leur aduis ſur quelque choſe, qu'ils le fiſſent ſi doucement & amiablement, qu'il n'en peuſt reſter aucun vlcere dans les eſprits des parties, s'abſtenants de tous mots rudes & odieux, & ſe contentants de faire ſimplement recognoiſtre la verité, & principalement en ceſte premiere journée, en laquelle ſi on effarouchoit les eſprits, cela empeſcheroit la continuation de la Conference pour les autres. Puis commanda que l'on fiſt appreſter le lieu, les perſonnes & les liures, pendant qu'il iroit ouyr la Meſſe, pour commencer à ſon retour : Mais dautant qu'il eſtoit déja plus de neuf heures, Monſieur le Chancelier & Meſſieurs les deputez luy remonſtrerent qu'il vaudroit mieux remettre le commencement de ceſte action au ſortir du diſner de ſa Majeſté, afin de ne l'interrompre point ſi toſt apres l'auoir commencée: Ce qui fut ainſi arreſté.

A l'heure donc aſſignée pour ceſt effect aſçauoir à vne heure apres midy, les aſſiſtans ſe rendirent en la ſalle de la Conference, qui eſtoit la ſalle du Conſeil, où ils entrerent ſans aucune confuſion : Car ſa Majeſté auoit fait mettre des gardes à toutes les aduenuës, pour empeſcher le deſordre : Et fut la diſpoſition de l'aſſemblée, telle.

Au milieu de la ſalle eſtoit vne table de mediocre longueur, à l'vn des bouts de laquelle le Roy eſtoit aſſis, & à main droitte de ſa Majeſté, l'Eueſque d'Eureux, & à main gauche & vis à vis de luy, le Sieur du Pleſſis, & au bas bout de la meſme table, les Sieurs Paſquier & Vaſſaut, Commis de Meſſieurs de Villeroy & de Freſnes Secretaires d'Eſtat; nommez par le Roy pour Secretaires de la Conference : & au lieu des Sieurs de Lomenie & Viſſouſe, nommez auſſi par le Roy à meſme fin pour le Sieur du Pleſſis, le Sieur de Bordes Mercier, fils de Mercerus profeſſeur aux lettres Hebraïques.

Plus haut à main droitte du Roy, eſtoient aſſis Monſieur le Chan-

celier & Meſſieurs les deputez, aſçauoir, Meſſieurs les Preſidents
de Thou & de Freſnes, & les Sieurs Pithou, Martin & Caſaubon:
Et derriere le Roy eſtoient aſſis Monſieur l'Archeueſque de Lyon,
& Meſſieurs les Eueſques de Neuers, de Beauuais, & de Caſtres : &
à main gauche Meſſieurs les quatre Secretaires d'Eſtat : Et derriere
les conferants eſtoient aſſis de part & d'autre, les Princes, aſçauoir
Meſſieurs de Vaudemont, de Nemours, de Mercure, de Mayenne,
de Neuers, d'Elbeuf, d'Aiguillon, de Iainuille, les Officiers de la
Couronne, Conſeillers d'Eſtat, & autres Seigneurs de qualité,
Catholiques & Proteſtants : Et derriere eux eſtoit debout le reſte des autres auditeurs & ſpectateurs, qui ſe pouuoient monter
iuſques à deux cents, parmy leſquels il y en auoit grand nombre de la Religion pretenduë reformée, & entre autres pluſieurs
Miniſtres.

Les liures de toutes ſortes, tant imprimez que manuſcrits,
eſtoient en la chambre des eſtuues, proche de la ſalle du Conſeil,
d'où on les faiſoit venir à meſure qu'on en auoit affaire.

Chacun donc ayant pris ſa place, & le ſilence eſtant faict, le Roy
commanda à Monſieur le Chancelier de declarer l'intention de ſa
Majeſté, touchant ceſte Conference. Ce qu'il fit, auec l'éloquence
& la grauité dignes de ſa perſonne, en ces mots.

MEssievrs, Toutes choſes cooperent en bien à ceux qui
ſont bons. Si en l'affaire qui ſe preſente nous apportons vn eſprit de paix & de charité, le Dieu de paix & de charité aſſiſtera de ſes graces nos bonnes intentions. Il s'offre
maintenant; ſur ce que Monſieur du Pleſſis à fait entendre à
Monſieur l'Eueſque d'Eureux qu'il verifiera deuant le Roy &
les Commiſſaires qu'il luy plaira deputer, tous les paſſages alleguez en ſes liures ; à quoy ledit Sieur Eueſque auroit répondu
qu'il ſe ſoumettoit de luy monſtrer cinq cens fauſſerez en ſon liure contre la Meſſe : que ſa Majeſté à permis ceſte Conference qui
ſe faict entre deux hommes doctes, non pour entrer en diſpute
des poincts qui concernent la doctrine & le faict de la Religion:
Ce que ſa Majeſté ne ſouffriroit en aucune ſorte, ſans auoir ſurce
la permiſſion de noſtre ſainct Pere le Pape : Mais ſeulement à ce
que l'on ſe puiſſe éclaircir de la verité literale, ou fauſſeté deſdites allegations. Et comme il n'eſt pas queſtion de traicter en ce lieu des
poincts controuerſez en la Religion; pour le ſemblable ſaditte
Majeſté vous declare ſa reſolution tres-ferme & tres-certaine, à
l'obſeruation de ſon Edict de Nantes, faict pour la conſeruation du repos & de la paix publique : Veut & ordonne que ceſte
Conference ſe face ſans contention, & auec toute la modera-

tion qui eſt requiſe en choſe de ſi grande importance , en ſorte
que la bonne vnion & intelligence qui eſt neceſſaire pour le bien
vniuerſel de ceſt Eſtat, & de chacun de nous en particulier, n'en
ſoit en rien alterée, mais pluſtoſt accreuë par la douceur & modeſtie, dont de part & d'autre ſera vſé, & que nous ſortions de ceſte
diſpute auec vne bonne reſolution de nous comporter & viure pai-
ſiblement enſemble, comme bons freres , amys, & concitoyens,
ſelon ce que ſa Majeſté, nous ordonne par ſon-dit Edict, dont
maintenant elle nous en renouuelle le commandement.

Acheué qu'il eut, le Roy confirma encore derechef ces paroles par ſa propre bouche, & repreſenta auec vne viue & ſuccincte
éloquence, comme il ne doutoit point, graces à Dieu, de ſa Religion, & ne vouloit qu'on en miſt aucun article en diſpute , mais
ſeulement qu'on examinaſt les lieux où le Sieur du Pleſſis auoit cité les paſſages autrement qu'ils n'eſtoient : Et pourtant enjoi-
gnoit-il à Monſieur le Chancelier & aux deputez, ſi toſt qu'ils
verroient que l'vn ou l'autre des conferants s'écarteroit du faict au
droict, & du particulier au general, de le ramener dans ces limites:
& ſur tout de prendre garde qu'il ne s'y meſlaſt aucune aigreur:
Et que luy-meſme, s'il s'en apperceuoit le premier, ſeroit le premier
à faire le holà, & à les empeſcher de paſſer outre. Puis ayant commandé à l'Eueſque d'Eureux de prendre la parole, il ſe teut, & l'E-
ueſque d'Eureux commença à parler en ces termes.

Ie me preſente icy, SIRE, pour obeyr aux commandements de
voſtre Majeſté, & pour comparoiſtre à l'aſſignation que m'a donnée Monſieur du Pleſſis. L'offre que ie luy ay faitte, a eſté de luy
montrer cinq cents fauſſes allegations dans ſon liure contre la Meſſe. Voſtre Majeſté, ſelon ſa prudence ſinguliere, a tres-bien iugé
que ceſte offre ſe pouuoit accepter ſans offenſer les loix & ſpirituelles & temporelles, qui défendent aux perſonnes particulieres de
diſputer publiquement de la Religion. Car il ne s'agit point icy
de reuoquer en doute la foy des anciens Peres de l'Egliſe, & voir s'ils
ont bien ou mal écrit:mais ſi Monſieur du Pleſſis les a bien ou mal
citez. Autres-fois Hunerich Roy des VVandales, ayant fait ſommer les Catholiques d'Afrique d'entrer en diſpute auec les Arriens,
Eugene Archeueſque de Carthage luy répondit qu'il ne pouuoit
accepter ce combat, ſans le conſentement des autres Eueſques, &
nommément de l'Egliſe Romaine, qui eſtoit le chef de toutes les
Egliſes. Or ce qu'aujourd'huy ie m'abſtiens de faire la meſme difficulté, n'eſt pas que ie porte moins de reſpect au ſiege Apoſtolique, que ce ſainct Archeueſque luy en portoit.il y a plus d'onze cents ans : mais pource qu'il n'eſt icy queſtion que des lieux
particuliers du liure de Monſieur du Pleſſis , contre leſquels
ie m'inſcris

Victor. Vtic. de
perſ. Vandal.
lib. 1.

ie m'inſcris, & non de la doctrine generale de l'Egliſe. A quoy
m'enhardit encore de tout poinct la modeſtie, dont il plaiſt à voſtre
Majeſté vſer en ceſte action. Car elle ne veut point prendre l'Encenſoir, comme ce Roy de Iuda qui fut frappé de la lepre ∴ C'eſt
à dire, elle ne veut point vſurper l'authorité Sacerdotale, ny ſe conſtituer Iuge, ny donner des Iuges aux matieres Eccleſiaſtiques:
mais ſeulement appeller des témoins doctes & dignes de foy, qui
puiſſent atteſter la verité de ceſte Conference, & en cas de quelque
difficulté ſur la verſion des mots, ou édition des exemplaires, en
dire leur aduis : Imitant en cela la pieté de ces bons Empereurs
Conſtantin, Valentinian, Théodoſe premier & ſecond, qui ne
ſe ſont iamais voulu attribuer le jugement des controuerſes de la
foy, mais en ont touſiours remis la deciſion à ceux que Dieu auoit
ordonnez Paſteurs & Recteurs de ſon Egliſe. Et pourtant ſous
l'authorité de ſes commandements, i'entreray alaigrement en ceſte Conference, apres auoir premierement proteſté que ie n'y ſuis
pouſſé d'aucune animoſité contre Monſieur du Pleſſis, lequel ie re-
ſpecte & honore pour les belles parties de ſon eſprit, & ne les pretens accuſer d'aucune des fauſſetez de ſon liure, mais ſeulement
ceux ſur la foy & les memoires deſquels il s'eſt confié; comme il
paroiſtra par la douceur & modeſtie que ie promets à voſtre Majeſté d'apporter enuers ſa perſonne.

Suiuit incontinent apres le Sieur du Pleſſis, qui dit qu'il eſtoit là
pour répondre de ſon liure, lequel il n'auoit point fait par ambition, mais pour eſſayer de ſeruir à la reformation de l'Egliſe.
Que s'il y pouuoit ſeruir, il s'eſtimeroit tres-heureux : Que ſi au
contraire, il voudroit le premier l'auoir bruſlé, voire de ſa main
propre. Qu'il eſtoit mal-ayſé qu'en quatre mille paſſages & plus
qu'il y auoit citez, il ne s'en trouuaſt quelques-vns où il auroit peu
faillir comme homme : mais que pour le moins il s'aſſeuroit que ce
n'auroit point eſté auec mauuaiſe foy. Et qu'au reſte il proteſtoit
que ceſt acte eſtoit particulier, & ne pouuoit preiudicier à la doctrine des Egliſes reformées de France, qui auoit eſté deuant luy,
& ſeroit apres luy.

Surquoy l'Eueſque d'Eureux repartit, & releuant ce nombre de
quatre mille paſſages, dit qu'il ne falloit point s'eſtonner d'vne telle multitude : Car il y en auoit entre ceux-là plus de deux mille
manifeſtes pour les Catholiques, que le Sieur du Pleſſis y auoit
ſeulement inſerez ou pour eſſayer de les ſoudre, ou pour pouuoir
dire qu'il ne les auoit point obmis. Et quant aux deux mille
autres, ſi tant s'y en trouuoit ; les cinq cents principaux en
eſtants défaits, le reſte qui ne ſeruoit que de combattre en foule & de faire nombre, comme il auoit déja offert de le montrer

K

en temps & lieu , luy demeuroit vain & inutile.

Puis cela dit repeta succinctement l'histoire de l'estat où estoient lors les choses: Asçauoir que par le commandement de sa Majesté, il s'estoit engagé le soir precedent en vne offre inopinée , pour l'execution de laquelle il luy auoit fallu d'vne grande masse confuse d'articles, en élire & enuoyer tout sur le champ cinquante au Sieur du Plessis: & qu'à ceste cause pour remplacer ceux qui pourroient tomber en quelque dispute, il en auoit mis soixante au lieu de cinquante, & s'estoit retenu l'option de commencer par où il voudroit, sans s'obliger à l'ordre fortuit & tumultuaire selon lequel ils luy sortoient des mains. Chose que le Sieur du Plessis auoit accordée, & auoit promis d'estre prest le matin sur touts les soixante : Mais qu'au lieu de cela il en auoit seulement choisy par cy par là, iusques à dix-neuf, s'excusant qu'il n'auoit pas eu le loisir de verifier les autres. A l'occasion dequoy pour ne retarder point la Conference, il auoit esté contraint de se reduire à l'accepter sur les mesmes passages que le Sieur du Plessis auoit choisis. Qu'entre ceux-là il y en auoit deux des Theologiens Scholastiques, sur le faict de l'Eucharistie ; l'vn de Scotus , & l'autre de Durandus, qui estoient les deux seuls Scholastiques qu'il auoit marquez sur ceste matiere , plustost pour montrer par cest essay, comme le sieur du Plessis traittoit touts les autres Scholastiques, que pour en faire instance à part. Car son intention n'auoit pas esté de les obiecter separément, mais sous l'aile & en la compagnie de plusieurs lieux de sainct Cyprian, de sainct Cyrille de Hierusalem , de sainct Chrysostome , & autres anciens Peres falsifiez sur le mesme sujet, & cottez entre lesdits soixante articles. Chose dont le Sieur du Plessis luy auoit osté tout moyen. Car il n'auoit pris que ces deux seuls passages à défendre de faux, sur la matiere du Sacrement , & auoit laissé tous les autres. A raison dequoy; pour suiure son choix & son ordre, il se trouuoit reduit à commencer par les deux moins illustres lieux de touts les soixante, voire de tous les cinq cents. Ce qu'il esperoit faire neantmoins de telle sorte , que l'on recognoistroit dés ce premier échantillon, auec quelle methode le sieur du Plessis alleguoit les autheurs.

Et de ce pas, ayant mis d'vn costé sur la table, le liure du sieur du Plessis , imprimé, *in quarto*, à la Rochelle, par Hieróme Hautin; & de l'autre, la liste des soixante passages, où estoient marquez les dixneuf choisis par le sieur du Plessis; commença d'entrer en matiere : Et le Roy au mesme temps commanda aux Secretaires de la Conference d'écrire sur chaque article, les propositions & resolutions ; sans s'arrester à recueillir ce qui se diroit

entre-deux, pour n'ennuyer point les auditeurs : Combien qu'au
commencement ils voulurent essayer d'en noter par cy par là
quelques poincts : mais la multitude & promptitude des interlocu-
tions ne le peût aucunement permettre. Et furent pour ce jour-là,
examinez les neuf premiers articles des dix-neuf éleuz par le Sieur
du Plessis, selon l'ordre & en la maniere qui ensuit.

PREMIER PASSAGE CHOISI PAR LE SIEVR DV PLESSIS.

E premier article des dix-neuf choisis par le Sieur du
Plessis, fut vn passage de Scotus, cité en la page huict
cents soixante & neufiéme de son liure, imprimé
in quarto, à la Rochelle par Hierosme Hautin, en
ces mots : *Iean Duns dit L'Escot, pres de cent ans apres le Concile de
Latran, ose bien remettre en question, si le corps de Christ est reëllement
contenu sous les especes ; & dispute que non : & ses arguments sont, que
la quantité ne le peut souffrir, aussi peu la localité & circonscription attachées à la nature d'vn vray corps, tel que celuy du Seigneur.* Et cotté en
la marge ; *Scot sur le 4. des Sentences, distinction* 10. *question premiere.*

Sur ce lieu donc l'Euesque d'Eureux objecta deux faussetez, ou
pour parler plus doucement, deux fautes eminentes, qu'il ne contoit toutesfois que pour vne : La premiere d'imputer à Scotus qu'il
remettoit en question ce qu'il traittoit selon la methode de l'échole, qui est de proposer toutes sortes de theses par forme d'interro-
gant, afin d'agiter ce qui se peut dire de part & d'autre, deuant
que de venir à prononcer la decision.

Et que si ceste façon d'alleguer les autheurs auoit lieu, il n'y auroit impieté que l'on ne mist sus aux Scholastiques : Car il ne se
trouueroit article de la Religion Chrestienne, qu'ils neussent traicté auec ceste methode : Et faudroit entre autres, imputer par mesme moyen à Scotus, qu'il auroit douté si Dieu peut créer quelque
chose, dautant qu'il faict ceste question, [a] *Vtrum sit possibile Deum
aliquid creare :* & ajouste incontinent apres, *Videtur quod non :* Qu'il
auroit douté si Dieu est vn, s'il est simple, s'il est eternel, s'il y a trois
personnes en l'essence diuine, si le Fils est de la substance du Pere ; [b]
pource qu'il propose toutes ces choses par ceste forme d'interroger, *Vtrum sit vnus Deus, &c.* & ajouste incontinent apres, *Videtur
quod non.* Et bref qu'il faudroit faire accroire tout de mesme à sainct
Thomas, [c] qu'il a remis en question apres le Concile de Latran,
si le corps de Christ est reëllement contenu sous les especes,
& a disputé que non ; pource qu'il propose ceste these en

a Scot. in 2.
Sent. dist. 1.
quæst. 2.

b 1. Sent. dist. 2.
& alib.

c D. Thom. 3.
Sum. quæst. 75.
art. 1.

K ij

mesme forme, *Vtrum corpus Christi sit in hoc sacramento secundum veritatem; & ajouste, Videtur quod non.*

La seconde, que le Sieur du Plessis prenoit les arguments des Heretiques que Scotus s'objectoit de propos deliberé afin de les refuter, pour les arguments de Scotus: comme il apparoissoit par ces mots que Scotus ajoustoit tout sur le champ : *Mais au contraire est ce que dit Christ au 26. de sainct Matthieu, Cecy est mon corps : & au 6. de sainct Iean, Ma chair est vrayement viande : Et par ceux-cy qui suiuoient incontinent apres: Ie dy qu'il est simplement de la substance de la foy, de croire que le corps de Christ est là vrayement & reellement:* Et vn peu plus bas, *Et si les Heretiques veulent exposer ces choses figurément, comme ce qui est dit au 15. de S. Iean, Ie suis la vigne; & au dixiéme de la premiere aux Corinthiens : La pierre estoit Christ : Cela est directement contre l'intention du Sauueur.* C'est à dire en somme, que le Sieur du Plessis imputoit à Scotus, non seulement tout le contraire de ce que disoit Scotus, mais cela mesme que Scotus entreprenoit expressement d'impugner & refuter : qui estoit de toutes les façons d'imposer à vn Autheur la plus absurde & intolerable, & telle qu'Erasme la propose pour patron des plus enormes & indignes calomnies.

A ceste obiection le Sieur du Plessis répondit que son intention n'auoit pas esté de dire simplement que Scotus auoit douté si le corps de Christ estoit contenu reellement sous les especes, mais s'il y estoit contenu de ceste façon de realité dont l'Eglise Romaine le tient auiourd'huy, asçauoir par Transsubstantiation : Et que telle eust esté son intention, il paroissoit tant par la mention qu'il auoit faitte du temps auquel Scotus auoit écrit, asçauoir depuis le Concile de Latran, là où fut decidé l'article de la Transsubstantiation, que par le tiltre du chapitre de son liure, qui estoit *Du progres de la Transsubstantiation, depuis le Concile de Latran iusques à celuy de Trente, & des absurditez & contradictions procedées d'icelle.*

Sur cela l'Euesque d'Eureux repliqua trois choses : La premiere, qu'il n'estoit point question de l'intention du Sieur du Plessis, mais de ce que portoient ses paroles & celles de Scotus. Que les paroles du Sieur du Plessis estoient : *Iean Duns dit l'Escot, cent ans apres le Concile de Latran, ose bien remettre en question, si le corps de Christ est reellement contenu sous les especes: & dispute que non; & ses arguments sont, que la quantité ne le peut souffrir, aussi peu la localité & circonscription attachées à la nature d'vn vray corps, tel que celuy de nostre Seigneur.* Que la cotte de ces paroles estoit, *Scotus in 4. Sent. dist. 10. quæst. 1.* Que les paroles de Scotus couchées au mesme lieu, estoiét celles-cy, *Vtrú possibile sit corpus Christi sub specie panis & vini realiter cõtineri. Videtur quod non. Et vn peu apres: Aut corpus Christi sub illa specie est quantú, aut non*

quantum: Non poteſt ibi eſſe non quantum, &c. Leſquelles paroles ne
parloient ny ne pouuoient parler de la Tranſſubſtantiation, mais de
la preſence reëlle du corps: Car outre ce que les termes eſtoient
trop differends pour les prendre l'vn pour l'autre, les arguments de
la quantité, localité & circonſcription, ne regardoient aucunement
la doctrine ſpeciale de la Tranſſubſtantiation; mais ſeulement la
doctrine generale de l'exiſtéce ſouz les eſpeces: Au moyen dequoy,
il n'y auoit ignorance qui peuſt excuſer ny le Sieur du Pleſſis, ny le
moindre écholier du monde, de s'y eſtre abuſé.

La ſeconde, que les raiſons meſmes que le ſieur du Pleſſis apportoit pour monſtrer que ſon intention n'auoit pas eſté de dire que
Scotus, par ces paroles-là, euſt remis en doute la reelle exiſtence du
corps de Chriſt ſous les eſpeces, mais ſeulement la Tranſſubſtantiation, eſtoient nulles: Car quant au Concile de Latran, l'vn & l'autre
article y auoit eſté expreſſément decidé, en ces mots: *Le corps & le* *Concil. Latr. c.1.*
ſang de Chriſt ſont vrayement contenus ſous les eſpeces du pain & du vin,
le pain eſtant tranſſubſtantié au corps, & le vin au ſang. Et partant
quiconque remettoit ou l'vn ou l'autre de ces articles en doute, cō-
battoit manifeſtement contre le Concile de Latran. A quoy le Roy
ajouſta que c'eſtoit vne remarque de temps, & non de doctrine.

Et quant au tiltre du chapitre du Sieur du Pleſſis, il n'empeſchoit
point non plus que ſon intention n'euſt eſté de dire ce que ſes paroles portoient: Car qui nioit le moins, nioit le plus, & qui reuoquoit
en doute l'exiſtéce reelle du corps de Chriſt au Sacremét, reuoquoit
en doute par conſequent la Tranſſubſtantiation. Et ne pouuoit ledit Sieur du Pleſſis diſſimuler qu'il ne l'euſt ainſi entendu en pluſieurs autres lieux du meſme chapitre: Comme quand il allegue,
pour monſtrer les contrarietez & incertitudes de la Tranſſubſtantiation, que les Scholaſtiques ne s'accordét pas entre-eux, ſi le corps
de Chriſt entre en la bouche, s'il deſcend en l'eſtomach, s'il eſt au
Ciel lors qu'il eſt pris en l'Euchariſtie, ſi la grace eſt contenuë eſſentiellement és Sacrements, & autres ſemblables differends pretendus,
qui ne concernent point preciſément la Tranſſubſtantiation, mais
la preſence ſous les eſpeces.

La troiſiéme, que quand le Sieur du Pleſſis & Scotus meſme, auroient parlé & voulu parler de la Tranſſubſtantiation, en nommant
la preſence ſous les eſpeces; cela ne faiſoit rien au poinct de l'obiection: Car la diſpute n'eſtoit pas dequoy parloit Scotus au lieu obiecté par l'Eueſque d'Eureux: Mais ſi dequoy qu'il parlaſt, il en parloit douteuſement, ou reſoluëment: Et ſi les paroles que le Sieur du
Pleſſis luy imputoit en ce lieu-là, eſtoient les ſiennes, ou bien celles
des Heretiques qu'il s'oppoſoit pour les impugner & refuter.

A cela le Sieur du Pleſſis répódit qu'il n'auoit pas ſeulemét allegué

K iij

les paroles de la premiere question de là distinction 10. mais aussi celles de la 3. question de l'onziéme distinction: là où Scotus traitte l'article de la Transsubstantiation, & dit que l'opinion contraire luy semble plus soutenable, & non moins venerable; & monstre que s'il n'eust esté l'authorité de l'Eglise, il s'y fust tenu.

Sur ceste seconde réponse l'Euesque d'Eureux repliqua, que le Sieur du Plessis produisoit tout de suitte en ce lieu là trois diuerses allegations de Scotus, prises de trois diuers lieux, & sur trois diuerses matieres, en chacune desquelles il alleguoit tousiours les arguments de la partie aduerse, pour les resolutions de l'Autheur.

La premiere estoit prise de la dixiéme distinction, question premiere, & consistoit en ces mots: *Jean Duns dit l'Escot, ose bien remettre en doute si le corps de Christ est reellement contenu sous les especes: & dispute que non; & ses fondements sont, que la quantité ne le peut souffrir, aussi peu la localité & circonscription attachées à la nature d'vn vray corps, tel que celuy de nostre Seigneur.* Et sur celle-là l'Euesque d'Eureux auoit déja obiecté que le Sieur du Plessis comettoit deux notables erreurs: L'vne, d'imputer à Scotus qu'il remettoit en doute ce qu'il affermoit indubitablement, à sçauoir, que le corps de Christ fust contenu reellement sous les especes: L'autre, de luy imputer que ses fondements estoient, *que la quantité ne le pouuoit souffrir, aussi peu la localité & circonscription attachées à la nature d'vn vray corps, tel que celuy de nostre Seigneur:* Qui au contraire estoiét les fondements des Heretiques, que Scotus s'obiectoit de propos deliberé, afin de les refuter.

 a Scot. in 4. Sent. dist. 10. quæst. 2. arg. 3. ante oppositum. Idem téporale non potest esse simul in diuersis temporibus. Ergò nec idem locabile in diuersis locis.

La seconde estoit tirée de la mesme distinction, mais de la quest. 2. & consistoit en ces mots: [a] *Que comme vne chose temporelle ne peut estre ensemble en diuers temps; aussi peu vne chose locale ensemble en diuers lieux.* Et sur celle-là adioustoit l'Euesque d'Eureux que le Sieur du Plessis faisoit encore deux fautes eminentes: Car premierement il imputoit à Scotus d'auoir formé cest argument; *Comme vne chose temporelle ne peut estre ensemble en diuers temps; aussi peu vne chose locale ensemble en diuers lieux;* sur le poinct de l'Eucharistie: au lieu que la question où Scotus le rapportoit, ne touchoit aucunement l'Eucharistie, en laquelle le corps de Christ n'occupe point de lieu; mais estoit vne recerche que Scotus proposoit par forme de digression, & pour exercer l'esprit des Lecteurs; A sçauoir si Dieu pouuoit faire qu'vn mesme corps fust ensemble en plusieurs lieux localement, c'est à dire, auec occupation de lieu. Et secondement le Sieur du Plessis prenoit encore en ceste allegation les paroles de la partie aduerse pour celles de Scotus. Car Scotus faisoit cest argument par forme d'obiection, & au commencement de la dispute, & le [b] soluoit à la fin de la question en la réponse aux obiectiós, voire

b Scot. in 4. Sent. dist. 10. quæst. 2. respons. ad arg. 3. Soluant istud sophisma & soluét argumentú suú, si fortè reputét quod habeát euidentiá.

mesme protestoit que c'estoit vn Sophisme.

La troisiéme estoit prise de l'onziéme distinction, question 3. & consistoit en ces mots : *Et partant que l'opinion qui tient que le pain & le vin demeurent en leur substance, luy semble plus soutenable, & non moins venerable : & neantmoins qu'il s'en tient à ce que l'Eglise en ordonna au Concile de Latran, parce qu'il est dit que la foy de Pierre ne defaudra point, & cetera. Encore, dit-il, que les paroles de l'Escriture se pouuoient sauuer par vne interpretation plus facile & plus vraye en apparence.* Et sur celle-là, ledit Euesque d'Eureux obiectoit encore pis. Car premierement il disoit que le Sieur du Plessis faisoit tirer à Scotus ceste conclusion ; *Partant que l'opinion qui tient le contraire, luy semble plus soutenable, & non moins venerable ;* des argumens citez és deux allegations precedentes. Chose laquelle tant s'en falloit qu'elle peust estre, que ces deux arguments auoient esté expressément refutez par Scotus ; Et d'ailleurs que depuis la premiere & seconde question de la distinction dixiéme où ils estoient, iusques à la troisiéme question de la distinction onziéme, où estoit ceste pretenduë conclusion, il y auoit entre deux, dix ou douze grandes questions complettes.

Secondement il disoit que le Sieur du Plessis forgeoit cest aduerbe, *Partant,* & toute ceste conclusion ; & qu'il n'y auoit nulle part dans Scotus, *Partant que l'opinion qui tenoit que le pain demeuroit, luy sembloit plus soutenable, & non moins venerable :* Mais bien que Scotus disoit, que quand la substance du pain demeureroit auec celle du corps de Christ sous les especes sacramentales, le corps de Christ ne laisseroit pas pour cela d'y pouuoir estre adoré sans peril d'idolatrie. Et bref maintenoit ledit Euesque d'Eureux, que iamais Scotus n'auoit incliné à contredire l'opinion que la substance du pain ne demeuroit point auec le corps, mais seulement les arguments par lesquels quelques-vns la prouuoient : estimant qu'elle deuoit estre prouuée, non par la subtilité des arguments philosophiques ou grammatiques, mais par la pure & simple force de l'authorité. Et de cela faisoient foy, disoit l'Euesque d'Eureux, toutes les pieces decisiues de la question. Car & en l'opposition aux premiers arguments, Scotus produisoit pour ceste mesme these, les authoritez de sainct Ambroise & des autres anciens Peres de l'Eglise, en ces mots : *Au contraire, dit-il, sont ces paroles de sainct Ambroise au liure des Sacrements : Apres la consecration du pain, est fait le corps de Christ.* Et derechef au mesme lieu : *La parole qui a peu faire les choses qui n'estoient point, ne peut-elle changer les choses en ce qu'elles n'estoient point ?* Et celles-cy d'Eusebe : *Le Prestre inuisible commuë les creatures visibles, par vne secrette puissance, en la substance de son corps & de son sang :* Et plusieurs autres authoritez citées à ce propos par le Decret &

Scotus in 4. Sent. dist. 11. quæst. 3. Oppositû Amb. de sacramentis. Vbi accessit côsecratio, de pane fit corpus Christi.

Idem, &c. Sermo qui pôtuit facere quæ non erât, nônne potest mutare ea quæ sunt, in id quod non erât? &c.

Prætereá, Eusebius, &c. Sacerdos inuisibilis creaturas in substâtiam corporis & sanguinis sui secreta potestate commutat: & ad hoc habentur plures authoritates de côsecr. dist. 2. in diuersis locis.

par *le maistre des Sentences* : Et au corps de l'article, il l'embrassoit &
par ces mesmes authoritez de sainct Ambroise, & autres cottées au
Decret & au quatriéme des Sentences, ausquels il renuoyoit les Lecteurs; & par la determination vniuerselle de l'Eglise. Et finalement
en la solution des obiections, le mesme Scotus pour la closture & le
dernier acte de la dispute, resumoit tous les arguments qu'il s'estoit
obiectez à l'encontre de la part des aduersaires: Comme, [a] Qu'il ne
falloit point multiplier les miracles, sans necessité ; que la verité de
l'Eucharistie se pouuoit sauuer, la substance du pain demeurant auec
le corps : qu'il falloit choisir en la proposition des articles de la foy,
les sens les plus faciles & moins suiets à la derision des infidelles :
Que tout article de foy deuoit estre ou expressément proposé par
l'Escriture, ou expressément declaré par l'Eglise, &c. Et les refutoit
tous vn à vn, sans en laisser vn seul insolu: Au moyen dequoy on ne
les luy pouuoit, sinon faussement & iniustement imputer.

Disoit tiercemét l'Euesque d'Eureux, que Scotus ne parloit point
de cest article auec la hesitation que le Sieur du Plessis faisoit paroistre en ses paroles, par la transposition qu'il y apportoit, en le citant
ainsi : *Neantmoins qu'il s'en tenoit à ce que l'Eglise en auoit ordonné au
Concile de Latran, &c.* Encore que les paroles se peussent sauuer par vne
intelligence plus facile, & en apparence plus vraye : Mais tranchoit sa
resolution toute nette, en ces mots : [b] *Et quant au troisiéme argument,
dit-il, auquel consiste leur force* (c'est à dire, de ceux qui disputoient
contre la Transsubstantiation) *il faut répondre que l'Eglise a declaré
que ceste intelligence est de la verité de la foy, au Symbole fait sous Innocent III. au Concile de Latran, au Canon, Firmiter, cóme il a esté cy dessus
allegué ; là où est couchée explicitement la verité d'aucunes choses qui doiuent estre creuës plus explicitement qu'elles ne sont au Symbole des Apostres, ou d'Athanase, ou de Nicée, Et bref qu'il faut tenir que tout ce qui
est là proposé à croire, est de la substance de la foy : & cela apres ceste declaration solemnelle faicte par l'Eglise. Que si tu demandes pourquoy l'E-
glise a choisi ceste intelligence si difficile de cest article, veu que les paroles
de l'Escriture se pouuoient sauuer par vne intelligence facile, & plus vraye
selon l'apparence : Ie dy que les Escritures s'exposent par le mesme esprit par
lequel elles ont esté faittes : Et à ceste occasion il faut supposer que l'Eglise
Catholique l'a exposé, estant enseignée par le mesme esprit par lequel nous
a esté baillée la foy, c'est à dire, par l'esprit de verité : Et pourtant elle a éleu
ceste intelligence, pource que c'est la veritable.*

[a] *Scot. in 4. Sent. dist. 11. quæst. 3. in respons. ad argum.*

[b] *Scotus in 4. sēt. dist. 11. quæst. 3.* Ad tertium vbi stat vis, dicendum quod Ecclesia declarauit istú intellectum esse de veritate fidei in illo symbolo edito sub Innocent. tertio, in Concilio Late-ranési, Firmiter credimus, &c. Sicut allegatū est superiùs; vbi explicitè ponitur veritas aliquorum credēdorum magis explicitè quàm habebatur in symbolo Apostolorum, vel Athanasij, vel Nicæni: & breuiter, quicquid ibi dicitur esse credendum, tenendum est esse de substantia fidei : & hoc post istá declarationem solénem factam ab Ecclesia. Et si queras quare voluit Ecclesia eligere istum intellectum ita difficilem huius articuli, cum verba scripturæ possent saluari secundum intellectum facilem & veriorem secundum apparentiam de hoc articulo : Dico quod eo spiritu expositæ sunt scripturæ, quo conditæ : & ita supponendum est quod Ecclesia Catholica eo spiritu exposuit, quo tradita est nobis fides, spiritu scilicet veritatis edocta. Et ideò hunc intellectum elegit, quia verus est.

A ces caufes donc concluoit l'Euefque d'Eureux, que le Sieur du Pleffis ne deuoit pas efperer meilleur marché des deux allegations fubfequentes de Scotus, que de celle fur laquelle il auoit efté attaqué : Au contraire, qu'au lieu qu'on ne luy auoit objecté que deux erreurs fur celle-là, il fe trouueroit, fi l'on paffoit plus auant, qu'il y en auroit autant que de paroles. Proteftoit neantmoins de ne vouloir point lors entrer en la recerche des autres, pour ne perdre point la pifte de la premiere. Qu'il n'eftoit point lors queftion fi Scotus auoit bien ou mal creu de la Tranffubftantiation : Mais s'il auoit dit, ou non, ce que le Sieur du Pleffis luy imputoit. Qu'il ne s'agiffoit point de ce qu'il auoit écrit aux paffages fur lefquels le Sieur du Pleffis n'auoit point efté attaqué : mais de ce qu'il auoit écrit au lieu fur lequel l'inftance auoit efté formée, qui eftoit la premiere queftion de la diftinction dixiéme. Et partant qu'il fommoit ledit Sieur du Pleffis de contefter là deffus, & répondre de droict fil & fans extrauaguer, à l'objection qui luy auoit efté faite, qui eftoit, qu'il auoit imputé à Scotus qu'en la premiere queftion de la diftinction dixiéme, il ofoit bien remettre en controuerfe, fi le corps de Chrift eftoit contenu reëllement fous les efpeces, & difputer que non: Et que les fondements de Scotus eftoient, *Que la quantité ne le peut fouffrir, auffi peu la localité & la circonfcription attachées à la nature d'vn vray corps, tel qu'eft celuy de noftre Seigneur :* Au lieu que c'eftoient les paroles & fondements des Heretiques que Scotus s'obiectoit, & les refutoit tout fur le champ, comme contraires à la foy, & à l'Euangile.

A cela le fieur du Pleffis répondit que Scotus en la premiere queftion de la diftinction 10. ne difputoit pas feulement de la prefence reelle du corps de Chrift fous les efpeces, mais auffi de la Tranffubftantiation : & qu'il difoit ; *Non videtur neceffarium fugiendum effe ad conuerfionem panis in corpus Chrifti precipuè cùm à principio ex quo res huius facramenti fuit credita, fuit femper creditum quod corpus Chrifti non mutatur de loco fuo in cœlo, vt fit hic, & tamen non fuit in principio ita manifefte creditum de ifta conuerfione.* Et que c'eftoit pourquoy il auoit allegué cefte queftion de Scotus, afçauoir pour monftrer que Scotus auoit reuoqué en doute la Tranffubftantiation, & auoit dit qu'elle n'eftoit pas neceffaire.

Sur cefte défaitte l'Euefque d'Eureux repartit que le Sieur du Pleffis bailloit encore lors manifeftement le change, & fautoit d'vne difpute à vne autre. Car il y auoit en cefte queftion deux parties : L'vne où Scotus traittoit s'il eftoit poffible que le corps de Chrift fuft reëllement contenu fous les efpeces : & ce qu'il falloit tenir de ceft article : Et l'autre comment il eftoit poffible que cela fuft. *Icy, dit Scotus, il faut declarer deux chofes, comme en tous les autres articles de la creance : premierement ce que l'on en doit tenir, & pour quelle authorité : & fecondement comme ce que l'on en croid eft poſſible.* Or les paroles que le Sieur du Pleſſis auoit alleguées en ſon liure, eſtoient priſes de la premiere partie de la queſtion : Et celles qu'il citoit lors en la Conference, eſtoient priſes de la ſeconde : Et partant il ſautoit de la diſpute de l'eſtre, à celle de la maniere. Ajouſtoit encore outre cela ledict Eueſque d'Eureux, que ces meſmes paroles que le Sieur du Pleſſis venoit lors de citer (ſauf ſa correction) il ne les entendoit pas. Car Scotus ne vouloit pas dire qu'il n'eſtoit pas neceſſaire de croire la Tranſſubſtantiation : mais que pour éuiter l'argument de l'immobilité du corps de Chriſt, il n'eſtoit pas neceſſaire de recourir à la Tranſſubſtantiation : *Quantum ergo ad iſtud argumentum, non videtur neceſſarium fugiendum eſſe ad Tranſſubſtantiationem.* Pour l'intelligence dequoy, il faut ſçauoir que S. Thomas ayant voulu ajouſter quelques raiſons ſcholaſtiques aux authoritez des Peres & de l'Egliſe, touchant la Tranſſubſtantiation, auoit apporté pour vn de ſes arguments; Qu'il eſtoit impoſſible qu'vne choſe ſe trouuaſt de nouueau en vn lieu où elle n'eſtoit point auparauant, ſinon ou par mouuement local, ce qui ne pouuoit auoir lieu en l'Euchariſtie, dautant que le corps de Chriſt n'abandonnoit point le Ciel; ou par conuerſion de quelque autre ſubſtance en la ſienne.

Or ceſt argument de ſainct Thomas, poſant le cas qu'il parlaſt de la puiſſance abſoluë de Dieu, comme Scotus le pretendoit, & comme les voix des Scholaſtiques ſont encore preſque parties là deſſus, les autres affermant que ſainct Thomas l'entendoit ainſi, & les autres le niant; ſembloit vn peu lier trop étroittement les mains à la toute-puiſſance de Dieu. Et pourtant Scotus y reſiſte, & maintient qu'il ſeroit bien en la puiſſance de Dieu s'il vouloit, de faire que le corps de Chriſt fuſt reëllement en l'Euchariſtie, ſans mouuement local & ſans Tranſſubſtantiation; & que la Tranſſubſtantiation n'eſt pas la cauſe formelle & preciſe de la preſence reëlle du corps de Chriſt au Sacrement : mais qu'il y eſt requis outre cela de la part du meſme corps, vne certaine acquiſition de relation externe, laquelle Dieu peut ſeparer de la Tranſſubſtantiation.

Sur ceſte oppoſition donc de Scotus, l'Eueſque d'Eureux affermoit que le Sieur du Pleſſis s'eſtoit meſconté, en luy imputant qu'il auoit tenu qu'il n'eſtoit pas neceſſaire de croire la Tranſſubſtantiation : Au lieu que Scotus diſoit ſeulement que pour faire qu'il fuſt poſſible à Dieu de rendre le corps de Chriſt reëllement preſent en l'Euchariſtie, il n'eſtoit pas neceſſaire de recourir à la Tranſſubſtantiation. Car que Scotus euſt jamais laſché ceſte parole, *Qu'il n'eſtoit point neceſſaire de croire la Tranſſubſtantiation*; il ne ſe trouueroit nulle part: Au contraire, le mesme Scotus protestoit haut & clair en la distinction suiuante, que depuis la declaration solemnelle de l'Eglise, chaque fidelle estoit obligé de la croire, en termes expres, comme chose de la verité & substance de la foy. Mais bien se trouueroit-il que Scotus auoit estimé qu'il n'estoit pas necessaire de la croire pource que ce fust le seul moyen possible à Dieu; mais pource que c'estoit le vray sens de sa parole, manifesté à nous par la deposition des Peres & de l'Eglise: C'est à dire, qu'il n'estoit pas necessaire de la croire pource que Dieu n'auoit pas peu faire autrement; mais pource qu'il n'auoit pas voulu faire autrement. Et que telle fust l'intention de Scotus, il le declaroit ailleurs, par ces termes: [a] *Ie dy qu'il eust bien esté possible à Dieu d'auoir institué, que le corps de Christ fust vrayement present en l'Eucharistie le pain y demeurant, ou le pain estant aneanty, & les accidents restans : & qu'en ce cas la verité de l'Eucharistie y eust esté : Car le vray signe & la vraye chose signifiee s'y fussent trouuez : Mais icy maintenant la verité de l'Eucharistie n'y est pas entiere : Car Christ ne l'a pas ainsi institué : comme les authoritez alleguées le témoignent.* Aussi peu se trouuoit-il, ajoustoit le mesme Euesque d'Eureux, que Scotus eust iamais dit que la conuersion de la substance du pain, n'auoit pas tousiours esté creüe, comme le Sieur du Plessis la pretendoit recueillir de ses paroles: Car au contraire Scotus en l'opposition aux premiers argumens, employoit pour la deffence de ceste these tous les lieux des anciens Peres citez au Decret & au quatriéme des Sentences; & en sa resolution affermoit que les textes de [b] S. Ambroise, y estoient tresexpres: Mais bien qu'elle n'auoit pas tousiours esté si manifestement creüe; c'est à dire, qu'elle n'auoit pas tousiours esté creüe par chacun auec tant de clairté & d'explication auant la determination solemnelle de l'Eglise, que depuis. Car encore que les plus celebres Peres de l'antiquité eussent assez tesmoigné que le pain ne demeuroit point auec le corps : Neantmoins Scotus tenoit, qu'auant la decision generale de l'Eglise, leur creance, pour ce regard, n'auoit pas esté si expressement & vniuersellement notifiée à tous les fidelles, qu'aucun d'eux n'eust peu estre excusé de l'ignorer.

Mais en somme (pour conclure ceste replique) ledit Euesque d'Eureux en reuenoit tousiours-là, que ce n'estoit point dequoy il s'agissoit, & que la dispute n'estoit point si Scotus auoit bien ou mal écrit de la Transsubstantiation, mais s'il auoit reuoqué en doute l'existence du corps de Christ sous les especes sacramentales: & si les paroles que le sieur du Plessis luy imputoit contre ceste these, estoient les siennes ou celles des heretiques. Et partant sommoit-il derechef ledit sieur du Plessis, de répondre precisément &

sans bailler le change sur les objections qu'il luy auoit faittes, qui estoient, qu'il imputoit à Scotus qu'il auoit remis en question si le corps de Christ estoit reellement contenu sous les especes, & auoit disputé que non; & disoit que les fondements de Scotus estoient, *Que la quantité ne le peut souffrir, aussi peu la localité & la circonscription attachées à la nature d'vn vray corps, tel que celuy de nostre Seigneur* : Au lieu que c'estoient les paroles & les fondements des heretiques, que Scotus s'objectoit pour les impugner & refuter : comme il apparoissoit incontinent apres par l'opposition qu'il y faisoit en ces mots : *Mais au contraire est ce que dit Christ au 26. de sainct Matthieu, Cecy est mon corps; & au 6. de sainct Iean, Ma chair est vrayement viande* : Et par la resolution qu'il donnoit sur son opposition, en ceux-cy : *Ie dy qu'il est simplement de la substance de la foy, de croire que le corps de Christ y est vrayement & reellement* : Et vn peu apres : *Et si les Heretiques vouloient dire qu'il faut interpreter ces choses figurément, comme ce qui est dit au 15. de S. Iean, Ie suis la vraye vigne : & au 10. de la premiere aux Corinthiens, La Pierre estoit Christ : Cela est entierement contre l'intention du Sauueur* : Et finalement par la solution qu'il apportoit luymesme à cest argument, en la réponse aux objections.

A cela le sieur du Plessis répondit derechef, qu'il paroissoit de son intention, par la mention qu'il auoit faitte du Concile de Latran.

Et dura ceste contestation, depuis le commencement jusqu'à la fin, pres d'vne heure, pendant laquelle le Roy commanda qu'on l'eust dans le texte de Scotus les paroles que le Sieur du Plessis en auoit produittes au lieu que l'Euesque d'Eureux impugnoit, & ce que Scotus auoit dit à ce mesme propos. Et là dessus fut leu & trouué dans l'edition de Scotus, imprimée à Paris par Iodocus Badius Ascensius, l'an 1519. ce qui s'ensuit.

Premierement fut leüe l'ouuerture de la premiere question sur la dixiéme distinction du quatriéme des sentences, qui estoit celle que citoit le sieur du Plessis, & y furent trouuez ces mots: *La premiere question donc est, s'il est possible que le corps de Christ soit reellement contenu sous les especes du pain & du vin : & semble que non.*

Apres fut leu l'argument que le sieur du Plessis alleguoit de Scotus sur ceste question, & y furent trouuées ces paroles: *Secondement, ou le corps de Christ est sous ceste espece là comme ayant quantité, ou comme n'en ayant point: Comme n'ayant point de quantité, il n'y peut estre: Car estant au Ciel auec quantité, il faudroit qu'en vn mesme temps, il eust quantité & ne l'eust point : Comme ayant quantité, il ne le peut non plus: car la quantité ne peut estre separée de la condition d'estre commensurable au lieu* au lieu où elle est; non plus que le sujet ne peut estre separé de sa speciale proprieté, &c.

Peu apres fut leüe l'opposition de Scotus, & y fut trouué ceste clause :[a] *Mais contre tout cela est ce que dit Christ au 26 chapitre de S. Matthieu, Cecy est mon corps : Et au 6. de S. Iean, Ma chair est vrayement viande.*

Puis fut leüe la resolution de Scotus sur le mesme article, & y fut trouué cest arrest :[b] *Ie dy qu'il est simplement de la substance de la foy, entant que la verité de quelque Sacrement appartient aux articles de la foy, que le corps de Christ y soit vrayement & reëllement. Car ceste verité fut expressement consignée dés le commencement que l'Eucharistie fut instituée : & le fondement de son authorité est au 26. de sainct Matthieu, & au 22. de S. Luc, où Christ dit en la Cene, cecy est mon corps, & cecy est mon sang. Et si les heretiques vouloient exposer ces paroles, par répondre qu'elles sont dittes figurément, comme ce qui est dit au 15. de S. Jean, Je suis la vigne; & en la première aux Corinthiens, chapitre 10. la Pierre estoit Christ : Cela est entierement contre l'intention du Sauueur.*

Finalement fut leüe la réponse aux objections des aduersaires, & y fut trouuee entre autres, la solution & refutation de l'argument cité par le Sieur du Plessis, en ces mots :[b] *Au second argument, ie dy que la condition d'estre commensurable à vne autre quantité, n'est pas la proprieté de la quantité, comme la faculté de rire est le propre de l'homme : mais est vn accident qui luy suruient, & encore par accident, c'est à dire, vne relation externe qui arriue aux parties de la quantité appliquée aux parties d'vne autre quantité.*

SECOND PASSAGE CHOISI PAR LE SIEVR DV PLESSIS.

LE second article des dix-neuf choisis par le sieur du Plessis, fut vn lieu de Durandus, cité au mesme chapitre de son liure, page 870. en ces termes : *Durandus que la Sorbonne, dit-il, appelle Magister, par excellence, & le Docteur tres-resolu, dit ces mots au quatriéme liure sur les sentences, distinction onziéme; Au contraire, dit-il, posant que les substances du pain & du vin demeurent, il ne s'en ensuit qu'vne difficulté; sçauoir que deux corps sont ensemble, ny trop grande, ny indissoluble : Posant le contraire, il s'en ensuit plusieurs, sçauoir comment ces accidents peuuent nourrir, estre corrompus, comment il s'en peut engendrer quelque chose, veu que toutes choses se font de la matiere presupposée : Et pourtant semble qu'on se deuroit plustost tenir au premier, &c.*

I.

Marginal notes:

[a] *Scot. in 4. sent. dist.* 10. *quæst.* 1. Contra: Matth. 26. dicit Christus, Hoc est corpus meü : & Ioan. 6. Caro mea verè est cibus. Dico quod corpus Christi esse ibi verè realiter est simpliciter de substãtia fidei, eo modo quo veritas alicuius sacramenti pertinet ad articulos fidei. Ista enim veritas, à principio fuit expressè tradita, ex quo Eucharistia fuit instituta. Fundamentum autem authoritatis est Matth. 26. & Luc. 22. vbi in cœna ait Christus, Hoc est corpus meum, Hic est sanguis meus. Et si hæretici vellét ista exponere dicēdo, quod sint figuratiuè dicta sicut, &c. Istud omninò est cõtra intētionem Saluatoris.

[b] *Scot. in 4. sent. quæst.* 1. *dist.* 10. Ad secundum dico quod modus quantitatiuus non est passio quanti, sicut risibile hominis: immò est accidens per accidens eius, scilicet respectus extrinsecus adueniens partibus quanti ad partes alterius quanti.

Surquoy l'Euefque d'Eureux dit, que toutes ces paroles eftoient
paroles & arguments des parties aduerfes, que Durandus fe propo-
foit par forme d'objection, pour les refuter peu apres : & que le
mefme Durandus en fa refolution tenoit tout le contraire de ce
que luy imputoit le fieur du Pleffis ; afcauoir que la fubftance du
pain & du vin eftoit conuertie en la fubftance du corps de Chrift :
comme il paroiffoit par ces mots : *a La premiere chofe qu'il faut dire là
deffus eft que le pain & le vin font conuertis au corps de Chrift :* Et par
la folution qu'il donnoit à l'argument du fieur du Pleffis , en ces
termes : *Au premier argument de la partie aduerfe, il faut dire qu'aux
chofes de la foy, il ne faut pas toufiours choifir ce qui eft accompagné de
moins de difficulteZ, &c. Mais pluftoft ce qui eft conforme aux paroles des faincts Peres, & à la Tradition de l'Eglife.*

A cela le fieur du Pleffis répondit que c'eftoit tellement vne objection que Durandus fe faifoit, qu'il paroiffoit qu'elle luy euft tenu lieu de refolution , finon entant que la decifion de l'Eglife le
retenoit : Comme il fe voyoit par ces mots : *Il eft auffi affez dur,
& femble déroger à l'immenfité de la puiffance diuine , de dire que Dieu
ne puiffe faire que fon corps foit au Sacrement par vn autre moyen que
par la conuerfion de la fubftance du pain en luy.* Et derechef par ceux-
cy : *Il appert donc que c'eft temerité de dire que le corps de Chrift par la
vertu diuine ne puiffe eftre au Sacrement , finon par la conuerfion du pain
en iceluy :* Et vers la fin : *A laquelle pofition ne s'enfuit nulle difficulté
felon la raifon humaine.* Et peu auparauant : *Car fi cefte maniere
eftoit vraye de faict , plufieurs doutes qui fe prefentent touchant ce Sacrement , tenant que la fubftance du pain n'y demeure point , feroient
foluës : Car on doute comment de ce Sacrement quelque chofe peut eftre
nourrie , & comme les efpeces peuuent eftre corrompuës.* A laquelle
refolution il fembleroit fe tenir , n'eftoit la refolution de fait
qu'il explique en ces mots : *Dautant que l'Eglife a determiné le contraire, qui n'eft point prefumée errer en telles chofes.*

Là deffus l'Euefque d'Eureux repliqua que le fieur du Pleffis
changeoit l'eftat de la queftion, & fautoit d'vne matiere en vne autre : Car il y auoit trois difputes traittées en cefte queftion de Durandus : La premiere, fi le pain & le vin eftoient conuertis en la fubftance du corps & du fang de Chrift : La feconde, fi de cefte conuerfion refultoit vne reelle prefence entre le corps & les efpeces
fous lefquelles auoient efté le pain & le vin : Et la troifiéme, s'il n'euft
point efté poffible à Dieu de faire que le corps de Chrift euft efté
reellement prefent en l'Euchariftie, fans Tranffubftantiation. Or
quant à la premiere, Durandus declaroit abfolument que le pain
& le vin eftoient conuertis en la fubftance du corps & du
fang : Et quant à la feconde, il decidoit tout de mefme , que de

a *Durand. l. 4.
dift.* 11 c.1.
Primum eft
quod fubftan-
tia panis & vini
conuertuntur
in fubftantiam
corporis Chri-
fti.
Durand. ibid.
Ad primum in
oppofitum di-
cendũ eft, quod
in his quæ funt
fidei non eft
femper eligen-
dum illud ad
quod fequun-
tur pauciores
difficulta-
tes , &c.
Sed eft ponen-
dum magis il-
lud quod eft
confonum di-
ctis fanctorum,
& traditioni
Ecclefiafticæ.

ceste conuersion resultoit vne reële presence entre le corps & les especes: Mais quant à la troisiéme, il nioit qu'il n'eust pas esté en la puissance absoluë de Dieu, de faire s'il eust voulu, que le corps de Christ eust esté reellement present en l'Eucharistie autrement que par Transsubstantiation. *Icy*, dit Durandus, [a] *il faut dire trois choses ; La premiere, que le pain & le vin sont conuertis en la substance du corps de Christ : La seconde, que moyennant ceste conuersion, le corps & le sang de Christ acquierent par la vertu diuine vn tel ordre ou habitude aux especes sous lesquelles ont esté le pain & le vin, qu'elles leur sont reellement presentes : Et la troisiéme, que combien que ce moyen soit de fait, neantmoins il ne faut pas nier qu'vn autre moyen ne soit possible à Dieu, c'est asçauoir, que Dieu pourroit faire que le corps & le sang de Christ fussent en ce Sacrement, la substance du pain & du vin demeurant.* Ce que Durandus donc, disoit l'Euesque d'Eureux, auoit prononcé sur la derniere dispute, le sieur du Plessis par sa réponse, le transferoit à la premiere : Car ces paroles ; *Il est aussi dur, & semble déroger à l'immensité de la puissance diuine, de dire que Dieu ne puisse faire que son corps soit en ce Sacrement par autre voye que par la conuersion du pain en luy :* Et celles-cy ; *Il appert donc que c'est chose temeraire de dire que le corps de Christ par la vertu diuine ne puisse estre autrement au Sacrement que par la conuersion du pain en luy ;* Durandus les auoit écrites contre ceux qui tenoient qu'il n'estoit pas en la puissance absoluë de Dieu, de faire que le corps de Christ fust au Sacrement, sinon par Transsubstantiation : & le sieur du Plessis luy faisoit accroire qu'il les auoit écrites contre ceux qui tenoient qu'il y estoit par Transsubstantiation ; c'est à dire, contre luy-mesme. Qui estoit defendre vne absurdité par vne absurdité encore plus grande.

Et pour le regard au reste, des deux autres clauses couchées en la réponse du sieur du Plessis, aioustoit ledict Euesque d'Eureux, que ces mots ; *A laquelle position ne s'ensuit aucune difficulté selon la raison humaine ;* ne faisoient rien contre la foy des Catholiques, qui ne se mesure point par la raison humaine : Et d'ailleurs n'auoient point esté dits par Durandus sur le propos du Sacrement, mais sur celuy de la Trinité, comme il se voyoit par la teneur du texte, qui estoit telle : *Il ne faut pas tousiours choisir en matiere de foy, ce qui est suiuy de moins de difficultez : Car ainsi ne mettrions-nous en la diuinité qu'vne seule personne, & celle-là mesme absoluë, attendu qu'à ceste position ne s'ensuit aucune difficulté, selon la raison humaine.*

Et quant à ceux-cy ; *On doute comment de ce Sacrement quelque chose peut estre nourrie, & comment les especes peuuent estre corrompuës :* Que c'estoit vne repetition de la premiere objection, laquelle

---

[a] *Durand. l. 4. dist. 1. q. 1.*
Dicenda tria. Primum est, quod substãtia panis & vini conuertuntur in substantiam corporis Christi. Secundum est, quod mediante tali conuersione corpus & sanguis Christi virtute Diuina habent talem ordinem seu habitudinem ad species sub quibus fuerunt panis & vinum, quòd sunt eis realiter presentes. Tertium est, quod quamuis iste modus sit de facto, non est tamen negandú quin alius modus sit Deo possibilis, ita videlicet quòd Deus posset facere, quòd remanente substantia panis & vini corpus & sanguis Christi essent in hoc Sacramento,

Durandus refutoit incontinent apres par ceste resolution : *Qu'aux choses de la foy, il ne faut pas tousiours choisir ce qui est suiuy de moins de difficultez, mais ce qui est conforme aux paroles des Sainéts Peres, & à la Tradition de l'Eglise.*

A cela répondit le Sieur du Plessis que c'estoit tellement vne repetition de l'objection, qu'elle estoit mise en la conclusion, sauf l'exception de l'Eglise.

Sur cela repliqua l'Euesque d'Eureux, ny que Durandus ne repetoit point ceste objection en sa conclusion (si toutesfois ce lieu-là se deuoit appeller conclusion) mais vn peu auparauant, afin de former sa conclusion tout au contraire, & montrer que les oppositions de la raison humaine deuoient ceder à l'authorité de la foy : ny qu'il n'alleguoit point pour cause de sa resolution, la simple determination de l'Eglise, qui eust esté neantmoins vn assez fort contrepoids pour l'opposer aux repugnances du sens humain : mais l'authorité des anciens Peres, & la determination de l'Eglise, comme il paroissoit en ces mots : [a] *Le premier article,* dit-il, *est manifeste par les authoritez des sainéts Peres, & par la determination de l'Eglise :* Et en ceux-cy, *Il faut,* dit-il, [b] *suiure en ce cas, ce qui est conforme aux authoritez des sainéts Peres, & à la Tradition Ecclesiastique, encore qu'il s'y rencontre plus de difficultez.*

A cela répondit le sieur du Plessis, qu'au lieu où il repetoit l'objection, il ne parloit que de la determination de l'Eglise.

Et pour ce que l'Euesque d'Eureux voyoit qu'il vouloit tirer cest article en longueur, comme il auoit faiét le precedent, il prit lors party sur le champ de rompre la resolution qu'il auoit protestée à l'entrée de la Conference, qui estoit de ne desirer le jugement de Messieurs les deputez, que sur les differents de l'interpretation des paroles, ou de l'edition des exemplaires : & commença à supplier tres-instamment le Roy, qu'il luy pleust commander qu'ils jugeassent tout à fait sur la qualité de l'allegation, afin d'abbreger, & épargner le temps pour passer à l'examen des autres. Ce que le Roy ayant commandé, Monsieur le Chancelier ordonna que les textes qui auoient esté alleguez de part & d'autre, fussent leus mot à mot dedans le liure de Durandus. Et fut cela fait en ceste maniere.

Premierement furent leuës les paroles de Durandus citées par le sieur du Plessis, en la premiere question de la distinction onziéme, & traduites en ces termes : [c] *Quant à ceste distinction, la premiere question que l'on a accoustumé de traitter, est si le corps de Christ est en ce Sacrement par la conuersion du pain au corps, ou bien si apres la consecration, la substance du pain & du vin demeurent. Et on argumente que la substance du pain & du vin demeurent, pource qu'il faut élire ce qui est suiuy de moins de difficultez: Or mettant que la substance du pain & du vin demeurent, il ne s'en ensuit qu'vne seule difficulté, qui n'est, ny fort grande ny insoluble, asçauoir, comme deux corps puissent estre ensemble: Mais posant qu'elles ne demeurent, il s'en ensuit beaucoup de difficultez, à sçauoir, comme tels accidents peuuent nourrir, comme ils peuuent estre corrompus, comme il se peut engendrer quelque chose d'eux, veu que toutes ces choses ont accoustumé de se faire de la presupposition de quelque matiere: Et partant (comme il semble) il faut plustost choisir le premier. Et fut trouué* que ces paroles estoient au commencement de la question, & en la partie que les scholastiques appellent de deuãt l'opposition, c'est à dire, entre les arguments des aduersaires.

a Ergo (vt videtur) primum est magis eligendum.

Secondement fut leuë la resolution que Durandus donnoit sur cest article, & y furent trouuées ces paroles: *Pour ce regard il faut dire trois choses: La premiere, que la substance du pain & du vin sont conuerties en la substance du corps de Christ: La seconde, que par le moyen de ceste conuersion, le corps & le sang de Christ, par la vertu diuine, ont vn tel ordre ou vne telle habitude aux especes sous lesquelles ont esté le pain & le vin qu'elles leur sont reellement presentes. Et la troisiéme, qu'encore que ceste maniere soit celle qu'il faut tenir de faict, il ne faut pas toutesfois nier que l'autre maniere ne soit possible, asçauoir, que Dieu puisse faire que la substance du pain & du vin demeurant, le corps & le sang de Christ soient en ce Sacrement. Le premier poinct paroist par l'authorité des saincts Peres, & par la determination de l'Eglise: Car sainct Ambroise dit au liure des Sacrements, qu'encore que la figure du pain & du vin soit veuë, il ne faut pas toutesfois apres la consecration croire que ce soit autre chose que le corps & le sang de Christ. Et derechef: La parole de Christ change la creature; & ainsi du pain se faict le corps de Christ. Et sainct Augustin au liure des Sentences de Prosper, &c. Nous confessons qu'auant la consecration c'est le pain & le vin que la nature a formé, mais qu'apres la consecration c'est la chair & le sang de Christ que la benediction a consacré. Et Eusebe, &c. Le sacrificateur inuisible change les creatures visibles en la substance de son corps & de son sang, &c.*

b Quantum ad tertium dicĕda sunt tria. Primũ est, quod substantia panis & vini conuertũtur in substantiam corporis Christi. Secundum est, quod mediante tali conuersione corpus & sanguis Christi virtute diuina habent talem ordinem seu habitudinem ad species sub quibus fuerunt panis & vinum, quod sunt eis realiter præsentes. Tertiũ est, quod quãuis iste modus sit de facto, non est tamen negãdum quin alius modus sit Deo possibilis, ita videlicet quod Deus posset facere quod remanente substantia panis & vini, corpus & sanguis essent Ecclesiæ. Dicit

Tiercement furent leuës ces autres paroles citées dans le liure du Sieur du Plessis, & rapportées par luy-mesme en la Conference: *Il est aussi assez dur, & semble déroger à l'immensité de la puissance diuine, de dire que Dieu ne puisse faire que son corps soit au Sacrement par autre voye que par la conuersion de la substance du pain au corps. Et derechef:*

in hoc sacramento. Primum patet authoritatibus sanctorum, & ex determinatione enim Ambr. lib. de sacramentis, sic, Licet figura panis & vini videatur, nihil tamen aliud quàm caro Christi & sanguis post consecrationem credendum est. Item in eodem: Sermo Christi creaturam mutat, & sic ex pane fit corpus Christi. August. etiam in lib. Sentent. Prosperi, &c. dicit sic. Cùm fideliter fateamur ante consecrationem esse panem & vinum quæ natura formauit, post consecrationem verò carnem Christi & sanguinem, quæ benedictio consecrauit. Item Eusebius, &c. Inuisibilis sacerdos visibiles creaturas in substantiam corporis & sanguinis sui, verbo suo secreta potestate commutat.

Il appert donc que c'est chose temeraire de dire que le corps de Christ, par la vertu diuine, ne puisse estre au Sacrement, sinon par la conuersion du pain en luy. Et fut trouué qu'elles estoient dittes apres la resolution de la Transsubstantiation, & en la troisiéme dispute, où il ne se traittoit plus de resoudre si le corps de Christ estoit en l'Eucharistie par Trãssubstantiation, mais s'il estoit impossible à Dieu de faire qu'il y fust autrement que par Transsubstantiation.

Puis fut leuë finalement la solution des obiections, & entre autres celle de l'argument cité par le liure du Sieur du Plessis, & y furent trouuées ces paroles : ᵃ*Au premier argument de la partie aduerse, il faut dire qu'aux choses de la foy, il ne faut pas tousiours choisir ce qui est suiuy de moins de difficultez; Car à ce conte nous ne mettrions en la diuinité qu'vne seule hypostase, & encore absoluë: comme ainsi soit qu'il ne s'ensuiue de ceste position aucune difficulté selon la raison humaine: Mais plustost il faut poser ce qui est conforme aux paroles des saincts Peres, & à la Tradition de l'Eglise, encore qu'il s'y trouue plus de difficultez : Car il faut captiuer nostre entendement en l'obeissance de la foy.*

Et là dessus fut prononcé par Monsieur le Chancelier, apres auoir recueilly les voix des deputez, & les auoir trouuées toutes conformes; QVE LE SIEVR DV PLESSIS AVOIT PRIS L'OBIECTION POVR LA RESOLVTION.

TROISIESME PASSAGE CHOISI PAR
LE SIEVR DV PLESSIS.

LE troisiéme article des dix-neuf choisis par le Sieur du Plessis, fut que ledit Sieur du Plessis au mesme liure, page 537. disputant contre la priere des Saincts, dit que sainct Chrysostome infere de ce verset de Hieremie, *Quand Moyse & Samuël se tiendroient deuant moy, si ne seroit mon affection à ce peuple-cy;* vne conclusion toute contraire à celle des Cathóliques. Les paroles du Sieur du Plessis sont telles : *Et de faict S. Chrysostome en tire vne conclusion toute contraire ; Qu'il ne se faut point arrester aux prieres des Saincts, mais acheminer nostre salut auec vne crainte & tremblement.*

Là dessus l'Euesque d'Eureux obiecta que ce texte estoit manifestement mutilé & depraué, dautant que la conclusion de S. Chrysostome portoit tout le contraire, en ces mots: *Ces choses donc estant ainsi, ny ne méprisons point les prieres des Saincts, ny n'y constituons tout; l'vn pour ne nous priuer point d'vn si grand secours ; l'autre pour ne nous rendre point paresseux: mais prions-les de prier & de tendre les mains pour nous ; & nous de nostre costé soyons vertueux.*

A ceste obiection le Sieur du Plessis répondit qu'il n'alleguoit
pas les mots expres de sainct Chrysostome, dautant que le discours
contenoit deux ou trois pages entieres : mais en reduisoit le sens en
abregé : & pour ce le citoit en allegation oblique & non directe :
Au moyen dequoy il n'estoit point obligé de rédre les paroles mot
pour mot.

Sur cela l'Euesque d'Eureux repliqua que toutes ces défaittes
estoient nulles : Car premierement il ne s'agissoit point en ceste allegation, de ce que sainct Chrysostome auoit dit deuant que de citer le verset de Hieremie, mais de ce qu'il auoit dit dessus. Au moyen
dequoy il n'estoit point à propos de parler de ces deux ou trois grã-
des pages entieres : Car sainct Chrysostome auoit allegué ce verset
de Hieremie en la derniere page, & assez pres de la fin de l'homelie. Et secondement il n'estoit point questió des discours que sainct
Chrysostome auoit faits sur ce verset, par forme d'interpretation
litterale : mais de la conclusion qu'il en auoit recueillie. Car le Sieur
du Plessis en alleguant ce passage, auoit faict profession, non de former & extraire vne conclusion des discours de sainctChrysostome,
mais de rapporter la conclusion que sainct Chrysostome en tiroit
luy-mesme : Au moyen dequoy il la deuoit citer iustement & entierement : Car toute ceste conclusion ne contenoit qu'vn seul petit periode : Et partant n'auoit pas si grand besoin d'estre abregée,
qu'il fallust pour cest effect en changer & retrancher toutes les paroles essencielles. Et quant à ce que le Sieur du Plessis adioustoit
qu'il ne l'auoit pas citée directement, mais obliquement ; Cela ne
suffisoit non plus pour le garentir : Car il ne pouuoit nier qu'il ne
l'eust citée en lettre d'allegation & non de texte. Et de l'auoir couchée directement ou obliquement ; cela n'importoit sinon pour y
mettre vn, *Que*, plus ou moins, & non pas pour luy faire dire tout
l'opposite des paroles de l'autheur, comme il faisoit : Car il imputoit
à sainct Chrysostome qu'il concluoit par là, qu'il ne falloit point
prier les Saincts : Au lieu que sainct Chrysostome tout au contraire,
conuioit par là les Chrestiens à prier les Saincts, afin de ne se priuer
point d'vn grand secours.

A cela le Sieur du Plessis répondit que sainct Chrysostome parloit des saincts viuants, comme il se voyoit tant par les exemples de
l'Escriture qu'il auoit alleguez auant sa conclusion, que par les mots
mesmes de sa conclusion, qui faisoient mentió d'exhorter les saincts
à prier pour nous : lequel verbe, *exhorter*, ne pouuoit auoir lieu sinon
pour le regard des saincts viuants.

Sur ceste réponse l'Euesque d'Eureux fit trois repliques : La premiere, que sainct Chrysostome ne parloit point là particulierement des prieres des saincts viuants, mais indifferemment des

prieres de tous les Saincts, tant morts que viuants : comme il eſtoit euident par les exemples qu'il apportoit de Dauid & de Iob : Voire meſme que les paroles de Hieremie, dont eſtoit tirée la concluſion que citoit le Sieur du Pleſſis, ſainct Chryſoſtome les auoit preciſé-ment & immediatement alleguées ſur l'exemple des prieres de Iob, qui n'auoient peu, diſoit-il, ſauuer les Iuifs periſſants, au temps de Nabuchodonoſor, c'eſt à dire, plus de ſept ou huict cents ans apres ſa mort. Et quant à l'inſtance que le Sieur du Pleſſis auoit faitte ſur le mot, *exhorter*, ajouſtoit l'Eueſque d'Eureux, qu'il y auoit dans le Grec, παρακαλεῖν, lequel verbe ne ſignifioit pas ſeulement, *exhor-ter*, mais, *prier, inuoquer, & ſupplier.* La ſeconde, que le Sieur du Pleſ-ſis luy-meſme ne pouuoit nier qu'il n'euſt lors allegué ce paſſage (quoy qu'il ne s'en ſouuint pas ailleurs) pour les prieres des Saincts morts, puis qu'il diſoit que ſainct Chryſoſtome recueilloit de ce verſet de Hieremie vne concluſion toute contraire à celle qu'en ti-roient les Catholiques. Car la mauuaiſe concluſion que le Sieur du Pleſſis obiectoit aux Catholiques, qu'ils tiroient de ce lieu de Hie-remie, & ſur laquelle il les impugnoit par ce paſſage de ſainct Chryſo-ſtome, n'eſtoit pas qu'il falluſt prier les Saincts viuants, mais les morts. Et outre cela il ne pouuoit pas pretendre que ſainct Chryſo-ſtome inferaſt de l'Eſcriture vne concluſion contraire à la couſtu-me de prier les Saincts viuants, puis qu'il recognoiſſoit luy-meſme que l'Eſcriture la recommandoit ſi ſouuent, & en termes ſi exprés. La troiſiéme, & principale, qu'il n'eſtoit point queſtion ſi ſainct Chryſoſtome parloit là des Saincts morts ou viuants : mais ſi de quelques Saincts qu'il parlaſt, il en diſoit ce que le Sieur du Pleſſis luy faiſoit dire, aſçauoir, *qu'il ne falloit point nous arreſter à leurs prie-res, mais acheminer noſtre ſalut auec crainte & tremblement.*

A cela le Sieur du Pleſſis répondit, que ces paroles de ſainct Chry-ſoſtome, *Iob qui par ſes prieres ſauua lors ſes amis, ne peût au temps Iu-daïque ſauuer les Iuifs periſſants,* deuoient eſtre expoſées par celles-cy d'Ezechiel, qui eſtoient alleguées peu apres ; *Si Noé, Daniel, & Iob eſtoient icy deuant moy, ils ne deliureroient point leurs fils & leurs filles :* C'eſt à dire, qu'elles deuoient eſtre interpretées conditionnellemét, & entenduës en ce ſens, Que ſi Iob euſt eſté au temps Iudaïque, il n'euſt peu ſauuer les Iuifs periſſants.

Repliqua l'Eueſque d'Eureux, qu'il eſtoit impoſſible que les pa-roles de ſainct Chryſoſtome s'entendiſſent ainſi : dautant que ſainct Chryſoſtome ne diſoit point en mode côionctif, & en termes con-ditionnels : *Iob n'euſt peu ſauuer les Iuifs periſſants :* mais en mode indicatif & en termes abſolus ; *Job n'a peu,* οὐκ ἠδυνήθη : comme il paroiſſoit par la forme de l'enunciatiô, qui eſtoit telle : *Ce meſme iu-ſte qui preſerua lors par ſes prieres ſes amis, n'a peu an têps Iudaïque ſauuer*

les Iuifs periffants : Et que jamais vne propofition abfoluë, comme
eftoit celle-là, ne fe refoluoit en vne propofition conditionnelle.
Et quant à ce que fainct Chryfoftome alleguoit puis apres les paroles d'Ezechiel, qui eftoient en termes conditionnels; que fainct
Chryfoftome ne les alleguoit pas pour expofer les fiennes, mais
pour les prouuer. Car on prouue bien vne propofition abfoluë
par vne conditionnelle, jointe à vne autre abfoluë, ou expreffe, ou
tacite : Mais jamais on n'expofe, en matiere d'équipollence, vne
propofition abfoluë, par vne conditionnelle : dautant que l'abfoluë ajoufte toufiours par deffus la conditionnelle, l'expreffion de
la verité actuelle de l'eftre. Mais en fomme quoy qu'il fuft de
ceft exemple, maintenoit ledit Euefque d'Eureux, que ce n'eftoit
point le nœud du different; & que la queftion, comme il auoit
déja protefté, n'eftoit pas fi fainct Chryfoftome parloit là, des
Saincts morts, ou des Saincts viuants, ou des vns & des autres
enfemble; Mais fi de quelques Saincts que ce fuft qu'il parlaft, il
en difoit ce que luy imputoit le fieur du Pleffis, afçauoir, *qu'il ne
les falloit point prier* : ou bien s'il en difoit tout le contraire.

A cefte replique le fieur du Pleffis répondit qu'il n'auoit pas dit
que fainct Chryfoftome inferaft qu'il ne les falluft point prier:
mais bien qu'il ne fe falloit point arrefter à leurs prieres. Ce
que fainct Chryfoftome, difoit-il, auoit écrit, finon en termes
exprés, pour le moins équiualents. Car il auoit dit qu'il ne fe falloit point repofer tout à fait fur les prieres des Saincts, mais auffi
mettre la main à l'œuure. Or cela & ne s'arrefter point aux prieres des Saincts, eftoit vne mefme chofe.

Sur cela l'Euefque d'Eureux repartit, que cefte propofition,
Qu'il ne falloit point s'arrefter aux prieres des Saincts ; eftoit ambiguë
& auoit deux fens contradictoires : l'vn pofant la priere des
Saincts : & l'autre l'excluant. Car cefte phrafe, *Ne s'arrefter point
aux prieres des Saincts,* pouuoit fignifier n'y conftituer pas tout;
& pouuoit fignifier n'y conftituer rien du tout. Or le fieur du
Pleffis l'alleguoit en la derniere fignification, afçauoir qu'il ne falloit rien conftituer en la priere des Saincts; qu'il n'en falloit faire
aucun eftat: qu'il n'y falloit point recourir : comme il fe voyoit par
toute la tiffure de fon difcours. Car la queftion qui s'agitoit entre
luy & les Catholiques, & pour laquelle il citoit ce paffage, n'e-
ftoit pas, s'il falloit tout conftituer aux prieres des Saincts; mais
s'il y falloit conftituer quelque chofe. Et partant concluoit l'E-
uefque d'Eureux, qu'il ne fe pouuoit excufer; premierement d'a-
uoir changé les paroles de fainct Chryfoftome, & au lieu de ces
mots clairs & euidents; *Qu'il ne faut pas conftituer tout aux prieres
des Saincts;* auoit fuppofé ces termes ambigus; *Qu'il ne fe faut point*

arreſter aux prieres des Saincts; afin d'abuſer de leur ambiguité contre le ſens manifeſte de l'autheur : Et ſecondement d'auoir éclipſé du meſme texte les clauſes qui pouuoient empeſcher l'abus de ceſte ſurpriſe, aſçauoir ; *Ne mépriſons point les prieres des Sainct; & derechef, mais prions-les de prier & de tendre les mains pour nous.*

Et cela fait, Meſſieurs les deputez ayans eſté requis de dire leur aduis ſur ceſte allegation, Monſieur le Chancelier commanda qu'on leuſt le paſſage contentieux, dedans les œuures Grecques de ſainct Chryſoſtome.

Pour ceſt effet donc furent ouuertes les editions Grecques des commentaires de ſainct Chryſoſtome ſur la premiere aux Theſſaloniciens, imprimées à Verone, & à Heildeberg, & fut trouué qu'au lieu que le ſieur du Pleſſis diſoit que ſainct Chryſoſtome auoit écrit, *Qu'il ne faut point nous arreſter aux prieres des Saincts, mais acheminer noſtre ſalut auec crainte & tremblement.* Il y auoit dans le propre texte de ſainct Chryſoſtome : [a] *Sçachants donc ces choſes, ny ne mépriſons les prieres des Saincts, ny n'y conſtituons tout, l'vn afin que nous ne ſoyons point pareſſeux, & ne nous trouuions point nonchalamment ſurpris : l'autre afin que nous ne nous priuions point d'vne grande vtilité : Mais prions-les de prier & de tendre les mains pour nous ; & nous auſſi de noſtre coſté ſoyons vertueux.*

Et là deſſus fut prononcé par Monſieur le Chancelier, du conſentement vnanime de touts les deputez ; QVE LE SIEVR DV PLESSIS AVOIT OBMIS EN CE PASSAGE, CE QVI Y DEVOIT ESTRE MIS.

QVATRIESME PASSAGE CHOISI PAR
LE SIÈVR DV PLESSIS.

LE quatriéme article des dix-neuf choiſis par le ſieur du Pleſſis, fut vn paſſage de ſainct Chryſoſtome, cité au meſme liure p. 574. en ces mots : *Chryſoſtome ſemble auoir pris à taſche la demolition de ceſt abus, tant il eſt ſoigneux d'en ſapper les fondements à toutes occaſions : Il voyoit que le peuple penſoit plus à eſtre aydé des ſuffrages d'autruy, qu'à amender ſa vie : Il combat donc ceſte opinion :* [b] *Ains, dit-il, nous ſommes bien plus ſeurs par noſtre propre ſuffrage, que par celuy d'autruy : & Dieu ne donne pas ſi toſt noſtre ſalut aux prieres d'autruy, qu'aux noſtres. Car ainſi eut-il pitié de la Chananée, ainſi donna-t'il la foy à la paillarde, ainſi Paradis au brigand, ſans eſtre flechy par interceſſion ny d'Aduocat, ny de Mediateur.* Lequel article fut decidé auant la fin de l'examen du troiſiéme, dautant que le ſieur du Pleſſis recourut à ce paſſage, pour luy

feruir de garant du precedent : mais parce qu'il eſtoit le quatriéme
en l'ordre de ceux que ledit ſieur du Pleſſis auoit choiſis, il ſera remis icy en ſon rang.

Sur ceſt article donc, l'Eueſque d'Eureux objecta que le ſieur du
Pleſſis auoit retranché les paroles qui ſuiuoient immediatement
apres, aſçauoir, [a] *Et cela diſons · nous , non afin que nous ne faciõs point
de ſupplications aux ſaincts , mais afin que nous ne ſoyons point pareſſeux.*

A ceſte objection le ſieur du Pleſſis répondit que ſainct Chryſoſtome parloit là des ſaincts viuants, comme il paroiſſoit par les
exemples de Moyſe priant pour le peuple d'Iſraël , & autres ſemblables qu'il auoit alleguez vn peu auparauant, & par le mot, *commettre ſes affaires aux autres.*

Sur ceſte réponſe l'Eueſque d'Eureux repliqua que c'eſtoit choſe commune aux anciens Peres, qui ne mettoient autre difference
entre les prieres des Saincts morts & celles des Saincts viuants, ſinon
qu'ils eſtimoient les prieres des Saincts morts encore d'autant plus
vtiles, qu'ils auoient plus d'accés aupres de Dieu, & pouuoient, comme dit ailleurs ſainct Chryſoſtome , [b] *obtenir ce qu'ils vouloient du
Roy des Cieux :* d'alleguer de l'Eſcriture des effects & hiſtoires des
vnes, pour preuues & exemples de l'vſage des autres. Et que cela ſe
voyoit clairement en l'écrit de ſainct Hieróme contre Vigilantius, [c] où ſainct Hieróme alleguoit le propre exemple de Moyſe
que cite icy ſainct Chryſoſtome, & en argumentoit pour la priere
des Saincts decedez. Et qu'en ce meſme lieu de ſainct Chryſoſtome , le verbe, [d] *faire ſupplication aux Saincts, Supplicare ſanctis,* montroit qu'il vouloit parler en ceſte exception de quelque choſe de
plus, que des ſimples prieres, que les Fidelles ſe font reciproquement de prier les vns pour les autres. Et quant au mot, *commettre
ſes affaires,* qu'il y auoit dans le Grec, *remettre aux autres ſeuls le ſoin
de ce qui nous touche ,* ἄλλοις μόνοις ἐπιτρέπειν τὰ καθ᾿ ἡμᾶς, lequel mot,
tant s'en falloit qu'il ne ſe peuſt referer aux Saincts triomphants,
que les Grecs bien ſouuent l'appliquoient à Dieu meſme, & diſoient, ἐπιτρέπειν θεῷ, *remettre le ſoin de quelque choſe à Dieu.* Mais en
ſomme vouloit ledit Eueſque d'Eureux qu'ainſi fuſt, & que ſainct
Chryſoſtome ne parlaſt là que des Saincts viuants ; D'autant plus
grand lors , diſoit-il, eſtoit le crime de l'allegation : Car par ce
moyen, au lieu d'vn mal y en auoit deux : L'vn d'abuſer de ce
que ſainct Chryſoſtome auoit dit des prieres des Saincts viuants , & le transferer contre les prieres des Saincts decedez : L'autre de mutiler ce qu'il en auoit dit, & oſter de ſon texte les paroles qui pouuoient ſeruir de preſeruatif, contre l'abus de ceſte tranſlation.

A cela le Sieur du Pleſſis répondit qu'il auoit allegué ce paſſage, non contre les prieres des ſainɛts morts, mais contre ceux qui penſoient eſtre aydez par les ſuffrages d'autruy.

Sur ceſte réponſe le Roy prit la parole, & dit que le mot, *Autruy*, eſtoit vn mot general, & qui s'eſtendoit tant aux morts qu'aux viuants. Et d'ailleurs fit reſſouuenir le Sieur du Pleſſis, qu'il auoit diɛt que ſainɛt Chryſoſtome ſembloit auoir pris à taſche la demolition de ceſt abus; Et luy demanda quel abus il entendoit; & ſi c'eſtoit vn abus que de prier les Sainɛts viuants de prier pour nous.

A quoy l'Eueſque d'Eureux ajouſta que le meſme Sieur du Pleſſis venoit de dire en la page precedente, parlant des Sainɛts morts; *Epiphanius & ſainɛt Chryſoſtome principaux Eueſques de l'Egliſe Grecque feront encore plus de foy de la foy de leur temps ſur ceſt article :* & s'écrioit derechef en la page 596. contre les prieres que ſainɛt Damaſcene faiſoit à la Vierge ; *Ainſi fut emportée la pureté à vau-l'eau par les torrents de la ſuperſtition, n'y ayant plus d'Epiphanius, ny de Chryſoſtomes, qui preſtaſſent leurs épaules à l'encontre.* Et partant qu'il falloit, ou qu'il confeſſaſt que c'eſtoit à faux tiltre qu'il auoit faiɛt toutes ces exclamations & imputé toutes ces calomnies à ſainɛt Chryſoſtome; ou bien qu'il preſuppoſaſt auoir allegué en ſes preuues de ſainɛt Chryſoſtome, quelques paſſages qui parlaſſent contre la priere des Sainɛts decedez. Ce qu'il ne pouuoit pretendre s'il nioit que ſon intention euſt eſté d'alleguer ceſtuy-la à ceſte fin: Car il s'offroit de luy monſtrer que pas vn de touts les autres lieux qu'il auoit citez n'en diſoit vn ſeul mot.

A ceſte repartie le Sieur du Pleſſis répondit qu'il auoit allegué ce paſſage contre la priere des Sainɛts decedez, non direɛtement, mais par conſequence, entant que ſainɛt Chryſoſtome par ces paroles démolit le fondement ſur lequel eſt appuyée la priere des Sainɛts morts, aſçauoir la fiance ſur les merites d'autruy.

Là deſſus l'Eueſque d'Eureux repliqua trois choſes: La premiere, qu'il falloit donc que ſainɛt Chryſoſtome demoliſt auparauant le fondement de la priere des viuants : Car rien ne pouuoit eſtre appliqué par conſequence à vn autre ſujet, qui n'euſt lieu auparauant en celuy duquel il eſtoit dit. La ſeconde que la défenſe que ſainɛt Chryſoſtome faiſoit de ſe fier ſur les merites & ſuffrages d'autruy, n'eſtoit point abſoluë, mais conditionnée, c'eſt à dire, qu'il ne défendoit pas ſimplement de s'y fier, mais bien de s'y fier de telle ſorte que l'on ſe rendiſt pareſſeux & negligent à bien faire: comme il le montroit par ces paroles : *De là appert que ſi nous ſommes negligents & pareſſeux, nous ne pouuons pas eſtre ſauueʒ, non pas meſme par les merites des autres.* Au moyen dequoy elle ne ſe pouuoit appliquer par analogie aux prieres de qui que ce fuſt, ſinon auec

ceſte

ceſte meſme condition.   Et la troiſiéme, que la conſequence pretendue de ceſte analogie, aſçauoir , *qu'il ne falloit point prier pour les*
Sainéts morts; eſtoit expreſſement détruitte par la declaration que S.
Chryſoſtome y auoit ajouſtee, laquelle le ſieur du Pleſſis en retranchoit.   Car puis que S. Chryſoſtome proteſtoit que ceſte defence
de nous conſier ſur les merites & ſuffrages des autres , ne paſſoit pas
iuſques à nous interdire de les prier , mais ſeulement iuſques à
nous defendre de penſer eſtre ſauuez par leurs ſeules prieres, il s'en-
ſuiuoit que ceſte meſme defence appliquée aux Sainéts morts, ne
s'eſtendoit pas iuſques à nous empeſcher de les prier , mais ſeulement iuſques à nous defendre de penſer que ce fuſt aſſez de les
prier, ſans y apporter aucune œuure de noſtre part.

Répondit le ſieur du Pleſſis que pour le moins n'eſtoit-il
point coupable d'auoir rien oſté de ce texte qui ſeruiſt aux Catholiques, dautant que ce paſſage ne parloit que des prieres des
Sainéts viuants.

Repliqua l'Eueſque d'Eureux que ce qu'il en auoit oſté faiſoit
aſſez pour les Catholiques, quand il l'empeſchoit de ſe ſeruir de
l'autre moitié du paſſage contre eux.   Car ces premieres paroles de
ſainét Chryſoſtome; *Ainſi Chriſt eut pitié de la Chananée, ainſi il*
donna le ſalut à la paillarde , ainſi le Paradis au brigand , ſans eſtre flé-
chy d'interceſſion ny d'aduocat ny de mediateur; eſtant produittes
toutes ſeules , ſembloient verifier ce que le ſieur du Pleſſis luy
imputoit, aſçauoir qu'il auoit pris à taſche la demolition de la
priere des Sainéts : Mais eſtant proferées auec l'exception & l'antidote que ſainét Chryſoſtome y auoit ajouſté, qui eſtoit ; *Et cela,*
diſons-nous, non afin que nous ne ſupplions point les Sainéts , mais, afin que
nous ne ſoyons point pareſſeux; elles ne faiſoient rien contre ceſt article.   Et partant le ſieur du Pleſſis en ayant éclypſé ce correétif &
ceſt antidote que ſainét Chryſoſtome y auoit expreſſement ajouſté afin d'empeſcher qu'on n'en abuſaſt , ne pouuoit s'excuſer
qu'il euſt rien oſté qui ſeruiſt aux Catholiques.   Car en oſtant ce
qui luy nuiſoit, il oſtoit ce qui ſeruoit aux Catholiques. Et ne
falloit point remettre ſur ceſte vaine excuſe que ſainét Chryſoſtome parloit là des Sainéts viuants : Car il luy auoit déja eſté declaré que dautant eſtoit-il plus reprehenſible, d'auoir non ſeulement tronqué & mutilé ce paſſage, mais meſme de l'auoir appliqué à vn autre ſujet qu'à celuy pour lequel il auoit eſté dit par
ſon autheur.

Répondit le ſieur du Pleſſis qu'il auoit allegué ce paſſage pour
la priere des Sainéts morts, pource que les Catholiques l'alleguoient
ordinairement pour ceſt effeét, & penſoient que par tout où ſainét
Chryſoſtome parloit de prier les Sainéts, ce fuſt des Sainéts morts

M

qu'il parlaſt; au lieu que quand il excitoit à prier les Sainċts, il entendoit les Sainċts viuants.

Repliqua l'Eueſque d'Eureux, que les Catholiques n'auoient
point beſoin de ſe ſeruir particulierement de ce paſſage, pour la
priere des Sainċts morts. Car ils en auoient aſſez d'autres où
ſainċt Chryſoſtome manifeſtoit ſon intention pour ce regard,
& monſtroit qu'il approuuoit & loüoit les prieres des Sainċts
decedez : comme entre autres en la vingtſixiéme homelie de la
ſeconde aux Corinthiens , en laquelle il celebroit la pieté des
Empereurs qui alloient venerer les reliques de ſainċt Pierre & de
ſainċt Paul, & prier les Sainċts de prier pour eux; & d'eſtre leurs
patrons, aduocats & interceſſeurs.

Répondit le ſieur du Pleſſis qu'il le ſçauoit bien, mais que
ſainċt Chryſoſtome parloit là hiſtoriquement, & non dogmatiquement.

Repliqua l'Eueſque d'Eureux que le ſieur du Pleſſis le ſçauoit
bien depuis qu'on l'en auoit aduerty : mais qu'auparauant il ne le
ſçauoit pas, comme il paroiſſoit par la 573. page de ſon liure. Et
quant à la réponſe au fonds , ajouſta que ſainċt Chryſoſtome
parloit là, & hiſtoriquement, & dogmatiquement, tout enſemble. Car outre ce qu'il tenoit ce langage en vn de ſes commentaires ſur l'Eſcriture, aſçauoir, [a] en la 26. Homelie ſur la ſeconde aux
Corinthiens, il en tiroit vne concluſion dogmatique en ces mots:
*Oſerez-vous donc maintenant appeller mort celuy dont les ſeruiteurs meſ-
me morts, ſont les protecteurs des Empereurs de la terre ?* Et d'ailleurs la
ſeule pieté des Empereurs dont il entendoit parler, ſeruoit d'authorité à ceſte couſtume. Car il vouloit parler des premiers propa-
gateurs de la Religion Chreſtienne; & entre autres de ce grand
Theodoſe, le Dauid des Chreſtiens, dont Ruffin recite au meſme
temps vne ſemblable hiſtoire, en ces termes: [b] *Il circuiſſoit, dit-il,
auec les Preſtres & le peuple, tous les lieux d'oraiſon, & giſoit ſur vn ſac
proſterné deuant les chaſſes des Martyrs & des Apoſtres, & s'imploroit
vn ſecours fidelle par l'interceſſion des Sainċts.*

Au moyen dequoy ledit Eueſque d'Eureux maintenoit que le
Sieur du Pleſſis faiſoit non ſeulement dire à ſainċt Chryſoſtome
ce qu'il ne diſoit point, mais meſme tout le contraire de ce qu'il
diſoit : Choſe qui ne ſe pouuoit aſſez ſeuerement accuſer. Car ſi
c'eſtoit vne grande injuſtice de tronquer les paroles d'vn autheur,
pour en tirer vne concluſion qu'il n'auoit ny ditte ny penſée : encore beaucoup plus grande eſtoit celle de les mutiler & eſtropier
pour en conclure tout le contraire de ce qu'il auoit expreſſement
creu & enſeigné. Prioit au reſte les aſſiſtants de penſer auec quel
pretexte le ſieur du Pleſſis auoit peu choiſir S. Chryſoſtome pour

a Chryſ. in 2.
Cor. hom. 26. &
ad Pop. Ant.
hom 66.
Τολμήσας ἔν, εἰπέ
μοι τὸν τύτων δε-
αυτλιυ νεκρὸν εἰ-
πᾶν, ἢ οἱ οἰκε͂) &
τ πλουτηκότες, πρω-
ςεύται δὶ τῆς οἰκαυ-
μένης βασιλίων
εἰσι;

b Ruffin. Preſtre
d'Aquilée l'an de
la mort de Chriſt
360. En ſon hi-
ſtoire Eccleſiaſti-
que imprimée à
Baſle l'an 1554.
lib. 2. cap. 33.
Igitur prepara-
tur ad bellum
non tam armo-
rum teloruque,
quàm ieiunio-
rū, orationum-
que ſubſidiis:
nec tã excubia-
rum vigiliis,
quam obſecra-
tionum perno-
ċtatione muni-
tus, circumibat
cum ſacerdoti-
bus & populo
omnia oratio-
nū loca, anté
martyrum &
Apoſtolorum
thecas iacebat
cilicio proſtra-
tus, & auxilia
ſibi fida ſanċto-
rū interceſſio-
ne poſcebat.

vn des principaux piliers & garants de sa doctrine contre la priere
des Saincts : & auec quel pretexte il auoit peu dire , *Qu'il faisoit foy
de la foy de son siecle, touchant cest article : Qu'il sembloit auoir pris à
tasche la demolition de cest abus : Qu'il en sappoit à toute heure les fondemens : Qu'il prestoit ses épaules à l'encontre :* y ayant des lieux si formels dans les écrits de sainct Chrysostome, par lesquels il recommandoit en termes expres la priere des Saincts morts, & n'y en
ayant vn seul qui dist rien au contraire.   Car il auoit déja offert
au mesme sieur du Plessis de luy montrer que tous les autres textes de sainct Chrysostome qu'il auoit citez en son liure, ne parloient que de la priere des Saincts viuants : Et quant à celuy qui se
disputoit lors, s'il parloit de la priere des Saincts decedés, tant s'en
falloit qu'il l'impugnast ; qu'au contraire il l'establissoit, comme il
paroissoit par la clause que ledit Sieur du Plessis en auoit retran-
chée : Et s'il n'en parloit point ; encore moins l'impugnoit-il.   Car
la qualité du sujet monstroit qu'il ne la pouuoit impugner directement : & l'exception que le Sieur du Plessis en auoit éclypsée,
monstroit que ny cestuy-là, ny pas vn des autres de la mesme nature, ne la pouuoit impugner obliquement.   Et pourtant concluoit
ledict Euesque d'Eureux que tous les fondements que le sieur du
Plessis auoit bastis pour ce regard sur l'authorité de sainct Chrysostome ; toutes les allegations qu'il en auoit recueillies ; toutes les impressions qu'il en auoit données aux Lecteurs ; toutes les insulta-
tions qu'il en auoit faittes ; tomboient toutes par la seule ruine de
ce passage.   Pour la decision duquel, à ceste occasion, il supplioit
Messieurs les deputez de dire leur aduis , & de juger de sa mutila-
tion ou de son integrité.

  Sur ceste Requeste donc Monsieur le Chancelier ordonna que
les paroles dont il estoit question fussent leües dans le texte Grec &
Latin de sainct Chrysostome.   Et pour cest effect furent apportées
les editions Latines de Paris, de l'an 1546. & de Basle 1558. & les manuscrits Grecs de la bibliotheque du Roy, de diuerses antiquitez,
& y furent trouuées ces paroles :[a] *Nous sommes bien plus seurs par nostre propre suffrage que par celuy d'autruy : & Dieu ne donne pas si tost
nostre salut aux prieres d'autruy, qu'aux nostres : Car ainsi eut-il pitié
de la Chananée, ainsi donna-t'il le salut à la paillarde, ainsi sauua-t'il
le brigand, sans intereession d'aduocat ny de mediateur.   Et ie dy cela, non
afin que nous ne facions point de supplications aux Saincts, mais afin que
nous ne soyons point paresseux.*

  Pendant laquelle lecture, vn Ministre qui estoit vn peu loin,
ayant entendu ἐκκλητεύωμεν, ou quelque autre semblable mot, au
lieu de, ἱκετεύωμεν, s'auança, & dit que, ἐκκλητεύωμεν, ne signifioit
pas faire supplication. Mais luy ayant esté repliqué par Messieurs les

a Chrys.hom.5.in
Matth.
ὅπως τὴν χαναναίαν
ἠλέησεν, ὅπως τὴν
πόρνην ἔσωσεν, οἱ τως
τ λησὴν οὐδενος γε-
νομένου μεσίτυ ἢ
πρεσβύτ. ἢ ταυτα
λέγω, οὐχ ἵνα μὴ
ἱκετεύωμεν τοις ἁ-
γίοις, ἀλλ' ἵνα μὴ
ῥαθυμῶμεν.

deputez, qu'il y auoit ἱκετδ/ωμδυ, & non pas, ἐκκλητδ/ωμδυ: il se
retira auec ceste réponse; S'il y a, dit-il, ἱκετδ/ωμδυ, ie le quitte.

Puis fut leu le texte qui auoit esté cité par l'Euesque d'Eureux,
pour monstrer comme sainct Chrysostome ne mettoit point de
difference entre l'vsage de prier les Saincts morts & viuants : Et cela dans les commentaires Grecs & Latins de sainct Chrysostome
sur la seconde Epistre aux Corinthiens, des impressions de Verone, Basle & Heildeberg, & y furent trouuees ces paroles.

[a] *Car celuy mesme qui est vestu de pourpre se transporte vers ces sepulchres-là, pour les baiser & embrasser, & deposant sa pompe, supplie les
Saincts afin qu'ils intercedent pour luy enuers Dieu : Et celuy qui porte le
diademe prie vn faiseur de tentes & vn pescheur, & encore morts, qu'ils
soient ses protecteurs. Oserez-vous donc dire que le maistre de ceux-là soit
mort, duquel les seruiteurs, mesme estants morts, sont protecteurs des Empereurs de la terre?*

Et là dessus fut prononcé par Monsieur le Chancelier, toutes les
voix recueillies & trouuées conformes; comme sur l'article precedent : QVE LE SIEVR DV PLESSIS AVOIT OBMIS EN
CE PASSAGE, CE QVI Y DEVOIT ESTRE MIS.

CINQVIESME PASSAGE CHOISI
PAR LE SIEVR DV PLESSIS.

Le cinquiesme article des dix-neuf choisis par le sieur
du Plessis, fut vn lieu de sainct Hieróme qu'il allegue
contre la priere des Saincts, au mesme liure, pag.583.
en ces termes. *Mais sainct Hieróme* [b] *dit-il, en ses commentaires, hors de cholere & de douleur; écrit S'il y a confiance en quelqu'vn, dit-il, confions-nous en vn seul Dieu : Car maudit est l'homme qui
a confiance en l'homme, bien qu'ils soient Saincts, bien qu'ils soient Prophetes : Il ne faut point se confier, principibus Ecclesiarum, aux principaux
des Eglises : lesquels quand bien ils seront iustes, ne deliureront que leurs
ames, non pas celles de leurs fils.*

Là dessus l'Euesque d'Eureux objecta que le sieur du Plessis auoit
éclypsé du texte, ces mots, *s'ils sont negligents;* qui estoient la clef &
le ressort de tout le passage : & qu'il y auoit dans S. Hieróme, *Filios
autem ac filias quos in Ecclesia genuerint, si fuerint negligentes, saluare
non poterunt :* C'est à dire, *Mais leurs fils & leurs filles qu'ils auront
engendrez en l'Eglise, s'ils sont negligents, il ne les pourront sauuer.* Et ajousta que ceste clause auoit semblé si necessaire à
S. Hieróme, pour restreindre & conditionner sa proposition, & ne

a *Chrys. in ep.2.
ad Cor. c.12 ho.26.*
καὶ γὰρ αὐτὸς ὁ τὴν
ἁλουργίδα περικεί-
μενος, ἀπέρχε] τὰ
σηματα ἐκεῖνα
περιπτυσσόμενος, καὶ
τ τῦφον ἀποθέμενος
ἕστηκε δεόμενος
τῶν ἁγίων, ὥστε αὐτῶ
προεστῆναι παρὰ τῷ
Θεῷ: καὶ τῶ σκηνο-
ποιῶ, καὶ τῶ ἁλιέως,
προστασίας, καὶ τε-
τελευτηκότων, δεῖ]
ὁ τὸ διάδημα ἔχων.
παλμήσεις ἂν, εἰπέ
μοι, τ τούτων δεσπό-
την νεκρὸν εἰπεῖν,
ὧ οἱ οἰκέται, καὶ
τετελευτηκότες,
προστα] τῶν τ οἰ-
κουμένης βασιλίων
εἰσι;

b *Hieron. in
Ezech. l.4. c.14.*

la laiffer pas abfoluë & vniuerfelle, qu'il l'auoit repeteé par deux fois confecutiuement, ayant premierement dit deux periodes auparauant: *Les Princes ne nous pourront fauuer, fi le confentement des Fils n'y eft, & que par leurs efforts ils n'aydent leurs prieres.* Et puis apres: *Mais leurs fils & leurs filles, s'ils font negligents, ils ne les pourront fauuer.* Et partant que le Sieur du Pleffis qui l'éclypfoit pour argumenter du refte du paffage contre la priere des fainéts, deprauoit euidemment le texte de fainét Hierôme: Car il rendoit fa propofition, de reftreinte & conditionnée qu'elle eftoit, abfoluë & vniuerfelle, & en retranchoit la plus effentielle partie, afçauoir, la condition, qui eft l'ame & la forme fubftantielle des propofitions conditionnelles, & celle feule qui les rend veritables.

A cela le Sieur du Pleffis répondit que fainét Hierôme parloit là des prieres des fainéts viuants, comme il paroiffoit par les exemples de Noë, Daniel, & Iob, qu'Ezechiel auoit propofez, lefquels deuoient eftre entendus auec cefte condition, *s'ils euffent efté viuants.*

Sur laquelle réponfe l'Euefque d'Eureux fit trois repliques: La premiere, que fainét Hierôme ne parloit point là particulierement des fainéts viuants, mais de toutes fortes de fainéts, comme il eftoit euident, & par ces mots qui precedoient vn peu auparauant: *Que fi quelquesfois pour l'amour d'Abraham & de Dauid, Dieu promet mifericorde à leur pofterité; il faut noter qu'il ne pardonne point à ceux qui perfeuerent en leurs crimes, mais à ceux qui font penitence, afin que la conuerfion des enfans ayde les merites des peres.* Et par ceux-cy: *Fruftráque dicunt Iudæi, Abraham Pater nofter, cùm opera Abraham non habeant.* C'eft à dire; *Et en vain les Iuifs difent, Abraham eft noftre pere, attendu qu'ils n'ont point les œuures d'Abraham;* qui eftoient ceux mefmes fur lefquels auoit efté écrit ce paffage. Car puis que fainét Hierôme prononçoit cefte fentence: *Les fainéts ne fauueront point leurs fils & filles, s'ils font negligents;* fur la gloire inutile des Iuifs, & pour exclure la vaine confiance qu'ils auoient en leur pere Abraham: il eft certain qu'il ne la reftreignoit pas aux feuls fainéts viuants, mais l'eftendoit & appliquoit aux fainéts morts, tel qu'eftoit lors Abraham. Car quant aux paroles d'Ezechiel, il auoit déja efté monftré par ledit Euefque d'Eureux que c'eftoit chofe familiere aux Peres, & nommément à fainét Hierôme, de prendre occafion des prieres des fainéts Patriarches & Prophetes viuants, pour difcourir des effeéts & de la vertu des prieres des fainéts regnants auec Dieu.

La feconde, que le Sieur du Pleffis luy mefme auoit employé ce texte contre la priere des fainéts morts, & par confequent ne pouuoit eftre receu à s'ayder de cefte défaitte. Car il l'auoit allegué pour feruir d'oppofition & d'antidote aux paffages du liure

Hieronymus in Ezech. c.14. Nec principes non poterunt liberare, nifi filiorũ fuerit affenfus, & illorum obfecrationes fuis conatibus iuuerint.
Et infra: Filios autem ac filias quos in Ecclefia genuerint, fi fuerint negligentes, faluare non poterunt.

Quod fi aliquãdo propter Abraham & Dauid, in pofteros eorum mifericordiam fuam dominus pollicetur, notandum quod non his parcat qui in fceleribus perfeuetẽt, fed qui agunt pœnitudinem, vt merita patũ filiorum adiuuet conuerfio.

contre Vigilantius, & de l'oraison funebre de Paula. Or sainct Hie-róme en son écrit contre l'heresie de Vigilantius, parloit expressé-ment des prieres des saincts morts, comme il paroissoit par ces ter-mes; [a]*Tu dis en ton libelle, que pendant que nous viuons, nous pouuons prier les vns pour les autres : mais qu'apres que nous sommes morts, l'oraison d'aucun n'est plus exaucée pour vn autre.* Et vn peu apres: *Si les Apostres & Martyrs estants constituez en leurs corps, peuuent prier pour les au-tres, lors qu'ils doiuent estre encore en sollicitude pour eux-mesmes, combien plus apres les victoires, les couronnes & les triomphes?* Et derechef: *Tu oses vomir ton infection, & dire, Donc les ames des saincts ayment leurs cendres, & volent à l'entour, & y sont tousiours presentes, de peur que si d'auenture quelque priant y arriue, elles ne le puissent entendre : ô monstre digne d'estre relegué aux dernieres fins de la terre!* Et en l'oraison fune-bre de Paula, tout de mesme: [b]*Ayde, dit-il, ô Paula, par tes prieres l'ex-tréme vieillesse de ton venerateur.*

La troisiéme, que la question n'estoit pas si sainct Hieróme par-loit-là des Saincts morts ou des saincts viuants: mais si de quelques saincts qu'il parlast, il en disoit simplement & sans condition, ce que le Sieur du Plessis luy faisoit dire, asçauoir, *qu'ils ne nous pouuoient sauuer par leurs prieres :* ou bien s'il y ajoustoit ceste condition que le sieur du Plessis en auoit ostée, asçauoir, qu'ils ne nous pouuoiét sau-uer par leurs prieres, *si nous estions negligents.* Car de répondre que S. Hieróme ne parloit là que des saincts viuants : d'autant plus grande estoit la faute du Sieur du Plessis, de transferer aux saincts morts, ce qui n'auoit esté dit que des viuants ; & qui par consequent ne faisoit rien contre les prieres : & en oster outre cela la condition auec la-quelle il auoit esté dit.

A cela le Sieur du Plessis répondit qu'il employoit le passage de sainct Hieróme sur Ezechiel, contre les prieres des saincts morts, non directement, mais par consequence, entant que si sainct Hie-róme disoit ces paroles des prieres des saincts viuants, à beaucoup plus forte raison se pouuoient-elles accommoder aux saincts morts.

Repliqua l'Euesque d'Eureux, que ce que sainct Hieróme disoit des prieres des saincts, il ne le disoit sinon auec condition, asçauoir, *si nous estions negligents :* Et par consequent que ce passage ne se pou-uoit appliquer aux prieres des saincts morts, sinon auec la mesme condition, asçauoir, que les prieres des saincts morts ne nous pou-uoient sauuer, *si nous estions negligents.* Au moyen dequoy la clause que le Sieur du Plessis en auoit eclypsée, y estant remise, rendoit tousiours son allegation nulle, fust qu'il employast ce passage ou directement ou par consequence, contre la priere des saincts morts: Et donc en estant soustraitte la rendoit fausse & deprauée. Car puis

que S. Hieróme declaroit par ceste clause aux Lecteurs, que la défense qu'il leur faisoit de se confier aux hommes, bien que Saincts, bien
que Prophetes, ne s'estendoit pas iusques à leur défendre d'esperer
d'estre aydez par leurs prieres, mais seulement iusques à leur défendre d'y mettre leur confiance, c'est à dire, leur confiance absoluë, &
penser pouuoir estre sauuez par leurs seules prieres, sans y apporter
de leur part les conditions necessaires : il s'ensuiuoit que ceste mesme défense appliquée aux saincts morts, ne s'estendoit pas iusques
à défendre aux fidelles d'esperer d'estre aydez par leurs prieres; mais
seulement iusques à leur défendre d'y constituer le moyen absolu
de leur salut, & penser estre sauuez par elles seules, sans y contribuer
de leur part les œuures necessaires.

Et partant concluoit ledit Euesque d'Eureux, que le Sieur du
Plessis, de quelque costé qu'il se tournast, ne se pouuoit iustifier d'a-
uoir eclypsé d'vn passage qu'il produisoit contre les Catholiques,
vne clause laquelle tandis qu'elle y demeuroit, empeschoit qu'il ne
le pouuoit produire ny directement, ny indirectement contre eux.
Supplioit au reste l'assistance, de iuger auec quelle couleur le Sieur
du Plessis pouuoit transferer ce texte de S. Hieróme, qui ne parloit,
disoit-il, sinon des prieres des saincts viuants, & encore n'en parloit sinon auec condition, aux prieres des saincts morts, & en oster
la condition : Et cela pour faire dire par vne consequence forcée, à
sainct Hieróme tout le contraire de ce que sainct Hieróme auoit
maintenu par œuures & discours exprés. Car il n'y auoit celuy qui
ne sceust que sainct Hieróme auoit écrit vn traitté tout entier pour
défendre la priere des saincts, la veneration de leurs reliques, la
visitation de leurs sepulchres, Chappelles & Basiliques, contre l'heresie & les blasphemes (ainsi les appelloit-il) de Vigilantius.

A ceste replique le Sieur du Plessis répondit qu'il n'auoit pas allegué ce passage pour l'opposer seul à ce que sainct Hieróme auoit
écrit contre Vigilantius, mais qu'il en auoit aussi cité vn autre pris
du commentaire de l'Epistre aux Galates, qui consistoit en ces termes : *Nous apprenons, bien qu'obscurement, par ceste petite sentence, vne*
nouuelle doctrine qui est cachée, que tandis que nous sommes en ce siecle,
nous pouuons estre aydez des oraisons & conseils l'vn de l'autre : mais
comme nous serons venus deuant le Tribunal de Christ, ny Iob, ny Da-
niel, ny Noé, ne peuuent prier pour personne, mais vn chacun portera son
fardeau.

Sur cela repartit l'Euesque d'Eureux, & dit que cest article estoit
hors de l'ordre & du nombre de ceux de la Conference : A l'occasion dequoy il ne le pouuoit pas examiner à plein fonds, sans quitter celuy qui estoit lors sur les rangs, & sortir de l'élection que le
Sieur du Plessis luy-mesme auoit faitte : Et pource, se contenteroit il

M iiij

de repliquer briefuement, que ce mot, *Tribunal de Chriſt*, ſelon l'inſterpretation & des anciens Docteurs, & de ceux de Geneue meſme, ſignifioit en l'Eſcriture, le Iugement final & vniuerſel, où tous les hommes comparoiſtront enſemble en corps & en ame apres la Reſſurrection. Et partant que ſainct Hieróme ne pretendoit là dire auſtre choſe, ſinon qu'au iour du Iugement vniuerſel, toutes prieres ceſſeront: afin de refuter par la nouuelle application de ce texte, l'erreur de certains Heretiques dont ſainct Auguſtin fait mention au 22. de la Cité de Dieu, qui croyoient qu'à la fin du monde il n'y auroit perſonne de damné, & que Dieu au iour du Iugement parſdonneroit à tous les meſchants pour l'amour des prieres des Saincts. Neantmoins que ſi le Sieur du Pleſſis vouloit rompre l'ordre qu'il auoit commencé, & s'obliger de continuer l'examen de ceſte page, ledit Eueſque d'Eureux paſſeroit outre, & luy monſtreroit à la ſuitſte de ceſte allegation, & dans le reſte de ceſte ſeule page, quatre fauſſſetez eminentes. Ce que le ſieur du Pleſſis ayant refuſé, & répondu qu'il falloit ſuiure l'ordre qui auoit eſté commencé; Il fut prononſcé par Monſieur le Chancelier, toutes les voix recueillies, & trouſuées conformes; QVE LE PASSAGE AVOIT DEV ESTRE MIS ENTIER.

SIXIESME PASSAGE CHOISI PAR
LE SIEVR DV PLESSIS.

E ſixiéme paſſage des dix-neuf choiſis par le Sieur du Pleſſis, fut vne allegation de ſainct Cyrille, qu'il fait au meſme liure, page 223. en ces mots: *Sainct Cyrille répōd à l'Empereur Iulian, luy reprochāt l'honneur rendu à la Croix: Que les Chreſtiens ne rendent adoration ne reuerence au ſiſgne de la Croix.*

Là deſſus l'Eueſque d'Eureux obiecta que S. Cyrille ne diſoit nulſle part, *Que les Chreſtiens ne rendoient ny adoration, ny reuerence au ſigne de la Croix.*

A cela le Sieur du Pleſſis répondit qu'à la verité ces paroles ne ſe trouuoient point dans S. Cyrille, & que pour ceſte cauſe les auoit-il citées en lettre de texte, & non d'allegation: mais que le ſens s'y trouuoit.

Repliqua l'Eueſque d'Eureux qu'en la page 89. il les auoit citées en lettre d'allegation, & non de texte, vſant de ces mots: *Et Cyrille à pareille reproche de Julian, répond tout à plat,* que LES CHRESTIENS N'ADORENT NY N'HONORENT LE SIGNE DE LA CROIX: Et au reſte que ny les paroles, ny le ſens de ce paſſage, ne ſe trouuoiét dans S. Cyrille.

Répondit le sieur du Plessis, que le sens s'y trouuoit : Car Iulian ayant objecté aux Chrestiens qu'ils adoroient la croix ; Il ne luy répondit point qu'il estoit vray qu'ils l'adoroient : Ce qu'il eust deu faire sans doute, si les Chrestiens l'eussent adorée.

Repliqua l'Euesque d'Eureux, que la consequence estoit nulle : Car les Chrestiens en leurs réponses aux Payens, parloient le plus retenuëment qu'il leur estoit possible, des choses qui leur pouuoient donner quelque occasion de replique : Et que s'il eust fallu agir par conjectures, il y auoit par trop plus d'apparence de conclure au contraire ; Iulian l'Apostat reprochoit aux Chrestiens, qu'il adoroient le bois de la Croix, & en peignoient les Images sur leurs fronts & au deuant de leurs maisons : Or sainct Cyrille ne luy répond point qu'ils ne l'adoroient point : ce qu'il eust deu faire, si ainsi eust esté, pour repousser ceste calomnie par vn simple mot; mais s'arreste seulement à rendre raison pourquoy ils en peignoient les Images : Ergo les Chrestiens l'adoroient. A quoy le Roy infera qu'il n'estoit pas vray-semblable que Iulian l'Apostat eust reproché aux Chrestiens qu'ils adoroient la Croix, s'ils ne l'eussent vrayement adorée ; & qu'autrement il se fust fait mocquer de luy.

Ce que l'Euesque d'Eureux releua, & poursuiuant l'instance du Roy, dit que Iulian l'Apostat estoit vn grand Empereur, & qui sçauoit l'estat de toutes les nations du monde, & au reste qui auoit esté nourry jeune en la Religion des Chrestiens : Et partant qu'il n'y auoit pas d'apparence qu'il leur eust objecté qu'ils adoroient la Croix, s'ils ne l'eussent fait ; & principalement le deportement des Chrestiens enuers la Croix, n'estant pas vne des actions qu'ils estoient obligez de tenir closes & secrettes, comme celles des Sacrements & mysteres ; en faueur dequoy il peust esperer qu'ils ne le sçauroient démentir publiquement, s'il leur imposoit quelque fausseté pour ce regard.   Ajousta finalement ledit Euesque d'Eureux, pour clorre ceste replique, que si l'Empereur Iulian l'Apostat eust esté repris par sainct Cyrille d'auoir dit que les Chrestiens adoroient la Croix ; les Empereurs Chrestiens qui vindrent puis apres, n'eussent pas donné dans leurs loix Imperiales, le tiltre d'honorable & d'adorable, à l'image de la Croix ; comme l'Empereur Iustinian auoit fait. [a] Ce que le Roy luy ayant commandé de monstrer, il fit apporter les Constitutions authentiques de Iustinian, imprimées à Genéue, & y leut ces paroles, qui furent verifiées par Messieurs les deputez : *Si quelqu'vn veut edifier vn venerable monastere, qu'il n'ayt point licence de ce faire, que premierement il n'ayt appellé l'Euesque du Diocese, & que ledit Euesque n'ayt estendu les mains au Ciel, & consacré par prieres le lieu à Dieu, y fichant le signe de nostre salut : nous disons la Croix vrayement honorable & adorable.*

a *Iust.Imp.in auth. de monach.* Si quis ædificare venerabile monasterium voluerit : non prius licentiam esse hoc agēdi, quàm Deo amabilem locorum Episcopum aduocet : at ille manus extendat ad cœlum, & per oratiōe locum cōsecret Deo, figēs in eo salutis nostræ signum : dicimus autē adorandam & honorandam verè crucem.

A cela le sieur du Plessis répondit que l'Empereur Iustinian estoit long temps depuis sainct Cyrille, & qu'il se pouuoit estre coulé beaucoup de corruptions en l'Eglise, depuis l'vn iusqu'à l'autre.

Repliqua l'Euesque d'Eureux, qu'il n'y auoit que cent ans de l'vn à l'autre : Car sainct Cyrille éctiuoit il y a onze cents septante ans, & Iustinian il y en a mil septante : Et qu'au reste depuis Iustinian iusqu'à sainct Cyrille & au dessus, tout estoit plein d'autheurs qui tenoient le mesme langage : comme Rusticus Diaconus, Sedulius, sainct Chrysostome, & autres qu'il se contenta de nommer : mais dont voicy les paroles.

^a Rustic Diacre sous l'Empereur Iustin pere de Iustinian, l'an de la mort de Christ 485. imprimé à Basle, 1528. *Et les Cloux par lesquels il a esté percé, & le bois de la venerable Croix, toute l'Eglise vniuerselle les adore par tout le monde, sans aucune contradiction.*

Sainct Athanase, non celuy d'Alexandrie, comme quelques-vns ont pensé, mais vn autre contemporain de sainct Cyrille, en l'écrit au Prince Antiochus, gouuerneur de Theodose second; tourné sur l'Original Grec par Ampelander Ministre de Berne : ^b *Si quelqu'vn des infidelles nous reprend que nous adorions le bois, nous pouuons en separant les branches du bois, & défaisant la forme de la Croix, mépriser puis apres le bois comme inutile, & en ce faisant luy montrer que nous ne venerons pas le bois, mais la figure de la Croix.*

S. Leon premier, contemporain aussi de sainct Cyrille : ^c *Christ portoit sur ses espaules le signe de salut, qui deuoit estre adoré par tous les Royaumes.*

Sedulius Prestre sous le mesme Theodose, il y a pres de douze cents ans : ^d *Et afin, dit-il, que personne n'ignore que la figure de la Croix doit estre adorée, &c.*

S. Chrysostome auant eux touts : ^e *Or que la Croix de Christ, & l'effigie d'icelle soit venerable, & adorable, les Prophetes mesmes l'enseignent.*

Opposa le sieur du Plessis, que Minutius Fœlix dit expressement, répondant à Cecilius Payen, pour les Chrestiens ; *Nous n'adorons ny ne souhaittons les Croix.*

Repartit l'Euesque d'Eureux, que c'estoit vne allusion & élusion que Minutius Fœlix faisoit sur l'ambiguité du mot, Croix, qui signifioit, & le supplice, & la figure de la Croix ; afin de bailler le change à son aduersaire, & par ce jeu de paroles, se mocquer de son objection. Pour l'intelligence dequoy il faut sçauoir que Cecilius auoit objecté à Minutius Fœlix la veneration des Croix, c'est à dire, (selon le langage des Payens) des Gibbets : se seruant de l'equiuocation de ce mot, pour le tourner en opprobre aux Chrestiens : *Ils adorent, dit-il, les Croix; & les meritent.* Car Cecilius ne

---

Notes marginales

a Russ. Diac. contr. Aceph. Nec non & clauos quibus cōfixus est, & lignū venerabilis crucis, omnis per totum mūdum Ecclesia absquè vlla cōtradictione adorat.

b S. Athanas. quæst. 16.
τὸν ἰδὼ τῦ σταυροῦ τύπον, ἐκ δύο ξύλων ζωγραφοῦντες. ἡνίκα τις ἡμῖν τῶν ἀπίστων ἐγκαλέσει ὡς ξύλον προσκυνοῦντας, δυνάμεθα τὰ δύο ξύλα χωρίζαντες, & τὸν τὸν τῦ σταυροῦ διαλύσαντες, ταῦτα ὡς ἀργὰ ξύλα ἡγεῖσθαι, & τὸν ἄπιστον πεῖσαι ὅτι οὐ τὸ ξύλον σεβόμεθα : ἀλλὰ τὸν τοῦ σταυροῦ τύπον.

c S. Leo serm. 8. de pass. Domini. Humeris signū salutis adorandū regnis omnibº, inferebat.

d Sedul. in carm. Pasch. Neue quis ignoret speciem crucis esse colendam.

e Chrys. de adorat. crucis.
ὅτι δὲ σεβάσμιος & προσκυνητὸς ὁ τῦ χριστοῦ σταυρὸς & ὁ τύπος αὐτοῦ, & πάντα οἱ προφῆται διδάσκουσι.

vouloit pas dire que les Chreſtiens meritoient les ſignes & figures
de la croix, mais qu'ils adoroient les gibbets, & les meritoient; appellant odieuſement gibbets, les ſignes & figures de la croix, que
les Chreſtiens honoroient. Minutius Fœlix donc ſe joüant ſur la
meſme equiuocation, luy répond; *Cruces nec colimus, nec optamus;*
c'eſt à dire, nous n'adorons les gibbets, ny ne les ſouhaittons. Car
ſi Minutius Fœlix euſt entendu en ceſte clauſe, comme aux autres
où il parloit ſerieuſement, les ſignes & figures de la croix; il n'euſt
pas dit que lesChreſtiens ne les ſouhaittoient pas, veu que [a] Tertullian, S. Cyprian, & autres autheurs du meſme ſiecle de Minutius
Fœlix, nous apprennent que les Chreſtiens conſacroient toutes
leurs actions par le ſigne de la croix, s'enrolloient en la milice
Chreſtienne par le ſigne de la croix, ſe marquoient le front, & au
Bapteſme, & en la confirmation, du ſigne de la croix : Et bref en
toutes ſortes de beſoins, de perils & de tentations, recouroient
comme à vn ſeur refuge, au ſigne de la croix.

[a] *Tert. de Cor.*
mil. & de reſ. car.
Cypr. l. 2. teſt. adu.
Iudæ. Cornelius
apud Euſeb. hiſt.
lib. 6.

   Répondit le ſieur du Pleſſis, que ſainct Ambroiſe auoit dit en
termes clairs & expres: [b] Qu'Helene mere de Conſtantin n'auoit pas
adoré le bois, car c'euſt eſté vne vanité Payenne : mais le Roy qui
auoit eſté pendant au bois· Et cela parlant de la vraye croix meſme,
& non des ſimples images de la croix.

[b] *De obit.*
Theodoſ.

   Repliqua l'Eueſque d'Eureux, que ſainct Ambroiſe ne vouloit
pas dire qu'Helene n'auoit pas adoré la croix, mais qu'elle ne l'auoit
pas adorée d'adoration abſoluë, mais ſeulement d'adoration relatiue; c'eſt à dire qu'elle ne l'auoit point adorée en qualité de ce qu'elle
repreſentoit : Et que ces paroles deuoient eſtre expoſées par redou-
blement,& conſtruittes en ceſte ſorte; Qu'Helene en adorát la croix
n'adora pas le bois, mais adora celuy qui auoit eſté attaché au bois.

   Répondit le ſieur du Pleſſis, que ceſte diſtinction d'adoration,
eſtoit vne diſtinction friuole, & qui n'auoit aucun legitime
fondement.

   Repliqua l'Eueſque d'Eureux , qu'elle auoit fondement, & en
l'Ecriture, & en ſainct Ambroiſe meſme.

   En l'Ecriture , d'autant que Dieu auoit commandé au peuple
d'Iſraël par la bouche de Dauid, d'adorer l'Arche, en ces mots du
Pſeaume 98. [c] *Adorez l'eſcabeau de ſes pieds;* c'eſt à dire l'Arche: Car
ainſi l'interpretoit Dauid au premier des Croniques, [d] & ainſi le recognoiſſoient ceux de Genéue meſme, cottants en la marge de leurs
dernieres Bibles, [e] *C'eſt à dire l'Arche* : Et ainſi Ioſüé & tous les autres Iſraëlites , long temps auant Dauid, l'auoient prattiqué
au ſiege de Haï, [f] ſe proſternants deuant l'Arche depuis le matin
juſqu'au ſoir. Or ne pouuoit pas eſtre l'Arche adorée de l'adoration
abſoluë, qui eſtoit reſeruée à Dieu ſeul : & partant il falloit que

[c] *Lat. 98.*
Heb. 99.

[d] *1. Chron. 28.*

[e] *Bibl. Gen. 1588.*

[f] *Ioſue 7.*

ceſte adoration fuſt vne adoration relatiue, c'eſt à dire, qui ne ſe terminaſt pas en l'Arche comme en ſon objet abſolu, mais en celuy que l'Arche repreſentoit.

Et en ſainct Ambroiſe, dautant que le meſme ſainct Ambroiſe ajouſtoit fort peu apres, [a] *Qu'Helene auoit fait ſagement d'auoir colloqué & éleué la Croix ſur le chef des Roys, afin que la Croix de Chriſt fuſt adorée és Roys.* A quoy ſe pouuoit encore joindre le témoignage de S. Paulin Eueſque de Nole, contemporain & familier amy de S. Ambroiſe, lequel parlant, & de la meſme Helene & de la meſme croix, décriuant le ſoin qu'elle eut de faire baſtir vne riche Egliſe en Hieruſalem, pour l'y depoſer, dit : [b] *Laquelle Croix, lors que la Paſque du Seigneur ſe celebre, l'Eueſque de la ville propoſe touts les ans au peuple à adorer, eſtant luy-meſme le premier de ceux qui la venerent.* Mais en fin proteſta ledit Eueſque d'Eureux, que c'eſtoit s'écarter trop loin de S. Cyrille : Et partant qu'il ſommoit le ſieur du Pleſſis de reuenir au poinct, & luy faire voir ceſte réponſe, ou autre equiualente, dans S. Cyrille, *Que les Chreſtiens ne rendoient ny adoration, ny reuerence au ſigne de la Croix.*

A cela le ſieur du Pleſſis répondit que ſainct Cyrille auoit aſſez dit que les Chreſtiens ne rendoient ny adoration, ny reuerence au ſigne de la croix, quand Iulian l'Apoſtat leur ayant reproché qu'ils adoroient la croix, il auoit répondu que Chriſt eſtoit venu afin de ſe faire des adorateurs ſpirituels : Et notez, diſoit le ſieur du Pleſſis, *adorateurs ſpirituels*, & non adorateurs du bois & de la pierre.

Sur ceſte réponſe l'Eueſque d'Eureux fit deux repliques : La premiere que ce mot, *adorateurs ſpirituels*, n'eſtoit point mis là pour diſtinguer l'objet de l'adoration, mais pour exprimer la condition des adorateurs, c'eſt à dire, pour monſtrer que Chriſt rendoit ceux qui l'adoroient, remplis de l'Eſprit de Dieu, & exemts des immondices de la chair & de la ſeruitude du peché : comme il paroiſſoit par la teneur du texte, qui eſtoit telle : [c] *Il eſt mort, dit-il, & reſuſcité, ſeul pour touts, afin de deliurer le genre humain des lacqs de la mort ; afin de deſtruire la tyrannie du peché dominant en nous ; afin de faire ceſſer la loy qui exerce ſa violence és membres du corps, & rendre ſes adorateurs ſpirituels, & mortifiant en nous le ſens de la chair, faire enfans de Dieu ceux qui croyent en luy, & les ſanctifier par l'eſprit :* Et que ſainct Cyrille n'auoit point vſé de ce terme ſur le propos de l'adoration de la Croix, lequel il ne releuoit point, ains ſeulement celuy de la peinture : mais ſur le propos des biens qui eſtoient arriuez aux Chreſtiens par la mort de Chriſt, dont la croix leur renouuelloit la memoire : & partant au lieu de leur repreſenter vn objet plein d'ignominie, comme on leur reprochoit, les conduiſoit à la reſſouuenance de toute felicité.

La ſeconde

a *S. Ambr. de obitu Theodoſ.* Sapienter Helena egit, quæ crucem in capite Regum leuauit & locauit, vt crux Chriſti in regibus adoretur.

b *S. Paulin, fait Eueſque de Nole, il y a 1200. ans, & imprimé à Baſle, par le ſoin de Grynæus Miniſtre de Baſle l'an 1569.* Quam epiſcopus vrbis eius quotannis cum Paſcha Domini agitur, adorandam populo, princeps ipſe venerantium, promit.

c *S. Cyril. contra Iul.* Vnus pro omnibus mortuus & excitatus, vt à mortis laqueis humanum eripetet genus, vt tyrannidem peccati, quod in nobis dominatur, deſtrueret : vt legé in membris corporis ſæuientem ſedatet, & ſpirituales faceret adoratores, mortuumque faciens in nobis ſenſum carnis, filios efficeret Dei eos qui in ſe crediderunt, & ſanctificaret per ſpiritum.

La seconde, que quand mesme ce mot regarderoit l'objet de l'a-
doration; encore ne feroit-il rien du tout contre l'adoration de la
croix. Car ceux-là ne laissent pas d'estre adorateurs spirituels, qui
adorent certaines choses corporelles, pourueu qu'ils les adorent à
cause des spirituelles, c'est à dire, entant qu'elles sont, ou vrayement vnies, ou legitimement referées aux spirituelles. Autrement les Apostres qui adoroient nostre Seigneur conuersant parmy eux en corps, & l'adoroient auec le geste du corps, n'eussent
pas esté adorateurs spirituels: ny les saincts Peres & Prophetes de
l'ancien Testament, qui adoroient l'Arche corporelle en figure de
Christ, n'eussent pas esté adorateurs spirituels: Ce que neantmoins
ils estoient. Car, [a] *Quiconque*, dit sainct Augustin, *venere vn signe*
vtile institué diuinement, dont il entend la force & la signification, ne ve-
nere pas ce qui est veu, & qui passe, mais cela à quoy toutes ces choses doi-
uent estre referées: Et vn tel homme, dit-il, *est spirituel & libre, mesme*
au temps de la seruitude.

Sur ces entre-faittes vint à la trauerse le Sieur Mercier, l'vn des
Secretaires de la Conference, nommé cy-dessus de la part du Sieur
du Plessis, qui dit, changeant de moyen, que sainct Cyrille nioit
euidemment que les Chrestiens adorassent la Croix: Car il accusoit l'objection de Iulian l'Apostat, d'ignorance extréme: Or ne
le pouuoit-il pas arguer d'ignorance, en ce qu'il auoit dit que les
Chrestiens auoient cessé d'adorer les Ancylies, ny en ce qu'il disoit qu'ils peignoient les Images de la Croix; Car l'vn & l'autre
estoit manifeste: Et partant restoit que ce fust en ce qu'il disoit
que les Chrestiens adoroient le bois de la Croix: ce que le Sieur du
Plessis approuua, & tint pour bien objecté.

Sur cela donc l'Euesque d'Eureux repartit que sainct Cyrille
n'accusoit point Iulian Apostat d'ignorance, pour auoir dit que
les Chrestiens estoient miserables d'auoir soin de marquer leurs
fronts & leurs maisons du signe de la croix: Et que c'estoit sur le
mot, *miserables*, qu'il luy donnoit le démenty, & non sur les autres.
Et pourtant fut leu le texte de sainct Cyrille, & y furent trouuez
ces mots: [b] *Au reste il dit que nous sommes miserables, qui auons tou-*
siours soin de marquer nos fronts & nos maisons du signe de la precieuse
Croix: Or monstrerons-nous sans peine, que ces paroles sortent d'vne mé-
chante pensée, & ressentent vne extréme ignorance. Et là dessus fut prononcé par Monsieur le Chancelier, toutes les voix recueillies &
trouuées conformes: QVE LE PASSAGE ALLEGVE' PAR
LE SIEVR DV PLESSIS NE SE TROVVOIT POINT
DANS SAINCT CYRILLE.

N

a S. *Aug. l. 3. de*
doct. Christ.
Qui veneratur
vtile signum di-
uinitus institu-
tum, cuius vim
significationé-
que intelligit,
non hoc vene-
ratur quod vi-
detur & trásit,
sed illud potius
quò talia cun-
cta referenda
sunt: Talis autè
homo spiritalis
& liber est, etiã
tempore serui-
tutis.

b *Cyril. l. 6.*
contra Iul.
Porrò miseros
esse dicit, qui-
bus curæ est
semper & do-
mus & frontes
signo pretiosæ
crucis signare:
Absque labore
demonstrabi-
mus eiusmodi
sermones à ma-
lis cogitationi-
bus profectos,
extremam sa-
pere imperitiâ.

SEPTIESME PASSAGE CHOISI
PAR LE SIEVR DV PLESSIS.

E septiéme article des dix-neuf choisis par le sieur du Plessis, fut vn passage de la loy des Empereurs Theodose & Valentinian, qu'il cite en la mesme page 223. contre les images de la croix, en ces termes : *Mesmes que diront-ils des Empereurs Theodose & Valens, qui encore depuis les defendent par edit expres ? Parce, disent-ils, que nous n'auons rien en plus grand soin que le seruice diuin, nous defendons à toutes personnes de faire le signe de nostre Sauueur Iesus-Christ, ny en couleur, ny en pierre, ny en autre matiere ; de le grauer, peindre ny tailler : ains voulons en quelque lieu qu'il soit, qu'il soit osté, à peine aux contreuenants, d'estre tres grief-uement punis.*

Sur cela l'Euesque d'Eureux objecta que ceste loy estoit citée à faux, & que le mot, *humi*, c'est à dire, à terre, qui estoit l'ame & la clef de la loy, en auoit esté osté : & qu'il y auoit dans le texte : [a] *Pour ce que nous sommes tres-soigneux de conseruer en toutes choses la reuerence du Dieu souuerain, nous defendons qu'il ne soit licite à nul de grauer ou peindre le signe de la Croix de nostre Sauueur Iesus Christ à terre, ou sur des pierres ou des marbres appliquez contre terre : & que par tout où on l'y trouuera, qu'il soit osté.* Ajoustant que tant s'en falloit que ceste loy eust esté faitte contre les images & peintures de la croix, qu'au contraire elle auoit esté faitte en leur honneur, de peur qu'on ne les prophanast en marchant dessus : comme il apparoist par le 73. canon du Concile de Constantinople, *in Trullo*, où elle auoit esté reiteree auec vn decret d'Anatheme en ces termes : [b] *Nous comman-dons que toutes les figures de la Croix qui se font par quelques-vns sur le pa-ué, soient effacées, de peur que le trophée de nostre victoire ne soit indigne-ment foulé par les pieds des cheminants.*

A ceste objection le sieur du Plessis répondit, qu'il ne pouuoit estre accusé de faux en cest endroit, veu qu'il auoit allegué Petrus Crinitus, qui l'auoit ainsi rapporté.

Sur ceste réponse l'Euesque d'Eureux repartit qu'il auoit protesté dés le commencement, qu'il ne vouloit point offenser l'honneur du sieur du Plessis ny le taxer d'aucune falsification, mais seule-ment ceux sur les recueils & memoires desquels il s'estoit fié : Et que chacun se pouuoit souuenir qu'il auoit tousiours vsé de ceste exception, qu'il accusoit les faussetez du liure, & non pas les faus-setez de la personne ; les faussetez écrites par le sieur du Plessis & non pas les faussetez faittes par le sieur du Plessis. Neantmoins que

a *Lib. 1. Cod. tit. 8. Nemini li-cere, &c.*

Cum sit nobis cura diligés per omnia superni numinis reli-gionem tueri : signum salua-torisChristi ne-mini licere vel in solo, vel in silice, vel in marmoribus humi positis insculpere vel pingere, & quo-cunque reperi-tur loco, &c. imperamus.

b *Conc. Const. in Trul. c. 73.*
Τοὺς ἐν τῷ ἐδάφει τοῦ σταυρῦ τύπους ὑπό τινων κατα-σκευαζομένες ἐξα-φανίζεας, παντί-ως προστάσσομῷ, ὡς ἂν μὴ τῇ τῶν βαδιζόντων κατα-πατήσει τὸ τ̃ νίκης ἡμῶν τρόπαιον ἐξυβείζητ.

pour cela ledit Sieur du Pleſſis n'eſtoit pas encore du tout exempt
de faute. Premierement pource qu'il cottoit bien en la marge, Crinitus, mais dans le texte il alleguoit les Empereurs, vſant de ces propres mots; *Les Empereurs Valens & Theodoſe les deſendent expreſſe-*
ment: Parce, dient-ils, que nous n'auons rien en plus grand ſoin, &c.
Or y auoit-il grande difference entre alleguer & cotter: Il auoit
bien cotté Crinitus, mais il auoit allegué les Empereurs. Et ſecondement pource qu'il ne pouuoit ignorer que Crinitus ne fuſt vn
autheur recent & de nulle authorité : Car c'eſtoit vn petit gram-
mairien temeraire, & animé contre l'Egliſe Romaine, qui auoit
écrit en ce dernier ſiecle, & ne pouuoit ſçauoir des nouuelles des
anciens Empereurs, ſinon par la lecture de leurs loix ou de leurs
hiſtoires, en toutes leſquelles choſes il eſtoit plus que puerilement ignorant. Au moyen dequoy le ſieur du Pleſſis n'eſtoit pas
excuſable de s'eſtre auenturé ſur ſa caution en vne choſe de ſi
grand poids, & où il s'agiſſoit de condamner le perpetuel &
vniuerſel vſage de l'Egliſe, renuerſer les fondements & témoignages de toute l'antiquité, & imputer calomnie à la foy & à la pieté
des plus religieux Empereurs: mais deuoit luy-meſme voir ou auoir
veu le texte de la loy dedans le Code, deuant que de l'alleguer.

A cela le ſieur du Pleſſis répondit qu'il n'y eſtoit pas tenu.

Repliqua l'Eueſque d'Eureux, qu'il y eſtoit tenu, & comme Theologien, & comme homme d'Eſtat, & comme perſonnage verſé en toutes ſortes de bonnes lettres : & principalement Crinitus ayant déja eſté repris de ceſte fauſſeté par Copus,
Sanderus, le Cardinal Bellarmin, & autres Catholiques, que ledit ſieur du Pleſſis ne pouuoit ou ne deuoit n'auoir pas veus,
puis qu'il écriuoit contre eux.

Répondit le ſieur du Pleſſis, que Crinitus n'auoit pas pris ceſte
loy du Code, mais des liures Auguſtaux, *ex libris Auguſtalibus,* deſquels il la citoit: Ajouſtant pour confirmation de ſon dire, que
Crinitus l'alleguoit ſous le nom de Theodoſe & Valens, qui n'a-
uoient pas regné enſemble : Et partant qu'il y auoit apparence que
c'eſtoient deux loix, l'vne de Valens, & l'autre de Theodoſe, qu'il
auoit confonduës en vne.

Repliqua l'Eueſque d'Eureux, que les liures Auguſtaux n'e-
ſtoient autre choſe que le Code, c'eſt à dire, les conſtitutions des
Empereurs: Et que ce que Crinitus l'auoit alleguée ſous le nom de
Theodoſe & Valens, c'eſtoit qu'il auoit pris Theodoſe & Valens
pour Theodoſe & Valentinian, cottez au tiltre de la Loy: qui eſtoit
vne honteuſe & prodigieuſe ignorance tant des loix que de l'hiſtoire: Car outre ce que ces deux Empereurs n'auoient jamais regné enſemble, Valens eſtoit vn Empereur Arrien, duquel les loix (s'il

en auoit fait quelques-vnes de son chef) ne pourroient pas en matiere de Religion, estre citées en l'Eglise.

Répondit le sieur du Plessis, que Crinitus pouuoit bien auoir pris ceste loy de la mesme constitution de Theodose & de Valentinian qui estoit citée dans le Code; mais telle qu'elle estoit deuant qu'elle y fust inserée. Car Tribonian qui auoit recueilly & compilé les constitutions des Empereurs precedents, au Code de Iustinian, y auoit changé beaucoup de choses, pour les accommoder à l'vsage de son temps: Ce que Cujas & plusieurs Iurisconsultes apres luy, auoient remarqué: comme entre autres, par tout où les loix Romaines appelloient vn gibet, *crucem*, Tribonian auoit mis, *furcam*. Et que partant pour accommoder la loy de Theodose à la superstition de l'Eglise qui s'augmentoit sous Iustinian, il y auoit bien peu ajouster, *humi*.

a *Pet. Crin. de honest. discipl. l. 9. c. 9.*
In quo si quis fortè auctorem desiderat, is Imperatorum decreta & edicta legat, quæ à viris doctissimis Triboniano, Basilide, Theophilo, Dioscoróque & cæteris per satyram collecta sunt, Imperante hoc maximè Augusto Iustiniano.

Repliqua l'Euesque d'Eureux, que la défaitte estoit nulle, dautant que Crinitus témoignoit luy-mesme qu'il n'entendoit citer ceste constitution, sinon en la mesme forme en laquelle elle auoit esté inserée au Code de Iustinian par Tribonian: & que pour cest effect il y renuoyoit les lecteurs, en ces mots: [a] *Si quelqu'vn demande vn garant de ce que ie dy, qu'il lise les Decrets & edits des Empereurs, recueillis en forme de pieces rapportées, par les tres-doctes Tribonian, Basilide, Theophile, Dioscorus, & autres, sous l'Empire de l'Auguste Iustinian.* Or n'y auoit-il celuy qui eust seulement jetté l'œil sur la preface du Code de Iustinian, qui ne sceust qu'il auoit esté compilé par ces quatre hommes, en la forme que nous l'auons. Et quant au fait particulier de Tribonian, ajousta ledit Euesque d'Eureux, qu'il y auoit bien difference entre ce que Tribonian auoit fait, qui estoit de changer dans les loix des Payens, vn mot qui tournoit à l'opprobre de la Religion Chrestienne, & dont le supplice auoit esté supprimé par edit des Empereurs Chrestiens; & en mettre vn autre en sa place de pareille importance, & qui n'alteroit rien de la substance de la loy: Et ce que le sieur du Plessis luy imputoit en ce passage, qui estoit de falsifier les loix des Empereurs Chrestiens, & en corrompre tout le sens & toute la substance: & que le mesme Cujas qui remarquoit que Tribonian auoit changé ce mot aux loix des Payens, recognoissoit qu'il auoit fidellement rapporté ceste loy des constitutions des Empereurs Chrestiens, comme aussi il paroissoit par toute l'antiquité.

A cela répondit le sieur du Plessis, qu'il estoit vray-semblable que Crinitus auoit eu vn autre exemplaire du Code de Iustinian, que ceux que nous auons maintenant: Car il n'y auoit pas d'apparence, s'il eust eu vn exemplaire semblable aux nostres, qu'il eust fait ce grand changemēt qui estoit aux termes de la loy, de laquelle

il n'auoit pas seulement osté le mot, *humi,* mais au lieu de ces paroles, *Nemini licere, vel in solo, vel in silice, vel in marmoribus humi positis, insculpere vel pingere* : auoit vsé de celles-cy ; *Nemini concedimus,
coloribus, lapide, aliáve materia, fingere, insculpere, aut pingere* : Qui
estoient mots trop differents de lettres & de characteres, pour auoir
esté engendrez les vns des autres.

Sur cela l'Euesque d'Eureux dit que Crinitus auoit cité la loy par
cœur, & n'auoit pas eu le texte du Code entre les mains lors qu'il
l'alleguoit: mais en ayant autresfois leu quelque chose, & luy en restant vne confuse & imparfaitte memoire en l'esprit, il en auoit cité
vne partie, & forgé & composé l'autre, comme il arriue à ceux qui
alleguent les autheurs de ceste sorte. Et que cela paroissoit éuidemment par l'erreur qu'il faisoit en la Chronologie, d'accoupler Valens & Theodose ensemble : ce qui ne luy fust pas arriué s'il eust eu
le texte du Code deuant luy : dautant qu'il y auoit Theodose & Valentinian. Et outre cela la date de la loy y estoit expresse, du Consulat d'Hierius & d'Ardaburius qui auoient esté Consuls sous Theodose second, & Valentinian troisiéme.

Car pour le regard des exemplaires ; il ne pouuoit en auoir
eu nul autre que les nostres. Premierement, dautant qu'il ne renuoyoit les lecteurs à aucune edition particuliere, mais aux exemplaires du Code qui auoient cours entre les mains des hommes, &
se lisoient aux écholes de Droict, & estoient imprimez & distri-
buez publiquement. Et secondement, pource qu'il ne se trouuoit
point de mention qu'il y eust iamais eu vn seul Code au monde,
discordant de l'édition commune de ceste loy : Car quant aux é-
ditions imprimées ; toutes les impressions de l'Europe, voire celles de Genéue mesme, conuenoient en ceste leçon : Et quant aux
manuscrittes ; tous les vieux exemplaires qui auoient esté veuz par
les anciens commentateurs, Azo, Salicet, & autres qui écriuoient
il y a trois cens ans & plus, portoient la mesme chose, comme
leurs gloses en faisoient foy. Et d'ailleurs la propre inscription
du tiltre où est la loy, contenoit ces mots : *Nemini licere signum
Saluatoris Christi humi vel in silice, vel in marmore, aut insculpere,
aut pingere.* Et outre cela dans les basiliques Grecques mesmes, ceste loy estoit couchée aux termes exprés ausquels nous l'auons ;
comme il se void par le commentaire de Balsamon autheur Grec,
qui la cite du premier liure des Basiliques, en ces mots : *Que nul ne*   Balsam. in Concil.
in Trull. c. 73.
*peigne ou ne graue la Croix contre terre, és pierres dures, ou és marbres
du paué: mais que l'on l'oste, à peine au transgresseur d'estre puny du tres-
grief supplice.*

A quoy se pouuoit encore ajouster, que pour faire ce que Crinitus, & apres luy le Sieur du Plessis, imputoit à ces deux Empereurs ;

N iij

il euſt fallu qu'ils euſſent démoly le propre plancher de leur Palais
Imperial à Conſtantinople; au milieu duquel Conſtantin auoit
fait enchaſſer pour garde & tutele de l'Empire,[a] dit Euſebe, l'effigie
de la Croix, en or & en pierres precieuſes: Qu'ils euſſent fait briſer
toutes les ſtatuës de Conſtantin,[b] qui portoient vne croix en l'vne
de leurs mains: Qu'ils euſſent fait caſſer leur baniere Imperiale, où
pendoit vne croix pour enſeigne, que Iulian[c] l'Apoſtat en auoit fait
oſter, & que les Empereurs ſuiuants y auoiét remiſe: Qu'ils euſſent
fait dépecer leur propre diadéme Imperial,[d] où eſtoit inſerée l'effigie
de la croix, comme ſainct Chryſoſtome, ſainct Hieróme, & les anciennes medailles meſmes le témoignent. Qu'ils euſſent fait oſter
la croix de deſſus les armes de tous leurs ſoldats, que[e] Conſtantin a-
uoit commandé y eſtre grauée. Qu'ils euſſent fait mettre au billon
la monnoye de l'Empire, que leur pere & oncle Arcadius auoit ordonné eſtre marquée de la croix, & qui couroit encore auec ceſte
meſme marque ſous eux, au temps que[f] Proſper écriuoit, c'eſt à dire, douze ou quinze ans apres la publication de ceſte loy. Qu'ils
euſſent fait abolir toutes ces images de croix qui auoient eſté peintes en Egypte ſous ſainct Athanaſe, & conſeruées ſous Theodoſe
le grand, comme[g] Ruffin, autheur du meſme ſiecle le rapporte.
Qu'ils euſſent fait fondre ces fameuſes croix d'argent que S. Chryſoſtome auoit fait faire en[h] forme de chádeliers pour porter les cierges aux proceſſions nocturnes qu'il inſtitua à Conſtantinople contre les Arriens, & dont leur mere & tante Eudoxia auoit fourny les
frais, leſquelles proceſſions duroient encore ſous eux auec ceſt appareil, au temps que Sozomene auoit la main à la plume, c'eſt à dire, douze ou quinze ans apres ceſte loy: Qu'ils euſſent fait faire le
procez aux cendres de leur grand Patriarche ſainct Chryſoſtome,
qui commande à tous les Chreſtiens de[i] peindre la croix en leurs ca-
binets, & par tous les lieux de leur habitation: Qu'ils euſſent fait
effacer la croix de deſſus les maiſons de tous les Chreſtiens du monde, ſur les portes deſquelles elle eſtoit peinte, & euſſent fait punir
ſainct Cyrille qui entreprenoit de défendre ceſte couſtume contre
les calomnies des Payens. Car ce meſme liure où ſainct Cyrille diſoit en répondant à Iulian l'Apoſtat, que tous les Chreſtiens peignoient leurs fronts & leurs maiſons du ſigne de la precieuſe croix,
eſtoit dedié à l'vn des autheurs de ceſte loy, aſçauoir, à Theodoſe.
Bref il euſt fallu qu'ils ſe fuſſent fait faire leur procés à eux-meſmes:
Car outre ce que Cedrenus autheur Grec teſmoigne, que Theodoſe ſecond, l'vn des autheurs de ceſte loy, enuoya pour preſent en l'E-
gliſe de Hieruſalem vne croix d'or & de pierres precieuſes; & cela
vingtieſme année de ſon Empire, qui eſtoit iuſtement celle de l'edition de ceſte loy; Il y a dans le Code Theodoſian vne loy de ces

a Euſeb. de Vit.
Conſtant. lib. 3.
μέσον ἐμπηχθέντος
τῷ τε σωτηρίου πά-
θους ςύμβολον, &c.
φυλακτήριον ἐδόκει
τῆς αὐτῆς βασι-
λείας.
b Idem hiſt. l. 9. c.
9. τὸ σωτήριον τοῦ
ςαυροῦ σημεῖον ἐπὶ
τῇ δεξιᾷ, & alij.
c Greg. Naz. in
Iul. orat. 1.
d Chryſ. ho. quod
Chriſtus ſit Deus.
& Vg. δ̔ήμασι ςαυ-
ρός.
Hieron. ad Læt.
Ardentes dia-
dematum gem-
mas patiboli
ſalutaris pictu-
ra condecorat.
e Sozom. l. 1. c. 1.
f Proſ. de prom.
& præd. part. 3.
g Ruff. ante
1260. annos.
hiſt. Eccl. li. 2. c.
2. Crucis Do-
minicæ ſignum
vbi cunque in
parietibus, in in-
greſſibus, in fe-
neſtris, in parie-
tibus cubiculiſq;
depingeret.
h Sozom. l. 8. c. 8.
ἐξ ἀργύρου ἐληλα-
σμένα κατὰ κηροὺς
τοὺς φόρους.

i Chryſ. in Matth.
hom. 55.

Cyril. in Iul. l. 6.

Cedren. in Theo-
doſ. 2.
ςαυρὸν χρυσοῦν
διάλιθον.

Cod. Theod. l. 16.
tit. 10. lib. VII.

mesmes Empereurs Theodose & Valentinian, qui commande qu'on détruise tous les temples des Payens, & qu'on expie les lieux où ils estoient bastis, en y plantant le signe de la croix. Laquelle loy fut faitte l'an de deuant celle-cy, & inserée par les mesmes Empereurs, au Code Theodosian, huict ans apres.

Et pourtant concluoit ledit Euesque d'Eureux, que Crinitus ne pouuoit, ny auoir veu aucun exemplaire du Code qui portast ce que disoit le Sieur du Plessis, ny imaginer de l'auoir veu sans vne enorme & monstrueuse ignorance de l'antiquité.

Et là dessus, le Sieur du Plessis contestant que ce qu'il auoit dit estoit dans Crinitus : Et qu'il auoit veritablement allegué Crinitus; Fut prononcé par Monsieur le Chancelier, pris l'aduis des deputez, QV'IL AVOIT VERITABLEMENT ALLEGVE' CRINI-TVS, MAIS QVE CRINITVS S'ESTOIT ABVSE'.

HVICTIESME PASSAGE CHOISI PAR
LE SIEVR DV PLESSIS.

E huictiéme article choisi par le Sieur du Plessis, fut vn texte qu'il allegue de sainct Bernard, en la page 604. de son liure, en ces termes : *Sainct Bernard, dit-il, écrit de la Vierge mesme, en l'Epistre 174. Elle n'a point besoin des faux honneurs, au comble où elle est des vrays : Ce n'est pas l'honorer, mais luy oster l'honneur: La feste de la Conception ne fut iamais bien inuentée.*

Sur cela l'Euesque d'Eureux obiecta que c'estoit vn Centon que le Sieur du Plessis auoit composé de deux pieces rapportées de ceste mesme Epistre, lesquelles il auoit cousuës l'vne au bout de l'autre, pour éclypser & supprimer ce qui estoit attaché immediatement à la suitte de la premiere, asçauoir ces mots entre autres; *Magnifie l'inuentrice de grace, la mediatrice de salut, la restauratrice des siecles.*

Bernard. ep.174. Magnifica gratiæ inuetricem, mediatricem salutis, restauratricem seculorum.

A ceste obiection répondit le Sieur du Plessis, qu'il ne faisoit rien que les Apostres n'eussent fait en citant les Prophetes, asçauoir d'alleguer plusieurs passages tout d'vne haleine, & comme vn texte continu, quand ils seruoient à vn mesme propos.

Sur ceste réponse repliqua l'Euesque d'Eureux, que cela estoit bon pour les Apostres qui auoient le mesme esprit des Prophetes, & ne pouuoiét abuser d'aucun lieu de l'Escriture, contre l'intention de l'autheur commun de l'Escriture : mais non pour les nouueaux censeurs de l'Eglise, qui n'auoient rien de commun auec l'esprit des Peres. Et qu'au reste les Apostres se fussent bien gardez d'alleguer conioinctement & par forme de texte continu, deux passages,

entre lesquels il y euſt quelque clauſe contraire à la fin pour laquelle
ils les citoient.

A cela répondit le Sieur du Pleſſis, que ce qu'il auoit obmis de
ſainct Bernard ne faiſoit rié contre l'intention pour laquelle il l'a-
uoit allegué, qui eſtoit ſeulement afin de montrer que ſainct Bernard n'auoit pas approuué les honneurs exceſſifs qu'on deferoit à
la Vierge, & entre autres la feſte de ſa conception. Car au demeurant il n'auoit point diſſimulé que ſainct Bernard n'attribuaſt beaucoup à la Vierge, quand il auoit dit immediatement apres ceſte allegation: *Mais ſi eſt-ce qu'ailleurs il ayde fort à auancer ceſt abus, iuſques
à dire, Tu as, ô homme, vn ſeur accés à Dieu, où la Mere eſt deuant le
Fils, &c.*

Sur cela l'Eueſque d'Eureux repliqua qu'au contraire les paroles
que le Sieur du Pleſſis auoit retranchées du paſſage, repugnoient directement à la fin pour laquelle il le citoit: & que s'il les euſt laiſſées
dans le texte, elles euſſent tourné ſon allegation contre luy-meſme.
Car le ſujet ſur lequel & pour lequel le Sieur du Pleſſis auoit produit ce paſſage, n'auoit point eſté pour diſputer la feſte de la conception, encore que par incident ce mot s'y trouuaſt: mais pour faire
voir que S. Bernard quand il auoit eſté en ſes bons interualles, auoit
tenu que les ſaincts n'eſtoient point mediateurs enuers Chriſt, non
pas la Vierge Marie meſme. Et cela ledit Eueſque d'Eureux le prouuoit par trois raiſons.

Pag. 602.

La premiere, qu'outre ce que le but general de tout ce chapitre,
eſtoit de combattre l'inuocation des Saincts, l'occaſion particuliere
pourquoy le ſieur du Pleſſis citoit là S. Bernard, eſtoit afin de monſtrer les differents langages que bien ſouuent vn meſme Pere auoit
tenus de l'interceſſion des Saincts, ſelon les diuerſes diſpoſitions où
il s'eſtoit trouué: Et que comme S. Anſelme auoit quelquesfois vſé
en parlant de la Vierge, de paroles abſurdes & impies: & neátmoins
quand il auoit eſté queſtion de parler ſerieuſemét, auoit bien changé de langage: Ainſi ſainct Bernard en auoit fait de meſme, ayát en
quelques lieux fort aydé à auácer ceſt abus, & en d'autres ayant parlé
tres-bien des Saincts & des Anges, voire de la Vierge meſme. Or ces
paroles abſurdes & impies de S. Anſelme, que le Sieur du Pleſſis venoit de cenſurer, eſtoiét, que la Vierge eſtoit Dame, mediatrice, ſal-
uatrice. Et partant il falloit que le meſme Sieur du Pleſſis pretendiſt
que le lieu où il diſoit que S. Bernard auoit tres-bié parlé de la Vierge, ne contenoit point ces paroles là, mais tout le contraire: Car de
citer pour preuue cóme S. Bernard auoit en quelques lieux tres-bien
parlé des SS. & de la Vierge, vn paſſage où il ſe ſeruoit des meſmes
termes que le Sr du Pleſſis venoit tout fraichemét de condáner en S.
Anſelme, aſçauoir, que la Vierge eſtoit *inuétrice de grace, mediatrice de*

falut , reftauratrice des fiecles ; c'eftoit chofe qui ne fe pouuoit faire
equitablement : Et donc diſſimuler que ſainct Bernard vſoit en
ce lieu-là des meſmes mots , & les retrancher & éclypſer du
milieu de ſon texte ; c'eftoit chofe qui ne fe pouuoit faire fidellement.

La feconde , que le fieur du Pleſſis incontinent apres le mefme
paſſage, auoit ajoufté cefte exception, *Mais fi eſt-ce que S. Bernard ailleurs ayde fort à auancer ceft abus.* Or par ceft abus il ne pouuoit entendre la fefte de la conception : Car iamais ſainct Bernard
ne la fauoriſa nulle part, & outre cela l'exemple que le fieur du
Pleſſis apportoit peu apres, de l'ayde que ſainct Bernard auoit donné à ceft abus, ne touchoit aucunement la conception, mais ſeulement la mediation de la Vierge, comme il paroiſſoit par ces
mots, *Tu as, ô homme, vn ſeur accés à Dieu , où la Mere eſt deuant le
Fils, le Fils deuant le Pere, &c.* Et partant ainſi il falloit que le fieur
du Pleſſis ſuppoſaft qu'au lieu de deuant cefte exception, ſainct
Bernard non ſeulement n'auoit rien dit en faueur de la mediation
de la Vierge, mais au contraire l'auoit impugnée. Car ceft aduerbe, *Mais,* eft vne particule aduerſatiue, qui montre que les clauſes
qu'elle lie ſont oppoſées l'vne à l'autre. Et de là donc s'enſuiuoit-
il que ces mots; *Magnifie l'inuentrice de grace, la mediatrice de ſalut, la
reftauratrice des fiecles ;* eftants remis dans le texte de S. Bernard, rendoient l'allegation du fieur du Pleſſis, non ſeulement nulle , mais
directement contraire à ſa ſuppoſition : Et par conſequent en
eftant eclypſez, la rendoient fauſſe & mutilée.

La troiſiéme, que le fieur du Pleſſis diſoit peu apres, ^a que contre a *Pag. 605.*
l'abus que ſainct Bernard auoit impugné, s'eſtoit éleuée l'oppoſi-
tion des Vaudois & Albigeois, Or cefte oppoſition des Vaudois &
& Albigeois le mefme fieur du Pleſſis la rapportoit en ces termes;
*Qu'il n'y a qu'vn mediateur, & que toutes les inuocations & ſeruices des
Saincts ſont idolatrie.* Et partant il falloit que ledit fieur du Pleſſis
pretendiſt, que les lieux où il venoit de dire que ſainct Bernard
auoit tres-bien parlé des Saincts, voire de la Vierge , & leſquels il
venoit d'oppoſer à ce mefme abus qu'il diſoit que les Vaudois &
Albigeois impugnoient, ne contenoient rien de tel de ce que les
Vaudois & Albigeois impugnoient, c'eft à dire, ne contenoient
point que la Vierge fuft mediatrice. Au moyen dequoy ſe trouuant qu'ils le contenoient, il y auoit fauſſeté en la fin de l'allegation: & ſe trouuant qu'ils auoient eſté mutilez, afin qu'il n'ap-
paruft pas qu'ils le contenoient, il y auoit fauſſeté en l'allegation.

Et quant à ce que le fieur du Pleſſis ajouftoit qu'il n'auoit pas diſſimulé que S. Bernard ne donnaft ailleurs de grandes loüanges à la
Vierge; Repliquoit ledit Euefque d'Eureux, que cela ne l'acquit-

toit aucunement de l'obligation d'vn candide allegateur : Car il ne pouuoit pas moins faire que de recognoiſtre que les lieux de ſainct Bernard qu'il entreprenoit d'impugner, touchant c'eſt article, en parloient à ſon conte trop auantageuſement : Autrement pourquoy les impugner ? Mais la ſyncerité eſtoit à ne diſſimuler point que les propres lieux qu'il vouloit oppoſer à ceux-là, & par leſquels il les pretendoit impugner, contenoient cela meſme qu'il vouloit impugner ; & au lieu de faire pour luy, faiſoient directement contre luy.

Là deſſus le ſieur Mercier Secretaire nommé de la part du ſieur du Pleſſis, prit la parole, & dit que S. Bernard par ce mot, *Mediatrice de ſalut*, auoit entendu, non que la Vierge intercedoit pour nous, mais qu'elle eſtoit l'organe dont Dieu s'eſtoit ſeruy pour engendrer charnellement le ſalut du monde, qui eſtoit Chriſt.

A laquelle réponſe le ſieur du Pleſſis s'eſtant tenu, l'Eueſque d'Eureux repliqua que S. Bernard n'entendoit pas ſimplement par, *Mediatrice de ſalut*, organe de la generation du Sauueur, mais auſſi mediatrice d'interceſſion enuers luy : comme il eſtoit euident par l'interpretation qu'il donnoit à ce meſme mot, au ſecond ſermon de l'aduenement du Seigneur, où il parloit à la ſaincte Vierge, en ces termes : [4] *Noſtre Dame, noſtre Mediatrice, noſtre Aduocate, reconcilie nous à ton fils, recommande nous à ton fils, repreſente nous à ton fils.*

A cela le ſieur du Pleſſis dit qu'il n'auoit point allegué ce paſſage de ſainct Bernard, pour combattre ſpecialement la priere de la Vierge, mais ſeulement pour l'impugner en general, entant que ſainct Bernard diſoit que ce n'eſtoit pas l'honorer que de luy donner des honneurs qui ne luy eſtoient pas deuz ; & recognoiſſoit que dés ſon temps on pechoit en l'excés de l'honorer.

Sur cela l'Eueſque d'Eureux repliqua qu'il ne deuoit donc pas diſſimuler que S. Bernard ſpecifioit au meſme lieu, qui eſtoient les honneurs legitimement deuz à la Vierge, & qui eſtoient les faux & exceſſifs ; & qu'entre les honneurs deuz & legitimes, il cottoit celuy que le ſieur du Pleſſis impugnoit lors, aſçauoir, qu'elle eſtoit mediatrice de ſalut : Car de ſe ſeruir de la generalité des paroles d'vn autheur contre la ſpecialité exceptée au meſme lieu, c'eſtoit choſe qui ne ſe pouuoit faire auec bonne foy.

Répondit le ſieur du Pleſſis qu'entre les honneurs exceſſifs & illegitimes, S. Bernard en contoit que les Catholiques luy attribuoient auiourd'huy, comme la feſte de ſa conception : Et pource requit qu'on fit ouurir derechef le liure de S. Bernard, & y leut en la meſme Epiſtre ces paroles : *Nous nous eſtonnons aſſez dequoy quelques-vns de vous ſe ſont aduiſez en ce temps, de vouloir changer l'excel-*

lente couleur, en introduisant vne nouuelle celebrité que la coustume de l'Eglise ignore, que la raison n'approuue point, que l'ancienne tradition ne recommande point: Sommes-nous plus sçauants & plus deuots que nos Peres? Nous presumons auec peril, tout ce qu'en telles choses leur prudence a obmis: Et certes ce n'est point matiere que leur diligence eust peu obmettre, si elle n'eust esté à obmettre. Mais il faut, dittes-vous, honorer singulierement la mere du Seigneur. Vous dittes bien: mais l'honneur de la Royne ayme le jugement: La Vierge Royalle n'a point besoin de faux honneurs, estant comblée de vrays tiltres d'honneur. Et derechef: Ie dy que la glorieuse Vierge a conceu du sainct Esprit, mais qu'elle n'en a pas esté conceüe: Je dy qu'elle a enfanté estant Vierge, mais quelle n'a pas esté enfantée d'vne Vierge: Autrement où sera la prerogatiue de la mere du Seigneur, par laquelle elle est creuë s'eiouyr d'vne façon vnique & du don de sa lignée, & de l'integrité de sa chair; si l'on en attribuë autant à sa mere d'elle-mesme? Cela n'est pas honorer la Vierge, mais rabattre de son honneur. Et vn peu plus bas: Les choses estant ainsi, quelle raison y aura-t'il de fester sa Conception? Comment est-ce que sa Conception sera estimee saincte, qui n'est point du sainct Esprit, afin que ie ne die point qui est du peché? Ou comment sera-telle festoyable, si elle n'est point saincte? La Vierge se passera volontiers de cest honneur par lequel ou le peché semblera estre honoré, ou vne fausse saincteté introduitte.

Là dessus l'Euesque d'Eureux repliqua deux choses; L'vne, qu'il n'estoit point question si sainct Bernard mettoit entre les honneurs illegitimes de la Vierge, celuy sur le propos duquel ce texte n'auoit point esté allegué, qui estoit la feste de la Conception: mais s'il mettoit entre les legitimes celuy sur le propos duquel il auoit esté allegué, qui estoit la qualité de mediatrice. L'autre, que la feste de la Conception, de la façon que les Catholiques la celebrent, n'estoit point comprise entre les honneurs de la Vierge que sainct Bernard appelloit faux & illegitimes. Car ce que sainct Bernard s'offensoit contre ceux qui vouloient introduire ceste feste, c'estoit pour deux raisons qui n'ont aucun lieu maintenant: La premiere, qu'en ce faisant il sembloit qu'ils voulussent obliger d'obligation de foy les Chrestiens à croire que la Vierge estoit conceüe sans peché originel. Or l'Eglise nous a mis hors d'interest pour ce regard: Car & le Pape Sixte quatriéme par sa decretale, & le Concile de Trente qui l'a confirmée en la session cinquiesme ont declaré, que nul fidelle n'est obligé à tenir pour article de foy qu'elle ayt esté conceüe sans peché originel. De sorte que la cause pourquoy nous celebrons ceste feste, c'est pour nous resiouyr du commencement de son estre: & non pas pour faire vn article de foy de la pureté de sa Conception. La seconde, & celle surquoy sainct Bernard insistoit principalement, qu'il n'estoit pas raisonnable

d'introduire vne chofe de telle importance , fans auoir confulté
le Pape. Car celle-là eftoit l'oppofition finale de fainct Bernard , comme il le proteftoit par ces mots, qui furent leuz dans
la conclufion de l'Epiftre : [a] *Il falloit auparauant confulter l'authorité du fiege Apoftolique* : Et vn peu apres : *Mais les chofes que i'ay
dittes , foient dittes fans preiudice d'vn plus fage que moy* : *Et fur tout
ie referue à l'authorité & à l'examen de l'Eglife Romaine , tout ceft
affaire , comme auffi touts les autres femblables* : *eftant preft fi ie
tiens quelque chofe autrement qu'elle , de le corriger par fon jugement.*
Or eft depuis interuenuë là deffus l'approbation du Pape & de
toute l'Eglife, qui a receu cefte fefte, auec l'exception de la
claufe pour laquelle fainct Bernard en faifoit fcrupule. Et partant maintenoit l'Euefque d'Eureux, que fainct Bernard n'auoit
point mis entre les faux honneurs de la Vierge, la fefte de la Conception, telle que les Catholiques la celebrent : mais bien auoit
mis entre les vrays honneurs de la Vierge, la qualité que le fieur du
Pleffis luy nie, de mediatrice de falut.

Au moyen dequoy il concluoit que ledit fieur du Pleffis ne fe
pouuoit purger d'auoir allegué ce paffage ; *La Vierge n'a point
befoin de faux honneurs , eftant comblée des vrays titres d'honneur* :
pour en tirer la condemnation des Catholiques ; & en auoir fou-
ftrait la fpecification de ces vrays honneurs, en laquelle fe trouuoit la juftification des mefmes Catholiques. Et qu'au pis aller
quand pour ne fe faire point fon procés par fes propres pieces ; il
auroit voulu taire & diffimuler cefte claufe ; à tout le moins ne
la deuoit-il pas éclypfer du texte , & joindre vn autre periode
par forme de Centon, à la fuitte de celuy qui la precedoit : car
en ce faifant il oftoit aux lecteurs le moyen de foupçonner qu'il y
euft entre-deux quelque explication du premier paffage , qui luy
peuft feruir de correctif & d'antidote : Mais les deuoit citer diftinctement , comme deux textes feparez l'vn de l'autre , & mettre pour le moins entre deux vn *& cætera.* Ce que Monfieur le
Chancelier, auec l'aduis des deputez, prononça, qu'il euft efté
bon qu'il euft fait.

NEVFIESME

NEVFIESME PASSAGE CHOISI
PAR LE SIEVR DV PLESSIS.

L E neufiéme article des dix-neuf choisis par le sieur du Plessis, fut vn lieu pris du commentaire de Theodoret, sur le Pseaume 113. & cité par luy au mesme liure page 118. en ces mots: *Dieu, dit-il, fait ce qu'il luy plaist, mais les Images sont faittes telles qu'il plaist aux hommes: elles ont les domiciles des sens, mais elles n'ont point de sens: en cela moins que les mouches, les punaises & toute la vermine: Et est iuste que ceux qui les adorent, perdent la raison & le sens.*

Là dessus l'Euesque d'Eureux objecta deux choses, l'vne que le sieur du Plessis auoit supposé, *Images*, au lieu d'*Idoles*, qui estoient mots entre lesquels Theodoret mettoit expresse difference: L'autre, qui estoit le chef principal de l'accusation, qu'il auoit éclypsé ces deux clauses, *adorées par les Payens*, &, *adorées pour Dieux*, qui estoient les clauses essentielles & decisiues de la dispute, afin de transferer ce que Theodoret disoit des Idoles des faux Dieux, tenuës & adorées par les Payens, pour Dieux, aux Images des Chrestiens.

A cela le sieur du Plessis répondit qu'*Idole*, &, *Image*, estoient vne mesme chose: & offrit le prouuer par l'edition Grecque de l'Ecriture, & par les Peres.

Sur cela repartit l'Euesque d'Eureux, que jamais l'edition Grecque de l'Ecriture ne confondoit le mot d'*Image*, & celuy d'*Idole*, mais les distinguoit tousiours, non comme vne espece d'auec vne autre espece, mais comme vn genre d'auec son espece: Car toute Idole estoit bien Image, mais toute Image n'estoit pas Idole, dautant qu'Idole ajoustoit par dessus Image, vne condition de fausseté. Au moyen dequoy le mot d'*Image* comme genre, se prenoit en bonne & en mauuaise part; mais celuy d'*Idole*, comme espece, ayant pour sa difference la fausseté, ne se prenoit sinon en mauuaise. Et cela l'Euesque d'Eureux se faisoit fort, & auec raison, de le monstrer, tant par l'Ecriture que par les Peres. Car il ne se trouuera jamais, ny que l'Ecriture, ny que les anciens Peres ayent vsé du mot d'Idole en bonne part, ny qu'ils ayent appellé les Cherubins & autres effigies du Temple de Hierusalem, Idoles, ny que l'Ecriture ayt dit que l'homme est l'Idole de Dieu, mais l'Image de Dieu; ny que Iesus-Christ est l'Idole de son Pere, mais l'Image de son Pere: Et quiconque entre les anciens se fust hazardé de dire que nostre Seigneur est l'Idole de Dieu, eust esté abhorré des Chrestiens; qui monstre qu'ils mettoient vne notable

O

difference entre le mot d'*Image*, & celuy d'*Idole*.

A cela le sieur du Plessis répondit que c'estoit vne distinction friuole : & que ceux qui estoient versez en la langue Grecque, sçauoient qu'*Idole* & *Image*, estoient vne mesme chose.

Sur ce repliqua l'Euesque d'Eureux qu'*Idole* & *Image*, estoient bien aucunement vne mesme chose quant à l'etymologie des mots, mais que quant à l'vsage, c'estoient choses distinctes, & Grammaticalement, & Theologalement : Et que la distinction Grammatique estoit que le mot d'*Idole* emportoit ordinairement auec soy quelque fausseté : Et la distinction Theologique, qu'*Idole* signifioit tousiours l'effigie de quelque faux Dieu.

Pour l'intelligence dequoy il faut sçauoir qu'encore que les anciens autheurs prophanes confondent bien quelques-fois ces mots, Εἰκών & Εἴδωλον, neantmoins ceux d'entre eux qui veulent parler plus proprement, choisissent le mot, *Idole*, qui est vn diminutif d'espece ou Image pour exprimer les spectres, fantómes & autres simulachres faux & vains, & qui n'ont point de subsistence. Ainsi Homere appelle les ombres des morts, Εἴδωλα καμόντων: Et Platon comparant les enfantements de l'esprit, auec les accouchements des femmes, dit, [a] *Quelquesfois les esprits accouchent d'Idoles; quelques-fois d'enfantements veritables ;* ἔστι μὲν Εἴδωλα τίκτειν, ἔστι δ' ἀληθινά. Et de là est-il aduenu que les autheurs subsequents, quand ils ont voulu exprimer en vn mot quelque Image fausse, & qui n'auoit point d'object veritable & subsistent l'ont appellee Idole. Et à mesme raison donc, par ce que les effigies des faux Dieux estoient de ceste condition; au lieu que les Hebrieux les nommoient volontiers de noms qui signifioient en leur langue, *vana, non entia, nihilitates;* les Theologiens Grecs les ont appellees Idoles, c'est à dire, Images de choses qui ne sont point: ce que S. Paul confirme, quand il dit; [b] *Nous sçauons que l'Idole n'est rien au monde.* Car il n'entend pas que l'Idole ne soit quelque chose subiectiuement : mais il veut dire qu'elle n'est rien objectiuement; d'autant que l'object qu'elle represente, ou n'est point du tout, ou n'est pas ce que par son institution speciale elle represente estre, asçauoir Dieu.

Pour ces causes donc l'Euesque d'Eureux maintenoit que les anciens autheurs Ecclesiastiques mettoient difference entre ces mots, *Idole* & *Image* : & que particulierement Theodoret, duquel seul il estoit lors question, y obseruoit l'vne & l'autre distinction, c'est à dire, & la Grammatique, asçauoir, que les Idoles estoient les Images des choses fausses & non subsistentes : & la Theologique, asçauoir que les Idoles estoient les effigies des faux Dieux.

A cela le sieur du Plessis répondit qu'il feroit voir par Holcot &

autres autheurs Ecclesiastiques, qu'il n'y auoit aucune distinction entre *Image* & *Idole*, & qu'ils n'y en mettoient point.

Sur cela rechargea l'Euesque d'Eureux, qu'il n'estoit point question de ce que disoient Holcot, & autres semblables autheurs des derniers siecles, qui n'estoient de nul poids en cest endroit, pour n'auoir esté versez, ny en la cognoissance de l'antiquité, ny en celle des langues, mais de ce que disoient les anciens, nommément Theodoret, duquel seul il s'agissoit lors. Et que s'il falloit alleguer des autheurs modernes, il en pourroit retorquer contre le sieur du Plessis de beaucoup plus instruits en la langue Grecque & plus irrecusables pour luy, comme estans des siens mesmes, que ceux-là; asçauoir, Pierre Martyr, qui en ses lieux communs au Traitté de l'Idolatrie, écrit ces mots : [a] *Idole est toute forme ou espece que les hommes ont trouuée pour representer ou exprimer, Numen, la diuinité.* Et Henry Estienne qui en son thresor de la langue Grecque écrit ainsi, sur le mot, *Idole* : [b] *Idoles,* dit-il, *parmy les Ecriuains Ecclesiastiques, s'appellent particulierement les simulachres representants quelque Deïté.*

A cela répondit le sieur du Plessis, que Tertullian en son liure de l'Idolatrie confondoit le mot d'*Image* & celuy d'*Idole*, & les prenoit pour vne mesme chose.

Repliqua l'Euesque d'Eureux, que Tertullian parloit là selon la raison de l'Etymologie des mots, & non selon le commun langage de l'Eglise, de laquelle il n'estoit pas citoyen, mais estranger & fugitif : & partant ne pouuoit lors estre conté entre les autheurs proprement Ecclesiastiques. A quoy Monsieur l'Euesque de Beauuais ajousta ce mot de sainct Hierôme; *De Tertulliano nihil aliud dicam, nisi eum Ecclesiæ hominem non fuisse :* c'est à dire, De Tertullian ie ne répondray autre chose sinon qu'il n'a pas esté homme de l'Eglise. Et Monsieur l'Euesque de Neuers y accoupla cestuy-cy de sainct Hilaire ; *Consequens error detraxit scriptis probabilibus authoritatem :* Son erreur subsequente a osté authorité mesme à ses legitimes écrits.

Or les raisons qui mouuoient l'Euesque d'Eureux à dire contre l'opinion de Pamelius, que le liure de l'Idolatrie, encore qu'il n'eust autre but que de dissuader ceux qui faisoient des Idoles des faux Dieux pour les Payens, auoit esté neantmoins écrit par [c] Tertullian Heretique & Montaniste ; estoient ces deux-cy entre autres : L'vne qu'au liure des spectacles cité par celuy de l'Idolatrie, il fait déja mention de ses resueries spirituelles, & constituë entre les voluptez du Chrestien, la recherche des reuelations, *quod reuelationes petis :* Ce qui en son temps sentoit ouuertement l'heresie de Montanus. L'autre qu'au mesme liure il condamne

---

Notes marginales :

[a] *Petr. Mart.* Idolum est omnis forma seu species, quam sibi homines vt referatur ac exprimatur numé adinuenerunt.

[b] *Henr. Steph.* Apud Ecclesiasticos scriptores, εἴδωλα peculiari significatione vocantur simulachra numen aliquod repræsentantia.

[c] *Le Cardinal Baronius au second tome de ses Annales en l'an 201. prouue que le liure de la couronne du soldat, composé par Tertullian déja Montaniste, fut écrit la septiéme année de l'Empereur Seuere & sous le Pape Victor, & les liures des spectacles & de l'Idolatrie selon luy-mesme & selon Pamelius furent écrits l'an deuxiesme de Seuere, & sous le Pape Zephyrin.*

superstitieusement & Iudaïquement la simple facture de toutes sortes de similitudes, comme chose sacrilege & illicite. Ce que toutesfois Tertullian ne pouuoit ignorer estre contraire à l'vsage Catholique de son temps : Car en son liure de la pudicité, où il combat à enseignes déployées pour l'heresie de Montanus, contre l'Eglise Catholique ; il témoigne que les Catholiques auoient en leurs Eglises les Images de nostre Seigneur peint en forme d'vn Berger rapportant vne brebis sur ses épaules, voire les auoient au plus venerable lieu de toute l'Eglise, açauoir, és calices de l'Eucharistie : & tenoient ceste coustume si authentique, qu'ils argumentoient de là contre les Montanistes, & en inferoient que les pecheurs mesme apres le Baptesme, deuoient estre receuz à penitence.   Voicy les propres mots de Tertullian : [a] *Viennent en auant*, dit-il, aux Catholiques, *les peintures de vos calices, pour voir si d'auenture l'interpretation de ceste oüaille y reluira.* Et derechef parlant en nombre singulier à tout le peuple Catholique : *Ce pasteur*, dit-il, *que tu peins au calice, prostituteur aussi luy-mesme du Sacrement de Christ, à bon droit & Idole d'ebrieté, & asyle d'adultere, suitte ordinaire du calice, dont tu ne boys rien plus volontiers que loüaille de la penitence seconde*, Auquel lieu si Tertullian comme Aduocat des Montanistes, secte de censeurs, qui reduisoient toute la discipline Chrestienne à vne seuere & superstitieuse austerité, blasphéme contre les Images de nostre Seigneur, & les appelle Idoles : c'est chose qu'il faut imputer à la passion de son heresie, qui ne pouuoit souffrir de voir les impietez de Montanus conuaincuës par les Images des Catholiques : & non pas l'embrasser & imiter.

Mais en somme sans entrer au fonds de toutes ces preuues, maintenoit ledit Euesque d'Eureux, qu'il n'estoit point lors question de la difference que Tertullian mettoit, ou ne mettoit pas, entre le mot d'*Image*, & celuy d'*Idole* : mais de celle que Theodoret, duquel seul il s'agissoit lors, y constituoit. Que quand le temps porteroit de traitter la question en general, & sçauoir, si les Peres discernoient ou confondoient ces deux termes, il monstreroit fort bien que jamais les anciens autheurs Catholiques ne les auoient tenus pour equipollents : mais y auoient toujours obserué ceste difference, que le mot, *Image*, estoit comme le gente, qui pouuoit selon les occasions signifier Idole, & ne la signifier pas, & se prendre en bonne & mauuaise part : Et celuy d'*Idole* comme l'espece, qui auoit pour sa difference la fausseté ; & à ceste cause ne se prenoit jamais par les Peres, sinon en mauuaise part ; & ne signifioit entre eux sinon les effigies des faux Dieux. Mais que pour lors il luy suffisoit de parler de Theodoret, & faire voir que Theodoret mettoit distinction, & Grammatique, & Theologique,

entre le mot *d'Idole*, & le mot *d'Image*. Or cela il le verifioit & par la
38. queſtion ſur l'Exode, où Theodoret fait ceſte demande ; [a] *Com-*
ment eſt-ce que different Idolé & ſimilitude? Idole , répond-il , *ne repre-*
ſente rien qui ſubſiſte: & ſimilitude eſt l'effigie & l'image de quelque choſe:
Et par l'hiſtoire de la vie de ſainct Simeõ Stelite, décrite par Theodoret en ceſte ſienne celebre hiſtoire des Peres, que les Grecs appellent, l'hiſtoire religieuſe : où le meſme Theodoret conte entre les
loüanges de ſainct Simeon Stelite Aſiatique, que iuſques dans Rome les Fidelles luy auoient erigé des Images, s'acquerants par là,
protection & ſauuegarde. Au moyé dequoy il ne pouuoit pas prendre le mot *d'Idoles*, & de *ſimples images*, pour vne meſme choſe, puis
qu'il prononçoit anathéme & maledictiõ contre ceux qui faiſoient
les Idoles, & attribuoit ſauuegarde & protection à ceux qui erigeoient des Images à ſainct Simeon Stelite.

　Là deſſus les deputez demanderent que le liure de Theodoret,
nommé l'hiſtoire religieuſe, fuſt apporté ſur la table, & leu publiquement. Ce qui fut fait, & y furent trouuées ces paroles.

　[b] *Ils diſent meſmes que iuſques en la grande Rome, le nom de ceſt homme*
eſt deuenu ſi celebre, qu'à toutes les entrées des boutiques ils luy ont poſé de
petites Images, s'acquerants de là ſauuegarde & protection.

　A cela l'vn des aſſiſtants prenant la parole pour le ſieur du Pleſſis,
répondit que Theodoret ne l'affermoit pas abſoluëment, mais v-
ſoit de ce mot, *Ils diſent*. Et le Sieur du Pleſſis ayant embraſſé ceſte
réponſe, l'Eueſque d'Eureux repliqua qu'il falloit bien que Theodoret vſaſt de ce terme, *Ils diſent :* Car il n'auoit garde d'en eſtre témoin oculaire, puis qu'il demeuroit en la ville de Cyr, ſiege de ſon
Epiſcopat, ſituée à l'autre bout de la Syrie, & ſur les limites de la
Perſe, & diſtante de plus de mille lieuës de celle de Rome, en laquelle il n'auoit iamais eſté. Mais que la force de l'argument n'eſtoit
pas appuyée ſur la verité de l'hiſtoire en ſoy, mais ſur l'approbation que Theodoret en faiſoit ; & ſur ce qu'il diſoit, non relatiuement, mais deciſiuement, que ceux qui appoſoient ces Images à
ſainct Simeon Stelite, s'acqueroient de là ſauuegarde & protection ;
φυλακίω καὶ ἀσφάλειαν, *tutele & indemnité.* Car s'il euſt eſtimé qu'*Ido-*
le, &, *Image ſimple*, euſſent eſté vne meſme choſe, il n'euſt pas conté
entre les loüanges de ſainct Simeon qu'on luy euſt dreſſé des Images, & n'euſt pas dit que ceux qui les luy erigeoient s'acqueroient de
là ſauuegarde & protection.

　A cela répondit le Sieur du Pleſſis, qu'il y auoit bien grande difference entre mettre les Images des ſaincts és paruis des boutiques,
où les mettre dedans les Temples.

　Sur cela repartit l'Eueſque d'Eureux, qu'il n'eſtoit point lors queſtion de diſputer ſi les Images des ſaincts eſtoient dans les Egliſes

---

Marginal notes:

[a] *Theodor. quæſt. 38. in Exod.* τί διαφέρει εἴδωλον καὶ ὁμοίωσιν ; τὸ εἴδω-λον οὐδεμίαν ὑπό-σταϲιν ἔχει · τὸ δὲ ὁμοίωμα τινός ὅδιν ἴδαλμα καὶ ἀπεί-καϲμα.

[b] *Theodor. in vita S. Symeonis Stelit.* Φασὶ γὰρ οὕτως ὃν Ρώμῃ τῇ μεγίϲῃ πο-λυθρυλλητον γενέ-ϲθαι τὸν ἄνδρα, ὡς ὃν ἅπασι τοῖς τῶν ἐργαϲηρείων προπυ-λαίοις εἰκόνας αὐτῷ βραχείας ἀναϲῆσαι, φυλακίω ἵνα σφί-σιν αὐτῆς καὶ ἀ-σφάλειαν ἐντεῦθεν προείζοντας.

des Chreftiens au temps de Theodoret, ou non : mais fi Theodoret mettoit ou ne mettoit point de diftinction entre les Images des Saincts & les Idoles : Car foit que les Idoles fuffent dans les Temples, ou foit qu'elles fuffent dans les maifons, comme les Dieux Penates, elles eftoient toufiours Idoles. Combien que quand il faudroit traitter ceft autre poinct, il luy feroit tres-facile, difoit-il, de monftrer que les Chreftiens, & du temps de Theodoret, qui eftoit quatre cents ans & plus, apres la mort de noftre Seigneur, & deuant Theodoret, auoient les Images de Chrift & des Saincts en leurs Eglifes : comme il paroiffoit par les écrits de fainct Bafile, de fainct Gregoire de Nyffe, & autres, qu'il fe contenta de cotter pour ce qu'il eftoit déja tard : mais dont voicy les paroles.

Sainct Bafile fait Euefque de Cefarée en Cappadoce, il y a plus de douze cents trente ans, fur la fin de l'oraifon du fainct Martyr Barlaam : [a] *Soit peint auffi auec le Martyr dans vn mefme tableau, Chrift Prefident du combat.*

Sainct Gregoire de Nyffe frere & contemporain de fainct Bafile : [b] *Icy*, dit-il (parlant du Temple de fainct Theodore) *le peintre a épandu les fleurs de fon art en l'Image du Martyr, depeignant fes courageufes actions, fes refiftances, fes tourments, les cruelles & barbares formes des tyrans, la fournaife embrasée, la bien-heureufe confommation de l'athlete, & l'effigie de la forme humaine de Chrift Prefident du combat.* Et Photius graue autheur Grec cotte en fa Bibliotheque que deux epiftres d'Heraclide Euefque de Nyffe, fucceffeur du mefme fainct Gregoire, & contemporain de Theodoret ; [c] *en la derniere defquelles*, dit-il, *eftoit contenu l'vfage de l'antiquité des venerables images :* ὧν ἐν τῇ δευτέρᾳ καὶ χρῆσις φέρεται τῆς ἀρχαιότητος τῶν σεπτῶν εἰκόνων.

Prudentius, 350. ans apres la mort de Chrift, en l'Hymne de fainct Caffian, dont l'Image eftoit fur l'Autel de l'Eglife : [d] *Ie leuay*, dit-il, *ma face au Ciel, & rencontray deuant mes yeux l'Image du Martyr, peinte de l'émail des couleurs.*

Sainct Paulin Euefque de Nole en Italie, écriuant il y a douze cents ans à Seuere Sulpice és Gaules, qui auoit faict mettre l'Image du fufdit fainct Paulin aupres de celle de fainct Martin : [e] *L'vne, Image venerable*, dit-il, *reprefente fainct Martin : l'autre forme reprefente Paulin humble & abject.*

Répondit le Sieur du Pleffis, que le Concile Elibertin auoit défendu qu'il n'y euft des Images és Eglifes, en ces mots : *Placuit picturas in Ecclefiis non effe.*

Repartit Euefque d'Eureux, que le Concile Elibertin, qui fut vn petit Synode de dix-neuf Euefques de la Prouince de Grenade en Efpagne, auoit efté tenu en vn temps que l'Eglife n'eftoit pas encore hors de la tyrannie des Payens ; & qu'à cefte occafion

---

[a] *Bafil. impr. Grac. Bafil.* 1551. Ἐγγραφέσθω τῷ πίνακι καὶ ὁ τῶν παλαισμάτων ἀγωνοθέτης Χριστός.

[b] *S. Gregor. Nyllen. traduict fur l'original Grec par Sifanus Proteftant, & imprimé en Latin à Fafle,* 1562. Induxit autem etiam pictor flores artis in imagine depictos, &c. *Le Grec eft,* ἐπέχρωσε δὴ καὶ ζωγράφος τὰ ἄνθη τῆς τέχνης. ἐν εἰκόνι διαχαράξαμενος τὰς ἀριστείας τοῦ μάρτυρος, τὰς ἐνστάσεις, τὰς διηγδόνας, τὰς θηριώδεις τῶν τυράννων ἐπηρείας, τὴν φλογερῶν κάμινον ἐκείνην, τὴν μακαριωτάτην πλείωσιν, τοῦ ἀγωνοθέτου Χριστοῦ τῆς ἀνθρωπίνης μορφῆς τὸ ἐκτύπωμα. *Orat. in B. Theod.*

[c] *Phot. in Bibliothec. cap.* 52.

[d] *Aur. Prudent. imprimé à Bafle,* 1562. Erexi in cœlum faciem, ftetit obuia cõtrà fucis colorũ picta imago martyris.

[e] *S. Paulin imprimé à Bafle par le foin de Gryneus, Miniftre de Bafle, lib.* 2. *ep.* 4. Martinum veneranda viri teftatur imago, Altera Paulinũ forma refert humilem.

craignant que fi les Chreftiens peignoient leurs Images fur quelques chofes immobiles, & lefquelles ils ne peuffent enleuer & tranf-
porter, comme ils tranfportoient les liures facrez, vafes & autres
meubles du miniftere de l'Eglife, és maifons des fidelles particuliers, lors qu'ils voyoient venir l'orage de la perfecution ; elles ne
demeuraffent en proye aux derifions & outrages des Payens ; il défendit, non que les Chreftiens n'euffent des peintures & des Images
dans des Tableaux, mais qu'ils n'euffent des peintures enduittes és
murailles & parois de leurs Temples. Ce que ledit Euefque d'E-
ureux prouuoit, & par l'vfage qui eftoit en l'Eglife Catholique
long temps deuant le Concile Elibertin, d'auoir des peintures de
Chrift és Calices de l'Euchariftie, comme Tertullian le remarque ;
& par la raifon mefme qu'en amenoit le Concile Elibertin, en ces
termes: *De peur que ce qui eft feruy ou adoré, ne foit peint aux parois* : Qui eftoit vne raifon qui ne pouuoit auoir lieu finon pour la defenfe des peintures faittes és murailles des Eglifes: Car de donner
vne caufe particuliere d'vne prohibition vniuerfelle, & défendre
d'auoir abfoluëment des Images dans les Eglifes, tant aux parois
que hors des parois, *de peur que ce qui eft feruy ou adoré, ne fuft peint
aux parois* ; c'euft efté vne impertinence plus que puerile : Et
finalement par la couftume mefme qui dure encore auiour-
d'huy apres tant d'interruptions au Diocefe de Grenade en Efpagne, en memoire de l'ordonnance du Concile Elibertin, de fe contenter de tableaux és Eglifes, & n'auoir point d'Images & de peintures appliquées contre les murailles. Mais en fin concluoit ledit
Euefque d'Eureux, qu'il n'eftoit point lors queftion de toutes ces
digreffions, mais feulement de fçauoir fi Theodoret mettoit difference entre fimple Image, & Idole: Ce qu'il auoit prouué par Theodoret mefme. Et pourtant fommoit le Sieur du Pleffis, de répondre
à l'autre partie de l'obiection, qui eftoit, qu'il auoit ofté du texte de Theodoret ces paroles: *Adorées par les Payens*, &, *Adorées pour
Dieux.*

    A cela le Sieur du Pleffis répondit qu'il n'auoit pas rapporté le
texte de Theodoret tout entier, mais en auoit fait vn raccourciffe-
ment, pour traitter les chofes auec plus de briefueté.

    Repartit l'Euefque d'Eureux, que ces raccourciffements eftoient
bons en peinture ; mais non en Theologie : & que ce n'eftoit pas
raccourcir les textes, mais les mutiler, que d'en éclypfer les claufes
effencielles & decifiues.

    Répondit le Sieur du Pleffis, qu'il en auoit conferué les claufes
fubftancielles.

    Repliqua l'Euefque d'Eureux, qu'il en auoit conferué les claufes
fubftancielles pour luy : mais qu'il en auoit ofté les claufes fub-

O iiij

*Tertull. lib. de Pu-
diciția.*

ſtancielles pour les Catholiques, aſçauoir, *adorées par les Payens*, &,
adorées pour Dieux.

Répondit le Sieur du Pleſſis, que ces clauſes ſe ſuppleoient aſſez
d'elles meſmes, puis que le Pſeaume ſur lequel Theodoret auoit
écrit le paſſage, eſtoit directement contre les Idoles ou Images des
Gentils.

Repliqua l'Eueſque d'Eureux, que cela n'y apportoit aucun
ſupplément: Car c'eſtoit vne couſtume toute ordinaire aux autheurs Eccleſiaſtiques, quand les Prophetes diſoient quelque choſe contre les Payens, & qu'il ſe trouuoit des Heretiques parmy
les Chreſtiens, qui commettoient ſemblables erreurs; de prendre
ſuject de là de declamer ſpecialement contre eux : & que ceux de
Genéue meſme, en leurs commentaires ſur les écrits de Dauid &
des autres Prophetes, n'épargnoient pas non-plus les Catholiques,
quand ils rencontroient quelque mot dit contre les Payens, qu'ils
penſoient leur pouuoir ietter au viſage. Et partant qu'il ne ſuffiſoit pas pour monſtrer qu'vn autheur n'auoit pas écrit quelque
ſienne cenſure contre les actions des Chreſtiens, de dire qu'il l'a-
uoit écrite ſur vn lieu des Prophetes qui parloit contre les Payens;
s'il n'apparoiſſoit d'ailleurs qu'il ne l'euſt, ou peu, ou voulú eſtendre
aux actions des Chreſtiens.

Répondit le Sieur du Pleſſis, que Theodoret n'auoit garde d'é-
crire expreſſément contre les Images des Chreſtiens, veu que les
Chreſtiens de ſon temps n'en auoient point.

Repliqua l'Eueſque d'Eureux, qu'il auoit déja montré, voire
par Theodoret meſme, qu'ils en auoient : Et d'ailleurs que le
Sieur du Pleſſis ne pouuoit eſtre receu à ſe ſeruir de ceſte défaitte, ayant cité deux lignes auparauant, vn paſſage d'vn autheur
contemporain de Theodoret, contre ceux qui erigeoient des ſtatuës aux Saincts : Il vouloit dire Theodote Eueſque d'Ancyre,
duquel le Sieur du Pleſſis venoit d'alleguer en la meſme page ces
paroles entre autres : *Et ces gens qui erigent des ſtatuës aux Saincts,*
quelle vtilité , ie vous prie , nous diront-ils qu'il leur en reuienne?
Car encore que ce paſſage là ſoit faux, & ne ſe trouue, ny ne ſe
ſoit iamais trouué dans aucune piece de Theodote: mais ayt eſté
ſuppoſé par les Iconoclaſtes, comme ils en furent conuaincus au
ſecond Concile de Nicée : Neantmoins puis que le Sieur du
Pleſſis le citoit pour veritable , il ne pouuoit pas pretendre
que les Chreſtiens du temps de Theodoret n'euſſent point d'I-
mages.

Répondit le Sieur du Pleſſis, que quoy qu'il fuſt du faict, les
clauſes qu'il auoit obmiſes n'importoient rien à la fin pour laquelle il alleguoit ce paſſage.

Repliqua l'Euesque d'Eureux, qu'elles importoient de tout: Car puis qu'elles montroient que Theodoret parloit là des Idoles adorées par les Payens ; & adorées pour Dieux ; elles empeschoient qu'on ne luy pouuoit imputer qu'il parloit des Images des Chrestiens.

Répondit le sieur du Plessis, qu'il n'auoit pas allegué ce passage de Theodoret, pour l'employer directement contre les Images des Chrestiens, mais seulement par analogie, entant que les mesmes choses qu'il disoit contre les Idoles des Payens conuenoient aussi aux Images des Chrestiens, ascauoir d'estre faittes, & ne faire pas, de prendre leur estre de la matiere & de l'art des artizans, d'auoir les sieges des sens, & estre insensibles.

Repliqua l'Euesque d'Eureux, que les clauses que le sieur du Plessis auoit ostées de ce passage détruisoient la consequence qu'il en vouloit tirer, & montroient qu'il ne pouuoit estre ny directement ny indirectement appliqué aux Images des Saincts. Car Theodoret parloit là nommement contre les effigies qui estoient tenuës pour Dieux. Or tant s'en faut que cela ayt lieu en celles des Chrestiens, qu'il nous est expressément defendu par [a] l'Eglise, de croire qu'il y ayt aucune diuinité ou vertu en elles, à cause dequoy elles soient venerables par elles-mesmes, ny de leur demander quelque chose, ny d'y constituer nostre fiance, comme les Payens faisoient en leurs Idoles. Et quant aux reproches que Theodoret objectoit contre les Idoles des mesmes Payens que le sieur du Plessis disoit conuenir également aux Images des Chrestiens, ascauoir de ne faire pas, mais d'estre faittes, de tirer leur estre de la matiere & de l'artifice de l'ouurier; d'auoir les sieges des sens, & estre insensibles: Ajoustoit ledit Euesque d'Eureux, que Theodoret ne fondoit pas separément les maledictions qu'il prononçoit contre elles, & contre ceux qui les faisoient; sur ces simples reproches, qu'elles prenoient leur estre de la matiere & de l'art des ouuriers, & autres semblables: mais les fondoit conjoinctement sur ces deux conditions, qu'elles estoient tenuës pour Dieux, & neantmoins prenoient leur estre de la matiere & de l'art des ouuriers : Desquelles deux conditions, le sieur du Plessis éclypsoit l'vne ; pour prendre l'autre separément. Car c'eust esté vne absurde imagination à Theodoret & à Dauid mesme, de prononcer anathéme contre les idoles des Payens, & contre ceux qui les faisoient, sur ceste simple consideration, qu'elles ne faisoient pas, mais qu'elles estoient faittes, & qu'elles prenoient leur estre de la matiere & de l'art des ouuriers : Et eust fallu à ce conte qu'ils eussent anathematizé tous les vases du Tabernacle & du temple, & tous les arts & ouurages de manufacture que Dieu par sa sapience auoit inspirez aux hom-

a *Conc. Trid.* *Sess.*25.
Non quod creditur aliqua in iis esse diuinitas vel virtus propter quam sint colendæ, vel quod ab eis sit aliquid petendum, vel quod fiducia in imaginibus sit figenda, velut olim fiebat à gentibus quæ in idolis spem suam collocabant.

mes. Et de les condamner aussi pour ce qu'elles auoient les domiciles des sens, & neantmoins estoient insensibles : Il eust fallu
retorquer la mesme condamnation contre les Cherubins du sanctuaire qui auoient des yeux, & ne voyoient point ; & contre les
Images de S. Simeon celebrées par Theodoret, & contre toutes les
effigies ciuiles de peinture & sculpture. Mais ce que Dauid, &
apres luy Theodoret reprochoit aux Payens que leurs Idoles
auoient des yeux & ne voyoient point ; c'est que les Payens tenoient que leurs Idoles n'estoient pas seulement Images des Dieux,
mais Dieux mesmes. Car ils croyoient qu'estants consacrées, elles deuenoient Dieux, & comme dit Tertullian, changeoient leur
destinée par la consecration ; [a] *Fatum consecratione mutabant* : C'est
à dire, ils croyoient que par certaines adjurations & euocations
magiques, par certaines formules, dedicaces & consecrations, par
certaines paroles expresses & prescrittes, la Deïté de leurs faux
Dieux s'incorporoit en ces simulacres là, & s'y vnissoit personnellement & hypostatiquement : de sorte que la diuinité de chaque
faux Dieu deuenoit comme l'ame & la forme interne des Idoles,
& les Idoles deuenoient non seulement comme sieges & domiciles, mais comme vrays & propres corps des Dieux. Pour ces causes donc Dauid leur reprochoit, & Theodoret apres luy, que leurs
Idoles auoient des yeux, & ne voyoient point, & partant qu'elles
n'estoient pas Dieux : Car si elles eussent esté animées & informées
de la deité, ayants les organes des sens, elles eussent eu les operations des sens. Autrement à cause dequoy objecter aux Gentils, que
les Idoles de leurs faux Dieux auoient des yeux, & ne voyoient
point ; s'ils eussent creu que ce n'eussent esté que les Images de leurs
Dieux?

A cela respondit le sieur du Plessis qu'il estoit bien vray de quelques-vns, mais non de touts.

Repliqua l'Euesque d'Eureux, qu'il estoit vray de tous ceux qui
viuoient selon les regles exactes du Paganisme, & suiuoient absoluëment la doctrine de leurs Prestres & Pontifes. Bien y auoit il
certains cauillateurs demy-Philosophes, demy-Payens, lesquels
ayants honte des reproches que les Chrestiens leur faisoient de ceste absurdité, la dissimuloient & déguisoient le plus qu'il leur estoit
possible, & disoient qu'ils ne tenoient leurs Idoles que comme Images de Dieux, & non comme Dieux. Mais ceux qui viuoient simplement, & parloient ingenuement selon les propres loix du Paganisme, croyoient que leurs Idoles estoient vrayement & reëllement Dieux. Et cela l'Euesque d'Eureux offrit de le verifier, lors
que le temps le porteroit, par touts les passages & de l'Ecriture &
des anciens Peres, qui parlent des Idoles des Payens : Comme si

a *Tert. in Apol.*

l'heure ne l'euſt preſſé, il l'euſt fait tout ſur le champ, pour le regard de l'Ecriture, par ceux-cy.

Vous ne vous ferez point de Dieux d'or, & d'argent. Exode 20.

Vous ne vous conuertirez point aux Idoles, & ne vous ferez point de Dieux de fonte : Ie ſuis le Seigneur voſtre Dieu. Leuitic. 19.

Touts les Dieux des Gentils ſont Idoles. Pſal. 95.

Ils ont jetté au feu les Dieux de ces nations là, parce qu'ils n'eſtoient pas Dieux, mais ouurages d'hommes. 4. Rois, chap. 19.

Le ſculpteur prie ſon ouurage, & luy dit, Deliure moy, car tu es mon Dieu. Eſaïe 44.

Ils ont dit au bois, Tu es mon Dieu; & à la pierre, Tu m'as engendré. Hierem. 2.

Tout artizan eſt rendu confus en ſon ſculptile : car ce qu'il a fondu eſt faux, & n'y a point d'eſprit dedans. Hierem. 7.

Ils ont communiqué le nom incommunicable, au bois & à la pierre. Sap. 14.

Ils ont eſtimé toutes les Idoles des nations, Dieux. Sap. 15.

Les chauue-ſouris, & les arondelles, & les oyſeaux, & les chats volti-gent ſur leur teſte : Sçachez donc qu'ils ne ſont pas Dieux. Baruch. 6.

Ne te ſemble-t'il pas que Bel ſoit vn Dieu viuant ? Ne vois-tu pas com-bien il boit & mange tous les jours ? Daniel 14.

Il enſeigne (dit Demetrius parlant de S. Paul) que les Dieux faits de la main des hommes, ne ſont pas Dieux. Act. 19.

Et pour le regard des Peres, par ceux-cy.

S. Irenée : [a] *Il a eſté dit par Moyſe, tu ne te feras aucune ſimilitude en qualité de Dieu, des choſes qui ſont là haut au Ciel, ny en bas en la terre.*

S. Cyprian [b] *Des Idoles que les Gentils penſent eſtre Dieux, il eſt écrit en la Sapience de Salomon, ils ont eſtimé toutes les Idoles des nations, Dieux.*

Minutius Fœlix ; [c] *Voicy il eſt fondu, forgé, taillé, & n'eſt pas en-core Dieu : Voicy il eſt plombé, conſtruit, erigé, & n'eſt pas encore Dieu : Voicy il eſt orné, conſacré & prié, & alors finalement il eſt Dieu.*

Arnobius ; [d] *Ie faiſois vne cruelle iniure à ceux que ie m'eſtois per-ſuadé eſtre Dieux, croyant qu'ils fuſſent bois, ou pierre, ou os, ou qu'ils habitaſſent en telle matiere.*

Euſebe, [e] *Ils accuſoient leur beſtiſe & celle de leurs peres, voyants que dans ces cachettes & ſtatuës qu'on briſoit, il n'y auoit aucun habitateur, ny demon, ny annonceur d'oracles, ny Dieu, ny eſprit prophetique.*

[a] *Iren. l. 3. c. 6.* A Moyſe dictū eſt, non facies tibi omnem ſi-militudinem in Deum, quęcun-que in cœlo ſur-ſum, & quæcū-que in terra de-orſum.

[b] *s. Cypr. l. 3. teſtim. adu. Iu-dæos ad Quirin.* De Idolis, quæ Gentiles Deos putant, in Sapientia Sa-lomonis omnia idola nationum æſtimauerunt Deos.

[c] *Minutius Fœ-lix in Octauio,* Ecce funditur, fabricatur, ſcal-pitur, nondum Deus eſt : Ecce plumbatur, cō-ſtruitur, erigi-tur, nec adhuc Deus eſt : Ecce ornatur, con-ſecratur, oratur tunc poſtremò Deus eſt.

[d] *Arnob. aduerſ. Gent. lib.* 1. Eos ipſos diuos quos eſſe mihi perſuaſeram, afficiebam cōtumeliis gra-uibus, cum eos eſſe credebam ligna, lapides atque oſſa, aut in huiuſmodi rerum habitare materia.

[e] *Euſeb. lib.* 3. *de vita Conſtant.* ἐδ' ὦν αὐτοῖς ἀγάλμασιν ἔνοικος, ἢ δαίμων, οὐ χρησμῳδὸς, οὐ θεὸς, οὐ μάντις.

S. Athanase ; [a] *Icy les Philosophes & hommes sçauants d'entré les Payens, se sentants conuaincus, ne nient pas que leurs Dieux pretendus ne soient des figures d'hommes & de bestes : mais ils disent qu'ils les ont, afin que par eux la Deïté leur rende ses oracles, & se manifeste à eux.*

S. Chrysostome [b] *Comment est-ce que ce n'est point vne extréme bestise, de penser que ce n'est faire ny dire rien d'absurde, que d'introduire leurs Dieux dedans les bois, & dedans de viles statues : & les enfermer là comme dedans des prisons : & de nous reprendre nous qui disons que Dieu a secouru le genre humain par le temple qu'il a basty viuant du S. Esprit ? Car si c'est chose absurde que Dieu habite en vn corps humain : d'autant plus au bois & en la pierre, que le bois & la pierre sont choses plus viles que l'homme.*

S. Augustin ; [c] *Accoupler ces esprits inuisibles, par vn certain art, aux choses visibles constituées de matiere corporelle, de sorte que les simulachres soient corps animez, dédiez & affectez à ces esprits-là : cela, dit Mercure Trimegiste, est faire les Dieux.*

Item, *L'homme Payen tend le doigt vers quelque pierre, & me dit, Voila mon Dieu : & me demande à moy ; Où est ton Dieu ?*

Item, *A quoy est-ce que ce refere, Tu ne te feras aucune Idole ny aucun simulacre des choses qui sont en haut, &c. sinon à ce qui est dit, Tu n'auras point d'autres Dieux deuant moy ?*

S. Cyrille contre Iulian ; [d] *Il n'a point de honte d'enroller les bois & les pierres entre les Dieux.*

Mais en somme pource qu'il estoit déja tard, & que l'heure pressoit, l'Euesque d'Eureux s'abstint d'entrer plus auant en ceste digression. Et remettant cet incident à vne autre fois, se contenta pour lors de protester, qu'à tout le moins le sieur du Plessis ne luy pouuoit nier l'alternatiue, asçauoir que tous les Payens adoroient leurs Idoles, ou comme Dieux reëls, ou comme Dieux representatifs, c'est à dire, ou comme Dieux, ou comme Images de Dieux ; Et que jamais l'Ecriture, quand elle crioit contre les Payens, & qu'elle défendoit l'vsage des peintures & sculptures, ne les défendoit sinon en ce sens, asçauoir d'effigies consacrées en titre, ou de Dieux, ou d'images de Dieux. Et partant que ceste défense ne pouuoit toucher en aucune sorte les Catholiques, qui ne tenoient les Images des Saincts, ny pour Dieux, ny pour Images de Dieux, & ne representoient pas mesmes le vray Dieu en qualité de Dieu : Et donc ce passage de Theodoret encore beaucoup moins, qui declaroit nommément, qu'il parloit des Idoles adorées par les Payens, &
adorées

a *Athan. orat. cont. gentes.* φιλόσοφοι & ὁπισή- κοτες, ἐλεγχόμενοι ἐδὴ ἐκ ἀρνοίω) ἀνθρώπων τῇ & ἀλόγων μορφὰς & τύπες τοὺς φαινομένους αὐτῶ Θεὸς. ἀπολογούμενοι ἢ λέγουσι, δια τῶτο αὐτοὺς ἔχειν, ἵνα δια τούτων τὸ Θεῖον αὐτοῖς ἀποκρίνη) & φαίνηται.

b *s. Chrysost. in Genethl. apud Theod. Dial. 1.* Πῶς γὸ ὐκ ἐσχάτης περιπληξίας αὐτὲς μὲν εἰς λίθους & ξύλα διπλᾶ ξίατα τους ἑαυτῶ εἰσάγοντας θεὲς κ̀ καθάπερ ἐν δεσμωτηρίῳ τινὶ κατακλεί- τας, μηδὲν ἀ ξίν ἡγείας μήτε ποιείν, μήτε λέγειν, ἡμῖν δ̀ ἐγκαλεῖν λέγουσι, ὅτι ναὶ ἑαυτῷ κατασκευάσας ὁ θεὸς ζῶντα ἐκ πνεύματος ἁγίου, δι᾽ αὐτῶ τὴν οἰκεμένην ὠφέλησεν ; Εἰ γὸ αἰσρὸ ἐν ἀνθρωπίνῳ σώματι θεὸν οἰκῆσαι, πολλῶ μᾶλλον ἐν λίθῳ κ̀ ξύλῳ, ὅσῳ ὁ λίθος κ̀ τὸ ξύλον, ἀτιμότερον ἀνθρώπε.

c *Aug. l. 8. de ciuit. Dei c. 23.* Hos ergo spiritus inuisibiles per artem quandam visibilibus rebus corporalis materiæ copulare, vt sint quasi animata corpora illis spiritibus dicata, & subdita simulachra, hoc esse dicit Deos facere. *In Psal. 41 & alib. Idem l. 2. quæst. super Ex. d. quæst. 71.* Quò pertinet, Non facies tibi idolum, neque vllum simulachrum, &c. nisi ad id quod dictum est, Non erunt tibi dij alij præter me ? d *s. Cyril. l. 6. Cont. Iul.* Non confunditur ligna & lapides inter Deos recensere.

adorées pour Dieux. Au moyen dequoy il concluoit qu'il y auoit
en ceste allegation, & corruption au sens, dautant que le sieur du
Plessis auoit detorqué aux Images des Chrestiens, ce que Theodoret auoit voulu n'estre ny dit, ny entendu que des Idoles des Payens;
& omission aux mots, dautant qu'il auoit éclypsé de ce passage les
clauses restrictiues & specificatiues de l'intention de l'Autheur,
pour transferer ses paroles à vn autre sens.

Et là dessus, le texte de Theodoret ayant esté leu & consideré diligemment, fut prononcé par Monsieur le Chancelier, toutes les
voix des deputez recueillies & trouuées conformes; *Que ce passage*
ne se deuoit entendre que des Idoles des Payens & non des Images des Chre-
stiens: comme il paroissoit par ces mots, Adorées par les Payens, & Ado-
rées pour Dieux, qui auoient esté obmis.

Cela fait, pource qu'il estoit déja pres de sept heures, le Roy licentia l'assemblée, & remit la continuation de la Conference au
lendemain, depuis sept heures de matin iusques à onze, & depuis vne heure apres midy iusques à six: Et le mesme soir l'Euesque
d'Eureux renuoya ses liures au sieur du Plessis, pour se preparer sur
les autres articles.

Le lendemain Vendredy 5. de May, enuiron les six heures vint
vn Gentil-homme vers l'Euesque d'Eureux, & luy dit que le sieur du
Plessis s'estoit trouué mal la nuict, & qu'il le prioit de vouloir pour
ce matin differer la Conference. Surquoy l'Euesque d'Eureux luy
ayant demandé iusques à quel temps il desiroit qu'elle fust remise, il
luy répondit, que quand il seroit en estat de la pouuoir continuer,
il l'en feroit aduertir.

Peu apres arriua en la chambre du Roy Monsieur de la Riuiere
premier Medecin de sa Majesté, qui luy dit que la conference estoit
finie par l'indisposition du sieur du Plessis qu'il venoit de laisser
saisi d'vne maladie fort violente, auec de grands vomissements &
tremblements de membres: Ce qu'elle luy commanda d'aller faire
sçauoir à Monsieur le Chancelier, afin qu'il ne prist point la peine,
ny luy, ny les deputez, de s'y acheminer.

Le soir du mesme jour, Messieurs les deputez voyans que la maladie du sieur du Plessis sembloit estre pour tirer en quelque longueur, demanderent à sa Majesté s'il luy plaisoit qu'ils seiournas-
sent encore à Fontaine-bleau, ou si elle auroit agreable qu'ils s'en re-
tournassent à Paris. Pour dequoy leur rendre plus certaine réponse, elle enuoya sur les dix heures de nuict dire à Monsieur le Chancelier qu'il fist sçauoir de la propre bouche du sieur du Plessis, s'il se
sentoit en estat & volonté de continuer. Et donna Monsieur le
Chancelier ceste commission à Monsieur le President de Fresnes
Canaye, qui estoit lors auec luy; Lequel luy rapporta que Monsieur

P

du Pleſſis luy auoit répondu que ſon mal ne luy permettoit point de paſſer outre, & qu'à Paris il aduiſeroit ce qu'il auroit à faire. Et ſur ce rapport que Monſieur le Chancelier fit entendre au Roy, ſa Majeſté licentia Meſſieurs les deputez, qui partirent le lendemain matin ſixiéme de May, excepté Monſieur de Freſnes lequel demeura à Fontainebleau.

Sur le midy du meſme jour enuiron ſix heures apres le partement des deputez, ledit Sieur de Freſnes reuint trouuer Monſieur le Chancelier, & luy dit que le ſieur du Pleſſis commençoit à ſe mieux porter, & qu'il ſembloit à ſes propos, qu'il ne tiendroit pas à luy que la conference ne ſe renoüaſt.

Auſſi toſt, Monſieur le Chancelier enuoya querir l'Eueſque d'Eureux, & luy repeta en preſence de Monſieur de Freſnes les meſmes paroles.

Surquoy il répondit que quant à luy, il eſtoit preſt, & que pour ſes liures, ils n'eſtoient pas encore partis.

Ce que Monſieur le Chancelier ayant ouy, il fit appeller le ſieur Mercier Secretaire nommé cy-deſſus pour le ſieur du Pleſſis : & luy commanda d'aller trouuer de ſa part ledit Sieur du Pleſſis, & luy dire qu'il auoit entendu qu'il ſe portoit mieux, & qu'il eſtoit en quelque volonté de remettre ſus la Conference : Ce que s'il deſiroit, il ne falloit que l'en faire aduertir: Car l'Eueſque d'Eureux eſtoit encore là auec ſes liures, tout preſt de s'y trouuer. Et quant aux deputez, ou le Roy les remanderoit, ou en choiſiroit d'autres ſur le lieu meſme.

A cela le ſieur du Pleſſis répondit qu'il ne pouuoit eſtre maiſtre de ſon mal, lequel le trauailloit encore plus lors, que le jour precedent : Mais qu'il s'en alloit à Paris, d'où il ne partiroit point ſans voir Monſieur le Chancelier, & luy dire de ſes nouuelles. Et rapporta lediƈt Sieur Mercier, ceſte réponſe à Monſieur le Chancelier.

Le Lundy 8. de May, le ſieur du Pleſſis partit de Fontainebleau pour s'acheminer à Paris : Et le Mardy d'apres, Monſieur le Chancelier & auec luy l'Eueſque d'Eureux.

Le Samedy 12. du meſme moys, le Roy arriua auſſi à Paris : Et quatre ou cinq jours apres ſon arriuée, le ſieur du Pleſſis en partit ſans prendre congé de ſa Majeſté, ſans voir Monſieur le Chancelier, & ſans faire ſçauoir de ſes nouuelles à l'Eueſque d'Eureux : Et de là ſe retira à Saumur, où il eſt encore maintenant.

F I N.

REFVTATION DV
FAVX DISCOVRS DE LA
CONFERENCE.

DEPVIS la rupture de ceste Conference, & enuiron deux mois apres la retraitte du sieur du Plessis est sorty en lumiere vn petit écrit plein d'illusions, déguisements & inuectiues, intitulé, *Discours veritable de la Conference de Fontainebleau*; que le mesme sieur du Plessis a publié, y celant & dissimulant son nom, afin de pouuoir joüer la fable sous le masque, & imposer sans rougir, ce que bon luy sembleroit aux Lecteurs. Lequel discours consiste sommairement en trois sortes de choses : Les vnes appartiennent au cours & à la suitte de l'histoire : Les autres sont obseruations dont il s'est nouuellement aduisé, ou luy, ou ses amis, pour essayer de défendre apres le coup & en absence, ce qu'il ne pût maintenir sur le lieu : Et les troisiémes, sont recriminations qu'il propose, ou pense proposer, contre l'autheur du Decret, & contre l'Euesque d'Eureux, afin d'auoir sa reuenche sur les Catholiques, & monstrer qu'il n'est pas seul qui mette des faussetez dans ses œuures.

Or quant à ce qui concerne le fait de l'histoire, outre la perpetuelle deprauation du recit des procedures ; outre la reticence des auantageuses & excessiues conditions qui luy furent offertes ; outre les manifestes & intolerables calomnies d'injustice, qu'il impute au Roy, à Monsieur le Chancelier, & à Messieurs les deputez ; tout y est au fonds si peruerty & corrompu, qu'il ne s'en peut faire autre jugement, sinon qu'il a voulu releuer sa cause par les mesmes moyens par lesquels il l'auoit establie. Comme pour exemple.

Quand il ouure la dispute de l'article de S. Chrysostome sur l'Epistre aux Thessaloniciens, il dit, que l'Euesque d'Eureux luy objecta qu'il en auoit osté ces mots, *si nous sommes negligents.* Chose que l'Euesque d'Eureux, ny ne luy objecta, ny ne luy pouuoit objecter : Car c'est au passage de sainct Hierôme, & non en celuy de S. Chrysostome, qu'est ceste clause. Mais bien luy objecta-t'il

Discours du sieur du Plessis, 3. edit. page 34.

a Chryſ. in 1. ad Theſſ. cap. 1. ho. 1.
Ταῦτα τοίνυν εἰδό-τες, μήτε κατα-φρονῶμεν τῶν εὐχῶν τῶν ἁγίων, μήτε τὸ πᾶν αὐταῖς ἐπιρρί-πτωμεν· τοῦτο μὲν ἵνα μὴ ῥαθυμῶμεν, καὶ εἰκῆ ὀνειροπολυώμε-θα· ἐκεῖνο δὲ ἵνα μὴ πολλοῦ κέρδους ἐκπέσωμεν· ἀλλὰ καὶ παρακαλῶμεν αὐ-τοὺς ὑπὲρ ἡμῶν, καὶ χεῖρα ὀρέγειν· καὶ αὐ-τοὶ ἐχώμεθα τῆς ἀρετῆς.
Diſcours du Sieur du Pleſſis 3. edition p. 38.

b Chryſ. in 2. Cor. hom. 26.
ἕστηκε διάδημος τῶν ἁγίων· ὥστε αὐτὸν προστῆναι παρὰ τῷ Θεῷ· καὶ τοῦ σκηνο-ποιοῦ, καὶ τοῦ ἁ-λιέως, προστατῶν καὶ τετελευτη-κότων, δεῖται ὁ τὸ διάδημα ἔχων. τολμήσεις οὖν, εἰπέ μοι, τὴν τούτων δε-σπότην νεκρὸν εἰ-πεῖν, οὗ οἱ οἰκέται, καὶ τετελευτηκότες, προστάται τῆς οἰ-κουμένης βασιλέων εἰσι;
Diſcours du ſieur du Pleſſis 3. edit. p. 36.

Diſcours du ſieur du Pleſſis. 3. edit. pag. 46.

qu'il impoſoit à ſainct Chryſoſtome d'auoir dit, *Qu'il ne nous faut point arreſter aux prieres des Saincts, mais acheminer noſtre ſalut auec crainte & tremblement :* Au lieu que les paroles de ſainct Chryſoſto-me eſtoient ; ^a *Sçachant donc ces choſes, ny ne mépriſons point les prie-res des Saincts, ny n'y conſtituons tout ; l'vn afin que nous ne ſoyons point pareſſeux, & ne nous trouuions point nonchalamment ſurpris ; l'autre afin que nous ne nous priuions point d'vne grande vtilité : mais prions-les de prier pour nous, & nous tendre la main ; & nous auſſi de noſtre co-ſté ſoyons vertueux.*

Quand il vient, ou feint de venir au poinct, il dit que l'on penſa que le langage que S. Chryſoſtome tenoit de la priere des ſaincts, en ceſte homelie, fuſt des prieres des ſaincts morts : & que ſur ceſte ignorance (ainſi qualifie-t'il la ſuffiſance des aſſiſtants) ſe firent des applaudiſſements. Au lieu que les applaudiſſements ne ſe fi-rent, ny en ceſt article-là, ny ſur l'homelie de la premiere aux Theſſaloniciens citée par le ſieur du Pleſſis, mais en l'article ſuiuant, & ſur l'Homelie de la ſeconde aux Corinthiens alleguée par l'Eueſ-que d'Eureux, où ſainct Chryſoſtome traitte nommément de la priere des Saincts morts, & en parle en ces termes : ^b *Celuy qui eſt veſtu de pourpre ſupplie les Saincts, qu'ils intercedent pour luy enuers Dieu : Et celuy qui porte le diademe prie vn faiſeur de tentes & vn peſ-cheur, & encore morts, qu'ils ſoient ſes protecteurs. Oſerez-vous donc dire que le maiſtre de ceux-là ſoit mort, duquel les ſeruiteurs, meſmes morts, ſont les protecteurs des Empereurs de la terre ?* Lequel paſſage, & tout ce qui fut dit deſſus, le Sieur du Pleſſis paſſe comme toutes les au-tres choſes qui luy nuiſent, ſous vn ingenieux ſilence.

Quand il touche le jugement de Meſſieurs les deputez ſur ce meſme article, il dit, qu'ils ne jugerent point qu'il y euſt d'omiſ-ſion. Au lieu que la deciſion vnanime de tous Meſſieurs les depu-tez ſur ce paſſage, fut prononcée par Monſieur le Chancelier, & en-regiſtrée par les Secretaires, en ces propres mots ; IL A OBMIS CE QVI DEVOIT ESTRE MIS.

Quand il rapporte l'hiſtoire du paſſage de ſainct Chryſoſtome ſur S. Matthieu, il dit, pour conuaincre Meſſieurs les deputez d'v-ne pretenduë ignorance, qu'au fonds ils iugerent que les paroles de l'homelie de ſainct Chryſoſtome ſur ſainct Matthieu, ſe de-uoient entendre des prieres des Saincts decedez. Choſe dont ils ne parlerent jamais, comme auſſi l'Eueſque d'Eureux n'auoit point conclu à ceſte fin : mais prononcerent ſeulement (& les regiſtres des Secretaires en font foy) ny plus ny moins que ſur l'autre article ; IL A OBMIS CE QVI DEVOIT ESTRE MIS.

Quand il eſſaye de donner le change, pour ſe ſauuer d'auoir tronqué & falſifié le paſſage de ſainct Hieróme ſur Ezechiel, qu'il

produit contre la priere des Saincts ; il dit que l'Euesque d'Eureux
ne voulut point entendre à l'instance qu'il luy fit de peser vn autre
lieu du mesme sainct Hierôme sur l'Epistre aux Galates, qui estoit
allegué peu apres dans son liure, en ces termes : *Lors que nous serons
deuant le Tribunal de Christ, ny Noé, ny Iob, ny Daniel, ne pourront plus
prier pour personne.* Au lieu que l'Euesque d'Eureux luy repliqua,
que ce mot, *Tribunal de Christ,* signifie là, voire selon le style de
l'Escriture mesme, le Iugement final : Et luy offrit d'abondant, s'il
vouloit interrompre la liste des articles qu'il auoit choisis, pour entrer en la recerche de cestuy-là & des subsequents, de luy montrer
dans le seul reste de la page, quatre faussetez eminentes. Ce qu'il
refusa de faire, & répondit qu'il falloit suiure l'ordre qui auoit esté
commencé.

Quand il renouuelle l'examen du texte de sainct Cyrille, cité par
luy contre l'adoration de la Croix, il dit, que le Roy recogneut qu'il
ne se pouuoit pretendre fausseté en ce passage, prononçant tout
haut, *Qu'il y auoit raison de part & d'autre.* Au lieu que le Roy prononça tout au contraire, *Que des paroles de sainct Cyrille, au texte allegué par le Sieur du Plessis, on ne pouuoit recueillir, ny que les Chrestiens
adoroient la Croix, ny qu'ils ne l'adoroient point.* (Qui estoit ouuertement le condamner, luy qui auoit affermé que sainct Cyrille disoit
en ce passage, QVE LES CHRESTIENS NE RENDOIENT, NY
ADORATION, NY REVERENCE AV SIGNE DE LA CROIX)
*Mais que de l'obiectiõ de Iulian à sainct Cyrille, on pouuoit bien recueillir
qu'ils l'adoroient : Car il ne le leur eust pas esté reproché s'il n'eust esté
vray: Autrement il se fust fait mocquer de luy.*

Quand il iette à la trauerse l'obiection qu'il fit des paroles de S.
Ambroise sur cest article, il dit, qu'il offrit à l'Euesque d'Eureux de
luy montrer que la distinctiõ d'adoration qu'il apportoit estoit friuole, & incogneuë à l'Escriture & aux Peres: Mais que l'Euesque d'E-
ureux n'y voulut iamais entrer. Au lieu que l'Euesque d'Eureux repartit, qu'elle estoit fondée, & en l'Escriture, & en S. Ambroise mesme: Et pour preuue de l'Escriture, allegua l'exéple de l'Arche de l'alliance [a] que les Israelites auoient coustume & commandement d'a-
dorer : & donc non d'adoration absoluë, mais relatiue. Chose dequoy outre le recit des [b] Actes, deux cents assistants, qui remar-
querent ceste particularité peuuent témoigner.

Quand il forme l'arrest du mesme article, il dit, que M. le Chancelier pronõça simplemét, QVE LES MOTS NE SE TROVVOIENT POINT
DANS S. CYRILLE: *Laissant,* dit-il, *assez à inferer, que neatmoins s'y trouuoit le sens.* Au lieu que l'arrest de M. le Chancelier & de Messieurs
les deputez fut proferé, & enregistré en ces propres mots : QVE LE
PASSAGE CITÉ PAR LE Sr DV PLESSIS, NE SE TROVVOIT POINT DANS
S. CYRILLE.   P iij

*Discours du Sieur
du Plessis, 3. edit.
page 52.*

*Discours du sieur
du Plessis 3. edit.
page 51.*

a Iosue 7.
Psal. 98. vel Heb.
99.
1. Paral. 28.
Bibl. Gen. 1588.
in Psal. 99.

b Supra pag. 143.
144.
*Discours du sieur
du Plessis. 3. edit.
page 52.*

Quand il rebat la difpute de l'article de Theodoret contre les Idoles, ou comme il pretend contre les Images, il éclypfe, & de l'obiection qui luy fut faitte par l'Euefque d'Eureux, & du texte de Theodoret, & de la decifion de Monfieur le Chancelier fur le mefme paffage, ces paroles, ADOREES POVR DIEVX, ou, EN QVALITE' DE DIEVX, *tanquam Dij*, efquelles confifte tout le nerf de l'obiection : & repete en leur lieu dans la fentence de Monfieur le Chancelier, *Adorées des Gentils.* Car voicy ce que porte le propre refultat des Secretaires : *A efté prononcé par Monfeigneur le Chancelier :* QVE CE PASSAGE NE SE DOIT ENTENDRE QVE DES IDOLES DES PAYENS, ET NON DES IMAGES DES CHRESTIENS, COMME IL PAROIST PAR CES MOTS, ADOREES PAR LES PAYENS, ET, ADOREES POVR DIEVX, QVI ONT ESTE' OBMIS.

Mais dautant que toutes ces fauffetez & autres femblables, dont fon écrit eft plus plein que de mots, fe refutent affez & par la fimple lecture des Actes, & par les yeux & les oreilles de deux cents illuftres témoins qui y ont affifté ; Ie m'abftiendray d'en recharger ce difcours, & me contenteray d'en toucher vne feule, laquelle pource qu'elle n'a pas efté éclairée de la lumiere de tant de fpectateurs, a plus befoin de iuftification.

C'eft qu'il dict, afin de s'excufer de ce quil ne pouuoit lire Scotus, lequel il ne cognoiffoit que de nom, & iufques alors ne l'auoit iamais veu en face ; Que l'Euefque d'Eureux luy fit vn tour de Collcge, qui fut, dit-il, qu'il luy enuoya le foir vn exemplaire de Scotus d'vne impreffion, & le lendemain en la Conference luy en prefenta vn d'vne autre.

Or iuge Dieu pour ce different, entre le Sieur du Pleffis & l'Euefque d'Eureux. Cependant les Sieurs Bertaut, de Beaulieu, de Berulle, de Salettes, & autres amis de l'Euefque d'Eureux, qui eftoient venus de Paris à Fontaine-bleau auec luy, attefteront aux hommes, que c'eft vne fignalée impofture, & que l'Euefque d'Eureux n'auoit faict porter qu'vn feul exemplaire de Scotus, qui luy auoit efté prefté de la Sorbonne, de l'edition de Iodocus Badius Afcenfius, *in folio*, de l'an 1519. pource que ceft autheur n'auoit point efté imprimé és villes proteftantes. Car quant à ce que le Sieur du Pleffis touche, qu'il s'en plaignit dés l'heure mefme ; les affiftants fe fouuiendront bien que cela ne fut point ; & qu'il ne dit iamais autre chofe pour excufer fon eftonnement, finon que ce n'eftoient pas fes liures. Et quant à ce qu'il ajoufte, que l'Euefque d'Eureux s'en eft vanté depuis : les Lecteurs le trouueront auffi vray-femblable comme ce qu'il dit ailleurs, [a] que le Pere Archange Capucin, difputant contre vn des fuppofts de fon liure, allegua pour fes raifons, que l'E-

uangelifte auoit vn peu menty ; *Euangelifta incidit in modicam falfi-*
tatem : Et iugeront que le Sieur du Pleffis euft beaucoup mieux
faict de recognoiftre ingenuëment & de bonne foy, que ce qu'il
ne pouuoit lire le texte de Scotus, encore qu'il fuft en affez belle &
groffe lettre, venoit de ce qu'il n'auoit pas affez efté au College, &
n'auoit pas appris à lire les abbreuiatures des Scholaftiques; que de
cacher fa nudité de fueilles de figuier, & couurir fon ignorance
d'vne calomnie.

Pour le regard auffi des nouueaux aduis & arguments qui luy
font arriuez de renfort, ils font fi foibles, chetifs & miferables,
qu'ils meritent pluftoft pitié ou mépris, que réponfe. Neantmoins
afin qu'il ne fe glorifie point de ce fecours de Pauie, & ne penfe
point que fes Therfites foient des Achilles, il fera bon de les luy faire tous voir aux mains les vns apres les autres.

Quand donc il releue la difpute du premier article, qui fut celuy de Scotus, il dit que dans l'edition de Scotus, imprimée à Paris
par Granjon, fur ces paroles, *Pour le refpect donc de ceft article, ou fe-*
lon les exemplaires de Badius, *de ceft argument, il ne femble point ne-*
ceffaire de recourir à la conuerfion du pain, &c. Il y a cotté en marge,
Refolution de Scotus. Or dequoy eft-ce que cela le guerit? C'eft bien
la refolution de Scotus de vray : Mais ce n'eft pas la refolution de
Scotus fur le poinct dont il eftoit queftion, qui eftoit, fi le corps de
Chrift eftoit contenu reellement fous les efpeces : Et encore moins
fur le poinct dont le Sieur du Pleffis vouloit qu'il fuft queftion, qui
eftoit, fi le pain eftoit tranffubftantié au corps de Chrift. Car Scotus ne decide cefte difpute, *Afçauoir fi le pain fe conuertit au corps de*
Chrift ; qu'en la diftinction onziéme, & plus de dix ou douze queftions apres le lieu de cefte annotation. Mais c'eft la refolution de
Scotus fur ceft autre different ; Afçauoir, fi le moyen de pouuoir
faire que le corps de Chrift fe rende prefent d'vn lieu en l'autre,
fans mouuement local, dépend precifément de la tranffubftantiation ; C'eft à dire, Afçauoir s'il ne feroit point poffible à Dieu, de
faire que le corps de Chrift fuft prefent tout enfemble au Ciel & en
l'Euchariftie autrement que par tranffubftantiation. Car Scotus
ayant intenté trois difputes principales fur le faict de l'Euchariftie:
La premiere, Si le corps de Chrift eft reellement contenu fous les
efpeces facramentales: La feconde, Comment il eft poffible qu'il y
foit contenu : Et la troifiéme, Comment de faict & actuellement il
y eft contenu, forme auffi fur ces trois difputes, trois refolutiõs differentes. Pour le regard donc de la premiere, qui eft, Si le corps de
Chrift eft reellement contenu fous les efpeces; il prononce qu'il eft
fimplement de la foy, de croire qu'il y eft vrayement & reellement
contenu: Et refute les arguments que le Sieur du Pleffis luy impofe

Difcours du fieur
du Pleffis, 3. edit.
page 24.

Scot. in 4. Sent.
dift. 10. quæft. 1.

Scot. in 4. Sent.
dift. 10. quæft. 1.
part. 1.

au contraire, comme n'eſtants point ſes arguments, mais ceux des Heretiques, qu'il s'eſtoit obiectez expres, afin de les impugner. Et pour le regard de la ſeconde, qui eſt, Comment il eſt poſſible qu'il y ſoit contenu ; Aſçauoir s'il eſt neceſſaire que ce ſoit ſeulement par Tranſſubſtantiation, ou bien s'il eſt poſſible que ce ſoit ſans Tranſ-ſubſtantiation : Il reſout qu'il n'eſt point neceſſaire, c'eſt à dire, de neceſſité abſoluë, & dont Dieu ne ſe puiſſe diſpenſer; que ce ſoit auec Tranſſubſtantiation : Ains qu'il ſeroit bien poſſible à Dieu, s'il vouloit, de faire que ce fuſt ſans Tranſſubſtantiation. Et pour le regard de la troiſiéme, qui eſt, Comment actuellement & de faict il y eſt contenu : Il decide que c'eſt auec Tranſſubſtantiation, c'eſt à dire, conuerſion de toute la ſubſtance du pain, en toute la ſubſtance du corps. Sur le lieu donc de la ſeconde diſpute, où Scotus prend party contre ceux qui luy ſembloiét lier les mains à Dieu par vne eſtroitte neceſſité, en ne voulant pas qu'il luy fuſt poſſible de faire que le corps de Chriſt fuſt reellement contenu en l'Eucha-riſtie, ſans conuerſion de la ſubſtance du pain en celle du corps : L'annotateur de l'impreſſion de Granjon a cotté en marge, *Reſolu-tion de Scotus*. Or quel emplaſtre eſt-ce que ceſte addition apporte à la playe du Sieur du Pleſſis? Laiſſe-t'il pour cela d'auoir allegué les arguments des Heretiques refutez par Scotus, pour les arguments de Scotus? de luy auoir imputé ce qu'il impugnoit? d'auoir pris ſon obiection pour ſa reſolution : fauſſeté la plus fauſſe de toutes les fauſſetez; ou ignorance la plus ignorante de toutes les igno-rances?

^a Il ajouſte ſur le meſme propos, que le Cardinal Bellarmin re-prend Scotus d'auoir eſtimé que la Tranſſubſtantiation n'eſtoit point ^b article de foy auant le Concile de Latran : Cela s'entend, n'eſtoit point article de foy formellemét, c'eſt à dire, n'eſtoit point article de foy quant à la formalité de l'émologation, & à la dé-fenſe d'en pretendre excuſe d'ignorance : non plus que la proceſ-ſion du ſainct Eſprit de la perſonne du Fils, *ex filióque*, n'eſtoit point formellement article de foy deuant le meſme Concile de Latran, & autres ſemblables tenus pour l'émologuer. Ce qui de-rechef ne touche, ny le poinct dont il eſtoit queſtion, qui eſtoit, ſi Scotus auoit douté de l'exiſtence reelle du corps de Chriſt ſous les eſpeces : ny celuy auquel le Sieur du Pleſſis vouloit détourner la queſtion, qui eſtoit, ſi Scotus auoit douté de la Tranſſubſtan-tiation. Car à quel propos remonter aux ſiecles de deuant le Con-cile de Latran, pour iuger de la foy de Scotus, qui eſtoit long temps apres le Concile de Latran, & qui proteſtoit haut & clair, ^c que depuis la celebration de ce Concile, chaque Fidel-le eſtoit obligé de croire l'article de la Tranſſubſtantiation

distinctement & expliquément, comme chose de la substance de
la foy? Et de fait aussi le Cardinal Bellarmin ne le taxe d'aucune erreur en la creance: Au contraire il declare, que pour ce qui est de la
foy, toutes ses propositions sont hors de censure, & dit [a] qu'il
souhaitteroit que Kemnitius & les autres Lutheriens prissent son
langage pour exemple, & que si ainsi estoit, il ne resteroit plus de
dispute entre eux & les Catholiques. Seulement cela touche l'e-
rudition ou ignorance historiale de Scotus au faict de l'antiquité: pour lequel poinct encore le sieur du Plessis n'a pas l'a-
uantage qu'il pense. Car Scotus n'a iamais estimé que la doctrine de la Transsubstantiation, ou n'eust point esté vraye,
ou n'eust point esté creüe auant le Concile de Latran. Au
contraire pour le regard de la verité, il afferme que l'Eglise éleut
lors ceste doctrine contre les deux autres, qui pretendoient,
l'vne que la substance du pain estoit annihilée, & celle du corps
substituée en son lieu; & l'autre que la substance du pain & celle du corps demeuroient ensemble: pour ce que c'estoit la veritable: & que l'Eglise ne fit rien en cela, [b] sinon expliquer, comme
enseignée par l'esprit de verité, le vray sens institué de Dieu. Et
quant à la creance, il recognoist disertement que les anciens Peres citez par le Decret & par le Maistre des sentences, la tenoient il
y a douze cents ans, toute telle que le Concile de Latran. *Cela mesme, dit-il, tient sainct Ambroise, & est cité à ce propos dans le decret, au
premier chapitre, au canon,* PANIS *in altari.* *Cela mesme tient en vn
autre chapitre, l'autheur du Paragraphe,* INVISIBILIS, *(il veut dire,*
Eusebe Emissene.) Et à cela mesme souscrit sainct Augustin: Et le
Maistre des sentences l'insere dans le texte. Mais bien Scotus a-t'il
pensé que l'article de la Transsubstantiation n'auoit pas tousiours
esté si manifestement creu que celuy de la presence reëlle, c'est à dire, qu'il n'auoit pas tousiours esté creu auec tant de clarté & d'euidence que nul particulier ne peut estre excusé de l'ignorer. Car
Scotus tenoit que le poinct de la presence reëlle estoit couché si
manifestement & expressement dans l'Ecriture, que le seul texte
de l'Euangile, sans aucune lumiere d'interpretation, suffisoit pour
en rendre toute ignorance inexcusable. Mais la maniere de ceste
presence reëlle, asçauoir si c'estoit ou par annihilation de la substance du pain, & substitution de celle du corps; ou par conjonction de la substance du pain & de celle du corps; ou par conuersion de la substance du pain en celle du corps; Scotus estimoit que
l'Ecriture ne l'auoit pas declaré en termes si clairs & expres, qu'il ne
fust besoin de l'authorité de l'Eglise, pour en determiner le vray
sens, & le faire passer en obligation de creance distincte, & en tiltre
d'article de Foy. Or de determination synodale & vniuerselle de

[a] *Bellarm. lib. 3. de Euchar. c. 23.*

[b] *Scot. in 4. Sent. dist. 11. quæst 3.* Dico quod eo spiritu expositæ sunt scripturæ, quo conditæ:& ita supponendum est quod EcclesiaCatholica eo spiritu exposuit, quo tradita est nobis fides spiritu scilicet veritatis edocta, Et ideò hunc intellectú elegit, quia verus est.

Scot. reportat. super 4 Sent. dist. 11. quæst. 3. Post hæc verba Concilij Lateranensis; Transubstātiatis pane in corpus & vino in sanguiné: Istud tenet Ambros. & in can. ponitur. 1. c. Panis in altari. Et in alio capitulo, inuisibilis. &c. Ad hoc etiā Aug. Et ponit hoc magister in litera.

l'Eglise pour ce regard, Scotus n'en pensoit point voir de plus ancienne que celle du Concile de Latran. Et quant aux témoignages particuliers des autheurs, encore qu'il recogneust bien de grandes traces de ceste doctrine en l'antiquité: neantmoins ils ne luy apparoissoient pas en tel nombre qu'ils luy semblassent pouuoir equipoller vne determination synodique & generale de l'Eglise. Aussi estoit Scotus vn simple docteur speculatif, & non positif, destitué de la cognoissance de la langue Grecque & de la lecture des Peres Grecs, & peu versé en l'estude des anciens Theologiens Latins. Et pourtant ne faut-il pas trouuer estrange si le Concile de Latran, qui estoit & plus proche de l'antiquité que Scotus, & composé d'hommes trop plus doctes en l'antiquité que Scotus; & auquel assistoient en personne, le Pape, le Patriarche de Constantinople, & le Patriarche de Hierusalem; & par leurs deputez, le Patriarche d'Alexandrie, & le Patriarche d'Antioche; & outre cela plus de douze cents autres Prelats, la fleur de toutes les Prouinces de la terre, Orientales, Occidentales, Septentrionales & Meridionales; la fleur de toutes les Eglises du monde, Latines, Grecques, Africaines, & Asiatiques; auoit esté éclairé de la lumiere de plusieurs témoignages & monuments de l'antiquité, qui n'estoient point venus à la cognoissance de Scotus. Ny donc par consequent ne faut-il point s'estonner, si Scotus auquel la decision du Concile de Latran estoit toute notoire, mais qui n'auoit pas eu communication des tiltres & enseignements precedents sur lesquels le mesme Concile s'estoit fondé, a estimé que la Transsubstantiation n'auoit pas esté si manifestement creüe deuant, que depuis. Car Scotus, comme Scholastique, auoit bien veu les passages des Peres alleguez sur cest article, par le Decret, ou par le Maistre des sentences, ou par sainct Thomas, & autres semblables registres de l'échole : Mais ceux qui estoient reclus dans les thresors des Bibliotheques Grecques, ou dans les anciens autheurs, soit Latins, soit traduits du Grec, qui ne couroient point par les bancs de l'échole, il ne les auoit jamais veuz, lesquels neantmoins estoient en beaucoup plus grand nombre, & encore plus expres que les autres. Comme pour exemple.

Il auoit bien leu ce passage de sainct Ambroise au liure de l'entrée aux mysteres écrit enuiron l'an de la mort de Christ trois cents cinquante : [a] *Possible diras-tu, ie voy autre chose, comment est-ce que tu m'asseures que ie prens le corps de Christ ? Et vn peu apres : De combien grands exemples donc vserons nous pour monstrer que ce n'est point ce que la nature a formé, mais ce que la benediction a consacré; & que la force de la benediction est plus grande que celle de la nature, puis que par la benediction la nature mesme est changée ? Moyse tenoit vne verge en ses mains ; il la jetta , & elle deuint serpent : Peu apres il reprit la queuë du serpent , & il retourna en nature de verge. Tu vois donc comme par la grace Prophetique, la nature fut deux fois changée, & du serpent & de la verge : pource qu'il estoit tout commun en l'échole.* Il auoit bien leu ceste suitte du mesme passage : [a] *Que si la parole d'Helie a bien eu le pouuoir de faire descendre le feu du ciel, la parole de Christ n'aura-t'elle point le pouuoir de changer les especes des élements ? De toutes les œuures du monde tu as leu, il a dit, & elles ont esté faittes , il a commandé, & elles ont esté creées. La parole donc de Christ qui a peu de rien, faire ce qui n'estoit point, ne peut-elle changer les choses qui sont, en ce qu'elles n'estoient point ?* pour ce que le Decret, le Maistre des sentences, & S. Thomas l'auoient à toute heure en la bouche. Il auoit bien veu cest autre passage du mesme S. Ambroise au 4. liure des Sacrements : [b] *Ce pain est pain deuant les paroles des Sacrements : mais depuis que la consecration est suruenuë, de pain il est fait chair de Christ:* Et vn peu apres ; [c] *Le ciel n'estoit point, la terre n'estoit point, la mer n'estoit point : Mais écoute l'Ecriture, Il a dit, & elles ont esté faittes, Il a commandé, & elles ont esté creées. Afin donc que ie te réponde, Ce n'estoit point le corps de Christ auant la consecration, mais apres la consecration, ie te dy que lors c'est le corps de Christ : Il a dit, & il a esté fait, Il a commandé, & il a esté creé. Et derechef :* [d] *Deuant qu'il soit consacré, c'est pain, mais apres que les paroles de Christ sont interuenuës, c'est le corps de Christ, &c. Semblablement deuant les paroles de Christ, c'est vn calice plein de vin & d'eau ; mais apres que les paroles de Christ ont operé, là est fait le sang qui a racheté le peuple :* pource que les mesmes autheurs l'auoient ou cité, ou cotté en mille lieux. Il auoit bien leu ce passage de S. Gregoire de Nysse en son liure du baptesme , écrit enuiron l'an de la mort de Christ. 340. [e] *Le pain au commencement est pain commun :* Mais apres que le mystere l'a consacré, il est fait le corps de Christ, & l'est dit ; ou selon l'edition Latine de Basle, *il est dit le corps de Christ, & l'est :* pource que S. Thomas l'auoit inseré en sa Chaîsne sur S. Luc. Il auoit bien leu ce passage de sainct Chrysostome en vne de ses homelies de la passion, écrite enuiron l'an de la mort de Christ 360. [f] *Ce n'est point vn homme qui fait les choses proposées le corps & le sang de Christ ; mais le mesme Christ :* pource que sainct Thomas l'auoit employé en sa Chaîsne sur S. Marc. Il auoit bien leu ce passage de sainct Cyrille d'Alexandrie en l'Epistre à Calosy-

[a] Quod si tantum valuit sermo Heliæ, vt ignem de cœlo deponeret, non valebit Christi serm o, vt species mutet elementorum? De totius mundi operibus legisti, Quia ipse dixit, & facta sunt : ipse mandauit, & creata sunt. Sermo ergo Christi qui potuit ex nihilo facere quod non erat, non potest ea quæ sunt , in id mutare quod non erant?

[b] Ambros. l. 4. de sacra. c. 4. Panis iste panis est ante verba sacramétoruin : vbi accesserit consecratio, de pane fit caro Christi.

[c] Cœlum non erat , mare non erat , terra non erat : sed audi dicentem : Ipse dixit , & facta sunt : ipse mandauit, & creata sunt. Ergo tibi vt respondeam, non erat corpus Christi ante consecrationem : sed post

confecrationem, dico tibi quòd iam corpus est Christi. Ipse dixit & factu est : ipse mandauit, & creatu est.

[d] *Et iterum :* Antequam consecretur , panis est , vbi autem verba Christi accesserint , corpus est Christi , &c. Et ante verba Christi, calix est vini & aquæ plenus : vbi verba Christi operata fuerint, ibi sanguis efficitur qui plebem redemit. [e] *Greg. Nyss. lib. de baptismo.* ὁ ἄρτος πάλιν, ἄρτος ὅτι τέως κοινός ἀλλ' ὅταν αὐτὸν τὸ μυστήριον ἱερουργήσῃ, σῶμα χριστοῦ γίνεται) τε ᾗ λέγε). *Idem Latiné Impr. Basil.* Panis item , panis est initio communis : sed vbi eum mysterium sacrificauerit, corpus Christi & dicitur & est. [f] *Chrys. in serm. de pass.* Non enim homo est, qui proposita corpus Christi facit & sanguinem , sed ille qui pro nobis crucifixus est Christus.

rius, écrite enuiron l'an de la mort de Christ 400. [a] *De peur que nous n'eußions en horreur de manger la chair & le sang apposé au sacrez autels, Dieu condescendant à nostre infirmité, influë aux choses offertes la vertu de la vie, les conuertissant en la verité de sa propre chair:* pource que le mesme sainct Thomas l'auoit allegué en sa Chaisne sur sainct Luc. Il auoit bien leu ce passage d'Eusebius, qui fut fait Euesque d'Emese enuiron l'an de la mort de Christ 310. ou plustost, comme a remarqué tres-doctement le Cardinal Baronius, d'Eucherius, qui fut fait Euesque de Lyon enuiron l'an de la mort de Christ 400. [b] *Le sacrificateur inuisible, par la secrette puissance de sa parole, conuertit les creatures visibles en la substance de son corps & de son sang:* pource que le Maistre des sentences, duquel il commente le texte, le venoit d'alleguer au chapitre precedent. Il auoit bien leu ce passage de sainct Iean Damascene l'œil de l'Orient, en son œuure de la foy orthodoxe, écrit enuiron l'an de la mort de Christ 680. & traduit en Latin il y a plusieurs siecles; *Ce corps est vrayement vny;* ou selon l'impression Grecque de Basle: [c] *C'est vrayement le corps vny à la Diuinité, le corps qui est né de la saincte Vierge: Non que le corps enleué par Christ, descende du Ciel: mais dautant que le pain & le vin sont transmuez au corps & au sang de Dieu: Et* vn peu apres; [d] *Et le pain & le vin ne sont point la figure du corps de Christ, Ia n'aduienne: Mais le mesme corps Deifié du Seigneur: Car le Seigneur a dict, Cecy est, non la figure de mon corps, mais mon corps: ny la figure de mon sang, mais mon sang:* pource que ce sainct Pere, comme premier Autheur de la Theologie methodique, estoit vn des principaux patrons de l'echole, & vne des plus communes & ordinaires estudes des Scholastiques.

Mais il n'auoit pas leu ce celebre passage du traitté de la Cene du Seigneur, consacré à la posterité sous le glorieux nom de sainct Cyprian, qui fut fait Archeuesque de Carthage en Afrique, l'an de la mort de Christ 216. c'est à dire, il y a plus de treize cents cinquante ans: [e] *Ce pain que nostre Seigneur donnoit à ses disciples, changé non d'effigie, mais de nature, par la toute puissance du Verbe est fait chair:* Lequel passage a forcé Pierre Martyr de s'écrier; [f] *Sainct Cyprian semble parler plus durement quand il dit, que ce pain est changé non d'effigie, mais de nature.* Il n'auoit pas leu cest illustre passage des Catecheses de sainct Cyrille Euesque de Hierusalem, écrites enuiron l'an de la mort de Christ 310. Car sainct Hieróme témoigne qu'il les écriuit en
sa jeu-

[a] *Cyr. ep. ad Calos. manuscr. Grec. & apud Thom. in Luc. 22.* Ne horreremus carnem & sanguinem apposita sacris altaribus: condescédens Deus nostris fragilitatibus, influit oblatis vim vitę, conuertens ea in veritatem propriæ carnis.

[b] *Emiss. hom. 5. de pascha.* Inuisibilis sacerdos visibiles creaturas in substantiam corporis & sanguinis sui, verbi sui secreta potestate conuertit.

[c] *Damasc. Orthod. fidei lib. 4. c. 14.* σῶμα ὄζιν ἀληθῶς ἡτωμλρον Δεότητι, τὸ ἐκ τῆς ἁγίας παρθένου σῶμα, ὐχ ὅτι αὐτὸ ἀναληφθὲν σῶμα ἐξ οὐρανοῦ κατέρχεται), ἀλλ' ὅτι αὐτὸς ὁ ἄρτος ᾧ ὁ οἶνος μεταποιεῖται) εἰς σῶμα ᾧ αἷμα θεοῦ.

[d] *Et infra.* οὐκ ἔστι τύπος ὁ ἄρτος ᾧ ὁ οἶνος τὸ σώματος τὸ χριστοῦ, μὴ γένοιτο, ἀλλ' αὐτὸ τὸ σῶμα τὸ κυρίου τεθεωμένον, αὐτὸ τοῦ κυρίου εἰπόντος ἑαυτό μου ἔστι, οὐ τύπος τὸ σώματος, ἀλλὰ τὸ σῶμα, ᾧ

[e] *Cypr. de Cœna Domini.* Panis iste quem Dominus discipulis porrigebat, non effigie, sed natura mutatus, omnipotentia verbi factus est caro. [f] *Petr. Martyr in locis comm. tract. de Euchar.* Cyprianus videtur loqui durius, quando panem hunc inquit, non effigie, sed natura mutari.

ſa jeuneſſe: [a] *Puis donc que noſtre Seigneur nous declare & nous dit du pain, Cecy eſt mon corps; qui eſt-ce qui oſera plus en douter, & dire, ce n'eſt pas ſon corps? Et puis qu'il afferme & dit du vin, Cecy eſt mon ſang; qui eſt-ce qui oſera plus en douter, Et dire, ce n'eſt pas ſon ſang? Autresfois en Cana de Galilée il a changé l'eau en vin qui a affinité auec le ſang: Et ne ſera-t'il point digne d'eſtre creu, changeant le vin en ſang?* Et vn peu apres: [b] *Ne t'y preſente donc point comme à pain & vin ſimples, Car c'eſt le corps & le ſang de Chriſt; ſelon l'affirmation du Seigneur: Encor que le palais te le ſuggere ainſi; Neantmoins que la foy t'aſſeure: Ne iuge point la choſe par le gouſt: mais ſois indubitablement certifié par la foy: Et derechef:* [c] *Sçachant ces choſes, & eſtant remply d'entiere certitude, que le pain que tu vois n'eſt pas pain, encore que tu le ſentes tel au gouſt; mais le corps de Chriſt: & le vin que tu vois n'eſt pas vin, encore que le gouſt te le rapporte ainſi, mais le ſang de Chriſt, &c.* Par où il appert que ſi toſt que les Chreſtiens eſtoient baptiſez, & auoient preſté le ſerment à l'Egliſe, la premiere choſe que les Catechiſtes faiſoient dés ce temps-là, c'eſt à dire, il y a plus de douze cents cinquante ans, c'eſtoit de leur bailler ceſte creance pour article de foy. Car le mot Grec, *Plerophorie*, qui y eſt deux fois employé, ſignifie, comme Caluin le remarque ſur le 1. de ſainct Luc, *Entiere certitude de Foy*. Il n'auoit pas leu ce beau paſſage de l'oraiſon catechetique de ſainct Gregoire Eueſque de Nyſſe en Aſie, que les Grecs appellent le Pere des Peres, écrite il y a douze cents trente ans, & tant celebrée par les anciens autheurs, en laquelle ce ſainct organe de l'eſprit de Dieu parle comme dreſſant le formulaire de touts les catechiſtes, & fondant la foy de tous les Neophytes de l'Egliſe. [d] *Nous croyons donc auſſi maintenant legitimement que le pain ſanctifié par le Verbe de Dieu, eſt tranſmué au corps du Dieu Verbe. Et vn peu apres:* [e] *Le pain eſt ſoudainement changé au corps, moyennant le Verbe, aſçauoir, Cecy eſt mon corps: Et derechef:* [f] *Chriſt s'inſere luymeſme dans touts les fidelles par ſa chair, laquelle prend ſa conſiſtence du pain & du vin, s'introduiſant & meſlant dans leurs corps, afin que par l'vnion auec l'immortel, l'homme ſoit fait participant d'immortalité; Et ces choſes il les donne par la vertu de la benediction, trans-elementant en cela la nature des ſujets apparents.* Il n'auoit pas veu ce ſignalé paſſage de la 1. Homelie de la Paſque, de Gaudentius Eueſque de Breſſe, contemporain & familier amy de S. Ambroiſe, écrite il y a plus de douze cents ans, & imprimée à Baſle, & par le ſoin des Miniſtres de Baſle,

θεοῦ ἁγιαζόμενον ἄρτον εἰς σῶμα τοῦ θεοῦ λόγου μεταποιεῖσθαι πιστεύομεν. e Et infra. ὁ ἄρτος, &c. εὐθὺς πρὸς τὸ σῶ-μα διὰ τοῦ λόγου μεταποιούμενος, καθὼς εἴρηται, ὑπὸ τοῦ λόγου, ὅτι, τꝏτο ἐστι τὸ σῶμά μου. f Et iterum. ὁ χριστός, &c. ἑαυτὸν ἐνσπείρει δι᾽ ἡ ϲαρκός, ἧς ἡ σύστασις ἐξ οἴνου καὶ ἄρτου ἐστὶ τοῖς σώμασι τῶν πεπιστευκότων κατακιρνάμενος. ὡς ἂν τῇ πρὸς τὸ ἀθάνατον ἑνώσει καὶ ὁ ἄνθρωπος τῆς ἀφθαρσίας μέτοχος γένοιτο. ταῦτα δὲ δίδωσι τῇ τῆς εὐλογίας δυνάμει, πρὸς ἐκεῖνο μεταστοιχειώσας τῶν φαινομένων τὴν φύσιν.

a *Gaudent. Brix.
Episc. tract. 2.
in Exodum.*
Ipse igitur na-
turarum crea-
tor & Dominus,
qui producit
de terra panem,
de pane rursus
(quia & potest
& promisit) ef-
ficit proprium
corpus. Et qui
de aqua vinum
fecit, & de vino
sanguinē suum.

b *Idem paulò
ante.*
Modò ea solùm
de ipsa lectione
carpenda sunt,
quę presētibus
catechumenis
explanari non
possunt, & ne-
cessariò tamen
sunt aperienda
Neophytis.

c *Chrys. hom. 83.
in Matth.*
ὸκ ὅξιν ἀνθρωπίνης
δυνάμεως ἔργα τὰ
προκείδμα. ὁ τότε
αὐτὰ ποιήσας ἐν
ἐκείνῳ τῷ δείπνῳ,
ὗτος ἐ καὶ αὐτὰ
ἐργάζε().ἡμεῖς ὑπη-
ρετῶ τάξιν ἐπίχομδυ
ὁ δὲ ἁγιάζων αὐτὰ
ἐ μεταςκδυάζων
αὐτός.

d *Idem hom. de
tradit. Iudæ.*
ὗ γὸ ἄνθρωπός ὅξιν
ὁ ποιῶν τὰ προσκεί-
μδυα γενέαϗ σῶμα ἐ
ἇμα χρις̄ ᷒, ἀλλ᷄
αὐτός, ὁ χρις̄ὸς, &c.
ἀυτό μυ ὅξι τὸ σῶ-
μα φησὶ, τῦτε τὸ ρ̄μα
μα τὰ προσκείμδυα
μα τορ̄ ρ̄ υθμίζει.

entre les œuures des autheurs qu'ils appellēt orthodoxographes. ᵃ*Le
mesme createur donc & Seigneur des natures, qui produit de la terre le pain,
du pain derechef pource qu'il le peut & l'a promis, fait son propre corps: Et
celuy qui a fait de l'eau le vin, du vin derechef fait son sang : Et cela apres
auoir protesté* ᵇ *Maintenant il faut extraire de ceste leçon, les choses qui ne peuuent estre diuulguées en presence des catechumenes, & lesquelles neantmoins doiuent estre necessairement découuertes aux Neophytes:* Par où il se void que dés le temps de Gaudentius, c'est à dire il y
a plus de douze cents ans, l'Eglise tenoit ceste doctrine pour chose
dont la foy expresse estoit necessaire à touts les Fidelles baptisez. Il
n'auoit pas leu ce notable passage de sainct Chrysostome, ancien
oracle de l'Eglise Grecque, en ses Commentaires sur le propre texte de la Cene de sainct Matthieu, écrits il y a douze cents ans : ᶜ*Ce
ne sont point œuures de puissance humaine, que les dons proposeℤ : Celuy qui les fit en ce souper-là, cestuy-là mesme les opere encore maintenant : Nous tenons lieu de ministres, mais celuy qui les sanctifie & transmuë est cestuy-là mesme.* Et en l'homelie de la trahison de Iudas, selon le Grec : ᵈ *Ce n'est point vn homme qui des choses proposées faict le
corps & le sang de Christ, c'est Christ luy-mesme, &c. Il a dit, Cecy est
mon corps; Ceste parole transmuë les choses proposees.* Et en son homelie
de l'Eucharistie en la dedicace : ᵉ *Est-ce pain, que tu vois? est-ce vin?
s'en vont ils comme les autres viandes au retrait ? Ia n'aduienne: ne t'imagine pas cela : Car comme lors que la cire estant approchée du feu, luy deuient semblable, il ne demeure rien de sa substance, il n'en reste rien : ainsi
pense qu'icy les mysteres sont consumez par la substance du corps.* Il n'a-
uoit pas leu ce passage, ou plustost ce foudre, du Concile œcumenique d'Ephese, prononcé en la presence, & au nom du mesme Concile, par sainct Cyrille d'Alexandrie en la declaration de son onziéme anathéme contre Nestorius, l'an de la mort de Christ. 399.
ᶠ *Nous operons és Eglises le Sainct, viuifiant & non sanglant sacrifice,
ne croyants pas que le corps qui est là proposé deuant nous, soit le corps
d'vn homme commun & ordinaire comme les autres, ny le precieux
sang semblablement : Mais plustost les prenants comme faicts le propre
corps & sang du Verbe qui viuifie toutes choses.* Il n'auoit pas leu
ce passage du second Concile vniuersel de Nicée en Asie, celebré quatre cents trente ans auant celuy de Latran ; ᵍ *Apres la
sanctification, les antitypes sont dictℤ proprement, & sont, & sont creuz*

e *Idem ser. de Euch. in Encan. imp. Basileæ.* Num vides panem? num vinum ? num sicut reliqui cibi in seces-
sum vadunt? Absit. Ne sic cogites. Quemadmodum enim si cera igni adhibita illi assimilatur, nihil substan-
tiæ remanet, nihil superfluit: sic & hīc puta mysteria consumi corporis substantia. f *Conc. Eph. impress.
Heildeberg. tom. 5.* τὼ ἁγίαϗ ἐ ζωοποιὸν ἐ ἀναίμακτον ἐν ταῖς ὀκκλησίαις πλοῦβμ θυσίας, οὐχ ἱνὸς τῶ καθ' ἡμᾶς ἐ ἀνθρώπε
κοινοῦ σῶμα πιςδύοντες ῀ἐ τὸ προκείμδυον, ὁμοίως ᷄ ἐ τὸ ῀τμιον ἇμα : δχόμδυοι ᷄ μᾶλλον ὡς ἴδιον σῶμα γιγνὸς ἐ ᷄λὴ τε
ἐ ἇμα πάντα ζωοπιοῦντς λόγου. g *Concil. Nic. 2. Græc. ex Bibl. Domin. de Vulcop. & impr. Lat. Col. & Ven. Act. 6.
tom. 3.* μετὰ ᷄ τὸν ἁγιασμὸν σῶμα κυρίως ἐ ἇμα χρισοῦ λίγετ᷄), ἐ εἰσὶ, ἐ πιςδύονται.

le corps & le sang de Christ. Il n'auoit pas leu ce passage de Theophylacte (que les Grecs appellent le second sainct Chrysostome) sur
sainct Matthieu, combien que sainct Thomas en allegue vn autre
presque pareil, sur sainct Marc, [a] *L'Euangeliste montre que le pain
qui est consacré à l'autel, est le propre corps du Seigneur, & non la figure,
dautant qu'il n'a point dit, Cecy est la figure; mais, Cecy est mon corps: Car
il est transmué par vne operation indicible, encore qu'il nous semble pain, à
cause que nous sommes infirmes & auons horreur de manger de la chair
cruë, & de la chair d'vn homme: Et pourtant il nous apparoist bien pain à
nous, mais en essence il est chair.* Lequel Theophylacte a esté non seulement imprimé à Basle, mais mesme traduit par Oecolampade Ministre de Basle. Il n'auoit pas leu ce passage d'Alcuinus, ancien disciple de Beda, & premier fondateur de l'Vniuersité de Paris, écrit enuiron l'an de la mort de Christ 730. en son Commentaire sur l'office de l'Eglise: [b] *On prie Dieu que l'oblation imposée sur les autels soit faitte
raisonnable, c'est à dire, qu'encore qu'elle soit prise des simples fruicts de la
terre, neantmoins par la puissance de la benediction, elle soit faitte le corps
& le sang du fils de Dieu.* Et vn peu apres: [c] *Et ce pain certes, & ce
vin, par soy sont choses irraisonnables: mais le Prestre prie qu'estant rai-
sonnablement administré & consacré, par le Dieu tout-puissant, il soit fait
raisonnable, passant au corps de son Fils.* Et derechef: [d] *Dieu pouruoyant à nostre infirmité, de nous qui n'auons pas accoustumé de manger de
la chair cruë, & de boire du sang; fait que ces deux dons demeurent en leur
premiere forme, & qu'en verité c'est le corps & le sang de Christ.* Il n'a-
uoit pas leu ce passage d'Amalarius Euesque de Treues, contemporain de Charlemaigne & de Loys le Debonnaire, en son Commentaire sur le mesme office de l'Eglise, écrit il y a pres de huict cents
ans; *Icy nous croyons que la nature simple du pain & du vin meslé, est
tournée en nature raisonnable, asçauoir en celle du corps & du sang de
Christ.* Il n'auoit pas leu ce passage de Paschasius autheur du mesme siecle, en son traitté du corps & du sang du Seigneur: [e] *Encore que la figure du pain & du vin soit icy, il ne faut pas toutesfois croire, qu'apres la consecration ce soit nulle autre chose, que
la chair & le sang de Christ.* Et derechef: [f] *C'est donc verité, entant
que le corps & le sang de Christ est fait de la substance du pain & du vin,
moyennant sa parole, par l'operation du sainct Esprit: Et c'est figure, entant que le Prestre administrant vne chose qui semble autre en l'exterieur,*

[d] *Et iterum.* Consulens omnipotens Deus infirmitati nostræ, qui non habemus vsum comedere carnem
crudam, & sanguinem bibere, facit vt in pristina remaneant forma illa duo munera, & est in veritate
corpus Christi & sanguis. [e] *Amalar. episc. Treuir. de off. Ecclef. l. 3. c. 24.* Hic credimus naturam
simplicem panis & vini mixti, verti in naturam rationabilem, scilicet corporis & sanguinis Christi.
[f] *Paschas. l. de corpore & sanguine Domini in Eucharistia c. 1.* Licet figura panis & vini hîc sit, omnino nihil
aliud quàm caro Christi & sanguis post consecrationem credenda sunt. [g] Veritas ergo, dum corpus
Christi & sanguis virtute spiritus in verbo ipsius, ex panis vinique substantia efficitur: figura verò dum
sacerdos quasi aliud exterius gerens, ob recordationem sacræ passionis ad aram venit.

Q ij

Marginal notes:

[a] *Theoph. in Matth. c. 26.* Δεικνύει, ὅτι αὐτὸ τὸ σῶμα τὸ κυρίου ἐστιν ὁ ἄρτος ὁ ἁγιαζόμενος ἐν τῇ θυσιαστηρίῳ, καὶ οὐχὶ ἀντίτυπον, οὐ γὰρ εἶπε τοῦτό ἐστιν ἀντίτυπον, ἀλλὰ τοῦτό μου ἐστι τὸ σῶμα. ἀρρήτῳ γὰρ ἐνεργείᾳ μεταποιεῖται, κἂν φαίνηται ἡμῖν ἄρτος. ἐπεὶ γὰρ ἀσθενεῖς ἐσμεν καὶ ἵνα μὴ ἀηδιζώμεθα κρέας ἰδεῖν ὠμόν, καὶ ἀνθρώπου σάρκα, διὰ τοῦτο ἄρτος μὲν ἡμῖν φαίνεται, σὰρξ δὲ τῷ ἔστι ὄντι.

[b] *Alcuin. lib. de Diu offic.* Oratur Deus, vt, &c. sit quoque rationabilis, vt quamuis de simplicibus terræ frugibus sumpta, benedictionis poté-
tia efficiatur corpus & sanguis filij Dei.

[c] *Et paulò post.* Et ille quidé panis, & illud vinû per se irratio-
nabile est: sed orat sacerdos, vt ille rationa-
biliter tracta-
tus, & ab omni-
potenti Deo consecratus, ra-
tionabilis fiat, transeundo in corpus filij eius.

a *Idem in exposit. verborum Christi. Matth. 26.*
Respice in sacramentorum celebratione instituente. B. Petro, vt credimus, quid orat sacerdos in canone &c. vt fiat, inquit, corpus & sanguis dilectissimi filij tui Domini nostri Iesu Christi. Qua prece expleta, consona voce omnes Amen dicimus: sicque omnis Ecclesia in omni gente & lingua orat & confitetur, quòd hoc sit quod orat.

b Et ideo quāuis ex hoc quidam de ignorātia errāt, nemo tamē est adhuc in aperto, qui hoc ita esse cōtradicat, quod totus orbis credit & cōfitetur.

Discours du sieur du Plessis, 3. edit. page 26.

c Mirum videtur quare in vno articulo, qui nō est principalis articulus fidei, debeat talis intellectus asseri, propter quē fides pateat contemptui omniū sequentium rationem.

d Videtur quod Philosophus haberet pro maiori inconueniēte vel quicunque sequés rationem naturalem, &c.
Pag. 27.

se presente à l'autel en memoire de sa passion : Et en son exposition sur le texte de sainct Matthieu : a *Regarde en la celebration des Sacrements, instituée, comme nous croyons, par sainct Pierre, ce que prie le Prestre, &c. Afin, dit-il, qu'il soit fait le corps & le sang de ton fils bien-aymé nostre Seigneur Iesus-Christ. Laquelle priere estant finie, touts répondent vnanimement, Amen: Et ainsi toute l'Eglise en toutes nations & en toutes langues, prie ; & confesse que cela est, qu'elle prie.* Et vn peu apres: b *Au moyen dequoy, combien que quelques-vns errent en ce poinct par ignorance, neantmoins il ne s'en trouue encore nul qui ose contredire à découuert ce que tout le monde croit & confesse.* Et pourtant ne faut-il pas s'émerueiller, si Scotus n'ayant point leu ces passages ny infinis semblables, d'autheurs tous plus anciens de beaucoup de siecles que le Concile de Latran, & touts portants témoignage de la Foy publique de l'Eglise de leurs siecles ; a estimé que la doctrine de la Transsubstantiation n'auoit pas esté si manifestement creüe deuant, que depuis. Mais reprenons le fil de nostre dispute.

Le sieur du Plessis poursuit & allegue pour troisiéme fait justificatif, quatre ou cinq arguments de Scotus contre la Transsubstantiation, qui sont en abbregé ; *Que la verité de l'Eucharistie se peut sauuer sans Transsubstantiation : Que le pain represente mieux le corps de Christ, que les seuls accidents : Que de la Transsubstantiation s'ensuiuent plus d'inconueniens, que des deux autres opinions : Que c'est merueille* (Scotus dit, c *qu'il semble merueille*) *qu'en vn article qui n'est point le principal article de la Foy, on ayt affermé vn sens par lequel la Foy est exposée à la mocquerie* (Il y a dans Scotus, *au mépris*) *de tous ceux qui suiuent la raison, c'est à dire, la raison philosophique & naturelle :* Car Scotus venoit de dire quatre lignes auparauant, qu'il parloit d *des Philosophes, & gents suiuants la raison naturelle.* Et finalement ; *Qu'il ne semble point que cest article apparoisse, ny par texte expres de l'Ecriture, ny par declaration manifeste de l'Eglise, ny par consequence euidente, ou du texte de l'Ecriture, ou de la declaration de l'Eglise ; l'vn desquels cas neantmoins est necessaire pour establir vn article de foy.* Or qu'est-ce là autre chose sinon se lauer le visage d'encre ? Car ne luy fut-il pas répondu dés l'acte de la Conference, que ce sont des objections que Scotus se fait à luy-mesme, lesquelles il resume peu apres en la réponse aux arguments de la partie aduerse, & les refute toutes l'vne apres l'autre ? Mais Scotus, dit le sieur du Plessis, auoit si bien fondé ces arguments là, & y répond si foiblement & debilement. A la verité, les mysteres de la Religion Chrestienne se peuuent bien assaillir populairement; mais ne se peuuent pas défendre populairement : Car les objections que l'on apporte à l'encontre, sont prises pour la pluspart du temps de la raison naturelle, qui s'accorde fort bien auec le sens: là où les solutiōs, dont on les défend, se prennēt de la raison supernaturelle, c'est à dire, de l'empire de la foy & de l'authorité, qui combat côtre le sens, & les subiugue & foule aux pieds. Mais ce qui semble leger & fragile au Sieur du Plessis, qui ne fait aucun cas de l'authorité de l'Eglise, ny de l'assistance du S. Esprit qui luy est promis pour l'interpretation des Escritures, semble à Scotus vn mur d'airain, ou plustost de diamant, contre qui toutes sortes de machines se brisent, & lequel il ne craint point d'opposer ny aux obiections des sens, ny aux arguments de la raison naturelle, ny aux mépris & calomnies des Philosophes, ny à toutes les forces & puissances des enfers. Et pourtant, quand il a répondu qu'il faut tenir ceste doctrine, dautant que c'est le vray sens de l'Escriture consigné à nous par le témoignage des anciens Peres, & par la declaration solemnelle de l'Eglise: & qu'il a formé sa solution & resolution en ces mots: [a] *Ie dy que les Escritures s'exposent par le mesme esprit, par lequel elles ont esté faites: Et pource faut-il supposer que l'Eglise Catholique les a exposées, estant enseignée par le mesme esprit, par lequel nous a esté baillée la Foy, asçauoir, par l'esprit de verité: Et à ceste cause elle a éleu ceste intelligence, pource que c'est la veritable:* Il pense auoir tout dit; Il pense, & à bon droict, auoir imposé silence à toute sorte de replique. Car aussi à qui est-ce que ne fermera point la bouche, l'authorité de celle dont il est écrit: [b] *Qu'elle iugera toute langue qui luy resistera en iugement:* [c] *Que toute gent & tout Royaume qui ne luy seruira point perira:* [d] *Que les nations chemineront en sa lumiere, & les Rois en la splendeur de son Orient:* [e] *Qu'elle sera appellée la cité de verité:* [f] *Que les peuples diront d'elle; Montons en la montagne du Seigneur, & en la maison du Dieu de Iacob, & il nous enseignera ses voyes:* [g] *Que les portes d'enfer ne la surmonteront point:* [h] *Que quiconque ne l'écoutera point, sera tenu pour publicain & ethnique:* [i] *Que Dieu l'a pourueuë d'Apostres, de Prophetes, d'Euangelistes, de Pasteurs & Docteurs, &c. afin que nous ne soyons plus petits enfans flottants & errans à tout vent de doctrine. Et bref,* [k] *Que c'est la colomne & le firmament de verité?* A qui est-ce que ne fermera point la bouche l'authorité de celle dont sainct Irenée prononce contre les Valentiniens: [l] *L'Eglise est l'entrée de la vie, & tous les autres sont brigands & larrons?* De celle dont sainct Cyprian prononce contre les Nouatiens, [m] *Celuy ne peut auoir Dieu pour Pere, qui n'a point l'Eglise pour mere?* De celle dont sainct Epiphane prononce contre les Aëriens: [n] *Qui pourra dissoudre le statut de sa mere, ou la loy de son pere?* De celle dont sainct Hierôme prononce contre les Luciferiens: [o] *Ie pouuois tarir tous les ruisseaux de vos obiections, par le seul soleil de l'Eglise:* & ailleurs: [p] *Quiconque ne sera point dans l'Arche perira à l'aduenement du deluge?* A qui est-ce que ne fermera point la bouche l'authorité de celle dont sainct Augustin dict:

Q iij

a *Scot. in 4. Sent. dist.* 11. *quæst.* 3. Dico quod eo spiritu expositæ sunt scripturæ, quo conditæ: & ita supponendũ est, quod Ecclesia Catholica eo spiritu exposuit, quo tradita est nobis fides, spiritu scilicet veritatis edocta: Et ideo hũc intellectum elegit, quia verus est.

b *Esai.* 54.
c *Idem cap.* 60.
d *Idem ib.*
e *Zach.* 8.
f *Esai.* 2. & *Mich.* 4.
g *Matth.* 16.
h *Matth.* 18.
i 1. *Cor. c.* 12. & *Ephes.* 4.
k 1. *Tim.* 3.
l *Iren. lib.* 3. *c.* 4. Ecclesia est vitæ introitus, omnes autem reliqui, fures sunt & latrones.
m *Cypr. de vnit. Eccles.* Habere non potest Deũ patrem, qui Ecclesiam non habet matrem.
n *Epiph. contra Aërianos hær.* 75. τίς δύναται θεσμὸν μητρὸς καταλύειν, ἢ νόμον πατρὸς;
o *Hieron. contra Lucif.* Poteram omnes propositionũ riuulos vno Ecclesiæ sole siccare.
p *Idem Epist.* 1. *ad Damasum.* Si quis in arca Noë nõ fuerit, peribit regnãte diluuio.

a *Auguſt. lib. 2. contra Creſc. c.32.* Non accipio quod de baptiſandis hęreticis & ſchiſmaticis beatus Cyprianus ſenſit, quia hoc Eccleſia nõ accipit, pro qua beatus Cyprianus ſanguinem fudit.

b *Idem contra Creſc. lib. 1. c. 32.* Scripturarum etiam in hac re à nobis tenetur veritas, cũ hoc facimus, quod vniuerſæ iam placuit Eccleſiæ, quã ipſarũ ſcripturarum

a *Ie ne reçoy point ce que ſainct Cyprian a écrit du bapteſme des Heretiques & Schiſmatiques, pource que l'Egliſe ne le reçoit point, pour laquelle ſainct Cyprian a épandu ſon ſang.* Et derechef: b *Nous ſuiuons meſme en cela la verité des Eſcritures, quand nous faiſons ce qui a eſté approuué par l'Egliſe vniuerſelle, laquelle l'authorité des meſmes Eſcritures recommande.* Et derechef: c *Dans le ventre de l'Egliſe reſide la verité; Quiconque en eſt ſeparé, il eſt neceſſaire qu'il die choſes fauſſes.* Et derechef: d *Ie ne croirois point à l'Euangile, ſi l'authorité de l'Egliſe Catholique ne m'y émouuoit.* Et vn peu apres: e *La meſme authorité eſtant ébranlée, ie ne pourray plus lors croire à l'Euangile.* Et derechef: f *L'Egliſe Catholique combattant contre toutes les hereſies, peut bien eſtre impugnée: mais elle ne peut eſtre expugnée.* Et derechef: g *Il n'y a nulle ſeureté d'vnité ſinon l'Egliſe deſignée par les promeſſes de Dieu, laquelle eſtant conſtituée ſur la montagne, ne peut eſtre cachée.* Et derechef: h *Si Dieu l'a fondée eternellement, pourquoy as-tu peur que ſon fondement ne tombe?*

commendat authoritas. c *Idem in Pſal* 57. In ventre Eccleſiæ veritas manet: Quiſquis ab hoc ventre Eccleſiæ ſeparatus fuerit, neceſſe eſt, vt falſa loquatur. d *Idem contra epiſt. fundem. cap.* 5. Ego verò Euangelio non crederem niſi me Catholicæ Eccleſiæ commoueret authoritas. e *Et paulò poſt.* Qua infirmata, iam nec Euangelio credere potero. f *Idem lib. 1. de ſymb. ad catech. cap.* 5. Eccleſia Catholica contra omnes hæreſes pugnans, pugnare poteſt, expugnari tamen non poteſt. g *Idem lib. 3. contra epiſt. Parmen.* Nulla eſt ſecuritas vnitatis, niſi ex promiſſis Dei Eccleſia declarata, quæ ſuper montem conſtituta abſcondi non poteſt. h *Idem in Pſalm.* 47. Si Deus eam fundauit in æternum, quid times ne cadat firmamentum?

Diſcours du ſieur du Pleſſis 3. edit. p. 28.

a Magis.

De là le Sieur du Pleſſis paſſe au liure des rapports de Scotus ſur le quatriéme des ſentences, & en produit ces réponſes aux arguments de ſainct Thomas: *Ie dy qu'encore que la ſubſtance du pain demeuraſt, elle n'oſteroit point la veneration du Sacrement, & ne ſeroit point cauſe d'idolatrie, &c.* Item: *Ie dy que la ſubſtance du pain auec les accidents, repreſente mieux* (il y a, a *plus*) *le corps de Chriſt, que les ſeuls accidents: Et notez,* ajouſte le Sieur du Pleſſis, *que c'eſt là Scotus qui parle.* Or qui en doute? Mais il y a grande difference entre dire, que Scotus n'approuue pas les arguments que ſainct Thomas auoit apportez pour prouuer la Tranſſubſtantiation par autre voye que par l'authorité des Peres, & par la deciſion de l'Egliſe; & dire, qu'il approuue & prononce de ſon chef, les arguments contre la Tranſſubſtantiation. Car Scotus s'accordoit bien auec ſainct Thomas de la concluſion de ceſt article: Mais il ne s'accordoit pas auec luy des moyens de la preuue: Dautant que ſainct Thomas, outre l'authorité des anciens Peres, & la deciſion du Concile de Latran, y ajouſtoit encore quelques autres raiſons: Et Scotus au contraire pretendoit que la doctrine de la Tranſſubſtantiation ſe deuoit tenir pour ceſte ſeule neceſſité, que c'eſtoit le vray ſens de l'Eſcriture, manifeſté à nous par l'authorité des Peres, & par la deciſion ſolemnelle de

l'Eglise: Et que hors cela, toutes les autres preuues qu'on en pouuoit
alleguer, ne concluoient que coniecturalement, & non necessairement: & par consequent ne la rendoient que probable, & non necessaire. Mais que de là il s'ensuiue que Scotus approuue & prononce de son chef les obiections contre la Transsubstantiation, c'est
argumenter en docteur de robbe courte. Car tant s'en faut que cela soit, que Scotus les refute toutes les vnes apres les autres au mesme endroict dont le sieur du Plessis les auoit alleguées. Et afin qu'il
ne s'auantage point de ce mot, *Ie dy*, lequel il faict sonner si haut,
il le trouuera encore plus expres en tous les lieux où Scotus parle de
la verité de la Transsubstantiation: comme en ceux-cy entre autres.
[a] *Ie dy qu'il eust bien esté possible à Dieu d'instituer que le corps de Christ
fust present en l'Eucharistie, la substance du pain y demeurant, &c. Mais
qu'icy maintenant la verité de l'Eucharistie n'y seroit pas entiere: Car
Christ ne l'a pas ainsi institué, comme les authoritez alleguées le témoignent.* Item: [b] *Ie dy qu'il ne faut point restreindre vn article de foy à vne
intelligence difficile, si ceste intelligence n'est vraye: Mais si elle est vraye,
& se prouue euidemment estre vraye, il faut tenir l'article selon ceste in-
telligence-là, quand on en vient à la recerche speciale.* Item: [c] *Ie dy que
les Escritures s'exposent par le mesme esprit par lequel elles ont esté faittes: Et partant qu'il faut supposer que l'Eglise Catholique les a exposées
par le mesme esprit par lequel nous a esté baillée la foy, ascauoir, par l'e-
sprit de verité: Et pour ceste cause elle a éleu ceste intelligence, pource que
c'est la veritable.* Item: [d] *Ie dy que le pain estant recueilly des fruits de la
terre, toutes les choses qui suiuent son existence en sont aussi recueillies: Au
moyen dequoy sainct Augustin n'entend pas que nous mangions là du vray
pain.* Item: [e] *Ie dy qu'il ne demeure rien du pain apres la conuersion, &
que le pain n'est point annichilé.* Car quant à ce que le Sieur du Plessis
[f] insinuë obliquement, que le Cardinal Bellarmin impute à Scotus, que tant en ses réponses aux arguments particuliers de sainct
Thomas, qu'en ses obiections contre la Transsubstantiation, il
parle en son propre nom, & prononce le tout de son sens; ny Scotus ne le fait, ny le Cardinal Bellarmin ne le luy impute: Il dit seulement, que Scotus prononce trois choses: La premiere, [g] *que Dieu
eust peu faire que le corps de Christ eust esté vrayement present en l'Eucharistie auec le pain: & que s'il l'eust fait, ce mystere eust esté plus facile, & accompagné de moins de miracles.* Ce que les vns, ajouste le Cardinal Bellarmin, nient, les autres le concedent: Mais cela, dit-il, n'appartient point à la foy. La seconde, *qu'il n'y a point de lieu si expres en l'Escriture, que sans la declaration de l'Eglise il puisse contraindre euidemment
à admettre la Transsubstantiation.* Et cela, dit derechef le Cardinal
Bellarmin, n'est pas entierement improbable. Et la troisiéme, *Que de
l'Escriture declarée par l'Eglise, s'ensuit & se preuue manifestement la*

Notes marginales:

[a] *Scot. in 4. Sent. dist. 11. quæst. 3.* Dico quod benè fuisset Deo possibile instituisse quod Christi corpus verè esset præsens, substantia panis manente, &c. vt supra.

[b] *Et paulò post.* Dico quod non est aliquis articulus arctâdus ad intellectum difficilem, nisi ille intellectus sit verus, sed si verus est, & probatur euidenter esse verum; oportet secûdum illum intellectum tenere articulû, quâdo inquiritur in speciali.

[c] *Et infrà:* Dico quod eo spiritu expositæ sunt scripturæ, quæ conditæ, &c. vt supra.

[d] *Idem report. super 4. Sent. dist. 11. q. 3.* Dico quod collecto pane ex fructib. terræ, colliguntur omnia quæ sunt eiusdé existétis: vnde non intelligit August. quod comedimus ibi verum panem.

[e] *Idem in 4. Sent. dist. 11. q. 4.* Dico quod in proposito nihil panis manet post côuersionem: secûdo quod panis nô annihilatur.

[f] *Discours du Sieur du Plessis, 3. edit. pag. 27.*

[g] *Bellarm. l. 3. de Euch. c. 23.*

Transsubstantiation, dautant qu'il ne se peut faire que le vray sens de l'Escriture ne soit celuy qu'a baillé l'autheur de l'Escriture : & que le mesme sainct Esprit qui a dicté l'Escriture par les Apostres & les Prophetes, est celuy qui la declarée par l'Eglise. Or qu'y a-t'il là qui approche de dire, que les obiections que Scotus faisoit contre la Transsubstantiation, il les prononçoit de son chef, & comme les croyant, & non pas comme les feignant?

Discours du Sieur du Plessis, 3. edit. page 27.

S'ensuit peu apres dans le Sieur du Plessis : *De là Scotus vient à conclure simplement en ces mots :* IE TIENS LA CONCLVSION, PARCE QVE L'EGLISE LA TIENT, PARCE QVE LA FOY DE SAINCT PIERRE NE DEFAVDRA POINT : ET MAINTENANT SOVS INNOCENT TROISIESME, IL A ESTE' ORDONNE' DE LE TENIR AINSI, &c. *Argument tout euident, dit le sieur du Plessis, que la nature du Sacrement, que la foy precedente de l'Eglise, que l'Escriture Saincte mesme le portoit ailleurs, s'il n'eust esté retenu par la decision du Concile de Latran : Argument consequemment, que ce qu'il en dict n'estoit pour arguer simplement, mais pour monstrer où alloit sa resolution, s'il n'eust eu vne forte bride.* Où me tourneray-ie? que feray-ie? que diray-ie? La mesme piece qui faict le procés au Sieur du Plessis; La mesme piece qui porte sa condamnation expresse : La mesme piece qui le conuainc deuant Dieu & les hommes : il se promet tant de la credulité des Lecteurs, que de la produire pour le gain & la victoire de sa cause. O main! ô plume! Il appert par cela, entre autres choses, dit le Sieur du Plessis, que la foy precedente de l'Eglise portoit Scotus ailleurs qu'à croire la Transsubstantiation, & que sa resolution alloit bien loing de là, s'il n'eust eu vne forte bride. Et moy ie dy que si le Sieur du Plessis eust eu aussi bon éperon que bonne bride, & que l'haleine ne luy eust point failly à deux pas pres du bout de la carriere, ou plustost s'il n'eust point retranché volontairement la fin de ce passage, pour abuser du commencement, il eust trouué tout le contraire de ce qu'il dit. Car Scotus immediatement apres ces paroles, ajouste entre les motifs de sa creance, que S. Ambroise le croyoit ainsi, que sainct Augustin le croyoit ainsi, qu'Eusebe Emissene le croyoit ainsi. Voicy les propres termes de sa resolution, laquelle il prononce, non en traisnant l'aile, & baissant la teste comme luy impose le Sieur du Plessis, mais en chantant des triomphes & des applaudissements à la verité: [c] *Ie tien donc la conclusion, pource que l'Eglise la tient, pource que la foy de Pierre ne defaudra point : Dauantage sous Innocent troisiéme (Il veut dire au Concile de Latran) il fut ordonné de le tenir. Au moyen dequoy au premier chapitre qui commence, Firmiter credimus, au paragraphe, Vna est Ecclesia, il est dit,* DE QVI LE CORPS ET LE SANG SONT VRAYEMENT

c Scot. report. super 4. sent. dist. 11. quæst. 3. Teneo igitur conclusionem, quia Ecclesia tenet: quia fides Petri non deficiet.

CONTENVS SOVS LES ESPECES DV PAIN ET DV VIN, LE PAIN ESTANT TRANSSVBSTANTIE' AV CORPS, ET LE VIN AV SANG. *Cela mesme tient sainct Ambroise, & est inseré au Decret, au chapitre,* PANIS IN ALTARI: *Cela mesme tient l'autheur du paragraphe,* INVISIBILIS *(c'est à dire, Eusebe Emissene) cité en vn autre chapitre. Et à cela mesme souscrit sainct Augustin; Et le Maistre des Sentences le met dans le texte.* Y aura-t'il au partir de là, homme qui ose dire sans rougir, que la foy de l'Eglise precedente portoit Scotus à nier la Transsubstantiation, s'il n'eust esté retenu par la decision du Concile de Latran? Ou plustost y aura-t'il homme qui ne juge par là tout au contraire, que Scotus a tenu que la doctrine de la Transsubstantiation auoit esté creuë en toutes les regions de la terre, plus de huict cents ans auant le Concile de Latran? Car sainct Augustin estoit Africain, & fut creé Euesque d'Hippone en Afrique, il y a douze cents six ans : Et sainct Ambroise estoit Europain, & fut creé Archeuesque de Milan, il y a douze cents vingt-sept ans : Et Eusebe Emissene, lequel le decret & le Maistre des sentences & Scotus citent pour autheur du paragraphe, *Inuisibilis,* estoit Asiatique & fut creé Euesque d'Emese en Syrie, il y a douze cents soixante ans. Et si le sieur du Plessis fait ces tours-là en ses productions justificatiues, que deura-t'il auoir fait en celles pour lesquelles il est accusé? *Si hæc fiunt in viridi, in arido quid fiet?*

Le mesme sieur du Plessis recharge encore, & allegue que Soto Docteur Espagnol de ce siecle, c'est à dire posterieur de pres de trois cents ans à Scotus, accuse Scotus d'auoir douté de la Transsubstantiation: *Et de fait: dit-il, Dominicus à Soto l'vn des plus renommez entre leurs docteurs, ne feint point d'imputer à Scotus qu'il a esté mal resolu de la Transsubstantiation, comme non soustenable par l'authorité de l'Ecriture.* Or quand ainsi seroit, qu'vn Iacobin n'auroit pas trop affectionné la reputation d'vn Cordelier, ce ne seroit pas vn fort grand miracle : & s'il n'y en auoit point de plus grand en la Transsubstantiation, le sieur du Plessis ne feroit pas beaucoup de difficulté de la croire. Mais encore, Soto ne prononce nulle part ces paroles ainsi crües : *Que Scotus a esté mal resolu de la Transsubstantiation, comme non soustenable par l'authorité de l'Ecriture.* Il dit bien que Scotus en tenant ce qu'il tient, qui est, que la Transsubstantiation n'est pas cause precise & directe, mais adjointe, & collaterale, de la presence du corps de Christ au Sacrement; subtilise non seulement contre sainct Thomas, mais contre les decisions de l'Eglise; dautant que ceste phrase du Concile de Latran : *Le corps & le sang sont contenus sous les especes, le pain estant transsubstantié au corps, & le vin au sang,* insinuë que la Transsubstantiation est cause de la presence. Mais il

Etiam sub Innocentio 3. ordinatum fuit tenendum: vnde primo cap. firmiter credimus, dicitur, Vna est Ecclesia cuius corpus & sanguis, &c. Transsubstantiatis pane in corpus & vino in sanguinem potestate diuina, &c Istud tenet Ambrof. & in canone ponitur primo capitulo: Panis in altari. Et in alio capitulo, Inuisibilis, &c. Ad hoc etiam August. Et ponit hoc Magister in Litera.

Scot. in 4 Sent. dist. 11. quæst. 1.

Discours du Sieur du Plessis 3. edition f. 29.

minute luy-mesme incontinent apres, la defence de Scotus, en ces termes : ^a *Mais Scotus & ceux qui tiennent ceste opinion diront, qu'encore que le Concile de Latran assigne la Transsubstantiation pour cause de la presence : neantmoins il ne declare pas qu'il n'y ayt point d'autre moyen possible.* Il dit bien que poser ce que pose Scotus, asçauoir, que le corps de Christ n'est au Sacrement, sinon par vn acquest de relation de presence aux especes ; c'est à dire, comme l'entend Scotus, entant que le mot, *par*, signifie la cause precise de l'existence, & non la maniere & condition de l'existence ; est subuertir obscurement la conuersion : dautant, ajouste Soto, que pour establir ceste presence, il n'est point besoin de conuersion, ny que le pain cesse d'estre ; Et d'ailleurs que cela estant, il ne reste aucune raison pourquoy le corps soit meu au mouuement des especes. Mais à cela Scotus répondroit, & que la conuersion peut bien auoir esté instituée, non pour establir simplement la presence au Sacrement, mais pour l'y establir auec plus de bien-seance : & que la presence ayant esté establie pour estre perpetuelle entre le corps & les especes, l'vn ne peut estre meu sans l'autre ; Au moyen dequoy la mesme vertu de la parole, qui cause la presence, cause consequemment les mouuements requis pour la perpetuité de la presence. Il dit bien qu'il faut tenir que la doctrine de la conuersion est aussi ancienne que celle de la presence sous les especes, dautant que l'vne & l'autre se recueille pareillement de ces mots, *Cecy est mon corps* : & qu'affermer le contraire, seroit souscrire à l'heresie de ceux qui croyent que le pain demeure auec le corps. Mais aussi Scotus ne prononce nulle part, que la doctrine de la conuersion ne soit pas si ancienne que celle de la presence : Il dit seulement, & Soto le cite luy-mesme en ces termes, ^b *qu'elle n'a pas tousiours esté si manifestement creüe.* Aussi peu afferme-t'il qu'elle ne se recueille pas de l'Ecriture : mais qu'elle ne se recueille pas auec entiere euidence de l'Ecriture seule, sans l'éclaircissement & interpretation de l'Eglise. Qui est ceste proposition que le Cardinal ^c Bellarmin disoit cy-dessus n'estre point entierement improbable.

Mais je veux que toutes les consequences que Soto tire ou pense tirer des positions de Scotus, soient veritables & necessaires : qui ne sçait qu'il y a bien loin entre dire, qu'vn autheur a tenu quelque chose dont il se peut tirer par consequence, des resultats & des illations preiudiciables à quelqu'vne des doctrines de l'Eglise : & dire, qu'il a esté mal resolu & a douté de la mesme doctrine ? La pluspart des Scholastiques crient, que l'opinion des Grecs, que le sainct Esprit procede du seul Pere, repugne par consequence à la Trinité : & qu'il s'ensuiuroit si elle estoit vraye, qu'il n'y auroit que deux personnes en la diuinité : Et toutesfois il est certain que jamais les Grecs

---

Marginal notes:

a *Soto in 4. Sent. dist. 9. q. 2. art. 2.* Sed dicent isti. Licet cōcilium illud assignet pro causa, non tamen dicit aliud non fuisse possibile, &c.

b *Soto in 4. Sent. impr. Sa:m. 1557. pag 429. Col. 1.*

c *Bellar. de Euchar. li. 3. c. 23.* Secundò dicit Scotus, non extare locum vllum scripturæ tam expressum, vt sine Ecclesię declaratione euidenter cogat Transsubstantiationem admittere. Atque id non est omninò improbabile.

D. Th. contr. gent. l. 4. c. 24. Durand. in 1. Sent. dist. 2. q. 4. Bagnes in 1. p. q. 36. De Valentia disp. 2. q. 10. Card. Bellarm. de Christ. l. 2. c. 26. alij.

n'ont douté de la Trinité des personnes en l'essence diuine, & que jamais personne ne le leur a imputé; & que le leur mettre sus, seroit vne manifeste calomnie. Car pour faire qu'vn autheur ayt douté de quelque doctrine; il ne suffit pas seulement qu'il ayt tenu des positions dont on puisse tirer par le ressort du discours, des resultats & des consequences prejudiciables à la mesme doctrine : mais il faut qu'il y ayt outre cela apperceu & recogneu la necessité de ces consequences. Or ny les Grecs ne voyént que de la procession du S. Esprit de la seule personne du Pere, il resulte aucune pernicieuse consequence contre la Trinité des personnes : ny Scotus n'a veu que de ses positions s'ensuiuist aucune consequence qui peust prejudicier à la creance, que le pain ne demeure point en l'Eucharistie : ny Soto luy mesme ne luy a pas imputé de l'auoir veu : Au contraire, tant s'en faut que Soto accuse Scotus d'auoir pretendu fauoriser l'opinion de ceux qui tiennent que la substance du pain demeure au Sacrement, qu'il le taxe d'auoir passé outre, & d'estre tombé en l'autre extremité, asçauoir, en l'opinion que le pain estoit annihilé tout à fait. Voicy ses paroles : [a] *La troisiéme opinion, dit-il, est celle de Scotus au quatriéme des sentences, distinction 11. quæst. 4. où il dit, que par la consecration il se faict que le pain & le vin, selon soy & selon chaque partie de leur estre, cessent d'estre, & qu'en leur lieu succedent le corps & le sang sous les mesmes especes. Et iusques à lors cela va bien : Car celle-la est la sentence Catholique de sainct Thomas & de tous les Docteurs bien entendus. Mais au reste il differe en deux choses : L'vne qu'il n'estime pas que cela soit proprement Transsubstantiation, (il y a dans Scotus, que ce soit Transsubstantiation [b] productiue de la substance du corps : mais seulement Transsubstantiation adductiue de la substance du pain, au lieu de celle du corps) L'autre qu'encore qu'il vacille pour decider s'il y arriue annihilation ou non, neantmoins il panche finalement vers l'opinion que le pain & le vin sont annihilez.* Or quoy qu'il soit du fait de l'annihilation, contre lequel toutesfois Scotus ne manque pas de precautions & antidotes : pour le moins apparoist-il par là que Soto ne luy a pas imputé d'auoir eu intention de fauoriser ceux qui tenoient, que la substance du pain demeuroit au Sacrement : Et par consequent qu'il y a grande difference entre dire, comme dit Soto, que des positions de Scotus il se pouuoit tirer des illations & consequences nuisibles à la doctrine de la cessation du pain : & dire, comme le sieur du Plessis luy fait dire, que Scotus en a esté mal resolu, & en a douté luy-mesme. Car quand toutes ces consequences-là seroient vrayes & necessaires, ce que nul des disciples de Scotus ne concedera : Il est certain, voire par le témoignage mesme de Soto, que Scotus, ou ne les auoit pas apperceuës, ou ne les auoit pas estimees telles.

a *Soto in 4. Sent. dist. 9. quæst. 2. art. 4.*
Tertia opinio est Scoti in 4. d. 11. quæst. 4. vbi ait per consecrationé fieri, vt panis & vinú secundum se, & quodlibet sui desinát esse, quorum loco succedit corpus Christi & sanguis sub eisdem speciebus, & hactenus quidé rectè : nam & hæc est D. Thomæ omniumque doctorum, si sanè intelligantur Catholica sententia. Differt tamé in duobus. Primò, quod hanc non censet propriè Transsubstantiationem. Secundò, quod licet de annihilatione, an accidat hîc necne, vacillet, tandem propédet quod panis & vinum annihilantur.

b *Scot. in 4. Sent d. 11. quæst. 3.*
Transsubstantiatio potest poni duobus modis intelligi, &c. Prima potest dici productiuá sui termini ad quem. Secunda adductiua, &c.

Mais jusques à quand abuser de la patience des Lecteurs? Car il n'est point question de ce que Soto, ou le Cardinal Bellarmin ont imputé à Scotus: mais de ce que le sieur du Plessis luy impute, asçauoir qu'il a douté de la presence reelle du corps de Christ sous les especes: Qui est chose que iamais ny Soto, ny le Cardinal Bellarmin, ny Kemnitius, ny aucun, ny Catholique, ny Heretique, ne luy a imputée, & que le Diable mesme qui est le pere de la calomnie, ne sçauroit auec apparence luy imputer. Ou plustost encore pour abbreger la dispute, & oster toute occasion de tergiuerser; il n'est point question en general, si Scotus a douté de cest article: Il est purement & simplement question, si Scotus a proposé ceste these; *Asçauoir s'il est possible que le corps de Christ soit reellement contenu sous les especes du pain & du vin*, par forme de doute, ou par forme d'ouuerture de dispute, & à la façon de l'échole. Et si ces arguments; *Que la quantité ne le peut souffrir, aussi peu la localité & la circonscription attachées à la nature d'vn vray corps, tel que celuy du Seigneur;* que le sieur du Plessis impute à Scotus, sont les paroles & argumens de Scotus, ou les paroles & arguments des Heretiques impugnez par Scotus. A quel propos donc maintenant alleguer que le Cardinal Bellarmin écrit que Scotus a estimé que la Transsubstantiation n'estoit point article de Foy deuant le Concile de Latran? A quel propos alleguer que Soto luy a imputé qu'il estoit mal resolu de la Transsubstantiation; & autres telles extrauagances qui sortent hors de la lice, & ne touchent point le nœu de la dispute? Le fait est, que le sieur du Plessis dit en son liure de l'Eucharistie, que ceste these de la premiere question de la distinction dixiéme, du 4. des Sentences;

[a] *Asçauoir s'il est possible que le corps de Christ soit reellement contenu sous l'espece du pain & du vin;* & ceste réponse; *Il semble que non;* Scotus les prononce par forme de doute. Et l'Euesque d'Eureux au contraire dit, que c'est ou vne ignorance ridicule, ou vne imposture inexcusable. Car outre ce qu'il n'y a si petit écholier qui ne sçache que c'est la coustume de Scotus & de touts les autres scholastiques de proposer leurs theses en ceste forme, [b] *Asçauoir si Dieu est? Il semble que non:* [c] *Asçauoir si Dieu peut creer quelque chose? Il semble que non;* [d] *Asçauoir s'il y a plusieurs personnes en Dieu? Il semble que non;* Scotus incontinent apres, en la decision de la dispute, prononce cest Arrrest: *Je dy qu'il est simplement de la substance de la Foy, de croire que le corps de Christ y est vrayement & reellement contenu.* Le fait est que le sieur du Plessis ajouste, que ces paroles; *Que la quantité ne le peut souffrir, aussi peu la localité & circonscription, &c.* sont les paroles & arguments de Scotus. Et l'Euesque d'Eureux au contraire dit, que c'est vne fausseté insupportable: & que ce sont les paroles & arguments des Heretiques, lesquels

Scotus

Scotus s'objecte pour les refuter : Comme il paroift par ces mots qui ſuiuent incontinent apres : [a] *Mais contre tout cela eſt ce que dit Chriſt au 29. de ſainct Matthieu, Cecy eſt mon corps: & au 6. de ſainct Jean, Ma chair eſt vrayement viande ;* Et par la deciſion de l'article, que Scotus forme en ces termes [b] *Je dy qu'il eſt ſimplement de la ſub-ſtance de la Foy , entant que la verité de quelque ſacrement appartient aux articles de la Foy; que le corps de Chriſt y ſoit vrayement & reellement contenu :* Car ceſte verité fut expreſſement conſignée dés le commencement que l'Euchariſtie fut inſtituée : & le fondement de ſon au-thorité eſt au 26. de ſainct Matthieu , & au 22. de ſainct Luc. Que ſi les Heretiques vouloient expoſer ces choſes , par répondre qu'elles ſont dit-tes figurément , &c. Cela eſt entierement contre l'intention du Sauueur: Et finalement par la ſolution que Scotus apporte luy-meſme aux-dits arguments, dans la réponſe aux objections de la partie aduerſe; en ces mots ; [c] *Au ſecond argument ie dy que la condition d'eſtre commenſurable à vne autre quantité, n'eſt pas la proprieté de la quanti-té, &c.* C'eſt là deſſus qu'il faut chocquer & conteſter : C'eſt à ceſte barriere-là, qu'il faut combattre de pied ferme : Et non pas ſauter de theſe en theſe , & de queſtion en queſtion , & penſer vaincre en fuyant comme les Parthes.

Le ſieur du Pleſſis conclud finalement le diſcours de ceſt article, par vne autre obſeruation qui eſt que Meſſieurs les deputez ne pro-noncerent rien ſur le texte de Scotus, comme voyants bien , dit-il, [d] que ce n'eſtoit pas matiere d'audience. En quoy derechef il cele & diſſimule deux choſes : L'vne que l'Eueſque d'Eureux ne les preſ-ſa point d'opiner ſur le premier paſſage, pour ne ſe departir point de la proteſtation qu'il venoit de faire, de ne requerir leur juge-ment que ſur les differents de l'interpretation des paroles, ou de l'e-dition des exemplaires : mais commença ſeulement de les prier de dire leur aduis, à la fin du ſecond article, lors qu'il vid que le ſieur du Pleſſis eſſayoit de le tirer en longueur, comme il auoit fait le prece-dent. L'autre que le Roy , qui deſiroit que la Conference conti-nuaſt, auoit particulierement ordonné à Monſieur le Chance-lier de ne prendre point les voix ſur le premier paſſage, pour ne donner point de pretexte au ſieur du Pleſſis de rompre, ſi on le con-damnoit dés l'entrée; comme il auoit eſté aduerty que c'eſtoit ſon deſſein. Ce que ſa Majeſté a témoigné tant de fois , & le témoi-gne encore ſi publiquement tous les jours; que nul de ceux à qui la choſe touche, ne ſe peut excuſer de n'en auoir point oüy parler. Mais c'eſt vne des merueilles de l'induſtrie du ſieur du Pleſſis, qui ſçait ſi bien faire ſon profit de toutes ſortes d'accidents, qu'il tourne la pitié & compaſſion qu'on eut de luy, en occaſion d'auantage & de triomphe. Paſſons outre.

R

[a] *Scot. in 4. Sent. diſt. 10. quæſt. 1.* CôtraMatth. 26 dicit Chriſtus, Hoc eſt corpus meum, & Ioan. 6. Caro mea ve-rè eſt cibus.

[b] *Idem ibid.* Dico quod cor-pus Chriſti eſſe ibi verè realiter eſt ſimpliciter de ſubſtantia fidei, eo modo quo veritas ali-cuius ſacramé-ti pertinet ad articulos fidei. Iſta enim veri-tas, à principio fuit expreſſè tradita, ex quo Euchariſtia fuit inſtituta. Fūda-mentum autem authoritatis eſt Matth. 26. & Luc. 22. vbi in Cœna ait Chri-ſtus , Hoc eſt corpus meum, Hic eſt ſanguis meus. Et ſi hæ-retici vellent iſta exponere dicendo , quod ſint figuratiuè dicta, &c. Iſtud omninò eſt cō-tra intentionē Saluatoris.

[c] *Scot. ibid.* Ad ſecundum dico quod mo-dus quantita-tiuus non eſt paſſio quan-ti, &c.

[d] *Diſcours du ſieur du Pleſſis 3. edition p. 29.*

Diſcours du ſieur du Pleſſis, 3. edit. page 31.

a *Durand.lib. 4. dist. 11. quæst. 1.*
Dicenda tria.
Primũ est quod substantia panis & vini conuertuntur in substantiã corporis Christi.
Secundum est, quod mediante tali conuersione corpus & sanguis Christi virtute Diuina habent talem ordinem seu habitudinem ad species sub quibus fuerunt panis & vinum, quòd sunt eis realiter præsentes.
Tertium est, quod quamuis iste modus sit de facto, non est tamen negandum quin alius modus sit Deo possibilis, ita videlicet quòd Deus posset facere, quòd remanéte substãtia panis & vini, corpus & sanguis Christi essent in hoc Sacramento.
Primum patet authoritatibus sanctorum, & ex determinatione Ecclesiæ, Dicit enim Ambr. lib. de sacramentis, sic, Licet figura panis & vini videatur, nihil tamen aliud quã caro Christi & sãguis post cõsecrationé credendũest. Item in eodem: Sermo Christi creaturam mutat, & sic ex

QVAND il traitte le second article, asçauoir celuy de Durandus, apres plusieurs fuittes & élusions qui furent toutes refutées dés l'heure mesme de la dispute, il lasche ce bel epiphonéme : *Tant ceste nouuelle interpretation donnée aux paroles du sacrement luy gesne son esprit.* O confiance ! ô asseurance ! Durandus proteste expressément, que la doctrine du Concile de Latran auoit esté tenuë par sainct Augustin, par sainct Ambroise, par Eusebe Emissene, & par infinis autres autheurs plus anciens de plus de huict cents ans que le Concile de Latran : Voicy ses paroles : a *Quant à ce poinct il faut dire trois choses : La premiere, que la substance du pain & du vin sont conuerties en la substance du corps de Christ : La seconde, que moyennant ceste conuersion, le corps & le sang de Christ par la vertu diuine, ont vn tel ordre, ou vne telle habitude aux especes sous lesquelles ont esté le pain & le vin, qu'elles leur sont reellement presentes : La troisiéme, que combien que ce moyen soit de fait, neantmoins il ne faut pas nier qu'vn autre moyen soit possible à Dieu ; C'est asçauoir que Dieu pourroit faire que le corps & le sang de Christ fussent en ce sacrement, la substance du pain, & du vin y demeurant. La premiere paroist par l'authorité des saincts Peres & par la determination de l'Eglise. Car sainct Ambroise dit au liure des Sacrements : Encore que la figure du pain & du vin soit veüe ; il ne faut pas toutesfois apres la consecration, croire qu'il y ayt autre chose que le corps & le sang de Christ. Et derechef au mesme lieu : La parole de Christ change la creature : & ainsi du pain se faict le corps de Christ. Et sainct Augustin au liure des sentences de Prosper, &c. Nous confessons qu'auant la consecration c'est le pain & le vin que la nature a formé, Mais qu'apres la consecration c'est la chair, & le sang de Christ que la benediction a consacré. Et Eusebe, &c. Le sacrificateur inuisible, moyennant sa parole, change par vne secrette puissance, les creatures visibles en la substance de sa chair & de son sang. Et y a infinies autres authoritez qui portent toutes expressement la mesme chose.* Et au sortir de là le sieur du Plessis, comme s'il auoit des charmes pour éblouïr & aueugler les yeux des lecteurs, crie que Durandus trouuoit ceste interpretation nouuelle, & qu'elle luy donnoit la gesne en son esprit : Et au lieu de se corriger par les censures, s'abandonne à des licences encore plus illicites que les precedentes. Mais les faussetez ne se peuuent deffendre que par faussetez, ny chaque chose se maintenir que par son semblable.

Il ajouste sur le mesme article, que l'Euesque d'Eureux deuoit auoir appris de son Bellarmin, que Durandus auoit mal creu de la Transsubstantiation, ayant tenu que la matiere du pain demeuroit au Sacremẽt, & n'estoit point conuertie. Ce que l'Euesque d'Eureux sçauoit premier que le Cardinal Bellarmin, duquel neantmoins il apprendra tousiours volontiers, eust écrit ; Et quand il plaira au

fieur du Pleſſis, il luy monſtrera vn Durandus annoté de ſa main,
dix ans deuant que le liure de l'Euchariſtie du Cardinal Bellarmin
fuſt en lumiere. Mais il ſçauoit outre cela, qu'il y auoit bien difference entre dire, que la matiere du pain demeure au Sacrement,
& n'eſt point conuertie; & dire, que la ſubſtance du pain demeure au Sacrement, & n'eſt point conuertie : Comme il y a bien difference entre dire, que la matiere de l'eau au miracle des fleuues
d'Ægypte, demeura & ne fut point conuertie : & dire, que la ſubſtance de l'eau demeura, & ne fut point conuertie : Comme il y a
bien difference entre dire, que la matiere de la verge de Moyſe
demeura & ne fut point conuertie, & dire, que la ſubſtance de la
verge de Moyſe demeura & ne fut point conuertie : Comme il y a
bien difference entre dire, que la matiere de l'eau au miracle de Cana, demeura & ne fut point conuertie : & dire, que la ſubſtance de
l'eau demeura, & ne fut point conuertie : Et finalement pour vſer
du meſme exemple qu'apporte Durandus, comme il y a bien difference entre dire, que la matiere du pain que noſtre Seigneur prenoit pour ſon aliment, pendant qu'il conuerſoit icy bas, demeuroit
& n'eſtoit point conuertie ; & dire, que la ſubſtance du pain que
noſtre Seigneur mangeoit, demeuroit & n'eſtoit point conuertie.
Car Durandus lors qu'il propoſe que la matiere du pain demeure au Sacrement, ne pretend pas qu'elle demeure en l'eſtre & en
la ſubſtance du pain, mais tient qu'elle paſſe en l'eſtre & en la ſubſtance du corps. Seulement veut-il dire, qu'elle ne perd point le
meſme eſtre de ſimple matiere qu'elle auoit auparauant, c'eſt à dire, qu'elle ne deuient point vne autre matiere, lors qu'elle eſt ſous
la forme ſubſtancielle du corps, que celle qui auoit eſté ſous la
forme ſubſtancielle du pain, mais continuë d'eſtre la meſme matiere en l'vne & en l'autre ſubſtance ; non plus que quand l'eau ſe
conuertit en air, la matiere de l'eau ne ſe change point, c'eſt à dire, ne deuient point vne autre matiere, que celle qui eſtoit auparauant ſous la forme de l'eau : mais demeure vne meſme matiere
conſtituée ſucceſſiuement ſous diuerſes ſubſtances. Et pourtant,
ce que le Cardinal Bellarmin objecte à Durandus, aſçauoir qu'il a
écrit, que la matiere du pain demeure au Sacrement, & n'eſt
point conuertie ; Il eſt tres-vray que Durandus l'a écrit : Mais ce
que le ſieur du Pleſſis luy impoſe, aſçauoir qu'il a écrit que la ſubſtance du pain demeure au Sacrement, & n'eſt point conuertie ; il eſt tres-faux qu'il l'ayt écrit : Au contraire il eſt tres-
vray qu'il a écrit tout l'oppoſite ; comme il apparoiſt, &
par ſa deciſion qui eſt telle. : ᵃ *Icy il faut dire trois choſes:*
La premiere, que la ſubſtance du pain & du vin ſont conuerties
en la ſubſtance du corps de Chriſt : La ſeconde, que moyennant ceſte

pane fit corpuſ
Chriſti Aug. etiā
in l. Sentent.
Proſperi, &c.
dicit ſic. Cùm
fideliter fatea-
mur ante con-
ſecrationem eſ-
ſe panem & vi-
num quæ natu-
ra formauit ,
poſt conſecra-
tionem verò
Chriſti corpus
& ſanguinem,
quæ benedictio
cōſecrauit. Idē
Euſebius , &c.
Inuiſibilis ſa-
cerdos viſibiles
creaturas in ſub
ſtantiam cor-
poris & ſangui-
nis ſui, verbo
ſuo ſecreta po-
teſtate cōmutat.
Et quã plurimæ
aliæ auctoritates
ſunt, quæ ex-
preſſe idem ſo-
nant.

Diſcours du ſieur
du Pleſſis, 3. edit.
page 31.

a *Durand. lib. 4.*
diſt. 11. quæſt. 1.
Dicenda tria.
Primũ eſt quod
ſubſtantia panis
& vini conuer-
tuntur in ſub-
ſtantiã corporis
Chriſti.
Secundum eſt,
quod mediante
tali conuerſio-
ne corpus &
ſanguis Chriſti
virtute Diuina
habent talem
ordinem ſeu
habitudinem ad
ſpecies ſub qui-
bus fuerunt
panis & vinum,
quòd ſunt eis
realiter præ-
ſentes.

Tertium est, quod quamuis iste modus sit de facto, non est tamen negandum quin alius modus sit Deo possibilis, ita videlicet quòd Deus posset facere, quòd remanéte substá-tia panis &vini, corpus & san-guis Christi es-sent in hoc Sa-cramento.

a Durand. ibidé. Ad primum in oppositum, di-cendū est, quod in his quę sunt fidei non est sé-per eligendum illud ad quod sequuntur pau-ciores difficul-tates,&c. sed est ponendum ma-gis illud quòd est consonum dictis sanctorū & traditioni Ecclesiasticæ.

conuersion, le corps & le sang de Christ ont par la vertu diuine vn tel ordre ou habitude aux especes, sous lesquelles ont esté le pain & le vin, qu'elles leur sont reellement presentes: Et la troisiéme, *qu'encore que ceste maniere soit de fait, il ne faut pas neantmoins nier qu'vn autre moyen ne soit possi-ble à Dieu, asçauoir qu'il puisse faire que le corps de Christ soit reellement present en l'Eucharistie, la substance du pain & du vin y demeurant:* Et par la réponse aux arguments que le sieur du Plessis luy impute, lesquels il refute en ces mots : [a] *Aux arguments de la partie aduer-se, il faut répondre, qu'és choses de la foy, il ne faut pas tousiours choisir ce qui est suiuy de moins de difficultez, &c. mais ce qui est conforme aux pa-roles des Saincts Peres, & à la tradition Ecclesiastique.*

Secondement l'Euesque d'Eureux sçauoit que Durandus ne pro-pose point ceste ouuerture par forme de resolution; mais par for-me de probléme, & auec ceste soumission, *sauf meilleur aduis;* c'est à dire, sauf le jugement de l'Eglise, laquelle auoit bien decidé l'article de la Transsubstantiation, mais n'auoit point jusqu'à lors determiné, disoit Durandus, si ceste Transsubstantiation se faisoit par vne simple transition de la matiere du pain sous la forme sub-stancielle du corps, comme toutes les autres conuersions & trans-mutations substancielles : ou par vne cession de toute la substan-ce du pain en toute la substance du corps.

Tiercement il sçauoit, que tant s'en falloit que Durandus eust imaginé cest expedient, pour impugner la conuersion du pain au corps de Christ, qu'au contraire c'auoit esté pour la defendre & garantir. Car Durandus pensoit que ce n'estoit point proprе-ment vne vraye conuersion d'vne substance en vne autre, mais vne simple succession d'vne substáce à vne autre, s'il ne restoit quel-que chose de la premiere substance, qui passast & demeurast en la seconde, pour seruir de lieu commun d'estre, à l'vn & à l'autre ter-me : Comme aux conuersions elementaires, quand l'eau se tourne en air, il reste quelque chose de la substance de l'eau qui de-meure sous la forme substancielle de l'air, asçauoir la matiere. Car la matiere de l'eau ne se change point, & n'est point vne autre matiere deuant la conuersion, & vne autre apres la con-uersion : mais demeure tousiours vne mesme matiere, qui passe successiuement sous diuerses formes & en diuerses sub-stances. Et pourtant Durandus craignoit que si en la Transsub-stantiation la mesme matiere qui auoit esté sous la forme sub-stancielle du pain, ne demeuroit sous la forme substancielle du corps, ce ne fust vne annihilation du pain, & vne substitution du corps en son lieu ; & non pas vne vraye conuersion du pain au corps. Au moyen dequoy quelque costé que se tourne le sieur du Plessis, & quelque poudre qu'il essaye de jetter aux yeux des Lecteurs par cest autre lieu de Durandus, qui n'a rien de commun auec celuy dont il s'agissoit en la dispute, dautant que l'vn est pris de la premiere question, & l'autre de la troisiéme : il demeure tousiours au mesme bourbier, & ne se peut lauer de ceste orde & sale imposture, qui luy fut obiectée & prouuée en la Conference, d'auoir allegué les arguments des aduersaires de l'Eglise, que Durandus refutoit, pour paroles & doctrine de Durandus : ny effacer la tache qui en fut imprimée au front de son Protocolle, par ceste sentence de Monsieur le Chancelier & de Messieurs les deputez : IL A PRIS L'OBIECTION POVR LA RESOLVTION.

Quand il remet sur le bureau l'examen du troisiéme article, il ne répond rien qui n'eust déja esté répondu & refuté dés l'heure mesme de la Conference, comme il paroist par la lecture des Actes. Et pource, n'apportant point de nouuelles pieces, il ne doit point estre receu à presenter requeste ciuile.

QVAND il retente la dispute du quatriéme passage, qui fut celuy de sainct Chrysostome sur sainct Matthieu : il dit que Messieurs les deputez iugerent pour le fonds, que l'Homelie se deuoit entendre des saincts trespassez : ce qu'ils ne firent point toutesfois. Et là dessus pour auoir plus de couleur de les calomnier, & insinuer par mesme moyen en l'esprit des Lecteurs que les langages que les Peres tiennent de la priere des saincts, se doiuent entendre des saincts viuants : Il ajouste que c'estoit chose toute commune aux Anciens, d'appeller les Fidelles Saincts : Et pense auoir fait vn grand chef-d'œuure, d'auoir trouué que Tertullian parlant de ceux qui alloient baiser les fers des Martyrs, lors qu'on les menoit au supplice, vse de ceste phrase, *baiser les liens des Saincts.* Comme si les passages de la 66. Homelie au peuple d'Antioche, & de la 26. Homelie sur la seconde aux Corinthiés, qui sont ceux que l'Euesque d'Eureux allegua, pour monstrer que sainct Chrysostome auoit actuellement recommandé la priere des saincts morts, & qui furent ceux sur lesquels l'assistance applaudit, ne s'exprimoient pas sans ambiguité, & ne declaroient pas distinctement de quels saincts ils parloient ? Et comme si mille autres semblables passages que les Catholiques alleguent tous les iours à ce propos, tant de sainct Chrysostome, que des autres docteurs de son siecle, ne portoiét pas tout de mesme leur commentaire auec eux, & ne declaroient pas distinctement de quels saincts les Peres entendoient parler ? Car quand sainct Chrysostome disoit en ses homelies sur la seconde aux Corinthiens, preschées & écrites à Constantinople, il y a douze cents ans : [a] *Celuy qui est vestu de pourpre se transporte vers ces sepulchres-là, pour les baiser & embrasser ; & deposant sa pompe, prie les saincts, afin qu'ils soient ses*

Durand. dist. 11. q. 1. & q. 3.

Discours du Sieur du Plessis, 3. edit. pag. 46.

a *Chrysost. in ep. 2. ad Cor. cap. 12. hom. 26.* καὶ γὸ αὐτὸς ὁ τ̀ ἁλυρζίδα

intercesseurs enuers Dieu: Et celuy qui porte le diadéme prie vn faiseur de tentes & vn pescheur, & encore morts, qu'ils soient ses patrons & intercesseurs. Oserez-vous donc dire, que celuy soit mort, duquel les seruiteurs, mesmes morts, sont les intercesseurs des Empereurs de la terre? De quels saincts parloit-il? des morts, ou des viuants? Et quand Ruffin contemporain de sainct Chrysostome, disoit en son histoire Ecclesiastique, écrite il y a douze cents ans, parlant du grand Empereur Theodose: [a] *Il circuissoit auec les Prestres & le peuple, tous les lieux d'oraison: & gisoit sur vn sac prosterné deuant les chasses des Martyrs, se requerant vn secours fidelle par l'intercessió des saincts:* De quels saincts parloit-il? des morts, ou des viuants? Et quand sainct Ambroise, que sainct Augustin appelle homme de Dieu, Docteur de verité, & Euesque de foy irreprehensible, disoit en ses Commétaires sur sainct Luc, écrits il y a douze cents vingt ans: [b] *Les Roys estants morts, les Martyrs succedent en vn regne perpetuel, par l'honneur de la grace celeste: & ceux-là sont faits suppliants, & ceux-cy intercesseurs.* Et en son liure des vefues, écrit encore auparauant, car il le cite luy-mesme sur S. Luc: [c] *Il faut prier les Anges pour nous, qui nous ont esté donnez pour garde. Il faut prier les Martyrs, dont les corps semblent nous tenir lieu d'vn certain gage & hostage de leur protection. Ils peuuent prier pour nos pechez, eux lesquels, s'ils auoient quelques pechez, les ont lauez par leur propre sang:* De quels saincts parloit-il? des morts, ou des viuants? Et quand sainct Augustin disoit en Afrique, il y a douze cents ans: [d] *Vous voyez la tres-eminente hautesse du tres-noble Empire, soumettant son diademe, supplier au sepulchre de Pierre pescheur.* Et derechef: [e] *Le peuple Chrestien celebre en commun les memoires des Martyrs, par vne religieuse solemnité, & pour s'exciter à les imiter, & pour estre associé à leurs merites, & pour estre aydé par leurs prieres:* De quels saincts parloit-il? des morts, ou des viuants? Et quand sainct Cyrille de Hierusalem disoit en Asie, il y a douze cents cinquante ans, portant la parole pour toute l'Eglise Catholique de son siecle: [f] *Nous prions tous, & offrons ce sacrifice en commemoration de ceux qui sont morts deuant nous, Patriarches, Prophetes, Apostres & Martyrs, afin que Dieu par leurs prieres & intercessions, reçoiue nostre supplication.* De quels saincts parloit-il? des morts, ou des viuants? Et quand ce grand sainct Basile, l'Ange de l'Asie, que sainct Athanase appelle la gloire de l'Eglise; que sainct Gregoire de Nazianze appelle l'œil & la trompette de l'vniuers; que le Concile d'Ephese appelle grand & tres-sainct Euesque, disoit en l'oraison des quarante Martyrs, écrite il y a douze cens

ὁ ἀδελφοκτόνος, ἀπέρχεται τὰ σώματα ἐκεῖνα ἀσπαζόμενος, καὶ τὸν τύπον ἀποθέμενος ἔστηκε δεόμενος τῶν ἁγίων, ὥστε αὐτῷ προστῆναι παρὰ τῷ Θεῷ ὁ τοῦ σκηνοποιοῦ, καὶ ὁ τοῦ ἁλιέως, προστάτης, καὶ τετελευτηκότων, δεῖται ὁ τὸ διάδημα ἔχων. Τολμήσας οὖν, εἰπέ μοι, τὸν τούτων δεσπότην νεκρὸν εἰπεῖν, οὗ οἱ οἰκέται, καὶ τετελευτηκότες, προστάται τῶν τῆς οἰκουμένης βασιλέων εἰσί; a *Ruffin. l 2. c. 33.* Circumibat cũ sacerdotibus & populo omnia orationũ loca, ante martyrum & Apostolorũ thecas iacebat cilicio prostratus. & auxilia sibi fida sanctorũ intercessione poscebat.
b *Ambros. lib. 10. com̃. in Luc. c. 21.* Mortuis regib. in perpetuum martyres regnũ cœlestis gratiæ honore succedunt: Et illi fiũt supplices, hi patroni.
c *Idem Ambr. l. de viduis.* Obsecrandi sunt Angeli pro nobis, qui nobis ad præsidium dati sunt: Martyres obsecrãdi, quorum videmur nobis quoddam corporis pigno re patrocinium vindicare. Possunt pro peccatis rogare nostris, qui proprio sanguine, etiã si qua habuerunt peccata, lauerunt. d *Aug. ep. 42.* Videtis Imperij nobilissimi eminentissimũ culmen ad sepulchrũ piscatoris Petri, submisso diademate, supplicare.
e *Idem contra Faustum, l. 20. c. 21.* Populus Christianus memorias martyrũ religiosa solennitate cõcelebrat, & ad excitandã imitationem, & vt meritis eorũ consocietur, atque orationibus adiuuetur. f *Cyril. Hieros. Catech. myst. 5.* διὰ καὶ ὑπὲρ τῶν πάντων ἡμεῖς, καὶ ταύτην προσφέρομεν σοι τὴν θυσίαν, ἵνα μνημονεύωμεν καὶ τῶν προκεκοιμημένων, πρῶτον πατριαρχῶν, προφητῶν, ἀποστόλων, μαρτύρων, ὅπως ὁ θεὸς εὐχαῖς αὐτῶν, καὶ πρεσβείαις προσδέξηται ἡμῶν τὴν δέησιν.

trente ans: *Celuy qui est pressé de quelque angoisse, recourt à eux: celuy qui est en ioye s'y addresse: l'vn pour estre deliuré de ses aduersitez: l'autre pour perseuerer en ses prosperitez. Et vn peu apres: *O saincte compagnie! ô sacré college! ô bataillon inexpugnable! ô communes gardes du genre humain, vtiles compagnons de nos soucis, cooperateurs de nos prieres, ambassadeurs tres-puissants, astres de la terre, fleurs des Eglises! De quels saincts parloit-il? des morts, ou des viuants? Et quand sainct Gregoire de Nysse son frere, que sainct Gregoire de Nazianze nomme fils de lumiere, & homme de Dieu: Et que les Grecs, comme dit Nicephore, appellent le Père des Peres, disoit en l'oraison du S. Martyr Theodore, écrite il y a douze cents trente ans: *Nous auons besoin de beaucoup de faueurs: intercede pour ta patrie enuers le Seigneur commun, &c. Demande nous la paix, afin que ces festes publiques & solemnelles ne cessent point, que le barbare sans raison & sans loy, n'exerce sa fureur sur les temples & sur les autels; que l'ennemy impie & prophane ne foule aux pieds les choses sainctes, &c. Que s'il est besoin encore de plus grãde intercession, associe auec toy le Collège de tes freres Martyrs, & intercede en commun auec tous eux. Que les prieres de plusieurs iustes effacent les pechez des peuples & de la multitude. Admonneste Pierre, excite Paul & Iean le Theologien & disciple bien-aimé, afin qu'ils interposent leur soin pour les Eglises qu'ils ont fondées, pour lesquelles ils ont porté les chaisnes, pour lesquelles ils ont souffert les perils & la mort: De quels saincts parloit-il? des morts, ou des viuants? Et quand ce grand sainct Gregoire de Nazianze, que l'antiquité a nommé par excellence, le Theologien, disoit en l'oraison de sainct Cyprian, écrite il y a douze cents vingt ans: *Regarde nous d'enhaut auec vn œil propice, & gouuerne nos paroles & nostre vie, & pais ce sacré troupeau, ou nous ayde à le paistre, &c. destournant les loups qui chassent apres la proye des syllabes & des paroles; & nous élargissant vne plus pleine & plus claire splendeur de la saincte Trinité, à laquelle tu assistes maintenant. Et en l'oraison de sainct Basile: *Mais toy, ô sacrée & diuine teste! regarde nous du Ciel, & nous oste par tes prieres l'aiguillon de la chair qui nous a esté donné de Dieu pour discipline, ou nous encourage à le porter patiemment: & addresse toute nostre vie au souuerain bien. Et apres que nous serons partis d'icy bas, nous reçoy là haut où tu habites. De quels Saincts parloit-il? des morts, ou des viuants? Et quand sainct Hierome crioit en sa 2. Epistre contre Vigilantius, écrite au cœur de la Palestine, il y a douze cents ans:

a Basil. homil. in 40. Mart. ὁ θλιβόμενος ἐπὶ τοῖς παραπεσοῦσι καταφεύγει, ὁ εὐφραινόμενος ἐπ᾽ αὐτοῖς ἀποτρέχει· ὁ μὲν, ἵνα λύσιν εὕρῃ τῶν δυσχερῶν· ὁ δὲ, ἵνα φυλαχθῇ αὐτῷ τὰ χρηστότερα.

b Idem paulò post. ὦ χορὸς ἅγιος, ὦ σύνταγμα ἱερόν, ὦ συνασπισμὸς ἄρραγής. ὦ κοινοὶ φύλακες τῶ γένους τῶν ἀνθρώπων· ἀγαθοὶ κοινωνοὶ φροντίδων, δεήσεως συνεργοὶ πρεσβευταὶ δυνατώτατοι. ἀστέρες τῆς οἰκουμένης, ἄνθη τῶν ἐκκλησιῶν.

c Gregor. Nyss. orat. in Martyr. Theodor. χρεία ἡμῖν πολλῶν εὐεργεσιῶν. πρέσβευσον ὑπὲρ τῆς πατρίδος τὸν κοινὸν δεσπότην, &c. ... ἵνα αἱ πανηγύρεις αὗται μὴ λήξωσιν, ἵνα μὴ χρεμαίσῃ κατὰ ναῶν ἢ θυσιαστηρίων, λυσσῶν καὶ ἄθεσμος βάρβαρος, ἵνα μὴ πατήσῃ τὰ ἅγια βέβηλος, &c. εἰ δὲ χρεία μείζονος καὶ πλείονος δυσωπίας, ἄθροισον τὸν χορὸν τῶν σῶν ἀδελφῶν, τῶν μαρτύρων, καὶ μετὰ πάντων δεήθητι. πολλῶν δικαίων εὐχαὶ, λαῶν καὶ δήμων ἁμαρτίας λυσάτωσαν. ὑπόμνησον Πέτρον, διέγειρον Παῦλον, Ἰωάννην ὁμοίως τὸν θεο-λόγον & φιλούμενον μαθητὴν, ἵνα ὑπὲρ τῶν ἐκκλησιῶν, ἃς συνεστήσαντο μεμνημένοι, ὑπὲρ ὧν τὰς ἁλύσεις ἐφόρεσαν, ὑπὲρ ὧν τοῖς κινδύνοις & τοῖς θανάτοις ἐνέτυχαν. d Gregor. Naz. orat. in Cyprian. σὺ δὲ ἡμᾶς ἐποπτεύοις ἄνωθεν ἵλεως, & τὸ ἡμέτερον διεξάγοις λόγον καὶ βίον, καὶ τὸ ἱερὸν τοῦτο ποίμνιον ποιμαίνοις, ἢ συμποιμαίνοις, τά τε ἄλλα εὐθύνων ὡς οἷόν τε πρὸς τὸ βέλτιστον, καὶ τοῖς βαρέσι λύκοις ἀποπεμπόμενος, τοῖς θηρεύουσι τῶν συλλαβῶν καὶ τῶν λέξεων, & τὴν τῆς ἁγίας τριάδος ἔλλαμψιν, ἧς σὺ νῦν παρέστηκας, πλειοτέραν τε καὶ λαμπροτέραν ἡμῖν χαριζόμενος. e Idem in orat. Basil. σὺ δὲ ἡμᾶς ἐποπτεύοις ἄνωθεν, ὦ θεία & ἱερὰ κεφαλή, & τὸν δεδομένον ἡμῖν παρὰ θεοῦ σκόλοπα τῆς σαρκὸς τὴν ἡμετέραν παιδαγωγίαν, ἢ στήσαις ταῖς σεαυτοῦ πρεσβείαις, ἢ πείσαις καρτερῶς φέρειν, καὶ τὸν πάντα βίον ἡμῖν διεξάγοις πρὸς τὸ λυσιτελέστατον. εἰ δὲ μεταςταίημεν, δέξαιο κἀκεῖθεν ἡμᾶς ταῖς σεαυτοῦ σκηναῖς.

a *Hieron. aduersus Vigilant.* Dicis in libello tuo, quod, dum viuimus; mutuo pro nobis orare possumus; postquam autem mortui fuerimus, nullius sit pro alio exaudiéda oratio,&c. Si Apostoli & Martyres, adhuc in corpore constituti, possunt orare pro cæteris, quando pro se adhuc debét esse solliciti, quanto magis post coronas, victorias & triumphos? Vnus homo Moyses sexcétis millibus armatorum impetrat à Deo veniam, & Stephanus, imitator Domini sui, & primus Martyr in Christo, pro persecutoribus veniam deprecatur: & postquam cum Christo esse cœperit, minus valebũt? Paulus Apostolus ducentas septuaginta sex sibi dicit in naui animas condonatas: & postquam resolutus esse cœperit cũ

a *Tu dis en ton libelle, que pendant que nous sommes icy bas, nous pouuons prier les vns pour les autres, mais qu'apres que nous serons morts, l'oraison d'aucun ne peut plus estre exaucée pour autruy.* Et vn peu apres: *Si les Apostres & Martyrs estants constituez en ce corps, peuuent prier pour les autres, lors qu'ils doiuent encore estre en solicitude pour eux-mesmes: combien plus apres les couronnes, les victoires & les triomphes? Vn seul homme Moyse impetre pardon de Dieu à six cents mille hommes armeZ & Estienne imitateur de son Seigneur, & premier Martyr en Christ, demande pardon pour ses persecuteurs: Et apres qu'ils auront commencé d'estre auec Christ, ils auront moins de pouuoir? Paul l'Apostre dit, qu'il luy fut donné deux cents septante & six ames dans le nauire: & apres qu'il aura esté dissous, & aura commencé d'estre auec Christ, il sera muet & n'osera ouurir la bouche pour ceux qui ont creu à son Euangile par tout le monde: Et Vigilantius chien viuant, sera meilleur que Paul Lyon mort?* Et derechef: b *Apres ces choses, vomissant l'infecte bourbe du gouffre de ta poitrine: tu oses proferer; Les ames donc des Martyrs ayment leurs cendres, & volent à l'entour, & y sont tousiours presentes, de peur que si d'auenture quelque priant y arriue, elles ne le puissent entendre. O monstre digne d'estre relegué aux dernieres fins de la terre!* De quels saincts parloit-il? des morts, ou des viuants? Et quand Theodoret celebre Euesque de Cyr, ville voisine de la Perse, écriuoit il y a onze cents soixante ans, selon les propres exemplaires Grecs de Heildeberg: c *Les corps des Martyrs ne sont pas enclos chacun en son tombeau; mais les villes & bourgades les diuisent entre-elles: les nomment Medecins salutaires de leurs ames & de leurs corps: les honorent comme gardes & tuteurs: & les employants pour intercesseurs enuers le commun maistre de tous, obtiennent par eux les graces diuines.* Et derechef: d *Ceux qui sont sains y demandent la conseruation de leur santé : ceux qui sont malades y requierent guerison : Les hommes & femmes steriles y font des prieres pour auoir des enfants : ceux qui sont doüez de lignée, prient là qu'elle leur soit conseruée. Ceux qui entreprennent quelques voyages, demandent les Martyrs pour compagnons, ou plustost pour guides de leur chemin : Ceux qui sont de retour, leur referent l'obligation de ceste grace : non s'addressants à eux comme à des Dieux;*

Christo, tunc ora clausurus est, & pro iis, qui in toto orbe ad suum Euangelium crediderunt, mutire non poterit? meliórque erit Vigilantius canis viuens, quam ille leo mortuus? b *Et paulò post:* Et post hæc de barathro pectoris tui cœnosam spurcitiam euomens, audes dicere: Ergo cineres suos amant animæ Martyrum, & circumuolant eos, sempérque præsentes sunt; ne fortè si aliquis precator aduenerit, absentes audite non possint? O portentum in terras vltimas deportandum. c *Theodor. de Græc. affect. cur. lib. 8.* τὰ σώματα οὐχ εἰς ἑνὸς κατακρύπτει τάφος ἑκάστου. ἀλλὰ πόλεις καὶ κῶμαι ταῦτα διανειμάμεναι, σωτῆρας τε ψυχῶν τε σωμάτων ἰατροὺς ὀνομάζουσι, ἢ ὡς πολιούχους ἡμῶσι τε φύλακας, καὶ φρούριοι πρεσβύταις πρὸς τὸν τῶν ὅλων δεσπότην διὰ τούτων τὰς θείας κομίζονται δωρεάς. d *Et infra.* καὶ οἱ μὲν ὑγιαίνοντες, αἰτοῦσι τῆς ὑγίας τὴν φυλακήν. οἱ δὲ ξὺν νόσῳ παλαίοντες, ἢ τῶν παθημάτων ἀπαλλαγήν. αἰτοῦσι ἢ ἄγονοι παῖδας, ἢ στεῖραι παρακαλοῦσι γενέσθαι μητέρες, ἢ οἱ τῆς δωριάς ἀπολαύσαντες, ἀξιοῦσιν ἄρτια σφίσι φυλαχθῆναι τὰ δῶρα. ἢ οἱ μὲν εἰς τινα ἀποδημίας στελλόμενοι, λιπαροῦσι τοῖς ξυνοδοιπόροις γενέσθαι, καὶ τῆς ὁδοῦ ἡγεμόνας. οἱ δὲ ἐπανόδου τυχόντες, τὴν τῆς χάριτος ὁμολογίαν προσφέρουσιν. οὐχ ὡς θεοῖς αὐτοῖς προσιόντες, ἀλλ' ὡς θείοις ἀνθρώποις ἐμβολεύοντες, καὶ γενέσθαι πρεσβύτας ὑπὲρ σφῶν παρακαλοῦντες.

ains les priants comme des hommes diuins, & les inuoquants pour estre
leurs intercesseurs : De quels Saincts parloit-il ? des morts, ou des viuants ? Mais retournons prendre le sieur du Plessis où nous l'a-
uons laissé, qui estoit sur le poinct d'entrer en l'examen du cinquiéme article.

QVAND donc il renouuelle la dispute du cinquiéme article, qui
fut celuy de sainct Hieróme, allegué par luy contre la priere des
Saincts, il dit, que la glose ordinaire le cite, aussi bien que luy sans
ces mots, *s'ils sont negligents*. Or cela, en tout cas, que seroit-ce autre
chose sinon confesser par sa propre bouche, ce qu'on luy reproche
touts les iours, asçauoir, qu'il puise ses allegations des recueils, rapsodies & lieux communs des compilateurs & non de la pure & viue
source des Peres? Mais encore ie soustiens que cela n'est point, &
qu'il n'y a rien de commun entre la citation de la glose ordinaire,
& celle du sieur du Plessis. Car premierément ie dy, que la glose
ordinaire ne fait profession nulle part d'alleguer ny ce passage, ny
aucun autre; soit du mesme chapitre, soit du mesme liure de S.
Hieróme, en forme : Mais se contente seulement d'en extraire le
suc & le sens; resserrant, abbregeant & changeant la construction
des paroles : voire bien souuent iusqu'à reduire en trois lignes, ce
que sainct Hieróme aura dit en dix ou douze : Ce qui est bon en matiere de gloses & d'annotations, mais non en matiere de disputes &
decisions de controuerses. Secondement ie dy, qu'elle ne suppri-
me point ceste clause, *si nous sommes negligents*, comme faict le sieur
du Plessis, mais la supplée par vne autre phrase, & en vn autre lieu,
dans le mesme passage. Car ne s'estant pas obligé d'exprimer les
paroles, mais le suc de l'article; il suffit que le sens de ceste clause y
soit conserué : ou actuellement, ou en vertu. Au lieu donc de ces
mots, *s'ils sont negligents*, qui sont dans sainct Hieróme, elle substituë ceux-cy, qui n'y sont point en espece, mais en valeur, *S'ils n'ont
leur foy & leurs œuures* : Et afin qu'ils puissent seruir de limitation
tout ensemble, & au verset d'Ezechiel qu'elle interprete, & au passage de sainct Hieróme, par lequel elle l'interprete, les met à la
queüe de l'vn, & à la teste de l'autre : estimant que l'esprit & la vertu
de ceste condition s'estend assez par toute la suitte du passage, sans
qu'il soit besoin de la repeter à la fin, & employer deux fois vne
mesme clause; Chose qu'elle euite tant qu'elle peut pour s'estudier
à la brieueté. Et finalement ie dy, que ny le sieur du Plessis, ny son
Protocole ne peuuent alleguer pour excuse, que la glose ordinaire les ayt trompez, & que ce soit d'elle, & non de sainct Hieróme,
qu'ils ayent pris ceste allegation. Car le sieur du Plessis cite tout le
reste du passage aux mesmes termes qui sont dans le texte original
de sainct Hieróme, & non dans la glose ordinaire : comme entre

Discours du sieur du Plessis, 3. edit. page 47.

autres auec ces mots: *S'il y a confiance en quelqu'vn, confions-nous en*
• *vn seul Dieu;* que la glose ordinaire ne rapporte point. Au moyen
dequoy l'honneur de ceste fausseté luy demeure tout entier, ou à
luy, ou à son Protocole, sans que l'Autheur de la glose ordinaire
y ayt aucune part.

     Il ajouste sur le mesme article, que sainct Hierôme montre qu'il
parle là des Saincts viuants, dautant qu'il vse de ces mots, *Ils de-*
liureront leurs ames; Et dit qu'il representa ceste raison à l'Euesque
d'Eureux, ce que toutesfois il ne fit point, & s'il l'eust fait ne fust
pas demeuré sans réponse: Mais il est comme la renommée; *pariter*
facta, atque infecta canit. Fut, dit-il, *aussi remonstré au sieur d'Eureux,*

Discours du
Sieur du Plessis 3.
edition p. 48.

que le passage cy-dessus de S. Hierôme ne se deuoit entendre, que des prie-
res des Saincts faittes en ce monde, durant leur vie, en ce qu'il dit expres au
futur: Liberabunt animas suas, ils deliureront leurs ames: ce qui ne se peut
entendre apres leur mort. Belle & ingenieuse remonstrance. Comme si ces deux futurs, *Ils deliureront leurs ames,* Et, *ils ne pourront sau-*
uer leurs fils & leurs filles; ne se pouuoient bien referer à deux diuers
temps à venir ? Et comme si l'on ne pouuoit pas dire en bonne
Grammaire ; les Prelats des Eglises, s'ils sont iustes, sauueront leurs
ames: mais celles de leurs successeurs, s'ils sont negligents, ils ne les
pourront sauuer ; encore qu'il soit euident que les successeurs ne
sçauroient estre sauuez, sinon apres la mort de leurs predecesseurs?
Et d'ailleurs comme si l'exemple d'Abraham mort, & des Iuifs qui
se glorifioient d'estre ses enfants tant de siecles apres sa mort ; sur
le sujet desquels S. Hierôme profere ceste sentence ; ne suffisoit pas
pour dissiper tous tels sophismes? Et bref, comme si quand ils auroient lieu, ce ne seroit pas tousiours tant pis pour luy, qui auoit allegué ce passage contre la priere des saincts morts? Car au reste auec
quel front disputer si S. Hierôme a voulu restreindre le secours des
saincts au seul temps de leur vie; apres luy auoir oüy prononcer ces
paroles contre l'heresie de Vigilantius : *Tu dis en ton libelle que pen-*
dant que nous sommes viuans, nous pouuons prier les vns pour les autres:
mais qu'apres la mort, la priere d'aucun ne sera plus exaucée pour autruy.
Et vn peu apres: *Si les Apostres & Martyrs estans constituez en ce*
corps, ont peu prier pour les autres, lors qu'ils deuoient encore auoir soucy
pour eux-mesmes: combien plus apres les victoires, les couronnes & les
triomphes? Et derechef: Paul dit que deux cents septante & six ames luy
ont esté données dans le nauire: Et depuis qu'il aura esté dissous, & aura
commencé d'estre auec Christ, il deuiendra muet, & n'osera ouurir la bou-
che pour ceux, qui ont creu à son Euangile par tout le monde? Et Vigilantius
chien viuant, sera meilleur que Paul Lyon mort?

     QVAND il défend le sixiéme passage qui fut celuy de S. Cyrille,
lequel il auoit cité contre l'adoration de la Croix; & qu'il vient sur

ces mots, *Afin de se faire des adorateurs spirituels,* ou, *Afin de faire ses adorateurs spirituels,* c'est à dire, *afin de rendre ceux qui l'adoreroient spirituels;* car dans l'edition Latine d'Oecolampade, à laquelle nous sommes reduits par faute d'auoir l'original Grec, il n'y a ny *se,* ny *ses,* ny *les,* ny *des,* mais seulement, *vt spirituales faceret adoratores;* Il allegue pour confirmer le sens qu'il leur donne, que sainct Cyrille en ses Commentaires sur sainct Iean, monstre bien qu'il ne veut point que nous adorions la Croix. Voicy son allegation en forme: *Et no-*

Discours du Sieur du Plessis, 3. edit. page 50.

teζ, dit le sieur du Plessis, *des adorateurs spirituels, & non des adorateurs du bois & de la pierre, &c.* En mesme sens certes qu'apres auoir dit au liure huictiéme sur sainct Iean, chapitre dix-septiéme; LA CROIX EST LE BOIS AVQVEL ESTOIT PENDV AV DESERT LE SERPENT D'AIRAIN, QVI GVARISSOIT DE LA MOR-SVRE DES SERPENTS TOVS CEVX QVI LE REGAR-DOIENT : *Il aiouste immediatement, pour ramener du signe à la chose:* CAR QVICONQVE TOVRNERA LES YEVX DE SON ESPRIT VERS CHRIST ATTACHE' A LA CROIX; *Il ne dit pas ses yeux corporels à la Croix;* SERA AVSSI-TOST GVERY DE TOVTE PLAYE DE PECHE'.

Mais qui croira ce que ie m'en vay dire; Ce sont les paroles d'vn Docteur de Sorbonne de ce siecle, nommé en François, *Nostre Maistre Iosse Clithou,* & en Latin, *Magister noster Iodocus Clithoueus,* Chanoine de Chartres, & Precepteur des neueux du Cardinal d'Amboise, qu'il allegue pour celles de S. Cyrille ancien Euesque & Docteur de l'Eglise d'Ægypte. O incroyable puissance de la foy du sieur du Plessis, qui resuscite & fait parler les morts, non les morts de quatre jours, comme nostre Seigneur, mais les morts d'onze ou douze cents ans! Et puis dittes qu'il ne se fait point de miracles à Saümur. L'histoire donc de cestuy-cy est telle. De douze liures des commentaires que sainct Cyrille d'Alexandrie auoit écrits sur sainct Iean, les quatre du milieu, par l'iniure du temps, ont esté perdus, & ne nous est resté que les quatre premiers, & les quatre derniers. Le bon homme Iosse Clithou voulant reparer ceste breche, & faire que les Lecteurs eussent en ce volume vne exposition continuë sur S. Iean, a suppleé les quatre qui manquoient, & pour rendre conte de son œuure aux Lecteurs, a mis au deuant vne Epistre contenant le recit du faict, & accompagnée de ces aduertissements; *Icy finissent les quatre premiers liures de sainct Cyrille, & commencent ceux de Iosse Clithou:* Et derechef : *Icy finissent les quatre liures du supplément de Iosse Clithou, & recommencent ceux de sainct Cy-rille.* Là dessus le sieur du Plessis, ou celuy qui luy a donné ses memoires, faisant ses estudes *ad aperturam libri,* & comme s'il joüoit au sort du liure, sans voir ny le deuant ny le derriere de ses allegations, a

pris par cest esprit de discretion, qui sçait distinguer les styles canoniques & apocryphes, & discerner les langages des hommes & des
Anges ; les commentaires de Maistre Iosse Clithou pour ceux de
sainct Cyrille. A cela que feriez-vous, sinon le regarder par merueille & luy rire au visage ? Ce bon docteur de Sorbonne qui a esté
vn des plus grands défenseurs de la doctrine de l'Eglise ; qui a écrit
l'Antiluther, qui a écrit la censure des articles Lutheriens, qui a
écrit plusieurs liures contre Oecolampade & autres nouueaux dog-
matistes, & entre ceux-là mesme, des discours touts entiers de l'a-
doration de la Croix : Il l'ose bien citer sous le faux tiltre & masque
ridicule de S. Cyrille, contre l'adoration de la Croix. Iugez ce qu'il
aura imputé aux anciens Peres. Et encore seroit-ce peu, s'il s'e-
stoit contenté de se sacrifier vne seule fois par ceste ignorance à la
risée des Lecteurs : Mais c'est à touts propos qu'il fait ce beau chef-
d'œuure d'impertinence. Car en son liure de l'Eucharistie, quand
il dispute contre le sacrifice de la Messe, il produit ces paroles du
mesme Iosse Clithou, sous le nom de sainct Cyrille ; [a] *Paul n'a pas
voulu en l'Epistre aux Hebrieux, oster la seconde ou troisiéme remißion,
mais bien la seconde oblation, parce que Christ a esté offert vne fois, & ne
peut plus estre offert*; & encore miserablement falsifiées : car il y a dans
le texte; *Mais bien l'hostie qui est Christ, Paul nie qu'elle doiue plus estre
offerte en la Croix* : Et ne void pas qu'il a si mauuaise main à imposer
aux autheurs, que ce mesme Iosse Clithou, qu'il allegue contre le
sacrifice de la Messe, a écrit vn liure tout entier contre Luther,
pour monstrer que la Messe est vrayement, proprement & reëllement sacrifice. [b] Et quand il dispute contre le liberal arbitre, il
cite derechef vn autre long passage de ce mesme Iosse Clithou, qu'il
a tousiours pendu à sa ceinture, sous le tiltre de sainct Cyrille. Et ne
void pas, mais que void-il ? & que le vray sainct Cyrille en ses Commentaires sur sainct Iean, dit ces mots qui le prennent à la gorge ;
[c] *Nous ne pouuons en aucune sorte, selon la doctrine de l'Eglise & de la
verité, nier la libre puissance de l'homme, que nous appellons libre arbitre :*
Et que le sainct Cyrille de Saumur, c'est à dire, Iosse Clithou, fait
vne dispute expresse contre Luther, pour la défense du libre arbitre. Et au partir de là, apres auoir beu les reproches de ces absurditez, apres en auoir esté repris, sifflé, mocqué, au lieu de se chastier
par les hontes, faire encore ce ridicule naufrage de reputation, contre le mesme escueil d'ignorance & d'impertinence : qui le pourra
croire ?

Mais retournons aux paroles de l'objection, & voyons ce
que nous apprendra ce nouueau sainct Cyrille resuscité par les
miracles de l'Apostolat du sieur du Plessis. *Quiconque, dit-il, tournera
les yeux de son esprit vers Christ attaché à la Croix, sera außi-tost guery
de toute*

---

[a] *Lib. 3. cap. 4. 1. edit. pag. 403.*

[b] *Lib. 3. c. 16. 1. edit. p. 627.*

[c] *Cyril. in Ioan. lib. 4. capit. 7.* Non enim possumus secun-
dum Ecclesiæ,
veritatísque
dogmata, libe-
ram potestatem
hominis, quod
liberum arbi-
trium appella-
mus, vllo modo
negare.

de toute playe de peché. O Dialectique digne de la Theologie du sieur du Plessis! Quiconque tournera les yeux de son esprit vers Christ attaché à la croix, sera aussi-tost guery de toute playe de peché: Ergo il ne faut point adorer l'Image de la croix. Et vers qui pense le sieur du Plessis, que nous ayons les yeux de l'esprit tournez, quand nous regardons & adorons l'Image visible de la croix, sinon vers Christ ataché à la croix? Et vers qui pense-t'il que ce mesme Iosse Clithou, qu'il allegue pour S. Cyrille, eust les yeux de l'esprit tournez quand il disoit en ses Commentaires sur S. Damascene: [a] *Au reste lors que nous adorons & venerons la croix, nous n'honorons pas la matiere dont elle est composée, mais la figure, comme le signe de Christ:* sinon vers Christ attaché à la croix? Et vers qui pense-t'il que sainct Damascene luy-mesme eust les yeux de l'esprit tournez, quand il disoit: [b] *Nous adorons la figure de la precieuse & viuifique croix, encore que faitte d'autre estoffe, ne venerants point la matiere, Ia n'aduienne, mais la figure, comme le signe de Christ:* sinon vers Christ attaché à la croix? Et vers qui pense-t'il que le Concile de Constantinople, tenu sous Iustinian second eust les yeux de l'esprit tournez quand il disoit il y a pres de mille ans parlant de la Croix; [c] *Nous luy deferons adoration, & auec l'esprit, & auec la pensée, & auec le sens;* sinon vers Christ attaché à la croix? Et vers qui pense-t'il que sainct Leontius Euesque de Neapolis en Cypre, cité par le mesme sainct Damascene, eust les yeux de l'esprit tournez, quand il disoit sous l'Empereur Maurice, il y a mille ans; [d] *Lors que tu verras, ô Iuif, le Chrestien adorant la Croix, sçache que c'est pour l'amour de Christ crucifié, & non pas qu'il adore la nature du bois;* sinon vers Christ attaché à la croix? Et vers qui pense-t'il que sainct Gregoire de Tours, cher & familier amy de sainct Gregoire le grand, eust les yeux de l'esprit tournez, quand il écriuoit en France au mesme temps, c'est à dire, il y a mille ans; [e] *La Croix est adorée la quatriéme & sixiéme Ferie.* Et derechef; [f] *Ie me prosternay deuant la Croix adorable, & deuant les sacrées reliques des Saincts:* sinon vers Christ attaché à la croix? Et vers qui pense-t'il que ce sainct personnage Thomas Euesque d'Apamée, & tous les Apameens eussent les yeux de l'esprit tournez il y a mille cinquante ans, quand se voyants prests d'estre saccagez par Chosroës Roy de Perse, ils firent porter la croix en procession extraordinaire; [g] *comme on auoit accoustumé de faire aux jours ordinaires des adorations;* dict Euagrius ancien autheur Grec qui y estoit present; *Et l'adorerent &*

na, coram adoranda cruce ac sacris beatorum prosternor pignoribus. g *Euagr. l. 4. c. 25.* ὡς δ' οὖν προσκυνῆσαί τε καὶ καταπασπάσασθαι τὸν τίμιον σταυρὸν ἠξιώθημεν, ἄρας ὁ Θωμᾶς ἄμφω τὰ χεῖρε τὸ τῆς ἀρχαίας κατάξεως ἐξαλειπτήριον τῷ σταυροῦ ξύλῳ ἐπιδεικνύων πάντῃ τῶν θείων ἀνακτόρων ἐσθ... ὥσπερ ἐν ταῖς κυρίαις τῶν προσκυνήσεων ἡμέραις εἴδισο.

Marginal notes:

a *Clithou. in Damasc. lib. 4. c. 12.* Cæterum cùm crucem adoramus & veneramur, non materiam ipsam ex qua componitur, honoramus, sed figurã ipsam, tanquã signum Christi.

b *Damasc. orthod. fidei lib. 4. cap. 12.* προσκυνοῦμεν δὴ καὶ τὸν τύπον τοῦ τιμίου καὶ ζωοποιοῦ σταυροῦ, εἰ καὶ ἐξ ἑτέρας ὕλης γένηται, οὔτε ὕλην τιμῶντες, μὴ γένοιτο, ἀλλὰ τὸν τύπον ὡς χριστοῦ σύμβολον.

c *Conc. Constantinopoli. in Trullo.* Καὶ τῷ καὶ λόγῳ καὶ αἰσθήσει τὴν προσκύνησιν αὐτῷ ἀπονέμοντες.

d *Leontius contra Iudæos lib. 5. apud Damasc. de imag. lib. 3.* ὅταν τοίνυν ἴδῃς χριστιανὸν προσκυνοῦντα τῷ σταυρῷ, γνῶθι, ὅτι διὰ χριστὸν τὸν σταυρωθέντα, καὶ οὐ τὴν φύσιν τοῦ ξύλου προσκυνεῖ.

e *Gregor. Turon. de gloria martyr. l. 1. art. 5.* Crux dominica, que ab Helena Augusta reperta est Hierosolymis, ita quarta & sexta feria adoratur.

f *Idem paulo post.* Ingressusque monasterium, consultata regina...

baiserent; sinon vers Christ attaché à la Croix? Et vers qui pense-t'il que l'Empereur Iustinian premier eust les yeux de l'esprit tournez, quand il défendoit par ses loix, il y a mil septante ans, que l'on ne consacrast nul monastere, que l'Euesque du lieu n'y fust venu luy-mesme; [a] *& n'y eust planté la Croix vrayement honorable & adorable;* sinon vers Christ attaché à la Croix? Et vers qui pense-t'il que Cassiodore eust les yeux de l'esprit tournez, quand il disoit au mesme temps: [b] *A bon droit le Prophete prononce, que la Croix doit estre adorée qui nous a exhibé le signe de la Foy & le salut:* sinon vers Christ attaché à la Croix? Et vers qui pense-t'il que Rusticus Diaconus eust les yeux de l'esprit tournez, quand il écriuoit il y a onze cents ans; en son liure contre les Acephales, imprimé à Basle; [c] *Et la Croix, & les Cloux, toute l'Eglise vniuerselle les adore par tout le monde, sans aucune contradiction;* sinon vers Christ attaché à la Croix? Et vers qui pense-t'il que Sedulius eust les yeux de l'esprit tournez, quand il disoit, il y a pres de douze cents ans, [d] *Que nul ne doute que l'effigie de la Croix ne doiue estre adorée,* sinon vers Christ attaché à la Croix? Et vers qui pense-t'il que sainct Athanase, non l'Alexandrin, mais l'autheur de l'écrit au Prince Antiochus, contemporain de sainct Cyrille, eust les yeux de l'esprit tournez, quand il disoit, [e] *Si quelque infidelle nous accuse que nous adorons la Croix, nous pouuons en separant les branches de la Croix, mépriser puis apres le bois comme inutile, & en ce faisant, luy montrer que nous n'adorons pas le bois, mais la figure de la Croix,* sinon vers Christ attaché à la Croix? Et vers qui pense-t'il que S. Asterius Euesque d'Amasée, celebre autheur du mesme siecle, & cité par le second Concile de Nicée, eust les yeux de l'esprit tournez, quand il disoit, parlant du portrait de sainct Euphemie, [f] *Au dessus apparoissoit le signe que les Chrestiens ont accoustumé d'adorer & de peindre,* sinon vers Christ attaché à la Croix? Et vers qui pense-t'il que sainct Hieróme eust les yeux de l'esprit tournez, quand il écriuoit sous le nom de Paula & d'Eustochium, il y a douze cents ans, [g] *Ne viendra iamais le temps, qu'il nous soit permis d'entrer en la cauerne du Seigneur, &c. & lecher le bois de la Croix:* Et derechef, celebrant la vie & les loüanges de saincte Paule: [h] *Estant prosternée deuant la Croix, elle adoroit, comme si elle eust veu le Seigneur pendant:* sinon vers Christ attaché à la Croix? Et vers qui pense-t'il que sainct Chrysostome eust les yeux de l'esprit tournez, quand il écriuoit encore auparauant: [i] *Que les Prophetes mesmes nous*

---

[a] *Iustin. Imp. in Auth. de Monach.* Figens in eo salutis nostræ signum, dicimus autem adorandam & honorandam verè crucem.

[b] *Cassiod. in Psal 132.* Significat fortè (locus iste) sanctam crucem, vbi corporaliter stetit, &c. Meritò ergò hunc propheta locum dicit adorandum, qui nobis & fidei signum præstitit, & salutem.

[c] *Rustic. Diac. contra Aceph.* Necnon & clauos, quibus cõfixus est, & lignum venerabilis crucis, omnis per totum mundũ Ecclesia absque vlla contradictione adorat.

[d] *Sedulius in carm. Pasc.* Neue quis ignoret specië crucis esse colendam.

[e] *Athan. q. 16. vel 41.* τὸν μὲν τῶ σταυρῶ τύπον, ὅκ δύο ξύλων συναπτομένες, ἡνίκα τίς ἡμῶν ὑπ' ἀπίστων ἐγκαλεῖση ὡς ξύλα ἡγεῖσθ, ἒ τὸν *Nicen. 2. Act. 4.* προσκυνοῦντας δυνάμεθα τὰ δύο ξύλα χωρίσαντες, ἒ τὸν τύπον τῶ σταυρῶ διαλύσαι ἀπίστι πίσαι. ὅτι ὲ τὸ ξύλον σέβομεν: ἀλλὰ τὸν τῶ σταυρῶ τύπον.

[f] *Asterius Episc. Amas. citatus in Conc. & 6.* φαίνεται ὑπὲρ κεφαλῆς τὸ σημεῖον ὁ δὴ νόμος χριστιανοῖς προσκυνεῖν τε ἒ ὑπε...

[g] *Hieron. ad Marcel.* Ergone erit illa dies, quando nobis liceat speluncam saluatoris intrare, &c. crucis lignum? deinde lambere num cerneret.

[h] *Idem in epitaph. Paul.* Prostrata ante crucem, quasi pendentem Dominum adorabat.

[i] *Chrysost. de adorat crucis.* ὅτι ἡ σεβάσμιος ἒ προσκυνητὸς ὁ τῶ χριστῶ σταυρὸς καὶ ὁ τόπος αὐτοῦ. καὶ πῶτε οἱ προφήται διδάσκουσι.

prediſoient, *Que la Croix & la figure d'icelle, eſt venerable & adorable:* ſinon vers Chriſt attaché à la Croix? Et vers qui penſe-t'il que l'Eueſque de Hieruſalem euſt les yeux de l'eſprit tournez, quand ſainct Paulin diſoit de luy en ſes Epiſtres, écrites il y a douze cents ans, & imprimées à Baſle meſme : [a] *laquelle (Croix) l'Eueſque de la ville propoſe touts les ans au peuple à adorer, lors que la Paſque du Seigneur ſe celebre, eſtant luy-meſme le premier de ceux qui la venerent :* ſinon vers Chriſt attaché à la croix? Et vers qui penſe-t'il que ſainct Ambroiſe euſt les yeux de l'eſprit tournez, quand il diſoit, parlant d'vn des cloux de la Croix, qu'Helene auoit fait mettre en l'habillement de teſte de Conſtantin, [b] *Qu'elle s'eſtoit gouuernée ſagement de colloquer la Croix de Chriſt ſur le chef des Roys, afin que la Croix de Chriſt fuſt adorée és Roys :* ſinon vers Chriſt attaché à la Croix? Et vers qui finalement penſe-t'il que ce grand Conſtantin le premier Empereur Chreſtien, euſt les yeux de l'eſprit tournez, quand il transforma la banniere generale de l'Empire, [c] *laquelle les Soldats,* comme dit Sozomene, *auoient accouſtumé d'adorer,* en l'effigie de la Croix : ſinon vers Chriſt attaché à la Croix?

Le ſieur du Pleſſis pourſuit, & ajouſte que ſur l'objection qu'il fit à l'Eueſque d'Eureux, du lieu de ſainct Ambroiſe touchant l'adoration de la Croix, l'Eueſque d'Eureux luy répondit, qu'il falloit expliquer ceſte propoſition par diſtinction d'adoration de dulie & de latrie. Ce que l'Eueſque d'Eureux ne luy répondit point : mais bien qu'il la falloit expliquer par diſtinction d'adoration abſoluë & relatiue : vſant de ces termes, tant pour ce qu'il les eſtimoit plus intelligibles à l'aſſiſtence, & moins ſujets à la calomnie des Grammairiens, que pource qu'ils s'accommodoient mieux à ſon propos, qui eſtoit d'vne choſe inanimée & incapable de ſentiment. Que ſi le ſieur du Pleſſis au lieu d'adoration relatiue, entendit adoration de Latrie, ce n'eſt pas merueille : il ſe peut bien faire que ſes oreilles ſe ſoient abuſées, auſſi bien que ſes yeux. Sur ce faux fondement neantmoins, il écrit ; *Maintint le ſieur du Pleſſis que ceſte diſtinction eſtoit friuole, incognuë à l'Ecriture Saincte & aux Peres, impoſée meſme à ſainct Auguſtin, qui ne l'entendit iamais ainſi : Mais le ſieur d'Eureux n'y voulut iamais entrer.* Or ny le ſieur du Pleſſis ne fit ſon offre en ceſte forme, mais dit ſeulement, que ceſte diſtinction eſtoit friuole, & n'auoit aucun legitime fondement : ny l'Eueſque d'Eureux ne la laiſſa paſſer ſans replique, ains repartit tout ſur le champ, qu'elle auoit fondement en l'Ecriture, & en S. Ambroiſe meſme. Et pour preuue de l'Ecriture, allegua, comme il a déja eſté remarqué cy-deſſus, l'exemple de l'Arche de l'alliance, laquelle les Iſraëlites auoient couſtume & commandement d'adorer : & donc, d'adoration relatiue, & non abſoluë.

S ij

a Paulin. Epiſc. Nolā l.2 Epiſt.3. Quam Episcopus vrbis eius quotannis, cùm paſcha Domini agitur, adorandam populo, princeps ipſe venerantium promit.

b Ambroſ.de obitu Theodoſ. Sapienter Helena egit, quæ crucem in capite Regum leuauit & locauit, vt crux Chriſti in Regibus adoretur.

c Sozomen. hiſt. Eccleſ. lib 1. c.4. [Greek text]

Diſcours du Sieur du Pleſſis, 3. edit. page 51.& 52.

Ioſue 7. Pſal.98. 1. Par.18.

Mais pofons le cas que le fieur du Pleffis ayt fait ce qu'il dit, &
voyons à qui le tort en demeurera. *La diftinction de Latrie & de Du-*
lie, dit-il, eft friuole, incognuë à l'Ecriture & aux Peres, impofée mefme
à fainct Auguftin, qui ne l'entendit iamais ainfi. Et moy ie dy, qu'elle a fondement en l'Ecriture, & n'eft ny incognuë aux Peres, ny impofée à fainct Auguftin : mais que fainct Auguftin l'a entenduë
comme les Catholiques l'entendent. Car premierement pour tenir qu'vne diftinction foit fondée en l'Ecriture, il n'eft pas neceffaire que les paroles auec lefquelles on l'exprime, s'y trouuent : Il fuffit que la raifon de la faire, s'y trouue ; Comme quand nous expli-
quons les difficultez du myftere de la Trinité par les diftinctions
d'effence, & de perfonne, de fubftance, & fubfiftence. Il eft certain que ces paroles là ne fe trouuent nulle part dans l'Ecriture.
Or eft-il qu'il y a en la Bible deux fortes d'adorations, tout ainfi
que deux fortes de fuperioritez : car l'adoration n'eft rien qu'vn
témoignage de recognoiffance de fuperiorité : L'vne fuprême,
fouueraine & incommunicable, qui ne doit eftre deferée qu'à
Dieu feul, & ne fe peut eftendre & communiquer à aucune creature : L'autre finie, fubalterne & communicable, qui fe peut attribuer aux creatures : Et celle-là encore de deux fortes, afçauoir, l'v-
ne qui fe defere pour vne fimple fuperiorité humaine & ciuile,
comme celle que l'on rend aux Magiftrats:& l'autre pour vne fuperiorité plus qu'humaine,& fupernaturelle,comme celle que les Anges receurent de plufieurs Peres de l'ancien Teftament, qui les
adorerent & fe profternerent deuant eux : & comme celle que

4. Reg. 2. les Prophetes de Hiericho rendirent à Elifee. Car on ne peut pas
dire que les Prophetes de Hiericho adoraffent Elifee pour aucune
raifon ciuile, veu qu'ils venoient de parler à luy & de l'aduertir que
fon maiftre deuoit eftre enleué, fans luy auoir deferé aucun honneur : & ne commencerent de l'adorer, & de fe profterner deuant
luy en terre, finon lors qu'ils virent que l'efprit d'Helie eftoit def-
cendu fur luy. Et par ainfi, qui ne iuge que les anciens ont vrayment pris cefte diftinction de l'Ecriture, quand mefme les paroles,
qui ne font que les veftements & habillements des conceptions,
ne s'en trouueroient point dans l'Ecriture? Mais encore ont-ils efté
fi refpectueux, qu'ils en ont voulu prendre & le corps & la robbe,
& le fens, & les paroles tout enfemble. Car recognoiffants que
l'Ecriture a comme affecté & deftiné le mot, *Latrie,* à fignifier cefte adoration fuprême, fouueraine & incommunicable, qui eft deüe à Dieu feul ; & que l'edition de la bible
Grecque n'employe iamais ce terme en autre fens, ou fi peu
fouuent que la particularité de l'exception ne peut empefcher la generalité de la reigle: & au contraire, qu'elle eftend &

communique le mot *Dulie*, tant à Dieu qu'aux creatures : Ils ont
eſtimé deuoir choiſir le mot, *Latrie*, pour exprimer la plus eminente eſpece d'adoration, aſçauoir, l'adoration diuine & incommunicable ; & le mot, *Dulie*, pour ſignifier le genre commun d'a-
doration, qui ſe defere à toute ſorte de ſuperiorité, ſans diſcerner
ſi elle eſt ſouueraine, ou ſubalterne : Et comme il arriue, que pour
deſigner les eſpeces qui n'ont point de nom particulier, on ſe ſert
ordinairement du ſimple nom du genre, lors qu'il a eſté queſtion
d'oppoſer par forme de diſtinction, les deux eſpeces d'adoration
l'vne à l'autre, ont reſtreint à l'adoration ſubalterne le ſimple
mot de *Dulie*. Or qu'y a-t'il là qui ſoit ſujet à la cenſure du con-
ſiſtoire ? Car de crier comme ceux de Genéue, que les mots, *Latrie & Dulie*, ne ſont pas diſtinguez de ceſte ſorte dans les écrits
prophanes ; qu'eſt-ce autre choſe ſinon regenter la Theologie
auec les verges de la Grammaire ? Chaque ſcience a ſes mots particuliers, qu'elle emprunte bien de la Grammaire ; mais pource que
le nombre des conceptions eſtant trop plus grand que celuy des
paroles, il eſt neceſſaire que meſmes termes ſeruent à diuers vſages,
elle les applique, deſtourne & reſtreint à d'autres ſignifications. Et
pourtant, quand vn mot eſt oſté de deſſus ſa tige naturelle, & comme greffé & enté ſur celle de la Philoſophie, ou de la Theologie ; il
ne faut plus trouuer eſtrange s'il change de ſens & de nature. Les
Docteurs de l'Egliſe conſtituent grande difference entre *créer &
faire*, & deferent le pouuoir de l'vn à Dieu ſeul, & eſtendent &
communiquent le pouuoir de l'autre aux creatures. Et toutesfois
il eſt certain que les autheurs prophanes, ny Grecs ny Latins, ne
s'obligent point à ceſte difference. Quoy donc ? ſous ombre que
elle ne répond pas à l'eſſay & à la touche des Grammairiens, il y
faudra mettre le ciſeau & la renuoyer au billon ? Ia à Dieu ne plaiſe : Mais reüenons aux Peres. *Ceſte diſtinction*, dit le Sieur du Pleſſis,
*eſt incogneuë aux Peres, & impoſee meſme à ſainct Auguſtin, qui ne l'a
iamais entenduë ainſi.* Eſt-il vray ? Et que veulent donc dire tant de
lieux de ſainct Auguſtin, de ſainct Anaſtaſe, de ſainct Damaſcene,
de ſainct Gregoire de Nazianze, de ſainct Hieróme, & autres ſemblables Peres, que les Catholiques citent tous les iours à ce propos ?
Car quand ſainct Auguſtin écriuoit contre Fauſtus Manicheen, il
y a douze cents ans : [a] *Le peuple Chreſtien celebre les memoires des
Martyrs par vne religieuſe ſolemnité, & pour s'exciter à les imiter, &
pour eſtre aſſocié à leurs merites, & pour eſtre aydé par leurs prieres :
Et derechef :* [b] *Nous adorons donc (ou, venerons) les Martyrs, de ce
culte de ſocieté & de dilection, dont ſont adorez, meſme en ceſte vie, les
ſaincts hommes de Dieu, deſquels nous ſentons le cœur preſt à vne pareille
paſſion pour la verité Euangelique : Mais ceux-là d'autant plus deuo-*

a *Auguſt. contr.*
*Fauſt. lib.*10.*cap.*
21. Populus
Chriſtianus me-
morias martyrũ
religioſa ſolé-
nitate conce-
lebrat, &c. vt
ſupra.
b Colimus mar-
tyres eo cultu
dilectionis &
ſocietatis, quo

& in hac vita coluntur sancti homines Dei, quorum cor ad talem pro Euāgelica veritate passionem paratum esse sentimus. Sed illos tanto deuotius, quáto securius, &c. At illo cultu, qui Græcè Latria dicitur, Latinè vno verbo dici non potest, cùm sit quædā propriè diuinitati debita seruitus, nec colendum docemus, nisi vnū Deum.

a *Idem lib.1. super Genes. quæst.* 61. Quæritur, quomodo scriptum sit; Dominum Deum tuum adorabis, & illi soli seruies; Cùm Abraham sic honorauerit populum quēdam gētium, vt etiam adoraret? Sed animaduertendum est, in eodem præcepto nó dictū, Dominū Deum tuum solum adorabis: sicut dictum est, & illi soli seruies: quod est Græcè λατρεύσεις: Talis enim seruitus non nisi Deo debetur. Vnde damnātur idololatræ, id est,

tement. (*Notez, deuotement*) que plus asseurément. Et incontinent apres: *Mais de ce culte, qui en Grec est appellé Latrie, & en Latin ne se peut nommer par vn seul mot, dautant que c'est vne certaine seruitude proprement deuë à Dieu: nous n'adorons, ny n'enseignons qu'il faille adorer sinon vn seul Dieu:* qu'entendoit-il par là autre chose que ce qu'entendent encore auiourd'huy les Catholiques? Et quand apres auoir dit en ses questions sur le Genese: *L'on demande comment il est escrit, Tu adoreras le Seigneur ton Dieu, & à luy seul tu seruiras: puis qu'Abraham a tellement honoré certain peuple des nations, que mesme il l'a adoré,* Il ajoustoit: *Mais il faut obseruer qu'en ce commandement il n'est pas dit, Tu adoreras le Seigneur ton Dieu seul; comme il est dit, Et à luy seul tu seruiras: auquel lieu le Grec porte, exhiberas Latrie: Car vne telle seruitude n'est deuë sinon à Dieu seul: Au moyen dequoy les Idolatres qui la deferent aux Idoles, sont condamnez. Et que cest autre passage de l'Escriture, là où l'Ange défend à vn homme de l'adorer, & l'auertit d'adorer plustost Dieu, ne vous émeuue point: Car l'Ange luy estoit apparu en telle forme, qu'il pouuoit estre adoré pour Dieu: Et pourtant il falloit corriger l'adorateur:* qu'entendoit-il autre chose que ce qu'entendent encore auiourd'huy les Catholiques? Et quand il disoit sur l'Exode: [a] *Il y a dans le Grec, rendras Dulie, & non Latrie, dont il appert que la Dulie est deuë à Dieu, comme Seigneur: mais que la Latrie n'est deuë à Dieu, sinon comme Dieu.* Et sur le Leuitique: [b] *Seruir aux hommes de la façon dont les seruiteurs seruent, qui est rendre Dulie, & non Latrie, l'Escriture ne le défend point:* Et au deuxiéme de la Cité de Dieu: [c] *La Latrie selon la coustume dont ont parlé ceux qui nous ont baillé l'Escriture saincte, est tousiours, ou si souuent que presque tousiours, ditte la seruitude qui appartient à l'adoration de Dieu:* qu'entendoit-il autre chose que ce qu'entendent encore auiourd'huy les Catholiques? Et quand sainct Anastase Patriarche d'Antioche, & superintendant des Eglises de l'Asie, disoit il y a onze cents ans, en vn de ses écrits cité par le second Concile de Nicée: [d] *Que nul ne s'offense pour le mot d'adoration: car nous adorons les hommes & les saincts Anges, mais non pas que nous leur exhibions Latrie:* qu'entendoit-il autre chose que ce qu'entendent encore auiourd'huy les Catholiques? Et quand sainct Damascene disoit il y a pres de neuf cents ans: [e] *Adoration est vn*

eiusmodi seruitutem exhibentes idolis, quæ debetur Deo. Nec moueat, quod alio loco in quadam scriptura prohibet Angelus hominem adorare se, & admonet vt Dominus potius adoretur: Talis enim apparuerat Angelus, vt pro Deo posset adorari, & ideo fuerat corrigendus adorator. b *Idem in Exod. l.2.q.94.* Hîc Græcus δουλεύσεις habet, non λατρεύσεις. Vnde δουλεία debetur Deo, tanquam Domino, λατρεία verò non nisi Deo, tanquam Deo. c *Idem in Leuit. lib.3.q.66.* Seruire hominibus quomodo serui seruiunt, quòd non est, λαβεῖν, sed δουλεύειν, scriptura non prohibet. d *Idem lib.10. de Ciuit. Dei.c.1.* Latria secundû consuetudinem, qua locuti sunt, qui nobis diuina eloquia condiderunt, aut semper, aut tam frequenter, vt penè semper, ea dicitur seruitus, quæ pertinet ad colendû Deum. e *Anastas. Episc. Antioch citatus in Conc. Nicen. 2. Act.4.* καὶ μηδεὶς προσκοπτέτω τῇ τῆς προσκυνήσεως σημασίᾳ· προσκυνοῦμεν γὸ καὶ ἀνθρώπους καὶ ἀγγέλοις ἁγίοις, οὐ μὲν λατρεύομεν αὐτοῖς. f *Damascen. de Imag. lib.3.* ἡ προσκύνησις ὑποπτώσεως καὶ τιμῆς ἐστι σύμβολον. καὶ ταύτης διαφόροις

symbole de soumission & d'honneur ; & d'icelle il y a differentes especes.
L'vne selon Latrie que nous deferons à Dieu, auquel seul il appartient
d'estre adoré par sa nature : L'autre, que nous deferons pour l'amour de
Dieu adorable par sa nature ; ou à ses amis & seruiteurs, comme Iosué
& Daniel adorerent l'Ange : (Car sainct Damascene suit en cela l'opinion de Theodoret, [a] qui prouue par le trente-troisiéme de l'Exode, que l'Ange en la personne duquel Dieu parloit à Iosué, n'estoit pas Dieu) *ou aux lieux signalez de la presence de Dieu ; comme*
Dauid dict : Nous adorerons le lieu où ont esté assis ses pieds, ou aux
monuments qui luy sont dediez, comme le peuple d'Israel adoroit le Ta-
bernacle : qu'entendoit-il autre chose que ce qu'entendent encore
auiourd'huy les Catholiques ? Et pour passer à ceux mesmes qui
n'exprimoient point ceste distinction, mais la presupposoient :
Quand sainct Gregoire de Naziáze disoit en Cappadoce il y a douze cents vingt ans, que le plus grãd de tous les crimes estoit la translation de l'adoration du Createur à la creature, & quatre periodes
apres ajoustoit : [b] *Adore la creche : par laquelle estant animal irrai-*
sonnable, tu as esté nourry de celuy qui est la raison essentielle : qu'entendoit-il autre chose que ce qu'entendent encore auiourd'huy les Catholiques? Et quand sainct Hieróme disputant contre Vigilantius,
qui abusoit de l'ambiguité du mot *adorer*, pour calomnier l'honneur que l'Eglise portoit aux Reliques des Martyrs, disoit, [c] *Que*
les Catholiques n'adoroient ny les Reliques des Martyrs, ny aucune autre
creature. Et derechef : [d] *Que iamais personne n'auoit adoré les Mar-*
tyrs. Et neantmoins en l'Epistre qu'il écriuoit à Marcella, sous le
nom de Paula & d'Eustochium ; & en l'Apologie contre Ruffin, où
il parloit à personnes non suspectes d'abuser de l'ambiguité de ce
terme, s'écrioit, [e] *Ne viendra iamais le temps, &c. qu'il nous soit per-*
mis de lecher le bois de la Croix, &c. & d'aller en Samarie adorer ensem-
ble les cendres de Jean Baptiste, d'Helisée ; & d'Abdias ? Et derechef:
[f] *Ie retournay en ma demeure de Bethlehem, là où i'adoray la creche &*
le berceau du Sauueur : qu'entendoit-il autre chose que ce qu'entendent encore auiourd'huy les Catholiques: Asçauoir, qu'il y a
deux sortes d'adorations: l'vne propre à Dieu seul, & deferée à luy
pour l'amour de luy-mesme: & l'autre communicable pour l'amour
de Dieu aux creatures, esquelles il reside par les effects, ou par les
signes, soit de sa grace, soit de sa gloire: L'vne de Latrie ; & l'autre
de Dulie : ou pour parler selon le sujet & les termes de la question,
l'vne absoluë, & l'autre relatiue?

Samariam pergere, & Ioannis Baptistæ, Helisæi quoque, & Abdiæ pariter cineres adorare?
　f *Idem Apolog. aduersus Ruffin. lib. 3.* Bethlehem meam reuersus sum, vbi adoraui præsepe & incunabula Saluatoris.

Marginal notes:

ἔγνωμεν ἔτι τις. προστίω τlὼ χ̅ρ̅ λατρείαν lὼ προσαγομεν μόνω τῇ φύσι προσκυνητῷ Θεῶ. ἔπειτα τlὼ διὰ τὴν φύσιν προσκυνητὸν ἢὸν προσαγομεν τοῖς αὐτοῦ φίλοις καὶ θεράπουσιν, ὡς τῷ ἀγγέλω Ἰησοῦς ὁ τῶ Ναυῆ καὶ Δανιὴλ προσεκύνησαν. ἢ τοῖς Θεοῦ τόποις ὡς φησιν ὁ Δαβὶδ προσκυνήσομεν εἰς τὸν τόπον οὗ ἔστησαν οἱ πόδες αὐτοῦ. καὶ τοῖς αὐτοῦ ἀναθήμασιν ὡς ἅπας ὁ Ἰσραὴλ τῇ σκηνῇ προσεκύνει.

a *Theodor. q. in. Ios. c. 5.*

b *Gregor. Na-Zianzen. Orat. de Natiuit. Christi.* καὶ τlὼ φάτνlω προσκυνήσον, δι᾽ lὼ ἄλογος ὢν, ἐτράφης ὑπὸ τῶ λόγου.

c *Hieronymus aduersus Vigilantium, ep. 1.* Nos non Martyrúm reliquias, &c. adoramus.

d *Idem epist. 2. aduers. Vigil.* Quis aliquãdo martyres adorauit?

e *Idem epist. ad Marcellam.* Ergo ne erit illa dies, quando nobis liceat, &c. crucis lambere lignum, &c.

Discours du Sieur du Pl.ßx, 3. edit. page 52.

Le Sieur du Pleßis paſſe outre, & obiecte, que l'Eueſque d'Eureux ne regarde pas quel preiudice il fait ſans y penſer, au ſacrifice de la Meſſe, de repliquer que Iulian l'Apoſtat n'euſt pas reproché aux Chreſtiens, qu'ils euſſent adoré la Croix, s'il n'euſt eſté vray. *Et donc*, dit le Sieur du Pleßis, *lors que Iulian leur reproche qu'ils ne ſacrifient point, &c. il fera foy außi que les Chreſtiens de ce ſiecle-là ne ſacrifioient point.* A quoy, s'il euſt eu des oreilles pour ouïr, il euſt trouué que l'Eueſque d'Eureux auoit déja répondu par preuention, en luy cottant la difference que les Chreſtiens de ce ſiecle-là mettoient entre les actions qu'ils faiſoient pour la veneration de la Croix, & celles qu'ils faiſoient pour la celebration de leurs ſacrements & myſteres. Car les actions qu'ils faiſoient pour honorer la Croix, ils les faiſoient à la veuë du ciel & de la terre: & encore qu'en leurs conteſtations contre les Payens, ils leur donnaſſent le moins d'occaſion de priſe & de replique qu'ils pouuoient ſur ceſt article, afin de n'accrocher point la diſpute ſur les acceſſoires, deuant que d'auoir eſtably le principal: neantmoins ils ne ſe cachoient point pour les exercer, mais faiſoient gloire & trophée de les expoſer aux yeux de tout le monde, voire des infidelles meſmes: témoin ce que nous liſions n'a gueres dans Sozomene, autheur contemporain de ſainct Cyrille; que Conſtantin, grand pere de Iulian l'Apoſtat, auoit transformé la banniere generale de l'Empire, que les gents de guerre auoient accouſtumé d'adorer, en l'effigie de la Croix, afin de les amener, comme l'interprete le meſme Sozomene, [a] *par ceſt aspect & culte continuel*, à tenir Chriſt pour Dieu. Là où les actions de leurs Sacrements & myſteres, dont celle du ſacrifice eſtoit la principale; ils s'obligeoient par ſerment, & ſur peine de ſacrilege, de les tenir cloſes & couuertes, & ne les fier ny aux yeux, ny aux oreilles des infidelles, non pas meſme des Catechumenes, c'eſt à dire, des Chreſtiens non baptiſez. [b] *Si nous demandons à vn Catechumene* (dit ſainct Auguſtin) *Crou-tu en Chriſt? Il répond, I'y croy; & ſe ſigne de la Croix de Chriſt; Il la porte ſur le front, & ne rougit point de la Croix de ſon Seigneur: Voicy il croit en ſon nom. Or demandons luy, Manges-tu la chair & bois-tu le ſang du fils de l'homme? Il ne ſçait ce que nous diſons.* Et en l'Epiſtre à Honoratus Catechumene: [c] *De là eſt* (dit-il) *que nous rendons graces au Seigneur noſtre Dieu, Gratias agimus Domino Deo noſtro: qui eſt vn grand Sacrement au ſacrifice du nouueau Teſtament: lequel où, & quand, & comment il eſt offert, lors que vous aurez eſté baptiſé, vous le ſçaurez.* Et non ſeulement ſainct Auguſtin, mais tous les autres autheurs du meſme ſiecle. [d] *Les Arriens* (dit le Synode d'Alexandrie referé par ſainct Athanaſe) *n'ont point eu de honte de traitter en public & comme ſur vn échaffaut, des myſteres deuant les Catechumenes, voire qui pis eſt, deuant les Payens:*

a *Sozom. hiſt. Eccl. l. 1. c. 4.* τῇ συνεχεῖ θέα καὶ θεωρία.

b *Auguſt. tract. 11. in Ioan. c. 3.* Si dixerimus Catechumeno, credis in Chriſtū? Reſpondet, credo, & ſignat ſe cruce Chriſti: portat in fronte & non erubeſcit de cruce Domini ſui. Ecce credit in nomine eius. Interrogemus cum, Māducas carnem filij hominis, & bibis cius ſanguinē? Neſcit quid dicimus.

c *Idem Epiſt.120. c. 19.* Hinc gratias agimus Domino Deo noſtro, quod eſt magnum ſacramentum in ſacrificio noui Teſtamenti, quod vbi, & quando, & quomodo offeratur, cùm fueris baptizatus, inuenies.

d *Athanaſ. Episc. Alexand Apol. 2.* ἐκ ἀρχομένται ταῦτα ὅτι κατηχουμένων, καὶ τὶ γε χείρισον, ὅτι ἑλλήνων πραγῳδουῶτες τὰ μυστήρια.

Et Iules premier, cité en la mesme cause, & par le mesme sainct
Athanase: [a] *Sous vn iuge estranger, dit-il, & en presence des Cate-*
chumenes, & qui pis est, des Iuifs & des Payens blasphemants le nom de
Christ, on a traitté vne question concernant le corps & le sang de Christ.
Et sainct Ambroise: [b] *Maintenant, dit-il, le temps nous admoneste*
de parler des mysteres, & declarer l'estat des Sacrements, lequel si nous
eussions presumé découurir deuant le Baptesme, à ceux qui n'estoient
point encore initiez; nous eussions plustost esté estimez les trahir que les
publier. Et derechef [c] *Ce mystere,* (dit-il parlant de l'Eucharistie) *doit demeurer seellé chez toy, &c. de peur qu'il ne soit découuert à*
ceux qu'il ne faut points: de peur que par vn incontinent babil, il ne soit
diuulgué aux infidelles. Et Gaudentius Euesque de Bresse son contemporain, ouurant la bouche pour parler de l'Eucharistie, [d] *Main-*
tenant, dit-il, il faut extraire de ceste leçon les choses qui ne peuuent estre
declarées en presence des Catechumenes, & neantmoins doiuent estre
necessairement découuertes aux Neophytes. Et pourtant, quand les
Payens reprochoient aux premiers Chrestiens, qu'ils faisoient
leur Sacrement [e] d'vn enfanticide, ou comme dit Minutius Fœlix [f] d'vn enfant couuert de farine lequel ils tuoient & mangeoient; Tertullian crie; [g] *Par qui cela a-t'il peu estre découuert?*
non par les complices, veu qu'à tous les mysteres, par leur definition pro-
pre, est deüe la foy du silence, &c. non par les estrangers, veu que toutes les
initiations, mesmes impies, excluent les prophanes. Et quand Maximus
de Madaure Payen demande à sainct Augustin; [h] *Qui est-ce Dieu*
que vous autres Chrestiens vous attribuez comme propre à vous seuls, &
vous feignez de le voir present en vos lieux secrets? S. Augustin répond
à touts les autres poincts de sa lettre, & passe cestuy-là seul sous
silence. Et quand Iulian l'Apostat luy-mesme attaque les
Chrestiens, non sur le Sacrement de l'Eucharistie qui estoit le mystere des mysteres: mais sur le simple Sacrement du Baptesme;
sainct Cyrille elude le propos, & s'abstient d'entrer au fonds de la
question; [i] *de peur, dit-il, de proferer les choses occultes aux oreilles*
des non initiez.

Qui ne iuge donc maintenant que Iulian l'Apostat pouuoit
bien imposer hardiment aux Chrestiens qu'ils ne sacrifioient
point, & principalement au sens auquel luy, & les Iuifs & Payens
prenoient d'ordinaire ce mot, *sacrifier,* c'est à dire, auec meurtre &
bruslement d'hosties, sans craindre pour cela, ny que les Payens s'ap-

a *Idem ibid.* ἐπὶ ᾗ ἐξωτικοῦ δι-
καστοῦ παρόντων κατηχουμένων, καὶ τόγε χεῖρον, ἐθνικῶν τε ἰουδαίων τῶν διαβεβλημένων περὶ τὸν χριστιανι-
σμὸν, ἐξέτασις περὶ αἵματος χρι-
στοῦ καὶ σώματος χριστοῦ, γίνεται.

b *Ambros. lib.*
de iis qui myster.
initiantur cap. 1.
Nūc de myste-
riis dicere tem-
pus admonet,
atque ipsam sa-
cramentorum
rationem edere,
quàm ante bap-
tismum si pu-
tassemus insi-
nuandam non-
dum initiatis,
prodidisse po-
tius, quàm edi-
disse æstimare-
mur.

c *Idem ibid. c. 9.*
Fons signatus,
quo significat
signatum debe-
re apud te ma-
nere mysteriũ,
&c. ne diuulge-
tur, quibus non
conuenit, ne
garrula loqua-
citate disperga-
tur in perfidos.

d *Gaudent.*
Episc. Brix. tra-
ctat. in Exod.
Modò autem
ea solùm de ip-
sa lectione car-
penda sunt, quæ
præsentibus
Catechumenis
explanari non
possunt, & ne-
cessariò tamen
sunt aperienda Neophytis. e *Tertull. in Apolog.* De sacramento infanticidij & pabulo indè.
f *Minut. Felix in octau.* Infans farre contectus, &c. g *Tertull. ibi.* A quibus prodi potuit? Ab ipsis enim reis
non vtique; cùm vel ex forma omnibus mysteriis silentij fides debeatur, &c. Et vnde extraneis notitiæ
cum semper etiam impiæ initiationes arceant prophanos? h *August. Epist.* 43. Quis est iste Deus quem vobis Christiani, quasi proprium vindicatis, & in locis abditis præsentem vos videre componitis?
i *Cyrill. Epist. Alex. cont. Iulian.* 7. Vt non in aures eorum, qui non sunt initiati, occulta proferam.

perceuſſent de ſon impoſture, ny que les Chreſtiens oſaſſent découurir leurs myſteres pour le conuaincre publiquement ? Là où il ne
leur pouuoit pas reprocher à faux, qu'ils adoroient les effigies de la
croix, ſans eſtre démenty viſiblement, voire par les yeux des Payens
meſmes? Mais le ſieur du Pleſſis veut-il voir à bon eſcient, ſi du téps
de ſainct Cyrille les Chreſtiens ſacrifioient, ou ne ſacrifioient
point? qu'il liſe, non les liures qu'il fit contre Iulian l'Apoſtat, dans
leſquels comme écrits pour courir par les mains des Payens, il ne
pouuoit répondre à l'objection du ſacrifice, ſinon ou par vn ſilence, ou par des deffaittes & diuerſions allegoriques : mais les oracles & Decrets, qu'il prononça de la part de l'Egliſe vniuerſelle,
au grand Concile œcumenique d'Epheſe, auquel lieu, ſi ailleurs, il
falloit parler proprement & ſans allegories ; & il y trouuera ces
mots expres : [a] *Nous operons és Egliſes, le Sainct, viuiſiant & non
ſanglant ſacrifice : ne croyants pas que le corps qui eſt là poſé deuant nous,
ſoit le corps d'vn homme commun & ordinaire comme les autres, ny le
precieux ſang ſemblablement, mais le prenants, comme fait le propre corps
& ſang du Verbe qui viuiſie toutes choſes.* Et le ſieur du Pleſſis veut-
il voir derechef, ſi du temps de Iulian l'Apoſtat les Chreſtiens ſacrifioient, ou ne ſacrifioient point? qu'il liſe non les écrits de Iulian l'Apoſtat contre les Chreſtiens, dans leſquels il parloit du ſacrifice à ſa mode : mais les écrits de ſainct Gregoire de Nazianze
contre luy, faicts incontinent apres ſa mort & addreſſez aux Chreſtiens pour s'en conjouyr auec eux : & il y trouuera ces propres
termes : [b] *Il ſoüilla ſes mains du ſang des ſacrifices prophanes, afin de les
purger du ſacrifice non ſanglant, par lequel nous participons à Chriſt, &
à ſes paßions, & à ſa diuinité.* Et derechef : [c] *Maintenant les autels de-
nommez du pur & non ſanglant ſacrifice, ne ſeront plus pollus de ſang
prophane :* ainſi appelle-t'il le ſang des ſacrifices Payens, que Iulian l'Apoſtat auoit faits immoler ſur les autels des Chreſtiens. Et
le ſieur du Pleſſis finalement veut-il voir ſi depuis le ſiecle des
Apoſtres juſqu'à celuy de ſainct Cyrille, l'Egliſe Catholique a touſjours celebré l'Euchariſtie en tiltre de ſacrifice & d'oblation, voire
de ſacrifice propiciatoire par application de celuy de la croix, &
offert à Dieu pour les vifs & pour les morts? qu'il liſe ceſte ſuitte,
ou pluſtoſt ceſte nuée, de témoins.

Sainct Ignace fait Eueſque d'Antioche ſous les Apoſtres meſmes, l'an de la mort de Chriſt trente-huict, c'eſt à dire, il y a pres
de quinze cents trente ans, & cité par Theodoret, il y en a pres de
douze cents : [d] *Ils ne reçoiuent point* (dit-il parlant de certains Heretiques) *les oblations & les Euchariſties, parce qu'ils ne croyent pas que
l'Euchariſtie ſoit la chair de noſtre Seigneur Ieſus-Chriſt.*

Iuſtin Martyr fait Chreſtien enuiron l'an de la mort de Chriſt 90.

a Cyrill. in Conc.
Epheſ. declarat.
anath. 1 . τὴν ἁγίαν
ἢ ζωοποιὸν ἢ ἀναί-
μακτον ἐν ταῖς ἐκ-
κληνσίαις πλοδ ιῶμ
θυσίαν, &c. vt ſu-
prà.

b Gregor. Na-
zianz. in Iulian.
orat. 1. καὶ τὰς
χεῖρας ἀφαγνίζε-
ται, τῷ ἀναιμάκτου
θυσίας ἀποκαθαί-
ρων, δι᾽ ἧς ἡμεῖς
χριστῷ κοινωνοῦμδν,
καὶ τῶν παθημάτων,
καὶ τῆς θεότητος.

c Idem orat. 2. in
Iul. ἵνα ἐπιμιανοῦσιν
αἵματι μιαρῷ τὰ τῆς
καθαρωτάτης καὶ
ἀναιμάκτου θυσίας
ἐπώνυμα θυσια-
ςτήρια.

d Ignatius apud
Theod. dial. 3.
εὐχαριστίας καὶ
προσφορὰς οὐκ ἀπο-
δέχονται, διὰ τὸ μὴ
ὁμολογεῖν τὴν εὐχα-
ριστίαν ſάρκα τῷ
τῷ ſωτῆρος ἡμῶν
ἰησοῦ χριστοῦ.

c'est à dire, il y a pres de quinze cents ans; [a] *Des sacrifices qui luy sont offerts par nous en tout lieu , ascauoir du pain & du vin de l'Eucharistie, Malachie en parle prophetiquement, & predit que nous glorifions son nom.*

Sainct Irenée, il y a quatorze cents trente ans : [b] *Il a pris le pain d'entre les creatures, & l'a protesté estre son corps , & a semblablement confessé que le calice est son sang, & a enseigné la nouuelle oblation du nouueau Testament, laquelle l'Eglise ayant receuë des Apostres elle l'offre par tout le monde à Dieu.*

Tertullian au liure de l'Oraison , écrit par luy encore Catholique, il y a plus de quatorze cents ans; [c] *Ton jeusne ne sera-t'il pas plus solemnel si tu assistes à l'autel de Dieu? Ayant pris le corps du Seigneur , & l'ayant reserué, l'vn & l'autre demeure en son entier, & l'execution de l'office, & la participation du sacrifice.* Et au liure de la Couronne du Soldat, rapportant les coustumes originaires & vniuerselles des Chrestiens: [d] *Nous faisons les oblations pour les morts, & pour les natalices (ainsi appellent-ils les festes des Martys) tous les jours anniuersaires.*

Sainct Cyprian en l'Epistre à Cecilius, écrite il y a treize cents cinquante ans : [e] *Christ a offert sacrifice à Dieu son Pere, & celuy mesme que Melchisedech auoit offert, ascauoir le pain & le vin, c'est à dire son corps.* Et derechef : [f] *Le Prestre offre alors vn vray & plein sacrifice en l'Eglise à Dieu le Pere, s'il offre comme il void que Iesus-Christ a offert.* Et en l'Epistre à l'Eglise de Furnes : [g] *Les Euesques nos predecesseurs, par vne religieuse consideration & prouidence salutaire, ont ordonné que si quelque frere decedant, nomme vn clerc pour tuteur ou curateur, on n'offre point d'oblation pour luy, ny qu'on ne celebre point de sacrifice pour son deceZ : Car celuy ne merite pas d'estre nommé à l'autel de Dieu en la priere des Prestres , qui a voulu destourner les Prestres & Ministres de l'autel.*

Le Concile de Nicée, l'an de la mort de Christ 293. [h] *Qu'il se tienne deux Synodes tous les ans , l'vn deuant le Caresme, afin que toute aigreur estant ostée, le don puisse estre offert pur à Dieu,* Et derechef: [i] *Cela*

a *Iustin. Martyr contra Tryphon.* περὶ δὲ τῆς ἐν παντὶ τόπῳ ὑφ᾽ ἡμῶν τῶν ἐθνῶν προσφερομένων αὐτῷ θυσιῶν, τουτέστι τοῦ ἄρτου τῆς εὐχαριστίας, καὶ τοῦ ποτηρίου ὁμοίως τῆς εὐχαριστίας, προλέγει τό τε εἰπὼν καὶ τὸ ὄνομα αὐτοῦ δοξάζειν ἡμᾶς.

b *Iren. lib. 4. capit. 32.* Eum qui ex creatura panis est , accepit, & gratias egit dicens, Hoc est corpus meum: Et calice similiter, qui est ex ea creatura, que est secundum nos, suum sanguinem confessus est, & noui Testamenti nouam docuit oblationem, quam Ecclesia ab Apostolis accipiens in vniuerso mundo offert Deo.

c *Tertull. l. de orat. c. 14.* Nonne solennior erit statio tua, si & ad arà Dei steteris? Accepto corpore Domini & reseruato, vtrúque saluum est,

& participatio sacrificij, & executio officij. d *Idem de coron. militis. c. 3.* Oblationes pro defunctis, pro natalitiis, annua die facimus. e *Cyprian. epist. 63. ad Cacil.* Christus sacrificium Deo patri obtulit, & obtulit hoc idem, quod Melchisedech obtulerat, id est panem & vinum, suum scilicet corpus & sanguinem. f *Et infra.* Sacerdos, &c. sacrificium verum & plenum tunc offert in Ecclesia Deo patri, si sic incipiat offerre, secundum quod ipsum Christum videat obtulisse. g *Idem epist. 66. ad Clerum & plebem. Furn.* Quod Episcopi antecessores nostri religiosè considerantes & salubriter prouidentes, censuerunt, ne quis frater excedens ad tutelam, vel curam clericum nominatet: ac si quis hoc fecisset, non offerretur pro eo, nec sacrificium pro dormitione eius celebraretur : neque enim apud altare Dei meretur nominari in sacerdotum prece, qui ab altari sacerdotes & ministros voluit auocare. h *Concil. Nicen. 1. can. 6.* αἱ δὲ σύνοδοι γινέσθωσαν μία μὲν πρὸ τῆς τεσσαρακοστῆς, ἵνα πάσης μικροψυχίας ἀναιρουμένης, τὸ δῶρον καθαρὸν προσφέρηται τῷ θεῷ.
i *Et can. 18.* ὥσπερ ὑπ' ὁ κανὼν, ὑπ' ἡ συνήθεια παρέδωκεν , τοὺς ἐξουσίαν μὴ ἔχοντας προσφέρειν, τοῖς προσφέρουσι διδόναι τὸ σῶμα τοῦ χριστοῦ.

ny la regle, ny la coustume ne l'a estably; que ceux qui n'offrent point, pre-sentent le corps de Christ à ceux qui l'offrent.

Eusebe autheur du mesme temps, décriuant l'histoire du Concile de Hierusalem, sous le Grand Constantin; *Les vns*, dit-il, *ornoient la feste par prieres & sermons, &c.* [a] *Les autres*, ajoute-t'il, *propitioient Dieu par sacrifices non sanglants & hierurgies mystiques.*

Sainct Cyrille de Hierusalem, l'an de la mort de Christ trois cens dix. [b] *Nous prions le Dieu amateur des hommes, d'enuoyer son sainct Esprit sur les dons presentez, afin qu'il en face, du pain le corps de Christ, & du vin le sang de Christ : Car ce que le sainct Esprit touche, il est entierement sanctifié & transmué. Apres cela le sacrifice spirituel estant preparé, le seruice non sanglant; sur l'Hostie de propitiation nous inuoquons Dieu pour la commune paix de l'Eglise. Et derechef:* [c] *Nous te prions & t'offrons ce sacrifice, en commemoration de ceux qui sont morts deuant nous, Patriarches, Prophetes, Apostres, Martyrs, afin que Dieu par leurs prieres & intercessiõs, reçoiue nostre supplication: Apres, pour tous ceux qui nous ont precedez, Saincts Peres & Euesques; & en somme pour tous ceux qui sont decedez deuant nous: croyans que c'est vne grande vtilité aux ámes pour lesquelles est offerte la supplication de ceste redoutable hostie qui est là gisante. Et vn peu apres :* [d] *Nous offrons pour les morts Christ immolé pour nos pechez, rendans propice à eux & à nous l'amateur des hommes.*

Sainct Epiphane, en l'Epistre à Iean Euesque de Hierusalem successeur du mesme sainct Cyrille, traduitte par sainct Hieróme: [d] *Ayant veu qu'il y auoit vne grande multitude de freres au monastere, & que les saincts Prestres, Hieróme & Vincentius, par modestie & humilité, ne vouloient pas exercer les sacrifices deuz à leur tiltre, & trauailler en ceste partie du ministere qui est le principal salut (Notez le principal salut) des Chrestiens.*

Sainct Gregoire de Nysse, il y a douze cents trente ans [e] *Nostre Seigneur preuenant l'aggression violente des Iuifs, s'offrit pour victime, estant*

a *Euseb. in vita Constantini lib. 4. ei dè, &c.* θυσίαις ἀναίμοις & μυστικαῖς ἱερουργίαις τὸ θεῖον ἱλάσκετο.

b *Cyrill. Hieros. catec. mystag. 5.* παρακαλοῦμὲν τ̄ φιλάνθρωπον θεὸν τὸ ἅγιον πνεῦμα ἐξαποστεῖλαι ἐπὶ τὰ προκείμενα, ἵνα ποιήση τ̄ μὲν ἄρτον, σῶμα Χριστοῦ, τ̄ ὂ οἶνον αἷμα Χριστοῦ. πάντως γὸ ὃ ἐὰν ἐφάψαιτο τὸ ἅγιον πνεῦμα τῦτο ἡγίασται κ̀ μεταβέβληται). μετ̀ τὸ ἀπαρτισθῆναι ὂ πνευματικὴν θυσίαν, τ̄ ἀναίμακτον λατρείαν, ἐπὶ τῆς θυσίας τῦ ἱλασμοῦ παρακαλοῦμὲν τ̄ θεὸν ὑπὲρ κοινῆς τῶν ὀκκλησιῶν εἰρήνης.
c *Et paulò post.* δεόμεθά σου πάντες ἡμεῖς, κ̀ ταύτην προσφέρομὲν σοι τ̄ θυσίαν, ἵνα μνημονεύωμὲν κ̀ τῶν προκεκοιμηνδμίων πρῶτον, πατριαρχῶν, προφητῶν, ἀποστό-

λων, μαρτύρων. ὅπως ὁ Θεὸς εὐχαῖς αὐτῶν, & πρεσβείαις προσδέξηται ἡμῶν τὴν δέησιν. εἶτα κ̀ ὑπὲρ τῶν προκεκοιμημένων ἁγίων πατέρων, & ἐπισκόπων, κ̀ πάντων ἁπλῶς τῶν ἐν ἡμῖν προκεκοιμημένων, μεγίστην ὄνησιν πιστεύοντες ἔσεσθαι ταῖς ψυχαῖς ὑπὲρ ὧν ἡ δέησις ἀναφέρεται τῆς ἁγίας & φρικωδεστάτης προκειμένης θυσίας.
d *Et infrà.* ὑπὲρ κεκοιμημένων, &c. Χριστὸν ἐσφαγιασμένον, ὑπὲρ τῶν ἡμετέρων ἁμαρτημάτων προσφέρομὲν, ἐξιλεούμεθοι ὑπὲρ αὐτῶν & ἡμῶν τ̄ φιλάνθρωπον.
e *Epiphan. Epi. ad Ioan. Episc. Hieros. inter Hieron. Epist. 60.* Cum vidissem, quia multitudo sanctorum fratrum in monasterio consisteret, & sancti presbyteri Hieronymus & Vincentius propter verecundiam & humilitatem nollent debita nomini suo exercere sacrificia, & laborare in hac parte ministerij, quæ Christianorum præcipua salus est, &c.
f *Gregor. Episc. Nyss. orat. 1. de resur. Christi.* Pro ineffabili arcanoque, & qui ab hominibus cerni nequit sacrificij modo, sua dispositione & administratione præoccupat imperum violentum, ac sese oblationem ac victimam offert pro nobis sacerdos simul & agnus Dei. Quando hoc accidit? Quum suum corpus ad comedendum, & sanguinem suum familiaribus ad bibendum præbuit.

*eſtant luy-meſme le Preſtre & l'Aigneau. Vous me demanderez quand
cela fut? Lors qu'il donna ſon corps à manger, & ſon ſang à boire à ſes
Diſciples.*

Sainct Gregoire de Nazianze, au meſme temps : [a] *Sçachant que
nul n'eſt digne du grand Dieu, & ſacrifice, & Pontife, s'il ne s'eſt auparauant exhibé luy-meſme à Dieu, Hoſtie ſaincte & viuante, & ne luy
a preſenté vn ſeruice mental & acceptable, & n'a ſacrifié au Seigneur Dieu
vn ſacrifice de loüange & vn eſprit humilié, qui eſt celuy ſeul que Dieu
qui nous donne tout, requiert reciproquement de nous (c'eſt à dire de ce
que nous luy pouuons offrir du noſtre) Comment me deuois-ie en-
hardir de luy offrir le ſacrifice externe* (Notez, LE SACRIFICE EX-
TERNE) *celuy qui eſt l'exemplaire des grands myſteres?*

Sainct Ambroiſe, il y a douze cents vingts ans : [b] *Ie demeuray,
dit-il, en mon office, & commençay à faire la Meſſe : Pendant que i'offrois, i'oüy que le peuple s'eſtoit ſaiſi d'vn certain Caſtulus, que les Arriens
diſoient eſtre Preſtre, lequel auoit eſté trouué en paſſant par la place : Ie me
mis à pleurer tres-amerement, & à prier Dieu en l'acte meſme de l'oblation,
qu'il ne ſe fiſt point d'effuſion de ſang en la cauſe de l'Egliſe.* Et en ſon
commentaire ſur le Pſeaume 38. [c] *Nous auons veu le Prince des Sacrificateurs venant à nous ; Nous l'auons veu & l'auons ouy, offrant ſon
ſang pour nous, ſuyuons-le nous autres Preſtres, comme nous pouuons, en
offrant ſacrifice pour le peuple, bien qu'infirmes en merite, honorables tou-
teſfois en ſacrifice. Car jaçoit que Chriſt ne ſoit plus veu offrir maintenant, toutesfois il eſt offert en terre quand ſon corps eſt offert : voire il
monſtre qu'il offre luy-meſme en nous, puis que c'eſt ſa parole qui ſanctifie le ſacrifice qui eſt offert.* Et au 4. liure des ſacrements, rapportant
les paroles du Preſtre au ſacrifice de l'autel : [d] *Nous t'offrons ceſte
immaculée hoſtie, ceſte hoſtie raiſonnable, ceſte hoſtie non ſanglante, ce pain
ſainct, & ce calice de vie eternelle.*

S. Optat Mileuitain, diſputant au meſme temps contre les Donatiſtes qui auoiét briſé les autels des Catholiques : [e] *Quelle offenſe vous
auoit faitte Chriſt, dont le corps & le ſang habitoient là par certains momẽts?
Quelle offenſe vous eſtiez vous faitte vous meſmes, pour rõpre les autels ſur*

---

[a] *Gregor. Na-
zianz. in Apo-
loget.*
ταῦτα εἰ εἰδὼς ἐγὼ,
ᾗ ὅτι μηδεὶς ἄξιος
τῦ μεγάλυ καὶ θεοῦ
ᾧ θύματος ᾧ ἀρχιε-
ρίως, ὅτις μὴ πρό-
τερον ἑαυτὸν παρέστη-
σε τῷ θεῷ θυσίαν
ζῶταν, ἀγίαν, μηδὲ
τὴν λογικὴν λαβεῖαν
εὐάριστον ἀποδείξα-
το. μηδὲ ἔθυσε τῷ
θεῷ θυσίαν ἀνέσεως
ᾧ πνεῦμα συντε-
τριμμένον, ἣ μόνην
ὁ πάντα δοὺς ἀπαι-
τεῖ παρ' ἡμῶν θυ-
σίαν, πῶς ἔμελλον
θαρρήσαι προσφέρειν
αὐτῷ τ' ἔξωθεν, τ'
τῶν μεγάλων μυστη-
ρίων αὐτίτυπον;

[b] *Ambroſ.
Epiſt. 33.*
Ego manſi in
munere, Miſ-
ſam facere cœ-
pi. Dum offe-
ro, raptum co-
gnoui à populo
Caſtulum quē-
dam, quē Pres-
byterum dice-
rent Arriani:
Hunc autem in
platea offende-
rant tranſeun-
tes. Amariſſimè
flere, & orare
in ipſa oblatio-
ne Deum cœpi

vt ſubueniret, nec huius ſanguis in cauſa Eccleſiæ fieret. c *Idem in Pſalm.* 38. Vidimus principem ſacer-
dotüm ad nos venientem, vidimus & audiuimus offerentem pro nobis ſanguinem ſuum, ſequamur, vt
poſſumus, ſacerdotes, vt offeramus pro populo ſacrificium : Et ſi infirmi, merito tamen honorabiles ſacrificio : quia etſi nunc Chriſtus non videtur offerre, tamen ipſe offertur in terris, quando Chriſti corpus offertur. Imò ipſe offerre manifeſtatur in nobis, cuius ſermo ſanctificat ſacrificium, quod
offertur.

d *Idem l. 4. de ſacram. c.* 6. Offerimus tibi hanc immaculatam hoſtiam, rationabilem hoſtiam, incruen-
tem hoſtiam, hunc panem ſanctum, & calicem vitæ æternæ.

e *Optat Mileuit. Epiſc. lib.* 6. Quid vos offenderat Chriſtus, cuius illic per certa momenta corpus & ſanguis habitabat? Quid vos offendiſtis etiam vos ipſi, vt illa altaria frangeretis, in quibus ante nos per
longa temporum ſpatia, ſanctè, vt arbitrabamini, obtuliſtis?

T

*lesquels long temps auant nous, vous auieʒ, comme vous pensieʒ lors sain-
ctement offert?*

Sainct Hieróme en ses commentaires sur l'Epistre à Tite, écrits il y a douze cents dix ans : [a] *S'il est commandé aux Laïques de s'abste-
nir de l'vsage de leurs femmes pour vacquer à Oraison, que faut-il dire de l'Euesque qui doit offrir tous les iours des victimes immaculées à Dieu pour ses pechez & pour ceux du peuple?* Et incontinent apres : [b] *Il y a aussi grande difference entre les pains de proposition & le corps de Christ, comme entre l'ombre & le corps, entre l'image & la verité; entre les exemplaires des choses futures & les choses prefigurées par les mesmes exemplaires.* Et en sa seconde Epistre contre Vigilantius : [c] *L'Euesque de Rome fait donc mal, qui sur les corps morts de Pierre & de Paul, selon toy cendre vile, selon nous os venerables, offre sacrifices au Seigneur, & repute leurs tombeaux autels de Christ?* Et au 3. liure contre les Pelagiens : [d] *Les Fidelles osent touts les iours dire au sacrifice de son corps; Nostre Pere qui es és Cieux.*

Sainct Chrysostome en ses commentaires sur la premiere aux Corinthiens, écrits il y a douze cents ans : [e] *Il a institué l'hierurgie, chan-
geant le sacrifice; & au lieu de l'immolation des bestes, commandant qu'on l'offrist luy-mesme.* Et au sixiéme liure du sacerdoce : [f] *Mais quand le Prestre inuoquera le sainct Esprit, & parsera ce redoutable sacrifice, & touchera assiduellement de ses mains le commun maistre de touts, en quel rang, dittes-moy, le mettrons nous?* Et en l'homelie 21. sur les Actes: [g] *Ce n'est point simplement le Diacre qui crie,* POVR CEVX QVI SONT MORTS EN CHRIST, ET POVR CEVX QVI FONT LES COMMEMORATIONS POVR EVX. *Ce n'est point le Diacre qui jette ceste voix, mais le sainct Esprit; I'entends le don. Que dittes-vous? l'hostie est entre les mains; Toutes choses sont tres-digne-
ment proposées, les Anges assistent, les Archanges, le fils de Dieu mesme est present.* Et en l'homelie troisiéme sur l'Epistre aux Philippiens: [h] *Ce n'est point en vain que les Apostres ont ordonné qu'en la celebra-
tion des venerables mysteres, on fist commemoration des morts; Ils sçauoient qu'il leur en reuenoit grande vtilité : Car tout le peuple estant present, éleuant les mains aux Cieux, & le redoutable Sacrifice estant*

a *Hieron. in cap. 1. epist. ad Titum.* Si Laïcis impe-
ratur, vt prop-
ter orationem abstineant se ab vxorum coitu : quid de Episco
po sentiendum est, qui quoti-
die pro suis, populique pec-
catis illibatas Deo oblaturus est victimas?

b *Et paulò post.* Tantum interest inter pro-
positionis pa-
nes & corpus Christi, quantú inter vmbram, & corpora, inter imaginem & veritatem, inter exemplaria fu-
turorum, & ea ipsa, quæ per exemplaria præfigurabantur.

c *Idem aduers. Vigilant. epist. 2.* Malè facit ergo Romanus episcopus, qui su-
per mortuorú hominum Pe-
tri, & Pauli, se-
cúdum nos ossa veneranda, se cundum te vilé puluisculum, offert Domino sacrificia, & tumulos eorum Christi arbitratur altaria? d *Idem lib. 3. aduersus Pelag.* Sic docuit Apostolos suos, vt quotidie in corporis illius sacrificio credentes audeant loqui, Pater noster qui es in cœlis.

e *Chrys. in 1. Cor. hom. 14.* τὴν ἱερουργίαν καπεσκεύασε, ὃ τὴν θυσίαν αὐτὴν ἀμείψας, ὃ ἀντὶ ᾗ ἀλόγων σφαγῆς ἑαυτὸν προσφέρειν κελεύσας. f *Idem lib. 6. de sacerd.* ὅταν ᾗ καὶ τὸ πνεῦμα τὸ ἅγιον καλῆ, καὶ τὴν φρικωδεστάτην ὅπλην θυσίαν, καὶ τῶ κοινῷ πάντων συνεχῶς ἐφάπηται δεσπότη· ποῦ τάξομεν αὐτὸν, εἰπέ μοι;

g *Idem hom. 21. in Acta.* οὐχ ἁπλῶς ὁ διάκονος βοᾷ, ὑπὲρ τῶ ἐν χριστῷ κεκοιμημένων καὶ τῶ τὰς μνείας ὑπὲρ αὐτῶ ὑποτελουντων, ἐχ ὁ διάκονός ἐστιν ὁ ταύτην ἀφιεὶς τὴν φωνήν· ἀλλὰ τὸ πνεῦμα τὸ ἅγιν, τὸ χάρισμα λέγω. τί λέγεις; ἐν χερσὶν ἡ θυσία, καὶ πάντα πρόκεινται ἡυπερπετασμένα, πάρεισιν ἄγγελοι, ἀρχάγγελοι, πάρεστιν ὁ υἱὸς τῦ θεῦ.

h *Idem hom. 3. in c. 1. epist. ad Philip.* ἐκ εἰκῆ ταῦτα ἐνομοθετήθη ἀπὸ τῶ ἀποστόλων, τὸ ἐπὶ τῶ φρικτῶ μυστηρίων μνήμην γίνεσθ τῶ ἀπελθόντων. ἴσασιν αὐτῆς πολὺ κέρδος γινόμενον, πολλὴν τὴν ὠφέλειαν. ὅταν γὰρ ἑστήκει λαὸς ὁλόκληρος χεῖρας ἀνατείνοντες, πλήρωμα ἱερατικόν, καὶ πρόκειται ἡ φρικτὴ θυσία, πῶς ἐ δυσωπήσομεν ὑπὲρ τούτων τὸν θεὸν παρακαλοῦντες;

là posé : comment n'appaiserons-nous point Dieu, prians pour eux?

Sainct Augustin contemporain de sainct Chrysostome, & peu apres S. Cyrille; au premier liure de l'origine de l'ame : [a] *La Foy Catholique, & la regle Ecclesiastique ne souffrent point que l'on offre le sacrifice du corps & du sang de Christ pour les (morts) non-baptisez:* Et au troisiéme: *Ne vueilles point croire, ne vueilles point dire, ne vueilles point enseigner, qu'il faille offrir le sacrifice des Chrestiens pour ceux qui sont sortis de leurs corps sans auoir esté baptisez, si tu veux estre Catholique.* Et au neufiéme de ses confessions : [b] *On offrit pour elle le Sacrifice de nostre rançon, le corps estant dés-ja sur le bord de la fosse, &c. comme on a accoustumé de faire en telles occasions :* Et au catalogue des heresies : [c] *Les Aëriens sont venus d'vn certain Aërius, lequel estant Prestre, s'indigna de ce qu'il ne peut estre ordonné Euesque ; & tombant en l'heresie des Arriens, y ajousta quelques poincts particuliers, disant qu'il ne falloit point prier ny offrir d'oblation pour les morts.* Et au vingtiéme liure contre Faustus: [d] *Nous n'erigeons des autels à nul des Martyrs, combien qu'és memoires des Martyrs : Car qui est le Prelat qui assistant aux lieux des Saincts corps, ayt iamais dit, Nous t'offrons à toy Pierre, ou nous t'offrons à toy Paul, ou nous t'offrons à toy Cyprian? Mais ce qui est offert, est offert au Dieu des Martyrs. Et vn peu apres;[e] I'ay dit, sacrifier aux Martyrs; Ie n'ay pas dict, sacrifier à Dieu és memoires des Martyrs: Ce que nous faisons souuent en ceste seule forme dont il a commandé qu'on luy sacrifiast, par la manifestation du nouueau Testament.* Et au dixiéme de la cité de Dieu :[f] *Il est l'offrant & l'oblation, de laquelle chose il a voulu que le Sacrement fust le sacrifice quotidien de l'Eglise.* Et au dixseptiéme:[g] *Ce sacrifice a succedé à touts les sacrifices de l'ancien Testament, qui estoient immolez en l'ombre de l'aduenir. A l'occasion dequoy nous recognoissons au Pseaume 39. ceste voix du mesme Mediateur parlant par le Prophete, Tu n'as point voulu de sacrifice & d'oblation de moy : Car au lieu de tous ces sacrifices & de toutes ces oblations, son corps est offert, & administré aux communiants.* Et au dixhuictiéme. [h] *Ce sacrifice donc par le sacerdoce de Christ selon l'ordre de Melchisedech, puis que nous le voyons estre offert à Dieu*

Arianorum heresim lapsus, propria quoque dogmata addidisse nonnulla dicens, orare vel offerre pro mortuis oblationem non oportere. d *Idem lib.20. contra Faustum c. 21.* Nulli martyrum, sed ipsi Deo martyrum, quamuis in memorias martyrum, constituimus altaria. Quis enim Antistitum in locis sanctorum corporum assistens altari, aliquando dixit, offerimus tibi Petre, aut Paule, aut Cypriane, sed quod offertur, offertur Deo, qui martyres coronauit. e *Et paulò post.* Sacrificare martyribus dixi, non dixi sacrificare Deo in memoriis martyrum, quod frequentissimè facimus, illo dumtaxat ritu, quo sibi sacrificari noui Testamenti manifestatione praecepit. f *Idem lib.10. De ciuit. Dei cap.20.* Ipse offerens, ipse & oblatio:Cuius rei sacramentum quotidianum esse voluit Ecclesiae sacrificium. g *Et lib.17.cap.20.* Id sacrificium successit omnibus illis sacrificiis veteris Testamenti, quae immolabantur in vmbra futuri, propter quod etiam vocé illam in Psalmo tricesimo & nono eiusdem mediatoris per prophetam loquentis agnoscimus; Sacrificiü & oblationem noluisti, corpus autem perfecisti mihi; Quia pro illis omnibus sacrificiis & oblationibus corpus eius offertur, & participantibus ministratur. h *Et lib.18. c.35.* Hoc sacrificium per sacerdotium Christi secundü ordinem Melchisedech, cùm in omni loco à solis ortu vsque ad occasum Deo iam videamus offerri:sacrificium autem Iudaeorum, quibus dictum est;nó mihi voluntas in vobis, nec accipiam de manibus vestris munus, cessasse negare non possunt:quid adhuc expectant alium Christum?

Marginal notes:

a *Aug. lib. 1. de anima & eius orig.* Salua fide Catholica & Ecclesiastica regula, nulla ratione conceditur, vt pro non baptisatis cuiuslibet aetatis hominibus offeratur sacrificium corporis & sanguinis Christi.

Idem lib.3. c.12. Noli credere, nec dicere, nec docere, sacrificium Christianorum pro iis qui non baptisati de corpore exierüt offerendü, si vis esse Catholicus.

b *Idem l. 9 Confes.* Cum offerretur pro ea sacrificium pretij nostri, iam iuxta sepulchrum posito cadauere priusquam deponeretur, sicut illic fieri solet.

c *Idem lib.de haeres.* Aëriani ab Aërio quodá sunt nominati, qui cùm esset presbyter, doluisse fertur, quod Episcopus non potuit ordinari, & in

depuis le leuant iusques au couchant : Et que le sacrifice des Juifs, ausquels il a esté dit, *Ie ne prens point de plaisir en vous, & ne receuray point de present de vos mains, Ils ne peuuent pas nier eux-mesmes qu'il n'ayt cessé*: Pourquoy attendent-ils encore vn autre Christ ? Et au vingt-deuxiéme, parlant d'vn lieu affligé des malins esprits [a] *Vn de nos Prestres y alla, & y offrit le sacrifice du corps de Christ*. Et sur les paroles de l'Apostre aux Thessaloniciens : [b] *Mais que par les prieres de la saincte Eglise, & par le sacrifice salutaire & par les aumosnes qui sont distribuées pour leurs ames, les morts soient aydez, afin que Dieu les traitte plus misericordieusement que leurs pechez n'ont merité, il n'en faut point douter : Car cela c'est chose que l'Eglise vniuerselle obserue, l'ayant receuë, de la Tradition de ses Peres, asçauoir, que pour ceux qui sont morts en la communion du corps & du sang de Christ, lors que leur commemoration se fait à son rang en ce sacrifice-là, on prie pour eux, & declare-t'on qu'il est aussi offert pour eux*.

Et sainct Fulgence, le seau & la closture du siecle de sainct Cyrille, disputant contre les Arriens qui argumentoient que Iesus-Christ n'estoit point Dieu, pource qu'on ne luy offroit point le sacrifice de l'Eglise, en l'oblation duquel consiste le culte souuerain: [d] *Tu dis que as esté interrogé par quelques-vns du sacrifice du corps & du sang de Christ, lequel plusieurs estiment estre immolé au seul Pere ; & adioustes que c'est l'interrogation triomphale des Heretiques*. Et vn peu apres: [e] *Lors donc que l'intention du sacrifiant est addressee au Pere: le present du sacrifice est par vn seul & mesme acte offert à toute la Trinité*. Mais c'est assez de c'est accessoire : Retournons au principal.

[e] Quand il agite la dispute du septiéme article & qu'il vient à parler du Concile Elibertin, lequel il cite en son discours sur la loy des Empereurs Theodose & Valentinian touchant la Croix, au lieu qu'il le cita en la Conference sur le passage de Theodoret contre les Idoles : Il allegue qu'Agobardus, qui est (dit-il) vn autheur qui se trouue en la librairie de sainct Victor, expose autrement le Concile Elibertin, que ne fit lors l'Euesque d'Eureux. [f] Comme si Agobardus qui écriuoit en vn siecle bardé d'ignorance de l'antiquité, à cause des longs deluges de barbares, qui auoient rauagé tout l'Occident, & qui estoit esloigné de cinq cents ans, & de cinq cents lieuës, du temps & du pays où auoit esté tenu le Concile Elibertin, car il viuoit sous le Roy Louys le Debonnaire, & fut deposé de son Episcopat, pour auoir aydé à conspirer contre luy : & qui outre cela estoit aucunement partie & aduersaire en ceste cause : car il estoit de ceux qui se bandoient

---

[a] *Et lib.22.ca.8.* Perrexit vnus presbyter, obtulit ibi sacrificium corporis Christi.

[b] *Idem de verbis Apostoli serm.32.* Orationibus verò sanctæ Ecclesiæ & sacrificio salutari, & eleemosynis, quæ pro eorum spiritibus erogantur non est dubitandum mortuos adiuuari, vt cum eis misericordius agatur à Domino quam eorū peccata meruerunt. Hoc enim à patribus traditum vniuersa obseruat Ecclesia, vt pro eis, qui in corporis & sanguinis Christi communione defuncti sunt, cùm ad ipsum sacrificium loco suo commemorantur, oretur, ac pro illis quoque id offerri commemoretur.

[c] *Fulg. ad Monim. lib.1.* Dicis à nonnullis te interrogatum de sacrificio corporis & sanguinis Christi quod plerique soli patri existimant immolari. Hanc hæreticorum etiam asseris esse quasi palmarem interrogationem.

[d] *Et infra:* Cum offertur litantis ad patrem litantis destinatur intentio, sacrificij munus omni trinitati vno eodemque officio.

[e] *Discours du sieur du Plessis 3. edit. pag. 55.* [f] *Auctor vita Ludou. Paul. Æmil. & alij.*

còntre le Decret du second Concile de Nicée touchant l'adoration, c'est à dire veneration, des Images; eust deu estre mieux instruit de l'intention du Concile Elibertin tenu en Espagne, que
Prudentius, qui estoit Espagnol luy-mesme; & que sainct Paulin
Euesque de Nole, qui auoit long temps conuersé, voire auoit esté
sacré Prestre en Espagne; lesquels viuoient tous deux dans le siecle
du mesme Concile Elibertin, & au plus docte de tous les aages
Chrestiens : & celebroient l'vsage & la collocation des images
dans les Eglises. Car quant à la generalité de la these, asçauoir,
s'il faut retenir les images dans les Temples, ou ne les y retenir
pas : quel poids peut auoir l'opinion d'Agobardus, quelle qu'elle
ayt esté pour ce regard, au prix, ie ne diray point de sainct Gregoire de Nysse, qui écriuoit sur le propos des Temples Chrestiens, 450. ans deuant Agobardus : [a] *La peinture muette a accoustumé de parler dans les murailles, & d'estre tres-vtile.* Ie ne diray
point de sainct Gregoire de Tours, qui estoit François aussi bien
qu'Agobardus, & écriuoit plus de deux cents ans deuant Agobardus : [b] *Les peuples Chrestiens portent vn si grand amour à Christ, que
comme ils ont sa loy dans les tables de leurs cœurs, ainsi ils appendent
son Image pour memorial de vertu en des tables visibles dans leurs Eglises
& dans leurs maisons.* Ie ne diray point de sainct Damascene, qui
écriuoit cent ans deuant Agobardus : [c] *Le Temple que Salomon édi-
fia fut dedié par le sang des creatures irraisonnables : Et fut aussi orné des
Images des creatures irraisonnables, Bœufs, Lyons, Palmes, Grenades :
Maintenant l'Eglise est dediée par le sang de Christ & de ses Saincts, &
est aussi ornée des Images de Christ & de ses Saincts.* Ie ne diray point
du deuxiesme Concile vniuersel de Nicée, qui venoit de prononcer
cinquante ans deuant Agobardus : [d] *Nous nous tenons aux loix de nos
Peres, & anathematisons tous ceux qui veulent ajouster ou oster quelque
chose à l'Eglise Catholique : Nous embrassons & saliüons les venerables
Images, & anathematisons ceux qui en vsent autrement.* Mais ie diray,
pour demeurer dans le païs & dans le siecle d'Agobardus, de tout le
corps de l'Eglise Gallicane de son temps, qui publioit malediction
& anatheme contre ceux qui ostoient les Images des Eglises. Car
encore que quelques François s'opposassent lors au Decret du 2.
Concile de Nicée touchant l'adoration des Images; pour auoir esté
mal aduertis par la fraude & imposture de ceste nouuelle secte d'heretiques qu'on appelloit Iconoclastes, c'est à dire briseurs d'Images,
du sens auquel les Peres du Concile auoient employé le mot, *adora-*
tion : neantmoins ils combattoiét aussi bien qu'eux pour la retention

---

[a] *Gregor. Nyssen. in orat. B. Theodor. imp. Basil.*

[b] *Gregor. Turon. lib. 1. Miracul. cap. 22.* Tanto Christus amore diligitur, vt cuius legem in tabulis cordis credétes populi retinent, eius etiam imaginé ad commemorationem virtutis in tabulis visibilibus pictam, per Ecclesias ac domos adsignant.

[c] *Damascen. de imag. lib. 3.* Ὁ ναὸς ὃν ὁ σολομὼν ᾠκοδόμησιν ἀλόγων αἵμασιν ἐνεκαι-νίαδη, καὶ ἀλόγων εἰκόσιν ἐκαλλωπί-δη, λεόντων, καὶ βίων, καὶ φοινίκων, καὶ ῥοίσκων· νῦν δὲ χριστοῦ αἵματι ἡ ἐκκλησία ἐγκαινί-ζεται, καὶ τῶν ἁγίων αὐτοῦ, καὶ τῇ χριστοῦ εἰκόνι καὶ τῶν ἁγίων

αὐτοῦ καλλωπίζεται. [d] *Concil. Nicen. 2. Act. 7.* ἡμεῖς τοῖς θεσμοῖς τῶν πατέρων φυλάττομεν. ἡμεῖς τοὺς προστιθέντας ἤ ἀ-φαιρουντας ἐκ τῆς καθολικῆς ἐκκλησίας ἀναθεματίζομεν, &c. ἡμεῖς τὰς σεπτὰς εἰκόνας ἀσπαζόμεθα. ἡμεῖς τοὺς μὴ οὕτως ἔχοντας, τῷ ἀναθέματι καθυποβάλλομεν.

Ion. Aurel., de cult. Imag. lib. I. in præfat.

Valafrid. Strab. lib. de reb. Ecclef. cap. 8.

a Concil. Nicen. 2. Act. 7. καὶ ταύταις ἀσπασμὸν ἢ τιμητικὴ προσκύνησιν ἀπονέμειν οὐ μὴν τὴν κτ̄ πίστιν ἡμῶν ἀληθινὴν λατρείαν, ἣ πρέπει μόνῃ τῇ θείᾳ φύσει, & alibi paſſim.

Concil. Trident. ſeſſ. 25.

b Valafrid. Strab. lib. de reb. Ecclef. c. 8.
Non ſunt omnino dehoneſti & moderati imaginum honores abiiciédi. c Idem ib. Sic imagines & picturæ habendæ ſunt & amádæ, vt nec deſpectu vtilitas annulletur, & hæc irreuerentia in ipſorum, quorũ ſimilitudines ſunt, redundet iniuriam : nec cultu immoderato fidei ſanitas vulneretur. Diſcours du Sieur du Pleſſis, 3. edit. page 61.

& protection des Images contre les Iconoclaſtes. Qu'ainſi ſoit, Ionas Eueſque d'Orleans, contemporain d'Agobardus, refuta par commandement expres de Louys le Debonnaire, l'écrit de Claude de Thurin Arrien & Iconoclaſte, contre les images. Et Valafridus Strabo autheur du meſme ſiecle d'Agobardus, & trop plus celebre & cogneu qu'Agobardus, écrit que la querelle des Iconoclaſtes ayant eſté apportée de Grece en France, *fut confutée par écrits Synodiques.* Seulement differoient-ils en ce que les François reiettoient l'adoration des images, dautant que par l'impoſture & menſonge execrable des Iconoclaſtes, qui auoient ſuppoſé & fait courir en Occident de faux extraits du Concile de Nicée, il leur auoit eſté ſuggeré que les Peres du Concile auoient entendu parler de l'adoration diuine, & de Latrie, & auoient decerné que l'on adoraſt les images de la meſme adoration que la Trinité : Au lieu qu'ils auoient proteſté par tous les actes du Concile, a qu'ils n'entendoient parler que de la ſimple ſalutation, ou adoration honoraire, que nous appellons veneration : & reſeruoient l'adoration de Latrie à la ſeule Trinité. Et pourtant les François penſans qu'ils abuſaſſent du mot, *adoration,* & priſſent le nom du genre pour la plus eminente eſpece, condamnoient l'application de ce terme aux images. Mais le ſimple honneur de reuerence, que nous appellons veneration : & qui eſt le mot dont le Concile de Trente ſe ſert pour n'offenſer point ceux qui ne ſçauent pas les diuers vſages du verbe, *adorer* : Ils ne le leur nioient point. Au contraire Valafridus Strabo apres auoir rapporté l'hiſtoire du Synode tenu à l'inſtance de Louys le Debonnaire, ſur le faict des images ; & auoir declaré qu'elles ne doiuent point eſtre adorées : c'eſt à dire, comme il l'explique luy-meſme, auec les honneurs deuz à Dieu, ajouſte, b *Il ne faut pas toutesfois entierement reietter les honneſtes & moderez honneurs des Images.* Et vn peu apres : c *Il faut auoir & aymer les Images en telle ſorte, que ny par le mépris l'vtilité n'en ſoit annullée, & leur irreuerence conuertie en l'outrage de ceux qu'elles repreſentent, ny que par vn culte immoderé, l'integrité de la foy n'en ſoit offenſée.*

Quand il remuë la diſpute du texte de ſainct Bernard, qui fut le huictiéme, il ne dit rien qui n'euſt déja eſté produit & refuté dés l'heure meſme de la Conferéce, comme il ſe peut voir dans l'hiſtoire des Actes : Et partant pour ceſt article, Neant.

Quand il entame l'examen du dernier paſſage, qui fut celuy de Theodoret contre les Idoles, il amene vne longue file d'authoritez, outre celles qu'il cita en la Conference, pour monſtrer qu'*Idole, Simulacre, & image,* ſignifiét vne meſme choſe. Or n'eſtoit pas la difficulté ſur le mot, *Simulacre,* mais ſur celuy d'*Idole.* Car encore qu'il y ayt dans la verſion de Theodoret, *Simulacre ;* ſur l'ambiguité duquel

mot le Sieur du Pleſſis pourroit feindre de s'eſtre abuſé: Neãtmoins
il y a dans Theodoret, qui eſtoit Grec, & non Latin, *Idole*, & non
Simulacre, Choſe que le Sieur du Pleſſis ne pouuoit ignorer : Car
Theodoret explique & repete le meſme mot du douziéme verſet
du cent-treiziéme Pſeaume ſur lequel il le cite. Or eſt-il que la Bible Grecque porte en ce verſet-là : *Les Idoles des Gentils ſont or & ar-*
gent : Ce que le Sieur du Pleſſis non plus ne pouuoit ne ſçauoir pas.
Car, & dans l'édition Françoiſe de la Bible de Genéue de l'an 1565.
il y a au meſme verſet ; *Mais leurs Idoles ſont or & argent* : & dans l'é-
dition derniere de l'an 1588. il y a encore expreſſément, & pour declarer mieux le ſens du mot *Idole* ; *Mais leurs faux Dieux ſont or &*
argent : & dans les propres Pſeaumes de Marot, que le Sieur du Pleſſis chante tous les iours, il y a:

> *Mais ce qu'adore & ſert toute autre gent*
> *Idoles ſont faittes d'or & d'argent,*
>   *Ouurage de main d'homme.*

Et pour ce n'eſt-il point queſtion de ramener la diſpute ſur le
mot, *Simulacres*, puis que le Sieur du Pleſſis n'a peu ignorer qu'il n'y
euſt dans le Grec, *Idoles*. Mais voyons neantmoins ce qu'il apporte
ſur l'vn & l'autre terme. *Idole*, dit-il, *Simulacre*, & *Image*, ſont indifferents en l'Eſcriture. Or quant aux mots, *Idole*, & *Image*, il luy
fut dés lors nié abſoluëment qu'ils fuſſent indifferents, ny en l'Eſcriture, ny és autheurs Eccleſiaſtiques : Et quant à *Simulacre & Image*,
on le luy nie tout de meſme pour le regard particulier de l'Eſcriture, & des autheurs qui en vſent en repetition du texte de l'Eſcriture,
comme fait le traducteur de Theodoret. Car encore que le nom,
Simulacre, entant qu'il eſt deriué de *ſimilitude*, ſignifie bien la meſme choſe qu'*Image* : neantmoins entant que les autheurs Eccleſiaſtiques le deriuent de *ſimulation*, il emporte touſiours auec ſoy quelque addition de fauſſeté, & ſignifie les Images des faux Dieux, &
non les ſimples Images. I'ay dit entant qu'ils le deriuent de *ſimula-*
tion, dautant que les Theologiens donnent deux etymologies à ce
terme, l'vne priſe du mot *ſimulation*, & l'autre priſe du mot *ſimilitu-*
de : Ce que ſainct Auguſtin touche au vingtiéme liure contre Fauſtus, lors qu'il dit, [a] que le Chriſt des Manicheens pouuoit bien eſtre
appellé Simulacre, *entant que Simulacre eſtoit dit de ſimulation, & non*
de ſimilitude. Car il ne ſ'agit point icy de l'élegance Latine de ce vers
d'Horace; *Scis ſimulare cupreſſum* : mais de la ſimplicité du ſtyle Eccleſiaſtique, qui prend *ſimuler*, pour *feindre*. Et ſainct Hierôme ſur
Eſaie: [b] *Les fauſſes doctrines ſont appellées Idoles, à cauſe qu'elles ſont ſi-*
mulées & feintes. Et ſur Oſee: [c] *Ils ont operé le menſonge, c'eſt à dire, l'I-*
dole: Car comme le ſimulacre eſt contraire à Dieu; ainſi le menſonge eſt con-
traire à la verité. Et le commentaire de Pelagius ſur la premiere aux

T iiij

Bibl. Græc. Pſ. 113.
τὰ εἴδωλα τ̃ ἐθνῶν
ἀργύριον & χρυσίον.

a *Auguſt. lib. 2.*
contra Fauſtum c.
25. Ille quippe
non à ſimilitu-
dine, ſed à ſi-
mulatione ſi-
mulachrū vo-
cari poteſt.
b *Hieron. in Eſai.*
c. 2. Dogmata
falſitatis idola
nominantur ab
eo quod ſimu-
lata ſint atque
conficta.
c *Idem in Oſea c.*
7. Operati ſunt
mendaciū, hoc
eſt idolū. Sicut
enim contrariũ
eſt ſimulacrum
Deo, ita men-
daciũ veritati.

Pag. 60.

Theſſaloniciés, mal attribué à S. Hierome. *Simulacre eſt dit de ſimuler, & pourtant S. Paul écrit elegáment aux Theſſaloniciens, qu'ils ont eſté conuertis des faux maiſtres au Dieu vray & viuant.* Et Iſidore: *Les Simulacres donc, dit-il, ſont appelleZ, ou de ce qu'ils ſont ſemblables, ou de ce qu'ils ſont ſimuleZ & feints: à raiſon dequoy auſſi ils ſont faux.* Et le pretendu Synode de Paris meſme, tant allegué par le Sieur du Pleſſis: *Autre choſe eſt Image; & autre, Simulacre.* Or proteſtent les Catholiques, & le Cardinal Bellarmin en faiſt vn article expres, que c'eſt touſiours en l'vſage de ceſte derniere etymologie, que l'edition Latine de la Bible employe le mot *Simulacre,* aſçauoir, pour denoter quelque fauſſe & ſimulée repreſentatió: ou ſi elle l'employe entant que deriué de ſimilitude, qu'elle ne le prend pas ſelon l'eſtenduë generale de ſon origine, mais le reſtreint par éminence à la plus ſignalée eſpece de ſimilitude, aſçauoir, à la ſimilitude des formes imaginaires de la Deité: & par conſequent y preſuppoſe & enferme touſiours quelque choſe de faux. Car encore que les Simulacres repreſentent vrayement certaines figures corporelles: Neantmoins ces figures corporelles repreſentent fauſſement la Deité. *L'ouurier,* dit Habacuc, *l'a taillée, piece de fonte, & Image fauſſe, il a eſperé en ſon œuure, afin de faire des ſimulacres muets.* Et ſainſt Hieróme ſur le meſme lieu: *A tous les ſimulacres aſſiſtent des eſprits immundes:* Ce qui ne ſe peut pas eſtendre aux vrayes & ſimples ſimilitudes. Et pourtant ſouſtiennent les Catholiques, qu'encore que les autres autheurs vſent plus confuſément de ce terme; Neantmoins il ne ſe trouue iamais, ny dans l'Eſcriture, ny dans les autheurs qui le repetent du texte Latin de l'Eſcriture, ſinon en mauaiſe part, & pour ſignifier les Images des faux Dieux. Là deſſus donc, que fait le Sieur du Pleſſis? Il produit trois lieux de l'Eſcriture, l'vn du 40. d'Eſaïe, où l'edition Grecque porte, *Image,* & la Latine, *Simulacre.* L'autre du ſecond des Chroniques, chapitre 33. où le texte Hebrieu lit, *Semel,* c'eſt à dire, Image; & le Latin tourne, *Simulacre:* le troiſiéme du premier de l'Epiſtre aux Romains, où ſainſt Paul diſt en Grec, *Image,* & quelques commentateurs Latins interpretent, *Simulacre.* Mais tout cela à quel propos, puis que c'eſt touſiours en lieux où l'Eſcriture parle des Images des faux Dieux? Car on ne ſouſtient pas qu'Image & Simulacre ſoient diſtinguez comme vne eſpece d'auec vne autre eſpece; mais comme vn genre d'auec ſon eſpece: C'eſt à dire, on ne nie pas que tout Simulacre ne ſoit Image, & que quelque Image ne ſoit Simulacre: mais on nie que toute Image ſoit Simulacre: dautant que le mot, *Simulacre* (Ie parle ſelon le ſtyle de l'Eſcriture) ajouſte touſiours pardeſſus celuy d'*Image,* vne note de fauſſeté, & ſignifie les Images des faux Dieux. A cauſe dequoy donc maintenant alleguer qu'en

a *Comment. in c. 1. ad Theſſal. Hieron. adſcriptus.* Simulachrum à ſimulando dicitur. Pulchrè ad Deũ verum & viuũ, à falſis dominis conuerſi eſſe dicuntur.

b *Iſidor, Origin. l. 8.* Ergo ſimulachra, vel pro eo quod ſunt ſimilia, vel pro eo, quod ſimulata atque confiſta, vnde & falſa ſunt.

c *Synod. Par. in verſ. Steph. Boſtr.* Aliud eſt imago; aliud ſimulacrum. *Conc. 7. l. 2. c. 5.*

d *Habacuc cap. 3.* Sculpſit illud fiſtor ſuus, cõflatile, & imaginem falſam, ſperauit in figmento fiſtor eius, vt faceret ſimulacra muta.

e *Hieron. ibid.* Omnibus ſimulacris aſſidét immundi ſpiritus. *Pag. 61.*

quelques lieux de l'Ecriture le mot *Image*, & le mot *Simulachre*,
sont employez pour vne mesme chose : puis que c'est tousiours en
lieux où l'Ecriture parle des Images des faux Dieux ; & auec ceste
addition, ou exprimée, ou donnée manifestement à entendre,
Images des faux Dieux ? Il y a mille textes en l'Ecriture, esquels
l'homme est appellé chair : Et donc ie pourray inferer de là, que le
mot, *homme*, & le mot, *chair*, sont indifferens en l'Ecriture : Et
par consequent concluray que les bestes & les poissons sont
hommes, dautant qu'ils sont aussi nommez chair en l'Ecriture ?
Quelle Dialectique ? Les petits enfants sçauent que pour rendre
deux termes equipollents, ce n'est pas assez que l'vn soit pris en
quelqu'vne des acceptions de l'autre : mais qu'il est necessaire qu'ils
soient pris en toutes les acceptions l'vn de l'autre. Or est-il que le
mot *Image*, se prend en l'Ecriture, & en bonne & en mauuaise
part : Car les effigies des Cherubins, des Lyons, des Bœufs, des Palmes, & autres ornements du temple, sont appellées similitudes,
c'est à dire Images : Et l'homme est appellé Image de Dieu : & Iesus-
Christ est appellé l'Image du Dieu inuisible. Comment donc suffira t'il au Sieur du Plessis, pour montrer qu'*Image*, & *Simulachre*,
sont indifferens en l'Ecriture, d'alleguer quelques exemples du
mot *Simulachre*, pour celuy d'*Image*, puisque ce n'est sinon aux lieux
où le mot *Image*, est employé en mauuaise part, & auec ceste specification, ou expresse, ou manifeste, *Images des faux Dieux* ? Au contraire, comme ne suffira-t'il point de luy répondre : Le mot, *Image*,
est pris en l'Ecriture, & en bonne, & en mauuaise part : Le mot, *Simulachre* n'est jamais pris en l'Ecriture, sinon en mauuaise part :
Ergo, *Image* & *Simulachre*, ne sont pas indifferens en l'Ecriture ?
Descendons aux Peres.

Justin Martyr, dit-il, *en la défense du Decalogue*, là où les septante
auoient traduit *Idole*, dit, *Image*. Oüy : mais tant s'en faut que ce soit
pour confondre ces mots, *Image*, & *Idole*, que c'est pour garder de
les confondre. Car voulant opposer au Iuif, contre qui il disputoit, vne apparence de contrarieté & d'antinomie entre l'interdiction des Images defenduës par la Loy, & le serpent d'airain, que
Moyse erigea au desert ; il eust semblé s'il eust employé le mot
Idole, en la défense, qu'il eust compris le serpent d'airain sous le
nom d'*Idole*, & imputé à Moyse d'auoir fait des Idoles. Afin donc
de ne sembler point appeller le serpent d'airain, *Idole*, il vse en la
prohibition, du nom d'*Image*. Et encore ne le fait-il pas de son
propre chef : Car il prend ce terme *Image*, non de l'equipollence
du vingtiéme de l'Exode, mais du texte exprés du quatriéme du
Deuteronome, où Moyse expliquant plus au long ce commandement auoit inseré, selon l'edition Grecque, le mot *Image*.

d *Discours du
Sieur du Plessis*
3. edition p. 61.

Et pourtant aux lieux où il n'eſt point queſtion de ſ'empeſcher d'eſtendre le mot *Idole* au ſerpent d'airain, qui eſtoit vne vraye Image ſymbolique de Ieſus-Chriſt, & non vne Idole; il ſe garde bien de mettre *Image* pour *Idole*; comme entre autres en ce meſme verſet du cent treiziéme Pſeaume, lequel non ſeulement il allegue auec le mot, mais auec la vraye energie du mot, *Idole*. Car voicy comme il le cite ſous la perſonne du Iuif: *Le S. Eſprit prononce par Dauid, que les Dieux des Gentils, qu'ils reputent Dieux, ſont Idoles des Demons, & aiouſte malediction à ceux qui les font, & à ceux qui les adorẽt*. Mais dira le Sieur du Pleſſis, touſiours reſulte-t'il de là, que le 4. du Deuteronome a appellé *Image*, ce qui dans le 20. de l'Exode, auoit eſté nommé *Idole*. Et qui en doute Et qui doute meſme, que dans le propre verſet du 20. de l'Exode, où eſt couchée la défenſe des Idoles, la défenſe des ſimilitudes, c'eſt à dire, des ſimilitudes faittes pour eſtre Idoles, n'y ſoit annexée ? *Tu ne te feras*, dit le texte Grec, *aucune Idole, ny ſemblance, &c.* Car puis que l'Image eſt le genre, & l'Idole eſt l'eſpece, toutes Idoles ſont bien Images, & quelques Images ſont bien Idoles, mais toutes Images ne ſont pas Idoles, ains ſeulement celles qui ſont faittes ou tenuës pour Dieux. Quand donc ceſte difference d'eſtre faittes ou tenuës pour Dieux eſt adjointe au mot *Image*, ou par vne addition expreſſe, ou par vn indice manifeſte de l'intention de l'autheur, alors *Image*, ainſi ſpecifiée, & *Idole* ſont vne meſme choſe, Or eſt ceſte difference ſi manifeſtement, ou exprimée, ou entenduë, en touts les lieux de l'Eſcriture eſquels les Images ſont défenduës, que nul ne la peut reuocquer en doute. *Il a eſté*, dit S. Irenée diſciple des diſciples des Apoſtres, *prononcé par Moyſe, Tu ne te feras point de ſimilitude pour Dieu*: Et Theodoret luy-meſme: *Moyſe defend de faire aucune Image à la ſemblance de quelque choſe viſible, & la tenir pour monſtre & effigie du Dieu inuiſible*. Et derechef; *Lors que ie te deliuray d'Egypte, ie t'admoneſtay de ne recognoiſtre point d'autre Dieu que moy, & ie te dy, Tu ne te feras point de Dieu*. Et Caluin meſme. *La loy ne condamne que les ſeules ſtatues qui ſont faites pour repreſenter Dieu*. Au moyen dequoy le ſieur du Pleſſis ne peut prendre en ce cas l'Ecriture à garant, Car il y a trop de diſtance entre dire, que l'Ecriture aux lieux où elle donne clairement à entendre qu'elle parle des Images des faux Dieux, tenuës & adorées par les Payens pour Dieux, confond les Images ſpecifiées par ceſte difference, auec les Idoles: & dire, qu'elle confond les Idoles & les ſimples Images. Et puis quand l'Ecriture les confondroit, & quand Iuſtin Martyr les confondroit, & quand tous les autres Peres les confondroient: qui ne void que la queſtion n'eſt pas ſi ceux-là les confondent, mais ſi Theodoret les confond ? Car il ne s'agit pas en ceſt article de ſçauoir ſi le ſieur du Pleſſis a corrompu ou

a *Iuſtin Martyr in Triph* διὰ τοῦ ἁγίου Δαβὶδ εἶπεν, οἱ θεοὶ τῶν ἐθνῶν νομιζόμενοι θεοὶ, εἴ δωλα δαιμονίων εἰσιν, ἀλλ' ὐ θεοὶ, κ̀ ἐπάγει καταὲραι τοῖς ποιοῦσιν αὐτὰ, κ̀ τοῖς προσκυνοῦσιν.

b *Iren. l. 3. c. 6.* A Moyſe dictũ eſt, Non facies tibi omnem ſimilitudinem in Deum.

c *Theodor. De cur. Græc. affect. lib. 2.* ἀπαγορεύει, μηδεμίαν εἰκόνα πρὸς μίμηνιν τινὸς τ̃ ὁρωμβμων καταςκδιάσαι, κ̀ νομίσαι τὅτο δίζηλον εἶναι κ̀ ἴδαλμα τ̃ ἀοραίπυ θεοῦ.

d *Idẽ in Oſea c. 13. Caluin. in Ioſue c. 22.*

l'Ecriture, ou Iuſtin Martyr, ou quelque autre Pere : mais s'il a corrompu Theodoret. Or tant s'en faut que Theodoret les confonde;
qu'il écrit vn chapitre expres pour monſtrer leur difference : & outre cela profere malediction aux facteurs des Idoles, & prononce
benediction aux facteurs des Images de ſainct Symeon Stylite.
Suiuons.

De là le Sieur du Pleſſis vient à Minutius Fœlix : Car quant au
paſſage de Tertullian, il fut produit & expedié dés l'heure meſme.
Minutius Fœlix, [a] *dit-il, ſur le reproche que le Payen Celſus luy fait, que
les Chreſtiens n'auoient point d'Jmages, répond, Qui doute, dit-il, que les
Payens n'addreſſent leurs prieres aux Images conſacrées de ces hommes-là?
Et à trois lignes de là les appelle Simulachres ; Si on s'imagine, dit-il, auec
quelles machines tout Simulachre eſt formé.*   Autant de pas; autant de
cheutes.   Car en premier lieu il prend Celſus Philoſophe Alexandrin, contre qui écrit Origene, pour Cecilius Aduocat Romain,
contre qui diſpute Minutius Fœlix, & penſe que ce ſoit le meſme
aduerſaire. Par où il monſtre combien il eſt verſé en l'antiquité , de
laquelle neantmoins il veut faire des liures : Et ſecondement il éclipſe, ou luy, ou ſon Protocole, de l'objection de Cecilius, le mot,
nota, c'eſt à dire, *cognus & notoires.*   Car il y a dans Minutius Fœlix,
Que les Chreſtiens n'auoient point *Simulachra nota;* c'eſt à dire, *de
Simulachres cognus & notoires* : ſoit pour ce que les Chreſtiens ca-
chaſſent leurs Images , comme touts leurs autres vaſes, liures &
ornements ſacrez, aux Payens, ainſi qu'il fut couché en la Conference, ſur le Concile Elibertin, & comme ſainct Cyprian meſme
témoigne qu'ils leur cachoient leurs autels ; [b] *Les autels de Dieu,* dit-
il, *ſont ou nuls ou cachez* : ſoit pour ce que leurs Images fuſſent
de ſujets incognus & non familiers & ordinaires aux Payens.
Voicy les propres termes de Cecilius : [c] *Pourquoy s'efforcent-ils
tant de cacher & tenir ſecret ce qu'ils adorent, veu que les choſes honneſtes s'éioüiſſent touſiours de la lumiere publicque, & les crimes de l'obſcurité du ſecret? Pourquoy n'ont-ils nuls autels, nuls temples, nuls ſimulachres cogneus ? nulla ſimulachra nota ?* Par leſquelles paroles
il ne faut pas conclure que les Chreſtiens d'alors n'euſſent point
d'Images, puis que dés le temps meſme de Tertullian, qui eſtoit
deuant Minutius Fœlix, les Catholiques alleguoient la couſtume qu'ils auoient de peindre les Images de Chriſt ſur leurs
Calices pour en argumenter contre les Montaniſtes, & leur
prouuer l'antiquité de la penitence : Mais ou qu'ils tenoient
leurs Images occultes & cachées aux Payens ; ou qu'ils n'a-
uoient point les Images cognues & familieres aux Payens ,
c'eſt à dire , les Images des Dieux du Paganiſme. Non-plus
que quand Celſus contre qui diſpute Origene reprochoit

a *Diſcours du
Sieur du Pleſſis*
3. *edition* p. 61.
& 62.

b *Cypr. ep. ad De-
met.* Altaria Dei
vel nulla ſunt,
vel occulta.

c *Minut. Fœlix
in Octau.* Cur
etenim occul-
tare & abſcon-
dere quicquid
illud colunt
magnopere ni-
tūtur? cum ho-
neſta ſemper
publico gau-
deant, ſcelera
ſecreta ſint ?
Cur nullas aras
habent, nulla
templa , nulla
ſimulachra no-
ta?

auxChrestiés, qu'ils n'auoiét point de simulachres, ΑΓΑ'ΛΜΑΤΑ Il ne vouloit pas dire simplement qu'ils n'auoient point d'Images: mais qu'ils n'auoient point d'Images de Dieux, & de statuës deifiées & consacrees en tiltre de Dieux. Car c'estoit ce que signifioit le mot, ΑΓΑ'ΛΜΑΤΑ quand il estoit pris entre les Payens par excellence, & en vsage de Religion, asçauoir, les statuës deifiées, & consacrées en titre de Dieux, ou pour parler auec [a] Iulius Pollux, les sieges & effigies des Dieux. Et de cela font foy, en partie les objections de Celsus, qui estoient, [b] *Que les Perses abhorroient aussi bien les simulachres, que les Chrestiens, pource qu'ils ne tenoient pas que les Dieux eussent forme humaine:* Et derechef: [c] *Que si les Chrestiens méprisoient les simulachres, pource que la pierre, ou le bois, ou l'or, ou le cuiure, élabourez par tel ou par tel, n'estoient pas Dieux; c'estoit vne ridicule sapience, dautant qu'il n'y auoit personne si insensé que de croire que ces choses-là fussent Dieux (c'est à dire, quant à leur propre substance, & non quant à l'assistence de la Deïté) mais anathémes & simulachres de Dieux:* Et ailleurs; [d] *Que les Chrestiens estimoient bien que Jesus-Christ, qui estoit constitué d'vn corps mortel, estoit Dieu, &c. duquel neantmoins la chair estoit plus corruptible que l'or, l'argent & le marbre.* Et en partie les réponses d'Origene, qui estoient: [e] *Que nulle des autres nations ne s'abstenoit des simulachres, pour ne raualler point le culte de Dieu à ces matieres ainsi effigiees, ny pour cognoistre que c'estoient Demons euoquez par certaines formules magiques, qui residoient en ces lieux & figures:* Et vn peu apres; [f] *Que les Chrestiens n'honoroient point les simulachres pour ne tomber point en reputation de croire qu'ils fussent Dieux.* Et derechef; [g] *Que mesme ils ne confessoient pas que les simulachres fussent Images des Dieux.* Et ailleurs : [h] *Que le sens commun leur apprenoit, que Dieu n'estoit point vne matiere corruptible, & qu'il ne receuoit point à honneur d'estre formé par les hommes en des matieres inanimées, comme faittes à son image ou symbole.* Et pourtant qu'il leur venoit incontinent en l'esprit de dire que les simulachres n'estoient point Dieux. Aussi peu faut-il conclure de là, que du temps de Minutius Fœlix, les Chrestiens n'auoient point d'autels : mais qu'ils n'auoient point d'autels au sens auquel les Payens prenoient le mot, *Ara,* c'est à dire, entant qu'il signifie autel à feu. Car c'estoit ce que les Latins entendoient ordinairement par *Ara,* asçauoir foyer sacré, lieu & siege destiné pour le feu des sacrifices: A l'occasion

---

[a] *Poll. l. 1.* ἀγάλματα, ξόανα, εἴδη θεῶν, εἰκάσματα θεῶν.

[b] *Origen. l. 7. contr. Cels.* ὡς μὲν ἐμοὶ δοκεῖ δι' ὅτι οὐκ ἀνθρωποφυίας ἐνόμισαν τοὺς θεοὺς, καθάπερ οἱ Ἕλληνες, ἦ).

[c] *Et paulò post.* οἱ δὲ ἄντικρυς τὰ ἀγάλματα ἀπιμάζουσιν. εἰ μὲν ὅτι λίθος, ἢ ξύλον, ἢ χαλκός, ἢ χρυσὸς, ὃν ὁ δεῖνα ἢ ὁ δεῖνα εἰργάσατο, οὐκ ἂν εἴη θεός, γελοία ἡ σοφία. τίς γὰρ οὐκ ἄλλος, εἰ μὴ πάντη νήπιος, ταῦτα ἡγεῖται θεούς; ἀλλὰ θεῶν ἀναθήματα, καὶ ἀγάλματα.

[d] *Idem l. 3. contra Cels.* ἐπεὶ δ' ἐγκαλεῖ ἡμῖν, οὐκ οἶδ' ἤδη ὁ ποσάκις, περὶ τοῦ ἰησοῦ, ὅτι ἐκ θνητοῦ σώματος ὄντα θεὸν νομίζομεν. &c. προσβάλλων τὰς ἀνθρωπίνας τοῦ ἰησοῦ σάρκας, χρυσῷ & ἀργύρῳ & λίθῳ, ὅτι αὗται ἐκείνων φθαρτότεραι.

[e] *Idem l. 7.* οὐδεὶς ἐκείνων διὰ τὸ ἐκκλίνειν & καταπατεῖν & καταίρειν τὴν περὶ τὸ θεῖον θρησκείαν ὅτι ἡ τοιαύτην ὕλην οὑτωσὶ ἐσχηματισμένην, οὐκ ἀνέχεται βωμῶν & ἀγαλμάτων. οὐδὲ διὰ τὸ διειληφέναι περὶ δαιμόνων, ὅτι τοῖς δὲ προσκαθέζονται χήμασι & χωρίοις, ἤτοι ὑπό τινων μαγγανειῶν κατακλισθέντες.

[f] *Idem ibi.* οὐ τιμῶμεν δὴ τὰ ἀγάλματα & διὰ τὸ μὴ τὸ ὅσον ἐφ' ὑμῖν καταπίπτειν εἰς ὑπόληψιν τὴν περὶ τοῦ εἶναι τὰ ἀγάλματα θεοὺς ἑτέρους.

[g] *Et iterum,* ἀλλ' οὐδὲ θείας εἰκόνας ὑπολαμβάνομεν εἶναι τὰ ἀγάλματα. [h] *Idem l. 3.* ἀλλ' ἡ κοινὴ ἔννοια ἅπαντα ἀννοεῖν, ὅτι θεὸς οὐδαμῶς ἐστιν ὕλη φθαρτή, οὐδὲ τιμᾶται ἐν ἀψύχοις ὕλαις ὑπὸ ἀνθρώπων μορφεύματος, ὡς κατ' εἰκόνα, ἢ τινα συμβολασκεύου μηχορφώμας. διόπερ εὐλόγως λέγεται τὰ περὶ ἀγαλμάτων, ὅτι οὐκ εἰσὶ θεοί.

fion dequoy auffi aucuns, comme remarquent Varron [a] & Ifidore, le deriuoient, *ab ardendo.* Et à cela mefme fait allufion le prouerbe Latin, qui dit, *Pro aris & focis,* les oppofant les vns aux autres, comme les foyers facrez, & les foyers domeftiques : Et l'apophthegme d'Augufte Cefar qui répondit à ceux qui luy rapporterent qu'il eftoit né en leur ville vne palme fur fon autel, [b] *in ara eius : Il apparoift par là, combien fouuent vous l'allumez.* En ce fens donc, afçauoir, entant qu'autel fignifie foyer facré, & lieu dedié pour immoler & brufler les hofties, & receuoir l'effufion du fang des facrifices; ils objectoient aux Chreftiens, qu'ils n'auoient point d'autels. Et à cefte caufe la difpute fe formoit en Latin fur le mot *Ara,* & non fur le mot *Altare,* & en Grec fur le mot βωμὸς, qui correfpond en ceft vfage à *Ara,* & non fur le mot θυσιαϛήριον Car les [c] Grecs côfondent βωμὸς, excepté la bafe, auec ἑϛία & ἐσχάρα, qui fignifie foyer. Et pourtant Origene, lors que Celfus reprochoit aux Chreftiens, qu'ils n'auoient point βωμὸς, c'eft à dire *Aras;* le luy confeffe bien : mais il ne luy confeffe pas, qu'il n'euffent point θυσιαϛήρια, c'eft à dire, *Altaria :* Au contraire il témoigne difertement en l'homelie 10. fur Iofué, que les Chreftiens auoient des autels; altaria, θυσιαϛήρια. [d] *Il y en a,* dit-il, *dont la foy fe contente de venir à l'Eglife, d'incliner leur tefte aux Preftres, de leur exhiber des offices, d'honnorer les feruiteurs de Dieu, d'apporter quelque chofe pour l'ornement de l'autel, ou de l'Eglife : mais ne fe foucient point de l'ornement de leurs mœurs.* Et fainct Cyprian contemporain de Minutius Fœlix, & d'Origene, non feulement attefte que les Chreftiens auoient des autels, mais mefme oppofe, *altaria Chriftianorum, aris paganorum,* c'eft à dire, *Les autels des Chreftiens,* aux *Ares* (les lecteurs me pardonneront ce mot) *des Payens.* [e] *L'Euchariftie* (dit-il en l'Epiftre à Ianuarius) *& l'huyle dont font oints les baptifez, font fanctifiez en l'autel :* Et en l'Epiftre à Demetrianus fe plaignant de la perfecution des Payens; [f] *Par tout fument dedans vos temples, les foyers des hofties; & les brafiers des animaux; Les autels de Dieu font nuls, ou cachez :* Et en vne des Epiftres à Cornelius : [g] *Que refte-t'il plus, finon que l'Eglife cede au Capitole, & que les Preftres de Dieu s'en retirants & oftants l'autel du Seigneur, altare Domini; les Simulachres & Idoles y paffent auec leurs ares? cum aris fuis?* Et en l'Epiftre à Epictete parlant d'vn Euefque qui auoit facrifié aux Idoles durant la perfecution, & vouloit eftre receu à fa charge : [h] *Comme dit-il, fi apres les ares du*

---

[a] *Varr. de ling. Lat. l. 4. Ifid. Orig. lib. 15.*

[b] *Quintil. Inft. orat. l. 6.*

[c] *Amm. περὶ ὁμ. & διαφ. in voc.* βωμὸς.

[d] *Origen. impreff. Latin. Bafil. in Iof. hom. 10.* Sunt in nobis quorum fides hoc tátummodo habet, vt ad Ecclefiam veniant &inclinét caput fuum facerdotibus, officia exhibeant, feruos Dei honorent, ad ornatum quoque altaris vel ecclefię (θυσιαϛηείν, ἢ ἐκκλησίας) aliquid conferant, non tamen adhibent ftudium vt etiam mores fuos excolant.

[e] *Cypr. ep. 70. ad Ianuar.* Porrò autem Euchariftia, & vnde baptizati vnguntur oleum, in altari fanctificantur. [f] *Idem ep. ad Demetr.* Fumant vbique in templis veftris hoftiarum bufta, & rogi pecorum, & Dei altaria vel nulla funt, vel occulta. [g] *Idem ad Cornel. epift. 55.* Quid fupereft, quàm vt Ecclefia capitolio cedat, vt recedentibus facerdotibus, ac Domini altare remouentibus in cleri noftri facrum venerandumque confeffum, fimulachra atque idola cum aris fuis tranfeant? [h] *Idem ad Epict. epift. 64.* Quafi poft aras Diaboli accedere ad altaré Dei fas fit.

V

Diable, *post aras Diaboli*, il estoit permis de s'approcher de l'autel de Dieu, *ad altare domini accedere.* [a] Et sainct Chrysostome oppose tout de mesme en Grec les ares des Payens, βωμοὺς, & les autels des Chrestiens, θυσιαστήρια. *Ne fay point rougir*, dit-il, *l'are des Idoles* τὸν τῶν εἰδώλων βωμὸν, *du sang des bestes brutes : mais fay rougir mon autel,* ὃ θυσιαστήριον τὸ ἐμὸν, *de mon sang.* Bien-sçay-ie neantmoins qu'ils n'y obseruoient pas tous ceste difference : Car Tertullian qui estoit plus ancien qu'aucun d'eux, ne fait point difficulté d'appeller les autels des Chrestiens, *aræ.* [b] *Ton jeusne*, dit-il, *ne sera t'il pas plus solemnel si tu assistes à l'autel de Dieu,* ad aram Dei ? *Ayant pris le corps du Seigneur, & l'ayant reserué, l'vn & l'autre demeure en son entier, & l'execution de l'office, & la participation du sacrifice.* [c] Et Arnobe tout au contraire auoüe long temps depuis aux Payens, que les Chrestiens n'auoient point *altaria* : prenant là le mot *altaria*, aussi bien que le mot *aras*, au sens des Payens, asçauoir pour les foyers des Dieux, comme il appert par cest epithete, *succensa*, c'est à dire, *allumez*, & autres semblables. Mais il n'estoit point encore lors [d] initié aux mysteres, ny par consequent informé des autels & sacrifices des Chrestiens ; Et quand il l'eust esté, n'en pouuoit rien reueler aux Infidelles. Moins encore faut-il conclure de là, que les Chrestiens n'auoient point de temples ; mais qu'ils n'auoient point de temples au sens auquel les Payens, en matiere de religion, prenoient le mot *temple*, qui estoit de signifier les estuis, habitacles & repositoires visibles des Dieux, c'est à dire, des simulachres deifiez & consacrez en tiltre de Dieux. Car depuis que le Paganisme fut venu à l'accomplissement de ses superstitions, la premiere piece de la fabrique ou Dedicace des temples des Payens, estoit la collocation du Dieu, ou simulachre deifié, dont l'edifice deuenoit temple. Et pour ce Iullius Pollux cotte ceste locution entre les phrases ordinaires de la structure des temples ; [e] *Circonstruire le temple au simulachre* : Au moyen dequoy, quand ils disoient, *Temples sans simulachres*, ils en parloient comme d'vne chose imparfaitte, & comme d'vn relatif sans son correlatif. Et pourtant la premiere ceremonie qu'obseruerent les ennemis de Ciceron, [f] lors qu'ils voulurent conuertir sa maison en vn temple, ce fut d'y apporter vne statuë, de laquelle ils firent vn simulachre diuin, & la consacrerent par leurs formules & mysteres en tiltre de Dieu, & la nommerent la Deesse liberté. Et à ceste occasion ils deriuoient en Grec le mot, ΝΑΟΣ, qui signifioit Temple, de ΝΑΙΕΙΝ, habiter, dautant que c'estoient les habitacles des Dieux, & en Latin les nommoient *templa*, comme modelles & epitomes du Ciel qui estoit la demeure ordinaire des Dieux, lequel s'appelloit anciennement *Templum*. Et pour ceste mesme cause Ciceron [g] remarque que les Perses lors qu'ils arriuerent

a *Chrysost. ho. 24. in Corinth.* μὴ τὸν τῶν εἰδώλων βωμὸν τῷ τῶν ἀλόγων φόνῳ, ἀλλὰ τὸ θυσιαστήριον τὸ ἐμὸν τῷ ἐμῷ φοίνισσε αἵματι.

b *Tertul. l. de orat. cap. 4.* Nonne solemnior erit statio tua, si ad aram Dei steteris? Accepto corpore Domini & reseruato vtrūque saluum est, & participatio sacrificij & executio officij.

c *Arnob. aduersus gentes, lib. 6. & 7.*

d *Hieron. in Chronico.*

e *Iul. Pollux. lib. 1.* περιεργάσασθαι τὸν νεὼν τῷ ἀγάλματι.

f *Cicer. in orat. pro domo sua.*

g *Cic. de leg. l. 2.* Xerxes inflammasse templa Greciæ dicitur, quod parietibus includerent Deos.

en Grece, bruslerent les Temples des Grecs, estimant chose absurde de vouloir enceindre les Dieux de closture & circuit de muraille.
En ce sens-là donc les Chrestiens disputants contre les Payens,
confessoient qu'ils n'auoient point de temples, asçauoir entant que
les temples estoient les habitacles des Dieux. [a] *Moy qui ne suis
qu'homme (disoit Minutius Fœlix) ie suis logé plus au large & i'enclor-
ray dans vne petite maisonnette la vertu d'vne si grande Majesté.* Et Arnobe : [b] *Cestuy-cy est le temple de Mars, cestuy-cy de Iunon & de Venus : Apollon habite icy: En cestuy-cy demeure Hercules : en cestuy-là
Pluton. N'est-ce pas là le premier & plus grand outrage, de tenir les
Dieux resserrez en certaines habitations ?* Mais en l'vsage où nous prenons le mot, *temples*, asçauoir des lieux destinés pour sacrifier à
Dieu selon le culte de la loy Euangelique : il est tres-certain que les
Chrestiens du temps de Minutius & d'Arnobe en auoient. Car outre ce que Prudentius décriuant le martyre de sainct Laurens contemporain de Minutius Fœlix, dit: [c] *qu'il fit ranger tous les pauures à
la porte du temple;* Eusebe raconte que Constantin si tost qu'il fut
venu à l'Empire & à la Foy Chrestienne, fit reëdifier les Temples
des Chrestiens, que les Empereurs Payens auoient demolis. Mais retournons au mot simulachre, & voyons, quoy que ce ne soit pas la
question, si Minutius Fœlix le confond auec Image.

[d] *Minutius Fœlix*, dit le sieur du Plessis, écrit; *Et qui doute que les
Payés n'addressent leurs prieres aux Images côsacrées de ces hômes-là?* &c.
Et à trois lignes de là neätmoins les appelle Simulachres; *Si on s'imagine auec
quelles machines, tout simulachre est formé.* Que puis-ie dire de cela sinô
que c'est n'y voir non plus qu'vne Image? Minutius Fœlix explique
le mot *simulachres*, par ceste periphrase, *Images consacrées*, c'est à dire,
Deisiées: Et le sieur du Plessis trouue que cela c'est équipoller les Images & les Simulachres. Car que les Payés prissent là *consacrer*, & *Dei-
fier* pour vne mesme chose, & estimassent que par la consecration de
leurs Idoles, la Deité de leurs faux Dieux s'y incorporoit & enfermoit; Il ne faut point pour le prouuer, alleguer, ny Tertulliã qui crie:
[e] *Ce sont matieres sœurs de nos poiles & chauderons, qui changent leur destinée par la consecration:* Ny S. Cypriã qui dit; [f] *Sous ces Images & statuës
consacrées se cachent tels esprits.* Il ne faut que lire le passage de Minutius tout entier [g] *Que si quelqu'vn, dit-il, s'imagine auec quelles*
ginibus consecratis delitescunt. [g] *Minutius Fœlix in Octau.* Quod si animum quis inducat
bus, & quibus machinis simulachrum omne formetur, erubescet temerè se materiei ab artifice, vt Dèum
faceret illusum. Deus enim ligneus, rogi fortasse vel infœlicis stipitis portio, suspenditur, cæditur, dola-
tur, runcinatur. Et Deus æreus, vel argenteus de immundo vasculo, vt sæpius factum Ægyptio regi, con-
flatur, tunditur malleis, & incudibus figuratur: & lapideus cæditur, scalpitur, & ab imperito homine læui-
gatur: nec sentit suæ natiuitatis iniuriam: ita vt nec postea de vestra veneratione culturam, nisi fortè nondum Deus saxum est, vel lignum, vel argentum. Quando igitur hic nascitur? ecce funditur, fabricatur, scalpitur, nondum Deus est: Ecce plumbatur, construitur, erigitur, nec adhuc Deus est. Ecce ornatur, consecra-
tur, oratur; tunc postremò Deus est.

Marginal notes:

[a] *Minutius Fœlix in Octau.* Et cum homo latiùs maneam, intrà vnam ædiculam vim tantæ majestatis includã?

[b] *Arnob. lib. 6.* Templum hoc Martis est, hoc Iunonis, & Veneris : Apollo hîc habitat, in hoc manet Hercules, illo Summanus; ista non prima & maxima contumelia est, habitationibus Deos habere districtos?

[c] *Prudent. in hymno B. Lauren.* Astare pro templo iubet. *Euseb. hist. Ecclesiast. lib. 10.* τούς τε αὖθις ἐκ βάθρων εἰς ὕψος ἄπειρον ἐγειρομένους.

[d] *Discours du sieur du Plessis 3. edition. p. 61. & 62.*

[e] *Tertull. in Apolog. c. 12.* Simulachra, &c. materias sorores esse vasculorum &c. quasi fatum côsecratione mutantes.

[f] *Cypr. lib. de idol. vanit.* Hi spiritus sub statuis atque imaginibus consecratis delitescunt.

tortures & quelles machines tout simulachre est formé, il aura honte que l'artizan l'ayt abusé si impudemment pour faire vn Dieu de ceste matiere-là : Car le Dieu de bois, possible le reste d'vn feu de funerailles, ou d'vn arbre de supplice, est pendu, taillé, dolé, & rabotté : Le Dieu de cuiure ou d'argent, témoin l'exemple du Roy d'Egypte, est le plus souuent fondu de vaisseaux immondes, battu de marteaux, & figuré sur les enclumes : Le Dieu de pierre est taillé, escarpé & poly par vn homme ignorant : Et ne sent point l'outrage de sa naissance, non plus que puis apres le culte de vostre veneration : si ce n'est que possible le rocher, ou le bois, ou l'argent, n'est pas lors encore Dieu. Et quand donc naist il? Voicy il est fondu, forgé, taillé, & n'est pas encore Dieu : Voicy il est plombé, construit & erigé, & n'est pas encore Dieu. Voicy il est orné, consacré & prié, & alors finalement il est Dieu. Est-ce la égaler le mot Simulachres, aux simples Images ; ou bien aux Images faittes, & tenuës pour Dieux?

^a Succede Isidore, lequel le sieur du Plessis cite en ces termes : *Dont est aussi qu'Isidore n'y entend point autre finesse : Simulachres, dit-il, sont ainsi appellez, à cause de la similitude : par ce que par la main de l'ouurier de pierre ou autre matiere, ils imitent les visages de ceux en l'honneur desquels ils sont feints.* A la verité Isidore n'y entend pas grand finesse, mais le sieur du Plessis y entend assez pour tous les deux. Car premierement il retranche l'autre moitié du passage, qui est : ^b *Les simulachres donc sont ainsi appellez, ou pource qu'ils sont semblables, ou pource qu'ils sont simulez, & controuuez : à raison dequoy aussi ils sont faux.* Et secondement il dissimule qu'Isidore faict profession de donner non les définitions essencielles des choses, mais les définitions etymologiques, que les Dialecticiens appellent *nominum notationes* : A l'occasion dequoy aussi il intitule son liure, *Des origines, ou etymologies;* & non pas, *Des définitions.* Et pourtant quand il expose en ce lieu-là le mot simulachre par celuy de similitude; ou peu apres le mot Idole, par celuy de formule, ce sont interpretations Grammatiques, & non Theologiques ; ce sont etymologies & non definitions. Combien mesme qu'en expliquant le mot Idole par celuy de formule, il entend formule consacrée. Car il venoit de dire, ^c *Idole est vn simulachre faict en forme humaine & consacré :* c'est à dire, au sens des Gentils, *Deifié.* Et tiercement il dissimule qu'Isidore ne colloque pas ces interpretations sous le tiltre de la peinture, ou de la sculpture ; mais sous le tiltre, *Des Dieux des Payens :* Par où il monstre qu'encore que quant à l'origine, & à l'étymologie, Idoles, simulachres, & Images fussent synonymes; neantmoins quant à l'vsage de son temps, Idole & simulachre estoient sous le genre des choses tenues par les Payens pour Dieux.

a *Discours du sieur du Plessis* 3. edit. pag. 62.

b *Isidor. l. 8. Origin. Ergo simulachra, vel pro eo quod sunt similia, vel pro eo, quod simulata atque conficta, vnde & falsa sunt.*

c *Idem ibid. Idolum est simulachrum, quod humana effigie factum & consecratum est.*

Mais pourquoy refuter par les paroles cé qui se refute par les effects?
Il est certain, & personne pour peu qu'il soit versé en l'antiquité, ne
le peut reuoquer en doute, que du temps d'Isidore, c'est à dire, il y a
mille ans, les Chrestiens auoient les images de Christ & de ses
Saincts, par tous les lieux de leur conuersation. Il les auoient en leurs
Eglises: Prudentius parlant, il y a plus de 1200. ans, de l'Autel de
sainct Cassian, deuant lequel il estoit prosterné: [a] *Ie leuay, dit-il, mes
yeux au Ciel, & rencontray l'Image du Martyr peinte de l'émail des couleurs.* Sainct Paulin autheur du mesme siecle, en l'edifice du bapti-
stere de Seuerus: [b] *L'vne Image venerable represente sainct Martin, &
l'autre Paulin humble & abiect.* Et en la description des trois Chappelles, qu'il appelle Basiliques, ou salles sacrées du Téple de sainct
Fœlix: [c] *Celle du milieu, dit-il, est signalée des peintures & inscriptions
des Martyrs, qu'vne pareille gloire a couronneZ en diuers sexes: Les deux
autres à droict & à gauche sont ornées de doubles histoires des saincts hommes & femmes, Iob, Tobie, Iudith, Esther.* Et vn peu apres: *Entrons
dedans les sainctes salles, & contemplons les sacrées figures, memoriaux
des anciens.* Sainct Gregoire de Nysse, parlant du Temple de sainct
Theodore, il y a douze cents trente ans: [d] *Si quelqu'vn vient en vn
lieu semblable à cestuy-cy, auquel se fait auiourd'huy nostre assemblée,
auquel est la memoire & les sainctes reliques du iuste; il s'éjoüit premierement de la magnificence des choses qu'il contemple, voyant la grandeur &
l'ornement de l'edifice élabouré splendidement comme Temple de Dieu; là où
le menuisier a formé le bois en figures d'animaux; là où le tailleur de marbre a poly les pierres à l'égal de l'argent; là où le peintre a épandu les fleurs
de son art en l'image du Martyr, dépeignant ses courageuses actions, &c.
& l'effigie humaine de Christ President du combat.* Et sainct Basile son
frere en l'oraison du Martyr Barlaam: [e] *Soit peint aussi en vn tableau
Christ arbitre du combat.* Et Sozomene contemporain de Theodoret, parlant de la statuë de Christ que Iulian l'Apostat fit abbattre
il y a douze cents quarante ans: [f] *Les Chrestiens, dit-il, en ayant recueilly les fragments, la colloquerent en l'Eglise, où elle est encore gardée.*
Et Euagrius parlant de l'histoire de Thomas, celebre Euesque d'A-
pamée, il y a mil cinquante ans: [g] *L'image, dit-il, en fut mise au*

d *Gregor. Nyssen. orat. in B. Theod.* ἐλθὼν εἰς ἕ χωρίον ὅμοιον τύπῳ, ἔνθα σήμερον ὁ ἡμέτερος, σύλλογος, ὅπου μνήμη διϰαίων ϰαὶ ἁγίων λειψάνων, τῇ μεγαλοπρεπείᾳ τῶ ὁρωμένων ψυχαγωγᾶται, οἶϰον βλέπων ὡς Θεοῦ ναὸν ἐξησϰημένον, λαμπρῶς τῷ μεγέθει τῆς οἰϰοδομῆς, ϰαὶ τῷ ϰάλλει τῆς ὑπιϰοσμήσεως, &c. ἐπιχέωσι δὲ ϰαὶ ζωγράφος τὰ ἄνθη τῆς τέχνης ἐν εἰϰόνι διαγραψάμενος τὰς ἀριστείας τοῦ μάρτυρος, &c. Τοῦ ἀγωνοθέτου χριστοῦ τ ἀνθρωπίνης μορφῆς τὸ ἐϰτύπωμα.

e *Basil. orat. in B. Martyr. Barlaam.* ἐγγραφέσθω τῷ πίναϰι ϰαὶ ὁ τῶ παλαισμάτων ἀγωνοθέτης χριστός.

f *Sozom. lib. 5. hist. Eccles. cap. 21.* τὸν δ τοῦ χριστοῦ ἀνδριάντα τότε μὲν οἱ ἑλληνισταὶ σύροντες, ϰατίαξαν. μετ δ ταῦτα οἱ χριστιανοὶ συλλέξαντες ἐν τῇ ἐϰϰλησίᾳ ἐπέθεντο, ἔνθα ϰαὶ νῦ φυλάττεται.

g *Euagrius lib. 4. hist. Eccles. cap. 26.* ἀνετέθη τοῦτου ϰαὶ εἰϰὼν τὸν ὄροφον τῶ ἀνακτόρων.

a Gregor. Magnus lib. 9. epist. 9. In locis venerabilibus, sanctorum depingi historias nó sine ratione vetustas admisit.

b Greger. Turon. miracul. lib. 1. Tanto Christus amore diligitur, vt cuius legé in tabulis cordis credétes populi retinét, eius etiam imaginem ad commemorationé virtutis in tabulis visibilibus pictam, per Ecclesias, ac domos adfigát.

c Tertull. lib. de pudicit. cap.7. Procedant ipsæ picturæ calicú vestrorum. *Et infra:* Pastor quem in calice depingis, &c.

d Euseb. in vita Constantini. εἶδες ἂν ἐπὶ μέσων ἀγορῶν κειμένας χρυσώσεις τὰ τῦ καλῦ ποιμένος σύμβολα, τοῖς ἀπὸ τῶν θείων λογίων ὁρμωμένοις γνώριμα, τόν τε Δανιὴλ σὺν αὐτοῖς λέουσιν ἐν χαλκῷ πεπλασμένα, χρυσοῦ τε πετάλοις ἐκλάμποντα.

haut de *l'Eglise.* Et sainct Gregoire le Grand, il y a mille ans: [a] *Ce n'a pas esté sans raison que l'antiquité a admis de peindre les histoires des Saincts és lieux venerables.* Et sainct Gregoire de Tours son contemporain: [b] *Les peuples Chrestiens portent vn si grand amour à Christ, que comme ils ont sa loy dans les tables de leurs cœurs, ainsi ils appendent son image pour memorial de vertu, en des tableaux visibles dans leurs Eglises & dans leurs maisons. Ils les auoient sur les plus venerables vaisseaux de leur ministere.* Tertullian disputant contre les Catholiques il y a 1400. ans: [c] *Viennent en auant, dit-il, les peintures de vos calices.* Et derechef parlant en singulier à tout le peuple Catholique: *Ce pasteur que tu peints au calice, &c.* Ils les auoient en leurs places publiques: Eusebe discourant, il y a pres de treize cents ans, des images qu'auoit fait dresser Constantin: [d] *Vous pouuez encor voir, dit-il, és fontaines du milieu du marché l'image du bon pasteur, assez cogneuë aux Lecteurs des sainctes lettres: & Daniel taillé en cuiure auec les Lyons, & reuestu de lames d'or luisantes.* Ils les auoient dans les prisons: Euagrius il y a plus de mille ans, parlant du courroux de Tybere 2. contre l'impie Anatolius [e] *Ce que cognoissant, dit-il, Anatolius, il courut vers vne certaine image de la mere de Dieu, qui estoit penduë à vn cordeau dans la prison, & les mains derriere le dos se mit à contrefaire le priant & suppliant.* Ils les auoient sur les prouës de leurs nauires: Procope il y a mille & cinquante ans; [f] *Les Payens, dit-il, auoient accoustumé de peindre les images de leurs Dieux sur les prouës des nauires, comme auiourd'huy on fait celles des saincts Martyrs.* Ils les auoient iusques dans leurs jardins: Sainct Hieróme, il y a douze cents ans; [g] *Il m'accuse de sacrilege pour auoir osté de la traduction de l'Escriture le mot courge, & y auoir mis lyerre, &c. Et de faict és vaisseaux des courges, que l'on appelle en vulgaire Saucomaries, on a accoustumé de tracer les images des Apostres.* Ils les auoient par tous leurs meubles domestiques: Sainct Chrysostome parlant de l'effigie de S. Meletius; [h] *Plusieurs, dit-il, & aux chattons des bagues, & aux tableaux, & aux vases, & aux parois, ont exprimé ceste sacrée Image.* Ils les portoient en ceremonie: Beda décriuant l'arriuée de S. Augustin Archeuesque de Cantorbery, enuoyé par sainct Gregoire en Angleterre; [i] *Ils portoient, dit-il, pour estendart vne croix d'argent, & vne*

e Euagrius lib. 5. hist. Ecclef. cap. 18. ἅπερ ἐγνωκὼς ὁ ἀνατόλιος ἐπί τινος εἰκόνος τοῦ θεοτόκου κατὰ τὴν εἱρκτὴν καλωδίῳ ἠωρημένης, ἐκδραμών, ᾧ ἐπίσω τὰ χεῖρε ἀπιστρέψας, τὸν ἱκετεύοντα καὶ δεόμενον ἀπήγγειλεν.

f Procopius in Esaiam. πῶς γὰρ τὰς τραπέζας ἀεὶ θεῶν εἰκόνας ἐνέγραφον, ὡς καὶ τῶν ἁγίων μαρτύρων.

g Hieronymus in Ionam, cap. 4. Dicitur me accusasse sacrilegij, quod pro cucurbita heder trástulerim, &c. Et reuera in ipsis cucurbitis vasculorum (quas vulgò Saucomarias vocant) solent Apostolorum imagines adumbrari.

h Chrysost. orat. in B. Mel. & apud Damascen. lib. de imag. καὶ γὰρ ἐν δακτυλίων σφενδόναις, καὶ ἐκτυπώματα, καὶ φιάλαις, καὶ ἐν θαλάμων τοίχοις, καὶ πανταχοῦ τὴν εἰκόνα, ἣ ἁγίων ὄψειλαν ἐχάραξαν πολλοί.

i Beda lib. Ecclef. hist. Angl. cap. 25. Crucem pro vexillo ferentes argenteam & imaginem Domini saluatoris in tabula depictam, litaniásque canentes, &c.

Image de noſtre Sauueur peinte en vn tableau, chantants des Litanies.
Ils faiſoient des volumes expres pour en défendre l'vſage & la veneration contre les calomnies des Iuifs; témoins les liures d'Eſtienne Eueſque de Boſtres en Arabie, & de Leontius Eueſque de Neapolis en Cypre, écrits ſur ce ſujet, les vns il y a onze cents ans, & les
autres il y a mille ans, & citez par ſainct Damaſcene & par le ſecond Concile de Nicée, & par ce pretendu Synode de Paris meſme,
que le Sieur du Pleſſis a ſi ſouuent en la bouche. Et toutesfois il eſt
certain que iamais ny Iſidore, ny aucun autre autheur de ſon ſiecle n'a dit que l'Egliſe Catholique euſt des idoles: Au contraire Iſidore écrit: [a] *Par Ephraim le Prophete Oſee arguë les heretiques, qui ſe
retirants de l'vnité de l'Egliſe, pour quelque pretexte que ce ſoit, deuiennent participants des Idoles.* Comment donc eſt-ce maintenant que
le mot *Image*, & le mot *Idole*, ou celuy de *Simulacre*, quand il eſt mis
pour *Idole*, ſeront indifferents en Iſidore, puis que l'Egliſe de ſon
temps eſtoit toute pleine d'images, & neantmoins n'auoit aucune
participation, non pas meſme allegorique auec les Idoles? Venons
aux Scholaſtiques.

Entre les Scholaſtiques meſmes (ajouſte le Sieur du Pleſſis) *Thomas
dit, Simulacre eſt ce qui ſe fait à la ſemblance de quelque choſe.* N'eſt-ce
pas là éuiter Scylle pour tomber en Charybde ? Ie ſuis las de crier
qu'il n'eſt point queſtion du mot *Simulacre*: mais du mot *Idole*, qui
eſt celuy du texte original de Theodoret. Et quand il ſeroit queſtion du mot *Simulacre*, qu'il ne ſeroit point queſtion ſi les autres
autheurs appellent les Images, *Simulacres*: mais ſi la verſion Latine de l'Eſcriture, de laquelle le traducteur de Theodoret repete ce
mot, a iamais employé ſimulacre & ſimple image pour vne meſme choſe. Et au lieu de cela il apporte vn paſſage de ſainct Thomas, qui dit, *Idole & Simulacre different, dautant que Simulacre s'appelle ce qui ſe faict à la ſimilitude de quelque choſe naturelle:* Et ne ſent
pas que le meſme ſainct Thomas luy prononce immediatement
apres ſa condamnation, en ces termes: *Et Idole n'eſt faitte à la ſemblance d'aucune choſe.* Mais il eſt comme Vrie, il porte le pacquet de
ſa mort, & ne ſçait ce qu'il porte: Il cite les extraicts qu'on luy donne, & ne voit ny ce qui ſuit, ny ce qui precede. Le paſſage donc
entier eſt tel: *Ceſte clauſe de l'Apoſtre,* L'IDOLE N'EST RIEN
AV MONDE, *ſe peut expoſer en trois ſortes: premierement en ceſte
cy; Idole n'eſt rien au monde, &c. c'eſt à dire quant à la forme de l'Idole;
pource qu'encore que la matiere de l'Idole ſoit quelque choſe, aſſauoir,
or, ou argent: neantmoins la forme de l'Idole n'eſt rien, c'eſt à dire, la
forme qui eſt creuë y eſtre par les Idolatres, qui eſtiment que l'Idole ſoit
Dieu, &c. Secondement en ceſte-cy. L'Idole n'eſt rien, c'eſt à dire, la
perſonne ſubſiſtente du ſimulacre & de l'eſprit qui y preſide: Car il ne*

V iiij

[a] *Iſidor. lib. proœmiorum.* Per Ephraim hæreticos arguit, qui recedentes qualicunque ex cauſa ab Eccleſiæ vnitate, participes facti ſunt idolorum.

Diſcours du Sieur du Pleſſis, 3. edit. page 62.

[b] *S. Thomas in 1. Cor. cap.* 8. Idolum nihil eſt in mundo: Hoc tripliciter exponitur: Primo modo ſic, Idolū nihil eſt, id eſt, inter creaturas mundi, quantū ad formam idoli: Licet enim materia idoli ſit aliquid, ſcilicet aurum vel argentum, vel huiuſmodi; tamen nil eſt forma, ſcilicet quæ creditur ibi eſſe ab idolatris, qui credūt idolum eſſe Deum.

resulte rien de ces deux choses, comme les Idolastres l'estiment, &c. Tiercement en ceste-cy; L'Idole n'est rien au monde, c'est à dire, ne represente la similitude d'aucune chose qui soit au monde : Car il y a difference entre Simulacre & Idole, pource que Simulacre est dit de ce qui est faict à la similitude de quelque chose naturelle : & Idole n'est faitte à la similitude d'aucune chose, non plus que si on joignoit vne teste de cheual à vn corps d'homme; témoin ce verset du 40. d'Esaïe, A qui auez vous faict Dieu semblable? Et le Ministre qui fournit le Sieur du Plessis de memoires, est si Idole qu'il luy subministre ce passage en vne dispute où le fonds de la question est, si Theodoret a entendu équipoller, *Image & Idole.*

Et Durand; L'vsage immoderé des Idoles est reprouué, le moderé approuué. Icy le Protocole du Sieur du Plessis luy ioüe encore deux de ses tours : Car premierement il luy fait citer comme ailleurs, Durand le docteur és Droicts, pour Durand le Scholastique. En quoy il monstre qu'il n'est pas grand scholastique, sinon entant que scholastique signifie écholier. Et secondement il luy fait prendre comme aux amoureux de Penelope, la seruante pour la maistresse, c'est à dire, la glose pour le texte. Car ce n'est pas Durand qui dit ce qu'il luy impute ; c'est son valet : Ie veux dire, ce n'est pas le texte de Durand qui porte ces paroles, c'est l'indice & l'argument d'vn nommé Nicolas Doüard, Correcteur d'vne boutique d'Imprimerie à Lyon, qui seruoit le Libraire Pierre Rousslin, il y a vingt-cinq ou trente ans, lequel il prend pour Durand qui écriuoit il y a plus de trois cents ans : Cela n'est-il pas digne d'estre joüé sur l'eschaffaut ? Car que ce soit Nicolas Doüard & non Durand, qui soit l'autheur de l'indice, & des arguments & sommaires des chapitres, il appert tant par les anciennes impressions, où ils ne se treuuent point, que par l'Epistre liminaire du mesme Doüard, qui contient l'histoire de l'addition de la table, & des arguments & sommaires. Et partant le Sieur du Plessis peut bien remettre ce passage au fourreau, qui neantmoins est le seul qu'il auoit allegué à propos s'il eust esté vray, dautant qu'il fournissoit d'vn exemple du mot *Idole*, pris pour les Images des Saincts ; & aduertir son bailleur de billets de n'estudier plus vne autre-fois les liures par les indices, s'il ne veut continuer à seruir de farce aux lecteurs. Car quant à l'autre lieu qu'il produit vrayement de Durandus, ascauoir, *Par telles authoritez l'vsage immoderé des images est reprouué:* Qui nie qu'Image ne soit le genre, & Idole l'espece; & par ainsi que quand ceste conditiõ d'estre tenuës pour Images de Dieux, ou pour Dieux (qui est-ce que Durandus entend par *vsage immoderé* ; comme il le monstre lors qu'il dict: [a] *Nous ne les adorons point, & ne les appellons point Dieux, ny ne mettons point en elles l'esperance de salut : Car cela seroit Idolatrie : mais les ve-*

Secundo modo sic, Idolū, nihil est, scilicet persona subsistens ex simulachro & spiritu præsidente: ex illis enim duobus nihil fit, sicut ab idolatris putatur. Tertio modo sic, Idolū nihil est in mūdo, id est, nullius rei quæ sit in mūdo habet similitudinem: Est enim differentia inter idolum & simulachrum : quia simulachrum dicitur quod fit ad similitudinem rei alicuius naturalis. Idolum ad nullius rei fit similitudinem, vt si corpori humano addatur caput equinum.

Esai. 40. Cui similem fecistis Deum.

Discours du Sieur du Plessis, 3. edit. page 62.

Nicol. Deard. in Indice Rationalis Durandi; & in arg. c.3.l.1. in sum. art. 4. Idolorum immodicus vsus reprobatur, moderatus probatur.

a *Durand. in rat. lib. 1. cap. 3.* Nos illas non adoramus; nec spem salutis in eis ponimus, quia hoc esset idolatria: sed ad memoriam & recordationem rerum olim gestarum eas veneramur.

nerons en memoire *& recordation des choses autresfois faittes*) est ajou-
stée aux images, elles ne soient Idoles : & quand elle en est ostée,
elles ne demeurent simples & licites Images?

[a] Suit pour troisiéme Scholastique, Holcot ; que le sieur du Plessis se contenta de cotter lors de la Conference, mais icy il le rapporte en termes expres, comme vn des meilleurs garants de ses estudes Grecques : *Holcot aussi, dit-il, expliquant vn lieu de la sapience
contre les Idolatres, écrit, Le sainct Esprit commence en ceste partie à condamner les Idolatres qui honorent & seruent les Images & figures artificielles.* Il est vray ; Holcot équipolle les Images dont il parle-là,
asçauoir, les Images des faux Dieux, & les Idoles. Car que Holcot
traitte-là des Images des faux Dieux, il se voit & par le texte de
son autheur, qui est, [b] *Ils ont appellé Dieux les œuures de la main des
hommes* Et par le sien propre, qui dit, [c] *Ceux-cy qui errent & adorent des Images fausses, sont à bon droit appellez mal'heureux :* Et derechef : [d] *Il n'y a point d'esperance qu'ils puissent reuenir à la vie de la grace, eux qui ont appellé Dieux les œuures des mains des hommes.* Ergo
il confond les Idoles & les Images : Ie le nie. Les Philosophes
confondent l'homme & l'animal raisonnable, & les prennent pour
vne mesme chose : Il est vray. Ergo ils confondent l'homme
& l'animal, & les tiennent pour termes équipollents : Il est faux.
Item, (dit-il,) *Holcot ajouste, Tu ne te feras aucune Image, &c.* tra-
duisant lē mot *Idole*, par *Image*. Et moy j'aiouste sans prejudice
des autres réponses, que ce sont les paroles des aduersaires de l'E-
glise, que Holcot repete de sainct Thomas, qui les auoit rapportées & refutées au troisiéme liure sur les sentences, question
neusiéme : lesquelles le sieur du Plessis, selon ses bonnes coustumes, allegue pour paroles de Holcot : comme il paroist, & par
l'ouuerture de la question, qui est telle, [e] *Asçauoir-mon (dit Holcot) s'il est licite aux Chrestiens d'adorer quelques Images : On arguë
que non, dautant qu'il est écrit au 20. de l'Exode, Tu ne te feras Image
ny aucune semblance, &c. Or s'il n'est pas licite de les faire, beaucoup
moins l'est-il de les adorer :* Et par l'opposition aux arguments des
aduersaires, qui suit peu apres en ces mots ; [f] *Mais au contraire est
l'vsage de l'Eglise; Et sainct Damascene au l.4.chapitre 8. intitulé des Sainctes Images.* Car combien que Holcot, quant au fait de l'adoration, trouue vne autre réponse que celle de sainct Thomas, asçauoir, [g] Que l'Eglise n'adore point les Images, sinon à prendre le
mot, *adorer*, largement : mais adore deuant les Images, c'est à dire,

[a] *Discours du
sieur du Plessis
3. edition. p. 62.*

[b] *Sapient. cap 13.*
Appellauerunt
Deos opera
manum homi-
num.

[c] *Holcot in c. 13.
lib. sapient.,
lect. 157.*
Isti aberrantes
& colentes
imagines falsas,
meritò dicun-
tur infœlices.

[d] *Idem ibid.*
Ita nec de istis
est vnquam
spes, quod ad
vitam gratiæ
possint redire,
qui appellaue-
runt Deos ope-
ra manuum
hominum.

[e] *Holcot ibid.*
Vtrùm licet
Christianis ali-
quas imagines
adorare; & ar-
guitur, quod
non; quia Ex. 20.
dicitur, non fa-
cies tibi imagi-
nem, neque vl-
lam similitudi-
nem, &c. Sed si
non licet face-
re; multò for-
tius non licet
adorare.

[f] *Idem infra.* Ad oppositum est ritus Ecclesiæ : & Damascenus l. 4. c. 8. quod intitulatur de sanctis
imaginibus. [g] *Idem ibid.* Vnde videtur mihi dicendum, quod nec adoro imaginem Christi quia lignum, nec quia imago Christi: sed adoro Christum coram imagine Christi: quia est imago Christi, & excitat me ad adorādum Christum. *Et paulò ante.* Quia aurē propter imaginem Christi excitamur ad adorādum
Christum, & coram imagine adorationem nostram facimus Christo: Ergo dicitur largè loquendo, quod
imaginem adoramus.

adore à la contemplation & excitation des Images, les choses dont
elles sont Images : Neantmoins quant à la licence de faire & auoir
les Images, qui est ce qu'impugne la premiere & immediate conclusion de l'argument ; il tient formellement l'antithese & le con-
trepied de l'obiection, asçauoir qu'il est licite & vtile de faire & a-
uoir les images de Christ & de ses Saincts : voire en la solution du
troisiéme argument, répond ; [a] *Il faut noter que les Apostres ont introduit l'vsage des Images en l'Eglise, encore qu'il ne s'en trouue rien exprimé dans le canon de la bible.* Voila lecteurs comme Holcot parle
des Images ; Et des Idoles au contraire, voicy comme il en parle ;
[b] *Le bois dit-il, qui est Idole, est digne de malediction pour deux choses:
l'vne à cause de l'ouurier qui a peché en le faisant, &c. l'autre à cause de la
chose operee, qui est indignement appellée Dieu, au preiudice de la Majesté
eternelle, c'est à dire, diuine : Et vn peu apres ;* [c] *Or faut-il noter qu'Idole est prise triplement en ce discours : premierement pour la matiere figurée,
soit bois, ou pierre, ou metail : Et en ce sens il est vray que l'Idole est quelque
chose. Secondement pour le diable qui preside à vne telle Idole : Et en ce sens
encore elle est quelque chose. Et tiercement pour vn certain composé resultant du Demon & de la matiere figurée, comme l'homme est composé du
corps & de l'ame : Et en ce sens parle l'Apostre quand il dit ; Nous sçauons
que l'Idole n'est rien au monde.* Et au partir de là le Sieur du Plessis
s'applaudit par cest ignorant épiphonéme ; *Tant est nouuelle entre les
Chrestiens ceste distinction d'Idole & Image :* Comme si (pour n'entamer point les autres exemples qui seront alleguez cy-apres) le second Concile vniuersel de Nicée, [d] qui repete si souuent ces mots ;
Anathéme à ceux qui appellent les sacrées Images, Idoles ; n'auoit pas esté
tenu pres de six cents ans deuant Holcot.

[e] *Iusques là mesme* (poursuit le sieur du Plessis) *que Pius V. confond
Idole & Image, en ces mots ; Es écritures nous lisons que par le commandement de Dieu ont esté peints simulachra & imagines, comme des Cherubins, du serpent, &c.* Et moy ie réponds qu'il ne confond point *Idole
& Image*, mais *Simulachre & Image*, comme il appert par les propres termes que cite le sieur du Plessis. Or n'est-il pas question du
mot *Simulachre*, mais du mot, *Idole* : Car Theodoret, qui estoit
Grec & non Latin, a écrit, *Idoles*, & non, *Simulachres*. Ce que le sieur
du Plessis, comme il a esté déja tant rebattu, ne pouuoit ignorer.
Et ores qu'il fust question du mot *Simulachre*, la dispute ne seroit
point si quelques autheurs ont confondu *Simulachre*, & *Image* ; ce
que personne ne nie : mais si quelques-vns les ont distinguez. Car
quand il s'en trouueroit mille qui les auroient confondus, si neant-

moins il y en a qui les diſtinguent, laiſſera-ce pour cela d'eſtre fauſſeté de les ſuppoſer l'vn pour l'autre, & principalement és autheurs
qui les ont pretendus diſtinguer ? [a] Sainct Hieróme confond *eſſen-*
ce, & *hypoſtaſe,* & dit que l'échole des lettres humaines n'y recognoiſt aucune difference.   Et donc quand ie tourneray S. Baſile,
ſainct Gregoire de Nyſſe, ſainct Cyrille, Theodoret & autres ſemblables, qui afferment qu'il y a trois hypoſtaſes en Dieu, il me ſera permis d'oſter le mot d'hypoſtaſe, & y ſuppoſer celuy d'eſſence,
& dire qu'il y a trois eſſences en la Trinité? Arriere ce blaſpheme.
Or ne peut le Sieur du Pleſſis douter qu'il n'y ayt des autheurs qui
mettent difference entre Idole & Simulachre: Car le propre Synode de Paris, produit par luy, dit, [b] *Autre choſe eſt Image, & au-*
tre Simulachre. Encore moins peut-il douter que le Traducteur de
Theodoret ne les ayt pretendu diſtinguer : Car premierement il
repete ce mot *Simulachre,* de l'edition Latine de l'Ecriture, qui les
diſcerne euidemment; & ne prend jamais *Simulachre,* ſinon en mauuaiſe part, & pour ſignifier les Images des faux Dieux. Et ſecondement il declare dés le commencement du Pſeaume, qu'il enferme
dans l'objet de Simulachre, vne condition de fauſſeté & de non-
eſtre, & vne vaine preſuppoſition de Deité, par ces mots : [c] *Ils ap-*
prennent, dit-il, *combien grande difference il y a entre les Simulachres qui*
ne ſont point, & Dieu qui eſt. Et tiercement il proteſte au meſme verſet dont il eſt queſtion, qu'il entend par *Simulachres, Idoles :* [d] *Le*
Pſalmiſte, (dit-il) *reprend les Idoles en ces mots, Les Simulachres des Gen-*
tils ſont or & argent. Or a-t'il eſté plus que ſuffiſamment prouué
que Theodoret diſtingue les Images & les Idoles. Et finalement
il explique le mot *Simulachres,* par ceſte reſtriction, *huiuſmodi ima-*
gines, c'eſt à dire, *ceſte ſorte d'Images.* D'où reſulte qu'il tient l'Image pour le genre, & le Simulachre pour l'vne des eſpeces de ce genre : aſçauoir pour les Images Deiſiées & conſacrées en tiltre de
Dieux. Comment ſera donc maintenant le ſieur du Pleſſis receuable à cauiller ſur le mot S*imulachres,* pour ſe juſtifier d'auoir oſté
du texte de Theodoret, *Idoles,* qui eſt l'eſpece ; & y auoir ſubſtitué
Images, qui eſt le genre ; afin de transferer aux Images de Chriſt
& de ſes Saincts, ce que Theodoret dit des Idoles des faux
Dieux; & auec ces clauſes que le meſme ſieur du Pleſſis en éclypſe,
adorées par les Payens, & adorées comme Dieux?

   [e] De là le ſieur du Pleſſis ſe jette ſur les faceties, & dit pour rire
d'vn ris Sardonien : *Or contre ces authoritez, que le ſieur du Pleſſis*
voulut alleguer au ſieur d'Eureux, il appelloit au ſecours le Theſau-
rus de Henry Eſtienne, il y deuoit aſſocier le Calepin du Cardinal de
Sens. En quoy il diſſimule, ſauf ſa reuerence, que ce fut ſur la
citation qu'il auoit faitte de Holcot & autres ſemblables écri-

[a] *Hieron. ad Da-*
maſ. Epiſt. 1.
Tota ſæculariũ
literarum ſcho-
la nihil aliud
hypoſtaſim, niſi
vſiam nouit.

[b] *Synodus Pariſ.*
impr. Francof. in
citatione Steph.
Boſtreni, Aliud
enim eſt imago,
aliud ſimula-
chrum.

[c] *Theodoret.*
Latin. in initio
Pſalmi 103.
Diſcunt quantã
ſit differentia
inter ſimula-
chra quæ non
ſunt, & Deum,
qui eſt.

[d] *Idem ibid.*
Idola redarguit
dicens, Simula-
chra gentium
argentum &
aurum.

[e] *Diſcours du*
ſieur du Pleſſis
3. *edition, p.* 63.

uains de la lie des derniers siecles, que l'Euesque d'Eureux, pour le payer en pareille monnoye, & en pieces de Genéue, luy retorqua Pierre Martyr & Henry Estienne, autheurs de son propre party, & trop plus versez en la langue Grecque que Holcot, qui mettoient manifeste difference és écrits des autheurs Ecclesiastiques, entre *Image* & *Idole*. Car quant au Calepin du Cardinal de Sens, à la verité il a raison de se plaindre que l'Euesque d'Eureux ne l'y renuoya, pour apprendre le sens des paroles Grecques & Latines, esquelles il se monstre la pluspart du temps, fort mal versé : Comme quand il dit, citant vn autre passage du mesme Theodoret, [a] qu'Eraniste signifie contentieux : Par où il découure, & qu'il ne sçait pas la difference qui est entre E'PI'ZEIN, qui veut dire contester, & E'PANI'ZEIN, [b] qui veut dire faire vne collecte de plusieurs contributions, & qu'il n'a jamais leu l'écrit de Theodoret qu'il allegue. Car Theodoret declare dés l'exorde de l'œuure, qu'il appelle le personnage Heretique, *Eraniste*, [c] pource qu'Eraniste signifie vn homme mendiant, & qui fait ses repas de questes & pieces rapportees. Et quand il tourne [d] en la 356. page de son liure, & le repete derechef en la 395. *Samarites*, qui est vn nom masculin, *La Samaritaine*, & conuertit par ce miraculeux solecisme, le ladre Samaritain, que nostre Seigneur guerit au 17. de sainct Luc, en la vefue Samaritaine, que nostre Seigneur catechisa au 4. de sainct Iean : Qui sont ignorances qui meritent d'estre renuoyées, non au Calepin, mais à la ferule. O Priscian ! Priscian !

[e] *Mais au Thesaurus de Henry Estienne*, dit le sieur du Plessis, *on eust peu opposer auec plus de raison le vieil glossaire, où ces mots Simulachrum, ἀπεικόνισμα, εἴδωλον, ξόανον, Simulachre, image, idole, statuë, sont pris pour vne mesme chose.* Comme si c'estoient propositions opposées, que de dire que les Payens, selon le style desquels parloit l'autheur du vieil glossaire, confondoient les mots *Image* & *Idole* ; & dire que les autheurs Ecclesiastiques desquels parle Henry Estienne, les distinguent. Mais encore ie maintien que jaçoit que les Payens égalassent ces deux mots, *Image*, & *Idole*, quant à la force de l'etymologie : neantmoins quant à celle de l'vsage & de la prattique, ils y obseruoient quelque difference. Car lors qu'ils vouloient parler proprement, ils restreignoient le nom d'*Idole*, à signifier les fausses images, c'est à dire, celles ou qui representoient quelque object qui ne subsistoit point, ou qui se supposoient elles-mesmes au lieu de l'object qu'elles representoient, & se faisoient prendre non pour les Images des choses, mais pour les choses mesmes, comme les spectres, fantosmes, & apparitions qui imposoient aux yeux & à l'esprit des spectateurs ; & comme les masques & faux visages qui se faisoient prendre pour les vrays visages de ceux qui les portoient ;

portoient ;

Marginal notes:

a Le sieur du Plessis en son œuure de l'Eucharistie l. 4.c.5.1.edit. pag. 810.

b Basil. in 40. Martyr. ἐν ταῖς τῆς ἱερῶν συνεισφοραῖς. Greg. Naz. de Paschat. προσβάτην ἱερατιζόμενον, & alij.

c Theod. præf. in Dialog. ἐκ πολλῶν γὰ ἀσιῶν ἀνθρώπων ἱερανισάμενοι τὰ δύστηνα δόγματα.

d Le mesme sieur du Plessis. l. 3. c. 1. & 4. de son œuure de l'Euchar.

e Discours du sieur du Plessis 3. edit. pag. 63.

portoient; & comme les feintes & faux personnages des tragedies, qui paroissoient sur le Theatre pour vrayes personnes viuantes & animées. Et en ce sens Homere appelle [a] les ombres & fantosmes des morts, *Idoles.* Et en ce sens il appelle [b] la feinte qu'Apollo substitua au lieu d'Ænée, *Idole.* Et en ce sens il nomme [c] le simulachre que Pallas enuoya à Penelope sous la forme de sa sœur, *Idole.* Et en ce sens Euripide appelle [d] l'Helene de Troye, qu'il suppose n'auoir pas esté la vraye Helene, mais vne feinte & vn simulachre animé que Iunon forma au lieu de la vraye Helene, *Idole.* Et en ce sens Platon dict, qu'il y en a [e] *qui preferent le mensonge & les Idoles à la verité.* Et en ce mesme sens le vieil Glossaire tourne le mot Latin, [f] *Larua, Demon,* & *Idole.* A quoy n'apporte point d'obstacle ce que le sieur du Plessis luy attribue, asçauoir, qu'il exprime *simulachre*, par ces trois termes, *Image, Idole, Statuë,* Car c'est chose qui luy est ordinaire de rendre vn mesme mot Latin par plusieurs mots Grecs fort inegaux en signification: Comme quand il tourne, [g] B V S T V M, *sepulchre, memorial, bucher:* R E S, *chose, genre, espece:* P E C V S, *troupeau, oüaille, nourriture, bestail, enfant:* S E X V S, *Nature, partie genitale, ressemblance, genre:* L I N E A, *Ligne, chaisne, cordeau de pescheur, perpendicule, mesure:* O B T R E C T A T I O, *Jalousie, iniure, calomnie, malueillance:* O D O R, *Murmure, odeur:* O S C V L V M, *Baiser, pieté:* S E N S V S, *sens, intellect:* C O M M E N T V M, *Enthyméme, sophisme:* D O M I N A T I O, *Tyrannie, Domination:* C R I M E N, *Accusation, calomnie:* S V P E R S T I T I O, *Religion, superstition:* M E N T I O, *Ressouuenance, mensonge:* C O N I E C T V R A, *Conjecture, perte:* R O S, *Rousée, écorce:* L A T E X, *Raisin, liqueur:* H E R E S, qu'il confond auec H E R V S, *Maistre, heritier:* & infinis autres semblables. Et pource Henry Estienne [h] qui l'a imprimé, a mis luy-mesme au deuant cest aduertissement, que le sieur du Plessis deuoit auoir leu premier que de le choisir pour son dernier oracle: *Il y a,* dit-il, *d'autres choses beaucoup plus dignes de censure, que ie ne veux point dissimuler; principalement aux lieux où à vne seule parole latine sont attribuees diuerses significations: Car bien souuent vn mesme mot Latin est exposé doctement & conuenablement par deux paroles Grecques fort diuerses, & mesme en quelques-vns, auec retenue de l'ancienne signification : Comme quand il tourne, Snppliciis,* κολάσεσιν, *&* ἱκεσίαις, *c'est à dire, Supplications & Supplices, &c. Neătmoins en d'autres on ne peut nier qu'il n'y ayt de la faute, soit qu'elle doiue estre attribuée à l'autheur, où à quelque autre qui a confondu ce qu'il auoit distingué: Comme quand il tourne, Facŭdus,* εὔγλῶττος

[a] *Homer. Odyss.* λ. βροτῶν εἴδωλα καμόντων.

[b] *Idem Iliad.* ε. εἴδωλον τευξ' ἀργυρότοξος Ἀπόλλων.

[c] *Idem Odyss.* δ. εἴδωλον ποίησε, &c.

[d] *Eurip. in Helen.* ἀλλ' ὁμοιώσασ' ἐμοὶ εἴδωλον ἔμπνουν.

[e] *Plato in Theod.* ψευδῆ ε εἴδωλα περὶ πλείστος ποιησαμένωντοῦ ἀληθοῦς.

[f] *Gloss. vetus.* Larua, δαιμόνιον, εἴδωλον.

[g] *Idem.* Bustum, τάφος, μνῆμα, πυρεά. Res, πρᾶγμα, γένος, εἶδος. Pecus, πίμνιον, πρόβατον βόσκημα, κτῆνος, βρέφος. Sexus, φύας, ζωὴ, ἱμοίωσις, γένος. Linea, γραμμή σιερὰ ὁρμιά. διαβήτης, μέτρον, Obtrectatio, ζηλοτυπία, λοιδορεία, διαβολὴ, κακοθέλεια odor, βόιμος, ὀδμὴ. Osculŭ, φίλημα, ευσέβεια. Sensus, αἴσθησις, νοῦς. Commentum, ἐνθύμημα, σόφισμα Dominatio, τυραννίς, δεσποσύνη. Crimen, ἔγκλημα, διαβολὴ. Superstitio, θρησκεία, δεισιδαιμορία. Mentio,

ἀνάμνησις, ε φεῦμα. Coniectura, στοχασμός, ζημία. Ros, δρόσος, φλοιός. Latex, ζωτρυς, νᾶμα. Hæres, κύελος, κληρονόμος.

[h] *Henr. Steph. in præfat. Glossar. veteris.*

X

ἐ) γόνιμος, le confondant auec Fœcundus: Cohibet, κατάμύΐ, & σύνεϊχει,
le confondant auec conniuet : Ceremonia, δημητρία & μέμψις, le confondant auec Quærimonia : Bilis, χολὴ, μέλαινα, & εὐτελὴς, le confondant
auec Vilis, &c. Mesme quelquefois il rend le mot Latin par vn seul
Grec, & mal: comme Exhortor, ἀποτρέπω : Quelquesfois par plusieurs, &
encore mettant la fausse interpretation la premiere: Comme procul, ἐγγὺς
ϰ) μακρὰν ϰ) πόρρωθεν.   Mais ie veux que l'intention & l'authorité du
vieil glossaire soient toutes telles que le sieur du Plessis les sçauroit
desirer; quel prejugé peut apporter la confusion du langage des
Payens contre la distinction du style des autheurs Ecclesiastiques?
[a] Le vieil glossaire confond substance, essence & hypostase; & traduit SVBSTANTIA, vsia, hypostasis; Sera-t'il pour cela licite, lors
que les Peres disent, qu'il y a trois hypostases en Dieu, ou deux essences en Iesus-Christ, d'oster de leurs écrits le mot *hypostase*, & y
mettre celuy d'*essence*, ou d'oster celuy d'*essence*, & y mettre *hypostase*:
& dire qu'il y a trois essences en Dieu , & deux hypostases en Iesus-
Christ? Il confond, [b] *Synode*, *Eglise*, *assemblée*, *synagogue* : Sera-t'il
pour cela licite, lors que les Peres disent, que hors de l'Eglise il n'y
a point de salut ; d'oster le mot *Eglise*, & y mettre *Synagogue*: & dire que hors de la Synagogue il n'y a point de salut? ou reciproquement lors que les Peres disent, que la Synagogue est repudiée ; que
Iesus-Christ l'a maudite ; que c'est la femme de Iudas, d'oster de
leurs écrits *Synagogue*, & y mettre *Eglise*: & dire que l'Eglise est repudiée de Dieu: que Christ l'a maudite: & que c'est la femme de Iudas? Il confond, [c] *Berger*, *Pasteur*, *Euesque*, Sera-t'il pour cela licite de dire que tous les Bergers sont Euesques, & peuuent sans autre
tiltre conferer les ordres, prescher la parole & administrer les Sacrements? Il a déja esté protesté que chaque science, & la Theologie
sur toutes, a ses applications speciales des mots, lesquelles vouloir
puerilement & écholierement reuocquer aux generalitez de la
Grammaire, que seroit-ce sinon rompre les barrieres des professions, & confondre toutes sortes de disciplines? Le sieur du Plessis
trouuera dans son Dictionnaire, qu'*Ange* signifie messager: & donc
tous les messagers de Poictiers & d'Angers seront Anges ? Il trouuera qu'*Apostre* signifie enuoyé: & donc tous les Sergents qui vont
en commission seront Apostres? Il trouuera que *Martyr*, signifie
témoin: & donc tous les témoins de Saumur seront Martyrs? Il trouuera qu'*Heresie*, signifie élection: Et donc toute Religion, à parler
Theologalement, sera heresie? Il trouuera qu'*Ethnos*, signifie nation:
& donc tous les peuples Chrestiens seront Ethniques ? Il trouuera que *Diable* , signifie calomniateur : & donc tous les calomniateurs seront Diables ? Il trouuera que *Payen*, signifie *Paysan*:
& donc tous les Paysans seront Payens ? Les paroles aussi bien

a *Gloss. vetus.*
Substantiam,
οὐσίαν, ὑπόστασιν.

b *Conuentus,*
ἐκκλησία, Cœtus,
σύνοδος, συναγωγή,
συνέλευσις.

c *Pastor,*
νομεύς, ποιμήν,
βοσκός, ἐπίσκοπος.

que là monnoye, sont de l'institution des hommes & non de la nature : Au moyen dequoy comme les hommes en resserrent, estendent & destournent l'vsage, elles changent tout de mesme de prix & de valeur. Et partant il faut prendre chaque mot selon le sens qui a cours en la profession & au temps de celuy qui l'employe. Au lieu donc du vieil Glossaire du sieur du Plessis, qui parle selon le langage des autheurs prophanes, l'Euesque d'Eureux luy mettra en teste vne armée de témoins, qui parlent selon le style de la Theologie & des autheurs Ecclesiastiques : & pour commencer par les siens propres, Il luy opposera Henry Estienne ja allegué cy-dessus, qui dit en son thresor de la langue Grecque : [a] *Entre les autheurs Ecclesiastiques, les Idoles par vne particuliere signification, sont appellées les simulachres representants quelque deité.* Il luy opposera Beze, qui dit sur la premiere aux Corinthiens, [b] *Mais en ce lieu icy, & en plusieurs autres, Idoles sont particulierement les simulachres faicts pour representer quelque Deité.* Il luy opposera Pierre Martyr, qui dit en son traitté de l'Idolatrie, [c] *Idole au sens où nous parlons maintenant,* (c'est à dire au sens où l'on parle quand on traitte de l'Idolatrie) *est toute forme, ou espece que les hommes ont trouuée pour representer ou exprimer numen, la diuinité :* Et au commentaire sur la premiere Epistre aux Corinthiens, [d] *D'Idos, par diminution, vient Idole, comme qui diroit formule instituée pour representer quelque deité, ou quelque Dieu.* Il luy opposera Caluin, qui dit sur la mesme Epistre : [e] *L'Idole n'est rien, pource que son estre se doit mesurer par la chose representée. Or la fin à laquelle l'Idole est destinée, c'est pour representer Dieu, ou plustost les faux Dieux.* Et vn peu apres, [f] *Et pourtant Abacuc appelle les Idoles, demonstrations de fausseté, pource qu'elles mentent en faisant profession de representer la figure ou l'Image de Dieu.* Il luy opposera Zuingle qui dit, [g] *Celuy à qui l'Idole est dediée, asçauoir le Dieu ou la deité estrangere, n'est rien : car il n'y a qu'vn Dieu.* Il luy opposera les propres Bibles de Genéue, [h] qui en ce mesme verset du 113. Pseaume au lieu d'*Idoles*, tournent *faux Dieux* : Et Caluin qui l'explique en ces termes, [i] *Il se mocque de leurs Dieux fallacieux, les appellant Idoles, c'est à dire, choses de rien.* Il luy opposera puis apres, pour changer de batterie, Lyranus Apostillateur de la glose ordinaire, qui dit sur la premiere aux Corinthiés, [k] *La matiere d'Idole est quelque chose, côme os, argét, bois, ou pierre : mais la propre raisõ formelle de l'Idole est, qu'elle soit representatiue de Dieu : Or elle represente vn faux Dieu, & par ainsi*

a *Henr. Steph. in thes. ling. gr.* Apud Ecclesiasticos scriptores, εἴδωλα, peculiari significatione vocantur, simulachra numen aliquod repræsentantia.

b *Theod. Bez. in 1. Cor. c. 8.* Sed hoc in loco & aliis plerisque peculiariter idola vocantur simulachra ad numen aliquod repræsentandum.

c *Petrus Martyr in locis Commun.* Idolum, vt nūc loquimur, est omnis forma, seu species, quam sibi homines, vt referatur, ac exprimatur numen adinuenerunt.

d *Idem in 1. Cor. c. 8.* ἀπὸ τῦ εἴδης fit εἴδωλον per diminutionem, ac si diceres formulam ad numen, siue Deum exprimendum.

e *Caluin. in 1. Cor. c. 8.* Nihil est idolum, quia à re figurata æstimari debet. Porro in hunc finem destinatur, vt Deum repræsentet : imò vt repræsétet falsos Deos, quùm vnus sit

Deus inuisibilis & incomprehensus, f *Idem paulo post.* Ideò Habacuc idola vocat ostensiones falsitatis, quod Dei figuram vel imaginem præ se ferendo mentiantur. g *Zuingl. in 1. Cor. cap. 8.* Is cui idolum ponitur, puta Deus alienus, aut numen, nihil est, vnus enim Deus est. h *La Bible de Genéue de l'an 1588. en la version du Psal. 115.* i *Calu. in Psal. Hebr. 115. Latin. 113.* Deridet fallaces eorum Deos primum idola vocans, hoc est res nihili. k *Lyranus in cap. 8. 1. Cor.* Materia idoli est aliqua res, vtpote aurū, argentum, lapis vel lignū : sed propria ratio idoli est, quod sit representatiuū Dei, repræsentat autē falsum Deum, & sic idolū nihil est,

n'est rien. Il luy opposera Moschopulus autheur Grec, qui dit au traitté du mot *Idole*, imprimé en Grec à Basle au deuant des œuures Grecques d'Euripide ; [a] *Ce mot (Idole) la loy des Chrestiens l'a repudié, parce qu'il a esté affecté pour seruir de nom d'Image aux Dieux des Payens.* Il luy opposera Nicetas autheur Grec, qui dit : *Il y a ceste difference entre les venerables Images & les detestables Idoles, que les patrons ou prototypes des Idoles sont faux, &c. Là où les archetypes & exemplaires des sacrees Images, sont tous veritables.* Il luy opposera Cedrenus celebre historien Grec, qui dit : *Il appelloit auec son ame & sa bouche intemperante les sacrees Images Idoles.* Il luy opposera Suidas, qui dit, [b] *Idole est vne ressemblance vmbratile, vn fantosme de corps, vne ombre étherienne, &c. Et pourtant il faut sçauoir que les Idoles exhibent aux spectateurs vne apparence de corps, & non vne vraye subsistence.* Et vn peu apres : [c] *L'Ecriture dit, Tu ne te feras Idole ny semblance, comme y ayant difference entre Idole & similitude, dautant que les Idoles sont Images des choses qui ne subsistent point.* Et derechef : [d] *Je voy, dit Sophocle, que nous ne sommes rien sinon Idoles, c'est à dire, images moins subsistentes que les choses qui n'ont point de subsistence.* Il luy opposera Strabus autheur de la glose ordinaire qui dit il y a 760. ans : [e] *Ils pensoient que l'idole fust vne personne subsistente du simulachre & de l'esprit qui y presidoit.* Il luy opposera le 2. Concile vniuersel de Nicée, tenu il y a huict cents quinze ans, qui pronónce en la 1. 4. 5. & 7. session ; [f] *Anatheme à ceux qui appellent les sacrées images, idoles.* Il luy opposera le pretendu Synode de Francfort, autrement intitulé, *L'œuure de Charlemaigne*, lequel encore qu'il soit recusable aux Catholiques, qui le tiennent pour supposé, bien que par quelque écriuain du mesme siecle : neantmoins est irrecusable au sieur du Plessis & à ceux de son party, qui l'exposent & produisent pour vray Concile de Francfort, & œuure legitime de Charlemaigne, qui dit parlant des Iconoclastes : [g] *Ils ont esté poussez d'vne si imprudente & indiscrette insolence, que d'abolir temerairement les Images posées pour les ornements des Eglises, & la memoire des actions passees : & ce que le Seigneur a decerné des Idoles, ils l'ont perpetré à l'endroit de toutes les Images, ne sçachant pas que l'Image est le genre, & l'Idole l'espece ; & que le genre ne se peut reduire à*

[a] *Moschopulus in tract. de Idolo.* τὸ δ᾽ ὄνομα τοῦτο, οἱ χριστιανῶν ἐμυσά χθη κοσμοσι, ὅτι δὴ τοῖς ἑλληνικοῖς θεοῖς ἐπιφημίσθη εἴκασμα. *Nicetas in Thesa. fidei orthod. l. 20. Cedren. in Theophil.* τὰς ἁγίας εἰκόνας ἀκολάστῳ γνώμῃ & γλώττῃ καλῶν εἴδωλα.

[b] *Suidas.* εἴδωλον, σκιῶδες ὁμοίωμα, ἢ φαντασία σώματος, σκιά τις αἰθεροειδής, &c. δεῖ δὲ νοεῖν, ὡς φαντασίαν σωμάτων παρέχουσι τοῖς ὁρῶσιν, οὐ μὴν ᾗ ὑπόστασιν ἀληθῆ.

[c] *Idem paulò post.* ᾗ ἡ γραφή λέγει, οὐ ποιήσεις σεαυτῷ εἴδωλον, οὐδὲ πᾶν ὁμοίωμα : ὡς διαφορᾶς οὔσης μεταξὺ εἰδώλου & ὁμοιώματος : εἴδωλα μὲν γὰρ τὰ τῶν οὐχ ὑφεστώτων μιμήματα.

[d] *Idem paulò post.* Σοφοκλῆς, ὁρῶ γὰρ ἡμᾶς οὐδὲν ὄντας ἄλλο πλὴν εἴδωλα, αἱ ἢ τῶ ἀπεικάσματα ἀνυπάρκτων ἀνυπάρκτο περα.

e *Strabus author. glosa ordin. in 1. Cor. cap. 8.* Æstimabant idolum esse personam subsistentem ex simulachro, & spiritu præsidente.

f *Concil. Nicen. 2. Act. 1. 4. 5. & 7.* τοῖς ἀποκαλοῦσι τὰς ἱερὰς εἰκόνας εἴδωλα, ἀνάθεμα.

g *Opus Charoli magni in præfat.* Gesta est ante hos annos in Bithyniæ partibus quædam synodus tam incautæ, tamque indiscretæ procacitatis, vt imagines in ornamentis Ecclesiæ, & memoria rerum gestarum ab antiquis positas, incauta abolerent abdicatione: quodque dominus de idolis præcepit, hoc illi de cunctis imaginibus perpetrarent, nescientes imaginem esse genus, idolum verò speciem: Et speciem ad genus, genus ad speciem referri non posse: Nam cùm penè omne idolum imago sit, non omnis imago idolum.

l'espece, ny l'espece au genre : Car encore que presque toute Idole soit Image : neantmoins toute Image n'est pas Idole. Et vn peu apres : [a] *L'Image se dit relatiuement à quelque autre chose; & l'Idole se rapporte à soy-mesme :* C'est à dire, l'Idole ne faict pas simplement profession d'estre l'Image de la chose qu'elle represente, mais d'estre la chose mesme. Il luy opposera sainct Damascene, qui dict, il y a pres de neuf cents ans : [b] *Or auons-nous traitté de la difference des Idoles & des Images.* Il luy opposera sainct Leontius, Euesque de Neapolis en Cypre, qui écrit contre les Iuifs, il y a plus de mille ans : [c] *Comment appelles-tu, ô insensé, les Images des Martyrs, Idoles ? Car les Idoles sont les Images des adulteres, homicides, meurtriers de leurs enfants, & effeminez ; faussement intitulez Dieux.* Il luy opposera Estienne Euesque de Bostres, cité par sainct Damascene, & par le second Concile de Nicée, & par son Synode de Paris mesme, qui écrit il y a onze cents ans : [d] *Autre chose est Image, & autre ἄγαλμα :* prenant là le mot, ἄγαλμα, & ζῴδιον, pour Idole. Et derechef : [e] *Des Images nous sommes asseurez, que toute œuure qui est faitte au nom de Dieu, est bonne : mais des Idoles,* περὶ δὲ εἰδώλων ἢ ἀγαλμάτων ; *ja à Dieu ne plaise, &c.* car autre chose est l'Image d'vn sainct Prophete, & autre chose l'effigie & statuë de Mercure & de Venus. Et vn peu apres : [f] *Que diras tu, ô Iuif, des Cherubins images des Anges ? Si tu les appelles idoles, que diras tu à Moyse & au peuple d'Israël qui les adoroit ?* Il luy opposera Procope, qui dit, *Idoles sont les similitudes & effictions des choses, qui ne sont point en nature. Car l'Idole n'est rien de subsistant.* Il luy opposera le vieil Glossaire, non le Latin-Grec, mais le Grec-Latin, qu'aucuns ont attribué à sainct Cyrille, qui tourne, [g] εἰκών, *Imago,* & εἴδωλον, *Simulacrum, Larua.* Il luy opposera sainct Cyrille mesme, qui dict contre Iulian l'Apostat : [h] *Nous nions que les Idoles ayent aucune existence.* Il luy opposera sainct Augustin qui proteste : [i] *Qu'il ne peut iamais estre iuste de faire aucune Idole :* Et crie contre Faustus [k] *A vostre aduis les Chrestiens n'obseruent-ils point ce qui est porté par ceste Escriture, Escoute Israël, le Seigneur ton Dieu est vn ; Tu ne te feras point d'Idole?* Et neantmoins dit au mesme œuure, que Faustus n'auoit pas deu ignorer l'histoire du sacrifice d'Abraham, veu qu'elle estoit peinte par tout : [l] *C'est, dit-il, vn acte si celebre, que sans estre leu ny recerché, estant chanté par tant de langues, & peint en tant de lieux, il frappe les yeux &*

[a] *Et paulò post.* Imago ad aliquid, idolum ad seipsum dicitur.

[b] *Damascen. de Imagin. lib. 3.* εἰπόντες περὶ τῆς διαφορᾶς τῶν εἰδώλων, ἢ τῶν εἰκόνων, &c.

[c] *Leontius Episc. lib. 5. contra Iud. apud Damasc. l. 3. de imag. & in Conc. Nicen. 2. Act. 4.* πῶς λέγεις εἴδωλα ταῦτα, ὦ ἀνόητε ; τὰ γὰρ εἴδωλα, τῶν ψευδωνύμων, τῶν μοιχῶν ἢ φονέων, &c. ὁμοιώματα εἰσί.

[d] *Stephan. Episc. Bostren. contra Iudaeos, citatus in Conc. Nicen. 2. Act. 2. & in Synodo Paris. p. 95.* ἄλλο γάρ ἐστιν εἰκών, καὶ ἄλλο ἄγαλμα

[e] *Idem apud Damasc. l. 3. de imag.* περὶ ἢ εἰκόνων θαρροῦμεν, ὅτι πᾶν ἔργον γινόμενον ἐν ὀνόματι θεοῦ, καλὸν καὶ ἅγιον ἐστί : περὶ δὲ εἰδώλων ἢ ἀγαλμάτων, ἄπαγε, &c. ἕτερον γὰρ ἐστιν εἰκὼν ἁγίου προφήτου, ἢ ἕτερον ἄγαλμα, ἢ ξόανον κρίου, καὶ ἀφροδίτης.

[f] *Et paulò post.* οὐκ ἔχεις τὰ χερουβὶμ χειροποίητα, εἰκόνες ἀγγέλων ; ἢ λέγεις εἰ εἴδωλα ἀποκαλεῖς αὐτὰ τί λέγεις τῷ Μωυσῇ προσκυνήσαντι, καὶ τῷ Ἰσραήλ ; *Procop. in Exod. cap. 20.*

[g] *Gloss. vetus Graecolat. in vocibus* εἰκών *&* εἴδωλον.

[h] *Cyrill. contra Iul. lib. 7.* Igitur negantes omnino idola existentia, &c.

[i] *August. in Leuit. q. 68.* Non facies tibi idolum, quod factum non potest aliquando iustum esse.

[k] *Idem lib. 19. contra Faust. c. 18.* Nunquid non obseruant Christiani, quod in illa scriptura est, Audi Israël, Dominus Deus tuus Deus vnus est. Non facies tibi idolum?

[l] *Idem l. 22. contra Faust. c. 73.* Nisi forte non ei veniret in mentem factum ita nobile, vt non lectum, nec quaesitum animo occurreret, vt denique tot linguis cantatum, tot locis pictum, & aures & oculos dissimulantes feriret.

les oreilles mesmes de ceux qui le dissimulent. Il luy opposera sainct Hieróme qui dit : [a] *Par les choses qui ne sont point, l'Escriture entend les idoles : Car si Dieu est verité, tout ce qui est contraire à la verité est mensonge, & se peut appeller, Rien.* Il luy opposera sainct Chrysostome, qui dit : [b] *Les idoles ne sont pas Dieux, mais pierres & Demons.* Il luy opposera sainct Gregoire de Nazianze, qui écrit [c] que Iulian l'Apostat mesla des figures des Demons auec les images des Empereurs, comme du venin parmy des viandes, pour faire adorer les idoles auec les images. Il luy opposera Eusebe, qui dit, [d] que Constantin défendit que ses images ne fussent mises dans les Temples des idoles. Il luy opposera l'Escriture mesme, qui dit, que l'Idole n'est rien, c'est à dire, comme l'interpretent Zuingle, Caluin, Pierre Martyr, & Beze, ne represente rien : Qui intitule les idoles, *Neants, mensonges, fausses images, nulliteZ* : [e] E L I L (dit Caluin) *signifie chose de rien en la langue Hebraïque : dont les Jdoles sont appellées Elilim.* Et Pierre Martyr, [f] *Les Idoles sont nommées par les Hebrieux, Elilim, c'est à dire, vanitez, mensonges, & choses de non-estre*: Qui appelle les effigies des Cherubins, des bœufs, des lyons, des palmes, & autres figures du Temple, *similitudes* : Qui appelle l'homme, *l'image de Dieu*; & Christ, *l'image du Pere* : & au contraire ne prend iamais le mot *Idole*, ny proprement ny metaphoriquement, en bonne part; & n'appelle iamais ny les Cherubins *Idoles*, ny l'homme *l'Idole de Dieu*, ny Christ *l'Idole du Pere*. Et finalement pour clorre la dispute par celuy qui en est le principe & l'origine, Il luy opposera Theodoret, duquel seul il est question en ce lieu, qui écrit : [g] *Idole & similitude different, dautant qu'Idole ne represente rien qui subsiste.* Qui tourne dans le propre texte du Decalogue, le mot *Idole*, par celuy de *Dieu*; & dit, [h] *Ie t'ay admonnesté que tu ne recogneusses point d'autre Dieu que moy, & t'ay prononcé, Tu ne te feras point de Dieu.* Qui intitule les idoles, [i] *Peres de mensonge, pource,* dit-il, *qu'elles ont derobé l'appellation diuine, & ont esté nommées Dieux.* Qui oppose dans le mesme Pseaume dont il s'agit, les Idoles à Dieu, [k] *comme ceux qui ne sont point à celuy qui est.* Et bref, qui [l] prononce malediction, non seulement sur ceux qui adorent les Idoles, mais

a *Hieron. in Osea cap.* 7. *super hæc verba, His qui non sunt*: Haud dubium, quin idola significet: Si enim Deus veritas, quidquid contrariū veritati est, mendaciū est, & nihil nominatur.

b *Chrysost. in* 1. *Cor. cap.* 8. εἴδωλα, &c. οὐδὲ ποι εἰσιν, ἀλλὰ λίθοι, καὶ δαίμονες.

c *Gregor. Naz. in Iulian. orat.* 1. ὥσπερ οἱ τοῖς βρώμασι καταμιγνύοντες τὰ δηλητήρια, μίξας ταῖς ἐξ ἴθους τῶν βασιλέων ἡμῶς τῶ ἀσίβειαν, καὶ τοῖς ἐν ἀγαθοῖς νόμοις ῥωμαίων, καὶ εἰδώλων προσκυνήσιν, καὶ διὰ τῶν ταῖς εἰκόσι ζυμπαραγραφων τοῖς δαίμοσι ναι, ὡς δήπτας ἄλλας τῶν ἐξ ἴθους ἱκφαῖς, προγμήτι δήμοις καὶ πόλεσι & μάλιστα τοῖς τῶν ἰθνῶν ἄρχοισι, ταῖς εἰκόσι, ὡς κακοῦ γι τινὸς παντας μὴ ἐξ διαμόρτῶ, ἀλλ' ἢ τῷ τῶν βασιλέων ἡμῶν τὰ τῶν εἰδώλων συμφέρεσθαι, ἢ τῇ τούτων φυγῇ τῆς βασιλείας ὑϐρίζεσθαι, μικῆς οὔσης τῆς προσκυνήσεως.

d *Euseb. in Vita Constant. lib.* 4. νόμῳ δὲ ἀπείρξ̔εν εἰκόνας αὑτῇ εἰδώλων ἐν ναοῖς ἀνατίθεσθαι.

e *Caluin. in Zachar. cap.* 11. Elil significare nihil apud Hebræos, vnde etiam Elilim vocant Idola.

f *Petrus Martyr in* 1. *Cor. cap.* 8. Idola ab Hebræis dicuntur Elilim, vanitates, mendacia, & res inanes.

g *Theodor. in Exod. q.* 38. εἴδωλον & ὁμοίωμα ποίαν ἔχει διαφοράν; τὸ εἴδωλον οὐδεμίας ὑπόστασιν ἔχει, τὸ δὲ ὁμοίωμα ἑτέρου ἐστιν ἴνδαλμα καὶ ἀπείκασμα.

h *Idem in Osea cap.* 13. Admonui ne quem alium à me Deum cognosceres: nam dixi, ne feceris tibi Deū, aut vllius rei similitudinem, quæ est in cœlo, &c.

i *Idem in Ierem. cap.* 3. Plures pastores appellauit ipsa Idola: Quo enim modo patres mendacij, suffurantes denominationem Diuinam, vocitabantur Dij: ita subrepto pastoris veri nomine, pastores sunt appellati. k *Idem in Psal.* 113. Discunt quanta sit differentia inter simulachra, (græcè εἴδωλα) quæ nō sunt & Deum qui est. l *Idem ibidem.*

meſme ſur ceux qui les font : Et au contraire [a] profere & augure benediction aux facteurs des Images de ſainct Symeon Stelite. Et cela ſoit dit pour la premiere partie de l'obiection, qui eſt la ſuppoſition du mot *Images*, au lieu de celuy *d'Idoles*.

S'enſuit peu apres dans le Sieur du Pleſſis ; [b] *A l'occaſion dequoy auſſi le Synode de Paris (ainſi appelle-t'il vn petit liuret qu'ils ont imprimé depuis cinq ans en Allemagne) tenu l'an 828. n'auroit point fait ſcrupule d'alleguer contre les Images des Chreſtiens, tant ce Pſalme meſme 113. que le commentaire de ſainct Auguſtin ſur ce Pſalme.* A la verité l'autheur, ou le ſecretaire de ce Synode *ad honores*, fait aſſez d'autres inepties : Comme quand il cite ce que ſainct Auguſtin écrit contre les images Philoſophiques de Democrite & d'Epicure, c'eſt à dire, contre les eſpeces ſenſibles & intelligibles, par le flux deſquelles ils enſeignoient que ſe faiſoit le ſentiment & l'intelligence, contre l'adoration des images : Et ſur tout quand ayant entrepris de monſtrer qu'il ne faut ny abolir, ny adorer les images ; il allegue pour prouuer qu'il ne les faut point abolir, ce paſſage de ſainct Baſile, qui coupe la gorge à ſon autre theſe : [c] *I'honore & adore les Images des ſaincts Apoſtres, Prophetes & Martyrs.* Et ceſtuy-cy de ſainct Athanaſe répondant à Antiochus : [d] *Pourquoy faittes-vous des Images, & les adorez ? Nous ne les adorons pas comme Dieux, ainſi que faiſoient les Payens, ja à Dieu ne plaiſe : mais ſeulement pour demonſtrer noſtre affection & charité enuers l'object de l'Image.* Et ceſtuy-cy d'Eſtienne Eueſque de Boſtres, en ſon liure de la deffenſe des Images de l'Egliſe, écrit contre les Iuifs il y a onze cents ans : [e] *Mais tu me repliqueras que Dieu a defendu d'adorer les choſes faittes de la main des hommes : Dy moy donc, ô Iuif, qu'y a-t'il ſur la terre, excepté les œuures de Dieu, qui ne ſoit fait de la main des hommes ? l'Arche qui fut fabriquée des bois de Sethim, n'eſtoit-elle point faitte de la main des hommes ?* Et ceſtuy-cy de ſainct Leontius Eueſque de Cypre, écrit ſur le meſme ſujet, il y a mille ans : [f] *Comme quand tu adores le liure de la Loy,*

[e] Quare ergo vos facitis imagines, & adoratis eas ? Reſponſio Athanaſij, Non vt Deos imagines adoramus, nos fideles, ſicut pagani, abſit. Sed tantummodo affectu & charitatis noſtræ animæ ad vultum faciei imagines apparentes. *Græcè ſic apud Damaſc. & in Bibliotheca Regia, & nuper in impreſſione S. Athanaſij Heildeberg.* Ἐρώτησις. λθ. διὰ τί προσκυνοῦμεν εἰκόνας; &c. Ἀπόκρισις. οὐχ ὡς θεοὺς προσκυνοῦμεν τὰς εἰκόνας οἱ πιστοί, μὴ γένοιτο, ὥσπερ οἱ Ἕλληνες, ἀλλὰ τῆς σχέσιν μόνον, καὶ τὸν πόθον τῆς ἡμῶν ἀγάπης, πρὸς τὸν χαρακτῆρα τοῦ προσώπου φωτίζοντες. [e] *Ibid. pag. 95. Item S. Stephani Epiſc. Boſtren. ad quoſdam de imaginibus ſanctorum.* Sed dices, quia ipſe Deus præcepit, & non adorare nos manufactos. Dic itaque, ô Iudæe, quale ſuper terram non eſt manufactum poſt facturam Dei? quid ergo? arca Dei, quæ ex lignis Sethim fabricata eſt, atque conſtructa, non fuit manufacta? *Græcè ſic in Synodo Nicen. 2. Act. 2.* ἀλλὰ λέγεις ὅτι αὐτὸς ὁ Θεὸς προσκυνεῖσθαι χειροποίητα ἀπηγόρευσεν. εἰπὲ ὦ Ἰουδαῖε, τί ἔστι τὸ ἐπὶ τῆς γῆς μὴ ὂν χειροποίητον μετὰ τὸ ποιηθῆναι ὑπὸ τοῦ Θεοῦ; ἡ λοιπὸν ἡ κιβωτὸς ἡ ἐκ τῶν ξύλων Σεθιμ κατασκευαθεῖσα & καταςκευασθεῖσα οὐκ ἔστι χειροποίητος;

[f] *Ibid. pag. 102. Leontij Epiſc. Neapoli Cypri in 5. Sermone de imag. ſanctorum aduerſus Iudæos.* Sicut tu adorans librum legis, non naturam pellium & atramenti adoras, ſed verba Dei, quæ in eo continentur. Sic & ego imaginem Chriſti adorans, non naturam lignorum, aut colorum adoro, abſit, ſed inanimatam figuram Chriſti tenens, per eam Chriſtum ſpero tenere & adorare. *Græcè ſic apud Damaſc. lib. 3. de imag. Et in Conc. Nicen. 2. Act. 4.* ὥσπερ σὺ προσκυνῶν τὸ βιβλίον τοῦ νόμου, οὐ τῇ φύσει τῶν δερμάτων & τοῦ μέλανος προσκυνεῖς, ἀλλὰ τοῖς λόγοις τοῦ Θεοῦ τοῖς ἐγκειμένοις ἐν αὐτῷ, οὕτως κἀγὼ τῇ εἰκόνι τοῦ Χριστοῦ προσκυνῶ, οὐ τῇ φύσει τοῦ ξύλου & τῶν χρωμάτων, μὴ γένοιτο, ἀλλ' ἄψυχον χαρακτῆρα Χριστοῦ προσκυνῶν, δι' αὐτῆς αὐτὸν χειρὶ δοκῶ κρατῶν & προσκυνεῖν.

Notes (margin):

[a] *Idem in vita ſ. Symeonis Stelitæ;* εἰκόνας αὐτῷ βραχίας ἀναστήσας, φυλακτήρια τινα ἐπ' ἐπ' αὐτοῖς καὶ ἀσφάλειαν ἐντεῦθεν τιθέντας.

[b] *Diſcours du Sieur du Pleſſis, 3. edit. page 64.*

[c] *Synodus Pariſ. fol. 92. Item ſanctus Baſilius in epiſtola ad Iulianum Imperatorem miſſa ; Suſcipio verò & ſanctos Apoſtolos, Prophetas, & Martyres, &c. Et figuras imaginū eorum, honoro & adoro. Citatur Græcè in 2. Synodo Nicena, & apud Theodorum Studiten, & Theodor. Graptium. ſic :* δέχομαι ὃ καὶ τοὺς ἁγίους ἀποστόλους, προφήτας τε καὶ μάρτυρας, &c. καὶ τὰς ἱστορίας τῶν εἰκόνων αὐτῶν ἡμῶν, καὶ προσκυνῶ φανερῶς.

[d] *Ibidem pag. 94. Item ſancti Athanaſij. Interrogatio Antiochi, &c.*

tu n'adores pas la nature du parchemin, ou de l'encre, mais la parole de Dieu, &c. Ainsi quand i'adore l'Image de Christ, ie n'adore pas la nature des couleurs ou du bois, ja à Dieu ne plaise : mais tenant l'Image inanimée de Christ, ie me represente par elle de tenir & adorer Christ. Mais encore ne fait-il point ce que le Sieur du Plessis luy impute : Ie veux dire, il n'allegue pas les paroles du Pseaume, ny celles de sainct Augustin, sur le propos formel des Images, mais sur celuy des vaisseaux sacrez, ausquels on auoit égalé les Images. Car le second Concile de Nicée pour iustifier l'adoration, c'est à dire, veneration des Images, auoit apporté entre autres exemples, celuy des vases sacrez que les Chrestiens auoient accoustumé d'adorer, c'est à dire, venerer. Or comme ce pretendu Synode ne prenoit pas le mot d'adoration au mesme sens du Concile, asçauoir pour la simple adoration honoraire : mais pour le culte de Latrie : Aussi n'estoit-il pas d'accord que les vaisseaux sacrez peussent estre adorez. Afin donc d'impugner ceste hypothese, & monstrer, equiuocquant sur l'ambiguité du mot adorer, qu'il ne falloit pas adorer les vaisseaux sacrez, ny à leur exemple, par consequent, les Images : Il allegue le passage cotté par le Sieur du Plessis, où sainct Augustin dit entre autres choses, parlant des vases sacrez : [a] *A vostre aduis leur supplions-nous* (c'est à dire là, selon l'ancien Latin, [b] *leur sacrifions-nous*) *sous ombre que par eux nous supplions à Dieu ?* Or que fait cela au nœu de la cause ? Car de disputer au reste si cest écrit est vrayement le propre Synode de Paris, tenu sous Louys le Debonnaire, ou si c'est quelque piece forgée ou supposee par les Allemands durant leurs querelles vieilles ou nouuelles auec l'Eglise : Ce n'est pas mon intention pour maintenant. Valafridus Strabo autheur du siecle de Louys le Debonnaire, écrit bien, parlant des Images : [c] *Ceste question a souuent excité de si grandes contentions, que sous Gregoire Pape second, Constantin* (il veut dire l'Iconoclaste, que les Grecs appellent par mépris, Coprony- me) *jetta à Constantinople toutes les Images par terre. Et sous Gregoire troisième fut tenu à Rome vn Synode contre ceste* (ainsi l'appellerent-ils) *heresie : auquel il fut ordonné que les Images, selon l'ancienne coustume de l'Eglise Catholique, seroient restituées : Depuis, ceste mesme querelle des Grecs* (c'est à dire des Iconoclastes) *ayant esté apportée en France, au temps de l'Empereur Louys de bonne memoire, elle a esté moyennant la prouidence du susdit Prince, confutée par écrits Synodiques.* Et Theophylacte autheur du mesme siecle, semble passer encore plus outre ; car il proteste que c'estoit vne imposture, de dire que les Occidentaux reiettoient l'adoration des Images :

a *Aug. in Psal. 113. apud Synodū Paris. pag. 67.* Nunquid eis (vasis sacris) supplicamus, quia per ea supplicamus Deo?

b *Plinius lib. 13.* Supplicare thure, pro sacrificare thure. *Scaliger ex Festo,* supplicia, id est, sacrificia.

c *Valafr. Strabo de rebus Ecclef.* cap. 8. Huius rei quæstio, apud Græcos sæpè tantas contentiones excitauit, vt sub Gregorio Papa iuniore, Constantinus Imperator apud Constantinopolim omnes imagines deposuerit: Et sub Gregorio tertio Romæ Synodus sit facta contra supradictam, vt

dixerunt, hæresim : in qua firmatum est, vt sanctorum imagines secundùm priscum Catholicæ Ecclesiæ ritum, restituerentur. Ipsa denique querela Græcorum, temporibus bonæ memoriæ Ludouici Imperatoris, in Franciam perlata, eiusdem Principis prouidentia scriptis Synodalibus est confutata.

[a] *Nous n'admettons point*, dit-il, *ceste diabolique calomnie, que les Latins ne reçoiuent point l'adoration des Images.* Mais cela n'appartient point pour ceste heure à mon propos. Il suffit que tant s'en faut que ce Synode putatif d'étruise les Images des Chrestiens, qu'il condamne ouuertement ceux qui les détruisent. [b] *Regarde* (dit-il) *qu'oyant ces choses, tu ne penses qu'il soit donné licence à ta temerité, par tout où tu verras les Images des Saincts, soit de platte peinture, soit de relief, posées non pour vn culte illicite, mais pour vne discrette & pourtant licite affection, de les destruire, ou de les destourner en opprobre & risée.* Et encore qu'il en blasme l'adoration, comme aussi faisons nous, quand par le mot *d'adoration* on veut dire le culte de Latrie, qui est celuy que les Iconoclastes imputoient faussement aux Peres du Concile de Nicée d'auoir deferé aux Images : neantmoins quelque excessif qu'il soit à corriger l'vne extremité par l'autre, il ne leur oste pas toute sorte de reuerence. Car lors qu'il repete l'histoire de ce Tyran Agarenien, qui commença à abbattre les Images en Orient, [c] il dit qu'apres sa mort les Images furent restituees en leur premier estat auec honneur : Et lors qu'il prescrit la mediocrité qui doit estre obseruée au fait des Images, il prend sainct Gregoire le Grand pour exemple de ce temperament, & allegue de luy tant l'Epistre à Serenus, où il exclud l'adoration des Images ; que l'Epistre à Ianuarius, où il en recommande la veneration, en ces mots : [d] *Ie vous exhorte* (dit-il, parlant d'vne croix & d'vne Image de la Vierge, mises en vne Synagogue que l'on auoit ostée aux Iuifs) *que retirant la croix & l'Image auec la veneration qu'il conuient, vous faciez restituer ce qui a esté osté violemment.* Qui est en somme reuenir à ce que dit Valafridus Strabo autheur du mesme siecle, Qu'il ne faut point [e] *exhiber le culte deu à Dieu, aux Images* : Qu'il ne les faut point [f] *venerer plus qu'il n'appartient* : Qu'il ne les faut point [g] *adorer d'honneurs diuins* : Qu'il ne leur faut point [h] *deferer vn culte immoderé* : mais qu'aussi [i] *il n'en faut point absolument rejetter les honnestes & moderez honneurs.*

Le sieur du Plessis rebat encore, & insiste que Durand infere de ce mesme Pseaume : [k] *Par telles & semblables authoritez l'vsage excessif & immoderé des Images est condamné ; Et cela*, dit-il, *parlant des Images des Chrestiens.* Parlant de la qualité en laquelle les Images des Chrestiens ne doiuent pas estre tenuës, asçauoir en qualité de Dieux, oüy : comme sur le propos d'vn contraire on parle de son

imagine atque cruce, debeatis quod violenter ablatum est reformare. e *Valasr. Strabo lib. De rebus Eccles.* c 8. Non sunt Deo debitis honoribus colenda. f *Idem ibid.* Quidam easdem imagines, vltrà quàm satis est venerantur. g *Idem ibid.* Non dicam picturam & imagines, sed ne ipsos quidem sanctos homines viuos vel mortuos, populus Christianus diuinis credit colendos honoribus, vel adorandos. h *Idem ibid.* Ne cultu immoderato fidei sanitas vulneretur. i *Idem ibid.* Non sunt omnimodis honesti & moderati imaginum honores abiiciendi. k *Discours du sieur du Plessis* 3. *edit. pag.* 64.

a *Theophylact. apud Demetrium Chomatenum in iure Canonico Græcorum impres. Heidelberg. lib.* I. *responsorum. c.* 2. μὴ γὸ δὴ παραδεξαίμεθα τ̃ σατανικὴν ἐκείνην συκοφαντίαν, ὡς ἄρα ἀλατίνοις οὐ παραδεκτέα ἡ τῶν εἰκόνων προσκύνησις.

b *Synodus Paris. pag.* 85. Vide ne hæc audiens putes temeritati tuæ licentiam dari, vt vbicunque nō propter inlicitum cultū, sed propter discretum, & ob hoc propter licitum mentis affectum, pictas vel fictas similitudines sanctorum videris, vt illas aut destruas, aut inridendo subsannare.

c *Ibidem pag.* 119. Ipse tyrannus anno altero mortuus est, & imagines in pristinum statum restitutæ cum honore.

d *Gregor. Magnus Epist. lib.* 7. *Epist.* 5. *citatus à Synodo Paris. pag.* 38. *&* 87. His hortamur affatibus, vt sublata exinde cum ea qua dignum est veneratione,

contraire : Parlant de la qualité en laquelle les Images des Chrestiens sont tenuës; non: comme il appert par ces mots : [a] *Nous ne les adorons pas* (c'est à dire de Latrie) *ny ne les appellons pas Dieux, ny n'y constituons pas l'esperance de nostre salut, car ce seroit Idolatrie : ains les venerons en memoire & recordation des choses autresfois faittes :* Et par ceux-cy ; [b] *L'oüye émeut moins que la veuë : & de là est qu'en l'Eglise nous ne portons pas si grande reuerence aux liures qu'aux Images :* Et par ces autres passages citez conjoinctement auec le mesme Pseaume: [c] *Vous ne vous ferez point de Dieux d'or & d'argent :* Et derechef; [d] *Nous sçauons que l'Idole n'est rien au monde : Et qu'il n'y a qu'vn seul Dieu :* Lesquels ne se peuuent entendre sinon des Images tenuës pour Dieux, & consequemment, lors Idoles. Mais à cause dequoy inquieter, soit sainct Augustin, soit le Synode de Paris, soit Durand, pour les faire interuenir en vn procés où il ne s'agit, ny de ce que sainct Augustin, ny de ce que le Synode de Paris, ny de ce que Durand, ont inferé de ce Pseaume, mais de ce que Theodoret en a inferé ? Car le nœu de la dispute n'est point, si le sieur du Plessis a corrompu, ou sainct Augustin, ou le Synode de Paris, ou Durand, mais s'il a corrompu Theodoret & a éclipsé de son texte ces paroles, *adorées par les Payens, & adorées comme Dieux,* afin de transferer aux Images des Chrestiens, ce qu'il auoit dit des seules Idoles des Payens. Or fut ce different tranché sur le champ mesme, par la bouche de Monsieur le Chancelier, & de Messieurs les deputez, en ces termes : CE PASSAGE NE SE DOIT ENTENDRE QVE DES IMAGES DES CHRESTIENS; COMME IL APPERT PAR CES MOTS, ADOREES PAR LES PAYENS ET ADOREES POVR DIEVX, QVI ONT ESTE' OBMIS.

Ceste batterie acheuée, le sieur du Plessis ajouste que l'Euesque d'Eureux repliqua, que les Idoles des Payens estoient habitées des Demons. Ce qu'il ne repliqua point ; & quand il l'auroit fait, ne manqueroit pas de guarants : comme entre autres, de Tertullian, qui dit; [e] *Ces mains-là font des corps aux Demons :* d'Origene, qui dit ; [f] *Les Demons resident en ces lieux & figures :* De sainct Cyprian, qui dit, [g] *Sous ces images & statuës consacrées, sont cachez tels esprits :* De sainct Chrysostome, qui dit, [h] *Les Idoles sont pierres, bois, & Demons :* De sainct Hierome, qui dit; [i] *A tous les simulachres assistent des esprits immundes :* De sainct Augustin, qui dit ; [k] *Par là sont entendus les Demons qui sont dans les simulachres :* D'Arnobe

a Durand. in ratio.l. 1.v.3. Nos illas non adoramus, nec Deos appellamus, nec spem salutis in eis ponimus, quia hoc esset idolatria : sed ad memoriam & recordationem rerum olim gestarum, eas veneramur.

b Idem ibid. Per scripturam res gesta. quasi per auditum, qui minùs mouet animum ad memoriam reuocatur Hinc etiam est. quod in Ecclesia non tantam reuerentiam exhibemus libris, quantam imaginibus, & picturis.

c Exod. 20.

d 1. Cor. 8.

e Tert. de Idol. Dæmoniis corpora conferunt.

f Origen. contra Celsum lib. 7. διὰ τὸ δι' εἰληφέναι περὶ δαιμόνων, ὅτι τι ἱερὰ προσενεγκάζονται χρήμασι & χωρίοις.

g Cypr. de Idolvan. Hi spiritus sub statuis atque imaginibus consecratis delitescunt.

h Chrys. in 1. Cor. c. 8. hom. 20. εἴδωλα ξύλα & λίθοι, & δαίμονες.   i Hieron. in Habacuc. c. 2. Omnibus simulachris assident immundi spiritus.   k August. in Psal. 135. Vt dæmonia potius quæ sunt in simulachris significarentur.

second, qui dict; [a] *Il a de-ja esté prouué que dans tous les Dieux des Gentils, qui estoient posez és Temples, habitoient des Demons :* De Procope qui dict ; *Celuy qui fait le sculptile s'acquiert pour thresor le Demon ajoint au sculptile :* De sainct Damascene, qui dict ; [b] *Leurs simulachres estoient domiciles des Demons :* Et Theodoret mesme, qui dit au propre lieu de la dispute ; [c] *Que les Demons operoient par les Idoles.* Mais en somme l'Euesque d'Eureux ne fit point ceste replique. Il afferma seulement que les Payens croyoient que la deité de leurs faux Dieux habitoit dans leurs Idoles, & s'y incorporoit & vnissoit personnellement.& à ceste occasion tenoient que leurs Idoles estoient vrayement & reëllement Dieux. Or de cela, la preuue en est si claire, qu'il n'y faut point de combat. *Le sculpteur* (dit Esaïe) [d] *prie son ouurâge & dit, deliure moy, car tu es mon Dieu.* Et Hieremie : [e] *Ils ont dit au bois, tu es mon Dieu, & à la pierre tu m'as engendré;* Et derechef : *Tout artizan est confondu en son sculptile : car ce qu'il a fondu est faux, & n'y a point d'esprit dedans.* Et l'autheur de la Sapience : [f] *Ils ont communiqué le nom incommunicable, au bois & à la pierre :* Et derechef; [g] *Ils ont estimé toutes les Idoles des nations Dieux.* [h] Et l'histoire de Bel : *Ne vois-tu pas que Bel est vn Dieu viuant ? Ne vois-tu pas combien il boit & mange?* Et sainct Luc : [i] *Il enseigne que les Dieux faits de la main des hommes, ne sont pas Dieux.* Et les Anciens: [k] *Voyez de quelle substance* (dit Iustin Martyr) *& de quelle forme sont les choses que vous appellez & estimez Dieux : l'vn n'est-il pas pierre, l'autre cuiure, l'autre bois?* Et derechef : *Vous appellez ces choses Dieux, vous leur seruez, vous les adorez, & leur deuenez du tout semblables : & pource hayssez les Chrestiens, dautant qu'ils n'estiment pas qu'ils soient Dieux.* Et Tertullian : [l] *Nous sommes passez par le feu : aussi sont vos Dieux dés leur premiere masse : Nous sommes condamnez aux metaux: delà vos Dieux prennent leur origine,* Et vn peu apres: *Si par là s'acquiert quelque diuinité, ceux qui sont punis sont donc consacrez, & les supplices deuront estre appellez diuinitez.* Et derechef : [m] *Si l'on va au capitole , si l'on va au marché aux herbes, sous vne mesme criée du Sergent, en vne mesme subhastation, sous vn mesme inuentaire du Questeur, la diuinité est adiugée à l'encant.* Et Arnobe : [n] *Ie faisois* (dit-il) *vne cruelle iniure à ceux que ie m'estois persuadez estre Dieux, croyant qu'ils fussent bois, pierre, ou*

---

a *Arnob. in Psalm.* 95. Probatum est quod omnes dij gentium, qui in templis positi essent habitarent in eis dæmonia. *Procop. in Esa. c.* 10 κακὸν γὰρ ἑαυτῷ ἐνοικίζει τὸν τῇ γλῶττῷ παρεπόμενον δαίμονα.

b *Damasc. de imagin. lib.* 3. καὶ τύπις ὡς θεοῖς προσκυνεῖν, ἅπια δαιμόνων ἦσαν κατοικητήρια.

c *Theodor. in Psalm* 113. Dæmones qui per ipsa operabantur, &c.

d *Esai.* 44.

e *Hierem.* 2. & 7.

f *Sapient.* 14. & 15.

g *Daniel.* 14.

h *Act.* 19.

i *Iustin. Martyr. epist. ad Diognetum edit. & Impress. per Henr. stephanum.* τίνος ὑποστάσεως ἢ τίνος εἴδους τυγχάνουσιν ὃς ἱρεῖτε καὶ νομίζετε θεούς. οὐχ ὁ μὲν τις, λίθος ὅσιν; &c. ταῦτα θεοὺς καλεῖτε, τύτις δουλεύετε, τύτις προσκυνεῖ-

---

τι, ἡλίου ἐξωθνεῖσθαι διὰ τῶν μιατεῖν χριστιανοὺς, ὅτι τύπυς οὐχ ἡγοῦνται θεούς. [k] *Tertull. Apolog. adu. gentes.* Ignibus vrimur, hoc & illi à prima quidem massa. In metalla damnamur; inde censentur dij vestri, &c. Si per hæc constat diuinitas aliqua , ergo qui puniuntur consecrantur : & numina erunt dicenda supplicia.

[l] *Idem paulò post.* Si capitolium , si olitorium forum petitur, sub eadem voce præconis, sub eadem hasta , sub eadem annotatione quæstoris, diuinitas addicta conducitur.   [m] *Arnob. l. 1. adu. gentt,* vide supra.

os, ou qu'ils habitaſſent en telle matiere. Et ailleurs: [a] *Mais tu te trom-*
pes & t'abuſes, me dira le Payen: car nous ne croyons pas que les matie-
res du cuyure, ou de l'or ou de l'argent, ou autres dont ſont faits les ſimu-
lacres, ſoient Dieux, & dceitez dignes de religion par elles-meſmes: Mais
en elles nous adorons ceux que la ſacrée dedication introduit & fait habi-
ter dans les ſimulacres qui en ſont forgez. Belle & bonne raiſon certes,
& qui eſt bien digne de perſuader, non ſeulement aux eſprits groſſiers,
mais meſmes aux plus auiſez; que les Dieux laiſſants leurs propres ſie-
ges, c'eſt à dire, le Ciel, ne refuſent point d'entrer en des habitacles terre-
ſtres: ou pluſtoſt qu'eſtants forcez d'y entrer par le droict de la dedica-
tion, ils deuiennent incorporez & conſolidez auec les ſimulacres. Vos
Dieux donc habitent dedans du plaſtre & de la terre cuitte: ou pluſtoſt
vos Dieux ſont les ames & les eſprits de la terre cuitte & du plaſtre? Et
afin que certaines matieres tres-viles puiſſent deuenir plus auguſtes, ils ſe
laiſſent enfermer, & ſouffrent de demeurer cachez & recluz en une pri-
ſon obſcure? Et vn peu apres: [b] *Or ſi vous eſtes aſſeurez que les Dieux*
viuent & habitent dans les entrailles des ſimulacres, pourquoy les gardez
vous auec de ſi fortes clefs? &c. Si vous eſtes certains que les Dieux
ſoient là, & ne partent iamais des ſignes & ſimulacres, laiſſez leur à
eux-meſmes la garde d'eux-meſmes. Et Euſebe parlant de la deſtruction des Idoles: [c] *Ils accuſoient (dit-il) leur beſtiſe, & celle de leurs Pe-*
res, voyants que dans ces cachettes & ſtatuës qu'on briſoit, il n'y auoit au-
cun habitateur, ny Demon, ny annonceur d'oracles, ny Dieu, ny eſprit
Prophetique. Et en ſon Commentaire ſur les Pſeaumes: [d] *Ils ont fait*
les ſtatuës inanimées, & ſimulacres de l'erreur multiplicatiue des Dieux, ar-
mes & boucliers des puiſſances ennemies. Et S. Chryſoſtome: [e] *Comment*
n'eſt-ce point vne merueilleuſe beſtiſe, de penſer que ce n'eſt faire ny dire
rien d'abſurde, que d'introduire leurs Dieux dedans du bois, & dedans de
viles ſtatuës, & les enfermer là comme dedans des priſons: & de nous re-
prendre, nous qui diſons que Dieu a ſecouru le genre humain, par le Tem-
ple qu'il a baſty viuant du ſainct Eſprit? Car ſi c'eſt choſe abſurde, que
Dieu habite en vn corps humain; d'autant plus au bois & en la pierre: que
le bois & la pierre ſont choſes plus viles que l'homme. Et ſainct Hieróme:

[a] *Idem lib. 6.* Sed erras (in-
quit) & laberis, nam neque nos æra, neque auri argentique materias, neque alias quibus ſi-
gna conſiunt, eas eſſe per ſe Deos, & religioſa decerni-
mus numina: ſed eos in his colimus, eoſ-
queveneramur, quos dedicatio infert ſacra, & fabrilibus effi-
cit inhabitare ſimulachris. Non improba, neque aſperna-
bilis ratio, qua poſſit quiuis tardus, nec non & prudentiſſi-
mais credere, Deos relictis ſedibus pro-
priis (id eſt cœ-
lo) nó recuſare, nec fugere ha-
bitacula inire terrena: quin-
imò iure dedi-
cationis impul-
ſos ſimulachro-
rum coaleſcere iunctioni. In gypſo ergo manſitant, atque in teſtulis dij veſtri? qui-
nimmò teſtula-
rum & gypſi, mentes, ſpiritus, atque animæ Dij ſunt? atque vt fieri auguſtiores viliſſimæ res poſſint, concludi ſe patiuntur, & in ſedis obſcuræ coërcitione latitare?

[b] *Idem paulo pòſt.* Et tamen ſi apertum vobis, & liquidum eſt, in ſignorum viſceribus Deos viuere, atque habitare cœlites, cur eos ſub validiſſimis clauibus, ingentibuſque clauſtris cuſtoditis? &c. Quinimmò ſi fiditis Deos iſtic eſſe, nec ab ſignis vſpiam, ſimulachriſque diſcedere, permittite illis curam ſui.

[c] *Euſeb. de Vita Conſt. l. 3.* οὐ δ' ἐν αὐτοῖς ἀγάλμασιν ἔνοικος, &c. vt ſupra.

[d] *Idem in comment. Manuſc. in Pſalmos penes me, enarr. in Pſal. 44.* ὅπλα ἢ θυρεοὺς τῶν ἀντικειμένων δυνάμεων ἐπίνοια εἶναι τὰ ἄψυχα ξόανα, ἢ τὰ ἀγάλματα τῆς πολυθέ‎υ πλαίης.

[e] *Chryſ. in Geneth. apud Theodor. dial. 1.* πῶς γὰ οὐκ ἐσχάτης, &c. vt ſupra.

róme : [a] *Qui eſt-ce qui peut croire qu'vn Dieu ſoit formé auec la hache, la lime, la terriere, & le marteau: & que les ſimulachres, ou fondus en la breſe, ou faits auec la regle, le rabot, les équierres, & le compas s'éleuent ſoudainement en Dieux ?* Car ie ne veux alleguer, ny le Commentaire qui luy eſt attribué ſur les Pſeaumes où le Payen dit; [b] *Ie n'adore point l'or & l'argent, mais i'adore mon Dieu qui eſt en ceſte Image là, & la puiſſance qui reſide en elle :* Ny celuy qui eſt attribué à ſainct Ambroiſe ſur l'Epiſtre aux Romains, lequel encore qu'il ne ſoit point de ſainct Ambroiſe, comme aujourd'huy les hommes doctes en conuiennent, neantmoins c'eſt d'vn Ancien, qui dit: [c] *A l'outrage de Dieu, ils ont deïfié des manufactures & ſimilitudes : Et derechef;* [d] *Oſtants aux pierres & aux metaux ce qu'ils ſont, ils leur donnent ce qu'ils ne ſont point: Et cela eſt changer le vray Dieu en vn faux. Car ils ne ſont plus appellez pierre, ou bois, mais Dieu.* Et ſainct Auguſtin: [e] *Accoupler, dit-il, ces eſprits inuiſibles, par vn certain art, aux choſes viſibles conſtituées de matiere corporelle, de ſorte que les ſimulachres ſoient comme corps animez, dédiez & affectez à ces eſprits là; cela, dit Mercure Trimegiſte, eſt faire les Dieux : Et derechef;* [f] *il dit de l'vne (&) de l'autre nature, aſçauoir de l'ame & du corps, contant le Demon pour l'ame, & le ſimulachre pour le corps.* Et Sozomene parlant d'vn certain Philoſophe Payen nommé Olympius : *Et dautant (dit-il) qu'il les voyoit eſtonnez à cauſe de la demolition des Idoles, il les exhortoit à ne quitter point pour cela leur religion, & leur remonſtroit que les ſtatuës & ſimulachres n'eſtoient qu'vne matiere corruptible, & par ainſi qu'elles auoient peu eſtre détruittes : mais que certaines vertus y auoient habité, & que celles-là s'en eſtoient deſlors reuolées aux Cieux.* Et Theodoret ſur Eſaïe: [g] *Les œuures de leurs mains & de leurs doigts, ils les ont appellées Dieux:* Et ailleurs, [h] *Ils tuent les vrays animaux, ie veux dire les ſerpents, ſcorpions, mouches, chauue-ſouris, & deïfient leurs ſimulachres.* Et pour deſcendre aux ſiecles poſterieurs ; Strabus ja allegué cy-deſſus: [i] *Ils eſtimoient, dit-il, que l'Idole eſtoit vne perſonne ſubſiſtente du ſimulachre & de l'eſprit qui y preſidoit.* Et ſainct Thomas : [k] *L'Idole n'eſt rien, c'eſt à dire, la forme qui eſt creuë y eſtre par les Idolatres, qui croyent que l'Idole ſoit Dieu.* Et Holcot le mignon du Sr du Pleſſis : [l] *L'Idole eſt priſe pour vn certain compoſé du Demon & de la matiere figurée, comme du corps & de l'ame : Et en ce ſens l'Apoſtre dit*

a *Hieron. in Eſai. c. 44.* Quis poſſit hoc credere, quod aſcia, lima, & terebro, maleóque formetur Deus ? Et vel in prunis ſimulachra fundâtur, vel norma, runcina, & angularibus, circinóque in Deos repentè conſurgant ?

b *Comment. Hieron. adſcriptus in Pſal.* 113. Ille reſpondit, Non aurum & argétum, ſed Deum, meum adoro, qui eſt in illa imagine.

c *Comment. adſcriptus Ambroſ. in epi. ad Rom.* Ad iniuriam creatoris Dei figmenta & ſimilitudines rerũ deificauerũt.

d *Ibid. paulò poſt.* Lapidibus vel lignis, vel cæteris metallis auferentes quod ſunt, dant illis quod non ſunt: & hoc eſt immutare verum in falſum : non enim vocantur iam lapis aut lignum, ſed Deus.

e *Auguſt. l. 8. de ciuit. Dei cap. 23. vide ſupra.*

f *Auguſt. de ciuit. Dei. lib. 8. c. 26.* Ex vtraqua natura dicit, ex anima & corpore, vt pro anima ſit Dæmon, pro corpore ſimulachrum. g *Sozom. Eccl. hiſt. l. 7. c. 15.* καθαιρουμένων ἢ τῶν ξοάνων, ἀθυμοῦντας ὁρῶν συνεβούλευε μὴ ἐξίςαςθ τ̄ θρηςκείας, ὕλην φθαρτὴν καὶ ἰνδάλματα λέγων ἐ͂) τὰ ἀγάλματα, καὶ διὰ τοῦτο ἀφανισμὸν ὑπομένειν. δυνάμεις δέ τινας ἐνοικῆσαι αὐτοῖς καὶ εἰς οὐρανὸν ἀποπτῆναι. h *Theodoretus Manuſc. Gracè in Eſa. penes me ex Bibliot. Ant. Verderij mihi à filio ſuo dono datus. c. 2.* ἃ γὰρ ταῖς χερσὶ καὶ τοῖς δακτύλοις εἰργάζοντο, ταῦτα θεοὺς ἐπωνόμαζον.

i *Idem de Grac. affect. cur. l. 10.* καὶ αὐτὰ μὲν αἱ αἱροῦσι τὰ ζῶα, τοὺς ὄφεις λέγω καὶ τοὺς σκορπίους καὶ τὰς μύας καὶ νυκτερίδας, καὶ ᾗ τούτων θεοπλους μιμήματα.

k *Strabus vide ſupra.* l *D. Thomas, vide ſupra. Holcot. vide ſupra.*

que l'Jdole n'est rien. Et Caluin mesme lors qu'il est hors de sieure: *a Si quelqu'vn (dit-il) eust interrogé ces hommes qui faisoient profession d'estre si sages, ou à Rome, ou à Athenes, ou aux autres villes, & tenoient le reste des nations pour barbares; & leur eust demandé, qu'est-ce que cela, s'il eust veu vn Iupiter d'argent, ou de bois, ou de pierre; il eust dit, c'est Iupiter, c'est vn Dieu: Et comment cela, car c'est vne pierre, ou vn morceau de bois ou d'argent? Neantmoins ils eussent affermé que c'estoit vn Dieu.* Et ailleurs: *b A bon droit le Prophete exagite ce crime, qu'ils enfermoient la deité sous des signes corruptibles: Car aussi est-ce chose contraire à la nature de Dieu, d'habiter sous vne pierre, ou sous vn morceau de marbre, ou sous vne piece de bois, ou sous vn tronc, ou sous du cuiure, ou sous de l'argent.* Et pour finir par le propre témoignage des Payens, l'histoire de Stilpon Megarien est celebre, qui faisoit cest argument sur la statuë de Minerue taillée par Phidias: *La Minerue de Jupiter est Deësse: Or celle-cy n'est pas de Jupiter, mais de Phidias: Elle n'est donc pas Deësse:* Surquoy estant accusé d'impieté deuant le Senat des Areopagites, il se voulut couurir de l'ambiguité du mot, *Dieu,* qui en langue Attique est masculin & feminin, & répondit qu'il n'auoit pas nié qu'elle fust Deësse, ains seulement qu'elle fust Dieu: Mais nonobstant l'argutie de sa réponse, il ne laissa pas d'estre condamné, & enuoyé en exil. Au moyen dequoy il faut estre plus aueugle que les Idoles mesmes, pour ne voir pas la difference qu'il y a entre l'opinion que les Payens auoient de leurs Idoles, & celle que les Chrestiens ont de leurs Images. Car les Payens croyoient que leurs Idoles estoient Dieux, ou par conuersion de la substance de leurs Idoles, comme les simples; ou par infusion & incorporation de la Deité en leurs Idoles, comme les doctes. Que si quelquesfois leurs Philosophes & gents de lettres, se sentants pressez de la honte que leur faisoient les Chrestiens, confessoient ou feignoient de confesser, que leurs Idoles n'estoient pas vrayment & personnellement Dieux, pour le moins tenoient-ils qu'elles estoient Images & residences de Dieux. *c Il y eut (dit S. Augustin) vn certain disputeur, qui se persuadoit d'estre fort docte, qui répondit; Ie ne sers pas ceste pierre-là, ny ce simulachre-là, qui est sans sentiment: Car vostre Prophete n'a pas peu cognoistre qu'ils ont des yeux, & ne voyent point: & moy ignorer que ce simulachre n'a point d'ame, ny ne void point de ses yeux, ny n'entend point de ses oreilles: Ie ne le sers donc point, mais i'adore ce que ie voy, & sers celuy que ie ne voy point: Et qui est celuy-là? Vn certain Dieu inuisible, qui preside à ce simulachre.* Et au 3. liure de la doctrine Chrestienne: *d Ils venerent,*

simulachrum quod est sine sensu, non enim propheta vester potuit nosse, quia oculos vident, & ego nescio quia illud simulachrum, nec animam habet, nec videt oculis, nec Non ergo illud colo, sed adoro quod video, & seruio ei quæ non video. Quis est iste Numen quoddam, inquit, inuisibile quod præsidet illi simulachro.   *d Idem de Doctr. Christian. l.3.c.7.* venerantur: vel tanquam Deos, vel tanquam signa, & imagines deorum.

Marginal notes:

a Caluin in Habac. c. 2. Si quis interrogasset sapientissimos illos qui putarunt gentes omnes esse barbaras, vel Rome vel Athenis, vel in aliis vrbibus, quid est illud? Si quis vidisset Ioué argenteú, vel ligneum vel lapideum, est Iupiter, est Deus. Vnde hoc? Est tamen lapis, est frustú ligni, vel argenti, nihilominus Deü esse asseruissent.

b Idem in Psal. Latin. 113. Hebr. 115. Meritò delictú hoc exagitat propheta, quod Deitatem includant corruptibilibus signis quin à natura Dei alienum est sub lapide, frusto marmoris, vel ligno, vel trunco, vel ære, vel argento, habitare.

c August. in psal. 96. Sed existit nescio quis disputator, qui doctus sibi videbatur, & ait; Non ego illum lapidem colo, nec illud habent & non audit auribus. Illi simulachra

dit-il, *les simulachres, ou comme Dieux, ou comme Images de Dieux.* Là
où les Chreſtiens ne tiennent les Images des Sainɛts, ny pour Images de Dieux, ny pour Dieux : [a] Au contraire defendent de croire
qu'il y ayt aucune diuinité ny vertu en elles, pour laquelle elles
doiuent eſtre adorées; ny de leur rien demander, ny d'y conſtituer
ſa fiance. Et partant comme quand les Iſraëlites ſe mirent en armes pour aller defaire les deux lignees & demie qui eſtoient reſtées
delà le Iourdain, dautant quelles auoient erigé vn autre autel que
celuy du Tabernacle: choſe qui ſembloit eſtre contre la defenſe expreſſe de la Loy ; elles reſpondirent : [b] *Le Seigneur Dieu tres puiſſant*
cognoiſt, & tout Iſraël l'entendra, que ce n'eſt point en intention de tranſ-
greſſer, que nous auons erigé ceſt autel, &c. mais de peur que vos enfans ne
dient à l'auenir aux noſtres; Qu'auez-vous de commun auec le Dieu d'Iſ-
raël? Dieu a mis vn terme entre vous & nous, aſçauoir le fleuue de Iour-
dain, &c. A ceſte occaſion donc, nous auons erigé vn autel, non pour y of-
frir holocauſtes & victimes, mais en témoignage entre vous & nous, &
entre vos enfants & les noſtres, que nous pouuons ſeruir au Seigneur, &
auons droit d'offrir holocauſtes & victimes, & hoſties pacifiques : Et
lors le ſouuerain Sacrificatur, & les Princes du peuple, furent ſatisfaits. Ainſi pouuons nous répondre à ceux qui s'offenſent & ſcan-
daliſent de la pieté de nos Images ; Le Seigneur Dieu tres-puiſſant
ſçayt, & tout le peuple Chreſtien l'entendra, que ces images
que nous dreſſons aux ſaincts Apoſtres & Martyrs, ce n'eſt
point en intention de tranſgreſſer le commandement de la
Loy, que nous les faiſons, ny afin de les tenir pour Dieux, ny
pour Images de Dieux, ny afin de leur offrir holocauſtes, victimes & ſacrifices, ny afin de leur deferer aucune opinion de diuinité, ny aucun culte de Latrie : Mais pour marque & témoignage
que nous ne ſommes point priuez & ſeparez de la communion
& ſocieté de nos ſaincts freres qui ont déja paſſé le Iourdain, & habitent là haut en la terre de promiſſion : mais que comme nous
auons leurs images & repreſentations en nos Egliſes, ainſi nous
ſommes eux & nous, membres d'vne meſme Egliſe, & citoyens
d'vne meſme République. Seulement y recognoiſſons-nous ceſte
difference, qu'ils en ſont membres glorieux & triomphants, qui
ont déja receu le prix & la couronne; & nous encore membres mi-
litants & combattants. Et pourtant, comme aux villes & poli-
ces temporelles, on éleue des ſtatuës à ceux qui ſont morts pour la
defence de leur republique, tant afin de leur rendre le iuſte honneur qu'ils ont merité, & conuier les autres à les eſtimer & imiter, que pour ſeruir de gloire & d'ornement à la patrie qui
les a produits : Ainſi à ceux qui pour l'honneur de leur chef, qui
eſt Chriſt, & pour la defence de leur republique ſpirituelle, qui eſt

Y ij

a *Concil. Trid.*
ſeſſ. 25. Non
quod credatur
aliqua in iis eſſe
Diuinitas, vel
virtus propter
quam ſint co-
lendæ, &c. vt
ſupra.

b *Ioſue* 22.

l'Eglife, ont facrifié leur vie, & combattu & vaincu le Diable, les fupplices & la mort, nous leur erigeons des effigies & ftatuës triompha-
les: premierement pour rendre par ce témoignage public, quelque
honneur externe à leur merite, & en conferuer la memoire toujours proche & prefente ; Secondement pour exciter ceux qui voyent ces trophées & monuments de leur vertu, à mediter & imiter
leurs exemples. Et tiercement pour feruir de gloire & d'ornement
à l'Eglife leur patrie fpirituelle, qui ne peut auoir de plus magnifiques parements, ny expofer de plus glorieux fpectacles aux yeux des
Fidelles, que les marques & effigies de tant de victorieux champiós
qu'elle a produits. Et finalement pour protefter par l'affiette & collocation de ces images en nos Eglifes, que nous viuons en la mefme
Eglife, & afpirons à la mefme focieté, en laquelle ont vefcu icy bas,
& regnent maintenant là-haut, ceux qu'elles reprefentent ; & n'en
fommes feparez par aucun interualle de fchifme ny d'herefie : Et
non pas pour deïfier & tenir en qualité d'Idoles, les Images de ceux
à qui nous les erigeons pour auoir combattu & deftruit les Idoles.

Le Sieur du Pleffis ajoufte finalement que fur ce témoignage de
Theodoret, que cita l'Euefque d'Eureux ; [a] *Ils difent mefme qu'en la
grande Rome, le nom de cefthomme* (c'eft à dire de fainct Symeon Stelite) *eft fi celebre, qu'és auant-portes de toutes les boutiques, ils luy ont pofé* [b] *de petites images s'acquerants de là, fauue-garde & protection:* ou
comme tourne le Sieur du Pleffis, *efperants fecours de là:* Le lecteur
doit noter, que ces honneurs qu'on luy faifoit, l'ennuyerent tant, qu'il s'en
refolut de faire conftruire cefte colomne ; fur laquelle il voulut acheuer fa
vie. En quoy pour le deffert & la dragée du feftin, il commet encore deux manifeftes fauffetez : L'vne qu'au lieu de ce mot *acquerants de
là, fauuegarde & protectió,* il tourne, *efperás fecours de là,* afin que ce foit
vn fimple rapport de l'opinion populaire, & non pas vn jugement
de Theodoret : Car le Grec porte πορίζονται, & le Latin *parantes.*
Or fi le Sieur du Pleffis ne fçait quelle difference il y a en Grec entre
πορίζονται, & ἐλπίζονται, & en Latin entre *parantes,* & *fperantes* ; Ie con-
fens qu'on luy accorde fon renuoy au Calepin du Cardinal de Sens.
L'autre qu'il fait accroire à Theodoret, qu'il refere ces honneurs
dont faint Symeon Stelite s'ennuya, aux Images qu'on luy erigeoit
à Rome: Au lieu que Theodoret parle des preffes, foules, & vifi-
tes de ceux qui le venoient voir, & toucher fes habillemens par
troupes & tourbes innombrables, afin d'en remporter quelque
benediction : & dit pour monftrer fa modeftie, [c] *qu'eftimant chofe
abfurde & non conuenable à luy, de receuoir vn fi grand honneur, &
auffi d'ailleurs la trouuant trop laborieufe, il fe retira en cefte colomne.*
Et de faict c'euft efté vn plaifant & facetieux remede à fainct

a *Theodor. in
hift. fanct. Patrum
c. 26. des Symeone
Stelita, vt fuprà.*

b ἐκείνας αὐτοῦ
βραχείας ἀνατάσας,
φυλακὴν ἵνα σφί-
σιν αὐτοῖς & ἀσφά-
λειαν ἐντεῦθεν πορί-
ζωνται.

*Difcours du fieur
du Pleffis* 3. *edit.
pag.* 65.

c *Verfion Latine
de Theodoret citée
par le fieur du
Pleffis* ; Cum er-
go venirent in-
numerabiles,
conabantur
autem omnes
contrectare, &

Symeon Stelite Asiatique, pour arrester en Italie (c'est à dire, à plus de mille lieuës de luy) le cours de la deuotion enuers ses Images, qui estoient posées par forme de sauuegarde, sur le front de toutes les auant-portes des boutiques de Rome, & empescher que les copies ne s'en multipliassent en Occident, de monter en Orient sur vne colomne. Mais à cela sont reduits ceux qui impugnent vne manifeste verité, asçauoir, de tomber en des absurditez manifestes.

ex pelliceis illis vestibus aliquâ percipere benedictionem; primùm quidé absurdum & alienum existimans tam insigné sibi haberi honoré; deinde etiam rem ægrè ferens, vt nimis laboriosam, machinatus est illâ in columna stationem.

Or auez-vous icy, Lecteurs, la défaitte & refutation de tous les arguments & passages alleguez par le discours du Sieur du Plessis, tant de ceux qui furent proposez & impugnez en la Conference, que de ceux dont il s'est aduisé depuis. Restent les recriminations & faicts reciproques de fausseté, qu'il obiecte contre l'autheur du Decret, & contre l'Euesque d'Eureux : lesquels il faut derechef détruire succinctemement, afin de luy arracher tout espoir de reuenche & de represailles.

RECRIMINATIONS DV SIEVR DV PLESSIS CONTRE GRATIAN AVTHEVR du Decret.

CONTRE l'autheur du Decret donc, il propose trois crimes de faux, dont il en auoit déja cotté deux il y a vingt ans, en son liure de l'Eglise, & le troisiéme il l'a trouué, ou pensé trouuer depuis : lesquels il consigne pour gage & hostage de plusieurs centaines & milliers. Car puis qu'il ne veut point insister sur le serment *Ego Ludouicus*, ny sur la donation de Constantin, ie n'y veux point insister aussi. Seulement diray-je que s'il eust eu le Genie des oyseaux de Diomede, qui sçauoient discerner les Grecs des Barbares, il eust apperceu que l'acte de ceste donation n'est pas vne œuure Latine originale, mais vne version d'vn écrit Grec, [a] comme Agylæus Caluiniste l'a remarqué, & comme les phrases Grecques qui reluisent à trauers la traduction, le monstrent ; & comme le Grec qui s'en trouue inseré dés le siecle de Gratian dans [b] Balsamon Patriarche d'Antioche, & cent ans auãt Gratian, cité par [c] Cerulas Patriarche de Constantinople, pour les priuileges de ses vestements, le confirme. Au moyen dequoy, quelques reproches qui se puissent alleguer contre la piece, on ne peut rien obiecter contre la foy de Gratian pour ce regard. Et de là ie viendray au premier faict articulé par luy, lequel il propose en ces termes.

a *Henr. Agylæus Basiliensis in præf. in Balsamon.* Certè tum etiã Constãtini sanctionem, quæ in Syluestrum Occidentis Imperiũ transfert, veram esse creditum fuit. *Et paulò post.* Quæ de ea re in hominum manibus latina sunt, de malis Græcis malè conuersa esse, meridiana luce clarius est.

b *Edict. Constãt. apud Balsamon. in nomocan. tit. 8. Impr. Basil.* Δέον ἐκείνα μετὰ πάντων τῶν σατραπῶν ἡμῶν, καὶ πάσης τῆς συγκλήτου, καὶ τῶν ἀρχόντων, καὶ μετὰ παντὸς τοῦ λαοῦ τοῦ ὑπὸ τὴν ἐξουσίαν τῆς ῥωμαϊκῆς δόξης, ἵνα ὡς ὁ ἅγιος πέτρος, &c.

c *Idem Balsam. Medit. 1.* κατὰ τὸ τοῦ ἁγίου Κωνσταντίνου νομιζόμενον θέσπισμα.

d *Apud Balsa ex Vers. Gent. Her. in Nom. tit. 8.*

OBIECTION I.

*Discours du
Sieur du Plessis, 3.
edit. page 69.*

En ce celebre Concile de Carthage troisiéme, où sainct Augustin estoit en personne, le Canon 31. dict directement contre les vsurpations & entreprises du siege Romain : *Que les Prestres n'appellent point au iugement qui est outre mer, mais aux Primats de leurs Prouinces, comme il a esté souuent desiny des Euesques : Et que ceux qui appelleront au iugement d'outre mer, ne soient receuz d'aucun en la communion en Afrique.* Ce Canon employé au Decret 2. quest. 6. *Placuit vt presbyteri.* En quelle conscience y ont-ils peu ajouster ces mots, *Nisi forté Romanam sedem appellauerint,* si ce n'est d'auenture qu'ils appellent au siege Romain ; qui renuersent totalement l'intention du Concile?

Or de la réponse à ceste obiection ie feray deux parties : l'vne pour monstrer que le Sieur du Plessis corrompt luy-mesme ce Canon, ou luy, ou ceux apres qui il le cite : L'autre pour soustenir que Gratian ne le corrompt point. Et dautant que la deprauation du Sieur du Plessis est meslée d'ignorances & de faussetez : Ie feray derechef de l'examen de ceste corruption cinq articles.

Le premier sera, qu'il prend le troisiéme Concile de Carthage, qui fut celebré sous Syricius, pour le Concile Mileuitain, qui fut celebré sous Innocent successeur de son successeur. Car il n'y a vn seul mot des paroles qu'il rapporte, dans tout le troisiéme Concile de Carthage, ny au 31. Canon, ny ailleurs : Elles sont prises du 22. Canon du Concile Mileuitain celebré contre Pelagius, duquel aussi Gratian les cite, & non du troisiéme Concile de Carthage. Bien se trouuent-elles repetées en vn certain Concile de Carthage confirmatif du Mileuitain, & tenu contre le mesme Pelagius, sous Zosime successeur d'Innocent, & de là derechef inserées en ceste confuse & tumultuaire rapsodie de Canons & Conciles d'Afrique, qu'on appelle le Concile Africain, attachée par les vns à la queuë du sixiéme, & par les autres à la queuë du septiéme Concile de Carthage, celebrez souz Boniface successeur de Zosime. Mais ny pas vn de ces Conciles-là n'est le troisiéme Concile de Carthage, qui fut tenu sous Syricius, ny ce n'est d'aucun d'eux que Gratian, de l'allegation

*Le Sieur du Plessis
en la derniere edi-
tion de son liure
de l'Eglise, page
285. chap. 8.*

duquel il s'agit en cest endroit, les cite ; mais du 22. Canon du Concile Mileuitain. Et le Sieur du Plessis luy-mesme en la pretenduë verification de son liure de l'Eglise, où il auoit vn meilleur memoire, les produit du Concile Mileuitain, & non du troisiéme Concile de Carthage. D'où il appert que cest erreur vient de son nouueau Protocole, qui luy a changé l'etiquette de son sac, & non de luy, qui cite diuersement les autheurs, selon les diuers memoires qu'on luy donne.

Le second, qu'il prend la version Latine d'vne version Grecque, tournée de l'ancien Latin, pour le texte Latin original du Concile (si ingenuëment ou ingenieusement l'élection en soit à luy) & la suppose aux Lecteurs, pour l'edition primitiue & authentique du Canon, & pour celle sur laquelle le procés doit estre fait à Gratian, qui viuoit 400. ans auparauant. Car que le Concile Mileuitain, & tous les autres Conciles d'Afrique, ayent esté celebrez en Latin, & non en Grec; il n'y a si petit écholier Latin qui ne le sçache: Et que l'edition que cite le Sieur du Plessis, soit la version Latine d'vne autre version Grecque traduitte premierement de Latin en Grec; & depuis traduitte de Grec en Latin par Gentian Heruet, l'an 1561. c'est à dire, plus de 400. ans apres Gratian; Il n'y a que ceux qui estudient par procureur qui l'ignorent.

Le troisiéme, qu'il éclypse de sa citation Françoise, ces mots, qui sont dans le texte original, [a] *Diacres & autres clercs de l'ordre inferieur*, afin de celer par ceste suppression, à ceux qui n'entendent pas le Latin, l'intention speciale que le mesme Concile monstre auoir euë de restreindre la défense d'appeller outre mer, aux seuls clercs de l'ordre inferieur, c'est à dire, aux Prestres, Diacres, & Sou-diacres, & en excepter les clercs de l'ordre superieur, c'est à dire, les Euesques; desquels aussi sainct Augustin nous apprēd, qu'ils auoient leur prerogatiue à part pour le regard des appellations. Car traittant la cause de Cecilianus, dont dépendoit toute la iustificatiō, ou des Catholiques, ou des Donatistes, pour le schisme de la chaire de Carthage, il pose ceste maxime pour base & fondement de l'equité des Catholiques; Que les Euesques auoient vn autre priuilege en matiere d'appellations, que les Prestres, Diacres, & autres clercs inferieurs; asçauoir, qu'ils pouuoient appeller deçà la mer, ce que ne pouuoient pas faire les autres Ecclesiastiques: Et partant que Cecilianus, qui estoit, non du nombre des Prestres, ou autres clercs inferieurs, mais du nombre des Collegues, c'est à dire, des Euesques, auoit peu legitimement estre iugé & absous outre mer. Voicy ses paroles: [b] *L'Euesque de Carthage, dit-il, estoit vn Euesque de non mediocre authorité, qui pouuoit mépriser la multitude conspirante de ses ennemis, se voyant conioint par lettres de communion, & auec l'Eglise Romaine, en laquelle a tousiours fleury la principauté du siege Apostolique; & auec les autres terres d'où l'Euangile est venu en Afrique.* Et vn peu apres: [c] *Qu'ainsi soit, il ne se traittoit pas de Prestres, Diacres, ou clercs de l'ordre inferieur, mais des Collegues, qui pouuoient reseruer leur cause entiere au iugement des autres Collegues, & principalement des Eglises Apostoliques.* Car quant au different qui interuint depuis sur la cause d'Vrbanus & d'Appiarius, c'est vn faict à part, & qui ne touche ny le Concile Mileuitain, ny l'allegation de Gratian: & au reste sur

Y iiij

a *Concil. Mileu. can. 22.* Placuit vt presbyteri, diaconi, vel cæteri inferiores clerici, in causis quas habuerint, si de iudicio Episcoporū suorum questi fuerint, vicini Episcopi eos audiant, &c. Quod si & ab eis prouocandū putauerint, non prouocent, nisi ad Aphricana Concilia, vel ad primates prouinciarum suarum. Ad transmarina autem, qui putauerint appellandum, à nullo intra Africam in communione suscipiantur.

b *Aug. epist. 192.* Carthago non mediocris vtiq; authoritatis habebat Episcopū qui posset non curare conspirātem multitudinem inimicorum, cùm se videret & Romanæ Ecclesiæ in qua semper Apostolicæ cathedræ viguit principatus, & cæteris terris, vnde Euangeliū ad ipsam Africam venit, per communicatorias literas esse coniunctum.

c *Idem paulò post.* Neque enim de presbyteris aut Diaconis aut inferioris ordinis clericis, sed de Collegis agebatur, qui possent aliorū

Collegatum
iudicio, præser-
tim Apostolica-
rum Ecclesiarū,
causam suā in-
tegrā reseruare.

a Concil. impr.
Paris.apud Galiot
du Pré 1524. &
apud Francis.
Regn.1535. Et Sū-
ma Concil. Paris.
apud Guil. Thi-
boul. 1555.
b Can.Conc.impr.
Basil. per Ioan.
Opor. 1553.
c Concil. impr.
Venet.1585.
d Cresc. in breu.
can. artic. 285.
e Decr. cap.2.q.6.
& cap.11. q.3.
f Centur. 5. Col.
839.
g Derniere editiō
du liure de l'E-
glise, p. 285.
h Rhapsod. Græc.
Concilior. Carth.
impr. Tig. can.
127. & apud
Zon. & Balsam.
cap. 126.

i Titul. Can.28.
vel secundum
alios. 31. Rhapsodiæ
Græcæ Concil.
Carthaginiensiū.
πρεσβύτεροι & διά-
κονοι, καὶ κληρικοί,
οἱ ἐν τῷ ἰδίῳ πράγ-
ματι ἔκκλητοι πα-
ρέχοντες, ἐπὶ τὰ
πέραν τῆς θαλασσης
εἰς κοινωνίαν μηδα-
μῶς δεχθῶσιν.

k Conc. Carthag.
accusator.

lequel il y a plusieurs choses à dire, qui requierent vn autre lieu &
vn autre temps.

Le quatriéme, qu'il insere, & dans le Latin, & dans le François
de sa citation, ceste clause, *Comme il a esté souuent definy des Euesques,*
qui est vne fausse diuerse leçon, qui se trouue cottée à la marge de
certains exemplaires, & qui a esté prise d'vne mauuaise traduction
Grecque de ce ramas de Conciles d'Afrique, en laquelle l'ignorante ou malicieuse annotation de quelque apostillateur Grec s'estoit
coulée durant leurs premiers schismes, de la marge dans le texte, &
de là en quelques vieilles rapsodies Latines. Car ny les anciés exemplaires du Concile Mileuitain en chef, n'en portent rien; Ny les e-
ditions [a] de Paris, [b] de Basle, & [c] de Venise, soit dans le Concile
Mileuitain, soit dans la rapsodie des Conciles d'Afrique, n'en contiennent vn seul mot: Ny celles de Coloigne ne l'apposent sinon à
la marge; Ny l'abbregé des canons, dressé par [d] Cresconius Africain,
il y a plus de mille ans, n'en exprime aucune chose, mais parle seulement des Prestres & des clercs: Ny il ne s'en trouue rien dans toutes les deux citations que [e] Gratian faict de cest article: Ny les [f] Centuriateurs d'Allemagne, lors qu'ils rapportent le Concile Mileuitain en forme, ne l'y inserent point: Ny le Sieur du Plessis luy-
mesme [g] en son nouueau liure de l'Eglise, où il produit & represente le texte original du Concile Mileuitain, n'y mesle rien de tel:
Ny la rapsodie Grecque, [h] au lieu où elle repete ce Canon en son
rang, & auec l'ordre dont il est couché en la Latine, c'est à dire, auec
tout le corps du Concile contre Pelagius, confirmatif du Mileuitain, ne l'y interiette point; mais seulement en vn autre lieu où
l'article est transporté hors de sa place: duquel lieu à ceste occasion
le Sieur du Plessis, ou son agent, le transcrit, & non de sa vraye
origine. Ny finalement ceste fausse addition ne peut aucunement
subsister, mais s'accuse & détruit manifestement elle-mesme. Car
les paroles du Sieur du Plessis, & de la leçon Grecque, démentie
[i] par son propre tiltre, sont: *Que les Prestres n'appellent point au iu-*
gement d'outre mer, mais aux Primats de leurs Prouinces, comme il a
esté souuēt definy des Euesques. Or outre ce que l'on n'eust iamais commencé à faire ceste défense aux Euesques qui estoient plus priuile-
giez, deuant que de la faire aux Prestres, Diacres, & Soudiacres,
qui l'estoient moins; comment pouuoit-il auoir esté definy que les
Euesques n'appellassent sinon aux Primats de leurs Prouinces, puis
que c'estoit par les Primats de leurs Prouinces (k comme le troisiéme Concile de Carthage le témoigne) qu'ils estoient iugez en premiere instance, & auant tout appel?

Le cinquiéme, qu'il oste de sa Traduction Françoise ceste clause,

k Conc. Carthag. 3.can.7. Quisquis Episcoporum accusatur, ad Primatem prouinciæ ipsius causam deferat

qui eſt le frein & la bride de l'article, *Aux cauſes qu'ils auront*; c'eſt
à dire en leurs cauſes propres, & non aux cauſes Eccleſiaſtiques;
aux cauſes qu'ils auront, & non aux cauſes que l'Egliſe aura en leur
perſonne ; [a] aux cauſes où il ne ſe traittera que des biens ou des
mœurs des particuliers, & non aux cauſes où il s'agira de la foy, ou
des ſacrements, ou ceremonies de l'Egliſe : Aux cauſes en ſomme
que les Anciens appelloient cauſes mineures ; & non aux cauſes
qu'ils appelloient cauſes majeures.   Car toutes les contentiôs des
Eccleſiaſtiques, en toutes ſortes de cauſes, tant Eccleſiaſtiques que
ſeculieres, tant ciuiles que criminelles; ayant eſté renuoyées, & par
les loix des Empereurs, & par les decrets des Conciles, au tribunal
des Iuges Eccleſiaſtiques, comme le troiſiéme Concile de Carthage en fait foy, qui decerne que tout Eccleſiaſtique qui decline deuant vn Iuge lay, [b] *ſi c'eſt en cauſe criminelle, ſoit priué de ſa dignité: &*
ſi c'eſt en cauſe ciuile, perde ce qui luy eſt ajugé; c'euſt eſté rendre les procés des Eccleſiaſtiques infinis & immortels, ſi la porte d'outre mer
euſt eſté ouuerté aux appellations des ſimples Preſtres, Diacres &
Soûdiacres, en leurs cauſes priuées & particulieres.   Et pourtant le
Concile Mileuitain defend aux clercs inferieurs d'appeller outre
mer *aux cauſes qu'ils auront*, c'eſt à dire en leurs cauſes propres & per-
ſonnelles, en leurs cauſes priuées & particulieres, en leurs cauſes pe-
cuniaires, ou morales.   Et ainſi l'expoſe l'argument Grec de la meſme édition citée par le ſieur du Pleſſis : Car il interprete ces mots,
Aux cauſes qu'ils auront, par ceux-cy, *en leurs propres cauſes:* [c] *Que les*
Preſtres, dit-il, *Diacres & autres clercs, qui en leur propre cauſe appelle-*
ront outre mer, ne ſoient admis en la communion de perſonne : Or que les
cauſes propres, & les cauſes Eccleſiaſtiques, fuſſent diſtinctes ; [d] le
6. Canon du 1. Concile de Conſtantinople, & [e] le 7. Canon du 3.
Concile de Carthage le témoignent, qui les oppoſent les vnes aux
autres , & defendent aux perſonnes reprehenſibles d'accuſer les
Eueſques, ſi ce n'eſt en cauſes propres, & non Eccleſiaſtiques.   De
ce genre donc de cauſes (c'eſt à dire, des cauſes mineures & perſon-
nelles) le Concile Mileuitain interdiſoit les appellations outre mer.
Mais que jamais, ny le meſme Concile, ny aucun autre, ayt attenté
de retenir en Afrique la derniere cognoiſſance des cauſes majeures
des Eccleſiaſtiques; il ne ſe trouuera point.   Au contraire le Concile Mileuitain & celuy de Carthage cité par le Mileuitain, renuoyent
d'eux-meſmes & de leur propre mouuement au Pape , la cauſe de

a *Sozom. l. 1. c. 9.*
Ambroſ. ep. 32.
In cauſa fidei
vel Eccleſiaſti-
ci alicuius ordi-
nis &c. ſacerdo-
tes voluit de
ſacerdotibus
iudicare, &c.
Item ſi morum
epiſcopi exa-
minanda cauſa.

b *Concil. Car-*
thag. 3. can. 9.
Si relicto Eccle-
ſiaſtico iudicio,
publicis iudi-
ciis purgari vo-
luerit, etiamſi
pro ipſo fuerit
prolata ſenten-
tia, locum ſuum
amittat, & hoc
in criminali iu-
dicio. In ciuili
verò perdat,
quod euicit, ſi
locum ſuum
obtinere volue-
rit.

c *Argument.*
Can. 28. vel ſe-
cundum alios 31.
rapſodiæ græcæ
Concilior.   Car-
thagin. πρεσβύτε-
ροι ἢ διάκονοι, ἢ
κληρικοὶ, οἱ ἐν τῷ
ἰδίῳ πράγματι
ἔκκλητον παρέχοντες
ἐπὶ τὰ πέραν τῆς
θαλάσσης εἰς κοινω-
νίας μηδαμῶς
δεχθῶσιν.

d *Concil. Con-*
ſtant. 1. Can. 6.
εἰ μέν τις οἰκείαν τινὰ

μέμψιν, που ἐπὶ ἱερωτικὴν ἐπαγάγοι τῷ ἐπισκόπῳ, &c. ἐπὶ τῶν τοιούτων κατηγοριῶν μὴ ἐξετάζεσθαι, μήτε πρόσωπον τοῦ κατηγόρου,
μήτε τ θρησκείαν, &c. εἰ ᾗ ἐκκλησιαστικὸν εἴη τὸ ἐπιφερόμενον ἔγκλημα τῷ ἐπισκόπῳ, τότε δοκιμάζεσθαι χρὴ τῶν κατηγορούντων τὰ
πρόσωπα.

  e *Concil. Carthag. 3. Can. 7. Niſi proprias cauſas, non tamen Eccleſiaſticas, dicere voluerit. Rapſod. Græc. Concil. Car-*
thaginenſium. can. 19. εἰ μηδὲν ὑπὸ ἰδίου πράγματος, μὴ μέν τι περὶ ἐκκλησιαστικοῦ, θελήσοι ἐπιβαλέσθαι.

Pelagius & Celestius accusez d'heresie, tous deux clercs inferieurs, & dont l'vn auoit déja esté oüy en Afrique, & l'autre en Asie, chacun en presence d'vn Concile : & le prient d'apposer son authorité à leurs decrets, & de juger du jugement qui auoit esté fait de Pelagius par les Euesques de Palestine. [a] *Pource (dit le Concile Mileuitain, écriuant au Pape Innocent premier) que Dieu par la faueur de sa grace principale, vous a colloqué au siege Apostolique, & vous a donné tel en nos jours, qu'il nous sera plustost imputé à negligence si nous taisons à vostre veneration les choses qui luy doiuent estre representées pour l'interest de l'Eglise, qu'à crainte qu'elles vous puissent estre à importunité ou à mépris. Nous vous prions qu'il vous plaise appliquer vostre soin pastoral aux infirmes membres de Christ.* Et vn peu apres : [b] *Les autheurs de ceste tres-pernicieuse erreur sont reputez estre Pelagius & Celestius, lesquels nous auons mieux aymé voir receuoir medecine & guerison en l'Eglise, que de les en voir retranchez, s'il n'y a expresse necessité.* Et derechef : [c] *Mais nous esperons en la misericorde de Dieu, qui vous daigne regir le consultant, & exaucer le priant ; que ceux qui tiennent ces doctrines si peruerses, cederont plus facilement à l'authorité de vostre saincteté, tiree de l'authorité des sainctes Ecritures.* Et le Concile de Carthage : [d] *Nous auons estimé, nostre Seigneur & sainct frere, deuoir notifier cest acte à vostre charité, afin qu'aux statuts de nostre mediocrité soit aussi apposée l'authorité du siege Apostolique.* Et vers la fin de la lettre : [e] *Nous ne doutons point que vostre veneration, quand elle aura veu les Actes des Euesques, que l'on dit auoir esté faicts sur ceste cause en Orient, n'en juge chose dont nous aurons tous occasion de nous rejoüir en la misericorde de Dieu.* Et sainct Innocent luy-mesme en la réponse aux Euesques du Concile Mileuitain, rapportée par sainct Augustin entre ses epistres, les loüe d'auoir legitimement obserué les canons en son endroit : [f] *Vous pouruoyez,* dit-il, *diligemment & dignement à l'honneur Apostolique:* Et derechef : [g] *Vous iouyrez de la grace d'auoir obserué les canons.* Ce qu'il n'eust pas fait s'ils eussent dressé vn Decret expres pour attenter contre les appellations des causes majeures. Car le mesme Innocent en l'epistre à Vitricus écrite il y a 1200. ans, & citée par S. Gregoire, il y a mille ans, & par le 2. Concile de Tours, il y en a mille-trente ; témoigne expressement que les appellations des causes

a *Concil. Mileuit. epist. ad Innocentium, inter epist. August.* 92. Quia te dominus gratiæ suæ præcipuæ munere in sede Apostolica collocauit, talemque nostris téporibus præstitit, vt nobis potius ad culpam negligentiæ valeat, si apud tuam venerationem, quæ pro Ecclesia suggerenda sunt tacuerimus, quàm ea tu possis vel fastidiosè vel negligenter accipere; magnis periculis infirmorum membrorum Christi pastoralem diligentiam quæsumus adhibere digneris.

b *Idem paulo post.* Huius autem perniciosissimi erroris autores esse perhibentur, Pelagius & Celestius, quos quidem in Ecclesia sanari maluimus, quá desperata salute ab Ecclesia resecari, si necessitas nulla compellat. c *Et infra.* Sed arbitramur adiuuante misericordia Domini Dei nostri Iesu Christi, qui te & regere consulentem & orantem exaudire dignatur, auctoritati sanctitatis tuę, de sanctarum scripturarum auctoritate depromptæ, facilius eos qui tam peruersa, & perniciosa sentiút esse cessuros. d *Concil. Carthag. epist. ad Innocentium contra Pelagium, inter epist. August.* 90. Hoc itaque gestum, domine frater sancte, charitati tuæ intimandum duximus, vt statutis nostræ mediocritatis etiam Apostolicæ sedis adhibeatur auctoritas. e *Ibid.* Non dubitamus venerationem tuam cùm gesta Episcopalia perspexerit, quæ in Oriente in eadem causa confecta dicuntur, id iudicaturam vnde omnes in Dei misericordia gaudeamus. f *Innocent. epist. ad Episcopos qui Mileuit. Synodo interfuerunt, inter epist. August.* 93. Diligenter ergo & congruè Apostolico consulitis honori. g *Ibid. paulo post.* Canonum potiemini gratia seruatorum.

majeures luy appartenoient en dernier reſſort : [a] *Si ce ſont*, dit-il, *cauſes majeures qui ſoient miſes en auant, qu'apres le jugement des Eueſ-ques, comme le Synode l'ordonne, & la bien-heureuſe couſtume l'exige, elles ſoient referées au ſiege Apoſtolique.* Et en la réponſe au meſme Con-cile Mileuitain : [b] *Toutes-fois & quantes*, dit-il, *qu'il s'agite quelque queſtion de foy, je tiens que touts nos freres & collegues en l'Epiſcopat ne doiuent referer le tout ſinon à Pierre, c'eſt à dire, à l'autheur de leur nom & de leur dignité, comme maintenant a fait voſtre dilection.* Et en la ré-ponſe au Concile de Carthage : [c] *Les Peres ont ordonné par vne ſen-tence non humaine, mais diuine, que tout ce qui ſe traitteroit des Prouinces diſtantes & éloignées, ne fuſt point terminé deſinitiuement, qu'il n'euſt eſté premierement referé à la cognoiſſance de ce ſiege, afin que par ſon entiere au-thorité les juſtes deciſions fuſſent confirmees.* Toutes leſquelles paroles ſainct Auguſtin qui fut le Secretaire du Concile Mileuitain, reco-gnoiſt comme vrayes & legitimes : [d] *Sur ceſte cauſe*, dit-il, *furent renuoyées les relations de deux Conciles, Carthaginois & Mileuitain, au ſiege Apoſtolique, &c. Nous enuoyaſmes auſſi outre les relations des Con-ciles, des lettres familieres au Pape Innocent de bien-heureuſe memoire, &c. A tout cela il nous répondit ainſi qu'il conuenoit & eſtoit ſeant au Prelat du ſiege Apoſtolique.* Ce que ſainct Auguſtin n'euſt pas fait non plus, ſi le Concile Mileuitain euſt decerné quelque choſe au contraire de ces réponſes. Et cela ſoit dit ſur l'examen de l'accuſation du ſieur du Pleſſis.

Reſte la juſtification du Decret, pour l'exorde de laquelle ie l'ad-uertiray que s'il euſt eſté auſſi ſoigneux d'apprendre que de repren-dre, il euſt trouué depuis vingt ans qu'il a fait ceſte objection ; Pre-mierement que dans les anciens manuſcrits du Decret, & dans les vieilles éditions imprimées, ces paroles, *Si d'auenture ils n'appellent au ſiege Romain*, qu'il impute à Gratian d'auoir ajouſtées au Concile Mileuitain, ſont diſtinguées par vne marque de diuiſion & de pa-ragraphe, d'auec les paroles du Concile, & ſignalées outre cela d'v-ne capitale rouge, pour monſtrer que ce ſont les mots de Gratian, & non ceux du Canon : Secondement qu'en la cauſe II. queſtion 3. où Gratian repete ce Decret tout entier, il le produit ſans ceſte clauſe; par où il témoigne qu'il ne l'a pas entenduë inſerer au corps de l'article : Et tiercement que dans tous les nouueaux exemplaires, tant de Rome que de Paris, & de Lyon, non ſeulement ceſte clauſe eſt imprimée en autre lettre, aſçauoir, Italique; mais meſme qu'il y a vn aduertiſſement au Lecteur, que ce ſont, non les paroles du

[d] *Auguſt. epiſt.* 106. Miſſæ ſunt itaque de hac re ex duobus Conciliis, Carthaginenſi & Mileuitano re-lationes ad Apoſtolicam ſedem,&c. Scripſimus etiam ad beatæ memoriæ Papam Innocentium, præter Conciliorum relationes,literas familiares,vbi de ipſa cauſa aliquanto diutius egimus. Ad omnia nobis il-le reſcripſit eodem modo quo fas erat, atque oportebat Apoſtolicæ ſedis antiſtitem.

Concile, mais les paroles de Gratian, qu'il interpose selon sa coustume par forme de planche & de passage, entre ce Canon & le suiuant, qui est celuy du Concile de Sardique. Pour l'euidence dequoy il faut sçauoir que le Concile de Sardique, tenu l'an de la
mort de Christ trois cents quatorze, fit vn canon fort celebre touchant les appellations des Euesques qui est inseré dans tous les ma-
nuscripts Grecs, tant [a] d'Orient que [b] d'Occident, & dans toutes
les impressions [c] Grecques soit de Zurich, soit des autres lieux,
& dans toutes les éditions [d] Æthiopiennes, [e] Syriennes & [f] Latines des Conciles, & se trouue cité par [g] Fulgentius Ferrandus Africain, il y a onze cents ans; & depuis par [h] Cresconius aussi Africain, il y a mille ans; & depuis par [i] Charlemagne en son Capi-
tulaire il y a huict cents ans; & depuis par [k] Photius Patriarche de
l'Eglise Grecque, en son Nomocanon, il y a sept cents trente ans; &
apres tous eux, par [l] Zonare, [m] Alexius, [n] Iuo, [o] Harmenopu-
lus, [p] Balsamon, & autres compilateurs & commentateurs Grecs
& Latins des Conciles, qui le rapportent, il y a quatre & cinq cents
ans, en ces propres termes : [q] *Il a pleu que si quelque Euesque a esté
accusé, & que les Euesques de la contrée assemblez, l'ayent deposé de son degré, & qu'il recoure par forme d'appel, au tres-heureux Euesque de l'Eglise Romaine, & qu'iceluy luy preste l'oreille, & estime iuste que l'examen de
l'affaire soit renouuellé; qu'il daigne écrire aux Euesques voisins de la Prouince, afin qu'auec soin & diligence ils s'informent de tout, & prononcent
le jugement de la cause, selon la Foy de la verité : Que si quelqu'vn desire que
sa cause soit encore oüye derechef, & émeut par sa priere l'Euesque de Rome, à ce qu'il y enuoye des Prestres de sa part; qu'il soit en sa puissance de
faire ce qu'il estimera à propos : & s'il resout y en deuoir enuoyer qui jugent
auec les Euesques & ayent l'authorité de celuy de la part duquel ils sont
enuoyez, que cela soit : Et s'il estime qu'il suffise des Euesques pour la
cognoissance & decision du different; qu'il face ce qui semblera bon à son
tres sage jugement.* Non que ce droict deferé au Pape, de cognoistre des causes des Euesques apres les jugements des Conciles
prouinciaux & nationaux, prist origine, mais bien aueu & recognoissance du Concile de Sardique : Car Sozomene autheur
Grec

---

[a] *Manuscript. antiquiss. Græc. Bibl. Medic. alla-tum ex Bibliothec. Constantinopolit.*

[b] *Manusc. anti-quiss. Biblios. Pi-ctau.*

[c] *Impress. Græc. Tigur. Paris. & alib.*

[d] *Impress. Latin. Mog. Paris. Colon. Basil. Venet. & alib.*

[e] *Manusc. Æthiop. anti-quiss. Romæ in Seminar. Æthiop.*

[f] *Manusc. Syriac. antiquiss. in Bi-bliot. Magni Duc. Hetrur.*

[g] *Fulgent. Fer-rand. in breu. can. Tit. 59.*

[h] *Crescon. in breu. can. tit. 149. & 153.*

[i] *Phot. in Nomo-can. tit. 9. c. 6.*

[k] *Carol. Magn. in capit. l. 7. tit. 318.*

[l] *Zonar. author. Græc. in Concil. Sard. c. 5.*

[m] *Alexius Aristen. diac. Constantinop. in Synoptic.*

[n] *Iuo Carnot. p. 5. c. 27.*   [o] *Harmenop. Thessal. in epitom. can. Tit. 4.*   [p] *Balsam. Patri. Antioch. in Concil. Sard. c. 5.*   [q] *Concil. Sardic. impress. Tigur. can. 5.* ἤρεσεν, ἵν' εἴ τις ἐπίσκοπος κατηγγελθείη, καὶ συναθροισθέντες οἱ ἐπίσκοποι τῆς ἐπαρχίας αὐτὸν τοῦ βαθμοῦ ἀποκινήσωσιν, καὶ ὥσπερ ἐκκαλεσάμενος καταφύγη ἐπὶ τὸν μακαριώτατον τῆς ῥωμαίων ἐκκλησίας ἐπίσκοπον, καὶ βουληθείη αὐτὸν διακοῦσαι, δίκαιόν τι ᾖ νομίση ἀνανεώσασθαι αὐτῷ τὴν ἐξέτασιν τοῦ πράγματος, γράφειν τούτοις τοῖς ἐπι-σκόποις τοῖς ἀγχιστεύουσι τῇ ἐπαρχίᾳ, ἵνα αὐτοὶ ἐπιμελῶς, καὶ μετὰ ἀκριβείας ἕκαστα διερευνήσωσιν, καὶ κατὰ τὴν τῆς ἀληθείας πίστιν, ψῆφον περὶ τοῦ πράγματος ἐξενέγκωσιν. εἰ δέ τις ἀξιοῖ καὶ πάλιν αὐτὸν τὸ πρᾶγμα ἀκουσθῆναι, καὶ τῇ δεήσει τῇ ἑαυτοῦ τὸν ῥωμαίων ἐπίσκοπον κρίνειν δόξῃ, ἀπὸ τοῦ ἰδίου πλευροῦ πρεσβυτέρους ἀποστείλοι. ᾖ ἐν τῇ ἐξουσίᾳ αὐτοῦ τοῦ ἐπισκόπου, ὅπερ ἂν καλῶς ἔχειν δοκιμάσῃ καὶ ὁσίαν δέον ἀποσταλῆναι τοὺς μετὰ τῶν ἐπισκόπων κρινοῦντας, ἔχοντάς τε τὴν αὐθεντίαν τούτου παρ' οὗ ἀπε-στάλησαν. ἐ τοῦτο θεῖοι. εἰ ᾖ ἐξαρκεῖν νομίσει πρὸς τὴν τοῦ πράγματος ἐπίγνωσιν, καὶ ἀπόφασιν τοῦ ἐπισκόπου ποίησει, ὅπερ ἂν τῇ ἐμπρε-πεστάτῃ αὐτοῦ βουλῇ καλῶς ἔχειν δόξῃ.

Grec né au mesme siecle, témoigne que le Pape Iules premier, plusieurs ans auant le Concile de Sardique, restablit en vertu des priuileges de son siege, [a] S. Athanase Patriarche d'Alexandrie, Paul Euesque de Constantinople, Marcellus primat d'Ancyre en Galatie, Asclepas Euesque de Gaze en Palestine, Lucius Euesque d'Adrianopolis, deposez par diuers Conciles Orientaux de la faction Arienne, & leur restitua leur Episcopat : [b] *Pource*, dit-il, *qu'à l'Euesque de Rome à cause de la dignité de son siege, appartenoit le soin de toutes choses, il leur restitua à chacun son Eglise.* Mais cela concerne vn autre propos. Or estoit le Concile de Sardique, & plus ancien, & beaucoup plus authentique que le Concile Mileuitain : Car tous les Patriarches y assisterent, ou en personne, ou par leurs Legats, excepté celuy d'Antioche, qui estoit Arien ; & auec eux pres de de trois cents Euesques deputez de toutes les prouinces de la terre. Et pourtant [c] Seuere Sulpice, [d] Socrate, & l'Empereur [e] Iustinian, l'intitulent Concile vniuersel : & [f] sainct Athanase le nomme le grand Concile de Sardique : & Vigilius ancien Euesque de Trente l'appelle Concile de toutes les prouinces de la terre : Et l'inscription mesme du Concile porte ce tiltre dans l'histoire de Theodoret, [g] *Le sainct Concile assemblé par la grace de Dieu à Sardique, de Rome, d'Espagne, des Gaules, d'Italie, de Campagne, de Calabre, d'Afrique, de Sardigne, de Pannonie, de Mysie, de Dace, de Dardanie, de l'autre Dace, de Macedoine, de Thessalie, d'Achaye, des Epires, de Thrace, de Rhodope, d'Asie, de Carie, de Bithynie, d'Hellesponte, de Phrygie, de Pisidie, de Cappadoce, de Pont, de l'autre Phrygie, de Cilicie, de Pamphylie, de Lydie, des Isles Cyclades, d'Egypte, de Thebaïde, de Lybie, de Galatie, de Palestine, & d'Arabie.* Et qui plus est, Gratus Archeuesque de Carthage & Primat de toute l'Afrique, y estoit en personne, comme S. Athanase le remarque en sa seconde apologie, & comme le mesme Gratus le témoigne au premier Concile de Carthage : [h] *Il me souuient*, dit-il, *qu'au tres-sainct Concile de Sardique il fut decerné que nul n'vsurpast aucun du Diocese d'autruy*, & auec luy trente-cinq Euesques Africains deputez, comme dict [i] sainct Athanase, de toute l'Afrique. Au moyen dequoy, & le Concile Mileuitain, & toute l'Eglise Africaine, estoit particulierement, & plus que nulle autre, obligée à l'obseruation des Decrets de ce Concile : combien que pour vn

a *Sozom. hist. Eccles. l. 3. cap. 8.* Ἀθανάσιος ἢ φεύγων ἐκ τῆς ἀλεξανδρείας εἰς ῥώμην ἀφίκετο, κατ' αὐτὸ δὲ συνέβη ἢ παῦλον τὸν κωνσταντινουπόλεως ἐπίσκοπον συνδραμεῖν, ἓ μάρκελλον τὸν ἀγκύρας ἓ ἀσκληπᾶν τὸν γάζης, &c. μαθὼν ἢ ὁ ῥωμαίων ἐπίσκοπος τὰ ἑκάστων ἐγκλήματα, &c. ὡς ὁμοδόξους αὐτοὺς εἰς κοινωνίαν προσίετο.

b διὰ ἢ τῆς παντὸς κηδεμονίας αὐτῷ προσηκούσης, διὰ τ ἀξίαν τοῦ θρόνου ἑκάστῳ τὴν ἰδίαν ἐκκλησίαν ἀπέδωκε.

c *Seuer. Sulp. hist. l. 2.* Iubet ex toto orbe apud Sardicam Episcopos congregari.

d *Socr. l. 2. c. 20.* Κηρύσσεται οἰκουμενικὴ σύνοδος ὡς ἐπὶ τῆς Σαρδικήν.

e *Iust. in edict. de fide*, ἢ τῆς ἐν σαρδικῇ οἰκουμενικῆς συνόδου.

f *Athan. Apol. 2.* ἐν τῇ μεγάλῃ συνόδῳ τῇ ἐν σαρδικῇ.

g *Vigil. con. Eut. l. 5.*

h *Theodor. hist. Eccles. l. 2. c. 7.* ἡ ἁγία σύνοδος ἡ κατὰ θεοῦ χάριν ἐν σαρδικῇ συναχθεῖσα, ἀπὸ τε ῥώμης, ἢ σπανίας, ἢ γαλλίας, ἰταλίας, καμπανίας, καλαβρίας, ἀφρικῆς, σαρδανίας, παννονίας, μυσίας, δακίας, δαρδανίας, ἄλλης δακίας, μακεδονίας, θεσσαλίας, ἀχαίας, ἠπείρων, θράκης, ῥοδόπης, ἀσίας, καρίας, βιθυνίας ἑλλεσπόντου, φρυγίας, πισιδίας, καππαδοκίας, πόντου, φρυγίας ἄλλης, κιλικίας, παμφυλίας, λυδίας, νήσων κυκλάδων, αἰγύπτου, θηβαΐδος, λιβύης, γαλατίας, παλαιστίνης ἀραβίας, &c.

i *Concil. Carthag. n. c. 5.* Memini in sanctissimo Concilio Sardicensi statutum, vt nemo alterius plebis hominem vsurpet.   k *Athan. Apol. 2.*

temps les vrayes coppies en disparurent en Afrique par la malice &
collusion des Arriens & des Donatistes, qui firent courir en leur
lieu vn certain Conciliabule Arrien tenu à Philippopoli pres Sardique, qu'ils intituloient Concile de Sardique, comme il se recueille
de la Conference des écrits de [a] sainct Augustin, auec ceux de
[b] sainct Athanase, & [c] des autheurs de l'histoire Ecclesiastique.
Gratian donc trouuant ce canon du Concile Mileuitain, & estimant qu'il heurtast contre celuy du Concile de Sardique, à cause
qu'il ne s'apperceuoit pas que l'vn parloit des clercs inferieurs, &
l'autre des superieurs : & jugeant plus à propos de modifier l'vn par
l'autre, que de casser l'vn pour le respect de l'autre ; a pensé deuoir
faire en ce cas, ce qu'il est juste de faire en toutes semblables occurrences, asçauoir, de modifier le moins expres & le moins authentique, par le plus expres & le plus authentique : Et pourtant a
apposé à l'ordonnance du Concile Mileuitain, [d] ceste exception
prise du suc & de la substance du Concile de Sardique : *Si d'auenture
ils n'appellent à l'Eglise Romaine.* Car toutes les causes qui sortoient
d'Afrique n'alloient pas immediatement à Rome, comme [e] Alexius le remarque, & comme il appert par ce que sainct Augustin
disoit n'agueres : *Que Cecilian pouuoit reseruer sa cause entiere au iugement des Euesques trans-marins, & principalement des Eglises Apostoliques.* Et vn peu auparauant : [f] *Qu'il estoit conjoint par lettres com-
municatoires à l'Eglise Romaine, en laquelle a toussiours fleury la principauté du siege Apostolique, & aux autres terres dont l'Euangile estoit
premierement venu en Afrique : là où il estoit prest de playder sa cause, si
ses ennemis vouloient aliener ces Eglises-là de luy.* Et a ledit Gratian inseré ceste exception non dans le texte, mais dans l'emologation
du Canon, c'est à dire, non pour en corrompre l'edition, mais
pour en restreindre, en pareil cas, l'execution : Et afin qu'on ne se
trompast point, en la prenant pour texte du Concile, a mis entre-
deux vne note de distinction & de paragraphe, & marqué le commencement de la cause d'vne capitale de rosette, comme il a accoustumé de faire lors qu'il transfere le propos de la personne des autheurs en la sienne. Or en tout cela qu'y a-t'il de faux, sinon le calcul du sieur du Plessis ?

OBIECTION II.

Au canon 73. (Ainsi cite-t'il le troisiéme canon du Concile intitulé cinquiéme de Carthage, repeté au 73. article de ceste rhapsodie
Grecque, laquelle il prend pour le troisiéme Concile de Carthage) *il
estoit dit ; Il a semblé bon que les Prestres, Euesques & Diacres, à leur tour,
s'abstiénent mesmes de leurs femmes.* Par où il apparoissoit qu'ils estoiēt mariez, retenoiēt leurs fēmes nonobstāt les ordres, mais s'en abstenoiēt quād leur

*tour venoit d'estre en seruice, conformément aussi au Canon du Concile 6.
En quelle foy l'auoir inseré au Decret, d. 32. c. Placuit, en retranchant
ces mots, In proprijs terminis, en leurs propres termes, c'est à dire au rang
de leur seruice ; qui font tout le sens : pour introduire le Cœlibat au lieu
du mariage?*

Est-il possible que l'estonnement de la Conference ayt si fort
troublé tout ensemble les yeux, la memoire & le jugement du
sieur du Plessis, qu'il ne luy soit resté vne seule estincelle d'aucune
de ces facultez? Gratian, dit-il, a corrompu & cité à faux le 3. Canon
du cinquiéme Concile de Carthage. Et pourquoy? Pource qu'il l'a
rapporté selon le texte original, & ne l'a pas allegué selon vne nouuelle & vicieuse traduction de traduction : Pource qu'il l'a cité
auec ces mots, *secundum propria statuta*, qui font les propres paroles du Concile, & ne l'a pas cité auec ces mots, *in proprijs terminis*,
qui n'y furent jamais ny ouys, ny veuz. O fable ! ô farce ! Le cinquiéme Concile de Carthage, qui fut celebré, comme chacun sçait,
en Latin, coucha le canon du Cœlibat des Prestres, en ces formelles
& expresses paroles : [a] *Il a esté resolu que les Euesques, Prestres, & Diacres, selon les statuts precedents (secundum priora, ou, propria statuta,) s'abstiennent mesme de leurs propres femmes.* Et ainsi le portent tous les
anciens exemplaires manuscrits des Conciles : & ainsi le rapportent toutes les editions imprimées, soit à Paris, soit à Basle, soit à
Venise, soit à Coloigne : & ainsi l'auoir leu [b] sainct Augustin Africain il y a douze cents ans : & ainsi l'auoit leu [c] Fulgentius Ferrandus Africain, il y a onze cents ans : & ainsi l'auoit leu [d] Crescó-
nius Africain, il y a mille ans : & ainsi l'ont traduit des anciens canonistes Grecs [e] exprimants ceste clause, *secundum propria statuta*,
par ces mots, κατ' ἰδίας ὅρας : Car que le mot Grec, ὅρος signifie
statut, canon, constitution ; il n'en faut point d'autre témoin
qu'eux mesmes, qui appellent en ceste propre piece les statuts du
Concile de Nicée, ὅρας τῆς ἐν νικαία σουόδ'υ : Et ainsi l'ont translaté
les interpretes de Zurich en leur edition Grecque & Latine, retournants derechef ceste clause de la version Grecque κατ' ἰδίας ὅρας par
celles-cy, [f] *secundum sua statuta*, &, *secundum suos canones* : Et ainsi le
Sieur du Plessis luy-mesme, non seulement le recognoist, mais le
proteste : Car [g] au second liure de son œuure contre la Messe, il
pose pour fondement, que les vrayes paroles de ce Concile font,
secundum priora (ou *propria*) *statuta* : Et icy il s'inscrit en faux contre
Gratian, pource qu'il l'a allegué comme luy. Cela ne merite-t'il
pas d'estre plustost sifflé que refuté? L'origine donc de ceste grotes-
que est telle.

Socrate autheur heretique de l'heresie des Nouatiens, cóme [h] Ni-

[a] *Concil. Carth. 5. c. 3.* Placuit Episcopos & Presbyteros & Diaconos secú-dum propria statuta etiam ab vxoribus ab-stinere.

[b] *Vide infr. p. 273.*

[c] *Vide ibid.*

[d] *Vide ibid.*

[e] *Rhapf. Græc. concilior. Carth. c. 25. & 71. vel secundum alios, c. 28. & 74.*

[f] *Rhapf. Grec. plat. Concil. Carth. impr. Tigur. c. 25. & 27.*

[g] *Le sieur du Plessis en son œu-ure de l'Euchari-stie l. 2. chap. 9. p. 319. de la pre-miere edition.*

[h] *Nic. hist. Eccl. l. 6. & 9.*

cephore , & ſes propres écrits le témoignent, recitant l'hiſtoire du premier Concile de Nicée, dit (& Sozomene apres luy : car nul de ceux qui ont écrit deuant Socrate n'en fait mention)[a] Que les Peres de ce Concile voulurent introduire vne nouuelle loy en l'Egliſe, aſçauoir, que les Eueſques, Preſtres, & Diacres, s'abſtinſent des femmes qu'ils auoient eſpouſées eſtants encores laïques : mais que Paphnuce s'y oppoſa ; & apres pluſieurs autres remonſtrances, ajouſta qu'il ſuffiſoit de garder l'ancienne tradition de l'Egliſe, qui eſtoit, que nul depuis auoir receu les ordres , ne ſe pouuoit marier : A quoy tout le Concile conſentit, & accorda qu'il demeuraſt en la liberté des Eccleſiaſtiques de retenir ou abandonner l'vſage de leurs femmes precedentes. Dit encore ailleurs le meſme [b] Socrate, qu'il n'y auoit que la Theſſalie, & quelques prouinces adjacentes, où ceſte loy euſt lieu, que les Eccleſiaſtiques s'abſtinſent neceſſairement des femmes qu'ils auoient épouſées auant leur promotion. Or de diſputer icy ſi c'eſt vne impoſture que Socrate ayt inuentee pour fauoriſer obliquement l'hereſie des Nouatiens qui égaloient la diſcipline des clercs & des laïques en matiere de mariage, à l'occaſion dequoy auſſi [c] S. Epiphane leur reprochoit que leur ſecte eſtoit comme vne femme qui mettoit ſon chapperon à ſes pieds & ſes ſouliers à ſa teſte ; Ie n'en ay pour ceſte heure, ny le deſir ny le loiſir. Seulement proteſteray-je , que tous les Peres du ſiecle du Concile de Nicée, qui fut celebré, il y a douze cents ſeptante & ſept ans, & plus de ſix vingts ans deuant l'edition de Socrate, dementent formellement Socrate en ceſt article. Sainct Auguſtin, en ſa cenſure des mariages adulterins, écrite en Afrique il y a pres de douze cents ans, parlant des laïques qui auoient repudié leurs femmes, & alleguoient leur incontinence pour excuſe de ſe remarier : [d] *Nous auons accouſtumé (dit-il) de leur propoſer la continence des clercs , qui ſouuentes-fois ſont pris par force & malgré eux pour ſubir ceſte charge, & l'ayant acceptée la portent auec l'ayde de Dieu, legitimement juſqu'à la fin. Nous leur diſons donc, que ſeroit-ce ſi vous eſtiez rauis & forceʒ par la violence des peuples à ſubir ce miniſtere ? Ne conſerueriez-vous pas chaſtement l'office dont vous vous ſerieʒ chargeʒ, vous conuertiſſants tout ſur le champ à impetrer de Dieu des forces auſquelles vous n'auriez iamais penſé auparauant ?* Sainct Hieróme, en ſon premier liure contre Iouinian écrit en Aſie il y a douze cents dix ans : [e] *Certes, dit-il, tu me confeſſes que celuy ne peut eſtre Eueſque , qui faict des enfants en l'Epiſcopat : autrement s'il eſt*

---

[a] Socr. hiſt. Eccl. l. 1. c. 11.

[b] Socr. hiſt. Eccleſ. lib. 5. cap. 22.

[c] Epiph. contra Nouat. hær. 59.

[d] Auguſt. de adulterin. coniug. l. 2. c. vlt. Solemus eis proponere etiã continentiam clericorum: qui plerumque ad eandem ſarcinã ſubeundam capiuntur inuiti, eamque ſuſceptam vſque ad debitum finem, domino adiuuãte perducũt. Dicimus ergo eis, Quid ſi & vos ad hoc ſubeundum populorum violentia caperemini? nonne ſuſceptũ caſtè cuſtodiretis officium, repentè conuerſi ad impetrandas vires à Domino, de quibus nunquàm antea cogitaſtis?

[e] Hieron. aduerſus Iouin. l. 1. Certè confiteris non poſſe eſſe epiſcopum, qui in Epiſcopatu filios faciat: alioquin, ſi deprehenſus fuerit, non quaſi vir tenebitur, ſed quaſi adulter damnabitur.

découuert, il ne sera pas tenu comme Euesque, mais condamné comme adultere. Et derechef: [a] *Les Euesques, Prestres, & Diacres sont éleuz, ou vierges, ou en viduité, ou pour le moins apres le Sacerdoce eternellement pudiques.* Et en la seconde epistre contre Vigilantius: [b] *Que feront les Eglises d'Orient? que feront celles d'Egypte? que feront celles du siege Apostolique,* (c'est à dire, de tous les trois anciens departements Patriarchaux du monde) *qui prennēt les clercs, ou vierges, ou continents, ou s'ils ont eu des femmes, ils cessent d'estre marys?* Sainct Chrysostome Prestre d'Antioche, & depuis Euesque de Constantinople, en la seconde homelie de la patiéce de Iob, écrite au mesme lieu & au mesme temps: [c] *L'Apostre a dit, Mary d'vne seule femme, non en intention que cela se prattique encore maintenant: car il faut que l'homme promeu au sacerdoce soit orné d'entiere chasteté.* Sainct Ambroise Archeuesque de Milan, en son premier liure des offices, écrit en Europe, il y a douze cents vingt ans: [d] *Or qu'il faille conseruer le ministere inuiolé & immaculé, sans le soüiller par aucun embrassement coniugal, vous le cognoissez, vous qui auec integrité de corps & incorruption de pudeur, vous abstenant mesme de l'vsage du mariage, auez receu la grace du sacré Diaconat. Ce que ie dy, pource qu'il y en a eu qui en quelques lieux plus cachez, exerceants le Diaconat, voire mesme le Sacerdoce, ont engendré des enfants.* Sainct Epiphane Euesque de Salamine, en son liure contre les heresies, écrit en Cypre il y a pres de douze cents trente ans: [e] *La saincte Eglise de Dieu* (dit-il, disputant contre les Nouatiens) *ne reçoit pas mesme celuy qui est mary d'vne seule femme, & conuerse encore auec elle, & en engendre des enfants, pour Diacre, Prestre, & Euesque, voire ny pour Soudiacre: mais celuy qui se contient de la femme qu'il auoit épousée en vniques nopces, ou qui vit en viduité: & principalement là où les Canons Ecclesiastiques sont exactement obseruez.* Eusebe Euesque de Cesarée en Palestine, qui assistoit en propre personne au Concile de Nicée, il y a plus de douze cents septante ans: [f] *Maintenant,* dit-il, (c'est asçauoir au temps de l'Euangile) *les herauts de la parole diuine embrassent necessairement la discession des mariages, pour vacquer à vne meilleure occupation, s'employants à vne generation d'enfants spirituelle & incorporelle.* Et vn peu apres: [g] *Non toutesfois qu'au nouueau Testament la procreation des enfants soit totalement interditte, &c. car l'Apostre écrit, Il faut que l'Euesque ayt*

[a] *Idem ad Pam. pro libris aduers. Iouin.* Episcopi, Presbyteri, Diaconi, aut virgines eliguntur, aut vidui, aut certè post sacerdotium in æternum pudici.

[b] *Idem adu. Vigilant. epist. 2.* Quid facient Orientis Ecclesiæ? quid Ægypti, & sedis Apostolicæ, quæ aut virgines clericos accipiunt. aut continentes; aut si vxores habuerint, mariti esse desistunt?

[c] *Chrysost. de patient. Iob. hom. 2.* Dixit, & vnius vxoris virum: non ea ratione quod id nunc in Ecclesia seruetur. Oportet enim omni prorsus castitate sacerdotem ornatum esse.

[d] *Ambros. de offic. lib. 1. cap. vlt.* Inoffensum autem exhibendum & immaculatum ministerium, nec vllo coniugali coitu violādum cognoscitis, qui integro corpore,

re, incorrupto pudore, alieni etiam ab ipso consortio coniugali, sacri ministerij gratiam recepistis. Quod eo non præterij, quia in plerisque abditioribus locis cùm ministerium gererent, vel etiam sacerdotium, filios susceperunt.   [e] *Epiphan. hares. 59. contra Nouat.* ἀλλὰ καὶ τὸν ἔτι βιοῦντα (lege συμβιοῦντα) ᾗ τεκνογονοῦντα μιᾶς γυναικὸς ὄντα ἄνδρα, οὐ δέχεται, ἀλλὰ ἀπὸ μιᾶς ἐγκρατευσάμενον ἢ χηρεύσαντα, διάκονόν τι καὶ πρεσβύτερον, καὶ ἐπίσκοπον καὶ ὑποδιάκονον, μάλιστα ὅπου ἀκριβεῖς κανόνες οἱ ἐκκλησιαστικοί.

[f] *Euseb. de demonst. Euang. lib. 1. cap. 9.* οὕτως ἀναγκαίως τὰ νῦν διὰ τὴν περὶ τὰ κρείττω σχολὴν, ἢ τῶν γάμων αἰσχύνας σπουδάζεται· ὅτι περὶ τὴν ἔνθεον, καὶ ἄσαρκον παιδοποιίαν ἀσχολουμένοις.

[g] *Et paulò post:* καὶ κατὰ τοὺς τῆς καινῆς διαθήκης νόμοις, οὐ πάμπαν ἀπηγόρευται τὰ τῆς παιδοποιίας, &c. χρῆναι γάρ φησιν ὁ λέγων τὸν ἐπίσκοπον γεγονέναι μιᾶς γυναικὸς ἄνδρα· πλὴν ἀλλὰ τοῖς ἱερωμένοις, ᾗ περὶ τὴν θείαν θεραπείαν ἀσχολουμένοις αἰσχρὸν λοιπὸν σφᾶς αὐτοὺς προσήκει τῆς γαμικῆς ὁμιλίας.

esté mary d'vne seule femme : Mais à ceux qui sont sacrez & employez
au ministere de Dieu, il leur conuient dés-lors en auant s'abstenir de l'v-
sage du mariage. Et le Concile de Nicée mesme : [a] *Le grand Synode a
défendu à tout Euesque, Prestre, Diacre, & autre du Clergé, d'auoir aucune femme domestique chez soy, sinon sa mere, sa sœur, sa tante, & autres personnes exemptes de tout soupçon.* Car quant au Decret du Concile de Gangres, qui dit; [b] *Si quelqu'vn met difference entre l'oblation
d'vn Prestre marié, &c. qu'il soit anathéme:* lequel lieu aucuns ont accoustumé d'alleguer en faueur de Socrate; Il y a dans le Grec, γεγαμηκότος en preterit, qui signifie là, nonobstant l'exposition de Socrate & autres Grecs partiaux en ceste cause, *Qui ayt esté marié.* Car tous
ceux qui tenoient le mariage present pour crime, & obstacle à la
communion des laïques, comme faisoient les Eustathiens contre
qui ce Concile fut celebré; tenoiét le mariage passé pour reproche,
& obstacle à la promotion des Ecclesiastiques, desquels non seulement la vie presente, mais precedente, deuoit auoir esté irreprehensible. Et pource le mesme Concile parlant des laïques mariez, que
les Eustathiens excluoient de la communion & du salut, vse de ces
termes presents, [c] *estants en mariage*, &, [d] *dormantes auec leurs marys:*
Et parlant des Prestres, vse de ces mots preterits, γεγαμηκότος, & γε-
γαμηκότων, c'est à dire là, *ayants esté mariez:* Er ainsi le tourne [e] Dio-
nysius Exiguus, qui écriuoit il y a mille septante cinq ans: Et ainsi
le tourne [f] Cresconius qui écriuoit il y a mille ans: Et ainsi le tourne [g] l'edition Grecque & Latine de Zurich, faitte par nos propres
aduersaires.

Sur le fondement de ceste histoire de Socrate néantmoins, les
Grecs posterieurs, qui estoient bien ayses de trouuer quelque pretexte pour s'éloigner des Latins, s'auiserent de bastir la distinction
qu'ils obseruent encore auiourd'huy, asçauoir, que nul depuis qu'il
est Prestre ou Diacre, ne se peut plus marier: mais que ceux qui ont
esté mariez auant leur promotion, pourueu qu'c'ayt esté en premieres & vniques nopces, peuuent vser des femmes qu'ils auoient épousées auparauant. Et cela pour le regard des Prestres seulement: Car
quant à leurs Euesques, ils font vn perpetuel vœu de Cœlibat deuant que de pouuoir estre sacrez: [h] *Si quelque Euesque (dit le Concile des Grecs, tenu in Trullo) est trouué demeurant auec sa femme depuis son sacre, qu'il soit deposé.* Et [i] Zonare sur le mesme article: *Le
present Canon défend que les Euesques apres leur promotion demeurent ensemble auec les femmes qu'ils auoient euës auant le Sacerdoce.* Et dere-

a Concil. Nicen. 1. can. 3. ἀπηγόρευσε καθόλυ ἡ μεγάλη σύνοδος, μὴ ἐπι- σκόπῳ, πρεσβυτέ- ρῳ, μήτε διακόνῳ, μή τ᾽ ὅλως τῶν ἐν τῷ κλήρῳ ἐξεῖναι συνείσακτον, ἔχειν, πλὴν εἰ μὴ ἄρα μητέρα, ἢ ἀδελ- φὴν, ἢ θείαν, ἢ ἃ μόνα πρόσωπα διαπέφευγε πᾶσαν ὑποψίαν.

b Concil. Gangr. can. 4. εἴ τις δια- κρίνοιτο παρὰ πρε- σβυτέρου γεγαμηκό- τος, &c, ἀνάθεμα ἔστω.

c Concil. Gang. in Præfat. ἔτι οὐδεὶς τῶν ἐν γάμῳ ὄντων ἐλπίδα παρὰ τῷ θεῷ ἔχει.

d Idem c. 1. τὴν καθεύδουσαν μετὰ τοῦ ἀνδρὸς αὐτῆς, &c. ὡς ἂν μὴ δυναμένην εἰς βα- σιλείαν εἰσελθεῖν.

e Concil. Gang. c. 3. ex vers. Dio- nys. Exig. Qui- cúque discernit à presbytero qui vxorem ha- buit, &c.

f Cresc. tit. III. De presbyteris qui habuerint côniugia. Conc. Gang. t. 4.

g Edit. Tig. à pre- sbytero qui vxorē habuit.

h Concil. Constant. in Trullo, cap. 12. εἴ τις φωραθείη τὸ τοιοῦτο πράττων (τουτ᾽ ἐστὶ συνοικῶν τῇ ἰδίᾳ γαμετῇ μετὰ τὸ ἐπ᾽ αὐτῷ προσγενέσθαι χειροτονίαν προεδρίας) καθαιρείσθω.

i Zonar. in Concil. in Trull. cap. 12. Κωλύει τοὺς ἀρχιερεῖς μετὰ τὴν χειροτονίαν συνοικεῖν ταῖς πρὸ τῆς ἱεροσύνης γυναιξὶν αὐτῶν.

chef : [a] *Il ne défend pas seulement qu'ils ne couchent point auec elles ; mais
aussi qu'ils ne demeurent pas auec elles.* Et Cedrenus mesme, démentant
Socrate pour le regard des Euesques : [b] *Paphnuce, dit-il, empescha
qu'on n'imposast le Cœlibat, comme chose trop difficile aux clercs inferieurs,
& ordonna que les Euesques seuls l'obseruassent.* Or à ceste pretention des Grecs, portoit obstacle le cinquiéme Concile de Carthage, qui decerne, *Que tous Euesques, Prestres, Diacres, & autres qui
touchent les Sacrements, s'abstiennent selon leurs propres statuts, mesme
de leurs femmes.* Sur cela donc que firent les Grecs ? Vous le sçaurez,
Lecteurs. Le traducteur de ceste rapsodie de Canons, qu'on appelle
le Concile Africain, en laquelle est inseré le troisiéme article du
cinquiéme Concile de Carthage, auoit traduit, comme il a déja
esté remarqué, le mot Latin, *statuta,* par le mot Grec, ὅρος. Or estoit
le nom, ὅρος, equiuoque, & signifioit *statut,* & pouuoit aussi signifier *terme.* Les Grecs donc qui s'assemblerent à Constantinople sous
Iustinian second, pour dresser les Canons imposez au sixiéme Concile œcumenique, dont parle le Sieur du Plessis, qui auoit esté celebré plusieurs ans auparauant, n'ayants point l'original Latin du
Concile de Carthage, se resolurent de faire leur profit de l'ambiguité de la traduction, & de prendre le mot, ὅρος, pour *terme,* &
modifier le Canon en ce sens : *Que les Ecclesiastiques s'abstiendroient
de leurs femmes en leurs propres termes.* Et afin de donner plus de couleur à ceste subtilité, instituerent à Constantinople, ou eux, ou leurs
successeurs, certains Prestres alternatifs, qui seruoient par semaine,
& à tour de roolle : [c] *A ceste occasion,* dit Balsamon, commentateur
Grec, *la grande Eglise a diuisé les ministeres des Prestres par semaines :
Au moyen dequoy ceux qui ne celebrent point par semaines, mais tous les
iours, sont coulpables par le Canon, dautant qu'ils demeurent auec leurs
propres femmes, & causent vn scandale public, comme ne se contenants
pas, ores mesme qu'en verité ils se continsent.* Gentian Heruet donc venant à traduire le commentaire de Balsamon à l'endroit de cest article, & se trouuant obligé pour accorder la glose auec le texte, de
tourner l'edition Grecque du Concile, selon le sens du commentateur, a translaté, κατ᾽ ἰδίους ὅρους, *in propriis terminis,* c'est à dire, *en
leurs propres termes.* Et là dessus le Sieur du Plessis, comme il est heureux en ses rencontres, a pris la version Latine de Gentian Heruet,
faitte il y a quarante ans, pour le Latin original du cinquiéme Concile de Carthage, celebré il y a douze cents ans. A cela quelle excuse ? Il n'y a pas vn de tous les anciens Conciles conuoquez sur ceste
matiere soit en Afrique, soit aux Prouinces voisines d'Afrique,
qui ne monstre par l'analogie de sa doctrine, que la supposition de ceste clause, *In propriis terminis,* au lieu de ces mots, *secundum priora (ou propria) statuta,* est vne manifeste imposture.

a *Idem ibidem.* μὴ μόνον ὀινῆς αὐταῖς μὴ κοινωνεῖν, μηδὲ μίξεως, ἀλλὰ
μηδὲ συνοικεῖν αὐ-
ταῖς ἐ ἐν τῆ αὐτῆ
κατοικίᾳ ζῆν.

b *Cedren. hist. in
Conc. Nicen.* συνό-
δου κανονίσαι θε-
λούσης ὥστε κληρικοῦ
μὴ συνέρχεσθαι γυ-
ναικὶ πρὸς γάμον,
ὡς ἐάρξω τὸν λόγον
Παφνούτιος διέ-βι-
ψε, καὶ μόνοις ἐπι-
σκόποις ἐτύπωσε
ὄντα παραφυλάτ-
τεσθαι.

c *Balsam. in c. 74.
Raps. Concil. Car-
thag. ex versione
Gentian. Heruet.*
Magna quoque
Ecclesia hac
ratione sacer-
dotum ministe-
ria diuidit in
hebdomadas:
Quare qui non
per septimanā,
sed singulis die-
bus sacra cele-
brant, tenentur
canone, vt qui
omnino cum
propriis vxori-
bus versentur,
& apertè offen-
dant, tanquam
non continen-
tes, licet reuera
contineant.

Il a pleu (dit le Concile Elibertin tenu en Espagne, il y a pres de treize cents ans) *d'ordonner aux Euesques, Prestres, Diacres, & Soudiacres, establis au ministere, de s'abstenir entierement de leurs femmes, & n'engendrer point d'enfants.* Et le second Concile de Carthage tenu en Afrique mesme, il y a douze cents dix ans: [b] *Il a pleu que les Euesques, Prestres, Diacres, &c. exercent entiere continence, &c. afin que ce que les Apostres ont enseigné (ou selon la version Grecque, baillé par tradition) & l'antiquité mesme obserué, nous aussi l'obseruions.* Et derechef: [c] *Il plaist à tous, que les Euesques, Prestres, Diacres, ou autres touchants les Sacrements, gardent pudicité, & s'abstiennent mesmes de leurs propres femmes.* Et le premier Concile de Tolede celebré en Espagne, il y a douze cents ans: [d] *Si quelques Diacres, voire deuant l'interdiction faitte par les Euesques nos predecesseurs, ont vescu incontinemment auec leurs femmes; qu'ils ne soient point honorez du degré de Prestrise.* Et le second Concile d'Arles tenu au mesme siecle: [e] *Que nul constitué au lien de mariage ne puisse estre admis au Sacerdoce.* Il n'y a pas vn de tous les anciens témoins de la discipline de l'Eglise Africaine, qui ne rapporte que la continence des clercs d'Afrique, estoit perpetuelle, & non alternatiue & intermittente: [f] *Que feriez-vous* (dit sainct Augustin aux laïques qui auoient repudié leurs femmes) *si vous estiez rauis & forcez par la violence des peuples, à subir le ministere de l'Eglise? Ne vous conuertiriez-vous pas tout sur le champ à impetrer de Dieu des forces ausquelles vous n'auriez iamais pensé auparauant?* Et Fulgentius Ferrandus qui estoit aussi Africain, & écriuoit il y a onze cents ans: [g] *Que les Euesques, Prestres, & Diacres, s'abstiennent de leurs femmes. Le Concile de Carthage, tiltre premier,* (non donc modifié, mais confirmé par les subsequents) *& le Concile de Zelles:* Et Cresconius semblablement Africain, il y a mille ans: [h] *Que l'ordre Sacerdotal & Leuitique ne doiuent point auoir d'habitation auec les femmes: Les decrets du Pape Innocent, tiltre seiziéme: Et les decrets du Pape Leon, tiltre dixseptiéme: Et le Concile de Carthage, tiltre vingt-cinquiéme.* Il n'y a pas vn de tous les exemplaires du cinquiéme Concile de Carthage, ny manuscrits, ny imprimez soit à Paris, soit à Majence, soit à Coloigne, soit à Basle, soit à Venise, soit en quelque autre lieu du monde, qui ne porte *secun-*

---

[a] *Concil. Elibert. cap. 33.* Placuit in totum prohibere episcopis, presbyteris, diaconibus, ac subdiaconibus positis in ministerio, abstinere se à coniugibus suis, & non generare filios.

[b] *Concil. Carth. 2. sub Consf. 4. Valent. 2. & Neot. (de quo perperam fecerūt Theod.) & non vt quidam doctissimi putarunt sub 4. Consf. Valent. 3. & Theod. 2. Fuit enim celebratum sub S. Genetli. (Vt ait Fulgent. Ferr. de quo malè fecerunt Genedium) & praesente Victor. Pupputan. qui iam senex in Concil. Carthag. sub consulat. Caesar. & Attic.* Placuit Episcopos, presbyteros, & diaconos, &c. continentes esse in omnibus, &c. vt quod Apostoli docuerūt, & ipsa seruauit antiquitas, nos quoque custodiamus. *Grace sic in Rhapf. Concil. Carthag. c. 3. vel secundum alios 1.* Ηρεσι ὑπι-επισκοπαις, πρεσβυτέροις, καὶ διακόνοις, &c. ἐγκρατῆς ἡ) ἐν πᾶσιν, &c. ἵνα καὶ τὸ διὰ τῶ ἀποστόλων παραδοθὲν, καὶ ἐξ αὐτῆς ἀρχαιότητος κρατηθὲν, καὶ ἡμεῖς φυλάξωμεν.

[c] *Ibid.* Omnibus placet, vt episcopi, presbyteri, & diaconi, vel qui sacramenta contrectant, pudiciae custodes etiam ab vxoribus se abstineant.

[d] *Concil. Tolet. 1. c. 1.* Si qui diacones etiam ante interdictum quod per priores ante nos episcopos constitutum est, incontinenter cum vxoribus vixerint, presbyterij honore non cumulentur.

[e] *Conc. Arel. 2. cap.* Assumi aliquem ad sacerdotium non posse in vinculo matrimonij constitutum, nisi fuerit promissa conuersio.   [f] *Aug. de adulter. coniug. lib. 2. vide supra.*

[g] *Fulg. Ferrand. in Breu. can. art. 6.* Vt episcopi, presbyteri, & diaconi ab vxoribus se abstineant, *Conc. Carthag. Tit. 1. Conc. Zell.*   [h] *Cresc. in Breu. art.* 109 Quod Sacerdotes & Leuitae cum mulieribus coire non debeant, *Ex Decret. Pap. Inn. Tit. 16. Ex Decret. Pap. Leon. Tit. 17. Conc. Carth. Tit. 25.*

dum priora (ou *propria*) *statuta*, & non, *in propriis terminis*. L'argument
mesme de l'edition Grecque le confirme, qui dit sans restriction
de temps & d'interualles, [a] *quels Ecclesiastiques se doiuent abstenir de
femmes*. Le propre extrait des Centuriateurs d'Allemagne y consent, qui le cite selon le tiltre Latin, en ces mots; [b] *Que l'ordre Sacerdotal & Diaconal s'abstiennent de leurs femmes* : L'edition Grecque
& Latine de Zurich, le proteste, qui exprime ceste clause de la version Grecque, κατ' ἰδίας ὅπας, par celle-cy, [c] *secundum sua statuta*.
Le sieur du Plessis luy-mesme y souscrit : Mais que di-je y souscrit?
Il le pose pour base & fondement de verité, & en argumente comme d'vn principe & d'vne maxime indubitable.   Car en son œuure
contre la Messe liure 3. chap.9. voulant monstrer que le cinquiéme
Concile de Carthage auoit parlé plus modestement du Cœlibat
des Prestres, que le second; dautant qu'il s'estoit fondé sur les statuts des Conciles precedents, & non sur les Apostres; Il allegue
que le texte du Canon porte, *secundum priora* (ou *propria*) *statuta:*
Voicy ses paroles : *Et au cinquiéme* (dit-il) *tenu peu apres sous le Pape
Anastase, le Canon est repeté, mais en termes plus doux, fondé sur priora,
ou propria statuta (car il y a diuerses leçons) & non sur les Apostres.*   Et
maintenant, comme s'il auoit perdu les yeux du corps & de l'esprit
tout ensemble, il crie, pour se faire mocquer de Dieu & des hommes, que Gratian a falsifié le Canon du cinquiéme Concile de Carthage, pource qu'il l'a cité auec ces mots, *secundum propria* (ou *priora*)
statuta, & non auec ceux-cy, *In propriis terminis*. A cela que peut-
on dire sinon que quand le sieur du Plessis impose aux autheurs,
quand il les accuse à faux de fausseté, quand il se combat & détruit
luy-mesme, quand il pert la memoire de ce qu'il vient d'écrire,
quand il souffle le froid & le chaud d'vne mesme bouche; il demeure en ses propres termes? *in propriis terminis?*

OBIECTION III.

La troisiéme inscription en faux que le sieur du Plessis fait contre Gratian, est qu'il a imputé à sainct Augustin d'auoir mis les e-
pistres decretales des Papes entre les Ecritures canoniques. Et en cela seul il dit vray: Gratian auoit vn exemplaire de sainct Augustin,
depraué, là où l'escriuain au lieu de, *Qua Apostolicæ sedes*, auoit leu,
Quas Apostolicas sedes; & pour y trouuer quelque sens, deuant ces
mots, *accipere meruerunt*, auoit inseré, *alij ab ea*. Mais le Sieur du Plessis n'aura pas la gloire de ceste censure : Car il n'en est pas le premier obseruateur. Alphonse de Castro, [e] duquel aussi il l'allegue en
son liure de l'Eglise, l'auoit remarquée long temps deuant luy: Et
sur l'aduis d'Alphonse de Castro Catholique & Cordelier , ceste

a *Tit. 71. can.
Rhaps. Græc. Con-
cil. Carth. mᵭ.*
ὀφείλασι κληεικοὶ
γαμιατῶν ἀπέχεσῨ.

b *Centur. Mag-
deb. Cent. 5. col.
829. in repet.
Conc. Carth. 5
can.* 3. Sacerdo-
tes & leuitæ ab
vxoribus absti-
neant.

c *Edit. Græcolat.
Concil. Tigur.
in Rhaps. Concil.
Carth. c. 71.*
Placuit episco-
pos & presby-
teros & diaco-
nos secundum
sua statuta etiã
ab vxoribus
suis continere.

d *Le sieur du
Plessis en son liure
de l'Eucharistie
1. edit p.319.*

e *Alph. de Castr.
cont. hares. l. 1. 6. 20.*

faute a esté notée dans tous les decrets nouueaux, tant de Rome, que de Lyon, & de Paris; & les Lecteurs aduertis que S. Augustin ne parle pas comme Gratian le cite : Qui est vn bel exemple au sieur du Plessis, pour luy apprendre à corriger les faussetez de ses liures lors qu'il en repris. Car quant à ce qu'il ajouste peu apres; *Et de ceste maille on leur en peut monstrer dans le Decret des Centuries & des Chiliades;* s'il entend parler des exemplaires du Decret publiez depuis la reformation du Pape Gregoire treziéme, qui sont les seuls que nous sommes obligez de garantir; on l'en met au pis faire. Que s'il veut dire que dans les exemplaires precedents la reformation, il y auoit des choses dignes d'estre reformées, il ne nous conte pas grands nouuelles. Car à cause dequoy le Pape l'auroit-il fait corriger publiquement, s'il n'y auoit eu rien à reprendre? [a] *La correction* (dit le Pape Gregoire treziéme) *des Decrets & lieux recueillis par Gratian* (*Car ce liure-là estoit tres-plein de fautes & deprauations de témoignages*) *entreprise à bonne raison par quelques Pontifes Romains nos predecesseurs, &c. mais iusques icy retardée de plusieurs & diuers empeschements; & à present finalement acheuée & parfaitte par la collation des plus anciens exemplaires recerchez de toutes parts, & par la lecture des autheurs dont il auoit cité les passages, & par la restitution des choses mal-mises, en leurs lieux: sort maintenant en lumiere par nostre mandement.* Et de fait quelle merueille est-ce qu'en ce chaos qui n'est point vn écrit continu, mais vne farrage & vn ramas d'infinies pieces rapportées, & qui depuis plus de quatre cents ans, qu'il sert de théme aux écholes des Canonistes, a passé par les mains de tant de millions d'écholiers, qui l'ont ou transcrit, ou fait transcrire par personnes ignorantes; il se soit coulé plusieurs deprauations? Mais il y a bien difference entre les erreurs que le long cours du temps, la frequence des transcriptions, & l'ignorance des coppistes, introduisent en vn œuure: & celles qui sortent de la boutique de l'autheur auec l'œuure mesme. Et parainsi si le sieur du Plessis presume estre vn grand Apollon, pour auoir deuiné qu'il y auoit des fautes dans les exemplaires du Decret que l'on a corrigez, il est bien loin de son conte: & encore plus, s'il croid se pouuoir seruir de cest exemple pour excuser les siennes.

a *Greg. Pap. 13. præf. in Decret.* Emendationem decretorum à Gratiano collectorum (erat enim is liber mendis & testimoniorum deprauationibus plenissimus) à nonnullis Romanis Pontificibus prędecessoribus nostris optimo cõsilio susceptam, &c. Multis autem variisque impedimentis hactenus retardatam. Nunc tandem vetustissimis codicibus vndique conquisitis, auctoribúsque ipsis quorum testimoniis vsus erat Gratianus perlectis, quæque perperam posita erant suis locis restituris, magna cum diligentia absolutam atque perfectam, edi mandauimus.

RECRIMINATIONS DV SIEVR DV PLESSIS CONTRE L'EVESQVE D'EVREVX.

S'Enfuiuent les recriminations que le sieur du Plessis propose contre l'Euesque d'Eureux ; par la refutation desquelles il faut clorre & fermer ceste réponse ; tant afin de faire paroistre l'impuissance de la calomnie contre la verité, que pour luy oster ceste derniere ombre de consolation qui luy restoit, qui estoit de penser auoir des semblables. Or consistent ces recriminations en six reproches de faux qu'il objecte contre le discours de la vocation, pour la recerche desquelles il a alambiqué la ceruelle & les écrits de quatre ou cinq impertinents Ministres, qui se sont jettez & acharnez sur ce traitté, & n'en ont remporté autre gloire que de faire mostre de leur ignorance, & se rompre les dents en le mordant, comme le serpent qui ronge la lime. Car ce n'est pas le sieur du Plessis qui est l'autheur de ces fausses & absurdes censures : Il est trop auisé pour l'accuser de tant de lourdes & grossieres fraudes, s'il auoit veu luy-mesme l'écrit de l'Euesque d'Eureux. C'est bien son style à la verité : mais ce sont les obseruations de ces insipides examinateurs, & entre-autres de ce stupide cauillateur sans nom & sans sens, qui se signe en abbregé & par faute de lettres, F. D. L. M. C'est bien la voix de Iacob, mais ce sont les mains d'Esaü. Et partant si ie mesle en ceste réponse quelque pointe de juste seuerité, & faits comme l'abeille, qui defend son miel auec l'aiguillon : c'est contre eux , & non contre le sieur du Plessis, que j'entens qu'elle soit tournée : C'est à eux, & non à luy que j'adresse mes paroles.

PREMIER TEXTE DE L'EVESQVE D'EVREVX.

Ieu instituant l'origine de l'ordre Ecclesiastique entre "
les Israëlites, les auoit preparez outre cela par la bou- "
che de leur Legislateur, à attendre des missions extraor- "
dinaires, mesmes durant le cours ordinaire du Sacer- "
doce: *Dieu te suscitera*, dit Moyse, *des Prophetes du milieu* "
de toy, semblables à moy : tu les oyras. Ce que le Legislateur de l'Egli- *Deut. 18.*
se Chrestienne s'est abstenu de faire, n'ayant jamais dit, sinon à ses "
Apostres, & comme témoigne S. Cyprian, par ses Apostres à tous " *Cyp. ep. 69.*
les Euesques, qui par vne ordination substituée, succedent aux Apo- "
stres ; *Qui vous oyt, il m'oyt.*

OBIECTION DV SIEVR DV PLESSIS.

^a *Il y a au nombre singulier; Dieu te suscitera vn Prophete comme moy, d'entre tes freres : tu l'écouteras. Sainct Pierre & sainct Estienne l'exposent de Jesus-Christ. Et en sainct Luc il est porté expressément que Iesus-Christ enuoyant les septante disciples, il leur dit; Qui vous écoute, m'écoute. Triple fausseté en vn seul article : Litterale notoirement en ce qu'il dit Prophetes, pour Prophete ; & taist ce qu'il est dit aux septante disciples : Et destructiue du sens, en ce que sur le mot de Prophetes, en plurier, il veut fonder la vocation extraordinaire des Prophetes du vieil Testament, comme ainsi soit que ce passage soit dit de Christ. En l'obmission aussi des septante disciples, en ce qu'il la veut par là tollir du nouueau Testament, la restreignant aux seuls Euesques substituez l'vn à l'autre.*

RESPONSE DE L'EVESQVE
D'EVREVX.

Riray-je de l'impertinence , ou me plaindray-ie de la malice des ignorants calomniateurs qui font porter ce pacquet au sieur du Plessis? L'Euesque d'Eureux lors que son traitté de la vocation se publia, en fit faire deux impressions en vn mesme moys, & par vn mesme Imprimeur , l'vne *in octauo*, qui ne fut qu'vn petit essay de deux ou trois cents exemplaires, pour en donner seulement comme il pensoit, quelques copies à ses amis : l'autre *in duodecimo*, qui fut vne impression entiere & complette, qu'il mit hors pour seruir de supplément à ce premier échantillon, lequel il se voyoit forcé par plusieurs prieres, de laisser sortir. Et afin que ces Zoïles alterez & affamez d'inuectiues, ne s'attachassent point comme il preuoyoit bien qu'ils feroient, à la traduction de ce texte, annota à la marge de la premiere citation du passage, dans tous les exemplaires de l'edition complete, c'est à dire de l'impression *in duodecimo*, qui estoit celle seule qui fut faitte exprès pour estre veüe publiquement, ces paroles qui y sont encore imprimées par tout en lettre Italique; ^b *Le mot du texte est singulier, mais le sens est plurier; & regarde Christ principalement , mais non vniquement.* Et ces aueugles volontaires, pour se faire jeu & auoir sujet de detracter, dissimulent ceste annotation qui leur estouffe la calomnie dans la bouche , & feignent par vne malicieuse ignorance, de ne l'auoir pas veüe. Cela ne vaut-il pas bien la peine de leur lauer vn peu la teste, au hazard d'y perdre la lessiue? Mais ie veux que l'Euesque d'Eureux ne se soit point souuenu d'vser de cest antidote:

Examinons

a *Discours du sieur du Plessis 3. edit. pag. 72. Act. 3. & 7.*

b *Discours de la Vocation, imprimé in octauo à Paris, par Mamert Patisson, Imprimeur du Roy. 1597. fol. 15. p. 1. à la marge.*

Examinons au fonds, quelle fausseté il y a en l'allegation. *L'Euesque d'Eureux* (dit ce docteur abbregé F. D. L. M.) *corrompt le passage de Moyse : Car il y a au nombre singulier, vn Prophete, que sainct Pierre aux Actes, expose de Iesus-Christ.* Est-il vray ? Et donc Marot sera faussaire, & tous les Ministres qui chantent ses Pseaumes apres luy, pour auoir tourné ce verset de l'onziéme Pseaume ; *Quoniam defecit sanctus : Car d'hommes droicts sommes tous desnuez ?* Et donc Beze sera faussaire, & tous ceux qui chantent les siens apres luy, pour auoir tourné ce verset du Pseaume septante-troisiéme : *Non est amplius Propheta*, que Caluin dit estre correspondant au mesme lieu du Deuteronome cité par l'Euesque d'Eureux : [a] *Prophetes nous defaillent ?* Et non seulement Beze, mais les grandes Bibles de Genéue de l'an 1565. seront faussaires pour l'auoir tourné en prose : [b] *Il n'y a plus de Prophetes ?* Car le mot de l'vn & l'autre texte est singulier. Et donc, pour descendre des autheurs sacrez aux prophanes, quand Virgile dit, parlant du cheual de Troye ;

   —Vterúmque armato milite complent ;

Il faudra traduire ;

  Ils remplissent les flancs du cheual de soldat :

Et non pas ;

  Ils remplissent les flancs du cheual de soldats :

pource que le mot, *milite*, est singulier ? Pauure docteur de quatre, ou plustost de trois lettres, qui ne sçait pas que lors qu'il y a vne enallage de nombre, c'est à dire, vne figure qui employe vn nombre pour l'autre, en vne langue originale ; il est permis de l'interpreter sans figure ; & principalement quand la langue du traducteur n'est pas capable de la mesme enallage : Et sur tout, lors que c'est en vne version d'allegation, où il suffit d'exprimer le sens direct & formel de l'Escriture ; & non pas en vne translation expresse & continuë ; où il faut conseruer tous les sens du texte, tant formels & directs, qu'obliques & analogiques. Or que nostre langue soit incapable de ceste enallage, il appert parce qu'elle ne sçauroit dire sans article, comme l'Hebraïque, *Dieu te suscitera Prophete*, N A B I I A K I M L E K A I E H O V A : Et d'y ajouster vn article, & dire, *Dieu te suscitera le Prophete*, ou, *Dieu te suscitera vn Prophete* ; la singularité actuelle de l'article excluroit la pluralité virtuelle de l'enallage. Mais [c] ce docteur Tetragrammatique maintient qu'il n'y a point d'enallage dans le texte original ; & que le sens est singulier aussi bien que le mot *dautant*, dit-il, *que sainct Pierre aux Actes l'expose de Iesus-Christ.* Que fera-t'on à ce censeur insensé, qui ne void pas le lourd coup de pied d'asne qu'il donne à son maistre Caluin, en pensant offenser l'Euesque d'Eureux ? Car voicy les propres paroles de Caluin sur le dixhuictiéme du Deuteronome : [d]

A a

Examen du liure de la vocation par F. D. L. M. *fol.* 84. *pag.* 2.

a *Bez. Psal.* 74. *lat.* 73.

b *Bibl. Gen.* 1565. *in Psal.* 74. *lat.* 73.

c *Examen de* F. D. L. M. *fol.* 84. *pag.* 2.
d *Caluin. Comm. in Deuter. cap.* 18. *vers* 15. *&* 18. Significat (Moses) volūtatem eius certam & claré notam fore ; quia per seruos suos Prophetas fideliter eos erudiet.

a Et paulò post. Hinc colligimus in nomine Prophetæ esse enallagen numeri. Nã quod nonnulli ad Iosue, alij ad Hieremiam restringunt, prorsus insulsum est: quando hîc de continuo regendæ Ecclesiæ tenore disserit Moses, non autem recitat quid facturus sit Deus ad breue tempus. Nihilo rectior est eorũ sententia, qui præcisè de solo Christo accipiunt.

b Et infrà: Quod pertinet illud, Lex & Prophetæ vsque ad Ioannem. Vbi videmus Mosi alios substitui tanquam collegas in gubernanda Ecclesia, vsque ad Christi aduentum: Quáquam scitè Petrus & concinna analogia testimoniũ hoc ad Christum accommodat.

c Idem in Act. Apost. cap. 3.

Moyse veut dire en ce verset, que Dieu les enseignera fidellement par ses seruiteurs les Prophetes. Et vn peu apres: a De là nous recueillons qu'il y a enallage de nombre au mot, Prophete: Car en ce que quelques-vns le restreignent à Iosué, les autres à Hieremie, cela est du tout insipide, veu que Moyse parle icy de la teneur continuelle du régime de l'Eglise. Aussi peu est valable l'opinion de ceux qui l'entendent precisément de Christ seul. Et derechef: b A cela appartient ce que nostre Seigneur dit; La loy & les Prophetes iusques à Iean: Là où nous en voyons d'autres substituez à Moyse, comme collegues au gouuernement de l'Eglise, iusques à l'aduenement de Christ, combien que Pierre accommode pertinemment ce passage à Christ, par vne conuenable analogie. Et sur le troisiéme chapitre des Actes, où ce texte est cité par sainct Pierre: c Mais, dit Caluin, icy se presente vne autre question beaucoup plus difficile, asçauoir, que Pierre accommode à la personne de Christ, ce que Moyse auoit dit en general des Prophetes: Car encore qu'il vse du mot, Prophete, en singulier; toutesfois le texte monstre clairement qu'il ne parle pas d'vn seul, mais qu'il employe ce mot-là indefiniment. Et vn peu apres: C'est comme s'il disoit, Dieu ne vous destituera iamais de Prophetes, dont vous puissiez apprendre ce qui vous sera vtile. Et derechef: d Ie sçay, dit-il, qu'il y en a qui trauaillent fort pour restreindre ce passage à Christ, &c. Mais cela n'a non plus de force: Car Moyse veut simplement preparer les esprits à croire à la parole de Dieu, par quiconque elle soit annoncée. Il ne faut donc point que nous nous exposions à la risée & mocquerie des Iuifs, tordants violemment les paroles de Moyse, comme s'il ne designoit icy que Christ. Et au commentaire sur le septiéme chapitre des Actes, où ce passage est allegué par sainct Estienne: e Il ne faut point, dit Moyse, que tu recoures aux Magiciens & pronostiqueurs: Car Dieu ne te destituera iamais de Prophetes qui t'enseignent fidellement. Et Pierre Martyr en ses lieux communs: f Ie sçay que ce passage est tres-veritablemẽt accommodé à Christ, par sainct Pierre, és Actes: Mais il peut aussi estre non mal entendu des Prophetes. Et les annotations de la grande Bible de Genéue, de l'an mil cinq cens soixante & cinq, sur le dixhuictiéme chapitre du Deuteronome: g Il ne promet pas icy vn seul Prophete, mais plusieurs, & comme vn

Sed altera quæstio hîc occurrit multò difficilior. Quod scilicet Petrus ad Christi personam accommodat, quod in genere dixerat Moses de Prophetis. Tametsi enim Prophetam nominat singulari numero, contextus tamen clarè indicat, non de vno tantum haberi sermonem, sed indefinitè nomen hoc poni, &c. Ac si diceret, Deus nunquam vos Prophetis destituet, à quibus discatis quicquid vobis erit vtile cognitu.

d Et paulò post: Scio quosdam multum laborare, vt ad Christum restringant, &c. Sed hoc nihilo magis est validum: quia simpliciter fidem verbo Dei asserere vult Moses, per quoscunque afferatur. Non est ergo cur nos Iudæis ridendos propinemus, violenter torquentes Mosis verba, quasi solum Christum hîc designet.

e Idem in cap. 7. Non est, inquit Moses, quod Magos tibi, vel ariolos appetas: Deus enim nunquam te Prophetis destituet, qui te fideliter erudiant.

f Petr. Martyr in locis comm. cap. de Ecclesia: Scio illum locum à D. Petro in Actis verissimè accommodari ad Christum: potest tamen etiam non malè intelligi de Prophetis.

g Bibl. Genev. 1565. in Deuteron. cap. 18.

ordre continuel de Prophetes en son Eglise, iusques à la venuë de Iesus-Christ, lequel a esté la fin de tous les Prophetes. Et derechef : *Il dit que cela ne leur defaudra point, dautant qu'il ne les delaissera point sans Prophetes.* Et sur le troisiéme chapitre des Actes, à la marge de ce verset : [a] *Le Seigneur Dieu vous suscitera vn Prophete ; C'est à dire,* annote la Bible de Genéue, *Dieu ne vous delaissera point sans Prophetes.* Apres cela que reste-t'il, sinon se pasmer de merueille, & tomber en ecstase de l'ignorance de ces calomniateurs ? Car quand la glose interlineaire des Catholiques ne cotteroit point sur ce mot, Prophete, [b] *Iosué & les autres suiuants ;* & quand l'apostille de Lyranus ne diroit point : [c] *Ce passage s'entend, non seulement de Iosué, &c. mais des autres Prophetes ;* & quand l'addition de Paulus Burgensis n'ajousteroit point, [d] *que le quinziéme verset du chapitre,* qui est celuy sur lequel ce cauillateur, & apres luy le sieur du Plessis arguë l'Euesque d'Eureux, s'entend de tous les Prophetes ; & le 18. de Christ : Y a-t'il celuy qui ne sçache qu'il est permis par toutes les loix de l'échole à vn disputant, d'alleguer le texte de l'Escriture selon l'interpretation de ses aduersaires, lors qu'elle est à son auantage ; afin d'en argumenter, comme disent les Scholastiques, *ad hominem* ? Et cela suffise pour le regard de la premiere & seconde fausseté pretenduës en cest article, qui se refutent toutes deux par vne mesme réponse. Expedions la troisiéme.

L'Euesque d'Eureux (disent-ils) *allegue à faux, que nostre Seigneur n'a iamais dit qu'à ses Apostres, & comme témoigne sainct Cyprian, par ses Apostres, aux Euesques, Qui vous oyt, il m'oyt : Car au dixiéme de sainct Luc il est porté expressément, que Iesus-Christ enuoyant les septante Disciples, leur dit, Qui vous écoute, m'écoute.* A cela que répondray-je ; ou plustost que ne répondray-je point ? Pource que l'Euesque d'Eureux inserant en son allegation le texte de sainct Cyprian, & par consequent s'obligeant à suiure l'vsage de ses paroles, a pris le mot, Apostres, au mesme sens auquel sainct Cyprian l'auoit pris, asçauoir, pour tous ceux qui auoient esté immediatement enuoyez par Iesus-Christ, c'est à dire, tant pour les douze Apostres en chef, que pour les septante Disciples deleguez lors en qualité d'Apostres ; il est faussaire. Est-il possible ? Et donc sainct Cyprian sera faussaire, quand il dit au mesme lieu cité par l'Euesque d'Eureux, communiquant l'appellation des Apostres aux Disciples, & la commission des Disciples aux Apostres : [e] *Christ prononce aux Apostres, & par là aux Euesques, qui par vne ordination vicariale succedent aux Apostres, Qui vous oyt, il m'oyt, &c. & qui vous reiette, me reiette.* Car ces paroles-là ne se trouuent qu'au 10. de S. Luc, où nostre Seigneur parle aux septante Disciples ; & n'ont iamais esté disertement addressées aux douze Apostres. Et donc sainct Augustin sera faussaire, quand il proteste sur le

A a ij

a *Bibl. Gen. in Act. cap. 3.*

b *Gloss. interlin. in Deut. cap. 18. v. 15.*
c *Lyran. in Deut. cap. 18. v. 18.*
d *Paul. Burg. in Deuter. c. 18.*

e *Cypr. ad Flor. Pap. epist. 69.* Christus dicit ad Apostolos, ac per hoc ad omnes præpositos, qui Apostolis vicaria ordinatione succedunt, qui audit vos, me audit, & qui mé audit, audit eú qui me misit. Et qui reiicit vos, me reiicit, & eú qui me misit.

mesme chapitre : [a] *Si Christ a dit à ses seuls Apostres, Qui vous mé-*
prise, il me méprise : méprisez-nous : Mais si sa parole est paruenuë à nous,
& il nous a appellez & constituez en leur lieu ; regardez de ne nous mé-
priser point, de peur que l'iniure que vous nous ferez ne paruienne à luy.
Car non seulement il applique aux Apostres ces paroles : [b] *Qui vous*
méprise, il me méprise, lesquelles n'ont iamais esté prononcées expressément sinon aux septante ; mais mesme les applique, comme
l'Euesque d'Eureux, aux seuls Apostres primitiuement, & par deriuation, aux Euesques. Et donc Caluin sera faussaire, quand il écrit
au quatriéme de son Institution : [c] *Finalement Christ ne pouuoit pri-*
ser plus haurement cest estat, qu'en disant à ses Apostres, [d] *Qui vous é-*
coute, m'écoute ; & qui vous reiette, me reiette. Car ny ces paroles n'ont
iamais esté proferées formellement qu'aux septante : ny le dixiéme
chapitre de sainct Luc, dont Caluin les cite, ne parle que des septante Disciples, & non des douze Apostres. Mais que dy-je, sainct
Cyprian ? que dy-je sainct Augustin ? que dy-je Caluin ? Ie deuois
dire toute l'antiquité, & toute la nouueauté. Voyez, Lecteurs, la
foy & la suffisance de ces hommes ! Il n'y a pas vn de tous les Anciens qui ne témoigne que c'est chose frequente, voire à l'Escriture
mesme, de comprendre les septante Disciples, sous l'acception generale du mot Apostres. Tertullian rapportant les lieux conformes
de l'Euangile de sainct Luc, & de celuy que Marcion en auoit extrait : [e] *Le Seigneur,* dit-il, *associa septante autres Apostres.* Origene
sur l'Epistre aux Romains : [f] *Les septante ont esté aussi nommez Apo-*
stres. Sainct Chrysostome sur la premiere Epistre aux Corinthiens,
& apres luy, Theodoret, Theophylacte, Oecumenius, & infinis
semblables : [g] *Il y auoit d'autres Apostres que les douze, comme les se-*
ptante. Il n'y a pas vn de tous les fameux Ministres qui ne le recognoisse : [h] *Par ce mot,* TOVS LES APOSTRES (dit Caluin)
i'entends non seulement les douze, mais aussi les Disciples, ausquels Christ
auoit imposé l'office de prescher. Et Bullinger sur le mesme lieu : [i] *Il*
semble que sainct Paul, par les Apostres a entendu tous les Disciples. Et
la Bible de Genéue de l'an 1565. sur l'Epistre aux Romains, chapitre
16. [k] *Ce mot, Apostre, s'estendoit outre les douze, à ceux qui portoient*
l'ambassade de l'Euangile. Et sur la premiere aux Corinthiens, chapitre 16. *Sainct Paul par le mot Apostre, n'entend pas seulement les dou-*
ze, mais aussi les autres Disciples, ausquels Christ auoit fait comman-
demement de prescher l'Euangile, comme estoient les septante deux Dis-
ciples, desquels sainct Luc fait mention au dixiéme chapitre. Zuingle mesme intitule le discours qu'il fait sur le premier verset

a *Aug. de verb.*
Domin. in Euan-
gelium secundum
Luc. serm. 23.
super hæc verba,
qui vos spernit,
me spernit. Si
solis Apostolis
dixit, qui vos
spernit, me
spernit, sperni-
te nos. Si auté
sermo eius per-
uenit ad nos &
vocauit nos, &
in eorum loco
constituit nos ;
videte ne sper-
natis nos, ne ad
illum perueniat
iniuria quam
nobis feceritis.

b *Luc.* 10.

c *Caluin en son*
Institution Fran-
çoise, liure 4. *ch.*
3. *sect.* 3. *impr.*
1565.

d *Luc.* 10. *v.* 16.
e *Tertull. contra*
Marcion. lib. 4.
ex Euang. Luc.
c. 10. Allegit &
alios 70. Apo-
stolos.

f *Origen. in epist.*
ad Rom. cap. 16.
Septuaginta &
ipsi Apostoli
nominati sunt.

g *Chrysost. in* 1.
Cor. cap. 15. *hom.*
38. ἡσαν γὰρ καὶ ἄλ-
λοι ἀπόστολοι ὡς οἱ
ἑβδομήκοντα.
Theodor. Theoph.
Oecumen. ibidem.

h *Caluin. in* 1.
Cor. c. 15. Per A-
postolos om-
nes, intelligo

non solùm duodecim, sed discipulos etiam, quibus Euangelij prædicandi munus iniunxerat.
i *Bulling. in* 1. *Cor. cap.* 15. Videtur autem Paulus per Apostolos intellexisse omnes discipulos.
k *Bibl. Geneu. anno* 1565.

du dixiéme chapitre de sainct Luc : [a] *De l'vtilité & necessité de l'A-*
postolat ; & interprete tout le reste du chapitre, des Apostres. Les
propres Centuriateurs d'Allemaigne écriuent : [b] *La function Apo-*
stolique differe de la commune, dautant que les Apostres ont esté appellez
immediatement de Christ : les autres sont excitez & appellez mediate-
ment, & par vn moyen legitime. En la function Apostolique ont esté les
douze particulierement éleuz par Christ de viue voix, au dixiéme de sainct
Matthieu, & les septante qu'il enuoya deux à deux deuant luy, par tout
où il denoit aller. Et ces ignorants & ignorez censeurs crient fausseté
contre l'Euesque d'Eureux, parce qu'ayant à citer vn passage de S.
Cyprian, où il parloit des Apostres, il a pris le mot, *Apostres,* au
mesme sens auquel sainct Cyprian l'employoit, asçauoir pour tous
ceux qui auoient esté primitiuement & immediatement enuoyez
par Christ, c'est à dire, tant pour les douze, que pour les septante.
O science ! ô conscience !

SECOND TEXTE DE L'E-
VESQVE D'EVREVX.

[c] Sainct Paul dit que Dieu a mis en l'Eglise les vns Apostres, &c.
& les autres Pasteurs & Docteurs, pour la consommation des
Saincts, en l'œuure du ministere, pour l'edification du corps de
Christ, iusques à ce que nous-nous rencontrions tous en vnité de
foy. Voila le ministere commencé par la mission extraordinaire des
Apostres, & continué par la succession ordinaire des Pasteurs &
Docteurs.

OBIECTION DV SIEVR
DV PLESSIS.

Il a obmis les Prophetes & Euangelistes, specifiez au premier passage
cotté en marge. Ce qu'il a fait à dessein, dautant qu'il soustient que sous la
loy il y auoit deux missions, l'vne fondamentale d'Aaron, l'autre collatera-
le de Moyse : mais que sous le nouueau il n'y auoit que celle des Apostres,
qui seuls l'ayants extraordinaire, l'ont deriuée à leurs successeurs Pasteurs
& Docteurs. Or les Prophetes & Euangelistes dont parle sainct Paul, ne
l'auoient pas pour la plus-part d'eux, non-plus que les septante que Iesus
auoit enuoyez par mission extraordinaire :

RESPONSE DE L'EVESQVE
D'EVREVX.

Si le Sieur du Plessis eust leu cest écrit auec ses purs & propres
yeux, & non auec les lunettes de l'imposture & de la calomnie que

A a iij

a Zuingl. in Luc. c. 10. v. 1. De vti-litate & necessi-tate Apostolatus.
b Centur. 1. lib. 1. cap. 4. Col. 187. Differt Apo-stolica functio hac in parte à cōmuni, quod Apostoli im-mediatè à Iesu Christo vocati sunt; cæteri au-tem mediatè, & legitimo modo à Deo excitan-tur, & vocātur. In Apostolica functione fuere duódecim illi, à Christo pecu-liariter ac viua voce assumpti, Matth. 10. Et septuaginta, quos binos ante se misit, quocū-que venturus erat.
Editiō in 12. f. 51.
c Ephes. 4.
1. Cor. 12.

Discours du Sieur du Plessis, 3. edit. page 73.

ſes ignorants Miniſtres luy ont miſes au nez ; il euſt trouué, & qu'au lieu où l'Eueſque d'Eureux cite ce paſſage en forme, qui eſt le 24. fueillet de l'edition *in octauo*, & le 26. fueillet de l'editiõ *in duodecimo*, il l'allegue auec le mot, *Prophetes* : Car l'vne & l'autre impreſſion porte ces propres termes : [a] *Il a mis (dit ſainct Paul) en l'Egliſe, les Apoſtres, les Prophetes, les Paſteurs, & Docteurs, pour la conſommation des Saincts, en l'œuure du miniſtere :* Et qu'au lieu où il en argumente ſans l'alleguer en forme, il y a dans l'impreſſion *in duodecimo*, qui eſt celle ſeule qui fut faitte expres pour courir publiquement, vn *& cætera*, obmis en l'autre edition, par l'inaduertence de l'Imprimeur, apres le mot, *Apoſtres* ; afin de monſtrer qu'il n'allegue pas le texte entier, ains en prend ſeulement la partie dont il s'agit. Mais poſons le cas que l'Eueſque d'Eureux n'y ayt point apporté ceſte precaution ; Quel écholier ignore qu'aux allegations qui ſe font par extraict, & non en forme, lors que l'autheur dit le plus, l'allegateur peut alléguer le moins, pourueu que ce ſoit pour argumenter affirmatiuement ? S. Luc écrit qu'il y auoit à Antioche des Prophetes & des Docteurs : Si donc il s'offre quelque beſoin particulier de monſtrer l'antiquité du nom & de l'office de Docteur entre les Chreſtiens, ne puis-je pas alleguer que S. Luc dit, que dés le temps de ſainct Paul il y auoit des Docteurs en l'Egliſe d'Antioche, ſans m'arreſter à parler des Prophetes ? L'Eueſque d'Eureux auoit entrepris de prouuer que la ſucceſſion du miniſtere de l'Egliſe, commencée par la miſſion extraordinaire des Apoſtres, & continuée par la miſſion ordinaire des Paſteurs & Docteurs, deuoit eſtre perpetuelle : A cela ne ſuffiſoit-il pas d'alleguer ce que ſainct Paul dit des Apoſtres, qui ſont les principes originaires de ceſte ſucceſſiõ, & des Paſteurs & Docteurs, qui en ſont la ſuitte & le progrez ; ſans charger les oreilles des auditeurs de ces mots, *Prophetes*, & *Euangeliſtes*, qui ne font rien, ny pour, ny contre le ſujet de l'allegation ? Mais ce n'eſt pas tout : Il n'y a celuy qui ne ſçache, & cela ſeul eſt la vraye cauſe de ceſte reticence, que la ſignification de ces deux termes, au ſens où S. Paul les prenoit, eſt auiourd'huy ou incertaine, ou incognuë : Car comme le mot, *Prophetes*, en la langue Grecque, à cauſe de l'ambiguité de la propoſition *pro*, a diuers vſages, & ſignifie tantoſt ceux qui prediſent les choſes deuant le temps de leur euenement, & tantoſt ceux qui parlent en public & deuant le peuple : Ainſi non ſeulement les anciens, mais nos propres aduerſaires luy donnent diuerſes interpretations : [b] *Il a mis*, dit S. Hierôme, *au ſecond lieu les Prophetes, non ceux qui prediſent les choſes futures, tels que nous liſons qu'eſtoient ceux du vieil Teſtament ; mais ceux qui reprennent & diſcernent les infidelles & ignorants.* Et Zuingle ſur la premiere aux Corinthiens : [c] *Au nouueau Teſtament*, dit-il, *les Prophetes ſont ceux qui expoſent les Eſcritures du*

a *Diſcours de la Vocation, edition in 8. fol. 24. edit. in 12. fol. 16.*

Act. 13.

b *Hieron. lib. 2. in epiſt. ad Epheſ. c. 4.* Dedit ſecundò Prophetas, non illos, qui futura vaticinentur, quales in veteri legimus teſtamento : ſed qui infideles & imperitos arguãt, atque diiudicent.

c *Zuingl. in 1. epiſt. ad Cor. c. 12.* In nouo teſtamento Prophetæ ſunt, qui ſcripturas ac noui teteris ac noui teſtamenti coram Eccleſia exponunt.

vieil & du noûueau Teſtament, deuant le peuple. Et Caluin ſur les Actes:
[a] Comme ainſi ſoit, dit-il, que le nom de Prophetes ayt diuerſes ſignifications, il ne ſe prend pas icy pour ceux qui auoient le don de predire les choſes futures, car ce tiltre euſt eſté peu à propos interpoſé en vn lieu où il ſe
parle d'autre choſe: Mais ſainct Luc entend que Iudas & Silas eſtoient
doüez d'vne excellente intelligence des myſteres, pour pouuoir eſtre bons interpretes de Dieu: Comme auſſi ſainct Paul au 14. de la premiere aux
Corinthiens, lors qu'il diſcourt de la Prophetie, & la prefere à tous les autres dons, il n'allegue point les vaticinations & predictions, mais la recommande de ce fruict, qu'elle edifie l'Egliſe par doctrine, exhortation & conſolation. Et ſur le 12. chapitre de la premiere aux Corinthiens: [b] L'A-
poſtre, dit-il, paſſe ſoudainement du premier degré aux Prophetes: par lequel mot il entend, à mon aduis, non ceux qui eſtoient doüez du don de predire, mais ceux qui eſtoient ornez d'vne ſinguliere grace, non ſeulement
d'interpreter, mais meſme d'accommoder prudemment à l'vſage preſent l'Eſcriture. Et vn peu apres: [c] Si toutesfois quelqu'vn eſtime autrement, ie
le ſouffriray fort volontiers, & ne prendray point de querelle auec luy pour
cela: Car il eſt difficile de iuger des dons & talents deſquels l'Egliſe a eſté
priuée vn ſi long temps. Et Muſculus: [d] Il y en a qui par Prophetes entendent non ceux qui ſont doüez d'eſprit de vaticination, mais ceux qui expoſent les Eſcritures deuant le peuple. Et Bullinger ſur le 12. chapitre
de la premiere aux Corinthiens: [e] Les Prophetes que ſainct Paul nomme au ſecond lieu, ſemblent eſtre les Eueſques enſeignants, exhortants &
conſolants le peuple. Et ſur le 14. [f] Il appert de là, que le Prophete, au
ſtyle de ſainct Paul, eſt celuy meſme qu'à nous eſt le Docteur, l'Eueſque,
l'Eccleſiaſte, & l'Euangeliſte. Et ſur le 4. de l'Epiſtre aux Epheſiens:
Ceux qui veilloient en l'eſtude des ſainctes lettres, pour expoſer & découurir les myſteres, ayants égard non tant à la portée du peuple ignorant,
que des perſonnes doctes; ceux-là eſtoient appellez particulierement
Prophetes. Et derechef: [h] Il n'y a celuy qui ne voye que ces
mots ſont confondus, & ſe prennent les vns pour les autres:

a Caluin. in Act.
Apoſt. cap. 15.
Cùm varias ſi-
gnificationes
habeat nomen
(Prophetæ) nõ
ſumitur hoc lo-
co pro vatibus,
quibûs res fu-
turas prædicere
datum eſſet,
quia parum op-
portunè inter-
poſitum eſſet
hoc elogium,
vbi alia de re
agitur: ſed in-
telligit Lucas,
eximia myſte-
riorum Dei in-
telligentia Iu-
dam & Silam
fuiſſe præditos,
vt eſſent probi
Dei interpre-
tes, quemad-
modum & Pau-
lus prioris ad
Corinth. 14.
cùm de pro-
phetia diſſerit,
& aliis omni-
bus donis præ-
fert, non addu-
cit in medium
vaticinia, vel
prædictiones:
ſed ab hoc fru-
ctu commédat,
quod doctrina,
exhortatione,
& conſolatione
Eccleſiam ædi-
ficet.

b *Idem in 1. ad Corinth. cap. 12* Tranſit ſtatim à primo gradu ad Prophetas: quo nomine intelligit (meo
quidem iudicio) non eos qui dono vaticinandi pollerent: ſed qui ſingulari non modò interprætandæ, ſed
etiam in præſentem vſum prudenter accommodandæ ſcripturæ gratia pollerent.

c *Idem paulò poſt.* Si quis diſſentiat, facilè patior: neque rixas propterea excitabo. Eſt enim difficile iudicare de donis & muneribus, quibus tandiu orbata fuit Eccleſia.

d *Muſcul. in locis comm. tit. De offic. miniſtror. verbi.* Sunt qui Prophetas hîc intelligant non vates, ſed
eos qui ſacras ſcripturas ad populum exponunt.

e *Bulling. in 1. ad Corinth cap. 12.* Prophetæ quos ſecundo loco recenſuit, Epiſcopi eſſe videntur plebem
docentes, hortantes, conſolantéſque.

f *Idem in cap. 14.* Claret ex hoc loco Prophetam eundem eſſe Paulo, qui nobis eſt Doctor, Epiſcopus,
Eccleſiaſtes, aut Euangeliſta.

g *Idem in ep. ad Epheſ. cap. 4.* Qui ſacris literis maximè inuigilabant exponendis & eruendis myſteriis, non
tam plebis indoctæ, quàm eruditorum rationem habentes; hi peculiariter vocabantur Prophetæ.

h *Et paulò poſt.* Nemo eſt qui non videat hæc vocabula inuicem confundi, & alterum accipi pro altero:
Nam Apoſtolus etiam Propheta, Doctor, Euangeliſta, Preſbyter atque Epiſcopus eſt: Et Epiſcopus Euangeliſta, & Propheta eſt: Propheta Doctor, Preſbyter, & Euangeliſta.

Car l'Apostre est aussi Prophete, Docteur, Euangeliste, Prestre & Euesque: l'Euesque est Euangeliste & Prophete: & le Prophete, Docteur, Prestre & Euangeliste. Et les Centuriateurs d'Allemaigne mesme: [a] *Les Prophetes, Euangelistes, Pasteurs & Docteurs, semblent ne constituer point certains degreZ de personnes au regime Ecclesiastique: mais deuoir estre conteZ, ou entre les Apostres & leurs Collegues, ou entre les Prestres, ou entre les Diacres.* A cause dequoy donc maintenant en vne citation où il s'agit d'alleguer le sens & non les paroles, alleguer des paroles dont on ignore le sens? Mais ie veux que l'Euesque d'Eureux n'ayt point esté retenu de toutes ces iustes considerations, qui n'admirera l'ignorante malice de ces calomniateurs, qui ne voyent pas auec leurs yeux de Lamies, que Caluin cite ce mesme passage aux propres termes de l'Euesque d'Eureux, & sans aucune mention de Prophetes ny Euangelistes? Car voicy comme il le produit au quatriéme liure de son Institution, chapitre huictiéme, section douziéme: [b] *La verité de Dieu*, dit-il, *est conseruée en l'Eglise par le ministere de la predication: comme sainct Paul le declare en autre lieu, en disant; Iesus-Christ a donné des Apostres, des Pasteurs & Docteurs, afin que nous ne soyons plus ébranlez & transporteZ à tout vēt de doctrine.* O foy! ô ingenuité! Caluin l'oracle, le Demon, l'Idole des Ministres; Caluin leur nouuel Apostre, leur nouueau Prophete, leur nouuel Euangeliste; Caluin lequel ce leur seroit blasphéme, sacrilege, parricide, d'estimer faussaire, allegue ce passage de sainct Paul directement, sans *& cætera*, sans marque de reticēce, & en éclypse ces mots, *Prophetes & Euangelistes*; Ils l'approuuent, ils l'embrassent, ils l'adorent: L'Euesque d'Eureux cite ce mesme passage obliquement, auec vn *& cætera*, auec vne marque de reticence; Ils l'accusent de faux, pource qu'il taist apres Caluin, *Prophetes*, & *Euangelistes*. Et puis dittes que ce n'est pas là sacrifier à l'impudence, comme Epimenides.

TROISIESME TEXTE DE
L'EVESQVE D'EVREVX.

L'vnique societé qui a pouuoir de restituer la iuste puissance d'exercer le ministere, asçauoir l'Eglise Catholique, la restitua au Concile de Nicée, à ceux qui auoient esté auparauant ordonnez par Melitius.

OBIECTION DV SIEVR
DV PLESSIS.

Voicy que porte l'Epistre synodale dudit Concile, inseré au premier tome des Conciles; Mais quant à ceux qui ont esté establis par Melitius, estants affermis par la benediction mystique, ils auront l'honneur & le *ministere. Or confirmer vn officier en sa charge, ce n'est pas la luy restituer : car restitution presuppose destitution.*

RESPONSE DE L'EVESQVE
D'Evrevx.

Et qui est l'ignorant qui peut douter que ceux qui auoient esté ordonnez par Melitius depuis sa deposition, n'eussent esté & originellement destituez en la personne de leur instituteur, & actuellement en leur propre? Car Melitius ayant esté deposé, & priué de la function legitime de l'Episcopat, comment la pouuoit-il donner aux autres, luy qui ne l'auoit point? Et ses sectateurs & complices ayants esté extirpez du corps de l'Eglise par sentence d'excommunication, & retranchez du nombre des citoyens de la republique de Christ, comment en pouuoiét-ils demeurer Magistrats? Mais oyons le propre chant de ce bel oyseau, des plumes duquel le Sieur du Plessis s'habille : [a] *Il n'est pas dit*, crie F. D. L. M. *comme le Sieur du Perron cite faussement, que la puissance d'exercer leur charge leur fut restituée : mais* mystica ordinatione fuisse firmatos, vt haberent honorem & ministerium. *Or confirmer vn homme en sa charge, ce n'est pas la luy restituer. Le Roy confirma tous ses officiers à son aduenement à la couronne : mais nul ne dit iamais que ce fust les restituer, la restitution presupposant destitution.* O aueugles conducteurs des aueugles! Et que veut donc dire sainct Athanase, quand il écrit : [b] *Pierre en nostre Eglise, deuant la persecution Euesque, & en la persecution Martyr, deposa Melitius, &c. en vn commun Synode d'Euesques*? Et Socrate, quand il écrit : [c] *Sous Pierre Euesque d'Alexandrie, martyrisé au temps de Diocletian, Melitius Euesque d'vne des villes d'Egypte, fut deposé pour plusieurs causes; & entre autres, pource qu'il auoit renoncé la foy, & sacrifié durant la persecution. Iceluy donc deposé, & ayant plusieurs sectateurs, fut constitué heresiarque de ceux qui iusques à present en Egypte sont appellez de son nom, Melitians*? Et Theodoret, quand il écrit : [d] *Melitius ayant esté deposé par le diuin Pierre Euesque d'Alexandrie, qui depuis fut honoré de la couronne du martyre, portoit impatiemment le decret de sa deposition, & remplissoit la Thebaïde & l'Egypte voisine, de troubles*? Et que veut donc dire le mesme sainct Athanase, quand il ajouste par-

[a] Examen de F. D. L. M. fol. 110.

[b] Athan. Apol. 2. Πέτρος παρ' ἡμῖν πρὸ τοῦ διωγμοῦ γέγονεν ἐπίσκοπος, ἐν δὲ τῷ διωγμῷ καὶ ἐμαρτύρησεν, οὗτος μάλιστα ἀπὸ τοῦ αἰγύπτια λεγομένων ἐπίσκοπον, &c. ἐν κοινῇ συνόδῳ τῶν ἐπισκόπων, καθεῖλεν.

[c] Socrat. lib. 1. cap. 6. ὑπὸ Πέτρου ἐπισκόπου Ἀλεξανδρείας, τοῦ ἐπὶ Διοκλητιανοῦ μαρτυρή-

σαντος καθῃρέθη, δι' ἄλλας τε πολλὰς αἰτίας, καὶ μάλιστα ὅτι ἐν τῷ διωγμῷ ἀρνησάμενος τὴν πίστιν, ἔθυσεν. οὗτος καθαιρεθεὶς, πολλοὺς ἔχων τοῖς ἐπιβουλίοις αὐτοῦ, αἱρεσιάρχης κατέστη τῶν ἄχρι τοῦ νῦν ἐξ αὐτοῦ κατὰ τὴν αἴγυπτον Μελιτιανῶν καλουμένων.

[d] Theodor. Ecclesf. hist. lib. 1. cap. 7. (μελέτιος) ὑπὸ τοῦ θείου Πέτρου τοῦ τῆς Ἀλεξανδρείας ἐπισκόπου, ὃς καὶ τοῦ μαρτυρίου τὸν στέφανον ἐδέξατο, καθῃρέθη μὲν, οὐκ ἔστερξε δὲ τὴν τῆς καθαιρέσεως ψῆφον, τὴν τε Θηβαΐδα καὶ τὴν πελάζουσαν αἴγυπτον θορύβου καὶ ζάλης ἐνέπλησε.

lant des Melitians en general : [a] *Les Melitians qui auoient esté iettez hors de l'Eglise par Pierre, & les Arriens, diuisoient entre-eux les embusches?* Et Socrate quand il écrit : [b] *Les Melitians peu auparauant retranchez de l'Eglise, se mesloient auec les Arriens?* Et Sozomene, quand il dit : [c] *Arius fut ordonné Diacre par Pierre Euesque d'Alexandrie, & derechef fut chassé par luy-mesme de l'Eglise, lors qu'il excommunia les fauteurs de Melitius?* Cela vn Ministre le peut-il auoir ignoré sans honte, ou sceu sans malice? Mais il y a plus : Le Concile de Nicée prononça que Melitius reuenant à la communion Catholique, demeureroit exclus de toute fonction Episcopale, luy qui auoit esté sacré en l'Eglise : & decerna que ceux qui auoient esté promeuz par luy durant le schisme, & depuis sa deposition, participeroient sous certaines restrictions, à l'exercice du ministere. Qui ne recueille donc de là, que ce n'estoit pas en vertu de leur simple ordination, mais du benefice de l'Eglise; puis que Melitius, qui auoit receu l'ordination d'vne meilleure main qu'eux, & qui reuenoit à l'Eglise Catholique comme eux, n'estoit point admis à cest exercice, & eux ils l'estoient? Dauantage lors qu'Alexandre Euesque d'Alexandrie, en execution de l'arrest du Concile, receut les promeuz par Melitius, il exigea vn roolle de tous ceux que Melitius auoit iusques alors ordonnez; [d] *de peur* (dit sainct Athanase) *que Melitius abusant de l'indulgence de l'Eglise, ne vendist plusieurs tiltres, & ne supposast tous les iours faussement de nouueaux Euesques, Prestres & Diacres, tels qu'il voudroit.* Cela donc ne monstre-t'il pas que si Melitius se fust hazardé puis apres d'en ordonner d'autres, ils eussent esté exclus de toute fonction ministeriale : & par consequent que ce que ceux qu'il auoit ordonnez durant son schisme & sa deposition, y estoient receus, c'estoit non en vertu de leur simple ordination, mais de la grace & dispense de l'Eglise? D'ailleurs le Concile decida que ceux qui auoient esté instituez par Melitius, deuant que d'estre admis à aucune fonction de clericature, prendroient vne nouuelle imposition des mains de l'Eglise : [e] *Mais quant à ceux* (dit le Concile) *qui ont esté promeuz par luy, il a esté decidé qu'estants authorisez par vne imposition de mains plus secrette,* (il ajouste ce mot, *plus secrette,* afin de monstrer que ce n'est pas vne propre & solemnelle ordination,) *ils participent à ces offices.* Or ceste nouuelle imposition des mains, qui est encore la forme auec laquelle nous restituons ceux qui ont esté deposez de la fonction des ordres Ecclesiastiques, & leur disons : [f] *Ie te restituë par ceste imposition de mains, le priuilege clerical, & l'execution des ordres:* qu'est-ce autre chose qu'vne restitution

a *Athan. Apol.* οἱ μελιτιανοὶ οἱ ἀπὸ Πέτρου ἐκβληθέντες καὶ οἱ ἀρειανοὶ ἦσαν οἱ τὴν ἐπιβουλὴν μελετήσαντες.

b *Socrat. histor. Eccles. lib. 1. cap. 6.* Συναναμιγνυωνται δὲ τοῖς ἀρειαΐζουσι μελιτιανοὶ οἱ μικρὸν ἔμπροσθεν τῆς ἐκκλησίας χωρισθέντες.

c *Sozomen. Eccl. hist. lib. 1. cap. 15.* καταλιπὼν δὲ τινα ἐχειροτονήθη διάκονος παρὰ Πέτρου τοῦ ἀλεξανδρείας ἐπισκόπου, καὶ πάλιν αὖ παρ' αὐτοῦ τῆς ἐκκλησίας ἐξεβλήθη, καθὼς Πέτρου τοῖς μελιτίου ἀποσπουδάσαι ἀποκηρύξαντος.

d *Athanas. Apolog. 2.* ὁ μακάριος Ἀλέξανδρος, ἀπῄτησεν αὐτὸν βρεβίον ὧν ἔλεγεν ἔχειν ἐπισκόπων ἐν αἰγύπτῳ, &c. ἵνα μὴ μέλλοντος λαβὼν τὴν τῆς ἐκκλησίας παρρησίαν, πωλήσῃ πολλοῖς καὶ ψευδόντας, καθημέραν ὑποβάλλων οἷς βούλεται.

e *Epist. Concil. Nic. apud Theod. Eccl. hist. lib. 1. cap. 10.* τοὺς δ' ὑπ' αὐτοῦ κατασταθέντας μυστικωτέρᾳ χειροτονίᾳ βεβαιωθέντας, (Socrates Eccles. hist. lib. 1. cap. 9. legit κατασταθέντας) κοινωνηθῆναι ἐπὶ τύποις.

f *Pontific. Rom. in ordin. restit.* Restituo tibi per hanc manus impositionem priuilegium clericale & executionem ordinum.

& rehabilitation ? Car si ceux d'entre les ordonnez par Melitius, qui prenoient ceste nouuelle imposition des mains, estoient receus à l'exercice de leur ministere, & ceux qui ne la prenoient point, n'y estoient point receus; comment est-ce que ceste ceremonie n'estoit point vne rehabilitation & restitution ? Et de fait, quand le mesme Concile de Nicée decerne que les Nouatiens qui reuiendront à l'Eglise, [a] *receuants l'imposition des mains, demeureront ainsi au clergé*, laquelle impositiõ des mains le deuxiéme Concile de Nicée interprete, [b] *imposition des mains de benediction, & non d'ordination*; Balsamon n'appelle-t'il pas ceste action, restitution ? *Il estoit vray-semblable, dit-il, que quelques-vns pouuoient dire* [c] *qu'ils deuoient bien estre receuz, mais demeurer simplement comme fidelles Laïques, & n'exercer point leurs degrez precedents : Ce qui n'a pas pleu au Synode, ains leur a esté concedé qu'ils fussent restituez en leurs degrez. Or par le mot de restitution, est aussi entendu l'Episcopat.* Auec quel passe-port donc maintenant, ce docteur en lettres capitales, F. D. L. M. peut-il sans que le front luy rougisse, crier faussetè contre l'Euesque d'Eureux, pour auoir vsé du mesme terme que le propre commentateur Grec du Concile employe en vne mesme espece de cause, & sur le mesme Concile ? Mais le front n'a garde de rougir à ceux qui n'en ont point.

QVATRIESME TEXTE DE
L'EVESQVE D'EVREVX.

Valens & Vrsatius furent degradez au Concile d'Arimini.

OBIECTION DV SIEVR
DV PLESSIS.

Athanase & Theodoret témoignent que ce fut en celuy de Sardique, & excommuniez en celuy d'Arimini.

RESPONSE DE L'EVESQVE
D'EVREVX.

A l'échole, Ministres, [d] *Vous sçauez, mes bien-aymez (dit sainct Athanase en l'epistre aux Africains) l'ayant appris de ceux qui estoient de vostre part à Arimini, qu'Vrsatius, Valens, Eudoxius, Auxentius, & Demophile, qui estoit là auec eux, furent deposez.* Et en l'Epistre des Synodes d'Arimini & de Seleucie: [e] *Ils declarerent à Arimini, qu'Vrsatius, Valens, Germinius, Auxentius, Caius, Demophilus, heretiques; & les*

a *Conc. Nic.* 1. č. 8. ὥϛε χϱοϛϰευϱϑµενοις αὐτοῖς µϑνειν οὕτως ἐν τῷ κλήϱῳ.
b *Tharas. in Conc. Nicen.* 2. *Act.* 1. εὐλογίας χϱοϑεσίαν λέγϰ καὶ οὐχὶ χϱατονίας.
c *Balsam. in Conc. Nicen.* 1. *can.* 8. Debere ipsos suscipi, sed esse simpliciter vt fideles laïcos, & non priores suos gradus exercere : quod Synodo nõ placuit, sed concessum est, vt ipsi in gradus suos restituerentur. Restitutionis autem nomine vnà ius quoque episcopatus ostenditur.

Edit. in 8. *fol.* 32. *& edit. in* 12. *fol.* 34.

Discours du sieur du Plessis, 3. *edit. page* 74.

d *Athanas. epist. ad African.* οἴδατε γϸ ἀγαπητοὶ µαϑόντες καὶ ὑµεῖς παϱὰ τῶν ἐλϑόντων ἐξ ὑµῶν εἰς τὴν Ἀϱίµινον, ὡς οὐϱσάκιος ᾧ οὐάλης εὐδόξιος καὶ αὐξέντιος ὃϰ εἶδὲ lῶ σὺν

αὐτοῖς καὶ δηµόφιλος, καϑῃϱέϑησαν.   e *Idem in epist. de Synod. Arim. & Seleuc.* οἷς ϸ ϖϱοϛειϱηµϑϱοις οὐϱσάκιον ᾧ οὐάλεντα, γεϱµίνιον, αὐξέντιον, γαίον, δηµόφιλον, αἱϱετικοῖς ἀποφλωσαµ. καὶ καϑελόντες αὐτοὺς, ὡς µὴ ὄντας ἀληϑῶς χϱιϛιανοὺς, ἀλλ' ἀϱειανοῖς.

deposerent comme non vrayement Chrestiens, mais Arriens. Et Socrate:
[a] Or, dit-il, il faut sçauoir que le Concile d'Arimini deposa Vrsatius, Valens, Auxentius, Germanius, Caïus, & Demophile, pource qu'ils ne vouloient pas anathematizer l'opinion d'Arius. Et Theodoret repetant
les paroles de sainct Athanase: [b] Vrsatius, Valens, Eudoxius, Auxentius, & Demophilus, furent deposez à Arimini. Et Sozomene: [c] Ils deposerent (dit-il, parlant du Concile d'Arimini) Valens & Vrsatius, qui
ne vouloient point acquiescer à la confession du Concile de Nicée. Et Nicephore: [d] Tant s'en faut, dit-il, que les Peres d'Arimini approuuassent
la confession faitte à Syrmium, qu'ils deposerent par sentence de condamnation, Vrsatius, Valens, & leurs complices. O monstres! ô prodiges! ô
spectacles d'ignorance! L'Euesque d'Eureux, crient-ils, a falsifié l'histoire Ecclesiastique. Et pourquoy? Pource qu'il a dit que le Concile d'Arimini auoit deposé Vrsatius & Valens. Et il n'y a vn seul de
tous les autheurs Grecs de l'histoire Ecclesiastique, depuis le premier
jusqu'au dernier, qui ne le die. Car ie ne veux point toucher ceste
autre barbare ignorance, de ne sçauoir pas que l'excommunication
maieure, telle qu'est celle qui se decerne pour l'heresie, emporte en
soy, [e] comme dit sainct Hilaire, la deposition des personnes Ecclesiastiques contre qui elle est iettée. Mais [f] Socrate & [g] Sozomene, repliqueront-ils, écriuent que le Concile d'Arimini deposa ceux
qui estoient auec Vrsatius & Valens: & non pas, qu'il deposa Vrsatius & Valens. Et quoy Censeurs? Seriez-vous bien encore si dignes
de la ferule & du foüet des Grammairiens, (Ie parle à vous, Ministres, & non au Sieur du Plessis, auquel comme Caualier, l'ignorance
de ces choses n'apporte point de honte) que de ne sçauoir pas non
plus que vostre pedant Musculus, que ceste phrase, ἀμφὶ ὑρσάκιον, καὶ
ὐάλεν[α, est vne elegance Grecque, qui signifie Vrsatius & Valens?
Et quand la lecture des bons autheurs ne vous auroit point appris
[h] que les Grecs disent, ἀμφὶ Πείαμον, pour dire Priam; & ἀμφὶ ἡρα-
κλεα, pour dire Hercules: Et quand vous n'auriez point leu, ou deu
lire dans sainct Irenée: [i] Qui circa Dathan, Choré, & Abiron, &
dans sainct Chrysostome, [k] οἱ περὶ κορέ ἢ δαθὰν καὶ ἀβειρὼν, pour
dire, Dathan, Choré, & Abiron: Et quand la suitte de l'histoire
de Socrate & de Sozomene ne vous l'auroit point fait iuger par
discours: ceste seule regle de la Grammaire de Clenard ne vous en

---

[a] Socrat. Eccles. hist. lib. 2. cap. 37. ἰστέον δ᾽, ὅτι ἡ σύνοδος καθεῖλε τις ἀπεὶ οὐάλεντα καὶ οὐρσάκιον, αὐξέντιόν τε, καὶ γερμάνιον καὶ γαίον, καὶ δημόφιλον, ὅτι τὴν ἀρειανὸν δόξαν ἀναθεματίσαι οὐ κατεδέξαντο.

[b] Theodor. ex Athanas. Eccles. hist. lib. 2. c. 23. οὐρσάκιος καὶ οὐάλης, εὐδόξιός τε καὶ αὐξέντιος ἐκεῖ δὴ τῶ σὺν αὐτοῖς, καὶ δημόφιλος, καθηρέθησαν.

[c] Sozomen. Eccl. hist. lib. 4. c. 17. μὴ πειθομένοις δὲ τοῖς ἀμφὶ οὐάλεντα, καὶ οὐρσάκιον, ἀλλ᾽ ἐπιχειροῦσις κρατεῖν τῶ προτέραν πίστιν, καθεῖλον.

[d] Nicephor. Eccl. hist. lib. 9. cap. 39. ex vers. Ioan. Lang. Tantum autem abest, vt Patres id face-rent, vt etiam Vrsatium, Va-lentem, eorum-que complices damnationis sententia exau-torarint.

[e] Hilar. de Synod. contra Arian.

[f] Muscul. in Socratis lib. 2. cap. 37. Sciendum autem est, Sy-nodum eos de-posuisse qui cũ Vrsatio, Valente, Auxentio, Germano, Gaïo, & Demophilo erant.

[g] Idem in Sozom. hist Eccles. lib. 4. cap. 17. Non acquiescentes autem eos, qui cum Vrsatio & Valente erant, sed instantes vt ab ipsis proposita fides obtineret, deposuerunt.

[h] Eustath. in Homer. Iliad. γ. Πνήρων ἴδιον τὸ ἀπὸ τοῦ ἁπλῶ Ἀλέξανδρον ἢ Μενέλαον, ἢ Ἀγαμέμνονα, λέγε οἱ ἀμφι Ἀλέξανδρον, καὶ οἱ ἀμφι Μενέλαον καὶ οἱ ἀμφι Ἀγαμέμνονα, καὶ τὰ ὅμοια.

[i] Iren. lib. 4. cap. 43. Remanent apud inferos, voragine terræ absorpti, quemadmodum qui circa Cho-re, Dathan & Abiron.

[k] Chrysost. in epist. ad Ephes. cap. 4. homil. 11. οὐκ ἴσαν πεπόνθασιν οἱ περὶ κορέ καὶ δαθὰν καὶ ἀβειρὼν; ἆρα αὐτοὶ μόνοι, οὐχὶ δὲ καὶ οἱ μετ᾽ αὐτῶν;

deuroit-elle

deuroit-elle pas auoir instruits ; [a] *Dauantage les Grecs disent οἱ περὶ Πλάτωνα, c'est à dire, Platon, οἱ ἀμφὶ Σωκράτην, c'est à dire, Socrates?* Et d'ailleurs sainct Athanase & Theodoret n'écriuent-ils pas sans αὐτοὶ, ny περὶ, [b] *Vrsatius, Valens, Eudoxius, Auxentius & Demophile furent deposez à Arimini?* Et Musculus mesme ne tourne-t'il pas en ce lieu-là; [c] *A Arimini, Vrsatius, Valens, Eudoxius, Auxentius & Demophile, furent priuez de leur authorité?* Mais S. Athanase & Theodoret (dit ce docteur de tenebres, F. D. L. M.) témoignent [d] qu'ils furent deposez au Concile de Sardique. Il est vray, ils témoignent au lieu que vous auez veu, qu'Vrsatius & Valens furent deposez au Concile de Sardique : Mais ils témoignent au lieu que vous n'auez pas veu, qu'ils furent aussi deposez au Concile d'Arimini : [e] *Vous sçauez* (dit sainct Athanase, & après luy Theodoret) *l'ayant appris de ceux qui estoient venus de vostre part à Arimini, qu'Vrsatius, Valens, Eudoxius, Auxentius, & auec eux Demophile y furent deposez.* Et comment donc (dira ce Docteur occulte) arriue-t'il qu'Vrsatius & Valens ayants déja esté deposez au Concile de Sardique, fussent derechef deposez au Concile d'Arimini? Pourautant (& en cela consiste encore vn des chefs de vostre ignorance) qu'ils auoient esté restituez entre l'interualle de ces deux Conciles, comme S. Athanase, Seuere Sulpice, Sozomene, & l'epistre mesme d'Vrsatius & Valens au Pape Iules, le témoignent. Car voicy les propres paroles de sainct Athanase, écrites il y a plus de douze cents quarante ans : [f] *Cela voyants, dit-il, Vrsatius & Valens, s'accuserent eux-mesmes, & s'acheminants à Rome confesserent leur crime, & se repentants demanderent pardon.* Et voicy celles de Seuere Sulpice, écrites il y a plus de douze cents ans : [g] *Vrsatius & Valens Princes des Ariens, se voyants apres le Concile de Sardique separez de la communion, demanderent en personne pardon à Iules Euesque de Rome.* Et voicy celles des lettres mesmes d'Vrsatius & Valens, referées par sainct Athanase & par Sozomene : [h] *A nostre tres-heureux Seigneur le Pape Iules, Vrsatius & Valens, &c. Nous acceptons allaigrement la communion d'Athanase, & principalement pource que vostre pieté par sa naturelle bonté a daigné pardonner à nostre erreur : & protestons que soit que les Orientaux, soit Eusebe mesme, nous vueillent à l'auenir citer iniustement pour cest effect ; nous ne nous departirons iamais de*

---

g *Seuer. Sulpit. sacra hist. l. 2.* Vrsatius & Valens principes Arianorum, cùm post synodum Sardicensem viderentur à communione secreti, coram positi, à Iulio Romanæ vrbis Episcopo veniam posposcerunt.

h *Epist. Valentis & Vrsac. apud Athanas. Apol. 2. Et apud Sozom. hist. Eccles. l. 3. c. 23.* Κυρίῳ μακαριωτάτῳ Πάπα Ιουλίῳ, οὑρσάκιος, καὶ οὐάλης, &c. Διότι τῆς ἡδέως κοινωνιούμεθα τῆς κοινωνίας τῷ προειρημένῳ Αθανασίῳ, μάλιστα ὅτι ἡ θεοσέβειά σου, κατὰ τὴν ἔμφυτον αὐτῇ καλοκαγαθίαν, τῇ πλάνῃ ἡμῶν καταξιοῖ συγγνώμην δοῦναι, ὁμολογούμεθα δὲ καὶ τόδε, ὅτι εἴ ποτε ἡμᾶς οἱ ἀνατολικοὶ θελήσωσιν, ἢ καὶ αὐτὸς Αθανάσιος (Σοζομ. legit Αθανασίος) κακοήθως περὶ τούτου εἰς κρίσιν καλέσουσι μὴ ἀποσχεθῆναι περὶ γνώμην τῆς σῆς διαθέσεως, τὸν δὲ αἱρετικὸν ἄρειον καὶ τοὺς ὑπερασπίζοντας αὐτὸν, &c. ἀναθεματίζομεν.

Margin notes (right column):

a *Gramm. græca Clenard. in syntax.* Dicunt præterea, οἱ περὶ Πλάτωνα, hoc est Plato, οἱ ἀμφὶ Σωκράτην, hoc est Socrates.

b *Athanaf. ep. ad African. & Theodor. hiftor. Ecclef. l. 2. c. 23.* οὑρσάκιος καὶ οὐάλης, εὐδόξιός τε καὶ αὐξέντιος, ὅπει δὲ σὺν σὺν αὐτοῖς, καὶ δημόφιλος, καθηρέθησαν.

c *Muscul. in versione Theodor. Eccl. hist. l. 2. c. 23.* Scitis enim charissimi certiores facti ab iis qui Arimini in Côcilio fuere, Vrsatiũ, Valentem, Eudoxium, Auxentium, quique vnà cum illis fuit Demophilum, priuatos esse authoritate sua.

d *Examen de F. D. L. M. fol. 56. pag. 1.*

e *Athan. epist. ad Afric. & Theod. hist. Eccles. l. 2. c. 23. Vt supra.*

f *Athan. Apol. 2.* ταῦτα βλέποντες οὑρσάκιος, καὶ οὐάλης, κατέγνωσαν λοιπὸν ἑαυτῶν, καὶ ἀπελθόντες εἰς τὴν ῥώμην, ἐξωμολογήσαντό καὶ αὐτοὶ μεταγινώσκοντες συγγνώμην τε ἠτή-σαντο.

la sentence de voftre jugement : & anathematiZons Arius Heretique & fes fatellites ; &c. Quelle merueille eft-ce donc de là en auant, qu'Vrfatius & Valens ayants efté depofez au Concile de Sardique, & depuis reftituez; & apres cela eftants retombez en erreur, ayent efté derechef depofez au Concile d'Arimini ? Sainct Athanafe ne protefte-t'il pas luy-mefme, que ce qu'ils furent depofez au Concile d'Arimini, ce fut pour la troifiefme fois ?[a] *De ceux*, dit-il, *qui s'affemblerent à Nicée, nul n'auoit efté depofé, &c. là où ceux-cy (afcauoir, Vrfatius, Valens, & leurs complices) ont efté depofeZ vne fois, deux fois, & pour la troifiéme fois à Arimini.* Mais poffible qu'il n'y a que fainct Athanafe, Socrate, Theodoret, Sozomene, & Nicephore, qui dient que Valens & Vrfatius furent degradez à Arimini. Que fera-ce donc Lecteurs, fi ie montre que la propre fentence du Concile d'Arimini, conferuée par la prouidence de Dieu, pour confondre cefte brutale impofture, le porte en termes expres ? Or pour cela il ne me faudra pas aller loing. Car voicy l'arreft mefme du Concile d'Arimini, contre Valens & Vrfatius, rapporté en forme par fainct Athanafe, & traduit de luy fur la pureté de l'edition Grecque :[b] *Autant qu'il a efté conuenable & poffible (freres tres-honorez) le Concile Catholique, & la faincte Eglife, a patiemment fupporté & toleré Vrfatius, Valens, &c. Ores nous ne permettons point qu'ils ayent part à noftre communion, les condamnants & depofants en prefence par noftre propre voix. A ces caufes declareZ-en ce qu'il vous en femble, afin que le iugement de chacun foit authorifé par fa fignature.* NOVS EVESQVES PRONONÇONS VNANIMEMENT, QVE LES SVSDITS ENNEMIS SOIENT [c] DEPOSEZ, AFIN QVE LA FOY CATHOLIQVE DEMEVRE EN PAIX. Qui me donnera donc maintenant vne voix de fer, & cent plumes, & cent langues, pour publier cefte ignorante effronterie par toute la terre ? Sainct Athanafe dit : *Vous fcauez qu'Vrfatius, Valens, Eudoxius, Auxentius & Demophile, furent depofeZ à Arimini.* Socrate dit ; *Il faut fcauoir que le Concile depofa Vrfatius, Valens, Germinius, Caius, & Demophile.* Theodoret apres fainct Athanafe, dit; *Vrfatius, Valens, Eudoxius, Auxentius, & Demophile, furent depofeZ à Arimini.* Sozomene dit ; *Les Euefques d'Arimini depoferent Vrfatius & Valens.* Nicephore dit; *Ils depoferent par fentence de condemnation, Valens, Vrfatius, & leurs complices.* Mufculus mefme en la verfion de fainct Athanafe & de Theodoret, tourne; *Vrfatius, Valens, Eudoxius, Auxentius, Demophile;* [d] *furent priueZ de leur authorité à*

Arimini : Le propre arreſt du Concile d'Arimini, dit ; *Nous les con-* *Apud Ath.ep.*
damnons & depoſons. Et ces ſimulachres de calomnie crient que Va- *de Syn. Arim.*
lens & Vrſatius ne furent point depoſez, mais excommuniez, au *& Seleuc. vt*
Concile d'Arimini : Et comme s'ils auoient leurs lettres d'impu- *ſupra.*
dence toutes ſignées & ſcellées, imputent leurs ignorances pour
fauſſetez à l'Eueſque d'Eureux. Y a-t'il aſſez d'écarlate au monde,
pour leur teindre le viſage ? O bouche ! ô front!

CINQVIESME TEXTE DE L'EVESQVE
D'Evrevx.

Il faut, dict ſainct Irenée, obeyr aux Prelats qui ſont en l'Egliſe, *Edit.in 8. & in*
qui ont la ſucceſſion des Apoſtres, comme nous auons monſtré; *12.fol.1.*
qui auec la ſucceſſion de l'Epiſcopat, ont receu le talent certain de *Iren.lib.4. cap.3.*
la verité, ſelon le bon vouloir du Pere, & les autres qui ſont hors ,,
de la ſucceſſion originaire, & s'aſſemblent en quelque part que ,,
ce ſoit, les auoir pour ſuſpects, ou comme heretiques & de mau- ,,
uaiſe doctrine, ou comme ſchiſmatiques & rebelles. ,,

OBIECTION DV SIEVR
DV PLESSIS.

Voicy les mots d'Irenée ; Et pourtant il faut obeyr aux Preſtres qui *Diſcours du ſieur*
ſont en l'Egliſe, qui ont la ſucceſſion des Apoſtres, comme nous auons *du Pleſſis. 3. edit.*
monſtré, leſquels auec la ſucceſſion de l'Epiſcopat, ont reccu le don cer- *p.74.& 75.*
tain de verité, ſelon le bon plaiſir du Pere : mais les autres qui ſe retirent
de la principale ſucceſſion, en quelque lieu qu'ils s'aſſemblent, les auoir
pour ſuſpects. Il traduict, Presbyteris, Prelats, afin qu'on ne remarque
que du temps d'Irenée, Preſtre, & Eueſque, denotoient vne meſme per-
ſonne. Il y a de la fauſſeté en ce qu'il traduit, à principali ſucceſſione, de
la ſucceſſion originaire ; comme il appert par le precedent, où il n'a par-
lé que de la doctrine : & par ce qui ſuit au chapitre ſubſequent, où il dit;
Il faut adherer à ceux qui gardent la doctrine des Apoſtres ; comme
nous auons dit, & auec l'ordre de Preſtriſe gardent la parole ſaine, & ont
la conuerſation ſans ſcandale. Faiſant trois ſortes de ſucceſſion, de do-
ctrine, de ſucceſſion, & des mœurs : Et nommant la doctrine la pre-
miere:c'eſt la principale, ainſi que témoigne ſainct Gregoire de Nazianzene.

RESPONSE DE L'EVESQVE
D'Evrevx.

Quelle coiffe de Midas ſuffira pour leur couurir les oreilles ?
L'Eueſque d'Eureux, diſent-ils, *traduit, Presbyteri, Prelats, afin qu'on*
ne remarque que du teps d'Irenée, Preſtre, & Eueſque, denotoiét vne meſme

personne. Et sainct Irenée luy-mesme fut long temps Prestre de Lyon, deuant que d'en estre Euesque: [a] *Les mesmes Martyrs, dit Eusebe, enuoyerent Irenée lors Prestre de l'Eglise de Lyon, à l'Euesque de Rome.* Et vn peu apres: [b] *Pothinus nonagenaire ayant esté mis à mort auec ceux qui furent martyrisez en Gaule, Irenée receut par succession l'Episcopat de l'Eglise de Lyon, que Pothinus gouuernoit.* Et sainct Hierome: [c] *Irenée Prestre de Pothinus Euesque de Lyon en Gaule, enuoyé par les Martyrs du lieu, en legation à Rome, porta des lettres honorables en sa recommandation à l'Euesque Eleuthere. Depuis, Pothinus aagé de pres de nonante ans estant couronné par le martyre, il fut substitué en son lieu.* Et l'epistre des Martyrs mesme: [d] *Si le degré apportoit quelque iustice, nous vous le recommanderions comme Prestre de l'Eglise.* Cela se peut pardonner au sieur du Plessis qui est occupé à d'autres professions: Mais aux Ministres ceste ignorance n'est-elle pas digne d'oreilles? Dauantage Tertullian n'écrit-il pas en son liure du baptesme, fait par luy encore Catholique, & durant la vie propre de sainct Irenée: [e] *Le souuerain Prestre, qui est l'Euesque, a le droict de baptiser; & apres luy les Prestres & les Diacres, mais non sans l'authorité de l'Euesque?* Que diray-je plus? [f] Tertullian luy-mesme, & Clement Alexandrin son compagnon d'aage, n'estoient-ils pas simples Prestres; l'vn Prestre de Carthage, sous Agrippinus Euesque de Carthage; l'autre Prestre d'Alexandrie, sous Demetrius Euesque d'Alexandrie; & non Euesques? Comment donc, *Prestre,* & *Euesque,* ne denotoient-ils qu'vne mesme personne au temps de sainct Irenée, puis que Tertullian & Clement Alexandrin ses contemporains, n'estoient que simples Prestres, & luy il estoit Euesque? Que si pource que sainct Irenée appelle quelquesfois les Euesques, Prestres, appliquant par excellence le nom du genre à la plus eminente espece, qui est la cause pour laquelle l'Euesque d'Eureux afin d'oster tout pretexte d'ambiguité a tourné en ce lieu-là, *Prelats,* il s'ensuit que Prestre & Euesque du temps de sainct Irenée, estoient vne mesme chose; Ne faudra-il pas conclure pareillement que du temps de sainct Augustin Prestre & Euesque estoient vne mesme charge; pource qu'il dit: [g] *Contez les Prestres,* sacerdotes, *iusques depuis le siege de Pierre: Et en cest ordre-là de Peres, voyez qui sont ceux qui ont succedé les vns aux autres. Ceste-là est la pierre que les superbes portes d'Enfer ne vainquent point?* Et derechef: [h] *La succession des Prestres,* sacerdotum, *depuis le siege de Pierre, auquel le Seigneur consigna*

---

a. *Euseb. hist. l.5. c.4* οἱ δ' αὐτοὶ μάρτυρες καὶ τὸν εἰρηναῖον πρεσβύτερον τότ' ὄντα τῆς ἐν λυγδούνῳ παροικίας, τῷ τῆ δηλωθέντι κατὰ ῥώμην ἐπισκόπῳ συνιστῶν.

b. *Ibid c.5.* πολεμίου δι' ᾧ ὅλοις τῆς ζωῆς ἔτεσιν ὀγδοηκοντα σὺν τοῖς ἐπὶ γαλλίας μαρτυρήσασι τελειωθέντος, εἰρηναῖος τῆς κατὰ λούγδουνον ἧς ὁ ποθεινὸς ἡγεῖτο παροικίας, τὴν ἐπισκοπὴν διαδέχεται.

c. *Hieron. in Catal.* Irenæus, Pothini Episcopi, qui Lugdunensem in Gallia regebat Ecclesiam, presbyter, à martyribus eiusdem loci ob quasdã Ecclesiæ quæstiones legatus Romam missus, honorificas super nomine suo ad Eleutherum Episcopū perfert literas. Postea, iam Pothino prope nonagenario, ob Christum martyrio coronato, in locum eius substituitur.

d. *Epistola mart. Galliæ ap. Euseb. hist. Eccles l.5.c.4.* εἰ γὰρ ἤδει μον τὸν τόπον δικαιοσύνην περιτιθέναι, ὡς πρεσβύτερος ὂν ἐκκλησίας ἅπερ ἐστὶν ἐπ' αὐτοῖς, ἃ προῶτοις αἱ παρεκβιασα. e. *Tertull. l. de baptismo c. 17.* Dandi quidem habet ius summus sacerdos, qui est Episcopus: Dehinc Presbyteri & Diaconi, non tamen sine Episcopi auctoritate. f. *Hieron. in Catal. & Alexander Hierosol. apud Euseb. lib. 6.* g. *Aug. in Psal. contr. part. Don.* Numerate sacerdotes vel ab ipsa Petri sede, & in ordine illo patrum quis cui successit videre. Ipsa est Petra quã non vincunt superbæ inferorū portæ. h. *Idem contr. epist fundament.* Tenet ab ipsa sede Petri apostoli cui pascendas oues suas Dominus commendauit vsque ad præsentem episcopatum successio sacerdotum.

apres sa resurrection la pasture de ses oüailles, iusqu'au present Episcopat me
retient en l'Eglise Catholique ? Car tous ceux qui estoient *Presbyteri*
n'estoient-ils pas *Sacerdotes* ? Mais c'est assez de ceste escarmouche.
Venons au gros du combat.

Il y a de la faußeté, disent-ils, en ce que l'Euesque d'Eureux traduit,
à principali succeßione *, de la succeßion originaire.* O temps ! ô mœurs.
Au lieu de rendre graces à ceux qui leur enseignent à entendre le
style des anciens Peres, ils les payent d'outrages & de calomnies, &
non seulement foulent les perles aux pieds, mais se jettent sur
ceux qui les leur sement. [a] *Succeßio principalis* (crie ce docteur Apocryphe, F.D.L.M.) *signifie succeßion principale, c'est à dire, succeßion
de verité.* Et moy ie dy qu'il signifie *succeßion principiale, c'est à dire, originaire,* & non, *præcipua, c'est à dire plus excellente* : comme
Pamelius l'auoit déja remarqué sur le liure des prescriptions de Tertullian en ces mots. [b] *L'interprete d'Irenée appelle succeßion principale,
quand par vne suitte continuelle comme deduitte du principe, le second succe-
de au premier, le tiers du second,* & *le quart au tiers.* Car premierement que ce soit chose familiere à sainct Irenée, & aux autres autheurs de ces siecles là, de deriuer, *principal* de *principe,* à l'imitation des Grecs, qui du mot, ἀρχὴ, font ἀρχαῖος ; & de prendre par
abbregé, *principal,* pour *principial,* qui est vn terme dont vse Lu-
crece, lors qu'il dit ;

[c] *Vn temps principial du ciel* & *de la terre.*
Il appert par sainct Irenée mesme, lequel au quatorziesme chapitre de son cinquiéme liure, voulant prouuer contre les Valenti-
nians, que nostre Seigneur n'auoit point pris vne chair celeste, &
faitte d'autre substance plus excellente que celle des hommes, mais
auoit pris la mesme chair, qui estoit descenduë originairement
d'Adam, dit. [d] *Ny le Seigneur n'eust pas recapitulé ces choses en luy-mesme,
s'il n'eust esté fait chair* & *sang selon la facture principale (c'est à dire,
principiale & originale) sauuant en soy-mesme à la fin, ce qui estoit pery
au principe (c'est à dire, en l'origine) en* Adam. Et vn peu apres :
[e] *Car la chair est vrayement vne succeßion de la premiere facture faitte
de la terre.* Et derechef : [f] *Il a donc eu luy-mesme chair* & *sang , reca-
pitulant en soy, non vne autre facture, mais la facture principale (c'est à
dire, principiale & originale) du Pere,* & *recerchant ce qui auoit esté
perdu.* Il appert par Tertullian autheur contemporain de sainct
Irenée, & grand affectateur de ses paroles, qui dit au liure des prescriptions : [g] *Mais maintenant ie reuiendray de ma digreßion à mon propos, qui est de montrer que la principalité doit estre deputée à verité,* & *la
posterité à mensonge.* Et au liure contre Hermogene, qui disputoit
sed illã principalé patris plasmationé in se recapitulás, exquirens id quod perierat. g *Tertul. l. de præscript.*
c. 31. Sed ab excessu reuertar ad principalitatem veritati, & posteritatem mendacitati deputandam.

---

[a] *Examen de* F.D.L.M.fol.2.

[b] *Pamel.in Tertul.lib.de præscript.cap.* 31. Succeßio principalis ab Irenęi interprete vocatur, quando serie continua, velut à principio deducta, secundus primo, tertius secúdo, quartus tertio, &c. succedit.

[c] *Lucret.l.5.* Scire licet cœli quoque idem, terræque fuisse principiale aliquod tempus; &c. *Idem lib.2.* Omnis enim sensus, quæ mulcet causa, iuuatque, Haud sine principiali aliquo lætuore creata est.

[d] *Iren. lib.5.c.14* Nec in semetipso recapitulatus esset hæc Dominus, nisi & ipse caro & sanguis , secundum principalē plasmationem factus fuisset, saluás nos in semetipso in fine illud quod perierat in principio in Adam.

[e] *Idem paulò post.* Caro enim verè primæ plasmationis è limo factæ succeßio.

[f] *Et iterum.* Habuit ergo & ipse carnem & sanguinem, non alterá quádam,

que le monde auoit esté fait d'vne matiere præexistente: [a] *Mainte-nant donc, si le ciel & la terre sont œuures principales (c'est à dire, princi-piales & originales) à Dieu, que Dieu a fait auant toutes autres choses estre proprement le principe de ses œuures; qui ont esté faites les premieres; c'est à bon droit que l'Escriture commence par ces mots; Au principe (c'est à dire au commencement) Dieu crea le ciel & la terre.* Et au liure de la chair de Christ: [b] *Tout degré de genre est recensé du dernier au principal.* Par lesquels mots il oppose le dernier degré de la genealogie Roya-le Iudaïque, qui est Christ, au principal, c'est à dire, à l'original, qui est Iessé. Et au liure de la monogamie, parlant des personnes qui estoient comme il dit, *principes originis & personæ originales*, c'est à dire, *principes d'origine, & personnes originales*: [c] *Vous auez, dit il, Aaron sacrificateur principal*, c'est à dire, original. Il appert par S. Cy-prian qui appelle l'Eglise Romaine, *Eglise principale*, c'est à dire, Eglise originale, & dont est sortie l'vnité du sacerdoce: [d] *Ils osent, dit il, porter les lettres schismatiques à la chaire de Pierre, & à l'Eglise principale dont est sortie l'vnité sacerdotale*: combien que si F. D. L. M. veut deriuer là, *principale*, de *princeps*, à cause de la *principauté du siege Apostolique*, [e] laquelle sainct Augustin dit, *auoir tousiours fleury en l'Eglise Romaine*, à luy permis. Et bref pour finir par les Grammai-riens, il appert par Seruius, qui dit sur le premier liure de l'Æneide de Virgile, [f] que *la principalité du Verbe verrere, est verro*, c'est à dire le principe & l'origine du verbe.

Et secondement que sainct Irenée par, *succession principale*, enten-de là necessairement, non la succession de la doctrine, mais la suc-cession de l'Episcopat; il resulte des propres paroles du texte qui porte: [g] *Il faut obeyr aux Prestres qui sont en l'Eglise, à ceux qui ont la succession des Apostres, comme nous auons montré; qui auec la succession de l'Episcopat, ont receu le talent certain de la verité, selon le bon plaisir du Pere: Et les autres qui sont destituez de la succession principale, & s'assemblent en quelconque lieu, les auoir pour suspects, ou comme Hereti-ques & de mauuaise doctrine, ou comme schismatiques & rebelles.* Car outre ce qu'il équipolle ces trois mots, *la succession deriuée des Apo-stres, la succession de l'Episcopat, & la succession principale*: qui ne juge que puis qu'il pose ceste alternatiue, *que ceux qui sont priuez de la succession principale, sont ou heretiques & de mauuaise doctrine, ou schismatiques & rebelles*: il ne peut pas entendre par la succession principale, la succession de la doctrine? Vn homme pourueu, non

a *Idem lib. ad-uers. Hermog. cap.* 19. Iam nûc si principalia Deo opera cœ-lum &terra sût, quę ante omnia Deus fecit suo-rû esse propriè principium, quæ priora sunt facta, me-ritò (sic) præfa-tur scriptura, In principio fe-cit Deus cœlum & terram.

b *Idem l. de carne Christi.* Omnis gradus generis ab vlti-mo ad principa-lem recensetur.

c *Idem de Mono.* Quæramus ali-quos originis principes, &c. Habes Aaronè principalem sa-cerdotem, &c. Post vetera exempla origi-nalium perso-narum, &c.

d *Cyprian. ad Cornel. epist.* 55. Nauigare audêt & ad Petri ca-thedram atque ad Ecclesiam principalem, vnde vnitas sa-cerdotalis exor-ta est, à schis-maticis & pro-fanis literas ferre.

e *August. epist.* 161. Ecclesiæ Romanæ, in qua semper Apostolicæ cathedræ, viguit principatus.
f *Seruius in* 1. *Æneid.* Est autem principalitas verbi, verro, verris.
g *Iren. l.* 4 *cap.* 43. Eis qui sunt in Ecclesia presbyteris obaudire oportet, his qui successionem habent ab Apostolis, sicut ostendimus, qui cum episcopatus successione charisma veritatis certum secun-dum placitum patris acceperunt: Reliquos vero qui absistunt à principali successione, & quocunque loco colliguntur, suspectos habere, vel quasi hæreticos & malæ sententiæ, vel quasi scindentes & elatos.

de dialectique acquife mais de fens commun, pourra-t'il fouffrir
cefte difionctiue ; Ceux qui font priuez de la fucceffion de la'vraye
doctrine, font ou heretiques & de mauuaife doctrine, ou fchifmatiques & rebelles? Toute diuifion dont le genre retombe en vne des
branches de la partition, n'eft-elle pas renuoyable à l'Hellebore &
aux Anticyres? Si ceux qui font priuez de la fucceffion principale, doiuent eftre tenus ou pour heretiques & de mauuaife doctrine, ou pour fchifmatiques & rebelles : ne faut-il pas qu'il y ayt des
hommes qui puiffent eftre dépourueus de la fucceffion principale,
& neantmoins n'eftre point heretiques & de mauuaife doctrine?
Comment donc cela aura-t'il lieu, fi fainct Irenée par ce mot,
fucceffion principale, entend la conformité de la doctrine auec les
Apoftres? Ne s'enfuiura-t'il pas par cefte noüelle logique, qu'vn
homme pourra eftre deftitué de la conformité de la doctrine Apoftolique, fans eftre heretique & de mauuaife doctrine? Voyons
neantmoins les raifons de leur objection au contraire.

Il y a dans Irenée dit ce docteur *in breuibus*, F.D.L.M.) *Il faut obeyr
aux Preftres qui ont la fucceffion des Apoftres, côme nous auons monftré.* Or
fainct Irenée (replique-t'il) *n'a monftré en tout le liure autre chofe que la
conformité de la doctrine des Patriarches & Prophetes, auec celle de Iefus-Chrift & des Apoftres : tellémet qu'auoir la fucceffion des Apoftres,
c'eft auoir la doctrine des Apoftres.* Qui ne dira qu'il a perdu la memoire, auffi bien que le jugement, de ne fe fouuenir pas que ce
n'eft point en ce liure que fainct Irenée fait profeffion de monftrer qui font ceux qui ont la fucceffion des Apoftres ; mais au liure precedent, où il écrit tout vn chapitre expres, *De la fucceffion des
Euefques ès Eglifes depuis les Apoftres* ; & mefme y vfe de ce mot
principalité, qui eft celuy dont il s'agit? Le texte eft ; *Mais pource,*
dit fainct Irenée, *qu'il feroit trop long en vn tel volume que ceftui-cy, de
denombrer toutes les fucceffions des Eglifes, monftrants la tradition &
foy annoncée aux hommes, que la tres-grande & tres-ancienne & tres-
celebre Eglife fondée & eftablie à Rome par les deux tres-glorieux Apoftres, Pierre, & Paul, a receuë des Apoftres, & laquelle eft paruenuë
iufques à nous par les fucceffions des Euefques : nous confondons tous ceux
qui, foit par amour pernicieux d'eux-mefmes ou vaine gloire, foit par
aueuglement & mauuaife doctrine, affemblent ailleurs que là où il faut :
Car à cefte Eglife, à caufe de fa plus puiffante principalité, il faut que
toute Eglife conuienne.* Or comment fainct Irenée prendra-t'il là
la fucceffion des Apoftres, & la doctrine de la verité, pour vne
mefme chofe ; puis qu'il n'a autre but en tout le chapitre que de
monftrer que la preuue de l'vne eft le moyen de la preuue de
l'autre? Et comment le mot *principalité*, en ce lieu-là, fignifiera-t'il
verité, puis qu'il ne peut y auoir en vne mefme doctrine diuerfes

B b iiij

à *Examen de*
F.D.L.M.
fol.2.

Iren.l.3. c.1. [Sed
quoniam valdè
longum eft,
in hoc tali vo-
lumine omniú
Ecclefiarum
enumerare fuc-
cefliones ; ma-
ximæ, & antiq-
quiffimæ, & ab
omnibus co-
gnitæ, à glorio-
fiffimis duobus
Apoftolis Petro
& Paulo Româ
fundatæ & con-
ftitutæ Ecclefie,
eam quam ha-
bet ab Apofto-
lis traditionem,
& annunciatam
hominibus fidé
per fucceffio-
nes Epifcoporú
peruenientem
vfque ad nos
indicantes,
confundimus
omnes eos,
qui quoquo
modo vel per
fui placentiam
malam, vel vanâ
gloriam, vel per
cæcitatem, &
malam fenten-
tiam, præter
quam oportet
colligunt. Ad
hanc enim Ec-
clefiam propter
potentiorem
principalitatem
neceffe eft om-
nem conuenire
Ecclefiam.

veritez plus puissantes les vnes que les autres?

ᵃ *Dauantage* (dit ce docteur anonyme) *sainct Irenée au chapitre suiuant, qui est le 44. fait trois sortes de succession, l'vne de la verité, qu'il fait la principale; la seconde des personnes; & la troisiéme des mœurs.* Et où est-ce que S. Irenée, en tout le chapitre 44. qualifie les deux autres conditions, du titre de succession? Et où est-ce qu'il attribué cest epithete, *principale*, à la condition de la doctrine? Au contraire ne le defere-t'il pas manifestement dans le mesme chapitre à la seance, & non à la foy, vsant de ces mots: ᵇ *Ceux qui sont enflez de l'orgueil de la seance principale?* Et au chapitre 45. lors qu'il vient à repeter ces trois conditions, ne les exprime-t'il pas par ces trois termes distincts, ᶜ *succession des Apostres, iustice de la discipline, & pureté de la doctrine?* Auec quel sauf-conduit donc, sinon celuy de l'impudence, ce docteur de l'Eglise inuisible peut-il produire le chapitre 44. pour monstrer que le mot, *principale*, doit estre attribué à la doctrine, & non au siege; puis qu'en ce mesme chapitre 44. sainct Irenée l'applique expressement au siege, & non à la doctrine?

Mais le sieur du Plessis le renuie encore par dessus ses Ministres, & dit, que sainct Gregoire de Nazianze témoigne, que la succession de la doctrine est la principale. Et moy ie dy derechef, que le mot, *principalis*, de l'intelligence duquel seul il s'agit, n'est point dans sainct Gregoire de Nazianze, comme aussi c'est vn autheur Grec & non Latin: Et d'ailleurs que sainct Gregoire de Nazianze ne compare point là, la succession de la doctrine prise separément & par soy, auec la succession du siege: mais la succession du siege & de la doctrine ensemble, auec la seule vsurpation du siege. Car il estoit question de faire vne opposition tacite entre la promotion de sainct Athanase Euesque d'Alexandrie au siege de sainct Marc, & l'intrusion de George Cappadocien, qui auoit depuis occupé le mesme siege sur sainct Athanase par la brigue des Arriens, & auec plusieurs meurtres & violences.   Voicy les propres paroles du passage: ᵈ *Ainsi* (dit-il) *Athanase fut éleué auec les suffrages de tout le peuple, non selon la mauuaise forme qui preualut apres, ny auec meurtre & tyrannie; mais Apostoliquement & spirituellement, au throsne de sainct Marc, non moins successeur de sa pieté, que de sa Prelature: Car quant à l'vne, il y en a eu plusieurs entre deux: Quant à l'autre, il marche incontinent apres: Ce qu'il faut proprement estimer succession: Car celuy qui suit la mesme doctrine, est assis au mesme throsne: & celuy qui tient vne doctrine contraire, sied en vn antithrosne: & l'vne a le nom, & l'autre la verité de la succession: Car ce n'est pas celuy qui a fait violence, mais celuy qui l'a receuë, pour y entrer; ny celuy qui s'est ingeré contre les loix, mais celuy qui a esté appellé & offert, qui est legitime: ny celuy qui tient vne doctrine* contraire, *mais celuy qui est de mesme foy.* Sainct Gregoire de Nazianze donc ne veut pas dire là, qu'vn autre qui n'auroit point esté ordonné & consacré en la ligne de la succession personnelle de sainct Marc, peust estre successeur de son authorité & de sa Prelature, sous ombre de la conformité en la foy : & que la succession du siege n'y fust point necessaire. Car pourquoy eust-il reserué à declarer que sainct Athanase fut éleué au throsne de sainct Marc lors qu'il fut sacré Euesque d'Alexandrie, veu qu'auparauant & au Concile de Nicée, & ailleurs, il auoit donné tant de preuues de sa creance, si pour estre successeur de l'authorité de sainct Marc, il ne falloit sinon estre de la mesme foy ? Et pourquoy luy defereroit-il plustost ceste qualité qu'à tous les autres Catholiques d'Alexandrie & d'Egypte, voire de tout le monde, qui conuenoient auec sainct Marc en la doctrine ? Et pourquoy diroit-il qu'il estoit [a] *successeur non moins de sa pieté que de sa Prelature,* si la seule succession de la pieté suffisoit pour constituer la succession de la Prelature ? Et pourquoy, apres luy, affecteroit-il plustost ce tiltre à Pierre d'Alexandrie, duquel il écrit, [b] *qu'il fut fait sacrificateur & successeur d'Athanase, oinct par la Loy & par l'ordre spirituel,* qu'à tous les autres ? Et pourquoy aduertiroit-il si souuent les fidelles, [c] *de se contenir dans les termes de l'ordre à quoy chatun d'eux est appellé en l'Eglise, quand mesmes ils seroient dignes d'vn plus excellent ?* Et pourquoy les coniureroit-il si instamment d'apprehender [d] *le crime & le supplice de Dathan & d'Abiron,* si la seule conformité en la foy suffisoit pour auoir l'authorité du ministere ? Et pourquoy sainct Hierome son disciple diroit-il, parlant d'Hilarius autheur de l'vne des sectes des Luciferiens : [e] *Auec l'homme est morte aussi la secte : Car n'estant que Diacre, il n'a peu ordonner aucun clerc. Or celle-là n'est point Eglise qui n'a point de Prestres ?* Et pourquoy sainct Optat Mileuitain son contemporain, declameroit-il contre les Donatistes : [f] *Rendez-nous maintenant conte de l'origine de vostre chaire, vous qui vous voulez voir attribuer la saincte Eglise ?* Et pourquoy sainct Chrysostome crieroit il : [g] *Que sert la foy orthodoxe, si l'ordination n'est legitime ? Car il faut aussi bien combattre pour celle-cy, que pour celle-là ?* Et pourquoy sainct Cyprian protesteroit-il : [h] *Nouatian n'est point en l'Eglise, & ne peut estre conté pour Euesque, luy qui méprisant la tradition Euangelique & Apostolique, & ne succedant à personne, a pris origine de luy-mesme ?* Mais il veut dire que de sainct Athanase, & de George son Anti-patriarche, tous deux colloquez de fait au throsne de sainct Marc,

---

[a] *supr. pag.* 296.

[b] *Greg. Naz. in Heron.* ὁ τῷ ἁγίῳ διάδοχος ἱερέως, ὁ τόμῳ καὶ τάξει προθυμίας κεχρισμένος.

[c] *Idem ad Iul. trib. ex. aq.* ἑκάστῳ ἐν ᾗ ἐκλήθη τάξει, ἐν ταύτῃ μενέτω, κἂν ᾖ τῆς κρείττονος ἄξιος.

[d] *Idem de moder. in disput.* Δαθὰν καὶ Ἀβειρὼν τοὺς ὑβρίσαντας καὶ ἀξίους, ὧν φυγώμεθα τὴν αὐθάδειαν καὶ μηδὲ τὴν ἀπόνοιαν μιμησώμεθα μηδὲ τὸ τέλος ζηλώσωμεν.

[e] *Hier. contr. Lucifer.* Cum homine pariter interijt & secta, quia post se nullum clericum Diaconus potuit ordinare: Ecclesia autem non est quæ non habet sacerdotes.

[f] *Optat. Mileu. lib. 2.* Vestræ cathedræ vos originem reddite, qui vobis vultis sanctam Ecclesiam vindicare.

[g] *Chrysost. in epist. ad Ephes. c. 4. hom. 11.* ἀρκεῖ τὸ ἡγεῖσθαι, εἰπέ μοι, τὸ λέγειν, ὅτι ὀρθόδοξοί εἰσι; τὰ τῆς χειροτονίας δὲ οἴχεται καὶ ἀπόλωνται; καὶ τί τὸ ὄφελος ταύτης τῆς ... ὑπερβολῆς, ὥσπερ δὲ ὑπὲρ τῆς πίστεως, οὕτω καὶ ὑπὲρ ταύτης τῆς μάχης χρή. [h] *Cyprian. ad Magnum epist.* 76 Nouatianus in Ecclesia non est, nec Episcopus computari potest, qui Euangelica & Apostolica traditione contempta nemini succedens, à se ipso ortus est.

l'vn par la confecration des Euefques Catholiques, & l'autre par
l'ordination des Euefques Arriens, qui auoent les vns & les autres l'impreffion de l'ordre & du charactere ; celuy deuoit eftre reputé affis au thróne de fainct Marc, qui y eftoit entré felon les loix
& formalitez de l'Eglife, & auec cela tenoit la foy de fainct Marc:
Et qu'il falloit eftimer celle-là la vraye fucceffion, qui auec la fucceffion legitime du fiege, conjoignoit la fucceffion de la doctrine;
& l'autre feulement fucceffion de nom, qui n'auoit que la fimple
inuafion & occupation de la chaire, fans fucceder à l'heritage de
la foy. Et partant le fieur du Pleffis fe deuroit contenter d'auoir
falfifié vne fois ce paffage en fon liure contre la Meffe, & d'y auoir
ajoufté : *Et non par le fiege*, fans couronner encore cefte fauffeté de
fophifmes & paralogifmes.

In præfat. 1. edit.
f.b. 1.

SIXIESME TEXTE DE
L'Evesqve d'Evrevx.

Edit. in 8 fol. 114.
edit. in 12. f. 123.

Mais celuy qui croit que fa creance eft conforme à l'Ecriture,
pource que le confentement des Peres & des Docteurs anciens &
modernes de l'Eglife l'en affeure, comme fainct Auguftin dit, Que
les collines viuent de la foy, pource que les montagnes reçoiuent
la paix : c'eft à dire, que les ames baffes & vulgaires, qui ne font
pas illuminées par elles-mefmes de la lumiere de la fapience, embraffent la profeffion de la vraye creance, pource qu'elles la voyent
authorifée du confentement des montagnes de l'Eglife, ceftuy-
là le fçait par authorité.

OBIECTION DV SIEVR
DV PLESSIS.

Difcours du fieur
du Pleffis 3. edit.
pag. 76.

*Cefte expofition eft contraire aux paroles de fainct Auguftin. Car
ayant dit que Iean eftoit de ces montagnes defquelles il eft écrit, que les
montagnes reçoiuent la paix : Il ajoufte ; Nous ne fommes pas de ces
montagnes, mais à l'Euangile, à l'Euangelifte. Et auparauant : Dautant que les Efcriuures ont efté adminiftrées par les hommes, nous leuons
nos yeux aux montagnes quand nous les leuons aux Efcriuures. Toutesfois
dautant que les hommes qui ont écrit les Efcriuures ne luifoient pas d'eux-
mefmes, mais iceluy eftoit la lumiere qui illumine tout homme venant en ce
monde, &c.*

RESPONSE DE L'EVESQVE
D'EVREVX.

O la belle entreprife ! Pource que l'Euefque d'Eureux employe
ce mot metaphorique, *montagnes*, felon la generalité de la definition que fainct Auguftin luy donne, & non felon la particularité

de l'exemple auquel sainct Augustin l'applique ; Ils l'accusent de
faux. *Le passage de sainct Augustin (dit F.D.L.M.) est falsifié : car les
montaignes dont il parle, ne sont les docteurs antiens & modernes, mais les
Propheres & Apostres.* Que vous en semble Lecteurs ? Et donc
quand sainct Augustin écrit apres Aristoté, [b] *que la premiere substance est celle qui n'est ny residente en aucun sujet, ny ditte d'aucun sujet:*
& ajouste pour exemple, *vt hic homo, & hic equus:* Ie seray faussaire
si j'allegue ce passage pour monstrer que *hic asinus*, est premiere
substance, dautant qu'il n'est ny *hic homo*, ny *hic equus*, qui sont les
deux seuls exemples que l'autheur propose? Sainct Augustin com-
mentant la premiere clause de l'Euangile de sainct Iean, auoit cité
ce verset du 71. Pseaume, à propos de la personne de l'Euangeliste;
[c] *Que les montagnes reçoiuent la paix pour le peuple, & les collines la justice:* Et y auoit ajousté ceste explication generale ; *Les montagnes
sont les grandes ames, & les collines sont les petites ames:* Puis l'estoit reuenu appliquer particulierement à son hypothese, asçauoir, à la
recommandation de la personne de sainct Iean. Ergo (concluent-
ils) elle ne peut estre estendue qu'aux seuls Apostres. Et que veut
donc dire ce que sainct Augustin écrit au mesme lieu : [d] *Ainsi il y
a eu de certaines montagnes, & elles ont apparu grandes entre les hommes,
& ont fait des heresies & des schismes, & ont diuisé l'Eglise de Dieu.
Ceux-là qui ont diuisé l'Eglise de Dieu n'estoient pas ces montagnes, desquelles il est dit, Que les montagnes reçoiuent la paix pour ton peuple.* Car
si ce qui empeschoit ces montagnes qui auoient fait les schismes
& les heresies, d'estre du nombre des montagnes designées par le
71. Pseaume, estoit qu'ils n'auoient pas obserué la paix, mais auoiet
diuisé l'Eglise? ne s'ensuit-il pas que l'intention de sainct Augustin
n'estoit pas de restreindre ceste sentence aux seuls Apostres ? Mais
ils objectent que sainct Augustin alleguant peu apres au mesme
propos cest autre verset du Pseaume 121. *I'ay leué mes yeux vers les
montagnes,* écrit : [e] *Leuez les oreilles à moy, & le cœur à Dieu, afin que
vous accomplissiez l'vn & l'autre. Voicy, vous leuez les yeux & les
sens de vostre corps, à nous, & toutesfois non pas à nous : car nous ne sommes pas de ces montagnes-là:* Et de là concluent que puis que sainct
Augustin n'estoit pas de ces montagnes-là, que ceste sentence ne
se pouuoit estendre sinon aux Apostres , & non aux autres Docteurs & Predicateurs: Comme si ces mots ; *Leuez les oreilles à moy,
& le cœur à Dieu, afin que vous accomplissiez l'vn & l'autre*; ne mon-
stroient pas que sainct Augustin estoit des montagnes dont parloit le Psalmiste, puis qu'en leuant les oreilles à sainct Augustin,
on accomplissoit ce verset du Pseaume ; *I'ay leué mes yeux vers
les montagnes.* Car quant à ce qu'il ajouste puis apres ; *Mais toutesfois non à nous; dautant que nous ne sommes pas de ces montagnes-là:*

a *Examen de
F.D.L.M. f. 166.
p. 1.*
b *August. lib de
decem categor c. 9.*
Est igitur vsia
propriè & prin-
cipaliter dicta,
quæ neque in
subjecto est, ne-
que de subiecto
significatur , vt
est hic homo,
vel hic equus.
c *Idem in Euang.
Ioannis. tract. 1.*
Erat enim iste
Ioannes, fratres
charissimi, de il-
lis montibus
de quibus scri-
ptum est, Susci-
piant montes
pacem populo
tuo, & colles
iustitiam. Mon-
tes excelsæ ani-
mæ sunt; colles,
patuulæ animæ
sunt.
d *Idem paulo
post*; Sic fuerunt
quidam mores,
& magni appa-
ruerunt inter
homines; & fe-
cerunt hæreses,
& schismata,
& diuiserunt
Ecclesiam Dei.
Sed isti qui di-
uiserunt Eccle-
siam Dei , non
erant illi mores,
de quibus dictu
est, Suscipiant
montes pacem
populo tuo.
e *Idem ibid.*
Ad me aures, ad
illum cor leua-
te, vt vtrumque
impleatis. Ecce
oculos vestros
& sensus istos
corporis leuatis
ad nos: nec ad
nos, non enim
sumus de illis
montibus.

qui ne void que c'eſt vne correction d'humilité & de modeſtie, & non pas de deſaueu & de retractation ? Mais voulons-nous ſçauoir aſſeurément en quel ſens ſainct Auguſtin prend le mot de *montaignes*, en ce verſet du 71. Pſeaume ; *Que les montaignes reçoiuent la paix pour le peuple* : puiſons la deciſion du different à la ſource, & voyons les propres paroles du commentaire de S. Auguſtin ſur le meſme Pſeaume. [a] *Que les montaignes (dit-il) reçoiuent la paix pour le peuple, & les collines la iuſtice : Les montaignes (ajouſte-t'il) ſont les plus grands, & les collines les moindres.* Et vn peu apres : [b] *Les hommes donc eminents en excellente ſainčteté en l'Egliſe, ſont les montaignes qui ſont capables d'enſeigner auſſi les autres : Qui ſunt idonei & alios docere.* Et derechef : [c] *Car les hommes excellents en l'Egliſe doiuent pouruoir par vn ſoin vigilant à la paix de l'Egliſe, de peur que ſe portants ſuperbement, ils ne faſcent des ſchiſmes pour leur ambition, diuiſants le corps de l'vnité.* Or qui ſont ces hommes dont ſainct Paul dit à Timothée ; [d] *Conſigne les choſes que tu as ouïes de moy en preſence de pluſieurs témoins, à des hommes fidelles, qui ſeront capables d'enſeigner auſſi les autres : Qui idonei erunt & alios docere :* les ſeuls Apoſtres, ou bien les Paſteurs & docteurs ordinaires ? Et qui ſont ces hommes qui doiuent veiller à la paix Eccleſiaſtique, & ne ſe porter point ſuperbement, de peur de faire pour leur ambition des ſchiſmes & des hereſies en l'Egliſe, les ſeuls Apoſtres, ou bien les Paſteurs & Docteurs ordinaires ? Et neantmoins ce docteur extraordinaire, qui preſche de derriere le rideau, impute pour fauſſeté à l'Eueſque d'Eureux, qu'il a eſtendu le mot, *montaignes*, aux ſaincts Peres & Docteurs de l'ancienne Egliſe : & ajouſte pour derniere raiſon, que ſainct Auguſtin dit ſur le 103. Pſeaume ; *Que les montaignes ſont les Apoſtres :* & ne void pas, tant vne épaiſſe taye d'ignorance luy couure les yeux, que c'eſt du 71. Pſeaume, & non du 103. que ſont priſes les paroles que ſainct Auguſtin cite en ce paſſage : Et par conſequent que c'eſt du commentaire ſur le 71. Pſeaume, & non ſur le 103. qu'il en faut tirer l'interpretation. Mais ce prouerbe de Terence, eſt vn oracle : *Jl n'y a rien de plus iniuſte qu'vn homme ignorant.*

Voila Lecteurs la iuſtification des ſix paſſages que le Sieur du Pleſſis, ou pluſtoſt ceux qui abuſent de ſa plume, auoient choiſis pour monſtre, & parangon de fauſſeté d'entre tous les textes du liure de la vocation de l'Eueſque d'Eureux. Et par conſequent voila la fin & l'acheuement de la refutation de tous les articles du diſcours du Sieur du Pleſſis depuis le premier iuſqu'au dernier. Car quant aux preludes, entremets & deſſerts de Rhetorique qu'il y meſle & employe en diuers lieux, ce ne ſont que plaintes, lamentations & doleances, auſquelles l'Eueſque d'Eureux ne pretend donner non plus de réponſe que de remede.

Il ſe

Marginal notes:

a *Idem in Pſal.* 71. Suſcipiant montes pacem populo, & colles iuſtitiam; Montes maiores ſunt, colles minores.

b *Idem ibid.* Excellenti ergo ſanctitate eminentes in Eccleſia, montes ſunt: qui idonei ſunt & alios docere.

c *Et paulo poſt:* Excellentes quippe in Eccleſia, paci debent vigilanti intentione conſulere : ne propter ſuos honores ſuperbè agendo ſchiſmata faciant, vnitatis compage dirupta.

d *2. Timoth. cap.* 2.

Il se plaint premierement, pour commencer par le chef, de la justice & equité du Roy, lequel ayant esté supplié par lettres tres-in-
stantes de l'vn & de l'autre, de leur accorder la Conference, & la
leur ayant accordée, & nommé lieu, temps & personnes pour cest
effect, ne voulut pas lors que se vint au poinct, permettre qu'elle
se rompist sur le traitté des formalitez, comme pretendoit le sieur
du Plessis: & appelle cela, car c'est ce qu'il deguise sous d'autres paroles, faueur enuers l'Euesque d'Eureux, & intelligence, & partie
dressée pour gratifier le Pape. Et toutesfois il plaira au Roy se
souuenir, que quand l'Euesque d'Eureux le fut trouuer le lendemain, il luy fit de gracieuses excuses du desauantage auec quoy il
auoit conferé: & luy dit publiquement, qu'à la verité on auoit accordé au sieur du Plessis toutes les faueurs & auantages qui se pouuoient accorder à vn disputant, pour ne luy donner point occasion
de rompre: mais que les choses en estoient mieux allées ainsi, pource qu'en ce faisant la victoire estoit demeurée toute entiere à la verité. Et le sieur du Plessis luy-mesme se souuiendra d'auoir écrit, que
Monsieur le Nonce lors qu'il eut sçeu la resolution que le Roy auoit
prise de faire tenir ceste Conference, vint trouuer sa Majesté, afin
de s'y opposer, & s'efforcer de la rompre. Qui est vne mauuaise
couleur de Rhetorique, pour persuader que ce fust vne partie faitte pour gratifier le Pape, puis que son Nonce, auec lequel en ce cas,
on en eust deu consulter auant tout autre, n'en estoit ny aduerty,
ny consentant. Et toute la Court se remettra en memoire, qu'il y
auoit deux ans entiers que l'Euesque d'Eureux n'auoit veu le Roy,
ny mesme eu l'honneur de receuoir lettres de sa part: Et que le
sieur du Plessis au contraire, durant tout ce temps-là, n'auoit presque point abandonné sa Majesté, & estoit encore aupres d'elle
lors qu'il enuoya sommer l'Euesque d'Eureux. Au moyen dequoy
il ne peut sans perdre la reputation de bon courtisan, aussi bien
que de bon Theologien, imposer aux Lecteurs, que l'Euesque d'E-
ureux deust mieux sçauoir l'estat & la disposition des affaires de la
Court, que luy: Et encore moins leur faire croire, qu'vne entreprise dont il estoit l'inuenteur & le prouocateur, & où ny le Roy, ny
l'Euesque d'Eureux, n'auoient jamais pensé, quand il en fit la premiere instance, fust vne conspiration tramée pour le sacrifier & immoler au Pape.

Il se plaint de la lettre que le Roy écriuit peu apres sur ce sujet à
Monsieur d'Espernon, laquelle il appelle vne estincelle jettee à l'a-
uenture; & insinue qu'elle estoit capable d'allumer vn grand feu.
Et toutesfois il ne se pouuoit rien voir de plus doux, de plus prudent, de plus temperé: il ne se pouuoit rien voir de plus pieux, ny de
plus religieux: il ne se pouuoit rien voir de plus plein d'amour &

Cc

Discours du sieur
du Plessis, 3. edit.
page 8. 9. 10. 16.
19. & alib.

Discours du
sieur du Plessis, 3.
edit. p. 7.

Discours du sieur
du Plessis 3. edit.
p. 77.

de charité enuers les vns & les autres de ses sujets : Et hormis ceste
seule clause, ^a LE DIOCESE D'EVREVX A VAINCV CE-
LVY DE SAVMVR, qui ne touchoit point le general de la
cause, comme le Sieur du Plessis luy-mesme l'auoit protesté au
commencement de la Conference, il n'y auoit rien qui luy peust
cuire. Mais si le Roy, pour ce juste & équitable jugement, a perdu quelque chose des bonnes graces du sieur du Plessis, il le re-
couurera bien auec vsure, en la gratitude de ce siecle, & en la reuerence de la posterité. Car ce celebre arrest écrit de l'inuincible
main d'vn si grand Roy, demeurera pour marque de sa pieté, graué
comme vn oracle, dedans tous les volumes & monuments des histoires à venir, & mettra la memoire de sa Majesté, auec celle
des Constantins, des Theodoses, des Marcians, & des Char-
lemaignes.

a Iugement du
succez de la Con-
ference, écrit de
la main du Roy.

Il se plaint de Monsieur le Chancelier, & ajouste que par la hesitation (il deuoit dire, grauité) de ses paroles, il luy montroit
vne secrette rigueur. Et toutesfois il plaira à Monsieur le Chancelier se souuenir que le lendemain, que l'Euesque d'Eureux le fut
visiter, il luy dit; Nous vous deuriõs demander pardon de l'injustice que nous vous auons faitte : Car nous pouuions & deuions
prononcer beaucoup plus seuerement que nous n'auons prononcé : Mais ce que nous en auons fait, a esté à bonne intention, &
pour addoucir les esprits, plustost que de les aigrir : Et ce qui a
esté jugé, a esté jugé du commun consentement de tous les opinants, nemine dissentiente.

Discours du sieur
du Plessis 3. edit.
pag. 17.

Il se plaint de Messieurs les deputez : Et en cela seul il pouuoit
sembler auoir quelque excuse pour la premiere semaine : Car on
dit qu'il est permis à vn homme qui a perdu son procés, de se plaindre huict jours apres de ses Iuges. Mais si est-ce toutesfois qu'il n'y
en auoit vn seul qui ne fust ou de ses alliez, ou de ses amis fort in-
times, ou de sa Religion mesme, excepté le sieur Martin, nommé
par le Roy, auec le sieur de Casaubon, & aussi peu cogneu jusqu'à
lors à l'Euesque d'Eureux, qui n'auoit jamais parlé trois fois à luy,
qu'au sieur du Plessis.

Discours du
Sieur du Plessis, 3.
edit. p. 65. & 66.
& autre discours
imprimé depuis
sur le mesme sujet
pag. 7. & 8.

Il se plaint des formes de la procedure, & dit que son liure tenoit, non de la nature d'vn contract qui se casse pour quelque clause vicieuse, mais de la nature d'vne enqueste, en laquelle le vice
d'aucunes depositions n'inualide pas la preuue des autres. Oüy,
mais quand il se trouue que celuy qui produit l'enqueste (car
ie prens icy le sieur du Plessis, & ses ministres pour vne seule
personne) a falsifié luy-mesme les depositions des témoins;
que juge-t'on de l'enqueste, & de celuy qui la produit? Et
d'ailleurs, l'Euesque d'Eureux ne luy offrit-il pas, apres qu'il auroit, ou purgé, ou recogneu l'imposture des articles arguez de faux,

Discours du sieur
du Plessis, 3. edit.
page 10.

de se mettre à son tour sur la défensiue, & donner solution à tous
ceux qu'il choisiroit pour les plus forts d'entre les autres, les monstrant estre, ou impertinents, ou inutiles?

Il se plaint du nombre des passages qui furent confrontez, & dit
qu'il n'en fut examiné que neuf. Et à qui tint-il? Voyez, Lecteurs,
la plaisante plainte. Le sieur du Plessis enuoye vn défy à l'Euesque
d'Eureux d'entrer auec luy en l'examen de son liure. L'Euesque
d'Eureux l'accepte, & offre d'y monstrer cinq cents passages falsifiez. Le sieur du Plessis le prend au mot, & le somme d'en venir à
la preuue. L'Euesque d'Eureux comparoist. Le Roy assigne lieu,
temps & personnes. On conuient que l'Euesque d'Eureux propo-
sera ses cinq cents passages en dix jours, cinquante par chaque iour.
L'Euesque d'Eureux le premier jour pour les raisons contenuës au
discours des Actes, en presente soixante, sur tous lesquels le sieur
du Plessis promet d'estre prest le lendemain. L'heure de la dispute
venuë, il dit n'auoir eu le loisir d'en verifier que dixneuf, choisis par
cy par là à son auantage : mais de ceux là proteste au Roy vouloir
perdre l'honneur & la vie, s'il s'en rencontre vn seul faux. On entre
en matiere. Le temps consumé la matinée & vne partie de l'a-
pres-disnée en apprests & formalitez, ne peut permettre d'en examiner sinon neuf. Il ne s'en rencontre vn seul vray. La partie est
remise au lendemain, pour poursuiure la confrontation des autres.
Le sieur du Plessis par faute de bon appareil ou autrement se trouue malade, & tombe en de grands vomissements & tremblements de membres. Il enuoye demander delay à l'Euesque d'E-
ureux : obtient licence du Roy de s'en retourner à Paris : promet à
sa Majesté, à Monsieur le Chancelier, & à l'Euesque d'Eureux, de
ne partir point de Paris sans leur faire sçauoir de ses nouuelles. A
Paris, Il se guerit : La Court y arriue : Il change tous les jours de
logis, ne marche que de nuict ; ne se monstre à personne : Part de
Paris sans prendre congé du Roy, sans dire à Dieu à Monsieur le
Chancelier, sans mander de ses nouuelles à l'Euesque d'Eureux : Et
puis il couche entre ses griefs qu'on n'a examiné que neuf de ses
passages. O foy de Dieu & des hommes!

Il se plaint de la qualité des autheurs qui furent mis sur le bureau, & dit que pour l'Eucharistie on n'examina que Scotus & Durandus. Et à qui en fut la faute ? L'Euesque d'Eureux entre les
soixante ou soixante & vn passages du premier jour (car celuy qui
les transcriuit n'y obserua pas exactement le nombre) en auoit cotté de tous autheurs & de toutes matieres, pour preuenir l'ennuy
des auditeurs par la varieté des disputes : Et entre autres sur le
fait de l'Eucharistie auoit remarqué plusieurs lieux ou forgez, ou
corrompus des anciens Peres, comme de sainct Irenée, de sainct

Discours du
Sieur du Plessis, 3.
edit. p. 1. &
autre discours
imprimé depuis
en tiltre d'auer-
tissement p. 7. &
alib.

Discours du sieur
du Plessis 3. edit.
pag. 68.

Cyprian, de sainct Cyrille de Hierusalem, de S. Chrysostome, de
sainct Cyrille d'Alexandrie, & autres semblables. Il en auoit aussi noté sur le mesme suject, trois d'autheurs Latins plus recents. Le
premier estoit, du liure intitulé, *Oeuure de Charlemagne des Images*,
écrit il y a enuiron huict cent dix ans, & horriblement falsifié,
c'est à dire, à la mode du sieur du Plessis, qui ne se contente pas de
faire dire aux autheurs ce qu'ils ne disent point, mais leur fait dire
tout le contraire de ce qu'ils disent : Car voicy comme il le cite
Charlemagne en son liure contre les Images, écrit ; QVE NOSTRE
SEIGNEVR N'A LAISSE' AVTRE IMAGE DE LVY QV'EN
LA SAINCTE COENE : Et voicy les propres paroles du passa-
ge. [a] *Christ, les ombres de la Loy estants passées, ne nous a point donné vn
signe imaginaire (c'est à dire tenant lieu d'image) de son corps & de son
sang : mais nous a liuré le sacrement de son corps & de son sang : Car le mystere du corps & du sang du Seigneur ne doit point estre maintenant appellé image, mais verité; non ombre, mais corps; non exemplaire des choses
futures, mais ce qui estoit figuré par les exemplaires.* Et derechef : [b] *Ny
il n'a point dit, Cecy est l'image de mon corps & de mon sang, mais : Cecy
est mon corps qui sera liuré pour vous : &, Cecy est mon sang qui sera épandu pour plusieurs en remission des pechez.* Le second estoit de Scotus,
& le troisiéme de Durandus ; cy-dessus examinez ; qui furent les
deux seuls Scholastiques que l'Euesque d'Eureux auoit cottez sur
ceste matiere, afin de faire juger aux lecteurs auec quelle foy le sieur
du Plessis traittoit les anciens Docteurs, puis qu'aux Scholastiques
mesmes qui auoient refuté de propos deliberé la doctrine qu'il tenoit, il leur osoit bien imputer ce qu'ils impugnoient. Or laissa &
esquiua le sieur du Plessis sur le poinct de l'Eucharistie, tous les autres passages, & ne choisit que ceux de Scotus & Durandus : Et maintenant il se plaint que l'on n'examina sur le faict du Sacrement que
Scotus & Durandus, & crie que ce ne sont pas autheurs desquels
l'authorité, quoy qu'ils puissent auoir écrit, soit suffisante pour releuer la Messe. Ne diriez-vous pas que c'est vn songe?

Il se plaint des deportements subsequents de l'Euesque d'Eureux,
lequel il appelle nouuel Hercule reuenu des Enfers, Goliath pretendu, & autres semblables tiltres de courtoisie : & dit qu'il se chan-
ta, ou fit chanter luy-mesme par tout, des applaudissements &
triomphes de ceste victoire. Et toutesfois vingt mille témoins sçauent que dans tous les Sermons que l'Euesque d'Eureux fit les jours
suiuants à Paris où abbordoit vne incroyable & prodigieuse affluence de peuple, il ne luy échappa jamais de lascher vne seule parole,
ny du sieur du Plessis, ny de la Conference.

Il se plaint puis apres de tous les Catholiques en general, & dit
que de la mouche de l'Euesque d'Eureux ils ont fait vn Elephant.

a *Opus Caroli
Magni l. 4. c.* 14.
Nec nobis legis
transeuntibus
vmbris imagi-
narium quod-
dam indicium,
sed sui sangui-
nis & corporis
contulit sacra-
mentum. Non
enim sanguinis
& corporis do-
minici myste-
rium imago iã
nunc dicendum
est, sed veritas,
non vmbra, sed
corpus, non
exemplar futu-
rorum, sed id
quod exempla-
ribus præfigu-
rabatur.
b *Et paulò post.*
Nec ait, Hæc
est imago cor-
poris & sangui-
nis mei, sed,
Hoc est corpus
meũ quod pro
vobis tradetur:
&, hic est san-
guis meus qui
pro multis ef-
fundetur in re-
missionem pec-
catorum.

*Discours du
Sieur du Plessis,* 3.
edit. p. 1. & 68.

*Discours du sieur
du Plessis* 3. *edit.
pag.* 77.

Elephant. A la verité ceste action-là ne fut qu'vne mouche, pource
que le Sieur du Plessis se retira : Mais s'il y fust demeuré, c'eust esté vn
Elephant, & des plus grands. Car la quantité & qualité des faussetez
de son liure se fust trouuée si enorme & mostrueuse, qu'à peine l'eust
on peu exprimer par le mot d'Elephant : il eust fallu imaginer quelque animal de plus excessiue stature.

Et bref il se plaint de tout le monde, excepté de celuy duquel
seul il se deuoit plaindre, asçauoir, de luy-mesme, qui s'est ietté en
ceste mer, en cest Ocean, en cest abysme de la Theologie, sans auoir
fait prouision des estudes necessaires pour vne science si ample & si
profonde, témoin les pueriles & ridicules ignorances qu'il y commet à tous propos. Comme quand il fait de [a] Paula Dame Romaine, la Vierge Marie : [b] Du religieux de l'Abbé Theodore dont parlent Sophronius, S. Damascene, & le second Concile de Nicée, vne
femme tentée du Diable : [c] Du moine de sainct Benoist, dont parle
sainct Gregoire le grand, vne femme morte : [d] De ceste petite fille au
maillot dont parle sainct Cyprian au traitté De lapsis, vne femme
demoniaque : [e] Du ladre Samaritain, la vesue Samaritaine : [f] De Dauid, vn Apostre : [g] De l'homme impie décrit par le Psalmiste, Iesus-
Christ : [h] De la Vierge Marie, S. François : [i] De Iosse Clithou, S. Cyrille : [k] D'Erasme, S. Gregoire le grand : [l] De Volaterran, sainct Gregoire de Nazianze : [m] De Baleus, Ministre Anglois, Beda : [n] D'Euagrius le Preteur, Euagrius le moine : [o] De Theophile, vn autheur Arrien : [p] Du dernier Concile de Mayence tenu sous Charles le quint,
le premier tenu sous Charlemaigne : [q] De Crispe Cesar, le grand
Constantin : [r] De Ioannes Portuensis qui celebra le premier la Messe Latine à Constantinople, le suffragant du Pape Agathon, & du
Pape Gregoire septiéme, éloignez de plus de 400. ans l'vn de l'autre.
[s] De Synesius de Cyrene en Egypte, Synesius de Damas en Syrie :
[t] De l'Euangile de S. Luc, l'Euangile de S. Thomas : [u] De la glose du
Decret, le texte : [x] De la doctrine de la deité de Christ, vne heresie :
[y] De la communion des Homusiés, c'est à dire, de ceux qui tiennent
Christ pour Dieu, l'armee de l'Antechrist : [z] De la farine offerte au
sacrifice du lepreux, vne vache : [a] Des libellatiques ou presenteurs
de requestes, ceux qui liuroient les saincts liures à estre bruslez. [b] De
la sanction des decrets Ecclesiastiques, la dedicace des Temples : [c] De
l'euasion d'vn naufrage, l'application des Epistres de S. Paul aux guerisons des maladies : [d] De l'Eulogie mystique, l'incarnatió de Christ :
[e] De la deposition d'Ignace, la deposition des Images : [f] Du vol des
heritages, la Sodomie. Et infinies autres telles impertinences, dont
la briefueté d'vn épilogue n'est pas capable ; & qui au lustre où sont
auiourd'huy les bonnes lettres, ne peuuent tomber en vn esprit qui
ayt accoustumé de manier les liures, pour estre, ou si visibles d'elles-

---

[a] Liure du sieur du Plessis contre la Messe, premiere edit. p. 583. ligne 26.
[b] Pag. 234. lig. 19. Sophron. vel Moschus in prato spirit. Damascen. de imag. or. 1. Concil. Nicen. 2. Act. 4.
[c] Pag. 93. lig. 25. Gregor. Dial. l. 2. cap. 24.
[d] Pag. 46. lig. 21.
[e] Pag. 356. lig. 30. & pag. 395. l. 18.
[f] Pag. 612. lig. 8. & 9.
[g] Ibid.
[h] Ibid.
[i] Pag. 403 lig. 9. & pag. 627 l. 11.
[k] Pag. 87. l. 24.
[l] Pag. 157. lig. 11.
[m] Pag. 11.
[n] Pag. 596. l. 8.
[o] In præf. fol. 8. lig. 7.
[p] Pag. 247. l. 14.
[q] Pag. 208. l. 29.
[r] Pag. 123. & 852.
[s] Pag. 319 lig. 26.
[t] Pag. 779. lig. 8.
[u] Pag. 805. l. 24.
[x] In præfat. fol. a. 6. lig. 1.
[y] Ibid. lig 2.
[z] Pag. 776. l. 13. ex vit. Vet. Ver. σιμίδαλις, pro δάμαλις.

[a] Pag. 496.
[b] Pag. 194. lig. 13. ex Vet. Ver. Muscul. κανονίζειν, pro ἐγκαινίζειν.
[c] Pag. 597. lig. 18.
[d] Pag. 808. lig. 20.
[e] Pag. 241. lig. 26.
[f] Pag. 336. lig. 21.

meſmes, que nul autre auant luy n'y a iamais choppé ; ou ſi éclaircies par les cenſures de ceux qui s'y ſont abuſez, que l'ignorance en
eſt encore plus hôteuſe que des autres: Et de toutes leſquelles neantmoins, aux cas où elles ſont icy cottées, on ne luy en veut conter pas
vne entre les cinq cents articles arguez de faux.

Et l'Eueſque d'Eureux au contraire, ne ſe plaint que d'vne ſeule
choſe, aſçauoir, de ce que le Sieur du Pleſſis a dérobé ou penſé déro-
ber par ſa fuitte le comble de la victoire à la verité. Et partant le
ſomme de comparoiſtre derechef, & ſe repreſenter en perſonne,
pour ſouſtenir l'examen des cinquante & deux paſſages qu'il emporta auec luy du reſte de la premiere défaitte, & apres ceux-là, des
quatre cents quarante autres ; ou bien de ſe rendre à la verité & recognoiſtre, ſoit par ſa confeſſion, ſoit par ſon ſilence, que l'Eueſque
d'Eureux eſt quitte de ſa promeſſe. Car l'Eueſque d'Eureux ayant
accepté le deffy du Sieur du Pleſſis, d'entrer auec luy en l'examen de
ſon liure, & offert d'y monſtrer cinq cents faux paſſages: Et le Sieur
du Pleſſis l'ayant pris au mot, & ſommé de venir: Et l'Eueſque d'E-
ureux eſtant comparu, & ayant verifié ſa parole ſur ceux meſmes
que le Sieur du Pleſſis auoit choiſis pour irreprochables: Et le Sieur
du Pleſſis apres ceſte premiere route, eſtant diſparu & party ſans dire à Dieu, pour n'attendre point le choc ſur les autres ; l'Eueſque
d'Eureux doit eſtre tenu deuant Dieu & deuant les hommes, auoir
entierement effectué ſon offre, juſques à ce que le Sieur du Pleſſis ſe
ſoit derechef repreſenté pour en demander & pourſuiure le reſte de
l'accompliſſement.

ARTICLES
DES MINISTRES
ET AVTRES APPELLEZ

PAR MADAME, POVR LA CONFE-
RENCE PROPOSE'E ENTRE EVX
& M^r l'Euesque d'Eureux.

AVEC LES RESPONSES ET
Repliques des vns et des autres.

AVX LECTEVRS.

 E Dimanche septiéme d'Octobre, l'Euesque d'Eureux L'année 1601. commença à Fontainebleau de monstrer quelques passages à Madame, sur l'vn des poincts qu'elle reprouuoit en la celebration de la Messe, lesquels son Altesse luy ayant commandé de rediger sur le papier, pour les communiquer à ses Ministres, il les luy presenta écrits le lendemain. Le Mercredy dixseptiesme du mesme moys, son Altesse rendit la réponse de sesdits Ministres à l'Euesque d'Eureux, lequel la supplia instamment qu'ils se trouuassent auec luy, deuant elle, pour examiner l'vn & l'autre écrit. Le Vendredy dix-neufiéme, son Altesse n'ayant peu obtenir de ses Ministres ceste Conference verbale; quelques personnes de qualité luy offrirent d'en faire venir d'autres qui s'y trouueroient, & pour cest effect fut resoluë vne Conference, qui se deuoit tenir à sainct Germain; attendant laquelle cessa entierement l'instruction de son Altesse, qui remit le tout à ceste action. Le Dimanche 28. le Roy & la Reyne & Madame, & toute la Court, vindrent de Fontainebleau à Paris, où il ne se fit rien pour ce regard iusques au Mercredy septiéme de Nouembre, que son Altesse enuoya les articles de ceux qu'elle auoit appellez pour conferer, à l'Euesque d'Eureux, qui luy en rendit la réponse verbale dés le jour mesme; & estant conuié par elle le Dimanche douziéme du susdict moys, de la luy bailler écrite, la luy porta le Lundy, qui estoit le treziéme, comme elle s'acheminoit à sainct Germain. Le Mardy quatorziéme il se rendit luy-mesme à sainct Germain, pour y attendre les Conferants, lesquels au lieu d'y venir, luy enuoyerent vne replique égale à vn refus. Sur ceste replique il dupliqua; & eux ils tripliquerent, perseuerants tousiours és mesmes termes. En fin voyant ledit Euesque qu'il les auoit en vain attendus douze ou quinze iours, & qu'ils auoient tranché toute esperance de comparoistre, il s'en reuint, & toute la Court, de sainct Germain à Paris; où estant arriué, il fit encore vne autre réponse sur leur derniere replique, laquelle il ne trouua point à propos de leur deliurer, pour ne multiplier plus inutilement les écrits particuliers, puis que la proposition de la Conference estoit entierement rompuë: mais de faire imprimer le tout, afin que chacun en peust auoir cognoissance. Or sont-ce donc les cinq écrits que vous auez icy maintenant; Asçauoir, les quatre enuoyez de part & d'autre sur le pourparler de ceste Conference, imprimez fidelle-

ment & de mot à mot, tout ainsi qu'ils ont esté couchez & signez par les parties; & la derniere réponse de l'Euesque d'Eureux. Il est vray que le grand nombre de festes des deux semaines precedentes, & l'instance que ledit Euesque d'Eureux a faitte à Madame, de retirer de ses Ministres vne copie recognuë & signée par eux, des écrits qu'il leur auoit enuoyez (ce qu'ils ont promis, & dilayé de jour en jour depuis huict jours) est cause que vous les auez les vns & les autres vn peu plus tard. Vous les lirez, & en jugerez. A Paris ce 14. Decembre, 1601.

ARTICLES
DES MINISTRES
ENVOYEZ PAR MADAME
A L'EVESQVE D'EVREVX,
le Mercredy 7. de Nouembre.

MADAME sera suppliée de donner témoignage par lequel ceux qu'elle a appellez puissent estre asseurez que sa Majesté n'a point desagreable le seruice que son Altesse a requis d'eux en cest affaire.

En la chambre où se fera la Conference il y aura cinq collocuteurs de part & d'autre, & nombre égal d'auditeurs de part & d'autre.

La Messe presentée à Madame sera impugnée par les Ministres & autres qu'il luy a pleu appeller, en la forme qui s'ensuit.

On commencera à l'assaillir par vn des poincts d'icelle ; Et ce par vn argument redigé par écrit & signé des assaillants qui sera presenté à Madame ; Et apres luy auoir esté expliqué de viue voix en presence des aduersaires, sera mis par elle entre leurs mains pour y répondre verbalement si bon leur semble ; laquelle réponse eux seront tenus aussi de rediger sommairement par écrit, & la bailler signée à son Altesse, & par elle ausdicts assaillants, qui ne seront tenus d'y repliquer auparauant que d'auoir receu ledit écrit signé ; Le tout reciproquement. Et ne sera rien tenu pour authentique à faire foy, que ce qui aura esté baillé par écrit & signé de part & d'autre.

Reciproquement aussi certifieront les parties sous leurs seings auoir receu ce que l'vne aura baillé à l'autre.

Sera nommément conuenu que lors qu'il se traittera d'vn poinct contentieux, il ne sera permis de passer à vn autre qu'il ne soit decidé, pour éuiter toute confusion & traitter nettement.

Pourront les vns & les autres communiquer auec leurs coadiuteurs deuant qu'argumenter & répondre ; Et sera libre à vn chacun des Conferants de prendre la parole & s'entresoulager, sans confusion ny interruption.

Seront faittes trois copies authentiques par signatures des Conferants *de part & d'autre, l'vne desquelles demeurera entre les mains de son Altesse, les autres deux aux parties, à chacune la sienne.*

Ce sont les conditions lesquelles les soussignez estiment justes & necessaires, pour le reglement de la Conference à laquelle ils sont appellez par Madame.

Signé, DE BEAVLIEV,
    DV MOVLIN, F. DE GORDON.
    D. TILENVS.

RESPONSE DE L'EVESQVE D'EVREVX,
donnée à Madame le 12. de Nouembre.

ECREDY dernier septiéme de ce moys Madame enuoya les articles écrits & signez cy-dessus à l'Euesque d'Eureux, lequel le mesme jour en porta de viue voix à son Altesse la response qui s'ensuit.

Premierement qu'il ne pouuoit ny deuoit prendre aucuns collocuteurs pour luy seruir d'adjoints en cest acte, tant par ce qu'il ne s'y agissoit point d'attaquer vne dispute generale entre l'vne & l'autre Religion, mais de continuer l'instruction particuliere qu'il auoit commencé de donner à son Altesse, & la defendre contre ceux qui la voudroient impugner: que pource que quand cela seroit il ne pourroit ny choisir ny receuoir aucuns associez pour ce regard, ny entrer luy-mesme en ceste societé, sans deputation d'vne authorité superieure, pour la recerche & attente de laquelle son Altesse n'auoit ny le temps ny l'opportunité de sejourner. Bien accordoit-il neantmoins, que de la part des opposants ils fussent tels & en si grand nombre qu'il leur plairoit.

Secondement que ceste condition d'obliger les collocuteurs de bailler leurs arguments & leurs responses écrites & signées reciproquement à son Altesse premier que ny les vns ny les autres fussent tenus, ou de respondre, ou de repliquer, estoit vne longueur affectée pour empescher qu'il ne s'acheuast rien en ceste action, & obtenir qu'on en sortist sans rien faire, qui estoit tout ce qu'ils demandoient. Car ils sçauoient bien qu'en la reduction des arguments & des responses par écrit; où il faudroit souuent inserer & expliquer des passages touts entiers, il se consumeroit tant de temps, outre l'ennuy & l'importunité des spectateurs, qu'on n'expedieroit pas vn article en vn moys: chose que le partement pressé de son Altesse ne luy donnoit pas loysir d'attendre. Que l'Escriture au reste auoit esté inuentée pour les absents, & non pour les presents. Qu'il ne s'agissoit point en ce cas de l'ostentation & de la vaine gloire des vns ou des autres, mais du salut & de l'edification de son Altesse. Et partant qu'il ne failloit point regarder aux bruits qui en courroient, lesquels encore l'égalité du nombre des auditeurs pourroit rendre égalemét auantageux: mais à ce qui estoit de la verité. Et bref qu'offrir vne chose auec des conditions impossibles, c'estoit la refuser. Bien acceptoit-il

D d

neantmoins, qu'à la fin de chaque jour on redigeaſt par écrit le
reſultat de la Conference, c'eſt à dire ce de quoy ils ſeroient tombez d'accord ou demeurez en diſcord.

Tiercement qu'il ſupplioit ſon Alteſſe d'auoir agreable qu'il
ſé contentaſt de rendre ceſte reſponſe à leurs articles, de bouche,
& non par écrit, afin de ne leur donner point pretexte de repliquer ſur ſa reſponſe, & à luy de dupliquer ſur leur replique; & par
ce moyen conſumer le temps qui deuoit eſtre employé à l'action,
en preambules fugitifs & eluſoires. Toutes leſquelles conſiderations ſon Alteſſe jugea raiſonnables, & promit elle meſme de
les faire entendre le lendemain à ſes Miniſtres.

L'autre jour d'apres, aſçauoir le Vendredy, l'Eueſque d'E-
ureux retourna trouuer ſon Alteſſe, laquelle luy dit qu'ils perſiſtoient en leur reſolution, qui eſtoit de vouloir que tous les arguments & toutes les réponſes fuſſent écrites & ſignées de part &
d'autre, afin que les raiſons des vns & des autres peuſſent eſtre
veuës au jour. A quoy ledit Eueſque repliqua que ce n'eſtoit
point par crainte que ſes raiſons fuſſent veuës au jour auec les
leurs, qu'il rejettoit ceſte forme de proceder: Au contraire qu'il
auoit déja baillé vn écrit aux Miniſtres de ſon Alteſſe, il y auoit
pres de ſix ſemaines; qu'eux de leur coſté y auoient répondu, &
luy auoit repliqué par écrit ſur leur réponſe: de maniere qu'il ne
reſtoit plus que de verifier & confronter les paſſages dans ſes liures: Tous leſquels trois écrits il feroit imprimer incontinent a-
pres ceſte action. Qu'il auoit outre cela vne refutation toute imprimée & toute preſte à publier, d'vn traicté qu'vn des principaux
d'entre eux auoit fait contre luy, dans laquelle eſtoient examinez
touts les points dont il eſtoit queſtion: Qu'il la feroit ſortir immediatement apres la Conference, voire la porteroit en la Conference meſme, afin de leur montrer que ce n'eſtoit point pour
crainte d'expoſer ſes raiſons en lumiere, qu'il rejettoit leurs accrochements & longueurs, mais pour les cauſes repreſentées cy-deſſus. Et partant qu'il perſeueroit en ſa premiere réponſe, qui eſtoit
que ſans autres conditions & capitulations il ſe trouueroit au
jour qui ſeroit aſſigné, pour continuer l'inſtruction qu'il auoit
commencé de donner à ſon Alteſſe: Et eux s'y trouueroient s'ils
vouloient, pour oppoſer ce qu'ils auroient à oppoſer à l'encontre.

Depuis, le meſme Eueſque d'Eureux ayant eſté aduerty que
les Miniſtres auoient abuſé de la faueur que Madame leur a-
uoit faitte à eux & à luy, de ſe charger de leur porter ceſte parole, & ſemoient le bruit par tout qu'il y auoit quatre jours qu'il e-
ſtoit ſaiſy de leurs articles ſans y auoir encore rendu réponſe,

Il alla trouuer son Altesse le Dimanche suiuant, qui fut hier au soir, & se pleignit à elle de ceste façon de proceder. Sur ces plaintes donc elle luy commanda de coucher la réponse qu'il luy auoit renduë de viue voix par écrit, afin d'en oster à chacun tout pretexte d'ignorance. Ce qu'il a fait, & l'a presentée à son Altesse aujourd'huy douziéme de Nouembre, en ces termes.

Que l'Euesque d'Eureux continuera seul l'instruction de son Altesse, comme il l'a commencée.

Que les opposants pourront estre cinq, voire cinquante si bon leur semble.

Qu'ils pourront consulter, s'ils veulent, les vns auec les autres, deuant que d'argumenter ou répondre.

Qu'ils pourront prendre la parole successiuement, & s'entresoulager, pourueu qu'ils parlent l'vn apres l'autre, & non pas tous ensemble.

Qu'il y aura, s'ils le desirent, égal nombre d'auditeurs de part & d'autre.

Que le resultat de chaque iour sera écrit & signé des vns & des autres, c'est à dire ce dequoy on tombera d'accord, ou dequoy on demeurera en discord au sortir de l'acte.

Que l'on ne pourra passer d'vn poinct à vn autre, que le precedent ne soit acheué de vuider.

Et là dessus sans autres conditions ny capitulations, l'Euesque d'Eureux promet de se trouuer au jour destiné, pour continuer l'instruction de son Altesse, & monstrer que l'écrit qu'il luy a baillé pour cest effet, est entierement veritable; & que la réponse que ses Ministres y ont renduë, est toute ou fausse ou impertinente. puis de là passera aux poincts suiuants dont son Altesse a demandé éclaircissement; & apres ceux-là aux autres : Et cela par l'espace de huict iours consecutifs, dans le terme desquels quiconque quittera la partie sera tenu pour deserteur de sa cause. Que si apres la fin de ceste action & le partement de son Altesse, les susdits opposants veulent demeurer trois moys de pied ferme en quelque lieu pour faire vne Conference par écrit ; L'Euesque d'Eureux se soumet & s'oblige d'y entrer, & n'en sortir point qu'elle ne soit acheuée. Fait à Paris ce douziéme Nouembre 1601.

Signé, IACQVES *Euesque d'Eureux.*

REPLIQVE DES MINISTRES ENVOYÉE A L'EVESQVE D'EVREVX PAR Madame, le 16. Nouembre.

E Dimanche quatriéme Nouembre, ceux qu'il a pleu à Madame appeller, pour assister à la Conference proposée, ont presenté à son Altesse estant à Paris, les conditions qu'ils ont estimées iustes & necessaires pour le reglement d'icelle, ausquelles l'Euesque d'Eureux, quoy que pressé par Madame, n'auroit rendu réponse que le douziéme du mesme moys, son Altesse estant des-ja partie de Paris, & arriuée à S. Clou.

Ceste réponse estant portée à Paris, & mise és mains desdits appellez, ils y répondent ce qui s'ensuit.

Au premier article concernant la pluralité des collocuteurs laquelle desplaist audit Euesque, ils disent que son Altesse ayant esté assaillie de plusieurs, entre autres de l'Archeuesque d'Ambrun, de Monsieur de Ioyeuse, de luy, & de son frere, il luy a pleu d'en appeller plusieurs, nul desquels ne s'est ingeré de son authorité, mais ont esté appellez par Madame.

Que voulant maintenant estre seul, il donne à penser qu'il n'est pas d'accord auec ses compagnons, dont il a donné assez d'autres preuues.

Qu'estant seul il seroit suiet à desaueu, ce qu'eux de leur part veulét euiter.

Quant à ce qu'il dit que la Conference est particuliere, eux l'entendent ainsi: Mais la qualité de Madame, & l'experience du passé, leur sait craindre qu'il trouuera assez d'artifice & d'ayde pour faire passer les choses particulieres en publiques, s'il pense y auoir de l'auantage, & leur fait apporter les mesmes meuretez & consideratiõs que si la chose estoit publique.

Que s'il refuse des compagnons pour auoir l'honneur de parler seul, ils sont contents de donner cela à son humeur, & faire porter la parole à l'vn des leurs, afin de n'accrocher la Conference à ceste formalité (estant chose ridicule de requerir d'eux qu'ils ne parlent touts à la fois, veu que cela mesme estoit exprimé en leurs conditions) combien que la raison alleguée par luy soit nulle, en ce qu'il dit ne pouuoir receuoir des adioints sans deputation d'authorité superieure, veu que luy-mesme sans autre authorité que la sienne, n'a faict difficulté d'entrer en dispute plusieurs fois par cy deuant, & auec tels adioints qu'il luy a pleu.

Ses arguments pour ne vouloir qu'on redige sur le champ les actes & raisons de la Conference, par écrit, sont 1. la longueur du temps, 2. l'incommodité d'écrire, 3. l'ennuy des spectateurs, 4. le partement pressé de Madame, 5. l'inutilité de l'écriture entre les presens, 6. le blasme d'ostentation, 7. l'expedient d'vn certain resultat.

A tout cela on répond qu'en cest affaire il est question de l'edi-

fication de _Madame_, non d'oſtentation d'eloquence. _Qu'à parler par_
diſtinctions de la _Sorbonne_ deuant ſon _Alteſſe_, & luy oſter le
moyen de les examiner à loiſir, il y a plus d'obſcurité affectée, qu'il
n'y a d'incommodité au moyen par eux proposé de rediger ſommairement par écrit la ſubſtance de chaque obiection & de chaque ſolution. Que par ce moyen les parties ſeront retenues à ne s'épandre point
en langage ſuperflu, & obligeZ à n'employer rien qui ne ſoit ferme & ſolide. Que la force ou foibleſſe des arguments & réponſes, ſera plus euidente par écrit, & ſe jugera mieux qu'on ne feroit durant l'éblouïſſement
de paroles peu entenduës, qui rendent les auditeurs voirement ſpectateurs,
comme luy-meſme les appelle. Que tout en ſera plus authentique, rien ſujet à deſaueu ny à deguiſement, eſtant ſigné de part & d'autre. Que la
longueur du temps ſe recompenſera par la grandeur du fruit qui en reuiendra, non ſeulement à ſon _Alteſſe_, ains à touts les abſents deſireux
de ſçauoir les raiſons alleguées de part & d'autre. Que la meſme longueur
ſe trouue ſouuent és diſputes verbales, témoin le _Conſile de Trente_, qui a
duré pluſieurs années, encore que les collocuteurs fuſſent d'accord, & qu'on
n'y diſputaſt que par mines.

D'alleguer pour excuſe la haſte de _Madame_, c'eſt la vouloir inſtruire
à la haſte, formes propres pour ceux qui ſe ſont haſteZ à leur deſtruction,
apres laquelle ils demandent inſtruction, pour s'en ſeruir de pretexte. Que
ſi le partement de ſon _Alteſſe_ eſt ſi preſſé, il vaudroit mieux la ſuiure en
quelque autre lieu, que precipiter vn affaire de telle importance.

Qu'entre les aſſiſtants, ceux qui n'y cercheront que leur inſtruction, ne
s'y ennuyeront point ; & ceux qui n'y demandent qu'à contenter leur curioſité, s'ils s'y ennuyent, s'en pourront retirer.

Qu'il eſt à croire que l'_Eueſque d'Eureux_ meſme, puis qu'il corrige &
change ſi ſouuent ce qu'il à deſ-ja fait imprimer, trouuera encore plus à changer, & à corriger en ce qu'il prononcera de bouche : ce qu'il n'aura moyen de
faire en redigeant par écrit la ſubſtance de ſon diſcours verbal.

Que par ce ſeul moyen d'écrire, on peut preuenir touts blaſmes & faux
bruits, & ſubuenir aux eſprits non exerceZ à telles diſputes.

Que cela ne ſe peut appeller oſtentation, mais precaution contre les calomnies ordinaires de ce ſiecle, comme il ſe voit par ce qu'écrit _Genebrard_
en ſa _Chronologie de la Conference_ tenuë à _Paris_ l'an 1566. à l'occaſion de
défuncte _Madame Françoiſe de Bourbon_, _Ducheſſe de Boüillon_. Qu'il eſt
queſtion non de garentir la reputation des collocuteurs, mais d'approuuer
ceſte procedure deuant _Dieu_ & les hommes, tant abſents que preſents.

Que l'écriture eſt ſouuent plus neceſſaire entre ceux-cy qu'entre ceux-
là, quand il y a iuſte crainte que l'vne des parties ne ſe retracte de ce qu'elle
a vne fois dit. Que ſi ce moyen eſt neceſſaire és contracts & obligations qui
ne ſont que des choſes de ce monde ; à plus forte raiſon quand il s'agit du

D d iij

salut de Madame, & d'autres. Que quiconque refuse l'écriture, se deffie plustost de sa cause qu'il ne plaint sa peine: car qui veut bien payer ne craint de se bien obliger, & mesmes ne pense estre bien obligé, s'il n'en peut estre conuaincu par écrit signé. Que ce moyen est plus necessaire à son Altesse, qu'à nul autre, en tout euenement, d'autant que toutesfois & quantes qu'elle se representera les raisons redigées par écrit de part & d'autre, examinant leur verité ou vanité, force ou foiblesse, elle y trouuera matiere de se confirmer & satisfaire à sa conscience en ce qu'elle aura fait: Au contraire il luy seroit impossible de se ressouuenir de tant de choses, épanduës en l'air, s'il n'en paroissoit rien sur le papier. A quoy ne satisferoit la forme du resultat que propose ledit Euesque, par ce que ne contenant que ce dont on tomberoit d'accord, ou qui demeureroit en different, il seroit du tout superflu, nul ne pouuant l'ignorer: au lieu qu'vn chacun desire en sçauoir les raisons. Ioint qu'il se trouueroit plus de longueur à dresser la forme de ce resultat, où chacun cercheroit de l'auantage, qu'à disputer des matieres controuerses.

En fin soustiennent qu'on ne peut appeller elusoires ces conditions si necessaires à tous, ny iniustes celles qui sont égales & reciproques aux parties, ny impossibles celles qui ont deja esté pratriquées, mesmes par vn de predecesseurs de l'Euesque d'Eureux, en la Conference sus mentionnée: et les presenter signées n'est pas fuir la lice, ains s'offrir à la preuue, & subir le iugement des presents, & de la posterité mesme.

Quant à ce qu'il dit que Madame a approuué les conditions par luy proposées, ils ont tousiours recogneu par ce qui s'est passé entre son Altesse & eux, qu'elle trouuoit les leurs equitables: & trouuent estrange qu'il se vante d'auoir commencé à luy donner quelque instruction, veu que sa perseuerance & protestation font foy du contraire. Bien sçauent ils que son Altesse a trouué en ceste parcelle de la Messe, qu'elle a receuë de luy, plusieurs points à reprouuer, & entre autres, l'oblatiõ, l'inuocatiõ des Saincts, & la priere pour les morts, qui sont aussi les poincts qu'ils veulent impugner selon l'ordre qui est porté par son propre écrit, & qui se trouue en sa Messe, suiuant le commandement qu'ils en ont de son Altesse.

Et est hors de propos de faire mention en ce lieu, d'vn écrit d'vn des Ministres de Madame, lequel depuis cinq semaines en ça y eust repliqué, s'il eust receu la réponse: Comme aussi quant à la refutation qu'il promet d'vn autre écrit de l'vn desdits collocuteurs, laquelle il y a tantost cinq ans qu'il attend: Et est encore plus impertinent d'en vouloir faire le suiet de ceste Conference, en laquelle n'est question que de ce qui est principal en la Messe.

Et sur ce que ledit Euesque declare vouloir faire imprimer les susdits trois écrits, qu'ils pensoient n'estre que particuliers, entendent aussi de leur part faire voir au iour tout ce qui se passera en ceste action & Conference.

Au reste leursdittes conditions estant iustes & necessaires, comme il appert par les raisons cy-dessus déduittes, & iugées telles par toutes personnes exemtes de passion; Ils protestent qu'ils ne s'en peuuent ny doiuent aucunement departir: & que la partie qui apres les auoir acceptées & signées, y contreuiendra en quelque sorte que ce soit, encourra le blasme de la rupture de la ditte Conferencé, & de la desertion de sa cause.

Quant au défi de la Conference pour trois mois, apres celle dont il s'agit, il est facile à touts de iuger, que c'est vn specieux pretexte de sa tergiuersation, pour ne subir l'équité de ces conditions, & que attaqué par vn costé, il cerche à se sauuer de l'autre, n'estant à present question que du fait de son Altesse, lequel vuidé, on auisera à loisir de répondre à son ostentation.

Signé,   DE FEVGVERAY, DE BEAVLIEV,
DV MOVLIN,   F. DE GORDON.   D. TILENVS.

SECONDE RESPONSE DE L'EVESQVE
D'EVREVX.

L A replique des Ministres enuoyée par Madame à l'Euesque d'Eureux le Vendredy seiziéme de Nouembre, ledit Euesque aujourd'huy dixhuictiéme du mesme moys, répond ce qui s'ensuit.

Et premierement.

A ce qu'ils disent qu'ils presenterent leurs articles à son Altesse dés le Dimanche quatriéme Nouembre, & que l'Euesque d'Eureux quoy que pressé par elle, n'y rendit réponse que le Lundy douziéme du mesme moys: Il répond qu'il prend la memoire de son Altesse, & la conscience de ses propres Ministres, à témoin, qu'ils ne luy furent enuoyez que le Mecredy septiéme de Nouembre; & qu'il en porta la réponse verbale dés le mesme jour à son Altesse, laquelle la leur fit entédre le lendemain de sa propre bouche, & ne commanda audit Euesque de la luy bailler par écrit, que le Dimanche onziéme de ce moys: Et somme les susdits Ministres de se ressouuenir qu'en vne action où il se traitte de la verité, les preambules mesmes & preparatifs doiuent estre veritables.

A ce qu'ils disent que Madame ayant esté assaillie par plusieurs, & entre autres par Monsieur l'Archeuesque d'Ambrun, par le Pere Ange de Ioyeuse, par luy, & par son Frere; on ne doit point trouuer estrange si son Altesse en a appellé plusieurs pour seruir de collocuteurs en cest acte: Répond ledit Euesque qu'il ignore que Monsieur l'Archeuesque d'Ambrun ayt jamais parlé des affaires de la Religion à son Altesse: Et quant au Pere Ange, que c'est chose friuole de l'alleguer pour pretexte de la pluralité des

D d iiij

collocuteurs, veu qu'il eſt abſent,& d'ailleurs n'a iamais aſſiſté aux
propos l'Eueſque d'Eureux en a tenus à ſon Alteſſe, ny l'Eueſque
d'Eureux aux ſiens. Au moyen dequoy les vns & les autres diſcours ayants eſté particuliers, l'Eueſque d'Eureux n'eſt obligé que
de défendre ſon propre fait, ſur lequel auſſi ils ont eſté appellez,
& non ſur celuy de Monſieur l'Archeueſque d'Ambrun, & du
Pere Ange.

A ce qu'ils diſent que l'Eueſque d'Eureux deſirant eſtre ſeul,
montre qu'il n'eſt pas d'accord auec ſes compagnons: Répond
que c'eſt tres-mal conclu à eux, & que s'ils ne ſçauent mieux argumenter, ils ont raiſon de ne vouloir pas venir à la Conference.

A ce qu'ils diſent qu'eſtát ſeul il ſeroit ſubiet à deſaueu, ce qu'ils
veulent euiter; Répond qu'en toutes les Conferences qu'il a faites auec eux, il a touſiours eſté à l'yſſuë de l'action mieux auoüé
des Catholiques, qu'eux des leurs: comme il parut en la Conference que Maiſtre Daniel Tilenus l'vn des ſouſſignez, eut auec
luy à Paris il y a quatre ans, au ſortir de laquelle les Dames qui l'a-
uoient appellé pour garant, ſe firent Catholiques, & pluſieurs
perſonnes auec elles iuſques au nombre de dix-ſept, & le Sieur
Preuoſt entre autres lors l'vn de ſes aſſiſtants, Et luy-meſme la
rompit dés le troiſiéme jour proteſtant que ſes Miniſtres luy a-
uoient défendu de la continuer dauantage.

A ce qu'ils diſent qu'il a fait paſſer cy-deuant les choſes particulieres en publiques; par où ils veulent toucher obliquement la
Conference d'entre le Sieur du Pleſſis & luy: Répond qu'il a plus
que ſuffiſamment ſatisfait à ceſte calomnie par le diſcours de la
meſme Conference: & a montré qu'vne action où le Sieur du
Pleſſis demandoit que luy & l'Eueſque d'Eureux,& tous ceux qui
accuſoient ſon liure, preſentaſſent requeſte au Roy pour leur accorder des Commiſſaires deuant leſquels il fuſt examiné, ne ſe
pouuoit appeller particuliere.

A ce qu'ils diſent que s'il refuſe des compagnons afin d'auoir
l'honneur de parler ſeul, qu'ils ſont contents de donner cela à ſon
humeur: Répond qu'il n'eſt queſtion en ce fait, que de cercher
l'honneur de Dieu, & non le ſien particulier, lequel encore ne dépend pas d'eux, qui ne le luy peuuent ny donner ny oſter.

A ce qu'ils diſent que c'eſt choſe ridicule de requerir que les
collocuteurs qui parleront contre luy ne parlent pas touts à la
fois: Répond qu'auſſi l'auoit-il dit pour rire, voyant qu'ils cerchoient vn honneſte pretexte pour couurir leur foibleſſe, & a-
uoir moyen d'eſtre cinq, afin de s'entre-conſeiller & ſecourir; Ce
qu'il leur a accordé, voire d'eſtre cinquante ſi bon leur ſemble,

pourueu qu'ils parlent les vns apres les autres.

A ce qu'ils disent que la raison alleguée par luy de ne pouuoir prendre des adjoints ny entrer en dispute generale, sans députation d'vne authorité superieure, est nulle, d'autant qu'il l'a des-ja faict par plusieurs fois : Répond qu'il n'est iamais entré auec ceux de leur profession en aucune dispute qui eust apparence d'estre generale, sinon à Mantes & à Fontainebleau : & qu'à Mantes outre ce qu'il n'estoit encore ny Euesque ny côstitué en aucun ordre Ecclesiastique, mais simple personne laïque & particuliere, il ne prit aucun adjoint ny pour collocuteur ny pour consultant, auec luy. Et d'ailleurs qu'il ne pouuoit lors recourir au Pape pour luy demander permission, dautant que l'accez de Rome n'estoit pas libre. Et quant à Fontainebleau, Répond qu'il auoit esté conuenu par les parties, & confirmé par le Roy, qu'il ne s'y traitteroit que du faict, & non du droict, & entre les seules personnes particulieres du Sieur du Plessis & de luy.

A ce qu'ils disent qu'il y aura plus d'obscurité & d'incommodité pour Madame à ouïr parler par distinctions de Sorbonne, & & n'auoir pas le moyen de les examiner à loisir ; qu'à prendre la patience de voir rediger les obiections & solutions en écrit, pour auoir le temps de les considerer puis apres : Répond qu'il a esté nourry à la Court, & non à la Sorbonne, & sçait bien parler à la Court le langage de la Court, & non celuy de la Sorbonne, & s'expliquer clairement & intelligiblement.

A ce qu'ils disent que la longueur & la difficulté de rediger par écrit la substance de chaque obiection & de chaque solution, ne sera pas grande : Répond que les arguments de la Theologie positiue & des controuerses de la Religion ne sont pas comme les arguments de la Philosophie : Car aux arguments de la Philosophie, où les preuues se font par les seuls principes de la lumiere naturelle, il ne faut que deux brieues propositions & vne conclusion pour former vn argument : Mais en la Theologie positiue, & és controuerses de la Religion, où les preuues se doiuent faire par authorité, & non par simple raison naturelle, il faut que les passages tous entiers des autheurs entrent dans les propositions de chaque argument : & bien souuent vingt, & trente passages de diuers autheurs, en vne seule proposition. Que le mesme se doibt dire dès réponses & solutions : Car estant question en la pl[us]part des responses d'expliquer le style & l'intention des autheurs, il faut verifier l'explication de chasque passage par la Conference & conformité des autres lieux. Que d'omettre ces allegations, tant aux arguments qu'aux responses, seroit les laisser les vns & les autres sans force. Que de les cotter simplement, ce seroit rendre l'escrit

enerué, & inutile à ceux qui n'auroient pas ou le soin, ou le
temps, ou la doctrine, ou les liures, pour les verifier dans les autheurs Grecs & Latins. Que de les suppléer de part & d'autre apres
l'action, seroit chose sujetté à soupçon & calomnie de ne les auoir
pas rapportees entierement & fidelement. Que de s'amuser à les
rediger par escrit en presence des auditeurs, ce seroit chose si ennuyeuse, que son Altesse ne la pourroit iamais supporter. Que
les assistans mesmes languiroient, & se desgousteroient tellement de les voir là les vns & les autres, comme des Regents di-
ctans à leurs escholiers, qu'il n'y en auroit vn seul qui ne perdist
patience. Que lors au reste, que l'on confere de viue voix, les parties ne pensent qu'aux raisons : mais quand elles se proposent de
coucher leur dire par escrit, & l'exposer à la veuë de tout le monde, chacun a soin de l'ordre & de l'élection des paroles ; choses qui
oblige l'action à vne trop plus excessiue longueur, & principalement lors que les objections & responses viennent à croistre à
mesure que les incidents & difficultez se multiplient. Que l'interualle outre cela, qui s'interpose entre les arguments & les responses, pour les escrire & signer de part & d'autre, rõpt tout le cours
& toute la vigueur de la dispute, esteint & refroidit l'imagination des argumentans, relasche & dé-tend l'attention des auditeurs, & donne moyen aux respondans d'éluder & eschapper les
prises des arguments, par diuersions & subterfuges. Car nul des
conferans n'estant admis à reprendre la parole, que son aduersaire
n'ayt acheué de dicter & signer sa response : ny les argumentants
ne peuuent presser leurs aduersaires, & les forcer de joindre & venir au poinct, comme on fait aux disputes verbales, où si tost que
l'vn veut sortir du nœud de la question, l'autre le preuient & l'y
ramene : Ny les respondants ne peuuent estre manifestement
surpris en defaut de response, dautant que ceste barriere leur donne le loisir de couurir leur silence, & s'escarter en responses de-
stournees du propos : pour auquel les ramener, s'il faut vser de
nouueaux arguments, & les rediger derechef par escrit, c'est perdre le fil de la dispute, & aller à l'infiny. Et bref qu'il ne s'est iamais
veu aucun effect de ceste espece de Conferences, où l'on escrit en
la presence mesme des auditeurs, & principalement depuis que
l'art des anciens Notaires, qui par certaines notes & characteres,
dont chacune signifioit vn mot entier, sçauoient suyure & esga-
ler la vistesse de la voix des parlans, a esté perdu. Au contraire
que celles qui ont esté commencees en ceste forme, on a tousiours
esté contrainct de les rompre, & changer la façon de proceder.

    ᵃ A ce qu'ils disent que tout en sera plus authentique, & moins
sujet à des-aueu & deguisement : Répond à cest article & à touts

les autres de la mesme substance, qu'il suffit pour obuier à tels inconueniens, que les resultats de chaque jour soient signez de
part & d'autre, c'est à dire, que toute proposition que l'vne des
parties par la force de ses arguments, aura fait confesser à l'autre,
soit signée par son aduersaire: Ou pour parler plus clairement,
que toutesfois & quantes que l'vne des parties aura esté reduitte
par l'autre à quelque impertinence ou vraye ou pretenduë, lors
que l'autre la requerra de la signer, elle soit tenuë de ce faire, sans
qu'il soit besoin pour cela d'écrire les moyens par lesquels elle
l'aura reduitte à ceste absurdité; qui ne sont necessaires sinon pour
satisfaire à la curiosité des absents. Et bref que toute proposition
prononcée par luy, qu'ils estimeront estre à leur auantage, & dont
ils luy demanderont acte, il la leur signera, & eux à luy reciproquement.

A ce qu'ils disent que la longueur du temps se recompensera
bien par la grandeur du fruit qui en reuiendra non seulement à
son Altesse, mais aussi à tous les absents: Répond qu'il ne s'agit
point en ce fait des absents, dautant que ce n'est point vne difpute publique & generale, mais vne instruction priuée & particuliere: Et quand la consideration des absents y deuroit auoir
quelque lieu, que l'vtilité de Madame qui est presente, y doit tenir lieu de principal, & celle des absents d'accessoire. Or ne faut-il
pas pour l'accessoire détruire le principal, ny sous pretexte d'augmenter l'vtilité, exclure la possibilité.

A ce qu'ils cottent la longueur du Concile de Trente pour
exemple comme quelquefois il ne laisse pas de se trouuer de la
longueur aussi bien aux collocutions verbales comme aux traittez par écrit: Répond qu'ils montrent ne sçauoir pas les causes de
la longueur de ce Concile, qui outre les guerres & morts des Papes, furent qu'il fallut former touts les articles de la dispute, en arrests par écrit, & recueillir les voix de trois cents opinants auec
amples & premeditées deliberations sur chaque article.

A ce qu'ils disent que pretendre pour excuse la haste de Madame, c'est la vouloir instruire en haste: Répond que ce n'est pas à
luy qu'il faut imputer la haste son Altesse, mais à l'estat de la saison & de ses affaires, & à la longueur du temps qu'ils luy ont fait
consumer depuis vn moys qu'elle est apres à attendre leur venuë
& comparence.

A ce qu'ils disent qu'il vaudroit mieux suiure son Altesse en
quelque autre lieu, que de precipiter vn affaire de telle importance: Répond que ce n'est pas le precipiter que d'y donner le temps
suffisant pour l'éclaircir de viue voix & par l'inspection des liures, des poincts dont il est question: Et que faire porter à sa suitte

la quantité & qualité des liures requis pour tel effect, seroit chose trop plus difficile, que de les recouurer en vn lieu arresté & proche de Paris.

A ce qu'ils disent que puis que l'Euesque d'Eureux corrige & change si souuent ce qu'il a déja fait imprimer, il trouuera encore plus à corriger en ce qu'il prononcera de bouche: Répond que c'est vne calomnie qu'ils ont prise d'vn aduertissement que le Sieur du Plessis a mis n'agueres aux champs sur la Conference de Fontainebleau, là où il dit que l'Euesque d'Eureux a changé & fait brusler l'impression des Actes qui furent presentez au Roy & à Monsieur le Chancelier, & à Messieurs du Conseil à Lyon; laquelle calomnie mondit Sieur le Chancelier & Messieurs les Secretaires d'Estat, & plusieurs autres, qui sont encore saysis des mesmes exemplaires imprimez qui leur furent presentez à Lyon, peuuent conuaincre de manifeste & horrible fausseté.

A ce qu'ils disent que qui veut bien payer ne craint point de s'obliger, & mesmes ne pense estre bien obligé s'il n'en peut estre conuaincu par écrit: Répond qu'il ne s'est obligé de verifier ce qu'il maintient qu'à Madame, & à ceux en presence de qui il luy plaira qu'il parle, & non aux absents. Et partant qu'ayant satisfait à son Altesse, il est quitte pour ce regard de toute obligation. Que ce qu'il en dit neantmoins n'est pas pour crainte d'entrer en obligation écrite, mais pour la difficulté de la forme, à laquelle toutesfois il sera plus que suffisamment supplée quand chaque sienne proposition qu'ils penseront estre à leur auantage, & dont ils luy demanderont acte, il la leur signera, & eux à luy reciproquement.

A ce qu'ils alleguent que l'exemple des autres Conferences, & nommément d'vn des predecesseurs de l'Euesque d'Eureux, pour Madame de Bouillon, montre que les conditions qu'ils demandent ne sont pas impossibles: Répond que la longueur de l'action, la nullité du progrez, l'yssue de la dispute, qui fut de se terminer en écrits & liures faits par les vns & par les autres en leurs logis & hors du lieu de la Conference (ayant esté ladicte Dame & tous ceux qui luy assistoient, si ennuyée de voir l'vne & l'autre partie dicter quelques fois iusques à quatre ou cinq pages de suitte, & employer tout vn iour en vne seule objection ou réponse, qu'elle fut contrainte de quitter tout) renuerse manifestement sur eux mesmes le propre exemple qu'ils alleguent.

A ce qu'ils s'estonnent qu'il ayt dit que Madame a trouué les offres par luy proposées raisonnables, veu qu'elle leur a tousiours témoigné qu'elle trouuoit les leurs equitables: Répond qu'il se contente que son Altesse auoüe ce qu'il a dit, sans s'enquerir si elle auoüe ou desauoüe ce qu'ils disent.   A ce

A ce qu'ils trouuent estrange qu'il se soit vanté d'auoir commencé de donner instruction à Madame, veu sa perseuerance & protestation au contraire : Répond qu'il ne sçait quelles protestations ils ont exigées de son Altesse : mais bien sçait-il qu'elle luy a commandé de luy declarer pourquoy les Catholiques vsoient en leur Messe, de la priere pour les morts, de la priere des Saincts, & du Sacrifice : Et que s'ils trouuent estrange qu'il appelle cela donner instruction, il trouue estrange luy-mesme qu'ils le trouuent estrange.

A ce qu'ils disent qu'il n'est pas à propos de faire mention en ce lieu de l'écrit d'vn des Ministres de Madame : Répond qu'il est tellement à propos, que c'est le fondement de tout le propos : Car l'Euesque d'Eureux ayant donné vn écrit à Madame pour commencer à l'éclaircir des poincts qu'elle desiroit ; & son Ministre (ou ses Ministres) y ayant répondu ; & l'Euesque d'Eureux y ayant repliqué, & supplié son Altesse que son Ministre se trouuast deuant elle pour voir examiner la réponse de l'vn & la replique de l'autre : & son dit Ministre n'y ayant pas voulu comparoistre ; & elle à son refus, ayant appelé les quatre autres soussignez pour suppléer à ce defaut ; que pouuoit-il y auoir plus à propos que de faire mention de ces trois écrits, & offrir aux sous-signez, s'ils pensent que l'Euesque d'Eureux les vueille reduire à vne Conference verbale, par crainte que ses raisons ne soient veuës au jour ; de les faire imprimer tous trois les vns auec les autres ?

A ce qu'ils ajoustent qu'il est aussi peu à propos de parler de la refutation qu'il promet d'vn autre écrit de l'vn desdits collocuteurs : Répond qu'il ne peut estre sinon tres à propos. Car puis que ledit collocuteur est vn de ceux qui ont imposé à son Altesse que la collocution verbale à quoy l'Euesque d'Eureux les vouloit reduire, estoit pour euiter que ses raisons ne fussent veuës en lumiere auec les leurs ; que se pouuoit-il faire de plus à propos que de dire que le mesme collocuteur a écrit vn certain traitté contre vn discours de l'Euesque d'Eureux, & l'Euesque d'Eureux composé vne refutation de ce traitté, dans laquelle sont touchez par occasion touts les poincts que son Altesse a desiré estre examinez ; & qu'il la fera sortir incontinent apres ceste action ? Car quant à ce qu'ils repliquent qu'il y a tantost cinq ans qu'il attend ladite refutation, il se deuroit souuenir que son liuret, lequel il auoit esté vn an à minuter, encore qu'il ne contienne que deux ou trois fueilles de papier, ne fut publié que l'an 1598. & que l'Euesque d'Eureux y fit imprimer la réponse dés la mesme année, mais la retint pour les causes que luy-mesme sçait & qui se verront expliquées en l'epistre liminaire.

E e

A ce qu'ils difent que puis que l'Euefque d'Eureux veut faire imprimer leurs-dits écrits, ils veulent auffi faire imprimer tout ce qui
fe paffera en la Conference: Répond que fon offre pour le regard
des écrits faits à l'inftance de fon Alteffe, n'a efté que conditionnée,
afçauoir, au cas qu'ils perfiftent à vouloir que les raifons & les leurs
foient veuës par écrit : Et d'ailleurs que les chofes ne font pas pareilles: Car il n'y a nulle difficulté à faire que ce qui eft écrit foit imprimé, mais bien à faire que ce qui fe dit s'écriue à mefure qu'on
le prononce.

A ce qu'ils proteftent qu'ils ne fe peuuent ny doiuent departir de
leurs-dittes conditions: Répond qu'il prend leur proteftation pour
refus, & protefte reciproquement qu'il ne fe peut ny doit departir
des fiennes: Et que s'il n'eftoit queftion que de faire des liures &
playder par écrit, ils ne deuoient point partir de leurs logis pour
venir à Paris. Et qu'au refte les efprits fains peuuent juger, puis
qu'il s'eft déja perdu quinze iours de temps fans aucun progrés, à
difputer par écrit vne des conditions de la Conference (chofe
qu'il auoit bien preueuë, & voulu éuiter en leur répondant verbalement dés la premiere fois) combien il faudroit de temps pour difputer au fonds par écrit tous les articles & incidents de la mefme
Conference.

A ce qu'ils difent que l'offre qu'il leur a faitte d'entrer au fortir
de cefte action en vne difpute de trois mois par écrit auec eux, eft
vne oftentation & tergiuerfation : Répond que s'ils en veulent venir à l'effay, il leur donnera de fi bons garants de fa parole, qu'il ne
les pourront refufer. Et au cas que le terme de trois mois leur femble trop long, le reduira à vn mois, au bout duquel s'il en eft
befoin, il le prolongera derechef, & leur monftrera & par cefte
preuue & par toutes autres, qu'il y a moins d'oftentation en luy,
que de fuitte & d'occultation en eux. Faict à S. Germain en Laye
le 18. de Nouembre, 1601.

IACQVES EVESQVE D'EVREVX.

SECONDE REPLIQVE DES MINISTRES
ENVOYEE PAR MADAME A L'EVESQVE D'EVREVX,
le vingtdeuxiefme de Nouembre.

*L*Es *Miniftres & autres appellez par Madame, eftimant*
que ce feroit mal employer le papier & le loifir que déplu-
cher par le menu toutes les particularitez & punctilles du der-
nier Ecrit de l'Euefque d'Eureux, n'entendent répondre finon
aux poincts principaux qui concernent l'équité, vtilité, & facilité de

leurs conditions , contre la pretenduë injustice , inutilité & impoʃ-
ʃibilité.

Et partant tout ce que l'Eueʃque allegue , de la datte & reception des
écrits precedents ; des diʃcours de l'Archeueʃque d'Ambrun , & de Monʃieur de Ioyeuʃe auec ʃon Alteʃʃe ; de ʃon accord ou diʃcord auec ʃes compagnons ; des Conferences de Mantes , Paris , & Fontainebleau ; de l'i-
maginaire conuerʃion de dix-ʃept perʃonnes , des écrits de quelques-vns des
Collocuteurs ; de ʃes réponʃes là deʃʃus , auec leurs ʃuppreʃʃions & corrections:
De toutes ces choʃes & autres ʃemblables , pleines de deguiʃements notoires,
ils s'en rapportent à ce qui en eʃt , & non à ce qu'il en dit.

Ils prennent auʃʃi en patience ʃes piquoteries & mépris , voyants qu'il
en fait bonne part à la Sorbonne meʃme , dont il dedeigne ouuertement la
nourriture , & blaʃme obliquement le langage , ʃe glorifiant de tenir l'vn &
l'autre de la Court.

Quant à ʃes riʃées , ils y recognoiʃʃent ʃon ancienne couʃtume , ʃe reʃʃou-
uenants qu'en la Conference de Mantes il n'épargna non plus les Sainĉts
canoniʃez par le Pape, que les Docteurs de la Sorbonne ; témoin ce facetieux brocard qu'il y donna à S. Yues , & la ʃornette blaʃphematoire à
Monʃieur Benoiʃt Curé de S. Euʃtache ; échantillons de ʃon Zele à l'honneur de Dieu, & à la reduction des pretendus déuoyez.

Quant à la matiere de la Conference propoʃée , ils diʃent derechef , qu'en
ce fragment de ʃa Meʃʃe , Madame a remarqué trois poincts deʃquels le premier & principal eʃt l'oblation du Fils de Dieu faitte par vn Preʃtre en
ʃacrifice propitiatoire , & c. lequel pour ceʃte raiʃon , ils entendent impugner le premier, comme le cœur & l'ame de la Meʃʃe : Que luy produiʃant
ceʃte piece s'eʃt obligé à en defendre l'endroit qui ʃera attaqué : Que l'aʃʃiegé
qui voudroit preʃcrire aux aʃʃiegeans leur place de batterie leur donneroit à
rire , comme on fait à nous: Qu'il importe trop plus à Madame de ʃçauoir
ʃi vn Preʃtre peut & doit ʃacrifier le fils de Dieu , que ʃi vn Chre-
ʃtien peut ou doit prier pour les treʃpaʃʃez : Que l'vn eʃt principal , l'autre acceʃʃoire ; l'vn fondement , l'autre dependance ; l'vn la ʃubʃtance , l'autre vne circonʃtance.

D'y vouloir meʃler ʃa refutation faitte à vn autre écrit d'vn des Collocuteurs qui contient tant de poincts , cela leur fait penʃer , qu'il eʃt peu re-
ʃolu à l'obʃeruation de l'article cinquiéme de leurs conditions , quoy qu'accordé par ʃon precedent écrit. Ce qu'il ajouʃte de l'impreʃʃion & ʃuppreʃʃion de laditte refutation n'eʃt beaucoup plus veritable que le reʃte , nommément en ce qu'il dit, les cauʃes de ceʃte ʃuppreʃʃion eʃtre cogneuës audit Collocuteur qui proteʃte ne ʃçauoir de ʃes ʃecrets que ce qui en eʃt cogneu à tout
le monde.

Quant à la forme par eux propoʃée , qu'il s'efforce par touts moyens faire trouuer inutile , ennuyeuʃe & impoʃʃible , ils répondent que toutes ces
longueurs & ennuys ʃe peuuent éuiter ʃi on ʃe tient à la ʃeule Ecriture

Saincte, l'interpretant par elle-mesme : Que ce liure est portatif & familier à son Altesse ; Que c'est le fondemēt de sa creance, & de celle de nos Eglises ; Que les Anciens semblablement ont estimé les deux Testaments estre les deux mammelles de l'Eglise, dont les Chrestiens doiuent succer le laict de verité : Que cercher sur chaque proposition, & quelquefois sur vn petit mot vingt ou trente passages en diuers autheurs Grecs & Latins, que l'vn exposera en vne sorte, l'autre en vne autre ; C'est voirement ceste longueur & langueur que la haste de Madame ne peut souffrir, occasion d'extrauaguer, matiere de douter, & en fin le vray chemin à l'infiny, tel qu'est quasi le nombre & les opinions des autheurs : Au contraire la forme par eux proposée requiert d'autant plus de solide science & conscience, que la foiblesse ou la malice en est plus euidente ; & preiudicie plus à la cause, dautant qu'il ne suffit pas d'y esblouyr les cerueaux pour vn temps par quelque tour de souplesse, ains ce qu'on prononce de bouche demeure sujet à la touche, & à la balance.

Le resultat sans les raisons est inutile, & a esté iugé tel par les Anciens. Appert par les actes tant des Conciles que des Conferences tenües auec les Arriens, Donatistes & autres, Et n'y a rien qui face mieux cognoistre l'esprit qui a gouuerné les Peres du second Contile de Nice que les ridicules preuues de leurs fausses conclusions.

La facilité & vtilité de ceste forme a paru en la Conference tenuë pour Madame de Boüillō. qui s'en trouua si bien edifiée qu'elle perseuera en la profession de la verité iusques au dernier souspir de sa vie : & ne se faut esbahir si l'Euesque d'Eureux rejette cest exemple comme vn triste presage de son entreprise.

Pour faire voir à son Altesse que la forme, que pressent les defenseurs de sa creance n'est ny elusoire ny impossible ny si ennuyeuse comme la partie aduerse la qualifie, il a semblé à propos d'en representer quelque projet, & ce par l'exemple dont il s'agit, sçauoir par l'oblation qui s'impugne en ceste sorte.

Toute doctrine directement contraire à l'Ecriture Saincte est à rejetter.

L'oblation du fils de Dieu que les Prestres pretendent de faire au Pere celeste en sacrifice reel & propitiatoire pour les viuants & les morts, pour leurs pechez, peines, satisfactions, & autres necessités, est vne doctrine directement contraire à l'écriture Saincte : Donques elle est à rejetter.

La premiere proposition ne se peut nier sans impieté, ny distinguer sans cauillation. La seconde se prouue par l'écriture qui témoigne clairement que Iesus-Christ ne s'est offert qu'vne fois : Que par vne oblation il a consacré ceux qui sont sanctifiez. Au lieu que l'Eglise Romaine enseigne deux oblations, l'vne sanglante, l'autre non sanglante : l'vne faitte en la Croix, l'autre à table en l'institution de la Cene & touts les iours en leur Messe :

*l'vne visible, l'autre inuisible : l'vne conjointe auec la mort, l'autre sans
mort : toutes deux neantmoins satisfactoires & propitiatoires. Ce qui repugne directement à l'écriture qui dit; Que Iesus-Christ ne s'offre pas plusieurs fois, & qu'autrement il luy faudroit souffrir aussi plusieurs fois:
Item que où il y a remission des pecheᴢ, il n'y a plus d'oblation pour le peché. Or cela seroit faux s'il en restoit vne non sanglante, propitiatoire
neantmoins pour le peché & touts les iours-reiterable.*

*On n'ignore pas leurs subterfuges & distinctions là dessus & à mesure
qu'elles seront produittes, on y repondra briefuement, distinctement, clairement, sans elusion, sans obliquité, sans aigreur, ny animosité. Ce que touts
n'éuitent pas en Conference verbale. Et entre gens de conscience ce poinct
se fust vuidé en moins de temps & de papier qu'il ne s'en est consumé en
ces preambules, sans autre longueur des Conferants, sans aucune langueur
des assistants, qui seroient infiniment ioyeux de voir à leur aise ceste opposition de raison à raison, de témoignage à témoignage : Et vouloir faire
croire qu'on apperçoit mieux les elusions parmi le bruit d'vn langage
desbordé; c'est cercher de bonne heure des illusions pour cacher les elusions
qu'il a enuie de faire.*

*Or iuge Dieu & la Chrestienté, & speciallement la conscience de Ma-
dame, de quel costé est la raison ou le pretexte; l'approche, ou la fuitte: l'edification ou l'ostentation. Et si apres auoir par telle offre, par telle procedure,
par tel commencement satisfaict à l'obligation de nos consciences, au commandement de son Altesse, aux deffis de nos aduersaires, nous ne demeurons
dechargeᴢ de tout blasme, quoy que sujets à calomnies & faux bruits,
qui entre les gens de bien ne peuuent nuire, & entre les autres se doiuent
mépriser. Signé,*

DE FEVGVERAY, DE BEAVLIEV, DV MOVLIN,
F. DE GORDON, D. TILENVS.

A La seconde replique des Ministres enuoyée par Madame à l'Euesque d'Eureux à S. Germain le Ieudy 22.
de Nouembre; ledit Euesque d'Eureux reprenant le
style desja pris en la réponse precedente, pour euiter
prolixité, auiourd'huy 27. de Nouembre répond à Paris ce qui s'ensuit:

ASCAVOIR,

A ce qu'ils disent que de la datte & reception des écrits superieurs; des discours de môsieur l'Archeuesque d'Ambrun, & du Pere

Ange de Ioyeuſe auec ſon Alteſſe ; de l'accord ou diſcord de l'E-
ueſque d'Eureux auec les autres Catholiques ; des Conferences de
Mantes, Paris, & Fontainebleau; de la conuerſion de dixſept perſonnes, & autres ſemblables articles ; ils s'en rapportent à ce qui
en eſt, & non à ce qu'il en dit : Répond que ce qu'il en dit, eſt entierement ce qui en eſt : & que ſi pour en venir à l'eſſay, ils ſe veulent hazarder de nier particulierement quelqu'vn des ſuſdits articles, il leur monſtrera par témoins & témoignages irreprochables,
qu'ils nient la lumiere du iour en plein midy.

A ce qu'ils diſent qu'il fait bonne part de ſes mépris à la Sorbonne meſme, de laquelle il dédaigne ouuertement la nourriture, &
blaſme obliquement le langage, ſe glorifiant de tenir l'vn &
l'autre de la Court : Répond qu'ils ſont tres-mauuais interpretes
de ſes paroles, & que ce qu'il a dit ſur ce ſujet n'a point eſté pour
monſtrer aucun mépris enuers la Sorbonne, laquelle il eſtime &
reuere comme la Reyne de toutes les eſcholes de Theologie:
mais pour détourner le mépris qu'ils vouloient faire tomber
ſur luy, de ne ſçauoir pas vſer de diuers langages ſelon la diuerſité des lieux & des perſonnes ; & effacer le ſoupçon qu'ils vouloient donner à ſon Alteſſe & aux aſſiſtants, qu'il les offuſqueroit
de diſtinctions pleines pour eux d'obſcurité & de tenebres. A ces
cauſes donc il leur a declaré, non pour ſe glorifier (car qui ne ſçait
que l'eſchole de la Sorbonne eſt trop plus glorieuſe à vn Eueſque
que celle de la Court?) mais pour leur oſter auec plus d'euidence
le pretexte de ceſte calomnie, qu'il auroit eſté nourry à la Court, &
non à la Sorbonne : & a adiouſté, non qu'il ne ſçauoit point parler le langage de la Sorbonne, lequel graces à Dieu il a appris dans
les liures, mais qu'il ſçauoit bien parler à la Court, c'eſt à dire, deuant les Dames & les Caualiers, le langage de la Court & non celuy de la Sorbonne. Or qu'y a-t'il là qui approche de calomnier
le langage de la Sorbonne ? Blaſmer l'indiſcretion de ceux qui
voudroient deuant les Dames & les Caualiers parler le langage de
la Sorbonne, eſt-ce blaſmer le langage de la Sorbonne? Le langage de la Sorbonne eſt excellent pour les diſputes de l'eſchole,
trenchant, deciſif, compendieux, voire tres-clair meſme & tres-
facile pour les doctes : Car il empeſche que l'eſprit ne ſe diſſipe,
& ramaſſe tous les rayons du diſcours en vn certain centre:
Mais il faut des yeux d'Aigles pour voir ceſte lumiere. Les femmes, les Caualiers les Miniſtres meſmes, pour n'eſtre pas nourris en la doctrine de l'eſchole n'en ſont pas capables. Et pourtant ce que l'Eueſque d'Eureux les a voulus aſſeurer qu'il ne leur
parleroit point le langage de la Sorbonne, ça eſté de peur de
leur faire peur d'vn langage qu'ils n'entendent point, & non

pour vſer d'aucun mépris enuers la Sorbonne, laquelle il hon‑
nore autant comme ils la craignent, & n'eſt pas conſeillé d'ap‑
prendre d'eux le reſpect qu'il luy faut porter.

A ce qu'ils diſent qu'en la Conference de Mantes il jetta vn
brocard contre S. Yues: Répond que le brocard fut jetté, non
contre S. Yues, mais contre le Miniſtre qui portoit lors la parole;
bien que ſur le propos des bas Bretons, & de S. Yues.

A ce qu'ils adjouſtent qu'en la meſme Conference il laſcha vne
ſornette blaſphematoire contre Monſieur Benoiſt Curé de ſainct
Euſtache: Répond que c'eſt vne pure calomnie, pour intereſſer
s'ils pouuoient ledit Sieur Benoiſt en leur cauſe, & qu'il n'y fut ja‑
mais parlé de luy, comme Monſieur l'Archeueſque d'Aix, & au‑
tres qui y eſtoient preſens, le peuuent témoigner : & qu'au reſte,
tous ces incidens appoſtez ſont hors de temps & de ſens.

A ce qu'ils diſent qu'vn aſſiegé qui voudroit preſcrire aux aſ‑
ſiegeans le lieu par où ils le deuroient attaquer, leur appreſteroit à
rire:Répond qu'ils ſe chatoüillent eux-meſmes pour ſe faire rire,
& qu'il n'a jamais eſté penſé à leur preſcrire le lieu de leur batterie.
Mais que Madame ayant commandé à l'Eueſque d'Eureux par le
conſeil de ſes Miniſtres, de luy rendre raiſon des trois poincts
qu'elle trouuoit principalement à reprendre au Canon de la Meſ‑
ſe, & de commencer par la priere pour les morts : & l'Eueſque
d'Eureux ayant donné vn écrit ſur ce ſujet à ſon Alteſſe: & ſes Mi‑
niſtres ayans conteſté deſſus, & preſenté vn autre écrit à l'en‑
contre: Ce ſont-ils qui s'y ſont engagez eux-meſmes. Car cha‑
cun ſçait que l'occaſion de propoſer & reſouldre la Conference,
fut que l'Eueſque d'Eureux ſupplia Madame, que ſes Miniſtres
& luy comparuſſent deuant elle, pour ſouſtenir de viue voix &
auec les liures l'examen de l'vn & l'autre écrit; & qu'eux, ils refuſe‑
rent de s'y trouuer, pour certaines pretenduës conſiderations. Là
deſſus donc il fut offert à ſon Alteſſe par perſonnes de qualité, d'en
faire venir d'autres, qui ſe joindroient auec eux, & l'entrepren‑
droient. Ce que l'Eueſque d'Eureux accepta, & s'obligea au peril
de ſa vie, deuant les meſmes perſonnes qui auoient fait l'offre, &
toute la Court l'oyant & le voyant, de monſtrer aux ſuſdits Mi‑
niſtres & à leurs futurs coadiuteurs, que tout ce qui eſtoit contenu
dans ſon écrit eſtoit pertinent & veritable, & tout ce qui eſtoit
contenu dans le leur, ou faux ou impertinent. Et ſur ces offres re‑
ciproques fut conclue & reſolue la Conference. De dire mainte‑
nant qu'ils veulent changer de batterie, & attaquer la diſpute par
l'oblation du ſacrifice de la Meſſe, & non par la priere pour les
morts; perſonne ne les en empeſche:pourueu qu'ils recognoiſſent,
& tout le monde auec eux, que c'eſt la force de l'écrit de l'Eueſque

E e iiij

d'Eureux lequel ils ont confulté & examiné fix femaines durant, & la foibleffe de celuy de leurs confreres, lequel ils defauoüent & renoncent tacitement, qui les contraint de prendre cefte autre procedure. Combien que quand tout fera bien pefé & confideré, l'Euefque d'Eureux ayant efté appellé pour inftruire Madame, & eux pour debatre fes raifons, fi bon leur femble; il n'y a ny loy, ny paragraphe qui ordonne que ce foit à eux de luy prefcrire la methode de fon inftruction, & non pas à luy de la choifir.

A ce qu'ils difent que l'Euefque d'Eureux voulant mefler en ceft acte la refutation d'vn autre écrit de l'vn defdits collocuteurs, qui contient tant de poincts; leur donne à penfer qu'il ne fe reffouuient pas du cinquiéme de leurs articles, accordé neantmoins par luy, afçauoir que l'on ne pourroit paffer d'vn poinct à vn autre, que le precedent ne fuft vuidé : Répond qu'ils fe donnent carriere, & qu'il n'a iamais pretendu mefler cefte refutation en la difpute : mais a feulement promis de la publier apres la Conference, voire de la porter, & la leur monftrer fi befoin eftoit, en la Conference mefme, afin de leur faire voir que ce n'eftoit point par crainte d'expofer fes raifons aux yeux du public, qu'il rejettoit leurs accrochements & longueurs.

A ce qu'ils difent qu'il n'eft non plus vray que les caufes de la retenuë de cefte refutation, foient cognuës audit collocuteur, qui ne fçait des fecrets de l'Euefque d'Eureux, que ce qui en eft cogneu à tout le monde : Répond qu'auffi les fufdites caufes font cognuës à tout le monde : comme entre autres la publication du liure du fieur du Pleffis, & la Conference de Fontainebleau & les diuertiffements qui l'ont fuyuie.

A ce qu'ils difent que toutes les longueurs, peines, & incommoditez cotteés par l'Euefque d'Eureux, & nommément la difficulté du port des liures à la fuitte de fon Alteffe, fe peuuent éuiter en fe tenant à l'écriture feule, qui eft vn liure portatif : & l'interpretant par elle-mefme : Répond qu'ils ont eu donc grand tort de perdre tant de temps à fureter toutes les bibliotheques, & boutiques des Libraires de Paris, afin de faire prouifion de liures pour cefte pretenduë Conference. [a] Que fainct Paul auoit donc grand tort, de dire *que Dieu auoit inftitué les Apoftres, les Prophetes, les Euangeliftes, les Pafteurs & Docteurs, &c. afin que nous ne fuffions plus petits enfants errants à tout vent de doctrine.* Que les anciens Peres & Docteurs de l'Eglife auoient donc grand tort de protefter, [b] *Que les écritures confiftoient non en la lecture, mais en l'intelligence;* [c] *Qu'il y auoit grand peril de parler en l'Eglife, de peur que par vne mauuaife interpretation on ne fift de l'Euangile de Dieu, l'Euangile d'vn homme, ou qui pis eft, l'Euangile du Diable;*

a *Ephef.* 4.

b *Hilar. aduerf. Conft.*

c *Hieron. in epift. ad Galat.*

a *Qu'il estoit necessaire pour éuiter les diuerses expositiõs des heretiques que
la ligne de l'interpretation Prophetique & Apostolique, fust tirée selon la
reigle du sens Ecclesiastique & Catholique.* Que les mesmes Saincts
Peres & Docteurs ont donc bien mal employé leur peine, de s'a-
muser à faire tant de liures & de volumes, pour laisser à la posterité
la vraye interpretation de l'Ecriture: Qu'ils ont donc bien abusé
du loisir des lecteurs, d'inserer & dans leurs Conciles, & dans
leurs écrits contre les heretiques, tant d'authoritez des Peres precedents, pour confirmer ou refuter les bonnes ou mauuaises interpretations de l'Ecriture. Que les propres Docteurs des Ministres, Luther, Caluin, Melancton, Zuingle, Oecolampade, Bucer,
Bullinger, Martyr, Beze, Viret, Muscule, Galtherus, Brentius, Po-
meran, Borrhaus, Sarcerius, Gallasius, Pellicam, Hyperius, Im-
lerus, Villichius, Fagius, Hofmanus, Meyerus, Ionas, Marlorat, &
mille autres semblables, se sont donc bien tuez en vain à faire
tant de grosses gloses & de gros commentaires sur la Bible. Que
de dire que l'écriture est le fondement de leurs Eglises; Aussi sont
bien les loix le fondement de la Republique: & neantmoins il ne
s'ensuit pas de là, qu'il ne faille point consulter les liures des Docteurs & interpretes, pour les entendre. Que de dire qu'il faut
interpreter les passages de l'écriture par l'analogie du texte antecedent & subsequent; c'est chose sujette à l'erreur du discours
des argumentans, & à la subtilité de l'elusion des répondans, & où
bien souuent il n'y a lieu à aucune preuue demonstratiue. Que de
dire que les passages de la mesme écriture se doiuent exposer les
vns par les autres: c'est chose qui n'est ny perpetuelle ny necessaire: Au contraire, qu'il y a beaucoup de textes de l'écriture ausquels il ne s'en trouue aucuns autres conformes ny pour le sens,
ny pour les paroles: Et que de ceux mesme esquels il y a quelque
conformité de mots, le plus souuent vn argumentant n'en peut tirer de conséquence pour l'interpretation des autres, sinon probable
& conjecturale: dautant que les arguments de la conference des
lieux sont la plus part du temps constituez de propositions particulieres, qui ne concluent point: & qu'il ne s'ensuit pas si quelque
mot est pris en vn passage en vn sens, qu'il doiue estre pris au
mesme sens en l'autre. Que les moyens au reste, par lesquels chaque particulier extraict des conclusions de ces Conferences de passages, ne sont que moyens humains, asçauoir, l'operation de la raison & du discours: & par conséquent que les conclusions n'en peuuent estre certaines de certitude de foy; n'ayant esté la promesse
de l'esprit d'interpretation faicte à aucun particulier, mais au
seul corps de la vraye Eglise, telle que nous croyons les vns &
les autres, auoir esté celle des anciens Peres. Que c'est outre cela,

a *Vincent. Lerin.
in l. aduers. hæ-
res.*

retourner prefque toufiours d'où l'on eft party : Car chacun maintient que les paſſages confrontez par ſon aduerſaire auec le lieu
contentieux, ou ſont derechef mal entendus par luy, ou ne ſont
pas ceux auec leſquels le texte contentieux doit eftre conferé. Que
là deſſus deux ſocietez venans à heurter l'vne contre l'autre, & à ne
ſe pouuoir perſuader d'eftre vaincuës l'vne par l'autre ; il ne reſte
plus autre remede, ſinon de recourir au ſens qui a eu cours en l'E-
gliſe primitiue, en laquelle la vraye intelligence des écrits des A-
poftres a efté baillée de viue voix par les Apoftres meſmes à leurs
diſciples, & tranſmiſe de main en main par leurs diſciples à leurs
ſucceſſeurs. Que les anciens Catholiques ont toufiours accepté
receu & approuué ceſte methode, & les anciens heretiques au contraire, l'ont toufiours fuye & refuſée, comme il ſe void par l'offre de l'Empereur Theodoſe le grand,[a] & par mille autres exemples. Que les Miniftres de France meſme font profeſſion de dire
qu'ils reçoiuent le commun conſentement des Peres des cinq premiers ſiecles, pour arbitre de l'interpretation de l'Ecriture. Qu'ils
proteſtent en leur confeſſion de foy,[b] qu'ils rejettent les hereſies
condamnees par les quatre premiers Conciles, & par les Saincts
Docteurs, comme S. Hilaire, S. Athanaſe, S. Ambroiſe, S. Cyrille. Que quand ils diſputent contre les Lutheriens, qui n'admettent non plus qu'eux, que l'Ecriture ſeule pour fondement de diſpute ; contre les Arriens, contre les Anabaptiftes, ils rempliſſent des tomes tous entiers de recueils & lieux communs de paſſages des Peres. Que lors meſmes qu'ils diſputent contre les Catholiques, & principalement ſur des poincts où le texte de l'Ecriture fauoriſe ouuertemét la doctrine Catholique, ils ſont toufiours
les premiers à recourir à l'interpretation des Peres, pour voir s'ils
en pourront trouuer quelqu'vn à l'eſcart, qui par s'eftre expliqué
moins clairement, ayt laiſſé lieu à leurs caulllations. Que l'experience de cela parut en la Conference pour Madame de Boüillon, où les Miniftres furent toufiours les plus prompts à ſe jetter
ſur les allegations des Peres. Qu'elle parut en celle que Maiftre Daniel Tilenus eut à Paris auec l'Eueſque d'Eureux, en laquelle ſoudain que l'Eueſque d'Eureux luy auoit ſolū vn paſſage de l'Ecriture, il ſauoit à l'interpretation oblique de quelque Pere ; de ſorte que l'Eueſque d'Eureux eſtoit contraint à tout propos de
le ſommer d'expedier ſes arguments de l'Ecriture ſeule, deuant
que d'extrauaguer aux Peres ; comme ledit Maiftre Daniel Tilenus[c] luy-meſme s'en eſt plaint par écrit. Que cela ſe void generalement en toutes les diſputes & verbales & eſcrites, que ceux de leur
Religion, comme Caluin, Pierre Martyr, Zuingle, Oecolampade,
l'œuure intitulé *Conſentement orthodoxe*, le ſieur du Pleſſis, & infinis

[a] *Socrat. hiſt.*
Eccl.l.5.c.9.

[b] *Confeſſion de*
foy des Egliſes de
France.art.6.

[c] *Tilenus en ſon*
écrit contre les
Traditions Apo-
ſtoliques.

autres, font contre la realité de l'Eucharistie ; là où si tost qu'on les
a deboutez de trois ou quatre passages mal appliquez de l'Ecriture,
ils volent incontinent aux Peres, pource qu'ils sçauent que les Peres
ont accoustumé d'vser de deux sortes de langages sur cest article:
l'vn obscur, imparfaict, & enigmatique, qui estoit celuy qu'ils parloient, ou en la presence des Iuifs, Payens, & Catechumenes;
ou dans les liures qui pouuoient tomber és mains des Iuifs, Payens,
& Catechumenes, ausquels il leur estoit defendu de descourir rien
de ce mystere : l'autre clair, complet & manifeste, qui estoit celuy
qu'ils parloient deuant les seuls baptisez, & en leurs catechismes &
traittez exprés sur ceste matiere. Que son Altesse mesme a encoré
n'agueres veu cest exemple à sainct Germain, où l'Euesque d'E-
ureux luy ayant offert de defendre la reelle presence du Corps de
Christ au Sacrement (qui est le premier fondement de toute la doctrine du Sacrifice: car si le corps de Christ n'y est point , il n'a
garde d'y estre offert) par l'Ecriture seule, pourueu qu'ils se voulussent obliger aussi de leur part, de ne l'impugner que par la seule
Ecriture : Ceux qui portoient la parole pour eux, refuserent d'y
entendre. Que d'alleguer là dessus, comme ils font tacitement,
le passage de Nehemie, [a] qui dit selon leur derniere version, *ils
interpretoient l'Ecriture par l'Ecriture mesme* ; C'est vn pur abus de
l'interpretation de l'Ecriture. Car il ne se trouuera iamais dans
l'Ecriture, que *Micra* signifie l'Ecriture; [b] mais seulement dans les
Rabbins, à cause que l'Ecriture ayant esté diuisee par les *Docteurs*
Iuifs, en certaines leçons qui se lisoient iour par iour és Synagogues, ces leçons ou lectures s'appelloient *Micra*, c'est à dire, *Le-*   מקרא
cture. Encore la plufpart des Iuifs en exceptent-ils le corps de la
Loy, qui estoit le liure que lisoit Nehemie, & n'entendent par *Mi-*
cra sinon les Prophetes. Ce qui semble estre venu de la defense
qu'Antiochus fit aux Iuifs, de lire la Loy dans leurs Synagogues:
Pour à quoy remedier, ils s'aduiserent de choisir des leçons des
Prophetes correspondantes aux textes de la Loy, & les lire en leur
place.   Et pourtant sainct Hierosme, tourne, non, *Ils interpretoient*
*l'Ecriture par l'Ecriture:*mais, *Ils entendoient l'Ecriture pendant qu'on la*
lisoit : cùm legeretur : [c] Et Rabbi Aben Ezra l'expose, *Ils estoient*
attentifs a ceste lecture, bemicraZot : Et Caluin luy-mesme, & les Bi-
bles de Genéue de l'an mil cinq cents soixante cinq , traduisent, *Et*
ils entendoient à la lecture.   במקרא ואת

A ce qu'ils disent que les anciens Peres ont estimé les deux Testaments de l'Ecriture estre les deux mammelles de l'Eglise, dont
les Chrestiens doiuent succer le laict de la verité. Respond que c'est
mal commencé à eux, pour monstrer qu'il ne faut alleguer & apporter en la Conference que le seul texte de l'Ecriture , & non

les Peres, d'alleguer les propres escrits des Peres. Car pour le moins
en ce cas est-il tousiours necessaire d'apporter & visiter leurs liures,
pour voir s'ils disent ce qu'ils leur imputent, & au mesme sens
qu'ils le leur imputent. Que ceste presupposition anticipee est
vne instance où les parties sont appoinctees contradictoirement.
Que les soussignez mettent en faict, que les Peres afferment qu'il
ne faut rien obseruer en matiere de Religion, que ce qui se trouuera specialement prescrit par l'Ecriture. Que les Catholiques au
contraire, soustiennent que tous les Peres tesmoignent vnanimement auoir receu les institutions des Apostres, en partie par epistres
escrites, en partie par traditions non escrites, suiuant ce precepte de
sainct Paul : *Obseruez les traditions que vous auez receuës de nous, soit
par parole, soit par epistre.* Qu'ils alleguent à ce propos, ce que sainct
Ignace, autheur du propre siecle des Apostres, & creé sous eux-mesmes Euesque d'Antioche, l'an de la mort de Christ 38. disoit aux
Eglises par où il passoit allant au martyre, ascauoir, ª *Qu'il les exhortoit de ne demordre rien de la tradition Apostolique, laquelle pour plus
grande seureté il estimoit necessaire de rediger par escrit.* Qu'ils alleguent
à ce propos, ce que Tertullian autheur du premier siecle apres celuy des Apostres, disoit aux Catholiques ᵇ *Vous prescriuez que les
institutions solemnelles ont esté apposees à la foy, ou par les Ecritures, ou
par la tradition des majeurs, & qu'il n'y faut rien ajouster de plus, pour
euiter le crime de l'innouation.* Qu'ils alleguent à ce propos ce qu'Eusebe Euesque de Cesaree en Palestine, autheur né au second siecle
apres celuy des Apostres, disoit en ses liures de la Demonstration
Euangelique: ᶜ *Les Apostres selon l'intention de leur maistre, accommo-
dans leur doctrine aux oreilles de plusieurs, &c. les ont consignees en partie
par lettres, en partie sans lettres, comme vn certain droict non escrit.*
Qu'ils alleguent à ce propos ce que sainct Basile creé Euesque de
Cesaree en Cappadoce il y a douze cents trente ans, disoit en son liure du sainct Esprit : ᵈ *Des doctrines qui sont obseruees en l'Eglise, les
vnes nous les auons d'instruction escrite, les autres nous les auons de la secrette tradition des Apostres, lesquelles tant les vnes que les autres, ont la
mesme force pour la Religion : & n'y a celuy qui y contredise, pour peu qu'il
soit versé aux loix de l'Eglise.* Qu'ils alleguent à ce propos ce que
sainct Epiphane, Euesque de Salamine en Cypre, disoit il y a
douze cents vingts ans, en son œuure contre les heretiques :
ᵉ *Or il faut aussi vser de Tradition, car toutes choses ne peuuent pas estre*
prises

1. Thessal. c. 2.

a *De Ignatio apud Euseb. Hist. Eccl. lib. 3. cap. 35.* προὔτρεπέ τε ἀπρὶξ ἔχεσθαι τῆς τ̃ Ἀποστόλων παραδόσεως, ἣν ὑπὲρ ἀσφαλείας & ἐγγράφως ἤδη μαρτυρόμενοι, διατυποῦσθαι ἀναγκαῖον ἡγεῖτο.

b *Tertul. l. de ieiun.*

c *Euseb. de Demonst. Euang. lib. 1. cap. 9.* τὰ μὲν διὰ γραμμάτων, τὰ δὲ δι' ἀγράφων νομίμου φυλάττειν παραδιδόντ.

d *Basil. de Spiritu sancto cap. 27.* τῶν ἐν τῇ ἐκκλησίᾳ πεφυλαγμένων δογμάτων καὶ κηρυγμάτων, τὰ μὲν ἐκ τῆς ἐγγράφου διδασκαλίας ἔχομεν, τὰ δὲ ἐκ τῆς τῶν Ἀποστόλων παραδόσεως διαδοθέντα ἡμῖν ἐν μυστηρίῳ παρεδεξάμεθα. ἅπερ ἀμφότερα τὴν αὐτὴν ἰσχὺν ἔχει πρὸς εὐσέβειαν, & τούτοις οὐδεὶς ἀντερεῖ κἂν κατὰ μικρὸν γοῦν νόμων ἐκκλησιαστικῶν πεπείραται.

e *Epiphan. haeres. 61.* Δεῖ δὲ & παραδόσει κεχρῆσθαι, οὐ γὰρ πάντα ἀπὸ τῆς θείας γραφῆς δύναται λαμβάνειν. διὸ τὰ μὲν ἐν γραφαῖς, τὰ δὲ ἐν παραδόσει παρέδωκαν οἱ ἅγιοι Ἀπόστολοι.

prifes de l'Efcriture : *& pourtant les faincts Apoftres nous ont baillé les vnes en efcrit, les autres par tradition.* Qu'ils alleguent à ce propos ce que fainct Chryfoftome Archeuefque de Conftantinople difoit fur le propre texte de fainct Paul, il y a douze cents ans : [a] *De là il appert que les Apoftres ne nous ont pas tout baillé par lettres, mais nous ont auffi baillé beaucoup de chofes fans lettres. Or les vnes & les autres font dignes de femblable foy.* Qu'ils alleguent à ce propos ce que fainct Auguftin Euefque d'Hippone en Afrique, difoit au mefme temps contre les Donatiftes : [b] *Les Apoftres à la verité n'ont rien prefcrit de cefte matiere : mais cefte couftume doit eftre creuë auoir pris fon origine de leur tradition, comme il y a plufieurs chofes que l'Eglife vniuerfelle obferue ; & pourtant fe croyent à bon droict auoir efté commandées par les Apoftres, encore qu'elles ne foient point écrites.* Que pour fçauoir là deffus, c'eft à dire, fur la premiere & plus generale de toutes les queftions qui font auiourd'huy en difpute, lefquels des Catholiques, ou de leurs aduerfaires, alleguent les Peres fidellement & pertinemment, il ne fe peut, fans apporter & vifiter leurs liures.

Et quant à l'obiection des Miniftres au fonds, qui eft que fainct Auguftin, lequel ils citent foubs le nom commun des Peres, dit, *Que les deux Teftaments des Efcritures font les deux mammelles de l'Eglife.* Répond que s'il falloit prendre ce paffage à la rigueur de la lettre, & non felon la loy des comparaifons & metaphores populaires, qui eft qu'il fuffit qu'elles reüffiffent en la plus-part des cas, & non en tous : au lieu de confirmer leur intentió, il la renuerferoit de tout poinct. Car comme la mere ne tire pas la viande folide qu'elle donne à fes enfans de fes mammelles, ains feulement le laict ; il s'enfuiuroit auffi que l'Eglife ne deuroit puifer de l Efcriture que le laict, & non pas la viande folide qu'elle donneroit aux fiens. Mais ny fainct Auguftin n'entend par là qu'il ne fe puiffe prendre aucune viande folide de l'Efcriture : Car il appelle luy-mefme cefte propofition, *Au commencement eftoit le Verbe,* viande folide : Ny que tout le laict, au fens auquel les Miniftres eftendent ce terme, afçauoir à toutes les particularitez de la Religion Chreftienne, fe puiffe prendre de l'Efcriture. Car il explique luy-mefme ce qu'il entend par ces deux mots, afçauoir, par le mot, *laict,* la doctrine de la baffeffe & humilité de l'humanité de Chrift, & par la *viande folide,* la doctrine de fa diuinité : *Le laict,* dit-il, *c'eft Chrift en fon humilité ; la viande folide, c'eft le mefme Chrift égal à fon pere.* Et pourtant il ne dit pas abfolument, comme les Miniftres luy imputent, *qu'il faut fuccer de là le laict de verité :* mais, *qu'il faut que l'enfant fucce de là le laict de toutes les hiftoires facrées* (car c'eft ce que fignifie là le mot, *Sacramenta*) *gerées temporellement pour le falut eternel, afin que nourry & fortifié, il paruienne à manger la viande folide,*

[a] *Chryfoft in* 2. *Theff. c.* 2. ἐπέσθαι δῆλον ὅτι οὐ πάντα δι᾽ ἐπιστολῆς παρεδίδοσαν, ἀλλὰ πολλὰ καὶ ἀγράφως· ὁμοίως ᾗ κἀκεῖνα ᾖ ταῦτά ἐστιν ἀξιόπιστα.

[b] *Aug. de Bapt. contra Donat. lib.* 5. *cap.* 23.

Auguft. in ep. Ioann. tract. 3.

Ibidem.

Aug. ibid.

Ff

qui est, Au commencement estoit le Verbe. Combien que quand
mesme sainct Augustin auroit dict absolument, qu'il ne faudroit
receuoir aucune chose qui ne fust prise de l'Escriture, il ne s'ensuiuroit pas pourtant qu'il voulust rejetter les traditions verbales
des Apostres. Car outre ce que le propre texte de l'Escriture commande d'obseruer les traditions des Apostres non écrites, & recommande l'authorité de l'Eglise, nommée par sainct Paul *co-*
lomne & firmament de verité, qui en est la garde & depositaire : le
mesme sainct Augustin proteste que ce qui est attesté par le perpetuel témoignage de l'ancienne Eglise vniuerselle, se doit reputer estre attesté, & mediatement par l'Escriture, & immediatement par la tradition Apostolique. Voicy ses paroles, en la decision de la dispute d'entre les Catholiques & les Donatistes : *Et*
pourtant, dit-il, *encore qu'à la verité il ne se produise point d'exemple*
de cela dans les Escritures canoniques, nous suiuons toutesfois, voire en
cela, la verité des mesmes Escritures, quand nous faisons ce qui a pleu
à l'Eglise vniuerselle, laquelle l'authorité des mesmes Escritures recom-
mande. De sorte que puis que la saincte Escriture ne peut tromper, qui-
conque craint d'estre trompé par l'obscurité de ceste question, qu'il con-
sulte celle Eglise, laquelle la saincte Escriture demonstre sans aucune am-
biguité. Item : Cela ouuertement & euidemment nous ne le lisons, ny
moy, ny toy, &c. Mais s'il y auoit quelque sage confident, auquel le
Seigneur Iesus-Christ rendist témoignage, & qu'il fust consulté par nous
sur ceste question, i'estime que nous ne deurions aucunement douter de
faire ce qu'il nous diroit, de peur d'estre iugez repugner, non tant à
luy, qu'à nostre Seigneur Iesus-Christ mesme, par le témoignage duquel
il seroit recommandé. Or il rend témoignage à son Eglise. Et derechef:
Ceste coustume ie la croy venuë de la Tradition des Apostres, comme il
y a beaucoup de choses qui ne se trouuent point en leurs escrits, ny aux Con-
ciles posterieurs : & toutesfois pource qu'elles s'obseruent par toute l'Eglise,
ne sont creuës auoir esté baillées & consignées, sinon par eux.

A ce qu'ils disent que les opinions des Peres estant souuent fort
differentes, y recourir c'est retomber en la longueur, langueur,
& incertitude pretenduës par l'Euesque d'Eureux : Répond que
les anciens Peres & Docteurs Catholiques, non repris & notez par
l'Eglise, ne discordent iamais aux choses qui sont de l'essence, soit
de la Foy, soit des Sacrements, soit des ceremonies vniuerselles de
l'ancienne Eglise. Et d'ailleurs, qu'il y a bien difference entre les
passages où les Peres parlent de leur sens particulier, & ceux où
ils parlent comme témoins & rapporteurs de l'vsage & de la
profession de l'Eglise vniuerselle de leurs siecles ; dautant qu'en
l'vn de ces respects, leur authorité n'est que particuliere, & en
l'autre elle est vniforme & vniuerselle.

Marginalia :

1. Tim. 3.

August. contra Cresc. l.1. c.32.

Aug. de vnit. Eccl. cap. 19.

Aug. de Bapt. contra Donat. lib. 2. cap. 7.

Or eſt-ce en ce ſecond cas ſeul, que l'Eueſque d'Eureux auoit proteſté en ſon écrit à Madame, de vouloir alleguer les Peres ſur les
poinĉts que ſon Alteſſe luy auoit propoſez: partant il ne leur reſte
en ce lieu aucun pretexte de cauiller.

A ce qu'ils diſent que le reſultat des diſputes de chaque iour ſans
les raiſons ſeroit inutile, comme il ſe recueille des Conferences
des Peres auec les heretiques, leſquelles toutesfois ne monſtrent
point que l'vn fuſt inutile ; mais que l'autre, ſe pouuant faire,
eſtoit plus vtile : Répond qu'il auoit déja preuenu ceſte replique,
par la mention de la perte de l'art des anciens Notaires. Car alors
la condition d'écrire les diſputes n'apportoit ny interruption aux
diſputans, ny ennuy aux auditeurs, dautant que les Notaires de
ces ſiecles-là ſuyuoient auec leurs notes les collocuteurs auſſi promptement comme ils parloient. Répond outre cela ledit Eueſque
d'Eureux, que les souſſignez taiſent & diſſimulent frauduleuſe-
ment l'offre qu'il leur auoit faiĉte, non ſeulement de leur accorder l'écrit du reſultat de chaque iour, mais meſme de leur écrire & ſigner toutes les propoſitions prononcées par luy, qu'ils eſti-
meroient eſtre à leur aduantage, & dont ils luy demanderoient
aĉte.

A ce qu'ils diſent qu'il n'y a rien qui face mieux cognoiſtre
l'eſprit qui a gouuerné les Peres du ſecond Concile de Nice, que
les ridicules preuues de leurs fauſſes concluſions: Répond que c'eſt
vn ridicule piege, ou pluſtoſt vn deplorable abyſme d'ignorance & de calomnie, où ils tombent pour n'auoir pas leu les Aĉtes
Grecs & Latins du meſme Concile, mais s'eſtre fiez ſur le rapport
de Caluin, & ſur les impoſtures d'vn certain écrit fauſſement at- Calu. Inſt. lib. 1.
cap. 11. ſeĉt. 14.
tribué à Charlemagne, dont l'autheur non plus ne les auoit ia-
mais veuz, comme celuy meſme qui l'a faiĉt imprimer le confeſſe, & comme la leĉture propre de l'écrit le confirme. Car s'ils
euſſent ietté les yeux ſur les Aĉtes de ce Synode, qui ſe trouuent imprimez en Latin par tout l'Occident, & écrits à la main
en Grec par tout l'Orient, & par toutes les celebres Bibliotheques d'Occident ; ils euſſent recogneu que toutes les paroles que
Caluin impoſe aux Peres de ce Concile, & pour les moyens de
leurs preuues, & pour la teneur de leurs concluſions, ſont autant d'execrables & abominables impoſtures. Comme quand il Calu. ibid.
leur impute qu'ils font ceſt argument : *Nul n'allume vne lampe*
pour la mettre ſur le boiſſeau. Ergo il faut mettre les images ſur les
autels : Au lieu que les paroles du Concile ſont : [a] *Les ſainĉts* a Concil. Nicen.
2. Aĉt. 4. τὸν παρ'
αὐτοῦ δοθέντα αὐ-
τοῖς λύχνον ἐπὶ τὴν
λυχνίαν ἐπέθηκαν τῆς
ὠφελιμωτάτης δι-
δασκαλίας, &c.
Peres qui ont eſté deuant nous, accompliſſans l'ordonnance de
noſtre Seigneur, n'ont point caché la lampe de ſcience qu'il leur
auoit donnée, ſous le muy : mais l'ont colloquée ſur le chandelier

Ff ij

de l'enseignement, afin de luyre à tous ceux qui sont en la maison.
Comme quand il leur fait à croire qu'ils prononcent *Anathéme contre quiconque refusera de rendre le mesme & égal honneur aux images qu'à la sainte Trinité.* Au lieu que tous les Peres du Concile prononcent anatheme contre ceux qui disent que les Chrestiens adorent les images comme dieux: & protestent *qu'ils ne deferent aux images qu'vne simple adoration honoraire, autrement appellée salutation, & ne leur attribuent en aucune sorte l'adoration de latrie, mais la reseruent à la seule sainte Trinité.* Comme quand il dit, *que le mesme Concile chante vn Jubilé à ceux qui ont l'image de Christ, & luy offrent sacrifice.* Chose dont il n'y a vn seul mot dans tout le Concile, qui demande maintenant là haut vengeance à Dieu & à ses Anges de ceste calomnie, ny dans les impostures mesmes de l'écrit faussement attribué à Charlemagne: Mais seulement que *ceux se doiuent réjoüyr, qui font, ayment, venerent, & offrent pour le salut de leur ame & de leur corps, l'image que le Dieu & autheur du sacrifice, &c. a baillée à ses disciples:* c'est à dire, l'Eucharistie. Lesquelles paroles encore ne sont pas les paroles du Concile, mais celles des heretiques refutez par le Concile, que ce Charlemagne Apocryphe a prises pour paroles du Concile. Où es tu, ô Epimenides, qui dressas des autels à la Contumelie & à l'Impudence?

A ce qu'ils disent que la facilité & vtilité de la contestation par écrit se recognent en la Conference qui fut faicte pour Madame de Boüillon, laquelle au sortir de la dispute perseuera en sa creance iusques à la fin de sa vie: Répond que ce ne fut pas la Conference qui fit que Madame de Bouillon demeura en l'estat où elle estoit auparauant, mais la rupture de la Conference, laquelle pour auoir esté commencée de la façon dont ils feignent vouloir commencer ceste-cy, luy fut si ennuyeuse, qu'au bout de huict iours elle fut contrainte, & par la necessité de ses affaires, & par l'impatience des assistants, de quitter tout, & les renuoyer les vns & les autres écrire à loisir en leurs logis, voyant qu'ils n'eussent pas expedié vn article en vn mois.

A l'exemple d'vn argument qu'ils proposent contre l'oblation de l'Eucharistie; pour seruir, disent-ils, de monstre & de preuue comme il est possible & facile d'écrire en conferant: Répond que ceste façon d'entamer la dispute en absence & de loing; est vne manifeste fuitte & rupture de la Conference, & vn dernier & solennel refus de comparoistre personnellement pour soustenir en presence de Madame & des assistants les agonies & extremitez d'vne mauuaise cause, lesquelles il est bien plus facile de dissimuler auec le papier qu'auec le front.

A l'argument au fonds, qui est; *Toute doctrine directement*

contraire à l'Escriture saincte est à reietter: l'Oblation du fils de Dieu, que
les Prestres pretendent faire au Pere celeste en sacrifice reel, &c. est dire-
ctement contraire à l'Escriture saincte. Doncques elle est à reietter: Répond qu'il nie la mineure, asçauoir que l'oblation du fils de Dieu,
telle que les Prestres la pretendent faire en l'Eucharistie, soit contraire à l'Escriture saincte.

A la preuue de la mineure, pour laquelle ils produisent ces passages de l'épistre aux Hebrieux: *Christ s'est offert vne fois: Christ par*
vne seule oblation a consacré les sanctifiez: Il fait trois réponses successiues, afin de leur monstrer triplement la nullité de leur consequence, & leur faire recognoistre combien il y a d'yssuës & d'ouuertures aux filets de leurs Sophismes.

La premiere, que sainct Paul parle là de l'oblation sanglante, de
l'oblation de la Croix, de l'oblation à la mort: ainsi qu'il appert &
par le discours des chapitres precedents, où le mesme sainct Paul
s'estoit déja engagé à parler du sacrifice de la mort de Christ, & à
l'opposer à toutes les oblations sanglantes & mortuaires de la sacrificature Aaronique; & par le propre lieu que citent les Ministres,
où il dit: *Le souuerain Sacrificateur entroit vne fois l'an au second Ta-*   *Hebr. 9.*
bernacle, & non point sans sang, lequel il offroit pour soy-mesme, & pour
les fautes du peuple, &c. Mais Christ souuerain Sacrificateur des biens
futurs, par vn plus grand & plus parfaict Tabernacle, non point faict
de main, c'est à dire, non point de ceste creation, & non point auec sang
de boucs ou de cheureaux, mais auec son propre sang, est entré vne seule
fois és lieux saincts, ayant trouué la redemption eternelle. Par où il monstre qu'il parle de l'oblation correspondante à l'oblation du bouc
que le souuerain Sacrificateur immoloit tous les ans, pour en porter le sang dedans le Sanctuaire: C'est à dire, de l'oblation sanglante. Car il y auoit dans le propre texte de la loy, que S. Paul prend
pour fondement de tout ce discours, asçauoir dans le seiziéme chapitre du Leuitique, deux oblations: l'vne sanglante, & l'autre non
sanglante: l'vne d'vn bouc mis à mort, & l'autre d'vn bouc demeurant en vie: toutes deux figures de Iesus-Christ; & toutes deux,
par le propre témoignage de l'Escriture, & par la confession mes-   *Calu. in Leuit.*
me de Caluin, vrayement oblations, & vrayement sacrifices. *Le*   *cap. 16.*
bouc qui estoit renuoyé vif, dit Caluin, *tenoit lieu d'expiation, afin que*
par sa fuitte & par son éloignement, le peuple fust asseuré que ses pechez
estoient esuanouys: Et cestuy-là estoit le seul sacrifice expiatoire sans sang en
la Loy. Et derechef: *Cestuy-là, comme i'ay dict, estoit le seul sacrifice*
sans sang, ἀναίμακτον: Ce qui se doit entendre des choses animées:
Car il y auoit assez d'autres oblations sans sang en la Loy, com-   *Leuitic. 5.*
me l'oblation de la farine pour le delict du pauure, & autres
semblables. Et finalement ainsi qu'il appert par la suitte &

conclusion du mesme chapitre de sainct Paul allegué par les souſſignez, qui eſt: *Chriſt n'eſt point entré és lieux ſaincts faicts de main*
d'homme, exemplaires des veritables, mais au Ciel meſme, pour comparoi-
ſtre maintenant deuant la face de Dieu pour nous, ny afin de s'offrir luy-
meſme pluſieurs fois, ainſi que le ſouuerain Sacrificateur entre au San-
ctuaire tous les ans auec autre ſang: autrement il luy euſt falu ſouffrir plu-
ſieurs fois depuis la creation du monde. Or maintenant en la conſommation
des ſiecles il eſt comparu vne fois pour l'abolition du peché, par l'immolation
de ſoy-meſme (ou comme porte la verſion Syriaque) par l'oblation de
ſon ame:) Et tout ainſi qu'il eſt ordonné aux hommes de mourir vne fois, &
apres cela le iugement: ainſi Chriſt a eſté offert vne fois, pour enleuer en
haut les pechez de pluſieurs. Par où il ſe vóid qu'il parle de l'oblation
correlatiue à celle du bouc, dont le ſouuerain Sacrificateur portoit
le ſang dedans le ſanctuaire; de l'oblation par laquelle Chriſt eſt
entré au Ciel, vray Sanctuaire des Sanctuaires; de l'oblation par laquelle il a ſubi la condition commune à tous les hommes, qui eſt
de mourir vne fois, par laquelle il a payé & ſouffert la peine de nos
pechez, par laquelle il les a enleuez & portez auec luy ſur le bois,
c'eſt à dire, de l'oblation pœnale, de l'oblation paſſible, de l'oblation ſanglante, de l'oblation à la mort. Et partant qu'il faut interpreter toutes ces clauſes: *Chriſt ne s'eſt offert qu'vne fois: Chriſt a eſté*
offert vne ſeule fois, & autres ſemblables, auec le ſupplément de ce
terme, *à la mort.* Et dire: *Chriſt ne s'eſt offert qu'vne fois à la mort: Chriſt*
a eſté offert vne fois à la mort: Chriſt par vne ſeule oblation à la mort, a
conſommé les ſanctifiez.

Secondement il répond que quand meſme ſainct Paul n'auroit
pas pris là le mot, *oblation,* pour la ſeule oblation ſanglante, mais
auroit voulu dire ſimplement, que Chriſt ne ſe ſeroit offert qu'vne
fois, il ne s'enſuiuroit pas pourtant qu'il euſt pretendu nier le tiltre
& la qualité d'oblation à l'Euchariſtie. Au contraire qu'il n'y a rien
plus commun à vn ſtyle ſuccint, comme eſt celuy de l'Epiſtre aux
Hebrieux, que de conter deux actions ſubordonnées l'vne à l'autre,
deux actions liées d'vnité de temps l'vne auec l'autre, deux actions
dont l'vne ſert d'exorde & d'initiation à l'autre, pour vne meſme
action. Que l'oblation de l'Euchariſtie, & celle de la Croix, furent
faittes toutes deux en vn meſme iour, ſans qu'il ſe paſſaſt rien entre
elles, qui interrompiſt la continuité de l'acte, & ne ſeruiſt de moyen
& progrés de l'vne à l'autre. Que l'oblation de la Croix fut initiée
& dediée en celle de l'Euchariſtie; & celle de l'Euchariſtie reciproquement confirmée & conſommée en celle de la Croix; ayát noſtre
Seigneur offert & conſacré ſon corps en l'Euchariſtie, pour eſtre
mis à mort en la Croix: Au moyen dequoy pour parler auec les
Iuriſconſultes, il eſtoit déja comme mort ciuilement dés le temps

de l'oblation de l'Euchariſtie. Que pour ceſte cauſe ſainct Iean
commence de conter la venuë de l'heure de noſtre Seigneur, à l'inſtitution du ſacrement. *Ieſus*, dit-il, *ſçachant que ſon heure eſtoit ve-*   *Ioan.* 13.
nuë, &c. Que pour ceſte cauſe ſainct Gregoire de Nyſſe prend l'ori-   *Gregor. Nyſſen. de*
gine de la ſupputation des trois iours & des trois nuicts de la pro-   *reſurr. Chriſt.*
phetie de Ionas, à l'Euchariſtie : & dit que pour trouuer ce nombre
entre la mort de noſtre Seigneur & ſa reſurrection, il faut commencer à conter le temps de ſa mort dés le poinct de l'inſtitution de
l'Euchariſtie. Que pour ceſte cauſe Theodoret dit: *Que Chriſt ſ'of-*   *Theodor. in Pſal.*
frit luy-meſme, non ſeulement pour les Iuifs, mais pour tous les hommes;   109.
& initia le Sacerdoce la nuict dont il fut mis en la Croix, quand il prit
le pain & rendit graces, & le rompit, & dit, Cecy eſt mon corps. Que
ſainct Paul meſme, & en la meſme Epiſtre, ſemble conter l'oblation
de la Croix non comme vne oblation totale, mais comme vne conſommation & vn acheuement d'vne autre oblation. Car il compare
le crucifiement de noſtre Seigneur, au bruſlemēt du bouc qui eſtoit
porté & bruſlé hors du camp, apres auoir eſté offert dans le camp
& à l'autel de deuant le Tabernacle. *Des animaux*, dit-il, *dont le ſang*   *Hebr.* 13.
eſtoit introduit dedans le Sanctuaire, les corps eſtoient bruſlez hors du
camp: Et pour ceſte cauſe Jeſus a ſouffert hors de la porte. Et partant
qu'il ne faut point trouuer eſtrange, ſi deux oblations contiguës,
ou pluſtoſt continuës, & liées d'vnité de temps, d'vnité d'agent,
d'vnité de ſujet, d'vnité de relation, d'vnité de depēdance l'vne auec
l'autre: ſainct Paul prenant les choſes en gros, & parlant largement,
les a compriſes ſous vne ſeule & commune oblation. Que les propres Peres qui ont commété ceſte epiſtre, non ſeulement afferment
que l'oblation de l'Euchariſtie offerte par noſtre Seigneur, qui fut
initiatiue & dedicatiue de celle de la Croix; mais que la noſtre meſme, qui n'en eſt que commemoratiue & applicatiue, eſt vne meſme
oblation auec celle de la Croix, tant à cauſe de l'vnité de la victime,
qu'à cauſe de l'vnité de l'occiſion de la meſme victime. Car ny la
ſubſtance de la victime ne ſe multiplie point en chaque Euchariſtie,
comme faiſoient celles des Iuifs, qui offroient auiourd'huy vn a-
gneau, & demain vn autre, mais demeure touſiours vne en nombre: ny l'occiſion de la meſme victime ne ſe multiplie point non
plus, comme faiſoient celles des ſacrifices des Iuifs, où chaque oblation repetée auoit ſon occiſion particuliere: Ains la meſme, ſeule
& vnique occiſion de Chriſt faicte en la Croix, ſans ſe reïterer ſinon
par repreſentation, & en memoire, image & figure, ſert de fondement commun à toutes les oblations ſubſequentes, leur communiquant ſon merite & ſa vertu, par la preſence du corps auquel elle
a eſté ſoufferte. De ſorte que noſtre ſacrifice, & quant à la choſe
offerte, eſt le meſme ſacrifice reellement que celuy de la Croix, &

Ff iiij

non vn autre sacrifice diuers en nombre, comme ceux des Iuifs l'estoient les vns des autres : & quant à l'occision, est le mesme sacrifice representatiuement, c'est à dire, l'image, la memoire, & la representation du mesme sacrifice, & non vn autre sacrifice absolument & par soy, comme les sacrifices reïterez des Iuifs, qui ne representoient pas seulement l'occision des precedents, mais contenoient reellement & actuellement chacun vne occision particuliere. *a Quoy donc ?* (dit sainct Chrysostome sur ce lieu:) *Et nous autres n'offrons nous pas tous les iours ? Si faisons certes, nous offrons, mais celebrants la memoire de sa mort : & ce sacrifice est vn, & non plusieurs : Comment vn, & non plusieurs ? pource qu'il a esté vne fois offert & introduit au Sanctuaire des Sanctuaires. Cecy est figure de cela, & ceste oblation est figure de celle-là. b Nous offrons tousiours le mesme Christ, non maintenant vn autre, mais tousiours le mesme : Par ainsi c'est vn mesme sacrifice en ceste sorte. Autrement pource qu'il est offert en plusieurs lieux, sont-ce plusieurs Christs ? Nullement, mais vn mesme Christ par tout, icy entier, & là entier, vn mesme corps. Comme donc estant offert en plusieurs lieux, c'est neantmoins vn mesme corps, & non plusieurs : ainsi est-ce vn seul sacrifice. C'est nostre souuerain Sacrificateur qui a offert l'hostie de nostre expiation : Nous offrons la mesme qui a esté offerte lors, & qui est inconsumptible. Cecy se fait en memoire de ce qui fut fait lors : car il dit : Faittes cecy en memoire de moy. Nous n'offrons point vn autre sacrifice, comme le Pontife, mais faisons tousiours le mesme, ou plustost la commemoration du mesme sacrifice.* Et le commentaire attribué à sainct Ambroise : *Quoy donc ? nous autres n'offrons-nous pas tous les iours ? Nous offrons certes, mais faisans memoire de sa mort : Et ceste hostie là est vne, & non plusieurs. Comment vne, & non plusieurs ? Pource qu'elle a esté offerte vne fois au Sanctuaire, Ce sacrifice est l'exemplaire de cestuy-là. Nous offrons tousiours le mesme, & non pas maintenant vn aigneau, & demain vn autre aigneau, mais tousiours le mesme : Et par ainsi ce sacrifice est vn. Autrement pource qu'il est offert en plusieurs lieux, sont-ce à ce conte plusieurs Christs ? Rien moins ; mais vn mesme Christ par tout, existant icy entier, & là entier, vn mesme corps. Car comme celuy qui est offert par tout, est vn mesme corps, & non plusieurs corps : ainsi est-ce vn mesme sacrifice. C'est nostre Pontife qui a offert l'hostie qui nous purifie : Nous offrons encore la mesme maintenant, laquelle a esté lors offerte, & ne peut estre consumée, &c.* Et Primasius disciple de sainct Augustin, & Euesque d'Vtique en Afrique, *Que dirons-nous doncques ? nos Prestres ne font-ils pas tous les iours le mesme ? N'offrent-ils pas assiduellement sacrifice ? Ils l'offrent, à la verité, mais en memoire de sa mort : Car nous pechons tous les iours, & auons tous les iours besoin d'estre purifiez : Et parce qu'il ne peut plus mourir, il nous a donné le Sacrement de son corps & de son sang, afin que*

a Chrysost. in ep. ad Hebr. c. 9. Τί οὖν ἡμεῖς καθ' ἑκάστην οὐ προσφέρομεν; προσφέρομεν, &c.

b τὸν γὰρ αὐτὸν ἀεὶ προσφέρομεν· οὐ νῦν μὲν ἕτερον, ἀλλὰ ἀεὶ τὸν αὐτόν. ὥστε μία ἐστὶν ἡ θυσία ἐπὶ τῷ λόγῳ τούτῳ, ἐπειδὴ πολλαχοῦ προσφέρεται, πολλοὶ Χριστοί; μηδαμῶς. ἀλλ' εἷς πανταχοῦ ὁ Χριστὸς, καὶ ἐνταῦθα πλήρης ὤν, καὶ ἐκεῖ πλήρης, ἓν σῶμα. ὥσπερ οὖν πολλαχοῦ προσφερόμενος ἓν σῶμα ἐστι, καὶ οὐ πολλὰ σώματα, οὕτω καὶ μία θυσία. ὁ ἀρχιερεὺς ἡμῶν ἐκεῖνός ἐστιν, ὁ τὴν θυσίαν τὴν καθαίρουσαν ἡμᾶς προσενεγκών. ἐκείνην προσφέρομεν καὶ νῦν τὴν τότε προσενεχθεῖσαν, τὴν ἀνάλωτον, &c. Ambr. in ep. ad Hebr. c. 9.

Primas. in epist. ad Hebr. c. 9.

comme *fa paßion a esté la redemption & l'absolution du monde : ainsi
ceste oblation soit redemption & purification à ceux qui l'offrent en vraye
foy. Et derechef: C'est la diuinité du verbe qui remplit tout, & est tout
par tout, qui fait que ce ne sont point plusieurs sacrifices, mais vn seul ;
& que c'est vn mesme corps auec celuy qu'il a pris au ventre de la Vierge,
& non plusieurs corps ; & que nous n'en offrons point maintenant vn
grand, & tantost vn moindre, ny auiourd'huy vn, & demain vn autre ;
mais tousiours le mesme, & ayant mesme grandeur : Et par ainsi c'est vn
mesme sacrifice de Christ, & non diuers, comme estoient les leurs. Car si
autrement estoit, puis qu'il est offert en plusieurs lieux, ce seroient diuers
Christs ; Or ja n'aduienne. C'est donc vn mesme Christ par tout, existant
icy entier, & là entier, ayant par tout vn mesme corps entier : Et comme
celuy qui est offert par tout, est vn mesme corps : ainsi aussi est-ce vn mesme
sacrifice. Et Theophylacte: Et nous autres n'offrons nous pas des hosties*
non sanglantes ? ouy certes, mais faisants memoire de la mort du Seigneur:
*Et ceste hostie est vne, & non plusieurs ; dautant qu'il a esté offert vne
seule fois : Car nous offrons tousiours le mesme, ou plustost faisons memoire de l'oblation par laquelle il s'offroit, comme si elle se faisoit maintenant : Et par ainsi c'est vn mesme sacrifice. Car quant à la question,
soubs ombre qu'il est offert en plusieurs lieux, sont-ce plusieurs Christs ?
Nullement, mais vn mesme Christ, icy entier, & là entier & parfaict, vn
mesme corps. Car comme Christ offert en plusieurs lieux est vn mesme corps,
& non plusieurs corps : ainsi c'est vn mesme sacrifice : Car nous offrons la
mesme hostie qui fut lors offerte: là où en la Loy l'aigneau qui auoit esté offert hyer, estoit vne autre victime que celuy d'aujourd'huy : Et l'aigneau
offert auiourd'huy n'estoit point vne commemoration de l'oblation d'hyer,
mais faisoit par luy-mesme vn sacrifice à part.*

Theophyl. in epist. ad Hebr. c. 9.

 Tiercement il répond, que quand mesme il accorderoit par pitié aux Ministres de ne les estouffer point de ces deux solutions precedentes: il ne s'ensuiuroit pas pourtant qu'ils peussent rien inferer
des paroles de sainct Paul contre l'oblation de l'Eucharistie. Car
sainct Paul ne traitte en tous ces lieux-là que de l'oblation pour le
peché : *Ce que le souuerain Sacrificateur, dit-il, faisoit tous les iours,*
(asçauoir d'offrir pour les pechez du peuple) Christ l'a fait vne fois en
s'offrant soy-mesme. Item: *Christ a esté offert vne fois, pour enleuer sur*
soy les pechez de plusieurs. Item: *Christ ayant offert vne hostie pour les*
pechez, se sied desormais eternellement à la dextre de Dieu. Item: *Là où*
il y a remission des pechez, il n'y a plus d'oblation pour le peché. Or ne te-
nons-nous pas que l'oblation de l'Eucharistie soit oblation pour le
peché, au sens auquel sainct Paul prenoit là ce mot: Car sainct Paul
parloit là de l'oblation pour le peché absoluëment & par elle mesme, de l'oblation propitiatoire absoluëment & par elle mesme. Et
nous, nous ne croyons pas que l'Eucharistie soit oblation pour le

Hebr. 7.
Hebr. 9.
Hebr. 10.

peché, & oblation propitiatoire, abſoluëment & par elle meſme,
mais par application de celle de la Croix. Car pour faire qu'vne
oblation ſoit oblation pour le peché abſoluëment & par elle meſme; qu'elle ſoit oblation propitiatoire abſoluëment & par elle meſme; il faut qu'elle contienne actuellement la peine portée & payée
pour le peché. Or l'oblation de l'Euchariſtie ne contient pas actuellement la mort de noſtre Seigneur Ieſus-Chriſt, qui eſt la vraye &
vnique peine ſuffiſante pour le peché : mais ſeulement la repreſente, & nous en applique la vertu & le merite. Au moyen dequoy ce
mot, *Oblation pour le peché*, n'eſtant pas commun en meſme ſens, &
comme diſent les Dialecticiens, vniuoquement à l'vne & à l'autre
oblation : ils n'en peuuent inferer nulle iuſte conſequence. Et ne
faut point qu'ils repliquent là deſſus, que les oblations Iudaïques
n'eſtoient pas non plus abſoluëment & par elles meſmes ſacrifices
pour le peché, & oblations propitiatoires ; & donc n'eſtoient non
plus excluſibles apres le ſacrifice de la Croix, que celles de l'Euchariſtie. Car premierement il eſt certain qu'encore que quant à la lumiere de la verité Euangelique, toutes ces oblations-là ne fuſſent
qu'ombres & figures de la vraye oblation originale & abſoluë ; &
que l'eſprit prophetique qui ſe cachoit ſous le voile de la Loy, &
conduiſoit l'ame & la plume de Moyſe, les regardaſt en ceſte acception : neantmoins quant à la profeſſion externe de la Loy, elles
eſtoient propoſees en tiltre d'oblations propitiatoires abſoluëment
& par elles meſmes : & les Iuifs qui ſ'attachoient à l'écorce & à la lettre de la Loy, les obſeruoient en ceſte qualité. *Celuy*, dit ſainct Auguſtin, *qui ſ'attache à la lettre, quand il oyt le mot de ſacrifice, n'éleue
point ſa penſee pardeſſus le ſacrifice des victimes des animaux ou des fruicts
de la terre.* Et derechef : *Encore qu'ils obſeruaſſent les ſignes des choſes
ſpirituelles pour les choſes meſmes, ne ſçachant à quoy elles deuoient eſtre
referées : neantmoins ils auoient ceſte creance imprimée en leurs cœurs, que
par vne telle ſeruitude ils plaiſoient au Dieu vnique & commun de tous,
lequel ils ne voyoient point.* Et à cela contribuoit encore de la part des
meſmes ſacrifices, la condition de leur nature, qui eſtoit, que ſe
faiſants par occiſion d'animaux & effuſion de ſang, ils portoient
ſur le front vn certain charactere externe, vne certaine marque
parlante, vne certaine proteſtation viſible de ſacrifices abſoluëment & par eux-meſmes propitiatoires. Car ceſte occiſion & ceſte peine de mort que l'on faiſoit ſouffrir aux victimes legales,
eſtoit comme vne mort vicariale, & vne tranſlation de la peine
meritée par l'offrant, ſur la choſe offerte. Au moyen dequoy, ſi
toſt que le vray ſacrifice propitiatoire par ſoy-meſme, eſt arriué, il a fallu que toutes ces propitiations pœnales & mortuaires ayent ceſſé, afin de ne retenir point les eſprits attachez à ces

*Auguſt. de doct.
Chriſtian. lib.3.
cap. 5.
Ibid. c. 6.*

peines externes & legales, & ne les arreſter point à croire que telles occiſions fuſſent vrayes peines ſatisfactoires & propitiatoires
par elles meſmes. Secondement il eſt certain que combien que
ces ſacrifices Iudaïques, conſiderez ſouz l'ombre externe de la
Loy, qui faiſoit voir les figures pour les choſes, ſemblaſſent auoir
plus de priuilege que ne s'en attribuent les oblations de l'Euchariſtie, aſçauoir, d'eſtre propitiatoires abſoluëment & par eux-
meſmes : neantmoins examinez & comparez à la verité de l'E-
uangile, ils n'auoient rien du tout : Car au fonds ils n'eſtoient,
ny par eux-meſmes propitiatoires, ny par eux meſmes applicatifs du vray ſacrifice propitiatoire ; dautant qu'ils ne contenoient
aucune ſubſtance, ny aucune vertu diuine qui les peuſt faire
ſeruir de cauſe inſtrumentale, pour appliquer le merite & l'effect
du ſacrifice de la mort de Chriſt ; & n'eſtoient agreables à Dieu,
que de la ſeule part de la foy & obeïſſance de ceux qui les offroient. Et pourtant quand le vray ſacrifice propitiatoire par
ſoy-meſme eſt arriué, il a fallu que toutes ces ombres & figures
creuſes & vuides, ayent ceſſé, non ſeulement comme ſignes ce-
dants à la verité, mais comme ſignes deſtituez, & de la ſubſtance, & de l'effect de la verité ; comme ſignes releguez ſous le nom
d'infirmes & diſetteux elements ; comme ſignes qui n'exhiboient
ny appliquoient ce qu'ils ſignifioient ; & bref comme ſignes,
vains, inutiles & imparfaicts, c'eſt à dire, de la condition de
leur Loy, qui n'amene rien à perfection, & ne contient que l'ombre, & non la verité des choſes. Tiercement, il eſt certain que
ces ſacrifices-là, conſiderez meſme comme nuds ſignes, n'eſtoient
pas ſimplement ſignes figuratifs, mais ſignes preſiguratifs, ſignes
auant-coureurs, ſignes promettants, ſignes (s'il faut dire ainſi)
parlants par paroles de futur. Au moyen dequoy, quand la verité de ce qu'ils promettoient & preſiguroient, eſt arriuée, il a fallu qu'ils ayent ceſſé : Autrement ils euſſent démenty par leur
prorogation l'aduenement de la verité qu'ils annonçoient com-
me future. *Ces ſacrifices-là* (dit ſainct Auguſtin) *comme paroles*   Aug. in Pſ. 39.
promettantes, ont eſté oſtez. Et qu'eſt-ce qui a eſté donné pour parole
accompliſſante ? Le corps que vous cognoiſſez ; Le corps que vous ne co-
gnoiſſez pas tous, Le corps que vous tous qui le cognoiſſez, à la mienne
volonté que vous ne le cognoiſſiez pas à voſtre jugement. Car toutes
ces oblations pœnales, où eſtoient offertes des hoſties auſquelles
on faiſoit porter legalement par leur mort, la peine des pechez
des hommes, monſtroient que Dieu exigeoit encore lors des
hommes vne oblation pœnale, vne oblation paſſible, vne oblation d'vne hoſtie qui deuoit ſouffrir & mourir pour le peché du
genre humain. Et par conſequent, depuis que la vraye oblation

pœnale a esté offerte, depuis que l'hostie qui deuoit porter sur
soy la peine de nos pechez, a esté immolée, depuis qu'elle a
pleinement & suffisamment satisfait à cest office, il n'a plus esté
ny necessaire, ny licite d'offrir aucunes oblations pœnales : mais
seulement de nous appliquer par des oblations subalternes,
& par des sacrifices de religion, le merite & la vertu de cest
vnique sacrifice de redemption, lequel encore que Dieu ayt institué plusieurs moyens pour nous l'appliquer (car toute la foy,
tous les sacrements, & toutes les bonnes œuures, ne tendent à autre fin) neantmoins il n'y en a point vn plus auguste, plus conuenable à la condition & dignité de la chose, plus vniuersel, & plus
agreable à Dieu, que celuy de l'oblation de l'Eucharistie. Car outre
ce qu'il ne nous l'applique pas seulement personnellement, comme fait le Baptesme, & les autres Sacrements, qui ne seruent
qu'aux seules personnes à qui ils sont particulierement conferez:
mais l'applique en commun à tous ceux pour qui il est offert, selon la mesure conuenable à la prouidence de Dieu & à leur disposition; Il nous l'applique outre cela par la maniere la plus correspondante à sa cause originale, asçauoir, par forme d'oblation & de sacrifice : par la maniere la plus propre à imprimer
dans nos cœurs la memoire & le ressentiment d'vne telle grace, &
à les attendrir d'amour, de passion & de gratitude, asçauoir, en nous
representant ceremonialement la mort de celuy qui nous l'a acquise; & en nous exhibant reellement le propre corps auquel il
nous l'a acquise : Et finalement par la maniere la plus agreable à
Dieu, auquel, au mesme temps que nous impetrons de luy nouuelles faueurs par ceste oblation religieuse, au mesme temps nous luy
rendons graces & remerciements des precedentes par ce mesme
sacrifice, qui est le seul vray sacrifice d'action de graces; dautant
qu'il contient l'autheur de toutes graces; le seul vray sacrifice de
loüange, dautant qu'il contient celuy *par lequel nous pouuons tous-*
jours offrir à Dieu hostie de loüange; & bref le seul vray culte externe de Latrie & d'honneur souuerain, que nous pouuons rendre
à Dieu, pour hommage & tribut public & perpetuel de nostre seruitude.

　　A ce qu'ils disent contre la premiere resolution, que S. Paul écrit,
que *si Christ s'offroit plusieurs fois, il faudroit qu'il eust souffert plusieurs*
fois depuis la creation du monde : Et donc qu'il ne peut y auoir eu d'o-
blation de Christ non sanglante. Répond que ce lieu là de S. Paul
ne dit point, ny que Christ ne s'est offert qu'vne fois; mais *qu'il n'est pas*
entré au Ciel pour s'offrir plusieurs fois : ny *que s'il s'offroit plusieurs fois,*
il faudroit qu'il eust souffert plusieurs fois depuis la creation du monde:
mais que si Christ s'offroit plusieurs fois, comme les souuerains
Pontifes

Pontifes offroyent les victimes annuelles, quãd ils entroient touts les ans auec fang au Sanctuaire ; il euft fallu qu'il euft fouffert plu- fieurs fois depuis la creation du monde. *Jefus*, dit-il, *n'eft point entré au Sanctuaire faict de main, modelle du veritable, mais au Ciel mefme, pour comparoiftre maintenant deuant la face de Dieu pour nous: ny afin qu'il s'offre plufieurs fois foy-mefme, comme le fouuerain Sacri- ficateur entroit au Sanctuaire touts les ans auec autre fang. Autrement il luy euft fallu fouffrir plufieurs fois depuis la creation du monde.* Et que de produire des propofitions modifiees & relatiues, pour en infe- rer des propofitions fimples, & dire: *Chrift n'eft pas entré au Ciel pour s'offrir plufieurs fois :* Ergo Chrift ne s'eft point offert plufieurs fois: *Chrift ne fe fuft peu offrir plufieurs fois, comme le fouuerain facri- ficateur offroit les victimes touts les ans, pour en porter le fang dedans le Sanctuaire, fans fouffrir plufieurs fois :* Ergo Chrift ne fe fuft peu of- frir plufieurs fois, fans fouffrir plufieurs fois: *Chrift a faict vne fois en s'offrant foy-mefme, ce que le fouuerain Sacrificateur de la Loy faifoit tous les iours,* afçauoir d'offrir des facrifices fanglants pour les pe- chez du peuple: Ergo Chrift ne s'eft offert qu'vne fois : *Chrift a efté offert vne fois pour enleuer en haut les pechez de plufieurs:* Ergo Chrift n'a efté offert qu'vne fois : *Chrift par vne feule oblation a confom- mé eternellement les fanctifiez.* Ergo Chrift n'a fait qu'vne oblation: *Chrift a offert vne feule hoftie pour les pechez:* Ergo il ne l'a offerte qu'vne fois , & ne l'a point offerte plufieurs fois, en diuerfes ma- nieres, & pour diuerfes caufes fubordonnées les vnes aux autres: Ce font toutes illufions & preftiges.

A ce qu'ils ajouftent, *Que là où il y a remißion de pechez, il n'y a plus d'oblation pour le peché.* Répond, outre les folutions precedentes, qu'il a plus que fuffifamment répondu à ce paffage au 276. fueillet de la Refutation de Mᵉ Daniel Tilenus ; & montré que S. Paul ne veut enfeigner là autre chofe, finon qu'au fens où la remiffion des pechez a efté accóplie, il ne refte plus de facrifice pour les pechez: C'eft à dire, que la remiffion generale & originale de touts les pe- chez du monde, ayãt efté obtenuë en la Croix de la part de Chrift noftre fouuerain Sacrificateur, qui a porté nos pechez fur le boys, qui eft propitiation pour nos pechez, mais pour ceux de tout le monde ; il n'y a plus de facrifice à attendre de fa part : il a accom- ply pour fon regard , entant que Sacrificateur, tout ce qui eftoit de fon office. Mais que la remiffion en detail, la remiffion par- ticuliere , la remiffion applicatiue de nos pechez , n'eftant pas encore obtenuë de la part de nous, qui fommes obligez de dire touts les jours, *Pardonne nous nos pechez ;* il ne s'enfuit pas qu'il n'y ayt plus de facrifice à offrir de noftre part , pour nous appliquer la vertu de ce facrifice general de redemption,

Hebr.9.

Hebr.9.

Hebr.7.

Hebr.9.

Hebr.10.

Ibid.

Hebr.10.

1.Petr.2.
1.Ioan.2.

Matth. 6.

Gg

& de ceste remission originale & vniuerselle des pechez, qui a esté obtenuë en la Croix. Et partant qu'ils recourent audit écrit, s'ils veulent.

A ce qu'il leur reste à dire, qui est, que c'est chose estrange, qu'en ceste epistre où S. Paul compare la Sacrificature de Iesus Christ, auec la sacrificature ancienne : il ne face aucune mention de son oblation non sanglante. Répond que c'eust esté encore chose plus estrange s'il l'eust fait, veu qu'il ne luy estoit lors ny necessaire, à cause qu'il s'estoit seulement proposé de comparer le sacrifice de la mort de Christ, auec les sacrifices sanglants & mortuaires du sacerdoce Aaronique : ny licite, à cause (comme a remarqué S. Hierosme il y a douze cents ans) que c'estoit vne epistre qui auoit à courir par les mains des infidelles, deuant lesquels les premiers docteurs & fondateurs de l'Eglise tenoiét pour sacrilege (s'ils n'y estoient euidemment forcéz) de découurir les mysteres de l'Eucharistie. *Hier. ep. ad Euag. tom. 3.* *L'Apostre*, dit S. Hierosme, *proteste qu'il auoit vn grand propos & ininterpretable sur le sacerdoce de Melchisedech: nó que l'Apostre ne le peust interpreter, mais pour ce que ce n'estoit pas lors le temps: Car il écriuoit aux Hebrieux, c'est à dire aux Iuifs & non aux fidelles, ausquels il luy fust licite de découurir indifferemment le Sacrement.* Ce que sainct Hierosme toutesfois ne dit pas pour nier que ceste epistre ne fust addressee aux Iuifs conuertis, mais dautát qu'elle estoit faite pour estre communiquee par eux à toute la nation: Et pourtant il faut interpreter *aux Iuifs*, c'est à dire, *pour les Iuifs*. Qu'il suffit au reste qu'au seul lieu où S. Paul a parlé de l'Eucharistie, & encore en passant & par occasion, qui est en la premiere aux Corinthiens, il y a laissé des traces visibles de ce sacrifice, non seulement en comparant par antithese, la table du Seigneur (mot attribué par Malachie mesme, au propre autel du temple) auec l'autel des Iuifs, & auec ceux des Payens; & l'Eucharistie, auec les hosties des vns & des autres: Mais mesme en rendant ces paroles, *Cecy est mon corps, qui est donné pour vous* (paroles d'oblation & de sacrifice: car estre donné pour nous, & estre offert pour nous, sont choses equipollentes) par celles-cy, *Cecy est mon corps, qui est rompu pour vous*: lesquelles ne se peuuent referer directemét sinon au corps de Christ contenu sous les especes sacramentales. Cela, dit S. Chrysostome, *se peut voir accomply en l'Eucharistie, & non en la Croix: Au contraire l'Escriture dit; Vous ne romprez vn seul de ses os.* a *Mais ce qu'il n'a point souffert en la Croix, il le souffre en l'oblation pour toy.* Qu'il suffit que S. Luc son principal disciple, l'a si bien imité au Sacrement du Calice, en disant; *Ceste est la coupe, le nouueau Testament en mon sang, espandue pour vous*, que Beze recognoist luy mesme, que ce mot, *espandue pour vous*, ne peut estre referé ailleurs qu'à la coupe,

1. Corinth. 10.

Malach. 1.

1. Corinth. 11.

Chrysost. in 1. Corinth. hom. 44. a Ἀλλ᾽ ὃ γε οὐκ ἔπαθεν ἐπὶ τοῦ σταυροῦ, τοῦτο πάσχει ἐπὶ τῆς προσφορᾶς διὰ σε.

Luc. 22.

Bez. ann. in Luc. 22.

fans vn manifefte aueu, ou de folœcifme, ou de corruption au
texte Grec de l'Euangile. Et bref, Que qui voudroit de toutes
les reticences & apparences de negations tacites, dont l'epiftre
aux Hebrieux eft pleine, à caufe de la grandeur de fes conceptions
& briefueté de fes paroles, inferer des negations expreffes : il faudroit de ce qu'elle dit, *qu'il ne refte point d'hoftie pour ceux qui pechent*   *Hebr.10.*
volontairement apres la cognoiffance de la verité, inferer auec les Nouatiens, qu'il n'y a point de penitence apres le Baptefme: De ce
qu'elle dit, *que Melchifedech n'auoit eu ny commencement de iours, ny*   *Hebr.7.*
fin de vie, inferer auec les Melchifedeciens, que ce n'eftoit pas vn
homme, mais le S. Efprit: De ce qu'elle femble dire, *que le Fils a*   *Hebr. 1. & 3.*
efté faict, & n'exprime point felon quelle nature; inferer auec les
Arriens, que le Fils eft creature : De ce qu'elle dit, *Qu'il a efté im-*   *Hebr.9.*
pofé à tous les hommes de mourir vne feule fois; inferer que les morts
refufcitez par noftre Seigneur & fes Prophetes & Apoftres, ne fõt
point morts deux fois: De ce qu'elle dit, *Que Chrift apparoiftra la fe-*   *Ibid.*
conde fois fans peché, que noftre Seigneur n'eft pas apparu la premiere fois fans peché: De ce qu'elle dit, *Que Chrift n'a pas efté cõme le fou-*   *Hebr.7.*
uerain facrificateur des Juifs, qui auoit befoing d'offrir tous le iours, premie-
rement pour fes pechez, & puis pour ceux du peuple, dautant qu'il a
faict cela vne fois en s'offrant foy-mefme: que noftre Seigneur a offert
pour fes pechez, & pour les noftres : De ce qu'elle dit, *que des ani-*   *Hebr.13.*
maux dont le fang eftoit porté dedans le fanctuaire, les corps eftoient bruf-
lez hors du camp, & que pour cefte caufe Iefus a fouffert hors de la porte:
que le facrifice de la Croix ne fut pas vn vray facrifice, mais vn ap-
pendice & acheuement de facrifice. Et ainfi des autres.

A ce qu'ils crient que l'Eglife Romaine eft l'ouuriere & l'architecte de cefte oblation inuifible & non fanglante: Répond que
c'eft vne vifible & fanglante calomnie: & que ce n'eft point particulierement l'Eglife Romaine (en l'vfage où ils prennent ce terme) qui nous enfeigne la doctrine de l'oblation de l'Euchariftie:
Mais que toute l'ancienne Eglife vniuerfelle, tous les anciens Peres Grecs & Latins, toutes les anciennes Eglifes d'Afrique, d'Europe, & d'Afie, ont toufiours creu, prattiqué, & enfeigné, que
l'Euchariftie eftoit oblation & facrifice, au mefme fens, auquel
nous le croyons, prattiquons, & enfeignons.

S. Ignace il y a quinze cens trente ans: *Ils ne reçoiuent point (dit-*   *Ignat. apud*
il, parlant de certains heretiques) les oblations & les Eucharifties,   *Theod.Dial.3.*
parce qu'ils ne croyent pas que l'Euchariftie foit la chair de noftre Sauueur   Εὐχαριστίας καὶ
Iefus Chrift.   προσφορὰς οὐκ
ἀποδέχονται, διὰ τὸ
S. Irenée il y a quatorze cens trente ans: *Il a pris le pain d'entre les*   μὴ ὁμολογεῖν ᾖ εὐ-
creatures, & l'a protefté eftre fon corps, & a femblablement confeffé que   χαριστίαν σάρκα εἶ-
le calice eft fon fang, & a enfeigné la nouuelle oblation du nouueau tefta-   ναι τοῦ σωτῆρος ἡ-
μῶν ἰησοῦ χριστοῦ.
Iren. l. 4. c. 32.

ment, laquelle l'Eglise ayant receuë des Apostres, elle l'offre par tout le monde à Dieu.

Tertull. l. de orat. c.14.

Tertullian il y a quatorze cens ans: *Ton ieusne ne sera-il pas plus solemnel si tu assistes à l'autel de Dieu? Ayant pris le corps du Seigneur, & l'ayant reserué, l'vn & l'autre demeure en son entier, & l'execution de l'office & la participation du sacrifice.*

Cypria. ep. 63. ad Cæcil.

Sainct Cyprian il y a treize cents cinquante ans: *Christ a offert sacrifice à Dieu son pere, & celuy mesme que Melchisedech auoit offert, à sçauoir, le pain & le vin, c'est à dire, son corps & son sang.* Et derechef: *Le Prestre offre alors vn vray & plein sacrifice en l'Eglise à Dieu le Pere, s'il offre comme il void que Iesus Christ a offert.* Et en l'Epistre à l'Eglise de Furnes: *Les Euesques nos predecesseurs, par vne Religieuse consideration & prouidence salutaire, ont ordonné que si quelque frere decedant nomme vn clerc pour tuteur ou curateur, on n'offre point d'oblation pour luy, ny qu'on ne celebre point de sacrifice pour son deceZ: Car celuy ne merite pas d'estre nommé à l'autel de Dieu en la priere des Prestres, qui a voulu destourner les Prestres & Ministres de l'autel.*

Euseb. in vita Constant. l. 4.
οἱ δὲ, &c. θυ-
σίαις ἀναίμοις καὶ
μυστικαῖς ἱερουργίαις
τὸ θεῖον ἱλάσκοντο.
Cyril. Hieros. ca-
tech. mystag. 5.
a ἵνα ποιήσῃ τὸν
μὲν ἄρτον, σῶμα
χριστοῦ, τὸν δὲ οἶ-
νον αἷμα χριστοῦ,
&c.
b ἐπὶ τῆς θυσίας τῆ
ἱλασμῆ παρακα-
λοῦμεν τὸν θεὸν, ὑπὲρ
κοινῆς τῶν ἐκκλη-
σιῶν εἰρήνης, &c.
c δεόμεθά σου πάν-
τας ἡμᾶς & ταύτην
προσφερομεν σοι τὴν
θυσίαν, &c.
d ὅπως ὁ θεὸς εὐ-
χαῖς αὐτῶν, &
πρεσβείαις προσδέ-
ξηται ἡμῶν τὴν
δέησιν, &c.
e μεγίστην ὄνησιν πι-
στεύοντες ἔσεσθαι
ταῖς ψυχαῖς ὑπὲρ
ὧν ἡ δέησις ἀναφέ-
ρεται τῆς ἁγίας &
φρικωδεστάτης
προκειμένης θυ-
σίας, &c.
f ἐξιλεούμενοι ὑπὲρ
αὐτῶν & ἡμῶν τὸν
φιλάνθρωπον.
Greg. Nyss. orat.
1. de resur. Christi.
Ambr. epist. 33.

Eusebe il y a pres de treize cens ans: *Les vns, dit-il, ornoient la feste par prieres & sermens, &c. Les autres (ajouste-t'il) propitioient Dieu par sacrifices non sanglants & hierurgies mystiques.*

Sainct Cyrille de Hierusalem il y a douze cents cinquante ans: *Nous prions le Dieu amateur des hommes, d'enuoyer son S. Esprit sur les dons là presentez,* [a] *afin qu'il en face du pain le corps de Christ, & du vin le sang de Christ: Car ce que le S. Esprit touche, il est entierement sanctifié & transmué. Apres cela le sacrifice spirituel estant preparé, le seruice non sanglant,* [b] *sur l'hostie de propitiation nous inuoquons Dieu pour la commune paix de l'Eglise.* Et derechef: [c] *Nous te prions & t'offrons ce sacrifice, en commemoration de ceux qui sont morts deuant nous, Patriarches, Prophetes, Apostres, Martyrs,* [d] *afin que Dieu par leurs prieres & intercessions, recoiue nostre supplication: Apres pour touts ceux qui nous ont precedez, Saincts Peres & Euesques: & en somme pour touts ceux qui sont decedez deuant nous:* [e] *croyants que c'est vne grande vtilité aux ames pour lesquelles est offerte la supplication de ceste redoutable hostie qui est là gisante.* Et vn peu apres: *Nous offrons pour les morts Christ immolé pour nos pechez,* [f] *rendants propice à eux & à nous, l'amateur des hommes.*

S. Greg. de Nysse il y a douze cents trente ans: *Nostre Seigneur preuenant l'aggression violente des Iuifs, s'offrit pour victime, estant luy mesme le Prestre & l'Aigneau. Vous me demanderez quand cela fut? Lors qu'il donna son corps à manger, & son sang à boire à ses disciples.*

Sainct Ambroise il y a douze cents vingt ans: *Ie demeuray, dit-il, en mon office, & commençay à faire la Messe: Pendant que s'offrois, i'oüy que le peuple s'estoit saisy d'vn certain Castulus, que les Arriens*

diſoient eſtre Preſtre, lequel auoit eſté trouué en paſſant par la place: Ie me
mis à pleurer tres-amerement, & à prier Dieu en l'acte meſme de l'obla-
tion, qu'il ne ſe fiſt point d'effuſion de ſang en la cauſe de l'Egliſe. Et en ſon *Idem in Pſal. 38.*
commentaire ſur le Pſeaume 38. *Nous auons veu le Prince des Sacri-*
ficateurs venant à nous: Nous l'auons veu, & l'auons oüy, offrant ſon ſang
pour nous: Suiuons-le nous autres Preſtres comme nous pouuons en offrant
ſacrifice pour le peuple, bien qu'infirmes en merite, honnorables toutesfois en
ſacrifice: Car jaçoit que Chriſt ne ſoit plus veu offrir maintenant, toutes-
fois il eſt offert en terre quand ſon corps eſt offert : voire il monſtre qu'il offre
luy-meſme en nous, puis que c'eſt ſa parole qui ſanctifie le ſacrifice qui eſt of-
fert. Et au quatriéme liure des Sacrements, rapportant les paro- *Idem l. 4. de Sa-*
les du Preſtre au ſacrifice de l'autel: *Nous t'offrons ceſte immaculee ho-* *cra. c. 6.*
ſtie, ceſte hoſtie raiſonnable, ceſte hoſtie non ſanglante, ce pain ſainct, &
ce calice de vie eternelle.

Sainct Optat Mileuitain contre les Donatiſtes, il y a douze cens *Opt. Mile.*
dix ans; *Quelle offenſe vous auoit faitte Chriſt, dont le corps & le ſang* *Epiſc. l. 6.*
habitoient là par certains moments? Quelle offenſe vous eſties-vous faitte
vous-meſmes, pour rompre les autels, ſur leſquels long temps auant nous,
vous auiez, comme vous penſiez lors, ſainctement offert?

S. Epiphane Eueſque de Salamine en Cypre au meſme temps: *Epiph. Ep. ad Io-*
Les ſaincts Peres Hierôme & Vincentius ne vouloient pas par modeſtie & *ann. Ep. Hieroſ.*
humilité exercer les ſacrifices deuz à leur nom, & trauailler en ceſte partie *inter Hier. epiſt.*
du miniſtere qui eſt le principal ſalut des Chreſtiens. *60.*

S. Hierôme peu apres contre Vigilantius. *L'Eueſque de Rôme* *Hieron. aduerſ.*
fait donc mal, qui ſur les corps morts de Pierre & de Paul, ſelon toy cen- *Vigil. ep. 2.*
dre vile, ſelon nous os venerables, offre ſacrifices au Seigneur, & repute
leurs tombeaux autels de Chriſt? Et au troiſiéme liure contre les *Idem l. 3. aduerſ.*
Pelagiens : *Les fidelles oſent touts les jours dire au ſacrifice de ſon corps,* *Pelag.*
Noſtre Pere qui es és Cieux. Et en la preface à Theophile : *Qu'ils*
apprennent, enſeignez par les témoignages des ſainctes Eſcritures, auec
quelle veneration ils doiuent receuoir les choſes ſainctes, & ſeruir au
miniſtere de l'autel de Chriſt : & n'eſtiment point que les ſacrez Ca-
lices, & les ſaincts voiles, & autres choſes qui appartiennent au cul-
te de la paſſion du Seigneur, ſoient priuées de ſainctété, comme choſes
inanimées & inſenſibles : mais que pour la compagnie du corps & du
ſang de Chriſt, elles doiuent eſtre venerées auec la meſme majeſté que
ſon corps & ſon ſang.

S. Chryſoſtome il y a douze cents ans: *Chriſt a inſtitué l'hierur-* *a Chryſ. in 1. c r.*
gie [a]*, changeant le ſacrifice & au lieu de l'immolation des beſtes, com-* *hom. 24.*
mandant qu'on l'offriſt luy-meſme. Et en la meſme homelie : *Ce* τὴν θυσίαν αὐτὴν
meſme corps giſant en la creche, les Mages l'ont reueré, & des hom- ἀμείψας καὶ ἀντὶ τῆς
mes impies & barbares laiſſants leur patrie & leur maiſon, & fai- τῆς ἀλόγων σφαγῆς
ſants vn long chemin, ſont venus & l'ont adoré auec grand crainte & ἑαυτὸν προσφέρειν

tremblement ; *Jmitons donc les barbares , nous qui sommes citoyens des Cieux: Car eux le voyants en vne creche , & en vne cabane, & n'ayant rien tel que toy deuant les yeux , s'y presenterent auec grande reuerence :* ᵃ *Et toy tu le vois , non en vne creche, mais sur l'autel. Et au commentaire sur le 95. Pseaume : Voyez combien clairement Malachie a designé la table mystique qui est l'hostie non sanglante. Et au 3. liure du Sacerdoce : Quand tu vois le Seigneur immolé & le Prestre panché sur le sacrifice , & versant les prieres, &c. penses-tu conuerser encore entre les mortels , & estre en terre? &c.* ᵇ *O miracle ! ô benignité de Dieu ! Celuy qui est là haut assis à la dextre du Pere , est au mesme temps manié des mains de tous. Et au 6. Mais quand le Prestre inuoquera le S. Esprit , & parfera ce* ᶜ *redoutable sacrifice , & touchera assiduellement de ses mains le commun maistre de tous ; en quel rang, dittes-moy, le mettrons nous ? Et en l'homelie 3. sur l'Epistre aux Philippiens :* ᵈ *Ce n'est point en vain que les Apostres ont ordonné, qu'en la celebration des venerables mysteres , on fist commemoration des morts : Ils sçauoient qu'il leur en reuenoit grande vtilité : Car tout le peuple estant present , éleuant les mains aux Cieux,* ᵉ *& le redoutable sacrifice estant là posé; comment n'appaiserons-nous point Dieu, priants pour eux ?*

S. Augustin au mesme temps: *Ne vueilles point croire, Ne vueilles point dire, Ne vueilles point enseigner, qu'il faille offrir le sacrifice des Chrestiens pour ceux qui sont morts sans baptesme , si tu veux estre Catholique.* Et au neufiesme de ses confessions: *On offrit pour elle le sacrifice de nostre rançon , le corps estant desia sur le bord de la fosse. Et au catalogue des heresies: Aërius tombant en l'heresie des Arriens , y ajousta quelques poincts particuliers , disant qu'il ne falloit point prier ny offrir oblation pour les morts. Et au 20. liure contre Faustus: Nous n'erigeons des autels à nul des Martyrs , combien qu'és memoires des Martyrs : Car qui est le Prestre qui assistant aux lieux des saincts corps , ayt jamais dit, Nous t'offrons à toy Pierre, ou nous t'offrons à toy Paul, ou nous t'offrons à toy Cyprian ? Mais ce qui est offert , est offert au Dieu des Martyrs. Et vn peu apres: J'ay dit , sacrifier aux Martyrs : Ie n'ay pas dit , sacrifier à Dieu és memoires des Martyrs : Ce que nous faisons souuent en ceste seule forme dont il a commandé qu'on luy sacrifiast , par la manifestation du nouueau Testament. Et au 10. de la cité de Dieu : Il est l'offrant & l'oblation, de laquelle chose il a voulu que le Sacrement fust le sacrifice quotidien de l'Eglise. Et au 17. Au lieu de touts ces sacrifices & de toutes ces oblations , son corps est offert & administré aux communiants. Et au 22. parlant d'vn lieu affligé des malins esprits : Vn de nos prestres y alla, & y offrit le sacrifice du corps de Christ. Et sur les paroles de l'Apostre aux Thessaloniciens. Mais que par les prieres de la saincte Eglise & par le sacrifice salutaire, & par les aumosnes qui sont distribuées pour leurs ames, les morts soient aydez , afin que Dieu les traitte plus misericordieuse-*

ment que leurs pechez n’ont merité, il n’en faut point douter : Car cela c’eſt
choſe que l’Egliſe vniuerſelle obſerue, l’ayant receuë de la tradition de ſes Peres, à ſçauoir, que pour ceux qui ſont morts en la communion du corps & du
ſang de Chriſt, lors que leur commemoration ſe fait à ſon rang en ce ſacrifice
là, on prie pour eux, & declare-t’on qu’il eſt auſsi offert pour eux.

Le ſainct Concile general & œcumenique d’Epheſe, celebré
il y a pres de douze cents ans, & approuué par toute la terre:
*Nous operons és Egliſes le ſainct, viuifiant & non ſanglant ſacrifice : Ne
croyants pas que le corps qui eſt là giſant deuant nous, ſoit le corps d’vn
homme commun & ordinaire comme les autres, ny le precieux ſang ſemblablement : ainçois le prenants comme fait le propre corps & ſang du
Verbe viuifiant toutes choſes.*

Dont ledit Eueſque d’Eureux forme contre les ſoubs-ſignez
cet Antiſyllogiſme.

Tout ce que l’ancienne Egliſe vniuerſelle a jugé eſtre conforme à la parole de Dieu, eſt irrepugnant à la meſme parole.

L’ancienne Egliſe vniuerſelle a jugé l’oblation du ſacrifice de
l’Euchariſtie, conforme à la parole de Dieu.

Ergo l’oblation du Sacrifice de l’Euchariſtie, eſt irrepugnante
à la meſme parole.

A ce qu’ils diſent finalement, pour acheuer de pallier & diſſimuler leurs refus maſquez du nom d’offres, que Dieu & les hommes, & la conſcience de Madame, jugeront de quel coſté eſt la
raiſon ou le pretexte, l’approche ou la fuitte: Répond que le camp
& la lice de la Conference eſtoit à S. Germain, & non à Paris: Et
partant que c’eſt s’immoler à la riſee publique, de mettre en doute
lequel a fuy la lice, ou l’Eueſque d’Eureux, qui ſe rendit à S. Germain incontinent apres le commandement de Madame, & dés le
l’endemain de l’acheminement de ſon Alteſſe, & les y attendit
quinze jours; ou eux, qui n’en ont pas ſeulement oſé approcher de
quatre lieuës pres. Que le Roy auoit nommément & pour bonnes raiſons ordonné dés Fontainebleau, que ceſte Conference ne
ſe tiendroit point à Paris, mais à S. Germain: Que ſur ceſte confiance, ils ſont bien venus de Sedan & d’ailleurs, à Paris, pource qu’ils
ſçauoient qu’ils y ſeroient en ſauuegarde & ſeureté de la diſpute:
Mais qu’à S. Germain, qui eſtoit le lieu où elle ſe deuoit tenir, ils
n’ont pas ſeulemét oſé regarder le chemin par où l’on y alloit. Que
chacun ſçait que Madame apres les auoir attédus douze ou quinze
jours, & ſollicitez d’heure à autre par lettres & par meſſages, fut
contrainte d’y coucher en fin de ſa derniere authorité, & les ſommer auec les plus preſſantes conjurations qu’elle peût imaginer, &
ſur tout le ſeruice qu’ils luy deſiroiét rédre, de venir à quelque prix
que ce fuſt, quand ce ne ſeroit que pour debattre leurs conditions

fur le lieu : Que le Roy & la Reyne & toute la Court, eſtoient
preſts de partir de Sainct Germain : Qu'elle y reſteroit huict
jours apres, ſans autre compagnie qu'elle & ſes domeſtiques, &
l'Eueſque d'Eureux ſeul auec elle : Et partant qu'ils vinſent, qu'ils
vinſent, qu'ils vinſent ; ou ſinon elle proteſteroit qu'ils luy auroient manqué : Nonobſtant toutes leſquelles ſommations, conjurations & proteſtations, leur apprehenſion demeura imperſua-
ſible & inexorable. Que ſon Alteſſe meſme a aſſez jugé & declaré de quel coſté eſtoit l'approche ou la fuitte, quand elle ſeſt
plainte tout haut qu'ils l'auoient abandonnee : quand elle a témoigné qu'ils luy ont allegué pour derniere excuſe de n'eſtre
point venus, que les leurs meſmes le leur auoient expreſſement
deffendu : Quand elle a proteſté qu'elle en appellera d'autres de
Genéue, ou d'ailleurs ; & a tiré promeſſe de l'Eueſque d'Eureux,
de ſe trouuer là où elle les aura appellez. Que la choſe au reſte,
eſt encore en ſon entier, pour en reuenir de nouueau à la preuue
lors qu'ils voudront. Que l'Eueſque d'Eureux par ſa premiere réponſe, leur auoit offert vne Conference de trois moys, par écrit,
apres le partement de ſon Alteſſe, laquelle ils auoient priſe pour
vne oſtentation, & non pour vne offre ſerieuſe & faitte à bon eſcient. Que par ſa ſeconde réponſe ils les auoit oſtez de ce doute,
& s'eſtoit obligé de leur en donner telles ſeuretez, qu'ils ne les
pourroient refuſer : & auec cela de reduire l'action à vn moys,
ſauf à la prolonger puis apres, ſi beſoin eſtoit. Que par leur derniere replique, ils ont diſſimulé tout ceſt article, & n'en ont fait
non plus de mention, que s'ils n'en euſſent jamais ouy parler. Et
partant qu'il leur renouuelle encore maintenant ceſte meſme offre, ſi toſt que Madame ſera partie : Et les ſomme, ou de ſe taire,
ou de ſy preſenter, c'eſt à dire, ou de couurir leur fuitte auec le
ſeul ſilence, ou de l'effacer auec les effets.

IACQVES EVESQVE D'EVREVX.

REFVTATION
DE L'ESCRIT DE
MAISTRE DANIEL TILENVS,
CONTRE VN DISCOVRS TOVCHANT
les Traditions Apostoliques.

PAR MESSIRE IACQVES DAVY,
EVESQVE D'EVREVX, CONSEILLER DV ROY EN
son Conseil d'Estat, & son premier Aumosnier.

A MONSIEVR LE
MARQVIS DE ROSNY, CONSEILLER
DV ROY EN SES CONSEILS, SVPER-
intendant de ses finances, & grand Maistre de
l'Artillerie de France.

MONSIEVR,

Ie ne doute point que plusieurs ne trouuent
estrange, et que vous-mesmes ne vous eston-
niez, que ie vous dedie cest œuure, qui est écrit de propos deliberé contre la creance que vous faittes profession de tenir. Et
à la verité si ie n'eusse recogneu en vous un esprit d'autre force et d'autre trempe que celuy de l'ordinaire des hommes, i'y
eusse pensé plusieurs fois auant que de l'entreprendre. Mais
sçachant qu'il n'y a ny interest, ny passion, ny coustume, ny
nourriture, qui vous empesche de discerner et embrasser la verité là où elle vous apparoist; I'ay estimé que tant s'en falloit
que l'obstacle de la diuersité des Religions me deust diuertir de
ce dessein, qu'au contraire c'estoit ce qui m'y deuoit principalement exciter. Car de l'addresser à un homme Catholique, et
desia persuadé de l'équité de nostre cause, il n'en eust recueilly
autre fruit que l'opinion d'une vaine et superfluë flatterie.
Mais à vous, possible que Dieu voudra que ce vous soit un
commencement d'ouuerture et d'acheminement pour voir et
approuuer la verité de la doctrine de son Eglise. En quoy faisant ie croiray auoir heureusement satisfait, et à mon deuoir
particulier, qui est de vous procurer ceste benediction, pour
recognoissance de tant de témoignages d'amitié, que vous m'a-
uez monstrez; et aux vœux de toute la France, qui ne desire
rien plus en vous pour comble de vos seruices et merites, que

la qualité que ce liure essayera de vous acquerir. Ie vous l'offre
donc, Monsieur, auec vne áme pleine d'affection et de gratitude; et vous prie de le lire, non comme on dit ordinairement,
à vos heures perduës, mais à vos heures les mieux employees,
et les plus precieuses. Il y a trois ans que ie l'auois fait imprimer, et retenir pour les causes que vous verrez en l'Epistre
aux lecteurs. Depuis m'estant disposé de le licentier pour les
raisons contenuës en la mesme Epistre; le bruit d'vne Conference, que les Ministres, et autres leurs associez, entre lesquels
estoit l'Autheur de l'écrit que ie refute, auoient offerte sur le
propos de l'instruction de Madame, m'en a derechef empesché.
Maintenant voyant qu'ils l'ont rompuë tout à fait, ie me suis
resolu de luy donner le dernier congé, et le faire sortir sous
vostre nom; afin de vous conuier à le lire, et y apporter la mesme clairté et syncerité d'esprit que vous apportez en toutes
autres occasions. Cependant ie prieray Dieu,

Monsieur, vous faire la grace d'en iuger à l'auantage de
la verité et de vostre salut.   A Paris ce 30. Nouembre,
1601.

Vostre tres-affectionné & obligé seruiteur,
IACQVES EVESQVE D'EVREVX.

AVX

L'EVESQVE D'EVREVX AVX
LECTEVRS.

IL y eut quatre ans à ces Pasques dernieres, que nous nous rencontrasmes vn nommé Me Daniel Tilenus Allemand, maintenant Professeur en Theologie à Sedan, & moy, au logis de deux Dames lors de la Religion Pretenduë reformée, dont l'vne auoit nouuellement perdu son mary. L'occasion de ce düeil, comme il arriue en semblables occurrences, nous porta à parler de la priere pour les morts: & de là apres quelques autres propos, nous ietta sur la dispute generale des Traditions Apostoliques. Or estoit l'heure tardiue, & le lieu destitué de liures: au moyen dequoy nous remismes la partie à vne conference reiglée, qui se deuoit commencer le lendemain, & continuer les iours suiuants, en mon logis. A l'heure assignee les Dames s'y trouuerent, & auec elles Me Daniel Tilenus, & plusieurs personnes de qualité de leur Religion. Le succez de la dispute fut, qu'apres auoir épuisé par l'espace de trois iours touts ses arguments, tant de l'Ecriture que des Peres, en la lecture desquels ie puis dire par parenthese, qu'il estoit si mal versé, qu'il me falloit à toute heure luy cercher ses propres passages; Il abandonna finalement l'offensiue, & me permit d'argumenter à mon tour. Ce que ie fis de telle sorte, que dans le troisiesme argument ie le contraignis de se soumettre à quitter la partie, si ie luy pouuois monstrer par quelque texte authentique, que Moyse eust meslé de l'eau dans le sang de l'alliance, & arrousé le liure de la Loy; choses que l'histoire de l'ancien Testament ne rapporte point. Ie le luy montray par les expresses paroles de sainct Paul. Il resta muet comme vne statuë, & n'eut autre masque pour couurir sa honte, que de dire qu'il ne vouloit plus conferer de viue voix, & que ses superieurs le luy auoient défendu: mais que si ie voulois changer la dispute verbale en vn procez par écrit, il l'accepteroit. Les dépoüilles cependant, aussi bien que le camp, ne laisserent pas de demeurer à la verité: Car les deux Dames pour lesquelles la conference auoit esté entreprise, se firent Catholiques, & les principales personnes de leurs familles auec elles, iusques au nombre de dix-sept; & le Sieur Preuost lors l'vn des assistants de Tilenus, homme de tres-clair sens & de tres-bonnes lettres; & plusieurs autres. Douze ou quinze iours apres la rupture de ceste dispute, Monsieur de Sancy qui en auoit oüy l'histoire, desira communiquer auec moy sur le mesme suiet: & au bout de quelques discours pria le Sieur de Beaulieu Secretaire de la Chambre du Roy, qui nous seruoit de tiers, de rediger par écrit les propos que ie luy en venois de tenir. Aussi tost que cest extrait recueilly tout sur le champ, moy le dictant, & luy l'écriuant, fut entre les mains de Monsieur de Sancy; Tilenus qui par l'intelligence qu'il auoit auec vn de ses domestiques, sçauoit ce qui se passoit entre nous, trouua moyen d'en crochetter vne copie, & la monstra au mesme temps à ses Ministres, qui semerent dés-lors par tout Paris le bruit d'y deuoir répondre. A vn an de là, c'est à dire, peu apres les Pasques de l'an 1598. voicy qu'on m'apporte mon discours que Tilenus auoit fait

Exod. 24.
Hebr. 9.

Hh

imprimer à la Rochelle, auec vn nouueau tiltre qu'il luy auoit mis effron-
tement fur le front, afçauoir, DE L'INSVFFISANCE DE L'ESCRI-
TVRE; & vne réponfe qu'il y auoit ajouftée contenant enuiron deux ou
trois fueilles de papier. Or prefumois-ie que ce fuft vne partie qu'on m'euft
dreffée, & que les Miniftres euffent emprunté le nom de Tilenus pour
m'attaquer fous la feinte d'vn Allemand. Et pourtant ie priay le Sr Conftable gentil-homme Anglois, qui eftoit lors auec moy, de me prefter le
fien, afin de leur rendre le change. Mais peu apres que i'eu commencé ce labeur, qui s'imprimoit à mefure que ie le compofois, il furuint
trois ou quatre accidents qui arrefterent le cours de mon œuure. Le premier fut que le Sieur du Pleffis publia fon liure contre la Meffe; pour auquel, comme plus important, mettre la main, ie fus confeillé d'intermet-
tre celuy de Tilenus. Le fecond, que le Sr Conftable s'en alla en Ef-
coffe auec Monfieur de Bethune, que le Roy y enuoya en Ambaffade. Et
le troifiefme, que la memoire de l'écrit de Tilenus eftoit déja lors tellement efteinte, que c'euft efté tuer vn homme mort que de le pourfuiure
dauantage. Depuis neantmoins voyant que l'infolence de ce docteur des
Ardennes eftoit montée à vn tel comble que de faire reimprimer il y a
quelques mois, ceft échantillon de fes impertinences auec vne arrogante & audacieufe epiftre, par laquelle il fe chante des triomphes de mon
filence, & fe vante que ie n'ay ofé luy repliquer, mais ay auffi toft fait
fupprimer comme imprimer ce que i'auois écrit contre luy: i'ay penfé que
ie deuois changer de refolution, & laiffer fortir par importunité ce que
i'auois retenu par modeftie. A quoy ie puis encore ajoufter que l'auertif-
fement que le Sr du Pleffis a n'agueres mis au champs fur les Actes de la
conference de Fontainebleau, m'a feruy d'vn picquant aiguillon. Car il
ne s'eft pas contenté, pour couronner fes autres fauffetez de la plus fauffe & horrible de toutes les fauffetez, de dire que i'ay bruflé l'impreffion
des Actes que ie prefentay au Roy & à Monfieur le Chancelier, & à
Meffieurs du Confeil, à Lyon, & en ay fuppofé vne autre en fon lieu:
Paroles dignes d'eftre bruflees du feu du Ciel, & que Monfieur le Chancelier, & Meffieurs les Secretaires d'Eftat, qui font encore fayfis des mefmes exemplaires imprimez qui furent prefentez au Roy; & Meffieurs
les Cardinaux Aldobrandin, Baronius, d'Offat, & Bellarmin, aufquels ie les donnay & enuoyay de Lyon, & la plufpart de Meffieurs
du Confeil, qui les virent dés-lors; peuuent conuaincre deuant les hommes, attendant que ie les luy reproche vn iour en face deuant Dieu & fes
Anges. Il ne s'eft pas contenté, pour couronner fes autres impertinences
de la plus impertinente de toutes les impertinences, de crier que i'ay pris
en plufieurs paffages le fait pour le droict, ce qui fe faifoit pour ce qui fe
deuoit: Au lieu qu'il ne s'agiffoit entre nous que du feul fait, & non du
droict; c'eft à dire, que la queftion n'eftoit pas de fçauoir fi les Peres a-
uoient bien ou mal écrit, mais s'ils auoient écrit ou non ce qu'il leur imputoit. Il ne s'eft pas contenté, pour couronner fes autres iniuftices de la
plus iniufte de toutes les iniuftices, de fommer les Lecteurs de fufpendre
leur iugement, maintenant que nous auons écrit l'vn & l'autre, & que l'atteftation du Roy y eft interuenuë: Au lieu que c'eftoit lors qu'il n'y auoit
encore que luy qui euft mis la main à la plume, qu'il leur falloit faire cefte
requefte. Et cela fous vne fauffe efperance qu'il leur donne, de montrer que
i'ay allegué les opinions du peuple pour les opinions des Peres, ou les opinions
particulieres des Peres, pour les doctrines generales de l'Eglife: chofe qu'il ne
fera point, comme auffi n'en a-t'il ofé cotter aucun exemple; & s'il l'entre-

prend ce fera auec tant de nouuelles fauffetez que fon papier en rougira
cent ans apres. Il ne s'eft pas contenté finalement , pour couronner fes
autres fuittes de la plus honteufe de toutes les fuittes, de transferer la difpute des matieres aux perfonnes , & fe ietter fur la comparaifon de fes
merites & dés miens ; c'eft à dire en fomme , de fortir & de la queftion
& de luy-mefme tout enfemble : Mais encore pour montrer combien il
eft infatiable de fauffetez & de calomnies, eft allé mendier le relief des
fraudes & impoftures de ce fien Parafite Tilenus, & a bien eu la hardieffe de dire (fe fiant en cela comme en toutes fes autres allegations , fur la
foy de tels Sycophantes) que i'ay blafmé & blafphemé l'Ecriture fainéte
d'infuffifance. Afin donc de leur faire par vn mefme écrit rentrer à l'vn
& à l'autre cefte calomnie dans la bouche , ie me fuis laiffé perfuader de
donner liberté à l'œuure que vous lirez maintenant, imprimé fous le nom
du St Conneftable, mais compofé par moy ; & l'accompagner de cefte lettre, par laquelle ie protefte deuant Dieu & fon Eglife, que ie n'auois mis
aucune infcription à mon premier difcours ; mais m'eftois contenté que la
thefe de l'exorde luy feruift de fujet & d'infcription tout enfemble· & que
le tiltre auec lequel ils l'ont publié, car auffi n'a-t'il iamais efté imprimé
que par eux, eft de l'impofition, ou pluftoft de l'impofture, de Tilenus,
qui s'eft forgé ce Monftre pour le combattre. A quoy il ne faut point
qu'il réponde, que dire que l'Ecriture n'eft pas fuffifante immediatement & par foy feule fans l'addreffe qu'elle nous donne aux Traditions
Apoftoliques, pour refuter toutes les herefies ; & appeller l'Ecriture infuffifante, eft vne mefme chofe. Car qui ne fçait quelle difference il y a
entre les propofitions modifiees, & les propofitions fimples : & quelle
fraude c'eft d'argumenter des vnes aux autres ? Le Roy n'eft pas fuffifant immediatement & par foy feul, c'eft à dire , fans l'ayde des miniftres
& officiers fur lefquels il dépofe vne partie de fa charge, pour gouuerner fon Royaume : Ergo le Roy eft infuffifant ? Qui endurera cefte iniure ? Le Symbole des Apoftres n'eft pas fuffifant immediatement &
par foy feul pour conuaincre toutes les herefies : Ergo il eft infuffifant?
Qui fupportera ce blafpheme ? Il y a deux fortes de fuffifance, l'vne immediate , l'autre mediate : l'vne que le fuiet que nous appellons fuffifant , exhibe immediatement & par luy-mefme : l'autre qu'il exhibe mediatement & par les moyens qu'il fe fubordonne & fubftituë. La lettre
du Prince qui contient les principaux poinéts de fa volonté , & le refte
le remet à la creance du porteur, auquel il témoigne auoir declaré le furplus de fon intention , n'eft pas fuffifante immediatement & par foy feule, c'eft à dire , fans la depofition du porteur, pour nous éclaircir de toute l'intention du Prince : Ergo elle eft infuffifante ? Par quelle regle ? Le
Teftament qui contient l'inftitution de l'heritier & les autres principaux articles de la volonté du teftateur ; & le refte, comme l'ordre de fes
funerailles, la forme de la nourriture de fes enfans , & autres femblà-
bles particularitez , le remet à la dépofition de quelque fien confident
auquel il attefte en auoir exprimé fon intention ; n'eft pas fuffifant immediatement & par luy feul, pour nous inftruire de toutes les volontez
du teftateur : Ergo il eft infuffifant ? Deuant quels Iuges ? La fainéte
Ecriture contient immediatement tous les poinéts principaux & fonda-
mentaux de la Religion Chreftienne : & quant aux menues particularitez , les contient toutes ou immediatement ou mediatement, c'eft à dire,
ou nous les enfeigne elle mefme, ou nous addreffe aux moyens qui nous les
doiuent enfeigner, afçauoir, aux inftitutions & couftumes que les Apo-

H h   ij

stres ont consignées de viue voix à l'Eglise de leur siecle : Ergo elle est insuffisante ? En quelle échole ? Car quant à la seconde impudence de Tilenus , qui est de s'estre vanté que i'auois fait imprimer & supprimer cest écrit , de peur que mes raisons ne fussent veuës au iour auec les siennes ; la seule publication de l'œuure verifiera assez que ce n'auoit point esté par crainte , mais par mépris d'vn si debile aduersaire , que ie les auois retenues : Et pourtant n'en apporteray-ie point d'autres preuues. Seulement vous aduertiray ie , qu'en la derniere impression du sien il a augmenté la partie que i'ay refutée , de six ou sept obseruations , ausquelles n'ayant pas eu occasion de satisfaire par ma Replique , qui estoit imprimée trois ans auparauant , il faut que ie supplée par la fin de ceste lettre , afin de montrer que ses secondes meditations ne sont que secondes inepties. Il allegue donc de nouueau pour prouuer que Moyse a proposé par écrit la creance de l'immortalité de l'âme en qualité d'article de foy , que *Dieu crea l'homme à son Image.* Mais où est-ce que Moyse expose que ceste image de Dieu fust l'immortalité de l'âme ? Luther & Caluin au contraire , ne protestent-ils pas que l'image de Dieu fut effacée en l'homme par le peché ? Et les interpretes mesmes de l'vn & de l'autre party n'ont-il pas sur ce mot presque autant d'opinions que de testes, les vns l'expliquants de la domination de l'homme sur les choses inferieures ; les autres du liberal arbitre ; les autres de la faculté intellectuelle ; les autres de la representation de la Trinité par les trois puissances de l'âme raisonnable ; les autres de la conformité de la nature d'Adam auec celle que nostre Seigneur deuoit vestir hypostatiquement : les autres , comme Luther & Caluin , & les propres Bibles de Genéue , de la Iustice originelle ? Il aiouste que *Dieu souffla l'esprit de vie à Adam.* Mais où est-ce que Moyse interprete , que cest esprit de vie fust vne âme immortelle ? Caluin au contraire ne prononce-t'il pas que le vray sens litteral de ce mot , est de signifier *la vie animale de l'homme ?* Il recharge que Dieu dit , *qu'il redemandera le sang des âmes des hommes , de la main des bestes.* Mais où est-ce que Moyse declare , que ceste repetition du sang des âmes des hommes , soit vne periphrase de l'immortalité de l'âme , & non vne hyperbole de menace pour destourner & intimider les hommes de l'homicide ? Caluin ne crie-t'il pas que la vraye intelligence de ces paroles est ; que *Dieu ne laissera point les homicides impunis : & que ceste punition des animaux pour auoir violé la vie des hommes , appartient à l'exemple ?* Ne traduit il pas , non , *le sang de vos âmes,* par vn genitif possessif , qui est l'obseruation sur laquelle Tilenus fonde la suruiuance de l'âme apres l'effusion du sang , mais , *le sang qui vous sert d'âmes ,* c'est à dire (adiouste-t'il) *qui vous viuifie & vegete quant au corps ?* Il allegue pour prouuer que Moyse a traitté par écrit de la creation des Anges , que sainct Augustin la trouue dans ce verset de Moyse , *Que la lumiere soit faitte.* Mais auec quel front ? Car outre ce qu'il ne s'agit pas en l'estat où est la question , de prouuer par sainct Augustin que la creation des Anges se trouue dans les écrits de Moyse , mais par les écrits de Moyse mesme ; le lieu qu'il cite de sainct Augustin ne porte-t'il pas tout au contraire ; *En la constitution du monde , décrite par les sainctes lettres , il n'est point euidemment dit si les Anges ont esté creés , ny en quel ordre : Que si toutesfois ils n'y ont point esté oubliez , il faut qu'ils soient entendus , ou par le ciel , &c. ou plustost par la lumiere ?* Et Caluin ne proteste-t'il pas nommément , qu'il tient pour vn asseuré principe , *que Moyse en l'histoire de la creation ne parle que de la forme*

Répons. de Tilenus derniere edition pag. 23.
Luther. in Gen. c. 1.
Caluin. in Genes. c. 1.

Luther in Gen. c. 1.
Caluin. ibid.
Bibl. Gen. ann. 1565. ibid.
Répons. de Tilenus derniere edit. p. 23.
Caluin. in Gen. c. 2.
Répons. de Tilenus derniere edition pag. 24.
Calu. in Gen. c. 9.

Répons. de Tilenus derniere edition pag. 39.

August. de ciuit. Dei. lib. 11. c. 9.

Caluin. in Gen. c. 1.

visible du monde? Et Luther n'écrit-il pas, *Quelques vns exposent, Soit faitte la lumiere, c'est à dire, la creature Angelique: Mais cela c'est se iouer en importunes allegories,&c. & non pas interpreter l'Ecriture,&c. Et pourtant il ne faut point apporter icy des choses si absurdes?* Il dit que la Tradition à laquelle ie renuoye les lecteurs, pour sçauoir que le miracle de la Piscine n'estoit point prestiges du Diable, ains vn vray miracle institué de Dieu, & operé par le ministere d'vn Ange, est vn conte fabuleux que Lyranus recite par mocquerie, & sans luy deferer aucune foy. Mais quelle aueugle impudence, de ne voir pas que la Tradition à laquelle ie les renuoye, sont les propres paroles du cinquiéme chapitre de sainct Iean, cotté par moy à la marge: lesquelles paroles ont commencé d'estre Ecriture depuis l'édition de l'Euangile de sainct Iean, mais auparauant estoient Tradition? Il s'épand en longues inuectiues contre la coustume de deliurer vn criminel à la Pasque, & crie, ignorant les mysteres & abysmes des iugemens de Dieu, qu'absoudre vn coulpable estoit chose impie & contraire à l'Ecriture. Mais à cela que luy sçaurois-ie opposer de plus succint que ces paroles de sainct Augustin: *Nous ne vous reprenons point, ô Iuifs, de ce qu'à la Pasque vous deliurez vn coulpable, mais de ce que vous mettez à mort vn innocent.* Il change & altere la version du premier verset du second chapitre de la seconde Epistre à Timothée: & au lieu de ces mots; *Et les choses que tu as oüyes de moy en presence de plusieurs témoins, consigne-les à des hommes fidelles;* substituë, sous pretexte d'vn passage forcé de Tertullian, & contre l'authorité des Commentaires anciens & modernes, ceux-cy qui renuersent & corrompent tout l'ordre & toute la naïueté du texte; *Et commets à gens fidelles ces choses-cy que tu as entenduës de moy.* Mais à cela que luy puis-je mieux opposer que ses propres Bibles de Genéue qui portent expressément; *Et les choses que tu as entendues de moy entre plusieurs témoins, commets-les à gens fidelles?* Car ie ne veux point toucher les autres ignorances, impostures, impertinences, dont le reste de son écrit est plein. Comme quand il me reprend d'auoir conté entre les ceremonies de la Pasque, la maniere de la manger; *le baston en la main:* & dit que ceste ceremonie n'estoit pas du nombre des ordinaires, & n'appartenoit qu'à la Pasque celebrée en Egypte, &c. *Et partant que nostre Seigneur celebrant la Pasque, ne contreuint point à la Loy écrite, se seant à table.* Et ne void pas, tant il est ignorant en ses propres docteurs, que Caluin sur ces mots de l'Euangile; *Iesus se mit à table,* aiouste expressément; *Non pas pour manger la Pasque, ce qu'il falloit faire estant debout, &c. & ayants leur baston en la main: Mais i'entens qu'apres auoir obserué la ceremonie solemnelle: il s'est assis pour soupper.* Comme quand il crie sacrilege contre les Catholiques, pource (leur impute-t'il) qu'ils disent *que la défence des Images est vn precepte ceremonial:* Et ne void pas que ce sont les propres paroles de son second Prophete d'Allemaigne Brentius, au Commentaire exprés sur le 20. chapitre de l'Exode: *Ceste partie du commandemens,* dit Brence, *est ceremoniale, appartenant seulement à la police Mosaïque, comme la Circoncision, le Sabbath, l'abstinence de la chair de pourceau, & plusieurs autres semblables: Mais depuis que Christ est venu, la ceremonie Mosaïque a esté ostée, & est par soy libre d'auoir publiquement les simulacres de Christ & des Saincts, pourueu qu'on n'en abuse point auec impieté.* Comme quand il m'accuse d'vn horrible blaspheme, pour

Tilen. premie. edit. p. 78. dern. edit. p. 163.

Tilen. prem. edit. p. 70. dern. edit. p. 136.

auoir voulu (dit-il) perſuader *que le precepte du Sabbath eſt purement & ſimplement moral:* Et ne void pas que mes paroles portent tout le contraire, à ſçauoir, *que Dieu auoit voulu comme par vn priuilege ſpecial, ſequeſtrer ce precepte d'auec les autres preceptes de la loy ceremoniale, & l'inſerer dans l'epitome de la loy morale:* Comme quand il admire ma hardieſſe d'auoir dit que Sainct Auguſtin n'a jamais ſçeu conuaincre l'hereſie des Donatiſtes par la ſeule Ecriture; Et ne void pas tant il a les yeux troublez, qu'il prend les ſolutions que Sainct Auguſtin donne par l'Ecriture aux argumens des Donatiſtes, pour preuues actuelles de l'Ecriture contre les Donatiſtes: Les preuues de ceſte propoſition generale, *Qu'il peut y auoir quelque choſe de l'Egliſe, hors de l'Egliſe,* pour preuues de ceſte propoſition ſpeciale, *Que le Bapteſme donné par les heretiques eſt vn vray Bapteſme:* Les preuues de ceſte propoſition conditionnelle, *Que ſi les heretiques ont eſté vrayement baptiſez, il ne les faut point rebaptiſer,* pour preuues de ceſte propoſition abſoluë, *Que les Heretiques ſont vrayement baptiſez.* Et bref, comme quand il penſe auoir fait vn grand chef-d'œuure, d'auoir trouué quelques réponſes, & encore vaines & ineptes, aux argumens que i'auois propoſez de la part des Donatiſtes, Anabaptiſtes, & autres ſemblables Heretiques: Et ne void pas que ie ne les auois pas produits pour demonſtrations neceſſaires & inſolubles, puis que ie fais profeſſion moy-meſme auec toute l'Egliſe Catholique de croire & tenir le contraire: Mais pour marques que ces gents-là ne manquent pas de couleurs & vray-ſemblances priſes de l'Ecriture: Et partant qu'il ne ſuffit pas pour les conuaincre, de leur alleguer, comme il fait, de foibles & legeres coniectures & probabilitez, mais les faut battre d'arguments ineuitables & inſolubles. Auſſi peu veux-je inſiſter ſur les fauſſes, abſurdes & calomnieuſes applications des paſſages des peres, qu'il altere & detorque à tout propos de leur vray ſens, pour les employer contre les Traditions Apoſtoliques: tant pource qu'elles excederoient la juſte meſure d'vne Epiſtre, que pource que ie les reſerue à vne ſeconde partie: Attendant laquelle ie finiray ceſte lettre, & prieray Dieu luy renuoyer ſon bon ſens, & vous conſeruer le voſtre.

De Fontainebleau ce 10. Octobre, 1601.

REFVTATION DE
L'ESCRIT DE D. TILENVS
CONTRE VN DISCOVRS RECVEILLY
des propos de Monſieur l'Eueſque d'Eureux,
touchant les Traditions Apoſtoliques.

PAR H. CONNESTABLE
Gentilhomme Anglois.

Mʳ D'EVREVX.

L A PAROLE de Dieu non écritte, que nous appellons Tradition Apoſtolique, eſt de meſme force
& authorité que l'écrite ; & ſans elle, la ſeule Eſcriture n'eſt pas ſuffiſante pour refuter toutes les hereſies.
Les Iuifs croyoient, quand le corps de la Loy de Moyſe leur
fut baillé, pluſieurs choſes, ou qui n'eſtoient point contenuës
dans les cinq liures de Moyſe, ou qui ne leur apparoiſſoient
point y eſtre contenuës ; Comme l'immortalité de l'âme, la Reſurreƈtion des corps, le Iugement final, le Paradis, l'Enfer, la
Creation & diſtinƈtion des ordres des Anges, l'Eſtre & la creation du Diable, & pluſieurs autres ſemblables, qu'ils ne pouuoient ſçauoir par ſcience humaine ; mais falloit qu'ils les euſſent receuës de la reuelation de Dieu: & partant qu'ils euſſent vne
autre voye pour deriuer & conſeruer la parole de Dieu, outre
celle de l'Eſcriture.

D. TILENVS.

Le ſieur du Perron voulant monſtrer que l'Ecriture a eſté imparfaitte I.
de tout temps; allegue pluſieurs poincts que les Iuifs croyoient lors qu'ils
receurent les cinq liures de la Loy de Moyſe, leſquels n'y eſtoient point
contenus: Comme l'immortalité de l'âme, la reſurreƈtion des corps, le iuge-
ment final, le Paradis, l'Enfer, la creation & diſtinƈtion des ordres des An-
ges, l'Eſtre & la creation du Diable.

H. CONNESTABLE.

C'eſt vn mauuais augure que de trouuer au commencement
d'vn liure deux impoſtures tout à la fois. Car Monſieur d'Eureux
ne dit ny que l'Eſcriture ſoit imparfaitte ; mais qu'elle ne ſuffit
pas ſans l'vſage de la Tradition verbale des Apoſtres, pour
refuter immediatement, & par la ſeule application du texte
Hh iiij

toutes les herefies : Ny que les chofes qu'il propofe n'eftoient pas contenuës aux cinq liures de la Loy des Iuifs ; mais ou qu'elles n'y eftoient pas, ou qu'elles ne leur apparoiffoient pas y eftre contenuës. Pour l'intelligence dequoy vous deuez fçauoir, que l'imperfection d'vne chofe ne confifte pas en ce qu'elle n'eft pas fuffifante à tous effects : mais en ce qu'elle ne fuffit pas à la fin pour laquelle elle eft deftinee & felon la maniere dont elle y eft deftinee. Or que l'Ecriture ayt efté inftituee pour feruir feule d'inftruction particuliere en tous les poincts contentieux de la Religion, tant f'en faut que nous le recueillions de l'intention des Apoftres, qu'au contraire nous trouuons que leur premier deffein a efté de liurer leurs enfeignements à l'Eglife par Tradition de viue voix, & parole non écritte, fans qu'ils ayent jamais depuis témoigné de vouloir faire vn corps vniuerfel de doctrine par écrit, & vn recueil entier & diftinct de toutes les inftitutions de la Religion Chreftienne, pour le fubftituer au lieu de la Tradition precedente, comme vnique reigle du feruice de Dieu. Au moyen dequoy l'authorité de l'vne parole n'ayant pas efté caffee par la publication de l'autre, Monfieur d'Eureux dit juftement que la parole non écritte demeure comme elle a efté auparauant, de pareille force & authorité que l'écritte : & partant que toutesfois & quantes que quelque chofe fe trouue affeurément exprimee par l'vne qui eft teuë par l'autre, ou clairement expofee par l'vne qui eft obfcurement propofee par l'autre, comme il en donne cy-apres plufieurs exemples : l'obferuation de l'vne n'eft point moins neceffaire & authentique que celle de l'autre. Ce que vous calomniez ignoramment ne fçachant pas que c'eft le commun & ordinaire langage des anciens Peres de l'Eglife, par le depoft & fidelle garde defquels, la parole de Dieu tant écritte que non écritte eft venuë à nous : Et pourtant afin de vous fermer la bouche par leur authorité, & vous apprendre que c'eft contre eux, & non pas contre Mr d'Eureux que vous declamez, ie rapporteray icy leurs propres paroles écrittes il y a douze cents ans, en mefme fens & conftruction que les fiennes.

^a Sainct Bafile le grand Euefque de Cefarée de Cappadoce en Afie. *Des doctrines, (dit-il) qui font conferuees en l'Eglife, les vnes nous les auons d'inftruction écrite, les autres nous les auons receuës de la fecrette Tradition des Apoftres : lefquelles tant les vnes que les autres ont la mefme force pour le fait de la religion, & n'y a celuy qui y contredie, pour peu qu'il foit verfé aux loix de l'Eglife.*

^b S. Epiphane Euefque de Salamine en Cypre : *Il faut, dit-il, auffi vfer de Tradition : car toutes chofes ne peuuent pas eftre prifes de*

a *Bafil de Spir. S. cap.* 27.
τῶν ἐν τῇ ἐκκλησίᾳ πεφυλαγμένων δογμάτων καὶ κηρυγμάτων, τὰ μὲν ἐκ τῆς ἐγγράφου διδασκαλίας ἔχομεν, τὰ δὲ ἐκ τῆς τῶν ἀποστόλων παραδόσεως διαδοθέντα ἡμῖν ἐν μυστηρίῳ παρεδεξάμεθα. ἅπερ ἀμφότερα τὴν αὐτὴν ἰσχὺν ἔχει πρὸς εὐσέβειαν. καὶ τούτοις οὐδεὶς ἀντερεῖ ὅστις γε κἂν κατὰ μικρὸν γοῦν θεσμῶν ἐκκλησιαστικῶν πεπείραται.

b *Epiph. contr. Apoll. hær.* 61.
Δεῖ δὲ καὶ παραδόσει κεχρῆσθαι, οὐ γὰρ πάντα ἀπὸ τῆς θείας γραφῆς δύναται λαμβάνεσθαι. διὸ τὰ μὲν ἐν γραφαῖς, τὰ δὲ ἐν παραδόσει παρέδωκαν οἱ ἅγιοι ἀπόστολοι.

l'Ecriture : *Et pourtant les saincts Apostres nous en ont donné les vnes en escrit, les autres par Tradition.*

a   Sainct Chrysostome Archeuesque de Constantinople : *De là, dit-il, il apparoit que les Apostres ne nous ont pas liuré toutes choses par lettres, mais aussi nous ont baillé beaucoup de choses sans lettres. Or tant celles-cy, que celles-là sont dignes de semblable foy.*

b   S. Augustin Euesque d'Hippone en Afrique : *Les Apostres, dit-il, n'ont rien prescrit de ceste matiere là : Mais ceste coustume doit estre creüe auoir pris son origine de leur Tradition : comme il y a beaucoup de choses que l'Eglise vniuerselle obserue, & pourtant se croyent à bon droict auoir esté commandées par les Apostres, encore qu'elles ne se trouuent point écrites.*

Iustement aussi M^r d'Eureux commence sa preuue par la proposition des choses que les anciens Israëlites croyoient & obseruoient legitimement auec la Loy écrite, encore qu'ils n'en eussent autre asseurance que l'authorité de la Tradition non écrite. D'autant que toutes vos principales coniectures contre les Traditions, sont tirées ou de ceste defense repetée par deux fois au Deuteronome, de n'ajouster & diminuer rien aux paroles de Moyse, ou des tiltres de perfection & clarté que Dauid & les autres Prophetes suiuants donnent à la Loy Mosaïque. Car entendants par les paroles de Moyse & la Loy Mosaïque, non ce que Moyse a enseigné ou confirmé en quelque façon que ce soit, mais seulement ce qui est écrit dans ses liures : Et estendants par analogie ces témoignages, au recueil des écrits de la Loy Euangelique : vous prenez occasion de là, de condamner toutes les Traditions des Apostres non écrites. Et pourtant afin de destruire le fondement vniuersel de vostre supposition, & vous monstrer que les defenses de rien ajouster aux paroles de Moyse, & les tiltres de perfection, qui sont deferez à la Loy Mosaïque, n'excluent point les Traditions verbales de Moyse & des autres Patriarches & Prophetes, & par consequent qu'on n'en peut argumenter analogiquement en la Religion Chrestienne, pour combattre les Traditions des Apostres : M^r d'Eureux propose plusieurs poincts appartenants au culte tant interieur qu'exterieur de l'ancienne Loy, que les Israëlites croyoient & obseruoient en vertu de la seule parole de Dieu non écrite.

D. TILENVS.

A celuy qui ne veut oüir parler que des Peres, on pourroit respondre en vn mot ce que dit quelqu'un de ce nombre. Ce qui n'est point contenu au liure de la Loy, nous ne le deuons pas mesme sçauoir. Qui parle ainsi ne veut pas qu'on cerche ailleurs ce qui ne se trouue point en l'Escriture.

Margin notes:

a Chrysost. in 2. e. ep. 2. ad Thes. Ἐντεῦθεν δῆλον ὅτι οὐ πάντα δι' ἐπιστολῆς παρεδίδοσαν, ἀλλὰ πολλὰ καὶ ἀγράφως. ὁμοίως καὶ ταῦτα, κἀκεῖνα τοῦ αὐτοῦ ἄξια πίστεως.

b Aug. de Bapt. cont. Don. l. 5. c. 23. Apostoli autem nihil quidé exinde præceperunt : Sed consuetudo illa, &c. ab Apostolis exordium sumpsisse credenda est, sicut sunt multa quæ vniuersa tenet Ecclesia & ob hoc ab Apostolis præcepta bené creduntur, quáquam scripta non reperiantur.

H. Connestable.

II.

Et à celuy qui ne veut point oüyr parler tout à fait des Peres, on peut repliquer aussi en vn mot, que la question qu'on luy fait en ce cas, n'est pas de sçauoir ce que quelque Pere a estimé estre ou n'estre pas contenu dans le liure de la Loy : Mais ce que luy qui maintient que Moyse (en matiere de religion) n'a rien enseigné aux Israëlites, que ce qui se trouue necessairement dans le volume de la Loy; peut suiuant sa regle verifier par le seul texte de la Loy. Sainct Hilaire escrit que ce qui n'est point contenu au liure de la Loy nous ne deuons pas mesme estre curieux de le sçauoir. Qui parle ainsi, dites vous, ne veut pas qu'on cerche ailleurs ce qui ne se trouue point dans l'Ecriture. Et qui parle ainsi, disons nous, veut que l'on cerche ailleurs, asçauoir là où l'Ecriture nous renuoye, ce qui ne se trouue point dans l'Ecriture. Car celuy qui parle ainsi au lieu que vous auez leu, qui est le Commentaire sur le Pseaume 132. écrit ainsi au lieu que vous n'auez pas leu, qui est

Hilar.in Ps. 132.

le Commentaire sur le second. *Combien que Moyse, dit-il, eust redige par écrit les paroles du vieil Testament, neantmoins il auoit consigné separément certains plus secrets & occultes mysteres de la Loy aux septante anciens, qui deuoient continuer successiuement en l'ordre des Docteurs : de laquelle doctrine nostre Seigneur aussi faict mention quand il dit : Les Scribes & Pharisiens sont assis sur la chaire de Moyse, parquoy toutes les choses qu'ils vous diront obseruez-les, & les faittes, mais ne faittes pas ce qu'ils font. La doctrine de ceux-là donc est demeurée à la posterité, laquelle ayant esté receüe de l'Ecriuain mesme de la Loy a esté conseruée par ce nombre & ministere d'Anciens.* Voyla les paroles de sainct Hilaire, dont vous remporterez pour ce coup deux instructions : l'vne que quand il dit que ce qui ne se trouue point dans le liure de la Loy, il ne nous faut pas mesme estre curieux de le sçauoir, il ne parle pas absoluëment de tout ce qui n'est point contenu dans le liure de la Loy : Mais veut dire que tout ce qui est allegué & proposé en qualité d'Ecriture saincte, & de liure inspiré de Dieu & ne se trouue point dans le corps des écrits canoniques, doit estre rejetté. Car il estoit question d'vn liure Apocryphe supposé sous le nom de Moyse, ou de quelqu'autre Prophete, qui contoit que les Anges venants pour conuoiter les filles des hommes, quand ils estoient descendus du Ciel, s'assembloient en la montagne de Hermon. L'autre que c'est l'ordinaire des mauuais écholiers de sauter par dessus le commencement de leurs liures, pour commencer à les estudier par la fin.

D. Tilenvs.

Nous disons que tout ce qui est necessaire à salut touchant ces poincts-là & autres, est contenu en l'Ecriture, ou en termes expres, ou en consequence necessaire & vraye analogie.

H. Connestable.

Voicy encore deux de vos autres fraudes. Quand vous sommez   III.
les Catholiques de verifier par l'Ecriture les inſtitutions pour leſquelles vous vous ſeparez de l'Egliſe, vous faites voſtre inſtance
vniuerſelle, & ne vous contentez pas que les principales & celles
qui ſont de l'eſſence du ſalut, ils vous les monſtrent par l'Ecriture:
& les autres qui ſont moins importantes, comme celles qui appartiennent au culte externe & aux ceremonies, qu'il vous les iuſti-
fient par le perpetuel vſage de l'Egliſe. Car vous repliquez qu'il
n'eſt licite de rien obſeruer en la Religion en quelque qualité que
ce ſoit, ny pour le culte interieur, ny pour l'exterieur, qui ne ſoit
en l'Ecriture, & que tout ce qui eſt fait ſans foy, c'eſt à dire comme
vous pretendez, ſans aſſeurance écrite de l'inſtitution de Dieu, eſt
ſuperſtition & peché. Quand ils repartent là deſſus & alleguent
que les Prophetes & Apoſtres ont laiſſé pluſieurs choſes par Tradition verbale à leurs diſciples, pour eſtre tranſmiſes de main en
main à la poſterité qui n'ont point eſté écrites par eux; Alors vous
reſtreignez ceſte diſpute aux choſes neceſſaires à ſalut, & ne voulez defendre autre propoſition, ſinon que tout ce qui eſt neceſſaire à ſalut eſt dans l'Ecriture. Et encore d'autant que le mot de neceſſaire a pluſieurs ſignifications : car il y a des choſes neceſſaires à
ſalut de neceſſité abſoluë, c'eſt à dire, qui ne reçoiuent aucune exception de lieux, de temps, & de perſonnes, aucune excuſe d'i-
gnorance ou impoſſibilité, & celles-là ſont en petit nombre &
toutes recueillies dedans les Symboles de l'Egliſe; & d'autres qui
ſont neceſſaires ſeulement de neceſſité conditionnee, c'eſt à dire,
en cas d'inſtruction ou de poſſibilité; vous vous reduiſez à la plus
eſtroitte, & acceptez ſeulement la diſpute ſur ceſte Theſe, que
tout ce qui eſt neceſſaire à ſalut de neceſſité abſoluë eſt contenu
dans l'Ecriture. Eſt-ce là proceder de bône foy ? Prattiquez voſtre
reigle comme vous la ſouſtenez, ou la ſouſtenez comme vous la
prattiquez: C'eſt à dire, ou defendez ceſte propoſitiõ que les Prophetes & Apoſtres n'ont enſeigné aucune choſe, ſoit comme neceſſaire de neceſſité abſoluë, ſoit comme neceſſaire de neceſſité
conditionnée, ſoit comme vtile, ſoit comme licite aux fidelles,
qu'ils ne l'ayent declarée telle par leurs eſcrits : ou bien ceſſez de
conclure: Cela n'eſt point dans l'Ecriture, c'eſt donc vne impieté
ou vne ſuperſtition. Il n'eſt pas queſtion icy de l'importance des
poincts dont nous parlons: combien que les premiers exéples que
Mr d'Eureux vous a propoſez ſoient hors de toutes ces exceptiõs;
car ils ſont pris des articles les plus eſſentiels & neceſſaires à ſalut:
Mais de la verité & authorité du moyen par lequel nous ſommes
aſſeurez que nous ne faillons point en les embraſſant, & que c'eſt
la parole de Dieu qui nous les propoſe, ou comme neceſſaires, ou

comme vtiles, ou comme licites. Car en l'Ecriture mesme il y a
plusieurs choses desquelles la cognoissance & obseruation n'est
pas de pareille necessité que celle des principaux poincts du salur,
dont la condemnation toutesfois seroit de pareille impieté, à cause que la verité de la parole qui les propose, est égale aux vnes &
aux autres. Celle-là donc est la premiere fraude. La seconde est la
façon dont vous offrez de monstrer ces mesmes articles dans les
liures de Moyse: Asçauoir par texte expres ou consequence necessaire, & vraye analogie, c'est à dire, comme ce vient au poinct,
par quelques apparences probables & conjecturales. Quand
nous vous alleguons ce témoignage de Moyse pour les lymbes
des Peres, que Iacob dit qu'il descendra en deüil à son fils aux Enfers; & adioustons que le mot d'Enfers, n'est pas là pris pour le sepulchre, parce que Iacob ne croyoit pas que son fils eust esté enseuely, mais deuoré. Quand nous vous produisons d'autres passages semblables touchant le Purgatoire, vous criez qu'il faut apporter des preuues necessaires & éuidentes, & que les poincts de
la foy doiuent estre contenus en l'Ecriture ou en termes expres,
ou en consequence si manifeste, que chacun la puisse recognoistre & inferer necessairement, dautant que l'Ecriture, dittes-vous,
est claire & suffisante à salut, & n'a point besoin d'interprete aux
choses de la Foy. Il faut donc que vous esprouuiez icy la mesme
reigle que vous faites prattiquer aux autres, & que vous monstriez tous ces articles dans le corps de la Loy écrite de Moyse,
non par conjecture, mais par textes si clairs & infaillibles, que
chasque simple Israëlite en eust peu former vne consequence necessaire & indubitable. Voyons comme vous vous y prendrez.

D. TILENVS.

Es écrits de Moyse nous trouuons que Dieu contracte alliance auec les
Hebrieux, qu'il promet estre leur Dieu & de leur semence, d'exercer mise-
ricorde sur eux iusqu'à mille generations, c'est à dire, à iamais, d'habiter au
milieu d'eux, de les garder comme la prunelle de son œil.

H. CONNESTABLE.

Es écrits de Moyse nous trouuons que Dieu contracte alliance auec toutes les bestes: Ie mettray, dit le Seigneur à Noë, mó
arc au Ciel pour signal de mon alliance auec toy, & auec toutes
les bestes de la terre. Nous trouuons que Moyse dit que Dieu est
le Dieu de l'esprit de toute chair. Ce que Caluin recognoist pouuoir estre entendu tant des hommes que des bestes. Et les Annotations de la Bible de Geneue l'exposent de l'ame motiue
& sensitiue: Ergo l'ame de toutes les bestes, par les écrits de
Moyse, est immortelle. Ne faut-il pas pour conclure quelque
chose, que vos arguments soyent formez ainsi? Touts ceux auec
qui

Gen. 37.

Gen. 17.

Exod. 20.
Leuit. 6.
Deut. 32.

IV.
Gen. 9.

Num. 16.
Cal. ibid.

[Ann. de la Bib. de
Gen. de l'an 1565.

qui Dieu contracte alliance, leur ame est immortelle. Dieu contracte alliance auec les Israëlites. Ergo leur ame est immortelle.
Item, Touts ceux à qui Dieu promet d'estre leur Dieu & de leur
semence apres eux, leur ame est immortelle. Il promet aux Hebrieux d'estre leur Dieu & de leur semence apres eux: Ergo leur
ame est immortelle. Or où est ce que la majeur de ces deux Syllo-
gismes se trouue dans les écrits de Moyse? Que l'alliance & la protection que Dieu promettoit aux Israëlites, ne fust pas seulement
pour la durée & les benedictions de ceste vie, & que sous le voile
des promesses temporelles que Dieu leur faisoit par la loy, ne fussent signifiées des graces spirituelles & perpetuelles, nul Chrestien
n'en doute. Mais la question est de sçauoir le moyen par lequel
ils l'apprenoient, & en constituoient vne doctrine de Foy. Passons outre. Dieu promet aux Israëlites de se souuenir de l'obëis-
sance des Peres pour la recognoistre & recompenser non seulement sur eux, mais aussi sur leurs enfants apres eux iusques à ceux
de la milliesme generation: & au contraire de se souuenir de l'iniquité des meschants, pour la venger non seulement sur eux, mais
sur leur posterité apres eux, iusques en la troisiesme & quatriesme
generation. Ergo l'ame des Israëlites est immortelle: Oyez vostre
grand compatriote Brence sur ce passage. *Il y en a, dit-il, qui inter-*   Brent. in Exod.
pretent mille generations pour perpetuellement, voulant que le sens soit, que   cap. 20.
Dieu garde ceux qui obseruent ses loix à vne perpetuelle vie & felicité, la-
quelle interpretation comme elle est pleine de bonne intention, aussi est-il
plus conuenable d'exposer mille generations pour la multitude de la posterité.
Car comme Dieu punit l'impieté des Peres en leur posterité: ainsi il remu-
nere en la posterité la pieté de leurs majeurs. Vous adioustez que Dieu
promet d'estre au milieu du peuple d'Israël. Et quoy pour cela?
Moyse écrit-il en quelque endroit que tous ceux au milieu desquels il est, leur ame soit immortelle? Mais il proteste dittes-vous,
qu'il conseruera Israël comme la prunelle de son œil. Il y a au texte que vous citez, il l'a gardé comme la prunelle de son œil: Et
ainsi outre nostre edition, le tournent Luther, Caluin, Vatable,   Luther. in Deut.
Tremelius & toutes vos Bibles de Geneue, referant ces paroles   cap. 32.
selon l'intention expresse de Moyse au temps que le peuple auoit
esté au desert, où il n'y auoit, dit Caluin, ny vne seule miette de   Calu. ibid.
pain, ny vne seule goute d'eau. Formez donc maintenant vostre
argument: Dieu a conserué le peuple d'Israël au desert, c'est à dire,
disent deux de vos grands commentateurs sur ce lieu, Borrhaüs &   Borrh. & Pelic.
Pelican: Il l'a gardé de la faim, de la soif, des serpents, des enne-   ibid.
mis. Ergo l'ame de l'homme est immortelle.

D. TILENVS.

Israël y est appellé heureux, parce qu'il est sauué au Seigneur Dieu.   Deut. 33.

H. CONNESTABLE.

V.

Pſal. 35.

Et Dauid dit, parlant de la grandeur de la miſericorde & de la
iuſtice de Dieu, qu'il ſauue les hommes & les beſtes. Qu'infere-
rez-vous de là? que les beſtes ſeront ſauuées comme vous? Le texte
de Moyſe ſelon la verſion de vos Bibles de Geneue eſt en preterit,
& porte que le peuple d'Iſraël auoit eſté défendu & preſerué contre ſes ennemis par le Seigneur: comme il l'auoit eſté viſiblement
& en la ſortie d'Egypte, & aux combats du deſert. Ergo l'ame des
Iſraëlites eſtoit immortelle?

D. TILENVS.

Gen. 49.

Iacob eſtant ſur le poinct de ſortir de ceſte vie ſe conſole en l'attente du ſa-
lut de l'Eternel, pour monſtrer qu'il va prendre poſſeſſion d'vne meilleure.

H. CONNESTABLE.

VI.

Voſtre Rabbi Tremelius tourne, *J'ay attendu l'Eternel pour ton ſa-*
lut, & l'expoſe ainſi en ſes annotations: *Le ſens de ces paroles, dit-il,*
eſt; ô tribu de Dan tu ſeras griefuement opprimée, & ſi griefuement que tu
ne pourras eſtre deliurée de tes oppreſſions ſinon par le ſecours de Dieu, lequel
i'eſpere certainement qu'il t'enuoyera. Et voſtre derniere Bible de Ge-

Caluin. in Gen.
cap. 49.

neue approuue ceſte diuerſe leçon, & la met en marge. Et Caluin
meſme expliquant l'autre verſion interprete le mot de ſalut, non
directement du ſalut de l'ame de Iacob, mais du ſecours & de la
deliurance de ſa poſterité.

D. TILENVS.

Luy & ſes Peres ſe diſent eſtrangers en la terre de Chanaan laquelle
toutesfois leur eſtoit promiſe en heritage, ils croyoient donc la vraye patrie,
c'eſt à dire, le Paradis.

H. CONNESTABLE.

VII.

Iacob dit à Pharaon que les ans de ſes peregrinations ont eſté
cent trente ſept: C'eſt à dire, interprete voſtre grand traducteur
Tremelius, les ans auſquels il luy a fallu ſouuent voyager & pere-
griner. Il eſt vray, ajouſte t'il, que ceſte peregrination terrienne
eſt figure d'vne autre ſpirituelle. Mais il ne s'agit pas icy du ſens
myſtique, il s'agit de l'intelligence litterale, & de la conſtruction
neceſſaire des paroles. Baſtiſſez donc là deſſus voſtre concluſion.
Iacob dit que les jours de ſes pelerinages; c'eſt à dire, répondra vn
Rabbi comme Tremelius, de ſa vie inſtable & vagabonde en laquelle il n'a point eu de domicile propre & de ſiege aſſeuré, ont
eſté cent tréte ſept ans: Ergo Moyſe propoſe par écrit l'article de la
vie future. Mais voyons voſtre argument en ſes propres termes.
Iacob & ſes Peres, dittes-vous, s'appellent eſtrangers en la terre
de Chanaan, laquelle toutesfois leur eſtoit promiſe en heritage.
Ceſte condition donc d'eſtre eſtrangers & hors de leur patrie,
ſe deuoit referer, non à vne patrie terreſtre, mais à celle du Ciel.

La terre de Chanaan leur estoit promise en heritage, c'est à dire, selon le style ordinaire de l'Ecriture, à leurs enfans qui les deuoient
representer. Car Dieu, comme dit S. Estienne, n'y donna iamais à *Act. 7.*
Abraham aucun heritage, non pas seulement pour assoir le pied.
Ergo elle leur estoit déja actuellement liurée. Et partant ne s'y
pouuoient confesser estrangers au regard du monde. Quelle con- *Genes. 23.*
clusion est celle-là? Abraham ne dit-il pas au peuple de Chanaan
qu'il est estrager parmy eux? Ne cômande-t'il pas que son fils prenne femme, non de la terre de Chanaan, mais de la sienne? Isaac n'en *Gen. 24.*
fait-il pas de mesme? Ne prie-t'il pas en benissant Iacob, que Dieu *Gen. 28.*
luy donne la terre de sa peregrination? Dieu ne dit-il pas à Abrahâ *Gen. 15.*
que sa semence seroit estrangere par quatre cents ans en vne terre
non sienne : c'est à dire, interprete Tremelius apres les docteurs
Iuifs, Chanaan & Ægypte? Dauid ne dit il pas parlant d'eux, *Psal. 104.*
quils furent en petit nombre & estrangers en la terre de Chanaan? Ils s'y reputoient donc estrangers eux & leurs enfans
iusques à ce que les promesses de la donation fussent accomplies.

Du TILENVS.

Ceste consequence est non seulement necessaire, mais aussi manifeste par le
témoignage de l'Apostre, qui la tire de ce passage de l'Ecriture, non de quelque *Heb. 11.*
Tradition non écrite, quand il dit que ceux qui parlent ainsi monstrent aper-
tement qu'ils cerchent la patrie. Qui est la chose que le Sieur du Perron ne
peut trouuer és liures de Moyse.

H. CONNESTABLE.

Il n'est pas question icy de la consequence que tire l'Apostre
de ce passage, laquelle encore il deriue d'vne autre façon que
vous, mais de la preuue necessaire que vous en pouuez recueillir
par le seul texte de Moyse, & sans l'ayde d'aucune autre authorité. Car vn argument pourra auoir esté bon en la bouche de sainct
Paul ayant égard à ceux à qui il écriuoit, qui estoient nourris par
la Tradition de la Synagogue en l'interpretation mystique &
spirituelle des lieux qu'il citoit, qui ne sera pas absolument
necessaire contre d'autres. Dauantage la mesme seuerité qui
est requise aux disputes des choses contentieuses, n'est pas requise aux consequences de l'Ecriture que l'on allegue en v-
ne matiere toute concedee, comme estoit celle-là entr'eux,
& plustost par forme de meditation & d'ornement, que de
preuue & demonstration. Et pourtant l'Apostre tire en ceste mesme Epistre plusieurs autres semblables discours de l'E-
criture, qui ne sont pris de l'intelligence litterale, ny absoluëment necessaires, mais empruntez du sens mystique & dé-
duits par moyens probables. Mais luy-mesme, repliquez vous,

dit que ceste conclusion est non seulement necessaire, mais aussi
manifeste. Et moy ie dis que vous auez mal mis vos lunettes, &
que c'est du premier argument qu'il parle, lequel ne conclud encore rien precisément de la vie future. *Ceux*, dit il, *qui s'appellent*

Hebr. 11.

ainsi, c'est à dire, pelerins & estrangers, signifient qu'ils cerchent leur
patrie. Mais que ceste patrie ne fust pas celle de son extraction,
il apporte seulement pour le prouuer, que s'ils eussent entendu
celle dont ils estoient sortis, ils auoient le loysir d'y retourner, laquelle obseruation preuient bien la réponse qu'on eust peu faire qu'ils eussent regretté la terre de Charran dont ils estoient ys-
sus, mais n'empesche pas que cest heritage de promission qu'ils
regardoient de loing, & à la possession duquel ils aspiroient,
soit pour eux, soit pour leur posterité, & où ils s'estimoient e-
strangers, lors mesmes qu'ils y habitoient auant que d'y auoir vn
siege propre & asseuré, ne fust litteralement la terre de Chanaan.
Et principalement selon l'exposition de Beze, qui interprete les
promesses, dont S. Paul dit que les Peres n'auoient point iouy,

Bez. in epist. ad
Heb. c. 11.

& qu'ils regardoient de loin, du païs de Chanaan, *Il me semble,* dit-
il, *que nous pouuons referer ces paroles auec moins de contraincte aux pro-*
messes de la terre de Chanaan. Il est vray que ceste region, adiouste-t'il,
leur estoit vne figure de la bienueillance paternelle de Dieu & de l'heritage
celeste, & de l'Eglise qui deuoit naistre d'eux.

D.   TILENVS.

Combien que nous y trouuions que mesme les meschans & infidelles qui
defendoient le mensonge contre la verité la souhaittoient. Car que veut dire

Numer. 23.

autre chose ce faux Prophete Balaam, quand il dit, que mon ame meure de
la mort des iustes & que ma fin soit semblable à la leur. Ce souhait expri-
me assez clairement l'apprehension qu'il auoit du iugement final.

H.   CONNESTABLE.

IX.   Puis que mesme au regard de ce monde il y a infinies choses qui
rendent la mort d'vn homme plus heureuse que celle d'vn autre,
comme de mourir en vieillesse, lors que le rassasiement de la vie,
dit Ciceron, apporte la maturité de la mort; de mourir d'vne mort
tranquille & sans douleur, de mourir en son pays, en la presence
de ses amis, ayant pourueu à ses enfans, laissant bonne renommée
apres soy, benediction de Dieu sur sa posterité, & autres semblables
graces externes, que Dieu promettoit lors à ceux qui le seruoient
pour couronne temporelle de leur felicité, quelle force apportez
vous pour contraindre vn homme à confesser que Balaam ayt plustost desiré par la mort des iustes le salut de son ame, que ces autres
contentemens que la nature enseigne à tous les hommes de souhaitter? Dieu promet à Abraham qu'il mourra en paix & sera en-

Genes. 15.

terré en bonne vieillesse : C'est à dire, selon l'interpretation de

Tremelius, en vne vieilleſſe longue & non maladiue. Il promet *Exod.23.*
aux Iſraëlites que s'ils obſeruent ſes commandements il accomplira le nombre de leurs jours. Il promet à ceux qui honoreront *Exod.20.*
leurs parents qu'il prolongera leurs jours ſur la terre. Et les amis
de Iob luy prediſent qu'il entrera auec plenitude de jours au ſe- *Iob. 5.*
pulchre, & que ſa poſterité ſera grande, & ſes rejettons comme
l'herbe de la terre. Au contraire, il eſt dit que le premier né de la *Iob. 18.*
mort: c'eſt à dire, ſelon les vns, vne mort auancée, ſelon les autres,
vne mort pleine de douleur deuorera les meſchants, que leur memoire perira de la terre, & ne reſtera aucune renommée d'eux par- *Pſal. 34.*
my les places : qu'ils n'auront ny fils ny petit fils entre leur peuple;
qu'ils n'accompliront point la moitié de leurs jours, & que leur *Pſal. 33.*
mort ſera tres-mauuaiſe. Pourquoy donc Balaam dira vn eſprit
contentieux, n'aura-t'il peu requerir par vne figure commune aux
enigmes & obſcuritez des oracles, la longueur des jours que Dieu
promet aux juſtes, en priant que le terme de ſa vie ſoit ſemblable
à celuy des juſtes? Et au lieu que Balac le preſſoit de ſouhaitter par
ſes imprecations, vne prompte & malheureuſe fin aux Iſraëlites,
deſirer au contraire que la ſienne leur ſoit ſemblable, & que ſon
áme meure de la mort des juſtes : c'eſt à dire, d'vne mort tardiue,
non auancée, non violente, non precipitée, mais telle que les Poëtes meſmes feignent qu'elle eſtoit deuant l'impieté des hommes.

  Semotique prius tarda neceſſitas   *Hor. od. 21.*
  Lethi corripuit gradum.

 Et que ſes reliques, c'eſt à dire, ſa memoire, ou ſa poſterité, ou,
comme tourne la verſion grecque, ſa ſemence ſoit ſemblable à la
leur, c'eſt aſçauoir fleuriſſante & pleine de benedictions ſur la terre? Luther ſouhaitte bien, meſme pour le regard des conditions *Luther. in*
temporelles, de mourir de la mort d'Abraham. C'eſt, dit-il, *à la ve- Gen. c. 15.*
rité vn grand poinct que ce que Dieu luy promet, & ie ſouhaitte qu'il
m'arriue, aſçauoir vne vieilleſſe douce, & vne mort tranquille. Pourquoy donc Balaam, qui n'eſtoit pas à voſtre conte plus ſpirituel,
ny luy, ny ſon aſne, que voſtre grand Prophete Luther, n'aura il
peu deſirer le ſemblable? Car ie ne veux point employer l'interpretation que donnent à ce paſſage ceux qui liſent en futur, Mon
áme mourra de la mort des juſtes, & l'expoſent de la mort que Ba- *Numer. 31.*
laam receut de la main des juſtes, eſtant peu apres occis par les en- *Ioſue. 31.*
fants d'Iſraël; Et mes reliques leur ſeront ſemblables; c'eſt à dire,
expliquent-ils, ma poſterité ſera conuertie & aſſociée au peuple
de Dieu.

D. TILENVS.

Quand Moyſe appelle les Iſraëlites, enfants de l'Eternel leur Dieu qu'ils
ne doiuent mener tel deüil des morts que font les infidelles, il ne parle moins

appertement de la Resurrection que S. Paul, quand il exhorte les Thessaloniciens de ne lamenter point les morts, comme font ceux qui n'ont point d'esperance.

H. CONNESTABLE.

X.

Les anciens Payens auoient accoustumé au seruice de leurs Idoles d'vser d'incisions sur eux & de leur offrir de leur sang; comme au troisiesme des Roys, l'histoire dit, que les Prophetes de Baal s'incisoient auec des cousteaux & des lancettes selon leur coustume. Ils obseruoient aussi ceste mesme forme aux funerailles de leurs morts, & nommément les Ægyptiens, lesquels comme remarque Theodoret, se tiroient du sang, & se rasoient du poil pour l'offrir aux manes de leurs morts. Dieu donc defend aux Israëlites non dira-t'on de pleurer leurs morts (car ils auoient trente iours touts entiers pour cest office) mais d'auoir rien de commun en ces coustumes prophanes auec les Payens & Idolatres, Ergo Moyse propose là, l'article de la Resurrection, aussi expres comme faict sainct Paul en l'Epistre aux Thessaloniciens. Vous *Calu.in c.* mocquez vous des lecteurs? Oyez vostre Maistre Caluin sur ce *Deut.14.* passage. *Ceste clause, dit-il, se pourroit aucunement exposer comme vne correction d'vn dueil immoderé , &c. Mais pource que l'intention des Payens estoit de rendre par ce moyen là les derniers offices aux morts, & celebrer leurs obseques par quelque acte de Religion expiatoire: il est probable & plus conuenable d'estimer que le but de tout ce texte-là est de condamner les cultes mal instituez, qui estoient témoignages de pieté entre les Gentils, mais parmy le peuple de Dieu eussent esté pollutions.*

D. TILENVS.

Deut. 33.

Sapient. 3.
1.Petr.4.

Quand Moyse dit que Dieu tient tous les Saincts en sa main; Il dit la mesme chose qui est ditte par ceux qui ont écrit apres luy; que les ames des iustes sont en la main du Seigneur, & qu'ils luy recommandent leurs ámes comme au fidelle Createur.

H. CONNESTABLE.

XI.
Iob. 12.

Moyse écrit que Dieu tient tous les gens de bien en sa main. Ergo l'ame de tous les gens de bien est immortelle. Et Iob écrit que l'ame de toute creature viuante est en la main de Dieu. Sur *Brent.in* quoy vostre grand Patriarche d'Allemagne Brence fait ce com- *Iob. c. 12.* mentaire. *Car Dieu, dit-il, non seulement a creé tout , mais aussi conserue, fomente, & sustente tout: Tout esprit soit d'homme , soit de beste, est en sa main.* Acheuez là dessus de former vostre conclusion, & vous serez l'Aduocat general des bestes.

D. TILENVS.

Exod. 32.
Gen. 5.
Aduer. Iud.

Ainsi quand il parle du liure de vie, de l'enleuement d'Enoch, que Tertullian appelle Candidatum æternitatis.

H. CONNESTABLE.

Que du passage de Moyse conferé auec le souhait de sainct
Paul d'estre anatheme pour ses freres, & autres lieux de l'Ecriture
parlants du liure de vie, nous puissions recueillir l'intention de
Moyse, quand il prie Dieu qu'il l'efface de dessus son liure s'il ne
veut pardóner à son peuple, c'est vn fait à part. Mais qu'à vn homme, qui ne reçoit pour doctrine authentique que les écrits de
Moyse, vous puissiez prouuer par la seule construction de ses paroles, qu'il desiroit estre damné pour le salut du peuple, & non pas
simplement effacé du rolle des viuants, c'est à dire, retranché de la
vie temporelle, & du registre où Dieu écrit toutes les choses à qui
il dóne l'Estre, il vous faudra bien estudier la Logique deuant que
d'en venir à bout. Et pour le regard d'Enoch, quand vn Sadduceen vous accordera que ceste tráslation aura esté vne retraitte de
la conuersation des hommes, & vn delay & retardement de la
mort, iusques à vn certain temps incognu aux hommes des premiers siecles. Quelle Dialectique d'Allemaigne sera celle-là? Dieu
par vn acte extraordinaire & miraculeux a conserué Enoch en
corps & en áme plus longuement que les autres hommes, & n'a
pas voulu que le terme de sa vie leur fust cognu. Ergo les ámes a-
pres l'extinction de leurs corps subsistent & demeurent immortelles. Mais Tertullian, dites-vous, l'appelle *Candidatum æternitatis.*
Certes vous ne ferez pas vn grand chef-d'œuure si à vn homme
qui reçoit Moyse & Tertullian tout ensemble, vous luy prouuez
l'immortalité de l'áme, par la Conference de ces deux Autheurs.
Mais vous serez bien, comme on dit, vn grand Apollon, si vous
pouuez faire auoüer à vn Sadduceen, que Tertullian soit la vraye
reigle pour tirer le sens des paroles de Moyse. Tertullian pour le
regard d'Enoch outre l'histoire de Moyse estoit instruit des témoignages de l'Ecclesiastique, de l'Epistre aux Hebrieux, de la
Tradition tant de la Synagogue que de l'Eglise. Et partant il luy a
esté bien aysé de l'appeller *Candidatum æternitatis.* Mais ce n'est pas
dequoy il s'agit. La question n'est pas, si vous pouuez monstrer par l'authorité de Tertullian que Moyse ayt proposé ces
articles dans la Loy écrite, ains si vous le pouuez conclure par le
seul texte de Moyse sans l'ayde de Tertullian, & d'aucun autre Pere. Car comme vous n'admettez pas que nous vous ayons prouué
vne chose par l'Ecriture pour vous auoir allegué l'authorité de
quelque Ancien qui dit qu'elle y est, ou pour vous auoir produit
quelque texte dont les Peres se soient seruis pour la prouuer; mais
nous sommez de vous la verifier par la propre force de l'Ecriture.
Ainsi faut-il, en ceste instance, où il se traitte de vous faire esprouuer la iustice ou iniustice de vostre reigle, & voir ce que

vous pouuez demonstrer par l'Ecriture seule, & sans le secours
d'aucun autre moyen externe, que vous vous soumettiez à la mesme condition, & enduriez que nous disputions pour ceste fois à
la huguenotte, c'est à dire, protestions de nullité contre toutes les
allegations que vous ferez en ce cas, des tesmoignages, argumens
& interpretations des Peres.

D. TILENVS.

Quand il dit que ceux qui craignent Dieu & gardent ses commande-
ments, seront bien-heureux à iamais.

H. CONNESTABLE

XIII.

Il ne dit pas qu'ils auront eux mesmes ceste felicité à tousiours,
ce qui encore ne concluroit rien necessairement outre l'estenduë
de ceste vie, comme il paroist par plusieurs autres semblables
phrases de l'Ecriture: Mais eux & leurs enfants successiuement,
Qui leur donnera, dit le Seigneur, *l'entendement de me craindre & de*
garder mes commandements en tout temps, afin qu'il leur soit bien à eux, &
à leurs enfants à tousiours.

D. TILENVS.

Quand il propose aux Iuifs la vie & la mort, benediction & maledi-
ction.

H. CONNESTABLE.

XIV.

Et quand il écrit que Dieu benit touts les poissons de la mer,
qu'en pretendez-vous conclure? que tous les poissons sont capables de la vie eternelle? Que souz les enigmes, & les mysteres de
ces benedictions temporelles ne fussent recelees les figures des
benedictions spirituelles: Que souz la promesse de la terre de
Chanaan ne fust entendu le Royaume des Cieux; souz la vie & la
mort corporelle le salut & la damnation, nul Chrestien n'en doute. Mais que les Israëlites sans l'ayde de la Tradition peussent recueillir de ces paroles là, autres promesses que celles qu'elles contenoient literalement, c'est là où est la difficulté.

D. TILENVS.

Quand il les menace du feu de l'ire de l'Eternel qui ardra iusques au
plus profond du sepulchre, qui consommera la terre & embrasera les fon-
dements des montagnes.

H. CONNESTABLE.

XV.

Quand vos dernieres Bibles de Geneüe traduisent ainsi. Le feu
s'est allumé en la cholere de Dieu, & a bruslé iusques au fonds des
plus bas lieux. Quand Vatable expose ces paroles de l'embrase-
ment de Hierusalem faict par les Babyloniens & les Romains.
Quand Caluin l'interprete de la desolation de la terre des Iuifs, &
dit que c'est vne comparaison metaphorique que Dieu fait de son
courroux auec le feu. Quand les annotatiõs des Bibles de Geneüe

Deut. 5.

Genes. 1.

Calu. in Deuter.
c. 32.

de l'an 63. cottent en marge, que c'eſt vne façon de parler hyper-
polique, pour monſtrer la grandeur des punitions dont Dieu
les menace. Que vous reſte-t'il plus en ce paſſage là dequoy
vous preualoir? La cholere de Dieu a ſouuent comme vn feu
couru & deſolé la Iudée, depuis les hautes montagnes iuſques aux
plus baſſes vallées. Ergo Moyſe a propoſé par écrit l'immortalité de l'ame, comme vn article de Foy.

D. TILENVS,

Quand, dis-ie il écrit toutes ces choſes, il monſtre aſſez clairement l'im-
mortalité de l'ame, la Reſurrection des corps, le Iugement final, le Para-
dis & l'Enfer, leſquels poincts s'entretiennent inſeparablement.

H. CONNESTABLE.

N'auez vous point de front, vous qui reiettez toutes les Tra-   XVI.
ditions des Apoſtres, ſi outre le témoignage & vſage perpetuel
de leurs diſciples, on ne les vous monſtre dans leurs écrits? Et
quand pour ſatisfaire à voſtre contentieuſe importunité, on
vous produit des paſſages qui les fauoriſent, vous mocquez de
tout ce qu'on vous allègue, s'il n'eſt en termes exprez, & incapables de toute autre expoſition, que vous n'en puiſſiez eſchapper par aucune défaitte, criants que les choſes qui appartiennent à la Foy, doiuent eſtre propoſées clairement & ouuertement dans l'Ecriture. N'auez vous, dy-je, point de front
maintenant qu'on vous ſomme que vous faciez le meſme,
touchant le principal article de la Foy, touchant la baſe & le
fondement de tous les autres, que vous le montriez dans
ceſte Loy écritte, laquelle vous maintenez par le témoignage de Moyſe & de Dauid auoir eſté parfaitte & claire à
ſalut, de vouloir faire paſſer ceſte rapſodie de coniectures
pour arguments neceſſaires & inſolubles? Et encor ce qui eſt
le comble de tout ce chef-d'œuure, vous ayant eſté propoſé
cinq articles, des quatre derniers deſquels vous n'auez pas
ſeulement oſé ouurir la bouche, dire pour toute reſponſe,
qu'ils s'entretiennent inſeparablement; c'eſt à dire, que la cognoiſſance de l'vn, ſans autre preuue ſupernaturelle, s'enſuit neceſſairement de la cognoiſſance de l'autre, & en eſt inſeparable.
Car il n'eſt pas queſtion de la connexion qu'ils ont en eux-
meſmes, mais de celle qu'ils ont en l'eſprit & en la cognoiſſance des hommes, & encore vulgaires & ordinaires. Quoy donc?
quand j'auray prouué qu'Ariſtote a tenu que l'ame eſtoit incorruptible, ie pourray conclure tout d'vn train qu'il aura creu la
Reſurrection des corps, le Paradis, l'Enfer & le Iugement final?
Et moy ie vous dis au contraire, que tous ces cinq points ſont
autant d'articles de Foy diſtincts & ſeparez, qui ont beſoin chacun

à part soy d'vne doctrine reuelee, & d'vne lumiere supernaturelle,
& qu'il n'y a celuy d'eux qui n'aye eu ses impugnateurs particuliers:
qui conuenoient neantmoins en la confession des autres. Premierement pour le regard de la Resurrection des corps, combien y a-
t'il eu d'Illustres escholes de Philosophes, côbien de Religions toutes entieres de Payens, combien entre les Chrestiens mesmes de sectes d'heretiques, qui croyoient que les ames estoient immortelles
& ne pouuoient estre persuadez que les corps deussent resusciter?
Estes-vous encore si écholier que vous ne sçachiez que les premieres & plus difficiles Apologies de l'Eglise Chrestienne, ont esté sur
les reproches de cet article, que la Philosophie humaine, quelque
persuasion qu'elle eust de l'immortalité de l'ame, ne pouuoit aucunemét gouster? Apres pour l'article du Paradis celeste & spirituel,
qui est celuy que nous disons auec S. Paul que les Peres de l'ancien
Testamét croyoient, côbien y a-t'il eu d'hômes qui ont tenu la Resurrection de la chair, lesquels neantmoins pensoient seulement
que les ames au bout de quelque temps deuoient rentrer de nouueau en leurs corps pour viure icy bas vne seconde vie sensuelle &
corporelle? Tiercement pour le regard de l'Enfer, combien y en a-
t'il eu qui ont creu l'immortalité de l'ame, la Resurrectiô des corps,
& les recompenses des bons en l'autre vie, qui neantmoins ont nié
l'Enfer, soit en soustenant qu'il n'y auoit que les gens de bien qui
resuscitassent, & que les ames & les corps des meschans perissoiét
pour iamais par la mort, comme Dauid Kimhi & plusieurs autres
Iuifs, soit en niant l'eternité des peines, comme Origene & ses sectateurs, & par consequent n'auoüant que le seul Purgatoire & nô
l'Enfer? Et quant au Iugement final, côbien y en a-t'il eu qui se
sont côtentez de croire le seul iugemét particulier de chaque ame
au sortir du corps, & n'ont point recogneu cest aduenement per-
sonnel de Dieu, & ce Iugemét final & vniuersel que les anciés Iuifs
croyoiét par la Traditiô de ceste celebre Prophetie d'Enoch? *Voioy
le Seigneur vient auec les milliers de ses Saincts pour faire iugemét côtre toꝰ,
& condamner tous les meschans des œuures de leur impieté.* Tout ainsi dôc
que si vous auiez sommé Mr d'Eureux de vous prouuer par texte
exprez de la Loy Mosaïque, la doctrine des Limbes ou du Purgatoire, & qu'aprés vous auoir allegué quelques coniectures de l'o-
pinion de Moyse touchant l'Immortalité de l'ame, il vous repon-
dit pour toute preuue du reste, que ces poincts là s'entretiennent
inseparablemét, vous vous mocqueriez de luy: Ainsi a-t'il iuste occasion de se mocquer, ou plustost d'auoir compassion de vous, &
vous renuoyer à l'eschole, non pour regenter mais pour estudier.
Cependant afin qu'il ne semble pas que ie vueille rien diminuer du
lustre de vos raisons, ie prieray les lecteurs pour en iuger plus se-
rieusement de se mettre au téps & en la place des anciés Israëlites,

& s'imaginer qu'il s'offre deux hommes à eux, dont l'vn leur die:
Messieurs, ne croyez rien de l'Immortalité de l'ame, de la Resurrection des corps, du Paradis, de l'Enfer, du Iugement final, que
ce qu'il vous en apparoistra en termes exprez, ou par consequence euidente & necessaire dans les liures de Moyse: Ne vous arrestez point à la Tradition non écrite: N'en croyez que ce que vous
en trouuerez vous-mesmes par écrit, ou ce que Tilenus, ou vn autre Docteur fait comme luy, vous en pourra demonstrer par arguments necessaires & insolubles: Tout le reste tenez-le pour superstition, pour impieté, pour anathéme. Et l'autre leur die, Messieurs, encore que pour certains respects cognus à la sapience de
Dieu, soit afin de contenir nos esprits dans les bornes de l'humilité, soit pour lier les oüailles auec leurs Pasteurs d'vn lien de charité plus estroit par la necessité de l'instruction, ces articles ne se
trouuent pas couchez si ouuertement dans les liures de Moyse que
nous en puissions tirer sans l'ayde de la Tradition, des consequences manifestes & necessaires; encore qu'ils y soyent contenus seulement sous le voile & enigme d'vn autre sens litteral. Neantmoins vous auez la Tradition paternelle & hereditaire de vos Patriarches Abraham, Isaac, & Iacob, instruits de la propre bouche
de Dieu, que Moyse n'a point voulu supprimer; quand au contraire, il vous a commandé d'interroger vos Peres. Vous auez l'attestation authentique des septante anciens de la Synagogue, & du
College des Prestres & Sacrificateurs, qui vous certifie que Moyse auec le volume de la Loy écrite, leur a semblablement consigné
ces mesmes doctrines & Traditions non écrites. Et partant vous
les deuez aussi embrasser comme articles de Foy, auec pareille certitude que les choses écrites. Lequel de ces deux langages à vostre
auis iugeront-ils lors estre le plus à l'edification, ou à la destruction du salut?

M^r D'EVREVX.

Quant à Daniel & aux autres Prophetes, on sçait qu'ils ont esté
plus de sept ou huict cents ans depuis.

D. TILENVS.

*Si ces témoignages ne semblent assez clairs au Sieur du Perron, qui con-
fesse neantmoins qu'en Daniel & autres Prophetes qui ont écrit depuis
Moyse il s'en trouue: Qu'il considere que ceux qui nioient la Resurrection
entre les Corinthiens éludoient aussi bien les vns que les autres. Ce qui monstre que si ceux qui errent en quelque poinct, ne se veulent laisser vaincre
par l'Ecriture, cela n'auient pas par l'obscurité & imperfection dont ils la
calomnient, mais par leur malice & aueuglement.*

H. CONNESTABLE.

M^r d'Eureux ne parle ny pres ny loin de ce qui se trouue　　XVII.

dans Daniel & dans les autres Prophetes, mais seulement dit qu'il
est hors de propos de s'en enquerir sur ce sujet, dautant qu'ils ont
écrit long temps depuis. Bien estime-t'il que le témoignage de
Daniel est beaucoup plus formel qu'aucun qui soit dans Moyse,
mais non toutesfois si expres que sans le secours de la Tradition,
& l'authorité de l'interpretation de l'Eglise, vn esprit contentieux
en puisse estre forcé: ny mesmes que tous ceux qui l'ont commen-
té comme Rabbi Iosua entre les Hebrieux, & Polychronius Euefque d'Apamée entre les Chrestiens soient d'accord qu'il s'entende
de la Resurrection. Car quand il plaira à vn Caluiniste pour exercer son esprit de contradiction, apporter les mesmes interpretations figurées sur ce passage, qu'ils nous opposent ailleurs en des
textes plus expres, & dire que c'est vn oracle prophetique, & partant susceptible de locutions metaphoriques & enigmatiques, &
que dormir en la terre de la poudre ne signifie pas là, estre mort,
mais se tenir coy & tranquille, sans faire parler de soy, & que la
gloire & l'infamie du siecle ne signifie pas là le salut & la damnation eternelle, mais la gloire ou la honte & infamie du monde, il
sera difficile de le conuaincre grammaticalement. Dont il appert
combien l'vsage de la Tradition prophetique & Apostolique est
necessaire, non seulement pour la conseruation des doctrines non
écrites, mais aussi pour la garde de la vraye interpretation de celles qui sont écrites: Et combien ceux-là sont pernicieux à l'Eglise,
qui la d'espoüillent de ces armes & exposent le nud texte des principaux articles de nostre foy à la malicieuse interpretation des
écrits particuliers.

D. TILENVS.

Outre cela est à noter qu'il a pleu à Dieu dispenser la reuelation de sa
volonté, de ses promesses & de son alliance par certains degrez, accroissant
tousiours la mesure de ceste reuelation auec l'accroissement de l'aage du mon-
de. Cesté œconomie se remarque clairement en l'Ecriture, quand nous y ob-
seruons les degrez depuis Adam jusques à Abraham, depuis Abraham iuf-
ques à Moyse, depuis Moyse jusques à Dauid, depuis Dauid jusques à la
transmigration de Babylone, depuis la transmigration de Babylone jus-
ques à Iesus Christ, qui a esté la lumiere mesme. C'est pourquoy le temps
de l'Eglise Iudaique est appellé temps d'enfance. Le nostre au contraire la
plenitude des temps.

H. CONNESTABLE.

XVIII. Que des choses qui concernent la personne & l'office du
Messie & autres particularitez de la Religion Chrestienne, il n'y
en ayt eu plusieurs proposées par le nouueau Testament, & necessaires au salut des Chrestiens, qui n'estoient point contenues dans l'ancien, personne ne vous le dispute. Vous seuls au
contraire

contraire le niez , qui maintenez que Chrift & fes Apoftres n'ont
rien enfeigné qui ne fuft dans l'Ecriture des Iuifs , & qu'elle feule
eftoit fuffifante, fans l'ayde d'aucune autre doctrine, pour rendre
quelque homme que ce fuft, voire vn Docteur mefme , tres-parfai-
temét inftruit de tous les poincts appartenants à la Religion Chreftienne. Mais que des chofes, non particulieres à la doctrine Euangelique, ains communes à l'vne & à l'autre Loy, & qui ont deu eftre
le fondement de toute vraye Religion, cóme des premiers chefs qui
vous ont efté propofez, la cognoiffance n'en ayt point efté neceffaire aux Ifraëlites , & que tous les fidelles qui ont efté deuant la
Loy, & fous la Loy, & apres la Loy, n'ayent point creu l'immortalité des ames, la Refurrection des corps, le Paradis, l'Enfer, le Iugement final; & par confequent n'ayent eu vne parole expreffe de
Dieu pour tous ces articles, lefquels ils n'euffent peu autrement tenir auec certitude de Foy, perfonne ne vous l'accorde.

D. TILENVS.

Si donc l'Ecriture de l'ancien Teftament à efté lumiere fuffifante aux
Iuifs bien qu'elle fuft moins claire que la noftre. Combien plus nous deuons
nous contenter de celle que nous auons par l'addition du nouueau Te-
ftament?

H. CONNESTABLE.

Si donc l'Ecriture de l'ancien Teftament n'a pas efté fuffifante
fans l'ayde de la parole de Dieu non écrite, pour enfeigner aux Iuifs
qui auoient befoin d'vne beaucoup moindre cognoiffance que
nous, les principaux articles de leur Foy : Combien celle du nouueau Teftament, qui felon vous n'y a rien ajoufté , & ne contient
aucune doctrine, qui ne fe puiffe prouuer parfaittement par l'ancien feul, eft elle moins fuffifante fans l'ayde de la Tradition verbale des Apoftres, pour decider tous les poincts particuliers de la
Foy Chreftienne, qui font en bien plus grand nombre que ceux de
la Iudaïque ? Et fi la Loy de Moyfe qui a efté appellée la Loy écrite,
comme ayant efté reduite par forme de corps de doctrine en vn
volume deuant que d'eftre propofée au peuple , & beaucoup plus
reftreinte & obligée à la formalité de l'Ecriture que celle du nouueau Teftament, a neantmoins eu befoin de la Tradition non
écrite : Combien plus la Loy de Chrift promife à l'Eglife, non dans
des tables de pierre ny dans des peaux d'arbres ou de beftes,
mais dans les cœurs & les efprits des fidelles , & dont les Apoftres ont fait la propofition de viue voix, fans écrire rien de premier & vniuerfel deffein, mais feulement par incident & fur
les occafions pofterieures , admettra-t'elle la focieté de la
Tradition verbale des mefmes Autheurs, dont elle eft pro-
cedee? *Chrift* (dit Eufebe Euefque de Cefarée en Palestine, il y a

XIX.

Eufeb. de Demonft.
Euang. lib. 1.

K k

pres de treize cents ans) *n'a voulu consigner ses enseignements ny aux ta-*
bles de pierre comme Moyse, ny à l'encre & au papier, mais dans les ames
pures & intellectuelles de ses disciples, dans lesquelles décriuant les loix
du nouueau Testament, il a accomply la Prophetie de Hieremie, qui dit,
I'institueray vn nouueau Testament, non à la façon du Testament que j'ay
institué auec leurs peres: Car voicy le Testament que j'institueray auec
la maison d'Israël: Ie donneray mes loix dans leurs ames, & les écriray
dans leurs cœurs, & ie seray leur Dieu, & ils seront mon peuple. Ce-
stuy-la donc écriuit en des tables inanimées, & cestui-cy a tracé dans les
ames viuantes de ses disciples, les parfaits enseignements du nouueau Te-
stament: & eux selon l'intention de leur maistre, accommodants leur do-
ctrine aux oreilles de plusieurs, &c. les ont consignees ᵃ *en partie par let-*
tres, en partie sans lettres, comme vne espece de droit non écrit.

ᵃ τὰ μὲν διὰ
γραμμάτων, τὰ δὲ
δι' ἀγράφων θεσμῶν
φυλάττειν παρεδί-
δοσαι.

<h3 style="text-align:center">M^r D'EVREVX.</h3>

Car quant au liure de Iob, outre ce que la pluspart des Iuifs, &
Mercerus auec eux, & les principaux Caluinistes nient que le passage qui y est s'entende de la Resurrection.

Iob c. 19.

<h3 style="text-align:center">D. TILENVS.</h3>

Quant au liure de Job auquel la Resurrection des corps & par consé-
quent l'Immortalité de l'ame se trouue en termes expres, quoy que die le
sieur du Perron, qui nous attribue à tort la fausse exposition de quelques
Anabaptistes.

<h3 style="text-align:center">H. CONNESTABLE.</h3>

Il faut que l'on voye tout à ceste heure lequel est imposteur de
M^r d'Eureux ou de vous, qui criez qu'il vous fait tort de vous attribuer la fausse exposition de quelques Anabaptistes, pource
qu'il dit que Mercerus & les principaux Caluinistes nient que le
passage de Iob s'entende (c'est à dire, d'intelligence necessaire, &
dont on puisse tirer vne preuue demonstratiue) de la Resurrection.
Oyez donc Mercerus sur ce passage : *Presque tous les interpretes*
Chrestiens, dit-il, tant anciens que modernes referent ce verset auec les
deux suiuants à la Resurrection. Mais moy auec les Hebrieux, ie prens
tout ce passage autrement. Que si Job parloit icy de la Resurrection futu-
re, les Hebrieux ne l'eussent point obmis, qui croyent aussi eux-mesmes la
Resurrection. Or de six ou de sept commentaires Hebrieux à peine en
trouuerez-vous vn qui l'y rapporte. Ny à la verité le discours, ou les
paroles de Job, si vous les considerez de pres & diligemment ne la regar-
dent point. Voyla le jugement de Mercerus : & pourtant au lieu
que la version de l'Eglise traduit, Ie sçay que mon Redépteur est viuant, & qu'au dernier jour ie resusciteray de la terre; il tourne, Ie sçay
que mon Redempteur est viuant, & qu'il demeurera le dernier sur la
terre. Et quant à ce qui suit en nostre Traduction; ie verray Dieu en

XX.

ma chair; Il le tourne, Ie verray Dieu de ma chair; & l'expofe ainfi:
A caufe de l'affliction de ma chair ie voy & contemple Dieu: c'eft
à dire, fa puiffance & fouueraine beneficence en moy. Or que Mercerus fuft des principaux Caluiniftes, voire le principal, pour la cognoiffance des lettres Hebraïques, il ne faut que voir l'Epiftre liminaire de Beze, qui a efté le parrin de ceft œuure, & l'a fait imprimer à Genéue apres la mort de fon Autheur : Et que cefte verfion
de Mercerus ayt efté approuuée par les principaux Caluiniftes, il ne
faut que lire vos dernieres Bibles de Genéue, où l'on trouuera que
vos nouueaux Correcteurs ont inferé dans leur texte en ce paffage
toute la Traduction de Mercerus de mot à mot, & mis à cofté fon
interpretation en tefte, comme la plus naïue & litterale, & celle de
la Refurrection par disionctiue, comme vne varieté d'expofition.
Voicy leurs propres paroles; *Je fçay que mon Redempteur vit , & qu'il* Bibl.Gen.an.1588
demeurera le dernier fur la terre, c'eft à dire , (annotent-ils en marge)
qu'il eft eternel, & immuable, & par confequent qu'il gouuerne tout par
fa prouidence eternelle, de laquelle procedent mefmes les afflictions que j'en-
dure. Ou, qu'il fera debout le dernier fur la pouffiere , fuiuant l'interpre-
tation de ceux qui expofent ce paffage de la Refurrection. Allez maintenant & dittes qu'on vous fait tort d'imputer à ceux de voftre party, qu'ils oftent la neceffité de la preuue de la Refurrection, des
paroles de Iob, & vous empefchent d'en pouuoir argumenter de-
monftratiuement.

M^r D'EVREVX.

Il n'y a nul témoignage affeuré que le liure de Iob fuft en eftre
lors que la Loy de Moyfe fut donnée.

D. TILENVS.

Nous apprenons bien des Iuifs , que Moyfe ayant trouué ce liure au
pays de Madian où eftoit fon beau-pere, l'apporta en Ægypte, pour le pro-
pofer aux Juifs comme vn exemple de patience en leur feruitude.

H. CONNESTABLE.

Ny les Iuifs ne confentent en l'opinion que Moyfe ayt efté
ou l'écriuain, ou le publicateur du liure de Iob , mais ont pour ce   XXI.
regard prefque autant d'auis comme de ceruelles , ny les plus fuffifants de vos commentateurs ne s'y accordent. Au contraire
Oecolampade en la preface de fon commentaire fur ce liure
dit , qu'il eft vray-femblable qu'il ayt efté écrit par quelqu'vn
des autres Prophetes. Ny il n'eft pas queftion icy d'vne imagination Rabbinique , mais d'vne vraye & affeurée certitude.

D. TILENVS.

Mais quand nous difons que cefte hiftoire eft aduenuë deuant que Moyfe
écriuift la Loy, nous fommes fondeZ en cõfequence tirée de l'Ecriture, laquelle

Kk ij

nous enseigne qu'apres la publication de la Loy, il n'estoit licite de sacrifier
ailleurs que deuant l'Arche ou le Tabernacle, sans commandement spe-
cial. Tellement que si Job eust esté apres la Loy de Moyse, ou il n'eust point
contreuenu à la Loy en sacrifiant, ou Dieu n'eust point approuué le sacri-
fice. L'aage aussi que l'Ecriture attribuë à Iob, nous fait croire qu'il a esté
deuant Moyse, lequel témoigne que ceux de son temps ne viuoient pas
si longuement.

Psal. 90.

H. CONNESTABLE.

XXII.   Contre qui vous picquez-vous? Mr d'Eureux vous dit qu'il n'y
a nul témoignage asseuré que le liure de l'histoire de Iob fust en
estre lors que la Loy de Moyse fut donnee, ny par consequent
qu'on en peust argumenter dés lors comme de doctrine écrite. Et
vous, vous suez sang & eau pour prouuer que la personne de Iob
estoit deuant Moyse. Ne vous battez-vous pas contre vostre
ombre? vous voulez monstrer que vous auez leu les annotations
de Tremelius: Et puis c'est tout.

Mr D'EVREVX.

Au contraire la pluspart pensent qu'il a esté écrit depuis la
transmigration de Babylone. Et semble qu'Ezechiel mesme le
confirme, qui dit, Noë, Daniel, & Iob.

D. TILENVS.

La conjecture du sieur du Perron qui veut qu'il ayt vescu depuis la
transmigration de Babylone est friuole. Il la fonde sur ce qu'Ezechiel
nomme ensemble Daniel & Iob. Dont s'ensuiuroit que Noë auroit esté
de ce temps-là. Car le Prophete le nomme auec les autres.

H. CONNESTABLE.

XXIII.   N'auez-vous pas besoin d'Hellebore? Où est-ce que Mr d'E-
ureux veut que Iob ayt vescu depuis la transmigration de Babylone? Prenez vos lunettes du matin, & regardez s'il parle de la personne ou du liure. Et quant à la consideration qu'il apporte, non
en qualité d'argument necessaire, mais de simple conjecture, pour
colorer aucunement l'opinion de ceux qui tiennent que le liure de
Iob a esté écrit depuis la translation des Iuifs: Asçauoir qu'Ezechiel proposant pour exemple d'hommes deliurez de grands perils en faueur de leur pieté, Noë, Daniel, & Iob, fait par deux fois
ceste enumeration tousiours en mesme rang, c'est à dire, Noë le
premier, Daniel le second, & Iob le troisiesme: Ce qui semble insinuer quelque relation à l'ordre de la description de leurs histoires; Et par consequent presupposer que celle de Iob ayt esté
écrite depuis celle de Daniel: Vous respondez que ceste conjecture est friuole, pource qu'il nomme aussi bien Noë que les autres. Que voulez-vous dire? estiez-vous sobre? estiez vous à jeun,
quand vous auez écrit ces inepties?

Mr. D'EVREVX.

Et pour le regard de l'argument de nostre Seigneur, contre
les Sadduceens. Il prouue bien l'Immortalité de l'ame, & non
les autres poincts. Mais cest argument là iusques à luy estoit incognu aux Iuifs, qui pour ceste cause admirerent l'infinité de sa
sapience. Et partant il falloit qu'ils en eussent receu la creance
pour article de Foy, par vn autre moyen que par la lecture des
liures de Moyse, asçauoir par la Tradition d'Abraham, Isaac, Iacob,
& autres Peres.

D. TILLEN. Parlant de l'argument de nostre Seigneur contre les Sadduceens, il mon-
stre qu'il ne voit pas plus clair aux liures des Euangelistes qu'en ceux de
Moyse. Il dit que cest argument prouue bien l'Immortalité de l'ame, mais c. 22.
Exod. 3.
non les autres poincts, c'est à dire, la Resurrection des corps. Et toutes-
fois sainct Matthieu dit en termes exprés, que nostre Seigneur cita ce passa-
ge de Moyse, pour prouuer la Resurrection des morts, & que par ce seul ar-
gument il ferma la bouche à ses ennemis, qui aimerent mieux se taire que
continuer à blasphemer.

Voyons vn peu cet Lynx, & cest Argus qui doit voir si clair en
l'Ecriture. Mr. d'Eureux dit que l'argument de nostre Seigneur
prouue bien l'immortalité de l'ame & non les autres poincts, donc
la Resurrection des corps est vn entre plusieurs, c'est à dire, qu'il ne
la prouue pas necessairement. Car que l'Immortalité de l'ame ne
puisse estre vn degré & vn moyen probable & conjectural, pour
induire & disposer (auec d'autres aydes) vn homme à admettre la
Resurrection des corps, nous n'y repugnons point. Et vous vous
alleguez que sainct Matthieu au contraire escrit en termes exprés,
que nostre Seigneur cita ce passage pour prouuer la Resurrection
des morts. Quelle forme de contradiction est celle-là La Resurrection des corps, & la Resurrection des morts est-ce vn mesme
terme? Il y a bien de la rime à la verité: Mais pour cela, s'ensuit-il
que ce ne soient deux termes distincts, & que sainct Matthieu par
la Resurrection des morts que nioient les Sadduceens, n'ayt peu
entendre simplement la subsistence de l'ame, & la restitution de
ceste autre vie, laquelle Dieu donne aux esprits des Fidelles apres la
mort du corps, que sainct Iean, selon les vostres mesmes, appelle
en son Apocalypse, Resurrection premiere? Oyez Caluin en sa   Caluin in Psy-
chop.
Psychopannychie. *Pour ceste cause, dit-il, Iean enseigne double*
Resurrection, comme double mort: Asçauoir la premiere de l'ame auant
le Iugement, l'autre quand le corps & l'ame resusciteront ensemble en
gloire. Bien heureux, dit il, ceux qui auront part en la Resurrection pre-
miere: En ceux-là la seconde mort n'a point de lieu. Et vn peu apres: Il est

vsité, dit-il, que la vie qui nous reste apres ceste vie mortelle, est appellée du nom de Resurrection en l'Ecriture. Car quand il est dit, que les Sadduciens nioient la Resurrection, cela ne se refere pas aux corps, mais veut dire simplement que leur opinion estoit qu'il ne restoit rien de l'homme apres la mort. Oyez Zuingle en son commentaire sur ce propre passage de sainct Matthieu: *Ceste réponse, dit-il, n'appartient point à la Resurrection du corps, mais à la subsistence de l'ame apres la mort. Par la Resurrection donc il entend la perseuerance de l'ame apres la mort du corps. Car si l'ame d'Abraham n'estoit rien du tout apres la mort, pourquoy Dieu se diroit-il le Dieu d'Abraham?* C'est à vous maintenant à vous accorder auec vos maistres, lequel de vous ou d'eux n'a voit goustté aux liures des Euangelistes. Car voila Monsieur d'Eureux hors du pair pour ce regard. Ioint que quand sainct Matthieu diroit en termes expres que nostre Seigneur auroit allegué ce texte contre les Sadduciens sur la dispute de la Resurrection des corps, que s'en pourroit il inferer necessairement? L'heresie des Sadduciens n'estoit pas de nier la simple restitution des corps, mais en premier lieu l'Immortalité de l'ame, & puis par accessoire & consequence la resumption des corps. *Ils tiennent*, dit Iosephe definissant leur heresie en vn mot, *que les ames perissent auec le corps.* Mesme les Iuifs escriuent que leur doctrine estoit venuë de ceste sentence d'Antigonus maistre de Saddoc, qu'il falloit seruir Dieu pour l'amour de luy-mesme, & sans esperance de loyer. Au moyen dequoy ils supprimoient toute attente de recompense, & de punition apres la mort. L'erreur donc des Sadduceens touchant la Resurrection des corps, estant fondé sur ce principe, qu'il ne restoit rien de l'homme pour reprendre & reuestir le corps apres la mort, l'argument de nostre Seigneur, qui combat ce fondement n'aura-t'il pas peu estre allegué particulierement contre eux sur le different de la Resurrection des corps, comme destruisant leur consequence, que pour cela la preuue n'en sera pas absoluë contre ceux qui seront d'accord de l'Immortalité de l'ame, & nieront la Resurrection de la chair pour quelque autre consideration?

Zuingl. in Matth. c. 12.

XXIIII.

D. TILENVS.

Si iusques là il auoit esté incogneu aux Iuifs, comme dit le sieur du Perron, cela ne monstre pas l'insuffisance de l'Ecriture.

H. CONNESTABLE.

XXV.

L'insuffisance de l'Ecriture non qui nous donne l'addresse, & les moyens pour apprendre d'ailleurs ce qu'elle n'enseigne pas immediatement: la necessité de la Tradition, ouy: qui est requise pour suppleer en nostre esprit, non seulement ce qui n'est pas exprimé en l'Ecriture, mais ce qui ne nous apparoist pas y estre exprimé, & que neantmoins nous sommes obligez de sçauoir,

D. TILENVS.

Ouy bien l'ignorance de l'Eglise de ce temps-là, & la negligence de ceux qui ne daignoient sonder les Ecritures, comme nostre Seigneur les y exhortoit.

H. CONNESTABLE.

Ny l'Eglise Iudaïque ne doit estre accusée d'ignorance, pour n'auoir pas sceu iusques alors trouuer en l'Ecriture ancienne, qui est ce liure écrit par dehors & par dedans & scellé de sept seaux, ce que le fils de Dieu qui a la clef de Dauid qui ouure, & personne ne ferme, Ce que celuy dont il est dit, l'Agneau est digne de prendre le liure & d'ouurir ses seaux, y a trouué. Ny vostre pretendue Eglise ne se doit glorifier si depuis que Christ a ouuert le sens à ses disciples, & nous a exposé luy-mesme les Ecritures, elle y pense voir plus clair que ne faisoit la Synagogue. Combien qu'auec tout cela l'intelligence de l'argument de nostre Seigneur ne vous est pas si facile, que vos principaux Docteurs soient encore d'accord, en quoy consiste le nerf & la force de ceste preuue, pour la rendre necessaire & insoluble. Les vns veulent comme Zuingle & Bucer apres sainct Hiérosme, que ce soit en la relation presente du mot de Dieu, auec ce dont il est dit estre Dieu, qui ne peut auoir lieu, pretendent-ils, sinon que ceux desquels il se dit Dieu soient veritablement : Non plus qu'vn Roy ne peut estre dict actuellement Roy sans sujets. Mais Beze allegue que dans l'Hébrieu le verbe, *suis*, n'y est point exprimé, lequel partant se pouuant suppleer aussi bien au temps preterit comme au present, Il semble, dit-il, que les Sadduceens pouuoient repliquer que Dieu témoignoit par ces paroles, non qu'il estoit, mais qu'il auoit esté le Dieu d'Abraham, Isaac & Iacob. Ioint que quand mesme le verbe y seroit exprimé, & en temps present, la solution de Beze ne laisseroit pas de demeurer tousiours en son entier. Car l'vsage ordinaire de toutes les langues porte que les choses retiennent encore les noms de leurs relations, apres l'extinction de leurs termes correlatifs, comme Ruth est appellée femme du mort, l'hostesse d'Helisée est appellée la mere de l'enfant qui estoit mort, Iacques & Iean sont appellez fils de Zebedée, Pierre fils de Iona, & ainsi des autres. Et pourtant le mesme Beze recourt à vn autre moyen qui est la vertu de l'alliance témoignée par ceste phrase. Car quand Dieu se dit estre Dieu de quelqu'vn, partout en l'Ecriture cela signifie, dit-il, non vne alliance temporelle, mais vn contract de bienueillance perpetuelle. Mais outre ce que la necessité de ceste explication ne se peut conclure d'aucun lieu de Moyse, qui est-ce dont il est question, & qu'il n'apparoist nulle part par les paroles des cinq liures de la Loy, que Dieu ayt estendu la durée de son alliance auec les hommes, à autre perpe-

XXVI.

Apoc. 3.

Apoc. 5.

Zuingl. in Matth. c. 22.
Bucer. ibid.

Bez. ann. in Matth. c. 22.

Ruth. 4.
3. Reg. 27.

Kk iiij

tuité qu'à celle de leur vie, & de leurs enfants apres eux, & que le
passage d'Abacuc, Tu es nostre Dieu, nous ne mourrons point, &
autres semblables qu'on cite à ce propos, soit qu'ils y seruent ou
non, ne sont point alleguez de Moyse : Il est certain que ce n'a pas
esté l'intention de nostre Seigneur de fonder son argument sur l'e-
nergie generale de la promesse & de l'alliance de Dieu, quand il afferme à quelqu'vn, qu'il est son Dieu. Car autrement il n'y auroit
point eu de raison d'aller rechercher particulierement, & tout exprés, ces paroles prononcées apres la mort d'Abraham, d'Isaac, &
de Iacob, plustost que les paroles formelles de l'alliance mesme, laquelle il contracta auec Abraham viuant, par seriments & sacrements si authentiques, lors qu'il luy dit, Ie seray ton Dieu, & de ta
semence apres toy, ou que toutes les autres promesses faites par
luy aux viuants d'estre leur Dieu, comme quand il dit tant de foish
tout le peuple d'Israel qu'il est leur Dieu, quand il s'appelle si souuent le Dieu des Hebrieux : ny n'y auroit point eu de propos d'alleguer aux Sadduceens qui estoient bien d'accord que Dieu estoit
leur Dieu d'eux-mesmes, & de tous les Fidelles pendant qu'ils viuoient, que Dieu se dit Dieu d'Abraham, d'Isaac & de Iacob, s'il
n'eust entendu fonder son argument sur ce que c'estoit apres leur
mort que ces paroles auoient esté prononcées. Et pource Caluin
preuoyant les responses de chacune de ces preuues à part, les pai-
strit toutes ensemble. Mais il n'est pas question icy d'vn ramas de
conjectures. Il est question de trouuer le moyen simple, vnique
& indiuisible de la demonstration qui seul force & conclue necessairement. Ce que vos docteurs n'ont encore sçeu faire d'vn
commun accord iusques à present. Et partant vous ne deuez pas
accuser en ce poinct la negligence de l'Eglise Iudaïque, qui n'ignoroit pas cest argument par faute d'auoir leu le passage ; car Caluin
dit que nostre Seigneur le choisit exprés, pource qu'ils l'auoient
ordinairement en la bouche : mais dautant qu'il n'y estoit pas si
clair qu'il ne fust besoin d'vne grande subtilité & admirable sapience pour l'en recueillir : Et par consequent n'y estoit pas couché en
la forme que vous voulez que les articles de foy soient proposez
dans l'Ecriture, c'est à dire, en termes si clairs & euidents que chaque simple fidelle sans interprete, les en puisse recueillir infailliblement : Au moyen dequoy il leur estoit necessaire de l'auoir d'ailleurs
& le croire comme article de Foy par Tradition non écrite. *Il ne*
faut pas, dit Caluin, *penser que Christ ayt pris sans cause ce passage plu-*
stost que quelque autre, mais il l'a choisi par bon jugement, combien qu'il
pourroit sembler en apparence estre obscur, pource qu'il deuoit estre bien
commun & en vsage entre les Juifs. Et Bucer, *Voyez*, dit-il, *comme*
Christ a recueilly cela subtilement. Mais sans doute, ajouste-t'il, *si les*

Calu. in 22. cap.
Matth.

Bucer, ibid.

S'adduceens furent de l'humeur dont sont aujourd'huy les Anabaptistes ils n'admirent en aucune sorte cest argument: par ce que ceste parole claire, les morts resusciteront, ne leur peut estre produite.

D. TILENVS.

Ie ne sçay pourquoy il trouue tant d'obscurité en cest argument. Car vn si grand Philosophe comme luy, y deuoit bien apperceuoir la lumiere de ceste maxime de Philosophie qui dit, quand on pose le tout, faut aussi poser les principales parties d'iceluy. Or posé que Dieu est le Dieu d'Abraham, Exod.3. *d'Isaac, & de Iacob, comme dit Moyse, s'ensuit donc qu'il est leur Dieu selon l'ame & le corps, qui sont les principales parties de tout homme.*

H. CONNESTABLE.

Et moy ie ne sçay pourquoy vous estes encores si écholier que de vouloir reduire toutes les façons de parler de l'Ecriture, qui s'accommode le plus souuent au langage ordinaire des hommes, à la tyrannie des loix de l'échole. Et si j'allegue au contraire que l'Ecriture dit qu'Abraham, Isaac, & Iacob sont morts, & ont esté enterrez, & que qui pose le tout pose aussi ses principales parties, que s'en ensuiura t'il, sinon qu'ils sont morts, & ont esté enterrez en corps & en ame? C'est vne façon de parler vsitée d'appeler l'ame, apres la separation du corps, du nom que portoit tout l'homme auparauant: Voire plusieurs grands Philosophes ont tenu que l'ame seule estoit veritablement l'homme, & que le corps n'en estoit que le vestement, ou plustost la prison & l'empeschement. Dont vn François a faict ces vers, que les petits enfants sçauent par cœur.

> *Ce que tu vois de l'homme n'est pas l'homme*
> *C'est la prison où il est enserré,*
> *C'est le tombeau où il est enterré;*
> *Le lict branlant, où il dort vn court somme.*

Et suiuant ceste ancienne forme de parler, M. Caton dit à Læ-   *Cic. de senect.* lius & à Scipion, dans le Dialogue de la vieillesse, qu'il brusle de desir de voir apres sa mort leurs peres qu'il auoit aymez & cheris en leur viuant; & qu'il attend auec impatience le jour auquel il ira trouuer ces excellents personnages, & faire compagnie à son cher Caton. Quoy donc, il croyoit qu'ils estoient viuants en corps & en ame? Car qui pose le tout, pose ses principales parties. Et quand nostre Seigneur dit, par forme d'histoire, selon Caluin, que le Lazare   *Calu. in Psychop.* mourant fut porté par les Anges au sein d'Abraham, il s'ensuit donc que le Lazare fut porté en corps & en ame par les Anges, & que le mauuais Riche estoit des-lors en corps & en ame aux enfers: Car le Lazare & le mauuais Riche sont noms de personne & non de partie. Et quand il dit au bon larron tu seras aujourd'huy en Paradis auec moy, il y deuoit donc estre en corps & en ame: Car

il parloit à ſa perſonne. Mais à quel propos tant de repliques?
Zuingle ne vous tranche-t'il pas le mot tout net? *Ceſte reſponſe, dit-*
il, n'appartient point à la Reſurrection des corps, mais à la ſubſiſtence de
l'ame apres la mort. Par la Reſurrection donc, ajouſte-t'il, il entend la
perſeuerance de l'ame, apres la mort du corps. Car ſi l'ame d'Abraham
n'eſtoit rien du tout apres la mort, pourquoy Dieu ſe diroit-il le Dieu
d'Abraham?

D. T I L E N V S.

Mais puis que les Sadduceens ne pouuoient trouuer, ou ne vouloient cer-
cher la Reſurrection des morts és liures de Moyſe; pourquoy donc la
croyent-ils auſſi peu par la Tradition? Pourquoy noſtre Seigneur ne les y
renuoye-t'il? Pourquoy tire-t'il vn argument ſi obſcur comme veut le ſieur
du Perron, de l'Ecriture s'il y en auoit de clairs en la Tradition?

H. C O N N E S T A B L E.

Hé mon amy! Pource que les Sadduceens faiſoient comme vous
& comme tous les autres heretiques : Ils nioient toutes les Traditions de l'Egliſe non écrites : Ils rejettoient toutes les interpretations Eccleſiaſtiques, & faiſoient gloire, comme dit Ioſephe, de
contredire aux docteurs & de ne receuoir que le ſeul texte de la
Loy. Et outre cela pource que noſtre Seigneur les veut refuter
par l'authorité du meſme liure auec lequel ils l'auoient aſſailly, &
les prendre au propre filé qu'ils luy auoient tendu. Qui eſt la
meſme raiſon pourquoy il ne leur allegue pas les Prophetes. *On*
demande, dit ſainct Hieroſme, *quelle a eſté l'intention de noſtre Sei-*
gneur de produire ce témoignage, qui ſemble eſtre ambigu, & n'appartenir
pas aſſez à la verité de la Reſurrection: Mais les Sadduceens, répond-
il vn peu apres, *n'admettoient pour tout que les cinq liures de Moy-*
ſe, & rejettoient les oracles des Prophetes. Et partant c'euſt eſté
vne impertinence de leur apporter des témoignages dont ils ne rece-
uoient point l'authorité.

D. T I L E N V S.

Pourquoy attribuë-t'il la cauſe de leur erreur à l'ignorance de l'Ecriture?

H. C O N N E S T A B L E.

L'Euangile ne dit pas que noſtre Seigneur reprocha l'ignorance
de l'Ecriture aux Sadduceens, ſur la preuue de la Reſurrection, mais
auparauant, lors qu'il reſpondit à l'obiection qu'ils luy auoient
faite des paroles de Moyſe. Car ils preſuppoſoient que s'il y auoit
vne ſeconde vie, les meſmes contracts & obligations de mariage
qui auoient eſté inſtituez icy entre les hommes & les femmes par la
Loy demeureroient encor en l'autre ſiecle. Noſtre Seigneur donc
refere l'impertinence de ceſte leur objection à deux cauſes; L'vne,
l'ignorance du ſens de l'Ecriture propre qu'ils auoient citée; d'autant que les paroles de la loy touchant les mariages ne pouuoient

eftre obligatoires, finon pour cefte vie mortelle, où il falloit reparer le genre humain par generation. L'autre , l'ignorance des
conditions de la Refurrection , lefquelles ils ignoroient derechef
pour deux occafions; L'vne, pour ne fçauoir pas comme les écrits
des Prophetes, qu'ils taxoient ineptement d'abfurdité & repugnance à la loy, entendoient que la Refurrection fe deuoit accomplir,
afçauoir fans ces imperfections corporelles : L'autre , pour ne cognoiftre pas la vertu de Dieu , qui pouuoit perpetuer l'eftre des
hommes en l'autre fiecle fans l'vfage des mariages & de la generation,en les conferuant immortels comme les Anges.   Et pourtant
tous les trois Euangeliftes diftinguent ce difcours d'auec celuy de
la preuue de la Refurrection, qui fuit apres par vne particule qui
denote changement de propos : *Vous errez*, dit noftre Seigneur , *ne
fçachans point les Ecritures,ny la vertu de Dieu:Car en la Refurrection on*   Matth. 22.
*ne prend ny on ne donne à femme,mais ils font comme les Anges de Dieu.
Et quant à la Refurrection des morts , n'auez vous point leu ce qui vous a
efte dit de Dieu?* Ce que fainct Hilaire , & auant luy Origene obfer-   Hil.in Matth.
uent diftinctement; afçauoir que la reproche de l'ignorance des   Orig.ibid.
Ecritures que noftre Seigneur faifoit aux Sadduceens appartenoit
aux conditions de la Refurrection, & le difcours fuiuant à la preuue de la verité de la Refurrection, fouftenants l'vn & l'autre que
ces mots, ils n'epouferont point ny ne feront point époufez, mais
feront comme Anges de Dieu;eftoit ce que les Sadduceens eftoiét
dits ignorer par faute de fçauoir les Ecritures; Et que cefte fentence
eftoit contenuë finon literalement, pour le moins myftiquement,
dedans les Ecritures Prophetiques. Combien qu'Origene touche
encor vne autre interpretation : Vous errez ne fçachant pas les
Ecritures; c'eft à dire ce qui vous fait errer en ce fait, eft que vous
ne receuez pas le corps entier des Ecritures , & ne lifez point les autres Ecritures outre la Loy. Car ignorer fe prend fouuent en l'E-
criture, pour méprifer &rejetter.

D. TILENVS,

*Certes Abraham renuoye les freres du mauuais Riche pour les preferuer
de l'Enfer, non feulement aux Prophetes,mais auffi à Moyfe.*

H. CONNESTABLE.

Certes Abraham les renuoye non feulement à Moyfe,qu'il nom-   XXX.
me le premier,mais auffi aux Prophetes,comme n'eftant pas la cognoiffance qu'il pouuoient tirer des feules promeffes & menaces de
Moyfe , qui eftoient cachées & enueloppees fous l'ombre des figures corporelles; fuffifante pour leur en donner aucune parfaitte
certitude fans l'aide & la lumiere des Prophetes. Outre ce que les
addreffant à Moyfe & aux Prophetes, il n'entend pas qu'ils fe repo-
fent fur ce qu'ils en pourront recueillir eux mefmes de leur feule

lecture particuliere ; mais les oyent de la bouche des Pasteurs de
l'Eglise Iudaïque, qui en sçauoient par Tradition les interpretations mystiques & spirituelles : c'est à dire, des Prestres, Scribes, &
Docteurs de la Synaguogue, desquels il est dit , Ils sont assis en la
chaire de Moyse , faites tout ce qu'ils vous disent.   Et derechef
Moyse a des hommes d'ancienneté en chaque cité, qui le preschent
aux Synaguogues.

Math. 23.
Act. 15.

D. TILENVS.

Genes. 15.

Auquel ils pouuoient voir que Dieu luy auoit dit qu'il estoit son bou-
clier, son loyer tres-grand, qu'en sa semence seroient benistes toutes nations,
laquelle promesse contient le fondement de la substance de la doctrine du
salut.

Genes. 12.

H. CONNESTABLE.

XXXI.

Zuingl in
Genes. c. 15.

La promesse qui est icy faite à Abraham, dit Zuingle au commentaire sur ce passage, *regarde les choses temporelles & terrestres. Et vn*
peu apres, l'Hebrieu, dit-il, *lit ton bouclier, & le Latin, ton protecteur.*
Or cela, ajouste-t'il, *se refere au combat & à la deffaite des Rois. Car*
Abraham pouuoit craindre que ces Rois ne prissent leur reuenche de luy.
Et partant Dieu luy apparoist le consolant, afin qu'il ne les craigne point
quelques grands & puissants qu'ils soient. Dauantage pource qu'il n'a-
uoit ri n pris des despoüilles, le Seigneur le loüe, & luy promet qu'il luy
sera vne assez grande recompense, & qu'il ne s'en repente point. Et Cal-

Calu. ibid.

uin : *Il est probable,* dit-il, *qu'Abraham auoit besoin de ceste confirmation,*
pource qu'il voyoit que plusieurs murmuroient de sa victoire, & que sa
vieillesse seroit exposée à beaucoup d'oppressions. Et Oecolampade ; *C'est*

Oecolamp. ibid.

comme s'il disoit ; Soit ainsi, dit-il, *que ces quatres Rois que tu as deffaits*
se remettent sus derechef, & entreprennent quelque chose contre toy : Ne
perds point courage pourtant, tu n'en receuras aucun mal : ne crains point
ie te deffendray. Si ie suis pour toy, qui sera contre toy ? si ie suis ton bouclier
& ta protection, qui te nuira ? Formez donc maintenant vostre conclusion. Dieu promet à Abraham que si les quatre Roys qu'il a-
uoit défaits s'arment derechef contre luy, il le defendra de leurs efforts, & le recompensera de ce qu'il s'est abstenu de leur butin. Ergo Moyse propose là euidemment l'article de l'Immortalité de l'a-
me.   Car quant à la promesse que toutes les nations seront benies
en Abraham ; Nous apprenons bien par le témoignage de sainct
Paul qu'elle regarde l'auenement du Messie. Mais que l'adoption
de toutes les nations en la famille d'Abraham sous le regne du
Messie, deust estre autre chose qu'vn Empire temporel estably par
luy en la famille d'Abraham : & leur benediction autre chose que
la felicité temporelle des peuples, sous la monarchie de la posterité
d'Abraham ; les premiers Israëlites ne le pouuoient recueillir necessairement d'aucune parole prise des seuls liures de Moyse.

D. TILENVS

D. Tilenvs.

Or quand mesme les susdits poincts & autres ne se trouueroient si clairs és
liures de Moyse, cela ne concluroit rien contre la suffisance & perfectiõ des
Ecritures que nous auons en l'Eglise Chrestienne. Car comme Dieu reueloit
sa volonté aux premiers Patriarches de viue voix pour les instruire en sa
cognoissance auparauant qu'il y eust aucune Ecriture, ainsi continuoit-il ceste
mesme maniere de reuelation au temps de Moyse, parlant à luy aussi fami-
lierement comme vn homme à son amy, l'instruisant sur toutes les occur-   Exod.33.
rences, & ne luy donnant iamais ceste liberté d'ordonner aucune chose tou-
chant la Religion, de sa propre authorité. Aussi Moyse se contint fort reli-
gieusement dans les bornes d'obeissance, non seulement iusques aux moindres
ceremonies, mais aussi en l'administration politique, où toutesfois il semble
qu'il eust peu vsurper vn peu plus de puissance. Mais il ne voulut rien de-
cerner contre celuy qui auoit violé le Sabath, ains le fit mettre en prison, ius-   Num.15.
qu'à ce que Dieu luy eust declaré la forme du supplice dont il vouloit que le
transgresseur fust puny: Au contraire l'Eglise Romaine prend la hardiesse
d'ordonner vne infinité de choses tant en la Religion qu'en la Police, qu'elle
ne peut prouuer, non seulement par aucune autre Ecriture, mais non pas
mesme par la pretenduë Tradition Apostolique: Au defaut de laquelle
ses defenseurs mettent en auant l'authorité de l'Eglise, qui ne peut er-
rer.

H. Connestable.

Il y a deux parties en ceste longue élusion, l'vne, où vous ne sça-   XXXII.
uez tout à fait ce que vous voulez dire: l'autre où tout ce que vous
dites est hors de propos. Quand l'Ecriture donnée par Moyse, dites vous, ne contiendroit pas tous les poincts qui estoient lors necessaires à salut, il ne s'ensuiuroit pas que l'Ecriture inspirée par
Christ & publiée par ses Apostres & Disciples en fust de mesme,
pour le regard de l'Eglise Chrestienne. Si feroit bien, supposant
que la preuue de la perfection & plenitude de l'Ecriture de l'Eglise
Chrestienne, soit tirée de l'analogie de la Loy Mosaïque, comme
vous l'en deriuez, lors que vous prenez les témoignages qui sont
formellement attribuez au corps de la Loy de Moyse, & les appliquez à faute d'autres par analogie à la Loy Chrestiéne. Mais voyons pourquoy il ne s'ensuiuroit pas. Pource qu'au temps de Moyse Dieu parloit familieremét à luy, comme vn homme à son amy.
Voila vne belle raison de diuersité. Et nostre Seigneur ne parloit-il
point auec Dieu familierement comme vn homme auec son amy,
luy qui estoit Dieu luy-mesme, qui estoit la parole de Dieu, & dont
il est dit que Dieu aux derniers temps a parlé par son fils? Et les
Apostres ne parloient-ils point auec Dieu comme vn homme
auec son amy? eux dont il écrit, Ils seront tous enseignez de
Dieu; Et ausquels nostre Seigneur dit, ie ne vous appelle

plus mes feruiteurs, ie vous appelle mes amis? Dauantage quand estoit-ce que Moyse parloit ainsi auec Dieu pour l'instruction du peuple? N'estoit-ce pas deuant qu'il eust acheué de leur consigner la Loy par écrit? Car lors qu'il acheua de la leur donner il auoit cent vingt ans; qui estoit le terme de sa vie. Reste donc que vous argumentiez ainsi, Moyse a peu estre moins ample en ses écrits que les Apostres, pource que deuant que de les écrire il parloit auec Dieu. Vous ajoustez qu'il ne prit iamais la liberté d'ordonner rien de son chef, mesme en la Police, ce qui est faux, tesmoin l'histoire de Ietro & alleguez l'exemple du violateur du Sabath. Voila derechef vne facetieuse raison & digne de Tilenus, pour monstrer que Moyse a peu plustost laisser quelque chose à la Tradition, & ne coucher pas tout par écrit, que les Apostres. Vous sortez puis apres de propos & de sens tout ensemble, & dites que l'Eglise Romaine fait plusieurs institutions, non seulement sans l'authorité de l'Ecriture, mais aussi sans celle de la Tradition Apostolique. A quoy il suffira de vous respondre, quand le propos le requerra, que vous ne sçauez ce que les Docteurs Catholiques veulent dire par ceste proposition: L'Eglise ne peut errer aux choses de salut. Car ils ne pretendent pas par là, que l'Eglise ayt authorité d'introduire aucune autre doctrine que celle qu'elle a receuë, soit par écrit, soit par Tradition verbale de la parole des Apostres: Mais qu'elle est tellement assistée de l'esprit de Dieu, suiuant les promesses de son époux, que soit pour la garde, soit pour l'interpretation de ceste parole, il ne la laisse iamais tomber en erreur: de sorte qu'encore qu'elle puisse bien rendre conte de toutes ses actions pour ce regard à ceux qui en sont capables, neantmoins aux simples fideles qui ne sont pas suffisants pour faire d'eux mesmes cest examen, reste ceste asseurance & ceste consolation, que s'en reposant sur le iugement de celle que Dieu leur a dónée pour colomne & firmament de verité, ils ne peuuent estre trompez en la foy, ny hazarder leur salut.

D. TILENVS.

1. Tim. 3.

Or combien que l'Eglise Iudaique eust des oracles, des visions, des songes diuins, Vrim & Thumim, des Prophetes extraordinairement enuoyez de Dieu, par lesquels moyens, cessez depuis que Dieu a parlé à nous par son fils, elle pouuoit estre instruite plus pleinement en toutes choses: Ce neantmoins l'Ecriture luy est tousiours recommandée par dessus tout.

Hebr. 1.

H. CONNESTABLE.

XXXIII. Les oracles, les visions, les songes diuins, l'Vrim & Thumim, selon vos propres maximes, n'estoient que pour les admonitions ou deliberations, sur les faits particuliers: Comme l'Vrim &

Thumim se consultoient lors que l'on vouloit aller à la guerre, ou
faire quelque autre entreprise, & ne regardoient point la proposition des loix de la religion, & des actions & ceremonies generales de l'Eglise. Et quant aux Prophetes, l'argument en est bõ pour
nous qui croyons que la Loy écrite ne contenoit pas tout ce qu'ils
ont enseigné; mais non pour vous-autres, qui ne leur attribuez
aucune authorité, sinon de ramenteuoir & admonnester le peuple de la part de Dieu d'obseruer la Loy, & non pas d'annoncer
rien outre la Loy, de peur d'offencer le sens que vous donnez à ces
paroles de Moyse, vous n'adjousterez ny ne diminuerez rien à ce
que ie vous commande: Et à celles-cy de Dauid, la Loy du Seigneur est parfaitte: le precepte du Seigneur illumine les yeux, qui
sont les plus fortes barrieres que vous pensiez auoir pour exclure
les Traditions.

D. TILENVS.

*Dieu mesme quoy qu'il parlast à Josué de viue voix, l'introduisant en
sa charge, toutesfois ne luy recommande que le liure de la Loy, ne luy pro-
mettant son assistence & benediction qu'à la condition qu'il fera & obser-
uera ce qui est écrit en iceluy.*

H. CONNESTABLE.

Il y a bien difference entre dire, Dieu luy recommande d'ob- **XXXIV.**
seruer le liure de la Loy, & Dieu luy recommande de n'obseruer
rien que le liure de la Loy. Il se va prosterner luy & tous les anciens du peuple deuant l'Arche qui estoit vne figure à vostre cõ-
pte beaucoup moins excellente que le Sacrement du corps de
Christ. Il mene l'Arche en procession pour la prise des villes: Il
fait sonner au deuant d'elle d'autres trompettes que celles du sanctuaire. Il prend des pierres du Iourdain selon le nombre des douze lignées d'Israël pour eriger à la posterité le monument du passage de l'Arche, & fait infinies autres telles choses qui selon vous
eussent esté ou superstitions ou idolatries, s'ils n'y en eust eu ordonnance expresse de Dieu; des vnes desquelles neantmoins l'institution n'estoit point dans la Loy écrite, & des autres le commandement luy en fut manifestement fait depuis.

D. TILENVS.

Et puis apres toutesfois & quantes qu'il a esté question de reformer l'E-   2.Chr.23.27:31.
glise on n'a iamais pris autre patron que l'Ecriture. Comme il appert par   &c.
les exemples de Iosaphat, de Ioas, d'Ezechias, de Iosias, d'Esdras, de Ne-
hemie, &c.

H. CONNESTABLE.

Quand il a esté question, non de reformer l'Eglise, dont le **XXXV.**
corps a tousiours persisté en sa pureté visible au Royaume de Iuda, bien que souuentesfois opprimé de grandes persecutions,

& abandonné de plusieurs de ses parties ; mais de restituer & sanctifier le Temple qui auoit esté clos & pollu par la tyrannie des Roys Idolatres , & d'y remettre le culte des sacrifices ; ou bien de ramener les Schismatiques à l'vnité & à la communion de l'Eglise, & les diuertir des haults lieux: on y a obserué les ordonnances, & ceremonies prescrites par la Loy de Moyse ; que conclud cela Iosaphat continuant en la pieté de son pere Asa, sous lequel la vraye Eglise auoit fleury & dont le cœur auoit esté parfaict tous les iours de sa vie, mais qui n'auoit pas demoly les Autels erigez par les Schismatiques aux hauts lieux, les fit ruiner , & enuoya des Prestres par toutes les villes de son Royaume qui enseignoient le peuple ayant le liure de la Loy en main , afin de r'addresser ceux qui s'estoient égarez & distraits du vray Autel aux Autels Schismatiques. Il institua aussi vn tribunal Ecclesiastique en Hierusalem , où le souuerain Sacrificateur presidoit, pour iuger de toutes les questions appartenantes à la Religion ; de cela que s'ensuit-il Ioïada souuerain Sacrificateur au temps de Ioas distribua les charges du temple entre les sacrificateurs , suiuant l'ordonnance & la distribution de Dauid , afin qu'ils offrissent les holocaustes comme il est écrit en la Loy. Ezechias accomplit touts les commandemens que Dieu auoit donnez à Moyse. *Il fit aussi tenir, dit l'Ecriture, des Sacrificateurs & des Leuites en la maison du Seigneur auec des Cymbales, Psalterions & Harpes selon l'ordonnance du Roy Dauid, & de Gad le voyant, & de Nathan le Prophete. Car ce commandement estoit de la part du Seigneur par l'organe de ses Prophetes.* Que voulez-vous conclure par là? que ce qui n'estoit point dans les écrits de Moyse ils ne le deuoient point tenir pour commandement de Dieu? Iosias ayant trouué le Deuteronome (car ainsi l'interpretent non seulement S. Chrysostome entre les Chrestiens, & R. Salomon entre les Iuifs , mais vos propres Bibles mesmes de Geneue) iura auec tout son peuple, de l'obseruer. Ergo il iura luy & tout son peuple de ne croire & obseruer que ce qui estoit écrit dedans le Deuteronome? Esdras & Nehemie retournants de la captiuité , & restituants le culte externe du temple & des sacrifices en Hierusalem, où il auoit esté interrompu durant la transmigration du peuple, leur font lire & iurer la Loy de Moyse. Ergo il leur font renoncer à toutes les autres creances & obseruations qu'ils auoient receuës, soit de la Tradition de Moyse, soit des écrits & de la Tradition des autres Prophetes?

2.Chron.c. 29.

Chrysost. in Matt.
hom. 9.
Bibl. Gen. 65.

D. TILENVS.

Au contraire quand Ammon & Manasses voulurent détourner le peuple du seruice de Dieu à l'idolatrie, ils cacherent le liure de la Loy, afin qu'il ne fust plus leu publiquement, selon l'ordonnance de Moyse.

H. CONNESTABLE.

Que Manaſſes ayt caché luy-meſme le Deuteronome, & non pas pluſtoſt que quelque fidelle le luy ayt caché pour empeſcher qu'il ne le bruſlaſt, il eſt peu vray-ſemblable. Car quand il fut retourné à Dieu, il l'euſt fait rechercher & retrouuer, ayant eu aſſez de loiſir pour ceſt effect; aſçauoir, ſi nous croyons les Iuifs, trente trois ans que dura ſa penitence, pendant leſquels il reſtaura le vray ſeruice de Dieu dedans le Temple, & commanda à tout ſon Royaume de l'embraſſer, nonobſtant que ce liure là ne fuſt point encore retrouué. Et quand il l'auroit fait cacher, voire toute la Loy écrite, que s'enſuiura-t'il pour cela? que les Traditions ne deuront point eſtre admiſes au ſeruice de Dieu remis lors ſans écrit?

XXXVI.

D. TILENVS.

Quant à la creation des Anges, l'eſtre & la creation des Diables que le Sieur du Perron diſtingue fort improprement: Comme ſi les Diables n'auoient eſté Anges au commencement, ou comme ſi Dieu les auoit creés à part ainſi meſchans qu'ils ſont: Il en eſt reuelé és liures de Moyſe autant que Dieu a iugé eſtre expedient pour la rudeſſe de ce peuple-là.

H. CONNESTABLE.

Vous reſuez fort proprement. Car il y a bien difference entre la diſtinction des choſes en la verité de l'eſtre, & la diſtinction des queſtions des choſes en l'apprehenſion de l'entendement. Que la creation des Anges & des Diables n'ayt eſté vne meſme action de Dieu qui les a tous creés en l'eſtre Angelique, nul ſiecle n'en doute. Mais que de s'enquerir premierement ſi ces bonnes ſubſtances ſpirituelles & incorporelles, que nous appellons Anges, ſont eternelles, comme Ariſtote veut que les intelligences inferieures qui meuuent les cieux ſoient coëternelles à la ſouueraine intelligence, ou bien ſi elles ont eſté creées, & ont commencé d'eſtre. Et ſecondement ſi outre ces bonnes natures ſpirituelles il y a d'autres eſprits mauuais qui ſont ceux que nous appellons Diables. Et en troiſieſme lieu ſi ceux-là ſont eternels, comme les Manicheens vouloient qu'il y euſt vn principe de mal coëternel à Dieu, & vn mauuais Dieu. Ou bien ſi ce ſont eſprits creés, qui ayent commencé d'eſtre comme toutes les autres creatures, & en quel eſtat ils ont eſté creés, il n'y a homme pourueu de ſens commun qui doute que ce ſoient autant de queſtions diſtinctes & ſeparées. Mais ce prouerbe Grec eſt touſiours veritable, l'ignorance eſt la mere de l'impudence.

XXXVII.

D. TILENVS.

De dire le quantieſme iour ou en quel ordre ils ont eſté creés, nous ne le ſçauons non plus par Tradition que par l'écriture, quoy qu'elle ſoit augmentée depuis Moyſe, duquel nous recueillons leur creation, quand il dit que les Cieux & la terre furent acheuez & tout leur exercite.

H. CONNESTABLE.

Gen.22.

XXXVIII. Vous répondez toujours à ce dequoy on ne vous interroge point. Qui vous parle du jour auquel ils ont esté creés? La questiō n'est-elle pas, si vous pouuez prouuer necessairement par quelque lieu de Moyse qu'ils ont esté creés? Vous dites qu'oüy, par ce passage que les cieux & la terre furent acheuez auec tout leur exercite. Ne ferez-vous iamais vn argument cōplet? Et où est-ce que Moyse dit que par ce mot, toute l'armée ou tout l'exercite des cieux, il entend autre chose que l'ornement visible des cieux, c'est à dire, le soleil, la lune, & les estoilles? Lisez le quatriesme chapitre du Deuteronome, mesmes selon vos dernieres bibles de Genéue: *De peur, dit-il, que leuant les yeux vers le Ciel, & qu'ayant veu le soleil, la lune & les estoilles, qui est toute l'armée (ou tout l'exercite) des cieux, tu ne sois poussé à te prosterner deuant eux.* Faictes maintenant vostre Syllogisme en mode & en figure. Moyse dit que Dieu a creé les cieux & tout leur exercite: Or par l'exercite des cieux on ne peut prouuer que Moyse entende autre chose sinon le soleil, la lune & les estoilles. Ergo Moyse dit que Dieu a creé les Anges.

D. TILENVS.

Gen.28.

Deut.33.
Hebr.2.
Gal.3.

En la vision de l'eschelle de Jacob & ailleurs nous lisons leurs apparitions & ministere, lequel les Iuifs du temps de Moyse sçauoient plustost par leur experience que par Tradition, puisque la Loy fut publiée par eux.

H. CONNESTABLE.

XXXIX. Tout cecy prouue ce dequoy on est d'accord, & encore le prouue auec plusieurs impertinences. Car que la Loy fust baillée par le ministere des Anges en la montaigne de Sinaï, & non immediatement par la main de Dieu, comment est-ce que les Iuifs le sçauoient par leur experience? Ceux qui vescurent sous les Iuges & sous les Roys y auoient-ils esté presents? Et ceux mesmes qui assisterent à la publication de la loy en la montaigne, virent-ils des Anges? virent-ils quelque figure au moyen de laquelle ils peussent sçauoir par le rapport de leur sens, & sans en estre instruits de viue voix, qu'il y auoit là d'autres substances spirituelles que Dieu, par le ministere desquels il donnoit sa Loy? Et quant à Moyse,

Gal. 3. & Hebr.
2.

où est-ce qu'il écrit que la Loy fut baillée par les Anges? C'est vne proposition de sainct Paul, qui conclud de là l'auantage de la Religion Chrestienne par dessus la Iudaïque, laquelle ne se peut recueillir necessairement d'aucun lieu de Moyse, mais de la seule

Deut.33.

Tradition non écrite: Et principalement si vous suiuez l'interpretation de Luther & de Vatable au lieu que vous citez, qui expo-

Calu. ib.

sent tous deux le mot des Saincts, nō pour les Anges, mais pour le peuple d'Israël. Car quant à ce que dit Caluin, qu'il est probable

que sainct Estienne & sainct Paul ont pris de là ceste doctrine, que
la loy a esté ordonnée par les Anges en la main du Mediateur ; il
n'est pas question d'vne probabilité, mais d'vne demonstration.
Et celle-là où la recouurerez-vous pauure homme, qui ne vous
apperceuez pas que vous vous enferrez vous mesmes en vne question que l'on ne vous faisoit point? Car pour prouuer que les
Iuifs auoient la cognoissance des Anges par les écrits de Moyse, &
non par simple Traditiõ, qui est chose qu'on ne vous a point contestée, vous alleguez l'histoire de la publication de la Loy par les
Anges, laquelle les Iuifs ne sçauoient sinon par Tradition, & ré-
ueillez imprudemment vne objection dont on ne vous parloit
point. Sainct Estienne & sainct Paul presupposent comme chose *Act. 7.*
toute commune & cognuë parmy les Iuifs, que celuy qui auoit *Hebr. 2.*
parlé à Moyse & à tout le peuple d'Israël en la môtaigne de Sinaï,
& qui auoit prononcé les paroles de la Loy, n'estoit qu'vn Ange,
Ministre & Ambassadeur de Dieu, & non pas Dieu mesme. C'e-
stoit vne proposition bien importante & de tres-grand poids,
puis que sainct Paul l'employe enuers les Hebrieux, pour conclure
que si la Loy auoit esté ferme, l'Euangile le deuoit bien estre dauantage. Il faut donc que vous montriez, vous qui en auez entamé
vous mesme le propos, de quel lieu de l'Ecriture ils la prenoient.
Car du passage du Deuteronome quand il s'entendroit des Anges, *Deut. 33.*
& qu'on l'interpreteroit soit en ce sens, Dieu est venu d'entre les
milliers de ses Anges, c'est à dire du ciel : soit en cest autre, Dieu est
venu accompagné des milliers de ses Anges, iamais on n'en pourra former ceste conclusion, Celuy qui prononça les paroles de la
Loy n'estoit pas Dieu, mais vn Ange seulement parlant en la personne de Dieu : & la Loy fut baillée par le ministere d'vne moindre legation, asçauoir par l'Ambassade des Anges, que l'E-
uangile qui a esté apporté par le Fils : Qui est neantmoins, selon l'exposition de Luther & de Caluin, l'intention & l'argu-
ment de l'Apostre aux Hebrieux. *La Loy*, dit Luther, *ne diffe-* *Luth. in epist. ad*
re pas seulement de temps d'auec l'Euangile, mais aussi d'Autheur ou de *Gal. c. 3.*
cause efficiente. Car la Loy a esté baillée par les Anges, Hebr. 2. & l'E-
uangile par le Seigneur mesme. Et pourtant l'Euangile est plus excellent que
la Loy. Car la Loy est la voix des seruiteurs, & l'Euangile est celle du mai-
stre. Et Caluin, Si donc la Loy a puny ses transgresseurs, elle qui neantmoins *Calu. in epist. ad*
a esté baillée par les Anges, que sera-ce de ceux qui mesprisent l'Euangile *Hebr. c. 2.*
qui a le Fils de Dieu pour Autheur?

D. TILENVS.

Quant à la distinction de leurs ordres dont ce supposé Areopagite parle
auec tant d'asseurance, comme s'il eust esté present à tout cela, combien que
celuy mesme qui auoit esté rauy iusques au troisiesme ciel, non seulement n'en *1. Cor. 12.*

Ll iiij

parle point, mais témoigne qu'il n'est pas licite de reueler ces secrets-là: Nous disons auec sainct Augustin. Quand on dispute d'vne chose fort obscure sans certaine & claire preuue des Ecritures diuines, la presomption humaine se doit retenir, sans pancher plus d'vn costé que de l'autre. Il ne nous renuoye point à la Tradition non écrite en ce cas-là.

H. CONNESTABLE.

Que les œuures qui portent le nom de sainct Denis Areopagite, lequel sainct Chrysostome appelle oyseau du Ciel, soient supposées, ou ne le soient pas, cela est du tout hors de propos. Car ce n'est pas de là que M^r d'Eureux prend l'instance qu'il fait de la distinction des ordres des Anges; C'est de ce mesme sainct Paul, qui selon vostre dire n'en parle point, lequel afferme en l'Epistre aux Ephesiens, que Dieu a fait soir Christ à sa dextre aux lieux celestes, par dessus toute principauté, & puissance, & vertu, & domination, & tout nom qui est nommé, non seulement en ce siecle; mais aussi en l'autre. Et en l'Epistre aux Colossiens, qu'en Christ ont esté creées toutes choses au ciel & en la terre, visibles & inuisibles, soit les thrónes, soit les dominations, soit les principautez, soit les puissances. Et de S. Pierre qui dit que Christ est monté aux cieux s'estant éleué par dessus les Anges, & les puissances & les vertus. Et de sainct Iude qui dit, que Michel l'Archange n'osa jetter sentence de malediction sur le Diable. De là M^r d'Eureux, auec la licence & le sauf-conduit de Caluin, recueille qu'ils croyoient diuers ordres & degrez d'Anges. *Il n'y a point de doute, dit Caluin sur ce passage de l'Epistre aux Ephesiens, que sainct Paul par ces noms ne designe les Anges. Et vn peu apres, Mais comme de la diuersité des noms nous recueillons diuers ordres, aussi s'en enquerir trop subtilement, & determiner leur nombre, & arrester leurs degrez, c'est non seulement vne impudente curiosité, mais vne impie & dangereuse temerité.* Que l'autheur aussi que vous dites soit entré trop auant en la recerche des degrez & distinctions des Anges, comme vous l'en accusez, n'ayant possible pas leu la protestation qu'il faict, que de s'enquerir par le menu quels & combien sont les ordres, les natures & les offices des Anges, il n'y a que Dieu qui puisse auoir ceste cognoissance: Et partant qu'il se contentera d'en faire les distributiós generales selon l'energie des noms qui leur sont attribuez par les Autheurs de la science diuine, sans y rien mesler du sien. Cela n'a rien de commun auec la proposition de M^r d'Eureux, qui est seulement en general, que les Iuifs sçauoient qu'il y auoit distinction d'ordres & de degrez entre les Anges & Archanges, Thrónes, Dominations, & Principautez, & autres natures celestes & spirituelles, & ce par Tradition nó écrite. Car puisque non seulemét S. Pierre, S. Paul & S. Iude parlent distinctemét de ces ordres: mais en parlent

ainſi que de choſe toute cognuë & ſuppoſée entre ceux à qui ils
écriuoient; & que S. Paul meſme ayant fait en ces termes comme
vn commencement de denombrement des degrez des ſubſtances
ſpirituelles, ſur leſquelles Chriſt eſt eſleué aux lieux celeſtes, ajouſte, & par deſſus tout nom qui eſt nommé non ſeulement en ce
ſiecle, mais auſſi au futur ; Il apparoiſt que c'eſtoit vne doctrine
toute notoire en la Synagogue. Et par conſequent elle ſe ſçauoit
ou par vne Tradition expreſſe & abſoluë, ou par vne Tradition
ſubſidiaire, c'eſt à dire, ou par vne parole de Dieu abſoluëment
non écrite, ou par la garde & le dépoſt d'vne interpretation myſtique & ſpirituelle de quelque texte de l'Ecriture expliqué ſuper-
naturellement. Mais ſainct Paul, obiectez-vous, dit qu'il a eſté
rauy au Ciel, & a oüy des paroles ſecrettes qu'il n'eſt licite à aucun
homme de reueler. Argumenterez-vous touſiours ſelon voſtre
couſtume, c'eſt à dire, impertinemment ? Et qui vous a dit que ces
paroles ſecrettes que ſainct Paul a écrit qu'il eſtoit illicite de reueler, eſtoit ceſte diſtinction d'ordres Angeliques, de laquelle vous
parle Mr d'Eureux, qui ne la deriue ſinó des paroles de ſainct Paul
meſme? Mais ſainct Auguſtin, ajouſtez vous, écrit que quand on
diſpute d'vne choſe fort obſcure ſans claire & certaine preuue des
Ecritures, la preſomption humaine ſe doit retenir. Il eſt vray, il
écrit en vn paſſage que vous n'auez pas leu: Car vous le citez de la
réponſe aux lettres de Petilianus Donatiſte, & il eſt au ſecond liure des merites & de la remiſſion des pechez contre les Pelagiens,
& ſur vne matiere qui ne peut appartenir à la diſpute contre les
Donatiſtes. Il écrit, dy-je, parlant non pas des propoſitions con-
ſignées par Tradition à l'Egliſe, mais des queſtions qui eſtoient
meües par quelques particuliers, & dont l'Egliſe ne tenoit point
de reſolution determinée, comme eſtoit celle qu'il traittoit lors
de l'origine des ames, aſçauoir ſi elles eſtoient extraites les vnes
des autres ainſi que le corps, ou creées immediatement de Dieu:
qu'en ceſte obſcurité & incertitude il falloit ſurſeoir ſon iugemét
& ne decider rien par preiugé & anticipation, lors qu'il ne s'en
trouuoit point de lumiere aux Ecritures. Mais que là où la Tradition Apoſtolique & la voix vniuerſelle de l'Egliſe parloit, encore
que l'ecriture ſe teuſt, il ne falluſt eclaircir toute obſcurité par ceſte lumiere; tant s'en faut que ſainct Auguſtin l'ayt iamais nié,
que voicy la reigle qu'il en donne en la controuerſe des Catholi-
ques & des Donatiſtes: *Par ainſi (dit il) combien qu'il ne ſe trouue nul*   Aug. contr. Creſc.
exemple de cela dans les Ecritures canoniques ; neantmoins nous obſeruons,   lib. 1. c. 33.
voire en ce cas, la verité des meſmes Ecritures, quand nous faiſons ce qui a
pleu à l'Egliſe vniuerſelle, laquelle l'authorité d'icelles Ecritures recomman-
de: de ſorte que puis que la ſaincte Ecriture ne peut tromper, quiconque

craint d'estre trompé par l'obscurité de ceste question, qu'il consulte celle Egli-
se que la saincte Ecriture demonstre sans ambiguité. Et derechef. Les
Apostres n'ont rien prescrit de cela: mais ceste coustume, &c. doit estre creuë
auoir pris son origine de leur Tradition, comme il y a beaucoup de choses que
l'Eglise vniuerselle obserue, & pourtant se croyent à bon droict auoir esté
commandées par les Apostres, encore qu'elles ne se trouuent point écrites.

D. TILENVS.

Irenée qui deuoit plus sçauoir de la Tradition Apostolique qu'aucun de
nostre temps, deffie certains Gnostiques de son temps, enflez de ie ne sçay
quelle science prise hors l'Ecriture, de raconter & descrire les distinctions,
ordres & preeminences des Anges, Archanges, puissances, thrónes, domi-
nations; bref toutes ces choses que l'Eglise Romaine se vante de sçauoir, &
que ce sainct Pere proposoit à ses aduersaires comme impossibles à com-
prendre.

H. CONNESTABLE.

XLI.

Quelles visions vespertines? Quels songes? quels spectres? quels
fantosmes? Les Gnostiques se vantoient d'estre plus excellents que
le Dieu qui auoit creé le monde, lequel estoit (disoient-ils) vn
Dieu animal & imparfait. Sainct Irenée donc là dessus les somme
de comparer leurs œuures, auec la creation du Ciel & de la terre,
auec la creation des Anges, auec celle des Archanges, auec celle
des Thrónes, auec celle des Dominations, auec celle des Puissan-

tren. l. 2, c. 3.

ces: Puis ajouste; *Que si ils répondent, dit il, que toutes les choses mate-*
rielles, comme le Ciel & le monde inferieur, ont esté faittes par le Createur.
Mais que les choses plus spirituelles qui sont par dessus le Ciel, comme les
principautez, les puissances, les Anges, les Archanges, les Dominations,
& les vertus, ont esté faittes par le ministere du germe spirituel, lequel ils
se vantent d'estre; Premierement nous leur monstrerons par les Ecritures,
que toutes ces choses tant visibles qu'inuisibles ont esté creées de Dieu, &c.
Secondement si ainsi est que les choses qui sont au dessus des cieux ayent
esté faittes par eux, qu'ils nous dient quelle est la nature des substances in-
uisibles: qu'ils nous exposent le nombre des Anges, l'ordre des Archanges;
qu'ils nous declarent les Sacrements des Thrónes: qu'ils nous enseignent les
diuersitez des Dominations, des Principautez, des Puissances, & des Ver-
tus: Mais ils ne le sçauroient pas seulement dire. Elles n'ont donc pas esté
faittes par eux. Que si elles ont esté faittes par le Createur, comme elles
l'ont esté sans doute, & cependant sont substances spirituelles & sainctes;
Il n'est donc pas animal luy qui faict les choses spirituelles. Y a-t'il là vn
seul mot qui die, que nous ne deuons point presumer qu'il y ayt
distinction d'ordres en la nature Angelique? qu'il y ait des Anges
simples, des Archanges, des Thrônes, des Dominations, des Principautez, des Puissances, des Vertus? ny que ces classes-là soient
autant de degrez distincts & separez; qui est ce dequoy il s'agit?

Parle-t'il ny pres ny loin que les Gnoftiques s'attribuaffent quelque cognoiffance de ces chofes? qu'ils s'en enflaffent de vaine
gloire? qu'ils entrepriffent de fçauoir en cela quelque cas outre
l'Ecriture? Les en reprent-il? N'eft-ce pas luy-mefme qui au contraire leur propofe la diftinction de ces ordres qu'il prend des
propres termes de fainct Paul, & les refute par là? Et quand il les
reprendroit de fe vanter de fçauoir ce qu'il les fomme de luy dire,
afçauoir la nature des fubftances Angeliques, leur nombre, les
fubdiuifions de chacun de leurs ordres generaux en fes ordres
particuliers & fubalternes, & leurs differences fpecifiques & effencielles qui font chofes innombrables, & que l'Eglife referue à Dieu
feul. Qu'a cela de commun auec la queftion que vous fait Mʳ d'E-
ureux, qui eft, Par quel lieu de la Loy de Moyfe il apparoiffoit aux
Ifraëlites qu'il y euft diftinction d'ordres entre les Anges, &
que les vns fuffent Anges fimples, les autres Archanges, les autres Thrónes, les autres Dominations, les autres Principautez, les
autres Puiffances, les autres Vertus, comme il nous apparoift par la
Loy Euangelique, non feulement qu'il y en a de tous ces genres;
mais que les Iuifs mefmes le fçauoient, & le diftinguoient par la
diuerfité de ces appellations?

D. TILENVS.

Touchant le Diable, Moyfe enfeigne aux Iuifs en l'Ecriture qu'il a efté Gen. 3.
menteur, tentateur & feducteur du genre humain dés le commencement,
que la femence de la femme luy briferoit la tefte.

H. CONNESTABLE.

Moyfe dit literalement que le ferpent eftoit le plus fin de tous   XLII.
les animaux, qu'il trompa la femme, & luy fit goufter du fruict
defendu, & que pource Dieu le condamna à ramper fur fon ventre, à manger la poufliere de la terre, & à eftre fujet, dira vn efprit contentieux, que les hommes luy marchent fur la tefte; Car
auparauant (dit Luther) il cheminoit debout comme vn coq.   *Luth. in Gen. t. 3*
Mais que ce ferpent fuft le Diable, ou que le Diable parlaft par luy,
par quel lieu de Moyfe le prouuez-vous? Ie ne veux point rapporter les diuerfes intelligences qui ont efté données à ce texte:
Les vns l'interpretants allegoriquement de la concupifcence, ou
felon Philó Iuif de la volupté: Les autres prefuppofants que Dieu
donna pour lors l'vfage du difcours & de la parole au ferpent,
comme depuis il ouurit la bouche de l'afneffe de Balaam, afin
de tenter l'homme, & voir s'il perfifteroit en fes commandeméts.
Lefquelles expofitions encore qu'elles fe puiffent refuter par des
raifons prifes d'ailleurs, neantmoins ne fe peuuent conuaincre
par le feul texte de Moyfe: Au contraire fe demeflent plus facilement des obiections & difficultez literales, que la noftre. Seule-

ment ie vous allegueray la resolution de Caluin sur ce passage:
Nous confessons, dit-il, *que de ce seul lieu on ne peut recueillir autre chose sinon que ç'a esté le serpent qui a trompé les hommes. Mais il y a assez de témoignage dans les Ecritures par lesquels il est affermé clairement que le serpent n'estoit sinon la bouche du Diable : dautant que, non icy, mais là, il est declaré le Pere de mensonge, l'ouurier d'imposture, l'autheur de la mort.* Et vn peu au dessouz, *Qu'il suffise donc que le Seigneur par la secrette reuelation de son esprit a suppleé ce qui defaut d'euidence externe à ces paroles, comme il appert par les Prophetes, qui ont recognu Sathan estre le propre ennemy du genre humain.* Voila les paroles de Caluin, faictes en vostre profit si vous pouuez.

Calu. in Gen. c. 3.

D.   TILENVS.

Et s'ils auoient besoin d'en sçauoir dauantage, il leur en pouuoit donner science par vn oracle plus authentique & plus veritable que n'est celuy de Rome.

H.   CONNESTABLE.

Qui doute qu'ils n'eussent besoin d'en sçauoir dauantage? De cognoistre l'ennemy contre qui ils auoient à combatre, d'estre auertis que le Diable comme vn Lyon rugissant est tousiours en queste à l'entour de nous, cerchant qui il pourra deuorer : de sçauoir que non seulement il a tenté visiblement Adam & Eue, mais aussi nous tente inuisiblement tous les jours; qu'il loge dans nous mesmes, & se sert de nos propres sens & forces naturelles pour nous surmonter? Car c'est ce que Mr d'Eureux a proposé quand il a fait instance de cest article entre les autres. Il a requis que vos docteurs qui se vantent de trouuer toute la doctrine des Israëlites éuidemment, & necessairement dans les liures de Moyse, fissent preuue de leur offre aussi sur ce poinct, c'est à dire, monstrassent que Moyse a enseigné qu'il y a non des Démons, tels que les anciens Philosophes & Magiciens les décriuoient ; mais les Diables tels que la Religion Iudaïque & la Chrestienne les ont tenus: c'est à dire, des esprits condamnez aux peines eternelles & veillants perpetuellement à faire la guerre aux hommes, & à les tenter, pour les attirer auec eux en la mesme damnation; Des aduersaires inuisibles du genre humain; des tentateurs & calomniateurs spirituels, qui se logent dans nos propres membres, & nous sollicitent continuellement à pecher & à offencer Dieu. Cela, les anciens Israëlites l'ont sçeu. L'autheur des Chroniques le presuppose comme vne chose toute cognuë parmy le peuple: *Sathan,* dit-il, *s'esleua contre Israël, & incita Dauid à le nombrer.* Et celuy de la Sapience, *Par l'enuie du Diable,* dit-il, *la mort est entrée au monde.* De répondre qu'ils le pouuoient sçauoir par vn oracle plus authentique & plus veritable que celuy de Rome, cela est aussi à propos

que tou-

XLIII.

1. Paral. 21.

Sap. 2.

que toutes vos autres réponses. Mais de repliquer qu'ils ne le
pouuoient sçauoir par la seule Loy écrite, & partant qu'il falloit
qu'ils le sçeussent par la Tradition, il est fort vray, & fort à propos.

D. TILENVS.

Je ne sçay si le Sieur du Perron voudroit maintenir que les neuf or-
dres ou degrez que les Scholastiques ont faict entre les Diables, à
l'imitation de la hierarchie Angelique, sont de Tradition Apostoli-
que.

H. CONNESTABLE.

Si vous voulez sçauoir des nouuelles de l'estat politique & de la
republique des Diables, vous en serez beaucoup mieux instruit
de Luther, qui a conferé priuément auec eux, & se vante d'auoir   *Luth. de Miss. pri.*
appris les arguments qu'il vous a laissez contre la Messe, de la Tradition de la propre bouche du Diable, & du Dialogue qu'il eust
auec luy : que vous ne serez de Mr d'Eureux ny des Scholastiques,
qui ne traffiquent point en leurs païs, & n'ont point de commerce & de conference auec eux. Seulement vous diray-je que sainct
Thomas, qui est le prince de l'échole, écrit bien que les Diables
estants descheuz de la dignité Angelique en grand nombre, com-
me il tient que l'Apocalypse le represente par la cheute de la troi-   *Apoc. 12.*
siéme partie des estoilles du Ciel, il est probable qu'il y en a eu de
tous les ordres ; mais n'en afferme & deriue rien de Tradition A-
postolique.

Mr D'EVREVX.

Ils auoient outre cela plusieurs autres choses dont l'institution
ne se trouuoit ny dans les liures de Moyse, ny dans aucun des autres du vieil Testament.

D. TILENVS.

Il cotte plusieurs autres choses que les Iuifs ne tenoient que par Tradi-
tion, comme l'Institution des Exorcistes, le miracle de la Piscine, la coustu-
me de deliurer vn homme à la Pasque, le meslange de l'eau dans le sang du
Testament, l'arrousement du liure de l'alliance, la manne & la verge d'Aa-
ron mises dans l'Arche, le combat de l'Ange auec le Diable, & la Prophe-
tie d'Enoch du Iugement final. Mais la cognoissance de ces choses-là, ou
n'est pas necessaire à salut, ou se trouue en l'Ecriture, soit par analogie,
soit par consequence.

H. CONNESTABLE.

Il vous a déja esté repliqué, qu'il n'est pas simplement que-   XLV.
stion de la necessité, mais de la verité & authorité des Traditions,
ou Prophetiques, ou Apostoliques. Car mesme entre les doctrines & institutions que les Apostres nous ont laissées par
écrit, il y en a plusieurs, dont la cognoissance & obseruation

M m

nous est proposée par eux seulement comme vtile, & non comme necessaire. Et neantmoins quant à l'authorité de la proposition de telles doctrines ou institutions, elle est égale & Apostolique aux vnes & aux autres, & la condemnation en seroit de pareille impieté. Il vous a aussi esté dit qu'il y a deux sortes de necessité, l'vne absoluë, l'autre conditionnée: L'vne qui est tellement de l'essence de salut, qu'elle ne reçoit aucune exception de temps & de personnes, comme celle des principaux articles du Symbole. L'autre qui est seulement necessaire en cas de possibilité, soit d'instruction soit d'execution. Or iusques icy Mr d'Eureux vous a proposé plusieurs instances de choses absolument necessaires à salut, & qui appartenoient au culte interne de la Religion. Maintenant il passe aux autres; desquelles encore que l'ignorance ne fust pas absolument inexcusable; neantmoins il estoit necessaire de sçauoir si elles estoient vrayes ou fausses, licites ou illicites lors que l'occasion de les prattiquer ou d'en tirer des consequences se presentoit. Ie vous pourrois dire derechef pour luy qu'il y auoit bien difference entre les choses appartenantes au culte externe du temps des Iuifs, & les simples ceremonies de la Religion Chrestienne. Car lors que la Loy ceremoniale estoit en vigueur, les ceremonies Iudaïques estoient de l'essence de la Loy, & toutes pleines de mysteres & figures Prophetiques; & partant beaucoup moins susceptibles d'addition ou diminution sans parole expresse de l'Autheur de la Loy, que les obseruations rituales de l'Eglise Chrestienne, qui appartiennent à l'ornement & au bien estre de la Religion, & ne sont pas de l'essence de la Loy Euangelique: Mais ie me contente pour ceste heure de les considerer sans plus comme nous faisons les simples ceremonies Chrestiennes, & vous demander les mesmes témoignages pour les vnes que vous nous demandez pour les autres. Vostre langage ordinaire est, que de toutes les choses dont on vse, & principalement en matiere de Religion, il en faut vser auec foy, autrement c'est peché. Il estoit donc necessaire pour la seureté de la conscience de ceux qui recouroient ou adheroient à la prattique de celles qui vous ont esté cottées, de sçauoir de certitude de foy qu'elles estoient approuuées de Dieu. Il estoit necessaire à ceux qui auoient recours aux Exorcistes, pour faire coniurer les Diables, & les ietter hors des demoniaques, de sçauoir si l'institution de cest ordre, & les formes dont ils y vsoient, & l'effet qui en resultoit, estoient choses ordonnées de Dieu: si ces coniurations n'estoient point especes de sortileges & d'enchantemens magiques : si ces expulsions n'estoient point des ieux & des collusions du Diable, comme vous le dittes de nos Exorcismes : Si ce n'estoit point vne superstition de s'aller

addreſſer à certaines perſonnes, & leur mener les demoniaques,
comme s'il y auoit quelque authorité plus grande pour ce regard
aux vnes qu'aux autres, & que la vertu de la priere, là où il n'apparoiſſoit point de commiſſion expreſſe de Dieu, ne fuſt égale en
la bouche de tous les fidelles. Il eſtoit encore plus neceſſaire à ceux
qui s'ingeroient de faire ce chef-d'œuure, de ſçauoir en quelle
authorité ils l'entreprenoient ; en vertu dequoy ils attentoient
d'vſer d'empire ſur le Diable; En quelle parole de Dieu ils eſtoient
fondez pour luy faire ces commandemens auec foy. Il eſtoit neceſſaire de ſçauoir le meſme pour le regard de la Piſcine; ſi c'e-
ſtoit point vn artifice de Sathan pour conuier les hommes à ſuperſtition, pour les attirer à y faire des pelerinages, pour les perſuader à mettre leur confiance, & à cercher les remedes de leurs
infirmitez aux creatures : pour leur faire imaginer qu'il y auoit
quelque ſainčteté & vertu particuliere en ce lieu-là, fuſt à cauſe des hoſties, qui ſelon l'opinion d'aucuns y eſtoient lauées, fuſt
à cauſe de la ſančtification de la porte faičte ſelon vous, là aupres par Nehemie. Il eſtoit neceſſaire à ceux qui ſe proſternoient
& adoroient deuant l'Arche, comme l'exemple s'en voit en Ioſue,
ſué, & en pluſieurs autres lieux de l'Ecriture, de ſçauoir ſi c'e-
ſtoit point ſuperſtition & idolatrie d'auoir mis la Manne dedans, qui eſtoit la ſimple figure legale du corps de Chriſt. Il e-
ſtoit neceſſaire pour le moins par occaſion à ceux à qui ſainč
Paul vouloit prouuer par l'authorité de Moyſe que le teſtament
du fils de Dieu, & la loy de la nouuelle alliance deuoit eſtre conſa-
crée par ſang, & alleguoit entre autre cauſes, que le volume de
l'ancienne alliance auoit eſté arrouſé de ſang pour dedier & eſtablir la loy, de ſçauoir ſi ceſte hiſtoire eſtoit veritable, & ſi l'aſper-
ſion du ſang auoit eſté faičte par Moyſe ſur le liure: & ainſi des autres. De dire que vous-vous ſoumetez de les verifier, non par texte
expres de Moyſe ou des Prophetes, mais par l'autre voye à quoy
vous recourez, qui eſt quelque froide, inſipide & puerile analogie: Il vous a déia eſté repliqué tout de meſme, que ces moyens là
au fait qui ſe traitte, ne ſont aucunement receuables. Car comme
vous n'acceptez pas l'analogie des os d'Heliſée, dont l'attouchement reſſuſcita vn mort, ou celle des mouchoirs & demi-ceinčts
des malades que l'on portoit toucher aux Apoſtres, pour iuſtification de l'vſage de leurs reliques, quelques miracles que les Peres
& les hiſtoires, meſme ſelon la confeſſion de vos dočteurs, rapportent de ſiecle en ſiecle, s'y eſtre faits depuis: ny en ſomme n'ad-
metez aucune autre telle analogie pour preuue des poinčts con-
teſtez entre vous & nous, mais demandez des textes euidens &
inſolubles; Il faut auſſi que vous en produiſiez de ſemblables,

Mm ij

& faciez voftre conte de payer les autres de la mefme mohnoyè
que vous voulez receuoir.

M^r D'EVREVX.

Comme l'inftitution de l'ordre des Exorciftes qui par certaines formules authorifées de Dieu, coniuroient les malins efprits;
comme noftre Seigneut leur en rend témoignage, difant. *Si ie
iette les Diables au nom de Beelzebub, vos enfants au nom de qui les iet-
tent-ils? Et pour cefte raifon ils feront vos Iuges.* Lefquels enfants
Caluin prouue que c'eftoient les Exorciftes des Iuifs, tels que ceux
dont eft parlé au chap. 19. des Actes.

D. TILENVS.

*Si les Exorciftes dont parle S. Matthieu font tels que ceux dont parle
fainct Luc; comme le Sieur du Perron le reçoit de Caluin, il n'y auoit
point d'inftitution diuine. Car ceux-cy eftoient des coureurs qui abufoient
du nom de Iefus, dont ils fe trouuerent tres-mal.*

H. CONNESTABLE.

M^r d'Eureux ne vous allegue pas Caluin pour receuoir rien de
luy. Mais pour vous citer l'Ecriture, felon le fens mefme que voftre principal Docteur recognoift qu'elle doit auoir. Car s'il euft
voulu vous verifier l'antiquité de l'vfage des Exorciftes parmy les
Iuifs, par autre hiftoire que par l'Ecriture, Il vous euft allegué vn
homme qui en euft peu mieux fçauoir des nouuelles que Caluin,
afçauoir, Iofephe qui eftoit Iuif & Sacrificateur, & écriuoit quarante ans feulement apres noftre Seigneur: lequel dit en termes
expres que Salomon laiffa les formes des Exorcifmes pour coniurer & chaffer les Diables. Mais dautant que l'efprit de Dieu
auoit déja abandonné la Synagogue du temps de Iofephe : au
moyen dequoy comme le Diable pouuoit lors ébloüir les yeux
des Iuifs d'illufions, auffi direz vous qu'il leur pouuoit impofer & faire croire que l'origine & l'inftitution en eftoit venuë de
Salomon, ou de quelque autre Autheur ayant l'efprit de Dieu.
A cefte occafion M^r d'Eureux qui ne fe fert en toutes ces preuues où il eft queftion de verifier ce que les anciens Iuifs tenoient par Tradition, que du feul témoignage de noftre Seigneur & de fes Apoftres, pour ne vous prouuer vne chofe
contentieufe par vne autre plus contenticufe ; vous allegue
les fimples paroles de noftre Seigneur auec l'intelligence que
Caluin mefme recognoift qu'elles ont, & doiuent neceffairement auoir. *Si ie iette les Diables au nom de Beelzebub,* dit
noftre Seigneur, *vos enfants,* c'eft à dire, ceux de voftre Synagogue qui les iettent hors parmy vous, au nom de qui eft-ce
qu'ils les iettent hors? Et Caluin prononce là deffus, *Il n'y a point de
doute qu'il ne notte les Exorciftes dont l'vfage eftoit lors commun parmy les*

XLVI.
s. Matt. 12.

Ioseph.ant.l.8.
cap.2.
καὶ τρόπους ἐξορκώ-
σεων κατέλιπεν, οἷς
ἐνδούμενα τὰ δαι-
μόνια, ὡς μηκέτ'
ἐπανελθεῖν ἐκδιώ-
κουσι.

Iuifs comme il appert par le 19. des Actes. De là M.^r d'Eureux recueille:
Il y auoit donc lors que noſtre Seigneur vint au monde vn ordre,
vn office, & vne profeſſion ſpeciale de perſonnes que l'on appelloit Exorciſtes, qui coniuroient & chaſſoient les Diables en vertu
de l'eſprit de Dieu. Et vous, vous retorquez au contraire l'hiſtoire
des Actes, qui dit que les fils de Sceua Sacrificateurs, & autres
Exorciſtes courants par le monde, voulurent employer le nom
de Chriſt en leurs adiurations, pour punition dequoy le Diable
ſe ietta ſur eux. Et de là inferez: L'inſtitution donc des Exorciſtes
tels que ceux deſquels parle Chriſt, n'eſtoit point d'authorité diuine. En quelle échole auez vous faict voſtre cours de Dialectique? Quelle raiſon, ou pluſtoſt quelle ceruelle eſt la voſtre? Quelques particuliers apres la ſuppreſſion de l'authorité & des graces
viſibles & inuiſibles de l'Egliſe Iudaïque, qui perirent toutes à la
mort de noſtre Seigneur, & à la naiſſance de l'Egliſe Chreſtienne,
preſumerent encore d'vſer illicitement de la meſme authorité qui
y eſtoit annexée auparauant, & ſentant qu'il ne leur ſuccedoit
pas, & que la main de la Synagogue eſtoit deuenuë ſeiche, & im-
potente à faire des miracles, y voulurent meſler ſans authorité,
l'authorité du nom de Chriſt dont ils furent punis. Les Exorciſtes donc qui eſtoient auparauant la mort de noſtre Seigneur, &
durant la vie de l'Egliſe Iudaïque, ne chaſſoient point les Diables
legitimement & de la part de l'eſprit de Dieu, & leur inſtitution
n'eſtoit point fondée en droict diuin.

D. TILENVS.

*Nous ſçauons qu'au commencement de l'Egliſe Chreſtienne, ce don mi-
raculeux de chaſſer les Diables y eſtoit frequent. Mais nous ne trouuons
pas que ceux qui l'auoient, en l'exercant, vſaſſent de certaines formules myſtiques ; ains qu'ils coniuroient ſimplement les Energumenes au nom de
Dieu. Dont nous recueillons que ceux qui en l'Egliſe Iudaique auoient ce
don, & en vſoient legitimement, n'y apportoient autre myſtere que l'inuocation du nom du Dieu d'Abraham, d'Iſaac & de Iacob, laquelle formule ſe trouue aſſez expreſſe en l'Ecriture.*

H. CONNESTABLE.

Il faudroit bien vn grand Exorciſte pour coniurer le Demon XLVII.
d'ignorance & de preſomption qui vous poſſede. Liſez le ſeptiéme Canon du quatriéme Concile de Carthage, où ſainct Auguſtin eſtoit preſent. *Que l'Exorciſte,* dit le Concile, *quand il eſt ordonné, prenne de la main de l'Eueſque le liuret ou ſont écrits les Exorciſmes,
l'Eueſque luy diſant prens ce liuret, & le mets en ta memoire, & aye puiſſance d'impoſer les mains ſur l'Energumene,* (c'eſt à dire demoniaque,)
ſoit baptizé, ſoit Catechumene.

Mm iij

Mr D'Evrevx.

Ils auoient le miracle de la Piscine dont l'Ange troubloit l'eau, qui estoit la figure du Baptesme qui nous deuoit guerir de nos infirmitez apres que l'Ange du grand conseil qui est nostre Seigneur Iesus Christ seroit descendu dedans l'eau. Or que ce ne fussent point prestige du Diable, & superstition pour ceux qui y recouroient, mais vn vray miracle institué de Dieu, où l'on pouuoit auoir Foy, il ne s'en cognoissoit rien que par Tradition.

D. Tilenvs.

Le miracle de la Piscine estoit tout visible, comme les miracles de Iesus-Christ & des Apostres, & ceux des Prophetes auparauant. Il ne tendoit point à establir ou à confirmer quelque fausse doctrine: Auquel cas la caution que requiert le Sieur du Perron eust esté necessaire. Nehemie dit, Que la porte aupres de laquelle estoit ceste Piscine, fut sanctifiée, quand la ville fut rebastie apres le retour de la captiuité. Dont on peut coniecturer que Dieu alors l'orna de ce miracle en signe d'approbation de la restauration de la ville. Et le mot Bethchesda, qui estoit le nom de ceste Piscine en langue Syriaque signifie maison de benignité, pource que Dieu y monstroit visiblement sa bonté, en guerissant toutes les maladies de son peuple.

H. Connestable.

XLVIII.   Il n'est pas icy question si le miracle de la Piscine estoit visible. Car les miracles qui se faisoient anciennement aux sepulchres, chasses & Reliques des Martyrs, & dont les premiers Peres se disent auoir esté spectateurs & témoins oculaires, estoient visibles, & aussi cognus aux Chrestiens de leur siecles, que celuy de la Piscine, aux Iuifs. Mais c'estoit l'œuure de Dieu par le ministere d'vn Ange, ou bien l'artifice & imposture du Diable pour induire les hommes à superstition, & les destourner de la confiance du Createur à celles des creatures; c'est à dire, pour les conuier de recourir à ces pelerinages, & autres semblables remedes non ordonnez par l'Ecriture, afin d'obtenir guerison. Car vous autres ne laissez pas d'appeller illusions, prestiges, impostures, & miracles mensongers, les miracles qui sont arriuez veritablement, mais ont esté operez pour persuader vne fausseté. Comme vos Centuriateurs disent que les miracles que sainct Augustin écrit qui se faisoient aux reliques de S. Estienne, estoient illusions, & nomment l'affluence des hommes qui y accouroient, vn concours superstitieux d'vne multitude affolée, disent-ils, par certaines illusions qui estoient tenuës pour miracles. Neantmoins c'estoient des illuminations d'aueugles, des resurrections de morts, des guerisons de maladies incurables, desquelles S. Augustin témoigne que les informations estoient toutes publiques: voire à vne bonne partie desquelles il atteste auoir esté present, luy & plusieurs milliers de

Centur. 5.

Augustn. de ciu. det l. 22, c. 8.

personnes auec luy:& s'en sert d'argument contre les Payens pour
conuaincre leur incredulité. C'est donc en ce sens que Mr d'E-
ureux vous demande par quelle autre preuue plus authentique il
apparoissoit aux Iuifs que ce miracle de la Piscine n'estoit point
imposture & prestige du Diable, pour ébloüir & fasciner l'esprit
du peuple, non en leur faisant paroistre que celuy estoit guery qui
ne l'estoit pas: mais que celuy le guerissoit, asçauoir l'Ange, & le
ministre de Dieu, qui ne le guerissoit pas. C'est à dire, comme ils
sçauoient de certitude de foy que ce n'estoit point l'Ange de Sathan qui se transfiguroit en Ange de lumiere: & pour se faire croire tel, leur iettoit de la poudre aux yeux par ce miracle, selon l'efficace du Diable qui est puissant en signes & miracles de mensonge; *2. Thess. 2.*
afin de donner témoignage par là, à la faulseté de sa doctrine, &
les accoustumer aux pelerinages & recerches des remedes non instituez de Dieu. Vous dittes que Nehemie écrit que la porte de la
bergerie fut sanctifiée quand on r'edifia la ville. L'impression de
vos Bibles de Geneue de l'an 65. a osté le mot de sanctifiée, & mis
au lieu celuy de rebastie, ajoustant en marge, Le terme Hebrieu,
est sanctifiée, c'est à dire, rebastie: Depuis ils y ont remis sanctifiée.
Mais voyons ce qui s'en ensuit, La porte du menu bestail fut sanctifiée par Nehemie. On peut donc coniecturer que la Piscine
probatique, de laquelle mesme vos *Docteurs* ne s'accordent pas si
elle estoit de ce costé-là, ny si elle s'appelloit probatique à ceste
occasion, fut lors ornée de Dieu de ce miracle en signe d'approbation de la restauration de la ville. La Piscine fut aussi nómée Bethchesda, c'est à dire, maison de benignité, ce qui ne se sçauoit que
par Tradition. Et partant il estoit permis d'y faire des pelerinages,
& d'y aller recercher particulierement, & plustost qu'ailleurs le
secours de Dieu, & la guerison de ses infirmitez. Est-il question de
coniecturer en ces matieres là? Où estoit la Foy que deuoient a-
uoir ceux qui y recouroient, que ce n'estoit point vn miracle du
Diable, tendant à induire les hommes à superstition? Sainct Am- *Amb. ep. 85.*
broise témoigne que les reliques de sainct Geruais & S. Protaise
illuminerent à Milan vn aueugle né, en sa presence, & d'vn nombre infiny de personnes: Et sainct Augustin le recite apres luy.
Tout l'Empire Romain le sçauoit: l'aueugle illuminé viuant &
voyant annonçoit la grace qui luy auoit esté faite, à tout le monde. Et Pierre Martyr forcé du témoignage de tels Autheurs, reco- *Pet. Martyr. in*
gnoist la verité de ceste histoire. Le mesme sainct Ambroise atte- *locis com.*
ste que tous les iours continuoient de s'y faire des cures miracu- *Amb. ibid.*
leuses & supernaturelles, voire par le simple attouchemét de leurs
vestements. Sainct Augustin raconte les miracles de la guerison *Aug. de ciuitat.*
d'Iconius & de Palladia, à Hippone en sa presence, & d'vn nóbre *Dei l. 22. cap. 8.*

Mm iiij

infiny de perfonnes pour auoir touché feulement le treillis du
reliquaire de fainct Eftienne. Il dict que les miracles de guerifons,
entre lefquels il en raconte plufieurs de refufcitations de morts,
illuminations d'aueugles, & autres femblables, que faifoient les
Reliques du mefme fainct Eftienne en Afrique eftoient innombrables: Mais que particulierement depuis deux ans qu'on en a-
uoit apporté quelque partie à fon Eglife d'Hippone, il s'y eftoit
fait foixantedix miracles, qui auoient efté enregiftrez & leuz publiquement, fans plufieurs autres qui eftoient venus à fa cognoiffance, & dont on n'auoit point fait de memoire par écrit. Il raconte comme la vexation des malins efprits ceffa au lieu appellé
Zubedi, pour y eftre vn de fes Preftres allé offrir le facrifice du
corps de Chrift. Il recite la guerifon d'vn paralityque pour s'eftre
fait porter à vne chappelle edifiée en vn lieu auquel on auoit apporté de la terre fainÆe de Hierufalem, là où Chrift auoit efté en-
feuely, & eftoit refufcité. Sainct Hierôme raconte & tous les Peres de l'antiquité auec luy, que les demoniaques eftoient gueris
par la prefence des corps des SainÆs, & que les Diables dés qu'ils
entroient dans leurs temples, & approchoient de leurs Chaffes,
rugiffoient & fe confeffoient eftre tourmentez vifiblement.
Theodoret faiÆ vn liure exprés pour conuaincre l'infidelité des
Payens par la lumiere & experience vifible des vertus qui s'exerçoient par les Reliques des Martyrs. *Leurs corps*, dit-il, *ne font pas
enclos chacun en vn fepulchre. Mais les villes, les bourgs, les villages les
partagent entre eux, & les confeffent medecins falutaires aux maladies de
leurs ames & de leurs corps.* Et derechef: *Les dons qu'ils apportent pour
acquit & payement de leurs vœuz témoignent l'exaucement de leurs fidelles prieres. Car les vns appendent des figures & fimilitudes d'yeux, les
autres de pieds, les autres de mains faiÆes d'or ou d'argent. Car Dieu recoit leurs prefents tres-benignement, & ne les dédaigne point comme vils
& de peu de prix, mais les mefure à la faculté de ceux qui les offrent. Ces
fpeÆacles donc expofez à la veuë de chacun, témoignent les guerifons des
maladies dont ils font conftituez monuments par ceux qui ont efté gueris.*
C'eftoit non Nehemie, mais noftre Seigneur luy-mefme qui auoit
confacré le Sacrement de fon corps, fanÆifié le lieu de fon fepulchre, renduë pretieufe la mort de fes Martyrs. Le pretexte general de l'operation de ces miracles eftoit pour rendre témoignage à vne vraye doÆrine; afçauoir à la Foy de Chrift. Eftoit-il
pour cela à voftre auis, licite aux malades de recourir à ces remedes, de faire des pelerinages aux Temples, Sepulchres, Chaffes, Reliquaires des Martyrs, & autres femblables monuments de
fainÆeté, pour y obtenir guerifon, & à leurs parens de les y porter ou faire porter?

Mᵉ D'EVREVX

L'vſage qu'ils auoient de deliurer vn homme à la Paſque, qui
eſtoit la figure de la deliurance du genre humain par la Paſque de
noſtre Seigneur, eſtoit Tradition.

D. TILENVS.

La couſtume de deliurer vn homme à la Paſque, eſtoit pluſtoſt vne cor-
ruption de Iuſtice, introduite par les Gouuerneurs infidelles, qu'vn poinct
neceſſaire à ſalut reuelé & commandé de Dieu aux fidelles.

H. CONNESTABLE.

Pilate ne dit pas, I'ay accouſtumé de vous deliurer vn homme à   **XLIX.**
la Paſque: Mais, *Il y a vne couſtume parmy-vous que ie vous deliure vn*   *Ioan.18.*
homme à la Paſque. Et pourtant voſtre grand pilier de la Foy Ger-
manique Brentius, encore qu'il la condamne comme vous, deſ-   *Brent. in Ioan.*
cend neantmoins auec S. Auguſtin à la referer aux Iuifs ; & dit   *cap.18.*
qu'ils l'obſeruoient afin que ce leur fuſt vn monument de la deliurance d'E-
g ypte, & que par ce culte ils honoraſſent Dieu. Et ſainct Cyrile écrit,   *Cyril. Alex.in*
qu'il auoit creu autresfois qu'elle auoit eſté eſtablie par la Synagogue, com-   *Ioan.l.12.*
me pluſieurs autres commandemens diuins: Car ce ſont ſes propres ter-
mes: Mais que depuis il auoit trouué vn paſſage dans la Loy, à ce
propos. Lequel paſſage toutesfois ne conclud rien demonſtrati-
uement.

Mᵉ D'EVREVX.

Les Apoſtres auſſi à tout propos alleguent la Tradition ſoit par
forme d'hiſtoire, ſoit par forme d'argument.

D. TILENVS.

Moyſe ne fait point expreſſe mention de quelques ceremonies que l'A-
poſtre recite: mais nous les apprenons mieux par l'Analogie & par la con-
ſequence de l'Ecriture, que par Tradition non écrite.

H. CONNESTABLE.

Il n'eſt pas queſtion comme nous les apprenons. Car nous les   **L.**
apprenons par le texte exprès de ſainct Paul ; mais comme elles
s'apprenoient par les Iuifs, deuant que ſainct Paul les euſt écrites.

Mᵉ D'EVREVX.

Sainct Paul dit que Moyſe en l'acte de la ſolemnité de l'Allian-   *Hebr. 9.*
ce meſla de l'eau dans le ſang du Teſtament, dont il arrouſa le   *Exod. 24.*
peuple: qui eſtoit la figure que nous deuions eſtre arrouſez par le
ſang de Chriſt, qui eſt le ſang de noſtre alliance. Neantmoins ce
meſlange d'eau auec le ſang, n'eſt point deſcrit par Moyſe ny par
aucun autre Autheur de l'ancien Teſtament.

D. TILENVS.

Il eſtoit commandé d'vſer d'eau en tous ſacrifices; Et ſi cela eſtoit requis   *Exod. 24.*
au ſacrifice des particuliers; combien plus en la ratification de l'alliance pu-
blique dont parle Moyſe?

Il estoit commandé de lauer les tripes & les pieds des béstes que l'on immoloit pour en oster les immondices: *Ce qui estoit ord en la victime*, dit Caluin, *Dieu voulut qu'il fust laué, afin que rien ne la soüillast.* Voila tout ce qui estoit d'obligation commune & de cōmandement general pour l'vsage vniuersel de l'eau en touts les sacrifices. Ergo Moyse mesla de l'eau dans les Calices ou Vases du sang de l'alliance de Dieu auec le peuple. Quel argument cornu & bestial est cestuy-là ? Ne pourrois-ie pas argumenter d'aussi bonne grace, Nostre Seigneur laua les pieds de ses Apostres: Ergo il mit de l'eau dans le Calice de l'Eucharistie ? Il y a mille lieux dans les liures de Moyse, où il est traicté de l'effusion du sang des victimes qui se faisoit sur l'Autel: cottez en vn tout seul où il se parle d'y mettre de l'eau: Car vous ne tenez pas seulement que Moyse en mesla dans l'aspersion du peuple & du liure, comme dit sainct Paul, mais aussi dans l'aspersion de l'Autel, en laquelle vous affermez que celle du liure fut indistinctement comprise.   Et quand il s'en trouueroit quelque mention en vn autre sacrifice, quelle necessité y auroit-il de conclure que Moyse auroit fait le mesme au sacrifice de la consecration de l'alliance, qui estoit vn acte singulier & celebré deuant l'institution particuliere des formalitez des autres ? Il est bien dit que les ladres quand ils estoient gueris de la lepre, on mettoit de l'eau courante dans vn pot de terre & égorgeoit-on vn passereau dessus, dont on les arrousoit par sept fois hors du camp; & cela est le seul lieu & celuy de la maison du lepreux, où il se parle de sang & d'eau. Mais qu'y a t'il-là qui infere necessité pour le sang de l'alliance, épandu mesmement plustost par forme d'arrousement d'execration que d'expiation? Qu'y a t'il-là, qui regarde le general des sacrifices? En messoit-on pour cela dans le sang de l'oblation pour le peché du lepreux, lors qu'on luy moüilloit certaines parties du corps du sang de l'aigneau qui auoit esté offert pour luy? En messoit-on dans le sang des holocaustes, sacrifices pour le peché, victimes pacifiques dont l'aspersion se faisoit de iour en iour, ou sur l'Autel des holocaustes, ou sur l'Autel des encensements, ou au deuant du voile du sanctuaire? En messoit-on dans le sang du bouc d'expiation dont on aspergeoit tous les ans vne fois le lieu tressainct, & le Tabernacle, & l'Autel des holocaustes pour les expier solemnellement de toutes les immondicitez du peuple? En fut-il meslé dans le sang de l'Agneau Paschal, pour arrouser les posteaux des portes des Israëlites? En fut-il meslé dans le sang de la consecration sacerdotale dont on arrousa Aaron & ses fils, & leurs vestemens? Vrayement au lieu d'vne Tradition, vous nous en substitueriez vn bon

hombre: Vous repareriez bien le dommage de celle que vous
oppugnez, s'il estoit vray qu'en toutes les effusions & aspersions
du sang des victimes , les sacrificateurs eussent esté obligez d'y
mesler de l'eau. Il faudroit bien ajouster à la lettre pour suppléer
le silence de Moyse en tous ces lieux-là. Mais ce n'est pas l'interest de vostre cause qui vous pousse à dire ces impertinences: C'est
celuy de vostre personne. Il vous souuient de la disgrace que
vous receustes en conferant auec Mr d'Eureux, quand vous-vous
soumistes deuant toute l'assistance à quitter la partie si on vous
faisoit voir que Moyse eust mis de l'eau dans le sang de l'alliance,
par le témoignage non de quelque Rabbi, comme on monstra
de vous en vouloir alleguer au commencement, mais d'vn Autheur authentique. On vous le fit voir par le témoignage de sainct
Paul; vous demeurastes muet & confus, & ayant perdu la parole
demandastes, comme Zacharie , à répondre par écrit. Et là dessus
rompistes la conference. *Manet alta mente repostum.*

D. TILENVS.

Il ne nomme point aussi en termes expres les boucs , la leine teinte en es-
carlatte & l'hysope.

H. CONNESTABLE.

Il n'est parlé dans le discours que vous examinez d'aucune de
ces choses: mais c'est encore l'aiguillon de la conference qui vous
est demeuré en l'esprit. Car comme on vous les eut proposées toutes ensemble, ainsi qu'elles sont rapportées par sainct Paul; Vn
de vos seconds qui vous voyoit aux sueurs & aux agonies se leua,
& interrompant le discours dit qu'il monstreroit bien qu'il y a-
uoit aussi des boucs en ce sacrifice. Et comme on eut leu l'edition
Latine qui dit seulement que Moyse fit immoler douze veaux; Il
insista qu'il y auoit aussi douze boucs: tant que apres plusieurs
responses qui luy furent faictes qu'il n'y auoit que ce qui auoit
esté leu; sur ce qu'il persistoit à importuner la compagnie, & à
crier tousiours qu'il y auoit encore douze boucs , on luy dit finalement pour luy imposer silence, qu'il n'y auoit rien que douze
veaux , & qu'il prist le liure & regardast s'il y en pourroit trouuer
treze. Ce qui émeut quelque risée parmy les assistants, à laquelle
vous voulez apporter maintenant vn aussi tardif comme impertinent remede.

D. TILENVS.

Mais il dit que les enfans d'Israël offrirent des holocaustes & puis des
sacrifices pacifiques ou Eucharistiques: Or les holocaustes, qui estoient ex-
piatoires pour le peché, ne pouuoient estre que de boucs, comme l'Ecriture
enseigne ailleurs.

LI.

Leuit. 4. & 9. &
16.

H. CONNESTABLE.

LII. Où est-ce qu'il est écrit dans l'histoire de Moyse que les victimes offertes pour la consecration de l'alliance, fussent sacrifices pour le peché? N'est-il pas rapporté simplement que Moyse fit offrir des holocaustes & des sacrifices pacifiques? Et derechef où est-ce que la loy dit que tous les sacrifices qui s'offroient pour le peché, deuoient estre de boucs? Les lieux mesmes que vous citez ne portent-t'ils pas qu'ils pouuoient estre tantost de veaux, tantost d'aigneaux, tantost d'autres sortes d'animaux? Dauantage l'institution de toutes ces particularitez, ayant esté posterieure au sacrifice de l'alliance, quád ce que vous alleguez seroit vray: quelle necessité y auroit-il pour cela que Moyse les eust obseruées deslors, & par anticipation, en ceste solemnité?

D. TILENVS.

Exod.25.

Ainsi nous voyons que Dieu commande qu'on luy offre de la leine teinte en escarlatte. H. CONNESTABLE.

LIII. Il est vray, Dieu quelque temps apres la celebration de l'alliance commanda à Moyse, comme il est recité au vingt cinquiéme chapitre d'Exode que vous citez, que le peuple luy offrist, pour construire & meubler le Tabernacle, de l'or, de l'argent, du cuiure, de l'hyacinthe, du pourpre, de l'escarlatte, du fin lin, de la bourre, des peaux de moutons teintes en rouge, des peaux de taissons, du bois de Sethim, de l'huyle, du parfum, de l'encens. Moyse donc auoit trempé de la laine teinte en escarlatte dans le sang de l'alliance. Quel enthymeme à la sauce d'Allemaigne est cestuy-là? Il s'ensuiuroit donc aussi qu'il y auroit trempé toutes ces autres especes de drogues. Vrayement à vostre conte il seroit entré bien des ingredients dans le sang du Testament.

D. TILENVS.

L'hyssope estoit commandé auparauant qu'ils sortissent d'Egypte, & puis fut ordonné pour seruir tousiours d'instrument aux aspersions: A quoy Dauid fait vne allusion, quand il prie que Dieu le purge d'hyssope, afin qu'il soit net. Or puis que Dieu vouloit que ces choses fussent ordinaires sous la Loy, Il appert par l'analogie, qu'il les auoit fait obseruer en ceste premiere solemnité, qui deuoit estre comme vn exemple pour l'auenir.

H. CONNESTABLE.

LIV. Où est-ce que Moyse donne ceste reigle generale que l'on en vse en toutes aspersions? Mais il falloit quelque instrument pour faire ceste aspersion, dit Beze, & rien n'y estoit plus à propos que l'hyssope & la laine. Premierement Tremelius interprete les lieux que vous citez de Dauid & de Moyse, de la mousse, & non de l'hyssope; Secondement ce qu'il est commandé de brusler auec la vache rousse, du cedre, de l'escarlatte, de l'hyssope,

pour

pour des cendres de tout cela faire l'eau de separations, monftre
qu'il y auoit d'autres confiderations en l'hyffope, que la commodité de feruir d'inftrument à faire l'afperfion, qui fe pouuoit faire autant ou plus commodément auec mille autres chofes ; afçauoir
quelque myftere legal. Comme auffi en l'vfage de la laine teinte en
écarlatte, il n'y a point de doute que la requifition de cefte teinture, qui ne feruoit de rien à l'arroufement, ne fuft myftique, & ceremoniale. De dire que de ce que ces chofes eftoient bruflées auec
la geniffe rouge, ou baignées dans le fang du paffereau, dont on af-
pergeoit le lepreux, on peut argumenter que Moyfe le trempa dedans le fang de l'alliance, & le cedre tout de mefme dont S. Paul
ne parle point, c'eft vne foible & legere conjecture. Car outre ce
qu'il n'apparoift pas par la Loy que cefte afperfion fuft expiatoire
comme celles-là; mais execratoire: c'eft à dire, qu'elle fe fift pour
purifier les Ifraëlites, qui l'auoient déja efté par lauements precedents, mais pour les obliger & deuouer à malediction & anathéme, & les rendre coulpables de fang & de mort s'ils violoient le
contract de la Loy: ces formalitez là ne furent inftituées finon depuis & pour certaines efpeces particulieres de facrifices. Et de vouloir que ce qui s'eft prattiqué en quelques facrifices, ou en quelques
actions precifes, ayt efté obferué en toutes les autres, c'eft vne trop
grande abfurdité. En l'afperfion du fang de l'Aigneau Pafchal, il
auoit efté feulement commandé d'vfer d'hyffope. L'afperfion de
l'eau de feparation fe faifoit auec l'hyffope feul, encore qu'en la
compofition de cefte mefme eau fuffent entrées les cendres de
l'hyffope, de l'efcarlatte, & du bois de cedre, qui auoient efté bruflez auec la vache rouffe. En la purification du lepreux, au contraire
on mettoit bien de l'hyffope, du bois de cedre, & de l'efcarlatte, &
vn paffereau vif dans l'eau fur laquelle auoit efté efgorgé l'autre
paffereau, & en afpergeoit-on le lepreux par fept fois: Mais on
ne les reduifoit point en cendre pour les y faire entrer. En
l'arroufement des Preftres, effufion du fang des facrifices fur
l'Autel, afperfion vers le propitiatoire, on ne fe feruoit
d'aucune de ces chofes. Et neantmoins vous voulez que
Moyfe en ayt vfé en l'effufion du fang de l'alliance fur l'Autel.
Car vous affermez que le liure de la Loy que fainct Paul témoigne auoir efté arroufé de fang & d'eau auec hyffope & laine
teinte en efcarlatte, fut compris & afpergé en l'afperfion de
l'Autel. De repliquer que ce facrifice là eftoit comme l'exemplaire de tous les autres ; & partant que tout ce qui eft prefcrit aux
ordonnances pofterieures y doit auoir efté prattiqué: Outre ce que
les feules circonftances du temps & du lieu refutent affez cefte abfurde confufion, c'eft chofe qui n'eft écrite nulle part, & qui

N n

auroit befoin d'vne grande & authentique Tradition. Quelques-
vns des noftres difent bien que poffible Moyfe regarda prophetiquement en ceft acte, à la ceremonie de la vache rouffe & du paffereau : mais ils ne le propofent finon comme chofe poffible & conjecturale.   Or il y a bien difference de rendre quelque telle quelle
raifon de ce qu'on prefuppofe d'ailleurs auoir efté faict, ou de prouuer actuellement & neceffairement qu'il ayt efté fait. Dauantage
comme i'ay defia dit plufieurs fois, il n'eft point queftion icy de
mettre des conjectures en auant : Mais d'exprimer ce qui fe peut
prouuer neceffairement par l'Ecriture feule , & fans s'enquerir de
l'opinion de qui que ce foit.

M^r D'EVREVX.

Il arroufa auffi le liure de l'alliance de ce mefme fang, dit fainct
Paul ; qui eftoit la figure que le liure de la Loy deuoit prendre fa
force du fang de Iefus-Chrift.   Et neantmoins de ceft arroufement du liure, il n'en eft fait aucune mention dans l'ancien Teftament.

D. TILENVS.

Touchant l'afperfion du liure, nous recueillons par ce qui eft dit au mefme
lieu ; que Moyfe ayant arroufé l'Autel, prift le liure ; lequel comme il appert
eftoit fur l'Autel, auec lequel il auoit efté pareillement arroufé.

H. CONNESTABLE.

Et par où appert-il que le liure eftoit fur l'Autel ? l'hiftoire le
dit-elle ? C'eft vne Tradition de Tilenus : Par où appert-il que
Moyfe ne l'auoit point dans fon fein , & que ce ne fut point de là
qu'il le prit pour le lire au peuple ? Car le cayer n'eftoit pas encore
lors fi grand qu'il ne l'y peuft aifément auoir apporté. Par où appert-il qu'il ne l'auoit point donné en garde à Aaron, ou aux fep-
tante anciens qui luy affiftoient en cefte action? Caluin ne confef-
fe-t'il pas qu'on ne peut conuaincre éuidemment par la Loy que
le liure ayt efté arroufé? Et quant à S. Paul y a-t'il apparence qu'il
fuppofe qu'il ayt efté compris comme acceffoire en l'afperfion de
l'Autel? luy qui non feulement témoigne, felon la verfion de Bezé,
que l'arroufement du liure fe fit conjointement auec celuy du
peuple; c'eft à dire, long temps depuis l'afperfion de l'Autel: *Ayant*
pris, dit-il, *le fang des veaux & des boucs, auec de l'eau , & de la laine*
teinte en efcarlatte, & de l'hyffope, il en arroufa enfemble le liure & tout le
peuple : Mais obmet entierement l'afperfion de l'Autel ; comme
n'eftant point vne formalité particuliere à la dedication de la Loy,
dont il parle en ce verfet ; ains commune à tous les facrifices, pour
infifter precifément fur celle du liure & du peuple. N'appert-il
pas par là au contraire qu'il entend que l'afperfion du liure
fut faicte non acceffoirement en l'effufion du fang fur l'Autel,

mais diſtinctement & expreſſement comme vne ceremonie particuliere à la conſecration de la loy? N'appert-il pas d'ailleurs que ſi
le liure euſt eſté ſur l'Autel lors que Moyſe y verſa ceſte grande
quantité de ſang, & l'épandit comme vous voulez conjointement ſur l'vn & ſur l'autre, il euſt effacé l'écrit de l'alliance premier
que de l'auoir leu au peuple? Car Moyſe recite ſelon voſtre rapport
meſme, que l'effuſion ſur l'Autel fut faite deuant la lecture du liure.
N'appert-il pas derechef qu'il euſt peruerty l'ordre des ſanctions
& ratifications rituales, qui eſt de ſuiure la lecture & publication
des loix & alliances auſquelles elles ſont attachées comme ſeaux &
ſacrements, & non pas la preceder? Mais quel beſoin eſt-il de toutes ces recerches? L'Apoſtre ne dit-il pas en termes expres que l'arrouſement tant du liure que du peuple ſe fit apres la lecture de la
Loy? Et par conſequent que l'effuſion du ſang ſur l'Autel & l'aſper-
ſion du liure furent deux actions ſeparées; l'vne faicte deuant la lecture de la Loy; & l'autre apres; aſçauoir lors que le peuple fut arrouſé. *Ayant leu, dit-il, tout le precepte ſelon la Loy, il priſt du ſang
& ce qui s'enſuit, & en arrouſa & le liure meſme & tout le peuple.* Car
encore qu'il y ayt en voſtre verſion, Ayant recité, cela n'importe,
parceque, outre ce que ces paroles (& le liure meſme, & tout le peuple) monſtrent que c'eſt non à vn recit fait par cœur, mais à la le-
cture du liure que ce mot de reciter ſe refere: Caluin veut que le re-   *Caluin. in Exod. c.24.*
cit de la Loy, & la lecture de la Loy ſoient vne meſme action, pour
preparation de laquelle Moyſe ayt erigé l'Autel & immolé les
victimes. Et Gallaſius l'vn de vos principaux Miniſtres & com-
mentateurs de Genéue y ſouſcrit. *Les victimes, dit-il, ſont immolées,*   *Gall. in Exod. c.24.*
le ſang eſt épandu, la Loy & condiion de l'alliance eſt leuë, le ſerment
eſt pris, le peuple eſt arrouſé. Et vn peu apres. *Car ie n'eſtime pas,*
dit-il, qu'il y ayt eu deux preſtations de ſerment. Mais ce qu'il auoit tou-
ché ſommairement, il l'explique par le menu. Et ceux meſmes qui
eſtiment, comme Brentius, qu'il y eut deux recitations de la Loy;
l'vne non ceremoniale pour ſonder l'intention du peuple ſur le fait
de l'alliance, auant que de la rediger par écrit; l'autre ſolemnelle &
ceremoniale, pour en conſacrer puis apres l'authorité par ceſte formalité publique; veulent que ce ſoit à la derniere que les paroles de
ſainct Paul ſe rapportent: Et que la lecture de la Loy ayt precedé
l'arrouſement du liure où elle eſtoit écrite, comme le ſeau & le ſacrement de ſa dedication & conſecratió. Voicy les paroles de Bren-   *Brent. in Exod. c.24.*
tius. *Moyſe, dit-il, priſt la moitié du ſang du ſacrifice, & la verſa dans des*
vaſes, & le reſte l'épandit ſur l'Autel: Apres il leut du liure les loix qu'il
auoit écrites, tout le peuple l'oyant; Et puis finalement comme le peuple eut de-
rechef preſté conſentemét à ces loix ainſi qu'elles eſtoient écrites, priſt le ſang
qui auoit eſté reſerué dans les vaſes & l'épandit ſur le liure & ſur le peuple,

Nn ij

difant, *Voicy l'alliance que Dieu a contractée auec vous fur toutes ces pa-*
roles. Ie vous demande donc maintenant, appert-il que le liure
eftoit fur l'Autel? appert-il que l'afperfion du liure fut comprife en
celle de l'Autel? N'eft-il pas euident au contraire que ce fut vne
action feparée de temps & d'intention, comme non commune
aux autres facrifices, ainfi que l'arroufement de l'Autel, mais particuliere à cefte ceremonie ? Et partant ne refte-t'il pas que la cognoiffance en eftoit venuë au fiecle des Apoftres par la feule Tradition de la Synagogue, & fans aucun témoignage de l'Ecriture, ny
plus ny moins que celle de l'afperfion dedicatoire du Tabernacle,
laquelle S. Paul allegue conjointement fur le mefme propos? Car
que Moyfe en dédiant & confacrant le Tabernacle l'euft arroufé
de fang & tous les vaiffeaux du miniftere, où le trouuez-vous dans
le corps de la Loy? Et neantmoins l'Apoftre pour monftrer que l'ancienne alliance auoit efté dediée auec fang, allegue premierement
l'afperfion du liure & du peuple, & puis celle du Tabernacle, & de
tous les inftrumens du feruice. *Il arroufa,* dit-il, *auffi de fang le Taber-*
nacle, & tous les vtenfiles du miniftere, parlant non des afperfions ordinaires : vis à vis du voile, ou autres femblables faites par les facrifi-
cateurs; mais de l'afperfion generale que Moyfe fit luy-mefme en
perfonne, du Tabernacle & de tous les inftrumens du miniftere lors
qu'il le dédia & confacra. Car c'eft fur le propos de la dédication
de la Religion Iudaïque. Or que Moyfe en cefte formalité vfaft
d'autre ceremonie que d'oindre le Tabernacle & tous fes vafes de
l'huyle de l'onction, il n'apparoift par aucun de fes écrits : *Tu pren-*
dras l'huyle de l'onction, & en oindras le Tabernacle auec fes vtenfiles, afin
qu'ils foient fanctifiez, l'Autel de l'holocaufte, & tous fes vtenfiles, la mer
auec fa bafe; Tu les confacreras tous auec l'huyle de l'onction. Voyla ce que
le Seigneur luy commande. Mais qu'il ayt iamais, ny en cefte occa-
fion-là, ny en aucune autre, fait cefte afperfion generale de fang
fur le Tabernacle, & fur tous les vaiffeaux du miniftere, il ne fe
trouue écrit nulle part. Que s'il vous femble eftrange que la Tradition ayt peu eftre fi exacte gardienne de l'hiftoire des ceremonies
non écrites, que Moyfe obferua en la reception & dedication de la
Loy; Confiderez que iufques aux fimples paroles qui fortirent de
fa bouche en cefte celebre action, la Synagogue les auoit foigneu-
fement & fidellement conferuées, comme il paroift par ces mots de
fainct Paul, parlant de l'approchement de Moyfe aupres de la montagne : *Le fpectacle,* écrit-il *eftoit fi terrible que Moyfe dit, Ie fuis épou-*
uanté & plein de tremblement. Sur lequel lieu Beze fait cefte
queftion. *Mais cela,* dit-il, *d'où eft-il pris? Certes,* ajoufte-t'il,
nous ne le lifons nulle part. Confiderez que iufques aux moindres hiftoires par tout où Moyfe eftoit meflé, elle n'en laiffoit tomber

Hebr. 12.

Exod. 40.

vne seule à terre, témoin celle de la resistance de Iamnes & Mábres, que sainct Paul touche en la seconde Epistre à Timothée, & dont il ne se trouue rien dans les écrits de l'ancien Testament. *Que ces deux hommes nommez par sainct Paul, dit Caluin, ayent esté des Magiciens subornez par Pharaon, il est assez conuenable. Mais de sçauoir d'où sainct Paul a pris leurs noms, il est incertain; sinon qu'il est probable que de telles histoires il y en a eu plusieurs baillées par Tradition, que Dieu n'eust iamais souffert perir de la memoire des hommes. Il se peut faire aussi, ajouste-t'il, que du temps de sainct Paul il y ayt eu des commentaires des Prophetes, qui racontoient plus amplement ce que Moyse auoit touché seulement par forme d'abbregé.* Voila l'expedient que Caluin trouue pour n'estre point contraint de confesser necessairement, mais seulemét probablemét, que les Iuifs eussent la cognoissance de ces choses par Tradition non écrite; asçauoir de supposer par forme de disionctiue que possible il y auoit du temps de S. Paul d'autres liures de Prophetes, que nous n'auons point, qui expliquoiét au long & par le menu ce que Moyse auoit dit sommairement. Qui est vn remede qui luy est bien plus dangereux & pernicieux que la playe.

Calu. in 2. Timoth. c. 3.

Mr D'EVREVX.

Il dit que l'vrne de la Manne, & la verge d'Aaron furent mises dans l'Arche, que nous sçauons auoir esté lieu d'adoration: Et toutesfois pas vn liure de l'ancien Testament n'en fait aucune mention.

D. TILENVS.

Quant à l'vrne de la Manne, Moyse dit qu'elle fut mise deuant la face de l'Eternel; c'est à dire, deuant l'Arche, & non pas dedás. Autant en est dit de la verge d'Aaron. Et ailleurs l'Escriture dit en termes expres qu'il n'y auoit rien en l'Arche, que les deux tables de pierre. Ce qui est dit en l'Epistre aux Hebrieux n'y repugne point: Car le relatif ἐν ᾗ, ne se doit point rapporter au mot κιϐωτὸν, Arche, quoy qu'il soit le plus proche; ains au mot σκηνὴ, Tabernacle: & de telles constructions il se trouue plusieurs autres exemples en l'Escriture: Autrement il y auroit vne manifeste contradiction, qui est ce que le Sieur du Perron voudroit faire paroistre en l'Escriture.

Num. 17.
3. Reg. 8.
2. Chron. 5. c. 9.

H. CONNESTABLE.

Les paroles de Moyse & celles de sainct Paul ne repugnent point: Car l'Escriture de Moyse & la Tradition Mosaïque ne sont point contraires, mais l'vn dit bien ce que l'autre ne dit pas. De respondre que le pronom se doit referer au plus loingtain antecedent: C'est vne solution que possible vous auez prise de Ribera, mais forcée & incompatible auec le texte. Car l'Apostre note distinctement deux inclusions; l'vne de ce qui estoit contenu immediatement dedans le lieu tres-sainct, asçauoir l'encensoir d'or & l'Arche; & l'autre de ce qui estoit contenu dans l'Arche, asçauoir la verge &

LVI.

Nn iiij

les tables. *Apres le second voile, dit-il, estoit la tente (pour vser du mesme genre) appellée le lieu tres-sainct, ayant vn encensoir d'or, & l'Arche du Testament couuerte d'or tout à l'entour, dans laquelle estoit vne vrne d'or pleine de Manne, & la verge d'Aaron qui auoit fleury, & les tables du Testament.* Ces mots, dans laquelle estoit l'vrne, la verge, & les tables, monstrent à quel antecedent la relation qui les conjoint toutes trois ensemble, se doit referer, asçauoir à celuy où l'Apostre veut declarer qu'estoient contenuës les tables, c'est à dire, à l'Arche: Ioint qu'apres auoir entamé le propos de ce que la tente interieure contenoit, lors qu'il dit, ayant l'encensoir d'or & l'Arche, ce seroit vne impertinence d'ajouster (en laquelle estoit) s'il ne vouloit parler d'vne autre espece d'inclusion. Aussi le verset suiuant acheue d'en oster toute ambiguité, & demonstre par force que c'est à l'Arche que ce pronom, laquelle, se rapporte, quand il dit immediatement apres: *Et sur icelle estoient les Cherubins glorieux, ombrageants le propitiatoire.* Car c'estoit sur l'Arche & non sur le Tabernacle qu'estoient les Cherubins. Et pource tant vos Bibles de Geneue que Beze & Tremelius, ont tourné auec l'edition commune, le Tabernacle, & le pronom en deux diuers genres, pour ne vous laisser aucun pretexte d'y errer. *Apres le second voile,* disent vos traducteurs, *estoit le Tabernacle qui est appellé le lieu tres-sainct, ayant vn encensoir d'or, & l'Arche du Testament entierement couuerte d'or à l'entour, en laquelle estoit vne cruche d'or où estoit la Manne, & la verge d'Aaron qui auoit fleury, & les tables du Testament. Et sur icelle Arche,* ajoustent-ils, *estoient les Cherubins de gloire.* Car quant à la contradiction que vous dittes calomnieusemét que le Sieur du Perron veut faire paroistre entre les paroles de Salomon, & celles de S. Paul, outre l'incontinéce de vostre plume, vous monstrez que vous estes vn tres-mauuais écholier, qui donnez, en pensant offenser Monsieur d'Eureux, vn si vilain coup de pied d'asne à vostre maistre Caluin,

dont voicy les propres paroles sur ce passage; *Ce que l'Autheur de ceste Epistre, dit-il, atteste que l'vrne en laquelle Moyse auoit serré la Manne & la verge d'Aaron qui auoit fleury, estoit dans l'Arche, auec les deux tables, semble combattre auec l'histoire sacrée, qui dit, qu'il n'y auoit rien en l'Arche que les deux tables.* 3. Roys.8.9.& 2. Chron.5.10 *Mais la reconciliation de ces lieux est facile. Dieu auoit commandé que l'vrne & la verge fussent mises deuant le témoignage. Et partant il est croyable qu'elles furent encloses ensemble auec les tables dans l'Arche: Mais que comme le Temple fut edifié, alors toutes ces choses furent distinguées & mises par ordre. Et de faict l'histoire note qu'il n'y auoit que les deux tables comme chose nouuelle.*

A quoy Bullinger ajouste que les paroles de Salomon pouuóient auoir esté dittes par Synecdoche. Mais quand vous vous seriez défaict de sainct Paul & de Caluin tout ensemble, pour

le regard de la Manne, comme eſchapperiez-vous de l'autre obiection que vous fit Mr d'Eureux, de l'encenſoir d'or que l'Apoſtre
conjoint au meſme paſſage auec l'Arche dedans le ſanctuaire interieur? Car le texte dit haut & clair, & ſans aucune ambiguité, qu'il
y auoit vn encéſoir d'or auec l'Arche dedás le ſanctuaire tres-ſainct.
*Apres le ſecond voile, dit-il, eſtoit le Tabernacle appellé le lieu tres-ſainct,
qui contenoit l'encenſoir d'or, & l'Arche de l'alliance toute couuerte d'or.*
Ceſt encenſoir d'or ne pouuoit eſtre colloqué là, ſinon par expres
commandement de Dieu, qui auoit donné le modelle precis à Moyſe de tout ce qu'il vouloit eſtre faict au Tabernacle, & pour l'office
du ſouuerain Sacrificateur qui entroit ſeul, & vne fois l'an ſans plus
au ſanctuaire interieur. Car quant à l'Autel des encenſemens, comme remarque Beze, il eſtoit placé dans le premier Tabernacle, & les
Sacrificateurs ordinaires y offroient tous les iours des parfums au
Seigneur. Et pourtant le meſme Beze voyant que ce texte de ſainct
Paul ne ſe peut éluder par aucune cauillation, eſt contrainct de reuoquer en ceſt endroit la verité de l'edition de l'Eſcriture en doute.
Voicy ſes paroles; *Il n'y a, dit-il, aucune mention de ceſt encenſoir dans*   Beʒa. an. in epi
ad Hebr. cap. 9.
Moyſe, &c. Et partant ce lieu m'eſt ſuſpect, lequel toutesfois, pource que
tous les exemplaires Grecs, & l'interpretation Syrienne, confirment ceſte
lecture, doit eſtre expoſé en telle ſorte, qu'il faut dire que le ſouuerain Sa-
crificateur entrant dedans le ſanctuaire tres-ſainct, auoit vn encenſoir d'or
propre à luy, lequel eſtoit reſerué dans le lieu de l'oracle pour ceſt vſage
particulier. Ce que Tremelius recognoiſt plus ſimplement; *Il n'eſt*
point, dit-il, écrit diſertement en la loy qu'il y ayt eu aucun encenſoir par-
ticulierement deſtiné pour le ſacraire; Ce que toutesfois l'Apoſtre declare
en ceſt endroit.

Mr D'EVREVX.

Sainct Iude raconte le combat de l'Ange auec le Diable touchant
la ſepulture de Moyſe, comme choſe toute cogneuë parmy les Iuifs,
& en fait vn argumét contre ceux qui blaſphemoient contre les dignitez, recitant les paroles meſmes de l'Ange. Or cela c'eſtoit vne
Tradition, qui ne pouuoit auoir pris ſon principe d'aucun enſeignement humain, mais de la pure reuelation & parole de Dieu.

D. TILENVS.

La cognoiſſance du combat de l'Ange auec le Diable, touchant le corps de
Moyſe, n'eſt point tellement venuë de Tradition, que l'on n'en apprenne
quelque choſe par l'écriture: Car il n'y a point de doute que ſainct Iude ne
viſe au paſſage qui eſt en Zacharie, où nous liſons les meſmes mots; Le Sei-
gneur te redarguë, ô Sathan.

H. CONNESTABLE.

Vous pretendez-vous mocquer des Lecteurs, ou ſi vous pretendez   LVII.
que les Lecteurs ſe mocquent de vous? Le Prophete Zacharie écrit

Nn iiij

qu'il vit Dieu en vision, qui dit à Sathan en presence de Iehosua Sacrificateur, Le Seigneur te redarguë. Ergo ce que S. Iude recite que
S. Michel combattit auec le Diable pour le corps de Moyse, se prouue par l'Escriture. Car c'est ce qui vous a esté proposé, & dequoy il
est question. Beze fait bien plus accortement de s'inscrire en faux
souz fiction & protestation de ne le vouloir pas faire contre le texte
de ceste Epistre: *Certes, dit-il, en Zacharie il se parle du Prestre Iehosua,*
& non du corps de Moyse. Que si pour le regard de tels liures, &c. Il reste
quelque lieu à la coniecture; toutesfois ja à Dieu ne plaise que i'aye ceste
prophane audace, moy qui aimerois mieux mourir mille fois que de presumer
rien de tel, s'estimerois que de la diuersité des terminaisons Grecques de ce mot
Iehosua, il s'y seroit coulé quelque erreur. Mais Caluin y procede plus cã-
didement, quand il recognoist absoluëmét & sans rien deguiser que
ce témoignage est pris de la pure & simple Tradition non écrite.
Comme ainsi soit, dit-il, que les Iuifs ayent eu tant de choses des Traditions
des Peres, Ie ne voy point d'inconuenient si nous disons que Iudas refere ce
qui iusqu'alors depuis plusieurs siecles auoit esté baillé de main en main par
Tradition. Et vn peu apres. Et pourtant ceste epistre ne nous doit point estre
suspecte pour ce témoignage, encore qu'il ne se trouue point dans l'Escriture.
Et les annotations des Bibles de Geneue de l'an 65. *Les Iuifs auoient*
plusieurs choses qu'ils tenoient toutes notoires & communes en leurs histoires
outre le contenu en l'Escriture; comme ce qui est dit, 2. Timoth. 3. 8. & icy
touchant le combat de Michel l'Ange contre Sathan. Voila ce que confesse la glose de vos Bibles de Genéue, extenuant neantmoins le plus
qu'il luy estoit possible ceste sacrée relation du combat de l'Ange
auec le Diable pour le corps de Moyse, dont se tirent plusieurs excellentes doctrines; & s'efforçant de la reduire au simple rang des histoires communes. Mais il n'y a homme pourueu de sens commun
qui ne voye que le principe de ceste cognoissance ne pouuoit estre
humain & naturel, & qu'il falloit qu'elle eust pris son origine d'vne
reuelation expresse; Et partant fust vraye parole de Dieu non écrite;
Comme aussi ceux qui la receuoient ne pouuoient, selon vos propres maximes, s'excuser de superstitió en leur creance, d'ajouster foy
à telles narrations qui eussent esté entierement fabuleuses & pleines
d'imposture, si elles fussent venuës d'ailleurs que de la pure reuelation & parole de Dieu.

D. TILENVS.

Le Prophete appelle Ange de l'Eternel, celuy que l'Apostre appelle Mi-
chaël l'Archange; l'vn & l'autre entend le Prince des Anges; c'est à dire, Ie-
sus-Christ, qui a combattu & vaincu Sathan, & cõquis le corps de Moyse,
c'est à dire, accomply le mystere de nostre redemption, figuré par les ombres
de Moyse, desquelles Christ est le vray corps, cõme dit l'Escriture. Et ce qu'il
n'a osé ietter sentence de malediction ne déroge rien à sa Deité & majesté:

Bez. in ep. Iud.

Clu. in ep. Iud.

Coloss. 2.

Car il le faut considerer en ce lieu-là, comme Mediateur; en laquelle qua-
lité il est suject & obeyssant à son Pere, n'exerçant pas sa toute puissance.
Si le sieur du Perron ne veut admettre ceste exposition, qu'il sçache donc que
l'argument que l'Apostre tire de ceste histoire non écrite se trouue tres-bien
fondé en l'Ecriture, laquelle en termes expres defend de maudire ou blas-
phemer les Princes.

<h3 style="text-align:center">H. CONNESTABLE.</h3>

Gardez vostre aduertissement pour d'autres. Ny M^r d'Eureux ne
reçoit vostre froide & insipide conjecture allegorique, que la seule
conference du second chapitre de la derniere Epistre de sainct
Pierre, dont ceste-cy selon vos maistres est comme vne paraphrase,
refute apertement, pour preuue necessairement tirée de l'Ecriture;
n'y ayant si impertinente réuerie qui ne passast sous ce mesme passeport: Ny n'admet la conuersion du sens clair & litteral des paroles de S. Iude, que vos propres docteurs recognoissent pour vraye
& reelle histoire, en simple figure & allegorie n'y ayant si expres témoignage de l'Ecriture qui par cest alambic ne s'en allast en fumée:
Ny n'apprend de vous quelle est la consequence que S. Iude recueille de ceste histoire; ny si elle se peut prouuer ou non par quelque autre argument qui soit contenu dans l'Ecriture. Mais bien
vous apprend que ce n'est pas dequoy il s'agit; c'est à dire, que la
question qui se traitte icy n'est pas si la conclusion que sainct Iude
tire de sa proposition se peut d'ailleurs verifier par l'Ecriture; Mais
si la proposition dont il tire sa conclusion, comme d'vn principe
d'authorité diuine, se trouue dans l'Ecriture.

<h3 style="text-align:center">D. TILENVS.</h3>

Mais l'Eglise Romaine fait tres-mal son profit de ceste Tradition de S.
Iude: Car en premier lieu elle met en auant tous les corps & Reliques des
Saincts decedez, & en suppose mesme de fausses pour faire idolastrer le
peuple, au lieu de resister au Diable quand il produit telles inuentions, com-
me si l'Archange, qui selon la commune exposition de ce passage le comba-
tit, quand il vouloit découurir le sepulchre de Moyse, que Dieu auoit ca- Deut. 34.
ché expres, pour oster toute occasion d'idolatrie à son peuple.

<h3 style="text-align:center">H. CONNESTABLE.</h3>

N'estes-vous pas doublement ignorant, premierement d'imputer à l'Eglise Romaine comme chose particuliere & nouuelle, ce
que l'ancienne Eglise Catholique a égalemeut & vniuersellement
obserué par toutes les parties de la terre? Et secondement de ne sçauoir pas quelle difference l'Eglise remarque entre l'estat des reliques des Saincts deuant & apres l'incarnation du Sainct des Saincts?
Apprenez donc, puis que voicy le premier loisir d'apprendre que
vous ayez rencontré, ce que vous deuez sçauoir de l'vn & de l'autre. Sainct Gregoire de Nysse frere de sainct Basile estoit Grec

de langage, & Asien de nation ; Sa demeure estoit Nysse en Cappadoce, dont il fut fait Euesque il y a douze cents trente ans, & y
fleurit auec l'applaudissement de toutes les Eglises d'Asie, voire de
toutes celles de la terre. Oyez donc ce qu'il écrit sur ceste matiere
en l'oraison du sainct Martyr Theodore, imprimée par les vostres
mesmes à Basle. *Que si quelqu'vn, dit-il, vient à vn lieu semblable à
cestuy-cy, où se fait aujourd'huy nostre assemblée, auquel est la* [a] *memoire
& les sainctes reliques du iuste ; premierement il est alleché de la magnificence des choses qu'il void quand il regarde la Majesté de cest edifice enrichy
comme Temple de Dieu de la grandeur de la structure, & de la beauté des
ornemens, là où le charpentier a donné au bois des figures viuantes & animées ; là où le tailleur de pierre a poly les marbres à l'égal de l'argent ; là où
le peintre a ajousté & épandu les fleurs de son art en l'image du Martyr,
& representant ses actes genereux ; ses resistences, ses tourments, les cruelles
& barbares contenances des tyrans, la violence des outrages, la fournaise
embrasée, le bien-heureux couronnement de l'Athlete, l'effigie de la forme
humaine de Christ president & arbitre du combat, a exprimé au vif toutes
ces agonies & ces passions, comme dans vn liure parlant par l'industrie &
l'artifice des couleurs, & en a orné ce Temple à l'égal d'vn pré riant & fleury. Car la peinture muette a accoustumé de parler dans les murailles, &
l'instruction de son silence est tres-vtile. Et là où finalement le lapidaire a
exprimé la mesme histoire en l'incrusture & en la marqueterie du pané.*
[b] *Apres donc qu'il a consolé ses yeux de ces spectacles, il desire s'approcher
de la chasse & du reliquaire du Martyr & en repute l'attouchement à
sanctification & benediction. Que si on luy permet d'emporter seulement
de la poudre qui est sur la chasse là où le corps du Martyr repose, il la reçoit
pour vn singulier present, & serre ceste terre là comme vn thresor de grand
prix.* [c] *Car si le bon-heur luy arriue qu'il luy soit permis de toucher les
Reliques mesmes, combien c'est vn don desirable & digne de grandes prieres ceux le sçauent qui l'ont obtenu. Car comme s'ils voyoient ce corps là viuant & florissant, ils l'embrassent & le font toucher à leurs yeux, à leur
bouche, à leurs oreilles & à tous leurs sens : Et puis versant des larmes offi-
cieuses & affectionnées sur le Martyr ainsi que s'il estoit & leur apparoissoit encore tout entier, le supplient comme familier & domestique de Dieu
qu'il prie & intercede pour eux.* Sainct Gregoire de Nazianze estoit
aussi au mesme temps & en la mesme Prouince, Grec de style, Asien
de nation, & d'habitation Euesque de Nazianze en Cappadoce.
Sainct Basile l'appelle vaisseau d'élection, & bouche de Christ.
Sainct Hierôme son precepteur. Et sainct Augustin écrit que ce
qu'il dit, il le faut estimer comme sorty de la bouche de toute l'E-
glise Catholique. Oyez donc ce qu'il écrit contre Iulian l'Apostat,
l'an de la mort de Christ, 330. *As-tu eu quelque respect aux hosties immolées pour Christ? As-tu craint ces grands champions, ce renommé Iean*

a   *Greg. Nyss.*
ὅπου μνήμη δικαίου
ᾗ ἄξιον λεῖψανον τῇ
μεγαλοπρεπείᾳ τῶν
ὁρωμένων ψυχαγω-
γεῖται εἰκὼν βλέπων
ὡς θεοῦ ναὸν ἐξησ-
κημένον λαμπρῶς
τῷ μεγέθει τῆς οἰ-
κοδομῆς ᾧ τῷ τῆς
ἐπικοσμήσεως κάλ-
λει, ἔνθα ᾗ τέκτων
εἰς ζώων φαντασίαν
τὸ ξύλον ἐμόρφωσεν,
ᾧ λιθοξόος εἰς ἀρ-
γύρου λειότητα τὰς
πλάκας ἀπέξεσεν.
ἐπίχρωσε δὲ ᾧ ζω-
γράφος τὰ ἄνθη τῆς
τέχνης ἐν εἰκόνι δια-
γραψάμενος τὰς
ἀριστείας τοῦ μάρτυ-
ρος, τὰς ἐνστάσεις, τὰς
ἀληθ όνας, τὰς θη-
ειώδεις τῶν τυράν-
των μορφάς.

b   ᾗ τοῖς αἰσθη-
τοῖς οὕτως φιλοτι-
χρήμασιν ἀνθυπα-
θήσας ᾧ ὄψιν ἐπι-
θυμεῖ λοιπὸν ᾧ αὐ-
τῇ πλησιάσαι τῇ θή-
κῃ ἁγιασμὸν ᾗ εὐ-
λογίαν τὴν ἐπαφὴν
τῷ πιστεύων.

c   τὸ γὰρ αὐτὸ τοῦ
λειψάνου προσαψα-
σθαι εἴ ποτέ τις ἐπιτυ-
χία τοιαύτη παράσχοι
τὴν ἐξουσίαν ὅπως
ἔστι πολυπόθητον ᾧ
εὐχῆς τῆς ἀνωτάτω
τὸ δῶρον, ἴσασιν οἱ
πεπειραμένοι καὶ
τῆς τοιαύτης ἐπι-
θυμίας ἐμφορηθέν-
τες.
Hier. de script.
Eccl.
Aug. contr. Iul.
Pel.

(il veut dire le precurseur de Christ) *Pierre, Paul, Iacques, Estienne,
Luc, André, Thecla, & ceux qui apres eux & denant eux ont exposé
leur vie pour la deffense de la verité, qui ont combattu contre le feu,
le fer, les bestes, les tyrans, la presence & le dénoncement des supplices,
auec vn courage indompté, comme s'ils eussent esté en des corps empruntez, ou plustost n'eussent point eu tout à fait de corps. Et pourquoy cela?
Afin de ne trahir point la verité, pas mesmes auec vne seule parole.
Ausquels ont esté constituez des honneurs & des festes celebres, par lesquels les Diables sont chassez & les maladies gueries, dont les apparitions & les predictions sont cogneuës* desquels les seuls corps peuuent autant que leurs sainctes ames, soit estant touchez, soit estant venerez.
Et les seules gouttes de sang, ou les moindres symboles de leur passion
operent autant que leurs corps. Ces choses-là tu ne les veneres pas, mais tu
les méprises & les deshonores.* Theodoret tout de mesme estoit Grec
quant au style, & Asien quant à sa nation & à sa demeure : fait
Euesque de Cyr, l'vne des villes du Patriarchat d'Antioche l'an
de la mort de Christ, 389. Oyez donc ce qu'il dit au huictiéme liure
de la guerison des affections Grecques, imprimé en Grec & en Latin par les vostres à Heildeberg.   Or les ames des Martyrs victorieux
& triomphants viuent maintenant aux cieux meslées parmy les chœurs &
concerts des Anges : mais quant à leurs corps, ils ne sont pas enclos chacun en
son sepulchre particulier, ains les citez, les villes, les villages les partagent
entre eux, & les appellent Medecins salutaires de leurs ames & de leurs
corps, & les* honorent comme gardes & tuteurs de leurs villes, & les
employent comme Ambassadeurs & intercesseurs enuers le souuerain
Maistre de tous; & par leur entremise reçoiuent de luy les dons & larges-
ses diuines. Et leurs corps estant diuisez, la grace en demeure indiuisée;
De sorte que la moindre & plus menuë partie de leurs reliques a la mesme
vertu que le corps du Martyr tout entier. Car la grace qui y fleurit distribuë & mesure sa liberalité à la foy de ceux qui s'y presentent. Mais
quant à vous autres Payens, non seulement ces choses ne vous persuadent
pas, mais vous tournez en risee & en mocquerie l'honneur qui leur est deferé vniuersellement de tous. Sainct Augustin estoit Africain, & residoit à Hippone cité d'Afrique, dont il fut fait Euesque il y a douze cents ans : Voicy ses paroles extraittes de vos propres exemplaires de Basle. *Aux eaux Tibilitaines, dit-il, l'Euesque Projectus
apportant les Reliques du tres glorieux Martyr Estienne : A sa memoire
(c'est à dire, à ses Reliques, car les Peres prennent la memoire ou
remembrance des Martyrs, & les Reliques des Martyrs, pour vne
mesme chose) affluoit vne grande concurrence & occurrence de multitude : là vne femme aueugle pria qu'elle fust menée à l'Euesque qui portoit
les gages sacrez : Elle luy bailla les fleurs qu'elle portoit & puis les reprit,
& les fit toucher à ses yeux, & soudainement elle vid : Elle marchoit de-

a ὧν ᾗ τὰ σώμα-
τα μόνον ἴσα δύ-
νανται ταῖς ἁγίαις
ψυχαῖς, ἢ ἐπαφώ-
μενα ἢ τιμώμενα.
ὧν ᾗ ῥανίδες αἵμα-
τος μόνον, ᾗ μικρὰ
σύμβολα πάθους,
ἴσα δρῶσι τοῖς σώ-
μασι. ταῦτα ᾗ σέ-
βεις, ἀλλ' ἀτιμάζεις.

b Καὶ ὡς πολιού-
χους ἡμῶν ᾗ φύ-
λακας ᾗ χρώμενοι
πρεσβδυταῖς πρὸς
τὸν ἴλεων δεσπότην,
δι' αὐτῶν τὰς
θείας κομίζονται
δωρεὰς ᾧ μελιωθέι-
τος τῇ σώματος
ἀμίειστος ἢ χάρις-
μελιδῴνκα ᾧ τὸ σμι-
κρὸν ἐκεῖνο ᾧ βερα-
χύτατον λείψανον
τὴν ἴσην ἔχει δύνα-
μιν, &c.
*August. de ciuit.
Dei.l.22.c.8.*

uant fautant de ioye auec admiration des affiftants, & choififfoit les chemins n'ayant plus befoin de guide. *Au bourg de Synique qui eft voifin de
la Colonie d'Hippone, Lucillus Euefque du mefme lieu portoit la memoire
du fufdit Martyr qui y eft aujourd'huy , le peuple allant deuant & apres:
vne fiftule dont il auoit efté long temps trauaillé, & pour laquelle il attendoit la main d'vn fi familier Medecin afin d'eftre incifé fut foudainement
guerie par le port de ce fardeau. Car elle ne fe trouua plus depuis en fon
corps. Eucharius Preftre d'Efpagne demeurant à Calame eftoit affligé
de long temps de la pierre : Il fut guery par la memoire du mefme Martyr
que l'Euefque Poffidius y apporta. Et depuis eftant tombé malade d'une
autre maladie, il gifoit mort , tellement qu'on luy lioit deja les pouces,
quand par l'ayde du mefme Martyr, fa robe ayant efté portée à la memoire d'iceluy & de là rapportée & remife fur fon corps il refufcita. Et au
vingtiéme liure contre Fauftus Manicheen defendant la caufe de
l'Eglife Catholique que les Heretiques Manicheens oppugnoient
dés ce temps-là, c'eft à dire, il y a douze cents ans, fur l'vfage des
Reliques : Car quant à ce que Fauftus , dit-il , nous calomnie de ce que
nous honorons les memoires des Martyrs, difant que nous les auons fub-
ftituées au lieu des Jdoles; cela ne m'émeut point tant pour répondre à cefte
calomnie, comme pour monftrer que la paffion de calomnier l'a tranfporté
iufques hors des limites de la vanité de Manicheus mefme. Et vn peu a-
pres rendant raifon des actions de l'Eglife en ceft article : Le peuple
Chreftien, dit-il, celebre les memoires des Martyrs par vne religieufe folemnité,& pour s'exciter à leur imitation,& pour eftre affocié à leurs merites , & pour eftre aydé par leurs prieres: de telle forte toutesfois que ce n'eft
à nul des Martyrs, mais au Dieu des Martyrs, combien que pour les memoires des Martyrs, que nous érigeons des Autels. Car qui eft celuy des
Prelats lequel affiftant aux lieux des corps faincts, ayt iamais dit; Nous
t'offrons à toy Pierre, ou à toy Paul, ou à toy Cyprian? Mais ce qui eft offert
eft offert à Dieu, qui a couronné les Martyrs, aux lieux où font les memoires de ceux qu'il a couronnez, afin que de l'admonition des lieux s'excite vne
plus grande affection pour aiguifer la charité,& enuers ceux que nous pouuons imiter, & enuers celuy par l'ayde duquel nous le pouuons. Sainct
Chryfoftome Patriarche de Conftantinople & chef de l'Eglife
Grecque, eftoit Antiochien, c'eft à dire, Afien de naiffance. Lifez
la derniere de fes Homelies fur l'Epiftre aux Romains imprimées
en Grec & en Latin par les voftres à Heildeberg. ª Quel fpectacle verra lors Rome: Afçauoir Paul fortant & refufcitant auec Pierre de ceft eftuy-
là, & porté au deuant & à la rencontre de Chrift? Quelle rofe enuoyera
lors Rome à Chrift? de quelles deux couronnes eft-elle ornée ? de quelles
chefnes d'or eft-elle ceinte ? de quelles fontaines eft-elle enrichie?
Pour ces chofes i'admire cefte ville là, non pour l'abondance de l'or, non
pour les colomnes, non pour toutes les autres pompes: Mais pour ces colomnes de

a οἷον ὄψεται δία-
μα Ῥώμη τὸν Παῦ-
λον ἐξαίφνης ἀνιστά-
μενον ἀπὸ τῆς θήκης
ὀκείνης μετὰ τῷ Πέ-
τρου καὶ αἰρόμενον
εἰς ἀπάντησιν τῷ κυ-
ρίου. οἷον ἀποστελεῖ
ῥόδον ἡ ῥώμη οἵους
στεφάνους ἡ πόλις
περίκειται δυό , οἵας
χρυσᾶς ἀλύσεις
διέζωσται , οἵας ἔχει
πηγάς.

nes de l'Eglise. Qui me donnera, donc maintenãt que ie me puisse enlacer tout
à l'entour du corps de Paul, que ie me puisse clouer à son sepulchre, que ie puisse voir la poudre de ce corps qui accomplissoit les restes des passions de Christ,
qui portoit ses Stigmates, qui semoit la predication de l'Euangile par tout? Et
en l'homelie des Saincts Iuuentius & Maxime: Et pourtãt visitons-les
souuent, ornons leurs tombeaux & touchons leur Reliques auec vne grande
foy, afin que nous en remportions quelque benediction. Car ils peuuent impetrer du Roy des cieux ce qu'ils veulẽt. S. Hierôme estoit Illyrien: mais
il écriuoit & demeuroit en Iudée dans le propre village de Bethlehem, où il se confina il y a douze cents dix ans; Voicy ce qu'il é-
crit contre l'heresie de Vigilantius selon vos propres exemplaires
de Basle. Tu m'interroges, dit il à vn sien amy, de choses lesquelles c'est
sacrilege & de prononcer & d'ouïr. Tu dis que Vigilantius qui par antiphra-
se est nommé de ce nom (Car il meriteroit mieux d'estre appellé Dormitan-
tius) ouure derechef sa bouche puante & vomit son orde infection contre
les Reliques des saincts Martyrs: & nous appelle, nous qui les reuerons,
cendriers & Idolatres. Et vn peu apres. Or ie ne diray point les Reliques
des Martyrs, mais ny le Soleil, ny la Lune, ny les Anges, ny les Archanges,
ny les Cherubins, ny les Seraphins, ny tout nom qui est nommé au siecle present & au futur, nous ne les seruons & adorons point, de peur de seruir à la
creature plustost qu'au Createur qui est beny eternellement. Mais nous honorons les Reliques des Martyrs; afin que nous adorions celuy duquel ils
sont Martyrs. Nous honorons les seruiteurs, afin que l'honneur des seruiteurs redonde au Maistre qui a dit, Qui vous recoit il me recoit: Doncques
les Reliques de Pierre & de Paul sont immondes? Doncques le corps de
Moyse sera immonde lequel selon la verité Hebraïque a esté enseuely par
le Seigneur mesme? Et toutefois & quantes que nous entrons dedans les
Temples des Apostres, des Prophetes, & de tous les Martyrs, nous venerons autant de fois les Temples des Idoles, & les cierges allumez deuãt leurs
tombeaux, sont autant d'enseignes d'Idolatrie? Et en l'Epistre suiuante,
Il écrit, dit il, cecy entre ses autres blasphemes. Quel besoin est-t'il, non seulement d'honorer d'vn si grand honneur, mais mesme d'adorer ce ie ne scay
quoy que tu veneres en le transportant dans vn petit vase? &c. Pourquoy
baises-tu de la poudre enueloppee dans vn linge delicat en l'adorant? Et vn
peu apres. Il a regret que les Reliques des Martyrs sont couuertes de voiles
precieux, & ne sont point liées dans vn drap ou dans vn sac, ou iettées à la
voirie, afin que Vigilantius seul yure & dormant soit adoré. Doncques
nous sommes sacrileges quand nous entrons dedans les Temples des Martyrs? Constantin donc estoit sacrilege quand il transfera les sainctes Reliques d'André, de Luc & de Timothée à Constantinople? Il faut donc appeller maintenant sacrilege l'Empereur Arcadius, qui a transporté les os
du bien-heureux Samuel vn si long temps apres sa mort, de Iudée en Trace? Et tous les Euesques doiuent estre estimez non seulement sacrileges, mais
fols & insensez qui ont porté vne chose vile & contemptible & des

Oo

cendres diſſoultes dans vn drap de ſoye & dans vn vaſe d'or ? Et les peuples de toutes les Egliſes tout de meſme, qui ſont allez au deuant des ſainctes Reliques, & les ont receuës auec ſi grande ioye (comme s'ils euſſent veu le Prophete preſent & viuant) que de la Paleſtine iuſques à Chalcédoine les eſſains & files des peuples s'entretenoient? A voſtre aduis s'ils adoroient Samuel & non Chriſt, duquel Samuel a eſté Leuite & Prophete ? Et derechef: L'Eueſque de Rome fait donc mal qui ſur les corps morts de Pierre & de Paul, ſelon toy, poudre contemptible, ſelon nous, ô venerables, offre ſacrifices au Seigneur, & repute leurs ſepulchres Autels de Chriſt? Et nō ſeulement l'Eueſque d'vne ville, mais tous les Eueſques de l'vniuers errent qui mépriſans le Cabaretier Vigilantius, entrent dans les Temples des morts, eſquels vne poudre contemptible & ie ne ſçay quelle cendre eſt enueloppée de linges precieux? S. Ambroiſe eſtoit bien habitant d'Italie: car il eſtoit Archeueſque de Milan: Mais & l'antiquité du ſiecle où il a fleury, & la conſtance de ſon eſprit qui ne voulut iamais relaſcher tant ſoit peu de la diſcipline Eccleſiaſtique à l'endroit de l'Empereur meſme, le doit rendre exépt de tout ſoupçon d'auoir cōniué à aucune choſe qu'il euſt eſtimée ſe ſentir de ſuperſtition & d'Idolatrie. Oyez dōc celuy que S. Auguſtin ne dédaigna point d'oüyr pour ſa conuerſion, & aux paroles duquel l'Egliſe doit le gain & la reduction du plus grand docteur de la terre. *Honorons*, dit-il, *les bien-heureux Martyrs Princes de la foy, interceſſeurs du monde, herauts du Royaume, coheritiers de Dieu. Que ſi vous me demandez: Qu'eſt-ce que vous honorez en vne chair déja reduicte en poudre & conſommée dont Dieu ne tient plus de conte? Et où eſt donc mes freres treſchers, ce que la verité meſme annonce par le Prophete? La mort des Saincts, du Seigneur eſt precieuſe deuant luy: Et derechef: Tes amis, ò Dieu, doiuent bien eſtre honorez par moy. Nous deuons honorer les ſeruiteurs de Dieu, combien plus les amis de Dieu, deſquels il eſt dit en vn autre lieu: Le Seigneur conſerue leurs os, & vn ſeul d'eux ne ſera deſtruit? J'honore donc en la chair du Martyr les cicatrices receües pour Chriſt. J'honore la memoire de celuy qui y eſt viuant par l'immortalité de ſes vertus. J'honore les cendres conſacrées par la confeſſion du Seigneur. J'honore dans ces cendres les ſemences de l'Eternité. J'honore ce corps qui m'a appris à aymer mon Seigneur: qui pour l'amour de mon Seigneur m'a appris à ne craindre point la mort. Pourquoy eſt-ce que les Fidelles n'honoreront point ce corps que les Diables meſme redoutent, qu'ils ont affligé au ſupplice & qu'ils glorifient au ſepulchre? J'honore donc ce corps lequel Chriſt a honoré au glaiue, lequel auec Chriſt regnera au Ciel.* Que ſi outre les depoſitions ſeparées de tant de grands témoins de l'eſtat de l'Egliſe de leur ſiecle, vous deſirez auſſi l'oracle des Conciles : Oyez le Concile de Gangres ville de Paphlagonie en Aſie, celebré par les Eueſques Catholiques de la Prouince, deux cens nonante & tant d'ans apres la mort de noſtre Seigneur, obſerué par tout

Ambroſ.ſer.93.
de S. Nazar. &
Celſo.

l'Orient, & imprimé en Grec & en Latin à Zuric par Gefnerus. *Si quelqu'vn enflé de prefomption ofe abhorrer* a *les cōcours folennels des Martyrs & les feruices qui s'y celebrent, & leurs remembrances, qu'il foit Anathéme.* Et le Concile 5. de Carthage tenu l'an de la mort de Chrift 370. *Il a efté ordonné que les Autels erigez par cy par-là aux champs & * b *fur les chemins comme memoires & remembrances des Martyrs efquels il n'y a point de preuue par les Euefques des Diocefes qu'il y ayt aucun corps ou aucunes Reliques de Martyrs, foient s'il fe peut demolis.* Et vn peu apres. *Et en fomme que nulle memoire des Martyrs ne foit receuë auec approbation, s'il n'y a ou le corps, ou quelques certaines Reliques, ou quelque enfeigne d'habitation, ou poffeffion, ou paffion, atteftée par vn rapport de fidelle origine.* Voyla l'accufation que vous pretendez faire de l'Eglife de ces derniers fiecles transferée fur l'ancienne Eglife Catholique, & aux fiecles où vos docteurs mefmes recognoiffent qu'elle eftoit encore en fa fleur. *C'eftoit chofe notoire & fans doute* (dit Caluin parlant de fainct Auguftin & des autres Peres, qui alleguoient la fucceffion de l'Eglife contre les heretiques) *que depuis les Apoftres iufques à leur temps, il ne s'eftoit fait nul changement de doctrine, ny à Rome ny aux autres villes: Et pource ils prennent cecy comme vn principe fuffifant à renuerfer tous erreurs qui s'eftoient éleuez de nouueau; C'eft qu'ils eftoient repugnants à la verité, laquelle auoit efte maintenuë d'vn commun accord depuis le temps des Apoftres.* Et en vn autre lieu: *Reprefentez vous cefte ancienne face de l'Eglife telle que les écrits de S. Chryfoftome & de S. Bafile entre les Grecs, & de S. Cyprian, S. Ambroife & S. Auguftin entre les Latins, nous font foy qu'elle eftoit de leurs temps: Et iettez les yeux puis apres fur les ruines qui en font reftées parmi vous, Et vous verrez qu'il y aura auffi grande difference, comme les Prophetes nous la décriuent entre cefte fplendide Eglife qui fleurit fous Dauid & Salomon, & celle qui eftant tombée fous Sedecias & Ioachim en toutes fortes de fuperftitions, auoit entierement violé la pureté du feruice de Dieu.* Tel eft le iugement de Caluin touchant l'Eglife de ces fiecles-là. Que fi vous en voulez encore des exemples repris de plus haut: L'Eglife de Smyrne en Afie eftoit recentement fondée par les Apoftres mefmes; Polycarpe y auoit efté inftitué premier Euefque par fainct Iean; Voyez non l'Epiftre de quelque particulier écrite en cachette à quelque autre particulier; mais l'Epiftre de tout le corps de cefte Eglife addreffée à celle de Philomilion, & à toutes les Eglifes de la terre, fur & incontinent apres le martyre de Polycarpe, & inferée cent cinquante ans depuis dans l'hiftoire d'Eufebe. c *L'enuieux donc, odieux & pernicieux ennemy du genre des iuftes* (difent les fidelles de cefte Eglife) *voyant la grandeur de fon martyre, & la perpetuelle integrité de fa vie couronnée de la couronne d'immortalité, & recōpenfée d'vn prix incorruptible,*

O o ij

a Βδελυσσόμδμος πᾶς
συνάξεις τ μαρτύ-
ρων ἢ τὰς ὂν αὐ-
τοῖς γινομένας λει-
τουργίας ὸ τὰς μνή-
μας αὐτῶ ἀνάθε-
μα ἔςω.

b Le Latin dit,
Per vias.
La verfió Grec-
que, ἀμπιλῶίας,
vineas.

Calu. Inft. l. 4. c. 4.

Calu. contr. Sadol.

Eufeb. hift. Eccl.
l. 4. c. 14. impreff.
Rob. Step.
ἐπινόησεν ὡς μη-
δὲ τὸ σωμάτιον
αὐτῷ ὑφ' ἡμῶ ληφ-
θῆι καίπερ πολλῶ
ἐπιθυμούντων τῦτο
πνῦσαι ὰ κοινωνῆσαι
αὐτῷ τῷ ἁγίῳ σαρ-
κίῳ.

s'est bandé afin que son corps ne fust point recouuré par nous, nonobstant le desir que plusieurs auoient de le retirer, & auoir la communion de sa saincte chair. Car il s'est éleué des hommes qui ont sollicité Nicetas pere d'Herode & frere de Dalcas, de persuader au President de la Prouince de ne deliurer son corps à personne. Et vn peu apres; Le Centenier donc voyant l'opposition contentieuse des Iuifs, a faict apporter son corps, & commandé qu'il sust bruslé selon la coustume de sa nation: Ainsi nous puis apres sommes allez recueillant ses os & ses cendres plus precieuses que les pierres exquises, & plus estimables que l'or, & les auons serrées au lieu qui leur estoit conuenant: Là où nous assemblants en temps opportun auec ioye & allegresse, Dieu nous donnera la grace de celebrer le iour natal de son martyre. Voyla le Diable qui change à bon escient de metho-de, & qui tient bien vne autre procedure qu'il ne faisoit sous la Loy quand il combattoit contre l'Ange pour obtenir, (non selon aucune Tradition, mais selon l'opinion de quelques interpretes) que le corps de Moyse fust reuclé: qui montre qu'il sent bien que la condition du temps est autre maintenant, & que la reuelation des Reliques des Martyrs de Christ, luy est autant des-auantageuse, comme il esperoit lors que celle du corps de Moyse luy apporteroit d'auantage. Car quant à l'abomination en laquel-le Dieu vouloit que les Israëlites les eussent, & la veneration en la-quelle les ont les Chrestiens, il suffira de vous dire, pour accorder ces choses; que sous l'ancien Testament la nature humaine estoit encore, pour le regard de l'estat exterieur de la Loy, toute esclaue de Sathan, & toute polluë de la contagion charnelle du peché. Et partant pour montrer que les hommes qui mouroient lors e-stoient, quant à l'effet de la Loy, maudits & detestez de Dieu, leurs corps estoient declarez ceremonialement pollus & immon-des, & souïlloient d'immondicité mystique & legale ceux qui les touchoient. Là où maintenant que la nature humaine est ouuer-tement affranchie de la captiuité du Diable, repurgée de l'im-mondicité & interieure & exterieure du peché, honorée de la fra-ternité de Christ qui l'a vestuë & esleuée auec luy par dessus les Cieux des Cieux, & s'est rendu non seulement participant de la nature humaine, mais a fait ses saincts, comme dit S. Pierre, parti-cipants de la nature diuine: Nous ne considerons plus les corps de ceux qui meurent pour Christ, & desquels il nous a dit, Qui pert son ame pour moy la retrouuera, comme de ceux qui mouroient au temps figurant la rigueur de la Iustice, c'est à dire, comme en-clos exterieurement sous l'anathéme & la malediction de la Loy, & obligez legalement à damnation perpetuelle ; mais comme deliurez de cest anathéme par la grace Euangelique, & transfe-rez d'estat de malediction en estat de benediction. Nous ne les

2. Petr. 1.

Matt. 10.

conſiderons plus comme charongnes polluës & abominables,
comme vaiſſeaux d'ordure & d'immondicité, comme organes &
inſtruments de Sathan, mais comme delices de Chriſt, comme hoſties de bonne odeur conſacrées & immolées à Dieu par le martyre, comme gages & hoſtages de la Reſurrection, comme ſemences & étincelles de l'immortalité, comme ſieges, vaiſſeaux & temples futurs de la diuinité. Et en cela conſtituons vne des grandes
victoires de noſtre creance, que voyant ces os & ces poudres qui à
tous autres yeux qu'à ceux des Chreſtiens ſembleroient terre vile
& contemptible, nous nous éleuons par deſſus l'obſtacle de nos
ſens, & les regardons, nõ auec les yeux du corps, mais auec les yeux
de la foy, qui réd à noſtre eſprit les choſes futures preſentes, les cõ-
templons déja cõme réplis de la gloire diuine, faits Dieux par grace & participation, aſſis au ſiege de celuy qui dit, A celuy qui vain-
çra ie luy donneray d'eſtre aſſis en mon Thróne, & diſons chacun
de nous, en nous meſmes quand nous approchons de leurs Chaſſes & de leurs Reliques ; ie ſçay certainement que ceſte poudre
autresfois ſerue & eſclaue du Diable par le peché, & maintenant
victorieuſe de luy & des enfers par le martyre, reſuſcitera vn jour
en gloire, obtiendra le Royaumé dés cieux, s'aſſierra au Thróne
de Chriſt: Et pourtant ie ne la meſure point ſelon ce qu'elle apparoiſt maintenant à mes yeux corporels, mais ſelon ce que la foy de
l'auenir me la repreſente; aſçauoir éleuée & regnante auec Chriſt
en la gloire celeſte, & l'honore & reuere dés à preſent en ceſte qualité. Parquoy tant s'en faut que i'apprehéde de la toucher de peur
d'eſtre pollu par ſa contagion, comme deuant que les ſeaux de ces
myſteres Euangeliques clos ſous les enigmes de la Loy, fuſſent encore ouuerts; qu'au contraire ie témoigne & annonce par ceſt attouchement en ce ſiecle, la part & communion que ie deſire auoir
auec elle en l'autre. Et eſpere que Dieu qui benit l'vſage de ces
aydes & exercices externes de noſtre foy & de noſtre charité, iuſques à les fauoriſer ſouuent de miracles viſibles; accompagnera
ceſt attouchement corporel, par lequel ie proteſte l'vn & l'autre,
d'vne contagion & communication ſpirituelle de graces & bene-
dictions inuiſibles. | Si ces choſes-là ſont dignes ou non de voſtre
cenſure; ce n'eſt pas ce que ie veux traitter maintenant: car ce ſeroit ſortir de la queſtion principale : Il ſuffit que ceux qui ſont e-
xempts de voſtre cenſure, & qui s'aſſierrõt auec les Apoſtres pour
vous iuger au iour du Iugement ſont garants de ceſte diſtinction.
Et entre autres ce grand oracle de l'Orient ſainct Baſile, dont l'a-
me regne au ciel auec Dieu, & les écrits auec l'Egliſe en la terre il
y a douze cents vingt ans, qui en ſon commentaire ſur le Pſeaume 131. imprimé en Grec par les voſtres meſmes, à Baſle, dit

Oo iij

a Ὅτι ἰουδαϊκῶς
ἀπέθνησκον βδελυ-
κτὰ ἦν τὰ θνησι-
μαῖα. ὅτι ὑπὲρ χρι-
στοῦ ὁ θάνατος ἤμια
τὰ λείψανα τῶν ὁ-
σίων αὐτῶ περὶ τούτου
ἐλίγην τοῖς ἱερεῦσι &
τοῖς ναζιραίοις τὶ,
οὐ μιανθήσονται
ἐπ' οὐδενὶ τεθνηκότι,
& τὸ ἰαίης ἅψηται
νεκρῦ ἀκάθαρτος
ἔσαι, & τὸ πλυνεῖ
ἑαυτῶ τὰ ἱμάτια.
νυνὶ δ' ὁ ἀψάμενος
ὀστέων μάρτυρος
λαμβάνει τινὰ με-
τουσίαν ἁγιασμοῦ ἐκ
τῆς τῷ σώματι παρε-
δρευούσης χάριτος.

LX.

Oecum. Caten.
Grac.in Iud.

Luth. contr. Reg.
Angl.

ainsi ᵃ *Quand ils mouroient sous la loy des Juifs, leurs corps estoient pollus: Quand la mort est soufferte pour Christ, les Reliques de ses Saincts sont precieuses : Auparauant il estoit dit aux Prestres & aux Nazariens, Ils ne se contamineront point sur aucun mort. Et derechef. Si quelqu'un touche vn mort il sera immonde & lauera ses vestements; Et maintenant celuy qui touche les os d'vn Martyr reçoit vne certaine communion de san-ctification de la grace qui reside au corps.*

D. TILENVS.

Puis apres elle se dispense de blasphemer & de fouler aux pieds les plus grandes dignitez de la terre: Comme les Papes l'ont bien monstré aux Rois & aux Empereurs.

H. CONNESTABLE.

Les Grecs interpretent le mot *dignitez*, en ce lieu non des dignitez seculieres, mais des dignitez Ecclesiastiques & spirituelles, & conferent ce passage auec celuy de la troisiesme Epistre de sainct Iean, où il se plaint de l'insolence de Diotrephes. Et pource c'est à vous à penser comme vous vous acquittez de cest article. Car quant à l'autre accusation que vous intentez contre l'Eglise Ro-maine, c'est vn artifice grossier pour donner le change & sauter des disputes de la Religion à celles de l'estat. Et pourtant ie passe-ray outre sans vous permettre d'extrauaguer: Seulement vous di-ray-ie que c'estoit à Luther qu'il falloit faire ceste leçon, qui a plus vomy de venin & de blasphemes contre la Majesté d'vn grand Roy, en vn seul volume, que vous n'en sçauriez feindre & imputer en toute vostre vie à l'Eglise Romaine. Pour preuue dequoy, s'il vous plaist vous rafraischir la bouche & les oreilles de toutes sor-tes de mesdisance: Passez vne heure de temps à lire son liure con-tre nostre Héry huictiesme, lors l'vn des plus celebres & vertueux Princes de son siecle : Et vous trouuerez qu'il n'y a espece d'outra-ge qui ne soit sortie de sa bouche comme d'vne sentine d'iniures & de blasphemes. Car d'appeller ce Roy qui luy auoit fait l'hon-neur d'entrer en dispute de la religion auec luy, & qui estoit le plus docte & le mieux meritant des lettres, & de toutes autres bonnes disciplines qui ayt iamais esté en Angleterre; de l'appeller, dy-ie, asne, hebeté, stupide, ignorant, fou, bouffon, scelerat, impudent, stolide, insipide, furieux, bauard, raddotant, enragé, maniaque, sa-crilege, blasphemateur, vaisseau d'élection de Sathan, sentine & latrine d'impieté : ce sont ses caresses ordinaires, & ses plus cour-toises & honestes paroles : outre les faux & impudents démentis qu'il luy donne à tous propos, dont voicy seulement deux ou trois échantillons. Le Roy luy auoit allegué quelque contradi-ction en ses écrits. *Ie ne me suis, répond-il, iamais contredit, mais suis demeuré tousiours semblable à moy-mesme, témoins en sont mes liures, &*

ceux qui les ont leuz, témoin en est mesme la conscience damnée du Roy men-
songer. Il luy auoit allegué sainct Hierôme pour la primauté du
Pape. *Le glorieux Monsieur le Roy*, dit-il, *ment selon sa coustume assez*
vaillamment, quand il fait sainct Hierôme fauteur du Papat. Et toutesfois ces paroles de sainct Hierôme à Damase. *Ie suis lié de communiõ*
auec ta Beatitude, c'est à dire, ajouste-t'il, auec la chaire de sainct Pierre,
ie sçay que sur ceste Pierre est edifiée l'Eglise: quiconque mange l'Aigneau
hors de ceste maison est prophane: si quelqu'vn n'est point en l'Arche il perira
durant le deluge, monstrent lequel des deux estoit menteur. Le Roy
n'auoit pas répondu à quelques-vns de ses arguments à son gré: il
continuë sa mesme ciuilité. *Icy*, dit-il, *ie n'ay plus à traitter auec l'igno-*
rance & la stupidité, mais auec l'obstinée & impudente méchãceté de Hen-
ry: Car il ne ment pas seulement comme vn tres-vile bouffon; mais, &c.
Le Roy auoit allegué les exemples du changement du temps de
la celebration de l'Eucharistie, & le meslange de l'eau auec le vin,
pour monstrer qu'aux circonstances du Sacrement, l'Eglise a authorité d'y obseruer des institutions non écrittes. *Ton front ne rou-*
git-il point, dit-il, ô Henry, non plus Roy, mais sacrilege & larron des pa-
roles diuines & sainctes de Christ? Il auoit allegué l'exemple de la verge d'Aaron qui retint encore ce nom apres estre deuenuë serpent,
pour monstrer que l'Ecriture appelle aucunesfois les choses du
nom de ce qu'elles ont esté. Luther répond auec les mesmes fleurs
de Rhetorique. *Tu ments bien contre ton propre chef, ô stolide & sacrile-*
ge. qui d'vn front impudent oses attribuer aux paroles infaillibles de Dieu
qu'elles signifient autrement qu'elles sonnent. Et les prefaces qu'il met
pour excuse au cõmencement de son liure sont celles-cy. *Puis qu'à*
son escient, dit-il, ceste pourriture & ce ver damnable controuue des mente-
ries contre la Maiesté de mon Roy qui est aux cieux, i'ay droict pour mõ Roy
d'asperger la Maiesté Anglicane de sa bouë & de sa fiente, & fouler aux
pieds ceste couronne blasphemante contre Christ. Et derechef, *Si ce fou*
Roy oublie ainsi sa Maiesté que de se mettre aux champs auec des menson-
ges manifestes, mesme en faict de Religion: Pourquoy ne me sera-t'il pas
bien seant de luy reietter ses mensonges au visage, afin que s'il a conceu
quelque volupté en mentant contre la Maiesté diuine, il la perde en oyant
dire vray contre sa Maiesté? Et vn peu apres, *Cela est le payement qu'a*
merité sa bouche impure qui a contaminé de ses blasphemes mon Roy qui est
le Roy de gloire: Car ma doctrine ne se cõtredit en aucune partie, ny ne se peut
contredire, d'autãt qu'elle est de Christ. Et finalemét cõclud son liure par
ce bel Epicinie. *Il ne faut point, dit-il, trouuer estrãge si ie méprise & mords*
vn Roy de la terre, puis qu'il n'a point craint de blasphemer le Roy du ciel & le
prophaner par ses mensonges enuenimez. Voila cõme Luther imite à l'endroit des Princes le respect & la modestie que l'Ange selon sainct

Oo iiij

Hie. ep. 1. ad Da-
mas. Beatitudini
tuæ, id est, ca-
thedræ Petri
communione
consocior: su-
pra illam Petrã
ædificatam Ec-
clesiam scio:
quicunque ex-
tra hanc domũ
agnũ comederit
prophanus est,
si quis in arca
Noë non fue-
rit, peribit, re-
gnante diluuio.

Iude obserua à l'endroit du Diable mesme. Car quant à vousautres
il suffira bien si vous pouuez rendre bon conte à Dieu de vos faits,
écrits, & paroles à l'endroit des Roys sous lesquels vous auez vescu depuis trente ou quarante ans, sans le demander à l'Eglise Romaine, qui n'est pas tenuë de vous en rendre raison: Car ce n'est
pas à vous qu'elle doit répondre pour ce regard de ses actions.

Mr D'EVREVX.

Il rapporte tout de mesme la Prophetie d'Enoch touchant l'a-
uenement final de Dieu au iour du iugement: Cela c'estoit parole
de Dieu qu'il estoit vtile, voire necessaire de croire à tous ceux à
qui la notification en estoit paruenuë: Et neantmoins qu'Enoch
ayt iamais rien écrit il n'en paroist aucune chose par l'Ecriture.

D. TILENVS.

La Prophetie d'Enoch que le mesme Apostre allegue touchant le Iugement
final, non seulement ne repugne point à l'Ecriture, mais y est plus clairement
exprimée que les prophanes contempteurs de Dieu ne voudroient. Nous re-
ceuons volontiers toutes les Traditions qui ont mesme conformité & ap-
probation en l'Ecriture.

H. CONNESTABLE.

La question n'est pas simplement si les choses que les Apostres
veulent prouuer se trouuent dans l'Ecriture: Mais aussi si les moyens par lesquels ils les veulent prouuer, & qu'ils produisent comme principes d'authorité diuine sont en l'Ecriture, c'est à dire, si
depuis la Loy écrite il y a eu vne autre voye certaine & authentique en la Synagogue pour conseruer la parole de Dieu, que l'vsage de l'encre & des characteres, asçauoir la Tradition verbale des
Prophetes & de leurs disciples. Car nous n'estimons pas seulement
l'organe des Traditions necessaire pour les poincts qui ne sont
point dans l'Ecriture, mais aussi pour ceux qui n'apparoissent
point y estre, soit à nous, soit à ceux à qui nous les voulons iustifier. Le nœu donc de la controuerse est, si pendant qu'vne chose
ne nous apparoist point, ou n'apparoist point à ceux contre qui
nous disputons, estre en la parole écrite, soit qu'à la verité elle y
soit ou n'y soit pas: En somme si pendant que nos aduersaires ne
sont pas d'accord qu'elle y soit, soit à cause de l'obscurité de l'E-
criture, soit à cause de la mauuaise intelligence dont ils sont pre-
occupez, qui les empesche de se laisser vaincre à la seule lumiere
du texte, comme sainct Augustin dit que les Pelagiens, pource
qu'ils lisoient les Ecritures auec leur propre sens, n'y voyoient pas
mesme les choses manifestes, nous pouuons recourir legitimement à la Tradition non écrite, & l'employer comme principe de
foy & parole de Dieu. que la doctrine de ceste Prophetie d'Enoch
touchant le Iugement final fust dans la Bible, premierement pour

le corps des liures Mofaïques vous ne l'y fçauriez monftrer. Et
par confequent toutes les claufes que Moyfe appofe à la Loy de
n'aller ny à dextre ny à feneftre, & autres femblables, dont vous
faictes vos Achilles, admettent la focieté des Traditions des Patriarches, & Prophetes, non écrites. Et quant aux autres liures du
vieil Teftament, où l'y trouuerez-vous fi clairement exprimée
que des efprits contentieux n'y inuentent quelques défaictes? Dauid Kimhi expofe le lieu du premier Pfeaume non du iugement
vniuerfel, mais de la mort de chaque particulier. Le quarante-
neufiéme Pfeaume femble eftre tres-exprez: mais vos docteurs
mefmes l'expliquent metaphoriquement du courroux & de la punition ordinaire de Dieu contre les méchants. Caluin, Oecolampade & vos Bibles de Genéue interpretent le paffage de Malachie
du premier aduenement de Chrift. Et de cefte mefme façon vn
efprit conteftant trouuera yffue à tous les autres. Mais foit ainfi:
La citation de fainct Iude prent-elle pour cela fa force de l'Ecriture dont il ne parle point? Ne dépend-elle pas en ce lieu-là du témoignage particulier d'Enoch, lequel par confequent confideré
feul & fans adionction porte fon authorité auec foy? de forte que
quand il n'y auroit eu rien de femblable exprimé en l'Ecriture, ou
que les cayers de l'Ecriture qui en euffent contenu quelque chofe fe fuffent égarez comme plufieurs autres écrits des Prophetes,
ceft Oracle n'euft pas perdu fon authorité ny ceffé d'eftre parole
de Dieu & doctrine digne de foy. A quel propos donc répondre
que l'inftruction que fainct Iude en recueille eftoit dans l'Ecriture, puis que foit qu'elle y fuft, foit qu'elle n'y fuft pas, fuppofant
que c'eftoit vne reuelation de Dieu annoncée par la bouche d'E-
noch, il la falloit auffi bien croire que l'Ecriture? Toute la difpute ne fe reduit-elle pas afçauoir comme ils cognoiffoient que cefte
Prophetie eftoit d'Enoch, & comme elle eftoit venuë d'Enoch à
eux, fi c'eftoit par l'Ecriture ou par la Tradition? Or de cela vos
propres Bibles de Genéue vous en tranchent toute replique. *Cefte
Prophetie d'Enoch* (difent-elles à la marge) *n'eft point dans la Bible,
ains a efté baillée de main à main par les Peres aux enfants comme plufieurs autres chofes.*

D. TILENVS.

*Nous confeffons que tous les faits & dits particuliers n'y font pas con-
tenus. Car,* fingularium nulla eft fcientia.

H. CONNESTABLE.

Nous confeffons que vous voulez faire le Philofophe, & que
vous n'y entendez rien. Des chofes fingulieres il n'y a point de
fcience; Cela eft vray pour le regard des fciences humaines: Car
toute la caufe que l'entendement a de croire & d'adherer certai-

LXII.

nement à la verité de leur doctrine, c'eſt la lumiere du diſcours naturel, lequel ne peut apprehender neceſſairement & infailliblement aucune propoſition entant que particuliere : mais en la Theologie où la raiſon du conſentement que nous preſtons à la doctrine de ſalut eſt la lumiere ſupernaturelle de la reuelation, & l'authorité de la parole de Dieu, non ſeulement les choſes ſingulieres peuuent entrer en l'object de ceſte ſcience : Mais meſme la pluſpart des articles qu'elle enſeigne ſont de poincts ſinguliers. Nous proteſtons au Symbole que Chriſt eſt né de la Vierge Marie, qu'il a ſouffert ſous Ponce Pilate, qu'il eſt reſuſcité au troiſiéme iour ; Ces articles-là & tout ce que nous croyons de l'humanité de noſtre Seigneur ſont choſes ſingulieres, & neantmoins tellement neceſſaires à la foy que ſi nous la voulons dépoüiller de ces conditions particularizantes & indiuiduales, & conſiderer vn Chriſt abſtrait & ſpecifique, comme les objects des autres ſciences, nous détruiſons toute la Theologie, qui nous le propoſe ſous des circonſtances incommunicables, & nous apprend, Que c'eſt celuy qui fut baptiſé par ſainct Iean : celuy ſur lequel deſcendit la colombe : celuy dont il fut dit, Ceſtuy-cy eſt mon fils bien-aymé : celuy qui éleut & enuoya Pierre, Iacques, Iean, & les autres Apoſtres : celuy qui fut crucifié par les Iuifs, qui monta aux cieux en la preſence de ſes diſciples ; & dont les Anges leur dirent, Ce meſme Ieſus éleué d'entre vous au Ciel en deſcendra comme vous l'y auez veu monter. Car quant à la doctrine Moſaïque qu'Adam ayt eſté colloqué au Paradis terreſtre ; que ſa femme l'ayt induit à manger du fruict defendu : que Dieu ayt parlé à Abraham : qu'il luy ayt promis que le Meſſie naiſtroit de ſa ſemence : qu'il ayt eſleu Moyſe pour Legiſlateur : qu'il luy ayt donné le Decalogue écrit de ſa main en des tables de pierre : qu'il ayt ordonné Aaron & ſa race ſeule pour exercer la ſacrificature : qu'il ayt choiſi Hieruſalem pour eſtre l'vnique lieu des ſacrifices ; que ſont-ce autres choſes ſinon propoſitions ſingulieres, leſquelles neantmoins nul ne peut nier qu'elles n'appartiennent à l'object de la Theologie ? Qui empeſche donc que la cognoiſſance de la grace que Dieu auoit faicte aux Peres de deuant le deluge, de les inſtruire de la foy du Iugemēt final, témoignée à la poſterité par la Prophetie d'Enoch, n'appartienne à l'office & à la ſcience du Theologien ? Bien eſt il vray que toutes les cognoiſſances des reuelations que Dieu a faites aux hommes ne nous ſont pas neceſſaires, mais ſeulement celles dõt il luy a pleu conſeruer la memoire en ſon Egliſe par moyés & témoignages authentiques : Et encore celles là meſme non toutes également ; mais les vnes abſolument, & les autres conditionnellement ſelon la diuerſité des lieux, des temps & des per-

fonnes. Et c'eft poffible ce que vous auez voulu dire ne fçachant
pas la difference de *fingularium & fingulorum.*
D. TILENVS.

Mais la raifon & le fondement commun de toutes ces chofes s'y trou-
ue, & la fentence de fainct Iean demeure veritable. Ores que tout ce qu'a
faict noftre Seigneur ne foit écrit, toutesfois ce qui eft écrit fuffit pour
croire que Iefus eft le Chrift, afin qu'en croyãt vous ayez la vie en fon nom.
H. CONNESTABLE.

Ny ces paroles ne font dans l'Euangile, ny quand elles y feroient elles ne concluroient rien de ce que vous dittes. Le texte
de fainct Iean porte feulement ces mots. *Iefus fit auffi plufieurs au-*
tres fignes en prefence de fes Difciples, qui ne font point écrits en ce liure.
Mais ceux-cy font écrits afin que vous croyez que Iefus eft le Chrift le fils
de Dieu, & qu'en croyant vous ayez vie en fon nom. Il ne parle là en aucune forte de la doctrine, mais des fignes. Et encore, comme remarque fainct Chryfoftome, des feuls fignes faits apres la Refurrection de noftre Seigneur. Il ne parle point non plus de la fuffifance de l'inftruction, mais de l'efficace de la perfuafion qui eft
l'office des miracles. Voicy l'ordre de fon difcours. Iefus apres fa
Refurrection apparut à la Magdaleine. Il apparut derechef à fes
Difciples, & fe trouua au milieu d'eux, les portes eftant fermées.
Il leur apparut de nouueau, fainct Thomas y eftant, & luy monftra fes playes. Il fit auffi encore plufieurs autres apparitions &
miracles en leur prefence, dont i'euffe peu remplir ce liure : Mais
ie me fuis contenté de ceux-cy, pour vous rendre affeurez que
Iefus eft le Chrift le fils de Dieu. Y a-t'il rien là qui die que les
chofes qu'il a écrites fon fuffifantes pour l'entiere inftruction
de l'Eglife? Ne parle-t'il pas non de l'amplitude de la doctrine,
mais de la certitude de la perfuafion? Non du moyen de nous propofer le formulaire de la foy, mais de feller & confirmer en noftre efprit la creance de ceft article que Iefus eft le fils de Dieu?
Apportez-y des yeux, & vous verrez que ceft aduerbe, *mais,* eft
vne particule aduerfatiue, qui monftre que le verfet où elle fe
trouue eft lié par vne relation oppofitiue auec l'antecedent. Et
partant que le pronom, *hæc,* eft relatif & fe refere aux miracles,
comme auffi l'edition Arabique l'y rapporte difertement en ces
termes. Iefus fit encore plufieurs autres miracles qui ne font
point écrits en ce liure : mais d'entre eux, ceux-cy font écrits, &c.
Et Caluin luy-mefme quoy qu'il traduife, ces chofes, & tourne autour tant qu'il peut, eft contrainct neantmoins de l'equipoller à ces fignes, & le referer aux miracles. *C'eft autant, dit-il, com-*
me fi fainct Iean euft dit, que ce que les Prophetes auoient iadis enfeigné
de bouche, eft confirmé par miracles. Et derechef : *Le fens de ces paroles*

LXIII.

Chryf.in Ioan.c.
20.

Nou.Teft. Arab.
Ioan. c 22.

Cal.in Ioan.c.20.

est que ces choses ont esté écrites, afin que nous croyons, entant que nostre
foy peut estre aydée par miracles. Mettez donc maintenant vostre
argument sur le theatre. S. Iean dit qu'il n'est point besoin d'autres miracles que de ceux qu'il a écrits, pour nous exciter à croire
que Iesus est le Christ. Ergo toutes les institutions de la religion
Chrestienne sont contenuës en son liure? Mais posons le cas que
ceste derniere clause ne se restreigne point particulierement aux
miracles, ains embrasse en general tout ce que sainct Iean a écrit,
& voyons comme il vous reüssira. Ie dy donc que vostre argument sera encore beaucoup pire, & qu'alors il ne se parlera ny
pres ny loin de la suffisance des choses écrites, mais de la seule fin
pourquoy elles sont écrites. Car la phrase de laquelle vse sainct
Iean quand il dit, afin que vous croyez, n'assigne d'elle mesme
aucune suffisance au sujet dont il parle, mais prend toute sa force
de la conference du verset precedent qui porte que Iesus a faict
aussi plusieurs autres signes qui n'ont pas esté écrits. Or la negation de la necessité des miracles qui n'ont pas esté redigez par é-
crit, infere bien la suffisance de ceux qui ont esté écrits, parce que
ce sont choses de mesme nature. Mais dire qu'il n'a point esté besoin de ramasser dauantage de miracles, ne conclud rien pour la
suffisance des discours de la doctrine, dautant que ce sont moyens
de diuers genres, dont l'exclusion de la necessité des vns, n'induit point la suffisance des autres. Et partant si vous voulez que
S. Iean parle en ce lieu-là d'autre chose que des miracles, nous
vous nions que ces mots, afin que vous croyez, insinuent la plenitude & suffisance, mais declarent seulement le but & la fin de
ce qu'il a écrit. Car l'office de ces aduerbes, pour, & afin, & autres
semblables est de denoter la relation finale, c'est à dire, de signifier l'addresse & dedication de chaque moyen à sa fin, & par consequent d'inferer en luy vtilité & aptitude, mais non suffisance
pour y paruenir, s'il n'est precisément exprimé qu'il soit seul vtile
& destiné pour cest effect. Et partant quand sainct Iean auroit
dit en termes expres que la doctrine de son Euangile seroit instituée, afin de nous instruire à la vie eternelle, il ne s'ensuiuroit pas
pour cela qu'elle seule fust suffisante pour cest effet. Sainct Paul
dit à Timothée, *Ie t'écry ces choses, afin que tu sçaches comme tu dois con-*
uerser en la maison de Dieu. Et toutesfois qui voudra conclure
que les seules choses dont il parle là, suffisent pour sçauoir pleinement comme il se faut gouuerner en l'Eglise, se monstrera ridicule. Nostre Seigneur dit aux Iuifs, *Vous auez enuoyé à Iean, &*
il a rendu témoignage à la verité: Ie ne prens point témoignage d'vn hom-
me, mais ie dy ces choses afin que vous soyez sauuez. Voyla vne phrase
toute

toute semblable dãs S. Iean à celle que vous alleguez de luy-mesme.
S'ensuiura-t'il pourtãt que les paroles que nostre Seigneur tint en ce
chapitre-là aux Iuifs, proposent suffisammét toute l'instruction de
la religion Chrestienne, & que les autres enseignements des Apostres ne soient point necessaires? Mais donnons cela à la pauureté de
vostre cause, & accordõs que S. Iean parle de la suffisance de ce qu'il
a écrit, ne voyez-vous pas qu'il ne le rapporte qu'à vn seul article,
asçauoir à faire croire que Iesus est le Christ? Vous repliquerez que
cest article suffit à salut, dautant qu'il ajouste, Et afin qu'en croyant
vous ayez la vie eternelle. Ie veux derechef qu'ainsi soit, pource
qu'en cest article sont contenus en certaine façon tous les enseignements des Apostres. Car qui oyt Christ, il oyt ceux que Christ a enuoyez. Mais qui ne sçait la difference qu'il y a entre les choses qui
sont suffisantes mediatement, & celles qui le sont immediatement,
& combien on fait de sophismes en argumentant des vnes aux autres? L'Euangile de sainct Iean, dittes-vous, suffit pour enseigner
que Iesus est le Christ: Croire que Iesus est le Christ, est suffisant
pour auoir la vie eternelle. Tout ce donc qui n'est point contenu
dans l'Euangile de sainct Iean, n'est point necessaire à la vie eternelle, ny par consequent requis à l'institution de l'Eglise. Le message de l'Ange à la Vierge est suffisant pour nous instruire que Iesus est le Christ le fils de Dieu. Croire que Iesus est le Christ le fils
de Dieu, est suffisant pour auoir la vie eternelle. Le message de
l'Ange est donc suffisant pour nous instruire à la vie eternelle. Et
par consequent toute doctrine qui ne se peut tirer des seules paroles de l'Ange, sans requerir d'autres principes de foy, & d'autres
propositions reuelées de Dieu, ne doit point estre réputée necessaire à l'Eglise. A quel propos donc tout le reste des instructions des
Apostres? Croire que Iesus est le Christ fils de Dieu suffit pour obtenir la vie eternelle. Ceste proposition a deux sens, en l'vn desquels elle est vraye, & en l'autre fausse & captieuse. Croire cest article auec tout ce qu'il contient non seulement immediatement,
mais aussi mediatement; non seulement doctrinalement, mais aussi
authoritatiuement; non seulement en soy, mais aussi en la relation
du moyen & de l'oracle auquel il nous addresse, & dont il nous propose l'authorité, est suffisant à salut; cela est vray. Car sçachant que
Iesus est le Christ le fils de Dieu, celuy duquel il auoit esté dit par
eminence en l'ancien Testament: *Dieu te suscitera vn Prophete du
milieu de toy, tu l'oyras*; & au nouueau: *Cestuy-cy est mon fils bien-
aymé, oyez-le*: Nous sçauons qu'il a les paroles de la vie eternelle:
que c'est à son échole que nous nous deuons ranger, & dire auec
la Samaritaine: *Le Messie estant venu il nous annoncera toutes choses.*

P p

Mais croire precifément ceft article auec ce qui y eft contenu interieurement & immediatement; c'eft à dire, auec ce qui s'en peut tirer par la feule operation du difcours, & fans employer vn autre
moyen externe de doctrine, fans auoir befoin d'aucun autre principe de foy, fans s'ayder d'aucun autre témoignage de la parole de
Dieu; cela eft abfolument faux, & deftruit les principaux poincts du
Symbole. I'vfe de ces mots, doctrinalement, & authoritatiuement,
nonobftant que lors que Mr d'Eureux s'en feruit, ils offenferent la
delicateffe de vos oreilles, pource qu'ils fignifient fort fuccinctemét
& fans laiffer égarer l'efprit, la difference qu'il vouloit toucher, qui
eft que l'authorité de tous les autres articles de foy eft bien comprife en ce principe, que Iefus eft le Chrift, mais non pas la doctrine ; qu'ils y font contenus non en eux-mefmes, mais en la defigna-
tion de leur reuelateur ; non par forme d'inftructió, mais par forme
d'addreffe & de renuoy au moyen qui les doit enfeigner ; non expo-
fitiuement, mais relatiuement: Comme la creance du porteur eft
contenuë dans la lettre du Prince, non quant à la teneur de la dépofition, mais quant à l'authorité du dépofant: non immediatemét,
mais mediatement: non en foy, mais en autruy. Le Pere a dit, *Ce-
ftuy-cy eft mon fils bien-aymé, Efcoutez-le.* Le Fils a dit à fes Apoftres,
Qui vous oyt il m'oyt. Les Apoftres ont dit à leurs Difciples, *Obferuez
les chofes que vous auez receuës de nous, foit par Tradition, foit par Epiftre.
Gardez les faintes paroles que vous auez oüyes de nous, & les confignez à
des hommes fidelles, qui foient capables d'enfeigner les autres.* Les Difciples des Apoftres nous ont dit, Nous auons receu tels & tels liures,
& telles & telles Traditions des Apoftres. Et partant dans cefte premiere propofition font contenuës en authorité toutes les autres. Et
neantmoins qui voudra conclure de là qu'il ne fera befoin de fçauoir autre chofe pour eftre fuffifamment inftruit de la Religion
Chreftienne, fe monftrera fort infuffifamment inftruit. Car la fuffifance mediate n'exclud pas la neceffité des autres aydes & moyens,
au contraire l'infere & prefuppofe. Ie donne à quelqu'vn vn memoire contenant des addreffes & enfeignes pour trouuer vn Medecin qui luy pourra declarer tous les remedes neceffaires à guerir
fa maladie. Ce memoire donc eft fuffifant fans autre inftruction
pour luy apprendre tous les remedes de fon mal. Qui admettra ceft
argument? Chrift fils de Dieu eft le Medecin fpirituel : Si nous
auons foy en luy, fi nous croyons fon confeil, fi nous vfons de fes
remedes, nous ferons deliurez de la mort, & aurons vie en fon nom.
Sainct Iean dit, qu'il nous donne les enfeignes & les marques pour
le cognoiftre : Il dit, que les chofes qu'il a écrittes de luy, de
fa vie, de fa mort, de fa Refurrection, qui nous reprefentent

en sa personne l'accomplissement de tout ce qu'en ont predit les
Prophetes, aux oracles desquels son histoire répond de poinct en
poinct sont écrites, ou si vous voulez suffisantes pour nous faire
auoir foy en luy, afin qu'ayans foy en luy, nous obtenions la vie
eternelle. Ergo les choses que sainct Iean a écrites, sont suffisantes
sans aucune autre doctrine pour l'institution de toute la Religion
Chrestienne. Il ne faut donc point celebrer la communion du corps
& du sang de Christ souz les especes du pain & du vin : Car sainct
Iean ne fait mention nulle part de l'institution formelle de ce Sacrement. Il ne parle non plus de la forme du Baptesme, ny qu'il doiue estre administré au nom du Pere, & du Fils, & du sainct Esprit, &
ainsi de plusieurs autres poincts. Mais sainct Iean quand il dit, *Hæc
autem scripta sunt*, n'entend pas parler seulement de ce qu'il a écrit,
mais aussi de tout ce qu'ont écrit les autres Apostres. Et par où le
prouuez-vous ? Ne dit-il pas, *in libro hoc* ? Ne dit-il pas, *hæc autem* ?
Le liure de S. Iean estoit-il relié auec les autres écrits des Apostres,
& auec le reste de la Bible, ny lors qu'il l'écriuoit, ny mesme long
temps depuis ? Ne voyez-vous pas que vostre argument est si miserable, qu'il faut demander par aumosne ce dont il veut faire le fondement de sa preuue ? asçauoir que le pronom, *hæc*, ne se refere pas
aux seules choses écrites par sainct Iean, mais à tout ce qui est écrit
en general ? Or cela encore qu'il ne nous importe rien ; car quand
sainct Iean diroit en termes expres, que tout ce qui est écrit, est écrit
afin que nous croyons en Christ, & ayons la vie eternelle ; Il n'y aura iamais Dialecticié qui puisse conclurre de ce lieu : Ce qui est écrit
est donc suffisant. Neantmoins pource qu'il n'est pas vray que S.
Iean élargisse le sens de ce pronom à d'autres écrits qu'au sien, non
seulement nous le nions fort & ferme, mais mesme nions, comme
nous auons déja fait, qu'il entende le referer à autre chose qu'aux
seules apparitions & miracles recitez par luy, pour confirmer la foy
de la resurrection de nostre Seigneur, & vous deffions de prouuer le
contraire par aucune syllabe de l'Escriture.

D. TILENVS.

*Il me souuient qu'en la conference verbale le Sieur du Perron accusa
les nostres d'vne tres-meschante falsification de ce passage, pour auoir traduit le mot Ταῦτα, ces choses, au lieu de le rapporter seulement aux signes,
desquels seuls il maintenoit que sainct Iean l'auoit entendu. Et pource que
ie ne peu alors tirer de luy vne réponse claire sur les expositions de sainct
Augustin & de sainct Cyrille que ie luy alleguois, du tout conformes à la
nostre, ie les repeteray icy. Le premier dit ; Encore que Iesus ayt fait beaucoup de choses, tout n'a pas esté écrit, mais ce qui a semblé suffisant pour le salut des croyäs, a esté choisi pour estre écrit. L'autre parle encore plus clairemët,*

Tract. in Ioan.
49.
Lib. 12. *in Ioan.*
cap. vlt.

Pp ij

Toutes les choses, dit-il, que Iesus-Christ a faittes ne sont pas écrites, mais seulement celles que les Escriuains ont estimé suffire, tant pour les mœurs que pour la doctrine, &c.

H. CONNESTABLE.

LXV.

Quand sainct Augustin & sainct Cyrille diroient ce que vous dittes, ce qu'ils ne font point, laisseroit-ce pour cela d'estre vne faussseté, sous ombre que quelque Pere, non en l'interpretation expresse & litterale de ce passage, mais en quelque citation appliquée analogiquement à son propos, l'auroit exposé à vostre fantaisie, de mettre sa glose dedans le texte de l'Escriture? Sainct Hierôme interprete ce lieu de sainct Paul: *Il faut que l'Euesque soit homme d'vne seule femme; Il faut que l'Euesque soit homme qui ayt eu vne seule femme.* Et l'edition Syriaque, que vostre Tremelius mesme dit auoir esté faitte par les Apostres, ou du temps des Apostres, le tourne ainsi: Et de telles expositions de l'Escriture qui ne sont pas à vostre goust, toute l'antiquité en est pleine. Laisseriez-vous pour cela neantmoins de nous accuser de fausseté si nous l'inserions dans le texte de nos Bibles? Car quant à ce que quelques-vns de nos traducteurs François se sont laissez aller apres vous à mettre *ces choses*, au lieu de *ceux-cy*, n'apperceuants pas la fraude pourquoy vous le faisiez, leur inaduertence & simplicité ne peut excuser vostre mauuaise foy. Mais voyons ce que portent les paroles de ces deux Peres. Le premier, asçauoir sainct Augustin dit, non au commentaire sur ce passage de sainct Iean qui est au vingtiéme chapitre, mais en l'exposition de l'histoire du Lazare, qui est au douziéme. *Entre tous les miracles que nostre Seigneur Iesus-Christ a faits, la resurrection du Lazare est principalement celebrée.* Et vn peu apres: *Car comme ainsi soit que nostre Seigneur en eust fait plusieurs, ils n'ont pas tous esté écrits, comme le mesme sainct Euangeliste témoigne le Seigneur Christ en auoir & dit & faict plusieurs qui n'ont point esté écrits, mais ceux-là ont esté choisis pour estre écrits, qui sembloient suffire au salut des croyans.* Car qui vous a appris que *multa* signifie là plusieurs choses, & non pas plusieurs miracles, qu'il se doit prendre substantiuement, & non adiectiuement? Pource, répondrez-vous, qu'il a jouste que sainct Iean témoigne que Iesus en a faict & dit plusieurs, ce qui ne se peut entendre des miracles. Comme si ce n'estoit pas bien parlé, de dire que nostre Seigneur a faict & dit plusieurs miracles: & comme si la prediction du genre de mort dont sainct Pierre le deuoit glorifier, n'estoit pas vn miracle. Car sainct Augustin ne regarde pas seulement aux miracles dont parle sainct Iean en ceste excuse du vingtiéme chapitre, mais aussi en celle qui est reiterée au vingt & vniéme, qui est plus generale. Mais soit ainsi que sainct Augustin, quand il dit:

Hieron. ad Iouin. lib. 1.

Tremel. præf. nou. Testam. Syriac.

Augufst. in Ioan. tract. 49. Inter omnia miracula quæ fecit Dominus noster Iesus Christus, Lazari resurrectio præcipuè prædicatur, &c. Nam cũ multa fecisset Dominus Iesus, non omnia scripta sunt sicut ipse sanctus Euangelista testatur multa Dominũ Christum & dixisse & fecisse quæ scripta nõ sunt. Electa sunt autẽ quæ scriberentur quæ saluti credentium suffisere videbâtur.

Christum multa dixisse & fecisse, entendre par *multa*, plusieurs choses, s'ensuit-il que la premiere fois, lors qu'il a dit : *Nam cum multa
Dominus fecisset*, il ayt entendu parler d'autre chose que des miracles dont il venoit de traicter ? Y a-t'il inconuenient qu'vn Autheur
mette plus en sa preuue qu'en sa proposition ? Et que sainct Augustin, pour prouuer que nostre Seigneur a fait plusieurs miracles qui
n'ont point esté écrits, allegue le témoignage de sainct Iean, pris
non seulement du lieu où il parle determinément des miracles, qui
est au vingtiéme chapitre, mais où il en parle en general & inde-
terminément, qui est au vingt & vniéme ? Le sens ne sera-t'il pas
tousiours aussi naïf pour nous en ceste sorte ? *Entre tous les miracles
que nostre Seigneur a faits, la resurrection du Lazare est principalement
celebrée*, &c. Car jaçoit qu'il en eust fait plusieurs, ils n'ont pas tous esté
écrits, comme le mesme sainct Euangeliste témoigne le Seigneur Christ auoir
dit & fait plusieurs choses qui n'ont point esté écrites, mais ceux-là ont esté
éleuz pour estre écrits, qui sembloient suffire au salut des croyans. N'apparoist-il pas tousiours par le changement de la construction, que
c'est au mot de *plusieurs*, comme il est dans la proposition de sainct
Augustin, & non dans l'allegation de sainct Iean, que se doit referer
ceste clause ; *Mais ceux-là ont esté éleuz* ? La citation de sainct Iean
n'est-elle pas en construction oblique, & celle de sainct Augustin
en construction directe, qui monstre que les paroles de sainct Iean
se doiuent lire par parenthese, & non continuément auec les suiuantes ? Car il faudroit que sainct Augustin eust dit, *Electa autem esse*,
& non pas, *Electa autem sunt*, s'il eust voulu continuer ceste clause
auec les paroles de S. Iean, & non auec les siénes. Mais à quel propos
disputer du sens où S. Augustin prend apres sainct Iean le mot de
plusieurs, puis qu'il est euident par S. Iean mesme, & principalement
au lieu que vous citez, qu'il ne le peut prendre pour autre chose que
pour les miracles, attendu que le mot de signes y est nommément
exprimé, & que vos propres commentateurs recognoissent qu'il ne
se peut exposer autrement ? Bullinger répondant à quelques conclusions qu'il presuppose que les Catholiques tirent de ce lieu ; *Ils*
monstrent, dit-il, leur vilaine ignorance. Car ils ne voyent pas que l'Apo-
stre parle des argumens qui preuuent la verité de la resurrection du corps de
Christ, & non de l'institution & publication d'aucunes loix. Musculus sur
le mesme texte : *Entendez ce lieu, dit-il, des signes, c'est à dire*, adjouste-
t'il, *des apparitions, & indices faits apres la Resurrection.* Ce que Beze
tient si fermemét, qu'en ses annotations sur l'autre lieu de S. Iean, qui
est au vingt & vniéme chapitre, où le mot de miracles n'est point exprimé, mais où il est dit seulement ; *Sunt & alia multa quæ fecit Iesus,*
il allegue cestuy-cy pour exemple : *Cecy donc, dit-il, n'est point dit des*
doctrines de la foy, mais des miracles, comme cy dessus, chapitre vingtiéme.

Bulling. in Ioan.
cap. 20. v. 30.

verset trentiéme. Par ainsi la dispute n'est pas en cest endroit de l'intelligence du mot de, plusieurs, s'il se doit prendre adiectiuement ou substantiuement, pour plusieurs miracles, ou pour plusieurs choses: Car sainct Iean declare son intention luy-mesme, en disant: Iesus fit aussi plusieurs autres signes; mais de l'intelligence du verset suiuant, & si le pronom, *hæc,* y est relatif ou demonstratif, c'est à dire, s'il se refere au mesme sujet que fait *multa,* asçauoir aux miracles, ou s'estend en general à toutes les autres choses écrites dans ce liure. A quoy tant s'en faut que le passage de sainct Augustin vous fauorise, que disant, *Electa autem sunt quæ scriberentur,* il monstre la relation d'*Electa* à *multa,* aussi expresse comme s'il disoit: *Ex illis autem multis electa sunt,* & confirme l'indice de ceste sienne intention par toute la suitte de sa preface sur le douziéme chapitre, où il ne parle que de la seule instruction que nous apportoient les miracles de nostre Seigneur: *Ceux,* dit-il, *ont esté éleuz pour estre écrits qui sembloient suffire au salut des croyans. Car vous auez oüy que le Seigneur Iesus a resuscité vn mort, cela suffit afin que vous sçachiez que s'il vouloit, il resusciteroit tous les morts.* Et vn peu apres: *Mais il falloit qu'il en fist maintenant quelques-vns, par lesquels, comme par des indices de sa vertu, nous creussions en luy.* Voila sainct Augustin expedié. Reste l'autre Pere que vous auez produit, qui est sainct Cyrille, lequel vous citez premierement hors de propos: car ce n'est ny sur l'interpretation, ny sur l'allegation du lieu dont nous parlons; mais sur l'exposition de la fin du dernier chapitre de sainct Iean qu'il fait ceste conclusion: & secondement à fausses enseignes. Car qui vous a dit derechef qu'*omnia* signifie là toutes les choses, & non pas tous les miracles? Beze vous a déja protesté que sainct Iean en ce lieu mesme, ne parle sinon des miracles, & non des doctrines de la foy, & que le mot, *multa,* se doit tourner, plusieurs miracles. Pourquoy ne voulez-vous donc que nous entendions les paroles du commentaire aussi bien que celles du texte, des miracles, & estimions comme c'est la verité, que sainct Cyrille veut dire que l'histoire Euangelique a recueilly ce qu'il suffit que nous sçachions des miracles de nostre Seigneur, pour l'instruction de nostre foy & de nos mœurs? Car non seulement les miracles seruent de confirmation à la foy, quand ils seellent en nous ceste creance, que Iesus est le Christ le fils de Dieu, celuy à qui toutes les creatures obeïssent, celuy qui sonde les cœurs, celuy qui est le maistre de la mort, celuy en la chair mesme duquel habite toute plenitude de puissance, de gloire & de diuinité: mais encore nous tiennent lieu d'autant de leçons & d'exemples pour les mœurs. Car comme dit sainct Augustin, *les miracles ont leurs langues, & pource qu'ils sont signes, portent non seulement auec eux admiration, mais aussi signification.* Qu'ainsi soit, quand nostre

Seigneur guerit le paralytique au Sabbath, il nous apprend de fubuenir à noſtre prochain , meſme aux iours dediez à Dieu. Quand
il nourrit le peuple auec les cinq pains, il nous exhorte à la nourriture des pauures. Quand il ieuſne quarante iours , il conſacre, diſent les Peres , le ieuſne par ſon exemple ; & ainſi dés autres. En ce
ſens donc ſainct Cyrille écrit ſur le dernier verſet de ſainct Iean,
non les paroles que vous dittes, mais celles qui s'enſuiuent. *La multitude des ſignes du Seigneur, dit l'Euangeliſte , eſt grande , & le nombre
en eſt ſans meſure. Mais ceux-cy que nous auons rapportez ſuffiſent pour
faire tres-pleine foy aux lecteurs attentifs. Ny ne me faut point accuſer
ſi ie ne les ay pas tous écrits : Car s'ils eſtoient enregiſtrez vn à vn, ſans
en paſſer aucun ſouz ſilence, le monde ne ſeroit pas aſſez grand pour en
contenir les liures ; ce qui ſe doit entendre dit par hyperbole. Tous ceux
donc que noſtre Seigneur a faits n'ont pas eſté écrits , mais ceux que les
autheurs ont penſé ſuffire tant pour les mœurs que pour la doctrine.* Iuſques icy parle ſainct Cyrille. Mais pour le moins direz-vous, ſainct
Auguſtin & luy eſtiment que ce qui eſt écrit des miracles de noſtre
Seigneur ſuffit pour noſtre ſalut. Ce qui n'eſt donc point écrit n'eſt
point neceſſaire. La conſequence ſeroit bonne de conclurre : Ce
qui n'eſt donc point écrit des miracles de noſtre Seigneur, n'eſt
point neceſſaire. Mais d'argumenter de la ſuffiſance de quelque
eſpece de moyen à la ſuffiſance ſimple, le ſophiſme eſt trop groſſier.
Moyſe a écrit des propos de Dieu auec Adam, ce qu'il ſuffit que
nous en ſçachions pour noſtre ſalut : Ce qui eſt donc écrit des paroles de Dieu auec Adam, eſt ſuffiſant à ſalut. La propoſition eſt
captieuſe. Il ſuffit pour noſtre ſalut que nous ſçachions des paroles
de Dieu à Adam, ce que Moyſe en a écrit, c'eſt à dire : Il ſuffit que
nous ſçachions de ceſte matiere là ce que ceſt Autheur-là en a écrit,
il eſt vray : Il ſuffit donc ſimplement que nous ſçachions cela pour
noſtre ſalut ; il eſt faux. Et partant quand ſainct Auguſtin & ſainct
Cyrille parleroient non ſeulement des miracles , mais diroient en
termes expres que les Euangeliſtes ont écrit ſuffiſamment tout ce
qu'il eſt neceſſaire que nous ſçachions des faits & paroles de noſtre
Seigneur pour noſtre ſalut : Il ne s'enſuiuroit pas pourtant que les
ſeules choſes que noſtre Seigneur auroit ou faittes ou annoncées de
ſa propre bouche à ſes Diſciples, fuſſent ſuffiſantes à l'inſtruction
de l'Egliſe : Ny vous ne concluriez pas que ce qui ne ſe trouueroit
point immediatement enſeigné par ſes ſermons , mais recueilly de
la doctrine poſterieure du ſainct Eſprit dans les écrits des Apoſtres,
ne fuſt point neceſſaire. Car ſoit pour le nombre des poincts, ſoit
pour la maniere de les traitter, il eſt certain que les Apoſtres depuis la deſcente du ſainct Eſprit, ont reçeu & donné vne bien
plus ample inſtruction par écrit à l'Egliſe, que celle qui ſe peut

P iiij

recueillir de l'histoire des seules actions & paroles de nostre Seigneur: Et que vouloir détruire ce supplément sous pretexte de la
suffisance de l'histoire des faits & dits de Christ, ce seroit abolir vne
grande partie de la religion Chrestienne, & desarmer l'Eglise de
beaucoup de doctrines de foy, sans lesquelles elle ne peut suffisamment conuaincre les heretiques, mesme aux poincts plus importants, comme sont ceux qui appartiennent à la Trinité. Et pourtant quand sainct Augustin au mesme œuure interprete ces mots
de Christ: *J'ay encore beaucoup de choses à vous dire, que vous ne pouuez porter maintenant,* jaçoit qu'il n'admette pas que l'on puisse recognoistre qui sont les choses que nostre Seigneur a teuës expres à
ses Disciples, pour ceste cause precise qu'ils ne les pouuoient porter,
de peur de laisser la porte ouuerte aux Manicheens, & autres tels
monstres de turpitude, qui reseruoient l'office de ce supplément,
non à la descente du sainct Esprit, témoignée par sainct Luc dans
les Actes dont ils reiettoient le liure; mais à la venuë de leur Paraclet Manicheus, ou de quelque autre semblable imposteur, qu'ils
disoient estre enuoyé pour enseigner ce que nostre Seigneur auoit
dit à ses Disciples qu'ils ne pouuoient porter. Encore dy-ie que
sainct Augustin n'admette pas, lors que le mot de porter se prend
pour supporter & ouïr sans s'offenser, que l'on puisse recognoistre
quelles sont les choses que nostre Seigneur a teuës à ceste occasion
à ses Disciples, pour ne laisser aucun pretexte aux Manicheens de
faire passer souz ceste sentence, toutes les infames & bestiales sale-
tez de leurs immondes & abominables mysteres que le sens humain abhorroit: Toutesfois il veut bien que l'on recognoisse plusieurs choses dans les écrits des Apostres, que nostre Seigneur leur
a teuës pendant qu'il conuersoit corporellement auec eux: Comme entre-autres ceste celebre doctrine, qu'il y a en Dieu vne parole
essentielle & subsistente, par laquelle toutes choses ont esté creées,
& que le fils est ceste parole-là; qui est néantmoins vn principe de
foy si necessaire à l'Eglise, qu'il luy a seruy d'espée & de bouclier

Aug. in Ioan.
tract. 96.

contre les principales heresies. *Ces choses-là, dit-il, ont esté écrites
apres, & ne se raconte point que nostre Seigneur les ayt dittes pendant
qu'il estoit icy en chair, mais vn de ses Apostres les a écrites, luy &
son Esprit les luy reuelant.* En vn peu apres: *Il me semble qu'il est tres-
absurde de dire que les Disciples n'eussent peu porter les discours des choses inuisibles & tres-hautes, que nous trouuons dans les lettres Apostoliques qui ont esté écrites apres, & qu'il n'est point raconté que nostre Seigneur ayt dittes pendant qu'il estoit visiblement auec eux: Car
pourquoy n'eussent-ils sçeu porter ce que maintenant en leurs liures il
n'y a celuy qui ne lise, & qui ne porte encore qu'il ne l'entende pas?*
Et quand il passe à l'autre interpretation du mot de porter, qui

eſt de comprendre & entendre, encore qu'il donne pour premiere
ſolution aux Manicheens & autres impoſteurs de meſme farine,
que ces paroles de noſtre Seigneur pouuoient auoir eſté dittes pour
le regard de la cognoiſſance Angelique, aſçauoir que s'il euſt voulu leur reueler ſes myſteres comme aux Anges, la nature humaine
n'eſtoit pas capable de les comprendre : Neantmoins il ajouſte
qu'elles ſe pouuoient auſſi expoſer de la promeſſe d'vne plus parfaitte inſtruction en ceſte vie, mais telle toutesfois que ce fuſt ſans
démolir, comme faiſoit l'impoſture des Manicheens, les fondements de la doctrine precedente. Et pourtant il conclud ſon diſ-
cours par ces paroles: *A ces cauſes*, dit-il, *que l'admonition du tres-*   *Aug. in Ioan.*
tract. 98.
heureux Apoſtre ne s'éloigne point de vos cœurs: Si quelqu'vn vous E-
uangelize outre ce que vous auez receu, qu'il ſoit anathéme. Il ne dit
point plus que ce que vous auez receu, mais outre ce que vous auez re-
ceu: Car ſi il diſoit cela, il ſe feroit ſon procés à luy-meſme, luy qui de-
ſiroit viſiter les Theſſaloniciens, pour ſuppléer les choſes qui defailloient à
leur foy. Mais celuy qui ſupplée ajouſte ce qui manquoit, & n'oſte pas
ce qui y eſtoit déja: Là où celuy qui outrepaſſe & tranſgreſſe la regle de
la foy, ne va pas plus auant dans le chemin, mais ſort hors du chemin.
Ce que le Seigneur dit donc, I'ay encore beaucoup de choſes à vous dire,
mais vous ne les pouuez porter maintenant ; Il leur falloit ajouſter les
choſes qu'ils ne ſçauoient pas, mais non pas détruire celles qu'ils auoient
appriſes. Ce ſont là les paroles de ſainct Auguſtin : Car quant à
ſainct Cyrille, qui n'eſtoit point voiſin des Manicheens, & n'auoit   *Cyril. in Ioan.*
cap. 16.
point à ſe démeſler de leurs fraudes, il touche encore ceſte corde
plus hardiment : *Chriſt afferme*, dit-il, *qu'il luy reſte encore plu-*
ſieurs choſes hautes & éleuées pardeſſus la portée de l'eſprit humain, leſ-
quelles, dit-il, ie conſigne au ſilence, pource que vous n'eſtes point encore
reformez par mon eſprit. Car quand vous ſerez transformez par luy en
autres hommes; quand par ſon ayde vous mépriſerez les figures legales,
quand par ſon moyen vous prefererez la beauté du ſeruice ſpirituel aux
ombres, alors vous cognoiſtrez toute la vertu de mon myſtere. I'eſtime
que ce ſont-là les choſes qu'il faut entendre par ce lieu, leſquelles auſſi le
Sauueur exprime ailleurs par ſimilitude, diſant ; Perſonne ne met vne
piece de drap neuf en vn vieil habillement, ny n'entonne le vin nouueau
dedans de vieux vaiſſeaux, autrement les vaiſſeaux ſe rompent, & le vin
s'épand; mais il faut mettre le vin nouueau dedans des vaiſſeaux neufs.
Car ceux qui ne ſont point encore reformez par le ſainct Eſprit en vne
nouuelle forme de vie, & en vne nouuelle doctrine, à ceux-là la predica-
tion nouuelle de l'Euangile, & le ſublime myſtere de la Trinité ne leur doit
point eſtre baillé. I'ay eſté vn peu long ſur ceſt article, pource que vous
vous eſtes plaint de l'obſcurité de la réponſe de Mˢ d'Eureux, qui à
la verité, pour auoir pluſieurs chefs, fut ſuccincte, mais non pour-

tant obſcure : Car il vous répondit trois choſes. La premiere,
que quoy que diſſent ſainct Auguſtin & ſainct Cyrille, cela n'appartenoit point à l'entrepriſe que vous faiſiez, & que l'on exigeoit
de vous, qui eſtoit de prouuer par l'Eſcriture ſeule, qu'il ne falloit
alleguer & receuoir en matiere de religion ſinon l'Eſcriture: Et que
les regles de voſtre Theologie vous obligeoient de tirer l'interpretation que vous vouliez donner aux paroles de ſainct Iean, des propres entrailles du texte, & non pas de mettre les gloſes par vous pretenduës des Docteurs dans le corps de l'Eſcriture. La ſeconde, que
ny ſainct Auguſtin, ny ſainct Cyrille ne diſoient ny ne monſtroient
ce que vous preſumiez, qui eſtoit que ſainct Iean par le pronom, *hæc*,
euſt entendu non ces miracles,, mais ces choſes: Et que vous n'apportiez non plus de preuue pour iuſtifier que ſainct Auguſtin par,
multa, vouluſt dire beaucoup de choſes, & non beaucoup de miracles; & ſainct Cyrille par, *omnia*, toutes les choſes, & non tous les
miracles, que vous auiez fait pour perſuader que ſainct Iean par,
hæc, ſignifiaſt ces choſes, & non ces miracles. Et la troiſiéme, que
de ce que ſainct Auguſtin & ſainct Cyrille diſoient en leur particulier, quand meſme on vous euſt abandonné leurs paroles pour les
entendre comme il vous euſt pleu, & les interpreter non des ſeuls
miracles, mais de tous les faits & dits de noſtre Seigneur, vous n'en
pouuiez rien conclure contre les Traditions des Apoſtres non écrites; dautant que de la ſuffiſance *in certo genere medij*, à la ſuffiſance
ſimple & abſoluë, il n'y a nulle iuſte conſequence. Mais vous auez
les fumées du cerueau ſi épaiſſes, que vous ne ſçauriez voir à trauers,
non pas meſme les choſes les plus claires.

M^r D'EVREVX.

Et non ſeulement les Apoſtres nous donnent l'exemple de l'v-
ſage des Traditions, mais encore le commandement : *Obſeruez,*
2. Theſſal. 2. dit ſainct Paul, *les Traditions que vous auez receuës de nous, ſoit par pa-*
role, ſoit par noſtre Epiſtre. Auquel lieu ceux de Genéue ont oſté du
texte de leur Bible Françoiſe, le mot de Tradition, qui eſt dans le
Grec & dans le Latin; & mis celuy d'Enſeignement. A quoy il ne
faut point que l'on réponde que ſainct Paul reſtreint la generalité de ceſte propoſition aux ſeules Traditions qui ont depuis
eſté écrites: Car c'eſt en conſequence d'vne Tradition qu'il leur
auoit donnée touchant la cauſe qui retardoit l'auenement de l'Antechriſt, laquelle n'a iamais eſté écrite, qu'il forme ceſte Loy generale. Et en ce ſens auſſi l'interprete S. Baſile, S. Epiphane, & ſainct
Chryſoſtome.

D. TILENVS.

Aprés ces exemples, il allegue le commandement de l'Apoſtre, qui dit
2. Theſſal. 2. *aux Theſſaloniciens; Obſeruez les Traditions que vous auez receuës, ſoit*

par parole, soit par Epistre. Nous répondons que lors que sainct Paul é-
criuoit ceste Epistre, il n'y auoit presque point d'autre escriture du nouueau
Testament. Car selon le calcul de nos aduersaires mesmes, nul Euangeliste
n'auoit encore écrit, & sainct Paul n'auoit lors écrit que la premiere Epi-
stre aux Thessaloniciens. Puis donc que ces deux Epistres ne contenoient
pas tout ce qui estoit necessaire à sçauoir de la doctrine Chrestienne, l'A-
postre exhorte à bon droict les Thessaloniciens d'obseruer non seulement ce
qu'il leur auoit écrit auparauant, mais aussi ce qu'il leur auoit enseigné de
viue voix.

H. CONNESTABLE.

Vos Centuriateurs tiennent que sainct Matthieu, sainct Marc, & LXV.
sainct Luc, auoient déja écrit leurs Euangiles; en quoy ils ont pour
garand Eusebe, sainct Hieróme, & presque tous les autheurs de
l'antiquité, vn seul excepté: De sorte qu'il ne s'en falloit à leur compte sinon sainct Iean, que tous les Euangelistes n'eussent écrit, lequel selon vous n'a rien ajousté aux autres dont la cognoissance fust
necessaire. Car tous les arguments que vous alleguez de sainct Paul
pour la plenitude & suffisance de l'Escriture, sont pris de textes é-
crits deuant l'Euangile de sainct Iean, qui n'a esté redigé par écrit
sinon long temps depuis la mort de sainct Paul. Mais quand il n'y
auroit eu que celuy de sainct Luc, que vos dernieres Bibles de Géné-
ue estiment auoir esté le premier de tous les Euangelistes qui ayt
mis la main à la plume, ne maintenez-vous pas que ce qui est dans
sainct Luc suffit pour l'institution de l'Eglise? Vos Docteurs n'alleguent-ils pas le premier verset de cest Euangeliste pour prouuer la
plenitude de l'Escriture, & conclure l'exclusion des Traditions? Et
vous mesmes n'en fistes-vous pas vn de vos principaux arguments
en vostre conference? Mais ie veux mettre à part tout ce qui est des
écrits du nouueau Testament: N'estes-vous pas iniuste de nous répondre que sainct Paul pouuoit bien encore lors obliger les Thessaloniciens à l'obseruation des Traditions non écrittes, pource qu'ils
n'auoient pas suffisamment par écrit tout ce qui estoit necessaire à
leur instruction, veu qu'ils auoient l'ancien Testament, dans lequel vous insistez que tout ce qui appartient à la Religion Chrestienne estoit si parfaictement enseigné, que non seulement il suffisoit pour rendre vn simple fidelle, mais mesme vn Euesque pleinement & abondamment instruict? Car quand vous nous alleguez le
dire de S. Paul à Timothée, Que les Escritures le peuuent faire sage
à salut, & qu'elles sont vtiles pour rendre l'homme de Dieu appa-
reillé à toute bonne œuure; de quelles Escritures parle-t'il? N'est-
ce pas de celles du vieux Testament? Et quand vous nous alleguez
que sainct Luc loüe les Thessaloniciens de ce qu'ils sondoient les *Act. 17.*
Escritures, & partant concluez qu'il ne faut point receuoir de

Tradition non écrite ; de quelles Escritures est-ce qu'il parle ? N'est-ce pas de celles du vieil Testament ? Car les Thessaloniciens n'auoient pas encore seulement lors ces deux Epistres de sainct Paul, qui leur furent écrites depuis. Comment donc répondez-vous maintenant que sainct Paul les pouuoit bien obliger à l'obseruation des Traditiõs non écrites, pource qu'il n'y auoit encore lors presque point d'autre écriture du nouueau Testament que ces deux Epistres de sainct Paul ? Ne soufflez-vous pas le froid & le chaud d'vne mesme bouche ?

D. TILENVS.

Mais s'ensuit-il que rien de cela ne deuoit estre écrit après ? Le Sieur du Perron dit qu'oüy, parce que c'est en consequence d'vne Tradition qu'il leur auoit donnée, touchant la cause qui retardoit l'aduenement de l'Antechrist, laquelle n'a iamais esté écrite, qu'il forme ceste loy generale. Mais cela est du tout faux, & ne faut que voir le texte, pour sçauoir de quelles Traditions l'Apostre parle : Nous deuons, dit-il, tousiours rendre graces à Dieu pour vous, de ce qu'il vous a éleuz à salut, en sanctification d'esprit, & en la foy de verité, à laquelle il vous a appellez par nostre Euangile, pour acquerir la gloire de nostre Seigneur Iesus-Christ: Surquoy il adiouste; Parquoy gardez les Traditions, c'est à dire, ces enseignements de verité, que vous auez apprins, & que ie vous ay baillez, soit par ma bouche, soit par mon Epistre.

H. CONNESTABLE.

LXVI.   Estes-vous si hebeté que vous n'apperceuiez pas la difference qu'il y a entre estre dit consecutiuement, c'est à dire, immediatement apres, ou en consequence, c'est à dire, à l'occasion & par dépendance de quelque propos precedent ? La question est pourquoy S. Paul concluant le discours qu'il fait aux Thessaloniciens touchant le iour du Seigneur, ne se contente pas de leur dire en termes generaux, Parquoy mes freres demeurez fermes, & obseruez les Traditions que vous auez receuës de nous; mais descend à ceste specification alternatiue, *Soit par parole, soit par nostre Epistre.* On vous dit qu'il falloit que ce fust à l'occasion des Traditions qu'il leur venoit d'alleguer, pour leur monstrer que le iour du Seigneur n'estoit pas encore prochain, & les empescher de s'effrayer de ce qu'il leur auoit écrit en sa premiere Epistre : *Nous qui viuons & restons apres les autres, serons enleuez auec eux aux nuës au deuant de Christ.* On ajouste qu'entre ces Traditions, celle qui estoit tout le fondement de la conclusion, & la cause pourquoy ils ne se deuoient point effrayer du iour du Seigneur, comme de chose prochaine, asçauoir l'obstacle qui retardoit la venuë du fils de perdition, est seulement cottée, mais non exprimée, ny dans ceste Epistre, ny ailleurs : Et partant que le precepte general qu'il donne à l'occasion de ceste

Tradition

Tradition particuliere pour les obliger ſous vne forme de loy
vniuerſelle à la conſeruer, ne peut eſtre reſtreint par ceſte gloſe, qu'il entendoit parler des Traditions lors encore non écrites, mais qui puis apres deuoient eſtre redigées par écrit. Car
quant au verſet que vous citez, ny ce n'eſtoit vne doctrine qu'il
leur propoſaſt à obſeruer, mais vne action de graces qu'il rendoit
à Dieu pour eux: ny vne Tradition lors non écrite, car tout le ſujet
de ces paroles eſtoit contenu dans la premiere Epiſtre qu'ils a-
uoient receuë de luy: ny vne clauſe qui contribuaſt rien à la tiſſu-
re de ſon diſcours, mais vne digreſſion pour les conſoler en paſſant de l'eſperance de n'eſtre pas compris au nombre de ceux à
qui il denonce le iugement pour n'auoir pas creu à la verité. Ce
qui ſera ayſé à voir à ceux qui voudront faire l'anatomie de ce chapitre, qui eſt telle. Sainct Paul premierement pour ſa propoſition
met ceſte priere, qu'il adiure les Theſſaloniciens de ne s'effrayer
point touchant l'aduenement du Seigneur, ainſi que s'il eſtoit prochain, ſous ombre d'aucune reuelation ou d'aucune doctrine
comme receuë de luy, ſoit par parole ſoit par Epiſtre. Il ajouſte pour preuue de ceſte propoſition, que le iour du Seigneur
ne viendra point que le fils de perdition ne ſoit reuelé, &
que le fils de perdition ne ſera pas ſi toſt reuelé, pource qu'il
eſtoit retenu d'vn obſtacle lequel ils ſçauoient : *Il n'y a point de
doute,* dit Caluin, *que ceſt empeſchement quelconque il fuſt, les Theſſaloniciens ne l'euſſent ouy de la bouche de ſainct Paul: Car il leur remet en
memoire les choſes qu'il leur auoit enſeignées eſtant preſent auec eux.* Et
apres ce diſcours amplifié de quelques digreſſions il conclud : *Et
partant mes freres demeurez fermes, & retenez les Traditions que vous
auez appriſes, ſoit par parole, ſoit par noſtre Epiſtre.* Qui ne void que
ceſte exhortation, Et partant demeurez fermes & conſeruez les
Traditions que vous auez receües ſoit par parole ſoit par Epiſtre,
eſt la concluſion du diſcours fait ſur ceſte propoſition; *Ne ſoyez
point émeus par aucune doctrine comme receuë de nous ſoit par parole,
ſoit par Epiſtre ?* Et que c'eſt de là & non pas des mots que vous
alleguez, qui ne font rien ny à la propoſition qui eſt, Qu'il ne ſe
faut point effrayer, comme ſi le jour du Seigneur eſtoit prochain;
ny à la concluſion qui eſt, Qu'il faut retenir tant les Traditions verbales que les écrites; qu'elle depend? Oyez-en le témoignage des
voſtres meſmes: *Il infere,* dit Bullinger, *ce qu'il a propoſé au commence-* Bul.in 2. Theſſal.
cap.2.
*ment du chapitre: Il auoit dit, Ie vous prie par l'auenement de noſtre Sei-
gneur Ieſus-Chriſt, que vous ne vous laiſſiez point legerement émouuoir,
&c. & puis interpoſé entre deux vne longue diſpute à ceſte fin: Maintenant il conclud & dit, Puis donc que ces choſes ſont ainſi, perſeue-
rez en nos inſtitutions que nous vous auons baillées, ou de viue voix*

lors que nous estions auec vous, ou par Epistres écrites estants absents. Mais quand ceste sentence de sainct Paul ne seroit point ditte sur le propos precedent en consequence de raison, mais seulement en consequence de temps, c'est à dire, apres l'allegation d'vne Tradition verbale qui n'a jamais esté écrite ; estes-vous si aueugle que vous ne voyez pas que l'argument demeure tousiours en sa force? Et que sainct Paul ayant fait mention d'vne Tradition verbale laquelle n'a jamais depuis esté écrite ; & incontinent apres proposé ceste loy pour regle generale ; Qu'il faut obseruer toutes les Traditions receües de luy tant écrites que verbales, n'a pas eu intention de restreindre ceste generalité aux seules Traditions verbales qui depuis lors ont esté écrites par luy où par les autres Apostres? Et pourtant sainct Basile qui estoit meilleur Dialecticien que vous, disputant contre les ennemis du sainct Esprit en forme bien ceste mesme conclusion : *Ie repute aussi*, dit-il, *chose Apostolique d'adherer aux Traditions non écrites : Car l'Apostre écrit, Ie vous loüe de ce que vous auez memoire de moy en toutes choses, & conseruez les Traditions comme ie vous les ay baillées. Et derechef ; Retenez les Traditions que vous auez receües, soit par parole soit par Epistre.* Et sainct Chrysostome au commentaire sur les mesmes paroles : *De là*, dit-il, *apparoist que les Apostres n'ont pas baillé toutes choses par écrit : mais aussi beaucoup de choses sans lettres ; Ores celles-cy & celles-là sont dignes de semblable foy.* Mais que dy-ie sainct Basile & sainct Chrysostome? Sainct Paul luy-mesme en la seconde Epistre à Timothée, dictée par luy presqu'à la veille de sa mort, & au temps que toutes les pieces de l'Escriture qui deuoient estre écrites durant sa vie, estoient déja écrites, ne le renuoye-t'il pas encore lors aux Traditions verbales & non écrites, ne luy dit-il pas : *Ayes l'image des saines paroles que tu as oüyes de moy. Et derechef : Et les choses que tu as entenduës de moy en la presence de plusieurs témoins, consigne les à des hommes fidelles, qui soient aussi capables eux mesmes d'enseigner les autres ?* Surquoy Caluin fait ceste paraphrase : *Il l'exhorte,* dit-il, *non seulement d'en conseruer la figure & les lineaments en soy, mais aussi de la donner par Tradition de main en main, aux religieux Docteurs.* Et incontinent apres : *Donne ordre,* dit Caluin, *qu'apres ma mort le témoignage de ma doctrine demeure asseuré : Ce qui sera sinon seulement tu l'enseignes fidellement ; mais aussi si tu pourrois à la faire publier par d'autres, en plus de lieux. Et partant tous ceux que tu verras propres à cest office, consigne à leur fidelité la garde de ce thresor.* Et vn peu au dessous : *Pource que quelques vns eussent peu reuocquer en controuerse, si ce que Timothée enseignoit estoit procedé de l'instruction de sainct Paul, ou bien controuué par luy ; il oste toute doute par ceste caution, qu'il n'auoit point parlé à luy à part & en secret : mais que plusieurs*

Basil. l. de spir. sancto. c.29.

ὁμοίως ἀξιόπιστα.

Calu. in 2. Timoth. cap. 2. in com. Latin.

Calu. ibid.

viuoient qui pouuoient témoigner que Timothée ne proferoit rien qu'ils n'eussent oüy aussi eux-mesmes de la bouche de sainct Paul. Et Beze : *Par* Bez. ibid. *plusieurs témoins, dit-il, c'est à dire en la presence de plusieurs qui puissent témoigner de ces choses.* Or à quel propos toutes ces consignations, transmissions, & attestations, si Timothée n'auoit rien oüy de sainct Paul qu'il ne peust prouuer & verifier par la seule Escriture?

Mais vous & vos docteurs repliquez, que sainct Paul écrit au mesme Timothée, & en la mesme Epistre : Que les lettres sainctes le peuuent rendre sage (ou selon les anciens interpretes, instruire) à salut. Et moy ie répons, qu'il n'y a point simplement, qu'elles peuuent instruire à salut mais qu'elles le peuuent instruire à salut par la foy qui est en Iesus-Christ : C'est à dire, qu'elles le peuuent instruire à salut ; non immediatement & par elles-mesmes : mais moyennant la foy & creance qu'elles luy donnent en Iesus-Christ : non par la plenitude interne de leur doctrine ; mais par l'addresse & le renuoy à vn supplément externe, asçauoir à Christ ; & par Christ, à ses Disciples. Ou bien, qu'elles le peuuent instruire à ce poinct special, que le salut est par la foy en Iesus-Christ, εἰς (τὸ εἶ) σωτηρίαν διὰ πίστεως τῆς ἐν χριστῷ ἰησοῦ : qui estoit tout le chef de la dispute d'entre les Chrestiens & les Iuifs. Car de quelles Escritures estoit-ce que parloit-là S. Paul ? Zuingle, Caluin, Beze, & les annotateurs de vos propres Zuingl. contr. Anabapt. Calu. in 2. Tim. c. 3. Bez ibid. Bibl. Gen. ibid. bibles de Genéue, ne témoignent-ils pas que c'estoit des Escritures du vieil Testament ? Et sainct Paul luy-mesme ne declaret'il pas qu'il parle des lettres que Timothée auoit apprises dés son enfance, au temps de laquelle il n'y auoit encore rien du nouueau Testament écrit ? Or les lettres du vieil Testament pouuoientelles instruire Timothée immediatement & par elles seules, à tous les poincts de la Religion Chrestienne ? Sainct Luc ne dit-Act. 18. il pas parlant des Escritures du vieil Testament, qu'Apollo estoit puissant aux Escritures, & qu'il conuainquoit vigoureusement les Iuifs par les Escritures, que Iesus estoit le Christ ? Et toutesfois ne remarque-t'il pas qu'il ne sçauoit sinon le Baptesme de Iean ? C'est à dire, qu'il n'estoit pas seulement instruit du premier fondement du Christianisme, asçauoir du Baptesme de Iesus-Act. 18. Christ ? N'ajouste t'il pas qu'il fallut que Priscilla & Aquila le prissent & luy enseignassent plus diligemment la voye du Seigneur ? Et vos propres docteurs ne confessent-ils pas que les sacrements sont des appartenances de la religion Chrestienne : Et que celle-là est la vraye Eglise qui a les vrays Pasteurs, la vraye doctrine, & les vrays sacrements ? Or où trouueront-ils dans l'ancien Testament, qu'il soit commandé

de baptiſer les Fidelles d'eau élementaire, au nom du Pere, du Fils,
& du ſainct Eſprit?Ce myſtere qui eſt le ſacrement de la foy, le fondement de tous les autres ſacrements, le ſeau de l'alliance de Chriſt,
le charactere des enfants de Dieu , la porte de l'Egliſe, l'entrée du
Royaume des Cieux : où le trouueront-ils dedans l'Ecriture Iudaïque, non par allegories, mais par preuues claires & neceſſaires?
Car ie ne veux point qu'ils m'alleguent que les enfants d'Iſraël furent baptiſez par figure en la mer ; Cela le vieil Teſtament ne le
dit point : Il n'y a aucun lieu dans Moyſe, ny dans les Prophetes,
qui m'enſeigne que le paſſage de la mer rouge, fuſt, ny Bapteſme
ny figure de Bapteſme : C'eſt ſainct Paul qui me l'apprend. Or il
eſt bien ayſé à vn homme qui eſt déja inſtruit de l'inſtitution du
Bapteſme, par la doctrine de Chriſt & de ſes diſciples, de trouuer
des jeux & rencontres de l'eſprit de Dieu, entre les hiſtoires de l'E-
gliſe Iudaïque, & les myſteres de l'Egliſe Chreſtienne. Mais celuy
qui n'aura jamais eſté informé du Bapteſme de Chriſt par la rela-

tion de ſes Apoſtres, comme formera-t'il ces ſyllogiſmes? Les enfans d'Iſraël paſſerent la mer rouge, eux & leurs beſtes, & pluſieurs
prophanes & infidelles auec eux; & cela à pied ſec, & ſans y eſtre
ny plongez, ny moüillez, ny arrouſez : Ergo il faut tremper & baptiſer les diſciples de Chriſt d'eau elementaire. Ils la paſſerent ſans
aucune forme de ſacrement, ſans aucun acte de religion , & ſans
prolation d'aucune parole ſacramentale : Ergo il faut joindre la parole à l'element, & prononcer ces mots ſacramentaux ſur les bap-
tizez : Ie te baptiſe au nom du Pere, du Fils, & du ſainct Eſprit. Ils
la paſſerent vne ſeule fois pour eux & leur poſterité , ſans que leurs
enfans la paſſaſſent jamais plus depuis : Ergo il ne ſuffit pas que
les premiers Fidelles ayent eſté baptiſez, mais faut que leurs enfans le ſoient apres eux;

Et nati natorum, & qui naſcentur ab illis.

Ils la paſſerent ſans laiſſer pour cela de paſſer derechef le Iourdain & ſans s'abſtenir des lauements ſubſequents de la Loy : Ergo
le Bapteſme eſt irreiterable, & ne ſe peut conferer ſans ſacrilege à
vne meſme perſonne plus d'vne fois. En quelle Dialectique?
Auſſi peu veux-ie qu'ils m'alleguent les ſuſdits lauements de la Loy,
qui ne s'adminiſtroient, ny en remiſſion generale des pechez,
ny au nom du Pere , du Fils, & du ſainct Eſprit, ny auec aucune parole ſacramentale, ny n'eſtoient irreiterables. Encore moins les
façons de parler figurées & allegoriques des Prophetes, qui appellent les graces inuiſibles du ſainct Eſprit, tantoſt huyle, tantoſt eau,
tantoſt feu : Car de quel autre nom eſt-ce qu'ils ne les intitulent
point?Ne les nomment-ils pas maintenant miel, maintenant laict,
maintenant rouſée ? *De l'Euchariſtie tout de meſme. Par quel*

lieu de l'ancien Teſtament ſe trouuera-t'il commandé de commemorer la mort de noſtre Seigneur, & communiquer à ſon corps
& à ſon ſang ſous l'eſpece du pain & du vin ? Car de recourir à
la Manne : Qui eſt-ce qui leur apprend que la Manne eſtoit la
figure du corps de Chriſt ; & la Manne pluſtoſt que les Cailles ?
N'eſt-ce pas Chriſt luy-meſme, & ſes Apoſtres ? Apres d'où re-
cueilliront-ils qu'il faut celebrer ce myſtere conjointement ſous   *Ioan.6.*
l'eſpece du pain & du vin ? Pleuuoit-il du vin auec la Manne au   *1.Cor.10.*
camp des Iſraëlites, auſquels tant s'en faut il eſt dit ; Par quarante
ans vous n'auez beu ny vin ny ceruoiſe ? Que s'ils alleguent l'eau   *Deut.29.*
qui ſortoit de la pierre ; quel argument ſera ceſtuy-là ? Les Iſraëlites beurent de l'eau de la pierre, eux & leurs beſtes : Tu en donne-   *Nomb.20.*
ras à boire, dit le Seigneur, à eux & à leurs beſtes. Ergo il faut boire le ſang de Chriſt en l'Euchariſtie ſous l'eſpece du vin, & non
ſous l'eſpece de l'eau, comme vouloient les Aquariens ? Au contraire l'vſage du vin n'eſtoit-il pas interdit par la Loy, à ceux qui
ſe conſacroient à Dieu, pendant le temps de leur ſanctification ?   *Nombr.6.*
N'eſtoit-il pas défendu aux Sacrificateurs d'en boire dedans le   *Leuit.10.*
Temple, & lors qu'ils ſeruoient au Tabernacle ? Que diray-je plus ?
Vn homme qui niera en gros, qu'il faille qu'il y ayt aucuns Sacrements en la Religion Chreſtienne : qui criera que la loy Euangelique doit eſtre toute eſprit & verité : qu'elle doit conſiſter en la
ſeule foy & predication de la parole, aux ſeules prieres, loüanges,
& actions de graces : qu'elle doit eſtre dépoüillée de toutes ſortes d'ombres & de figures, de toutes ſortes d'elements terreſtres
& corporels, de toutes ſortes de voiles & de nuages, à l'aduenement de la lumiere ſpirituelle, qui eſt Chriſt : & qu'il ne luy
faut ny Baptesme, ny Cene, ny rien de ſemblable : par quel paſſage
du vieil Teſtament ſeul le pourront-ils conuaincre ?

D. T I L E N V S.

*Par la conſequence que tire le Sieur du Perron, il s'enſuiuroit que
partie de ceſte Tradition, touchant le retardement de l'Antechriſt ſeroit
écrite : ce qu'il nie auoir eſté fait, & partant deſtruit ſa propre expoſition.*

H. C O N N E S T A B L E.

Vous auez bon eſprit ; c'eſt dommage que vous n'en auez da-   LXVII.
uantage. On vous dit qu'il eſt écrit que les Theſſaloniciens auoient
receu vne Tradition touchant la cauſe du retardement de l'Antechriſt ; mais quelle eſtoit ceſte Tradition, qu'il n'eſt pas écrit Ce
qu'il eſt écrit qu'ils auoient receu vne Tradition non écrite, dé-
truit-il la ſuppoſition que ceſte Tradition n'eſtoit pas écrite ?

D. TILENVS.

Dauantage quand tout ce qu'il dit seroit aussi valable, comme il est nul;
il ne prouueroit que les Traditions Apostoliques, & non vne infinité d'au-
tres que l'Eglise Romaine fait obseruer, comme loix diuines, que nous
sçauons par leurs propres histoires auoir esté instituées plusieurs siecles apres
celuy des Apostres.

H. CONNESTABLE.

LXVIII.   Seneque se contente pour refuter Posidonius qui maintenoit
qu'Anacharsis auoit esté l'inuenteur des roües à Potier, d'alleguer
qu'Homere, qui auoit esté vn si long temps deuant Anacharsis, en
auoit fait mention, se mocquant du mesme Posidonius qui aymoit mieux déroger à la foy des vers d'Homere, que démordre
l'opinion qu'il s'estoit vne fois imprimée en l'esprit : *Mauult, dit-*
il, versus falsos videri quàm fabulam. Ainsi nous pouuons-nous ju-
stement mocquer de vous autres, qui sous pretexte de quelques passages mal entendus, & le plus souuent d'autheurs recents ou de nulle authorité, voulez attribuer à qui il vous plaist, l'inuention des
choses que nous trouuons auoir esté prattiquées en l'Eglise de toute antiquité en qualité de Traditions Apostoliques, & ce par le témoignage d'autheurs irreprochables, & qui sont morts plusieurs
siecles auant le temps de ceux que vous en faites inuenteurs. Car
nous ne confondons pas, comme vous nous l'imputez, sous le nom
de Traditions Apostoliques toutes les coustumes qui s'obseruent
en l'Eglise : Mais distinguons premierement entre les coustumes
vniuerselles, & les locales, & particulieres : Et secondement mettons
difference pour le regard de ces mesmes coustumes vniuerselles entre celles qui ont tousiours regné en l'Eglise depuis les Apostres,
& celles qui ont esté ordonnées aux siecles posterieurs ; & les vnes
les appellons Traditions Apostoliques, les autres Ecclesiastiques.
Ces deux reigles pour la distinction des Traditions nous les auons
dans sainct Augustin. L'vne est en la réponse qu'il fait à Ianuarius.
Car encore qu'il ne conjoigne à sa regle en ce lieu-là que des exemples pris des festes & obseruations des iours, dautant que l'interrogation estoit precisément sur vn sujet de ce genre ; neantmoins il
la propose par forme de decision generale : *Des choses, dit-il, que*

Augustin.epist.118.
ad Ianuar. *nous obseruons non écrites, mais receuës par Tradition, celles qui sont prat-*
tiquées par toute la terre, monstrent qu'elles se retiennent comme consignées
& instituées ou par les Apostres, ou par les Conciles vniuersels, desquels
l'authorité est tres-salutaire en l'Eglise. Et vn peu apres : *Mais celles*
qui sont establies diuersement par les lieux & par les regions, &c. l'obser-
uation en est libre & volontaire. L'autre est au quatriéme liure du

Idem lib. 4. de
bapt. contra Do-
nat. Baptesme contre les Donatistes. *Ce que l'Eglise vniuerselle tient*
& qui n'a point esté institué par les Conciles posterieurs, mais a tousiours

esté retenu, *se croit*, dit-il, *tres-droittement n'auoir esté baillé par Tradi-*
tion, sinon d'authorité Apostolique.   A l'examen donc de ces deux reigles nous soumettons plus que tres-volontiers toutes les Traditions que nous tenons pour Apostoliques, & que vos docteurs accusent faussement d'auoir esté introduites depuis par les nostres:
Car il nous est facile non seulement de monstrer que deuant que
ceux que vous en faites les autheurs fussent au monde, elles
estoient prattiquées par l'Eglise vniuerselle : mais mesme de verifier que les Peres qui estoient dés lors témoignent les auoir receües de main en main de leurs majeurs & deuanciers auec tiltre
de Traditions Apostoliques.   Vous vous pouuez souuenir que
les instances sur lesquelles vous contestates monsieur d'Eureux &
vous, le premier jour de vostre entreueüe, & qui donnerent sujet
à la conference que vous eustes puis apres ensemble, furent de la
priere pour les morts, du Caresme, du Cœlibat, de la Confirmation, du mélange de l'eau & du vin, des autels, & de l'oblation du
sacrifice : lesquelles choses vous pretendiez auec Kemnitius, Caluin, Viret, & autres de vos docteurs, auoir esté instituées en l'E-
glise long temps depuis les Apostres, & partant ne pouuoir estre
Traditions Apostoliques.   Nous ferons donc presentement l'essay de vostre pretention & de la nostre sur celles-là mesmes, & ve-
rifierons que deuant les siecles & autheurs que vous leur assignez
pour origine, l'Eglise vniuerselle les a tousiours vnanimement
prattiquées: & cela fait, finirons le premier tóme de ceste réponse, pour laisser reprendre vn peu d'haleine aux Lecteurs; remet-
tants la défence de la seconde partie du traitté de monsieur d'E-
ureux, laquelle est des Traditions Apostoliques non écrites
que vous & nous croyons & obseruons également, à vn second volume.

DE LA PRIERE POVR
LES MORTS.

 E premier poinct donc par où vous commençastes   LXIX.
d'entrer en discours monsieur d'Eureux & vous, fut
la priere pour les morts: A quoy le lieu où vous vous
rencontrastes, qui estoit le logis d'vne Dame de vostre
creance affligée de la mort recente de son mary, fournit d'occasion : Et de là ainsi que les propos s'attirent les vns les autres,
passastes aux articles suiuants que vous impugnez comme choses nouuelles & instituées long temps depuis les Apostres : Et
monsieur d'Eureux au contraire les défendoit comme anciennes

Qq iiij

& Apoftoliques. Or eftoient vos reproches prifes de Kemnitius, Caluin, Viret, & autres docteurs de voftre robbe : Et pourtant en la ruine de leurs objections les voftres feront conjoinctement refutées. Kemnitius donc voulant comme vous, impofer
aux Lecteurs que nous tenons pour Traditions des Apoftres plufieurs chofes que nos propres écriuains témoignent eftre forties
d'autheurs beaucoup pofterieurs, apporte entre autres exemples, que le Pape Pelagius a efté l'inuenteur d'inferer dans la Meffe les memoires anniuerfaires des morts. Ce qu'il allegue fans
cotter de quel Pelagius il entend parler. Mais il y a apparence
qu'il veut dire Pelagius fecond, fous lequel fut tenu le troifiéme
Concile de Tolede : Car les Centuriateurs d'Allemagne luy attribuent d'auoir inftitué qu'on fift memoire des morts en toutes
les Meffes. Et Pierre Viret écrit : Que la couftume d'vfer de fimples Pfeaumes aux funerailles, qui duroit encore, dit-il, du temps
de fainct Chryfoftome & de fainct Hieróme, fe conuertit en l'a-
bus de prier pour les morts, peu auant le troifiéme Concile de
Tolede. Or voyons donc maintenant fi nous pourrons non
feulement refuter les objections de vos mauuais chronologues,
mais prattiquer les deux regles que fainct Auguftin nous donne pour l'examen des Traditions en cefte matiere ; Et commen-
çons par fon témoignage propre, auquel encore que nous de-
ferions toujours beaucoup, neantmoins nous mettons grande
difference entre ce qu'il dit de luy-mefme, & ce qu'il rapporte comme témoin de l'vfage vniuerfel de l'Eglife de fon fiecle.
Sainct Auguftin eftoit plus de cent cinquante ans deuant qu'il
y euft aucun Pape qui portaft le nom de Pelagius : Car il fut fait
Euefque, comme nous auons dit cy-deffus, il y a douze cents ans:
Il ne pouuoit ny vouloit, ny eftre trompé, ny nous tromper
en ce qui eft de la prattique externe & vniuerfelle de l'Eglife de
fon temps. Voicy fes paroles au traitté du foin que l'on doit
auoir pour les morts, lequel il a non feulement écrit ; mais derechef approuué & ratifié en la reueüe generale de fes œuures.
*Nous lifons, dit-il, dans les liures de Machabées l'oblation du facrifice
pour les morts : Mais quand cela ne fe liroit point du tout dans les écritures anciennes ; L'authorité de l'Eglife vniuerfelle qui reluit en cefte
couftume n'eft pas petite : là où entre les prieres que le Preftre fait
au Seigneur Dieu à fon Autel, la recommandation des morts a auffi
fon lieu. Et vn peu apres. Que fi quelque neceffité ne permet pas d'inhumer les corps, ou de les inhumer en ces lieux-là (parlant des cime-
tieres qui eftoient aux lieux des memoires des Martyrs) il ne faut
point omettre les fupplications pour les ames des morts, lefquelles l'Eglife
prend le foin de faire faire pour tous ceux qui font morts en la focieté Chre-*

Kemn. in Exam.
Concil Trident.
p.1.tit. de Tradit.

Cent.6.

De adul. cœn.
Dom.l.5.c.41.

Aug. l. de cura
pro mort.

stienne & Catholique, mesmes sans sçauoir & exprimer leurs noms, &
sous vne commemoration generale, afin qu'à ceux à qui defaillent pour cest
office ou peres, ou enfants, ou autres parents ou amis, il leur soit suppleé par
la pieté de la mere commune. Et vers la fin du liure : Lesquelles choses
estant ainsi, n'estimons qu'il reuienne rien aux morts du soin que nous employons à leur occasion sinon des supplications solemnelles qui se font pour
eux par les sacrifices, soit de l'Autel, soit des prieres, soit des aumosnes.
Et vn peu apres: Et quant à ceux que l'on enseuelit aux lieux des memoires des Martyrs, ce seul proffit me semble en reuenir au deffunct, que le recommandant au patronnage & à l'intercession du Martyr, l'affection de
la priere faite pour luy s'en augmente. Et en l'exposition de ces paroles
de sainct Paul, Ne soyons point affligez de ceux qui dorment, comme les
autres : Pour ces causes, dit-il, la pompe des funerailles, la presse des obseques, la sumptueuse diligence de la sepulture, la riche structure des tombeaux sont quelques telles quelles consolations pour les viuans ; mais non
pas ayde & secours pour les morts : Mais que par les prieres de la saincte
Eglise, & par le sacrifice salutaire, & par les aumosnes qui sont distribuées pour leurs ames, les morts soient aydez, afin que Dieu les traite
plus misericordieusement que leurs pechez n'ont merité, il n'en faut point
douter : Car cela c'est chose que l'Eglise vniuerselle obserue, l'ayant receuë
de la Tradition de ses peres; asçauoir pour ceux qui sont morts en la communion du corps & du sang de Christ, lors que leur commemoration se fait à
son rang, en l'acte du mesme sacrifice, on prie pour eux, & declare-t'on qu'il
est aussi offert pour eux. Et au liure des heresies d'écriuant les Aëriens:
Les Aëriens, dit-il, sont nommez d'vn certain Aërius, lequel de Prestre
qu'il estoit, on dit qu'il porta impatiemment de n'auoir peu estre ordonné
Euesque, & estant tombé en l'heresie des Arriens y ajousta aussi quelques
autres doctrines du sien, disant qu'il ne falloit point prier ou offrir pour les
morts, ny qu'il ne falloit point celebrer les ieusnes instituez solemnellement.
Cela suffise pour ceste heure de sainct Augustin : Passons aux autres.
Le troisiéme Concile de Catthage où le mesme sainct Augustin
estoit present, fut celebré l'an de la mort de nostre Seigneur 363.
c'est à dire, plus de 190. ans deuant le troisiéme Concile de Tolede.
Voyons ce que portent les paroles de ce Concile : Que les sacrements
de l'Autel ne soient celebrez sinon par hommes estants à jeun, &c. Que s'il
faut faire apres midy quelque recommandation de morts, soit Euesques, soit
Clercs, soit autres, qu'elle se face par seules prieres si ceux qui la font se trouuent n'estre plus à jeun. Sainct Chrysostome est vn de ceux aux écrits
duquel Caluin nous renuoye pour considerer la face & la splendeur de l'Eglise primitiue : Oyons ceste sacrée bouche d'or, & reclamons son témoignage auec la mesme preface que luy fait
sainct Augustin quand il le cite en la compagnie de plusieurs autres
Peres contre les Pelagiens, en ces termes : Entre, dit-il, ô sainct

Aug. de verb.
Apostoli.

Idem haref. 53.

Calu. cont. Sodol.

Iean,[a] entre & t'assieds auec tes autres freres, desquels nulle raison ny nulle tentation ne t'a iamais separé. Oyons donc ses paroles :[b] *Ce n'est point en vain, dit-il, que ces choses ont esté ordonnées. Ce n'est point en vain qu'en la celebration des diuins mysteres nous faisons commemoration des morts, & nous presentons auec prieres pour eux à l'Aigneau qui est là gisant, & qui a osté les pechez du monde;[c] mais afin qu'il leur en arriue quelque allegement. Ce n'est point en vain que celuy qui assiste à l'Autel, cependant que les redoutables mysteres s'accomplissent, crie; Pour tous ceux qui dorment en Christ, & pour tous ceux qui celebrent les commemorations pour eux.* Voyla ce sainct Chrysostome que cite Viret pour monstrer l'vsage de l'ancienne Eglise enuers les morts. Examinons les autres. Sainct Epiphane écriuoit son œuure contre les heresies, comme il dit luy-mesme, l'an onziéme de Valens & de Valentinian; c'est à dire, l'an de la mort de Christ 340. Sainct Hieróme dit que les doctes lisoient cet œuure pour les choses, & les hommes non lettrés pour les paroles : Et Caluin[d] l'appelle bon & authentique témoin. Voicy donc ce qu'il écrit rapportant & confutant l'heresie d'Aërius selon l'impression & la traduction des vostres mesmes : *Il nous obiecte, dit-il, que si les prieres de ceux qui sont en ce monde profitent à ceux qui sont en l'autre; qu'il ne faut que personne soit Religieux, ny qu'il face aucune bonne œuure; mais qu'il acquiere des amis par argent ou autrement, &c. afin qu'ils prient pour luy.* Et vn peu apres;[e] *Or les prieres faictes pour eux leur profitent[f] encores qu'elles n'effacent pas le total de leurs pechez; Mais pource qu'estant au monde nous faillons souuent & volontairement & inuolontairement afin de donner lustre à ce qui est plus parfait, nous faisons memoire des justes & des pecheurs implorants la misericorde de Dieu pour eux, &c.* Et vers la fin de son discours : *Pour conclure donc, dit-il, mon propos,[g] l'Eglise fait necessairement ces choses, en ayant receu la Tradition de ses Peres. Or qui pourra dissoudre le statut de sa mere, ou la loy de son pere? comme Salomon dit, Mon fils obserue les paroles de ton pere, & ne rejette point le statut de ta mere :* insinuant par là que nostre pere, c'est à dire Dieu, & son fils vnique & le sainct Esprit, nous a enseignez[h] & par écrit & sans écrit, & que nostre mere l'Eglise a des statuts establis en soy indissolubles & qui ne peuuent estre abolis. Sainct Cyrille Euesque de Hierusalem écriuoit encore deuant sainct Epiphane : Car le Concile de Constantinople en l'epistre à Damase, dit qu'il fut restably au siege de Hierusalem dont il auoit esté depossedé plusieurs fois par les Arriens, l'année de ce mesme Concile. Et sainct Hieróme[i] témoigne qu'il auoit écrit ses Catecheses en sa jeunesse; c'est à dire, enuiron la mort de Christ 315. ou 320. *Nous prions dit-il, le Dieu amateur des hommes d'enuoyer son sainct Esprit, sur les dons proposez,[k] afin qu'il en face du pain*

a *Contr. Iul. Pelag. l. 1.*

b *Chrys. in 1. Corinth. hom. 41. impr. Basil. & Heildeberg.*

c Οὐδὲ μάτην ὁ παρεστὼς τῇ θυσιαστηρίῳ τῶν φρικτῶν μυστηρίων τελουμένων, βοᾷ, ὑπὲρ πάντων τῶν ἐν χριστῷ κεκοιμημένων, &c.

d *Calu. Inst. l. 4. c. 15.*

Epiph. l. 3. hær. 77. impress. Basil.

e Ὠφελεῖ ὅ τι καὶ ἡ ὑπὲρ αὐτῶν γινομένη εὐχή.

f τὰ ὅλα τῶν ἁμαρτημάτων.

g ὑπὲρ μὲν ἁμαρτωλῶν, ὑπὲρ ἐλέους θεοῦ δεόμενοι.

h Ἀναγκαίως ἡ ἐκκλησία τοῦτο ἐπιτελεῖ, παράδοσιν λαβοῦσα παρὰ πατέρων.

i ὅτι ἐγγράφως καὶ ἀγράφως ἐδίδαξεν ὁ πατήρ. *Theod. hist. l. 5. Hier. de script. ec. Cyrill. catech. myst. 5.*

k ἵνα ποιήσῃ τὸν μὲν ἄρτον σῶμα χριστοῦ, τὸ δὲ οἶνον αἷμα.

le corps de Chriſt, *&* du vin le ſang de Chriſt : *Car tout ce que le ſainĉt
Eſprit touche il eſt ſanĉtifié & tranſmué.* Apres, le ſacrifice ſpirituel eſtant
preparé, le ſeruice non ſanglant pour le ſacrifice de propitiation ; *Nous inuoquons Dieu pour la commune paix de l'Egliſe, pour le bon eſtat du
monde, pour les Roys, pour ceux qui combattent, pour ceux qui ſont en infirmité, pour ceux qui trauaillent, & en ſomme pour tous ceux qui ont
beſoin de ſecours: Nous te prions nous tous & t'offrons ce ſacrifice en commemoration de ceux qui ſont morts deuant nous, Patriarches, Prophetes,
Apoſtres, Martyrs* [a] *afin que Dieu par leurs prieres & interceſſions reçoiue noſtre ſupplication. Apres pour tous ceux qui nous ont precedez
ſainĉts Peres & Eueſques; & en ſomme pour tous ceux qui ſont decedez deuant nous,* [b] *croyants que c'eſt vne tres grande vtilité aux ames
pour leſquelles eſt offerte la ſupplication de ceſte ſainĉte & redoutable
hoſtie qui eſt là propoſée.* Euſebe Eueſque de Ceſaŕée en la Paleſtine
eſtoit derechef deuant ſainĉt Cyrille : *Le peuple infiny,* (dit-il parlant des obſeques de Conſtantin premier Empereur Chreſtien inhumé par les Chreſtiens) *& le Clergé non ſans larmes & auec beaucoup de gemiſſements* [c] *rendoient à Dieu les prieres pour l'ame de l'Empereur, accompliſſants les offices chers & deſirez à ce Prince aymé de
Dieu.* Et vn peu apres parlant de ſa ſepulture dans le Temple des
Apoſtres : *Et Dieu, dit-il, luy a concedé le lieu qu'il auoit ſouhaitté auec
la memoire (c'eſt à dire les reliques) des Apoſtres : Car ce tombeau de ceſte
trois fois heureuſe ame eſt fait compagnon de la gloire du nom Apoſtolique & aſſocié au peuple de Dieu, &* [d] *rendu participant du ſacŕé ſeruice & de la liturgie myſtique, & iouyſſant de la communion des ſainĉtes
prieres.* Sainĉt Cyprian fut fait Archeueſque de Carthage l'an de
la mort de Chriſt 215. Voicy ſes paroles de luy & d'vn Concile
d'Afrique auec luy : *Les Eueſques qui ont eſté deuant nous conſiderants
religieuſement ces choſes, & y pouruoyants ſalutairement, ont ordonné que
nul frere decedant ne nommaſt vn clerc pour tuteur ou curateur, & que ſi
quelqu'vn le faiſoit, qu'on n'offriſt point pour luy, & qu'on ne celebraſt
point de ſacrifice pour ſon decez: Car celuy ne merite point d'eſtre nommé à l'Autel en la priere des Preſtres, qui a voulu eſloigner & diuertir les
Preſtres & Miniſtres de l'Autel.* Tertullian eſtoit encore plus voiſin du ſiecle des Apoſtres : Car entre la mort de ſainĉt Iean &
la naiſſance de Tertullian, il n'y auoit pas cinquante ans : Voicy
ce qu'il dit au liure de l'exhortation à la chaſteté parlant à ceux
qui ſe remarioient apres la mort de leurs premieres femmes:
*Penſe en toy-meſme deuant Dieu pour l'ame de qui tu ſupplies; pour
qui tu rens les oblations anniuerſaires.* Et au liure de la Monogamie parlant de la femme fidelle qui auoit perdu ſon mary:
*Elle prie, dit-il, pour ſon ame, & luy ſupplie rafraichiſſement & part
en la premiere reſurrection : Car ſi elle ne fait ces choſes, elle l'a verita-*

blement repudié entant qu'en elle est. Et ne faut point repliquer que
Tertullian s'estoit lors retiré de la communion de l'Eglise Catholique, & rangé à la secte de Montanus. Car outre ce que les Montanistes n'auoient rien en ce poinct de particulier & distinct d'a-
uec les Catholiques, comme il paroist par tous les anciens autheurs qui ont specifié les articles de leur heresie, il est euident
qu'il parle en ces lieux-là de l'vsage des Catholiques, & dispute auec
eux par les principes qui leur estoient communs ; afin d'essayer de
les amener en consequence de leurs propres coustumes, à admettre la discipline de Montanus touchant l'abstinence des seconds
mariages. Vous maris, dit-il, parlant aux Catholiques qu'il appelle Psychiques, rendez tous les ans à vos femmes mortes les deuoirs anniuersaires de prieres & oblations pour leurs ames. Et vous
femmes semblablement à vos maris : Partant vous n'estimez pas
que la mort ayt rompu le lien qui estoit entre-vous ; Comment
donc vous rejoignez-vous apres leur mort à d'autres par de seconds mariages ? Et ailleurs il conte nommément ceste coustume
entre les choses receuës non d'innouation, mais de Tradition, &
par consequent deriuées non de l'inuention de Montanus, mais
de la Tradition des fondateurs de l'Eglise. Car les Montanistes
ne tenoient rien en qualité de Tradition, sinon des mains & de la
transmission de l'Eglise Catholique, laquelle ils estimoient auoir
esté seule la vraye Eglise & la fidelle garde & depositaire de
l'institution des Apostres iusques à leur Paraclet Montanus : Et
pourtant obseruoient toutes ses Traditions, excepté aux poincts
qui attendoient selon eux l'innouation & perfection du Paraclet:

Pro natalitys. *Nous faisons, dit-il, des oblations pour les morts & pour les natalites,*
c'est à dire, festes des Martyrs à chaque iour anniuersaire. Et vn peu
apres; *De ces obseruations & autres semblables, la Tradition est authri-*
ce, la coustume confirmatrice, & la foy obseruatrice. Dira-t'on là que
Tertullian ayt peu alleguer aux Catholiques les institutions de
Montanus pour Traditions & coustumes obseruées de toute
ancienneté, luy qui auoit veu mourir Montanus, & naistre son
heresie ? Luy qui se plaignoit que les Catholiques detestoient
les inuentions de Montanus principalement à cause de la nouueauté ? Luy qui faisoit profession luy-mesme de les receuoir
comme choses recentement reuelées & incognuës à la Tradition & à la coustume ? *Ils ne rejettent* dit-il, *le Paraclet pour*

Tert. de monog. *aucune autre cause tant, sinon pource qu'ils l'estiment instituteur*
l. de Virg. Ver. *d'vne nouuelle discipline.* Et vn peu apres : *La premiere question*
donc que nous auons auec eux, est, s'il a esté licite au Paraclet
d'enseigner

d'enseigner quelque chose qui puisse sembler nouueau contre la Tradition Catholique. Et en vn autre lieu : *Ceux qui reçoiuent le Paraclet preferent la verité à la coustume.* Il ne mettoit donc pas les articles de Môtanus au rang des choses qui prenoient leur authorité de la Tradition & de l'ancienneté. Mais pourquoy s'enquerir de quel genre de Tradition parloit là Tertullian, puis qu'outre la regle generale de sainct Augustin, qui nous apprend que toutes les obseruations vniuerselles qui estoient en l'Eglise, & n'auoient point esté ordonnées par les Conciles precedents, mais se trouuoient de plus ancienne datte, estoient venuës de Tradition Apostolique, nous auons le témoignage expres de sainct Chrysostome touchant ceste-cy, qui nous afferme comme chose notoire à tout le monde, que l'Eglise la tenoit de la consignation des Apostres. Voicy ce qu'il en dit en l'homelie 69. au peuple d'Antioche, & le repete sur l'Epistre aux Philippiens selon vos propres editions Latines & Grecques de Basle & de Heildeberg : ª *Ce n'est point en vain, dit-il, que les Apostres ont institué qu'en la celebration des redoutables mysteres on face memoire de ceux qui sont decedez: Ils cognoissent qu'il leur en arriuoit grand profit & grande vtilité : Car en ce temps-là que tout le peuple assiste tendant les mains en haut & tout le college sacerdotal, & que ceste redoutable hostie est là proposée & gisante: Comme n'appaiserons-nous point Dieu priants pour eux? Mais cela est seulement pour ceux qui sont morts en la foy.* De ces paroles de sainct Chrysostome prononcées & écrites à Antioche & à Constantinople il y a plus de douze cents ans, & de toutes les allegations precedentes recueillies d'entre infinis semblables témoignages des Peres, vous apprendrez combien vos Autheurs vous imposent malicieusement, quand ils ne veulent pas recognoistre la perpetuité de l'vsage de ceste Tradition : Et combien Caluin luy mesme en parle peu ingenuëment lors qu'il dit, Les anciens Peres ont fait quelque mention des morts en leurs prieres sobrement & peu souuent, & par maniere d'acquit. Car quant à l'échapatoire que quelques-vns ont pensé trouuer que ces commemorations estoient seulement des témoignages de la communion que l'Eglise pretendoit auoir auec ses membres encor apres leur mort; & qu'à ceste occasion elle faisoit aussi bien memoire en ses oblations des Apostres & Martyrs que des autres fidelles; outre ce qui en apparoist par les lieux alleguez cy-dessus, il y a tant de preuues du contraire en l'antiquité, que ie m'ébahy cōme l'on ose encor ietter ceste poudre aux yeux des simples. Car les commemorations qu'ils faisoient des Saincts, c'estoient des actions de graces à Dieu de les auoir appellez à sa gloire, des supplications d'accepter leurs prieres pour les fidelles qui celebroiēt leur memoire, & des prieres à eux-

---

Marginalia:

Chrys. in epist. Philipp. Hom. 3.

ª οὐκ εἰκῆ ταῦτα ἐνομοθετήθη ὑπὸ τῶν ἀποστόλων, τὸ ἐπὶ τῶν φρικτῶν μυστηρίων μνήμην γίνεσθαι τῶν ἀπελθόντων. ἴσασιν αὐτοῖς πολὺ κέρδος γινόμενον, πολλὴν τὴν ὠφέλειαν. Ὅταν γὰρ ἑστήκῃ λαὸς ὁλόκληρος χεῖρας ἀνατείνοντες, πλήρωμα ἱερατικόν, καὶ πρόκειται ἡ φρικτὴ θυσία, πῶς οὐ δυσωπήσομεν ὑπὲρ τούτων τὸν θεὸν παρακαλοῦντες, &c.

Cal. inst. l. 3.

mefmes d'interceder pour leurs commemorateurs : là où celles qu'ils faifoient des autres morts qui eftoient decedez en la paix, c'eft à dire, en la communion de l'Eglife, c'eftoient des prieres pour leurs ames, afin que Dieu les traittaft plus mifericordieufement: *La difcipline Ecclefiaftique porte*, dit fainct Auguftin, *ce que fça-uent les fidelles lors que les Martyrs font recitez à l'Autel de Dieu, là où l'on prie non pour eux, mais pour les autres morts: Car c'eft iniure que de prier pour vn Martyr, par les prieres duquel au contraire nous deuons eftre recommandez.* Et pourtant quand ils faifoient mention des vns en leurs fermons anniuerfaires ou en leurs oraifons funebres, ils parloient ainfi: [a] *Celuy*, dit S. Bafile, *qui eft preffé de quelque angoiffe recourt à eux; celuy qui eft en ioye s'y addreffe; l'vn pour eftre deliuré de fes aduerfitez, l'autre pour perfeuerer en fes profperitez:* [b] *Icy la femme deuote eft exaucée priant pour fes enfants, implorant & demandant le retour profpere de fon mary quand il voyage, ou la fanté quand il eft malade.* Et vn peu apres: *O faincte compagnie, ô facré college, ô bataillon inexpugnable, ô communs gardes du genre humain,* [c] *vtiles compagnons de nos foucis, cooperateurs de nos prieres, Ambaffadeurs tres puiffants, aftres du monde, fleurs des Eglifes.* Et S. Gregoire de Nyffe en l'oraifon anniuerfaire du S. Martyr Theodore: *Regarde les feftes qui fe celebrent maintenant, afin que tu en redoubles tes actions de graces enuers Dieu, qui pour vne feule paffion, & vne feule religieufe confeffion t'a donné tant de recompenfes, & te réiouiffes d'auoir épandu ton fang & fupporté les tourments du feu: Car autant que tu auois lors de fpectateurs de ton fupplice, maintenant tu as de miniftres de ta gloire. Nous auons befoin de beaucoup de faueurs;* [d] *Intercede pour ta patrie enuers le Seigneur cõmun: Car la patrie du Martyr eft le lieu de fa paffion, & fes citoyens, fes freres & fes parents font ceux qui l'ont & le gardent & l'ornent & l'honorent. Nous craignons les perfecutions, nous apprehendons les perils; Les Scytes cruels & barbares ne font pas loin de nous, qui nous braffent & preparent la guerre.* [e] *Cõme gendarme comba pour nous, comme Martyr vfe de hardieffe de parler pour tes feruiteurs. Encore que tu fois deliuré de cefte vie, tu fcais les paffions & les neceffitez de la condition humaine: Demande-nous la paix afin que ces feftes publiques & folemnelles ne ceffent point; que le barbare fans raifon & fans loy n'exerce fa fureur fur les Temples & fur les Autels; que l'ennemy impie & prophane ne foule aux piedz les chofes fainctes: Car mefme de ce que nous auons efté preferuez iufques icy,* [f] *nous t'en referons l'obligation, & demandons la mefme fauuegarde pour l'auenir. Que s'il eft befoin encore de plus grande interceffion, affocie auec toy le college de tes freres Martyrs,* [g] *intercede en commun auec tous eux; Que les prieres de plufieurs iuftes effacent les pechez des peuples & de la multitude:* [h] *Admonnefte Pierre; Excite Paul, & Iean le Theologien & Difciple bien-aymé, afin qu'ils interpofent leur foin pour les Eglifes qu'ils ont fondées, pour lefquelles ils ont porté les chaifnes, pour lefquelles ils ont fouffert le pre-*

Aug. de verb. Apoft. s.17.

Orat. in 40. Martyr.

a ὁ θλιβόμενος ἐπὶ τοὺς τεσσαράκοντα καταφεύγει, &c.

b ἐνταῦθα γυνὴ εὐσεβὴς ὑπὲρ τέκνων εὐχομένη, καὶ παραλαμβάνεται, &c.

c ἀγαθοὶ κοινωνοὶ φροντίδων, ἀρωγοὶ σπουδαῖοι, πρεσβευταὶ δυνατώτατοι, &c.

d πρεσβεύσον ὑπὲρ τῆς πατρίδος πρὸς τὸν κοινὸν δεσπότην.

e ὡς στρατιώτης ὑπερμάχησον, ὡς μάρτυς ὑπὲρ τῶν ὁμοδούλων χρῆσαι τῇ παρρησίᾳ.

f συλλογιζόμεθα τὴν εὐεργεσίαν, αἰνοῦμεν δὲ καὶ τοῦ μέλλοντος τὴν ἀσφάλειαν.

g καὶ μετὰ πάντων δεήθητι.

h ὑπόμνησον Πέτρον, διέγειρον Παῦλον.

rils & la mort. Et sainct Gregoire de Nazianze en l'oraison de
sainct Basile: *Mais toy ô sacrée & diuine teste, regarde nous du Ciel &*
nous oste par tes intercessions l'aiguillon & le fleau du corps que Dieu nous
a dóné pour discipline, ou nous encourage à le porter patiemment, & addres-
se toute nostre vie au souuerain bien; Et apres que nous serons délogez d'icy
bas, nous reçoy auec toy aux tabernacles ou tù habites. C'est là le langage que tiennent les Peres quand ils font commemoration des
Saincts en leurs Sermons anniuersaires : C'est le langage qu'ils
tiennent & maintiennent par tout ailleurs où le propos le requiert: *Il faut, dit sainct Ambroise, prier les Anges pous nous qui*
nous ont esté donnez pour gardes. Il faut prier les Martyrs desquels les
corps semblent nous tenir lieu de gages & d'hostages pour vendiquer leur
patronnage & leur protection. Ils peuuent prier pour nos pechez, eux qui
s'il leur restoit quelques pechez les ont laués par leur propre sang. Ceux-là
sont Martyrs de Dieu, les Presidents & speculateurs de nostre vie & de
nos actions : Ne rougissons point de les employer pour intercesseurs de no-
stre infirmité; Car ils ont aussi eux recogneu l'infirmité du corps, lors mes-
mes qu'ils la surmontoient. Et sainct Hieróme étouffant au berceau
l'heresie de Vigilantius resuscitée en ces derniers siecles : *Tu écrits*
en ton libelle, dit-il au mesme Vigilantius, que pendant que nous vi-
uons nous pouuons prier les vns pour les autres; Mais qu'apres que nous
sommes morts, la priere d'aucun n'est plus exaucée pour vn autre; attendu
principalement que les Martyrs demandants la vengeance de leur sang ne
l'ont pas sceu impetrer. Si les Apostres & les Martyrs estants constituez
en ce corps, ont peu prier pour les autres lors qu'ils deuoient encore auoir sou-
cy pour eux mesmes; Combien plus apres les victoires, les couronnes & les
triomphes? Vn seul homme Moyse a obtenu remission de Dieu à six cents
mille hommes armez; Et Estienne imitateur de son Seigneur & premier
Martyr en Christ, a obtenu pardon pour ceux qui le persecutoient : Et a-
pres qu'ils seront auec Christ auront-ils moins de pouuoir? Paul dit que deux
cents septante & six ames luy ont esté données dans le nauire; Et apres qu'il
a esté dissous & commencé d'estre conioinct à Christ, deuiendra-t'il muet,
& n'osera-t'il ouurir la bouche pour ceux qui ont creu à son Euangile par
tout le monde? Et Vigilantius chien viuant sera-t'il meilleur que ce lyon
mort? Et Theodoret au traicté de la guerison des passions Grecques: *Nous entrons, dit-il, non vne fois ou deux l'an aux Temples des*
Martyrs, mais y faisons souuent nos festes publiques, & chantons tous
les iours des Hymnes à leur Maistre ; Et ceux qui sont sains y deman-
dent la preseruation de leur santé: Et ceux qui sont malades la gueri-
son de leur maladie : Les hommes destituez d'enfants, & les fem-
mes steriles y demandent lignée, & ceux qui l'ont obtenuë demandent
qu'elle leur soit conseruée: Ceux qui ont à faire voyages les demandent
pour compagnons, ou plustost pour guides, & conducteurs de leur chemin:

Rr ij

*Ceux qui sont de retour sains & en prosperité, leur referent l'obligation de
ceste grace* [a] *se presentants à eux, non comme à des Dieux, mais les suppliants comme des hommes diuins, & les priants d'estre intercesseurs pour
eux.* Voyla comme s'expriment les Peres quand il est question de
celebrer la memoire des Saincts. Mais quand il leur faut faire la
commemoration des autres morts; Voicy comme ils parlent: *O
Seigneur Createur de toutes choses, & particulierement de ce tien ouurage,*
dit sainct Gregoire de Nazianze, apres plusieurs autres vœux pour
l'ame de Cæsarius, *ô Dieu Pere & gouuerneur des tiens! ô Maistre de la
vie & de la mort! ô arbitre & bien-faicteur de nos ames, qui fais & changes toutes choses en leur temps par ton verbe industrieux, & selon que tu
cognois estre expedient par la profondeur de ta sapience & prouidence!*
[b] *Recoy maintenant Cæsarius, premices de nostre peregrination.* Et sainct
Ambroise au Sermon funebre de l'Empereur Theodose, encore
qu'il esperast que pour l'excellence de sa pieté, il fust déja receu en
la gloire celeste; toutesfois pource que la certitude en estoit reseruée à Dieu seul, qui void & cognoist les defaux cachez des hômes; il le luy recommande en ces termes: *Donne à ton parfait seruiteur Theodose le repos que tu as preparé à tes Saincts: Que son ame retourne d'où elle est descenduë, là où elle ne puisse sentir l'aiguillon de la mort; là
où elle recognoisse que la mort n'est pas la fin de l'homme, mais du peché:
car ce qu'il est mort, il est mort au peché afin que le peché ne puisse plus a-
uoir de lieu en luy: mais il resuscitera afin que la vie luy soit renduë plus
parfaite par vne nouuelle donation. Je l'ay aymé & pourtant ie le poursuy
iusqu'à la region des viuants, & ne l'abandonneray point iusques à ce que
par mes larmes & par mes prieres ie l'aye mis là où ses merites l'appellent,
en la montaigne saincte du Seigneur; là où la vie est perpetuelle, là où il n'y
a nulle contagion de corruption, nul gemissement, nulle douleur, nulle societé de morts, vraye region des viuants; là où ce mortel vestira l'immortalité & ce corruptible vestira l'incorruptibilité.* Et sainct Augustin priat
pour sa mere saincte Monique plusieurs années apres sa mort:
*Encore, dit-il, qu'estant viuifiée en Jesus-Christ, auant la dissolution de
son corps elle ayt vescu en telle sorte que ton nom soit loüé en sa foy & en
ses œuures; toutesfois ie n'ose pas dire que depuis que tu l'as regenerée par le
baptesme, il ne soit sorty aucune parole de sa bouche contre tes comandements,
&c. Et partant ô ma louange! ô ma vie! ô Dieu de mon cœur, mettant à part
pour vn peu de temps ses bonnes œuures, pour lesquelles auec ioye ie te rends
graces, ie te prie maintenant pour les pechez de ma mere: Exauce moy par la
medecine de nos playes qui a pendu en la croix, & qui seat à ta dextre interpel-
le pour nous: Ie scay qu'elle a vsé de misericorde & que de bõ cœur elle a remis
les debtes à ses debteurs: Remets luy aussi les siennes si elle en a encouru quelques
vnes par tant d'ans depuis l'eau de salut. Pardõne luy Seigneur, pardõne luy.*

a Οὐχ ὡς θεοῖς προσιόντες ἀλλ' ὡς θείοις ἀνθρώποις ἐντυχόντες καὶ γένεα πρεσβύτας ὑπὲρ σφῶν παρακαλοῦντες.

b δίκαιο κνησάελον.

N'entre point auec elle en iugement. Que ta misericorde surmonte & sur-
passe ton iugement, pource que tes paroles sont veritables, & que tu as pro-
mis misericorde aux misericordieux. Ce que toy-mesme tu leur donnes d'e-
stre; toy qui auras compassion de qui tu as eu compassion, & feras misericor-
de à qui tu auras fait misericorde. Et ie croy que tu auras déja effectué ce
dont ie te prie, mais approuue les vœuz de ma bouche, Seigneur; Car lors que
le iour de sa mort approchoit, elle ne conuertit point sa pensée à faire couurir
son corps somptueusement, ou à le faire embausmer, ou à desirer vn superbe
tombeau, ou à auoir soin d'estre enseuelie en sa patrie. Elle ne nous recom-
manda point ces choses, mais seulement desira qu'il fust fait commemoration
d'elle à ton Autel, auquel elle auoit seruy sans intermission d'vn seul iour, &
dont elle sçauoit estre distribuée la victime, par laquelle a esté effacée la sce-
dule qui estoit contre nous. Et vn peu apres: Et inspire ô Seigneur mon
Dieu, inspire à tes seruiteurs mes confreres, & à tes enfants mes Seigneurs,
ausquels ie sers & auec la voix, & auec le cœur, & auec la plume; que tous
ceux d'entre-eux qui liront ces miens écrits, se souuiennent à ton Autel de
Monique ta seruante, & de Patricius autresfois son mary, par la chair
desquels tu m'as mis en ceste vie. Et ne faut point dire que ces saincts
personnages-là n'auoient pas veu les beaux arguments de l'Ecriture, dont ceux de vostre party se seruent pour combattre ceste
Tradition: Car ils les auoient veus auec des yeux plus purs &
plus clairs que les vostres, mais ils les ont ou méprisez pour leur
impertinence, ou refutez pour leur fausseté. Ils sçauoient aussi
bien que vous ce que dit sainct Paul, que nostre Seigneur a fait la
purgation de nos pechez en soy, & que son sang est nostre vray
purgatoire. Mais ils sçauoient plus que vous, que la cause premiere n'exclud pas les causes secondes. Ils sçauoient que le sang
de Iesus-Christ est nostre seul purgatoire en son genre, c'est à
dire, purgatoire primitif, ne dépendant d'aucune autre vertu superieure, source & fontaine de toutes nos purgations: Mais ils ne
croyoient pas pour cela, qu'il n'y eust point d'autres purgatoires subalternes & applicatifs, d'autres moyens inferieurs qui
nous purgent comme causes secondes & instrumentales, operant par la vertu & l'impression de la premiere, & nous en appliquant les effects. Car la foy, comme dit sainct Pierre, purifie
les cœurs; & le baptesme, comme dit sainct Paul, purifie l'E-
glise; Et à celuy qui donne l'aumosne, comme dit nostre Seigneur, toutes choses luy sont pures. Mais & ce que la foy nettoye les cœurs, & ce que le baptesme purge l'Eglise, & ce que
l'aumosne estaint le peché, & ce que la charité couure la multitude des offences, & ce que la penitence les efface, & ce
que l'absolution les remet, & ce que la priere de foy sauue
l'infirme, & ce que les œuures teintes en la foy & au sang de

Chrift iuftifient, ce font tous ruiffeaux d'vne mefme fontaine qui
coule par diuers canaux; Ce font tous effects du fang de noftre
Seigneur qui opere & applique fa vertu par diuers moyens. Ainfi
ce que les peines finies & temporelles que Dieu prend en payement difproportionné de la debte de fes feruiteurs, font éualuées à
vne fomme infinie, & imputées pour les eternelles; c'eft l'effect du
fang de noftre Seigneur qui leur impetre cefte grace, dont l'obligation eft toufiours auffi grande comme la diftance de l'vn à l'autre eft infinie: C'eft le fang de noftre Seigneur qui merite & obtient à fes feruiteurs moins parfaits, cefte mifericordieufe com-
mutation de peine, & ce changement & adouciffement de la
mort & damnation eternelle, en vn exil & retardement temporel
de la vifion de Dieu. Car ie ne veux point difputer maintenant fi
ceft exil eft accompagné de douleurs actuelles, & fi elles s'exercent par feu ou autrement: Cela appartient à vn autre difcours
qu'à ceftui-cy, où ie ne me propofe finon de rapporter la fimple
hiftoire de l'vfage & de la prattique de l'ancienne Eglife. Et ce que
les prieres des Fidelles feruent à l'abbregement de ces mefmes
peines temporelles, c'eft toufiours l'effect du fang de l'Aigneau
de Dieu, qui donne ce merite & cefte force aux prieres des viuãs,

Cant. 8.

que par le commerce de la charité qui eft forte comme la mort,
elles puiffent feruir aux morts qui font decedez en la charité & en
la communion de l'Eglife. Ils fçauoient que fainct Paul a écrit:
Nous comparoiftrons tous deuant le tribunal de Chrift, pour receuoir vn
chacun de nous felon ce qu'il a fait eftant en fon corps, foit bien foit mal.
Mais ils fçauoient le moyen d'accorder cefte fentence auec la Tra-

Aug. de oct. dul.
quæft.

dition des Apoftres: *Il ne faut nier,* dit fainct Auguftin, *que les ames*
des morts foient allegées par la pieté des viuants, qui en ont foin lors que l'on
offre le facrifice du Mediateur pour eux, ou que l'on fait les aumofnes en
l'Eglife: Mais ces chofes-là profitent à ceux qui pendant qu'ils eftoient ui-
uants, ont merité qu'elles leur peuffent profiter puis apres: Car il y a vne cer-
taine efpece de vie qui n'eft ny fi bonne qu'elle n'ayt point befoin de ces chofes
apres la mort, ny fi mauuaife qu'elle foit incapable d'en receuoir vtilité apres
la mort: Et vne qui eft fi bonne qu'elle ne les requiert point: Et derechef vne
qui eft fi mauuaife qu'apres la fin de cefte vie elle eft incapable d'en eftre ay-
dée. Et partant tout le merite par lequel quelqu'vn peut eftre allegé ou op-
primé eft acquis en cefte vie, &c. Ces offices donc, conclud-il, *que l'Eglife*
prattique pour la recommandation des morts, ne font point contraires à cefte
fentence de l'Apoftre, Nous comparoiftrons tous deuant le tribunal de
Chrift, afin que chacun remporte felon ce qu'il a fait eftant en fon corps,
foit bien foit mal. Ils fçauoient ce que dit S. Paul, qu'il n'y a nulle

Rom. 8.

damnation à ceux qui font en Chrift: Mais ils fçauoient ce que le
mefme S. Paul ajoufte immediatement apres, lefquels ne chemi-

hent point selon la chair. Ils sçauoient que nostre Seigneur constituë seulement deux ordres quand il dit „ Venez les benits de
mon Pere, Et allez maudits au feu eternel: Mais il sçauoient que
ces paroles sont du Iugement final qui se doit faire apres la Resurrection; auquel temps l'Eglise ne recognoist plus de peines
purgatiues: *Que l'on n'estime point*, dit sainct Augustin, *qu'il y ayt
aucunes peines purgatoires, sinon deuant le dernier & épouuentable Iugement.* Ils sçauoient qu'il a esté dit au bon larron, Tu seras auiour-
d'huy auec moy: Mais ils sçauoient que l'Eglise n'admet ceste espece de purgation apres la mort, sinon pour ceux qui ont peché
depuis la premiere grace receuë, depuis auoir gousté le don celeste, depuis auoir obtenu le benefice du baptesme, apres lequel, dit
S. Chrysostome, il n'y a plus d'égal lauement: Et croyoient que la
confession du bon larron en ceste heure-là où la foy des plus fermes vacilloit, où la diuinité de nostre Seigneur estoit cõme eclypsée, fut vn œuure si eminent du baptesme interieur du S. Esprit,
qu'il supplea ce qui manquoit en luy du baptesme externe: *Ce qui
defailloit du sacrement en ce larron-là, dit S. August. la benignité du tout-
puissant le supplea.* Ils sçauoient qu'il est dit en l'Apocalypse; *Bien-
heureux sont les morts qui meurent au Seigneur, desormais l'esprit dit qu'ils
se reposent de leurs labeurs:* Mais ils sçauoient que ces paroles s'entendent, ou des morts mortifiez en Christ, qui sont morts & ont
renoncé au monde, comme André Euesque de Capadoce l'interprete: *La voix du Ciel, dit-il, ne declare pas bien-heureux tous les morts,
mais ceux qui meurent au Seigneur, a ceux qui se sont rendus morts au mõ-
de, qui portent la mortification de Iesus en leur corps, & qui souffrent &
compatissent auec Christ:* Et partant de ceux qui exercent leur purgatoire sur eux-mesmes en ceste vie, & en portent la quittance auec
eux: Ou des morts qui reçoiuent la mort à l'occasion de Christ,
c'est à dire, des Martyrs, comme le Commétaire attribué à sainct
Ambroise & la glose ordinaire l'interpretent, qui est l'exposition
la plus litterale, & celle que Beze mesme embrasse & en sa version
& en ses annotations: Car il traduit ainsi. *Bien-heureux, dit-il, sont
les morts qui meurent à cause du Seigneur,* & l'expose en ceste sorte, *A
cause du Seigneur, dit-il, c'est à dire pour le Seigneur : car c'est ce qui est dit
ailleurs, pour la Iustice: L'edition vulgaire & Erasme, ajouste-t'il, l'ont
tourné mot à mot, au Seigneur, ce qui est fort obscur:* Desquelles paroles de Beze, il resulte que ceste phrase correspond à ceste autre,
Bien-heureux sont ceux qui souffrent persecution pour la Iustice: & s'entend de ceux qui meurent pour le Seigneur, c'est à dire
des Martyrs, pour lesquels l'Eglise ne prie point. Car que ce soit
chose frequente en l'Ecriture d'vser de la proposition, *en*, au lieu
de, *pour*, personne ne l'ignore, comme quand il est dit, selon l'He-

R r iiij

Matt. 25.

Aug. de ciui. Dei
l. 21. c. 16.

Luc. 23.

Chrys. hom. ad
Nco.

Aug. de bapt.
contr. Don. l.
Apoc. 14.

Andr. Capad. in
Apoc. c. 14.

a Τοὺς νεκρωθέν-
τας τῷ κόσμῳ, & οἱ
νεκροῦντε τῷ Ἰησοῦ ἐν
τῷ σώματι περιφέ-
ροντας, καὶ τῷ Χρι-
στῷ συμπάσχοντας.

Bez. in Apoc. 14.

brieu, que Iacob feruit fept ans en Rachel, c'eſt à dire, pour Rachel. Quand les mariniers qui portoient Ionas, diſent: De peur
que nous ne periſſions en l'ame de ceſt homme, c'eſt à dire, pour
l'ame de ceſt homme. Quand noſtre Seigneur dit : Vous ſouffri-
rez ſcandale en moy, c'eſt à dire, à cauſe de moy. Quand S. Paul
dit, que nous auons guerre auec le Diable aux lieux celeſtes, c'eſt
à dire, dit S. Chryſoſtome, pour les lieux celeſtes. Ie pourrois encore ajouſter que l'edition Grecque lie l'aduerbe, *deſormais*, auec la
premiere clauſe du verſet, & non auec la ſeconde : Ce que Beze
ſuit quand il tourne, *Bien-heureux de ceſte heure en auant ſont les morts
qui meurent à cauſe du Seigneur.* Et Bucer dit, que le ſens eſt: Cy-apres ſeront bien-heureux les morts qui ſeront morts au Seigneur,
referant ceſte ſentence & la ſuiuante au temps deſigné par la voix
de l'Ange, c'eſt à dire, à la veille & aux iours prochains du Iugement : Mais ceſte digreſſion ſortiroit trop loin hors des limites de
mon deſſein, qui eſt de iuſtifier ſeulement la priere pour les
morts de l'imputation generale que vous faites à l'Egliſe, d'auoir
ſuppoſé infinies choſes ſous tiltre de Traditions Apoſtoliques,
que nos propres hiſtoires témoignent auoir eſté inſtituées pluſieurs ſiecles depuis celuy des Apoſtres : En la refutation de laquelle calomnie i'ay voulu commencer par ce poinct & le traitter
vn peu amplement, dautant que ce fut le premier qui s'agita entre Mr d'Eureux & vous, & qui donna occaſion à voſtre conference & à toute la diſpute des Traditions : comme vous-vous en
pourrez ſouuenir en liſant ceſte réponſe, & y recognoiſtrez vos
principaux arguments touchant ceſt article. Ie le concluray donc
par ceſt epilogue que iamais ny vous ny homme du monde ne
monſtrerez vn ſeul inſtant depuis la fondation de l'Egliſe par les
Apoſtres, où elle n'ayt point exercé ceſte couſtume vniuerſelle de
prier pour les morts ; ce qu'auſſi, nonobſtant toutes les cauillations de vos autres docteurs, Pierre Martyr recognoiſt abſoluëment en ces mots: *On a accouſtumé de nous obiecter, dit il, que l'Egliſe
a touſiours prié pour les morts ; Ce que ie ne nie pas.* Il eſt vray qu'il a-
jouſte que de cela elle n'en a eu aucune authorité ny de parole de Dieu ny d'exemple, qui fuſt priſe des ſainctes Ecritures.
Mais i'accepte ſa confeſſion ſur le fait, & ne demande pas ſa conſultation ſur le droict, laquelle nul homme ſage ne mettra iamais
en balance auec la prattique perpetuelle & vniuerſelle de toute
l'Egliſe, qu'il confeſſe luy eſtre contraire. Il ſuffit qu'il recognoiſt
qu'elle a touſiours eu ceſte couſtume, qui eſt ce qui appartient à
l'eſtat de la preſente queſtion, & que quiconque voudra ietter les
yeux ſur la face de la Religion Chreſtienne, en quelque lieu & en
quelque ſiecle que ce ſoit le recognoiſtra: Car non ſeulement lors

que toutes les Eglises d'Orient, d'Occident, de Midy, & de Septentrion, estoient encore vnies en vn mesme corps, ceste institution y fleurissoit par tout également & vniformement : Mais
mesmes depuis les Schismes & les separations qui les ont diuisées
en plusieurs pieces, il n'est resté aucune societé se disant Chrestienne, & portant le nó d'Eglise, soit à vrayes, soit à fausses enseignes,
qui ne l'ayt retenuë & conseruée en tiltre & qualité de Tradition
Apostolique. Les Grecs sont voisins de nous : Nous auons leurs
Liturgies intitulées de sainct Basile & de sainct Chrysostome, imprimées en Grec à Venise, où sont couchées les oraisons expresses
pour les morts: Et mesme celle de sainct Chrysostome est traduitte par Erasme, & imprimée à Basle, qui vse de ceste espece de prieres incontinent apres les paroles de la consecration : *Par les supplications,* dit le Prestre, *ᵃde sainct Iean Prophete, precurseur & Baptiste,
des Saincts glorieux & entierement celebres Apostres, & du Sainct duquel nous faisons memoire auiourd'huy, regarde nous Seigneur, & aye sou-
uenãce de ceux qui sont decedeᶻ en l'esperance de la Resurrection & de la vie
eternelle, ᵇ & les fay reposer au lieu où se void la lumiere de ta face.* Nous
auons leur Euchologe ou formulaire de seruice & prieres Ecclesiastiques, imprimé aussi en Grec à Venise, où entre plus de deux
cents diuerses reiterations de prieres pour les morts sont en termes expres celles-cy: *Exauce moy pecheur qui te prie, & fay reposer
l'ame de ce tien seruiteur aux lieux luisants, aux lieux verdoyants, aux
ᶜ lieux de rafraischissement, d'où la douleur est bannie, l'angoisse, les gemissements, aux tabernacles des iustes, & luy daigne faire paix & remission:
Car les morts ne te loüeront point Seigneur, ny tous ceux qui sont en Enfer
ne te confesseront point.* Et vn peu apres: *Le Prestre,* tenant le papier
trempé dans l'huyle saincte, & ᵈ portant en sa main droite l'encens, s'en va
au deuant de la sacrée image de nostre Seigneur Iesus-Christ, ou au tombeau du deffunct, & dit l'oraison, *O Seigneur des esprits & de toute chair,*
&c. Et en vn autre lieu: *Nous te prions auec cris & gemissements t'offrants holocaustes pour l'ame de ce tien seruiteur deffunct; Recoy-là selon
ta benignité accoustumée.* ᵉ *& la fay reposer aux tabernacles de tes iustes,
là où la lumiere de ta face luit à ceux qui de tout temps & depuis le commencement iusqu'à la fin, obseruent tes iustices,* ᶠ *par les prieres & intercessions de celle qui sans macule t'a conceu & enfanté personnellement; par les
interuentions des honorables super-celestes & incorporelles puissances, du
venerable & celebre Prophete precurseur & Baptiste Iean, des saincts glorieux & tres-renommez Apostres, des saincts triomphants & victorieux
Martyrs.* Et ailleurs parlant au nom du mort: *Voicy mes freres bien-
aymez, ie suis gisant au milieu de vous tous, muet & sans voix: ma bouche
est close, ma langue est percluse, mes leures sont seellées, mes mains sont liées,
mes piedᶻ sont enchesneᶻ, ma forme est changée, mes yeux sont esteints,*

& ne voyent plus ceux qui me pleurent, mes oreilles n'oyent plus le deüil de ceux qui me lamentent, mon nez ne sent plus l'odeur de l'encens; a Mais la vraye charité ne meurt iamais, & partant ie vous prie vous tous qui me cognoissez & m'aymez, faittes memoire de moy, &c. afin que ie puisse trouuer misericorde deuant ce tribunal épouuentable. Et derechef: b Mere du Soleil qui ne se couche point, genitrice de Dieu; nous te prions de reque-rir par tes intercessions celuy qui est par dessus toute bonté, qu'il face reposer ce present trespassé là où reposent les ames des iustes. Le seruice de toutes les autres nations Chrestiennes se trouue auiourd'huy aux biblio-theques de la plus-part des hommes doctes & curieux, en leurs propres langues, & les moins doctes en peuuent voir les tradu-ctions: Celuy des Russiens, des Syriens, des Armeniens, des Egy-ptiens, & des Ethiopiens, lesquels entre-autres sont diuisez de nous, deuant qu'il y eust aucun Pape qui portast le nom de Pela-gius, & n'ont eu ny commerce, ny communion auec l'Eglise Ro-maine, depuis le Concile de Chalcedone, pour lequel ils s'en se-parerent il y a onze cents quarante ans iusques à nostre siecle. Toutes ces nations ont les prieres ordinaires & anniuersaires pour les morts dans leurs Messes & Liturgies, & afferment & protestent vnanimement les tenir de l'institution & Tradition des Apostres; Et partant repoussent assez en ce cas, la calomnie que vous impu-tez à l'Eglise, d'auoir supposé des inuentions recentes sous le til-tre de Traditions Apostoliques. Passons outre.

DV CARESME.

LXX.

LE second poinct dont vous reprochastes l'innoua-tion, fut le Caresme: Au moyen dequoy pour luy garder son ordre, nous le traitterons au second lieu. Kemnitius donc dit, que le Pape Telesphore qui estoit 90. ans apres la mort de nostre Seigneur, institua le Caresme, que nous estimons estre de Tradition Apostolique. Il écrit qu'A-pollonius dans l'histoire d'Eusebe taxe Montanus d'auoir esté le premier qui ayt mis loy & obligation aux ieusnes: Et Caluin tient le mesme langage; *C'estoit,* dit Caluin, *vn des Peres qui reprochoit à Montanus, qu'entre-autres heresies, il auoit le premier imposé loix de ieus-ner.* Il adiouste que Tertullian recite, que les Catholiques obie-ctoient aux Montanistes l'institution des ieusnes, & disoient qu'a-uoir des iours certains & arrestez pour ieusner, estoient choses Iudaïques. Et vous mesmes vous souuenez combien vous fistes de force sur ce passage, pour monstrer que nous tenions des choses pour Apostoliques, instituées long temps depuis les Apostres.

Il dit que S. Irenée afferme que de fon fiecle les ieufnes de Pafques
n’eſtoient pas femblables par tout, & que les vns ieufnoient vn
iour, les autres deux, les autres plufieurs, les autres quarante heures. Caluin crie que celuy eſtoit vn des Peres, aſçauoir Spyridion,
qui répondit qu’il mangeoit de la chair en Careſme pource qu’il
eſtoit Chreſtien. Kemnitius rapporte qu’au temps de Socrate l’hi-
ſtorien, il n’y auoit encore rien de commun & vniforme en l’E-
gliſe touchant le Careſme, mais que les Romains ieufnoient trois
femaines, les Alexandrins fix, d’autres fept : Et partant conclud
qu’il ne pouuoit eſtre de Tradition Apoſtolique. Caluin fe trompe, Kemnitius fe trompe, vous-vous trompez. Teleſphore n’inſtitua point le Careſme, mais feulement ordonna que les Eccleſiaſtiques ieufnaſſent fept femaines complettes, c’eſt à dire, com-
mençaſſent le Careſme trois iours pluſtoſt que les Laïques : Voicy les mots de fon Epiſtre : *Que tous les clercs*, dit-il, *appellez au fort
du Seigneur, ieufnent par abſtinence de chair fept femaines pleines & entieres deuant Paſques : Car comme la vie des Eccleſiaſtiques doit eſtre di-
ſtinċte de la conuerſation des Laïques, ainſi doit-il y auoir diſtinction en
leurs ieufnes.* Et quant au Chronicon d’Eufebe qui dit que quelques vns écriuent que Teleſphore inſtitua le ieufne du Careſme,
c’eſt vn témoignage par ſoy ſeul de nulle authorité : Car ce liuret
qui fe trouue feulement en Latin, n’eſt pas vne hiſtoire qui s’en-
tre-tiéne, mais vne table chronologique, où chaque nouueau venu pour foulager fa mémoire a mis ce qu’il luy a pleu, & dont les
exemplaires ne s’accordent ny entre-eux-mefmes, ny auec la
vraye & entiere hiſtoire Grecque d’Eufebe ; mais contiennent
preſque autant d’erreurs & de fauſſetez que d’articles. Apollonius
non plus, ne reprend point Montanus d’auoir ordonné de ieufner, mais d’auoir ordonné pluralité de ieufnes : Car c’eſt ce que
veut dire là le mot de ieufnes en plurier, lequel il oppoſe au ſingu-
lier & vnique ieufne de l’Egliſe qui eſtoit le Careſme, c’eſt à dire,
il n’impute point à Montanus d’auoir eſté l’inſtituteur du Careſme, mais d’auoir introduit, comme remarque S. Hierôme, pluſieurs Careſmes: *La controuerſe*, dit Tertullian, *qui eſt entre Montanus, Priſcille, Maximille d’vne part, & les Pſychiques de l’autre, c’eſt
qu’ils enſeignent qu’il faut ieufner plus ſouuent que fe marier.* Car Montanus ne permettoit le mariage qu’vne fois, & deteſtoit les fecon-
des nopces, & les Catholiques au contraire les admettoient: Et
partant pour dire élegamment que Montanus ordonnoit la multiplicité des ieufnes, il dit que la querelle de luy & des Catholiques
eſtoit en ce qu’il vouloit que l’on reiteraſt plus de fois le ieufne
que le mariage. Car le mot de ieufne en ceſte premiere naiſſance
de l’Egliſe, quand il fe mettoit abſolument & fans addition, s’en-

*Euſeb. hiſt. lib.
cap.* 17.
νηϛείας πεμϗϡ-
τήσαις.

Tertull. de ieiun.

tendoit du grand ieufne; c'eſt aſçauoir du ieufne de Paſques, & les
moindres ieufnes comme ceux des Vendredis & autres ſemblables, ne s'appelloient pas ieufnes complets; mais, comme remarque Tertullian, ſtations ou demy-ieufnes, à cauſe qu'en ces iours-
là on auoit accouſtumé d'vſer ſeulement d'abſtinence de certaines viandes, & de retarder ſon diſner iuſques à l'heure de None:
mais non pas de l'omettre & ſupprimer tout à faiſt cóme on faiſoit
en Careſme, où l'on ne mangeoit qu'vne fois le iour, & encore le
ſoir eſtant venu. La diſpute dóc eſtoit, que les Catholiques maintenoient qu'il ne falloit en ce ſens obſeruer qu'vn ieufne, & les
Montaniſtes pluſieurs: Ce qui paroiſt encore mieux par les diſcours ſuiuants: *Les Pſychiques*, dit il, *nous accuſent de ce que nous auons*
des ieufnes propres & particuliers: Il ne dit pas, *Arguunt nos quod ieiunia*
cuſtodiamus, mais, *quod propria ieiunia cuſtodiamus*. Et vn peu apres:
Ils penſent que les ſeuls iours determinez aux ieufnes en la Loy Euangeli-
que, ſont ceux auſquels l'époux a eſté oſté, & qu'il n'y a que ceux-là qui
ſoient les iours legitimes des ieufnes Chreſtiens, les antiquitez legales &
prophetiques ayant eſté abolies, &c. *Et partant ils inferent que pour le re-*
gard des autres iours, il faut ieuſner indifferemment ſelon la volonté de cha-
cun, & non pas par l'Empire d'vne nouuelle diſcipline; Et que les Apoſtres
l'ont obſerué ainſi, n'impoſant aucun autre ioug pour le faiſt des ieufnes re-
glez & vniuerſels. Auquel lieu Kemnitius ſelon ſa couſtume, cite
infidellement les paroles de Tertullian, luy faiſant dire que les
Apoſtres ordonnerent de ieuſner à l'arbitre d'vn chacun, & n'impoſerent point de ioug des ieufnes reglez & vniuerſels; là où il y
a que hors cela, aſçauoir le ieufne de Paſques, ils laiſſerent la liberté de ces exercices ſpirituels à la diſpoſition de chacun, &
n'impoſerent point d'autre ioug pour le faiſt des ieufnes ſolemnels & communs. Ce qui apert encore plus manifeſtement par
ces paroles: *Vous vſez*, dit-il aux Catholiques, *de preſcription contre*
nous, & dites que les diſciplines ſolemnelles ont eſté impoſées à la foy, ou
par les Eſcritures, ou par la Tradition des maieurs, & qu'il n'y faut plus
ajouſter aucune obſeruation pour éuiter le crime de l'innouation. Demeurez
dans ces termes-là ſi vous pouuez: Car voicy ie vous ſurprens ieuſnants
outre la Paſque, hors des iours auſquels l'époux a eſté oſté, & interpoſants
les demy-ieufnes des ſtations. C'eſt là voſtre garant, celuy que vous
& vos maiſtres prenez pour rapporteur du procez qui eſtoit én-
tre les Catholiques & les Montaniſtes, qui vous apprend que l'inſtitution du ieufne que les Catholiques obſeruoient deuant la
Paſque, & aux iours où l'époux auoit eſté oſté, ils la tenoiét comme loy obligatoire de la Tradition de leurs maieurs, & alleguoiét
que les Apoſtres l'auoient ainſi obſeruée, & n'auoient point im-
poſé d'autre ioug pour le regard des ieufnes publics & ſolemnels:

Et

Et que la querelle qui fe debattoit entre-eux & les Mōntaniftes,
eſtoit ſeulement ſur l'vnité, ou la pluralité des ieuſnes. En voicy
vn autre qui rapporte encore la meſme inſtance, aſçauoir ſainct
Hierôme en l'epiſtre à Marcella contre Montanus, où il ſpecifie
les poincts controuerſez entre les Catholiques & les Montaniſtes: *Nous*, dit-il, *nous ieuſnons vn ſeul Careſme en toute l'année, ſelon
la Tradition des Apoſtres au temps qui nous eſt conuenable pour ceſt effect:
Eux ils font trois Careſmes par an, comme s'il y auoit eu trois Sauueurs
qui euſſent ſouffert. Non que nous n'eſtimions qu'il ne ſoit licite de ieuſner
par toute l'année excepté durant le temps de la Pentecoſte ; mais dautant
que c'eſt autre choſe d'offrir ſon preſent volontairement, & autre de l'offrir
neceſſairement. Et ailleurs. De ce témoignage Montanus, Priſcilla, &*   In Matt. cap. 9.
*Maximilla prennent occaſion de faire auſſi encore apres la Pentecoſte vn
Careſme, &c. Mais la couſtume de l'Egliſe vient à la Paſſion & à la Reſurrection du Seigneur par l'humiliement de la chair, &c.* Que ſi ces
deux ne vous ſuffiſent, il eſt ayſé d'y en ajouſter vn troiſiéme, aſçauoir Theodoret au Catalogue des hereſies, décriuant l'hereſie de
Montanus: [a] *Il ordonna*, dit-il, *la diſſolution des mariages, & introdui-   a καὶ νηστείας και-
ſit de nouueaux ieuſnes outre la couſtume de l'Egliſe.* Et Origene meſme   νὰς παρὰ τὸ τ̄ ἐκ-
qui pouuoit bien ſçauoir des nouuelles de l'eſtat de l'EgliſeCatho-   κλησίας ἐπεισήγαγεν
lique du temps de Tertullian : car il fût fait Cathechiſte d'Ale-   ἔθος.
xandrie l'an de la mort de noſtre Seigneur 171. & eſtoit à Rome
ſous Zepherin, lors que Tertullian écriuoit ſon liure des ieuſnes
contre les Catholiques. *Nous auons*, dit-il, *les iours du Careſme con-   Orig. in Leuit.
ſacrez aux ieuſnes.* Paſſons à S. Irenée. Il ſe trouue, dit Kemnitius,   c. 16.
vn fragment d'vne epiſtre de S. Irenée dans Euſebe, qui contient
ces paroles: Les vns eſtiment qu'il leur faut ieuſner vn iour, les autres deux, les autres dauantage, les autres quarante heures ſuppu-   Ὥραν αὐτὴ ἡμέρας
tants chaque heure pour chaque iour : Car ainſi le dit B. Rhena-   νηστεύοντες.
nus reſtituant l'édition Grecque & la traduction de Ruffin, qui   Beat. Rhen. præp.
diſcordent & ſont corrompues toutes deux en cét endroit : Et   in Ruffi. Ver.
Kemnitius auſſi embraſſe ceſte leçon, & cite Euſebe aux meſmes
termes. Que répondons-nous donc à ce paſſage ? Premierement
que ſainct Irenée ne parle pas en ce lieu-là du ieuſne de l'exceptiō
des viandes, qui n'eſt qu'vn ieuſne imparfaict & initiatif, que   Tertul. de ieiun.
Tertullian nomme *ieiunium portiōnale*, & que nous appellōs *ieiuniū
inchoatum;* à cauſe que c'eſt la premiere condition de tous les ieuſ-
nes de l'Egliſe : *Le vin & la chair*, dit S. Chryſoſtome, rapportant   Hom. de ieiun.
les paroles de Daniel, *ne ſont point entrez en ma bouche*, qui ſont les choſes, ajouſte-t'il, deſquelles ieuſne l'Egliſe: Mais du ieuſne cōplet & abſolu qui cōſiſte en l'intermiſſiō de toute ſorte de nourriture. Et ſecondement qu'il ne parle point du ieuſne entre-coupé & diſtingué par interualles & periodes quotidiens, tel qu'eſtoit celuy des
iours precedents du Careſme ; mais du ieuſne ſolide, c'eſt à dire,

S ſ

continué & pourſuiuy ſans interruption iuſques au Dimanche de
Paſques, qui eſtoit le ieuſne de la Paraſceue, & des derniers iours
de la ſemaine ſaincte, lequel ſe reſoluoit & terminoit immediatement en la celebration de la feſte. Ce ieuſne donc de la veille de
Paſques, les vns le commençoient pluſtoſt, les autres plus tard, les
vns le continuoient dés le Vendredy ſans boire ny manger iuſqu'au Dimanche, les autres dés le Ieudy, les autres dés le Mercredy. Car comme le Careſme ne ſe pouuoit pas ieuſner tout d'vne
traitte, mais eſtoit conſtitué de pluſieurs ieuſnes iournaliers an-
nexez l'vn au bout de l'autre: *Nul de nous*, dit S. Chryſoſtome, *ne*

Hom. de ieiun.

ieuſne quarante iours : car nous-nous reſtaurons par quarante interualles,
comme les voyageurs qui ſe repoſent le ſoir à l'hoſtellerie: Le dernier de
ces ieuſnes qui touchoit & aboutiſſoit immediatement au Dimanche de la Paſque, les vns le faiſoient d'vn iour tout entier ſans prédre aucune refection ny matin ny ſoir, les autres de deux, les autres de trois, les autres de dauantage: *L'Egliſe Catholique*, dit ſainct
Epiphane, a accouſtumé d'obſeruer le Careſme deuant les ſept iours de

Epiph. in expoſit.
fidei.
Τὴν δὲ πο⸌Ϲαρα-
κοϛὴν τ πρὸ τ ἑπ-
τα ἡμερῶν τοῦ ἁγίου
πάχα ὡσαύτως φυ-
λάττειν ἔιωθεν ἡ αὐ-
τη ὀκκλησία, &c.
Διπλᾶς καὶ τριπλᾶς
ἢ πτετραπλᾶς, &c.

la ſaincte Paſque, perſeuerant en ieuſnes, mais non de ieuſner les Diman-
ches, non pas meſme en Careſme: Et quant aux ſix iours de la Paſque,
tous les peuples perſiſtent durant ce temps-là en l'uſage des viandes ſeches,
ne prenants ſinon du pain, de l'eau, & du ſel, & cela meſme apres que le
ſoir eſt venu ; Encore ceux qui ſont deuotieux , paſſent les iours dou-
bles & triples & quadruples ſans rien prendre, & aucuns la ſemaine toute
entiere iuſqu'au matin du Dimanche de Paſques. C'eſt donc de ce
ieuſne eminent de la Paraſceue qui ſe celebroit au bout du Careſme & à la fin de la ſemaine ſaincte, comme vn dernier effort
d'abſtinence , que nous ſouſtenons que s'entendent ces paroles
de ſainct Irenée, Et que ceſte clauſe: Les autres quarante heures,
ieuſnants chaque heure pour chaque iour, ſuppoſe vn terme correlatif de quarante iours, & monſtre qu'ils vouloient faire en ceſt
acte comme vne eſpece d'epitome & de recapitulation abbre-
gée de tout le Careſme precedent. Venons à l'hiſtoire de Spyridion. Il répondit, dit Caluin, qu'il mangeoit de la *chair* en
Careſme, pource qu'il eſtoit Chreſtien. Tout beau Caluin, Il n'y
a rien de ſi bien dit qu'il ne puiſſe eſtre depraué en le recitant
mal. Sozomene qui eſt le relateur de ceſte hiſtoire ne la rapporté
pas ainſi : Il écrit que Spyridion Eueſque de Tremithunte en Cypre, lors que l'on eſtoit déja en la ſaiſon de Careſme, où il auoit
accouſtumé luy & toute ſa famille de continuer ſon ieuſne par
pluſieurs iours ſans rien prendre, ſinon à certains iours prefix,
paſſant tous ceux qui eſtoient entre deux à jeun, il vint à luy durât

Ἰδὼν δὲ τὸν ξένον
μαλακακμηκότα.

l'vn de ces interualles vn eſtranger fort las & abbatu du trauail
du chemin, duquel, le voyant ainſi recreu, il eut compaſſion,

& luy voulut faire prendre quelque nourriture pour le reftaurer
& fuftenter, & partant commanda à vne fienne fille, qu'elle luy
appreftaft à manger ; Surquoy luy ayant efté fait réponfe , qu'il
n'y auoit ny pain ny farine en la maifon, dautant que la prouifion de ces chofes leur eftoit inutile à caufe du ieufne : Il fe mit à
prier & à demander pardon, & puis commanda qu'on aueignift
de la chair de pourceau falée qui eftoit feule de longue referue au
logis , & qu'on la fift cuire. Cefte chair eftant appreftée, il le fit
mettre à table auec luy , & en goufta , & le conuia de faire comme
luy ; lequel le refufant & répondant qu'il eftoit Chreftien : D'autant moins, dit-il, en dois-tu faire difficulté : Car la parole de Dieu
declare que toutes chofes font nettes à ceux qui font nets. Ie demande maintenant, fi cefte hiftoire eft à l'auantage ou au defa-
uantage du Carefme ? Voila Spyridion il y a pres de treize cents
ans qui ieufne le Carefme fi eftroittement qu'il n'y a ny pain , ny
farine en fa maifon , & que luy & fa famille paffent la plufpart des
iours fans prendre aucune nourriture.   Voila vn eftranger languiffant, auquel il veut vfer de charité & d'hofpitalité ; Il ne trouue dequoy le fuftenter felon la faifon, & n'en pouuoit recouurer promptement d'ailleurs ; car il demeuroit aux champs.
Cefte feule neceffité l'excufoit pour exercer vn acte de charité,
de paffer par deffus la couftume de l'Eglife , qui ne nous lie pas
en ce cas d'obligation abfoluë & indifpenfable ; mais feulement
entant que nous auons le moyen de l'obferuer : Neantmoins il
demande pardon à Dieu deuant que de paffer outre , & puis commande qu'on apprefte ce qui fe rencontre chez luy. Le pauure
eftranger tout de mefme qui fe fentoit auoir befoin de nourriture , qui voyoit que l'Euefque du lieu luy en donnoit non feulement la difpenfe, mais l'exhortation & l'exemple ; répond toutesfois qu'il eftoit Chreftien , & qu'il ne vouloit point rompre le
Carefme. Qu'euft fait là deffus autre chofe Spyridion , que de luy
remonftrer que ce n'eftoit point ce qui entroit dans le corps
qui foüilloit l'homme , mais ce qui fortoit du cœur , afçauoir la
defobeiffance & le mefpris ; lefquelles chofes eftant oftées & par
la neceffité prefente, & par la difpence & authorité du Pafteur
qui en auoit demandé luy-mefme pardon à Dieu, il ne falloit
point eftimer auec les Iuifs, qu'il reftaft aucune pollution aux
viandes, mais prefuppofer qu'elles eftoient nettes à ceux qui e-
ftoient nets? Et que feroit encore auiourd'huy le plus religieux E-
uefque du monde en vne femblable occafion? Le Concile de Gangres celebré au mefme fiecle de Spyridion, n'excepte-t'il pas de
l'obligation du ieufne ceux qui font furpris de quelque neceffité corporelle ? Ces paroles n'y font-elles pas expreffes felon

Sf ij

Conc.Gang.
Can. 19.
Χαὶ τὰς ἀδελ-
φομδμίας νηϛείας εἰς
τὸ κοινὸν ἓ φυλασσο-
μδμίας ἅπὸ τῆς ἐκ-
κλησίας ἀδελύσι,
&c.
Ἀνάθεμα ἔϛω.

vos propres exemplaires de Zurich? *Si quelqu'vn de ceux qui s'exercent à la pieté presume & attente sans necessité corporelle de rompre les ieusnes communs liurez par Tradition & obseruez de l'Eglise, &c: qu'il soit
anatheme.* Descendons au discours de Socrate. Socrate rapporte
qu'à Rome on ne ieusnoit que trois semaines deuant Pasques,
& qu'en d'autres lieux on commençoit le Caresme sept semaines
auparauant, mais qu'on n'y ieusnoit sinon quinze iours par diuers interualles. Socrate, répondons nous, parle non du ieusne
de l'exception des viandes qui estoit perpetuel par tout durant
quarante iours, mais du ieusne de l'intermission de la nourriture.
Car en Caresme non seulement on s'abstenoit de l'vsage de la
chair & du vin: mais aussi on ne disnoit point, qui estoit le com-
plement du ieusne: *Tu ne manges point de chair*, dit sainct Basile, *mais
tu manges ton frere, &c. Tu attens iusqu'au soir à prendre ton repas; mais
tu consumes tout le iour au Palais & à la playdoirie:* Si toutesfois mesme encore en ce sens nous deuons ajouster quelque foy au témoignage de Socrate: car il est partial & suspect en ceste cause, & porte ses reproches auec soy. Sainct Ambroise crie bien, parlant à
ceux de son Eglise, qu'il y auoit quelque chose de tel parmy aucuns d'eux: *I'entens*, dit-il, *qu'il s'en trouue plusieurs, & qui pis est, des
fidelles qui font abstinence en Caresme par semaines alternatiues & violent par l'intemperance de leur bouche ce nombre de iours consacré; c'est
à dire, qu'ils disnent par l'interualle de sept iours, & par l'interualle de
sept autres ieusnent, &c. Car encore que quelqu'vn s'abstienne durant certains iours, & qu'il n'vse point de l'aliment des viandes plus delectables au
corps; toutesfois le ieusne du Caresme ne luy est pas imputé, lequel il ne ieusne point par quarante iours.* Voyla ce qu'en dit S. Ambroise: Mais il
rapporte ceste licence non comme vn vsage d'aucune Eglise, ains
comme vn abus de quelques particuliers. Et ce grand S. Leon premier, que le Concile de Chalcedone appelle propugnateur inexpugnable contre toute erreur, & qui estoit assis en la chaire de
l'Eglise Romaine au mesme temps que Socrate écriuoit son histoire; nous apprend que le Caresme s'obseruoit à Rome par
quarante iours consecutifs: *Il a esté ordonné*, dit-il, *par vne tres-
salutaire pouruoyance de l'institution diuine, que pour restaurer la pureté de nos ames, l'exercice de quarante iours nous serue de medecine; durant
lesquels les chastes ieusnes & les œuures pies puissent racheter & digerer les
offences des autres saisons: Et partant, mes freres tres-chers, ayants à entrer
en ces iours mystiques & de sacrée institution pour la purification des ames
& des corps, prenons soin d'obeyr aux preceptes des Apostres, nous repur-
geants de toute soüilleure de corps & d'esprit.* D'où il resulte ou que l'histoire de Socrate se doit entendre ainsi, ou qu'elle est fausse & pleine d'imposture en cest endroit: Car lequel est plus croyable

De ieiun. or.1.
Κρεῶν ἲκ. ἐσθίεις,
ἀλλ' ἐσθίεις τ̇ ἀ-
δελφόν.

serm. 33.

ἑτρώπι.

S. Leo. de quad.
serm. 4.

vn grand & Souuerain Prelat Catholique renommé & veneré par
tout le monde, des chofes qui fe prattiquoient, luy prefent en
fon Eglife, ou vn petit écriuain heretique qui en eftoit à mille
lieuës, & encore aux poincts qui touchoient fon herefie ? Car les
Nouatiens entre leurs tiltres d'erreur s'appelloient Adiaphoriftes;
dautant qu'ils tenoient les obferuations & circonftances touchant la Pafque pour indifferentes. Socrate donc pour deffendre
le nouueau Canon des Nouatiens, qu'ils appelloient *l'indifferent,*
par lequel ils decernoient qu'il n'importoit comme on celebraft
la Pafque, fuft à la façon des Catholiques, ou à la façon des Quartodecumans; lefquels neantmoins le Concile de Nicée, le Concile d'Antioche, les Catalogues de S. Epiphane, & de S. Auguftin,
& depuis le Concile d'Ephefe & autres fuiuants, declarent heretiques & anathematifez; entreprend contre la foy de toute l'antiquité, de nier que les Apoftres euffent rien ordonné pour ce regard; & partant s'efforce de perfuader qu'il eftoit licite de l'obferuer diuerfement, alleguant à cefte fin qu'il y auoit beaucoup d'autres varietez entre les Chreftiens, comme nommément touchant le ieufne de la mefme fefte de Pafques, & autres femblables
difciplines & ceremonies : En quoy on peut iuger de la fincerité
de fa procedure par ce feul indice, que pourfuiuant la diuerfité
pretendue des couftumes de la Religion Chreftienne, il allegue
entre autres exemples & arguments, les façons de faire des Nouatians, des Quartodecumans, & des Macedonians, & conte toutes
leurs fectes au rang des Eglifes, pour côclure de là que la prattique
desChreftiens n'eftoit pas vniforme.Mais laiffons là les reproches
de la perfonne, & des procedures de Socrate, & trenchons en vn
mot ce qui eft du fàit & de la verité de l'hiftoire. Nous difons
donc que quoy qu'allegue Kemnitius, il n'y a aucun doute que la
prattique du ieufne de Pafques, lors que Socrate vint au monde, ne fuft vniforme par toute l'Eglife Catholique, en l'obligation de ces deux poincts; afçauo en l'obferuation inclufiue du
nôbre de quarante iours, & en l'abftinence du vin & de la chair.
Ce que quelques-vns puis apres par deffus ces reigles ajouftoient
volontairement, ou au nombre des iours, ou à la rigueur de la façon de viure, appartenoit côme difoiét les Peres, à la varieté de la
broderie & des paremens de la robe de l'Eglife.Les vns fupputoiét
côme nous, leurs quarante iours outres les fix de la femaine faincte: Les autres les y comprenoient. Et pourtant les vns contoient
le ieufne du Carefme & celuy de Pafques; c'eft à dire, des iours de la
Paffion, pour deux ieufnes diftincts & contigus, dont l'vn feruoit d'entrée & de preparatif à l'autre: comme Epiphanius quand

S f iij

il dit que l’Eglise obſerue le Careſme deuant les ſept iours de la
ſainᵭe Paſque: Et derechef, que l’heretique Aërius defendoit de
ieuſner le Mercredy, le Vendredy, le Careſme & la Paſque. Les autres les comprenoient tous deux ſous vn meſme nom, tantoſt de
Careſme, tantoſt de ieuſne de Paſque. Preſques par toutes les E-
gliſes en Careſme, ils diſnoient les Dimanches & les Samedis, excepté le ſeul Samedy de Paſques: A Rome pour ſigne & memoire de
quelque occurrence particuliere, ils ne diſnoient ſinon les Dimanches. Les vns faiſoient leur diette Chreſtienne, qu’ils appelloient
xerophagie, plus molle & indulgente, s’abſtenants ſeulement de
vin & de chair, excepté en la ſemaine Sainᵭe où ils ſe reduiſoient
au pain, au ſel & à l’eau: Les autres obſeruoient ce ſeuere regime
qui eſtoit la xerophagie proprement appellée, par tout le temps
du Careſme: Car ce que Tertullian reproche aux Catholiques
qu’ils condamnoient les xerophagies, c’eſt à dire, ces xerophagies
dures & ſeueres de pain, de ſel, & d’eau, & en reiettoient le nom
comme nouuellement vſité, c’eſt la paſſion de ſon party qui le
fait parler en ceſte ſorte, au lieu de dire qu’ils ne les approuuoient
pas de la façon dont Montanus les propoſoit. Qu’ainſi ſoit, il
leur impoſe bien qu’ils hayſſoient les ieuſnes, & neantmoins recognoiſt au meſme diſcours, que non ſeulement ils ieuſnoient
par obligation & Tradition de leurs maieurs, aux iours de l’enleuement de l’époux, mais encore qu’aux autres qui n’eſtoient point
de ce nombre, ils interpoſoient volontairement des demy-ieuſ-
nes, & des ſtations, & viuòient quelquesfois ſeulement de pain &
d’eau: Voire pendant qu’il eſtoit Catholique il recite entre les
autres loix de la penitence, comme deux articles diſtinᵭs, la xe-

rophagie & le ieuſne, *paſtum & potum pura noſſe, &c. plerumque ieiu-*
niis preces alere; & témoigne que pluſieurs Catholiques ſe banniſ-
ſoient meſme durant toute leur vie, de l’vſage du vin & des animaux, immolants à Dieu l’humilité de leur ame par le chaſti-
ment de leur bouche. Et ſainᵗ Auguſtin dit que les Chreſtiens
non heretiques, mais Catholiques, s’abſtenoient non ſeulement
des chairs, mais auſſi de quelques eſpeces de fruiᵭs, ou toute leur
vie, comme peu; ou par certains iours & ſaiſons, comme en Careſme preſque tous, autant plus ou moins que chacun pouuoit
ou vouloit: nous apprenant par là, que la pluſpart des Catholiques ne ſe contentoient pas de la ſimple intermiſſion de chair en
Careſme, mais que preſque tous y ajouſtoient quelque degré d’auſterité plus eſtroitte, ſelon qu’ils auoient ou la force, ou la volonté de la ſupporter. Ces additions-là donc qui eſtoient libres & volontaires, nous recognoiſſons qu’elles s’obſeruoient diuerſement: Mais ce qui eſtoit de l’eſſence de l’inſtitution du Careſ-

me, aſçauoir l'obſeruation incluſiue du nombre de quarante
iours; & l'exception generale de certaine eſpece de nourriture:
Nous ſouſtenons que quoy qu'on allegue de Socrate, elle auoit
lieu deuant qu'il fuſt au monde, par toutes les Egliſes de la communion Catholique. Le Concile de Nicée qui fut le premier
Concile vniuerſel de toute l'Egliſe, le premier de ces quatre celebres Conciles generaux que ſainct Gregoire diſoit qu'il embraſ-
ſoit comme les quatre Euangiles; le premier de ceux que vos docteurs font profeſſion de receuoir quand ils diſent qu'ils reçoiuent les quatre Conciles, fut tenu long temps deuant Socrate, a-
ſçauoir deux cents nonante deux ans apres la mort de noſtre Seigneur: Il ordonne que l'on aſſemble tous les ans deux Synodes
prouinciaux en chaque prouince, pour pouruoir aux occurrences
des Egliſes, l'vn deuant le Careſme, & l'autre en Automne: *Que
ces Synodes*, dit le Canon, *ſe celebrent l'vn deuant le Careſme, afin que
toutes contentions eſtant appaiſees, on puiſſe offrir vn don pur à Dieu; &
l'autre enuiron le temps de l'Automne.* Il falloit bien que l'obſeruation
du Careſme fuſt dés lors vniuerſelle par toute la terre, puis que le
Concile ordonnant qu'on tint deux Synodes par an en toutes les
Prouinces du monde, leur aſſigne à chacune d'elles pour terme de
la celebration du premier, le commencement du Careſme. Le
Concile de Laodicée conuocqué enuiron quarante ans apres, &
imprimé par Geſnerus, à Zurich: *Il ne faut point*, diſent les Peres,
*exemter en Careſme la cinquiéme ferie de la derniere ſemaine, & des-hono-
rer tout le Careſme;* a *Mais il faut ieuſner le Careſme entier vſant de xerophagie.* Ce qui fut ordonné, dit Zonare interpretant ce Concile,
pourcE que quelques-vns en la cinquiéme ferie de la derniere ſemaine où noſtre Seigneur auoit ſoupé auec ſes Diſciples, rom-
poient le ieuſne b & vſoient de meilleures viandes. Sainct Athanaſe creé Eueſque d'Alexandrie l'an de la mort de Chriſt 293. *Et
cela*, dit-il, *fut perpetré durant le ſacré Careſme.* Theophile fait Eueſque du meſme ſiege d'Alexandrie quinze ans apres la mort de S.
Athanaſe, denonçant comme c'eſtoit tous les ans la couſtume de
ſon ſiege, le terme de Paſques aux Eueſques de ſon Patriarchat:
Vous commencereZ, dit-il, *le Careſme au trentiéme iour du moys de Me-
chir, & la ſalutaire ſemaine de Paſques, le cinquiéme iour du moys de Pharmuti, finiſſants les ieuſnes ſelon les Traditions Euangeliques la nuict du Samedy le dixiéme iour de Pharmuti.* Sainct Baſile: *Le ieuſne eſt vtile par
tous les autres temps à ceux qui l'entreprennent volontairement, &c. Mais
beaucoup plus en ceſtui-cy que l'ordonnance en eſt publiée partout le tour de
l'vniuers: Il n'y a aucune iſle, il n'y a aucune terre ferme, il n'y a aucune Cité,
il n'y a aucune nation, il n'y a aucune extremité du monde, là où l'edict du
ieuſne n'ayt eſté entendu, &c. Que perſonne donc ne s'excluë du Catalo-*

Canon. ς.
Μία μὲν πρὸ τῆς
πο Ϛαραϰοϛῆς.

Canon. 50.
a ἀλλὰ δεῖ πᾶσαν ἣ
ποσαραϰοϛ ην
ϛθίειν ξηροφαγοῦν-
τας.
Zonar. in Conc.
Laod. c. 50.
b ϰαὶ ἥδιον τινὰ
πολυτελίϛερα.
Athan. in ep. ad
orthod. ταῦτα δὲ
ἐγίγνετο ὸν αὐτῇ τῇ
ἁγίᾳ πο Ϛαραϰοϛῇ.

Theoph. de Paſch.
lib. I.

De ieiun. orat. 2.
Πολλῶ δὲ πλέον ναῦ
ὅτι εἰς πᾶσαν τὴν
οἰϰουμένην πρλαγ-
μα.

Ἄγγελοί εἰσιν οἱ
καθ' ἑκάστην ἐκκλη-
σίαν ἀπογραφόμϵνοι
τοὺς νηστεύοντας.
De ebriet.

guë des ieuſnants, auquel ſont enrollées toutes les nations, tous les aages, tous les ordres de dignitez : Les Anges ſont les Greffiers qui tiennent le Regiſtre en chaque Egliſe de ceux qui ieuſnent. Et ailleurs: Si par ces ſept ſemaines de ieuſnes, &c. nous n'auons rien profité enuers vous, auec quelle eſperance vous exhorterons-nous plus aujourd'huy? Car il appelle là ſept ſemaines, les quarante ſix iours dont nous conſtituons noſtre Careſme, c'eſt à dire, ſept ſemaines moins trois iours, qui font quarante iours iuſtes auant la ſemaine ſaincte. Sainct Ambroiſe : *De là pro*
De No. & arc. *cede*, dit-il, *que le nombre de quarante n'eſt plus preſcrit à la peine, mais à la vie, afin que par ce nombre conſumé en ieuſnes & en prieres frequentes,*
De Hel. & ieiun. *nous allegions les ſupplices de nos pechez.* Et derechef : *En Careſme,* dit-il, *on ieuſne les iours tous entiers, fors le Samedy & le Dimanche.* Sainct
Ad Eph. hom. 3. Chryſoſtome : *I'en voy pluſieurs qui prennent le corps de Chriſt inconſiderément & comme ils ſe trouuent, & pluſtoſt par couſtume & par loy, qu'auec preparation & cognoiſſance de cauſe : Si le temps du ſainct Careſ*
Ἂν ὅπῃ ᾖ ὁ τῆς ἁ-
γίας τεσσαρακοστῆς
καιρός.
Hom. 1.
me eſt arriué, en quelque eſtat que ſoit vn homme, il ſe preſente pour communiquer aux Sacrements. Et en ſes Sermons ſur le Geneſe : *Je me ſuis leué aujourd'huy auec vne grand' allegreſſe, ſçachant que ie deuois eſtre participant auec vous de ceſte ioye ſpirituelle, & vous annoncer l'auenement*
Hom. 2. *du ſainct Careſme, remede de vos ames.* Et derechef : *Il a eſté ainſi ordonné pour le regard de ce ſacré Careſme : Car comme ſur les chemins publics, il y a des repoſoirs & des hoſteleries, &c. ainſi à ceux qui s'embarquent au cours du ieuſne de Careſme, le Seigneur leur a donné comme par forme de repoſoirs, d'hoſteleries, de rades, & de ports ; le relaſchement de deux iours par ſemaine, afin de remettre quelque choſe au corps des labeurs*
Cont. Iou. l. 2. *du ieuſne.* Sainct Hieroſme : *Le Seigneur par quarante iours a ſanctifié le*
Epiſt. ad Lat. *ieuſne des Chreſtiens.* Et derechef : *En Careſme il faut tendre toutes les voiles de l'abſtinence.* Sainct Auguſtin : *Les iours de Paſque ſuccedent a*
In Pſ. 110. *uec vne agreable allegreſſe aux iours paſſez du Careſme, par leſquels eſt ſignifiée la triſteſſe de ceſte vie deuant la Reſurrection du corps du Seigneur.* Et en l'Epiſtre 119. à Ianuarius : *Le Careſme,* dit-il, *a authorité, & aux liures anciens du ieuſne de Moyſe, & d'Helie, & en l'Euangile, pource que noſtre Seigneur a ieuſné par autant de iours, monſtrant que l'Euangile ne diſcorde point de la Loy, & des Prophetes.* Et derechef : *Or que ces quarante iours ſoient obſeruez deuant la Paſque : Cela eſt authorizé,* dit-il, *de la couſtume de l'Egliſe :* laquelle couſtume il monſtre aſſez qu'elle eſtoit vniuerſelle, & par conſequent ſelon la reigle qu'il donne en l'epiſtre precedente au meſme Ianuarius, Apoſtolique, par ces mots qu'il ajouſte : *Car quant à l'vſage de chanter, Alleluiah, durant les ſeuls iours de la Pentecoſte : cela n'eſt pas obſerué par tout.* Sainct Ma
De quad. Hom. 3. xime Eueſque de Thurin fleuriſſant au meſme temps : *Mais nous,* dit-il, *mes freres, à qui noſtre Capitaine inuincible a dedié ce venerable Careſme, reiettans les deſirs charnels, chaſtions tellement nos corps de ieuſ*

nes que nous nourriffions nos ames de vertus. Et derechef: *Que fert-il de
celebrer les temps du ieufne par l'obferuation de quarante iours, & ne garder point la loy du ieufne?* En quoy ie ne puis que ie ne m'eftonne de
l'aueuglement volontaire de Kemnitius, qui recognoift que
tant de grands autheurs ont rendu témoignage à l'anciennete
de cefte couftume, voire l'ont declaree tenir expreffement de la
Tradition Apoftolique, & prefere les ambiguitez d'vn petit Aduocat heretique & pofterieur, à tous ces fainds & clairs oracles de
l'antiquité: *Ambroife,* dit-il, *Maximus Taurinenfis, Theophile, Hieróme, & autres afferment que le Carefme eft Tradition Apoftolique; mais
Socrate l. 5. ch. 22. recite vne grande diuerfité du ieufne deuant la Pafque,
& ce qui s'enfuit.* Et ne faut point dire que l'Eglife auoit receu cefte Tradition des Apoftres feulement par forme de confeil &
non de precepte, & que la licence d'en vfer demeuroit à l'arbitre
de chacun. Car quand le Concile de Gangres, comme il a efté
dit cy-deffus, decerne que celuy qui fans neceffité corporelle viole les ieufnes communs liurez par Tradition, & obferuez de l'E-
glife, [a] s'il a vfage de raifon, foit anatheme: Quand le quatriéme
Concile de Carthage, où faind Auguftin eftoit prefent, dit que
tout Clerc qui fans ineuitable neceffité rompt fon ieufne au
temps du ieufne, foit depofé: Quand faind Hierome écrit ces
paroles contre les Montaniftes: *Nous, nous obferuons vn Carefme en
toute l'année felon la Tradition des Apoftres; eux ils obferuoient trois Ca-
refmes, comme fi trois Saueurs auoient fouffert: Non, dit-il, que nous
n'eftimions qu'il ne foit licite de ieufner par toute l'année, excepté durant le
temps de la Pentecofte: Mais dautant que c'eft autre chofe d'offrir fon prefent volontairement, & autre de l'offrir neceffairement: ils nient affez
que l'obferuation de cefte Tradition fuft volontaire.* Quand
faind Epiphane, & faind Auguftin mettent les Aëriens au roolle des heretiques, pour cefte caufe entre autres qu'ils n'obferuoient point le Carefme, mais vouloient qu'il fuft libre à chacun
de ieufner, ou en ce temps-là, ou en vn autre comme bon luy
fembloit, ils monftrent affez que l'obeïffance eftoit le fel & l'af-
faifonnement du ieufne public de l'Eglife: *Il defend auffi,* dit faind
Epiphane, parlant d'Aërius, *de ieufner le* [b] *Mercredy & le Vendredy,
& le Carefme & la Pafque,* c'eft à dire la femaine fainde, *& prefche
le defreglement, & vfe de toutes fortes de viandes, & des plus delicieufes;
& fi quelqu'vn de fes difciples veut ieufner, luy dit qu'il ne s'aftreigne point
aux iours prefcrits, mais ieufne quand il voudra.* Et faind Auguftin:
Les Aëriens, dit-il, *font venus d'vn certain Aërius, lequel, &c. eftant
tombé en l'herefie des Arriens, y ajoufta auffi quelques doctrines du fien,
difant qu'il ne falloit point prier ny offrir oblation pour les morts, ny celebrer les ieufnes inftituez folemnellement, mais ieufner lors que chacun*

en auroit volonté, de peur qu'il ne semblast estre sous la Loy. Car de dire
que ces saincts Peres-là n'auoient pas veu les passages de l'Escriture, dont vous faittes vos beaux arguments de toile d'araigne,
contre les ieusnes de l'Eglise, c'est vne trop maigre replique. Ils
sçauoient que sainct Paul dit, Que personne ne vous iuge en viande ou en breuuage, &c. mais ils sçauoient qu'il ajouste, qui sont
l'ombre des choses futures, dont le corps est Christ, pour monstrer qu'il parle non du ieusne de l'Eglise, mais de la distinction
des viandes Iudaïques, laquelle il appelle doctrine & preceptes
des hommes, & ailleurs fables Iudaïques, dautant que le temps
de l'obseruation des choses legales estant expiré, la continuation
n'en pouuoit plus estre sinon d'authorité humaine. Sainct Hieróme exposant ce lieu de l'Epistre aux Colossiens : *Il prononce*, dit-
il, *toutes ces choses contre ceux qui ayants creu d'entre les Iuifs au Seigneur*
Sauueur, vouloient encore obseruer les ceremonies Iudaïques : sur lesquelles
aussi il y eut vne grande question agitée dans les Actes des Apostres ; A
l'occasion dequoy Paul dit, parlant cy-dessus, Que personne ne vous iuge
en viandes & en boissons, comme les vnes estant pures, les autres impures.
Et au second liure contre Iouinian, qui soustenoit entre ses autres heresies, comme témoigne sainct Augustin, que les ieusnes
ne profitoient rien, ny l'abstinence de quelques sortes de viandes :
Quant à ce que l'Apostre, dit-il, écrit aux Romains, Que celuy qui man-
ge ne méprise point celuy qui ne mange point, il n'égale pas les merites du
ieusne & du rassasiement : mais il parle contre ceux qui croyants en Christ
Iudaisoient encore. Et vn peu apres : *Le Royaume de Dieu n'est point*
viande & breuuage; mais afin, dit-il, *que quelqu'vn ne pense pas que cela*
soit dit des ieusnes & non de la superstition Judaique, il ajouste, *L'vn*
croit qu'il est licite de manger de toutes choses, & ce qui s'ensuit. Ils sçauoient ce refrein ordinaire de vos sermons. L'esprit dit notamment qu'aux derniers temps, ou comme porte le Grec, aux temps
suiuants, quelques-vns, &c. defendront les mariages & l'vsage des
viandes; mais ils sçauoient que cela estoit dit des Marcionites, &
des Encratistes qui enseignoient, comme atteste sainct Epiphane,
que les mariages estoient institutions du Diable, & interdisoient
l'vsage des viandes, non par continence, mais par abomination.
L'Apostre, dit sainct Hieróme, *reprouue bien ceux qui defendoient les*
mariages, & commandoient de s'abstenir des viandes que Dieu a creées
pour en vser auec action de graces; Mais il designe Marcion & Tatianus
& les autres heretiques qui indisent vne abstinence perpetuelle, en inten-
tion de destruire, contemner & abominer les œuures du Createur. Mais
quel chapiteau, ou quelle couronne plus propre puis-je apposer
à ce discours, que la dispute de sainct Augustin & des Manicheens
sur ce passage ? Les Manicheens condamnoient l'institution des

mariages, comme inuention diabolique, & abhorroient l'vsage
de la chair comme creature du Diable: Les Catholiques leur obiectoient ceste Epistre à Timothée; De vous, disoient-ils, Paul a
écrit il y a déja long temps, que quelques-vns se departiront de la
foy, prestants l'oreille aux esprits abuseurs, & ce qui s'ensuit. Les
Manicheens retournoient la mesme allegation contre-eux & disoient; premierement qu'il falloit donc que Moyse & les Peres
de l'ancien Testament lesquels les Catholiques approuuoient,
eussent esté esprits seducteurs, eux qui s'abstenoient de plusieurs
especes de viandes: Et secondement, que les Catholiques mesmes encourussent ceste censure en l'obseruation du Caresme;
Voicy les propres paroles de leur recrimination rapportées par
sainct Augustin, de la bouche de Faustus leur grand docteur, il y   *Aug. cont. Faust.*
a douze cents ans: *Car que diray-je, s'écrie Faustus, de ce que person-*   *ib. 30.*
ne n'oseroit nier, attendu que c'est chose dont tout le monde conuient, & qui
s'obserue tous les ans également, & auec tout soin par tout le monde en la
congregation Catholique: Ie veux dire le Caresme lequel quiconque se pro-
pose d'obseruer legitimement parmy vous, il est necessaire qu'il s'abstienne
de toutes ces choses que ce chapitre dit estre creées de Dieu pour nostre vsage.
Et derechef: Si le Caresme est obserué par vous sans vin & sans chairs,
non superstiticusement, mais d'institution diuine; prenez garde que ce ne
soit vne extreme folie de penser que S. Paul ayt dit que toute abstinence
de viandes soit doctrine diabolique. A toutes lesquelles paroles sainct
Augustin répond, qu'il y auoit trois causes de s'abstenir de l'vsage
des viandes, ou pour signification, ou pour abomination, ou
pour mortification: Pour signification, comme parmy les Peres
de l'ancien Testament, en la loy desquels Dieu auoit voulu que
la distinction des nations pures & impures, fust figurée par la distinction des viandes mondes & immondes, iusques à l'auenement de son fils, par lequel ces distinctions deuoient estre abolies: Pour abomination, comme entre les Manicheens & autres
semblables heretiques, qui nioyent que les substances des chairs
fussent bonnes, & tenoient qu'elles estoient œuures du Diable,
& non creatures de Dieu: Pour mortification, comme en l'Eglise
Catholique, où l'on se priuoit de l'vsage des chairs durant le ieusne, pour ceste seule intention de chastier & affliger le corps, &
humilier les passions charnelles sous la loy de l'esprit. Puis, a-
pres quelques autres discours sur le fait des mariages, conclud   *Aug cont. Faust.*
sa réponse en ces termes: *Vous voyez donc, dit-il, qu'il y a grande*   *l. 30.*
difference entre ceux qui exhortent à la virginité, preferants vn plus grand
bien à vn moindre; & ceux qui defendent de se marier, accusants princi-
palement au mariage la procreation de la lignée, qui est le seul acte pro-
prement nuptial: qu'il y a grande difference entre ceux qui s'abstiennent

des viandes, ou pour vne sacrée signification, ou pour chastier leurs corps,
& ceux qui s'abstiennent des viandes que Dieu a creées, disants que Dieu
ne les a point creées. Et partant celle-là est doctrine des Prophetes & des
Apostres, & celle-cy des Diables parlants mensonge.

DV COELIBAT.

LXXI.

Kemn. Exam.
Concil. Trid.
par. I.

Praf. Inst.

Hist. Eccl. lib. I.

Epiphan. cont.
Nou. hæres. 59.

E troisiéme poinct fut du Cœlibat que vous pretendiez auec Caluin & Kemnitius, auoir esté institué depuis le siecle du Concile de Nicée: Et partant n'estre
pas Tradition Apostolique. *Paphnuce,* dit Kemnitius,
appelle au Concile de Nicée l'interdiction de l'vsage du mariage aux Pre-
stres, nouuelle loy; Ce n'est pas donc vne Tradition Apostolique. Et
Caluin parlant du mesme Paphnuce: *C'estoit vn Pere,* dit-il, *qui a*
soustenu le mariage ne deuoir estre defendu aux Ministres de l'Eglise. A
cela nous répondons deux choses; L'vne que Socrate qui est le
premier qui recite ceste histoire, car Sozomene a écrit depuis luy,
est aussi bien suspect & recusable en ceste matiere qu'en celle des
circonstances de la Pasque. L'autre que tant s'en faut que cela mesme que dit Socrate renuerse ceste Tradition, qu'il refute euidemment ceux qui l'oppugnent. Les causes de nostre soupçon contre
Socrate sont celles-cy: Premierement qu'il estoit Nouatien, &
par consequent mal croyant du mariage, tant des Laïques que des
Ecclesiastiques: Car les Nouatiens qui pour condamner les secondes nopces n'auoient que ce passage de sainct Paul; Que l'Euesque
soit irreprehensible, mary d'vne seule femme; estoient contraints
quand les Catholiques leur répondoient que ce texte ne parloit
que de l'Euesque, & excluoit seulement ceux qui auoient esté mariez deux fois de la promotion à l'Episcopat, de repliquer que la
condition de l'Euesque & du peuple estoit égale pour le fait du
mariage; Et par consequent de conceder aux Ecclesiastiques tout
ce qu'ils accordoient aux Laïques, afin de pouuoir defendre aux
Laïques tout ce que sainct Paul interdisoit aux Ecclesiastiques.
Et pourtant sainct Epiphane dit, que leur heresie estoit comme vne femme qui mettoit son chaperon à ses pieds, & ses souliers à sa teste, c'est à dire, imposoit mesmes ornements de discipline au clergé & au peuple: Et quand il s'obiecte qu'encore en
quelques lieux les Prestres vsoient des femmes qu'ils auoient é-
pousées auant leur promotion; c'est en disputant contre les Nouatiens, & comme de leur part qu'il se fait ceste opposition. La
seconde cause de soupçon, est que tant s'en faut qu'il y ayt rien

dans

dans les Canons du Concile de Nicée qui confirme ou fauorise ceste
histoire, qu'au contraire le quatriéme Canon defend en termes expres que l'Euesque n'ayt aucune femme logée chez luy, excepté sa
mere, sa sœur, sa tante, &c. sans faire aucune mention de sa femme.
Ce qui semble estre tellement repugnant au discours de Socrate,
mesme selon le iugement de Luther, qu'il recueille de là que le Sainct
Esprit ne presida point en ce Concile, & ajouste que les Peres n'ac-
quiescerent pas à l'auis de Paphnuce: Car encore que le Concile d'Arles y joigne puis apres l'exception de la femme, c'est auec le tiltre de
conuerse, c'est à dire, ayant fait vœu de chasteté. La troisiéme recu-
sation est pource qu'infinis autheurs plus voisins du Concile de
Nicée, mieux sentans de la Religion Chrestienne, & de plus grande
authorité que Socrate, témoignent que si quelques Ecclesiastiques
vsoient encore des femmes qu'ils auoient épousées deuant leur promotion, c'estoit par abus & tolerance, & contre la Tradition des
Apostres, l'ancienneté de la coustume & la syncerité des Canons Ecclesiastiques. Le second Concile de Carthage sous Valentinian, &
Theodose, l'an de la mort de nostre Seigneur enuiron 360. *Il plaist à
tous, que les Euesques, les Prestres, les Diacres, & ceux qui manient les
Sacrements, viuants en chasteté, s'abstiennent mesmes de leurs propres
femmes; afin que ce que les Apostres ont enseigné, & toute l'antiquité a
obserué, nous aussi l'obseruions.* Sainct Epiphane encore auparauant,
asçauoir enuiron l'an de la mort de nostre Seigneur 340. *La saincte
Eglise de Dieu, dit-il, ne reçoit point pour Diacre, ou Prestre, ou Euesque, ou Soudiacre, celuy qui engendre encore des enfans, nonobstant qu'il
soit monogame;* ^a *mais celuy qui n'ayant esté marié qu'vne fois s'abstient
de sa propre femme, ou vit en viduité, principalement là où les Canons
Ecclesiastiques sont bien obseruez. Tu me diras qu'en quelques lieux les
Prestres, les Diacres, & les Soudiacres engendrent encore des enfans;
Mais cela, aiouste-t'il, n'est pas selon le Canon, ains selon l'intention des
hommes qui par le temps est deuenue languissante. Et derechef: Le sainct
Sacerdoce est constitué principalement d'hommes vierges; Et sinon de
vierges, pour le moins d'hommes solitaires & non mariez; Et si ceux-là ne
suffisent, de ceux qui s'abstiennent de leurs propres femmes, ou persistent en
viduité apres vn seul mariage.* Sainct Hierome contre Iouinian: *Certes tu me confesses que celuy ne peut estre Euesque, qui en l'Episcopat fait
des enfans, autrement s'il est découuert, il ne sera pas reputé comme mary,
mais condamné comme adultere.* Et en l'Apologie à Pammachius: *Les
Apostres ont esté, ou vierges, ou viuants en continence depuis leur mariage: Les Euesques, les Prestres, les Diacres sont éleuz, ou vierges, ou en viduité, ou depuis le Sacerdoce obligez à vne perpetuelle pudicité.* Et en la
seconde epistre contre Vigilantius: *Que feront les Eglises d'Orient,
que feront celles d'Egypte, & du siege Apostolique, qui prennent les Ec-*

Contr. Nou. hares.
59.
a Ἀλλὰ ἀπὸ μιᾶς
ἐγκρατευσαμένον ἢ
χηρεύσαντα διάκονον.
τε καὶ πρεσβύτερον
καὶ ἐπίσκοπον καὶ
ὑποδιάκονος, μάλι-
σα ὅπου ἀκριβεῖς
κανόνες ἐκκλησιατι-
κοί.
Lib. 3. in fin.
Lib. 1.

clesiastiques, ou vierges, ou continents, ou s'ils ont eu des femmes, ils cessent d'estre marys? Et en ses Commentaires sur l'epistre à Tite: S'il est commandé aux Laïques pour vaquer à oraison de s'abstenir de leurs femmes, que faut-il penser de l'Euesque qui doit tous les iours offrir à Dieu des victimes immaculées pour ses pechez & pour ceux du peuple? Relisons les liures des Roys, & nous trouuerons que le Prestre Abimelech ne voulut point donner des pains de proposition à Dauid & à ceux de sa suitte; qu'il n'eust premierement demandé s'ils estoient purs de l'attouchement, non des femmes d'autruy, mais des leurs propres; Et s'il n'eust entendu qu'ils auoient intermis les actions du mariage de deux ou trois iours auparauant, il ne leur eust pas concedé les pains qu'il leur auoit déja refusez. Or il y a autant de difference entre les pains de proposition & le corps de Christ, comme entre l'ombre & le corps, entre l'image & la verité, entre les exemplaires des choses futures, & les choses qui estoient prefigurées par ces mesmes exemplaires. Sainct Ambroise: Qu'il faille conseruer le Diaconat entier & immaculé sans le violer par aucun embrassement coniugal, vous le cognoissez, vous qui auec integrité de corps & chasteté incorrompue, vous abstenant mesme de vos propres femmes, auez receu la grace du sainct Diaconat. Ce que i'ay voulu, dit-il, toucher expres, pource qu'en plusieurs lieux plus cachez, il s'en est trouué qui ont engendré des enfans estans constituez au Diaconat, voire mesme en la Prestrise. Mais soit ainsi que l'authorité de Socrate passe par dessus tous ces grands & authentiques témoignages, voyons si elle combat la Tradition du Cœlibat des Prestres, ou si elle la confirme. Nous ne pretendons pas qu'en la premiere naissance de l'Eglise on ne receust aux ordres sacrez sinon ceux qui estoient sans femmes: Nous sçauons qu'on y admettoit ceux mesmes qui estoient mariez, comme Spyridion qui auoit vne femme & vne fille, pourueu qu'ils ne l'eussent esté qu'vne fois, à cause du peu de personnes qui viuoient lors en cœlibat: Car outre l'infamie qu'apportoit la sterilité parmy les Iuifs, les loix Romaines afin de reparer le dommage des guerres ciuiles, chastioient de certaines priuations de droicts & prerogatiues ceux qui passoient l'aage de vingt-cinq ans sans se marier; Comme entre-autres, dit Sozomene, de ne pouuoir receuoir par testament: Et au contraire gratifioient de grands priuileges ceux qui se marioient & auoient multitude d'enfants; De sorte que iusques à ce que Constantin eust concedé les mesmes graces à ceux qui viuoient en cœlibat, il ne s'en trouuoit pas assez de ceste condition pour fournir au ministere de l'Eglise. Mais nous disons qu'il n'a iamais esté licite à aucun estant déja constitué en l'ordre de Prestrise de se marier: Et que si les premiers qui ont cité l'histoire de Socrate l'eussent leuë dans Socrate mesme, & non dans Gratian qui n'en cite que le commencement, ils y eussent trouué

ceſte doctrine & leur confuſion expreſſe en ces termes : [a] *Il remonſtroit, dit-il, que c'eſtoit aſſez que ſelon l'ancienne Tradition de l'E-
gliſe ceux qui auoient eſté promeuz deuant que d'eſtre mariez, ne fuſſent point admis au mariage ; mais non pas qu'il fuſt beſoin de ſeparer
ceux qui l'eſtoient déja, des femmes qu'ils auoient épouſées en premieres & vniques nopces pendant qu'ils eſtoient Laiques.* Voila comme par le propre témoignage que produiſent Caluin, Kemnitius,
& tous les voſtres, pour monſtrer que le mariage ne doit point eſtre
defendu aux Preſtres, il eſt dit au contraire que l'ancienne Tradition de l'Egliſe portoit, que depuis qu'ils eſtoient Preſtres ils ne ſe
pouuoient plus marier. Et de faict le Concile de Neoceſarée qui
eſtoit encor deuant celuy de Nicée, commence par ceſt article :
[b] *Que le Preſtre, s'il ſe marie, ſoit depoſé.* Ce qui a touſiours eſté
ſi ſoigneuſement prattiqué, qu'encore qu'il ſe ſoit éleué des heretiques aux plus floriſſants ſiecles de l'Egliſe, qui ont eſſayé par tous
artifices de débaucher les Preſtres de ceſte diſcipline ; neantmoins
les ſaincts Peres de leurs temps, comme ſainct Ambroiſe, ſainct
Hierôme, & autres y ont tellement reſiſté & auec la voix & auec
la plume, que leur effort s'en eſt allé en fumée : De ſorte que ſainct
Auguſtin parlant de l'hereſie de Iouinian qui égaloit le mariage à
la virginité, & par ſes perſuaſions auoit induit quelques Religieuſes
à ſe marier, afferme qu'elle n'euſt aucun effect pour le regard des
Preſtres : *Ceſte hereſie, dit-il, a eſté ſoudainement eſteinte, & n'a
peu paruenir iuſqu'à ſeduire aucun Preſtre :* Et ailleurs parlant à ceux
qui s'excuſoient ayant repudié leurs femmes, de ne pouuoir viure
ſans ſe remarier : Il les coniure de ſe propoſer l'exemple des Eccleſiaſtiques, leſquels bien ſouuent eſtoient rauis & forcez par les
peuples, à accepter la dignité Sacerdotale, & neantmoins depuis
qu'ils y eſtoient engagez, obſeruoient vne perpetuelle continence. Et encore auiourd'huy les Grecs qui admettent bien les hommes mariez, pourueu qu'ils ne l'ayent eſté qu'vne fois, au Diaconat & à la Preſtriſe, ne permettent pas qu'aucun Preſtre ou Diacre depuis qu'il eſt promeu ſe puiſſe marier. I'ay dit à la Preſtriſe & au Diaconat, car quant à la dignité Epiſcopale, ils n'y reçoiuent nul homme marié, mais obligent quiconque doit eſtre
Eueſque, à ſe rendre Moine & faire vœu de chaſteté premier que
de pouuoir eſtre appellé à l'Epiſcopat : Comme auſſi la loy Imperiale de Iuſtinian porte ces termes : *Que l'Eueſque ſoit éleu ayant
premierement exercé la vie Monaſtique, ou eſté enroollé au Clergé
pour le moins ſix mois,* [b] *& n'ayant point conuerſation de femme.*
Mais poſſible que ſi les ſaincts Peres mentionnez cy-deſſus, euſſent eu les yeux ouuerts par Luther & par Caluin, pour voir les paſſages de l'Eſcriture qu'ils alleguent contre le Cœlibat des Preſtres,

Tt ij

Socr. l. 1. c. 11.
a Ἀρκεῖσθαι π τὴ
πλάσαντα κλήρου
τυχεῖν, μηκέτι ἐπὶ
γάμον ἔρχεσθαι κτ
τὴν τῆς ἐκκλησίας
ἀρχαίαν παράδοσιν.

b Πρεσβύτερος
ἐὰν γήμῃ, τῆς τά-
ξεως αὐτὸν μεταβά-
λεσθαι.

Aug. de hæreſ.
De adult. coniug.

Iuſt. nouel. Conſt.
6.
c Γυναικὶ μὴ
ὅι, &c. μὴ ſυνοι-
κῶν.

& autres personnes Ecclesiastiques & Religieuses, ils n'euſſent pas tenu
ceſte Tradition pour Apoſtolique. Voyons donc s'ils s'en ſont ap-
perceus ou non. Sainct Paul dit, N'auons nous pas puiſſance de mener vne femme ſœur? *Il apparoiſt*, répond ſainct Hieróme, *qu'il parloit là, non des femmes épousées, mais des autres ſainctes femmes qui
ſelon la couſtume Iudaïque ſeruoient, & adminiſtroient de leurs biens à
leurs maiſtres & docteurs : comme auſſi nous lisons que cela ſe prattiquoit à l'endroit de noſtre Seigneur.* Et ſainct Auguſtin : *Quelques-
vns n'entendants pas ce paſſage, où il dit, N'auons-nous pas puiſſance de
mener vne femme ſœur? ont interpreté non vne femme ſœur, mais vne
femme épouſée: L'ambiguïté de la langue Grecque les a trompeZ, en laquelle, femme, & épouſe ſont appellées d'vn meſme nom; combien que
l'Apoſtre s'eſt exprimé en ſorte qu'ils ne s'y deuoient point abuſer: car
il n'vſe pas ſeulement du mot de femme, mais de femme ſœur; & d'ailleurs dit, non ducendi, ſed circumducendi: Auſſi les autres interpretes
ne s'y ſont pas mépris. Que ſi quelqu'vn eſtime que cela n'ayt peu eſtre
fait par les Apoſtres, aſçauoir que des femmes de ſaincte conuerſation
allaſſent ainſi voyageant auec eux par tout où ils preſchoient l'Euangile,
pour leur adminiſtrer les choſes neceſſaires, qu'ils lisent l'Euangile &
apprennent qu'ils prattiquoient ceſte couſtume à l'exemple de noſtre Seigneur meſme.* Auſquelles paroles de ſainct Auguſtin on peut encore ajouſter, que ce que ſainct Paul dit, que les freres du Seigneur &
tous les autres Apoſtres, excepté luy & Barnabas, vſoient de ceſte
couſtume, montre qu'il ne parloit pas des femmes mariées; Car ſainct
Iean [a] demeura touſiours vierge; & ſainct Iacques frere du Seigneur,
pareillement. Le meſme ſainct Paul écrit, Que l'Eueſque ſoit mary
d'vne ſeule femme. *Il ne dit pas*, répond ſainct Hieróme, *que l'on
éliſe vn Eueſque qui épouſe vne femme & face des enfans: mais qui
ayt eu vne femme & ayt ſes enfans ſujets en toute diſcipline.* Et l'é-
dition Syriaque le tourne ainſi : l'Eueſque ſoit éleu, celuy qui
aura eu vne ſeule femme : Et Euſebe qui eſtoit Syrien, tout de
meſme. [a] Il dit que le mariage eſt honorable. Auſſi font les
Peres : *Les nopces*, dit ſainct Chryſoſtome à Theodore deſerteur
du monachat, *ſont honorables, &c. Mais ce n'eſt pas à toy*, ajouſte-
t'il, *de iouïr du priuilege des nopces, &c. Encore que tu le déguiſes du
nom de mariage, ie te declare toutesfois qu'il eſt pire qu'adultere.* Et
Euſebe l'vn des aſſiſtans du Concile de Nicée, iuſtifiant aux Payens l'vſage de l'Egliſe touchant le Cœlibat : *A ceux*, dit-il, *qui ne
ſont point appellez au ſacerdoce, l'Eſcriture preſche, Le mariage eſt honorable.* [b] Il crie que ſi la vierge ſe marie, elle ne peche point. Mais voicy
comme S. Epiphane reconcilie ce paſſage: *Les ſaincts Apoſtres*, dit-il,
*ont baillé par Tradition à la ſaincte Egliſe de Dieu, que c'eſt peché apres le
vœu de virginité de ſe tourner au mariage: Et l'Apoſtre dit, Si la vierge*

1. Cor. 9.

Cont. Iou. lib. 1.

De op. mon.

1. Tim. 3.
Hier. cont.
Iou. l. 1.
E lit. Syr. in 1.
Tim. c. 3.
Euſeb. de demon-
ſtrat. l. 1. c. 9.
a   Hebr. 13.
Chryſ. ad Theod.
Lapſ. or. 2.
Καὶ μοιχαλὶς αὐ-
τῷ γάμον καλῆς,
μᾶλλον ἢ μοιχείας,
τοσούτῳ δυσόπερ.
Euſ. de d. monſt.
l. 1. c. 9.
b   1. Cor. 7.
Epiph. cont. A-
poſt. hær. 61.
Παρέδωκαν οἱ ἅ-
γιοι θεοῦ ἀπόστολοι
τῇ ἁγίᾳ τῇ θεοῦ
ἐκκλησίᾳ, ἐφάμαρ-
τον τὸ μετὰ τὸ ὁ-
ρίσαι παρθενίαν εἰς
γάμον τρέπεσθαι,
&c.

se marie, elle ne peche point : Comment est-ce donc que ces choses s'accordent l'vne auec l'autre ? C'est qu'il parle là de celle qui n'est pas dediée à Dieu. Et sainct Hierôme : *Si la vierge se marie elle ne peche point : Cela, dit-* *Contr.Iou.l.1.* *il, ne s'entend pas de la vierge qui s'est dediée au culte de Dieu, car de celles-là, si quelqu'vne se marie elle aura damnation, pource qu'elle a rompu sa premiere foy : car les vierges qui apres la consecration se marient, ne sont pas tant adulteres comme incestes.* Il ajouste, apres la consecration, pour-ce qu'encore que toutes les vierges qui se resoluoient de viure en vir-ginité, dés qu'elles auoient voüé le vœu simple, & s'estoient faittes inscrire au roolle des vierges de l'Eglise, s'appellassent vierges dediées à Dieu, & fussent obligées de promesse de perseuerer ; neantmoins elles n'estoient pas pour cela dés-lors admises au vœu solennel & con-sacrées par l'Euesque, mais falloit qu'elles eussent fait vne longue probation, & donné vne grande preuue de leur perseuerance à l'E-glise, deuant que de meriter & obtenir ce degré : & d'ailleurs, qu'elles eussent attaint vn certain aage de maturité, que le troisiéme Concile de Carthage reduit à vingt & cinq ans. Or entre les vnes & les autres, il y auoit vne notable difference, comme nous voyons par l'epistre de sainct Innocent premier, à Victricius, citée dans sainct Gregoire &   *Innoc.ep.2.* dans le second Concile de Tours, qui en parle en ces termes : *Celles, dit-il, qui se sont mariées spirituellement à Christ, & ont merité d'e-stre voilées par l'Euesque, si apres elles se marient, &c. ne doiuent point estre receües à penitence, sinon que ceux ausquels elles se seront joinctes, soient retirez du monde, &c. mais celles qui n'ayant point encore esté couuertes du sacré voile, auoient toutesfois promis de persister tousiours en estat de virginité, si d'auanture elles se marient, il leur faut faire quelque penitence, parce qu'elles estoient obligées de promesse à Dieu : Car si entre les hommes mesmes, les contracts de bonne foy n'ont ac-coustumé d'estre dissouz pour aucune cause, combien plus ceste promesse ne peut-elle estre resoluë sans quelque imposition de peine ?* Mais cela ne concerne pas ceste question. Le mesme sainct Paul écrit, qu'il   *1.Cor.7.* vaut mieux se marier que brusler : *Ceste sentence,* dit sainct Am-broise, *appartient à celle qui n'a point donné sa foy, à celle qui n'est point voilée : Mais celle qui a épousé Christ, & a receu le sainct voi-le, elle est déja mariée, elle est conjointe à vn mary immortel : Encore qu'elle se vueille marier par la commune loy du mariage, elle perpetre adultere, elle deuient serue de la mort.* Et sainct Basile : *Quand elles ont promis virginité à Dieu, se sentans puis apres flattées & vaincuës*   *De Virg.* *des allechements de la volupté charnelle, elles veulent couurir leur impu-*   a Γαμος αυτῆ *dicité du nom de mariage.* Et vn peu apres : *Mais* [a] *le mariage leur sera re-*   τὸ ἁμάρτημα κολι- puté à peché. Et sainct Hierôme contre Iouinian : *Voyla le profit qu'a*   σθήσεται. *apporté ta doctrine, que le peché mesme n'est pas suiuy de penitence : Tes*   *Hier.con.Iou.l.2.* *vierges, qu'auec ton tres-prudent conseil, que iamais personne n'auoit ny*

Tt iij

leu, ny ouy, tu as instruittes des paroles de l'Apostre, qu'il est meilleur de
se marier que de brusler, ont changé leurs secrets adulteres en marys découuerts : Cela n'est pas la persuasion de l'Apostre, du vaisseau d'élection: c'est
le conseil de Virgile,

Coniugium vocat, hoc prætexit nomine culpam.

Aug. in Psal.83.   Et sainct Augustin tout de mesme : Celuy, dit-il, qui ne se damneroit
point s'il se marioit, apres le vœu qu'il a fait à Dieu ; s'il se marie, aura
damnation, &c. Ainsi la vierge que si elle se marioit ne pecheroit point,
estant faitte sanctimoniale (c'est à dire, Religieuse) si elle se marie, elle sera
Idem in Psal.75. reputée adultere de Christ. Et derechef : Si elle se fust mariée deuant que
de voüer, elle n'encourroit point de damnation, &c. Mais celle qui iette les
yeux sur le mariage, encourt damnation, non pource qu'elle s'est voulue
marier : mais pource qu'elle y auoit renoncé, & elle regarde derriere soy,
comme la femme de Loth.

DE LA CONFIRMATION, MIXTION
de l'eau & du vin, & consecration des Autels.

LXXII.

Kemn. in Exam. pag. 11.

L E quatriéme, cinquiéme & sixiéme article furent de la
confirmation, du meslange de l'eau & du vin, & de la
consecration des Autels. Le Pape Syluestre, dit Kemnitius, a inuenté la confirmation des enfans ; Cela est faux.
Il s'abuse sur vn passage de Platine autheur recent & de nulle autho-
rité, & encore mal entendu par luy. Cornelius estoit long temps deuant Sainct Syluestre, car il fut éleu, selon la remarque qu'en fait S.
Cyprian, enuiron l'an de la mort de nostre Seigneur 215. Voicy les pa-
Euseb. hist. Eccl. l.6.c. 43. roles de son Epistre à Fabius Euesque d'Antioche, rapportée par Eusebe, & citée infidellement & ignoramment sur vn autre suiect par
Kemnitius mesme. *Apres, dit-il, que Nouatus eust esté deliuré de ce
malin esprit par le secours des Exorcistes, estant tombé en vne si griéue
maladie, que l'on pensoit qu'il en deust mourir, il receut le Baptesme au
lict par aspersion, si toutesfois on peut dire qu'vn tel homme ayt esté participant du Baptesme : Mais depuis, comme il fut releué de maladie, ny il
ne receut les autres choses qui luy deuoient estre appliquées selon le Canon
de l'Eglise, ny ne fut seellé par l'Euesque.* Sainct Cyprian estoit contemporain du mesme Corneille : *Cela, dit-il, s'obserue encore auiourd'huy,
aussi entre nous, asçauoir que ceux qui sont baptisez, soient offerts aux Prelats de l'Eglise, & par nostre priere & imposition des mains reçoiuent le
Sainct Esprit, & soient consommez par le seau du Seigneur.* Tertullian
De Resur.carn. estoit encore plus ancien que luy : *La chair, dit-il, est lauée afin que
l'ame soit nettoyée : La chair est oincte, afin que l'ame soit consacrée : La
chair est signée, afin que l'ame soit munie : La chair est ombragée de l'impo-*

fition des mains, afin que l'ame foit illuminée de l'efprit: La chair eft repeuë
du corps & du fang de Chrift, afin que l'ame foit raffafiée de Dieu. Et ne
faut point repliquer que Tertullian eftoit lors Montanifte: Car outre
ce qu'il parle là, comme il dit, de ce qui eftoit propre aux Chreftiens,
de propria Chriftiani nominis forma, & que ce qu'il ajoufte puis apres
de l'vfage des viandes feiches & de la monogamie, n'y apporte point
d'obftacle, dautant que l'obferuation de ces chofes, quant à la deuotion volontaire, qui eft celle dont il traitte en l'article fuiuant, eftoit
commune aux Catholiques & aux Montaniftes, voire mefme, en certains temps & certaines perfonnes, obligatoire entre les Catholiques:
Il a écrit le liure du Baptefme deuant qu'il tint rien de l'herefie de
Montanus, & contre Quintilla l'vne des Propheteffes des Môtaniftes,
où font ces paroles: *Apres*, dit-il, *eftants fortis du Baptefme nous fom-* — Tertull. l. de Ba-
mes oincts de l'onction benie, &c. *Ainfi en nous s'accomplit charnellement* ptif.
l'onction, mais elle profite fpirituellement: comme l'acte du Baptefme eft
charnel, par lequel nous fommes plongez dans l'eau, & l'effect en eft fpi-
rituel, par lequel nous fommes deliurez de nos pechez: Apres nous rece-
uons l'impofition des mains, par la benediction de laquelle le Sainct Efprit
eft appellé & initié. Kemnitius ajoufte que le Pape Alexandre a inuenté de mefler l'eau auec le vin dans le Calice de l'Euchariftie: Cela
eft faux, Platine l'a trompé, qui dit, *Il voulut auffi que l'eau fuft meflée* Plat.in vit. A-
auec le vin en la confecration. Les paroles de l'Epiftre d'Alexandre font lexand. L
celles-cy: *Que le pain feulement & le vin meflé d'eau foient offerts au fa-*
crifice: Car comme nous l'auons appris des Peres, & la raifon l'enfeigne, ny
le vin feul, ny l'eau feule, ne doit eftre offerte au Calice du Seigneur. Et S.
Cyprian témoigne que c'eft vne Tradition de noftre Seigneur mef- Cypr. ep. 63,
me: *Sçachez que nous fommes admonneftez, que la Tradition du Sei-*
gneur foit obferuée en l'oblation du Calice, & qu'il ne foit point fait autre
chofe par nous que ce que le Seigneur a fait le premier, affauoir que le Calice
qui eft offert en fa memoire foit offert meflé de vin. Et derechef: *Ainfi en*
la fanctification du Calice du Seigneur, l'eau feule ne peut eftre offerte,
comme auffi le vin feul ne le peut. Et Iuftin Martyr autheur voifin &
limitrophe du fiecle des Apoftres, rapportant l'ancien vfage de l'Euchariftie: *Les Diacres*, dit-il, *diftribuent à chacun des affiftants le pain* Apol. 2.
fait Euchariftie, & le vin & l'eau, & en portent aux abfents: Or ceft
aliment eft appellé par nous Euchariftie, qu'il n'eft licite de participer à
nuls, finon à ceux qui croyent noftre doctrine eftre veritable; & ont efté
lauez du Baptefme en remiffion des pechez & regeneration, & viuent
comme Chrift l'a ordonné: Car nous ne prenons pas ce pain & ce breu-
uage comme vn pain commun, ny comme vn breuuage commun, mais
comme noftre Sauueur Iefus Chrift fait chair par le Verbe de Dieu a eu
chair & fang pour noftre falut: Ainfi nous auons appris que la viande
benie ou [a] *Euchariftifée par la priere du Verbe procede de luy, de laquelle*

a Εὐχαριστηθεῖσαν
τροφὴν ἐξ ἧς αἷμα
καὶ σάρκες κατὰ μετα-
βολὴν τρέφονται
ἡμῶν, ἐκείνου τοῦ
σαρκοποιηθέντος Ἰη-
σοῦ καὶ σάρκα καὶ αἷ-
μα ἐδιδάχθημεν
εἶναι, &c.

Tt iiij

*noſtre ſang & nos chairs ſont nourries à immutation, eſt & la chair &
le ſang de ce meſme Ieſus fait chair:* Car les *Apoſtres en leurs commentaires que l'on appelle Euangiles, ont enſeigné que Ieſus leur a ainſi commandé, & qu'ayant pris le pain & rendu graces, il dit; Faittes cecy en
memoire de moy, cecy eſt mon corps. Et vn peu apres: Et la priere comme
nous auons dit eſtant ceſſée l'on* apporte le pain, le vin & l'eau. Et derechef: Et le lendemain du iour de Saturne, qui eſt le iour du Soleil, Ieſus-
Chriſt noſtre Sauueur apparoiſſant à ſes Apoſtres & à ſes diſciples il leur
enſeigna ces choſes.*   Auſſi le Concile de Carthage troiſiéme, recognoiſt ceſte Tradition pour eſtre de noſtre Seigneur en ces termes: *
Qu'au Sacrement du corps & du ſang de noſtre Seigneur, on n'offre rien
dauantage que ce que noſtre Seigneur luy-meſme a baillé, aſçauoir le pain
& le vin meſlé d'eau.* Kemnitius dit que le Pape Fœlix a inſtitué la
conſecration des Autels: C'eſt vne nouuelle impoſture. Fœlix quatriéme défend bien que l'on ne celebre Meſſe ailleurs que ſur les Autels conſacrez, & non en lieux particuliers; Mais qu'il ayt eſté l'autheur de leur conſecration, cela eſt faux: Car ſainct Gregoire de
Nyſſe frere de ſainct Baſile qui eſtoit plus de deux cents ans deuant
luy, aſçauoir enuiron l'an de la mort de noſtre Seigneur 340. en fait
ample & expreſſe mention: *Ce ſainct Autel icy, dit-il, auquel nous aſ-
ſiſtons, eſt vne pierre commune ne differant rien des autres pierres deſquelles nos parois ſont baſties ou nos pauez enrichis, mais pource qu'il a eſté
conſacré & dedié au culte de Dieu & a receu la benediction; il eſt table
ſaincte & Autel immaculé, lequel n'eſt plus touché par le commun, mais
par les ſeuls Preſtres, & eux-meſmes le venerants.* Dauantage outre ce
que ceſte inſtance eſt fauſſe, elle eſt impertinente: Car nous ne conte-
ſtons pas que la formule de la conſecration des Autels, ſoit de Tradition Apoſtolique, mais bien l'inſtitution des Autels, & l'attribu-
tion du nom d'Autel aux lieux ſur leſquels nous celebrons & offrons
l'Euchariſtie. Suiuons.

DV SACRIFICE DE
l'Euchariſtie.

LE ſeptiéme poinct annexé par occaſion au dernier des
precedents, fut le ſacrifice de l'Euchariſtie, duquel comme de pluſieurs autres, vous vous vantez fauſſement en
voſtre epiſtre, que Monſieur d'Eureux vous dit, qu'il ne
ſe pouuoit prouuer par l'Eſcriture, mais ſeulement par
la Tradition des Apoſtres: Au lieu qu'il vous dit ſans plus; que quand
cela ſeroit pour voſtre regard, c'eſt à dire, que quand voſtre opiniaſtreté empeſcheroit qu'on ne le vous pourroit faire recognoiſtre
dans l'Eſcriture, il ſuffiſoit qu'il fuſt clair & manifeſte en la Tradition

a Ἄρτος προσφέ-
ρεται καὶ οἶνος καὶ ὕ-
δωρ.

Exam. Concil.
Trident part. 1.

l. de bapt.

Apostolique. Mais de cela, vne autre fois. La question presente est de la nouueauté ou antiquité du sacrifice. Or premierement donc, quant au mot de sacrifice, qu'il ayt esté deferé à l'Eucharistie par tous les siecles de l'Eglise, cela est si euident que les vostres mesmes ne l'osent nier: *Il y a eu*, dit sainct Irenée ancien reietton de l'eschole des Apostres, *des sacrifices parmy le peuple Iudaïque; Il y a des sacrifices en l'Eglise.* Et vn peu apres parlant des Valentiniens: *Comme sera-ce chose constante parmy eux*, dit-il, *que le pain sur lequel ont esté rendues les graces, soit le corps de leur Seigneur, s'ils ne croyent point qu'il soit le fils du Createur du monde?* &c. *Qu'ils changent donc d'opinion, ou qu'ils cessent d'offrir ces choses.* Sainct Epiphane: *Ayant veu qu'il y auoit vne grande multitude de freres au monastere, & que les saincts Prestres Hierôme & Vincentius par modestie & humilité ne vouloient pas exercer les sacrifices deuz à leur tiltre, & trauailler en ceste partie du ministere qui est le principal salut des Chrestiens,* &c. Sainct Chrysostome: [a] *Comme quand le Roy est à la table, il ne faut point que les seruiteurs qui l'ont offensé s'y presentent, mais on les fait sortir; Ainsi quand on vient à apporter le sacrifice hors du chœur, Christ sacrifié, l'oüaille du Seigneur; Quand tu oys ceste voix, Prions tous en commun; Quand tu vois tirer les courtines & les rideaux des portes; pense que le Ciel s'oüure, & que les Anges descendent.* Et au troisiéme liure du Sacerdoce [b]: *Lors que tu vois le Seigneur immolé, le Prestre panché sur le sacrifice & faisant ses prieres, & puis toute la tourbe qui l'enuironne estre teinte & rougie de ce precieux sang, penses-tu conuerser encore auec les mortels & estre en la terre? N'es-tu point plustost à l'heure mesme transporté aux cieux? Ne depouilles-tu point toutes les raisons de la chair, & auec vn esprit nud & vne ame pure, ne vois-tu point les choses que sont au Ciel? O miracle! ô benignité de Dieu! Celuy qui est assis là haut auec le Pere, en ce mesme poinct & instant de temps est manié des mains de tous, & se liure à ceux qui le veulent prendre & receuoir.* Et au sixiéme liure: [c] *Quand il aura*, dit-il, *inuoqué le sainct Esprit, & parfait ce sacrifice plein de crainte & de reuerence, touchant & maniant assiduellement de ses mains le commun maistre de tous, en quel rang le colloquerons-nous?* Et vn peu apres: [d] *Par ce temps-là*, dit-il, *les Anges assistent au Prestre & tout l'ordre des puissances celestes excite des cris de ioye, & tout le lieu voisin de l'Autel est remply des chœurs des Anges en l'honneur de celuy qui est-là sanctifié: Ce qui se peut plus que suffisamment croire, quand il n'y auroit que la seule consideration*

Iren. l. 3. cap. 34.
Idem ibid.
Epiph. ad. Ioan.
Hieros.
a In ep. ad Ephes.
hom. 3.

b Idem lib. 3. de
Sacerdot. pag. 31.

τοὺς μὲν καθημένος καὶ τὴν ὥραν ἐκείνην τοῖς ἀπείροι κατὰ χεῖρα χρᾶ, ἢ δίδωσιν αὐτοῖς τοῖς δουλομένοις ἀπολᾶβάζ & ἀπολαβεῖν. c Idem lib. 6 p. 93. Ὅταν δὲ καὶ τὸ πνεῦμα τὸ ἅγιον καλὲ, ἢ τὴν φρικωδεστάτην ἐπιτελῆ θυσίαν, ἢ τὸ κοινὸν πάντων συνεχῶς ἐφαπτηται δεσπότου, ποῦ τάξομεν αὐτὸν, εἰπέ μοι; d Et pag. 94. τότε & ἄγγελοι παρεστᾶσι τῷ ἱερεῖ, & οὐρανίων δυνάμεων ἅπαν τάγμα βοᾷ, & ὁ περὶ τὸ θυσιαστήριον πληροῦται τόπος εἰς τιμὴν τῦ κειμένου. ἢ τὸ ἱκανὸν μὲν ἢ ἐκ τῶν εἰρημένων ἐπιστεῦσαι τῶν ἐπιτελουμένων τότε· ἐγὼ δὲ καὶ τινος ἤκουσα διηγουμένου ποτὲ, ὅτι αὐτῷ τις φερεσβύτης θαυμαστὸς ἀνὴρ, & ἀποκαλύψεις ὁρᾶν εἰωθὼς ἐλεγεν ὄψεως ἀξιωθῆναι τοιαύτης ποτὲ, ἢ κατὰ τὸν καιρὸν ἐκεῖνον ἄφνω πλῆθος ἀγγέλων ἰδεῖν, ὡς αὐτῷ δυνατὸν ἦν, στολὰς ἀναβεβλημένων λαμπρὰς, & τὸ θυσιαστήριον κυκλούντων, & κάτω νευόντων, ὡς ἂν εἰ τις στρατιώτας παρόντος βασιλέως ἑστηκότας ἴδοι. & ἔγωγε πείθομαι.

de ce si grand sacrifice qui se fait lors : Mais i'ay aussi d'abondant ouy le rapport d'vn qui auoit appris ceste histoire de la propre bouche d'vn vieillard admirable, & auquel plusieurs reuelations de mysteres auoient esté descouuertes diuinement, asçauoir que Dieu l'auoit daigné honorer de la vision de telles choses, & que par ce temps-là il auoit veu soudainement paroistre, autant que la veuë humaine le pouuoit supporter, vne multitude d'Anges vestus de robes blanches *) enuironnants l'Autel, & finalement ayants la teste inclinée en la mesme sorte que l'on void des Soldats en presence de l'Empereur : Ce que ie me persuade aussi moy mesme fort facilement. Sainct Augustin : *Tu sçais en quel sacrifice nous disons, Rendons graces au Seigneur nostre Dieu.* Et sainct Cyrille d'Alexandrie, que le Concile de Chalcedoine appelle nouueau sainct Paul, & que Celestin choisit entre tout l'Orient pour presider au grand & œcumenique Concile d'Ephese, Cest excellent autheur donc en l'explication de l'onziéme anathematisme côtre Nestorius, selon vos propres éditions du Concile d'Ephese imprimées en Grec à Heildeberg : [a] *Nous celebrons,* dit-il, *aux Eglises le sainct, viuifiant & non sanglant sacrifice, ne croyants pas que le corps qui est là gisant deuant nous, soit le corps d'vn homme commun, & semblable à nous ny le sang pareillement : ainçois le prenons comme estant fait le propre corps & le sang du Verbe qui viuifie toutes choses ; Car la chair commune n'a pas le pouuoir de viuifier, & cela le Sauueur le témoigne disant, La chair ne profite de rien, c'est l'esprit qui viuifie : Car par cela qu'elle est faite propre du Verbe, par cela mesme elle est entendue estre & est viuifiante, &c.* Dautant donc que Nestorius & ceux qui luy adherent, destruisent ignoramment la force de ce mystere, à ceste cause cest anathematisme a esté tres-conuenablement decerné contre eux. Vos docteurs repliquent là dessus que les anciens ont appellé l'Eucharistie, sacrifice, non selon la signification speciale, mais selon l'acception generale du mot, par laquelle toute action sacrée & religieuse, comme la predication de la parole de Dieu, & l'administration du Baptesme peut estre en quelque façon, disent-ils, appellée sacrifice. Mais les Peres leur ostent ce subterfuge, car ils la nomment expressement oblation. Sainct Ignace disciple & nourrisson des Apostres, taxant certains anciens Heretiques, en ces celebres paroles rapportées par Theodoret contre les Eutychiens : *Ils n'admettent point,* dit-il, [b] *les Eucharisties & les oblations, pource qu'ils ne confessent point que l'Eucharistie soit la chair de nostre Sauueur Iesus-Christ qui a souffert pour nos pechez, & que le Pere a resuscitée par sa benignité.* Clement Alexandrin : *L'Escriture designe manifestement les heresies qui vsent de pain & d'eau en l'oblation, non selon le Canon de l'Eglise, car il y en a qui* [c] *Eucharistisent l'eau seule.* Tertullian parlant aux Matrones Chrestiennes : *Vous n'auez nulle occasion de sortir de vos maisons sinon graue & seuere : ou il est question de visiter quelqu'vn des freres qui est*

Ep. 59.

a Τὴν ἁγίαν καὶ ζωοποιὸν καὶ ἀναίμακτον ἐν ταῖς ἐκκλησίαις πληροῦμεν θυσίαν, οὐχ ἑνὸς τῶν καθ' ἡμᾶς καὶ ἀνθρώπου κοινοῦ σῶμα εἶ) πιστεύοντες τὸ προκείμενον, ὡσαύτως δὲ καὶ τὸ τίμιον αἷμα, δεχόμενοι δὲ μᾶλλον ὡς ἴδιον σῶμα γεγονὸς, καὶ μόνου τοῦ καὶ αἷμα τοῦ τὰ πάντα ζωοποιοῦντος λόγου. κοινὴ γὰρ σὰρξ ζωοποιεῖν οὐ δύναται. καὶ τούτου μάρτυς αὐτὸς ὁ σωτὴρ λέγων, ἡ σὰρξ οὐκ ὠφελεῖ οὐδέν. τὸ πνεῦμά ἐστι τὸ ζωοποιοῦν. ἐπειδὴ γὰρ ἰδία γέγονε τοῦ λόγου, ταύτῃ ζωοποιεῖται καὶ ἐστι ζωοποιός. ἐπειδὴ δὲ Νεστόριος καὶ οἱ τὰ αὐτοῦ φρονοῦντες ἀπολύουσιν ἀμαθῶς τοῦ μυστηρίου τὴν δύναμιν, ταύτῃ τοι καὶ μάλα εἰκότως γέγονεν ὁ ἀναθεματισμός.
Ignat. ep. Theod. Dialog. 3.

b Εὐχαριστίας καὶ προσφορὰς οὐκ ἀποδέχονται, διὰ τὸ μὴ ὁμολογεῖν τὴν εὐχαριστίαν σάρκα εἶναι τοῦ σωτῆρος ἡμῶν, &c.
l. 1. Strom.

c Εὐχαριστοῦσιν.
De cult. fœm.
De vel. virg.
ep. 63.

malade, ou l'on offre le sacrifice, ou l'on administre la parole de Dieu. Et derechef: *Il n'est permis aux femmes ny d'enseigner ny de baptiser ny d'offrir.* Sainct Cyprian: *De là il apparoist que le sang de Christ n'est point* [*Epist. 63.*] *offert si le vin n'est point dans le Calice, & que le sacrifice du Seigneur n'est point celebré par vne sanctification legitime, si nostre oblation & nostre sacrifice ne répond à la passion.* Et derechef: *Nos predecesseurs ont* [*Ep. 65.*] *ordonné que si quelqu'vn en mourant nommoit vn Ecclesiastique tuteur ou curateur, que l'on n'offrist point pour luy, & que l'on ne celebrast point de sacrifice pour son decez.* Le Concile de Nicée: *Ny le Canon ny la cou-* [*Concil. Nic. 1. can. 18.*] *stume ne nous a point baillé que ceux qui n'ont point la puissance d'offrir, donnent le corps de Christ à ceux qui l'offrent.* Et celuy de Laodicée: *Cela fait, que la saincte oblation soit parfaitte, & qu'il soit licite aux seuls Ministres de l'Autel, d'entrer à l'Autel & y communiquer.* Et sainct Gregoire de Nysse: *Nostre Seigneur, dit-il, prenant l'aggression des Iuifs* [*In chr. resur.*] *s'offrit en qualité de victime, estant luy-mesme le Prestre & l'Agneau. Vous me demanderez quand cela fut: Lors qu'il donna son corps à manger & son sang à boire à ses Disciples.* Sainct Ambroise: *Ie demeuray,* [*Epist. 33.*] *dit-il, en mon office & commençay à faire la Messe. Cependant que i'offrois, i'ouy que le peuple auoit rauy vn certain Castulus que les Arriens disoient estre Prestre, lequel auoit esté trouué en passant par la place; Ie me mis à pleurer tres-amerement & à prier Dieu en l'acte mesme de l'oblation, qu'il ne se fist point d'effusion de sang en la cause de l'Eglise, & que plustost le mien fust épandu pour le salut non seulement du peuple, mais aussi pour les impies.* Sainct Augustin: *En ces prieres-là, dit-il, que nous* [*Lib. 9. conf. c. 12.*] *t'addressasmes lors qu'on offroit pour elle le sacrifice de nostre rançon, le corps estant déja mis sur le bord du sepulchre, comme on a accoustumé de faire en telles occasions, ie n'épandy point de larmes.* Et au 22. de la Cité de Dieu: *Vn de nos Prestres y alla; Il offrit le sacrifice du corps de Christ.* Et sainct Leon écriuant vn peu apres à Dioscorus, sur la coustume qui estoit à Alexandrie qu'on ne celebroit qu'vne Messe par iour en chaque Eglise: *Il est force, dit-il, qu'vne partie du peuple soit priuée de* [*Epist. 81.*] *sa deuotion, si la coustume d'vne seule Messe estant retenue, nuls ne peuent offrir le sacrifice, sinon ceux qui s'y seront trouuez à la premiere heure du iour.* Pierre Viret repart & dit, que quand les Peres vsent du mot d'oblation, ils entendent la distribution du Sacrement qui se faisoit au peuple, ou bien la simple commemoration de l'oblation faitte par nostre Seigneur en la croix, & non pas vne oblation presente & actuelle: Cela est faux derechef en toutes les deux sortes; Car premierement l'action s'adressoit à Dieu. Sainct Irenée parlant de nostre Seigneur: *Il prit, dit-il, le pain celuy qui est du nombre des creatures* [*l. 4. c. 32.*] *& rendit graces disant, Cecy est mon corps: Et prit le calice semblablement d'entre les creatures qui nous sont ordinaires, & confessa que c'estoit son sang, & enseigna la nouuelle oblation du nouueau Testament; laquelle*

Epiſt.63.

In. Apol.

Προσφέρειν αὐτῷ τὴν ἔξωθεν τὴν τὸν μεγάλων μυστηρίων ἀντίτυπον.

De Ciuit. Dei.l.

a Σύμβολα καὶ εἰκόνας ἀλλ' οὐκ αὐτὴν ἀλήθειαν περιέχοντα.
b Μνήμην ἡμῖν παραδιδοὺς διὰ θυσίας τῷ θεῷ διηνεκῶς προσφέρειν.
Auguſt. contr. Fauſt. l.1.
De Ciuit. Dei. l. 10. c. 20.

l'Egliſe ayant receuë des Apoſtres, l'offre par tout l'vniuers à Dieu. S. Cyprian contre les Aquariens: *Ce Preſtre-là*, dit-il, *tient veritablement le lieu de Chriſt qui imite ce que Chriſt a fait, & offre alors vn vray & plein ſacrifice en l'Egliſe à Dieu le Pere, s'il commence d'offrir comme il void que Chriſt a offert.* Sainct Gregoire de Nazianze: *Sçachant*, dit-il, *que nul n'eſt digne du grand Dieu & ſacrifice & Pontife, s'il ne s'eſt auparauant rendu luy-meſme à Dieu, Hoſtie ſaincte & viuante, & ne luy a preſenté vn ſeruice mental & acceptable, & n'a ſacrifié au Seigneur Dieu vn ſacrifice de loüange & vn eſprit humilié, qui eſt le ſeul que Dieu qui nous élargit toutes choſes requiert reciproquement de ce qui eſt noſtre : Comment pouuois-je auoir la hardieſſe de luy offrir le ſacrifice externe, celuy qui eſt l'exemplaire des grands myſteres, & comment prendre le nom & l'office du ſacerdoce deuant que d'auoir conſacré mes mains par aucunes ſainctes œuures?* Eſquelles paroles il diſtingue diſertement le ſacrifice interne & metaphorique d'auec le reel & externe qui s'offroit à Dieu en l'Euchariſtie. Sainct Auguſtin: *Celuy*, dit-il, *cognoiſt que ces choſes-là* (parlant des offices d'honneur que l'on rendoit aux memoires des Martyrs) *ne ſont point ſacrifices faicts aux Martyrs, qui cognoiſt l'vnique ſacrifice des Chreſtiens, lequel eſt là offert à Dieu.* Secondement c'eſtoit vne oblation formelle exprimée par paroles de preſent, & non vne ſimple memoire d'oblation : Car encore que les Peres celebraſſent bien l'Euchariſtie en reſouuenance du ſacrifice de la croix, neantmoins ils ne la tenoient pas comme vne nuë commemoration d'oblation, mais comme vne oblation de commemoration; c'eſt à dire, ils ne vouloient pas que l'oblation originale de noſtre redemption fuſt ramentuë en l'Euchariſtie par vne ſimple action de noſtre memoire, mais y fuſt repreſentée exterieurement par vne perpetuelle oblation de Religion, & que le monument & memorial externe de ce ſacrifice des ſacrifices fuſt auſſi offert luy meſme à Dieu en qualité de culte de Latrie & de ſacrifice commemoratif. Euſebe au premier liure de la demonſtration : *Celebrants tous les iours*, dit-il, *la memoire de ſon corps & de ſon ſang, & rendus dignes d'vn plus excellent ſacerdoce & ſacrifice que celuy des anciens, nous n'eſtimons plus licite de retourner aux premiers infirmes elements qui eſtoient* a *ſymboles & images, mais non contenants la verité meſme.* Et vn peu apres : *S'eſtant offert ſacrifice admirable & victime excellente à ſon pere, il a inſtitué que nous en* b *offriſſions auſſi perpetuellement la memoire à Dieu pour ſacrifice.* Sainct Auguſtin : *Les Hebrieux par les victimes des animaux leſquels ils offroient à Dieu, celebroient en diuerſes manieres, comme il conuenoit à la dignité d'vn ſi grand myſtere, la Prophetie de la victime future que Chriſt a offerte : A l'oppoſite dequoy les Chreſtiens celebrent la memoire de ce meſme ſacrifice déja accomply, par la ſacroſaincte oblation & participation du corps de Chriſt.* Et derechef : *Par cela il eſt ſacrificateur eſtant luy*

meſme

mefme l'offrant & l'oblation : de laquelle chofe il a voulu que le Sacrement
fuft le facrifice quotidien de fon Eglife. Et pourtant les Peres celebrants
vfoient de cefte formule conceuë & prefcripte en termes exprez : Ie
t'offre & nous t'offrons : Et le Diacre proclamoit à haute voix ceux
pour qui fe faifoit l'oblation. Sainct Ambroife au quatriéme liure des
Sacrements cité il y a fept cents ans par voftre cher Bertramus le grand
precurfeur de tous les Sacramentaires : *Le Prestre*, dit-il, *prononce ces
paroles : Nous donc faifants commemoration de fa tres-glorieufe paffion &
de fa refurrection des enfers, & de fon Afcenfion au Ciel, t'offrons cefte
immaculée Hoftie, cefte Hoftie raifonnable, cefte Hoftie non fanglante, &
ce pain fainct, & ce calice de vie eternelle, & te prions & fupplions que
tu reçoiues cefte oblation en ton Autel fublime, comme tu as daigné receuoir
les dons de ton iufte feruiteur Abel, & le facrifice de noftre Patriarche
Abraham, & celuy que t'a offert le fouuerain facrificateur Melchifedech.*
Et encore auiourd'huy les Liturgies que les Grecs celebrent fous le
tiltre de fainct Bafile & de fainct Chryfoftome retiennent ces formules, *Sainct des Saincts, Seigneur Dieu des vertus*, dit celle de fainct Bafile, *nous t'offrons ce venerable & non fanglant facrifice pour les fainctes Eglifes qui font depuis les fins iufqu'aux fins de la terre :* Et celle de
fainct Chryfoftome : [a] *Nous t'offrons ce culte fpirituel & immaculé, &
t'inuoquons & te fupplions, enuoye ton fainct Efprit fur nous & fur les
dons propofez, & faits ce pain le precieux corps de ton Chrift, Amen : Et
en ce calice le precieux fang de ton Chrift, le transmuant par ton fainct
Efprit.* Le mefme fainct Chryfoftome en fes commentaires fur les
Actes : [b] *Ce n'eft point en vain*, dit-il, *que le Diacre crie, pour tous ceux
qui font morts en Chrift, & pour tous ceux qui celebrent leur memoire. Ce
n'eft point le Diacre qui iette hors cefte voix, c'eft l'efprit, non le fainct
Efprit, mais le don. Que dittes vous ? l'Hoftie eft entre les mains, & toutes
les chofes propofées font deuëment ordonnées, les Anges affiftent, les Archanges, le fils de Dieu eft prefent : Tout le monde fe tient coy auec vne fi
grande reuerence ; Ils font là crians lors que tous les autres fe taifent. Et
vous penfez que ces chofes fe facent temerairement ? C'eft donc auffi temerairement que fe font toutes les autres oblations, & celles qui s'offrent
pour l'Eglife & pour les Preftres, & pour tout le corps & pour toute la
focieté la à Dieu ne plaife, mais toutes ces chofes fe font auec foy.* Sainct
Auguftin : [c] *Qui eft celuy des Prelats lequel affiftant à l'Autel au lieu où
font les faincts corps, a iamais dit, Nous t'offrons à toy Paul, ou à toy Cyprian ? Mais ce qui eft offert, eft offert à Dieu qui a couronné les Martyrs,*

[a] Προσφέρομέν
σοι τὴν λογικὴν
ταύτην & ἀναί-
μακτον λατρείαν &
δεόμεθα & ἱκετεύο-
μεν καταπέμψοι τὸ
πνεῦμά σου τὸ ἅ-
γιον ἐφ' ἡμᾶς & ἐπὶ
τὰ προκείμενα δῶ-
ρα ταῦτα, & ποίη-
σον τὸν μὲν ἄρτον τοῦ-
τον τίμιον σῶμα τοῦ
Χριστοῦ σου, ἀμήν.
Τὸ δὲ ἐν ποτηρίῳ
τίμιον αἷμα
τοῦ Χριστοῦ σου, μετα-
βαλὼν τῷ πνεύ-
ματί σου τῷ ἁγίῳ,
&c.
Hom. 21. in Act.
[b] Οὐχ ἁπλῶς ὁ
διάκονος βοᾷ, ὑπὲρ
τῶν ὁ Χριστῷ κε-
κοιμημένων, & τῶν
τὰς μνείας ὑπὲρ
αὐτῶν ἐπιτελου-
μένων, οὐχ ὁ διάκο-
νός ἐστιν ὁ ταυτὴν
ἀφιεὶς τὴν φωνήν,
ἀλλὰ τὸ πνεῦμα τὸ ἅγιον, & ἡ χρεία λέγω, τί λέγεις ; ἐν χερσὶν ἡ θυσία & πάντα προσκείμενα κοσμεῖται, πάρεισιν
ἄγγελοι πάρεισιν ἀρχάγγελοι πάρεισιν ὁ υἱὸς τοῦ θεοῦ μετ' ἀδωπῆς φρίκης ἑστᾶσι ἅπαντες παρεστήκασιν ἐκεῖνοι βοῶντες πάντων σιγώντων, & οἴει ἁπλῶς γίνεσθαι τὰ γινόμενα ; οὐκοῦν & τὰ ἄλλα ἁπλῶς & τὰ ὑπὲρ τῆς ἐκκλησίας & τὰ ὑπὲρ τῶν ἱερέων
προσφερόμενα, & τὰ ὑπὲρ τοῦ πληρώματος ; μὴ γένοιτο ἀλλὰ πάντα μετὰ πίστεως γίνεται.   [c] Contra Fauft. l. 1.

Et vn peu apres: *Mais de ce culte qui est appellé en Grec latrie, & en Latin ne se peut exprimer par vn mot; dautant que c'est vne certaine seruitude deuë proprement & particulierement à Dieu, nous n'adorons ny n'enseignons qu'il faille adorer sinon vn seul Dieu: Et comme ainsi soit qu'à ce culte appartienne l'oblation du sacrifice dont l'erreur de ceux qui l'offrent aussi aux Idoles est appellée Idolatrie: nous n'offrons ny ne commandons d'offrir rien de tel, ny à aucun Martyr, ny à aucune saincte ame, ny à aucun Ange.* Et vn peu au dessous: *I'ay dit sacrifier aux Martyrs, ie n'ay pas dit sacrifier à Dieu en memoire des Martyrs; ce que l'Eglise fait tressouuent en ceste seule maniere dont il a commandé qu'on luy sacrifiast par la manifestation du nouueau Testament.* Esquelles paroles non seulement il declare que l'Eucharistie estoit offerte à Dieu auec ceste formule verbale, *Nous t'offrons:* Mais aussi conclud que l'on n'exhiboit point aux Saincts le souuerain culte & seruice de Latrie, encore qu'on les honorast par offices externes, dautant qu'on ne leur offroit point ce en quoy consistoit la Latrie & le souuerain honneur asçauoir le sacrifice, mais à Dieu seul: Ce qu'il repete encore ailleurs en ces termes

De Ciuit. l.8.c. 27.

Qui est celuy, dit-il, *des Fidelles, qui a iamais ouy le Prestre assistant à l'Autel erigé mesme sur le sainct corps du Martyr, à l'honneur & au culte de Dieu dire en ses prieres, Ie t'offre sacrifice Pierre ou Paul ou Cyprian!* Voire ajouste peu apres que les Saincts ne sont pas inuoquez par le Prestre sacrifiant; c'est à dire, en l'oraison de l'oblation, pour monstrer que le sacrifice ne leur est pas offert, mais à Dieu seul. Aussi quand les Arriens vouloient essayer de prouuer que nostre Seigneur n'estoit pas Dieu en souueraineté comme son pere, mais Dieu inferieur & subalterne, ils obiectoient aux Catholiques, que le sacrifice de l'Eucharistie ne s'addressoit sinon au Pere seul: *Tu dis*, répond Fulgence à Monimus, *que tu as esté interrogé par quelques-vns, du sacrifice du corps & du sang de Christ, que plusieurs estiment estre immolé au seul Pere; Et ajoustes que c'est l'interrogation triomphale des Heretiques, & celle dont ils font comme leur palme & leur trophée.* A quoy le mesme Fulgence apporte ceste solution, que lors que l'intention du sacrifiant est addressée au Pere, l'oblation du Sacrifice est offerte par vn mesme acte à toute la Trinité, *Et cum ad Patrem litantis destinatur intentio, sacrificij munus omni Trinitati vno eodemque offertur litantis officio.* Et en somme toutes les attributions affectées au sacrifice pris proprement & reellement, les Peres les deferoient expressement à l'Eucharistie. Quand ils vouloient monstrer la conformité du Messie auec Melchisedech en la function de la sacrificature, ils la constituoient en l'oblation de l'Eucharistie: Car ils tenoient que nostre Seigneur estoit dit Sacrificateur selon l'ordre de Melchisedech en deux sortes; asçauoir, selon la vocation que sainct Paul touche en l'Epistre aux Hebrieux, & selon la function. De

difputer s'ils s'abufoient ou non, en croyant que Melchifedech euft
facrifié du pain & du vin : Et s'ils tiroient cefte creance de l'interpretation literale de l'Efcriture ou de la Tradition de l'Eglife Iudaïque,
cela n'importe à mon propos. Philon Iuif dit que Melchifedech *Lib. de Abrah.*
facrifia les épinicies : Et prefque tous les Rabins ont obferué quelque *τὰ ἑπινίκια ἔθυε.*
chofe de myftique en cefte action, & ont penfé que ce n'eftoit point
vn feftin prophane, mais vn banquet facré, inftitué pour rendre
graces à Dieu de la victoire & benir Abraham, & partant fanctifié
& dedié par vn facrifice precedent. Voire la plufpart d'eux ont ajoufté que c'eftoit la figure du facrifice non fanglant qui deuoit eftre introduit par le Meffie. Et Rabbi Salomon mefme, encore qu'il s'é- *Rab. Sal. in 14. c.*
loigne le plus qu'il peut des opinions des Chreftiens, neantmoins *Genef. Bib. Ven.*
veut que cefte action ayt efté figure des oblations de farine & liba- *tom. I.*
tions de vin qui fe deuoient faire en Ierufalem. Mais comme ie dy
tout cela n'importe à mon propos : Il me fuffit que les Peres croyants
que Melchifedech auoit facrifié à Dieu le pain & vin qu'il prefenta
à Abraham, quand ils ont voulu noter la correfpondance de la facrificature de noftre Seigneur auec celle de Melchifedech pour le regard
de la function, & la diftinguer en ce cas de la facrificature Aaronique, ils l'ont conftituée en l'oblation & inftitution de l'Euchariftie,
& ont eftimé qu'il eftoit Sacrificateur felon l'ordre de Melchifedech,
pource qu'il auoit offert la verité de ce dont Melchifedech auoit facrifié la figure, fous les mefmes efpeces & fymboles externes. Car
nulle function ne peut diftinguer fpecifiquement vne vraye & reelle
facrificature d'auec vne autre, fi elle n'eft vrayement & reellement facrifice : *Qui eft,* dit fainct Cyprian, *plus facrificateur du Dieu fouuerain* *Epift. 63.*
que noftre Seigneur Iefus-Chrift qui a offert facrifice à Dieu fon Pere, &
celuy mefme que Melchifedech auoit offert, afçauoir le pain & le vin,
c'eft à dire, fon corps & fon fang? Et vn peu apres : Afin donc que la be-
nediction d'Abraham peuft eftre legitimement celebrée, l'image du facri-
fice de Chrift preceda, afçauoir conftituée en pain & en vin, laquelle
chofe noftre Seigneur parfaifant & accompliffant, a offert le pain & le
calice meflé de vin, & luy qui eft la plenitude a remply la verité de l'i-
mage prefigurée: Sainct Hierôme : *Recourez au Genefe & vous trouue-* *Epift. ad Marcel.*
rez Melchifedech Roy de Salem Prince de cefte Cité, qui dés lors en figure
de Chrift offrit pain & vin, dediant le myftere des Chreftiens. Et en l'e-
piftre à Euagrius expliquant l'vne des manieres en quoy l'on interpretoit ces mots, Sacrificateur felon l'ordre de Melchifedech : *Pource*
que Melchifedech n'immola point les victimes de chair & de fang, &
ne receut point le fang des beftes bruies en fa dextre, mais auec le pain
& le vin pur & fimple facrifice dédia le Sacrement des Chreftiens. Sainct
Auguftin : *Noftre Seigneur,* dit-il, *deuant le regne de fon Pere changea*
fon vifage, & puis fe retira, pource que là eftoit le facrifice felon l'ordre

Vu ij

d'Aaron, & luy apres de son corps & de son sang, institua le sacrifice selon l'ordre de Melchisedech. Quand ils interpretent les Propheties du chan-gement du sacrifice de la Religion Iudaïque, en celuy de la Religion Chrestienne, ils les exposent de l'Eucharistie : *L'oblation de la farine,* dit *S. Iustin Martyr : qu'il estoit commandé de faire pour ceux qui estoient pu-rifiez de la lepre, estoit la figure du pain de l'Eucharistie, lequel Iesus-Christ nostre Seigneur nous a commandé de faire, en memoire de la passion qu'il a soufferte pour la purification des ames des hommes, &c.* Et vn peu apres : *De là est,* dit-il parlant aux Iuifs, *que Dieu a prononcé des sacrifices lors offerts par vous, dans le Prophete Malachie l'vn des douze : Il ne me plaist point en vous, dit le Seigneur, & ne receuray point les sacrifices de vos mains, car depuis le leuant iusqu'au couchant mon nom est glorifié entre les gents, & en tout lieu s'offre encens à mon nom & sacrifice pur, &c. Mais des sacrifices qui luy sont offerts par nous en tout lieu, asçauoir du pain de l'Eucharistie & du calice semblablement de l'Eucharistie, il en parle pro-phetiquement & predit que nous glorifions son nom.* Sainct Augustin al-leguant le mesme lieu de Malachie : *Ce sacrifice donc,* dit-il, *par le sa-cerdoce de Christ selon l'ordre de Melchisedech, puis que nous le voyons estre offert à Dieu depuis le leuant iusqu'au couchant, & que le sacrifice des Iuifs ausquels il est dit, Ie ne prens point de plaisir en vous, & ne receuray point de present de vos mains, ils ne peuuent pas eux-mesmes nier qu'il n'ayt cessé, pourquoy attendent-ils encore vn autre Christ ?* Car combien que les Pe-res interpretent quelquesfois ce texte du sacrifice metaphorique com-mun à la Synagogue & à l'Eglise, asçauoir des prieres ; neantmoins lors qu'ils en veulent presser les Iuifs à bon escient, ils l'expliquent du sacrifice pris en l'acception selon laquelle il a cessé entr'eux par leur confession propre ; c'est asçauoir du sacrifice reel & externe : Voire mesmes quand aucuns l'exposent du sacrifice des prieres, ils regardent principalement à l'Eucharistie, qui estoit ditte se faire par prieres, pource qu'encore que la matiere de ce sacrifice fust reelle & corpo-relle, neantmoins la forme & administration en estoit verbale, & con-sistoit aux paroles de la consecration & de l'oblation, lesquelles estoient inserées dans les prieres du Prestre, retenoient coniointement & par synecdoche le nom de prieres : Et pource Iustin Martyr dit que le pain estoit faict Eucharistie par la priere de la parole qui estoit pro-cedée du Verbe : Et S. Hierôme, que les Prestres sont ceux aux prieres desquels est fait le corps & le sang de Christ : Et sainct Augustin, que le corps de Christ est consacré par vne priere mystique : Et ailleurs expo-sant ces mots de S. Paul : Ie desire qu'on face supplications, &c. inter-prete le mot de prieres, entant qu'il répond au Grec εὐχαὶ ou προσευχαὶ, de celles qui accompagnoient proprement & particulierement la consecration de l'Eucharistie : Au moyen dequoy quand les anciens Peres répondoient aux Payens pour ne leur euenter point les mysteres

Contr. Tryph.

De Ciuit. Dei. l. 18. c. 35.

Apol. 2.

Ep. ad Euagr. De Trin. l. 4.

Epist. 59.

de la Religion Chrestienne, qu'ils sacrifioient, mais par pure priere,
Ils ne nioient rien de la verité du sacrifice Euangelique ; mais insi-
nuoient qu'il ne se faisoit ny par glaiue ny par feu, ny par autre instrument corporel, comme ceux des Iuifs ou des Payens ; ains par la
seule vertu de la parole & operation du sainct Esprit : Et suiuant cela
aussi ils l'appelloient souuent sacrifice spirituel, non quant à la substance & à la matiere de la chose, mais quant à la forme & à la maniere de l'operation. Passons outre. Quand ils vouloient trouuer en
la Religion Chrestienne l'antithese & la correspondance du sacrifice
de l'Agneau Paschal, ils l'assignoient en l'Eucharistie. Sainct Chrysostome : *Comme Moyse disoit, Cecy vous sera vn memorial eternel;
Ainsi Christ a dit, faittes cecy en memoire de moy iusques à ce que ie vienne : Pource cause, proteste-t'il, i'ay grandement desiré manger ceste Pasque auec vous ; c'est à dire, vous bailler des choses nouuelles afin de vous
rendre spirituels : Luy-mesme en beut aussi, de peur qu'ayant ouy ces paroles ils ne dissent, Quoy donc ? Nous beuuons du sang & mangeons de la
chair ? & ainsi fussent troublez : Car quand premierement il auoit parlé de
ces choses, plusieurs s'estoient scandalisez des seules paroles, Afin donc
que cela n'arriuast pas lors, il leur en monstra luy-mesme l'exemple, pour
les inuiter tranquillement à la communication des Sacrements : Quoy donc,
direz-vous, faudra-t'il encore faire cest ancien Pasque ? Nullement. Car
pour ceste cause a-t'il dit, faittes cestui-cy, afin de nous reuoquer & destourner de cestui-là.* Et bref quand les Peres vouloient opposer aux sacrifices de la loy Iudaïque, vn seul sacrifice en la loy Chrestienne qui
tinst le lieu de tous les autres & leur succedast en qualité de culte & sacrifice de Religion, ils recouroient à l'Eucharistie. Sainct Chrysostome : *Il a institué l'operation des mysteres sacrez,* [a] *changeant le sacrifice, & au lieu de l'immolation des bestes, commandant qu'on l'offrist luy-
mesme.* Sainct Augustin sur vn lieu de l'Ecclesiaste : *Que peut-on, dit-il,
entendre plus croyablement en ces paroles que ce qui appartient à la participation de ceste table, laquelle le Sacrificateur, Mediateur du nouueau Testament nous prepare selon l'ordre de Melchisedech, de son corps & de son sang ?
Car ce sacrifice a succedé à tous les sacrifices de l'ancien Testament, qui
estoient immolez en l'ombre de l'auenir ; A l'occasion dequoy aussi nous
recognoissons au Pseaume 39. ceste voix du mesme Mediateur parlant par
le Prophete ; Tu n'as point voulu du sacrifice & d'oblation, mais tu m'as
parfait vn corps : Car au lieu de tous ces sacrifices & de toutes ces oblations, son corps est offert, & s'administre aux communiants.* Ils ajoustoient
pour seau & confirmation authentique de leurs paroles l'vsage des
Autels, & la coustume d'attribuer le nom d'Autel aux lieux sur lesquels
ils offroient l'Eucharistie : Car nul n'ignore que le mot d'Autel &
& principalement selon la langue Grecque, ne soit relatif à celuy de
sacrifice. Tertullian au liure de l'Oraison, composé, comme remarqué

Vu iij

1. Cor. hom. 24.
a Τὴν θυσίαν
αὐτὴν ἀμείψας.
De Ciuit. Dei. l.
17. 6. 20.

sainct Hilaire, lors qu'il estoit encore entierement Catholique: *Ta sta-*
tion, c'est à dire ton ieusne, (car ils appelloient ainsi certaines sortes de
ieusnes, par vne metaphore empruntée des gardes & stations militaires) *ne sera t'elle pas plus solemnelle si tu assistes à l'Autel de Dieu? Ayant*
pris le corps du Seigneur & l'ayant reserué l'vn & l'autre reste en son en-
tier, & la participation du sacrifice, & l'execution de l'office. Sainct Cyprian: *Celuy ne merite pas d'estre nommé à l'Autel de Dieu en la priere*
des Prestres, qui éloigne les Prestres & Ministres de Dieu de l'Autel. S.
Optat Mileuitain declamant contre les Donatistes qui auoient rompu les Autels des Catholiques: *Qu'est-ce que l'Autel, sinon le siege du*
corps & du sang de Christ? &c. Que vous auoit fait Dieu qui auoit ac-
coustumé d'y estre inuoqué? Que vous auoit offensé Christ duquel le corps
& le sang habitoit là par certains moments? Sainct Gregoire de Nazianze: *Maintenant les autels prenants leur nom du pur & non sanglant*
sacrifice, ne seront plus soüillez de sang prophane: Et derechef parlant
de sa sœur: *Elle se prosterne auec foy deuant l'Autel, reclamant à haute*
voix celuy qui est adoré dessus. Sainct Hierome: *Afin qu'ils apprennent*
par les témoignages des Escritures, auec quelle veneration ils doiuent rece-
uoir les choses sainctes, & seruir au ministere de l'Autel de Christ, & n'e-
stiment point que les calices, & les saincts voiles & autres choses qui ap-
partiennent au culte de la passion du Seigneur, comme estants inanimées &
priuées du sentiment, soient dénuées de saincteté; mais sçachent que pour
la contagion du corps & du sang du Seigneur, elles doiuent estre venerées
auec la mesme Majesté que son corps & son sang. Sainct Chrysostome:
Ce corps gisant en la creche les Mages l'ont reueré, & des hommes impies
& barbares ayants laissé leur pays & leur demeure ont entrepris vn long
chemin, & estants arriueZ l'ont adoré auec crainte & tremblement: Imi-
tons donc les barbares, nous qui sommes citoyens des cieux, &c. Car eux
l'ayant veu seulement en la creche, &c. se sont approchez de luy auec gran-
de terreur. Or toy tu le vois non en la creche, mais en l'Autel. Ny ne fait
rien au contraire ce que les Peres disent quelquesfois que nostre Autel est aux cieux, faisants allusion à cest Autel d'or dont sainct Iean
parle en l'Apocalypse; Car ce n'est pas pour exclure l'vsage des autels
externes & visibles de l'Eglise, mais pour nous apprendre que ces autels materiels & corporels figurent l'Autel celeste, spirituel & diuin
qui est deuant le Thróne, c'est à dire, l'aspect & la presence de la Majesté de Dieu qui reside aux cieux en sa gloire & en son Tribunal dans
le souuerain Sanctuaire des Sanctuaires; où le sang épandu en la croix
pour nos pechez est monté par le merite de nostre souuerain Sacrificateur, & où nous desirons que nos oblations & sacrifices, quant à la
part que nous y apportons, asçauoir la foy, la deuotion, la charité, & les
prieres, montent par le gracieux regard de Dieu & le merite de l'Hostie auec laquelle & par laquelle nous offrons. *Que me feront-ils plus*

Ep. 66.

Lib. 6.

In Iul. or. 2.

Orat. fun. Greg.

Ep. ante Theophi-
li Paschales libros.

Ep. Rom. hom. 24.

Σὺ ỗ κỳ ἐν φάτνῃ
ὁρᾷς, ἀλλ᾽ ἐν θυσια-
στηρίῳ.

(dit sainct Gregoire de Nazianze parlant de ses ennemis) *Ils me ban-*
niront des autels : Mais ie sçay vn autre Autel dont ceux que nous voyons
maintenant sont figurés, sur lequel ny le marteau, ny la main n'a monté,
sur lequel ny le fer, ny aucun instrument d'artisan n'a esté ouy; mais qui est
tout intellectuel. A cestui-là ie me presenteray. Car quant au dernier retranchement de ceux qui soustiennent que les Peres n'ont point recogneu l'Eucharistie pour sacrifice, qui est qu'à tout le moins ils ne
l'ont point admise pour sacrifice d'impetration & de propitiation,
mais seulement d'action de graces & de remerciement; il est aussi facile à forcer que tous les autres. Les Peres tenoient que l'Eucharistie
seule en qualité de culte externe de Religion, auoit succedé à tous les
sacrifices de l'ancienne loy. Qui doutera donc qu'ils n'estimassent
qu'elle pouuoit seruir à tous les mesmes genres d'offices? Ils l'appliquoient afin d'obtenir les graces qu'ils desiroient de Dieu non seulement pour eux, mais pour tous ceux en faueur desquels ils l'offroient,
presents, absents, sains, malades, viuants, & trespassez; estimants qu'elle donnoit force & vertu aux prieres qui estoient faittes dessus, d'impetrer grace & propitiation à ceux pour qui elles se faisoient legitimement. Qui doutera donc qu'ils ne la tinssent pour sacrifice impetra-
toire & propitiatoire? Car que signifient ces sentences de S. Augustin:
Que la regle Ecclesiastique & Catholique ne porte point que l'on offre le sacrifice du corps & du sang de Christ pour ceux qui meurent
sans baptesme en quelque aage que ce soit, & que ceste pieté des leurs
ne leur peut ayder pour paruenir au Royaume des Cieux : Que ceux
qui n'ont point esté lauez par le baptesme, les sacrifices apres leur
mort ne les peuuent expier; non plus que les sacrifices pour les morts
dont il est parlé aux Machabées, n'eussent point seruy à ceux pour
qui on les offroit, s'ils eussent esté incirconcis. Et au contraire lors qu'il
parle des morts decedez apres le baptesme; Qu'il ne faut point nier
que leurs ames ne soient allegées par la pieté des viuants, qui en ont
soin quand on offre pour elles le sacrifice du Mediateur, ou qu'on fait
des aumosnes en l'Eglise, &c. Que pour les fort gens de bien ce sont
actions de graces; Que pour les non fort méchants ce sont propitiations: Que l'on offrit pour sa mere le sacrifice de nostre rançon, le
corps estant déja sur le bord du sepulchre, comme on a accoustumé
de faire en telles occasions. Que veulent dire ces paroles de sainct Cyrille touchant les morts? *Nous estimons vne grande vtilité aux ames,*
pour lesquelles est proferée la priere de la saincte & redoutable Hostie qui
est là gisante deuant nous. Et vn peu apres: *Nous offrons Christ immolé*
pour nos pechez, rendants propice à nous & à eux l'amateur des hommes.
Que veulent dire celles-cy de sainct Chrysostome? *Ce n'est point en*
vain que les Apostres ont ordonné qu'en la celebration des venerables my-
steres on face commemoration des morts : Ils sçauoient qu'il leur en reue-

Vu iiij

In Max.
Οὐ τύποι τὰ νῦν ὁ-
ρώμενα.

De an. & eius
orig. lib. 1.

De oct. dul. quæst.

Conf. l. 9.

Cyr. Hier. cath.
myst. 5.

Ἐξ ἀκολουθίοι.
Chrysost. homil. 3.
in epist. ad Philip.

noit grande vtilité : *Car tout le peuple estant present éleuant les mains aux cieux, & le college sacerdotal, & le venerable sacrifice estant là posé, comment n'appaiserons-nous point Dieu priants pour eux ?* Que vouloit dire l'ancienne coustume d'offrir l'Eucharistie pour les demoniaques? Estoit-ce afin de rendre graces à Dieu que le Diable estoit entré en leur corps, ou pour le prier de les en deliurer ? [a] *Par ce temps-là, mon frere tres-cher*, dit sainct Chrysostome, *non seulement les hommes iettent ces cris espouuentables, mais les Anges mesmes fléchissent leurs genoux au Seigneur, & les Archanges le prient; ils épient ce temps à propos & l'heure de ceste sacrée oblation leur est fauorable : Et comme les hommes portants des rameaux d'oliues ont accoustumé d'émouuoir les Roys, & par ceste espece d'arbre leur ramentoiuent la misericorde & l'humanité; Ainsi les Anges au lieu de rameaux d'oliue presentants le corps mesme du Seigneur, prient pour le genre humain, comme s'ils disoient, Nous te supplions Seigneur, pour ceux-cy que tu as tant aymez, que de souffrir la mort & rendre l'esprit en la croix pour eux; Nous te requerons pour ceux-cy pour lesquels tu as donné ton sang: Nous te prions pour ceux-cy pour lesquels tu as immolé ce corps: Et pourtant aussi le Diacre fait venir les Energumenes à la mesme heure & leur commande d'incliner la teste.* Et en l'Homelie suiuante: [b] *Comme quand le temps approche que le Iuge a accoustumé de sortir & s'asseoir en son tribunal, les geoliers tirent les prisonniers de la Conciergerie & les placent deuant les barreaux & treillis du Palais iudicial, deffigurez, sordides, ayants les cheueux longs, & les robes sales & déchirées; Ainsi les Peres ont ordonné que quand l'instant s'approche que Christ doit en bref estre comme assis en tribunal & apparoistre és Sacremens, les hommes possedez & agitez du Diable soient amenez en forme de prisonniers, non pour souffrir l'examen de leurs crimes ny pour estre enuoyez à la peine & aux supplices, mais afin que tout le peuple & toute la cité estant presente, on face des prieres communes pour eux.* Car de repliquer que les Peres n'auoient pas leu ou entendu le discours de l'Apostre aux Hebrieux qui dict, [c] que Christ a esté offert vne fois: Que nous sommes sanctifiez par l'oblation du corps de Christ faitte vne fois: Que là où il y a remission, il n'y a plus d'oblation pour le peché; Il auiendra de ceste replique, comme de toutes les autres. A la verité l'Eglise Latine, c'est à dire, presque toute l'Europe & l'Afrique, a bien esté vn long temps premier que d'admettre cest écrit au Canon de la Bible. *Si quelqu'vn*, dit sainct Hierome, *veut receuoir l'Epistre qui est addressée sous le nom de Paul aux Hebrieux*, &c. Et derechef: [d] *L'Epistre aux Hebrieux : encore que la coustume Latine ne la reçoiue point entre les Escritures Canoniques.* Mais les Grecs qui la recognoissoient vnani-

De incomp. Dei nat. contr. Anom. hom. 3. p. 365.

a Κατα τ καιρον εκεινον αγαπητε, ουκ ανθρωποι μονοι βοωσι την φρικωδεσ ταν εκεινην βοην, αλλα και αγγελοι προσπιπτουσι τῷ δεσποτη, και αρχαγγελοι δεονται, εχουσι δ᾽ τ καιρον αυτοις συμμαχουσα την προσφοραν ευκαιρον. ὁ καθαπερ οι ανθρωποι κλαδους ελαιων οικετψαντες επισειουσι τοις βασιλευσι, δια τε φυτε ελεον αυτοις κ φιλανθρωπιας αναμιμνησκοντες· ουτω δη κ οι αγγελοι τον αντι κλαδων ελαιων αυτο τ σωμα τ δεσποτικον προτεινομενοι τω δεσποτη ὑπερ τ ανθρωπειας φυσεος.

Ibidem hom. 4.

b Καθαπερ ουν δικαστου προσοδον εχοντος, κ εφ ὑψηλου τε βηματος οι δεσμοφυλακες τους τ δεσμωτηριον οικουντας απαντας εξαγοντες τω οικηματος προ τ κυκλαδος κ τ διασπειου περιπλασματων καθιζουσιν αυχμωντας, κομωντας, ῥακια περιεβεβλημενους· ουτω δη κ οι πατερες οσον μελλοντος τε Χριστου μελλοντος ωσπερ εφ ὑψηλου προς καθιζεσθαι βηματος

—φαινεσθαι τ μυστηριων, τους δαιμονωντας καθαπερ δεσμωτας ενταυθα εισαγεσθαι, ουχ ινα ευθυνας ὑποσχωσι τ πλημμελημενων, ουδ᾽ ινα κολασιν ὑπομεινωσι κ τιμωριαν, αλλ᾽ ινα τε δημου κ της πολεως απασης ενδον παρουσης κοιναι ὑπερ αυτων ικετειαι γινωνται.   c Heb. 9. & 10.   d In Esa. c. 9.

mement ne diminuoient rien pour cela des tiltres & prerogatiues de
l'Eucharistie : Car ils sçauoient que tout ce qui y est dit de l'vnité du
sacrifice de Christ, s'entend du sacrifice general de redemption fait
personnellement par luy entant que souuerain sacrificateur, & non
du sacrifice de Religion fait par nous en memoire & celebration perpetuelle de ce sacrifice original & archetypique ; c'est à dire, exclud la
repetition de l'oblation de Christ faitte par Christ, & monstre sans
plus, qu'il ne faut point qu'il reitere tous les ans la function de sa souueraine sacrificature comme faisoit le grand Pontife de la Loy. Car
le but de l'Apostre en cest écrit estant de representer aux Hebrieux
conuertis, l'excellence de l'Euangile par dessus la Loy pour les animer
à persister ; Il entreprend sa preuue par trois sortes d'argumens ; Le
premier par la comparaison des Ambassadeurs du ciel qui auoient
apporté l'vne & l'autre legation, dautant que la Loy Iudaïque auoit
esté enuoyée par le ministere des Anges, & l'Euangile par le Fils, *Heb. 1.*
auquel il est dit & non aux Anges, Siedz-toy à ma dextre : Le second par la comparaison du legislateur qui l'auoit establie, qui estoit
Moyse seruiteur en la maison du Pere, auec le legislateur de l'Euan- *Heb. 3.*
gile qui est Christ fils & heritier : Le troisiéme par la comparaison
du souuerain sacrificateur de l'vne auec le souuerain sacrificateur de
l'autre, lequel poinct il traitte encore derechef par deux arguments:
L'vn que nostre Seigneur estant sacrificateur selon l'ordre de Mel- *Heb. 7.*
chisedech, estoit plus grand que les successeurs d'Aaron, dautant
qu'Aaron auoit esté decimé & beny en Abraham par Melchisedech:
L'autre que la function propre & speciale du souuerain Pontife, qui
estoit d'entrer au Tabernacle interieur, il l'auoit accomplie plus excellemment & parfaittement que les Pontifes de la Loy, estant en- *Heb. 9.*
tré, non auec l'effusion du sang des bestes qui estoit la figure, mais
auec celle du sien propre qui est la verité : non dans vn Tabernacle
fait de main d'homme, mais au Ciel, afin d'y comparoistre deuant
Dieu pour nous ; ny auec sujection de s'offrir plusieurs fois luy-mesme, & faire tous les ans vne nouuelle & semblable entrée au Sanctuaire des Sanctuaires comme le Pontife Iudaïque, autrement il luy eust
fallu souffrir plusieurs fois depuis l'origine du monde, mais auec condition de s'offrir vne seule fois. Car son action n'estoit pas telle que
celles des grands Prestres de la Loy lesquelles signifioient, mais n'im-
petroient point ce qu'elles figuroient, asçauoir la remission generale
des pechez du peuple : Là où nostre souuerain Pontife ayant en la
croix obtenu du premier coup le but de son ministere, asçauoir la
remission vniuerselle des pechez de tout le monde, & par vne seule
oblation, quant à ce qui est de sa part & de son office, consommé
eternellement les sanctifiez, il n'estoit plus besoin qu'il exerçast
aucun nouuel acte de sacrificature ; car là où la remission des pe-

chez est accomplie, comme elle l'est depuis lors de la part de Christ,
il n'y a plus d'oblation pour le peché : Et partant au lieu que les sacrificateurs sont debout quand ils ministrent, luy apres auoir offert vne
seule oblation se sied eternellement à la dextre de Dieu, pour mon-
In epist. ad Heb. c. 10. strer, comme dit sainct Chrysostome, qu'il n'est plus en condition
d'exercer mais de receuoir ministere. Or qu'a cela de repugnant auec
la doctrine de l'Eglise touchant l'Eucharistie ? Là où il y a remission
des pechez il n'y a plus d'oblation pour le peché ; Il est vray : Au
sens où la remission des pechez a esté accomplie il ne reste plus de
sacrifice : Car la fin estant obtenue le moyen n'est plus necessaire :
Or maintenant il y a pleniere remission des pechez pour tout le genre humain, Cela est vray du costé de Christ : Christ à ce qui est de
sa part & de son office, a acquis pleine & entiere remission des pechez à tous les hommes : Il a porté nos pechez sur le bois, *Il est*
Epist. 1. c. 2. *propitiation pour nos pechez*, dit sainct Iean, *& non pour nos pechez*
seulement, mais pour ceux de tout le monde ; Il n'y a donc plus d'oblation & de sacrifice à attendre de sa part ; il a faict tout ce qui estoit requis de luy, Cela est tres-bien conclu : Il n'y en a donc plus à exercer
de la nostre. En quelle dialectique ? La remission des pechez est-elle
accomplie de nostre part ? Ne la recerchons-nous pas tous les iours ?
Ne sommes-nous pas obligez de dire à chaque moment, pardonne
nous nos offences ? Et pour cela derogeons-nous au pardon que nostre Seigneur nous a acquis en mourant ? Non. Car il y a remission
generale & remission particuliere ; remission originale, & remission applicatiue ; remission accomplie de la part de Christ, & remission accomplie de la nostre : La remission generale & originale de
nos pechez impetrée en la croix, contient bien en vertu toutes les
remissions particulieres qui se font comme en détail & par le menu
tous les iours : Elle en est la source & le principe, car sans effusion de
sang, presente ou operante, il n'y a point de remission : mais elle
ne les produit pas actuellement en nous, si elle n'est appliquée par
les moyens subalternes. Comme donc ce seroit impieté de presumer
qu'il falust que nostre Seigneur meritast & acquist de nouueau la
remission vniuerselle des pechez du monde, & supposer que l'o-
beïssance qu'il a renduë vne fois iusqu'à la mort n'eust pas esté suffisante pour obtenir ce qu'il auroit entrepris ; ainsi seroit-ce sacrilege
de pretendre qu'il luy fallust s'offrir & endurer derechef. Mais comme à l'opposite ceste remission generale accomplie de sa part, n'e-
steint pas la necessité des remissions particulieres & applicatiues que
nous sommes tenus de recercher tous les iours, ainsi l'oblation originale de nostre redemption faitte par luy vne seule fois, n'exclud
pas les oblations quotidiennes de Religion, par lesquelles comme
par autant d'appareils contenants la verité & l'image du souuerain

sacrifice de la croix; la verité quant à l'essence de la victime; l'image
& la figure quant à l'acte de l'immolation, le merite de ceste premiere
source de grace & de remission nous est remis en memoire & appliqué.[a] *Quoy donc, (dit sainct Chrysostome sur ce lieu de l'Epistre aux
Hebrieux) & nous autres n'offrons-nous pas tous les iours? Si faisons certes nous offrons, mais celebrants la memoire de sa mort: Et ce sacrifice est
vn & non plusieurs. Comment vn & non plusieurs? Pource qu'il a esté
vne fois offert & introduit au Sanctuaire des Sanctuaires: Cecy est figure
de cela, & ceste oblation est figure de celle-là: Nous offrons tousiours le
mesme Christ, non maintenant vn autre: mais tousiours le mesme. Par
ainsi c'est vn mesme sacrifice en ceste sorte: Autrement pource qu'il est offert
en plusieurs lieux sont-ce plusieurs Christs? Nullement: Mais vn mesme
Christ par tout, icy entier, & là entier, vn mesme corps: Comme donc estant
offert en plusieurs lieux c'est neantmoins vn mesme corps & non plusieurs,
ainsi est-ce vn seul sacrifice. C'est nostre souuerain sacrificateur qui a offert l'Hostie de nostre expiation: Nous offrons la mesme qui a esté offerte
lors & qui est inconsumptible.* Et Primasius disciple de sainct Augustin
& [b] Euesque d'Vtique en Afrique, [c] l'an de la mort de nostre Seigneur
407.[d] *Que dirons-nous doncques? Nos Prestres, &c. n'offrent-ils pas tous
les iours sacrifice? Ils l'offrent à la verité, mais en memoire de sa mort. Car
nous pechons tous les iours, & auons tous les iours besoin d'estre purifiez.
Et parce qu'il ne peut plus mourir, il nous a donné le Sacrement de son
corps & de son sang, afin que comme sa passion a esté la redemption &
l'absolution du monde: Ainsi ceste oblation soit redemption & purification à ceux qui l'offrent en vraye foy.* En quoy tant s'en faut que les
oblations de l'Eglise perdent le tiltre de sacrifice pour estre commé-
morations, c'est à dire, oblations commemoratiues de celuy de Christ,
que sans la condition qu'elles ont d'enfermer en leur essence la mémoire de la mort de nostre Seigneur, qui est le seul sacrifice en chef,
le seul sacrifice absolu & independant, le seul sacrifice non relatif,
elles ne seroient pas vrays & legitimes sacrifices. Car tout sacrifice de
Religion doit estre fondé sur vne precise relation & analogie au sacrifice original de redemption, pour la celebration duquel il est institué. [e] Les Israëlites immoloient tous les ans le sacrifice de l'Aigneau
Paschal, en memoire de ce premier Aigneau du sang duquel ils
auoient arrousé les posteaux de leurs portes pour estre garantis de la
main de l'Ange qui frappoit les aisnez d'Egypte. Ce sacrifice succedant, encore qu'il fust commemoratif d'vn autre premier & originaire sacrifice, asçauoir de celuy par le sang duquel ils auoient esté

a Chrysost. homil. 17. in epist. ad Hebr.

Τί οὖν, ἡμεῖς καθ' ἑκάστην ἡμέραν οὐ προσφέρομεν; προσφέρομεν μέν, ἀλλ' ἀνάμνησιν ποιούμενοι τοῦ θανάτου αὐτοῦ, καὶ μία ἐστὶν αὕτη καὶ οὐ πολλαί· πῶς μία, καὶ οὐ πολλαί; ἐπειδὴ ἅπαξ προσηνέχθη, ὥσπερ ἐκείνη ἡ εἰς τὰ ἅγια τῶν ἁγίων. τοῦτο ἐκείνης τύπος ἐστί, καὶ αὕτη ἐκείνης. τὸν γὰρ αὐτὸν ἀεὶ προσφέρομεν, οὐ νῦν μὲν ἕτερον, αὔριον δὲ ἕτερον, ἀλλ' ἀεὶ τὸ αὐτό. ὥστε μία ἐστὶν ἡ θυσία, ἐπὶ τῷ λόγῳ τούτῳ, ἐπειδὴ πολλαχοῦ προσφέρεται καὶ πολλοὶ Χριστοί. ἀλλ' οὐδαμῶς· ἀλλ' εἷς πανταχοῦ ὁ Χριστός, καὶ ἐνταῦθα πλήρης ὢν, καὶ ἐκεῖ πλήρης, ἓν σῶμα. ὥσπερ οὖν πολλαχοῦ προσφερόμενος ἓν σῶμά ἐστι, καὶ οὐ πολλὰ σώματα· οὕτω καὶ μία θυσία ὁ ἀρχιερεὺς ἡμῶν ἐκεῖνός ἐστι ὁ τὴν θυσίαν τὴν καθαίρουσαν ἡμᾶς προσενεγκών· ἐκείνην προσφέρομεν καὶ νῦν τὴν τότε προσενεχθεῖσαν τὴν ἀνάλωτον.

b selon l'inscription imprimée de ses commentaires, Euesque d'Vtique en Afrique: selon la verité, né d'Vtique en Afrique; mais Euesque d'Adrumete, autrement appellée Iustinopolis en Afrique.

c Selon la collocation de Trithemius & des Centuriateurs d'Allemaigne, au siecle de Sainct Augustin, & enuiron l'an de la mort de Christ 407. selon la verité de l'histoire, au siecle de Cassiodore, & du 5. Concile œcumenique, & enuiron l'an de la mort de Christ 507.   d In epist. ad Hebr. c. 10.   e Exod. 14.

deliurez de l'Ange exterminateur, & n'euft nul autre office externe
felon l'écorce litterale de la Loy, ne laiffoit pas pourtant par le témoignage de la Loy mefme d'eftre vray facrifice. I'ay dit felon l'écorce
litterale de la Loy, pource que combien que ces chofes euffent d'autres correfpondances en l'Euangile, neantmoins demeurant dans les
fimples bornes exterieures de l'ancien Teftament, le facrifice ordinaire de la Pafque n'auoit autre vfage que de reprefenter & ramenteuoir
l'immolation de ce premier Agneau par le fang duquel ils auoient
efté affranchis de la playe d'Egypte. Ces facrifices conferez entr'eux
& fans fortir de l'eftenduë de la Loy eftoient facrifices, l'vn de redemption légale, l'autre de Religion légale : Par l'vn les premiers
naiz d'Ifraël auoient efté fauuez de la mort temporelle : Par l'autre
ils renouueloient la memoire de ce falut. Conferez diftinctement
auec les accompliffements Euangeliques, ils figuroient, l'vn le facrifice de la redemption eternelle acquife vne fois par l'effufion du fang
de l'Agneau de Dieu ; l'autre cefte Pafque Euangelique & ce facrifice de Religion, par lequel nous le celebrons & commemorons.
Comme donc le culte annuel de la Pafque, encore que ce fuft vne
memoire du facrifice de la redemption d'Egypte, ne laiffoit pas d'e-
ftre vray facrifice de Religion : Et comme fi le mefme Agneau qui
fut immolé la premiere fois en chaque famille pour la deliurance des
premiers naiz euft efté inconfumptible en foy-mefme, & fe fuft peu
reftituer & rendre prefent tous les ans fous vne forme externe con-
fumptible, vne feule & mefme victime euft efté capable fous diuerfes
circonftances de feruir de facrifice de redemption légale & de facrifice
de Religion légale : Ainfi eft-il de l'Hoftie Euangelique au facrifice
de la croix & en celuy de l'Euchariftie. Dieu voulut que la meruille
de ce premier facrifice de redemption légale fuft celebrée & folem-
nifée par vn facrifice perpetuel de Religion légale, qui feruift de
monument & d'image à la pofterité pour remettre toufiours ce bien-
fait deuant les yeux & en l'efprit du peuple, pour leur en renouueller
& imprimer plus viuement la memoire & la gratitude. *Quand vos en-*

Exod. 12.

fans, dit il, vous demanderont : Quelle eft cefte Religion? Vous leur di-
rez : C'eft la victime du paffage du Seigneur, lors qu'il paffa fur les mai-
fons des enfants d'Ifraël en Egypte, frappant les Egyptiens & deli-
urant nos familles. Ainfi il a voulu que le facrifice de la redemption
eternelle fait en la croix, fuft folemnifé, commemoré, & reprefenté aux yeux de fon Eglife par l'obferuation de cefte Pafque Euangelique, qu'il a fait fucceder au culte & à la Religion de la Pafque
légale, quand en vn mefme repas, conjoignant les deux loix enfemble en l'vnique pierre angulaire, il fit s'entre-rencontrer entre
les viandes Sacramentales, comme dit fainct Cyprian, *les inftitu-*

De Cœn. Dom.

tions antiques & les nouuelles, & l'Agneau que l'ancienne Tradition
ordonnoit

vrdonnoit ayant esté consumé, proposa la viande inconsumptible à ses Disciples: Afin que quand les enfans des Fidelles leur demanderont quelle
est ceste Religion, ils puissent répondre, C'est la victime du passage
du Seigneur, lors qu'il passa de ce monde à son Pere ; & frappant
les premiers nez d'Egypte, asçauoir les Princes des Enfers & des tenebres, espargna les vrais aisnez Israëlites, c'est à dire, ses Disciples;
& pour leur laisser vne viue & perpetuelle impression de ce benefice, institua l'image & la representation du supréme sacrifice de sa
mort, par ce culte & sacrifice de Religion, & leur dit, Faittes cecy
en memoire de moy. Dequoy nous autres ayants souuenance, &
nous rendants ses imitateurs autant que la condition de nostre sacrificature le permet, nous faisons en mystere de Religion ce qu'il
a fait en verité nuë & découuerte, & disons auec sainct Ambroise:
*Nous auons veu le Prince des Sacrificateurs venant à nous ; Nous l'auons
veu & l'auons oüy offrant son sang pour nous : Suiuons-le comme nous
pouuons nous autres Prestres, en offrant sacrifice pour le peuple; combien qu'infirmes en merite, honorables toutesfois en sacrifice: Car jaçoit
que Christ ne soit plus veu offrir maintenant, toutesfois il est offert en
terre quand son corps est offert : Voire il monstre qu'il offre luy-mesme
en nous, puis que c'est sa parole qui sanctifie le sacrifice qui est offert.*

Fin de la premiere partie.

DISCOVRS RECVEILLY PAR LE
Sieur de Beaulieu, des propos que Monsieur l'Euesque
d'Eureux tint à Monsieur de Sancy, sur l'authorité
& necessité des Traditions Apostoliques.

A parole de Dieu non écrite, que nous appellons Tra-
dition Apostolique, est de mesme force & authorité
que l'écrite; & sans elle, la seule Escriture n'est pas
suffisante pour refuter toutes les heresies.

Les Iuifs croyoient, quand le corps de la Loy de
Moyse leur fut baillé, plusieurs choses, ou qui n'estoient point
contenuës dans les cinq liures de Moyse, ou qui ne leur apparoissoient pas y estre contenues: comme l'Immortalité de l'ame: la Resurrection des corps, le Iugement final, le Paradis, l'Enfer, la Creation & distinction des ordres des Anges, l'Estre & la creation
des Diables, & plusieurs autres, qu'ils ne pouuoient sçauoir

Xx

par science humaine , mais falloit qu'ils les eussent receuës de la reuelation de Dieu : & partant qu'ils eussent vne autre voye pour deriuer & conseruer la parole de Dieu, outre celle de l'Escriture.

Car quant au liure de Iob, outre ce que la plus-part des Iuifs, & Mercerus auec eux , & les principaux Caluinistes nient, que le passage qui y est, s'entende de la Resurrection ; Il n'y a nul témoignage asseuré, que le liure de Iob fust en estre, lors que la Loy de Moyse fut donnée : Au contraire la plus-part pensent, qu'il a esté écrit depuis la transmigration de Babylone, & semble qu'Ezechiel mesme le confirme, qui dit, Noé, Daniel, & Iob.

Quant à Daniel, & aux autres Prophetes, on sçait qu'ils ont esté plus de sept ou huict cents ans depuis.

Et pour le regard de l'argument de nostre Seigneur contre les Sadduceens ; Il prouue bien l'Immortalité de l'ame, & non les autres poincts : Mais cest argument-là, iusques à luy, estoit incogneu aux Iuifs, qui admirerent pour ceste cause l'infinité de sa Sapience ; Et partant il falloit qu'ils en eussent receu la creance, pour la tenir comme article de Foy , par vn autre moyen que par la lecture des liures de Moyse, asçauoir, par la Tradition d'Abraham, Isaac, Iacob, & autres Peres.

Ils auoient outre cela plusieurs autres choses, dont l'institution ne se trouuoit, ny dans les liures de Moyse, ny dans aucun des autres du vieil Testament : Comme l'institution de l'ordre des Exorcistes, qui par certaine formule authentique de Dieu, coniuroient les malins Esprits, comme nostre Seigneur leur en rend témoignage , disant ; Si ie jette les Diables au nom de Beelzebub, vos enfans au nom de qui les jettent-ils ? Et pour ceste raison, ils seront vos Iuges. Lesquels enfants Caluin prouue, que c'estoient les Exorcistes des Iuifs , tels que ceux dont est parlé au chap. 19. des Actes.

Ils auoient le miracle de la Piscine dont l'Ange troubloit l'eau, qui estoit la figure du Baptesme qui nous deuoit guerir de nos infirmitez, apres que l'Ange du grand Conseil, qui est nostre Seigneur Iesus-Christ , seroit descendu dedans l'eau. Or que ce ne fussent point prestiges du Diable, & superstition pour ceux qui y recouroient : mais vn vray miracle institué de Dieu, où l'on pouuoit auoir foy ; il ne s'en cognoissoit rien que par Tradition.

L'vsage aussi qu'ils auoient de deliurer vn homme à la Pasque, qui estoit la figure de la deliurance du genre humain, par la Pasque de nostre Seigneur, estoit Tradition.

Les Apoſtres auſſi à tout propos alleguent la Tradition, ſoit par forme d'hiſtoire, ſoit par forme d'argument.

Sainct Paul dit, que Moyſe en l'acte de la ſolennité de l'Allian- *Hebr. 9.* ce, meſla de l'eau dans le ſang du Teſtament, dont il arrouſa le peuple: qui eſtoit la figure, que nous deuions eſtre arrouſez par le ſang de Chriſt, qui eſt le ſang de noſtre Alliance: Neantmoins ce meſlange d'eau auec le ſang, n'eſt point décrit par Moyſe, ny par aucun autre autheur de l'ancien Teſtament.

Il arrouſa auſſi le liure de l'Alliance de ce meſme ſang, dit ſainct Paul, qui eſtoit la figure, que le liure de la Loy deuoit prendre ſa force du ſang de Ieſus-Chriſt: Et neantmoins de ceſt arrouſement du liure, il n'en eſt fait aucune mention dans l'ancien Teſtament.

Il dit, que l'vrne de la manne, & la verge d'Aaron furent miſes dans l'Arche, que nous ſçauons auoir eſté lieu d'adoration: Et toutesfois pas vn liure de l'ancien Teſtament n'en fait aucune mention.

Sainct Iude raconte le combat de l'Ange auec le Diable, touchant la ſepulture de Moyſe, comme choſe toute cogneuë parmy les Iuifs: & en fait vn argument contre ceux qui blaſphemoient les dignitez, recitant les paroles meſmes de l'Ange. Or cela c'eſtoit vne Tradition, qui ne pouuoit auoir prins ſon principe d'aucun enſeignement humain, mais de la pure reuelation & parole de Dieu.

Il rapporte tout de meſme la Prophetie d'Enoch, touchant l'aduenement final de Dieu au jour du Iugement. Cela c'eſtoit parole de Dieu, qu'il eſtoit vtile, voire neceſſaire de croire, à tous ceux à qui la notification en eſtoit paruenuë: Et neantmoins qu'Enoch ayt iamais rien écrit, il n'en paroiſt aucune choſe par l'Eſcriture.

Et non ſeulement les Apoſtres nous donnent l'exemple de l'vſage des Traditions, mais encore le commandement: Obſeruez, *2.Theſ. 2. 15.* dit S. Paul, les Traditions que vous auez receuës de nous, ſoit par parole, ſoit par noſtre Epiſtre. Auquel lieu ceux de Geneue ont oſté du texte de leur Bible Françoiſe, le mot de *Tradition*, qui eſt dans le Grec & dans le Latin, & mis celuy d'*Enſeignement*. A quoy il ne faut point que l'on réponde, que ſainct Paul reſtreint la generalité de ceſte propoſition, aux ſeules Traditions qui ont depuis eſté écrites: Car c'eſt en conſequence d'vne Tradition qu'il leur auoit donnée touchant la cauſe qui retardoit l'aduenement de l'Antechriſt, laquelle n'a iamais eſté écrite, qu'il forme ceſte loy generale. Et en ce ſens auſſi l'interprete ſainct Baſile, ſainct Epiphane, & ſainct Chryſoſtome.

Il dit auſſi à Timothée : *Tu ergo, fili, confortare in gratia quæ eſt in Chriſto Ieſu, & quæ audiſti à me per multos teſtes, hæc commenda fidelibus hominibus qui idonei erunt & alios docere.* Duquel dépoſt il n'euſt point eſté beſoin : mais ſeulement d'expliquer l'Eſcriture, ſi toute la parole de Dieu, comme nos Aduerſaires pretendent prouuer par ce meſme chapitre, euſt eſté ſuffiſamment écrite, ou l'euſt deu eſtre dés le ſiecle meſme des Apoſtres.

II.

Outre cela il y a quatre poincts que nos Aduerſaires tiennent auec nous, & condamnent, comme nous faiſons, d'hereſie ceux qui y repugnent : pour le moins, touchant les trois premiers ; aſçauoir la verité du Baptefme des petits enfans ; celle du Baptefme des Heretiques, la proceſſion du ſainct Eſprit du Pere & du Fils, & la tranſlation de la feſte du Samedy au Dimanche, qui ne ſe peuuent conclure par aucune preuue demonſtratiue de nul lieu de l'Eſcriture.

Matt.19.

Premierement, pour le regard du Baptefme des petits enfans, qu'il ſoit vray & legitime, ils n'ont que trois arguments qu'ils puiſſent alleguer auec quelque apparence pour ceſt effect. Le premier eſt des petits enfans qu'on amena à Ieſus-Chriſt, afin qu'il priaſt & miſt les mains ſur eux. Mais puis qu'il ne les baptiſa point, & qu'auſſi ne luy auoient-ils eſté amenez pour ceſt effect, ains ſeulement mit les mains ſur eux, & puis s'en alla : tant s'en faut que les Anabaptiſtes auoüent, que de là on puiſſe conclure qu'il les faille baptiſer, qu'au contraire, ils en inferent, que puis qu'il ne les baptiſa point, il ne les faut point baptiſer. Le ſecond argument eſt de la Circonciſion, qui eſtoit donnée au petits enfans, & figuroit le Baptefme. A quoy on répond : Premierement, Que les arguments des figures ne concluent pas touſiours également pour la verité des choſes figurées, s'il n'y en a vn commandement reiteré. L'Aigneau Paſchal eſtoit la figure de l'Euchariſtie, comme la Circonciſion du Baptefme : Or en la celebration de l'Aigneau Paſchal, il n'y auoit point de breuuage ſacramétal : il n'en ſeroit donc point de beſoin en l'Euchariſtie. Ils n'admettroiét pas ceſt argument. La Circonciſion ſe donnoit au huictiéme jour : Il faudroit donc obſeruer le meſme au Baptefme : l'argument eſt nul. La Circonciſion ne ſe dónoit point aux fémes entre les Iuifs, mais ſeulement entre les Egyptiens, & autres profanes, imitateurs de la Circonciſió : Le Baptefme ne leur doit donc point eſtre conferé : l'argument eſt nul pareillement. En ſecond lieu la Circonciſion auoit deux vſages ; l'vn temporel, qui eſtoit celuy qui répondoit proprement à l'écorce de la Loy Iudaïque, pour diſtinguer pareillement ceux qui eſtoient yſſus corporellement d'Abraham & les diſcerner d'auec les autres nations ; l'autre ſpirituel :

Imperauit, dit Ioseph, *Abrahæ*, *vt genitalia circuncideret: voluit enim Deus*, *vt genus eius non permisceretur aliis gentibus.* Et pour ceste cause, tout le temps qu'ils furent au desert, ceux qui y nasquirent, ne furent point circoncis, à cause qu'ils ne se mesloient point auec les autres nations ; comme remarque sainct Hierome & Damascene: Là où le Baptesme n'ayant qu'vn seul vsage, qui est le spirituel, les seules circonstances de la Circoncision ne concluent rien qui ayt consequence necessaire pour le Baptesme. Pour le troisiéme: La Circoncision laissoit vne note perpetuelle en la chair, qui estoit tousiours vn signe sensible à celuy qui l'auoit receu, qu'il auoit esté circoncis; là où le Baptesme ne laisse aucune marque sensible, sinon en la cognoissance & en la memoire de celuy qui a esté baptisé: Et partant le Baptesme semble requerir l'aage capable de cognoissance & de memoire. Pour le quatriéme : En la Circoncision il n'y auoit qu'vn signe materiel sans parole ; là où au Baptesme tant l'element, que la parole sont de l'essence du Sacrement. *Tolle aquam*, dit sainct Augustin, *non est Baptismus: Tolle verbum*, *non est Baptismus*. Il faut donc, ce semble, que celuy qui est baptisé, & auquel la parole du Baptesme s'addresse, soit capable non seulement du signe elementaire, mais aussi de la parole : Ce qui n'estoit point requis en la Circoncision. Pour le cinquiéme ; Quand toutes les choses qui auoient lieu en la Circoncision, deuroient auoir leur correspondance au Baptesme, il ne seroit pas pourtant necessaire que ce fust vne correspondance d'identité; mais il suffiroit d'vne correspondance d'analogie. Comme la ceremonie des laictues ameres, & du baston qu'il falloit tenir en la main, en mangeant l'Aigneau Paschal, ne s'accomplit pas literalement en l'Eucharistie, mais seulement spirituellement entant que nous la mangeons auec contrition & amertume de nos fautes, & comme pelerins & passagers en ce monde, pour aller en vn autre vie; ainsi l'enfance temporelle à laquelle estoit appliquée la Circoncision, peut auoir sa correspondance au Baptesme, en la seule enfance spirituelle, de laquelle il faut que nous redeuenions enfans, pour estre baptisez, selon ceste sentence de nostre Seigneur ; Si vous n'estes faits comme petits enfans , vous n'entrerez point au Royaume des Cieux: Et pourtant à ceux qui estoient déja tous blancs de vieillesse, on ne laissoit pas de leur donner en la primitiue Eglise, lors qu'on les baptisoit, du miel & du laict à gouster, *Ad significandum infantiam*, dit S. Hierosme. Au moyen dequoy l'argument est bon de conclure ainsi: La Circoncision estoit dónée à ceux qui estoient petits enfans, d'enfance temporelle:Le baptesme donc peut estre donné à ceux qui sont petits enfans

Contr. Lucifer.

X x iij

de l'enfance ſpirituelle, c'eſt à dire, à ceux qui ſont deuenus petits enfans en malice, comme dit ſainct Paul. Mais d'inferer; Elle eſtoit donnée aux petits enfans de l'enfance temporelle; le Bapteſme doit donc eſtre conferé à ceux qui ſont petits enfans de la meſme façon, la concluſion ne force point: Et pourtant ſainct Auguſtin alleguant ceſt argument, en fait ſeulement eſtat comme d'vne coniecture.

III.

Cap. II.

Le troiſiéme argument eſt prins des Actes, où ſainct Pierre dit, Que ayant veu deſcendre le ſainct Eſprit ſur ceux qui oyoient la parole en la maiſon de Corneille, il ne leur pût nier le Bapteſme, puis qu'ils auoient receu la meſme grace: Dont ils concluent, Ceux qui ſont capables d'vne meſme grace, ſont capables d'vn meſme ſigne: Or les petits enfans ſont capables d'vne meſme grace; Ils ſont donc capables d'vn meſme ſigne. A quoy ſans s'amuſer à repliquer, qu'en l'ancien Teſtament les femmes eſtoient bien capables de la meſme grace, & non du meſme ſigne; On peut répondre pour les Anabaptiſtes, que ceux qui ſont capables d'vne meſme grace, & en la meſme façon, ſont capables d'vn meſme ſigne: Mais ceux qui ſont capables d'vne meſme grace en diuerſes façons, ne ſont pas pourtant capables d'vn meſme ſigne. Or les petits enfans diront les Anabaptiſtes, ſont bien capables d'vne meſme grace auec les grands, mais non pas en vne meſme façon: car les grands ſont capables de la grace, par leur foy propre & perſonnelle, & les petits enfans, par la foy de leurs parents, qui leur eſt imputée: Et partant aux vns eſt requis vn Bapteſme propre & perſonnel, & aux autres ſuffit le Bapteſme imputatif de leurs parents; eſtant choſe raiſonnable, que le Bapteſme ſuiue la qualité de la foy, de laquelle il eſt Sacrement. Et ceſte réponſe ſert à tous les arguments de pareille nature, aſçauoir que les petits enfans ſont parties de l'Egliſe; ſont capables du Royaume des Cieux, dont le Bapteſme eſt la porte & l'entrée. Car de la meſme façon dont ils en ſont capables, aſçauoir, par vne foy imputée & non perſonnelle; le Bapteſme, diront-ils, & non autrement leur doit eſtre communiqué. De ſorte, que comme ils croyent en la foy de leurs parents, iuſques à ce qu'ils ſoient capables d'vne foy perſonnelle: ainſi ſont-ils baptiſez au Bapteſme de leurs parents, iuſques à ce qu'ils puiſſent eſtre baptiſez d'vn Bapteſme perſonnel, c'eſt à dire, venus en aage de cognoiſſance. A ces trois arguments ils ajouſtent vne legere petite coniecture, de ce que ſainct Paul dit qu'il a baptiſé la famille d'Eſtienne: Donc concluent-ils, Les petits enfans peuuent eſtre baptiſez. Lequel argument cloche de tous les deux coſtez: Car premierement il faudroit prouuer, qu'il y euſt eu des petits enfans en la famille d'Eſtienne; ce que l'Eſcriture ne dit point : Et ſecondement., que ces petits enfans-là euſſent eſté particulierement baptiſez. Car quand il y auroit eu des petits enfans en ceſte maiſon-là , le teſmoignage que ſainct Pàul rend , d'auoir baptiſé la famille d'Eſtienne ne concluroit rien pourtant pour eux, s'il ne fait mention expreſſe, qu'ils ayent eſté particulierement baptiſez. Car on peut touſiours répondre, qu'auoir baptiſé la maiſon d'Eſtienne, c'eſt à dire, qu'il a baptiſé tous ceux qui eſtoient capables de Bapteſme en ceſte maiſon. Comme quand il eſt dit en ſainct Iean, *de Regulo; Credidit ipſe,* *Cap. 5.* *& domus eius tota :* Ce n'eſt pas à dire que les petits enfans au berceau, s'il y en auoit, euſſent creu: mais ceux qui par l'aage eſtoient capables de la creance. Au contraire, pour monſtrer que tant s'en faut que ceſte obiection de la maiſon d'Eſtienne face quelque choſe, en laquelle il n'eſt point teſmoigné qu'il y euſt de petits enfans ; Ils repliquent, qu'en la conuerſion de Samarie faitte par ſainct Philippes, en laquelle on ne peut douter, que les peres & meres conuertis n'euſſent des petits enfans au berceau; l'Eſcriture ſpecifie notamment , que *Baptiſabantur viri ac mulieres* , ſans faire mention des petits enfans.

Il y a encor vn argument, qui eſt fort en la bouche des Catho-   IV. liques, eſtant appuyé de la Tradition de l'Egliſe, & de l'interpretation qui a touſiours eu cours parmy les Catholiques, aſçauoir, *Niſi quis renatus fuerit ex aqua & Spiritu Sancto, non poteſt introire in regnum Dei;* Mais qui en la bouche de Caluin & de ceux de ſa ſecte eſt nul : Car il interprete là, *aqua*, non pour l'eau elementaire, mais pour le S. Eſprit. Et quand on luy replique que ce ſeroit vne repetition d'vne meſme choſe, ſous deux diuerſes paroles ; Il oppoſe, *Baptiſabit vos Spiritu Sancto & igni*, là où il veut qu'*ignis & Spiritus Sanctus* ſoit vne meſme choſe. Ce qu'il fait, pour exclure la neceſſité du Bapteſme. Mais en ſomme à tous ceux qui ſe veulent ſeruir de ce paſſage; les Anabaptiſtes qui rejettent la Tradition & l'interpretation de l'Egliſe, répondent, que ceſte propoſition ſe doit entendre de ceux qui ſont capables de Bapteſme : Comme quand il eſt dit au meſme chap. *Celuy qui ne croit point, eſt déja iugé:* Cela s'entend, diſent-ils, de ceux qui ſont en aage de croire.

Or contre ces arguments, dont ils ſe démeſlent ainſi facilemét par leurs ſolutions, quand ils ne ſont point preſſez de l'authorité de la Tradition & de l'interpretation de l'Egliſe, Ils en ont d'autres beaucoup plus forts en apparence; comme, Que le Bapteſme eſt vn acceſſoire & vn ſeau de la Foy, & partant que ceux qui ne ſont point capables de la Foy, ne ſont pas capables du Bapteſme: Que le Bapteſme eſt appellé lauement de Regeneration: Que la Regeneratió ſe fait par la Foy & par la Parole de Dieu: Vous eſtes

tous enfans de Dieu par la Foy, dit fainct Paul. Et fainct Pierre,
Vous eftes renez non d'vne femence corruptible, mais incorruptible, par la parole de Dieu. Que noftre Seigneur dit, Qui croira, & fera baptifé, &c. Sainct Paul, Vne Foy, vn Baptefme: Sainct
Philippe à l'Eunuque qui luy demandoit, s'il luy eftoit licite d'e-
ftre baptifé, Si tu crois, il t'eft licite. Que les Sacrements font fignes fenfibles à ceux à qui ils font Sacrements : Qu'ils font Sacrements à ceux à qui ils font conferez: qu'ils leur doiuent donc eftre
fenfibles en qualité de fignes, autrement ils ne font point Sacrements: Que le Baptefme n'eft pas fenfible aux petits enfans en cefte qualité, ny ne le peut deuenir apres, de forte qu'il faut qu'ils fe
rapportent fus la foy d'autruy d'auoir efté baptifez, & partant
qu'il ne leur eft point Sacrement: Que iamais Iefus Chrift ne les
a baptifez, ny luy, ny fes Apoftres, felon le recit de l'Efcriture.
Au contraire que l'Efcriture femble les en auoir exceptez, exprimant *Viros & mulieres.* Que fi le Baptefme des petits enfans, n'eft
point vray & legitime, outre ce que ceux qui le leur conferent,
profanent le feau de l'Alliance, & pollüent le fang du Teftament,
l'appliquant à vne matiere incapable: Ils commettent vn autre facrilege, de ne le reiterer point à ceux qui en font puis apres capables, & aufquels il eft neceffaire, finon de neceffité de moyen,
pour le moins, felon nos Aduerfaires mefmes, de neceffité de
precepte: Et pourtant Seruet difoit, que c'eftoit vne impieté plus
que Mahometique & Diabolique. Et en fomme, fi le Baptefme
des petits enfans n'eft point vray ny legitime, l'Eglife de nos Aduerfaires qui ont tous efté baptifez en enfance, n'a point de vray
Baptefme: Et partant n'eft point vraye Eglife. Car fainct Paul
dit, que Chrift a purifié fon Eglife par le lauement d'eau en la parole: & eux ils difent que la vraye Eglife eft celle qui a la pure predication de la parole, & la fincere adminiftration des Sacrements.
Et bref pour conclure ce propos ; ou eux, ou les Anabaptiftes,
font Heretiques. Car c'eft vn article de Foy, qu'il y a vn Baptefme,
& vne Foy, comme dit fainct Paul: Et le Symbole de l'Eglife dit,
Ie confeffe vn Baptefme en la remiffion des pechez. Or fi le Baptefme des petits enfans, n'eft point vray Baptefme, ceux qui les
baptifent, n'ont nul Baptefme, & partant font Heretiques; vio-
lants ceft article de Foy, Ie croy vn Baptefme. Et s'il eft vray Baptefme, les Anabaptiftes font Heretiques, qui les rebaptifent:
Car ils redoublent le Baptefme, contre ce mefme article de Foy,
Ie croy vn Baptefme. Eftant donc neceffaire, que l'vn des deux
partis foit Heretique, & ne fe pouuant verifier par l'Efcriture
feule, lequel des deux l'eft ; Il s'enfuit que toute herefie ne peut
pas eftre refutée par la feule Efcriture. Dont ie forme ce fyllogifme.

Tout ce qui contient suffisamment les principes d'vne science,
doit pouuoir prouuer toutes les propositions appartenantes à la
mesme science, & refuter toutes celles qui y repugnent. Or toute heresie repugne à la science de la Theologie & à la Religion:
& l'Escriture seule ne peut pas refuter toutes les heresies.

L'Escriture donc ne contient pas suffisamment tous les principes de doctrine necessaires à la science de la Theologie & de la
Religion, Et partant il y faut employer d'autres principes conjointement auec l'Escriture, lesquels ne peuuent auoir authorité
en ce cas, s'ils ne sont reuelez par la parole de Dieu. Il faut donc
conceder, qu'outre la parole de Dieu écrite, il y a encor des parties de la mesme parole non écrite, entre lesquelles aussi sainct Augustin conte celle-cy du Baptesme des petits enfans: *Consuetudo
matris Ecclesiæ in baptisandis paruulis non est spernenda, neque omnino
credenda, nisi Apostolica esset Traditio.*

La seconde heresie qui ne se peut refuter par l'Escriture, est
celle du Rebaptisement des Heretiques. Car il n'y a nul lieu dans
les écrits des Prophetes, ny des Apostres, qui témoigne que le
Baptesme qui est parmy les Heretiques, soit vray Baptesme. Au
contraire, il y a infinis passages qui semblent y repugner, comme
ces paroles de nostre Seigneur; Qui croira, & sera baptisé, &c. Et
celles de sainct Paul, Vne Foy, vn Baptesme. Dont on conclud,
que puis qu'il n'y a point de Foy parmy les Heretiques, & que ceste vnité de Foy dont parle sainct Paul, ne s'y trouue point; qu'il
n'y a point de Baptesme. De sorte que ceux qui ont esté baptisez
par eux, ne sont non plus baptisez, que ceux à qui on auroit ietté
fortuitement de l'eau sur la teste, leur manquant la premiere &
principale condition, pour faire qu'vn homme soit matiere & suject capable de Baptesme, asçauoir la Foy. Que tous ceux qui sont
baptisez, comme dit sainct Paul, ont vestu Christ; Que Christ
ne se peut vestir hors de l'Eglise, qui est appellée la plenitude de
Christ: Et que partant le Baptesme ne peut estre parmy les Heretiques. Que le Baptesme est en remission des pechez; Qu'vn chacun de vous, dit sainct Pierre, soit baptisé en remission des pechez. Et le Symbole de Constantinople, Ie croy vn Baptesme
en remission des pechez. Or parmy les Heretiques il n'y a point
de remission des pechez; Car les clefs ont esté données à l'Eglise: Ny par consequent point de Baptesme. Que quand il fut dit
à sainct Iean Baptiste, que nostre Seigneur baptisoit, il répondit; Nul ne peut rien faire, s'il ne luy a esté donné du Ciel: Que
nulle authorité n'est donnée du Ciel aux assemblées Heretiques;
& partant qu'elles ne peuuent baptiser: Que le Baptesme se faict
par la vertu du sainct Esprit, Que le sainct Esprit ne reside point

hors l'Eglise, ny par consequent le Baptesme.

V.

Contre ces arguments tirez auec grande apparence de l'Escriture, sainct Augustin qui a traitté ceste question dix ans entiers contre les Donatistes, n'a sceu trouuer aucune preuue actuelle & demonstratiue dans l'Escriture, de la doctrine de l'Eglise pour ce regard, & ne leur a sceu opposer autre chose pour tenir lieu de preuue infaillible, que la Tradition & authorité de l'Eglise: *Hoc, dit-il, obseruandum est in his rebus, quod obseruat Ecclesia Dei: Quæstio autem inter vos & nos est, vtra sit Ecclesia Dei: Ergo à capite sumendum exordium; cur schisma feceritis.* Et ailleurs: *Proinde quamuis huius rei certè de Scripturis Canonicis non proferatur exemplum, earundem tamen Scripturarum etiam in hac re, à nobis tenetur veritas, cùm hoc facimus, quod vniuersæ iam placuit Ecclesiæ, quam ipsarum Scripturarum commendat autoritas, vt quando S. Scriptura fallere non potest, quisquis falli metuit huius obscuritate quæstionis, eandem Ecclesiam de illa consulat, quam sine ulla ambiguitate S. Scriptura demonstrat.* Et encore ailleurs: *Sed illa consuetudo, quam etiam tunc homines sursum versum respicientes, non videbant à posterioribus institutam, rectè ab Apostolis tradita creditur: Et alia multa sunt, quæ longum esset repetere:* Or sainct Augustin declare que l'opinion des Donatistes estoit heretique, & toute l'Eglise auec luy, tient les Donatistes pour Heretiques, & nos Aduersaires mesmes: comme aussi il est necessaire, ou que les Catholiques, ou que les Donatistes le soient. Car si le Baptesme donné par les Heretiques, n'est point vray Baptesme, les Catholiques qui les reçoiuent sans les baptiser, violent cest article, Vne Foy, vn Baptesme: Item, Ie croy vn Baptesme en la remission des pechez: Si au contraire il est vray Baptesme, les Donatistes en les rebaptisant, & reiterant, & multipliant le Baptesme, pechent contre le mesme article. Dont ie conclu ainsi, La doctrine des Donatistes qui estoit heretique, ne se pouuoit refuter par l'Escriture seule & sans l'ayde de la Tradition Apostolique: l'Escriture donc ne suffit pas sans l'ayde de la Tradition Apostolique, pour refuter toutes les heresies: & par consequent, elle ne contient pas seule suffisamment tous les principes de doctrine necessaires à la Theologie & à la Religion Chrestienne.

La troisiéme heresie que nous auons proposée entre celles qui ne se peuuent refuter par l'Escriture seule, est celle des Grecs touchant la procession du sainct Esprit, lequel nos Aduersaires tiennent, aussi bien que nous, proceder du Pere & du Fils, chose neantmoins que l'Escriture n'exprime nulle part. Au contraire, elle semble restreindre l'origine de la mesme procession au Pere seul, disant; L'Esprit de verité qui procede du Pere. Car quand on objecte aux Grecs ceste sentence de nostre Seigneur; Il pren-

Contr. Cresc.]

Lib. 5. de Bapt. cont. Don.

Ioan. 15.
Ioan. 16.

dra du mien : Ils répondent que ceste parole *Du mien*, se refere
non à l'Essence, ny à la Personne, mis à la doctrine: De sorte que
l'intention de nostre Seigneur est, de dire qu'il prendra du sien;
c'est à dire, du mesme thresor de doctrine & de sapience, duquel le Fils a prins. Et alleguent pour preuue de leur exposition,
la suitte du texte, qui dit, *Et il le vous annoncera*, répliquant que
le mot d'*Annoncer*, a relation, non à l'Essence, ny à la Personne, mais à la doctrine. Semblablement quand on leur allegue,
Si quelqu'vn n'a point l'Esprit de Christ, il n'est point à luy. Rom. 8.
Et derechef; Nous auons l'Esprit de Christ en nous, criant Ab- Galat. 4.
ba, Pere: Ils respondent que cela ne conclud pas, que l'Esprit procede de Christ, & qu'il est appellé Esprit de Christ; non par procession, mais par possession: dautant que nostre Seigneur, selon son humanité, a receu le don & la possession pleine & entiere du mesme Esprit, selon les paroles d'Esaie; L'Esprit du
Seigneur est sur moy, pource que le Seigneur m'a oinct: Et
sainct Pierre, Le Seigneur l'a oinct du sainct Esprit & de vertu. Et que de ceste mesme façon il est dit; qu'Elisée receut
l'esprit de Helie; Non que le sainct Esprit procedast d'Helie, mais pource qu'il auoit esté possedé selon certaine mesure par Helie. Quand on leur objecte ce que nostre Seigneur
dit à son Pere, Ce qui est à toy, est à moy: Ils répondent, que cela se peut exposer de la possession & domination exterieure des
creatures, sur lesquelles le Pere a donné toute puissance au Fils au
Ciel & en terre; sans qu'il soit necessaire de restreindre le sens des
paroles en ce lieu-là, à ce qui est de l'Essence: Non plus que quand
le pere de l'enfant prodigue dit à son fils aisné, les mesmes paroles, *Omnia mea, tua sunt*. Mais outre cela, que quand on l'expli-
queroit de l'Essence, l'argument ne conclud rien. Car si pour
estre l'Essence du Pere & du Fils vne & mesme, il s'ensuit que le
sainct Esprit doit proceder de l'vn, aussi bien que de l'autre: il
faudra conclure tout de mesme; L'Essence du Pere & du sainct
Esprit est vne & mesme: le Fils est donc engendré du sainct Esprit, aussi bien comme du Pere. Et quand on ajouste à ces autres arguments, que le Fils dit, Qu'il enuoyera le Paraclet; Ils répondent, qu'il s'explique soy-mesme, exposant ce qu'il entend
par le mot d'*Enuoyer*, asçauoir qu'il priera son Pere, qu'il l'enuoye: Ie prieray, dit-il, le Pere, & il vous enuoyera vn autre Paraclet. Et au lieu mesme où il dit, qu'il l'enuoyera; il preuient, disent-ils, l'opinion qu'on pourroit auoir, qu'il procedast de luy,
en disant, qu'il l'enuoyera de la part du Pere l'Esprit de verité,
qui procede du Pere, &c. Aquoy ils ajoustent encor, qu'il y a
bien difference entre la mission temporelle du sainct Esprit qui

se deuoit faire à l'instance de nostre Seigneur sur les Apostres, &
la procession eternelle du mesme Esprit dont il s'agit en ceste
question.

VI.   Le quatriéme poinct que nous auons proposé, est la translation du Sabbath au Dimanche. Chacun sçait, combien le
precepte du Sabbath estoit rigoureux en l'ancienne Loy ; &
comme les plus grandes, ou menaces, ou promesses de Dieu
estoient faittes à ceux qui violoient ou obseruoient ses Sab-
baths. Et neantmoins ce commandement de Dieu, que Dieu
auoit voulu écrire de sa main propre entre les dix preceptes du
Decalogue, & le sequestrer comme par vn priuilege special, d'a-
uec tous les autres preceptes de la Loy Ceremoniale, pour l'inserer dans l'epitome de la Loy Morale, l'Eglise l'a changé, sans aucune ordonnance écrite, & quant à la fin, & quant à la forme, &
quant à la matiere. Premierement, pour le regard de la fin, le
Samedy estoit ordonné pour commemorer la creation du monde, & le repos de Dieu apres l'accomplissement de ses œuures ; là
où le Dimanche, nous ne le celebrons pas à ceste intention, mais
pour honorer la memoire de la Resurrection de nostre Seigneur,
qui a esté le iour de l'accomplissement & du repos des trauaux
qu'il a prins en ce monde, pour la restauration & reformation du
genre humain.

Quant à la forme, nous n'obseruons point le Dimanche, comme le septiéme iour de la sepmaine, mais comme le premier : si bien
qu'encor que ce soit tousiours l'obseruation d'vn iour de sept,
neantmoins ce n'est plus l'obseruation du septiéme, mais du premier des sept ; au contraire de ce qui s'obseruoit en l'ancienne Loy :
Et pourtant, les Peres de la primitiue Eglise contoient aussi bien
que nous faisons maintenant le Mercredy & le Vendredy, pour
la quatriéme & sixiéme Ferie, commençant l'origine de leur supputation par le Dimanche : De sorte que ce n'a point esté pour
faire le changement du Samedy au Dimanche, qu'ils ont institué
le Dimanche ; mais pour introduire vne nouuelle solennité, qui n'a
rien de commun auec la feste du Sabbath. Aussi voyons-nous
qu'en la primitiue Eglise, où ils vouloient encor enseuelir la Synagogue auec quelque honneur, pour monstrer qu'ils ne vouloient
pas substituer le Dimanche au lieu du Samedy ; mais instituer de
nouueau le Dimanche, comme la feste particuliere des Chrestiens ; ils obseruoient l'vn & l'autre ensemble ; le Samedy en commemoration du precepte de Moyse ; & le Dimanche, pour celebrer la feste particuliere de la Resurrection de nostre Seigneur.
Quant à la matiere puis apres, il est certain qui voudroit obseruer le iour commandé par Moyse aux enfans d'Israël ; qu'il

faudroit

faudroit prendre non vn iour à plaisir, par reuolution septenaire,
deriué indifferémment de quelque principe que bô nous sembleroit:
mais celuy qui se trouueroit le septiéme par reuolution, en commençant à l'origine de la supputation que Dieu auroit luy-mesme
establie, côme faisoient les Iuifs. Car Dieu leur remarqua & signa-
la le iour par lequel il vouloit qu'ils commençassent à conter & sup-
puter leur reuolution septenaire, qui estoit celuy mesme, comme il
est vray semblable, qui representoit par l'ordre de ses reuolutiôs
le propre iour de son repos, après la Creation du monde, pour la
cômemoration duquel il estoit institué: Et pour ceste cause le iour
de deuant celuy qu'il leur vouloit proposer pour commencer la so-
lennisation du Sabbath, il leur enuoya deux fois autant de Manne
que les iours precedents, & leur commanda d'en recueillir au double, afin que le lendemain, qui deuoit estre le Sabbath, ils fussent
dispensez de vaquer à aucune œuure corporelle: Et neantmoins
ceste suppression absoluë du Sabbath, en laquelle la fin, la forme
& la matiere du commandement sont abolies; & ceste nouuelle
introduction du Dimanche, n'est fondée sur aucune Ordonnance écritte, ny de nostre Seigneur, ny de ses Apostres: Au contraire, il semble que nostre Seigneur les exhortant de prier, que
leur fuitte ne se fist point le iour du Sabbath, quand la desolation
predite par Daniel aduiendroit; Son intention estoit encor, que le
Sabbath fust obserué par les Chrestiens, apres la suppression des
autres ceremonies Legales. Car quant à ce qui est écrit en l'A-
pocalypse, que sainct Iean fut rauy en esprit au iour du Seigneur: Outre ce que le mot se peut interpreter pour le iugement,
& signifier que sainct Iean fut esleué en esprit à la vision du iugement du Seigneur, suiuant ceste façon de parler de sainct Paul: *Le
iour du Seigneur le reuelera*, c'est à dire, le iugement du Seigneur: Et
derechef, *Il ne m'importe d'estre iugé par vn iour humain*, c'est à dire,
par vn iugement humain: Quand on ne voudra point subtiliser sur
le mot de, *Iour;* quelle autre lumiere, excepté celle de la Tradition
perpetuelle de l'Eglise nous apprend que le iour du Samedy ne fust
point le iour du Seigneur, qui auoit tousiours esté recognu pour
tel en la Loy, & entre les Iuifs; mais le Dimanche? Comme aussi
quant à l'autre passage que l'on allegue à ce propos, asçauoir que
sainct Paul commande qu'au premier iour de la sepmaine chacun
reserue ce qu'il voudra donner pour les Collectes; il ne s'en peut
rien recueillir: Car si le texte disoit, *Chacun porte à l'Eglise ce iour-là
ce qu'il voudra donner*, il y auroit quelque apparence pour conclure, que le premier iour de la sepmaine estoit particulierement affecté aux congregations Ecclesiastiques, dés le temps des Apostres:

Y y

Mais difant feulement,qu'au premier iour de la fepmaine chacun
referue à part chez foy, ce qu'il voudra donner la fepmaine, afin que
quand il viendra, il le trouue tout preft ; il ne s'en peut recueillir neceffairement autre fens, finon que fainct Paul a voulu qu'au commencement de la fepmaine chacun mift à part de ce qui eftoit pour
fa dépenfe durant la mefme fepmaine , ce qu'il en vouloit referuer
pour les pauures, afin de ne le dépendre point auec le refte.

FIN.

NOvs foubz-fignez Docteurs Regents en la faculté de Theologie à Paris, certifions auoir veu & leu diligemment le prefent liure intitulé, *Refutation de l'Efcrit de
D. Tilenus*, *&c.* compofé par Monfeigneur le Reuerendiffime Euefque d'Eureux, &
n'y auoir rien trouué qui foit contraire à la foy de l'Eglife Catholique, Apoftolique
& Romaine, ains de tres-graues & tres-doctes difcours fur le fait des Traditions,pour
retenir & confirmer les Catholiques en ce qui eft de leur foy & creance, ramener les
defuoyez, rembarrer & refuter les Heretiques. Faict à Sorbonne ce 19. Ianuier 1602.

A. DV VAL.

PH. DE GAMACHES.

DISCOVRS SPIRITVEL

SVR LE PREMIER VERSET

du Pseaume CXXII.

Ad te leuaui oculos meos, etc.

Prononcé en la Congregation de l'Oratoire de nostre-
Dame de Vié-saine, l'an 1585. Par IACQVES DAVY,
DV PERRON, *Lecteur de la Chambre du Roy.*

NOvs sous-signez Docteurs en Theologie, certifions auoir veu ce present discours Spirituel sur le Pseaume, *Ad te leuaui oculos meos,* auquel nous n'auons rien trouué qui ne soit consentant à la Religion Catholique, & digne d'estre veu & leu de toutes sortes de personnes.

F. FEV-ARDANT.

R A G O T. Vicaire general des Conuents reformez de France de l'Ordre sainct Dominicque.

AV ROY.

SIRE,

Ie ne me fuſſe pas tant auancé de mettre ce petit œuure en lumiere, me contentant de l'honneur que i'auois receu de le pronõcer deuant voſtre Majeſté, ſi elle ne m'y euſt prouoqué elle-meſme par les faueurs dont elle a vſé en mon endroit. Mais voyãt qu'elles eſtoient infinies en comparaiſon de mon merite, & que ie n'eſtois pas ſuffiſant pour m'acquitter d'vne ſi grande obligation, i'ay penſé que ie la denois communiquer au public par le moyen de mes labeurs, afin que la poſterité en receuant quelque contentement fuſt tenuë de m'ayder à la recognoiſtre, & de ſçauoir gré à la memoire de celuy qui m'y excitoit par tant de bonté & de liberalité. Ayant donc pris ceſte reſolutiõ, il m'a ſemblé que l'œuure que ie pouuois choiſir plus à propos, c'eſtoit ce diſcours que ie vous offre maintenãt. Premieremẽt à cauſe de ma profeſſion, qui a touſiours eu beaucoûp de conuenance & d'affinité auecques la Theologie : Secondement pour le regard des hommes de ce ſiecle, auſquels les propos de pieté & de deuotion ſont merueilleuſement neceſſaires. Et finalement (qui eſt la principale conſideration) dautant qu'il a eſté recité en preſence de voſtre Majeſté, & par ſon propre commandement. Et à la mienne volonté, SIRE, que tous ceux que vous auez employeZ pour faire ces diſcours ſpirituels, & qui s'en ſont acquitteZ plus heureuſement ſelon les graces & les perfections que Dieu leur a departies, ayent ce meſme deſir de les expoſer aux yeux de tout le monde, pour faire voir à ceux qui viendront apres nous, combien voſtre Majeſté vſe dignement du temps, quand elle ſe retire en ſes lieux de ſolitude & de deuotion : tout ainſi que ce grand Legiſlateur des Hebrieux ſe ſeparoit du peuple & de la multitude, & ſe retiroit en la montaigne de Sinaï, afin de communiquer auecques Dieu, & en rapporter de bonnes & ſainctes inſpirations pour le gouuernement de ſon Eſtat, & l'adminiſtration de ſa Republique. Car ie ne doute point que la poſterité n'y trouue beaucoup de ſubiect d'admirer la prouidence de Dieu, & la ſapience dont il a accouſtumé de temperer & proportionner toutes choſes, quand elle verra qu'en vne ſaiſon corrompue, comme eſt la noſtre, & où les mœurs ſont ſi inclinées au meſpris de la religion, elle nous a donné vn chef qui peut ſeruir de regle de deuotion & de pieté à tous ceux qui viuent ſous ſon obeiſſance, & qui durant les plus cruels & dangereux aſſauts de l'hereſie ne s'eſt pas contenté de la combattre auecques les armes temporelles & materielles, & en rapporter vne infinité de lauriers & de trophées : mais meſme l'a voulu exterminer auecques les armes ſpirituelles, c'eſt à dire auec-

Y y iij

536

ques l'exemple de ses mœurs & de sa pieté. De sorte que parmy toutes les calamitez de ce siecle, qui est comme vn abysme & vne confusion de malheurs, il nous
reste pour le moins ce contentement, de penser que nous viuons sous le regne, non
seulement du plus courageux & plus valeureux, mais mesme du plus sainct &
plus religieux Prince qui ayt iamais porté couronne sur la teste. Ce sera ce que les
beaux discours de Monsieur le grand Aumosnier, de Messieurs les Euesques de
Nantes, de Neuers, de Senlis, de Cesarée, de Monsieur Edmond, de Monsieur de Tyron, & autres rares & excellents personnages, que vous auez associez
en vostre congregation de l'oratoire de nostre Dame de Vie-saine, témoigneront
fort dignement à la Posterité s'il leur plaist prendre la peine d'en honorer & gratifier le public. Cependant, SIRE, cestui-cy sortira pour en dire des premieres
nouuelles, & peut-estre qu'il donnera enuie à vostre Majesté de commander aux
autres d'en vser de mesme sorte. En quoy faisant ie penseray auoir attaint doublement au but que ie me proposois, estant cause d'vne action qui pourra apporter
quelque ornement à vostre gloire, & beaucoup de contentement & d'obligation à
ceux qui viendront apres nous. Attendant donc que l'effect s'en ensuiue, ie sup-
plieray vostre Majesté d'approuuer mon intention en cest endroit, & la prendre
comme vn fruict de ma tres-humble seruitude, & vne demonstration telle quelle
du ressentiment que i'ay en moy-mesme de vous estre obligé infiniment, auecques
protestation que ie ne reuereray pas moins ceste derniere faueur, que toutes les graces precedentes que vous m'auez faittes. Car autant que ce m'a esté d'honneur &
de gloire de les receuoir, autant ce me sera d'aise & de contentement de n'en demeurer point entierement ingrat à l'endroit de vostre Majesté.

SIRE,

Je prie Dieu qu'il la maintienne longuement & heureusement pour le bien
& le repos de toute la Chrestienté.

Vostre tres-humble & tres-
obeissant sujet & seruiteur.
DV PERRON.

DISCOVRS SPIRITVEL
SVR LE PREMIER VERSET
du Pseaume CXXII.

Ad te leuaui oculos meos, etc.

I L y a deux choses, S I R E, qui me preseruent aucunement de l'apprehension en laquelle il semble que
ie deurois tomber, voyant la charge que i'entreprens maintenant. La premiere c'est l'intention que
i'ay d'obeyr aux commandements de vostre Majesté, lesquels ce me sera tousiours gloire d'accomplir,
mesme aux despens de ma propre reputation: la se-
conde, c'est que le suject, que nous nous proposons pour faire ces discours
spirituels, ne requiert pas beaucoup d'enrichissement: & que le principal & plus digne ornement que l'on y peut apporter, c'est l'ornement de
la verité, c'est à dire, la naïueté & la simplicité. De sorte que le defaut
qui prouiendra de l'indisposition de mon esprit en matiere d'éloquence, i'espere que vostre Majesté me fera ceste faueur, de l'imputer au merite & à la dignité du suject; qui ne demande point, comme ie dy, de
fleurs & d'embellissements, mais se contête de la pureté de la doctrine, &
de la fidelité de l'interpretation: chose que ie me promets de la grace & de
l'assistence du S. Esprit, qui est l'origine & la source de toutes bonnes in-
spirations, estant enseigné par son propre témoignage, qu'il ne les refuse iamais à ceux qui les luy demandent de tout leur cœur, & de toute
leur affection, comme ie fay maintenant.

L E texte donc que ie prendray pour aujourd'huy, ce sera le premier verset du Pseaume cent vingt & deuxiéme, qui dit ainsi, *Ad te leuaui oculos*
meos, qui habitas in cœlis, c'est à dire, i'ay éleué mes yeux à toy Seigneur, qui
habites dans les Cieux.

O R ce suject, que i'ay deliberé d'interpreter, ie ne le traicteray pas en
façon de sermon ny d'exhortation: mais i'en feray comme vne espece de
leçon, & me contenteray d'y apporter ce peu d'éclaircissement & de lumiere, que ie pourray tirer tant de la Philosophie, que de la Theologie
Scholastique : estimant que l'intention de vostre Majesté est, que non
seulement ceux qui font leur principale profession de la Theologie,
soyent appellez à ces beaux exercices spirituels, mais aussi que les autres

Y y iiij

perſonnes de ceſte compagnie, qui ont eſté nourries à l'eſtude des lettres, y puiſſent eſtre receües: afin d'apprendre par ce moyen à faire ſeruir toutes leurs ſciences, comme inferieures & vaſſales, à l'intelligence & à la contemplation des choſes ſainctes : & en ce faiſant dedier & conſacrer à Dieu les premices de leur doctrine & de leur vacation.

IE laiſſeray doncques en ce diſcours toute la partie des paſſions, comme ayant beſoin de plus d'éloquence, que ie ne m'en puis promettre de l'inclination naturelle de mon eſprit, & du peu de temps & d'eſtude que i'ay employé pour ceſt effect : & me donneray du tout à celle de l'enſeignement, laquelle ſi elle ne merite pas tant de gloire, comme c'eſt choſe que nous ne deuons nullement deſirer en ces ſainctes conferences, auſſi n'eſt-elle pas accompagnée de tant de peine & de difficulté.

CE Pſeaume donc eſt vn de ceux que les Hebrieux appellent, Cantiques de Maaloth, c'eſt à dire, Cantique des degrez ou de l'Aſcenſion: Theodoret écrit que Theodotion l'interprete, Cantiques des Aſcenſions: Symmachus & Aquila, Cantiques pour les Aſcenſions. Tant y a que ce ne ſont pas ſeulement des Aſcenſions prophetiques de la captiuité de Babylone en la Cité de Hieruſalem, mais meſme que ce ſont des Aſcenſions myſtiques de la ſeruitude du peché en la Hieruſalem celeſte, & en la grace & reconciliation du Seigneur, comme l'interpretent S. Hieróme, S. Auguſtin, Theodoret, & vne infinité d'autres, deſquels nous obmettrons les noms & les allegations en ceſt endroit & en toute la ſuitte de ce diſcours, afin d'euiter l'oſtentation, & la prolixité. Seulement dirons-nous auecques ſainct Hieróme ſur ce paſſage, qu'il n'y a pas vn de ces quinze Pſeaumes des Aſcenſions, qui n'emporte quelque degré d'auancement en la grace & en l'amour de Dieu, & que celuy que nous nous propoſons maintenant, eſt le quatriéme, dautant que le Prophete auoit dit au premier, I'ay crié au Seigneur en mon affliction : au ſecond, I'ay éleué mes yeux, vers les monts : au troiſiéme, Ie me ſuis eſiouy és choſes qui m'ont eſté annoncées : nous irons en la maiſon du Seigneur. Et en ceſtui-cy, qui eſt le quatriéme, il paſſe encore plus auant : Car il éleue ſes yeux au Seigneur meſme, & dit ainſi, I'ay éleué mes yeux à toy, Seigneur, qui habites dans les Cieux.

OR ceſte éleuation des yeux, dont il eſt queſtion, ſelon le commun conſentement des anciens docteurs de l'Egliſe, ſe peut interpreter en trois ſortes : c'eſt à ſçauoir, ou pour l'éleuatió de la cognoiſſance, ou pour l'éleuation du deſir, ou pour l'éleuatió de l'eſperance : eſtant l'action des yeux aucunefois priſe pour l'intelligéce & pour la cognoiſſáce, aucunefois pour le deſir & pour l'affection, aucunefois pour l'attente & pour l'eſperance. Nous diuiſerons doncques ce diſcours en trois parties principales : la premiere ſera de la cognoiſſance de Dieu : la ſeconde, de l'amour qu'il faut que nous luy portions : & la troiſiéme, de l'eſperance que nous deuons auoir en luy, à l'explication deſquelles nous nous ſeruirons principalemét de la conſideration de ſes œuures, & de l'obſeruation des choſes naturelles : & mon

ſtrerons comme elles nous conuiét d'éleuer nos yeux en hault, pour contempler celuy qui eſt éleué par deſſus toute hauteur & toute éleuation:
comme elles nous ſollicitent de dreſſer noſtre regard vers les Cieux, pour
loger noſtre affection & noſtre deſir en celuy qui y faict ſa reſidence: &
comme elles nous admonneſtent de hauſſer la veuë vers le firmament
pour retirer noſtre eſperance des choſes caduques & periſſables, & la conſtituer en celuy qui eſt plein de conſtance, de fermeté & d'éternité.

OR la conſideration de ces trois poincts comprend ſommairement
toute la doctrine, & tous les fondements de la Theologie, dautant que
ce ſont les trois degrez, par leſquels l'ame de l'homme s'éleue par deſſus
elle-meſme, & par deſſus toutes les choſes de ce monde, & atteint iuſques à la participation de la diuinité. Ce ſont les trois nœuds & les trois
liens par leſquels elle peut eſtre vnie & conjoincte durant ceſte vie à ſon
ſouuerain bien, & ſe laiſſer poſſeder entierement à luy, pour en receuoir
l'influence & la communication. Ce ſont les trois habitudes infuſes, par
leſquelles elle eſt diſpoſée à repreſenter en elle meſme d'vne façon ſupernaturelle l'ombre, l'image & le charactere de la ſaincte & bien-heureuſe
Trinité. Car ainſi que la Theologie nous enſeigne que l'eſſence Diuine
ſubſiſte en trois perſonnes diſtinguées realement les vnes des autres, par
le moyen de leurs relations & de leurs proprietez: & que Dieu qui eſt le
principe vniuerſel & la premiere cauſe de tout eſtre, repreſente & contient en ſon eſſence propre tous les genres de cauſes qui peuuent eſtre
conſiderez à l'endroit de ſes creatures, excepté celuy de la cauſe materielle; à raiſon qu'elle emporte du defaut & de l'imperfection: de maniere
qu'il ſe peut dire eſtre la cauſe efficiente, la cauſe formelle, & la cauſe finale de toutes choſes: La cauſe efficiente par la puiſſance dont il les a
créées: La cauſe formelle par la ſapience par laquelle il les a miſes en eſtre:
Et la cauſe finale par la bonté, pour l'amour de laquelle il les a produittes. Tellement que toutes les choſes qui ſont & ſubſiſtent, ont eſtre de
luy, par luy, & pour l'amour de luy: De luy, comme puiſſance increée;
par luy, comme ſapience incomprehenſible; & pour l'amour de luy,
comme bonté infinie: C'eſt à dire, ſi nous voulons expliquer ces choſes
par les diſtinctions des perſonnes, de luy, comme pere: par luy, comme
fils: & pour l'amour de luy comme S. Eſprit. Tout de meſme auſſi les
Theologiens recognoiſſent qu'il y a trois ſortes de puiſſances raiſonnables, leſquelles eſtabliſſent & conſtituent aucunement la repreſentation
des trois perſonnes de la Trinité en l'ame de l'homme, aſçauoir la memoire, l'entendement & la volonté: La mémoire, qui ſe rapporte au
Pere, l'entendement qui répond au Fils, & la volonté, qui ſe refere au
S. Eſprit.

OR ces trois puiſſances raiſonnables pour s'éleuer iuſques à la partici-
patió & à la jouiſſance de ceſte ſaincte Trinité, de laquelle elles repreſen-
tét l'image naturellement, elles ont auſſi trois ſortes d'habitudes & de vertus infuſes qui leur ſont comme des degrez & des moyés par leſquels elles

paruiennent à ceste bien-heureuse vnion , & representent ceste mesme Trinité supernaturellement, c'est à sçauoir l'esperance, la foy, & la
charité : l'esperance, qui regarde principalement le Pere à cause de la
puissance ; la foy,qui concerne principalement le Fils à cause de la sapience, & la charité qui se propose principalement le S. Esprit à cause de la bonté: Tellement qu'en ceste Trinité de qualitez repose toute la
perfection & toute la felicité dont nostre ame peut estre renduë participante en ce monde , & tout le premier & principal fondement de son salut en l'autre. C'est elle qui faict qu'elle abandonne toutes ses inclinations
terrestres & vicieuses: qu'au lieu qu'elle estoit enueloppée d'ignorance &
de tenebres , elle deuient pleine de splendeur & de lumiere: qu'au lieu
qu'elle estoit remplie de glace & de froideur, elle deuient embrasée du
zele & de l'amour de Dieu: & qu'au lieu qu'elle estoit pesante & stupide
d'elle-mesme, elle se meut & s'éleue continuellement vers celuy qui faict
sa demeure & son habitation dans les Cieux.

　Il y a des Philosophes qui ont enseigné que l'ame de l'homme estoit
de l'essence du feu, à cause de la conuenance qui se trouue entre les accidents & les effects de l'vn & de l'autre: Et pour ce respect les Poëtes l'ont
appellée, *Aurai simplicis ignem*; c'est à dire, vne flamme engendrée de l'air
le plus delié & le plus subtil. S'ils eussent esté inspirez de dire que c'est l'a-
me de la personne religieuse,quand elle est accompagnée de ces trois perfections, qui se peut iustemét appeller feu, & merite proprement le nom
de flamme, c'eust esté vne fort saincte & veritable Philosophie , côme de
chose qui represente tres-parfaictement par ces trois qualitez infuses &
supernaturelles , les trois principales & plus essentielles proprietez du feu
qui sont la lumiere , la chaleur & le mouuement. Car en premier lieu la
foy & la cognoissance de Dieu est fort proprement comparée à la lumiere,dautãt que c'est elle qui illustre & éclaire toutes nos pensées,& que c'est
elle qui chasse l'obscurité & les tenebres de nostre ame, comme c'est la lumiere qui chasse la nuict & l'obscurité de nos yeux.　La charité est representée par la chaleur, pource que tout ainsi que la chaleur est le principal instrument par lequel le feu opere, soit en la generation , ou en la
corruption des choses, & est comme la source & l'origine de toutes ses
actions: Ainsi la charité est l'habitude & la vertu par laquelle nostre ame
est disposée à faire de bonnes œuures : & est comme le principe & la source de tous les saincts & loüables effects, que nous produisons de iour en
iour. L'esperance se rapporte au mouuement, parce que tout ainsi que
la flame se meut & s'éleue continuellement en haut, afin de paruenir au
lieu de son repos, qui est la region la plus voisine & la plus prochaine du
Ciel : Ainsi par le moyen de l'esperance, nostre ame tend continuellement au ciel de la diuinité, qui est la sphere de son repos, & ne respire
plus rien de bas ny de terrestre : mais aspire seulement aux choses celestes
& incorruptibles.

　Or tout ainsi que l'effect de la lumiere est plus prompt & plus soudain

que n'est celuy de la chaleur ny celuy du mouuement, dautant qu'il se
produist en vn instant, & les deux autres s'accomplissent en certain teps:
ainsi la foy & la cognoissance que nous auons de Dieu, precede pour le
regard de nous, ces deux autres vertus supernaturelles. Et que cela se
puisse confirmer par des arguments necessaires, c'est chose dont ceux qui
ont quelque intelligence de l'ordre qui est entre les operations de l'entendement & celles de la volonté & de la memoire, ne peuuent faire aucune difficulté. Premierement dautant que la volonté est du tout aueugle
d'elle mesme, & n'a aucune lumiere pour dresser & conduire ses intentions, si elle ne luy est departie & communiquée par la vertu de l'entendement, duquel à ceste occasion elle est tousiours contrainte de supposer & emprunter l'operation, deuant que de pouuoir produire la sienne.
C'est pourquoy les Philosophes disent que la volonté n'exerce iamais son
operation sur les choses qui luy sont entierement inconnuës : & semblablement dautant que la vertu conseruatiue que nous attribuons à la memoire pour retenir & conseruer les images & les especes des choses, &
estre comme le thresor de l'intelligence & de la cognoissance, luy seroit
totalement inutile, si elle n'en acqueroit premierement la possession par
l'irradiation, s'il se peut dire, & par la participation des effects de l'entendement.

Secondement aussi pour autant que la difference que nous establissons
entre les operations de l'entendement & celles de la volonté, c'est que les
choses que nous cognoissons, nous les apprehendons & les possedons
aucunement par le moyen de la cognoissance : & que tout au contraire
celles que nous aymons & que nous desirons, nous les faisons par maniere de dire, maistresses de nous mesmes, & nous mettons en leur puissance, & en leur possession, par le moyen de l'affection que nous leur portons. C'est pourquoy les Philosophes disent derechef, que les mouuements de la cognoissance, & ceux du desir, sont directement opposez
les vns aux autres, dautant qu'en l'operation de la cognoissance, les choses que nous apprehendons se meuuent & se transportent imaginaire-
ment vers nous, tout ainsi que si elles sortoient hors de leur propre lieu
pour se venir rendre en nostre entendement. Et que tout au contraire en
l'operation du desir, nostre ame faict comme si elle sortoit hors d'elle-
mesme & de sa propre essence, pour se mouuoir vers les choses que nous
aymons & que nous desirons : de sorte que par le benefice de la foy & de
la cognoissance qu'il plaist à Dieu nous communiquer de luy-mesme, il se
met en la possession de nostre ame, & se donne aucunemét à nous: & nous
à l'opposite nous nous faisons siens, & nous donnons à luy par le moyen
de l'amour & de la charité que nous luy portons. Mais pour autant qu'il
est infiniment meilleur que nous ne pouuons imaginer, & que sa bonté
ne reçoit point de comparaison auec celle de ses creatures : à ceste occasion il preuient tousiours nostre froideur & nostre paresse : & cela semblablement est cause que la foy precede essentiellement la charité, dau-

tant que Dieu se donne tousiours à nous premier que nous nous soyons donnez à luy.

Supposant doncques cest ordre que nous venons de constituer entre ces trois vertus diuines & supernaturelles: c'est à sçauoir, que la cognoissance de Dieu qui nous est infuse par le moyen de la foy, precede la possession des deux autres habitudes, & leur sert comme de preparation & de fondement, nous en toucherons ce qui semblera estre à propos pour le suiect que nous auons pris à exposer, deuant que venir à la consideration des deux autres parties, lesquelles puis apres nous traicterons & examinerons chacune en son lieu, si le temps qui nous est limité par nostre superieur se peut assez estendre pour cest effect: ou bien remettrons la continuation de ce discours à quelque autre fois, si nous voyons que ce soit chose qui ne se puisse accomplir sans abuser du loisir & de vostre patience.

OR nous ne nous arresterons point à discourir de l'excellece & de la dignité de la cognoissance en general, & cóme c'est l'accomplissement & la perfection de la plus belle & plus noble partie qui soit en nous, c'est à dire, de celle qui nous fait estre ce que nous sommes, & qui non seulement nous separe & distingue d'auec les animaux irraisonnables, mais mesme qui nous hausse & éleue par dessus les hommes destituez de raison & de iugement, comme c'est l'ornement & la lumiere de nostre entendement, & que sans l'ayde de la cognoissance nostre ame est elle mesme inanimée & dépoüillée de sa propre vie & de sa propre operation. Car en fin si nous voulions nous estendre sur ceste partie, toutes les choses qui sont au monde, tant celestes que corruptibles, & tout ce qui peut tomber sous l'objet des sens & de l'entendement, nous fourniroit d'assez de raisons pour rendre ceste consideration infinie.

NOVS ne viendrons point aussi particulierement au merite & à l'excellence de la cognoissance de Dieu, & comme c'est la science des sciences, la sapience des sapiences, & la lumiere des lumieres: & comme toutes les autres cognoissances que nostre ame se peut proposer, ne sont qu'ignorance & tenebres en comparaison d'vne si belle & parfaicte splendeur, estant son sujet si excellent & éleué par dessus les sujets de toutes les autres sciences d'vn si grand interualle, & d'vne si grande distance, que nostre entendement ne le peut comprendre, & que nos paroles ne peuuent suffire à l'exprimer: dautant que c'est chose assez confessée par tous ceux qui font profession de la Philosophie: premierement que l'objet de l'entendement, c'est la verité: secondement que les choses ont autant de verité comme elles ont d'estre: & finalement que l'estre des choses n'est point veritablement, sinon entant qu'il dépend de l'estre, & de la perfection de Dieu: Dont on peut aisement recueillir que les cognoissances de toutes les autres choses qui sont au monde, ne sont qu'autant d'aueuglements & d'illusions, si ce n'est entant qu'elles procedent & qu'elles dépendent de la cognoissance de Dieu.

SEVLEMENT

SEVLEMENT nous dirons en paſſant, pour augmenter noſtre conſolation, & enflammer de plus en plus noſtre deſir & noſtre eſperance
enuers les choſes de la felicité à venir, que la cognoiſſance de Dieu que
nous auons en ce ſiecle, qui eſt ſeulement parfaicte pour raiſon de l'objet, mais extremement debile & imparfaicte pour la maniere de laquelle
nous la poſſedons, eſtant accompagnée & offuſquée d'vne infinité d'ő-
bres & de nuages, ſera alors pleinement accomplie, non ſeulement pour
le regard du ſujet, mais meſme pour la façon & maniere de la participer:
dautant que là haut nous verrons à yeux ouuerts, & contemplerons face
à face, comme dit l'Apoſtre, ce que nous ne voyons maintenant que par
reflexion, & comme dans vn miroir extremement obſcur: & que Dieu
en ſe donnant à nous pour eſtre contéplé, s'vnira immediatement, & par
ſon eſſence meſme, à noſtre entendement: tellemét que ceſte cognoiſſance ſurpaſſera toutes les autres cognoiſſances qui ſe peuuent imaginer,
non ſeulement pour le reſpect de la choſe qui nous ſera propoſée, mais
meſme pour la façon de la contémpler, & de nous vnir & conjoindre
auec elle, en la contemplant. Car en toutes les autres cognoiſſances, ce
ne ſont pas les choſes, ny les eſſences des choſes, qui s'vniſſent & ſe conjoignent à noſtre ame, non plus que ce ne ſont pas les choſes meſmes
qui ſont receuës dedans les glaces & dedans les miroirs, mais ſeulement
les eſpeces & les repreſentations: comme ſi nous ſçauons que c'eſt que
d'vn arbre, d'vn rocher, d'vne montagne, nous n'eſtimons pas que l'eſſence de ces choſes penetre dans noſtre ame, alors que nous les conſiderons: Car elle n'en reçoit que les images & les apparences, au lieu de la
verité & de la realité: tout ainſi que quand nous voyons des ſonges & des
viſions en dormant, & que nous eſtendons les mains pour les arreſter,
nous ne prenons que du vent & de l'ombre, au lieu du corps & de la choſe meſme. De ſorte qu'il ne faut pas trouuer eſtrange, ſi toutes les ſciences du monde ſont folie & vanité deuant Dieu, & ſi noſtre ame ne ſe peut
raſſaſier ny ne peut contéter & aſſouuir le deſir qu'elle a de cognoiſtre, en
aucune autre choſe, qu'en la manifeſte viſion de la Diuinité, dautant que
toutes les autres cognoiſſances ne la repaiſſent que d'eſpeces de ſemblan-
ces & de repreſentations, & ne la rempliſſent de rien d'eſſenciel ny de ſolide, mais ſeulement de ie ne ſçay quoy de vuide & de ſuperficiel, qui
n'a point d'exiſtence reale hors de l'apprehenſion: là où tout au contraire
en ceſte bien-heureuſe viſion de Dieu, que nous attendons en l'autre ſiecle, ce ne ſera pas vne ſimple image qui s'vnira actuellemét à noſtre ame,
dautant qu'il n'y a rien qui le puiſſe repreſenter parfaictement, s'il n'eſt
infiny & Dieu meſme: mais ce ſera ſa propre eſſence, qui eſt l'eſſence des
eſſences, & l'origine & la ſource de tout eſtre, laquelle ſe conjoindra immediatement & formellement à noſtre entendement, tout ainſi que la
forme s'vnit à la matiere, & s'influera & ſe communiquera à noſtre ame,
tout ainſi que noſtre ame eſt infuſe & épanduë dans noſtre corps.

OR les moyens qui nous ſont donnez pour paruenir à ceſte bien-heu-

Z z

reuſe cognoiſſance, telle que nous la pouuons eſperer icy bas, ſont de deux ſortes : les vns ſont écrits dedans le liure de ſes œuures & de ſes merueilles, qui eſt le monde : les autres ſont contenus dans ſa parole, laquelle il nous a baillée par le moyen de ſes Prophetes & de ſes Apoſtres : s'eſtant daigné humilier & abaiſſer iuſques à ce poinct, que de ſe communiquer à nous par la bouche de ces ſaincts perſonnages, leſquels il a diuinement & miraculeuſement inſpirez pour ceſt effect, quand il a veu que ſes œuures eſtoient muettes en noſtre endroict, & que nous eſtions poſſedez d'vne telle ſtupidité, qu'elles ne nous touchoient ny ne nous émouuoient non plus que ſi nous euſſions eſté des creatures inſenſibles & inanimées. Comme auſſi à la verité, il faut bien que ce ſoit vn eſtrange, ie ne ſçay ſi ie doy dire éblouïſſement ou pluſtoſt aueuglement, & vn merueilleux ſommeil d'ignorance, que d'auoir continuellement vn ſi bel exemplaire deuant les yeux, voir les effects admirables de tant de choſes creées, voir la diſpoſition initamitable, de laquelle elles ſont liées & côioinctes les vnes auec les autres, voir la fin parfaitte & excellente à laquelle elles ſont ordonnées & dediées, & ne recognoiſtre point en toutes ces belles contemplations la puiſſance, la ſapience, & la bonté de leur Createur.

C A R en premier lieu, ſi nous les voulons conſiderer ſelon elles meſmes, c'eſt à dire conſiderer l'eſſence & les effects de chacune d'elles en particulier, & nous les propoſer comme ſi elles auoient eſté produittes ſeparément, ſans auoir égard aux encheſnements, dépendances & habitudes qu'elles ont les vnes auec les autres, quelle obſcurité & quelles tenebres pourront eſtre ſuffiſantes pour empeſcher que la puiſſance & la gloire de celuy qui les a creées n'y ſoit plus claire que la lumiere du Soleil ? attendu que de rien il a faict qu'elles ſoyent quelque choſe, & a conioinct & aſſemblé deux extremitez ſi éloignées l'vne de l'autre, comme ſont le non eſtre & l'eſtre : effect ſans doute qui ne peut proceder que d'vne puiſſance & d'vne operation infinie, dautant qu'entre deux choſes qui ſont, quelque grande difference que nous y puiſſions imaginer, encore ſi ce ſont creatures il y a touſiours quelque proportion. Mais entre ce qui n'eſt point, & ce qui eſt, la diſtance eſt infinie, & la proportió excede toute meſure & toute apprehenſion. Et cela c'eſt ſeulement pour le faict de leur eſſence. Car ſi nous venons puis apres à conſiderer les proprietez ſingulieres & admirables, deſquelles il les a accomplies, les vertus ſecrettes & particulieres deſquelles il les a douées, les eſtráges & agreables diuerſitez deſquelles ils les a embellies, nous trouuerons que ce ſera aſſez non ſeulement pour occuper toutes les puiſſances & les operations de noſtre ame, mais meſme tout le temps & l'eſpace de noſtre vie, à ne faire autre choſe que les obſeruer & admirer.

P R E M I E R E M E N T ſi nous éleuons nos yeux vers le Soleil, que les Ægyptiens appelloient le Fils viſible du Dieu inuiſible, & duquel la ſapience eternelle qui eſtoit repreſentée par

la statuë de Pallas sur la porte de la ville de Saïs en Egypte, disoit ainsi: «
Ie suis ce qui est, ce qui fut, & ce qui sera: Personne n'a encore descou- «
uert mon voile, le fruict que i'ay enfanté c'est le Soleil. Si doneques nous «
considerons les qualitez & perfections admirables desquelles il est accompagné: Si nous obseruons l'estenduë de sa lumiere, la vistesse de
son mouuement, & les effects de sa chaleur: Si nous considerons l'influence de la Lune, les vertus des planettes, la nature, la distance & la
grandeur des estoiles: que remporterons nous autre chose de toute ceste obseruation, sinon que c'estoient des œuures qu'il estoit non seulement impossible de parfaire & d'accomplir, mais mesme impossible de
conceuoir & d'entreprendre à toute autre cause qu'à celle qui les a
créées, accomplies & parfaictes?

LES Cieux annoncent la gloire de Dieu, & le firmament racompte
les œuures de ses mains. Les Cieux, c'est à dire, les Creatures les plus
merueilleuses d'entre toutes les visibles, & les plus visibles d'entre toutes les merueilleuses: qui nous accuseront au iour du iugement, & nous
feront conuenir deuant le throsne de la Diuinité, pour rendre compte
de tant d'aduertissements, d'enseignements, & d'admonitions qu'elles
nous auront données si liberalement, & que nous aurons mesprisées &
rejettées si indignement. Et alors miserables que nous serons, toutes
les excluses que nous pourrons auoir en la bouche, ce sera d'auoir fermé les yeux volontairement à des instructions si claires si manifestes.

DESCENDONS au dessoubs des Cieux & abaissons nostre entendement & nostre cognoissance parmy les choses inferieures & élementaires: considerons l'action du feu, l'estenduë de l'air, le flus & reflus
de l'eau, l'immobilité & stabité de la terre, & comme elle est assise, &
balancée sur sa propre pesanteur: Il a fondé la terre sur la certitude de «
son pois, & elle ne sera point esbranlée iusques aux siecles des siecles. «
Regardons les choses meslées & composées, leurs qualitez & proprietez incomprehensibles & inexplicables: les vertus des metaux, des
pierres, des liqueurs, des herbes, des arbres, & des animaux, & nous
trouuerons que depuis les plus excellentes creatures iusques aux moindres, depuis le Cedre du Liban iusques à l'hyssope qui croist parmy les
champs, & depuis l'homme iusques au ver de la terre, reluist ie ne sçay
quelle estincelle, & ie ne sçay quel rayon de la Diuinité, & que toutes
les choses qui sont au monde, qui viuent & qui cognoissent, portent
sur le front la marque & le charactere de leur Aucteur & de leur Createur.

AVSSY voyons nous que les anciens n'estans conduicts & éclairez que
par vne lumiere naturelle ont esté neantmoins incitez de dire, parlant en
leur paganisme, que les Dieux estoiét espádus par tout le mode, que toutes choses estoient pleines des Dieux, que nous en respirions continuellement les images & les similitudes par les yeux, par les oreilles & par les
autres sentiments: d'autant que la representation de la Diuinité, est si in-

feparablement conjoincte auec l'eftre de fes creatures, & les traicts de fa puiſſance & de fa grandeur ſi bien marquez & imprimez ſur la face de fes ouurages, qu'il n'eſt poſſible de les en oſter en façon du monde, ſans gaſter & corrompre entierement toute leur beauté & perfection.

MAIS laiſſons l'obſeruation des effects de Dieu en particulier, & venons à la contemplation vniuerſelle de l'ordre & de la diſpoſition qui eſt entre ſes creatures. Conſiderons les loix & les reglemens inuiolables qu'il a eſtablis entre les parties du monde : les rapports, les habitudes, & les connexions des choſes, les ſympathies & antipathies, les dependances & neceſſitez, les chaiſnes inuiſibles & mutuelles qui les obligent à conſpirer toutes enſemble, comme membres & parties d'vne meſme republique, au ſalut, à l'ornement, & à la perfection de l'vniuers. Et alors nous recognoiſtrons que la gloire de l'autheur reluira trop plus clairement en ceſte conference vniuerſelle que nous ferons de ſes œuures les vnes auec les autres, que ſi nous les conſiderions ſeulement en elles meſmes, & ſelon leur propre ſubſtance : Et que comme le cryſtal d'vn miroir, quand il eſt diuiſé en pluſieurs autres miroirs, il n'y a ſi petite partie qui ne repreſente ſeparément l'image de la choſe qui luy eſt oppoſée : mais quand la glace eſt toute pleine, & qu'elles ſont vnies & conjoinctes les vnes auecques les autres en vne meſme continuité de ſuperſice : alors elles repreſentent ceſte meſme image par enſemble, & la font paroiſtre beaucoup plus grande & plus recognoiſſable qu'elle ne ſe monſtreroit autrement. Ainſi les œuures & les merueilles de Dieu, quand nous les obſeruons chacune à part ſoy, repreſentent bien particulierement en leurs eſſences & en leurs proprietez le charactere de celuy qui les a crées : mais quand nous venons à les rapporter les vnes auec les autres, & que nous nous remettons deuant les yeux ceſte face vniuerſelle du monde, ceſte conuenance & correſpondance de toutes ſes parties : alors l'image & la ſplendeur de la Diuinité y eſt ſans comparaiſon plus viſible & apparente, & ſa gloire plus luiſante & manifeſte, que quand nous les conſiderons particulierement & ſeparément.

C'eſt pourquoy Ariſtote s'émerueillant de la diſpoſition qu'il voyoit entre les choſes naturelles, dit, que Dieu s'eſt comporté de la meſme façon à l'endroit de l'vniuers, que le ſculpteur Phidias ſe gouuerna à l'endroit de la ſtatuë de Minerue. Car l'ayant compoſée par vn art admirable d'vne infinité de pieces rapportées, & voulant laiſſer quelque memoire de l'autheur à la poſterité : il s'y repreſenta luy meſme, & enchaſſa l'effigie de ſon viſage ſi induſtrieuſement dedans le bouclier de la ſtatuë, qu'il en fit comme vn poinct principal, auquel toutes les autres parties de la figure reſpondoient par des liaiſons & des joinctures interieures : tellement que ſi quelqu'vn ſe fuſt voulu meſler de ſeparer l'image de l'ouurier d'auecques le reſte de ſon ouurage, toutes les pieces s'en fuſſent retournées en confuſion, comme elles eſtoient auparauant, & n'y euſt plus eu aucune apparence

ny de Minerue, ny de statuë. Ainsi, dit-il, Dieu est en la composition
du monde ce que l'effigie de Phidias estoit en la statuë de Minerue : c'est
le centre de la perfection & de la conseruation de l'vniuers, excepté qu'il
n'a pas constitué son siege en l'element du milieu, c'est à dire, en la terre, qui est comme la lie & l'impurité des autres elements ; mais en ceste
region celeste & superieure qui est trop plus conuenable à la simplicité
de son essence ; & tient là haut le mesme lieu en la composition du monde, que tient en la construction d'vne voute ceste pierre principale, que
les architectes appellent la clef de la voute, à laquelle toutes les coupes se
rapportent : & encores qu'elles semblent pousser les vnes contre les autres, si est-ce qu'elle les tient tout en deuoir ; comme estant celle sur laquelle elles se reposent, & qui appuye tout l'assemblement & toute la
pesanteur de l'edifice.

Examinons doncques la conuenance de nostre similitude ; & considerons comme la sapience de Dieu s'est peinte & figurée en la disposition
de ses creatures, comme les parties du monde sont regies & administrées
auec vne merueilleuse prouidence ; & comme elles se rapportent toutes
à celuy qui est le bien & le salut de l'vniuers ; ainsi qu'à vn certain centre
d'excellence & de perfection : comme les elements encores qu'ils soyent
directement opposez les vns aux autres, si est-ce qu'ils s'accordent vnanimement en cest article, ascauoir qu'ils tendent tous ensemble à la conseruation du monde & de la nature : & encore qu'ils prennent diuers chemins, si ne laissent-ils pas toutesfois de paruenir à vne intention à laquelle leurs contrarietez mesmes seruent de fondemét & d'establissemét.

Voyons donc comme ils exercent naturellement leurs offices les vns
à l'endroict des autres, & comme chacun d'eux contribuë quelque effect
à la generation & à la conseruation des choses composées : comme la terre leur cause la fermeté & la consistance, par le moyen de sa secheresse &
de sa solidité : comme l'eau leur donne la continuité & l'adherence, &
fait que leurs parties sont liées & conjoinctes par le moyen de son humidité : comme l'air sert de corps interposé pour leur apporter les impressions des choses exterieures, dautant qu'il est extremement délié,
& se coule fort aisément dedans leurs veines, à cause de sa subtilité,
& aussi qu'il est quasi destitué naturellement de toutes les qualitez qui
peuuent tomber sous l'operation des sentiments, & par mesme moyen
d'autant plus propre à les receuoir en soy, & à les communiquer aux autres choses.

Considerons comme le feu leur donne la vigueur & l'action, & comme les Cieux leur enuoyent leurs lumieres & leurs influences, & les tem-
perent & corrigent les vnes par le moyen des autres : comme ils les font
couler icy bas, non seulement afin de departir aux choses inferieures, ces ie ne sçay quelles proprietez occultes qui ne procedent
point de la mixtion de la matiere, mais mesme pour fauoriser l'o-
peration des elements, & les entretenir tousiours en ceste egali-

té & proportion de puiſſance, qui doit eſtre conſeruée entre eux, em-
peſchant que l'auantage & la domination de l'vn, n'apporte la ruine
& la deſtruction de l'autre.

COMME le Soleil fortifie la vertu du feu, purifie la nature de l'air, re-
chauffe la froideur de la terre, & diſſipe la ſuperfluité de l'eau : comme
il conſume ce que les fleuues & les riuieres emportent continuellement
en la mer, de peur qu'à la fin elle n'excede ſes limites, & ne rende les autres parties du monde inutiles pour la demeure & pour l'habitation des
hommes : comme ceſte humeur exhalée ſe reſoult en vapeurs & en nuées
qui s'éleuent ſoudainement en la moyenne region, afin de ne corrompre point la pureté de l'air inferieur, qui eſt ordonné pour la vie, & pour
la reſpiration des animaux : & puis comme la nature de ces nuées eſt legere & mobile, afin que le vent les puiſſe agiter & ſeparer facilement,
& que quand elles viendront à ſe conuertir en pluyes elles ne retombent
pas toutes directement dedans la mer, dont elles eſtoient ſorties : mais
s'eſpandent vniuerſellement ſur les lieux auſquels elles ſont neceſſaires,
tant pour entretenir le cours des fleuues & des riuieres qui tariroient incontinent, que pour abbreuuer la ſuperfice de la terre, & apporter du
ſuc & de la nourriture aux plantes, ſur leſquelles auſſi elles deſcendent
par gouttes, & en diſtillent afin d'en humecter doucement les racines,
& non pas de les noyer & les ſuffoquer. C'eſt luy qui éleue les gouttes de
» la pluye, & répand les eaux en abondance, leſquelles diſtillent des nuës,
» qui voilent la face de la terre. S'il veut eſtendre les vapeurs comme ſon
» pauillon, & faire luire ſa lumiere d'enhaut, il couurira toutes les racines
» de la mer.

REGARDONS comme les plantes eſtant nourries & ſuſtentées de
ceſte humidité, produiſent leurs fueilles, leurs fleurs, & leurs fruicts
pour l'aliment des animaux, & particulierement pour la commodité &
pour la delectation des hommes : & derechef, comme les animaux s'engendrent pour la nourriture, pour l'vtilité & pour le contentement de
celuy qui eſt la fin & le but de toutes les Creatures viſibles, & n'a point
d'autre fin, ny d'autre perfection, que la cognoiſſance de ſon Createur.
» Tu l'as faict vn peu moindre que les Anges : Tu l'as conſtitué ſur les œu-
» ures de tes mains, & as ſoubmis toutes choſes ſoubs ſes pieds, les brebis
» & les bœufs, & les animaux des champs, les oyſeaux du ciel, & les poiſ-
» ſons de la mer, qui cheminent par les ſentiers des eaux.

VOYONS puis apres comme la nature ne voulant pas que ce bel ordre, auquel il ne manquoit rien que la perpetuité, fuſt interrompu par
aucun accident, ny par aucune mutation, a ſi bien pourueu à la conſeruation des eſpeces, & diſpoſé les choſes pour ce regard auec tant de iugement, qu'il n'eſt pas poſſible d'en deſirer d'auantage : comme elle a
donné aux plantes, des fruicts & des ſemences, dans leſquelles repoſe la
vertu de leur generation, afin que les indiuidus periſſans, les eſpeces ne
periſſent pas : leſquelles auſſi naturellement & ſans aucune induſtrie, par

vne certaine prouidence cachée, elles sont plus curieuses de conseruer. &
de garantir, comme celles esquelles consiste le thresor de leur immortalité, que pas vne de leurs autres parties, iusques à ce que le temps soit venu de s'en seruir & de les employer:& comme non seulement ces semences sont enuironnées de tayes, d'escorses & d'enueloppes, qui leur sont
tout ainsi que des armes naturelles pour les defendre de l'iniure & de la
rigueur du temps: mais mesmes comme les fueilles lesquelles aussi pour
ceste consideration, viennent vn peu auparauant que les fruicts commence à se former, & s'en retournent incontinent apres qu'ils ont esté
cueillis, seruent de leur faire ombre contre l'excessiue chaleur du Soleil,
de les couurir contre l'inondation de la pluye, & de les tenir à l'abry contre la violence & impetuosité du vent : & au reste comme toutes ces choses qui concernent l'ordre de la generation, sont si reglées que l'ignorance & l'aueuglement de la fortune n'y peut auoir aucune part, estant leurs
operations si certainement & infailliblement disposées chacune à sa propre fin & à sa propre intention naturelle, que la vigne ne rapporte point
du glan, & le chesne n'engendre point des raisins, mais chaque plante
produit son fruict selon son espece, & ne se deçoit iamais en ce qui est de
l'operation de sa propre nature. Que la terre, dit-il, produise toute sor- «
te d'herbe verdoyante, qui porte sa semence selon son genre & selon son «
espece, & de bois fructifiant, ayant sa semence en luy-mesme selon sa «
nature & sa semblance, sur la superfice de la terre : & il fut ainsi faict. «
Chose sans doute qui monstre bien comme elles sont conduittes & gou-
uernées par vne cause vniuerselle, accompagnée de cognoissance & de
iugement, qui ne hazarde pas ses effects temerairement & à la volée, mais
qui rapporte & dispose toutes les actions des causes particulieres à son
but & à son intention.

Les Philosophes disent qu'en toutes les operations qui sont ordonnées & addressées à quelque fin, il est necessaire que l'action de la fin precede celle de la cause efficiente : dautant que la cause efficiente n'est point
excitée à produire son operation, sinon entant qu'elle reçoit ceste disposition par l'influence (s'il faut parler ainsi) & par l'action de la cause finale. Et de fait nous ne disons point qu'vne chose se face pour quelque fin,
si nous ne supposons que ceste relation soit fondée sur quelque impression venant de la part de la cause finale, enuers la cause efficiente, pour
l'inciter & la determiner à la production de son effect Et c'est à ceste occasion que la cause finale est appellée, la cause des causes : dautant que c'est
elle qui donne la premiere inclination & le premier mouuement à la cause efficiente, pour la disposer à produire son operation.

Or c'est aussi vne maxime concedée en la Philosophie, que toute
action presuppose que le sujet duquel elle procede, soit déja actuellement en estre, au mesme temps qu'elle se fait: pource, disent-ils, que
l'operation suit l'estre, & que toute chose qui opere, il est necessaire

qu'elle soit deuant que d'operer : Et partant il faut que la cause finale ayt déja quelque espece d'estre actuel, alors qu'elle commence à mouuoir la cause efficiente, & à luy imprimer ce desir dont nous parlons maintenant. Et toutesfois l'experience nous apprend que la fin n'est iamais realement, iusques à ce que la cause efficiente commence à cesser & à se reposer de son action: dautant que c'est le dernier poinct auquel elle arriue apres qu'elle a passé par tous les autres degrez de son operation. Comme pour exemple, si nous nous voulons seruir de la similitude des choses artificielles; quand vn Architecte se propose de bastir vn edifice, la premiere chose qu'il fait, c'est de choisir des matieres qui luy soyent propres, c'est à dire, des pierres, du bois & du ciment, & puis de les tailler, de les accoustrer, & de les mettre en œuure : & la derniere à laquelle il paruiét, c'est l'accomplissement & la perfection de son bastiment. Et toutesfois ceste derniere perfection, c'est la cause qui l'a premierement meu & disposé, comme estant sa fin & son intention, à entreprendre toutes les autres choses qu'il a preparées pour cest effect. Ainsi voyons-nous que la fin des choses n'a point d'existence reale iusques à ce que la cause efficiente soit venuë à chef de toute son operation : De sorte que puis qu'il est necessaire que la cause finale ayt quelque espece d'estre, premier que d'imprimer ceste action en la cause efficiente, pour l'inciter & la disposer à produire son effect; Il faut aussi par les loix de la mesme necessité, que cest estre que nous luy concedons, n'estant point vn estre real, soit seulement vn estre rationel & intellectuel, qui ne consiste qu'en la représentation, & en la consideration, & ne puisse auoir lieu sinon en ce qui est capable de receuoir les images & les impressions des choses reales, c'est à sçauoir en ce qui est doüé de cognoissance & d'apprehension : & par consequent doncques, que toutes actions qui tendent determinément à quelque fin, soyent aussi produittes, ou mediatement ou immediatement, par quelque principe accompagné de cognoissance & d'intelligence, dans lequel ceste cause finale, que nous disons qui ne peut estre realement iusques à ce que toute l'operation de la cause efficiente soit accomplie, subsiste cependant spirituellement, afin de le mouuoir à les produire, comme autant de moyens & d'acheminements pour paruenir à l'execution reale de ce qu'elle luy propose rationellement & intellectuellement.

DE vouloir faire paroistre derechef, auec quelle certitude les choses naturelles sont determinées, & comme elles sont appropriées à leurs fins & à leurs vsages; ce seroit vne consideration superfluë : & vaut mieux laisser à la nature mesme, la commission de plaider sa cause en cest endroict; estant hors de la puissance de tous les hommes du monde, ie ne diray pas d'inuenter ceste disposition vniuerselle qui est entre les especes des choses, deuant qu'elle y fust establie, mais mesme de l'imaginer & de la comprendre apres qu'elle a esté inuentée & constitué : tant ceste œconomie est parfaicte & excellente, & les choses si bien ordonnées, qu'elles ne pouuoient estre, ny meilleures pour l'vsage, ny plus agreables pour le plaisir & pour la diuersité. De maniere que ceux mesmes qui font estat de calomnier toutes sortes d'actions, n'y sçauroient apporter aucune censure, & s'ils se vouloient mesler d'y reprendre quelque chose, ou bien ils gasteroient ce qui seroit tres-accomply de luy mesme, ou bien ils feroient des souhaits pleins d'impossibilité & de contradiction, & se trouueroient finalement contraincts de dire auec le Prophete: O que tes œuures Seigneur sont excellentes & magnifiques! tu les as faictes auec vne sapience merueilleuse, & la terre est remplie de l'abondance de tes biens.

AINSI donc il faut necessairement confesser de deux choses, l'vne, ou que les causes particulieres de tous ces effects naturels, sont pourueuës de cognoissance & de discretion, qui est vn priuilege que nous ne voudrions pas conceder à tant de creatures inanimées, ny ne voudrions pas nous l'attribuer à nous mesmes, pour le regard des operations purement & simplement naturelles, comme celles de la nourriture & de l'augmentation, lesquelles se font insensiblement en nous, sans que nostre intelligence y soit aucunement appellée: Ou que n'ayant point de cognoissance d'elles mesmes, elles soient reiglées par vne cause vniuerselle dont la sapience ne peut errer, & dont la lumiere ne reçoit point d'obscurité. De façon qu'elles ne laissent pas de paruenir à leur fin naturelle, encore qu'elles soient priuées de discours pour la cognoistre, y estant conduittes par l'illustration d'vne cause superieure pleine de cognoissance & de iugement, tout ainsi que les pierres qui sont addressées à vn certain but, encore qu'elles soient destituées de veuë, & de sentiment, ne laissent pas toutesfois d'y atteindre, non pas par aucune discretion qu'elles ayent en elles-mesmes, mais par la conduitte & par le iugement de celuy qui les a poussées.

VOILA doncques comme les actions des choses naturelles, combien que leurs causes particulieres soient priuées de discours & d'intelligence, toutesfois pource qu'elles sont administrées tout ainsi que si elles estoiēt éclairées en elles mesmes d'vne lumiere infinie, & d'vne sapience incomprehensible, seruent merueilleusement à nous remettre deuant les yeux la souuenance de ceste cause vniuerselle, qui les conduit distinctement chacune à sa propre fin & à sa propre perfection, & leur fait annoncer sa gloire en tant de langages differents, mais tous si clairs & intelligibles, que nous ne sommes non plus excusables de pretendre de l'ignorer, que si nous la contemplions sensiblement & manifestement. Car aussi ce que nous ne la voyons pas auecques nostre veuë corporelle, c'est l'imbecillité de nos yeux qui sont mortels & corruptibles, & ne peuuent rien apperceuoir que de sensible & de materiel, & non pas la faute de son essence qui ne laisse pas d'estre certainement & eternellement, pour toute nostre défiance, & pour toute nostre incredulité. Chose que nous

ne deuons trouuer aucunement estrange : Car nostre ame mesme, qui est
celle par laquelle nous sommes, & par laquelle nous viuons, par laquelle
nous batissons les Citez, & par laquelle nous les habitons, & en fin par
laquelle nous sentons, discernons & cognoissons toutes choses, ne peut
estre apperceuë par le sentiment de nos yeux : Et ce que nous sçauons
qu'elle est, & qu'elle subsiste, c'est par ce que nous la voyons dedans ses
œuures, nous luy referons la culture & le labourage des champs, l'inuention des arts des sciences, l'establissement des loix & des republiques, qui
ne sont que bien petites imitations des effects de ceste supréme cause, à
l'image & à la semblance de laquelle elle a esté creée.

I L ne nous faut point doncques cercher d'autres raisons plus fortes
pour vaincre la resistance de nos sens. Car si seulement nous voulons ouurir tant soit peu les yeux de l'entendement aux merueilles & aux varietez du monde, elles nous rauiront si doucement à vne confession volontaire de toutes ces choses, que nous ne nous apperceurós point qu'elles
nous ayent faict aucune violence : & que comme ceux qui se mettent sur
les riuieres, le fil de l'eau qui descend continuellement, les conduict naturellement à la mer, qui est leur premiere source & leur premiere origine, selon le témoignage de l'escriture saincte : Ainsi quand nous nous
laisserons emporter à la consideration des œuures de Dieu, nous trouuerons que le cours ordinaire des choses naturelles, leurs suittes, leurs liaisons, & leurs dépendances, disposées auec tant de prouidence & de iugement, nous conduiront insensiblement à la cognoissance & à l'admiration de ceste cause vniuerselle, qui est l'Ocean & le principe de toute
sapience, & de toute intelligence, & de toute perfection.

C'E S T pourquoy ie ne sçaurois imaginer que ceux qui ont faict profession anciennement, non pas de la Philosophie, mais de l'erreur & de
l'ignorance d'Epicure, n'ayent esté aussi aueugles en la cognoissance des
choses naturelles, comme celle qu'ils prenoient pour leur guide, d'auoir
attribué le gouuernement de l'vniuers, qui ne peut proceder que d'vne
sagesse incomprehensible, à ie ne sçay quelle fortune sans yeux & sans
iugement, qui ne sçait elle mesme ce qu'elle est, & ne peut, ny cognoistre
ny estre cogneuë : & d'auoir mis en auant que la rencontre des elements,
c'est à dire, de ces petits corps inuisibles & indiuisibles, qu'ils appelloient
atomes, selon ce qu'ils venoient à se mesler confusement les vns parmy
les autres, estoit la cause de toute la varieté, de toute la distinction, &
de tout l'ornement de ce qui porte le nom du monde & d'ornement à ceste occasion : Et en somme d'auoir esté si sacrileges que de donner la gloire de l'effect de tous le mieux disposé, & le plus accompagné de prouidence & de discours, à la cause de toutes la plus destituée de iugement &
de consideration, c'est à sçauoir, à l'ignorance du sort, & à la temerité
de la fortune.

A V S S I leurs demonstrations sont si esloignées de toute raison & de
toute apparence, qu'il faut quasi faire conscience, de se défendre contre

de si foibles arguments. Car à toutes leurs consequences fortuites, la plus belle solution qu'on leur puisse apporter, c'est de s'en mocquer & de les mespriser: Toutesfois dautant que leur erreur est plus digne de larmes & de compassion, que de risée & mocquerie, on peut refuter leurs fausses positions, mais plustost par des exemples familiers, & par des inductions sensibles & materielles, que par des choses subtiles & recherchées. Comme aussi eux mesmes ils ne doiuent point trouuer mauuais, si à des propositions ridicules on leur rend des réponses qui leur sembleront parauenture legeres & pueriles, mais neantmoins qui seront plus que suffisantes pour des esprits qui se voudront contenter de quelque raison.

LES lettres de l'alphabet, dont nous nous seruons communement, ce sont les elements des syllabes, des dictions, des oraisons, & vniuersellement de tout ce qui peut tomber soubs les regles de la prononciation & de l'écriture: ny plus ny moins que les Epicuriés veulent que leurs atomes soient les principes de l'estre & de la productió des choses: & de la diuerse collocation de ces vingt & deux, ou vingt trois figures, sont composez tous les periodes qui se peuuét écrire, soit en prose ou en vers, aussi bien cóme ils pretendent que toute la varieté du monde prouient de la diuerse situatió de ces petits corps imaginaires & inuisibles. Supposez donc que nous prenions vne grande quantité de ces lettres, qui soient ou d'or ou d'argent, ou de quelque autre metal, comme sont les characteres d'Imprimerie dont on faict les liures, & que nous les iettions toutes à la fois en confusion & en desordre, pour essayer ce que pourra la rencontre fortuite de ces figures, quand ce viendra à considerer leur suitte, & leur disposition: Pensez-vous qu'elles tombent iamais si à propos, que lors que nous voudrons les assembler les vnes auec les autres, nous y trouuions vn liure tout composé, comme l'Iliade, ou l'Odyssée d'Homere, ou les œuures de quelque autre autheur? Quant à moy ie n'estime pas qu'il y ait homme au monde, si dépourueu de iugement, qui vueille dóner la gloire à la fortune, d'en auoir peu mettre ensemble la moindre ligne, ou le moindre vers. Et toutesfois vous voyez qu'ils ne font point de difficulté de dire, que la rencontre des elements & la confusion de la matiere, a produit ceste face de l'vniuers telle que nous la voyons, en laquelle les parties sont sans comparaison mieux ordonnées, & disposées auec plus de prouidence & de consideration, que ne sont ny les lettres, ny les syllabes, ny les dictions dans l'Iliade, ou dans l'Odyssée d'Homere.

MAIS ie laisseray ceste imagination, comme ayant besoin de plus de discours qu'ils n'oseroient pas ouuertement en attribuer à la fortune, & leur en proposeray vne autre plus accómodée à leur sentiment: C'est que si les diuerses concurrences de leurs atomes, ont esté principes suffisants pour produire cest ornement du ciel & de la terre, en l'estat auquel nous les voyons maintenant; pourquoy est-ce qu'ils n'ont peu aussi bien estre

cauſes de l'edification d'vn temple, d'vn Palais, d'vne Cité, & autres tels
effeſts d'architeſture, qui ſont trop plus faciles à entreprendre, que de
baſtir le Ciel, qui eſt le throſne de Dieu, que de fonder la terre, qui eſt
l'eſcabeau de ſes pieds, que de compoſer tout l'edifice du monde qui eſt
la Cité vniuerſelle & l'habitation commune de Dieu & des hommes? Et
ſi encores toutes ces choſes que nous prenons pour exemples & ſimilitudes, manquent en l'vne des principales parties de la comparaiſon, dautāt
que ce ſont des ouurages immobiles, qui demeurent perpetuellement en
vn eſtat, ſi ce n'eſt qu'il leur arriue de la mutation & du changement de
dehors. Mais quand nous voyons quelque choſe inanimée, qui toutesfois ſe remuë d'elle meſme, comme ſi elle auoit vne ame, & vne vie interieure, & qui ſe donne de l'agitation, par des mouuemēts & des reſſorts,
comme faiſoient ces machines que les anciens appelloyent Automates,
pouuons-nous douter que ce ne ſoyent des effeſts procedans de beaucoup d'induſtrie & de iugement? Et doncques quand nous éleuons les
yeux en haut, pour conſiderer le cours des eſtoilles & des planettes, la
viſteſſe & la conſtance de leurs mouuements, & comme elles reuiennēt
touſiours à leurs points au bout de certaines reuolutions, comme tantoſt
elles s'approchent, & tantoſt ſe reculent de la terre, afin de conſeruer la
ſucceſſion des choſes par la viciſſitude de leurs proximitez & de leurs éloi-
gnements: ferons-nous difficulté de croire que ce ſoient des effeſts d'vne
intelligence diuine, d'vne prouidence infinie, & d'vne ſapience merueil-
» leuſe, qui commande au Soleil, & il ne ſe leue point, qui enferme les
» eſtoilles, comme ſous ſon ſeau, qui eſtend les cieux toute ſeule, & ſe pro-
» meine ſur les vagues de la mer, qui crée l'Arſturus, l'Orion, les Hyades,
» & les conſtellations du Midy: qui faiſt grandes choſes incomprehenſi-
» bles & admirables, & deſquelles il n'y a point de nombre? Et ſi quelqu'vn
de ceux qui traffiquent en l'Amerique & aux autres regions barbares &
éloignées de la ſubtilité des hommes, faiſoit porter auecques luy vne
Sphere de verre, comme celle d'Archimede, là où toutes les conuerſiōs
du Soleil & de la Lune, & des autres eſtoilles errantes, eſtoient repreſentées, & faiſoient les meſmes effeſts dans leur petit eſpace, que font les
planettes dans le chemin & dans l'eſtenduë des cieux: qui eſt celuy de
tous les ſauuages, qui ne penſeroit non ſeulement que la compoſition
d'vn ſi admirable chef d'œuure auroit eſté deſſeignée auecques beaucoup
de iugement, mais auſſi qu'il y auroit quelque ame & quelque diuinité
encloſe là dedans? Et cependant il y en a qui ſont en doute, ce diſent-ils,
ſi le monde a eſté faiſt, ou par fortune, ou par deſtin, ou par quelque
conſideratiō & prouidence: & ſe perſuadent que l'action d'vn homme
a eſté fauoriſée de plus de cognoiſſance & de diſcretion à imiter les reuolutions des eſtoilles, que la cauſe qui les a produittes n'a eſté à les inſtituer & eſtablir: comme ainſi ſoit toutesfois que les vnes ſont trop *plus*
excellemment & parfaittement inuentées, que les autres ne ſont *bien* &
» fidelement repreſentées. Eleuez vos yeux en haut, & regardez qui eſt

celuy

celuy qui a crée toutes ces choses, qui est celuy qui fait sortir l'exercite
des Cieux par nombre, qui appelle les estoilles par leur nom en la multitude de sa force, de sa puissance, de sa vertu, & nulle ne faut à comparoistre deuant luy.

Ce Pasteur qui est introduit en la Poësie d'Actius, lequel n'auoit iamais veu voguer de vaisseau sur la mer, quand il descouurit premierement du sommet d'vne montagne, la nauire des Argonautes qui passoit
de Grece en Asie ; il fut tout saisy de frayeur & d'estonnemét: mais apres
ceste grande suspension d'esprit, il reuint aucunement en luy-mesme, &
se mit à considerer quel miracle c'estoit qui se presentoit deuant ses yeux,
& puis apperceuant de loin les ieunes hommes qui la conduisoient, &
entendant l'harmonie & la musique qui accordoit auec le mouuement
de leurs rames, il commença à s'asseurer & à leur applaudir.

Tovt ainsi donc que ce pauure berger pensoit au cómencement que
ce fust quelque roche ou quelque masse inanimée, qui se promenoit ainsi sur l'eau, mais ayant le loysir de la cósiderer de plus pres, il recognut par
des signes manifestes, quelle chose c'estoit qui l'auoit troublé & estonné de ceste façon: Ainsi ceux qui éleuent leurs yeux en haut, si d'auenture la premiere face du ciel leur cause de l'admiration, ils se doiuent arrester à le contempler plus à loisir, & ne se contenter pas de ceste premiere
veuë, mais prendre la patience de considerer l'Economie de ce grand
corps admirable, regarder comme toutes choses y sont ordonnées, obseruer l'harmonie de ses mouuements & de ses reuolutions, & voir comme elles sont si iustes, qu'il n'y a loix en toute la Musique, qui puissent
establir rien de mieux rapporté, ny de mieux proportionné. Et alors ils
recognoistront eux mesmes les premiers, que ce ne sont point des traicts
d'vne nature morte & inanimée, que ce ne sont point des effects d'vne
masse stupide & insensible, mais qu'il faut par force qu'il y ayt quelque
chose de viuant & de cognoissant: Et diront, s'il est permis de cóparer les
petites choses aux grandes, comme ce Lacedemonien qui vouloit releuer le corps d'vn homme mort, & le faire tenir tout ainsi que s'il eust esté
en vie, quand il vid qu'il n'en pouuoit venir à bout, C'est vne folie, dit-
il, il faut qu'il y ayt quelque chose dedans. Ainsi quand ils recognoistront que le Ciel fait des effects, qu'auecques tous leurs discours ils ne
sçauroient ny entreprendre, ny imaginer de faire faire à des choses mortes & inanimées, ils seront contraints de confesser qu'il faut necessairement qu'il y ait quelque chose de celeste & supercelesle, qui habite dans
les Cieux, qu'il y ait quelque chose de grand & d'esmerueillable, qui
habite dans ceste demeure diuine & incorruptible. Pourrois-tu có-
joindre les lumieres des Pleïades, & destourner le cours du Septentrion?
pourrois-tu faire éclairer Lucifer, & faire leuer l'estoille du vespre, dessus les fils des hommes? pourrois-tu cognoistre l'ordre du Ciel & establir sa disposition en la terre? Et non seulement diront-ils qu'il y a vn
habitateur, mais mesme vn directeur, & vn móderateur, qui est à

l'endroit de toute ceste machine, ce qu'est l'architecte à l'endroict du bastiment, & le pilote à l'endroict de la nauire, excepté que ce qu'il conduit toutes choses, ce n'est point auecques peine & difficulté, ny en receuant quelque changement en luy-mesme pour cest effect: mais c'est
tout ainsi que la loy d'vne republique qui a son estre dans l'esprit & dans
la pensée des citoyens, & encore qu'elle soit immobile d'elle-mesne, ne
laisse pas de les mouuoir chacun à son propre exercice & à sa propre vacation: Ainsi Dieu est vne loy certaine & inuiolable, tendant de toutes
parts à la iustice & à l'égalité, & ne pouuant admettre de correction &
de varieté, qui meut toutes choses sans estre meuë, & se communique à
toutes choses sans receuoir de diuision. Il est vray qu'elle est trop plus
parfaitte & excellente, que ne sont celles qui sont écrittes dans des tables
de pierre morte, ou grauées dedans le cœur & dedans la memoire des
hommes, dautant que non seulement c'est vne loy viuante & inanimée,
mais mesme que c'est la vie & la perfection des choses, qui n'a point
simplement son estre & sa residence dedans les esprits des personnes qui
l'obseruent, mais dans laquelle les esprits de ceux qui la reuerent, ont
leur estre, leur perfection & leur felicité.

    A I N S I doncques, ie ne diray point les Epicuriens, mais vniuerselle-
ment toutes sortes d'hommes, qui ont des yeux & qui ont du sentiment
pour les mouuoir & les éleuer en haut, s'ils les vouloient dedier ainsi
qu'il appartient à la contemplation des choses superieures, & ne se contenter point, comme dit vn Philosophe Stoïcien, de cognoistre seulement le Ciel de veuë, mais discourir quelle est sa perfection & son
excellence, quelles sont ses operations & ses proprietez, il ne leur
faudroit point d'autres enseignements pour leur apprendre qui est celuy qui fait sa residence dans les Cieux, il ne leur faudroit point d'autres merueilles pour exciter leur lethargie & leur stupidité, il ne leur
faudroit point d'autres preuues pour vaincre l'infidelité & la dureté de
leur cœur: Et nous pareillement nous ne serions point contraincts de
leur ramenteuoir des signes & des prodiges, pour éleuer leurs yeux à
l'admiration de celuy qui est enuironné de gloire & de magnificence, qui se vest de lumiere & de splendeur, comme d'vn habillement,
& estend les Cieux comme vn pauillon & comme vne courtine. Nous
trouuons dans les liures de l'Escriture Saincte, vne infinité de miracles visibles & apparents, qui ont esté faits anciennement pour confondre l'ignorance de ceux qui se défioient de l'estre & de la puissance de Dieu, & conuaincre leur mensonge, leur rebellion, & leur
impieté. Les signes se sont monstrez au Soleil & en la Lune: Les
prodiges sont apparus en la mer & en la terre, & les écrits des Prophetes sont tous pleins de ces accidents, comme d'autant de trophées de l'incredulité & obstination des hommes de leurs siecles.
Mais ie demanderois volontiers à ces esprits de contradiction, quelle
plus grande merueille on leur sçauroit proposer, s'ils la vouloient con-

siderer dignement, que la multitude & la quantité des estoilles, que la
vertu & l'action des planettes, que les mouuements & les conuersions
des Spheres celestes, qui sont des miracles ordinaires & perpetuels ? Ie
leur demanderois doncques volontiers, auquel il y auroit plus de sujet de
s'estonner, & plus de témoignage d'vne puissance absoluë & incomprehensible, ou à faire que le Soleil s'arrestast au milieu de son cours, & de-
meuraft immobile vn grand espace de temps, comme il fit durant la vie
de Iosué; ou reculast de quinze degrez en arriere contre son chemin accoustumé, comme il fit durant le regne d'Ezechias; ou cessast de luire &
de communiquer sa splendeur à la terre, comme il fit à la *Passion*, & à
l'Eclipse, s'il faut parler ainsi, de son Soleil & du nostre, qui est le vray
Soleil de Iustice, & le principe de toute lumiere & de toute splendeur;
ou bien à faire que les Cieux se meuuent continuellement & perpetuellement auec vne si grande vistesse & vne si grande égalité, sans aucune
tréue, sans aucune intermission, & sans aucun retardement; de faire que
les rayons du Soleil s'estendent iusques aux extremitez du monde, & que
par son aspect toutes choses soient renduës visibles & apparentes, que les
estoilles & les planettes reçoiuent de luy leur splendeur & leur illustratió,
comme d'vne source & d'vne fontaine de lumiere? Quand toutes ces
choses seront bien considerées, nous trouuerons que les miracles desquels
maintenant nous nous estonnons le plus, en les oyant publier & raconter, ne different en rien d'auecques les autres œuures de Dieu, que nous
voyons continuellement, sinon de ce que les vns sont frequens & ordinaires, & les autres rares & inaccoustumez: dautant que c'est plustost la
nouueauté que la grandeur des choses, qui nous apporte de l'estonnement. De sorte que si les effects de Dieu, que nous appellons miracles,
deuenoient aussi communs que ses autres œuures, ils seroient sans comparaison plus méprisez qu'vne infinité de choses que nous auons perpetuellement deuant les yeux, qui sont plus merueillés que les merueilles
mesmes, & desquelles il n'y a rien que la continuité qui nous face
perdre l'admiration.

C'EST pourquoy quand ces personnes incredules, qui ne se peuuent asseurer, ny de l'estre ny de la puissance de Dieu, s'ils n'en voyent
à tout propos des signes irreguliers, & ausquels il seroit besoin de
répondre, comme disoit nostre Seigneur aux Scribes & Pharisiens,
La gent meschante & adultere demande vn signe, & il ne luy sera «
point donné de signe, sinon le signe du Prophete Ionas qui fut trois «
iours au ventre de la Baleine: Quand doncques ils demandent des pro- «
diges, & ne se contentent pas ny des graces merueilleuses & continuelles que Dieu leur faict pour les attirer à luy, ny des miracles
que leurs predecesseurs ont recognus & éprouuez, & en ont laissé
la foy à la posterité par tant d'écrits solennels & authentiques, ny
de ceux mesmes qui se font encore pour le present deuant d'autres
yeux que les leurs: c'est à dire, ne s'asseurent ny sur l'authorité des

AAa ij

saincts personnages qui ont esté deuant eux, ny sur la fidelité de ceux
qui sont encore de leurs temps, mais veulent que les miracles soient mis
à tous les iours, & refusent d'y adiouster aucune creance, s'ils ne sont
faicts expressement & particulierement pour eux : Vsant doncques de
toutes ces capitulations auecques Dieu, ils monstrent bien qu'ils sont
entierement aueugles en leurs desirs, & ne sçauent aucunement ce qu'ils
demandent. Car si leurs souhaits auenoient, outre ce qu'ils peruertiroiét
tout l'ordre de la nature, encore seroient ils cause que les miracles reüs-
siroient au contraire de leur intention : dautant que premierement ils
leurs feroient perdre leur nom de miracles, en les rendant si communs &
& ordinaires, & secondement les priueroient de la fin & de l'operation
pour laquelle ils veulent qu'ils soient instituez. Ainsi doncques quand ils
font instance que nous leur monstrions des prodiges, & demandent
pourquoy c'est que les miracles ne sont pas encore aussi frequents comme ils ont esté par le passé, & si la main de Dieu est diminuée & racour-
cie : Nous leur répondons auecques sainct Augustin, que c'est pource
qu'ils ne nous émouuroient pas si nous ne les admirions point, & que
nous n'en sentirions aucun estonnement si c'estoient choses qui nous
fussent communes & familieres. Car les successions du iour & de la nuict,
le cours ordinaire des estoilles & des planettes, les reuolutions des saisons & des années, le diuers estat des arbres & des plantes, & comme ils
vestent & dépouillent de temps en temps leurs fueilles & leur verdeur
naturelle : les proprietez infinies des semences, des herbes & des pierres,
la beauté de la lumiere, la diuersité des couleurs, des sons, des odeurs,
des saueurs, & autres tels effects de la nature : proposons-nous vn homme qui commence nouuellement à les ressentir, & auecques lequel neatmoins nous puissions auoir quelque communication de discours, pour
remarquer comme il sera émeu à ces premieres apprehensions : nous verrons qu'il sortira tout hors de luy-mesme, & qu'il se laissera entierement rauir à la contemplation & à l'admiration : Et nous au contraire,
miserables que nous sommes, nous méprisons l'obseruation de ces merueilles, non pas que l'intelligence nous en soit trop commune : Car, ie
vous supplie, qu'est-ce qu'il y a de plus caché aux yeux de nostre entendement, que la cognoissance des causes & des principes, dont prouiennent tant d'estranges & admirables diuersitez ? mais c'est dautant
que la representation nous en est trop frequente, & qu'il nous est auis,
tant nous y sommes accoustumez, que nous ne faisons autre chose que
de les auoir ordinairement deuant les yeux.

Avssy voyons-nous que le plus grand Philosophe d'entre tous les
Payens, s'émerueillant de l'excellence des œuures de Dieu, & considerant l'ignorance & l'aueuglement de ceux qui les méprisét, en parle de ceste sorte : Si nous pouuions, dit-il, nous proposer des hommes qui eussent tousiours esté enfermez sous la terre en des lieux cachez & éloignez
de la lumiere du Soleil, mais neátmoins accompagnez de toutes les choses

qui sont neceffaires pour l'vfage & pour les délices de la vie, & n'euffent iamais eu autre cognoiffance de tout ce qui se faict en cefte region fuperieure, finon qu'ils euffent oüy dire qu'il y a vne certaine Diuinité qui gouuerne & adminiftre toutes chofes, & puis qu'au bout de ie ne sçay combien de temps leurs abyfmes venans à fe defcouurir, ils fortiffent au iour & en la lumiere comme les autres hommes: Quand ils verroient tout en vn mefme inftant, la terre, la mer, le ciel, l'amas des nuées, l'impetuofité des vents, la grandeur du Soleil, fa beauté, fes effects, & comme il nous donne le iour en nous enuoyant fa lumiere, & puis comme les tenebres eftant épanduës fur la terre le Ciel eft orné & diuerfifié d'eftoilles: la varieté des faces, & des apparences de la Lune, quand elle croît & quand elle diminuë, le leuer & le coucher des planettes, leurs periodes & leurs reftitutions conftantes & inuiolables, & écrittes dans les loix de l'eternité: Quand doncques ils verroient tous ces miracles fi differents les vns des autres, alors ils ne s'enquerroient plus fi les nouuelles qu'on leur auroit rapportées en leur monde inferieur, feroient certaines & veritables, & fi les effects qu'ils en auroient obferuez en ceftui-cy, feroient des preuues fuffifantes pour nous faire recognoiftre & adorer vne Diuinité.

Les anciens écriuent que quand la montagne d'Etna commença premierement à s'ouurir, & à jetter fes fumées & fes exhalations, les tenebres furent fi grandes par tous les lieux circonuoifins, que durant l'efpace de deux iours entiers, les habitans ne fe pouuoient recognoiftre les vns les autres: & puis au troifiéme, que le Soleil commença vn peu à percer l'obfcurité & les nuages, ils penfoient eftre refufcitez, & fe perfuadoient d'eftre arriuez en quelque nouueau monde. Si doncques nous imaginons en cas pareil, que nous fortions non pas d'vne nuict de deux ou trois iours comme la leur, mais d'vne eternité de tenebres, & que d'vne obfcurité continuelle & perpetuelle nous venions à ioüyr tout d'vn coup de la beauté & de la douceur de la lumiere, que penferos-nous que fera cefte face & cest ornement du Ciel? qu'eftimerons-nous que fera cefte monftre & cefte fuperfice de la terre? de la voir reueftuë de tant de fortes de fleurs, de tant de natures d'herbes, de tât d'efpeces de fruicts, auffi infinis en leur varieté & en leur diuerfité, comme admirables en leur effence & en leur proprieté: voir la perpetuité des fontaines & des ruiffeaux, le cours des fleuues & des riuieres, la beauté & la verdeur de leurs riues, la profondeur & l'horreur des abyfmes, l'efpace & la largeur des plaines, l'afpreté des rochers & des môtagnes: voir les mines d'or, d'arget, & de cuiure: les veines de marbres & de porphyre, & autres femblables effects, à la production defquels il femble que la nature prenne plaifir de fe joüer. Et fi ce n'eft encore rien que de voir toutes ces chofes feparées les vnes d'auecques les autres: Mais fi nous nous pouuiôs éleuer par deffus cefte regiô inferieure, nous aurions bien dequoy nous émerueiller d'auantage. Nous aurions bien dequoy nous émerueiller d'auantage,

ſi nous pouuions contempler de là haut en vn meſme clin d'œil, toute
l'eſtenduë & toute l'amplitude de la terre , voir le rapport & la conuenance de ſes parties, la voir ſituée au milieu de l'vniuers , diſtinguée &
ornée de montagnes, de foreſts, de campagnes, & de riuieres; voir l'v-
nion, & l'aſſemblement de l'Ocean & de la terre ferme , la beauté &
l'égalité de la mer , la multitude & la diuerſité des Iſles, l'obliquité des
ports & des riuages, & le bel effect que ces choſes feroient toutes enſemble ſi elles ſe pouuoient auſſi bien contempler des yeux du corps,
comme elles ſe peuuent imaginer & conſiderer auec les yeux de l'ame:
que diray-je plus? voir les diuerſes incidences de la lumiere du Soleil,
comme en certains endroicts elle tombe ſur la ſuperfice de la mer qui
eſt toute égale & toute vnie, toute celeſte & azurée, & côme en d'autres
elle donne ſur celle de la terre qui eſt extrémement inégale, & extrémement diſſemblable, tantoſt pleine, tantoſt môtueuſe, couuerte de foreſts,
de bocages, de verdure, de ſables, de rochers, & de deſerts: & comme
toutes ſes diuerſitez d'incidences & de reflexions font vne ſi belle confuſion de iours & d'apparences, & vne ſi agreable mixtion de couleurs
& de lumieres, qu'il n'y a peintre au monde qui puiſſe figurer ny repreſenter vne plus belle imagination.

AINSY doncques ſi nous ſortions d'vne priſon perpetuelle pleine
d'obſcurité & de tenebres, & que nous vinſions nouuellement à voir
& à reſſentir toutes ces choſes, nous n'abuſerions pas ſi facilement de la
viſion des œuures de Dieu, comme nous faiſons maintenant, pour les a-
uoir ce ſemble trop continuellement deuant les yeux, & n'aurions pas
beſoin d'enſeignements & d'admonitions extraordinaires pour nous
faire regarder en haut, & nous faire éleuer la veuë vers celuy qui habite
dans les Cieux : ny ne ſeroit point neceſſaire que Dieu priſt luy-meſme
le ſoin pour réueiller noſtre ſtupidité, de parler à nous par la voix de ce
ſainct Prophete, & vniuerſellemét de nous faire entendre par le ſon de ſa
parole, & voir par les characteres de ſon écriture, ce que ſes œuures ne
ceſſent de nous raconter, & ſes merueilles ne ſe laſſent iamais de nous remettre deuant les yeux, dautant que nous contemplorions nous meſmes
„ dans les choſes viſibles & temporelles de ce monde, comme dit l'Apo-
„ ſtre, les choſes inuiſibles & eternelles de Dieu, ſa puiſſance, ſa ſapience
„ & ſa Diuinité.

MAIS helas! inſenſibles que nous ſommes, nous auons les yeux & les
oreilles ſi rebatuës de ces choſes: nous ſommes ſi accouſtumez à ſes effects & à ſes merueilles, que nous nous y endormons ordinairement, &
qu'il ſemble que la production de ſes dernieres œuures nous oſte l'admiration & l'eſtonnement des premieres: Outre ce que la lumiere de noſtre entendement eſt tellement obſcurcie par les tenebres & les reliques
du peché originel, & la puiſſance de noſtre volonté qui nous eſtoit donnée pour l'incliner & diſpoſer à ces belles conſiderations tellement af-
foiblie & debilitée, & par maniere de dire, tellement charmée & enchâ-

rée du defir des chofes corruptibles, que nos yeux ne regardent rien que
la terre, & que nous ne les pouuons éleuer au Ciel pour voir des chofes fi
vifibles & apparentes, s'il ne nous eft dóné d'en haut, de celuy qui eft le
pere des lumieres, par vn mouuement fpecial & interieur, & par vne in-
fufion de grace & de lumiere fupernaturelle. Et tout ainfi que Moyfe
pour l'infirmité de fa vieilleffe, & pour la laffitude & pefanteur de fes
mains, ne les pouuoit tenir éleuées vers le ciel, cependant que les enfans
d'Ifraël combattoient, afin de rendre fa nation victorieufe fur le peuple
d'Amalec, fi ce n'eftoit auecques le fupport d'Aaron & de Hur, qui les
fouftenoient & les éleuoient eux mefmes: Ainfi noftre nature qui a dege-
neré de fon premier eftre par la contagion du peché originel, eft pleine
d'vne fi grande foibleffe & d'vne fi grande imbecillité, que nous ne pouuons éleuer nos yeux au ciel, ny les ofter de deffus les chofes corruptibles où il femble qu'ils foient perpetuellement collez & attachez, fi
Dieu ne les meut luy-mefme par vne operation fecrette & interieure,
pour les éleuer & attirer à foy.

De forte qu'encores que les œuures de Dieu nous foient propofées
pour y contempler fa gloire & fa puiffáce comme en vn tableau tres-ex-
cellent, & mefme qu'elles foient accompagnées des inftructions qu'il
luy plaift nous donner par la bouche de fes Prophetes & Apoftres, afin
de nous expliquer les chofes qui y font fignifiées & contenuës, & à quelle intention c'eft qu'elles fe doiuent rapporter: fi eft-ce que fes merueilles ont beau nous éblouïr les yeux, & fes paroles ont beau refonner à nos
oreilles, fi luy-mefme ne nous éclaircift la veuë, & luy-mefme ne nous
ouure les conduits de l'oüye par l'operation interieure de fon fainct Efprit. Car autrement toutes fes graces exterieures ne feruiront finon de
nous rendre plus inexcufables, quand nous viendrons à comparoiftre deuant le throfne de fa Majefté, & de nous ofter de la bouche toutes fortes
d'allegations & de pretextes d'ignorance, excepté que nous confeffions,
comme ie dy, d'auoir efté aueugles des yeux de l'entendement, & fourds
des oreilles de la volonté, en des chofes fi vifibles & fi intelligibles.

Avssy ce Pere des graces & des mifericordes, duquel la bonté eft
plus infinie en noftre endroict, que pas vne des autres vertus que nous
luy attribuons, cognoiffant bien l'infirmité de noftre nature, & comme
toutes les puiffances de noftre ame font peruerties & deprauées, quand il
luy plaift prendre le foin de nous attirer à luy, il accommode fes actiós
& fes deportemens à noftre imbecillité & à noftre foibleffe, & ne fe contente pas de nous appeller par le moyen de la vocation exterieure, mais
y ajoufte auffi l'interieure. Ie nomme vocation exterieure celle qui confifte en ces deux chofes que nous auons touchées maintenant: l'vne eft
la demonftration de fes effects & de fes merueilles, quand elles prefchent
fa grandeur & fa puiffance, & incitent tout le monde à le cognoiftre
pour Autheur & pour Createur: & cefte premiere efpece d'appellation
eft commune à l'endroit de toutes gens & de toutes nations, tant Chre-

stiennes que Payennes, tant fidelles que infidelles, ausquelles les œuure de Dieu parlent en toutes sortes de langues, sans acception de peuples ny de personnes, & protestent generalement de faute de cœur & de
volonté contre ceux qui ne se seront pas laissez persuader à leur témoi-
» gnage. Leur son, dit le Psalmiste, s'est épandu par tout l'vniuers, & leurs
» propos se sont faicts entendre iusques aux fins de la terre. L'autre, c'est la
vraye lecture & interpretation de sa parole, qui est reseruée particulierement & par vne certaine benediction speciale, à son Eglise, en laquelle
encores qu'vne infinité de personnes soient comprises pour y estre legitimement appellées de l'appellatió exterieure, si est-ce que toutes ne sont
pas éleües ny appellées interieurement. Tout ainsi doncques que les
Philosophes Platoniciens, s'il est permis de comparer les actions sensibles aux intelligibles, disoient qu'il n'estoit pas seulement requis d'auoir
vne lumiere commune & exterieure pour receuoir l'impression des choses visibles : mais aussi vne lumiere particuliere & interieure qui eust son
siege & sa residence dedans les yeux mesme de ceux qui les regarderoient.
Ainsi Dieu ne iuge pas que ce soit assez pour nostre nature corrompuë,
que nous ayons la lumiere de la Diuinité comme elle reluist en la creation & en l'administratió de ses œuures; & comme elle paroist en la lecture & en l'explication de sa parole, s'il ne restituë aux yeux de nostre
ame ceste premiere lumiere interieure, laquelle il nous confera au commencement par la grace, & dont nostre premier pere fut priué par le peché. Il ne se cotente pas doncques de nous appeller par ces deux manieres
de vocation exterieure, mais encore nous appelle par vne autre sorte de
vocation qui est interieure & particuliere, c'est à dire, ne nous propose
pas seulement des obiects pour nous éleuer à luy, mais mesme dispose
interieurement les puissances de nostre ame à nous en seruir & à les employer : & se comporte en nostre endroict comme le bon pere qui sert de
pere & de precepteur tout ensemble, se comporte à l'endroict de ses enfans quand ils sont encore à leurs premiers elements & à leurs premiers
principes. Car il ne se contente pas de leur donner des liures pour y cercher de l'enseignement & de la doctrine, mais luy mesme prend la patiéce
de leur monstrer à lire dedans, & à s'en seruir : luy-mesme leur códuit les
yeux & l'esprit, luy mesme leur met les doigts sur les lettres & sur les syllabes, pour leur donner à entendre ce qu'elles signifiét, & comme ils les doiuent discerner & assembler. Ainsi il ne suffit pas à la bonté de Dieu de
nous donner des instructions exterieures si claires & manifestes, que ce
seroit vne ignorance trop volontaire de pretendre d'en douter aucunement : mais aussi il nous enseigne par vne voye secrette & particuliere : il
illumine interieurement les yeux de nostre ame, il les meut & les conduit
sur les obiects qui leur sont presentez, pour leur apprendre à lire dans
les characteres de ses œuures & de son escriture, & leur inspirer ce que ses
merueilles & ses paroles signifient, & de qui c'est qu'elles annoncent la
gloire & les loüanges. Adoncques nostre ame estant instituée de ceste

façon, recognoist dans les choses qu'elle a deuant les yeux, la fin pour
laquelle elles luy sont proposées, & celle pour laquelle elle est creée &
mise au monde : elle apprend à cercher dans les objects du sentiment, ce
qu'elle doit voir & considerer auecques la lumiere de l'entendement,
c'est à dire, à penetrer plus auant que le premier aspect des choses sensibles ne la peut conduire, & s'en seruir comme nous nous seruons des miroirs qui ne retiennent pas les rayons de nostre veuë, mais les renuoyent
vers les choses desquelles ils reçoiuent & representent les images. Aussi
nous apprenons à ne nous arrester pas simplement aux choses que les
sentimens nous offrent & rapportent : mais à passer iusques à la cognoissance de la diuinité, & obseruer son excellence dedans l'ordre & dedans
la disposition de ses creatures, pour venir par la lumiere des effects, à la
cognoissance & à l'adoration de la cause : pour venir par le moyen des
ruisseaux, à la source & à l'origine, mesprisants la consideration des
choses creées comme basse & contemptible, si ce n'est entant qu'elle
nous peut conduire & amener à ceste premiere cause, & à ce premier
principe ; & ne nous arrestants point, comme dit le Prophete, à creuser   "
des puits, des estangs & des cisternes, qui ne sont que des decoulemens   "
& des participations de la fontaine d'eau viue : mais essayants de remon-   "
ter contre la descente de l'eau, iusques à ce que nous soyons arriuez au
lieu de la vraye source, pour y puiser ceste eau spirituelle, de laquelle   "
quiconque aura beu n'aura iamais soif, & l'eau qui luy sera donnée sera   "
faicte en luy vne fontaine d'eau saillante en vie eternelle.   "

O R est-ce là vne des intelligences selon lesquelles on peut exposer
ceste éleuation des yeux dont parle le Psalmiste au premier verset du
Pseaume que nous interpreterons maintenant, lequel aussi, comme nous
auons dit au commencement, est vn de ceux que les Hebrieux appellent,
Pseaumes des Degrez ou de l'Ascension. C'est donc que nous éleuions
les yeux de nostre cognoissance vers celuy qui fait son habitation dans
les cieux, & que nous n'attachions point tellement nos pensées aux choses sensibles & materielles, qu'il semble qu'elles y soient comme liées,
sans se soucier d'atteindre à celuy qui est la cause & le principe de toutes
choses. Que nous n'en facions point des stations certaines & perpetuelles, mais que nous les prenions comme des degrez par lesquels nous par-
uenions à la cognoissance de Dieu, qui est la seule & souueraine felicité.
Que nous ne bastissions point de Cité permanente en l'obseruation de
ces choses inferieures & corruptibles, qui ne sont que des passages &
des deserts : mais que nous fondions nostre Hierusalem celeste en la terre de promission, laquelle nous a preparée celuy qui demeure dans les
cieux. Que nous n'establissions point la perfection de nostre entendement, qui est l'intelligence des choses, en la contemplation d'aucun obiect, que de celuy qui est la vraye fin & la vraye perfection de toutes
choses, attendu que les autres cognoissances, si nous permettons qu'elles
possedent l'operation de nostre ame, & l'occupent & la retardent au lieu

qu'elles la deuroient aduancer , ce ne font plus des cognoiffances , mais
des ignorances, & des ignorances extremement pernicieufes & dommageables, qui ne la repaiffent que de fonges & de vanitez , & luy font
perdre la contemplation de ce premier & fouüerain eftre , auquel elle eft
obligée de rapporter toutes fes penfees & fes difcours , & auquel fi tous
les autres objects ne font referez , mais que nous nous amufions à les obferuer felon eux mefmes, ils font fi contemptibles & fi indignes de retenir la moindre partie de noftre contemplation , que nous ne faifons pas
feulement tort à Dieu , mais mefme nous offenfons la dignité de noftre
ame, quand nous abaiffons nos yeux à les regarder & à les confiderer.
Car encore que les plus viles creatures qui foient au môde, eftant accompagnées de l'eftre & des proprietez que Dieu leur a communiquées, foiét
infiniment parfaittes & excellentes , fi nous voulons les rapporter à ce
qu'elles eftoient d'elles mefmes deuant qu'il luy pleuft fe fouüenir de les
créer, & qu'elles feroient encores maintenant, s'il les auoit voulu laiffer
à leur propre puiffance & operation : Si eft-ce que quand nous examinons l'excellence des plus excellentes chofes, & les comparons auecques
la dignité de celuy qui les a fait eftre ce qu'elles font : que nous confiderons le Soleil, la Lune , les Eftoilles , les Anges , & les Archanges, toutes leurs perfections ne font qu'imperfections, toute leur fplendeur n'eft
qu'obfcurité & tenebres , & tout leur eftre eft plus rien que rien mefmes.
» Voicy il ne trouue point de fermeté en fes Sainds , & les Cieux mefmes
» ne font pas purs deuant luy. Il ne trouue point de fermeté en fes ferui-
» teurs, & recognoift de l'imperfection en fes Anges : combien plus donc-
» ques en ceux qui demeurent dans des maifons de boüe & de terre, def-
» quelles le fondement eft de poudre , & qui feront confumez comme par
» la tigne ?

Or cefte éleuation de cognoiffance dont nous auons parlé iufques à
maintenant en expliquant les paroles du Prophete, eft accompagnée
comme nous auons dit au commencement de noftre difcours, de deux
autres fortes d'éleuations, dont la premiere eft celle du defir, & la feconde celle de l'efperance. Car au mefme temps que nous éleuons noftre entendement à Dieu , & laiffons au deffous de nous la confideration des
chofes inferieures & corruptibles, noftre volonté fe laiffe rauir & emporter à l'amour des beautez & perfections qu'elle recognoit en la contemplation de la diuinité : & noftre efperance qui s'en promet la fruition, prend des aifles pour s'éleuer en haut & voler vers les Cieux, afin
de nous rendre joüyffants & poffeffeurs des chofes dont la cognoiffance
fait naiftre vn defir fi ardent en noftre volonté.

TOVTES ces trois éleuations doncques comme nous auons touché au
commencement , peuuent eftre entenduës par l'éleuation des yeux:
d'autant que l'action des yeux en l'Ecriture Saincte, eft aucunefois prinfe
» pour la cognoiffance, comme quand il eft dit, Vos yeux feront ouuerts,
» & ferez comme Dieux ayans la cognoiffance du bien & du mal, Et en vn

autre paſſage ; La lumiere du corps c'eſt l'œil: Si doncques voſtre œil eſt
ſimple, tout voſtre corps ſera éclairé. Aucunefois elle eſt employée pour
exprimer le deſir & l'affection, comme quand il eſt dit, Deſtourne mes
yeux, afin qu'ils ne voyent point la vanité: c'eſt à dire, afin qu'ils ne la
deſirent point. Aucunefois pour ſignifier le mouuement & l'action de
l'eſperance, & que nous attendons de la faueur de quelque lieu, comme
quand il eſt dit: I'ay éleué mes yeux vers les montagnes, dont il me vié-
dra du ſecours.   Et en vn autre endroit: Mais les yeux des meſchans de-
faudront, & ne trouueront plus de reconfort, & leur eſperance ſera affliction d'eſprit.

O R le ſuiect que nous nous eſtions propoſez, requeroit qu'apres a-
uoir traicté de l'éleuation de la foy & de la cognoiſſance, nous vinſions
ſemblablement à celle de la charité & de l'eſperance, côme c'eſtoit noſtre
deſir & noſtre intention. Mais le temps qui nous a eſté limité pour nous
acquicter de ce diſcours, ne nous permet pas d'inſiſter ſi longuement ſur
ces deux parties, comme nous auons fait ſur le premier article. Cela
ſera cauſe que nous nous contenterons de recueillir ſeulement comme
en vn ſommaire les principaux poincts de ce que nous auions deliberé
d'examiner touchant ces deux autres éleuations, & reduirons en peu de
paroles ce que nous euſſions expliqué plus amplement, ſi l'heure qui
nous eſtoit preſcritte nous euſt donné autant de loiſir que le texte que
nous interpretons nous en preſente de ſuiect & d'occaſion.

PREMIEREMENT doncques nous euſſions monſtré comme il nous
eſt permis indifferemment de deſirer toutes ces choſes pour en vſer ſimplement, c'eſt à dire entant que nous les pouuons referer à la fin à laquelle elles ſont dediées: mais pour en iouïr abſolument, & y conſtituer le
dernier acte de noſtre volonté: pour y confiner le deſir de noſtre ame,
& y eſtablir le repos de noſtre affection: il n'y a que la fin finale & ſupréme de toutes choſes, qui eſt Dieu, à laquelle il nous ſoit permis d'aſpi-
rer de ceſte façon, en éleuant noſtre veuë vers celuy qui fait ſa demeure
dans les Cieux.   Car puis que la volonté de l'homme ſe met en la poſſeſſion des choſes qu'elle deſire, & enuers leſquelles elle ſe meut, & que
l'ordre qu'il a pleu à Dieu d'inſtituer entre ſes creatures, porte que les
choſes les moins accomplies ſoient aſſujetties aux plus parfaictes & excellentes, c'eſt non ſeulement offenſer, comme nous diſions nagueres
en parlant de la cognoiſſance, c'eſt, dy-je, non ſeulement offenſer la ſapience & la prouidence de Dieu, en peruertiſſant la diſpoſition des choſes, & violant les loix qu'il a eſtablies pour le reglement de l'vniuers: mais
meſme c'eſt faire tort à la dignité de noſtre ame, que de l'oſter de la poſſeſſion de celuy qui eſt ſon ſouuerain bien & ſa ſouueraine felicité, pour
l'aſſeruir & la rendre eſclaue à des choſes corruptibles & materielles, qui
luy ſont toutes naturellement inferieures, comme n'eſtant creées que
pour ſon vſage & pour ſa commodité.

SECONDEMENT nous euſſions fait paroiſtre comme en nulle chose, excepté en la fruition de Dieu, nostre ame ne peut trouuer de contentement perpetuel, à cause que la natute & l'essence du plaisir consiste en l'vnion qui se fait de la chose desirante auec ce qu'elle desire, cependant qu'elle est encore possedée du desir: c'est à dire, que c'est la rencontre de ces deux possessions, quand nostre ame est encore possedée de la chose qu'elle desire par le moyen du desir, & commence déja à la posseder par le moyen de la joüyssance. Or ceste rencontre & ceste vnion en toutes les choses creées, se passe incontinent, & sa plus longue durée consiste en vn instant & en vn moment. Car ainsi comme les Mathematiciens disent que la contingence du cercle & de la ligne droitte se fait tant seulement en vn poinct, & qu'entre la partie de la circonference qui s'incline vers la ligne droitte pour l'aller toucher, & celle qui s'en separe apres l'auoir touchée, il n'y a rien sinon vne conjonction indiuisible. Ainsi nous éprouuons qu'entre la passion, par l'instinct de laquelle nostre ame se meut vers la chose qui luy est agreable, & celle par le moyen de laquelle elle commence à s'en éloigner apres y auoir esté vnie, il n'y a rien qu'vn point & qu'vn atome, c'est à dire, qu'entre le desir & le mespris des choses dont nous joüyssons, il n'y a rien qu'vn instant & qu'vn moment: dautant que nostre ame, aussi-tost qu'elle commence à posseder ce qu'elle desire par le moyen de la joüyssance, aussi-tost elle cesse d'en estre possedée par le moyen du desir, & que la participation de la chose desirée esteint & amortit l'action de l'appetit, à cause qu'il suppose tousiours vne priuation de possession, pour appliquer son operation à l'endroit de ce qu'il desire, tellement qu'il ne peut estre continué apres la joüyssance des choses qui luy sont proposées, si ce n'est qu'elles soient si infinies & si incomprehensibles, que nostre ame ne soit pas capable de les posseder totalement au mesme temps qu'elle en joüst, c'est à dire, qu'il en demeure tousiours quelque chose hors de sa comprehension, laquelle elle puisse venir à bout de mesurer & de contenir, & par consequent continuë tousiours à la desirer en les possedant & en les apprehendant.

VOILA donc comme és choses creées & finies l'operation du desir & celle de la joüyssance, ne peuuent demeurer aucunement ensemble: Et c'est l'occasion pour laquelle nous disons auec les Stoïciens, qu'il n'y a point de vraye ny constante volupté en toutes les delices qui se peuuent essayer durant le cours de ceste vie, dautant que la volupté afin que i'vse de leurs paroles, n'a point d'autre subsistance que l'instabilité & la precipitation des mouuements de nostre ame: qu'apres leur premier effort elle languist: qu'aussi-tost qu'elle commence à naistre, aussi-tost elle regarde son declin, & se va conjoignant en vn mesme point auecques la production de son contraire: car auecques la fin du desir, meurt la douceur & la memoire du plaisir.

MAIS le contentement que nous receurons en la vision de Dieu, qui est le souuerain but de nostre desir & de nostre volonté, ne sera pas de mesme.

mesme. Car la possession dôt nous le possederons par le moyé de la iouys-
sance, ne fera pas cesser ceste possession dont nous somes possedez de luy
par le moyen du desir : dautant que ce sera vne apprehension sans comprehension : que nostre ame ne le contiendra pas, mais qu'elle en sera
contenuë : qu'elle ne l'enclorra pas entierement, mais qu'elle en sera remplie parfaictement, tout ainsi que les vaisseaux qui descendent au fonds
de la mer ne la comprennent pas, mais en sont remplis & contenus : c'est
à dire qu'il y aura tousiours plus d'obiect en la Diuinité pour occuper l'o-
peration de nostre desir, qu'il n'y aura de capacité en nostre ame pour
receuoir la fruition de la Diuinité : si bien que tant plus nous irons en a-
uant, & plus nous trouuerons dequoy employer nostre amour, nostre
affection & nostre Charité enuers elle, & dequoy estendre la durée de
nostre felicité iusques aux siecles des siecles, estant nostre desir continuel
& infiny, & nostre possession asseurée & perpetuelle.

A ceste consideration encore nous eussions adiousté ce que les Philosophes enseignent de la matiere premiere : c'est que comme ils disent
qu'elle est vniuersellement en puissance au regard de toutes les formes
corporelles & sensibles : mais à cause que celles qu'elle reçoit icy bas sont
formes particulieres, tant selon leur estre que selon leur perfection, il
n'y en a pas vne qui soit suffisante pour remplir l'estenduë vniuerselle de
sa puissance & de son desir, tellement que ne pouuant estre actuellement
sinô sous vne seule forme à la fois, & neantmoins conseruant au mesme
temps ce desir, & ceste puissance à l'endroit d'vne infinité d'autres, elle
est contrainte pour satisfaire à l'vniuersalité de son appetit, de desirer la
priuation de celle qui l'informe actuellement, afin d'estre tousiours successiuement possedée par quelque autre qui y arriue nouuellement : &c'est
ce desir de priuation qui est cause de la vicissitude des formes qui s'impriment en la matiere inferieure, & par mesme moyé de ce que les choses e-
lemétaires sont corruptibles & perissables, comme ayant vn principe essentiel de leur ruine & de leur destruction en elles mesmes. Là où la matiere du Ciel, dautant qu'elle est possedée par vne forme vniuerselle qui
remplit toute l'estenduë de sa puissance & de son desir, & côprend en degré d'excellence & de perfection toutes les autres formes inferieures : à
ceste occasion elle ne peut desirer de s'en voir dépouillée pour estre reduitte sous aucune autre forme corporelle&sensible. Et cela est cause que
l'vnion de la forme & de la matiere du Ciel est indissoluble, & par consequent que l'estre du Ciel, qui reüssist de ceste composition, est perpetuel & incorruptible, comme n'ayant point de principe essentiel de sa
ruine & de sa dissolution, en luy-mesme. Ainsi est-il de nostre ame pour
le regard de Dieu & des autres choses qu'elle se propose de cognoistre.
Nostre ame est comme vne carte blanche, qui peut receuoir vniuersellement toutes sortes de figures & de characteres : C'est côme vne matiere
premiere, qui peut appreheder indifferémment toutes sortes de formes spirituelles & intelligibles, & neantmoins elle n'en reçoit iamais l'impressiô

BBb

actuelle que d'vne seule à la fois, chose qui n'est pas suffisante pour occuper l'estenduë de sa puissance, laquelle les regarde toutes vniuersellement. De sorte qu'elle est contraincte pour satisfaire au surplus de son desir, qui est infiny & indeterminé comme est l'appetit de la matiere, de se departir tousiours de l'vnió actuelle de celle qu'elle a receuë la derniere, pour passer à l'intelligéce & à la consideration de quelque autre qui se presente nouuellement : & par ce moyen doncques de s'appliquer successiuement à toutes les formes intelligibles des choses creées les vnes après les autres, n'en pouuant trouuer vne seule à la fois qui soit suffisante pour determiner toute sa puissance & sa capacité.

ET c'est ce qui fait que si tost que nostre ame a attaint la cognoissance de quelque chose, & se l'est renduë familiere, elle se sent importunée si on l'arreste à la considerer d'auantage : & au contraire que la cognoissance des choses nouuelles luy est agreable, & que les merueilles la delectét, & la rauissent pour vn temps ; iusques à ce qu'elle ayt eu le loisir de les obseruer, & puis elle s'en lasse, & les mesprise comme les choses ordinaires, & cherche d'autres nouueaux objects pour réueiller son appetit & exercer sa consideration. Et en somme, c'est ce qui est cause que nous amassons cognoissance sur cognoissance, intelligence sur intelligence, contemplation sur contemplation : que tant plus nous cognoissons & plus nous desirons de cognoistre, & ne trouuons iamais d'estanchement en ceste soif infinie & perpetuelle : ny ne pouuons arrester le flux & l'instabilité de nostre desir, c'est à dire, luy proposer vn terme certain & asseuré durant le cours de ceste vie, auquel estant paruenu il se puisse contéter d'y estre arriué, & cesser & se reposer de toute autre sorte de curiosité.

MAIS quand nostre ame viendra à se conjoindre par le moyen de la cognoissance & de la vision de Dieu, à ceste souueraine forme intelligible qui comprend en son excellence & en sa dignité tous les degrez des choses tant spirituelles que corporelles, qui est à la capacité de nostre entendement, ce que la forme du Ciel est à la puissance de la matiere, qui est entre les formes immaterielles & intelligibles, ce que la perfection du Ciel est entre les formes sensibles & materielles, alors elle remplira en vn mesme instant toute l'vniuersalité de sa puissance & de son inclination, & ne laissera aucune partie de son desir, qui ne soit entierement occupée à la desirer & à la posseder ; ny qui se puisse diuertir à recercher d'autres objects, ou se lasser de desirer eternellement celuy auquel elle sera si estroictement vnie, & y trouuera la perfection de tous ceux qu'elle se sçauroit proposer : tellement que cela mesme qui faict que le Ciel est perpetuel & incorruptible, c'est à sçauoir que sa matiere ne peut desirer de separation ny aspirer à aucune autre forme corporelle, pource qu'elle est toute employée à contenir l'excellence & la perfection de la sienne : ceste mesme chose sera cause que l'vnion de nostre ame auecques l'essence de la Diuinité sera eternellement indissoluble, dautant que nostre entendement ne pourra plus desirer d'au-

tre contemplation estant tout rauy & employé à l'admiration perpetuelle de ce dont il aura vne cognoissance & vne possession infinie, & où
neantmoins tant plus il cognoistra, & plus il trouuera à cognoistre, &
tant plus il possedera, & plus il trouuera à posseder.

DE là nous eussions consideré cóme il faut que nostre ame quand elle
se sent éclairée de la lumiere, & de la cognoissance de la diuinité, renonce
à l'amour d'elle-mesme, & de toutes les choses qui sont au monde pour se
laisser aliener & transporter par vn doux rauissemét, par vne Scte. éleuatió
par vne ardeur pleine de zele, d'amour & de charité, au sein & en la gloire
de son époux, mesprisant & rejettant tous autres desirs, toutes autres pé-
sées, toutes autres affections, cóme autant de diuorces & d'adulteres spirituels, & exerceant, s'il faut dire ainsi, sa continence auecques les yeux &
auecques la veuë, destournant ses regards de dessus les choses creées &
temporelles, & ne les éleuant ny vers le Soleil, ny vers la Lune, ny vers
les estoilles, & ne les abbaissant ny sur les hommes, ny sur les autres creatures inferieures, si ce n'est entant qu'ils representent tous quelque image & quelque charactere de celuy qui fait sa demeure & son habitation
dans les Cieux : si ce n'est entant qu'ils se peuuent referer & dedier à sa
gloire & à nostre edification, afin que nous apprenions à comprendre la
cognoissance du Createur dans la contemplation des creatures, & l'a-
mour & le desir des creatures dans la charité & dans l'affection du Createur : & que comme les mouuements de l'intelligence & de la volonté
sont opposez, ainsi nous cognoissions & benissions Dieu dans ses œuures,
& à l'opposite que nous aymions & desiriós ses œuures en luy, c'est à dire,
que nous aymiós toutes les autres choses pour l'amour des hommes, mais
les hommes mesmes que nous les aymions & les desirions pour l'amour
de Dieu : & que la charité que nous portons à nostre prochain, ne soit
qu'vne reflexion de l'amour que nous portons à celuy, à l'image & à la
semblance duquel il a esté creé : à celle fin qu'en ces deux points la loy soit
parfaicte & accomplie, c'est à sçauoir que nous aymions Dieu de tout nostre cœur, de toute nostre ame, & de toute nostre pensée, & nostre prochain comme nous mesmes.

ET sur la suitte de ce propos nous eussions fait voir comme ceste cognoissance de Dieu, si elle ne nous dispose à le recercher de la façon que
nous disons, ne nous sert d'autre chose sinon de nous rendre inexcusables
au iour du iugement, & d'allumer d'auantage les charbós & les flames qui
sót preparées pour punitió eternelle de nostre glace & de nostre froideur.

QVE la foy quand elle est dépouillée d'amour & de Charité, n'est pas
vne vertu Theologale, mais seulement vne espece de disposition & d'habitude, qui nous est commune auecques les mauuais Anges & auecques
les esprits tourmentez aux Enfers, & qu'elle ne peut estre amenée à ceste
perfection de prendre veritablement le nom de vertu, si elle n'est formée & parfaicte par l'aduenement de la Charité.

QVE la Charité est l'accomplissement de la loy, l'establissement de la grace, & la preparation de la gloire: & qu'encore que la foy marche comme la premiere des vertus selon l'ordre du temps & de la generation, si est-ce que la Charité est la premiere pour le respect de l'excellence & de la dignité, côme estant celle à laquelle les autres sont referées & dediées.

QVE la foy n'estant point accompagnée de la Charité est ainsi comme ces terres froides & steriles, qui ne rapportent rien d'elles-mesmes, mais que la Charité est comme l'influence du Soleil qui luy donne la vertu de produire & de fructifier.

QVE la foy sans la Charité afin que j'vse de la similitude d'vn des Docteurs de l'Eglise, est comme ces amas de pierres, & ces statuës de Mercure que l'on posoit anciennement aux voyes publiques, qui seruoient bien de monstrer le chemin aux passants, mais ne se remuoient point elles mesmes de leur lieu pour faire aucun chemin ny aucun voyage. Ainsi la foy nous enseigne bien ce qu'il nous faut premierement desirer, qui est le Royaume de Dieu, & la voye que nous deuons suiure cependant que nous sommes en ce monde, pour y paruenir: Mais elle ne se remuë point & ne s'excite point elle mesme : elle ne nous donne point de mouuement & d'impression interieure, pour faire que nous nous y acheminions & nous y transportions, ny auec les pieds de l'ame, qui sont, comme disoit hier Monsieur de Tyron, les passions & les affections, ny auec les mains, qui sont les actions & les operations.

" SI nous auons les dons de Prophetie, & que nous cognoissions toutes
" sortes de secrets & toutes sortes de sciences: Si nous auons toute la foy du
" monde, & que nous transportions les rochers & les montaignes: Si nous
" leur commandons qu'elles se jettent en la mer, & elles nous obeïssent: Si
" nous faisons toutes especes de miracles & d'ostentations, & nous n'a-
" uons point la Charité, nous ne sommes rien.

" SI nous distribuons nos biens pour la nourriture des pauures, si nous
" liurons nostre corps au feu pour estre bruslé & consumé, & nous ne som-
" mes point enflámez de l'ardeur de la Charité, cela ne nous profite de rié.

" SI nous parlons les langages des hommes & des Anges, & nous n'a-
" uons point de Charité, nous sommes comme l'airain qui resonne, &
" comme la cymbale qui tinte.

" LA Charité edifie, la Charité opere, la Charité couure la multitude des
" pechez, elle ne s'irrite pas aisément, elle est pleine de douceur, elle n'est
" point enuieuse, elle n'a point d'insolence, elle ne s'enfle point, elle ne se
" porte point des-honnestement, elle ne recherche point sa commodité,
" elle n'est point dépiteuse, elle ne pense point à mal, elle ne s'esioüyst
" point de l'iniustice, mais elle prend plaisir à la verité, elle supporte tout,
" elle croit tout, elle espere tout, elle endure tout. Elle ne defaut point,
" encore que les Propheties soient esteinctes, encore que les langues ces-
" sent, & encore que la science soit abolie.

DE là nous fussions passez à ceste autre troisiéme vertu, que les Theologiens appellent, Esperance, & eussions monstré côme elle naist de l'vnió

de ces deux vertus precedentes, c'est à sçauoir de la Foy & de la Charité,
& que Dieu s'estant donné à nous par le moyen de la Foy, & nous à l'opposite nous estans donnez à luy par le moyen de la Charité, nous pouuons nous asseurer de luy comme estant nostre, & pouuons auoir recours
à luy comme estans siens. Par la foy, dit l'Apostre, nous auons accez à «
la grace de Dieu en laquelle nous sommes establis, & nous glorifions «
pour l'esperance de la gloire de Dieu, & non seulement cela, mais mes- «
mes nous glorifions en nos aduersitez, sçachant que les afflictions en- «
gendrent la patience, la patience l'experience, & l'experience l'esperan- «
ce : Et quant à l'esperance elle ne confond point, dautant que la Chari- «
té de Dieu est épanduë en nos cœurs par le sainct Esprit qui nous a esté «
communiqué. «

SVR ce suiect doncques nous eussions continué ce que nous auions
touché au commencement de ce discours, c'est asçauoir que l'esperance
encore qu'elle regarde en general la puissance, la sapience, & la bonté de
Dieu, si est-ce qu'elle a principalement les yeux sur sa vertu & sur sa puissance : Car en vain nous asseurerions-nous que Dieu eust de la prouidence pour cognoistre ce qui nous est necessaire, & qu'il eust de la bonté pour
nous en gratifier, & nous accorder ce que nous luy demandons, si nous
ne supposions qu'il eust de la vertu pour accompagner sa cognoissance,
& pour effectuer sa volonté : de sorte que c'est pecher directement contre la puissance de Dieu, que d'establir absolument nostre esperance en
aucune autre chose qu'en la force & en la vertu de sa dextre : comme si
nous pensions qu'il ne fust pas suffisant pour accomplir les promesses
qu'il nous a faittes, & pour nous rédre participans des graces dont nous le
requerons, & nous deliurer des calamitez dont nous sommes oppressez :
ou comme si nous estimions qu'il y eust d'autres choses associées auecques luy en égalité de puissance, qui eussent le credit de nous pourchas-
ser la moindre felicité ou infelicité, sans le receuoir de son moyen & de sa
permission. C'est pourquoy les autres versets de ce Pseaume qui viennent
incontinent apres celuy que nous auons interpreté, vsent de ces mesmes
paroles : Comme les yeux des seruiteurs, disent ils, sont tournez vers «
les mains de leurs maistres : comme les yeux de la seruante sont tournez «
vers les mains de sa maistresse ; ainsi nos yeux sont éleuez au Seigneur
nostre Dieu iusques à ce qu'il ayt compassion de nous. Car il n'y a personne qui ignore que les mains ne soient vsurpées en l'Escriture Saincte
pour signifier la force, la puissance, & la vertu, & par mesme moyen
donc que ce Pseaume ne nous exhorte, quand les aduersitez nous op-
pressent, à éleuer les yeux de nostre esperance vers la main & vers la puissance de celuy qui habite dans les Cieux, & les retirer de dessus la terre,
& de dessus les choses terrestres qui n'ont aucune force en elles mesmes, si
ce n'est celle qu'il luy plaist leur departir de la plenitude de sa toute puissance, & laquelle s'il cesse de leur cõmuniquer, elles estoient, mais elles ne
sont plus, & s'il retire son esprit, elles retournét en poudre & en corruptió.

BBb iij

Il nous exhorte doncques par son exéple de ne nous fier point aux chofes mortelles & caduques, aux chofes fragiles & periffables, & de ne fonder point noftre efperance fur les hommes & fur les chofes humaines,qui font des fueilles mobiles à tous vents & des fleurs d'vne matinée, mais d'adreffer nos prieres à celuy qui eft tout bon,tout fage, & tout puiffant d'éleuer noftre penfée, noftre defir & noftre efperance à celuy qui refide dans les Cieux. Il eft meilleur,dit le Prophete, de mettre fa confiance au Seigneur que de fe repofer fur les hommes. Il eft meilleur de conftituer fon efperance en Dieu que de s'affeurer fur les princes de la terre. Les peuples m'auoient enuironné, mais i'ay efperé au Seigneur, & ie les ay mis en ruyne. Nos ennemis s'affeuroient en leurs Chariots& en leurs Cheuaux, & nous, nous inuoquions au nom du Seigneur. Ils fe font trouuez enueloppez & font trébuchez, & nous, nous auons efté redreffez & nous fommes releuez.Tous ceux qui fe fient au Seigneur demeurent fermes, comme la montagne de Sion. Seigneur i'ay efperé en toy, ie ne feray point confondu eternellement.

De là nous fuffions venus à la confideration des diuerfitez qui fe peuuent remarquer entre ces trois habitudes fupernaturelles. Premierement nous euffions obferué comme la Foy eft indifferemment tant des chofes bonnes, comme des chofes mauuaifes, & l'Efperance tant feulement des chofes bonnes, encore que la licence Poëtique ait permis à vn ancien de dire, Si i'ay bien peu efperer vne fi grande douleur. Apres comme la Foy eft des chofes prefentes, & des chofes paffées, & l'Efperance eft tant feulement des chofes futures. Et puis finalement comme la Foy, l'Efperance & la Charité, nous accompagnent bien toutes enfemble cependant que nous fommes encor en cefte vie mortelle, c'eft à dire, cependant que nous fommes encore exercez parmy les flots & les tempeftes de ce monde, comme au milieu d'vne mer pleine de tourmentes, d'agitation & de naufrages, afin de tenir toufiours nos yeux éleuez vers celuy qui nous doit feruir d'eftoille & de lumiere, durant vn voyage fi perilleux. Mais lors que nous ferons arriuez là haut au port de tous nos vœux & de tous nos defirs, la Foy fe conuertira en vifion manifefte, l'Efperance fe tournera en joüyffance & en poffeffion, & la Charité feule demeurera eternellement.

Voila doncques toutes les chofes que nous euffions expliquées particulierement, fi nous n'euffions point craint d'exceder le temps qui nous auoit efté donné pour ceft effect, & par mefme moyen d'ennuyer cefte faincte & deuote compagnie, à laquelle encore ce fera beaucoup pour nous, fi nous pouuons efperer que la continuité de nos propos n'ayt point efté defagreable iufques à maintenant. C'eft pourquoy, Sire,de peur de la rendre encore plus defrecommendable en prolongeant & confumant le temps à l'excufer,nous laifferons la fuitte de ce difcours, & en remettrons la continuation à quelque autrefois que nous aurós ceft honneur d'en parler plus amplemét& dignement deuant voftre Maiefté.

SEVLEMENT deuant que d'en fortir adjoufterons-nous l'explication
d'vne doute que l'on pourroit faire fur les dernieres paroles de ce verfet: C'eft à fçauoir fur ces mots, *Qui habitas in cælis.* Non pas que ie me
vueille enquerir derechef pourquoy c'eft que nous fommes pluftoft conuiez à éleuer noftre cognoiffance, noftre defir, & noftre efperance vers
les Cieux, que vers les autres creatures: eftant chofe affez manifefte, cóme nous auons dit auparauant, que nous fommes admoneftez par cefte
façon de parler, à retirer toutes les actions de noftre ame des chofes caducques & periffables, & les éleuer aux chofes permanentes & incorruptibles: Mais pourquoy, c'eft que Dieu duquel l'effence ne peut eftre
mefurée par aucunes bornes, ny par aucuns limites, femble eftre contenu dedans les Cieux comme dedans vne prifon, & non pas s'épandre
par tout vniuerfellement & indifferemment, comme il femble qu'il appartient à l'infinité de fon effence. Il eft vray que nous mettrons peine
d'expliquer cefte difficulté en fi peu de paroles, que nous ne ferons pas
beaucoup plus ennuyeux pour le temps que nous y employerons dauantage, referuant à vne autre occafion de la traicter auec plus de loifir &
de commodité.

CEVx qui conjoignent les difcours de la Philofophie auec les contemplations de la Theologie, difent que Dieu eft en toutes chofes par
prefence, par effence & par puiffance, qu'il eft dedans le monde, n'y e-
ftant point enclos, qu'il eft dehors du monde, n'en eftant point exclus,
qu'il eft par deffus le monde, n'eftant point éleué de fon lieu, qu'il eft par
deffous le monde n'en eftant point abaiffé, fomme qu'il eft infiny, im-
mefurable & incomprehenfible, & que c'eft cefte fphere intellectuelle,
de laquelle le centre eft par tout, & la circonference nulle part. La queftion doncques, c'eft de fçauoir comme ces contrarietez fe peuuent accorder que Dieu duquel l'effence eft épanduë par tout & ne recognoift
aucunes fins, ny aucuns limites, qui a mefuré les eaux auec la main, & a
compaffé les Cieux auec la paume de la main, qui a fufpendu la terre auec "
trois doigts, & a pefé les montagnes aux poids, & les coftaux à la ba- "
lance, ayt eftably fa demeure & fon habitation dans les Cieux. Si le Ciel, "
difoit Salomon, & les Cieux des Cieux mefme ne le peuuent pas com- "
prendre, qui fuis-je moy, qui luy penfe edifier vne maifon? Comme o- "
fons nous doncques prononcer auec le Prophete, que c'eft luy qui eftend "
les Cieux comme vne toile, & les difpofe comme vn tabernacle pour y "
habiter? Si nous voulons, dit fainct Auguftin fur l'expofition de ce Pfe- "
aume, entendre cefte afcenfion fpirituellement, nous pourrons auffi interpreter ce mot de, Cieux, fpirituellement, & alors les Cieux fpirituels
efquels Dieu conftituera fon habitation, ce fera l'équité, & la iuftice: &
l'afcenfion fpirituelle par laquelle nous y monterons, ce fera l'affection.
Nous attendons, dit fainct Pierre, de nouueaux Cieux & vne nouuelle "
terre felon la promeffe du Seigneur, efquels la iuftice face fon habitation. "
Que fera-ce doncque les Cieux du Seigneur? toutes les ames pleines de

BBb iiij

saincteté, toutes les ames remplies de iustice & d'équité. Car les Apostres mesmes encores qu'ils fussent charnellement & corporellement en
terre cependant qu'ils habitoient en ce monde, toutesfois intellectuellement & spirituellement ils estoient les Cieux, pource que Dieu habitoit
en eux, & cheminoit en eux par toutes les regions de la terre: Le temple
» de Dieu est sainct, dit sainct Paul, & vous estes vous mesmes ce temple
» là. Il est vray qu'estans encore imbecilles, & cheminans encore selon la
foy, nous sommes encore le temple de Dieu seulement selon la Foy, comme aussi l'Apostre dit, que CHRIST habite en nos cœurs par la Foy:
mais les Cieux ausquels Dieu demeure & reside essenciellement, & dans
lesquels il est veu & contemplé face à face, ce sont tous les bons Anges,
tous les esprits bien-heureux, toutes les vertus, puissances, throsnes &
dominations, & toute ceste Hierusalem celeste à laquelle le Prophete e-
stoit conduit auecques la foy, à laquelle il s'éleuoit auecques l'affection,
à laquelle il voloit auecques l'esperance, quand il disoit ces paroles que
nous auons interpretées, *I'ay esleué mes yeux à toy Seigneur qui habites dans*
les Cieux.

A v contraire si nous voulons entendre par le mot de, Cieux, ce corps
pur & simple que nous voyons auecques nos yeux charnels & materiels,
comme pourrons-nous expliquer les difficultez qui s'ensuiuent de ceste
exposition? Premierement si nous estimons que le Ciel soit l'habitation
» de Dieu, par consequent l'habitation de Dieu passera. Car il est écrit que
» le Ciel & la terre passeront, mais que ces paroles demeureront eternelle-
» ment. Voicy ie créeray nouueaux Cieux & nouuelle terre, & les pre-
» cedents ne seront plus en memoire, & ne remonteront point en la pen-
» sée. Esleuez vostre veuë en haut vers les Cieux, & regardez en bas vers la
» terre: Car les Cieux s'éuanouïront comme vne fumée, & la terre sera vsée
» comme vn habillement. Le iour du Seigneur, dit l'Apostre, viendra
» comme vn larron en la nuict, auquel les Cieux passeront comme bruit de
» tempeste, & les élements seront dissous par la chaleur. Et puis deuant
que Dieu creast le Ciel & la terre, où est-ce qu'il estoit? mais tout de mesme, direz-vous, deuant qu'il creast les saincts, où est-ce qu'il habitoit?
A l'vne & à l'autre de ces questions, on peut répondre qu'il estoit en luy-
mesme, & qu'il habitoit en luy-mesme, & que quand il plaist à Dieu
d'habiter dans ses saincts, les saincts ne sont pas tellement la demeure &
l'habitation de Dieu, que si ceste habitation luy est ostée & soubstraicte
il vienne à decheoir & à cesser d'estre ce qu'il estoit. Autrement habitons
nous dans nos bastiments, & autrement Dieu habite dans ses saincts.
Nous habitons dans des edifices faicts de main d'homme, s'ils s'ostent &
se retirent de dessous nous, nous tombons & trébuchons, & Dieu habite tellement dans ses saincts, que s'il s'en depart & se retire, ce sont eux
qui tombent & qui trébuchent: car les choses que nous habitons, elles
nous comprennent & nous contiennent, mais les choses que Dieu habite, c'est luy qui les comprend & les contient. Tellement que Dieu n'a

point de befoin des Cieux pour les habiter, ny des Sainɛts tout de mefme, mais les Cieux ont befoin de luy pour en eftre habitez, & les Sainɛts
pareillement. C'eft pourquoy fainɛt Auguftin, en vn autre paffage,
voulant fignifier la façon incomprehenfible de laquelle Dieu fe communique à fes creatures, vfe de cefte exclamation, Seigneur les vaiffeaux que «
tu remplis ne te contiénent point, & quand ils fe brifent, tu ne te répands «
point, & quand tu te répands, tu ne te laiffes point aller, mais tu les fais «
venir à toy. «

I L eft vray que la premiere difficulté demeure toufiours au mefme e-
ftat qu'elle eftoit auparauant : C'eft que fi Dieu habite dans les chofes
en les contenant, & non pas en eftant contenu par elles, puis que Dieu
contient auffi bien toutes les autres parties du monde, côme il contient
les Cieux, pourquoy eft-ce que nous luy affignons vne demeure particuliere dans les Cieux? Pourquoy difons-nous, le Ciel, il l'a referué au Sei- «
gneur du Ciel, & la terre il l'a donnée aux fils des hommes? Pourquoy luy «
crions-nous auecques le Prophete, Contemple maintenant du Ciel, & «
regarde de ton fainɛt habitacle & du Palais de ta gloire, où eft ton zele & «
ta puiffance? Pourquoy l'appellons-nous, noftre Pere qui eft aux Cieux? «
comme fi fon habitation n'eftoit pas auffi bien épanduë par la Sphere du
feu, par la region de l'air, par l'eftenduë de l'eau, par le globe de la terre,
& comme fi toutes chofes n'eftoient pas pleines de Dieu, la terre, la mer,
les champs & les riuages, comme dit le Poëte. A cela le fujet demande-
roit bien vne longue réponfe, mais le temps la requiert briefue & fuccin-
ɛte. C'eft donc qu'encores que Dieu foit en toutes chofes, par effence, par
prefence & par puiffance, fi eft-ce que la façon de laquelle il nous apparoift le plus qu'il y affifte, c'eft fa vertu & fa puiffance, à nous qui ne le re-
cognoiffons que par fes effeɛts durant tout le temps que nous fommes
enclos en cefte prifon corporelle, en laquelle nous ne receuons aucune
cognoiffance, fi ce n'eft par le moyen & par l'interpofition des fenti-
ments.

O R eft-il non feulement que le Ciel eft la plus accomplie de toutes fes
œuures fenfibles & corporelles, que c'eft celle dont l'excellence & la per-
feɛtion eft la plus commune, que c'eft l'organe vniuerfel dont il fe fert
en la produɛtion ordinaire de fes effeɛts vifibles & apparents, que c'eft
le premier principe, & le premier agent naturel duquel dependent toutes les chofes inferieures & elementaires, & auquel Dieu applique fon
aɛtion fans aucun moyen corporel, foit qu'il le meuuë mediatement par
le miniftere des Anges & des intelligences, ou qu'il le meuue immediatement par la feule operation de fa volonté, & par le feul efprit de fa
bouche. Tant y a, que c'eft le premier corps qui reçoit l'impreffion de fa
vertu, & toutes les autres chofes la prennent & la reçoiuent de luy. Toutes les generations, corruptions, mutations, & alterations qui fe font
en cefte region elementaire prouiennent de fes influences & de fes reuolutions. Auffi non feulement les Philofophes difent que le mouuement

du Ciel precede naturellement toutes les autres mutations, mais mesme qu'il en est le principe & l'origine, & que s'il venoit à cesser & à se reposer, comme les Theologiens tiennent qu'il cessera à la venuë de ce grand Sabath & de ce repos eternel, auquel toutes choses estant renduës transparantes & luysantes par la communication de la gloire de Dieu, il ne sera plus besoin que les astres se meuuent pour les illustrer de leur lumiere & de leur splendeur : alors disent ils, les vertus & les puissances des choses elementaires seroient suspenduës, les actions des elements seroient aneáties & supprimées, & n'y auroit plus d'alteration reale, de generation & de corruption, comme estant toutes fondées sur l'influence & sur le mouuement des choses superieures. Et c'est pourquoy les Platoniciens constituoient trois sortes de mondes en leur Economie vniuerselle, le monde intelligible, le monde celeste, & le monde visible : & disoient que premierement le monde intelligible imprimoit son operation au monde celeste, & puis le monde celeste le communiquoit au visible.

Il y a encore vne autre chose à considerer sur ce suiect, c'est que les ames des fidelles quand elles viennent à estre separées de leurs corps, & éleuées aux sieges des bien-heureux, & les Anges pareillement estant constituez en la gloire, les puissances, les vertus & les dominations, si nous confessons qu'elles soient en quelque lieu de la façon, que les choses finies ont accoustumé d'estre en lieu, c'est à dire, definitiuement, à cause que leur essence estát limitée & determinée, elles ne peuuét pas estre en plusieurs lieux à la fois par leur propre operation : il n'y en a point que nous leur puissions attribuer plus à propos ny selon la raison naturelle, ny selon le témoignage de l'Escriture, pour faire leur residence continuelle & assister deuant le throsne & deuant la Maiesté de Dieu, que ceste belle estenduë du Ciel qui a trop plus de conuenance & d'affinité auec elles pour leur seruir d'habitation, que pas vne des autres parties du monde, comme estant pure, simple & incorruptible, & les autres elementaires, perissables & corruptibles.

Tellement que Dieu qui habite par son essence & par sa gloire dedans les ames des Saincts, dedans les Anges, dedans les Cherubins, & dedans toute ceste Hierusalem celeste, dont la residence ordinaire, & la determination locale est dedans l'enclos des Cieux : nous pouuons dire aussi qu'il habite dans les Cieux non seulement par son operation, mais mesme par sa gloire, & par l'accomplissement de sa volonté. Car là où les volontez de ses creatures sont pleines de saincteté, & vnies & conioinctes auecques la sienne, là est son regne, & son habitation : chose qui arriue trop plus parfaictement dans le Ciel, à cause que les essences qui y sont contenuës sont dépouillées de tout peché & de toute corruption, qu'en aucune partie du monde : C'est pourquoy nous le supplions en
» l'oraison Dominicale, que son Royaume aduienne, & luy requerons
» que sa volonté soit faicte en la terre comme au Ciel : Car par tous les lieux ausquels la volonté de Dieu est accomplie, là est sa demeure & son

habitation, comme dit Sainct Hierofme, fur le Prophete Efaye.

Tovt ainfi doncques que nous tenons auecques les Philofophes que l'ame de l'homme eft efpanduë vniuerfellement par tout le corps, qu'elle affifte aux bras & aux iambes pour les mouuoir & pour les remuer, qu'elle fe communique au cœur & autres parties interieures pour vacquer à la generation des efprits, à la nourriture, & à l'augmentation: qu'elle eft infufe au cerueau pour fentir, pour cognoiftre, pour imaginer, & faire toutes les operations animales: fomme qu'elle eft toute en tout, & toute en chafque partie, & cependant nous ne laiffons pas de dire qu'elle eft particulierement au chef, à caufe que c'eft le lieu où fes perfections font plus apparentes & plus manifeftes, que c'eft le fiege de fes plus nobles & plus excellentes operations, & de celles par lefquelles elle eft recognuë eftre ce qu'elle eft, c'eft à dire, principe de cognoiffance & de mouuement. Car les organes dont elle fe fert pour la production ou preparation de ces chofes, font fituez au cerueau: le commencement & l'origine des nerfs par la contraction ou extenfion defquels tout le corps e agiftté: le rets admirable dans lequel les efprits naturels font affinez & elabourez pour eftre faits fenfitifs & animaux: les cellules dans lefquelles ils font diftribuez & contenus, & d'où ils fe communiquent par la continuité des nerfs iufques aux parties les plus éloignées: les fens interieurs qui preparent les efpeces des chofes fenfibles pour l'operation de l'entendement, fur lefquelles noftre ame venant à efpandre cefte vertu immaterielle, que nous appellons la lumiere de l'intellect agent, elle les rend immaterielles & vniuerfelles, & produit cefte action excellente qui luy eft propre à elle feule entre toutes les formes des chofes corporelles, c'eft afçauoir, l'intelligence & la contemplation. Ainfi donc, encore que l'effence de Dieu s'eftende par l'eftenduë de tout ce qui eft, & de tot ce u qui peut eftre, qu'elle excede toute apprehenfion & toute comprehenfion, fi eft-ce que nous difons, que le Ciel eft fon throfne, & la terre l'efcabeau de fes pieds: Nous difons que fa puiffance y reluift trop plus manifeftemét, qu'elle y eft trop plus apparente & plus contemplée, que dans aucune des autres parties du monde, eftant le Ciel l'organe vniuerfel que Dieu a choifi pour communiquer fon action à toutes fes creatures corporelles & materielles, & eftant comme le paffage d'entre les effences intellectuelles, & les chofes élementaires: premierement pour le regard de l'acte & de la perfection: & fecondement pour le refpect de la cognoiffance & de l'apprehenfion: dautant que non feulement le Ciel eft le moyen par lequel l'eftre eft communiqué des chofes fupremes, c'eft à dire, de cefte fphere diuine & intellectuelle aux chofes baffes, qui font les creatures materielles & corruptibles: mais mefme que c'eft comme vn degré par lequel nous nous éleuons de la confideration des chofes inferieures à la contemplation de celles qui font par deffus toute hauteur & toute fublimité. Car ainfi comme auec les yeux corporels nous venons de la cognoiffance des chofes élementaires, qui font materielles & corruptibles, à la confideration des chofes celeftes, qui font bien materielles, mais incorruptibles : Ainfi auecques les yeux de l'entendement nous paffons de la confideration des chofes celeftes, c'eft à dire, materielles & incorruptibles, à la contemplation des chofes diuines, qui font incorruptibles & immaterielles. Et ces degrez d'effence & de cognoiffance, ceft ordre de perfection & d'apprehenfion qui eft entre les chofes fuperieures & les inferieures, comme eftant conjointes les vnes auec les autres, par l'interpofition des moyennes : c'eft cefte efchelle qui apparut en fonge au Patriarche Iacob, dont l'vn des bouts touchoit à la terre, & l'autre s'éleuoit jufques au ciel, & Dieu eftoit au fommet de l'efchelle, & les Anges, c'eft à dire, les meffagers & les enuoyez, qui montoient & defcendoient par les efchellons, au lieu que Rabbi Moyfe & les autres Hebrieux l'expofent des elements, qui montent & defcendent à caufe de leur pefanteur & de leur legereté : nous le pouuons interpreter de ces deux efpeces de mouuements qui font entre Dieu & les hommes, les vns pour le regard de l'eftre, & les autres pour celuy de l'apprehenfion, c'eft à fçauoir les Anges qui defcendent pour l'influence & la communication des graces que Dieu nous enuoye du monde intelligible en cefte fphere materielle & fenfible, & les Anges qui montent pour les penfées, les vœux & les prieres, & vniuerfellement pour toutes fortes de cognoiffance, de defir & d'efperance, qui s'éleuent d'icy bas vers les cieux, & montent deuant la face de Dieu : Comme auffi nous lifons que les Anges font deleguez, tant pour nous apporter les graces & les benedictions que Dieu nous enuoye, que pour luy prefenter nos prieres, & nos oraifons, & les offrir deuant le thróne de fa Majefté. Et vn autre Ange, dit l'Apoftre, vint & fe tint deuant l'autel, ayant vn encenfoir d'or, & plufieurs odeurs luy furent données pour offrir auecques les oraifons des Saincts fur l'autel d'or, qui eft deuant le thróne : & la fumée des odeurs auecques les oraifons des Saincts, monta de la main de l'Ange deuant Dieu.

C'est doncques cefte efchelle myftique, de laquelle le Prophete fe feruoit pour s'éleuer à Dieu, quand il écriuoit ce Pfeaume & les autres fuiuants, qui font intitulez de l'afcenfion ou des degrez : mais il ne s'en feruoit finon comme de degrez : & ne fe contentoit pas de fe retirer de la terre & des chofes terreftres pour atteindre feulement à la cognoiffance des cieux ; il paffoit & penetroit encores plus auant. Il montoit plus haut que les cieux, & s'éleuoit par deffus les cieux des cieux ; jufques à ce qu'il arriuaft à la contemplation de celuy qui a créé les cieux, & y fait fa demeure : de celuy qui eftablift fon fiege dans les cieux, & fon regne a domination fur toutes chofes : & de celuy finalement auquel il difoit ces paroles, *J'ay éleué mes yeux à toy Seigneur, qui habites dans les cieux.*

Et par ainfi nous qui faifons profeffion toutesfois & quantes

que

que nous chantons ce Pseaume à l'Eglise, & particulierement encore
maintenant que nous employons le temps à l'interpreter : Nous doncq-
ques qui faisons profession de conjoindre nos paroles auec les siennes,
d'vnir nos prieres auecques ses desirs, & de nous regler à son patron & à
son exemple, ne disons point, nous auons éleué nostre veuë vers les cieux:
mais disons, nous auons éleué nos yeux à toy, Seigneur, qui habites dás
les Cieux. Ne nous contentons point de voir ceste belle estenduë ornée
& illustrée de splendeur, diuersifiée d'astres & de constellations: mais addressons nostre veuë vers celuy qui remplist les Cieux de gloire & de lumiere, & qui les rend dignes que nous haussions nos yeux pour les regarder, & que nous éleuions nos pensées pour les obseruer & les considerer.
Car ainsi, dit ce grand Patriarche S. Chrysostome, comme aux maisons des Princes, ce ne sont pas les colomnes, ce ne sont pas les couuertu-
res dorées & enrichies, qui sont les choses dignes & excellentes, ny celles
qui meritent qu'on jette les yeux dessus, & qu'on leur porte de la reuerence & du respect: mais c'est le Prince seant en son throsne, duquel la presence & la splendeur rend tout le Palais plein de gloire & de Majesté.
Ainsi ce ne sont pas les Cieux, ce ne sont pas les Cieux des Cieux, ce n'est
pas la pureté de leur essence, ce n'est pas la perfection de leur figure, ce
n'est pas la beauté de leur lumiere qui est digne que nous haussions nos
yeux pour les regarder, que nous éleuions nos pensées pour les voir &
pour les considerer, ce ne sont pas les Anges mesmes, ny les Archanges,
si ce n'est par la participation de celuy qui se sied entre les Cherubins, &
duquel la magnificence est éleuée par dessus les Cieux.

Ne nous arrestons point doncques à considerer simplement l'ornement & la face des Cieux : ne nous contentons point de discourir des intelligences qui leur assistent & les remuent: d'obseruer l'ordre & la distinction des Anges, des Puissances, & des Vertus, & de toute ceste milice
spirituelle : mais essayons de passer encore plus outre, pour paruenir iusques à la cognoissance de celuy qui a tendu les Cieux, & a fondé la terre:
de celuy qui voile les Cieux de tenebres, & met vn sac pour leur couuerture.

Et si nous sentons, comme sans doute nous deuons sentir, que nostre veuë soit trop debile d'elle-mesme, & que nos yeux ne puissent pas
penetrer si auant: prions celuy qui dict, que la lumiere soit faicte, & la
lumiere fut faicte: qui separa la lumiere d'auecques les tenebres, & appella la lumiere iour, & appella les tenebres nuict, qu'il luy plaise faire luire
sa face sur nous, nous oster le bandeau & l'aueuglement du peché, & chasser les tenebres & l'obscurité de nostre entendement.

Qv'il luy plaise nous ouurir les yeux comme au seruiteur d'Helisée,
afin que nous puissions voir ces armées celestes & ces exercites spirituels:
que nous puissions voir ces legions d'Anges & ces camps de Cherubins
& de Seraphins, qui s'écrient incessamment en sa presence, Sainct,

Sainct, Sainct, Seigneur Dieu des armées: qu'il luy plaise nous fortifier la veuë comme à son premier Martyr, afin que nous puissions voir les Cieux ouuerts, & contempler au plus haut des Cieux, celuy qui sied à la dextre de son Pere, en égalité de puissance, de lumiere & de Majesté.

PRIONS-le doncques qu'il luy plaise toucher nos yeux d'éblouïsse-ment comme ceux du bien-heureux Apostre sainct Paul, afin de nous rendre inhabiles à voir les vanitez de ce monde, & les folies de ce siecle, pour les illuminer puis apres, comme les siens furent illuminez, quand il fut rauy & transporté en ceste miraculeuse éleuation, soit de corps, soit d'esprit, en laquelle il vid les choses qu'il n'est permis à œil de voir, à o-reille d'oüyr, ny à langue de prononcer: c'est à sçauoir, les ioyes qui sont preparé es à ceux qui éleuent les yeux de leur Foy, de leur Charité, & de leur Esperance, vers celuy qui habite dans les Cieux.

ET finalement, puis que c'est luy qui restituë à nostre ame sa premiere innocence & sa premiere integrité: Puis que c'est luy qui nous inspire de nouuelles forces, & vne nouuelle vigueur: puis que c'est luy qui faict ra-jeunir nostre vieillesse, comme la vieillesse des aigles: Prions-le qu'il luy plaise nous donner non seulement des plumes fortes & legeres, afin que les aigles se puissent assembler là où est le corps: afin que nous nous ap-prochions du Ciel & nous éloignions de la terre, que nous volions per-petuellement en haut, & n'ayons plus rien de commun auecques les cho-ses inferieures & corruptibles; mais aussi nous donner vne veuë aiguë & penetrante pour percer l'épaisseur des Cieux, & transpercer les Cieux des Cieux pour contempler ce Soleil de Iustice, qui ne reçoit point d'ombres, ny de nuàges, Dieu de Dieu, Lumiere de la Lumiere, & vray Dieu du vray Dieu, & le regarder icy bas des yeux de la grace, attendant que quelque iour nous le puissions voir là haut des yeux de la gloire, en la fe-licité en laquelle ceste bien-heureuse Trinité vit & regne eternellement, le Pere, le Fils, & le sainct Esprit, Ainsi soit-il.

DISCOVRS SVR LA
COMPARAISON DES VERTVS
MORALES ET THEOLOGALES,

Fait par le commandement du Roy Henry III.

Par IACQVES DAVY DV PERRON, *Lecteur de la Chambre du Roy.*

CCc ij

DISCOVRS SVR LA
COMPARAISON DES VERTVS
MORALES ET THEOLOGALES,

Fait par le commandement du Roy Henry III.

DIEV ayant donné aux hommes deux fortes d'eftre, l'vn finy & limité qui eft enclos dans les bornes de cefte vie mortelle & corruptible, l'autre perpetuel & infiny qui n'eft mefuré que par l'eftenduë de l'eternité, leur a propofé deux efpeces de felicité, l'vne humaine & temporelle qui eft proportionnee à ceft eftre mortel & periffable, l'autre celefte & fupernaturelle. Pour paruenir femblablement à ces deux felicitez, il leur a preparé deux fortes de moyens, dont les vns font entierement en leur puiffance, & dependent de la feule operation de leurs principes : les autres procedent d'vne grace & d'vne infuence fuperieure. Les premiers font les vertus que nous appellons Morales, par l'exercice defquelles nous pouuons atteindre en ce fiecle à quelque degré de bien eftre humaine & temporel, acquerant vn certain commandement fur nos paffions, & mettant noftre ame à couuert des orages & des tempeftes du monde. Les feconds font les vertus, que les Theologiens nomment Diuines, dautant qu'elles fe forment en nous par vne fecrette affiftance de la grace de Dieu, & ne doiuent point fimplement leur naiffance aux forces naturelles de l'entendement & de la volonté. Celles-là font la Sapience, la Force, la Iuftice, la Temperance & autres tels ornemens, qui ont rendu anciennement les hommes venerables à leurs Republiques, & les ont fait confacrer & enroller entre les Dieux. Celles-cy font la Foy, l'Efperance, & la Charité, fur les aifles defquelles noftre ame abandonnant la terre, & les penfées baffes & corruptibles, eft portée & enleuée au Ciel, & volant veritablement à Dieu, fe rend compagne des Anges & des intelligences celeftes. Or tout ainfi qu'aux chofes eftablies felõ vn certain ordre, les plus excellentes cõprennent en puiffance la perfectiõ de celles qui leur font inferieures: cõme nous voyõs que les elemẽts, les pierres & les metaux iouïffẽt fimplemẽt de la cõdition d'eftre, fans y ioindre aucun effect qui fe

reſſente de la vie , là où les arbres & les plantes poſſedent d'autres degrez
d'eſtre plus éleuez : car ils ſont accompagnez d'vne ame qui leur communique les puiſſances & les proprietez que nous y remarquons de tirer
leur nourriture & leur accroiſſement de la terre, de produire des fueilles,
des fleurs , & des fruicts, & faire autres telles operations conuenantes à
leur nature. Les animaux puis apres adiouſtent encor vn troiſiéme degré
de perfection par deſſus les plantes, & ſont auantagez du priuilege de l'a-
me ſenſitiue , qui contient en vertu celle des herbes & des arbres, que l'on
appelle communément Vegetatiue. Ainſi nous recognoiſſons que ces
moyens qui nous ſont donnez pour nous acheminer à la felicité de la
vie future , embraſſent en puiſſance, voire meſme auec beaucoup d'a-
uantage, toute la perfection de ceux qui nous addreſſent à la ſimple felicité humaine & téporelle. Les anciens Philoſophes ſe ſont occupez à faire des volumes d'enſeignemens & de preceptes, afin de monſtrer aux hómes par quelle voye ils ſe pouuoient rendre bien-heureux , & en quoy
conſiſtoient les moyens pour acquerir ceſte felicité que tout le monde ſe
propoſe. Les vns la conſtituoient en la reputation, aux honneurs, aux dignitez : les autres la mettoient aux biens exterieurs,& aux richeſſes:quel-
ques vns l'ont eſtablie en la volupté,& en l'exemption de la douleur. Mais
de ce grand nombre d'autheurs, ceux qui ont merité plus de loüange de
la poſterité, l'ont tous d'vn commun conſentement aſſignée, premierement en l'accompliſſement de la plus digne partie qui ſoit en l'homme, à
ſçauoir de l'entendemét, lequel eſt illuſtré & embelly par la ſplendeur de
la Prudence, de la Sapience, & des autres vertus intellectuelles, tout ainſi
que le Ciel eſt orné par les rayons & par la lumiere du Soleil: & ſecondement en la victoire & ſubmiſſion des parties inferieures de l'ame,qui ſont
les deſirs & les paſſions à la volonté. Par le premier poinct ils pretendent
que l'homme s'éleue outre l'eſtre & la condition ordinaire des autres
hommes, & ſe rend égal à Dieu, que ſon ame ſe hauſſe iuſques au Ciel,
duquel comme d'vn lieu éminent elle contemple toutes les eſſences inferieures, regarde les aſtres tourner ſous ſes pieds, void la terre, la mer,les
nuës & les tempeſtes, & acquiert aucunement l'empire & la poſſeſſion
de ces choſes en les cognoiſſant. Par le ſecond ils luy attribuent vne eſpece de Royaume & de domination ſur luy-meſme, le deliurent de la tyrá-
nie de ſes appetits,le font regner ſur ſes deſirs & ſur ſes affections,qui eſt
vne forme d'empire qui ne releue point du Sort, & n'eſt point ſuiet & tributaire à la Fortune:luy mettant en main(diſent-ils) le ſceptre de la raiſó
pour donter toutes les reuoltes & rebellions de ſes ſens, choſe qu'il ſéble
que les Poëtes ayent voulu repreſenter par les combats d'Hercule à l'encontre des Monſtres, dautant que nos affections,alors qu'elles reſiſtent à
la raiſon, ſont difformes & monſtrueuſes. Ce ſont là les belles & fauorables promeſſes que font les Philoſophes de l'antiquité à ceux qui em-
braſſeront leur doctrine & leurs preceptes : mais ſi nous iettons les
yeux ſur les eſcrits des Prophetes & des Apoſtres , qui ſont les

vrais Philofophes de la religion Chreftienne, combien trouuerons-
nous qu'ils nous tracent vn chemin plus vtile & plus affeuré ?
Auec combien plus de perfection eft-ce que les moyens qu'ils nous
ordonnent pour nous addreffer à la vie eternelle, nous conduifent en
paffant par la felicité humaine & temporelle? Combien eft-ce que les
vertus qu'ils nous prefcriuent, la Prudence, la Iuftice, la Temperance,
font contenuës d'vne plus excellente maniere dedans nos vertus Chreftiennes, la Foy, l'Efperance, la Charité? En quoy fans mentir nous
auons tres grande occafion d'admirer la faueur de Dieu à l'endroit de
fes éleus, de ce qu'il les appelle à la jouïffance du fouuerain bien en l'autre fiecle, fans leur faire perdre l'vfufruict de cefte felicité mortelle &
paffagere : mais au contraire auec vne entiere addition de toutes les
chofes qui font requifes pour l'eftablir. Premierement fil faut mettre
les vertus de l'entendement fur les rangs, & commencer par la comparaifon de la Sapience auec la Foy, quelle égalité y remarquerons-
nous ? La Sapience (difent les Philofophes) c'eft la cognoiffance de
Dieu & des hommes, la fcience des chofes diuines & humaines. Pauures vaiffeaux fragiles, compofez de terre & de bouë, ofez-vous bien
vous attribuer la cognoiffance des chofes diuines ? Ofez-vous bien
vous promettre de comprendre l'effence de voftre Createur ? L'vn de
vous s'eft jetté dedans les courants de l'Euripe, & a voulu que les flots
& les vagues de la mer le compriffent, de regret qu'il ne les auoit fceu
comprendre:l'autre s'eft precipité dedans les flammes & les gouffres de
la montagne d'Etna, pour n'auoir peu recognoiftre la caufe de ceft embrafement, & vous prefumez de pouuoir atteindre & penetrer iufques
aux myfteres de la diuinité. Où font ces belles fentences fi frequentes
en vos écrits? Que la plus grande partie de ce que nous fçauons, eft la
moindre de ce que nous ignorons: que l'homme eft trop mortel pour
la cognoiffance des chofes immortelles : que l'entendement humain,
au regard de la diuinité, eft comme l'œil des oifeaux qui ne volent que
la nuict, enuers les rayons du Soleil: que la fouueraine fageffe eft de fe
cognoiftre foy-mefme, c'eft à dire, cognoiftre fon défaut & fon imperfection, fe défier de fes forces naturelles,& rechercher le fecours de
Dieu, lequel il ne départ finon à ceux qui font defpouillez de la prefomption de leur fuffifance, & fe contiennent dedans les bornes de
l'humilité.Noftre Seigneur rend graces à fon Pere de ce qu'il s'eft celé
aux fages de ce monde, & a reuelé fes fecrets aux humbles : c'eft à dire,
qu'il f'eft manifefté à ceux qui s'eftimoient bas & contemptibles, &
s'eft caché à ceux qui prefumoient de leur propre fuffifance. Voulez-
vous fçauoir quelle difference il y a entre la hauteur des chofes vifibles,
& celle des chofes inuifibles? La difference, dit fainct Auguftin, qui
s'obferue entre les chofes vifibles & les inuifibles, c'eft que tant plus
les chofes vifibles font eminentes, plus il fe faut hauffer & éleuer pour
en eftre pres: & des chofes inuifibles tout au contraire, tant plus elles

Ccc iiij

font hautes & eleuées, & plus il se faut humilier & abbaisser pour en
approcher. Ceux qui s'exaltoient eux-mesmes & se glorifioient en
leur propre intelligence n'ont point approché de Dieu: & des pescheurs, des hommes bas & mechaniques ont esté appellez à ses conseils, & faits participans de sa sapience. Voyez l'Egypte & la Grece, qui estoient les principales escholes des arts & des disciplines:
Quand est-ce que ces deux meres des lettres & des sciences ont rien
descouuert des mysteres incomprehensibles de la Trinité, de la creation du monde, & des autres secrets de la philosophie Chrestienne,
sinon entant qu'elles en ont eu quelques rayons à trauers beaucoup
d'ombres & de nuages, pour auoir peut estre oüy parler des oracles
& de la doctrine des Prophetes ? Mais laissons la consideration du
Createur & de ses principales creatures, comme trop éleuée par dessus la portée de l'esprit humain, & venons à la cognoissance de celles
qui sont les plus basses & les plus exposées à nos sens. Ne parlons
point de la substance du ciel, de l'influence, de la vertu, de la cause
mouuante des astres, arrestons-nous aux choses que nous touchons
& manions tous les iours. Où est la moindre pierre, la moindre
herbe, la moindre racine, qui n'ayt quelque qualité inexplicable en
elle ? qui ne soit accompagnée de quelque proprieté, en la recherche de laquelle la lumiere de nostre entendement s'offusque & sé-
blouïst? Vn ancien a écrit que toutes choses estoient pleines de Dieu,
c'est à dire, que Dieu communiquoit tellement sa puissance & sa vertu à toutes choses, qu'il n'y auoit si petite creature qui n'eust ie ne
sçay quoy d'incomprehensible, qui portast la marque & charactere de son Createur. Socrate auoit accoustumé de protester qu'il ne
sçauoit qu'vne verité au monde, asçauoir qu'il ne sçauoit rien: & en
ce seul article il excedoit la science de tous les philosophes de son
siecle. Et sainct Paul disoit, Ie ne sçay qu'vne seule chose, asçauoir
Iesus-Christ crucifié. Il sçauoit autant que Socrate en ce qu'il recognoissoit qu'il ne sçauoit rien, & sçauoit dauantage en ce qu'il sçauoit Iesus-Christ, qui estoit sçauoir toutes choses. Que s'il est temps
de passer à ceste autre vertu de l'entendement, qu'on appelle Prudence, & la comparer auec la Foy, de combien trouuerons-nous
qu'elle luy demeurera inferieure ? La Prudence est vne lumiere acquise à l'entendement par vne longue experience pour se reigler selon la droicte raison en la conduitte des actions humaines. Ceste
vertu consiste en la conference des choses passées auec les presentes,
pour en coniecturer les futures. A ceste occasion ils luy donnent trois
yeux, qui regardent les trois temps, le passé, le present, & l'aduenir:
dautant qu'elle se souuient des choses passées, considere les presentes,
& presage les futures. Et partant de premiere apparence il semble qu'elle doit auoir fort peu de lieu parmy les Chrestiens: car il est tres-
certain que l'Escriture nous defend d'auoir soin du lendemain. Or

est-il que ce sont choses contraires que d'estre prudent, & ne se soucier point de l'aduenir. Par ainsi ou il faut que nous renoncions entierement à la Prudence en vertu du texte de l'Euangile, ou bien
que la mesme Prudence nous apprenne à distinguer les paroles de
l'Euangile. Ce qu'il nous sera facile de faire, si nous venons à examiner les choses de pres, à cause que le mot de, demain, se prend en
plusieurs acceptions en la parole de Dieu. Car tout ainsi que celuy
de iour est aucunesfos employé pour exprimer cest interualle de temps
qui coule depuis le leuer du Soleil iusques à ce qu'il se couche: quelquefois aussi il signifie tout l'espace de la vie, comme quand nostre
Seigneur propose la parabole de celuy qui loüa des ouuriers à diuerses heures du iour pour trauailler à sa vigne, le matin de ceste iour-
née-la c'estoit l'enfance, le soir c'estoit le declin de l'âge & la vieillesse, & tout le iour ensemble representoit la vie. Ainsi il y a plusieurs
sortes de demain en l'Escriture : aucunesfois demain se prend pour
le iour qui suit celuy auquel nous parlons, aucunefois il signifie le
lendemain de la vie, c'est à dire l'eternité. Or c'est au premier sens
que nostre Seigneur nous défend la solicitude du lendemain, afin
de retirer nostre esprit des pensées & occupations trop empeschan-
tes de ce siecle. Car aussi quelle discretion est-ce aux hommes d'attacher toute leur preuoyance à vn aduenir de deux ou trois iours,
ou peut estre de moins qu'ils ont à viure, & ne l'estendre point à
vne suitte infinie d'années qui les attendent au sortir de ce monde?
Les Chrestiens donc se soucient du lendemain, mais du vray lendemain qui est l'eternité, ils se preparent des thresors & ne les enseue-
lissent point en terre, où la rouille & vermine peuuent atteindre;
mais les amassent au ciel, où l'iniure du temps & la malice des hommes n'ont aucun accés. On reprochoit à certains peuples de la Grece qu'ils se consumoient en despense de festins, comme s'ils n'eussent eu qu'vn iour à viure, & bastissoient tout ainsi que s'ils n'eussent iamais deu mourir: mais les Chrestiens se gouuernent en l'vn &
en l'autre, comme ayans certaine cognoissance de leur immortalité.
Ils edifient des palais d'eternelle durée, non en ces deserts terrestres
où ils sont passans & estrangers, mais au ciel qui est leur vraye patrie & leur cité stable & permanente; ils despendent, mais en prouisions & preparatifs pour la seconde vie: ils s'acquierent des amis
des richesses d'iniquité, ils distribuent leurs moyens aux pauures, ils
leurs baillent à vsure, mais à vne saincte & salutaire vsure: ils leurs
prestent non à cent, mais à cent fois cent pour cent: car c'est le contract que nostre Seigneur en a passé auec eux, Il vous sera remplacé
au centuple. Les Druydes anciens prestres & philosophes des Gaulois auoient vne telle certitude de l'immortalité de leurs ames, & de la
vie future, qu'ils faisoient des prests & des credits à ceux qui en a-
uoient besoin, à condition qu'ils les leur rendroient en l'autre monde,

Or les Chreftiens font bien fondez fur cefte mefme affeurance, que ce qu'ils employent en œuures pies & charitables enuers les membres de Iefus Chrift, leur fera reftitué, mais non pas en mefmes ny femblables efpeces. Ils croyent que pour des auances materielles & corruptibles, ils receuront des payemens eternels & incorruptibles: ils fçauent où doit eftre le port, & la retraitte de leurs fortunes: ils affeurent leurs moyens, de forte qu'ils ne courent point de hazard par les chemins, & qu'à leur arriuée, comme par vne lettre de change, le principal & les interefts leur feront rendus en efpeces qui ont cours au lieu où ils doiuent refider. Voila quelle eft la prudence des Chreftiens, aupres de laquelle toute autre prudence eft vanité, & toute autre fageffe eft folie. Defcendons maintenant aux vertus inferieures, qu'on appelle plus proprement Morales, à caufe qu'elles s'occupent à regler les mœurs, & à ranger les defirs & les paffions deffous le joug de la raifon, & venons particulierement à la valeur, que les Latins ont appellée Fortitude. Car en fin f'il y a chofe en quoy la philofophie des hommes fe puiffe glorifier d'egaler celle de l'Eglife, il femble que ce foit en cefte partie: f'eftant cefte vertu toufiours referuée le premier lieu & les plus fuperbes tiltres entre toutes les autres vertus, iufques là mefmes que les Grecs luy ont affecté à elle feule le propre nom de Vertu. Toutes fortes de biens, difoit vn ancien, il les faut fouhaitter à fes ennemis, excepté la vaillance, pource qu'auec cefte feule poffeffion vous leur pouuez rauir & arracher toutes les autres. Or les Chreftiens ont leur valeur & leur fortitude auffi bien, voire mieux que les Philofophes. Le Royaume des cieux, dit noftre Seigneur, fouffre vne efpece de force, & ceux qui font violents l'occupent & le rauiffent. Ils ont leurs guerres, leurs batailles, & leurs victoires: ils ont leurs conqueftes, leurs couronnes, & leurs triomphes. Premierement f'il eft queftion des combats exterieurs & vifibles, quelle grandeur & fermeté de courage peut approcher de la conftance de ceux qui ont fouftenu les premiers affauts des infideles à l'encontre de l'Eglife? qui ont efteint les flammes des perfecutions auec leur fang? qui ont confacré leurs cendres à la pofterité, pour en faire renaiftre, comme de celles du Phenix aux rayons du Soleil, qui eft Iefus-Chrift, vne fucceffion immortelle de tefmoins & confeffeurs de la verité? Quelles palmes des vainqueurs, quels lauriers, quels trophées honorez & enrichis de defpouilles fe doiuent comparer aux couronnes de tant de Martyrs? Ceux-la ont furmonté des forces ou moindres, ou parauenture égales aux leurs, mais auec d'autres moyens, auec d'autres armes, auec d'autres forces: Ceux-cy deftituez & abandonnez de tout le monde, perfonnes viles & contemptibles, hommes nuds & expofez aux outrages, n'ayás pour toutes armes qu'vn courage inuincible, & vne patience indontée, ont vaincu les Roys & les Princes de la terre, ont furmonté les tourmens, les gefnes & les fupplices. Ceux-la entrent en triomphe dedans les villes de leurs empites , meinent en pompe les ennemis qu'ils ont mis aux fers , conduisent les spectacles des citez qu'ils ont forcées , des prouinces qu'ils ont destruittes & saccagées : Ceux-cy au contraire trainent apres eux les Rois qui les ont enchainez , meinent captifs ceux qui les ont captiuez , & triomphent de ceux qui les ont meurtris & martyrisez. Que s'il faut toucher à ceste autre sorte de guerre interieure & inuisible contre les desirs, les appetits, & les conuoitises, parler des abstinences & des continences, mettre en auant ces beaux chapeaux de fleurs, non seulement rouges & colorez de la passion du martyre, mais aussi, blancs d'innocéce & de pureté. Car l'Eglise a ses roses & ses lys, elle a ses roses teintes du sang de ceux qui ont souffert pour la gloire de l'Euangile : elle a ses lys qui tesmoignent sa pureté & sa chasteté. Quels exemples trouuerez-vous en toutes les escholes des plus rigoureux Stoïques, qui égalent la vertu de tant de simples ames qui se sont consacrées à Dieu par vn vœu de continence, d'humilité, & de pauureté volontaire ? Pensez-vous, dit sainct Augustin, que ce soit vne mediocre faueur concedée au genre humain , de ce que maintenant non seulement vn petit nombre d'hómes sçauans disputent qu'il ne faut rien adorer en qualité de Dieu qui soit terrestre, qui soit elementaire, & qui puisse tomber sous les sens: mais que le simple vulgaire, mesme des hommes & des femmes le croit & le publie en tant de nations & si differentes , que la continence se voit exercée iusques aux jeusnes au pain & à l'eau , & non d'vn iour seul, mais de plusieurs consecutifs : Que la chasteté est obseruée iusques à se priuer de la douceur du mariage, & de la consolation des enfans : que la patience paruient iusques à desdaigner les croix, les flammes & les supplices : que la liberalité s'estend iusques à distribuer son patrimoine aux pauures, & qu'en fin le mespris du monde se hausse & s'éleue iusques au desir de la mort? Où sont à ceste heure ces vaines & arrogantes sentences des Philosophes de l'antiquité ? Où est ceste insolente profession de sapience? L'homme sage, disent-ils, n'establit aucune felicité hors de soy-mesme : l'homme sage se prepare vne parfaitte abondance de toutes choses, non point en adjoustant à ses richesses, mais en retranchant de ses desirs : l'homme sage ne donne aucune prise sur soy à la Fortune, il ne luy laisse aucunes armes entre les mains pour l'offenser : que toute la machine de l'Vniuers vienne à esclatter & à se dissoudre, les pieces & les ruines le frapperont sans qu'il s'en espouuante : car rien ne peut estre de si grand aux malheurs, qu'il n'ayt toujours quelque chose de plus grand en l'ame pour le surmonter. Or ie les fay maintenant iuges eux-mesmes, si ceste sagesse, telle qu'ils la descriuent, se trouue veritablement en leurs sectes & en leurs escholes, ou bien en l'Eglise. Qu'ils me dient franchement, s'il n'est pas tres-certain qu'ils n'en ont qu'vne vaine escorce & superfice, & non le vray corps & la substance : qu'ils n'en obtiennent que l'ombre, le nom & l'apparence : qu'ils n'en possedent qu'vn desir errant parmy les tenebres

de l'incertitude & de l'ignorance de ce monde : & qu'en la profession
seule des Chrestiens se trouue la vraye doctrine, qui peut rendre les hômes heureux, mesme de la felicité humaine & temporelle. Au moyen
dequoy ces paroles de nostre Seigneur sont tres-dignes de la sacrée &
venerable bouche qui les prononça, quand il dit à ses Apostres, Recherchez premierement le Royaume des cieux , & toutes ces choses
vous seront adjoustées : c'est à dire, aspirez seulement à la vie eternelle , & les moyens qui vous y addresseront, vous conduiront aussi par la
felicité humaine & téporelle : vous gousterez dés ce siecle les premices
du contentement à venir : vous jouïrez d'vne paix , d'vn repos & d'vne
tráquillité incroyable : vous serez introduits dans les portes du palais du
Seigneur , & communiquerez à la gloire & à la lumiere qui l'enuironne. Car tout ainsi que les entrées & les paruis des Temples & des lieux
sacrez participent quelque chose de la saincteté interieure & de la venerable magnificence du dedans : Ainsi les aduenuës du ciel & de la
vie eternelle, la possession de la Foy, de l'Esperance & de la Charité,
nous font desia esprouuer en ce monde quelque commencement de la
joye future. Sainct Chrysostome dit, que par le mystere de l'Eucharistie , la terre en quelque sorte nous tient lieu de ciel. Et S. Hierosme
escrit, que les Apostres conuersans en terre estoient spirituellement les
cieux, à cause que Dieu habitoit & residoit dás leurs ames. Qu'ainsi soit,
ceux desquels la conscience se sent opprimer sous la pesanteur de leurs
pechez ; ceux que l'énormité de leurs crimes conduit au desespoir, encores qu'ils soient constituez parmy les plaisirs, les honneurs & les richesses , les Poëtes ne feignent-ils pas qu'ils ont des gesnes & des supplices, voire des enfers mesme en leur esprit ? ne leur peignent-ils pas
des Furies auec leurs torches allumées, auec leurs fleaux, auec leurs cheueux de serpents, qui tiennent desia comme vne espece de garnison en
leur ame ? Pourquoy donc aussi ne dirons-nous que ceux qui se preparent par ces belles vertus Chrestiennes, n'esprouuent & ne portent
desia leur paradis en eux-mesmes, ressentant leur conscience contente,
& bien esperante de leur salut ? Et que tout ainsi que la mer refluë &
regorge dedans les embouchures des riuieres : ainsi il ne se face ie ne
sçay quel reflux de joyes celestes, & de la felicité eternelle, qui vienne à redonder iusques dedans nos esprits cependant qu'ils sont encore
en leurs cours , & tendent à celuy qui est l'Ocean de toute felicité ? Seneque escrit parlant de Caton, qu'il se persuade qu'en ce dernier acte
mesme de sa vie, auquel il arrachoit les appareils de sa blesseure volontaire, & deschiroit sa playe auec ses propres mains, pour auancer ceste
glorieuse mort qui l'a fait viure par vne si longue suitte & succession
de siecles, il sentoit vne volupté & vn contentement indicible. Que
pourrons-nous donc imaginer de tant de Martyrs qui ont sacrifié si
volontairement leur vie, non pour l'esperance d'vne renommée temporelle, mais pour la conqueste de la gloire & de la felicité eternelle ?

Quelles

Quelles fleurs penserons-nous qu'ils ayent recueillis parmy les pointes &
les espines de leurs passions? Que dirons-nous de tant de personnes religieuses, qui se font immolees à Dieu par vne abstinence & vne austerité
de vie autant exemplaire comme inimitable? Quelles delices, quelles
voluptez, quels transports croirons-nous qu'elles ayent essayez en renonçant aux charmes & allechemens du monde, pour se dedier entierement à la posséssion & à l'amour de Dieu? Le iour & le propos me defau-
droient plustost que le sujet d'vne si belle meditation, si ie n'aimois mieux
la poursuiure auec l'esprit & la pensee, que de tascher à l'égaler auec les
paroles. Et partant ie ployeray & abaisseray icy mes voiles, & ietteray
l'ancre à ce port, estimant auoir recueilly vn assez ample fruict de mon
voyage, si ie puis rapporter ceste cognoissance en moy-mesme & la communiquer aux autres, Que pour trouuer des preceptes qui non seulement nous acheminent à la beatitude celeste, mais aussi nous conduisent
par la vraye felicité humaine & temporelle, il ne faut point consommer nostre âge à la lecture d'autres liures que des oracles des Prophetes
& des Apostres: & que puiser d'ailleurs que de la parole de Dieu & de la
sapience qu'il a consignee à son Eglise, ce qui nous est necessaire pour
ces deux fins, c'est faire tort au soin qu'il a eu de ses fidelles, ausquels il a
esté curieux de dispenser toutes les choses qui estoient requises à leur
bien temporel & eternel. Concluant finalement mon discours auec ces
paroles de sainct Iacques, Que si quelqu'vn a affaire de sapience, il la demande à Dieu qui la donne auec abondance, & ne la reproche point: c'est
à dire, si nous voulons estre esclairez de toutes sortes de lumiere pour
nous rendre heureux, soit eternellement, soit temporellement, pour
apprendre à iouïr en ceste vie d'vne paix interieure, d'vn repos de conscience, & d'vne tranquillité d'esprit, & en l'autre posseder les biens qui
sont preparez aux esleus, nous ne nous trauaillions point à fueilleter les
escrits de Pythagore, de Platon & d'Aristote, mais que nous nous ad-
dressions à luy & la recherchions en sa parole, & en l'vnion & charité de
son Eglise. Ce faisant il nous la donnera auec abondance, & ne nous la
reprochera point: car il la reproche à ceux qui y aspirent par vne autre
voye, à ceux qui la pretendent deuoir à leurs propres sens, à ceux qui la
pensent acquerir par les simples forces de l'esprit humain: à ceux-la ce peu
de cognoissance naturelle dont Dieu leur permet de iouïr en ce
monde, il la leur reproche au dernier iour, à cause qu'ils ne l'ont
point obtenuë legitimement, à cause qu'il se font creusez des puits &
des cisternes & l'ont delaissé, luy qui est la fontaine d'eau viue. Mais à
ceux qui s'adressent à luy pour l'impetrer, qui la recherchent en sa parole, qui y aspirent en l'vnité de son Eglise, il la donne auec abondance &
ne la reproche point: car il iuge qu'elle leur est vrayement deuë, & qu'il
est tenu & obligé de la leur liurer en vertu du contract qu'il en a passé a-
uec eux en son Euangile, lors qu'ils la luy demandent par les moyens or-

DDd

donnez, aſçauoir auec Foy & Charité, & au nom de ſon Fils bien-aimé noſtre Seigneur Ieſus-Chriſt, auquel auec luy & le ſainct Eſprit ſoit toute gloire, loüange & honneur, maintenant & à jamais. Ainſi ſoit-il.

HARANGVE

FAITTE DE LA PART DE

LA CHAMBRE ECCLESIASTIQVE,

En celle du tiers Estat, sur l'Article
du SERMENT.

*Par Monseigneur le Cardinal du Perron, Archeuesque de
Sens, Primat des Gaules & de Germanie, &
grand Aumosnier de France.*

M. DC. XV.

ADVIS AV LECTEVR.

'AVTHEVR de ceſte harangue ayant ſceu qu'on auoit fait imprimer vn diſcours en forme de proceʒ verbal des Eſtats, où l'on
auoit inſeré deux harangues ſous ſon nom, preſques toutes differentes de ſens & de paroles de celles qu'il auoit prononcées ; a eſté
contrainct de mettre celle-cy au iour, afin de ſeruir de deſadueu aux autres.
Et certes il ne s'eſtonne point que telles rapſodies couſuës & rapiecées de diuers
ſymboles, les vns vrais & les autres faux, que chacun ſelon ſa paſſion y a voulu contribuer, ſoient fort éloignées de la reſſemblance de leur original. Car il
iuge aſſeʒ qu'il n'y a eu plume qui ayt peu ſuiure, ny memoire qui ayt peu retenir deux oraiſons dont la moindre dura trois heures, & fut prononcée fort
couramment. Mais il s'eſtonne que la licence du ſiecle ayt eſté telle, que dans
Paris, luy preſent, on ayt fait publier des harangues ſous ſon nom ſans les luy
communiquer, afin de ſçauoir s'il les recognoiſſoit pour ſiennes. Il eſt vray
qu'il n'eſt pas ſeul que l'on ayt honoré de pareils preſens. Car aucuns autres
de Meßieurs les Prelats ont eſté traitteʒ auec la meſme liberalité, & ſe recognoiſſent beaucoup moins dans les pieces qu'on leur a attribuées, qu'Euphor-
bus en Pythagore. Or s'eſt-il contenté de repreſenter celle qu'il prononça en la
Chambre du tiers Eſtat, dautant que l'vne & l'autre, c'eſt à dire, tant celle
qu'il fit en la Chambre de la Nobleſſe que celle qu'il fit en la Chambre du tiers
Eſtat, furent vne meſme choſe quant aux raiſons, & ne differerent que pour le
regard des exordes, perorations & ornemens. Au moyen dequoy la publication de l'vne peut ſeruir de deſadueu commun aux ſuppoſitions des deux autres.
Apres auoir donc témoigné à Meßieurs du tiers ordre, qu'ayant à parler en leur
preſence, il ſe ſentoit obligé de faire la meſme priere à Dieu que Pericles auoit
accouſtumé de faire lors qu'il eſtoit preſt de parler deuant les Atheniens, aſçauoir qu'il ne luy ſortiſt de la bouche rien d'indigne ny de la compagnie qui l'auoit
enuoyé, ny de celle vers laquelle elle l'auoit enuoyé : il addreſſa ſa parole à Dieu,
& luy dit auec le Pſalmiſte, Seigneur tu ouuriras mes leures, & ma bouche annoncera ta loüange, Et puis commença en ceſte ſorte.

Pſeaume 50.

HARANGVE
FAITTE DE LA PART
DE LA CHAMBRE ECCLESIASTIQVE,
EN CELLE DV TIERS ESTAT,
sur l'article du Serment.

ESSIEVRS, Ce seroit peu de chose, pour honorer la dignité de ceux qui font profession d'administrer
la justice, qu'Aristote nous eut appris que la justice
est belle & admirable comme l'estoille de Lucifer. Ce
seroit peu de chose qu'il nous eust dit qu'en la justice
toutes vertus sont sommairement comprises. Ce seroit peu de chose qu'Agesilaüs Roy de Sparte eut répondu que le Roy de Perse, qui
s'attribuoit le titre de grand Roy, n'estoit point plus grand que luy s'il
n'estoit plus juste. Ce seroit peu de chose que les Poëtes eussent feint
que Minos l'exemplaire des Princes justiciers, estoit fils de Iupiter, &
que Themis & Dicé estoient assises aux costez de Iupiter. Si l'Escriture ne nous apprenoit que c'est par la justice que les Roys regnent. Si
le Fils de Dieu n'auoit voulu que celuy qui deuoit estre sa figure, portast le nom de Melchisedech, c'est à dire Roy de justice; & que ce mesme Melchisedech, dont le nom signifioit Roy de justice, fust aussi Roy
de Salem, c'est à dire, Roy de Paix, pour monstrer que de la justice depend la paix, qui est la mere de tous les biens du ciel & de la terre. Mais
puis que les Oracles des Escritures diuines s'accordent en la recommandation de ceste vertu auec les témoignages des lettres prophanes,
il semble que luy deferer le premier rang d'honneur & de dignité entre les vertus humaines, c'est executer le iugement de Dieu & des hommes. Or, Messieurs, s'il y a jamais eu nation où la gloire de ceste vertu ayt esté eminente & florissante, c'a esté celle sous le ciel de laquelle
nous viuons. Ie ne parleray point de la renommée des Druides nos anciens Sacrificateurs, entre les mains desquels les Gaulois auoient mis le
depost de la justice, afin de le rendre sacré & venerable aux peuples,
par la condition des personnes qui l'exerçoient. Ie ne parleray point
du soin & du zele que nos Roys ont apporté au maniement de la
justice, s'en rendant eux-mesmes les administrateurs & les distribu-

DDd iij

teurs, non seulement sous la premiere & seconde race, mais mesme sous la troisiéme. Ie ne parleray point de la splendeur de nos Cours de Parlement, & particulierement de ce grand & auguste Parlement de Paris, dont la reputation a esté telle parmy les Princes estrangers, qu'ils l'ont souuent eux-mesmes pris pour iuge & arbitre de leurs causes plus importantes. Il me suffira de dire que nostre nation a esté de tout téps si celebre & florissante en l'exercice de ceste vertu, que les femmes mesmes des Gaulois estoient anciennement estimées plus dignes d'administrer la justice, que les hommes de toutes les autres prouinces. Car quand Hannibal receut & incorpora les Gaulois en son armée pour passer aux conquestes d'Italie ; il fut conuenu, que lors qu'il suruiendroit quelque querelle entre les deux nations, si c'estoient les Carthaginois qui fussent complaignans, le iugement en appartiendroit au Tribunal des Carthaginois residás en Espagne; & si c'estoit les Gaulois qui se pretendissent offensez, le jugement en seroit deferé aux Dames Gauloises. Et pourtant, Messieurs, nos Roys ayans consigné la garde & la dispensation de ce precieux thresor entre les mains de vostre ordre, ce n'est point sans cause que nous vous honorons & reuerons non seulement comme les ministres & interpretes de Themis, mais comme les ministres & interpretes de Themis au plus celebre & glorieux sejour qu'elle ayt sur la terre. Or, Messieurs, ceste mesme Themis, ceste mesme Dicé, ceste mesme justice, qui vous apprend de rendre à chacun ce qui luy appartient, vous inspira aussi dés le commencement de ces Estats, de rendre auant toutes choses à Dieu, à sa religion & à ses Ministres, ce qui leur estoit deu, vous faisant imiter en cela l'exemple de ces grands Legislateurs & Iurisconsultes Romains vos precurseurs, qui deferoient tant de respect aux choses diuines, qu'encore qu'ils embrassassent vne faulse religion, neantmoins pource qu'en ceste faulse religion, ils pretendoient, comme dit sainct Augustin, honorer la vraye Deité, Dieu recompensa leur zele des graces & benedictions temporelles, qui ont porté au ciel la gloire de leur Empire. Car vous nous témoignastes dés lors par diuerses legations, que vous nous teniez comme vos Peres, comme les Pasteurs & les guides de vos ames, & comme ceux qui veilloient pour en rendre conte à Dieu. Et de cela aussi par plusieurs fois nous vous auons rendu graces & remerciemens. Mais ce qui a acheué de nous verifier que vous practiquiez par effect ce que vous nous témoigniez de parole, est la derniere occasion qui s'est presentée. Car sur la nouuelle qui nous estoit venuë que vous auiez proposé & resolu en vostre compagnie, vn article touchant la seureté des Roys, intitulé du nom de loy fondamentale, où il y auoit quelque chose de religion meslé parmy l'interest de l'Estat, vous vous estes laissez persuader aux doctes & eloquentes remonstrances que Messieurs les Archeuesque d'Aix, & Euesque de Montpellier vous

ont faictes de noftre part, de nous en donner communication, & la receuoir reciproquement de nous. C'eft pour cela , Meffieurs, que
la chambre Ecclefiaftique m'a deputé & enuoyé vers vous, afçauoir afin
de vous remercier du refpect qu'il vous a pleu luy deferer en cefte occafion, & vous faire entendre fon aduis tant fur la fubftance, que fur les
circonftançes de voftre article. Auant toutes chofes donc, Meffieurs,
elle m'a chargé tres expreffément de vous rendre mille graces, & vous
donner mille loüanges, du zele que vous auez eu de pouruoir auec tant
de foin à la feureté de la vie & de la perfonne de nos Roys ; vous poteftat
qu'elle confpire en cefte penfée & en cefte paffion auec vous, de toutes les
puiffances & affections de fon ame. Car elle pleure & pleurera eternellement auec des larmes de fang, les tragiques & deteftables affaffinats qui
ont taché & enfanglanté la memoire de noftre fiecle de deux fi horribles
parricides : Et fe fent d'autant plus obligée d'auoir le cœur percé de cefte
douleur, qu'elle fe recognoift liée de plus eftroits liens qu'aucuns des autres ordres, à cherir & affectionner la facrée perfonne de nos Roys. Ie ne
m'eftendray point pour cefte heure à reprefenter, comme Dieu luy
ayant mis le flambeau de fa parole en la main pour efclairer les autres ordres, elle doit marcher deuant, & les preceder & en doctrine & en exemples de bien & fidellement feruir ceux que Dieu a conftituez fur fes peuples. Ie diray feulement que mefme pour les confiderations humaines,
il n'y a point de profeffion qui foit eftreinte d'vn plus obligeant lien de
deuoir & de fidelité à nos Roys, que la focieté Ecclefiaftique. Car les autres ordres viennent aux charges, & aux honneurs & dignitez de ce
Royaume, les vns, comme la Nobleffe, par le prix le plus cher qui fe
puiffe payer, afçauoir par le prix de leur fang & du peril de leur vie ; & les
autres y viennent, outre ce qui eft deu à leur merite, par la contribution
de partie de leurs moyens & de leurs commoditez. Mais nous, nous y
arriuons par la feule & pure grace & bonté de nos Roys, & fans y hazarder ny employer rien, ny de noftre vie, ny de nos moyens, ny de nos
fortunes : Et d'ailleurs ne pouuons, nuds & defarmez que nous fommes,
fubfifter ny ioüir de noftre repos ny de nos commoditez, finon fous
l'ombre de la paix, & de la profperité des affaires du Roy, eftans autrement expofez en proye à toutes fortes d'iniures & d'outrages. Et partant
quel homme d'efprit fain peut douter que nous n'ayons plus d'intereft
qu'aucuns autres, à la conferuation de celuy, dans la vie duquel, comme
dans vn tifon fatal, toutes nos vies & toutes nos fortunes font enfermées?
Nous confpirons donc également en ce zele & en cefte paffion auec vous,
& condamnons également, voire plus s'il fe peut, la perfidie parricidiale
des monftres qui attentent contre les facrées perfonnes de nos Roys.
Mais nous vous prions de confiderer, que comme les feules loix qui peuuent impofer quelque frein à ceux qui foulent aux pieds le foin de leur
vie, font les loix Ecclefiaftiques, qui retiennet les efprits qui mefprifent
a mort, par l'apprehenfion des peines qui furuiuent apres la mort : Ain-

DDd iiij

ſi faut-il ſoigneuſement prendre garde de n'inſerer rien en ces loix-la que
ce qui eſt tenu pour certain & indubitable par l'Egliſe vniuerſelle, de
peur d'infirmer l'authorité de ce qui eſt certain & infaillible, par le meſlange de ce qui eſt conteſté & contentieux. Car l'experience ne nous a
que trop appris, qu'à ces maux qui procedent d'vne peruerſe & corrompuë imagination de religion, les ſeules loix humaines, & apprehenſions
des peines temporelles ne peuuent ſeruir de ſuffiſant remede. Il faut des
loix de conſcience, & qui agiſſent ſur les ames, & les intimident par la
crainte des peines eternelles. Ceux qui entreprennent ces deteſtables
parricides ſous vne faulſe perſuaſion de religion, ne ſont retenus d'aucunes craintes de ſupplices corporels : Ils ſe baignent dans les tourments,
ils penſent courir aux triomphes & aux couronnes du martyre, ils ſe
flattent de la faulſe application de ceſte ſentence de noſtre Seigneur, *Ne*
craignez point ceux qui peuuent tuer le corps, mais craignez celuy qui peut en-
uoyer l'ame & le corps en la gehenne. Et par ainſi pour les retenir & eſpou-
uanter, il leur faut apporter, non des loix qui s'executent en ceſte vie, laquelle ils meſpriſent, & la meſpriſant deuiennent maiſtres de celle d'autruy, mais des loix dont la rigueur & la ſeuerité s'execute apres la mort,
des loix Eccleſiaſtiques, des loix ſpirituelles. Les Vierges Mileſiennes
conceurent autresfois vne ſi furieuſe & prodigieuſe haine côtre leur propre vie, qu'elles couroient toutes volontairement & auec delices à la
mort, & s'eſtrangloient, precipitoient & égorgeoiét, ſans que les prieres
ny les larmes de leurs parens y peuſſent apporter aucun empeſchement.
Les Magiſtrats de l'Iſle tindrent pluſieurs Conſeils, & firent pluſieurs decrets pour deſtourner ce dueil public, mais nuls de leurs deſſeins ne reüſſit. Car meſpriſant & haïſſant leur vie, elles meſpriſoient tout ce qui ſe
terminoit auec la vie. En fin donc voyant que les autres expediens leur
manquoient, ils s'aduiſerent de publier vne loy, que celles qui ſe deferoiét
ainſi volontairement, fuſſent trainées publiquement huës & découuertes apres leur mort. Alors ceſte phreneſie que tous les remedes appliquez
durant la vie, n'auoient ſceu medicamenter, l'apprehenſion d'vne peine
de vergongne & d'ignominie executée apres la mort, la medicamenta &
la guerit. Ainſi eſt-il de ceſte fureur, de ceſte manie, de ceſte rage, il n'y
a que la crainte des peines impoſées apres la mort, il n'y a que l'apprehenſion des ſupplices des enfers, il n'y a que l'horreur des tourments eternels
qui ſoit capable de guerir la phreneſie de ceux qui penſent immoler &
ſacrifier leur vie à Dieu, quand ils la perdent pour executer ces enormes
& deteſtables attentats. Or ſont-ce les ſeules loix ſpirituelles & Eccleſiaſtiques qui peuuent imprimer dans les eſprits des hommes, la terreur de
l'anatheme, & les apprehenſions des peines eternelles. Mais il faut pour
faire ceſt effect, qu'elles ſortent d'vne authorité Eccleſiaſtique certaine,
abſoluë & infaillible, c'eſt à dire, vniuerſelle, & ne comprennent rien
que ce dont toute l'Egliſe Catholique eſt d'accord. Car ſi elles procedent
d'vne authorité douteuſe & partagée, & contiennent des choſes en la

propofition defquelles vne partie de l'Eglife croye d'vne forte, & le chef
& les autres parties enfeignent de l'autre ; ceux en l'efprit defquels on
veut qu'elles facent impreffion, au lieu de les tenir pour certaines & infaillibles, & eftre efpouuentez & détournez par leurs menaces, s'en moc-
queront & les tourneront en mefpris. Et pourtant, il fe faut bien garder
& ie le dy derechef, il fe faut bié garder de mefler ce qui eft d'indubitable
en cét article, & dont toute l'Eglife conuient ; afçauoir, que nul ne peut
fans fe liurer à Satan & à la mort eternelle, entreprendre fur la vie des
Roys, auec aucun poinct contentieux, de peur d'affoiblir & énéruer ce
qui eft exempt de tout doute, par le meflange de ce que les autres parties
de l'Eglife conteftent & mettent en difpute. Or y a-t'il trois poincts en la
fubftance de voftre loy fondamentale, outre ce qui eft des acceffoires &
circonftances. Le premier concerne la feureté de la perfonne des Roys.
Et de ceftuy-là nous en fommes tous d'accord, & offrons de le figner,
non de noftre encre, mais de noftre fang ; afçauoir, que pour quelque
caufe que ce foit il n'eft permis d'affaffiner les Roys ; & non feulement
deteftons auec Dauid, l'Amalechite qui fe vanta d'auoir mis la main fur 2. Reg. 1.
Saül, encore qu'il euft efté rejetté & depofé de Dieu par l'Oracle de Sa-
müel, mais mefme crions à haute voix auec le facré Concile de Conftan- Concil. Con-
ce, contre les meurtriers des Roys, voire de ceux que l'on pretendroit e- ftant. feff. 15.
ftre deuenus tyrans : Anatheme à quiconque affaffine les Roys : Malediction eternelle, à quiconque affaffine les Roys : Damnation eternelle, à
quiconque affaffine les Roys. Le fecond poinct eft de la dignité & fouueraineté temporelle des Roys de France : Et de ceftuy-là nous en fommes
auffi d'accord. Car nous croyons que nos Roys font fouuerains de toute forte de fouueraineté temporelle en leur Royaume, & ne font feuda-
taires ny du Pape, comme ceux qui ont receu ou obligé leurs couronnes
à cefte condition, ny d'aucun autre Prince, mais qu'en la nuë adminiftration des chofes temporelles, ils dependent immediatement de Dieu, &
ne recognoiffent aucune puiffance par deffus eux que la fienne. Ces deux
poincts dóc, nous les tenons pour certains & indubitables, mais de diuerfes fortes de certitude : Afçauoir le premier de certitude diuine & theologique, & le fecód de certitude humaine & hiftorique. Car ce que le Pape *a* Cap. Per Vené-
Innocét III. *a* afferme que le Roy de Frãce ne recognoift aucun fuperieur rab. tit. Qui filij
au temporel, c'eft par forme de témoignage hiftorique qu'il l'afferme. Et *fint legitimi.*
ce que certains autres Royaumes, dót *b* il femble écrire le mefme, ont depuis changé, & fe font obligez à quelque dependãce temporelle du fiege *b* Ca. Cauf. eod.
Apoftolique, & que la Frãce eft demeurée en fon premier eftat, c'eft l'hi- tit.
ftoire & non la foy qui nous l'apprend. Refte le troifiéme poinct, qui *c* Cela eft dit pour
eft, afçauoir fi les Princes ayans fait, ou eux ou leurs predeceffeurs, fermét *diftinguer la cre-*
à Dieu & à leurs peuples, de viure & mourir en la religion Chreftienne & *ance de ces deux*
Catholique, viennent à violer leur ferment, & à fe rebeller contre Iefus- *poincts, dont l'vn*
Chrift, & a luy declarer la guerre ouuerte ; c'eft à dire, viennent non feu- *oblige fous peine*
lement à tomber en manifefte profeffion d'herefie, ou d'apoftafie de la *d'Anatheme, &*
l'autre fous peine
de leze Majefté.

religion Chreſtienne, mais meſme paſſent iuſques à forcer leurs ſubjets
en leurs conſciences, & entreprennent de planter l'Arianiſme ou le Ma-
hometiſme, ou autre ſemblable infidelité en leurs Eſtats, & y deſtruire &
exterminer le Chriſtianiſme ; leurs ſubiects peuuent eſtre reciproquement declarez abſous du ſerment de fidelité qu'ils leur ont faict : Et cela
arriuant, à qui il appartient de les en declarer abſous. Or c'eſt ce poinct-
la que nous diſons eſtre contentieux & diſputé. Car voſtre article contient la negatiue, aſçauoir qu'il n'y a nul cas auquel les ſubiects puiſſent
eſtre abſous du ſerment de fidelité qu'ils ont fait à leurs Princes ; Et au
contraire toutes les autres parties de l'Egliſe Catholique, voire meſme
toute l'Egliſe Gallicane, depuis que les écholes de Theologie y ont eſté
inſtituées, iuſques à la venuë de Caluin, tiennent l'affirmatiue ; aſçauoir
que quand vn Prince vient à violer le ſerment qu'il a fait à Dieu & à ſes
ſubiects, de viure & mourir en la Religion Catholique, & non ſeulement ſe rend Arien ou Mahometan, mais paſſe iuſques à declarer la guerre à Ieſus-Chriſt, c'eſt à dire, iuſques à forcer ſes ſubiects en leurs conſciences, & les contraindre d'embraſſer l'Arianiſme ou le Mahometiſ-
me, ou autre ſemblable infidelité ; Ce Prince-la peut eſtre declaré décheu
de ſes droicts, comme coulpable de felonnie enuers celuy à qui il a fait
le ſerment de ſon Royaume, c'eſt à dire enuers Ieſus-Chriſt, & ſes ſubiets
eſtre abſous en conſcience & au tribunal ſpirituel & Eccleſiaſtique, du
ſerment de fidelité qu'ils luy ont preſté : Et que ce cas-la arriuant, c'eſt à
l'authorité de l'Egliſe reſidente ou en ſon chef qui eſt le Pape, ou en ſon
corps qui eſt le Concile, de faire ceſte declaration. Et non ſeulement
toutes les autres parties de l'Egliſe Catholique, mais meſme tous les Docteurs qui ont eſté en France depuis que les écholes de Theologie y ont
eſté inſtituées, ont tenu l'affirmatiue, aſçauoir qu'en cas de Princes heretiques ou infidelles, & perſecutans le Chriſtianiſme ou la religion Catholique ; les ſubiets pouuoient eſtre abſous du ſerment de fidelité. Au
moyen dequoy, quand la doctrine contraire ſeroit la plus vraye du monde, ce que toutes les autres parties de l'Egliſe vous diſputent, vous ne la
pourriez tenir au plus que pour problematique en matiere de foy. I'appelle doctrine problematique en matiere de foy, toute doctrine qui n'eſt
point neceſſaire de neceſſité de foy, & de laquelle la contradictoire n'o-
bligent point ceux qui la croyent, à anatheme & à perte de communion.
Autrement il faudroit que vous recogneuſſiez que la communion que
vous exercez auec les autres parties de l'Egliſe imbuës de la doctrine oppoſite, voire que celle que vous conſeruez auec la memoire de vos propres predeceſſeurs, fuſt illicite & polluë d'hereſie & d'anatheme. Et de
faict ceux qui ont entrepris de defendre la doctrine du ſerment d'Angleterre, qui eſt le patron de la voſtre, ne la defendent que comme problematique. *Noſtre intention*, diſent ils, *n'eſt pas d'aſſeurer que l'autre doctrine
ſoit repugnante à la foy ou au ſalut, puis qu'elle a eſté propugnée par tant & de ſi
grands Theologiens ; leſquels ia à Dieu ne plaiſe, que nous pretendions condam-*

ner d'vn si grand crime. Et pourtant vouloir enclorre ceste clause en la mesme obligation de foy, & sous le mesme decret d'anatheme, sous lequel nous enfermons la condamnation de ceux qui attentent sur la vie des Roys, c'est tomber en quatre manifestes inconueniens, que nostre Chambre m'a donné charge de vous representer. Le premier inconuenient est, que c'est forcer les ames, & jetter des lacqs aux consciences, en les obligeant de croire & iurer sous peine d'anatheme, & comme doctrine de foy & conforme à la parole de Dieu, vne doctrine dont le contraire est tenu par toutes les autres parties de l'Eglise Catholique, & l'a esté iusques icy par leurs propres predecesseurs. Le second inconuenient est, que c'est renuerser de fonds en comble l'authorité de l'Eglise, & ouurir la porte à toutes sortes d'heresies, que de vouloir que les laïques, sans estre guidez & precedez d'aucun Concile general, ny d'aucune sentence Ecclesiastique, osent entreprendre de iuger de la foy, & decider des parties d'vne controuerse, & prononcer que l'vne est conforme à la parole de Dieu, & l'autre impie & detestable. Cela donc nous soustenons que c'est vsurper le Sacerdoce, que c'est mettre la main à l'Arche, que c'est prendre l'encensoir pour encenser; & bref que c'est commettre les mesmes attentats, pour lesquels les maledictions de Dieu sont anciennement tombées, non seulement sur les particuliers, mais sur les Roys mesmes. Le troisiéme inconuenient est, que c'est nous precipiter en vn schisme euident & ineuitable. Car tous les autres peuples Catholiques tenans ceste doctrine, nous ne pouuõs la declarer pour contraire à la parole de Dieu, & pour impie & detestable, que nous ne renoncions à la communion du chef & des autres parties de l'Eglise; & ne confessions que l'Eglise a esté depuis tant de siecles, non l'Eglise de Dieu, mais la Synagogue de Satan; non l'épouse de Christ, mais l'épouse du Diable. Le quatriéme inconuenient est, que c'est non seulement rendre le remede que l'on veut apporter au peril des Roys, inutile, en infirmant par le meslange d'vne chose contreditte, ce qui est tenu pour certain & indubitable; mais mesme qu'au lieu d'asseurer la vie & l'Estat de nos Roys, c'est mettre en plus grand peril l'vn & l'autre par la suitte des guerres, & autres discordes & malheurs que les schismes ont accoustumé d'attirer apres eux. Ce sont-là, Messieurs, les quatre poincts que nostre compagnie m'a chargé de vous representer, & dont i'essayeray de m'acquitter auec toute clarté & facilité, pourueu qu'il vous plaise me continuer la mesme audience que vous m'auez prestée iusques à maintenant. Chose que i'espereray facilement si vous vous remettrez deuant les yeux l'importance de l'affaire qui se traitte icy auecques vous, qui est le plus grand affaire qui soit auiourd'huy en la Chrestienté; & d'ailleurs considerez que ce n'est point moy que vous écoutez. Car ce n'est point moy qui parle en ceste cause, mais tout le corps de l'ordre Ecclesiastique, & tout celuy de la Noblesse qui luy a donné adjonction, & a deputé ces douze Seigneurs, pris des douze gouuernemens du Royaume, afin d'authoriser mes paroles de leur presence; &

témoigner encore en ceste occasion la mesme deuotion que leurs predecesseurs ont portée à l'Eglise, laquelle ils ont plantée par leurs armes, &
arrousée de leur sang aux plus lointaines parties de la terre. Et pource ne
m'estendray-je point d'auantage à vous conjurer de me departir vne
courtoise & fauorable attention. Seulement vous prieray-je, auant que
d'entrer en matiere, de me permettre de faire deux protestations pour
preuenir & dissiper les calomnies : L'vne que quand ie dy que ceux mesmes qui tiennent la partie negatiue, ne la peuuent tenir au plus, que pour
problematique, ie n'entends point comprendre sous le mot, *problemati-*
que, la condamnation des parricides qui entreprennent sur la vie des
Roys, laquelle ie tiens pour necessaire de necessité de foy, & condamne
l'opinion contraire comme heretique & coulpable de toutes sortes d'a-
nathemes & des peines eternelles. Et l'autre, que c'est contre mon gré &
à mon tres-grand regret, que ie viens à traitter ces questions, en vn temps
où nostre Royaume ne fait que sortir des alterations & diuisions d'Estat,
& est encores tout plein de celles de Religion ; & que i'ay refusé ceste
commission plusieurs fois, voire auec larmes, sçachant combien ie m'em-
barquois en vne mer pleine d'écueils & de perils, & à combien de mes-
disances & de calomnies ie m'exposois. Mais le bruit & la publication
des exemplaires de vostre article, dont la renommée vole déja par tout,
nous a empeschez de pouuoir plus tenir la chose secrette : Et la playe e-
stant découuerte, le deuoir de nos charges nous a obligez d'y apporter le
remede.

Or afin, Messieurs, de poser & establir le fondement de mon discours, non sur des colomnes d'or, comme disoit Pindare, mais sur les colomnes de l'histoire & de la prattique de l'Eglise, la methode que j'obser-
ueray, sera de monstrer deux choses. L'vne, que non seulement toutes
les autres parties de l'Eglise, qui sont aujourd'huy au monde, tiennent l'affirmatiue, asçauoir qu'en cas de Princes heretiques ou apostats, & persecutans la foy, les subiects peuuent estre absous du serment faict à eux ou
à leurs predecesseurs ; mais mesme que depuis onze cents ans, il n'y a eu
siecle auquel en diuerses nations ceste doctrine n'ayt esté creuë & pratti-
quée. Et l'autre, qu'elle a esté constamment tenuë en France, où nos Roys,
& particulierement ceux de la derniere race, l'ont protegée par leur authorité & par leurs armes, où nos Conciles l'ont appuyée & maintenuë,
où tous nos Euesques & Docteurs Scholastiques, depuis que l'échole de
la Theologie est instituée, iusques à nos iours, l'ont écritte, preschée &
enseignée : & où finalement tous nos Magistrats, Officiers & Iurisconsultes, l'ont suiuie & fauorisée, voire souuent pour des crimes de religion
plus legers que l'heresie ou l'apostasie : Mais desquels neantmoins ie ne
me pretends aider, sinon entant qu'ils peuuent seruir à defendre, ou là
these generale, asçauoir qu'en quelque cas les subjets peuuét estre absous
du serment fait par eux à leurs Princes : ou ceste hypothese particuliere,
qu'en cas de Princes heretiques ou Apostats & persecutans la foy, les su-

jets

jets peuuent estre dispensez de leur obeïr.   Car afin de vous oster tout
ombrage, ie ne veux debattre vostre article, que par les mesmes maximes
dont les Docteurs François qui ont escrit pour defendre l'authorité temporelle des Roys, sont d'accord : Et encore me tenant dans les simples
voyes du faict, & sans passer à celles du droict, duquel la decision n'appartient ny à ce lieu ny à ce temps.

Premierement dóc pour commencer par l'Empereur Anastase, qui fut
fait Empereur il y a plus d'onze cents ans : quand l'Empereur Anastase
Prince heretique de l'heresie d'Eutyches, vint à l'Empire, iamais Euphemius Patriarche de Constantinople, ne le voulut recognoistre pour Empereur, qu'il n'eust signé & souscrit de sa propre main , le Symbole du
Concile de Chalcedoine. *Anastase , dit Victor Tunonensis* [a] *, autheur du
mesme siecle, pressé par l'Euesque de Constantinople, fut contraint de promettre
par escrit, de ne rien attenter de sinistre contre la foy Apostolique, & le Concile de
Chalcedoine. Et Euagrius :* [b] *L'Imperatrice Ariadné, voulant faire vestir l'habit Imperial à Anastase, l'Euesque Euphemius n'y voulut iamais consentir, qu'il
ne luy eust auparauant liuré vne profession écritte de sa main, auec griefs & seueres sermens. Et Theodorus Anagnostes :* [c] *Anastase, dit il, ayant esté declaré
Empereur par l'Imperatrice Ariadné, l'Euesque Euphemius luy resista,* [d] *l'appellant heretique & indigne de commander aux Chrestiens. Neantmoins l'Imperatrice & le Senat, trainans par violence Euphemius, s'efforcerent de le contraindre, mais il n'en voulut iamais rien faire, qu'il n'eust tiré de luy vne profession par
escrit d'embrasser la doctrine du Concile de Chalcedoine.* Et quand le mesme A-
nastase retomba contre son serment en l'heresie Eutychienne, & passa iusques à persecuter les Catholiques, le Pape Symmachus luy resista, & prit la
defense de l'Eglise en ces mots [e] : *Peut-estre, diras-tu, il est escrit que nous deuons estre subjets à toute puissance : Il est vray, nous recognoissons les puissances humaines selon leur degré, tandis qu'elles n'erigent point leurs volontez contre Dieu.
Mais au reste, si toute puissance vient de Dieu, à plus forte raison celle qui preside
aux choses diuines. Defere à Dieu en nous, & nous defererons à Dieu en toy. Que
si tu ne deferes point à Dieu, tu ne peux vser du priuilege de celuy duquel tu mes-
prises les droicts.* Et immediatement apres : *Tu dis que le Senat conspirant a-
uec moy, ie t'ay excommunié. Cela l'ayant trouué legitimement faict par mes predecesseurs, ie l'ay sans doute suiuy. Tu dis que le Senat Romain te traitte mal : Si
nous te traittons mal, t'excitant de te departir des heretiques ; toy nous traittes-tu
bien, qui nous veux precipiter en la societé des heretiques ?* Et quand il attenta
d'inserer le venin de son heresie dedás l'office de l'Eglise, & mettre la main
aux bannissemẽts des Euesques, non seulement le peuple de Cõstantino-
ple s'esmeut contre luy, & demanda vn autre Empereur ; mais mesme Vitalianus, l'vn des principaux Capitaines de son siecle, ayant assemblé vne
puissante armée, luy alla presenter la bataille aux portes de Constantinople, & ne luy voulut iamais accorder la paix qu'à condition qu'il rappelleroit les Euesques qu'il auoit bannis de leurs sieges , & reüniroit
toutes les Eglises d'Orient auec la Romaine. *Les Orthodoxes , dit Mar-*

E E e

[a] Victor Tun. in Chron. à Scaligero edito.

[b] Euagr. hist. Eccl. l. 3 c. 32.

[c] Theod. Anagnos l. 2. Colle. hist. Eccl.

[d] αἰτίαν ὡς φιμώσα ἐπίσκοπος, αἱρετικὸν καλῶν, ὲ τῶν χριστιανῶν ἀράξιον.

[e] Symm. in Apologet.

a Marcel. Com. in Chron.

b Cedr. in compend. hift. in Anaſt.

c ἄμον βασιλέα ἐπι-βοωμθμων.

d Victor Tunon in Chr.

cellinus Comes[a], demanderent *Areobindas pour Empereur, & jetterent les images & ſtatuës d'Anaſtaſe par terre.* Et Cedrenus[b] : *Anaſtaſe ayant voulu adjouſter à l'hymne de l'Egliſe ces mots, Qui as eſté crucifié pour nous, il ſe fit vne eſmotion populaire dedans Conſtantinople[c], les Conſtantinopolitains demandans vn autre Empereur, &c. De quoy l'Empereur eſpouuanté intermit pour quelque temps ſon hereſie.* Et Victor Tunonenſis[d] : *Vitalianus Comes fils de Patriciolus, cognoiſſant la ſubuerſion de la foy Catholique, & la condamnation du Concile de Chalcedoine, & les banniſſements des Eueſques Orthodoxes, & les ſubſtitutions des heretiques, aſſembla vne puiſſante armée, & ſe reuolta contre l'Empereur Anaſtaſe, & eſtant venu aux mains auec Patricius neueu de l'Empereur & Conneſtable de l'Empire, luy tua ſoixante ſept (mille) hommes de la milice Romaine, & le prit priſonnier.* Et vn peu apres : *Vitalianus s'eſtant campé aux portes de Conſtantinople, quelques demandes que l'Empereur luy fiſt de la paix, ne la luy voulut iamais accorder, qu'à condition qu'il rappelleroit les defenſeurs du Côcile de Chalcedoine, qui auoient eſté jettez hors de leurs ſieges, & reüniroit toutes les Egliſes d'Orient auec la Romaine.* Et quand Clothaire premier du nom, Roy de France, & contemporain de l'Empereur Iuſtinian, eut tué dedás l'Egliſe de Soiſſons, le iour du Vendredy ſainct, lors qu'on alloit à l'adoration de la Croix, Gautier, Seigneur d'Yuetot en Normandie, le Pape A-

e Concil. Conſt. ſub Men.

gapet, que les Grecs appellent[e] aimé de Dieu & des hommes, le menaça de ſes cenſures, s'il ne reparoit l'outrage qu'il auoit faict à la Religion Chreſtienne : pour ſatisfaction dequoy, le Roy erigea la terre d'Yuetot en tiltre & condition de Royaume : Dont outre la poſſeſſion non interrompuë, & la tradition perpetuelle de la prouince, il y eut pieces eſcrittes dés l'heure meſme, en datte correſpondante à l'an cinq cents trente ſix. Ce que ie n'allegue point, comme ie l'ay déja proteſté, pour inferer aucune conſequence particuliere du faict au droict, mais pour monſtrer en general combien nos premiers Roys portoient de reuerence aux cenſures des anciens Papes. *Le Pape*, dit du Haillan[f], *indigné de ceſt acte trop cruel, manda au Roy, qu'il euſt à reparer ceſte faute : Autrement ſon Royaume ſeroit interdit. Alors Clothaire ayant en ſa conſcience remords de ſon crime, ordonna pour reparation d'iceluy, que de là en auant les Seigneurs d'Yuetot & leurs hoirs, ſeroient quittes de tout hommage, ſeruice & obeyſſance deuë au Roy pour la terre d'Yuetot, &c. & de ce furêt par ledit Clothaire faictes & ſellées lettres.* Et Guaguin[g] : *Ie trouue*, dit-il, *par foy indubitable, que cela fut faict l'an de ſalut, cinq cents trente ſix. Car lors que les Anglois dominoient long-temps apres en Normandie, s'eſtant émeu procés entre Iean de Hollande Anglois, & le Seigneur d'Yuetot, comme ſi ſa terre euſt eſté tributaire au Roy d'Angleterre, le Lieutenant de Calais[h], l'an de ſalut mille quatre cents vingt & huict, apres s'eſtre informé de la cauſe, par ordre de iuſtice, jugea qu'il l'auoit trouué comme ie l'ay noté cy-deſſus.* Et quand la Reine Brunichilde, & le Roy Theodoric, voulurent faire confirmer les priuileges de l'hoſpital d'Autun, que la meſme Reine Brunichilde auoit fondé ; & obliger les Roys futurs par l'authorité du Siege Apoſtolique, à les conſeruer inuiolez, ſans les entamer par aucun

f Du Haillan en l'hiſtoire de France.l.1.

g Gaguinus hiſt. Franc.l.2.

h Le mot dont vſe le traducteur de Gaguin eſt *Caletʒ*, qui ſignifie tant la ville que la coſte de Calais; dôt les peuples s'appelloient anciénement *Caletes*; & dont vne partie s'appelle encore auiourd'huy *le pays de Caults.*

sacrilege, le Pape sainct Gregoire le grand, à leur instance, escriuit ces mots en l'Epistre à *Senator*, qui est la dixiéme de l'onziéme liure de ses Epistres: [a] *Nous le concedons & confirmons, ordonnans que nul des Roys, nul des Prelats, nul de quelconque dignité qu'il soit, ne puissent rien diminuer ou oster des choses qui ont esté donées au mesme hospital par nos susdits tres-excellēts fils Roys.* Et vn peu apres: *Et si quelqu'vn des Roys, Prelats, Iuges, ou autres personnes seculieres, estans informez de ceste nostre constitution, attente d'y contreuenir, qu'il soit priué de son pouuoir & de sa dignité.* Car ie ne me veux point seruir des Bulles de l'Abbaye de Soissons, dautant qu'elles ne sont point inserées dans le registre des Epistres de sainct Gregoire, mais ont esté prises des Archiues des Moynes de sainct Medard, & adjoustées hors d'œuure, apres la fin du registre: comme il appert, & par les anciennes impressions du mesme registre, & par la citation que Gregoire septiéme, [b] qui viuoit il y a plus de cinq cents ans, fait de l'Epistre à *Senator*, sans parler de celle de Soissons. Et quand l'Empereur Iustinian second énuoya son Connestable pour prendre le Pape Sergius, & le transporter de Rome à Constantinople, pource qu'il n'auoit pas voulu approuuer le Concile faussement nommé sixiéme; la malice Imperiale de l'Italie s'y opposa, & repoussa le Connestable de l'Empereur auec iniures & outrages. *Iustinian second*, dit Beda[c], *autheur du mesme siecle, offensé de ce que Sergius, de bien-heureuse memoire, Pontife de l'Eglise Romaine, n'auoit point voulu signer & fauoriser le synode erronée qu'il auoit fait tenir à Constantinople, enuoya son Connestable Zacharie, & luy commanda de prendre le Pape, & le transporter à Constantinople, mais la milice de Rauenne & des Prouinces voisines, resista aux impies commandements du Prince, & repoussa ledict Zacharie auec opprobres & outrages, de la ville de Rome.* Il est vray, que depuis le mesme Iustinian laua ce crime auec ses autres impietez, lors qu'ayant attiré le Pape Constantin en Orient, *Il se prosterna*, dit Beda[d], *deuant luy en terre, & le priant d'interceder pour ses pechez, renouuella tous les priuileges de l'Eglise.* Et quand l'Empereur Philippicus, successeur de Iustinian second, fut venu à l'Empire, & comme c'estoit la coustume[e] que les Empereurs incontinent apres leur aduenement à l'Estat, enuoyoient leur profession de foy au Pape; eut addressé au Pape vne profession de foy heretique, le Pape la rejetta synodiquemēt; & sur ce refus le peuple de Rome abrogea les marques imperiales à l'Empereur Philippicus. *Philippicus*, dit Beda[f], *& apres luy Paul Diacre*[g], *enuoya au Pape Constantin des lettres de peruerse doctrine, lesquelles le Pape auec le Concile du Siege Apostolique, reietta, &c. Et le peuple Romain, ordona que l'on ne receust, ny le nom, ny les Edicts, ny la monnoye marquée à l'image de l'Empereur heretique.* Et quand l'Empereur Leon Isaurique fut tombé en l'heresie des Iconoclastes, & se mit à persecuter les Catholiques d'Orient, le Pape Gregoire II. apres plusieurs remises assembla vn Concile des Euesques d'Occidēt, à Rome, par lequel il dépouilla l'Empereur de tous les droicts, tributs & pouuoirs Imperiaux qu'il auoit en Italie: Et cela auec l'intelligence & assistance des François. Ce qu'encore

E E e ij

Notes marginales :

[a] Vn inepte autheur a aussi ineptement répondu que ce Decret ne se trouuoit point dans S. Gregoire, comme il a ineptement répondu que l'excommunicatió de l'Empereur Theodose, faitte par S. Ambroise, ne se trouuoit point en l'histoire Ecclesiastique.

[b] Greg. 7. l. 8. ep. 21.

[c] Bed. de sex ætat. mund.

[d] Bed. ibid.

[e] Symm. in Apologet.

[f] Bed. de sex ætat. mund.

[g] Paul. Diac. de gestis Longob. lib. 6. cap. 54.

que quelques autheurs taisent, neátmoins Theophanes, Cedrenus & Zonare, historiens Grecs, le disent, & nul ne le nie. *Le treſſainct Gregoire, dit* Theophanes, a *retira Rome & l'Italie & tous les droicts tant de la Republique que de l'Egliſe, en Occident, de l'obeiſſance de Leon & de ſon Empire.* Et Zonare : b *Le Pape Gregoire voyant les perſecutions de l'Empereur Leon contre les Catholiques, retrancha de ſa communion l'Eueſque de Conſtantinople, & ceux qui embraſſoient la meſme impieté,* c *& les expoſa enſemble auec l'Empereur à vn anatheme ſynodique, & defendit les tributs qui iuſqu'alors auoient eſté portez de là à l'Empire, & s'allia auec les François, dont ils prindrent occaſion de ſe rendre maiſtres de Rome.* Et quand les François reſolurent de deſtituer Childeric & mettre Pepin en ſon lieu, encore que la raiſon pour laquelle ils vouloient oſter Childeric, fuſt ſon impertinence & ſa ſtupidité; neantmoins dautát qu'elle touchoit la Religion par accident, à cauſe que l'imbecillité de Childeric mettoit la France en danger de perdre la Religion Chreſtienne, d par l'inuaſion des Sarrazins qui auoient occupé toute l'Afrique & l'Eſpagne, & rauagé déja par pluſieurs fois la Fráce; & d'ailleurs qu'il s'agiſſoit de l'abſolution d'vn ſerment en matiere de cóſcience; ils ne voulurent iamais faire l'hommage à Pepin, que le Pape ne les euſt abſous au tribunal ſpirituel, du ſerment precedent qu'ils auoient preſté à Childeric. e *Pepin, dit Paul Æmile apres infinis autres, enuoya Burchard Eueſque de Vuiſbourg vers le Pape Zacharie, afin qu'il diſſoluſt la Religion du ſerment par lequel les François s'eſtoient lieᴢ à Childeric.* Et derechef : *Le Pape abſolut les François du ſerment qu'ils auoient preſté à Childeric; & eux aſſemblans les Eſtats, firent hommage à Pepin, en qualité de Roy.* Et le Sieur du Tillet en ſes memoires : f *Pour oſter, dit-il, le blaſme du parjure & infidelité, fuſt aduiſé d'enuoyer au Pape Zacharie Vegard Eueſque de Vuiſbourg, & Fulrâd Chappellain dudit Pepin, pour obtenir abſolution auſdits ſubjects, du ſerment faict audit Roy Childeric, & approbation de l'élection en Roy faitte dudit Pepin. Ce qui fut accordé par ledit Pape.* Et quand apres l'hereſie de l'Empereur Conſtantin Copronyme & de Leon ſon fils, & la perſecution que Conſtantin fils de Leon fit aux Catholiques pour ſon faux mariage, Charlemaigne ſe fut rendu aimé & puiſſant en Occident, & qu'on euſt recogneu par l'inconſtance des Empereurs Grecs, qu'il n'y auoit plus de certitude pour la Religion en Orient, le Pape Leon troiſiéme acheua d'abſoudre par effect tous leurs ſubiects Occidentaux de leur fidelité, declarant Charlemaigne Empereur d'Occident en leur lieu. *Les François, dit Zonare,* g *ſe rendirent maiſtres de Rome, le Pape Leon ayant couronné Charles, & l'ayant appellé Empereur des Romains.* Et Theophanes : h *Le Pape rendant la pareille à Charles, le couronna Empereur.* Et Eginard Chancelier de Charlemaigne : i *Charles au commencement abhorra tellement le tiltre d'Auguſte, qu'il afferma que s'il euſt ſceu l'intention du Pape, il ne fuſt point allé ce iour-là à l'Egliſe, combien que ce fuſt vne feſte ſolemnelle.* Et le Sieur du Tillet k en ſes memoires : *Charlemaigne fut Roy de toute la France, preſque de moitié par luy augmentée, puis par le Pape Leon couronné le*

a Theop. in hiſtor miſcel l. 21.

b Zonar. tom. 3. Annal. in Leoné Iſaur.

c ἐκείνους μὲν σὺν τῷ βασιλεῖ συνοδικῷ καθυπέβαλεν ἀναθέματι, τοὺς δὲ μέχρι τότε τῇ βασιλείᾳ κομιζομένους ἐκεῖθεν φόρους ἐπέσχε, τοῖς φεύγκοις ἀπιστάμενος.

d Orat. Legator Pepin. apud Paul. Æmil. in Child. 3.

e Paul. Æmil. de reb. geſt. Franc. Child. 3.

f Du Tillet en la vie de Child. 3

g Zonar. tom. 3 annal. in Iren. & Conſt.

h In hiſtor. Miſcel. li. 22.

i Eginarth. in vit. Caroli Magni.

k Du Tillet en la vie de Charlemaigne.

premier Empereur d'Occident. Et quand le Roy Charles le Simple voulut
mesler les armes des infidelles auec les siennes, & introduire les Normans,
qui estoient Payens & Idolatres, dans les terres Chrestiennes des François, pour faire la guerre à ses ennemis, Fouques Archeuesque de Reims
le menaça de se départir de la fidelité qu'il luy deuoit. *Qui est celuy, dit-il,*[a]
qui vous estant fidelle comme il faut, n'ayt en horreur que vous desiriez l'ami-
tié des ennemis de Dieu, & vueilliez receuoir au detriment & à la ruine du nom
de Christ, des armes Payennes & des alliances detestables? Et vn peu apres:
Il eust mieux valu que vous ne fussiez iamais né, que de vouloir regner par la
protection du Diable, & ayder ceux que vous deuriez impugner de tout poinct.
Car sçachez que si vous le faictes, & acquiescez à tels conseils, vous ne m'aurez
iamais pour fidelle, mais que ie reuoqueray de vostre fidelité, tous ceux que ie
pourray: & moy auec mes Coëuesques, vous excommuniant vous & tous vos
adherants, vous condamneray à vn perpetuel anatheme, au lieu de la fidelité que
ie vous garde. Et quand le Roy Philippes I. au commencement de la
derniere race, laissa sa femme Berthe fille du Conte de Hollande, & prit
en son lieu Bertrade femme de Fouques Conte d'Anjou encore viuant,
matiere où il s'agissoit d'vn Sacrement violé, & non d'vn Sacrement
violé par vn simple adultere, qui eust esté vn crime de mœurs, mais par
la superinduction d'vn autre sacrement, & par vne profession publique
de faire chose licite, en tenant à la veuë de tout son Royaume, la femme d'vn homme encore viuant, au lict Royal, & en tiltre de Reine &
d'espouse, au lieu de la sienne aussi encor viuante, sans que les mariages precedents eussent esté declarez nuls par l'Eglise, qui estoit vn crime
meslé d'heresie; Le Pape Vrbain,[b] bien qu'il eust vn Antipape en teste,
reprit le Roy; & recognoissant apres plusieurs remonstrances son obstination, l'excommunia en vn Concile de pres de trois cents Euesques
assemblez à Clermont en Auuergne, & mit son Royaume en interdit: Et
le Pape Paschal apres luy tout de mesme. *Au Concile de Clermont,* dit
Malmesburiensis,[c] *le Pape excommunia Philippe Roy de France, & tous*
ceux qui l'appelleroient Roy, & luy obeïroient ou parleroient à luy, sinon pour
le corriger. Et Yues [d] de Chartres écriuant au mesme Vrbain: *Ils vous me-*
naceront que le Roy & son Royaume se départiront de vostre obedience; (c'est à
dire passeront à celle de l'Antipape) si vous ne restituez la couronne au Roy,
& ne l'absoluez de l'anatheme. Et le sieur du Tillet:[e] *L'an 1100. Iean & Bene-*
dict Cardinaux & Legats du Pape Paschal second, enuoyez en France, assem-
blerent les Prelats à Autun, à Valence & à Poictiers, & apres auoir admonesté
le Roy de reprendre ladite Reine Berthe, & laisser Bertrade, les excommunierent,
& interdirent le Royaume, dont ledit Roy se courrouca, mais en fin il obeyt. Et
quand l'Empereur Henry IV. contéporain du mesme Philippe premier,
se pleignit vn peu auparauant au Pape Gregoire septiéme, de ce qu'il a-
uoit absous ses subjets du serment de fidelité; il luy reprocha qu'il ne l'a-
uoit peu faire, pource qu'il n'erroit point en la foy, & que la tradition
des Peres (notez la tradition des Peres, pour monstrer que ce n'estoit pas

E E e iij

a Flodoard hist.
Eccl. Remens.
lib. 4. c. 5.

b Berthold. ad
ann. 1095.

c Guillel. Mal-
mesburiens. l.
4. c. 2. in Guil. 2.

d Yu. Carnot.
ad Vrban. ep.
46.

e Du Tillet en
la vie de Phili-
pe I.

a Epist. Henric. 4. ad Greg. 7. à Protestantibus edita vnà cum alijs. Refertur à Centur. cent. 11. c. 8. de schismat.

b Du Tillet en la vie de Philippe Auguste.

c Vignier liure 3. de l'hist. de France en l'an 1200. & en la Biblioth. hist. p. 3.
d Act. int. Bonif. 8. & Philip. Pulch. fo. 91. p. 1

e du Haillan liu. 10. de l'hist. de France, en la vie de Philippe Aug. Rigord. li. de vita Philip. Augu. ad anno. M. CC. XII.

f du Haillan là mesme. Rigord. ibid.

lors vne creance nouuelle) portoit qu'il ne pouuoit estre deposé s'il ne ierroit en la foy. [a] *La tradition des Peres*, dit l'Empereur, *a enseigné que ie deuois estre iugé par Dieu seul, & ne pouuois estre deposé pour aucun crime, sinon que ie me deuoyasse de la foy, ce que ja à Dieu ne plaise.* Et quand Philippe Auguste petit fils de Philippe premier, fut tombé en pareil mespris de sa femme Engeberge sœur du Roy de Dannemark, que son ayeul de sa femme Berthe ; & s'estant fait démarier par le Cardinal Guillaume son oncle, qui estoit Archeuesque de Reims & Legat en France, eut espousé au preiudice du premier mariage, la fille du Duc de Morauie ; le Pape en prit cognoissance comme d'vn Sacrement violé sous pretexte de religion ; & voyant la resistance du Roy, l'excommunia, & mit son Royaume en interdit. *La sentence du Cardinal Guillaume*, dit le sieur du Tillet, [b] *fut reuoquée par le Pape Innocent troisiéme, comme donnée sans ordre de iustice. Et pource que le Roy incontinent apres sa sentence se tenant deslié, auoit espousé Agnes fille du Duc de Morauie, les Roy & Royaumes furent interdits.* A quoy la Chronique de Foix rapportée par Vignier, [c] *adiouste que durant ceste interdiction, l'on mettoit en France aux contracts publics, non, regnant Philippe, mais, regnant Iesus Christ.* Et quand le Roy Iean d'Angleterre, qui n'estoit encore lors obligé d'aucune recognoissance temporelle au Pape[d], eut chassé les Euesques de son Royaume, & pris leurs biens ; le mesme Roy Philippe Auguste tint ses Estats à Soissons, où il proposa de faire la guerre au Roy d'Angleterre, pource qu'il persecutoit l'Eglise, & que le Pape auoit absous ses subiects du serment de fidelité. *Le Roy*, dit du Haillan, bien qu'historien fort passionné contre les Papes, *à la priere du Pape assembla à Soissons vne assemblée de Prelats & Seigneurs de son Royaume, pour aduiser aux moyens qu'il y auroit de passer en Angleterre contre le Roy Iean, pour luy faire la guerre, comme à vn persecuteur des Eglises, lequel le Pape auoit excommunié, quittant & releuant ses subiects du serment de fidelité qu'ils luy deuoient.* Et vn peu apres: *La pluspart des Seigneurs furent d'aduis qu'il auoit vne iuste cause de ce faire, tant pour y estre esmeu par l'authorité du Pape, que pour remettre les Euesques & autres Prelats en leurs Eglises, desquelles ils auoient esté chassez par la tyrannie de Iean, qui auoit esté excommunié par le Pape.* Et derechef: *Tous les Seigneurs d'vn consentement, promirent à Auguste de le seruir de leurs personnes en ceste entreprise, horsmis Ferrand Conte de Flandres.* Et quand l'Empereur Othon neueu dudit Roy Iean d'Angleterre, se voulut ioindre auec luy pour faire la guerre à la France ; le mesme Roy Philippe Auguste enuoya vers le Pape, afin de le solliciter de declarer Othon décheu des droicts de l'Empire : & pour l'execution de ceste censure, employa si viuement son courage & ses armes, qu'il gaigna, sous les auspices de la cause du Pape, la plus grande bataille que iamais Roy de France ayt gaignée contre Empereur, asçauoir la bataille du Pont de Bouuines, où l'Empereur auoit plus de cent cinquante mille combattans. *Le Roy*, dit du Haillan[f], *aduerty des menaces de l'Empereur Othon, pour luy chausser les esperons de bien pres, fit tant enuers le Pape, qu'il declara ledit Othon ennemy du siege Romain,*

& priué des insignes Imperiaux. Et les Electeurs de l'Empire , à la suscitation
d'Auguste qui enuoya vers eux ses Ambassadeurs pour faire ses menées, éleurent
Empereur Federic Roy de Sicile. Et vn peu apres rapportant la harangue du
Roy Philippe Auguste à son armée : *Mes amis,*dit le Roy [a], *ayons bon courage , n'ayons point de peur, ayons l'honneur deuant les yeux & la crainte de Dieu
premierement, auquel nous nous deuons recommander : Nous auons à combattre
contre vn ennemy condamné, & excommunié par l'Eglise, & pour ses meschancetez separé de la trouppe des fidelles.* Et quand Raimond Conte de Tholouze,
& de la plus grande partie de la Gaule Narbonnoise, fut tombé en l'heresie des Albigeois, & se mit à persecuter les Catholiques, vn Concile d'E-
uesques François , assemblez premierement à Montpellier, [b] & puis apres
le Concile de Latran, le priua pour heresie, luy & son fils Raimond , du
Conté de Thoulouze, & l'adiugea à Simon Conte de Montfort, qui auoit
pris les armes contre luy : & de là est venuë l'vnion du Conté de Thoulouze & des Prouinces circonuoisines, à la Couronne de France. *Par arrest de tout le Concile de Latran,* dit du Haillain [c], lequel i'allegue souuent
pourcé qu'il est entre les mains de tout le monde, *Raimond Conte de Thoulouze, & son fils aussi nommé Raimond , furent excommuniez, &c. & le Conté
de Thoulouze adiugé à Simon Conte de Montfort.* Et derechef : *Simon monstra aux Estats du pays de Thoulouze , le decret du Concile , par lequel il auoit
esté pourueu Conte dudit Conté : Aucun n'y voulut contredire, ains tous d'vn
accord luy presterent le serment de fidelité.* Et le Sieur du Tillet en ses memoire [d] : *Le Conté de Thoulouze demeura au Roy à bon droict, l'ayant ledit Raimõd
& son Pere confisqué (c'est à dire, perdu par confiscation) pour heresie ; &
Simon Conte de Montfort l'ayant conquis, & son fils Amaulry l'ayant transporté au Roy, qui fit grace audit Raimond , par le traitté de paix, de le luy rendre à
condition de retour audit Roy, si ladite fille vnique n'auoit enfans d'Alphons de
France Conte de Poictou.* Et quand le mesme Concile vniuersel de Latran,
que l'on appelle à bon droict, *Concile vniuersalissime,* dautant qu'outre le
Pape, & les quatre Patriarches d'Orient qui y furent presents, les vns en
personne, comme le Pape [e], & le Patriarche de Constantinople& celuy de
Hierusalem ; & les autres par leurs Legats, comme celuy d'Alexandrie &
d'Antioche ; il s'y trouua septante Archeuesques, quatre cents douze E-
uesques, & plus de huict cẽs autres Prelats : Et auec cela, que tous les Roys
& Monarques de la Chrestienté y assisterent , ou par eux , ou par leurs
Ambassadeurs, comme l'Empereur d'Orient, l'Empereur d'Occident, le
Roy de Hierusalem, le Roy de France , le Roy d'Angleterre , le Roy
d'Arragon , le Roy de Castille, & autres ; Voulut pouruoir à l'extinction
des reliques des Albigeois, il ordonna que les Princes qui s'en rendroient
contempteurs , fussent priuez du deuoir de fidelité de leurs subjects.
Ce que ie ne rapporte point pour exemple de troubler la paix & tranquillité publicque, lors que les heretiques sont en tel nombre qu'ils font
partie notable du corps de l'Estat ; mais afin de monstrer que nous ne
pouuons pas tenir pour heretique , ce qui a esté prononcé il y a quatre

EE e iiij

[a] du Haillan ibid. Rigord. ibid.

[b] Histoire Albigeoise rappor-tée par Vignier en son hist. de France liu. 3. en l'an 1214.

[c] du Haillan en la vie de Philip-pe Auguste. Ri-gord. ibid.

[d] En la vie de Louys VIII.

[e] Matthæus Paris in Io. ad ann. 1215.

Magdeburg. cent. 13. et 9. de synod.

cents ans, par la bouche de l'Eglise vniuerselle. Car quant à ceux qui alleguent pour éluder ce decret, que Platine[a], & apres luy le supplément des Chroniques[b], disent que le Concile proposa plusieurs choses, mais ne resolut rien, ils sont plus dignes de pitié que de réponse, de ne voir pas que ces autheurs-la parlent des preparatifs de l'armée pour la guerre de la terre saincte, & non des choses de la doctrine ou discipline Ecclesiastique. Autrement il faudroit impugner de faux l'article de la Transsubstantiation; l'article de la procession du sainct Esprit, du Pere & du Fils; le precepte de la confession annuelle, à tous les fidelles; la condamnation des erreurs de l'Abbé Ioachim, auec les écrits de tous les Docteurs Scholastiques, qui les ont alleguez, & la practique de toutes les iurisdictions de France qui les ont suiuis en la recherche des heretiques. Il faudroit impugner de faux les Decretales[c] de Gregoire neufiéme compilées douze ans apres le Concile de Latran, où ce decret est repeté tout entier, sous tiltre du Concile de Latran; les écrits de Matthieu Paris, [d] autheur du mesme siecle & grand ennemy des Papes, qui dit que le Côcile de Latran fit lx. (il faut lire lxx.) Decrets; la Bulle[e] du Pape Clement V. en faueur du Roy Philippes le Bel, qui renuoye les lecteurs aux decrets du Concile de Latran; les Centuriateurs[f] mesmes qui ont inseré tous les lxx. articles du Concile de Latran en leurs Centuries. Et finalement il faudroit impugner de faux l'vnion du Conté de Thoulouze à la couronne, qui fut fondée sur le Decret de ce Concile; & la remonstrance de la Cour de Parlement au Roy Louys XI. touchant l'extinction de la Pragmatique Sanction, où la Cour prie le Roy de regler les Elections selon les Canós du Concile de Latran, en ces termes: *Au Concile de Latran, dit la Cour,* [g] *qui fut assemblé à Rome par le Pape Innocent troisiéme, l'an mil deux cents quinze, où assisterent mil trois cents trente & trois Prelats, fut prescritte vne certaine forme d'élection; & y fust adiousté qu'en cas de negligence des Electeurs, le droict & le pouuoir de pouruoir à l'Eglise, fust deuolu au Prelat superieur: au chapitre, Quia propter* [h] *: Et au chapitre, Ne pro defectu* [i]. Mais c'est trop de cette digression: retournons à nostre histoire. Quand donc le Concile vniuersel de Latran, qui representoit toute la republique Chrestienne, tant spirituelle que temporelle, voulut pouruoir à l'extinction des reliques, de l'heresie des Albigeois, il dressa & publia ce Canon: [k] *Si quelque Prince neglige d'extirper en ses terres l'heresie des Albigeois, qui soit lié du nœu d'excommunication par l'Archeuesque de la Prouince; & s'il demeure en obstination, que dans l'année la chose soit signifiée au Pape, afin qu'il absoluë ses subjets du serment de fidelité.* Et quand le Pape Innocent quatriéme absolut au Concile de Lyon les suiets de l'Empereur Federic, de la fidelité qu'ils luy deuoient, (Ie ne dispute point à ceste heure si iustement ou iniustement; car mon but n'est que de monstrer comme les Roys de Fráce se sont portez en telles occasions) Le Roy sainct Louys prit la protection de la cause du Pape contre l'Empereur. *Le Roy*, dit Paule Æmile, [l] *estant venu à Lyon, pour se rendre aupres d'Innocent par zele d'office & de religion, & ayant*

a Plat in vit. Innoc. III.

b Supplement. Chr. lib. 13. ad ann. 1215.

c Decret. Greg. li. 5. ti. 7. de hæret. ca. 13. Excommunicamus.

d Matth. Paris in Io. ad an. 1215

e Acta inter Bonif. VIII. & Philipp. Pulch.

f Centur. 13. c. 9. de Synod.

g Refert à Bochel. li. 4 decr. Eccl. Gal.

b Concil. Late. c. 24.

i Ibid. c. 23.

k Concil. Lat. c. 3.

l Paul Æmil. in vita. S. Lud.

protesté que luy *& les forces & le conseil de son Royaume estoient prests pour de-*
fendre la puissance de sa Saincteté, adjousta force & dignité à la cause d'Innocent.
Et ceux mesmes qui pour rendre le Pape & le Roy sainct Louys odieux, escriuent que le Pape auoit offert de faire eslire Robert Conte d'Artois frere du Roy, au lieu de Federic ; mais que les Barons de France le refuserent ; adjoustent que les mesmes Barons protesterent que l'Empereur ne
pouuoit estre deposé s'il n'erroit en la foy. Voicy les paroles des Barons,
soient vrayes soient feintes, rapportées apres plusieurs inuectiues contre
le Pape, par Matthieu Paris Anglois [a], partisan de l'Empereur, & grand
ennemy du Pape ; & trãscritte par Vignier, [b] qui ne luy en doit guieres :
Mais afin que nous ne semblions pas mespriser le mandement du Pape, combien
qu'il soit éuidẽt qu'il soit sorty de l'Eglise Romaine plustost pour haine de l'Empereur
que pour amour de nostre nation, nous enuoyerons des gens prudents de nostre part
vers l'Empereur, qui s'informeront diligemment quel sentiment il a de la foy Ca-
tholique, & nous en feront rapport : & s'ils n'y trouuent rien que de sain, pour-
quoy l'inquieter ? Que si autrement, & luy [c] & le Pape mesme, s'il sent mal de
Dieu ou quelque autre homme que se soit, nous le poursuiurons iusques à l'entiere
extermination. Et quand Pierre Roy d'Arragõ, outre plusieurs intelligẽces
qu'il auoit auec les infidelles, eut fait violer la saincteté du iout de Pasques pas l'horrible massacre des vespres Siciliennes : *Le Pape Martin IV.*
dit Paule Æmile [d], & apres luy du Haillan, [e] *acquitta & absolut les Arra-*
gonois du serment de fidelité qu'ils auoient faict audit Pierre : Et Philippe le
Hardy fils du mesme S. Louys, & pere de Philippe le Bel, prit les armes
pour l'execution de la censure du Pape, & mourut en l'executant. Mais
i'insiste moins sur cét exemple, pource qu'encore qu'il y eust quelque crime de religion meslé parmy les motifs de la censure, neantmoins il y a-
uoit plusieurs causes temporelles. Seulement l'alleguay ie pour monstrer
combien les Roys de France estoient éloignez de tenir que ce fust chose
contraire à la parole de Dieu, & impie & detestable, que d'estimer qu'en
certains cas les subiets puissent estre absous de la fidelité iurée à leurs
Princes, puis qu'ils s'en rendoient eux-mesmes les executeurs, & contoient ces actions entre les chefs-d'œuures de leur pieté. Car les defenseurs [f] de Philippe le Bel, mirent cét exemple entre les œuures meritoires
des Roys de France. *Philippe son pere, dirent-ils, passa à Dieu, poursuiuant en*
Arragon, la cause de l'Eglise. Et quand le Pape Vrbain V. eut excommunié Pierre le cruel, Roy de Castille, pource, dit Froissart, [g] autheur du
mesme temps, qu'il estoit [h] heretique, persecuteur de l'Eglise & coniuré auec les Maures (aucuns adioustent [i] abnegateur du Christianisme) &
eut absous ses subiets du serment de fidelité ; Le Roy Charles V. assista la
censure du Pape de ses armes, & enuoya son Connestable pour chasser
Pierre de Castille, & mettre Henry bastard de Castille en son lieu. *De*
ceste ordonnance, dit Froissart [k], fut moult éjouy le Roy de France, & mit pei-
ne & conseil à ce que Messire Bertrand du Guesclin fut mis à finance. Et du Haillan : [l] *Charles V. Roy de France se fondant sur l'interdiction jettée par le Pape sur*

[a] Matth. Paris in Henric. 3. ad ann. 1239.

[b] Vignier en la 3. p. de Biblioth. hist. l'an 1239.

[c] Ceste addition *& le Pape mesme* sent le style de l'Anglois & nõ celuy des Ba-rõs de S. Louys

[d] Paul. Æmil. in Philip. 3.

[e] du Haillan li. 12. de l'hist. de France.

[f] Act. int. Bo-nif & Philipp. pulch. fo. 80. p. 2

[g] Froissart vol. 1. ch. 230.

[h] *Bulgare*, en Froissart, signi-fie, *Albigeois, ou heretique.*

[i] De Serres.

[k] Froiss. en l'hi. de Franc. 1. vol. ch. ccxxx.

[l] du Haillan en la vie de

le Royaume de Castille, & sur le droict par luy donné au bastard, enuoya des forces Françoises à son secours, sous la charge de Bertrand de Guesclin, nouuellement reuenu de sa prison. Et quand le Concile de Constance, que tous les Parlements de France embrassent comme le Palladium des libertez de l'Eglise Gallicane, fut assemblé pour oster le schisme qui estoit entre les trois Papes contestants le Pontificat ; & que l'Empereur Sigismond prit la charge d'aller en ambassade de la part du Concile, vers le Pape Benoist XIII. en Espagne, voyage entrepris pour la reünion du schisme de l'Eglise vniuerselle, & auquel nul ne pouuoit apporter empeschement sans se declarer ennemy de la religion Chrestienne ; le passeport que le Concile luy expedia pour pouuoir passer seurement par les terres des autres Princes & Seigneurs, fut couché en ces mots : [a] *Si quelque Roy, Cardinal, Patriarche, Archeuesque, Euesque, Duc, Marquis, Comte, luy donne empeschement, qu'il soit priué de sa dignité, soit seculiere, soit Ecclesiastique.* Et cela Gerson, Chancelier de l'Vniuersité de Paris & ambassadeur du Roy, & tous les Euesques deputez de l'Eglise Gallicane, presens & consentans. Et quand le Concile de Basle, composé pour la plus grãd part d'Euesques François, & que les Parlements tiennent pour l'autre bouleuert de l'Eglise Gallicane, voulut proposer vn perpetuel exemple de reglement à la posterité ; il fit publier de nouueau les mesmes actes du Concile de Constance, & auec les mesmes termes. Et non seulement les Conciles en general, mais encore tous les Docteurs en particulier, qui ont vescu depuis que la Theologie, que nous appellós Scholastique, a esté instituée, & notamment ceux qui ont esté François, ou ont écrit & enseigné en France ; ont tous tenu & affermé ceste doctrine. Ie ne parleray point de ceux qui ont plus exalté & estendu la puissance du Pape, comme Alexandre d'Alés [b] Docteur Anglois, mais qui lisoit & enseignoit dans Paris ; Hugues de S. Victor [c] Allemand, mais Docteur & Abbé de Paris ; Durand Euesque de Mande [d] intitulé le Speculateur ; Durand [e] Euesque de Meaux ; Petrus Paludanus [f] Patriarche honoraire de Hierusalem, Herué [g] & autres. Ie parleray sans plus de ceux qui ont specifié les cas de l'heresie ou de l'apostasie, & nommément de S. Thomas, qui pour auoir pris la qualité de Docteur en France, & pour auoir estudié, leu & écrit tant de temps en France, doit estre conté entre les Docteurs François ; & qui pour auoir esté Prince, & auoir eu l'honneur d'estre parent de S. Louys, & d'estre caressé de luy, & manger souuent à sa table, doit estre moins suspect aux Princes. Cestuy-la donc en sa Somme, qui est le resultat de tous ses autres écrits, & comme son testament & sa derniere volonté, & qui a tousiours esté leü publiquement, & s'il se peut dire, adorée en l'eschole de Paris, dit nómement : [h] *Le droict de domination ou prefecture des infidelles sur les fidelles, peut estre osté iustement par la sentence ou ordonnance de l'Eglise ayant l'authorité de Dieu. Car les infidelles par le merite de leur infidelité, meritent de perdre la puissance sur les fidelles qui sont transferez en enfans de Dieu : Mais*

[a] Conc. Const. sess. 17.

[b] Alexand. Al. p. 4. qu 10.
[c] Hug. de S. Victor. li 2 de sac. p. 2. c. 41.
[d] Durand Mimat. in spec. l. 1. tit. de leg.
[e] Durãd. Meld. lib. de orig. jurisd. q 3.
[f] Petr. Palud. tract. de caus. immed. pot. ar. 4.
[g] Herué tr. de potest. Pap.

[h] D. Th. 2. 2. q. 10. art. 10, in corp. 10.

cela quelquefois l'Eglise le fait, & quelquefois elle ne le fait pas. Et derechef, [a] *Aussi tost que quelqu'vn est denoncé excommunié par sentence, pour apostasie de la Foy, ses subjects sont absous de sa domination, & du serment de fidelité dont ils luy estoient obligez.* Voila ce que dit ce sainct & admirable Docteur, ou plustost cét Aigle des Docteurs, que l'échole de Theologie appelle, le Docteur Angelique; & cela en sa Somme, qui a tousiours esté leuë publiquement à Paris, & tenuë pour le miracle & l'oracle de la Theologie scholastique, & qui n'a jamais esté notée ny taxée en cét article par aucun, ny François ny autre. Et non seulement luy, mais ceux-mesmes d'entre les Docteurs de la faculté de Paris, qui ont écrit de propos deliberé pour les Empereurs & pour les Roys contre les Papes, & ont entrepris de monstrer que les Papes ne pouuoient declarer les subjets absous en conscience du sermét fait à leurs Princes, & en ont tousiours excepté le cas d'heresie & d'infidelité: Et principalement lors que les Princes passoient jusques à vouloir destruire la religion Chrestienne ou Catholique, & forcer leurs subjets en leurs consciences, & les persecuter en qualité de Chrestiens ou de Catholiques. Car Okam qui estoit partisan de l'Empereur contre le Pape, & que les Docteurs François qui ont debattu l'authorité temporelle des Papes, ont pris pour patron, ayant fait des liures exprès de la puissance Ecclesiastique & Laïque, où il dispute de propos deliberé, que le Pape n'a nulle puissance d'absoudre les subjects des Roys du serment de fidelité qu'ils leur doiuent, en excepte en termes generaux les cas d'heresie ou d'infidelité. *Le Pape, dit il,* [b] *ne peut regulierement deposer l'Empereur, non plus que les autres Roys; quelque digne qu'il soit d'estre deposé, & pour aucun crime ou deffaut quelque grand qu'il soit, s'il n'est du nombre des crimes spirituels.* Et Iean de Paris, auquel les plus synceres seruiteurs des Roys renuoyent les lecteurs pour apprendre quelles doiuent estre les barrieres de l'authorité spirituelle & temporelle, y apporte la mesme exception: *Si vn prince, dit-il,* [c] *estoit heretique & incorrigible, & contempteur de la censure Ecclesiastique, le Pape pourroit faire quelque chose à l'endroit du peuple, dont s'ensuiuroit qu'il seroit priué de la dignité seculiere, & deposé par le peuple. Et cela le Pape le pourroit faire au seul crime Ecclesiastique, dont la cognoissance luy appartient, asçauoir d'excommunier tous ceux qui obeïroient à vn tel Prince, comme à leur Seigneur.* Et Iaques Almain Docteur de la Faculté de Paris, qui lors que le Roy Louys douziéme fut en different auec le Pape Iules, entreprit la defense de la puissance du Roy contre celle du Pape, & à ceste cause fit republier les écrits qu'Oká auoit composez contre le Pape, touchant les bornes des deux puissáces, & les illustra d'explications & de notes, refere les paroles du mesme Okam en ces termes: *Le Docteur Oká, dit-il,* [d] *écrit que Iesus-Christ n'a point donné puissante au Pape de priuer les Laiques de leurs domaines & de leurs possessions, excepté en cas qu'vn Prince seculier abusast de ce qui est à luy, pour la ruine du Christianisme ou de la foy, de sorte que cét abus-la passast jusques à apporter vn tres grand dommage pour la consecution de la feli-*

[a] Id.q.12.art.2 in corp. art.

[b] Okam.lib.8. q.q.2.c.8.ad.3. alleg.

[c] Io.Par.lib.de potest. Reg. & Pap.c.14.

[d] Almain li.de potest. Eccl. & laïc.c.9.

cité eternelle. Car en ce cas-là il ne nie pas que le Pape ne les puisse deposer, combien que les autres Docteurs le nient, jaçoit qu'ils confessent que le Pape a seulement puissance de declarer que ce Prince-la doit estre deposé. Voila les paroles d'Almain en la premiere partie de son liure. Et voicy celles du mesme Almain en la seconde. *Le Docteur*, dit Almain, par-

a Almain li. de potest eccl. & laïc. c.8.

lant d'Okam *a*, *répond que si l'Empereur est digne de deposition pour vn crime du premier genre, asçauoir pour vn crime spirituel, il peut estre deposé par le Pape, dautant que le Pape a pleine puissance de punir les pechez spirituels. Mais s'il est digne de deposition pour vn crime ciuil & politique, alors ce n'est point au Pape à le deposer.* Et n'est à dire que la condition de l'Empereur & des autres Roys, ne sont pas pareilles. Car Okam les traitte comme pareilles, & maintient que l'Empereur ne releue en aucune sorte du Pape pour la temporalité. Et vn peu apres passant à l'opinion de Iean Docteur de Paris.

b Almain ibid.

Iean de Paris, dit Almain *b*, *tient que pour aucun crime ny spirituel, ny politique, il n'appartient au Pape de deposer l'Empereur, sinon par accident, &c. asçauoir entant qu'il le peut excommunier pour tel crime, & tous ceux qui participent auec luy, & consequemment par ceste excommunication les contraindre à le deposer; Et ainsi le depose-t'il seulement par accident, & non directement.* Et neantmoins ce sont là les principaux arc-boutás dont les Roys & l'Eglise Gallicane se sont seruis lors qu'ils ont voulu resister au progrés de la puissance Ecclesiastique sur la temporelle. Ce sont les liures que les Roys ont fait escrire pour la manutention de leur authorité. Ce sont les liures que la faculté de Theologie fait sortir lors que les Roys ont esté en quelque diuorce auec les Papes. Ce sont les escrits qui furent remis au iour & illustrez d'explications, alors que le Roy Louys douziéme entra en different auec le Pape Iules, au temps du Concile de Tours & de Pise. Ce sont les liures que l'on a fait publier pour le mesme sujet sous le feu Roy de glorieuse memoire, & cela, depuis huict ans, asçauoir l'an six cents six, & ausquels Messieurs les gens du Roy du Parlement de Paris, renuoyent les Lecteurs pour apprendre quelles sont les barrieres de la iurisdiction spirituelle & teporelle. *Ceste Eschole mesme de Sorbonne*, dit feu Mösieur le Pro-

c Apud Bochel. in decr. eccl. Gall. l. 5. c.8.

cureur general de la Guesle *c*, parlant à la Sorbonne de la part de la Cour, *en a de belles remarques dans les escrits de Gerson, & dans le liure, de potestate Regia, & Papali, composé par Ioannes de Parisiis, Docteur en ceste faculté,*

d Supr. p. 42.

& en mille autres endroits. Et neatmoins que dit Ioannes de Parisiis *d* Que le Pape en cas d'heresie, peut deposer seulement par accident, entant qu'il peut excommunier ceux qui adherent à vn Prince heretique, & consequemment les contraindre par l'imposition d'vne peine spirituelle, à le deposer, mais qu'il ne peut pas deposer directement. Et Gerson que dit-il? Que la puissance Ecclesiastique ne peut entreprendre sur la seculiere, sinon en cas d'heresie, ou d'impugnation de la foy. *La puissance Ec-*

e Gerson de potest eccl. consid. 12. tom. I.

clesiastique, dit Gerson *e*, *ne doit rien presumer ou vsurper sur les droicts, dignitez, loix & iugements de la puissance seculiere, sinon quand l'abus de la puissance seculiere redonde en vne manifeste impugnation de la foy & blaspheme du*

Crea-

Createur, & en vne manifeste injure de la puissance Ecclesiastique. Car alors il se faut resouuenir de la derniere clause de ceste consideration, ascauoir qu'en ces cas-la, la puissance Ecclesiastique a vne certaine domination regitiue, directiue, regulatiue & ordinatiue. Et non seulement les Theologiens, mais mesme les Iurisconsultes. Car pour ne parler point de ceux qui ont plus estendu la puissance du Pape; comme Iean de Selue [a] President du Parlemét de Paris, Ioannes Faber [b] Aduocat au mesme Parlement, Stephanus Aufrerius [c] President au Parlement de Thoulouse; mais me restreindre à ceux qui ont écrit expres pour la borner; quand Messire Raoul de Presles Conseiller & Maistre des Requestes du Roy Charles cinquiéme, tourna par le commandement du mesme Roy, l'œuure intitulé, *De la puissance Pontificale & Imperiale, ou Royale,* il proposa la quinziéme objection pour l'authorité téporelle du Pape, en ces termes: *Item le Pape peut absoudre les vassaux du serment de fidelité lequel est deu au Seigneur temporel; laquelle chose il ne feroit point s'il n'auoit puissance és choses temporelles:* Et coucha la réponse pour les Princes, en ceux-cy; [d] *Ie répons à cét argument, & dis qu'au cas auquel le Pape peut auoir action contre le Prince, il peut aussi absoudre les vassaux du serment de fidelité, ou qui plus est, le peut declarer estre absous: comme en cas d'heresie, de diuision de la foy, ou de contumace contre l'Eglise de Rome.* Et quand le Chancelier du mesme Roy Charles cinquiéme, composa en faueur de son maistre le Dialogue de la puissance Royale & Sacerdotale, [e] il fit répondre par celuy qui tenoit le party de la puissance Royale, *Que la puissance spirituelle ne commande point à la seculiere, excepté quand la seculiere se mesle des choses spirituelles au detriment du salut eternel:* Voicy ses paroles; [f] *Mais là où le Prince seculier se voudroit messer des matieres spirituelles, & faire quelque chose à l'endroit de ses subjects au detriment du salut eternel, alors la puissance spirituelle est necessaire, qui en ce cas commande & ordonne à la temporelle.* Et depuis, quand Pierre Gregoire Iurisconsulte Thoulousain a entrepris en son traitté de la Republique, la defense de l'authorité royale contre la Pontificale, il en a tousiours excepté les causes de la foy, & dit que le Pape n'auoit peu deposer Childeric de sa propre authorité, c'est à dire, sans l'instance des François. Car, adjouste-il, [g] *Childeric n'estoit point heretique, ny n'auoit point commis d'autre crime Ecclesiastique qui le sousmit pour deposition à la jurisdiction du siege spirituel.* Et derechef: [h] *L'exemple des Empereurs ne doit pas estre tiré en consequence pour les autres Royaumes, Principautez & puissances, qui ne dependent point du siege de Rome aux choses temporelles, & ne se soucient guieres de ses mandemens en telles matieres. I'en excepte tousiours, comme j'ay dit ailleurs, les causes de la foy, esquelles les Princes de quelconque puissance & liberté qu'ils soient, sont sousmis directement au Siege Romain, & peuuent estre punis pour les delicts qu'ils commettent en tels cas, à condition toutefois, que comme les delicts sont personnels, & ne passent point les personnes delinquantes, ainsi la peine qui leur est deuë ne viole point le droict des successeurs en la Royauté.*

FFf

[a] Ioan. de Sylu. tract. de Benef. p. 3 q 8.

[b] Io. Fab. in leg. 1. num 10 C. de sum. Tri. & fid. Cath.

[c] Aufrer. de potest. sec.

[d] Ie répós à cét argumét, & dy, que ou cas ou quel il puet auoir acció contre le Prince, il puet aussi absoudre les vassaux de seremét de fidelité: ou qui plus est, les puet declarer estre absoulz, si comme en cas d'heresie, de diuision de la foy, ou de côrumace côtre l'Eglise de Romme. *Raoul de Presles imprimé en Allemagne par les Protestans.*

[e] Le songe du Vergerattribué par quelques vns au Chancelier des Dormás, par les autres à Philippe de Mezieres Côseiller & intime confident du Roy Charles V.

[f] lib. 1. c. 78. in res. milit.

[g] Petrus Greg. Tholos. trac. de Repub. l. 26. c. 5.

[h] Cest autheur est cité par les Anglois, pour l'authorité tem porelle des Roys, & imprimé auec priuilege verifié au Parlement.

MAIS à cela on obiecte trois instances principales. La premiere est prise de la resistance de Philippe le Bel aux entreprises du Pape Boniface. La seconde est prise de l'opposition du Roy Louys douziéme, aux pretentions du Pape Iules. Et la troisiéme est prise de l'Arrest du Parlement de Paris contre Tanquerel. A la premiere donc de ces instances, Les defenseurs de l'exception répondent que le sujet de la controuerse n'estoit point matiere d'heresie ou d'apostasie de la religion Chrestienne. Au contraire le peuple de France rendit témoignage au Roy Philippe le Bel, qu'il estoit vn grand destructeur de Bulgares, [a] c'est à dire, d'heretiques. Et quant à ceux qui écriuirent pour le Roy, tant s'en falloit qu'ils tinsent que ce fust impieté de croire que pour crime de religion le Pape peust dénoüer le serment de fidelité, qu'ils alleguerent eux-mesmes entre les œuures meritoires des predecesseurs du Roy, que son pere estoit mort pour executer l'absolution que le Pape auoit donnée aux Arragonnois de la fidelité de leur Prince. *Philippe son pere, disent-ils,* [b] *est passé à Dieu poursuiuant en Arragon la cause de l'Eglise.* Mais le sujet de la querelle estoit que le Pape pretendoit que la souueraineté temporelle de la France luy appartenoit. A cela donc le Roy s'opposa luy & tout son Royaume, & appella, non du Pape, mais de la personne de Boniface, lequel il maintenoit n'estre point Pape au Concile, & au siege Apostolique, quand il seroit pourueu d'vn vray Pape. *Le Roy, du du Haillan* [c], *répondit, que dautant que Boniface n'estoit point legitime Pape, il appelloit de ce faict au siege Apostolique, lors vuide de Pape & de Pasteur.* Et le Roy Philippe le Bel luy-mesme, en la formule de son appellation : *Nous prouocquons, dit-il* [d], *& appellons audit Concile general, lequel nous demandons tres-instamment estre conuoqué ; & au vray & legitime futur souuerain Pontife, & autres, auquel, ou ausquels il conuiendra appeller.* Car le Roy & les siens soustenoient que Boniface n'estoit point vray Pape, mais auoit esté intruz au Papat par fraude & Simonie [e], Celestin son predecesseur, vray & legitime Pape encore viuant. Et adjoustoient qu'il estoit heretique [f], & par consequent non Pape, dautant, disoient-ils [g], qu'il auoit fait reueler vne confession : & outre cela, pretendoient-ils, qu'il ne croyoit point la presence du corps de Christ au sainct Sacrement. Et pour ce le Comte d'Artois fit brusler ses Bulles, non comme d'vn vray Pape, mais comme d'vn faux Pape, intruz, heretique & simoniaque. Et pour ce le Roy appella, non du Pape, mais de la personne de Boniface au Concile, & au siege Apostolique, quand il seroit remply d'vn vray Pape ; & enuoya pour signifier son appel deux Cheualiers ; l'vn Italien, nommé Schiarra ; & l'autre François, nommé Nogaret ; qui surprindrent par intelligence la ville d'Anagni, en laquelle estoit le Pape Boniface : d'où ayant esté deliuré, & mené à Rome, il mourut peu apres de douleur. Or au lieu de Boniface, fut esleu Benoist, auquel si tost qu'il fut crée, le Roy témoigna bien que ce qu'il auoit

[a] On appelloit anciennement les Albigeois, *Bulgares*, à cause que leur heresie estoit venuë de Bulgarie : & depuis par extension tous les heretiques.

[b] Act. int. Bonif. & Phil. Pul. q de pote. Pap. f. 80.

[c] du Haillan en l'hist. de France en la vie de Philippe le Bel.

[d] Act. int. Boni. & Phil. Pulch.

[e] Ibidem.

[f] Ibidem.

[g] Ibid. in appel. fact. per Reg. & regnicol. ar 18.

fait contre Boniface, n'estoit que contre la personne, & non contre le Siege. Car il luy écriuit auec ceste superscription [a] ; *Au tres-sainct Pere en nostre Seigneur, Benoist par la prouidence diuine souuerain Pontife de la Sacre-saincte Eglise Romaine & vniuerselle, Philippe par la grace de Dieu Roy de France, baise deuotement ses pieds bien-heureux.* Et auec ceste congratulation [b] ; *L'ordre des Predicateurs se glorifie de voir seoir au supréme thróne de Justice, vn tel Pere de l'Vniuers & de la foy; vn tel successeur de S. Pierre, & vn tel Vicaire de Christ.* Et auec ceste conclusion [c] ; *Nous recommandons confidemment le Royaume au regime duquel par la grace de Dieu nous presidons, & l'Eglise Gallicane, aux faueurs de vostre Saincteté.* Et à Benoist qui ne dura que huict mois, succeda Clement cinquiéme, sous lequel les affaires furent tellement acheuées de reconcilier, que les droicts temporels du Royaume demeurerent en leur entier, & que le mesme Clement venant à Lyon, le Roy pour honorer en luy la puissance spirituelle de Christ, le voulut receuoir à pied, luy & ses freres. *Nos Chroniques*, dit du Haillan [d], *disent que le Roy de France & ses deux freres estoient à pied pres du Pape tenans les renes de sa haquenée.* A la seconde instance qui est de la querelle de Louys douziéme, les defenseurs de l'exception répondent tout de mesme, que la source de ce different, vint, non de matiere de religion, mais de causes purement temporelles, asçauoir de la ligue que le Pape Iules, & le Roy Louys douziéme qui estoit lors Duc de Milan, auoient faite contre les Venitiens. Car le Pape voyant que le Roy s'accroissoit trop à son gré en Italie, se separa de son alliance, & se reconcilia auec les Venitiens. Le Roy irrité de ceste separation & des deportemens subsequents du Pape, fit tenir vn Concile à Pise, & depuis à Milan, par les Cardinaux & autres Prelats de son party, où le Pape fut declaré suspendu de l'administration de l'Eglise vniuerselle. Le Pape vlceré de ceste atteinte, en fit tenir vn autre à Rome, où pour rendre le change au Roy, il le declara luy & ses adherents, décheus de l'administration temporelle de leurs Estats. Mais les François tant Ecclesiastiques que Laïques, recognoissans que la premiere origine de ceste discorde estoit venuë de passion d'Estat, & non de Religion, se maintindrent tellement vnis auec le Roy, que rien ne les en peut separer. Car quát à la perte que Iean d'Albret fit du Royaume de Nauarre [e], le continuateur de Paul Æmile, bien que grand ennemy de la memoire du Pape Iules, ne côfesse pas que la censure du Pape en ayt esté la vraye cause. Au contraire il maintient que la cause pour laquelle Iean d'Albret perdit le Royaume de Nauarre, fut pource qu'il rompit l'alliance qu'il auoit auec Ferdinand Roy d'Arragon, laquelle Ferdinand disoit auoir esté establie à condition que si les Roys de Nauarre la violoient, le Royaume de Nauarre retourneroit aux Espagnols, & se jetta en celle du Roy Louys XII. sous la promesse qu'il luy faisoit de luy restituer la souueraineté de Bearn. Celle-là donc, le Continuateur de Paul Æmile maintient que ce fut la vraye cause de la perte du Royaume de

[a] Act. int. Boni. 8. & Phil. Pulcher. fol. 94.

[b] Ibid. fol. 95.

[c] Ibid fol. 96.

[d] du Haillan en la vie de Philip. le Bel.

[e] Ferron. continua. Paul Æmil. in Ludou. XII.

Nauarre; & que l'autre n'en fut ny la vraye cause ny le vray pretexte: mais seulement vne queuë de pretexte, de laquelle quand Ferdinand ne se fust point seruy, il n'eust pas laissé de pretendre que le Royaume de Nauarre luy appartenoit, & de l'occuper. *Le Roy de Nauarre*, dit-il [a], *nioit au commencement de pouuoir refuser le passage au Roy d'Arragon pour passer en France, disant premierement qu'il estoit empesché de se declarer ennemy de Ferdinand par l'alliance qu'il auoit auec luy: & que Ferdinand mesme se vantoit que quand le Royaume de Nauarre auoit esté rendu par les Espagnols à la race d'Albret, c'auoit esté auec caution écritte, que si leurs successeurs violoient l'alliance, le Royaume retourneroit aux Espagnols. Et vn peu apres, Ferdinãd donc ayant entendu que le Roy de Nauarre s'estoit allié auec le Roy de France, tourna contre luy les forces qu'il auoit apprestées pour passer en France. Et celle-la fut la cause pour laquelle Ferdinand jetta le Roy voisin hors de son Royaume: Il en adjousta aussi le pretexte d'vn autre, ascauoir que le Pape auoit declaré le Roy & ses adherents excommuniez, & leurs Royaumes exposez.* A la troisiéme instance, qui est prise de l'Arrest du Parlement que Mõsieur le Chancelier de l'Hospital fit donner contre Tanquerel, il ne faut point d'autres réponses que les precedentes. Car l'Arrest ne touche en aucune sorte l'exception dont parlent les Docteurs François, qui ont écrit pour la deffense de l'authorité Royale, qui est le cas de l'heresie ou de l'apostasie de la religion Chrestienne; ains seulement le fait de la souueraineté temporelle: comme il appert par le desadueu de la proposi-tiõ, qui fut couché en ces mots: [b] *Il me desplaist d'auoir tenu que le Pape fust Monarque spirituel & temporel, & peust deposer les Princes rebelles à ses commandements.* Et partant, à quel propos alleguer ceste histoire & autres semblables qui parlét de la souueraineté temporelle, pour les employer contre l'exception dont il s'agit, laquelle ceux qui la font, n'estendent qu'aux seuls cas d'heresie ou d'infidelité, c'est à diré, d'abjuration de la Religion Catholique ou Chrestienne? Mais les Papes, repliquera-t'on, peuuent bien imputer aux Roys, ou par passion, ou par mauuaise information, qu'ils soient heretiques ou apostats de la Religion Chrestiéne, encore qu'ils ne le soient pas. Or à cela les autheurs de l'exception pensent auoir soigneusement pourueu. Car premierement ils protestent qu'ils entendent parler d'vne heresie notoire, & condamnée par sentence precedente de l'Eglise: Et secondement ils ne confessent pas que l'execution temporelle de ces jugements Ecclesiastiques, c'est à dire, la depossession actuelle, appartienne au Pape, mais au corps du Royaume. Au moyen dequoy, si le Pape erre en faict, & qu'il presuppose à faux qu'vn Prince face publique profession de croire ou establir vne heresie condamnée par l'Eglise, chose qui ne peut estre occulte, le Clergé & tout le reste du Royaume, au lieu de suiure le jugement du Pape, se joignent auec le Roy, & interuiennent enuers le Pape, & luy remonstrent qu'il a esté surpris au faict, & demandent que la chose soit jugée, l'Eglise Gallicane presente, en plein Concile.

De maniere que tant s'en faut que ceste procedure restreinte au seul
cas d'heresie au apostasie manifeste de la religion Chrestienne, puisse
faire courir fortune aux Roys Catholiques, qu'au contraire elle les asseure & fortifie d'vn double rempart. Car si les subjects ont quelque
mauuaise volonté, il ne leur est permis de rien remüer sous pretexte de
religion contre leur Prince, que premierement l'authorité de l'Eglise
vniuerselle residante, ou en son chef, qui est le Pape, ou en son corps,
qui est le Concile, ne l'ayt declaré tombé en heresie, ou apostasie de la
religion Chrestienne. Et si le Pape estant trompé & surpris au faict, le
declare tel precipitément, & injustement, outre le recours que les François ont accoustumé d'auoir à requerir le Pape, que la chose puisse estre
examinée en vn Concile où les Euesques de toute l'Eglise, & particulierement ceux de l'Eglise Gallicane, soient presents: la declaration
du Pape ne peut estre suiuie de l'effect temporel, qui est la deposition
actuelle, que le Royaume ny consente, & ne voye par la cognoissance presente & oculaire qu'il a de la conuersation de son Prince,
s'il fait profession de la religion Catholique, ou d'vne autre. Or qui
ne recognoist qu'il est trop plus vtile aux Roys d'auoir ce double rempart deuant eux, asçauoir que rien ne se puisse desseigner contre eux
sans la preuention du jugement vniuersel de l'Eglise, ny effectuer sans
l'accession du consentement de leurs peuples; que de laisser à la liberté de chaque particulier de juger de la religion de son Prince, & apres
qu'il en a jugé, se rendre arbitre du remede qu'il y faut apporter? Aussi appert il, que tant s'en faut que nos Roys ayent pensé que ceste barriere de l'authorité du Pape interposée entre eux & leurs subjects, leur
fust preiudiciable, qu'au contraire ils ont obtenu des Papes auec grande instance, & pour priuilege fort singulier & fauorable, que nuls autres que les Papes, ne peussent excommunier les Roys de France, ny
jetter interdict; soit en general sur leur Royaume, soit en particulier
sur les terres de leur obeissance. Dont est que Pierre de Cugneres [a] Aduocat du Roy, entre les plaintes qu'il fit au Roy Philippe de Valois contre les Ecclesiastiques, y employa cét article: *Dauantage ils ont mis plusieurs*
fois l'interdict en plusieurs villes & chasteaux du Roy, & y ont fait cesser le
seruice diuin, contre les priuileges que nostre Sire le Roy a de plusieurs Souue-
rains Pontifes. Car le Pape Alexandre [b] quatriéme accorda ces mots au
Roy S. Louys, par Bulles expresses; *Que nul Archeuesque ny autre Prelat,*
ne puisse publier contre vostre terre, sentence d'excommunication ou d'interdict,
sans mandement ou licence speciale du siege Apostolique. Et Nicolas [c] troisiéme, à Philippes son fils, ceux-cy; *Que nul generalement ne profere sen-*
tence d'excommunication ou d'interdict contre vostre terre totale, ou contre le
Royaume de France, sans mandement special du siege Apostolique. Et outre
Clement [d] quatriéme, Gregoire [e] dixiéme, Martin [f] quatréme; Clement [g] cinquiéme, qui publierent pareilles Bulles; Clement [h] sixiéme les renouuella apres tous eux, par Bulles enuoyées au Roy

FFf iij

[a] Petr. de Cū-
gner. grauā. 59.
[b] Alex. 4. 2. Ka-
lend. April. Pō-
tif. ann. 2....
[c] Nico. 3. 13. Ka-
lend. Octobr.
Pont. ann. 1.
[d] Clem. 4. 3. I-
dib. Mart. Pōt.
an. 2.
[e] Greg. X. 9. ka-
lend. April. Pō-
tif. ann. 1.
[f] Mart. 4. Cal.
Octob. Pontif.
ann. 1.
[g] Clemens 5. 2.
Cal. Aug. Pont,
an. 2.
[h] Clem. 6. 1.
Cal. Ianuar.
Pōtif. ann. 9.

Iean & la Reyne Ieanne sa femme, en ces termes; *Prestants consentement à vos deuotes supplications, nous vous accordons par authorité Apostolique, à vous & à vos successeurs Roys de France qui seront en leur temps, que nul ne puisse publier sentence d'interdict contre vostre terre & la leur, sans mandement ou licence speciale du siege Apostolique.* Et derechef, [a] par autres Bulles enuoyées aux mesmes Roys Iean & Ieanne, pour leurs chappelles en particulier: *Qu'il ne soit licite à nuls de soubmettre vos chappelles de vous & de vos successeurs Roys apres vous, à l'interdict Ecclesiastique, sans licence speciale du siege Apostolique.* Et furent ces Bulles addressées à la Cour de Parlement de Paris, par lettres patentes [b] du Roy Charles cinquiéme, pour les faire enregistrer; Et enregistrées par Arrest [c] du mesme Parlement portant leur execution & verification. Mais il ne s'agit pas icy de la question de droict, qui est asçauoir si les Docteurs François ont eu raison d'excepter de l'insolubilité du serment de fidelité, les cas d'heresie ou apostasie de la religion Chrestienne. Il s'agit de la question de faict, qui est asçauoir s'ils les ont exceptez. Or de cela, il n'en faut point de meilleurs témoins que les escriuains Anglois [d], qui ont mis la main à la plume pour defendre le serment du Roy d'Angleterre contre le Pape. Car ayans fait tout leur effort de trouuer quelques Docteurs, & particulierement François, qui eussent tenu leur opinion auant les derniers troubles, ils n'en ont jamais sçeu produire vn seul, ny Theologien, ny Iurisconsulte, qui dist qu'en cas d'heresie ou d'apostasie de la religion Chrestienne, les subjets ne peussent estre absous du serment de fidelité. Au contraire les François qu'ils ont alleguez, comme Ioannes Parisiensis [e], Ioannes Major [f], Iaques Almain [g], Pierre Gregoire [h], exceptent toujours le cas d'heresie ou apostasie de la religion Chrestienne. Et pour le regard des estrangers, comme Okam [i], Antonius de Rosellis [k], & Vulturnus [l], tout de mesme. Car quant à Marsile de Padouë, ils ne l'ont osé alleguer, dautant qu'il est tellement recogneu pour heretique, par le consentement de tous les Catholiques, comme ayant nié que le Pape fut chef de l'Eglise de droict diuin, & successeur de S. Pierre, chose que le Concile de Constance [m] oblige de croire en qualité d'article de foy, & sous peine d'anatheme, qu'à ceste cause l'Empereur Charles cinquiéme fit brusler publiquement ses liures. Aussi peu ont-ils osé alleguer l'epistre du chapitre du Liege contre le Pape Paschal, durant les contentions des Papes & de l'Empereur Henry quatriéme, premierement pource que l'Euesque du Liege, sous lequel elle fut escritte, estoit chappelain de l'Empereur, & son partisan [n] passionné contre le Pape, comme ayant esté creé Euesque par l'Empereur & par l'Antipape, & secondement pource que lors qu'elle fut écritte, l'Empereur residoit actuellement dedans le Liege: [o] Et tiercement que le Chapitre du Liege l'effaça depuis, par le pardon [p] qu'il demanda au Pape d'auoir tenu le party de l'Empereur & de l'Antipape: Et quartement que le mesme Empereur la dément par auance, quand

a Idem 12. Kal. Maij. Pontif. ann. 9.

b An. 1369.

c 14. Kal. Maij, 1370.

d Vviddring. in apol. pro iur. Prin.

e sup. pa. 41.

f Io. Maior in 4. sent. dist. 24.

g Iaq. Almain suprà p. 43.

h Pet. Gr. sup. p. 46.

i Okam sup. p. 41.

k Ant. de Rosel. Monarch. part. 1. c. 56.

l Vultur. l. de Reg. mund.

m Conc. Const. sess. 8. in condé. art. V. viclef.

n Vrsper. gens. in Chron.

o Ibidem.

p Ibidem.

il écrit au Pape Gregoire septiéme [a], *que la tradition des Peres porte, qu'il ne peut estre deposé s'il n'erre en la foy.* Ce que depuis Cusanus [b], Impe- rialiste, & écriuant pour le Concile de Basle contre le Pape, auoüe en ces mots : *Si le Pape trouue que celuy qui a esté éleu Empereur, erre en la foy, il le peut declarer n'estre point Empereur.* Bien alleguent-ils Sigebert [c], qui dit que c'estoit vne nouueauté, pour ne dire point heresie, que d'enseigner au peuple qu'il ne deuoit aucune subiection aux mauuais Roys. Mais ou- tre ce que Sigebert estoit partisan non moins passionné de l'Empereur, que l'Euesque du Liege, ce qu'il dit ne touche aucunement le cas porté par l'exception, qui est des Roys heretiques ou infidelles. Or si ceux mesmes [d] qui ont entrepris de propos deliberé de chercher en faueur du serment d'Angleterre, des autheurs qui affermassent qu'en cas d'heresie ou d'infidelité, les subjets ne peuuent estre absous de l'obligation qu'ils doiuent à leurs Princes, n'en ont sçeu produire aucun. Et si ceux qui ont écrit apres eux de la mesme matiere en France, n'ont iamais peu trouuer en toute la France, depuis que les Echoles de Theologie y ont esté insti- tuées, iusques à nos iours, vn seul Docteur, ny Theologien, ny Iurisco- sulte, vn seul decret, vn seul Concile, vn seul arrest de Parlement, vn seul Magistrat ny Ecclesiastique ny Politique, qui ayt dit qu'en cas d'heresie ou d'infidelité, les subjets ne puissent estre absous du serment de fideli- té, qu'ils doiuent à leurs Princes, Au contraire, si tous ceux qui ont écrit pour defendre la puissance temporelle des Roys contre les Papes, en ont tousiours excepté le cas de l'heresie, & celuy de l'apostasie de la religion Chrestienne : Comment est-ce que l'on pourra, sans forcer & violenter les consciences, non seulement faire receuoir ceste doctrine [e], *Qu'en nul cas les subjets ne peuuent estre absous du serment de fidelité qu'ils doiuent à leurs Princes,* pour doctrine perpetuelle & vniuerselle de l'Eglise Gallicane, mais mesme la faire jurer à tous les Euesques, Abbez & autres Ecclesiasti- ques, comme doctrine de foy, & condamner l'opposite comme impie, peruerse & detestable ? Et comment fera-t'on passer pour loy fondamen- tale de l'Estat, vne proposition qui est née en France plus d'onze cents ans apres que l'Estat a esté fondé ? Et puis quand il se trouueroit autant de personnes qui l'auroient suiuie en France, comme il s'en trouue qui ont suiuy l'opposite, que s'en pourroit-il inferer au plus, les autres na- tions y contredisant, sinon de la tenir pour problematique en matiere de foy, & non de la faire iurer comme conforme à la parole de Dieu, & ne- cessaire à salut, & abiurer l'autre comme contraire à la parole de Dieu, & impie, peruerse & detestable ? Mais c'est assez de ce poinct. Il est temps de passer aux autres, & mettre peine de les expedier aussi dignement que vo- stre audience merite.

Le second inconuenient que ie me suis obligé de monstrer en la pro- positió de ceste loy fondamentale, c'est que non seulement elle attribuë aux personnes Laïques l'authorité de iuger des choses de la religion, & decider que la doctrine qu'elle contient est conforme à la parole de Dieu,

F F f iiij

a Inter ep. Heir. à Protest. edit.

b Cusan. l. 3. con- cord. Catho. c. 7

c Sigeb. in Chro. an. 1088.

d Vviddringth. Apo. pro iur. prin.

e Article du tiers Estat.

& la contraire, impie, peruerſe & deteſtable, mais meſme qu'elle leur
attribuë l'authorité d'impoſer neceſſité aux Eccleſiaſtiques de iurer,
preſcher & enſeigner l'vne, & impugner par ſermons & par eſcrits l'autre. Or qui ne void que cela eſt rendre l'Egliſe, ſemblable à ceſte femme
dont parle S. Epiphane ^a, qui mettoit ſon chapperon à ſes pieds, & ſes
ſouliers à ſa teſte, c'eſt à dire, que c'eſt mettre le commandement de l'E-
gliſe aux parties qui doiuent obeïr, & l'obeïſſance aux parties qui doiuét
commander? Que c'eſt ouurir la porte à toutes ſortes d'hereſies:Que c'eſt
renuerſer ſans deſſus-deſſous l'authorité de l'Egliſe, que c'eſt fouler aux
pieds le reſpect de Ieſus-Chriſt, & de ſon miniſtere? Et bref qui ne void
que c'eſt vn ſacrilege qui a touſiours attiré l'ire & la vengeance de Dieu,
tant ſur les Roys que ſur les particuliers qui l'ont attenté? On ſçait que
Saül ^b fut depoſé du droict de la Royauté, & perit d'vne mort miſerable
pour auoir voulu entreprendre ſur l'office des Sacrificateurs. On ſçait
qu'Oza ^c fut puni de mort ſubite pour auoir voulu mettre la main à l'Arche qui luy ſembloit vaciller. On ſçait que le Roy Ozias ^d fut frappé de
lepre, & exclus de l'adminiſtration du Royaume pour auoir voulu pren-
dre l'encenſoir en main. Et l'Eſcriture crie ^e, *Les leures du Sacrificateur gar-*
dent la ſcience, & tu rechercheras la loy de ſa bouche : car c'eſt l'Ange du Dieu
des armées. Et le Prophete Eſaye ^f dit à l'Egliſe, *Tu iugeras toute langue qui tĩ*
reſiſtera en iugement. Et derechef : ^g *Les Roys chemineront en ta lumiere, & les*
peuples en la ſplendeur de ton Orient. Et le Roy Ioſaphat diſtingue les bornes de l'vne & de l'autre iuriſdiction en ces mots: ^h *Amarias, dit-il, voſtre*
Sacrificateur & Pontife preſidera ſur les choſes qui appartiennent à Dieu, &
Zabadia fils d'Iſmael Prince en la maiſon de Iuda, ſera ſur les affaires qui appar-
tiennent à l'office du Roy. Et noſtre Seigneur luy-meſme ⁱ: *Quiconque, dit-il,*
n'oïrra point l'Egliſe, qu'il te ſoit comme ethnique & publicain. Et ſainct Paul
^k parlant aux Paſteurs : *Le ſainct Eſprit vous a couſtituez Eueſques pour regir*
l'Egliſe qu'il s'eſt acquiſe par ſon propre ſang. Et parlant aux Laïques ^l:*Obeyſſez*
à vos Prelats : car ils veillent ayant à rendre compte pour vos ames. Et derechef:
^m *Nul ne s'attribuë authorité, mais ſeuleme̅nt celuy qui eſt appellé comme Aa-*
ron. Et pource voyons-nous que les premiers Empereurs Chreſtiens ont
touſiours eſté ſi reſpectueux & religieux,qu'ils n'ont iamais voulu ſe conſtituer iuges, ny des choſes de la foy, ny des choſes de la diſcipline de l'E-
gliſe, ny des cauſes meſmes des Eueſques; de peur de fléchir la droicture
que les miniſtres de Dieu doiuent apporter aux iugements Eccleſiaſtiques, par la crainte des iuriſdictions temporelles, & que s'ils ont publié
quelques loix ſur telles matieres, c'a touſiours eſté apres que les Eueſques
y auoient paſſé, & pour l'execution temporelle des deciſions déia faittes par l'authorité Eccleſiaſtique. *Il ne m'eſt pas licite à moy,* diſoit le grand
Coſtantin ⁿ, *qui ſuis conſtitué en condition humaine, de iuger des cauſes des E-*
ueſques. Et l'Empereur Valétiniá ^o premier; *Il ne m'eſt point permis à moy qui*
ſuis Laïque,de m'attribuer la curioſité de ces recherches. Et l'Empereur Theodoſe II. ^p eſcriuant au Concile d'Epheſe; *Il eſt illicite que celuy qui n'eſt point de*

a Epiph. hæreſ.
59. quæ eſt Ca-
thar.

b 1.Reg.13.&15.

c 2. Reg. 6.

d 2. Paral.c.26.

e Malach. 2.

f Eſa. 54.

g Eſa. 60.

h 2. Para.c. 19.

i Matth. 18.

k Act. 20.

l Hebr. 13.

m Hebr. 5.

n Ruff.li. 10.ec-
cl. hiſt.c.2.

o Sozom. li. 6.
c. 7.

p Epiſt. ad ſy-
no. Epheſ.

l'ordre des Euesques, se mesle de la decision des affaires Ecclesiastiques. Et le plus glorieux & victorieux de tous nos Roys, qui a esté Charlemagne, confir-mant la réponse de Constantin : *L'Empereur Constantin, dit-il* [a], *répondit sur les accusations des Euesques, A moy qui suis constitué en condition humaine, il ne m'est pas licite de iuger des causes des Euesques.* Et confirmant celle de l'Empereur Valentiniã [b] : *Valentinian, dit-il, répondit ; Vostre affaire est par dessus nous, Et pource iugez entre vous de vos causes, car vous estes par dessus nous* Et quand au contraire les Empereurs heretiques vouloient se mesler des iugemens Ecclesiastiques, les Saincts Peres leur résistoient ; & contredi-soient auec toute sorte de fermeté. *Il ne nous est pas permis,* disoit Osius [c] *à l'Empereur Constance, de tenir l'Empire en terre, ny à vous de prendre l'en-censoir & vsurper l'authorité de la religion.* Et sainct Athanase [d], *Quand est-ce que cela a esté oüy d'aucune memoire d'homme, que les iugements de l'Eglise ayent pris leur force de l'Empereur ?* Et derechef [e] : *Il ne s'agit pas des choses de la republique Romaine, où il te soit adiousté foy comme à vn Empereur, mais il s'a-git d'vn Euesque.* Et vn peu apres [f] ; *Qui est-ce qui voyant vn Empereur presi-der aux choses Ecclesiastiques, ne iuge que c'est l'abomination de la desolation pre-dicte par Daniel ?* Et S. Gregoire [g] de Nazianze ; *Oyrrez-vous vne parole li-bre, c'est que la loy de Christ vous soûsmet à ma iurisdiction & à mon tribunal : Car nous sommes aussi Empereurs nous autres, voire d'vn Empire plus grand & plus parfaict.* Et S. Ambroise [h] ; *Qui doute, soit que nous regardions l'ordre de l'Escriture ou l'antiquité de l'Eglise, que les Euesques aux causes de la foy, n'ayēt accoustumé de iuger des Empereurs Chrestiens ?* Et derechef : *Ton pere disoit, ce n'est pas à moy de iuger entre les Euesques, & ta clemence dit, s'en dois iuger.* Et S. Martin [i] ce celebre ornement des Gaules : *C'est vne impieté nouuelle & inoüye, qu'vn iuge seculier iuge des choses de l'Eglise.* Et contre cela ne sert d'al-leguer que l'Empereur Constantin [k] s'appelloit, *Euesque hors de l'Eglise :* Car Constantin ne pretendoit rien moins par là, que de dire qu'il auoit iurisdiction & superintendance sur la forme & discipline externe de l'E-glise : Autrement, à cause dequoy eust-il desiré auec tant d'instance, l'au-thorité du Concile de Nicée pour la decision du iour de la Pasque ? Mais il vouloit seulement dire, que ce que les Euesques faisoient dedans l'E-glise, par leurs predications entre les Chrestiens, ils le faisoient hors de l'Eglise par ses Edicts contre les Payens. *Il ordonna,* dit Eusebe [l] *par Edict aux Prefects des Payens, de faire qu'ils chommassent les Dimanches aussi bien que les Chrestiens ; & honorassent les iours des Martyrs & les festes constituées aux Eglises.* Et de là vint qu'vn iour ayant festoyé quelques Euesques, il s'appella en nostre presence, *Euesque, leur disant : Dieu vous a constituez Euesques dedans l'Eglise, & moy Euesque hors de l'Eglise.* Mais il me semble que i'ay desia di-re, que la matiere de cét article n'est pas vne question de religion, ains v-ne simple question d'Estat & de Police. Comme si traitter iusques où s'e-stend l'vsage spirituel des clefs, & de la puissance de lier & délier, que Dieu a donnée à son Eglise, n'estoit pas vne question de religion. Com-me si disputer si ces clefs-la peuuent passer iusques à excommunier ceux

Marginal notes:

[a] Capit. Carol. Magn. l. 6. c. 30l.

[b] Ibidem.

[c] Epi. ad Const. apud Athan. in ep. ad solit. vit. ag.

[d] Athan. ep. ad solit. vit. ag.

[e] Ibidem.

[f] Ibidem.

[g] Greg. Naz. ora. ad Ciues tim. percul. & Princip. irascēt

[h] Ambr. ep. 32. ad Imp. Valent. iur.

[i] Apud Seu. Sulpic. lib. 2. sacr. hist.

[k] Euseb. lib. 4. de vit. Const. c. 24.

[l] Euseb. de vit. Const. lib. 4. c. 23. & 24.

qui obeïſſent volontairement au Princes, qui apres auoir fait hommage
de leurs couronnes à Ieſus-Chriſt, viennent à vſer de manifeſte felonnie contre luy, & à luy declarer la guerre, & à impugner ſa foy & ſa doctrine, n'eſtoit pas vne queſtion de religion. Comme ſi diſputer ſi ces
clefs-la peuuent en conſcience & au tribunal de l'Egliſe, abſoudre les a-
mes du ſerment de fidelité qu'elles doiuent à leurs Princes, quand leurs
Princes violent le ſerment reciproque qu'ils auoient fait à Dieu, & à eux
de les maintenir en la religion Chreſtiéne & Catholique, n'eſtoit pas vne
queſtion de religion. Car y ayant deux nœuz par leſquels les ſubjets ſont
obligez d'obeïr à leurs Princes, l'vn politique, qui a pour but la paix &
la felicité de la vie temporelle, & contre l'infraction duquel ſont inſtituées les peines temporelles, qui eſt celuy dont parle S. Paul, [a] quand il dit
qu'il faut obeïr aux Princes, *non ſeulement pour l'ire*; l'autre, religieux & Eccleſiaſtique, aſçauoir celuy de l'obeïſſance que les Chreſtiens doiuent à
leurs Princes, non pour le ſimple reſpect des loix & peines temporelles,
mais pour le reſpect de Dieu & pour la conſideratiõ des peines & recompenſes eternelles; qui eſt celuy que le meſme S. Paul [b] appelle, *pour la conſcience*: Qui doute quand il eſt queſtion de diſſoudre non le ſimple nœu
politique, pour lequel ſont inſtituées les loix politiques, mais ce nœu
ſpirituel & Eccleſiaſtique, & ceſte obligation contractée au tribunal de
la conſcience, & qu'il s'agit de diſputer ſi en cas d'hereſie il peut eſtre diſ-
ſous ou non; ce ne ſoit vne queſtion de Theologie ? Et puis quelle que
ſoit la matiere en ſoy, qui ne void que diſputer ſi elle eſt conforme ou
contraire à la parole de Dieu, c'eſt vne queſtion de religion ? Mais on re-
pliquera, que cela eſt ſi clair & ſi euident par l'Eſcriture, qu'il n'y eſchet
ny diſpute ny iugement. Eſt-il vray ? Et donc vne propoſition que tous
les Docteurs Scholaſtiques, & nommément ces deux grands luminaires
de l'échole S. Thomas & ſainct Bonauenture, & tant d'autres Eueſques
& Docteurs ont eſtimé conforme, ou pour le moins, non repugnante à
la parole de Dieu; le contraire de ceſte propoſition ſera ſi clair en l'Eſcriture qu'il n'aura beſoin ny de diſpute, ny de iugemét ? Et dõc quel article
de foy ne ſera point arraché du tribunal de l'Egliſe, & expoſé en proye
à la preſomption des heretiques, s'il ſuffit de dire qu'il eſt ſi clair en l'Eſcriture qu'il n'y eſchet ny diſpute ny iugement ? A la verité cela auroit
quelque apparence, ſi ceux qui tiennent l'vne des propoſitions, alleguoient l'Eſcriture pour eux, & que les autres ne l'alleguaſſent point.
Mais tant ceux qui tiennent l'affirmatiue, que ceux qui tiennent la negatiue, argumentét par l'Eſcriture, répondent par l'Eſcriture, & repliquent
par l'Eſcriture. Pour exemple, Ceux qui tiennent l'affirmatiue, aſçauoir que les Princes qui violent & deſtruiſent la religion, peuuent eſtre
exclus & deboutez de leurs droicts, alleguent que Samuel [c] depoſa Saül,
ou ſelon les autres, car ie ne pretends rien traitter icy reſolutiuement,
mais ſeulement problematiquement, le declara depoſé, pource qu'il
auoit violé les loix de la religion Iudaïque. Que le prophete Abia

a depofa Roboam du droiɕt Royal qu'il auoit fur les dix lignées du peuple d'Ifraël, pource que fon pere Salomon auoit apoftatifé de la loy de Dieu, & facrifié aux faux Dieux. Que le Prophete Helie b depofa Achab, c pource qu'il embraffoit la religion des faux Dieux, & perfecutoit les feruiteurs du vray Dieu. Ceux au contraire, qui tiennent la partie negatiue, répondent que les organes, miniftres & oracles de telles depofitions, eftoient Prophetes, qui eftoient particulierement & infailliblement inftruits de la volonté de Dieu, & que leurs actions ne peuuent eftre tirées en confequence pour le temps de la loy Euangelique, en laquelle il n'y a plus de Prophetes. Ceux qui repliquent pour la partie affirmatiue, difent que ce qu'il y auoit en la religion Iudaïque deux fortes de miffions, l'vne ordinaire, qui eftoit la facerdotale, & l'autre extraordinaire, qui eftoit la Prophetique, eftoit afin que fi l'ordinaire venoit à tomber ou à vaciller, elle fuft releuée & affeurée par l'extraordinaire. Mais qu'en la loy Euangelique, où il n'y a qu'vne miffion qui eft la facerdotale, toute l'authorité & infaillibilité qui eftoit és deux miffions de l'ancien Teftament, s'eft reünie en la feule miffion ordinaire & facerdotale du nouueau, qui par confequent ne peut non plus faillir à iuger de l'herefie ou de l'Apoftafie de la religion Chreftienne, (qui font les deux cas feuls, pour lefquels les Docteurs François qui ont écrit en faueur des Roys, eftiment qu'vn Prince peut eftre exclus du droiɕt de regner fur le peuple de Dieu,) que la miffion Prophetique de l'ancien Teftament. Et d'ailleurs adiouftent, qu'en l'ancien Teftament mefme cefte prerogatiue n'eftoit pas reftreincte aux feuls Prophetes, mais s'eftendoit aux Sacrificateurs. Car les Sacrificateurs iugeoient de la lepre: *Si tu vois*, dit la loy d, *qu'il y ait difficulté entre lepre & lepre, tu monteras aux Sacrificateurs de la race de Leui.* Et de cela il y auoit deux raifons; l'vne, que la lepre, comme ont remarqué tous les anciens Peres, eftoit la figure de l'herefie, de laquelle le iugement deuoit appartenir aux feuls Sacrificateurs de la loy Euangelique: l'autre, que la lepre n'eftoit pas lors vne fimple maladie naturelle entre les Iuifs comme elle l'eft maintenant, mais eftoit vne punition extraordinaire miraculeufe & diuine. Et pour cefte caufe elle refidoit tantoft dans vne pierre e du baftiment, qu'il falloit arracher pour l'ofter, tantoft dans vn floccon de laine f d'vn habillement. Au moyen dequoy, le iugement de cefte playe appartenoit à ceux qui eftoient les interpretes ordinaires des caufes de l'ire de Dieu, c'eft à dire aux Sacrificateurs. Et en ce cas-la, difent-ils, tous leur eftoient fubiets, voire les Roys mefmes, & obligez apres qu'ils auoient prononcé de la lepre, & declaré qu'ils en eftoient tachez, de fe feparer du commerce & de l'adminiftratiõ du peuple. Et de cela ils apportent pour exemple l'hiftoire du Roy Ozias g, lequel ayant efté fubitement frappé d'vne marque au front, pour auoir voulu contre la remonftrance du fouuerain Sacrificateur Azarias, prendre l'encenfoir & offrir de l'encens deuant l'Autel, le fouuerain Sacrificateur iugea que c'eftoit lepre, & le chaffa du temple, & de la conuerfation du peuple: Et par ce

a 3. Reg. 11.

b 3. Reg. 19.

c La depofition qu'Helie fit d'Achab, en oignant Iehu, ne fut qu'vne depofition de droiɕt, cõme celle que Samuel fit de Saül en oignant Dauid, & non vne depofitiõ de fait: dautant que Dieu, à caufe de la repentance d'Achab, differa la depofitiõ de faiɕt iufques au temps de Ioram fon petit fils, en la place duquel Helizée oignit derechef Iehu, pour le mettre en poffeffiõ du droiɕt qui luy auoit efté acquis par l'onɕtion d'Helie: Car les plus litteraux interpretes tiennent & l'Efcriture l'infinuë, que Iehu fut oinɕt deux fois.

d Deut. 17.

e Leuit. 14.

f Leuit. 13.

g 2. Paral. 26.

moyen fit que l'adminiſtration du Royaume luy fut oſtée & transferée à ſon fils : Encore que parmy les autres nations, la lepre ne priuaſt pas les hommes de la conuerſation & adminiſtration de la Republique ; témoin Naaman qui eſtoit Prince de la milice du Roy de Syrie , & gouuernoit tout ſon Royaume. Et finalement pour paſſer des choſes figurées aux litterales, ils alleguent l'hiſtoire de Mattathias ſouuerain Sacrificateur, & tige de la maiſon des Macchabées, qui voyant qu'Anthiochus, qui regnoit en Iudée, s'eſtoit mis à vouloir forcer les Iuifs en leurs anciennes couſtumes, & deſtruire leur loy, & les perſecuter par tourmens & ſupplices , prit les armes & rallia les ſeruiteurs de Dieu, qui firent tant ſous la conduitte de luy & de ſes enfans, qu'ils deliurerent le peuple du joug des Seleucides, & leur oſterent le Royaume de Iudée : Et par ce moyen ſauuerent la religion Iudaïque, qui ſans ceſte reſolution, fauoriſée de l'aſſiſtance viſible de Dieu, euſt eſté exterminée de la terre. Ceux qui tiennent la partie negatiue deſcendent au nouueau Teſtament , & diſent que S. Paul écrit : *Que toute ame ſoit ſubjette aux puiſſances ſuperieures ; Car qui reſiſte aux puiſſances, reſiſte à l'ordre inſtitué de Dieu.* Et que S. Pierre écrit, *Soyez ſubjets, ſoit au Roy comme au plus excellent , ſoit aux Gouuerneurs.* Et de là inferent que l'obeiſſance aux Roys eſt de droict diuin, & donc ne peut receuoir diſpenſe par aucune authorité ny ſpirituelle ny temporelle. Les defenſeurs de la partie affirmatiue répondent à l'oppoſite, que ces paſſages ne touchent en aucune ſorte le nœu de la controuerſe. Car la queſtion, diſent-ils, n'eſt pas s'il eſt de droict diuin d'obeïr aux Roys , pendant qu'ils ſont Roys, ou recogneus pour Roys ; mais la queſtion eſt, s'il eſt de droict diuin, que celuy qui a eſté vne fois recognu pour Roy par le corps de l'Eſtat, ne puiſſe ceſſer de l'eſtre, c'eſt à dire, qu'il ne puiſſe commettre choſe, pour laquelle il luy arriue de déchoir de ſes droicts, & ceſſer d'eſtre recognu pour Roy. Or ſont ce deux queſtions bien differentes. Car pour prendre l'exemple de celuy meſme ſous lequel ſainct Pierre ſouffrit le martyre, il eſtoit bien de droict diuin d'obeyr à Neron pendant qu'il fut Empereur, mais il n'eſtoit pas de droict diuin, diſent-ils, qu'il ne peuſt déchoir des droicts Imperiaux , & eſtre depoſé & declaré ennnemy de la republique. Il eſtoit bien de droict diuin pendant qu'Antiochus eſtoit recognu pour Roy par la communauté des Iuifs, que les Iuifs luy obeïſſent aux choſes qui n'eſtoient point contre Dieu : Car il n'eſtoit pas moins ſeigneur temporel des Iuifs, que l'Empereur Claude ſous lequel eſcriuoit S. Pierre. Mais depuis que Mattathias ſouuerain Sacrificateur, & le reſte de la nation des Iuifs qui viuoit ſelon la loy, l'eut declaré tyran de religion & violateur des conſciences du peuple de Dieu, & non plus Prince legitime ; alors les Iuifs particuliers ne furent plus obligez de luy rendre obeyſſance. Et non ſeulement les defenſeurs de la partie affirmatiue, mais Barclæus meſme qui eſt le principal propugnateur de la partie negatiue, vſe, ou pluſtoſt abuſe, de ceſte diſtinction ; [a] *Il n'y a*, dit-il, *nuls cas auſquels le peuple ſe puiſſe éleuer contre vn*

Roy

1. Macc. 2. cap. & ſeq.

Rom. 13.

1. Petr. 2.

a Contr. Monarchomac. l. 4 c. 16.

Roy dominant insolemment, pendant qu'il demeure Roy : Car tousiours ce com-
mandement diuin y contredit ; Honorez le Roy, &, Qui resiste à la puissance, re-
siste à Dieu. Et pourtant le peuple ne peut auoir par aucun autre moyen authorité
sur luy, sinon qu'il face chose par laquelle il cesse de droict d'estre Roy. Et d'ailleurs ils adjoustent, que comme sainct Pierre [a] écrit ; *Soyez subjets à toute*   [a] 1. Pet. 2.
creature, soit au Roy comme au plus excellent, soit aux Gouuerneurs comme en-
uoyez de luy ; Et sainct Paul [b], *Que toute ame soit subiette aux puissances supe-*   [b] Rom. 13.
rieures ; Ainsi le mesme sainct Paul écrit [c] en termes encore plus expres;   [c] Heb. 13.
Obeïssez à vos Prelats & leur soyez subiets, car ils veillent pour vos ames. Dont
resulte qu'il est aussi bien de droict diuin de rendre l'obeissance spirituelle aux Prelats , que de rendre l'obeissance temporelle aux Princes. Et
neantmoins il ne s'ensuit pas qu'il soit de droict diuin que les Prelats,
non pas le Pape mesme, ne puissent déchoir de leurs droicts de prelature, ny qu'il soit de droict diuin de continuer à leur obeïr apres qu'ils en
sont décheuz. Mais les Athletes de la negatiue objectent , que l'Eglise
qui a vescu sous les premiers Empereurs Payens n'a iamais vsé de ce
droict d'absoudre au tribunal spirituel les Chrestiens du serment qu'ils
leur auoient faict.   Au contraire que les premiers Chrestiens ne pres-
choient autre chose que l'obeissance qu'ils rendoient aux Empereurs. A
cela donc les deffenseurs de l'affirmatiue répondent plusieurs choses. Car
premierement ils disent que l'Eglise n'ayant point absous les Chrestiens
du serment de fidelité faict par eux aux Empereurs Payens, tous les Chrestiens particuliers estoient obligez, mesme en conscience, de leur obeïr
& de prier Dieu pour la seureté & prosperité de leur Empire. Et quant à
la cause pour laquelle l'Eglise n'auoit point deslié l'obligation spirituelle
que les Chrestiens auoient de leur obeïr , ils en apportent trois raisons;
la premiere est, que c'eust esté vne trop grande imprudence que d'irriter les Empereurs Payens par vne telle declaration en vn temps où ils e-
stoient les maistres de l'Vniuers , & que ceste action eust esté non seulement inutile , mais entierement dommageable & ruineuse aux Chrestiens: contre lesquels aigrir & irriter les Empereurs lors qu'ils auoient
toute la force du monde entre leurs mains , c'estoit non secourir , mais
perdre & precipiter la religion : Et qu'il ne suffit pas pour obliger l'Eglise a faire quelque chose, qu'elle le puisse faire legitimement , si elle ne le
peut faire aussi prudemment & vtilement. La seconde raison est, qu'il y
a grande difference entre les Empereurs Payens sous lesquels l'Eglise
commença à jetter ses premieres racines, & les Princes qui tomberoient
maintenant en heresie ou en apostasie de la religion Chrestienne , &
deuiendroient ou Ariens, ou Mahometans , ou Payens. Car les Empereurs Payens qui estoient lors, n'auoient point encore fait hommage
à Christ, n'auoient point encore ployé & sousmis le col sous le joug
de Christ, comme nous lisons que Sainct Remy dit à nostre premier
Roy Chrestien [d], *Mitis depone colla Sicamber* ; ne s'estoient point enco-   [d] Greg. Turo.
re obligez par serment mutuel & reciproque à leurs subiets, de viure &   in Clodou.

G G g

mourir en la religion & obeyssance de celuy qui porte écrit sur sa cuisse, ^a *Le Roy des Roys, & le Seigneur des Seigneurs* : Et ces paroles du Psalmiste, ^b *Les Roys & les nations s'assembleront en vn pour seruir au Seigneur*, n'estoient point encore accomplies : Ny celles-cy d'Esaye, ^c *Les Roys s'a-dorerōt prosternez en terre, & lécherōt la poudre de tes pieds.* Au moyē dequoy ne s'estant point declarez vassaux & tributaires de Christ, ne luy ayant fait aucun serment d'hommage & de fidelité, n'ayant point esté receus par leurs subiets à condition de viure sous l'Empire & sous les enseignes de Christ, & ne s'estants point liez à eux par ce contract & serment mutuel, quand ils venoient à denoncer la guerre à Christ, ils ne tomboient point par leur propre profession en crime manifeste de felonnie, ils ne se de-claroient point par leur propre iugement, indignes & décheus des fiefs qu'ils tenoient de luy, ils ne violoient point le serment mutuel & reci-proque qui estoit entre eux & leurs peuples. Au lieu qu'aujourd'huy les Princes Chrestiens qui ont fait depuis tant de siecles, profession d'estre vassaux & tributaires du regne de Christ, & de sousmettre leurs sceptres, leurs couronnes & leurs diadémes à son Empire, qui ont esleué & arbo-ré sa Croix en leurs enseignes & en leurs bannieres, l'ont portée sur le front de leurs diadémes, l'ont esleué sur la cime de leurs couronnes, l'ont marquée sur leur monnoye, afin qu'il apparust de qui estoit *numisma census*, l'ont ceinte de ces inscriptions, *Christus vincit, Christus regnat, Christus imperat* ; se sont obligez depuis tant de temps par les serments de leurs Sacres, & à Dieu & à leurs peuples de maintenir la foy de Christ, & ont receu à ceste condition le sceptre de leurs Peres, & le serment re-ciproque de leurs subiets : Ceux-la, quand ils viennent à declarer la guerre à Christ, & à rompre le serment qu'ils ont fait à luy & à leurs E-stats ; non par vn simple acte de contrarieté, mais par vn serment con-traire ; non par vn simple exploit de repugnance, mais par vne profession & protestation d'y vouloir tousiours repugner ; non par vne simple infra-ction de serment, mais par vn vœu & vn serment de vouloir perpetuelle-ment rompre & violer leur serment ; non par vn simple manquement de foy, mais par vne protestation de foy à l'ennemy de celuy à qui ils ont obligé leur premiere foy, c'est à dire, par vne abiuration & persecution de la religion Catholique, & par vne profession publique de l'Arianis-me, ou du Mahometisme ou du Paganisme ; ils tombent en contuma-ce de felonnie diuine, & se rendent incapables des fiefs qu'ils tiennent de leur souuerain, & indignes d'estre recognus pour ses Lieutenants par leurs subiets. Et à cela ne deroge ce que les autres obiectent, que les Roys ne laissent pas d'estre Roys auant que d'estre sacrez : Et donc que les serments qu'ils font à leurs sacres ne sont point conditions essentielles de la Royauté. Car ils répondent que les Roys non encore sacrez, sont presumez auoir fait le serment à leurs peuples en la personne de leurs pre-decesseurs, comme les peuples sont reputez leur auoir presté serment en celuy qu'ils ont presté à leurs deuanciers. De maniere que quād quelque

a Apoc. 19.

b Psalm. 101.

c Esaye 49.

Matth. 22.

empefchement retarde leur Sacre, ils font toufiours eftimez auoir faict le ferment en vœu, & comme difent les Scholaftiques, implicitement, par la relation tacite que la condition fous laquelle ils regnent, eft pretenduë auoir aux ferments de leurs predeceffeurs, & notamment des premiers Roys des races, qui ne fe font pas feulement contentez d'obliger leurs fucceffeurs par leur exemple à faire pareil ferment à leurs fubiets, mais mefme afin de leur affeurer la couronne auec de plus forts liens, ont voulu fouuent voir facrer dés leur viuant, leur apprenant par le ferment qu'ils leur faifoient faire en tel cas à leurs peuples, auec quelle loy & condition ils leur tranfmettoient la couronne. A cela ils adjouftent encore, que ce que S. Paul dit [a], que c'eftoit honte aux Chreftiens qu'ils fuffent iugez, aux caufes qu'ils auoient entr'eux, par les infidelles ; chofe que depuis l'Empereur Iuftinian conuertit en loy, quand il ordonna, que nul [b] ny Payen ny heretique ne peuft eftre receu à l'adminiftration de la Republique ; femble infinuer, que le commandement que le mefme fainct Paul faifoit aux Chreftiens, qui viuoient fous les Empereurs Payens, de leur obeïr, eftoit vn commandement fait par prouifion & à temps, afçauoir iufques à ce que l'Eglife fe fuft tellement multipliée par la conuerfion vniuerfelle des Payens à la Religion Chreftienne, qu'il fuft en la puiffance des Chreftiens de pouuoir fans peril & naufrage d'Eftat, s'empefcher de receuoir d'autres Princes que Chreftiens [c], & obferuer cefte loy du Deuteronome [d] : *Tu conftitueras vn Roy entre tes freres.* La feconde difference qu'il y a entre les vns & les autres Princes, eft prife de la diuerfe condition des peuples Chreftiens. Car au temps des anciens Empereurs Payens, qui eft le temps, dit S. Auguftin [e], remarqué par la premiere partie de la prophetie de Dauid [f], les peuples Chreftiens n'auoient point encore efté acquis au tribunal temporel de Chrift, n'appartenoient point encore au regne temporel de Chrift, dautant que Chrift n'exerçoit encore lors aucun regne temporel en terre, & n'auoit encore aucuns miniftres temporels de fes loix, ains feulement y exerçoit le regne fpirituel par fes miniftres fpirituels, qui eftoient les Euefques & Pafteurs. Mais depuis que la feconde partie de la prophetie a efté accomplie, c'eft à dire, depuis qu'il a conuerty les Roys & les Royaumes à la Religion Chreftiéne, & que [g] *Les Roys ont feruy au Seigneur en crainte, & ont apprehendé la difcipline,* ou, felon le texte Hebrieu, *ont fait hommage au Fils;* alors il a acquis & attribué les Chreftiens non feulement à fon regne fpirituel, lequel il exerce par fes miniftres fpirituels, qui fót les Euefques & Pafteurs, mais auffi à fon regne temporel, lequel il exerce par fes miniftres & vicaires téporels qui font les Roys & les Princes, qui le feruent, dit fainct Auguftin [h], non fimplement comme hommes en obferuant fes loix, mais cóme Princes en les faifant obferuer. Et pourtát depuis que le peuple Chreftien par la conuerfion des Emperurs & des Empires, par la reductió des Roys & des Royaumes a efté acquis & confacré au regne temporel de Iefus-Chrift, il ne peut plus eftre vfurpé ny poffedé auec droict legitime

---

Marginal notes:

[a] 1. Cor. 6.

[b] Cedr. in com. hift in Iuftin. Cod. lib. 1. ti. 5. §. 12.

[c] Apoftolus prohibuit vt fideles non contendant iudicio coram iudice infideli: Et ideo nullo modo permittit Ecclefia, quòd infideles acquirant dominiũ fupra fideles. *D. Tho. diftinguens dominium inftituendum ab inftituto. 2. 2. q. 10. artic. 10.*

[d] Deut. 17.

[e] Ep. 50.

[f] Pfal. 2.

[g] Pfalm. 2.

[h] Ep. 50.

par les ennemis du nom de Chrift. Et de là eft, que quelque conqueſte que le Turc face ſur les Chreſtiens, & quelque longue qu'en ſoit la poſſeſſion, il ne peut par aucun traiᷓ de temps acquerir vn ſeul poulce de preſcription ſur les peuples Chreſtiés qui eſtoient ſouſmis au tribunal téporel de Chriſt, deuant ſa conqueſte. Et dire le contraire, ſeroit non ſeulement embraſſer l'vne des erreurs de Luther, qui a dogmatizé que la guerre que les Chreſtiens faiſoient contre les Turcs, eſtoit iniuſte & illegitime ; & condamner l'authorité de tant de Conciles qui ont decerné les expeditions de la terre ſainᷓe pour aider aux Chreſtiens d'Oriét, à ſe deliurer du ioug des infidelles, choſe qui euſt eſté iniuſte, car l'acceſſoire ſuit le principal, ſi les Chreſtiens d'Orient euſſent eſté ſubieᷓs legitimes des Princes Mahometans, & ne ſe fuſſent peu reuolter contre eux : mais meſme ce ſeroit anathematiſer la memoire de tant de Heros Chreſtiens, & vouloir que tant de Cheualiers, de Princes & de Roys, & entre autres noſtre glorieux S. Louys, qui mourants en ceſte guerre comme champiós de la cauſe de Chriſt, pretendoient acquerir la palme du martyre, fuſſent morts en vne cauſe injuſte & digne de damnation. Mais ceux qui tiennent la partie negatiue, repartent, & diſent que du temps des premiers Empereurs Ariens, comme Conſtantius & Valens, auant leſquels l'Empire auoit déja recognu Ieſus-Chriſt, l'Egliſe n'vſa point de ceſte procedure, & n'abſolut point les Chreſtiens de leur obeïſſance : Au contraire que l'Eueſque Oſius [a] écriuant à l'Empereur Conſtantius, luy dit ; *Comme celuy qui voudroit rauir ton Empire, reſiſteroit à l'ordonnance de Dieu, ainſi crains qu'vſurpant l'authorité des choſes de l'Egliſe, tu n'encoures vn grand crime.* A cela donc les garants de la partie affirmatiue reſpondent deux choſes : l'vne, que la couſtume d'obliger les Princes à faire ſerment expres à Dieu, & à leurs peuples de viure & mourir en la Religion Chreſtienne & Catholique, n'auoit point encore lieu au temps des premiers Empereurs heretiques ou Apoſtats, & ne fut introduitte que depuis, aſçauoir lors qu'on voulut empeſcher la Religion de tomber aux meſmes perils où elle auoit eſté ſous eux : l'autre, que l'Egliſe n'vſa point de ceſte procedure, non par defaut de droiᷓ, mais par defaut de force, non par defaut de pouuoir en elle de l'ordonner, mais par defaut de pouuoir és peuples Catholiques de l'executer. Car il ne ſuffit pas pour obliger l'Egliſe à declarer les Princes infidelles, décheus de leurs droiᷓs, & exhorter leurs ſubiets à ſe departir de leur obeïſſance, qu'elle le puiſſe faire licitement, mais faut auſſi qu'elle le puiſſe faire prudemment & vtilement. Et pour ce ſainᷓ Thomas apres auoir dit [b], *Les infidelles par le merite de leur infidelité ſont dignes de perdre la puiſſance ſur les fidelles,* adjouſte, *Mais cela quelquefois l'Egliſe le fait, & quelquefois ne le fait pas.* Et s'il falloit cóclurre de ce que l'ancienne Egliſe n'a point declaré les premiers Empereurs Ariens exclus du droiᷓ qu'ils auoient de Dieu, de commander aux Catholiques, qu'elle n'auoit point ceſte authorité; Il faudroit dóc conclurre tout de meſme de ce qu'elle ne les a point excommuniez, qu'elle n'auoit point l'authorité

[a] Apud Athan. in epiſt. ad ſolit. vit. agent.

[b] Diuus Thom. 2. 1. quæſt. 10. art. 10.

de les excommunier. Car nous ne trouuons point, que ny le Pape ny aucun Concile, ayt iamais excommunié nommément & personnellement les Empereurs Ariens : non que l'Eglise ne les peust excommunier aussi bien que les autres Ariens qu'elle excommunioit tous les iours, mais pource qu'elle estimoit chose imprudente & pernicieuse à la Religion, de les irriter n'ayant pas la force de les reprimer. Et pour le regard d'Osius, ils répondent qu'il ne dit pas que l'Eglise ne peust desobliger au tribunal spirituel, les Catholiques, de l'obeyssance de Constantius, si elle eust iugé qu'il leur eust esté vtile, possible & necessaire d'entreprendre de se deliurer de sa tyrannie ; ny ne dit pas que si l'Empereur Constans Prince Catholique ne fust point mort, & qu'il eust declaré la guerre à son frere Constantius, comme il l'en auoit menacé, s'il ne cessoit de persecuter les Catholiques ; les Catholiques d'Orient ne se fussent point ioints à luy, & n'eussent point creu que l'Eglise les eust peu dispenser du serment de fidelité qu'ils auoient fait à Constantius. Mais ils disent que Osius parle de ceux qui de leur authorité priuée, & pour leur ambition particuliere, se fussent esleuez contre Constantius, afin de luy rauir l'Empire, & se rendre tyrans. Combien que Lucifer ce grand confesseur tant celebré par sainct Athanase, ne fait point de difficulté d'appeler Constantius tyran luy-mesme. Car écriuant à sa propre personne, il le nomme[a], *le tyran de son temps, & l'Antiochus de son siecle* ; & proteste qu'il n'est pas tenu d'obseruer en son endroit la modestie de paroles que l'Apostre commande estre obseruée aux Princes & Magistrats ; pource que l'Apostre parloit des Princes qui n'auoient point encore creu en Christ, & non des Princes qui s'estoient reuoltez de Christ. *J'adiouste, dit-il[b], que l'Apostre parle des Princes & Magistrats qui n'auoient point encore creu au Fils vnique de Dieu, lesquels par nostre humilité, & mansuetude, & longue patience en l'aduersité, & tres-grande obeyssance aux choses raisonnables, il falloit prouoquer à y croire.* Mais les tenants de la partie negatiue repliquent, que les Chrestiens pouuoient bien deposer l'Empereur Iulian l'Apostat : Car quand l'Empereur Iouian[c] qui fut esleu apres sa mort, répondit aux soldats de l'armée, qu'il ne vouloit point commander à des hommes qui n'estoient point Chrestiens, ils repliquerent qu'ils estoient Chrestiens. Or à cela, ceux qui tiennent la partie affirmatiue, ne manquent pas de réponse : Au contraire ils verifient que l'Eglise ne le pouuoit entreprendre ny prudément ny vtilement. Car outre ce que les Chrestiens estoient tellement diuisez que la seule faction des Ariens iointe auec celle des Payens, sans parler des autres heretiques, ny des froids Catholiques, *qui seruoient*, dit sainct Gregoire de Nazianze[d], *au temps, & n'auoient*, adiouste t'il, *autre loy que la volonté de l'Empereur*, tenoit le pied sur la gorge à l'Eglise Catholique ; lors que Iuliã fut fait Empereur, tant s'en faut qu'il persecutast de premier abord les Catholiques, qu'au commencement de son Empire qui ne dura que trois ans, il rappella les Euesques Catholiques qui auoient esté bannis par Constantius son predecesseur. Et à la fin il auoit tellement gaigné par

GGg iij

Theod. hist.
Ecc. l. 2. c. 9. & al.

a Lucif. Calarit
li. de non parc.
in Deũ delinq.

b Ibidem.

c Socrat. hist.
Ecc. l. 3. c. 19.
Theod. l. 4. c. 1.
Sozom. l. 6. c. 1.

d Greg. Nazian.
in Iu. or. 2.

faueurs & careſſes les ſoldats de la milice Romaine, qu'ils faiſoient preſque tous profeſſion du Paganiſme: Dont eſt que Iouian gendarme Chreſtien eſtant éleu par eux apres la mort de Iulian, leur répondit qu'il ne
vouloit point commander à des hommes qui n'eſtoient point Chreſtiens. Car ce qu'ils luy repliquerent, *Nous ſommes Chreſtiens*, eſtoit pour
dire, qu'encore qu'ils fiſſent profeſſion exterieure du Paganiſme pour
complaire à Iulian, neantmoins en leur cœur ils eſtoient demeurez
Chreſtiens. Au moyen dequoy la crainte d'vne plus grande ruine ayant
empeſché l'Egliſe d'abſoudre les Catholiques du deuoir de fidelité à l'endroit de Iulian l'Apoſtat, ils eſtoient encore obligez de faire ce que ſainct

Auguſtin a dit deux, *Pour l'amour de l'Empereur celeſte, ils obeïſſoient au ter-*
reſtre. Et de là eſt que ſainct Thomas s'eſtant obiecté le meſme argument
de Iulian l'Apoſtat, & les meſmes paroles de S. Auguſtin, les ſoult par
ceſte meſme reſponſe: *L'Egliſe, dit-il b, eſtant lors en ſa nouueauté, n'auoit*
pas encore la force de reprimer les Princes terriens, & pour ce elle tolera que les fi-
delles obeyſſent à Julian l'Apoſtat, aux choſes qui n'eſtoient point contre la foy,
afin d'éuiter vn plus grand peril de la foy. Mais les Chreſtiens, dira-t'on, pouuoient bien dépoſer l'Empereur Valentinian c de l'Empire, car ils eſtoient
les plus forts dans Milan, lors qu'il voulut auoir vne de leurs Egliſes pour
y faire l'exercice de ſon hereſie. Il eſt vray: mais à cela les defenſeurs de
la partie affirmatiue répondent quatre choſes. La premiere, que la mémoire de l'Empereur Gratian frere aiſné, & comme pere & tuteur de
l'Empereur Valentinian, qui venoit d'eſtre tué par le tyran Maximus, &
qui auoit eſté le plus Catholique Prince & le plus grand amy de Sainct
Ambroiſe qui fut iamais, changea toute la malueillance que le peuple Catholique euſt peu porter à Valentinian, en faueur & compaſſion,
& en deſir de l'aſſiſter pour auoir la vengeance de l'aſſaſſinat de ſon frere. La ſeconde, que Valentinian eſtoit encore ſi ieune, & fils d'vn pere ſi Catholique, qu'il n'y auoit nul ſubiet de deſeſperer de ſa conuerſion. Auſſi arriua-t'elle peu apres, & auec tant d'edification pour l'Egliſe, que ſainct Ambroiſe le celebre comme vn des plus religieux Empereur de ſon ſiecle. La troiſiéme, qu'encore qu'au commencement le
peuple ſe continſt dans les ſimples bornes des prieres, & mandaſt à Valentinian d, *Nous ne combattons point, ô Empereur, nous ſupplions;* neantmoins lors que le meſme Valentinian voulut paſſer outre, le peuple ne
quitta point la partie, mais reſiſta, & tint ſi ferme, que l'Empereur craignant le tumulte & la reuolte, fut contrainct de ceder. Dont reſulte
qu'ils n'eſtimoient pas que le commandement que noſtre Seigneur fit à
ſes diſciples, quand ils eſtoient perſecutez en vne ville de fuïr en l'autre,
fut vn commandement abſolu & perpetuel: mais pluſtoſt vne diſpenſe, & vne permiſſion accommodée au temps, que le peuple Chreſtien où
eſtoit encore ſous les Empereurs Payens, où n'auoit pas encore le moyé
de reſiſter par la force aux perſecutions. Et la quatriéme, que les ſoldats
meſmes de l'Empereur Valentinian ne penſoient pas luy eſtre tellement

obligez de fidelité, qu'ils ne creuſſent en pouuoir eſtre diſpenſez, quãd
il perſecuteroit les Catholiques. Car lors que le tumulte commença à
s'eſchauffer, ils luy manderent que s'il vouloit venir ſur les lieux, qu'il y
vint accompagné, & que quant à eux ils l'aſſiſteroient s'ils le voyoient
conjoinct aux Catholiques, ſinon qu'ils ſe joindroient aux troupes qui
tenoient le party d'Ambroiſe. Mais les champions de la negatiue recourent à l'analogie des autres prattiques de l'Egliſe, & diſent que pour
l'hereſie, les maiſtres ne ſont point priuez de leurs biens : Et par conſequent que beaucoup moins les Princes le doiuent eſtre de leurs Eſtats.
A cela donc les defenſeurs de l'affirmatiue répondent derechef deux
choſes ; l'vne, que ce qu'en ce Royaume les heretiques ne ſont point
priuez de leurs biens, c'eſt à cauſe que l'on ſuſpend pour la conſeruation
de la paix & tranquillité publique, l'execution des loix decernées côtre
les heretiques. Mais s'il ſuruenoit quelque troiſiéme Secte en France, qui
commençaſt encore à pulluler, & ne fuſt pas venuë à tel nombre qu'elle
fiſt partie notable du corps de l'Eſtat, comme l'Arianiſme ou le Neſto-
rianiſme ; Il n'y a point de doute que les vns & les autres ne jugeaſſent
ceux qui en feroient profeſſion, dignes d'eſtre priuez non ſeulement de
leurs biens, mais meſme de leur vie. Car cela s'eſt prattiqué à Geneue,
où Caluin fit bruſler Seruet, & ſe prattique encore aujourd'huy en Angleterre, où le Sereniſſime Roy de la grande Bretagne punit les Ariens,
de la perte des biens & de la vie. L'autre répóſe eſt, qu'il y a grande difference entre le pouuoir que les maiſtres ont ſur leurs biens, & celuy que
les Princes ont ſur leurs Eſtats. Car les biens ſont faits pour les maiſtres,
& les Princes au contraire ſont faits pour leurs Eſtats : & les biens n'ont
point d'ame, & ne peuuent eſtre contraincts par la force, ou par l'exemple, ou par les inductions de leurs maiſtres, à perdre la vie eternelle,
comme les ſubjects le peuuent eſtre par leurs Princes. Au moyen dequoy le prejugé de l'vn ne fait aucune conſequence pour l'autre. Or ſi
ceſte queſtion ne ſe trouue indubitablement decidée, ny par l'Eſcriture, ny par des Decrets de l'ancienne Egliſe, ny par l'analogie des autres
procedures Eccleſiaſtiques, comment eſt-ce que des perſonnes laïques,
de leur ſeule authorité, & ſans eſtre éclairez & precedez d'aucun ſynode
Oecumenique, d'aucune aſſemblée vniuerſelle de l'Egliſe, d'aucun Côcile general, voire contre la plus grande partie du reſte de l'Egliſe, con-
uertiront ceſte doctrine en article de foy, & la feront jurer aux Eccleſiaſtiques comme conforme à la parole de Dieu, & leur feront abjurer
l'autre comme doctrine contraire à la parole de Dieu, & impie & deteſtable ? Il n'y a que vingt-cinq ans que ceux de voſtre ordre, emportez
par le tumulte du temps, voulurent eſtablir en pleins Eſtats vne loy
fondamentale d'Eſtat, toute contraire à celle de voſtre article. Et maintenant vous en propoſez vne autre, en tiltre de loy fondamentale d'E-
ſtat & de religion toute contraire à la leur : & voulez, non vous, mais
ceux par l'inſpiratió deſquels ces clauſes ſe ſont gliſſées en voſtre article,

GGg iiij

que les laïques la facent jurer aux Ecclesiastiques, que les laïques exigēt
en matiere de foy le serment des Ecclesiastiques, que les laïques imposent les loix de religion aux Ecclesiastiques. O opprobre! ô scandale!
ô porte ouuerte à toutes sortes d'heresies! Et donc nostre foy sera sub-
jette aux varietez & inconstances des affections des peuples qui changent de vingt-cinq ans en vingt cinq ans? Et donc les troupeaux gui-
deront les bergers? Et donc les brebis conduiront les Pasteurs? Et donc
les enfants instruiront les peres? Et donc ce sera en vain que nostre Seigneur aura crié [a], *Le disciple n'est point par dessus le maistre?* Et donc ce
sera en vain que S. Paul aura dit [b], *Obeïssez à vos Prelats & leur soyez
subiects, car ils veillent pour vos ames?* Et donc ce sera en vain que sainct
Gregoire de Nazianze aura écrit [c], *Vous oüailles ne vueillez point paistre
vos Pasteurs?* Et donc ce sera en vain que Saül aura esté maudit, pour
auoir voulu vsurper l'authorité du Sacerdoce? Et donc ce sera en vain
qu'Oza aura esté puny de mort subite, pour auoir voulu mettre la main
à l'Arche? Et donc ce sera en vain qu'Osias aura esté frappé de lepre,
pour auoir voulu prendre l'encensor? Mais l'heure me presse de sortir
de ce poinct, & depescher les deux autres le plus briefuement qu'il me
sera possible.

Le troisiéme inconuenient que je me suis engagé de faire voir en l'e-
xamen de vostre article, a esté qu'il nous jettoit en vn schisme euident
& ineuitable. Car pour ne parler point de la declaration que le Pape a
déja faitte contre le serment d'Angleterre, sur le modelle duquel a esté
formé cét article, & ne donner point de prise à ceux qui disent que ce
seroit le Pape qui seroit autheur du schisme & non pas nous: Ie dis que
sans que le Pape se mesle de nos affaires, le schisme est tout fait dés l'heure mesme que nous acceptons & jurons cét article, & que ce n'est point
le Pape, mais nous qui le faisons. Qu'ainsi soit, comment pouuons-
nous jurer que le Pape & toutes les autres parties de l'Eglise Catholique
tiennent vne doctrine contraire à la parole de Dieu, & impie & detestable, sans faire schisme, & schisme non seulement contre la personne
du Pape, mais contre le Siege Apostolique, & contre tout le reste du
corps de l'Eglise? Car si le fondement de la communion Ecclesiastique
est l'vnité en la foy & aux choses appartenantes à salut, comment pourrons-nous croire & jurer que le Pape & tout le reste de l'Eglise erre en
la foy & aux choses appartenantes à salut, & tient vne doctrine contraire à la parole de Dieu, & impie & detestable, & consequemment heretique, sans nous departir de leur communion, & les enuelopper en
tant qu'en nous est, en malediction & anatheme, & par consequent
diuiser l'Eglise, ou plustost nous diuiser de l'Eglise? Or combien le
schisme est odieux à Dieu, & combien il est detesté des Anges & des
hommes, il ne nous en faut point de témoin plus expres que l'Escriture, qui nous apprend que la terre s'ouurit sous les schismatiques, &
qu'ils descendirent tous viuans aux enfers. *La terre,* dit Moyse [d], se

fendit fous leurs pieds, & ouurit fa bouche, & les engloutit auec leurs tabernacles, & toute leur fubftance, & ils defcendirent viuans aux enfers. Il
ne nous en faut point de témoin plus exprès que ce grand fainct Denys d'Alexandrie, qui écriuoit à Nouatian [a]; *Il conuenoit certes endurer
pluftoft toutes chofes que de confentir à la diuifion de l'Eglife de Dieu, n'eftants
pas les martyres aufquels on s'expofe pour empefcher le demembrement de l'Eglife, moins glorieux que ceux que l'on fouffre pour s'abftenir de facrifier aux
Idoles.* Il n'en faut point de témoin plus exprez que fainct Cyptian,
qui crie [b]; *Que la tache du fchifme n'eft pas lauée, non pas mefme par le fang
du Martyre.* Il n'en faut point de temoin plus exprès que S. Chryfoftome, qui dit [c]; *Que ceux qui diuifent l'Eglife de Chrift ne meritent pas vne
moins cruelle punition, que ceux qui ont percé & diuifé fon propre corps.* Il
n'en faut point de témoin plus exprès que S. Auguftin, qui prononce que la playe du fchifme eft plus griefue que celle de l'Idolatrie. *Ceux,
dit-il [d], que les Donatiftes gueriffent de la playe de l'Idolatrie ou de l'infidelité, ils les bleffent plus griefuement de la playe du fchifme.* Et non feulement cét article nous jette en vn fchifme ineuitable, mais mefme nous
precipite en vne herefie euidente, nous obligeant neceffairement de
confeffer que l'Eglife Catholique eft perie depuis plufieurs fiecles, en la
terre. Car fi ceux qui embraffent la doctrine oppofite, tiennent vne
opinion contraire à la parole de Dieu, impie & deteftable; le Pape
donc depuis tant de fiecles n'a point efté chef de l'Eglife & Vicaire de
Chrift, mais heretique & Antechrift; & toutes les autres parties de
l'Eglife n'ont point efté vrayes parties de l'Eglife, mais membres de
l'Antechrift. Or cela eftant, où eftoit demeuré l'Eglife Catholique?
En la France feule? Et donc la partie aura donné le libelle de diuorce
à fon tout? Et donc ce qu'vn ancien Pere crioit [e], *Ie voy ce qui ne fe
peut faire, la partie de Donat a euincé tout le corps, l'angle d'Afrique a ex-
cluds l'Vniuers,* aura efté accomply? Et donc que fera deuenu l'heritage de celuy à qui le Pere difoit [f], *Demande moy, & ie te donneray les
gents pour ton heritage?* Et donc que fera deuenu le tiltre de Catholique,
par lequel S. Auguftin [g] fe proteftoit eftre principalement retenu en
l'Eglife? Mais comment fera-t'elle demeurée en France, fi cét article
eft vray, puis que tous les Docteurs François ont tenu depuis tant de
fiecles le contraire, és cas d'herefie & d'apoftafie de la religion Chreftienne? Et donc il faudra auffi donner le libelle de diuorce à toute l'E-
glife Gallicane qui a efté deuant nous, & deterrer tant de Docteurs, ou
François, ou qui ont écrit & enfeigné en France, S. Thomas, S. Bonauenture & infinis autres, & brufler leurs os fur l'Autel; comme Iofias
[h] brufla les os des faux Prophetes. Et cela fait, où aura efté l'Eglife? Au defert de l'Apocalypfe? Et pourquoy donc combattre auec
tant d'effort l'inuifibilité de l'Eglife des heretiques? Et pourquoy differer à leur ceder la victoire & les armes? Car quel plus grand trophée
leur pouuons-nous eriger, que d'aduoüer que le Royaume vifible de

a Eufeb. hiftor.
Ecclef.l.6.c.45.

b De vnit. Eccl.

c Ad Ephef.
ho.11.

d De Bapt. côt.
Donat.l.1.c.8.

e Auth.lib.côt.
Fulg. int.op.
Aug.tom.7.

f Pfalm.2.

g Auguft.côt.
ep.Fundam.

h 2.Paral.34.

Chrift foit pery de la terre , & que depuis tant de fiecles , il n'y ayt eu
ny temple de Dieu , ny efpoufe de Chrift, ny Eglife , mais par tout,
le regne de l'Antechrift, la fynagogue de Satan, & l'efpoufe du Diable? Et quelles plus fortes machines peuuent ils defirer, pour renuerfer & démolir l'article de la tranffubftantiation, celuy de la confeffion
auriculaire, & autres femblables qui ont efté decidez contre les Albigeois, & en fomme mettre fans deffus deffous toute la religion Catholique; que de dire que l'Eglife qui les a decidez, les a decidez fans authorité, & n'eftoit plus lors l'Eglife de Chrift , mais la concubine de
l'Antechrift? Car voila où nous meinent ceux qui nous forcent de iurer, que tenir qu'en aucun cas les fubjects puiffent eftre abfous de leur
fidelité, eft vne doctrine contraire à la parole de Dieu, impie & deteftable ; & veulent mefler cefte propofition en vne mefme conclufion
de foy, & fous vn mefme decret d'anatheme auec celle de l'affaffinat des
Roys.

Reste le dernier inconuenient que j'ay promis d'examiner, qui eft
que non feulement ce mélange rend le remede que l'on veut apporter
au peril des Roys, inutile; mais pernicieux & dommageable. Or vous
fupplieray-je , Meffieurs, auant que d'y entrer, de me permettre de
vous dire que ie ne cede en affection au feruice du Roy à aucun de
mes compatriotes. Ie fuis François & fils de François , & n'ay jamais regardé que les Roys. Ie n'ay jamais en faict d'Eftat , jetté les
yeux fur autres, & s'il plaift à Dieu me conferuer l'efprit fain, ne les
tourneray iamais ailleurs. I'ay efté nourry & éleué fous les aifles du Roy
Henry III. & fuis toufiours demeuré attache à fa fortune pendant qu'il
a vefcu. Apres fa mort, j'ay fuiuy celle du feu Roy Henry le grand
de glorieufe memoire, & cela en faine confcience, voire felon les maximes tant de ceux qui tiennent la partie affirmatiue, que de ceux qui
tiennent la negatiue. Car laiffant à part le mot de, relaps, que l'on
luy auoit imputé par mauuaife information, il ne fut jamais ny perfe-
cuteur ny incorrigible. Au contraire dés que fon predeceffeur fut
mort, il promit de fe faire inftruire : & au plus fort de fes affaires me
faifoit l'honneur de conferer en fecret auec moy des poincts de noftre
foy pour fe preparer à fa conuerfion . Ie le ramenay par la grace de
Dieu, ou pluftoft la grace de Dieu par moy, à la religion Catholique.
I'obtins fon abfolution à Rome du Pape Clement VIII. & le recon-
ciliay auec le fainct Siege : actions par lefquelles il a acheué de recouurer fon Eftat, & de vous reftituer tous en vos maifons, commoditez & fortunes. Ie l'ay depuis perpetuellement feruy , portant &
fouftenant l'honneur & les droicts de fa Majefté plus cherement que
ma propre vie, non icy où il eft aifé d'exalter le feruice du Roy; &
loüer, comme l'on dit les Atheniens à Athenes ; mais hors de fon
Royaume, & là où les chofes fe difputoient. Et de cela auffi i'ay remporté pour marque d'approbation tout ce que ie poffede d'honneurs

& de commoditez. Car ie n'ay jamais receu ny biens ny dignitez
que de luy. C'eſt luy ſeul qui m'a porté à l'Epiſcopat, à l'Archiepiſ-
copat, au Cardinalat: m'a fait grand Aumoſnier, & m'a donné les
moyens & appointemens neceſſaires pour m'aider à ſouſtenir vne partie de ces charges. C'eſt du Roy ſon fils que ie tiens la continuation
des meſmes biens-faicts, ſans eſperer ny vouloir iamais eſperer gratification d'aucun autre. Et pource, Meſſieurs, vous deuez croire que
ie ne ſuis meu en ceſte occaſion d'autre intereſt que de celuy de ſon
ſeruice & de la conſeruation de la religion Catholique, dans le ſalut
de laquelle le ſalut ſpirituel & temporel de luy & de ſon Eſtat eſt compris. Pour la premiere branche donc de noſtre derniere oppoſition,
qui eſt que le meſlange des choſes contentieuſes, rend le remede que
l'on veut apporter au peril des Roys, inutile & infructueux; il en a déja eſté aſſez parlé dés le commencement. Car puis que nous ſommes
d'accord les vns & les autres, que les loix temporelles & les peines impoſées ſur les corps, ne ſont aucunement ſuffiſantes pour deſtourner ces
malheureux attentats, & qu'il faut auoir recours aux loix ſpirituelles,&
aux peines qui s'executent apres la mort, c'eſt à dire, aux loix d'anatheme & de damnation eternelle; Et que la raiſon nous apprend que les
loix d'anatheme, ne font point d'impreſſion dedans les ames, ſi elles
ne ſont creües ſortir d'vne authorité infaillible; comment eſt-ce,quand
on y meſlera quelque clauſe conteſtée & reuocquée en doute par le reſte de l'Egliſe, qu'elles ſeruiront de frein à ceux qui ne craignent que les
tourments de l'ame? Et comment imprimeront-elles la terreur de l'a-
natheme és eſprits qui croiront qu'elles ſeront elles-meſmes ſubjectes
à anatheme? Au contraire comment ne deſtruiront-elles point les bõs
& ſuffiſans remedes que les Conciles Oecumeniques, dont l'authorité
eſt infaillible, auoient inſtituez pour le ſalut des Roys qu'on nous a
oſtez; par le meſlange d'autres choſes dont l'Egliſe vniueſelle ne conuient pas? I'ay dit bons & ſuffiſans remedes pour le ſalut des Roys
qu'on nous a oſtez: Car qui ne ſçait, que ſi les monſtres infernaux qui
ont attenté ſur la vie de nos deux derniers Roys, euſſent leu les loix
Eccleſiaſtiques, ils euſſent trouuez leur damnation expreſſe dedans le
decret du Concile de Conſtance: Et donc que ce n'a pas eſté par le
defaut des loix Eccleſiaſtiques, mais par faute de les auoir leuës, ou
pluſtoſt par vne malice enragée & diabolique, qu'ils ont commis ces
deux horribles aſſaſſinats? Mais on replique qu'il ne ſuffit pas pour
aſſeurer la vie des Roys, que l'Egliſe ayt decerné ſous peine d'anatheme, que nul ne puiſſe attenter ſur leurs perſonnes, ſi elle ne decerne
auſſi ſur les meſmes peines, que les ſubjets ne puiſſent eſtre abſous de
leur obeïſſance, en quelque eſtat qu'ils ſoient, c'eſt à dire, quand
meſme ils feroient profeſſion d'hereſie ou infidelité incorrigible, &
ſe rendroient perſecuteurs, & violateurs des conſciences. Car encore, diſent les repliquants, que l'Egliſe defende que l'on n'en-

treprenne fur' la vie des Princes ; neantmoins fi les Princes viennent
à tomber en herefie ou apoftafie incorrigible, & fe rendent perfe-
cuteurs de la foy, & que l'Eglife là deffus declare leurs fubjects abfous du ferment de fidelité, & que nonobftant cefte declaration ils les
veulent forcer de continuer à leur obeïr, ils deuiennent tyrans. Or,
adjouftent-ils, les loix politiques permettent à chaque particulier d'entreprendre fur la perfonne des tyrans : Et par confequent leur vie en
cas d'herefie ou d'apoftafie, ne peut eftre affeurée.   A cefte objection
donc la réponfe eft courte & facile.   Car l'Eglife ne fe mefle de l'abfolution des fubjects, finon au tribunal Ecclefiaftique : Et outre cefte
peine-la, & celle de l'excommunication, n'en impofe aucune autre. Au
moyen dequoy tant s'en faut qu'elle confente que l'on entreprenne
fur la vie de ceux contre qui elle a jetté fes cenfures, qu'elle abhorre toutes fortes de meurtres, & principalement les meurtres impreueuz &
inopinez, à caufe de la perte du corps & de celle de l'ame, qui y
font fouuent conjointes.   Que fi l'on dit que l'Eglife ne l'ordonne
pas, mais qu'elle eft caufe qu'il fe fait, dautant que la Republique
venant à fe conformer au jugement de l'Eglife, & à faire la mefme
decifion au tribunal politique, fi le Prince veut paffer outre, la Republique le declare tyran & ennemy de l'Eftat, & confequemment le
foufmet à l'effect des loix politiques, qui permettent de confpirer par
affaffinat contre les tyrans: Nous apportons premierement cefte exception, qu'il y a grande difference entre les tyrans d'vfurpation, lefquels les loix permettent d'exterminer par toutes fortes de voyes ; & les
tyrans d'adminiftration qui font legitimement appellez à la principauté, mais l'adminiftrent mal; Et adjouftons que les Princes heretiques
qui perfecutent la foy & leurs fubjects Catholiques, font du nombre
des tyrans d'adminiftration, & nom du nombre des tyrans d'vfurpation, contre lefquels feuls il eft permis de confpirer par embufches
occultes & clandeftines.   Et fi l'on repart que les loix politiques permettent de confpirer contre les vns & les autres, nous répondons
que ce font les loix politiques, prophanes & payennes, comme celles des anciens Romains ou des vieux Grecs; & non les loix politiques Chreftiennes.   Car les loix politiques Chreftiennes, ne confiderent pas feulement en leurs Princes, le refpect qui leur eft deu
pour le bien de la police temporelle, & à caufe de la majefté de l'E-
ftat qu'ils reprefentent ; mais confiderent en eux, l'image & l'vn-
ction de Dieu qui les a appellez à cefte dignité; De forte qu'en ceux
qui ont eu vne fois la vocation legitime à la Royauté, quelque tyrannie qu'ils exercent, iamais les loix politiques Chreftiennes, ne paffent jufques à permettre qu'on vfe de profcription contre leurs perfonnes, & qu'on attente par conjuration clandeftine fur leur vie;
mais leur portent le mefme refpect que porta Dauid à Saül, encore qu'il fçeuft qu'il eftoit rejetté & reprouué de Dieu; lors qu'il dit:

Qui

Qui est-ce qui mettra la main sur l'Oing du Seigneur, & sera innocent? 1. Reg.26.
De maniere que si les Chrestiens sont contrainfts de defendre leur religion & leur vie, contre les Princes heretiques ou apostats, de la fidelité desquels ils ont esté absous, les loix politiques Chrestiennes ne leur
permettent rien plus que ce qui est permis par les loix militaires, & par
le droict des gents : asçauoir la guerre ouuerte, & non les assassinats, &
conjurations clandestines. Car il reste tousiours en eux vne certaine
habitude à la dignité Royale, & comme vne espece de charactere politique, qui les discerne des simples particuliers ; & mesme quand l'obstacle est osté, c'est à dire, quand ils viennent à se corriger & à donner
satisfaction d'eux, les reporte à l'vsage legitime de la Royauté. Et pource voyons-nous qu'en tant de controuerses que les Papes ont eües auec
les Princes temporels, jamais aucun Pape n'est passé jusques à prester
conseil ou consentement aux assassinats des Princes. Au contraire, si
quelques calomniateurs le leur ont voulu imputer, ils s'en sont toujours justifiez, voire auec horreur & abomination de tels actes, se sou-
uenans de ces paroles de S. Gregoire, lors que les Lombards luy fai-   Greg.lib.7.ep.1
soient la guerre : *Si i'eusse voulu me mesler de la mort des hommes, aujour-*
d'huy la nation des Lombards n'auroit ny Roy ny Gouuerneurs. Mais pour-
ce que je crains Dieu, ie ne me veux mesler de la mort de personne. Et quant
à l'autre poinct du dernier inconuenient, qui est que ce meslange rend
les remedes que l'on veut apporter au peril des Roys, non seulement
inutiles mais mesme pernicieux & dommageables ; il ne faut pas beaucoup d'eloquence pour le persuader. Car si ceux qui ont attenté sur
la vie de nos Roys, ont esté meuz à ces horribles parricides par vne faulse imagination qu'ils auoient conceuë, que nos Roys faisoient quelque
chose au prejudice de la Religion ; combien eussent-ils pensé auoir encore plus de pretexte, s'ils eussent creu qu'on eust abusé de leur authorité, pour introduire le schisme & destruire la Religion, & les eussent veus
eux-mesmes en schisme, & separez de la communion du Siege Apostolique, & des autres parties de l'Eglise ? Et puis qui ne recognoist qu'il ne
peut arriuer rien de plus perilleux pour la vie & pour l'authorité des
Roys, que les guerres ciuiles, que les schismes attirét ordinairemét apres
eux ? Et d'ailleurs qui ne sçait que le mespris & l'indifference de la Religion, qui suiuent necessairement les schismes, engendrent l'impieté
& l'atheïsme, & mettent par terre tout le respect que l'on porte aux Rois
pour l'amour de Dieu, & pour la reuerence de la Religion, qui est le
plus fort corps de garde, & le plus seur rempart de leurs personnes?
Car quand la religion est mesprisée, les hómes ne sont plus retenus d'attenter sur les Roys que par la force, & par la crainte des peines temporelles : Et donc lors qu'ils le pensent pouuoir impunémét, ou qu'ils mé-
prisent les peines temporelles, ils n'ont plus de frein qui les retienne.
Et finalement qui ne void qu'il ne se peut rien faire de pis pour le salut
de la personne & de l'Estat des Roys, que d'allumer & attiser sur eux, par

H H h

l'ouuerture d'vn nouueau ſchiſme, & par la diuiſion de l'Egliſe, le courroux de celuy qui vendange les eſprits des Princes de la terre.

Et icy, Meſſieurs, ie n'vſeray plus auec vous de raiſons ny d'arguments; mais paſſeray aux exhortations & aux prieres, & vous conjureray de vous reſouuenir que vous eſtes Fráçois, mais que vous eſtes auſſi Chreſtiens & Catholiques; & qu'en traittant de la ſeureté des Roys, vous ne deuez pas ſeulement jetter les yeux ſur la terre, mais auſſi les eſleuer au Ciel, & ne deuez pas remedier à leur ſalut temporel, en leur faiſant perdre l'eternel; ny pouruoir à voſtre patrie corporelle qui eſt la France, en deſtruiſant la ſpirituelle qui eſt l'Egliſe. Le Pape tolere & patiente pour le bien de la paix Eccleſiaſtique, que les François, c'eſt à dire, aucuns des François, tiennent en ce poinct vne doctrine contraire à la ſienne, & à celle de tout le reſte de l'Egliſe, pourueu qu'ils ne la tiennent que comme problematique en matiere de foy, c'eſt à dire, qu'ils ne la propoſent point pour neceſſaire de neceſſité de foy, & ne declarent point l'autre, contraire à la parole de Dieu, & impie & deteſtable. Et encore qu'aux cas cy deſſus ſpecifiez, il ayt dix nations contre vne partie d'vne, cent Docteurs contre vn, dix Conciles contre nul; neantmoins, ſoit dautant que ces Conciles-la n'expriment pas leur intention par forme de deciſion de foy, mais par forme de ſuppoſition, ſoit pour autre cauſe; il ſe contente de la tenir pour vraye, ſans nous obliger de la tenir pour neceſſaire de neceſſité de foy : Il ſe contente de tenir l'opinion contraire pour erronée, ſans nous obliger de la tenir pour heretique, ny excommunier comme heretiques ceux qui la tiennent. Et pourquoy donc irons-nous maintenant romprela communion Eccleſiaſtique, & diuiſer l'vnité du corps de Chriſt, pour conuertir en poinct de foy vne doctrine qui non ſeulement rend les remedes que l'on veut apporter à la ſeureté des Roys, inutiles : mais meſme les rend pernicieux & à leur perſonne, & à leur Royaume? Il n'y a point de ſaiſon où les ſchiſmes ne ſoient tres-dommageables à la Religion & à l'Eſtat, mais ſur tout ils ſont ruineux à l'vn & à l'autre quand le ſiecle eſt deſia infecté d'hereſie. Car comme les Medecins diſent qu'en temps de peſte toutes ſortes de fieures ſe terminent en peſte, ainſi en temps d'hereſie tous les ſchiſmes ſe terminent en hereſie. Et donc aujourd'huy que l'hereſie a déja tant de part en France, ſi nous allons introduire vn ſchiſme entre les Catholiques; qui doute que le fruict de ceſte diuiſion ne ſoit l'affoibliſſement de l'Egliſe, & le renfort de l'hereſie? Or ſi l'hereſie lors qu'elle eſt la plus foible, peut difficilement demeurer en paix, comment y demeurera t'elle, quand elle ſera venuë à legalité: & n'y demeurant point, comment pourra-t'elle chocquer la Religion, ſans heurter les Roys & l'Eſtat tout enſemble? Auſſi certes, Meſſieurs, n'a-ce pas eſté le but de ceux qui ont les premiers remué ceſte pierre de ſcandale, que de pouruoir à la ſeureté de l'Eſtat & de

la personne de nos Roys. Leur but a esté de jetter des semences de
diuision en l'Eglise Gallicane, & essayer ou de la separer d'auec les autres parties de l'Eglise, ou de la diuiser en elle mesme. Ce que ie ne
dy point pour vous taxer. Ie vous honore tous comme personnages de singulier sçauoir & merite, & tres-affectionnez à la religion
Catholique. Mais je sçay que vous n'estes pas les premiers autheurs
de cét article: Ie sçay que l'on l'a fait glisser industrieusement dans
quelques vns de vos Cayers. Il y a long temps que l'on nous menace
de ceste pomme de discorde. Ce sont ceux qui sont déja diuisez de
nous, qui ont pensé par ce moyen semer des estincelles de diuision
parmy nous, & à ceste fin ce sont seruis d'hommes portans le nom
de Catholiques, voire Ecclesiastiques, afin de surprendre la simplicité & ingenuité des autres, sous le tiltre du seruice du Roy. Le
pretexte qu'ils ont pris, est beau, il est specieux, il est couuert du nom
du Roy: mais sous ceste couuerture est caché le schisme & le dessein
de diuiser l'Eglise. Ce sont des Vlysses qui combattent sous le bouclier d'Achille. Quand Iulian l'Apostat voulut porter les Chrestiens
à adorer les Idoles des faux Dieux, il fist mesler & enlacer auec ses
images, des Idoles de Iupiter, de Venus & de Mercure, afin que lors
qu'on presenteroit aux Chrestiens ses images à adorer, comme c'e-
stoit la coustume que les peuples adoroient les images de leurs Empereurs, ou les Chrestiens les refusassent, & en ce cas fussent accusez du
crime de leze Majesté, pour auoir refusé d'adorer les images de l'Empereur, ou fussent contraints auec les images de l'Empereur d'adorer
conjointement les Idoles. Ils en ont fait icy de mesme, ils ont meslé
en vn mesme article, le decret de la seureté des Roys auec l'introduction du schisme, afin que ceux qui refuseront ce serment, se mettent
en danger, ou d'estre estimez péu affectionnez au seruice des Roys,
ou coulpables du schisme. Et pourtant il ne se faut pas laisser seduire à ceste premiere amorce. C'est du miel, mais c'est du miel qui
a esté fait par des mouches qui ont volé sur les fleurs de l'aconit, c'est
à dire, par des ames qui ont gousté & succé le venim du schisme.
Aristote escrit qu'il faut regarder les voluptez non par le front, mais
par le dos, non quand elles viennent, mais quand elles s'en vont. Il
en est ainsi des specieux pretextes, il les faut regarder non par le front,
c'est à dire, par le premier aspect, mais par le dos, c'est à dire, par la
suitte & le succez. Ce serment est comme le monstre d'Horace, qui
a la teste d'vne belle femme, c'est à dire, le pretexte du seruice & de la
seureté des Roys, mais il a la queuë d'vn poisson, c'est à dire, la queuë
d'vn schisme, & d'vne diuision de religion. Et à la verité il peut bien
estre dit auoir vne queuë de poisson, puis qu'il est venu par mer &
à nage, d'Angleterre. Car c'est le serment d'Angleterre tout pur,
excepté que celuy d'Angleterre est encor plus doux & plus modeste.
Ie ne tiens point ce langage pour offenser le Serenissime Roy de la

grande Bretagne: Ie suis, hors l'interest de la religion, son tres-humble
& tres affectionné seruiteur: l'estime & honore extremement son sçauoir, ses eminentes vertus morales, & ses excellentes conditions naturelles; & ne trouue rien à desirer en luy pour exprimer, non l'effigie
faitte à plaisir, comme celle du Cyrus de Xenophon, mais la vraye &
reelle image d'vn Prince parfaict & accomply, sinon le tiltre de Catholique. Il a obligé en general tous les gents de lettres, ayant faict seoir les
Muses en son thrône Royal: & m'a obligé en particulier, d'auoir voulu prendre la peine d'entrer auec moy en la lice des disputes de Theologie, & ne faire point comme Alexandre, qui dédaignoit d'entrer en
la carriere Olympique, s'il n'auoit à courir contre des Roys. Ie ne touche donc point ceste chorde pour l'offenser: ie sçay que suiuant la religion qu'il tient, il pense faire ce qu'il doit, quand il essaye de mettre
le schisme & la diuision parmy la nostre. Mais sera-t'il dit que ce que le
Roy de la grande Bretaigne fait en Angleterre contre les Catholiques,
nous serue de loy & d'exemple, pour faire le mesme en vn Royaume
Catholique? Sera-t'il dit que la France qui a esté honoreé par tant de
siecles du nom de Royaume tres-Chrestien, & en laquelle S. Hierôme

disoit qu'il n'y auoit point de monstres, soit reduitte à ne souffrir la religion Catholique, sinon aux mesmes conditions & seruitudes qui luy
sont imposées en Angleterre? Sera-t'il dit qu'il ne soit permis aux
Ecclesiastiques de viure en France, sinon sous les mesmes stipulations
sous lesquelles il leur est permis de viure en Angleterre? Sera-t'il dit
qu'il faille que les Catholiques, & particulierement les Ecclesiastiques,
pour auoir seureté & liberté en France, soient forcez de jurer, & s'o-
bliger de croire les mesmes choses qu'il faut qu'ils jurent pour auoir
permission de respirer, ou plustost souspirer, en Angleterre? Et
si l'on se trbuue en Angleterre des Catholiques assez constants pour
souffrir toutes sortes de supplices, plustost que d'y consentir, ne s'en
trouuera-t'il point en France qui facent le mesme, plustost que de
signer & jurer vn article qui met les resnes de la foy entre les mains
des laïques, & introduit la diuision & le schisme en l'Eglise? Si sera certes, Messieurs, il s'en trouuera, & tout ce que nous sommes
d'Euesques, irons plustost au martyre, que de consentir la diuision
du corps de Christ, nous souuenants de ceste diuine sentence de
sainct Denys d'Alexandrie; *Que les martyres, que l'on souffre pour empescher la diuision de l'Eglise, ne sont pas moins glorieux que ceux que l'on endure pour s'abstenir de sacrifier aux Idoles.* Mais nous ne sommes
point, graces à Dieu, sous vn Roy qui face des Martyrs. Il
laisse les ames de ses subjects libres; & si celles de ses subjects déuoyez de l'Eglise, combien plus celles de ses subjects Catholiques?
Nous vuons les vns & les autres à l'abry des Edicts de la paix, en liberté de conscience: Et pourquoy donc nous contraindre de jurer ce
que l'on s'abstient de faire jurer aux autres? Il n'y a vn seul synode

de miniſtres, qui vouluſt auoir ſigné l'article que l'on nous veut o-
bliger de jurer : Il n'y a vn ſeul de leurs conſiſtoires, qui ne croye eſtre
diſpenſé du ſerment de fidelité enuers les Princes Catholiques, quand
ils les veulent forcer en leurs conſciences . De là viennent ces modifications qu'ils ont ſi ſouuent en la bouche, *Pourueu que le Roy ne
nous force point en nos conſciences.* De là viennent ces exceptions de leur
profeſſion de foy, *Pourueu que l'Empire ſouuerain de Dieu demeure en ſon
entier .* De là ſont venuës les armes qu'ils ont ſi ſouuent priſes contre les Roys, quand ils leur ont voulu oſter la liberté de leur religion.
De là ſont venus leurs ſouleuements, & en Flandres contre le Roy
d'Eſpagne, & en Suede contre le Roy de Pologne Catholique, lequel
ils ont dépoüillé du Royaume de Suede, ſon legitime heritage, & y
ont eſtably le Duc Carle Proteſtant. Encore ne reſtreignent-ils pas ces
exceptions aux ſeuls cas de religion & de conſcience : mais meſme les
eſtendent bien ſouuent aux choſes ſeculieres. Les écrits de Bucha-
can, Brutus & infinis autres, en font foy, qui veulent que ſi les Roys
manquent aux conuentions temporelles qu'ils ont auec leurs ſubjects,
leurs ſubjects ſoient libres de ſe reuolter contre eux : ne conſiderans
pas qu'il y a grande difference, comme nous l'auons déja repreſenté,
entre les ſimples contrauentions qui ſe font aux ſerments, & les de-
ſtructions des ſerments. Car quand vn Prince par fragilité ou par
paſſion humaine, commet quelque injuſtice; il contreuient bien au
ſerment qu'il a fait à ſes peuples de leur rendre juſtice : Neantmoins
il ne deſtruit pas pour cela ſon ſerment. Mais s'il faiſoit vn ſerment
contraire, c'eſt à dire, qu'au lieu qu'il a juré publiquement & ſolem-
nellement à ſes peuples de leur rendre la juſtice, ce qui ſe doit entendre, entant que la fragilité humaine le peut permettre, il juraſt & ſo-
bligeaſt par vn autre ſerment public & ſolemnel, de ne vouloir iamais
leur rendre la juſtice ; ou pluſtoſt de ne leur vouloir jamais rendre
qu'injuſtice : alors il deſtruiroit ſon ſerment, & renonceroit luy meſme à la Royauté, en renonçant par vn ſerment contraire aux clauſes
de ſon premier ſerment, & aux conditions pour leſquelles, & moyennant leſquelles la Royauté eſt inſtituée. Et pource Barclæus, l'Achille
de la doctrine de voſtre article, a eu tres-juſte occaſion de les reprendre; mais en les reprenant il a reſerué vne exception de deux cas qui
portent beaucoup plus de prejudice aux Roys que les cenſures de
l'Egliſe dont il les veut exempter. Car il dit nommément, qu'en
deux cas les peuples peuuent ſecoüer le joug des Roys, & s'armer
contre eux; Voicy ſes paroles : *Quoy donc, ne ſe peut-il rencontrer aucuns cas auſquels le peuple ſe puiſſe eſleuer & prendre les armes par ſa propre authorité, & enuahir vn Roy dominant inſolemment? Nuls certes tandis qu'il demeure Roy. Car touſiours ce commandement diuin y contredit : Honorez le Roy,
&, Qui reſiſte à la puiſſance, reſiſte à Dieu. Le peuple donc, adjouſte-t'il,
ne peut auoir par aucun autre moyen, puiſſance ſur luy, ſinon qu'il face choſe*

H H h iij

par laquelle il ceſſe de droiⅽt, d'eſtre Roy. Car alors, pource qu'il ſe deſpouille luy-meſme de la principauté, & ſe rend perſonne priuée, le peuple demeure libre & deuient ſuperieur. Et ces deux cas il dit que c'eſt quand vn Prince s'efforce, & a intention d'exterminer le Royaume & la Republique, comme Neron & Caligule, ou quand il veut rendre ſon Royaume feudataire d'vn autre. *Ie trouue, dit-il, ſeulement deux cas, auſquels le Roy, par le faict meſme, ſe rend de Roy non Roy, & ſe priue de la dignité Royalle & de la puiſſance ſur ſes ſubiects. L'vn eſt, s'il eſſaye d'exterminer le Royaume & la Republique, c'eſt à dire, s'il a le deſſein & l'intention de deſtruire le Royaume, comme l'on dit de Neron, qu'il auoit deliberé d'exterminer le Senat & le peuple Romain, &c. Et l'autre, ſi le Roy ſe veut mettre en la clientele de quelque autre.* Or qui ne void que c'eſt choſe trop plus indigne d'vn Chreſtien d'admettre ces exceptions lors qu'il s'agit de la deſtruction de la Republique, que lors qu'il s'agit de la deſtruction de la religion; & d'ailleurs que le jugement que le peuple ſe peut feindre de l'vn, eſt bien plus perilleux aux Princes, que celuy que l'Egliſe vniuerſelle peut faire de l'autre? Et neantmoins ce ſont aujourd'huy les écriuains que l'on celebre, que l'on careſſe & que l'on porte dedans les yeux. Car pourueu qu'vn autheur die quelque choſe contre le Pape, qu'il mette tant qu'il voudra le ſalut des Roys ſous les pieds du peuple, il eſt embraſſé, chery & adoré. Et de cela il n'en faut point de meilleure preuue que l'édition de Gerſon, que ceux meſmes qui ont eſté les premiers autheurs de l'article qu'on nous propoſe maintenant, ont fait re-imprimer depuis huiⅽt ans, auec inſcriptions, images & eloges, à cauſe qu'il leur ſemble auoir écrit contre le Pape. Car en ſon ſermon prononcé deuant le Roy Charles VII. au nom de l'Vniuerſité de Paris, apres auoir faict parler la Sedition qui veut que l'on vſe indifferemment & ſans exception de ceſte regle de Seneque, *Il n'y a point de ſacrifice plus agreable à Dieu que l'occiſion des Tyrans:* & que l'on l'employe contre toutes ſortes de perſonnes accuſées de tyrannie, & ſur toutes ſortes de ſoupçons & de libelles diffamatoires; & la Diſſimulation qui veut au contraire que l'on n'en vſe jamais, mais que l'on endure tout des tyrans: il introduit la Diſcretion qui enſeigne quand il en faut vſer, en ces mots: *Concluons de plus, que ſi le chef, ou quelque autre membre de la Republique encouroit vn tel inconuenient qu'il vouluſt aualler le venim mortel de la tyrannie; Chaque membre en ſon lieu s'y deuroit oppoſer de tout ſon pouuoir par les moyens expediens, & tels qu'il ne s'enſuiuiſt pas pis. Car il n'eſt pas à propos ſi la teſte eſt affligée d'vne petite douleur, que la main la frappe, attendu que cela ſeroit folie; ny ne faut pas la coupper ou ſeparer incontinent d'auec tout le corps, mais la medeciner doucement tant par bonnes paroles qu'autrement, à l'exemple des prudents Medecins. Il n'y auroit rien de plus déraiſonnable & de plus cruel, que vouloir exclure la tyrannie par vne ſedition. J'appelle ſedition vne rebellion populaire, ſans cauſe & ſans raiſon, qui eſt ſouuent pire que la tyrannie, &c.* Il eſt beſoin d'vne grande

& singuliere discretion, & prudence & temperance, pour expulser la tyrannie.
Et pourtant il faut ouïr & adiouster foy aux sages Philosophes, Iurisconsultes,
Legistes, Theologiens, aux hommes de bonne vie, de bône & naturelle prudence,
& de grande experience, dont il est dit: EZ vieillards se trouue l'experience. Car
vn Seigneur pour estre pecheur en plusieurs cas, ne doit pas estre incontinant iugé
tyran. Et en l'œuure des dix considratiôs contre les flatteurs des Roys, où Gers. consider. 7. contr. adulat.
il recapitule vne partie des discours de son Sermon. C'est erreur, dit-il, de
croire qu'vn Prince terrien ne soit obligé en rien durant sa domination, à ses subjets: Car selon le droict diuin & la naturelle equité & la fin de la vraye domination, comme les subjets doiuent foy, ayde & seruice à leur Seigneur, ainsi le Seigneur doit à ses subjets foy & protection. Et si le Prince les poursuit manifestement, & auec obstination en injure & de faict, alors ceste regle naturelle, Il est
licite de repousser la force par la force; Et ceste sentence de Seneque, On ne peut
immoler de victime plus aggreable à Dieu qu'vn tyrã, ont lieu. Et encore ce qui
est plus estrange, c'est que ceux qui l'ont fait re-imprimer, n'ont daigné
mettre ny au commencement de ses œuures, ny à la marge de ces paroles, aucune note pour les censurer & aduertir le Lecteur de s'en donner
garde. Mais comment l'eussent-ils fait, sans se condamner eux mesmes,
eux qui durãt les orages de ces derniers troubles auoient esté les port'enseignes, ou plustost porte flambeaux de ceste pernicieuse doctrine, &
l'auoient soustenue & publiée contre le Roy Henry III. par theses dis-
putées & imprimées? Car voicy leurs mots, Il est tres-certain que de droict
diuin & naturel les Estats sont par dessus les Roys. Et derechef: Il a esté licite à
tous les peuples de France, de prendre tres-iustement les armes contre le tyran,
c'est à dire, contre le Roy Henry III. Et vn peu apres: Ceux qui conside-
rent diligemment les choses, iugeront que les ennemis eternels de la religion & de
la patrie, doiuent estre poursuiuis, non seulement par les armes publiques, mais
mesme par le fer & les embusches des particuliers. Et que Iacques Clement Do-
minicain, n'a esté allumé d'autre desir que de l'amour des loix de sa patrie, & du
Zele de la discipline Ecclesiastique, par lequel ce restaurateur de nostre liberté, a
imposé à son propre chef, la grace, & à nostre col, les carquans d'or, & colliers
celestes de l'Eglise. Ce que ie ne dy point pour les scandalizer, car ie cele
leurs noms, ny pour leur reprocher ce que la bonté & clemence du Roy
a enseuely: mais pour monstrer qu'ils se deuroient contenter de vaquer le
reste de leurs iours à lauer & effacer leur offense auec leurs larmes, & non
pas se mesler de faire des leçons du seruice des Roys à ceux qui les ont
tousiours bien & fidellement seruis, voire lors mesmes qu'ils les persecutoient. Mais ce sont des esprits violents, qui s'estans portez à vne extremité, & ne pouuants demeurer au milieu, ont creu que le moyen de se
iustifier estoit de passer à l'autre, & se mettre à écrire & combattre contre le Pape. En quoy comme ils se sont trouuez conformes, ou pour le
moins fort symbolizans auecles ennemis de l'Eglise, ils ont esté tellement fomentez & cultiuez par eux, & par aucuns conniuans auec eux,
qu'ils les ont poussez à éclorre sous pretexte du seruice du Roy, les so-

HHh iiij

mences d'vn schifme. Mais, Meffieurs, le Roy ne defire point eftre feruy de cefte forte. Il ne veut point qu'on pouruoye à fa feureté par le fchifme, & par la diuifion de l'Eglife, dans la ruine de laquelle la ruine de fon
falut fpirituel & temporel eft enclofe. Il eft Catholique & fils aifné de
l'Eglife Catholique. Il eft le premier Catholique de tous les Roys, & le
premier Roy de tous les Catholiques. Il ne craint point de tomber en herefie, & ne redoute point les cenfures du Pape, ny les menaces de l'Eglife contre les heretiques. Il eft le premier & principal Protecteur de l'vn &
de l'autre. Il eft heritier & de la couronne, & du nom, & de la foy de ce
glorieux S. Louys qui eftoit l'appuy de l'Eglife, & l'abry & la retraitte des
Papes. Il eft forty d'vne mere non moins Catholique, pieufe & religieufe, que la fienne. Il eft infeparable & indiuifible de l'vnion & de l'amitié
du fiege Apoftolique, & conuié par toutes fortes de raifons & fpirituelles & temporelles de la maintenir. Les interefts d'Eftat combattoiét
en la perfonne d'Elizabet Reyne d'Angleterre contre ceux de la confcience, & l'obligeoient à demeurer feparée de la communion du Pape:
mais tous les interefts tant d'Eftat que de religion obligent la gratitude
du Roy de fe conferuer en intelligence, vnion & amitié auec le Pape. Il
eft, outre le tiltre que fes predeceffeurs luy ont acquis, fils du fiege Apoftolique en plufieurs fortes. Le Pape Clement huictiéme receut le feu
Roy Henry le grand fon Pere dedans le fein & dans le giron de l'Eglife. Il
refolut & eftablit fon mariage auec la tres-Chreftienne Reyne Marie de
Medicis, à la prudence, vertu & bonté de laquelle nous deuons la profperité de noftre nouueau regne : & de l'heureufe regence de laquelle
tous les fiecles de la pofterité beniront la memoire. De ce mariage eft forty le facré reietton de nos lys, que Salomon n'égala point auec toute fa
gloire. Ie yeux dire le Roy qui regne maintenant. Le Pape Paul qui fied
aujourd'huy a efté fon Parrain, & comme fon fecond Pere, & par toutes
fortes de foins & d'offices s'employe à procurer enuers Dieu & enuers les
hommes le bien & la conferuation de fa perfonne & de fon Royaume. Et
pourquoy donc irons-nous troubler cefte concorde par des loix non feulement d'Eftat, mais de religion & de confcience, que nos peres n'ont
point cogneuës ? Iettez les yeux fur les hiftoircs de la France, & vous trouuerez que toutesfois & quantes que nos Roys ont efté en vnion, concorde & intelligence auec le fiege Apoftolique, & que l'époux, pour emprunter les termes de l'Efcriture, a faict fes pafturages entre les lys, toutes fortes de graces & benedictions téporelles & fpirituelles ont pleu fur eux &
fur leurs peuples. Vous trouuerez que comme quand l'Arche de l'alliance
refidoit en la maifon d'Obed-Edon, il n'y auoit efpece de felicité qui ne
luy arriuaft : ainfi pendant que la communion du fiege Apoftolique a efté
parmy nous, & que nous auons eu l'affiftence du Vicaire de celuy qui eft la
vraye Arche de l'alliance, toutes fortes de profperitez nous font arriuées:
le nom François s'eft épandu du bout du monde à l'autre : & nos lys ont
fleury aux plus loingtaines parties de la terre. Et au contraire lors que

nos Roys ont esté separez de l'vnion du siege Apostolique, le lys a esté
entre les épines,& toutes sortes d'angoisses & d'aduersitez nous ont assie-
gez. Repassez par vos esprits la memoire de ces choses, & en tirez des
consequences pour l'aduenir. Souuenez-vous combien durant les schismes ou apprehensions des schismes, nous auons souffert de miseres &
de calamitez : combien de temples ruinez, combien d'autels demolis, có-
bien de villes saccagées. Representez-vous l'estat de vostre vie passée
pendant que le feu Roy estoit priué de la communion du siege Apostolique, & auec combien de vœuz & de larmes & luy & vous auez desiré
qu'il y fust restitué. Mais sur tout remettre-zvous deuant les yeux, celuy de
la vie future, de laquelle les autheurs & fauteurs des schismes sont exclus,
& à laquelle nul ne peut paruenir s'il n'est constitué, non seulement en la
foy, mais aussi en l'vnité & en la communion de l'Eglise Catholique.

Extraict du Priuilege du Roy.

PAr lettres patentes du Roy, donnees à Paris, le 3. iour de Iuin 1609, signées Henry, & plus bas, Par le Roy, Potier, & scellées du grand seau de cire iaune; Il est permis à Monseigneur le Cardinal du Perron, Archeuesque de Sens, Primat des Gaules & de Germanie, & grand Aumosnier de France, lors Euesque d'Eureux, & premier Aumosnier de sa Majesté, de faire imprimer & mettre en lumiere par tel Imprimeur qu'il choisira, & pour si long-temps qu'il voudra, toutes ses œuures & écrits, en quelque langue & sciéce qu'ils soient. Et deffenses sont faittes à tous Imprimeurs, Libraires & autres, d'imprimer, ou faire imprimer, vendre & distribuer lesdictes œuures & écrits sans la permission de mondit Seigneur le Cardinal, à peine de six mille liures d'amende, ensemble des exemplaires qui se trouueront imprimez, ainsi qu'il est plus amplement contenu esdites lettres patentes.

Mondit Seigneur le Cardinal a permis à Antoine Estiene Imprimeur ordinaire de sa Majesté, d'imprimer, vendre & distribuer la presente Harangue par luy faitte de la part de la Chambre Ecclesiastique en celle du tiers Estat; Et ce pour le temps & terme de six ans.

ORAISON FVNEBRE
SVR LA MORT DE
MONSIEVR DE RONSARD.

PRONONCEE EN LA CHAPPELLE DE
Boncourt, l'an 1586. le iour de la feste sainct Matthias.

PAR MONSIEVR DV PERRON DEPVIS
EVESQVE D'EVREVX, ET APRES CARDINAL,
Archeuesque de Sens, & grand Aumosnier
de France, lors âgé de 27. ans.

A MONSIEVR DESPORTES
ABBE' DE · TYRON ET DE
IOSAPHAT.

MONSIEVR, ayant esté ceste Oraison prononcée pour celebrer la memoire de Monsieur de Ronsard, i'ay pensé que ie n'en pouuois addresser la publication plus dignement qu'à vous, auquel il semble auoir resigné la gloire de sa profession, & vous auoir laissé comme son vnique successeur. Ie vous l'enuoye donc peinte & tracée fidellement sur le papier, afin de representer à vostre esprit par l'image des characteres, ce qui s'en pourroit estre escoulé du son & de la memoire des paroles. Vous la receurez, s'il vous plaist, à vos perils & fortunes, c'est à dire, si elle est leuë auec quelque loüange, vous recueillirez le fruict de ce que i'ay appris en vostre conuersation : si au contraire, vous me seruirez de garant enuers ceux qui taxeront & accuseront ma temerité, comme ayant esté le principal autheur, non seulement de me la faire entreprendre, mais aussi de me persuader de l'exposer au iour & à la lumiere de l'impression ; Et vous souuiendrez, vous & ceux qui assisterent au festin qui se fit chez vous le mardy 18. de Mars, où le dessein de ces funerailles fut pris, que ie n'eus que depuis le lendemain, qui fut le Mercredi des cendres, iusques au Lundy suiuant qu'elle fut prononcée, pour m'y preparer. Dieu vueille qu'elle puisse satisfaire en quelque chose à vostre desir, au merite de Monsieur de Ronsard, & au iugement de ceux qui la liront.

CLAVDE BINET EN LA VIE
P. DE RONSARD.

APres disner le Sieur du Perron prononça l'oraison funebre auec tant d'eloquence, & pour laquelle oüyr l'affluence des auditeurs fut si grande, que Monseigneur le Cardinal de Bourbon & plusieurs autres Princes & Seigneurs furent contraints de s'en retourner pour n'auoir peu forcer la presse. L'applaudissement des assistans en tres-grand nombre, & le regret de la troupe immense qui ne peut entrer, fit cognoistre l'effect merueilleux de son éloquence, & témoigna combien la gloire de Ronsard & la perte en estoit grande, où il sembloit que le public, & chacun en particulier, y eust interest, y abbordant de tous costez.

ORAISON FVNEBRE
SVR LA MORT DE MONSIEVR
DE RONSARD.

ESSIEVRS, Ie pense qu'il n'y a personne en ceste compagnie qui ne sçache bien la fin pour laquelle nous sommes
icy assemblez, qui est de rendre les offices funebres aux cendres & à la memoire de feu Monsieur de Ronsard. Et de fait
quand il n'y auroit autre chose que l'honneur & la reuerence que ie voy que vous y apportez, ce seroit assez pour me conuier à le
croire, & me témoigner par mesme moyen que vous loüez & fauorisez
nostre intention. Ce que i'estime seulement que vous trouuez estrange,
est comme i'ay eu l'asseurance d'entreprendre ceste action, plustost que
beaucoup d'autres qui s'en acquitteroient, sinon selon l'excellence du sujet, au moins plus dignement & heureusement que ie ne l'ose esperer. Et
pour vous dire la verité quand ie regarde maintenant où ie suis, ie ne me
trouue pas moins estonné moy-mesme, de voir que les prieres des mes
amys ayent eu tant de poids en mon endroit, que de me faire accepter
vne charge à laquelle mes forces sont si inegales & inferieures. Aussi certes n'a ce pas esté sans vn long combat en mon ame, & plusieurs resistences aux honnestes desirs de ceux qui m'en solicitoient, que ie me suis
laissé vaincre à leur persuasion. Car comme d'vn costé ie recognoissois
que ce m'estoit beaucoup d'auantage d'auoir à traicter d'vn argument où
ie ne pouuois auoir faute de matiere ny de paroles : d'ailleurs ie conside-
rois que tant plus sa vertu me donnoit de champ & d'estenduë, & plus elle
preparoit les assistans à attendre de moy des loüanges infinies & correspondantes à son merite. De maniere, Messieurs, que si ie n'eusse adiousté
à tous ces respects, celuy de la pieté & de l'obligation, il m'eust esté bien
mal-aisé de forcer & surmonter ma timidité. Mais ie confesse franchement que ceste seule pensée a eu plus de pouuoir en mon esprit, que le
soin de ma reputation, & la crainte de n'égaler pas le desir & l'esperance
des auditeurs. Car outre ce que toute la France en general doit à la gloire de son nom, comme estant vn des plus nobles ornemens dont elle ait
iamais triomphé par dessus les autres prouinces, encore pour mõ particulier i'ay tant de causes qui m'obligent à aimer & honorer sa memoire, que

III

ie ne luy puis nier aucun gage d'affection, ſans cõmettre vne trop grandé
ingratitude. Que ſi pendant qu'il a eſté en ce môde il a pris quelque plaiſir à mes paroles, & ſi ceſte voix qui eſt maintenant debile & affligée
pour l'ennuy que ie reçoy de ſa mort, luy a eſté autresfois agreable; ie
croy certes que le plus doux fruiĉt qu'il en recueillit iamais, c'eſt le deuoir
& l'office que ie luy rens aujourd'huy. Non que ie me vueille reſeruer ce
theatre à moy ſeul, & empeſcher ceux qui en ſeront ambitieux d'y paroiſtre & de s'y ſignaler. Au contraire, ie ne pretens autre choſe que de
les piquer & animer de ceſte iuſte & religieuſe ialouſie, eſperant que ce
ſera vn argument de s'exercer à l'aduenir, à tous ceux qui voudront combattre de la gloire de bien dire, comme auſſi ils ne ſçauroient faire œuure plus honorable, ny pour eux ny pour l'eloquence meſme, que de la
conſacrer à vn ſi digne & excellent ſujet. Cependant ie me contenteray
d'auoir eu ceſte bonne rencontre de commencer le premier, & monſtrer
le chemin aux autres en vne tant ſainĉte & officieuſe entrepriſe; &prieray
ceſte belle ame de me pardonner ſi ie ne puis atteindre à repreſenter par-
faiĉtement ſa vertu. Ce me ſera aſſez d'en faire ſeulement les premiers
traiĉts, c'eſt à dire, de toucher quelque choſe de ſes loüanges en general,
& puis ie bailleray le tableau à ceux qui viendront apres moy, pour y adiouſter les autres beautez & ornemens, leur iurant & proteſtant que ie
n'auray point de regret d'eſtre ſurmonté par eux; ains me ſentiray tres-
honoré de ſacrifier ma reputation, ſi i'en puis pretendre quelqu'vne, au
luſtre & à l'exaltation de la ſienne. Au moyen dequoy auſſi ie parleray a-
uec beaucoup moins de crainte & de défiance, & principalement ſi vous
continuez de me preſter la meſme attention que vous auez fait iuſques à
maintenant. Choſe que j'obtiendray facilement, pourueu que vous vous
ſouueniez cõbien le lieu auquel vous aſſiſtez eſt ſainĉt & venerable, & cõbien le temps que vous y employez vous doit eſtre ſacré & precieux. Car
ce ne ſont point icy les obſeques d'vn homme vulgaire & ordinaire comme les autres, ce ſont les funerailles du pere commun des Muſes & de la
Poëſie. Que ſi ceux qui conduiſoient anciennement leurs peres au ſepulchre, y portoient la teſte voilée & couuerte, comme s'ils euſſent aſſiſté
aux ſacrifices des Dieux, pour teſmoigner par ceſte ceremonie exterieure
qu'ils honoroient leurs peres decedez, de la meſme façon qu'ils reueroient
les Dieux: & quand ils approchoient de leurs monuments s'y cõtenoient
auec pareille religion que s'ils fuſſent entrez dedans les temples, & euſſent
eſté aupres des autels; A plus forte raiſon en ces honneurs funebres, & en
ce conuoy ſpirituel que nous faiſons aux cendres & à la memoire du grãd
Rõſard, il faut que tous les enfans des Muſes obſeruent le meſme reſpeĉt
que les anciens auoient accouſtumé de déferer aux ſolemnitez mortuaires
de leurs peres charnels & corporels. Mais c'eſt trop vous ſolliciter d'vn deuoir auquel ie vous voy déja aſſez preparez de vous meſmes: & partant il
vaut mieux commencer d'entrer en propos, & mettre peine de dire ce que
le lieu & l'occaſion deſirent de nous. Pour à quoy paruenir plus heureu-

sement, nous prierons celuy qui est l'autheur de tous bons & loüables discours, premierement qu'il nous inspire des conceptions qui luy soient agreables : & secondement si c'est vne requeste qui se puisse impetrer, qu'il nous face la grace que nous n'éclipsions & n'obscurcissions rien de la gloire & de la splendeur de ce grand homme que nous celebrons, par l'imperfection & par le defaut de nos paroles.

Pierre de Ronsard (Messieurs) le Génie & l'oracle de la poësie Françoise, quant au costé paternel, auoit deriué son extraction de la Morauie, Prouince située entre la Pologne & la Hongrie, d'vne maison dont le chef s'appelle le Marquis de Ronsard. De ceste famille il y a enuiron deux cents cinquante ans qu'vn puisné courageux, voulant cercher son aduenture par les armes, sortit du païs auec vne troupe de ieunesse volontaire, & ne voyant point de plus belle occasion que la guerre, lors allumée entre les François & les Anglois, se vint rendre en France aupres de Philippes de Valois, lequel il seruit si dignement en toutes les expeditiós militaires, qu'il le prit en amitié ; & desirant de l'obliger & retenir, luy donna de grands biens en ce Royaume, au moyen desquels il se maria & s'habitua en Vendomois, où il planta comme vne branche & vne colonie de la famille de Ronsard, qui y a fleury iusques à maintenant. De ceste maison de Ronsard, que l'on appelloit la Poissonniere, à cause d'vne de leurs principales terres, descendit Louys de Ronsard pere de celuy dót nous solemnisons la memoire, qui seruit les enfans de France du viuant du grand Roy François, & les accompagna en leur voyage d'Espagne, & depuis fut maistre d'Hostel du Roy Henry second, lors de son aduenement à la couronne, & eut beaucoup de part aupres de luy, comme estant homme d'aggreable compagnie & de bon entendement, & au reste qui monstroit deja quelque inclination à la Poësie, & se mesloit de faire des vers selon le temps. Pour le regard de l'origine maternelle, il a eu l'heur d'appartenir à vne infinité d'illustres familles Françoises, comme à celle du Bouchage, & partant à Monsieur de Ioyeuse, de la presece duquel ses funerailles sont maintenant honorées : à celle de la Trimoüille, des Rouaux, des Chandriers : noms si signalez en ce Royaume, par les celebres actions de ceux qui les ont portez, que nos histoires n'ont point de plus ordinaires discours. Ce qui suffira pour ceste heure, afin qu'il ne semble pas que nous allions chercher dans les racines, ce qui se doit troüuer dans les branches ; & que ces ornements domestiques que nous luy appliquons, ce soit par faute de loüanges qui luy soient propres & particulieres à luy-mesme. Quant au temps de sa naissance, il y en a diuerses opinions, les vns veulent qu'il soit né l'an cinq cents vingtdeux, & par ainsi mort en son an climacterique, chose que l'on a remarqué arriuer à beaucoup de grands personnages : Les autres s'arrestent à ce qu'il en a écrit, ayant signalé l'année de sa natiuité par la prise du grand Roy François, comme souuent il se rencontre de ces fortunes notables à la naissance des hommes illustres : là où nous pouuons encor ob-

seruer en passant, que la prise de ce Roy deuant Pauie, qui est l'accident
duquel il a voulu noter l'année de sa natiuité, tombe iustement en vn
mesme iour que celuy auquel nous celebrons la memoire de sa mort, qui
est la feste de S. Matthias. Estant doncques ceste belle lumiere venuë au
monde, & commençant dans peu de temps apres à ietter de clairs rayons
d'esperance de ce qu'elle seroit à l'aduenir, ses parens se libererent de la
donner à l'estude des lettres, tant à cause de la viuacité de son esprit, que
dautant qu'ayant eu cinq freres aisnez, il en restoit encore trois, nombre
suffisant pour emporter la plus grande partie du bien de la famille. Parquoy si tost que son âge le permit, ils l'enuoyerent en ceste Vniuersité,
où leur intention ne reüssit pas pour la premiere fois, comme ils espe-
roient. Car ce libre & genereux esprit, qui ne se pouuoit forcer par les
loix & par la seuerité d'vn precepteur, mais auoit besoin de quelque passion interieure pour l'exciter à deployer sa vigueur, se desgousta du premier coup des lettres & de l'estude, tellement qu'ils furent contraints de
le retirer cinq ou six mois apres, & le dedier à la profession des armes, pour
l'exercice de laquelle il auoit le corps bien composé. Prenant donc ceste
seconde resolution, ils l'enuoyerent au camp d'Auignon, où il fut donné
page à Monsieur d'Orleans, auec lequel ayant demeuré quelque temps,
il receut commandement de suiure le Roy d'Escosse, qui estoit lors deça
la mer, & l'accompagner en son Royaume : ce qu'il fit, & y seiourna
deux ans & demy, pendant lesquels il apprit les particularitez & la langue
de la prouince.　　Or ce fut là premierement qu'il commença à prendre
goust à la Poësie.　Car vn gentil-homme Escossois nommé le Seigneur
Paul, tresbon Poëte Latin, se plaisoit à luy lire tous les iours quelque
chose de Virgile ou d'Horace, le luy interpretant en François ou en Escossois, & luy qui auoit déja ietté les yeux sur les rimes de nos anciens
autheurs, s'efforçoit de le mettre en vers le mieux qu'il luy estoit possible. Retournant d'Escosse il passa par l'Angleterre, où il s'arresta enuiron
six moys, & de là arriué en France s'en reuint trouuer Monsieur d'Orleans, qui le retint encores certain temps aupres de luy, estant soigneux
de le faire bien instituer aux exercices où l'on a accoustumé de dresser la
ieunesse, ausquels à raison de son excellente disposition il se rendoit
merueilleux par dessus tous ses compagnons, fust à tirer des armes,
à monter à cheual, à voltiger, à lutter, à iettter la barre, & autres tels
efforts où l'auantage de la complexion est principalement requis. Car
ceux qui l'ont cogneu en sa premiere fleur, racontent que iamais la nature n'auoit formé vn corps mieux composé ny proportionné que le sien,
tant pour l'air & les traicts du visage qu'il auoit tres-agreable, que pour
sa taille & sa stature extremement auguste & martiale, de sorte que le
Ciel sembloit auoir mis toute son industrie à preparer vn lieu qui peust
receuoir dignement ceste ame pleine de tant de gloire & de lumiere,
de laquelle les beautez du corps deuoient estre comme la splendeur &
& les rayons.　Monsieur d'Orleans qui voyoit les premices de sa

vertu naissante, & l'opinion que tout le monde conceuoit de luy, se resolut de plus en plus de ne le laisser point ocieux, mais de le faire hanter &
conseruer auec les nations estranges, pour le rendre capable d'estre employé aux belles charges, ausquelles il iugeoit que son instinct & sa nature l'appelloiét. A ceste occasion il le depescha en Flandres, & en Zelande,
& depuis luy donna encor vne seconde commission pour retourner en
Escosse, en la cópagnie du Sieur de Lassigny. Apres tous lesquels voyages
il fut aussi enuoyé en Allemagne auec Lazare de Baïf lors Ambassadeur,
& y seiourna iusqu'à ce qu'il eust appris la langue & l'estat du pays. Puis de
là finalement s'en reuint en France trouuer la Cour qui estoit à Blois, où il
ne fut pas si tost arriué (comme la ieunesse est susceptible de telles impressions) que l'amour luy entra en l'esprit. Or luy estoit-il suruenu vne
debilité d'ouïe durant son voyage d'Allemagne, qui commençoit à le rédre mal propre pour l'entretien, ce qui fut cause qu'il se mit à representer
ses passiós sur le papier, choisissant la façon d'escrire plus accommodée à
son sujet & à son inclinatió, sçauoir la Poësie, en laquelle il luy estoit permis de suiure la liberté de ses imaginations. Et encore qu'au commencement il ne s'addonnast à ceste profession que comme en ce joüant, & la
faisant seruir à vn autre dessein: toutefois quand il vid que ces vers estoiét
leus auec loüange, il s'y eschauffa & affectionna à bon escient. Ioint aussi que son accident l'empeschoit d'oser plus pretendre à la Cour ce qu'il y
auoit esperé, le separant de la compagnie des hommes, & le confinant
en vne espece de solitude, parmy laquelle il estoit tres-aise d'eslire vne
occupation où il peust pour le moins tirer quelque gloire de son incommodité. Considerant donc qu'il auoit bien déja acquis vne grande facilité de faire des vers, mais que la cognoissance des langues anciennes luy
manquoit, au moyen dequoy il ne pouuoit pas voler si haut sur ses propres ailes comme il l'eust desiré, il se repentit d'auoir mesprisé l'estude en
son enfance. Et ores qu'il se vist en vn âge où il sembloit n'estre plus seát
de retourner à l'échole des lettres, pour apprendre les premiers elemens
de la langue Grecque & Latine, si est-ce qu'il passa par dessus toutes sortes d'obstacles, & arriué en ceste Vniuersité se vint ranger aupres de Do-
rat, où il demeura cinq ans entiers estudiant si assiduement qu'il recompensa auec beaucoup d'vsure la perte qu'il auoit faicte auparauant. Car
il s'orna & embellit l'esprit de tout ce qu'il y auoit de rare & d'excellent
dedans les anciens Poëtes, tant Grecs que Latins, des despoüilles desquels
nostre langue n'auoit point encore triomphé, & y sa de leurs richesses
si industrieusement, qu'elles paroissoient sans comparaison plus belles, mises en œuure dedans ses escrits, que dedans les liures de leurs
premiers autheurs: combien qu'au commencement les oreilles des
Courtisans François, qui n'estoient pas encore accoustumées à ces
ornements estrangers, fissent quelque difficulté de les supporter, rejettant tantost la hardiesse des conceptions qui estoient poëtiques & esleuées, tantost la licence des constructions & des façons

I I i iij

de parler, qui estoient imitées & empruntées des autres nations ; & tantost la nouueauté des mots lesquels ils se voyoit contrainct d'inuenter,
pour tirer nostre lágue de la pauureté & de la necessité. Mais luy , dont le
demon estoit inuincible,& ne pouuoit ceder au iugement de la multitude, se seruant d'vn suffisant témoin à luy-mesme, de celuy que la posterité feroit de ses œuures, resista courageusement à la passion de ses calomniateurs, & ne cessa iamais de suiure le mesme vol qu'il auoit entrepris, iusqu'à ce que toute l'enuie estant esteinte & tous les monstres sur-
montez & abbatus, on commença à luy applaudir en plein theatre , &
luy par consequent à io üyr du plus doux fruict qui se puisse receüillir de
la gloire, qui est celuy que nous en receuons pendant que nous sommes
viuans. Apres ce premier combat il luy en suruint encore vn autre bien
esloigné & different de sujet; c'est que les disputes de la religion se re-
muerent & allumerent en ce Royaume.   Or est-ce la coustume de ceux
qui innouent en ces matieres, de rechercher auant toutes choses les attraits & delices du langage, afin d'allécher la multitude, & faire couler
plus facilement leur opinion sous la douceur du style & des paroles. En
quoy certes ils auoient beaucoup d'auantage sur les Docteurs Catholiques, dont les vns s'estoient endormis tout à fait durant le long repos de
l'Eglise, & les autres s'estoient plus employez à entretenir le peuple à la
pieté & à la deuotion, qu'à l'eloquence & aux beaux discours.   Ioint
d'ailleurs que les estudes d'humanité enseuelies sous les ruines de l'Empire Romain, commençoient à estre deterrées en France depuis si peu de
temps, c'est à dire, depuis l'aduenement du grand Roy François,qu'il n'y
en auoit encore que pour les esprits plus curieux. Cependát ce defaut apportoit vn grand preiudice à la Religion Catholique , dautant qu'il sembloit aux ames populaires,que leurs Docteurs estoient hommes barbares & ignorans, qui ne sçauoient pas seulement parler leur langue maternelle, & que tout ce qu'il y auoit d'esprits polis & iudicieux en ce Royaume, estoit de l'autre party : & sur ce prejugé on faisoit courir force liurets
de Theologie par les mains du vulgaire , non seulement en prose & en
oraison soluë, mais mesme en rime & en poësie. A quoy vne infinité de
gens applaudissoient pour la nouueauté du sujet, lequel ils n'auoiét point
encore veu traitter en tel genre d'escriture, iusques à tant que ce grand
Ronsard prenant en main les armes de sa profession, c'est à dire, le papier & la plume, afin de combattre ces nouueaux escriuains, s'aida si à
propos d'vne science profane, comme la sienne , pour la defense de l'E-
glise,& apporta si heureusemét les richesses & les thresors d'Ægypte en la
terre Saincte , que l'on recogneut incontinent que toute l'elegance & la
douceur des lettres n'estoit pas de leur costé,comme ils pretendoient. Au
mesme temps donc les voila qui le prennent à partie en son propre& priué nom, se iettant sur luy tous ensemble,cóme si la cause de l'Eglise & la
sienne eussent esté inseparablemét coniointes. Mais il les defendit si glo-
rieusement & l'vne & l'autre, qu'ils demeurerent confus & esmerueillez, &

n'eurét plus ny voix ny plume pour repliquer. Dont outre le gré que
toute la France luy en fçeut, & l'honneur accópagné de liberalitez, que
le Roy qui eftoit lors & la Royne fa mere luy firent en cefte confideration; encore mefme le Pape Pie V. eut la generofité de l'en remercier par écrit, & de témoigner folemnellement les bons & vtiles feruices que l'Eglife auoit receus de luy: ce qui acheua de l'encourager à
prendre l'habit & la profeffion Ecclefiaftique, à laquelle il y auoit déja long temps que fes amys l'exhortoient.

DE là peut-on iuger combien il auoit vne ame vniuerfellement née
à la poëfie, veu que quelque théme qu'il fe foit jamais propofé, il l'a
manié fi dignement, que nul autre ne s'en pouuoit mieux acquitter,
diftribuant également l'excellence de fon efprit à tous fes ouurages.
Car à l'heure qu'il a pris des fujets pleins de vanité, comme font les
matieres d'amour, il a tant contenté ceux qui les ont leus, que l'on a
dit qu'il ne fe pouuoit rien voir de plus aggreable : lors qu'il a traitté
des arguments de guerres & de combats, il a tellement eftonné tout
le monde, que l'on a penfé qu'il ne fe pouuoit rien imaginer de plus
efpouuentable : Mais quand il s'eft mis à écrire des poincts de Theologie & de religion, il a rauy les efprits de telle forte que l'on a trouué qu'il ne fe pouuoit rien apprehender ny conceuoir de plus admirable. Somme par tout il a efté fuperieur aux autres, & par tout il a
efté égal à luy-mefme. Il s'eft bien veu aux fiecles paffez des hommes excellents en vn genre de Poëfie, mais qui ayent embraffé toutes
les parties de la Poëfie enfemble, comme ceftui-cy a fait, il ne s'en
eft point veu iufques à maintenant. Homere a bien emporté la
palme entre les Epiques, Pindare entre les Lyriques, vn autre entre
les Bucoliques, & ainfi des autres : mais la gloire vniuerfelle de la
Poëfie ils l'ont tous diuifée entre eux, & chacun en a pris fa partie. Il
n'y a jamais eu qu'vn feul Ronfard qui l'ayt poffedée toute pleine &
toute entiere : Auffi certes y auoit-il plus contribué de naturel luy
feul, que tous ceux dont l'antiquité nous a laiffé les monuments. Car
la partie plus neceffaire pour cét effect, qui eft l'imagination, il l'auoit
fi viue & conftante tout enfemble, que quand il eft queftion de reprefenter quelque chofe, les autres font froids & languiffants aupres de luy. Ceux qui auront veu les Hymnes qu'il a faits des quatre faifons, comme ie penfe qu'il f'en trouuera fort peu en cefte compagnie qui n'ayent eu cefte honnefte curiofité, confirmeront affez
mon opinion, & attefteront qu'il eft prefque impoffible de jetter les
yeux deffus, que l'on ne fente vn certain rauiffement d'efprit, & que
l'on ne confeffe qu'il faut qu'il y ayt quelque ame & quelque genie là
dedans, qui agite & tranfporte foit les lecteurs, foit les auditeurs. A
cefte excellente imagination qu'il auoit apportée de fa naiffance, fon
incóuenient qui f'augmétoit de iour en iour, adjouftoit encore l'autre
commodité dont nous auons déja parlé, qui eftoit l'amour de la foli-

tude. Car comme il voyoit que sa surdité le rendoit moins agreable
pour la conuersation des hommes, il prenoit sujet de là de se retirer des
compagnies, combien que parmy les compagnies & le peuple mesme,
il portast aucunement la solitude auec luy. Ce qui sans mentir me
semble luy auoir esté vn merueilleux auantage pour l'exercice de sa
profession. Car il n'y a point d'objets qui destournent tant l'esprit de
l'imagination & de la contemplation, que ceux de l'oüie, ny qui soient
plus contraires aux inuentions & conceptions. C'est pourquoy les
anciens bastissoient les temples des Muses le plus loin qu'ils pouuoient
des villes & des habitations publiques, estimant que la solitude, le repos & le silence, & n'estre point troublé par les bruits & tumultes populaires, seruoit incroyablement aux recherches & meditations poëtiques. Aussi voyons-nous que de son temps la surdité estoit presque
fatale à luy & à du Bellay, & aux autres qui auoient quelque nom en
ceste profession. De sorte que tout ainsi que durant l'ancienne Grece, l'aueuglement estoit comme vne marque commune à ceux qui
estoient excellens en la Poësie, ainsi semble-t'il que la surdité ayt esté
de nostre siecle vn charactere commun à tous les grands & excellents
Poëtes François. Sur quoy il y a encore cecy à considerer, c'est que
les autres professions se peuuent bien apprendre par enseignements
& preceptes, mais la Poësie, si nous croyons ceux qui y ont fleury, il
faut qu'elle vienne du naturel, & naisse d'vne certaine vigueur d'esprit,
& qu'elle soit excitée par vne influence, & par vne agitation diuine.
Pourtant estimoient-ils anciennement que les Poëtes estoient saincts,
& qu'il les failloit reuerer comme les instruments & les organes des
Dieux. Au moyen dequoy ceste science ne dependant d'aucune doctrine exterieure, à raison qu'elle est toute inspirée diuinement, &
consiste en l'inuention, & non pas en la recordation des choses, il
semble que le sentiment de l'oüie ne luy est point particulierement
necessaire, comme estant consacré à la memoire & au resouuenir. De
maniere qu'il ne faut nullement trouuer estrange si ce pere des Poëtes
qui estoit instruit du ciel, & auoit vne source de doctrine interieure
en luy-mesme, n'estoit point assisté de l'entier vsage de ceste faculté,
pour apprendre de la conference d'autruy, ce qui deuoit proceder de
son seul Genie & de sa propre inspiration. Car comme les habitans
de l'Isle de Candie, quand ils erigeoient des statuës à Iupiter, les faisoient tousiours destituées d'aureilles, pour donner à entendre au peuple, que celuy à qui il appartenoit de sçauoir toutes choses de luy mesme, il ne falloit point qu'il eust d'oreilles pour apprendre rien de personne: Ainsi ce grand Ronsard qui par vn instinct diuin & par vne
science infuse receuoit l'intelligence des mysteres de la Poësie, lesquels
il deuoit annoncer & exposer aux hommes de sa nation, il n'estoit
point besoin qu'il eust d'oüie pour recueillir aucune instruction de la
bouche des autres, luy qui portoit l'echole & la discipline des princi-

paux secrets de son art en luy-mesme, & estoit enseigné de Dieu particulierement & immediatemét, non point par des aureilles charnelles &
materielles, mais par les aureilles du cœur & par des aureilles de la pensee. Bien-heureux escháge de l'oüie corporelle à l'oüie spirituelle! Bien-
heureux eschange du bruit & du tumulte populaire à l'intelligence de
la Musique & de l'harmonie des cieux, & à la cognoissance des accords
& des compositions de l'ame! Bien-heureux sourd, qui as donné des aureilles aux François pour entendre les oracles les mysteres de la Poësie! Bien-heureux sourd, qui as tiré nostre langue hors d'enfance, qui luy
as formé la parole, qui luy as appris à se faire entendre parmy les nations
estrangeres! C'est ce grand Ronsard, qui a le premier chassé la surdité
spirituelle des hommes de sa nation, qui a le premier faict parler les
Muses en François, qui a le premier estendu la gloire de nos paroles, &
les limites de nostre langue. C'est luy qui a faict que les autres Prouinces ont cessé de l'estimer barbare, & se sont renduës curieuses de l'apprendre & de l'enseigner, & qu'auiourd'huy on en tient eschole iusques aux parties de l'Europe les plus esloignées, iusques en la Morauie,
iusques en la Pologne, & iusques à Dansich, où les œuures de Ronsard
se lisent publiquement. Somme, si nostre langue a quelque chose dequoy se comparer, dequoy se vanter, dequoy triompher à l'endroit des
langues estrangeres, si elle a quelque lustre, quelque splendeur, quelque
ornement, c'est à la seule memoire de Ronsard qu'elle est tenuë de tout
cest auantage. Quelle chose donc ferons-nous pour celebrer dignemét
ce que nous auons receu de luy? Quels tombeaux, quelles statuës, quelles colomnes, quels temples, quels autels luy edifierons-nous? Quelles
fleurs, quelles offertes, quelles effusions espandrons-nous sur sa sepulture? En combien de parties diuiserons-nous ses os & les cendres, comme les Ægyptiens diuiserent les membres d'Osiris leur patron & leur
bien-faicteur, afin que chaque prouince de ce Royaume puisse iouir
d'vne portion de ses reliques, pour leur eriger des sepulchres & des monuments par tous les endroits de la France qui luy est obligée vniuersellement? Quels combats Poëtiques, quels jeux, quelles solemnitez in-
stituerons-nous en faueur de ses obseques, afin que tous les Poëtes s'assemblent d'an en an, au iour de ses funerailles, pour disputer entr'eux le
prix & la victoire de la Poësie, cóme ils faisoient aux anniuersaires d'Am-
phidamas? Et en somme de quelle recognoissance vserons-nous pour
ne laisser point esteindre & enseuelir la memoire de tant d'obligations
dans le mesme tombeau dans lequel il est inhumé & ensepulturé? Ceux
de la ville d'Argos colloquerent Homere au rang des Dieux de leur Cité & de leur Prouince, & l'associerét auec Apollon en leurs inuocations &
en leurs mysteres. Les Roys d'Egypte luy edifierent des Temples & des
lieux sacrez, & esleuerent auptes de luy pour trophée & monument de sa
gloire, toutes les villes qui debattoient du lieu de sa natiuité. Les Roys de
Perse firent mettre ses vers en leur lágue maternelle, & prenoient la peine

de les apprendre par cœur, & de les chanter & reciter de leur propre
bouche. Que diray-ie plus? L'antiquité mesme a estimé que les Dieux se
mesloient de la sepulture des Poëtes, & leurs histoires racontent quand
Lysander mit le siege deuant la ville d'Athenes, que la mort de Sophocle
estant interuenuë, Bacchus l'admonnesta en songe qu'il eust à donner
permission aux Atheniens de porter & conuoyer ses delices au sepulchre, c'est à dire, d'enseuelir les cendres du Poëte Sophocle, & de leur
rendre les honneurs funebres qui leur appartenoient. Et n'a pas esté iusques aux nations plus esloignées de la douceur & de l'humanité, qui
n'ayent celebré les funerailles des Poëtes auec beaucoup de reuerence
& de deuotion. Faudra-t'il donc que les François seuls, entre tant de
marques & d'exemples de recognoissance, soient notez d'ingratitude &
d'impieté? Sera-t'il dit que les anciens ayent estimé que la sepulture des
Poëtes estoit sacrée, & que c'estoit vne action digne du soin & de la diligence des Dieux, & que nous soyons si froids & negligens à nous en acquitter maintenant? Sera-t'il dit que des peuples barbares & septen-
trionnaux, comme sont les Getes, ayent eu la pieté d'inhumer solemnellement & honorablement vn pauure Poëte estranger qui estoit banny
& relegué en leur Prouince, & de luy eriger des monuments & des sepulchres magnifiques: & que les François mesprisent les obseques & les funerailles de leur Poëte naturel, qui n'est point mort parmy les nations
estrangeres, mais qui a rendu l'esprit dedans le sein & entre les bras de sa
patrie? Que diront tant d'ames genereuses qui ont vescu en ce Royaume par le passé, & dorment maintenant en repos, de voir que nous lais-
sions partir de ce monde auec si peu de soin & d'ornement, celuy dont
elles ont attendu la venuë par vn si long temps, pour faire reuiure la memoire de leurs belles actions, & les dedier à l'eternité & à l'immortalité?
Que diront tant de vieux Cheualiers François, & tant d'anciens Heros,
qui nous ont laissez apres eux pour recueillir les fruicts & l'heritage de
leur gloire, que nous rendions ceste ingrate recompense à la memoire
de celuy qui nous faict jouir d'vne si honorable succession? Que dira ce
magnanime Charles, les delices & le soucy de la Muse de Ronsard,
qui n'a point dédaigné autresfois de s'abbaisser de son throsne Royal
pour s'égaler auec luy; & n'a point faict difficulté de prendre la plume au
lieu du sceptre, pour le prouoquer au combat des vers & de la Poësie?
Que dira-t'il donc maintenant quand il le verra descendre au sepulchre
sans appareil & sans pompe, despoüillé & distitué de tous ornements
funebres, comme vn autre homme du commun & du vulgaire? Ne re-
grettera-t'il pas de n'estre plus en ce monde pour auoir le contentement
de luy decerner les ceremonies qui luy sont deües; pour faire inhumer
ses os & ses cendres auec les reliques de tant de Roys ses predecesseurs,
qu'il a retirez de l'ombre & de l'obscurité du tombeau; & finalement
pour luy faire eriger vne statuë sur son sepulchre, comme ce grand Scipion Africain en fit éleuer vne au Poëte Ennius? Mais quoy? faut-il que

nous allions reueiller ceux qui reposent dans leurs monuments? Faut-il
que nous leur allions demander des larmes pour honorer cest enterre-
ment & ces funerailles? N'y a t'il plus personne qui puisse ressentir le
malheur arriué à toute nostre nation, d'estre priuée de la plume de celuy
qui faisoit paruenir l'image & le lustre de ses actions à la posterité? N'y a-
t'il plus personne qui se soucie de dédier & d'apprendre les despoüilles
de Mars au Temple des Muses? N'y a-t'il plus personne qui pense à laisser apres soy quelques marques & quelques tesmoignages d'auoir vescu?
S'il est ainsi, pourquoy est-ce que les François se monstrent si passiônez
des beaux desseins & des actes genereux? Pourquoy est-ce qu'ils courêt si
volontairemêt à toutes sortes de dangers & de labeurs? Pourquoy est-ce
qu'ils se vouënt à l'execution de tât de difficiles & perilleuses entreprises?
Car en fin si leur ame ne se promet rien de la recognoissance des siecles à
venir, & si toutes leurs considerations sont enfermées des mesmes limites dont leur vie est enclose & contenuë, quel besoin est-il qu'ils se con-
sument par tant de veilles & de trauaux, ny qu'ils courent tant de fortunes & d'accidens, à la mercy desquels ils s'exposent & se sacrifient à tous
propos? Mais il y a ie ne sçay quelle effigie de la gloire qui reside dans
l'esprit des personnes vertueuses, comme dedans vn Temple & dans vn
sanctuaire, & les admonneste incessamment de ne mesurer point la renommée de leurs actions par la brieueté de ceste vie: ains de l'égaler &
la comparer auec toute l'estenduë de la posterité. De sorte que les belles
choses que nous faisons de iour en iour, il nous semble en les accomplis-
sant que ce sont des semences de nostre gloire que nous semons & es-
pandons dedans le champ de l'eternité, pour en recueillir le fruict d'vne
memoire perpetuelle. Et soit que ceste vanité nous apporte quelque volupté apres que nous sommes enleuez d'icy-bas, ou soit qu'elle cesse de
nous delecter, pour le moins aurons-nous le contentement, tant que
nous sommes viuans, de iouïr de l'vsufruict d'vne telle esperance, & de
flatter nos esprits de ceste douce & aggreable illusion: Que si cependant il s'en trouue encore de si insensibles aux flammes de l'honneste
ambition, que de n'estre point touchez de la mort de celuy qui pouuoit
faire reluire leur vertu apres eux, & s'il y en a encore qui ne celebrent
pas ses obseques auec les mesmes larmes & la mesme passion que nous
sommes obligez d'y apporter, ce defaut retournera à leur perte &
non à son dommage, à leur honte & non à son des-honneur. Car
aussi bien les offices que nous luy faisons maintenant, ce n'est pas en
intention d'ajouster rien à son lustre & à sa splendeur que nous les executons, & ces honneurs funebres que nous deferons à sa sepulture,
ce ne sont pas tant de trophées & des enrichissemens de sa gloire,
comme ce sont des monuments de nostre recognoissance que nous
dressons & erigeôs à la veuë de la posterité, afin que ceux qui viendront
apres nous louënt nostre iugemêt, & ne nous accusent point de sacrilege & d'impieté. Ce sera ceste iuste & equitable posterité, qui ren-

dra à sa memoire le prix & la recompense qu'elle merite, & ne se sentira
plus de la froideur & de la stupidité des hommes de nostre temps.
Elle solemnisera ambitieusement ses funerailles dont nous tenons
aujourd'huy si peu de conte : Elle reuerera auec deuotion ce sepulchre
que nous sommes si negligens de construire & d'edifier : Toutes les
pierres de ce glorieux monument luy seront sacrées & precieuses, &
plus il ira en decadéce, & plus il se fera sainct & venerable en son endroit
par l'antiquité du temps, & par la succession des années. De maniere
que ceux qui auront quelque religion enuers les Muses, le viendront
vn iour visiter auec admiration, & y feront des vœuz & des pelerinages pour acquerir le don & l'inspiration de la Poësie. Il y aura encor à
l'aduenir quelque nouuel Alphonse qui saluëra le pays de sa natiuité, &
rendra graces au Genie de la prouince d'auoir produit vn si rare & excellent personnage. Il viendra encores cy apres quelque second Alexandre ; Il naistra encore quelque nouueau Monarque du monde, qui
pleurera sur la sepulture d'Achille, & ne regrettera en sa fortune si-
sinon de n'auoir pas vescu du temps de ce grand Homere François.
Mais quel autre Alexandre deuons-nous souhaitter ? N'auons-nous
pas nostre Roy, qui a consacré luy-mesme la sepulture de Ronsard
auec ses larmes ? qui a honoré les funerailles de l'Homere Gaulois auec
ses propres pleintes, & qui a seruy d'exemple & de lumiere à toute la
France, en vn acte si plein de pieté ? Quel autre plus grand desplaisir peut-il ressentir maintenant, que de voir que l'image de sa vie, que
la description de ses combats & de ses victoires, si heureusement entreprise & commencée par la Muse du grand Ronsard, n'ayt peu estre
continuée & acheuée par le mesme autheur, & qu'il faille qu'elle demeure defectueuse & imparfaitte, ne se trouuant plus personne qui
ose mettre la main sur vn si digne tableau, ny prendre le crayon apres
vn ouurier si excellent & si inimitable ? Il est vray que la posterité jugera assez de toutes les actions d'vn tel Prince, par ce seul eschantillon,
luy estant facile de recognoistre que c'aura esté la plume de Ronsard
qui aura defailly à sa gloire & à son merite, & non sa vertu & son merite qui aura manqué à la plume de Ronsard. Mais ie ne prens pas garde que j'excede les termes de la narration, & sors des limites que ie m'e-
stois prescripts à moy-mesme, ayant pluftost desseigné de vous representer les accidents qui luy sont arriuez vn peu auant sa mort, que de
vous entretenir d'aucunes autres considerations. Or ne sçay je pas
comme ie me suis engagé en ce long labyrinthe de propos, ny ne sçay
pas aussi comment ie m'en pourray retirer : car ces larmes me sont douces, & ces meditations me consolent. Et tout ainsi que les yeux des
hommes ne se retirent pas aisément des objects qui leur sont agreables,
& quand on les en pense diuertir, c'est alors qu'ils y retournent d'eux-
mesmes : Ainsi il m'est tres-difficile de r'appeller mon esprit de ceste
chere & rauissante contemplation. Neantmoins si ne faut-il pas que

l'excés

l'excés de la pieté m'emporte tellement outre les loix & les bornes de la
mediocrité, que ie perde le deſſein & la memoire de mon premier diſcours, & ne me ſouuienne plus d'y adjouſter la fin & le couronnement.

Estant doncques le ſieur de Ronſard arriué ſur le declin de ſon
âge, & ſe trouuant incommodé des accidens de la vieilleſſe, au lieu que
ceux que la Nature fauoriſe d'heritiers pour ſucceder apres eux, ont accouſtumé de penſer à faire leur teſtament & donner ordre à leurs affai-
faires, afin de les laiſſer joüyr en repos du bien qu'ils leur ont acquis,
il commença de ſonger à ſon teſtament & à ſa derniere volonté; non
comme il ordonneroit de ſes affaires temporelles, mais comme il di-
ſpoſeroit de ſes écrits, qui eſtoient ſes enfans ſpirituels. Et pourtant delibera de les faire r'imprimer tous enſemble en vn grand volume, afin
qu'eſtans ainſi liez & ramaſſez, ils ne couruſſent pas fortune de s'eſga-
rer ſi aiſément; & par meſme moyen d'y inſerer quelques additions &
corrections, & en ſomme d'y mettre la derniere main, & les laiſſer à la
poſterité, cóme il vouloit qu'ils fuſſent leus & recitez. Ce qui fut cauſé
qu'il demeura vn hyuer en ceſte ville, auquel outre les empeſchements
qu'il auoit le reſte du iour, il eſtoit contraint de veiller les ſoirs pour
voir les eſpreuues, & fournir de matiere aux preſſes des Imprimeurs,
qui deuorent vne grande quantité de labeur. Or eſtoit il fort caſſé
& abbattu, tant à cauſe des exercices violens qu'il auoit fait en ſa jeuneſſe, de ſauter, luitter, voltiger, monter à cheual, & autres diuers excés,
que pour la grande ſubjection qu'il auoit renduë à ſa profeſſion, depuis
la fleur de ſon âge juſques au commencement de ſa vieilleſſe. Car comme il ſe vid déja auoir quelque nom par la France, & neantmoins qu'il
eſtoit venu tard à l'eſtude des lettres, il s'y opiniaſtra tellement, pour
recompenſer la perte du temps, & ſouſtenir & augmenter la reputation
qu'il auoit acquiſe, qu'il trauailla douze ou quinze ans continuels,
perpetuellement eſtudiant, & perpetuellement compoſant. Or comme entre tous les labeurs celuy de l'ame affoiblit le plus les forces naturelles, & fait vne plus grande conſomption d'eſprits: auſſi de tous
les trauaux de l'eſprit, celuy qui conſiſte en la compoſition, & où il
faut que l'ame mette quelque choſe hors d'elle-meſme, eſt ſans comparaiſon plus violent & pernicieux que celuy qui ne giſt qu'en vne ſimple & otieuſe lecture, où l'entendement n'a autre peine qu'à receuoir
les conceptions d'autruy; & principalement en la Poëſie, qui a beſoin
d'vne plus grande contention pour trouuer des imaginations éleuées
& ſeparées du commun. De ſorte que ces efforts le conſommoient iuſques à le faire tomber en de grandes maladies, pour leſquelles les Medecins ne luy defendoient rien tant que l'exercice de la Poëſie. Mais il
n'y auoit point de conſiderations aſſez fortes pour arracher vne choſe ſi
profondement imprimée & enracinée en ſon eſprit. L'image de la
gloire ſe preſentoit à toute heure deuant ſes yeux, & ne le laiſſoit repoſer ny nuict ny iour, ains le tenoit en vne perpetuelle paſſion

Kkk

de paruenir à cefte immortalité qu'elle luy promettoit, laquelle auffi elle luy a liurée, non pas gratuitement ny liberalement, mais moyennant le prix le plus cher qu'il luy pouuoit payer, c'eft à dire, le retranchement de fa vie. Car il n'y a point de doute eftant né comme il eftoit, que s'il euft voulu mefnager fa fanté, il n'euft vefcu vn fiecle entier. Il eft vray auffi à l'oppofite qu'il ne jouïroit pas maintenant de cefte feconde vie que fes labeurs luy ont acquife pour la luy conferuer durant tous les âges futurs, fans fentir aucune alteration ny corruption, experimentant en luy-mefme du naturel de la gloire, ce que l'on dit de celuy du cedre, afçauoir qu'il conferue les morts, & fait mourir les viuants. Ses œuures doncques furent acheuées d'imprimer en vne nouuelle forme auecques beaucoup de contentement pour luy, de voir qu'il auoit eu le loifir deuant que d'eftre preuenu d'aucun accident, de leur dire le dernier adieu. Elles furent auffi fort toft recueillies, comme rien qui fortoit d'vn fi grand perfonnage ne pouuoit eftre negligé: auec diuers jugements toutesfois, les vns approuuant les cenfures & additions qu'il y auoit faittes, les autres les trouuant languiffantes, & eftimant qu'elles fe fentoient de la froideur de la vieilleffe. Cependant ce dernier labeur le mina tellement qu'il fut foudain apres faify de la goutte, à laquelle il y auoit déja quelque temps qu'il eftoit fujet, & fi eftrangement traitté, qu'il demeura dix mois entiers perclus & arrefté dedans vn lict, auecques des douleurs qu'il eft plus facile d'imaginer que de reprefenter. Cefte maladie l'ayant accompagné iufques aux premieres fleurs, comme il vid le retour du Printemps, & qu'il y auoit quelque efperance que le changement de faifon luy aideroit à recouurer fa fanté: Il n'eut pas le loifir d'attendre que les beaux jours l'euffent vn peu remis, pour reprendre l'air & la liberté des champs, & fe faire porter en vn Prieuré qu'il auoit en Vendomois, appellé Croix-val. Auffi toft qu'il y eft arriué, voila les troubles qui f'émeuuent par toute la France fous le nom de Ligue & d'Vnion,& les guerres ciuiles plus allumées & embrafées en ce Royaume que iamais. Il eft vray que leur premier feu ne dura pas long temps en fon ardeur, dautant que les affaires furent incontinent moderées & pacifiées, c'eft à dire, dans la venuë de l'Efté: pendant laquelle faifon auffi il eut quelques trefues auec fon mal, dont toutesfois l'Automne commençoit à luy faire payer bien cherement les interefts, quand voila de l'autre cofté les armes entre les mains de ceux que l'on nomme de la religion, le chafteau d'Angers pris pour eux,& leurs compagnies qui paffent la riuiere de Loire, & mettent tout l'Anjou & le Vendomois en allarme. Sur ces entrefaittes defcend M.de Ioyeufe,duquel l'expedition fut fi heureufe, qu'apres auoir reduit la place en l'obeïffance du Roy, & empefché le paffage aux troupes qui s'en vouloient retourner en Poitou, il fit efcarter & diffiper tout ce nuage en peu de temps. Luy qui ne fçauoit encor rien du defordre de cefte armée,

ains auoit feulement les nouuelles que les forces de delà la riuiere
fondoient en Vendomois, prit l'allarme à bon efcient, penfant que
la guerre s'y venoit terminer. Et pource refolut de defloger, tout malade qu'il eftoit, & fe faire rapporter en cefte ville, où il fouffrit à fon
retour de fi eftranges tortures, que ce n'eftoit que fleurs & delices que
tout ce qu'il auoit effayé iufques alors. Au bout de quelque temps,
comme ceux qui ne fçauent plus quel remede appliquer à leur mal,
en accufent leurs licts ou leurs chambres, eftimans qu'il ne tient qu'à
changer de lieu qu'ils ne changent de condition ; il s'imagina que c'e-
ftoit le fejour de Paris qui luy eftoit ainfi contraire, à caufe de l'épef-
feur de l'air & des vapeurs qui y rendoit l'hyuer beaucoup plus plu-
uieux & catharreux qu'ailleurs ; & partant qu'il luy falloit regaigner
celuy de Vendomois, & fe faire retrainer à Croix-val, nonobftant la
diffuafion de fes amis, & les remonftrances qu'on luy faifoit des inconuenients que l'agitation du coche luy auoit déja caufez & luy cauferoit encor par les chemins. Retourné qu'il fut à Croix-val pour
la feconde fois, ce fut lors qu'il commença à defefperer du tout de fa
fanté : car les exceffiues douleurs qu'il enduroit tant à raifon de la violence ordinaire de fa maladie, que pour les trauaux qu'il y auoit adjou-
ftez d'ailleurs, l'empefchoient de prendre aucune heure de repos, chofe qui luy apportoit vn grand affoibliffement d'eftomac, & vne merueilleufe diminution de chaleur naturelle. Et encore pour s'acheuer, voyant qu'il auoit toufiours les yeux ouuerts, & l'Ame efueil-
lée & fenfible aux pointes de fa douleur, il s'auifa afin de conjurer
la cruauté de fon mal, d'auoir recours à vn fomme artificiel, & fe
mit à boire du jus de pauot, lequel au lieu de luy donner allegement, luy refroidit fi fort le fang & les efprits qu'il tomba en vne
atrophie & en vn defaut de nourriture. Et lors non feulement il
perdit l'vfage de toutes les parties de fon corps, excepté celuy de la
langue qui luy reftoit pour exprimer la peine des autres : mais mefme les extremitez de fes membres venant à ne receuoir plus de vie
ny d'aliment, & fe trouuant occupées d'humeurs vitieufes, commencerent à fe defpoüiller & décharner : de forte que c'eftoit vn
tres-piteux fpectacle que de jetter la veuë deffus, & qu'il n'y auoit
ame fi affeurée qui n'euft occafion de s'en effrayer & d'en trembler.
La fienne neantmoins entre tous ces tourments, ne faifoit aucune
contenance de ceder à la rigueur de fon mal, au contraire prenoit de
iour en iour nouuelles forces pour combattre contre fa douleur, non
pas en touchant la terre à la façon d'Antée, mais en s'approchant du
ciel, & le touchant auecques l'efperance & le defir. Tellement que
combien qu'il fe vift parmy les larmes de fes amis & de fes parents,
qu'il fuft comme aux accés & aux aduenuës de la mort, & que
l'on apperceuft fon vifage tout en eau, & fes linceux tout moüillez & trempez de fueur, fi eft-ce qu'il compofoit encore au fort

KKk ij

de ce combat les plus beaux Poëmes spirituels qu'il estoit possible, &
les prononçoit auec vne parole si ferme & asseurée, qu'il ne paroissoit
pas que ce fust vne voix mortelle qui parlast, mais quelque diuinité
qui se seruist de sa bouche pour rendre ses oracles : tant il auoit vn
courage inuincible, & vne ame vrayement & essentiellement Poëtique.   Car en somme comme si ceste profession eust voulu prendre
fin auec luy, il sembloit qu'elle faisoit lors ses derniers efforts, luy
arrachant encore de l'esprit au milieu de ses agonies, des vers si hardis
& si animez, que c'est chose plus humaine de les admirer que de les
imiter.   Aussi certes pouuons-nous bien dire desormais, pour le
moins de la Poësie Françoise, qu'elle a accomply son tour & sa reuolution dans le cercle & dans le periode de sa vie.   Il l'a veuë en son o-
rient, il l'a veuë en son occident, il l'a veuë naistre, il l'a veuë mourir auec luy : elle a eu vn mesme berceau, elle aura vne mesme sepulture.

E N T R E les œuures donc qu'il tira de son esprit pendant qu'il fut à
Croix-val, sortirent des Stances qu'il addressoit à vn sien neueu, de-
plorant la misere de ceste vie, & l'admonestant de fuir les voluptez
comme pestes de la jeunesse, qui n'apportoient autre chose que la
perte de l'ame & la ruine du corps.   Apres il desseigna & prononça luy-mesme son Epitaphe de la façon qu'il vouloit qu'il fust graué
sur son tombeau.   Cela faict, il profera quelques sonnets en forme
de plaintes sur la vehemence de sa douleur, contenans comme il se
voyoit mourir partie apres partie, deuant ses propres yeux, & ne pouuoit jetter la veuë sur aucun lieu de son corps sans horreur & compassion : mais que le secours du ciel estoit prochain, & qu'il esperoit
n'auoir plus gueres de temps à souffrir de ceste sorte.   Puis en dedia
certains autres à Dieu, le priant d'auancer le terme de son salut : Qu'il
auoit essayé tous les remedes des hommes, qu'il auoit espuisé tous les
secrets de l'art & de la nature pour trouuer moyen d'auoir quelque
minute de repos, mais que ny le jus de pauot, ny les autres drogues
des Apothicaires ne luy seruoient plus de rien : & partant qu'il l'ad-
juroit comme souuerain Medecin d'y vouloir mettre la main luy-
mesme, & luy enuoyer le sommeil ou la mort.   En fin apres plusieurs tels combats de corps & d'esprit, se sentant pressé d'adjouster
la catastrophe & le dernier acte à ceste tragedie, & en ayant eu non seulement des aduertissements naturels, mais mesme des presages extraordinaires (comme il aduient souuent à ces grands personnages auant
leur deceds) soit que c'eust esté son Ange qui luy fust apparu vne des
nuicts precedentes, ou bien quelqu'autre vision : il delibera d'entreprendre encore vn voyage pour le dernier qu'il desiroit d'accomplir
en ce monde, asçauoir de se faire transporter en vn Prieuré qu'il a-
uoit prés de Tours, appellé sainct Cosme.   Ce Prieuré est situé
en vn lieu fort plaisant assis sur la riuiere de Loire, accompagné de bocages, de prairies, & de tous les ornements naturels qui

embelliſſent la Touraine, de laquelle il eſt l'œil & les delices, ce qui
le luy faiſoit aimer par deſſus ſes autres maiſons, comme eſtant la
plus propre à entretenir ſes Muſes,& recréer la beauté de ſon eſprit,
& d'ailleurs le premier bien Eccleſiaſtique dont il auoit eſté pourueu. Ne conſeruant donc plus autre paſſion ſinon de s'y voir tranſporter, afin de joüir de ceſte derniere felicité d'y mourir, & ſe per-
ſuadant ques ſes os y repoſeroient plus doucement, il ſe fit mettre
dans ſon chariot, tout perclus & eſtropié que ie vous l'ay décrit ; &
ſ'eſtant ainſi acheminé malgré les iniures de l'air, trauailla tant de ceſte premiere traitte, qu'il alla coucher enuiron trois lieües de là, &
l'autre lendemain d'apres, qui eſtoit vn jour de Dimanche, arriua finalement à ſainct Coſme ſur les cinq heures du ſoir : depuis lequel
temps iuſques au Ieudy ſuiuant, il ne luy ſuruint aucun accident notable, ſinon qu'il alloit affoibliſſant de iour en iour. Le Ieudy comme ſa chaleur naturelle commençoit à manquer tout à faict, & à n'e-
ſtre plus ſuffiſante pour entretenir le ſentiment de ſes douleurs, il
tomba en vn long aſſoupiſſement, auquel ayant demeuré iuſques ſur
le ſoir, il commanda vn peu apres ſon réueil, qu'on priſt la plume
pour écrire ce qu'il dicteroit . Puis recita deux Sonnets, l'vn addreſſé
à ſon Ame, où il l'excitoit de ſe diſpoſer à ce bien-heureux départ, lequel il ſentoit approcher, luy demandant ce qu'elle penſoit faire, ſi
elle s'amuſoit à dormir lors qu'il eſtoit queſtion de ſonger à deſloger, ſi
elle vouloit demeurer engourdie en la maſſe de ſon corps, que la trompette auoit ſonné, qu'il failloit ſerrer bagage, quil falloit ſuiure le chemin paué de ronces & de chardons que Ieſus Chriſt auoit tracé pour
la rachetter, qu'il falloit prendre courage & n'abandonner point
la carriere, que ceux qui mettoient la main à la charruë & regardoient derriere eux, qui commençoient la courſe & ne l'acheuoient
point, n'eſtoient pas dignes du loyer. Le ſecond eſtoit vne eſpece
d'A-Dieu à toutes les choſes caduques & periſſables, leſquelles il ſe
voyoit preſt d'abandonner, & vne forme de remonſtrance à ſoy-
meſme, qu'il n'eſtoit plus temps de penſer à la terre, que c'eſtoit fait,
qu'il auoit deuidé le fil de ſes deſtinées, qu'il auoit eſpandu ſon nom
& ſes écrits par tout le monde ; maintenant que ſa plume s'enuoloit au
ciel pour y eſtre changée en quelque nouuel aſtre, & luy au deſſus du
ciel pour y eſtre transformé d'homme en Ange, & fait de corporel in-
corporel aupres de Ieſus Chriſt . Le Vendredy enuiron ſur le midy arriua le ſieur Gallandius, qui auoit touſiours eſté ſon intime &
particulier amy, & qui certes luy conſerue ceſte meſme affection ſacrée & inuiolable apres ſa mort, rendant aujourd'huy à ſa memoire
par ces actions publiques & ſolemnelles, les honneurs & les offices
dignes de l'amitié qu'il luy a portée pendant qu'il viuoit. Or ap-
prehendoit-il ayant ſceu ſa venuë, de parler à luy, & l'entretenir, encore que d'ailleurs il le deſiraſt paſſionnément, de peur

que sa presence ne luy attendrist le cœur, & ne luy renouuellast par
trop la memoire de leur ancienne familiarité. Pourtant quand il le
vid entrer dedans sa chambre, il eut l'esprit saisy d'angoisse, iusques à
se laisser tomber quelques larmes des yeux. Car ceste belle ame dont
la trempe s'estoit tousiours monstrée si forte à tous les autres traits de
sa douleur, ne se sçeust tenir lors qu'elle ne s'amollist à la souuenance
de leur societé & priuauté passée. Et comme il cogneut qu'il se vouloit mettre en deuoir de le consoler, mais que les pleurs & les souspirs luy empeschoient la parole, il prit le premier le propos & luy dit,
Qu'il estoit bien-heureux de partir de ce siecle où il sembloit que tout
alloit en côfusion & en ruine : Que s'il y auoit quelque chose qui l'obli-
geast à desirer d'y demeurer plus long temps, c'estoit l'affection qu'il
portoit à ses amis, entre lesquels il tenoit le premier rang, mais qu'il se
promettoit qu'ils ne seroient iamais esloignez l'vn de l'autre, & que si
leurs corps estoient separez, pour le moins leurs ames conuerseroient
ensemble : Quant à luy, puis que c'estoit le plaisir de Dieu, il y obeis-
soit volontiers, & qu'aussi bien ceste vie ne luy estoit plus qu'vne mort
continuelle : Qu'il ressentoit que Dieu l'appelloit à vne meilleure &
plus asseurée, qu'il en auoit diuers aduis, non seulement par le manquement de sa chaleur naturelle qui defailloit tout à fait, mais aussi
par des presages qui venoient de plus loin, & que quelques nuicts auparauant, comme tout le monde estoit sorty de sa chambre, il luy estoit
apparu vne grande lumiere, & là dessus luy recita ceste histoire dont mille personnes ont ouy parler. Puis finalement auec des larmes de part &
d'autre plus chaudes que deuant, le pria qu'il le laissast & se retirast d'aupres de luy, tant pour n'augmenter point son affliction par la veuë de
la sienne, qu'aussi afin qu'en mourant il ne luy restast point vn object
deuant les yeux, qui luy fist auoir regret de partir de ce monde & s'en aller à celuy où il estoit appellé. Au mesme temps suruindrent plusieurs
notables habitans de la ville de Tours, qui l'auoient souuent visité depuis qu'il estoit arriué à sainct Cosme, & entendans qu'il n'y auoit plus
d'esperance qu'il peust passer ce iour, s'estoient auancez de le venir voir
de meilleure heure que les precedens. Vn peu apres donc qu'ils furent
entrez, le sous-Prieur de sainct Cosme qui les auoit conduits, prit la
parole & luy dit, Qu'il sembloit que Dieu les vouloit tant affliger que
de le retirer d'auec eux, partant que ce seroit dignement fait à luy de s'y
preparer pendant qu'il luy en restoit le loisir : Qu'il auoit des affaires
temporelles, qu'il croyoit qu'on luy auoit déja conseillé d'y donner
ordre : qu'il auoit aussi des affaires spirituelles, qui estoit l'estat de
son ame & le salut de sa conscience, qu'il estoit temps d'y vacquer &
se resoudre de quelle façon il vouloit mourir. A ces mots il s'aigrit
& luy demanda s'il ignoroit comme il vouloit mourir, puis repartit qu'il
vouloit mourir comme estoient morts ses peres, c'est à dire, en la foy de
l'Eglise Catholique : & lors commanda qu'on luy appellast tous ses

Religieux , & qu'il deſiroit qu'ils fuſſent ſpectateurs du dernier acte de ſa
vie , auſquels quand ils furent aſſemblez il commença à faire ceſte declaration ; Qu'il recognoiſſoit qu'il auoit eſté pecheur comme les autres
hommes, voire beaucoup plus grand pecheur que la plus part des autres
hommes : Qu'il s'eſtoit laiſſé deceuoir aux charmes de ſes ſens , & ne les
auoit pas reprimez & chaſtiez comme il deuoit : Cependant , qu'il auoit
touſiours tenu la foy & la religion que ſes ayeulx luy auoient laiſſée ; qu'il
auoit touſiours embraſſé la creance & l'vnion de l'Egliſe Catholique, qu'il
auoit mis vn bon fondement , mais qu'il auoit baſty deſſus, du foin, du
bois & de la paille. Pour le regard du fondement qu'il auoit eſtably , il e-
ſtoit tres-aſſeuré qu'il demeureroit : Quant à ce qu'il auoit edifié deſſus, il
eſperoit en la miſericorde du Seigneur qu'il ſeroit conſommé par le feu
de ſa charité & de ſon amour. Pourtant les prioit-il qu'ils creuſſent comme il auoit creu, mais ne veſcuſſent pas comme il auoit veſcu : neantmoins qu'il n'auoit iamais entrepris ny ſur la vie, ny ſur les biens , ny ſur
l'honneur de perſonne, mais que ce n'eſtoit pas dequoy ſe glorifier deuant Dieu. Puis s'apperceuant qu'ils auoient le viſage tout trempé ; ad-
iouſta qu'ils ne pleuraſſent point de le voir en l'extremité où il eſtoit, mais
pluſtoſt deploraſſent leur condition de ce qu'ils auoient encore à languir
ſi long-temps apres luy. Que le monde eſtoit vne perpetuelle agitation,
vne perpetuelle tourmente, vn perpetuel naufrage ; que c'eſtoit vne mer
& vne confuſion de pechez, de larmes & de douleurs, & que le ſeul port
de toutes ces infortunes & miſeres c'eſtoit la mort. Pour luy qu'il n'épor-
toit aucun deſir ny aucun regret de la vie, qu'il en auoit eſſayé toutes les
fauſſes & pretenduës felicitez, qu'il n'y auoit rien oublié qui luy euſt peu
apporter la moindre ombre de contentement, mais qu'à la fin il auoit
trouué par tout, l'oracle du Sage, Vanité des vanitez. Que de la plus belle & plus loüable de toutes ces vanitez, qui eſtoit la gloire & la renommée, il auoit eu autát de ſujet d'en eſtre raſſaſié que perſonne de ſon ſiecle,
qu'il en auoit ioüy & triomphé par le paſſé ; maintenant qu'il la laiſſoit &
reſignoit à ſa patrie, pour la recueillir & poſſeder apres ſa mort, & s'en
alloit d'icy bas auſſi content & aſſouuy de la gloire du monde, comme deſireux & affamé de celle de Dieu. Apres auoir prononcé ces choſes &
pluſieurs autres auec la meſme conſtance que s'il euſt eſté en vn corps emprunté, il commanda ſur les trois ou quatre heures qu'on luy apportaſt
les Sacremens requis en telles extremitez, leſquels ayant ſainctement &
deuotement receus, & ayant dit les dernieres paroles , il ſe tourna vers la
paroy pour repoſer. Cependant toute l'aſſiſtance eſtoit là en pleurs &
en larmes, qui regrettoit le malheur commun, & ſe plaignoit de ceſte ſeparation comme d'vne tyrannie de la deſtinée, s'efforçant de retenir &
coniurer ce diuin eſprit, ny plus ny moins que s'ils l'euſſent peu arreſter
auec leurs mains & leurs prieres. Les Anges d'autre coſté aſſiſtoient inui-
ſiblement à ſon dernier combat, & attendoient le partement de ceſte
belle ame pour l'accompagner en ſon voyage , veillans à l'entour d'elle

K K k   iiij

tandis qu'elle repofoit. Enuiron donc vne heure apres, il fortit de ce fommeil, ou pluftoft de ceft affoupiffement : mais comme il fe fentit éueillé,
il recogneuft que fon difcours commençoit à fe troubler, & apprehenda
que les affiftants n'y remarquaffent de l'alteration, & qu'il ne luy arriuaft
de leur dire quelque chofe mal à propos. Pour à quoy remedier il appella fa garde, & luy commanda qu'elle prift garde à luy, & que quand il
commenceroit à refuer elle le pouffaft & l'en aduertift : ayant encore ce
beau foin au dernier acte de fa vie, de ne vouloir pas qu'il luy échappaft
aucune parole indigne de l'efprit & de la bouche du grand Ronfard. Et
cela faict s'inclina derechef la tefte fur le cheuet de fon lict pour repofer,
comme il auoit fait vn peu auparauant.

Helas! à la mienne volonté que ie peuffe mettre icy fin à mes paroles,
& que ie ne fuffe point obligé de pourfuiure cefte Oraifon & la continuer plus auant! Car qui eft-ce qui donnera de l'eau à mon chef, comme
dit le Prophete, & qui eft-ce qui donnera des fontaines de larmes à mes
yeux? Qui eft-ce qui me conuertira tout en voix & en langues, pour aller publier ces triftes nouuelles, pour aller annoncer que le grand Pan eft
mort, pour aller exciter des gemiffemens & des lamentations par toute
la France? C'eft maintenant que les oracles font ceffez, c'eft maintenant
que la Poëfie eft efteinte & abolie, c'eft maintenant que les Mufes font
delaiffées & abandonnées. Pauure nation Françoife qui auois n'agueres
tant dequoy triompher pardeffus les autres prouinces, où s'en eft fuyë **ta**
gloire & ta fplendeur? & qu'eft deuenu ton luftre & ton ornement? Faudra-t'il cy-apres quand tu te voudras comparer auec les peuples eftranges, que tu fois contrainte de retourner aux fepulchres & aux monumens,
& d'auoir recours à la memoire des chofes paffées? Pauure prouince affligée, pleure ceft accident auec tes autres calamitez, & ne le pleure pas fimplement pour l'intereft d'vne perte fi deplorable, mais encore à caufe des
mauuais augures & prefages que le decés de ces grands hommes tire ordinairement apres foy aux eftats & aux republiques où ils ont vefcu. Et
vous qui eftes icy prefens & affiftez à ce fainct & deuot office, qui eftes
vne bonne & grande partie des ornemens & de la lumiere de ce Royaume, & qui deuez eftre plus fenfibles aux malheurs du public que le fimple
peuple & les ames baffes & vulgaires, laiffez-vous toucher à la paffion,
conjoignez vos plaintes auec celles des Mufes & auec les noftres, & mon-
ftrez que vous auez plus perdu à la mort du grand Ronfard que perfones
du monde, vous de qui les vies meritent le prix & la courône de l'immortalité. Mais que dy-je, à la mort du grand Ronfard? Non non, Meffieurs,
refferrez vos foufpirs & vos larmes : Ronfard n'eftoit point mortel, il n'e-
ftoit point fujet à la mort : c'eft offéfer le rág & le merite de fa condition,
que de le plaindre & regretter en cefte qualité : c'eft faire tort à la force &
à la grandeur de fon courage, que de le pleurer & lamenter ainfi effemi-
nément. Il nous a laiffé vne fi digne & excellente partie de luy-mefme, il
nous a laiffé vne telle prouifion de fes labeurs & de fes ouurages, il nous a

laissé de si viues & perdurables reliques de son esprit, que non seulement
elles suffisent pour l'exempter de la destinée des choses mortelles, & faire que ce noble Genie qui ne respiroit qu'eternité & immortalité, soit
perpetuellement & eternellement present auec nous, mais encore pour
luy exciter des imitateurs & des successeurs. Il viura, il sera leu, il fleurira,
il se conseruera dans la pensée & dans la souuenance des hommes, tant
qu'il y aura quelques enseignes & quelques marques de l'Empire des
François, tant que la langue Françoise aura quelque cours & quelque son
parmy les nations estrangeres, tant que les lettres seront en estime & en
reuerence, & bref tant qu'il y aura des hommes qui voudront jetter les
yeux sur les actes de leurs deuáciers. Il ne craindra aucune suitte de temps
ny aucune antiquité, il frequentera spirituellement & inuisiblement auec
nous, & plus il ira en auant & plus il verra croistre & augmenter sa re-
nómée; & au lieu que n'agueres elle excedoit toutes celles de son siecle,
maintenant qu'il est decedé il la verra s'exceder & surpasser elle-mesme,
ny plus ny moins que les phioles pleines de parfums & de senteurs, lesquelles venant à se casser, espandent leur odeur encore beaucoup plus
loin qu'elles ne faisoient auparauant. Car quant à ce voile terrestre qu'il
a abandonné, quant à ces os & à ces muscles qu'il a despoüillez, qui ne
luy appartenoient nomplus que les habits dont il estoit enueloppé, &
n'estoient nomplus parties de luy que le monument dans lequel ils sont
enclos & enseuelis : outre ce que c'est sacrilege de se plaindre de l'ordonnance diuine, & que les larmes qui accusent le iugement de Dieu sont
coulpables de blasphéme & d'impieté ; encore semble-t'il que c'est luy
vouloir mal que d'auoir regret qu'il soit deliuré de la charge & des incommoditez que ceste prison caduque & mortelle luy apportoit, qu'il
soit hors des douleurs dont il estoit detenu, qu'il ayt changé sa condition seruile & pleine de captiuité, à la franchise & à la liberté des Anges,
& que ce clair esprit depestré des empeschemens du corps & de l'épesseur
de la matiere, qui ne seruoient sinon de troubler la lumiere de ses côced-
tions, soit desormais vny immediatement auec Dieu, & tout nu & descouuert contemple aussi nuëment & à descouuert ceste supréme essence,
qui est la mesme pureté & la mesme simplicité. Il ne void plus maintenant l'ombre & la figure des choses intelligibles, mais en considere le
vray original & le vray exemplaire. Il ne void plus Dieu en enigme & par
reflexion, mais l'obserue face à face, joüit de la priuauté & de la familiarité que les Anges ont auec luy, & en ceste souueraine cause des causes,
en ce miroir vniuersel, en ceste glace polie & resplendissante ; recognoist
les idées & les formes de toutes choses. Il regarde tourner sous luy le Soleil, la Lune & les estoiles. Il apperçoit mouuoir sous ses pieds les nuës,
les vents & lest empestes. Il iette les yeux sur le globe de la mer & de la
terre, franc d'interest & de passion, & constitué en vn port duquel se des-
couurent sans trouble & sans peril, toutes sortes de tourmentes & de naufrages. Là où il est esleué ne penetre aucune douleur ny aucune tristesse.

Là ne s'éprouue sinon vn perpetuel excés de ioye & de felicité. Là ne s'entendent que chants d'allegresse & de rauissement. Là il compose & consacre luy-mesme des hymnes à la loüange du Souuerain, meslant sa voix parmy ceux qui l'appellent incessamment Sainct, Sainct, Sainct, Dieu des armées, & attendant en gloire & en triomphe la reünion de ce corps vil & contemptible, qui est maintenant reclus & relegué dans vn tombeau, mais pour en sortir quelque iour plus auguste & plus fleurissant qu'il ne fut iamais, & dont la poudre & les cendres sont des arres & des semences de l'immortalité. Que ie l'estime heureux (Messieurs) de s'estre retiré de ce monde au temps que toutes choses l'obligeoient de l'auoir en horreur, que non seulement les maladies qui le tourmentoient, mais aussi celles dont toute la republique des François estoit trauaillée, ne luy pouuoient faire desirer autre chose que la mort. Certainement quand ie considere en quelle saison il est sorty de ceste vie, en quelle disposition estoient les affaires de ce miserable Royaume à l'heure qu'il nous a laissez, & comme il est mort en vn temps qu'il estoit beaucoup plus facile de deplorer l'estat de sa patrie que de le secourir, ie ne puis attribuer son trespas sinon à vne faueur du Ciel, & me semble qu'estant decedé si à propos pour luy, nous deuons plustost dire que Dieu luy a donné la mort, que non pas prononcer qu'il luy a osté la vie. Il n'a point veu de ses yeux charnels & passibles les guerres ciuiles & domestiques allumées en ce Royaume pour la neufiesme fois, & tout ce lamentable estat acheué de ruiner par les pretextes & contentions de la Religion. Il n'a point veu la cinquiesme inondation des Reistres & autres estrangers en sa prouince. Il n'a point veu la dissipation des lettres & des Vniuersitez. Il n'a point veu l'Eglise, pour la défense de laquelle il a autresfois si heureusement combattu, plus cruellement menacée, si Dieu n'enuoye quelque remede inesperé à nos malheurs, que iamais. Et en somme il n'a point esté contraint de polluer son regard du sac & des funerailles de sa patrie, & de craindre non seulement la domination des méchants, mais mesme d'apprehender l'auantage & la victoire des bons, pour la perte d'vne infinité de gents de bien qui y est ineuitablement conjointe. Là où nous pauures infortunez qui sommes enclos dans des vaisseaux de fange & de boüe, qui sommes logez dans des maisons de terre & de pourriture, qui n'auons qu'vne ombre de lumiere & d'intelligence, & dont l'ame est comme morte & enseuelie dans ces sepulchres mobiles que nous portons continuellement auec nous : combien cherement achettons nous non pas ceste vie, mais ces reliques de vie qui nous restent encore à acheuer apres luy, les reseruant au spectacles de tant de piteuses & cruelles tragedies? Ne seroit-il pas bien plus desirable, puis que nous deuons tous paruenir à vn mesme but, d'y arriuer des premiers, sans demeurer si long-temps spectateurs de nos miseres & de celles d'autruy, & accroistre nostre infelicité, par le prolongement de nostre vie? Car qu'est-ce que nous emportons autre chose du peu de temps que nous auons à viure dauantage, sinon qu'en

partie nous voyons plus de mal, en partie nous l'endurons, en partie nous
l'executons? Et puis finalement nous payons le tribut commun & neceffaire à la nature : nous fuiuons les vns, nous precedons les autres ; nous
deplorons les vns, nous fommes regrettez des autres : & ce mefme office
de larmes que nous rendons aux vns, nous l'attendons & le receuons des
autres. Telle eft la condition des hommes, dont la vie eft comme l'eau
qui eft efpanduë fur la terre, & n'eft plus ramaffée : telle eft la loy de nature, que quand nous ne fommes point, nous naiffons, & quand nous
fommes nez, derechef nous fommes diffous. L'homme eft vne fueille
d'Automne prefte à choir au premier vent, vne fleur d'vne matinée, vne
ampoule qui s'enfle & s'efleue fur l'eau, vne petite eftincelle de flamme
dans le cœur, & vn peu de fumée dans les narines. L'homme eft vn phan-
tofme, qu'on ne peut retenir, vne ombre d'vn fonge d'vne nuict, vn
exemple de mifere & d'imbecillité, vn jouët de fortune & de nature, &
tout le refte phlegme & colere. L'homme, dit le Prophete, eft foin, & fes
iours fleuriffent comme la fleur de l'herbe qui croift parmy les champs.
Pourtant vaudroit il beaucoup mieux, Meffieurs, mefnager nos larmes,
& les referuer & efpargner pour nous-mefmes, que de les épuifer & con-
fommer à deplorer la mort de ce grand perfonnage que nous celebrons,
veu qu'auffi bien luy font-elles inutiles & fuperfluës. Car ce que nous
pouuons faire pour luy maintenant qu'il eft efchappé de cefte vallée de
pleurs & de miferes, ce n'eft plus de le plaindre & de le lamenter. Les larmes qui arroufent fa fepulture ne coulent pas pour fon intereft, mais
pour le noftre. Et encore que ce foient d'honneftes témoignages de noftre affection & de noftre recognoiffance, fi eft-ce qu'elles doiuent auoir
leur reigle & leur mefure auffi bien que toutes autres chofes. Le feul office que nous luy pouuons rendre deformais felon les hommes, c'eft de
cherir & d'eftimer fa memoire, c'eft de la cultiuer & celebrer entre nous,
c'eft d'en parler le plus fouuent & le plus honorablement qu'il nous fera
poffible. Et pour le regard de Dieu, dautant qu'il ne nous apparoift
point que ce bel efprit foit encore parfaittement purgé des reliques des
pechez qu'il a commis eftant en ce monde (combien qu'il nous foit permis d'efperer en la meilleure part) ce que nous pouuons adjoufter en fa
faueur, c'eft de luy contribuer nos vœux & nos prieres, pour aider à l'acquitter de ce qu'il doit d'amendes & fatisfactions temporelles. Or cela
c'eft chofe qui n'a point befoin de vous eftre recommandée, tant à caufe
que la charité Chreftienne vous y oblige affez, que pour ce que l'affection particuliere que vous portez à fa memoire, ne vous permet pas d'e-
ftre negligens en ce qui luy peut obtenir du fecours & de l'allegement.

   T v as donc icy maintenant, ô grand Ronfard, ces derniers deuoirs &
ces honneurs funebres, qui te font offerts de la part d'vne ame pleine de
paffion & de pieté en ton endroit. Tu as icy maintenant les effais & les
premices de mon eloquence, fi l'on peut appeller eloquence des paroles
& des plaintes proferées par la douleur, lefquelles en fomme quelles

qu'elles foient, te font dediées & confacrées.   Tu as icy fans doute l'ornement de tous les ornemens qui te doit eftre le plus agreable , non pas
des effufions d'onguens & de parfums, dont l'odeur euft efté enfeuelie
auec toy dans le mefme tombeau, & fut perie dés le premier iour de ta fepulture , non pas des œillets & des rofes qui fe fuffent fanies auffi-toft
qu'elles euffent efté épanchées fur ton cercueil. Le prefent que ie te fay
c'eft cefte funebre & deuote Oraifon , laquelle paruiendra iufques aux
fiecles d'apres nous , & ne permettra point que tu fois entierement effoi-
gné de ceux qui la liront : mais remettra toufiours deuant les yeux de la
pofterité, l'image & l'effigie de ton ame, depeinte & reprefentée au vif
ainfi que dans vn tableau. Que fi tu reffens encore (comme fans doute tu
reffens) quelque chofe de ces offices d'humanité , & fi Dieu concede tant
de grace & d'indulgence aux ames des bien-heureux, que de leur permettre de goufter encore quelque plaifir en ces honneurs qui leur font decernez par les hommes , monftre-nous que tu es efmeu & touché de noftre pieté, affifte toy-mefme & fois prefent inuifiblement aux ceremonies qui s'accompliffent icy bas en ton honneur , jette les yeux fur ces folemnitez qui fe celebrent pour glorifier ta memoire , reçoy ces vœux &
ces myfteres en bonne part , & les fauorife d'vn doux rayon de tes yeux,
& d'vn gracieux afpect de ta veuë. Nous ne t'inftituons point des offrandes & des facrifices à la façon des Payens ; nous te prefentons ce que la pureté & la fimplicité de noftre religion nous permet. Nous n'immolons
poirit des animaux fur ton tombeau , ny ne refpandons point du laict &
du fang deffus ta fepulture ; nous ne te faifons point toutes ces offertes &
ces effufions mortuaires : mais nous nous immolons nous mefmes par la
violence de noftre douleur , comme autant d'hofties & de victimes facri-
fiées à ton Genie ; nous luy offrons & luy refpandons nos pleurs & nos
larmes, qui font le fang des playes & des bleffeures de noftre ame.   Ce
font là les honneurs funebres que nous déferons à ta memoire.   Nous ne
t'edifions point des Temples & des lieux facrez , eftants affeurez que tu
t'en es bafty vn dedans tes œuures qui fera plus glorieux & plus durable
que toutes les maffes de pierre & tous les ouurages d'architecture. Nous
ne t'éleuons point des tombeaux & des fepultures magnifiques, eftimant
que le plus digne monument que l'on te puiffe confacrer apres ta mort,
c'eft la douleur & la lamentation publique. Nous ne te dreffons point des
ftatuës, des colomnes, des arcs triomphaux : car toy-mefme t'es erigé des
images , des effigies & des ftatuës par tout le monde ; non pas des images
muettes & inanimées , non pas des ftatuës caduques & periffables, & qui
tombent d'elles-mefmes dés le propre iour que meurent les perfonnes à
qui elles font dediées , comme celle de Hieron Roy de Syracufe, mais des
images refpirantes & cognoiffantes ; & des ftatuës eternelles & perdurables. Car autant qu'il y a d'ames en cefte illuftre affemblée qui affifte à tes
obfeques & à tes funerailles , & autant qu'il y en a par toutes les Prouinces & par toutes les regions de la terre, & autant qu'il y en aura à l'aduenir

par

par tous les âges & par tous les siecles de la posterité, autant tu auras de
statuës viuantes & d'effigies parlantes, qui publieront eternellement ta
gloire & ta renommée, iusques à ce qu'vn iour nous n'aurons plus besoin
d'objets externes pour renouueller les impressions que nous conseruons
de toy en nostre memoire, estans si heureux que de te voir en presence &
conuerser auec toy face à face. Helas nous le desirons assez, ô belle lumiere de la France, & ne trouuons rien tant à dire en nos miseres que d'estre
priuez de la consolation de joüir de ta veuë & de ton entretien, comme
nous faisions auparauant! Mais ce bon-heur n'est plus en nostre puissance pendant que nous sommes encor en ce monde, & n'est plus en la puissance de nos yeux qui sont mortels & corruptibles, de supporter la splendeur de ta face qui est claire & resplendissante comme le Soleil. Il ne
nous est pas possible de regarder ceste source de rayons de laquelle tu es
enceint & enuironné, & dont nous ne receuons icy bas qu'vn bien petit
esclair, encore à trauers vne infinité d'ombres & de nuages, iusques à ce
que nous ayons dépoüillé ce voile materiel qui nous tient enueloppez,
pour pouuoir entrer dignement dedans le Sanctuaire, & voir les merueilles qui sont reseruées aux yeux des bien-heureux, iusques à ce que nous
ayons déchaussé (si j'ose dire ainsi) les souliers de nostre ame, c'est à dire,
que nous ayons délié ce qui la tient attachée auec les choses inferieures
& corporelles, afin qu'elle puisse marcher à pied nud sur la terre saincte,
& qu'elle puisse deuiser de pres auec Dieu en la montaigne. Il faut donc
que nous attendions la voix de l'Archange, le son de la trompette, la trans-
formation du Ciel, le changement de la terre, la dissolution & liberté des
elements, le renouuellement & la reformation du monde : Et ce sera a-
lors que nous verrons ce grand & illustre Ronsard; & nous ne le verrons
plus errant & vagabond sur la terre; nous ne le verrons plus porté & accompagné au sepulchre auec vne longue suitte de torches & vne grande
quantité de dueil; nous ne le verrons plus esmouuant le monde aux regrets & aux lamentations comme il fait maintenant : mais nous le verrons
luisant & réplendissant, tout couronné de gloire & de lumiere, & tout
enuironné des rayons de la diuinité, de la mesme façon, ô belle & glorieuse face! que tu m'apparois en songe toutes les nuicts, ou soit que l'e-
stre de la chose, ou soit que la force de ma passion te represente ainsi à
mon esprit. Cependant nous te saluërons pour donner congé à tes os & à
tes cendres, & auec ceste salutation te dirons A-Dieu, requerans que la
terre soit molle & legere à ton corps, que les fleurs naissent en tout temps
sur ta tombe & sur ta sepulture, & que ton ame si quelque chose la retarde encore, vole promtement là haut au sejour des bien-heureux, pour
nous attendre en repos, & rendre cest office mutuel & reciproque de
prieres, à ceux qui s'en acquittent dignement en ton endroit. Repose
donc maintenant en paix, ô grand ornement des Muses & de la France,
& vous qui estes icy presens, qui auez eu ceste bonne rencontre d'assister
aux obseques du grand Ronsard, & qui auez eu la patience d'ouïr ceste

LL l

plaintiue & funebre Oraiſon , pour l'honneur que vous portez à ſa me_
moire, retournez-vous-en de ce dernier acte bien contens & ſatisfaits en
vous meſmes du temps que vous auez employez à vne œuure ſi pleine de
pieté & de deuotion, vous promettans que le bon-heur que vous auez
eu de vous trouuer à ces funerailles, deſtournera toute l'infortune & toute la mal-encontre qui pourra iamais tomber ſur vous & ſur les voſtres. Et quand vous ſerez arriuez en vos maiſons, annoncez à vos enfans , & que vos enfans racontent à leurs enfans, que vous eſtiez nez ſous
ſi bons & ſi heureux auſpices , que d'auoir aujourd'huy aidé à inhumer
& enſepulturer le plus grand Poëte qui ayt iamais eſté entre les François,
afin que cela vous ſoit comme vne benediction hereditaire & perpetuelle , qui paſſe de generation en generation iuſques à vos neueux, & aux
neueux de vos neueux, & à toute voſtre poſterité.

F I N.

SERMONS

PREMIERE PARTIE D'VN SERMON
faict à Eureux le iour de Pasques.

SERMON I.

L Y a près de douze cent ans qu'vn Euesque nommé Anatolius, faisant son entrée en la ville de Constantinople, qui
estoit le Siege de son Episcopat, fut receu auec ce cry d'allegresse: Ce iour est le iour que le Seigneur a fait; Réjouïssons-nous, & nous y égayons. Dequoy le Pape qui presidoit lors en l'E-
glise estant aduerty, s'offensa, & reprit ceste acclamation comme estant
vne chose qui deuoit estre affectée & reseruée au seul iour de Pasques,
pour témoigner la ioye commune des Chrestiens.

Mais i'ay beaucoup d'occasion de rendre graces à Dieu, de ce qu'aujourd'huy que ie prens la premiere possession de ceste chaire, & fais par
ce sermon mon entrée spirituelle en vos cœurs & en vos ames, vous pouuez sans attentat & sacrilege à cause de la rencontre du jour, me receuoir
auec ces paroles; Cestui-cy est le jour que le Seigneur a fait, rejouïssons-
nous-y, & nous y égayons. Car ce qui est la gloire & le triomphe de nostre foy, asçauoir, que le fils de Dieu qui s'estoit liuré à la mort pour nous,
soit resuscité, & retourné victorieux des enfers pour nous donner le salut & la vie; c'est ce que ie vous annonce maintenant. Et partant comme
les pieds de ceux qui euangelizent la paix sont beaux & aggreables, ainsi moy qui vous apporte ceste chere nouuelle par laquelle ont esté pacifiées & reconciliées toutes les choses qui ont paix auec Dieu, soit au Ciel,
soit en la terre; il me semble que ie puis participer aucunement à ces paroles, & oüyr à mon aduenement ce cry d'allegresse, Cestui-cy est le iour
que le Seigneur a fait, réjouïssons-nous, & nous y égayons. Car encor que Dieu soit l'autheur de tous les iours qui luisent sur la terre,
neantmoins ce iour particulier que les Peres appellent, le Roy des
iours, & la metropolitaine des festes, & dont nous pouuons dire
en paroles payennes, mais en sens Chrestien, *Deus nobis hæc otia fe-*
cit, a vne preeminence speciale pardessus tous les autres. Car c'est
aujourd'huy que le Roy des Roys, le Seigneur des Seigneurs, est retourné victorieux & chargé de dépouilles, ayant défaict son ennemy & le no-

ſtre, immole ſes épinicies, c'eſt à dire ſes hoſties & victimes de triomphe, & faict ſon feſtin de victoire & de réjouiſſance à toute l'Egliſe. La Sapience, dit Salomon, a immolé ſes victimes, a meſlé ſon vin, & a preparé ſa table.

Or c'eſt à ce feſtin que nous vous inuitons auec ſainct Paul, quand nous vous rapportons ces paroles : Chriſt noſtre Paſque eſt immolé : Banquetons donc, non auec le vieil leuain de malice & d'iniquité, mais auec les azimes de ſyncerité & verité. Vous auez participé ce matin Sacramentalement à ce ſacré repas : nous vous conuions maintenant d'y participer ſpirituellement, de vous repreſenter le prix & la qualité des viandes qui vous y ont eſté ſeruies, ſuiuant ce conſeil de l'Eſcriture : Quand tu ſeras aſſis à la table d'vn Prince, conſidere diligemment les choſes qui ſont ſeruies deuant toy : de peur que vous ne vous rendiez indignes d'y eſtre vne autrefois appellez. Afin donc que mes paroles ayent plus d'efficace pour vous le repreſenter, & vous plus de diſpoſition pour le comprendre, l'ynuoqueray ſur moy & ſur vous la grace du S. Eſprit par l'interceſſion de celle qui a produit.   *Aue Maria*, &c.

LES Hiſtoriens prophanes rapportent pluſieurs exemples ou pluſtoſt prodiges de feſtins ſumptueux & magnifiques, qui ont eſté faits par diuers Roys & Empereurs de la terre, pour faire monſtre de leur ſplendeur & de leur opulence. L'vn feſtoya tout le peuple Romain en vn iour, & fiſt dreſſer & appreſter vingt & deux mille tables tout à la fois : Vn autre fiſt ſeruir de deux mille ſortes de viandes en vn ſeul banquet : Vn autre ayant employé tout l'artifice de ſes Officiers, & épuiſé la mer & la terre pour diſputer le prix & la victoire d'vn combat de feſtin, fut vaincu & ſurmonté par vne Reine, qui détrempa & beut vne perle de prix & valeur ineſtimable; & par ce ſeul mets, effaça tout ce que l'induſtrie & la prodigalité des plus grands maiſtres du luxe & de la ſuperfluité de leurs ſiecles auoit peu imaginer. Mais s'il faut conferer ces magnificences humaines, auec le ſacré feſtin auquel l'Apoſtre vous conuie par ces paroles, ſoit pour la quantité des conuiez, ſoit pour la varieté du gouſt & de la ſaueur des viandes, ſoit pour le prix & la dépenſe du banquet, il n'y en aura vne ſeule qui merite d'entrer en comparaiſon.

NOSTRE Seigneur traitte & feſtoye aujourd'huy non tout le peuple Romain habitant dans l'enclos & dans les murailles de Rome, mais toute l'Egliſe Catholique Apoſtolique & Romaine épanduë par toute le terre, & dreſſe & appreſte non vingt & deux mille tables, mais vingt & deux millions de tables, c'eſt à dire autant qu'il y a d'Autels Catholiques par tout le monde. Il nous ſert non de deux mille ſortes de viandes, mais d'vne ſeule viande qui contient en ſoy la ſaueur & les delices de toutes les viandes du monde. Il diſſout & détrempe pour honorer ce feſtin, non vne perle viſible & corruptible, mais ceſte perle inuiſible & ineſtimable, dont il parle luy-meſme en

l'Euangile quand il dit, Le Royaume des Cieux eſt ſemblable à vn
marchant qui fait traffic de perles, lequel en ayant trouué vne
d'exceſſiue valeur, vend tout ce qu'il a pour l'acquerir. Car comme les naturaliſtes diſent que la perle naiſt de la roſée & de l'influence du Ciel, & eſt vnique en ſa generation, dautant que l'animal qui la produiſt n'en porte iamais ſinon vne ſeule, laquelle pour
ceſte cauſe eſt nommée par les Latins *vnio*, à raiſon de ſon vnité;
Ainſi ceſte perle celeſte & diuine par le prix de laquelle tout le monde a eſté rachepté, eſt deſcenduë du Ciel, a eſté engendrée de la vertu
& operation du S. Eſprit, & eſt vnique en ſa generation tant eternelle
que temporelle. Dieu a tellement aymé le monde, dit ſainct Iean, qu'il
a donné ſon fils vnique, afin que qui croit en luy ne periſſe point.

Le fruict de cét admirable banquet n'eſt point vne vie caduque
& corruptible, mais vne vie celeſte & immortelle. Le maiſtre du
feſtin nous y diſtribuë la viande des Anges, la manne du Ciel,
le pain d'Aſer qui fourniſt de delices aux Roys : Il nous y donne
le ſuc de ceſte vigne ſacrée, dont la liqueur réjouiſt Dieu & les hommes : Il nous y offre ce Calice qui rauiſt & enyure les hommes
d'vn doux excés d'amour diuin : Il nous y abbreuue des torrents de
ſa volupté : Il y eſtanche noſtre ſoif du laict des mammelles de ſon
Egliſe, dont il eſt dit aux Cantiques des Cantiques : Tes mammelles ſont plus delectables que le vin. A ce ſacré feſtin l'Apoſtre vous
conuie par ces paroles ; Chriſt noſtre Paſque eſt immolé: Banquetons donc, non auec le vieil leuain de malice & d'iniquité, mais auecques les azimes de ſyncerité & de verité.

Les Iuifs auoient accouſtumé d'immoler & manger tous les ans
en chaque famille vn Aigneau qu'ils appelloient, Paſchal ou paſſager,
en memoire du paſſage de l'Egypte. Ils le choiſiſſoient de l'aage d'vn
an, qui eſt le cours & la reuolution du Soleil en ſon Ciel, pour monſtrer qu'en la plenitude des temps, à la fin du periode de la loy,
l'Aigneau de Dieu qui oſte les pechez du monde, deuoit eſtre immolé. Ils le prenoient ſans tache & ſans macule, pour dénotter l'innocence & la pureté de noſtre Seigneur faict ſemblable à nous en toute choſe excepté le peché. Ils le mangeoient en la pleine Lune, pour
monſtrer que le vray Aigneau deuoit eſtre mangé au temps de l'Egliſe Catholique, qui eſt épanduë par tout le monde, & non au temps de
l'Egliſe particuliere des Iuifs, qui n'eſtoit qu'vn croiſſant ou vne demie
Lune. Car l'Egliſe eſt figurée par la Lune, dautant qu'elle n'a point de
clarté d'elle-meſme nomplus que la Lune, mais luiſt par la lumiere de ſon
Soleil qui eſt noſtre Seigneur Ieſus-Chriſt. Ils le mangeoient au temps
des nouueaux fruicts, pour inſinuer qu'il falloit manger auec vne
nouuelle doctrine, c'eſt à dire auec la religion Euangelique. Ils le mangeoient auec vn baſton en la main, pour môſtrer que c'eſt la viande des pelerins & voyageurs de ce monde, & que quand nous ſerons arriuez là haut

au terme de noſtre peregrination, nous ne mangerons plus cét aliment
celeſte ſous l'écorce & le voile du Sacrement du corps de Chriſt, mais
ſerons vnis immediatement à ſa diuinité. Ils le mangeoient les reins
ceincts , pour monſtrer qu'il faut lier & enchainer nos deſirs & nos
conuoitiſes illicites.   Ils le mangeoient auec des laictuës ameres, pour
deſigner l'amertume & la douleur de la repentance de nos fautes.
Ils le mangeoient auec des pains ſans leuain, pour nous apprendre que
nous deuons eſteindre & amortir toutes les reliques ſemences & eſtin-
celles de peché qui ſont reſtées en nous du leuain de la vieille paſte dont
nous auons eſté formez, & dépouïller le vieil Adam auec ſes œuures,
pour veſtir le nouueau , & nous reformer & renouueller à l'image de
Dieu.

Voila à quel feſtin l'Apoſtre nous conuie, aſçauoir au banquet du
vray Aigneau Paſchal, de celuy qui eſt l'epitome & le recueil de tous les
myſteres de la loy; de celuy en la ſubſtance duquel ſe reduiſent comme
en abbregé & conſommé toutes les ombres, promeſſes & figures de l'ancien teſtament.   Le Royaume des Cieux, dit l'Euangile , eſt ſemblable à
vn Roy qui a fait des nopces à ſon fils, & a enuoyé ſes ſeruiteurs ſemondre
les inuitez. Le Roy, c'eſt Dieu le Pere : le Fils, c'eſt noſtre Seigneur Ieſus-
Chriſt : l'eſpouſe, c'eſt l'Egliſe : les fiançailles, ſont le baptéme : les nopces,
ſont l'Euchariſtie, en laquelle le mariage du Fils de Dieu & de ſon eſpouſe eſt conſummé ; en laquelle l'Egliſe deuient chair de la chair de
Chriſt , & os de ſes os : la table du banquet, c'eſt l'Autel : la viande, c'eſt
noſtre Seigneur luy-meſme, qui eſt le feſtoyant & le feſtin tout enſemble, *Ipſe conuiua & conuiuium* , dit ſainct Hieroſme : les conuiez, ſont les
pecheurs conuertis & repentans de leurs fautes : ceux qui les conuient,
ſont les Apoſtres , & nous autres indignes leurs ſucceſſeurs.   Nous vous
auons ce matin inuitez à participer Sacramentalement à ce feſtin : Nous
vous conuions maintenant à y participer ſpirituellement. Venez, dit la
Sapience, & mangez mon pain, & beuuez mon vin que ie vous ay meſlé.
Et derechef : Voicy i'ay appreſté mon banquet, mes groſſes chairs , &
mes volailles ſont tuées, tout eſt preſt. Venez aux nopces.

Or graces à Dieu nous ne vous auons point appellez en vain, vous
n'auez point meſpriſé la ſemonce : vous eſtes venus, vous comparoiſſez :
la ſalle eſt pleine de conuiez : *Nuptiæ plenæ ſunt diſcumbentium.* Reſte à
vous maintenant à prendre vos places , & à nous à mettre le feſtin en ordre , à vous ſeruir les plats ſur la table , à vous trancher & diſtribuer les
viandes.

Mais helas ! qu'eſt-ce que j'apperçoy, chers & bien-aymez conuiez,
quel ſpectacle ? quel deſordre ? quel malheur ? pendant que ie trauaille à
vous apporter les mets de ce celeſte & ſacré banquet, ie voy qu'il s'éleue
ie ne ſçay quels incredules, ie ne ſçay quels Caphernaïtes, ie ne ſçay quels
infidelles, qui auec leurs queſtions , leurs doutes & leurs ſcrupules, ou
vous arrachent des mains la viande que nous vous auions ſeruïe , ou la

foüillent & contaminent tellement, qu'ils vous la laiſſent inutile. Les
fables des Poëtes racontent qu'il y eut autrefois vn Roy qui fut affligé
par permiſſion diuine d'vne eſpece d'oiſeaux rauiſſants & immundes,
qu'on appelloit, harpies, qui le faiſoient languir & ſecher de fain. Car ſi
toſt que les mets eſtoient dreſſez ſur ſa table, ces monſtres venoient &
luy enleuoient les viandes qu'on luy auoient ſeruies : ou s'il en reſtoit
quelques-vnes, les infeƈtoient & empoiſonnoient de telle ſorte auec leur
haleine & leur attouchement, qu'elles luy en oſtoient tout vſage. Il en
eſt ainſi arriué en ce ſacré feſtin : comme la table a eſté couuerte, comme
les mets ont eſté ſeruis, voicy deux harpies Caluin & Luther, & leurs diſciples, dont l'vne oſte & renuerſe aux fidelles la viande qui leur eſtoit
preparée. L'autre la laiſſe bien au Sacrement & ne l'enleue point, mais
elle l'infeƈte & corrompt tellement de ſes mains & de ſon haleine, y mé-
lant des qualitez & conditions pernicieuſes, qu'elle vous en rend l'vſage
mortel & peſtilent.

O R comme c'eſt à moy qu'il a pleu à Dieu commettre pour vous donner la nourriture de vos ames, de vous appreſter & preparer ceſte paſtu-
re ſpirituelle, auſſi eſt-ce mon office de vous la defendre & garentir, &
chaſſer auec le glaiue de la parole de Dieu ces harpies qui vous la veulent
ſouiller ou arracher des mains. Vous me permettrez donc de faire vne
petite digreſſion pour cét effeƈt: Ie m'en acquitteray Dieu aidant en peu
de mots. Cependant ne vous ennuyez point, ie ſeray incontinent de
retour pour acheuer de vous ſeruir le reſte du feſtin auquel l'Apoſtre
vous a inuitez. * * * *
                            *   *

SERMON FAICT EN L'EGLISE
de Noſtre Dame le iour de la Pentecoſte.

SERMON II.

L A meſme nouuelle que l'Ange annonça à la bien-heureuſe
Vierge lors qu'il luy dit, Le S. Eſprit ſuruiendra en toy, & la
vertu du Tres-haut s'épandra ſur toy : Ceſte-la meſme, moy
qui ſuis icy conſtitué, bien qu'indigne, en l'office & en la place d'vn Ange, Car le Preſtre, comme dit Malachie, eſt l'Ange du Dieu des armées ; Ie la vous annonce maintenant, & vous dy, Le
S. Eſprit ſuruiendra en vous, & la vertu du Tres-haut s'épandra ſur vous.
Car le meſme Eſprit qui deſcendit ſur la Sainƈte Vierge le iour de l'Annonciation, pour luy faire conceuoir corporellement noſtre Sauueur,
ceſtuy-la meſme deſcendit auſſi ſur l'Egliſe le iour de la Pentecoſte, pour
le luy faire conceuoir ſpirituellement. Et partant comme la bien-heu-

reuſe mere de Dieu ſe prepara à receuoir ceſte grace auec vne parfaitte
charité & vne parfaitte humilité, & dit, Voicy la ſeruante du Seigneur,
qu'il me ſoit faict ſelon ta parolle: Ainſi faut-il que vous apportiez la
meſme preparation à ceſte grace, & reſigniez deſormais entierement vos
corps & vos ames au Sainct Eſprit, pour en faire ſes temples & ſes ſan-
ctuaires.

Afin donc que ce Sermon puiſſe ſeruir à vous y exhorter, ie prieray
celuy qui dit à ſes Diſciples; Quand vous parlerez deuant les Roys & les
Princes de la terre, ne ſoyez point en peine de ce que vous aurez à dire,
Car ce ne ſera pas vous qui parlerez, mais ce ſera l'eſprit de voſtre Pere
qui parlera en vous : Qu'il luy plaiſe mettre en ma bouche des paroles
propres à ceſt effect, & me donner vne de ces langues de feu qui deſcen-
dirent ſur les Apoſtres, pour embraſer vos cœurs d'amour & de charité
enuers celuy qui eſt l'amour & la charité meſme: Et adjouſteray à ma priere l'interceſſion de celle ſur qui le Sainct Eſprit deſcendit auec toute plenitude, quand elle receut ce meſſage celeſte. *Aue Maria*, &c.

Viourd'huy, Tres-Chreſtien Roy, & tres-religieux Auditeurs, l'Ange du grand Conſeil de Dieu prend l'encenſoir & le
remplit du feu de l'Autel diuin, & l'épand ſur la terre, & il ſe
fait des tonnerres, des voix, & des foudres & tremblements
meruéilleux.   Aujourd'huy le Soleil de Iuſtice enuoye ſes rayons ſur
les Paſteurs & Docteurs de ſon Egliſe, & les conuertiſt en eſtoilles; non
en ces eſtoilles mobiles & caduques qui tomberont vn iour du Ciel
comme les fueilles tombent des arbres, mais en ces eſtoilles fixes &
permanentes dont Daniel dit, Que ceux qui enſeignent la iuſtice a pluſieurs, luiront comme les eſtoilles en perpetuelles eternitez. Aujourd'huy
s'accompliſſent les paroles de Ioel: Voicy aux derniers iours, dit le Seigneur, i'eſpandray mon eſprit ſur toute chair, & vos fils & vos filles pro-
phetiſeront.

Quand vn mary qui ayme tendrement & cherement ſon épouſe, va en
quelque Païs lointain pour y ſejourner, s'il y a quelque ſingularité en la
region où il ſe tranſporte, il a ſoin de choiſir ce qu'il y peut recouurer de
plus excellent pour luy enuoyer, & luy en faire vn preſent, afin de luy
témoigner ſon amour, & la conſoler de ſon abſence : Ainſi noſtre Seigneur retirant ſa preſence viſible de ſon Egliſe, & montant au Ciel pour
s'aſſeoir à la dextre de ſon Pere, a eu ſoin de choiſir ce qu'il y a de plus
excellent au Ciel, pour en faire vn preſent à ſon épouſe, aſçauoir le ſainct
Eſprit, qui eſt l'amour du Pere & du Fils, la joye & la lumiere des Anges, l'arre & le gage du ſalut des hommes. Il eſt monté en haut, dit l'A-
poſtre, il a mené la captiuité captiue, & a donné les dons aux hommes.
Auſſi certes eſtoit-il tres-conuenable à la bonté du Sauueur du monde,
que priuant ſon Egliſe de la conſolation de ſa preſence ſenſible, il luy
donnaſt vn conſolateur inuiſible, & qu'enrichiſſant le Ciel des deſpouil-

les de la terre, il enrichit reciproquement la terre des graces & des thresors
du Ciel.

Dix iours auant l'origine de ceste sacrée feste, nostre Seigneur estoit
monté à la dextre de Dieu, & auoit rempli par sa presence corporelle les
Cieux, voire les Cieux des Cieux, de joye & d'allegresse. Car ce que les
Anges auoient de long-temps souhaitté, & ce que les Archanges auoiét
desiré auec grande impatience, asçauoir de voir la nature humaine du
fils de Dieu assise au throsne de la gloire celeste, leur fust concedé. Et aujourd'huy en contreschange de ceste Ascension, dont la feste ce celebra
premierement au Ciel, le Ciel s'ouure pour pleuuoir des graces & benedictions sur la terre. Le Sainct Esprit descend dans les cœurs des hommes, & le Ciel ne peut desormais donner plus que ce qu'il donne, ny la
terre receuoir plus que ce qu'elle reçoit : Qui racontera les puissances du
Seigneur, & fera entendre & cognoistre ses loüanges ?

Trois choses, Chrestiens auditeurs, ont accoustumé d'estre obseruées
quand on veut recommander la dignité de quelque present. La premiere est de considerer la qualité de celuy de la main duquel il vient. Car outre ce que comme dit vn ancien Poëte, les dons sont rendus precieux par
le merite de leur Autheur : encore d'ailleurs coniecturons-nous ordinairement que les bien-faits sont proportionnez à l'estat & à la condition
de ceux qui les font. La seconde de regarder quelle est la valeur & l'excellence du present en soy : Et la troisiéme quelle est la personne à
qui il est conferé. De ces trois choses nous traitterons briefuement &
succinctement, & puis cela fait, laisserons parler tout le reste du iour le
S. Esprit dans vos cœurs, non d'vn langage humain & ordinaire, mais
d'vne eloquence diuine & supernaturelle.

Alexandre le grand ayant donné vne ville à quelqu'vn qui la refusoit
pour ne se sentir pas de la qualité de receuoir vn tel bien-faict, répondit
qu'il ne s'enqueroit pas ce qu'il luy estoit seant à luy de receuoir, mais ce
qu'il estoit seant à Alexandre de donner : Voulant monstrer par là que
les liberalitez des Roys doiuent estre Royales & proportionnées à leur
estre & à leur grandeur. Or celuy qui nous fait icy ce don, c'est le fils
de Dieu, l'heritier du Pere, le Roy de gloire, celuy par lequel ont esté
faits les siecles, celuy qui porte toutes choses par le Verbe de sa vertu,
celuy en la personne duquel sont cachés tous les thresors de la science &
sapience diuine. Et partant il ne faut point douter qu'il ne nous puisse
donner tout ce qu'il veut, car son pouuoir est infiny : & qu'il ne nous
veüille donner tout ce qu'il peut, car son amour est infini. Le S. Esprit
consolateur, dit-il, que le Pere vous enuoyera en mon nom, vous enseignera toutes choses. Et derechef : Quand le consolateur sera venu que ie
vous enuoyeray de la part de mon Pere, l'esprit de verité qui procede du
Pere, il vous rendra témoignage de moy. Beny sois-tu, ô fils souuerain
du Dieu souuerain, qui en retirant ta presence visible de nous, ne nous as
point voulu laisser orphelins, mais nous as enuoyé vn autre consolateur

au lieu de toy,&ne nous l'as point enuoyé moindre que toy,mais nous l'as
enuoyé egal à toy. Car ce n'est point vn Ange comme au temps de la loy
Mosaïque, ce n'est point vn Archáge,ce n'est point vn Seraphin que tu
fais descendre du Ciel en terre pour regir ton Eglise ; c'est le mesme esprit
de la bouche du Pere, par lequel l'ornement des Cieux a esté fait ; C'est
celuy qui donne vie,mouuement & sentiment à toutes choses; C'est
celuy dont les Payens mesmes disent parlants de la constitution du monde, *Spiritus intus alit.*C'est ce torrent des delices de Dieu , qui abbreuue là
haut l'Eglise triomphante, & dont les ruisseaux descendent icy sur la militante. O bonté inestimable ! celuy qui est là haut adoré des Anges &des
Archanges,& de tous les autres ordres celestes, celuy à qui les Cieux seruent de temple, & les estoilles de lampes ardantes , descend icy bas entre les hommes pour se loger dans des vaisseaux de fange & de bouë,dans
des maisons de terre & de pourriture. Auec quelles actions de graces
donc,auec quel ressentiment,auec quelle deuotion recognoistrons-nous
vn si grád benefice?Quand les Israëlites apres l'immolation de l'Aigneau
Paschal & la sortie d'Egypte, receurent les tables de la Loy par la main de
Moyse,Dieu voulut qu'ils dediassent vn iour de l'année pour vacquer à la
contemplation & rememoration de ce bien-faict; Et de toutes les parties
du monde ils venoient és siecles suiuants en Hierusalé pour en rendre graces au Seigneur. Maintenant donc que nous auons receu en ce mesme
iour non la Loy morte & stupide , mais la Loy viuante & animée ; non la
Loy grauée dans les tables materielles de pierre , mais la Loy tracée dans
les tables charnelles du cœur; non la Loy écritte du doigt de Dieu, mais le
doigt de Dieu mesme ; non la lettre , mais l'esprit ; non l'ombre , mais le
corps; non la figure , mais la verité ; que ferons-nous,ou plustost que ne
ferons-nous point pour nous acquitter de ce deuoir ? Il faudroit certes, il
faudroit (Chrestiens auditeurs) que nostre vie fustvne feste perpetuelle
pour la dedier & consumer à la meditation de ce benefice,& que nous ne
cessassions iamais d'y penser: Neátmoins dautant que Dieu nous a élargy
tant de diuerses sortes de graces , que si nous occupions tout nostre téps
à la contemplatió des vnes, nous laisserions en arriere la memoire de plusieurs autres; Il a aggreable luy qui est le Pere de tout ordre, que nous
ayons certains iours assignez pour celebrer distinctement ses bien-faicts,
afin que chasque année de nostre vie soit vneperpetuelle reuolutió de l'histoire, & de la meditation de ses merueilles. Continuez donc, religieux
auditeurs,en ce sacré iour de me prester vne patience & deuote audience:
Et ie mettray peine de passer outre à m'acquitter de la seconde partie de
ma promesse , qui est de vous representer l'excellence &lavaleur du don
que nous celebrons maintenant. Mais,ô tres-sainct,tres-haut,& tres im-
comprehensible Esprit,qui est ce qui m'ouurira la bouche pour discourir de toy? Qui est ce qui m'inspirera la hardiesse pour oser parler de toy?
Qui est ce qui me donnera des aisles pour voler à toy , & contempler de
pres ta nature, ta personne & tes effects, si ce n'est toy qui delie la langue

des muets, qui rends les timides courageux, qui cohuertis les Colombes
en Aigles, qui tranſmuës les Aigneaux en Lyons, qui faicts les Bergers
Prophetes, les peſcheurs Apoſtres, & les Publicains Euangeliſtes? La nature de cét Eſprit (Chreſtiens auditeurs) eſt la meſme eſſence eternelle
infinie, increée, qui eſt colloquée là haut au ſouuerain Throſne de gloire
& de Majeſté, & deuant laquelle ſe proſternent en profonde & perpetuelle adoration toutes les creatures celeſtes & terreſtres. Sa perſonne eſt
vne des trois ſubſiſtances de la Trinité, procedante du Pere & du Fils
égale au Pere & au Fils, quant à l'eſſence, mais diſtinct quant à la proprieté perſonnelle. Ses effects ſont de faire découler ſur nous toutes les
graces & tous les dons qui fluent de la bonté de Dieu, de laquelle le nom
luy eſt auſſi particulierement attribué. Car encor que toutes les œuures
de la Trinité qui s'exercent au dehors ſoient indiuiſibles, & que par tout
où le Pere opere, le Fils & le S. Eſprit operent ſemblablement ; & que
par tout où reluiſt la puiſſance de Dieu, ſa ſapience & ſa bonté y reluiſent
tout de meſme : Neantmoins dautant que le Pere eſt le principe de la
Trinité, nous luy attribuons plus particulierement la puiſſance : Et dautant que le Fils eſt l'image du Pere en laquelle il ſe contemple, nous attribuons au Fils la Sapience : Et dautant que le S. Eſprit eſt l'amour & la
charité du Pere & du Fils, & que c'eſt en l'amour du Fils, que le Pere
ayme toutes les creatures & exerce ſa bonté enuers elle, nous affectons ce
tiltre au S. Eſprit, & luy referons tous les effects qui en dépendent. Et
partant comme la bonté de Dieu ſe communique à nous par infinis canaux qui découlent tous d'vne meſme ſource, par infinis moyens qui recognoiſſent tous vne meſme cauſe, nous le celebrons par mille effects,
le reclamons par mille noms, & le reuerons ſous mille figures. C'eſt celuy que nous appellons, l'Eſprit de Conſeil, l'Eſprit de Sapience, l'Eſprit
d'intelligence, l'Eſprit de ſcience, l'Eſprit de force, l'Eſprit d'humilité.
C'eſt celuy que nous nommons, le don du tres-haut, le don du Pere des
lumieres, le don des langues, le don d'interpretation, le don de gueriſon des maladies, le don d'operation des miracles. C'eſt celuy que nous
intitulons, le Pere des pauures, le diſtributeur des graces, le conſolateur
des affligez, le Docteur de l'Egliſe, le doigt de Dieu. C'eſt celuy qui illumine les ames, purifie les cœurs, nettoye les pechez, chaſſe les diables,
ſanctifie les Sacrements, conſacre les Preſtres, oint les Roys, inſpire les
Prophetes, anime & encourage les Martyrs, & les embraſe d'vn ſi grand
zele enuers leur maiſtre, que n'y l'amour du monde, ny le ſoin de leur vie,
ny les pleurs de leurs femmes, ny les gemiſſemens de leurs enfans, ny la
crainte des tourmens & des ſupplices, ne peuuét eſteindre l'ardeur de leur
charité ; mais comme s'ils eſtoient en des corps empruntez, ou pluſtoſt
comme s'ils n'auoiét point du tout de corps, ils rient & s'égayent parmy
les croix, les flammes, & les tortures. C'eſt celuy que l'Eſcriture & l'Egliſe
nous repreſentent par mille formes externes & materielles, comme par
autant de paroles viſibles, palpables & ſenſibles. Car quel ſymbole con-

uenable n'a esté employé pour exprimer ses effects, soit en apparitiós, soit en Sacrements, soit en allegories? Il descendit sur nostre Seigneur en espece de Colóbe, pour signifier par la proprieté de cét oyseau, qui est vn animal sans fiel & sans amertume, qui ne vit point de sang & de rapine, mais est tout plein d'innocence & de mansuetude, la bonté & douceur du S. Esprit, qui ne respire qu'amour, charité & bien-vueillance enuers les hommes. Il fut represonté aux Sacrements de l'Eglise Iudaïque, & l'est encore aujourd'huy en ceux de l'Eglise Chrestienne par la liqueur de l'huille, & cela fort conuenablement, pource qu'vn des vsages de l'huille, est comme dit Dauid, d'égayer & embellir la face de l'homme, ainsi que le S. Esprit égaye & embellit la face interieure de nostre ame, & la remplit de joye spirituelle.   Tu as aimé iustice & as hay iniquité (dit le Psalmiste) & à ceste cause Dieu t'a oint d'huille de liesse par dessus tes compagnons. Secondement pource que l'huille est le suc & le fruict de l'oliue, qui est vn arbre dedié à signifier la paix, & qui est celuy-mesme dont la Colombe de Noé rapporta le rameau à l'Arche.   Afin donc de montrer que le fruict du S. Esprit (comme dit l'Apostre) est ioye & paix, & que le S. Esprit mesme est ce fleuue de paix dont Dieu parle, quand il dit qu'il fera descendre vn fleuue de paix sur son Eglise, il a choisi ceste liqueur pour luy seruir de Symbole & de representation. Il descendit sur les Apostres en forme de feu, & presque par tout ailleurs en l'Escriture il est signifié par le feu. Comme quand nostre Seigneur dit qu'il baptisera de S. Esprit & de feu : Et quand Daniel dit qu'vn fleuue de feu sortoit de deuant la face de l'ancien des iours. Premierement pour ce que comme le propre du feu est de purifier les choses qui peuuent supporter son action : & que comme l'or se repurge à la fournaise, ainsi les cœurs que Dieu embrase de son S. Esprit, deuiennent repurgez de toutes affections terrestres, materielles & corruptibles. Secondement, pource que comme l'ordinaire du feu, est de côuertir en feu toutes les choses qui en sont susceptibles; ainsi le propre du S. Esprit, qui est l'amour essentiel du Pere, est de conuertir en amour tous les cœurs où il habite. Tiercement pource que côme les trois plus eminentes facultez du feu, sont la lumiere, la chaleur, & le mouuement; ainsi les trois plus illustres actions que le S. Esprit fait en nos ames, c'est que par la lumiere de la foy il les illumine, par l'ardeur de la charité il les embrase, & par le mouuement de l'esperance il les fait tendre & se leuer en haut. Quartement pource que comme le feu a accoustumé de fondre les metaux, & les vnir ensemble, & de plusieurs masses en faire vne commune masse : Ainsi le S. Esprit fondant & vnissant ensemble nos ames par sa chaleur fait de toutes les ames & de tous les cœurs de ceux qu'il embrase, vne mesme ame, & vn mesme cœur, suiuant ce que dit S. Luc en l'histoire de ce iour, que de tous les croyans l'ame estoit vne, & le cœur estoit vn.

Q v i se a-ce donc maintenant, ô mon Sauueur, qui recognoistra & exaltera dignement en ceste saincte iournee les biens que tu nous faits?

seront-ce

feront-ce les penfées ? feront-ce les voix ? feront-ce les plumes, des hommes ? non Seigneur : Que les Anges, que les Archanges, que les Cherubins, que les Seraphins les celebrent. Eux feuls voyent clairement & à découuert les dons que tu nous départs. Nous autres pauures vers de terre les receuons & ne les pouuons ny cognoiftre ny
recognoiftre. Seneque Philofophe prophane prefcriuant des preceptes de la liberalité, dit que ceux qui veulent recueillir vne pleine & entiere gratitude de leurs prefens, doiuent s'il leur eft poffible, y obferuer trois chofes : la premiere, que leurs dons foient neceffaires, ou pour le moins vtiles à ceux à qui ils les font : la feconde, qu'ils leurs foient aggreables : & la troifiéme qu'ils foyent
perdurables & ne fe confument pas promptement. Or où eft-ce
que fe font iamais mieux rencontrées ces trois conditions, qu'au
don que Dieu fait auiourd'huy à fon Eglife. Car premierement, s'il
faut parler de la neceffité, quel prefent nous pouuoit eftre plus
neceffaire que celuy fans lequel tous les autres nous font inutiles,
que celuy fans lequel nous ne pouuons ny viure ny fubfifter de la
vraye vie, c'eft à dire de la vie fupernaturelle, que celuy qui eft l'a-
me de noftre ame, que celuy qui nous repare & reforme à l'image
de Dieu ? Toutes les œuures, Seigneur, que tu as faittes en faueur de
ton Eglife, ont efté grandes, admirables, incomprehenfibles. Tu
as pour l'amour d'elle eftendu le Ciel, fondé la terre, allumé le Soleil, attaché les eftoilles, creé les élemens. Tu as pour l'amour
d'elle fufcité les Patriarches, infpiré les Prophetes, enuoyé les Anges,
déconfit les armées. Tu as pour l'amour d'elle pris chair humaine,
operé les miracles, inftitué les Sacremens. Tu as pour l'amour d'elle
liuré ton corps à la mort, épandu ton fang en la Croix, rendu l'efprit
à ton Pere. Mais toutes ces chofes, Seigneur, luy feroient inutiles,
fi tu ne les auois feellées de ce dernier feau, fi tu ne les auois couronnées de cefte derniere couronne, fi tu ne les auois complées de ce
dernier prefent, qui feul anime, applique, & met en œuure tous les
autres. Car comme vn nauire a beau eftre fourny de mafts, de voiles
& de cordages, fi le vent ne le pouffe il demeurera immobile, &
n'arriuera iamais au port : Ainfi l'Eglife a beau eftre equipée de tous
les inftruments de fon nauigage, fi le vent de l'efprit de Dieu ne luy
enfle les voiles & ne la pouffe au port de falut, elle n'y arriuera iamais.

Et quant à la feconde condition des bien-faicts, qui eft qu'ils
foient aggreables à ceux à qui ils font conferez, quel autre don
pouuoit eftre receu des fidelles auec plus de plaifir & de rauiffement,
que celuy qui eft le threfor des delices de l'ame, la fource des voluptez fpirituelles, le miel qui découle de la pierre, la myrrhe qui
diftille des leures de l'époux, la manne cachée que perfonne ne cognoift finon celuy qui la reçoit ? Par le fainct Efprit nous portons dés
cefte heure l'epitome & l'abregé de toutes les felicitez celeftes en noftre

M M m.

ame. Par le sainct Esprit le Royaume de Dieu est déja introduit dedans nous. Par le S. Esprit nous goustons de ceste vie mortelle les essais & premices de la vie immortelle.

Et quant à la troisiéme condition, qui est la durée, quel autre present peut estre plus durable & moins consumptible que celuy qui est l'eternité mesme, & dont l'vsage nous est promis eternellement? O consolation inenarrable! Nostre Seigneur ne se contente pas en s'absentant visiblement de son Eglise, de luy donner vn consolateur, vn tuteur, vn precepteur inuisible; mais sçachant que pendant qu'elle conuerse en ce monde, elle est tousiours pupille & demeure en perpetuelle enfance, promet de le luy laisser eternellement. Ie prieray le Père, dit-il, & il vous donnera vn autre consolateur, afin qu'il demeure auec vous eternellement, l'Esprit de verité que le monde ne peut receuoir. Ceux qui traittent de la science politique, disent qu'vn bon Prince ne doit pas auoir moins de soin quel sera l'estat de son Royaume apres sa mort, que quel il est durant sa vie: Et vn ancien Empereur prononça ceste memorable sentence, qu'il ne pouuoit faire vn plus cher present à sa republique que d'vn bon successeur. Que sera-ce donc de nostre Seigneur, qui a esté soigneux de se choisir non seulement vn bon successeur, mais celuy qui est la bonté mesme, & de nous le donner non pour quelques années, mais eternellement? O beau laiz testamentaire, promis par tous les oracles des Prophetes, confirmé par toutes les sentences de l'Euangile, & témoigné par toutes les relations des Apostres! Car que veulent dire ces paroles d'Esaye: Mon esprit que i'ay mis en toy, & mes paroles que i'ay mises en ta bouche, ne partiront point de ta bouche, ny de la bouche de ta posterité, depuis maintenant iusques à iamais; sinon que l'esprit de verité demeurera auec l'Eglise eternellement? Que veulent dire ces mots de nostre Seigneur, Sur ceste pierre i'edifieray mon Eglise, & les portes des Enfers n'obtiendront point de victoire contre elle, sinon que l'esprit de verité demeurera auec l'Eglise eternellement? Que veulent dire derechef ces paroles de nostre Sauueur, Quiconque n'oirra point l'Eglise, qu'il soit tenu pour Publicain & pour Ethnique, sinon que l'esprit de verité demeurera auec l'Eglise eternellement? Que veulent dire celles-cy de sainct Paul à Timothée, L'Eglise est la colomne & le firmament de verité, sinon que l'esprit de verité demeure auec l'Eglise eternellement? Où sont donc maintenant ceux qui crient que l'Eglise est corrompuë, qu'elle a erré, qu'elle a perdu la lumiere de salut? Les Donatistes anciens heretiques disoient du temps de S. Augustin, L'Eglise qui a esté épanduë par toutes les nations, n'est plus, elle est perie, elle a apostatisé. O voix impudente, répond ce sainct Docteur, voix abominable, voix detestable, voix pleine de presumption & de fausseté, qui n'est appuyée d'aucune verité, illuminée d'aucune sapience, assaisonnée d'aucun sel, vaine, temeraire, precipitée, pernicieuse! Et à bon droit certes s'écrie-t'il ainsi:

Car si le S. Esprit auoit abandonné l'Eglise, si l'esprit de verité s'en estoit
retiré, si l'esprit de mésonge y estoit peu entrer en sa place : quelle certitude aurions-nous de la doctrine de salut ? Le premier poinct dont nous deuons estre asseurez, c'est la verité des écrits qui nous sont proposez pour
parolle de Dieu. Or de cela quelle caution en pourrions-nous auoir, si l'esprit de Dieu auoit delaissé l'Eglise ? Comme pourrions-nous sçauoir que
les Euangiles que tenoient les Nazariens, les Marcionistes, les Manicheens, & autres anciens heretiques n'estoient point les vrays Euangiles ?
Comme pourrions-nous sçauoir que l'Epistre de S. Iude est canonique, &
celle de S. Barnabas ne l'est point, si l'Eglise ne nous auoit proposé l'vne
en qualité de canonique, & l'autre d'apocryphe ? S. Augustin cryoit contre les Manicheens; Ie ne croirois point à l'Euangile si l'authorité de l'E-
glise Catholique ne m'y émouuoit : *Ego vero Euangelio non crederem, nisi
me Ecclesiæ Catholicæ commoueret authoritas.* A quoy il ne faut point répondre comme font nos aduersaires, que le mot, *crederem*, se doit interpreter là en preterit, & prendre pour *credidissem* : Car le mesme sainct Augustin y montre disertement, qu'il parle du temps present, quand il adjou-
ste que si les Manicheens luy peuuent infirmer & destruire l'authorité
de l'Eglise, il cessera lors de croire à l'Euangile. Et derechef : Qu'il faut
qu'il croye aux actes des Apostres s'il croit à l'Euangile, pour ce que
l'Eglise Catholique luy propose égallement l'vn & l'autre. Dauantage
qui ne sçait que le salut ne reside pas aux parolles de l'Escirture, mais en
l'intention. Les Escritures, dit S. Hilaire, consistent non en lecture, mais
en intelligence : Et sainct Hierosme, Elles ne consistent pas aux fueilles des parolles, mais au fruict du sens. Et derechef : Il y a beaucoup
de danger de parler en l'Eglise, de peur que par vne mauuaise interpretation on ne face de l'Euangile de Dieu, l'Euangile d'vn homme, ou
qui pis est, l'Euangile du Diable. Nous voyons que Tertullian & Origene, les deux plus sçauans hommes de la terre, quand ils ont abandonné le sens & la conduitte de l'Eglise, & se sont donnez en proye à leurs interpretations particulieres, sont tombez és precipices des plus damnables heresies du monde. Et qui de nous pourra donc estre asseuré de
n'errer point en l'exposition des Escritures, s'il ne presuppose que l'esprit d'interpretation n'est donné à chasque particulier que par mesure
mais qu'il est donné à l'Eglise auec toute plenitude: s'il ne se represente
ce que dit Sainct Paul aux Ephesiens, que Dieu a mis en l'Eglise, les
Apostres, les Prophetes, les Pasteurs & les Docteurs, & ce qui s'ensuit, afin que nous ne soyons plus petits enfans flottans & errants à
tout vent de doctrine: s'il ne se souuient de ce qu'il écrit à Timothée,
que l'Eglise est la colomne & le firmament de verité: s'il ne se confesse auec sainct Irenée, que là où est l'Eglise, là est la verité : s'il ne recognoist auec sainct Augustin, que dans le ventre de l'Eglise reside la
verité; & que quiconque en est separé, il est necessaire qu'il die choses
fausses ?

MM m ij

MAIS ceux qui se sentent ébloüys de la splendeur de ces témoignages, répondent que la vraye Eglise est inuisible, ou pour le moins comme si elle auoit l'aneau de Giges, qu'elle est tantost visible & tantost inuisible. O voix & réponse d'aueugles! (Car ainsi appelle S. Augustin
ceux qui tiennent ce langage.) Celle qui est constituée pour seruir de lumiere à toutes les nations, sera-t'elle inuisible? Celle dont nostre Seigneur dit, La Cité éleuée sur la montagne ne peut estre cachée, sera-t'elle
inuisible? Celle que nostre Seigneur nous commande d'oüyr sur peine
d'estre tenus pour Publicains & pour Ethniques, sera-t'elle inuisible?
Celle à qui il est annoncé que tous les peuples chemineront en sa lumiere, sera-t'elle inuisible? Celle dont il est prophetizé qu'aux derniers iours
la montagne du Seigneur sera au sommet de toutes les môtagnes, & que
toutes les colines y afflueront & diront, Venons & montons en la montagne du Seigneur & en la maison de Iacob, & il nous enseignera ses
voyes, sera-t'elle inuisible? Celle des enfans de laquelle il est escrit; Et
leur posterité sera cognuë au milieu des nations, & leur lignée au milieu des peuples : Et derechef ; Ie ne te prie point seulement pour
ceux cy ; mais pour tous ceux qui par leur parolle croyront en moy,
qu'ils soient tous vn, comme tu es en moy mon Pere & moy en toy,
ainsi qu'ils soient vn en nous, afin que le monde croye que tu m'as enuoyé, sera t'elle inuisible ? L'Eglise, dit sainct Augustin contre les Donatistes, n'est point cachée : Car elle n'est pas sous le muy, mais sur le
chandelier, afin qu'elle luyse à tous ceux qui sont en la maison : Et
d'elle il est dit, La cité constituée sur la montagne ne peut estre cachée. Mais elle est comme cachée aux Donatistes, qui oyent de si
clairs manifestes témoignages qui démonstrent qu'elle est par tout le
monde, & ayment mieux heurter à yeux clos contre la montagne que
d'y monter. Et au troisiéme liure contre Faustus Manicheen : Par
quel signe manifeste donc (dit-il) moy qui suis encor petit enfant en
la foy, & ne puis pas discerner la pure verité de tant d'erreurs, par
quelle marque manifeste recognoistray-je l'Eglise de Christ ? Pour
ceste cause (répond-il) le Prophete recueillant les mouuements de
cét esprit, enseigne que celle là est preditte deuoir estre l'Eglise de
Christ, qui est eminente & apparente à tous. Et au deuziesme liure
contre Parmenian : C'est chose (dit il) commune à tous heretiques,
de ne pouuoir pas voir la chose du monde la plus manifeste & constituée en la lumiere de toutes les nations, hors de laquelle tout ce qu'ils
font, encore qu'ils le semblent faire auec grand soing, ne les peut non
plus garentir contre l'ire de Dieu, que les toilles d'araignes contre la
rigueur du froid. Et au deuziesme liure contre Petilian Donatiste : L'E-
glise a ceste marque certaine qu'elle ne peut estre cachée : elle n'est donc
point l'Eglise.

ET vous qui estiez n'agueres nos freres viuants en vne mesme maison
auec nous, & l'adorants en vne mesme Eglise auec nous : mais que l'es-

prit de diuision contraire à ce charitable esprit de concorde qui vnissoit
les cœurs & les ames des fideles, a depuis quelques années separez de
nous, recognoissez d'où vous estes sortis. Retournez à vostre mere qui
vous tend les bras, qui vous ouure le sein, qui vous presente ses mammelles: Elle ne desire rien de vous, que vous; elle souspire pour vous, elle gemit pour vous, elle pleure pour vous. C'est esprit d'amour & de charité qui échauffe ses entrailles, fait qu'elle ne vous peut oublier, mais
qu'elle vous porte incessamment dans le cœur & dans les yeux. Souuenez-vous de ce que dit l'Escriture, Qu'elle iugera toute langue qui
luy resistera en iugement: Que toute machine qui sera dressée contre
elle sera destruitte: Que tout Royaume & toute nation qui ne luy seruira point, perira: Que qui ne l'écoutera point, sera tenu pour Publicain
& pour Ethnicque. Souuenez-vous de ce que protestent les Peres,
Que hors de l'Eglise il n'y a point de salut: que celuy n'aura point Dieu
pour Pere, qui n'aura point voulu auoir l'Eglise pour mere: que hors
de l'Eglise, ny la foy, ny les Sacrements, ny les bonnes œuures, ny le
martyre mesme ne seruent de rien. Hors de l'Eglise Catholique, dit
sainct Augustin contre les Donatistes, vn homme peut auoir toutes
choses excepté le salut: Il peut auoir les ordres, il peut auoir les Sacrements, il peut chanter, *Alleluya*, il peut répondre *Amen*, il peut tenir
l'Euangile, il peut auoir & prescher la foy au nom du Pere, & du Fils,
& du S. Esprit: mais il ne peut obtenir le salut nulle part, sinon en l'E-
glise Catholique. Ne vous laissez point seduire aux vaines calomnies de
ceux qui alleguét que l'Eglise est corrompuë, qu'elle a erré, qu'elle a apostatisé: Les Nouatiens de leur temps en disoient de mesme, les Donatistes
de mesme, les Arriens de mesme, les Macedoniens de mesme, les Nestoriens de mesme, les Eutychiens de mesme; & neantmoins toutes ses se-
ctes-la sont peries, & ceste sentence de sainct Augustin est demeurée
veritable. L'Eglise Catholique bataille contre toutes les heresies. Elle
peut combattre, mais elle ne peut estre vaincuë. Toutes les heresies
sont sorties d'elle, comme sarments inutiles, retranchez de leur vigne:
mais elle demeure en sa racine, en sa tyge, en sa charité: les portes d'enfer ne la surmonteront point. Il semble à ceux qui sont sur la mer, que
la terre se meuue, qu'elle tourne, qu'elle chancelle: mais ceux qui sont
sur la terre sentent qu'elle est ferme, stable & permanente. Il semble à
ceux qui sont hors de l'Eglise, qu'elle erre, qu'elle chancelle, qu'elle vacille: mais ceux qui sont dans l'Eglise, sçauent qu'elle demeure fixe, stable & arrestée en la doctrine de ses Peres. Les Apostres pensoient que
nostre Seigneur dormist de corps & d'esprit, & que la nascelle fut preste à perir: mais il reprima leur défiance, & leur fit voir que celuy qui
garde Israël ne dort ny ne sommeille. Il sembloit à Oza que l'Arche trébuchast & fust preste à tomber: il y voulut porter la main
pour ayder à la soustenir, il fut puny & frappé de mort tout à l'heure mesme, afin de montrer par son exemple aux esprits presumptueux, que ce

qui eſt conduit de Dieu, n'eſt pas ſujet à la correction du ſens humain.

Vovs vous offenſez que l'Egliſe prie les Sainɑs, porte leurs chaſſes en proceſſion, venere leurs reliques: Vigilantius & ſes ſeɑateurs il y a douze cents ans, s'en offenſoient tout de meſme. Vous vous offenſez qu'elle prie pour les morts, qu'elle offre le ſacrifice de l'Euchariſtie pour eux, qu'elle ieuſne le Careſme, qu'elle diſtingue les Preſtres & les Eueſques: les Arriens inſignes heretiques il y a douze cents ans, s'en offenſoient tout de meſme. Vous vous offenſez de ce qu'elle preſcrit le celibat aux Preſtres, aux Diacres, aux Religieux & Religieuſes: Vigilantius & Iouinian fameux hereſiarches il y a douze cents ans, s'en offenſoient tout de meſme. Repreſentez-vous donc au iour du iugemẽt quand tous ces monſtres-là qui ont accuſé l'Egliſe Catholique cõparoiſtront d'vne-part deuant le Tribunal de Chriſt: & les Sainɑs Peres qui l'ont defenduë contre leurs accuſations, de l'autre: du coſté deſquels vous deſirerez lors vous ranger. Repreſentez vous quand les vns oirront ceſte douce voix; Venez les benis de mon Pere, qui auez pris en main la deffenſe de mon épouſé, de celle que i'ay plus aymée que ma propre vie, de celle pour qui i'ay épandu mõ ſang, de celle à qui i'ay conſigné mon eſprit, de celle a qui j'ay donné les clefs de mon Royaume, de celle auec qui i'ay promis de demeurer eternellement: Et que les autres oirront au contraire cét épouuentable arreſt; Allez maudits au feu eternel, qui auez diffamé & blaſphemé voſtre mere, qui auez déchiré & mis en pieces l'épouſe de voſtre maiſtre, ſa Colombe, ſon vnique, qui auez preferé vos eſprits particuliers à l'eſprit vuiuerſel de l'Egliſe, qui auez d'émoly le temple de Dieu, rompu le lien de l'vnité, diuiſé la robbe de charité. Repreſentez-vous, dis-je, lors du coſté deſquels vous déſirerez eſtre, ou pluſtoſt auoir eſté: Et pendãt que le temps de conuerſion & de penitéce dure, pendant que la patiéce de Dieu vous attend, pendant qu'il vous laiſſe encor jouïr de l'vſufruiɑ de ceſte vie, reuenez ſous l'enſeigne de celle qui ſeule vous peut acheminer à l'autre. Toutes choſes vous y conuient, le Ciel, la terre, la mer, les Anges, les hommes, les ſaiſons, les élements, le commencement de ce nouueau ſiecle où nous allons entrer, le temps de ceſte année Sainɑe où toute l'Egliſe eſt en prieres & en deuotions, tendant & éleuant les mains au Ciel pour vous; la laſſitude de vos propres eſprits, qui commencent à s'ennuyer de ces longues & pernicieuſes diuiſions. Dieu nous a donné en ces iours vn chef Eccleſiaſtique ſi irreprehenſible, aſçauoir noſtre S. Pere Clement VIII. que la calomnie meſme ne ſçauroit rien trouuer à redire ſur ſes actions, lequel n'épargne aucune ſorte ny de ieuſnes, ny de larmes, ny des prieres pour obtenir de Dieu ceſte heureuſe reünion. Nous auons vn Roy qui la deſire plus que ſa propre vie, & pour le regne duquel il ſemble que ceſte benediɑion ſoit reſeruée, afin de couronner toutes les autres merueilles que noſtre Seigneur a faits en ſa faueur, de ceſte ſouueraine merueille. Dieu répondit à Dauid, quand il luy voulut baſtir vne maiſon, qu'il n'auoit point aggreable qu'il y miſt la main, pource qu'il eſtoit

homme de ſang. Mais noſtre Roy qui parmy le fer & le ſang n'a point
eſté homme de ſang ; ains au contraire au milieu de ſes combats & de ſes
victoires a épargné le ſang de ſes ſubjets, voire de ſes ennemis meſmes,
plus que le ſien propre ; Il ne faut point douter que Dieu n'ait tres-agreable qu'il ayde, non à baſtir ſon Egliſe, qui fut baſtie dés le temps de noſtre Seigneur & de ſes Apoſtres, mais à reparer ſes breſches & ſes ruynes.
Toutes ſes penſées, tous ſes deſſeings, toutes ſes actions, maintenant
qu'il a remis la paix en ſon Royaume, ne tendent plus qu'à remettre la
paix au Royaume de Dieu. Il ne ſonge ny nuict, ny iour, qu'à eſſayer d'y
ramener par toutes voyes douces & charitables, ceux qui s'en ſont déuoyez. Il n'a plus autre ſoing que de faire nomination de bons Eueſques & de bons Paſteurs, qui puiſſent par leur vie & par leur doctrine
rappeller les oüailles égarées à la bergerie. Courage, ô grand Roy ; Toutes vos autres victoires ſont grandes, ſont admirables, ſont inimita-
bles : mais elles n'ont ſeruy & ne ſeruiront que de degrez & déchelons à
celle-cy, qui portera voſtre gloire dans le Ciel, & y grauera eternelle-
men voſtre nom auec ces bons Roys, Dauid, Ioſaphat, Ezechias, Io-
ſias, & autres ſemblables. C'eſt peu que d'auoir égalé, voire ſurmonté comme vous auez fait, les Scipions, les Ceſars, les Alexandres : l'Egliſe
ne celebre point ces victoires-là : Ces argumens-là ſont bons pour ſeruir
de théme aux Hiſtoriens & aux Poëtes, & non aux Eueſques. Mais d'é-
galer les Conſtantins, les Theodoſes, les Marcians, ce ſont victoires que
les Anges chantent dans le Ciel, & que les Eueſques preſchent & exal-
tent en la terre.

E T toy, ô tres-ſainct, tres-haut, & tres-glorieux Eſprit, qui donne
les Roys aux peuples, & les Paſteurs aux Egliſes, ſource de tout ordre
ſpirituel & temporel, autheur de toute diſcipline Eccleſiaſtique & politique, eſprit de Sapience, eſprit de ſcience, eſprit de doctrine, eſprit de
paix & d'vnité, eſprit Paraclet, eſprit conſolateur, en l'honneur duquel
nous ſommes icy aſſemblez ; Eſcoute les vœus de ceux qui t'inuoquent
& te reclament pour la reünion de ton Egliſe. Nous celebrons aujour-
d'huy le iour auquel par ta deſcente viſible, tu fis de toutes les ames des
croyans, vne ame ; & de tous leurs cœurs, vn cœur. Fais encore de meſme maintenant par ta deſcente inuiſible, & r'aſſemble tous ceux qui portent le nom de Chreſtiens, en vn meſme corps de Chriſt. Rameine au
troupeau du Paſteur des Paſteurs, tous ceux qui s'en ſont écartez ; & y
conſerue tous ceux qui y ſont demeurez ; Donne aux vns la grace de reuenir au chemin de ſalut : Donne aux autres celle d'y perſeuerer : Illumine
leurs ames, purifie leurs cœurs, échauffe leurs volontez, reigle leurs deſirs,
conduis leurs actions, afin que combattans icy tous enſemble ſous tes
aiſles en l'Egliſe militante, nous ſoyons vn iour couronnez là haut en
la triomphante, où tu vis & regnes auec le Pere & le Fils aux ſiecles des
ſiecles. Amen.

SERMON FAICT A SENS LE IOVR
de la Toussainct.

SERMON III.

APRES ces choses, dit sainct Iean en son Apocalypse, ie vis vne grande multitude que nul ne pouuoit nombrer, de toutes nations, peuples, tributs & langues, qui assistoient deuant le throsne.

Mes freres, ayant à traitter auiourd'huy auec vous de la feste generale de tous les Saincts de l'Eglise triomphante, ie ne puis employer vn meilleur moyen pour obtenir de Dieu l'ayde qui m'est necessaire pour cét effect, que l'intercession des mesmes Saincts, dont i'entreprens de celebrer la solemnité, & principalement de celle qui est la Mere du Sainct des Saincts : Et pour ce ie vous prie de l'en coniurer auec moy par la memoire du plus doux message qu'elle receut iamais, qui est celuy que l'Ange luy annonça, quand il luy dist, *Aue Maria*, &c.

LEs Atheniens furent si curieux d'honorer la memoire de ceux qui estoient morts en la bataille de Marathon, pour la liberté de leur patrie, & le salut & la deffense de la Grece contre les barbares, que non seulement ils rechercherent tous les corps de ceux de cette qualité qui se peurent trouuer ; & les ayans enchassez dans des bieres de cypre, les accompagnerent au sepulchre auec la pompe funebre la plus magnifique & glorieuse qui eust iamais esté practiquée par eux en semblables occasions ; mais mesme ceux dont ils ne peurent recouurer les corps pour auoir esté consommez par les oyseaux ou deuorez par les bestes, ils leur erigeret & dedierent à tous en general vn commun cenotaphe ou tombeau honoraire de grádeur excessiue, afin que comme ils auoient participé aux perils & aux merites de ce combat, ils participassent aussi à la gloire & à l'honneur de la recognoissance & gratitude publique : Ainsi l'Eglise que l'Escriture appelle, la Cité de iustice, voulant recognoistre d'vne iuste marque de gloire la memoire de ceux qui sont morts pour la confession du nom de Christ, qui ont combattu pour la deffense de la religion Chrestienne contre les tyrans & persecuteurs de la foy, qui ont consacré & épandu leur sang pour la liberté de leur patrie spirituelle, & les honorer de tous les honneurs, que meritent ceux dont nostre Seigneur a dit, Qui m'honorera, mon pere l'honorera : Et qui perdra son ame pour moy, la troquera ; a esté curieuse non seulement de decerner des festes & solemnitez particulieres

à ceux de ceste sorte , dont les noms sont venus à sa cognoissance pour
en renouueller & conseruer annuellement la memoire glorieuse & triomphante, mais aussi pour exercer & obseruer le mesme deuoir à l'endroit
des autres dont elle n'a peu cognoistre les noms, à cause de l'infinité du
nombre de ceux dont sainct Iean dit en son Apocalypse , Apres cela ie
vis vne grande troupe que personne ne pouuoit nombrer de diuerses nations, Tributs, peuples & langues, qui assistoient deuant le Throsne; a institué & dedié en commun vne feste generale à tous les Saincts, Patriarches, Prophetes, Apostres & Martyrs, Confesseurs , Docteurs , Vierges, & autres qui sont morts, ou au seruice, ou pour le seruice de son espoux, afin que nul de ceux qui ont participé à ce merite ne fust exclus &
priué de ce sacré & public témoignage de recognoissance & de gratitude. C'est à ceste fin qu'est destinée la feste du iour que nous celebrons
maintenant, laquelle nous doit estre en d'autant plus grande reuerence,
que c'est non seulement vne epilogue & vne recapitulation des autres festes des Saincts dispersées par toute l'année, mais mesme que c'est comme vne monstre & vne reueuë generale de toute l'armée celeste, & de toute la milice triomphante du regne de Christ , en laquelle ceux qui ont
esté obmis és autres festes sont suppléez & remplacez par vne commemoration commune & generale. Car és autres festes particulieres
nous venerons la memoire d'vn Sainct, la memoire d'vn seruiteur ou
d'vne seruante de Dieu: Mais icy en vne seule solemnité nous solemnisons la gloire de tous les Saincts, de la societé desquels le Ciel fait allegresse , de la protection desquels la terre s'éjouyst, des triomphes desquels l'Eglise est couronnée. Là se celebre la passion d'vn martyr, en
vne seule feste nous celebrons les souffrances de tous les Martyrs, qui ont
cymenté le bastiment de l'Eglise de leur sang, qui ont rendu leur mort
precieuse deuant le Seigneur, qui par la mort ont acheté l'immortalité
depuis le iuste Abel, duquel Dieu dit, que la voix de son sang crioit deuant luy iusques au dernier des Martyrs, dont les ames crient sous l'autel d'or à Dieu; Vange nostre sang. Là se celebre la memoire d'vn Confesseur , icy en vn seul iour se renouuelle la memoire de tous les Confesseurs qui ont esté comme les nouices , les poursuiuants & les candidats du
martyre : Et lesquels encor qu'ils n'ayent pas obtenu en effect la palme
sanglante du combat, l'ont obtenuë en desir & en intention, ayant tous-
jours la bouche ouuerte pour la confession du nom de Christ, & portans perpetuellement le triomphe de sa Croix sur le front, & n'oubliant
iamais ceste chere sentence, Qui me confessera deuant les hommes, ie
le confesseray deuant Dieu mõ Pere. Là se celebre la memoire d'vn Docteur, icy en vne seule feste se renouuelle la memoire de tous les Saincts
Docteurs, desquels Daniel a écrit , Que ceux qui instruisent plusieurs à
iustice luiront comme estoilles en perpetuelles eternitez. Là se celebre la
memoire d'vne Vierge, icy en vn seul iour s'éleuent des trophées à toutes
les sacrées Vierges qui se sont renduës victorieuses & de leur siecle & de

leur sexe, qui ont immolé à Dieu leur corps par vne pudicité inuiolée, &
ont merité des couronnes aussi proches de la dignité de celle des Martyrs, que les lys sont proches de la dignité des roses : Car les couronnes
des Martyrs sont tissuës de roses à cause de la teinture de leur sang ; & les
couronnes des Vierges sont tissuës de lys à cause de la blancheur & pureté de leur virginité, que Tertullian appelle, la fleur des mœurs, & de
laquelle l'Eglise chante,

Iesus qui paist entre les lys
Entouré des balets des Vierges.

Et bref en ceste seule solemnité sont comprises les commemorations
de tous ceux qui par la foy, comme dit sainct Paul, ont vaincu les Royaumes, ont operé iustice, ont obtenu les promesses, ont fermé la bouche
des Lyons, ont esteint la violence du feu, ont euité le tranchant du glaiue, sont reuenus des infirmitez, ont esté faits forts en la guerre, ont mis
en route les armées des ennemis, ont receu la resurrection de leurs morts,
ont esté demembrez, n'acceptans point de redemption pour trouuer
vne meilleure resurrection, ont éprouué les opprobres, les fleaux, *les*
liens, les prisons, ont esté lapidez, sciez, tentez, sont morts par l'occision du glaiue, ont erré en peaux de brebis & de cheure, indigents, oppressez, affligez, desquels le nombre n'estoit pas digne, vagants aux soli-
tudes, aux montagnes, aux antres, & cauernes de la terre. De maniere
que les autres festes particulieres des Saincts, sont comme des ruisseaux,
des riuieres, des fleuues de deuotion: mais ceste-cy est vn Ocean, & vn
abysme de festes, & solemnitez, auquel toutes les autres festes & solemnitez confluent & s'amassent, comme en vne mer. Icy les Patriarches,
là les Propheres, icy les Apostres, là les Martyrs, icy les Confesseurs, là
les Docteurs, icy les Religieux, là les Vierges, icy les éleus du peuple des
Iuifs, là les éleus du peuple des Gentils, & touts par miliers, & miliers des
miliers.

Le Ciel ne porte point dans son sein tant d'estoilles ;
La terre tant de fleurs, ny la mer tant de voiles.

O R afin de pouuoir celebrer ceste feste dignement & auec la meditation & deuotion qu'elle merite, l'ordre de la predication veut que nous
considerions les causes pour lesquelles les festes particulieres des Saincts
dont elle est comme vn sommaire qui contient en masse & en gros ce
que les autres contiennent en détail, & par le menu ont esté instituées,
qui sont cinq principales.

L A premiere est afin de loüer, honorer & glorifier Dieu : Car dautant
que nous ne pouuons pas loüer & admirer Dieu en sa propre essence, qui
nous est incognuë, il nous le faut contépler loüer & admirer en ses œuures;
tout ainsi que ceux qui ne peuuét supporter la splendeur du Soleil, se contentent d'en voir l'image dedans les bassins d'eau & dans des miroirs. A ces
causes l'Escriture nous dit, que les Cieux annoncent la gloire de Dieu,
& le firmament l'ouurage de ses mains, & commande à toutes les crea-

tures , aux eſtoilles , aux fleuues, aux montagnes , de benir Dieu , non
que les creatures inſenſibles & inanimées puiſſent loüer Dieu , qui ne ſe
loüe qu'auec l'ame & la parole , mais dautant qu'elles fourniſſent d'argument à l'homme pour contempler , loüer & admirer la puiſſance &
ſageſſe de Dieu , de laquelle l'image & l'effigie eſt empreinte dedans toutes ſes œuures ; tout ainſi que l'effigie de Phidias dans la ſtatue de Minerue.   Or autant que les œuures de la grace ſurmontent d'vne incomparable interualle celles de la nature , & ſont plus éleuées par deſſus elles
que le Cedre du Liban par deſſus l'hyſope , & que le Ciel par deſſus la terre ; autant la contemplation & commemoration des merueilles que
Dieu à faittes en la perſonne de ſes Sainćts , luy eſt plus aggreable & glorieuſe que de celles qu'il a faittes en l'œconomie de la nature. Il n'y a rien,
dit vn excellent perſonnage, de grand au monde que l'homme , ny de
grand en l'homme que l'ame. Il deuoit adjouſter ny de grand en l'ame
que la grace : Et pource comme Galien décriuant la fabrique & l'vſage
admirable des parties du corps humain, afferme , qu'en ce faiſant il com-
poſoit des Hymnes de loüange au Createur ; ainſi & à beaucoup plus
forte raiſon pouuons-nous dire, que l'Egliſe recitant tous les ans aux feſtes anniuerſaires des Sainćts les merueilles que Dieu a faittes en ſes ſeruiteurs, la conſtance qu'il leur a donnee, les miracles qu'il a operez par
eux en leur vie , & ceux qu'il opere encor par leurs reliques apres leur
mort, elle compoſe des Hymnes de loüange à celuy qui les a éleus, appellez , & couronnez.   Car quand les os d'Heliſée reſſuſciterent vn
mort, de qui eſt-ce que ce miracle annonçoit la puiſſance & la grandeur
ſinon de celuy dont Heliſée auoit eſté Prophete ?   Et quand les mouchoirs & demy-cints qui auoient touché au corps des Apoſtres gueriſ-
ſoient les malades , de qui eſt-ce que ceſte merueille publioit la vertu , ſinon de celuy qui auoit eſté le maiſtre & l'inſtituteur des Apoſtres ? Et
quand en la primitiue Egliſe les reliques des Martyrs illuminoient les a-
ueugles, comme ſainćt Ambroiſe & ſainćt Auguſtin le témoignent de
celles de ſainćt Geruais & ſainćt Prothais à Milan , quand elles gueriſ-
ſoient les malades, quand elles chaſſoient les demons des corps des demoniaques , & par leur preſence geſnoient & tourmétoient les malins eſprits
(Dieu exerçant encore par les reliques de ſes Martyrs ceſt acte de puiſſance & de iuſtice , de faire que comme les Diables auoient perſecuté &
tourmenté ces corps-là en leur vie, ces meſmes corps par vne iuſte retri-
bution geſnaſſent & tourmentaſſent les Diables apres leur mort,) de
qui eſt-ce qu'elles annonçoient la gloire , ſinon de celuy pour qui les
Martyrs auoient épandu leur ſang ? Et à qui retournoient les honneurs
que l'Egliſe leur rendoit aux iours de leurs ſolemnitez, ſinon à l'autheur
& coronateur de leur martyre ? Qu'eſt-ce que tu honores , demande à
ſoy-meſme ſainćt Ambroiſe , en vne chair déja pourrie & conſumée?
l'honore , répond-il , en la chair du Martyr, les cicatrices receuës pour
le nom de Chriſt ; l'honore la memoire de celuy qui y vit par vne perpe-

tuité de vertu, l'honore les cendres consacrées par la confession du nom
de Christ, l'honore en ces cendres les semences de l'eternité, l'honore ce
corps qui m'a appris à aymer mon Seigneur. Pourquoy n'honoreray-ie
point ce corps que les Diables mesmes redoutent, qu'ils ont affligé au
supplice, mais qu'ils glorifient au sepulchre? I'honore donc le corps
qui a honoré Christ au glaiue, & qui regnera auec Christ au Ciel.   Et
sainct Augustin au vingt-deuziesme de la Cité de Dieu, racontant la
joye & les applaudissements de ceux qui iettoient des cris d'allegresse
pour la guerison de Palladius & d'Iconia par l'attouchement du treillis
où estoient les reliques de sainct Estienne : Qui auoit-il, dit-il, aux
cœurs de ceux qui iettoient ces cris d'allegresse, sinon la foy de Christ
pour laquelle le sang d'Estienne fut épandu ? Et Theodoret décriuant
les marques & enseignes que ceux qui auoient esté gueris par les reliques
des Martyrs, y apportoient pour témoignage de leur guerison, les vns,
dit-il, y appendent des effigies d'yeux, les autres de pieds, les autres de
mains faittes d'or ou d'argent ; car le Seigneur prend en bonne part
leurs dons quels qu'ils soient, & ne les méprise point pour leur petites-
sé ou vileté, ains les mesure à la faculté des offrants.   Ces choses donc,
adjouste-t'il, exposées à la veuë de tout le monde témoignent la guerison
des maladies dont ils sont tres-certains signes, apportez par ceux-mesmes qui en ont esté gueris, & ces marques témoignent quelle est la vertu des Martyrs qui sont enseuelis en ces lieux-la, & la vertu des Martyrs
témoigne que celuy qu'ils ont adoré est le vray Dieu.

  La seconde raison, est afin de rendre aux Saincts Apostres & Martyrs, desquels la doctrine a esté la lampe de la foy, & le sang la semence
de l'Eglise, l'honneur qui peut estre rendu en terre à leur vertu, car puis
que l'honneur est le lustre, l'éclat & la splendeur de la vertu, vouloir priuer la vertu de l'honneur qu'elle merite, c'est vne aussi grande iniustice
que de vouloir priuer le Soleil de sa splendeur: Et pource les Romains
auoient basty le temple de l'honneur au bout de celuy de la vertu, & en
telle sorte que l'on ne pouuoit entrer au temple de l'honneur que par celuy de la vertu, ny entrer au temple de la vertu, sans trouuer la porte de
celuy de l'honneur ouuerte.   Et à ceste mesme occasion sainct Paul crie,
Gloire & honneur à tout homme operant bien; premierement au Iuifs,
& puis apres au Grec, & à l'Ecclesiastique auant luy.   Loüons les hommes glorieux nos progeniteurs, qui nous ont precedez en leur generation.   Car si ceux qui ont esté ornez des vertus humaines & morales ont
merité d'estre loüez & celebrez, & de receuoir payement de l'honneur
pour prix, salaire & recompense de leur vertu; combié plus ceux qui non
seulement ont esté doüez de toutes sortes de vertus celestes & diuines,
mais mesme ont possedé les morales & humaines auec trop plus de perfection que tous les anciens Heros & Philosophes prophanes ? Car premierement s'il faut commencer par la prudence, qui est l'œil, la guide &
la reigle de toutes les autres vertus, quelle prudence se peut comparer à
celle

celle des Sainéts qui ont fait vn heureux échange & trafic des richeffes terreftres caducques & periffables, aux celeftes & imperiffables ; des ioyes
brefues & temporelles, aux durables & eternelles; des finies aux infinies,
qui ont colloqué leur threfor en lieu où la tigne & la roüille ne penetre
point, qui ont efté prudents comme les ferpents, bouchants leurs aureilles
aux charmes & enchantements de ce monde, dépoüillants leur vieille
peau pour eftre renouuellez en vne ieuneffe de vie incorruptible, expo-
fants leurs corps aux playes pour leur chef, à l'imitation, dit fainét Cyprian, des ferpents, qui expofent tout leur corps aux coups pour defendre & couurir leur tefte ? Et fi auec la prudence il faut joindre fa
fœur & fa compagne la fcience, qui eft comme l'autre œil de l'entendement, combien fe trouuera inferieure toute la fcience des écholes prophanes aupres de celle des difciples de Chrift? Ariftote l'Aigle des Philofophes, que les anciens ont nommé le Secretaire & le genie de la
nature, & de qui les Grecs difent qu'il a trempé fa plume de fens au lieu
d'ancre, a bien fceu quelque chofe du monde vifible & des creatures
materielles ; mais du monde inuifible & creatures intellectuelles, & du
Createur de l'vn & de l'autre monde, il en a efté fi peu inftruiét, qu'il
a confeffé luy mefme que l'efprit de l'homme au regard des chofes diuines eft comme l'œil des oyfeaux & de la nuiét au regard du Soleil;
& qu'vn excellent Doéteur Hebrieu nommé Rabbi Moyfe Maymon
en le voulant loüer dit de luy; Ariftote n'a rien ignoré des chofes qui
font deffous le Ciel, mais n'a rien fceu des chofes qui font par deffus
le Ciel. Là où les Sainéts, auec l'ayde & la lumiere de la foy, ont éleué
les yeux de leur fcience par deffus les cieux, mais par deffus les cieux des
cieux, iufques à la cognoiffance de la bien-heureufe Trinité & des Anges,
Archanges, Puiffance & Domination, qui l'enuironnent. Et cela fans
efchole, fans eftude, fans apprentiffage, afin de perdre la fapience des fages, & reprouuer la prudence des prudents. O hauteffe des richeffes de
la fapience & prudence de Dieu ! voir vn fimple Diacre Eftienne, du
nom duquel cefte Eglife où fe prefche maintenant eft honnorée, &
qui porte à bon droiét le nom de Couronne, puis qu'il fut le premier qui obtint la Couronne du Martyre en la loy Euangelique, confondre tellement en difpute les chefs des Synagogues, qu'ils ne pouuoient,
dit l'Efcriture, refifter à la fapience & à l'efprit qui parloit en luy, Voir
vn fimple faifeur de tentes, fainét Paul difputer auec tant d'efficace en ce
fameux theatre de l'Areopage, en la ville d'Athenes, en la ville Metropolitaine des lettres & des fciences, qu'au feul foudre de fes raifons ce grand
fainét Denys Areopagite tomba par terre, & mit toute fa Philofophie
aux pieds de la croix de Chrift! Voir vne fimple Vierge d'Alexandrie
fainéte Catherine, conuaincre cinquante Philofophes qui luy auoient
efté enuoyez en fa prifon difputer contre elle; & les conuertir fi puiffam-
ment à la religion Chreftienne, qu'ils coururent au martyre auec elle, &

N N n

moururent pour la confeſſion de celuy qu'ils eſtoient venus impugner.
Deſcendons à la iuſtice, dans laquelle les anciens ont dit que toutes vertus eſtoient compriſes; auec quel front pourront les Autheurs prophanes comparer leurs Ariſtides, leurs Socrates, leurs Catons, qui ont bien à
la verité eu quelque ſoin de la iuſtice humaine, mais ont preſque du tout
laiſſé en arriere la iuſtice diuine, & le ſoin de rendre à celuy qui les auoit
creées, ce qui luy eſtoit deu auec la iuſtice des Saincts auſquels noſtre Seigneur a veritablement dit, Si voſtre iuſtice n'excede celle des Scribes &
des Phariſiens, & conſequemment celle des Philoſophes prophanes, vous
n'entrerez point au Royaume des Cieux? Car quelle plus excellente iuſtice que celle des Martyrs, qui ont employé leur vie pour celuy qui la
leur auoit donnée, qui ont offert leurs corps & leur ſang en ſacrifice pour
celuy qui auoit donné ſon corps & ſon ſang pour eux? Que celle des
ſaincts Hermites & Anachoretes qui ont tout donné à celuy qui leur
auoit tout donné, qui ont laiſſé terres, & poſſeſſions, & dignitez, pour
Ieſus-Chriſt; & ceux qui n'ont rien laiſſé de ces choſes ont encor plus laiſſé, car ils ont laiſſé le deſir de les auoir? Quelle plus grande liberalité,
qui eſt vne des branches de la iuſtice, que celle des Saincts qui ont vendu
leurs biens, & les ont donnez aux pauures, ne ſe reſeruant que l'eſperance non-plus qu'Alexandre, mais non l'eſperance d'vne conqueſte terreſtre & corruptible, comme celle de l'Aſie, ains d'vne conqueſte celeſte &
incorruptible? Paſſons à la temperance de laquelle les deux parties principales ſont la ſobrieté & la pudicité; quelle comparaiſon pourrós-nous
faire de la ſobrieté & auſterité de vie de tous les anciens Philoſophes Pi-
thagoriques, Stoïques, Gymnoſophiſtes, & autres qui appelloient les
ames ſeches, ames ſages, & nommoient la temperance, le corps de-gardé
de la prudence, auec celle des premiers Chreſtiens qui nourriſſoient,
comme dit Tertullian, leurs prieres de ieuſnes auec ce ſainct Eueſque
Spiridion, en la maiſon duquel l'hiſtoire Eccleſiaſtique remarque qu'il
ne ſe trouua ny pain ny farine dautant qu'il eſtoit Careſme, auec ces Religieux Anachoretes de la Thebaïde qui continuoient leurs ieuſnes, par
les ſemaines toutes entieres? Quelle comparaiſon de la chaſteté des Lu-
creces, Porcies, Artemiſies, & autres Dames Payennes qui ont reſerué
leurs delices pour leurs époux charnels & viſibles, à tant de Vierges
Chreſtiennes, qui ſe ſont priuées de toutes delices pour vn eſpoux non
charnel & viſible, mais celeſte & inuiſible? Quelle cóparaiſon des Vierges Veſtales, qui conſeruoient leur chaſteté non touſiours, mais vn certain téps, & encor aſtraintes à ce deuoir par la ſeuerité des loix & la crainte
de la mort, à tant de Vierges Chreſtiennes à qui l'on propoſoit des prix &
des recompenſes pour ſe departir de leur virginité, & des peines & des ſupplices pour y perſeuerer? Venons à la fortitude, laquelle quelques vns
ont bien poſſedée parmy les prophanes, iuſques à ce degré d'expoſer leur
vie aux perils pour leur patrie, mais non pas à vne mort aſſeurée comme

les Martyrs : Et s'il s'en est trouué quelques-vns parmy les Payens qui
ayent voulu souffrir vne mort certaine & asseurée pour le salut de leur republique, comme les Cedres, les Curies, les Decies, le nombre en a esté si
petit, que l'on peut dire iustement d'eux,

Apparent rari nantes in gurgite vasto:

Là où les Martyrs couroient anciennement auec vne telle foule aux
supplices pour la defense & propagation de l'Eglise , & pour la confession du nom de Christ, que les tyrans & bourreaux las d'exercer leur
rage sur eux, furent contraints de leur dire, qu'ils auoient des lacs & des
cordes en leurs maisons, & qu'ils se défissent eux-mesmes s'ils vouloient:
& au reste des supplices si inhumains, & des douleurs si cruelles, que les
inuenteurs mesmes en auoient horreur, & auec cela en des sexes & en des
aages si foibles qu'il paroissoit bien que ce courage procedoit de la grace
& non de la nature. Car comment la nature & la discipline y eussent-el-
les peu arriuer? Voir la mort qui auparauant estoit redoutable aux heros
& aux Philosophes, renduë ridicule, comme dit S. Chrysostome, aux
femmes & aux enfans ; voir des Catherines, des Agathes, des Ceciles, faire honte aux Anaximenes, & supporter si gayement & allegrement les
tourments, qu'vn excellent Poëte de ce temps a à bon droit chanté d'elles,

Aux feux, à la rouë, aux supplices,
Vos cœurs se trouuoient diamants.

V O I R vne petite Agnes martyrisée à treize ans; voir ces petites
mains enfantines , dit S. Ambroise, qui ne pouuoient trouuer de liens
assez estroits pour les serrer , voir ce petit corps, où l'on ne trouuoit
point de places pour les playes, se presenter librement & volontairement
aux manotes & aux supplices, & bref voir tous les Martyrs en general sans
distinction de temps, de lieux , de nations, de dignitez, d'aages & de sexes supporter si constamment & virilement les tourments les plus violents, qu'il sembloit, comme dit S. Gregoire de Nazianze, qu'ils fussent
en des corps empruntez, ou plustost qu'ils n'eussent point du tout de
corps. De quelle loüange, dit S. Cyprian, vous celebreray-je , Martyrs
tres-constants? de quelle magnificence de paroles orneray-je la force de
vostre courage? vous auez supporté la douleur des tortuës iusques à la
consommation de la gloire, & n'auez point cedé aux supplices, mais les
supplices vous ont cedé? La fin que les tourments ne donnoient point
aux douleurs, les couronnes l'a leur ont donnée. Et vn peu apres, Les tortuës se sont monstrées plus infatigables que les torturants, & les membres tranchez & déchirez ont vaincu les ongles de fer, qui les tranchoient
& déchiroient; les cruelles playes souuent repetées, n'ont peu vaincre la
foy inexpugnable, combien que les joinctures & liaisons de la masse du
corps estant déja rompuës, on tourmentast aux seruiteurs de Dieu non
plus des membres, mais des vlceres. Et derechef, O quel fut ce spectacle
à Dieu! combien aggreable à ses yeux, &c. Quelle ioye receut lors Iesus-
Christ, & combien allegrement il combattit & vainquit en ses siens ser-

uiteurs ? Et Theodoret pour maintenir ceste doctrine, Vne grande multitude a souftenu volontairement la mort, & pour la defendre a oppo-
sé non seulement la langue & la parolle à ceux qui l'impugnoient ; mais
les espaules aux fleaux, les flancs aux torches & aux ongles de fer, & le col
aux glaiues, a esté estenduë sur les tables & traicteaux des tortures, a esté
suspenduë auec des poids aux pieds, s'est veuë déchirer par les beftes. A
bon droict donc, adjoufte-t'il, celuy qui leur a proposé ces combats les a
illustrez d'vne gloire qui ne se peut esteindre, & leur a donné pour messa-
gere de leurs faicts, vne memoire qui ne cede point à la gloire du temps.

La troifiéme raison pour laquelle les feftes & folemnitez des Saincts,
ont esté instituées, a esté afin d'exercer les fideiles à imiter leurs passions,
souffrances & Martyres pour le nom de Chrift, par le recit & la
commemoration qui se fait en ces iours-là des recompenses à quoy
ils sont paruenus, tant en l'autre vie qu'en celle-cy, qui excedent toutes les remunerations qui ont iamais esté proposées aux hommes pour
le prix & salaire de leurs labeurs. Car en premier lieu, quant aux
recompenses celeftes, quelle langue peut exprimer ceste souueraine
felicité & beatitude à laquelle ils sont arriuez, & de laquelle sainct
Paul dit: Que nul œil ne l'a veuë, nulle oreille ne la ouyë, & qu'elle
n'est montée au cœur de nul homme ? Vne vie eternelle, vne paix perpetuelle, vne lumiere continuelle où la face d'vn chacun luit comme le
Soleil ; où il n'y a nulle nuict, nulles tenebres, nuls nuages, où il
n'y a nul froid, nulle ardeur, nulle douleur, nulle vieillesse, nulle infirmité ; où l'on jouïst de la compagnie des Anges, des Throfnes, des
Dominations ; où l'on est faict Citoyen de ceste Hierufalem celefte,
de laquelle il est dit en l'Apocalypse, qu'elle n'a point befoin de la
lumiere du Soleil, pource que le Seigneur tout-puissant l'illumine,
& sa lampe c'est l'Aigneau où l'on contemple celuy que les Anges
mesmes conuoitent de regarder, & duquel la beauté, la vertu, la gloire, la splendeur, la magnificence, & la Majefté excede toute parole, toute penfée & tout defir.

Evdoxe l'vn des fameux Aftronome de l'Antiquité, fut si amoureux
de l'obiect principal de fa science, qui eftoit le Soleil, qu'il defiroit le
pouuoir voir & contempler de pres, & eftre bruflé & confommé en
le regardant. Et combien donc plus doiuent eftre rauis de ioye & d'allegreffe ces Saincts & celeftes efprits, de voir de pres & face à face le
Soleil de iuftice, & eftre non confommez, mais bruflez d'vn feu d'amour
& de charité en le regardant. Et quant aux recompenses temporelles, quelles palmes, quelles couronnes, quels arcs triomphaux, peuuent egaler les marques & témoignages de gloire que Dieu fait rendre mesme en ce monde, à ceux qui ont combattu pour l'honneur
de fon nom, & pour la defenfe de fon Eglife. Les anciens fondateurs & l'égiflateurs des Republiques, fçachant que l'aiguillon de
la gloire est incomparable, & que la derniere chemife que l'ame

dépouïllé, comme a dit Platon, est celle de l'ambition ; & considerants
que pour les actions où l'on s'expose au peril de la mort, il n'y a point de
digne recompense, que celle de la renommée, dautant qu'apres la mort
toutes les autres cessent ; se sont estudiez d'inuenter toutes les marques
d'honneur & de gloire qui pouuoient tomber en l'esprit humain, pour
signaler ceux qui s'estoient exposez au peril ou à la certitude de la mort
pour le salut de leur patrie, afin d'exciter les autres par l'esperance de pareils honneurs à l'imitation de leurs exemples : ils ont inuenté les couronnes, les trophées, les triomphes, ils ont inuenté les arcs triomphaux,
les masses, les inscriptions des sepultures, ils ont inuenté les statuës, les
loüanges funebres, les Panegyriques. L'Eglise donc qui est edifiée, dit
Dauid, comme vne Cité, voulant aussi de son costé par vne saincte & religieuse ambition, qui permet à ceux qui operent bien, de se glorifier,
non en eux-mesmes, mais au Seigneur, exciter ses citoyens à imiter les
exemples de ces glorieux athletes & champions de la foy, Apostres, Martyrs & Confesseurs, a eu selon sa proportion le mesme soin & la mesme
discipline. Au lieu des statuës que les anciens erigeoient à ceux qui
estoient morts pour la defense de leur patrie, elle erige des images à ces
Saincts & glorieux champions qui ont épandu leur sang pour la defense
de l'Euangile, & les colloque dedans nos temples & nos Eglises, pour
monstrer que ces Saincts esprits-là sont encores membres d'vne mesme
Eglise, & Citoyens d'vne mesme republique auec nous. Au lieu des inscriptions & loüanges funebres, elle institue les recits & leçons anniuersaires de la vie & de la passion des Saincts. Au lieu des triomphes & entrées solemnelles que les victorieux faisoient dedans les villes capitales de
leur patrie, elle a institué les ports & processions des reliques des Saincts,
à la pieté desquelles Dieu a souuent rendu témoignage par miracles,
comme sainct Augustin raconte, que Proiectus Euesque portant des reliques de sainct Estienne en procession, vne femme malade qui y fit
toucher des fleurs, fut guerie par l'attouchement des mesmes fleurs. Au
lieu des arcs triomphaux, colomnes, pyramides, masses de sepulture,
elle a institué les temples & les Autels des Martyrs, non temples & Autels erigez, comme dit sainct Augustin, aux Martyrs, mais erigez à Dieu
en memoire des Martyrs, dans lequel elle a colloqué leurs reliques, qu'elle garde pour depost de resurrection, & thresor de sanctification, auec
telle pompe, telle affluence, telle reuerence, qu'elle efface par la seule
dignité de ces monuments tout ce qui a iamais esté erigé de plus magnifique aux protecteurs & liberateurs temporels de leur patrie, voire iusques aux Roys, Empereurs & Monarques. Où est maintenant, dit sainct
Chrysostome, le sepulchre d'Alexandre ? Monstre-le moy, ie te prie,
& me dy le iour de sa mort, tu ne le sçaurois ? mais les sepulchres des seruiteurs de Christ sont Augustes, & ont occupé la Royne mesme des
villes, les iours de leur mort sont cogneus à tout le monde, constituants
des festes par tout l'vniuers. Le sepulchre de cestuy-la, ceux de sa nation

ou de fa famille l'ignorent, là où les fepulchres des feruiteurs du crucifié
font plus fplendides que les Palais des Roys, non feulement par la magnificence & fplendeur des edifices, car encore mefme en cefte partie-
là ils les excellent, mais ce qui eft beaucoup plus, par la foule & le zele
de ceux qui y accourent de toutes parts. Car celuy mefme qui eft veftu
de pourpre, fait de longs pelerinages pour venir embraffer ces fepul-
chres-là, & dépofant fa pompe royale fe prefente aux Saincts, les fup-
pliant qu'ils luy feruent d'interceffeurs enuers Dieu. Et celuy qui porte
le diadéme prie vn faifeur de tentes & vn pefcheur, qu'ils foyent fes patrons auprès de Dieu. Oferez-vous donc dire que le maiftre de ceux-là
foit mort, dont les feruiteurs mefmes morts font les patrons des Empereurs de la terre?

    L A quatriéme raifon eft afin de participer à leurs merites: car com-
me l'vnité & le lien de l'ame & de la vie fait que toutes les parties du
corps participent au bien & au mal, à l'aife & à la douleur les vns des
autres; ainfi le lien de la communication de la charité que nous exerçons auec les Saincts glorieux de l'Eglife triomphante, fait que nous
fommes affociez, en cheriffant, celebrant & honorant leur memoire,
à leurs merites, & participons aux fruicts de leurs labeurs & de leurs paffions.

    L A cinquiéme & derniere raifon, eft afin que nous foyons aydez
par leurs prieres. Le peuple Chreftien, dit fainct Auguftin, celebre la
memoire des Martyrs par vne religieufe folemnité, & pour s'exciter à les
imiter, & pour eftre affocié à leurs merites, & pour eftre aydé par leurs
prieres.

VERSION D'VN SERMON DE
Beda fait pour les Saincts.

A VIOVRD'HVY, mes freres, nous celebrons en vne mefme fefte la folemnité de tous les Saincts bien-heureux, & de
tous les fideles decedez, de la focieté defquels le Ciel s'é-
joüift, de la protection defquels la terre fe fent fauorifée,
des triomphes defquels l'Eglife fe voit couronner; & dont la confeffion
eft maintenant d'autant plus refplendiffante en fa gloire, qu'elle a efté
autrefois conftante & inuincible en fa paffion. Car à mefure que les
combats fe font accreus, l'honneur & le merite des combattans s'eft augmenté, & le trophée de leur martyre s'eft enrichy par la multitude des
fupplices, ayant feruy les mefmes chofes qui rendoient les tourments
plus cruels, de rendre femblablement les prix & les recompenfes plus

ggreables. Ainfi cependant que l'Eglife Catholique épanduë par toutes
les regions de la terre, & enfeignée par l'exemple de fon chef I E S V S-
C H R I S T, apprend à ne redouter point les opprobres de la Croix, & les
aiguillons de la mort, elle fe fortifie de plus en plus, non pas en refiftant
aux afflictions, mais en y perfiftant & en les endurant. S'eftants donc
veus ces glorieux athletes enfermez dans des prifons corporelles comme
dans des tentes & des pauillons d'vn iour de combat, le defir du triomphe les a incitez d'ouurir les barrieres, & de fortir en plein theatre pour
venir aux mains & aux preuues de leurs perfonnes. O bien-heureufe
Eglife mere vnique des fidelles, que la grace & la faueur du Ciel illumine
fi clairement, que le precieux fang des Martyrs rend teinté & colorée, que
la pureté de la foy & de la confeffion conferue blanche & impolluë, parmy tes fleurs, ny les rofes, ny les lys ne défaillent point! Que les enfans
afpirent librement à l'vne & à l'autre gloire, & fe promettent des couronnes triomphantes, ou blanches de la foy & de la pureté, ou rouges
du martyre & de la paffion. En l'armée celefte la paix & la guerre ont
leurs fleurs l'vne & l'autre, dont elles peuuent offrir des chapeaux & des
couronnes à ceux qui marchent fous l'enfeigne de I E S V S-C H R I S T: &
l'infinie & incomprehenfible bonté de Dieu a mefme cefte confideration, de ne propofer point beaucoup d'efpace à nos labeurs, & de ne faire
le temps de noftre probation ny long, ny eternel, mais de peu de durée,
& comme d'vn poinct & d'vn moment; afin qu'en cefte vie qui eft incontinent paffée, nous fouffrions les peines & les tentations, & qu'en
l'autre qui eft eternelle nous receuions les loyers & les recompenfes de
nos merites; c'eft à dire que les fupplices & les tourments foient bien
toft finis, mais que les prix & les falaires durent eternellement; & que
fortant de l'obfcurité & des tenebres de ce fiecle, nous venions à iouïr
d'vne lumiere perpetuelle, & à nous raffafier d'vne felicité intermina-
ble, qui fuffira pour adoucir l'amertume & le mauuais gouft de toutes
les afflictions precedentes, felon ce que dit l'Apoftre, Que les paffions
de ce monde ne répondent pas à la gloire à venir, qui nous fera mani-
feftée. Auec quels excés & quels tranfports de ioye eftimez-vous que
cefte republique celefte reçoiue ceux qui s'en retournent du combat,
remportans les trophées & les dépouïlles de leurs ennemis: quand les
hommes entrans en pompe & en gloire, les femmes auffi les accompagnant, triomphant de la vanité de ce fiecle & de l'imbecillité de leur
fexe; & que les Vierges auecques les ieufnes enfans redoublant l'honneur de la victoire, viennent pareillement à fe monftrer, preuenant
la briefueté de leur aage par l'aduancement de leur vertu & de leur
merite, & en fomme que tout le refte des fideles eft receu en cefte Cour
fpirituelle & en ce Palais eternel, ayant conferué la pureté de la foy &
de la doctrine, & obferué les preceptes de la charité? Courage donc, mes
freres bien-aymez, addreffons nos pas au chemin de la vie, & retournons à cefte Cité celefte en laquelle nous auons part & ne fommes

point eftrangers, mais concitoyens, eftans affociez auec les Sainéts, &
enroollez en la famille de Dieu, voire mefme fes heritiers, & coheritiers de Iefus-Chrift. La patience nous ouurira les portes de cefte Cité,
& la conftance nous y preparera l'entrée. Propofons-nous doncques le
bon-heur de cefte republique, & nous le reprefentons entant qu'il nous
eft poffible. Car de l'exprimer parfaittement, il n'y a point de paroles
fuffifantes pour s'en acquitter. Il eft dit d'elle en quelque lieu, que la
trifteffe, la douleur & les gemiffements font bannis de fon habitation.
Que pouuons-nous defirer de plus heureux que cefte vie, où il n'y a nulle
apprehenfion de pauureté, nulle infirmité de maladie, où perfonne n'eft
offenfé, perfonne ne fe courrouce, perfonne ne porte enuie: où l'on
n'eft enflammé d'aucune concupifcence, d'aucun appetit de viandes delicieufes, d'aucune foif d'honneurs & de dignitez, d'aucune ambition
de commander: où l'on ne craint point les furprifes du diable, les aguets
des Demons, les peines des Enfers: où la mort, ny du corps, ny de l'ame
n'a point de lieu, mais vne vie contente & affeurée de la poffeffion de fon
contentement par le bien de l'immortalité? Il n'y a point de guerre ny
de diffenfion, mais toutes chofes font vnies, toutes chofes font pacifiques, pour ce que la concorde des Sainéts eft generale, la paix & le
plaifir regnent par tout, toutes chofes font pleines de repos & de tranquillité. Il y a vne lumiere perpetuelle, non pas comme celle que nous
voyons icy bas, mais d'autant plus claire & plus excellente, qu'elle eft plus
pure & plus fpirituelle. Car cefte Cité comme il eft écrit, n'a point befoin de la lumiere du Soleil, mais le Seigneur tout-puiffant l'illumine, &
la lampe de la Cité c'eft l'Agneau. Les Sainéts y luifent comme les
eftoilles en vne fuitte continuelle de fiecles infinis, & ceux qui enfeignent la iuftice à plufieurs, y font comme la fplendeur du firmament.
Partant il n'y a aucune nuiét, aucunes tenebres, aucune obfcurité de
nuës, aucune incommodité du froid ny du chaud, mais vne douce tem-
perature, que nul œil n'a veuë, nulle oreille n'a ouyë, nul efprit n'a conceuë, finon ceux qui ont efté trouuez dignes de iouïr de cefte felicité,
dont les noms font écrits au liure de vie, & qui ont laué leurs veftements
au fang de l'Agneau pour affifter deuant le throfne de Dieu, & feruir
nuiét & iour en fa prefence. La vieilleffe n'y habite point, ny les incommoditez de la vieilleffe, mais tous fe rencontrent en la perfeétion de
l'aage, felon la mefure de la plenitude de Iefus Chrift. Et ce qui excede encores toutes fes felicitez, c'eft d'eftre receu en la focieté des Anges & des
Archanges, d'auoir la communication des Throfnes, des dominations,
des principautez, des puiffances, & de toutes les vertus celeftes & fuperieures, de contempler les affemblées des Sainéts qui refplendiffent comme
les eftoilles; celles des Patriarches qui éclairent en la foy; celles des Prophetes qui s'éiouïffent en l'efperance; celles des Apoftres qui iugent
toute la terre felon les douze lignées d'Ifraël: celles des Martyrs qui re-
luifent par leur couronnes teintes & rougies au fang de leurs viétoires:

celles des Vierges portant des chapeaux de fleurs blanches en leurs mains,
& fur leurs teftes. Car quant à la gloire de celuy qui eft au milieu de cefte
affiftance, il n'y a point de langue fuffifante pour l'exprimer: dautant que
toutes les paroles & toutes les conceptions de l'entendement humain
font vaincuës & furmontées par cét ornement, par cefte beauté, par cefte
vertu, par cefte gloire, par cefte fplendeur, par cefte Majefté. Eftant chofe
qui furpaffe toutes les autres felicitez des bien-heureux, que de côtempler
fa lumiere inacceffible, & d'eftre éblouy de la fplendeur de fa gloire. Que
s'il nous eft vtile de fouffrir non feulement durant cefte vie, mais mefme de fupporter les peines des Enfers pour vn peu de temps, afin d'eftre
dignes de le voir arriuer en fa gloire, & d'eftre affociez au nombre de fes
Sainéts, n'eft il pas raifonnable que nous endurions tout ce qu'il y a de
fafcheux en ce fiecle pour eftre faits participans d'vn fi grand bien & d'v-
ne felicité fi incomprehenfible ? Quelle fera, ie vous prie, cefte gloire des
Sainéts ? quelle fera cefte allegreffe des bien-heureux ? quand la face de
chacun refplendira comme le Soleil, quand tout le peuple eftant diftri-
bué par legions, le Seigneur commencera à faire la reueuë de fon armée
au Royaume de fon Pere, & rendra à chacun les recompenfes qu'il luy
aura promifes; pour les chofes terreftres, les celeftes; pour les temporelles, les eternelles; pour les petites, les grandes; & introduira les Sainéts à
voir la gloire de celuy qui l'a engendré, & les fera feoir aux Throfnes celeftes, afin que Dieu foit tout en touts, communiquant l'eternité & l'immortalité à ceux qui l'ayment, ramenant auec triomphe en Paradis ceux
qu'il a deliurez de captiuité, & rachetez par le prix & par la rançon de fon
fang, & leur ouurât le Royaume des Cieux par la foy & par la verité de fes
promeffes. Que ces chofes ne s'éloignent iamais de noftre penfée, qu'elles
foient apprehendées auec vne foy parfaicte, qu'elles foient recherchées
auec vne affection ardante & embrazée: qu'elles foient obtenuës auec
vne perfeuerance & vne continuité de bonnes œuures. La chofe eft en
la puiffance de ceux qui trauaillent pour l'acquerir. Cét heritage, ô
hommes mortels, c'eft à dire le Royaume des Cieux, ne demande point
d'autre prix que vous mefmes: il eft apprecié à ce que vous eftes. Donnez-vous, & vous l'obtiendrez. Quoy ? vous eftonnez-vous du prix. Iefus-Chrift s'eft liuré luy-mefme, afin de vous acquerir à Dieu en tiltre de
poffeffion & de Royaume. Donnez-vous reciproquement, afin d'eftre
fon Royaume, & que le peché ne regne plus en voftre corps mortel &
periffable, mais l'efprit, pour vous acquerir la poffeffion de la vie. Ainfi donc mes bien-aimez, combattons librement & volontairement pour
ce prix des bonnes actions, & courons agilement en cefte courfe d'équité
& de iuftice, ayans Iefus-Chrift & tous les efprits celeftes pour fpecta-
éteurs. Et puis que nous fommes déja éleuez par deffus les obftacles &
les achopements du monde, ne nous laiffons point retarder par aucun
defir, ny par aucune conuoitife de ce fiecle. Si le dernier iour nous trouue libres de tous empefchements, s'il nous trouue legers & difpos en

ceſte carrière de bonnes œuures, s'il nous trouue courants & nous aduan-
cants, le Seigneur ne ſera pas pareſſeux de donner la recompenſe à nos
merites. Celuy qui donne la couronne rouge en la perſecution pour la
paſſion du martyre, nous dōnera en la paix la couronne blanche pour les
merites de noſtre iuſtice. Car ny Abraham, ny Iſaac, ny Iacob n'ont
point eſté conſacrez par le martyre, & toutesfois eſtants ornez des œuures de la foy & de la iuſtice, ils ont merité d'eſtre les premiers entre les
Patriarches. Tous ceux qui ſont iuſtes fidelles & loüables ſont appellez
à leur ſocieté. Propoſons-nous donc de ſuiure non pas noſtre volonté
propre, mais la volonté de Dieu. Car celuy qui obeiſt à ſa parole,
demeurera eternellement, tout ainſi qu'elle demeure eternellement.
Et partant, mes bien-aymez, diſpoſons-nous d'accomplir ſa volonté, & d'obſeruer ſes ſainéts commandements auec vne pure intelligence, auec vne foy parfaitte, auec vne conſtance immuable, auec
vne charité indicible, exerçons l'innocence en la ſimplicité, la concorde
en la charité, la modeſtie en l'humilité, la diligence en l'adminiſtration,
la promptitude au ſoulagement des affligez, la miſericorde en la nourriture des pauures, la conſtance en la defenſe de la verité, & la ſeuerité en
l'obſeruation de la diſcipline, afin que rien ne défaille en nous pour la
perfeétion & pour l'accompliſſement des bonnés œuures. Ce ſont les
traces que ces Sainéts Peres nous ont laiſſées, afin que ſuiuant leurs pas &
leurs exemples, nous nous rendions auec eux au lieu commun de tout repos & de toute felicité. Car nous pouuons bien appeller Paradis noſtre
patriç commune, puis que nous auons les Patriarches pour peres. A raiſon dequoy eſt ce donc que nous ne nous efforçons, & que nous ne courons pour retourner à noſtre patrie, & pour ſaluër ceux qui nous appartiennent d'alliance & de parenté? Infinies perſonnes qui nous ſont tres-
cheres & tres-eſtroittement conjoinétes nous y appellent, vne grande
multitude de peres, de freres, d'enfants, nous regardent de deſſus le riuage, eſtans aſſeurez de leur ſalut, & penſifs & ſoucieux du noſtre. Eſtans
déja arriuez au port, & nous voyants encore en pleine mer errants parmy
les flots & parmy les tempeſtes de ce monde nous donner à leur veuë & à
leurs embraſſements, quelle ioye penſez-vous que ce ſoit en commun à
eux & à nous? Quelle volupté à ces troupes celeſtes qui attendent la venuë & l'vnion de leurs conſeruiteurs? combien grande & durable eſtimez-
vous que ſoit ceſte felicité? Là le glorieux Senat des Apoſtres s'éjouiſt.
Là la troupe celebre des Prophetes triomphe. Là la multitude innom-
brable des Martys eſt couronnée pour le prix de ſes combats & de ſes viétoires. Là la chaſte compagnie des Vierges chante des champs de
lieſſe. Là la conſtance des Confeſſeurs eſt honorée. Et là finalement
ſont receus ceux qui obſeruants religieuſement les commandements de
Dieu, & les adorants en toute humilité, ont changé les heritages & les
poſſeſſions de la terre aux biens & aux threſors du Ciel. Aduançons-nous
donc, & nous haſtons de paracheuer noſtre courſe, afin de nous pouuoir

rendre auec ces bien-heureux éleus du Seigneur, & de pouuoir paruenir à
Iesus-Christ, qui est le conducteur de nostre voyage, l'autheur de nostre
salut, la source de nostre lumiere, l'object de nostre ioye & de nostre contentement: lequel auecques Dieu le Pere tout-puissant & le sainct Esprit
vit & regne au siecle des siecles. Ainsi soit-il.

COMMENCEMENT DV PREMIER
Sermon faict à sainct Mederic.

LE premier conseil que donnent les Medecins pour éuiter le
peril des maladies populaires & contagieuses, est de s'éloigner
de la frequentation des lieux & des personnes qui en sont af-
fligées, pour preuenir en ce faisant, le mal & l'apprehension
tout ensemble. Mais dautant que plusieurs ne peuuent pas vser de cét aduis, à cause que le deuoir qu'ils sont tenus de rendre au public, ou à la
charité domestique de leurs familles, les empesche d'abandonner les
lieux de leur demeure ordinaire; leur second refuge est d'auoir recours à
leur prescrire des antidotes & preseruatifs, pour leur armer & fortifier le
cœur contre l'impression & la malice de l'air. Ainsi la premiere regle que
l'Eglise propose aux simples pour les garantir de la contagion des doctrines pernicieuses en la foy, est de s'abstenir de l'entretien & de la familiarité
de ceux qui leur pourroient toucher les consciences de quelque scrupule.
Mais dautant que la charité, ou pour mieux dire pieté, que nous deuons à
nostre patrie encore à peine releuée de la longue maladie de tant de guerres ciuiles, & l'amour de la paix & tranquillité publique ne nous permettent pas de nous separer de la conuersation de nos Concitoyens, au contraire nous oblige de nous reünir plus estroictement que iamais pour
conspirer & contribuer tous ensemble à la defense & conseruation commune de l'Estat; l'office des Euesques & Pasteurs de l'Eglise en ce cas, est
de leur preparer des remedes & antidotes contre les persuasions de ceux
auec qui ils ont à conuerser; leur enseignant comme par forme de Cate-
chisme, à rendre raison de leur foy, & iustifier la cause de la religion Catholique aux poincts où elle est iniustement accusée & calomniée. En
quoy faisant tant s'en faut qu'il resulte aucun preiudice à l'Eglise de ce mélange & de cette communication ciuile des vns auec les autres; qu'au contraire la religion en recueillira ce fruict, que les Catholiques estants maintenant informez des causes de leur creance, au lieu qu'ils s'en reposoient
auparauant sur la foy de leurs Pasteurs & sur la seureté de leur longue possession; & les esprits des autres estants détrempez & amollis par la douceur
de la priuauté & de la familiarité, l'impression de la verité s'y fera bien
plus facilement par ces moyens lenitifs & charitables, qu'elle n'a pas faic

par le fer & par les armes, qui n'ont feruy iufques icy, finon de couper
toutes les racines de la religion & de la police, & introduire l'Atheïfme
aux chofes fpirituelles, & l'Anarchie aux temporelles.

PO V R ces caufes laiffant aux autres Pafteurs la partie des mœurs à trai-
ter, & me referuant l'explication feule de la doctrine, i'ay deliberé il y a
quelque temps de dedier & confacrer, comme ie faits dés à prefent, tout
ce peu qui pourra fortir de ma voix ou de ma plume, à l'inftruction des
vns, & à la reduction des autres ; & ay choifi, pour commencer des maintenant, les Dimanches & autres feftes qui fe trouueront entre-cy & la
Pentecofte, afin qu'au iour de cefte folemnité inftituée pour celebrer la
defcente du fainct Efprit fur les Apoftres, le mefme fainct Efprit acheue
de defcendre entierement fur ceux que la verité illuminera, pour les ramener tout à fait au fein & au giron de l'Eglife.

A quoy outre les autres confiderations, vne occafion qui s'eft prefentée depuis peu de iours, a encor aydé à me faire refoudre, & auancer pluftoft que ie ne me propofois. C'eft que la femaine paffée plufieurs de ceux
de la religion qu'ils appellent reformée, ayants defiré d'ouïr quelques vns
des leurs en conference auec moy, & m'eftants venus trouuer pour cét effect ; apres que j'eu donné l'efpace de trois iours entiers à ouïr & foudre
tous leurs arguments fur vne queftion ; comme c'eftoit à mon tour de dé-
ployer les armes & les preuues de l'Eglife, la conference fut rompuë. Au
moyen dequoy ceux en faueur de laquelle elle auoit efté inftituée, fe
voyants fruftrez de l'efperance d'vne plus longue inftruction, & les autres
qui fe promettoient d'y affifter les iours fuiuants, comme l'affluence fe
multiplioit de iour en iour, eftants décheus de leur attente ; i'ay penfé que
ie deuois par cefte action publique, leur donner fatisfaction à tous enfemble, & fuppleer par vne inftruction commune le fruict de beaucoup
d'inftructions particulieres. Afin donc de recueillir ce fruict de leur defir
pendant qu'ils font difpofez d'écouter ; & pour fermer d'ailleurs la bouche
à ceux qui n'ont autre replique contre mes réponfes pour la défenfe de l'E-
glife, finon que ie n'en ay encore rien expofé au iugement du public, qui
fera poffible autre, difent-ils, que celuy des compagnies particulieres : Pour
leur monftrer donc que les raifons de la caufe Catholique ne redoutent
point le iour & la lumiere des hommes ; au contraire que la feule fignification de fon nom l'oblige de fuïr les tenebres & l'obfcurité ; & que comme
ce Senateur Romain répondit à celuy qui luy offroit moyennant trois
milles pieces d'or, de hauffer les murailles de fa maifon de telle forte que
perfonne de fes voifins ne verroit chez luy ; que pluftoft il luy en donneroit fix milles s'il pouuoit faire que toute la Cité vift ce qui fe faifoit en fa
maifon ; Ainfi que l'Eglife fe met en deuoir de leur répondre par ma bouche, que non feulement elle fouhaitte que les Anges & les hommes foient
fpectateurs & auditeurs de la iuftice de fa caufe ; mais mefme qu'elle voudroit donner des yeux & des oreilles aux pierres & au bois s'il eftoit poffible, pour voir & entendre la verité de ces raifons ; i'ay pris la hardieffe de

paroiftre

paroiſtre ſur ce theatre, enuironné des plus doctes oreilles de ce ſiecle, &
le plus reſonnant & retentiſſant de la France, voire de toute la terre, auec
intention de communiquer aux abſens par le moyen de l'impreſſion, les
meſmes choſes que ie diray icy en voſtre preſence, à meſure que Dieu
m'en donnera le loiſir & la commodité ; pour témoigner à tout le monde
que ie deſire de les mettre à l'épreuue du iugement public, non ſeulement
de ce ſiecle, mais de toute la poſterité.

E N quoy ie ſuis déja pour mon regard diſpenſé du principal ſoin
qui a accouſtumé de trauailler ceux qui ſe preſentent pour parler aux
lieux où ie ſuis maintenant, & qui m'épargne beaucoup du temps que
i'euſſe deu employer pour me preparer à comparoiſtre dignement deuant
vne ſi illuſtre aſſiſtance : C'eſt qu'au lieu que les autres ſont en peine de rechercher la grace & l'ornement des paroles pour contenter les oreilles des
auditeurs, ie ſuis obligé tout au contraire par les conditions de ceſte action
d'eſtudier de tout mon pouuoir à me départir de toutes les fleurs & de tous
les ornemens de langage. Car l'vnique reproche qu'ont alleguée pour faire
éuanouïr l'aduantage des raiſons de l'Egliſe, ceux qui ont conferé ces derniers iours auec moy, a eſté que ie leur ébloüiſſois les yeux & à toute la
compagnie, par le luſtre & par l'ornement de mon eloquence : ainſi ap-
pelloient-ils quelque facilité qu'il a pleu à Dieu me donner d'expliquer
mes conceptions. Et pourtant apres leur auoir proteſté ce que répondit
Ciceron à Hortenſius qui exaltoit en plaidant contre luy les graces de ſon
Eſprit & la force de ſon eloquence pour la rendre ſuſpecte aux Iuges, &
par ainſi defauoriſée, aſçauoir qu'il ne vouloit point eſtre loüé de ceſte
ſorte, c'eſt à dire, qu'il ne vouloit point eſtre loüé au preiudice de ſa cauſe ; ie
me promets de me iuſtifier ſi bien de ceſte imputation, que vous iugerez
facilement qu'ils m'accuſent d'vn crime dont il s'en faut beaucoup que ie
ne merite d'eſtre conuaincu. Il eſt vray qu'auſſi n'eſt-ce pas à bon eſcient
qu'ils le font, mais pour transferer la victoire de l'Egliſe à l'opinion de
quelque aduantage particulier qu'ils veulent que l'on croye que i'aye en
ceſte partie : qui eſt vn artifice pour oſter le credit aux preuues auec leſquelles elle defend la verité de ſa creance, & dont ils ne ſont pas les premiers inuenteurs : Car les Donatiſtes, bien qu'auec plus de couleur, faiſoient
la meſme reproche à ſainct Auguſtin qui s'en plaint en ſes termes : Pour
deſtourner, dit-il, l'eſprit du Lecteur ou de l'Auditeur de moy, vous auez
eſtimé deuoir declamer contre l'eloquence, afin que ceux qui ſeroient intimidez par vous ne preſtaſſent aucune attention à mes paroles : mais par
ceſte ſeule reproche que ie parle eloquemment, ils fuſſent preparez de me
fuïr & de m'éuiter.

Pour remedier donc à ce ſoupçon, ie vous repreſenteray les arguments
& les réponſes de l'Egliſe, nuës & dépoüillées de tout enrichiſſement de
paroles, & reueſtuës de la ſeule ſimplicité & naïfueté, qui eſt comme ils
diſent, l'habit de la verité ; me contentant de les traitter par formes de
leçons & de Catechiſme ; & pluſtoſt comme Lecteur, que comme Ora-

O O o

teur. Et pout ceſt effeĉt ie commenceray par la queſtion qui a eſté entamée en noſtre derniere conference en la preſence de pluſieurs qui aſſiſtent
icy, qui eſt de ſçauoir quels ſont les principes de doĉtrine par leſquels on
peut & doit decider toutes les controuerſes de la Religion Chreſtienne:
& puis ayant eſtably & borné l'eſtenduë des loix par leſquelles tous nos
differents peuuent & doiuent eſtre terminez, ie paſſeray à la ſeconde
queſtion qui eſt de ſçauoir à qui il appartient ſeurement & infalliblement
de les appliquer & interpreter. Et apres auoir verifié que c'eſt à l'Egliſe
ſeule; ie viendray à la troiſiéme queſtion generale, qui comprendra tout
le traiĉté de l'Egliſe, laquelle. ie diuiſeray en ſept parties: Aſçauoir que
c'eſt que l'Egliſe, quelle eſt l'authorité de ceſte Egliſe, quelles ſont ſes marques, quel eſt ſon miniſtere, quelle eſt ſa doĉtrine; quels ſont ſes Sacrements, & quelles ſes ceremonies: & traitteray chacun de ces poinĉts en
vn ou pluſieurs Sermons, ſelon que la fertilité de la matiere le pourra
permettre.

A F I N donc d'acheminer le progrés de ceſte methode, & commencer
par le premier poinĉt, qui eſt des principes dont nous deuons conuenir,
i'ay choiſi pour cét effeĉt ce texte de ſainĉt Paul que i'ay prononcé maintenant, me propoſant pour l'expliquer ſelon le ſens de l'Egliſe, de verifier que nous ſommes obligez de regler toutes nos contentions tant par la
parole de Dieu, que les Apoſtres nous ont laiſſée dans leurs eſcrits, que
nous appellons parole de Dieu eſcrite, que par celle qu'ils ont laiſſée de
viue voix, & imprimée par leur tres-exprés commandement en la prattique aĉtuelle du Culte, des formalitez & obſeruations de l'Egliſe naiſſan-
te & primitiue. Pour à quoy paruenir plus diſtinĉtement, ie mettray premierement en auant les arguments de l'Egliſe ſur ce ſujeĉt, & puis ie paſſeray aux ſolutions des arguments de ſes aduerſaires. Et feray ſi ie puis, l'vn
& l'autre en ce Sermon; ſinon remettray ce que ie ne pourray acheuer
pour auiourd'huy touchant ceſte matiere à Vendredy prochain; me pro-
mettant que pour le peu d'exercice que i'ay encore fait iuſques icy de preſcher, car ce Sermon eſt mon premier coup d'eſſay, ceſte illuſtre aſſemblée me pardonnera, ſi ie ne ſçay pas encore bien meſurer ce qui eſt
requis de matiere & de paroles pour remplir le temps d'vne iuſte audience.

C E P E N D A N T afin que la grace du ſainĉt Eſprit ſupplée au defaut de
tous les artifices humains, auſquels ie renonce dés à preſent pour donner
vertu & efficace à mes paroles; ie ſupplie celuy qui a promis qu'il accom-
pagneroit perpetuellement les Paſteurs de ſon Egliſe de le mettre en ma
bouche & dans les cœurs de tous ceux qui m'oiront; afin de confirmer les
vns en la vraye doĉtrine, & repurger les autres de tout erreur. Et pour acquerir plus de forces à ma priere, ie ſupplie celle dont l'Egliſe chante ordinairement, Réioüy toy, ô Marie Vierge, car tu as exterminé toutes les hereſies par tout le monde, de ioindre ſon interceſſion enuers luy auecques
ma requeſte. Pour à quoy la diſpoſer plus fauorablement ie luy repreſen-

teray la bien-heureuse nouuelle de noſtre ſalut qui luy fut apportée par le
meſſage de l'Ange, diſant, *Aue Maria.*

HARANGVE FAITTE POVR LE
Roy Henry III.ᵉ aux ſeconds Eſtats de Bloys.

MEssievRs, ayant à mettre la main à vne œuure ſi ſaincte, ſi
deſirée, & ſi attenduë de tout le monde, comme eſt la reformation vniuerſelle des deſordres & corruptions qui ſe ſont
coulées depuis certain temps en ce Royaume; la premiere
choſe que nous deuons faire, c'eſt de ſupplier celuy qui eſt le
Pere & l'Autheur de tout bon conſeil; non ſeulement de nous ouurir les
yeux pour voir les remedes vtiles & ſalutaires aux maladies de ceſt Eſtat,
mais auſſi de nous donner à tous enſemble vne droicte intention & vne
droicte volonté d'en vſer & de les appliquer. Vous accompagnerez donc
la requeſte que ie luy faits en ceſt endroit de vos prieres plus ardentes &
enflammées; luy demandant premierement qu'il luy plaiſe confirmer &
fortifier la reſolution qu'il a imprimée à ceſte fin en mon ame, & m'inſpirer
des paroles propres & ſignifiantes pour vous la repreſenter dignement:
puis apres qu'il diſpoſe tellement vos eſprits à la receuoir, en éloignant toutes ſortes de paſſions particulieres, & n'y laiſſant que le ſeul reſpect de ſa
gloire & le ſoin du ſalut de voſtre patrie, que l'execution s'en enſuiue
auſſi loüable & accomplie comme l'entrepriſe eſt digne du lieu que ie
tiens, & de voſtre ſuffiſance & fidelité.

MEssievRs, celuy que ie viens d'appeller maintenant à mon ſecours, me peut ſeruir de témoin & de iuge tout enſemble, luy qui découure iuſques aux plus ſecrettes penſées des hommes; que depuis qu'il a mis
en mes mains le Sceptre de ceſte Monarchie, i'ay reſſenty vne perpetuelle
douleur des miſeres & calamitez publiques à quoy il ſembloit que mon
regne eſtoit reſerué; & ay taſché infinies fois d'eſteindre auec mes larmes
l'ardeur & la violence de ſon courroux que ie voyois eſtre allumé tant
contre mes offenſes particulieres, que contre les pechez de mon peuple en
general. Dont auſſi pluſieurs iours dediez à la triſteſſe & à la ſolitude
pour deſtourner aucunement mes yeux de deſſus les mal-heurs de ce ſiecle,
& plaindre ma naiſſance & ma condition, & principalement depuis ces
dernieres années auſquelles l'aage & l'experience me rendoient plus capable d'apprehender la deſolation de mon Eſtat, & peſer la foule & oppreſſion de mes pauures ſubiets, feront foy & ſeruiront de témoignage
à la poſterité. En ceſte longue & continuelle agitation d'eſprit, ie penſe
qu'il y a peu de moyés d'apporter quelque reformatió à vn gouuernemét
depraué, dequoy ie ne me ſois ſouuenu, & n'aye meſmes eſſayé pluſieurs

OOo   ij

fois de l'appliquer & mettre en vſage; mais la corruption eſtoit ſi vniuerſelle, & le deſordre auoit tellement gaigné, que le cours & la violence
du mal forçoient tous les remedes que i'y pouuois oppoſer de mon
ſeul mouuement. Cela fut cauſe il y a enuiron trois ans que retirant
mon eſprit des remedes particuliers, ie choiſi vne voye plus vniuerſelle,
& me reſolus à l'aſſemblée & conuocation generale des Eſtats, qui ne
ſont autre choſe qu'vne amiable conference des ſubiets auec leur Prince,
lequel s'abbaiſſe & deſcend de ſon Throſne Royal pour traicter auec eux
des moyens de remedier aux deſordres que le long eſpace du temps, & la
negligente obſeruation des loix a laiſſés gliſſer en l'Eſtat. A quoy me
fortifie dés-lors extremement le conſeil de la Royne ma mere, qui
auſſi en toutes autres loüables intentions m'a touſiours tellement confirmé, & s'eſt monſtrée ſi affectionnée au bien & à la conſeruation de
ceſte Monarchie, y employant infinis labeurs de corps & d'eſprit, meſme en l'incommodité & indiſpoſition de ſon aage, qu'elle ne merite
pas ſimplement le nom de mere du Roy, mais de mere de l'Eſtat & du
Royaume.

D E P V I S combien que la diuerſité des accidents, dont mon deſſein a
eſté trauerſé par pluſieurs fois, en ayt fait differer l'execution; ſi eſt-ce
que rien n'a eu le pouuoir de l'empeſcher; eſtant le deſir que i'ay de donner ordre au bien & ſoulagement de mon peuple ſi enraciné en mon ame,
qu'il n'y a point d'autre penſée aſſez forte pour l'en diuertir. Car quant
à ce que quelques vns peut eſtre n'attendent pas le fruict de ceſte aſſemblée tel que ie me le ſuis propoſé, ayant veu le peu d'effect à quoy ſe ter-
minerent les derniers Eſtats celebrez il y a douze ans en ceſte ville, il me
ſemble au contraire, que tant de deſordres & de mal-heurs qui ſe ſont en-
ſuiuis par tout ce Royaume de n'auoir point obſerué les belles & ſainctes
Loix qui y furent propoſées, nous doiuent auoir aſſez inſtruicts pour ne
retomber au meſme inconuenient. Ioint que l'aage auquel i'eſtois encores lors, donnoit moyen à pluſieurs d'abuſer de ma facilité: au lieu que
maintenant la malice de tant de diuers eſprits, m'a preparé à me tenir
mieux ſur mes gardes, & à auoir d'oreſnauant touſiours les yeux ouuerts
de peur d'eſtre ſurpris & circonuenu. I'adiouſte dauantage qu'il ſe paſſa
deux ans entiers entre les remonſtrances faictes en ceſte ville, & les réponſes & reſolutions qui y furent données : choſe mal conuenante à
l'humeur des François; auſquels les bons conſeils ſont inutiles, ſi on leur
laiſſe refroidir le deſir & l'ardeur de les executer. Là où mon intention
en ceux-cy eſt de reſoudre & conclure promptement auec vous tous les
poincts que vous aurez à propoſer, & le lendemain de la concluſion me
lier & obliger par ſerment ſolemnel moy & tous les Princes & Seigneurs
de qualité qui m'aſſiſteront en ceſt office, ſur le texte des ſainctes Euangiles, & apres la participation des bien-heureux myſteres de noſtre ſalut, d'obſeruer toutes les choſes que i'y auray arreſtées, comme loix ſacrées & inuiolables, ſans me reſeruer à moy-meſme la licence de m'en

departir à l'aduenir pour quelque pretexte ou occasion que ce soit. Que
s'il semble qu'en ce faisant ie me soumets trop volontairement aux loix
dont ie suis l'autheur, & qui me dispensent & exemptent elles mesmes de
leur empire, & que par ce moyen ie rends la dignité Royale aucunement
plus bornée & limitée que mes predecesseurs, il me suffira de répondre ce
que dit ce Roy à qui on reprochoit qu'il laisseroit la Royauté moindre à
ses successeurs qu'il ne l'auoit receuë de ses peres; qui est qu'il l'a leur laisseroit beaucoup plus ferme & plus durable. Enquoy vous pouuez recognoistre la sincerité de mon intention, voyant que la chose que les Princes qui ont des desseins pernitieux à leur peuple fuyent le plus, à cause
qu'elle sert d'obstacle à l'execution de leurs mauuaises volontez, non seulement ie l'ay recherchée de mon propre mouuement, & sans en estre solicité de personne; mais encore ay passé par dessus infinies difficultez &
resistances qui s'y opposoient. Car pour le regard de la franchise auec
quoy i'y ay procedé, ie n'en veux point d'autres témoins que vos propres
consciences pour me faire rougir deuant Dieu & les hommes, si i'ay vsé de
brigues & de menées, si j'ay solicité vn seul de ceste compagnie, si i'ay
violé la liberté de proposer par vos remonstrances tout ce qui sera vtile
pour le bien particulier de mes Prouinces & salut vniuersel de mon Estat.
Chose que ie desire qui vous demeure deuant les yeux, afin de vous faire
discerner mon intention droicte & legitime de ceux qui en vseroient autrement; & aussi pour disposer vos esprits à la seconder & fauoriser de toutes sortes de conseils, d'aduis, & de propositions necessaires, pour faire
reluire la gloire de Dieu, & la religion Catholique Apostolique & Romaine en tous les lieux de ce Royaume, soulager mes subiets d'infinies
charges & incommoditez, & remettre toute la France en sa premiere &
ancienne splendeur.

O R ie ne m'estendray point icy à vous representer l'excellence & la
dignité de la Monarchie, comme c'est celuy de tous les Estats qui imite
le plus la diuinité, & comme aussi à ceste occasion elle a tousiours emporté le prix par dessus les autres gouuernemens; dequoy si ie voulois
alleguer des exemples & des témoignages, ie n'aurois point besoin de les
prendre d'ailleurs que des regnes de mes predecesseurs, sous qui la France a plus fleury qu'aucune autre nation, & pendant l'empire desquels
il semble que Dieu ayt épandu toutes sortes de faueurs & de benedictions sur ceste Prouince. Seulement ie diray qu'en ce gouuernement
comme en tous autres, il y a quatre pilliers & fondements principaux
qui soustient tout l'Estat, la Religion, la Iustice, la Police, & les Finances; lesquels pour ceste cause nous deuons soigneusement visiter, afin de
reparer ce qui y auroit esté gasté & offensé par nostre negligence, ou par
l'iniure du temps.

I E commenceray donc à parler de la religion comme de la plus digne
& plus noble partie, & celle à quoy j'ay tousiours desiré rendre plus de deuoir, tant suiuant vne inclination naturelle qu'il a pleu à Dieu m'imprimer

en l'efprit de l'honorer & reuerer fur toutes chofes , qu'à caufe de la bonne
& fainéte nourriture que la Royne ma Mere a efté curieufe de me faire
donner, qu'auffi pour imiter les exemples domeftiques d'infinis Roys mes
predeceffeurs, qui ont merité le nom de tres-Chreftiens en confideration
de leur zele au feruice de Dieu & à l'auàncement de l'Eglife Catholique,
Apoftolique & Romaine. Or quant à ce regard ie ne craindray point de
dire deuant vous, qui auez efté la plus part témoins de mes actions, que fi
toft que i'eus attaint l'aage de porter les armes eftát encore perfonne priuée
en ce Royaume, & iouïffant de la feule authorité qu'il plaifoit au feu Roy
mon frere de m'y donner, ie n'eus rien tant graué en l'ame que de confacrer mes premiers labeurs militaires à la defenfe & protection de l'Eglife:
Enquoy Dieu fauorifa tellement mes ieunes defirs, qu'il me fift tomber
entre les mains deux tres-grandes victoires contre les plus redoutables ennemis de la foy, defquelles le fang decoule encor par maniere de dire, &
dont les trophées & les dépouilles font expofées à la veüe de tout le
monde.

DEPVIS eftant appellé à la fucceffion du Royaume, ie renoüay ce
mefme deffein tant deuant comme apres la celebration des autres Eftats,
& recouuray plufieurs places tenuës & occupées par les heretiques. Que fi
quelquefois la pitié que i'ay eu des calamitez de mon pauure peuple, pillé,
rançonné & entierement faccagé, m'a conuié à faire quelques trefues co-
lorées du nom de paix pour luy donner loifir de refpirer en fon oppref-
fion, & fe releuer de fes pertes & naufrages domeftiques ; l'ay fuiuy en cela
le chemin tenu par le feu Roy mon frere de tres-heureufe memoire, &
par le Confeil de tous les Princes & Seigneurs Catholiques qui luy affiftoient au maniment des affaires de fon Royaume. Et fi quelques efprits
infectez ont empoifonné le difcours de mes actions, & au lieu de recueillir, comme on dict, du miel & de la douceur des fleurs, en ont tiré du venin ; ie les faicts iuges aux-mefmes, puifque des calomnies femées contre
leur prochain ils feroient coupables deuant le Throfne de Dieu, quelle
fentence ils doiuent attendre de celles qu'ils ont publiées & épanduës contre leur Prince. Car ie puis protefter deuant luy & fes Anges, que iamais le
foin de l'extirpation de l'herefie ne m'a abandonné, & que parmy mes
plus violentes penfées cefte impreffion a toufiours efté la plus forte de
toutes en mon ame. Chofe à quoy quand le refpect de fa gloire, qui m'a
toufiours efté plus recommandée que ma propre vie ne m'auroit point
pouffé, & que ie ne me ferois mis que les fimples confiderations humaines deuant les yeux, elles auroient efté toufiours affez fortes pour m'é-
mouuoir. Car en fin, de qui eft-ce que les heretiques occupent & diffipent
le patrimoine, de qui eft-ce qu'ils épuifent les receptes, de qui alienent-
ils les fubiects, de qui méprifent-ils l'obeïffance, de qui violent-ils le refpect, l'authorité & la dignité ? Ce n'a donc point efté faute de paffion
contre les ennemis de l'Eglife qui m'a empefché pour vn temps de leur
faire fentir la verge de fer que Dieu a mife en mes mains pour les brifer &

les deſtruire ; mais bien que i'ay preferé par vn amour paternel la conſeruation de mes bons ſubjets Catholiques, à la ruyne & extermination des
heretiques. Maintenant que le temps & le ſuccés des affaires nous ont appris que ceſte voye n'eſtoit pas aſſez aſſeurée, & que la perte reſſente qui eſt
arriuée à ce Royaume par la mort de mon frere a apporté vne tres-grande
apprehenſion aux vns, & confirmé les autres en leur obſtination ; & d'ailleurs que i'ay recognu mon peuple ſi ardent à ceſte ſainſte entrepriſe, qu'il
veut courir toutes ſortes de hazards pour le zele qu'il à à l'auancement de
la religion. Certainement ie louë Dieu du moyen qu'il m'offre de ſeruir
à ſa gloire, & le reçois & l'embraſſe comme vne occaſion deſcenduë du
Ciel.

C'eſtoit vne choſe à la verité à quoy i'eſtois tout reſolu dés mon premier Edit de reünion, comme auſſi ie le témoignay dés l'heure meſme par
les effects, & depuis le continuay encores l'année paſſée ſur la neceſſité
qui ſe preſenta de reſiſter à l'effort des Reiſtres, employant ma propre
perſonne pour m'oppoſer à leur fureur, auec inegalité de forces, mais
auec aduantage de ſuccés, iuſques à ce que l'intention que i'auois d'aller
acheuer moy-meſme la guerre en Poiſtou fut interrompuë par les deſ-
fiances & partialitez qui s'eſtoient engendrées entre les Catholiques meſmes, à quoy il eſtoit beſoin de remedier promptement, pour eſtre ceſte
diuiſion la plus grande playe qui ſe pouuoit faire à noſtre religion, & vn
incroyable aduantage pour le party des heretiques. Or Dieu a voulu que
les choſes ſe ſoient paſſées plus doucement qu'on n'euſt oſé eſperer, & que
vous vous ſoyez tous reünis auec voſtre chef pour mettre la main à vn ſi
bon œuure : Partant reſte d'auiſer des voyes que nous tiendrons pour y
proceder à la moindre foulle & oppreſſion de mon pauure peuple qui ſera
poſſible. Car quant à moy ie vous iure derechef que ie n'épargneray ny
mon ſoin, ny mon labeur, ny meſme ma propre vie, laquelle ie ne me
contenteray pas de haſarder, mais l'expoſeray s'il eſt beſoin à vne mort
certaine & aſſeurée ; eſtimant que le plus beau ſacrifice que ie puiſſe offrir
à Dieu, ce ſera de m'immoler pour la deffenſe & protection de ſon Egliſe:
Et quant à ma gloire particuliere ne deſirant point vn plus riche & ſuperbe tombeau que de m'enterrer & enſeuelir dans les ruynes de l'hereſie.

Or comme d'vn coſté ie ſuis reſolu d'employer toutes ſortes d'offices
& de diligence pour la deffenſe exterieure de la religion Catholique & extirpation du ſchiſme & de l'hereſie ; ainſi de l'autre ie ſens que mon deuoir
m'oblige a auoir ſoin du gouuernement interieur de l'Egliſe, m'eſtant
l'authorité attribuée de pouruoir aux Eueſchez & autres premieres & plus
dignes charges Eccleſiaſtiques de mon Royaume; dequoy certes ie me ſuis
acquitté moins conſiderément qu'il n'euſt eſté à deſirer. Car ie cognois
que les Eueſques ſont la lumiere de l'Egliſe en laquelle ils doiuent reluire
& éclairer par leurs mœurs, & par leur doctrine, & pour ceſte cauſe il les
faut demander à Dieu auec chaudes larmes & ardentes prieres, & non pas
les nommer legerement & à la volée. Suiuant donc ceſte ſainſte inſpira-

tion, i'ay deliberé à l'aduenir premierement de caſſer & retrancher toutes eſperances de reſerues d'Eueſchez & d'Abbayes, & ſecondement quand elles vacqueront, de n'y pouruoir que dans certain temps apres, afin d'auoir le loiſir de chercher des perſonnes de doctrine approuuée, de vie exemplaire & irreprehenſible, hommes aumoſniers & charitables, qui ſe ſouuiennent que le bien de l'Egliſe eſt le patrimoine des pauures, dont ils ſont comptables deuant Dieu, comme diſpenſateurs & adminiſtrateurs & non proprietaires.

L'AVTRE conſideration qui m'eſt de plus grand poids apres l'auancement de la religion Catholique, & que ie deſire ſur tout que vous ayez deuant les yeux, eſt la reformation des Iuges & des iugemens. Car ie ſçay que la iuſtice eſt la paix des peuples, le repos des Eſtats, l'aſſeurance des Princes. Ie ſçay que c'eſt par elle que les Roys regnent, que c'eſt elle qui les éleue ſur leur Throſnes & les conforme à l'image de Dieu. Ie cognois que ie ſuis ordonné de luy pour la diſtribuer à mes ſubiets, que ie la leur dois gratuitement, & que toute venalité qui y interuient eſt vn ſacrilege & vn commerce d'vne choſe ſaincte.

POVR ceſte occaſion ay-ie touſiours porté tres-impatiemment & auec beaucoup de regret la vente des offices de iudicature, mais le malheur a voulu que i'aye trouué ceſte playe faicte à l'Eſtat lors que i'y ſuis venu : Et depuis quand i'ay eſſayé par diuerſes fois d'y remedier, comme nommément l'année 83. que ie reſolus de les reduire à l'ancien nombre, & en bannir la venalité, les diſſentions ſuruenuës au meſme temps ont trauerſé & rompu tous mes deſſeins. Maintenant l'occaſion ſe preſente de les remettre ſus auec voſtre ayde, & redonner l'ancienne dignité à la iuſtice, retrancher la ſuperfluité des officiers, qui ne font que conſommer mes ſubiets en dépenſes, longueurs, & formalitez ; & au reſte ouurir la porte aux gens de ſçauoir & de merite, & en exclure les méchants & les incapables. Par ce moyen i'eſtabliray ſur mon peuple des iuges entiers & incorruptibles, qui n'auront pas ſeulement les mains continentes, mais auſſi le cœur & les yeux, hommes ſans paſſion, ſans ambition, ſans auarice, deuant qui les parties n'auront rien à craindre que leur propre conſcience, & qui ſe ſouuiendront en iugeant que Dieu les void & les écoute pour leur faire rendre comte vn iour de leurs iugements.

CESTE conſideration expediée ie viendray à la reformation de l'ordre & de la police, pour à laquelle donner vn plus digne commencement, ſçachant que les Roys ſont les tableaux & les exemplaires ſur leſquels leurs ſubiets apprennent à ſe former : ie mettray peine d'eſtablir vn tel reglement en ma perſonne & en ma maiſon, qu'elle ſerue de patron & d'exemple de modeſtie à tout le reſte de mon Royaume.

APRES ie paſſeray aux abus & deſordres de la guerre, rendant l'ancien luſtre à ma gendarmerie, qui a eſté autrefois ſi celebrée par toutes les Prouinces de la terre, reſſuſcitant la diſcipline militaire parmy mon infanterie, que la licence & confuſion du temps a preſque toute eſteinte & enſeuelie, pouruoyant aux offices de l'vne & de l'autre, & à toutes sortes de commandemens & de dignitez de personnes capables, & qui ayent passé par tous les degrez, & par toutes les experiences, sans que l'absence de ceux qui seront employez à l'exercice de leurs charges puissent éloigner de moy la consideration de leurs merites & de leurs seruices ; & au reste ordonnant les payemens necessaires, afin que les punitions paroissent iustes, & ne permettant plus que le cours des assignations soit diuerty ; dont s'ensuiura outre la gloire & reputation de ce Royaume, que mon pauure peuple, aux douleurs & afflictions duquel ie ne desire pas estre moins tendre & sensible qu'aux miennes propres, n'en sera plus si foulé & oppressé. Comme aussi quant aux autres Estats & vacations à l'enrichissement des arts & des sciences, à l'ornement & embellissement des villes, reglement du commerce & de la marchandise, retranchement du luxe & des superfluitez, taxations des choses qui sont montées à vn prix excessif, par le desordre & la confusion de ce siecle ; ie desire que vous y apportiez le soin & la diligence conforme à mon intention, pour rendre ce Royaume aussi heureux & florissant qu'il ayt esté sous aucun de mes predecesseurs.

RESTE le dernier poinct qui est touchant le faict des Finances, lequel i'ay reserué à cest endroict, pour estre celuy de tous dont la commodité que i'en puis receuoir en mon particulier me passionne le moins ; vous asseurant que si les leuées qui se font sur mes subiets n'estoient necessaires pour maintenir le corps du Royaume, payer les charges & les officiers, subuenir aux fraiz de la guerre contre les heretiques ; il me seroit fort aysé en la resolution qu'il a pleu à Dieu m'inspirer d'y mettre vn bon ordre, & faire tout d'vn coup ce beau present à mon peuple : mais il fut sagement remonstré par le Senat Romain à vn Empereur, qui vouloit supprimer les subsides, que c'estoient les nerfs & les muscles qui contenoient tout le corps de l'Estat, & lesquels estant ostez, il venoit à se dissoudre & se des-assembler. Ces charges donc acquittrées, ce qui sera du reste pour l'entretenement de ma dignité, ie delibere m'en remettre à ce que nous en resoudrons en ceste assemblée, comme estant chose qui ne me meut pour mon particulier, sinon autant que le lustre & l'ornement de la dignité Royale retourne sur tous les subiets en general, comme la gloire du chef s'épand & se communique à tous les membres. Car ie desire que vous croyez que ie propose à l'aduenir de ne mesnager pas auec moins de soin & de scrupule, le sang & la substance de mon pauure peuple, que si c'estoit le pur sang que l'on tirast de mes veines. Pour à quoy paruenir auec plus de facilité, outre la reformation du mauuais gouuernement des Financiers, & la diminution des offices superflus, la premiere chose que i'auray deuant les yeux sera de regler mes dons & mes liberalitez ; desirant bien que mes seruiteurs attendent de moy toutes les honnestes recompenses que ie leur pourray departir, mais qu'ils n'esperent pas d'estre recognus au preiudice de mes autres subiets, desquels i'embrasse également le bien & la conseruation ; & au surplus deliberant de fermer la bouche aux impudents demandeurs, qui n'arracheront plus de moy les falaires & recompenfes deuës aux feruices & à la valeur des autres. Car ie veux d'orefnauant que mes biens-faits fe diftribuent felon le merite, & non felon l'importunité, & qu'ils feruent à ceux à qui ils feront departis outre la commodité qu'ils en pourront receuoir, premierement d'vn gage de l'amour & bien-vueillance de leur Prince, & fecondement d'vn témoignage public de leur valeur & de leur merite : eftant d'ailleurs refolu de faire toujours en forte qu'ils les tiennent immediatement de moy, afin que la grace & l'obligation en eftant deuë au Prince, le bien en retourne auffi à l'Eftat ; entant que ceux qui auront efté liberalement traictez de luy, auront fuject d'aimer fon Royaume, & d'en affectionner le bien & la conferuation.

VOILA les principaux poincts que j'auois à vous propofer fur cefte ouuerture d'Eftats, & par mefme moyen à vous fommer non feulement d'y apporter tout l'aduis & confeil dont vous eftes tenus de feconder & fauorifer mes bonnes intentions ; mais auffi d'y adioufter vne ame entierement difpofée à en affectionner & moyenner les effects ; les faifant receuoir à mon peuple auec vne deuë obeïffance, fans laquelle toutes les reformations que nous fçaurions propofer font vaines & fuperfluës. Car il y a deux chofes reciproques en vn gouuernement, fur lefquelles fe tourne & balance tout le poids de la Republique ; les droicts & legitimes commandements des fuperieurs, & l'entiere & fidele obeïffance des fubiets. De ma part ie mettray peine de conformer tellement mes volontez à ce qui fera de la raifon, au bien & à l'vtilité de mon peuple, & aux bons & falutaires confeils que vous me donnerez pour ce regard, que ie ne laifferay aucun lieu à la reprehenfion. Ce fera à vous qui eftes l'élite, la fleur & l'abbregé de mon Royaume, qui reprefentez auec moy tout le corps de l'Eftat & de la Monarchie, qui auez entre les mains les plaintes & les vœux de mon pauure peuple, de vous acquitter fi dignement de l'autre office, qu'il en puiffe recueillir & goufter le fruict qu'il efpere & que ie defire.

ET en ceft endroit ie n'vferay plus auec vous d'authorité & de commandement, mais viendray aux exhortations & aux prieres, & vous coniureray par la reuerence que vous deuez à Dieu qui m'a conftitué fur vous pour reprefenter fon image, par le nom de vrais François, c'eft à dire d'amateurs de leur Prince naturel & legitime, par les cendres & la memoire de tant de Roys mes predeceffeurs qui vous ont fi doucement & heureufement gouuernez, par la charité que vous portez à voftre patrie, par les gages & hoftages qu'elle a de voftre fidelité, vos femmes, vos enfans, & vos fortunes domeftiques, que vous embraffiez à bon efcient cefte occafion, que vous vacquiez du tout au foin du public, que vous vous vniffiez & r'alliez auec moy pour combattre par voftre fuffifance, par voftre diligence, & par voftre integrité, les defordres & la corruption de ceft Eftat, banniffant toutes penfées contraires, & n'y apportant à mon exemple que le defir du falut vniuerfel. Vous fçauez la fyncerité de mon intention, vous ne pouuez pretendre qu'aucune ambition particuliere m'y ayt

conuié:Ie ſuis en mon Royaume ce que i'y puis & veux eſtre, pourueu que
ce ſoit auec le bon-heur & contentement de mon peuple, à la reſtauration
duquel ie propoſe de dedier à l'aduenir tout ce qui me reſtera de vie & de
mœurs. Souuenez vous d'y cõtribuer le meſme zele, de mettre ſous les pieds
toutes partialitez, de dépoüiller voſtre ame de toutes ſortes de paſſions.
Vous eſtes auiourd'huy conſtituez ſur vn theatre qui eſt expoſé à la veuë
non ſeulement de la France, mais de tout le monde; vous eſtes regardez
& éclairez de chaſcun; toutes les villes, tous les pays, toutes les prouinces
ont les yeux tournez deuers vous pour attendre l'yſſuë de ceſte conference.
Propoſez-vous le triſte & calamiteux Eſtat de ce Royaume; repreſentez-
vous le meſpris de la religion en diuers lieux, l'abolition du ſeruice diuin,
la deſtruction des Autels & des Temples; ſouuenez-vous des larmes des
vefues & des orphelins, dépoüillez de leurs biens par la corruption de la
iuſtice; imaginez-vous la miſere du pauure peuple des champs, rançonné,
battu, tourmenté, & contrainct d'abandonner ſes maiſons pour ſe retirer
aux bois & aux foreſts auec les beſtes ſauuages; & penſez que leur ruyne
ou leur ſalut en general dépend de l'aſſiſtance ou de la reſiſtance que ie
trouueray en voſtre compagnie. Si vous vous y gouuernez comme ie me
promets, vous ferez œuure aggreable à Dieu & à voſtre Roy, vous ſerez
benis de tout le monde, vous acquerrez la reputation de conſeruateur de
voſtre patrie. Si vous en vſez autrement, vous ſerez comblez de maledictions, vous imprimerez vne taſche d'infamie perpetuelle à voſtre memoire, vous oſterez à voſtre poſterité ce beau tiltre de fidelité hereditaire
enuers ſon Roy, qui vous a eſté ſi ſoigneuſement acquis & laiſſé par vos
predeceſſeurs. Et moy ie prendray à témoin le Ciel & la terre, i'atteſteray
la foy de Dieu & des hommes, qu'il n'aura point tenu à mon ſoin, ny à
ma diligence que les deſordres de ce Royaume n'ayent eſté reformez; mais
que vous aurez abandonné voſtre Prince en vne ſi digne, ſi ſaincte & ſi
loüable action : & finalement vous adiourneray à comparoiſtre au dernier
iour deuant le Iuge des Iuges, là où les intentions & les paſſions ſe verront
à deſcouuert, là où les maſques des artifices & des diſſimulations ſeront
leuez pour receuoir la iuſte punition de voſtre des-obeïſſance enuers
voſtre Roy, & de voſtre laſcheté & perfidie enuers ſon Eſtat.

PREMIERE ORAISON DE CICERON
contre Verres.

'IL y a quelqu'vn d'entre vous, Messieurs, ou de ceux qui assistent à ce iugement, qui trouue estrange que moy qui ay fait toute ma vie profession d'employer mon eloquence pour la conseruation de plusieurs, & n'en abuser iamais à la ruine de personne, ayant changé de coustume, ie vienne maintenant à briguer vne accusation; Ie m'asseure s'il cognoist vne fois le merite de ceste cause, qu'il approuuera mon dessein, & iugera qu'en la poursuitte que ie fays, nul autre accusateur ne me doit estre preferé. Apres que i'eus esté intendant des finances en Sicile, Messieurs, & eus pris congé de ceste Prouince, y laissant la memoire de mon nom fort imprimée, & fort aggreable, il arriua que les Siciliens ayants trouué vn grand appuy en l'assistance de beaucoup d'Orateurs anciens, se persuaderent aussi que ie leur pourrois vn iour seruir aucunement. Se voyants donc foulez & oppressez depuis quelques années, ils m'ont requis par plusieurs fois tous ensemble de prendre la protection de leurs fortunes; me remettant deuant les yeux que ie leur auois donné esperance, & les auois asseurez par le passé, que s'il se presentoit occasion où ils eussent besoin de mon industrie, ie ne la leur refuserois point. Que l'occasion s'offroit maintenant d'auoir non seulement leur bien & leur vtilité, mais encor leur vie & leur salut en recommandation : que le temps estoit venu qu'il ne leur restoit pas mesme des Dieux en leurs Villes à qui ils peussent recourir depuis que C. Verres auoit arraché leurs sacrées images de dessus leurs Autels, & du milieu de leurs Temples. Que tout ce que la luxure auoit peu faire en d'ébordements, la cruauté en supplices, l'auarice en exactions, l'arrogance en indignitez, ils l'auoient enduré sous ce seul Preteur, par l'espace de trois ans : qu'ils me prioient & me coniuroient de ne reietter point les supplications de ceux qui n'en pouuoient honnestement supplier d'autres cependant que i'estois en vie. I'ay ressenty beaucoup de déplaisir, Messieurs, de me voir reduit à ceste extremité, ou que ie fraudasse l'esperance de ceux qui recouroient à moy, & s'y estoient asseurez, ou que m'estant dedié dés mon enfance à la protection de mes Citoyens, ie fusse contrainct par le temps & par mon deuoir de venir aux accusations. Ie leur remonstray qu'ils pouuoient prendre Q. Cecilius, attendu mesme qu'il auoit esté Questeur depuis moy en ce gouuernement. Mais ce que i'alleguay pour me deliurer de ceste importunité, c'estoit ce qui me pressoit dauantage. Car ie les eusse beaucoup plus facilement persuadez s'ils ne l'eussent point cogneu, ou ne se fussent point souuenus de l'auoir veu Intendant des finances en leur Prouince.

uince. Ainſi, Meſſieurs, i'ay eſté conuié par la pieté, par le deuoir, par la
compaſſion, par l'exemple de beaucoup de gens de bien, & par les anciennes couſtumes & façons de faire de nos anceſtres, d'entreprendre ceſte
œuure charitable & laborieuſe, non pas de mon propre mouuement,
mais pour ſatisfaire au beſoin de nos amis & confederez. En quoy toutefois, Meſſieurs, vne conſideration me conſole, de penſer que ceſte mienne
accuſation ne doit point eſtre pluſtoſt appellée accuſation que defenſe.
Car ie defens beaucoup d'hommes, vne grande multitude de Citez, toute
la Prouince de Sicile: Et par ainſi ſi i'en accuſe vn ſeul, il me ſemble que
ie perſiſte encor en ma premiere volonté, & ne m'éloigne point de la defenſe & conſeruation des hommes. Que ſi l'occaſion que ie pretends
n'eſtoit point ſi iuſte, ſi ſignalée & ſi conſiderable; ſi les Siciliens ne m'en
auoient point fait inſtance, ou que ie n'euſſe point de cauſe legitime d'affectionner ce qui leur touche, proteſtant ſeulement que ce que i'en faits
eſt en faueur de la Republique, pour pourſuiure vn homme atteint d'extréme auarice, inſolence & meſchanceté, dont les infames larrecins & voleries execrables ne ſont pas ſeulement cogneus en Sicile, mais auſſi en
Achaïe, Aſie, Cicilie, Pamphilie, & expoſées finalement à Rome aux yeux
& à la veuë de tout le monde; qui eſt-ce qui auroit le courage de reprendre
& blaſmer vne entrepriſe ſi officieuſe? Car en fin quelle plus belle occaſion peut naiſtre au temps où nous ſommes de faire vn bon ſeruice à la
Republique? que peut-il arriuer, ou de plus aggreable au peuple Romain,
ou de plus ſouhaittable à nos confederez & aux nations eſtranges, ou de
plus à propos pour le ſalut & la fortune de chacun en particulier? Les Prouinces pillées, rançonnées & du tout ſaccagées, les aſſociez & tributaires
du peuple Romain foulez & oppreſſez, ne pretendent plus aucune eſperance de ſalut, mais demandent ſeulement quelque moyen de reſpirer en
leur oppreſſion. Ceux qui ſont d'accord que l'authorité des iugements demeure entre les Senateurs, ſe plaignent qu'ils ne trouuent plus d'hommes
ſuffiſants & incorruptibles pour faire les accuſations. Ceux qui ont des ac-
cuſateurs alleguent qu'il n'y a plus de ſeuerité & d'integrité en la diſtribu-
tion de la iuſtice. Le peuple Romain cependant encores qu'il ſoit trauaillé
de beaucoup de pertes & d'incommoditez, ne trouue rien tant à dire en
l'adminiſtration de la Republique, que ceſte ancienne diligence & integrité des iugements. Les longueurs ordinaires de la iuſtice font qu'on eſt contraint de recourir aux Tribuns du peuple: la corruption du Senat eſt cauſe
qu'on appelle les autres ordres pour y remedier: la laſcheté & les mauuais
deportements des Iuges, fait que le nom des Cenſeurs qui auoit accouſtumé d'eſtre odieux au peuple, eſt auiourd'huy reclamé, eſt auiourd'huy
trouué populaire, eſt auiourd'huy rédu plauſible & fauorable. Parmy ceſte
licence & impunité d'hommes pernicieux, ſur ces plaintes continuelles de
tout le peuple Romain, durant ceſte mauuaiſe reputation de ceux qui adminiſtrent la iuſtice, en ce commun ſcandale de tout le Senat, voyant qu'il
ne reſtoit plus qu'vn ſeul remede à tant deplayes & d'inconueniens qui eſt

P P p

que des hommes d'entendement & personnes incorruptibles prinſent la
defenſe des loix & de la iuſtice, Ie confeſſe franchement que la conſideration du ſalut commun m'a induit à donner quelque ſecours à la Republique, de la part d'où ie penſois qu'il luy eſtoit plus neceſſaire. Voila les
cauſes, Meſſieurs, qui m'ont incité à entreprendre ceſte accuſation. Reſte
à parler de ce qui nous m'eut maintenát, afin que vous puiſſiez cognoiſtre
à quoy vous deuez incliner en cét endroit quant à l'election & preference
de l'accuſateur. Et pour mon regard, Meſſieurs, ie tiens que quand il ſe traitte de reddition de conte & reſtitution de deniers exigez, s'il y a diſpute entre quelques-vns touchant la preference de faire l'accuſation, qu'il faut obſeruer deux choſes principalement. L'vne, qui eſt la perſonne que deſirent
le plus ceux à qui l'iniuſtice a eſté faicte : l'autre qui eſt celle que deſire le
moins celuy qui en eſt accuſé. En ceſte cauſe, Meſſieurs, combien que ie
croye que tous les deux ſoient euidents, ſi eſt-ce que ie parleray de l'vn &
de l'autre. Et premierement de ce que i'eſtime eſtre de plus grands poids en
voſtre endroit: c'eſt de l'intention de ceux ſur qui l'exaction a eſté commi-
ſe, en faueur deſquels ſes iugements de redditions de conte ont eſté inſtituez. C. Verres eſt accuſé d'auoir volé par l'eſpace de trois ans la Prouince
de la Sicile, d'auoir rançonné les villes des Siciliens, pillé leurs maiſons, ſac-
cagé leurs temples. Voicy les Siciliens qui s'en plaignent publiquement, ils
ont recours à ma fidelité cognuë & eſprouuée par eux il y a long-temps: ils
m'employent pour vous en demander raiſon : ils implorent l'ayde des loix
Romaines par mon moyen: ils deſirent que ie ſois le protecteur de leur calamité, le vangeur de leurs oppreſſions, le procureur de leur cauſe, que ie
ſois commis & delegué pour pourſuiure leur droict en iugement : lequel
de ces deux nierez-vous, Q. Cecilius, ou que ie n'aye pas eſté appellé par les
Siciliés à ceſte cauſe, ou que l'option des plus gens de bié & des plus fideles
de nos confederez ne doiue point auoir de poids & d'authorité à l'endroict
des Iuges? Si vous oſez maintenir (ce que C. Verres dont vous voulez eſtre
eſtimé ennemy, deſire qu'on croye ſur toutes choſes) que les Siciliens ne
m'en ont point ſolicité: premieremét vous fauoriſez la cauſe de voſtre partie s'eſtant déja enſuiuy non vn ſimple preiugé, mais quaſi vn iugement en
l'opinion du peuple de ce que le bruit couroit que les Siciliens auoient demandé vn accuſateur pour pourſuiure les indignitez qu'ils auoient receuës
de Verres. Si vous qui eſtes ſa partie, niez ce que luy-meſme à qui ceſte confeſſion eſt extremément preiudiciable, n'oſe pas deſaduoüer, prenez garde
qu'il y ayt trop de priuauté & d'intelligence en voſtre inimitié. Outre ce
que quand vous le voüdriez nier, nous auós des plus notables hommes de
noſtre Republique qui en depoſeront, dont il n'eſt point neceſſaire que ie
face vne liſte. Il me ſuffira d'alleguer ceux qui ſont preſents, leſquels ſi ie
voulois dire vne fauſſeté, ie ne prendrois point pour témoins de mon impudence. Caius Marcellus qui aſſiſte à ce iugement en peut témoigner, &
Cn. Lentulus Marcellinus pareillemét: du ſupport & de la fidelité deſquels
les Siciliens ſe doiuent tenir d'autát plus aſſeurez, que toute ceſte Prouince

eſt particulierement obligée au nom & à la memoire des Marcelliens. Ils
ſçauent comme non ſeulement i'en ay eſté requis ſi ſouuent & auec tant
d'inſtance qu'il me falloit neceſſairement entreprendre ceſte action, ou renoncer à tout office d'amitié. Mais pourquoy eſt-ce que ie veux entrer en
ces preuues, comme ſi la choſe pouuoit eſtre reuoquée en doute, ou bien
n'eſtoit pas aſſez cogneuë. Voicy les principaux de toute la Prouince en
perſonne, qui vous requierent, Meſſieurs, & vous ſupplient qu'au reglemét
de celuy qui doit eſtre nommé pour la pourſuitte de leur cauſe, voſtre élection ne s'éloigne point de la leur. Voicy les deleguez de toutes les villes de
la Sicile, excepté de deux ſeulement, dont ſi les députez eſtoient icy, deux
des plus grands crimes de C. Verres ſeroient amoindris auſquels elles ont
participé. Mais pourquoy eſt-ce dira-t'on qu'ils ſe ſont addreſſez à vous
principalement? Si l'on eſtoit en doute s'ils ſeroient recourus à moy ou nõ,
ie dirois pourquoy ils auroient eu occaſiõ de ce faire: mais puis que la choſe
eſt ſi euidéte que vous la pouuez voir à l'œil, il n'y auroit pas de raiſon d'interpreter à mon deſ-aduantage ce que i'ay eſté recherché de leur part. Toutefois ie ne preſume pas, Meſſieurs, & ne veux point employer en ma cauſe
ny meſme laiſſer en l'opinion de perſonne, que i'aye eſté preferé à tous les
autres Orateurs; le faict n'eſt pas tel: mais leur conſideration s'eſt fondée
ſur la diſpoſition que chacun pouuoit apporter à cét affaire pour le regard
du temps, du moyen & de la commodité. Et quant à moy, mon intention
a touſiours eſté que ie deſirois pluſtoſt que tout autre de ceux qui eſtoient
propres à entreprendre ceſte action y fuſt employé que moy, & moy pluſtoſt que de n'y voir employer perſonne. Reſte maintenant puis que nous
ſommes d'accord que les Siciliens m'en ont requis, de ſçauoir de quelle authorité ceſte requeſte doit eſtre en voſtre endroit: & ce que peuuent valoir enuers vous les prieres & ſupplications de nos confederez, qui vous demandent raiſon de l'exaction qui leur a eſté faicte, dequoy qu'eſt-il beſoin que ie vous entretienne plus long temps? comme ſi l'on pouuoit
douter que toute la recherche des exactions n'ayt eſté inſtituée en faueur
des alliez du peuple Romain. Car aux citoyés quãd on leur a rauy quelque
choſe, ils ont les actiõs ciuiles pour la demãder, & la peuuent pourſuiure de
droict priué. Ceſte loy eſt pour les aſſociez: ce droict eſt introduit en faueur
des nations eſtranges. C'eſt le refuge & la fortereſſe, où ils ſe peuuent garantir; moins aſſeurée maintenant qu'autrefois: mais tant y a que s'il reſte
encor quelque eſperance qui puiſſe conſoler l'oppreſſion de nos confederez, elle conſiſte toute en ceſte loy: de laquelle dés il y a long temps, non
ſeulement le peuple Romain, mais encor les autres nations ont deſiré de
fideles & ſeueres conſeruateurs. Qui niera donc que l'election de ceux qui
accuſent ſe doiue faire au gré des perſonnes, en faueur de qui la loy & la
permiſſion d'accuſer a eſté introduitte? Toute la Sicile, ſi elle pouuoit
parler par vne meſme bouche, diroit ainſi: Ce que i'ay eu d'or, d'argent &
d'ornements en mes villes, en mes lieux publics, en mes temples: ce qu'en
chaque choſe i'ay receu de priuilege & de gratification du Senat & du
peuple Romain, vous ſeul C. Verres, me l'auez rauy & arraché: au moyen

dequoy ie vous demande reſtitution de deux millions cinq cents mille
eſcus ſuiuant l'ordonnance. Si toute la Prouince comme ie d'y, pouuoit
parler, elle luy tiendroit ce langage ; mais ne luy eſtant pas concedé, elle
choiſit pour agir en ſon nom celuy qu'elle eſtime luy eſtre plus propre
en cét affaire. Y aura-t'il homme ſi impudent qui oſe s'entremettre d'vne
cauſe contre la volonté de ceux à qui elle appartient ? Si les Siciliens, Q.
Cecilius, vous diſoient ainſi : Nous ne vous cognoiſſons point, nous ne
ſçauons qui vous eſtes, nous ne vous auons iamais veu par cy-deuant, laiſ-
ſez-nous defendre noſtre cauſe par l'induſtrie de ceux dont la fidelité nous
eſt connuë, ne diroient-ils pas choſe que tout le monde ſeroit contrainct
d'approuuer ? Maintenant ils diſent qu'ils nous cognoiſſent tous deux :
qu'ils deſirent l'vn pour conſeruateur de leur fortune : que de l'autre ils
n'en veulent point du tout. Pourquoy ils n'en veulent point, quand ils
n'en diroient rien, ils le diſent aſſez : toutefois ils ne s'en taiſent pas : &
neantmoins vous vous preſenterez à eux contre leur volonté ? Et neantmoins vous ouurirez la bouche en la cauſe d'autruy ? Et neantmoins vous
entreprendrez la defenſe de ceux qui aiment mieux eſtre abandonnez de
tout le monde, que d'eſtre defendus par vous ? Et neantmoins vous offrirez
voſtre ſecours à ceux qui ne croyent ny que vous ayez ceſte intention
pour l'amour d'eux, ny quand vous l'auriez, que vous euſſiez le pouuoir
de l'executer ? Pourquoy ce peu d'eſperance des reliques de leur fortune
qu'ils ont en la ſeuerité de la loy & du iugement, la leur voulez-vous arracher par force ? pourquoy interuenez-vous en ceſte cauſe malgré ceux que
l'ordonnance pretend ſpecialement fauoriſer ? pourquoy ceux que vous
auez des-obligez eſtant en leur prouince, voulez-vous acheuer de les ruiner en ce iugement ? Pourquoy leur voulez-vous oſter tout moyen non
ſeulement de pourſuiure leur droict en iuſtice, mais encores de déplorer
leur calamité ? Car ceſte cauſe eſtant entre vos mains, qui penſez-vous qui
y veuille aſſiſter de la part des Siciliens, que vous ſçauez eſtre apres, non
pas à pourſuiure vn autre par voſtre moyen, mais à tirer raiſon de vous
par le moyen de quelqu'autre ? Et voila le premier poinct de noſtre different, que les Siciliens me recherchent pluſtoſt que vous pour intenter
ceſte action. L'autre, pourra-t'on dire, n'eſt pas ſi euident, de qui Verres
deſire moins d'eſtre accuſé. Mais qui s'eſt iamais monſtré ſi paſſionné en
public & pour ſon ſalut, & pour la conſeruation de ſon honneur que luy
& ſes amis, afin d'éuiter que ceſte commiſſion ne me fuſt donnée ? Il y a
beaucoup de choſes dont Verres m'eſtime eſtre accompagné, qu'il ſçait
bien n'eſtre pas en vous Q. Cecilius : leſquelles comment elles ſont en l'vn
& en l'autre ie l'expliqueray cy-apres plus amplement. Pour ceſte heure
ſeulement ie diray choſe que vous me confeſſerez en voſtre ame, qu'il n'y
a aucune partie en moy qu'il mépriſe : qu'il n'y en a aucune en vous qu'il
redoûte. Et partant ce grand amy & protecteur de Verres Q. Hortenſius
vous fauoriſe tant qu'il peut, & s'oppoſe à moy tout ouuertement. Il demande que vous me ſoyez preferé, & dit que ceſte faueur n'eſt point ſuſpecte, & qu'elle ſe peut faire ſans ſcandale & ſans offenſer perſonne. Ie

ne requiers point, dit-il, aux Iuges de son party,ce que i'ay tousiours emporté, quand i'ay sollicité les causes auecques plus de passion & d'artifice, que l'accusé soit absous : ie ne le demande point : mais seulement qu'il soit plustost accusé par l'vn que par l'autre. Concedez-le moy, accordez moy ce que vous pouuez faire honnestement, ce qui ne nuira point à vostre reputation : ce qui ne vous rendra point odieux enuers le peuple : & ce que quand vous me l'aurez concedé sans courir fortune & sans vous apporter infamie, vous m'aurez concedé, que celuy dont i'entreprends la defense soit absous & declaré innocent. Et puis adiouste encore pour les obliger par quelque espece de crainte à luy tenir parole, qu'il veut qu'ils monstrent leurs bulletins en secret à certaines personnes de la compagnie deuant que de les deliurer, que c'est chose qu'ils ne luy peuuent refuser pour son asseurance : dautant qu'en ces causes ils n'opinent pas separément, mais donnent leurs voix par écrit tous ensemble, & que les tablettes qu'on leur porte maintenant pour écrire leurs opinions sont toutes cachettées de cire ordinaire, & de mesme couleur, & ne sont plus distinguées par ceste infame & scandaleuse diuersité de cires, dont on a vsé autrefois pour recognoistre les voix de chacun apres le iugement. Et ce qu'il s'en formalise, n'est pas tant pour l'interest de Verres, comme il ne prend point de plaisir pour son particulier à ceste preference. Car il se doute bien que si ces commissions d'accuser, sont vne fois transferées des ieunes enfants de bonne maison, dont il s'est tousiours ioüé comme il a voulu, ou de ceste espece de denonciateurs qui courent apres le quart des amendes, lesquels auecques raison il a mesprisez & ne s'en est émeu aucunement à des hommes de marque & d'authorité, il n'aura plus l'auantage aux causes qu'il souloit. Et de ma part ie luy annonce de bon-heure, que si vous ordonnez que ie me charge de ceste accusation, il faut qu'il face estat de changer tous les moyens de sa defense, mais les changer de telle sorte cependant que ceste voye sera beaucoup plus honneste pour luy que celle qu'il veut suiure, se voyant regler au patron de ces grands & excellents personnages qu'il a cogneus autrefois Lucius Crassus & Marc-Antoine, qui vouloient qu'on n'apportast aucune chose aux causes de ses amis que la fidelité & la suffisance. Il ne faudra plus qu'il espere si i'entreprens la poursuitte de ce iugement, de le pouuoir corrompre & peruertir sans faire courir fortune à beaucoup de gents. Car ie m'attents, par cét acte non de prendre en main la cause des Siciliens, mais d'estreindre & embrasser celle de tout le peuple Romain ; me proposant non vn seul homme méchant à exterminer, qui est ce que les Siciliens pretendent, mais le vice & la méchanceté mesme à sarcler & arracher de la Republique : qui est ce que le peuple Romain desire il y a long temps. A quoy combien ie puis estre vtile, ou par mes entreprises, ou par mes effects, c'est chose que i'aime mieux laisser en l'esperance de ceux qui me cognoissent, que me mettre en deuoir de l'expliquer par mes paroles. Vous cependant Cecilius, qu'y pouuez-vous apporter ? En quel temps, en quelle occasion, non seulement auez-vous rendu témoignage aux autres, mais

PPp iij

encor auez-vous tiré quelque preuue de vous mesme? Ne vous remettez-
vous point deuant les yeux combien il y a d'affaire à souftenir vne caufe
publique, examiner toute la vie d'vn homme, la reprefenter non feulement à l'efprit & à la penfée des Iuges, mais encor l'expofer à la veuë d'vn
chacun, defendre le falut des confederez, la fortune des Prouinces, l'authorité des loix, la faincteté & integrité des iugements? Apprenez de moy
puis que voicy la premiere commodité d'apprendre que vous auez rencontrée, combien de parts font requifes en vn homme qui fait profeffion
d'accufer: dont fi vous en pouuez remarquer vne feule en vous, ie vous ce-
deray dés cefte heure l'aduantage que vous pretendez. Premierement il y
faut apporter vne merueilleufe pureté & integrité de mœurs. Car il n'y a
rien plus infupportable, que de vouloir examiner la vie d'vn autre, & ne
pouuoir pas rendre conte de la fienne. Icy ie n'infifteray point dauantage.
Ie diray fans plus que tout le monde fçait affez que vous n'auez encor eu
moyen d'eftre cogneu de perfonne que des Siciliens: & que les Siciliens
qui font ennemis iurez de celuy que vous voulez prendre à partie, prote-
teftent qu'ils n'affifteront point au iugement de cefte caufe, fi la charge de
la pourfuiure vous eft donnée. Pourquoy ils font cefte proteftation ne
me contraignés point de le dire: laiffés-en penfer aux Iuges ce que bon
leur femblera. Il fuffift que comme c'eft vne nation foupçonneufe & clair-
voyante, ils ne croyent pas que voftre deffein foit de faire apporter des
pieces & productions de la Sicile contre Verres: mais pour ce que les actes
de fa Preture, & de ceux de voftre Quefture font contenus en mefme
cayers, ils penfent que vous les voulez transporter de la Prouince & en
vuider leurs mains. Dauantage il faut qu'vn accufateur accufe à bon
efcient, & ne conniue point auecques fa partie. Ce que ores que vous vou-
luffiez faire, ie n'eftime pas qu'il foit en voftre puiffance. Et fi ie ne dis
point, ce que quand ie le diray, vous ne fçauriez aller au contraire; c'eft
que deuant que laiffer la Sicile, vous vous eftiez reconcilié auecques Verres. Que quand vous partiftes, Verres reteint auecques luy Potamon, voftre Secretaire & domeftique en la Prouince. Que M. Cecilius voftre frere,
ieune homme doüé & accomply de belles parties, non feulement ne vous
affifte point, & n'eft point ioinct auecques vous en la pourfuitte de vos iniures, mais demeure encor auecques Verres, & vit fort priuément & familierement auecques luy. Voila des indices qui rendent voftre accufation
fufpecte, & beaucoup d'autres encor que ie n'employe point pour cefte
heure. Seulement ie dis que quand vous auriez enuie de le pourfuiure à
bon efcient, il ne feroit pas en voftre puiffance. Car ie voy infinis crimes
qui vous font fi communs auecques luy, que vous n'en oferiez approcher
en faifant voftre accufation. Toute la Sicile fe plaint que Verres arreftant
les bleds par eftapes pour la fourniture de fa maifon, au temps que la mefure de bled ne fe vendoit que deux s'efterces, exigea des laboureurs douze
s'efterces pour chafque mefure. C'eft vne grande exaction, vne fomme
d'argent exceffiue, vne impudente volerie, vne tyrannie infupportable.

Il m'est necessaire de le conuaincre nommémét de ce faict : Vous Cecilius,
comme vous y conduirés-vous ? Passerés-vous ceste exaction si notable
sous silence, ou si vous la luy obiecterés ? si vous la luy obiectés, rougi-
rez-vous point de reprocher à vn autre, ce que vous auez commis au mesme temps, & en la mesme Prouince ? Aurez-vous bien le cœur d'accuser
vostre complice, de telle sorte que vous ne vous puissiez excuser d'estre
condamné auecques luy ? Si vous l'obmettez, quelle accusation sera la vostre, qui pour crainte de vostre infamie particuliere vous fera redouter,
non seulement la poursuitre, mais aussi la mention d'vn crime tres-insi-
gne & tres-manifeste ? L'on a fait des traittes de bled en Sicile par ordonnance du Senat, cependant que Verres estoit Preteur de la vente, duquel
tout l'argent n'a pas esté payé. Ceste charge est tresgrande à l'encontre de
Verres, tres-grande, moy estant accusateur ; vous l'estant, elle est nulle. Car
vous exerciez la Questure pour lors, vous auiez le maniment des Finances ;
ou quand le Preteur eust voulu commettre quelque abus, il estoit en vous
pour la plus grand part de l'en empescher. Ainsi donc il ne se fera aucune
instance de ce crime. Si vous estes son accusateur, on n'oira point parler en
tout ce iugement de ses plus grandes & plus insignes voleries. Croyez moy
Cecilius, vn homme ne peut en ses accusations debattre à bon escient le
droict de nos confederez qui participe aux crimes de celuy qui est accusé.
Ceux du party ont exigé de l'argent des villes, au lieu qu'elles estoient tenuës de fournir du bled, ceste exaction s'est-elle faicte, Verres seulement
estant Preteur en la Sicile ? Non, mais aussi Cecilius estant Thresorier.
Quoy donc ? luy imputerez-vous ce que vous pouuiez & deuiez empescher qu'il ne fist : ou bien si vous passerez par dessus ? Verres doncques, ne
se verra-t'il point obiecter en la recherche de ses actions, ce que lors qu'il
le commettoit, il ne trouuoit point de pretexte pour le pouuoir excuser :
Et si ie ne touche que les choses qui sont exposées aux yeux de tout le
monde. Il y a d'autres larrecins plus secrets, où il associoit son Questeur,
& luy en faisoit bonne & liberale part, afin de surmonter les empeschements & oppositions qu'il luy eust peu donner. Vous sçauez bien qu'on
m'en a apporté les memoires, lesquels si ie veux monstrer en public, tout
le monde cognoistra, que non seulement vostre intention estoit coniointe, mais aussi que vostre butin n'est pas encore diuisé. Et partant si l'action
que vous demandez est pour le faire entrer en cause auecques vous, comme ayant esté vostre complice, & que la loy le permette, ie le consens :
Mais s'il est question d'estre son accusateur, il faut que vous cediez cét office à ceux qui n'ont point de remords en leur conscience qui les garde de
toucher aux crimes d'autruy. Voyez donc ie vous prie, quelle difference il
y aura entre vostre accusation & la mienne. Les exactions que vous auez
faictes de vous mesme, & sans que Verres y ayt participé, ie les obiecteray
à Verres : pource qu'ayant eu l'authorité souueraine, il ne vous en aura
point empesché : & vous au contraire vous ne luy obiecterez pas celles
qu'il a commises, de peur que vous ne vous trouuiez compris & enueloppé

auecques luy. Dauantage, Cecilius, que dittes vous des autres parties? n'estimez-vous rien infinies choses sans lesquelles vne cause, principalement de
si grande importance, ne peut estre dignement soustenuë? Quelque habitude de parler, quelque accoustumance à parler en public, quelque prattique & vsage des choses du Palais, quelque cognoissance des loix & de la iustice. Ie sçay combien ie touche vn poinct fascheux & espineux. Car comme toute presomption & vanterie est odieuse, celle de l'esprit & de l'eloquence est la plus insupportable de toutes. Par ainsi ie ne parleray point
de la mienne, aussi il n'y a pas dequoy en parler; & quand il y en auroit ie
m'en tairois. Car ou l'opinion que les autres en ont me doit suffire, ou si
c'est peu de chose, le recit que i'en feray ne la sçauroit pas augmenter. Ie
reuiendray à vous Cicilius, & mettant à part nostre contention pour ceste
heure ie vous en parleray priuément & en amy. Auisez de bonne heure à
ce que vous voulez faire. Pensez y & repensez derechef, entrez en vous-
mesme, & considerez ce que vous estes, & quelle est vostre portée: esperez-
vous bien en vne affaire si grande & si difficile, ayant entrepris de deffendre
la fortune d'vne Prouince, le droict du peuple Romain, la majesté des iugements & des Loix, de pouuoir égaler tant de matieres, si graues, & si diuerses, auecques la voix, auecques la memoire, auecques l'industrie, auecques le iugement? Vous promettez-vous bien de pouuoir representer les
crimes que Verres a commis en sa Questure, en sa legation, en son gouuernement, à Rome, en Achaïe, Asie, Pamphilie, & comme ils ont esté separez de lieux & de temps, specifier & distinguer ainsi les chefs de l'accusation. Pensez-vous bien pouuoir faire ce qu'il faut faire necessairement,
quand on accuse vn homme de sa sorte, que les d'ébordements, que les
meschancetez, que les cruautez qu'il a exercées semblent aussi iniustes &
tyranniques à ceux qui les oiront, comme à ceux qui les ont supportées?
Ces choses que ié vous dy, sont de tres-grande consequence: Croyez-
moy, ne les mesprisez-pas. Il les faut dire, il les faut demonstrer, il les faut
exposer de poinct en poinct. Il n'est pas seulement question de narrer le
faict, mais aussi l'amplifier auecques poids, maiesté & grauité. Il faut faire
en sorte, si vous voulez faire & obtenir quelque chose, que les hommes
non seulement vous escoutent, mais encores vous escoutent volontiers
& auecques passion. Enquoy si la nature vous auoit fort fauorisé, si vous
auiez esté bien nourry & institué de vostre ieunesse, si vous auiez apris les
lettres Grecques à Athenes & non pas à Lylibée, les Latines à Rome & non
en Sicile, encor seroit-ce beaucoup traittant vne cause de si grande consequence & si attenduë, d'y pouuoir atteindre auecques la diligence, la retenir auecques la memoire, l'expliquer auecques les paroles, & la soustenir
auec la voix & l'action. Possible me respondrez-vous: mais vous-mesme
estes vous accompagné de toutes ces parties? A la mienne volonté que ie le
fusse, mais à tout le moins ay-ie beaucoup trauaillé depuis mon enfance
iusques à maintenant pour les acquerir. Que si moy qui n'ay fait autre
exercice tout le temps de ma vie, n'y ay peu atteindre pour la grandeur &

la difficulté de la chofe, combien en deuez-vous eftre loin, vous qui non
feulement n'y auiez iamais penfé auparauant, mais encore à cefte heure
que vous vous prefentez fur le theatre, ne pouuez pas imaginer l'importance & la difficulté de l'entreprife. Moy, qui comme tout le monde fçait,
ay toufiours tellement frequenté le barreau & les audiences, qu'il n'y a
gueres de gens & poffible perfonne de mon aage, qui fe puiffe dire auoir
deffendu plus de caufes que i'ay fait, & qui employe encor en ces eftudes
tout le temps que ie me puis referuer des affaires de mes amis, afin de me
rendre plus propre à l'vfage & à la pratique du palais : Cependant ainfi les
Dieux me foient fauorables, toutefois & quantes que ce iour me vient en
la penfée, ce iour auquel l'accufé comparoiffant en perfonne il faudra que
ie me prefente pour le conuaincre publiquement, non feulement i'ay l'a-
me faifie d'apprehenfion, mais encor tout le corps me tremble & me fre-
mit. Ie preuoy déja auecques les yeux de l'efprit quelles feront lors les paffions des hommes, quelle fera l'affluence des auditeurs, combien la grandeur de la caufe preparera d'attention, combien l'infamie de Verres appellera de fpectateurs, combien fa mefchanceté appreftera d'audience à mon
difcours. Lefquelles chofes quand ie viens à me les reprefenter, i'appre-
hende dés cefte heure mefme, ce que ie pourray dire lors pour fatisfaire à
l'indignation de ceux qui font iuftement irritez contre luy, pour refpondre à l'efperance de tout le monde, & égaler la grandeur du fubject auecques la maiefté des paroles. Vous, vous ne craignez rien de toutes ces chofes, vous ne vous fouciez de rien, vous ne vous en tourmentez point; & fi
vous auez peu apprédre par cœur quelque vieil exorde d'oraifon, l'ATTESTE
IVPITER TRES-BON ET TRES-PVISSANT ; ou bien; IE VOV-
DROIS S'IL S'ESTOIT PEV FAIRE, MESSIEVRS ; ou quelque
autre piece de mefme eftoffe ; il vous femble que vous voila fort bien preparé pour faire voftre entrée. De forte que quand vous n'auriez perfonne
en tefte, encores ne fçay-ie fi vous pourriez venir à bout de propofer voftre faict. Là où maintenant vous ne regardez pas que vous auez à combattre vn homme tres-eloquent & fort preparé de cefte caufe, auecques
qui tantoft il faudra proceder par forme d'oraifon continuë, tantoft venir aux prifes & luitter corps à corps : Duquel quant à moy ie louë les belles parties de telle forte que ie ne les redoute point, ie les eftime en telle façon que ie croy qu'elles me peuuent pluftoft delecter que deceuoir. Iamais
il ne m'eftonnera par fa promptitude; iamais il ne me confondra par la fertilité de fon efprit: iamais il n'entreprendra de m'enuelopper par fes rufes &
fubtilitez. Ie cognois tous les pieges & embufches qu'il fçait dreffer. Nous
nous fommes fouuentefois effayez en mefmes caufes, & fouuentefois en
contraires. Il traittera auecques moy, quelque artificieux qu'il foit, comme
auec vn homme qu'il penfera pouuoir recognoiftre vne partie de fes artifices. Mais auecques vous, Cecilius, il me femble que ie voy déja comme il
fe iouëra de vous, comme il vous menera, combien de fois il mettra en
voftre option de prendre lequel que vous voudrez, ou que la chofe foit

arriuée, ou qu'elle ne le soit pas : qu'il soit vray, ou qu'il soit faux : lequel
que vous preniez des deux qu'il emploira à vostre des-aduantage. En quelle
accessoire serez-vous lors Dieu Eternel! en quelle perplexité! quelles tenebres vous éblouïront pauure homme qui n'estes pas autrement malitieux?
Que sera-ce quand il reprendra les chefs de ceste accusation, & contera
tous les poincts de la cause, sur le bout de ses doigts? quand il répondra à
chacun, le resoudra & l'expliquera? Alors vous commencerez à penser à
vostre conscience, & à craindre en vous mesme que vous n'ayez fait courir
fortune à vn innocent. Que sera-ce quand il se mettra à esmouuoir la
compassion, à venir aux plaintes, à diminuer quelque chose de la mal-veil-
lance que le peuple porte à Verres, & la faire tomber sur vous? à remonstrer la familiarité & la conionction du Preteur auecques son thresorier,
la coustume de nos ancestres, le respect & la reuerence du sort? Pourrez-
vous soustenir la haine que son eloquence excitera à l'encontre de vous?
Prenez-y garde de bonne heure : pensez-y à bon escient : car vous ne deuez pas seulement craindre qu'il vous emporte par la vehemence de ses paroles, mais encore que par sa façon & par son geste il n'éblouïsse les yeux
de vostre esprit, & ne vous égare de vostre premiere intention. Et c'est
chose dont la conjecture se peut faire par ce present acte. Car si auiour-
d'huy vous me pouuez répondre à ce que ie vous ay dit, si vous vous pouuez departir d'vne seule parole de ce papier, & de ceste leçon rapiecée des
oraisons d'autruy, que ie ne sçay quel pedant vous a baillées, ie penseray
que vous pourrez soustenir ce iugement, & satisfaire à la cause & à vostre
deuoir tout ensemble : mais aussi si vous sortez tres-mal de cét auant-jeu,
& de ceste premiere escarmouche, quelle esperance aura-t'on de vous
quand se viendra au fort du combat contre vn si puissant ennemy? Et
bien dira quelqu'vn qu'il soit impertinent quant à luy, qu'il ne soit pas autrement trop capable, pour le moins il aura des adioincts expers & fort
versez en eloquence. A la verité c'est bien quelque aduantage, mais toutefois ce n'est pas assez ; car celuy qui est le principal accusateur doit estre
tres-accomply & preparé de toutes ces choses : & encore ie voy que son second est L. Apuleius, homme ieune & nouice, non pas quant à l'aage, mais
quant à la pratique & à l'experience du barreau. Apres il a Alienus, mais
qui parlera d'embas, & du parquet, lequel combien il est propre à plaider,
c'est chose que ie n'ay pas encores bien recogneuë, ie vois qu'il a la voix assez forte pour crier, & qu'il y est suffisamment exercé. Sur luy seul sont
fondées toutes vos esperáces, luy seul si vous estes éleu accusateur, soustien-
dra tout le faix de la cause, encores ne fera-t'il pas du mieux qu'il pourra
en cét endroit. Il aura égard à vostre reputation, & r'abattra quelque chose de son eloquence afin que vous ayez moyen de paroistre, comme entre
les Aduocats des Grecs, nous voyons que celuy qui a le second, ou le troisiéme lieu en vne cause, encores qu'il puisse dire vn peu mieux que le premier, se retient ordinairement, afin que le chef de l'action paroisse dauantage. Ainsi en vsera Alienus. Il vous fauorisera, il vous voudra seruir de

luftre,il ne fera pas tout fon effort. Iugez doncques maintenant quels Orateurs nous auons en vne caufe de fi grande importance, puis que Alienus
du peu de fuffifance qu'il a, fi toutefois fuffifance fe doit appeller, en di-
minuera encores quelque chofe: & que Cecilius en ce feul cas pourra paffer,qu'Alienus fe rende moins vehement, & luy cede l'aduantage & le premier lieu de l'eloquence. Le quatriéme; ie ne fçay qu'il pourra eftre, finon
par aduenture quelqu'vn de ces Aduocats du commun, qui ont demandé
d'eftre donnez pour adioints à quiconque feroit nommé accufateur; defquels hommes incogneus vous vous accompagnez comme fi vous auiez à
receuoir & feftoyer quelque hofte eftranger. A ceux-la doncques ie ne
leur feray pas cét honneur de leur refpondre particulierement & de poinct
en poinct, à tout ce qu'ils ont dit; mais eftant entré par fortune en ce difcours, & non de propos deliberé, ie leur fatisferay auffi brefuement, & en
paffant à tous enfemble. Penfez-vous bien que ie fois fi deftitué d'amis
qu'il me faille donner vn adioint, & ne le choifir pas d'entre ceux que i'ay
amenez, mais le prendre du milieu du peuple? Et vous, auez-vous fi grande faute de gens à accufer, que vous foyez contraints de m'arracher cefte
caufe d'entre les mains, pluftoft que d'aller chercher des parties dignes de
voftre troupe au pilory & à la colomne d'Ennius? donnez moy, dit l'vn,
pour feruir de garde & d'obferuateur à Ciceron en cefte caufe: Et à moy
quoy? combien me faudra-t'il de gardes, fi ie vous laiffe vne fois approcher de mes coffres & de mon eabinet, qui ne feray pas feulement contrainct d'auoir l'œil que vous ne rapportiez, mais encor que vous n'em-
portiez aucune chofe? Ainfi quant à cét obferuateur, ie vous répondray
en deux paroles,que les iuges ne permettront iamais qu'en vne caufe de fi
grande importance, dont on s'eft fié & repofé fur moy, aucun adioint
y puiffe pretendre qui ne me foit agreable; car ma fidelité ne demande
point de controolleur, & ma diligence n'admet point d'obferuateur. Afin
donc que ie reuienne à vous, Cecilius, vous voyez maintenant combien
de parties vous manquent, vous recognoiffez combien il y a de chofes en
vous qu'vn accufé coulpable defireroit eftre en fon accufateur. Que pouuez-vous dire à ces obiections; car ie ne demande pas ce que vous direz; ie
voy bien que ce ne fera pas vous qui me répondra, ce fera ce papier que
tient derriere vous cét homme qui vous fert de prothocolle & d'aduertif-
feur; lequel s'il vous veut aduertir fagement, il vous aduertira de vous retirer de bonne heure, & vous garder bien d'ouurir la bouche pour me répondre, auffi bien que me direz-vous? ce que vous dittes à tout le monde, que Verres vous a fait tort: Ie le penfe, car il n'eft pas croyable qu'en
faifant mal à tous les Siciliens, vous ayez efté feul qu'il ayt voulu refpecter:
mais les autres ont trouué vn homme pour demander raifon des iniures
qu'ils ont receuës; & vous, cependant que vous voulez pourfuiure les voftres par vous mefmes, vous faittes que celles des autres demeurent impu-
nies: & ne confiderez pas que non feulement en ces chofes on a accouftumé de regarder qui doit defirer la vengeance, mais auffi qui la peut faire:

& fi ces deux poinḉts fe rencontrent en vn homme feul, il l'emporte: fi
l'vn tant feulement, l'on ne s'enquiert plus de ce qu'il defire, mais de ce
qu'il peut. Que fi vous infiftez qu'il faut donner cefte commiflion à celuy que Verres a le plus offenfé; lequel eftimez-vous que les Iuges doiuent porter plus impatiemment, qu'il vous ayt fait déplaifir, ou qu'il ayt
pillé & faccagé toute la Prouince de la Sicile? le croy que vous me conce-
derez, que le dernier eft le plus infupportable; & que les gens d'honneur
s'en doiuent bien plus formalifer. Concedez moy donc auffi que la Prouince vous foit preferée en cefte accufation: car c'eft la Prouince qui accufe, quand celuy accufe qu'elle a choifi & adopté pour pourfuiure fon
droiḉt, pour vanger fes outrages, pour defendre l'équité & la iuftice de fa
caufe. Voire, mais les iniures que C. Verres vous a faiḉtes, font de telle condition qu'elles peuuent aigrir les efprits des autres, pour eftre conioinḉtes
auec l'intereft public. En façon du monde: car encores ie penfe qu'il fert
à la caufe de cognoiftre quelle eft la fource & l'origine de cefte pretenduë
inimitié. Vous l'oyrez donc de moy s'il vous plaift, Meflieurs, car quant
à luy ie fçay bien que s'il n'eft du tout hors de fon bon fens, il n'a garde de
vous la raconter. Il y auoit vne certaine Agonis de la ville de Lilybée, affranchie de Venus Erycine, femme riche & opulente deuant qu'il fuft
Quefteur en la Prouince; vn des Lieutenants d'Antoine fe mift en faiḉt de
luy emmener par force certains efclaues muficiens, dont il difoit qu'il fe
vouloit feruir fur les Galeres. Elle, comme c'eft la couftume de tous ceux
qui appartiennent à la Deeffe Venus, ou fe font affranchies de fa féruitu-
de, afin de l'intimider par le refpeḉt de la religion, luy allegua qu'elle &
tous les biens qu'elle poffedoit eftoient à la Deeffe. Quand ce different
fut rapporté au bon & equitable Cecilius, il fift comparoiftre Agonis par
deuant luy, & ordonna que l'on informeroit fi elle auoit dit qu'elle &
tout ce qui luy appartenoit fuft à Venus: ceux qui auoient la charge d'en
informer, rapporterent à la verité ce qui eftoit: car il n'y auoit point de
doute qu'elle n'euft dit les mefmes paroles. Sur ce rapport il fait faifir les
biens de cefte femme, la remet en feruitude, la declare efclaue de la Deeffe, expofe à l'encant tout ce qu'elle auoit, & en retire les deniers. Ainfi cependant que Agonis penfa conferuer quelques efclaues qui eftoient à elle
fous le nom & la proteḉtion de Venus, elle perd par l'iniuftice de ceftui-
cy, tout fon bien & fa liberté. Quelque temps apres Verres arriué à Lilybée, il oyt parler de ce qui s'eft paffé, reuoque ce iugement, contraint
fon Quefteur de reftituer à Agonis l'argent qu'il auoit retiré de la vente
de fes biens. C'eft encores Q. Mutius qui a fait cét aḉte dont ie m'affeuré
que vous ferez eftonnez, Meflieurs, & non pas Verres. Car que pourroit-
il faire de plus à propos pour l'opinion & la reputation des hommes, de
plus equitable pour fubuenir à la calamité de cefte femme, de plus genereux pour reprimer l'auarice de fon Quefteur? Toutes ces chofes font extremément loüables. Mais incontinent apres comme eftant charmé par
quelque breuuage de Circé, d'homme il redeuint Verrat, car de cét
                                                              argent

argent il s'en applique la plus grande partie, & en rend à la femme ce que
bon luy semble. Si vous dites qu'en ce cas Verres vous a fait desplaisir, ie
l'aduoüeray & le confesseray : Si vous dites qu'il vous faict tort, ie le nieray
& soustiendray le contraire : Et puis l'indignité que vous pretendez auoir
receuë, qui voulez-vous qui la poursuiue auec plus de passion que vous
mesmes qui l'auez receuë ? Si donc depuis vous vous estes reconcilié auecques luy, si vous auez esté plusieurs fois en sa maison, si vous l'auez festoyé
en la vostre, lequel aymerez-vous mieux d'estre estimé, où traistre, où infidele ? Car il faut necessairement qu'en ce faisant vous soyez ou l'vn ou
l'autre ; combien que ie n'insisteray point que vous ne soyez lequel des
deux que vous voudrez. Dauantage si le pretexte de vostre inimitié n'a
pas continué, qu'auez-vous maintenant que vous puissiez alleguer pour
estre preferé, ie ne diray point à moy, mais à quiconque voudra debattre
cét aduantage ? sinon possible que vous me répondrez que vous auez esté
son Questeur ; Laquelle consideration sans doute seroit fort pressante si
nous estions en different, lequel de nous deux est plus obligé de l'aymer,
mais en vne dispute où il va de la preference d'estre declaré son ennemy,
c'est vne pure mocquerie de penser que le droict d'affinité & de conionction soit vn iuste pretexte pour estre receu à luy faire courir fortune. Car
quand vous auriez souffert toutes les indignitez du monde de vostre Preteur, encor vous seroit-il beaucoup plus glorieux de les auoir patiemment endurées, que de vous mettre en deuoir d'en rechercher la vangean-
ce. Maintenant doncques qu'il n'y a rien de plus irreprehensible en sa vie
que ce que vous contez pour iniure, Messieurs iugeront-ils que ceste cause, qu'ils n'approuueroient pas en la personne d'vn autre, soit iuste & legitime en la vostre, pour violer vne si estroitte conionction ? Car prenons
qu'il vous ayt extremement offensé, vous ne le pouuez accuser sans blasme ; & si vous n'en auez point receu d'outrage, vous ne le pouuez poursuiure sans vne apparente méchanceté : & partant puisque nous ne sommes pas d'accord de l'iniure, qui pensez-vous qui n'ayme mieux que vous
sortiez sans blasme de ce iugement qu'auec crime & infamie ? Et voyez en
cét endroict, combien il y a loing de vostre opinion à la mienne ; me
cedant en tous les autres poincts vous pensez le deuoir emporter par ce
seul pretexte que vous auez esté son Questeur ; & moy quand vous me
surmonteriez en toutes autres choses, i'estimerois que pour ceste seule consideration vous en deuriez estre exclus. Car nous auons apris de nos ancestres, que le Preteur tient lieu de pere à son Questeur, qu'il n'y a point de
plus iuste, ny plus inuiolable affinité que la conionction des offices, des
Estats & dignitez, que la societé des charges & administrations publiques,
& par ainsi, quand vous le pourriez poursuiure iustement, vous ayant tenu
lieu de pere, vous ne le sçauriez faire sainctement. Maintenant doncques
que vous n'en auez point esté outragé, & que neantmoins vous le voulez
mettre en cét accessoire ; vous ne pouuez nier que la guerre que vous luy
declarez ne soit pleine d'iniustice & d'impieté tout ensemble. Car en fin

Q Q q

l'aduantage que vous apporte l'administration de ceste Questure, est qu'il
fut que vous cherchiez quelque pretexte commis; vous qui estiez son
thresorier auez bien le cœur de l'accuser, & non pas qu'en ceste consideration vous pretendiez de deuoir estre preferé aux autres. Et de faict il ne
s'est iamais presenté different sur l'élection des accusateurs en cause semblable, que ceux qui auoient esté Questeurs, n'en ayent esté deboutez. Au
moyen dequoy ny L. Philo n'eust permission de poursuiure C. Seruilius
en iugement, ny M. Aurelius Scaurus, L. Flaccus, ny Pompée, Talbucius,
dont neantmoins vn seul n'a esté exclus par incapacité, mais de peur que la
licence de violer la coniondtion des charges & des dignitez, ne fust confirmée par l'authorité des Iuges: Et si Pompée procedoit auec Iules en la
mesme qualité que vous faittes; Car il s'estoit veu Questeur d'Albutius,
comme vous de Verres. Iules auoit cét aduantage, que comme nous sommes entrez en ceste accusation à la requeste des Siciliens, ainsi en auoit-il
esté prié par ceux de Sardaigne. Ceste consideration a tousiours eu beaucoup de lieu, ceste cause d'accuser a tousiours esté trouuée tres-legitime,
de se precipiter aux inimitiez & aux mal-veillances pour nos confederez,
pour le salut des Prouinces, pour la commodité des nations estrangeres,
de se ietter au hazards, d'employer sa peine, son estude, son labeur. Car si
l'on excuse ceux qui poursuiuent leurs iniures particulieres, en quoy ils
seruent à leur passion, & non pas à l'vtilité de la Republique, combien est
ceste accusation plus honorable, qui ne merite pas seulement excuse, mais
faueur & applaudissement? d'estre touché des iniures & de la douleur de
nos confederez, & des amis du peuple Romain, n'ayant reçeu aucun déplaisir. n'agueres, comme L. Philo, homme de beaucoup de valeur & de
vie tres-irreprehensible demandoit la commission d'accuser P. Gabinius,
& que Q. Cecilius la disputoit contre luy, alleguant qu'il poursuiuoit de
vieilles inimitiez qui estoient entr'eux, outre-ce que l'authorité & la dignité de Pison, luy donnoit vn grand aduantage, encores ceste consideration fut trouuée tres-legitime que les Acheens l'auoient opté pour
accusateur. Car la loy des redditions de conte ayant esté instituée en faueur des amis & alliez du peuple Romain, c'est vne trop grande iniustice
de ne preferer pas celuy que les confederez ont choisi entre tous pour agir
en leur nom, & poursuiure ce qui leur appartient. Ce qui est le plus seant
& le plus honneste à raconter n'est-il pas aussi le plus iuste & le plus equitable pour persuader? Lequel est donc le plus honneste, lequel est le plus
seant à dire? I'ay accusé celuy duquel i'auois esté Questeur, auec qui le
sort, auec qui la coustume de nos ancestres, auec qui le iugement des
Dieux & des hommes m'auoit conjoint: ou bien ie suis entré en ceste accusation à la requeste de nos alliez & confederez, i'ay esté choisi des habitants de toute la Prouince pour defendre leurs droiéts & leurs fortunes.
Dira-t'on qu'il ne soit pas plus honnorable d'accuser en faueur de ceux
parmy lesquels vous auez esté Questeur, que d'accuser celuy mesme duquel vous l'auez esté? Les plus excellents hommes de nostre Republique,

au temps qu'elle estoit en sa plus grand splendeur, faisoient gloire & trophée de prendre la defense de ceux qui auoient esté leurs hostes, de leurs
cliens, des nations estrangeres, liées & coniointes d'amitié auec le peuple Romain, déloigner les iniures de leur chef, & se declarer protecteurs
& conseruateurs de leurs fortunes. On raconte que ce grand Caton, surnommé le sage, homme dont la memoire est tant recommandée &
& pour ses mœurs, & pour sa prudence, prist vne infinité de gens à partie, à cause des Espagnols en la Prouince desquels il auoit esté Proconsul:
& de nostre temps encores il nous peut assez souuenir comme Domitius
intenta action contre Silanus pour l'iniure qui auoit esté faicte à vn nommé Egnitomarus, ancien hoste & amy de son pere. Car il n'y a rien qui
estonne plus ces méchantes ames que de voir ceste coustume de nos maieurs, restituée & remises sus apres vn si grand espace de temps, que de
voir les plaintes & les doleances de nos alliez, entre les mains d'vn homme vigilant, & receuës, & embrassées par celuy dont la fidelité & diligence semble pouuoir restaurer leur fortune. C'est ce que ces gens redoutent, c'est dequoy ils sont en peine, c'est ce qu'ils souffrent impatiemment estre introduit, ou estant introduit, le voir confirmé & renouuellé. Ils cognoissent bien que ceste coustume commence à prendre pied, & s'enraciner en la Republique. Les loix & la iustice ne seront
plus traictées par de ieunes gens sans experience, ou par ceste espece de
denonciateurs, qui ont le quart aux accusations, mais par des personnes
d'honneur & d'authorité, de laquelle coustume & institution nos peres
& nos ayeuls faisoient gloire. Quand P. Lentulus, celuy qui fut chef
du Senat, accusoit M. Aquilius ayant pour adioint, C. Rutilius Rufus,
ou quand P. l'Africain, homme florissant en merite, en fortune, & en
belles actions, apres auoir esté deux fois Consul & Censeur, poursuiuoit
L. Cotta en iugement; Alors à bon droict, le nom & la reputation du
peuple Romain resonnoit en toutes les nations de la terre, à bon droict
l'authorité de cét Estat, & la Majesté de ceste Republique estoit estimée
& reuerée; personne ne trouuoit estrange en ce grand Africain, ce qu'ils
font semblant de trouuer estrange en moy, qui suis homme de peu de
peu de moyen & de fortune, en estant en effect picquez & irritez: que
veut faire cestui cy? se rendre accusateur, luy qui auoit accoustumé de
prendre la defense des autres principalement en cét aage, & encores aspirant à l'office d'Edil? Or quant à moy i'estime qu'il est fort seant non
seulement à l'aage que i'ay attaint, mais encores à vn beaucoup plus auancé, & au plus digne rang d'honneur & d'authorité qu'on puisse tenir en sa
Republique, d'accuser les meschancetez, & deffendre ceux qui sont foulez & oppressez. Et certes, où c'est le seul remede qu'on peut appliquer
aux playes & vlceres de cest Estat, enuieillies & quasi desesperées & incurables, & aux corruptions de la iustice, gastée & alterée par l'infamie &
lascheté d'vn petit nombre de personnes, d'employer les plus gens de
bien, les plus seueres, les plus diligens pour defendre les loix & l'au-

QQq ij

thorité de la Iustice : ou si cét appareil n'est salutaire, il ne faut plus esperer de remede à tant de maux & d'inconuenients dont nous sommes oppressez. Il n'y a point de plus souueraine recepte en vne Republique corrompuë & deprauée, que d'essayer que ceux qui accusent soient autant en peine de leur gloire, de leur honneur & de leur reputation, que celuy qui est accusé l'est de sa vie & de la consommation de sa fortune. Et de fait ceux qui se sont proposez de monter sur ceste Tribune, comme sur vn Theatre où ils doiuent exposer leur gloire & leur reputation au iugement de tout le monde, ont tousiours esté fort exacts & fort consideriez en leurs accusations. A ces causes, Messieurs, vous vous deuez promettre que Q. Cecilius, qui n'a iamais eu de reputation, & dont on n'attendra aucune chose en ce iugement, qui ne trauaille ny pour conseruer la gloire qu'il s'est déja acquise, ny pour confirmer l'esperance du temps à venir, ne sera pas trop seuere, ne sera pas trop exact, ne sera pas trop diligent en ceste recherche. Car il n'a point d'honneur à perdre en s'en acquittant indignement : & ores qu'il sorte de ceste cause auec beaucoup de honte & d'infamie, il ne trouuera rien à dire de ses premiers & anciens ornements. Quant à nous, le peuple Romain a plusieurs hostages de nostre part, pour lesquels afin que nous les puissions asseurer, afin que nous les puissions conseruer, afin que nous les puissions recouurer, il faudra combattre & trauailler à bon escient. Il a la gloire à quoy nous aspirons, il a l'esperance qui nous est proposée, il a la reputation que nous nous sommes acquise par tant de sueurs de trauaux & de veilles. Que si en ceste cause nous nous acquittons de nostre deuoir, & rendons preuue de nostre diligence à la Republique, nous les pouuons retirer du peuple Romain sains & sauues. Si nous faillons & nous oublions le moins du monde, nous perdons en vne heure ce qui a esté acquis & amassé durant vn si long espace de temps. Par ainsi, Messieurs, c'est à vous de declarer lequel vous estimez pouuoir mieux soustenir le faix & la pesanteur de ceste cause par sa fidelité, par sa diligence, par son industrie, par son authorité. Pour mon particulier si vous donnez l'auantage à Q. Cecilius, ie ne penseray pas auoir esté surmonté de merite & de suffisance. Seulement regardez qu'en ce faisant le peuple Romain croye que vous n'ayez point pris de plaisir, & que toute vostre compagnie ne se delecte point en vne si saincte, si exacte, & si diligente accusation.

EPISTRE DE CICERON
à Quintus son frere.

ENCORES que ie ne doute point que ceste lettre n'ayt esté deuancée par vne infinité de messagers, & par la renommée mesme; & que vous n'ayez peu apprendre d'assez d'autres personnes comme l'on a adiousté vne troisiéme année de prolongement à vostre commission; si est-ce que i'ay pensé qu'il y alloit de mon deuoir de vous écrire moy-mesme ces mauuaises nouuelles. Car par mes lettres precedentes alors que tous les autres estoient hors d'esperance, ie ne laissois pas de vous promettre que vous seriez bientost r'appellé, tant afin de vous entretenir plus longuement d'vne persuasion qui vous estoit agreable, que pour ce que les Preteurs y apportoient vne telle affection & nous pareillement, que ie ne desesperois point que la chose ne deust reüssir. Car le mal-heur ayant voulu que ny les Preteurs auec toute leur authorité, ny nous auec toutes nos poursuittes, n'en soyons peu venir à bout; sans mentir il est bien difficile de ne s'en affliger point: mais toutesfois, si ne faut-il pas que nos esprits qui sont accoustumez à gouuerner & supporter de grandes fortunes, se laissent vaincre & surmonter par la douleur. Et dautant que nous ressentons auecques plus de déplaisir les accidents qui arriuent par nostre faute, ce mal-heur me doit toucher plus particulierement, comme estant prouenu de ma seule indiscretion; à laquelle vous auiez bien voulu obuier dés le commencement, en faisant instance quand vous partistes, & depuis par les lettres que vous nous auiez enuoyées, que la premiere année de vostre charge estant expirée, vous n'y fussiez plus continué. Chose à laquelle cependant que ie pensois à la conseruation des habitans, cependant que ie m'opposois à l'impudence de ie ne sçay quels negotiateurs, & desirois de faire reluire nostre gloire par la splendeur de vos actions, i'ay donné vn fort mauuais ordre, & principalement ne considerant pas que ceste seconde année en pourroit encores tirer vne troisiéme apres elle: Laquelle offense puis que ie recognois qu'elle est mienne, c'est à vostre prudence, & à vostre bon naturel, de faire que ce que i'ay ruiné par mon inconsideration, soit reparé par vostre diligence & industrie. Que si vous voulez vous donner entierement à la reputation, & ne penser plus à combattre de gloire auec les autres, mais auec vous mesme: Si vous voulez employer tout vostre soin, vostre passion & vostre estude, & reueiller ce beau desir de loüange que l'on a tousiours remarqué en vos deportements, Croyez-moy, mon frere, que le trauail d'vne seule année dauantage nous apportera le contentement, & à nostre posterité le nom & la gloire, de beaucoup de siecles. Ainsi donc la premiere requeste que ie vous fais, c'est que vous ne r'abaissiez point vostre courage, & que vous ne vous laissiez point enuelopper & surprendre par la multitude des occupations, comme par l'impetuosité d'vne vague, mais que vous resistiez & vous opposiez, & mesme que vous alliez au deuant des affaires. Car vous n'auez pas rencontré vne administration où la fortune ayt beaucoup de commandement; mais où la prudence & la diligence peuuent toutes choses. Que si c'estoit en quelque expedition de guerre que ie visse que vostre charge vous fust continuée, ie n'aurois aucun repos en mon esprit; pource que ie considererois qu'au mesme temps l'empire de la fortune seroit prolongé sur nous. Mais on vous a donné vne commission en laquelle elle n'a, ou nullement, ou fort peu de part, & qui dépend entierement de vostre discretion & de vostre conduitte. Nous n'auons aucune surprise d'ennemis à craindre, aucune aduenture de guerre, aucune infidelité d'associez, aucune faute d'argent ny de prouisions, aucune reuolte & mescontentement d'armees, qui sont toutes choses que l'on a veu arriuer aux personnes du monde les plus preuoyantes. De sorte que comme les meilleurs Maistres ne peuuent pas vaincre la force de la tempeste, ainsi n'ont-ils peu resister aux assauts de la fortune : vous auez rencontré vne extréme paix, vne extréme tranquillité : mais de telle façon toutefois, qu'elle est suffisante pour faire perdre vn Pilote qui s'endormira en sa charge, & pour faire passer le temps & donner de l'exercice à vn qui s'y voudra rendre vigilant. Car ceste Prouince est composée premierement d'vne espece d'habitans, qui entre tous les hommes du monde sont les plus pleins de courtoisie & d'humanité, & puis de Citoyens Romains, lesquels ou pour ce qu'ils tiennent les fermes publiques pensent que leurs affaires sont coniointes auec les nostres; ou pour ce qu'ils prattiquent le commerce si heureusement, qu'ils ont tout plein de moyens & de commoditez; ils estiment que par la faueur de nostre Consulat, leurs fortunes sont mieux asseurées & establies. Mais il y a, direz-vous, beaucoup de dissentions entr'eux, beaucoup de poincts à d'émesler, & beaucoup de difficultez à resoudre : comme si i'estimois que vous fussiez inutile en vostre gouuernement. Ie sçay bien que c'est vne charge d'importance, & qui a besoin d'vn tres-grand iugement. Mais souuenez-vous que ie dis que c'est vne charge qui dépend plus du iugement que de la fortune. Car quelle peine y a il de contenir en leur deuoir ceux à qui vous commandez, si vous sçauez vous y contenir vous-mesme? Et c'est chose que ie veux qui soit difficile aux autres, comme sans mentir elle est tres-difficile : mais à vous, elle vous a tousiours esté fort aisée; & n'estoit pas possible qu'elle fust autrement, estant vostre naturel si bien disposé, que sans aucune habitude il pouuoit estre moderé de luy-mesme; & la diligence que vous y auez employée, telle qu'elle estoit suffisante pour corriger le naturel du monde le plus incorrigible. Ie vous laisse à penser quand vous sçaurez refrener vos desirs & vos passions comme vous faictes, s'il y aura fort à craindre que vous ne puissiez pas reprimer celles de quelque negotiateur

qui n'ira pas rondement en ſes affaires, ou de quelque fermier qui ſera vn
peu trop affectionné à ſon profit. Car les Grecs quand ils vous verront
viure de ceſte façon, vous auront en reuerence comme quelque homme
qui aura eſté dés-enſeuely de la memoire des annalles, ou qui aura eſté enuoyé du Ciel en ceſte Prouince, vous honorant auec vne merueilleuſe admiration. Leſquelles choſes ie vous eſcrits non pas en intention de vous
exciter à les faire, mais afin que vous vous rejoüiſſiez de les auoir faictes.
Car c'eſt vne belle choſe, & bien remarquable d'auoir eſté trois ans en
Aſie auec vne authorité ſouueraine, & y auoir veſcu de telle ſorte que nulle
ſtatuë, nul tableau, nul vaſe, nul ornement, nul eſclaue, nul eſpece de
beauté, nulle corruption d'argent & de preſents, deſquels ceſte Prouince
eſt infiniment abondante, ne vous ayent peu diuertir de voſtre preu-
d'hommie & de voſtre integrité. Et quelle autre felicité plus grande peut-
on deſirer que de voir que ceſte continence, ceſte temperâce, & ceſte mo-
deration d'eſprit n'eſt point enſeuelie & cachée parmy les tenebres, mais eſt
expoſée en la lumiere de l'Aſie, aux yeux de la Prouince du monde la plus
éclairée, aux oreilles de tous les peuples & de toutes les nations de la terre?
Que les habitans ne ſont point épouuentez de vos viſitations, qu'ils ne
ſont point conſumez par vos dépenſes; qu'ils ne ſont point eſtonnez des
nouuelles de voſtre aduenement; que par tout où vous arriuez la ioye eſt
publique & priuée, s'aſſeurant les villes de receuoir vn Conſeruateur &
non pas vn Tyran; & les maiſons de loger vn hoſte & non pas vn ennemy. Or en toutes ces choſes l'vſage & la prattique vous doit auoir aſſez
perſuadé qu'il ne ſuffit pas que vous ſoyez accomply de tant de perfections, mais qu'il faut auoir l'œil en l'adminiſtration de ceſte Prouince, à
ce que vous répondiez à nos alliez & à nos concitoyens en la republique,
non ſeulement de vos actions en particulier, mais meſme des hommes
qui ſont aupres de vous. Combien que ceux qui ont eſté deleguez pour
vous accompagner, ſoient perſonnes qui peuuent auoir égard d'eux meſmes, à la reputation; deſquels le plus aduancé en aage & en dignité c'eſt
Tuberon: lequel auſſi i'eſtime puis qu'il s'eſt mis à écrire vne hiſtoire, qu'il
a beau moyen de choiſir des hommes d'entre les exemples de l'antiquité
deſquels il puiſſe & veüille imiter les deportements. Et quant à Halienus
il eſt entierement noſtre, non ſeulement pour l'affection & bien-veillance qu'il nous porte, mais auſſi pour le regard de ſes actions & de ſa façon
de viure. Car que diray-ie de Gratidius, lequel eſt ſi ſoigneux de ſa reputation, que pour l'amitié fraternelle qu'il nous a voüée, ie ſçay certainement
qu'il a ſoin de la noſtre. Quant à celuy qui vous ſert de Threſorier, vous
l'auez tel, non pas que voſtre élection, mais que la fortune vous la donné;
il faut que de luy-meſme il ſoit moderé, & qu'il obeiſſe à vos reglements
& à vos commandements. De toutes leſquelles perſonnes s'il y en auoit
quelqu'vne qui euſt l'ame plus baſſe qu'il ne ſeroit à deſirer, vous en endu-
reriez en tant que ce ſeroit ſeulement pour mépriſer ce qui eſt de ſon deuoir particulier, & non pas pour abuſer de l'authorité que vous luy auriez

QQq   iiij

commife , & pour la deftourner à fon profit. Car ie ne fuis point d'aduis, principalement eftant le fiecle fi incliné à la facilité & à la licence de faire toutes chofes, que vous examiniez particulierement leurs deportements, & vous rendiez controlleur de toutes leurs maluerfations : Mais qu'autant que vous aurez cogneu de preud'hommie en chacun, autant vous luy donniez de puiffance & d'authorité. Quant à ceux-la doncques que la Republique a deputé pour vous accompagner & affifter au maniment des affaires d'Eftat, vous rendiez conte de leurs deportements feulement aux conditions que i'ay touchées & fpecifiées. Mais quant à ceux que vous auez choifis pour vous feruir ordinairement & eftre de vos domeftiques, ou aux Archers que vous auez pris pour conferuer la fplendeur de voftre authorité, qui font comme la garde du Preteur, non feulement il faut que nous répondions de toutes leurs actions, mais auffi de toutes leurs paroles. Il eft vray que ceux que vous auez auec vous font tels que vous les pouuez aifément aduancer s'ils fe gouuernent comme il appartient, & encores plus aifément corriger fi vous voyez qu'ils n'ayent pas voftre honneur en recommandation. Lefquels , eftant venu nouuellement en cefte charge, il ne faut pas trouuer eftrange que voftre bon naturel n'en ayt peu eftre furpris & circonuenu. Car d'autant plus qu'vn homme a de preud'hommie & d'integrité, d'autant moins entre-t'il en foupçon que les autres ne luy foient pas femblables : & partant il faut effayer que cefte troifiéme année ayt la mefme integrité que les deux precedentes : Mais encores foit plus accompagnée d'egard & de confideration, que vos oreilles foient tenuës en reputation d'ouïr veritablement ce qu'elles oyent, & non pas d'eftre expofées aux impoftures & flatteries de ceux qui veulent faire leur profit aupres de vous : Et que voftre cachet ne vous ferue pas comme d'vn meuble & d'vn anneau, mais comme d'vn autre vous-mefme; & qu'il ne foit pas inftrument de la volonté d'autruy, mais témoin de la voftre. Que vos Huiffiers demeurent dans les limites que nos predeceffeurs leur auoient ordonnée, qui ne faifoient pas eftat de cét office comme d'vne recompenfe, mais comme d'vne charge & d'vn labeur. Lequel auffi ils n'impofoient pas indifferemment à tout le monde, mais feulement à leurs affranchis, à l'endroict defquels ils retenoient prefque la mefme authorité qu'enuers leurs ferfs & leurs efclaues. Que vos Archers foient miniftres de voftre clemence, non pas de la leur, & que leurs halebardes foient pluftoft des marques de dignité que d'authorité. Et en fin que toute la Prouince cognoiffe que le falut de ceux qui font en voftre gouuernement, leurs enfans, leurs honneurs & leurs fortunes vous font extrémément recommandées. Que cefte opinion foit imprimée en l'efprit de tout le monde, que non feulement vous foyez ennemy declaré de ceux des voftres qui fe feront laiffez aller aux prefents, fi cela vient à voftre cognoiffance, mais mefme de ceux qui les auront follicitez. Car perfonne ne fe mettra en effect d'vfer de corruption quand on aura efprouué que ceux qui feignent d'auoir beaucoup de part en voftre amitié, n'en pourront obtenir aucune

chose mal à propos: non pas toutefois que mon intention soit de vous
rendre trop seuere & defiant à l'endroict de ceux qui sont aupres de vous.
Car s'il y en a quelqu'vn qui par l'espace de deux ans ne vous ayt donné
aucune occasion de le soupçonner d'auarice, comme i'apprends que Cas-
sius Cherippus & Labeon ne l'ont pas fait, & que pour les auoir cogneus,
ie me le persuade facilement, il n'y a rien qu'on ne leur puisse fier, & à ceux
qui leur ressemblent: mais aussi s'il y a quelqu'vn qui vous ayt manqué,&
auquel vous ayez apperceu quelque maluersation, ne vous y fiez en façon
du monde, ne luy commettez aucune partie de vostre reputation: &
quant aux habitans naturels, si vous en auez admis quelques-vns fort particulierement en vostre amitié, lesquels nous ayent esté incogneus auparauant; aduisez bien quelle asseurance vous y deuez auoir. Non pas qu'on
ne puisse trouuer beaucoup de gens de bien en vostre gouuernement,
mais c'est chose qu'il est permis d'esperer, & dont il est dangereux de s'asseurer. Car le naturel des hommes de ceste Prouince est enueloppé de
beaucoup de voiles d'hypocrisie & de dissimulation; leur façon, leurs yeux,
& leur contenance, sont accoustumez à mentir souuent, & leurs paroles
encores plus souuent. Ainsi doncques comment sera-t'il possible entre
des personnes possedeez de tant d'auarice, que vous en puissiez trouuer qui
soient exemptes de ces imperfections dont nous ne pouuons pas nous-
mesmes estre exempts? Et que vous qui estes estranger, ils vous aiment à
bon escient, & non pas pluftost feignant de vous aimer pour leur commodité? Quant à moy il me semble que c'est vn grand miracle, & principalement veu que ces mesmes hommes n'affectionnent quasi iamais les
personnes particulieres, & aiment presque ordinairement ceux qui sont
leurs Preteurs. Entre lesquels toutefois si vous en auez recouuert quelqu'vn
comme il se peut faire, qui soit plus amateur de vous que du temps & de la
fortune, vous le pourrez receuoir librement en vostre conuersation. Mais
si vous apperceuez le contraire, il n'y aura gens du monde aufquels vous
deuiez donner moins d'accez au pres de vous: dautant qu'ils sçauent le
chemin de la corruption, & mesurent toutes choses par l'vtilité, & se soucient fort peu de ne violer point la reputation de ceux auec qui ils n'ont
pas à viure perpetuellement. Et entre les Grecs mesme il y a beaucoup de
frequentations desquelles il nous faut donner de garde, si ce ne sont fort
peu de gens qui se ressentent encores de l'ancienne Grece, tant ils sont
pour la plus-part infidelles & corrompus, & par vne longue seruitude
duicts & accoustumez à vne excessiue flatterie. Tous lesquels ensemble ie
suis bien d'aduis que vous caressiez honnestement,& que vous en appelliez
les plus gens de bien en vostre compagnie & en vostre amitié. Mais leurs
trop grandes priuautez ne sont pas choses où il se faille fier plus que de raison. Car ils n'osent pas s'opposer à nos volontez, & portent enuie non seulement aux hommes de nostre nation, mais à ceux de la leur mesme. Si
donc à l'endroict de ces personnes enuers lesquelles ie crains que ie ne sois
trop seuere, i'ay tant d'égard & de consideration, quelle estimez-vous que

ie doiue estre à l'endroict des seruiteurs sur lesquels il faut bien que nous
ayons l'œil en tous lieux, mais principalement en nos gouuernements.
Quant à ce poinct donc, nous y pouuons faire beaucoup d'obseruations,
mais la plus succinte & celle qui se peut plus facilement retenir, c'est qu'ils
ayent à se comporter auec la mesme modestie en toutes les visitations que
vous ferez en Asie, que si vous marchiez par le chemin d'Apius : & qu'ils
pensent qu'il n'y a point de difference, soit qu'ils arriuent à Tralles où à
Formie. Que s'il y a quelqu'vn d'eux, dont la fidelité soit remarquable,
que ce soit en vos affaires priuées & domestiques. Mais quant à celles qui
concernent vostre authorité, & qui regardent l'Estat de la Republique,
qu'ils n'en approchent ny prés ny loing. Car il y a beaucoup de choses que
l'on peut commettre seurement à des seruiteurs fideles, lesquelles toutefois il se faut bien donner garde de leur mettre entre leurs mains, pour éuiter la médisance & la calomnie. Or ie ne sçay comment mon discours est
venu sur les enseignements & sur les conseils, veu que ce n'estoit pas mon
intention au commencement. Car quelle instruction pourrois-je donner
à celuy qui ne me peut estre inferieur en prudence, & principalement pour
le regard de ces choses, & me doit estre beaucoup superieur en vsage & en
experience. Mais c'est que ie me suis persuadé que si aux actions que vous
faictes de vous-mesme, j'adioustois encores mon approbation, elles vous
seroient beaucoup plus aggreables.   Pourtant que les fondements de
vostre gloire soient premierement vostre integrité & vostre preud'hommie, puis la modestie de ceux qui sont auec vous, le choix & la discretion
dont vous vserez en la frequentation des hommes de vostre gouverne-
ment & des Grecs qui y sont habituez, le reglement & la discipline de
vostre famille : lesquelles choses si elles sont loüables & glorieuses en nos
maisons priuées, & en nos affaires domestiques, il faut bien tenir certainement qu'en vne si grande dignité parmy des mœurs si deprauées, & en
vne Prouince si plaine de corruptions elles sembleront diuines & admirables. Et ceste façon de viure pourra compatir fort aysément auec la seuerité dont vous auez vsé en tout plein de choses : A raison dequoy nous
auons encouru certaines inimitiez ausquelles ie n'ay pas beaucoup de regret, si ce n'est peut estre que vous pensiez que les mescontentements
d'vn ie ne sçay quel Paconius, homme qui seulement n'est pas Grec de nation, mais Mysien ou plustost Phrygien, ayent assez de poids pour m'é-
mouuoir, ou bien les complaintes d'vn Tuscenius, homme insensé &
mecanique, des tres-impures mains duquel vous auez arraché auec toute
forte d'equité, vne tres-infame & tres-condamnable auarice. Ces choses
doncques & autres semblables pleines de seuerité que vous auez prati-
quées en vostre gouuernement, on ne les pourroit pas supporter facilement si elles n'estoient accompagnées d'vne merueilleuse integrité. Ainsi
doncque la seuerité soit extrême en l'administration de la iustice, pourueu
qu'elle ne se puisse fléchir pour faueur, mais qu'elle demeure toushours en
vn estat. Et encores c'est peu de chose que vous exerciez la iustice soigneu-

sement & equitablement, si ceux sur lesquels vous vous déchargez d'vne
partie de ce labeur, n'y apportent la mesme intention. Car pour vous dire
la verité ie ne trouue pas que la diuersité des affaires qui concernent le
gouuernement de l'Asie soit fort grande. D'autant qu'il me semble qu'elle
est toute comprise en la distribution de la iustice, en laquelle la science de
bien gouuerner les Prouinces consiste principalement. Ainsi donc, il y
faut apporter vne fermeté & vne constance qui resiste non seulement à la
faueur, mais mesme au soupçon & à la defiance de la faueur, Et y adiouster
vne facilité à donner audience, vne douceur à prononcer les arrests, & vne
diligence à contenter les parties & à examiner l'equité de leurs causes. Ceste
consideration n'agueres, à rendu Cneus Octauius fort agreable au peuple
Romain, en la presence duquel les Sergents n'exerçoient point leur estat,
& les Huissiers n'appelloient point les causes, mais chacun parloit à l'heure
qu'il vouloit, & autant de temps comme il vouloit. A raison dequoy peut
estre on l'eust estimé trop facile, si ceste grande douceur n'eust serui de
faire approuuer la seuerité dont il vsoit en d'autres choses. Ceux qui
estoient de la faction de Sylla, estoient contraincts de rendre ce qu'ils
auoient arraché par crainte & par violence. Ceux qui auoient maluersé en
leurs Magistrats, estoient contraincts d'obeïr à la rigueur des loix en qualité de personnes priuées. Ceste seuerité eust esté estimée insupportable si
elle n'eust esté temperée par beaucoup d'actes de douceur & d'humanité.
Que si ceste facilité a esté agreable à Rome, là où l'insolence est si grande,
la liberté si demesurée, & la licence des hommes si effrenée, là où il y a
tant de Magistrats, tant de refuges, vne telle puissance, vne telle authorité
du Senat : combien doit estre agreable l'humanité d'vn Preteur en Asie,
là où vne si grande multitude de Citoyens Romains, vne si grande quantité de confederez, tant de Villes, tant de Citez, iettent les yeux sur vne
seule personne? là où il n'y a nul refuge, nul lieu de complainte, nul Senat, nulle assemblée du peuple Romain? Et partant il faut bien que ce soit
vn effect d'vn homme heureusement composé, & duquel non seulement
la nature soit merueilleusement moderée d'elle-mesme, mais aussi accomplie & parfaitte par l'estude, & par l'ornement des bonnes lettres, que de se
gouuerner d'vne telle façon, en vne si grande puissance que l'on n'oye
point souhaitter d'autre puissance à ceux qui sont sous authorité. Cét admirable Cyrus qui est d'écrit par Xenophon, non pour répondre à la verité de l'histoire, mais pour representer la perfection d'vn Empire legitime,
auquel l'extréme seuerité est coniointe par l'industrie de ce Philosophe
auec vne extreme humanité : liure à la verité que nostre grand Africain
n'auoit pas tort de tenir tousiours entre les mains, Car rien ny est oublié
de ce qui concerne le deuoir d'vn Prince diligent & moderé. Si donc il a
obserué toutes ces choses de poinct en poinct, luy qui ne deuoit iamais
estre personne priuée, combien doiuent estre plus soigneux de les obseruer, ceux ausquels les empires sont donnez à condition de s'en demet-
tre, & de s'en dépoüiller? Et leurs sont deferez par les mesmes Loix sous

l'authorité defquelles ils doiuent retourner puis apres. Il me femble donc
que toutes les confiderations de ceux qui commandent aux autres fe doiuent reduire à ce feul poinct ; C'eft de mettre peine que ceux qui viuent
fous leur obeïffance, foient les plus heureux qu'il leur fera poffible. Chofe
que le bruit commun, & le rapport de tout le monde témoigne affez
vous eftre extrememét recommandée, & vous l'auoir efté dés le commencement, & dés voftre aduenement en l'Afie. C'eft doncques le deuoir de
celuy qui a quelque fuperintendance, non feulement fur fes concitoyens,
& fur fes confederez, mais mefme fur des ferfs & des efclaues,& fur des animaux irraifonnables, d'auoir foin du bien & de la conferuation de ceux
qui viuent fous fon authorité. Auquel effect ie voy que tous s'accordent
vnaniment à raconter que vous auez apporté vne merueilleufe diligence,
que l'on ne leue point de nouuelles exactions, ny de nouueaux tributs fur
les villes. Et quant aux anciens qui eftoient grands & difficiles à fupporter,
il y en a vne infinité d'affranchies. Que plufieurs places qui eftoient
démolies, & qui s'en alloient prefque defertes, entre autres vne fort celebre
en Ionie & l'autre en Carie, Samos & Halicarnaffus, ont efté rebafties &
repeuplées par voftre faueur ; Qu'il n'y a plus de feditions dans les villes,
plus de partialitez : Que vous donnez ordre que les Citez foient gouuer-
nées par le confeil des plus gens de bien, & des plus apparents : Que les voleries & briganderies qui fe commettoient en la Myfie ont ceffé : Que les
meurtres ont efté intermis en vne infinité d'endroits : Que la paix eft eftablie par toutes les Prouinces, & que non feulement les violences qui fe
faifoient aux bourgades & aux lieux facrez ont efté efteintes & affoupies,
& que l'on n'en oït plus parler maintenant : Que vous auez efté ce cruel
organe de l'auarice des Preteurs, qui eft la calomnie, & l'auez éloigné de
l'honneur de la fortune & du repos des hommes opulents : Que les dépen-
fes & les leuées qui fe font fur les Citez, font fupportées fort patiemment
de tous ceux qui habitent dans leurs fins & dans leurs limites : Que l'entrée
pour traicter auec vous eft facile à tout le monde : Que vos aureilles font
ouuertes aux plaintes d'vn chacun : Qu'il n'y a ny pauureté, ny défaueur
qui priue ceux qui ont affaire à vous, non feulement de cét accez populaire, mais mefme qui face qu'on leur refufe la porte de voftre maifon ; &
que voftre chambre leur foit fermée ; & en fomme qu'il n'y a rien de ty-
rannique en voftre gouuernement, rien d'intolerable ; mais que toutes
chofes y font pleines de clemence, de douceur, & d'humanité. Et quelle
obligation à voftre aduis penfez-vous que l'on vous ayt de ce que vous
auez defchargé l'Afie de ce fafcheux & infupportable tribut des Ediles,
encores que nous en ayons acquis beaucoup de malueillance ? Car en fin
fi vn homme de qualité s'eft plaint publiquement, que l'edict que vous
auiez mis en auant, que l'on ne leuaft plus d'argent pour la celebration
des jeux, luy faifoit tort de deux cents fexterces ; à quelle fomme penfez-
vous que cefte exaction fe fuft montée s'il en euft fallu leuer au nom de
tous ceux qui euffent celebré des jeux à Rome ? Combien que finalement
nous

nous auons appaifé tous ces mefcontentements par vne façon laquelle
ie ne fçay pas comme elle eft loüée en Afie, mais à Rome on luy ap-
plaudift auec beaucoup d'admiration, c'eft qu'eftant arriué que les Villes auoient deftiné certaine fomme d'argent pour l'ornement de noftre
temple & de nos monuments, & nous euffent fait cét honneur de leur
propre mouuement en confideration de mes feruices & de l'obligation
qu'ils vous auoient, & que la loy portaft expreffément qu'il eftoit permis de receuoir des prefents pour les temples & pour les monuments,
& que ceux qui nous eftoient offerts ce n'eftoit pas pour les conuertir à
vn vfage periffable, mais pour les employer à l'ornement & à la deco-
ration du temple ; de forte qu'il ne fembloit pas que cela nous fuft pluftoft confacré qu'à tout le peuple Romain ; toutefois cefte recognoiffance en laquelle il y auoit du merite & de la confideration, en laquelle
la loy eftoit formelle & expreffe, & en laquelle la volonté de ceux qui
la decernoient eftoit toute apparente, i'ay penfé qu'il ne la falloit pas
accepter, tant pour beaucoup d'autres raifons, que pour ce que fi nous
refufions ceft honneur, nous qui l'auions merité, ceux-la porteroient
beaucoup plus patiemment d'en eftre priuez, aufquels il n'eftoit ny
deu, ny permis. A cefte occafion donc employez toute voftre peine
& voftre eftude pour continuer la mefme façon dont vous auez vfé
iufques à prefent. C'eft afçauoir que vous aymiez ceux que le Senat & le
peuple Romain a commis à voftre foy & à voftre authorité : & que
vous foyez foigneux de leur falut, & faciez qu'ils foient les plus heureux
qu'il vous fera poffible. Que fi la fortune vous auoit eftably pour commander aux Africains, aux Efpagnols, & aux Gaulois, qui font des nations cruelles & barbares, encores feroit-ce chofe appartenante à voftre
humanité, que d'auoir leur bien & leur falut en recommandation.
Puifque ainfi eft doncques que nous commandons à vne efpece
d'hommes non feulement en laquelle confifte, mais mefme de laquelle
eft paffée & paruenuë aux autres nations la courtoifie & l'humanité,
fans mentir il eft bien raifonnable que nous la rendions particulierement à ceux de qui nous l'auons apprife. Car ie n'auray point de honte
de confeffer, & principalement en cefte vie & en ces actions que nous
auons exercées iufqu'à maintenant, lefquelles ne peuuent eftre fou-
pçonnées de feintife ny de prefomption, que les chofes que nous
auons faittes en la Republique, nous en fommes venus à bout par la faueur des arts & des difciplines, lefquelles nous auons apprifes des monuments de l'antiquité de la Grece. Et pour cefte caufe outre les offices
communs qui font deus à tout le monde, encor femble-t'il que nous
deuions cela principalement à ce genre d'hommes par les preceptes
defquels nous auons efté inftruicts, de prattiquer en leur endroict les
mefmes traicts de douceur & d'humanité, que nous auõs appris de leurs
inftructions & de leurs enfeignements. Et certes ce grand Platon, le
vray exemplaire de toutes fortes d'efprits & de doctrine, a dit bien à

propos que la felicité des Republiques estoit, ou quand les hommes
accompagnez de sçauoir & de iugement en auoient la superintendance, ou quand ceux qui commandoient, employoient toute leur industrie à l'estude de la prudence & des bonnes lettres : considerant combien cét accouplement de la sapience & de l'authorité pouuoit apporter de bien & de repos aux citoyens. Laquelle felicité peut estre est arriuée aucunesfois en nostre Republique. Mais pour le moins elle s'est
maintenant rencontrée en vostre gouuernement, s'estant faict que celuy-la mesme y a la souueraine puissance lequel a tousiours employé
dés sa ieunesse beaucoup de temps & d'estude pour apprendre les lettres, la vertu & l'humanité. Ainsi donc mettez peine que ceste année
qui est vne augmentation de vos labeurs, soit aussi adioustée au bien
& au salut de l'Asie. Et pour ce que ceste Prouince a esté beaucoup plus
heureuse à vous retenir, que nous à vous deleguer, faictes en sorte que
nostre regret soit consolé par le bien & par le contentement de la nation. Car si vous auez apporté vne extréme diligence pour acquerir la
gloire qui vous a esté decernée, telle que ie ne sçay si elle a iamais esté
deferée à d'autres ; à plus forte raison deuez-vous employer beaucoup
plus de soin & de diligence pour la conseruer & la maintenir. Et de
faict ie vous ay écrit par cy-deuant quelle estoit mon opinion des honneurs qui vous estoient attribuez : que s'ils estoient decernez à l'appetit
du peuple, c'estoit peu de chose : que s'ils estoient deferez pour la consideration du temps, qu'ils estoient veritables : Mais si comme il est arriué, ils estoient concedez à vos merites, ie pensois que vous deuiez
employer beaucoup de peine à les conseruer. Ainsi doncques puis que
vous residez auec vne souueraine puissance & authorité dans les villes
ausquelles vos vertus sont consacrées & referées entre les actions des
Dieux, vous deuez auoir deuant les yeux en toutes les choses que vous
entreprendrez & executerez, ce dont vous estes obligé à la grande esperance que les hommes ont conçeuë au iugement aduantageux qu'ils
font de vous, & aux souueraines dignitez ausquelles vous estes constitué. Ce qui s'accomplira lors que vous donnerez ordre à la conseruation
tion de tout le monde, que vous remedierez aux incommoditez d'vn
chacun, que vous penserez à leur salut & à leur vtilité, & que vous de-
sirerez d'estre estimé & nommé le pere de l'Asie. Il est vray qu'à la diligence que vous employerez pour ce regard, ceux qui ont les fermes
publiques vous apporteront beaucoup de difficulté, ausquelles si nous
voulons nous opposer, nous éloignons & de nous & de la Republique
vne societé de personnes à qui nous auons de l'obligation, & qui s'est
iointe & liée à l'estat par nostre moyen. Si aussi nous leur gratifions en
tout & par tout, nous laissons ruiner entierement ceux desquels nous
sommes tenus d'auoir non seulement le salut, mais mesme les biens &
l'vtilité en recommandation. C'est là pour en parler à la verité, que
consiste le nœud de toutes les difficultez qui se presentent en vostre

commiſſion. Car d'eſtre moderé, & commander à vos paſſions, de
retenir ceux qui ſont aupres de vous en leur deuoir, de diſtribuer la iuſtice également, de vous rendre facile à entendre les affaires, à donner
audience aux parties, & receuoir ceux qui s'addreſſent à vous, c'eſt choſe où il y a plus de gloire que de difficulté. Car elle ne dépend pas d'aucune peine, mais d'vne certaine inclination d'eſprit & de volonté.
Combien donc ceſte cauſe qui concerne ceux qui ont les fermes publiques apporte d'incommodité aux habitans naturels, c'eſt choſe
que nous auons appriſe des Romains meſmes, leſquels en la ſuppreſſion qu'on vouloit faire des peages d'Italie, ne ſe plaignoient pas tant
des daces & des impoſitions, comme des indignitez & des maluerſa-
tions de certains peagers. De façon que nous pouuons bien penſer
quelle foule en reſſentent nos confederez qui habitent aux Prouinces
éloignées, veu qu'en Italie meſme nous en receuons des plaintes de nos
citoyens. Or en ceſte occaſion il faut vous comporter de telle ſorte
que vous n'offenciez point ceux qui ont les fermes entre les mains,
principalement là où les impoſitions n'ont pas eſté bien racheptées; &
auſſi que vous ne laiſſiez point oppreſſer les habitans naturels. C'eſt à
faire à vne certaine vertu diuine & excellente; c'eſt à dire à la voſtre.
Car premierement quant aux Grecs, ce qui leur peut eſtre le plus
odieux, c'eſt aſçauoir de voir qu'ils ſont touſiours tributaires, ne leur
doit pas ſembler ſi inſupportable, pource que deuant que d'eſtre
reduits ſous l'Empire Romain, ils eſtoient accouſtumez à ce ioug par
les propres loix de leur patrie. Et quant à l'inſtitution des daciers &
des publiquains, ils ne doiuent point eſtimer qu'elle ſoit ſuperfluë,
veu qu'ils n'ont iamais peu leuer ſur eux meſmes les impoſitions que
Sylla leur auoit diſtribuées également, iuſques à ce qu'il leur ait baillé
des hommes qui ayent affermé les daces & autres charges publiques.
Car de dire que les Grecs ſe comportent plus doucement en l'exaction
des tributs que les Romains, on peut aiſément iuger le contraire,
puis que n'agueres à Cannium tous ceux des Iſles qui auoient eſté attribuez à la Iuriſdiction des Rhodiens par l'ordonnance de Sylla recou-
rurent au Senat, pour faire qu'ils payaſſent pluſtoſt le tribut aux noſtres qu'aux Rhodiens. Ainſi doncques, ny le nom de publicain ne
doit point eſtre odieux à ceux qui ont touſiours eſté ſubiets à payer les
daces & les peages: ny l'inſtruction ne leur en doit point ſembler
inutile, puis qu'ils n'ont peu faire leurs leuées & leur cottizations; ny
ne les peuuent honneſtement reietter, veu que ç'ont eſté eux-meſmes
qui les ont demandez: ioint auſſi que l'Aſie ſe doit remettre deuant
les yeux, que ſi elle n'eſtoit ſous la protection de cét Empire, il n'y auroit eſpece de calamité, ſoit de diſſentions ciuiles, ou de guerres eſtrangeres, qu'elle n'eſprouuaſt. Et cét Empire eſtant compoſé de telle ſorte qu'il ne peut ſubſiſter ſans les impoſitions qu'on leue pour cét effect,
il eſt bien raiſonnable qu'elle achepte par quelques parties de ſes com-

moditez cefte paix, & cefte tranquilité continuelle. Que fi vous obte-
nez vne fois, que le nom & la qualité de publicain ne leur foit point fi
infupportable, les autres chofes puis apres leur pourront bien fembler
plus douces par voftre prudence & par voftre bon iugement. Ils pourront en leurs contracts n'auoir point tant d'égard à la rigueur de la loy
Cenforienne, comme à la facilité de faire les leuées, & à la defcharge
des habitans. Et vous pourrez auffi faire de voftre cofté vne chofe que
vous auez faitte fort à propos, & que vous faittes encores de iour en
iour, c'eft de leur remonftrer combien ceux qui ont les fermes font
perfonnes honnorables, & combien la Republique leur eft obligée,
afin que fans y employer la puiffance du Magiftrat & de l'authorité ciuile, vous reconciliez les publiquains auecques les Grecs par voftre credit, & par voftre dignité, & de ceux à l'endroict defquels vous auez
beaucoup merité; & qui vous doiuent tous l'eftabliffement de leur fortune, vous obtiendrez qu'auecques leur contentement ils permettent
que nous conferuions l'vnion qui eft entre nous & les publicains. Mais
à caufe dequoy eft-ce que ie vous admonefte de toutes ces chofes, defquelles non feulement vous vous pourrez acquitter fans aucune inftruction, mais mefmes eftes déja venu à bout de la plus grande partie?
Car les plus apparentes & notables compagnies de ceux qui ont les fermes, ne ceffent de nous en enuoyer des remerciements à tous propos.
Ce qui m'eft d'autant plus agreable, que les Grecs fe comportent de
mefme façon en noftre endroict. Car il eft bien difficile d'vnir d'affection & de volonté ceux qui font éloignez de fortune, d'vtilité, & quafi de nature. Toutes ces chofes doncques que ie vous ay écrites, ce n'a
pas efté en intention de vous donner des aduertiffements, fçachant
bien que voftre bon entendement n'a point befoin d'en receuoir, mais
c'eft que la reffouuenance de vos belles actions me rauit & tranfporte
en vous écriuant. Combien que i'aye efté beaucoup plus long en cefte
lettre que ie ne l'euffe defiré, ou bien que ie m'eftois propofé au commencement. Il y a vne chofe tant feulement dont ie ne cefferay iamais
de vous eftre importun: car il ne m'eft pas poffible, tant que ie verray le
moyen d'y donner ordre, de vous ouïr loüer auec exception. C'eft que
tous ceux qui viennent de vos quartiers celebrent de telle forte voftre
vertu, voftre preud'hommie, & voftre humanité, que de toutes vos
loüanges ils en rabattent la feule promptitude de vous coler. Laquelle imperfection comme en noftre vie priuée & ordinaire ceft vn
témoignage d'vn efprit foible & plein de legereté; auffi n'y a-t'il rien
tant contre nature, que de conioindre auec vne authorité fouueraine
vn efprit aigre & mal aifé à gouuerner. Et pour cefte caufe ie n'entre-
prendray point de vous ramenteuoir ce que les hommes fçauants ont
écrit de la colere, tant pour ce que ie ne veux pas eftre long, que pour
ce que vous le pourrez voir & recueillir fort aifément : Mais feulement,
ce qui eft du deuoir de la lettre, afçauoir d'aduertir celuy auquel on

écrit des chofes dont il n'eſt pas informé, il me ſemble que ie ne le dois
point oublier en vous écriuant. Les nouuelles doncques qu'on nous
rapporte preſque vnanimement, ſont que quand vous ne vous laiſſez
point poſſeder à la colere, il n'y a point de conuerſation au monde
plus agreable que la voſtre. Mais que quand les vices & les meurs deprauées de quelqu'vn vous ont offencé, vous vous laiſſez tellement
tranſporter à la paſſion que tout le monde trouue à dire à voſtre douceur & à voſtre humanité. Et par ainſi puis que non pas tant l'ambition de la gloire, comme les affaires & la fortune nous ont éleuez à vne
dignité ſi eminente que nous appreſtons à parler de nous à toute la poſterité, mettons peine le plus qu'il nous eſt poſſible de corriger nos
actions en telle ſorte qu'elles ne ſoient entachées d'aucun vice remarquable. Ce n'eſt pas que ie pretende maintenant, choſe qui eſt peut-
eſtre difficile à toutes ſortes d'hommes, & particulierement à noſtre
aage, de faire que vous changiez de naturel ; & s'il y a quelques choſes
de profondement enraciné en voſtre ame, que vous l'arrachiez incontinent: Mais ie vous exhorte ſi c'eſt vn mal que vous ne puiſſiez éuiter
totalement, à cauſe que voſtre eſprit eſt ſurpris par la colere deuant
que vous ayez loiſir de vous conſeiller à la raiſon pour y remedier, que
vous vous y prepariez auparauant ; & que vous penſiez de iour en iour
qu'il faut reſiſter à ceſte paſſion, & qu'alors qu'elle tranſporte le plus
l'eſprit, c'eſt alors qu'il faut auoir plus de commandement ſur ſa langue. Choſe qui bien ſouuent ne me ſemble pas eſtre vne moindre
vertu que de ne ſe courroucer point tout à faict. Car ce n'eſt pas touſiours vne preuue de conſtance & de grauité, ains quelquefois de mol-
leſſe & de ſtupidité. Mais de commander à ſoy-meſme & à ſa parolle
alors que l'on eſt prouoqué par la colere, de ſe ſçauoir taire à propos
& retenir en ſa puiſſance le mouuement & l'indignation de ſon eſprit,
ſi ce n'eſt vne œuure de prudence parfaicte, pour le moins eſt-ce vn témoignage d'vne ame qui n'eſt point commune & mediocre. Et quant
à ce poinct ſans mentir ils confeſſent que vous vous eſtes fort moderé
& addoucy depuis ie ne ſçay combien de temps. On ne ſe plaint plus
d'aucune violence d'eſprit, d'aucun excez de paroles & d'iniures, ny
d'aucune rigueur, qui ſont toutes choſes non ſeulement éloignées des
lettres & de l'humanité, mais meſme pernicieuſes à ceux qui ont de
l'authorité & du commandement. Car ſi leurs coleres ſont inexora-
bles, c'eſt vne eſtrange tyrannie ; ſi elles ſont exorables, c'eſt vne merueilleuſe legereté : laquelle toutefois comme en l'election de deux
maux il faut prendre le moindre, doit eſtre preferée à la tyrannie & à
la cruauté. Mais dautant que ie vous ay fort écrit de ce ſujet durant la
premiere année de voſtre charge, à cauſe comme ie croy que ces mal-
uerſations des hommes, leur auarice & leurs débordements ſe décou-
uroient de iour en iour contre voſtre eſperance, & vous ſembloient in-
ſupportables ; & que la ſeconde année a eſté beaucoup plus douce,

pour autant que l'accouſtumance & la raiſon, & comme ie me perſuade mes lettres & mes aduertiſſements vous auoient rendu plus traicta-
ble & patient. La troiſiéme année doit eſtre ſi exacte & ſi irreprehenſible, que l'on n'y puiſſe aſçauoir aucune cenſure, ny aucune calomnie.
Et en cét endroict ie n'vſeray plus enuers vous d'exhortations ny de
preceptes, mais de prieres fraternelles, & vous coniureray que vous donniez tout voſtre eſprit, voſtre ſoin, & voſtre diligence, à acquerir de
la gloire & de la loüange de toutes parts. Que ſi nous eſtions en vne
moyenne eſtime, ie ne vous demanderois rien d'inaccouſtumé, ny qui
excedat la portée & l'ordinaire des autres. Mais maintenant nos
actions ſont ſi éclairées, & ſont conſtituées & expoſées en vne telle lumiere, que ſi nous ne remportons vne merueilleuſe loüange de l'adminiſtration de ceſte Prouince, nous ne ſçaurions éuiter vn extréme
blaſme, & vne extreme reputation. Et ce qui me meut à vous écrire de
cette ſorte, eſt que les gens de bien ainſi comme ils nous fauoriſent,
ainſi ils attendent & ſe promettent de nous toutes ſortes de deuoir &
de diligence. Et les méchants, dautant que nous leur auons iuré vne
inimitié perpetuelle, ne demandent que la moindre couleur du monde pour auoir ſuiect de nous calomnier. Ainſi donc puis que la fortune a donné à voſtre vertu le theatre de toute l'Aſie, qui eſt ſi abondant
en ſpectateurs, ſi grande en eſtenduë, ſi exact en ſes iugements, & ſi reſonnant, & ſi retentiſſant de ſa nature, que les voix & les paroles y ſont
rapportées iuſques à Rome, mettez peine, ie vous ſupplie, & vous eſtu-
diez, que non ſeulement il paroiſſe que vous ayez eſté digne de ceſte
faueur, mais meſme que vous l'ayez ſurmontée par voſtre labeur & par
voſtre induſtrie. Et dautant qu'en noſtre Republique le ſort m'a deferé
l'adminiſtration ciuile du Magiſtrat, & à vous celle d'vne des Prouinces; s'il eſt ainſi que la mienne ne cede à aucune, faittes que la voſtre excede & ſurpaſſe toutes les autres. Et penſez que nous ne combattons
point pour vne gloire nouuelle, & pour vne reputation à venir, mais
pour celle qui nous eſt déja toute acquiſe, de laquelle la conqueſte ne
nous a iamais deu eſtre ſi chere comme la conſeruation nous en doit
eſtre recommandée & precieuſe. Et certainement ſi voſtre fortune
eſtoit ſeparée d'auec la mienne, ie ne deſirerois rien d'auantage que ce
qui m'eſt acquis maintenant. Mais nos intereſts ſont tellement conioint, que ſi de là où vous eſtes, toutes vos actions & vos paroles ne
reſpondent aux miennes, i'eſtimeray que tant de trauaux & de dangers
que i'ay encourus, & deſquels vous auez eſté participant, m'auront eſté
inutiles & ſuperflus. Que ſi pour faire que nous vinſions à chef d'vne
extreme reputation, vous y auez plus aydé que perſonne du monde,
auſſi deuez-vous trauailler plus que perſonne du monde, pour faire
qu'elle nous ſoit maintenuë & conſeruée. Et ne faut pas que vous me-
ſuriez ſeulement voſtre gloire à l'opinion des hommes qui ſont maintenant, mais que vous ſatisfaciez à ceux qui viendront apres nous, com-

bien que les iugements feront plus equitables pour lors toute la malueillance eftant efteinte & amortie. Et en fin vous deuez toufiours
vous reprefenter que ce n'eft pas à vous feul que vous pourchaffez du
nom & de la reputation (chofe que quand il en iroit ainfi vous ne deuriez pas mefprifer ; & principalement la voulant confacrer à l'immortalité par de fi beaux & dignes monuments) mais il faut que vous la
communiquiez auec moy, & que nous la tranfmettions à noftre pofterité. En quoy vous auez bien à prendre garde, que fi vous vous mon-
ftrez negligent, on penfe non feulement que vous ayez eu fort peu de
foin de voftre gloire, mais mefme que vous ayez porté enuie à celle des
noftres. Or ne vous dy-je pas ces chofes en intention que mes paroles
vous reueillent de quelque fommeil, mais pluftoft vous incitent & ani-
ment au milieu de voftre courfe. Car vous ferez perpetuellement ce
que vous auez toufiours fait, c'eft que chacun loüera voftre iuftice, voftre temperance, voftre grauité, & voftre integrité. Mais pour l'extreme amour que ie vous porte, ie fuis poffedé en voftre endroiƈt de ie ne
fçay quelle paffion infinie d'honneur & de gloire : Combien que ie me
perfuade affez maintenant, que l'Afie vous eft auffi cognuë que voftre
propre maifon : & que vous auez adioufté vne grande experience à
voftre bon fens, qu'il n'y a rien qui puiffe conferuer voftre reputation
que vous ne le fçachiez bien preuoir de vous mefme, & que vous ne
vous le remettiez deuant les yeux fans qu'on vous en face reffouuenir.
Mais pour ce que quand ie lis vos lettres, ie penfe vous ouïr, & quand ie
vous écrits ie penfe parler auecques vous; cela eft caufe que d'autant plus
vos lettres font longues, d'autant plus elles me font agreables; & que
tout de mefme en vous écriuant ie me laiffe volontiers emporter à mon
affeƈtion. Ce que ie vous ramentois doncques, & dont ie vous coniure
fur toutes chofes, eft qu'à limitation des bons poëtes & fçauants Co-
mediens, vous foyez plus attentif en la derniere partie, & en la conclufion de voftre charge qu'en aucunes des autres ; afin que cefte troifiéme année de voftre authorité foit comme vn troifiéme aƈte tres parfaiƈt
faiƈt & tres-accomply. Chofe dont vous vous acquitterez fort aifément, fi vous penfez que moy à qui vous auez toufiours plus defiré de
plaire qu'à tout le refte du monde, fois toufiours prefent auecques
vous, & affifte à toutes vos aƈtions, & à toutes vos paroles : & ce dont
ie vous prie finalement eft que vous ayez foin de voftre fanté, fi vous
defirez que nous nous portions bien, nous & tous ceux qui nous appartiennent.

R R r   iiij

LETTRE ESCRITE AV SIEVR
de Morlas à l'aduenement du feu Roy à la Couronne.

ONSIEVR, Ie vous escriuy vn mot il y a sept ou huict iours parmy la douleur & les larmes, pour vous prier de me continuer en ceste occasion l'amitié que vous m'auez monstrée, & m'en rendre les offices que ie me promets de vous au pres du Roy, à qui vous pouuez mieux que personne témoigner ma tres-humble seruitude, & l'inclination que i'ay tousiours euë à souhaitter l'auancement de sa grandeur. Ie sçay que c'est chose à quoy vous estes assez disposé de vous mesmes sans qu'il soit besoin de vous en renouueller le desir & la memoire. Aussi y ay-ie plustost esté conuié pour m'acquitter de mon deuoir, & n'estre accusé de negligence, que pour aucun doute que j'en face, ou pour soin que i'aye en ce mal-heur vniuersel de ma fortune particuliere. Cela sera cause que ie cesseray de vous en entretenir, & changeant de propos vous sommeray de penser maintenant plus que iamais à ce que vous sçauez, & vous remettre deuant les yeux que de l'impression que vous dónerez de vous à cet aduenement dépend tout le bon ou mauuais succez du reste de vos affaires. Il n'est point question de consumer icy le temps & l'ancre à vous fournir d'arguments & de persuasions; vous auez assez veu de l'antiquité & de la Theologie pour monstrer au Roy que nostre Eglise est vne & mesme auec l'Eglise primitiue: & que s'il s'y est coulé quelques abus aux mœurs & en la pratique, il faut essayer de les retrancher, & non pas demeurer priué & separé de son vnion. Vous luy pouuez representer comme Dieu ayant espandu tant de benedictions depuis onze ou douze cents ans sur les Princes qui ont gouuerné ceste Monarchie, & les ayants preseruez par vne faueur perpetuelle de toute tache d'heresie, il semble auoir conioint la religion & l'Estat entre les François d'vn neu indissoluble : que nos Roys portent le tiltre de tres-Chrestiens & premiers fils de l'Eglise : lequel ils ne peuuent iustement posseder hors de la communion de celle qui leur a concedé qu'ils sont oincts & sacrez auec des ceremonies & des solemnitez qui ne sçauroient estre celebrées qu'en l'Eglise Catholique. Disputer si elles sont necessaires & essentielles à la Royauté, ce seroit possible chose à propos si le differend auoit à se vuidet en vne eschole ou deuoit estre decidé auec la plume. Mais tant y a qu'au temps où nous sommes, vous n'imprimerez iamais à bon escient en l'ame de la pluspart des François, que leur Roy soit vrayement l'oinct du Seigneur, s'il n'est disposé à receuoir le Sacre & l'On-

ſtion en la meſme forme & auec le meſme ſerment que tous ſes predeceſſeurs l'ont reçeu depuis Clouis iuſques à luy ; eſtant ceſte creance de tout
temps grauée en l'eſprit du peuple : De ſorte meſme qu'anciennement les
Roys ne commençoient à compter leur regne que du iour de leur ſacre &
de leur on&ecedil;tion. Ie ſçay qu'à vne ame bien née telle qu'eſt la ſienne, la ſeule
conſideration de ſon ſalut, lequel il ne peut obtenir hors de l'Egliſe Catholique, comme il le recognoiſtra infailliblement quand il luy plaira prendre
la peine de s'en éclaircir, luy doit eſtre pour toutes : neantmoins s'il y veut
encores adiouſter les conſideratiõs humaines, il trouuera ce que ie dis eſtre
veritable, & n'y aura pas vns de ſes ſeruiteurs, non-pourueu, & non-aueu-
glé de paſſion qui ne luy réponde, qu'en ce faiſant Catholique il ſe rend
Roy eſtably & floriſſant. Car la nobleſſe eſtát vnie auec luy par ceſte cheſ-
ne donnera toujours comme elle a accouſtumé en France toſt ou tard la
loy aux autres ordres, là où s'il ſe fie qu'elle eſt maintenant liée & attachée à
ſa fortune par le deſir de la vengeáce, tous ſes bons ſujets le doiuét ſupplier
qu'il cõſidere combien le temps à plus de force pour relaſcher & affoiblir
ce neud qui n'eſt eſtreint que par vne ſimple paſſiõ bien que iuſte & equitable, que celuy de la religion, qui eſt vne habitude profondement imprimée & enracinée dans les ames. La France eſt diuiſée en deux parties ; l'vne
eſt le party du peuple ; & l'autre eſt celuy de la Nobleſſe : il faut vn chef, &
vn prote&ecedil;teur à la Nobleſſe, le chef de la Nobleſſe en toute ſemblable diuiſion de Monarchie eſt le Roy legitime, le chef du peuple eſt l'vſurpa-
teur. Que l'intereſt de la religion qui eſt encore plus puiſſant que celuy de
l'Eſtat n'y mette point d'empeſchement, la Nobleſſe ſuiura inſeparablement ſonRoy, & au bout du temps laiſſera tellement les autres, comme elle
eſt plus belliqueuſe & plus infatigable, qu'auec l'occaſion qu'ils auront de
bien eſperer des affaires de l'Egliſe, moitié gré, moitié force, ils reuiendront
ſous l'authorité de celuy, en la ſeule perſonne duquel l'Eſtat & la religion
ſe pourront coniointement conſeruer. Mais de vous arreſter aux ſimples
promeſſes de maintenir les Catholiques en leur façon de viure accouſtu-
mée, pardonnez-moy ſi ie vous dis, qu'elles n'arracheront iamais le ſoupçõ
& la crainte d'infinis eſprits, qu'auec le temps l'humeur qu'ont les François
ſur toutes nations de ſe conformer & accommoder aux mœurs de leur
Prince, n'y face vne plus dangereuſe playe qu'vne guerre ouuerte & declarée, de maniere que s'ils ne voyent les proteſtations accompagnées d'vne
tres-grande apparence que le Roy deuiendra luy-meſme Catholique, apres
auoir rendu quelque deuoir à la memoire de ſon predeceſſeur, ils ſe retire-
ront & s'écouleront tous les vns apres les autres. Et ne faut point que la
crainte de perdre les intelligences que vous auez auec les eſtrangers vous
retarde. Car vous deuez penſer quelque ombrage & apprehenſion qu'on
vous puiſſe donner du contraire, qu'ils l'aymeront toujours beaucoup
mieux pour Roy amy, que pour confrere ruiné. Et qu'il y a aſſez d'autres
liaiſons & neceſſitez d'Eſtat, qui les tiendront touſiours vnis & obligez
d'amitié auec luy : joint que les Roys de France ont accouſtumé d'eſtre

reſtablis & reſtituez par leurs ſubjets, & non par les forces eſtrangeres, qui
ſont bonnes pour tenir la campagne vn certain temps, & ſur cét eſtonnement faire reuenir ceux qui conceuront quelque eſperance de pouuoir viure heureuſement ſous la domination de ſa Majeſté. Choſe à quoy toutes
ſortes de voyes ſeroient merueilleuſement ouuertes, ſi le ſeul ſcrupule de
la religion en eſtoit dehors. Car le peuple a vne incroyable opinion de la
valeur du Roy, de ſa iuſtice, & de ſon bon naturel, ne le penſe point auoir
offenſé en ſon particulier, & ſe peut promettre beaucoup de ſoulagement
& de repos ſous ſon regne ; ſçachant qu'il a luy meſme veu & experimenté
vne partie des miſeres de ſon Royaume, & qu'il connoiſt les moyens d'y remedier. Mais ſouuenez-vous que tous les deluges & inondations d'eſtrangers qui ſçauroient deſcendre en France, ne ſeruiront que de ruyner le
Royaume, & s'eſcouleront & diſſiperont deuant que d'auoir repris tant de
villes confirmées & endurcies en leur reſolution ; qui penſent que ce ſoit
polluer leur foy, que de la donner à vn Prince qu'ils eſtiment eſtre hors de
la foy de l'Egliſe, ſi ceſte reduction ne ſe prepare & facilite de la façon que
ie dis, & que le courage du peuple ne ſoit auparauant diſpoſé & amolly par
l'eſperance de voir encore viure ſon Roy Catholiquement. Car quant aux
huguenots qui ſont dans le Royaume, outre ce qu'ils eſpereront touſiours
meilleur traictement de luy que d'vn autre, & partant ne s'oppoſeront pas
volontiers à ſa grandeur, la Nobleſſe qui l'a aſſiſté en ſa mauuaiſe fortune
voudra auoir part à la bonne, quelque meſcontentement qu'elle puiſſe
feindre au commencement. Et touchant le peuple il eſt en chemin d'auoir
aſſez de moyens pour contenter l'ambition de ceux qu'il craindra s'en pouuoir rendre chefs: auec ce que ceux-la ny ne ſeront de ſi grande authorité,
meſme ayants perdu vne bonne partie de leur credit, comme ils ont fait
depuis n'agueres dans les villes, ny n'auront les deſſeins ſi violents, eſtants
fondez ſur la deffenſiue, qu'ils ayent loiſir de le trauerſer beaucoup deuant
qu'il ayt formé & eſtably ſon party parmy les Catholiques ; lequel eſtant
aſſeuré & affermy il doit auoir fort peu de regret de commuer la fortune
du Roy de Nauarre, qu'il eſtoit il n'y a pas long temps, à celle de Roy de
France. Mais notez qu'il ſe faut ſeruir de l'occaſion, laquelle ſi vous laiſſez
eſchapper, il ſera trop tard de courir apres, ſans vous arreſter à ceſte timidité ſuperſtitieuſe & puerile, que les Catholiques ne prendront pas aſſeurance de luy, le voyant ſi toſt changer de religion. Car au lieu qu'en vne autre
ſaiſon il luy euſt fallu de la longueur pour confirmer ceſte creance, la iuſte
& nouuelle douleur de la perte du feu Roy, & le peril eminent de l'Eſtat,
fait ſouhaiter ſi ardemment à tous les bons François Catholiques, & ſpecialement à la Nobleſſe qu'il ſe conuertiſſe, que ce deſir eſtant promptement employé, il l'exempte & le diſpenſe de tout temps de probation. Dauantage il y a vne voye moyenne pour ſatisfaire ſoudainement à leur deſir,
ſans ſembler toutefois changer trop à la vollée, qui eſt d'enuoyer vers le
Pape luy remonſtrer les empeſchements qui l'ont retenu iuſques icy, &
l'intention qu'il a maintenant de ſe faire inſtruire. Les Catholiques pren-

dront dés à present ceste commiſſion, pour vne conuerſion actuelle, &
cependant il aura loiſir de penſer à s'éclaircir, & monſtrer qu'il n'aura rien
fait qu'auec cognoiſſance de cauſe. Ce que ie m'aſſeure que le Pape embraſ-
ſera à bon eſcient, & ira luy meſme au deuant de ceſte legation. Car outre la conſideration du bien de l'Egliſe qui doit preceder toutes choſes, &
d'ailleurs qu'il ſera tres-aiſe d'aſſeurer en France le reuenu de ſon ſiege, lequel il voit courir fortune, & au reſte d'eſtre honneſtement diſpenſé d'entrer aux frais de ceſte guerre, luy qui aime l'eſpargne & le meſnage, vous
ſçauez que c'eſt vn eſprit fort deſireux de gloire, qui ne demandera pas vne
plus grande faueur du Ciel, comme cháque Pape eſt curieux de ſignaler
ſon Pontificat par quelque acte remarquable, que de laiſſer le ſien honoré
de la conuerſion d'vn Roy de France à la foy Catholique; iuſques à abandonner le party d'Eſpagne, s'il en eſtoit beſoin pour ceſte ambition : & de
fait l'applaudiſſemét auec quoy il reçeut l'ouuerture qui luy en fut faite il
y a vn an ou deux par vn Prelat de ce Royaume, en peut ſeruir de preiugé.
A l'auenture qu'en autre ſaiſon que la France ſeroit libre & pacifique il y
auroit moins de danger de pecher en ces ceremonies : Mais au temps où
nous ſommes, ie vous prie croire que ce ſera vn grand coup que de le preuenir, & qu'il eſt à craindre que ſes excommunications que la Nobleſſe
Catholique a mépriſées comme iniuſtes, lors qu'elle aſſiſtoit vn Prince veritablement Catholique, elle ne commence à les redouter comme iuſtes, ſe
voyant vnie à vn Roy d'autre Religion. Car les remetrre à la celebration
d'vn Concile, ce mot ſeul les deſeſperera tous de la reduction de ſa Majeſté : Premierement dautant que les Conciles ſe tiennent pour decider &
non pas pour enſeigner, & que les Catholiques ne voudront pas mettre
leur religion en compromis, & infirmer par la tenuë d'vn nouueau Concile l'authorité de tous les precedents. Secondement à cauſe que ſi c'eſt vn
Concile national, le Roy ne ſe le peut promettre qu'il n'ayt premierement
remis tout le Royaume & tous les Eccleſiaſtiques ſous ſon obeïſſance,
choſe à quoy il eſt beſoin que ſa conuerſion luy ſerue de preparatif : &
d'ailleurs qu'vn Concile national n'eſt pas capable de iuger ſouueraine-
ment des matieres de la foy, eſtant ceſte prerogatiue reſeruée à l'Egliſe vniuerſelle, de laquelle ſe ſeroit fouler aux pieds la dignité que de la ſoubs-
mettre apres tant de Synodes generaux à vn Concile particulier. Car quant
à vn Synode general & œcumenique, vous ſçauez quelle eſperance il y a
ny de vingt ny de trente ans de le pouuoir aſſembler : ioint que ceux de la
religion contraire crieroient touſiours qu'il n'aura pas eſté libre s'ils n'y
ſont appellez pour y auoir voix deliberatiue comme les autres ; choſe que
l'Egliſe n'a iamais conſenty ny ne conſentira, de peur d'eſtre contrainte de
caſſer & reſcinder tous les anciens Conciles de Nicée, de Conſtantinople,
d'Epheſe, de Chalcedoine, celebrez contre les premieres hereſies, là où iamais nuls autres n'ont aſſiſté en ceſte qualité que ceux qui auoient reçeu le
charactere de l'Epiſcopat en l'Egliſe. Bien pourroit le Roy apres vne inſtruction particuliere, s'il plaiſoit à Dieu l'inſpirer, publier la conuocation

d'vn Concile national, afin d'honorer sa reduction de cét acte solemnel
& autentique, comme fist anciennement Recared Roy d'Espagne, assemblant le troisiéme Concile de Tolede, & par mesme moyen pouruoir au
retranchement d'infinis abus qui se sont glissez en la vie & aux mœurs des
Ecclesiastiques, & reformer la pratique des saincts Decrets & Canons, pour
la plufpart mal exercée & peruertie, qui seroit vn sacrifice tres-agreable à
Dieu, & bien pris de la part du Roy par toute l'Eglise en estant membre &
partie; au lieu qu'en demeurant exclus & separé toutes les corrections qu'il
y pensera apporter seront abhorrées des Catholiques, & tenuës pour oppressions & persecutiós. Voila ce qui m'est venu en l'esprit pour ceste heure, que ie n'ay point fait de difficulté de vous mander contre ma coustume,
qui est de n'entretenir iamais mes amis des discours du monde, y estant
poussé du seul zele que i'ay à la gloire de Dieu & à l'auancement des affaires de sa Majesté. Vous estes sur les lieux, & faites comme l'on dit, la guerre
à l'œil: vous pouuez voir beaucoup de choses qui nous sont incogneuës, &
sur les occasions former des aduis & des conseils differents des nostres.
Premierement touchant ce qui est de l'Estat au moyen dequoy ie remets à
vous de passer vostre iugement par dessus tout ce que ie vous ay representé
pour en approuuer ou reprouuer ce que bon vous en semblera, seulement
ie vous prie de prendre garde que les mesmes hommes qui se méloient de
regenter auparauant dans vos conseils, lors que vostre fortune estoit sur
la deffensiue, ne vous perdent maintenant que vous estes sur le recouure-
ment d'vn grand Royaume. Car les esprits qui sont bons pour démolir
vne Monarchie, & en former vn Estat populaire, ne sont pas tousiours tels
quand il est question de la restablir : dautant que les maximes & les procedures de l'vn & de l'autre sont toutes contraires. Pour conclusion ie ne me
lasseray iamais de vous dire que la consideration de la religion est de plus
grand effect parmy les Catholiques, que possible ceux de vostre party ne
se persuadent, & qu'il est tres-expedient, au moins selon ce qui nous apparoist par deça, qu'on croye que le Roy est entierement disposé à contenter
en cét article les tres-humbles vœux & desirs de ses subiets, chose que pour
mon particulier i'essaye de publier le plus que ie puis, afin d'asseurer les esprits ébranlez, & les contenir sous son obeïssance, n'estant excité à ce faire
d'autre passion, que de celle que i'ay au bien de l'Eglise & à l'establissement
de la puissance, grandeur & authorité de sa Majesté, de laquelle ie suis & seray toute ma vie tres-humble & tres-obeïssant subiet & seruiteur, comme
ie m'asseure que vous me ferez ceste faueur, les occasions s'en offrans, de
luy témoigner : & pour vostre regard de m'entretenir & conseruer en vos
bonnes graces, que ie desire meriter & posseder autant que chose du
monde.   A-DIEV.

AVANT-DISCOVRS
DE RHETORIQVE,
OV
TRAITTE' DE L'ELOQVENCE.

A premiere chose qu'obseruent ordinairement ceux qui commencent à enseigner quelque science, c'est d'en remarquer l'vtilité, l'excellence & la dignité, afin d'enflammer dauantage les esprits des écoutans à y apporter du desir & de l'attention; & principalement ceux qui font profession de donner des preceptes de l'eloquence, laquelle semble d'autant mieux meriter cét office, que c'est elle qui fournit de loüanges & de belles paroles pour recommander les autres. Or comme ie ne blasme point ceste coustume quand on a à discourir deuant des personnes peu échauffées & affectionnées au suject dont on veut traicter, afin de leur en faire naistre plus de passion, aussi estimay-je qu'elle me seroit inutile maintenant, sçachant que vous y venez assez preparez de vous mesmes, & que toutes les loüanges & recommandations que i'y adiousterois d'ailleurs, ne vous sçauroient allumer dauantage. Ie laisseray donc ceste partie à ceux à qui elle est plus necessaire, & me contenteray de dire seulement pour ceste heure, que les lieux où l'eloquence a tousiours plus regné & triomphé, c'a esté aux Republiques & gouuernemens populaires, à raison qu'en ces Estats-là, ausquels les deliberations dependent de la multitude; le premier poinct qu'il faut recercher, c'est que le peuple qui est, comme on dit, vn animal à plusieurs testes, conuienne en vne mesme intention; autrement tant qu'il sera party & diuisé en plusieurs opinions, il n'y aura aucun acheminement à l'execution de ce qui sera vtile & necessaire. Or est-ce chose qui ne se peut obtenir par les brigues particulieres, en les allant solliciter les vns apres les autres, à cause que le temps de l'execution se passe sur ces entrefaictes; partant il faut auoir recours à vn instrument public & populaire, qui puisse mouuoir infinies personnes à la fois, & les faire condescendre en vne mesme resolution. Chose que l'eloquence ou seule, ou sur toutes autres, se doit attribuer : Car c'est elle qui manie les assemblées des hommes toutes entieres par la parole, se rend maistresse de leurs affections, tourne leurs volontez où bon luy semble, & les retire de là où il ne luy plaist pas qu'elles soient inclinées. C'est par elle que les Peuples les plus farouches & ialoux de leur liberté, reçoiuent volontairement le ioug & la seruitude des loix, pour l'establissement & la conseruation des Republiques; car encores que

S f s

les inftitutions de la vie ciuile, foient belles & fauorables d'elles mefmes, fi
eft-ce qu'elles ont bien plus d'efficace à dompter les ames fimples & populaires, quand la fplendeur & la majefté de l'oraifon illuftre la beauté, l'excellence & la dignité des chofes. Pour cefte caufe donc comme nous difons que l'eloquence a toufiours extremement fleury aux Republiques libres & franches, & s'y eft conferué la principale authorité : auffi quant aux
Royaumes & Monarchies, à caufe que les deliberations y dependent de la
volonté d'vn feul, qui eft ordinairement plus inftruict & preparé de l'eftat
des chofes que ne fçauroit eftre vne multitude groffiere & ignorante, &
par ainfi ne fe laiffe pas charmer fi aifément aux paroles, mais veut voir &
découurir le fond des affaires, elle n'y a pas tant de pouuoir. Il eft vray
qu'auffi n'en eft-elle pas tant éloignée qu'il ne fe prefente tous les iours infinies occafions où elle s'y referue vne bonne & grande part. Il y a les Am-
baffades vers les Princes eftrangers ; il y a les propofitions au Confeil d'E-
ftat ; il y a les relations quand on vient rendre conte de quelque longue
commiffion qu'on exerce ; il y a les harangues qu'on peut prononcer aux
Parlements, aux principaux fieges des Prouinces, lors qu'on y prend poffeffion de quelque gouuernement ou de quelque authorité ; il y a celles
qu'on peut faire aux corps de villes, & aux affemblées du peuple, & principalement en vne faifon telle qu'eft la noftre, c'eft à dire durant les guerres
ciuiles, menées par des pretextes populaires, comme pour la religion. Car
alors le peuple veut prendre cognoiffance de caufe & eftre luy mefme rendu capable de l'Eftat des affaires, & fur ces occafions ceux qui montent
aux chaires publiques & fe fçauent aider des armes de l'eloquence, peuuent
beaucoup pour le precipiter aux defordres, infolences & confufions, ou
pour l'en rappeller & diuertir. Dont il ne faut point chercher les exemples
ailleurs qu'en ce Royaume, auquel ceux qui ont excité les guerres Ciuiles & femé les premieres eftincelles de ce grand embrafement qui dure encores maintenant, n'ont point trouué de plus propre inftrument pour
feruir à leur ambition, que l'eloquence de certains efprits populaires, lefquels meflans en pleine chaire les matieres d'Eftat auec celle de la religion,
ont apporté le changement que nous voyons en l'vn & en l'autre. Ce que
ie ne dits pas pour vous augmenter l'amour & la paffion de ceft eftude.
Car quand toutes ces confiderations ne nous toucheroient aucunement,
comme auffi chacun n'eft pas né pour les auoir deuant les yeux, & que
nous ne mefurerions point l'vtilité de l'eloquence à l'auantage qu'elle peut
apporter pour le maniement des grandes affaires, encores en récueillons
nous vn affez doux fruict, du contentement que nous receuons en nous
mefmes, en parlant & difcourant enfemble, & rendant noftre compagnie
aggreable à ceux auec qui nous auons à conuerfer, ou bien en écriuant les
conceptions de noftre efprit, foit pour les communiquer à nos amis, foit
pour les confacrer à l'immortalité, attendu que la feule poffeffion d'vne fi
belle fcience, fans laquelle toutes chofes feroient muettes & priuées de la
lumiere des fiecles prefents & de la memoire de la pofterité, fe fert de digne

& suffisante recompense à elle mesme. Et defaict il semble que Dieu n'a
distingué les hommes comme plus nobles & excellentes creatures d'auec
les autres animaux, par aucune autre chose tant comme par puissance d'exprimer leurs conceptions. Toutes les vertus du corps, non seulement nous
sont communes auec les animaux irraisonnables, mais encores la plus part
d'eux nous surpassent, soit pour auoir la veuë aiguë, soit pour la delica-
tesse de l'ouïe, soit pour la subtilité du sentiment, soit mesme pour la force, pour l'agilité, pour la longueur de la vie. Outre ce que beaucoup d'a-
uantages sont concedez à plusieurs de leurs especes, comme le voler, le nager, & autres telles proprietez que la nature nous a deniées entierement:
vne seule chose nous éleue par dessus eux, & nous approche aucunement
de Dieu, c'est l'vsage de la raison, laquelle encores seroit fort obscurcie &
enseuelie en nous, si nous ne la pouuions manifester les vns aux autres par
le moyen de la parole. Car en fin l'industrie qu'ont les animaux de bastir
leurs nids auec tant d'artifice, d'éleuer leurs petits, d'amasser des prouisions
pour l'hyuer, & mesmes de faire des ouurages qui nous sont du tout ini-
mitables, comme le miel & la cire, il semble que ce soient choses qui participent de la raison, & qu'il y a quelque rayon de lumiere d'intelligence
en ceux qui les font. Mais dautant que l'vsage de la parole leur est interdit,
nous les appellons muets & irraisonnables. De toutes lesquelles considerations il est aisé à recueillir que la chose du monde en quoy nous deuons
plus tascher de surmonter les autres hommes, c'est celle-la mesme par laquelle les hommes surpassent & excedent les autres animaux.

LA dessus on a accoustumé d'alleguer au contraire les maux dont ceste
profession semble auoir esté cause par le passé, comme elle a émeu de tres-
grandes seditions, comme elle a allumé plusieurs guerres ciuiles, comme
elle a ruyné infinies Republiques, que les armes de l'eloquence tranchent
de tous les deux costez, qu'elle retire aussi bien les coulpables que les inno-
cens, du supplice; qu'elle fait aussi bien condamner les iustes que les iniustes, que c'est elle qui peruertit les bons conseils, qu'à ceste occasion elle a
esté aussi bannie anciennement de quelques Republiques, que les plus celebres & eloquens autheurs de l'antiquité ont escrit & declamé contre l'estude de la Rhetorique. Ausquelles choses ie répons, premierement que ces
mesmes autheurs se sont monstrez fort ingrats enuers l'eloquence, d'auoir
employé contre elle les propres armes qu'elle leur auoit mis en main. Et dis
en second lieu, que si pour l'abus à quoy on detourne les choses, il en faloit condamner & rejetter le vray vsage, il n'y a rien, excepté la vertu seule,
qui ne fust subiet à ceste loy. Car la force, la beauté, la fleur de l'aage, les richesses, les honneurs, les commoditez, & en somme tous les autres dons de
nature & de fortune que nous estimons estre loüables d'eux-mesmes, se
peuuent conuertir à vne mauuaise fin : & ne se trouue rien au monde, tant
soit-il vtile, dont on ne puisse abuser, si ce n'est la vertu seule, comme i'ay
dit, parce qu'elle est elle mesme le bon vsage des choses ; de maniere que

tant s'en faut que ceste obiection doiue destourner les belles ames de l'amour de l'eloquence, qu'au contraire elle les y doit plus viuement enflammer, afin de rauir cest aduantage à ceux qui en abuseroient, & ne laisser point la iustice & l'equité, & les bonnes & loüables propositions, nuës, desarmées & exposées sans defense à la passion des esprits pernicieux. Voilà ce qu'on a accoustumé de toucher pour le regard de la premiere partie, qui est de l'vtilité de l'eloquence, sur laquelle ie ne me pensois pas arrester si longuement, tant parce qu'il me sembloit que l'affection que vous y apportiez, m'en rendoit assez dispensé, qu'aussi à cause que tout ce que ie pourrois dire & imaginer sur le mesme suiect ne luy sçauroit estre sinon beaucoup inferieur, estant l'excellence de ceste profession, telle qu'à peine sa propre vertu suffiroit pour la recommander dignement.

L'AVTRE consideration qu'ils font ordinairement marcher apres, c'est de la facilité ou difficulté de la science qu'ils veulent exposer, afin que sous l'esperance de la facilité, les auditeurs s'embarquent plus volontiers, ou que par la proposition de la difficulté, ils impetrent d'eux plus d'attention & de diligence. Or quant à cest article, ie ne dissimuleray point ce qui en est, c'est que comme l'eloquence est l'vn des plus dignes prix dont il ayt pleu à Dieu d'honorer l'estude & le labeur des hommes, aussi est-ce vn de ceux qui s'acquiert auec plus de difficulté, principalement si on la veut estendre à toutes les choses qui sont de sa Iurisdiction, & de son departement, dont nous peut faire foy le peu d'excellens Orateurs qui ont esté remarquez par tous les siecles. Car en fin de quelque costé que vous tourniez les yeux & la pensée, vous verrez vne infinité d'hommes parfaits en chasque espece, ie ne diray point de professions communes & mediocres, mais encores des plus rares & éleuées. Pour exemple, qui est celuy s'il veut mesurer la science des hommes illustres par l'vtilité ou par la grandeur de leurs actions, qui ne preferera de bien loing vn chef d'armée à vn simple Orateur? Et qui est l'homme d'ailleurs, qui puisse remettre en doute qu'vne seule Republique, comme celle des Romains ou des Atheniens, n'ayt porté infinis grands & excellens Capitaines, & de parfaits Orateurs vne fort petite quantité? En apres d'hommes d'Estat, & qui sçachent bien iuger & ordonner des affaires, combien en auons-nous veu de nostre temps, & combien plus encor de la memoire de nos peres & de celle de nos predecesseurs? là où d'excellens Orateurs, il s'est coulé souuentesfois beaucoup de siecles sans qu'on en ayt remarqué vn seul : & de passables & mediocres, ç'a esté quand chasque aage a produit le sien. Et afin qu'on ne me replique point, que nous deurions plustost faire comparaison de l'eloquence auec les autres estudes des lettres, qu'auec la gloire d'vn chef d'armée, ou auec la prudence d'vn bon conseiller, considerons vn peu les professions, & discourons par toutes les genres des sciences, qu'on appelle Liberales : examinons l'estude de la poësie, de la philosophie, des mathematiques, & qui sont ceux qui ont fleury, & en quelle quantité, & lors il sera facile de iuger combien les Orateurs ont tousiours esté en petit nombre ; & ce qui accroist encores

la merueille, c'eft que les fciences que nous difons, font comme puifées de
certaines fources retirées & écartées du vulgaire, là où l'eloquence confifte toute en l'vfage ordinaire, & en la commune façon de parler des hommes, de forte qu'aux autres profeffions, cela eft le plus excellent qui eft le
plus éloigné de l'intelligence & de la portée du fimple peuple, où en l'e-
loquence c'eft vn tres-grand vice de fe departir du commun vfage, & des
façons de parler receuës & accouftumées, & fi il ne faut pas que l'on die
que ce foit pource que plufieurs perfonnes fe foient anciennemét addon-
nées aux autres vacations, & y ayent efté ou attirez par des efperances plus
floriffantes, ou retenus auec des recompenfes plus fructueufes. Car foit
pour acquerir de la faueur enuers le peuple, foit pour amaffer des richeffes, foit pour eftre auancé aux honneurs & aux dignitez, il n'y a iamais eu
anciennement peine fi liberalement recognuë, que celle de l'eloquence: de
maniere qu'il ne faut rapporter le petit nombre d'excellens Orateurs qui a
efté aux fiecles paffez, qu'à vne grande difficulté dont cefte profeffion
eft accompagnée, ce qui nous fera aifé de recognoiftre quand nous con-
fidererons combien de parties font requifes & neceffaires pour rendre vn
homme parfaictement eloquent.

PREMIEREMENT il faut faire vn fonds & vn magafin de toutes
fortes de fciences, & acquerir la cognoiffance d'infinis fujects, fans laquelle l'abondance des paroles n'eft rien qu'vn flux de langage inutile & ridicule, car il faut que la vraye eloquence n'aiffe & fleuriffe de la cognoiffance des chofes, comme de fa plante & de fa racine. Secondement l'Orateur doit eftre riche & abondant de beaux mots, de belles conftructions,
de belles figures pour reueftir & orner les conceptions de fon efprit, parce
qu'encores que les chofes tiennent bien le lieu de la principale partie, &
foient comme les os, les nerfs & les mufcles de l'oraifon, fi eft-ce qu'elles
ont befoin de peau, d'en-bon-point, & de couleur pour leur donner la grace & la beauté. Et certes il eft tres-éprouué que les conceptions, quelques
belles & éleuées qu'elles foient, ne penetrent pas dedans l'ame auec tant
de force & douceur quand elles font nuës & priuées d'ornement, comme
quand elles fe trouuent accompagnées de ceft artifice: Dont la raifon eft
que ceux qui oyent auec quelque volupté & quelque merueille, preftent
dauantage d'attention, & croyent plus volontiers de forte mefme que
bien fouuét le plaifir les aueugle, ou l'admiratió les eftonne & les tranfpor-
tent, tout ainfi que la lueur du fer éblouïft la veuë de ceux qui le regardent,
ou que les éclairs adiouftent encores quelque eftonnemét à la force, & à la
violence du tónerre. C'eft pourquoy les anciens difoient de Ciceró, qu'il fe
feruoit en fes caufes, non feulemét d'armes trenchátes & afferées, mais auffi claires & reluifantes, & qui éblouïffoient les yeux de fes ennemis. Apres il
faut cognoiftre parfaictemét toute la nature des paffions, des mouuements
& des affections, dautát que le principal office de l'eloquence confifte à les
exciter ou à les appaifer: & certainemét cefte partie a beaucoup de puiffáce,

& eſtant employée à propos fait de merueilleux effects, à cauſe que comme les raiſons & les arguments meuuent le conſentement de l'intellect, auſſi les paſſions & les émotions ſe pourchaſſent l'obeiſſance de l'appetit, & obtiennent la pluſpart du temps vn tel empire ſur les auditeurs, que non ſeulement elles les forcent à vouloir, mais meſmes les precipitent à executer ce qu'elles pretendent. Combien de fois & auec combien de merueille eſt-ce qu'anciennement le peuple Romain a éprouué les vehemences, l'ardeur & la foudre de ſes diuins Orateurs? Et maintenant encor qui eſt celuy d'entre nous lequel liſant les oraiſons de Ciceron, bien que priuées & dépoüillées de la viue voix, ne ſente en luy meſme la force de ſes émotions? Ce n'eſt pas tout, l'oublie infinies autres faueurs de l'art & de la nature, vne certaine addreſſe & d'exterité à trouuer des rencontres & de bons mots, vne gallanterie qui ſente ſon homme bien nourry & inſtitué, vne promptitude à attaquer & repartir, mélée & aſſaiſonnée de grace & de ciuilité. Dauantage il faut eſtre verſé en l'antiquité & intelligence des loix, en la prattique des affaires d'Eſtat, auoir vn threſor d'hiſtoires & d'exemples pour s'en ſeruir à propos; & au reſte eſtre accompagné d'vne belle & aggreable action qui conſiſte en vne douce & harmonieuſe conduitte de la voix, en vn plaiſant & gratieux aſpect du viſage, en vne bienſeance de geſtes & mouuements de tout le corps; laquelle partie ſeule eſt de telle importance que ſans elle l'oraiſon demeure froide, ſtupide & inanimée. Car quant à la memoire, chacun peut penſer combien les autres perfections de l'orateur luy ſeront inutiles, ſi ceſte-cy n'eſt employée pour les conſeruer ſeurement & fidellement. Toutes leſquelles choſes ie ne les touche point pour vous refroidir de l'ardeur de ceſte ſcience par l'apprehenſion de la difficulté : car outre ce que la nature vous a gratifiez & fauoriſez de pluſieurs de ces parties, il faut croire que l'eloquence ſe diuiſe en beaucoup de branches & de rameaux, leſquels ſi nous ne pouuons cultiuer tous enſemble, au moins nous ſera-il permis d'en choiſir celuy qu'il nous plaira pour l'orner & embellir ſelon noſtre portée. Il y a comme nous auons dit les harangues & oraiſons publiques, dont les Gentils-hommes vn peu auancez en la cognoiſſance des affaires ſe peuuent meſler, il y a les plaidoyez & les ſermons que ie laiſſe aux Aduocats & aux gens d'Egliſe, il y a les propos communs ſoit auec ceux de noſtre ſexe, ſoit auec les honneſtes femmes; il y a les diſcours par eſcrit, il y a les lettres familieres à nos amis. De toutes ces parties, il eſt bien mal-aiſé d'en affectionner vne à bon eſcient, que nous n'y reüſſiſſions autant qu'il ſera requis & bien ſeant à noſtre condition; & au pis aller ſi nous n'atteignons à ce degré d'excellence que les plus parfaicts ſe propoſent, pour le moins aurons-nous touſjours ceſt aduantage d'en voir & laiſſer beaucoup d'autres au deſſous de nous.

A ceſte conſideration ainſi expliquée, ils en enchaiſnent vne troiſiéme, qui eſt, aſçauoir ſi ceſte difficulté que nous auons recognuë eſtre en la per-

fection de bien dire, se peut dompter par regles ou par preceptes,
& s'il y a vne science & vn art de l'eloquence, ou bien si elle depend
seulement de la nature. Ce qui seroit mal à propos de reuoquer
maintenant en doute, puis que ie me mets en deuoir de l'enseigner,
n'estoit que plusieurs anciens l'ont debattu, alleguans que nul art ne
s'appuye sur des choses faulses, comme fait la Rhetorique, que nul
art ne repugne & n'est contraire à luy mesme, au lieu qu'en la contention des Orateurs, les vns destruisent les propositions des autres,
que chasque art a sa fin à laquelle il aspire, là où l'eloquence n'a aucun but ; ou si elle en a, ne peut estre asseurée d'y paruenir, dautant
que la persuasion n'est pas tousiours en la puissance de l'Orateur.
D'ailleurs que deuant qu'on eust recueilly aucuns preceptes de l'eloquence, les hommes vsoient naturellement d'exorde, de narration,
de confirmation & de peroration, qui monstre que c'est vne vertu
naturelle, & tellement naturelle, que mesme il est aduis à plusieurs
que les regles & preceptes ne font que eneruer & debiliter : car bien
souuent ceux qui n'ont point de lettres acquises, & ne se-fient qu'à
leur sens naturel, semblent parler auec plus de force & de vehemence que les autres, ausquels, disent-ils, l'estude rabat ie ne sçay quoy de
ceste vigueur & generosité.

Or à ces obiections, ie réponds premierement qu'il est faux que
l'eloquence s'appuye sur des choses faulses. Car encores que beaucoup de propositions vray-semblables qu'elle employe pour donner couleur à son dire, se trouuent faulses en elles mesmes ; si est ce
qu'elle ne s'appuye pas sur leur faulseté, mais sur leur verisimilitu-
de, ioint qu'à proprement parler ce n'est pas elle qui s'y fonde, car
elle a ses principes & ses maximes sur lesquelles elle s'establit, mais
elle y appuye les causes qu'elle prend en sa protection ; & partant
combien que les auditeurs s'y laissent abuser, toutesfois quant à elle
elle n'y est iamais deceuë, car elle n'ignore pas qu'elles ne soient
faulses, mais elle les employe comme apparentes & vray-semblables : non-plus que les peintres qui font quelquefois paroistre des
parties éleuées en vn tableau, n'ignorent pas qu'elles ne soient pla-
tes & vnies comme les autres, ou s'il est permis de chercher des comparaisons éloignées, non-plus qu'Annibal, quand il fist attacher
la nuict des fagots allumez à la teste des bœufs de son armée, & leur
donna la chasse à trauers les montagnes, afin de faire penser à ses ennemis que c'estoit son camp qui délogeoit, & cependant trouuer
moyen de sortir d'vn mauuais passage, n'ignoroit pas la faulseté de
ceste apparéce, ny la ruse de son stratageme. Secondement ie dis que
l'eloquence n'est point contraire à l'eloquence, mais bien les causes
aux causes ; non-plus que le jeu d'escrime n'est pas contraire à luy-
mesme, encores que deux escrimeurs tirent l'vn contre l'autre : &

S s s iiij

quant à la fin de l'eloquence ie dis que son but est de persuader, surquoy pour l'intelligence de ce poinct, ie toucheray en passant,
qu'il y a certains arts qui ont en leur puissance & leur operation &
leur fin tout ensemble, parce que leur operation est si certaine &
determinée, que la fin s'en ensuit necessairement: comme en l'architecture laquelle estant exercée en matiere propre, & selon les reigles de l'art a tousiours son effect, les autres n'ont pas leur fin en leur
pouuoir, mais seulement leur operation, à cause qu'elles ne procedent pas par vne voye si reglée & determinée que les premiers, mais
est besoin d'vne part, que l'ouurier y apporte vne grande varieté
de iugements, pour accommoder son operation à la diuersité de ses
suiects; & d'ailleurs qu'il se rencontre certaines conditions tant dedans que dehors la matiere, qui ne sont point en la Iurisdiction de
l'art, mais dependent de l'empire du sort & de la fortune, de maniere que la fin ne répond pas tousiours infailliblement à l'intention
de l'ouurier, & en ce cas aussi l'excellence de l'operation n'est pas
iugée par l'effect qu'elle produit, mais par l'obseruation des reigles
de l'art & de la science. Pour reuenir donc à nostre propos: ie dis
qu'il est tres-certain que l'Orateur aspire à la persuasion, ie dis qu'il
se propose le gain de sa cause, mais quand il a parlé comme il appartient, encores qu'il ne s'en retourne pas victorieux, il a accomply ce qui estoit de son art, tout ainsi que le Pilotte, nonobstant
qu'il se propose bien de conduire son vaisseau à bon port, toutefois s'il est emporté & vaincu par la tempeste, il n'en est pas moins
Pilotte, ny le medecin semblablement, encores que l'imbecillité de
la nature, ou l'excez & l'intemperance de son malade l'empesche
de faire son effect. Et pour le regard de la derniere obiection qui est
que deuant qu'on eust recueilly des reigles de l'eloquence, les hommes vsoient naturellement d'exorde & de narration, il me suffit
d'y respondre pour cest heure, que toutes les choses que l'art a parfaictes & accomplies, ont pris leur commencement de la nature, autrement il faudroit exclure la medecine du nombre des arts, qui est
née de l'obseruation des choses saines ou de celles qui ne l'estoient
pas: Il en faudroit rayer l'architecture, car les hommes au commencement feirent des logettes pour leur necessité, apres ils recerche-
rent la commodité, & en fin y appliquerent l'ornement, parquoy
ce seroit vne trop grande iniustice de nier le nom d'art à l'eloquence en vertu des mesmes raisons pour lesquelles il a esté attribué aux
autres. Car la vraye definition d'art porte expressément que c'est
vn recueil de plusieurs preceptes tirez de l'obseruation de la nature,
& tendants & conspirans à vne fin vtile à la vie humaine. Or est il
que plusieurs personnes qui parloient sur mesmes suiects, on a remarqué celles qui faisoient effect, & celles qui ne le faisoient pas,

& recerché les raifons de l'vn & de l'autre , puis reduit toutes fes experiences auec leurs caufes fous certains pretextes generaux : & cefte obferuation a merité & obtenu le nom d'Art. Car quant à ce qu'ils adiouftent que les lettres diminuent & amoindriffent la vigueur de l'eloquence, ie confeffe bien qu'elles oftent quelque chofe de cefte vehemence & abondance de langage , que quelquesvns ont naturellement: mais c'eft comme la Lune ofte les ouurages qu'elle polit, c'eft à dire, elle en ofte ce qui eft de fuperflus & de vicieux. Il eft tres-certain que ceux qui difent inconfideremment & fans art, tout ce qui leur vient à la bouche, ont bien ordinairement vn plus grand torrent de paroles que les autres. Mais cefte vehemence par faute de regle & de conduitte , retourne prefque toufiours à leur confufion : tout ainfi que ceux qui n'ont pas appris l'art & la dexterité des armes, femblent quelquefois fe precipiter plus furieufement aux coups que les autres. Mais ce qui arriue de cefte violence ignorante, c'eft que la plus-part du temps ils s'enferrent eux-mefmes , & qu'auec peu de peine l'addreffe de leurs ennemis fouftient & ruyne toutes leurs furies & tous leurs efforts.

DE cefté queftion derechef naift vne autre, comme par forme d'incident , qui eft, afçauoir lequel a plus de part en l'Eloquence, ou l'Art, ou la Nature. Pour la refolution dequoy il faut premierement aduifer fi nous entendons les prendre feparement ou bien conjointement , c'eft à dire, fi nous voulons parler de l'art & de la nature confiderez l'vn en vn fujeCt , & l'autre en l'autre , ou fi nous les confererons quand ils fe rencontrent tous deux en vne mefme perfonne. Car en la premiere intelligence, il n'y a point de doute que la belle nature ne puiffe beaucoup d'elle-mefme fans l'art, là où l'art eft inutile fans la nature, à caufe que la nature luy fert comme d'vn champ & de fondement ; & au dernier cas encores faut-il diftinguer fi c'eft vn fujeCt où ils foient mediocres l'vn & l'autre. Car lors mefme la nature y operera plus que l'art: mais s'ils s'y rencontrent tous deux en excellence , certainement il fera plus redeuable à l'art qu'à la nature : Tout ainfi qu'en vne terre feiche, pierreufe & décharnée, l'Agriculture ne fera nul effeCt, à caufe que fa fterilité ne pourra eftre domtée par aucune induftrie ; En vn fond gras & fertile encores y naiftra il des herbes & des fleurs, mefme fans labeur & fans artifice : Mais quand le terroir fera bon & bien cultiué tout enfemble, alors l'induftrie y apportera de fa part plus que la nature du fond n'y contribuera de la fienne. Semblablement fi Michel l'Ange ou quelqu'autre excellent, fculpteur auoit mis en œuure vne de fes pierres dont on fait les meules, il n'y a celuy qui n'aimaft beaucoup mieux vne piecce de marbre toute

simple. Mais s'il auoit employé le mesme labeur sur du marbre dé
l'albaſtre, alors on y priſeroit trop plus l'ouurage que la matiere. Ie
conclus donc ſuiuant ces exemples, qu'en vn excellent Orateur la
gloire de l'eloquence depend plus de l'art que de la nature, & dis d'a-
bondant que l'aduantage de l'art par deſſus la nature ſe trouue plus
grand en ceſte ſcience qu'en beaucoup d'autres. Dont la cauſe eſt,
que le principal office de ceſte profeſſion eſtant de s'accommoder
à la capacité ordinaire des hommes, il ſuffit d'y apporter autant de
naturel que le commun des hommes en apporte de ſa naiſſance : ſeulement eſt-il requis de polir & cultiuer auec vn grand artifice, au lieu
qu'aux autres ſciences, dont les ſujects ſont plus éloignez du vulgaire,
& les fins plus hautes & plus éleuées, il faut bien auſſi eſtre fauoriſé
d'vn naturel capable de plus grands efforts : comme particulierement
en la poëſie, là où ſi la naiſſance ne donne aux poëtes ceſte chaleur
de ſang & d'eſprits, qui les fait ſembler poſſedez & tranſportez de
fureur, & parler en langage éleué par deſſus le ſtyle & la condition
ordinaire des hommes, il n'y a point d'artifice qui y puiſſe arriuer. Et
c'eſt pourquoy on dit que les poëtes naiſſent, mais que les Orateurs
ſe font ; afin de monſtrer que la nature domine en la poëſie, & l'artifice en l'eloquence. Car quant aux vices du corps, il n'y a point de
nature ſi defectueuſe, pourueu qu'elle ne ſoit point du tout mon-
ſtrueuſe & contrefaitte, que l'art ne la puiſſe aucunement corriger. Teſ-
moin Demoſthene meſme, l'vne des plus grandes lumieres de ceſte
profeſſion, lequel ayant naturellement la voix mal formée, la reſpiration courte, & l'action vicieuſe, dompta à la fin toutes ſes imperfections par ſon artifice. Or quand ie dis que l'art obtient le principal
lieu en l'eloquence, i'entends l'art accompagné d'exercice, & non pas
vne nuë tradition de preceptes : car comme l'vſage ſans l'art, eſt aueugle & temeraire, & peut auſſi toſt rencontrer mal comme bien, teſ-
moin ce qu'en parlant mal, on apprend à mal parler, auſſi l'art ſans
l'exercice eſt foible, impuiſſant & ocieux. Ie veux donc que l'Orateur face eſtat des preceptes, mais qu'il ne s'y fie pas tellement, qu'il
oublie le ſoin de les reduire en action, car il faut qu'il aduiſe, comme i'ay dit, que l'art eſt froid & ſterile de luy meſme, & qu'il ne produit rien s'il n'eſt excité & eſchauffé auec vn bon exercice. Dauantage
il doit ſçauoir que comme les choſes tendent par degrez à leur perfection, il y a encores vn certain moyen entre l'art & l'vſage, qui eſt l'i-
mitation, c'eſt à dire, que deuant que s'exercer luy meſme en œuures
de ſon inuention, il eſt beſoin qu'il prattique premierement les regles de l'art, en imitant les labeurs des bons, & que ne pouuant encores cheminer de luy meſme, il ſe ſouſtienne ſur leurs exemples,
pour autant que les exemples ſont plus proches de la vraye action
que les preceptes : car les preceptes ſont generaux, & les exemples par-

ticuliers, & pour cefte caufe il eft plus aifé & naturel de paffer des vns aux autres. Il conftituera donc la perfectiõ de l'eloquence en ces quatre poincts, comme aux quatre moyens & degrez par lefquels elle eft acquife, afçauoir en la bonté de la nature, en la cognoiffance de l'art & des preceptes, en l'imitation des excellens ouuriers, & en l'vfage ou exercice.

RESTENT maintenant les dix dernieres parties que nous auons deliberé de traicter en ceft auant-difcours, & fçauoir fous quel genre la Rhetorique doit eftre comprife, & quelle definition on luy peut donner, afin qu'en ayant attaint le fens de la nature, il nous foit plus facile puis apres d'en recognoiftre les effects & les dependences. Pour ce regard donques il ne fera point mal à propos de rafraifchir & renouueller la diuifion des arts faicte par les anciens, qui eft que des arts ou des fciences (car icy nous les prenons confufément en vn mefme fens) les vnes confiftent en vne fimple cognoiffance d'intelligence des chofes; comme eft l'aftronomie, ne fe propofans aucune action, mais fe contentans de la feule contemplation de leur fujet; & celles-la s'appellent contemplatiues: les autres s'eftendent bien à l'action, mais ne recherchent rien plus outre, & ne laiffent aucun effect apres leur operation, comme eft la dance & le jeu des inftruments de mufique; celles-la font dittes fciences actiues : les troifiémes tendent à produire quelque effect qui puiffe eftre expofé à la veuë, & demeurer apres l'action, comme la fculpture & la peinture, & ces dernieres fe nomment effectiues. Cefte diuifion donc ainfi prefuppofée, nous pouuons dire que la Rhetorique appartient proprement à l'ordre des fciences actiues, combien qu'elle participe en quelque façon de toutes les trois. Car aucunes fois elle fe contente de la fimple contemplation des chofes qui font vtiles pour perfuader, comme quand l'Orateur fe veut décharger de l'action des affaires; & en ce cas encores ne laiffe elle pas de recueillir bien qu'en apres vn des plus finguliers fruicts de fes eftudes, qui eft la pure volupté que l'on retire des lettres, lors qu'elles fe font feparées du monde & des occupations, & iouïffent de la contemplation d'elles mefmes. Elle aura auffi quelque rang parmy les fciences effectiues quand elle vacquera à écrire des oraifons, ou à reduire le cours & la fuitte des chofes en hiftoire : mais toutefois s'il luy faut faire élection d'entre les trois genres, dautant que fon principal vfage confifte en l'action, nous la mettrons fous le departement des fciences actiues. Pour le regard de la definition qu'on luy peut donner, il y en a plufieurs qui luy ont efté attribuées par les anciens, lefquelles vouloir toutes toucher icy l'vne apres l'autre, ce feroit vne curiofité plus ambitieufe que neceffaire : & partant il nous fuffira d'en choifir icy deux des plus fpecieufes; l'vne que la

Rhetorique est la science de bien parler, l'autre que c'est la science
de bien dire ; dont la premiere est prise du but & de la fin de l'eloquence, la seconde est tirée de sa charge & de son office. Il est vray
que quant à la premiere encores y en a il eu beaucoup qui l'ont
reiettée, parce qu'assez d'autres choses que les paroles peuuent persuader, comme nous disons que l'argent persuade, la faueur, la dignité, l'authorité, & le simple aspect mesme persuade, quand il fait
ressouuenir des merites de quelqu'vn, ou qu'il remet deuant les yeux
des obiects dignes de commiseration ; comme on écrit qu'vn ancien Orateur defendant vn Citoyen Romain, qui estoit luy-mesme
present, & assistoit au iugement de la cause, luy déchira ses vestemens en plein Senat, & descouurit les playes qu'il auoit autrefois receuës en l'estomac pour la protection de la Republique, faisant
par ce moyen plus de force & de violence aux yeux qu'aux oreilles
du peuple Romain, lequel auec ces artifices, il émeut à ressentiment
& à compassion. La beauté semblablement persuade, la grace, les attraits, suiuant le commun prouerbe, qui dit que les yeux parlent, &
que la beauté est vne eloquence muette. Et de fait on lit à ce propos
dans les escrits des anciens, qu'vne courtisane Grecque nommée
Phryne estant poursuiuie en iugement, ne s'exempta pas tant du
supplice par la harangue d'vn sien Aduocat nommé Hyperides,
encores qu'elle fust admirable, comme par l'inuention qu'elle trouua d'ouurir vn des costez de sa robbe, & faire paroistre à nud vne
partie de son corps qui estoit doüé d'vne extréme beauté. Par ainsi
donc nous restreindrons & limiterons la premiere definition, en y
adioustant que la Rhetorique est vn art de bien & proprement parler de tout sujet proposé, & a pour sa matiere toutes les choses
vray-semblables qui peuuent tomber en discours entre les hommes.

LETTRE
DE CONSOLATION
A M. L'ADMIRAL DE IOYEVSE,
SVR LA MORT DE SA MAISTRESSE.

EPVIS que i'ay receu les lettres qu'il vous a pleu m'escrire, i'ay quasi tousiours esté affligé de maladie, & principalemét d'vne defluxion qui m'est tombée sur la veuë, qui m'a telle-ment trauaillé l'espace de deux ou trois mois, qu'il n'estoit pas seulement en ma puissance d'ouurir les yeux, & les tenir arrestez sur le papier. Ie me plaindrois de cet accident qui m'a esté si contraire, que de me priuer de la chose du monde que ie desirois le plus, qui estoit de respondre à vos lettres, s'il ne m'auoit aussi apporté plus de moyen d'y satisfaire maintenant. Car ie ne doute point que la longueur du temps qui s'est passé, n'ayt faict vne partie de l'office que vous attendiez de ma response: comme certes c'est le plus asseuré remede que l'on puisse ap-pliquer aux douleurs de l'ame, lesquelles il sçait addoucir & faire ou-blier: au lieu que les autres les irritent, & impriment le mal plus auant, en le voulant arracher auec violence. I'en tireray doncques ceste commo-dité, que mes lettres seront accompagnées de quelque effect: esperant que le temps vous aura disposé à receuoir leurs remedes, lesquels n'eus-sent pas eu beaucoup de lieu auparauant, lors que la playe estoit encore recente. De maniere que ie seray comme les Medecins fortunez, qui ar-riuent sur le declin de la maladie: car il n'est pas que depuis trois ou qua-tre mois que vous auez esté oppressé de ceste douleur, vous ne vous soyez remis en l'esprit toutes les choses qui ont accoustumé de la rendre plus supportable: comme entre autres, que les felicitez humaines sont inconstantes & subiectes au changement, & principalement celles des amoureux, qui sont fondées sur la mesme inconstance: & partant, que ceux qui se laissent posseder à ceste passion, doiuent tousiours estre pre-parez à souffrir ces desplaisirs, & se voir ainsi cruellement diuiser & arra-cher d'auec eux mesmes. Que des pertes que l'on fait en amour, les vnes arriuent par la mort, & les autres par l'infidelité: mais que celles qui pro-cedent du changement & de l'infidelité, sont, sans comparaison, plus difficiles à supporter: car encor parmy ce desplaisir que vous ressen-tez en vostre ame de la perte d'vne chose qui vous estoit agreable, si c'est la mort seule qui vous l'a ostée, il y a tousiours de la dou-ceur en ceste amertume, & quelque consolation en la memoire du passé, quand vous vous representez d'en auoir esté aimé vnique-ment, & que le malheur a bien eu assez de puissance sur elle pour la priuer de vie, mais non pas de l'affection qu'elle vous portoit. Que si les anciens ont eu raison de dire que l'on ne deuoit point fai-

re iugement de la felicité des hommes pendant qu'ils eſtoient viuans,
parce que bien ſouuent parmy les grandes proſperitez il y arriuoit des
accidents & des mutations qui troubloient toute leur felicité: de ſorte
qu'il ſembloit que la mort obligeoit ceux qu'elle prenoit durát le cours
de leur bonne fortune, deuant que les malheurs euſſent loiſir de la trauerſer; afin de leur laiſſer cet auantage d'auoir ioüy d'vne pure felicité,
ſans qu'il y euſt rien de deſplaiſir meſlé parmy: c'eſt encor quelque eſpece de faueur que la mort l'ayt rauie durant l'excez & la violence de ſa
paſſion, cependant qu'elle ne penſoit & ne reſpiroit autre choſe que
vous, afin que ce contentement vous demeure, d'auoir ioüy entieremét
de ceſte belle ame, ſans que ſon affection ayt eſté tachée d'infidelité, &
ſans qu'elle ayt eſprouué aucune mutation. Outre ce, que ſi vous regrettez ceſte perte pour voſtre conſideration particuliere, vous pouuez faire eſtat qu'elle eſt aucunement reparable, & que la Nature vous ayant
laiſſé au monde extremement digne d'eſtre aimé, il n'eſt pas croyable
qu'elle n'ait auſſi reſerué quelque choſe qui ſoit digne de vous aimer:
tellement qu'eſtant orné des meſmes graces qui vous l'auroient acquiſe, & les faiſant reluire de plus en plus par vne infinité de belles actions,
il eſt touſiours en vous de vous voir enrichy de ſemblables conqueſtes,
qui vous ſont preparées, non par la fortune, mais par voſtre merite. Et
outre, aux remedes que le temps apporteroit à vne ame otieuſe, i'adiouſte encore, que la voſtre eſtant diuertie & occupée, ceſte impreſſion
n'y peut pas eſtre telle comme elle ſeroit autrement: car il eſt bien mal-
aiſé que deux paſſions differentes logent en vn meſme eſprit auec tant
d'egalité, que l'vne ne ſoit point ſurmontée par l'autre: & que celle de
la gloire qui a touſiours monſtré d'auoir beaucoup de part en voſtre
ame, combattant contre celle de l'amour, ne luy donne la loy, & ne face
que parmy le contentement que vous receuez de tant de trophées qui
vous ſont erigez, & de tant de reputation qui vous eſt acquiſe, il ne vous
ſoit fort doux de ſupporter les afflictiós particulieres, & en vſer comme
ce Capitaine Romain, qui voyant ſes triomphes meſlez des funerailles
de ſes propres enfans, rendoit graces à la Fortune, de ce que parmy tant
d'heur & de gloire, elle ſe contentoit de ceſte part, eſtimant qu'il eſtoit
bien raiſonnable de luy ſacrifier quelque choſe. Ainſi parmy tant de
grandes & heureuſes auantures, tant de recouuremens de Villes & de
Prouinces, vous prendrez facilement en gré de payer quelque tribut à la
Fortune, qui n'a iamais accouſtumé de gratifier les hommes ſi liberalement, qu'il n'y ayt touſiours ie ne ſçay quoy d'enuie & de malignité
meſlée parmy. Le temps donc vous ayant repreſenté ces choſes, il me
ſemble que ce qui dependra de moy pour la perfection de ceſt œuure,
ſera fort aiſé à accomplir, & que tant s'en faut que i'aye beſoin de beaucoup de paroles pour vous diuertir de ceſte triſteſſe, qu'au contraire,
vos larmes eſtans ſeichées d'elles meſmes, il ſera quaſi plus neceſſaire de les renouueller que de les eſſuyer: car comme c'eſt vn teſmoignage d'vne ame foible & imbecille, que de ceder entierement à

la douleur, aussi est-ce signe d'vne nature esloignée de l'humanité, que
de ne s'en esmouuoir aucunement, & principalement en ces accidents,
où les esprits des plus fermes se laissent emporter : estant bien souuent
arriué, que ceux qui s'estoient monstrez inuincibles contre les plus grāds
coups de la fortune, , n'ont peu resister à ces petites passions qui les sont
venus toucher par les parties où leur ame estoit sensible & descouuerte,
& leur donner comme au defaut des armes : tellement que ceste facilité
que ie blasmerois en d'autres choses (d'autāt qu'en amour c'est vne marque d'vne ame bien née) tant s'en faut, que ie la vueille esloigner de la
vostre, que plustost ie pretends l'y conseruer, afin que rien ne manque
de toutes les parties qui sont necessaires pour la rendre accomplie : n'e-
stant pas plus à desirer qu'elle se rende constante aux choses qui demandent de la fermeté, que douce & aisée à amollir en celles qui requierent
de la passion. Ie ne commettray point donc ce sacrilege de la priuer de
sentiment, & luy defendre la tristesse & les plaintes en vne occasion, où
si elles furent iamais permises & excusables, elles sont certes plus iustes
& necessaires. Au contraire ; au lieu d'appliquer des remedes à son mal,
ie mettray peine de l'aigrir & de l'irriter encore dauantage, & vous coniureray par la bonté de vostre naturel, & d'autāt que vous desirez de fuir
l'ingratitude, que vous ayez à regretter ceste perte , & la pleurer auec les
plus chaudes larmes, & les plus veritables qui ayent iamais esté respanduës. Ces beaux yeux qui versoient tant de flammes & de lumieres dans
les vostres, sont maintenant esteints & cachez soubs l'obscurité de la sepulture. Ces beaux cheueux qui lioient & entretenoient vostre ame si
doucement, ont perdu leur force & leur contrainte. Ceste belle bouche
à qui vostre nom estoit si cher & si precieux, qu'elle qui auoit accoustumé de ne dire iamais rien hors de propos, estant inspirée d'amour & de
passion, se plaisoit à le nōmer cent fois en vne heure, & à faire venir des
discours esloignez seulement pour auoir occasion de le prononcer, est
close & muette maintenant, & ne profere plus ceste parole qui luy estoit
si douce & si agreable. Toutes ces roses sont ternies & effacées, & de tant
de graces & de perfections, dont vostre desir se nourrissoit , il ne vous
reste plus à ceste heure que la souuenance de les auoir aymées : & encore,
las ! si vostre ame est pleine d'oubliance & d'ingratitude, il ne vous en
reste plus aucune chose maintenant. Quelle consolation doncques
deuez vous esperer, & receuoir en ceste perte, puis que tous les obiects
dont vous pourriez attendre quelque allegemét, se tournent en douleur
& en tristesse? Et quád vous auriez l'ame aussi dure & insensible comme
vn rocher, encore en sortiroit-il des fontaines & des ruisseaux de larmes.
Vous auez perdu la chose du monde, dont la possessiō vous estoit la plus
douce, & l'auez perduë au temps que la conseruatiō vous en deuoit estre
plus desirable : Au moins si le Ciel auoit differé de l'appeller iusques à vostre retour, pour la laisser iouïr de l'honneur de tāt de victoires & de trophées ! Mais il sēble qu'il a porté enuie à vostre felicité, & ne vo⁹ a pas vou-

Ttt ij

lu conceder cet aduantage, de peur de voir redoubler ceste gloire par
le contentemét qu'elle en eust receu en viuant: Car il ne faut point douter que la reputation que vous auez acquise en ce dernier voyage, ne
vous soit, sans comparaison, moins douce, maintenant que vous estes
priué de la luy communiquer, qu'elle seroit si ses beaux yeux estoient
encore pleins de vie & de lumiere, pour estre spectateurs des triomphes
qui vous sont preparez, & seruir de soleils luisans & esclairans au iour
de vostre arriuée, afin de le rendre le plus beau & le plus resplendissant
qui fut iamais: d'autant que l'ambition, bié que ce soit vn desir de nous
faire estimer vniuersellement, si est-ce que lors qu'elle est conioincte
auec quelque autre passion, elle s'y conforme, & en reçoit la qualité. De
sorte que quand nous auons de l'affection particuliere à quelque chose,
& que le desir & les mouuemés de nostre ame sont tournez vers vn seul
obiect, comme il arriue en amour, tout le plaisir que nous receuons de
la cognoissance que l'on a de nos merites, prend son cours de ce costé-
la: & la reputation que nous acquerons enuers les autres, nous deuient
indifferente ; ne se sentant cet aise en ce rauissement, sinon lors que ce
que nous aimons le recognoist. Ie suis donc contraint de vous dire que
parmy tant de faueurs du Ciel & de la Fortune, tant d'effects du bon-
heur & de vostre merite, vn des plus doux fruicts de vos labeurs vous est
osté, qui est le contentement que vous eussiez eu de l'en rendre participante. Que si ce Thebain qui triomphoit d'vne sienne victoire, benis-
soit la Fortune, de ce qu'elle luy estoit arriuée du viuant de ceux qui l'a-
uoient mis au monde, pour les voir vnis & associez à sa felicité : combien deuez-vous ressentir de douleur, que celle auec qui vous estiez conioinct d'vne affection d'autant plus forte que les loix de l'ame & de l'é-
lection excedent celles de la Nature, ne soit en vie maintenant pour
recueillir le fruict & les premices de tant de belles actions dont elle a
semé les desirs en vostre ame, & leur a donné nourriture & accroissement? Elle eust veu le commencement de vostre voyage couronné par
son issuë: en fin apres auoir receu ce dernier plaisir de ses yeux corporels, elle s'en fust volée au Ciel beaucoup plus contente & satisfaicte, recognoissant desormais que la bonne fortune vous est tournée en habitude & en accident inseparable, pour ne vous pouuoir abandonner.
Mais au moins, puis que la mort s'y est opposée, maintenant qu'elle est
là haut despouillée de son corps, comme d'vn voile & d'vn empeschc-
ment; que ce n'est plus qu'vn esprit & qu'vne lumiere pure & affranchie
de toute obscurité qui vous void & découure iusques au fód de vos plus
secrettes pensées: si l'affectió qu'elle vous a portée y est encore emprainte, comme ie ne fais point de doute qu'elle ne soit cóseruée en ceste belle
ame apres la separatió du corps, y ayát esté si viuemét imprimée; faites en
sorte que parmy la ioye & le cótentemét qu'elle reçoit, sa felicité ne soit
point troublée de ce dernier desplaisir, (qui est le seul regret qu'elle peut
emporter des choses de ce monde,) d'auoir logé son affectió en vne per-

sonne ingrate, & sans recognoissance. Seruez-la apres sa mort auec la
mesme deuotion que vous faisiez pendant qu'elle estoit en vie. Offrez-
luy des souspirs & des larmes: Sacrifiez-luy des pensées pleines de dueil
& d'amertume, qui luy seront d'autant plus aggreables qu'elle les verra
naistre parmy les victoires & les trophées, parmy les faueurs & les caresses de la fortune, parmy les cris & applaudissemens de toute la France, & qu'elle recognoistra que vous, qui auez vaincu les Villes & les
Prouinces, souffrirez estre encore surmonté par l'Amour, & vous laisse-
rez mener vous-mesme en triomphe au milieu de vos triomphes & de
vos conquestes: Et en somme que la lumiere & la splendeur de vostre
gloire ne vous aura point tellemét esbloüy, qu'elle vous oste de deuant
les yeux l'image de celle qui doit presider à toutes vos actions, & à toutes vos pensées. Ainsi doncques comme vous estes tres-liberal en toutes
autres choses, soyez-le maintenant aux regrets & aux plaintes, & honorez ceste perte auec les larmes les plus abondantes que l'Amour ayt iamais fait sortir de vos yeux: & si les vostres ne vous semblent suffisantes
pour égaler ceste passion, & qu'il vous plaise encore y employer celles
des Muses, & me donner la charge de les consacrer à vn si sainct office,
ie m'efforceray de regretter son trespas auec des larmes immortelles, &
qui tesmoigneront vostre douleur à la posterité ; & mettray peine d'enrichir la belle sepulture que vous luy dresserez en vostre ame, de tous les
ornements d'eloquence de Poësie qui se pourront imaginer. Ce que ie
me promets plus asseurément de mon esprit en cet endroict, que ie ne
ferois en vne autre occasion, sçachant combien la seule opinion de faire
chose qui vous soit aggreable me hausse l'ame & le courage, & m'éleue
par dessus mes forces ordinaires: & combien ce m'est vne douce inspiration de penser estre incité & animé par vos exprés commandements,
desquels ie seray eternellement tres-sainct & tres-religieux obseruateur.

SVBIECT

DE LA LETTRE

DE PHYLLIS A DEMOPHON.

Imitation d'Ouide.

Emophon fils de Thesee, reuenant de la guerre de Troye en
son pays d'Athenes, fut ietté par la tempeste de la mer à la coste
de Thrace, dont Phyllis fille de Lycurgue estoit Reine: & parce que
de ce temps les droicts d'hospitalité estoient les deuoirs plus recom-
mendables de la vie ciuile, Phyllis le receut honorablement en son
Port, *& en son Palais, le gratifiant de toutes les courtoisies qui peuuent*

Ttt iij

obliger vn estranger incogneu. Mais la conuersation estant vn peu plus agreable qu'il ne falloit, elle fut tellement touchée de son merite, qu'aux magnifiques presents qu'elle luy fit, elle adiousta les dernieres obligations qui se peuuent attendre d'vn amour. Ce fut pourtant sous les promesses que Demophon luy fit de l'espouser, & ne la quitter iamais; soit qu'elle le creust ainsi, ou qu'elle voulust prendre ce faux pretexte pour excuser sa faute. L'aage de leur affection dura quelques mois auec les plus delicieuses caresses qui se peuuent recueillir de deux ames également passionnées l'vne de l'autre: mais au bout de ce temps Demophon entendant la mort de Mnesthée, qui auoit chassé son frere Thesée du païs des Atheniens, & desirant plus la possession d'vn Royaume, que de conseruer celle d'vne femme, laissa tellement emporter son amour à son ambition, qu'il se resolut de quitter la Thrace, & s'en aller à Athenes: & lors feignant y auoir quelques autres affaires, il prit congé de Phyllis, qui sur l'asseurance qu'il luy donna d'estre de retour dans vn mois, fit elle-mesme racoutrer les nauires, & prepara tout ce qui estoit necessaire à son voyage. Or apres trois mois qu'il fut party, Phyllis voyant qu'il ne reuenoit point, luy escriuit ceste lettre, par laquelle elle tasche de le rappeller auec toutes les raisons dont sa passion la peut aduiser; luy reproche son manquement de promesse; luy ramentoit ses iuremens, ses obligations: & en fin pour l'émouuoir plus à ce retour, l'asseure de se faire mourir d'vne cruelle mort, s'il ne reuient bien tost.

LETTRE DE PHYLLIS
A DEMOPHON.

E n'estoit pas mon humeur, Demophon, de vous importuner iamais d'aucunes sortes de paroles qui vous peussent témoigner, ou l'aigreur, ou la passion d'vne femme offensée: mais puis qu'il ne me reste autre liberté que celle de me plaindre des maux qui ne se peuuent taire, & dont vous estes la cause; apres auoir permis à vostre foy de rompre iniustement ses promesses, vous pouuez bien permettre à ma douleur de rompre le silence: au moins si les mesmes vents qui ont soufflé vos vaisseaux, n'ont emporté vostre memoire. Souuenez-vous, ie vous prie, comme en partant d'icy vous m'asseurastes d'estre de retour dans vn mois; & que trois entiers sont passez depuis celuy-la, sans que i'aye eu aucune de vos nouuelles. De sorte que si vous comptez vn peu de temps dont en amour nous tenons si bon compte, vous ne trouuerez pas que mes plaintes soient trop hastées. Ie penserois pourtant m'estre mécomptée en ce que les iours me semblans estre des moments au bien de vostre presence, me paroissent des siecles entiers au dueil que ie fais de vostre esloignemeut: mais outre l'interest que ie puis auoir en vostre dessein, les effects m'ont fait voir que vostre infidelité deceuoit plus mon attente, que mon ennuy ne trompoit ma souuenance. I'aduoüe que i'ay demeuré trop long temps à cognoistre

le ſujet de mon mal, & puis, que c'eſt lors qu'il n'a point d'autre remede
que de ſouffrir conſtamment. Et ſi i'euſſe eſté auſſi défiante pour ſou-
pçonner l'artifice de voſtre ame, que vous eſtiez malicieux à faire du
deſſein ſur la naïfueté de la mienne ; ie ne ſerois pas en peine de vous faire ces reproches : mais pour auoir eu trop de franchiſe & de bonté, i'ay
creu le contraire de ce que ie ne ſçay que trop tard à ceſte heure, & dont
le ſçauoir ne m'eſt pas moins dommageable que l'ignorer ; en ce que
l'vn ayant eſté cauſe de mon erreur, l'autre l'eſt de ma triſteſſe. Au ſouuenir de tant de preuues que vous m'auez renduës de voſtre paſſion diſ-
ſimulée, i'ay moderé iuſques icy les inquietudes de mon eſprit, iadis
plus affligé par le deſir de voſtre veuë, que par la crainte de voſtre oubly :
& maintenant également tourmentée, & de l'vn & de l'autre. Mais las!
vous n'eſtes pas le ſeul coulpable de mon erreur, puis que ie ſuis de vos
complices ; & qu'ayant conſpiré auec vous contre mon repos, ie me ſuis
tant aydée à me tromper moy-meſme. C'eſt en quoy vous auez monſtré le pouuoir que vous auiez ſur mon ame, d'en auoir tellement gaigné toutes les parties, qu'elles ſe ſont reuoltées contre moy, pour fauoriſer le deſſein que vous auiez de me trahir. Il n'y en a pas vne qui ne
vous ayt rendu de fort bons offices en voſtre abſence, ſuiuant les intentions que vous auiez de me ſeduire : car ma memoire me ramenteuoit
toutes les preuues paſſées de voſtre amitié, pour empeſcher les ſoupçós
que ie deuois conceuoir de voſtre retardement : & tandis que mon iugement condamnoit toutes mes iuſtes défiances, mon imagination
trouuoit des excuſes ſuppoſées de voſtre delay, que mon opinion donnoit pour veritables à ma credulité : ſi bien que m'eſtant renduë ſubti-
le à les inuenter, ie me rendois encore plus facile à les croire. Combien
de fois me ſuis-je perſuadée que la premiere tranquillité des eaux ſeroit
celle de mon ame, en vous ramenant par deça ? & quãd la bonace eſtoit
venuë, & que le long calme me faiſoit voir le contraire, pluſtoſt que
d'accuſer la legereté de ma creance, ou celle de voſtre foy, i'en remettois
la coulpe à toutes les circonſtances qui ſe peuuent penſer. Tantoſt ie
maudiſſois Theſée qui vous arreſtoit, encore que ce ne fuſt pas luy qui
vous retenoit ; tantoſt croyant que vous fuſſiez malade, ie ſacrifiois aux
Dieux pour voſtre ſanté ; & receuois en la plus ſenſible partie de mon
ame, le contre-coup du mal que vous ne ſentiez point : tantoſt craignãt
que vous euſſiez fait naufrage en reuenant à moy, la douleur & l'obligation me faiſoit entreprendre ce que bien toſt le deſeſpoir me fera executer. En fin mes ſynceres affections s'eſtans renduës inuentiues aux
cauſes de voſtre delay, m'ont fait imaginer tous les empeſchemens qui
peuuent retarder la diligence d'vn voyage. Et cependãt vous continuez
à me priuer de voſtre veuë, ſans que la recognoiſſance des biens que ie
vous ay donnez, ny la pitié des maux que i'ay receuz, ſoient capables de
vous amener icy. Helas! puis que mes yeux n'ont ceſſé de pleurer dés
que vous eſtes party, ie cognois bié que voſtre abſence eſt la nourriture

de mes larmes : mais voyant que tant plus ie pleure, tant moins vous venez ; ie croy auſſi que mes larmes ſont la nourriture de voſtre abſence.
Où ſont les droicts coniugaux ? où la foy donnée par l'attouchement
des mains ? Que ſont deuenus ces propos pleins de promeſſes ? ces promeſſes pleines de ſermens ? ces ſermens pleins de pariure ? Vous iuraſtes
par cet Hymen promis à la ſocieté de noſtre vie, qui m'eſtoit vn oſtage
aſſeuré de noſtre mariage ; vous iuraſtes par ceſte Mer que vous auiez ſi
ſouuent paſſée, & que plus ſouuent vous deuiez repaſſer ; vous iuraſtes
par les vents, auſquels vous auez ſeulement rendu conformes vos affections ; vous iuraſtes par Venus, & par les traicts & la flamme de ſon fils,
que i'eſpreuue maintenant ſi nuiſibles. Quoy ? ſi chacun de ces Dieux
venge l'iniure faicte à ſa diuinité, pourrez-vous ſuffire tout ſeul à tant
de chaſtiments ? Voſtre ſeul corps fournira-t'il-à tant de ſupplices ? Demophon, vous donnaſtes au vent vos voiles & vos paroles ; & ie me
plains que ces voiles n'ayent non plus de retour que ces paroles de foy.
Dittes-moy, quelle faute ay-je faitte, ſinon de vous auoir indiſcrete-
ment aimé ? Faute qui ne me rend pas tant coulpable, qu'elle vous rend
obligé. Ie ne ſçache auoir commis contre vous autre meſchanceté, que
d'auoir receu chez moy vn meſchant homme, tel que vous ; qui ne iuge
pas que ceſte erreur plus officieuſe que puniſſable, ne meritoit pas ſeulement ma repentance, ſi vous ne l'en euſſiez renduë digne par voſtre
ingratitude. Mais ay-je bien auſſi toſt perdu la memoire de mes bons
offices enuers luy, comme il a perdu la ſouuenance de ſes obligations
enuers moy ? Ne fis-je pas raccommoder & recalfeutrer ſes nauires entr'ouuertes & creuaſſées ; afin de rendre (tant i'eſtois ſotte) plus ſeurs les
vaiſſeaux dont ie deuois eſtre delaiſſée ? Il n'auoit pas aſſez de moyen de
m'abandonner ſelon la coniuration que ſa malice en auoit faicte ; il faloit que ma ſimplicité euſt encore part à ſon intelligence ; & que ie luy
donnaſſe la chiorme, comme vray inſtrument de ma ſottiſe, pour l'emporter fugitif loin de mes terres. Ha ! que mes coups ſont bien retournez ſur moy-meſme, & que ie ſouffre bien la playe faicte de mes propres armes. Mais, Demophon, ie croyois à voſtre beau langage ; dont la
douceur qui paſſa par mes oreilles, me laiſſe vne eternelle amertume au
cœur. Ie creus à vos ſermens, pleiges, helas ! que i'eſpreuue maintenant
ſi fragiles. Ie creus en vos larmes artificieuſes, que vous auez ſi bien in-
ſtruictes à trahir, & qui ne coulent qu'eſtans commandées d'abuſer
quelque ame credule. Ie creus à mes deſirs, à mes eſperances, à mes inclinations, qui toutes ſe rebellerent contre moy à voſtre faueur. Hé !
qu'eſtoit-il beſoin de fortifier par tant d'aduerſaires vos trompeurs deſſeins, puis que le moindre eſtoit capable de me deceuoir ? Il ne me faſche
point de vous auoir gratifié de ma maiſon & de mon Port ; ma courtoiſie deuoit s'arreſter là ſans paſſer plus outre : mais ie me repens (le puiſ-je
ſeulement dire ſans mourir ?) de vous auoir laiſſé prédre ce que celles de
noſtre ſexe ne peuuent perdre qu'vne fois. Ne me vaudroit-il pas mieux

auoir donné tout mon Royaume entier, que la seule moitié de mon
lict? Hé! que la nuict auant celle-la eust esté la derniere pour moy, qui
pouuois mourir alors fille pudique. Ne valut-il pas mieux que la perte
de ma vie, preuenant celle de mon honneur, ie fusse entrée chaste dans
le tombeau, puis que ie ne pouuois sortir telle d'vne couche? Mais i'at-
tendois plus de bien que ie n'en ay, parce qu'à la verité ie le pensois meriter aussi, & me semble que mes esperances n'auoient point de tort de
regarder plus à mon merite qu'à mon malheur. Ce n'est pas vne grande
& difficile gloire de tromper vne fille; dont la simplicité meritant plus
de faueur que d'offense, est aussi plus digne d'excuse que de chastiment.
Et femme & amante ie me suis laissée aller à vos discours, & à vos larmes; ayant neantmoins quatre grands complices d'vn seul crime, mon
amour, vos pleurs, mon sexe, & vos paroles; dont le moindre estoit
suffisant d'esbranler vne ame quelque asseurée qu'elle peust estre. Mais
si vous croyez que ce soit vn acte tout loüable de m'auoir ainsi abusee,
adioustez-le aux beaux tiltres de vostre maison; & faisant dresser vne
statuë au milieu d'Athenes aupres des vostres, n'oubliez pas d'y mettre
comme vous traictez vne fille qui estoit vostre hostesse & vostre amante. C'est vn tribut que vous deuez à vostre race, & que vous pouuez loger
apres les pareilles conquestes de vostre pere, dont vous estes si fidelle
imitateur en ses infidelitez. De tant de gestes diuers vous n'auez pas oublié cestui-la, lors qu'il laissa la pauure Ariadne qu'il auoit rauie. Vous
vous glorifiez de ce dont il s'excuse; & n'ensuiuant que ce qui le rend
blasmable, vous renoncez à toutes ses humeurs, fors à celle qui vous
rend heritier de sa perfidie Aussi il faloit bien (puis que vostre meschã-
ceté surpassoit celle de Thesée) que mon malheur surmõtast celuy d'A-
riadne, qui vid tellement prosperer son infortune, qu'elle possede encore vn mary, & plus grand, & meilleur que celuy-la qui l'auoit quittée.
Ha! que ie suis bien autrement traictée de mes miseres; ausquelles ie ne
treuue point de reconfort qu'en leurs violences, pour l'espoir qu'elles
me donnent de leur prochaine fin. Helas! en rendant mes maux differents par leur extremité, & de ceux d'Ariadne, & de tous les autres, vous
m'ostez mesme la consolation que les malheureux treuuent ordinairement en leurs semblables. Me voila donc maintenãt méprisée de ceux
dont autrefois i'ay tant desdaigné la recherche, & qui ne se ressouuien-
nent de ma faute que pour se repentir de la leur, de m'auoir seruie auec
de la passion. Iusques aux Thraces plus abiects ils ne veulent point de
moy, qui ne faisant cas de leurs poursuittes, ay preferé vn estranger à
ceux de mon pays. Mes domestiques plaignent ma disgrace, mes voisins se mocquent de ma faute, & mes poursuiuans despitez fuyent mon
alliance: si bien que ie sers de sujet à la pitié des premiers, à la risée des
seconds, & au iuste mespris des autres. Là dessus quels contes ne fait-on
pas de moy? que n'en dit-on pas? Ceux qui ne iugent des deportemens
que par le succez, & qui ne regardent les intentions que dans les eue-

nements, blafment cet acte d'hofpitalité: voyant que vous ne faictes cas,
ny de moy, ny de mon Palais, ny de voftre retour. Abandonnée en fin
de tout le monde, ie me retire en la compagnie de mes triftes penfers,
qui ne me menent pas plus doucement, que cela m'afflige, & par la fouuenance du bien que i'ay poffedé, & par la confideration du mal qui me
poffede. Tous mes contentemens paffez reuiennent en mon efprit,
comme vn nouueau fecours en mes miferes prefentes, pour me tourmé-
ter dauantage. Si bien que ie n'ay rien d'heureux en voftre efloignemét,
que la feule memoire qui me rend fi malheureufe. C'eft elle qui me réd
fi prefente voftre abfence, & qui fait repaffer mille fois le iour voftre
idée à la veuë de mon ame : ie vous voy, ce me femble, bien fouuent ;
foit ou que mes penfées ayent porté mes yeux à voftre corps, ou foit que
mes defirs ayent rapporté voftre corps à mes yeux. Mais ce que ie me
reprefente le plus de vous, c'eft voftre face & voftre façon ; lors que fur
le poinct de voftre partement, vos nauires vous attendant à mon port,
tous prefts à faire voile, vous ofaftes m'embraffer & m'eftreindre : &
fondant tout deffus moy, vous arreftiez mille baifers pleins de rauiffe-
mens en ma bouche ; fi bien que nos ames s'entrecueillans en nos leures,
faifoient vn meflange de nos vies , qui ne fembloient fe pouuoir de-
mefler que par la mort de l'vn ou de l'autre. Parmy tout cela, combien
de foufpirs delafchez, de propos interrompus, de panthelemens, de de-
faillances, de languiffemens de part & d'autre ! Cela faict , apres auoir
meflé vos larmes auec les miennes, vous me vouluftes dire Adieu. Combien d'Adieux pour ce feul depart? De façon que vous eftant plaint
quelque temps de ce que les vents eftoiét trop fauorables à voftre voyage, pour la derniere parole, Phyllis, me dittes vous, attends ton Demophon. Vous attendray-je, traiftre & defloyal, vous qui partiftes auec
intention de ne reuenir iamais? Attendray-je bien encore ces nauires,
que vous ne voulez plus faire reuoguer en noftre mer ; finon qu'vn vent
contraire à vos defirs, & propice au mien , les iettaft par force à cefte
contrée? Emportant auec vous mon honneur & mon bien ; vous pen-
fiez m'auoir bien recompenfée de me faire vn prefent d'vne fauffe attente de voftre veuë, qui me peuft confoler au ducil que vous me laiffiez
de voftre abfence. Et bien Demophon, n'ay-je pas affez attédu? N'eft-
il pas temps, ou que vous reueniez, ou que ie meure? Reuenez donc à
voftre Amante, encore que ce foit bien tard ; afin que voftre foy ne foit
fauffée, & que ie beniffe la peine de mon attente, en laquelle ie n'auray
perdu qu'vne partie du temps feulement. Mais poffible quelque nouuelle amour vous retient, & quelqu'autre infortunée qui fe prepare de
me confoler par reffemblance de malheur. Vous aurez maintenát peut-
eftre quelqu'autre femme, mais non pas quelqu'autre Phyllis. Vous luy
pouuez eftre autant affectionné, mais non pas autant redeuable ; autant
perfide, mais iamais autant ingrat. Non, non, depuis le temps que
vous m'auez oubliée, vous n'auez point cogneu de Phyllis ie m'en af-

seure. Moy miserable! si vous demandez encore que ie suis, quelle est
ceste Phyllis dont ie parle, & d'où elle est : Ie suis celle-la qui vous recueillis en mon Port comme vne piece de naufrage, & comme le reste
de l'ire des vents & des ondes, las & fracassé des longs voyages; qui re-
paray par ma bonté le bris de vostre fortune, logeât vos nauires en mon
Port, vous & les vostres en mon Palais,& vos propres malheurs en mon
ame. Ie suis ceste Phyllis, qui secourus vos necessitez de mes moyens,
qui vous donnay de grandes richesses, & qui ne vous mettois en peine
que de refuser les presents:Ie suis celle-la qui soubsmis soubs vostre puissance tous les grands Royaumes de Lycurgus, dont la guerriere estenduë n'est pas proprement gouuernée soubs le nom d'vne femme. Mais
las! pourquoy suis-je celle- la qui me soubsmis moy-mesme aux loix de
de vos volontez, contre celles de mon deuoir, accordant à vos feintes
passions ce que ie ne deuois iamais separer de mon corps, sans en separer
quant-&-quant mon ame? Pourquoy suis-je moy-mesme apres cet e-
norme forfaict qui me réd indigne de'moy; puis qu'estre Phyllis, & estre
fille, ce ne deuoit estre qu'vne mesme chose? Et pourquoy ma main
ne serra mon col de ceste chaste ceinture, que la vostre auoit relaschée
de mes flancs? Apres auoir celebré ce beau mariage, que n'en celebray-
je soudain les funerailles; puis que les plus heureux presages que i'y treuue, ressentoient des obseques funebres? c'estoient des augures dignes
des effects que i'espreuue. Maintenant taschant d'auoir quelque nouuelle de vostre retour, du costé que ie puis voir la mer, soit iour ou
nuict, ie regarde de quel vent elle est agitée : & si ie découre de loing
quelques voiles qui viennent vers moy, pensant que ce soient les effects
de tant de prieres que i'ay faictes aux Dieux pour vostre venuë, ie cours
vers le riuage, ayant tousiours la pensée perduë dans vostre retour, &
la veuë dans l'eau, dont les ondes me retiennent à peine au bord, que ie
ne passe tout au trauers pour y aller au deuant: Mais la fausseté de mon
bien, cedant bien tost à la verité de mon mal, redouble ma tristesse par
la tromperie de mon esperance : car à mesure que ces voiles s'approchent de moy, ceste courte ioye s'en esloigne ; & la vigueur m'abandonnant quand ie voy que ce n'est pas vous, ie me sens defaillir & de cœur
& de force, & tomber languissante & demy-morte entre les bras de mes
femmes. Ce n'est pas pourtant que ie vueille faire vne fin si douce, differente à celle que merite mon peché , i'en recercheray quelqu'vne qui
luy soit aucunement conforme: Et si demeurer icy bas ne m'estoit vn
crime aussi grand que le premier, certes autant que ie suis coulpable de
ma faute, apres auoir si indignement vescu, ie le suis tout autant de ma
vie, apres auoir si indignement failly; & mon offense apres ma vie chaste, & ma vie apres mon offense impudique , sont deux grands crimes
egalement punissables. Loüé soit Dieu, que mon supplice qui doit plus
estre ma guerison que ma peine, n'est gueres esloigné d'icy. Il y a
peu loing vn grand precipice, dont le pied est vn rocher qui se va

rendre dans vn escueil; il m'est venu en fantasie de me lançer de là dans
la mer; & le feray, si vous continuez de m'estre cruel; mettant par là fin
à ma vie: puis que vous n'en mettez point à vos trahisons. Aduienne au
moins que les flots touchez du sentiment de mes douleurs passées, lors
que i'en seray du tout priuée, m'assistent en ce voyage, & me iettent au
bord d'Athenes, ou facent les Dieux que ie me remonstre descouuerte,
& sans sepulture à vostre veuë. Quand vous auriez le cœur plus endurcy
que le fer, que le diamant, & voire que vous-mesmes, qui ne receuez
point de comparaison en vostre inexorable cruauté; vous direz, ie m'en
asseure, que la pauure Phyllis ne vous deuoit pas suiure de ceste façon, &
que ce n'estoit pas ainsi que ie meritois d'aller apres vous. Desia toutes
pensées me sont odieuses qui ne m'entretiennent de mourir; & ne puis
trouuer goust à rien, qui soit esloigné de ce dessein. Ie ne suis alterée
que de poison, ny affamée que de venin; & ne voy precipice, fer ny
flammes, que ie ne desire les mettre en vsage sur moy. Souuent i'entre
en humeur de mourir, trauersée d'vne dague sanglante en mon cœur,
pour luy faire receuoir autant de coups du desespoir, qu'il en a receu de
l'Amour. Tantost il me prend enuie d'attacher à vne corde le col qui
souffrit d'estre pressé de vos bras infideles: tantost ie veux estouffer la
respiration de ceste bouche qui receut si souuent les gages de vostre desloyauté. Vous diriez que toutes les parties de mon corps se debattent à
qui plustost en fera sortir mon ame, comme la plus perfide compagnie
que i'eusse peu trouuer, depuis qu'ils sont ensemble. Rié ne retarde ceste
volonté que le choix de la mort, qui ne me tiendra gueres long-temps
suspenduë en ma resolution: & ie m'en iray auec ce seul regret de n'a-
uoir pas assez de sang pour lauer mon offense; mais auec ce contentement, au moins, de vous plaire iusques au trespas, vous rendant la gloire que vous desirez tant, de m'auoir ostée d'vn Thróne, pour me donner vne sepulture, en laquelle vous serez nommé le subiect de ma fin
en ces vers;

> *Toy qui tournes icy les yeux de toutes parts,*
> *Quoy que la cruauté leur eust presté les charmes,*
> *Si l'horreur de la mort n'en chasse les regards,*
> *La pitié de mon mal en tirera des larmes.*

> *Demophon fut mon hoste, & puis fut mon bourreau,*
> *Lors que sa trahison deceut mon imprudence:*
> *Ie le mis dans vn lict, il me mit au tombeau,*
> *Coulpable de ma fin comme de mon offense.*

> *Pour le bien qu'il receut il me donna la mort:*
> *Ce n'est pas que son fer m'en ouurit le passage;*
> *Mais sa desloyauté m'en prepara le sort,*
> *Et ma main seulement acheua son ouurage.*

TRAICTE'

TRAICTE'
DES VERTVS
MORALES.

A Morale parle des actions des hommes. Il faut confi-
derer les caufes dont partent les actions, & la fin où
elles tendent: Elles fortent des vertus, des vices, des troubles de l'ame, & des autres affections: elles tendent à la
fin derniere, qui eft la Felicité. Il faut donc premierement déduire
la nature de la Felicité. Cela confifte en trois queftions: A fçauoir fi la
Felicité eft, Que c'eft que la Felicité; & qu'elle eft la Felicité, c'eft à dire, qui font les chofes qui conuiennent proprement à la Felicité. Mais
d'autant qu'il y a deux fortes de Felicité, vne contemplatiue, l'autre
actiue, on en fait deux difcours feparez. De l'actiue Ariftote en parle
au premier des Ethiques; de la contemplatiue au dixiéme. La Vertu
eft le moyen pour paruenir à la Felicité. Le vice eft oppofé à la Vertu: & c'eft l'office d'vne mefme fcience, de traicter des contraires: Il
faut donc parler du Vice & de la Vertu: Mais pource que le vice &
la vertu font des accidents de l'ame, & qu'on ne peut iamais bien
cognoiftre l'accident fans cognoiftre fon fubiect; il eft neceffaire
de parler du fubiect des Vertus, qui eft l'ame. En l'ame on confidere
deux parties; l'vne eft fuperieure, appellée raifonnable par effence; l'autre inferieure, qui eft raifonnable par participation, entant qu'elle
obeyt à la fuperieure. Les Philofophes mettent toutes les vertus en
ces deux parties de l'ame: En la fuperieure on confidere la raifon &
la volonté. La prudence eft en la raifon, la iuftice en la volonté;
toutes les autres font logées en la partie baffe pour cefte raifon.
Les autres vertus outre la prudence & la iuftice, moderent les troubles de l'ame, qui font en la partie baffe de l'ame: Il eft neceffaire
que où demeure ce qui eft corrigé, foit ce qui corrige. Doncques
ces vertus feront en la partie baffe: Toutesfois il n'y a point d'abfurdité que les vertus eftans en la partie fuperieure de l'ame, ayent
puiffance de gouuerner les troubles de l'ame. Ces vertus, font la force, la liberalité, la magnificence, la modeftie, la magnanimité, la douceur, la verité, l'affabilité, & la bonne conuerfation. Les vertus ont
des vices oppofez: la prudence, l'imprudence: la iuftice, l'iniuftice: la
force, la temerité, & la timidité: la liberalité, la prodigalité & l'auarice: la magnificence, a les mefmes vices: la modeftie, a le mépris de
l'honneur, & de l'ambition: la magnanimité a les mefmes vices: la dou-

V v v

ceur, l'ire ou courroux, & l'infenfibilité des iniures: la verité, la dif-
fimulation & la vanterie: l'affabilité, la flatterie, & l'afpreté: la
bonne conuerfation, la bouffonnerie, & la rufticité. Les troubles
de l'ame font logez dans l'appetit fenfuel, qui eft diuifé en concupifcible ou irafcible. Des troubles de l'ame, les vns font principaux, les autres moins principaux, qui fe rapportent aux premiers:
Les principaux font vnze en nombre, dont les fix premiers font
logez dedans l'appetit concupifcible, à fçauoir l'amour, le defir, le
plaifir ou volupté, la haine, le defdain, le defplaifir: Les cinq derniers font logez dedans l'appetit irafcible, qui font l'efperance, le defefpoir, l'audace, l'ire, & la peur. Les moins principaux font, le
zele, qui fe rapporte à l'amour; la honte; à la peur; la mifericorde,
à l'enuie, & l'indignation à la douleur. En la vertu & au vice, on
confidere trois degrez: Le premier de la Vertu eft appellé continence, quand on fait bien, mais auec difficulté, fans receuoir aucun
plaifir: Le deuxiéme eft la vertu parfaicte, quand nous faifons bien
fans difficulté auec plaifir: Le dernier eft la vertu heroique, qui furpaffe le commun des vertus des hommes. Le premier degré du vice
eft l'incontinence, quand nous faifons mal auec regret: Le deuxiéme
eft la malice, quand nous nous plaifons à faire mal: Le troifiéme eft
la beftialité, quand nous fommes plus vicieux que l'ordinaire des hommes. L'effect de la Vertu, eft l'amitié: pourtant en parle-on en la morale, & à caufe d'elle on parle encor des amis. Tout cela appartient à
l'action.

Quant à la contemplation, il y a fix vertus contemplatiues, l'intelligence, la fcience, la fageffe, la prudence, l'art, & la dexterité d'efprit:
Au moyen de ces vertus on acquiert la felicité contemplatiue, qui confifte en la cognoiffance de la verité de toutes chofes, qui n'eft parfaictement finon en la vifion de Dieu.

De la neceſſité de la Morale.

LA neceffité de la Morale eft tirée de la fin par laquelle l'homme
eft faict: L'action eft l'vne des fins de l'homme: Pour faire, il
a befoin de regle, d'autant que de luy-mefme il peut bien faire, &
faire mal: Afin donc qu'il face bien, & euite le mal, il luy faut vne
regle, qui confifte aux enfeignements de la Philofophie morale. Et
pourtant la definition eft vne fcience qui enfeigne vne façon de viure felon la raifon, entendans pour la raifon, non pas feulement la
puiffance naturelle par qui nous raifonnons, mais la raifon inftruicte
des regles de la Philofophie morale. Le fubiect de la Morale eft des
actions des hommes; & pource qu'il y a plufieurs fortes d'hommes,
il faut fçauoir defquels elle veut parler. Des hommes, les vns

sont contemplatifs, les autres sont voluptueux, suiuans les appetits desordonnez: Les autres moyens entre les deux sont appellez ciuils. Ceste diuision est tirée des considerations des puissances de l'ame. La premiere & plus excellente partie de l'ame, est la contemplatiue: la plus basse de celles qui gisent en la cognoissance, est l'appetit sensitif. Il y a quelque chose entre les deux, qui vse tantost de l'vn, tantost de l'autre, qui est la volonté. L'homme ciuil est consideré en trois estats: Le premier est celuy auquel il apprend de suiure la vertu, & fuïr le vice, & se rend propre par ce moyen à conuerser auec les hommes: Le deuxiéme, est quand il gouuerne la famille: Le troisiéme, quand il gouuerne ou obeït à quelque Communauté. Selon ces trois estats, il y a trois parties de la Philosophie morale, l'Ethique, l'OEconomique, la Politique.

L'ordre qu'on tient en la Morale est tel, on commence premierement à discourir de la fin des actions, depuis on recerche les moyens pour y paruenir. Pourtant nous dirons premierement de la Felicité: Apres nous cercherons les moyens pour y paruenir, qui sont les vertus.

De la Felicité.

LA premiere question de la Felicité est, à sçauoir s'il y en a vne. Aristote l'a recerchée en ceste façon. Tout art, toute science, tout dessein, toute action tend à vne fin: voulant signifier par cela, que l'homme desire vn bien qui peut estre dict Felicité. Il a fait la proposition encore plus generale, quand il a dit que toutes choses desirent leur bien. Nous ne pretendons pas parler du bien de toutes choses, mais seulement de la Felicité de l'homme; & auant que venir à la preuue de la seconde proposition, il nous faut declarer quelque chose, à l'intelligence d'icelle. La fin est ce par quoy quelque chose agit, & le bien est ce qui peut émouuoir le desir: Apres l'émotion, il s'ensuit vne action, de sorte que la fin & le but sont vne mesme chose materiellement, mais differente par raison & formellement. Car quelque chose est ditte de la fin, à cause que l'action tend à icelle, & la mesme est ditte bien, entant qu'elle a puissance d'attirer le desir de l'agissant: Dauantage, des choses, les vnes sont entierement parfaictes, exemptes de tout desir de perfection, comme Dieu: les autres sont imparfaictes. De celles-cy, les vnes ont le defaut de la perfection, sans estre capables d'icelle, comme la pierre n'a pas la perfection du Ciel, & n'a pas la puissance de la receuoir: Les autres ont le defaut & la puissance. Où le defaut se trouue lié auec la puissance, necessairement se trouue vn desir, ou autrement la puissance seroit en vain.

L'homme est manque de beaucoup de choses, & s'il a puissance de les receuoir, il les desire donc: Or ce que l'on desire est vn bien: il

desirera donc vn bien, & toutes les autres choses aussi. On demande
de quelle sorte de desir on peut desirer le bien: Tout desir, ou il est
auec cognoissance, ou sans cognoissance: Celuy qui n'a point de cognoissance, est appellé naturel; l'autre est double: celuy qui suit la cognoissance du sentiment est appellé sensuel: & celuy qui suit la cognoissance de l'entendement, est appellé raisonnable, ou volonté. Les
choses desirent naturellement leur bien, & sans aucune cognoissance.
Il y a vne fin derniere, appellée Felicité, & pour entendre ceste proposition, il faut remarquer que des fins, les vnes sont dernieres, les autres moyennes; celles-cy se rapportent aux dernieres ; & d'autant plus
approchent-elles d'icelles, d'autant plus sont-elles meilleures, & la derniere est la meilleure de toutes. La preuue de la proposition est telle :
Nous auons desia veu que l'homme desire naturellement son bien, &
nature ne fait rien en vain. Il faut donc necessairement que ce desir tende à quelque chose vrayement estante, & qui puisse estre acquise : ou autrement il s'ensuiuroit que le desir de l'homme seroit vain,
ce qui ne peut estre. Il y a donc vne derniere fin , à laquelle toutes les autres se rapportent : Ceste derniere fin est appellée Felicité.
Elle contient toutes les sortes de bien : car si elle ne les contenoit, le
desir ne cesseroit pas en elle, mais il passeroit plus auant pour acquerir le bien qu'il ne trouueroit en la Felicité. Or auons-nous dict que
c'estoit la derniere fin: Doncques elle les contient toutes. Il y a plusieurs sortes de biens: les vns appartiennent à l'ame, comme les sciences & les vertus : les autres, au corps , comme l'agilité , la santé , la
bonté des sentiments, la force : Les autres sont à fortune, comme les
terres, les amis. Tous ces biens ensemble sont cause de la felicité;
mais les biens de l'esprit emportent la meilleure partie; & les autres ne
seruent que d'instruments à la Vertu. On demande si la Felicité consiste en la possession, ou en l'vsage de tous ces biens: On respond qu'elle consiste en l'vsage, à cause que celuy qui dort, ou qui ne fait rien,
peut estre possesseur de ces biens , & toutesfois on ne l'appellera
pas bien heureux.

La definition de la Felicité.

LA deuxiéme question est , que c'est que la Felicité. Aristote la
definit ainsi : La Felicité est vne action de l'homme , faicte selon la plus excellente des vertus en la vie parfaicte. Il entend vne
action de l'homme , pour la separer de toutes les autres actions qui
sont en l'homme communes auec les autres corps animez. Ce n'est
donc point vne action de l'ame vegetante, ny de la sentante, mais
vne action de l'ame, par laquelle l'homme est dict homme, qui est
la raisonnable. La Felicité donc est vne action de l'ame raisonnable. Pour la plus excellente des vertus, il entend la Prudence: car c'est

elle qui conduit toutes les autres , comme nous verrons en son lieu:
Pour la vie parfaicte, on entend deux choses : Premierement l'accomplissement de tous les biens: Secondement, vne longue durée de vie:
Mais on dira, ce qui n'est point en estre, ne peut estre definy: On respond qu'on ne definit point les choses seulement qui sont en estre, mais
celles qui peuuent estre. Or la felicité peut estre : car elle ne contient
rien qui surpasse la puissance de l'homme. Dauantage combien qu'elle ne fust, sa consideration seroit tres-vtile à l'homme, à raison qu'à
toutes les actions il est bon d'auoir vne fin à laquelle on vise, & s'il est
profitable de la prendre la plus excellente qu'il est possible, afin que les
hommes s'efforcent d'en approcher le plus prés qu'ils pourront.

Des fausses opinions touchant la Felicité.

EVDORE a eu opinion que la Felicité consistoit en la volupté, &
que la douleur estoit le plus grand de tous les maux ; sa raison estoit
telle : Cela doit estre estimé felicité qui est desiré de toutes choses: Or
est-il que toutes choses desirent la Volupté, comme il est aisé à prouuer:
Doncques la volupté est la felicité. Pour respondre à cet argument , il
faut déduire les especes de la volupté, & voir si quelqu'vne d'elles peut
estre la felicité.La volupté est double, l'vne de l'esprit, & l'autre du corps;
la felicité ne peut estre la volupté de l'esprit ; car combien qu'elle soit
tousiours ioincte auec la felicité, si est-ce qu'elle n'est pas la felicité,mais
vn effect d'icelle, à cause que naturellement le bien-heureux se resiouyt
d'auoir bien fait: Elle ne peut estre mise en la volupté du corps, à raison
que les bestes seroient participantes de la felicité comme les hommes.
Or nous pretendons parler de la felicité des hommes,& par ainsi ne sera
elle point en la volupté.

La Felicité n'est point aux biens du corps.

LA Felicité ne se rapporte à aucune autre chose: car c'est le dernier de tous les biens : Les biens du corps se rapportent à la felicité, & luy seruent comme d'instruments. Dauantage les biens du
corps nous sont communs auecques les bestes ; & les meschants en
sont aussi bien participants comme les gens de bien. Dont on peut
conclurre , que la felicité n'est point aux biens du corps : Les mesmes arguments peuuent seruir pour prouuer qu'elle ne gist pas aux
biens de la fortune. Senecque a eu opinion qu'elle estoit en la Vertu;
mais veu que la Vertu est vne habitude, & la felicité consiste en l'action,
& que la Vertu se rapporte à icelle , elle ne peut estre felicité. Elle n'est
point en l'honneur, comme aucuns ont pensé: car la felicité est vn bien
interieur, & en la puissance de celuy qui le possede :l'honneur n'est pas
interieur, ny en la puissance de celuy qui le reçoit: Car en l'honneur, on

considere le receuant, qui doit auoir en luy le merite venant de la Vertu : Celuy ne fait l'honneur, qui cognoiſſant le merite d'vne autre perſonne, fait quelque ſigne externe pour teſmoigner la vertu de celuy
qu'il honore, comme vne reuerence, vne bonnetade.

La felicité a pluſieurs tiltres : Le premier eſt, La felicité eſt vn bien
parfaict ; car puis qu'elle contient tous les biens, elle n'aura faute de pas
vn : & ce à quoy rien ne defaut, eſt appellé parfaict. Le ſecond, la felicité eſt vn bien ſouuerain, car puis qu'elle contient tous les biens, outre
la felicité on ne peut rien deſirer : & ce qui eſt extreme en ſon genre, eſt ſouuerain. Le troiſiéme, La felicité eſt vn bien content de ſoy-
meſme, car eſtant le bien dernier, & contenant tous les autres, il n'y
peut auoir rien pour reſpect de qui elle ſoit deſirée.

<hr>

Des Vertus.

LEs Vertus ſont logées en l'ame ; elles ſont accidents, & l'ame leur
ſuject. On entend mieux la nature des accidents, quand on entend
celle de leur ſuject : Il faut donc dire quelque choſe de l'ame. L'ame
de l'homme eſt diuiſée en deux parties ; la ſuperieure eſt appellée raiſonnable, en qui on conſidere la raiſon, & la volonté. Pour la raiſon nous
entendons la puiſſance que nous auons de diſcourir, c'eſt celle qui eſtant
inſtruicte de ce qu'il faut faire, ſert de guide à toutes les actions : La
volonté commande apres la cognoiſſance de la raiſon. En la partie inferieure de l'ame on y recognoiſt deux parties ; l'vne eſt la puiſſance naturelle, qui ne peut en aucune façon obeïr à la raiſon : Elle eſt appellée
brutale : L'autre eſt l'appetit ſenſuel, qui de ſa nature n'eſt pas raiſonnable, toutesfois, d'autant qu'il peut obeïr à la raiſon, il eſt appellé raiſonnable par obeïſſance : tout ainſi qu'vn ieune enfant eſt appellé ſage
quand il fait le commandement de ſon pere. En ceſte partie on y conſidere encore les puiſſances deſtinées à l'execution des actions, de façon
qu'en toute action il y a ce qui guide l'action, qui eſt la raiſon inſtruicte des regles. La volonté commande, & les puiſſances inferieures de
l'ame l'executent : de là vient toute la faute & tout le bien des actions.

<hr>

A ſçauoir ſi la Vertu eſt naturelle.

LA Vertu ne peut eſtre naturelle : car ce qui eſt naturel, iamais ne
s'accouſtume au contraire. Or eſt-il que l'homme vertueux peut
deuenir vicieux ; doncques la Vertu n'eſt pas naturelle. Secondement, ſi
elle eſtoit naturelle, les hommes ſeroiét tous vertueux ; or cela eſt faux.
En dernier lieu, ſi les hommes eſtoient vertueux naturellement, ils n'auroient beſoin d'aucune loy : Or eſt-il beſoin de loix, donc elle n'eſt
point naturelle : Mais quelqu'vn dira, ſi la Vertu n'eſt point naturelle,
elle eſt en nous contre noſtre naturel. Nous reſpondrons que la Vertu
nous eſt aucunement naturelle, entant que ſes commencemens dépen-

dent de la nature, mais quant à sa perfection, elle ne dépend pas de la
nature, mais de l'operation & de l'exercice de l'homme. Nature nous en
a donné la puissance, & mesme l'inclination par l'exercice nous en acquerra l'habitude. Pourtant en l'acquisition de la Vertu, on y considere des actions precedentes, & des actions suiuantes: Les premieres
sont comme les dispositions de la Vertu, les dernieres sont les effects
d'vne habitude parfaicte, differentes des premieres en nombre, mais non
pas en espece, à cause que la disposition & l'habitude ne sont iamais differentes en espece. De là peut-on aysément conclurre, que la seule cognoissance ne peut estre cause de la Vertu, mais bien l'exercice & l'a-
ction. Sur ce propos Aristote dit que ceux qui pensent deuenir vertueux par la cognoissance de la Vertu, sont semblables aux malades,
qui veulent estre gueris par les discours des Medecins. La marque de
l'acquisition de la Vertu, est quand on se resiouït d'auoir bien fait; & au
contraire on estime celuy parfaictement vicieux qui se resiouït de mal-
faire. Le commencement de l'acquisition de la Vertu est difficile, & son
acquisition plaisante: Pour ce faict Platon recommande aux peres d'accoustumer les enfans à se resiouyr des choses bien-faittes, & de se fas-
cher des mal-faittes.

En quoy s'occupe la Vertu.

LA Vertu s'occupe à corriger les delectations & les tristesses: Ce qui
se peut ainsi prouuer: La Vertu corrige ce qui nous rend mauuais;
Les delectations & les tristesses nous rendent mauuais: donc elle les corrige. Mais on dira que les Vertus se delectent à bien faire. On respond
que la Vertu ne corrige que les mauuaises delectations, & les mauuaises tristesses. De là s'ensuit, que puis que les troubles de l'ame ont les
delectations & les tristesses pour compagnes, que la Vertu se mesle encor de les corriger: & cela en deux manieres, à sçauoir en les incitant
quand elles nous retirent du deuoir; & en les arrestant quand elles
nous font passer les bornes de la raison: A cecy peut-on rapporter l'aduertissement de Platon, que nous auons écrit cy-dessus, touchant l'institution des enfans, pour l'obseruation des tristesses & des delectations.

De la definition de la Vertu.

ARISTOTE recerche la definition de la Vertu en cette façon: La
Vertu est en l'ame, en qui on trouue trois choses, la puissance naturelle, le trouble, & l'habitude: La Vertu ne peut estre vne puissance
naturelle, à raison qu'elle est acquise par exercice, & ne tient pas de la
nature comme nous auons dit: Elle ne peut estre aussi vn trouble de l'a-
me, veu qu'elle s'employe à le corriger: Or ce qui corrige est different
du corrigé; il reste donc qu'elle soit vne habitude. Mais pource que le
vice est aussi vne habitude, il faut recercher quelques autres differences.

La difference fera, que la vertu confifte en mediocrité entre deux extré-
mitez: Pourtant la definition de la Vertu fera, La Vertu eft vne habitude qui dépend de la volonté & de l'election, confiftante en mediocrité
entre deux extremitez vicieufes, felon l'ordonnance du prudent. Il faut
premierement fçauoir comment la Vertu confifte en mediocrité, autrement appellée milieu: Il y a deux fortes de milieu, l'vn eft appellé
milieu de la quantité, qui eft quelque chofe obferuée en elle également
diftante de deux extremitez; l'autre eft le milieu felon noftre cognoiffance & l'ordonnance du prudent, qui n'eft pas également feparé de
deux extremitez, mais approche ores de l'vne, ores de l'autre, felon la
diuerfité des circonftances, qui ne font autre chofe que certains accidents accompagnans noftre action, comme le temps, le lieu, la perfonne, la façon de faire, l'inftrument auec lequel nous faifons, la fin
pour laquelle nous faifons, & l'ayde que nous empruntons pour ce faire. Pour bien entendre cette mediocrité, Ariftote remarque deux façons
de proportions, l'vne eft Arithmetique, quand les nombres fe furpaf-
fent également, comme 3. 4. 5. l'autre eft Geometrique, quand l'excez
des nombres eft different, & la raifon eft mefme, comme 4. 8. 16.

    La mediocrité de la Vertu eft femblable à la proportion Geometri-
que: Prenons vn exemple particulier: Vn Maiftre de Camp veut re-
compenfer trois perfonnes, vn Soldat, vn Caporal, & vn Capitaine,
pource qu'ils ont certaine proportion entr'eux qui eft inégale, les excez
feront inégaux; de forte qu'il baillera plus au Capitaine en comparaifon du Caporal, qu'il ne fera au Caporal en comparaifon du Soldat. Il
faut donc neceffairement que la mediocrité de la Vertu approche plus
d'vne extremité que de l'autre, & par confequent qu'elle luy foit plus
femblable: Les extremitez de la Vertu font deux vices qui font contraires entr'eux, de maniere que la Vertu n'eft pas feulement contraire
au vice, mais le vice au vice; l'vn d'iceux excede, comme en la liberalité,
la prodigalité: l'autre defaut, comme l'auarice en la mefme: Et cela eft
remarquable en toutes les actions, & pour les rendre plus intelligibles,
on fait cefte comparaifon: Ne faire point d'exercice, eft mauuais en defaut; ou en faire trop, eft mauuais en excez; garder la mediocrité eft falutaire: Aux actions ainfi, le defaut & l'excez font mauuais, la mediocrité eft bonne.

Des actions.

POVRCE que la Vertu confifte en action, & qu'il y en a plufieurs
fortes, il les faut deduire, & parler de leurs caufes. Pour mieux entendre la nature de la Vertu, il y a des actions qui dépendent de la volonté, qui eft vn principe interne; les autres dépendent de quelque
chofe exterieure, comme de la violence. Les actions qui dépendent de la
volonté, quãd elles font libres, exemptes de toute contrainte & neceffité, on les peut nommer libres volontaires, on les nomme fpontanées,

comme quand quelqu'vn fait quelque chose de son mouuement propre, sans y estre inuité par aucune necessité; les autres sont volontaires
par necessité, comme celuy qui pour ne perdre sa vie, iette sa marchandise dans la mer: Il le fait volontairement: mais il y est contraint par la
necessité: Toutes les autres actions sont appellées inuolōtaires, qui sont
de deux sortes, ou inuolontaires par violence, comme si quelqu'vn prenant le bras d'vn autre, le contraint violemment de blesser vn autre: ou
inuolontaires par ignorance: celles-cy n'ont aucune contrainte; mais
apres les auoir faictes selon nostre vouloir, ayans sceu ce qui s'en est en-
suiuy, nous auons vne repentāce de les auoir faict:qui cause que l'action
qui du commencement estoit volontaire, soit estimée inuolontaire:
comme si quelqu'vn tuoit vn homme pensant tuer vne beste sauuage.
Telle fut l'action de celuy qui tua le fils de Crœsus.

De l'Ignorance.

IL y a vne sorte d'action qui est inuolontaire, & par ignorance: Il
faut donc sçauoir quelle ignorance c'est qui cause ceste action. La
premiere sorte d'ignorance est celle qui appartient à la cognoissance:
la seconde, à l'action. Quant à la premiere, elle est double, l'vne de pure
negation, qui est la priuation de toute cognoissance: telle est l'ignorance de l'ame nouuellement creée: l'autre est appellée ignorance de
mauuaise disposition, quand des propositions mal-entenduës on en
tire vne mauuaise consequence, comme, Ce qui entre par la bouche, ne
soüille point l'ame: donc on peut manger de toutes choses en tout
temps, sans viser à l'ame. L'ignorance qui appartient aux actions, est de
plusieurs sortes : La premiere est l'ignorance affectée, quand nous ignorons quelque chose à escient, pour n'estre repris de quelque chose que
nous pretendons de faire: ainsi à escient les méchans ignorent la Loy
de Dieu. La deuxiéme est l'ignorance du droict, c'est à dire, de la loy
que nous sommes tenus de sçauoir, soit-elle diuine ou humaine: La
troisiéme est l'ignorance du faict, c'est à dire, de quelque circonstance
qui accompagne nostre action : La quatriéme est l'ignorance, dont
nous sommes cause par nostre vice, ou par quelque trouble de l'ame,
comme si quelqu'vn apres s'estre en-yuré ou mis en cholere extraordinairement, a fait vn acte, il l'a fait auec ignorance, ne recognoissant
pas le mal qu'il fait: & il est cause de l'ignorance, dautant qu'il est cause
du vice qui a causé l'ignorance: La cinquiéme est l'ignorance inuincible, qui est quand nous mettons peine à la reçerche de quelque chose,
& toutesfois nous ne la pouuons trouuer. Il faut voir quelle est l'ignorance qui cause l'action inuolontaire, & qui merite excuse. L'ignorance née auecques nous est excusable: car personne n'est tenu ny obligé
à ce qui est impossible. L'ignorance de mauuaise disposition ne nous
excuse pas : autrement il faudroit excuser tous les heretiques, ignor-
rants par mauuaise disposition. L'ignorance affectée n'excuse pas, ny

celle du droiĉt. L'ignorance du faiĉt excuſe, à cauſe que l'ignorance d'vne circonſtance que noſtre puiſſance ne peut recognoiſtre, eſt ſemblable à l'ignorance de pure negation. L'ignorance dont nous ſommes cauſe, n'excuſe point, ains merite double punition : l'vne, pour le vice, qui a cauſé l'ignorance : l'autre, pour le faiĉt qui a ſuyui. L'ignorance inuincible nous excuſe : De là peut-on tirer qu'il n'y a que l'ignorance née auecques nous, l'ignorance du faiĉt, & l'ignorance inuincible qui ſoient excuſables, & que toutes les autres nous rendent coulpables.

De la volonté du conſeil, & de l'élection.

LA volonté eſt vn deſir raiſonnable : apres que la raiſon a conĉeu quelque choſe, c'eſt à elle de la pourſuiure, ou ne la pourſuiure pas : elle peut eſtre des choſes poſſibles, ou des choſes impoſſibles : & pour ce reſpeĉt, elle eſt differente de l'élection du conſeil, à cauſe qu'elles ſont conſiderées aux choſes poſſibles ſeulement. Apres la cognoiſſance de la raiſon, nous voulons quelque choſe, ceſte volonté appartient à la fin : pour acquerir la fin pretenduë, il nous faut conſulter, & puis élire. La conſultation eſt vn diſcours par qui l'on ameine beaucoup de raiſons d'vne part & d'autre ; & l'élection eſt le vouloir ou le choix du meilleur party. De ſorte que l'élection eſt vne volonté ſeconde des choſes appartenantes à l'acquiſition de la fin. Elles ſ'occupent aux choſes qui ne ſont point neceſſaires, & qui ſont en noſtre puiſſance. Car comme dit Sainĉt Thomas, au liure des ſorts, ce ſeroit vne folie à quelqu'vn de conſulter des choſes qui ne ſont en ſa puiſſance, encor qu'elles ſoient poſſibles : Comme ſi le Roy de France conſultoit des affaires du grand Turc. On remarque encor que les choſes dont nous conſultons, ſont difficiles : car les faciles n'en ont beſoin.

Des troubles de l'ame.

LEs Vertus ſ'employent à corriger les troubles de l'ame : Il en faut donc diſcourir auant que de parler des Vertus, pour mieux entendre en quelle façon on les pourra corriger par elles. Ils ſont conſiderez en deux façons : Premieremét, entant qu'ils ſont des inclinations naturelles pour reſpeĉt du bien ou du mal ; ainſi ils ne ſont ny vertus ny vices : Secondement, entant que par ſes inclinations nous fuyons quelque choſe contre la regle de la raiſon, & lors ils ſont vices. Ils ſont logez dedans l'appetit ſenſuel, qui eſt ou concupiſcible ou iraſcible, & ſont engédrez par le moyen de la cognoiſſance du bien ou du mal. La maniere de leur engendrement : La fantaſie ayant compris quelque choſe bonne ou mauuaiſe émeut l'appetit à la pourſuiure ou à la fuyr : ce mouuemét fait en l'appetit par la cóſideration du bien ou du mal, eſt appellé trouble de l'ame. Les deux appetits ne ſont pas differéts pour reſpeĉt de leur objeĉt,

qui eſt le bien ou le mal : mais pour la façon de l'object qui eſt d'eſtre
facile ou difficile, leur particulier engendrement eſt tel ; L'amour ſ'engendre par la cognoiſſance du bien preſent : Le deſir par la cognoiſſance du bien actuel : Le plaiſir, par la cognoiſſance du bien que lon poſſede : La haine vient de la cognoiſſance du mal qui eſt preſenté à la fantaſie : La fuitte, par la cognoiſſance du meſme mal, auec intention de le
fuïr : La douleur, du ſentiment du mal qui eſt déja en nous : Ces troubles appartiennent à l'appetit concupiſcible : L'eſperance naiſt de la
cognoiſſance d'vn bien difficile à acquerir : Le deſeſpoir, de la cognoiſſance d'vn mal inſurmontable : L'audace, par la cognoiſſance d'vn mal
à venir, que nous eſperons pouuoir ſurmonter : La peur, vient de la
cognoiſſance d'vn mal à venir que nous taſchons d'euiter. L'ire vient
de la cognoiſſance d'vn mal preſent qui nous eſt arriué : Ce mal eſt particulierement nommé iniure.

De l'Amour.

L'AMOVR peut eſtre diuiſé en pluſieurs manieres. La premiere diuiſion eſt tirée des choſes qui peuuent aymer, qui ſont en grand
nombre : Ainſi l'amour de Dieu eſt appellé diuin : des Anges, angelique : des hommes, humain : elle peut eſtre ainſi diuiſée ſelon l'objeçt
qui eſt aymé : Ainſi l'amour que nous portons à Dieu eſt appellé diuin :
aux hommes humain : aux choſes terreſtres, terreſtre. Communément
on remarque quatre eſpeces d'amour en l'homme pour le reſpect de
l'object. La premiere eſt l'amour diuin. La ſeconde, l'amour honneſte,
qui principalement eſt engendré par la vertu de quelque perſonne. La
troiſiéme, eſt l'amour vulgaire, quand nous aymons la beauté de l'ame
& du corps de quelque perſonne, c'eſt le plus commun amour qui ſe
pratique entre l'homme & la femme. La quatriéme eſt l'amour beſtia-
le, quand on ayme vne perſonne ſeulemét pour la beauté de ſon corps.
Il y a vne autre diſtinction de l'amour, en amour d'abondance, &
amour de pauureté ; En la premiere, l'amant deſire de communiquer le
bien qu'il a en luy à ce qu'il ayme. Dieu nous ayme de ceſte maniere ;
en l'autre celuy qui ayme, deſire de receuoir la perfection, & la perfection qu'il n'a pas : En ceſte-cy quelques-vns ont conſideré vne abondance, pour reſpect de la capacité de receuoir le bien ; & vne pauureté,
pour le defaut qui eſt en luy. L'amour a eſté diuerſement definy. La
premiere definition peut eſtre : L'amour eſt vn trouble de l'ame qui
naiſt de la cognoiſſance de la beauté. Platon l'a definy le deſir de beauté. D'où vient la queſtion : ſi l'amour peut eſtre auec la ioüyſſance,
pluſieurs demandants vne preſence, qui ne peuuent eſtre enſemble. On
a répondu en diuerſes façons ; premierement que l'amour priſe, ſelon la
premiere definition, peut eſtre auec la ioüyſſance, à raiſon que la
cognoiſſance du bien nous demeure touſiours. Quelques-vns ont dit
que l'amour eſtoit touſiours vn deſir, mais qu'il y auoit double deſir,

l'vn de l'abfence, l'autre du plaifir, & de la complaifance. La dernieré
refponfe eft telle, que l'amour eft vn defir non pas d'acquerir ce que
nous poffedons, mais de continuer en la poffeffion. Il y a deux effects
de l'amour, l'vnion & l'extafe. L'vnion eft principalement des efprits,
premierement de l'efprit de l'vn auec la beauté de l'autre : Et fi l'a-
mour eft reciproque de l'efprit de l'vn auec l'efprit de l'autre, au moyen
des beautez, alors l'amour eft parfait. L'extafe eft vne feparation de la
fuperieure partie de l'ame, d'auec les parties inferieures, naiffante de la
contemplation de ce que lon ayme : Cefte extafe engendre les foufpirs
par accident : Car durant icelle l'ame eftant rauie par la contemplation de fon object, fe rend negligente aux offices corporels ; de forte
que la refpiration ceffe. Et dautant que fans la refpiration l'animal ne
peut viure, & que celuy qui eft raui a demeuré longuement fans refpirer, il faut neceffairement qu'il recompenfe l'intermiffion du refpit,
par vn grand & foudain attirement d'air, qui eft foufpir. Le defir eft la
pourfuitte du bien que nous auons cogneu ; Il fe diuife pour refpect de
la cognoiffance en deux efpeces : afçauoir volõtaire, qui fuit la cognoiffance de la raifon ; & defir fenfuel, qui fuit la cognoiffance du fentiment. Il y a encor vn defir naturel qui eft fait fans la cognoiffance du
particulier qui defire, mais non pas fans la cognoiffance de celuy qui
le dreffe, & le conduit à defirer : Il eft different de l'efperance, pource
que le defir peut eftre des chofes impoffibles, & l'efperance n'eft qu'en
chofes poffibles.

Le plaifir ou la ioüyffance, naift de la poffeffion du bien qui eft aymé : & comme il y a diuerfité de biens, auffi y a-il diuerfité de ioüyffance. L'efprit prend plaifir à la confideration des chofes ; Le corps prend
plaifir au fentiment de ce qui eft bon.

La haine eft vn trouble de l'ame, qui naift de la confideration d'vn
mal reprefenté à l'efprit. On demande à l'homme fil fe peut haïr foy-
mefme ; il femble impoffible : car ce que nous haïffons, eft contraire à
nõftre naturel. Rien n'eft contraire à foy-mefme : Donc l'homme ne
fe peut haïr. Cela s'entend par foy, & directement : car par euenement
l'homme peut procurer fon mal : & cela en deux manieres, l'vne quand
il fe trompe prenant le mal pour le bien ; l'autre, quand il procure le
bien appartenant au corps, & ne fe foucie de celuy qui appartient à l'a-
me, qui eft la principale partie, & prefque le tout de l'homme. La fuitte
fuit la haine : car apres que nous auons recogneu quelque chofe mauuaife, nous l'éuitons, & nous en éloignons le plus qu'il eft poffible, fans
faire aucune refiftance : & en cela eft-elle differente de l'audace, qui
tafche de repouffer le mal cogneu. La douleur eft vn trouble de l'ame,
qui naift de la cognoiffance du mal prefent : Celle qui appartient au
corps eft proprement nommée douleur ; celle de l'efprit, trifteffe.

Des

Des troubles de l'Appetit irascible.

L'ESPERANCE est vn trouble de l'ame, qui naist de la comprehension d'vn bien futur difficile à acquerir, pouuant toutesfois estre acquis. Et en cela est-elle differente au desir, comme nous auons dit, à raison qu'il peut estre des choses impossibles. La possibilité naist de la comparaison du moyen de celuy qui espere, auec la grandeur de la chose esperée. Le desespoir est le contraire de l'esperance, il naist de la comparaison d'vn mal qui est ineuitable, & qu'on ne peut supporter: Ceux qui se desesperent, sont incitez pour quelque bien à l'aduenir: mais leur premier mouuement vient du mal qui se presente. La peur naist de la consideration d'vn mal à venir difficile à supporter: ceux qui ont peur, blesmissent, à cause que le sang, & les esprits sont portez aux parties interieures du corps: L'imagination les y porte, pour retirer ce qui est de plus precieux aux parties plus cachées, pour les y contregarder. Le tremblement vient de ce que les parties exterieures dénuées de chaleur, & refroidies, ne se pouuans soustenir, tremblent. Quelques-vns ont lasché les excremens, non pas pour l'ouuerture du muscle qui les retient, mais plustost pour la grande abondance de l'humeur qui court aux parties interieures: Le begayement vient aussi du froid: car ce qui est froid, ne peut si facilement mouuoir. Dont il aduient que l'homme ne pouuant mouuoir la langue à son aise, il prononce mal, & c'est le begayment. L'audace est vn trouble de l'ame, par qui nous taschons de resister au mal present, qui est difficile à surpasser: L'audacieux fait tout sans conseil, & de là aduient bien souuent qu'il perd le courage emmy-chemin: Car n'ayant point consulté de son action, & trouuant plus de difficulté qu'il ne pensoit, est contraint le plus souuent de quitter le ieu, pour ne pouuoir faire ce qu'il pretendoit.

L'Ire est vn trouble de l'ame qui naist d'vne iniure receuë; les iniures sont en faicts ou en dicts. On la definit autrement, le desir de la vengeance. La Vengeance est quand nous desirons de faire endurer autant ou plus à celuy qui nous a offensez, que nous auons enduré: & en cela l'Ire a quelque semblance à la Iustice: toutesfois elle est bien differente: Car la Iustice suit la raison en son action, & l'ire la sensualité. Dauantage en l'ire celuy qui est offensé prend vengeance de l'offense: En la Iustice, la punition est faicte par le Magistrat, qui mesure l'iniure sans aucune passion, & de là tire-on la necessité de la Iustice.

Des troubles moins principaux.

L E Zele est vn amour excessif, principalement à l'endroit de Dieu, & de ses Saincts: & pourtant il se rapporte à l'Amour. Il y a quelques troubles de l'ame, qui consistent en mediocrité, comme les Vertus,

X x x

differents seulement d'icelles, en ce que les Vertus dépendent de la consultation & de la volonté: les troubles de l'ame, de l'appetit sensuel. L'indignation est vn trouble de l'ame, par qui nous sommes marris de l'heur des méchans: elle est moyenne entre l'enuie, qui est la douleur que nous auons du bien des gens de bien ; & vne autre affection par qui nous sommes ioyeux du bien qui arriue à toutes sortes de personnes. La misericorde est la douleur que nous auons du mal qui arriue à quelqu'vn : La cruauté est son excés: L'effemination est son defaut, qui est quand nous n'auons aucune compassion du mal de nostre prochain, estans exempts de cruauté.

La honte est la peur que nous auons de tomber en deshonneur: Elle est moyenne entre l'eshontement, quand on ne craint point le deshonneur ; & vn trouble de l'ame, par qui nous excedons la peur de tomber en deshonneur.

Des Vertus.

LA Prudence est nombrée entre les Vertus actiues, à cause qu'elle gouuerne toutes les actions qui procedent d'icelles; Et pource qu'elle côsiste en la cognoissance des regles qui conduisent nos actions, elle peut estre appellée Vertu contemplatiue. On la definit vne Vertu qui monstre la façon & la regle de faire bien les choses qui appartiennent aux hommes: On dira par ceste definition que la Prudence n'est pas differente de la morale: car elle contient aussi les regles qui conduisent les actions des hommes. Pour respondre à ceste objection, il faut entendre que les regles de nos actions sont contenuës dedans l'estenduë qu'on appelle actif ou practicien: Elles sont vniuerselles seulement, ou bien appliquées à quelques actions particulieres. Considerons à la premiere façon, elles appartiennent à la science morale: mais si on les considere entant qu'elles sont appliquées en quelque particuliere action, elles appartiennent à la Prudence. De là on tire que ce n'est pas assez pour estre prudent, de sçauoir les regles generales de la Philosophie morale ; mais qu'il faut encor estre rompu aux actions particulieres: Car le principal de la Prudence est la conduitte de l'action, selon les circonstances d'icelle: Les circonstances appartiennent au particulier, & se changent à tout moment ; & de là vient la difficulté de la Prudence. On dira encore que si la Prudence nous monstre à bien faire toutes les choses au profit de l'homme, que nous n'aurons que faire d'autre Vertu que d'elle. On respond qu'en l'action de quelque particuliere Vertu, on remarque deux choses: La premiere est l'action qui respond de ceste Vertu : comme le donner, de la Liberalité ; se mettre en hazard, de la Force : La deuxiéme est conduitte de ceste action, selon l'obseruation des circonstances , & celle-cy dépend de la Prudence: dont on tire qu'il n'y a point de Vertu qui puisse estre exempte de l'addresse de la Prudence.

La Prudéce est diuisée en deux manieres : a sçauoir,

En ses especes, qui sõt, ou

Prudence Publique, ou Politique, qui est double, asçauoir,

Vniuerselle, pour la cõduitte des loix vniuersellemét, en tout estat de gouuernement politique, comme en

Monarchie.
Aristocratie.
Republique.
Tyrannie.
Oligarchie.
Democratie.

Particuliere, pour gouuerner les actions des hõmes particulierement, qui se diuise en

Conseillere, ou qui dõne conseil :
Et
Iugeante, ou qui iuge des actions.

Prudéce Domestique, qui est diuisée, pour le regard des personnes qui sont en la maison, cõme

Du mary.
De la femme.
Des enfans.
Du seruiteur.

Prudence Particuliere diuisée en autant d'especes, comme il y a d'estats particuliers, comme

De l'homme d'Eglise.
Du Legiste.
Du Medecin.
Du Gendarme.
Et les estats mechaniques.

ou En ses parties parfaisantes, qui sont, ou

De la cognoissance seulement, qui sont,

La souuenance des choses passées.
La cognoissance des presentes.
L'assemblement des deux, par le discours, pour tirer vn iugemét de celles qui aduiendront.
La docilité par qui l'on entend bien & facilement le recit de ce qu'il faut faire.
La viuacité de l'esprit, pour trouuer le moyen de bien-faire.

Ou du commandement de l'action, qui se considere

En la preuoyance de prendre vne bonne fin, & de preparer les moyens pour y paruenir.
L'auisement, qui gist à se prendre garde de toutes les circonstances des actions.
La surueillance, par qui nous destournons les empeschemens qui nous pourroient garder de paruenir à la fin pretenduë.

De la Force.

LA Force a pour object les dangers qui conduisent à la perte de la
vie. Il y a plusieurs sortes de Force, selon les diuerses intentions de
ceux qui se mettent en tels dangers, comme pour l'honneur ou la reputation, & lors on l'appelle Force ciuile. Pour fuïr la punition, elle s'appelle Force seruile ; si par quelque trouble de l'ame, on l'appelle Force
brutale. Il y a vne sorte de force qui procede d'asseurance, elle se trouue
souuent aux vieux soldats, qui pour estre accoustumez aux dangers, ne
les craignent iamais. La vraye force consiste à se mettre en danger,
apres auoir consulté, deliberé & recogneu toutes les circonstances de
l'action, & principalement pour la fin qu'il est de besoin, comme pour
Dieu, pour sa patrie, pour ses parents : Elle a deux vices opposez, la temerité, & la timidité. La temerité est differente de l'audace, à cause que
l'vne est vne habitude vitieuse : & l'autre vn trouble de l'ame : Elle consiste à se mettre en danger là, & quand on ne doit point. La timidité
au contraire fuït le danger là, & quand il s'y faudroit aduancer. On
fait vne question, asçauoir si le fort sent la douleur de ses blesseures, à
raison que l'action de la vertu rend vn plaisir. On respond que la consideration de l'action de la vertu, peut tellement separer l'imagination
du sentiment exterieur, qu'il n'apperceura point la douleur : Ce qu'on a
veu, principalement aux Saincts Martyrs.

De la Temperance.

LA Temperance s'occupe à corriger les mauuaises voluptez : Et dautant qu'il y en a de deux sortes, de l'esprit & du corps, elle ne se
mesle point de celles de l'esprit, mais de celles du corps. Au corps, il y
a autant de sortes de plaisirs, comme il y a de sortes de sentiments. La
temperance ne s'amuse pas à corriger toutes les voluptez des sentiméts :
car elles ne sont toutes vitieuses, mais elle a principalement egard à
celles qui procedent du goust, & de l'attouchement en l'acte venerien.
Quant au goust, nous prenós plaisir à ce que nous beuuós ou mágeons.
Si nous gardons mediocrité en beuuant ou mágeant, on l'appelle abstinence : leurs contraires sont, la gourmandise, & l'yurongnerie. Quant
à l'attouchement en l'acte venerien, si l'on en vse sobrement, on l'appelle chasteté. La pudicité consiste au reglement des gestes & façons
prouoquantes à la luxure. Les vices opposez à la temperance, sont, l'intemperance, qui est l'excés, & l'insensibilité du plaisir.

De la Liberalité.

L'ACTION de la Liberalité est de donner. On donne ou de l'argent, ou des choses prisables par l'argent : Et pource qu'on ne peut
donner, s'il n'y a quelqu'vn qui reçoiue ; la Liberalité consiste à donner

& à receuoir; mais pluftoft à donner, à caufe que là où le plus de difficulté fe trouue, la vertu eft plus recommandable. Les circonftances à obferuer en cefte vertu, font, donner felon fa puiffance à qui le merite, pour quelque bonne fin, en temps & en lieu deu. La prodigalité & l'auarice font contraires à la liberalité : La Prodigalité confifte à donner plus qu'il ne faut: fi l'on baille du fien, elle eft fimplement prodigalité; mais fi l'on prend d'vn autre pour donner, elle eft meflée de prodigalité & d'auarice: pource que prendre à vn autre, eft acte d'auarice, & donner fans difcretion, eft prodigalité. Il y a deux fortes d'auares; les vns qui ne donnent rien, & font appellez chiches; les autres, encor qu'ils ne donnent, ils tafchent à auoir le bien d'autruy, & font appellez rapineux. La Prodigalité approche plus la liberalité que l'auarice, auffi eft-elle meilleure. Premierement, à caufe qu'elle eft plus femblable à la Liberalité, qui confifte à donner. Secondement, qu'elle profite à plufieurs, où l'auarice ne profite à perfonne qu'à celuy qui l'exerce. Tiercement, la prodigalité eft gueriffable par l'aage & par la pauureté: car les vieillards font communément auares, à caufe que d'autant plus nous auons de defauts en nous, d'autant plus recerchons-nous l'ayde hors de nous: mais l'auarice n'eft gueriffable en aucune façon. Donc il f'enfuit que la prodigalité eft preferable à l'auarice. On fait vne queftion, d'où peut proceder l'infatiable defir des richeffes? Quelques-vns refpondent que l'homme a puiffance de poffeder naturellement tout ce qui eft au monde: Où la puiffance eft auec defaut, neceffairement f'enfuit vn defir. Le moyen de poffeder eft conftitué aux richeffes: la poffeffion eftant prefque infinie, le defir des richeffes fera prefque infiny.

De la Magnificence.

QVELQVES-VNS n'ont pas voulu feparer la Magnificence de la Liberalité. Par la Liberalité le plus & le moins ne font pas d'offenfe d'efpece : la Liberalité & la Magnificence ne font differentes qu'en plus & en moins : à caufe que la Liberalité confifte en dons mediocres, & la Magnificence en graces & magnifiques dons. Si elles n'eftoient differentes qu'en cela, l'argument feroit vray: Leur propre difference eft eftablie en la fin pour laquelle elles doiuent agir. La Liberalité donne à vn particulier, pour le faire poffeffeur de fon prefent: La Magnificence ne donne pas au particulier: mais au commun, pour augmenter la fplendeur & grandeur de la communauté: Elles font differentes auffi pour leurs fujects, à raifon que la Liberalité conuient proprement aux perfonnes de mediocre eftat: la Magnificence ne peut conuenir qu'à ceux qui font en grande dignité: Les extremitez de la Magnificence font prefque femblables à celles de la Liberalité; quelques-vns appellent l'excés, confomption, & le defaut, mefquinerie.

De la Modestie.

L A Modestie consiste en la reçerche des honneurs mediocres, quand
nous les meritons; le merite tient de la vertu. De sorte que l'homme
ne peut reçercher l'honneur sans estre vertueux. On peut tirer de là
que la Modestie est necessairement accompagnée des autres vertus. Les
extremitez de ceste vertu, sont l'ambition, & le mépris de l'honneur.
L'ambition est quand nous reçerchons vn honneur que nous ne meritons pas; son contraire consiste au mépris de l'honneur que l'on merite. Ce defaut est vn vice, selon la politique & Philosophie mondai-
ne; mais vne grande vertu, selon la Loy de Dieu, qu'on appelle humilité. La magnanimité est differente de la modestie, comme la magnificence de la liberalité. Aristote compare la modestie à vn petit homme
qui est bien formé, qu'on appelle ioly: & la magnanimité à vn grand
homme bien formé, qu'on appellé beau: Le magnanime ne reçerche
que les grands honneurs: si vn homme de basse condition luy en fait,
il n'en tient conte, il ne se formalise de toutes les iniures qu'on luy fait,
comme choses indignes & basses, desquelles il ne tient conte: Il est
ouuert, sans aucune dissimulation tant à l'amitié qu'à l'inimitié. Il
n'entreprend iamais rien de bas, il donne tousiours: Iamais ne prend,
ou s'il prend quelques-fois, il rend au double. Les extremitez, sont la
presomption, & la pusillanimité.

De la Douceur.

L A Douceur consiste à moderer l'ire: ses extremitez sont le courroux, & l'insensibilité des iniures: On demande si l'on peut remedier à l'ire, de telle sorte qu'on ne se courrouce point apres auoir receu
vne iniure. On respond qu'il y a deux sortes de remedes: l'vn est par
la medecine, en refroidissant le sang trop échauffé; l'autre est par les
considerations des choses qui viennent par la cholere: La premiere, est
l'offense que nous faisons à Dieu; La deuxiéme, que la cholere nous
fait perdre la raison, & nous rend semblables aux bestes: La troisiéme,
est des maux qui sont ensuiuis de la cholere, comme la perte des biens,
de l'honneur, de la vie, & autres.

De l'Affabilité.

L 'Homme desire naturellement de viure en la compagnie de ses
semblables, à cause qu'il ne peut suffire à ce qu'il a de besoin estant
separé des autres: & pour le respect de la compagnie, il a receu la compagnie pour pouuoir communiquer auec les autres. Il doit tascher
d'entretenir la compagnie par ses paroles, par ses actions, & par ses
gestes. La vertu qui produit cét effect est appellée Affabilité: ses extremitez sont la rudesse, & la flatterie: La rudesse est la vraye ruine de la
compagnie des hommes: La flatterie n'est guere meilleure, pource
qu'elle tend à la tromperie de ceux auec lesquels nous conuersons.

De la bonne Conuersation.

LA bonne Conuersation est necessaire pour delasser l'esprit, quand il est oppressé de beaucoup d'affaires: Elle consiste à resiouïr honnestement par nos dicts & nos faicts, ceux auec lesquels nous conuersons. Tous les honnestes ieux & passe-temps tiennent de ceste vertu; ses extremitez, sont la bouffonnerie & la rusticité. Le rustique iamais ne resiouït la compagnie: Le bouffon n'ayant égard à aucune circonstance, bouffonne perpetuellement.

De la Verité.

LA Verité est vne vertu, par laquelle nous faisons que nos faicts correspondent à nos paroles: Ses extremitez sont, la vanterie & la dissimulation: En la vanterie nous disons plus que nous n'auons fait, ou pretendons de faire: En la dissimulation nous cachons ce que nous auons fait.

De la Iustice.

CE mot de Iustice, est equiuoque quelquefois. Il signifie la science, ou doctrine, qui contient toutes les Loix: On l'appelle la Iustice legale: De celle-cy est entendu ce que dit Aristote au commencement du cinquiéme des Ethiques, Que la Iustice contient en soy toutes les vertus: Car puis que le Droict est fait pour regler les actions des hommes, & pour les conduire à vne entiere felicité: Il est necessaire que le Legiste parle de toutes les vertus, & de tous les vices; de la punition & de la recompense: Il y a vne autre sorte de Iustice, qu'on appelle particuliere, qui consiste à rendre à vn chacun ce qui luy appartient. Il y a deux sortes d'iniustices, correspondantes à ces deux especes de iustice: La premiere est appellée Iniustice illegitime, qui est lors que l'on commet quelque chose contre les Loix, & celuy qui en est attaint, est appellé infracteur des Loix: L'autre est simplement appellée Iniustice, & celuy qui l'exerce est appellé Inique. La derniere sorte de Iustice est diuisée en Iustice changeante & distribuante; En la distribuante on garde la proportion Geometrique; c'est à dire, les recompenses & les punitions ne sont pas égales, mais inégales, selon les circonstances des faicts, des personnes, & autres: attribuant à chacun selon son merite ou demerite: En la changeante on garde la proportion Arithmetique, qui consiste en l'égalité d'excez. Si donc vn Prince a fait quelque tort à vn homme de basse condition en quelque contract ou eschange, le Iuge sans auoir aucun égard à la circonstance de la personne, ou merite, le condamne à rendre autant de bien comme il en auoit pris dessus son aduerse partie.

X x x iiij

Des vertus de l'Entendement.

ON appelle la vertu de quelque chose, ce par quoy elle opere: comme la vertu de la Rubarbe, est ce par quoy elle a puissance d'attirer la bile. L'entendement opere par ses habitudes, les habitudes donc sont appellées ses vertus, qui sont differentes des vertus morales. Premierement pour respect du lieu: car les vertus morales sont en la volonté, ou en l'appetit sensuel; celles-cy sont en l'entendement. Dauantage les vertus morales consistent en la vertu de mediocrité, celles de l'entendement n'ont point d'extremité. Ces vertus sont l'intelligence, la science, la sapience, la prudence, l'art, & la dexterité de l'esprit. L'intelligence est vne habitude de l'esprit, qui consiste en la cognoissance des principes des sciences: La science consiste en la cognoissance des conclusions qui dépendent des principes: La sagesse est composee de ces deux habitudes: La prudence est vne habitude, par laquelle nous cognoissons les choses qui sont bonnes & vtiles à la vie de l'homme: L'art est vne habitude, par laquelle nous operons auec raison: La dexterité de l'esprit consiste en la recerche & inuention d'vn moyen de faire quelque chose.

Des degrez de la Vertu & du Vice.

LA Vertu & le Vice ont plusieurs degrez. Quant à la Vertu, son premier degré s'appelle Continence, qui gist à faire vertueusement: mais s'il y a de la resistance en nostre action, cela dis-je s'appelle Continence. La resistace dépend du combat de l'appetit sensuel & de la raison. La raison maistrise, mais elle n'a pas tant gaigné par dessus l'appetit, qu'il ne puisse encor resister à son dessein: La mesme resistance est cause que le sentiment ne reçoit aucun plaisir en son action.

Le deuxiéme degré est nommé Vertu parfaicte, quand la raison est du tout victorieuse sur l'appetit, & l'action vertueuse nous apporte du plaisir.

Le troisiéme degré est appellé vertu diuine, ou heroïque; asçauoir quand nous surpassons en vertu la commune perfection des hommes. Ceste diuision est tirée de deux comparaisons qu'on peut faire de l'homme auec les choses qui sont ou plus basses que luy, ou par dessus son excellence. Les plus basses sont les bestes, auec lesquelles il communique par l'appetit sensuel: Les plus hautes sont les substances diuines auec lesquelles il communique par son entendement: Ainsi donc quand il ressent encor quelque resistance du naturel bestial, il est Continent: s'il s'éleue par dessus le naturel des hommes, il est nommé Diuin & Heroïque: s'il est moyen entre les deux, il sera nommé Vertueux.

Par vne mesme voye le Vice a trois degrez, quand nous faisons

quelque mal : Mais quand il y a encore quelque refiftance du cofté de la
raifon, & qu'il fe plaift à mal faire; cela peut arriuer en deux manieres :
La premiere, quand le mal-faire n'excede pas la mauuaiftié ordinaire
des hommes, & lors on l'appelle, malice, ou intemperance : Mais s'il
eft tellement depraué en fa mefchanceté, qu'il furpaffe la commune
malice des hommes, il eft beftial : Cefte beftialité peut arriuer à l'homme, ou par la mauuaife accouftumance à mal-faire, ou par quelque maladie dont il aura perdu le iugement, & ainfi il fera mal. Bien eft vray
que cefte beftialité d'erreur n'eft de mefme que la premiere : Car en ce-
fte-cy l'homme eft appellé befte, pour auoir perdu l'vfage de la raifon : En l'autre il ne l'a pas perdu, mais il fe fert de la raifon pour faire
des maux execrables, & fuiure fon appetit defordonnément, à la maniere des beftes.

De l'Amitié.

SELON le dire de Ciceron, en fon liure de l'Amitié, elle s'engendre par la reffemblance des mœurs : dont la raifon eft, que toute
perfonne s'ayme foy-mefme naturellement. Or ce qui luy eft femblable, eft quafi vn autre foy-mefme; & pourtant l'homme eft incité à aymer ceux qui luy font femblables en mœurs : L'amitié eft vne bien-
ueuillance formée, mutuelle & apparente, entre ceux qui veulent & procurent le bien l'vn de l'autre : L'amitié eft differente de l'amour, à raifon que l'amour n'eft pas toufiours reciproque comme l'amitié. A cefte
occafion Platon difoit que l'Amour eft le commencement de l'amitié, à
raifon qu'il faut que l'amitié commence par l'amour, à fçauoir que l'vn
ayme l'autre premierement, & puis apres celuy qui a efté aymé, aymera
celuy qui l'ayme, ainfi des deux amours fe fera vne amitié : Elle eft diuifée en plufieurs fortes, felon la diuerfité des chofes aufquelles elle eft
comparée : & pour le regard des chofes dont elle eft engendrée, on la
diuife en l'amitié honnefte, vtile & delectable.

L'honnefte amitié eft engendrée par la vertu, c'eft la propre & vraye
amitié eternellement durable : car puis que la caufe eft eternelle, l'effect
en fera eternel : L'amitié vtile eft celle qui eft contractée par l'vtilité : &
telle eft l'amitié des gens qui traficquent enfemble pour le gain, comme marchands & autres : Elle n'eft pas eternelle, veu que l'vtilité qui en
eft la caufe, fe peut aifément changer : L'amitié delectable dépend du
plaifir : telle eft l'amitié des ieunes gens, & hommes iouiaux, qui ne cerchent qu'à tirer leur plaifir de toutes chofes : Cefte amitié fe rompt ay-
fément par le changement de l'aage, du temperament, & par beaucoup
d'autres occafions, qui peuuent rendre l'homme de ioyeux, melancho-
lique & trifte, & lors Adieu amitié.

La diuifion de l'Amitié fe peut encore faire d'vne autre maniere : car
elle eft d'égalité, c'eft à dire, de pareil à pareil; ou d'inégalité, c'eft à dire, du plus grand au plus petit. L'amitié d'égalité eft la plus ferme & la

plus asseurée: Celle d'inegalité est ou Ciuile, ou Politique, ou OEconomique. La Ciuile est comme du Magistrat, ou celuy qui gouuerne vn
subiect, à l'inferieur ; & reciproquement du subiect au superieur :
Elle s'entretient par les bien-faicts du superieur, & par l'obeyssance de
l'inferieur. L'OEconomique est de plusieurs sortes, du Mary à la femme, du Pere aux enfans, du Maistre aux seruiteurs, & reciproquement
des vns aux autres.

De la Felicité contemplatiue.

LEs Vertus de l'entendement sont les moyens pour paruenir à la
Felicité contemplatiue : Le suject d'icelle est la raison ; elle s'appelle
contemplatiue, d'autant qu'elle naist de l'action de l'entendement,
nommée Contemplation. On la peut definir ainsi: La Felicité contemplatiue est l'action de l'entendement, selon la plus excellente de ses
vertus en la vie parfaicte : La plus excellente des vertus morales, est la
cause principale de la Felicité contemplatiue.

Toute Felicité deuient vne vie parfaicte: La perfection de la vie contemplatiue gist en deux choses ; En vne mediocre abondance des biens
de fortune & du corps: Car celuy qui manque de ces biens-la, est par necessité distraict de la Contemplation, & ne peut philosopher à son aise;
non que les biens du corps ou de la fortune seruent à la vie contemplatiue, comme d'instruments necessaires pour contempler en la maniere
que nous disions en la Felicité actiue. Mais dautát que le Contemplant
a besoin de viure, de la santé, & de telles autres choses; nous disons que
ces biens luy sont necessaires. La Felicité contemplatiue, au dire de Platon, doit estre acquise apres l'actiue, ou du moins apres auoir assoupy
les troubles de nostre ame, qui nuisent de beaucoup à la contemplation : Elle est plus excellente que l'actiue par plusieurs raisons: La premiere est tirée du suject, à cause que la contemplatiue est en l'entendement, & l'actiue en la volonté: Or l'entendement est plus excellent que
la volonté; la Contemplatiue est donc plus excellente que l'Actiue. Secondement, par la Contemplatiue l'homme est semblable aux natures
Diuines, beaucoup plus que par l'Actiue. Les choses qui sont plus semblables à vne plus excellente, sont plus excellentes. Doncques la Contemplatiue est plus excellente que l'Actiue. Tiercement, en la Felicité
actiue nous y trouuons quelque chose qui nous est commune par ressemblance auec les bestes : Car nous disons, la Formy est prudente ; le
Lyon fort ; le Pelican misericordieux; mais en la Contemplatiue il n'y a
rien qui soit commun auec les bestes en aucune sorte: Doncques la Contemplatiue est plus excellente que l'Actiue. La perfection de la Contemplatiue ne peut estre acquise en ce monde, pour les empeschements
qui nous y arriuent au moyen de ce corps; mais quand l'ame en sera sé-
parée, comme deliurée de tous ses empeschements, elle ioüyra d'vne
parfaicte Felicité en la Contemplation de son Dieu, à qui soit honneur,
loüange, & gloire.

TRADVCTION
DV PREMIER LIVRE
DES ETHIQVES D'ARISTOTE.

OVT Art, toute Profeſſion, toute Action, & tout Deſ-
ſein, ſemble ſe propoſer quelque Bien, auquel il tend: Et
pour ceſte cauſe les Anciens ont eu raiſon de dire, que le
Bien eſtoit ce que toutes choſes deſiroient: Mais les fins
que nous-nous propoſons ſont differentes: Les vnes ſont
ſimples operations, les autres ſont des effects qui demeurent apres les
operations. Et en celles où il y a d'autres fins, outre les operations, les
effects qui ſubſiſtent, ſont plus excellents que les operations meſmes,
comme les facultez. Doncques les Arts & les Sciences ſont de diuerſes
ſortes, auſſi ont-elles de diuerſes fins & diuerſes intentions: Car la fin
de la Medecine, c'eſt la ſanté: La fin de l'art de faire des Nauires, c'eſt
la Nauire: La fin de l'art Militaire, c'eſt la Victoire: La fin de la ſcience
OEconomique, ce ſont les richeſſes & les commoditez. Or en celles de
ces ſciences qui reſpondent à vne profeſſion ſuperieure ; comme nous
voyons que l'art de faire des mors & des freins, & autres ſemblables inſtruments pour les cheuaux, ſe rapporte à la ſcience de les manier: & la
ſcience de les manier, & autres arts qui appartiennét au faict de la guerre, ſe rapporte à la vacation Militaire: & de tout le reſte ſemblablemét:
En ces ſciences doncques qui ſont ainſi inſtituées les vnes pour le reſpect des autres, la fin de celle qui tient lieu de ſuperintendante, eſt
plus excellente que les fins de toutes celles qui luy ſont inferieures. Car
on les deſire en ſa conſideration, & n'y a point d'intereſt, ſoit que les fins
de ces ſciences ſoient ſimples operations, ou que ce ſoient des effects
qui ſubſiſtent apres les operations: comme il eſt aiſé à remarquer en
celles que nous auons alleguées.

S'IL y a donc quelque fin en toutes nos actions, laquelle nous deſirós
pour l'amour d'elle-meſme, & les autres choſes à ſon occaſion tant
ſeulement ; & que chacune des choſes que nous reçerchons, nous ne la
reçerchons pas pour la rapporter à quelqu'autre : car ce ſeroit aller à
l'infiny, & noſtre deſir ſe trouueroit vain & inutile: Il faut croire que
ceſte fin eſt le ſouuerain bien, & le plus puiſſant obiect que nous-nous
puiſſions propoſer: Et partant que la cognoiſſance en eſt fort neceſſaire
pour la vie humaine. Car ainſi que les Archers ſe propoſent vn blanc,
auquel ils addreſſent leur viſée ; ainſi nous viendrons plus facilement à
noſtre but, en ayant acquis la cognoiſſance. Que s'il eſt ainſi, la premiere choſe que nous deuons faire, c'eſt de mettre peine de nous le repre-

fenter par quelque efpece de definition, & d'aduifer à quelle fcience il
appartient d'en difcourir. Or il femble que ce foit à celle qui a la principauté & la fuperintendance fur toutes les autres: Et celle-la nous auons
occafion de penfer que c'eft la fcience Ciuile ou Politique: Car elle regarde fur toutes les autres Profeffions, & ordonne celles qui doiuent
auoir lieu aux Republiques, & les perfonnes qui les doiuent exercer, &
iufques à quel poinct il eft bon de les receuoir. Dauantage les fciences
qui font les plus eftimées, comme l'art Militaire, l'OEconomie, & l'E-
loquence, luy font toutes inferieures & fubiectes. Puis qu'ainfi eft donc
qu'elle fe fert des autres fciences actiues, & qu'elle leur donne des loix,
& qu'elle determine ce que chaque perfonne doit faire, & ce qu'elle
doit euiter: Il n'y a point de doute que la fin n'embraffe & ne contienne les fins de toutes les autres vacations. Au moyen dequoy ce doit
eftre le fouuerain bien de la vie humaine: Car encore que le bien d'vn
particulier & celuy de la Republique foit vne mefme chofe, fi eft-ce
que reçercher & conferuer le bien de tout vn Eftat, c'eft bien vne action
plus belle & plus parfaicte. Et encore que ce foit toufiours vne chofe
louable de pourchaffer du bien, quand ce ne feroit qu'à vn homme
feulement: Toutesfois c'eft vne œuure beaucoup plus diuine & plus
excellente de l'acquerir, ou de le conferuer à toute vne Prouince, & à
des villes toutes entieres: Et c'eft le but que cefte fcience fe propofe, &
auquel elle tend, comme eftant vne partie de la fcience Ciuile & Politique. Or eftimerons-nous faire affez en cefte profeffion, fi nous la
traictons felon ce que le fuject en eft capable. Car de demander des
demonftrations parfaictes en toutes chofes, comme entr'autres en
celles qui dépendent de l'art, ce feroit vne requefte inciuile. Premierement doncques l'honnefteté & la Iuftice, qui font les principales parties de cefte confideration, font fubiectes à tant de diuerfitez
d'opinions, & à tant de deceptions de iugement, qu'elles femblent
quafi auoir efté inftituées par les loix des hommes, & non pas par
celles de la Nature. Ces mefmes erreurs fe rencontrent femblablement en la definition des biens que nous-nous propofons. Car des
chofes que nous tenons communément pour biens, vne infinité de
perfonnes s'en font mal trouuées, comme il y en a qui fe font perdus par leurs richeffes, les autres leur valeur les a ruynez. Ainfi
donc c'eft le faict d'vn homme de iugement, que de toucher ces matieres par deffus, & y remarquer la verité tellement quellement, fe
contentant en des chofes qui arriuent pour la pluf-part du temps,
& non pas toufiours d'en tirer des confequences de femblable nature. Pareillement il faut que les auditeurs facent eftat de receuoir les
propofitions que l'on leur met en auant, fans en entrer en contention, fe remettant deuant les yeux que ceux qui ont du iugement
aux fciences, n'y doiuent defirer des demonftrations, finon entant que la nature de chacune d'elles le permet. Car ce feroit vne
mefme abfurdité de vouloir qu'vn Mathematicien vfaft de perfua-

fion

fion, & de demander des fyllogifmes neceffaires à vn Orateur. Or fup-
pofons-nous que chacun eft iuge competant des chofes qu'il cognoift,
& partant celuy qui eft verfé en vne fcience, en iuge dignement: Et
celuy iuge dignement de toutes, qui eft verfé en toutes generalement.
A cefte occafion doncques les ieunes gens ne font pas propres pour
eftre auditeurs de la Philofophie morale : Car ils font ignorants des
actions de la vie humaine, & ce font les fondements de cefte confideration. Dauantage, à caufe qu'ils fe laiffent aller à leurs perturba-
tions, ce qu'ils oyent de cefte fcience, leur eft inutile & infructueux:
d'autant que la fin de cefte eftude, ce n'eft pas la cognoiffance, mais
l'action : Et ne peut chaloir qu'ils foient ieunes quant à l'aage, ou qu'ils
foient femblables de mœurs à ceux qui font ieunes : Car l'incapacité
ne prouient pas du defaut de temps, mais de ce que leur vie eft tur-
bulente, & agitée, & qu'ils reçerchent toutes chofes auec émotion.
Et aux efprits qui font de cefte nature, la cognoiffance leur eft inutile, comme à ceux-la femblablement qui n'ont point de puiffance fur
eux-mefmes. Mais aux hommes qui fçauent affubiettir leurs paffions
à leur raifon, & qui ont la patience de deliberer de leurs actions auant
que les faire, elle leur peut caufer beaucoup d'amendement & de perfection. Ces chofes donc que nous auons touchées de la difpofition
qui eft requife aux auditeurs, & de la façon dont il faut receuoir les enfeignements de cefte fcience, feruiront d'entrée & de preface à celles
que nous expliquerons cy-apres.

REPRENONS doncques le fil de noftre difcours, & de nos
confiderations: Puis qu'ainfi eft que toute fcience & toute élection
afpire à quelque Bien, quelle chofe c'eft que la fcience Ciuile fe propofe, & en quoy confifte le fouuerain Bien de nos actions. Quant
à ce poinct doncques, tout le monde conuient quafi pour le regard
du nom : Car tant le commun peuple, que les hommes fçauans difent
que c'eft la Felicité, & tiennent que Bien viure, faire bien, & eftre
bien-heureux, eft vne mefme chofe. Mais quant à la Felicité, ils en
ont diuerfes opinions, & le peuple & les fçauans ne s'accordent
pas : Car les vns la conftituënt aux chofes fenfibles, comme en la
Volupté, aux Richeffes, aux Honneurs; les autres en d'autres chofes:
& fi le plus fouuent il aduient qu'vne mefme perfonne en faict diuers iugements. Car alors qu'elle fe fent trauaillée de maladie, elle
fe perfuade que le fouuerain Bien eft la fanté : Alors qu'elle fe fent
affligée de pauureté, elle s'imagine que ce font les Richeffes : Semblablement les hommes qui recognoiffent leur ignorance, admirent
ceux qui difent quelque chofe de grand, & qui eft par deffus leur
portée. D'autres outre tous ces Biens que nous auons alleguez,
qui font plufieurs en nombre, introduifent vn certain Bien, vnique & fubfiftant par foy-mefme, qui eft caufe à tous autres de
ce qu'ils font appellez Biens, & en ont l'effect & la fignification.

Yyy

Mais peut-estre que ce seroit trop entreprendre, de vouloir traicter toutes ces opinions les vnes apres les autres: Et partant il suffira d'examiner celles qui ont des Sectateurs, & sont accompagnées de quelque apparence de verité. Or il faut que nous sçachions que touchant les methodes d'enseigner, il y a difference entre celles qui descendent des Principes, & celles qui remontent vers les principes. Et pour ceste cause Platon n'auoit pas tort, de s'enquerir s'il faloit prendre le chemin des sciences en venant des principes, ou bien en allant vers les Principes. Comme qui eust demandé aux stades Olympiques, si la course se deuoit commencer là où estoient assis ceux qui distribuoient les couronnes, pour aller acheuer à l'autre bout de la carriere: ou à l'opposite: Il faut bien que nous commencions tousiours par les choses qui sont les plus certaines. Mais la difficulté consiste en ce qu'il y en a de deux sortes: Car les vnes sont plus certaines pour nostre regard, les autres le sont absolument. La resolution doncques, c'est que nous deuons commencer par celles qui sont plus certaines pour nostre regard. Au moyen dequoy il est necessaire que celuy qui veut estre bon auditeur des discours de l'honnesteté & de l'equité, & de tous les autres poincts de la Philosophie morale, ayt esté bien nourry en sa ieunesse: Car ceste disposition luy tiendra lieu de Principes: & s'il y est suffisamment confirmé, il ne recerchera point d'autre demonstration: Il est doncques expedient que celuy que l'on prend pour cet effect, ayt desia eu luy-mesme l'impression de ces principes, ou pour le moins qu'il soit disposé à la receuoir facilement: dautant que celuy qui n'a ny l'vn ny l'autre, il faut qu'il escoute les paroles d'Hesiode, qui disent en ceste maniere: Celuy est tres-parfaict qui sçait toutes choses de luy-mesme, & cognoist ce qui succedera mieux par apres, & en toutes les occasions: Et celuy derechef est prudent, qui obeït à ceux qui luy donnent bon conseil. Mais celuy qui ne sçait, ny se conduire luy-mesme, ny obeyr à ceux qui l'admonnestent sagement, il est inutile & perdu de tout poinct.

REtovrnons doncques d'où nous estions partis premierement: Car ceux qui assignent la Felicité selon les diuerses especes de la vie humaine, ne semblent pas estre entierement esloignez de la raison: C'est à sçauoir le peuple & les hommes plus grossiers en la Volupté: & pour ceste cause ils ayment la vie qui est addonnée à la Volupté & aux Delices. Car il y a trois especes de vie, principalement celle que nous venons de nommer, la vie Ciuile, & la vie Contemplatiue, qui est la troisiéme: Le peuple dóc monstre qu'il est comme esclaue de ses sens, en se proposant vne vie semblable à celle des bestes: & la raison qui le conuie à faire ceste élection, c'est qu'il iuge que la plus-part de ceux qui sont constituez en authorité, viuent de ceste façon, comme Sardanapale. Les honnestes gens, & ceux qui sont plus propres à l'action, estiment que c'est l'honneur. Et de faict il semble quasi que l'honneur est la fin

de la vie Politique, encore qu'il ne le soit pas toutesfois : Car il consiste
plus en ceux qui le deferent, qu'en ceux à qui il est attribué. Or le souuerain Bien doit estre estably de telle sorte que l'on ne le puisse pas rauir facilement : Dauantage, il semble que les hommes le reçerchent afin
de receuoir vn témoignage de leur merite : Et de faict desirent principalement qu'il leur soit deferé par des personnes de iugement, & par
ceux qui les cognoissent, & que ce soit particulierement pour leur vertu. De sorte qu'ils confessent en eux-mesmes par ce moyen, que la Vertu est encore quelque chose de plus digne que l'Honneur : A cause dequoy parauanture l'on pourroit dire que ce seroit la vraye fin de la vie
Politique : Il est vray qu'elle n'est pas suffisante pour cet effect : Car vn
homme peut auoir l'habitude de la Vertu, & cependant estre endormy, ou bien ne faire aucune action durant tout le temps de sa vie.
D'autre costé, il peut estre entierement exposé aux iniures & aux ty-
rannies de la Fortune. Or vn homme qui sera traicté de ceste façon, personne ne l'estimera bien-heureux. Mais c'est assez de ces choses pour le
present : car nous les auons expliquées plus au long en d'autres lieux : Et
quant à la vie Contemplatiue, que nous auons nommée la troisiéme,
nous en discourrons plus amplement cy-apres : Car pour le regard de
celle qui ne se propose que les richesses, c'est vne vie pleine d'agitation,
& puis les richesses ne sont pas ce Bien que nous reçerchons maintenãt :
D'autant qu'elles sont mises entre les choses vtiles, & s'acquierent pour
vne autre fin : Tellement que celles dont nous venons de faire mention,
se doiuent plustost appeller fins à cause qu'elles sont reçerchées pour l'a-
mour d'elles-mesmes ; ce que neantmoins nous ne leur concedons pas :
Encore qu'on ayt allegué tout plein de raisons pour les fauoriser, mais
nous laisserons ce propos iusques à vne autre occasion.

CEPENDANT il vaudra mieux que nous disions quelque chose de
ce Bien vniuersel, qu'aucuns ont voulu mettre en auant, & que
nous considerions de quelle façon ils l'ont entendu, encore que ceste
question nous doiue estre mal-aisée à definir, à raison que ceux qui ont
introduict la doctrine des Idées, estoiét nos amis : Il est vray que les Philosophes sont tenus de combattre toutes sortes d'opinions, iusques aux
leurs propres, pour la conseruation de la verité. Pareillement ils ne doiuent point trouuer estrange que nous preferions son respect à l'amitié que nous leur portons. Ceux donc qui ont esté autheurs de ceste
opinion, n'ont point fait d'Idées des choses qui estoient distinguées les
vnes des autres, par estre precedentes ou subsequentes selon l'ordre de la
nature : Et pour ceste cause ils n'ont point mis d'Idées de l'essence des
nombres en general. Or le Bien se trouue en la substance & en la qualité, & en la declaration : Et ce qui subsiste en soy-mesme, & qui est substance, est premier en nature que ce qui ne consiste qu'en vne relation : D'autant que la relation n'est que comme vne dépendance,
& vn accident de ce qui subsiste en soy-mesme : Et partant ils ne

Yyy ij

ne peuuent suppofer qu'il y ayt vne idée qui foit commune à tous les
biens. Dauantage, puis que le bien & l'eftre s'eftendent auffi loing
l'vn comme l'autre : car le bien fe trouue en la fubftance : comme
pour exemple, en l'entendement, ou en Dieu, ou en la qualité : comme en la vertu & en la quantité : comme en la mediocrité & en la
relation : comme en l'vtilité, & au temps : comme en l'occafion, &
au lieu : comme au repos, & ainfi des autres chofes : Il s'enfuit qu'ils
ne peuuent eftablir vne vnité qui foit commune, & qui conuienne
également à toutes ces fortes de bien : Car il ne faudroit pas qu'elles fuffent ainfi épanduës par tous les predicaments, mais qu'elles
fuffent referées & renfermées dans vne des categories tant feulement : D'autre cofté fi ainfi eft, que des chofes qui ont vne mefme
idée, la fcience foit vne & mefme : Il faudra auffi que de tous les
biens enfemble, il n'y ayt qu'vne fcience tant feulement. Or reco-
gnoiffons-nous qu'il y en a plufieurs, voire mefme de ceux qui font
colloquez foubs vn mefme predicament : Car le bien qui doit eftre
referé au temps & à l'occafion, fi c'eft en quelque expedition de
guerre, c'eft à la fcience Militaire de la confiderer : Si c'eft en quelque maladie, c'eft à la Medecine : fi c'eft pour l'exercice du corps,
c'eft à la Gymnaftique. Et puis on leur pourra demander que c'eft
qu'ils veulent dire dauantage, quand ils appellent, Bien par foy-
mefme. Car fi c'eft vne mefme effence que celle de l'homme par
foy-mefme, & celle de l'homme : d'autant qu'il n'y a point de difference entr'eux, entant que l'vn & l'autre eft homme, par confequent
auffi n'y aura-il point de difference entre leur Bien & le noftre, entant qu'ils font bien l'vn & l'autre : Et ne faut pas alleguer que pour
eftre perpetuel, il y ayt plus de raifon de l'appeller Bien, puis que la
blancheur qui eft de longue durée, n'eft non-plus blancheur que celle qui eft d'vn iour tant feulement. Les Pythagoriciens doncques
femblent en auoir parlé plus probablement, quand ils ont mis à
l'oppofite l'Vnité en la claffe des chofes bonnes. Et de faict Speufip-
pus demonftre de s'eftre rangé de leur party. Mais cefte confideration fe referuera à vne autre fois, que nous en traicterons plus amplement. Il eft vray que contre ce que nous auons dict, ils peuuent
repliquer que leur intention n'eft pas de comprendre toutes fortes
de biens en cefte vnité ideale, d'autant que les Biens qu'ils alleguent
comme conuenans en efpece, ce font ceux qui font defirez pour l'a-
mour d'eux-mefmes : & que ceux qui les procurent, ou les confer-
uent, ou deftournent ce qui leur eft contraire, font appellez Biens à
caufe d'eux, & en vne autre fignificatió. Ainfi c'eft vne maxime qu'il y a
deux fortes de Biens, les vns qui font Biens pour l'amour d'eux-mefmes,
les autres qui font Biens par relation tant feulement. Cefte diftinction
donc eftát fuppofée : c'eft à fçauoir de ceux qui font vrayemét Biens, &
de ceux qui font Biens vtiles : examinós fi ceux qui font Biens pour leur
propre refpect, font nommez Biens à caufe de la conuenáce qu'ils ont en

vne mesme idée: Mais il faut voir premierement quelles choses nous
appellerons Biens pour l'amour d'elles-mesmes. Dirons-nous doncques
que ce sont celles que nous reçerchons, sans auoir aucun égard à d'autres biens, comme d'acquerir de la cognoissance, de voir, de ioüyr de
certaines voluptez, de paruenir aux honneurs? Car encore que nous
desirions ces choses pour d'autres intentions, si est-ce qu'elles se peuuent mettre aucunement entre celles qui sont Biens pour l'amour d'elles-mesmes: Ou si nous ne constituons point de Biens absolus autre part
qu'en ceste idée, au moyen de ce elle demeurera pour exemplaire vain &
friuole, n'ayant point d'image qui luy responde. Si doncques ces choses que nous auons nommées, sont Biens pour l'amour d'elles-mesmes,
il faudra que l'essence du Bien soit definie mesme en toutes celles ou
nous voyons que l'essence de la blancheur est mesme, comme en la nei-
ge & en la ceruse. Or est-ce chose manifeste que les definitions de
l'honneur, de la prudence, & de la volupté mesmes, entant que nous les
considerons comme Biens, sont differentes les vnes d'auec les autres,
& par ainsi le Bien ne peut pas estre quelque chose de conuenant en
vne mesme idée. Pour quelle raison donc nommons-nous Biens toutes
les choses qui participent à ceste appellation? Car ce n'est pas comme
celles qui portent vn mesme nom fortuitement. Est-ce donc pource
qu'elles procedent d'vn principe, ou qu'elles se rapportent à vne fin?
Ou bien si c'est par proportion & similitude de raisons? comme le
mesme nom que l'on donne à la veuë pour le regard du corps, on le
peut donner à l'intelligence pour le regard de l'ame : & ainsi des autres choses. Mais ie pense qu'il est temps de sortir de ce propos: Car
de le vouloir traicter si exactement , c'est chose qui appartient plustost à vne autre espece de Philosophie: & de discourir des idées semblablement : Aussi bien sommes-nous d'accord que quand il ny auroit vn Bien qui seroit dict de tous ces autres en commun, & qui sub-
sisteroit separément & par luy-mesme , toutesfois il ne pourroit pas
estre reduit en action, ny estre acquis par la diligence des hommes.
Or le Bien que nous reçerchons , il faut qu'il soit de ceste nature. Il
est vray que quelqu'vn dira qu'à tout le moins la cognoissance nous
en sera vtile pour les autres biens qui sont capables d'estre possedez
& reduits en action : D'autant que l'ayant deuant les yeux comme
vn exemple, nous cognoistrons mieux les autres que nous-nous deuons proposer pour Biens , & en les cognoissant , il nous sera facile
de les acquerir. Ceste opinion doncques a bien quelque chose de
probable, mais si est-ce qu'elle repugne à la methode des sciences: Car
tous ceux qui aspirent à quelque bien, & reçerchent ce qui leur defaut, obmettent ceste consideration. Or ne seroit-il pas vray-semblable que tous les Artisans ignorassent ou mesprisassent vne chose , qui leur pourroit apporter tant de soulagement. Et puis ie demanderois volontiers, dequoy seruira à vn Tisserant, ou à vn Charpentier pour l'exercice de son Art, de contempler ce Bien subsistant

par luy-mesme:Ou bien dequoy vn Medecin,ou Chef d'armée deuiédrā
plus excellent de considerer ceste idée : veu que ce n'est pas de ceste façon que le Medecin considere la santé,mais entant que c'est celle de
l'homme, & encore que c'est celle de cet homme particulierement:
car ce sont des hommes particuliers qu'il se propose de traicter. Mais
c'est assez de ceste matiere pour maintenant.

REVENONS donc à ce Bien dont il est question, & considerons en
quoy nous le deuons cóstituer. Car il semble qu'il est d'vne façon en
vne science, & d'vne autre en vne autre, cóme il est autre en la Medecine,
& autre en l'art Militaire : & ainsi des autres Professions. Quelle chose
est-ce donc que le bié de toutes ces facultez ? N'est-ce pas celle à l'occasió
de laquelle toutes les autres se desseignent & s'accomplissent ? Or en la
Medecine c'est la santé ; & en l'art Militaire , la Victoire : Et en l'Architecture, l'Edifice: Et en chacune action ou election, ce qui luy tient lieu
de fin & de but principal. Ainsi doncques s'il y a quelque fin qui soit,
commune à toutes les choses qui se reduisent en action,ce sera le souuerain de la vie actiue: Et s'il y en a plusieurs, ce seront-elles toutes par ensemble. Voila comme nostre discours est venu au mesme poinct dont il
estoit sorty premieremét. Mais il faut mettre peine d'expliquer ces choses auec plus de facilité , & leur apporter dauantage d'éclaircissement &
de lumiere. Estans doncques les fins de diuerses sortes,dont les vnes sont
reçerchées pour d'autres intentions , comme les richesses , les instruméts
de Musique,& autres telles choses qui seruent de moyens:On peut bien
iuger de là que toutes les fins ne sont pas parfaictes. Mais la fin qui est le
souuerain bien, doit estre quelque chose de parfaict. Ainsi donc s'il y a
vne fin qui soit parfaicte, c'est celle que nous demandons:s'il y en a plusieurs, c'est celle qui est la plus parfaicte de toutes. Or les fins que l'on se
propose pour l'amour d'elles-mesmes,sont plus parfaictes que celles que
l'on pretend pour quelque occasion tant seulement: Et celles que l'on ne
reçerche iamais pour autre respect que pour le leur , encore plus parfaictes que celles qui sont desirées , tant en leur propre consideration, que
pour estre derechef rapportées à quelque autre chose : Par ainsi celle-la
est absolumét parfaicte,qui est tousiours reçerchée à cause d'elle-mesme,
& ne l'est iamais pour autre consideration. La Felicité donc est principalement ceste fin-la; car nous l'a regardons tousiours pour l'amour d'elle-
mesme, & ne nous la proposons iamais en intentió d'aucune autre chose. Mais les honneurs,la volupté, l'entendemét,& toutes les vertus, nous
les desirons pour l'amour d'elles-mesmes: Car quand il ne s'en recueilli-
roit autre fruict,encor ne laisserions-nous pas de les desirer , & pour l'a-
mour de la Felicité semblablemét:Car par leur moyen nous esperons de
nous rédre bien-heureux, là où personne ne reçerche la Felicité ny pour
l'amour de ces choses, ny en aucune autre consideration. Or ce que nous
auons dit de la Felicité touchát la perfection, nous le pouuons dire aussi
touchant la suffisance: Car le bié qui est parfaict & accóply,il n'y a point

de doute qu'il ne foit fuffifant pareillement. Nous entendons doncques fuffifant, non pas fuffifant à vn homme qui meine vne vie folitai-
re, mais à vn homme du monde, à fes parents, à fes enfants, à fa femme,
à fes amys, & à fes concitoyens: d'autant que l'homme eft naturellement fociable & politique. Il eft vray qu'il y faut conftituer des limites:
Car fi on vouloit comprendre les parents, & les enfants des enfants, &
les amys des amys en cefte defcription, elle f'eftendroit & fe dilateroit
infiniment. Cependant nous differerons ce propos iufqu'à vne autre
occafion, & appellerons fuffifant, ce qui eftant feul & feparé de toutes
autres chofes peut rendre la condition de l'homme defirable: & accomplie de telle forte que rien ne foit eftimé luy defaillir: & de cefte nature
difons-nous qu'eft la felicité: Et au furplus, quand il eft deftitué des
autres biens, rend la vie plus defirable que rien qui fe puiffe imaginer,
comme auffi quand il eft accompagné, pour petite que foit l'addition,
il l'a rend encor plus fouhaitable: Car ce qui f'adioufte d'abondant
fait toufiours vne augmentation de bien: Et ce qui comprend dauantage de bien, eft auffi par mefme mefme moyen encor plus defirable. La
felicité donc eft vn bien parfaict & fuffifant, d'autant que c'eft la fin de
toutes les chofes qui fe reduifent en action. Mais parauenture, dira
quelqu'vn, tout le monde recognoit affez que la felicité eft le fouuerain bien: & partant ce n'eft rien fait, fi l'on n'en donne vne definition plus particuliere. Poffible donc que nous viendrons mieux à bout
de ce que nous pretendons, fi nous-nous propofons l'operation de
l'homme à confiderer particulierement: Car ainfi comme d'vn Mufi-
cien, ou d'vn faifeur de ftatuës, ou d'vne autre efpece d'artifan, & en
fin de tout homme qui a quelque œuure, & quelque exercice, fa perfection, & ce qu'il y a de bien en luy, confifte en fon œuure, & en fon
action: Ainfi le bien de l'homme confiftera en fon operation, f'il a
quelque operation qui luy foit propre. Quoy donc? fera-il dit qu'vn
charpentier, ou qu'vn cordonnier ayent leurs actions, & que l'homme
n'ayt point d'operation, mais qu'il foit oyfif & inutile? Ou bien fi
comme les yeux, les mains, les pieds, & toutes les autres parties du corps
ont leurs offices affignez: Ainfi contre toutes ces operations l'homme
en a quelqu'vne qui luy foit propre & particuliere. Quelle fera donc
finalement cefte vraye operation de l'homme? Car la vie luy eft commune auec les plantes. Or nous demandons vne action qui luy foit
propre: & partant il ne faut point mettre en compte la vie nutritiue,
ny la vie augmentatiue: Celle donc qui vient aprés, c'eft la fenfitiue:
mais elle luy eft commune pareillement auec les cheuaux & les bœufs,
& les autres animaux irraifonnables. Il ne refte donc plus que la partie
qui vfe du difcours & de la raifon. Or elle eft diftribuée en deux facultez, l'vne qui obeit à la raifon, l'autre qui eft elle mefme le fiege de
la raifon & de l'intelligence; mais dautant que cefte partie fe confidere encore de deux façons: Il l'a faut prendre felon ce qu'elle eft en
acte & en exercice: Car il femble qu'ainfi elle merite mieux de iouïr

Yyy iiij

de ceste appellation : Au moyen dequoy nous difons que la vraye operation de l'homme c'eft l'action de l'ame exercée par la raifon, ou pour
le moins non fans foy de la raifon. Or l'action d'vn homme en vne
fcience, & celle d'vn homme excellent en cefte mefme profeffion, font
comprifes fous vn mefme genre, comme l'action d'vn ioüeur de lyre,
& celle d'vn excellent ioüeur de lyre : & ainfi de toutes les autres vacations, ne fe trouue difformité entre leurs actes, finon de l'excés que
la perfection & excellence de l'vn adioufte par deffus l'action de l'autre. Car ainfi comme l'effect d'vn ioüeur de lyre, c'eft de la toucher
bien muficalement : Comme nous tenons donc que l'action de l'homme eft vne certaine efpece de vie, c'eft l'operation de l'vne & de l'autre, qui eft conjoincte auec la raifon : Ainfi difons-nous par mefme
moyen, que l'action d'vn homme excellent, c'eft quand elle s'accomplit bien & excellemment. Or chaque chofe s'exerce & s'accomplit
parfaictement, quand elle eft practiquée felon fa propre vertu : tellement que cefte fuppofition eftant faicte, on peut conclure que le bien
de l'homme, c'eft l'operation de l'ame exercée felon la vertu : & s'il y
a plufieurs vertus, felon la plus noble & plus excellente.

DAVANTAGE, il y faut adioufter en la vie parfaicte : car ainfi
comme vne arondelle, ou vn beau iour, ne font pas le Printemps,
ainfi ny vn iour tant feulement, ny vne petite portion de la vie, ne font
pas fuffifants pour faire appeller vn homme bien-heureux. Voila donc
comme nous defcriuons le fouuerain bien de la vie humaine : Car il
fuffit au commencement d'en faire les premiers traicts : Et puis on
adioufte les couleurs & les ornemens. Et de faict il femble qu'aux
chofes qui ont efté bien ébauchées, chacun y peut apporter de la po-
liffure, de l'embelliffement, & de la perfection : & le temps a acouftu-
mé non feulement de les inuenter : mais auffi de les enrichir : C'eft
pourquoy nous difons que les fciences prennent leur acccroiffement
auec l'aage : car chacun y peut adioufter & fuppléer ce que defaut. Cependant il eft toufiours bon de nous remettre deuant les yeux ce que
nous auons dit au commencement. C'eft que nous ne deuons pas également demander les demonftrations en toutes fciences : mais feulement
en chacune, autant que la nature le porte, & qu'il en eft requis pour
la doctrine & pour l'enfeignement : car le Charpentier & le Mathematicien ne confiderent pas tous deux l'angle droict de mefme forte : mais
le Charpentier s'en foucie feulement autant qu'il luy eft neceffaire,
pour l'appliquer à fon action : & le Mathematicien confidere que c'eft,
& quel. Il eft donc expedient que nous obferuions cefte methode en
tous les autres difcours, de-peur que nous ne nous eftendions dauantage aux chofes qui ne font point de noftre fuject, qu'en celles que
nous auons deliberé de traicter ; & ne faut pas que nous demandions indifferemment la caufe de tout ce qu'on nous propofera ; mais fuffit en
certaines chofes, que l'on nous donne à cognoiftre qu'elles font verita-

blement: Ce qui a lieu notamment aux principes où cefte definition
doit eftre receuë comme vne efpece de principe: Des principes donc
les vns fe procurent par induction, les autres par le fentiment, les autres
par vne certaine accouftumance, les autres par vne autre methode. Cependant il faut effayer en toutes chofes de les traicter de la façon, qu'elles font capables d'eftre entenduës: & fur tout mettre peine qu'elles
foient bien definies: Car il f'en enfuit vne grande facilité, pour les
chofes que l'on veut expliquer puis apres: D'autant que le principe eft
plus de la moitié du tout, & que prefque toutes les difficultez qui fe
prefentent, font éclaircies par fon moyen.

IL faut doncques examiner la verité de ce principe non feulement
par les conclufions qui en dépendent, & par les voyes dont on a
accouftumé d'y proceder, mais auffi par les difcours que l'on en tient
communément: Car toutes les chofes qui font conformes à la verité,
f'accordent les vnes auec les autres: mais en celles qui font accompagnées du menfonge, la difference paroift incontinent. Eftans doncques les biens diftribuez en trois ordres, dont les vns font appellez les
biens externes: les autres les biens de l'ame: & les autres finalement les
biens du corps: Ceux qui appartiennent à l'ame, font ceux qui meritent mieux & plus dignement l'appellation de Biens.   Or les actions
& les operations de l'ame fe referent à l'ame neceffairement: En vertu
dequoy, tant felon l'opinion des Anciens, que felon celle qui eft concedée par les Philofophes, on peut inferer que la vraye fin confifte en
fes actions & en fes operations: Car par ce moyen il f'enfuit qu'elle a
fon eftre aux biens de l'ame, & non pas aux biens exterieurs; & puis ce
que l'on dit communément, f'accorde en cefte forte auec la raifon:
C'eft que celuy qui eft heureux, vit bien, & agit bien, d'autant que la
felicité eft quafi comme vne bonne action. Dauantage, toutes les
chofes que l'on reçerche en felicité, accompagnent cefte definition
que nous en auons donnée: Car les vns penfent que la Felicité foit la
vertu: les autres, la Prudence: les autres, la Sapience: les autres, toutes
ces chofes, ou quelques-vnes d'elles conioinctes auec la Volupté, ou
pour le moins n'eftans point deftituées de volupté. Il y en a mefme
qui y comprennent l'affluence des biens exterieurs. Or les Autheurs
de ces opinions; les vns ont efté en grand nombre, & fort anciens:
les autres en moindre nombre, mais celebres & renommez; defquels il
n'y a pas d'apparence que ny les vns ny les autres fe foient totalement
efloignez de la raifon: Seulement peut-on dire, qu'ils fe font mefcontez
en quelque partie: Mais il faut confeffer qu'en beaucoup de chofes ils
fe font conformez & accordez auec la verité. L'opinion donc de ceux
qui ont penfé que la Felicité eftoit vne des vertus, ou toutes les vertus
enfemble, n'eftoit point entierement impertinente: car c'eft l'action
qui f'accomplit felon la vertu. Il eft vray qu'il importe beaucoup de
fçauoir fi c'eft en la poffeffion ou en l'vfage que le fouuerain bien con-

siste : Et si c'est en l'habitude ou en l'operation : car vne bonne habitude pourra bien estre en quelque subject, que toutesfois elle n'y causera aucun bien : Comme en vn homme qui sera endormy, ou qui par quelque autre accident demeurera destitué de toute operation : mais que ceste action ou ceste operation, ne produise point de bien, c'est chose qui ne se peut conceder : Car celuy qui aura l'operation, agira, & par consequent il agira bien. Tout ainsi doncques comme aux ieux Olympiques ceux qui sont les mieux formez, pour le regard de la beauté corporelle, & qui sont les plus forts & les plus robustes, ce ne sont pas ceux qui emportent les prix & les couronnes ; mais ce sont ceux qui combattent actuellement : Car il y en a tousiours quelques-vns qui s'en retournent auec la victoire : Ainsi ceux qui agissent bien, sont ceux qui obtiennent la ioüyssance des choses bonnes & honorables en la vie humaine. Or ceste espece de vie doit estre douce & voluptueuse d'elle-mesme aux personnes qui l'exercent : car estre touché de volupté, c'est vne des choses qui appartiennent à la nature de l'ame ; & chacun reçoit de la volupté des objects enuers lesquels il a de l'affection : Comme les cheuaux donnent du plaisir à ceux qui en sont passionnez : les ieux & les spectacles à ceux qui les ayment ; pareillement les actions iustes apportent de la volupté à ceux qui ayment la Iustice, & en general toutes les operations vertueuses, à ceux qui ayment la vertu : Et partant ils reiettent le plus souuent les choses où le peuple prend plaisir, à cause qu'elles ne sont pas delectables de leur propre nature : Mais les actions qui causent du contentement à ceux qui se rendent amateurs de l'honnesteté, leur sont naturellement agreables & voluptueuses. Et de ceste sorte sont les operations qui fluent & procedent de la vertu : Au moyen dequoy elles leur sont plaisantes & delicieuses par elles-mesmes. Ainsi la vie de ces personnes n'a point de besoin d'vn contentement qu'il faille mendier & emprunter dehors : Car elle a sa propre volupté residante en elle-mesme : Et de faict, outre toutes ces choses que nous auons dictes : Celuy n'est point veritablement Bon, qui ne se delecte point des choses bonnes : Car on n'appellera pas vn homme Iuste, qui ne s'éioüyra pas des choses iustes ; ny Liberal, qui ne prendra point de plaisir aux actions liberales : & de toutes les autres semblablement. Si donc les choses vont de ceste sorte, il faut croire que les actions qui procedent de la vertu sont agreables & voluptueuses de leur propre nature. Dauantage, elles sont bonnes, & sont belles semblablement : & pouuons penser que chacun de ces Epithetes leur est fort conuenable, s'il est ainsi que les hommes excellents en iugent de ceste façon. Or ils les estiment telles que nous auons dittes : Et partant la meilleure chose, plus belle & la plus agreable de toutes c'est la Felicité ; & ne faut point là faire de distinction de ses qualitez, comme fit l'Oracle de DELOS, quand il prononça que la plus belle chose de toutes, c'estoit l'effect de la diuine puissance. Que la meilleure estoit la santé, & Que la plus voluptueuse estoit de ioüyr de ce qu'on desiroit : Car elles

ſe rencontrent toutes à la fois en cét exercice dont il eſt queſtion.   Or
de ces operations toutes enſemble, celle qui eſt la plus excellente d'entre elles, nous auons dit que c'eſt la Felicité. Il eſt vray qu'elle a beſoin
des biens externes, comme nous auons touché auparauant: Car il ne
ſe peut faire, ou pour le moins ſe fait-il mal-ayſément, que celuy à qui
les commoditez defaillent, vienne à chef de belles operations: Pource
que la pluſpart des choſes que nous accompliſſons, nous les accompliſſons ou par nos amys, ou par nos commoditez, ou par l'authorité que
nous auons en noſtre Republique: tout ainſi que par des moyens &
des inſtrumens: Et beaucoup de perſonnes eſtans deſtituées de certaines choſes, comme de Nobleſſe, d'heureuſe lignée, de beauté corporelle, obſcurciſſent leur felicité: Car on ne peut pas eſtimer que celuy
qui eſt entierement difforme, ou qui eſt de race plus honorable, ou
qui eſt ſeul, & ſans heritier, ſoit ſuffiſamment diſpoſé pour ioüyr de
la felicité: & moins encore, peut-eſtre, ſil a de mauuais enfants ou de
mauuais amys, ou qu'en ayant eu de bons, ils luy ſoient decedez. Pour
ceſte cauſe les vns ont mis la Felicité en la proſperité de la fortune: les
autres l'ont eſtablie en vertu.

DE ce propos on peut faire naiſtre vne queſtion: A ſçauoir ſi la
Felicité ſ'acquiert, c'eſt à dire, ſi elle ſ'obtient par preceptes, par
accouſtumance, ou autre ſorte d'exercice, ou ſi elle eſt infuſe & conferée par quelque grace diuine, ou bien finalement ſi elle dépend du
ſort & de la fortune. Et certes ſil y a quelque faueur que les Dieux
daignent communiquer aux hommes, la raiſon veut que ce ſoit d'eux
que nous tenions la felicité: & d'autant plus qu'elle eſt plus excellente
que tous les autres biens que les hommes ſe peuuent propoſer. Mais
paraduenture que ceſte conſideration viendra mieux à propos en vn autre temps. Pour le moins donc quand ce ne ſerót point les Dieux qui en
ſeront les Autheurs, & qu'elle ſ'acquerra par la vertu, ou par la ſapience, ou par l'exercice; encore faudra-il confeſſer que ce ſera quelque
choſe de tres-diuin: car le loyer & la recompenſe de la vertu, ne peut
eſtre ſinon quelque choſe d'excellent & diuin, & de bien-heureux.
Dauantage il faudra que ce ſoit vn bien fort communiquable, puis
qu'ainſi eſt qu'elle ſe peut obtenir par preceptes & diligence de tous
ceux qui n'ayans les principes de leurs actions deprauez ſont propres
& diſpoſez d'acquerir l'habitude de la vertu: Ce qui a beaucoup plus
d'apparence ainſi, que de vouloir que la felicité dépende de la fortune:
Car les choſes qui prouiennent de la nature, la nature les conduit elle-
meſme iuſques au plus haut degré de perfection qu'elles peuuent atteindre naturellement: Et celles qui dépendent de l'art, de meſme ſorte: Et en toutes celles qui dépendent de quelque cauſe que ce ſoit,
principalement tant plus elle eſt parfaicte & excellente. Ainſi ce ſeroit
vne grande abſurdité, d'attribuer à la fortune ce qui eſt de plus deſirable & de plus accomply. Dauantage, la definition que nous en auons

donnée, nous sert de filet pour sortir de ce labyrinthe: car nous auons
dit que c'est vne operation de l'ame exercée selon la vertu: Et quant
aux autres biens, les vns y sont requis pour l'accompagner necessairement: les autres luy seruent tant seulement d'aydes, & sont vtiles
comme les moyens & les instruments. Ainsi toutes ces choses s'accord-
dent auec tout ce que nous auons dit au commencement: Car nous
auons supposé que la fin de la science politique estoit la plus excellente
de toutes les fins, & ceste science s'employe entierement à composer
ses citoyens, & à les faire deuenir bons, & à les preparer, & disposer à
faire des choses honorables: Par ainsi donc nous ne pouuons souffrir,
qu'vn bœuf, ou qu'vn cheual, ou que quelque autre animal irraison-
nable soit appellé du nom d'Heureux, comme n'estant pas capable de
ceste operation: Et pour ceste mesme cause, les enfants non plus ne se
peuuent dire bien-heureux: car ils ne sont pas encore capables de faire
ces actions, pour l'imbecillité de leur aage; Et ceux que l'on appelle
Bien-heureux, c'est à raison de l'esperance qu'ils donnent de l'aduenir:
d'autant qu'il est besoin, comme nous auons dit, d'estre accompagné
d'vne vertu parfaicte, & durant vne vie parfaicte: car il arriue beaucoup d'accidents, & beaucoup de mutations, & se peut faire que celuy
à qui toutes choses viennent à souhait, maintenant sur le declin de son
aage tombe en de grandes calamitez, comme les Poëtes escriuent de
Priam.   Or celuy qui aura ioüy d'vne telle fortune, & puis sera mort
miserablement, personne ne l'estimera bien-heureux.

QVOY DONC? Vn homme ne pourra-il estre nommé Bien-
heureux durant le cours de sa vie, & serons-nous reduits aux paroles de Solon, qui dit qu'il faut attendre l'issuë & le dernier euenement? Que si ceste sentence a lieu, encore mesme ne sera-il pas bien-
heureux apres qu'il sera decedé? Ou bien sera-ce vne absurdité de receuoir ceste opinion, & principalement à nous qui instituons la Felicité en vne certaine operation: Que si nostre intention n'est pas de
dire, Qu'vn homme ne commence qu'à estre bien-heureux sinon apres
qu'il est decedé; ny celle de Solon pareillement: Mais plustost que nous
pouuons iuger asseurément quand nous voyons que la Felicité n'est
plus en danger d'estre trauersée d'aucuns accidents, ny d'aucunes calamitez. Encore ceste proposition ne sera-elle pas entierement hors de
dispute: Car il semble qu'il peut arriuer du bien & du mal à ceux qui
sont morts, sans qu'ils le sentent neantmoins; comme de la gloire, de
l'infamie, des prosperitez ou aduersitez de leurs enfants & successeurs.
D'autre costé aussi il y a de la difficulté, pource que de ceux qui ont
vescu honorablement iusques au dernier souspir de leur vie, & qui sont
morts honorablemét; Il se peut faire qu'il arriue tout plein de mutations
à l'endroit de leurs successeurs, & que les vns viuent en honnestes gens,
& soient recogneus selon leur merite; & les autres au contraire. Tout
ainsi que les enfants estans absents & éloignez de leurs parents pouuent

éprou-

éprouuer diuerfes fortes de fortunes. Or il n'y a point de propos
que ceux qui font decedez, participent à toutes ces mutations, &
que tantoſt ils foient faicts bien-heureux, & tantoſt ils deuiennent
miferables. C'eſt auffi vne chofe repugnante, ce femble, que les affaires des enfants & des fuccefleurs ne touche point à leurs parents, &
à ceux qui les ont engendrez, pour le moins quelque efpace de
temps apres leur trefpas. Mais il faut reuenir au premier doute que
nous auons meu: Car de la folution de ceſtuy-la, f'enfuiura, peut-
eſtre, l'explication de celuy que nous nous propofons maintenant.
S'il faut donc auoir la patience de voir la fin, & alors nommer vn
homme bien-heureux, non pas pource qu'il eſt bien-heureux en
ce temps-la: mais pource qu'il l'eſtoit auparauant : Comment eſt-
ce que nous euiterons ceſte abfurdité, que durant le temps qu'vn
homme eſt bien-heureux, il ne foit pas permis de dire qu'il eſt tel?
Pource, refpondra quelqu'vn, que nous ne voulons pas appeller
ceux qui font viuants bien heureux, à caufe des mutations qui leur
peuuent arriuer ; d'autant que nous pretendons que la Felicité eſt
quelque chofe de durable, & qu'elle ne fe change facilement ; &
nous voyons que la profperité abandonne la pluſpart des hommes
deuant qu'ils foient venus à la fin de leur courfe. Car fi nous nous
reglons fur la fortune, nous iugerons le plus fouuent vne mefme
perfonne fortunée & infortunée : & trouuerons que ce fera vn Cameleon qui aura de la felicité, mais elle fera mal enracinée. Quoy
doncques ? n'y aura-il point de propos d'affeoir fon iugement fur la
fortune? attendu que ce n'eſt point en elle que confifte le bien ou
le mal viure; mais en-tant que la vie humaine en a befoin de la façon que nous auons touché auparauant ? Car des operations celles
qui fluent & procedent de la vertu, tiennent le principal lieu en la
felicité: Et celles qui viennent de l'oppofite à l'oppofite pareillement; à quoy le doute que nous auons mis auparauant nous fert
de confirmation: Car il n'y a point d'actions humaines où il y ait
tant de ſtabilité qu'en celles qui naiffent de la vertu, d'autant qu'elles font plus conſtantes que les fciences mefmes, & d'entre elles:
encor celles qui font les plus excellentes, font auffi les plus perdurables, à caufe que ceux qui affignent leur felicité en ces operations, y
viuent le plus continuellement, & auec la plus grande affiduité qu'il
leur eſt poffible. Car ceſte vie eſt femblable à fa caufe: de forte
qu'elles ne fe peuuent oublier ny defaccouſtumer. Ce que nous cer-
chons donc fe trouue en l'homme bien-heureux, c'eſt qu'il fera tel
durant le cours de fa vie: car il exercera ou contemplera toufiours,
ou la pluſpart du temps, les chofes qui procedent de la vertu: Et
quant à celles qui dépendent de la fortune, il les fupportera magna-
nimement, & auec vne belle & égale refolution, de quelque forte
qu'elles puiffent arriuer, comme eſtant vrayement homme de bien,
& fentant fa confcience affeurée & irreprehenfible.   Or les effects

Zzz

de la fortune eſtants de diuerſes ſortes, les vns grands & les autres petits. Il faut croire que les petits, ſoit qu'ils ſoient fauorables, ou autrement, ne ſont point de difference en la vie de l'homme : Ceux qui ſont importants, & en grand nombre, ſ'ils viennent à ſouhait, ils rendent la vie plus heureuſe, d'autant qu'ils ſont propres pour luy ſeruir d'ornement; & que l'vſage en eſt beau & honorable : ſ'ils ſont au contraire, ils trauerſent & interrompent le cours de la Felicité : Car ils apportent des deſplaiſirs, & empeſchent pluſieurs belles operations. Il eſt vray qu'en ces accidents la Vertu a moyen de reluire quand on ſupporte patiemment les grandes aduerſitez, non pas pour eſtre priué du ſentiment, mais pour eſtre accompagné de courage & de reſolution. Que ſi la vie conſiſte principalement en ces actions, vn homme heureux ne deuiendra iamais miſerable : Car il ne fera iamais rien d'odieux ny de reprehenſible : d'autant que celuy qui eſt veritablement bon & ſage, il faut penſer qu'il ſupportera toutes les fortunes qui luy arriueront, auec la bien-ſeance qui y eſt requiſe; & fera toutes les plus belles actions qui ſe puiſſent exercer ſur les ſujects qui ſe preſenteront. Tout ainſi qu'vn bon chef d'armée ſe ſeruira touſiours des forces qu'il aura auec luy, pour en faire la guerre le plus à ſon aduantage qu'il pourra : & vn excellent Cordonnier employera touſiours les eſtoffes qu'il aura entre les mains, pour exercer ſon eſtat le mieux qu'il luy ſera poſſible. Les choſes donc allant de ceſte ſorte, celuy qui ſera heureux, ne pourra iamais deuenir miſerable. De deuenir auſſi bien-heureux, il ne pourra pas, ſ'il tombe aux calamitez de Priam, & autres ſemblables : & partant ſa condition ne changera pas à tout moment : Car il ne ſera pas facilement deietté de la felicité, ny par toutes ſortes d'accidents, mais par grandes & ſignalées aduerſitez. Et d'vne telle condition auſſi ne ſera pas derechef faict heureux en peu de temps, mais auec vn long & parfaict eſpace, durant lequel il aura accomply beaucoup de grandes & illuſtres actions. Qui eſt-ce donc qui nous empeſchera maintenant de dire, Que l'homme heureux eſt celuy qui exerce les operations d'vne vertu parfaicte, auec affluence de biens exterieurs, & durant vne vie parfaicte; ou bien ſi nous y adiouſterons; & qui continuera à viure de ceſte façon, & mourra honorablement? Car les choſes à venir ſont incertaines. Et la Felicité, nous ſuppoſons que c'eſt vne fin qui eſt accomplie de tout poinct. Que ſi cela eſt ainſi, ceux qui ſont viuants entre les hommes, & auſquels toutes ces conditions ont ou auront lieu, nous les appellerons Bien-heureux, mais Hommes bien-heureux toutesfois. Or ces choſes ſoient dictes de ce ſuject, pour maintenant.

MAis que la fortune de nos amys, ou de nos enfans ne nous appartienne en rien, c'eſt choſe qui ſemble eſtre éloignée des loix de l'amitié, & repugner à la cómune opinió des hómes. Cóme ainſi ſoit dóc

que les calamitez qui arriuent, foient de plufieurs efpeces, & diftin-
guées par beaucoup de differences, & que les vnes importent plus,
& les autres moins : ce feroit vne chofe ennuyeufe & infinie, de les
vouloir éplucher par le menu : A l'occafion dequoy paraduenture il
fuffira de les confiderer vniuerfellement. Comme donc des accidents
qui arriuent aux hommes heureux : il y en a qui font de quelque
importance, pour la felicité de la vie humaine : les autres ne font
d'aucune confideration : Ainfi eft-il de ceux qui leur appartiennent
par reflexion feulement : & à caufe qu'ils touchent à quelques-vns
de leurs amys.   Or que ces infortunes arriuent à des perfonnes encore viuantes, ou à des hommes qui foient déja decedez : La difference eft beaucoup plus grande qu'elle ne feroit entre les actes de
cruauté & d'inhumanité, qui fe commettroient actuellement : & ceux
qui fe reprefentent fur les échaffauts aux Tragedies.   Et partant il eft
befoin d'y faire quelque diftinction, voire mefme de confiderer fi le
bien ou le mal peuuent paruenir iufques à ceux qui font decedez :
Car pour le moins il femble, f'ils participent en quelque chofe, foit
au bien, foit au mal, que c'eft fi legerement & fi peu, que cela n'eft
pas capable de rendre bien-heureux ceux qui ne le font point, ou de
rauir la felicité à ceux qui en font en poffeffion. Voila donc comme
il y a apparence que les profperitez ou aduerfitez des perfonnes que
l'on a aymées, font quelque effect à l'endroit de ceux qui font morts,
mais non pas en telle quantité qu'elles foient fuffifantes pour rendre
bien-heureux ceux qui ne le font point, ou faire quelque autre chofe
de femblable.

CEs chofes eftans ainfi refoluës, Confiderons maintenant fi la
Felicité doit eftre fimplement loüée, ou pluftoft fi c'eft quelque chofe qui merite d'eftre honorée : car nous auons déja fuppofé
que ce n'eft point vne puiffance en faculté. Or tout ce qui eft loüable, femble deuoir eftre loüé, pource qu'il eft accompagné de certaine qualité, & difpofé & incliné à quelque effect : car vn homme
qui a de la Iuftice, ou de la valeur, ou de la bonté ; & en fomme la vertu mefme ; nous la loüons pour fes œuures & pour fes
actions. Et ceux qui ont le corps robufte, ou qui font bons à la
courfe, tout de mefme ; & les autres femblablement qui font difpofez par quelque qualité à produire de bons & vertueux effects. Ce
qui apparoiftra plus clairement quand nous nous mettrons à vfer
de loüanges à l'endroit des Dieux : Car ce fera vne chofe ridicule
de les vouloir referer à nous. Or elle aura lieu fi nous nous y
comportons de cefte forte : Pour autant que les loüanges ne f'attribuent finon aux chofes qui font bonnes par relation : Que fi
les loüanges font de ces chofes tant feulement, il eft bien ayfé
à iuger que celles qui font fouuerainement bonnes, ne doiuent
point eftre loüées, mais pluftoft qu'elles meritent quelque refpect

plus grand & plus excellent: Comme aussi on le void par experience:
Car nous disons que les Dieux sont heureux, & pleins de felicité: Et
les hommes qui approchent de la diuinité, & les choses excellentes
semblablement. Et de faict personne ne loüe la Felicité, ainsi qu'il
loüe la Iustice: Mais comme estant quelque chose de plus diuin &
de plus excellent; il dit qu'elle est bien-heureuse. Et par ainsi Eu-
doxe semble auoir honnestement deferé le premier lieu à la Volupté par dessus toutes choses: Car en ne voulant pas que ceste
chose qui est vn bien, c'est asçauoir la Volupté, fust loüée, il
donnoit tacitement à entendre qu'elle estoit plus excellente que
toutes les choses loüables: Le mesme estimoit-il de Dieu, & du
souuerain bien, d'autant qu'à ces choses toutes les causes sont referées: Car la loüange appartient proprement à la vertu, à cause
que par son moyen l'on est disposé à exercer les actions honorables.
Et ainsi toutes les choses qui sont loüables, soit au corps, soit en
l'esprit, c'est à cause de leurs operations tant seulement. Mais il semble que ce propos se doit laisser à ceux qui traictent la partie des
louanges & des recommandations. Il suffira que nous en retirions,
quant à present, à nous: Que la Felicité doit estre mise au rang des
choses honorables & parfaictes. Et ce qui le confirme encore dauantage, c'est qu'elle tient lieu de principe: Car toutes les autres
choses que nous faisons c'est à son occasion. Or ce qui tient lieu de
principe & de cause à l'endroit des choses bonnes, nous disons que
c'est quelque chose d'honorable & de diuin.

PVis qu'ainsi est donc que nous definissons la Felicité vne certaine operation, selon la Vertu parfaicte, nostre propos requiert
que nous discourions de la Vertu pareillement : car en ce faisant
nous cognoissons mieux que c'est que la Felicité. Or il semble
que celuy qui est vrayement politique, employe principalement sa
consideration enuers ce suject : Car son intention est de rendre ses
citoyens bien conditionnez, & obeïssans aux loix, & à l'equité; Et
de ces choses nous en auons l'exemple aux Legislateurs de Crete, de
Lacedæmone, & autres semblables, qui se trouuent dans les Histoires. Que si ceste consideration appartient à la science politique, nostre
discours ne s'éloignera point de ce que nous nous estions proposé
au commencement. Il faut donc traicter de la Vertu humaine: Car
c'estoit du bien de l'homme, & de la Felicité humaine que nous auions
faict estat de discourir. Or par la vertu de l'homme nous n'entendons pas celle du corps, mais nous voulons dire celle de l'ame: Car
nous presupposons que la Felicité est vne operation de l'ame. Lesquelles choses estans ainsi concedées, il n'y a point de doute que celuy qui fait profession de la politique, ne soit tenu de sçauoir quelque chose de la nature de l'ame: tout ainsi que celuy qui veut penser les maladies des yeux, ou celles de tout le reste du corps, doit

cognoiſtre les parties qui ſont offenſées : & meſme auec plus de
raiſon, dautant que la ſcience politique eſt plus honorable & plus
excellente que la medecine. Les Medecins excellents donc ont beaucoup de cognoiſſance des choſes du corps. Et partant il faut que
le politique ſ'eſtudie à cognoiſtre les choſes qui regardent la nature de l'ame : Mais c'eſt ſelon qu'elles ſe rapportent auec ce que
nous nous propoſons maintenant, & autant qu'il en eſt requis pour
ceſte conſideration : Car de vouloir paſſer outre, & les examiner
plus particulierement : ce ſeroit, peut-eſtre, vne entrepriſe plus
grande que le ſubject que nous auons pris à traicter ne le requiert.
Il eſt vray que nous en auons touché quelques poincts aſſez au long
en nos diſcours exoteriques, deſquels nous nous pourrons ayder
pour le preſent : Comme, que de ſes parties l'vne eſt dénuée de raiſon, & l'autre en eſt pourueuë, & n'importe pour le ſujeçt que nous
traictons maintenant, de ſçauoir ſi elles ſont diſtinguées entre elles,
comme ſont les organes du corps iuſques aux plus petites parties,
ou bien ſi elles ſont vnes en conſideration ſeulement. Et que par
effect elles ne puiſſent eſtre ſeparées l'vne de l'autre : comme ſont
la concauité & la conuexité en la circonference d'vn cercle : Car la
partie qui eſt priuée de raiſon, eſt de deux ſortes, l'vne eſt commune à toutes les choſes viuantes, c'eſt aſçauoir la vegetatiue, i'entends
celle qui eſt cauſe de receuoir de l'aliment, & de l'augmentation :
Car ceſte puiſſance, on la peut attribuer à toutes les choſes qui
prennent de la nourriture, & à tous les animaux, voire iuſqu'aux
plus imparfaits : Car il y a plus d'apparence de la leur conceder
qu'aucune autre faculté. Ceſte puiſſance donc eſt commune & vniuerſelle, & n'eſt pas particulierement propre à l'homme : Car
meſme nous voyons que ſes operations principales, elle les faict
tandis que nous ſommes occupez du ſommeil : Et l'homme de bien,
& le méchant ne ſont point diſtinguez l'vn de l'autre, pendant
le temps qu'ils dorment. C'eſt pourquoy on dit communément,
Qu'il n'y a point de difference des hommes heureux ou malheureux,
durant la moitié de la vie : Car le dormir eſt vne oyſiueté de
l'ame, tant vertueuſe que vitieuſe, ſi ce n'eſt qu'aucunefois elle
eſt émeuë de refus de certaines paſſions, & en ce cas les ſonges des
honneſtes gens ſont plus modeſtes & plus temperez que ceux des
autres. Mais c'eſt aſſez de ceſte partie pour maintenant : Car la faculté nutritiue n'eſtant pas capable de la vertu de l'homme, le diſcours en eſt inutile & ſuperflu. Il ſemble donc qu'il y a quelque puiſſance de l'ame qui eſt entierement dépourueuë de raiſon,
& quelque autre qui en eſt en partie capable : Car nous loüons la
raiſon, tant des hommes continents, que des hommes incontinents.
Et ceſte partie de l'ame, en laquelle elle a ſon ſiege, nous l'eſtimons

Z zz iij

d'autant qu'elle les enhorte & les incite à l'execution des belles chofes.
Et toutesfois nous remarquons en eux quelque chofe qui eſt outre la
raiſon, & qui s'oppoſe & combat contre la raiſon: Car tout ainſi que
les parties du corps qui ſont paralytiques, ſi on les penſe tourner à
droict, elles vont au contraire, & ſe menent à gauche: Ainſi arriue-
il en l'ame de l'homme: Car l'appetit des hommes incontinents ſe
laiſſe aller au contraire de la raiſon: Seulement ceſte difference y eſt,
qu'aux parties du corps nous voyons bien celles qui ſe menent à l'oppoſite, & aux facultez de l'ame nous ne le voyons pas: toutesfois il
n'y a, peut-eſtre, moins d'occaſion de dire que l'ame eſt compoſée de
quelque chofe outre la raiſon, qui luy repugne & luy reſiſte: Mais de
dire comme ſe fait ceſte difference, il n'eſt pas neceſſaire maintenant.
Cependant il ſemble, comme nous auons dit, qu'elle ne laiſſe pas
d'eſtre capable de raiſon: Car aux perſonnes qui ont de la continence,
elle cede à la raiſon: Et en celles qui ſont temperantes ou doüées de
fortitude, elle luy obeït encore peut eſtre dauantage. Ceſte partie
donc qui eſt dépourueuë de raiſon, eſt de deux ſortes: car la faculté vegetatiue n'en eſt nullement capable: Seulement la puiſſance de deſirer,
& en general toute la vertu appetitiue, en eſt aucunement participante, pource qu'elle luy cede, & qu'elle luy obeït: Tout ainſi qu'vn enfant participe à la raiſon de ſon pere qui le conſeille, ou à celle de
ſes amys; & non pas comme vn Mathematicien qui doit faire ſes demonſtrations luy-meſme. Or que ceſte partie ne ſoit point pourueuë de raiſon: les admonitions, les reprehenſions, les exhortations,
nous en donnent aſſez de preuue: Que ſ'il faut que nous concedions
qu'elle ayt de la raiſon pareillement; Nous conſtituerons donc deux
parties de l'ame, qui ſeront accompagnées de raiſon: L'vne qui aura
la raiſon proprement & eſſentiellement en elle-meſme: L'autre qui en
ioüyra comme vn enfant qui obeït aux admonitions de ſon pere: Et la
diuiſion des vertus ſe fera ſuiuant ceſte difference: Car nous appellons
les Vertus, les vnes intellectuelles, & les autres morales: Et diſons que
la Prudence, la Sapience, & la Sagacité ſont Vertus intellectuelles: &
que la Liberalité & la Temperance ſont morales: Car quand nous
parlons des mœurs de quelqu'vn, nous ne l'appellons pas ſage ou
aduiſé, mais doux ou temperant: Et toutesfois vn homme ſage nous
le loüons, à cauſe de l'habitude de la Sapience dont il eſt accompagné.
Or entre les habitudes celles qui ſont loüables, nous auons accouſtumé de les appeller Vertus.

DISCOVRS
DE LA COGNOISSANCE,
PRONONCE' DEVANT LE
Roy Henry III.

Es Philosophes disent que Dieu reçoit les mesmes degrez d'obeyssance en l'Vniuers, qu'vn Pere de famille en sa maison. Or y a-t'il trois sortes d'obeyssance qui ont accoustumé de luy estre renduës : La premiere est de ceux qui cognoissant sa volonté, n'en attendent pas le commandement, mais le preuiennent par l'execution : Et ceux-la ordinairement sont les enfans qui iugeants ce qui luy est agreable, ne luy donnent pas la peine de les en éclaircir, mais auant qu'il le leur ayt fait entendre, mettent peine d'y satisfaire. La seconde est de ceux qui ne peuuent pas recognoistre la volonté du pere de famille, sans quil la leur declare, & ausquels c'est assez quand le commandement leur en a esté faict, de le suiure, & non pas de venir au deuant, ny d'en passer outre les limites. Ceux-la ce sont les seruiteurs, desquels le pere de famille ne trouuera pas bon qu'ils se meslent si auant de ses affaires, que de vouloir iuger sa volonté deuant qu'il la leur face sçauoir : & se contentera quand il leur aura commandé quelque chose, qu'ils taschent d'y satisfaire. La troisiéme est des choses qui ne peuuent cognoistre la volonté du Maistre, ny quand il leur aura faict quelque commandement, ne le peuuent pas mettre en effect, sinon qu'il leur baille comme vn adioinct & vn guide, qui leur assiste & les en conduise à l'execution. Ces choses-la, ce sont les animaux qui seruent en la maison, soit au labourage, ou autre chose, ausquels le pere de famille aura beau commander d'aller cultiuer la terre, si quant-&-quant il ne leur baille vn valet, pour les conduire & le leur faire faire. Tellement que les premiers ont assez de cognoissance pour iuger la volonté du Maistre, & pour l'executer; les seconds n'en ont pas assez pour la cognoistre, mais en ont bien assez pour l'executer; & les troisiémes n'ont ny l'vn ny l'autre. Tout de mesme disent les Philosophes, que Dieu est obey dans l'Vniuers : Car les premieres choses qui luy rendent obeyssance, ce sont les intelligences, lesquelles pour estre despouillées de l'empeschement du corps, & n'estre point offusquées des tenebres de la matiere, contemplent Dieu face à face, lisent en son essence ce qui luy est aggreable, & recognoissant que son plaisir est de conseruer le monde en sa beauté & perfection, veillent continuellement à faire mouuoir les Cieux, pour l'entretenir en sa perpetuelle vigueur. Les secondes ce sont les hommes, qui estans detenus en

Zzz iiij

la priſon de la matiere, & ayans le voile du corps au deuant des yeux de
l'ame, ne peuuent pas penetrer ſi auant dans les ſecrets de Dieu, mais ſe
doiuent contenter de ce qu'il luy plaiſt leur en départir par ſes commandements, & employer toute leur eſtude à y ſatisfaire. Les troiſiémes, ce ſont les choſes naturellement priuées de raiſon & d'entendement, qui ne peuuent ny cognoiſtre la volonté de Dieu, ny l'accomplir,
ſinon qu'il leur baille comme pour adioinct, vne ſeconde cauſe qui leur
aſſiſte & les conduiſe à l'execution. Tellement que les premieres obeïſſent à Dieu immediatement, les ſecondes moyennant ſa parole, & les
troiſiémes, moyénant quelque ſeconde cauſe. Ces dernieres icy, ſont les
Elemens, les Herbes, les Arbres, les Animaux, qui font tous leur deuoir
de ſe regler ſelon la volonté de Dieu, ſans auoir aucune raiſon toutesfois, par qui ils la puiſſent cognoiſtre. Car nous voyons que la terre germe pour les animaux, que les herbes & les plantes portent leurs fleurs &
leurs fruicts pour le contentement & pour la nourriture des hommes;
que les Elements tendent aux lieux que Dieu leur a ordonnez; que les
choſes legeres montent en haut; que les peſantes deſcendent en bas, & au
centre, qui eſt la fin de leur mouuement, & le lieu naturel de leur repos;
& toutesfois ſans aucune propre cognoiſſance, mais ſimplement par la
conduitte de la Nature. Et c'eſt tout ainſi comme vne fléche qui tend au
blanc, & le frappe, encore qu'elle n'ayt point de cognoiſſance, pour ce
qu'elle y eſt addreſſée par celle de l'Archer qui la tire. Et cela eſt cauſe
que les choſes naturellement priuées de raiſon & de iugement, obſeruét
bien mieux l'ordre que Dieu y a eſtably, & ſe reglent bien plus ſelon ſa
volonté, que ne font pas les hommes: pour ce que c'eſt par la lumiere de
la Nature, touſiours certaine & clair-voyante, qu'elles y ſont guidées: &
les hommes par la leur propre, qui n'eſt qu'vne petite lueur, & bien ſom-
bre. Car la Nature fauoriſe beaucoup plus de ſa cognoiſſance, les choſes
qui manquent de iugement, que les hommes, & leur eſt beaucoup plus
liberale de ſa preuoyáce, comme nous apperceuons qu'elle fait plus d'aduantage aux plantes qu'aux animaux, les accommodant non ſeulement
d'vn veſtement naturel, qui eſt leur eſcorce, mais encore les fourniſſant
à leur pied de toutes choſes neceſſaires à la vie. Ce qu'elle ne fait pas aux
animaux, comme ayans du ſentiment pour les reçercher: mais encore
au moins leur fait-elle plus de grace qu'aux hommes, leur donnant ve-
ſture & armes naturelles; ce qu'elle refuſe aux hommes, comme ayans
l'induſtrie de s'en pouuoir pratiquer. Et ainſi employant toute ſa cognoiſſance à la côduitte des choſes priuées de raiſon, & laiſſant les hommes à la leur, il arriue qu'elles ſont beaucoup mieux reglées & conduittes. Car ny les herbes, ny les arbres n'attirent point plus de ſuc & d'humeur, qu'il leur en faut pour leur nourriture; ny les beſtes ne mangent
ny ne boiuent point plus que leur faim & leur ſoif: Ou au contraire
les hommes faillent, s'eſgarent, ſe deſtournent des Loix que Dieu leur
a eſtablies, & ſortent à toute heure de la regle qu'il leur a ordonnée.
Et toutesfois il n'y a celuy qui n'eſtime la condition des hommes

beaucoup meilleure que celle des beſtes & des choſes inanimées, & qui
ne les iuge infiniment plus dignes & plus excellents, tenants ce peu de
conduitte qu'ils ont, de leur cognoiſſance propre, & les autres le deuant,
à la Nature : Ny plus ny moins qu'vn homme qui a la veuë foible, & en
ſe conduiſant choppe à chaque pas, & ſe met en danger de ſe rompre le
col à toute heure, encore aymera-t'il mieux y voir ainſi, & ſe conduire
miſerablement comme cela, que de n'auoir point de veuë du tout, &
eſtre fort bien conduit par vn autre qui ayt de bons yeux, propoſant
vne mauuaiſe conduitte, pourueu qu'elle vienne de ſa cognoiſſance
propre, à vne extremément bonne, mais qui vienne de la cognoiſſance d'autruy : Tant c'eſt vn grand bien & aggreable que la cognoiſſance, que le bien meſme ne ſemble, ny bien, ny aggreable, ſi ce n'eſt par
ſon moyen. Et de faict qu'vn homme tant auaricieux que vous voudrez, ayt tous les threſors du monde dans ſes coffres, s'il ne le ſçait, il n'en
aura point de contentement : & les arbres ont beau eſtre plantez au bord
d'vn ruiſſeau, auoir la terre graſſe, le Ciel ſerein, l'air temperé, le Soleil
à propos, & toutes les faueurs de la Nature, & tout le bien qui eſt requis à leur eſtre, ſi ne dirons-nous pas qu'ils ayent aucun plaiſir, pource que ioüyſſans de tout ce bien-la, ils ne le cognoiſſent point. C'eſt
donc bien vne choſe, & plaiſante, & voluptueuſe que la cognoiſſance, puis que ce qu'il y a de plaiſir au plaiſir de volupté, dépend
d'elle : Et non ſeulement cela, mais entre tous les biens du monde, la
cognoiſſance eſt celuy ſeul qui eſt voluptueux par ſon eſſence meſme.
Car en toutes les autres choſes, par deſſus le bien que l'on poſſede, & la
ioüyſſance d'iceluy, ſi on en veut tirer du contentement, & qu'il ſoit aggreable, encore en faut-il auoir la cognoiſſance ; & ſçauoir qu'on le
poſſede : Mais quand nous poſſedons le bien de cognoiſtre, il ne nous
faut point outre cela, vne autre cognoiſſance, pour ſçauoir que nous
en ioüiſſons : Car par la meſme cognoiſſance, par laquelle nous ſçauons,
par ceſte la meſme auſſi cognoiſſons-nous que nous ſçauons. Et de là
s'enſuit-il encore, qu'il n'y a choſe au monde où il nous ſoit permis de
reçercher la volupté pour l'amour de ſoy-meſme, qu'en la cognoiſſance : d'autant qu'és autres choſes, la Volupté n'eſtant point de leur eſſence, ce que la Nature l'y a meſlée, c'a eſté pour nous les faire deſirer, & ce
qu'elle a mis de plaiſir és choſes ſenſibles, c'a eſté pour nous les faire reçercher, non comme voluptueuſes, mais comme requiſes à la conſeruation, ou de noſtre vie, ou de noſtre eſpece : Et n'a pas voülu que nous
vécuſſions pour manger, mais que nous mangeaſſions pour viure :
Comme quand on ſucre vne medecine à vn malade, ce qu'on luy veut
donner du plaiſir au gouſt, c'eſt pour la luy faire prendre, & non pas la
luy faire prendre pour luy donner du contentement au gouſt. Car auſſi
on la ſuccre pour ce qu'elle eſt ſaine, & non pas qu'elle ſoit ſaine, pour
ce qu'on la ſuccre. Et c'eſt pourquoy entre toutes autres choſes, comme
dict Senecque, s'il y a de la volupté auec le bien, il la faut prendre
par deſſus le compte, & comme l'ombre auec le corps, & non pas le

defirer pour l'amour d'elle. C'eſt tout ainſi qu'en vn champ qui aura
eſté labouré pour du bled, il y naiſtra quelquesfois des fleurettes parmy,
& ce bel émail-la pourra recreer la veuë : & toutesfois encore que telles
fleurettes donnent du contentement à l'œil, ſi eſt-ce que le champ n'aura pas eſté cultiué pour l'amour d'elles, l'intention du Laboureur aura
eſté autre, elles ſeront venuës par deſſus le marché. Mais au bien de la
cognoiſſance, ce n'eſt pas ainſi : car elle-meſme eſt la volupté meſme
par ſon eſſence : & c'eſt quant-&-quant vn bien reçerchable pour l'a-
mour de ſoy-meſme : Car auſſi Ariſtote dit au premier de la Metaphyſique, que tous hommes naturellement deſirent de ſçauoir ; & le prouue, par ce que naturellement nous aymons l'vſage & l'exercice de nos
ſens, à l'heure meſme que nous n'en auons point de beſoin pour la conſeruation de noſtre vie. Car ſi les ſens nous ont eſté donnez, pour cognoiſtre & diſcerner les choſes que nous deuons cercher ou fuyr,
& qu'à l'heure qu'il ne nous eſt beſoin de rien cercher, ny rien fuyr,
nous en aymons l'vſage ; C'eſt ſigne que naturellement nous-nous plai-
ſons à diſcerner & à cognoiſtre les choſes, ſans autre fin ny intention,
que pour l'amour de la ſeule cognoiſſance. Et cela meſme en fait foy,
Qué le ſentiment de tous qui nous eſt le moins neceſſaire, mais par lequel nous receuons plus de cognoiſſance, c'eſt celuy qui nous eſt le plus
cher. Car auſſi par la veuë ſeule, nous cognoiſſons plus de diuerſité de
choſes, que par tous les autres ſens. Or ſi naturellement tous ont deſir
de cognoiſtre le ſouuerain Bien, & ce que toutes choſes deſirét (au premier de ſes Ethiques) la Felicité de l'homme conſiſtera en la cognoiſſance. Et auſſi diſons-nous, que le bien de chaque choſe conſiſte en ce
qui luy eſt deſirable ; Et ce qui luy eſt deſirable eſt ſa perfection, & ſa
perfection eſt la propre operation, comme au Soleil d'éclairer & d'é-
chauffer la terre ; & ſa propre operation, eſt celle de ſa propre puiſſance,
& ſa propre puiſſance, celle par laquelle il eſt diſcerné des autres choſes.
Or eſt l'homme diſtingué ſeulement des autres choſes, par la raiſon &
par l'entendement : Et pource, dit Senecque, que nous ne mettons pas
la bonté d'vn vaiſſeau, à eſtre bien peinct, ny à auoir la poupe bien do-
rée, mais à eſtre bon de voile, & propre à la nauigation, pour ce que
c'eſt ſon vſage,& l'operation à laquelle il eſt deſtiné. Et le loüer de toutes autres choſes, c'eſt le loüer, non pas comme nauire, mais comme
quelque autre choſe : Il eſt beau, auſſi ſont les Paons : Il a du courage,
auſſi ont les Lyons : Il a de la force, auſſi ont les Elephants : Il a de la
viſteſſe, auſſi ont les Cerfs : Afin que ie ne die point combien il eſt
moindre qu'eux en tout cela, il a la voix belle, mais combien les roſſi-
gnols l'ont-ils plus deliée & plus admirable ? Faire vn homme ſuperieur
aux hommes en toutes autres choſes, ce n'eſt que le rendre inferieur
aux beſtes : mais le faire exceder en l'vſage de la raiſon, c'eſt le rendre
ſuperieur aux hommes. Car par la raiſon, different les hommes d'auec
les beſtes : mais par l'vſage de la raiſon, les hommes different d'auec les
hommes. Et me ſemble, SIRE, que ce que voſtre Majeſté diſoit l'au-

tre iour d'Horace, touchant ce qu'il met la Felicité de l'homme, à ne
rien admirer, vient bien à ce propos. Car il faut entendre par ne rien
admirer, sçauoir toutes choses, d'autant que l'admiration encore qu'elle soit mere de la science, pour ce qu'elle engendre en nous vn desir de
reçercher les choses; si est-ce que la science, dit-on, est du naturel de
la vipere, qui tuë sa mere en naissant. Et ie trouue qu'il est beaucoup
meilleur de le prendre ainsi, que de mettre la Felicité à ne rien admirer,
pour estre si stupide, qu'on ne s'esmerueille de chose du monde. Car il
n'y a point de Felicité, dit Senecque, à estre exempt de toute passion,
quand c'est par en estre priué de la puissance, & estre insensible comme
vn rocher: Mais bien à sçauoir dompter ses passions, par l'ayde de la
raison. Ny tout de mesme n'y a-t'il point de Felicité à estre sans admiration, quand c'est par en manquer de la puissance, & n'estre capable
de rien admirer: mais bien à sçauoir esteindre l'admiration par l'ayde
de la science: Et aussi mesmes, la passion & l'admiration, sont-elles
bonnes, quand on les fait seruir à vn bon vsage, & nous estans données
à tous naturellement, sont biens naturels. Senecque, quand il parle de
l'vtilité que peut apporter vn homme qui s'employe du tout à la cognoissance, dict qu'il y a deux sortes de Republique, l'vne petite & limitée, à qui la condition de naistre nous a assuiettis, comme celle des
Atheniens, ou des Carthaginois; & l'autre, grande & vniuerselle, qui
n'a autres bornes, que le cours du Soleil, & pour estenduë, l'espace de
l'Vniuers. L'homme sçauant, dit-il, s'il ne sert à l'vne de ces petites
Republiques, pour le moins seruira-il à la grande, quand il s'enquerra
que c'est que du monde, du Ciel, de l'air, de la terre, de Dieu, s'il est
espandu dedans l'Vniuers, ou s'il l'enuironne & embrasse seulement.
Celuy, dit-il, qui reçerche toutes ces choses-la, que fait-il pour Dieu?
Il empesche que ses merueilles ne demeurent sans admirateur. La Nature qui recognoist bien combien elle est belle, nous a donné vne ame
curieuse, afin que tant de si belles choses, & si admirablement conduittes, si heureusement menées à leur perfection, ne demeurent inutiles,
& qu'elle n'ayt perdu sa peine, si elle n'auoit à qui les monstrer. Et pour
ceste cause a-t'elle meslé vn certain plaisir, & vn certain chatouïllement
en l'admiration, qui flatte tellement les hommes, qu'elle leur fait ordinairement entreprédre des voyages admirables, sans auoir aucun égard,
ny aux dangers, ny aux fortunes qu'ils y peuuent courir; pour ceste seule fin-la, de voir des choses lesquelles quand ils les auront veuës, ils n'en
rapporteront rien que de l'admiration. C'est ce qui fait que nous-nous
amassons aux Theatres, & y courons, & applaudissons, quand nous
voyons quelque chose de rare & admirable; & nous y faschons, quand
nous n'y sommes repeus que de choses accoustumées: C'est ce qui fait
que l'homme pour si hebeté qu'il soit, & pour fichez qu'il ayt les yeux
en terre, éleue sa veuë au Ciel quand il y apparoist quelque miraculeux prodige: C'est ce qui fait que nous ne regardons iamais le Soleil,
que quand il est en eclypse: & que nous ne daignons voir la Lune, sinon

quand elle eſt en defaut de lumiere ; tant la rareté, pluſtoſt que la dignité des choſes, nous émeut. Or le plaiſir que nous receuons en
l'admiration, nous fait foy du contentement que nous deuons receuoir
en la ſcience. Car l'admiration n'eſt qu'vne priuation de ſcience, auec
vn deſir de l'acquerir ; & en la priuation il n'y a point de plaiſir, ny de
deſir auſſi, ſi ce n'eſt pour le contentement qu'on a d'en imaginer la
ioüyſſance : Comme en la ſoif il n'y a point de contentément, ſi ce
n'eſt par l'imagination du plaiſir qu'on doit receuoir en ſe deſalterant.
Et donc en l'admiration n'y a-t'il rien d'aggreable, ſi ce n'eſt pour le
contentement que l'on s'imagine deuoir retirer de la ſcience : Et ceſte
admiration-la, nous entretient en ceſte vie, & nous flatte en l'eſperance de deuoir vn iour recognoiſtre de Dieu, & de ſes œuures, ce que
nous en admirons maintenant. Il eſt vray que ce ſera ſans faire ceſſer
ceſte admiration : Car la cognoiſſance emplira bien toute la capacité
de noſtre entendement, mais n'en eſteindra pas le deſir : Et c'eſt ce qui
fait qu'en la ſeule cognoiſſance, peut conſiſter vne Felicité infinie. Car
en toutes autres choſes, la ioüyſſance fait finir incontinent le deſir, &
auec la fin du deſir, meurt l'effect du plaiſir. C'eſt ce qui rend Dieu noſtre
dés à ceſte heure, par la cognoiſſance qu'il luy plaiſt nous departir de
ſoy-meſme, par la foy. Car ce qui cognoiſt quelque choſe, le rend en
quelque façon ſien par la cognoiſſance, & s'vnit à luy : Ou au contraire, ce qui ayme quelque choſe, ſe rend à elle par l'amour, & ſe met en ſa
poſſeſſion, & s'y vnit. Or nous ne pouuons receuoir d'vnion auec Dieu,
qui eſt immateriel, que par les deux puiſſances immaterielles que nous
auons, l'entendement & la volonté, qui ſont les ſubiects de la cognoiſſance & de l'amour, c'eſt à dire, au regard de Dieu, de la foy que nous
auons en luy, par laquelle il s'vnit à nous, & ſe rend noſtre ; & de la charité, par laquelle nous-nous rendons ſiens, & nous vniſſons à luy. Mais
la foy eſt premiere que la charité, tant pour ce que l'entendement eſt
premier que la volonté, que pour ce que Dieu s'eſt donné à nous, premier que nous-nous ſoyons donnez à luy. Et ces deux parties ſeules,
l'entendement & la volonté demeurent immortelles apres la ſeparation
du corps ; l'entendement, pour ioüyr de la cognoiſſance de Dieu, & de
toutes ſes œuures en luy-meſme, comme dans vn miroir ; & la volonté,
pour s'en eſioüyr.　　Et en cela meſme conſiſte la ſouueraine Felicité de
Dieu, de laquelle Ariſtote parlant au deuxiéme de la Metaphyſique, dit
que ſi Dieu, durant tout l'eſpace infiny de l'eternité, reçoit autant de
contentement de ſa cognoiſſance, comme nous en receuons pour vn
peu de temps de la noſtre, cela eſt eſmerueillable. Et encore dauantage il faut bien que ſa cognoiſſance ſoit infiniment excellente, puis qu'elle eſt autant par deſſus ſon action, laquelle eſt infiniment admirable,
comme ſon fils, & ſon eſſence, eſt par deſſus le monde. Car par ſon
action, il a creé le monde, qui eſt vne eſſence creée, materielle, corruptible, finie, & comprehenſible ; & par ſa cognoiſſance il a engendré ſon
fils, dont l'eſſence eſt infinie, increée, immatérielle, & incomprehenſible.

De là

De là paroiſt-il bien que noſtre ame ne peut tant approcher de la diuinité par choſe du monde, que par la cognoiſſance, & qu'elle eſt tout
ainſi comme l'eau, à laquelle ſi on donne liberté, & qu'on la laiſſe aller à ſon naturel, elle deſcendra touſiours, tendra touſiours en bas, &
s'eſloignera touſiours du lieu de ſa ſource: Mais ſi elle eſt contrainte &
reſſerrée dans des tuyaux, & qu'il luy faille ſuiure reglément le chemin
que les canaux luy donneront, elle pourra retourner d'où elle eſtoit
partie, & remonter auſſi haut que le lieu de ſa ſource. Tout de meſme
eſt-il de noſtre ame, ſi nous la laiſſons en ſa liberté, & ne luy voulons
pas donner la peine de reçercher aucune cognoiſſance, elle tendra
touſiours en bas, & s'eſloignera du Ciel, qui eſt le lieu de ſa ſource:
Mais ſi nous la tenons contrainte & reſſerrée dans les preceptes de la
Philoſophie, elle pourra retourner au Ciel, & remonter auſſi haut que
le lieu dont elle eſt venuë. Or la premiere Philoſophie, & premiere
cognoiſſance qu'il luy faille apprendre, c'eſt de ſe cognoiſtre ſoymeſ-
me, & ce qui eſt en elle.

DISCOVRS DE L'AME,

PRONONCE' DEVANT LE

Roy Henry III.

TOVT ce qui eſt en l'Ame de l'homme, y eſt né, ou il eſt acquis: s'il y eſt né, il s'appelle Puiſſance naturelle; s'il eſt acquis, il s'appelle Habitude.

La puiſſance naturelle fait ſes effects, ou auec cognoiſſance, ou ſans cognoiſſance.

Si c'eſt auec cognoiſſance, ou c'eſt auec cognoiſſance qu'elle a de
ſoy-meſme, ou par emprunt & participation.

Si c'eſt auec cognoiſſance qu'elle ayt de ſoy-meſme, ceſte puiſſance
la eſt de deux façons: Car elle cognoiſt les choſes vniuerſellement & ſelon leur eſſence, ou elle les cognoiſt particulierement ſelon leurs accidents.

Si elle les cognoiſt vniuerſellement, elle s'appelle Entendement, lequel eſt de deux ſortes: Car il prepare les choſes pour eſtre entenduës, &
alors il s'appelle entendement agiſſant; ou les reçoit, & alors il s'appelle
entendement puiſſantiel.

Si c'eſt particulierement qu'elle les cognoiſt, elle s'appelle Sens: lequel
eſt de deux façons: Car ou il ne cognoiſt les choſes que quand elles luy
ſont preſentées, & alors ſe nomme ſens exterieur: ou les cognoiſt

mefme quand elles ne luy font pas prefentées, & alors s'appelle fens interieur.

Si c'eft le fens exterieur, il eft de cinq façons, la veuë, l'oüyë, le fleurer, le gouft & le toucher.

Si c'eft le fens interieur, il eft de quatre façons : Car il eft, ou pour difcerner & mettre à part les images des chofes que les fens exterieurs ont receuës, & s'appelle fens commun : ou il eft pour les garder & les tenir en referue, & s'appelle memoire : où il eft pour les reçercher & les offrir à l'ame, quand il luy plaift d'imaginer quelque chofe, & s'appelle fantafie : ou il eft des chofes fenfibles, que le fens exterieur apperçoit, pour en coniecturer de fenfibles, qui font, & que pour lors toutesfois le fens exterieur n'apperçoit point ; Et ce fens la aux hommes s'appelle cogitatiue, & aux beftes, eftimatiue.

Si la puiffance de l'ame qui opere auec cognoiffance, a cefte cognoiffance la d'emprunt, c'eft ou par participation de la raifon, & cefte puiffance la s'appelle volonté ; ou par participation du fens, & elle s'appelle appetit fenfitif.

Si c'eft l'appetit fenfitif, il eft de deux fortes : Car ou il regarde fimplement l'obiect qui luy eft propofé, & s'appelle concupifcible, ou regarde les moyens d'atteindre à fon obiect, & s'appelle appetit irafcible.

Si c'eft l'appetit côcupifcible, ou il regarde le bié, ou il regarde le mal.

S'il regarde le bien, c'eft de trois façons : Car c'eft ou felon ce que le bien eftant offert à l'ame, y engendre par la reprefentation vn certain aggréement, & cet aggréement s'appelle amour ; ou felon ce que l'ame reçoit vn mouuement, qui s'engendre en elle pour afpirer à la chofe qui luy eft aggreable, & ce mouuement s'appelle defir : ou felon ce qu'il s'engendre vn repos en l'vnion de l'ame auec la chofe defirée, & ce repos la s'appelle iouïffance.

Si l'appetit concupifcible regarde le mal, c'eft ou felon ce que le mal eftant offert à l'ame, y engendre par fa reprefentation vn certain defaggréement, & ce defaggréement s'appelle haine ; ou felon ce qu'il s'engendre dedans l'ame vn mouuement pour fuyr ce qui luy eft defaggreable, & cefte fuitte la s'appelle horreur ; ou felon ce que l'ame eft troublée en l'vnion auec ce qui luy eft fafcheux, & ce trouble la s'appelle trifteffe.

Si c'eft trifteffe, elle eft de trois façons : Car c'eft ou pour n'eftre mal propre, & lors elle s'appelle douleur : ou pour le mal d'autruy, & fe nomme pitié ; ou pour le bien d'autruy ; & c'eft de deux fortes : Car c'eft ou pour le bien d'autruy que nous poffedons, & alors elle s'appelle ialoufie ; ou pour le bien d'autruy que nous ne poffedons point, & alors elle s'appelle enuie.

Si c'eft l'appetit irafcible, lequel regarde le moyen d'atteindre à fa fin, il eft de cinq façons : Car ou ce moyen-la apparoift, & l'efperance s'en engendre ; ou il n'apparoift point, & de là vient le defefpoir : ou venant à y comparer nos forces, nous les trouuons baftantes pour en cheuir, & de là naift l'audace ; ou nous ne les iugeons pas fuffifantes, &

cela fait la crainte; ou ce moyen-la nous ayant apparu, cesse de nous apparoir, & cela engendre le courroux, qui est vn desir de vengeance contre ce qui nous en a empeschez.

Si nous venons à la puissance de l'Ame, qui opere sans cognoissance, elle est de deux façons: Car elle est, ou vegetatiue, ou mouuante.

Si elle est vegetatiue, elle est de trois sortes, nourrissiere, augmentatiue, generatiue.

Si elle est nourrissiere, elle est de quatre façons, attirante, retenante, digerante & reiettante.

Si elle est generatiue, elle est de trois façons, seminatiue, transmutatiue, & informatiue.

Si elle est mouuante, elle est de deux façons, progressiue, ou cheminante, dilatatiue, & constrictiue, ou s'estendant & resserrant, comme le mouuement du cœur, & celuy des arteres.

SI ce qui est en l'ame est habitude, elle est, ou de l'entendement, ou de la volonté.

Si elle est de l'entendement, elle est, ou pour cognoistre simplement, ou pour faire.

Si elle est pour cognoistre, elle est de deux façons: Car elle est, ou sans discours, ou auec discours.

Si c'est pour cognoistre sans discours, elle est de trois sortes: Car elle est, ou pour le sens, & s'appelle experience; ou pour l'authorité, & s'appelle creance; laquelle si elle est saincte, se nomme foy, si elle est prophane, se nomme histoire: ou par vne simple apprehension de l'entendement, qui est de deux façons: Car si elle vient seulement de la creature de l'entendement, elle s'appelle intelligence, si elle vient de Dieu, elle s'appelle reuelation.

Si c'est auec discours, ou c'est par vn discours asseuré, & alors elle s'appelle science; ou par vn discours douteux, & alors elle s'appelle opinion.

Si c'est science, elle est, ou des paroles, ou des choses.

Si c'est science des paroles, elle est de trois façons: Car elle recerche és paroles, ou le simple arrangement, ou l'embellissement, ou la verité.

Si elle y recerche l'arrangement, elle s'appelle Grammaire.

Si elle y recerche l'embellissement, elle s'appelle Rhetorique.

Si elle y recerche la verité, elle est de deux façons: Car ou elle recerche la verité que les paroles cachent, & s'appelle Poësie; ou celles qu'elle manifeste, & s'appelle Dialectique.

Si c'est science des choses, elle est de trois façons: Car elle est, ou des choses qui sont exemptes de matiere, comme Dieu & les intelligences; ou des choses conioinctes auec la matiere, & considerées aussi en la matiere, comme sont les corps naturels; ou des choses que l'on nomme abstraictes de la matiere: mais quand on vient à les considerer, on les imagine hors de toute matiere, comme vn cercle, ou vn triangle.

A a a a ij

Si c'est des choses exemptes de matiere, & considerées sans matiere, elle s'appelle Metaphysique.

Si c'est des choses conioinctes auec la matiere, & considerées aussi en la matiere, elle s'appelle Physique.

Si c'est des choses abstraictes, elle s'appelle Mathematique : laquelle est de deux façons : Car elle est, ou des grandeurs, ou des nombres.

Si c'est des grandeurs, ou c'est des grandeurs mobiles, & la science s'en appelle Astronomie ; ou des grandeurs immobiles, & la science s'en appelle Geometrie.

Si c'est des nombres, ou c'est des nombres considerez selon soy, & la science s'en appelle Arithmetique ; ou selon leurs effects, & la science s'en appelle Musique.

Si l'habitude qui est dans l'entendement, n'y est pas simplement pour cognoistre, mais pour faire, elle est de deux façons : Car elle est, où pour faire les actions, ou pour faire les ouurages.

Si c'est pour faire les actions, c'est ou pour les faire ordonnément & bien à propos, & l'habitude s'en appelle prudence ; ou au contraire, & l'habitude s'en appelle imprudence.

Si c'est prudence, elle est, ou pour se gouuerner soy-mesme, & se nomme personnelle, & là dessus est fondée l'Ethique ; ou pour gouuerner sa famille, & là dessus est fondée l'OEconomique : ou pour gouuerner l'Estat, & là dessus est fondée la Politique.

Si c'est pour faire les ouurages, c'est de deux sortes : Car c'est, où pour les faire reglément, & l'habitude s'en appelle Art ; ou pour les faire dereglément, & c'est hazard.

Si c'est Art, il est de sept façons : Car il appartient, ou à la Milice, ou à la Nauigation, ou à la Chasse, ou à la Medecine, ou au Labourage, ou à la Tissure, ou à la Fabrique.

Si ce qui est acquis en l'ame, n'est pas en l'entendement, mais en la volonté ; c'est ou bonne, ou mauuaise habitude.

Si elle est bonne, elle s'appelle Vertu morale.

Si elle est mauuaise, elle s'appelle Vice.

Si c'est Vertu morale, elle consiste, ou à ce que la volonté se puisse commander à soy-mesme, ou puisse commander aux autres appetits.

Sil est pour se commander à soy-mesme, ce commandement-la doit estre afin de reçercher du bien aux autres hommes comme à soy-mesme. Et cela est de deux façons ; ou en leur faisant rendre celuy qui leur est detenu, & l'habitude s'en appelle Iustice : ou en leur donnant celuy qu'ils meritent, & l'habitude s'en appelle Liberalité.

Si c'est à ce que la volonté commande aux autres appetits ; ou c'est pour commander à l'appetit concupiscible, & l'habitude s'en appelle Temperance ; ou pour commander à l'appetit irascible, & l'habitude s'en appelle Fortitude.

LETTRE

POVR LA CONVERSION

DE MADAMOISELLE SA MERE.

ADAMOISELLE ma Mere, Il ne nous a encore esté iuf-
quesicy, en façon du monde, poſſible, d'obtenir de prolongement: Car le Roy eſt ſi indigné côtre ceux de la Religion
pretenduë reformée, qu'il a iuré de n'en donner vn ſeul à
qui que ce ſoit, en ayât n'agueres refuſé Monſieur le Comte
de Thorigny, qui l'en ſupplioit auec beaucoup d'inſtance, pour vne Dame de ſes amies; & Monſieur de Lauerdin, qui l'en requeroit auſſi fort
affectionnément pour vne des ſiennes. Tellemét que tout ce que ie puis
faire, iuſques à ce que ſa cholere ſoit paſſée, c'eſt de prier Monſieur de
Ioyeuſe, incontinent qu'il ſera de retour, c'eſt à dire, Dieu aydant, dans
quatre ou cinq iours au plus tard, d'eſcrire en ma faueur, aux officiers de
voſtre Vicomté; qu'ils ne vous tiennent point la rigueur, & ne vous mo-
leſtent point comme ils ont accouſtumé. Ie ſuis bié marry que vous tom-
biez en ceſte peine, & deſirerois fort que vous en peuſſiez ſortir par la
voye la plus vtile, pour le repos de voſtre corps & de voſtre eſprit, qui ſeroit, comme ie me perſuade, de ſoumettre voſtre iugemét à celuy de l'E-
gliſe, & de ne penſer point auoir plus de cognoiſſance des myſteres de la
Religion, que tous les Docteurs, non ſeulement de ce ſiecle, encore que
Dieu n'en ayt pas laiſſé ſon Egliſe dépourueuë, au milieu des flots & des
tempeſtes dôt elle ſe voit aſſaillie, & qu'il s'en trouue vn aſſez bon nombre, pour nous rendre inexcuſables, ſi nous voulons oppoſer nos opinions particulieres, & les interpretations que nous donnons à la parole
de Dieu, qui ne ſont fondées que ſur noſtre propre ſens, au commun cô-
ſentement de tant de perſonnes, qui ont conſumé toute leur vie en l'e-
ſtude des ſainctes lettres, comme eſtans legitimemét appellez à ceſte ſeule profeſſion, pour apprendre auec infiny labeur, en la lecture des Anciés,
la reſolution des difficultez, que de ſimples femmes, ſans peine & ſans
eſtude, preſumét de ſçauoir: mais auſſi de tous les ſiecles, qui ont eſté depuis noſtre Seigneur, iuſques à nous, c'eſt à dire, depuis quinze ou ſeize
cents ans en ça, durant tout lequel eſpace de temps, quoy que l'on
vous ayt dit au côtraire, la doctrine Catholique a tellement continué de pere en fils, & auec vne ſi grande conformité, que ie ne puis
quaſi m'empeſcher de rougir, de l'ignorance ou de la malice de
ceux qui ont eſté les premiers autheurs, de perſuader au ſimple peuple,
que l'Egliſe primitiue auoit eſté autre, pour le regard de la doctrine,
que celle de maintenant. Ie vous eſcry ces choſes, vn peu poſſible auec
plus de licence que ie ne deurois : mais la difficulté que i'en ferois en

A a a a iij

vn autre temps, m'eſt oſtée de deuant les yeux, voyant l'extremité où vous eſtes reduitte, & que le conſeil que vous m'en auiez demandé en vne autre ſaiſon, ne vous peut eſtre donné plus à propos que maintenant. Ie m'en acquitte donc par ceſte lettre, auec proteſtation, que s'il procedoit de mon ſeul iugement, & non du commun rapport & conſentement de tous les anciens Docteurs & Martyrs de l'ancienne Egliſe, premiers fondateurs de la Religion Chreſtienne, par le moyen deſquels toute la lumiere & cognoiſſance que nous en auõs, eſt paruenuë iuſques à nous; ie le ſoumettrois au voſtre, quelque aduantage qu'vn peu de ſcience que Dieu m'a donnée, luy peuſt auoir apporté. Mais l'vnion eſt telle, & la conuenance ſi grandè entre tous ces ſaincts perſonnages, qui ont arroſé le premier plan de l'Egliſe, de leur ſang & de leur doctrine, que ie penſe que c'eſt errer volontairement, à ceux qui l'ont cogneuë, que de s'en departir : & que ſi vous m'en demandez en ſaine conſcience ce que i'en croy; Ie penſe que leur communion eſt la vraye communion des Saincts, en laquelle, ſi Dieu ne me change point l'entendement, ie deſire, ſans aucune hypocriſie, continuer & acheuer mes iours. Remettez-vous, ie vous ſupplie, deuant les yeux, toutes ces premieres lumieres de l'Egliſe, ces ſucceſſeurs des Apoſtres, qui ont pris la lampe de main en main, pour nous éclairer: Regardez S. Ignace, qui eſtoit diſciple de S. Iean: S. Irenée, grand Eueſque de Lyon, diſciple de Polycarpe, qui auoit eſté auſſi diſciple du meſme S. Iean : lequel Caluin eſt contraint par la force de la verité, d'appeller de ſa propre bouche, S. Martyr & Docteur. Qui pouuoit mieux entendre les paſſages de S. Iean leur maiſtre, & des autres Apoſtres, qu'eux, auec qui ils auoient conuerſé familierement & longuement en terre? Qu'eux, qu'ils auoient choiſis pour eſtre leurs ſucceſſeurs, qu'ils auoient inſtruicts ſoigneuſemét, pour leur reſigner apres leur Martyre, la conduitte & l'adminiſtration de l'Egliſe; qu'ils auoient ſacrez, & mis eux-meſmes en la chaire Epiſcopale, pour annoncer la verité? Leur preſence nous eſt oſtée, leurs ames ont eſté éleuées au Ciel: leurs corps ont eſté rendus à la terre, mais leurs eſcrits ſont demeurez à l'Egliſe, comme vn threſor de chartres & d'enſeignements, par leſquels elle peuſt monſtrer la doctrine dont elle eſt en poſſeſſion de toute antiquité. Regardez les ſiecles qui viennent incontinét apres, conferez toutes les parties du monde, & toutes les diſtinctions des temps, pour voir l'vnité & le conſentemét qui a eſté retenu en ceſte diuerſité. Conſiderez le ſiecle qui fleuriſſoit il y a enuiron douze cents ans, & commencez par les Docteurs de l'Egliſe Latine. Prenez ce grand defenſeur des Catholiques de ſon temps, & deſtructeur des Heretiques, Afriens, Donatiſtes, Pelagiens, Manicheens, ceſte ferme colomne de l'Egliſe, S. Auguſtin, qui a trauaillé quarante ans en l'œuure du Seigneur, en la charge Epiſcopale, qui auoit conſumé ſoixante de ſes années en la lecture & meditation continuelle des liures du vieil & nouueau Teſtament, à qui rien de ce que l'entendement humain peut découurir des ſecrets de Dieu, ne ſembloit eſtre incogneu, & de la doctrine duquel les plus ſçauants d'entre

ceux de la Religion nouuelle, font vne aſſez publique confeſſion, quand
ils en rempliſſent tous leurs volumes, lors qu'ils traictét de choſes qui ne
ſont point en controuerſe entre eux & nous: Car ils ſont ſi ignorants,
en comparaiſon d'vne ſcience ſi profonde, & ſi pleine de tenebres, au
regard d'vne ſi grande lumiere; que quand il faut expliquer quelque
difficulté, dont eux & nous ne ſommes point en different, & que c'eſt
ou les Arriens, ou les Anabaptiſtes, ou quelques autres, qu'ils ont à
impugner; ils ne ſçauent, ny qu'eſcrire, ny que dire, ny que penſer, ſils
ne le prennent de la bouche de ce Sainct & diuin organe de la verité.
Regardez Sainct Hierome, qui ſ'éloignant de la douceur de ſon pays,
& des delices du monde, pour vaquer du tout à l'Amour de Dieu, & à
la cognoiſſance de ſes Myſteres, ſ'alla confiner en Iudée, parmy les deſerts & la ſolitude, où il apprit l'Hebrieu tout expres, afin de pouuoir
oüyr parler Dieu en ſa langue, & ayant déja parfaicte cognoiſſance du
Grec & du Latin, confera ſi exactement la Bible en toutes ces langues,
par vn long eſpace de temps, qu'il n'en laiſſa vne ſeule ſyllabe, qu'il
n'euſt obſerué & examiné, auec vne incroyable diligence. Et penſez
en vous-meſmes, au partir de ceſte conſideration, ſi vous vous pourriez
bien aſſeurer d'en auoir l'intelligence auſſi entiere, que ces deux Docteurs irreprochables, tant en la doctrine, comme en la vie, à qui
Dieu n'auoit pas ſeulement diſtribué, ſelon la meſure commune qu'il
depart à ſes Fidelles, ce qui eſtoit neceſſaire pour le ſalut & edification
de leur ame en particulier: mais leur auoit communiqué abondamment ſes threſors, pour les reſpandre & dépenſer, par leur moyen, ſur
toute l'Egliſe. Voyez Sainct Ambroiſe, celuy qui ramena Sainct Auguſtin à la Foy Catholique, & de Manicheen & Heretique qu'il eſtoit,
diſpoſé à la ruine & à la deſtruction de l'Egliſe, le rendit vn des plus
propres inſtruments, dont Dieu ſe ſoit iamais ſeruy, pour la conſtruire
& edifier. Conſiderez de quel poids eſt l'authorité de cét excellent
perſonnage, dont la vie & la doctrine eſtoit ſi irreprehenſible, que
meſmes les heretiques ſe voyoient contraints de dire que la memoire
d'vn tel homme, ne pouuoit eſtre tachée d'aucune reproche; & dont
Dieu monſtroit auoir la Foy ſi aggreable, qu'il ne ſeſt pas rendu moins
ſignalé, par vne infinité de miracles qu'il a faicts, à l'auancement de
l'honneur de Dieu, & de la Religion Chreſtienne, que par les belles
& ſainctes œuures qu'il a laiſſées à la poſterité, comme nous en pouuons alleguer de ſi bons & authentiques témoins, & entre autres Sainct
Auguſtin, qui proteſte d'y auoir eſté preſent, que ce ſeroit ſacrilege
de les reuoquer en doute. Conferez auec eux, les Docteurs des autres
nations, ceux de l'Egliſe Grecque, ceux de l'Egliſe d'Aſie, ceux de l'E-
gliſe d'Ægypte: Amenez Sainct Athanaſe, Sainct Baſile, Sainct Chryſoſtome, Sainct Gregoire de Nyſſe, Sainct Cyrille, & vn million d'autres: Et ſi c'eſt vne des marques de la verité, que l'vnion & le contentement; Et ſi c'eſt vn des indices du menſonge, que le diſcord & la diuerſité; Et ſi tout Royaume diuiſé de ſoy-meſme, comme celuy de

Belzebuth, doit estre ruiné : Considerez quelle force la verité a monstré, en ce continuel accord de personnes, si distinctes de temps & de regions ; Que ceux qui estoient à deux mille lieües les vns des autres, que ceux de l'Orient & de l'Occident, que ceux du Midy & du Septentrion, tous d'vn esprit, tous d'vne voix, tous d'vne bouche, se soient accordez à prononcer les mesmes choses que l'Eglise conserue, & a conseruées iusques à maintenant : Tout ainsi que les chordes d'vn luth, qui estans éloignées & distinguées de toutes les vnes des autres, ne laissent pas toutesfois de faire vn accord & vne harmonie, entre elles-mesmes. Representez-vous, puis apres, tous ces Saincts Docteurs, pour la plus grande part assemblez aux Synodes, & aux Conciles. Et si Dieu promet à deux ou trois assemblez en son nom, qu'il sera au milieu d'eux; Pensez à combien plus forte raison, trois ou quatre cents de ces Saincts Pasteurs, conuoquez legitimement en mesme lieu, tous à la fois, & representants les personnes de sept ou huict mille autres Euesques, épandus par tout le monde, dont ils portoient les voix & les opinions auec eux, se doiuent asseurer de ceste promesse. Et du temps que ces congregations se faisoient, qui representoient toute l'Eglise Catholique, vne en mesme esprit, & en mesme lieu, pour la destruction des heresies ; Enquerez-vous où pouuoit estre ceste Eglise que l'on a fondée à Geneue, & en France, depuis cinquante ans. Et s'il se trouue que depuis Iesus-Christ iusques à Caluin, on en puisse remarquer aucune trace, ne vous en departez qu'à bonnes enseignes : Mais aussi, si depuis les Apostres iusques à luy, il ne s'est trouué, ie ne diray pas vne seule assemblée, mais vn seul homme qui ayt tenu de tout poinct, la mesme doctrine que Caluin a introduitte; ou croyez que Dieu n'est point veritable, qui a promis à son Eglise qu'elle dureroit continuellemét iusques à la fin du siecle, & l'a laissée interrompuë, par l'espace de quinze cents ans : Ou bien, recognoissez que ceste nouuelle profession ne se doit pas attribuer le vray nom d'Eglise, ny ceux qui cómuniquent à sa doctrine, celuy de vray fidelle. Ie vous escrirois dauantage de ce suiect, si l'heure qui me presse, m'en donnoit le loysir. Seulement, vous diray-ie, pour vous oster la trop superstitieuse apprehension, en quoy vous pourriez estre, d'assister aux Saincts mysteres, celebrer à la Messe, Que tous les Anciens ont creu que nostre Seigneur s'y donnoit reellement à nous, sous l'espece du pain : & que comme à sa naissance, il s'estoit donné à tout le genre humain, en se faisant homme; En ceste Saincte Table il se donnoit à chacun des hommes en particulier : Qu'en vertu de ces paroles, *Cecy est mon corps*, il estoit veritablement distribué aux Chrestiens, & non point par imagination seulement, & qu'il estoit actuellement sous le Sacrement. De vous mettre en peine de la Transsubstantiation, c'est vne matiere trop difficile, pour l'expliquer en si peu de temps : Mais tant y a, que s'il est reellement au Sacrement, vous ne pouuez tomber en Idolatrie, pour assister à l'adoration qu'en font les Chrestiens : au contraire tomberiez en impieté, ne vous en

acquittant pas. Comme aussi Sainct Augustin a bien dit, parlant de
ceste mesme chose, que non seulement nous ne pechons pas en l'adorant, mais aussi que nous pechons en ne l'adorant pas. Et seroit bien
plus grande Idolatrie, d'adorer ses propres imaginations, & son sens
naturel, & les preferer aux paroles formelles du Seigneur, & à la Sapience de toute l'Eglise, regie du Sainct Esprit; que d'adorer celuy qui
doit estre adoré par tout, où il nous rend certains de sa presence. Et
quant à ce que le seruice de la Messe, se faisant en Latin, vous n'en pouuez pas receuoir d'instruction, Ie m'auanceray de vous dire, que si
vous auiez esté aussi desireuse d'apprendre les Mysteres de la Religion
Catholique, comme curieuse d'apprendre des nouuelles de la doctrine
de Caluin, il n'y a rien en la Messe, que depuis trente ou quarante
ans, vous l'estant fait exposer, vous ne l'entendissiez facilement. Outre ce que aux prieres vniuerselles de l'Eglise, & à la celebration des
Mysteres, la Foy & le zele que l'on y apporte, estant destitué d'intelligence, ne laisse pas d'auoir la mesme force enuers Dieu, que s'il en
estoit accompagné. Comme ie m'asseure que vous me confesserez
qu'vn sourd qui assiste à l'Eglise, ou vn homme qui est si loing de celuy qui faict les prieres, à cause de la presse & de la multitude, qu'il ne
le peut oüyr, ne laisse pas d'y participer. Il suffit que les prieres que
vous faictes en particulier vous soient intelligibles. Il y a encore beaucoup d'autres raisons, qui ont meu l'ancienne Eglise à obseruer ceste
coustume, dont ce papier n'est pas capable, lesquelles vous estans exposées, apporteront beaucoup de contentement & de satisfaction à
vostre esprit. Cependant ie prie Dieu que ce que i'en ay touché en
passant, luy puisse donner quelque consolation, & le mettre en repos
d'vne partie des apprehensions qui le trauaillent.

CEste Illustre & vertueuse Damoiselle suiuit peu de temps apres, par sa Conuersion,
ces doctes & pieuses instructions, & durant plus de vingt ans qu'elle vesquit depuis
auec toute sorte de zele & de deuotion, merita comme vne autre Saincte Monique, d'estre
celebrée à la posterité, pour digne Mere de ce Grand & admirable Prelat.

LETTRE

A VN SIEN ONCLE.

MON ONCLE, I'ay receu vn si grand contentement
des nouuelles de vostre Conuersion & reünion à l'E-
glise Catholique, que ie n'ay peu contenir ma ioye, ny
m'empescher de vous la témoigner par ce mot d'écrit,
& imiter auec vous en terre, la réjoüyssance que les Anges font maintenant au Ciel, à vostre occasion. Et à la verité, aussi

m'eſtimerois-ie coulpable d'vne trop grande ingratitude enuers Dieu, ſi apres auoir deſiré vn tel bien, auec tant d'impatience, maintenant qu'il luy a pleu exaucer mon deſir, i'eſtois froid au reſſentiment de ceſte grace, ou ſtupide au ſoin de vous repreſenter la conſolation que i'en reçoy. Ceſte Lettre donc me ſeruira tout enſemble, & de remerciement enuers Dieu, & de conſolation enuers vous, de la felicité à laquelle il vous a appellé, en vous faiſant citoyen & habitant de celle hors de laquelle il n'y a aucune vraye felicité. Vous peuſtes aſſez apperceuoir par les propos que i'eu auec vous l'an paſſé, combien ardemment ie ſouhaittois ceſte bonne nouuelle. Vous iugerez maintenant par ce mot d'écrit, auec quelle ioye ie l'embraſſe, & de quel cœur ie remercie Dieu, qu'il ait ſi longuement & heureuſement prolongé les iours de voſtre vie temporelle, que vous ayez eu le loyſir de recognoiſtre le chemin de la vie eternelle : Et qu'apres auoir fermé les yeux du corps, il vous ait, par vn heureux échange, ouuert les yeux de l'ame, pour voir ſon ſalut, & dire auec ce bon vieillard, qui auoit eu promeſſe de ne gouſter point la mort qu'il n'euſt veu le Sauueur du monde; Maintenant, Seigneur, tu laiſſes aller ton ſeruiteur en paix. Car comme il n'y a

Coloſſ. 3.   point d'autre vraye paix, que celle dont Sainct Paul dit; *Et que la paix de Chriſt, à laquelle vous eſtes appellez en vn corps, domine en vos cœurs :* Ainſi n'y a-t'il point d'autre lieu, où elle ſe puiſſe obtenir, qu'en l'Egliſe, qui

Cypr. de Vnit. Eccl.   eſt le corps de Chriſt. *Quelle paix,* (dit Sainct Cyprian, diſputant contre les ſchiſmatiques) *ſe peuuent promettre les ennemis de leurs freres? Quels Sacrifices penſent celebrer ceux qui ſ'éleuent contre les Preſtres? Eſtiment-ils que Chriſt ſoit auec eux, lors qu'ils ſont aſſemblez, eux qui ſ'aſſemblent hors de l'Egliſe de Chriſt? Tels quand ils ſeroient occis pour la confeſſion du nom de Chriſt; ceſte tache-la ne ſe laue pas meſme par le ſang: la griéue & inexpiable coulpe de la diſcorde, ne ſe purge pas meſme par la paſſion: Celuy ne peut eſtre Martyr, qui n'eſt point en l'Egliſe: Celuy ne peut paruenir au Royaume qui a*

Id. ep. ad Magn.   *abandonné celle qui doit regner. Et derechef: Car quant à ce qu'ils diſent qu'ils recognoiſſent le meſme Dieu Pere, que nous, & le meſme Fils Ieſus-Chriſt, & le meſme Sainct Eſprit; cela ne les peut en rien guarentir : Car Coré, Dathan, & Abiron, recognoiſſoient bien le meſme Dieu, que le Sacrificateur Aaron, & Moyſe, & viuants en meſme Loy & Religion, inuoquoient le ſeul & vray Dieu qui deuoit eſtre adoré & inuoqué : Mais pource qu'excedants le degré de leur Miniſtere, ils vſurperent la licence de ſacrifier, contre le Preſtre Aaron, qui auoit receu le Sacerdoce legitime, par la conceſſion & ordination de Dieu; eſtants punis diuinement, ils porterent ſur le champ, les peines de leurs attentats illicites.* Et pourtant comme Sainct Auguſtin raconte que les Donatiſtes, reuenants,

Aug. ep. 48.   de ſon temps, à l'Egliſe Catholique, diſoient : *Nous penſions qu'il n'y euſt point d'intereſt en quel party nous tinſſions la Foy de Chriſt; mais remercié ſoit le Seigneur, qui nous a retirez de la diuiſion, & nous a appris qu'au Dieu, qui eſt vn, il appartient d'eſtre ſeruy en vnité :*

Ainſi pouuez-vous à bonnes enſeignes, dire apres eux, Ie penſois que ce fuſt aſſez que ie tinſſe la Foy que i'eſtimois eſtre de Chriſt: mais remercié ſoit le Seigneur, qui m'a retiré de la diuiſion, & m'a appris qu'il appartient au Dieu, qui eſt vn, d'eſtre ſerui en vnité. Il n'eſt plus de beſoin, grace à noſtre le Seigneur, de vous repreſenter les cauſes qui vous doiuent émouuoir à vſer de ce langage. Vous auez oüy ce qu'il dit luy-meſme de ſon Egliſe, par la bouche d'Eſaïe; *Qu'elle iugera toute* [Eſ. 54.] *langue qui luy reſiſtera en iugement; Que toute machine dreſſée contre elle, ſera briſée: Que tout Royaume & toute nation qui ne luy ſeruira point, perira.* [Eſ. 60.] Vous auez oüy ce qu'il dit par la bouche de Sainct Paul; *Que l'Egliſe eſt* [Eph. 1.] *la plenitude de Chriſt: Qu'il y a vn ſeul corps & vn ſeul eſprit, comme nous* [Eph. 4.] *ſommes appellez en vne ſeule eſperance de noſtre vocation: Qu'auoir toute la* [1. Corinth. 13.] *Foy, iuſqu'à tranſporter les montagnes, & liurer ſon corps pour eſtre bruſlé, & n'auoir point la charité* (c'eſt à dire, la charité Eccleſiaſtique, laquelle il oppoſe aux ſchiſmes du corps de Chriſt) *ce n'eſt rien.* Vous auez oüy ce qu'il dit par la bouche de Sainct Iude; *Malheur à ceux qui periſſent* [Iud. ep.] *en la contradiction de Coré:* c'eſt à dire, à ceux qui font comme Coré, Dathan & Abiron, des ſchiſmes en l'Egliſe. Vous auez oüy ce qu'il dit par la ſienne propre, *Quiconque n'oyt point l'Egliſe, ſoit tenu pour* [Matth. 18.] *Ethnique, & pour Publicain.* Vous auez oüy ce que dit Sainct Cyprian; *Que celuy ne peut auoir Dieu pour Pere, qui n'a point l'Egliſe pour Mere.* [Cypr. de vnit. Eccl.] Vous auez oüy ce que dit S. Hierome, *Que quiconque mange l'Agneau* [Hier. ad *hors de ceſte maiſon, il eſt prophane; Et que ſi quelqu'vn n'eſt point dans* Dam. ep. *l'Arche, il perira à l'aduenement du deluge.* Vous auez oüy ce que dit Sainct 1.] Auguſtin, au traicté des geſtes auec Emeritus: *Hors de l'Egliſe Catholi-* [Aug. de *que, vn homme peut auoir toutes choſes, excepté le ſalut; Il peut auoir les Or-* geſt. cum *dres, il peut auoir les Sacrements, il peut chanter Alleluya, il peut reſpondre* Emerit.] *Amen, il peut tenir l'Euangile, il peut auoir la Foy au nom du Pere, du Fils, & du Sainct Eſprit: mais le ſalut il ne le peut auoir hors de l'Egliſe Catholi-que.* Et en l'Epiſtre à Donatus: *Eſtant conſtitué hors de l'Egliſe, & ſe-* [Aug. ep. *paré du bien de la charité, & de la maiſon de l'vnité, tu ſeras puny du ſupplice* 204.] *eternel, quand meſme tu ſerois bruſlé tout vif pour le nom de Chriſt.* Et au ſecond liure contre Petilian, Donatiſte: *Il n'y a nulle ſeureté d'vnité, ſinon* [Aug. côt. *en la cité, laquelle eſtant conſtituée ſur la montagne, ne peut eſtre cachée; Elle* lit. Petil. *eſt donc cogneuë à toutes les nations: Or la Secte de Donat eſt incogneuë à plu-* l.2.c.104.] *ſieurs nations; Ce n'eſt donc pas elle.* Et au ſecond contre Parmenian: *C'eſt vn aueuglement commun à tous les heretiques, de ne pouuoir pas voir là* [Aug. côt. *choſe du monde la plus manifeſte, conſtituée en la lumiere de toutes les nations,* ep. Parm. *hors de l'vnité de laquelle tout ce qu'ils font, encore qu'ils le ſemblent faire auec* l.2. c.3.] *grand ſoin, ne les peut non plus defendre contre l'ire de Dieu, que les toiles d'a-ragne, contre la rigueur du froid.* Et en l'Epiſtre aux Donatiſtes: *Quicon-* [Aug. ep. *que eſt ſeparé de l'Egliſe Catholique, quelque loüable vie qu'il preſume exer-* 150.] *cer, par ce ſeul crime qu'il eſt ſeparé de l'vnité de Chriſt, il n'aura point la vie, mais l'ire de Dieu demeure ſur luy.* Vous auez veu d'autre part, que toutes les objections que les aduerſaires de l'Egliſe font à l'encontre d'elle, font prifes, quant à la doctrine, de paffages de l'Efcriture mal alleguez, mal appliquez, mal expliquez; & quant aux mœurs, d'accufations qui ne touchent point le general de la focieté, laquelle n'approuue ny n'auoüe les defordres des particuliers: mais touchent feulement des vices perfonnels, pour lefquels il ne faut pas rompre le lien de l'vnité, & tomber au crime du fchifme, qui eft la plus griéue de toutes les offenfes.

Iren. l.4. c.62. *Il iugera,* dit Sainct Irenée, *tous ceux qui introduifent des fchifmes, hommes vains, n'ayants point l'Amour de Dieu deuant les yeux, & confiderants pluftoft leur propre vtilité, que l'vnité de l'Eglife; & lefquels pour de petites & legeres caufes, déchirent & diuifent le grand & glorieux corps de Chrift, & en-tant qu'en eux eft, le tuent, parlants paix, & operants guerre, coulants vrayement le moucheron, & auallants le chameau: Car ils ne peuuent faire aucune fi grande reformation, comme le crime du fchifme eft pernicieux.* Et S. Auguftin: *Aug. de Bapt.cont. Donat. l. 2.c.7.* *Pourquoy pour des chofes plus legeres, que vous feignez & fuyez, encourez-vous le facrilege du fchifme, qui eft le plus grief de tous?* Et ailleurs, parlant des Payens que les Donatiftes conuertiffoient à la profeffion du nom de *Aug. de Bapt. cöt. Donat.l.1. c.8.* Chrift: *Ceux,* dit-il, *qu'ils gueriffent de la playe de l'Idolatrie, ils les bleffent plus griéuement de la playe du fchifme.* Et par ainfi il ne me refte plus autre chofe, finon de me conjoüyr, & remercier Dieu auec vous, de la grace qu'il vous a faicte, de r'entrer en la communion de celle qui eft, comme *Cantic.* dit Salomon, fa bien-aymée, fa colombe, fon vnique: de celle qui eft, *Eph.1.* comme dit S. Paul, le corps de Chrift, la plenitude de Chrift, l'Efpoufe *1.Timoth. 3.* de Chrift, la colomne & le firmament de verité: De celle qu'il a tant *Ephef.5.* aymée, qu'il f'eft liuté à la mort pour elle: De celle à laquelle il a donné les clefs du Royaume des Cieux, l'authorité du Miniftere, la puiffance de remettre & retenir les pechez: De celle en laquelle il a *Ephef.4.* colloqué les Apoftres, les Prophetes, les Euangeliftes, les Pafteurs & Docteurs, &c. afin que nous ne foyons plus petits enfants errants à tous vents de doctrine: De celle en laquelle il a promis que toutes les nations feroient benies: De celle dont il a dit, Que la femence feroit comme les eftoilles du Ciel, le fable de la mer, & l'herbe de la terre: De *Efai.60.* celle en la lumiere de laquelle il a dit que les peuples chemineroient, & *Efai.62.* les Roys en la fplendeur de fon Orient: De celle fur les murailles de laquelle il a dit qu'il poferoit des gardes, qui ne fe tairoient point ny *Ioan.15.* nuict ny iour à tout iamais: De celle en laquelle il a dit que fon Efprit *Matth.28.* refideroit eternellement: De celle auec laquelle il a dit qu'il affifteroit iufqu'à la fin du fiecle. Voyla cela feul qui me refte à faire auec vous, afçauoir de vous congratuler de voftre retour en la Bergerie de Chrift, en la Maifon du Seigneur, au Temple de Dieu; & de vous exhorter à y perfeuerer, & à dire auec Dauid; I'ay demandé vne feule chofe au Seigneur, & la luy demanderay eternellement; c'eft que ie puiffe demeurer en fa Maifon, tous les iours de ma vie: Et ie m'affeure qu'il vous l'accordera, & qu'il y adiouftera d'abondant cefte nouuelle grace, que ceux qui à voftre exemple en demeuroient éloignez, à voftre exemple y reuiendrôt, & f'y reünirôt. Ie l'en requiers de tout mon cœur, & le fupplie à cet effect,

effeɔt, qu'il vueille encore prolonger voſtre vie; d'vn bon nombre de
iours, afin que voſtre Conuerſion ayt loyſir de proſiter d'autant plus en
terre, à ſon Egliſe militante; Et apres cela vous receuoir au Ciel auec
les triomphants.

LETTRE
EN LAQVELLE EST SOMMAIREMENT
TRAICTE' CE QVE VEVT DIRE;
Suffiſance de l'Eſcriture.

Enuoyée à MONSIEVR DE CHERELLES, *Conſeiller du Roy en ſeſ
Conſeils d'Eſtat & Priué, & Maiſtre d'Hoſtel de ſa Majeſté, Per-
ſonnage intime audit Sereniſſime Cardinal, aſſeℤ cogneu pour quelques
Ambaſſades dont il ſeſt acquitté dignement; & ſur tout pour ſon grand
ℤele en la Religion Catholique.*

ONSIEVR, Voſtre Lettre m'a trouué occupé de
pluſieurs affaires preſſées & importunes, comme entre
autres d'vn procez preſt à iuger au Conſeil des parties:
De la ſolicitation de mes aſſignations de l'année derniere au Conſeil des Finances, de certains concordats qu'il
faut que ie paſſe auec Monſieur de Roüen, pour l'aſſeurance d'vne pen-
ſion que le Roy m'a reſeruée, ſur quelques Beneſices qu'il luy a donnez:
Et outre perſecuté d'vn faſcheux caterre ſur les yeux, qui m'incom-
mode autant l'eſprit que le corps. Cela me ſeruira d'excuſe, ſi ie ne
vous ſatisfais ſi amplement que vous deſirez: & que ie pourray faire
vne autre fois, ſur le ſujeɔt pour lequel vous m'écriuez: Seulement
vous diray-ie que voſtre reſponſe à la propoſition que l'on vous a
faiɔte, eſt tres-pertinente: Car d'alleguer que l'Eſcriture eſt ſuffiſante
pour nous conduire à ſalut; Si cela ſentend immediatement, c'eſt à dire
ſans l'interpoſition des moyens ordonnez pour nous en extraire, & propoſer le ſens tout formé & determiné, aſçauoir la viue voix de l'Egliſe,
& le Miniſtere des Paſteurs & Doɔteurs: Ceſte propoſition eſt non
ſeulement fauſſe, mais abſurde & ridicule. Les Loix d'vn païs bien po-
licé ſont ſuffiſantes pour gouuerner l'Eſtat, & decider tous les differents qui peuuent naiſtre en la Republique. Chaque particulier donc,
à ce conte, ſans l'entremiſe du Senat & des Magiſtrats, eſt ſuffiſant pour
adminiſtrer l'Eſtat par les Loix, & iuger tous les differents qui peuuent
interuenir entre les citoyens. Il y a bien difference entre la ſuffiſance
de l'Eſcriture en elle-meſme: & la ſuffiſance de l'Eſcriture, au regard
de chaque particulier: ou pluſtoſt la ſuffiſance de chaque particulier, au
regard de l'Eſcriture. Il y a bien difference entre dire, L'Eſcriture eſt
ſuffiſante pour nous côduire à ſalut, ou dire, Chacun de nous eſt ſuffiſant
pour ſe conduire à ſalut par l'Eſcriture. Il y a bien differéce entre ce que
l'Eſcriture comprend en ſoy, & ce que chacun de nous comprend de

l'Efcriture; entre ce qui fe peut recueillir de l'Efcriture abfolument,
& ce que chaque particulier peut recueillir de l'Efcriture, qui eft la
queftion dont il s'agift en ce faict: Car la doctrine de l'Efcriture ne
nous conduit point à falut, en-tant qu'elle eft contenuë en l'Efcriture,
mais en-tant qu'elle eft extraicte & tranfmife de l'Efcriture en noftre
efprit, par l'apprehenfion & intelligence de la mefme Efcriture: Et
partant c'eft de la fuffifance du moyen de cefte tranfmiffion en l'efprit
des particuliers qu'il faut parler, fans lequel la capacité de l'Efcriture
en elle-mefme nous eft inutile: Car l'Efcriture eft comme vn coffre,
ou vn vaiffeau, dans lequel il y a plufieurs threfors fpirituels. Mais il
nous faut auoir la clef de la fcience, & le don de l'interpretation, pour
l'ouurir, & les en tirer. Or cefte clef perfonne ne la poffede par foy,
finon noftre Seigneur, qui ouurit le fens des Efcritures, dit Sainct Luc
à fes Difciples. Et nul n'en a certaine & parfaicte communication
finon la focieté des Pafteurs de l'Eglife, aufquels il a configné les clefs
du Royaume des Cieux, & promis que tout ce qu'ils lieront ou délie-
ront en terre, fera lié ou delié au Ciel: Car que le difcours de chacun
de nous en particulier ne foit pas vn moyen fuffifant pour nous affeurer
de la vraye intelligence de la parole de Dieu, les erreurs de tant d'heretiques qui conuiennent de l'authorité de la mefme parole, & debattent
neantmoins fi opiniaftrement de la doctrine qui en eft extraicte,
croyants chacun d'eux en leur confcience auoir la pure verité; nous le
témoignent fuffifamment: & nous apprennent à refpondre auec la
modeftie de l'Eunuque; Comment l'entendray-ie fi perfonne ne me
l'interprete? de-peur que noftre prefomption ne nous mette au nombre de fes efprits ignorants, & legers, dont parle Sainct Pierre, qui de-
prauent les Efcritures à leur propre perdition. Il faut donc, fi nous
voulons que la fuffifance de l'Efcriture à falut forte en effect, pour
noftre regard, que ce foit par l'entremife d'vn autre moyen externe,
fuffifant pour nous en extraire la vraye, entiere, & affeurée intelligence
aux chofes de la Foy; lequel feul nous maintenons (& par l'Efcriture
mefme) eftre l'Eglife. Et ne faut point repliquer que ce foit faire tort
à la perfection de l'Efcriture, que de luy fubftituer ce moyen; tant parce
qu'encore qu'il foit autre que l'Efcriture, quant à fon eftre: neantmoins,
quant à fon Inftitution, il eft contenu & authorifé dans l'Efcriture.
Et d'ailleurs que le propre office de l'Efcriture, à parler exactement,
n'eft pas de nous conduire à falut, mais de feruir de regle & de patron
aux Pafteurs & Docteurs de l'Eglife, pour nous y conduire: c'eft à dire, l'Efcriture n'eft pas caufe efficiente & productiue du regime de l'E-
glife, mais feulement obiectiue & exemplaire, ou pluftoft aide de
caufe, qui de foy feule & par foy feule ne produit aucune action reelle:
Car les actions, comme difent les Philofophes, procedent des fujects, ou
natures fubfiftantes, & confequemment celles qui importent regime
ou adminiftration, procedent des natures fubfiftantes raifonnables,
comme font les perfonnes humaines ou angeliques. Pourtant quand

nous difons que les Loix gouuernent la Republique, ou iugent les différents des citoyens; ce font des façons de parler figurées & metonymiques. Car ce ne font pas les loix qui iugent les procez, ou qui adminiftrent l'Eftat, ce font les Iuges & les Magiftrats, auec l'aide & la lumiere des loix; non plus que ce n'eft pas le Compas & la Carte marine
qui conduit le Nauire, encore que nous parlions quelques-fois ainfi,
mais le Pilote & les Mariniers: ny le Liure de l'Art militaire, qui conduit l'armée, mais le General & les Capitaines, & autres Officiers de la
milice. Parquoy comme celuy qui infereroit, le Quadran & la Carte
font fuffifants pour gouuerner vn vaiffeau; Il ne faut donc point de
Pilote ny de Mariniers: Ou, l'Art militaire de Vegece, ou d'vn autre
Autheur eft fuffifant pour regir vne armée; il ne faut donc point de
General, ny de Capitaines: Ou, les loix font fuffifantes pour gouuerner
& adminiftrer la Republique; il ne faut donc point de Parlement, ny
de Magiftrats: fe monftreroit priué de fens commun: Ainfi celuy qui
conclud, l'Efcriture eft fuffifante pour nous conduire à falut, elle nous
y peut donc addreffer & conduire fans l'interpofition du Miniftere, &
de l'Authorité de l'Eglife, merite qu'on fe mocque, ou qu'on ayt pitié
de luy. Car la fuffifance de l'Efcriture en elle-mefme fe doit reduire en
acte pour noftre regard, par l'entremife des moyens externes ordonnez pour cet effect, & ne peut produire fon operation immediatement: Autrement ce feroit en vain que Dieu nous auroit fi fouuent
renuoyez pour eftre inftruits de noftre falut, au Miniftere, & aux Pafteurs de l'Eglife: Ce feroit en vain qu'Efaïe auroit dit à l'Eglife, Tu
iugeras toute langue qui te refiftera en iugement: Et derechef, Tout
Royaume & toute nation qui ne te feruira point, perira. En vain que
Malachie auroit dict, Les leures du Preftre garderont la fcience, & tu
requerras la Loy de fa bouche. En vain que noftre Seigneur auroit dict,
Qui n'oirra point l'Eglife, qu'il te foit comme publicain & comme
ethnique. Et derechef: Tout ce que vous lierez en terre, fera lié au
Ciel. En vain que Sainct Paul auroit écrit aux Romains, Que la Foy
eft par l'oüye. Et aux Ephefiens, Que Dieu a donné les vns Apoftres,
& les autres Pafteurs & Docteurs, &c. afin que nous ne foyons plus errants à tout vent de doctrine. Et aux Hebrieux, Obeïffez à vos Prelats,
& leur foyez fubjects: Car ils veillent, ayant à rendre compte pour vos
ames. Et à Timothée, L'Eglife eft la maifon de Dieu viuant, la colomne & le firmament de la verité. Et derechef, Conferue l'Image des
falutaires paroles. Et ce que tu as oüy de moy en prefence de plufieurs
témoins, configne-le à des hommes fidelles, qui foient capables d'enfeigner les autres: Car à quel propos toutes ces addreffes & tous
ces renuois, fi l'Efcriture feule, & prife immediatement fans l'application du Miniftere de l'Eglife, eft fuffifante pour nous conduire à falut?
Autre chofe eftdonc comme nous auons dit, la fuffifance de l'Efcriture confiftante en foy, autre la fuffifance de l'Efcriture apprehendée
par le fens de chaque particulier, autre chofe la doctrine contenuë en

Bbbb ij

l'Escriture, autre la doctrine extraicte par chacun de nous de l'Escriture, l'vne est tousiours égale à soy-mesme, l'autre reçoit plus & moins,
selon la diuerse capacité des particuliers: L'vne est fort ample & fort
estenduë, l'autre fort defectueuse, & fort imparfaicte. Et partant affermer que l'Escriture est suffisante pour nous conduire à salut, si cela
s'entend mediatement, c'est à dire, auec l'imposition du moyen ordonné pour l'expliquer & appliquer, asçauoir le Ministere de l'Eglise,
ceste proposition est veritable & Catholique: s'il s'entend separément,
& sans ce moyen, c'est vne illusion captieuse & sophistique.   Voila ce
que le peu de loysir que i'ay, me permet de respondre pour ceste heure,
sur le suject de vostre Lettre; Vne autrefois i'y pourray satisfaire plus
amplement. Cependant ie prie Dieu vous conseruer, & augmenter
de plus en plus ceste bonne & religieuse affection: Et vous baise les
mains,

     MONSIEVR, comme

Vostre ancien & affectionné amy & seruiteur,
I. EVESQVE D'EVREVX.

BREF TRAICTE'

DE L'EVCHARISTIE:

AVQVEL PAR RAISONS ET ARGVMENTS
INFAILLIBLLES, PRIS DE LA SAINCTE ESCRITVRE,
est prouuée la presence reelle du Corps de nostre Seigneur au Sainct
Sacrement de l'Autel, & respondu distinctement à toutes les objections tirées de la mesme Saincte Escriture, par les aduersaires de
l'Eglise.

Faict en l'an 1597. pour la Conuersion de Monsieur de Sancy,
Conseiller du Roy en ses Conseil d'Estat, & Priué, &
Superintendant de ses Finances.

OMME la mort de l'homme, non seulement pour la
damnation eternelle de l'ame, mais aussi pour la mort temporelle du corps, est venue de la manducation du fruict defendu, dont Dieu dit à Adam, *Au mesme iour que tu en man-*
geras, tu mourras de mort, c'est à dire, tu perdras ton immortalité, & de-
uiendras mortel : Ainsi nostre Seigneur a voulu constituer le remede
de ce poison, à la manducation de son corps, qui non seulement sert à
redonner la vie à nos ames, mais aussi à rendre nos corps capables de la

Resurrection glorieuse, & de l'immortalité. Et pour cesté cause les
principales sanctifications de la Loy, consistoient, non en la simple immolation des Hosties, qui figuroient la Mort de nostre Seigneur, mais
en la manducation des mesmes hosties, qui representoient la manducation du corps de Christ, qui est la vraye Hostie immolée pour nos
pechez. Au moyen dequoy, comme les victimes de l'ancien Testament, & entre autres l'Agneau Paschal, qui representoit plus particulierement nostre vray Pasque, qui est Iesus-Christ, estoient non seulement immolées, mais aussi mangées : Ainsi il ne suffit pas que le corps
de Christ ayt esté immolé pour l'expiation de nos pechez, & pour
nostre sanctification, mais il faut aussi que nous le mangions, pour y
participer en corps & en ame, selon que le peché a produit les effects
de sa contagion en l'vn & en l'autre, pour en estre en l'vn & en l'autre
sanctifiez ; Et que comme l'occision de nostre Seigneur, qui estoit figurée par l'occision de l'Agneau Paschal, a esté reelle, & non seulement
mentale & spirituelle : ainsi que la manducation de ceste mesme Hostie
salutaire, soit non seulement mentale & spirituelle, mais aussi reelle &
corporelle. Car telle correspondance qu'il y a de l'occision de l'vn, à
l'occision de l'autre, telle correspondance y a-t'il de la manducation de
l'vn, à la manducation de l'autre.

Les figures de l'ancien Testament estoient moins excellentes, que
les Sacrements du nouueau : Car S. Paul nous apprend, *Que c'estoient*   Galat. 4.
nuds & affamez elements. Et en vn autre lieu : *Que la Loy n'ameine rien à*   Hebr.7.
perfection. Et derechef, *Que la Loy n'auoit que l'ombre des biens à venir.*   Hebr. 10.
L'Eucharistie donc est plus excellente que les pains de Proposition,
l'Agneau Paschal, & la Manne, qui en estoient les figures en l'ancienne
Loy. Or elle ne peut estre plus excellente, sinon en trois façons, asçauoir, ou pour la substance du signe, ou pour l'energie & la proprieté de
signifier, ou pour la comprehension & exhibition de la chose signifiée.
Pour l'excellence de la substance du signe, l'Eucharistie n'est point plus
que les pains de proposition, & est moins que l'Agneau Paschal, qui
estoit vne creature sensitiue : là où l'Eucharistie, si elle n'est que simple
pain, n'est qu'vne creature vegetable, & moins encore que la Manne,
qui n'estoit point vn pain naturel, faict de la main des hommes, mais
enuoyé immediatement de Dieu. Pour le regard de la signification,
l'Eucharistie est encore beaucoup moins excellente que ces deux autres
dernieres figures. Car l'occision de l'Agneau Paschal, qui deuoit estre
choisi sans macule, & l'effusion de son sang, signifioit trop mieux l'immolation & la mort de l'Agneau sans macule, & l'effusion de son sang
pour nos pechez, que ne font les especes du pain & du vin. Et la Manne tout de mesme, qui estoit descenduë du Ciel, qui n'estoit point
faicte de main d'homme, de laquelle celuy qui auoit faict plus de prouision, ne se trouuoit point auoir plus d'abondance, ny celuy qui en
auoit moins recueilly, en auoir manquement, figuroit bien mieux
le corps de nostre Seigneur Iesus-Christ, qui est le pain descendu du

Bbbb iij

Ciel, & fait sans operation d'homme, dont la qualité, & non la quantité est requise pour nous nourrir ; que la simple espece du pain de l'Eucharistie : Dequoy il resulte que l'Eucharistie estant plus excellente que
ces figures legales, non en l'excellence de la substance du signe, si elle
n'est que simple pain, ny en l'energie & en la vertu de signifier ; le doit
estre en la comprehension de la chose signifiée.

Que si on replique que l'Eucharistie signifie mieux que l'Agneau
Paschal, & la Manne, à cause des paroles qui y sont adioinctes, lesquelles declarent expressément la chose signifiée ; ce qui n'estoit point
en l'ancien Testament : Ce n'est plus alors comparer le signe auec le
signe, mais la doctrine Euangelique auec la doctrine de la Loy. Car
selon les nouueaux reformateurs, la parole n'est point de l'essence du
signe, non-plus que la lettre de l'essence du seau, mais le signe est adiousté à la parole, comme le seau à la lettre : De sorte que tousiours en
qualité de signe, le Sacrement de l'Eucharistie sera vn signe moins parfaict, & pour la substance, & pour la signification, que ceux de l'ancien
Testament, qui sont neantmoins appellez par Sainct Paul, nuds & affamez elements. Ioinct que si les Sacrements de l'ancien Testament, &
pour l'essence du signe, & pour la vertu de la signification, estoient superieurs à l'Eucharistie, & ne luy estoient inferieurs, sinon pour le regard de l'addition des paroles ; nostre Seigneur qui estoit venu, non
pour destruire la Loy, mais pour l'accomplir, ne deuoit point changer
l'Institution de l'Agneau Paschal, mais seulement y adiouster les paroles explicatiues de l'intention mystique pour laquelle il auoit esté
institué.

Nostre Seigneur dit, *Que comme le Pere a la vie en luy, ainsi il a don-*
né au Fils d'auoir la vie en luy : C'est à dire, que comme le Pere a l'essence de la vie en luy-mesme, & non les accidents, les fruicts & les effects
seulement ; ainsi le Fils a la mesme essence de la vie en luy. Il adiouste
puis apres, *Que comme il vit à cause de son Pere, ainsi celuy qui le mange,*
viura à cause de luy.

Comme donc Iesus-Christ viuant à cause de son Pere, a en luy-
mesme, non la grace, non les effects, non les accidents, mais la
source essentielle, & la substance mesme de la vie : Ainsi celuy qui
mange le corps de Christ, reçoit par ceste manducation, non les simples effects, graces, accidents, & influences de la vie, mais a la source
essentielle, & la substance de la vie en luy-mesme, c'est à dire, le corps
de nostre Seigneur, dans lequel habite toute plenitude de diuinité corporellement, comme dit Sainct Paul.

Sainct Paul dit que si au testament d'vn homme, personne ne change, ny ne viole rien ; à plus forte raison au testament de Dieu, il n'est
permis d'y rien muer du sens que les paroles contiennent litteralement. Et pour ceste cause en l'alliance que Dieu fit auec Abraham, luy disant qu'en sa semence seroient benies toutes les nations de
la terre, il ne veut pas que le mot de *semence,* qui par tout ailleurs se

prendroit figurément, & encore qu'il soit exprimé en nombre singulier,
s'exposeroit comme vn nom collectif, par vn sens plurier; soit neantmoins pris là de ceste sorte : mais veut qu'en l'interpretant, on s'attache au pied & à la rigueur de la lettre, sans receuoir aucune figure : Et de
là conclud que ceste benediction se deuoit accomplir, non en plusieurs
personnes, comme en plusieurs semences, mais en vne seule semence,
asçauoir vne seule personne, qui est Iesus-Christ, en laquelle toutes les
nations doiuent estre benies. Ce qu'aussi les loix des testamens humains ordonnent, disants qu'en matiere de testaments il faut interpreter les paroles selon ce qu'elles sonnent. Et ce que l'exemple du testament du Patriarche Iacob nous enseigne, lequel ayant parlé figurément
en toutes les benedictions Prophetiques qu'il donna à ses enfants; comme ce vint aux paroles de son testament, il se departit de toutes sortes de
figures, & se reduisit à vser de termes purs & simples : duquel discours se
forme vn argument en ceste sorte :

Les paroles testamentales de Dieu sont si inuiolables, qu'il n'est pas
permis mesme d'y prendre vn mot, qui par tout ailleurs seroit figuré en
autre sens que selon la signification propre & litterale : Or les paroles
de l'Eucharistie, sont paroles testamentales, *Cecy est mon sang*, dit-il, *du
nouueau Testament* ; & paroles testamentales, seellées mesmes de la mort
du testateur : Il les faut donc prendre litteralement, & selon ce qu'elles
sonnent, sans aucune interpretation figurée.

Nostre Seigneur institua le Calice de l'Eucharistie, pour correspon-
dre au seau de l'alliance que Dieu auoit faicte par Moyse auec le peuple
d'Israël. Et comme Moyse ayant erigé douze statuës au nom des douze
lignées d'Israël, versa le sang sur le peuple, & dit, *Cecy est le sang du testament que Dieu a contracté auec vous* : Ainsi nostre Seigneur ayant institué & assemblé ses douze Apostres, qui representoient les douze lignées
d'Israël, qu'ils doiuent iuger au iour du Iugement, prit le Calice de
l'Eucharistie, & dit, *Cecy est mon sang du nouueau Testament, qui sera
espandu pour plusieurs*. Si donc le Calice de Moyse estoit vray sang, & celuy de nostre Seigneur n'est que la figure du sang; l'action de Moyse,
qui estoit la figure, a éu moins de figure que celle de Christ, qui estoit
la verité : Et l'action de Christ, qui est la verité, a eu moins de verité en
ses paroles que celle de Moyse, qui estoit la figure.

Toutes les paroles que nostre Seigneur a iamais prononcées, ausquelles il y a eu figure ou parabole, si elles ont esté de quelque importance au salut, ou il les a prononcées en paraboles si claires, qu'elles
s'entendoient d'elles mesmes; ou il les a puis apres exposées en particulier à ses Apostres : ou s'il en est resté quelqu'vne non expliquée, les Euã-
gelistes en la recitant, y ont suppleé l'interpretation d'eux-mesmes. Ses
Disciples luy demanderent, dit sainct Matthieu, *Pourquoy leurs parles-tu* Matth.13.
en paraboles? Pource, leur respondit-il, *qu'il vous est donné de cognoistre
les mysteres du Royaume des Cieux; mais à eux il ne leur est pas donné*. Et
sainct Iean recitant ces paroles de nostre Seigneur, *Destruisez ce Temple*, Ioan. 2.

Bbbb iiij

& en trois iours ie le reedifieray; de peur qu'on ne fe méprift en l'acception

Ioin. 21. de ce mot de *Temple;* Il adioufte, *Il dit cela du Temple de fon corps.* Et ailleurs, rapportant ces paroles de noftre Seigneur à fainct Pierre, *Quand*
tu feras deuenu vieil, tu eftendras tes mains, & vn autre te ceindra, & te
menera là où tu ne voudras pas; Il adioufte, *Il dit cela, fignifiant de quelle*
mort il deuoit glorifier Dieu. Si aux locutions paraboliques & figurées,
qui ont eu la moindre obfcurité, & ont efté de tant foit peu d'importance, noftre Seigneur a eu ce foin de les expofer puis apres à fes Difciples, & d'y adioufter l'interpretation & le Commentaire: Si lors qu'il
a dit qu'il deftruiroit le Temple en trois iours, fainct Iean de peur qu'on
ne s'abufaft en cefte parole figurée, y a adioufté promptement l'interpretation, & a dit qu'il entendoit parler du temple de fon corps: Si lors
que noftre Seigneur a prophetizé en paroles figurées à fainct Pierre, qu'il
eftendroit fes bras, & qu'vn autre le ceindroit; fainct Iean a bien eu le
foin de dire qu'il vouloit fignifier par là fon crucifiement & fon martyre: En vne propofition de telle importance que celle-cy, *Cecy eft mon*
corps, & cecy eft mon fang, en laquelle Dieu preuoyoit que toute l'Europe, l'Afie & l'Afrique, les Eglifes Latines, Grecques, Æthiopiennes,
Africaines, Ægyptiennes, Syriennes, Armeniennes, Rutheniques, Scla-
uoniques, Mofcouites, & en fomme tout le monde, & par tant de fiecles, deuoient prendre les paroles au pied de la lettre, & fi le fens litteral eftoit faux, commettre vne fi grande idolatrie comme celle dont on
nous accufe, & au refte en vne parabole, fi parabole elle eftoit, tant ob-
fcure & enigmatique, que la pluf-part de ceux qui le fuiuoient, l'aban-
donnerent, ne pouuans comprendre vn myftere fi difficile & fi repugnant au fens; Eft-il croyable que s'il euft eu intention que c'euft efté
vne figure, il ne l'euft expofée & expliquée en quelque lieu?

Ioan. 6.   Il dit dans fainct Iean, *Le pain que ie donneray, fera ma chair pour la vie*
du monde: Et derechef, *Ma chair eft vrayement viande, & mon fang eft*
vrayement breuuage; Qui mange ma chair, & boit mon fang, il demeure en
Matth. 26 *moy, & moy en luy.* Il dit dans fainct Matthieu, *Prenez, mangez, Cecy*
eft mon corps; Et derechef, *Cecy eft mon fang.* S. Marc, S. Luc, S. Paul
referent tous les mefmes paroles: pas vn d'eux ne dit, C'eft la figure de
mon corps, c'eft le figne de mon corps. Ce Legiflateur fouuerain du
nouueau Teftament, ces quatre Notaires iurez du S. Efprit, les quatre
Euangeliftes, ce vaiffeau d'election, cet Apoftre des Gentils, qui a efté
rauy iufques au troifiéme Ciel, tous ont proferé ces paroles, fans addition, fans glofe, fans commentaire. Qui ofera donc maintenant apporter interpretation à ce que le S. Efprit a voulu eftre exprimé fimplemét,
& fans violer par l'introduction d'vne figure, les paroles teftamenta-
les de noftre Seigneur, defquelles les Apoftres ont efté fi religieux
rapporteurs, qu'ils n'y ont voulu rien expliquer, glofer, ny interpreter?

Ioan. 6.   Car quant à ces mots de noftre Seigneur, *La chair ne fert de rien,*
c'eft l'efprit qui viuifie: L'interpretation de fainct Cyrille, prefidant

au Concile general d'Ephese, il y a vnze cents soixante cinq ans, ou enuiron; & celle de Beze mesme, en ses Annotations sur sainct Iean, imposent silence à ceux qui la veulét employer en autre sens que cestui-cy,
ascauoir, Que la chair de nostre Seigneur Iesus-Christ, telle que les Ca-
pharnaïtes pensoient qu'il la leur deuoit donner, c'est à dire, morte &
separée de la diuinité, n'eust pas esté capable de les viuifier, d'autant que
la source primitiue de la vie, consiste en la diuinité, qui est esprit, & ne
fluë pas originairement d'vn corps mort & inanimé. Et partant il faut
que la plenitude de la diuinité reside corporellement en la chair de Iesus-Christ, deuant que nous puissions confesser qu'elle soit viuifiante,
comme estant l'effect de la viuification que nous receuons en l'Eucharistie, referé à la chair de Christ, non entant que simple chair, mais à
la diuinité dont elle est remplie, qui fait que participante & receuante
le corps où reside la diuinité, nous participons aussi par le moyen &
l'organe du mesme corps, à la vie que la diuinité luy communique.

Semblablement aussi quand il est dit, *Que nous deuons manger l'Eu-* 　*S. Paul I.*
charistie en memoire de nostre Seigneur ; Ceste memoire se refere, non 　*Cor. 11.*
au corps qui est present, mais à la mort & à la passion, laquelle nous
commemorons, qui est absente. Et pourtant sainct Paul rendant la raison pourquoy nostre Seigneur a voulu que cela se fist en sa commemoration, adiouste, *Car toutesfois & quantes que vous mangerez ce pain, &* 　*Idē ibid.*
boirez ce calice, vous annoncerez la mort du Seigneur iusques à ce qu'il vien-
ne. D'où il paroist que l'obiect de ceste commemoration, est, non le
corps, mais la mort de nostre Seigneur, laquelle nous commemorons
toutesfois & quantes que nous mangeons l'Eucharistie, d'autant que
puis que la nature des hosties est d'estre immolées premier que d'estre
mangées, nous ne pouuons manger le corps de nostre Seigneur en qualité d'hostie, comme nous faisons au sacrifice de l'Autel, que nous ne
presupposions & protestions par ceste action, qu'il a esté immolé & mis
à mort pour nos pechez.

Sainct Paul dit, selon le texte Grec, referant les paroles de nostre Seigneur, *Cecy est mon corps, qui est rompu (ou brizé pour vous :)* Au lieu que 　*I. Cor. 12.*
sainct Luc dit, *Cecy est mon corps, qui est donné pour vous.* Or nostre Sei- 　*Luc 22.*
gneur ne le prononça qu'en l'vne de ces deux sortes : Et partant il faut
que la mesme action, qui est signifiée par *donné*, soit celle-la mesme qui
est signifiée par *rompu.* Et puis donc que l'action d'estre brizé & rompu, ne se peut rapporter à ce qui fut fait en la Croix, d'autant que l'Escriture remarque au contraire, *qu'il ne s'y fit nulle fraction au corps de nostre* 　*Ioan. 19.*
Seigneur ; & que quant aux deux larrons, ils leur rompirét bien les cuisses,
mais comme ce vint à nostre Seigneur, ils ne les luy rompirent point,
mais se contenterent de luy percer le costé, afin que l'Escriture fust ac- 　*Exod. 12.*
complie, qui auoit dit en vn lieu, parlant de nostre Seigneur, sous la fi- 　*Num. 9.*
gure de l'Agneau Paschal, *Vous n'en romprez pas vn seul os :* Et en vn au- 　*& Ioan.*
tre, *Ils verront celuy qu'ils ont percé.* Donc il reste que ceste fraction se fit 　*Zach. 12.*
en l'Eucharistie : comme aussi sainct Chrysostome l'a remarqué, disant, 　*& Ioan.*
　　　　　　　　　　　　　　　　　　　　　　　　　　　　　　　　　19.

Ce qu'il n'a point souffert en la Croix pour l'amour de toy, il le souffre en l'Eu- *charistie pour l'amour de toy.* Et partant puis que ce don & ceste fraction pour nous, se fit en l'Eucharistie, il faut qu'il y ayt en l'Eucharistie autre chose que le pain. Car puis que l'Eucharistie est brisée & donnée pour nous, & que le mot de, *pour,* en ce lieu-la, est vn *pour* substitutif, & non vn *pour* final, c'est à dire, signifie, non *pour l'amour de nous,* mais *au lieu de nous :* Car il y a, *pro nobis,* & non *propter nos:* desquels mots, l'vn signi-fie vne chose qui est faicte pour l'amour de nous, & l'autre, vne qui est faicte au lieu de nous, comme la difference en paroist euidemment en ces paroles du Symbole, *Qui propter nos homines, & propter nostram salu-tem descendit de cœlis, &c.* Et, *Crucifixus etiam pro nobis :* Or estre don-né pour nous, rompu pour nous, & au lieu de nous, & comme porte mesme le sens Grammatical des paroles Grecques, rompu sur nous, ne peut estre referé au simple signe : Car ce sont paroles formulaires de propitiation & de sacrifice, qui ne peuuent conuenir au simple pain, lequel n'a point esté donné à Dieu, pour nous, & au lieu de nous (Ie dy donné à Dieu; car le mot de, *donné au lieu de nous,* ne peut auoir en cet endroict-la autre terme & autre obiect de la donation, que Dieu) & n'est point nostre prix & nostre rançon, n'est point substitué au lieu de nous, ny brisé pour nous, sur nous, & au lieu de nous : Dont il resulte que puis que ce qui est donné & brisé pour nous, ne se peut attribuer si-non au corps de Christ, duquel la substance estant contenuë soubs les accidents du pain, est dicte receuoir toutes les passions qui arriuent aux mesmes accidents, pendant qu'ils demeurent en l'integrité de leur na-ture, & que la substance du corps y demeure conioincte; comme toutes les autres substances ne sont estimées receuoir aucune passion, sinon par le moyen des accidents soubs lesquels elles sont contenuës : Et puis sem-blablement que ce qui est brisé pour nous, ne se peut entédre auoir esté brisé, sinon en l'Eucharistie : Il faut necessairement que l'Eucharistie contenant ce qui est brisé pour nous, contienne le corps de Christ. Car si en interpretant ces paroles, *Cecy est mon corps brisé pour vous,* on les ex-pose, Cecy est le signe de mon corps, lequel signe est brisé pour vous; la proposition est fausse : Car le simple & nud signe n'est point brisé & donné pour nous. Si on dit, Cecy est le signe de mon corps, lequel corps est brisé pour vous, excluant le corps de dessoubs le signe, & ne laissant à ce terme *est,* sinon la seule intelligence de *signifie,* & non de *est* reelle-ment : Il est faux que le corps soit brisé pour nous : Car hors de l'Eucha-ristie le corps de Christ n'a point esté brisé.

Le mesme se peut dire des paroles de sainct Luc, touchant le Calice, qui sont, *Ceste est la coupe du nouueau Testament en mon sang, espanduë pour vous.* Ausquelles paroles le mot *d'espanduë,* selon la construction Grec-que, ne se peut referer à l'effusion du sang en la Croix, mais à l'effusion du sang au Calice. Ce que Beze a tellement recogneu se deuoir necessai-rement referer au Calice, & non à la Croix (chose qui luy semble du tout absurde) qu'il a esté contraint de dire qu'il y a vn solœcisme, ou vne

Luc 22.

falfification, & des paroles adiouftées en ce texte: lequel partant il veut corriger fur vne alleguation de fainct Bafile; ne confiderant pas que les Peres, qui citent bien fouuent par cœur l'Efcriture, ne s'obligent pas toufiours à la rapporter de mot à mot, mais fe contentent de n'y changer rien au fens, pour lequel ils l'alleguent: Comme quand le mefme fainct Bafile dit que noftre Seigneur auoit dit à fainct Pierre, *Tu es Petra*; combien que fainct Matthieu refere, *Tu es Petrus*: d'autant que *Petra & Petrus*, en Grec, encore qu'ils foient exprimez par deux diuerfes terminaifons, fignifient vne mefme chofe.

Sainct Paul dit, *Que l'homme fe doit efprouuer foy-mefme, & fe preparer pour manger dignement le corps du Seigneur*. Or s'efprouuer & fe preparer pour le manger dignemét, ne fe peut faire fans penfer en luy, croire qu'il eft mort pour nos pechez, qu'il nous a merité la vie eternelle, qu'il eft la vie & la pafture de noftre ame; fe propofer de recognoiftre ce benefice, l'imprimer profondement en noftre memoire, & en conferuer la fouuenance & la gratitude, qui eft ce qu'on appelle manducation fpirituelle, & par foy. Si donc la preparatió pour receuoir dignemét le corps de Chrift, ne peut eftre legitime, qu'elle ne prefuppofe premieremét cefte manducation fpirituelle & par foy; & que toute preparation eft moins excellente, que la chofe pour laquelle elle fe fait, comme tout moyen eft moins excellent que fa fin; Il faut qu'en l'Euchariftie la manducation que nous faifons du corps de Chrift, foit autre & plus excellente que celle qui fe fait feulement fpirituellement & par foy: C'eft à dire, puis que fe preparer à manger le corps de Chrift, c'eft croire en luy; il faut que le manger actuellement foit autre que croire.

Le mefme fainct Paul dict au mefme lieu, *Quiconque mange ce pain, & boit ce Calice indignement, il eft coulpable du corps & du fang du Seigneur*: Et vn peu apres, *Celuy qui le mange & boit indignement, mange & boit fon iugement, ne difcernant point le corps du Seigneur*. Or le mot de *difcerner*, en fainct Paul, fignifie autant comme mettre difference entre vne chofe & vne autre: De forte que puis que celuy qui mange indignement l'Euchariftie, eft coulpable du corps & du fang du Seigneur, parce qu'il ne met point de difference entre le corps du Seigneur & vne autre viande: Il faut qu'il fuppofe que l'Euchariftie eft le corps du Seigneur. A quoy l'on peut adioufter que cefte preparation, & cefte efpreuue dont parle fainct Paul, n'ayant point efté requife à l'Agneau Pafchal; & les punitions de maladie & de mort qui fuiuoient ceux qui ne l'auoient point obferuée, n'ayant point eu lieu en ceux qui ne s'en acquittoient pas deuant que de manger l'Agneau Pafchal, qui eftoit le figne du corps de Chrift; Il faut bien qu'il y ayt quelque chofe de plus en l'vn qu'en l'autre.

Le mefme fainct Paul dit que, *par la manducation de l'Euchariftie, nous fommes faits participants du facrifice de noftre Seigneur*, c'eft à dire, de fon corps & de fon fang, immolez pour nos pechez, *comme ceux d'entre les Iuifs qui mangeoient les hofties, eftoient participants de l'Autel*, c'eft à dire,

1. Corinth. 11.

1. Cor. 11.

Ibid.

1. Cor. 10.

des sacrifices qui se faisoient sur l'Autel; *& comme ceux qui mangeoient
la chair immolée par les Gentils à leurs Demons, estoient participants des sacrifices faits aux Demons.* Or ceux d'entre les Iuifs qui mangeoient les
hosties, estoient participants du sacrifice de l'Autel, non seulement par
vne communication spirituelle, & vne adherence de foy, de deuotion,
d'vnion mentale, & de charité, comme estoit le reste du peuple qui ne le
mangeoit point reellement : Et parmy les nations des Gentils, ceux qui
mangeoient les hosties des Idoles, tout de mesme. La participation donc
que nous receuons selon luy, par l'Eucharistie, du sacrifice du corps &
du sang de nostre Seigneur, est reelle & substantielle, & non simplement
mentale, intellectuelle & rationnelle, par l'operation de nostre esprit, &
l'apprehension de nostre foy.

Si les paroles de Iesus-Christ se peuuent interpreter en signe & par
foy, de sorte que le sens de ces mots, *Cecy est mon corps,* se puisse resoudre en ces termes, Cecy est le signe de mon corps, ou bien, Cecy est
mon corps, non reellement & substantiellement, mais selon la seule
apprehension de mon esprit & par foy; Il n'y a nul lieu en l'Escriture,
duquel on puisse conclurre que nous receuions reellement le corps de
nostre Seigneur, ny que le corps de nostre Seigneur, entant que cause
influante, soit viuifiant, & cause, & produise aucun effect de vie en
nous. Car quant aux paroles de sainct Iean, *Si vous ne mangez la chair
du fils de l'homme, & ne beuuez son sang,* elles se resoudront tousiours en
ces mots, Si vous ne contemplez l'histoire du corps & du sang de nostre
Seigneur, si vous n'en imprimez la memoire en vostre ame, si vous ne
vous la proposez comme obiect de vostre foy, si vous ne l'apprehendez
auec vostre entendement; qui est la façon dont les obiects intellectuels
de nostre cognoissance, seruent d'aliment & de pasture à nostre ame, &
en somme qui est tout ce que Zuingle estime estre fait par la manducation spirituelle de la foy; vous n'aurez point la vie en vous. Et quand le
mesme sainct Iean dit puis apres, *Ma chair est vrayement viande, & mon
sang est vrayement breuùage,* ces paroles se resoudront, selon Zuingle, en
ce sens, Ma chair est vrayement viande, de la façon dont les obiects
cognoissables ont accoustumé d'estre viande de l'entendement, c'est à
dire, par la contemplation & apprehension de nostre esprit, entant que
nous representants & imprimants en nostre memoire, que la chair & le
sang de nostre Seigneur Iesus-Christ, sont causes meritoires de la vie e-
ternelle, & ont esté immolez pour nos pechez, & nous ont acquis le
droict de la souueraine felicité, nos ames sont repeuës de consolation
& d'esperance : & cet obiect ainsi contemplé leur tiét lieu de vraye viande & nourriture mentale & spirituelle.

Semblablement quand sainct Paul dict, *Que l'Eucharistie est la participation du corps & du sang du Seigneur,* on le pourra tousiours interpreter, que c'est le signe de la participation du corps & du sang du Seigneur, ou bien la participation du signe du corps & du sang. De sorte
qu'il ne restera nul lieu en l'Escriture, par lequel on puisse demonstratiuement

tiuement conclurre la neceſſité de la manducation reelle , & la defluxion de la vie coulant du corps de noſtre Seigneur Ieſus-Chriſt, comme d'vne cauſe influante & reelle.   Or le Concile d'Epheſe, qui eſt le
troiſiéme Concile general, prononce anatheme contre tous ceux qui
ne croyent pas que la chair du Seigneur ſoit viuifiante, & cauſe influante de la vie en nous, à raiſon de la diuinité, laquelle eſt la ſource de la
vie, qui reſide en la meſme chair, auec toute plenitude. Et Caluin &
Beze, en ceſte conſideration, condamnent l'opinion de Zuingle, qui
veut que la manducation du corps de Chriſt ne ſoit autre choſe que
l'apprehenſion que noſtre ame fait du meſme corps, comme de ſon
obiect, par la cognoiſſance & la contemplation de la foy. D'où ils'en-
ſuiura que leur foy touchant la manducation reelle , n'aura aucun
fondement neceſſaire en l'Eſcriture : Et par conſequent, puis que ſelon eux toute doctrine qui n'a point de fondement en l'Eſcriture, eſt
fauſſe, & doit eſtre reiettée, que la creance de la manducation reellé
du corps de Chriſt, laquelle ils font profeſſion de tenir, ſera de ceſte
meſme condition.

Outre toutes ces conſiderations, il y a encore ceſte-cy, que nos aduerſaires croyants la participation du corps , de la façon dont ils la
croyent, & l'exprimants de la façon dont ils l'expriment, il y a vne contradiction formelle entre leur foy & leur profeſſion : De ſorte que leur
profeſſion de foy eſt manifeſtement feinte & fauſſe, & contraire à leur
intention. Car quand on leur demande , s'ils croyent pas prendre le
corps de noſtre Seigneur reellement; Ils afferment que oüy, & le proteſtent en leur confeſſion de foy, & s'offenſent quand on leur impute
qu'ils n'admettent aucune manducation reelle du corps de Chriſt. Et
neantmoins, comme on vient à les preſſer par les paroles de noſtre Seigneur, ils fuyent, & recourent à l'exemple des Peres de l'ancien Teſtament, reſpondants que les Iuifs ont mangé la meſme viande ſpirituelle, & confeſſants qu'ils ne la mangent point d'autre ſorte , excepté la
diuerſité des ſignes, que faiſoient les Iſraëlites. Or les Iſraëlites ne pouuoient pas manger reellement le corps de noſtre Seigneur, deuant que
le meſme corps fuſt reellement : Car il ne pouuoit pas eſtre mangé reellement premier que d'eſtre ; d'autant qu'il faut que l'eſtre reel de la
choſe , precede tous les accidents reels ; & toutes les circonſtances
reelles qui peuuent arriuer à la meſme choſe. D'où il reſulte qu'encore qu'ils confeſſent la manducation reelle par leurs paroles, que
neantmoins ils l'a démentent par leur creance, & ont autrement dedans la bouche qu'ils n'ont dedans le cœur.

Cccc

LETTRE
A VN PRINCE.

ONSEIGNEVR,
Si i'auois moins apporté d'affection par le passé, à vostre seruice, que vostre rang & vos merites ne m'y obligent, ie craindrois que la liberté que ie prens de vous escrire si franchement, ne vous semblast estrange: Mais la profession que i'ay tousiours faicte de vous honorer, & de tesmoigner vne inclination particuliere à affectionner vostre bien, me persuade que vous attribuerez le peu de superstitions & de ceremonies dont i'accompagneray ceste Remonstrance, luy laissant exceder les bornes de la complaisance & de l'humilité, plustost à vne passion naïfue & non deguisée, de vostre grandeur, qu'à aucun manquement de respect & de submission. Ie vous diray donc, pour espargner toutes sortes de prefaces, que si vous eustes iamais enuie de monstrer que vous estes capable de deferer au conseil de vos seruiteurs, chose à quoy (pardonnez-moy si ie ne vous le cele point) vostre aage vous oblige encore, ie vous supplie de receuoir celuy que vous donne vn des plus affectionnez, & non possible vn des moins clairs-voyants de touts; Qui est que mettant à part toutes sortes d'excuses & de remises, vous preniez l'occasion qui vous est offerte, de vous trouuer au Sacre du Roy. Si l'on vous represente que ie suis poussé à vous donner ce conseil, d'autre consideration que du seul zele que i'ay à vostre seruice, & de la compassion de la ruyne de vostre fortune, que vostre vertu deuroit & pourroit rédre beaucoup plus fleurissante qu'elle n'est, on vous abuse; Et si vous-vous le persuadez vous mesme, vous vous trompez vous mesme le premier: & de croire non-plus que toutes les reçerches que l'on a faictes iusques icy, de vous y attirer, viennét d'ailleurs que de la sollicitation de vos seruiteurs, qui ont tant gaigné sur l'esprit du Roy, que de l'y faire condescendre, moyennant l'esperance qu'ils luy ont donnée, que vous-vous accommoderiez desormais entierement à sa volonté. Permettez-moy, si cela est, que ie vous die que la solitude, & les soupçons, ialousies & défiáces, dönt elle est mere & nourriçe fort fertile, vous mettent en erreur. De penser aussi que ceste occasion s'estant passée, il en renaistra d'autres autant fauorables, pour vous rappeller: Premierement ie vous prie de vous remettre deuant les yeux, que plus vous differez de vous rapprocher du Roy, le cours de sa fortune gaignant pays de iour en iour, plus vostre venuë sera indifferente, voire inutile & mesprisée: Et secondement, que vos mesmes seruiteurs, se voyants frustrez, par vostre humeur, du fruict

de leur follicitation, au poinct où ils y ont fait le plus grand effort,
perdront le courage & l'efperance d'en exciter iamais l'enuie dans
l'efprit du Roy, laquelle y naiftra à peine deformais, fans reçerche, fi vous laiffez paffer cefte occafion. Quant aux fcrupules qu'on
vous pourroit propofer, pour celuy qui eft de la feureté, ie croy que
perfonne ne s'enhardira iamais de la vous vouloir remettre en doute,
cognoiffant la bonté & la franchife du Roy. Et pour mon particulier,
ie me rendray toufiours fort volontiers hoftage, qu'elle y eft entiere.
C'eft vne foible caution, que d'offrir ma vie pour gage de cefte affeurance, mais c'eft vn gage également pretieux à tous ceux qui l'offrent.
Et pour le regard de la declaration que vous eftes obligé de deliurer
deuant que de venir, c'eft vne chofe dont vous ne deuez faire aucune
difficulté, ny craindre de demeurer lié en ce faifant. Car ie configne
ma vie, ma confcience, & mon honneur entre vos mains, que dés à
prefent vous ne l'eftes aucunement. Outre ce peu que i'y puis cognoiftre, i'en ay confulté auec les perfonnes les plus experimentées
en cefte profeffion. Partant n'eftant queftion que d'vne formalité,
qui au principal ne vous importe de rien, ie ne fçay qui vous peut retenir d'en gratifier le Roy, & voftre bonne fortune par mefme
moyen, qu'il femble que vous vouliez accrocher à vn petit fcrupule. Cela feroit bon, fi vous vous propofiez de vous paffer de la France, & d'aller feruir l'Empereur à la guerre contre le Turc: Mais
de demeurer en ce Royaume, pour y viure comme particulier, &
principalement offenfant le Roy, par vne apparence de refus d'affifter à vne action qui luy femble affeurer fa Couronne, & où tous
ceux qui ont de l'affection à fa perfonne, & au bien de fon Royaume, doiuent, non pas accourir, mais voler auec incroyable allegreffe, & vn merueilleux applaudiffement; Ie trouue que l'obligation que vous auez à l'Eftat où vous eftes né, & le rang que vous y
tenez, ne le vous permettent point. Ioinct que s'il y auoit quelque
occafion d'ombrage, comme ie m'affeure au contraire, que voftre
efprit en eft entierement efloigné, fuft ou pour l'intereft de voftre
feureté, ou pour la crainte de ne trouuer pas les chofes fi difpofées
à voftre faueur & à voftre grandeur, comme vous le defireriez; Il
n'y a pas d'apparence qu'auec l'indignation du Roy, voftre abfence
puiffe apporter grand accroiffement, ny à l'vn, ny à l'autre: Et principalement quant au dernier poinct, duquel fi vous attendez de procurer l'aduancement, iufques à ce que le poil blanc vous foit venu, &
laiffez couler voftre ieuneffe inutilement, fans auoir acquis le credit
que vos feruiteurs vous fouhaittent aupres du Roy & en ce Royaume, par vne longue fuitte d'actions fignalées; Il vous fera encore
bien plus difficile alors, de ployer voftre efprit à ces nouueaux, mais
tardifs commencements de fortune, que maintenant. Pour conclurre
donc tout ce long difcours, ie vous confeille (fi mes tres-humbles prieres
peuuent tenir lieu de confeil en voftre endroict) de contenter le Roy,

touchant la declaration qu'il veut de vous, & de l'enuoyer à Monſieur
de R. de l'affection & de la franchiſe duquel à voſtre ſeruice, vous ne
pouuez douter, apres tant de teſmoignages qu'il a rendus, de deſirer en
premier lieu, le bien de la Maiſon dont vous eſtes yſſu, & ſecondement
voſtre reconciliation & conionction fort eſtroitte auec le Roy, ſi vous
n'auez les oreilles entierement cloſes aux rapports de vos plus fidelles &
affectionnez ſeruiteurs, du nombre deſquels ie ſuis & ſeray eternel‑
lement.

L E T T R E

AV ROY HENRY IV.

I R E,
Depuis les lettres que nous eſcriuiſmes à voſtre Majeſté,
le vingt-neufiéme de Iuillet, il ne s'eſt point offert de
Courrier qui allaſt vers elle, ny d'occaſion de luy en de‑
peſcher expres. Pourtant nous auons differé iuſques au
partement de ceſtui-cy à luy donner aduis de la ſuitte de noſtre nego‑
tiation : de laquelle ſi nous auons eſté vn peu pareſſeux à luy rendre
compte, nous preſumons en recompenſe maintenant auoir dequoy luy
payer l'vſure & les intereſts de ce retardement. Pour reprendre donc les
erres de noſtre dernier diſcours, nous luy dirons que les viſites des Car‑
dinaux eſtant finies, nous euſmes vne troiſiéme audience de ſa Sain‑
cteté, le Dimanche trentiéme de Iuillet, afin de luy rapporter comme
nous les auions informez, & en quel eſtat nous les auions ou trouuez
ou laiſſez. Depuis le Mercredy ſuiuant, qui fut le ſecond iour d'Aouſt,
elle aſſembla vne congregation generale : Ou apres auoir repreſenté
l'importance de ceſte affaire, la ſeuerité dont il auoit eſté vſé iuſques
alors en voſtre endroict, & le deuoir neantmoins auquel voſtre Majeſté
continuoit, auec la lecture des lettres & ſupplications preſentées de ſa
part, elle les pria d'y vouloir proceder ſyncerement & Chreſtiennemét,
ſe deſpouillants de toutes ſortes d'intereſts & de paſſions, & propoſants
ſans faueur & crainte, ce que leurs conſciences leur conſeilleroient. Pour
à quoy apporter plus de liberté & de facilité, elle leur commanda de luy
venir dóner leurs voix l'vn apres l'autre en chambre, & particulieromét.
Ceſte reſolution, S I R E, a adiouſté vn peu plus de lógueur à l'affaire que
quelques-vns n'euſſent deſiré, & poſſible que voſtre Majeſté n'eſperoit.
Car y ayant deux voyes de prendre les opinions, l'vne plus courte, c'eſt à
dire, de les recueillir en public, mais plus hazardouſe ; l'autre plus lon‑
gue, mais plus aſſeurée, nous auons eu tres-agreable l'election que ſa
Saincteté a faicte, de celle où il ſe conſumoit à la verité plus de temps,

mais qui mettoit les consciences des opinants en liberté , & leur ostoit
toute espece d'ombrage & d'apprehension. Aussi a-elle esté combattuë de beaucoup de resistances & de contrarietez par les ennemis de
vostre Majesté , qui alleguoient que c'estoit faire tort à la dignité du
College , & se défier de l'integrité des Cardinaux. Mais Dieu a tellement fortifié la bonne intention de nostre S. Pere, qu'il a surmonté
toutes ces oppositions , & apres auoir acheué en secret les audiences,
s'est resolu à la fin d'y apposer luy mesme le sceau & la conclusion, par
la declaration qu'il fit Mercredy dernier en plein Consistoire : qui fut
telle, Qu'il auoit oüy les opinions des Cardinaux fort au long , & les
auoit trouuez non seulement au nombre des deux tiers, mais presque
tous inclinans à l'absolution de vostre Majesté : Et partant qu'il y adioustoit aussi sa voix, & leur annonçoit qu'il estoit deliberé de proceder à la donner. Il y en eut qui voulurent prendre la parole pour accrocher l'affaire sur certaines conditions qu'ils pretendoient deuoir estre
examinées en congregation, esperans y faire naistre des espines & des
difficultez : Mais sa Saincteté respondit qu'il y auoit desia esté pourueu,
& leur imposa silence ; & en somme passa si auant ce iour-la, qu'il n'y
reste plus que la solemnité, de laquelle nous esperons au plustost
vous mander des nouuelles par vn Courrier expres. Or comme en ceste
occasion, SIRE, nous ne pouuons sans sacrilege vous celer la bonté
incroyable du Pape, & la tendre & paternelle affection qu'il a monstrée
à l'endroict de vostre Majesté, laquelle a esté si grande, qu'elle nous a
tiré plusieurs fois à son exemple des larmes de ioye & de passion ; ny
vous dissimuler les continuels offices de ses Illustrissimes nepueux, qui
ont merueilleusement seruy à cultiuer & faire fructifier la bonne volonté de sa Saincteté : Aussi certes serions nous coulpables d'vne extreme
ingratitude, si nous n'y inserions vn tesmoignage particulier de la façon
dont Monsieur le Cardinal Tolet s'y est conduit, qui est telle, qu'elle
merite d'estre, non pas escrite, mais grauée eternellement en la memoire de vostre Majesté. Car outre ce qu'il a renoncé à toutes considerations humaines, pour embrasser l'equité & la iustice de vostre cause, qu'il
a fermé les yeux à l'obligation naturelle de son Prince, de sa patrie, de
ses parens, qu'il a foulé aux pieds toutes sortes de menaces, de promesses, & de tentations ; il a encore pris tant de peine, & de corps & d'e-
sprit pour ceste negotiation, que nous-nous estonnons qu'il n'est suc-
combé soubs le faix, combattant tantost par escrits, tantost par conferences, ceux qui estoient contraires, remuant & animant ceux qui
estoient stupides, & en somme portant cet affaire auec vn tel zele &
vne telle fermeté, que vostre Majesté n'eust sceu esperer tant de
preuues, pour ne dire point tant de chefs-d'œuures & de miracles du
plus affectionné & courageux de tous ses seruiteurs. Chose certes
qui a apporté beaucoup de reputation à nostre poursuitte , à cause
de l'excellence de sa doctrine, qui reluit par toutes les parties du monde, & pour l'integrité de sa vie, qui est si exemplaire & irreprehensible,

Cccc iij

que l'enuie mesme n'y sçauroit trouuer à calomnier. Cela, SIRE, se doit conter entre vos bonnes fortunes, s'il est permis d'appeller de ce nom les prosperitez qu'il plaist à Dieu vous enuoyer, de voir que vos vertus nonobstant tant d'obstacles, ayent fait vne telle impression en son esprit, & que vous ayez adiousté à vos autres conquestes celle d'vne ame non seulement ornée de tant de sçauoir & de pieté, mais mesme si genereuse & si heroïque. Nous n'auons trouué ny conceptions ny paroles suffisantes pour l'en remercier dignement, estant toute nostre industrie bien loing au dessous d'vne si extraordinaire obligation. Et partant s'il plaist à vostre Majesté suppleer ce defaut par vn office expres de recognoissance & d'action de graces, lors qu'elle remerciera nostre S. Pere & les Illustrissimes Cardinaux ses nepueux, elle fera œuure conuenable à sa gratitude, & nous deschargera d'vne debte, pour l'acquit de laquelle, nous sommes entierement impuissants & insoluables. Nous l'en supplions tres-humblement,

SIRE, Et prions Dieu la vouloir enrichir de plus en plus de toutes sortes de benedictions temporelles & spirituelles. De Rome ce deuxiéme de Septembre 1595.

LETTRE
AV ROY HENRY IV.

SIRE,
C'est auiourd'huy que nous vous annonçons les bonnes nouuelles de vostre absolution, qui apres tant de combats, de trauerses & de difficultez, vous a esté donnée ce matin au Portail de S. Pierre, à la veuë & auec l'applaudissement de tout le peuple. Le Seigneur Iules Galthery, Maistre des Courriers du Pape, tres-affectionné Gentilhomme au seruice de vostre Majesté, a voulu luy donner par Valerio les premices de cet aduis, duquel Baptiste depesché au mesme temps de nostre part, luy portera la confirmation & les particularitez. Mais d'autant plus tard, que nous auons mieux aymé qu'il prist le plus long chemin, pour y arriuer plus seurement & plus certainement. Nous prions Dieu,

SIRE, Qu'elle apporte les fruicts & spirituels & temporels à vostre Majesté & à son Royaume, que toutes les gens de bien esperent & desirent. De Rome ce dixseptiéme de Septembre 1595.

LETTRE
AV ROY HENRY IV.

SIRE,

Le voyage de Monſieur d'Elbeine, lequel i'ay prié ſe vouloir, au lieu de moy, charger de la Bulle de l'Abſolution de
Voſtre Majeſté, me diſpenſera de vous écrire vne plus longue Lettre
par cet Ordinaire. Il partit le ſeptiéme du preſent mois, vous portant,
outre l'inſtrument de voſtre Abſolution, vn Bref de ſa Saincteté, auec
Lettres de ſes Neueux, & du Cardinal Tolet, & des autres Cardinaux.
Les cauſes qui m'ont conuié à me priuer de l'honneur de vous la porter
moy-meſme, ont eſté, L'vne la crainte de ne me pouuoir pas rendre ſi
toſt aupres de vous, & principalement eſtant encore à peine releué
d'vne maladie de douze ou quinze iours: L'autre, l'ombrage que ie laiſ-
ſois à toute ceſte Cour, en partant deuant qu'il fut arriué quelque témoignage de remerciement de voſtre part. Pourtant Monſieur d'Oſſat
& moy, auons eſtimé tres-neceſſaire que ie demeuraſſe icy pour gage
de la gratitude de Voſtre Majeſté, iuſques à ce qu'elle en eut renouuellé
les aſſeurances, par la premiere de ſes Lettres. Dequoy nous la ſupplions
tres-humblement, l'vn & l'autre; qu'il luy plaiſe ſe ſouuenir au pluſtoſt,
d'autant que chacun commence déia à ſ'eſtonner par deça, que depuis
tant de temps que l'Abſolution a eſté donnée, il ne ſoit pas venu vn
ſeul mot de remerciement, & de recognoiſſance: Et combien que vous
ayez eu vne tres-probable occaſion d'attendre iuſques à l'arriuée de la
Bulle: toutesfois ceſte iuſtification ne ſatisfait ny à vos ennemys, qui
ſ'en aydent, pour défauoriſer le ſeruice de Voſtre Majeſté; ny à vos ſeruiteurs, qui ne peuuent receuoir patiemment le delay de ce qu'ils deſirent auec impatience. Cependant ie ſupplie Dieu,

SIRE, Vous combler de plus en plus de toutes ſortes de benedictions
ſpirituelles & temporelles. De Rome,

SANCTISSIMO ET BEATISSIMO
Domino noſtro, ac Patri, Clementi, diuina Prouidentia, Uni-
uerſalis Eccleſiæ Papæ VIII. S. Et humillima pedum oſcula.

PERVENERVNT in manus meas anno ſuperiore, Beatiſſi-
me Pater, vna & altera Apoſtolicæ Veſtræ Sanctitatis
Epiſtolæ, ſingularis ſuæ erga me beneuolentiæ teſtes &
obſides, quas vt ſacrum aliquod munus, ſilentio excipere
& tacita veneratione apud me colere, quàm rudi & ingrata gratiarum

actione violare, verecundius ducebam, cùm mihi nuper eiufdem bene-
ficij tertia acceffio hanc religionem quafi vi quadam excuffit, iuftám-
que & neceffariam refcribendi caufam prætexuit. Fretus igitur huma-
nitatis veftræ præfidio, quæ me toties iterata gratia benignè prouoca-
uit, oratiône profitebor quod taciturnitate fignificabam, mihi non
hactenus animum gratum, fed fermonis dignitatem & ingenij expli-
candi apparatum, ad tanta in me merita fignificanda & illuftranda de-
fuiffe. Quibus cùm nouus hic laudum cumulus, quas mihi indebitas
àdeò liberaliter veftræ vltimæ litteræ tribuunt, accefferit, quo me ver-
tam nefcio. Ornat enim me veftra Beatitudo earum virtutum titulis,
quas vix fpe & cogitatione delibaui, ac meam qualemcumque in iu-
uanda Dei Ecclefia operam acceptam habere, mihíque animi mei votum & ftudium pro fructu adfcribere, dignatur. Quæ omnia Beatiffi-
me Pater, fic accipio vt ea gratulatione minimè fuperbiam. Noui enim
paternæ veftræ benignitatis indulgentiam, quæ vt facta laudat, quæ fa-
cienda monet, & virtutum femina ac igniculos in naturis ingenuis li-
bentius applaufu & commédatione, quàm imperio & præceptis excitat.
Quod non ideo dico, quo minùs in dies fperem futurum, vt fi mihi fo-
lita veftri fauoris aura adfpirarit, expectationi veftræ conatus mei aliqua ex parte refpondeant. Eft enim apud nos multa & parata feges:
Sed veftræ beatitudinis authoritate indigemus, quæ Epifcopos noftros
compellat ad id fubfidij nobis præftandum quod nullo fuo incommo-
do poffunt. Meminit veftra Sanctitas, quid olim Catholici Africani
Epifcopi, refarciendi fchifmatis ftudio Donatiftis, fi ad Ecclefiam
redire vellent, obtulerint. Nos fimilia exigimus. Optamus Apofto-
licum cum illis agere, vt finguli fingulos Canonicatus qui primi apud
eos vacui fuerint, cœlibibus hæreticorum miniftris, ad Ecclefiam Catholicam feriò & fub idoneorum teftium fide reuerfis, aut reuerfuris
affignent, vnde fibi victum & otium litterarum ad tela in aduerfarios
conuertenda, fuppeditare poffint. Iis verò qui non fufceptis facris or-
dinibus, coniugij vinculis funt obftricti, annua de beneficiorum fructu
penfiuncula, ne miferè egeant, ex Apoftolicæ Sedis indulgentia, &
Canonicæ feueritatis ad tempus remiffione conftituatur. Sic eueniet
vt qui iam hæreticæ impofturæ fucum, & præftigias agnofcere & de-
teftari incipiunt, fed humano inopiæ & mendicitatis metu detinen-
tur, cuius generis multi funt, citius erumpant. Cæteri autem quantum-
uis Catholicæ caufæ iniqui & aduerfi, hoc exemplo deliniantur: cum
viderint nos in fui fimiles, qua homines funt, non odio, fed charitate
commoueri; ipfífque vt refipifentibus & animo & corpore bene fit
optare & prouidere. Fiet porrò id fine vllo religionis periculo, tum
quia huic muneri nulla eft affixa animarum cura & præfectura, tum
quia fub Epifcopi & totius Collegij oculis & obferuatione erunt: vt fi
quid finiftræ fufpicionis iniecerint, cum pœna & dedecore eijciantur:
Interea & exemplo, & fcriptis, & exhortationibus apud fuos nuper
alumnos & gregales non mediocriter proficient. Quod longè deinceps

vberiùs quàm antea ſperandum eſt, ex quo reſtinctis belli ciuilis incen-
diis, & mutuis partium vulneribus vtcumque obligatis, inſanæ illæ hæreticorum in Catholicos iræ deferueſcere cœperunt. Hinc enim ſaltem
contingit, vt ferocitate depoſita, liberius aures culturæ commodent, &
admiſſis documentis, veritatem ſibi in animum inſtillari permittant.
Taceo iam ſponte apud pleroſque huius ſectæ ſtudium refrixiſſe,
ipsíſque ſuis amaſiis & cultoribus hæreſim in deliciis eſſe deſiiſſe, vt quæ
nouitatis gratiam qua ſola florebat & arridebat, exuerit. Taceo poſt
omnes illius Regij generis Principes ademptos, omnem & adipiſcendi
regni ſpem ademptam: vnde fit, vt eorum factio ad populare regi-
men, vbicumque poteſt introducendum ſe totam conuertat, in qua rerum conſtitutione concionatoriæ illæ, & populares tubæ ſemper ſum-
mopere regnant. Hoc ſolum præmoneo, turbam quæ plurimum fama
& admiratione mouetus, eorum hominum qui cæteris malè ſentiendi
Principes & authores exiſtunt, tanta defectione, quanta ſic propediem
futura eſt, vehementer concuſſum iri. Præter illos enim qui iam palàm
ad Eccleſiam tranſierunt, multi ex ſigniferis & primariis inter ipſos Mi-
niſtros, diuturnis collocutionibus, de veritate Religionis Catholicæ
certiores facti, nobis clam nomina dederunt, innumeros alios cum
diſceſſionem publicam facient, ſecum educturi: ſolùm rogarunt, vt
poſt rei familiaris iacturam & naufragium, piè Catholicorum ope
ſubleuentur: non qua ipſorum commoditati indulgeatur, ſed egeſtati
ſubueniatur. Iámque agi cœptum eſt cum Principe, vt eos aliqua ex
parte liberalitate ſua fulciat, victúmque communem ipſis ex ærario de-
cernat: quod ille ſe magnifica & regiè annuâ decies mille aureorum
largitione huic impenſæ deſtinata facturum recepit. Sed multi vel aliquid ſibi certi potius conſtitui, quàm ex vnius Principis vita & aulica-
rum rerum inſtabilitate pendere cupiunt: vel ad eam vrbem, quæ ſedes
eſt regni, vbi conuictus ille inſtituendus deſignatur, vix confluere poſſunt: vel in ſuis prouinciis, & apud ſuos homines, apud quos authoritate & familiaritate valent, ſe magis idoneos ad hoc opus exiſtimant
fore. Iis omnibus abundè ſatisfactum erit, ſi hanc viam & rationem de
qua pridem Romæ cum Illuſtriſſimo Card. Baronio repetitis collo-
quiis communicaui; Veſtra Sanctitas comprobare, & reſcriptis ſuis ad
noſtros Epiſcopos munire voluerit. Quæ vt diligenter executioni man-
dentur, ipſum etiam Principem curaturum quantum in nobis ſitum
eſt, procurabimus. Nec ſanè diu erit, quàm Veſtram Beatitudinem huius curæ ac ſolicitudinis minimè pœnitebit. Sentiet enim conuulſis præ-
cipuis illis mali columnis & fundamétis, vt citò tota moles ſit collapſu-
ra. Quod ad me attinet, auſus ſum, exiſtimationis meæ periculo, ſi hoc
negotium ſeriò excolatur; intra ſexennium vniuerſæ in Gallia factionis
hæreticæ aut vltimam ruinam, aut incredibilem labefactationem polli-
ceri. Illud verò quàm futurum ſit Veſtræ Beatitudini, & apud Deum &
apud homines glorioſum, ipſius coniecturæ relinquo, vt inter tot Eccle-
ſiaſticos triumphos, tot ſpiritales victorias, etiam de deuicta & debellata

in Galliis,vbi iampridem arcem suam toti Europæ imminentem extrue-
re conatur, hæresi, vestri Apostolatus trophæa & monumenta ponan-
tur. Multos sibi & Ecclesiæ Dei lætos & triumphales dies vidit, Vestra
Beatitudo, & sacras oculis hausit voluptates, ex quo ad summum Religionis Magistratum, virtutis suæ gradibus & omnium bonorum votis
ascendit. Vidit venientes ex Ægypto legatos , vt canit Propheta, &
Æthiopiam præuenientem manus eius Deo. Vidit inquam, Ægypti,
mille olim nominibus celebris prouinciæ,caput & metropolim seu sedem Alexandrinam; vnde & Æthiopum genti Antistites præficiuntur:
iam tot annos sub insani Eutychis seruitute Satanæ mancipatam, ora-
toribus Romam missis, ad suam,id est Beati Petri,clientelam & Ecclesiæ
Catholicæ communionem, quasi postliminio redire: Vidit Ruthenas
gentes schismatis Græci coloniam, populos non minùs extinctæ charitatis torpore, quàm hyemis gelu frigentes, ad primos ortus sui radios
recalescere, & per procuratores Episcopos superatis itinerum asperitati-
bus, & commutata cœli inclementia ad CLEMENTIS VIII. cle-
mentiam Romam aduolare. Vidit sacris suis pedibus procumbentem
& aduolutum, tam pietate victum, quàm armis inuictissimum, Gallia-
rum Regem Henricum; Ecclesiæ tribunal, cui adeo infestum bellum
sub aliis Pontificibus indixerat, suppliciter venerari: Ex eáque hora
Ecclesiam Gallicanam, iam diu ex magna parte languentem & tabesce-
tem, quòd sibi parcior cum suo capite intercederet communicatio,
rediuiua charitate cum Sede Apostolica coalescere, & resumptis viribus
in dies reflorescere. Vidit de communi omnium Christianorum hoste,
armis suis, tum conspicuis, tum non conspicuis, sæpe parta spolia &
trophæa, recepta oppida, ciuitates, prouincias; sed quantacumque sint
ista, quæ sanè maxima sunt; nihil vidit aut videbit Vestra Beatitudo,&
Apostolica Sanctitas, vel ad præsentium temporum laudem & com-
mendarionem,vel ad futuræ gloriæ splendorem & dignitatem, illustrius
quàm erit ille de oppressa & extincta in hoc regno hæresi triumphus:
cùm Vestræ Beatitudini cœlum & terra tot animarum recuperationem
gratulabuntur: cùm nobilissima prouincia, & de Sede Apostolica to-
tiúsque Christianæ causæ amplitudine optimè merita, ab exitio omni
ex parte vindicata, vestris auspiciis salutem suam acceptam feret: cùm
illa Gallia, quæ sola olim non habuisse monstra dicebatur, se ab impiis
monstris & portentis repurgatam, vestra pia solicitudine, profitebitur.
Hoc hoc nulla ætas silentio præteribit, hoc omnis posteritatis fama lo-
quetur: hoc Gallicorum annalium grata memoria actionis, litteris &
monumentis consignabit; illuxisse nostro sæculo, quo omnia cœlestia
& ciuilia iura prostrata, prostituta, proculcata iacebant, aureum pie-
tatis sydus, diuinarum atque humanarum legum oraculum, augustum
omnium virtutum sacrarium CLEMENTEM VIII. qui post innu-
mera suæ industriæ, solicitudinis, charitatis, liberalitatis, in instauran-
da & amplificanda Dei Ecclesia, vbique impressa vestigia, post supe-
riores vel præstantissimos Pontifices rerum gestarum gloria & felicitate

superatos, cæteris suis laudibus & ornamentis id insigne fastigium adiecerit, vt de totius Christiani nominis humano olim præsidio, fortissima & religiosissima Gallia, prophanam hæresim exegerit, exploserit, extruserit, regnúmque simul religioni, & religionem regno prorsus restituerit. Mihi quoque ipsi, si ijs officiis quæ ob pietatem suscipiuntur, est etiam aliqua, auctarij loco, ex hominum celebratione, expectanda temporaria merces, iucunda & honorifica erit hæc recordatio, cum cogitabo Vestram Beatitudinem in tam illustri & magnifico opere, me debili quidem, sed fideli instrumento, vsum fuisse, adeo vt qui res vestri gloriosissimi Pontificatus multis pòst seculis lecturi sunt, beneficiorum CLEMENTIS VIII. in regnum Gallicum historiam oculis percurrere non possint, quin in aliquam mei nominis mentionem incidant, mihíque, quòd vi spiritali hac contra Ecclesiæ hostes expeditione, sub tanto Christianæ militiæ Imperatore meruerim, gratulentur. Sed quovsque tandem mea progreditur oratio, & Epistolæ simul ac verecundiæ fines transilit? nec mihi venit in mentem, quantum sit piaculum negotioso Vestræ Beatitudinis otio, cuius singula mométa Christianæ Reipublicæ saluti consecrata, sine totius orbis dispendio interuerti non possunt? Debueram certè in priori mea sententia perseuerare, nec Vestræ Sanctitati tot grauissimis curis obsessæ & circumseptæ, legendis meis litteris molestiam exhibere, vel quod proximum fuerat, Epistolæ tædium breuitate reserare. Verùm ignoscet mihi Vestra Beatitudo, si qui præsens cùm ad eam admittebar, à sacris suis pedibus auelli, ipsiúsque sermone & conspectu satiari non poteram; idem mihi per litteras cum illa colloquenti contingat. Deus eam Beatissime Pater, totius Ecclesiæ suæ votis quàm diutissimè concedat. Scriptum Condeti, anno Domini millesimo quingentesimo nonagesimo septimo, die sexta Augusti mensis; Et hoc tempore missum Papæ.

· ·

LETTRE

AV CARDINAL ALDOBRANDIN.

ONSEIGNEVR ILLVSTRISSIME, I'ay receu la Lettre qu'il vous a pleu m'écrire pour response à celles que ie vous auois addressées, tant pour sa Saincteté, que pour V. S. Illustrissime: Et ay appris de là comme sa Saincteté desiroit de considerer meurement l'affaire pour lequel ie luy auois écrit. A quoy preuoyant, que possible elle pourroit trouuer des obstacles pour la difficulté que quelques-vns proposeroient de receuoir aux dignitez Ecclesiastiques, (bien que non accompagnées de charges d'ames,) des personnes dont la conuersion ne pourroit pas estre tellement éprouuée par la perseuerance, comme il seroit requis, en si peu de temps que celuy dans lequel il feroit befoin de fecourir leur neceffité : Et d'ailleurs que les compagnies collegiales feroient auffi parauenture fcrupule en plufieurs lieux, de les receuoir en leurs corps venants nouuellement du party heretique, fans vn long & fuffifant examen precedent. A cefte occafion i'ay eftimé à propos d'adioufter par cefte Lettre au mefme aduis: Que fil plaift à fa Sainéteté feulement donner ordre, fans parler de la reception des conuertis dans le corps des Chapitres, en l'exercice des Canonicats, que le reuenu de chaque premiere prebende vacante en chaque Euefché, foit affecté à leur nourriture & entretien pour vne fois feulement; cela equipolera au mefme expedient pour le regard de l'vtilité, & fera plus plus facile, quant à l'execution. Il y a encore vn autre moyen, fi ceux-la ne femblent affez à propos, auquel i'ay trouué prefque tous les Ecclefiaftiques à qui i'en ay parlé, difpofez, & nommément les Agents generaux du Clergé de France, qui eft que l'Eglife Gallicane impofe fur foy en la leuée des decimes, quelque petite contribution en chaque Diocefe, pour fournir iufques à la fomme de dix ou vingt mille efcus par an, felon ce qui fera aduifé : & ce durant vn certain temps feulement, pour l'employer à cet effect. Il fe tiendra vne affemblée generale du Clergé de France icy à Paris dans le mois de Feurier prochain, fil plaift à fa Sainéteté interpofer fon authorité, ou par fes lettres, ou par l'entremife de Monfieur le Legat, pour promouuoir cefte affaire, elle viendra bien à temps: Cependant du fruict qui en reüffira, vne grande partie de la gloire vous en fera deuë, pour en auoir efté l'Interceffeur & le Protecteur, comme vous l'eftes de toutes les chofes qui regardent le bien de toute l'Eglife en general, & de celle de la France en particulier : Et outre cela de la perfonne de celuy qui eft,

MONSEIGNEVR ILLVSTRISSIME,

LETTRE
AV CARDINAL BARONIVS.

ONSEIGNEVR ILLVSTRISSIME,

I'ay faict vne longue intermiffion de Lettres en voftre endroit, dont les maladies que i'ay euës, mon abfence pour vn temps de la Cour, la folicitation de plufieurs affaires temporelles, qui me font venuës fur les bras, & diuerfes conferences verbales, & par écrit, auec les Miniftres heretiques, mes predications, quelques Liurets qu'il m'a falu faire imprimer; & autres femblables occupations, ont efté caufe. Maintenant que i'en fuis, graces à Dieu, aucunement deliuré, ie feray plus diligent
en ce

en ce deuoir.   Cependant cefte Lettre aura la commiſſion de refrayer
le chemin aux autres, & vous dira que i'ay pris la hardieſſe d'écrire
vn mot à noſtre Sainct Pere, tant pour luy baiſer tres-humblement
les pieds, du dernier Bref, qu'il luy a pleu m'enuoyer, que pour le
ſupplier d'vne affaire dont ie vous ay parlé à Rome pluſieurs fois, qui
eſt de vouloir interpoſer ſon Authorité enuers nos Eueſques de France, pour faire qu'ils donnent, chacun en ſon Dioceſe, vn Canonicat,
à ceux des Miniſtres heretiques qui voudront reuenir à l'Egliſe. Il
ſ'en conuertit pluſieurs, & vn grand nombre ſont ſur le poinct de reuenir, mais ils apprehendent la mendicité, eſtant la charité ſi refroi-
die parmy les Catholiques, que c'eſt vne choſe deplorable. I'en écry
auſſi vn mot à Monſeigneur le Cardinal Aldobrandin : Il vous plaira
luy ſeruir de ſecond en ceſte pourſuitte, & ayder à ceux que la doctrine de vos excellents Liures r'amene en l'Egliſe, à auoir dequoy ſy
ſuſtenter.   Ie me ſouuiens pareillement, que ie parlay à ſa Sainctete,
auant mon partement de Rome, d'vne diſpenſe pour Maiſtre Pierre
Victor Cayer, iadis Miniſtre heretique de Madame Sœur du Roy,
non marié, de pouuoir eſtre rendu capable de tenir benefices : &
pour vn nommé Maiſtre Pierre le Roy, auſſi, vn temps fut, Miniſtre,
à ce qu'encore qu'il ſoit marié, il puiſſe tenir deux cents eſcus de pen-
ſion ſur quelque Benefice : Ce que ſa Saincteté accorda. Ie vous ſup-
plieray le luy ramenteuoir, & en faire commander l'expedition. | Ce
me ſera vn nouueau comble d'obligation, que i'adiouſteray aux autres, pour augmenter touſiours le ſujeᏨ que i'ay de prier Dieu qu'il
vous donne,

MONSEIGNEVR ILLVSTRISSIME, en parfaicte ſanté, tres-
longue & heureuſe vie.

LETTRE
DE CONGRATVLATION
A MONSEIGNEVR LE CHANCELLIER
DE BELLIEVRE.

ONSEIGNEVR,
      Encore que ie ſois des derniers à vous témoigner la
      ioye que i'ay receuë du Bien qui eſt arriué à toute la
      France, par l'inſpiration que Dieu a donnée au Roy,
      d'honorer voſtre Perſonne de la dignité de Chancellier :
Neantmoins ie ne doute point que vous ne croyez que i'ay eſté des premiers, & des plus ardents à la reſſentir. Deux cauſes ont retardé l'intétion
que i'auois de m'acquitter pluſtoſt de ce deuoir : L'vne, que ie ſçay cőbien

Dddd

voſtre Eſprit, qui void toutes ſortes de vrays honneurs au deſſous
de ſon merite, eſt peu ambitieux de tels applaudiſſements externes:
L'autre, que ie preuoyois qu'à la nouueauté de ceſte réjoüyſſance publique, vous ſeriez ſalué, voire importuné, d'infinis ſemblables offices. l'ay donc voulu differer iuſques à ce que la premiere foule ſe ſoit
écoulée, afin que ceſte mienne congratulation, qui ſe fuſt perduë en
la preſſe, puiſſe, ſinon meriter, pour le moins obtenir, vne particuliere audience de vous. En quoy i'ay encor recueilly ce fruict & ceſte
vſure de mon retardement, qu'au lieu que ceux qui m'ont preuenu,
vous ont ſeulement repreſenté l'eſperance du bien que la France attendoit de voſtre promotion; Ie puis déja paſſer plus outre, & commencer à me réjoüyr auec vous, du ſuccés de leur attente. Car la
commune renommée m'en vient dire des nouuelles, iuſques au lieu de
ma ſolitude: Et de toutes parts ie n'entends autre choſe que ſatis-
factions, & contentements, de la façon dont vous procedez en l'adminiſtration de voſtre nouuelle dignité:

Et tacitum pertentant gaudia pectus.

Car que me pouuoit-il arriuer de plus cher, que de voir la reſolution
que i'ay priſe de tout temps, de vous honorer plus que perſonne du
monde, confirmée, non ſeulement par l'élection du Roy, mais par
le iugement de Dieu, & par la voix & approbation de tout le peuple? Pourſuiuez donc, MONSEIGNEVR, & continuez de faire
reluire ſur ce beau Theatre, éclairé des yeux de toute l'Europe, la
meſme prudence, integrité, fermeté, & ſeuerité, qui vous y ont éleué. Vous auez donné iuſques icy, tant de gages & d'oſtages de
l'aſſeurance qu'on doit auoir pour iamais, de tous vos deportements;
que ce ſeroit ſacrilege d'en douter: Mais l'intereſt & la part que ie
pretends à voſtre gloire, me contraint de vous coniurer de ne vous
laſſer point de la voir croiſtre, & augmenter de iour en iour; ains
au contraire, de vous fortifier contre l'apprehenſion du faix des affaires: lequel ne peut à la verité, qu'il ne ſemble du premier coup, inſupportable, à vn eſprit qui veut combattre & arreſter le cours de
la corruption, en vn ſiecle entierement depraué, comme eſt le noſtre.
Maïs ſi vous ne vous ennuyez point de ce glorieux labeur, Dieu
épandra ſa benediction deſſus, comme ſur toutes vos autres actions,
& vous en fera recueillir des fruicts plus forts & plus grands, que
vous n'oſez eſperer. Vous verrez par vos commandements, & par
vos exemples, qui ſeruiront de viues loix de reformation à tout le
monde, refleurir la pieté enuers Dieu, l'obeïſſance enuers le Roy, la
iuſtice, concorde & amitié, entre le peuple; renaiſtre les lettres & diſciplines, perir l'ignorance & la barbarie, qui les étouffent: Et bref tout
ce Royaume recouurer ſa vraye dignité & ſplendeur. Oeuure qu'il faut
croire que Dieu veut accomplir en nos iours, puiſqu'il a choiſy, pour
en eſtre l'inſtrument, celuy que les vœux & les ſouhaits de tout le
monde predeſtinoient. Et moy, outre le contentement que les autres

en recueilliront, i'auray encore ce particulier ſujeƈt de ioye, de penſer qu'vn tel bien ſoit arriué à ma patrie, par le moyen d'vne perſonne, auec qui ie ſuis lié de tant d'eſtroits liens d'obligations, familiarité & ſeruitude, qu'il me ſemble que ma condition eſt inſeparable de la ſienne. Voyla, MONSEIGNEVR, ce que la licence de mon affeƈtion, mal-ſeante, peut-eſtre, à mon aage, & à mon peu d'experience, mais non du tout éloignée de la liberté de ma profeſſion, me conuie de vous dire. Vous n'attribuerez, ſil vous plaiſt, ces paroles à preſomption, ny à flatterie, choſes deſquelles la ſeuerité de vos mœurs, & la pudeur des miennes, ſont du tout incapables, mais à leur vraye cauſe & racine, qui eſt vne ame toute pleine de l'eſtime de voſtre vertu, & du contentement de la voir éleuée, comme vne parfaiƈte Image de ſuffiſance, & d'integrité, ſur la baſe qu'elle merite il y a ſi long temps, *Vt luceat omnibus qui in domo ſunt.* Ie prie Dieu,

MONSEIGNEVR, Qu'il l'y conſerue autant que la France en a de beſoin & de deſir.

Voſtre tres-humble, tres-affeƈtionné & obligé
ſeruiteur, I. EVISQVE D'EVREVX.

De Condé, ce 25. Aouſt, 1599.

REMERCIMENT DE VIVE VOIX, au Roy HENRY LE GRAND, receuant de ſa Main le Chapeau de Cardinal.

SIRE,

Les anciens Ægyptiens auoient accouſtumé de repreſenter en leurs Lettres ſacrées, la Religion par vn Crocodile, qui eſt vn animal qui n'a point de langue: pour monſtrer que Dieu, duquel la Bonté, Grandeur, & Majeſté, ſurpaſſent toute eloquence humaine, ne doit point eſtre adoré auec la langue & les paroles, mais auec la penſée & l'entendement. Cela meſmo, SIRE, ſe peut iuſtement appliquer aux grandes & exceſſiues obligations, leſquelles il vaut mieux reuerer & admirer auec le ſilence, que de les prophaner & mépriſer par la temerité d'en parler moins dignement qu'il n'appartient. Or, SIRE, ſi iamais il y eut obligation de ceſte qualité, c'eſt à dire, capable de pouuoir lier la langue & l'eſprit d'vne perſonne confuſe & accablée de Bien-faiƈts, c'eſt celle dont Voſtre Majeſté m'honore maintenant,

Dddd ij

Car ſoit que ie conſidere la condition de la Grace en ſoy; quelle autre
plus grande faueur pouuois-ie receuoir de Voſtre Majeſté que celle
dont il luy plaiſt m'impoſer les marques? Soit que ie iette les yeux ſur
celuy qui m'a procuré & impetré ceſte dignité; De quelle autre main
la pouuois-ie receuoir auec plus de gloire, que d'vne Main toute pleine
de Lauriers & de Palmes, comme eſt celle de Voſtre Majeſté, de laquelle les faueurs communiquent vne certaine contagion de gloire, à
ceux ſur qui elles ſ'épandent? Vn ancien Senateur Romain diſoit, qu'és
bien-faicts de l'Empereur Claude, il aymoit mieux le don que l'eſtime:
mais qu'en ceux de l'Empereur Auguſte, il aymoit mieux l'eſtime que
le don: Voulant ſignifier par là, que les preſents de l'Empereur Auguſte, eſtoient faicts auec vn tel iugement, qu'ils portoient quant &
eux vne marque d'honneur, qui deuoit eſtre plus aggreable à ceux
qui la receuoient, que le preſent meſme. Or cela, SIRE, ſe peut
dire à bon droict, des Graces de Voſtre Majeſté. Car les choix que
Voſtre Majeſté a accouſtumé de faire de ſes ſeruiteurs, pour les éleuer
aux charges & aux dignitez, ſont ordinairement accompagnez d'vne
telle prudence, que l'honneur que Voſtre Majeſté leur faict de les en
eſtimer dignes, leur eſt plus honorable que la dignité meſme. Que ſi la
bien-veillance qu'il a pleu à Voſtre Majeſté me porter pour mon particulier, a aucunement ébloüy & offuſqué ceſte ſienne clair-voyance
en mon endroit; Ce m'eſt encore vn nouueau comble d'obligation,
que Voſtre Majeſté ait daigné, pour me fauoriſer, diminuer quelque
choſe de la clairté & ſincerité de ſon excellent Iugement. Et partant de
quelque coſté que ie me tourne, ie me trouue enuironné d'vn abyſme
infiny d'obligations; & ſuis contraint de dire à Voſtre Majeſté, ce qu'vn
fameux Cheualier Romain dit à Ceſar Auguſte, I'ay receu vne ſeule
iniure de vous, SIRE, c'eſt que vous auez faict en ſorte, qu'il faut que
malgré moy ie viue & meure ingrat. Il eſt vray, SIRE, qu'il me reſte
vn vnique moyen de me deliurer de ceſte crainte, qui eſt de me reſſouuenir que ce n'eſt pas pour moy que Voſtre Majeſté a obtenu ceſte
Grace, mais pour elle meſme, c'eſt à dire, que ie ne reçoy point ceſte
dignité, pour en joüir en mon particulier, mais pour l'employer auec
tout ce que i'auray de ſens, de ſang & de vie, au ſeruice de Voſtre Majeſté, de laquelle ie ne ſuis qu'vn organe viuant & animé, qui ne doy
auoir autres penſées que les ſiennes, autres intentions que les ſiennes,
autres volontez que les ſiennes. Or cela, SIRE, ie le declare & promets à Voſtre Maieſté, & luy offre, dedie & conſacre icy de nouueau
les vœux de ma tres-humble, tres-fidelle & tres-deuote ſeruitude; auec
proteſtation que tout ce qu'il plaira à Dieu me donner deſormais de
temps & de vie, me ſera vne perpetuelle eſtude, pour apprendre à
cognoiſtre combien ie doy à Voſtre Majeſté, & l'ayant appris, eſſayer
d'apprendre à le recognoiſtre.

LETTRE DE REMERCIMENT
au Roy HENRY LE GRAND, lors de sa promotion
à l'Archeuesché de Sens, & Grande Aumosnerie de France.

SIRE,

Quand i'aurois autant de langues & de plumes que les
Poëtes en donnent à la Renommée, Ie ne sçaurois exprimer la moindre partie de la nouuelle Grace que i'ay receuë de Vostre Maiesté. Il n'y a ny lettres, ny paroles, qui
ne soient surmontées par l'excellence d'vn tel Bien-faict, capable de
rendre l'Eloquence mesme muette. Il ne me reste que la seule pensée,
pour l'admirer & reuerer; & encore toute confuse & opprimée de la
grandeur de ceste obligation. Car soit que ie regarde le prix de la Grace
en soy; soit que ie iette les yeux sur le peu de seruices & de merites qui
l'ont precedée de ma part; soit que i'examine les conditions & circonstances desquelles il a pleu à Vostre Majesté l'accompagner; soit
que ie considere finalement la glorieuse & triomphante Main dont
elle sort, non moins accoustumée à conquerir les ames & les cœurs, que
les Prouinces & les Royaumes; Ie trouue de tous costez, tant de choses
à penser & à dire, que l'abondance de la matiere m'étouffe les conceptions en l'esprit, & les paroles en la bouche. Et partant au lieu de
remercier Vostre Majesté, il faut que ie me plaigne d'elle, de m'auoir,
par l'excés de ses Bien-faicts, obligé à vne ingratitude necessaire. Il est
vray, SIRE, que ceste plainte sera consolée de l'esperance que i'ay
que Vostre Bonté prendra mon impuissance pour excuse, & acceptera
la confession que ie luy fay, de ne la pouuoir dignement remercier,
pour le plus digne Remerciment que ie luy puisse rendre. C'est dequoy i'ay à supplier tres-humblement Vostre Majesté, par ceste Lettre,
& à l'asseurer par mesme moyen, que puis que les paroles propres pour
la remercier me manquent, ie recourray à l'eloquence des effects & des
seruices, & essayeray de m'en acquitter, en sorte que tout le cours de ma
vie luy soit desormais vne deuote & perpetuelle action de graces. Il luy
a pleu, pour premier tribut de ceste sienne gratification, me commáder
d'acheuer mon Liure. Ie luy proteste que ie m'en vois me mettre tellement apres, que ie ne leueray point la main de dessus l'œuure, que ie ne
l'aye entierement finy & acheué. Ce sera l'arc triomphal, la colomne,&
la pyramide, que ie luy erigeray pour monumét de recognoissance, & de
gratitude, afin d'y grauer en lettres d'or, ou plustost de diamant, l'inscription de ses Bien-faicts, cependát que i'en cóserueray la memoire, cóme
vn sacré & venerable simulacre, & la plus viue & sensible partie de mon
ame, & la cultiueray auec mille vœux & prieres à Dieu, qu'il luy plaise,

SIRE, Recompenser les Graces que Vostre Majesté m'a faictes,
de toutes sortes de prosperitez spirituelles & temporelles. De Rome,
ce 19. iour d'Octobre 1606.

Dddd iij

LETTRE AV ROY,
SVR L'ESTAT DES AFFAIRES
DE VENISE.

IRE,

l'écriuy par le dernier Ordinaire à Voſtre Majeſté, comme le Mecredy 21. de Mars, dont Monſieur le Cardinal de Ioyeuſe deuoit arriuer en ceſte Cour le lendemain, ie priay le Cardinal Baronius, d'aller trouuer le Pape, ſur vn autre pretexte, & par incident eſſayer à preparer l'Eſprit de ſa Sainčteté, à reçeuoir fauorablement ce que Monſieur le Cardinal de Ioyeuſe luy apportoit d'eſſentiel pour l'affaire des Venitiens, ſans ſ'amuſer à puntiller ſur les choſes accidentales. Ce qu'il fit auec beaucoup de zele & d'affection, luy repreſentant combien il importoit que par la faueur & demonſtration de contentement de ce premier accueil, ſa Sainčteté fiſt voir à toute la Chreſtienté, la ſatisfaction qu'elle auoit des Offices de Voſtre Majeſté, & le gré qu'elle luy en ſçauoit. Le lendemain au ſoir, qui eſtoit le Ieudy, Monſieur le Cardinal de Ioyeuſe arriua, exprés vn peu tard, afin de pouuoir auoir loiſir de conſulter la nuič̄t, de la façon dont il faloit propoſer l'affaire au Pape, auant que de ſe preſenter à ſa Sainčteté. Le Vendredy apres diſner, luy & Monſieur l'Ambaſſadeur allerent trouuer le Pape, auquel Monſieur le Cardinal de Ioyeuſe expoſa tout au long le ſuccez de ſon voyage, excepté que pour le regard des Peres Ieſuites il ne luy voulut pas trencher du premier coup l'eſperance de leur reſtitution, afin de laiſſer ſa Sainčteté en bonne humeur, au ſortir de ceſte premiere audience, eſtimant que la contenance que feroit le Pape apres les auoir oüys, ſeruiroit d'augure à tout le monde, du bon ou mauuais ſuccez de l'affaire. Et pource, luy dit-il ſeulement, quant à l'article des Ieſuites, qu'il n'eſtoit pas deſeſperé de leur reſtabliſſement, ains auoit penſé vn expedient, par lequel il eſperoit, ſi ſa Sainčteté ſ'en vouloit ſeruir, d'en pouuoir venir à bout, dont il luy feroit la propoſition le lendemain. Le lendemain le Pape qui auoit eſté en inquietude toute la nuič̄t, du deſir de ſçauoir cet expedient, les enuoya querir de bonne heure, & lors Monſieur le Cardinal de Ioyeuſe luy declara, que d'eſperer que par traicté exprés l'on peuſt obtenir du Senat la reſtitution des Peres Ieſuites, c'eſtoit ſ'abuſer & perdre la peine & le temps: Mais ſi le Pape vouloit luy mettre entre les mains vn Bref, portant faculté de pouuoir leuer les cenſures, qu'eſtant à Veniſe, & monſtrant ce Bref au Senat, & leur diſant: Voyla, i'ay en main

dequoy vous pouuoir oster l'interdict, mais c'est à condition que vous
restablirez les Iesuites, possible la presence du Bref feroit effect en leur
esprit. Cet expedient, le Pape monstra de ne le pouuoir ou vouloir
gouster, disant qu'il y alloit de sa parole & de son honneur, d'abandonner les Iesuites, qui auoient esté chassez pour auoir obey à son interdict,
& ausquels il auoit promis de son propre mouuemét, que iamais il n'en-
treroit en aucun accord, qu'ils ne fussent restituez : Et que quelques
autres raisons que les Venitiens proposassent contre eux, leur bannissement estant arriué en consequence de l'obseruation de l'interdict, l'e-
quité vouloit qu'ils fussent auant toutes choses reintegrez ; & puis que si
l'on auoit à obiecter quelque autre cas contre eux, on le fist. Et finalement alleguant que l'honneur du S. Siege estoit beaucoup plus interessé
en ceste seconde action, qu'en la premiere, d'autant que si tous ces tumultes auoient esté émeus pour deux Prestres emprisonnez contre les
loix de la Iurisdiction Ecclesiastique, combien plus estoit-il obligé de
se remuer pour le bannissement de tout vn Ordre, exilé par le Senat,
sans en auoir donné aucune participation au S. Siege? De maniere que
le Pape au sortir de ceste seconde conference, demeura en vne extreme
détresse, monstrant à tout le monde l'affliction & la perplexité peinte
sur son visage ; si bien que les nouuelles de l'accommodement commencerent à se rendre fort douteuses, & toute l'apresdisnée le bruict
courut par Rome de la rupture du Traicté. Le soir Monsieur le Cardinal de Ioyeuse & Monsieur l'Ambassadeur voyants la peine en laquelle ils auoient laissé le Pape, & les maigres & froides responses qu'ils a-
uoient remportées de luy, se resolurent de tenir vne congregation des
Cardinaux François, & de quelques autres seruiteurs de vostre Majesté,
pour aduiser aux moyens qu'il faloit prendre sur ceste difficulté. I'eu
l'honneur d'y estre appellé, & m'y trouuay à cause de la proximité du
lieu, encore que i'eusse commencé il y auoit huict iours vne diette, laquelle les Medecins me disoient que ie ne pouuois rompre sans peril de
ma santé. En ceste congregation il fut resolu apres plusieurs discours,
que ie serois conuié, comme de chose entierement necessaire pour le
seruice de vostre Majesté, & pour le bien general de la Chrestienté, d'interrompre ma diette pour vn iour, & de mettre vne partie de ma santé
au hazard, pour aller trouuer le Pape le lendemain apres disner, &
prendre de luy vne audience expresse, afin de le combattre, & emporter, s'il estoit possible, sur six poincts qui restoient à acheuer. Le premier estoit de luy faire franchir la difficulté des Iesuites, fust en acceptát
l'expedient que Monsieur le Cardinal de Ioyeuse luy auoit proposé, ou
autrement. Le second, de luy persuader, s'il vouloit donner part de cet
affaire aux Espagnols, qu'il la leur donnast à Rome, & non à Venise,
d'autant que la part qu'ils procureroient d'en auoir par delà, en s'efforçant de tirer du Senat les mesmes choses que vostre Majesté en auoit
tirées, ne pourroit sinon mettre l'affaire en peril. Le troisiéme, que la
reuocation des censures se fist, non icy, mais là, & que sa Saincteté mist

entre les mains de Monſieur le Cardinal de Ioyeuſe, vn bref de faculté
de les pouuoir leuer. Le quatriéme, que ſa Sainéteté ſe contentaſt que
ce fuſt Monſieur d'Alincourt, Ambaſſadeur de voſtre Majeſté à Rome,
& non Monſieur de Freſnes, Ambaſſadeur de voſtre Majeſté à Veniſe,
qui demandaſt par eſcrit au nom de voſtre dite Majeſté, & de la Republique, la reuocation des Cenſures. Car ſa Sainéteté alleguoit que quand
elle auoit dit que voſtre Majeſté la feroit demander par ſon Ambaſſadeur, elle entendoit que ce fuſt par ſon Ambaſſadeur reſidant à Veniſe,
comme par celuy qui auec plus de veriſimilitude pour la cireonſtáce du
lieu, la pouuoit demander au nom, & du conſentement de la Republique. Le cinquiéme, de faire agréer à ſa Sainéteté, la forme de l'eſcrit que
Monſieur le Cardinal de Ioyeuſe, & Monſieur l'Ambaſſadeur luy deuoient mettre entre les mains, pour luy donner la parole de voſtre Majeſté, & obtenir qu'elle ſe contentaſt qu'il ne luy fuſt point conſigné
actuellement, ſinon au meſme inſtant qu'elle donneroit le bref de la
reuocation des cenſures à Monſieur le Cardinal de Ioyeuſe. Et le ſixiéme, de preſſer ſa Sainéteté de me declarer, s'il eſtoit poſſible, ſa reſolution finale à l'heure meſme, & la faire ſçauoir le lendemain au Conſi-
ſtoire, afin que la longueur de la ſuſpenſion & incertitude de ſa Sainéteté, n'apportaſt quelque trauerſe & rupture à l'affaire. I'entrepris le
voyage à leur inſtante priere, auec plus de zele que de force. Car pendát
le chemin ie failly à m'eſuanoüyr pluſieurs fois, & ſur le premier poinét,
qui eſtoit de la reſtitution des Ieſuites, ie conteſtay long temps auec ſa
Sainéteté, luy repreſentant le peril où elle mettoit l'Egliſe & toute la
Religion Chreſtienne, pour vn Ordre particulier, duquel il ne ſe trai-
étoit point d'exclurre, mais de differer la reſtitution. Qu'il faloit que ſa
Sainéteté reſtabliſt premierement ſon authorité à Veniſe, & que puis
apres elle y reſtabliroit les Ieſuites; Et que voſtre Majeſté qui les auoit
bien mis à Conſtantinople, les remettroit bien auec le temps à Veniſe.
Que ſa Sainéteté deuoit conſiderer qu'elle eſtoit maintenant en la meſme criſe, & au meſme poinét auquel Leon X. perdit la Religion en Allemaigne, & auquel Clement V I I. la perdit en Angleterre, & auquel
Clement V I I I. la ſauua en France. Qu'il eſtoit en elle de faire, ou l'vn
ou l'autre en Italie, par l'acception ou refus des conditions que voſtre
Majeſté luy auoit procurées. Que quand elle auroit conſumé vingt ans
de temps, dépendu vingt millions d'or, fait donner vingt batailles, veu
reſpandre le ſang de deux cents mille hommes, poſſible ne retourneroit-
elle pas à obtenir ce que voſtre Majeſté luy apportoit maintenant. Que
de ſe confier en la iuſtice de la cauſe, c'eſtoit vne tres-bonne & tres-
ſainéte confiance : mais que Dieu auoit encore voulu que ſes Diſciples
adiouſtaſſent la prudence à la ſimplicité. Que la cauſe du Pape Clement V I I. contre le Roy Henry V I I I. d'Angleterre, & celle du Pape
Leon X. contre les Proteſtants d'Allemaigne, auoient eſté tres-iuſtes,
mais que pour n'auoir pas eſté accompagnées d'autant de prudence que
de iuſtice, elles auoient attiré la perte & ruyne de pluſieurs grandes

Prouinces. Que bien fouuent la prouidence diuine fouffroit que les caufes iuftes patiffoient pour punir les pechez des peuples; Et qu'il eftoit incertain fi Dieu pour chaftier les vices de la Chreftiété, voudroit vn iour
permettre que la Religion Catholique fuft opprimée en Italie, voire
poffible bannie de l'Europe, comme elle l'auoit efté de l'Afrique, & de
l'Afie, & s'aller acheuer de transferer aux Indes, & en l'autre hemifphe-
re. Chofe que fa Sainéteté auoit à defirer fur tout, que Dieu deftour-
naft des ans de fon Pontificat, & ne laiffaft point fa memoire marquée
de ce fuccez à la pofterité. Que comme en temps de peftilence toutes
les fiéures fe conuertiffoient en pefte, ainfi en temps d'herefie tous les
fchifmes fe conuertiffoient en herefie. Que fi fa Sainéteté failloit à prédre l'occafion que voftre Majefté luy mettoit en main, elle alloit planter tout d'vn coup vingt Geneues en Italie, fans celles que la force des
armes y adioufteroit, lors que les heretiques des autres Prouinces les
affifteroient. Qu'elle trouueroit outre cela, poffible, bien des vlceres &
des apoftumes cachées dans les cœurs des autres Princes d'Italie, qui fe
defcouuriroient quand la balance & l'égalité des forces rendroit l'ele-
étion des partys libre & feure à ceux qui les voudroient choifir. Que
l'ambition des Efpagnols feruiroit de pretexte à plufieurs, pour prendre
le party contraire au S. Siege, fous tiltre de defenfeurs de la liberté de
leur pattie; & la friandife d'vfurper & s'approprier les biens de l'Eglife,
comme auoient fait les Princes Proteftans d'Allemaigne, leur feruiroit
d'amorce & d'appafts pour cet effeét. Que l'experience nous auoit appris en France, que lors qu'on auoit voulu opprimer les heretiques par
les armes, il s'eftoit ioinét pour diuerfes caufes vne telle quantité de
Catholiques auec eux, fous tiltre de Catholiques vnis & affociez, qu'ils
auoient fouuent donné la loy au feu Roy, iufques là que fon propre
frere, quoy que Catholique, auoit pris les armes auec eux contre luy.
Que c'eftoit s'abufer, que de croire que fa Sainéteté trouuaft plus de fidelité en beaucoup de Princes d'Italie, que le feu Roy n'auoit fait en fon
propre frere. Que les fecours des Efpagnols eftoient mal affeurez & pé-
rilleux, & fujets à eftre reglez par leur propre vtilité, & reuoquez lors
que leurs interefts les appelleroient ailleurs. Que fe mettre fous leur
proteétion, n'eftoit pas entrer en proteétion, mais en feruitude. Que les
guerres des Ecclefiaftiques au refte, n'auoient prefque iamais ny bonne
odeur ny bon fuccez. Que fa Sainéteté ayant obtenu les autres poinéts,
qui eftoient de l'effence de l'affaire, fi elle failloit à le conclurre pour
l'article des Iefuites, cefte guerre ne s'appelleroit pas la guerre de l'Eglife, mais la guerre des Iefuites; à laquelle poffible les plus efchauffez Catholiques iroient fort lentement; & que d'ailleurs cela rendroit leur Ordre fi odieux à la Republique, pour y eftre voulus rentrer par force &
par armes, qu'ils luy deuiendroient entierement irreconciliables. Que
quãd i'auois eu l'honneur de venir traiéter icy l'affaire de la benediétion
de voftre Majefté, auec le feu Pape Clement, les mefmes inftances nous
auoient efté faiétes pour la reftitution des Iefuites, qui auoient efté

chaſſez & bannis de France , auec des marques d'opprobre encore plus
beaucoup plus grandes. Que neantmoins le Pape Clement voyant la
diſficulté & impoſſibilité d'obtenir pour lors cet article , & ne voulant
pas ruyner vn affaire general pour vn poinct particulier , s'eſtoit laiſſé
perſuader d'en differer l'inſtance à vn autre temps. Ce qui luy auroit
ſuccedé trop plus heureuſement , que s'il s'y fuſt du premier coup opi-
niaſtré. Que ſa Sainctete au demeurât , ne s'émeut point des efforts que
les Miniſtres & Partiſans d'Eſpagne faiſoient , pour la diuertir d'incliner à cet accord. Que quand Clement huictiéme fut ſur le poinct de ſe
reſoudre à donner ſa benediction à voſtre Majeſté , ils exciterent bien
encore de plus grandes tragedies pour l'en deſtourner , l'intimidans de
plaintes, menaſſes & brauades ; & luy remonſtrant que s'il abandonnoit
le Roy d'Eſpagne , qui s'eſtoit engagé (comme ils diſoient) en la guerre
de la Ligue , pour la defenſe de la Religion , & receuoit voſtre Majeſté,
ſans auoir pour le moins fait auparauant la paix entre ces deux Couronnes, le Roy d'Eſpagne l'abandonneroit : Mais que ſi toſt que la choſe fut faicte, toutes ces plaintes & menaſſes ceſſerent. Que ſa Saincteté
eſtoit maintenant aux douleurs de l'accouchement de ce grand affaire;
mais que dés qu'elle s'en ſeroit deliurée par vne hardie & genereuſe de-
claratiõ , toute ſa peine ſe changeroit en ioye & allegreſſe. Que l'intention que les Eſpagnols auoient de l'engager en ceſte guerre , n'eſtoit
ſinon pour la tyranniſer puis apres comme il leur plairoit. Que la premiere choſe qu'ils feroient dés que la guerre ſeroit commencée , ſeroit
de l'obliger à tirer l'argent du Chaſteau S. Ange , pour le payement de
leur armée , luy repreſentant qu'ils auroient entrepris la guerre pour ſon
ſeruice, & que ſi elle ne leur aydoit à en ſouſtenir les frais , ils l'abandon-
neroient. Que comme le threſor de l'Egliſe ſeroit eſpuiſé , ſa Saincteté
n'ayant plus moyen d'entretenir ſes propres forces , pour la defenſe de
l'Eſtat Eccleſiaſtique, elle ſeroit contrainte de receuoir des garniſons
Eſpagnoles dans ſes places , pour les garder , & ainſi deuiédroit leur eſclaue, & ſe trouueroit non moins ſpoliée par ſes protecteurs, que par ſes
ennemis. Que les chertez & famines dont l'Italie eſtoit deſia pleine , venant à ſe meſler auec la guerre , & auec les charges & leuées extraordinaires qu'il faudroit impoſer ſur le peuple , les propres villes & Prouín-
ces de l'Eſtat Eccleſiaſtique ſe rebelleroient contre ſa Saincteté. Et bref,
que ſi ceſte guerre duroit, l'Italie deuiendroit le prix & le partage de deux
partys, l'vn des Heretiques , & l'autre des Eſpagnols ; & que le S. Siege
demeureroit entre les deux , pour ſeruir de proye aux vns & aux autres,
opprimé des vns , & oppugné des autres , auec tant de miſeres , opprobres & calamitez pour l'Egliſe , & tant de progrez, aduantages, & triomphes pour l'hereſie, & dedans & dehors l'Italie , que ceux qui donnoient
maintenant ces conſeils à ſa Saincteté , ſe maudiroient eux-meſmes vn
iour , de les luy auoir donnez, & blaſphemeroiét contre elle de les auoir
ſuiuis. Que preuoyant toutes ces ruynes , i'auois fait comme le fils muet
de Croeſus , lequel voyant en la priſe de la ville où il eſtoit , vn ſoldat qui

vouloit tuer son pere, fut saisi d'vne telle douleur, que la passion luy
rompit le fil qui luy lioit la langue, & le fit parler, & dire au soldat, Ne
tuë pas Crœsus. Ainsi qu'estant indisposé, comme sa Saincteté sçauoit,
& ayant entendu les efforts qu'on faisoit pour precipiter le sainct Siege
en ces pernicieuses resolutions, i'auois rompu vne diette qui m'auoit esté
ordonnée, & estois sorty contre l'ordonnance des Medecins, & le bien
de ma santé, pour venir dire à sa Saincteté, qu'elle prist garde que l'on
ne ruynast pas l'Eglise, que l'on ne perdist pas la Religion, que l'on ne
détruisist pas l'authorité du Siege Apostolique. Ces raisons, SIRE, &
autres qu'il pleut à Dieu m'inspirer, dittes auec assez de chaleur & de vehemence, firent tant qu'apres plusieurs responses & repliques, i'obtins
en fin que puis que le faict des Iesuites ne se pouuoit surmonter, sa Saincteté ne s'y aheurteroit point pour ceste heure, ains se contenteroit qu'il
y eust quelque clause dans l'escrit, par laquelle il parust qu'elle n'eust
point abandonné le soin de leur restitution. Ie veins de là au faict du
Bref, où ie la trouuay fort difficile, estimant qu'il y alloit de l'honneur
du S. Siege, que la reuocation des Censures se fist icy, & non pas qu'elle
l'enuoyast toute faicte à Venise; & craignant d'ailleurs que cela n'apportast trop de ialousie aux Espagnols, comme chose en laquelle ils ne
pouuoient auoir nulle part; neantmoins apres plusieurs raisons que ie
luy apportay au contraire, elle se laissa flechir, & consentit de donner
le Bref de faculté de l'absolutiõ & reuocation des Censures, à Monsieur
le Cardinal de Ioyeuse, pour le porter à Venise, auec condition neantmoins de faire deuant que de s'en seruir, ce qu'il pourroit pour la restitution des Iesuites, mais sans necessité de s'y achopper, s'il voyoit qu'il ne
peust passer outre. I'arrestay aussi auec sa Saincteté, la forme de l'escrit
que Monsieur le Cardinal de Ioyeuse & Monsieur l'Ambassadeur luy
deuoient donner, & impetray d'elle qu'il ne s'y changeast rien qui im-
portast. Ie luy fis semblablement agréer que ce fust Monsieur l'Ambassadeur de Rome, & non Monsieur de Fresnes, qui luy demandast par
escrit la reuocation des Censures, au nom de vostre Majesté & de la Republique; bien qu'auec quelque contestation, & apres m'auoir monstré
que c'estoit l'Ambassadeur d'Espagne residant à Venise, & non celuy de
Rome, qui la luy demandoit au nom de son Maistre & de la Seigneurie.
Et bref ie r'emportay d'elle satisfaction sur tous les poincts qui m'auoiët
esté commis, excepté que pour le regard de declarer son intention en
Consistoire, elle me dit qu'elle n'estimoit pas le deuoir faire publiquement, dautant qu'elle n'auoit point encore communiqué de cet affaire aux Cardinaux : mais que deslors elle me donnoit sa resolution, & que
le lendemain au Consistoire elle la feroit entendre en particulier à quelques Cardinaux, & l'apresdisnée commenceroit à les appeller l'vn apres
l'autre en sa chambre, pour prendre leurs vœux en secret, sans pour cela
s'obliger à les suiure. Au sortir du Palais de sa Saincteté, ie retournay
porter le resultat de mon audience à Monsieur le Cardinal de Ioyeuse, &
à Monsieur l'Ambassadeur, auec lesquels ie trouuay le Cardinal Delfin.

Ces nouuelles les remplirent d'autant de ioye, que ie les auois laissez pleins de crainte & de peine; & sur ce rapport ils resolurent de faire deslors courir le bruict que l'affaire estoit entierement conclu, afin de faire perdre le courage à ceux qui le voudroient trauerser, & s'y opposer, quand ils sçauroient que le Pape seroit tout resolu au contraire. Le lendemain sa Saincteté commença à executer la parole qu'elle m'auoit donnée, & ayant declaré au Consistoire son intention en particulier à quelques Cardinaux, se mit l'apresdisnée à faire venir les autres en sa chambre, pour prendre leurs vœux secrettement, & continua d'employer toute la sepmaine en ceste occupation. Le Dimanche premier de ce mois, le bruict s'estant épandu que sa Saincteté auoit esté fort agitée & combattuë par la pluspart des Cardinaux, & principalement sur le faict des Iesuites, dont ils se seruoient, pour la porter à vne entiere rupture, fauorisez d'vne lettre que D. Francesco de Castro auoit auoit artificicusement escrite de Venise pour cet effect, par laquelle il mandoit à sa Saincteté, que si elle tenoit ferme sur le poinct des Iesuites, elle l'obtiendroit: Monsieur le Cardinal de Ioyeuse & Monsieur l'Ambassadeur furent d'auis que ie rompisse derechef ma diette, & allasse trouuer sa Saincteté, pour essayer de r'affermir en son esprit ce que les autres y auroient esbranlé. Ce que ie fis auec tant d'effort, luy representant les choses que ie luy auois dittes le Dimanche d'auparauant, & plusieurs autres encore plus pressantes, que sa Saincteté me remercia par plusieurs fois, de luy auoir parlé auec ceste vehemence, me disant qu'elle s'en sentoit grandement obligée, & qu'elle auoit besoin de tels remedes pour la fortifier conrre les puissantes oppositions dont on l'auoit agitée & battuë toute la sepmaine precedente. De sorte que ie deffis en son esprit tout ce que l'on y auoit fait, & la laissay en tres-bonne disposition. Le Mardy matin troisiéme de ce mois, comme il se fut presenté deux difficultez sur l'instruction que le Pape auoit enuoyée à Monsieur le Cardinal de Ioyeuse, pour l'executió du Bref qu'il luy deuoit mettre entre les mains: L'vne touchant l'irregularité des Euesques, qui n'auoient point obserué l'interdict, lesquels sa Saincteté ne vouloit point que Monsieur le Cardinal de Ioyeuse peust absoudre & restablir, mais seulement les simples Prestres & Religieux; & l'autre touchant la façon de receuoir les deux prisonniers, lesquels le Pape entendoit par le mot, librement, deuoir estre receus sans protestation; Monsieur le Cardinal de Ioyeuse, Monsieur le Cardinal Serafin, & Monsieur l'Ambassadeur, me conjurerent de faire encore vne troisiéme rupture de ma diette, & d'aller trouuer l'apresdisnée sa Saincteté, afin d'essayer de surmonter ou esclaircir ces difficultez. Or pendant que ie me disposois à faire ce voyage, arriua qu'vn certain homme qui auoit penetré de bonne foy la peine où les seruiteurs de vostre Majesté estoient, que les Venitiens en consignant les prisonniers, ne fissent quelque protestation, alla porter cet aduis aux Espagnols, & par leur moyen donna l'alarme à sa Saincteté, que les Venitiens deuoient rendre les prisonniers auec protestation, & que les ser-

uiteurs

uiteurs de vôstre Majesté n'auoient point tiré asseurance d'eux qu'ils ne
le feroient point, ains au contraire, estoient aduertis qu'ils le feroient.
Cela altera tellement l'esprit du Pape, qui s'estoit engagé les iours precedents à dire à tous les Cardinaux, que les prisonniers luy deuoient
estre rendus librement, & sans protestation, qu'il changea de dessein, &
ayant perdu toute esperance d'accord, se resolut d'en rompre entierement le traicté, à quoy le poussoit encore fort le Marquis de Castre,
nouuellement arriué de Venise, lequel outré de ce que ny son Maistre
ny luy n'auoient aucune part à cet affaire, aigrissoit les choses, & affermoit auoir apporté aduis certain de Venise mesme, que les François
n'auoient tiré nulle asseurance que les Venitiens ne protesteroient
point, ains au contraire qu'il sçauoit que les Venitiens estoient resolus
de protester. Et là dessus, offroit à sa Saincteté dix mille hommes dé-
frayez de la part de l'Empereur: De sorte que quand i'arriuay au Palais de sa Saincteté, ie trouuay, ne me doutant de rien de tel, son an-
tichambre pleine de Colonnels & Capitaines, & à l'entrée de sa chambre rencontray le Secretaire Lanfranc, qui me dit que ie venois en vne
fort mauuaise coniuncture. Abouché que ie fus auec sa Saincteté, tous
les propos qu'elle me tint, furent, qu'elle voyoit bien que Dieu ne vouloit pas cet accord: Qu'elle rendoit graces infinies à vostre Majesté, du
soin qu'elle auoit eu de le procurer, mais qu'elle recognoissoit que
Dieu ne le vouloit point: que c'estoit ses pechez qui en estoient cause.
Qu'elle tenoit l'affaire pour exclus, puis que les Venitiens n'auoient
point donné asseurance que les prisonniers luy seroient rendus librement, chose qu'elle auoit tousiours stipulée, & dont l'escrit mesme
que Monsieur le Cardinal de Ioyeuse, & Monsieur l'Ambassadeur luy
auoient enuoyé par moy, estoit chargé, & laquelle elle s'estoit auancée de rapporter aux Cardinaux, en leur donnant part de l'estat de
l'affaire; Elle ne vouloit plus que l'on en traictast, ny que Monsieur
le Cardinal de Ioyeuse allast à Venise; Et que cet article, qui estoit le
premier fondement du traicté, manquant, il n'en faloit plus parler: Et
cela auec vn visage tout troublé de douleur. I'essayay de la remettre le
mieux que ie peus, luy representant que parauanture on luy auoit donné l'alarme plus chaude qu'elle n'estoit, & que possible les Venitiens ne
se mettroient en nul effect de protester, & que quand ils le feroient, il
vaudroit tousiours beaucoup mieux, si cet incident auoit à rompre l'affaire, que la rupture s'en fist à Venise, qu'à Rome: d'autant que si l'affaire se rompoit à Venise, par la dureté & opiniastreté des Venitiens, sa
Saincteté seroit iustifiée, & loüée de douceur & de clemence par tout
le monde, & le tort remis sur eux, qui pour vne ponctille auroient
manqué de rendre le deuoir qu'ils estoient obligez de rendre à l'intercession d'vn si grand Roy, & à la paix de la Chrestienté, & au salut de
leur conscience, & bien de leur propre patrie. Là où si l'affaire se rompoit à Rome, le bruict courroit par tout, que c'auroit esté les Espagnols

E e e

qui l'auroiét fait rompre: Chofe qui cauferoit beaucoup de diminutiõ
à la bien-vueillance que l'on portoit à fa Sainéteté. Que neantmoins ié
ferois le rapport de toute cefte hiftoire à Monfieur le Cardinal de Ioyeufe, & à Monfieur l'Ambaffadeur, lefquels ne penfoient rien moins
quand i'eftois party, que de croire que ie deuffe trouuer fa Sainéteté en
cefte perplexité. Arriué que ie fus vers Monfieur le Cardinal de Ioyeufe
& Monfieur l'Ambaffadeur, auec lefquels eftoit auffi le Cardinal Delfin, qui fçauoit defia que tout eftoit fans-deffus-deffous au Palais, & que
l'on y tenoit l'affaire pour entierement rompu, ils furent d'auis que ie
retournaffe tout court fur mes pas, combien qu'il fuft deux ou trois heures de nuiét, & m'exhorterent que ie poftpofaffe encore pour cefte fois
le foin de ma fanté au bien public, & allaffe retrouuer fa Sainéteté, deuãt
qu'elle fe confirmaft en vne refolution contraire, & que les perturba-
teurs de l'accord euffent le loifir de faire vne plus grande impreffion en
fon efprit, & que ie l'affeuraffe que Monfieur le Cardinal de Ioyeufe ne
leueroit point les Cenfures, fi les prifonniers n'eftoient remis entre fes
mains fans proteftation, & que fur cefte affeurance ie fuppliaffe fa Sainéteté de fe contenter de luy mettre le Bref de l'abfolution entre les
mains, & luy permettre de partir le lendemain, pour s'en aller acheuer
de mettre à fin l'affaire à Venife. Ie m'acquitay tellement de cefte commiffion, qu'apres plufieurs refponfes du peu d'honneur que fa Sainéteté difoit qu'il y auoit pour elle, d'enuoyer fur vne incertitude la reuocation de fes Cenfures à Venife, elle y condefcendit, & fe relafcha
encore à conceder deux expedients & modifications que ie luy deman-
day fur le faiét de la proteftation, dont Monfieur le Cardinal de Ioyeufe rendra compte à voftre Majefté, quand il aura executé fa commiffion.
Ie luy parlay auffi du faiét des Euefques, & luy reprefentay qu'il me fembloit que c'eftoit vn perilleux confeil, que de les vouloir excepter de
l'abfolution, & rehabilitation vniuerfelle des Ecclefiaftiques qui auoiét
encouru irregularité, & que cela poffible les aigriroit, & feroit refoudre
à defendre ce qu'ils auoient fait, & à pretendre n'eftre point cheus en
irregularité, & qu'en ce cas il n'y auoit point de doute que le Senat ne les
fouftint, & que ce ne fuft retomber en vn inconuenient pire que le premier, & faire d'vn fchifme de Laïques, vn fchifme Ecclefiaftique. Ce que
ie luy rebatty fi fouuent, que i'obtins à trois diuerfes fois de fa Sainéteté;
Premierement, Qu'elle concederoit à Monfieur le Cardinal de Ioyeufe,
la faculté de les abfoudre en confcience: Secondement, Qu'ayant receu
aduis de luy de ce qu'il auroit fait, elle luy enuoyeroit par lettres le pouuoir de les abfoudre exterieurement: Et tiercement, Qu'elle luy diroit en
partant vn mot à l'oreille, & en cas qu'il ne les peuft difpofer de venir à
Rome, luy donneroit toute authorité & faculté de faire en leur endroiét
ce qu'il verroit eftre neceffaire pour le bien de l'affaire, & que le lédemain
elle luy configneroit le Bref entre les mains, afin qu'il peuft partir promptement, pour fe trouuer à Venife la fepmaine fainéte. Hier au foir donç
fa Sainéteté acheua d'effeétuer toutes ces chofes, & aujourd'huy auant le

iour, Monſieur le Cardinal de Ioyeuſe eſt party, afin de s'acheminer à
Veniſe, remportant en ſes mains, pour palme de victoire, la faculté de
leuer les cenſures, qui eſt vn ſignalé aduantage par deſſus les Eſpagnols,
leſquels ont fort eſſayé, ou de le luy trauerſer, ou de faire que le Cardinal Zapata luy fuſt donné pour adioinct. Car quant aux autres ſolemnitez, ils ont quelque egalité en apparence auec les Miniſtres de voſtre
Majeſté, d'autant qu'ils donnent la parole au nom de leur Roy, pour la
Republique, comme font Monſieur le Cardinal de Ioyeuſe, & Môſieur
l'Ambaſſadeur au voſtre, i'en ay veu les eſcrits: bien que tout le monde ſçache que ce ſoit vne fable & vne vanité, & qu'ils n'en ont aucun cô-
ſentement de la Republique: Mais la puiſſance de leuer les Cenſures, elle
eſt conſignée à celuy qui a conclu & acheué la negotiation de la part de
voſtre Majeſté à Veniſe & à Rome, aſçauoir à Monſieur le Cardinal de
Ioyeuſe, qui m'a enioinct de vous eſcrire ceſte part du peu que i'ay traicté icy par l'ordonnance de luy & de Monſieur l'Ambaſſadeur, ſe re-
mettants eux-meſmes à vous eſcrire ce qu'ils y ont traicté immediatement: Et lequel certes, SIRE, a erigé en ceſte Cour, ou pluſtoſt en toute l'Italie, vn merueilleux trophée d'honneur & de gloire à voſtre Majeſté, s'eſtant en la perfection de ce labeur conduit ſi dignement & accortement, qu'il en merite vne loüange immortelle. En quoy comme il a,
auec vne admirable prudence, grauité & dexterité, mis la derniere main
à ceſte œuure: auſſi luy en ont eſté faits les preparatifs, & icy par Monſieur l'Ambaſſadeur, & à Veniſe par Monſieur de Freſnes, auec tant de
ſoin, de zele & d'induſtrie, qu'il ſe void que les Miniſtres des autres Princes ne peuuent non plus diſputer auec les voſtres, le prix de la negotiation, que leurs maiſtres ne peuuent diſputer auec vous, celuy de toutes
ſortes de vertus. A cela ie ne veux oublier d'adiouſter, que la bonne fortune de voſtre Majeſté, ou pluſtoſt la bien-vueillance dont Dieu fauoriſe ſes deſſeins, s'eſt tellement faict reluire en ceſte action, & a ſi bien
aſſiſté le miniſtere de vos ſeruiteurs, que ce traicté ſe peut côter entre ſes
plus heureuſes entrepriſes, ayant la felicité de voſtre Majeſté eſté ſi grâ-
de, qu'en vn pays où ſes emulateurs poſſedent pluſieurs Eſtats & Prouinces, & où voſtre Majeſté ne poſſede que le ſeul credit que ſa renommée luy a acquis, elle a eſté l'Arbitre du plus important different qui y
ſoit né de long temps, & du ſuccez duquel dépendoit le repos ou le trouble de toute l'Europe; & l'a mis ſi heureuſement à fin, qu'elle n'a pas
moins obligé la Religion Catholique, & le Siege Apoſtolique, par l'entremiſe de ſon authorité, que Pepin & Charlemaigne par leurs armes.
Ie prie à Dieu,

    SIRE, qu'elle iouyſſe longuément de ceſte gloire en terre, pour ar-
    rhe & gage de celle du Ciel.

De Rome ce cinquiéme Auril 1607.

SANCTISSIMO AC BEATISSIMO
Patri, ac Domino, Domino PAVLO V. *diuina prouidentia vniuerfalis Ecclefiæ Papa, Humillima pedum ofcula.*

BEATISSIME PATER,

Non ego vnus, fed vniuerfum hoc Galliæ Regnum tuæ Sanctitati, vno confenfu, & vna voce gratias agit quantas poteft ampliffimas pro Paftorali cura & pietate, qua ouile hoc fuum affiduè amplectitur. Ego autem tuæ Sanctitati quantum debeam, verbis explicare vix poffum, quia & aliis nominibus non paucis, & hoc etiam nouiffimo tibi deuinctus fum, quòd grauiffimo tuo iudicio, & quo vno omnia aliorum iudicia continentur, vifus fum idoneus, cuius induftria religioni Catholicæ Apoftolicæ Romanæ, extra quam nulla Religio eft, & huic regno inferuire, quod vnum in votis mihi maximè eft, non inutiliter poffet. Nunquam ex animo meo difcedit, neque difcedet aut refrigefcet votum hoc meum ac ftudium Religionis amplificandæ, & Regnum hoc in Religionis fanctiffimæ ftudio tuæque Sanctitatis obfequio retinendi. Quibus in curis quotidie verfor, & tuæ Sanctitatis monitu incitatus etiam alacriori animo in has curas & follicitudines in pofterum incumbam. Quod vt fpero Sanctitati tuæ pleniùs quoque innotefcet Reuerendiffimi Archiepifcopi Nazareni relatione, cuius raræ & eximiæ virtutes cum fumma prudentia & fingulari probitate coniunctæ ita in hac curia enituerunt, & placuerût, vt in ore omnium verfentur, & ampliffimo ipfius etiam Reginæ procerúmq; regni teftimonio comprobatæ fint. Te Pater Sanctiffime Deus nobis incolumem diutiffimè feruet, vt magna in ouile tuum beneficia maioribus cumulare poffis, multáque & præclara quæ cogitas & moliris, ad Dei gloriam Ecclefiæque vtilitatem perficere.

Datum Lutetiæ, anno Domini M. D C X. die verò xxx. Augufti.

LETTRE
ENVOYE'E A MONSIEVR DE CASAVBON,
EN ANGLETERRE.

MONSIEVR, Ie vous remercie du bon office que vous m'auez fait, d'affeurer le Roy de la grand' Bretaigne, que ie ne fuis point autheur du liure que vous m'efcriuez m'auoir efté imputé par quelques-vns de fa Cour. Ie ne l'ay pas feulement veu ny voulu voir, tant ie fuis efloigné de proceder auec les Roys de la façon dont on m'a dict qu'il

procede, & principalement auec vn Roy auquel ceux qui font profeffion de fçauoir quelque chofe, font particulierement obligez de
porter toute forte de refpect, pour l'honneur qu'il a faict à la Philofophie, & aux bonnes Lettres, de les affeoir par fon erudition dedans le
Throne Royal, & accomplir en fa Perfonne le fouhait de Platon; des
Philofophes regnants, ou des Roys philofophants. Les Confeils que ie
donnay au feu Roy Henry I V. de glorieufe memoire, que les refponfes
qui fortiroient de fon Royaume aux Efcrits de ce Prince, fuffent pleines de toute la reuerence, modeftie, & humilité, qui fe deuoit à vn fi
grand Roy, dont les Lettres & Vertus ne font pas feulement fuffifantes
pour faire refpecter vne Ame Royale, mais mefme pour faire venerer
vne perfonne particuliere, & les témoignages que i'ay rendus aux excellentes parties de fa Majefté, & en France, & ailleurs où ma bouche a
toufiours efté pleine de fes loüanges, me font vn affez fort rempart contre cefte calomnie, quand mefme on ne fçauroit point l'Autheur du
Liure, & que la diuerfité des Textes n'accuferoit point le mauuais iugement de ceux qui me l'ont attribué.   Il me fouuient trop de ces deux
refponfes, l'vne d'Alexandre, Que fes foldats eftoient payez pour combattre, & non pour injurier; & l'autre à Alexandre, Qu'il faloit traicter
les Roys Royalement; pour auoir voulu contaminer mon ftyle fi i'euffe
entrepris de refpondre à fa Majefté, d'aucune forte d'inuectiues. Et bien
que le different de la Religion me tienne feparé d'elle, pour ce qui eft
de la croyance & de la communion Ecclefiaftique : Neantmoins l'éclat
& la fplédeur de fes Vertus morales & intellectuelles, ne laiffe pas de penetrer à trauers cét obftacle, & me la faire voir auec des yeux d'eftime &
d'admiration, cóme vn Prince auquel, excepté le feul tiltre de Catholique, Ie ne trouue rien à defirer pour former non le modelle faict à plaifir du Cyrus de Xenophon, mais le vray exemplaire viuant d'vn Prince
parfaict & accomply.   Ie laifferay ce propos pour vous dire que la Royne vous a accordé le fejour de quelque temps aupres de luy, comme ie
croy que Monfieur de Villeroy vous l'aura témoigné : Et adioufteray
que la Reyne Marguerite m'ayant prié ces moys paffez de luy donner
vne copie de quelques vers de Virgile que i'auois autresfois traduits, ie
les ay reueuz, & en ay faict mettre vne douzaine d'exemplaires fur la
preffe.   Ie vous en enuoye vn, pour continuer à vous entretenir le
gouft de la langue Françoife en Angleterre. Si i'euffe eu affez d'accés
auec le Roy du Païs, ie luy en euffe prefenté vn, fçachant combien il
ayme l'elegance & les delices des Lettres humaines : mais ie n'ay ofé
prendre cefte licence. Vous le lirez, & m'en manderez voftre aduis.
Et moy ie demeureray,

MONSIEVR,

Voftre plus affectionné à vous feruir,

Eeee iij

DE TEMPORE CONCILII NICÆNI I.

Præfatio Commentario Gelasij Cyziceni præfixa in Editione Romana An. M. DC. VIII.

a *Euseb. in Chro. vbi pro 22. malè scriptũ 2. Hierony. in Chron. Socra. lib. 2. c. 27. Theodor. hist. Eccl. lib. 1. c. 3. Gelas. Cyzic. lib. 1.*

b *Sozom. hist. Eccl. lib. 1. c. 16.*

c *Phot. epist. ad Michaël. Bulg.*

CONCILIVM Nicænum sub Papa Siluestro celebratum fuisse, & [a] Latinæ subscriptiones Canonum, & omnium veterum, qui de ea re scripserunt, monumenta vel affirmant, vel significant, vno excepto [b] Sozomeni deprauato loco, quem Cassiodorus historiæ Tripartitæ concinnator, & alij recentiores secuti sunt. Inde orta est de tempore Concilij Nicæni ingens apud posteros controuersia; aliis calculum subscriptionum Latinarum, & auctoritatem Eusebij, Hieronymi, Socratis, Theodoriti & Gelasij Cyziceni, qui omnes illud vel diserté vel tacité ad Siluestri ætatem referunt, proponentibus: aliis Sozomenum, qui contra omnium vel maiorum vel æqualium suorum fidem, ipsum ad Iulij Pontificatum mendosè deprimit, opponentibus: [c] Photius vt vtramque partem conciliet, & Sozomenum cum Gelasio Cyziceno in concordiam reducat, sub Siluestro incœptum, sub Iulio absolutum statuit. Hæretici nostri sæculi (quorum in omnibus studium est officere Romanæ Ecclesiæ, quæ vt antiquiorem, ita saniorem sententiam tuetur) Sozomeni corruptum locum abripiunt, & sub Iulio celebratum fuisse importunè contendunt. Quod falso fundamento niti, mendúmque manifestum in Sozomeni scriptione esse, vel ex marginali annotatione quæ in textum irrepserit, vel ex voce παλιός, id est senex, canus, venerandus, quæ vitio scribæ in Ιυλιος euaserit, sic ex Sozomeno ipso demonstratur. Primùm, causa quam prætexit Sozomenus, cur Concilio Nicæno non interfuerit Romanus Pontifex, decrepitam scilicet senectutem, in Iulium cadere nullo modo potest: qui iuxta Socratem & Sozomenum ipsum, vsque ad triginta ferè annos post Concilium Nicænum ætatem produxit. Tradit enim [d] Socrates, atque ex ipso [e] Sozomenus, Constantium post tyrannos Magnentium, Siluanum & Gallum cæsos, Syrmio Romam ad triumphandum profectum; ac eodem tempore Concilium in Italia conuocasse; dúmque ad illud Episcopi iter pararent, Iulium Episcopum Romanum è viuis excessisse. Magnentius autem cæsus fuit, iuxta [f] Sozomenum, sub Sexto Consulatu Constantij, & secundo Galli, qui annus à Concilio Nicæno XXVIII. numeratur: Gallus verò iuxta eumdem [g] Sozomenum, sub septimo Consulatu Constantij, & tertio sui ipsius, qui annus est XXIX. à Concilio: & Siluanus, teste [h] Ammiano Marcellino, post Gallum. Quî ergo fieri potuit, vt qui Ecclesiam Romanam secundum Sozomenum, trigesimo ferè post Concilium Nicænum anno regebat, ob grauiorem ætatem

d *Socr. hist. Eccl. lib. 2. c. 27.*

e *Sozom. hist. Eccl. lib. 4. c. 7.*

f *Sozom. ibid. c. 6.*

g *Sozom. ibid.*

h *Amm. Marcell. lib. 15.*

Concilio Nicæno adeſſe nequiuerit ? Præterea , Iulij Pontificatum fuiſſe vigintiquinque annorum, ſcribit [a] Sozomenus, ídque etiam mendoſe, ı in ϰ verſo, vt conſtat ex [b] Socrate, vnde Sozomenus illa omnia fere de verbo ad verbum expreſſit, qui ſolos quindecim annos Iulio tribuit. Sed concedamus Iulium annis vigintiquinque Eccleſiam rexiſ-ſe ; quomodo potuit qui vigintiquinque annis in Sede vixit, & obiit trigeſimo ferè poſt Concilium Nicænum anno, tempore Concilij Nicæni Pontificatum tenuiſſe ? Adde [c] Sozomeni ἐπσχλω, qui in prolegomenis Concilij Nicæni, vt exordium hiſtoriæ ſuæ temporis nota ſignaret, ſic prælocutus eſt: Criſpo & Conſtantino Cæſaribus Conſulibus, Romanæ Eccleſiæ antiſtes fuit Silueſter. Fuiſſe autem tum Conſulatum Criſpi & Conſtantini tertium, idem [d] Sozomenus ita in præfatione operis ſui atteſtatur: Sum vero hiſtoriam exorſus à Criſpo & Conſtantino Cæſaribus iam tertium Coſſ. Atqui tertius Conſulatus Criſpi & Conſtantini, qui annus Chriſti CCCXXIIII. fuit, immediate præceſſit Conſulatum Paulini & Iuliani, id eſt, annum Chriſti CCCXXV. ſub quo celebrata eſt Synodus Nicæna, auctore [e] Socrate, & [f] Sozomeno ipſo, qui exitum Concilij in principium vicennalium Conſtantini incidiſſe affirmat: quomodo ergo dici poteſt, Legatos Eccleſiæ Romanæ in Synodo Nicæna miſſos fuiſſe à Iulio, quos ob locorum interualla multo ante Concilium deſtinatos oportuit, cùm finis Conſulatus Criſpi & Conſtantini, vix quatuor menſibus Concilium Nicænum menſe [g] Maio anni ſequentis celebratum anteuerterit, & Marcus Romanus Pontifex, eodem Sozomeno, vt mox videbitur, teſte, inter Silueſtrum & Iulium medius interceſſerit ? Accedit etiam querela Iulij (vt [h] Sozomenus ipſe refert) apud Epiſcopos Orientales, quòd eum ad Synodum Antiochenam non vocaſſent. Hoc autem vt ſtare poteſt cum excuſatione ſenectutis, ob quam non adfuit Concilio Nicæno, quod ſedecim annis Antiocheno illo antiquius fuit ? Immo quare Iulio ſenectutis cauſam prætexuit Sozomenus, cur à Côcilio Nicæno abfuerit, non autem eam multo magıs attulit cur ad Concilium Sardicenſe, quod duobus & viginti annis poſterius Nicæno fuit, non profectus ſit, ſed tantum per Legatos ei interfuerit ? Sed quid argumentis opus eſt, cùm extet apud Sozomenum ipſum locus expreſ-ſus, qui vno ictu hanc difficultatem euacuat, diſertíſque verbis profite-tur, Iulium longo poſt Concilium Nicænum interuallo, & circa tempora conciliabuli Antiocheni aduerſus Euſtathium (qui in Concilio Nicæno Epiſcopus Antiochenus fuerat) celebrati, in Pontificem Romanum electum fuiſſe, atque ideo númquam Sozomeno in mentem venire potuiſſe, vt Concilium Nicænum ſub Iulio collocaret ? Ipſe enim Sozomenus, qui lib. ı. cap. XVI. aſſerit Romanum Pontificem ob pondus ætatis Concilio Nicæno non adfuiſſe: quique vltimo capite eiuſdem primi libri vniuerſam Concilij Nicæni hiſtoriam omnino abſoluit, præfixa fronti ſecundi libri hac clauſula, Hactenus finem habuere quæ in Nicæa geſta ſunt: ac deinde toto ſecundo libro ad ea

defcendit narranda, quæ fub reliquo Conftantini imperio contige-
runt: is, inquam, ipfe Sozomenus, poftquam rebus Concilij Nicæni
finem pofuit, per integra priora fecundi libri feptemdecim capita
percurrit ea quæ inter Concilium Nicænum, & Antiochenum in caufa
Euftathij celebratum, interceſſerunt; & demum xviii. capite, Antiocheni Concilij celebrationem, Euftathij abdicationem,& Euphro-
nij fubrogationem defcripfit: tandem deueniens ad xix. libri fecundi
caput, affirmat fub id tempus, Siluestro mortuo, ac in eius locum ad
breue fpatium, id eft, fecundum [a] Hieronymum, menfes octo, fuffecto
Marco, Iulium in Sedem Romanam euectum fuiſſe. verba eius funt:
[b] Per id tempus cum Marcus poft Siluestrum ad exiguum tempus
Epifcopatum Romanum geſſiſſet, Iulius in illam Sedem fuccesſit: in
Sedem autem Hierofolymitanam poft Macarium, Maximus. Hæc non
aduertiſſe Bedam & ceteros Latinos fcriptores, qui Cassiodori veftigiis
inftiterunt, minor culpa eft. non enim extabat penes eos integrum
Sozomeni exemplar, vbi hic locus habetur, fed tantum tesſerulæ quædam in illo hiftoriæ Tripartitæ vermiculato opere infertæ. At nouos
iftos cenfores.& integro Sozomeni exemplari fretos, & adeò oculatos,
vt fibi nihil non videre videantur, quis excufare poterit? Sed de his
hactenus.

a Hieron.
in Chron.

b Sozom.
lib.2.c.19.

RÉCVEIL

DES POESIES

DE MONSIEVR

DV PERRON,

DEPVIS EVESQVE D'EVREVX,
et apres Cardinal, Archeuesque de Sens, et grand
Aumosnier de France.

a

RECVEIL
DE TOVTE LA POESIE
DE MONSEIGNEVR LE CARDINAL DV
PERRON, ARCHEVESQVE DE SENS,
Primat des Gaules & de Germanie, & grand
Aumofnier de France.

STANCES.

QVAND aux plaifirs mortels mon ame accouftumée,
Errant apres l'obiect qui l'alloit deceuant,
Suiuoit vn vain nuage, vne ombre, vne fumée,
Et pour fruict defiré ne cueilloit que du vent.

Que d'eftranges trauaux, que d'incroyables peines,
Sans iamais donner trefue au mal qui l'offençoit,
Que d'efpoirs incertains, que de douleurs certaines,
Dont l'vne finiffant, l'autre recommençoit!

L'apparence d'vn bien tout foudain terminée,
Luy faifoit chacun iour efprouuer cent trefpas,
Et fi fort à fa peine elle eftoit obftinée,
Que pouuant l'éuiter elle ne vouloit pas.

De tant d'ennuis foufferts la longue experience
Rendoit de iour en iour fon feu plus allumé,
Ce n'eftoit que defir, qu'ardeur, qu'impatience,
Dont plus i'allois bruflant, moins i'eftois confommé.

Mais maintenant, Seigneur, qu'vne beauté nouuelle
Va cét Amour mortel de mon cœur banniffant,
Et qu'vn plus fainct obiect deuers le Ciel m'appelle,
Que mon defir, helas! eft foible & languiffant!

Où font tant de foupçons, de martels & d'alarmes,
Qui me donnoient en proye à l'Amour infensé
Où font tant de foufpirs, de plaintes & de larmes,
Et de cuifants regrets de t'auoir offensé?

Mon cœur plein des appas de la chair & du monde,
S'allumoit tous les iours de nouuelles façons:
C'estoit vne fournaise en chauds desirs feconde,
Et cét or vn rocher tout remply de glaçons.

I'accusois les rigueurs d'vne Dame inhumaine,
Et pour voir amolly son cœur audacieux,
Ie faisois de mon chef vne viue fontaine,
Dont sans fins les ruisseaux s'escouloient par mes yeux.

Mais or qu'il faut pleurer ma ieunesse abusée,
Et regretter, Seigneur, de t'auoir irrité,
Ie sens que de mes yeux la source est épuisée,
Et treuue que mon chef n'a plus d'humidité.

Clair Soleil des esprits, chaude flamme inuisible,
Viue source d'amour, d'esperance & de foy,
Allume, s'il te plaist, ceste glace insensible
Qui veut assez t'aymer, mais ne le peut sans toy.

DOMINE NE IN FVRORE, &c.
Psalm. 6.

Endant que ta fureur ses iustes traicts desserre,
Ne t'assieds en ton throsne, ô Dieu pour me iuger,
Et pendant que ton ire aux pecheurs fait la guerre,
    Ne me viens corriger.

Prens soin de mon salut que l'espoir abandonne,
Et de ton puissant bras modere les efforts,
Car mes os chancelants que la douleur estonne,
    Laschent tous leurs ressorts.

Dessous les pesants coups dont ta main me foudroye,
Vne mortelle nuict vient mon cœur offusquant,
Et mon ame aux tourments se liure toute en proye:
    Seigneur iusques à quand?

Monstre-toy desormais à mes vœux exorable,
Arrachant mon esprit du tombeau redouté,
Et guerissant ma playe, autrement incurable,
    Par ta seule bonté.

Aux ombres du sepulchre, où le trespas habite,
Tes faicts d'vn long oubly pour iamais sont couuers:
Qui penses-tu, Sauueur, qui chante ton merite
    En l'horreur des enfers?

Mes yeux toute la nuict trempent mon lict de larmes
Pour esteindre l'ardeur de ton iuste courroux,
Et destourner, Seigneur, auec ces moites armes
    L'orage de tes coups.

Maint violent accez de fureur & de rage
A d'vn jaloux dépit mon cœur enuenimé,
Parmy mes enuieux ie voy seicher mon âge
    En regrets consommé.

Mais bien loin desormais, troupe arrogante & vaine,
Ouuriers d'iniquité deslogez promptement,
L'Eternel pitoyable au long cours de ma peine
    Oyt mon gemissement.

Les accens de ma voix repoussez de la Terre
Sur l'aisle de la foy volent iusques aux Cieux,
Et dans des vaisseaux d'or la main du Seigneur serre
    Les larmes de mes yeux.

Que donc mes ennemis confus tournent visage;
Que leurs fronts desormais de honte soient voilez,
Et qu'vn prompt repentir en tout temps les outrage
    Sans se voir consolez.

BENEDIC ANIMA MEA DOMINO, &c.

Psalm. 103.

E*Sprit qui fais mouuoir mes nerfs & mes arteres,*
    Qui formes ma parole, & distingue ses sons;
    Qui consacres ma bouche, & l'ouures aux mysteres,
    Beny le Souuerain en tes sainctes chansons.

O nompareil autheur des choses nompareilles,
Dont le pouuoir s'égale auec la volonté!
Ton estre, & tes effects sont tous pleins de merueilles,
Et mon style par trop du suject surmonté.

La gloire aux aifles d'or ton haut thrône enuironne,
Tu fais feoir à tes flancs la pompe & la grandeur,
L'augufte Majefté de rayons te couronne,
Et comme d'vn manteau tu te vefts de fplendeur.

Pour luifant pauillon tout à l'entour du monde
Tes mains du clair Olympe ont l'aZur efpandu,
Congelant au deffus le froid amas de l'onde,
Dont le threfor coulant en voute eft fufpendu.

Par les plaines de l'air, carriere des nuages,
Tu promenes ton char d'éclairs eftincelant,
Attelé d'Aquilons & de bruyants orages,
Et fur le dos fumeux des tourbillons roulant.

Les vents courriers aiflez que nul relais n'arrefte
Sont de tes mandements les agiles porteurs,
Et les foudres armez de fláme & de tempefte
De tes fiers iugements font les executeurs.

Deffus fon propre poids tu balançás la terre
D'vne chaine eternelle au centre l'attachant:
Sans que vague iamais de part ny d'autre elle erre
Ses inuifibles nœuds tant foit peu relachant.

La Mer encore alors foús fes ondes nouuelles,
Ainfi qu'vn mol eftuy tout autour l'enfermoit:
Et le flot ignorant fes bornes naturelles,
Des Monts enfeuelis les fommets abifmoit.

Mais foudain que ta voix dedans l'air fe fit place,
Et que tes mots tonnants il te pleut prononcer:
On vit naiftre des monts l'imperieufe audace,
Et les timides flancs des vallons s'abbaiffer.

L'Oçean menacé recogneut fes limites
Enuironné de ports, & riuages diuers,
Sans que le vain orgueil de fes vagues dépites
Puiffe plus deformais offenfer l'Vniuers.

Des veines des rochers par traces argentines,
A longs plis de cryftal glifferent les ruiffeaux
Qui trainent murmurants leurs fuittes ferpentines
Au pied des coftaux verds ombragez d'arbriffeaux.

Là viennent estancher leur flâme immoderée
Lors que l'ardeur du Ciel va la soif irritant,
Les champestres troupeaux de la plaine alterée
Jusqu'à l'asne sauuage aux desers habitant.

Là sont veuz au printemps vestus de plumes peintes
Les oyseaux émaillez leurs tendres nids bastir,
Animants les rochers de mille aymables plaintes,
Et sous leurs douces voix faisants l'air retentir.

Pour rafraischir le sein de la terre embrasée
Du Ciel sur les hauts monts tu distilles les pleurs :
Aux herbes des vallons tu depars la rosée,
Et le miel, & le laict, pleuuent dessus les fleurs.

De là germent les foings, ondes d'émail tremblantes,
Du seruile bestial le caduque aliment,
De là monte la seue, humide sang des plantes,
Pour aux tiges naissans donner accroissement.

Afin qu'en longs estuis armez de crestes blondes
Le pain sorte à foison des sillons abbreuuez :
Et que le vin regorge aux cuues plus profondes,
Pour resiouïr les cœurs de liesse priuez.

Afin que l'homme aussi du doux suc de l'oliue
Esclaircisse son teint, & le rende luisant :
Qu'il repare au labeur sa force fugitiue,
Et du fruict des espics sa faim aille appaisant.

Sur le fameux Liban, d'humeur tu rassasies
Les Cedres odorants que ta main a plantez :
Dont les hostes de l'air les cimes ont choisies
Attachants aux rameaux leurs Palais éuentez.

Là l'orgueilleux Sapin qui sert à la Cicongne
De sejour esleué pour voisiner les Cieux,
Roy des vertes forests, iusques aux astres esloigne
Sur tous les autres bois son chef ambitieux.

Des animaux errants par les ombres secrettes,
L'Eternel prend le soin en diuerses façons :
Il donne aux Cerfs legers les hauts monts pour retraittes :
Et les rochers creusez aux picquants Herissons.

a   iiij

Afin de leur marquer les mois & les iournées,
Il a formé la Lune au visage inconstant:
Et du Soleil en rond les carrieres bornées,
Pour aller l'Vniuers tour à tour visitant.

Seigneur tu fais couler les tenebres humides
Et la nuict qui du Ciel vient allumant les yeux,
Ramene à pas muëts sous ses aisles timides,
La crainte, le silence, & le somme ocieux.

Alors les fiers troupeaux que nul horreur n'effroye
Sortent des bois couuerts par la faim irritez:
Et le roux Lionceau qui rugit pour la proye,
Te demande, Seigneur, ses mets ensanglantez.

Puis soudain que l'Aurore au matin se réueille,
Entr'ouurant l'Orient des pointes de ses rais,
Et semant dedans l'air mainte rose vermeille,
Ce peuple rauissant se retire aux forests.

Adonc l'homme sans crainte à son labeur s'employe,
Pendant que le sommeil les enchaine à leur tour,
Iusqu'à tant que le soir qui ses voiles desploye,
Serre & cueille en naissant les reliques du iour.

O combien de tes faits merueilleuse est l'histoire,
Et combien de tes mains l'ouurage est accomply!
La terre sert, Seigneur, de theatre à ta gloire,
Et de tes dons secrets l'Ocean est remply.

Cét immense Ocean, qui de ses bras liquides
Presse le monde espars en tant de regions,
Cét Element coulant dont les reflus tu guides,
Où le peuple escaillé fend l'eau par legions.

Là les grands animaux, & les petits se ioüent,
Là le Pin vagabond en Nef se transformant,
Tend la voile inconstante aux vents qui la secoüent,
Et renuerse des flots le sillon escumant.

Là l'enorme Baleine en son humide Empire,
Sous le marbre de l'onde exerce ses esbats:
Et son ventre profond qui les vagues respire
Des poissons engloutis fait ses larges repas.

Tout ce qui vit ſur terre ayant poulmons & veints,
Tous les monſtres plus froids dans la mer confineʒ :
Et tout le camp volant dont l'air peuple ſes plaines,
Te demandent, Seigneur, leurs mets aſſaiſonneʒ.

Lors que de tes threſors l'abondance tu verſes,
Pour combler leur deſir tour à tour renaiſſant,
Et que ta dextre s'ouure à leurs plaintes diuerſes,
En leurs ſtyles diuers ils te vont beniſſant.

Deſtournes-tu, Seigneur, tant ſoit peu ton viſage,
Leurs forces tout à coup ſe ſentent decliner :
L'Ame les abandonne, & ſous vne autre image
En leur premiere poudre on les voit retourner.

Puis comme ton eſprit derechef ſe promeine
Parmy l'air, ſur la terre, & dans le ſein des eaux :
Ce doux ſouffle animé, ceſte viuante haleine,
Repeuple l'Vniuers de citoyens nouueaux.

Soit du Tres-haut la gloire en tout temps fleuriſſante,
Et puiſſent tellement luy plaire deſormais
Les effects merueilleux de ſa main Tout-puiſſante,
Que ſa ſaincte faueur les conſerue à iamais.

Du Tres-haut qui regarde en fureur les campagnes,
Et fait trembler la terre au ſeul bruit de ſes coups :
Qui touche le ſommet des ſuperbes montagnes,
Et leur chef embraſé fume ſous ſon courroux.

Tant qu'aux accents du luth i'auray la main appriſe,
On oirra ſous mes doigts ſon nom retentiſſant :
Que propice ſans plus mes airs il fauoriſe,
Et iamais autre obiect ne m'ira rauiſſant.

Puiſſe la gent impie au contraire eſtre eſteinte,
Et les peruers deſſeins des meſchans opprimeʒ,
Qui n'ont dedans le cœur ſon Amour ny ſa crainte,
Que leur racine ſeiche, & qu'ils ſoient conſommeʒ.

Et toy qui fais mouuoir mes nerfs & mes arteres,
Qui formes ma parole, & diſtingues ſes ſons,
Qui conſacres ma bouche, & l'ouure aux myſteres,
Exalte-le, mon ame, en tes ſainctes chanſons.

SVPER FLVMINA BABYLONIS, &c.

Pſalm. 136.

Vand loing de Paleſtine, & des champs Idumées,
Aux eaux de Babylon nous fuſmes arriuez :
Quittans nos lieux plus doux, & nos Citez aimées,
Dont helas ! à iamais nous nous voyons priuez.

Nos yeux furent changez en fontaines de larmes
Pour appaiſer le Ciel contre nous animé :
Et pour pleurer Sion, que la fureur des armes
Deuoroit comme vn feu nuiĉt & iour allumé.

Aux arbres d'alentour nos Lyres nous pendiſmes,
Leur impoſant ſilence en cét eſloignement :
Et de nos luths muets les nerfs nous détendiſmes,
Repaiſſants nos eſprits de douleur ſeulement.

Ceux qui nous conduiſoient en ce triſte ſeruage,
Où l'ire du Seigneur nous alloit confiner,
Voyants pendre nos luths aux ſaules du riuage,
Nous preſſoient de les faire encores reſonner.

Recitez (diſoient-ils) deſſus vos luths d'yuoire,
Les Hymnes qu'autresfois vous auez recitez,
Cependant que Sion ioüyſſoit de ſa gloire,
Et s'alloit eſleuant ſur les autres Citez.

Las ! comment dirions-nous nous à qui la voix tremble,
Les Hymnes du Seigneur en ces prophanes lieux ?
Et comment pourrions-nous faire ſortir enſemble
Des chants de noſtre bouche, & des pleurs de nos yeux ?

O fille de Sion ſi douce à ma pensée,
Pour qui ie coule en pleurs & les iours & les nuiĉts,
Pourray-ie bien te voir de mon ame effacée,
Et t'aller oubliant au fort de mes ennuis ?

Non que pluſtoſt ma main languiſſe de pareſſe,
Oubliant de ſon luth le doux rauiſſement,
Que ſeule tu ne ſois ma ioye & ma triſteſſe,
Et que rien me conſole en ce banniſſement.

Plustost dans mon palais ma voix soit estouffée,
Et ma langue se sente à mes dents attacher,
Que le cruel vainqueur remporte ce trophée,
Et que iamais sans toy rien me puisse toucher.

Mais, ô Seigneur, aussi ne mets en oubliance
La famille d'Edom, qui triomphoit de nous,
Quand tu foulois aux pieds ta sacrée alliance,
Et versois sur les tiens le fiel de ton courroux.

Ruinez, disoient-ils, ceste Cité superbe,
Saccagez son sainct Temple & ses beaux ornements,
Esgalez ses Palais à la hauteur de l'herbe,
Et destruisez ses murs iusques aux fondements.

Fille de Babylon, race ingratte & maudite,
Heureux qui te rendra le mal que tu nous fais,
Balançant le salaire à l'égal du merite,
Et mesurant ta peine à tes propres effects.

Heureux qui de douleur sentant son ame atteinte,
Ira d'entre tes bras tes enfans arracher,
Et de leur sang pollu rendra la terre teinte,
Froissant leurs tendres corps encontre le rocher.

PANGE LINGVA GLORIOSI.

CHANTE ma langue le mystere
Du corps glorieux, en ces vers,
Qui rendit l'enfer tributaire,
Et du sang, rançon salutaire,
Que pour pris du monde peruers,
Versa le Roy de l'Vniuers.

Né pour nous d'vne Vierge pure,
Pour nous en terre il seiourna,
En preschant la gloire future
Aux mortels fragile nature
D'vn seau que maint miracle orna,
Sa demeure au monde il borna.

Assis auec ses domestiques
La nuict de deuant son trespas,
Apres auoir de mets antiques
Clos les figures Prophetiques
Aux douze témoins de ses pas,
Il se donna pour cher repas.

Le Verbe chair, vray pain du monde
Par son Verbe fait le pain chair,
Et du vin en sang change l'onde;
Et bien qu'aux sens il ne responde,
La foy suffit sans plus chercher
Pour des cœurs tout doubte arracher.

Que chacun donc deuot s'encline
Deuant vn si grand Sacrement,
Et que l'antique discipline
Cede à la nouuelle doctrine,
Et qu'au deffaut du sentiment
La foy serue de supplément.

Gloire au Pere en tout temps arriue,
Grace sans fin soit & mercy
Au Fils autheur de ce conuiue,
A l'Esprit qui des Deux dériue
Leur commun Amour & Soucy
Soit commun le triomphe aussi.

VERSION DE L'HYMNE,

Vexilla Regis prodeunt.

Viourd'huy du grand Roy l'estandard va marchant
Où l'autheur de la chair vient sa chair attachant,
Auiourd'huy de la Croix resplendit le mystere
Où Dieu souffre la mort, aux mortels salutaire.

Icy, pour abolir le contract du peché
S'immole l'Aigneau pur d'offenses non taché,
Les pieds percez de clouds, & les mains estenduës,
Innocente rançon des oüailles perduës.

Icy

Icy du flanc de Christ auec le fer atteint,
Sourd le ruisseau vermeil qui les crimes esteint ;
Celeste lauement des Ames conuerties,
Meslant de sang & d'eau ses ondes my-parties.

Maintenant s'accomplit aux yeux de l'Vniuers,
L'oracle que Dauid inspira dans ses vers,
Chantant ces mots sacrez sur les tons de sa lyre,
L'Eternel par le bois a planté son Empire.

Arbre non, mais trophée illustre & glorieux,
Orné du vestement du Roy victorieux ;
Plante du Ciel cherie, & des Anges éleuë,
Pour toucher de sa chair la dépoüille impolluë.

Tige trois fois heureux, dont le chef exalté
Soustient le iuste prix du monde racheté ;
Et balance le corps, qui mort ses bras déploye
Pour rauir aux enfers leur rapine & leur proye :

Ie te saluë, ô Croix, seule espoir des viuants,
En ces iours douloureux, de larmes s'abbreuuants :
Augmente aux cœurs des bons l'immortelle iustice,
Et pardonne aux pecheurs leur mortelle malice.

Ainsi puisse ton Nom en merite infiny,
Supréme Trinité, sans fin estre beny ;
Et ceux que par la Croix tu deliures de crainte,
Triompher à iamais sous ta banniere saincte.

Pange lingua gloriosi
Prælium certaminis

Hante ma langue la victoire
Du combat du grand Roy des Roys,
Et dy pour glorieuse histoire,
Sur le triomphe de la croix,
Comment le Sauueur de la terre
Mourant défit la mort en guerre.

De l'offense du premier homme,
L'Eternel regrettant le sort,
Quand la morsure de la pomme
Le rendit tribut de la mort;
Au trespas qui du bois procede,
Destina le bois pour remede.

Du salut l'ordre necessaire
Requeroit d'estre ainsi tissu,
Afin que l'art de l'aduersaire
Par art contraire fust deceu,
Et que d'vne mesme origine
Vinst le mal & la medecine.

Quand donc du Ciel la course ronde
Eut des ans le ply deuuidé,
Le fils architecte du monde
Du sein du Pere fut mandé,
Et pour la chair vniuerselle,
Fait chair, nasquit d'vne pucelle.

Enfant il gémit en la créche,
Aux pleurs pour nos pechez contrainct,
La Vierge qui ses larmes seche,
De langes amoureux l'estreint,
Et ses pieds & mains tendrelettes
Serre d'estroittes bandelettes.

Puis lors que sa carriere breue
Six lustres passez va roulant,
Haut dessus la Croix il s'éleue,
Aigneau par le bois s'immolant,
Né pour accomplir volontaire
De sa passion le mystere.

Le vinaigre, le fiel, la lance,
L'épine, les cloux, le rouseau,
Exercent là leur violence,
Du corps sortent le sang & l'eau,
Où sont lauez, source feconde,
Le ciel, la terre, l'air & l'onde.

O *Croix des plantes la merueille,*
Dont l'ombre le trespas destruict,
Nulle forest n'a ta pareille
De feüille, de fleur, ny de fruict;
Doux bois qui sur tes aisles fortes
Doux clouds & doux fardeau supportes.

Fléchy tes branches engourdies,
Arbre iusqu'au Ciel exalté,
Et de tes entrailles roidies
Molly l'importune durté,
Pour d'vne douce rigueur tendre
Du corps du grand Roy la chair tendre.

Seul tu portas, heureux supplice,
Le cher prix du monde peruers,
Et seruis de rade propice.
Au naufrage de l'Vniuers;
Rade du sang de l'Agneau teinte
Qui mort rendit la mort esteinte.

Gloire soit dans le Ciel supréme
Au Pere, au Fils, au Sainct Esprit,
Dont la puissance est tousiours mesme
Et par nul temps ne se prescrit;
Mais sans limite ny sans terme
Demeure à iamais stable & ferme.

EXAVDIAT TE DOMINVS,
Psalm. 19.

AV ROY.

V ISSE *le Roy des Roys, au iour que la tempeste*
De mille flots armez menacera ta teste
De tes vœux auoir soing:
Puisse le Tout-puissant t'ombrager de son aisle,
Et du Dieu de Iacob la defense eternelle
Te couurir au besoing.

Vueille le Souuerain qui sied dessus la nuë,

b ij

De sa demeure saincte aux mortels incogneuë,
Son ayde t'addresser,
Au port de sa faueur tenir ta nef ancrée,
Et du haut de Sion sa montagne sacrée,
Ton salut embrasser.

Soient en sa souuenance escrits tes sacrifices:
Soient tournez iour & nuict dessus tes dons propices,
Les rayons de ses yeux:
Et de ton holocauste, en tout temps pour luy plaire,
Fumant dessus l'Autel la flâme pure & claire
Vole iusques aux Cieux.

Daigne sa Prouidence ordinaire tutelle
Des Sceptres & des Roys, faire voir que c'est elle
Qui t'a voulu choisir :
Coronant de bon-heur tes desseins magnanimes,
Et prospere égallant leurs succez legitimes
A ton iuste desir.

Alors plus que iamais transportez d'allegresse,
Nous sentirons changez nos longs cris de destresse,
En chants victorieux.
Au temple du Seigneur nos vœux nous irons rendre,
Et d'vn bras triomphant mille palmes apprendre
A son nom glorieux.

C'est ores dirons-nous que son oreille saincte
Pour iamais est ouuerte aux accens de ta plaincte,
T'exauçant de tout poinct :
C'est maintenant que Dieu surmonté par nos larmes,
Prend en sa seure garde au milieu des allarmes
Le salut de son Oinct.

De son Palais celeste à nos cris accessible
Il faict descendre en l'air son armée inuisible
Prompte à le secourir :
Il fait luire son fer aux perils de la guerre,
Et son Sceptre ordonné pour gouuerner la terre,
Dans ses mains refleurir.

Nos ennemis enflez d'esperances humaines
Vantoient leurs chariots, pesans fardeaux des plaines,
Qui sous eux gemissoient :

Leurs espaisses forests de lances herissées,
Et leurs osts si nombreux, que leurs ondes pressées
Les fleuues tarissoient.

Mais nous foulans aux pieds toute mortelle audace,
Du Seigneur pour secours nous implorions la grace,
Et n'esperions sinon
Aux forces que le Ciel nous auoit preparées,
Sans cognoistre au besoin d'armes plus asseurées
Que l'ombre de son nom.

Aussi nos yeux contens ont veu tomber sur l'herbe
Le sacrilege orgueil de leur trouppe superbe,
Des Vautours le repas :
Et nostre foible nombre auec vœux & loüanges
Se charger sur le champ de despoüilles estranges
Rouges de leur trespas.

Puisse ceste faueur, ô Monarque suprême,
Sans fin accompagner le sacré diadême
De nostre iuste Roy :
Destourne de son chef toutes poinctes meurtrieres,
Et nous rends exaucez aux iours que nos prieres
S'addresseront à toy.

CANTIQVE DE LA VIERGE
MARIE

STANCES.

Vand au somme mortel la Vierge eut clos les yeux,
Les Anges qui veilloient autour de leur Maistresse,
Esleuerent son corps en la gloire des Cieux,
Et les Cieux furent pleins d'immortelle allegresse.

Les plus hauts Seraphins à son aduenement
Voloient au deuant d'elle, & luy cedoient leur place,
Se sentans tous rauis d'aise & d'estonnement,
De pouuoir contempler la splendeur de sa face.

b iij

Dessus les Cieux des Cieux elle va paroissant,
Les flambeaux estoillez luy seruent de Couronne:
La Lune est sous ses pieds en forme de Croissant,
Et comme vn vestement le Soleil l'enuironne.

Elle est là haut assise aupres du Roy des Roys,
Pour rendre à nos clameurs ses oreilles propices:
Et sans cesse l'adiure au sainct nom de sa Croix,
De purger en son sang nos erreurs & nos vices.

Elle rend nos desirs par ses vœux exaucez.
Et pour mieux impetrer ce dont elle le presse,
Remet deuant ses yeux tous les actes passez
Qui le peuuent toucher de ioye ou de tristesse.

Elle luy va monstrant pour fléchir sa rigueur,
Les mammelles qui tendre au berceau l'allaitterent,
Dont le doux souuenir luy penetre le cœur,
Et les flancs bien-heureux qui neuf mois le porterent.

Elle luy ramentoit la douleur & l'ennuy,
Les sanglans desplaisirs & les gesnes terribles
Que durant ceste vie elle endura pour luy,
Quand il souffrit pour nous tant de peines horribles.

Comme en le voyant lors si rudement traicté,
Son cœur fut entamé d'vne poingnante espine,
Et puis comme à sa mort pleine de cruauté,
Le glaiue de douleur luy naûra la poitrine.

Helas! de quels regrets, & de quel déconfort
La Vierge en son esprit se sentit trauersée,
Quand elle veid liurer son cher Fils à la mort,
Et de combien de cloux son ame fut percée!

Elle le veid meurtrir en tant & tant d'endroits,
Souffrir mille tourmens, & mille violences,
Et puis comme vn trophée, attacher sur la Croix
Toute nostre iniustice & toutes nos offenses.

Elle serroit la Croix de ses bras precieux,
Regardant par pitié ses blesseures cruelles,
Et respandoit autant de larmes de ses yeux,
Comme il versoit de sang de ses playes mortelles.

L'air, la mer, & la terre, en sentoient les effects,
Et de leurs accidents accompagnoient sa plainte:
Les fondemens du Ciel ployerent sous leur faix,
Et la terre trembla de frayeur & de crainte.

Le Soleil affligé prit vn voile de dueil,
Les Astres de la nuict en plein iour resplendirent:
Les ossemens des morts quitterent leur cercueil,
Et des durs monumens les pierres se fendirent.

Ames qui surpassez les rochers en durté,
Ames que les plaisirs si vainement affollent,
Vous ne gemissez point de le voir tourmenté,
Et tous les Elemens à sa mort se desolent.

Les plus fermes Esprits l'effroy les emporta,
Voyant mourir celuy qui la mort espouuante,
Et des plus asseurez l'asseurance douta;
Seule entre tous les Saincts la Vierge fut constante.

Pour toute la douleur qui son ame attaignit,
Pour tous les desplaisirs & les regrets funebres,
Iamais dedans son cœur la foy ne s'estaignit,
Mais demeura luisante au milieu des tenebres.

C'est celle dont la foy dure eternellement,
C'est celle dont la foy n'eust iamais de pareille,
C'est celle dont la foy pour nostre sauuement
Creut à la voix de l'Ange, & conçeut par l'oreille.

C'est l'Astre lumineux qui iamais ne s'estaint,
Où comme en vn miroir tout le Ciel se contemple,
Le luisant tabernacle & le lieu pur & sainct
Où Dieu mesme a voulu se consacrer vn Temple.

C'est le palais Royal tout remply de clarté,
Plus pur & transparant que le Ciel qui l'enserre:
C'est le beau Paradis vers l'Orient planté,
Les delices du Ciel, & l'espoir de la terre.

C'est la myrrhe & la fleur, & le baume odorant,
Qui rend de sa senteur nos ames consolées:
C'est le Iardin reclus souëfuement flairant,
C'est la Rose des champs, & les Lys des vallées.

b   iiij

C'est le rameau qui garde en tout temps sa couleur,
La branche de Iessé, la tige pure & saincte,
Qui rapporte son fruict & ne perd point sa fleur,
Qui demeure pucelle & qui se void enceincte.

C'est l'Aube du matin qui produit le Soleil
Tout couuert de rayons & de flammes ardentes,
L'Astre des nauigans, le Fare nompareil
Qui la nuict leur esclaire au milieu des tourmentes.

Estoille de la Mer, nostre seur reconfort,
Sauue-nous des rochers du vent & du naufrage,
Ayde-nous de tes vœux pour nous conduire au port,
Et nous monstre ton Fils sur le bord du riuage.

TOMBEAV DE CATHERINE DE
MEDICIS REYNE DE FRANCE.

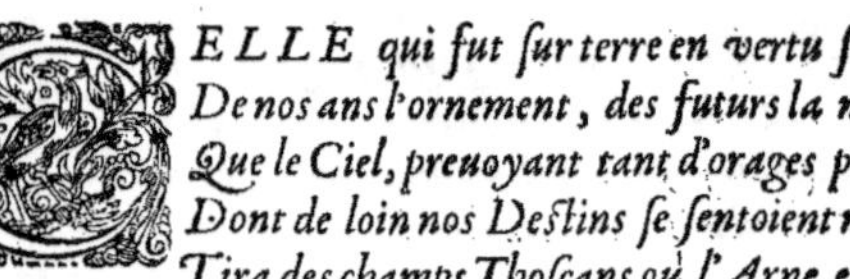

CELLE qui fut sur terre en vertu sans pareille,
De nos ans l'ornement, des futurs la merueille,
Que le Ciel, preuoyant tant d'orages passez
Dont de loin nos Destins se sentoient menacez,
Tira des champs Thoscans où l'Arne espand son onde,
Pour regner sur la France en tumultes feconde,
Qui coronnant son chef de maint Lys fleurissant,
Releua des Valois le beau Nom perissant,
Et par le chaste sort d'vn fertile Hymenée
Renouuela leur tige aux Sceptres destinée.
Puis quand son cher Espoux des mortels separé
Sur le haut de l'Olympe au grand tour azuré
S'alla seoir en son rang clair de flames ardentes,
Pour luire comme vn Astre au fort de nos tourmentes,
Durant les tendres ans, où se veirent nos Roys,
Prit le sacré timon de l'Empire François,
Et pendant que leurs mains par l'âge estoient debiles
Le sauua du naufrage, & des ondes ciuiles.
De trouppes & de fer les campagnes arma,
De zele enuers le Ciel les peuples anima,
Reprima des mutins l'iniuste frenesie,
Et sous ses pieds vainqueurs abbatit l'heresie,
Portant pour imposer aux rebelles la loy,

Dedans vn corps de Royne vn courage de Roy.
Puis en fin lors que l'âge où se borne l'enfance,
Mit dans leurs fortes mains les resnes de la France,
De ses graues conseils leurs desseins assista
L'vsage & la prudence à leur force ajousta ,
Fut de son cher Henry l'oracle domestique,
Henry le vif portraict de la valeur antique,
Qu'elle embrassoit sur tous d'vn plus tendre soucy,
Qui deuot entre tous la reueroit aussi,
Et dont l'ame aux douleurs en proye abandonnée
Tesmoignant vne amour du sort non terminée,
Suit auec le desir au sepulchre ses pas,
Et de larmes de sang pleure son dur trespas,

Celle qui des Autels prit le soin tutelaire,
Celle qui fut l'appuy du simple populaire,
Celle qui tint des grands le pouuoir limité,
La terreur des mauuais , des bons la seureté,
Celle qui fut des loix la garde venerable,
Celle qui fut des arts la mere fauorable,
Celle qui veid son nom sur les aisles des vers
Comme vn traict emplumé voler par l'Vniuers,
Et dont la gloire à peine est du haut Ciel enclose,
Dedans l'estroict sejour de ce tombeau repose.

Petit recoin de terre en sepulchre esleué,
Riche de viue bronze & de marbre graué,
Où l'art industrieux anime sur la pierre
Tant de rares labeurs, & de paix, & de guerre,
Où l'Oliue au Laurier se sant entremesler,
Quel autre lieu du monde à toy peut s'égaler ?
Quel monument antique échappé du long âge
Au decours des saisons rend plus de tesmoignage
D'vn regne heureusement par les loix gouuerné ?
Quel superbe cercueil se treuue enuironné
De plus d'arcs triomphaux , de dépoüilles & d'armes ?
Quel tombeau fut iamais baigné de plus de larmes ?

La France, dont les yeux en fleuues sont changez,
Qui rend d'vn voile noir ses beaux Lys ombragez,
Et sa robe aZurée en couleur de dueil teincte,
Gisante aupres de toy de mesme traict attaincte,
Va des flots de ses pleurs tes marbres humectant,

Et contre ses cheueux sa main propre irritant,
Fait de l'or vagabond de leur tresse arrachée
Mainte offrande funebre à ceste ombre cachée.
Ses peuples souspirans autour sont amassez
Qui de diuers presens iusqu'au Ciel entassez,
De triomphes dépeints, de colomnes dressées,
Chargent à qui mieux mieux ces reliques pressées.

Cede l'orgueil d'Egypte en poinctes finissant,
Et l'honneur Carien sa pompe aille abaissant :
Le Soleil qui se teinct dedans l'vne & l'autre onde,
Qui naissant & mourant void les bornes du monde,
Et dont l'œil plein d'esclairs nulle ombre ne reçoit,
Rien si comblé de gloire en son cours n'apperçoit.
Cher & triste cercueil enrichy de nos pertes,
Qui dans ton creux giron tiens ces cendres couuertes,
Et dont le froid sejour du corps passe habité
Partage auec le Ciel ce thresor regretté,
Tant que des Roys François le Sceptre sera ferme,
Et plus loing, si plus loing se peut borner vn terme,
Nos Nepueux qui sçauront ses vertus admirer,
Te viendront tous les ans par troupes reuerer,
Et touchez du beau soin que sa Memoire inspire,
Viendront benir ces os gardes de leur Empire.

Venez, peuples futurs, de ce doux soing épris,
Qui sans fin d'an en an naistra dans vos esprits,
Rendre la gloire deuë à ces cendres esteinctes,
Et de ce monument toucher les pierres sainctes :
Apportez dans vos mains le bel esmail des fleurs
Que l'Aurore vermeille abbreue de ses pleurs,
Du Printemps odorant la despoüille embasmée.
Apportez dans vos mains la Palme renommée,
Apportez le Laurier en coronne retors,
Et le Cyprez fatal triste ornement des morts.

Tout l'honneur de nostre âge, & tout ce que l'histoire
Des vieux siecles passez consacre à la memoire,
De grand, de genereux, de loüable & de beau,
Repose dans l'enclos de cét estroict tombeau.

L'OMBRE DE MONSIEVR L'ADMIRAL
DE IOYEVSE, SOVS LE NOM DE DAPHNIS,
parlant au feu Roy HENRY III.

SEVL iour de ma penſée, & mon ardant flambeau,
Qui meſme apres la mort m'eſclaires au tombeau,
Viue image des Dieux, inuincible Ariſtée,
Voy de ton cher Daphnis l'Idole regrettée :
Et pendant que la nuict ſeme d'Aſtres les Cieux,
Clair Aſtre de mon ame ouure vn peu tes beaux yeux :
Ce n'eſt point vn Demon qui porte auec la crainte
L'infortune & l'horreur ſur le viſage peinte,
Ou ſi c'eſt vn Demon qui s'apparoiſt à toy,
C'eſt vn Demon d'amour, de reſpect, & de foy.

Ainſi diſoit Daphnis, ombre de corps priuée,
Voyant déja ſa cendre au ſepulchre arriuée,
Et que le froid Nocher preſſé de fendre l'eau
L'attendoit ſur le bord pour charger ſon batteau.
Les roſes & les Lys n'honoroient plus ſa face,
Son front ſiege des Dieux, de Cithere & de Thrace,
Où Mars auec Venus regnoit également,
Auoit perdu ſa gloire & ſon double ornement.
Ses yeux qui du Soleil offuſquoient la lumiere,
Auoient eſteint leur flâme & leur clarté premiere :
Et de tant de beautez ſi viues autresfois,
Ne reſtoit plus pour tout que l'eſprit & la voix,
Qui ſous l'obſcur rideau de la nuict tenebreuſe,
Couuerts d'vn vain fantoſme, & d'vne Idole creuſe,
Du cher lict d'Ariſtée à pas lents s'approchoient,
Et de maints ſons piteux ſes oreilles touchoient.

Demons qui preſidez aux angoiſſes mortelles,
Aux douleurs ſans remede, & couuez ſous vos aiſles,
Comme oyſeaux mal-heureux les deſeſpoirs ſecrets,
Les ſonges effroyants, les funebres regrets :
Quels tragiques accents tout autour s'entendirent,
Quels torrents d'amertume & de pleurs s'épandirent,
Quels ſouſpirs dedans l'air ſe virent diſperſez,
Et de quels cris trenchants furent les Cieux percez,

Quand le grand Aristee, exemple memorable
De bonté, de valeur, & d'amour perdurable,
Prince égal aux Heros l'âge d'or imitants,
Et vray sang des hauts Dieux sur l'Olympe habitants,
Par l'horreur solitaire, & sous la nuict obscure
De son aymé Daphnis apperceut la figure?

    Des-ja plusieurs longs iours en dueil s'estoient coulez,
Et plusieurs fois au Ciel les flambeaux estoillez
Auoient leur clarté sombre à regret allumée,
Depuis que la nouuelle auoit esté semée,
Et que le bruit certain de toutes parts voloit;
Que Daphnis dont la gloire aux astres s'égaloit,
Courant ardant & prompt aux desastres prosperes
Pour l'honneur de son Roy, pour la foy de ses Peres,
Pour les autels des Dieux sans respect profanez,
Auoit d'vn beau trespas ses hauts faicts couronnez,
Sa Prouince de sang & de larmes trempée
Aux pompes de l'obseque estoit toute occupée.
Chacun de sa ieunesse adorant la vertu,
D'vn regret eternel se sentoit combattu:
Mais sur tout Aristée, à qui les heures lentes
Augmentoient de l'ennuy les rigueurs violentes.
Iamais ny tost ny tard son œil ne se fermoit,
Desseins dessus desseins à toute heure il tramoit
Repensant en Daphnis, & comme il pourroit rendre
Vn change égal d'amour à sa fidelle cendre.
    Or le iour, triste iour, que l'apprest general
De l'ordre destiné pour l'honneur funeral
Fut conduit à sa fin, & que dedans ses portes
Paris vid arriuer les guerrieres escortes,
Qui leurs fronts desolez de Cyprez couronnoient,
Et leur Chef auec cris au sepulchre menoient,
Et que le chariot semé de larmes peintes
Qui portoit sa despoüille & ses cendres esteintes,
D'vn fleuue de flambeaux à longs flots precedé,
Et de six doubles rangs de coursiers noirs guidé,
Et suiuy de forests de picques renuersées,
Et de tambours muëts, & d'enseignes froissées,
Eut accomply sa traitte, & posé son fardeau
Sur le riuage, où Seine, orné d'vn Pont nouueau,
Bornoit enflé de pleurs, d'vn ondoyant limite

Le

Le Temple qui le nom du grand Auguste imite,
Apres que du tribut qui les ames défait
Des liens de leurs corps, l'office fut parfait,
Et que la nuit au Ciel eut parmy les tenebres
Les astres attachez comme torches funebres,
Daphnis payé des droicts deus aux ombres des morts,
Et prest de trauerser le lac neuf fois retors,
Auant que de charger la barque Acherontee
Voulut prendre congé de son cher Aristee,
Luy dire en s'esloignant les eternels adieux,
Et du dernier hommage honorer ses beaux yeux,
  Soudain donc que Daphnis, Idole vaine & sombre,
Sous l'obscure faueur du silence & de l'ombre,
Du grand lict d'Aristee en tremblant approcha,
Et de ces tristes mots son oreille toucha:
Pasle, maigre, deffait, la prunelle ternie,
La voix gresle & menuë, en longs souspirs finie,
Le visage de poudre, & de sang coloré,
Que mainte & mainte playe auoit défiguré,
Les temples à l'entour d'vn triste Cyprez ceintes,
Et tout le corps semé de mortelles atteintes:
Vne froide sueur du cœur s'éuaporant,
Et subtile, d'artere, en artere courant,
D'vne prompte Syncope infaillible presage
Du Prince épouuanté couurit tout le visage.
Son front pallit d'effroy, son sang deuint glacé,
Sa langue se lia, son poil fut herißé,
Les ombres de la mort sa prunelle éblouïrent,
Et de son corps pasmé les sens s'éuanoüirent.
Puis comme ceste ecstase, image du trespas,
Eut finy son acceZ, & qu'apres maints combas
De ses yeux éclipsez il dißipa les nuës,
Et que l'ame & la voix luy furent reuenuës,
Fendant l'air de souspirs par secousses repris,
Baignant son lict de pleurs perçant le Ciel de cris,
Et rendant à pitié les Estoilles contraintes,
De sa bouche Royale il tira ses complaintes,
Dont le Demon du lieu se voulut souuenir,
Pour en conter l'histoire aux siecles à venir.
  C'est donc toy, cher Daphnis, qui sous la faueur coye
Des astres endormis par l'air te faisant voye,
Et tes pas incogneus dans la nuict recelant
D'vne dolente voix vient mon nom appellant,

Ny tes cendres sous terres au tombeau descenduës,
Ny sur tes yeux sillez les ombres épanduës,
Ny les cris importuns du seuere Nocher,
Ny l'amour du repos dont se sentent toucher
Les ames de leurs corps par la mort diuisees,
Ny le desir pressant des riues Elizees,
N'ont sceu de ce beau soin ton esprit diuertir,
Ny d'Aristeé en toy la memoire amortir,
Qui viuant iour & nuict de fiel & d'amertume,
Pour ton cruel trespas en larmes se consume.

Helas! mon seul regret ce n'estoit pas ainsi
Qu'il t'esperoit reuoir quand tu partis d'icy,
Lors que pressant ta main en la sienne enlacee,
Et conduisant tes pas des yeux de sa pensee,
Aux Dieux pour ton retour des vœus il destinoit,
Et les autels de Mars d'offrandes couronnoit.
Il se promettoit lors que ta dextre guerriere
Apprise à repousser les squadrons en arriere,
De despoüilles encore, & d'honneur se chargeant,
En viendroit en son nom maint trophee erigeant.
Déja du feu sacré s'approchoient les victimes,
Pour rendre aux immortels les tributs legitimes,
Et du nouueau triomphe en ta faueur dressé,
Le superbe appareil aux Cieux estoit haussé:
Mais quel cœur de rocher sourd aux plus durs alarmes
N'épandra par les yeux deux fontaines de larmes?
Quel marbre resistant aux rigueurs de l'hyuer,
Du long cours de mes pleurs ne se verra cauer?
Et quel tigre inhumain effroy de l'Hyrcanie,
Portant en ses regards l'ire & la felonnie,
Et bien loin de son sein logeant toute amitié,
Ne laissera donter son ame à la pitié?
Tous ces arcs triomphaux qui brauoient les nuages,
Tous ces pompeux apprests qui défioient les aages,
Tous ces fiers monuments d'armes & de combas,
Vn tragique moment les a tous mis à bas.
O fortune inconstante, ô variable rouë,
O sort dont le hazard de nos desseins se jouë!
O fragiles espoirs, comme verres cassez,
O malheurs non preueus! ô biens soudain passez!
Daphnis mon cher soucy qu'vn tombeau froid enserre,
Les delices du Ciel, le regret de la terre,
Regarde helas! comment mon destin est changé

Depuis que de mes yeux les tiens prindrent congé.
Pendant que pres de moy plein de vie & de gloire,
Tu faisois ton seiour digne de mainte histoire,
Le sort doux & propice à mes vœus respondoit,
Et la faueur des Dieux sur mes champs s'espandoit,
Mes iours clairs & sereins se passoient sans orage,
Mille aymables pensers naissoient en mon courage:
Mes palmes éleuoient leur chef audacieux,
Le front de mes lauriers se cachoit dans les Cieux,
De mes Myrthes la cime en tout temps estoit verte,
La terre sous mes pas de fleurs estoit couuerte:
Vn Printemps eternel par tout me conduisoit,
Et pour moy le Soleil plus clairement luisoit:
Maintenant, cher Daphnis, que le Destin contraire
A couronné ton front d'vn rameau mortuaire,
Mes lauriers verdoyants sont changez en Cyprez,
Et mes champs de triomphe en funebres regrets:
Vn nuage eternel offusque mes prunelles,
Mes yeux sont conuertis en sources eternelles,
Mes conforts en douleurs, mes plaisirs en ennuis,
Et mes iours les plus clairs en tenebreuses nuicts:
Des lettres & des arts, pour moy la gloire est morte,
Du temple de Phœbus pour moy close est la porte:
Apollon & ses Sœurs que tu reuerois tant,
Vont en pleurs auec moy tes obseques chantant.
De Parnasse pour moy la demeure est deserte,
L'vne & l'autre Pallas comprise en ceste perte
Lamente tes destins par la mort preuenus:
Mars te pleure luy-mesme, & la belle Venus,
Voyant que le trespas ta paupiere a sillee
Pour la seconde fois de dueil s'est habillee;
Et blasphemant le sort inflexible à ses vœux,
Dessus ta cendre froide arrache ses cheueux.

   De quel rayon malin luisoit à ma naissance
L'astre qui sur les Roys exerce sa puissance:
Que ce qui m'a chery, reueré, contenté,
Par vne loy cruelle ainsi me soit osté:
Ces pensers genereux bannis des choses basses,
Ce cœur où fleurissoient les vertus & les graces,
Que de maint haut desir ma faueur inspiroit:
Et ceste ame où la mienne à son gré se miroit,
Se sont euanoüis tout en la mesme sorte
Que l'émail du Printemps que la froidure emporte.

Et ne me reste plus, ô destin odieux,
De tant de rares dons & de faueurs des Dieux,
Et de tant de vertus au sepulchre enfermées,
Que le seul souuenir de les auoir aymees.
Adieu presents du Ciel que le Ciel m'a rauis:
Adieu doux entretiens, adieu graues deuis,
Adieu parfaict esprit, adieu graces diuines,
Vous me fustes des fleurs, vous m'estes des espines.

Mais pourquoy regretter en ce commun malheur
L'interest de ma perte, & passer sans douleur
Le desastre public de toute ta patrie,
Dont la gloire, ô Daphnis, par ta mort est meurtrie?
Cét enfant d'Appollon que Minerue adopta,
Ce nourrisson de Mars que Bellonne allaitta,
Ce fertile thresor de vertus & d'exemples,
Ce tuteur des autels, ce protecteur des temples,
Ce domteur de l'erreur, ce vengeur de la foy,
Ce valeureux appuy de mon sceptre & de moy,
Qui du Peuple François enuoyoit les loüanges
Sur l'aisle de son nom aux riuages estranges,
Percé de part en part d'vn tonnerre emplombé
Dans les champs de Coutras sans ressource est tombé.
Champs noirs, & malheureux, consacrez aux furies,
Tousiours pour vous du Ciel les sources soient taries,
La pluye & la rosée, en nul âge suiuant,
N'aillent de leur humeur vostre sein abbreuuant,
Mais sans cesse la gresle, & la foudre, & l'orage,
Vengeur de ce beau sang, vous brusle & vous saccage.

Encor si le courroux des astres obstinez
N'auoit si loing de moy ses beaux iours terminez:
Si quand de ce malheur l'importune merueille,
Vint percer d'vn seul traict mon cœur & mon oreille,
Il m'eust esté permis tout respect bannissant,
De courir où Daphnis se voyoit perissant,
Dire dessus son chef les paroles dernieres,
Essuyer sa blessure, & presser ses paupieres,
Mesler & détremper son sang auec mes pleurs,
Lauer d'eau son visage, & le couurir de fleurs:
Mais que dis-je de fleurs, couurir son cher visage:
Plustost si par l'horreur du meurtre & du carnage
Il m'eust esté permis de fureur transporté,

Comme vn second Achille aux combats redouté,
D'aller fendre les rangs des bandes aduersaires,
Et d'vne main adroitte aux exploicts militaires
Sur son corps des corps morts les tas amonceler,
Et ses propres meurtriers à son ombre immoler,
Puis saoul de la vengeance, & content en moy-mesme
D'auoir rendu ce change à son amour extréme,
Croisant les bras sanglans du carnage lassez,
Tomber pasmé d'ennuy sur les corps entassez!

   Astres infortunez qui parmy les tenebres
Espandez à regret vos lumieres funebres:
Fiers arbitres du Sort qui d'vn œil despité,
Veistes le noir moment de ma natiuité:
Coupables des ennuis dont la rigueur me donte?
Pourquoy vostre colere a-elle esté si prompte?
Et pourquoy de Daphnis mortellement attaint
Si loing & si soudain auez-vous l'œil esteint?
C'estoit moy, Cieux cruels, que vostre ire meurtriere
Deuoit priuer de sang de vie, & de lumiere,
Et laisser ses beaux ans du trespas non touchez,
Ou si des iustes Dieux les arrests plus cachez
Ordonnoient que leur course alors fust acheuee,
Qu'auoit commis ma foy constamment obseruee?
Et le celeste nœud qui pressoit nos esprits:
Que vostre ardent courroux auec luy ne m'ait pris,
Conioignant nos destins d'vne eternelle estreinte,
Sans briser par sa mort vne chaine si saincte?
I'eusse chere victime accompagné son dueil,
De mon obseque propre assemblant au cercueil
Mes os auec ses os, ma cendre auec sa cendre,
Pour soubs mesme sepulchre en mesme heure descendre,
Au lieu que maintenant, ô mon heur regretté,
Ie demeure apres toy du destin reietté,
Ton ame vole au Ciel de mes desirs suiuie:
Seul ie reste icy bas sans esprit & sans vie,
Et te vois immolant maints souspirs enflammez,
Maints sanglots renaissants, maints cris en l'air semez.
Combattu iour & nuict de tant de durs alarmes,
D'ennuis, & de douleurs, que ny toutes les larmes
Des Sœurs de Phaëton ne me suffiroient pas,
Ny tous les yeux d'Argus pour pleurer ton trespas.

   L'ombre qui se sentit de ses plaintes frappee,
Voyant comme il parloit sa face estre trempee,

Et ses yeux tous baignez sans cesse degoutter,
Ne peut plus longuement ses regrets écouter.
Donc pressant son angoisse, & la douleur extréme
Qui de mille cousteaux l'entamoit elle mesme:
Pour la derniere fois son nom elle appela,
Et de ces mots plus doux ainsi le consola.

  Prince mon seul desir, & ma flâme premiere,
Pour qui mes yeux esteins regrettent leur lumiere,
Et dont le beau rayon mon ame precedant,
Va ses pas incertains par les ombres guidant,
Le Ciel qui nos destins à son plaisir compasse
Des saisons de ma vie a limité l'espace.
Puis ie tiens mon trespas qui cause ton tourment,
D'vn seul de tes souspirs payé trop dignement:
Ce qui sans plus m'afflige en mon Sort lamentable,
C'est que ton amitié le treuue insupportable:
Et que le desespoir qui t'oppresse le cœur,
T'affoiblit d'heure en heure, & destruit ta vigueur,
Craignant que si l'ennuy te poursuit d'anantage,
Ma destinée en toy face vn second naufrage,
Et que ie sois contraint, persecuté des Cieux,
D'errer encor vn coup sur les flots Stygieux.
Helas! que penses-tu, mon vnique esperance?
Vois-tu point que ton mal va prenant accroissance.
Veux-tu doncques sans fin ton vlcere enflammer,
Veux-tu doncques tousiours en pleurs te consommer.
Et souffrir qu'Aristée à son dueil trop sensible,
Perde en cét accident le tiltre d'inuincible?
Tu te doisaux mortels, & le monde estonné
Durant ce grand orage a vers toy l'œil tourné:
Non seulement ma vie en la tienne est enclose,
Mais sur tout l'Vniuers le Sort sur toy repose.
Doncques si de Daphnis quelque soin te retient,
Ou si de tant d'humains le salut t'appartient,
Rends de ces vains regrets la tourmente appaisée,
Et seiche ta paupiere à toute heure arrousée,
Sans faire de tes yeux tant de larmes pleuuoir,
Puis qu'aussi bien la mort n'en a point pour les voir.

  Iolas te demeure, & l'extréme auanture
Qui tient mes os couuerts dessous la sepulture,
Pour ne redoubler point cét ennuy vehement,
Te rauit de ton tout vne part seulement.
Iolas ton autre œil que le Ciel a fait naistre,

Si franc, si genereux, si fidelle à son maistre,
Que celuy qui se veit de son corps dénué,
Par le decret des Dieux en diamant mué,
Qui le nom d'indompté par sa constance porte,
N'eut pas l'ame en mourant plus pure ny plus forte.
A l'égal de tes yeux tous deux tu nous aimois,
Et d'vn rayon conioint nos esprits allumois,
Reste puis que la mort ceste couple separe,
Que la perte de l'vn par l'autre se repare.
Que le nom d'Iolas ton dueil rende adoucy,
Que sans plus Iolas occupe ton soucy,
Et que ton amour saincte en deux lieux dispersée,
Soit apres mon trespas toute en luy ramaßee,
Comme quand l'vn des yeux de lumiere est priué,
L'effect de sa splendeur par l'autre est conserué:
Et le rayon estaint en l'œil clair se rassemble,
Qui seul lors voit autant que tous les deux ensemble.
J'ay ma vie acheuee, & de-uidé le cours
Que le Ciel trop seuere a prescript à mes iours:
Issu de sang illustre, & plein d'vn haut courage:
J'ay par ta faueur seule en la fleur de mon âge,
Les plus grands en fortune, & les plus signalez
D'alliance, de rang, & d'honneur égalez.
Aux demy Dieux Marins mon nom i'ay fait cognoistre,
I'ay sur l'orgueil des flots veu ma gloire apparoistre :
Et couuert l'Ocean d'armes & de vaisseaux,
Comme vn autre Neptune adoré sur les eaux.
J'ay soubs ton puissant bras tes Prouinces regies:
J'ay de meurtre & de sang, les campagnes rougies,
Et dompté par trois fois tes Peuples mutinez:
Pris leurs villes de guerre, & leurs forts ruynez.
Puis quand du temps prefix la somme fut remplie,
Et que ma destinee en peu d'ans accomplie,
Alla de ma valeur les effects terminant,
Par mainte belle playe au Ciel m'acheminant,
Sur la terre en cent lieux de mon sang humectée,
En mourant i'écriuy le beau nom d'Aristée.
Et mort mesme senty ce confort en mon cœur,
D'auoir esté pleuré des yeux de mon vainqueur:
Et que le preux Heros dont i'esprouuay les armes,
Humain triumphateur, m'honora de ses larmes.
Maintenant ie m'en vois fardeau vain & leger,
De l'impiteux Charon la nasselle charger,

Pour voir l'autre Vniuers, & les royaumes sombres
Où le triste Pluton tient l'Empire des ombres.
Mais ny les eaux du fleuue en neuf ondes retorts,
Ny l'eternelle nuiÒ qui couure l'œil des morts,
Ny le pesant sommeil dont leur ame est pressee,
N'y rendront ton image en la mienne effacee.
Sans cesse mon esprit au tien sera conioinÒ,
Et de toy le destin ne m'esloignera point.
I'en iure nos deux noms, sermens inseparables:
I'en iure les flots noirs mesme aux Dieux venerables,
Du lac à neuf replis que ie vay trauerser,
Sans espoir de iamais ses ondes repasser.
La terre qui ma cendre en son sein teint cachee,
Ne t'ira recelant que l'escorce seichee,
Et le voisle mortel dont i'estois reuestu,
Vn corps priué de sang, d'esprit, & de vertu.
Et le palle nocher qui guide auec ses rames
Le vaisseau destiné pour enleuer les ames,
N'emportera de moy qu'vn ombrage mouuant,
Fantosme vain & creux, formé d'air & de vent.
De Daphnis la plus belle & plus digne partie,
En l'extréme accident du trespas garantie:
Ses desirs, ses pensers, son amour, & sa foy,
Durant ce long exil resideront en toy.

    Vous qui faiÒes ouurir les veines d'où l'on tire
Tout l'honneur des tombeaux, le marbre, & le porphyre,
Et qui des clairs rayons de toutes parts semez,
Dont ma vertu rendoit vos esprits allumez,
Encor apres ma mort ayant l'ame eschauffee,
Sur mes os consommez éleuez maint trophee,
De harnois, d'estendarts, de lances, & d'escus,
Glorieux monuments des ennemis vaincus.
Qui dressez sur ma tombe, & les champs, & les villes,
Image de Bellonne, & des fureurs ciuilles,
Qui tout autour de moy comme troupeaux rangez
Les peuples par mon bras secourus ou vengez,
Et couchez à mes pieds les superbes statuës
Du schisme, & de l'erreur, soubs la mienne abbatuës:
Cessez d'aller aux Cieux cét appareil haussant,
Et tant de durs labeurs l'vn sur l'autre entassant,
Tant de pierres par art en hommes transformees,
Masses que le ciseau rend sans ame animees,
Tant de pieces de bronze, où l'œil se voit trompé,

Et d'vn acier trenchant par trois fois retrempé
Sur l'ouurage imparfaict taillez ceste escriture.
DAPHNIS dont ceste pompe orne la sepulture,
Pourueu d'vn monument plus durable & plus beau,
En l'ame d'Aristée establit son tombeau,
Que le long cours du Ciel n'a pouuoir de dissoudre,
Et n'est rien en ce lieu sinon vn peu de poudre.
   Quel haut orgueil d'Egypte en pointe s'esleuant,
Quel arc, quelle colomne, & quel marbre viuant,
Au pris de ceste gloire en tout temps asseuree,
Combattra des saisons l'eternelle duree?
Les ans du cuiure mesme entament la durté:
Et la cruelle faux de Saturne imdompté,
Contre qui des rochers les sommets ne sont fermes,
Abbat les monuments, les piliers & les termes.
L'honneur seul, ô grand Roy, de tant de Roys issu,
Que de t'estre si cher, vif & mort i'ay receu
Des siecles tous entiers surmontera les sommes,
D'aage en aage courant par la bouche des hommes,
Aux fins de l'Vniuers où tes regrets iront,
Les Peuples éloignez mes Manes beniront,
Voyant par mon trespas ton ame desolee,
Et ta seule douleur sera mon Mausolee:
Mesme l'heureux seiour des Heros fortunez,
Où les esprits sans corps de fleurs sont couronnez,
Ayans enuers le mien ta faueur recognuë
Se monstrera plus clair au point de ma venuë.
Là de rang & d'honneur, les autres surpassant,
Et les plus belles fleurs sur mon chef amassant,
Aux Dieux de dessoubs terre estonnez de ma gloire
I'iray de mes destins contant toute l'histoire,
Ie leur diray comment viuant ie fus aymé
D'vn Roy si genereux, si grand, si renommé,
Qui se voit adoré de la terre & de l'onde,
Et qui sert de lumiere aux autres Roys du monde:
Prince egal à luy seul, dont le los merité
A pour lieu l'Vniuers, pour temps l'eternité.
I'adiousteray comment le destin qui tout change,
N'a peu de sa constance alterer la loüange:
Et comme de Daphnis, nom qui luy fut si cher,
Le souuenir encor son ame sçait toucher.
Aussi de tant d'amour, sainctement obseruee,
De tant de fermeté par le temps espreuuee,

La gloire en mon esprit iamais ne s'esteindra:
Et le fleuue d'oubly pour moy son nom perdra.
Eux alors tous rauis sentans de ces merueilles
Le murmure si doux sonner à leurs oreilles,
Beniront ma fortune & me diront heureux
D'auoir esté chery d'vn Roy si genereux,
Dont la foy par les ans ne sera violee,
Qui verra sa constance aux siecles égalee,
Et du Sort pour iamais me rendra racheptè,
Partageant auec moy son immortalité.

Ainsi puisse arriuer, cher confort de ma peine,
Sans que le cours du Ciel ny l'oubliance humaine
Iamais en ta belle ame ait pouuoir d'effacer
Celuy qui ne vit plus que par ton seul penser:
Que la suitte du Temps qui la Constance emporte,
Que le cours des saisons qui rend l'amour moins forte,
Affoiblisse sans plus en cét esloignement
Le dueil qui par ma mort t'afflige incessamment:
Que de tes yeux baignez dont la flame est perie,
La source desormais apparoisse tarie:
Que ce double torrent cesse d'estre espandu,
Et que de leurs rayons l'esclair leur soit rendu.
Mais que tant de faueurs par leurs pleurs tesmoignee,
Iamais de ton esprit ne se voye esloignee.
Que l'ennuy vehement dont il est transporté,
Ait la cause eternelle, & l'effect limité:
Bref que la douleur passe, & que l'Amour demeure,
Et que iamais Daphnis en ton ame ne meure.

Ainsi puissent les Dieux ta fortune embrasser,
Ainsi puissent les Cieux tous tes vœus exaucer,
Ainsi dedans tes mains les beaux lis refleurissent,
Et de tes ennemis tous les conseils perissent:
Ainsi de tes subjets contre toy rebellez,
Vn iuste aueuglement tienne les yeux voillez.
Ainsi leur sang se gele, & de leur main perfide
Tombe au iour du combat le glaiue parricide:
Ainsi par ta prudence, & par ton bras armé,
Puisse-tu dans ses fins voir bien-tost renfermé
Le desbord effroyable, & les trouppes impies
Des Barbares Germains rauissantes harpies:
Ainsi puisse ta dextre à ton peuple agité,
Rapporter le repos par tant d'ans souhaitté:
Et d'vn si grand Estat raffermir les colomnes:

Ainsi puiſſent pleuuoir ſur ton chef les couronnes,
Ainſi chargé du faix de maint ſceptre eſtranger
Puiſſes-tu ſoubs tes loix tout l'Vniuers renger,
Rendant par tes beaux faicts, ſoit de paix ſoit de guerre,
Ta gloire égale au Ciel , ton Empire à la terre.
*   O Dieux qui de là haut les deſtins diſpenſez,*
Dieux qui de mes ſaiſons les bornes auancez:
Mars le premier de tous qui par l'horreur ſanglante
Des combats m'as conduit , & dont mon ame ardente,
Pleine en vn corps mortel de deſirs immortels,
Glorieuſe victime a trempé les autels!
Si de mes triſtes ſorts quelque remors vous touche,
Oyez ces derniers vœus proferez de ma bouche;
Et faictes qu'Ariſtee & les ſiens en tout temps
Puiſſent de vos faueurs veoir leurs eſprits contens:
Eſtendez la fortune & les ans de mon Prince,
Prenez ſoing du ſalut de ſa chere Prouince,
A qui de mes hazards les fruicts i'ay dediez,
Et rendez par ma mort leurs malheurs expiez.
Et toy , grand Ariſtee , ornement de ton âge,
Qui des Dieux ſur le front portes la viue image,
Semant de tes beaux faicts la gloire en mille lieux;
Oy de ton cher Daphnis les eternels adieux:
Déja la nuict commence à reployer ſes voiles,
Et du Ciel comme fleurs enleue les eſtoilles:
Déja le point du iour ſur l'horiſon naiſſant,
Va dans l'air eſclarcy mon idole effaçant,
Et de mes compagnons la troupe froide & paſle
M'appelle à haute voix ſur la riue fatale:
Adieu donc Ariſtee, il me faut auancer,
Souuiens-toy de Daphnis qui s'en va te laiſſer,
Et qui par mille objects en partant te conjure
D'auoir touſiours au cœur ſon nom & ſa figure.
Par l'honneur immortel de tes actes paſſez,
Par tant de dons du Ciel en ton ame amaſſez,
Par l'extréme bonté, par la vertu ſupréme,
Par l'amitié parfaicte , ou pluſtoſt par toy-meſme,
Par l'immuable foy qui te faict adorer,
Et par tout ce qui peut ton eſprit conjurer,
Par ma vie au treſpas pour ta gloire expoſée,
Et par le noir ciſeau qui coupa ſa fuzée,
Par mon ſang en mourant ſur la terre verſé,
Par mon corps de la flame & du glaiue percé,

Par mon ombre de coups encor toute couuerte,
Et par ma sepulture auant le temps ouuerte,
Par mes os pour iamais dans le tombeau reclus,
Et par mes yeux esteins qui ne te verront plus.
Bref par le desespoir les regrets, la tristesse,
Qui precedent mes pas en l'horreur plus espesse,
Des lieux où loing de toy ie me sens esgarer,
Par le cruel instant qui nous va separer,
Et par le dernier son de ma foible parolle,
Qui te disant Adieu sous les ombres s'enuolle.

   A ces mots il voulut son visage baigner,
Et ce triste départ de pleurs accompagner:
Mais ses yeux creux & vains fantosmes inutiles,
De larmes & d'humeur se treuuerent steriles.

AV ROY.
POVR SES ESTRENNES.
STANCES.

Rand Roy dont les malheurs esleuent la Vertu,
Et seruent de degrez à l'Autel de ta gloire,
Qui plus as d'ennemis moins te vois abbatu,
Aussi fier au peril que doux en la victoire.

   Prince en tout accident par le sort espreuué,
Iuste ornement futur des Histoires fidelles:
Qui par vn art Royal à toy seul reserué,
Pardonnes aux vaincus, & domptes les rebelles.

   Ores que le Soleil recommence son cours
Pour marquer les saisons que sa lumiere change,
Ie veux de ta valeur commencer le discours,
Pour auec l'an croissant accroistre ta loüange.

   Dés l'heure que le Ciel touché de nos douleurs
Iettant l'œil sur la France au sang des siens trempée,
Te choisit pour trencher par le fer nos malheurs,
Il maria deslors ma plume à ton espée.

   Vn plus ieune que moy n'auroit veu tes combats
Pour en tracer la suitte & l'ordonnance entiere,
Vn plus aagé que moy ne les escriroit pas,
Car le temps luy faudroit plustost que la matiere.

Toutes

Toutes les qualitez que le Ciel peut donner,
Pour vaincre par l'effort, ou gaigner par les charmes,
L'Astre qui luit aux Rois eust soin de t'en orner,
Afin de domter tout par amour, ou par armes.

La Clemence & la Foy sont peintes sur ton front,
Au flus de tes propos, aux traits de tes sentences.
Luit vn clair iugement, vn esprit vif & prompt,
Qui se souuient de tout, excepté des offenses.

D'aucun empeschement ton cours n'est arresté,
Tu brises des destins la contrainte inuincible,
Et ne cedes pas mesme à la necessité,
Rendant par tes vertus l'impossible possible.

Lors qu'au fort des exploits pleuuent mille hazars
Chacun pour s'asseurer regarde ton visage,
Et ton œil flamboyant est l'estoille de Mars,
Dont les tiens au peril empruntent le courage.

Les seuls traits eslancez de la main de l'Enfant
Qui fait la guerre aux Dieux, treuuent le tien sensible,
Et ton Royal Démon des autres triomphant
Perd en ce seul combat le tiltre d'inuincible.

Heureuse mille fois l'Angelique beauté
Qui voit dessous ses pieds tant de gloire captiue,
Et dompte auec ses yeux ton esprit indomté,
Qui pour cherir ses fers de liberté se priue.

Les lauriers immortels dont Mars ton chef estraint,
Couronne que Venus de son Myrthe seconde,
Ne te preseruent point que tu ne sois attaint
De ce foudre d'amour qui brusle tout le monde.

L'or de ses blonds cheueux, filez semez d'appas,
Des peuples prisonniers tient les ames rauies,
Tous les traits de ses yeux sont autant de trespas,
Et tous ses doux sousris donnent autant de vies.

Puissent tes fiers Subiets distraits de leur deuoir,
Qu'vn esprit factieux aux reuoltes inspire,
Recognoistre aussi bien les loix de ton pouuoir,
Comme tu recognois celles de son Empire.

Ou s'il faut qu'à l'Amour la force ouure le pas,
Et que sur le Laurier l'Oline soit entée,

S'il faut qu'vn Sort armé decide nos debas,
Et qu'auecques le sang la paix soit cimentée.

Oy ces ardans souhaits en ta faueur escrits,
Prince, dont les vertus promettent des miracles,
Pour qui nous esleuons nos voix & nos esprits,
Afin que les Destins les changent en oracles.

Puisse de leurs conseils sans effect proposeZ,
Se dissiper en l'Air la puissance perfide,
Et dans l'iniuste main des peuples abuseZ,
Trembler & reboucher le glaiue parricide.

Puissent de leurs CiteZ, & de leurs Forts encor
Tresbucher deuant toy les rebelles murailles,
Et l'allaigre Victoire auec ses aisles d'or
Voler dessus ton chef au milieu des batailles.

Puisse ton ample Estat sauué de tous dangers,
Affermir tellement le poids de ses Colomnes,
Que ton fer s'aille teindre au sang des estrangers,
Et que tous tes combats soient autant de couronnes.

Puisses-tu d'vne Mer iusqu'à l'autre Courant
Marquer & consacrer par l'acier de ta lance,
Seul absolu Monarque, & dernier conquerant,
Les fins de l'Vniuers pour bornes de la France.

Puis lors puissent tes bras de trop vaincre lasseZ,
Enchaisner pour iamais l'idole de la guerre,
Rendant par tes hauts faicts l'vn sur l'autre entasseZ,
Ta gloire égale au Ciel, ton Empire à la terre.

STANCES

SVR LA VENVE DV ROY
A PARIS.

APRES tant de combats, dignes de tant d'histoires,
Tout couuert de lauriers, tout chargé de victoires,
Reuien voir, ô grand Roy, les hauts murs de Paris:
Et toy qui pour l'honneur nul peril ne refuses,
Reuien tout plein d'honneur, apres tant de perils,
Cueillir les fruicts de Mars dedans le champ des Muses.

Paris, l'amour du Ciel, des lettres le seiour,
Le Temple de Pallas t'attend à ce beau iour,
Dont nul obscur oubly n'esteindra la memoire,
Par mille doctes voix ton triomphe entonnant,
Paris œil des Citez, Theatre de la gloire,
A qui tout l'Vniuers sert d'Echo resonnant.

Deuant toy tu verras cheminer mainte image
De ta vertu guerriere, ornement de nostre âge :
Et le peuple attaché par l'ame & par les yeux,
Adorer tes exploits fertiles en conquestes,
Qui de l'Hydre ciuile, animal factieux,
Pour te rendre seul chef tranchent toutes les testes.

Diepe y sera pourtraite, & les champs occupez
Par tes subiets mutins, tost apres dissipez,
Champs dont la Mer Angloise humecte le riuage,
Où Neptune estonné de changer de couleur,
Veit disputer la force auecques le courage,
Et combattre le nombre auec la valeur.

Tes ennemis alors enyurez d'esperance,
Pensoient bien estre à bout du destin de la France,
Te laissans pour tout choix, ou la fuitte ou la mort :
Ils obseruoient des vents l'inconstance opportune,
Croyans que tes vaisseaux s'appareilloient au port
Pour embarquer sur l'eau le bru de ta fortune.

Mais leur dessein sans plus fut des vents emporté,
Tu pris vne autre route, & ton bras redouté
S'ouurit auec le fer mainte voye incogneuë,
Pour vnique salut tout salut negligeant,
Comme vn foudre enfermé se fait iour par la nuë,
Et fend l'ombrage épais qui l'alloit assiegeant.

Yury suiura de pres, abregé de la guerre,
Où tant de bataillons couurans d'armes la terre,
Par toy seul derechef déconfits & perdus
Seront veus de frayeur tourner leurs fronts superbes,
Et sur la verte plaine à l'enuers estendus,
De leur perfide sang soüiller l'émail des herbes.

Desia de leur costé la victoire inclinoit,
Et sur ton champ douteux la terreur dominoit,

Quand seul tu releuas l'Estat & la Couronn
Transformant en Cyprez leurs funestes Lauriers,
Et monstrant à l'essay combien en ta personne
Combattoient tout d'vn coup d'inuisibles guerriers.

Dans vn autre tableau peint d'vn pinceau tragique,
Ce fameux Gouuerneur de la riue Belgique,
Tiendra des spectateurs les yeux tournez à soy,
Et bornant son malheur de l'heur d'vne mort prompte,
Pour n'estre plus contraint de fuir deuant toy,
Dedans son tombeau propre enterrera sa honte.

Quel bonheur de le voir d'espoir abandonné
Se sauuer à la fuitte, en desordre estonné,
N'alleguant que ton nom pour toutes ses excuses:
De voir ce grand guerrier en son ame battu,
Cét Achille aux combats, & cét Vlysse aux ruses,
Sacrifier sa gloire aux pieds de ta vertu.

Apres dedans Paris paroistra Paris mesme,
De tes heureux exploits le chef-d'œuure supréme,
Auec l'art des couleurs tout tel representé,
Que quand tiré des fers de l'Espagne seuere,
Admirant ta valeur, & sentant ta bonté,
Il te receut pour maistre, & t'espreuua pour Pere.

Astrée & Mars ensemble en pompe y marcheront:
De peur les habitans leurs biens ne cacheront:
Sur eux tu feras luire vn regne legitime,
Tenant par ta voix seule en leurs rangs enchainez
Tes gens à qui la guerre en guerre sera crime,
Non moins que de lauriers d'Oliuiers couronnez.

Tout autour de Paris à son exemple sages,
Mille illustres Citez te rendront leurs hommages,
Autant au bien qu'au mal promptes à l'imiter,
Et celles que l'amour de tes vertus empraintes
Dans les cœurs les plus durs n'aura peu surmonter,
Deuiendront par la force à t'obeïr contraintes.

Laon au front orgueilleux de loin s'y verra peint,
Et le camp estranger de rouge deux fois teint,
Qui monstre en cét effort sa foiblesse hypocrite.

Et de tant de combats vainement entrepris,
Te laisse pour toy seul la gloire & le merite,
Et remporte pour luy la perte & le mespris.

Laon le terme fatal de nos guerres ciuiles,
Qui fait ouurir la porte au reste de tes villes,
Et dont toute l'Europe obserue le succez,
Le dernier tribunal où la France & l'Espagne
Sans reserue d'appel decident leur procez :
Mais l'Espagne le perd, & la France le gagne.

Puis comme autour de toy tout le peuple à l'enuy
Sera de ce spectacle en ecstase rauy,
Et plein du doux transport dont ta gloire le touche,
Benira ton Démon des vainqueurs le vainqueur,
Te dediant ses yeux, sa pensée & sa bouche,
Et pour te receuoir t'ouurant son propre cœur.

Les Anges qui de Dieu delectent les oreilles,
Anges tuteurs des Roys, ministres des merueilles,
Coulans d'vn vol leger par l'air plus gracieux,
Et desployans au vent l'or de leurs tresses molles,
Prononceront ces mots en langage des Cieux,
Laschans tous d'vn accord le frein à leurs paroles.

Peuple, ce nouueau Roy que tant de presse ceint,
Aimé de ses subjets, de ses ennemis craint,
Descend pour repurger de prodiges le monde :
Il vient faire regner la Iustice aux Citez,
Et dans les champs deserts fleurir la paix feconde,
Thresors par luy du Ciel en terre rapportez.

Adore en sa splendeur de Dieu l'ombre inuisible,
Celebre sa Clemence à tes vœus accessible,
Reuere sa valeur, qui pour toy s'immolant
Rachette ton salut par des perils extrémes,
Et va son innocence aux siecles reuelant,
Vertus qui font les Roys, & non les diadémes.

Le Zele & la Pieté ses desseins conduiront,
Bien loin de son Estat les crimes s'enfuiront,
Sous son auguste Sceptre orné de fleurs diuines,
La vigne du Seigneur se chargera de fruicts,

d iij

Et plus loin que iamais estendant ses racines,
Reclorra ses saincts murs par le schisme destruits:

De l'onde où le Soleil peigne au matin sa tresse
Iusqu'à l'onde du soir où le Sommeil le presse,
Comme vn luisant éclair son fer resplendira,
Il teindra son espée au sang des infidelles,
Et vray Roy tres-Chrestien son regne agrandira
Des regnes & des Roys au nom de Christ rebelles.

Il changera vainqueur, leur creance & leurs mœurs,
Adoucira par art leurs barbares humeurs,
Leur donnera des loix, des Pasteurs & des Princes,
Et faisant refleurir l'heur du siecle innocent,
Remettra l'aage d'or par toutes les Prouinces:
Le iuste Ciel l'ordonne, & la Terre y consent.

Ainsi pour consacrer la foy de tes loüanges,
Les esprits deputez de la troupe des Anges,
Auec leur sainct concert ton triomphe orneront,
De tes heureux Destins messagers authentiques,
Et ces mots prononcez, aux Cieux retourneront
Laissant tout l'air remply d'oracles prophetiques.

SVR LA BLESSVRE DV ROY,
ET LE PARRICIDE ATTENTAT
de Iean Chastel.

L'A N G E qui destourna le tragique cousteau,
(Qui mettoit tout d'vn coup tant d'hommes au tombeau)
Des Mores d'Occident, detestable spectacle!
Pour vous seul, ô grand Roy, n'a pas fait ce miracle.
Nos cœurs auec le vostre alloient estre naurez,
Et l'heur en vous sauuant nous a tous deliurez.
Propice soing du Ciel assouuy de nos larmes,
Qui n'a voulu souffrir que l'exploict, que les armes
Des plus fiers ennemis de vostre Royauté,
Par cent diuers combats en vain auoient tenté,
Vn Monstre contrefaict, excrement de la terre
L'ayt seul executé sans armes & sans guerre.
Quel alors des Destins eust esté le reuers,

Quel aspect, quel theatre aux yeux de l'Vniuers
Alloient fournir la France, & ses Citez mutines,
S'enterrans pour iamais dans leurs propres ruïnes?
Le frere de son frere eust le sang espandu,
Le Pere de son fils le trespas eust vendu,
Spectres prodigieux de nos siecles perfides!
Et la main des enfans experte aux parricides
Ayant en vostre mort tous les droicts violez,
Eust pour victime au Ciel ses parens immolez,
Au lieu que l'horizon de la France respire
Sous l'heureux Orient de vostre doux Empire:
Qu'vn long rayon de paix luit au peuple affligé,
Qu'il commence à gouster l'espoir d'estre allegé
Des tributs excessifs, & des fureurs impies
Des Barbares Soldats, rauissantes Harpies:
Que les chemins depuis au trafic sont ouuerts,
Que Cerés peint sans crainte en or ses cheueux verts,
Et que vostre valeur, qui les superbes brise,
Aux puissants sert de borne, aux simples de franchise:
Que les Temples sacrez pleins d'applaudissemens,
Triomphent de reuoir leurs pompeux ornemens,
Les Autels de reuoir leur celeste seruice,
Et les Palais deserts de reuoir leur Iustice.
Vn sac calamiteux les villes deuorant,
Fust allé de Prouince en Prouince courant,
Eust soüillé les Autels de meurtres execrables,
Eust démoly l'honneur des Temples venerables,
Eust des Vierges pollu les Temples plus sacrez,
Et les Prestres diuins sans respect massacrez,
Rien n'eust seruy des loix la puissante tutele,
Rien n'eust peu de la foy l'asseurance fidele:
Le feu, le fer, l'acier regnants de toutes parts,
Eussent fait de la France vn sacrifice à Mars.
   SIRE, si quelque amour de vos Peuples vous touche,
Si pour eux vous daignez au Ciel ouurir la bouche,
Si de leurs accidents le bon ou mauuais sort
Apporte à vostre esprit ou douleur ou confort,
Iettez l'ame & les yeux sur ceste estrange histoire,
Grauez ce coup fatal dedans vostre memoire,
Et vous representez d'horreur encor tout blanc,
Quel deluge inhumain de larmes & de sang
Alloit noyer la terre où vostre nom preside,
Si Dieu n'eust diuerty ceste pointe homicide,

d iiij

En quel Chaos confus les choses retournoient,
Et quels cruels Démons par l'air se deschainoient.
C'est vn aduis sacré que le Ciel vous enuoye,
Pour aux perils futurs clorre à iamais la voye,
Et par vn seul malheur qui vous doit aduertir,
De tous pareils malheurs vostre chef garantir,
Rendez-luy de ce soing l'hommage legitime,
Offrez sur ses Autels mainte pure victime,
Honorez-le de vœux couuerts & descouuers,
Authorisez les bons, punissez les peruers,
Et ne mesprisez plus, de vous-mesme aduersaire,
De vostre cher salut le soucy necessaire,
Vous ne ressemblez pas, SIRE, aux autres humains,
Qui n'ont point pour regner les sceptres dans les mains,
Dont la Parque à son gré peut passer son enuie,
Sans que le monde sente ou leur mort ou leur vie.
Tant de grandes Citez qui viuent sous vos loix,
Tant d'hommes animez du vent de vostre voix,
Regardans par vos yeux, ayans part à vos veilles,
Parlans par vostre bouche, oyans par vos oreilles,
Et par vos seuls poulmons l'air commun respirans,
Suiuans vostre Destin ou viuans ou mourans.
Dieu! combien de frayeurs & de tragiques craintes
Depuis six ans entiers ont leurs ames atteintes?
Lors que parmy l'horreur d'vn siecle ensanglanté,
Fauory de Bellone, & de Mars adopté,
Vous-mesme conqueriez vostre propre heritage,
Et moins accompagné d'armes que de courage,
Faisant peur aux dangers, & la mort menaçant
Deuant vous sans effroy vous les alliez chassant:
Comme vne bonne mere, à qui l'âge debile
Rend encor de son fils le support plus vtile,
Lors que l'amour des biens, & le soin d'amasser
Luy fait de l'Ocean les plaines trauerser,
Joüet de la fortune, & des ondes cruelles,
Pour aller despoüiller les moissons annuelles
Des regnes de l'Aurore, & chargé de thresors
Rapporter d'Orient l'Orient en nos ports,
Soudain que dedans l'air quelque orage s'appreste;
Que quelque vent s'esleue, ou que quelque tempeste
Commence à murmurer, la pauurette à l'instant
De l'ame & des genoux, craintiue, tremblotant
D'vn deluge de pleurs fait offrande à Neptune,

Et de ſes longs ſouſpirs les vents ſourds importuné.
Ainſi lors que la France, à qui vous tenez lieu
De fils, d'eſpoux, de Roy, de Dieu meſme apres Dieu,
Oit quelque bruit leger, quelque obſcure nouuelle
Que l'amour de la gloire aux perils vous appelle,
Que pour quelque combat vous eſtes preparé,
Que contre voſtre chef quelqu'vn a coniuré,
Elle fond tout en pleurs, elle glace, elle tremble,
Et perd d'eſtonnement l'ame & la voix enſemble.
SIRE, ayez pitié d'elle, & ne permettez plus
Qu'vne ſi iuſte peur ſes ſens rende perclus,
Que pour vous de ſes yeux les larmes elle épuiſe,
Et que voſtre valeur au treſpas la conduiſe:
Donnez treſue aux hazards tant de fois eſpreuuez,
Et pour noſtre repos le voſtre conſeruez.
Aſſez de vos Lauriers fleurit la renommée,
Aſſez par l'Vniuers voſtre gloire eſt ſemée,
Aſſez de vos vertus l'heur on oit reciter,
Que vous reſte-il plus qui vous puiſſe exciter?
    Quand le grand Alexandre aux riues de l'Aſie,
Plein du meſme deſir dont voſtre ame eſt ſaiſie,
Fleuues, hommes, foreſts, & montagnes dontant,
Loing des peuples cogneus ſon fer alloit plantant,
Vn iour que la fureur des barbares cohortes
Luy donnoit au combat des ſecouſſes plus fortes,
Couuert de mille traicts, & de coups tout percé,
Tantoſt ſe releuant, & tantoſt renuersé,
» Il laſche ceſte voix: O Citoyens d'Athenes,
» Si vous ſçauiez combien ie ſupporte de peines,
» Et quels cruels perils i'eſpreuue à tous les coups
» Pour cét vnique eſpoir d'eſtre loüé de vous!
Voix digne d'Alexandre, & du Phenix des Princes,
Qui meſpriſant la proye, & le ſac des Prouinces,
Pour l'honneur ſeul ſans plus les terres conqueroit,
Et comme vous la gloire aux ſceptres preferoit:
Mais quel Temple ſacré des Muſes renaiſſantes
Quelles doctes Citez en ſtyle fleuriſſantes,
Quel theatre facond les oreilles charmant,
Ne va de vos vertus l'hiſtoire declamant?
Quel Echo ne redit vos faicts d'armes eſtranges?
Quel Triomphe fameux ne cede à vos loüanges?
Vous auez plus tout ſeul de perils recognus,
Vous auez plus tout ſeul de combats ſouſtenus,

Vous auez plus tout seul mis fin à d'entreprises,
Vous auez plus tout seul de victoires acquises,
Vous auez plus tout seul surmonté de guerriers,
Vous auez plus tout seul remporté de lauriers,
Ayant donté la France en armes si feconde,
Qu'Alexandre & Cesar en dontant tout le Monde.
Il n'est lieu tant soit-il du Monde reculé,
Où vostre nom vainqueur par l'air ne soit volé.
Il n'est gent belliqueuse, & dans le sang trempée,
Qui n'aille en ses sermens iurant par vostre espée.
Les peuples du Leuant, & ceux de l'Occident,
La region glacée, & le climat ardent
Tremblent au bruit lointain de vos fieres batailles:
Vostre seule terreur assiege leurs murailles,
Et dans des filets d'or du Ciel en l'air jettez,
La Fortune pour vous pesche & prend des Citez.
Seul vous enrichissez de despoüilles nos Temples,
Seul la posterité vous illustrez d'exemples,
Seul des François décheus l'honneur vous restaurez,
Reparant les affronts qu'ils auoient endurez.
Sans vous les arguments manqueroient aux Poëtes,
Les histoires sans vous demeureroient muëttes,
Sans vous de la valeur le lustre periroit,
Et sans vous d'Helicon la source tariroit.
　　O Róy, le plus grand Roy, que l'œil du Ciel regarde,
Pour qui depuis tant d'ans les Anges font la garde,
Par merueille appellé, par merueille esleué,
Par merueille conduit, par merueille sauué,
Pour estre apres tant d'heurs, & d'œuures nompareilles
La merueille des Roys, & le Roy des merueilles,
Iusqu'à quand les Destins, & le sort dépitant
Irez-vous aux perils vos heurs precipitant?
Iusqu'à quand tiendrez-vous nos ames esperduës
Entre la froide crainte & l'espoir suspenduës!
Ne redoutez-vous point que le Ciel irrité
De se voir si souuent par les hazards tenté,
Et que de son secours vostre valeur abuse,
Sa faueur tutelaire à la fin vous refuse,
Et laisse les François aux malheurs reseruez,
Orphelins de leur Roy, d'ame & de chef priuez?
Encor s'il nous restoit quelque viuante image
Des traits de vostre esprit & de vostre visage,
Qui peut à l'aduenir vostre Sceptre porter,

Et de vos Lys sacreƵ apres vous heriter,
(Salutaire confort des miseres publiques,
Et d'vn Roy tant aymé les plus cheres reliques)
Ceste esperance iroit nostre dueil temperant,
Et nous respirerions au moins en souspirant :
Mais le puissant Démon, qui des Sceptres dispose,
En vous seul de la France a la Fortune enclose :
Vous mort, tous nos espoirs s'enterrent auec vous,
Et vous estant perdu, tout est perdu pour nous.
  SIRE, preneƵ-y garde, & si l'ardeur extréme
Qui vous pousse aux perils, malgré les perils mesme,
Par aucuns de nos vœus ne se peut moderer,
Pour le moins ayeƵ soin, ô grand Roy, d'asseurer
Contre les flots sanglants des tempestes ciuiles
Vostre Empire apres vous, vos peuples & vos villes.
Donnez-nous vn Dauphin successeur destiné,
Vn rejetton de Roy, pour regner ordonné,
Dont le Ciel & la Terre embrassent la naissance,
A qui les Elemens iurent obeïssance,
Et qui puisse apres vous aux siecles à venir,
Sous l'amour de vos loix l'Vniuers maintenir,
Trompant des factieux l'attente en vain conceuë.
N'importe de quels Roys sa mere soit issuë,
Quel ordre d'Empereurs elle aille racontant,
Ny quels Sceptres loingtains aux vostres adioustant.
Soit que de l'Orient son doüaire elle apporte,
Ou que de l'Occident orgueilleuse elle sorte,
Ou qu'au Midy bruslant vous la daigneƵ chercher,
Pourueu qu'il soit de vous nous l'aurons assez cher.
Qu'il porte sur le front vos franchises dépeintes,
Qu'il porte vos Vertus dedans le cœur empraintes :
Qu'il sçache comme vous les mutins estonner,
Qu'il sçache comme vous dompter & pardonner,
Qu'il sçache comme vous de cent accueils propices
Rappeller l'âge d'or, naissant sous ses auspices,
Et rendre pour venger les actes non permis,
Comme vous, la balance & l'espée à Themis,
Ainsi soient de vos Lys les Fleurs tousiours nouuelles,
Ainsi tousiours le Ciel espouse vos querelles,
Ainsi luise à iamais vostre honneur solennel,
Ainsi soit vostre regne un Triomphe eternel,
Où la Fortune assise au throsne de la gloire,
Auecques la Vertu dispute la victoire.

POVR MADAME SOEVR DV ROY.

Enez, ô chere Sœur, delices de nostre âge,
Voir vostre frere assis dans le Throsne des Rois,
Venez voir ses subiets luy rendre un iuste hommage,
Et gouster tous rauis la douceur de ses Loix.

Venez voir ce grand Roy, cét ornement des Princes,
Reconquerir les cœurs de tant d'hommes diuers,
Et ne sacrifier que villes & Prouinces
Au Démon des François, terreur de l'Vniuers.

Comme Diane espreuue vne secrette ioye
Quand son frere au matin de rayons se parant,
Les Astres de la nuict sous l'Orizon enuoye,
Et du Ciel spacieux va tout seul s'emparant.

Ainsi mille plaisirs s'éclorront en vostre ame,
Voyant le clair Soleil l'Olympe posseder,
Et tous ses Ennemis qu'vn vain desir enflame,
Offusquez de sa gloire, à l'enuy luy ceder.

Depuis que nostre Empire, amoureux de la guerre,
A par le fer luisant ses limites grauez,
Et depuis que les Lys ont fleury sur la terre,
Les beaux Lys de la main des Anges cultiuez?

Iamais d'aucun mortel la naissance opportune,
Pour releuer l'Estat d'vn celebre malheur,
N'a ioinct tant de Clemence auec tant de Fortune,
Ny ioinct tant de Fortune auec tant de Valeur.

Rien ne trompe l'espoir de ses armes fideles:
La seule Renommée aux lieux plus indomptez
Luy fait ouurir la porte, & du vent de ses aisles
Abbat les murs tremblans des superbes Citez.

Le Ciel rit à ses vœux, la Mer luy est propice,
Les Elements muets vont pour luy conspirant:
Les pierres & les bois embrassent son seruice,
Et ses propres malheurs vont en fin prosperant.

Le sang de ses Sujets son triomphe ne soüille,
De l'amour de leurs biens ses yeux ne sont tentez,
Il conquiert leurs desirs, & pour toute dépoüille
A son sacré trophée append leurs volontez.

Quelles Palmes iamais furent plus renommées,
Quelle conqueste égale au gain de tant de cœurs ?
C'est vaincre les vaincus, que vaincre les armées,
Mais se vaincre soy-mesme, est vaincre les vainqueurs.

Venez-donc, chere Sœur, assister à sa gloire,
Pour qui les Anges mesme abandonnent les Cieux,
Et cueillir auec luy les fruicts de sa victoire,
Autrefois arrosés des larmes de vos yeux.

Venez voir de quel heur Dieu seul le fauorise,
Des flots de son Estat la tourmente appaisant,
Depuis qu'il est rentré dans la Nef de l'Eglise,
Contre qui toute vague en vain se va brisant.

Venez voir des Citez la presse nompareille,
Orner son nom vainqueur de tiltres immortels,
Et les Peuples rauis d'amour & de merueille,
A sa Misericorde eriger des Autels.

Venez voir de sa foy les illustres exemples,
Venez voir de ses Loix l'incredible pouuoir,
Venez voir les Lauriers enuironner ses Temples,
Et sur son chef Royal les Couronnes pleuuoir.

Et vous le plus grand Roy que le Ciel ayt fait naistre
Des Peuples deliurez l'esperance & l'amour,
Prince que l'Vniuers desire auoir pour Maistre,
Tesmoignez-luy combien vous est cher son retour.

Et puis que sa splendeur vient de vostre lumiere,
Et que de vos rayons son lustre est emprunté,
Rendez à vos regards leur douceur coustumiere,
Et de vos plus beaux iours r'appellez la clarté.

Bannissez loing de vous l'ennuy que vous apporte
De vos fiéureux accés le reflus inconstant,
Vous souuenant combien vostre salut importe
Au salut de l'Estat, pour vous seul subsistant.

Ainsi de vos Lauriers la cime tousiours verte
Dédaigne impunément les menaces du temps :
Ainsi de fleurs pour vous la campagne couuerte
Produise sous vos pas vn eternel Printemps.

Ainsi soit vostre nom écrit sur tous les arbres,
Croissant auec les ans dans l'écorce des bois :
Ainsi soit vostre honneur graué sur tous les marbres,
Sourds & muëts témoins de tant de hauts exploits.

Ainsi pour couronner de la gloire du style
Vos labeurs immortels, puissiez-vous exciter
Vn Homere François, digne d'vn tel Achile,
Et le sort d'Alexandre en ce poinct surmonter.

S T A N C E S.

GRAND Duc, grand de fortune, & plus grand de valeur,
De qui la belle veuë aujourd'huy nous contente,
De qui l'esloignement est tout nostre mal-heur,
Et de qui le retour est toute nostre attente.

En fin nous vous auons perdu trop longuement,
Nous nous sommes perdus d'vne trop longue perte,
La Court estant sans vous estoit sans ornement,
La Court estant sans vous estoit toute deserte.

Le Ciel auoit regret d'esclairer icy bas,
La saison estoit triste, & le temps miserable,
Tout nous estoit fascheux en ne vous voyant pas ;
Ainsi qu'en vous voyant tout nous est agreable.

Maintenant nostre mal commence à decliner,
Maintenant nostre peine en plaisir est tournée,
Vous nous venez remettre, & venez estrener
De vostre beau retour, & la Court & l'année.

Apres vn long ennuy que chacun a porté,
Apres vne tristesse & solitude extréme,
Vous venez redonner à la Court sa beauté,
Vous venez redonner à la Court la Court mesme.

Vous venez comme un Astre esclairer entre nous,
Accompagné de gloire, & de magnificence,
Rapportant la lumiere, & le iour quand & vous,
Car la nuict de la Court est vostre seule absence.

Pour ces merites-là qui ne peuuent souffrir
D'estre recompensez en aucunes manieres,
Ie n'ay rien d'infiny que ie vous puisse offrir
Excepté des desirs, des vœux, & des prieres.

Oyez donc, ô grand Duc, en receuant ces vers
Des prieres de Zele, & d'ardeur toutes pleines,
Toutes pleines de vœux, & de souhaits diuers,
Que ie vous offre icy pour vous seruir d'estreines.

Puissiez-vous quelquefois heureusement ioüyr
Du doux contentement de les voir reüssies,
Et puisse quelquefois Dieu si bien les oüyr
Que mes desirs vous soient autant de Propheties.

Puissiez-vous redonner aux armes leur honneur,
Et faire refleurir les Palmes de victoires,
Et soit vostre merite, ou soit vostre bon heur
Le futur argument de toutes les histoires.

Puissiez-vous desployer mille & mille estandars,
Et voir marcher sous vous tant de forces ensemble,
Enuironné d'esclairs, de flammes & de dards,
Que le Ciel s'en estonne, & que la terre en tremble.

Puissiez-vous au milieu des plus cruels estours,
Rendre d'vn seul regard vos trouppes animées,
Faire tousiours la pointe, & paroistre tousiours
Le foudre de la guerre au milieu des armées.

Puissiez-vous sous le nom, & sous l'aduew du Roy
Dompter de nos voisins l'insolente arrogance,
Chastier leur audace, & leur donner la Loy,
Et reculer bien loin les bornes de la France.

Puissiez-vous aux combats estre si fortuné,
Que tousiours pour son chef les couronnes soient prestes,
Que pas vn de vos coups ne soit en vain donné,
Et que tous vos exploits soient autant de conquestes.

c ij

Puiſſiez-vous éleuer ſon trophée en cent lieux,
Et ne ſacrifier que Villes & Prouinces
Au beau nom de HENRY, *viue image des Dieux,*
Le plus grand Roy des Roys, & le plus grand des Princes.

Puiſſiez-vous voir le monde en ſes tiltres compris,
Et faire repoſer l'Vniuers ſous ſon ombre,
Et ſi l'on peut payer vne choſe ſans prix,
Payer ſon amitié de ſeruices ſans nombre.

Puiſſiez-vous de bon-heur & d'honneur vous combler
Sans voir iamais de rien voſtre attente trompée,
Et tant de nonueaux faicts l'vn ſur l'autre aſſembler
Que ma plume ſoit laſſe auant que voſtre eſpée.

Puiſſiez-vous poſſeder vn renom nompareil,
Et puiſſe voſtre glaire auoir pour ſes limites
Les limites du temps, & celles du Soleil,
Et paſſer tout en fin excepté vos merites.

Voila tous les deſirs & les vœux que ie faits,
Le Ciel me les accorde, & m'en donne aſſeurance:
Cependant que chacun en attend les effects,
Ie vous en offre icy ſeulement l'eſperance.

VERSION DE L'ODE D'HORACE

Sic te Diua potens Cypri.

AINSI la Deeſſe Cyprine,
Fille de l'écume marine,
Ainſi les celeſtes jumeaux,
Aſtres adorez ſur les eaux,
Ainſi des vents l'humide Pere
Ton cours heureuſement tempere,
Tenant ſes enfans emplumez
Si bien ſous la clef enfermez,
Excepté l'opportun Zephyre,
Que tu puiſſes, ô cher Nauire,
Rendre dans le terme promis
Virgile à ta garde commis.

Sain & sauf sur le Grec riuage,
Preseruant de l'iniuste rage,
De la Mer sourde & sans pitié
De mon ame l'autre moitié.
Celuy certes en sa poitrine
Logeoit vne roche aimantine,
Et barbare, portoit le sein
Armé de trois rempars d'airain,
Qui premier sur l'onde mobile
Hazarda sa barque debile,
Au courroux du flot inconstant,
Sans que l'Aquilon combatant
Contre les Afriquains humides,
Fist transir ses veines timides,
Ny l'aspect triste & renfroigné
Des Hyades au front baigné,
Ny l'assaut du vent Antarctique,
Roy de la vague Adriatique,
Et dont sur l'élement grondant
Nul ne va l'Empire excedant,
Soit pour enfler les eaux profondes
Ou rabaisser l'orgueil des ondes :
Quelle autre horreur pouuoit troubler
Ce cœur qui premier sans trembler
Veit d'vn œil sec en tant de formes
Nager tant de monstres enormes,
Qui veit les sommets menassans
Des monts d'escumes blanchissans,
Et veit les escueils homicides
Des rochers Acroceronides.
En vain l'Autheur de l'Vniuers
Separa par vn soing diuers
L'Ocean de la terre ferme,
Si violant ce iuste terme
Nos Pins sur l'onde suspendus
Franchirent les flots deffendus.
Par vn dommageable artifice,
Payé d'vne prompte Iustice
Promethée au Soleil monta,
Et la flâme au monde apporta :
Ceste flâme du Ciel rauie,
Se veit incontinent suiuie
D'infinis nouueaux chastimens,

Mille inuifibles regiments
De flus, de fiévre & de caterres
Ramperent par tout fur nos terres.
Le tardif & loingtain trefpas,
Qui deuant traifnoit à lent pas
Des mortels la fin angoiffeufe,
Hafta la courfe pareffeufe.
Dedale aux aiflerons entez,
Les chemins de l'air a tentez,
Agitant fes plumes legeres,
Plumes aux humains eftrangeres.
Hercule auec fon auiron
Fendit les vagues d'Acheron.
Et n'eft rien impoffible aux hommes,
Pauures infenfez que nous fommes,
Nous allons efchellant les Cieux,
Et ne fouffrons audacieux
Par nos crimes pleins d'infolence,
Que Iupiter qui les balance,
Fafché de tant d'impietez
Serre fes foudres irritez.

LE TEMPLE DE
L'INCONSTANCE.

E veus baftir vn Temple à l'Inconftance:
Tous Amoureux y viendront adorer,
Et de leurs vœus iour & nuict l'honorer,
Ayans le cœur touché de repentance.

De plume molle en fera l'edifice,
En l'air fondé fur les aifles du vent:
L'autel de paille, où ie viendray fouuent
Offrir mon cœur par vn feint facrifice.

Tout à l'entour ie peindray mainte image
D'erreur, d'oubly & d'infidelité,
De fol defir, d'efpoir, de vanité,
De fiction & de penfer volage.

Pour le facrer, ma legere Maiftreffe

Inuoquera les ondes de la Mer,
Les vents, la Lune ; & nous fera nommer,
Moy le Templier, & elle la Prestresse.

Elle seant ainsi qu'vne Sibylle,
Sur vn trepied tout pur de vif argent,
Nous predira ce qu'elle ira songeant
D'vne pensée inconstante & mobile.

Elle escrira sur des fueilles legeres
Les vers qu'alors sa fureur chantera,
Puis à son gré le vent emportera
Deçà delà ses chansons mensongeres.

Elle enuoyra iusqu'au Ciel la fumée
Et les odeurs de mille faulx sermens :
La Deité qu'adorent les Amans,
De tels encens veut estre parfumée.

Et moy gardant du sainct Temple la porte,
Ie chasseray tous ceux-la qui n'auront
En lettre d'or engraué sur le front
Le sacré nom, de leger, que ie porte.

De faulx souspirs, de larmes infidelles
I'y nourriray le muable Prothé,
Et le Serpent qui de vent allaicté
Deçoit nos yeux de cent couleurs nouuelles.

Fille de l'air, Deesse secourable,
De qui le corps est de plumes couuert,
Fay que tousiours ton Temple soit ouuert
A tout Amant comme moy variable.

IMITATION DE LA PREMIERE
ODE D'HORACE.

*R*ACE de tant de Rois viuans dedans l'histoire,
Mecene, œil des neuf Sœurs, mon support & ma gloire,
Les vns aiment à voir leur char ambitieux
Ombrager l'air de poudre en fuyant la barriere,

Et la palme riante au bout de la carriere,
Noble prix des vainqueurs les met dedans les Cieux.

Les autres pleins de vent assignent leur fortune
A se sentir porter des vœus de la commune,
Par la faueur mobile aux honneurs les haussant:
Les autres à serrer dans leur grenier auare
Tous les espics lointains que l'Afrique Barbare
Va sous les pieds des bœufs dans les aires froissant.

Celuy qui ses desirs sobre borne & tempere
A fendre auec le soc l'estroit champ de son Pere,
Tous les thresors d'Atale autresfois si fameux,
Ne le tenteront point à s'embarquer sur l'onde,
Palissant Nautonnier, pour suiure vn nouueau monde,
Et seillonner des flots les Climats écumeux.

Le Marchant estonné qui sur la poupe tremble,
Oyant lutter les vents & les vagues ensemble,
Regrette de son bourg l'oysiue seureté:
Puis soudain aux perils resoumettant la teste,
Raccoustre son vaisseau brisé par la tempeste,
Indocile au dur ioug de l'aspre pauureté.

Maint plus delicieux pour tout soucy caresse
Les bons vins odorants meuris par la vieillesse,
Et vers l'ardeur du iour d'ennuy se despoüillant,
Gist ores estendu sous le riant ombrage
D'vn bois aux cheueux verts, ores sur le riuage
D'vn ruisseau sommeilleux doucement gazoüillant.

Plusieurs suiuent le sort des armes incertaines,
Et le son esclattant des trompettes hautaines,
Parmy le bruit des morts confusément meslé,
Le desordre des camps leur semble delectable,
Et l'honneur de la guerre aux Meres detestable,
Qui pour leurs fils absens ont le sein tout gelé.

Le penible Chasseur qu'vn autre plaisir guide,
Aux iniures de l'air passe la nuict humide,
De sa tendre moitié le doux soin negligeant,
Soit qu'il ayt quelque Biche en questant découuerte,
Ou qu'vn sanglier armé son enceinte ait ouuerte,
Et tranché les filets qui l'alloient assiegeant.

Mais quant à mon humeur, l'ambitieux Lierre
Docte ornement des fronts que dans ses plis il serre,
L'ombre fresche des bois, le bal melodieux
Des Satyres, des Pans, & des Faunes sauuages,
Enlacez par les mains aux Nymphes des bocages,
Me separent du Peuple, & me joignent aux Dieux.

Vueille sans plus Euterpe, & sa Sœur Polymnie,
L'vne animer ma fleute, & l'autre l'harmonie
De mon Luth Lesbien resonnant doucement ;
Lors si flatté du son de mes airs Pyndariques
Tu m'inseres au rang des Poëtes Lyriques,
Ie frapperay du front les feux du firmament.

STANCES.

VIS qu'il faut desormais que i'estaigne ma flame,
Seul & cruel remede, auec l'eau de mes pleurs,
Et que pour m'arracher les espines de l'ame
Ie m'oste aussi du cœur les roses & les fleurs :

Sortez de mon esprit pensers pleins de delices,
Cher & doux entretien dont l'Estat est changé,
Qu'vn iniuste mespris conuertit en supplices,
Ie vous ouure la porte, & vous donne congé.

Auec vos mots flatteurs & vos feintes Idoles
De constance & de foy, deitez sans pouuoir,
Dont le son déguisoit si souuent ses paroles,
Quel Amant n'eust esté facile à deceuoir ?

Me iurer que son cœur, dont les flammes sont mortes,
Allumé d'vn beau feu souspiroit nuict & iour,
Et de branches de Myrthe, estraint en mille sortes,
Brusloit auec le mien dessus l'Autel d'Amour.

M'appeller son triomphe & sa gloire mortelle,
Et tant d'autres doux noms choisis pour m'obliger,
Indignes de sortir d'vn courage fidelle
Où si soudain apres l'oubly s'est veu loger.

Puis lors que i'en deuois tirer l'experience
Supposer vn voyage, & m'aller recelant

Ce bel Astre amoureux, dont la douce influence
Me conduit au sepulchre, & m'en va rappellant.

A moy qui ne viuois que pour luy rendre hommage,
Et n'aymois mon esprit enclin à l'adorer
Que pour le seul respect des traits de son image,
Qu'Amour de sa main propre y sceut si bien tirer.

Adieu bel œil brillant, armé de flamme claire,
Superbe Roy des cœurs de rayons couronné,
Dont le lustre m'offence à force de me plaire,
Et par trop de bon-heur me rend infortuné.

Tu ne me verras plus baigner le mien de larmes,
Pour auoir espreuué le feu de tes regards:
Le temps contre tes traits me donnera des armes,
Et l'absence & l'oubly reboucheront tes dards.

Adieu constants liens des volontez esclaues,
Cheueux blonds, filets d'or, par ondes agitez,
Qui captiuez l'orgueil des courages plus braues,
Et dans les nœuds d'amour leurs desseins arrestez.

Adieu bouche d'œillets, & de roses vermeilles,
Qui respires sans cesse vn Printemps gracieux,
Ou mille & mille amours volletent comme abeilles,
Cueillant de tes beautez le miel delicieux.

Adieu main qui les Lys & les perles imites,
Belle & cruelle main qui me tends mille appas,
Et de lettres de sang auec le fer écrittes
Traces dedans mon cœur l'arrest de mon trespas.

Adieu fertile esprit source de mes complaintes,
Adieu charmes coulans dont i'estou enchanté:
Contre le doux venin de ces caresses feintes
Le souuerain remede est l'incredulité.

Mais que dis-je, ô mon tout, quel trouble me transporte,
De tes beaux yeux vainqueurs vouloir rompre la loy,
Et briser tant de nœuds dont l'estreinte est si forte,
Comme si mon vouloir estoit encore à moy?

Non, non, c'est vn erreur, l'amour qui me possede
Ne se peut voir dompté par temps ny par raison,
Le trespas seulement à qui tout desir cede
Porte dedans ses mains les clefs de ma prison.

Adieu doncques vous-mesme, adieu trop plein d'audace,
Adieu desseins legers, & propos insensez,
Dignes d'estre punis d'vne iuste disgrace,
Si l'excez de l'amour ne vous auoit poussez.

S T A N C E S.

QVAND ie voy vos beaux yeux, doux feux de mes desirs,
Ils m'allument dans l'ame vne secrette ioye,
Quand ie ne les voy point i'esteins tous mes plaisirs,
Et de l'eau de mes pleurs moy-mesme ie me noye.

Depuis que i'ay perdu ces deux astres luysans,
Astres dont l'influence à ma peine est cogneuë,
Depuis que i'ay cogneu ces beaux yeux si plaisans,
Ie ne fais que mourir d'vne mort continuë.

Ils estoient bien ma mort dés le commencement,
Mais helas! ce m'estoit vne mort trop heureuse
Que souffrir vos regards, delicieux tourment,
Et brusler des éclairs de leur flàme amoureuse.

Si les Dieux exerçoient tels supplices sur nous,
Le plus cruel mal-heur ce seroit l'innocence,
Car les feux de vos yeux sont supplices si doux,
Qu'il n'est point de tourment autre que leur absence.

Iamais ny nuict ny iour ma paupiere ne dort,
Combien que nuict & iour ma paupiere soit clause :
On dit que le Sommeil est enfant de la mort,
Mais moy i'ay beau dormir iamais ie ne repose.

Tout réueille ma peine, & semble que tout sent
Le mesme déplaisir de vous auoir laissée,
Tout m'est aussi fascheux comme i'en suis absent,
Et n'ayme rien de moy que ma belle pensée.

Si fay, i'ayme mes yeux, & beny leurs appas,
Dont ma belle pensée est encores rauie :
Ie serois bien ingrat de ne les aymer pas,
Puis que ce sont mes yeux à qui ie dois ma vie.

Mais quand vos beaux Soleils, doux miracles des Cieux,

Esclaireront mes yeux de leur lumiere extréme,
Et que ie conduiray mon ame de vos yeux,
Alors i'aimeray mieux vos yeux que mes yeux mesme.

Ce ne seront que feux & que viues clarteʒ,
Au lieu que ce ne sont qu'ombres & que fontaines,
Ie n'auray plus des yeux que pour voir vos beauteʒ:
Maintenant ie n'en ay que pour pleurer mes peines.

STANCES.

QVAND l'infidelle vsoit enuers moy de ses charmes,
Son traistre cœur m'alloit de souspirs émouuant,
Sa bouche de sermens, & ses deux yeux de larmes:
Mais en fin ce n'estoient que des eaux, & du vent.

Elle iuroit ses yeux, lumiere parjurée,
Et ses yeux consentoient à l'infidelité,
Que nostre Amour seroit à iamais asseurée:
Mais ses yeux prophaneʒ n'ont pas dit verité.

Ses yeux qui nourrissoient tant d'arcs en leurs prunelles,
S'ils ne m'eussent deceu, l'on s'en fust esbahy,
Ses yeux qui n'estoient siens que pour estre infidelles,
Il y alloit du leur, s'ils ne m'eussent traky.

Je deuois souhaitter, afin de ne me plaindre,
Qu'ils n'eussent peu s'ayder sinon de la rigueur,
Infidelle aux beaux yeux qui sçaueʒ si bien feindre,
Changerez-vous point d'yeux aussi bien que de cœur?

Elle iuroit ses yeux qu'elle s'estoit rangée
A ne vouloir changer d'humeur aucunement,
Et si ne mentoit pas, bien qu'elle soit changée,
Car son humeur estoit le mesme changement.

Elle iuroit ses yeux qui pour feindre des peines
Arrosoient son beau sein de leur humidité,
Ie pensois que ses yeux fussent viues fontaines,
Et qu'elle eust dedans l'ame vn roc de fermeté.

Mais ie me trompois bien de penser cela d'elle,
Et ne cognoissois pas ses traits malicieux,

Ce n'estoit que du vent enclos en sa ceruelle,
Qui se tournoit en pluye, & sortoit par ses yeux.

Si tousiours ie ne l'eusse en mon ame adorée,
Ie ne blasmerois pas son courage leger,
Et ne l'attaquerois de sa foy pariurée,
Si ie ne l'eusse aymée assez pour l'obliger.

Apprenons de ce sexe à le traicter de mesme :
A nous tenir en garde, & ne nous fier point :
Faisons la guerre à l'œil, aymons comme on nous ayme:
Et ne nous engageons si ce n'est bien à point.

Si l'on nous veut aymer, ne trouuons point estrange
D'aymer encore plus, & d'aller bien seruant :
Mais ces Cameleons, qui n'ayment que le change,
Saoulons-les d'inconstance, & les paissons de vent.

Infidelle beauté, qui me rendras plus sage
Desormais à l'endroit des autres que de toy,
Ie te dois mon eschole, & mon apprentissage,
Et te payant ces vers, c'est ce que ie te doy.

STANCES.

EN fin ce traistre Amour qui sembloit desarmé,
Reprend force en mon cœur, & recouure sa gloire,
Ie sens encor les feux dont ie fus enflamé,
Et si i'ay triomphé c'est auant la victoire.

Ce beau Soleil d'Amour pour vn temps obscurcy,
Que les dédains couuroient comme vn épais nuage,
Rendans de ses rayons tout le Ciel éclaircy,
A chassé les broüillas qui me seruoient d'ombrage.

Maintenant il rayonne à plain dessus mon cœur,
Ardant en son Midy d'vne excessiue flame :
Amour aueugle enfant de vaincu fait vainqueur,
En est le Phaëton qui va bruslant mon ame.

Elle pour amortir le feu de ses beaux yeux
Qui la rendent d'Amour ardemment allumée,

Cherche à noyer son mal dans le fleuue oublieux :
Mais son onde s'enfuit de mon ame enflamée.

Tousiours deuant les yeux luy reuient le penser
Des beautez dont Amour rend sa force establie,
Soit veillant, soit dormant, i'y réue sans cesser :
Et de les oublier seulement ie m'oublie.

O beaux yeux qui bruslez de mille ardents regards
Mon cœur à vos rigueurs offert en sacrifice,
Addoucissant le fer, & le feu de vos dards,
Ne soyez sans pitié, non plus que sans iustice.

Si contre le sainct nom de vos chastes beautez,
Au milieu des tourmens ma bouche s'est ouuerte
Ie voulois seulement blasmer vos cruautez :
Mais le mal a rendu ma langue trop diserte.

La langue blasphemant a peché contre vous,
Mais de ce qu'elle a dit le cœur le desaduoüe,
Et maintenant cessant la fureur du courroux,
L'vn & l'autre, ô beaux yeux, à vostre amour se voüe.

C O M P L A I N T E.

QVAND le flambeau du monde
Quitte l'autre seiour,
Et sort du sein de l'onde
Pour r'allumer le iour,
Pressé de la douleur qui trouble mon repos,
Deuers luy ie m'addresse, & luy tiens ce propos.

Bel Astre fauorable,
Qui luis égalemeut,
Aux humains secourable
Fors qu'à moy seulement,
Soleil qui fais tout voir, & qui vois tout aussi,
Vis-tu iamais mortel si comblé de soucy ?

Depuis que ta lumiere
Vient redonner aux Cieux
Sa splendeur coustumiere

Si delectable aux yeux,
Iusqu'au soir qu'elle va dans les eaux se perdant,
Mon Soleil est tousiours au poinct de l'Occident.

Vne nuict eternelle
Pleine de soin diuers
M'esblouit la prunelle,
Et tient mes yeux ouuers,
Ma lumiere affoiblit, & mon ame defaut,
L'esperance me laisse & la douleur m'assaut.

Ie cherche les tenebres,
Les antres & les bois,
Dont les accens funebres
Respondent à ma voix :
La crainte & la terreur marchent à mon costé,
Et de mes propres cris ie suis espouuanté.

Ma liesse est passée,
Mes beaux iours sont ternis,
Mon ame est oppressée
De regrets infinis,
Le dueil & la tristesse accompagnent mes pas,
Et les vont addrèssant au chemin du trespas.

Pendant que le iour dure
Des autres souhaitté,
Ie cours à l'aduenture
Parmy l'obscurité,
Cherchant quelque accident qui finisse mon sort,
Et ne viuant sans plus que d'esperer la mort.

Et puis quand la nuict sombre
Vient au lieu du Soleil,
Et cache sous son ombre
L'horreur & le sommeil,
Ioignant les mains ensemble, & leuant les deux yeux
I'addresse ma parole aux estoilles des Cieux.

Astres pleins d'influence,
Aux mortels gracieux,
Qui guidez le silence,
Et le somme ocieux,

Et ramenez la nuict, dont la sombre couleur
Me semble conspirer auecques ma douleur.

Flammes claires & belles,
C'est ores que ie veux
Que vous soyez fidelles
A tesmoigner mes vœux,
Et que vostre clarté me serue de flambeau,
Pour conduire mon ame en la nuict du tombeau.

Depuis que vos images
Vont au Ciel paroissant,
Et les diuers presages
Aux hommes annonçant,
Iusqu'au point que Thetis les reçoit en ses flots,
Iamais mes tristes yeux du sommeil ne sont clos.

Mille estranges pensées,
Mille tourmens secrets,
Mille offenses passées,
Mille cuisants regrets
Forcent ma patience, & ne me laissent point
Endormir au soucy qui sans cesse me poinct.

Les peines eternelles,
Les supplices diuers
Des ames criminelles
Qui souffrent aux enfers,
Agitent mon esprit priué de son repos,
Que mainte flamme obscure estonne à tout propos.

Parmy cent mille allarmes
Ie passe ainsi les nuicts,
Les yeux remplis de larmes,
Et le cœur plein d'ennuis,
N'ayant autre confort qu'à penser seulement
Que i'ay plus offencé que ie n'ay de tourmens.

Mais celuy dont la grace
S'esloigne de mon chef,
Fera luire sa face
Dessus moy derechef:
Alors ie receuray ma premiere clarté,
Changeant mes nuicts d'hyuer aux plus beaux iours d'Est.

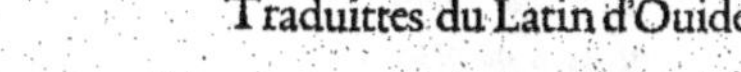

PLAINTES
DE PENELOPE A VLYSSE,
POVR SA TROP LONGVE ABSENCE.

Traduittes du Latin d'Ouide.

TOY son cher Vlysse, oublieux de ses peines,
Et qu'vne longue absence empesche d'estre sien,
Ta chaste Penelope escrit ces lettres vaines :
Ne luy fais point response, ains toy-mesme reuien.

Troye aux femmes des Grecs à bon droict odieuse,
A veu du feu vengeur ses hauts murs allumez,
A peine de Priam la ruïne ennuyeuse
Meritoit tant de mois & d'hommes consumez.

Que pleust à Dieu qu'alors que l'infame adultere
Tourna premierement vers Sparte ses vaisseaux,
Les Aquilons émeus d'vne iuste cholere
Eussent enseuely sa flotte dans les eaux !

Ie n'aurois dans ma couche en vain froide & glacée,
Tant de fois souspiré pour ton esloignement,
Et ne m'irois plaignant seulette & delaissée,
Que les iours paresseux coulent trop lentement.

Ny pour tromper des nuicts la longueur importune,
Qui me ronge le cœur de soucis inhumains,
La toile que i'ourdis durant mon infortune,
Par tant & tant de fois n'auroit lassé mes mains.

Dieux ! quel moment depuis n'a troublé ma pensée
De mille faux soupçons plus grands que les dangers,
Et qu'vne Amour extreme est souuent trauersée
De crainte, de frayeurs, de presages legers ?

Ie me representois à toute heure assaillie
De l'horreur du trespas qui ton chef menaçoit,
Que sur toy les Troyens faisoient quelque saillie,
Et le seul nom d'Hector tout le sang me glaçoit.

Soit qu'on me racontast que son fer homicide
Euſt l'eſprit d'Antiloche aux ombres enuoyé,
Antiloche pour toy m'alloit rendant timide,
Et mon ſein ſe trouuoit de larmes tout noyé.

Ou ſoit que ſous l'horreur des armes inutiles
Le cher ſang de Patrocle euſt eſté reſpandu,
Ie m'affligeois de voir les ruſes plus ſubtiles
Rencontrer vn ſucceʒ ſouuent non attendu.

La lance Lycienne eſtoit-elle trempée
Au ſang de Ptolomée à terre renuerſé,
Du meſme coup mortel i'auois l'ame frappée,
Et mon cœur ſe ſentoit d'outre en outre percé.

Bref ſoudain qu'vn des Grecs ſous les armes contraires
Tomboit paſle victime à Pluton immolé,
Vne ſecrette horreur couloit par mes arteres,
Et mon ſang amoureux de crainte eſtoit gelé.

Mais quelque Dieu propice à ceſte amitié ſainéte,
Aux accens de ma voix en fin s'eſt conuerty,
Troye eſt reduite en cendre, & ſa gloire eſt eſteinte,
Et mon eſpoux ſe voit des combats guaranty.

Les vainqueurs retourneʒ chez eux pleins de loüanges,
Gouſtent en paix le fruict de maint labeur ſouffert,
Les autels ſont chargeʒ de deſpoüilles eſtranges,
Et le butin barbare aux Dieux Grecs eſt offert.

Par celles de mon ſexe auec long cris de ioye,
Les vœux ſont accomplis pour leurs époux ſauneʒ,
Eux content leur fortune, & les deſtins de Troye
Sous les loix de la Grece en dix ans captiueʒ.

Les bons vieillards chenus, & les filles craintiues
Admirent leur haʒard, où maint autre eſt pery,
Et la femme qui ſent les heures moins tardiues,
S'attache par l'oreille aux diſcours du mary.

Pluſieurs meſme aux feſtins ſur les tables chargees
De ſeruices exquis, & de vin odorant,
Vont des murs d'Ilion, & des trouppes rangées
L'aſſiette entre les mets, & le plat figurant.

Icy de Simoys rouloit le flot oblique,
Là le port de Sigée en Croissant s'entrouuroit,
Et là du vieil Priam le Palais magnifique,
De ses royales tours les poinctes descouuroit.

Achille de ses coups lançoit icy la foudre,
Vlysse icy voulut ses tentes ordonner,
Et là le corps d'Hector couché mort sur la poudre,
Effroya les cheuaux qui le vouloient trainer.

Car du vieillard Nestor la voix douce & faconde
En entretient ton fils maintes nuicts & maints iours,
Quand il t'alla chercher vers Pyle l'inseconde,
Et ton fils, apres luy, m'en fit tout le discours.

Il adioustoit aussi que sous ta main armée,
Dolon au sort de Rhese auoit esté compris,
Et que l'vn par la ruse accortement tramée,
Et l'autre du sommeil s'estoit treuué surpris.

Tu fus, mon cher Vlysse, armé de trop d'audace,
Toy, que le soin des tiens ne peut onc retarder,
D'aller donner la nuict dans les tentes de Thrace,
Et sous la foy de l'ombre ainsi te hazarder.

Priuer tant d'ennemis pour iamais de la veuë
D'vn seul homme sans plus re sentant soustenir:
Mais d'vn prudent aduis ton ame estoit pourueuë,
Et de moy tu gardois sur tout le souuenir.

La frayeur cependant n'abandonna mes veines,
Tant que i'eusse entendu que ton camp estonné
Te veid le lendemain loing de leurs trouppes vaines,
Sur les cheuaux conquis du combat retourné.

Mais, helas! que me sert qu'on ayt rendu seruile
L'Empire d'Ilion, & destruict ses rempars,
Et que ce qui iadis estoit vne grand' ville,
Soit maintenant vn camp ouuert de toutes parts.

Si ie suis telle encor, que i'estois lors que Troye
De ses tours iusqu'au Ciel esleuoit les sommets,
Et que mon cher Espoux des Aquilons la proye,
Soit separé de moy pour ne le voir iamais?

Les hauts murs d'Ilion, à qui rien ne s'égale,
Pour les autres sont cheus du feu Grec deuorez :
Pour moy seule de Troye à mon malheur fatale
L'Empire & les desseins sont debout demeurez.

Au lieu mesme où n'aguere on la voyoit bastie,
Cerés couure son chef d'espics jaunes & hauts,
Et dedans chaque ruë en seillon conuertie,
Le bled nourry de sang tombe dessous la faux.

Des corps enseuelis auecques les ruïnes,
Maint os se sent heurter par le coultre trenchant,
Et l'herbe qui renaist sous ces tendres racines,
Des Palais démolis va le feste cachant.

Tandis ton chef vainqueur battu de la tempeste,
Est esloigné de moy sans espoir de retour,
Ne sçachant en quel lieu la fortune t'arreste,
Ny le triste sujet qui cause ton sejour.

Si quelque estrange nef par les ondes contrainte,
Vient son ancre mordante à nos ports accrocher,
Ie cours vers le riuage, & pallissant de crainte,
Vay de ton sort douteux les nouuelles chercher.

Puis soudain que la voile aux Zephyrs est tenduë,
Maint pitoyable escrit par moy t'est addressé,
Si la Mer d'auenture en cent bras estenduë,
La pousse quelque part où le sort t'ait laissé.

I'enuoyay tout expres vers les sables de Pyle,
Où du vieillard Nestor le throsne est escarté :
De Pyle sablonneuse au riuage sterile,
Rien qu'vn bruit incertain ne me fut rapporté.

I'ay depuis depesché vers Sparte tout de mesme :
Sparte ne sçait non plus quel climat te retient,
Ny l'oublieux sejour où ta paresse extréme,
Priué de tes amis si long-temps t'entretient.

La fortune pour moy seroit beaucoup meilleure
Que les murs d'Ilion fussent encor entiers,
Muable que ie suis, ie deteste à ceste heure
Les vœux que ie faisois iadis si volontiers.

Pour le moins ie sçaurois en quel lieu de la terre
Tu vas des fiers destins attendant le hazard,
Puis ie craindrois sans plus les perils de la guerre,
Et mainte autre à ma part en commun auroit part.

Au lieu que maintenant ie ne sçay qui m'estonne,
Et si tout m'espouuante en ce sort diuisé,
Et mon foible vaisseau que l'espoir abandonne,
A tous les vents ensemble est d'vn coup exposé.

Autant qu'on peut courir de fortunes sur l'onde,
Autant comme on en court sur le sec élement,
Autant mon ame vaine en angoisses feconde,
Feint de tristes sujets de ton retardement.

Mais simple que ie suis, pendant que ie t'appelle,
Peut estre à d'autres vœux plus qu'aux miens attentif,
Comme c'est des maris la coustume infidele,
Quelque amour estranger tient ton esprit captif.

Possible contes-tu d'vn dédaigneux langage,
Combien ta Penelope a l'esprit peu galant,
Qui sçait mettre sans plus, les laines en vsage,
Et par art les couleurs ensemble va meslant.

Façent les Dieux qu'en vain ce soupçon me tourmente
Destournant le succez du mal que i'en attens,
Et ne souffre le Ciel qui mes peines augmente,
Que ie te croye absent, & libre en mesme temps.

Mon Pere plein de soin incessamment me presse
D'abandonner mon lict infertile & desert,
Et taxe la froideur de ma longue paresse,
Disant que de mes iours la fleur en vain se pert.

Mais il a beau prescher, auant que ie fléchisse,
Ie veux demeurer tienne, & de nom, & de faict :
Penelope en tout temps sera femme d'Vlysse,
Le Ciel ne sçauroit rompre vn lien si parfaict.

Aussi quand il entend les excuses honnestes
Dont ie vay defendant cét Amour eternel,
Luy-mesme il est vaincu de mes chastes requestes,
Et modere enuers moy son pouuoir paternel.

D'ailleurs vn peuple espais à toute heure m'accable
D'insolens amoureux, & riuaux poursuiuans,
Dont Vtique & Samos importunent la table,
Et la haute Hyacinthe abandonnée aux vents.

Dans ta Royale Court de leur presse occupée,
Ils regnent en ta place, & deuorent tes biens,
Et nul ne resistant à leur force vsurpée,
Consomment la substance, & le pur sang des tiens.

Et quoy ? raconteray-ie en ceste longue histoire,
Ou Pysandre, ou Polybe, ou Meden inhumains ?
Et pourquoy remettray-ie Eurymaque en memoire,
Et l'auare Antinoë aux rauissantes mains ?

Ie passe tout exprez sous vn müet silence
Leurs autres concurrens de ton nom menacez,
Que tous indignement tu nourris en absence,
Des moyens, par ton soing, en ieunesse amassez.

Melanthe y vient aussi, qui leur donne l'audace
De toucher aux troupeaux dont tu t'és veu Seigneur,
Et le chetif Irus, que la famine y chasse,
De ton Palais Royal le dernier des-honneur.

Contre tout ce complot nous sommes d'ordinaire
Trois ames sans remede à la mercy du Sort,
Penelope ta femme, & Laërte ton Pere,
Et ton fils Telemaque, esloigné du support.

Encor par vne embusche en son chemin dressée
N'aguere, ô desespoir ! il me fut presque osté,
Ainsi comme il dressoit ses pas & sa pensée,
Vers les murs Pyliens, outre leur volonté.

Vueillent les Dieux, helas ! autheurs de ma tristesse,
Que nos iustes destins d'ordre s'entre-suiuans,
Il te ferme les yeux esteints par la vieillesse,
Et presse aussi les miens de clarté les priuans.

Ces mesmes vœux au Ciel fait ma nourrice âgée,
Et celuy qui preside aux troupeaux de tes prez,
Et l'autre dont la foy par toy se void chargée
De ces vils animaux à Cerés consacrés.

Mais, ny le vieil Laërte, à qui la mort prochaine
Rend les nerfs refroidis, & le sang tout gelé,
Parmy tant d'ennemis dont sa famille est pleine,
Ne peut tenir le Sceptre en ses mains esbranlé.

Et quant à Telemaque, espoir de ton vieil aage,
Si le Ciel de ses ans ne retranche le cours,
Il pourra bien regir ton Royal heritage,
Mais il a iusqu'alors besoin de ton secours.

Car de moy ie ne puis, ne m'aydant que de larmes,
De ton chaste Palais tes ennemis bannir :
Reuien doncques toy-mesme auecques d'autres armes,
Et fay des tiens encor le bon-heur reuenir.

Tu te vois vn cher fils, ta future esperance,
(Et vueillent les Destins qu'il te soit conserué)
Dont ja l'aage requiert plein de belle apparence,
D'estre aux arts de son Pere auec soin esleué.

Iette les yeux aussi sur le chenu Laërte,
Et prends soing de conduire au sepulchre ses pas,
La porte de Pluton est pour luy toute ouuerte,
Et desia du pied mesme il touche le trespas.

Moy d'ailleurs, qui d'enfance à peine estois sortie,
Quand le Ciel t'esloigna de ce triste seiour,
Perdant de mes saisons la plus chere partie,
Ie seray pleine d'ans, & vieille à ton retour.

CONFESSION AMOVREVSE, ET REGRET
D'AVOIR AIME' VNE INFIDELLE ET
inconstante Beauté.

IE me veux confesser ces iours deuotieux,
Que chacun a le cœur attaché dans les Cieux,
Et que mon Prince mesme exerce penitence :
Je veux prier, ieusner, pleurer, & m'accuser,
Et veux en m'accusant sagement opposer
A l'eternelle mort la viue repentance.

    Ie confesse, Seigneur, que lors que ie fus né,
Ie me suis laschement à tout vice addonné,
I'en conçois de regret vne douleur amere,
Ie ne m'excuse pas : mais, Seigneur, ce peché,
Qui par sa compagnie a mon cœur entaché,
Se fit mon compagnon au ventre de ma mere.

    Car comme en vne robbe, ou comme dans vn bois,
De nature les vers s'engendrent quelquesfois,
Dans l'homme le peché de nature s'engendre :
Mais Dieu qui peut dompter vn naturel peruers,
Nous donna la raison pour estouffer ces vers :
» L'homme est bien tost vaincu qui ne se peut deffendre.

    Ie confesse, Seigneur, que dés mes ieunes ans,
Suiuant tous ces plaisirs d'apparence plaisans,
I'ay tres-mal employé l'Orient de mon aage,
Et que depuis tousiours approchant mon Midy,
Au lieu de m'embellir ie me suis enlaidy,
Qu'est-ce que le peché que l'ardeur de courage ?

    Mais sur tous les regrets que mon cœur empesché
Sent eternellement naistre de mon peché,
Celuy qui me cuit plus, celuy qui plus entame
Mon esprit de regret, c'est d'auoir trop long-temps,
Vainquant de fermeté les esprits plus constans,
Adoré constamment vne inconstante Dame.

    Pour les vaines douceurs d'vn vain contentement
I'ay peché, i'ay parlé, i'ay fait iniustement,
Mon penser, ma parole, & mon effect m'accuse,
Mais las ! tous ces pensers, ces propos & ces faicts
Procedent d'vn subiet qui parmy mes forfaicts,
Sans sa desloyauté me seruiroit d'excuse.

    Ie veux donc confesser qu'apres ce puissant Roy
Dont l'Amour vit tousiours, & brusle dedans moy,
Et pour qui seulement mon ame est animée,
Ie brusle d'vne ingrate, helas ! qui fait tousiours
Que ma constance au bruit de si lasches Amours,
Est par leur infamie à bon droict diffamée.

Le glorieux

Le glorieux subjet cause de mes douleurs,
Comme vn Cameleon reçoit toutes couleurs,
Changeant & rechangeant d'impatience extréme:
Car le Ciel anima son ingrate beauté
D'vn cœur si desloyal, que sa desloyauté
N'a treuué qui l'esgale au monde que soy-mesme.

O sexe trop ingrat! vn homme est malheureux
S'il ne haist & n'éuite vn mal si dangereux,
O sexe, non pas sexe, ains plustost vn orage,
Qui la Mer de ieunesse esmeut incessamment,
Vn flot, vn tourbillon, à qui le soufflement
De tous les vents du monde esuente le courage.

O grand mal necessaire à nostre humanité,
Pipeur object des sens, subjet de vanité,
Ardeur bien-tost esprise, & bien-tost consumée,
Monstre, qui transformé mille fois en vn iour,
Sers de matiere au feu d'vn miserable Amour,
Ton corps en est la paille, & ton cœur la fumée.

Celuy qui te peut prendre, ou tenir en l'arrest,
Comme Flore surprend Zephyre dans vn reth,
Encores vn tel vent est autre que Zephyre:
Car l'vn nourrit les fleurs ramenans le beau temps,
Et l'autre esteint la fleur de mon ieune Printemps,
L'vn nous sert de plaisir, & l'autre de martyre.

Les plus sages esprits ont médit à l'enuy
De toy, sexe volage, à tout vice asseruy,
Mais n'en médisons plus, c'est en vain qu'on y pense,
Le subject est trop grand: car mesme si i'auois
Mille bouches de fer, mille flancs, mille voix,
Ie ne pourrois assez blasmer ton inconstance.

I'imite vn bel esprit, qui dedans le tableau
Ne pouuant exprimer des traicts de son pinceau
Le dueil de ce grand Roy, luy voilla le visage,
En me taisant aussi ie voille tes forfaicts,
Au lieu de mes discours il faut voir tes effects,
Ce qu'on peut essayer n'a besoin de langage.

Ie m'en confesse donc, & me repens d'auoir
Au giron de ce sexe endormy mon deuoir,

I'en demande pardon, & m'en voulant resoudre,
Pour auoir en horreur les changemens soudains,
Escoutez ma simplesse, ô genereux dédains,
Qui brauez les beautez, & m'en vueillez absoudre.

Arriere donc Amour d'vn sexe si maudit,
I'estime mesdisant celuy qui n'en mesdit,
I'estime trop cruel celuy qui ne l'offense:
Les humains offensez d'vn sexe si peruers
Deuroient contre sa rage armer tout l'Vniuers:
Car contre vn mal commun, commune est la deffense.

Or ie couru fortune où ce sexe voulut,
Mais maintenant entré dans le port de salut,
Ie laisse ces trois vers au front de ce riuage:
Vn penitent d'Amour, & de simplicité,
Ayant esté long temps sur ce flot agité,
Est par sa repentance eschappé du naufrage.

S O N N E T.

V bord tristement doux des eaux, ie me retire,
Et voy couler ensemble, & les eaux, & mes iours,
Ie m'y voy sec, & pasle, & si i'ayme tousiours
Leur resueuse mollesse où ma peine se mire.

Au plus secret des bois ie conte mon martyre,
Ie pleure mon martyre en chantant mes amours,
Et si i'ayme les bois & les bois les plus sours;
Quand i'ay ietté mes cris, me les viennent redire.

Dame dont les beautez me possedent si fort,
Qu'estant absent de vous ie n'aime que la mort:
Les eaux en vostre absence, & les bois me consolent.

Ie voy dedans les eaux, i'entends dedans les bois,
L'image de mon teint, & celle de ma voix,
Toutes peintes de morts qui nagent, & qui volent.

S O N N E T.

Ls s'en vont ces beaux yeux, ces Soleils de ma vie,
Et ie demeure helas! couuert d'obscurité,
Pourquoy sur mon bon-heur portez-vous tant d'enuie
Au depart rigoureux trop soudain limité?

N'estoit-ce pas assez à mon ame asseruie,
D'idolatre adorer leur diuine clarté,
Sans que pour illustrer quelque lieu deserté,
Eternisant ma mort elle me soit rauie?

O nouueau Phaëton qui guides ces Soleils!
Garde bien qu'aueuglé de ces rais nompareils,
Te perdant comme moy, ne perdes tout le monde.

La Mer eust bien pouuoir d'amortir la chaleur
Du Soleil tresbusché, mais ce nouueau malheur
Embraseroit le Ciel, l'Air, & la Terre, & l'Onde.

PARTIE
DV PREMIER LIVRE
DE L'ÆNEIDE DE VIRGILE.

E chante les combats & le valeureux Prince,
Qui par destin errant de prouince en prouince,
Le premier d'Ilion en nos ports descendit,
Et des champs Phrygiens aux Latins se rendit.
          Maints perils il courut sur la terre & sur l'onde,
A la mercy des vents & de la mer profonde,
Persecuté du Ciel pour le courroux poignant
Dont au cœur de Iunon la playe alloit saignant :
Maints trauaux il souffrit aux exploits de la guerre,
Lors qu'vne Cité neuue il esleuoit de terre,
Et ses Dieux vagabonds recoux des Grecs mutins,
Plantoit auec le fer aux riuages Latins ;
D'où vint la gent Latine, & d'où vindrent en somme
Et les Peres Albains, & les hauts murs de Rome.

Muse, qui de l'histoire obserues le progrés,
Raconte moy la cause & les motifs secrets
De ce diuin courroux, long sujet de ma lyre,
Et pour quelle douleur, grosse d'offense & d'ire,
Celle qui dans sa main tient le sceptre des Dieux,
Fit errer par tant d'ans vn Prince si pieux.
Rouler tant de trauaux, supporter tant d'orages:
Loge-t'il bien tant d'ire aux celestes courages?

Vne antique Cité se vid jadis bastir,
Rejetton populeux de l'opulente Tyr,
Qui de loin regardoit les ports de l'Italie,
Et la coste où le Tibre auec la mer s'allie,
Carthage, œil du midy, riche de biens & d'arts,
Et boüillante d'ardeur aux estudes de Mars.

Ceste auguste Cité d'Orient transplantée,
De l'altiere Iunon sur toutes fut hantée
Voire plus que Samos sa faueur possedoit;
Là ses armes estoient, là son char residoit.
Là mesme la Deesse en son ame conspire
D'establir des Cuez le souuerain Empire,
Et va tout employant, sens, credit & pouuoir,
Pour voir si les destins elle y pourra mouuoir.

Car elle auoit appris de la bouche des Parques,
Que du haut sang Troyen, semence des Monarques,
Descendroit vne gent inuincible aux combats,
Qui les tours de Carthage vn jour mettroit à bas,
Qui largement regnante, & superbe aux allarmes
Viendroit au sac d'Afrique, & par le fil des armes
Destruiroit la Libye abondante en butins:
Tels fuseaux se rouloient en la main des destins.

Ces craintes de Iunon agitoient la pensée,
Et luy renouueloient l'amertume passee
Des combats qu'elle auoit sur les bords Phrygiens,
Chef-de-part, soustenus pour ses chers Argiens:
Ny de ses vieux regrets, sacrileges rapines,
L'oubly n'auoit encor arraché les épines;
Profond dedans son cœur demeuroit engraué
Le decret de Páris en vain de sang laué,
Et l'outrageux affront de sa beauté vaincuë:
Profonde dans son cœur viuoit l'injure aiguë
D'Electre sa riuale, & l'honneur odieux
De l'enfant Phrygien, honneur infame aux Dieux.

De ceste ire allumée & bouffante de rage,

Loin des ports d'Italie & du Latin riuage,
Depuis maint long hyuer, & par maints durs moyens,
La Deesse jalouse esloignoit les Troyens,
Reliques des fiers Grecs & du cruel Achille,
Qui suiuant les espoirs d'vne fuyante ville,
Erroient de mer en mer au gré du sort jettez,
Ioüets de la tempeste & des flots agitez:
Tant c'estoit vn grand faix de fonder l'origine
De l'Empire Romain & de la gent Latine.

A peine au vent plus doux, gays leurs voiles courbant,
De l'aspect de Sicile ils s'alloient dérobant,
Et sur l'azur vny des ondes égalées,
Fendoient auec l'airain les escumes salées,
Quand la Reyne Iunon, qui couuoit en son cœur
Vn vlcere immortel de mortelle rancœur,
En ces mots éclatta d'impatience éprise:

Que donc lasche & vaincuë ainsi ie quitte prise,
Et ne puisse empescher le Roy des Iliens
D'approcher mal-gré-moy des ports Italiens!
Mais l'arrest des destins contre mon but coniure.
Et quoy? Pallas sceut bien pour vne moindre injure,
Les nauires des Grecs par flames consumer,
Et leurs corps foudroyez sous les eaux abysmer,
En haine d'vn seul homme, épouuantable exemple,
Ajax fils d'Oïlée impie enuers son temple?

Du milieu de la nuë en tortis brandissant
Le feu de Iupiter à trois pointes glissant,
Elle escarta leurs nefs, tribut des mers profondes,
Et sans-dessus-dessous mit les vents & les ondes:
Puis comme Ajax percé de la foudre expiroit,
Et flame par la playe & souphre respiroit,
D'vn sifflant tourbillon en l'air elle l'enléue,
Et contre vn roc aigu precipité le créue.

Et moy Reyne des Dieux qui marche épouse & sœur
Du puissant Iupiter des foudres possesseur,
Contre vne seule gent, le rebut de la terre,
Ie fay dépuis tant d'ans incessamment la guerre,
Sans la pouuoir destruire: Et puis que de Iunon
Quelqu'vn à l'aduenir daigne adorer le nom,
Et rendre à mes autels les honneurs legitimes,
Nourrissans leurs brasiers d'encens & de victimes!

Tels propos la Deesse à part-soy remaschant,
Et d'vn cœur enflammé mille sanglots laschant,

Descend en Æolie, Isle grosse d'orages,
Lieu fecond & peuplé de tourbillons volages,
Pays natal des vents, plein d'Austres furieux :
Là dedans mainte grotte Æole imperieux,
Roy des courriers de l'air aux ailes tousiours prestes,
Presse les vents luittans, les bruyantes tempestes,
Les enferme à la clef, & sous son sceptre craint
De fers & de prisons les bride & les refraint ;
Eux du frein indignez, auec felons murmures,
Grommellent à l'entour des gonds de leurs closteures,
Esprits impatients de tréue & de relais ;
Æole cependant sied dans son haut palais,
Tient le sceptre en la main, reprime leurs courages,
Modere leurs fureurs & tempere leurs rages :
Car s'il ne le faisoit, monstres audacieux,
Ils déracineroient mers & terres & cieux,
Et les entraisneroient auec leur vol rapide,
Par les plaines de l'air & du vague liquide.
Mais dés qu'ils furent nez le puissant Iupiter,
Pour ce cruel desordre auant l'heure éuiter,
Et preuenir de loin leurs funebres victoires,
Captifs les enferma dans des cauernes noires,
Les couurit de hauts monts, leur establit vn Roy,
Qui du Ciel commandé sceust par certaine loy
Les charger au besoin, ou décharger de chaisnes,
Et discret leur serrer, ou relascher les resnes.
A luy doncques Iunon que la douleur pressa,
Sa priere & sa plainte en ces mots addressa :
      Æole (car des Dieux & des hommes le pere,
A qui de l'Vniuers la machine obtempere,
T'a donné de pouuoir les ondes de la mer
Sous l'Empire du vent irriter ou calmer)
Vn peuple dont ie hay dépuis tant d'ans la race,
Par le vaste Ocean nouueaux chemins se trace,
Et des Tyrrennes eaux fend le marbre flottant,
Troye & ses Dieux vaincus en Thoscane portant ;
Inspire force aux vents, enfle les vagues fieres,
Enfondre leurs vaisseaux sous les ondes meurtrieres,
Ou les disperse au loin l'vn de l'autre escartez
Et seme en l'Ocean leurs corps precipitez.
I'ay pour rauir les cœurs d'amour & de merueille,
Deux fois sept Nymphes sœurs de beauté nompareille,
Dont celle qui fleurit sur toutes en attraits,

Dejope aux yeux de feu pleins d'éclairs & de traits,
Pour cher prix de ta peine en ma memoire empreinte,
Propre je te joindray d'vne eternelle estreinte;
Afin qu'elle accomplisse auec toy ses saisons,
Et te rende heureux pere en cheueux ja grisons,
D'vn beau peuple d'enfans qui tes rides console.
Ainsi parle Junon, ainsi répond Æole:

A toy, Reyne, appartient l'office de choisir
Ce qui peut de ton cœur contenter le desir;
A moy touche sans plus le soin de te complaire,
Et l'heur de te seruir me tient lieu de salaire.
Ce regne tel qu'il est, tu me l'as procuré,
Tu rends dedans mes mains ce mien sceptre asseuré,
Du puissant Iupiter tu m'impetres la grace,
A la table des Dieux tu me fais auoir place,
Et par ton haut support qui m'esleue en honneur,
Je suis de la tempeste & des vents le Seigneur.

Ce dit, l'vn des monts creux où ses loix il exerce,
Du fer de son espieu sur le flanc il renuerse:
De là, comme à la foule, en troupes vont sortant
Les vents au dos ailé, de l'air peuple inconstant,
Par où la porte ouuerte à leur fureur ils sentent,
Et d'espais tourbillons tout l'Vniuers éuentent.
L'Eure au pennage sec, qui prend son vol d'amont,
L'Auton & l'Africain qui les vagues semond,
Ensemble à corps perdu se jettent dessus l'onde,
Jusques aux fondements troublent la mer profonde,
Et mille enormes flots l'vn sur l'autre esleuez
Roulent vers le riuage en escume creuez.
Maint cry d'hommes suruient meslé de voix perçantes,
Et d'aigus sifflements de cordes gemissantes:
Maints nuages obscurs dedans l'air espandus
Dérobent le Soleil aux nochers esperdus:
Vne nuict qui les cœurs de ses ombres estonne,
Descend sur l'Ocean; le Pole bruyant tonne,
L'orage noir éclatte en cent foudres épars,
Le Ciel de drus éclairs brille de toutes parts;
Et rien deuant leurs yeux, que l'effroyable idole
D'vne presente mort, incessamment ne vole.

D'Ænée en ces assauts au desespoir forcé
Le corps pallit d'horreur, le sang deuient glacé;
Il gemit, & leuant aux astres les mains jointes,
Lasche ces durs regrets, nauré de mille pointes:

O trois & quatre fois ceux-là bien fortunez,
A qui pour leurs autels d'armes enuironnez,
Il escheut de perir, du Ciel s'ouurants la voye,
Aux yeux de leurs parents sous les hauts murs de Troye!
O le plus fort des Grecs, Tydide égal aux Dieux,
N'ay-ie donc peu tomber sous ton fer glorieux
Dans les champs d'Ilion, sur les bords de Scamandre,
Et ceste ame en mourant par ta dextre répandre,
Où cheut le fier Hector du fer d'Achille atteint,
Où le grand Sarpedon gist par la mort esteint,
Où Simoïs sanglant roule aux flots maritimes
Tant d'armets, de boucliers, & de corps magnanimes?
    Comme il disoit ces mots aux vents sourds & felons,
Vne bourrasque fiere & grosse d'Aquilons
Choque son camp voguant, heurte de front ses voiles,
Enfle & hausse en soufflant les flots jusqu'aux estoiles,
Maint auiron se rompt par éclats emporté,
Maint pin tourne la prouë & liure le costé:
Vne montagne d'eau qui de cent vagues gronde,
Suit à plomb ses vaisseaux, precipice de l'onde:
Les vns pendent en l'air de la cime des flots,
Aux autres vn abysme entre les mers éclos
Ouure la terre à nu seche sous leur carene,
Et le boüillon fumant luitte contre l'arene.
L'Austre en eslance trois de la flotte escartez
Dessus des rocs conuerts loin des riues plantez,
Rocs surnommez Autels par les voisins langages,
Embusches de Neptune infames de naufrages,
Dos cruel de la mer à fleur d'eau s'éleuant.
L'Eure en chasse autres trois, venteux fleau du Leuant,
Contre les bancs meurtriers & sur les guez perfides,
Spectacle horrible à voir, des Syrtes homicides,
Les eschouë en l'arene, & de profonds monceaux
De sable les assiege abandonnez des eaux.
Vn autre qui portoit la troupe Lycienne
Et le fidelle Oronte, ame jointe à la sienne,
Deuant ses propres yeux vn flot roulant d'en-haut
Armé de tourbillons par la pouppe l'assaut,
Arrachē du timon le pilote renuerse
Et le chef contre-bas dans les ondes le verse,
Le flot victorieux qui d'insolence bruit,
Orfelin de patron le nauire poursuit,
Trois fois le piroüette en son sein blanc d'écume,

Et le gouffre rapide au fond de l'eau le hume.
Rares qui çà, qui là, tout secours ménageants,
Dans le vaste Ocean paroissent les nageants,
Les armes, les tableaux, & les tresors de Troye,
Des flames eschappez & des ondes la proye.
Déja d'Ilionée aux derniers vœus reduit,
Le robuste vaisseau d'expertes mains conduit,
Déja celuy d'Achate aux perils fort athlete,
Déja celuy d'Abas & du vieillard Alethe,
L'hyuer les a vaincus, tous creuez par les flancs,
Ouurent la porte aux flots écumants & ronflants,
Logent l'onde ennemie, & laschants leurs jointures
Baaillent, en vain taris, de mortelles fractures.
 Neptune cependant dans son palais profond
Sent l'ire de la mer boüillonner iusqu'au fond,
Et l'Ocean bruyant se mesler sur sa teste,
Et l'hyuer déchaisné remplir l'air de tempeste:
Surpris de ce tumulte & tout delay rompant,
Il attelle son char amont l'onde rampant,
Prend son sceptre à trois dents qui donne aux flots la tréue,
Et sur l'orgueil de l'eau son chef serain esleue.
D'Ænée en haute mer il void de toutes parts,
Qui deçà, qui delà, les nauires espars,
Et des Troyens errants la flotte desarmée,
Des ruines du Ciel & de l'onde opprimée:
Ny de sa sœur Iunon partisane des Grecs,
La fraude & le courroux ne luy sont point secrets:
Eure & Zephyre à soy, ministres de l'orage,
Sur les flots il appelle, & leur tient ce langage.
L'orgueil de vostre sang jadis rebelle aux Dieux
Vous enfle-t'il bien tant, vents monstres odieux,
Que d'oser intenter aux elements la guerre,
Mesler à mon desceu le Ciel, l'onde & la terre,
Et tant de grands fardeaux l'vn sur l'autre imposer?
Que si? mais il vaut mieux la tourmente appaiser,
Et pouruoir au peril qui sans delay menace,
Vne autre fois la peine égalera l'audace.
Allez, prenez la fuitte, & de mes champs sortez,
Et pronts à vostre Roy ce message portez:
A moy par le destin qui sur les fins preside,
Fut donné, non à luy, des flots l'Empire humide,
Et l'honneur du Trident adoré des nochers;
A luy cheurent pour sort vn tas d'affreux rochers.

Eure vos hauts manoirs que maint foudre espouuante ;
Que dans ces beaux palais de son sceptre il se vante,
Et regne sans riual, ceint d'archers emplumez,
En la prison des vents sous sa clef enfermez.
  Ainsi parla Neptune aux vents troupe mutine,
Et plustost fait que dit calma l'ire marine,
Des nuages esmeuz dissipa l'appareil,
Et dans le Ciel serein replanta le Soleil.
Cymothoë & Triton qui l'espaule luy preste,
Desgagent les vaisseaux eschoüez sur la creste
Des escueils rabotteux, pitoyable accident ;
Luy-mesme les sousleue auecques son Trident,
Les vastes Syrtes ouure, estend les mers profondes,
Et roule à bonds legers sur la cime des ondes.
Et comme quand souuent en vn grand peuple épais
Vn tumulte s'émeut, tempeste de la paix,
Qui de l'obscur vulgaire aigrit les viles ames,
Et que ja dedans l'air les rochers & les flames,
Armes de la fureur, commencent à voler ;
Si quelque personnage éminent en parler,
Fameux de preud'hommie & noble de merite,
Arriue sur le poinct que leur bile s'irrite,
Ils se taisent tout coys & l'obseruent craintifs,
Muets, l'oreille ouuerte, à l'oüyr attentifs ;
De ses graues propos meslez de doux langages,
Il regit leurs esprits, & flatte leurs courages.
Ainsi soudain des vents cheurent tous les complots,
Quand le pere Neptune apparut hors des flots,
Et par vn Ciel ouuert traisné sur l'eau serene,
Guida ses fiers cheuaux dont l'écumante haleine
Pousse l'onde à boüillons, & mût le frein volant
De son char à souhait sur les vagues roulant.
Les nautonniers Troyens las de tant de ruïnes
S'efforcent de gaigner les costes plus voisines,
Vers les riues d'Afrique ils tournent leurs vaisseaux,
Et laissent derriere eux leurs desseins dans les eaux.
  Vn secret sein de mer en la terre s'engage,
Vne Isle en fait vn port, asyle de l'orage,
Par l'abry de ses flancs sur l'onde rehaussez,
Contre qui tous les flots de l'Ocean poussez,
Brisent le vain orgueil de leurs testes chenuës,
Et fendent en longs plis leurs droittes auenuës,
Des deux parts de l'abbord deux sourcilleux rochers

Vont du Ciel à l'enuy menaçant les planchers,
Fiers bouleuers du haure, & sous leurs hautes crestes
La mer repose en paix & braue les tempestes.
A l'entour du pourpris en theatre arrondy,
Regne vn bocage verd clos, aux rais du midy,
Pauillon naturel voilé de fueilles sombres,
Et d'épaisses forests grosses d'horreur & d'ombres.
Dessous le front pendant du riuage escarpé
S'ouure vn antre à couuert dans les escueils sappé,
Des Nymphes le palais, plein de surgeons d'eau pure,
Et de bancs de roc vif taillez par la nature.
Là nul chable retors, quand la tourmente vient,
Des nauires le frein, les pouppes ne retient:
Là nulle ancre mordante, aggrasse maritime,
Sa courbe dent de fer dans l'arene n'imprime.
Ænée auenturier que le destin regit,
Auec sept pins sans plus en ce haure surgit,
Et les soldats Troyens qui les mains s'entre-tendent,
Amoureux de la terre, à la foule y descendent,
Et las d'importuner l'Ocean irrité,
Ioüissent à l'enuy du sable souhaitté,
Et posent engourdis sur l'hospitale riue
Leurs corps moites de sel, de Thetis la saliue.

   Achate le premier de tout délay ialoux,
Fit saillir en frappant des veines des cailloux,
Semence de Vulcan, maintes bluettes tortes,
Receut le feu naissant dedans des fueilles mortes,
D'arides aliments affamé le seruit,
Et la flame friande en l'amorce rauit.

   Les Troyens cependant recreuz de tant d'alarmes,
Vont Cerés de leurs pins, & de Cerés les armes,
Par les flots corrompuë, à la file apportans,
Vuident leurs magazins d'écume degouttants,
Et leurs humides grains estendus sur la terre,
Grillent auec la flame & brisent sous la pierre.

   Mais Ænée agité d'autres soins bien diuers
Monte au haut du costau bordé d'ombrages verds,
Et par tout l'Ocean ses yeux au loin pourmeine,
Pour voir s'il verra point dans l'écumeuse pleine
La galere d'Anthée, & les blancs auirons
Des fustes de Phrygie errants aux enuirons:
Ou Capis Ilien, ou sur les hautes pouppes
Les armes de Caïque & l'acier de ses troupes.

Aucun de ses vaisseaux les ondes ne perçoit,
Errants le long du bord sans plus il apperçoit
Trois cerfs au front armé qu'vne nombreuse harde
Lente suiuoit de loin, guides de l'auant-garde,
Et quittant des forests le sejour ombrageux,
Paissoit à découuert és vallons herbageux.
Il s'arreste tout court ferme dessus ses plantes,
Prend son arc en sa main & ses fléches volantes,
Que prestes au besoin Achate luy tenoit,
Et les chefs du troupeau dont le front dominoit,
Portants la teste haute aux cornes arborées,
Iette à bas les premiers de ses pointes ferrées:
Puis rembusche la tourbe & le vulgaire espars
De l'agile bestail poursuiuy de ses dards,
Qui jamais dedans l'air ne vont volant à faute,
Au sein de la forest sous l'ombre espaisse & haute,
Et ne se lasse point de redoubler ses coups,
Iusqu'à tant que vainqueur de leur escadron roux,
Sept grans corps renuersez par terre il en estende,
Et le nombre du meurtre égal aux vaisseaux rende.
De là droit vers le port il recourbe ses pas,
Et de ce frais combat, inesperé repas,
Partage liberal à ses soldats la proye,
Puis les vins dont Aceste, antique hoste de Troye,
Pour le dernier adieu, charmes de leurs ennuis,
Au bord Sicilien auoit chargé leurs muids,
Entre eux il distribuë, & de ces doux langages,
Medecines des cœurs, console leurs courages.

 O mes chers compagnons ja souuent exercez
(Car nous n'ignorons point les accidents passez)
A souffrir constamment des fortunes plus dures,
Les Dieux mettront encor fin à ces aüantures:
Vous auez abbordé le forcenant orgueil
Du monstre Scylléen, & l'abbayant écueil
Où l'air auec les flots entonné s'enueloppe;
Vous auez esprouué les rochers du Cyclope:
Rappellez vos esprits par la crainte chassez,
Et de vos cœurs transis la douleur effacez;
Possible les hazards de céste triste histoire
Vn jour vous seront doux à remettre en memoire.
Par tant de longs trauaux & de perils diuers
Et par tant d'accidents, fables de l'Vniuers,
Nous tendons en Latie, où le destin tranquille

Nous

Nous promet pour iamais vn stable domicile:
Là des sceptres de Troye il nous sera permis
De voir vn iour l'Empire & le lustre remis,
Et les fils restablir le regne de leurs peres:
Durez, & vous gardez aux fortunes prosperes.
    Ainsi parle le Prince en silence escouté,
Et pendant ces propos au dedans agité
De mille soins secrets, son ordinaire escorte,
Feint l'espoir au visage & le dueil au cœur porte.
Eux vacquent recreez de ce nouueau butin,
Aux apprests de la proye & du futur festin,
Les costes de leurs peaux, acharnez, ils dépoüillent,
Leurs bras dedans le sang iusqu'aux coudes ils soüillent,
Et découurent à nû les intestins cachez:
Part dépecent la chair en morceaux mal-tranchez,
Et tous tremblants encor aux broches les enferrent:
Autres les pots d'airain dans le riuage enterrent,
Et soufflent à l'entour les feux estincellants,
Puis vont auec les mets leurs forces rappellants,
Et sur l'herbe estendus, faisants tourner la tasse,
S'emplissent de vin vieil & de venaison grasse.
    Apres que d'aliments chacun fut assouuy,
Et qu'on eut l'appareil des tables desseruy,
Ils se mirent à plaindre en longs flots de langage,
Leurs compagnons absents dérobez par l'orage,
Douteux entre la crainte & l'espoir, ignorants,
Ou s'ils viuent encor, l'air commun respirants,
Ou si du dernier sort la rigueur ils espreuuent,
Et ja plus par les voix appellez ne s'émeuuent.
Sur tous le bon Ænée or gemit le trespas
Du genereux Oronte amoureux des combats,
Or pleure l'accident du valeureux Amyque,
Or regrette à part soy le cruel sort de Lyque,
Or le vaillant Cloanthe intrepide aux haZards,
Or le braue Gyas nourriture de Mars.
Et c'estoit déja fait quand du sommet du monde
Iupiter ietta l'œil sur la mer vagabonde,
La carriere des pins de voiles empennez,
Et sur les terroirs verts de villes couronnez,
Vid les ports sinueux, les obliques riuages,
Et les peuples diuers de mœurs & de langages;
Puis ayant pourmené ses yeux de toutes parts,
Aux regnes de Libye arresta ses regards.

h

Alors Venus qui sçait prendre à propos les heures,
Le voyant des mortels contempler les demeures,
L'abborde auec ces mots de longs souspirs couppez,
Triste & les yeux de pleurs, viues perles, trempez :
*　　O toy, qui par le frein de tes decrets seueres,*
Des hommes & des Dieux gouuernes les affaires,
Et pour les estonner ton bras armé haussant,
De foudres & d'éclairs va leur chef menaçant ;
Que t'a fait mon Ænée, ou quel si grand outrage
Ont commis contre toy les Troyens, ton lignage,
Qu'apres tant de tombeaux pour les enclorre ouuerts,
Apres tant de trespas, l'accés de l'Vniuers
Leur soit fermé par tout où le sort les rallie,
Pour le ialoux respect de la seule Italie ?
Certes tu nous auois, immuable, promis,
Que du haut sang de Teucre en son lustre remis,
Apres quelques saisons d'vn bref cerne enfermées,
Naistroient les Chefs Romains, conducteurs des armées,
Qui la terre & la mer, par leurs fameux exploicts,
Tiendroient de nœuz d'aimant esclaues sous leurs loix,
Et rempliroient le Ciel du bruit de leur loüange ;
Quel aduis maintenant, ô cher Pere, te change ?
Par cest espoir sacré de tes propos naissant,
Destins contre destins en mon cœur balançant,
Ie consolois le dueil des obseques de Troye,
Flattant mon mal passé d'vne future joye.
Mais or le mesme sort qui contre eux conspiroit
Pendant que d'Ilion la fortune expiroit,
Les persecute encor de rigueurs inhumaines.
Quelle fin, ô grand Roy, veux-tu mettre à nos peines ?
Antenor échappé d'entre les dards des Grecs,
A la faueur de l'ombre & des astres secrets,
A bien peu paruenir aux riues Illyriques,
Percer impuniment les regnes Liburniques,
Des Alpes les sommets sans dommage tenter,
Et de la Brente en fin la source surmonter,
Qui par neuf huis ouuerts, orgueilleuse & felonne,
Auec vn bruit tonnant qui tout le mont estonne,
Precipite en la mer son tribut boüillonnant,
Et resserre en son lict l'Ocean forcenant.
Il a bien peu fonder les hauts murs de Padoüe,
Donner siege à sa gent que le Ciel de fruicts doüe,
Et planter tout au tour dessus ses parapets,

Les enseignes de Troye , or il repose en paix.
Et nous , Pere ton sang , rejettons de ta race,
A qui dans ton Palais au Ciel tu promets place,
Pour l'ire d'vne seule , ô destins odieux !
Despoüillez de nos nefs & trahis par les Dieux,
Des peuples le rebut , & du monde la lie,
Nous voyons loin de nous reculer l'Italie.
Sont-ce là les honneurs qu'à ton sang tu promets ?
Est-ce ainsi qu'en nos mains les sceptres tu remets ?

   A ces pleurs sou-riant le Monarque supréme,
Auec le mesme front & le visage mesme,
Dont il calme le Ciel de tempestes troublé,
Et dissipe l'orage en la nuë assemblé ;
Sa fille de baisers il appaise & console,
Et reprend à son tour en ces mots la parole :

   Donne tréue à la peur qui trouble tes esprits,
Delices de Cythere , aggreable Cypris,
Le destin de ta gent perseuere immobile,
Tu verras éleuer les rempars de ta ville,
Tu verras , pour les tours d'Ilion remplacer,
Du fort Lauinien les murs promis tracer ;
Tu verras arriuer , & ma foy n'est friuole,
Ton magnanime Ænée aux estoiles du Pole.
Cestuy-là (car ie veux , puis que ce soin ie point
Des Parques les secrets t'exposer de tout point,
Et d'éuidant le fil des histoires futures,
Par ordre te marquer du temps les auantures)
Aux champs Italiens longuement combattra,
Et des peuples felons l'arrogance abbattra,
Imposera des loix à leurs ames sauuages,
Et de mœurs & de murs bridera leurs courages ;
Iusqu'à tant que trois fois , né pour meilleur Destin,
L'Esté l'ayt veu regnant sur le terroir Latin,
Et que trois fois l'Hyuer ayt roulé sur la teste
Des peuples Rutulois courbez sous sa conqueste.
Mais Ascaigne son fils , Iüle surnommé
Depuis que d'Ilion le toict fut consommé.
(Ile on le surnommoit du nom de son ancestre,
Quand l'Empire Ilien estoit encor en estre)
Trente grands cercles d'ans de leurs Lunes remplis,
Verra plein de repos sous son regne accomplis,
Transferera sa Cour des murs de Lauinie,
Et d'armes & de tours Albe rendra munie.

h ij

Là trois siecles entiers, pourtraicts de l'âge d'or,
Le sceptre fleurira sous la race d'Hector,
Jusqu'à tant que l'infante Ilie infortunée,
Reyne ensemble & Prestresse à Vesta destinée,
Vierge grosse de Mars, enfante deux gemeaux.
De là le preux Romule orné de verts rameaux,
Et fier du manteau roux de sa Louue nourrice,
Recueillira la gent sous vn nouuel auspice,
Les murailles de Mars bastira de ses mains,
Et de son nom fameux nommera les Romains,
A ceux-là ie ne mets ny siecles ny limites,
Les terres & les mers pour eux seront petites,
Vn Empire sans fin ie leur ay preparé;
Mesme l'aspre Iunon, dont le cœur vlceré
Agite maintenant le Ciel, l'onde & la terre,
Vn iour se lassera de leur faire la guerre,
Et changeant en faueur ses desseins outrageux,
Auec moy cherira les Romains courageux,
Seigneurs de l'Vniuers, Roys des deux Hemispheres,
Et la gent long-vestuë arbitre des affaires;
Telle est mon ordonnance: vne saison viendra
Que l'antique maison d'Assarace tiendra
D'vn pesant ioug d'acier par force assujettie,
La gloire de Mycene & l'audace de Phthie,
Et le pied sur le chef en seruage donté,
Des Argiens vaincus pressera la fierté.
Cesar fleur des Heros nez de tige diuine,
Sourdra, Troyen de sang, d'vne belle origine,
Qui verra son Empire abboutir à la mer,
Et le bruit de sa gloire aux Astres se termer,
Depuis où le Soleil s'auance, ou se recule:
Iules, nom descendu du grand surnom d'Iüle.
Cestuy-là dans le Ciel tu l'iras receuant
Chargé de la depoüille & des clefs du Leuant,
Et ramenant captiue en triomphe l'Aurore,
Ioint au rolle des vœux dont les Dieux on adore.
Lors les siecles felons acharnez aux combats,
Addoucis par la paix mettront leurs glaiues bas,
Veste & l'antique Foy, Reme & Quirin propice
Rendront par l'Vniuers aux peuples la Iustice,
Les portes du fier Mars, Dieu perclus desormais,
D'estroits liens de fer se clorront pour iamais,
Et le Discord ciuil apres tant de vacarmes,

Assis dessus le tas de ses cruelles armes,
Se tordra dans le temple , en prison confiné,
Et de cent nœuds d'airain par derriere enchaisné,
Grinçant d'ire les dents , & roüillant l'œil farouche,
Horrible rugira d'vne sanglante bouche.

Ainsi dit Iupiter , & tout au mesme instant,
Alla du Ciel Mercure en poste députant,
Afin qu'aux Phrygiens espars sur le riuage
La terre fust ouuerte & l'abbord de Carthage,
Et que Didon qui regne en ce climat mutin,
Ne leur ferme la porte , ignorant le destin.
Son dos & ses talons il arme de leurs aisles,
Dans les vagues de l'air rame auec les essailles,
Et glissant par le vent à secousses fendu,
Se void comme vn traict d'arc , en Afrique rendu.
A l'exploit de sa charge aussi tost il s'applique,
Et déja la noblesse & le peuple Punique,
Au simple instinct du Dieu dépoüillent leur rigueur ;
La Reyne la premiere esloigne de son cœur
Tous sinistres soupçons , & Princesse exorable
Vest enuers les Troyens vne ame fauorable.

Mais Ænée en son sein , taciturne , roulant,
Mille profonds soucis qui l'alloient immolant,
Soudain que le Soleil au matin se réueille,
Et de roses & d'or peint l'Aurore vermeille,
Inuaincu du sommeil se leue auec le iour,
Pour épier la coste , & tenter le sejour,
Sonder quels habitants , hommes ou bestes fieres,
Peuplent la region de ces neuues frontieres,
Car il void tout desert aux enuirons du port,
Puis à ses compagnons en faire le rapport.
Sa flotte loin des vents & des ondes il laisse,
Dedans le creux giron de la forest épaisse,
D'ombres tout au-tour close & d'arbres non tondus,
Et tapie à l'abry des rocs en l'air pendus ;
Et de son seul Achate assisté pour escorte,
Se jette à l'auanture où le Destin le porte,
Branlant dedans sa main par replis mesurez,
Deux jauelots legers d'vn fer large acerez.

A peine entamoit-il des forests l'horreur sombre
Que Venus à ses yeux apparut dessous l'ombre,
Auec le feint habit , les armes & le front
Des pucelles de Sparte au corps agile & pront,

Ou telle qu'Harpalice, heritiere de Thrace,
Quand ses cheuaux suans sous les fleaux elle lasse,
Et deuance à la fuitte aux vallons occurrents,
L'Hebre fleuue volant empenné de torrents :
Càr vn arc bien tourné de son espaule tendre
A la mode de Sparte elle laissoit descendre,
En port de chasseresse, & son poil enjoüé
Donnoit en proye aux vents, par ondes secoüé ;
Marchoit nud le genoüil, & d'vn nœu sur l'échine
Serroit ses plis flottants : telle Venus chemine,
Et la premiere ainsi l'abborde à l'impourueu ;

   Caualiers, si part sort, passants, vous auez veu
Dans ces bois émaillez d'immortelle verdure,
Quelqu'vne de mes sœurs errante à l'auenture
Ceinte, la trousse au flanc, d'vn Lynce marqueté,
Ou pressant de longs cris le cours precipité
D'vn Sanglier escumeux, dittes-le moy de grace.
Ainsi parle Venus, ainsi répond sa race :

   D'aucunes de tes sœurs errantes dans ces bois,
Nous n'auons apperceu ny le front ny la vois,
O Vierge, de quel non faut-il que je t'appelle?
Car tu ne portes point vne face mortelle,
Et ta voix qui rauit les sens d'estonnement,
Ne sonne rien d'humain ; ò Deesse, vrayment,
Ou la sœur de Phœbus, Reyne aux plantes legeres,
Ou quelqu'vne du sang des Nymphes boscageres,
Rend nos cruels malheurs par ta veüe addoucis,
Et quiconque tu sois allege nos soucis ;
Appren-nous sous quel Ciel, en quel angle du monde
Le vent nous a jettez, ballieures de l'onde ;
Car icy sans conseil, ny d'hommes, ny de Dieux,
Nous errons, ignorants les peuples & les lieux,
Poussez de la mer sourde & de l'aueugle orage
Pour prix d'vn tel bien-faict digne de ton courage,
Mainte grasse victime en tribut immortel,
Tombera sous nos mains au pied de ton autel.

   A moy, va repliquant la Deesse insulaire,
Mortelle n'appartient l'honneur d'vn tel salaire :
C'est chose coustumiere aux Pucelles de Tyr
De porter l'arc aux champs & le carquois vestir,
Et iurant aux sangliers vne guerre sans tréues,
De brodequins pourprez hautes lacer leurs gréues,
Icy tu vois de Tyr l'Empire transplanté,

Et le regne Punique , & l'auguste Cité
Du fameux Agenor dont le nom par tout sonne,
Le fonds est Libyen , gent que le fer n'estonne.
Icy Princesse sied l'estrangere Didon,
Fuyant auec les pins de Tyr & de Sidon,
De son frere inhumain le cruel territoire,
Longue est l'iniure , & longs les replis de l'histoire:
Mais pour ne perdre point le temps en l'espluchant,
I'iray les seuls sommets des affaires touchant.
Elle eut pour cher espoux Sichée & Prestre & Prince,
Le plus riche habitant de toute la Prouince,
Que la pauurette aymoit d'vn amour esperdu ;
Son pere à cest amant d'ayeux Roys descendu,
En sa premiere fleur Vierge l'auoit donnée
Dessous les chastes feux d'vn vnique Hymenée.
Or les sceptres de Tyr où Didon residoit,
Pygmalion son frere alors les possedoit,
Tyran le plus barbare à qui iamais la rage
Ayt aux actes felons irrité le courage.
Ce Tygre forcenant d'vn courroux déreglé,
Et de l'amour de l'or sans respect aueuglé,
Auec son traistre fer expert à tels offices,
Impie , assaut Sichée entre les sacrifices,
Et deuant les Autels , de leur franchise seur,
L'occit incurieux des amours de sa sœur ;
Cele long-temps par art ce parricide infame,
Et l'amante angoisseuse & malade en son ame,
Mille fables, ruzé , feignant & controuuant,
Va d'vn espoir mocqueur trompant & deceuant.
Mais en fin vne nuict , quand seule elle est couchée,
L'Idole errante en l'air , de son espoux Sichée,
Vient s'offrir à ses yeux , & leur somme interront,
Miracle plein d'horreur , leuant son palle front,
Qui les autels polluz , sauuegardes mal-seures,
Luy monstre auec les mains , sanglants de ses blesseures,
Découure à nù son sein d'vn froid linge pressé,
Par le fer en cent lieux deuant les Dieux percé,
Et tout le crime aueugle , & l'occulte cautelle
De la maison perfide , en peu d'heure decele :
Puis l'exhorte à la fuitte & luy va reuelant,
Aydes de son chemin par les ondes volant,
Ses antiques tresors reclus dessous la terre,
Lourd poids d'or & d'argent que mainte cache serre.

De là Didon émeuë à qui le temps duroit,
Et fuitte & compagnons, haſtiue preparoit.
Ceux, d'vn commun complot, ſe liguent auec elle,
Complices du depart, qu'vne haine cruelle
A du joug du Tyran impatients rendus,
Ou que la peur pourſuit, de deſeſpoir perdus :
Ils ſaiſiſſent les nefs preſtes pour les voittures,
Chargent le blond métal ſur leurs eſchines dures,
Et de Pygmalion monſtre d'or affamé,
Embarquent les treſors deſſus le flot armé.
Vne femme imbecille eſt chef de l'entrepriſe ;
Ils arriuent enfin, triomphants de leur priſe,
Aux bords où maintenant ſur les rides de l'eau
Tu verras eſleuer vn Empire nouueau,
Qui déja de la mer ſe promet le partage,
Et naiſtre les remparts de la haute Carthage ;
Traittent auec le peuple & pour baſtir leur fort,
De là ſurnommé Byrſe, orgueilleux frein du port,
Achettent du riuage où leur fer ſe vint teindre,
Autant que d'vn taureau le cuir en pourroit ceindre,
Mais vous qui m'enquerez, quelles gens eſtes-vous ?
De quel climat du monde abbordez-vous à nous ?
Et deuers quelle part prenez-vous voſtre addreſſe ?
Ænée à qui la voix ſe ſerre de détreſſe,
Iettant vn long ſouſpir tiré d'vn ſein profond,
Aux mots de ſa demande en ces termes reſpond.

S'il me faut, ô Déeſſe, à leur premiere ſource,
De nos labeurs reprendre & pourſuiure la courſe,
Et que d'aſſez de temps il te plaiſe joüir
Pour daigner de nos maux les annales oüir ;
Auant que mon diſcours de ceſte hiſtoire ſorte,
Veſper en ſe leuant clorra du iour la porte.
De l'ancienne Troye au riuage eſcumeux,
Si le haut nom de Troye & de ſes murs fameux,
Ores reduits en cendre, inconſtantes merueilles,
Eſt par ſort paruenu iuſques à vos oreilles,
Les vents, de mer en mer longuement agitez,
Aux coſtes de Libye en fin nous ont jettez.
Ie ſuis le pie Ænée expert aux durs alarmes,
Qui mes Dieux arrachez de la flame & des armes,
Fendant d'vn camp de mer l'ire du flot chenu,
Porte, deuot guerrier, ſur les aſtres cognu :
Ie cerche pour ſeiour la region Latine,

Et du haut Iupiter tire mon origine.
Auec deux fois dix pins, du feu des Argiens,
Recoux, ie m'embarquay sur les ports Phrygiens,
Ayant pour chere guide vne mere Déesse,
Et suiuant des Destins l'infidelle promesse.
A peine maintenant du bris me sont restez,
Sept vaisseaux par les vents & par l'onde esclattez:
Et moy-mesme incognu, mendiant & sans guide
I'erre par les deserts de la Libye aride,
Exclus des fins d'Asie & d'Europe chassé.
Ainsi parloit Ænée, & de douleur pressé
Vouloit encor plus loin estendre sa complainte:
Mais Venus en ces mots rompt sa voix & sa crainte:
   Au Ciel, qui que tu sois, tu n'es point odieux,
Et ne respires l'air contre le gré des Dieux,
D'auoir entre les ports de l'onde Libyenne,
Accosté par destin la cité Tyrienne:
Perseuere sans plus, & tout soin mettant bas,
Au Palais de la Reyne achemine tes pas,
Car ma foy pour garant desormais ie t'engage,
Que tes autres vaisseaux dispersez par l'orage,
Ont gaigné le couuert clos aux vents courroucez,
Du retour addoucy des Aquilons poussez,
Si mes parents experts au secret des auspices,
Ne m'ont en vain appris les augures propices.
Voy douze Cygnes blancs au pennage negeux,
A l'enuy s'égayer, qu'vn Aigle courageux,
Fier pirate de l'air, aux serres acerées,
Fondant du haut sommet des voûtes etherées,
Oiseau de Iupiter, n'aguere à plomb battoit,
Et de leur rang troublez, par le Ciel escartoit,
Ores glissants en bas d'vn long ordre ils se dardent,
Et ja tiennent la terre, ou de pres la regardent:
Comme auec vn doux bruit leurs ailes secoüants
Ils se vont, échappez, de l'alarme ioüants,
D'vne ceinture blanche en rond l'air enuironnent,
Et maint chant d'allegresse à leur retour entonnent.
Non autrement ta flottte, apres l'ire des eaux,
Recousse du peril qui troubloit ses vaisseaux,
Ou ja repose à l'ancre, ayant plié ses toiles,
Ou dans les huys du port entre à bouffantes voiles:
Perseuere sans plus, & tout soin mettant bas,
Acheue de presser ce sentier de tes pas.

Ainsi dit, & soudain qu'elle eut les léures closes,
Son col en se tournant brilla d'un teint de roses,
Son beau poil d'Ambrosie à pleins poings parfumé
De diuines odeurs rendit l'air embasmé,
Sa robe à plis troussez vers les mammelles ceinte,
Tomba sur ses talons d'or & de pourpre peinte,
Et Déesse au marcher vrayment elle apparut.
D'Ænée à l'impoururueu le sang au front courut,
Il recognoist sa mere à ses marques certaines,
Et fuyante la suit de ces complaintes vaines;
Pourquoy, cruelle aussi, mes espoirs abusant,
De simulachres faux te vas-tu-déguisant?
Pourquoy ne veux-tu, mere, à moy ton fils permettre,
De pouuoir en partant ma main en ta main mettre,
Oüyr & releuer de ta voix les vrais sons,
Et de ton port diuin contempler les façons?
Ainsi sa plainte oysiue apres elle il enuoye,
Et droit vers la Cité, pensif, poursuit sa voye.

Mais Venus, dont le soin d'auec eux ne partit,
D'vn secret voile d'air en chemin les vestit,
Et pour rendre aux passants leur alleure incogneuë,
Obscurs, les enferma de l'estuy d'vne nuë,
Afin que nul ne peust, né de mortelle chair,
Sous l'ombrage fée les voir ny les toucher,
Ny retarder les pas d'vn importun langage,
Suspects, les enquerant des fins de leur voyage.
Elle d'vn vol sublime en Paphos remonta,
Et ses sieges deuots allaigre visita,
Où de Porphyre & d'or son haut temple estincelle,
Où d'encens Sabéen, vœu de mainte pucelle,
Cent autels tous les iours à son nom vont fumants,
Et d'odorants bouquets l'air sacré parfumants.

Ces Heros cependant couuerts de l'ombre vuide
Acheuent de se rendre où le sentier les guide,
Et ia d'vn pied leger en extase arresté,
Ils pressoient le coustau qui pend sur la Cité,
Et fier d'vn haut sourcy, void de front la machine
De l'orgueilleux donjon, effroy de la marine,
Ænée épouuanté va la masse admirant,
Toict iadis de pescheurs, or au Ciel aspirant.

PARTIE DV
QVATRIEME LIVRE
DE L'ÆNEIDE DE VIRGILE.

LA Reyne cependant grieuement offensée
Par vn soucy cruel qui blesse sa pensée,
Maint vlcere amoureux dans ses veines cachant,
D'vne secrette flame à part se va seichant ;
La valeur de son hoste en cent lieux publiée,
La gloire de sa race aux Dieux mesme alliée,
Sa figure, ses yeux, ses discours releuez,
Sont de la main d'amour en son ame grauez,
Et le soin importun qui son cœur n'abandonne,
Aucun plaisant repos à ses membres ne donne.

    L'aube du iour naissant que l'Inde reueroit,
D'vn pourpre rayonneux les terres éclairoit,
Et sa vermeille main de fleurs entrelassée
Auoit du Ciel épars l'ombre humide chassée,
Quand sentant le venin couler dedans ses os,
A sa sœur bien-aymée elle tint ces propos.

    Anne, ma chere sœur, quelles images vaines
Troublent le doux sommeil qui doit charmer mes peines!
Quel est ce nouuel hoste aux ondes échappé,
Dont le fer estranger en nos ports s'est trempé!
Combien de Majesté reluit sur son visage!
Quelle grandeur d'esprit de force & de courage!
Non; ie le croy sans doute, & mon cœur n'est deceu,
Que du haut sang des Dieux il est vrayment yssu :
La faute d'asseurance aux perils ressentie,
Accuse vne ame obscure & de bas lieu sortie.
Dieux! que de fiers Destins sans fléchir éprouuez!
Et combien il contoit de combats acheuez!

    Certes si ie n'auois, d'vn chaste vœu contrainte,
D'immuable sentence en mon courage emprainte,
De ne vouloir iamais mon vefuage changer,
Ny sous vn second ioug ma liberté ranger ;
Si le nom malheureux de nopce & d'Hymenée
N'importunoit mon ame au dueil abandonnée

Depuis que le trespas qui mes yeux arrousa,
De mon premier amour les espoirs abusa ;
Ce seul assaut sans plus forçant toute défense
Me feroit consentir à commettre vne offense.
Car il faut que jauouë, Anne ma bonne sœur,
Que depuis l'accident de mon cher possesseur,
L'infortuné Sichée, & le Destin contraire
De nos Dieux dispersez par le fer de mon frere ;
Ce seul objet a peu mes cendres rallumer,
Et de mon chaste cœur le rempar entamer ;
Ie recognois d'amour les approches nouuelles,
Et de mon premier feu ressens les estincelles :
Mais que plustost l'horreur des gouffres de là bas,
S'ouure pour m'engloutir & fonde sous mes pas,
Que du pere des Dieux la foudre se dépite,
Et mon ame innocente aux ombres precipite,
Palles ombres d'Erebe hostesses des Enfers
Qu'vne profonde nuict de frayeur tient couuerts ;
Plustost, ô mon honneur, que tu souffres ce crime,
Ny qu'vne telle tache à ta gloire j'imprime.
Celuy qui le premier ma franchise donta,
Mes pudiques amours en mourant emporta,
Cestuy-là pour iamais au tombeau qui l'enserre,
Les ayt & les conserue auec luy sous la terre.
   Ayant ainsi parlé des pleurs qu'elle espandit
Maint torrent sur son sein par ondes descendit,
Quand Anne repliqua d'vn accent fauorable ;
Sœur plus que la lumiere à mes yeux desirable,
Verras-tu donc ainsi de ton âge plus cher,
La fleur & les beaux ans en vefuage seicher,
Sans gouster les plaisirs d'vne douce lignée,
Ny les fruicts dont Venus se trouue accompagnée ?
Penses-tu que les os sous la terre cachez
De ce soin inutile au tombeau soient touchez ?
Ie veux qu'en la fraischeur de l'ennuy qui t'outrage,
Nul amant autresfois n'ayt flechy ton courage,
Ny l'insolent Iarbe à qui tu fis sentir
Tes dédains en Libye & sur les ports de Tyr,
Ny tant d'autres grands Roys dont l'Afrique semée
De triomphes frequents est au loin renommée :
Mais en fin pourras-tu, sans Amour irriter,
A ton propre desir, cruelle, resister,
Oubliant pour iamais, de trop de dueil saisie,

En

En quel lieu nos deſtins leur retraitte ont choiſie?
Pour borne d'vne part nous touchons les Citez
Des fiers Getuliens par le fer indomtez,
Et les troupes ſans frein des Cheualiers Numides,
Et Syrte inhoſpitale, aux tempeſtes arides:
De l'autre ſont les champs dépeuplez de manoirs,
Que la ſoif rend deſerts, & les Barcæens noirs,
Deluges furieux de rapine & d'audace:
Allegueray-je encor les guerres que nous braſſe
Tyr l'opulente ville, & le ſanglant courroux
De noſtre injuſte frere allumé contre nous?
Non; je croy quant à moy que ſous l'heureux auſpice
Des fauorables Dieux & de Junon propice,
Les vaiſſeaux Phrygiens des ondes agitez
Se ſont durant l'orage en nos háures jettez.
Auec combien de pompe, ô ma ſœur, peux-tu dire
Que tu verras fleurir ta ville & ton Empire,
D'vn lien ſi ſacré ces peuples eſtreignant,
Et les armes de Troye à ton ſceptre joignant?
De quelle aile ſuperbe au Ciel ſera portée
La gloire de Carthage au double redoutée?
Demande donc ſans plus licence aux immortels,
Et des dons vſitez couronnant leurs autels,
Conſume la ſaiſon en feſtins & delices:
Et pour le retarder recours aux artifices,
Cependant que l'Hyuer forcene deſſus l'eau,
Que l'humide Orion allume ſon flambeau,
Qu'à ſes vaiſſeaux battus les flots ſont redoutables,
Et que l'air & le Ciel ſe monſtrent moins traittables.
   Auec ces doux propos d'eloquence animez,
Elle fait deuenir ſes ſens plus enflammez,
Donne eſpoir à ſon ame en doute balancée,
Et de ſon chaſte front rend la honte effacée.
Soudain donc elles vont les temples viſiter,
Vont la faueur des Dieux par leurs vœux inuiter,
Et ſelon les vertus à chacun departies,
Deſſus les feux ſacrez immoler les hoſties,
A Cerés qui les loix la premiere inuenta,
A Phœbus, à Bacchus qui les Jndes domta,
Et ſur tous à Junon, dont la tutelle ſainte,
Des liens nuptiaux rend durable l'eſtreinte.
   Là Didon du plus beau de ſon riche threſor
Souſtenant en ſes mains vn vaſe de fin or,

La liqueur confacrée auec myſtere épanche
Sur le front innocent d'vne geniſſe blanche :
Puis tout autour des Dieux en leur ordre arrangeȝ,
Circuït les autels de victimes chargeȝ,
Et dédiant le jour par dons & par offertes,
S'attache auec les yeux aux entrailles ouuertes,
Et conſulte les cœurs des animaux mourants,
Leur foye & leurs poulmons encor tous reſpirants.

Mais, ô des fouls deuins l'ignorante penſée,
Dequoy ſeruent les vœux à ceſte ame inſenſée,
Et les augures vains hors de temps recercheȝ ?
Déja d'vn doux venin ſes os ſont entacheȝ,
Et l'vlcere ſecret qui par les yeux s'allume,
Vit dedans ſa poictrine, & ſes veines conſume.

L'amoureuſe Didon bruſle d'vn feu couuert,
Et courant à grands paȝ par la Cité ſe perd,
L'eſprit tout agité de fureur & de crainte.
Comme vne tendre biche auec le fer atteinte,
Qu'vn paſteur ignorant la cheute de ſes traits,
D'vn arc tiré de loin ſous les ombrages frais
Des hauts cheſnes de Crete, en chaſſant a bleſſée,
Et la fléche volante en ſes flancs a laiſſée :
Elle qui ſent la mort penduë à ſes coſteȝ
Erre par l'épaiſſeur des taillis écarteȝ,
Trauerſe maint buiſſon & mainte eſpine forte,
Et la pointe fatale à ſes flancs touſiours porte.

Tantoſt pour diuertir ceſt ennuy trop cuiſant,
Elle va ſon Ænée en public conduiſant,
Luy monſtre les threſors dont Sidon fut ſuperbe,
Et ſa jeune Cité n'aguere égale à l'herbe :
Ores certains propos elle penſe entamer,
Or' elle ſent tout court ſes léures refermer.
Puis comme le flambeau du Soleil qui decline,
Commence de ſe teindre aux flots de la marine,
De nouueau la pauurette a recours aux feſtins,
Se fait de Troye encor raconter les Deſtins,
Et durant les repas, d'amour toute eſperduë,
Derechef par l'oreille à ſa bouche eſt penduë.
En fin lors que chacun vient à ſe ſeparer,
Qu'on void du Ciel la Lune à ſon tour s'emparer,
Et que les feux luiſants qui leurs cours precipitent,
Les Dieux & les mortels aux doux ſommeil inuitent,
Dedans ſon palais vuide aux triſteſſes ouuert,

Séulette elle souspire, & sur son lict desert,
Où mainte épine aiguë & maint chardon s'assemble,
Absent absente l'oyt & le voit tout ensemble.
Aucunesfois Ascaigne entre ses bras pressant,
Et l'image du pere en son fils caressant,
Elle deçoit ses yeux, pour tromper par ce change,
Si rien le peut tromper, d'amour le charme estrange.

*   Des donjons commencez le dessein orgueilleux*
Ne void plus éleuer son labeur sourcilleux,
Plus la jeunesse ardente aux armes n'est dressée,
Des háures imparfaits l'entreprise est laißée,
Nouueaux forts pour la guerre on ne va plus traçant,
La fabrique demeure & le front menaçant
Des ramparts dont Carthage est de loin signalée,
Et la masse en hauteur aux astres égalée.

*   Quand la Reyne des Dieux qui du Ciel apperçoit*
Que ceste peste ardente en son sein se conçoit,
Et que ses premiers vœux, ny le bruit commun mesme
Ne seruent plus de frein à sa fureur extréme,
D'vn propos déguisé son courage voilant,
Va par feinte à Venus en ces termes parlant:

*   Vrayment vous acquerrez vne belle victoire,*
Et d'vn riche triomphe ornerez vostre histoire,
Toy Venus & ton fils, & vos noms glorieux
Joüiront à bon droict d'vn honneur serieux,
Si de deux puissants Dieux la fraude & la surprise
Trompe vne simple femme aux ruses non apprise.
Bien sçay-ie que ton chef d'alarmes agité
Void d'vn œil défiant les murs de ma Cité,
Et redoute les ports du Libyque riuage,
Et les palais naissants de la haute Carthage:
Mais en fin iusqu'à quand ces odieux soupçons,
Et tant de longs discords qu'en vain nous nourrissons?
Pourquoy par vn doux change, ô belle Cytherée,
N'embrassons-nous plustost vne paix asseurée,
Et d'vn fidelle Hymen les durables plaisirs?
Le Ciel de toutes parts répond à tes desirs;
L'indiscrette Didon de tes fléches s'enferre,
Et la peste amoureuse à ses os fait la guerre.
Regissons donc ensemble auec vn sort égal
Ces deux peuples estreints par vn nœud conjugal:
Soit permis desormais de voir la chaste Elise
Sous vn mary Troyen captiuer sa franchise,

Et les chers nourriçons de l'opulente Tyr
A ton sceptre estranger pour dot assujettir.
　　Venus qui recognut que sa parole feinte
De douceur & de miel elle auoit ainsi teinte,
Afin de détourner des riuages Latins,
L'Empire vniuersel, predit par les Destins,
Aux terroirs de Libye, en mesme art exercée,
Luy répondit ces mots: Qui seroit l'insensée
Qui voudroit par orgueil auec toy contester,
Ou d'vn cœur dédaigneux ces offres rejetter?
Pourueu que le succez nos desseins fauorise,
Et que l'euenement couronne l'entreprise:
Mais vn doute sans plus en suspens me retient,
Si le pere des Dieux qui les sceptres maintient,
Voudra que le Destin en mesme murs assemble
Les habitans de Troye & ceux de Tyr ensemble,
S'il voudra voir ton peuple & le mien s'allier,
Et d'vn commun Hymen leur Empire lier.
A toy sa chere espouse & sa sœur bien-aymée,
Appartient le deuoir de t'en rendre informée:
Pren ce premier labeur, puis i'yray poursuiuant:
　　Lors Iunon à son tour le propos releuant,
Resigne-moy ce soin, Déesse ie te prie,
Et pour sçauoir au reste auec quelle industrie
Nos desseins proposez commenceront leurs cours,
Escoute en peu de mots le fil de ce discours:
　　Demain dés que l'Aurore au teins semé de roses
De son beau sein vermeil aura les fleurs écloses,
Et que le blond Titan des ondes renaissant,
Viendra des plus hauts monts les cimes jaunissant,
L'amoureuse Didon, Didon l'infortunée,
Sortira pour chasser auecques son Ænée.
　　Là pendant qu'aux Cheureüils les filets on tendra,
Et qu'autour la forest de toiles se ceindra,
I'amasseray dans l'air vne noire tempeste
D'eau, de vent & de gresle, & feray sur leur teste,
Pour escarter la presse, & l'appareil troubler,
De tonnerre & d'esclairs tout l'Olympe trembler:
Les chasseurs estonnez fuyront à l'auenture,
Aueuglez & perdus dans vne nuict obscure,
Seuls la Reine Didon & le Prince estranger
Courront vers vn mesme antre à couuert se ranger,
Où presente auec eux sous l'habit d'vne nuë,

Si ce nouueau desir en ton cœur continuë,
I'iray le doux Hymen des deux parts terminant,
A luy seul pour iamais propre la destinant.

   Venus qui ne se monstre à ces mots trop rebelle,
D'vn gracieux clin d'œil approuue leur cautelle,
Et iette vn doux sou-ris en miel tout destrempé,
D'auoir preueu leur ruse & le piege eschappé.

   L'Aurore cependant peignant ses tresses blondes,
Au sortir de sa couche abandonne les ondes;
On void du nouueau jour les premiers rays percer.
Et la jeunesse éleuë aux portes se presser,
Tentes, toiles, filets, que leur suitte accompagne,
Espieux au large fer se mettent en campagne,
Picqueurs Massyliens, meutes de chiens courants,
Léuriers aux pieds legers, & limiers odorants.
Des plus grands de la Cour vne pompeuse escorte
Au réueil de la Royne enuironne sa porte;
Son fier coursier l'attend, paré de pourpre & d'or,
Et superbe des dons de l'Indique thresor,
Iettant à gros bouïllons sa cholere fumeuse,
Masche son frein sonnant d'vne bouche escumeuse.

   En'fin elle démarche, vn grand flot ondoyant
De Cheualiers espais ses deux flancs costoyant;
D'vn manteau Tyrien les pans elle renuerse
Aux longs bords émaillez de peinture diuerse,
Vn carquois plein de traits descend dessus ses reins,
Ses cheueux vagabonds d'vn nœud d'or sont estreints,
Vne autre aggraffe d'or dedans le pourpre entée
Donte les plis volants de sa juppe éuentée.
Tost apres des Troyens la fleur on void sortir,
Et le petit Iüle, alaigresse de Tyr,
A qui l'émail des champs monstre de rendre hommage:
   Ænée auant tous eux des hauts Dieux viue image,
Nompareil en beauté, vn la Royne accostant,
Et sa troupe estrangere à la sienne adioustant.
Tel que semble Apollon, quand quittant la Lycie,
Durant les mois d'Hyuer de froidures transie,
Et les sources de Xanthe ou decline le jour,
Il vient reuoir Delos son maternel sejour,
Lors que mainte carolle en rond foule la terre,
Et qu'autour des autels que son verd laurier serre,
Bruit l'airain des tambours Cretois & Dryopains,
Et le bal inspiré des Agathyrses peints:

Sur les croupes de Cynthe en forests abondante,
Il marche à pas legers, & sa tresse pendante
Presse d'vn mol fueillage en ondes l'agençant,
Et ses flots enjoüez dedans l'or enlaçant,
Ses traits qui le trespas de loin décochez donnent,
Dans son carquois brillant sur l'épaule luy sonnent.
Tel s'auançoit Ænée à la course aussi prompt,
Semblable Majesté luisoit sur son beau frõt.
    Or quand on eut des monts gaigné les frais ombrages.
Repaires escartez des animaux sauuages,
Les timides Cheureüils poursuiuis des archers
Furent veus bondissants s'eslancer des rochers;
Et les Cerfs forestiers aux grands testes ramées,
Fuyants des chiens legers les meutes affamées,
D'vn pied viste & poudreux les campagnes passer,
Et joints l'vn contre l'autre en hardes s'amasser,
Empennez de la crainte, & par troupes nombreuses
Abandonner des monts les retraittes ombreuses.
Là le petit Ascan de la gloire amoureux
S'ébattant à pousser vn coursier genereux,
Qui prompt comme le vent sous l'esperon s'auance,
Or les vns à la course, or les autres deuance,
Et souhaitte au milieu des vallons émaillez,
Qu'entre les animaux de valeur dépoüillez,
Vn sanglier escumant s'oppose à son courage,
Ou bien qu'vn Lion roux descende du bocage.
Tandis l'air obscurcy commence à se troubler,
De l'Olympe agité la voulte on oit trembler,
Vn orage meslé de gresle & de tempeste,
De tous les coins du Ciel s'amasse sur leur teste:
Les Cheualiers de Tyr pour la chasse choisis,
Et les Seigneurs Troyens d'étonnement saisis,
Et le petit neueu de la belle Erycine,
Gaignent à trauers champs mainte basse cassine.
De la cime des monts sous l'orage croulants
Les torrents comme mers par ondes vont roulants:
Seuls dedans vn mesme antre où les Destins les tirent
La Princesse & le Prince à l'abry se retirent,
La terre, à qui les Dieux de mere offrent le nom,
Donne le premier signe, & la grande Iunon,
Déesse maritale aux nopces reuerée:
L'air réplendit d'éclairs & la plage ætherée,
Complice de l'Hymen, se void estinceller,

Et la croupe du mont oyt ses Nymphes hurler.
Ce jour fut le premier cause de sa ruine,
Fut de tous ses malheurs la premiere origine :
Car de son chaste honneur plus il ne luy souuient,
Plus le soin de sa gloire au cœur ne luy reuient ;
L'imprudente Didon ne craint plus qu'on éclaire
Ses larcins amoureux ; elle ose temeraire
Le nom de mariage à son crime imposer,
Et d'vn tiltre sacré son erreur déguiser.

Aussi tost tout autour par les Libyques plaines
Courut la Renommée aux villes Africaines,
L'agile Renommée, vn mal prompt & volant,
Qui va tout autre mal en vistesse égalant ;
De sa legereté sa vigueur prend naissance,
Et sans cesse en marchant acquiert neuue puissance,
Basse & foible de crainte à son commencement,
Mais qui soudain s'eleue & s'accroist tellement,
Qu'elle touche les champs de ses plantes votages,
Et loge au mesme temps son chef dans les nuages.
La terre aux larges flancs qui tout germe & conçoit,
Pour le sang de ses fils dont son sein rougissoit,
D'ire contre les Dieux & de fureur poussée,
Digne & derniere sœur d'Encelade & de Cée,
L'enfanta, comme on dit, aux pieds prompts & dispos,
Et dont les ailes n'ont besoin d'aucun repos ;
Monstre d'horrible forme, & d'immense stature,
A qui, miracle estrange ! autant que la nature
A de tuyaux de plume à son corps attacheZ,
Autant d'yeux espions dessous il tient cacheZ,
Autant il fait sonner de langues nompareilles,
Autant de bouches ouure & dresse autant d'oreilles.
La nuict entre le Ciel d'estoilles allumé,
Et la terre, elle vole, & d'vn pas emplumé
Par l'ombre solitaire en bruyant s'achemine,
Et jamais au sommeil ses paupieres n'incline.
Le jour quand le Soleil de rayons est luisant,
Au guet sur quelque temple elle se va posant,
Ou sur les hautes tours dans l'air est soustenuë,
Et les grandes CiteZ effraye à sa venuë ;
Aussi ferme à defendre vn mensonge inuenté,
Que prompte à deceler la simple verité.
Ce prodige odieux iusques aux Cours des Princes,
De plusieurs bruits diuers remplissoit les Prouinces,

i   iiij

Et publioit par tout où s'addreſſoient ſes pas,
Ce qui vrayment eſtoit & ce qui n'eſtoit pas :
Jl alloit annonçant, impatient de joye,
Qu'Ænée eſtoit venu, ſurgeon du ſang de Troye,
Que la belle Didon, qui les autres brauoit,
Dedans ſon lict Royal pour eſpoux receuoit :
Et qu'ores chatoüillez de leurs flames laſciues,
Ils conſumoient l'Hyuer en delices oyſiues,
Oublieux de l'eſpoir de leurs ſceptres naiſſants,
Et ſous vn laſche amour leurs honneurs trahiſſants.
Tels infames propos ceſte Déeſſe immonde
En volant eſpandoit par les bouches du monde.
 Or ſoudain que le vent ſes plumes enleua,
Au ſuperbe palais d'Iarbe elle arriua,
Empoiſonna ſon ſang d'vn venimeux langage,
Et verſa dans ſes os le martel & la rage :
Ce Prince né d'Ammon, que l'amour aſſeruit,
Aux champs de Garamant, dont la fille il rauit,
Jmmenſes monuments, dedans ſes regnes amples
A Jupiter ſon pere auoit baſty cent temples,
Et, riches de doüaire, erigé cent autels,
Et ſacré mainte lampe & maints feux immortels,
Des Dieux touſiours veillants les gardes eternelles.
Là fumoit largement aux feſtes ſolemnelles
Le terroir gras de ſang, & les ſueils frequentez
Fleuriſſoient de bouquets à pleines mains jettez.
Troublé donc de douleur pour la nouuelle amere
Qui faiſoit en ſon ſang eſcumer la cholere,
Deuant les meſmes Dieux dans ſes temples logez,
Et les meſmes autels qu'il auoit erigez,
Leuant les mains au Ciel de ſacrifices teintes,
A Jupiter ſon pere il addreſſa ces plaintes :
 O puiſſant Iupiter, arbitre des Deſtins,
A qui le peuple Maure opulent en feſtins,
Accoudé ſur licts peints aux feſtes Africaines,
De l'honneur Lenean offre les coupes pleines,
Vois-tu ceſte iniuſtice, ou ſi dedans les Cieux
Ta foudre en vain brillante épouuante nos yeux,
Et le ſeuere dard de ton bruyant tonnerre
Aueugle & ſans deſſein tombe deſſus la terre,
Et par cas d'auenture échappant de tes mains,
D'vn murmure inutile eſtonne les humains ?
  Une femme en nos ports fuitiue & vagabonde,

Qui n'aguere fonda sur la riue de l'onde
Vne estroitte Cité, par vil prix l'obtenant,
A qui les loix du lieu nous allasmes donnant,
Et le droict de pouuoir cultiuer le riuage,
A méprisé l'honneur de nostre mariage,
Et de nos longs desirs rendant l'espoir deceu,
A pour Seigneur Ænée en ses regnes receu.
Maintenant ce Páris auec sa Cour nouuelle
D'hommes effeminez my-masles de Cybele,
Les cheueux par cordons parfumez & tressez,
Le menton & le front d'une mitre enlacez,
Attour Mæonien qui luy voile les temples,
Triomphe de la proye; Et nous, Pere, à tes temples
Nos presents jours & nuict deuots nous addressons,
Et credules sans fruict vn vain bruit embrassons.

   Priant auec ces mots entre meslez de larmes,
Et tenant les autels prest de passer aux armes,
Jupiter l'entendit, & son œil irrité
Tourna deuers les murs de la neuue Cité,
Et deuers les amants oublieux de leur gloire,
Et d'un meilleur renom trahissans la memoire.
Meu donc de cest aspect Mercure il appella,
Et pour le dépescher en ces termes parla:
Va déloge, mon fils, courrier de mes messages,
Appelle les Zephyrs, glisse sur tes plumages,
Et le Prince Ilien abborde de ma part,
Qui maintenant oisif differe son départ,
Et se roüille à Carthage enchainé de delices,
Sans penser aux Citez que les Destins propices
Luy reseruent pour sort: Va déloge, dispos,
Et par les vents legers luy porte mes propos.

A LA SERENISSIME
Reyne Marguerite.

MADAME, il y a quelques mois qu'il vous
pleut me commander de vous donner vne cop-
pie de ces vers: Le desir que i'ay eu d'obeir au
commandement de VOSTRE MAIESTÉ,
m'a conuié de les reuoir & corriger, & en met-
tre quelques exemplaires sous la presse, afin que le lustre de
l'impression vous en rende la lecture plus aggreable. Ie sçay que

s'ils fouftiennent l'examen de voftre diuin efprit, ils feront à l'efpreuue de toute autre cenfure. Et pour ce je les offre au celefte
jugement de VOSTRE MAIESTE', comme l'Aigle offre
fes petits au Soleil, afin que s'ils fupportent les éclairs de cefte
viue & parfaitte lumiere, je les auoüe pour miens, finon je les
perde & enfeuelifte dans le filence de mon nom, comme enfants
indignes de la premiere vigueur de leur pere.

A. MONSIEVR
LE CHANCELLIER DE BELLIEVRE,
LVY DEDIANT LA TRADVCTION
de deux Odes d'Horace.

ELLIEVRE, qui fur tes efpaules,
Portes le pefant faix des Gaules,
Chef de la Iuftice & des loix,
Et de Themis le double Oracle,
Pendant que noftre Atlas Gaulois,
HENRY, des armes le miracle,
Sçachant combien en paix tu vaux,
Se repofe fur tes trauaux:

    Grand Chancelier, dont la poictrine
Eft vn vif trefor de doctrine
En toutes nobles fortes d'arts,
Et qui parmy les foins feueres
Qui t'affiegent de toutes parts,
Encor aux vers leur lieu deferes,
Et n'ignores rien des fecrets
Des Poëtes Latins & Grecs:

    Ie t'addreffe ces deux Cantiques,
Retiffus fur les tons antiques,
D'Horace, Pindare Romain;
Pour monftrer par experience
En ce foible effay de ma main,
Qu'il n'eft efpece de fcience,
Qui ne te prenne pour fon but,
Et qui ne te doiue tribut.

Caresse ces fils de deux peres,
Afin que sous tes seaux prosperes,
Fin de nos tumultes guerriers,
Auec les tranquilles oliues,
Fleurissent les doctes lauriers;
Et que leurs fueilles tousiours viues,
Qui ton poil blond alloient ornant,
L'ornent encore grisonnant.

POVR L'ENTREE D'VN BALET.

Es isles des Demons, Isles tristes & sombres,
Où Saturne enchainé contre vne roche d'or,
Des chaisnes du sommeil, void en dormant les ombres
Des vieux siecles passez, & des futurs encor:
Ie vous ameine icy les antiques Prophetes,
Qui seruent aux destins, de sacrez interpretes.

Ce sont ceux que l'esprit de mes Oracles touche,
Hommes pleins de genie, & bien-voulus des Cieux,
A qui rien de mortel ne sonne dans la bouche,
Mais qui sçauent parler le langage des Dieux:
Et que le beau transport, dont leur ame est forcée,
Eleue par dessus le vol de la pensée.

De ces preux Cheualiers ils chantent la venuë,
Et l'honneur que pour eux les sorts ont appresté,
Comme par l'vniuers leur foy sera cognuë,
Et seruira d'exemple à la posterité,
Et comme leur valeur, qui n'a point de seconde,
Bornera son renom des limites du monde.

Faittes sortir d'icy le vulgaire ignorant,
Et ne vous allez point de mes loix enquerant,
Apportez de la crainte & de la reuerence:
Monstrez vous attentifs au seruice des Dieux,
Honorez leur mystere auecque le silence,
Et parlez seulement de l'esprit & des yeux.

Ces jeunes Cheualiers, pleins d'amour & de foy,
Qui possedent le monde, & luy donnent la loy,

Les delices du Ciel, & l'honneur de la terre,
Espris d'vn beau desir, que j'allume en leurs cœurs,
Viennent offrir aux Dieux, le tribut de leur guerre,
Apres auoir vaincu tant de braues vainqueurs.

Ie les vay conduisant, & prens tout le soucy,
Et de leurs sacrifices, & de leurs vœuz aussi:
Dame dont la beauté saintement les anime,
C'est en vostre faueur que tout est appresté,
Vos beaux yeux sont la flame, & leurs cœurs la victime,
Et l'Amour est le Dieu de la solemnité.

D'Vn si doux trait ma poictrine est atteinte,
Vn feu si clair va mon cœur embrasant,
Que plus ie souffre vn tourment si plaisant,
Et plus mon ame à l'aimer est contrainte.

Au lieu d'esteindre auec l'eau de mes larmes,
L'ardent venim dans ma playe enfermé,
I'ayde à nourrir cet vlcere enflamé,
Qui n'est guery par herbes, ny par charmes.

Soit que le jour, qui trop lent se pourmeine,
De ses rayons vienne l'air allumant,
Soit que la nuict d'estoilles se semant,
Le froid sommeil & les ombres rameine:

Autre entretien ma memoire n'exerce,
D'autre desir je ne suis agité,
Dormant, veillant, en songe, en verité,
Ce seul penser m'allege & me trauerse.

Vous qui d'amour cognoissez les mysteres,
Et par quel art ce meurtrier gracieux,
D'vn trait lancé, sans offenser les yeux,
Dedans les cœurs va formant les vlceres:

Apprenez moy si telle est la coustume,
Que ce tyran des ames possesseur,
Mesle son fiel auec tant de douceur,
Ou bien son miel auec tant d'amertume.

SVR LA MORT D'VN SIEN AMY.

FAut-il donc cher esprit long subject de mes pleintes,
Rare thresor du Ciel enleué d'icy bas,
Que le nœu qui tenoit nos deux ames estreintes,
Brisé par le Destin cede aux loix du trépas!

Les esprits que l'azur du clair Olympe enserre,
Deuiendront éblouis jettant sur toy les yeux,
Viuant tu remplissois détonnement la terre:
Et mort tu rauiras de merueille les Cieux.

TOMBEAV DE MONSIEVR L'ADMIRAL
DE IOYEVSE.

DEssous ce marbre froid de larmes dégoutant,
D'vn esprit clair & beau la despoüille est cachée:
Dont la viue vertu du sepulchre arrachée,
Plus que le marbre mesme aux ans va resistant.

Vn parfait jugement que rien ne deceuoit,
Vne égale memoire en tous aages certaine,
Vn doux miel eloquent   *   *   *

De tous ces rares dons le constant souuenir,
Dont la gloire n'est point par le marbre égalée,
Sert à ces os pressez d'orgueilleux Mausolée,
Pour combattre des ans le long cours à venir.

Passants qui le beau nom des vertus reuerez,
Et sçauez la memoire égale aux actes rendre,
Epandez quelques pleurs sur ceste froide cendre,
Et de vos chauds souspirs son trespas honorez.

Le Ciel qui tout autour d'astres est couronné,
Des esprits bien-heureux la retraitte immortelle,
N'enferme point là haut vne autre ame plus belle,
Et d'vn astre plus clair ne se voit point orné.

TOMBEAV DE MONSIEVR LE MARQVIS
DE MAGNELAY.

E marbre cimenté de larmes & de sang,
   Du genereux Marquis le beau corps enuironne,
   Que le glaiue assassin non le fer de Bellonne,
   Aux ombres du tombeau confine auant son rang.

Vn esprit liberal, à ses amis si franc,
   Vne ame que la gloire aux perils aiguillonne,
   Vn courage à qui Mars en tant de lieux pardonne,
   Le propre fer des siens luy penetre le flanc.

Celle qu'vn chaste Hymen auec luy tint estreinte,
   Pour en laisser l'horreur sur les pierres empreinte,
   Erige à sa douleur ce trophée odieux :

Portant dedans le sein mille atteintes mortelles,
   Et répandant autant de larmes de ses yeux,
   Comme il versa de sang de ses playes cruelles.

TOMBEAV DE MONSIEVR MARION,
CONSEILLER DV ROY EN SON CONSEIL D'ESTAT,
& son Aduocat General en sa Cour de Parlement
de Paris.

Ous ce tombeau, couuert en mainte sorte,
   D'honneurs muets gist l'Eloquence morte :
   Car Marion du Senat l'ornement,
Et du Palais le miracle suprême,
N'est pas le nom d'vn homme simplement,
Mais c'est le nom de l'Eloquence mesme.

PARAPHRASE SVR LE PSEAVME 101.

Domine exaudi orationem meam, &c.

*Endant que l'ombre & le silence,*
Donnent air à la violence,
Du feu dont je me sens espris;
Plein d'amertume & de destresse,
Ces plaintes Seigneur je t'adresse,
Ne ferme l'oreille à mes cris.

Que ma voix debile & cassée,
Desja tant de fois repoussée,
Paruienne au lieu de ton repos;
Penetrant le Ciel & la nuë,
Comme ta rigueur continuë,
Penetre ma chair & mes os.

Le Sommeil qui deçoit les peines,
Ne coule plus dedans mes veines,
Mon œil ne se void point fermé:
Ta flesche dont i'ay l'ame atteinte,
De fiel & de douleur est teinte,
Et ton coup est enuenimé.

Seigneur que doy-je plus attendre,
Ie mesle, helas! mon pain de cendre,
Et le destrempe de mes pleurs:
Mes jours passent comme fumée,
Ma chair est d'ennuis consumée,
Et va sechant comme les fleurs.

Je cerche les deserts austeres,
Et me plais aux lieux solitaires,
Comme les oyseaux de la nuict:
I'ay le monde en horreur extréme,
Et presque ie me fuy moy-mesme,
Tant l'horreur du monde me suit:

Monde faux, maudit & damnable,
Trompeur, parjure, abominable,

Où la foy n'a plus aucun lieu :
Monde & siecle ingrat où nous sommes
Où l'on n'acquiert l'amour des hommes,
Et l'on perd la faueur de Dieu.

Plus, helas ! mon ame offensée,
Jette les yeux de la pensée,
Sur ce monstre de vanité,
Plus elle apprend à son dommage,
Que c'est le pourtrait & l'image,
De la mesme infidelité.

Ceux dont les parolles rusées,
De miel & de sucre arrosées,
La deceuoient auparauant,
Me voyant perdu ce leur semble,
De fiel & de vinaigre ensemble,
Vont ores ma soif abbreuuant.

Ceux où j'auoy plus d'asseurance,
O vaine & chetiue esperance !
M'abandonnent tous au besoin :
Mon nom est amer en leur bouche,
Et ceux à qui mon salut touche,
Seigneur en ont perdu le soin.

Retirant donc mes yeux du monde,
La seule attente où je me fonde,
Afin de destourner tes coups,
Ce sont les plaintes & les larmes,
Ma douleur n'a point d'autres armes,
Pour opposer à ton courroux.

Bien que ta rigueur indomptée,
Des Anges mesme redoutée,
Ne loge dans vn cœur de chair;
L'espoir toutesfois ne me laisse,
Les gouttes qui tombent sans cesse,
Cauent à la fin le rocher.

Cede donc Seigneur à ma plainte,
Et monstre d'auoir l'ame atteinte,
Du mal que tu me fais sentir :
Modere ton ire excessiue,

Et que ma repentance viue,
Te face à la fin repentir.

STANCES PIEVSES.

 *Leurez ô mes yeux miserables,*
Tant d'estranges malheurs,
Dont, helas! vous estes coulpables,
Et m'aidez à souffrir mes cruelles douleurs.

Pleurez & repleurez sans cesse,
Tous mes actes passez,
Cependant que le Ciel vous laisse,
Dedans ce val de pleurs pour les rendre effacez.

Pleurez tant de vaines delices,
Et tant de faulx plaisirs,
Mais plustost tant de vrais supplices,
Dont vos regards trompeurs ont nourry mes desirs.

Pleurez cependant que les larmes,
Vous peuuent profiter,
Et qu'auecques ces seules armes,
Les courroux du Seigneur se peuuent éuiter.

Quand le Ciel bornera le nombre,
Des siecles à venir,
Se passant ainsi comme vne ombre,
Ou comme vn vent leger qui va sans reuenir:

Quand l'Astre qui les saisons change,
Esteindra son flambeau,
Et que la trompette de l'Ange,
Réueillera les morts endormis au tombeau:

Ceux qui dans ces lieux miserables,
Auront semé des pleurs,
Iront aux sejours desirables,
Gueillir de leur tristesse & les fruits & les fleurs.

   Leurs peines seront couronnées,
D'vn plaisir nompareil,
Et loing des ames condamnées,
Ils verront en repos la clarté du Soleil.

   De leurs yeux la source ordinaire,
Au dueil s'abandonnant,
Par l'effect du bois salutaire,
Ira son amertume en douceur terminant.

   Dieu conuertira leurs ténèbres,
En jours luisants & beaux,
Et leurs cris & regrets funebres,
En Hymnes de triomphe & Cantiques nouueaux.

   Mais ceux dont les yeux sont steriles,
Durant ce triste cours,
Verront leurs larmes inutiles,
Quand le jour du Seigneur clorra les derniers jours.

   De leur chef versant des fontaines,
Le flux démesuré,
N'esteindra le feu de leurs veines,
Et leurs yeux pleureront de n'auoir point pleuré.

   Les larmes à temps respanduës,
Sauuent les criminels,
Et pour les peines attenduës,
Leur donnent des loyers & des prix eternels.

   Ce sont des offrandes secrettes,
Dont Dieu se tient content,
Ce sont des prieres muettes,
Qui taisent leur demande, & la vont meritant.

   Pleurez donc sans fin mon offense,
Pour appaiser les Cieux,
Par vne viue penitence,
Dont j'aye au cœur la source, & les ruisseaux aux yeux.

STANCES POVR EXCITER A L'AMOVR
DE DIEV.

*A*Mants qui souspirez tant de peines souffertes,
*Qui pleurez tant d'ennuis, de rigueurs & de pertes,
Tant de iours en seruant vainement dépensez,
Apres vne beauté mortelle & perissable,
Tant de douteux espoirs fondez dessus le sable,
Et tant de long trauaux d'oubly recompensez:*

*Changez tous ces regrets, ces souspirs & ces larmes,
Quittez ces yeux trompeurs, pleins d'appas & de charmes,
Qui rendent vostre cœur si viuement épris,
Pour suiure vne beauté du Ciel mesme adorée,
Et conceuoir vn feu d'eternelle durée,
Dont la flamme inuisible éclaire vos esprits.*

*Cette beauté supréme à qui tout Estre aspire,
Veut dans vostre pensée establir son Empire,
Regner sur vos desirs & leur donner la loy:
Se faire de vostre ame vn temple venerable,
Se bastir de vos cœurs vn autel perdurable,
Qui brusle tout d'Amour d'esperance & de foy:*

*Consacrez luy vos pleurs comme vne chose saincte,
N'ayez autre douleur, autre espoir, autre crainte,
Et de son seul respect vous laissez émouuoir,
Que d'vn juste dédain elle ne soit saisie,
Et ne s'aille enflammant d'ire & de jalousie,
Si quelque object mortel sur vostre ame a pouuoir.*

*Celuy qui fit de rien tout l'vniuers ensemble,
Sous qui le Ciel, la Terre & l'Enfer mesme tremble,
A qui tout rend hommage & courbe les genoux,
Ne souffre qu'en l'aimant vostre Ame soit partie:
Et tous ces beaux objects dont elle est diuertie,
Sont autant de flambeaux allumant son courroux.*

*Il veut que comme vnique, vnique elle le serue,
Il fait cas de ses pleurs, & les met en reserue:*

k iiij

Et lors que vos pechez s'éleuent iusqu'aux Cieux,
De sa dextre irritée il laisse choir les armes,
Se sentant surmonté par ces deuotes larmes,
Qui jamais sans effect ne sortent de vos yeux.

Les larmes des éleuz ne tombent point en terre,
L'Eternel en a soin, les recueille & les serre,
Dedans des vaisseaux d'or, qui leur sont destinez :
N'allez point prophanant vne offrande si saincte,
Qui peut rendre son ire en vostre endroit esteinte,
Et vaincre les Cieux mesme à vous perdre obstinez.

Que l'humeur dont vos yeux se rendent si fertiles,
Ne soit point dépensée en regrets inutiles,
C'est l'vnique thresor des pecheurs affligez,
Le prix & la rançon de leur ame captiue,
Qui sçait flechir leur juge, & de rigueur le priue,
Effaçant le contract qui les tient obligez.

Reseruez donc ces pleurs pour rachetter vos crimes,
Et les offrez au Ciel comme cheres victimes,
Le Seigneur les accepte & s'en rend satisfait :
Pleurez la vanité de vos larmes passées,
L'erreur de vos desirs, l'abus de vos pensées,
Chang ant la seule cause, & retenant l'effect.

SVR LA MORT DE MARIE STVART,
REYNE D'ESCOSSE ET D'IRLANDE, VEFVE
en premieres Nopces de François II. du nom,
Roy de France.

E prodige qui porte au front deux Diadémes,
Qui sur les eaux du North voit son thróne éleué,
Qui rend dedans le sang son vestement laué,
Et dont la bouche impure est ouuerte au blasphémes:

Ce vieux monstre conceu d'inceste & d'adultere,
Qui sa dent acharnée au meurtre va soüillant:
Et le sacré respect des sceptres despoüillant,
Vomit contre les Cieux son fiel & sa cholere.

Ayant tenu vingt ans vne REYNE captiue,
Dont le bel œil pouuoit tous les cœurs allecher:
Et la fleur de son aage en langueur fait seicher,
Durant qu'vn long exil de liberté la priue:

En fin pour s'apprester vne honte eternelle,
Iettant aux vents legers sa promesse & sa foy,
Contre tout droict diuin & toute humaine loy,
D'vne prison iniuste au supplice l'appelle.

Ny du plus grand des Roys la priere & les armes:
Ny l'honneur d'auoir eu le beau lys en la main,
Ne peuuent détourner ce courage inhumain,
Qui rid de nostre perte & se baigne en nos larmes.

Ainsi serue & captiue en triomphe est menée,
Celle que tant de pompe & de gloire suiuoit,
Quand sa jeune beauté les peuples captiuoit,
Celebrant dans nos murs son premier Hymenée.

FRANCOIS œil de la France & son astre propice,
Nouuel Ange des Cieux prompt à nostre secours,
Contemple ton espouse & tes chastes amours,
Qu'vn infame Bourreau va trainant au supplice.

Peux-tu voir sans douleur ceste gorge entamée?
Peux-tu voir ce beau chef de son corps arraché?
Ce beau chef de poussiere & de sang tout taché,
Souler les yeux cruels d'vne louue affamée?

Où sont les premiers traits dont tu sentis l'atteinte?
Où sont ces puissants nœuds qui te tenoient lié?

Vn si parfait amour se voit-il oublié?
Et ceste viue flamme est-elle toute esteinte?

Veux-tu point jetter l'œil sur les maux de la France?
Faisant d'vn doux regard sa tourmente cesser:
Afin que nostre Prince ait loisir d'exancer
Ce sang, qui crie au Ciel & demande vengeance?

Peuple issu de Brutus, gent perfide & brutale,
Qui des troubles d'autruy ton repos establis,
Et méprisant nos bras sur nous mesme affoiblis,
Violes sans respect la franchise hospitale:

Les destins des François battus de tant d'orages,
Et depuis vingt hyuers en cent parts des-vnis,
Ne laisseront tousiours ces forfaits impunis,
Empeschant nos vaisseaux d'ancrer à tes riuages.

HENRY le chef des Roys & l'appuy des Prouinces,
Ayant fait refleurir l'oliue aux rameaux verds,
Rendra tes champs vn jour de ses armes conuerts,
Pour t'apprendre à tremper ton glaiue au sang des Princes.

D'vne REYNE innocente il vengera l'injure,
Poursuiuant par le fer ses meurtriers dispersez:
Et ses membres sans gloire au sepulchre pressez,
Se verront leurs honneurs payez auec vsure.

Il ira decimant tes Prouinces seruiles:
Il ira leurs captifs sur sa tombe immolant:
Et l'appareil funebre à la playe égalant,
Pour hausser son tombeau demolira tes villes.

Vous cependant dont l'ame est au Ciel addressée,
Ioints à nous de creance & separez de lieux:
Vous à qui ce spectacle a faict baisser les yeux,
Reliques de l'Eglise en vostre Isle oppressée:

Ornez ses os martyrs cloz sous la sepulture
D'vn printemps eternel, de bouquets & de fleurs,
Et d'vn ancre où son sang se mesle auec vos pleurs
Sur le cercueil tout chaud tracez cette écriture:

L'Impie Elizabeth, furie inexorable,
Consacre aux ans futurs ce sanglant monument:
Et du chef d'vne Reyne occise innocemment,
Dresse à sa cruauté ce trophée execrable.

T A B L E

DES AVTHEVRS

CITEZ, OV EXPLIQVEZ, OV
EXAMINEZ EN CE VOLVME.

A

a

INDICE DE MOTS GRECS EXPLIQVEZ OV EXAMINEZ.

Le premier nombre ſignifie la page : le dernier, la ligne.

Le premier nombre est celuy de la page; l'autre, de la ligne.

DV VIEIL TESTAMENT.

GENESE.

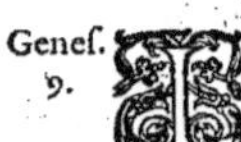

Genef. 9. IE mettray mon arc au Ciel pour signal de mon alliance auec toy, & auec toutes les bestes de la terre   374. 35.

EXODE.

Exode 12. Vous n'en romprez pas vn seul os. 851.41

Quand vos enfants vous demanderont, Quelle est ceste religion, Vous leur direz, C'est la victime du Seigneur, lors qu'il passa sur les maisons des enfants d'Israel en Egypte, frappant les Egyptiens, & deliurant nos familles. 518. 32. & s.

20. Vous ne vous ferez point de Dieux d'or & d'argent   167. 3. 250. 9

ibid. Tu ne te feras aucune Idole ny semblance   216

ibid. Tu ne te feras image, ny aucune semblance, &c.   237. 31. 32

LEVITIQVE.

Leuit. 19. Vous ne vous conuertirez point aux Idoles, & ne vous ferez point de Dieux de fonte: Ie suis le Seigneur vostre Dieu   167. 4. 5

NOMBRES.

Nombr. 9. Vous n'en romprez pas vn seul os. 851. 41

16. Dieu est l'esprit de toute chair   374

ibid. La terre fendit sous leurs pieds, & ouurit sa bouche & les engloutit auec leurs tabernacles, & toute leur substance, & ils descendirent viuants aux Enfers   634. 635

23. Mon ame meure de la mort des iustes, & que ma fin soit semblable à la leur   378. 26. 27

DEVTERONOME.

Deuter. 13. S'il s'eleue au milieu de toy vn Prophete, ou bien qui die auoir eu vne vision, & qu'il predie vn signe ou vn prodige, & que ce qu'il aura predict, aduienne, & au partir de là qu'il te die, Allons & suyuons les Dieux estranges que tu ne cognois point, & leur seruons: tu n'orras point la voix de ce Prophete-la   41. 9. & s.

17. Tu constitueras vn Roy entre tes freres. 629. 22

18 Dieu te suscitera des Prophetes du milieu de toy, semblables à moy, tu les orras   9. 39. 34. 11. 275. 33. 34

19. Le Prophete depraué par arrogance, qui voudra annoncer en mon nom ce que ie ne luy auray point commandé d'annoncer, ou parler de la part des Dieux estranges, sera mis à mort. Que si, &c.   43. 11. & s.

IOSVE.

Iosué 22. Le Seigneur Dieu tres-puissant cognoist, & tout Israel l'entendra, que ce n'est point en intention de transgresser, que nous auons erigé cet Autel, &c. mais de peur que vos enfants ne dient à l'aduenir aux nostres: Qu'auez-vous de commun auec le Dieu d'Israel? Dieu a mis vn terme entre vous & nous, asçauoir le fleuue du Iordain, &c. A ceste occasion donc nous auons erigé vn Autel, non pour y offrir holocaustes & victimes, mais en témoignage entre vous & nous, & entre vos enfants & les nostres, que nous pouuons seruir au Seigneur, & auons droict d'offrir holocaustes & victimes, & hosties pacifiques.   255. 10. & s.

I. II. III. IV. DES ROYS.

1. des Roys 26. Qui est-ce qui mettra la main sur l'Oinct du Seigneur, & sera innocent? 639. 1

3. 13. Il edifia vn Temple aux hauts lieux, & crea des Sacrificateurs de la lie du peuple, qui n'estoient point des enfants de Leui. 69. 1. & s.

20. Pource que tu n'as pas voulu ouïr la voix du Seigneur, voicy tu departiras de moy, & le lyon te frappera   44. 12. & s.

4. 19. Ils ont ietté au feu les Dieux de ces nations-la, parce qu'ils n'estoient pas Dieux, mais ouurages d'hommes.   167. 7. 8

4. 11. Les Sacrificateurs & les Leuites qui estoient en tout le ressort d'Israel, vindrent à Roboam de tous les lieux de leur habitation, &c.   17. 32

ibid. Les Sacrificateurs aussi & les Leuites, qui estoient en tout Israel, vindrent à luy de tous les lieux de leur habitation, laissants leurs possessions & leurs heritages, & passants en Iuda & en Ierusalem, pource que Ieroboam les auoit chassez luy & ses fils, de peur qu'ils n'administrassent le Sacerdoce du Seigneur.   68. 36. & s.

4. 13. Vous autres auez reietté les Sacrificateurs du Seigneur, les enfants d'Aaron & les Leuites, & vous estes faict à vous mesmes

des

PASSAGES
DV NOVVEAV
TESTAMENT.

I. DE S. PIERRE.

I. DE S. IEAN.

S. IVDE.

TABLE DES PASSAGES DE LA SAINCTE ESCRITVRE, TANT DV VIEL QVE DV NOVVEAV Testament: alleguez sans Texte.

Le premier nombre est celuy des chapitres: le dernier, de la page.

TABLE
DES MATIERES
ET CHOSES PLVS NECESSAIRES A
REMARQVER EN CE VOLVME.

Le premier nombre est celuy de la page ; le dernier, est celuy de la ligne.

A

D

T A B L E

T